Als 1961 die nach den Erstdrucken und Handschriften von Helmut Sembdner besorgte und kommentierte zweibändige Kleist-Ausgabe erschien, feierte man dies als Durchbruch der Kleist-Philologie. Endlich konnte man einen unverfälschten Kleist lesen, bis hin zum Komma. Hans Magnus Enzensberger rühmte die Edition in der ›Zeit‹ als »das seltene Beispiel einer Klassikerausgabe, wie sie sein soll: Nichts sucht man vergebens, jede nötige Auskunft wird gegeben, aber so diskret, daß der Apparat nur hilft, wenn er gefragt wird: Eine kritische Gesamtausgabe, die schön und brauchbar ist, kein Mausoleum für Germanisten.« Die mustergültige Edition von Helmut Sembdner wurde inzwischen zum Standardwerk, das durch zahlreiche Revisionen stets auf den neusten Stand der Forschung gebracht wurde. Die vorliegende einbändige Taschenbuchausgabe ist text- und seitenidentisch mit der 9., vermehrten und revidierten Auflage von 1993. Mit Anmerkungen, einem Nachwort des Herausgebers, einer Lebenstafel zu Kleist und einem Personenregister.

Heinrich von Kleist wurde am 18. Oktober 1777 in Frankfurt/Oder geboren. Er schlug zunächst die Offizierslaufbahn ein, begann später sein Studium der Rechtswissenschaften und unternahm Reisen durch Frankreich und die Schweiz. In Dresden gründete er 1808 die Zeitschrift ›Phöbus‹, in der einige seiner Dramen und Erzählungen erschienen. Am 21. November 1811 nahm er sich am Wannsee bei Berlin das Leben.

Heinrich von Kleist

Sämtliche Werke und Briefe

Herausgegeben von
Helmut Sembdner

Zweibändige Ausgabe
in einem Band

Erster Band

Deutscher Taschenbuch Verlag

Die Taschenbuchausgabe ist band- und seitenidentisch mit der im Carl Hanser Verlag, München,
erschienenen zweibändigen Kleist-Ausgabe,
9., vermehrte und revidierte Auflage von 1993

Von Heinrich Kleist
sind im Deutschen Taschenbuch Verlag erschienen:
Sämtliche Erzählungen und Anekdoten (12493)
Bibliothek der Erstausgaben:
Der zerbrochne Krug (2625)
Penthesilea (2640)
Die Marquise von O . . . (2649)

Vom Herausgeber Helmut Sembdner sind erschienen:
Heinrich von Kleists Lebensspuren (2391)
Heinrich von Kleists Nachruhm (2414)

Vollständige Ausgabe
März 2001
Deutscher Taschenbuch Verlag GmbH & Co. KG,
München
www.dtv.de
© 1984, 1993 Carl Hanser Verlag, München
Neunte, vermehrte und revidierte Auflage
Umschlagkonzept: Balk & Brumshagen
Umschlagbild: ›Figur und Raumlineatur‹ (1924) von Oskar Schlemmer
© 2000 Oskar Schlemmer, Bühnen Archiv,
I-28824 Oggebbio/Photoarchiv C. Roman Schlemmer,
I-28824 (Oggebbio)
Gesamtherstellung: C. H. Beck'sche Buchdruckerei,
Nördlingen
Gedruckt auf säurefreiem, chlorfrei gebleichtem Papier
Printed in Germany · ISBN 3-423-12919-0

INHALTSÜBERSICHT

GEDICHTE

DER HÖHERE FRIEDEN

(1792 oder 93)

WENN sich auf des Krieges Donnerwagen,
Menschen waffnen, auf der Zwietracht Ruf,
Menschen, die im Busen Herzen tragen,
Herzen, die der Gott der Liebe schuf:

Denk ich, können sie doch mir nichts rauben,
Nicht den Frieden, der sich selbst bewährt,
Nicht die Unschuld, nicht an Gott den Glauben,
Der dem Hasse, wie dem Schrecken, wehrt.

Nicht des Ahorns dunkelm Schatten wehren,
Daß er mich, im Weizenfeld, erquickt,
Und das Lied der Nachtigall nicht stören,
Die den stillen Busen mir entzückt.

PROLOG

[Zur Zeitschrift ›Phöbus‹]

WETTRE hinein, o du, mit deinen flammenden Rossen,
Phöbus, Bringer des Tags, in den unendlichen Raum!
Gib den Horen dich hin! Nicht um dich, neben, noch rückwärts,
Vorwärts wende den Blick, wo das Geschwader sich regt!
Donnr' einher, gleichviel, ob über die Länder der Menschen,
Achtlos, welchem du steigst, welchem Geschlecht du versinkst,
Hier jetzt lenke, jetzt dort, so wie die Faust sich dir stellet,
Weil die Kraft dich, der Kraft spielende Übung, erfreut.
Fehlen nicht wirst du, du triffst, es ist der Tanz um die Erde,
Und auch vom Wartturm entdeckt unten ein Späher das Maß.

EPILOG

RUHIG! Ruhig! Nur sacht! Das saust ja, Kronion, als wollten
Lenker und Wagen und Roß, stürzend einschmettern zu Staub!
Niemand, ersuch ich, übergeprescht! Wir lieben die Fahrt schon,
Munter gestellt, doch es sind Häls uns und Beine uns lieb.
Dir fehlt nichts, als hinten der Schweif; auf der Warte zum mindesten
Weiß noch versammelt die Zunft, nicht wo das aus will, wo ein.

Führ in die Ställ, ich bitte dich sehr, und laß jetzt verschnaufen,
Daß wir erwägen zu Nacht, was wir gehört und gesehn.
Weit noch ist, die vorliegt, die Bahn, und mit Wasser, o Phöbus,
Was du den Rossen auch gibst, kochst du zuletzt doch, wie wir.
Dich auch seh ich noch schrittweis einher die prustenden führen,
Und nicht immer, beim Zeus, sticht sie der Haber, wie heut.

DER ENGEL AM GRABE DES HERRN

Als still und kalt, mit sieben Todeswunden,
Der Herr in seinem Grabe lag; das Grab,
Als sollt es zehn lebendge Riesen fesseln,
In eine Felskluft schmetternd eingehaun;
Gewälzet, mit der Männer Kraft, verschloß
Ein Sandstein, der Bestechung taub, die Türe;
Rings war des Landvogts Siegel aufgedrückt:
Es hätte der Gedanke selber nicht
Der Höhle unbemerkt entschlüpfen können;
Und gleichwohl noch, als ob zu fürchten sei,
Es könn auch der Granitblock sich bekehren,
Ging eine Schar von Hütern auf und ab,
Und starrte nach des Siegels Bildern hin:
Da kamen, bei des Morgens Strahl,
Des ewgen Glaubens voll, die drei Marien her,
Zu sehn, ob Jesus noch darinnen sei:
Denn Er, versprochen hatt er ihnen,
Er werd am dritten Tage auferstehn.
Da nun die Fraun, die gläubigen, sich nahten
Der Grabeshöhle: was erblickten sie?
Die Hüter, die das Grab bewachen sollten,
Gestürzt, das Angesicht in Staub,
Wie Tote, um den Felsen lagen sie;
Der Stein war weit hinweggewälzt vom Eingang;
Und auf dem Rande saß, das Flügelpaar noch regend,
Ein Engel, wie der Blitz erscheint,
Und sein Gewand so weiß wie junger Schnee.
Da stürzten sie, wie Leichen, selbst, getroffen,
Zu Boden hin, und fühlten sich wie Staub,

Und meinten, gleich im Glanze zu vergehn:
Doch er, er sprach, der Cherub: »Fürchtet nicht!
Ihr suchtet Jesum, den Gekreuzigten –
Der aber ist nicht hier, er ist erstanden:
Kommt her, und schaut die öde Stätte an.«
Und fuhr, als sie, mit hocherhobnen Händen,
Sprachlos die Grabesstätte leer erschaut,
In seiner hehren Milde also fort:
»Geht hin, ihr Fraun, und kündigt es nunmehr
Den Jüngern an, die er sich auserkoren,
Daß sie es allen Erdenvölkern lehren,
Und tun also, wie er getan«: und schwand.

DIE BEIDEN TAUBEN

Eine Fabel nach Lafontaine

ZWEI Täubchen liebten sich mit zarter Liebe.
Jedoch, der weichen Ruhe überdrüssig,
Ersann der Tauber eine Reise sich.
Die Taube rief: »Was unternimmst du, Lieber?
Von mir willst du, der süßen Freundin, scheiden:
Der Übel größtes, ists die Trennung nicht?
Für dich nicht, leider, Unempfindlicher!
Denn selbst nicht Mühen können, und Gefahren,
Die schreckenden, an diese Brust dich fesseln.
Ja, wenn die Jahrszeit freundlicher dir wäre!
Doch bei des Winters immer regen Stürmen
Dich in das Meer hinaus der Lüfte wagen!
Erwarte mindestens den Lenz: was treibt dich?
Ein Rab auch, der den Himmelsplan durchschweifte,
Schien mir ein Unglück anzukündigen.
Ach, nichts als Unheil zitternd werd ich träumen,
Und nur das Netz stets und den Falken sehn.
Jetzt, ruf ich aus, jetzt stürmts: mein süßer Liebling,
Hat er jetzt alles auch was er bedarf,
Schutz und die goldne Nahrung, die er braucht,
Weich auch und warm, ein Lager für die Nacht,
Und alles Weitre, was dazu gehört?« –

Dies Wort bewegte einen Augenblick
Den raschen Vorsatz unsers jungen Toren;
Doch die Begierde trug, die Welt zu sehn,
Und das unruhge Herz, den Sieg davon.
Er sagte: »Weine nicht! Zwei kurze Monden
Befriedigen jedweden Wunsch in mir.
Ich kehre wieder, Liebchen, um ein kleines,
Jedwedes Abenteuer, Zug vor Zug,
Das mir begegnete, dir mitzuteilen.
Es wird dich unterhalten, glaube mir!
Ach, wer nichts sieht, kann wenig auch erzählen.
Hier, wird es heißen, war ich; dies erlebt ich;
Dort auch hat mich die Reise hingeführt:
Und du, im süßen Wahnsinn der Gedanken,
Ein Zeuge dessen wähnen wirst du dich.« –
Kurz, dies und mehr des Trostes zart erfindend,
Küßt er, und unterdrückt was sich ihm regt,
Das Täubchen, das die Flügel niederhängt,
Und fleucht. –

          Und aus des Horizontes Tiefe
Steigt mitternächtliches Gewölk empor,
Gewitterregen häufig niedersendend.
Ergrimmte Winde brechen los: der Tauber
Kreucht untern ersten Strauch, der sich ihm beut.
Und während er, von stiller Öd umrauscht,
Die Flut von den durchweichten Federn schüttelt,
Die strömende, und seufzend um sich blickt,
Denkt er, nach Wandrerart, sich zu zerstreun,
Des blonden Täubchens heim, das er verließ.
Und sieht erst jetzt, wie sie beim Abschied schweigend
Das Köpfchen niederhing, die Flügel senkte,
Den weißen Schoß mit stillen Tränen netzend:
Und selbst, was seine Brust noch nie empfand,
Ein Tropfen, groß und glänzend, steigt ihm auf.
Getrocknet doch, beim ersten Sonnenstrahl,
So Aug wie Leib, setzt er die Reise fort,
Und kehrt, wohin ein Freund ihn warm empfohlen,
In eines Städters reiche Wohnung ein.

Von Moos und duftgen Kräutern zubereitet,
Wird ihm ein Nest, an Nahrung fehlt es nicht,
Viel Höflichkeit, um dessen, der ihn sandte,
Wird ihm zuteil, viel Güt und Artigkeit:
Der lieblichen Gefühle keins für sich.
Und sieht die Pracht der Welt und Herrlichkeiten,
Die schimmernden, die ihm der Ruhm genannt,
Und kennt nun alles, was sie Würdges beut,
Und fühlt unsel'ger sich, als je, der Arme,
Und steht, in Öden steht man öder nicht,
Umringt von allen ihren Freuden, da.
Und fleucht, das Paar der Flügel emsig regend,
Unausgesetzt, auf keinen Turm mehr achtend,
Zum Täubchen hin, und sinkt zu Füßen ihr,
Und schluchzt, in endlos heftiger Bewegung,
Und küsset sie, und weiß ihr nichts zu sagen –
Ihr, die sein armes Herz auch wohl versteht!

Ihr Sel'gen, die ihr liebt; ihr wollt verreisen?
O laßt es in die nächste Grotte sein!
Seid euch die Welt einander selbst und achtet,
Nicht eines Wunsches wert, das übrige!
Ich auch, das Herz einst eures Dichters, liebte:
Ich hätte nicht um Rom und seine Tempel,
Nicht um des Firmamentes Prachtgebäude,
Des lieben Mädchens Laube hingetauscht!
Wann kehrt ihr wieder, o ihr Augenblicke,
Die ihr dem Leben einzgen Glanz erteilt?
So viele jungen, lieblichen Gestalten,
Mit unempfundnem Zauber sollen sie
An mir vorübergehn? Ach, dieses Herz!
Wenn es doch einmal noch erwarmen könnte!
Hat keine Schönheit einen Reiz mehr, der
Mich rührt? Ist sie entflohn, die Zeit der Liebe –?

Kleine Gelegenheitsgedichte

JÜNGLINGSKLAGE

WINTER, so weichst du,
Lieblicher Greis,
Der die Gefühle
Ruhigt zu Eis.
Nun unter Frühlings
Üppigem Hauch
Schmelzen die Ströme –
Busen, du auch!

MÄDCHENRÄTSEL

TRÄUMT er zur Erde, wen
Sagt mir, wen meint er?
Schwillt ihm die Träne, was,
Götter, was weint er?
Bebt er, ihr Schwestern, was,
Redet, erschrickt ihn?
Jauchzt er, o Himmel, was
Ists, was beglückt ihn?

KATHARINA VON FRANKREICH

(als der schwarze Prinz um sie warb)

MAN sollt ihm Maine und Anjou
Übergeben.
Was weiß ich, was er alles
Mocht erstreben.
Und jetzt begehrt er nichts mehr,
Als die eine –
Ihr Menschen, eine Brust her,
Daß ich weine!

DER SCHRECKEN IM BADE
Eine Idylle

JOHANNA

KLUG doch, von List durchtrieben, ist die Grete,
Wie kein' im Dorf mehr! »Mütterchen«, so spricht sie,
Und gleich, als scheute sie den Duft der Nacht,
Knüpft sie ein Tuch geschäftig sich ums Kinn:
»Laß doch die Pforte mir, die hintre, offen;
Denn in der Hürd ein Lamm erkrankte mir,
Dem ich Lavendelöl noch reichen muß«:
Und, husch! statt nach der Hürde, die Verrätrin,
Drückt sie zum Seegestade sich hinab. –
Nun heiß, fürwahr, als sollt er Ernten reifen,
War dieser Tag des Mais und, Blumen gleich,
Fühlt jedes Glied des Menschen sich erschlafft. –
Wie schön die Nacht ist! Wie die Landschaft rings
Im milden Schein des Mondes still erglänzt!
Wie sich der Alpen Gipfel umgekehrt,
In den kristallnen See danieder tauchen!
Wenn das die Gletscher tun, ihr guten Götter,
Was soll der arme herzdurchglühte Mensch?
Ach! Wenn es nur die Sitte mir erlaubte,
Vom Ufer sänk ich selbst herab, und wälzte,
Wollüstig, wie ein Hecht, mich in der Flut!

MARGARETE

Fritz! – Faßt nicht Schrecken, wie des Todes, mich!
– Fritz, sag ich, noch einmal: Maria – Joseph!
Wer schwatzt dort in der Fliederhecke mir?
– Seltsam, wie hier die Silberpappel flüstert!
Husch und Lavendelöl und Hecht und Sitte:
Als obs von seinen roten Lippen käme!
Fern im Gebirge steht der Fritz, und lauert
Dem Hirsch auf, der uns jüngst den Mais zerwühlte;
Doch hätt ich nicht die Büchs ihn greifen sehen,
Ich hätte schwören mögen, daß ers war. –

JOHANNA

Gewiß! Diana, die mir unterm Spiegel,
Der Keuschheit Göttin, prangt, im goldnen Rahm:
Die Hunde liegen lechzend ihr zur Seite;
Und Pfeil und Bogen gibt sie, jagdermüdet,
Den jungen Nymphen hin, die sie umstehn:
Sie wählte sich, der Glieder Duft zu frischen,
Verständiger den Grottenquell nicht aus.
Hier hätt Aktäon sie, der Menschen Ärmster,
Niemals entdeckt, und seine junge Stirn
Wär ungehörnt, bis auf den heutgen Tag.
Wie einsam hier der See den Felsen klatscht!
Und wie die Ulme, hoch vom Felsen her,
Sich niederbeugt, von Schlee umrankt und Flieder,
Als hätt ein Eifersüchtger sie verwebt,
Daß selbst der Mond mein Gretchen nicht und nicht,
Wie schön sie Gott der Herr erschuf, kann sehn!

MARGARETE

Fritz!

JOHANNA

Was begehrt mein Schatz?

MARGARETE

Abscheulicher!

JOHANNA

O Himmel, wie die Ente taucht! O seht doch,
Wie das Gewässer heftig, mit Gestrudel,
Sich über ihren Kopf zusammenschließt!
Nichts, als das Haar, vom seidnen Band umwunden,
Schwimmt, mit den Spitzen glänzend, oben hin!
In Halle sah ich drei Halloren tauchen,
Doch das ist nichts, seit ich die Ratz erblickt!
Ei, Mädel! Du erstickst ja! Margarete!

MARGARETE

Hilf! Rette! Gott mein Vater!

JOHANNA

Nun? Was gibts? –
Ward, seit die Welt steht, so etwas erlebt!
Fritz ists, so schau doch her, der junge Jäger,
Der morgen dich, du weißt, zur Kirche führet! –
Umsonst! Sie geht schon wieder in den Grund!
Wenn wiederum die Nacht sinkt, kenn ich sie
Auswendig, bis zur Sohl herab, daß ichs
Ihr, mit geschlossnem Aug, beschreiben werde:
Und heut, von ohngefähr belauscht im Bade,
Tut sie, als wollte sie den Schleier nehmen,
Und nie erschaut von Männeraugen sein!

MARGARETE

Unsittlicher! Pfui, Häßlicher!

JOHANNA

Nun endlich!
In dein Geschick doch endlich fügst du dich.
Du setzest dich, wo rein der Kiesgrund dir,
Dem Golde gleich, erglänzt, und hältst mir still.
Wovor, mein Herzenskind, auch bebtest du?
Der See ist dir, der weite, strahlende,
Ein Mantel, in der Tat, so züchtiglich,
Als jener samtene, verbrämt mit Gold,
Mit dem du Sonntags in der Kirch erscheinst.

MARGARETE

Fritz, liebster aller Menschen, hör mich an,
Willst du mich morgen noch zur Kirche führen?

JOHANNA

Ob ich das will?

MARGARETE

Gewiß? begehrst du das?

JOHANNA

Ei, allerdings! Die Glock ist ja bestellt.

MARGARETE

Nun sieh, so fleh ich, kehr dein Antlitz weg!
Geh gleich vom Ufer, schleunig, augenblicklich!
Laß mich allein!

JOHANNA

       Ach, wie die Schultern glänzen!
Ach, wie die Knie, als säh ich sie im Traum,
Hervorgehn schimmernd, wenn die Welle flieht!
Ach, wie das Paar der Händchen, festverschränkt,
Das ganze Kind, als wärs aus Wachs gegossen,
Mir auf dem Kiesgrund schwebend aufrecht halten!

MARGARETE

Nun denn, so mag die Jungfrau mir verzeihn!

JOHANNA

Du steigst heraus? Ach, Gretchen! Du erschreckst mich?
Hier an den Erlstamm drück ich das Gesicht,
Und obenein noch fest die Augen zu.
Denn alles, traun, auf Erden möcht ich lieber,
Als mein geliebtes Herzenskind erzürnen.
Geschwind, geschwind! Das Hemdchen – hier! da liegt es!
Das Röckchen jetzt, das blaugekantete!
Die Strümpfe auch, die seidnen, und die Bänder,
Worin ein flammend Herz verzeichnet ist!
– Auch noch das Tuch? Nun, Gretchen, bist du fertig?
Kann ich mich wenden, Kind?

MARGARETE

       Schamloser, du!
Geh hin und suche für dein Bett dir morgen,
Welch eine Dirn im Orte dir gefällt.

Mich, wahrlich, wirst du nicht zur Kirche führen!
Denn wisse: wessen Aug mich nackt gesehn,
Sieht weder nackt mich noch bekleidet wieder!

JOHANNA

Gott, Herr, mein Vater, in so großer Not,
Bleibt auf der Welt zum Trost mir nichts, als eines.
Denn in das Brautbett morgen möcht ich wohl,
Was leugnet ichs; doch, Herzchen, wiß auch du:
In Siegismunds, des Großknechts, nicht in deins.

MARGARETE

Was sagst du?

JOHANNA

Was?

MARGARETE

Sieh da, die Schäkerin!
Johanna ists, die Magd, in Fritzens Röcken!
Und äfft, in eines Flieders Busch gesteckt,
Mit Fritzens rauher Männerstimme mich!

JOHANNA

Ha, ha, ha, ha!

MARGARETE

Das hätt ich wissen sollen!
Das hätte mir, als ich im Wasser lag,
Der kleine Finger jückend sagen sollen!
So hätt ich, als du sprachst: »Ei sieh, die Nixe!
Wie sie sich wälzet!« und: »Was meinst du, Kind;
Soll ich herab zu dir vom Ufer sinken?«
Gesagt: »komm her, mein lieber Fritz, warum nicht?
Der Tag war heiß, erfrischend ist das Bad,
Und auch an Platz für beide fehlt es nicht«;
Daß du zu Schanden wärst, du Unverschämte,
An mir, die dreimal Ärgere, geworden.

JOHANNA

So! Das wär schön gewesen! Ein züchtig Mädchen, wisse,
Soll über solche Dinge niemals scherzen;

So lehrt es irgendwo ein schwarzes Buch. –
Doch jetzt das Mieder her; ich wills dir senkeln:
Daß er im Ernst uns nicht, indes wir scherzen,
Fritz hier, der Jäger, lauschend überrasche.
Denn auf dem Rückweg schleicht er hier vorbei;
Und schade wär es doch – nicht wahr, mein Gretchen?
Müßt er dich auch geschnürt nie wiedersehn.

EPIGRAMME

[1. Reihe]

HERR VON GOETHE

SIEHE, das nenn ich doch würdig, fürwahr, sich im Alter
beschäftgen!
Er zerlegt jetzt den Strahl, den seine Jugend sonst warf.

KOMÖDIENZETTEL

HEUTE zum ersten Mal mit Vergunst: die Penthesilea,
Hundekomödie; Akteurs: Helden und Köter und Fraun.

FORDERUNG

GLÄUBT ihr, so bin ich euch, was ihr nur wollt; recht nach
der Lust Gottes,
Schrecklich und lustig und weich: Zweiflern versink ich zu
nichts.

DER KRITIKER

»GOTTGESANDTER, sieh da! Wenn du das bist, so *verschaff* dir
Glauben.« – Der Narr, der! Er hört nicht, was ich eben gesagt.

DEDIKATION DER PENTHESILEA

ZÄRTLICHEN Herzen gefühlvoll geweiht! Mit Hunden zerreißt sie,
Welchen sie liebet, und ißt, Haut dann und Haare, ihn auf.

VERWAHRUNG

SCHELTET, ich bitte, mich nicht! Ich machte, beim delphischen
Gotte,
Nur die Verse; die Welt, nahm ich, ihr wißts, wie sie steht.

VOLTAIRE

LIEBER! ich auch bin nackt, wie Gott mich erschaffen, natürlich,
Und doch häng ich mir klug immer ein Mäntelchen um.

ANTWORT

FREUND, du bist es auch nicht, den nackt zu erschauen mich jückte,
Ziehe mir nur dem Apoll Hosen, ersuch ich, nicht an.

DER THEATER-BEARBEITER DER PENTHESILEA

NUR die Meute, fürcht ich, die wird in W... mit Glück nicht
Heulen, Lieber; den Lärm setz ich, vergönn, in Musik.

VOKATION

WÄRT ihr der Leidenschaft selbst, der gewaltigen, fähig, ich sänge,
Daphne, beim Himmel, und was jüngst auf den Triften geschehn.

ARCHÄOLOGISCHER EINWAND

ABER der Leib war Erz des Achill! Der Tochter des Ares
Geb ich zum Essen, beim Styx, nichts als die Ferse nur preis.

RECHTFERTIGUNG

EIN Variant auf Ehre, vergib! Nur ob sie die Schuhe
Ausgespuckt, fand ich bestimmt in dem Hephästion nicht.

A L'ORDRE DU JOUR

WUNDERLICHSTER der Menschen, du! Jetzt spottest du meiner,
Und wie viel Tränen sind doch still deiner Wimper entflohn!

ROBERT GUISKARD, HERZOG DER NORMÄNNER

NEIN, das nenn ich zu arg! Kaum weicht mit der Tollwut die eine
Weg vom Gerüst, so erscheint der gar mit Beulen der Pest.

DER PSYCHOLOG

ZUVERSICHT, wie ein Berg so groß, dem Tadel verschanzt sein,
Vielverliebt in sich selbst: daran erkenn ich den Geck.

DIE WELT UND DIE WEISHEIT

LIEBER! Die Welt ist nicht so rund wie dein Wissen. An allem,
Was du mir eben gesagt, kenn ich den Genius auch.

DER ÖDIP DES SOPHOKLES

GREUEL, vor dem die Sonne sich birgt! Demselbigen Weibe
Sohn zugleich und Gemahl, Bruder den Kindern zu sein!

DER AREOPAGUS

LASSET sein mutiges Herz gewähren! Aus der Verwesung
Reiche locket er gern Blumen der Schönheit hervor!

DIE MARQUISE VON O ...

DIESER Roman ist nicht für dich, meine Tochter. In Ohnmacht!
Schamlose Posse! Sie hielt, weiß ich, die Augen bloß zu.

AN ***

WENN ich die Brust dir je, o Sensitiva, verletze,
Nimmermehr dichten will ich: Pest sei und Gift dann mein Lied.

DIE SUSANNEN

EUCH aber dort, euch kenn ich! Seht, schreib ich dies Wort
euch: שׁוּזָאָנְ
Schwarz auf weiß hin: was gilts? denkt ihr – ich sag nur nicht,
was.

VERGEBLICHE DELIKATESSE

RICHTIG! Da gehen sie schon, so wahr ich lebe, und schlagen
(Hätt ichs doch gleich nur gesagt) griechische Lexika nach.

AD VOCEM

ZWEIERLEI ist das Geschlecht der Fraun; vielfältig ersprießlich
Jedem, daß er sie trennt: Dichtern vor allen. Merkt auf!

UNTERSCHEIDUNG

SCHAUET dort jene! Die will ihre Schönheit in dem, was ich
dichte,
Finden, hier diese, die legt ihre, o Jubel, hinein!

[2. Reihe]

MUSIKALISCHE EINSICHT

An Fr. v. P...

ZENO, beschirmt, und Diogen, mich, ihr Weisen! Wie soll ich
Heute tugendhaft sein, da ich die Stimme gehört.

Eine Stimme, der Brust so schlank, wie die Zeder, entwachsen,
Schöner gewipfelt entblüht keine, Parthenope, dir.

Nun versteh ich den Platon erst, ihr ïonischen Lieder,
Eure Gewalt, und warum Hellas in Fesseln jetzt liegt.

DEMOSTHENES, AN DIE GRIECHISCHEN REPUBLIKEN

HÄTTET ihr halb nur soviel, als jetzo, einander zu stürzen,
Euch zu erhalten getan: glücklich noch wärt ihr und frei.

DAS FRÜHREIFE GENIE

NUN, das nenn ich ein frühgereiftes Talent doch! bei seiner
Eltern Hochzeit bereits hat er den Carmen gemacht.

DIE SCHWIERIGKEIT

IN ein großes Verhältnis, das fand ich oft, ist die Einsicht
Leicht, das Kleinliche ists, was sich mit Mühe begreift.

EINE NOTWENDIGE BERICHTIGUNG

FRAUEN stünde, gelehrt sein, nicht? Die Wahrheit zu sagen,
Nützlich ist es, es steht Männern so wenig, wie Fraun.

DAS SPRACHVERSEHEN

WAS! Du nimmst sie jetzt nicht, und warst der Dame
                                        versprochen?
Antwort: Lieber! vergib, man verspricht sich ja wohl.

DIE REUIGE

HIMMEL, welch eine Pein sie fühlt! Sie hat so viel Tugend
Immer gesprochen, daß ihr nun kein Verführer mehr naht.

DAS HOROSKOP

WEHE dir, daß du kein Tor warst jung, da die Grazie dir Duldung
Noch erflehte, du wirst, Stax, nun im Alter es sein.

DER AUFSCHLUSS

WAS dich, fragst du, verdammt, stets mit den Dienern zu hadern?
Freund, sie verstehen den Dienst, aber nicht du den Befehl.

DER UNBEFUGTE KRITIKUS

EI, welch ein Einfall dir kömmt! Du richtest die Kunst mir,
                     zu schreiben,
Ehe du selber die Kunst, Bester, zu lesen gelernt.

DIE UNVERHOFFTE WIRKUNG

WENN du die Kinder ermahnst, so meinst du, dein Amt sei erfüllet.
Weißt du, was sie dadurch lernen? – Ermahnen, mein Freund!

DER PÄDAGOG

EINEN andern stellt er für sich, den Aufbau der Zeiten
Weiter zu fördern, er selbst führet den Sand nicht herbei.

P... UND F...

SETZET, ihr trafts mit eucrer Kunst, und erzögt uns die Jugend
Nun zu Männern, wie ihr: lieben Freunde, was wärs?

DIE LEBENDIGEN PFLANZEN

An M...

EINE Mütze, gewaltig und groß, über mehrere Häupter
Zerrst du, und zeigst dann, sie gehn unter denselbigen Hut.

DER BAUER, ALS ER AUS DER KIRCHE KAM

ACH, wie erwähltet Ihr heut, Herr Pfarr, so erbauliche Lieder!
Grade die Nummern, seht her, die ich ins Lotto gesetzt.

FREUNDESRAT

OB dus im Tag'buch anmerkst? Handle! War es was Böses,
Fühl es, o Freund, und vergiß; Gutes? Vergiß es noch ch'r!

DIE SCHATZGRÄBERIN

MÜTTERCHEN, sag, was suchst du im Schutt dort? Siebenzig
                     Jahre
Hat dich der Himmel getäuscht, und doch noch glaubst du an
                     Glück?

DIE BESTIMMUNG

WAS ich fühle, wie sprech ich es aus? – Der Mensch ist doch
immer,
Selbst auch in dem Kreis lieblicher Freunde, allein.

DER BEWUNDERER DES SHAKESPEARE

NARR, du prahlst, ich befriedge dich nicht! Am Mindervoll-
kommnen
Sich erfreuen, zeigt Geist, nicht am Vortrefflichen, an!

DIE GEFÄHRLICHE AUFMUNTERUNG

An einen Anonymus im F...

WITZIG nennst du mein Epigramm? Nun, weil du so schön doch
Auf mich munterst, vernimm denn eine Probe auf dich.

Schauet ihn an! Da steht er und ficht und stößet den Lüften
Quarten und Terzen durchs Herz, jubelt und meint, er trifft *mich*.

Wie er heißet? Ihr fragt mich zuviel. Einen Namen zwar, glaub
ich,
Gab ihm der Vater: der Ruhm? Davon verlautete nichts.

[Aus der „Germania"-Epoche]

GERMANIA AN IHRE KINDER / EINE ODE

§ 1

DIE des Maines Regionen,
Die der Elbe heitre Aun,
Die der Donau Strand bewohnen,
Die das Odertal bebaun,
Aus des Rheines Laubensitzen,
Von dem duftgen Mittelmeer,
Von der Riesenberge Spitzen,
Von der Ost und Nordsee her!

CHOR

Horchet! – Durch die Nacht, ihr Brüder,
Welch ein Donnerruf hernieder?
Stehst du auf, Germania?
Ist der Tag der Rache da?

§ 2

Deutsche, mutger Völkerreigen,
Meine Söhne, die, geküßt,
In den Schoß mir kletternd steigen,
Die mein Mutterarm umschließt,
Meines Busens Schutz und Schirmer,
Unbesiegtes Marsenblut,
Enkel der Kohortenstürmer,
Römerüberwinderbrut!

CHOR

Zu den Waffen! Zu den Waffen!
Was die Hände blindlings raffen!
Mit der Keule, mit dem Stab,
Strömt ins Tal der Schlacht hinab!

§ 3

Wie der Schnee aus Felsenrissen:
Wie, auf ewger Alpen Höhn,
Unter Frühlings heißen Küssen,
Siedend auf die Gletscher gehn:
Katarakten stürzen nieder,
Wald und Fels folgt ihrer Bahn,
Das Gebirg hallt donnernd wider,
Fluren sind ein Ozean!

CHOR

So verlaßt, voran der Kaiser,
Eure Hütten, eure Häuser;
Schäumt, ein uferloses Meer,
Über diese Franken her!

§ 4

Alle Plätze, Trift' und Stätten,
Färbt mit ihren Knochen weiß;
Welchen Rab und Fuchs verschmähten,
Gebet ihn den Fischen preis;
Dämmt den Rhein mit ihren Leichen;
Laßt, gestäuft von ihrem Bein,

Schäumend um die Pfalz ihn weichen,
Und ihn dann die Grenze sein!

CHOR

Eine Lustjagd, wie wenn Schützen
Auf die Spur dem Wolfe sitzen!
Schlagt ihn tot! Das Weltgericht
Fragt euch nach den Gründen nicht!

§ 5

Nicht die Flur ists, die zertreten,
Unter ihren Rossen sinkt,
Nicht der Mond, der, in den Städten,
Aus den öden Fenstern blinkt,
Nicht das Weib, das, mit Gewimmer,
Ihrem Todeskuß erliegt,
Und zum Lohn, beim Morgenschimmer,
Auf den Schutt der Vorstadt fliegt!

CHOR

Euren Schlachtraub laßt euch schenken!
Wenige, die sein gedenken.
Höhrem, als der Erde Gut,
Schwillt die Seele, flammt das Blut!

§ 6

Gott und seine Stellvertreter,
Und dein Nam, o Vaterland,
Freiheit, Stolz der bessern Väter,
Sprache, du, dein Zauberband,
Wissenschaft, du himmelferne,
Die dem deutschen Genius winkt,
Und der Pfad ins Reich der Sterne,
Welchen still sein Fittich schwingt!

CHOR

Eine Pyramide bauen
Laßt uns, in des Himmels Auen,
Krönen mit dem Gipfelstein:
Oder unser Grabmal sein!

KRIEGSLIED DER DEUTSCHEN

ZOTTELBÄR und Panthertier
Hat der Pfeil bezwungen;
Nur für Geld, im Drahtspalier,
Zeigt man noch die Jungen.

Auf den Wolf, soviel ich weiß,
Ist ein Preis gesetzet;
Wo er immer hungerheiß
Naht, wird er gehetzet.

Reinecke, der Fuchs, der sitzt
Lichtscheu in der Erden,
Und verzehrt, was er stipitzt,
Ohne fett zu werden.

Aar und Geier nisten nur
Auf der Felsen Rücken,
Wo kein Sterblicher die Spur
In den Sand mag drücken.

Schlangen sieht man gar nicht mehr,
Ottern und dergleichen,
Und der Drachen Greuelheer,
Mit geschwollnen Bäuchen.

Nur der Franzmann zeigt sich noch
In dem deutschen Reiche;
Brüder, nehmt die Keule doch,
Daß er gleichfalls weiche.

Dresden, im März 1809

AN FRANZ DEN ERSTEN, KAISER VON ÖSTERREICH

O HERR, du trittst, der Welt ein Retter,
Dem Mordgeist in die Bahn;
Und wie der Sohn der duftgen Erde
Nur sank, damit er stärker werde,
Fällst du von neu'm ihn an!

Das kommt aus keines Menschen Busen,
Auch aus dem deinen nicht;
Das hat dem ewgen Licht entsprossen,
Ein Gott dir in die Brust gegossen,
Den unsre Not besticht.

O sei getrost; in Klüften irgend,
Wächst dir ein Marmelstein;
Und müßtest du im Kampf auch enden,
So wirds ein anderer vollenden,
Und dein der Lorbeer sein!

Dresden, den 9. April 1809

[Fußnote zu den vorstehenden Gedichten]

Diese drei Lieder überläßt der Verfasser jedem, der sie drucken will, und
wünscht weiter nichts, als daß sie *e i n z e l n* erscheinen und schnell
verbreitet werden. H. v. Kl.

AN DEN ERZHERZOG KARL

Als der Krieg im März 1809 auszubrechen zögerte

SCHAUERLICH ins Rad des Weltgeschickes
Greifst du am Entscheidungstage ein,
Und dein Volk lauscht, angsterfüllten Blickes,
Welch ein Los ihm wird gefallen sein.

Aber leicht, o Herr, gleich deinem Leben
Wage du das heilge Vaterland!
Sein Panier wirf, wenn die Scharen beben,
In der Feinde dichtsten Lanzenstand.

Nicht der Sieg ists, den der Deutsche fodert,
Hülflos, wie er schon am Abgrund steht;
Wenn der Kampf nur fackelgleich entlodert,
Wert der Leiche, die zu Grabe geht.

Mag er dann in finstre Nacht auch sinken,
Von dem Gipfel, halb bereits erklimmt;
Herr! Die Träne wird noch Dank dir blinken,
Wenn dein Schwert dafür nur Rache nimmt.

AN PALAFOX

TRITT mir entgegen nicht, soll ich zu Stein nicht starren,
Auf Märkten, oder sonst, wo Menschen atmend gehn,
Dich will ich nur am Styx, bei marmorweißen Scharen,
Leonidas, Armin und Tell, den Geistern, sehn.

Du Held, der, gleich dem Fels, das Haupt erhöht zur Sonnen,
Den Fuß versenkt in Nacht, des Stromes Wut gewehrt,
Der stinkend wie die Pest, der Hölle wie entronnen,
Den Bau sechs festlicher Jahrtausende zerstört!

Dir ließ ich, heiß wie Glut, ein Lied zum Himmel dringen,
Erhabner, hättest du Geringeres getan.
Doch was der Ebro sah, kann keine Leier singen,
Und in dem Tempel still, häng ich sie wieder an.

AN DEN ERZHERZOG KARL

Nach der Schlacht bei Aspern, den 21. und 22. Mai 1809

HÄTTEST du Türenne besiegt,
Der, an dem Zügel der Einsicht,
Leicht, den ehernen Wagen des Kriegs,
Wie ein Mädchen ruhige Rosse, lenkte;
Oder jenen Gustav der Schweden,
Der, an dem Tage der Schlacht,
Seraphische Streiter zu Hülfe rief;
Oder den Suwarow, oder den Soltikow,
Die, bei der Drommete Klang,
Alle Dämme der Streitlust niedertraten,
Und mit Bächen von Blut,
Die granitene Bahn des Siegs sich sprengten:
Siehe, die Jungfraun rief’ ich herbei des Landes,
Daß sie zum Kranz den Lorbeer flöchten,
Dir die Scheitel, o Herr, zu krönen!

Aber wen ruf ich (o Herz, was klopfst du?),
Und wo blüht, an welchem Busen der Mutter
So erlesen, wie sie aus Eden kam,
Und wo duftet, auf welchem Gipfel,

Unverwelklich, wie er Alciden kränzet,
Jungfrau und Lorbeer, dich, o Karl, zu krönen,
Überwinder des Unüberwindlichen!

RETTUNG DER DEUTSCHEN

ALLE Götter verließen uns schon, da erbarmte das Donau-
Weibchen sich unser, und Mars' Tempel erkenn ich ihr zu.

DIE TIEFSTE ERNIEDRIGUNG

WEHE, mein Vaterland, dir! Das Lied dir zum Ruhme zu singen,
Ist, getreu dir im Schoß, mir, deinem Dichter, verwehrt!

DAS LETZTE LIED

1809.

FERN ab am Horizont, auf Felsenrissen,
Liegt der gewitterschwarze Krieg getürmt.
Die Blitze zucken schon, die ungewissen,
Der Wandrer sucht das Laubdach, das ihn schirmt.
Und wie ein Strom, geschwellt von Regengüssen,
Aus seines Ufers Bette heulend stürmt,
Kommt das Verderben, mit entbundnen Wogen,
Auf alles, was besteht, herangezogen.

Der alten Staaten graues Prachtgerüste
Sinkt donnernd ein, von ihm hinweggespült,
Wie, auf der Heide Grund, ein Wurmgeniste,
Von einem Knaben scharrend weggewühlt;
Und wo das Leben, um der Menschen Brüste,
In tausend Lichtern jauchzend hat gespielt,
Ist es so lautlos jetzt, wie in den Reichen,
Durch die die Wellen des Kozytus schleichen.

Und ein Geschlecht, von düsterm Haar umflogen,
Tritt aus der Nacht, das keinen Namen führt,
Das, wie ein Hirngespinst der Mythologen,
Hervor aus der Erschlagnen Knochen stiert;

Das ist geboren nicht und nicht erzogen
Vom alten, das im deutschen Land regiert:
Das läßt in Tönen, wie der Nord an Strömen,
Wenn er im Schilfrohr seufzet, sich vernehmen.

Und du, o Lied, voll unnennbarer Wonnen,
Das das Gefühl so wunderbar erhebt,
Das, einer Himmelsurne wie entronnen,
Zu den entzückten Ohren niederschwebt,
Bei dessen Klang, empor ins Reich der Sonnen,
Von allen Banden frei die Seele strebt;
Dich trifft der Todespfeil; die Parzen winken,
Und stumm ins Grab mußt du daniedersinken.

Erschienen, festlich, in der Völker Reigen,
Wird dir kein Beifall mehr entgegen blühn,
Kein Herz dir klopfen, keine Brust dir steigen,
Dir keine Träne mehr zur Erde glühn,
Und nur wo einsam, unter Tannenzweigen,
Zu Leichensteinen stille Pfade fliehn,
Wird Wanderern, die bei den Toten leben,
Ein Schatten deiner Schön' entgegenschweben.

Und stärker rauscht der Sänger in die Saiten,
Der Töne ganze Macht lockt er hervor,
Er singt die Lust, fürs Vaterland zu streiten,
Und machtlos schlägt sein Ruf an jedes Ohr, –
Und da sein Blick das Blutpanier der Zeiten
Stets weiter flattern sieht, von Tor zu Tor,
Schließt er sein Lied, er wünscht mit ihm zu enden,
Und legt die Leier weinend aus den Händen.

AN DEN KÖNIG VON PREUSSEN

zur Feier seines Einzugs in Berlin im Frühjahr 1809 (wenn sie stattgehabt hätte)

Was blickst du doch zu Boden schweigend nieder,
Durch ein Portal siegprangend eingeführt?
Du wendest dich, begrüßt vom Schall der Lieder,
Und deine schöne Brust, sie scheint gerührt.

Blick auf, o Herr! Du kehrst als Sieger wieder,
Wie hoch auch jener Cäsar triumphiert:
Ihm ist die Schar der Götter zugefallen,
Jedoch den Menschen hast du wohlgefallen.

Du hast ihn treu, den Kampf, als Held getragen,
Dem du, um nichtgen Ruhms, dich nicht geweiht!
Du hättest noch, in den Entscheidungstagen,
Der höchsten Friedensopfer keins gescheut.
Die schönste Tugend, laß michs kühn dir sagen,
Hat mit dem Glück des Krieges dich entzweit:
Du brauchtest Wahrheit weniger zu lieben,
Und Sieger wärst du auf dem Schlachtfeld blieben.

Laß denn zerknickt die Saat, von Waffenstürmen,
Die Hütten laß ein Raub der Flammen sein;
Du hast die Brust geboten, sie zu schirmen:
Dem Lethe wollen wir die Asche weihn.
Und müßt auch selbst noch, auf der Hauptstadt Türmen,
Der Kampf sich, für das heilge Recht, erneun:
Sie sind gebaut, o Herr, wie hell sie blinken,
Für bessre Güter, in den Staub zu sinken!

AN DIE KÖNIGIN LUISE VON PREUSSEN

zur Feier ihres Geburtstags den 10. März 1810

[1. Fassung]

In der Voraussetzung, daß an diesem Tage Gottesdienst sein würde

DIE Glocke ruft, hoch, von geweihter Stelle,
Zum Dom das Volk, das durch die Straßen irrt.
Das Tor steht offen schon, und Kerzenhelle
Wogt von dem Leuchter, der den Altar ziert.
Bestreut, nach Festesart, ist Trepp und Schwelle,
Die in das Innere der Kirche führt,
Und, unter Tor' und Pfeilern, im Gedränge,
Harrt, lautlos, die erwartungsvolle Menge.

Und die das Unglück, mit der Grazie Tritten,
Auf jungen Schultern, herrlich jüngsthin trug,
Als einzge Siegerin vom Platz geschritten,
Da jüngst des Himmels Zorn uns niederschlug,
Sie, die, aus giftiger Gewürme Mitten,
Zum Äther aufstieg, mit des Adlers Flug:
Sie tritt herein, in Demut und in Milde,
Und sinkt auf Knieen hin, am Altarbilde.

O einen Cherub, aus den Sternen, nieder,
Die Palmenkron in der erhobnen Hand,
Der sie umschweb, auf glänzendem Gefieder,
Gelagert still, auf goldner Wolken Rand,
Der, unterm Flötenton seraphscher Lieder,
Den Kranz erhöh, von Gott ihr zuerkannt,
Und, vor des Volkes frommerstauntem Blicke,
Auf ihre heilge Schwesterstirne drücke.

[2. Fassung]

Du, die das Unglück mit der Grazie Schritten,
Auf jungen Schultern, herrlich jüngsthin trug:
Wie wunderbar ist meine Brust verwirrt,
In diesem Augenblick, da ich auf Knieen,
Um dich zu segnen, vor dir niedersinke.
Ich soll dir ungetrübte Tag' erflehn:
Dir, die der hohen Himmelssonne gleich,
In voller Pracht nur strahlt und Herrlichkeit,
Wenn sie durch finstre Wetterwolken bricht.
O du, die aus dem Kampf empörter Zeit,
Die *einzge* Siegerin, hervorgegangen:
Was für ein Wort, dein würdig, sag ich dir?
So zieht ein Cherub, mit gespreizten Flügeln,
Zur Nachtzeit durch die Luft, und, auf den Rücken
Geworfen, staunen ihn, von Glanz geblendet,
Der Welt betroffene Geschlechter an.
Wir alle mögen, Hoh' und Niedere,
Von den Ruinen unsers Glücks umgeben,
Gebeugt von Schmerz, die Himmlischen verklagen,

Doch du Erhabene, du darfst es nicht!
Denn eine Glorie, in jenen Nächten,
Umglänzte deine Stirn, von der die Welt
Am lichten Tag der Freude nichts geahnt:
Wir sahn dich Anmut endlos niederregnen,
Daß du so groß als schön warst, war uns fremd!
Viel Blumen blühen in dem Schoß der Deinen
Noch deinem Gurt zum Strauß, und du bists wert,
Doch eine schönre Palm erringst du nicht!
Und würde dir, durch einen Schluß der Zeiten,
Die Krone auch der Welt: die goldenste,
Die dich zur Königin der Erde macht,
Hat still die Tugend schon dir aufgedrückt.
Sei Teure, lange noch des Landes Stolz,
Durch frohe Jahre, wie, durch frohe Jahre,
Du seine Lust und sein Entzücken warst!

[3. Fassung]

Sonett

ERWÄG ich, wie in jenen Schreckenstagen,
Still deine Brust verschlossen, was sie litt,
Wie du das Unglück, mit der Grazie Tritt,
Auf jungen Schultern herrlich hast getragen,

Wie von des Kriegs zerrißnem Schlachtenwagen
Selbst oft die Schar der Männer zu dir schritt,
Wie, trotz der Wunde, die dein Herz durchschnitt,
Du stets der Hoffnung Fahn uns vorgetragen:

O Herrscherin, die Zeit dann möcht ich segnen!
Wir sahn dich Anmut endlos niederregnen,
Wie groß du warst, das ahndeten wir nicht!

Dein Haupt scheint wie von Strahlen mir umschimmert;
Du bist der Stern, der voller Pracht erst flimmert,
Wenn er durch finstre Wetterwolken bricht!

[Für die „Berliner Abendblätter"]

AN UNSERN IFFLAND

bei seiner Zurückkunft in Berlin den 30. September 1810

SINGT, Barden! singt Ihm Lieder,
Ihm, der sich treu bewährt;
Dem Künstler, der heut wieder
In eure Mitte kehrt.
In fremden Landen glänzen,
Ist Ihm kein wahres Glück:
Berlin soll Ihn umkränzen,
Drum kehret Er zurück.

Wie oft saht ihr Ihn reisen,
Mit furchterfüllter Brust.
Ach! seufzten Volk und Weisen:
Nie kehret unsre Lust!
Nein Freunde, nein! und schiede
Er mehrmal auch im Jahr,
Daß Er euch gänzlich miede,
Wird nie und nimmer wahr.

In Sturm nicht, nicht in Wettern
Kann dieses Band vergehn;
Stets auf geweihten Brettern
Wird Er, ein Heros, stehn;
Wird dort als Fürst regieren
Mit kunstgeübter Hand,
Und unsre Bühne zieren
Und unser Vaterland!

Von einem vaterländischen Dichter

AN DIE NACHTIGALL

(Als Mamsell Schmalz die Camilla sang)

NACHTIGALL, sprich, wo birgst du dich doch, wenn der tobende
*Herbst*wind
Rauscht? – In der Kehle der *Schmalz* überwintere ich.

WER IST DER ÄRMSTE?

»GELD!« rief, »mein edelster Herr!« ein Armer. Der Reiche
versetzte:
»Lümmel, was gäb ich darum, wär ich so hungrig, als Er!«

DER WITZIGE TISCHGESELLSCHAFTER

TREFFEND, durchgängig ein Blitz, voll Scharfsinn, sind seine
Repliken:
Wo? An der Tafel? Vergib! Wenn ers zu Hause bedenkt.

NOTWEHR

WAHRHEIT gegen den Feind? Vergib mir! Ich lege zuweilen
Seine Bind um den Hals, um in sein Lager zu gehn.

GLÜCKWUNSCH

ICH gratuliere, Stax, denn ewig wirst du leben;
Wer keinen Geist besitzt, hat keinen aufzugeben.

DER JÜNGLING AN DAS MÄDCHEN

Scharade

ZWEI kurze Laute sage mir;
Doch einzeln nicht, – so spricht ein Tier!
Zusammen sprich sie hübsch geschwind:
Du liebst mich doch, mein süßes Kind.

(Die Auflösung im folgenden Blatt)

Zwei Legenden nach Hans Sachs

GLEICH UND UNGLEICH

DER Herr, als er auf Erden noch einherging,
Kam mit Sankt Peter einst an einen Scheideweg,
Und fragte, unbekannt des Landes,
Das er durchstreifte, einen Bauersknecht,
Der faul, da, wo der Rain sich spaltete, gestreckt
In eines Birnbaums Schatten lag:

Was für ein Weg nach Jericho ihn führe?
Der Kerl, die Männer nicht beachtend,
Verdrießlich, sich zu regen, hob ein Bein,
Zeigt' auf ein Haus im Feld, und gähnt' und sprach: da unten!
Zerrt sich die Mütze übers Ohr zurecht,
Kehrt sich, und schnarcht schon wieder ein.
Die Männer drauf, wohin das Bein gewiesen,
Gehn ihre Straße fort; jedoch nicht lange währts,
Von Menschen leer, wie sie das Haus befinden,
Sind sie im Land schon wieder irr.
Da steht, im heißen Strahl der Mittagssonne,
Bedeckt von Ähren, eine Magd,
Die schneidet, frisch und wacker, Korn,
Der Schweiß rollt ihr vom Angesicht herab.
Der Herr, nachdem er sich gefällig drob ergangen,
Kehrt also sich mit Freundlichkeit zu ihr:
»Mein Töchterchen, gehn wir auch recht,
So wie wir stehn, den Weg nach Jericho?«
Die Magd antwortet flink: »Ei, Herr!
Da seid ihr weit vom Wege irr gegangen;
Dort hinterm Walde liegt der Turm von Jericho,
Kommt her, ich will den Weg euch zeigen.«
Und legt die Sichel weg, und führt, geschickt und emsig,
Durch Äcker die der Rain durchschneidet,
Die Männer auf die rechte Straße hin,
Zeigt noch, wo schon der Turm von Jericho erglänzet,
Grüßt sie und eilt zurücke wieder,
Auf daß sie schneid, in Rüstigkeit, und raffe,
Von Schweiß betrieft, im Weizenfelde,
So nach wie vor.
Sankt Peter spricht: »O Meister mein!
Ich bitte dich, um deiner Güte willen,
Du wollest dieser Maid die Tat der Liebe lohnen,
Und, flink und wacker, wie sie ist,
Ihr einen Mann, flink auch und wacker, schenken.«
»Die Maid«, versetzt der Herr voll Ernst,
»Die soll den faulen Schelmen nehmen,
Den wir am Scheideweg im Birnbaumsschatten trafen;

Also beschloß ichs gleich im Herzen,
Als ich im Weizenfeld sie sah.«
Sankt Peter spricht: »Nein Herr, das wolle Gott verhüten.
Das wär ja ewig schad um sie,
Müßt all ihr Schweiß und Müh verloren gehn.
Laß einen Mann, ihr ähnlicher sie finden,
Auf daß sich, wie sie wünscht, hoch bis zum Giebel ihr
Der Reichtum in der Tenne fülle.«
Der Herr antwortet, mild den Sanktus strafend:
»O Petre, das verstehst du nicht.
Der Schelm, der kann doch nicht zur Höllen fahren.
Die Maid auch, frischen Lebens voll,
Die könnte leicht zu stolz und üppig werden.
Drum, wo die Schwinge sich ihr allzuflüchtig regt,
Henk ich ihr ein Gewichtlein an,
Auf daß sies beide im Maße treffen,
Und fröhlich, wenn es ruft, hinkommen, er wie sie,
Wo ich sie alle gern versammeln möchte.«

DER WELT LAUF

DER Herr und Petrus oft, in ihrer Liebe beide,
Begegneten im Streite sich,
Wenn von der Menschen Heil die Rede war;
Und dieser nannte zwar die Gnade Gottes groß,
Doch wär er Herr der Welt, meint' er,
Würd er sich ihrer mehr erbarmen.
Da trat, zu einer Zeit, als längst, in beider Herzen,
Der Streit vergessen schien, und just,
Um welcher Ursach weiß ich nicht,
Der Himmel oben auch voll Wolken hing,
Der Sanktus, mißgestimmt, den Heiland an, und sprach:
»Herr, laß, auf eine Handvoll Zeit,
Mich, aus dem Himmelreich, auf Erden niederfahren,
Daß ich des Unmuts, der mich griff,
Vergeß und mich einmal, von Sorgen frei, ergötze,
Weil es jetzt grad vor Fastnacht ist.«
Der Herr, des Streits noch sinnig eingedenk,
Spricht: »Gut; acht Tag geb ich dir Zeit,

Der Feier, die mir dort beginnt, dich beizumischen;
Jedoch, sobald das Fest vorbei,
Kommst du mir zur gesetzten Stunde wieder.«
Acht volle Tage doch, zwei Wochen schon, und mehr,
Ein abgezählter Mond vergeht,
Bevor der Sankt zum Himmel wiederkehrt.
»Ei, Petre«, spricht der Herr, »wo weiltest du so lange?
Gefiels auch nieden dir so wohl?«
Der Sanktus, mit noch schwerem Kopfe, spricht:
»Ach, Herr! Das war ein Jubel unten –!
Der Himmel selbst beseliget nicht besser.
Die Ernte, reich, du weißt, wie keine je gewesen,
Gab alles was das Herz nur wünscht,
Getreide, weiß und süß, Most, sag ich dir, wie Honig,
Fleisch fett, dem Speck gleich, von der Brust des Rindes;
Kurz, von der Erde jeglichem Erzeugnis
Zum Brechen alle Tafeln voll.
Da ließ ichs, schier, zu wohl mir sein,
Und hätte bald des Himmels gar vergessen.«
Der Herr erwidert: »Gut! Doch Petre sag mir an,
Bei soviel Segen, den ich ausgeschüttet,
Hat man auch dankbar mein gedacht?
Sahst du die Kirchen auch von Menschen voll?« –
Der Sankt, bestürzt hierauf, nachdem er sich besonnen,
»O Herr«, spricht er, »bei meiner Liebe,
Den ganzen Fastmond durch, wo ich mich hingewendet,
Nicht deinen Namen hört ich nennen.
Ein einzger Mann saß murmelnd in der Kirche:
Der aber war ein Wucherer,
Und hatte Korn, im Herbst erstanden,
Für Mäus und Ratzen hungrig aufgeschüttet.« –
»Wohlan denn«, spricht der Herr, und läßt die Rede fallen,
»Petre, so geh; und künftges Jahr
Kannst du die Fastnacht wiederum besuchen.«
Doch diesmal war das Fest des Herrn kaum eingeläutet,
Da kömmt der Sanktus schleichend schon zurück.
Der Herr begegnet ihm am Himmelstor und ruft:
»Ei, Petre! Sieh! Warum so traurig?

Hats dir auf Erden denn danieden nicht gefallen?«
»Ach, Herr«, versetzt der Sankt, »seit ich sie nicht gesehn,
Hat sich die Erde ganz verändert.
Da ists kurzweilig nicht mehr, wie vordem,
Rings sieht das Auge nichts, als Not und Jammer.
Die Ernte, ascheweiß versengt auf allen Feldern,
Gab für den Hunger nicht, um Brot zu backen,
Viel wen'ger Kuchen, für die Lust, und Stritzeln.
Und weil der Herbstwind früh der Berge Hang durchreift,
War auch an Wein und Most nicht zu gedenken.
Da dacht ich: was auch sollst du hier?
Und kehrt' ins Himmelreich nur wieder heim.« –
»So!« spricht der Herr. »Fürwahr! Das tut mir leid!
Doch, sag mir an: gedacht man mein?«
»Herr, ob man dein gedacht? – Die Wahrheit dir zu sagen,
Als ich durch eine Hauptstadt kam,
Fand ich, zur Zeit der Mitternacht,
Vom Altarkerzenglanz, durch die Portäle strahlend,
Dir alle Märkt und Straßen hell;
Die Glöckner zogen, daß die Stränge rissen;
Hoch an den Säulen hingen Knaben,
Und hielten ihre Mützen in der Hand.
Kein Mensch, versichr' ich dich, im Weichbild rings zu sehn,
Als einer nur, der eine Schar
Lastträger keuchend von dem Hafen führte:
Der aber war ein Wucherer,
Und häufte Korn auf lächelnd, fern erkauft,
Um von des Landes Hunger sich zu mästen.«
»Nun denn, o Petre«, spricht der Herr,
»Erschaust du jetzo doch den Lauf der Welt!
Jetzt siehst du doch was du jüngsthin nicht glauben wolltest,
Daß Güter nicht das Gut des Menschen sind;
Daß mir ihr Heil am Herzen liegt wie dir:
Und daß ich, wenn ich sie mit Not zuweilen plage,
Mich, meiner Liebe treu und meiner Sendung,
Nur ihrer höhren Not erbarme.«

[Widmung des »Prinz Friedrich von Homburg«]

GEN Himmel schauend greift, im Volksgedränge,
Der Barde fromm in seine Saiten ein.
Jetzt trösten, jetzt verletzen seine Klänge,
Und solcher Antwort kann er sich nicht freun.
Doch eine denkt er in dem Kreis der Menge,
Der die Gefühle seiner Brust sich weihn:
Sie hält den Preis in Händen, der ihm falle,
Und krönt ihn die, so krönen sie ihn alle.

GELEGENHEITSVERSE UND ALBUMBLÄTTER

[Für Wilhelmine von Kleist]

Ich will hinein und muß hinein, und sollts auch in der Quere sein.

[Frankfurt a. d. O. 1791?]

Dein treuer und aufrichtiger
Bruder und Freund
Heinrich v. Klst.

[Für Luise von Linckersdorf?]

GESCHÖPFE, die den Wert ihres Daseins empfinden, die ins Vergangene froh zurückblicken, das Gegenwärtige genießen, und in der Zukunft Himmel über Himmel in unbegrenzter Aussicht entdecken; Menschen, die sich mit allgemeiner Freundschaft lieben, deren Glück durch das Glück ihrer Nebengeschöpfe vervielfacht wird, die in der Vollkommenheit unaufhörlich wachsen, – o wie selig sind sie!   [Wieland]

[Potsdam, 1798?]

[Eintrag im Koppenbuch der Hampelbaude]

HYMNE AN DIE SONNE

ÜBER die Häupter der Riesen, hoch in der Lüfte Meer,
Trägt mich, Vater der Riesen, dein dreigezackigter Fels.
    Nebel walten
    Wie Nachtgestalten,
Um die Scheitel der Riesen her,
Und ich erwarte dich, Leuchtender!

Deinen prächtigen Glanz borge der Finsternis,
Allerleuchtender Stern! Du der unendlichen Welt
    Ewiger Herrscher,
    Du des Lebens
Unversiegbarer Quell, gieße die Strahlen herauf,
Helios! wälze dein Flammenrad!

Sieh! Er wälzt es herauf! Die Nächte, wie sie entfliehn –
Leuchtend schreibet der Gott seinen Namen dahin,
    Hingeschrieben
    Mit dem Griffel des Strahles,
»Kreaturen, huldigt ihr mir?«
– Leuchte, Herrscher! wir huldigen dir!   [nach Schiller]

den 13. Juli 1799   Heinrich Kleist
am Morgen als ich   ehemals Lieut.i.Rgt.Garde
von der Schneekoppe kam

WUNSCH AM NEUEN JAHRE 1800
FÜR ULRIKE VON KLEIST

AMPHIBION Du, das in zwei Elementen stets lebet,
Schwanke nicht länger und wähle Dir endlich ein sichres
                      Geschlecht.
Schwimmen und fliegen geht nicht zugleich, drum verlasse
                      das Wasser,
Versuch es einmal in der Luft, schüttle die Schwingen und fleuch!
                      H. K.

WUNSCH AM NEUEN JAHRE 1800
FÜR DEN GENERAL UND DIE GENERALIN VON ZENGE

SIEBEN glücklicher Kinder glückliche Eltern! Das nenn ich
Doch noch ein Glück, an das, wahrlich, kein Neujahrswunsch
                      reicht!
Soll ich euch doch etwas wünschen, so sei es dies einzge: es finde
Euch ein Neujahr zu wünschen niemals ein Dichter den Stoff.
                      H. K.

[Für Sophie Henriette Wilhelmine Clausius]

Es gibt Menschen, wie die ersten Arabesken; man versteht sie nicht, wenn man nicht Raphael ist.

Berlin, den 11. April 1801   Heinrich Kleist

[Für Henriette von Schlieben]

Tue recht und scheue niemand.

MIT dieser hohen Lehre, welche Sie zugleich in der Demut und im Stolze, über Ihre Pflichten und über Ihre Rechte unterrichtet, erinnere ich Sie zugleich an die *christliche Religion*, an eine gute Handlung, an einen schönen Abend und an Ihren Freund
Heinrich Kleist, aus Frankfurt a/Oder.
Dresden, den 17. Mai 1801

[Für Karl August Varnhagen]

JÜNGLINGE lieben in einander das Höchste in der Menschheit; denn sie lieben in sich die ganze Ausbildung ihrer Naturen schon, um zwei oder drei glücklicher Anlagen willen, die sich eben entfalten.
Berlin, den 11. August 1804

Wir aber wollen einander gut *bleiben*,
Heinrich Kleist

[Für Adolfine von Werdeck in ein Exemplar von Mendelssohns »Phädon«]

Wo die Nebel des Trübsinns grauen, flieht die Teilnahme und das Mitgefühl. Der Kummer steht einsam und vermieden von allen Glücklichen wie ein gefallener Günstling. Nur die Freundschaft lächelt ihm. Denn die Freundschaft ist wahr, und kühn, und *unzweideutig*. –   H. K.

[Für Theodor Körner]

GLÜCK auf! Was in der Erde schießet,
Das Gold, das suchst du auf.
Das, was dein Herz, o Freund, verschließet,
Vergißt du nicht. Glück auf!

Dresden, Mai 1808   H. v. Kleist

[Für Eleonore von Haza]

KLEINES, hübsches, rotköpfiges Lorchen! Ich wünsche dir soviele
Freuden, als Schlüsselblumen in dem großen Garten blühn. Bist
du damit zufrieden? – Und auch einen hübschen Maitag, um sie
zu pflücken!

Dresden, den 12. Juni 1808   H. v. Kleist

AN S*[ophie]* v. H*[aza]*

(als sie die Kamille besungen wissen wollte)

DAS Blümchen, das, dem Tal entblüht,
Dir Ruhe gibt und Stille,
Wenn Krampf dir durch die Nerve glüht,
Das nennst du die Kamille.

Du, die, wenn Krampf das Herz umstrickt,
O Freundin, aus der Fülle
Der Brust, mir so viel Stärkung schickt,
Du bist mir die Kamille.

[Dresden 1808]   H. v. K.

[Für Adolfine Henriette Vogel]

MEIN Jettchen, mein Herzchen, mein Liebes, mein Täubchen,
mein Leben, mein liebes süßes Leben, mein Lebenslicht, mein
Alles, mein Hab und Gut, meine Schlösser, Äcker, Wiesen und
Weinberge, o Sonne meines Lebens, Sonne, Mond und Sterne,
Himmel und Erde, meine Vergangenheit und Zukunft, meine
Braut, mein Mädchen, meine liebe Freundin, mein Innerstes,
mein Herzblut, meine Eingeweide, mein Augenstern, o, Liebste,
wie nenn ich Dich? Mein Goldkind, meine Perle, mein Edelstein,
meine Krone, meine Königin und Kaiserin. Du lieber Liebling
meines Herzens, mein Höchstes und Teuerstes, mein Alles und
Jedes, mein Weib, meine Hochzeit, die Taufe meiner Kinder,
mein Trauerspiel, mein Nachruhm. Ach Du bist mein zweites
besseres Ich, meine Tugenden, meine Verdienste, meine Hoffnung, die Vergebung meiner Sünden, meine Zukunft und Seligkeit, o, Himmelstöchterchen, mein Gotteskind, meine Fürspre-
cherin und Fürbitterin, mein Schutzengel, mein Cherubim und
Seraph, wie lieb ich Dich! –   *[Berlin, November 1811]*

DRAMEN

DIE FAMILIE
SCHROFFENSTEIN

EIN TRAUERSPIEL IN FÜNF AUFZÜGEN

PERSONEN

RUPERT, Graf von SCHROFFENSTEIN, aus dem Hause ROSSITZ
EUSTACHE, seine Gemahlin
OTTOKAR, ihr Sohn
JOHANN, Ruperts natürlicher Sohn
SYLVIUS, Graf von SCHROFFENSTEIN, aus dem Hause WARWAND
SYLVESTER, sein Sohn, regierender Graf
GERTRUDE, Sylvesters Gemahlin, Stiefschwester der Eustache
AGNES, ihre Tochter
JERONIMUS VON SCHROFFENSTEIN, aus dem Hause WYK
ALDÖBERN ⎫
SANTING   ⎬   Vasallen Ruperts
FINTENRING ⎭
THEISTINER, Vasall Sylvesters
URSULA, eine Totengräberswitwe
BARNABE, ihre Tochter
EINE KAMMERJUNGFER DER EUSTACHE
EIN KIRCHENVOGT
EIN GÄRTNER
ZWEI WANDERER
RITTER, GEISTLICHE, HOFGESINDE

Das Stück spielt in Schwaben.

ERSTER AUFZUG

Erste Szene

Rossitz. Das Innere einer Kapelle. Es steht ein Sarg in der Mitte; um ihn herum Rupert, Eustache, Ottokar, Jeronimus, Ritter, Geistliche, das Hofgesinde und ein Chor von Jünglingen und Mädchen. Die Messe ist soeben beendigt.

CHOR DER MÄDCHEN *mit Musik.*

> Niedersteigen,
> Glanzumstrahlet,
>> Himmelshöhen zur Erd herab,
> Sah ein Frühling
> Einen Engel.
>> Nieder trat ihn ein frecher Fuß.

CHOR DER JÜNGLINGE.

> Dessen Thron die weiten Räume decken,
> Dessen Reich die Sterne Grenzen stecken,
> Dessen Willen wollen wir vollstrecken,
> Rache! Rache! Rache! schwören wir.

CHOR DER MÄDCHEN.

> Aus dem Staube
> Aufwärts blickt' er
>> Milde zürnend den Frechen an;
> Bat, ein Kindlein,
> Bat um Liebe.
>> Mörders Stahl gab die Antwort ihm.

CHOR DER JÜNGLINGE *wie oben.*

CHOR DER MÄDCHEN.

> Nun im Sarge,
> Ausgelitten,
>> Faltet blutige Händlein er,
> Gnade betend
> Seinem Feinde.
>> Trotzig stehet der Feind und schweigt.

CHOR DER JÜNGLINGE *wie oben.*

Während die Musik zu Ende geht, nähert sich die Familie und ihr Gefolge dem Altar.

RUPERT. Ich schwöre Rache! Rache! auf die Hostie,
Dem Haus Sylvesters, Grafen Schroffenstein.
                    Er empfängt das Abendmahl.
Die Reihe ist an dir, mein Sohn.

OTTOKAR.   Mein Herz
Trägt wie mit Schwingen deinen Fluch zu Gott.
Ich schwöre Rache, so wie du.

RUPERT.   Den Namen,
Mein Sohn, den Namen nenne.

OTTOKAR.   Rache schwör ich,
Sylvestern Schroffenstein!

RUPERT.   Nein irre nicht.
Ein Fluch, wie unsrer, kömmt vor Gottes Ohr   30
Und jedes Wort bewaffnet er mit Blitzen.
Drum wäge sie gewissenhaft. – Sprich nicht
Sylvester, sprich sein ganzes Haus, so hast
Dus sichrer.

OTTOKAR.   Rache! schwör ich, Rache!
Dem Mörderhaus Sylvesters.
                    Er empfängt das Abendmahl.

RUPERT.   Eustache,
Die Reihe ist an dir.

EUSTACHE.   Verschone mich,
Ich bin ein Weib –

RUPERT.   Und Mutter auch des Toten.

EUSTACHE. O Gott! Wie soll ein Weib sich rächen?

RUPERT.   In
Gedanken. Würge
Sie betend.   *Sie empfängt das Abendmahl.*

        Rupert führt Eustache in den Vordergrund. Alle folgen.

RUPERT. Ich weiß, Eustache, Männer sind die Rächer –   40
Ihr seid die Klageweiber der Natur.
Doch nichts mehr von Natur.
Ein hold ergötzend Märchen ists der Kindheit,
Der Menschheit von den Dichtern, ihren Ammen,
Erzählt. Vertrauen, Unschuld, Treue, Liebe,
Religion, der Götter Furcht sind wie
Die Tiere, welche reden. – Selbst das Band,

Das heilige, der Blutsverwandtschaft riß,
Und Vettern, Kinder eines Vaters, zielen,
50   Mit Dolchen zielen sie auf ihre Brüste.
Ja sieh, die letzte Menschenregung für
Das Wesen in der Wiege ist erloschen.
Man spricht von Wölfen, welche Kinder säugten,
Von Löwen, die das Einzige der Mutter
Verschonten. – Ich erwarte, daß ein Bär
An Oheims Stelle tritt für Ottokar.
Und weil doch alles sich gewandelt, Menschen
Mit Tieren die Natur gewechselt, wechsle
Denn auch das Weib die ihrige – verdränge
60   Das Kleinod Liebe, das nicht üblich ist,
Aus ihrem Herzen, um die Folie,
Den Haß, hineinzusetzen.
                              Wir
Indessen tuns in unsrer Art. Ich biete
Euch, meine Lehensmänner, auf, mir schnell
Von Mann und Weib und Kind, und was nur irgend
Sein Leben lieb hat, eine Schar zu bilden.
Denn nicht ein ehrlich offner Krieg, ich denke,
Nur eine Jagd wirds werden, wie nach Schlangen.
Wir wollen bloß das Felsenloch verkeilen,
70   Mit Dampfe sie in ihrem Nest ersticken,
– Die Leichen liegen lassen, daß von fernher
Gestank die Gattung schreckt, und keine wieder
In einem Erdenalter dort ein Ei legt.
EUSTACHE. O Rupert, mäßge dich! Es hat der frech
Beleidigte den Nachteil, daß die Tat
Ihm die Besinnung selbst der Rache raubt,
Und daß in seiner eignen Brust ein Freund
Des Feindes aufsteht wider ihn, die Wut –
Wenn dir ein Garn Sylvester stellt, du läufst
80   In deiner Wunde blindem Schmerzgefühl
Hinein. – Könntst du nicht prüfen mindestens
Vorher, aufschieben noch die Fehde. – Ich
Will nicht den Arm der Rache binden, leiten
Nur will ich ihn, daß er so sicherer treffe.

RUPERT.

So, meinst du, soll ich warten, Peters Tod
Nicht rächen, bis ich Ottokars, bis ich
Auch deinen noch zu rächen hab – Aldöbern!
Geh hin nach Warwand, kündge ihm den Frieden auf.
– Doch sags ihm nicht so sanft, wie ich, hörst du?
Nicht mit so dürren Worten – Sag daß ich   90
Gesonnen sei, an seines Schlosses Stelle
Ein Hochgericht zu bauen. – Nein, ich bitte,
Du mußt so matt nicht reden – Sag ich dürste
Nach sein und seines Kindes Blute, hörst du?
Und seines Kindes Blute.

> *Er bedeckt sich das Gesicht; ab, mit Gefolge,*
> *außer Ottokar und Jeronimus.*

JERONIMUS. Ein Wort, Graf Ottokar.

OTTOKAR.   Bist dus, Jerome?
Willkommen! Wie du siehst, sind wir geschäftig,
Und kaum wird mir die Zeit noch bleiben, mir
Die Rüstung anzupassen. – Nun, was gibts?

JERONIMUS.

Ich komm aus Warwand.

OTTOKAR.   So? Aus Warwand? Nun?   100

JERONIMUS. Bei meinem Eid, ich nehme ihre Sache.

OTTOKAR. Sylvesters? Du?

JERONIMUS.   Denn nie ward eine Fehde
So tollkühn rasch, so frevelhaft leichtsinnig
Beschlossen, als die eur'.

OTTOKAR.   Erkläre dich.

JERONIMUS. Ich denke, das Erklären ist an dir.
Ich habe hier in diesen Bänken wie
Ein Narr gestanden,
Dem ein Schwarzkünstler Faxen vormacht.

OTTOKAR.   Wie?
Du wüßtest nichts?

JERONIMUS.   Du hörst, ich sage dir,
Ich komm aus Warwand, wo Sylvester, den   110
Ihr einen Kindermörder scheltet,
Die Mücken klatscht, die um sein Mädchen summen.

OTTOKAR. Ja so, das war es. – Allerdings, man weiß,
　　Du giltst dem Hause viel, sie haben dich
　　Stets ihren Freund genannt, so solltest du
　　Wohl unterrichtet sein von ihren Wegen.
　　Man spricht, du freitest um die Tochter – Nun,
　　Ich sah sie nie, doch des Gerüchtes Stimme
　　Rühmt ihre Schönheit! Wohl. So ist der Preis
120　Es wert. –
JERONIMUS.　　Wie meinst du das?
OTTOKAR.　　　　　　　　Ich meine, weil –
JERONIMUS. Laß gut sein, kann es selbst mir übersetzen.
　　Du meinest, weil ein seltner Fisch sich zeigt
　　Der doch zum Unglück bloß vom Aas sich nährt,
　　So schlüg ich meine Ritterehre tot,
　　Und hing' die Leich an meiner Lüste Angel
　　Als Köder auf –
OTTOKAR.　　　　Ja, grad heraus, Jerome!
　　Es gab uns Gott das seltne Glück, daß wir
　　Der Feinde Schar leichtfaßlich, unzweideutig,
　　Wie eine runde Zahl erkennen. Warwand,
130　In diesem Worte liegts, wie Gift in einer Büchse;
　　Und weils jetzt drängt, und eben nicht die Zeit,
　　Zu mäkeln, ein zweideutig Körnchen Saft
　　Mit Müh herauszuklauben, nun so machen
　　Wirs kurz, und sagen: du gehörst zu Warwand.
JERONIMUS. Bei meinem Eid, da habt ihr recht. Niemals
　　War eine Wahl mir zwischen euch und ihnen;
　　Doch muß ich mich entscheiden, auf der Stelle
　　Tu ichs, wenn so die Sachen stehn. Ja sieh,
　　Ich spreng auf alle Schlösser im Gebirg,
140　Empöre jedes Herz, bewaffne, wo
　　Ichs finde, das Gefühl des Rechts, den frech
　　Verleumdeten zu rächen.
OTTOKAR.　　　　　　Das Gefühl
　　Des Rechts! O du Falschmünzer der Gefühle!
　　Nicht einen wird ihr blanker Schein betrügen;
　　Am Klange werden sie es hören, an
　　Die Tür zur Warnung deine Worte nageln.–

Das Rechtgefühl! – Als obs ein andres noch
In einer andern Brust, als dieses, gäbe!
Denkst du, daß ich, wenn ich ihn schuldlos glaubte,
Nicht selbst dem eignen Vater gegenüber   150
Auf seine Seite treten würde? Nun,
Du Tor, wie könnt ich denn dies Schwert, dies gestern
Empfangne, dies der Rache auf sein Haupt
Geweihte, so mit Wollust tragen? – Doch
Nichts mehr davon, das kannst du nicht verstehn.
Zum Schlusse – wir, wir hätten, denk ich, nun
Einander wohl nichts mehr zu sagen?
JERONIMUS.   – Nein.
OTTOKAR. Leb wohl!
JERONIMUS. Ottokar!
Was meinst du? Sieh, du schlägst mir ins Gesicht,   160
Und ich, ich bitte dich mit mir zu reden –
Was meinst du, bin ich nicht ein Schurke?
OTTOKAR.   Willst
Dus wissen, stell dich nur an diesen Sarg.

> *Ottokar ab. Jeronimus kämpft mit sich, will ihm nach,*
> *erblickt dann den Kirchenvogt.*

JERONIMUS. He, Alter!
KIRCHENVOGT.   Herr!
JERONIMUS.   Du kennst mich?
KIRCHENVOGT.   Warst du schon
In dieser Kirche?
JERONIMUS.   Nein.
KIRCHENVOGT.   Ei, Herr, wie kann
Ein Kirchenvogt die Namen aller kennen,
Die außerhalb der Kirche?
JERONIMUS.   Du hast recht.
Ich bin auf Reisen, hab hier angesprochen,
Und finde alles voller Leid und Trauer.
Unglaublich dünkts mich, was die Leute reden,   170
Es hab der Oheim dieses Kind erschlagen.
Du bist ein Mann doch, den man zu dem Pöbel
Nicht zählt, und der wohl hie und da ein Wort
Von höhrer Hand erhorchen mag. Nun, wenns

Beliebt, so teil mir, was du wissen magst,
Fein ordentlich und nach der Reihe mit.

KIRCHENVOGT. Seht, Herr, das tu ich gern. Seit alten Zeiten
Gibts zwischen unsern beiden Grafenhäusern,
Von Rossitz und von Warwand einen Erbvertrag,

180   Kraft dessen nach dem gänzlichen Aussterben
Des einen Stamms, der gänzliche Besitztum
Desselben an den andern fallen sollte.

JERONIMUS. Zur Sache, Alter! das gehört zur Sache nicht.

KIRCHENVOGT. Ei, Herr, der Erbvertrag gehört zur Sache.
Denn das ist just als sagtest du, der Apfel
Gehöre nicht zum Sündenfall.

JERONIMUS.   Nun denn,
So sprich.

KIRCHENVOGT. Ich sprech! Als unser jetzger Herr
An die Regierung treten sollte, ward
Er plötzlich krank. Er lag zwei Tage lang

190   In Ohnmacht; alles hielt ihn schon für tot,
Und Graf Sylvester griff als Erbe schon
Zur Hinterlasssenschaft, als wiederum
Der gute Herr lebendig ward. Nun hätt
Der Tod in Warwand keine größre Trauer
Erwecken können, als die böse Nachricht.

JERONIMUS.
Wer hat dir das gesagt?

KIRCHENVOGT.   Herr, zwanzig Jahre sinds,
Kanns nicht beschwören mehr.

JERONIMUS.   Sprich weiter.

KIRCHENVOGT.   Herr,
Ich spreche weiter. Seit der Zeit hat der
Sylvester stets nach unsrer Grafschaft her

200   Geschielt, wie eine Katze nach dem Knochen,
An dem der Hund nagt.

JERONIMUS.   Tat er das!

KIRCHENVOGT.   Sooft
Ein Junker unserm Herrn geboren ward,
Soll er, spricht man, erblaßt sein.

JERONIMUS.   Wirklich?

KIRCHENVOGT.   Nun,
  Weil alles Warten und Gedulden doch
  Vergebens war, und die zwei Knaben wie
  Die Pappeln blühten, nahm er kurz die Axt,
  Und fällte vorderhand den einen hier,
  Den jüngsten, von neun Jahren, der im Sarg.
JERONIMUS. Nun das erzähl, wie ist das zugegangen?
KIRCHENVOGT. Herr, ich erzähls dir ja. Denk dir, du seist   210
  Graf Rupert, unser Herr, und gingst an einem Abend
  Spazieren, weit von Rossitz, ins Gebirg;
  Nun denke dir, du fändest plötzlich dort
  Dein Kind, erschlagen, neben ihm zwei Männer
  Mit blutgen Messern, Männer, sag ich dir
  Aus Warwand. Wütend zögst du drauf das Schwert
  Und machtst sie beide nieder.
JERONIMUS.   Tat Rupert das?
KIRCHENVOGT. Der eine, Herr, blieb noch am Leben, und
  Der hats gestanden.
JERONIMUS.   Gestanden?
KIRCHENVOGT. Ja, Herr, er hats rein h'raus gestanden.   220
JERONIMUS.   Was
  Hat er gestanden?
KIRCHENVOGT.   Daß sein Herr Sylvester
  Zum Morde ihn gedungen und bezahlt.
JERONIMUS. Hast dus gehört? Aus seinem Munde?
KIRCHENVOGT.   Herr,
  Ich habs gehört aus seinem Munde, und die ganze
  Gemeinde.
JERONIMUS. Höllisch ists! – Erzähls genau.
  Sprich, wie gestand ers?
KIRCHENVOGT.   Auf der Folter.
JERONIMUS.   Auf
  Der Folter? Sag mir seine Worte.
KIRCHENVOGT.   Herr,
  Die hab ich nicht genau gehöret, außer eins.
  Denn ein Getümmel war auf unserm Markte,
  Wo er gefoltert ward, daß man sein Brüllen   230
  Kaum hören konnte.

JERONIMUS.   Außer eins, sprachst du;
Nenn mir das *eine* Wort, das du gehört.
KIRCHENVOGT. Das *eine* Wort, Herr, war: Sylvester.
JERONIMUS. Sylvester! – – Nun, und was wars weiter?
KIRCHENVOGT. Herr, weiter war es nichts. Denn bald darauf,
Als ers gestanden hatt, verblich er.
JERONIMUS.   So?
Und weiter weißt du nichts?
KIRCHENVOGT.   Herr, nichts.
                Jeronimus bleibt in Gedanken stehn.
EIN DIENER *tritt auf.*   War nicht
Graf Rupert hier?
JERONIMUS.   Suchst du ihn? Ich geh mit dir.
                        Alle ab.
        Ottokar und Johann treten von der andern Seite auf.

OTTOKAR. Wie kamst du denn zu diesem Schleier? Er
240   Ists, ists wahrhaftig – Sprich – Und so in Tränen?
Warum denn so in Tränen? So erhitzt?
Hat dich die Mutter Gottes so begeistert,
Vor der du knietest?
JOHANN.   Gnädger Herr – als ich
Vorbeiging an dem Bilde, riß es mich
Gewaltsam zu sich nieder. –
OTTOKAR.   Und der Schleier?
Wie kamst du denn zu diesem Schleier, sprich?
JOHANN. Ich sag dir ja, ich fand ihn.
OTTOKAR.   Wo?
JOHANN.   Im Tale
Zum heilgen Kreuz.
OTTOKAR.   Und kennst nicht die Person,
Die ihn verloren?
JOHANN.   – Nein.
OTTOKAR.   Gut. Es tut nichts;
250   Ist einerlei. – Und weil er dir nichts nützet,
Nimm diesen Ring, und laß den Schleier mir.
JOHANN.
Den Schleier –? Gnädger Herr, was denkst du? Soll
Ich das Gefundene an dich verhandeln?

OTTOKAR. Nun, wie du willst. Ich war dir immer gut,
Und wills dir schon so lohnen, wie dus wünschest.

Er küßt ihn, und will gehen.

JOHANN.
Mein bester Herr – O nicht – o nimm mir alles,
Mein Leben, wenn du willst. –

OTTOKAR.   Du bist ja seltsam.

JOHANN. Du nähmst das Leben mir mit diesem Schleier.
Denn einer heiligen Reliquie gleich
Bewahrt er mir das Angedenken an   260
Den Augenblick, wo segensreich, heilbringend,
Ein Gott ins Leben mich, ins ewge führte.

OTTOKAR. Wahrhaftig? – Also fandst du ihn wohl nicht?
Er ward dir wohl geschenkt? Ward er? Nun sprich.

JOHANN. Fünf Wochen sinds – nein, morgen sinds fünf Wochen,
Als sein gesamt berittnes Jagdgefolge
Dein Vater in die Forsten führte. Gleich
Vom Platz, wie ein gekrümmtes Fischbein, flog
Das ganze Roßgewimmel ab ins Feld.
Mein Pferd, ein ungebändigt tückisches,   270
Von Hörnerklang, und Peitschenschall, und Hund-
Geklaff verwildert, eilt ein eilendes
Vorüber nach dem andern, streckt das Haupt
Vor deines Vaters Roß schon an der Spitze –
Gewaltig drück ich in die Zügel; doch,
Als hätts ein Sporn getroffen, nun erst greift
Es aus, und aus dem Zuge, wie der Pfeil
Aus seinem Bogen, fliegts dahin – Rechts um
In einer Wildbahn reiß ich es, bergan;
Und weil ich meinen Blicken auf dem Fuß   280
Muß folgen, eh ich, was ich sehe, wahr
Kann nehmen, stürz ich, Roß und Reiter, schon
Hinab in einen Strom. –

OTTOKAR.   Nun, Gott sei Dank,
Daß ich auf trocknem Land dich vor mir sehe.
Wer rettete dich denn?

JOHANN.   Wer, fragst du? Ach,
Daß ich mit einem Wort es nennen soll!

– Ich kanns dir nicht so sagen, wie ichs meine,
Es war ein nackend Mädchen.

OTTOKAR.

Wie? Nackend?

JOHANN.   Strahlenrein, wie eine Göttin
290   Hervorgeht aus dem Bade. Zwar ich sah
Sie fliehend nur in ihrer Schöne – Denn
Als mir das Licht der Augen wiederkehrte,
Verhüllte sie sich. –

OTTOKAR.   Nun?

JOHANN.   Ach, doch ein Engel
Schien sie, als sie verhüllt nun zu mir trat;
Denn das Geschäft der Engel tat sie, hob
Zuerst mich Hingesunknen – löste dann
Von Haupt und Nacken schnell den Schleier, mir
Das Blut, das strömende, zu stillen.

OTTOKAR.   O
Du Glücklicher!

JOHANN.   Still saß ich, rührte nicht ein Glied,
300   Wie eine Taub in Kindeshand.

OTTOKAR.   Und sprach sie nicht?

JOHANN.

Mit Tönen wie aus Glocken – fragte, stets
Geschäftig, wer ich sei? woher ich komme?
– Erschrak dann lebhaft, als sie hört', ich sei
Aus Rossitz.

OTTOKAR.   Wie? Warum denn das?

JOHANN.   Gott weiß.
Doch hastig fördernd das Geschäft, ließ sie
Den Schleier mir, und schwand.

OTTOKAR.   Und sagte sie
Dir ihren Namen nicht?

JOHANN.   Dazu war sie
Durch Bitten nicht, nicht durch Beschwören zu
Bewegen.

OTTOKAR.   Nein, das tut sie nicht.

JOHANN.   Wie? kennst
Du sie?

OTTOKAR. Ob ich sie kenne? Glaubst du Tor,   310
  Die Sonne scheine dir allein?
JOHANN.   Wie meinst
  Du das? – Und kennst auch ihren Namen?
OTTOKAR.   Nein,
  Beruhge dich. Den sagt sie mir so wenig
  Wie dir, und droht mit ihrem Zorne, wenn
  Wir unbescheiden ihn erforschen sollten.
  Drum laß uns tun, wie sie es will. Es sollen
  Geheimnisse der Engel Menschen nicht
  Ergründen. Laß – ja laß uns lieber, wie
  Wir es mit Engeln tun, sie taufen. Möge
  Die Ähnliche der Mutter Gottes auch   320
  Maria heißen – uns nur, du verstehst;
  Und nennst du im Gespräch mir diesen Namen,
  So weiß ich wen du meinst. Ich habe lange
  Mir einen solchen Freund gewünscht. Es sind
  So wenig Seelen in dem Hause, die
  Wie deine, zartbesaitet,
  Vom Atem tönen.
  Und weil uns nun der Schwur der Rache fort
  Ins wilde Kriegsgetümmel treibt, so laß
  Uns brüderlich zusammenhalten; kämpfe   330
  Du stets an meiner Seite.
JOHANN.   – Gegen wen?
OTTOKAR.
  Das fragst du hier an dieser Leiche? Gegen
  Sylvesters frevelhaftes Haus.
JOHANN.   O Gott,
  Laß ihn die Engellästrung nicht entgelten!
OTTOKAR.
  Was? Bist du rasend?
JOHANN.   Ottokar – Ich muß
  Ein schreckliches Bekenntnis dir vollenden –
  Es muß heraus aus dieser Brust – denn gleich
  Den Geistern ohne Rast und Ruhe, die
  Kein Sarg, kein Riegel, kein Gewölbe bändigt,
  So mein Geheimnis. –   340

OTTOKAR.   Du erschreckst mich, rede!

JOHANN. Nur dir, nur dir darf ichs vertraun – Denn hier
　　Auf dieser Burg – mir kommt es vor, ich sei
　　In einem Götzentempel, sei, ein Christ,
　　Umringt von Wilden, die mit gräßlichen
　　Gebärden mich, den Haaresträubenden,
　　Zu ihrem blutgen Fratzenbilde reißen –
　　– Du hast ein menschliches Gesicht, zu dir,
　　Wie zu dem Weißen unter Mohren, wende
　　Ich mich – Denn niemand, bei Gefahr des Lebens,
350　Darf außer dir des Gottes Namen wissen,
　　Der mich entzückt. –

OTTOKAR.   O Gott! – Doch meine Ahndung?

JOHANN. Sie ist es.

OTTOKAR *erschrocken*. Wer?

JOHANN.   Du hasts geahndet.

OTTOKAR.   Was
　　Hab ich geahndet? Sagt ich denn ein Wort?
　　Kann ein Vermuten denn nicht trügen? Mienen
　　Sind schlechte Rätsel, die auf vieles passen,
　　Und übereilt hast du die Auflösung.
　　Nicht wahr, das Mädchen, dessen Schleier hier,
　　Ist Agnes nicht, nicht Agnes Schroffenstein?

JOHANN. Ich sag dir ja, sie ist es.

OTTOKAR.   O mein Gott!

360　JOHANN. Als sie auf den Bericht, ich sei aus Rossitz,
　　Schnell fortging, folgt ich ihr von weitem
　　Bis Warwand fast, wo mirs ein Mann nicht einmal,
　　Nein zehenmal bekräftigte.

OTTOKAR.   O laß
　　An deiner Brust mich ruhn, mein lieber Freund.

　　　　Er lehnt sich auf Johanns Schulter. Jeronimus tritt auf.

JERONIMUS.   Ich soll
　　Mich sinngeändert vor dir zeigen, soll
　　Die schlechte Meinung dir benehmen, dir,
　　Wenns möglich, eine beßre abgewinnen,
　　– Gott weiß das ist ein peinliches Geschäft.

Laß gut sein, Ottokar. Du kannst mirs glauben,
Ich wußte nichts von allem, was geschehn.   370

Pause; da Ottokar nicht aufsieht.

Wenn dus nicht glaubst, ei nun, so laß es bleiben.
Ich hab nicht Lust mich vor dir weiß zu brennen.
Kannst dus verschmerzen, so mich zu verkennen,
Bei Gott so kann ich das verschmerzen.

OTTOKAR *zerstreut.* Was sagst du, Jeronimus?

JERONIMUS.

Ich weiß, was dich so zäh macht in dem Argwohn.
's ist wahr, und niemals werd ichs leugnen, ja,
Ich hatt das Mädel mir zum Weib erkoren.
Doch eh ich je mit Mördern mich verschwägre,
Zerbreche mir die Henkershand das Wappen.   380

OTTOKAR *fällt Jeronimus plötzlich um den Hals.*

JERONIMUS. Was ist dir, Ottokar? Was hat so plötzlich
Dich und so tief bewegt?

OTTOKAR.   Gib deine Hand,
Verziehn sei alles.

JERONIMUS.   – Tränen? Warum Tränen?

OTTOKAR. Laß mich, ich muß hinaus ins Freie.

Ottokar schnell ab; die andern folgen.

Zweite Szene

Warwand. Ein Zimmer im Schlosse.
Agnes führt Sylvius in einen Sessel.

SYLVIUS. Agnes, wo ist Philipp?

AGNES. Du lieber Gott, ich sags dir alle Tage,
Und schriebs dir auf ein Blatt, wärst du nicht blind.
Komm her, ich schreibs dir in die Hand.

SYLVIUS.   Hilft das?

AGNES. Es hilft, glaub mirs.

SYLVIUS.   Ach, es hilft nicht.

AGNES.   Ich meine,
Vor dem Vergessen.

SYLVIUS.   Ich, vor dem Erinnern.   390

AGNES. Guter Vater.

SYLVIUS. Liebe Agnes.

AGNES. Fühl mir einmal die Wange an.

SYLVIUS.   Du weinst?

AGNES. Ich weiß es wohl, daß mich der Pater schilt,
Doch glaub ich, er versteht es nicht. Denn sieh,
Wie ich muß lachen, eh ich will, wenn einer
Sich lächerlich bezeigt, so muß ich weinen,
Wenn einer stirbt.

SYLVIUS.   Warum denn, meint der Pater,
Sollst du nicht weinen?

AGNES.   Ihm sei wohl, sagt er.

400   SYLVIUS. Glaubst dus?

AGNES.   Der Pater freilich solls verstehn,
Doch glaub ich fast, er sagts nicht, wie ers denkt.
Denn hier war Philipp gern, wie sollt er nicht?
Wir liebten ihn, es war bei uns ihm wohl;
Nun haben sie ihn in das Grab gelegt –
Ach, es ist gräßlich. – Zwar der Pater sagt,
Er sei nicht in dem Grabe. – Nein, daß ichs
Recht sag, er sei zwar in dem Grabe – Ach,
Ich kanns dir nicht so wiederbeichten. Kurz,
Ich seh es, wo er ist, am Hügel. Denn

410   Woher, der Hügel?

SYLVIUS.   Wahr! Sehr wahr!
– Agnes, der Pater hat doch recht. Ich glaubs
Mit Zuversicht.

AGNES.   Mit Zuversicht? Das ist
Doch seltsam. Ja, da möcht es freilich doch
Wohl anders sein, wohl anders. Denn woher
Die Zuversicht?

SYLVIUS.   Wie willst dus halten, Agnes?

AGNES.
Wie meinst du das?

SYLVIUS.   Ich meine, wie dus gläubest?

AGNES. Ich wills erst lernen, Vater.

SYLVIUS.   Wie? du bist
Nicht eingesegnet? Sprich, wie alt denn bist du?

AGNES. Bald funfzehn.

SYLVIUS.   Sieh, da könnte ja ein Ritter
Bereits dich vor den Altar führen.

AGNES.   Meinst du?   420

SYLVIUS. Das möchtest du doch wohl?

AGNES.   Das sag ich nicht.

SYLVIUS. Kannst auch die Antwort sparen. Sags der Mutter,
Sie soll den Beichtger zu dir schicken.

AGNES.   Horch!
Da kommt die Mutter.

SYLVIUS.   Sags ihr gleich.

AGNES.   Nein, lieber
Sag du es ihr, sie möchte ungleich von
Mir denken.

SYLVIUS.   Agnes, führe meine Hand
Zu deiner Wange.

AGNES *ausweichend.*   Was soll das?

                    Gertrude tritt auf.

SYLVIUS. Gertrude, hier das Mädel klagt dich an,
Es rechne ihr das Herz das Alter vor,
Ihr blühend Leben sei der Reife nah   430
Und knüpft' ihn einer nur, so würde, meint sie,
Ihr üppig Haupthaar einen Brautkranz fesseln –
Du aber hättst ihr noch die Einsegnung,
Den Ritterschlag der Weiber, vorenthalten.

GERTRUDE. Hat dir Jerome das gelehrt?

SYLVIUS.   Gertrude,
Sprich, ist sie rot?

GERTRUDE.   Ei nun, ich wills dem Vater sagen.
Gedulde dich bis morgen, willst du das?

                Agnes küßt die Hand ihrer Mutter.

Hier, Agnes, ist die Schachtel mit dem Spielzeug.
Was wolltest du damit?

AGNES.   Den Gärtnerkindern,
Den hinterlaßnen Freunden Philipps schenk   440
Ich sie.

SYLVIUS.   Die Reuter Philipps? Gib sie her.

                Er macht die Schachtel auf.

Sieh, wenn ich diese Puppen halt, ist mirs,
Als säße Philipp an dem Tisch. Denn hier
Stellt' er sie auf, und führte Krieg, und sagte
Mir an, wies abgelaufen.

AGNES.   Diese Reuter,
Sprach er, sind wir, und dieses Fußvolk ist
Aus Rossitz.

SYLVIUS.   Nein, du sagst nicht recht. Das Fußvolk
War nicht aus Rossitz, sondern war der Feind.

AGNES. Ganz recht, so mein ich es, der Feind aus Rossitz.

450 SYLVIUS. Ei nicht doch, Agnes, nicht doch. Denn wer sagt dir,
Daß die aus Rossitz unsre Feinde sind?

AGNES. Was weiß ich. Alle sagens.

SYLVIUS.   Sags nicht nach.
Sie sind uns ja die nahverwandten Freunde.

AGNES. Wie du nur sprichst! Sie haben dir den Enkel,
Den Bruder mir vergiftet, und das sollen
Nicht Feinde sein!

SYLVIUS.   Vergiftet! Unsern Philipp!

GERTRUDE. Ei Agnes, immer trägt die Jugend das Geheimnis
Im Herzen, wie den Vogel in der Hand.

AGNES. Geheimnis! Allen Kindern in dem Schlosse

460 Ist es bekannt! Hast du, du selber es
Nicht öffentlich gesagt?

GERTRUDE.   Gesagt? Und öffentlich?
Was hätt ich öffentlich gesagt? Dir hab
Ich heimlich anvertraut, es könnte sein,
Wär möglich, hab den Anschein fast –

SYLVIUS.   Gertrude,
Du tust nicht gut daran, daß du das sagst.

GERTRUDE. Du hörst ja, ich behaupte nichts, will keinen
Der Tat beschuldgen, will von allem schweigen.

SYLVIUS. Der Möglichkeit doch schuldigst du sie an.

GERTRUDE. Nun, das soll keiner mir bestreiten. – Denn

470 So schnell dahin zu sterben, heute noch
In Lebensfülle, in dem Sarge morgen.
– Warum denn hätten sie vor sieben Jahren,
Als mir die Tochter starb, sich nicht erkundigt?

War das ein Eifer nicht! Die Nachricht bloß
Der Krankheit konnte kaum in Rossitz sein,
Da flog ein Bote schon herüber, fragte
Mit wildverstörter Hast im Hause, ob
Der Junker krank sei? – Freilich wohl, man weiß,
Was so besorgt sie macht', der Erbvertrag,
Den wir schon immer, sie nie lösen wollten.   480
Und nun die bösen Flecken noch am Leibe,
Der schnelle Übergang in Fäulnis – Still!
Doch still! der Vater kommt. Er hat mirs streng
Verboten, von dem Gegenstand zu reden.

Sylvester und der Gärtner treten auf.

SYLVESTER. Kann dir nicht helfen, Meister Hans. Geb zu,
Daß deine Rüben süß wie Zucker sind. –
GÄRTNER. Wie Feigen, Herr.
SYLVESTER.   Hilft nichts. Reiß aus, reiß aus –
GÄRTNER. Ein Gärtner, Herr, bepflanzt zehn Felder lieber
Mit Buchsbaum, eh er einen Kohlstrunk ausreißt.
SYLVESTER. Du bist ein Narr. Ausreißen ist ein froh Geschäft,   490
Geschiehts um etwas Besseres zu pflanzen.
Denk dir das junge Volk von Bäumen, die,
Wenn wir vorbeigehn, wie die Kinder tanzen,
Und uns mit ihren Blütenaugen ansehn.
Es wird dich freuen, Hans, du kannsts mir glauben.
Du wirst sie hegen, pflegen, wirst sie wie
Milchbrüder deiner Kinder lieben, die
Mit ihnen Leben ziehn aus deinem Fleiße.
Zusammen wachsen wirst du sie, zusammen
Sie blühen sehn, und wenn dein Mädel dir   500
Den ersten Enkel bringt, gib acht, so füllen
Zum Brechen unsre Speicher sich mit Obst.
GÄRTNER. Herr, werden wirs erleben?
SYLVESTER.   Ei, wenn nicht wir,
Doch unsre Kinder.
GÄRTNER.   Deine Kinder? Herr,
Ich möchte lieber eine Eichenpflanzung
Groß ziehen, als dein Fräulein.
SYLVESTER.   Wie meinst du das?

GÄRTNER. Denn wenn sie der Nordostwind nur nicht stürzt,
So sollt mir mit dem Beile keiner nahn,
Wie Junker Philipp'n.

SYLVESTER.   Schweig! Ich kann das alberne
510   Geschwätz im Haus nicht leiden.

GÄRTNER.   Nun, ich pflanz
Die Bäume. Aber eßt Ihr nicht die Früchte,
Der Teufel hol mich, schick ich sie nach Rossitz.

Gärtner ab; Agnes verbirgt ihr Gesicht an die Brust ihrer Mutter.

SYLVESTER. Was ist das? Ich erstaune – O daran ist,
Beim Himmel! niemand schuld als du, Gertrude!
Das Mißtraun ist die schwarze Sucht der Seele,
Und alles, auch das Schuldlos-Reine, zieht
Fürs kranke Aug die Tracht der Hölle an.
Das Nichtsbedeutende, Gemeine, ganz
Alltägliche, spitzfündig, wie zerstreute
520   Zwirnfäden, wirds zu einem Bild geknüpft,
Das uns mit gräßlichen Gestalten schreckt.
Gertrude, o das ist sehr schlimm. –

GERTRUDE.   Mein teurer
Gemahl! –

SYLVESTER.   Hättst du nicht wenigstens das Licht,
Das, wie du vorgibst, dir gezündet ward,
Verbergen in dem Busen, einen so
Zweideutgen Strahl nicht fallen lassen sollen
Auf diesen Tag, den, hätt er was du sagst
Gesehn, ein mitternächtlich Dunkel ewig,
Wie den Karfreitag, decken müßte.

GERTRUDE.   Höre
530   Mich an. –

SYLVESTER.   Dem Pöbel, diesem Starmatz – diesem
Hohlspiegel des Gerüchtes – diesem Käfer
Die Kohle vorzuwerfen, die er spielend
Aufs Dach des Nachbars trägt –

GERTRUDE.   Ihm vorgeworfen?
O mein Gemahl, die Sache lag so klar
Vor aller Menschen Augen, daß ein jeder,
Noch eh man es verbergen konnte, schon

Von selbst das Rechte griff.

SYLVESTER.   Was meinst du? Wenn
Vor achtzehn Jahren, als du schnell nach Rossitz
Zu deiner Schwester eiltest, bei der ersten
Geburt ihr beizustehn, die Schwester nun,   540
Als sie den neugebornen Knaben tot
Erblickte, dich beschuldigt hätte, du,
Du hättest – du verstehst mich – heimlich ihm,
Verstohlen, während du ihn herztest, küßtest,
Den Mund verstopft, das Hirn ihm eingedrückt –

GERTRUDE. O Gott, mein Gott, ich will ja nichts mehr sagen,
Will niemand mehr beschuldgen, wills verschmerzen,
Wenn sie dies Einzge nur, dies Letzte uns nur lassen. –

                    Sie umarmt Agnes mit Heftigkeit.
EIN KNAPPE *tritt auf.*
Es ist ein Ritter, Herr, am Tore.

SYLVESTER.   Laß ihn ein.

SYLVIUS. Ich will aufs Zimmer, Agnes, führe mich.   550
                    Sylvius und Agnes ab.

GERTRUDE. Soll ich ihm einen Platz an unserm Tisch
Bereiten?

SYLVESTER. Ja, das magst du tun. Ich will
Indessen Sorge tragen für sein Pferd.

                Beide ab; Agnes tritt auf, sieht sich um,
        schlägt ein Tuch über, setzt einen Hut auf, und geht ab.
                Sylvester und Aldöbern treten auf.

SYLVESTER. Aus Rossitz, sagst du?

ALDÖBERN.   Ritter Aldöbern
Aus Rossitz. Bin gesandt von meinem Herrn,
Dem Rupert, Graf von Schroffenstein, an dich,
Sylvester, Grafen Schroffenstein.

SYLVESTER.   Die Sendung
Empfiehlt dich, Aldöbern; denn deines Herrn
Sind deine Freunde. Drum so laß uns schnell
Hinhüpfen über den Gebrauch; verzeih   560
Daß ich mich setze, setz dich zu mir, und
Erzähle alles, was du weißt, von Rossitz.
Denn wie, wenn an zwei Seegestaden zwei

Verbrüderte Familien wohnen, selten,
Bei Hochzeit nur, bei Taufe, Trauer, oder
Wenns sonst was Wichtges gibt, der Kahn
Herüberschlüpft, und dann der Bote vielfach,
Noch eh er reden kann, befragt wird, was
Geschehn, wies zuging, und warum nicht anders,
570 Ja selbst an Dingen, als, wie groß der Älteste,
Wie viele Zähn der Jüngste, ob die Kuh
Gekalbet, und dergleichen, das zur Sache
Doch nicht gehöret, sich erschöpfen muß –
Sieh, Freund, so bin ich fast gesonnen, es
Mit dir zu machen. – Nun, beliebts so setz dich.

ALDÖBERN. Herr, kann es stehend abtun.

SYLVESTER.   Ei, du Narr,
Stehn und Erzählen, das gehört zusammen,
Wie Reiten fast und Küssen.

ALDÖBERN.   Meine Rede
Wär fertig, Herr, noch eh ich niedersitze.

580 SYLVESTER. Willst du so kurz sein? Ei, das tut mir leid;
Doch wenns so drängt, ich wills nicht hindern. Rede.

ALDÖBERN.
Mich schickt mein Herr, Graf Rupert Schroffenstein,
Dir wegen des an seinem Sohne Peter
Verübten Mords den Frieden aufzukünden. –

SYLVESTER. Mord?

ALDÖBERN. Mord.
Doch soll ich, meint er, nicht so frostig reden,
Von bloßem Zwist und Streit und Kampf und Krieg,
Von Sengen, Brennen, Reißen und Verheeren.
590 Drum brauch ich lieber seine eignen Worte,
Die lauten so: Er sei gesonnen, hier
Auf deiner Burg ein Hochgericht zu bauen;
Es dürste ihm nach dein und deines Kindes –
Und deines Kindes Blute – wiederholt' er.

SYLVESTER *steht auf, sieht ihm steif ins Gesicht.*
Ja so – Nun setz dich, guter Freund. –

Er holt einen Stuhl.
                              Du bist

Aus Rossitz nicht, nicht wahr? – Nun setz dich. Wie
War schon dein Name? Setz dich, setz dich. – Nun,
Sag an, ich habs vergessen, wo, wo bist
Du her?

ALDÖBERN. Gebürtig? Herr, aus Oppenheim.
– Was soll das?

SYLVESTER.   So, aus Oppenheim – nun also   600
Aus Rossitz nicht. Ich wußt es wohl, nun setz dich.

> *Er geht an die Tür.*

Gertrude! *Gertrude tritt auf.*
          Laß mir doch den Knappen rufen
Von diesem Ritter, hörst du? *Gertrude ab.*
                    Nun, so setz dich
Doch, Alter – Was den Krieg betrifft, das ist
Ein lustig Ding für Ritter; sieh, da bin ich
Auf deiner Seite. –

ALDÖBERN.   Meiner Seite?

SYLVESTER.   Ja,
Was Henker denkst du? Hat dir einer Unrecht,
Beschimpfung, oder sonst was zugefügt,
So sag dus mir, sags mir, wir wollens rächen.

ALDÖBERN. Bist du von Sinnen, oder ists Verstellung?   610

> *Gertrude, der Knappe und ein Diener treten auf.*

SYLVESTER. Sag an, mein Sohn, wer ist dein Herr? Es ist
Mit ihm wohl – nun du weiß schon, was ich meine. –

ALDÖBERN. Den Teufel bin ich, was du meinst. Denkst du
Mir sei von meiner Mutter so viel Menschen-
Verstand nicht angeboren, als vonnöten,
Um einzusehn, du seist ein Schurke? Frag
Die Hund auf unserm Hofe, sieh, sie riechens
Dir an, und nähme einer einen Bissen
Aus deiner Hand, so hänge mich. – Zum Schlusse
So viel noch. Mein Geschäft ist aus. Den Krieg   620
Hab ich dir Kindesmörder angekündigt. *Will ab.*

SYLVESTER *hält ihn.*
Nein, halte – Nein, bei Gott du machst mich bange.
Denn deine Rede, wenn sie gleich nicht reich,
Ist doch so wenig arm an Sinn, daß michs

Entsetzet. – Einer von uns beiden muß
Verrückt sein; bist dus nicht, *ich* könnt es werden.
Die Unze Mutterwitz, die dich vom Tollhaus
Errettet, muß, es kann nicht anders, *mich*
Ins Tollhaus führen. – Sieh, wenn du mir sagtest,
630   Die Ströme flössen neben ihren Ufern
Bergan, und sammelten auf Felsenspitzen
In Seen sich, so wollt – ich wollts dir glauben;
Doch sagst du mir, ich hätt ein Kind gemordet,
Des Vetters Kind –

GERTRUDE.   O großer Gott, wer denn
Beschuldiget dich dieser Untat? Die aus Rossitz,
Die selbst, vor wenig Monden –

SYLVESTER.   Schweig. Nun wenns
Beliebt, so sags mir einmal noch. Ists wahr,
Ists wirklich wahr? Um eines Mordes willen
Krieg wider mich?

ALDÖBERN.   Soll ichs dir zehenmal
640   Und wieder zehnmal wiederkäun?

SYLVESTER.   Nun gut.
Franz, sattle mir mein Pferd. – Verzeih mein Freund,
Wer kann das Unbegreifliche begreifen?
– Wo ist mein Helm, mein Schwert? – Denn hören muß
Ichs doch aus seinem Munde, eh ichs glaube.
– Schick zu Jeronimus, er möchte schnell
Nach Warwand kommen. –

ALDÖBERN.   Leb denn wohl.

SYLVESTER.   Nein, warte;
Ich reite mit dir, Freund.

GERTRUDE.   Um Gotteswillen,
In deiner Feinde Macht gibst du dich selbst?

SYLVESTER.
Laß gut sein.

ALDÖBERN.   Wenn du glaubst, sie werden schonend
650   In Rossitz dich empfangen, irrst du dich.

SYLVESTER *immer beim Anzuge beschäftigt.*
Tut nichts, tut nichts; allein werd ich erscheinen.
Ein einzelner tritt frei zu seinen Feinden.

ALDÖBERN. Das Mildeste, das dir begegnen mag,
Ist, daß man an des Kerkers Wand dich fesselt.
SYLVESTER. Es ist umsonst. – Ich muß mir Licht verschaffen,
Und sollt ichs mir auch aus der Hölle holen.
ALDÖBERN. Ein Fluch ruht auf dein Haupt, es ist nicht einer
In Rossitz, dem dein Leben heilig wäre.
SYLVESTER. Du schreckst mich nicht. – Mir ist das ihre heilig,
Und fröhlich kühn wag ich mein einzelnes.   660
Nun fort! *Zu Gertrude.* Ich kehre unverletzt zurück,
So wahr der Gottheit selbst die Unschuld heilig.

Wie sie abgehen wollen, tritt Jeronimus auf.

JERONIMUS. Wohin?
SYLVESTER.   Gut, daß du kommst. Ich bitte dich,
Bleib bei den Weibern, bis ich wiederkehre.
JERONIMUS. Wo willst du hin?
SYLVESTER.   Nach Rossitz.
JERONIMUS.   Lieferst du
Wie ein bekehrter Sünder selbst dich aus?
SYLVESTER. Was für ein Wort –?
JERONIMUS.   Ei nun, ein schlechtes Leben
Ist kaum der Mühe wert, es zu verlängern.
Drum geh nur hin, und leg dein sündig Haupt
In christlicher Ergebung auf den Block.   670
SYLVESTER. Glaubst du, daß ich, wenn eine Schuld mich drückte,
Das Haupt dem Recht der Rache weigern würde?
JERONIMUS. O du Quacksalber der Natur! Denkst du,
Ich werde dein verfälschtes Herz auf Treu
Und Glauben zweimal als ein echtes kaufen?
Bin ich ein blindes Glied denn aus dem Volke,
Daß du mit deinem Ausruf an der Ecke
Mich äffen willst, und wieder äffen willst?
– Doch nicht so vielen Atem bist du wert,
Als nur dies einzge Wort mir kostet: Schurke!   680
Ich will dich meiden, das ist wohl das Beste.
Denn hier in deiner Nähe stinkt es, wie
Bei Mördern. *Sylvester fällt in Ohnmacht.*
GERTRUDE.   Hülfe! Kommt zu Hülfe! Hülfe!

Der Vorhang fällt.

ZWEITER AUFZUG

Erste Szene

Gegend im Gebirge. Im Vordergrunde eine Höhle. Agnes sitzt an der Erde und knüpft Kränze. Ottokar tritt auf, und betrachtet sie mit Wehmut. Dann wendet er sich mit einer schmerzvollen Bewegung, während welcher Agnes ihn wahrnimmt, welche dann zu knüpfen fortfährt, als hätte sie ihn nicht gesehen.

AGNES. 's ist doch ein häßliches Geschäft: belauschen;
    Und weil ein rein Gemüt es stets verschmäht,
    So wird nur dieses grade stets belauscht.
    Drum ist das Schlimmste noch, daß es den Lauscher,
    Statt ihn zu strafen, lohnt. Denn statt des Bösen,
    Das er verdiente zu entdecken, findet
690   Er wohl sogar ein still Bemühen noch
    Für sein Bedürfnis, oder seine Laune.
    Da ist, zum Beispiel, heimlich jetzt ein Jüngling
    – Wie heißt er doch? Ich kenn ihn wohl. Sein Antlitz
    Gleicht einem milden Morgenungewitter,
    Sein Aug dem Wetterleuchten auf den Höhn,
    Sein Haar den Wolken, welche Blitze bergen,
    Sein Nahen ist ein Wehen aus der Ferne,
    Sein Reden wie ein Strömen von den Bergen
    Und sein Umarmen – Aber still! Was wollt
700   Ich schon? Ja, dieser Jüngling, wollt ich sagen,
    Ist heimlich nun herangeschlichen, plötzlich,
    Unangekündigt, wie die Sommersonne,
    Will sie ein nächtlich Liebesfest belauschen.
    Nun wär mirs recht, er hätte was er sucht,
    Bei mir gefunden, und die Eifersucht,
    Der Liebe Jugendstachel, hätte, selbst
    Sich stumpfend, ihn hinaus gejagt ins Feld,
    Gleich einem jungen Rosse, das zuletzt
    Doch heimkehrt zu dem Stall, der ihn ernährt.
710   Statt dessen ist kein andrer Nebenbuhler
    Jetzt grade um mich, als sein Geist. Und der
    Singt mir sein Lied zur Zither vor, wofür
    Ich diesen Kranz ihm winde. *Sie sieht sich um.* Fehlt dir was?

OTTOKAR. Jetzt nichts.

AGNES.   So setz dich nieder, daß ich sehe,
  Wie dir der Kranz steht. Ist er hübsch?

OTTOKAR.   Recht hübsch.

AGNES. Wahrhaftig? Sieh einmal die Finger an.

OTTOKAR.
  Sie bluten. –

AGNES.   Das bekam ich, als ich aus den Dornen
  Die Blumen pflückte.

OTTOKAR.   Armes Kind.

AGNES.   Ein Weib
  Scheut keine Mühe. Stundenlang hab ich
  Gesonnen, wie ein jedes einzeln Blümchen   720
  Zu stellen, wie das unscheinbarste selbst
  Zu nutzen sei, damit Gestalt und Farbe
  Des Ganzen seine Wirkung tue. – Nun,
  Der Kranz ist ein vollendet Weib. Da, nimm
  Ihn hin. Sprich: er gefällt mir; so ist er
  Bezahlt. *Sie sieht sich wieder um.*
            Was fehlt dir denn?
              Sie steht auf; Ottokar faßt ihre Hand.
                      Du bist so seltsam,
  So feierlich – bist unbegreiflich mir.

OTTOKAR. Und mir du.

AGNES.   Liebst du mich, so sprich sogleich
  Ein Wort, das mich beruhigt.

OTTOKAR.   Erst sprich du.
  Wie hast dus heute wagen können, heute,   730
  Von deinem Vaterhaus dich zu entfernen?

AGNES. Von meinem Vaterhause? Kennst dus denn?
  Hab ich nicht stets gewünscht, du möchtest es
  Nicht zu erforschen streben?

OTTOKAR.   O verzeih!
  Nicht meine Schuld ists, daß ichs weiß.

AGNES.   Du weißts?

OTTOKAR.
  Ich weiß es, fürchte nichts! Denn deinem Engel
  Kannst du dich sicherer nicht vertraun, als mir.

Nun sage mir, wie konntest du es wagen,
So einsam dies Gebirge zu betreten,
740   Da doch ein mächtger Nachbar all die Deinen
In blutger Rachefehd verfolgt?

AGNES.   In Fehde?
In meines Vaters Sälen liegt der Staub
Auf allen Rüstungen, und niemand ist
Uns feindlich, als der Marder höchstens, der
In unsre Hühnerställe bricht.

OTTOKAR.   Wie sagst du?
Ihr wärt in Frieden mit den Nachbarn? Wärt
In Frieden mit euch selbst?

AGNES.   Du hörst es, ja.

OTTOKAR. O Gott! Ich danke dir mein Leben nur
Um dieser Kunde! – Mädchen! Mädchen! O
750   Mein Gott, so brauch ich dich ja nicht zu morden!

AGNES. Morden?

OTTOKAR. O komm! *Sie setzen sich.*
                    Nun will ich heiter, offen, wahr,
Wie deine Seele mit dir reden. Komm!
Es darf kein Schatten mehr dich decken, nicht
Der mindeste, ganz klar will ich dich sehen.
Dein Innres ists mir schon, die neugebornen
Gedanken kann ich wie dein Gott erraten.
Dein Zeichen nur, die freundliche Erfindung
Mit einer Silbe das Unendliche
760   Zu fassen, nur den Namen sage mir.
Dir sag ich meinen gleich; denn nur ein Scherz
War es, dir zu verweigern, was du mir.
Ich hätte deinen längst erforscht, wenn nicht
Sogar dein unverständliches Gebot
Mir heilig. Aber nun frag ich dich selbst.
Nichts Böses bin ich mir bewußt, ich fühle
Du gehst mir über alles Glück der Welt,
Und nicht ans Leben bin ich so gebunden,
So gern nicht, und so fest nicht, wie an dich.
770   Drum will ich, daß du nichts mehr vor mir birgst,
Und fordre ernst dein unumschränkt Vertrauen.

AGNES. Ich kann nicht reden, Ottokar. –

OTTOKAR.   Was ängstigt dich?
Ich will dir jeden falschen Wahn benehmen.

AGNES. – Du sprachst von Mord.

OTTOKAR.   Von Liebe sprach ich nur.

AGNES.
Von Liebe, hör ich wohl, sprachst du mit mir,
Doch sage mir, mit wem sprachst du vom Morde?

OTTOKAR. Du hörst es ja, es war ein böser Irrtum,
Den mir ein selbst getäuschter Freund erweckt.

Johann zeigt sich im Hintergrunde.

AGNES. Dort steht ein Mensch, den kenn ich.

Sie steht auf.

OTTOKAR.   Kennst du ihn?

AGNES. Leb wohl.

OTTOKAR.   Um Gotteswillen, nein, du irrst dich.   780

AGNES. Ich irre nicht. – Laß mich – Wollt ihr mich morden?

OTTOKAR. Dich morden? – Frei bist du, und willst du gehen,
Du kannst es unberührt, wohin du willst.

AGNES. So leb denn wohl.

OTTOKAR.   Und kehrst nicht wieder?

AGNES.   Niemals,
Wenn du nicht gleich mir deinen Namen sagst.

OTTOKAR. Das soll ich jetzt – vor diesem Fremden –

AGNES.   So
Leb wohl auf ewig.

OTTOKAR.   Maria! Willst du nicht besser von
Mir denken lernen?

AGNES.   Zeigen kann ein jeder
Gleich, wer er ist.

OTTOKAR.   Ich will es heute noch. Kehr wieder.

AGNES. Soll ich dir traun, wenn du nicht mir?

OTTOKAR.   Tu es   790
Auf die Gefahr.

AGNES.   Es sei! Und irr ich mich,
Nicht eine Träne kosten soll es mich. *Ab.*

OTTOKAR. Johann, komm her, du siehst sie ist es wohl,
Es ist kein Zweifel mehr, nicht wahr?

JOHANN.   Es mag
   Wies scheint, dir wohl an keinem Aufschluß mangeln,
   Den ich dir geben könnte.
OTTOKAR.   Wie dus nimmst.
   Zwei Werte hat ein jeder Mensch: den einen
   Lernt man nur kennen aus sich selbst, den andern
   Muß man erfragen.
JOHANN.   Hast du nur den Kern,
800   Die Schale gibt sich dann als eine Zugab.
OTTOKAR.
   Ich sage dir, sie weigert mir, wie dir,
   Den Namen, und wie dich, so flieht sie mich
   Schon bei der Ahndung bloß, ich sei aus Rossitz.
   Du sahst es selbst, gleich einem Geist erscheint
   Und schwindet sie uns beiden.
JOHANN.   Beiden? Ja.
   Doch mit dem Unterschied, daß dir das eine
   Talent geworden, ihn zu rufen, mir
   Das andre bloß, den Geist zu bannen.
OTTOKAR.   Johann!
JOHANN. Pah! – Die Schuld liegt an der Spitze meiner Nase
810   Und etwa noch an meinen Ohrenzipfeln.
   Was sonst an mir kann so voll Greuel sein,
   Daß es das Blut aus ihren Wangen jagt
   Und, bis aufs Fliehen, jede Kraft ihr nimmt?
OTTOKAR. Johann, ich kenne dich nicht mehr.
JOHANN.   Ich aber dich.
OTTOKAR. Ich will im voraus jede Kränkung dir
   Vergeben, wenn sie sich nur edel zeigt.
JOHANN. Nicht übern Preis will ich dir zahlen. – Sprich.
   Wenn einer mir vertraut', er wiss ein Roß,
   Das ihm bequem sei, und er kaufen wolle,
820   Und ich, ich ginge heimlich hin und kaufts
   Mir selbst – was meinst du, wäre das wohl edel?
OTTOKAR. Sehr schief wählst du dein Gleichnis.
JOHANN.   Sage bitter;
   Und doch ists Honig gegen mein Gefühl.
OTTOKAR. Dein Irrtum ist dir lieb, weil er mich kränkt.

JOHANN. Kränkt? Ja, das ist mir lieb, und ists ein Irrtum,
Just darum will ich zähe fest ihn halten.
OTTOKAR. Nicht viele Freude wird dir das gewähren,
Denn still verschmerzen werd ich, was du tust.
JOHANN.
Da hast du recht. Nichts würd mich mehr verdrießen,
Als wenn dein Herz wie eine Kröte wär,   830
Die ein verwundlos steinern Schild beschützt,
Denn weiter keine Lust bleibt mir auf Erden,
Als einer Bremse gleich dich zu verfolgen.
OTTOKAR. Du bist weit besser als der Augenblick.
JOHANN.
Du Tor! Du Tor! Denkst du mich so zu fassen?
Weil ich mich edel nicht erweise, nicht
Erweisen will, machst du mir weis, ich seis,
Damit die unverdiente Ehre mich
Bewegen soll, in ihrem Sinn zu handeln?
Vor deine Füße werf ich deine Achtung. –   840
OTTOKAR. Du willst mich reizen, doch du kannst es nicht;
Ich weiß, du selbst, du wirst mich morgen rächen.
JOHANN.
Nein, wahrlich, nein, dafür will ich schon sorgen.
Denn in die Brust schneid ich mir eine Wunde,
Die reiz ich stets mit Nadeln, halte stets
Sie offen, daß es mir recht sinnlich bleibe.
OTTOKAR. Es ist nicht möglich, ach, es ist nicht möglich!
Wie könnte dein Gemüt so häßlich sein,
Da du doch Agnes, Agnes lieben kannst!
JOHANN. Und daran noch erinnerst du mich, o   850
Du Ungeheuer!
OTTOKAR.   Lebe wohl, Johann.
JOHANN. Nein, halt! Du denkst, ich habe bloß gespaßt.
OTTOKAR. Was willst du?
JOHANN.   Gerad heraus. Mein Leben
Und deines sind wie zwei Spinnen in der Schachtel.
Drum zieh! *Er zieht.*
OTTOKAR.   Gewiß nicht. Fallen will ich anders
Von deiner Hand nicht, als gemordet.

JOHANN.   Zieh,
Du Memme! Nicht nach deinem Tod, nach meinem,
Nach meinem nur gelüstets mir.

OTTOKAR *umarmt ihn.*   Johann!
Mein Freund! Ich dich ermorden.

JOHANN *stößt ihn fort.*   Fort, du Schlange!

860   Nicht stechen will sie, nur mit ihrem Anblick
Mich langsam töten. – Gut. *Er steckt das Schwert ein.*

                    Noch gibts ein andres Mittel.

Beide von verschiedenen Seiten ab.

Zweite Szene

*Warwand. Zimmer im Schlosse. Sylvester auf einem Stuhle, mit Zeichen der
Ohnmacht, die nun vorüber. Um ihn herum Jeronimus, Theistiner, Gertrude
und ein Diener.*

GERTRUDE. Nun, er erholt sich, Gott sei Dank. –

SYLVESTER.   Gertrude –

GERTRUDE. Sylvester, kennst du mich, kennst du mich wieder?

SYLVESTER. Mir ist so wohl, wie bei dem Eintritt in
Ein andres Leben.

GERTRUDE.   Und an seiner Pforte
Stehn deine Engel, wir, die Deinen, lieblich
Dich zu empfangen.

SYLVESTER.   Sage mir, wie kam
Ich denn auf diesen Stuhl? Zuletzt, wenn ich
Nicht irre, stand ich – nicht?

GERTRUDE.   Du sankest stehend

870   In Ohnmacht.

SYLVESTER.   Ohnmacht? Und warum denn das?
So sprich doch. – Wie, was ist dir denn? Was ist
Euch denn? *Er sieht sich um; lebhaft.*
                 Fehlt Agnes? Ist sie tot?

GERTRUDE.   O nein,
O nein, sie ist in ihrem Garten.

SYLVESTER.   Nun,
Wovon seid ihr denn alle so besessen?
Gertrude sprich. – Sprich du, Theistiner. – Seid

Ihr stumm, Theistin, Jero – – Jeronimus!
Ja so – ganz recht – nun weiß ich. –

GERTRUDE.   Komm ins Bette,
Sylvester, dort will ichs dir schon erzählen.

SYLVESTER. Ins Bett? O pfui! Bin ich denn – sage mir,
Bin ich in Ohnmacht wirklich denn gefallen?   880

GERTRUDE. Du weißt ja, wie du sagst, sogar warum?

SYLVESTER. Wüßt ichs? O pfui! O pfui! Ein Geist ist doch
Ein elend Ding.

GERTRUDE.   Komm nur ins Bett, Sylvester,
Dein Leib bedarf der Ruhe.

SYLVESTER.   Ja, 's ist wahr,
Mein Leib ist doch an allem schuld.

GERTRUDE.   So komm.

SYLVESTER. Meinst du, es wäre nötig?

GERTRUDE.   Ja, durchaus
Mußt du ins Bette.

SYLVESTER.   Dein Bemühen
Beschämt mich. Gönne mir zwei Augenblicke,
So mach ich alles wieder gut, und stelle
Von selbst mich her.

GERTRUDE.   Zum mindsten nimm die Tropfen   890
Aus dem Tirolerfläschchen, das du selbst
Stets als ein heilsam Mittel mir gepriesen.

SYLVESTER. An eigne Kraft glaubt doch kein Weib, und traut
Stets einer Salbe mehr zu als der Seele.

GERTRUDE. Es wird dich stärken, glaube mir. –

SYLVESTER.   Dazu
Brauchts nichts als mein Bewußtsein.

                    Er steht auf.

                                    Was mich freut,
Ist, daß der Geist doch mehr ist, als ich glaubte,
Denn flieht er gleich auf einen Augenblick,
An seinen Urquell geht er nur, zu Gott,
Und mit Heroenkraft kehrt er zurück.   900
Theistiner! 's ist wohl viele Zeit nicht zu
Verlieren. – Gertrud! Weiß ers?

GERTRUDE.   Ja.

SYLVESTER.   Du weißts? Nun, sprich,
Was meinst du, 's ist doch wohl ein Bubenstück?
's ist wohl kein Zweifel mehr, nicht wahr?
THEISTINER.   In Warwand
Ist keiner, ders bezweifelt, ist fast keiner,
Ders, außer dir, nicht hätt vorhergesehen,
Wies enden müsse, sei es früh, seis spät.
SYLVESTER. Vorhergesehen? Nein, das hab ich nicht.
Bezweifelt? Nein, das tu ich auch nicht mehr.
910   – Und also ists den Leuten schon bekannt?
THEISTINER. So wohl, daß sie das Haupt sogar besitzen,
Das dir die Nachricht her aus Rossitz brachte.
SYLVESTER. Wie meinst du das? Der Herold wär noch hier?
THEISTINER. Gesteinigt, ja.
SYLVESTER.   Gesteiniget?
THEISTINER.   Das Volk
War nicht zu bändigen. Sein Haupt ist zwischen
Den Eulen an den Torweg festgenagelt.
SYLVESTER. Unrecht ists,
Theistin, mit deinem Haupt hättst du das seine,
Das heilige, des Herolds, schützen sollen.
920 THEISTINER. Mit Unrecht tadelst du mich, Herr, ich war
Ein Zeuge nicht der Tat, wie du wohl glaubst.
Zu seinem Leichnam kam ich – diesen hier,
Jeronimus, wars just noch Zeit zu retten.
SYLVESTER. – Ei nun, sie mögens niederschlucken. Das
Geschehne muß stets gut sein, wie es kann.
Ganz rein, seh ich wohl ein, kanns fast nicht abgehn,
Denn wer das Schmutzge anfaßt, den besudelts.
Auch, find ich, ist der Geist von dieser Untat
Doch etwas wert, und kann zu mehr noch dienen.
930   Wir wollens nützen. Reite schnell ins Land,
Die sämtlichen Vasallen biete auf,
Sogleich sich in Person bei mir zu stellen,
Indessen will ich selbst von Männern, was
Hier in der Burg ist, sammeln, Reden brauchts
Nicht viel, ich stell mein graues Haupt zur Schau,
Und jedes Haar muß einen Helden werben.

Das soll den ersten Bubenanfall hemmen,
Dann, sind wir stärker, wenden wir das Blatt,
In seiner Höhle suchen wir den Wolf,
Es kann nicht fehlen, glaube mirs, es geht   940
Für alles ja, was heilig ist und hehr,
Für Tugend, Ehre, Weib und Kind und Leben.
THEISTINER. So geh ich, Herr, noch heut vor Abend sind
Die sämtlichen Vasallen hier versammelt.
SYLVESTER. 's ist gut. *Theistiner ab.*
                    Franziskus, rufe mir den Burgvogt.
– Noch eins. Die beiden Waffenschmiede bringe
Gleich mit. *Der Diener ab.*
                    Zu Jeronimus.
              Dir ist ein Unglimpf widerfahren,
Jeronimus, das tut mir leid. Du weißt ich war
Im eigentlichsten Sinn nicht gegenwärtig.
Die Leute sind mir gut, du siehsts, es war   950
Ein mißverstandner Eifer bloß der Treue.
Drum mußt dus ihnen schon verzeihn. Fürs Künftge
Versprech ich, will ich sorgen. Willst du fort
Nach Rossitz, kannst dus gleich, ich gebe dir
Zehn Reis'ge zur Begleitung mit.
                    Ich kanns
Nicht leugnen fast, daß mir der Unfall lieb,
Versteh mich, bloß weil er dich hier verweilte,
Denn sehr unwürdig hab ich mich gezeigt,
– Nein, sage nichts. Ich weiß das. Freilich mag
Wohl mancher sinken, weil er stark ist. Denn   960
Die kranke abgestorbne Eiche steht
Dem Sturm, doch die gesunde stürzt er nieder,
Weil er in ihre Krone greifen kann.
– Nicht jeden Schlag ertragen soll der Mensch,
Und welchen Gott faßt, denk ich, der darf sinken,
– Auch seufzen. Denn der Gleichmut ist die Tugend
Nur der Athleten. Wir, wir Menschen fallen
Ja nicht für Geld, auch nicht zur Schau. – Doch sollen
Wir stets des Anschauns würdig aufstehn.
                    Nun

970 Ich halte dich nicht länger. Geh nach Rossitz
Zu deinen Freunden, die du dir gewählt.
Denn hier in Warwand, wie du selbst gefunden,
Bist du seit heute nicht mehr gern gesehn.
JERONIMUS. – Hast recht, hast recht – bins nicht viel besser wert,
Als daß du mir die Türe zeigst. – Bin ich
Ein Schuft in meinen Augen doch, um wie
Viel mehr in deinen. – Zwar ein Schuft, wie du
Es meinst, der bin ich nicht. – Doch kurz und gut,
Glaubt was ihr wollt. Ich kann mich nicht entschuldgen,
980 Mir lähmts die Zung, die Worte wollen, wie
Verschlagne Kinder, nicht ans Licht. – Ich gehe,
Nur so viel sag ich dir, ich gehe nicht
Nach Rossitz, hörst du? Und noch eins. Wenn du
Mich brauchen kannst, so sags, ich laß mein Leben
Für dich, hörst du, mein Leben. *Ab.*
GERTRUDE.   Hör, Jerome!
– Da geht er hin. – Warum riefst du ihm nicht?
SYLVESTER. Verstehst du was davon, so sag es mir.
Mir ists noch immer wie ein Traum.
GERTRUDE.   Ei nun,
Er war gewonnen von den Rossitzschen.
990 Denn in dem ganzen Gau ist wohl kein Ritter,
Den sie, wenns ging, uns auf den Hals nicht hetzten.
SYLVESTER. Allein Jeronimus! – Ja, wärs ein andrer,
So wollt ichs glauben, doch Jeronimus!
's ist doch so leicht nicht, in dem Augenblick
Das Werk der Jahre, Achtung, zu zerstören.
GERTRUDE. O 's ist ein teuflischer Betrug, der mich,
Ja dich mißtrauisch hätte machen können.
SYLVESTER. Mich selbst? Mißtrauisch gegen mich? Nun laß·
Doch hören.
GERTRUDE.   Ruperts jüngster Sohn ist wirklich
1000 Von deinen Leuten im Gebirg erschlagen.
SYLVESTER. Von meinen Leuten?
GERTRUDE.   O das ist bei weitem
Das Schlimmste nicht. Der eine hats sogar
Gestanden, du hättst ihn zu Mord gedungen.

SYLVESTER. Gestanden hätt er das?

GERTRUDE.   Ja, auf der Folter,
Und ist zwei Augenblicke drauf verschieden.

SYLVESTER.
Verschieden? – Und gestanden? – Und im Tode,
Wär auch das Leben voll Abscheulichkeit,
Im Tode ist der Mensch kein Sünder. – Wer
Hats denn gehört, daß ers gestanden?

GERTRUDE. Ganz Rossitz. Unter Volkes Augen, auf   1010
Dem öffentlichen Markt ward er gefoltert.

SYLVESTER. Und wer hat dir das mitgeteilt?

GERTRUDE.   Jerome,
Er hat sich bei dem Volke selbst erkundigt.

SYLVESTER. – Nein, das ist kein Betrug, *kann* keiner sein.

GERTRUDE. Um Gotteswillen, was denn sonst?

SYLVESTER.   Bin ich
Denn Gott, daß du *mich* frägst?

GERTRUDE.   Ists keiner, so
O Himmel! fällt ja der Verdacht auf uns.

SYLVESTER. Ja, allerdings fällt er auf uns.

GERTRUDE.   Und wir,
Wir müßten uns dann reinigen?

SYLVESTER.   Kein Zweifel,
Wir müssen es, nicht sie.

GERTRUDE.   O du mein Heiland,   1020
Wie ist das möglich?

SYLVESTER.   Möglich? Ja, das wärs,
Wenn ich nur Rupert sprechen könnte.

GERTRUDE.   Wie?
Das könntest du dich jetzt getraun, da ihn
Des Herolds Tod noch mehr erbittert hat?

SYLVESTER. 's ist freilich jetzt weit schlimmer. – Doch es ist
Das einzge Mittel, das ergreift sich leicht.
– Ja recht, so gehts. – Wo mag Jerome sein?
Ob er noch hier? Der mag mich zu ihm führen.

GERTRUDE. O mein Gemahl, o folge meinem Rate. –

SYLVESTER. Gertrude – Laß mich – das verstehst du nicht.   1030

Beide ab.

Dritte Szene

Platz vor den Toren von Warwand.

AGNES *tritt in Hast auf.*
Zu Hülfe! Zu Hülfe!

JOHANN *ergreift sie.*   So höre mich doch, Mädchen!
Es folgt dir ja kein Feind, ich liebe dich,
Ach, lieben! Ich vergöttre dich!

AGNES. Fort, Ungeheuer, bist du nicht aus Rossitz?

JOHANN. Wie kann ich furchtbar sein? Sieh mich doch an,
Ich zittre selbst vor Wollust und vor Schmerz
Mit meinen Armen dich, mein ganzes Maß
Von Glück und Jammer zu umschließen.

AGNES. Was willst du, Rasender, von mir?

JOHANN.   Nichts weiter.
1040   Mir bist du tot, und einer Leiche gleich,
Mit kaltem Schauer drück ich dich ans Herz.

AGNES. Schützt mich, ihr Himmlischen, vor seiner Wut!

JOHANN. Sieh, Mädchen, morgen lieg ich in dem Grabe,
Ein Jüngling, ich – nicht wahr das tut dir weh?
Nun, einem Sterbenden schlägst du nichts ab,
Den Abschiedskuß gib mir. *Er küßt sie.*

AGNES.   Errettet mich,
Ihr Heiligen!

JOHANN.   – Ja, rette du mich, Heilge!
Es hat das Leben mich wie eine Schlange,
Mit Gliedern, zahnlos, ekelhaft, umwunden.
1050   Es schauert mich, es zu berühren. – Da,
Nimm diesen Dolch. –

AGNES.   Zu Hülfe! Mörder! Hülfe!

JOHANN *streng.* Nimm diesen Dolch, sag ich. – Hast du nicht einen
Mir schon ins Herz gedrückt?

AGNES.   Entsetzlicher!
Sie sinkt besinnungslos zusammen.
JOHANN *sanft.*
Nimm diesen Dolch, Geliebte – Denn mit Wollust,
·Wie deinem Kusse sich die Lippe reicht,
Reich ich die Brust dem Stoß von deiner Hand.

JERONIMUS *tritt mit Reisigen aus dem Tore.*

Hier war das Angstgeschrei – – Unglücklicher!
Welch eine Tat – Sie ist verwundet – Teufel!
Mit deinem Leben sollst dus büßen.

   Er verwundet Johann; der fällt. Jeronimus faßt Agnes auf.

           Agnes! Agnes!
Ich sehe keine Wunde. – Lebst du, Agnes?   1060

   Sylvester und Gertrude treten aus dem Tore.

SYLVESTER. Es war Jeronimus' Entsetzensstimme,
Nicht Agnes. – – O mein Gott! *Er wendet sich schmerzvoll.*

GERTRUDE.   O meine Tochter,
Mein einzig Kind, mein letztes. –

JERONIMUS.   Schafft nur Hülfe,
Ermordet ist sie nicht.

GERTRUDE.   Sie rührt sich – horch?
Sie atmet – ja sie lebt, sie lebt!

SYLVESTER.   Lebt sie?
Und unverwundet?

JERONIMUS.   Eben wars noch Zeit,
Er zückte schon den Dolch auf sie, da hieb
Ich den Unwürdgen nieder.

GERTRUDE.   Ist er nicht
Aus Rossitz?

JERONIMUS.   Frage nicht, du machst mich schamrot, – ja.

SYLVESTER. Gib mir die Hand, Jerome, wir verstehn   1070
Uns.

JERONIMUS. Wir verstehn uns.

GERTRUDE.   Sie erwacht, o seht,
Sie schlägt die Augen auf, sie sieht mich an. –

AGNES. Bin ich von dem Entsetzlichen erlöst?

GERTRUDE. Hier liegt er tot am Boden, fasse dich.

AGNES. Getötet? Und um mich? Ach, es ist gräßlich. –

GERTRUDE. Jerome hat den Mörder hingestreckt.

AGNES. Er folgte mir weit her aus dem Gebirge,
  – Mich faßte das Entsetzen gleich, als ich
Von weitem nur ihn in das Auge faßte.
Ich eilte – doch ihn trieb die Mordsucht schneller   1080
Als mich die Angst – und hier ergriff er mich.

SYLVESTER.
Und zückt' er gleich den Dolch? Und sprach er nicht?
Kannst du dich dessen nicht entsinnen mehr?

AGNES. So kaum – denn vor sein fürchterliches Antlitz
Entflohn mir alle Sinne fast. Er sprach,
– Gott weiß, mir schiens fast, wie im Wahnsinn – sprach
Von Liebe – daß er mich vergöttre – nannte
Bald eine Heilge mich, bald eine Leiche.
Dann zog er plötzlich jenen Dolch, und bittend,
1090   Ich möchte, ich, ihn töten, zückt' er ihn
Auf mich. –

SYLVESTER.   Lebt er denn noch? Er scheint verwundet bloß,
Sein Aug ist offen. *Zu den Leuten.*
            Tragt ihn in das Schloß,
Und ruft den Wundarzt. *Sie tragen ihn fort.*
                Einer komme wieder
Und bring mir Nachricht.

GERTRUDE.   Aber, meine Tochter,
Wie konntest du so einsam und so weit
Dich ins Gebirge wagen?

AGNES.   Zürne nicht,
Es war mein Lieblingsweg.

GERTRUDE.   Und noch so lange
Dich zu verweilen!

AGNES.   Einen Ritter traf
Ich, der mich aufhielt.

GERTRUDE.   Einen Ritter? Sieh
1100   Wie du in die Gefahr dich wagst! Kanns wohl
Ein andrer sein fast, als ein Rossitzscher?

AGNES. – Glaubst du, es sei ein Rossitzscher?

JERONIMUS.   Ich weiß,
Daß Ottokar oft ins Gebirge geht.

AGNES. Meinst du den –?

JERONIMUS.   Ruperts ältesten Sohn.
– Kennst du ihn nicht?

AGNES.   Ich hab ihn nie gesehen.

JERONIMUS. Ich habe sichre Proben doch, daß er
Dich kennt?

AGNES.   Mich?

GERTRUDE.   Unsre Agnes? Und woher?

JERONIMUS. Wenn ich nicht irre, sah ich einen Schleier,
Den du zu tragen pflegst, in seiner Hand.

AGNES *verbirgt ihr Haupt an die Brust ihrer Mutter.*

Ach, Mutter. –

GERTRUDE.   O um Gotteswillen, Agnes,   1110
Sei doch auf deiner Hut. – Er kann dich mit
Dem Apfel, den er dir vom Baume pflückt,
Vergiften.

JERONIMUS. Nun, das möcht ich fast nicht fürchten –
Vielmehr – Allein wer darf der Schlange traun.
Er hat beim Nachtmahl ihr den Tod geschworen.

AGNES.   Mir?

Den Tod?

JERONIMUS. Ich hab es selbst gehört.

GERTRUDE.   Nun sieh,
Ich werde wie ein Kind dich hüten müssen.
Du darfst nicht aus den Mauern dieser Burg,
Darfst nicht von deiner Mutter Seite gehn.

EIN DIENER *tritt auf.*

Gestrenger Herr, der Mörder ist nicht tot.   1120
Der Wundarzt sagt, die Wunde sei nur leicht.

SYLVESTER. Ist er sich sein bewußt?

EIN DIENER.   Herr, es wird keiner klug
Aus ihm. Denn er spricht ungehobelt Zeug,
Wild durcheinander, wie im Wahnwitz fast.

JERONIMUS. Es ist Verstellung offenbar.

SYLVESTER.   Kennst du
Den Menschen?

JERONIMUS.   Weiß nur so viel, daß sein Namen
Johann, und er ein unecht Kind des Rupert,
– Daß er den Ritterdienst in Rossitz lernte,
Und gestern früh das Schwert empfangen hat.

SYLVESTER. Das Schwert empfangen, gestern erst – und heute   1130
Wahnsinnig – sagtest du nicht auch, er habe
Beim Abendmahl den Racheschwur geleistet?

JERONIMUS. Wie alle Diener Ruperts, so auch er.

SYLVESTER. Jeronimus, mir wird ein böser Zweifel
Fast zur Gewißheit, fast. – Ich hätts entschuldigt,
Daß sie Verdacht auf mich geworfen, daß
Sie Rache mir geschworen, daß sie Fehde
Mir angekündigt – ja hätten sie
Im Krieg mein Haus verbrannt, mein Weib und Kind
1140 Im Krieg erschlagen, noch wollt ichs entschuldgen.
Doch daß sie mir den Meuchelmörder senden,
– Wenns so ist –
GERTRUDE.   Ists denn noch ein Zweifel? Haben
Sie uns nicht selbst die Probe schon gegeben?
SYLVESTER. Du meinst an Philipp –?
GERTRUDE.   Endlich siehst dus ein!
Du hast mirs nie geglaubt, hast die Vermutung,
Gewißheit, wollt ich sagen, stets ein Deuteln
Der Weiber nur genannt, die, weil sies einmal
Aus Zufall treffen, nie zu fehlen wähnen.
Nun weißt dus besser. – Nun, ich könnte dir
1150 Wohl mehr noch sagen, das dir nicht geahndet. –
SYLVESTER. Mehr noch?
GERTRUDE.   Du wirst dich deines Fiebers vor
Zwei Jahren noch erinnern. Als du der
Genesung nahtest, schickte dir Eustache
Ein Fläschchen eingemachter Ananas.
SYLVESTER. Ganz recht, durch eine Reutersfrau aus Rossitz.
GERTRUDE. Ich bat dich unter falschem Vorwand, nicht
Von dem Geschenke zu genießen, setzte
Dir selbst ein Fläschchen vor aus eignem Vorrat
Mit eingemachtem Pfirsich – aber du
1160 Bestandst darauf, verschmähtest meine Pfirsich,
Nahmst von der Ananas, und plötzlich folgte
Ein heftiges Erbrechen. –
SYLVESTER.   Das ist seltsam;
Denn ich besinne mich noch eines Umstands –
– Ganz recht. Die Katze war mir übers Fläschchen
Mit Ananas gekommen, und ich ließ
Von Agnes mir den Pfirsich reichen. – Nicht?
Sprich, Agnes.

AGNES.   Ja, so ist es.
SYLVESTER.   Ei, so hätte
Sich seltsam ja das Blatt gewendet. Denn
Die Ananas hat doch der Katze nicht
Geschadet, aber mir dein Pfirsich, den   1170
Du selbst mir zubereitet –?
GERTRUDE.   – Drehen freilich
Läßt alles sich. –
SYLVESTER.   Meinst du? Nun sieh, das mein
Ich auch, und habe recht, wenn ich auf das,
Was du mir drehst, nicht achte. – Nun, genug.
Ich will mit Ernst, daß du von Philipp schweigst.
Er sei vergiftet oder nicht, er soll
Gestorben sein und weiter nichts. Ich wills.
JERONIMUS.
Du solltst, Sylvester, doch den Augenblick
Der jetzt dir günstig scheinet, nützen. Ist
Der Totschlag Peters ein Betrug, wie es   1180
Fast sein muß, so ist auch Johann darin
Verwebt.
SYLVESTER. Betrug? Wie wär das möglich?
JERONIMUS. Ei möglich wär es wohl, daß Ruperts Sohn,
Der doch ermordet sein soll, bloß gestorben,
Und daß, von der Gelegenheit gereizt,
Den Erbvertrag zu seinem Glück zu lenken,
Der Vater es verstanden, deiner Leute,
Die just vielleicht in dem Gebirge waren,
In ihrer Unschuld so sich zu bedienen,
Daß es der Welt erscheint, als hätten wirklich   1190
Sie ihn ermordet – um mit diesem Scheine
Des Rechts sodann den Frieden aufzukünden,
Den Stamm von Warwand auszurotten, dann
Das Erbvermächtnis sich zu nehmen.
SYLVESTER.   – Aber
Du sagtest ja, der eine meiner Leute
Hätts in dem Tode noch bekannt, er wäre
Von mir gedungen zu dem Mord. –

                    Stillschweigen.

JERONIMUS. Der Mann, den ich gesprochen, hatte nur
Von dem Gefolterten ein Wort gehört.

1200 SYLVESTER. Das war?

JERONIMUS.   Sylvester.

Stillschweigen.

Hast du denn die Leute,
Die sogenannten Mörder nicht vermißt?
Von ihren Hinterlaßnen müßte sich
Doch mancherlei erforschen lassen.

SYLVESTER *zu den Leuten.*   Rufe
Den Hauptmann einer her!

JERONIMUS.   Von wem ich doch
Den meisten Aufschluß hoffe, ist Johann.

SYLVESTER. 's ist auch kein sichrer.

JERONIMUS.   Wie? Wenn er es nicht
Gestehen will, macht mans wie die von Rossitz,
Und wirft ihn auf die Folter.

SYLVESTER.   Nun? Und wenn
Er dann gesteht, daß Rupert ihn gedungen?

1210 JERONIMUS. So ists heraus, so ists am Tage. –

SYLVESTER.   So?
Dann freilich bin ich auch ein Mörder.

Stillschweigen.

JERONIMUS. Aus diesem Wirrwarr finde sich ein Pfaffe!
Ich kann es nicht.

SYLVESTER.   Ich bin dir wohl ein Rätsel?
Nicht wahr? Nun, tröste dich, Gott ist es mir.

JERONIMUS. Sag kurz, was willst du tun?

SYLVESTER.   Das beste wär
Noch immer, wenn ich Rupert sprechen könnte.

JERONIMUS. – 's ist ein gewagter Schritt. Bei seiner Rede
Am Sarge Peters schien kein menschliches,
Kein göttliches Gesetz ihm heilig, das

1220 Dich schützt.

SYLVESTER.   Es wäre zu versuchen. Denn
Es wagt ein Mensch oft den abscheulichen
Gedanken, der sich vor der Tat entsetzt.

JERONIMUS. Er hat dir heut das Beispiel nicht gegeben.

SYLVESTER. Auch diese Untat, wenn sie häßlich gleich,
Doch ists noch zu verzeihn, Jeronimus.
Denn schwer war er gereizt. – Auf jeden Fall
Ist mein Gesuch so unerwarteter;
Und öfters tut ein Mensch, was man kaum hofft,
Weil mans kaum hofft.

JERONIMUS.   Es ist ein blinder Griff,
Man *kann* es treffen.

SYLVESTER.   Ich wills wagen. Reite   1230
Nach Rossitz, fordre sicheres Geleit,
Ich denke, du hast nichts zu fürchten.

JERONIMUS.   – Nein;
Ich wills versuchen. *Ab ins Tor.*

SYLVESTER.   So leb wohl.

GERTRUDE.   Leb wohl,
Und kehre bald mit Trost zu uns zurück.

Sylvester, Gertrude und Agnes folgen.

AGNES *hebt im Abgehen den Dolch auf.* Es gibt keinen. –

GERTRUDE *erschrocken.* Den Dolch – er ist vergiftet, Agnes, kann
Vergiftet sein. – Wirf gleich, sogleich ihn fort.

Agnes legt ihn nieder.

Du sollst mit deinen Händen nichts ergreifen,
Nichts fassen, nichts berühren, das ich nicht
Mit eignen Händen selbst vorher geprüft.   1240

Alle ab.
Der Vorhang fällt.

DRITTER AUFZUG

Erste Szene

Gegend im Gebirge. Agnes sitzt im Vordergrunde der Höhle in der Stellung der Trauer. Ottokar tritt auf, und stellt sich ungesehen nahe der Höhle. Agnes erblickt ihn, tut einen Schrei, springt auf und will entfliehen.

AGNES *da sie sich gesammelt hat.*
Du bists. –

OTTOKAR.   Vor mir erschrickst du?

AGNES.   Gott sei Dank.

OTTOKAR. Und wie du zitterst. –

AGNES.   Ach es ist vorüber.

OTTOKAR. Ists wirklich wahr, vor mir wärst du erschrocken?

AGNES. Es ist mir selbst ein Rätsel. Denn soeben
 Dacht ich noch dran, und rief den kühnen Mut,
 Die hohe Kraft, die unbezwingliche
 Standhaftigkeit herbei, mir beizustehn
 – Und doch ergriffs mich, wie unvorbereitet,
 – – Nun, ists vorbei. –

OTTOKAR.   O Gott des Schicksals! Welch ein schönes,
1250 Welch ruhiges Gemüt hast du gestört!

AGNES. – Du hast mich herbestellt, was willst du?

OTTOKAR.   Wenn
 Ichs dir nun sage, kannst du mir vertraun,
 Maria?

AGNES. Warum nennst du mich Maria?

OTTOKAR. Erinnern will ich dich mit diesem Namen
 An jenen schönen Tag, wo ich dich taufte.
 Ich fand dich schlafend hier in diesem Tale,
 Das einer Wiege gleich dich bettete.
 Ein schützend Flordach webten dir die Zweige,
 Es sang der Wasserfall ein Lied, wie Federn
1260 Umwehten dich die Lüfte, eine Göttin
 Schien dein zu pflegen. – Da erwachtest du,
 Und blicktest wie mein neugebornes Glück
 Mich an. – Ich fragte dich nach deinem Namen;
 Du seist noch nicht getauft, sprachst du. – Da schöpfte
 Ich eine Hand voll Wasser aus dem Quell,
 Benetzte dir die Stirn, die Brust, und sprach:
 Weil du ein Ebenbild der Mutter Gottes,
 Maria tauf ich dich.

     Agnes wendet sich bewegt.

     Wie war es damals
 Ganz anders, so ganz anders. Deine Seele
1270 Lag offen vor mir, wie ein schönes Buch,
 Das sanft zuerst den Geist ergreift, dann tief
 Ihn rührt, dann unzertrennlich fest ihn hält.
 Es zieht des Lebens Forderung den Leser

Zuweilen ab, denn das Gemeine will
Ein Opfer auch; doch immer kehrt er wieder
Zu dem vertrauten Geist zurück, der in
Der Göttersprache ihm die Welt erklärt,
Und kein Geheimnis ihm verbirgt, als das
Geheimnis nur von seiner eignen Schönheit,
Das selbst ergründet werden muß.
       Nun bist 1280
Du ein verschloßner Brief. –

AGNES *wendet sich zu ihm.* Du sagtest gestern,
Du wolltest *mir* etwas vertraun.

OTTOKAR.   Warum
Entflohest du so schleunig?

AGNES.   Das fragst du?

OTTOKAR. Ich kann es fast erraten – vor dem Jüngling,
Der uns hier überraschte; denn ich weiß,
Du hassest alles, was aus Rossitz ist.

AGNES. Sie hassen mich.

OTTOKAR.   Ich kann es fast beschwören,
Daß du dich irrst. – Nicht alle wenigstens;
Zum Beispiel für den Jüngling steh ich.

AGNES.   Stehst du. –

OTTOKAR. Ich weiß, daß er dich heftig liebt. –

AGNES.   Mich liebt. – 1290

OTTOKAR. Denn er ist mein vertrauter Freund. –

AGNES.   Dein Freund –?

OTTOKAR. – Was fehlt dir, Agnes?

AGNES.   Mir wird übel. *Sie setzt sich.*

OTTOKAR.   Welch
Ein Zufall – wie kann ich dir helfen?

AGNES.   Laß
Mich einen Augenblick. –

OTTOKAR.   Ich will dir Wasser
Aus jener Quelle schöpfen. *Ab.*

AGNES *steht auf.* Nun ists gut.
Jetzt bin ich stark. Die Krone sank ins Meer,
Gleich einem nackten Fürsten werf ich ihr
Das Leben nach. Er bringe Wasser, bringe

Mir Gift, gleichviel, ich trink es aus, er soll

1300 Das Ungeheuerste an mir vollenden.

Sie setzt sich.

OTTOKAR *kommt mit Wasser in dem Hute.*

Hier ist der Trunk – fühlst du dich besser?

AGNES.   Stärker

Doch wenigstens.

OTTOKAR.   Nun, trinke doch. Es wird

Dir wohltun.

AGNES.   Wenns nur nicht zu kühl.

OTTOKAR.   Es scheint

Mir nicht.

AGNES.   Versuchs einmal.

OTTOKAR.   Wozu? Es ist

Nicht viel.

AGNES.   – Nun, wie du willst, so gib.

OTTOKAR.   Nimm dich

In acht, verschütte nichts.

AGNES.   Ein Tropfen ist

Genug.   *Sie trinkt, wobei sie ihn unverwandt ansieht.*

OTTOKAR. Wie schmeckt es dir?

AGNES.   's ist kühl. *Sie schauert.*

OTTOKAR.   So trinke

Es aus.

AGNES. Soll ichs ganz leeren?

OTTOKAR.   Wie du willst,

Es reicht auch hin.

AGNES.   Nun, warte nur ein Weilchen,

1310 Ich tue alles, wie dus willst.

OTTOKAR.   Es ist

So gut, wie Arzenei.

AGNES.   Fürs Elend.

OTTOKAR.   – Wie?

AGNES. Nun, setz dich zu mir, bis mir besser worden.

Ein Arzt, wie du, dient nicht für Geld, er hat

An der Genesung seine eigne Freude.

OTTOKAR.

Wie meinst du das – für Geld –

AGNES.   Komm, laß uns plaudern,
  Vertreibe mir die Zeit, bis ichs vollendet,
  Du weißt, es sind Genesende stets schwatzhaft.
OTTOKAR. – Du scheinst so seltsam mir verändert –
AGNES.   Schon?
  Wirkt es so schnell? So muß ich, was ich dir
  Zu sagen habe, wohl beschleunigen.   1320
OTTOKAR. Du mir zu sagen –
AGNES.   Weißt du, wie ich heiße?
OTTOKAR. Du hast verboten mir, danach zu forschen. –
AGNES. Das heißt, du weißt es nicht. Meinst du,
  Daß ich dirs glaube?
OTTOKAR.   Nun, ich wills nicht leugnen. –
AGNES. Wahrhaftig? Nun ich weiß auch, wer du bist!
OTTOKAR. Nun?
AGNES.   Ottokar von Schroffenstein.
OTTOKAR.   Wie hast
  Du das erfahren?
AGNES.   Ist gleichviel. Ich weiß noch mehr.
  Du hast beim Abendmahle mir den Tod
  Geschworen.
OTTOKAR.   Gott! O Gott!
AGNES.   Erschrick doch nicht.
  Was macht es aus, ob ichs jetzt weiß? Das Gift   1330
  Hab ich getrunken, du bist quitt mit Gott.
OTTOKAR. Gift?
AGNES.   Hier ists übrige, ich will es leeren.
OTTOKAR. Nein, halt! – Es ist genug für dich. Gib mirs,
  Ich sterbe mit dir. *Er trinkt.*
AGNES.   Ottokar!
              Sie fällt ihm um den Hals.
                    Ottokar!
  O wär es Gift, und könnt ich mit dir sterben!
  Denn ist es keins, mit dir zu leben, darf
  Ich dann nicht hoffen, da ich so unwürdig
  An deiner Seele mich vergangen habe.
OTTOKAR. Willst dus?
AGNES.   Was meinst du?

OTTOKAR.   Mit mir leben?

1340 Fest an mir halten? Dem Gespenst des Mißtrauns,
Das wieder vor mir treten könnte, kühn
Entgegenschreiten? Unabänderlich,
Und wäre der Verdacht auch noch so groß,
Dem Vater nicht, der Mutter nicht so traun,
Als mir?

AGNES.   O Ottokar! Wie sehr beschämst
Du mich.

OTTOKAR.   Willst dus? Kann ich dich ganz mein nennen?

AGNES. Ganz deine, in der grenzenlosesten
Bedeutung.

OTTOKAR.   Wohl, das steht nun fest und gilt
Für eine Ewigkeit. Wir werdens brauchen.

1350 Wir haben viel einander zu erklären,
Viel zu vertraun. – Du weißt mein Bruder ist –
Von deinem Vater hingerichtet.

AGNES.   Glaubst dus?

OTTOKAR. Es gilt kein Zweifel, denk ich, denn die Mörder
Gestandens selbst.

AGNES.   So mußt dus freilich glauben.

OTTOKAR. Und nicht auch du?

AGNES.   Mich überzeugt es nicht.
Denn etwas gibts, das über alles Wähnen,
Und Wissen hoch erhaben – das Gefühl
Ist es der Seelengüte andrer.

OTTOKAR.   Höchstens
Gilt das für dich. Denn nicht wirst du verlangen,

1360 Daß ich mit deinen Augen sehen soll.

AGNES. Und umgekehrt.

OTTOKAR.   Wirst nicht verlangen, daß
Ich meinem Vater weniger, als du
Dem deinen, traue.

AGNES.   Und so umgekehrt.

OTTOKAR. O Agnes, ist es möglich? Muß ich dich
So früh schon mahnen? Hast du nicht versprochen,
Mir deiner heimlichsten Gedanken keinen
Zu bergen? Denkst du, daß ich darum dich

Entgelten lassen werde, was dein Haus
Verbrach? Bist du dein Vater denn?

AGNES.   So wenig,
Wie du der deinige – sonst würd ich dich   1370
In Ewigkeit wohl lieben nicht.

OTTOKAR.   Mein Vater?
Was hat mein Vater denn verbrochen? Daß
Die Untat ihn empört, daß er den Tätern
Die Fehde angekündigt, ists zu tadeln?
Mußt ers nicht fast?

AGNES.   Ich wills nicht untersuchen.
Er war gereizt, 's ist wahr. Doch daß er uns
Das Gleiche, wie er meint, mit Gleichem gilt,
Und uns den Meuchelmörder schickt, das ist
Nicht groß, nicht edel.

OTTOKAR.   Meuchelmörder? Agnes!

AGNES.
Nun, das ist, Gott sei Dank, nicht zu bezweifeln,   1380
Denn ich erfuhr es selbst an meinem Leibe.
Er zückte schon den Dolch, da hieb Jerome
Ihn nieder – und er liegt nun krank in Warwand.

OTTOKAR. Wer tat das?

AGNES.   Nun, ich kann dir jetzt ein Beispiel
Doch geben, wie ich innig dir vertraue.
Der Mörder ist dein Freund.

OTTOKAR.   Mein Freund?

AGNES.   Du nanntest
Ihn selbst so, und das war es, was vorher
Mich irrte.

OTTOKAR.   's ist wohl möglich nicht – Johann?

AGNES.   Derselbe,
Der uns auf diesem Platze überraschte.

OTTOKAR. O Gott, das ist ein Irrtum – sieh, das weiß,   1390
Das weiß ich.

AGNES.   Ei, das ist doch seltsam. Soll
Ich nun mit deinen Augen sehn?

OTTOKAR.   Mein Vater!
Ein Meuchelmörder! Ist er gleich sehr heftig,

Nie hab ich anders doch ihn, als ganz edel
Gekannt.

AGNES.   Soll *ich* nun deinem Vater mehr,
Als du dem meinen traun?

Stillschweigen.

OTTOKAR.   In jedem Falle,
War zu der Tat Johann von meinem Vater
Gedungen nicht.

AGNES.   Kann sein. Vielleicht so wenig,
Wie von dem meinigen die Leute, die
1400   Den Bruder dir erschlugen.

Stillschweigen.

OTTOKAR.   Hätte nur
Jeronimus in seiner Hitze nicht
Den Menschen mit dem Schwerte gleich verwundet
Es hätte sich vielleicht das Rätsel gleich
Gelöst.

AGNES.   Vielleicht – so gut, wie wenn dein Vater
Die Leute nicht erschlagen hätte, die
Er bei der Leiche deines Bruders fand.

Stillschweigen.

OTTOKAR.
Ach, Agnes, diese Tat ist nicht zu leugnen,
Die Mörder habens ja gestanden. –

AGNES.   Nun,
Wer weiß, was noch geschieht. Johann ist krank,
1410   Er spricht im Fieber manchen Namen aus,
Und wenn mein Vater rachedürstend wäre,
Er könnte leicht sich einen wählen, der
Für sein Bedürfnis taugt.

OTTOKAR.   O Agnes! Agnes!
Ich fange an zu fürchten fast, daß wir
Doch deinem Vater wohl zu viel getan.

AGNES. Sehr gern nehm ichs, wie all die Meinigen,
Zurück, wenn wir von deinem falsch gedacht.

OTTOKAR. Für meinen steh ich.

AGNES.   So, wie ich, für meinen.

OTTOKAR. Nun wohl, 's ist abgetan. Wir glauben uns.
  – O Gott, welch eine Sonne geht mir auf!   1420
  Wenns möglich wäre, wenn die Väter sich
  So gern, so leicht, wie wir, verstehen wollten!
  – Ja könnte man sie nur zusammenführen!
  Denn einzeln denkt nur jeder seinen einen
  Gedanken, käm der andere hinzu,
  Gleich gäbs den dritten, der uns fehlt.
  – Und schuldlos, wie sie sind, müßt ohne Rede
  Sogleich ein Aug das andere verstehn.
  – Ach, Agnes, wenn dein Vater sich entschlösse!
  Denn kaum erwarten läßts von meinem sich.   1430
AGNES. Kann sein, er ist schon auf dem Wege.
OTTOKAR.   Wie?
  Er wird doch nicht? Unangefragt, und ohne
  Die Sicherheit des Zutritts?
AGNES.   Mit dem Herold
  Gleich wollt er fort nach Rossitz.
OTTOKAR.   – O das spricht
  Für deinen Vater weit, weit besser, als
  Das Beste für den meinen. –
AGNES.   Ach, du solltest
  Ihn kennen, ihn nur einmal handeln sehn!
  Er ist so stark und doch so sanft. – Er hat es längst
  Vergeben. –
OTTOKAR.   Könnt ich das von meinem sagen!
  Denn niemals hat die blinde Rachsucht, die   1440
  Ihn zügellos-wild treibt, mir wohlgetan.
  Ich fürchte viel von meinem Vater, wenn
  Der deinige unangefragt erscheint.
AGNES. Nun, das wird jetzt wohl nicht geschehn, ich weiß,
  Jeronimus wird ihn euch melden.
OTTOKAR.   Jerome?
  Der ist ja selbst nicht sicher.
AGNES.   Warum das?
OTTOKAR. Wenn er Johann verwundet hat, in Warwand
  Verwundet hat, das macht den Vater wütend.
AGNES. – Es muß ein böser Mensch doch sein, dein Vater.

1450 OTTOKAR. Auf Augenblicke, ja. –
AGNES.   So solltest du
      Doch lieber gleich zu deinem Vater eilen,
      Zu mildern wenigstens, was möglich ist.
OTTOKAR. Ich mildern? Meinen Vater? Gute Agnes,
      Er trägt uns, wie die See das Schiff, wir müssen
      Mit seiner Woge fort, sie ist nicht zu
      Beschwören. – Nein ich wüßte wohl was Bessers.
      – Denn fruchtlos ist doch alles, kommt der Irrtum
      Ans Licht nicht, der uns neckt. – Der eine ist,
      Von jenem Anschlag auf dein Leben, mir
1460 Schon klar. – Der Jüngling war mein Freund, um seine
      Geheimste Absicht kann ich wissen. – Hier
      Auf dieser Stelle, eifersuchtgequält,
      Reizt' er mit bittern Worten mich, zu ziehen
      – Nicht mich zu morden, denn er sagt' es selbst,
      Er wolle sterben.
AGNES.   Seltsam! Gerade das
      Sagt' er mir auch.
OTTOKAR.   Nun sieh, so ists am Tage.
AGNES. Das seh ich doch nicht ein – er stellte sich
      Wahnsinnig zwar, drang mir den Dolch auf, sagte,
      Als ich mich weigerte, ich hätt ihm einen
1470 Schon in das Herz gedrückt. –
OTTOKAR.   Nun, das brauch ich
      Wohl dir nicht zu erklären. –
AGNES.   Wie?
OTTOKAR.   Sagt ich
      Dir nicht, daß er dich heftig liebe?
AGNES.   – O
      Mein Gott, was ist das für ein Irrtum. – Nun
      Liegt er verwundet in dem Kerker, niemand
      Pflegt seiner, der ein Mörder heißt, und doch
      Ganz schuldlos ist. – Ich will sogleich auch gehen.
OTTOKAR. Nur einen Augenblick noch. – So wie einer,
      Kann auch der andre Irrtum schwinden. – Weißt
      Du, was ich tun jetzt werde? Immer ists
1480 Mir aufgefallen, daß an beiden Händen

Der Bruderleiche just derselbe Finger,
Der kleine Finger fehlte. – Mördern, denk
Ich, müßte jedes andre Glied fast wichtger
Doch sein, als just der kleine Finger. Läßt
Sich was erforschen, ists nur an dem Ort
Der Tat. Den weiß ich. Leute wohnen dort,
Das weiß ich auch. – Ja recht, ich gehe hin.

AGNES. So lebe wohl denn.

OTTOKAR.   Eile nur nicht so;
Wird dir Johann entfliehn? – Nun pfleg ihm nur,
Und sag ihm, daß ich immer noch sein Freund.   1490

AGNES. Laß gut sein, werd ihn schon zu trösten wissen.

OTTOKAR. Wirst du? Nun *einen* Kuß will ich ihm gönnen.

AGNES. Den andern gibt er mir zum Dank.

OTTOKAR.   Den dritten
Krieg ich zum Lohn für die Erlaubnis.

AGNES.   Von
Johann?

OTTOKAR. Das ist der vierte.

AGNES.   Ich versteh
Versteh schon. Nein, daraus wird nichts.

OTTOKAR.   Nun gut;
Das nächstemal geb ich dir Gift.

AGNES *lacht*.   Frisch aus
Der Quelle, du trinkst mit.

OTTOKAR *lacht*.   Sind wir
Nicht wie die Kinder? Denn das Schicksal zieht
Gleich einem strengen Lehrer, kaum ein freundlich   1500
Gesicht, sogleich erhebt der Mutwill wieder
Sein keckes Haupt.

AGNES.   Nun bin ich wieder ernst,
Nun geh ich.

OTTOKAR.   Und wann kehrst du wieder?

AGNES.   Morgen.

Ab von verschiedenen Seiten.

Zweite Szene

Rossitz. Ein Zimmer im Schlosse.
Rupert, Santing und Eustache treten auf.

RUPERT. Erschlagen, sagst du?

EUSTACHE.   Ja, so spricht das Volk.

RUPERT. Das Volk – ein Volk von Weibern wohl?

EUSTACHE.   Mir hats
Ein Mann bekräftigt.

RUPERT.   Hats ein Mann gehört?

SANTING. Ich habs gehört, Herr, und ein Mann, ein Wandrer,
Der her aus Warwand kam, hats mitgebracht.

RUPERT. Was hat er mitgebracht?

SANTING.   Daß dein Johann
1510   Erschlagen sei.

EUSTACHE.   Nicht doch, Santing, er sagte
Nichts von Johann, vom Herold sagt' er das.

RUPERT. Wer von euch beiden ist das Weib?

SANTING.   Ich sage,
Johann; und ists der Herold, wohl, so steckt
Die Frau ins Panzerhemd, mich in den Weibsrock.

RUPERT. Mit eignen Ohren will ichs hören. Bringt
Den Mann zu mir.

SANTING.   Ich zweifle, daß er noch
Im Ort.

EUSTACHE *sieht ihn an.*
          Er ist im Hause.

RUPERT.   Einerlei.
Bringt ihn. *Santing und Eustache ab.*

RUPERT *pfeift; zwei Diener erscheinen.*
          Ruft gleich den Grafen Ottokar!

EIN DIENER.
Es soll geschehn, Herr. *Bleibt stehen.*

RUPERT.   Nun? was willst du?

DER DIENER.   Herr,
1520   Wir haben eine Klingel hier gekauft,
Und bitten dich, wenn du uns brauchst, so klingle.
          Er setzt die Klingel auf den Tisch.

RUPERT. 's ist gut.

DER DIENER.   Wir bitten dich darum, denn wenn
Du pfeifst, so springt der Hund jedwedes Mal
Aus seinem Ofenloch, und denkt, es gelte ihm.

RUPERT. – 's ist gut.

Diener ab. Eustache und ein Wanderer treten auf.

EUSTACHE.   Hier ist der Mann. – Hör es nun selbst,
Ob ich dir falsch berichtet.

RUPERT.   Wer bist du, mein Sohn?

DER WANDERER.
Bin Hans Franz Flanz von Namen, Untertan
Aus deiner Herrschaft, komm vom Wandern in
Die Heimat heut zurück.

RUPERT.   Du warst in Warwand;
Was sahst du da?

DER WANDERER.   Sie haben deinen Herold   1530
Erschlagen.

RUPERT.   Wer tat es?

DER WANDERER.   Herr, die Namen gingen
Auf keine Eselshaut. Es waren an
Die Hundert über einen, alle Graf
Sylvesters Leute.

RUPERT.   War Sylvester selbst dabei?

DER WANDERER. Er tat, als wüßt ers nicht, und ließ sich bei
Der Tat nicht sehen. Nachher, als die Stücken
Des Herolds auf dem Hofe lagen, kam er
Herunter.

RUPERT.   Und was sagt' er da?

DER WANDERER.   Er schalt und schimpfte
Die Täter tüchtig aus, es glaubt' ihm aber keiner.
Denn 's dauerte nicht lang, so nannt er seine   1540
Getreuen Untertanen sie.

RUPERT *nach einer Pause.*
O listig ist die Schlange – 's ist nur gut,
Daß wir das wissen, denn so *ist* sies nicht
Für uns.

EUSTACHE *zum Wanderer.*
Hat denn der Herold ihn beleidigt?

RUPERT. Beleidigen! Ein Herold? Der die Zange
Nur höchstens ist, womit ich ihn gekniffen.

EUSTACHE. So läßt sichs fast nicht denken, daß die Tat
Von ihm gestiftet; denn warum sollt er
So zwecklos dich noch mehr erbittern wollen?

1550 RUPERT. Er setzet die Erfindungskraft vielleicht
Der Rache auf die Probe – nun wir wollen
Doch einen Henker noch zu Rate ziehen.

Santing und ein zweiter Wanderer treten auf.

SANTING. Hier ist der Wandrer, Herr, er kann dir sagen,
Ob ich ein Weib, ob nicht.

RUPERT *wendet sich.*   Es ist doch nicht
Die Höll in seinem Dienst –

ZWEITER WANDERER.   Ja, Herr, Johann
So heißt der Rittersmann, den sie in Warwand
Erschlagen. –

RUPERT *dreht sich zu ihm, schnell.*
                Und also wohl den Herold nicht?

ZWEITER WANDERER.
Herr, das geschah früher.

RUPERT *nach einer Pause.*   Tretet ab – bleib du, Santing.

Die Wanderer und Eustache ab.

RUPERT. Du siehst die Sache ist ein Märchen. Kannst
1560 Du selbst nicht an die Quelle gehn nach Warwand,
So glaub ichs keinem.

SANTING.   Herr, du hättst den Mann
Doch hören sollen. In dem Hause war,
Wo ich ihn traf, ein andrer noch, der ihm
Ganz fremd, und der die Nachricht mit den Worten
Fast sagt', als hätt er sie von ihm gelernt.

RUPERT. Der Herold, seis – das wollt ich glauben; doch
Johann! Wie käm denn der nach Warwand?

SANTING.   Wie
Die Männer sprachen, hat er Agnes,
Sylvesters Tochter, morden wollen.

RUPERT.   Morden!
1570 Ein Mädchen! Sind sie toll? Der Junge ist
Verliebt in alles, was in Weiberröcken.

SANTING. Er soll den Dolch auf sie gezückt schon haben,
Da kommt Jeronimus, und haut ihn nieder.
RUPERT. Jeronimus – wenns überhaupt geschehn,
Daß ers getan, ist glaublich, denn ich weiß,
Der graue Geck freit um die Tochter. – Glaubs
Trotz allem nicht, bis dus aus Warwand bringst.
SANTING. So reit ich hin – und kehr ich heut am Tage
Nach Rossitz nicht zurück, so ists ein Zeichen
Von meinem Tode auch.
RUPERT.   Auf jeden Fall   1580
Will ich den dritten sprechen, der dirs sagte.
SANTING. Herr, der liegt krank im Haus.
RUPERT.   So führe mich zu ihm.

Beide ab;
Jeronimus und Eustache treten im Gespräch von der andern Seite auf.

EUSTACHE. Um Gotteswillen, Ritter –
JERONIMUS.   Ihm den Mörder
Zu senden, der ihm hinterrücks die Tochter
Durchbohren soll, die Schuldlosreine, die
Mit ihrem Leben nichts verbrach, als dieses
Nur, daß just dieser Vater ihr es gab.
EUSTACHE. Du hörst mich nicht. –
JERONIMUS.   Was seid ihr besser denn
Als die Beklagten, wenn die Rache so
Unwürdig niedrig ist, als die Beleidigung?   1590
EUSTACHE. Ich sag dir ja –
JERONIMUS.   Ist das die Weis in diesem
Zweideutig bösen Zwist dem Rechtgefühl
Der Nachbarn schleunig anzuweisen, wo
Die gute Sache sei? Nein, wahrlich, nein,
Ich weiß es nicht, und soll ichs jetzt entscheiden,
Gleich zu Sylvester wend ich mich, nicht euch.
EUSTACHE.
So laß mich doch ein Wort nur sprechen – sind
Wir denn die Stifter dieser Tat?
JERONIMUS.   Ihr nicht
Die Stifter? Nun, das nenn ich spaßhaft! Er,
Der Mörder, hat es selbst gestanden. –   1600

EUSTACHE.   Wer
     Hat es gestanden?
JERONIMUS.   Wer fragst du? Johann.
     EUSTACHE. O welch ein Scheusal ist der Lügner. – Ich
     Erstaun, Jeronimus, und wage kaum
     Zu sagen, was ich von dir denke. Denn
     Ein jedes unbestochnes Urteil müßte
     Schnell frei uns sprechen.
JERONIMUS.   Schnell? Da hast du unrecht.
     Als ich Sylvester hörte, hab ich schnell
     Im Geist entschieden, denn sehr würdig wies
     Die Schuld er von sich, die man auf ihn bürdet.
1610 EUSTACHE. Ists möglich, du nimmst ihn in Schutz?
JERONIMUS.   Haut mir
     Die Hand ab, wenn ich sie meineidig hebe;
     Unschuldig ist Sylvester!
EUSTACHE.   Soll ich dir
     Mehr glauben, als den Tätern, die es selbst
     Gestanden?
JERONIMUS.   Nun, das nenn ich wieder spaßhaft;
     Denn glauben soll ich doch von euch, daß ihr
     Unschuldig, ob es gleich Johann gestanden.
EUSTACHE. Nun über jedwedes Geständnis geht
     Mein innerstes Gefühl doch. –
JERONIMUS.   Gerad so spricht Sylvester,
     Doch mit dem Unterschied, daß ichs ihm glaube.
1620 EUSTACHE. Wenn jene Tat wie diese ist beschaffen –
JERONIMUS. Für jene, für Sylvesters Unschuld, steh ich.
EUSTACHE. Und nicht für unsre?
JERONIMUS.   Reinigt euch.
EUSTACHE.   – Was hat
     Der Knabe denn gestanden?
JERONIMUS.   Sag mir erst,
     Was hat der Mörder ausgesagt, den man
     Gefoltert – wörtlich will ichs wissen.
EUSTACHE.   Ach,
     Jeronimus, soll ich mich wahr dir zeigen,
     Ich weiß es nicht. Denn frag ich, heißt es stets:

Er hats gestanden; will ichs wörtlich wissen,
So hat, vor dem Geräusch ein jeder nur,
Selbst Rupert nur ein Wort gehört: Sylvester.   1630

JERONIMUS. Selbst Rupert? Ei, wenns nur dies Wort bedurfte,
So wußte ers wohl schon vorher, nicht wahr?
So halb und halb?

EUSTACHE.   Gewiß hat ers vorher
Geahndet. –

JERONIMUS.   Wirklich? Nun so war auch wohl
Dies Wort nicht nötig, und ihr hättet euch
Mit einem Blick genügt.

EUSTACHE.   Ach, mir hats nie
Genügt – doch muß die Flagge wehn wohin
Der Wind. – Ich werde nie den Unglückstag
Vergessen – und es knüpft, du wirst es sehn,
Sich eine Zukunft noch von Unglück an.   1640
– Nun sag mir nur, was hat Johann bekannt?

JERONIMUS. Johann? Dasselbe. Er hat euren Namen
Genannt.

EUSTACHE.   Und weiter nichts?

JERONIMUS.   Das wäre schon
Wenn nicht Sylvester edel wär, genug.

EUSTACHE. So glaubt ers also nicht?

JERONIMUS.   Er ist der einzge
In seinem Warwand fast, der euch entschuldigt.

EUSTACHE. – Ja, dieser Haß, der die zwei Stämme trennt,
Stets grundlos schien er mir, und stets bemüht
War ich, die Männer auszusöhnen – doch
Ein neues Mißtraun trennte stets sie wieder   1650
Auf Jahre, wenn so kaum ich sie vereinigt.
– Nun, weiter hat Johann doch nichts bekannt.

JERONIMUS. Auch dieses Wort selbst sprach er nur im Fieber
– Doch wie gesagt, es wär genug.

EUSTACHE.   So ist
Er krank?

JERONIMUS. Er phantasiert sehr heftig, spricht
Das Wahre und das Falsche durcheinander. –
– Zum Beispiel, im Gebirge sei die Hölle

Für ihn, für Ottokar und Agnes doch
Der Himmel.

EUSTACHE.   Nun, und was bedeutet das?

1660 JERONIMUS. Ei, daß sie sich so treu wie Engel lieben.

EUSTACHE. Wie? Du erschreckst mich, Ottokar und Agnes?

JERONIMUS.
Warum erschrickst du? Denk ich doch, du solltest
Vielmehr dich freun. Denn fast kein Minnesänger
Könnt etwas Besseres ersinnen, leicht
Das Wildverworrene euch aufzulösen,
Das Blutig-angefangne lachend zu
Beenden, und der Stämme Zwietracht ewig
Mit seiner Wurzel auszurotten, als
– Als eine Heirat.

EUSTACHE.   Ritter, du erweckst

1670 Mir da Gedanken. – Aber wie? Man sagte,
– Wars ein Gerücht nur bloß? – du freitest selbst
Um Agnes?

JERONIMUS.   Ja, 's ist wahr. Doch untersucht
Es nicht, ob es viel Edelmut, ob wenig
Beweise, daß ich deinem Sohn sie gönne,
– Denn kurz, das Mädel liebt ihn.

EUSTACHE.   Aber sag
Mir nur, wie sie sich kennen lernten? Seit
Drei Monden erst ist Ottokar vom Hofe
Des Kaisers, dessen Edelknab er war,
Zurück. In dieser Zeit hat er das Mädchen,

1680 In meinem Beisein mindstens nicht gesehn.

JERONIMUS. Doch *nicht* in deinem Beisein um so öfter.
Noch heute waren beid in dem Gebirge.

EUSTACHE. – Nun freilich, glücklich könnte sichs beschließen,
Sylvester also wär bereit?

JERONIMUS.   Ich bin
Gewiß, daß er das Mädchen ihm nicht weigert,
Obschon von ihrer Lieb er noch nichts weiß.
– Wenn Rupert nur –

EUSTACHE.   's ist kaum zu hoffen, kaum,
– Versuchen will ichs. – Horch! Er kommt! Da ist er!

Rupert und Santing treten auf; Rupert erblickt Jeronimus, erblaßt, kehrt um.

RUPERT *im Abgehen.* Santing! *Beide ab.*

JERONIMUS. Was war das?

EUSTACHE.   Hat er dich denn schon gesehen?   1690

JERONIMUS. Absichtlich hab ich ihn vermieden, um
    Mit dir vorher mich zu besprechen. – Wie
    Es scheint, ist er sehr aufgebracht.

EUSTACHE.   Er ward
    Ganz blaß als er dich sah – das ist ein Zeichen
    Wie matte Wolkenstreifen stets für mich;
    Ich fürchte einen bösen Sturm.

JERONIMUS.   Weiß er
    Denn, daß Johann von meiner Hand gefallen?

EUSTACHE. Noch wußt ers nicht, doch hat er eben jetzt
    Noch einen dritten Wanderer gesprochen.

JERONIMUS. Das ist ein böser Strich durch meinen Plan.   1700

RUPERT *tritt auf.* Laß uns allein, Eustache.

EUSTACHE *halblaut zu Jeronimus.*   Hüte dich,
    Um Gotteswillen. *Ab.*

JERONIMUS.   Sei gegrüßet!

RUPERT.   Sehr
    Neugierig bin ich zu erfahren, was
    Zu mir nach Rossitz dich geführt. – Du kommst
    Aus Warwand – nicht?

JERONIMUS.   Unmittelbar von Hause,
    Doch war ich kürzlich dort.

RUPERT.   So wirst du wissen,
    Wir Vettern sind seit kurzer Zeit ein wenig
    Schlimm übern Fuß gespannt. – Vielleicht hast du
    Aufträg an mich, kommst im Geschäft des Friedens,
    Stellst selbst vielleicht die heilige Person   1710
    Des Herolds vor –?

JERONIMUS.   Des Herolds? – Nein. Warum?
    – Die Frag ist seltsam. – Als dein Gast komm ich.

RUPERT. Mein Gast – und hättst aus Warwand keinen Auftrag?

JERONIMUS. Zum mindsten keinen andern, dessen ich
    Mich nicht als Freund des Hauses im Gespräch
    Gelegentlich entledgen könnte.

RUPERT.   Nun,
   Wir brechen die Gelegenheit vom Zaune;
   Sag an.
JERONIMUS. – Sylvester will dich sprechen.
RUPERT.   Mich;
   Mich sprechen?
JERONIMUS.   Freilich seltsam ist die Fordrung,
1720   Ja unerhört fast – dennoch gäbs ein Zeichen,
   Ein sichres fast, von seiner Unschuld, wär
   Es dieses.
RUPERT.   Unschuld?
JERONIMUS.   Ja, mir ists ein Rätsel,
   Wie dir, da es die Mörder selbst gestanden.
   Zwar ein Geständnis auf der Folter ist
   Zweideutig stets – auch war es nur ein Wort,
   Das doch im Grunde stets sehr unbestimmt.
   Allein, trotz allem, der Verdacht bleibt groß,
   Und fast unmöglich scheints – zum wenigsten
   Sehr schwer, doch sich davon zu reinigen.
1730 RUPERT. Meinst du?
JERONIMUS.   Doch, wie gesagt, er hälts für möglich.
   Er glaubt, es steck ein Irrtum wo verborgen. –
RUPERT. Ein Irrtum?
JERONIMUS.   Den er aufzudecken, nichts
   Bedürfe, als nur ein Gespräch mit dir.
RUPERT. – Nun, meinetwegen.
JERONIMUS.   Wirklich? Willst dus tun?
RUPERT. Wenn du ihn jemals wiedersehen solltest. –
JERONIMUS. – Jemals? Ich eile gleich zu ihm.
RUPERT.   So sags
   Daß ich mit Freuden ihn erwarten würde.
JERONIMUS.
   O welche segensreiche Stunde hat
   Mich hergeführt. – Ich reite gleich nach Warwand,
1740   Und bring ihn her. – Möcht er dich auch so finden,
   So freundlich, und so mild, wie ich. – Machs ihm
   Nicht schwer, die Sache ist verwickelt, blutig
   Ist die Entscheidung stets des Schwerts, und Frieden

Ist die Bedingung doch von allem Glück.
Willst du ihn nur unschuldig finden, wirst
Dus auch. – Ich glaubs, bei meinem Eid, ich glaubs,
Ich war wie du von dem Verdacht empört,
Ein einzger Blick auf sein ehrwürdig Haupt,
Hat schnell das Wahre mich gelehrt. –

RUPERT.   Dein Amt
Scheint aus, wenn ich nicht irre.

JERONIMUS.   Nur noch zur   1750
Berichtigung etwas von zwei Gerüchten,
Die bös verfälscht, wie ich fast fürchte, dir
Zu Ohren kommen möchten. –

RUPERT.   Nun?

JERONIMUS.   Johann
Liegt krank in Warwand.

RUPERT.   Auf den Tod, ich weiß.

JERONIMUS. Er wird nicht sterben.

RUPERT.   Wie es euch beliebt.

JERONIMUS. Wie?

RUPERT.   Weiter – Nun, das andere Gerücht?

JERONIMUS. Ich wollt dir sagen noch, daß zwar Johann
Den Dolch auf Agnes –

RUPERT.   Ich hatt ihn gedungen.

JERONIMUS. Wie sagst du?

RUPERT.   Könnts mir doch nichts helfen, wenn
Ichs leugnen wollte, da ers ja gestanden.   1760

JERONIMUS. Vielmehr das Gegenteil – aus seiner Rede
Wird klar, daß dir ganz unbewußt die Tat.

RUPERT. Sylvester doch ist überzeugt, wie billig,
Daß ich so gut ein Mörder bin, wie er?

JERONIMUS. Vielmehr das Gegenteil – der Anschein hat
Das ganze Volk getäuscht, doch er bleibt stets
Unwandelbar, und nennt dich schuldlos.

RUPERT. O List der Hölle, von dem bösesten
Der Teufel ausgeheckt!

JERONIMUS.   Was ist das? Rupert!

RUPERT *faßt sich*. Das war das eine. – Nun, sprich weiter, noch   1770
Ein anderes Gerücht wolltst du berichtgen.

JERONIMUS. Gib mir erst Kraft und Mut, gib mir Vertraun.

RUPERT. Sieh zu, wies geht – sag an.

JERONIMUS.   Der Herold ist –

RUPERT. Erschlagen, weiß ich – doch Sylvester ist
  Unschuldig an dem Blute.

JERONIMUS.   Wahrlich, ja,
  Er lag in Ohnmacht während es geschah.
  Es hat ihn tief empört, er bietet jede
  Genugtuung dir an, die du nur forderst.

RUPERT. Hat nichts zu sagen. –

JERONIMUS.   Wie?

RUPERT.   Was ist ein Herold?

1780 JERONIMUS. Du bist entsetzlich. –

RUPERT.   Bist du denn ein Herold? –?

JERONIMUS. Dein Gast bin ich, ich wiederhols. – Und wenn
  Der Herold dir nicht heilig ist, so wirds
  Der Gast dir sein.

RUPERT.   Mir heilig? Ja. Doch fall
  Ich leicht in Ohnmacht.

JERONIMUS.   Lebe wohl. *Schnell ab.*
        Pause; Eustache stürzt aus dem Nebenzimmer herein.

EUSTACHE. Um Gotteswillen, rette, rette
            Sie öffnet das Fenster.
                         Alles
  Fällt über ihn – Jeronimus! – das Volk
  Mit Keulen – rette, rette ihn – sie reißen
  Ihn nieder, nieder liegt er schon am Boden –
  Um Gotteswillen, komm ans Fenster nur,

1790 Sie töten ihn. – Nein wieder steht er auf,
  Er zieht, er kämpft, sie weichen. – Nun, ists Zeit,
  O Rupert, ich beschwöre dich. – Sie dringen
  Schon wieder ein, er wehrt sich wütend. – Rufe
  Ein Wort, um aller Heilgen willen nur
  Ein Wort aus diesem Fenster. – – Ah! jetzt fiel
  Ein Schlag – – er taumelt, Ah! noch einer. – – Nun
  Ists aus. – Nun fällt er um. – Nun ist er tot. – –
            Pause; Eustache tritt vor Rupert.
  O welch entsetzliche Gelassenheit – –

– Es hätte dir ein Wort gekostet, nur
Ein Schritt bis zu dem Fenster, ja, dein bloßes   1800
Gebieterantlitz hätte sie geschreckt. –
– Mög einst in jener bittern Stunde, wenn
Du Hülfe Gottes brauchest, Gott nicht säumen,
Wie du, mit Hülfe vor dir zu erscheinen.

SANTING *tritt auf.* 's ist abgetan, Herr.

EUSTACHE.   Abgetan? Wie sagst
Du, Santing – Rupert, abgetan?

> *Rupert wendet sich verlegen.*

                                   O jetzt
Ists klar. – Ich Törin, die ich dich zur Rettung
Berief! – O pfui! Das ist kein schönes Werk,
Das ist so häßlich, so verächtlich, daß
Selbst ich, dein unterdrücktes Weib, es kühn   1810
Und laut verachte. Pfui! O pfui! Wie du
Jetzt vor mir sitzest und es leiden mußt,
Daß ich in meiner Unschuld hoch mich brüste.
Denn über alles siegt das Rechtgefühl,
Auch über jede Furcht und jede Liebe,
Und nicht der Herr, der Gatte nicht, der Vater
Nicht meiner Kinder ist so heilig mir,
Daß ich den Richterspruch verleugnen sollte,
Du bist ein Mörder.

RUPERT *steht auf.*   Wer zuerst ihn tödlich
Getroffen hat, der ist des Todes!

SANTING.   Herr,   1820
Auf dein Geheiß. –

RUPERT.   Wer sagt das?

SANTING.   's ist ein Faustschlag
Mir ins Gesicht.

RUPERT.   Stecks ein.

> *Er pfeift; zwei Diener erscheinen.*

                                   Wo sind die Hunde wenn
Ich pfeife? – Ruft den Grafen auf mein Zimmer.

> *Der Vorhang fällt.*

VIERTER AUFZUG

Erste Szene

Rossitz. Zimmer im Schlosse. Rupert und Santing treten auf.

RUPERT. Das eben ist der Fluch der Macht, daß sich
Dem Willen, dem leicht widerruflichen,
Ein Arm gleich beut, der fest unwiderruflich
Die Tat ankettet. Nicht ein Zehnteil würd
Ein Herr des Bösen tun, müßt er es selbst
Mit eignen Händen tun. Es heckt sein bloßer
1830   Gedanke Unheil aus, und seiner Knechte
Geringster hat den Vorteil über ihn,
Daß er das Böse wollen darf.
SANTING.   Ich kann
Das Herrschen dir nicht lehren, du nicht das
Gehorchen mir. Was Dienen ist, das weiß
Ich auf ein Haar. Befiehl, daß ich dir künftig
Nicht mehr gehorche, wohl, so will ich dir
Gehorchen.
RUPERT.   Dienen! Mir gehorchen! Dienen!
Sprichst du doch wie ein Neuling. Hast du mir
Gedient? Soll ich dir erklären, was
1840   Ein Dienst sei? Nützen, nützen, nützen soll er. – Was
Denn ist durch deinen mir geworden, als
Der Reue ekelhaft Gefühl?
                            Es ist
Mir widerlich, ich wills getan nicht haben.
Auf deine Kappe nimms – ich steck dich in
Den Schloßturm. –
SANTING.   Mich?
RUPERT.   Kommst du heraus, das schöne
Gebirgslehn wird dir nicht entgehn.

Eustache tritt auf.

RUPERT *steht auf, zu Santing, halblaut.*   Es bleibt
Dabei. In vierzehn Tagen bist du frei. *Zu Eustache.*
Was willst du?

EUSTACHE.   Stör ich?

RUPERT *zu Santing.*   Gehe! Meinen Willen
Weißt du. Solange ich kein Knecht, soll mir
Den Herrn ein andrer auf der Burg nicht spielen.   1850
Den Zügel hab ich noch, sie sollen sich
Gelassen dran gewöhnen, müßten sie
Die Zähne sich daran zerbeißen. Der
Zuerst den Herold angetastet, hat
Das Beil verwirkt. – Dich steck ich in den Schloßturm.
– Kein Wort, sag ich, wenn dir dein Leben lieb!
Du hast ein Wort gedeutet, eigenmächtig,
Rebellisch deines Herren Willen mißbraucht –
– Ich schenk dirs Leben. Fort! Tritt ab. *Santing ab.*
                    Zu Eustache.
Was willst du?

EUSTACHE.   Mein Herr, und mein Gemahl –

RUPERT.   Wenn du   1860
Die Rede, die du kürzlich hier begonnen,
Fortsetzen willst, so spar es auf; du siehst,
Ich bin soeben nicht gestimmt, es an
Zu hören.

EUSTACHE.   Wenn ich Unrecht dir getan –

RUPERT. So werd ich mich vor dir wohl reinigen müssen?
Soll ich etwa das Hofgesinde rufen,
Und öffentlich dir Rede stehn?

EUSTACHE.   O mein
Gemahl, ein Weib glaubt gern an ihres Mannes
Unschuld, und küssen will ich deine Hand
Mit Tränen, Freudentränen, wenn sie rein   1870
Von diesem Morde.

RUPERT.   Wissen es die Leute,
Wies zugegangen?

EUSTACHE.   Selber spricht die Tat.
Das Volk war aufgehetzt von Santing.

RUPERT.   Daß
Ich auf dein Rufen an das Fenster nicht
Erschienen, ist mir selber unerklärlich,
Sehr schmerzhaft ist mir die Erinnerung.

EUSTACHE. Es würde fruchtlos doch gewesen sein.
Er sank so schleunig hin, daß jede Rettung,
Die schnellste selbst, zu spät gekommen wäre.
1880 Auch ganz aus seiner Schranke war das Volk,
Und hätte nichts von deinem Wort gehört.
RUPERT. Doch hätt ich mich gezeigt –
EUSTACHE.   Nun freilich wohl.

DIE KAMMERZOFE *stürzt herein, umfaßt Eustachens Füße.*
Um deine Hülfe, Gnädigste! Erbarmung,
Gebieterin! Sie führen ihn zum Tode,
Errettung von dem Tod! Laß ihn, laß mich,
Laß uns nicht aufgeopfert werden!
EUSTACHE.   Dich?
Bist du von Sinnen?
DIE KAMMERZOFE.   Meinen Friedrich. Er
Hat ihn zuerst getroffen.
EUSTACHE.   Wen?
DIE KAMMERZOFE.   Den Ritter,
Den dein Gemahl geboten zu erschlagen.
RUPERT.
1890 Geboten – ich! Den Teufel hab ich. – Santing
Hats angestiftet!
DIE KAMMERZOFE *steht auf.*
                   Santing hats auf dein
Geheiß gestiftet.
RUPERT.   Schlange, giftige!
Aus meinen Augen, fort!
DIE KAMMERZOFE.   Auf dein Geheiß
Hats Santing angestiftet. Selbst hab ichs
Gehört, wie dus dem Santing hast befohlen.
RUPERT. – Gehört? – Du selbst?
DIE KAMMERZOFE.   Ich stand im Schloßflur, stand
Dicht hinter dir, ich hörte jedes Wort,
Doch du warst blind vor Wut, und sahst mich nicht.
Es habens außer mir noch zwei gehört.
1900 RUPERT. – 's ist gut. Tritt ab.
DIE KAMMERZOFE.   So schenkst du ihm das Leben?
RUPERT. 's soll aufgeschoben sein.

DIE KAMMERZOFE.   O Gott sei Dank!
  Und dir sei Dank, mein bester Herr, es ist
  Ein braver Bursche, der sein Leben wird
  An deines setzen.
RUPERT.   Gut, sag ich. Tritt ab. *Kammerzofe ab.*
     Rupert wirft sich auf einen Sessel; Eustache nähert sich ihm; Pause.
EUSTACHE. Mein teurer Freund. –
RUPERT.   Laß mich allein, Eustache.
EUSTACHE. O laß mich bleiben. – O dies menschlich schöne
  Gefühl, das dich bewegt, löscht jeden Fleck,
  Denn Reue ist die Unschuld der Gefallnen.
  An ihrem Glanze weiden will ich mich,
  Denn herrlicher bist du mir nie erschienen,   1910
  Als jetzt.
RUPERT.   Ein Elender bin ich. –
EUSTACHE.   Du glaubst
  Es. – Ah! Der Augenblick nach dem Verbrechen
  Ist oft der schönste in dem Menschenleben,
  Du weißts nicht – ach, du weißt es nicht und grade
  Das macht dich herrlich. Denn nie besser ist
  Der Mensch, als wenn er es recht innig fühlt,
  Wie schlecht er ist.
RUPERT.   Es kann mich keiner ehren,
  Denn selbst ein Ekel bin ich mir.
EUSTACHE.   Den soll
  Kein Mensch verdammen, der sein Urteil selbst
  Sich spricht. O hebe dich! Du bist so tief   1920
  Bei weitem nicht gesunken, als du hoch
  Dich heben kannst.
RUPERT.   Und wer hat mich so häßlich
  Gemacht? O hassen will ich ihn. –
EUSTACHE.   Rupert!
  Du könntest noch an Rache denken?
RUPERT.   Ob
  Ich an die Rache denke? – Frage doch,
  Ob ich noch lebe?
EUSTACHE.   Ist es möglich? O
  Nicht diesen Augenblick zum wenigsten

Wirst du so bös beflecken – Teufel nicht
In deiner Seele dulden, wenn ein Engel
1930   Noch mit mir spricht aus deinen Zügen.

RUPERT.   Soll
Ich dir etwa erzählen, daß Sylvester
Viel Böses mir getan? Und soll ichs ihm
Verzeihn, als wär es nur ein Weiberschmollen?
Er hat mir freilich nur den Sohn gemordet,
Den Knaben auch, der lieb mir wie ein Sohn. –

EUSTACHE. O sprichs nicht aus! Wenn dich die Tat gereut,
Die blutige, die du gestiftet, wohl,
So zeigs, und ehre mindestens im Tode
Den Mann mit dessen Leben du gespielt.
1940   Der Abgeschiedene hat es beschworen:
Unschuldig ist Sylvester!

Rupert sieht ihr starr ins Gesicht.

So unschuldig
An Peters Mord, wie wir an jenem Anschlag
Auf Agnes' Leben.

RUPERT.   Über die Vergleichung!

EUSTACHE.
Warum nicht mein Gemahl? Denn es liegt alles
Auf beiden Seiten gleich, bis selbst auf die
Umstände noch der Tat. Du fandst Verdächtge
Bei deinem toten Kinde, so in Warwand;
Du hiebst sie nieder, so in Warwand; sie
Gestanden Falsches, so in Warwand; du
1950   Vertrautest ihnen, so in Warwand. – Nein,
Der einzge Umstand ist verschieden, daß
Sylvester selber doch dich freispricht.

RUPERT.   O
Gewendet, listig, haben sie das ganze
Verhältnis, mich, den Kläger, zum Verklagten
Gemacht. – Und um das Bubenstück, das mich
Der ganzen Welt als Mörder zeigt, noch zu
Vollenden, so verzeiht er mir. –

EUSTACHE.   Rupert!

O welch ein häßlicher Verdacht, der schon
Die Seele schändet, die ihn denkt.

RUPERT.   Verdacht
Ists nicht in mir, es ist Gewißheit. Warum   1960
Meinst du, hätt er mir wohl verziehen, da
Der Anschein doch so groß, als nur, damit
Ich gleich gefällig mich erweise? Er
Kann sich nicht reinigen, er kann es nicht,
Und nun, damit ichs ihm erlaß, erläßt
Ers mir. – Nun, halb zum wenigsten soll ihm
Das Bubenstück gelingen nur. Ich nehme
Den Mord auf mich – und hätt der Jung das Mädchen
Erschlagen, wärs mir recht.

EUSTACHE.   Das Mädchen? O
Mein Gott, du wirst das Mädchen doch nicht morden?   1970

RUPERT. Die Stämme sind zu nah gepflanzet, sie
Zerschlagen sich die Äste.

EUSTACHE *zu seinen Füßen*.   O verschone,
Auf meinen Knien bitt ich dich verschone
Das Mädchen – wenn dein eigner Sohn dir lieb,
Wenn seine Liebe lieb dir, wenn auf immer
Du seinen Fluch dir nicht bereiten willst,
Verschone Agnes. –

RUPERT.   Welche seltsame
Anwandlung? Mir den Fluch des Sohnes?

EUSTACHE.   Ja,
Es ist heraus – auf meinen Knien beschwöre
Ich dich, bei jener ersten Nacht, die ich   1980
Am Tage vor des Priesters Spruch dir schenkte,
Bei unserm einzgen Kind, bei unserm letzten
Das du hinopferst, und das du doch nicht
Geboren hast, wie ich, o mache diesem
Unselig-bösen Zwist ein Ende, der
Bis auf den Namen selbst den ganzen Stamm
Der Schroffensteine auszurotten droht.
Gott zeigt den Weg selbst zur Versöhnung dir.
Die Kinder lieben sich, ich habe sichre
Beweise. –   1990

RUPERT.   Lieben?

EUSTACHE.   Unerkannt hat Gott
In dem Gebirge sie vereint.

RUPERT.   Gebirg?

EUSTACHE. Ich weiß es von Jeronimus, der Edle!
Vortreffliche! Sein eigner Plan war es
Die Stämme durch die Heirat zu versöhnen,
Und selbst sich opfernd, trat er seine Braut
Dem Sohne seines Freundes ab. – O ehre
Im Tode seinen Willen, daß sein Geist
In deinen Träumen dir nicht mit Entsetzen
Begegne. – Sprich, o sprich den Segen aus!
2000   Mit Tränen küß ich deine Kniee, küsse
Mit Inbrunst deine Hand, die ach! noch schuldig
Was sie am Altar mir versprach – o brauche
Sie einmal doch zum Wohltun, gib dem Sohne
Die Gattin, die sein Herz begehrt, und dir
Und mir und allen Unsrigen den Frieden. –

RUPERT. Nein, sag mir, hab ich recht gehört, sie sehen
Sich im Gebirge, Ottokar und Agnes?

EUSTACHE *steht auf.*
O Gott, mein Heiland, was hab ich getan?

RUPERT *steht auf.*
Das freilich ist ein Umstand von Bedeutung.

                Er pfeift; zwei Diener erscheinen.
EUSTACHE.
2010   Wärs möglich? Nein. – O Gott sei Dank! Das wäre
Ja selbst für einen Teufel fast zu boshaft. –

RUPERT *zu den Dienern.*
Ist noch der Graf zurück nicht vom Spaziergang?

EIN DIENER. Nein, Herr.

RUPERT.   Wo ist der Santing?

EIN DIENER.   Bei der Leiche.

RUPERT. Führ mich zu ihm. *Ab.*

EUSTACHE *ihm nach.*   Rupert! Rupert! O höre. –
                Alle ab.

Zweite Szene

Warwand. Zimmer im Schlosse. Sylvester tritt auf, öffnet ein Fenster, und bleibt mit Zeichen einer tiefen Bewegung davor stehen. Gertrude tritt auf, und nähert sich ihm mit verdecktem Gesicht.

GERTRUDE. Weißt du es?

AGNES *tritt auf, noch an der Tür halblaut.*

Mutter! Mutter!

Gertrude sieht sich um, Agnes nähert sich ihr.

Weißt du die

Entsetzenstat? Jerome ist erschlagen.

Gertrude gibt ihr ein bejahendes Zeichen.

Weiß ers?

GERTRUDE *wendet sich zu Sylvester.*

Sylvester!

SYLVESTER *ohne sich umzusehen.*

Bist du es Gertrude?

GERTRUDE.   Wenn
Ich wüßte, wie du jetzt gestimmt, viel hätt ich
Zu sagen dir.

SYLVESTER.   Es ist ein trüber Tag
Mit Wind und Regen, viel Bewegung draußen. –   2020
Es zieht ein unsichtbarer Geist, gewaltig,
Nach *einer* Richtung alles fort, den Staub,
Die Wolken, und die Wellen. –

GERTRUDE.   Willst du mich,
Sylvester, hören?

SYLVESTER.   Sehr beschäftigt mich
Dort jener Segel – siehst du ihn? Er schwankt
Gefährlich, übel ist sein Stand, er kann
Das Ufer nicht erreichen. –

GERTRUDE.   Höre mich,
Sylvester, eine Nachricht hab ich dir
Zu sagen von Jerome.

SYLVESTER.   Er, er ist
Hinüber – *Er wendet sich.* ich weiß alles.

GERTRUDE.   Weißt dus? Nun   2030
Was sagst du?

SYLVESTER.   Wenig will ich sagen. Ist
Theistin noch nicht zurück?

GERTRUDE.   So willst du nun
Den Krieg beginnen?

SYLVESTER.   Kenn ich doch den Feind.

GERTRUDE. Nun freilich wie die Sachen stehn, so mußt
Dus wohl. Hat er den Vetter hingerichtet,
Der schuldlos war, so wird er dich nicht schonen.
Die Zweige abzuhaun des ganzen Stammes,
Das ist sein überlegter Plan, damit
Das Mark ihm seinen Wipfel höher treibe.

2040   SYLVESTER. Den Edelen, der nicht einmal als Herold
Gekommen, der als Freund nur das Geschäft
Betrieb des Friedens, preiszugeben – *ihn*
Um sich an *mir* zu rächen, preiszugeben
Dem Volke. –

GERTRUDE.   Nun doch, endlich wirst du ihn
Nicht mehr verkennen?

SYLVESTER.   Ihn hab ich verkannt,
Jeronimus – hab ihn der Mitschuld heute
Geziehen, der sich heut für mich geopfert.
Denn wohl geahndet hat es ihm – mich hielt
Er ab, und ging doch selbst nach Rossitz, der

2050   Nicht sichrer war, als ich. –

GERTRUDE.   Konnt er denn anders?
Denn weil du Rupert stets mit blinder Neigung
Hast freigesprochen, ja sogar gezürnt,
Wenn man es nur gewagt ihm zu mißtraun,
So mußt er freilich zu ihm gehen. –

SYLVESTER.   Nun,
Beruhge dich – fortan kein anderes
Gefühl als nur der Rache will ich kennen,
Und wie ich duldend, einer Wolke gleich
Ihm lange überm Haupt geschwebt, so fahr
Ich einem Blitze gleich jetzt über ihn.

THEISTINER *tritt auf.*

2060   Hier bin ich wieder, Herr, von meinem Zuge,
Und bringe gleich die fünf Vasallen mit.

SYLVESTER *wendet sich schnell.*

Wo sind sie?

THEISTINER.   Unten in dem Saale. Drei,
Der Manso, Vitina, Paratzin, haben
Auf ihren Kopf ein dreißig Männer gleich
Nach Warwand mitgebracht.

SYLVESTER.   Ein dreißig Männer?
– Ein ungesprochner Wunsch ist mir erfüllt.
– Laßt mich allein ihr Weiber.

Die Weiber ab.

Wenn sie so
Ergeben sich erweisen, sind sie wohl
Gestimmt, daß man sie schleunig brauchen kann?

THEISTINER. Wie den gespannten Bogen, Herr; der Mord   2070
Jeromes hat ganz wütend sie gemacht.

SYLVESTER. So wollen wir die Witterung benutzen.
Er will nach meinem Haupte greifen, will
Es – nun, so greif ich schnell nach seinem. Dreißig
Sagst du, sind eben eingerückt, ein Zwanzig
Bring ich zusammen, das ist mit dem Geiste,
Der mit uns geht, ein Heer – Theistin, was meinst du?
Noch diese Nacht will ich nach Rossitz.

THEISTINER.   Herr,
Gib mir ein Funfzehn von dem Trupp, spreng ich
Die Tore selbst und öffne dir den Weg.   2080
Ich kenn das Nest als wärs ein Dachsloch – noch
Erwarten sie von uns nichts Böses, ich
Beschwörs, die sieben Bürger halten Wache
Noch, wie in Friedenszeiten.

SYLVESTER.   So bleibts dabei.
Du nimmst den Vortrab. Wenn es finster, brechen
Wir auf. Den ersten Zugang überrumpelst
Du, selber folg ich auf dem Fuße, bei
Jeromes Leiche sehen wir uns wieder.
Ich will ihm eine Totenfeier halten,
Und Rossitz soll wie Fackeln sie beleuchten.   2090
Nun fort zu den Vasallen.

Beide ab.

Dritte Szene

Bauernküche. Barnabe am Herd. Sie rührt einen Kessel, der über Feuer steht.

BARNABE.

  Zuerst dem Vater:
    Ruh in der Gruft: daß ihm ein Frevlerarm nicht
    Über das Feld trage die Knochen umher.
    Leichtes Erstehn: daß er hoch jauchzend das Haupt
    Dränge durchs Grab, wenn die Posaune ihm ruft.
    Ewiges Glück: daß sich die Pforte ihm weit
    Öffne, des Lichts Glanzstrom entgegen ihm wog.

URSULA *außerhalb der Szene.*

  Barnabe! Barnabe!
2100 Rührst du den Kessel?

BARNABE.   Ja doch, ja, mit beiden Händen;
  Ich wollt ich könnt die Füß auch brauchen.

URSULA.   Aber
  Du sprichst nicht die drei Wünsche. –

BARNABE.   Nun, das gesteh ich!
  Wenn unser Herrgott taub, wie du, so hilft
  Es alles nichts. – Dann der Mutter:
    Alles Gedeihn: daß ihr die Landhexe nicht
    Giftigen Blicks töte das Kalb in der Kuh.
    Heil an dem Leibe: daß ihr der Krebs mit dem Blut-
    Läppchen im Schutt schwinde geschwinde dahin.
    Leben im Tod: daß ihr kein Teufel die Zung
2110   Strecke heraus, wenn sie an Gott sich empfiehlt.
  Nun für mich:
    Freuden vollauf: daß mich ein stattlicher Mann
    Ziehe mit Kraft kühn ins hochzeitliche Bett.
    Gnädiger Schmerz: daß sich –

URSULA. Barnabe! Böses Mädel! Hast den Blumenstaub
  Vergessen und die Wolfkrautskeime.

BARNABE.   Nein
  Doch, nein, 's ist alles schon hinein. Der Brei
  Ist dick, daß schon die Kelle stehet.

URSULA.   Aber
  Die ungelegten Eier aus dem Hechtsbauch?

BARNABE. Schneid ich noch einen auf?

URSULA.   Nein, warte noch.   2120
Ich will erst Fliederblüte zubereiten.
Laß du nur keinen in die Küche, hörst du?
Und rühre fleißig, hörest du? Und sag
Die Wünsche, hörst du?

BARNABE.   Ja doch, ja. – Wo blieb
Ich stehn? Freuden vollauf – Nein, das ist schon vorbei.
    Gnädiger Schmerz: daß sich die liebliche Frucht
    Winde vom Schoß o nicht mit Ach! mir und Weh!
    Weiter mir nichts, bleibt mir ein Wünschen noch frei,
    Gütiger Gott mache die Mutter gesund.

            Sie hält wie ermüdet inne.

Ja, lieber Gott! – Wenns Glück so süß nicht wär,   2130
Wer würd so sauer sich darum bemühn? –
Von vorn. Zuerst dem Vater:
    Ruh in der Gruft: daß ihm ein Frevlerarm nicht
    Über das Feld – – Ah!

            Sie erblickt Ottokar,
        der bei den letzten Worten hereingetreten ist.

OTTOKAR.   Was sprichst du mit
Dem Kessel, Mädchen? Bist du eine Hexe,
Du bist die lieblichste, die ich gesehn,
Und tust, ich wette, keinem Böses, der
Dir gut.

BARNABE. Geh h'raus, Du lieber Herr, ich bitte dich.
In dieser Küche darf jetzt niemand sein,
Die Mutter selbst nicht, außer ich.

OTTOKAR.   Warum   2140
Denn just nur du?

BARNABE.   Was weiß ich? Weil ich eine Jungfrau bin.

OTTOKAR.
Ja darauf schwör ich. Und wie heißt du denn,
Du liebe Jungfrau?

BARNABE.   Barnabe.

OTTOKAR.   So? Deine Stimme
Klingt schöner, als dein Name.

URSULA. Barnabe! Barnabe!
Wer spricht denn in der Küch?

Ottokar macht ein bittend Zeichen.

BARNABE. Was sagst du, Mutter?

URSULA. Bist du es? Sprichst du die drei Wünsche?

BARNABE. Ja doch, ja,
Sei doch nur ruhig.

Sie fängt wieder an, im Kessel zu rühren.

Aber nun geh fort,
Du lieber Herr. Denn meine Mutter sagt,
Wenn ein Unreiner zusieht, taugt der Brei nicht.

2150 OTTOKAR. Doch wenn ein Reiner zusieht, wird er um
So besser.

BARNABE. Davon hat sie nichts gesagt.

OTTOKAR. Weils sich von selbst ergibt.

BARNABE. Nun freilich wohl,
Es scheint mir auch. Ich will die Mutter fragen.

OTTOKAR. Wozu? Das wirst du selber ja verstehn.

BARNABE. Nun, störe mich nur nicht. 's ist unser Glücksbrei,
Und ich muß die drei Wünsche dazu sagen.

OTTOKAR. Was kochst du denn?

BARNABE. Ich? – Einen Kindesfinger.
Ha! ha! Nun denkst du, ich sei eine Hexe.

OTTOKAR. Kin – Kindesfinger?

URSULA. Barnabe! Du böses Mädel!
2160 Was lachst du?

BARNABE. Ei, was lach ich? Ich bin lustig,
Und sprech die Wünsche.

URSULA. Meinen auch vom Krebse?

BARNABE. Ja, ja. Auch den vom Kalbe.

OTTOKAR. Sag mir –? Hab
Ich recht gehört –?

BARNABE. Nein sieh, ich plaudre nicht.
Ich muß die Wünsche sprechen, laß mich sein.
Sonst schilt die Mutter und der Brei verdirbt.

OTTOKAR. Hör, weißt du was? Bring diesen Beutel deiner Mutter,
Er sei dir auf den Herd gefallen, sprich,
Und komm schnell wieder.

BARNABE.   Diesen Beutel? 's ist
Ja Geld darin. –
OTTOKAR.   Gibs nur der Mutter dreist,
Jedoch verschweigs, von wem er kommt. Nun geh.   2170
BARNABE.
Du lieber Gott, bist du ein Engel?
OTTOKAR.   Fort! Und komm bald wieder.

Er schiebt sie sanft ins Nebenzimmer; lebhaft auf und nieder gehend.

Ein Kindesfinger! Wenns der kleine wäre!
Wenns Peters kleiner Finger wäre! Wiege
Mich, Hoffnung, einer Schaukel gleich, und gleich
Als spielt' geschloßnen Auges schwebend mir
Ein Windzug um die offne Brust, so wende
Mein Innerstes sich vor Entzücken. – Wie
Gewaltig, Glück, klopft deine Ahndung an
Die Brust! Dich selbst, o Übermaß, wie werd
Ich dich ertragen. – Horch! Sie kommt! Jetzt werd ichs hören!   2180

Barnabe tritt auf, er geht ihr entgegen und führt sie in den Vordergrund.

Nun sage mir, wie kommt ihr zu dem Finger?
BARNABE.
Ich hab mit Muttern kürzlich ihn gefunden.
OTTOKAR. Gefunden bloß? Auf welche Art?
BARNABE.   Nun dir
Will ichs schon sagen, wenns gleich Mutter mir
Verboten.
OTTOKAR.   Ja, das tu.
BARNABE.   Wir suchten Kräuter
Am Waldstrom im Gebirg, da schleifte uns
Das Wasser ein ertrunken Kind ans Ufer.
Wir zogens drauf heraus, bemühten viel
Uns um das arme Wurm; vergebens, es
Blieb tot. Drauf schnitt die Mutter, die's versteht,   2190
Dem Kinde einen kleinen Finger ab;
Denn der tut nach dem Tod mehr Gutes noch,
Als eines Auferwachsnen ganze Hand
In seinem Leben. – Warum stehst du so
Tiefsinnig? Woran denkest du?
OTTOKAR.   An Gott.

Erzähle mehr noch. Du und deine Mutter –
War niemand sonst dabei?

BARNABE.   Gar niemand.

OTTOKAR.   Wie?

BARNABE. Als wir den Finger abgelöset, kamen
Zwei Männer her aus Warwand, welche sich
2200 Den von der Rechten lösen wollten. Der
Hilft aber nichts, wir machten uns davon,
Und weiter weiß ich nichts.

OTTOKAR.   Es ist genug.
Du hast gleich einer heilgen Offenbarung
Das Unbegriffne mir erklärt. Das kannst
Du nicht verstehn, doch sollst dus bald. – Noch eins.
In Warwand ist ein Mädchen, dem ich auch
So gut, wie dir. Die spräch ich gern noch heut
In einer Höhle, die ihr wohlbekannt.
Die Tochter ist es auf dem Schlosse, Agnes,
2210 Du kannst nicht fehlen.

BARNABE.   Soll ich sie dir rufen?
Nun ja, es wird ihr Freude machen auch.

OTTOKAR. Und dir. Wir wollens beide dir schon lohnen.
Doch mußt dus selbst ihr sagen, keinem andern
Vertraun, daß dich ein Jüngling abgeschickt,
Verstehst du? Nun, das weißt du wohl. – Und daß
Du Glauben finden mögest auch bei ihr,
Nimm dieses Tuch, und diesen Kuß gib ihr. *Ab.*

Barnabe sieht ihm nach, seufzt und geht ab.

Vierte Szene

Eine andere Gegend im Gebirge.
Rupert und Santing treten auf.

SANTING. Das soll gewöhnlich sein Spaziergang sein,
Sagt mir der Jäger. Selber hab ich ihn
2220 Zweimal und sehr erhitzt, auf dieser Straße
Begegnet. Ist er im Gebirg, so ists
Auch Agnes, und wir fangen beid zugleich.

RUPERT *setzt sich auf einen Stein.*

Es ist sehr heiß mir, und die Zunge trocken.

SANTING.

Der Wind geht kühl doch übers Feld.

RUPERT.   Ich glaub,

's ist innerlich.

SANTING.   Fühlst du nicht wohl dich?

RUPERT.   Nein.

Mich dürstet.

SANTING.   Komm an diesen Quell.

RUPERT.   Löscht er

Den Durst?

SANTING.   Das Wasser mindestens ist klar,

Daß du darin dich spiegeln könntest. Komm!

RUPERT *steht auf, geht zum Quell, neigt sich über ihn, und plötzlich mit
der Bewegung des Abscheus wendet er sich.*

SANTING. Was fehlt dir?

RUPERT.   Eines Teufels Antlitz sah

Mich aus der Welle an.

SANTING *lachend.*   Es war dein eignes.   2230

RUPERT. Skorpion von einem Menschen.

Setzt sich wieder.

BARNABE *tritt auf.*

Hier gehts nach Warwand doch, gestrenger Ritter?

SANTING. Was hast du denn zu tun dort, schönes Kind?

BARNABE. Bestellungen an Fräulein Agnes.

SANTING.   So?

Wenn sie so schön wie du, so möcht ich mit dir gehn.

Was wirst du ihr denn sagen?

BARNABE.   Sagen? Nichts,

Ich führe sie bloß ins Gebirg.

SANTING.   Heut noch?

BARNABE. Kennst du sie?

SANTING.   Wen'ger noch, als dich,

Und es betrübt mich wen'ger. – Also heute noch?

BARNABE. Ja gleich. – Und bin ich auf dem rechten Weg?   2240

SANTING. Wer schickt dich denn?

BARNABE.   Wer? – Meine Mutter.

SANTING.   So?
  Nun, geh nur, geh auf diesem Wege fort,
  Du kannst nicht fehlen.

BARNABE.   Gott behüte euch. *Ab.*

SANTING. Hast dus gehört Rupert? Sie kommt noch heut
  In das Gebirg. Ich wett, das Mädchen war
  Von Ottokar geschickt.

RUPERT *steht auf.*   So führ ein Gott,
  So führ ein Teufel sie mir in die Schlingen,
  Gleichviel! Sie haben mich zu einem Mörder
  Gebrandmarkt boshaft, im voraus. – Wohlan,
2250 So sollen sie denn recht gehabt auch haben.
  – Weißt du den Ort, wo sie sich treffen?

SANTING.   Nein,
  Wir müssen ihnen auf die Fährte gehn.

RUPERT.   So komm.

                Beide ab.

                Fünfte Szene

        Rossitz. Ein Gefängnis im Turm.
     Die Tür öffnet sich, Fintenring tritt auf.

OTTOKAR *noch draußen.*
  Mein Vater hats befohlen?

FINTENRING.   In der eigenen
  Person, du möchtest gleich bei deinem Eintritt
  Ins Tor uns folgen nur, wohin wir dich
  Zu führen haben. Komm, du alter Junge,
  Komm h'rein.

OTTOKAR.   Hör, Fintenring, du bist mit deinem
  Satyrngesicht verdammt verdächtig mir.
  Nun, weil ich doch kein Mädchen, will ichs tun.
        Er tritt auf, der Kerkermeister folgt ihm.
2260 FINTENRING. Der Ort ist, siehst du, der unschuldigste.
  Denn hier auf diesen Quadersteinen müßts
  Selbst einen Satyr frieren.

OTTOKAR.   Statt der Rosen
  Will er mit Ketten mich und Banden mich

Umwinden – denn die Grotte merk ich wohl
Ist ein Gefängnis.

FINTENRING.   Hör, das gibt vortreffliche
Gedanken, morgen, wett ich, ist dein Geist
Fünf Jahre älter, als dein Haupt.

OTTOKAR.   Wär ich
Wie du, ich nähm es an. Denn deiner straft
Dein graues Haupt um dreißig Jahre Lügen.
– Nun komm, ich muß zum Vater.

FINTENRING *tritt ihm in den Weg.*   Nein, im Ernst,   2270
Bleib hier, und sei so lustig, wie du kannst.

OTTOKAR.
Bei meinem Leben, ja, das bin ich nie
Gewesen so wie jetzt, und möchte dir
Die zähnelosen Lippen küssen, Alter.
Du ziehst auch gern nicht in den Krieg, nun, höre,
Sag deinem Weibe nur, ich bring den Frieden.

FINTENRING.
Im Ernste?

OTTOKAR.   Bei meinem Leben, ja.

FINTENRING.   Nun morgen
Mehr. Lebe wohl. *Zum Kerkermeister.*
                    Verschließe hinter mir
Sogleich die Türe.
               Zu Ottokar, da dieser ihm folgen will.
                    Nein, bei meinem Eid
Ich sag dir, auf Befehl des Vaters bist   2280
Du ein Gefangner.

OTTOKAR.   Was sagst du?

FINTENRING.   Ich soll
Dir weiter gar nichts sagen, außer dies.

OTTOKAR. Nun?

FINTENRING.   Ei, daß ich nichts sagen soll.

OTTOKAR.   O bei
Dem großen Gott des Himmels, sprechen muß
Ich gleich ihn – eine Nachricht von dem höchsten
Gewicht, die keinen Aufschub duldet, muß
Ich mündlich gleich ihm hinterbringen.

FINTENRING.   So
    Kannst du dich trösten mindestens, er ist
    Mit Santing fort, es weiß kein Mensch wohin.
2290   OTTOKAR. Ich muß sogleich ihn suchen, laß mich. –
FINTENRING *tritt ihm in den Weg.*   Ei
    Du scherzest wohl.
OTTOKAR.   Nein laß mich, nein, ich scherze
    Bei meiner Ritterehre nicht mit deiner.
    's ist plötzlich mir so ernst zu Mut geworden,
    Als wäre ein Gewitter in der Luft.
    Es hat die höchste Eil mit meiner Nachricht,
    Und läßt du mich gutwillig nicht, so wahr
    Ich leb ich breche durch.
FINTENRING.   Durchbrechen, du?
    Sprichst doch mit mir gleich wie mit einem Weibe!
    Du bist mir anvertraut auf Haupt und Ehre,
2300   Tritt mich mit Füßen erst, dann bist du frei.
    – Nein, hör, ich wüßte was Gescheuteres.
    Gedulde dich ein Stündchen, führ ich selbst
    Sobald er rückkehrt deinen Vater zu dir.
OTTOKAR. Sag mir ums Himmelswillen nur, was hab
    Ich Böses denn getan?
FINTENRING.   Weiß nichts. – Noch mehr.
    Ich schick dem Vater Boten nach, daß er
    So früher heimkehrt.
OTTOKAR.   Nun denn, meinetwegen.
FINTENRING. So lebe wohl. *Zum Kerkermeister.*
           Und du tust deine Pflicht.
    Fintenring und der Kerkermeister ab; die Tür wird verschlossen.
OTTOKAR *sieht ihnen nach.*
    Ich hätte doch nicht bleiben sollen. – Gott
2310   Weiß, wann der Vater wiederkehrt. – Sie wollten
    Ihn freilich suchen. – Ach, es treibt der Geist
    Sie nicht, der alles leistet. – – Was zum Henker,
    Es geht ja nicht, ich muß hinaus, ich habe
    Ja Agnes ins Gebirg beschieden. – Fintenring!
    Fintenring! *An die Türe klopfend.*
       Daß ein Donner, Tauber, das

Gehör dir öffnete! Fintenring! – – Schloß
Von einem Menschen, den kein Schlüssel schließt,
Als nur sein Herr. Dem dient er mit stockblinder
Dienstfertigkeit, und wenn sein Dienst auch zehnmal
Ihm Schaden brächt, doch dient er ihm. – Ich wollt   2320
Ihn doch gewinnen, wenn er nur erschiene.
Denn nichts besticht ihn, außer daß man ihm
Das sagt. – – Zum mindsten wollt ich ihn doch eher
Gewinnen, als die tauben Wände! Himmel
Und Hölle! Daß ich einem Schäfer gleich
Mein Leid den Felsen klagen muß! – – So will
Ich mich, Geduld, an dir, du Weibertugend üben.
– 's ist eine schnöde Kunst, mit Anstand viel
Zu unterlassen – und ich merk es schon,
Es wird mehr Schweiß mir kosten, als das Tun.   2330
              Er will sich setzen.
Horch! Horch! Es kommt.
              Der Kerkermeister öffnet Eustachen die Türe.
EUSTACHE *zu diesem.*   Ich werd es dir vergelten.
OTTOKAR. Ach, Mutter!
EUSTACHE.   Hör, mein Sohn, ich habe dir
Entsetzliches zu sagen.
OTTOKAR.   Du erschreckst mich –
– Wie bist du so entstellt?
EUSTACHE.   Das eine wirst
Du wissen schon, Jerome ist erschlagen.
OTTOKAR. Jeronimus? O Gott des Himmels! Wer
Hat das getan?
EUSTACHE.   Das ist nicht alles. Rupert
Kennt deine Liebe. –
OTTOKAR.   Wie? Wer konnt ihm die
Entdecken?
EUSTACHE.   Frage nicht – o deine Mutter,
Ich selbst. Jerome hat es mir vertraut,   2340
Mich riß ein übereilter Eifer hin,
Der Wütrich, den ich niemals so gekannt –
OTTOKAR. Von wem sprichst du?
EUSTACHE.   O Gott, von deinem Vater.

OTTOKAR. Noch faß ich dich nur halb – doch laß dir sagen
Vor allen Dingen, alles ist gelöset,
Das ganze Rätsel von dem Mord, die Männer,
Die man bei Peters Leiche fand, sie haben
Die Leiche selbst gefunden, ihr die Finger
Aus Vorurteil nur abgeschnitten. – Kurz,
2350   Rein, wie die Sonne, ist Sylvester.
EUSTACHE.   O
Jesus! Und jetzt erschlägt er seine Tochter. –
OTTOKAR. Wer?
EUSTACHE.   Rupert. Wenn sie in dem Gebirge jetzt,
Ist sie verloren, er und Santing sucht sie.
OTTOKAR *eilt zur Türe.* Fintenring! Fintenring! Fintenring!
EUSTACHE.   Höre
Mich an, er darf dich nicht befrein, sein Haupt
Steht drauf. –
OTTOKAR.   Er oder ich. – Fintenring! *Er sieht sich um.*
                                      Nun
So helfe mir die Mutter Gottes denn. –
        Er hängt einen Mantel um, der auf dem Boden lag.
Und dieser Mantel bette meinem Fall.
            Er klettert in ein unvergittert Fenster.
EUSTACHE. Um Gotteswillen, springen willst du doch
2360   Von diesem Turm nicht? Rasender! Der Turm
Ist funfzig Fuß hoch, und der ganze Boden
Gepflastert. – Ottokar! Ottokar!
OTTOKAR *von oben.*
Mutter! Mutter! Sei wenn ich gesprungen
Nur still, hörst du? Ganz still, sonst fangen sie
Mich.
EUSTACHE *sinkt auf die Knie.*
        Ottokar! Auf meinen Knieen bitte,
Beschwör ich dich, geh so verächtlich nicht
Mit deinem Leben um, spring nicht vom Turm. –
OTTOKAR. Das Leben ist viel wert, wenn mans verachtet.
Ich brauchs. – Leb wohl. *Er springt.*
EUSTACHE *steht auf.*   Zu Hülfe! Hülfe! Hülfe!
            Der Vorhang fällt.

FÜNFTER AUFZUG

Erste Szene

Das Innere einer Höhle. Es wird Nacht. Agnes mit einem Hute, in zwei Kleidern. Das Überkleid ist vorne mit Schleifen zugebunden. Barnabe. Beide stehen schüchtern an einer Seite des Vordergrundes.

AGNES. Hättst du mir früher das gesagt! Ich fühle   2370
   Mich sehr beängstigt, möchte lieber, daß
   Ich nicht gefolgt dir wäre. – Geh noch einmal
   Hinaus, du Liebe, vor den Eingang, sieh,
   Ob niemand sich der Höhle nähert.
BARNABE *die in den Hintergrund gegangen ist.*
                             Von
   Den beiden Rittern seh ich nichts.
AGNES *mit einem Seufzer.*   Ach Gott!
   – Hab Dank für deine Nachricht.
BARNABE.   Aber von
   Dem schönen Jüngling seh ich auch nichts.
AGNES.   Siehst
   Du wirklich nichts? Du kennst ihn doch?
BARNABE.   Wie mich.
AGNES. So sieh nur scharf hin auf den Weg.
BARNABE.   Es wird
   Sehr finster schon im Tal, aus allen Häusern   2380
   Seh ich schon Lichter schimmern und Kamine.
AGNES. Die Lichter schon? So ists mir unbegreiflich.
BARNABE. Wenn einer käm, ich könnt es hören, so
   Geheimnis-still gehts um die Höhen.
AGNES. Ach, nun ists doch umsonst. Ich will nur lieber
   Heimkehren. Komm. Begleite mich.
BARNABE.   Still! Still!
   Ich hör ein Rauschen – wieder. – – Ach, es war
   Ein Windstoß, der vom Wasserfalle kam.
AGNES. Wars auch gewiß vom Wasserfalle nur?
BARNABE.
   Da regt sich etwas Dunkles doch im Nebel. –   2390
AGNES. Ists einer? Sind es zwei?

BARNABE.   Ich kann es nicht
Genau erkennen. Aber menschliche
Gestalten sind es – – Ah!
Beide Mädchen fahren zurück. Ottokar tritt auf, und fliegt in Agnes' Arme.
OTTOKAR. O Dank, Gott! Dank für deiner Engel Obhut!
So lebst du Mädchen?
AGNES.   Ob ich lebe?
OTTOKAR.   Zittre
Doch nicht, bin ich nicht Ottokar?
AGNES.   Es ist
So seltsam alles heute mir verdächtig,
Der fremde Bote, dann dein spät Erscheinen,
Nun diese Frage. – Auch die beiden Ritter,
2400   Die schon den ganzen Tag um diese Höhle
Geschlichen sind.
OTTOKAR.   Zwei Ritter?
AGNES.   Die sogar
Nach mir gefragt.
OTTOKAR.   Gefragt? Und wen?
AGNES.   Dies Mädchen,
Die es gestanden, daß sie ins Gebirg
Mich rufe.
OTTOKAR *zu Barnabe.*
          Unglückliche!
AGNES.   Was sind denn das
Für Ritter?
OTTOKAR *zu Barnabe.*
            Wissen sie, daß Agnes hier
In dieser Höhle?
BARNABE.   Das hab ich nicht gestanden.
AGNES. Du scheinst beängstigt, Ottokar, ich werd
Es doppelt. Kennst du denn die Ritter?
OTTOKAR *steht in Gedanken.*
AGNES.   Sind sie –
– Sie sind doch nicht aus Rossitz? Sind doch nicht
2410   Geschickt nach mir? Sind keine Mörder doch?
OTTOKAR *mit einem plötzlich heitern Spiel.*
Du weißt ja, alles ist gelöst, das ganze

Geheimnis klar, dein Vater ist unschuldig. –
AGNES. So wär es wahr –?
OTTOKAR.   Bei diesem Mädchen fand
Ich Peters Finger, Peter ist ertrunken,
Ermordet nicht. – Doch künftig mehr. Laß uns
Die schöne Stunde innig fassen. Möge
Die Trauer schwatzen, und die Langeweile,
Das Glück ist stumm.
                    Er drückt sie an seine Brust.
                    Wir machen diese Nacht
Zu einem Fest der Liebe, willst du? Komm.
                    Er zieht sie auf einen Sitz.
In kurzem, ist der Irrtum aufgedeckt,   2420
Sind nur die Väter erst versöhnt, darf ich
Dich öffentlich als meine Braut begrüßen.
– Mit diesem Kuß verlobe ich mich dir.
                    Er steht auf, zu Barnabe heimlich.
Du stellst dich an den Eingang, hörst du? Siehst
Du irgend jemand nahe, so rufst du gleich.
– Noch eins. Wir werden hier die Kleider wechseln,
In einer Viertelstunde führst du Agnes
In Männerkleidern heim. Und sollte man
Uns überraschen, tust dus gleich. – Nun geh.
        Barnabe geht in den Hintergrund. Ottokar kehrt zu Agnes zurück.
AGNES. Wo geht das Mädchen hin?
OTTOKAR *setzt sich*.   Ach! Agnes! Agnes!   2430
Welch eine Zukunft öffnet ihre Pforte!
Du wirst mein Weib, mein Weib! weißt du denn auch
Wie groß das Maß von Glück?
AGNES *lächelnd*.   Du wirst es lehren.
OTTOKAR. Ich werd es! O du Glückliche! Der Tag,
Die Nacht vielmehr ist nicht mehr fern. Es kommt, du weißt,
Den Liebenden das Licht nur in der Nacht
– Errötest du?
AGNES.   So wenig schützt das Dunkel?
OTTOKAR.
Nur vor dem Auge, Törin, doch ich sehs
Mit meiner Wange, daß du glühst. – Ach, Agnes!

2440   Wenn erst das Wort gesprochen ist, das dein
        Gefühl, jetzt eine Sünde, heiligt – – Erst
        Im Schwarm der Gäste, die mit Blicken uns
        Wie Wespen folgen, tret ich zu dir, sprichst
        Du zwei beklemmte Worte, wendest dann
        Viel schwatzend zu dem Nachbar dich. Ich zürne
        Der Spröden nicht, ich weiß es besser wohl.
        Denn wenn ein Gast, der von dem Feste scheidet,
        Die Türe zuschließt, fliegt, wo du auch seist,
        Ein Blick zu mir herüber, der mich tröstet.
2450   Wenn dann der Letzte auch geschieden, nur
        Die Väter und die Mütter noch beisammen –
        – »Nun, gute Nacht, ihr Kinder!« – Lächelnd küssen
        Sie dich, und küssen mich – wir wenden uns,
        Und eine ganze Dienerschaft mit Kerzen
        Will folgen. »Eine Kerze ist genug,
        Ihr Leute«, ruf ich, und die nehm ich selber,
        Ergreife deine, diese Hand *Er küßt sie.*
        – Und langsam steigen wir die Treppe, stumm,
        Als wär uns kein Gedanke in der Brust,
2460   Daß nur das Rauschen sich von deinem Kleide,
        Noch in den weiten Hallen hören läßt.
        Dann – – Schläfst du, Agnes?
AGNES.   – Schlafen?
OTTOKAR.   Weil du plötzlich
        So still. – Nun weiter. Leise öffne ich
        Die Türe, schließe leise sie, als wär
        Es mir verboten. Denn es schauert stets
        Der Mensch, wo man als Kind es ihm gelehrt.
        Wir setzen uns. Ich ziehe sanft dich nieder,
        Mit meinen Armen stark umspann ich dich,
        Und alle Liebe sprech ich aus mit *einem*,
2470   Mit diesem Kuß.
                Er geht schnell in den Hintergrund; zu Barnabe heimlich.
                So sahst du niemand noch?

BARNABE. Es schien mir kürzlich fast, als schlichen zwei
        Gestalten um den Berg.
                Ottokar kehrt schnell zurück.

AGNES.   Was sprichst du denn
  Mit jenem Mädchen stets?
OTTOKAR *hat sich wieder gesetzt.* Wo blieb ich stehen?
  Ja, bei dem Kuß. – Dann kühner wird die Liebe,
  Und weil du mein bist – bist du denn nicht mein?
  So nehm ich dir den Hut vom Haupte *er tuts,* störe
  Der Locken steife Ordnung *er tuts,* drücke kühn
  Das Tuch hinweg *er tuts,* du lispelst leis: o lösche
  Das Licht! Und plötzlich, tief verhüllend, webt
  Die Nacht den Schleier um die heilge Liebe,   2480
  Wie jetzt.
BARNABE *aus dem Hintergrunde.*
              O Ritter! Ritter!
AGNES *sieht sich ängstlich um.*
OTTOKAR *fällt ihr ins Wort.*   Nun entwallt
  Gleich einem frühling-angeschwellten Strom
  Die Regung ohne Maß und Ordnung – schnell
  Lös ich die Schleife, schnell noch eine *er tuts,* streife dann
  Die fremde Hülle leicht dir ab *er tuts.*
AGNES.   O Ottokar,
  Was machst du? *Sie fällt ihm um den Hals.*
OTTOKAR *an dem Überkleide beschäftigt.*
              Ein Gehülfe der Natur
  Stell ich sie wieder her. Denn wozu noch
  Das Unergründliche geheimnisvoll
  Verschleiern? Alles Schöne, liebe Agnes,
  Braucht keinen andern Schleier, als den eignen,   2490
  Denn der ist freilich selbst die Schönheit.
BARNABE.   Ritter! Ritter!
  Geschwind!
OTTOKAR *schnell auf, zu Barnabe.*
      Was gibts?
BARNABE.   Der eine ging zweimal
  Ganz nah vorbei, ganz langsam.
OTTOKAR.   Hat er dich gesehn?
BARNABE.
  Ich fürcht es fast.
              Ottokar kehrt zurück.

AGNES *die aufgestanden ist.*   Was rief das Mädchen denn
So ängstlich?

OTTOKAR.   Es ist nichts.

AGNES.   Es *ist* etwas.

OTTOKAR. Zwei Bauern ja, sie irrten sich. – Du frierst,
Nimm diesen Mantel um.

Er hängt ihr seinen Mantel um.

AGNES.   Du bist ja seltsam.

OTTOKAR. So, so. Nun setze dich.

AGNES *setzt sich.*   Ich möchte lieber gehn.

OTTOKAR *der vor ihr steht.*

Wer würde glauben, daß der grobe Mantel
2500   So Zartes deckte, als ein Mädchenleib!
Drück ich dir noch den Helm auf deine Locken,
Mach ich auch Weiber mir zu Nebenbuhlern.

BARNABE *kommt zurück, eilig.*

Sie kommen! Ritter! Sie kommen!

Ottokar wirft schnell Agnes' Oberkleid über, und setzt ihren Hut auf.

AGNES.

Wer soll denn kommen? – Ottokar, was machst du?

OTTOKAR *im Ankleiden beschäftigt.*

Mein Vater kommt. –

AGNES.   O Jesus! *Will sinken.*

OTTOKAR *faßt sie.*   Ruhig. Niemand
Fügt dir ein Leid, wenn ohn' ein Wort zu reden,
Du dreist und kühn in deiner Männertracht
Hinaus zur Höhle gehst. Ich bleibe. – Nein,
Erwidre nichts, ich bleib. Es ist nur für
2510   Den ersten Anfall.

Rupert und Santing erscheinen.

Sprecht kein Wort und geht sogleich.

Die Mädchen gehen.

RUPERT *tritt Agnes in den Weg.*

Wer bist du? Rede!

OTTOKAR *tritt vor, mit verstellter Stimme.*

Sucht ihr Agnes? Hier bin ich.
Wenn ihr aus Warwand seid, so führt mich heim.

RUPERT *während die Mädchen nun abgehen.*

Ich fördre dein Gespenst zu deinem Vater!

Er ersticht Ottokar; der fällt ohne Laut.

Pause.

RUPERT *betrachtet starr die Leiche.*

Santing! Santing! – Ich glaube, sie ist tot.

SANTING. Die Schlange hat ein zähes Leben. Doch
Beschwör ichs fast. Das Schwert steckt ihr im Busen.

RUPERT *fährt sich mit der Hand übers Gesicht.*

Warum denn tat ichs, Santing? Kann ich es
Doch gar nicht finden im Gedächtnis. –

SANTING.   Ei,
Es ist ja Agnes.

RUPERT.   Agnes, ja, ganz recht,
Die tat mir Böses, mir viel Böses, o   2520
Ich weiß es wohl. – – Was war es schon?

SANTING.   Ich weiß
Nicht, wie dus meinst. Das Mädchen selber hat
Nichts Böses dir getan.

RUPERT.   Nichts Böses? Santing!
Warum denn hätt ich sie gemordet? Sage
Mir schnell, ich bitte dich, womit sie mich
Beleidigt, sags recht hämisch – Basiliske,
Sieh mich nicht an, sprich, Teufel, sprich, und weißt
Du nichts, so lüg es!

SANTING.   Bist du denn verrückt?
Das Mädchen ist Sylvesters Tochter.

RUPERT.   So,
Sylvesters. – Ja, Sylvesters, der mir Petern   2530
Ermordet hat. –

SANTING.   Den Herold und Johann.

RUPERT.

Johann, ganz recht – und der mich so infam
Gelogen hat, daß ich es werden mußte.

Er zieht das Schwert aus dem Busen Ottokars.

Rechtmäßig wars. –

                    Gezücht der Otter!

Er stößt den Körper mit dem Fuße.

SANTING *an dem Eingang.*
    Welch eine seltsame Erscheinung, Herr!
    Ein Zug mit Fackeln, gleich dem Jägerheer,
    Zieht still von Warwand an den Höhn herab.
RUPERT.
    Sie sind, wies scheint, nach Rossitz auf dem Wege.
SANTING. Das Ding ist sehr verdächtig.
2540 RUPERT.   Denkst du an
    Sylvester?
SANTING.   Herr, ich gebe keine Nuß
    Für eine andre Meinung. Laß uns schnell
    Heimkehren, in zwei Augenblicken wärs
    Nicht möglich mehr.
RUPERT.   Wenn Ottokar nur ihnen
    Nicht in die Hände fällt. – Ging er nicht aus
    Der Höhle, als wir kamen?
SANTING.   Und vermutlich
    Nach Haus; so finden wir ihn auf dem Wege. Komm!
                    Beide ab.
        Agnes und Barnabe lassen sich am Eingange sehen.

AGNES. Die Schreckensnacht! Entsetzlich ist der Anblick!
    Ein Leichenzug mit Kerzen, wie ein Traum
2550 Im Fieber! Weit das ganze Tal erleuchtet
    Vom blutig-roten Licht der Fackeln. Jetzt
    Durch dieses Heer von Geistern geh ich nicht
    Zu Hause. Wenn die Höhle leer ist, wie
    Du sagst –
BARNABE.   Soeben gingen die zwei Ritter
    Heraus.
AGNES.   So wäre Ottokar noch hier?
    Ottokar! – – Ottokar!
OTTOKAR *mit matter Stimme.* Agnes!
AGNES. Wo bist du? – Ein Schwert – im Busen – Heiland!
    Heiland der Welt! Mein Ottokar! *Sie fällt über ihn.*
OTTOKAR.   Es ist –
    Gelungen. – Flieh! *Er stirbt.*
BARNABE.   O Jammer! Gott des Himmels!
    Mein Fräulein! Sie ist sinnlos! Keine Hülfe!

Ermanne dich, mein Fräulein! – Gott! Die Fackeln!   2560
Sie nahen! Fort, Unglückliche! Entflieh! *Ab.*
    Sylvester und Theistiner treten auf; eine Fackel folgt.
SYLVESTER. Der Zug soll halten! *Zu Theistiner.*
                       Ist es diese Höhle?
THEISTINER. Ja, Herr, von dieser sprach Johann, und darf
  Man seiner Rede traun, so finden wir
  Am sichersten das Fräulein hier.
SYLVESTER.   Die Fackel vor!
THEISTINER. Wenn ich nicht irre, seh ich Ottokar –
  Dort liegt auch Agnes!
SYLVESTER.   Am Boden! Gott der Welt!
  Ein Schwert im Busen meiner Agnes!
AGNES *richtet sich auf.*
  Wer ruft?
SYLVESTER. Die Hölle ruft dich, Mörder!
              Er ersticht sie.
AGNES.   Ach! *Sie stirbt.*
    Sylvester läßt sich auf ein Knie neben der Leiche Ottokars nieder.
THEISTINER *nach einer Pause.*

Mein bester Herr, verweile nicht in diesem   2570
  Verderblich dumpfen Schmerz! Erhebe dich!
  Wir brauchen Kraft, und einem Kinderlosen
  Zerreißt der Schreckensanblick das Gebein.
SYLVESTER. Laß einen Augenblick mich ruhn. Es regt
  Sich sehr gewaltig die Natur im Menschen,
  Und will, daß man, gleich einem einzgen Gotte,
  Ihr einzig diene, wo sie uns erscheint.
  Mich hat ein großer Sturm gefaßt, er beugt
  Mein wankend Leben tief zur Gruft. Wenn es
  Nicht reißt, so steh ich schrecklich wieder auf,   2580
  Ist der gewaltsam erste Anfall nur
  Vorüber.
THEISTINER. Doch das Zögern ist uns sehr
  Gefährlich – – Komm! Ergreif den Augenblick!
  Er wird so günstig niemals wiederkehren.
  Gebeut die Rache und wir wettern wie
  Die Würgeengel über Rossitz hin!

SYLVESTER. Des Lebens Güter sind in weiter Ferne,
Wenn ein Verlust so nah, wie diese Leiche,
Und niemals ein Gewinst kann mir ersetzen,
2590   Was mir auf dieser Nummer fehlgeschlagen.
Sie blühte wie die Ernte meines Lebens,
Die nun ein frecher Fußtritt mir zertreten,
Und darben werd ich jetzt, von fremden Müttern
Ein fremdes Kind zum Almos mir erflehen.
THEISTINER. Sylvester, hör mich! Säume länger nicht!
SYLVESTER. Ja, du hast recht! es bleibt die ganze Zukunft
Der Trauer, dieser Augenblick gehört
Der Rache. Einmal doch in meinem Leben
Dürst ich nach Blut, und kostbar ist die Stimmung.
2600   Komm schnell zum Zuge.
        Man hört draußen ein Geschrei: Holla! Herein! Holla!
THEISTINER.   Was bedeutet das?
        Rupert und Santing werden von Rittern Sylvesters gefangen aufgeführt.
EIN RITTER. Ein guter Fund, Sylvester! Diese saubern
Zwei Herren, im Gesträuche hat ein Knappe,
Der von dem Pferd gestiegen, sie gefunden.
THEISTINER. Sylvester! Hilf mir sehn, ich bitte dich!
Er ists! Leibhaftig! Rupert! Und der Santing.
SYLVESTER *zieht sein Schwert.*
Rupert!
THEISTINER. Sein Teufel ist ein Beutelschneider,
Und führt in eigener Person den Sünder
In seiner Henker Hände.
SYLVESTER.   O gefangen!
Warum gefangen? Gott der Gerechtigkeit!
2610   Sprich deutlich mit dem Menschen, daß ers weiß
Auch, was er soll!
RUPERT *erblickt Agnes' Leiche.*
                Mein Sohn! Mein Sohn! Ermordet!
Zu meinem Sohne laßt mich, meinem Sohne!
        Er will sich losreißen, die Ritter halten ihn.
SYLVESTER. Er trägt sein eigen schneidend Schwert im Busen.
        Er steckt ein.
Laßt ihn zu seinem Sohne.

RUPERT *stürzt über Agnes' Leichnam hin.*

Ottokar!

GERTRUDE *tritt auf.*

Ein Reuter flog durch Warwand, schreiend, Agnes
Sei tot gefunden in der Höhle. Ritter,
Ihr Männer! Ist es wahr? Wo ist sie? Wo?

Sie stürzt über Ottokars Leichnam.

O heilge Mutter Gottes! O mein Kind!
Du Leben meines Lebens!

EUSTACHE *tritt auf.*   Seid ihr Männer,
So laßt ein Weib unangerührt hindurch,   2620
Gebeuts, Sylvester, ich, die Mutter des
Erschlagnen, will zu meines Sohnes Leiche.

SYLVESTER. Der Schmerz ist frei. Geh hin zu deinem Sohn.

EUSTACHE. Wo ist er? – Jesus! Deine Tochter auch? –
Sie sind vermählt.

Sylvester wendet sich. Eustache läßt sich auf ein Knie vor Agnes' Leiche nieder.
Sylvius, von Johann geführt, treten auf. Der letzte mit Zeichen der Verrückung.

SYLVIUS.   Wohin führst du mich, Knabe?

JOHANN. Ins Elend, Alter, denn ich bin die Torheit.
Sei nur getrost! Es ist der rechte Weg.

SYLVIUS. Weh! Weh! Im Wald die Blindheit, und ihr Hüter
Der Wahnsinn! Führe heim mich, Knabe, heim!

JOHANN. Ins Glück? Es geht nicht, Alter. 's ist inwendig   2630
Verriegelt. Komm. Wir müssen vorwärts.

SYLVIUS.   Müssen wir?
So mögen sich die Himmlischen erbarmen.
Wohlan. Ich folge dir.

JOHANN.   Heißa lustig!
Wir sind am Ziele.

SYLVIUS.   Am Ziele schon? Bei meinem
Erschlagnen Kindeskind? Wo ist es?

JOHANN.   Wär ich blind,
Ich könnt es riechen, denn die Leiche stinkt schon.
Wir wollen uns dran niedersetzen, komm,
Wie Geier ums Aas.

Er setzt sich bei Ottokars Leiche.

SYLVIUS.   Er raset. Weh! Hört denn
    Kein menschlich Ohr den Jammer eines Greises,
2640   Der blind in pfadelosen Wäldern irrt?
JOHANN. Sei mir nicht bös, ich mein es gut mit dir.
    Gib deine Hand, ich führe dich zu Agnes.
SYLVIUS. Ist es noch weit?
JOHANN.   Ein Pfeilschuß. Beuge dich.
SYLVIUS *indem er die Leiche betastet.*
    Ein Schwert – im Busen – einer Leiche. –
JOHANN.   Höre, Alter,
    Das nenn ich schauerlich. Das Mädchen war
    So gut, und o so schön.
SYLVIUS.   Das ist nicht Agnes!
    – Das wäre Agnes, Knabe? Agnes' Kleid,
    Nicht Agnes! Nein bei meinem ewgen Leben,
    Das ist nicht Agnes!
JOHANN *die Leiche betastend.*
                        Ah! Der Skorpion!
2650   's ist Ottokar!
SYLVESTER.   Ottokar!
GERTRUDE. So wahr ich Mutter, das ist meine Tochter
    Nicht. *Sie steht auf.*
SYLVESTER. Fackeln her! – Nein, wahrlich, nein! Das ist
    Nicht Agnes!
EUSTACHE *die herbeigeeilt.*
                Agnes! Ottokar! Was soll
    Ich glauben –? O ich Unheilsmutter! Doppelt
    Die Leiche meines Sohnes! Ottokar!
SYLVESTER. Dein Sohn in meiner Agnes Kleidern? Wer
    Denn ist die Leiche in der Männertracht?
    Ist es denn – Nein, es ist doch nicht –?
SYLVIUS.   Sylvester!
    Wo ist denn Agnes' Leiche? Führ mich zu ihr.
2660 SYLVESTER. Unglücklicher! Sie ist ja nicht ermordet?
JOHANN. Das ist ein Narr. Komm, Alter, komm. Dort ist
    Noch eine Leich, ich hoffe, die wirds sein.
SYLVIUS. Noch eine Leiche? Knabe! Sind wir denn
    In einem Beinhaus?

JOHANN.   Lustig, Alter!
  Sie ists! 's ist Agnes!
SYLVESTER *bedeckt sich das Gesicht.*
                        Agnes!
JOHANN.   Faß ihr ins Gesicht,
  Es muß wie fliegender Sommer sein.
                        Zu Rupert. Du Scheusal! Fort!
RUPERT *richtet sich halb auf.*
  Bleibt fern, ich bitt euch. – Sehr gefährlich ists,
  Der Ohnmacht eines Rasenden zu spotten.
  Ist er in Fesseln gleich geschlagen, kann
  Er euch den Speichel noch ins Antlitz spein,   2670
  Der seine Pest euch einimpft. Geht, und laßt
  Die Leiche mindstens mir von Ottokar.
JOHANN. Du toller Hund! Geh gleich fort! Ottokar
  Ist dort – komm, Alter, glaub mir hier ist Agnes.
SYLVIUS. O meine Agnes! O mein Kindeskind!
GERTRUDE. O meine Tochter! Welch ein Irrtum! Gott!
RUPERT *sieht Agnes' Leiche genauer an, steht auf, geht schnell zur Leiche Otto-*
  kars, und wendet sich mit Bewegung des Entsetzens.
  Höllisch Gesicht! Was äffst du mich?
                        Er sieht die Leiche wieder an.
                              Ein Teufel
  Blöckt mir die Zung heraus.
        Er sieht sie wieder an und fährt mit den Händen in seinen Haaren.
                              Ich selbst! Ich selbst!
  Zweimal die Brust durchbohrt! Zweimal die Brust.
URSULA *tritt auf.*
  Hier *ist* der Kindesfinger!   2680
      Sie wirft einen Kindesfinger in die Mitte der Bühne und verschwindet.
ALLE. Was war das? Welche seltsame Erscheinung?
EUSTACHE. Ein Kindesfinger?
                        Sie sucht ihn auf.
RUPERT.   Fehlte Petern nicht
  Der kleine Finger an der linken Hand?
SYLVESTER. Dem Peter? Dem erschlagnen Knaben? Fangt
  Das Weib mir, führet mir das Weib zurück!
                        Einige Ritter ab.

EUSTACHE. Wenn eine Mutter kennt, was sie gebar,
　　So ist es Peters Finger.

RUPERT.　　　　　　　Peters Finger?

EUSTACHE. Er ists! Er ists! An dieser Blatternarbe,
　　Der einzigen auf seinem ganzen Leib,

2690　Erkenn ich es! Er ist es!

RUPERT.　　　　　　　Unbegreiflich!

URSULA *wird aufgeführt.* Gnade! Gnade! Gnade!

SYLVESTER. Wie kamst du, Weib, zu diesem Finger?

URSULA.　　　　　　　　　　　Gnade!

　　Das Kind, dem ich ihn abgeschnitten, ist
　　Ermordet nicht, war ein ertrunkenes,
　　Das ich selbst leblos fand.

RUPERT.　　　　　　　Ertrunken?

SYLVESTER. Und warum schnittst du ihm den Finger ab?

URSULA. Ich wollt ihn unter meine Schwelle legen,
　　Er wehrt dem Teufel. Gnade! Wenns dein Sohn ist,
　　Wie meine Tochter sagt, ich wußt es nicht.

2700　RUPERT. Dich fand ich aber bei der Leiche nicht.
　　Ich fand zwei Reisige aus Warwand.

URSULA. Die kamen später zu dem Kind als ich,
　　Ihm auch den rechten Finger abzulösen.

　　　　　　　　Rupert bedeckt sich das Gesicht.

JOHANN *tritt vor Ursula.*
　　Was willst du, alte Hexe?

URSULA.　　　　　　　's ist abgetan, mein Püppchen.
　　Wenn ihr euch totschlagt, ist es ein Versehen.

JOHANN. Versehen? Ein Versehen? Schade! Schade!
　　Die arme Agnes! Und der Ottokar!

RUPERT. Johann! Mein Knäblein! Schweige still, dein Wort
　　Ist schneidend wie ein Messer.

JOHANN.　　　　　　　Seid nicht böse.

2710　Papa hat es nicht gern getan, Papa
　　Wird es nicht mehr tun. Seid nicht böse.

RUPERT.
　　Sylvester! Dir hab ich ein Kind genommen,
　　Und biete einen Freund dir zum Ersatz.

　　　　　　　　　Pause.

Sylvester! Selbst bin ich ein Kinderloser!

Pause.

Sylvester! Deines Kindes Blut komm über
Mich – kannst du besser nicht verzeihn, als ich?

*Sylvester reicht ihm mit abgewandtem Gesicht die Hand;
Eustache und Gertrude umarmen sich.*

JOHANN. Bringt Wein her! Lustig! Wein! Das ist ein Spaß zum
Totlachen! Wein! Der Teufel hatt im Schlaf die beiden
Mit Kohlen die Gesichter angeschmiert,
Nun kennen sie sich wieder. Schurken! Wein!   2720
Wir wollen eins drauf trinken!

URSULA.   Gott sei Dank!
So seid ihr nun versöhnt.

RUPERT.   Du hast den Knoten
Geschürzt, du hast ihn auch gelöst. Tritt ab.

JOHANN. Geh, alte Hexe, geh. Du spielst gut aus der Tasche,
Ich bin zufrieden mit dem Kunststück. Geh.

Der Vorhang fällt.

FRAGMENT AUS DEM TRAUERSPIEL:

ROBERT GUISKARD

HERZOG DER NORMÄNNER

PERSONEN

ROBERT GUISKARD, Herzog der Normänner

ROBERT, sein Sohn
ABÄLARD, sein Neffe } Normännerprinzen

CÄCILIA, Herzogin der Normänner, Guiskards Gemahlin

HELENA, verwitwete Kaiserin von Griechenland, Guiskards Tochter und Verlobte Abälards

EIN GREIS
EIN AUSSCHUSS VON KRIEGERN } der Normänner
DAS VOLK

Szene: Zypressen vor einem Hügel, auf welchem das Zelt Guiskards
steht, im Lager der Normänner vor Konstantinopel. Es brennen auf
dem Vorplatz einige Feuer, welche von Zeit zu Zeit mit Weihrauch,
und andern starkduftenden Kräutern, genährt werden. Im Hintergrunde
die Flotte.

Erster Auftritt

Ein Ausschuß von Normännern tritt auf, festlich im Kriegesschmuck.
Ihn begleitet Volk, jeden Alters und Geschlechts.

DAS VOLK *in unruhiger Bewegung.*

Mit heißem Segenswunsch, ihr würdgen Väter,
Begleiten wir zum Zelte Guiskards euch!
Euch führt ein Cherub an, von Gottes Rechten,
Wenn ihr den Felsen zu erschüttern geht,
Den angstempört die ganze Heereswog
Umsonst umschäumt! Schickt einen Donnerkeil
Auf ihn hernieder, daß ein Pfad sich uns
Eröffne, der aus diesen Schrecknissen
Des greulerfüllten Lagerplatzes führt!
10   Wenn er der Pest nicht schleunig uns entreißt,
Die uns die Hölle grausend zugeschickt,
So steigt der Leiche seines ganzen Volkes
Dies Land ein Grabeshügel aus der See!
Mit weit ausgreifenden Entsetzensschritten
Geht sie durch die erschrocknen Scharen hin,
Und haucht von den geschwollnen Lippen ihnen
Des Busens Giftqualm in das Angesicht!
Zu Asche gleich, wohin ihr Fuß sich wendet,
Zerfallen Roß und Reuter hinter ihr,
20   Vom Freund den Freund hinweg, die Braut vom Bräutgam,
Vom eignen Kind hinweg die Mutter schreckend!
Auf eines Hügels Rücken hingeworfen,
Aus ferner Öde jammern hört man sie,
Wo schauerliches Raubgeflügel flattert,
Und den Gewölken gleich, den Tag verfinsternd,
Auf die Hülflosen kämpfend niederrauscht!
Auch ihn ereilt, den Furchtlos-Trotzenden,

Zuletzt das Scheusal noch, und er erobert,
Wenn er nicht weicht, an jener Kaiserstadt
Sich nichts, als einen prächtgen Leichenstein!   30
Und statt des Segens unsrer Kinder setzt
Einst ihres Fluches Mißgestalt sich drauf,
Und heul'nd aus ehrner Brust Verwünschungen
Auf den Verderber ihrer Väter hin,
Wühlt sie das silberne Gebein ihm frech
Mit hörnern Klauen aus der Erd hervor!

Zweiter Auftritt

Ein Greis tritt auf. Die Vorigen.

EIN KRIEGER. Komm her, Armin, ich bitte dich.

EIN ANDERER.   Das heult,
Gepeitscht vom Sturm der Angst, und schäumt und gischt,
Dem offnen Weltmeer gleich.

EIN DRITTER.   Schaff Ordnung hier!
Sie wogen noch das Zelt des Guiskard um.   40

DER GREIS *zum Volk.*

Fort hier mit dem, was unnütz ist! Was solls
Mit Weibern mir und Kindern hier? Den Ausschuß,
Die zwölf bewehrten Männer brauchts, sonst nichts.

EIN NORMANN *aus dem Volk.*

Laß uns –

EIN WEIB.   Laß jammernd uns –

DER GREIS.   Hinweg! sag ich.
Wollt ihr etwa, ihr scheint mir gut gestimmt,
Das Haupt ihm der Rebellion erheben?
Soll ich mit Guiskard reden hier, wollt ihrs?

DER NORMANN. Du sollst, du würdger Greis, die Stimme führen,
Du einziger, und keiner sonst. Doch wenn er
Nicht hört, der Unerbittliche, so setze,   50
Den Jammer dieses ganzen Volks, setz ihn,
Gleich einem erznen Sprachrohr an, und donnre,
Was seine Pflicht sei, in die Ohren ihm –!
Wir litten, was ein Volk erdulden kann.

DER ERSTE KRIEGER.
  Schaut! Horcht!
DER ZWEITE.   Das Guiskardszelt eröffnet sich –
DER DRITTE. Sieh da – die Kaiserin von Griechenland!
DER ERSTE. Nun, diesen Zufall, Freunde, nenn ich günstig! –
  Jetzt bringt sich das Gesuch gleich an.
DER GREIS.   Still denn!
  Daß keiner einen Laut mir wagt! Ihr hörts,
60 Dem Flehn will ich, ich sag es noch einmal,
  Nicht der Empörung meine Stimme leihn.

Dritter Auftritt

Helena tritt auf. Die Vorigen.

HELENA. Ihr Kinder, Volk des besten Vaters, das
  Von allen Hügeln rauschend niederströmt,
  Was treibt mit so viel Zungen euch, da kaum
  Im Osten sich der junge Tag verkündet,
  Zu den Zypressen dieses Zeltes her?
  Habt ihr das ernste Kriegsgesetz vergessen,
  Das Stille in der Nacht gebeut, und ist
  Die Kriegersitt euch fremd, daß euch ein Weib
70 Muß lehren, wie man dem Bezirk sich naht,
  Wo sich der kühne Schlachtgedank ersinnt?
  Ist das, ihr ewgen Mächte dort, die Liebe,
  Die eurer Lippe stets entströmt, wenn ihr
  Den Vater mir, den alten, trefflichen,
  Mit Waffenklirrn und lautem Namensruf,
  Emporschreckt aus des Schlummers Arm, der eben
  Auf eine Morgenstund ihn eingewiegt?
  Ihn, der, ihr wißts, drei schweißerfüllte Nächte
  Auf offnem Seuchenfelde zugebracht,
80 Verderben, wütendem, entgegenkämpfend,
  Das ringsum ein von allen Seiten bricht! –
  Traun! Dringendes, was es auch immer sei,
  Führt euch hierher, und hören muß ich es;
  Denn Männer eurer Art, sie geben doch
  Stets was zu denken, wenn sie etwas tun.

DER GREIS. Erhabne Guiskardstochter, du vergibst uns!
  Wenn dieser Ausschuß hier, vom Volk begleitet,
  Ein wenig überlaut dem Zelt genaht,
  So straft es mein Gefühl: doch dies erwäge,
  Wir glaubten Guiskard nicht im Schlummer mehr.   90
  Die Sonne steht, blick auf, dir hoch im Scheitel,
  Und seit der Normann denkt, erstand sein Haupt
  Um Stunden, weißt du, früher stets, als sie.
  Not führt uns, länger nicht erträgliche,
  Auf diesen Vorplatz her, und seine Kniee,
  Um Rettung jammernd, werden wir umfassen;
  Doch wenn der Schlaf ihn jetzt noch, wie du sagst,
  In Armen hält, ihn, den endlose Mühe
  Entkräftet auf das Lager niederwarf:
  So harren wir in Ehrfurcht lautlos hier,   100
  Bis er das Licht begrüßet, mit Gebet
  Die Zeit für seine Heiterkeit erfüllend.
HELENA. Wollt ihr nicht lieber wiederkehren, Freunde?
  Ein Volk, in so viel Häuptern rings versammelt,
  Bleibt einem Meere gleich, wenn es auch ruht,
  Und immer rauschet seiner Wellen Schlag.
  Stellt euch, so wie ihr seid, in Festlichkeit
  Bei den Panieren eures Lagers auf:
  Sowie des Vaters erste Wimper zuckt,
  Den eignen Sohn send ich, und meld es euch.   110
DER GREIS. Laß, laß uns, Teuerste! Wenn dich kein andrer
  Verhaltner Grund bestimmt, uns fortzuschicken:
  Für deines Vaters Ruhe sorge nicht.
  Sieh, deines holden Angesichtes Strahl
  Hat uns beschwichtiget: die See fortan,
  Wenn rings der Winde muntre Schar entflohn,
  Die Wimpel hängen von den Masten nieder,
  Und an dem Schlepptau wird das Schiff geführt:
  Sie ist dem Ohr vernehmlicher, als wir.
  Vergönn uns, hier auf diesem Platz zu harren,   120
  Bis Guiskard aus dem Schlafe auferwacht.
HELENA. Gut denn. Es sei, ihr Freund'. Und irr ich nicht,
  Hör ich im Zelt auch seine Tritte schon. *Ab.*

Vierter Auftritt

Die Vorigen ohne Helena.

DER GREIS. Seltsam!

DER ERSTE KRIEGER. Jetzt hört sie seinen Tritt im Zelte,
Und eben lag er noch im festen Schlaf.

DER ZWEITE. Es schien, sie wünschte unsrer los zu sein.

DER DRITTE. Beim Himmel, ja; das sag ich auch. Sie ging
Um diesen Wunsch herum, mit Worten wedelnd:
Mir fiel das Sprichwort ein vom heißen Brei.

130 DER GREIS. – Und sonst schien es, sie wünschte, daß wir nahten.

Fünfter Auftritt

Ein Normann tritt auf. Die Vorigen.

DER NORMANN *dem Greise winkend.*

Armin!

DER GREIS. Gott grüß dich, Franz! Was gibts?

DER NORMANN *dem ersten Krieger, ebenso.*   Marin!

DER ERSTE KRIEGER.

Bringst du was Neues?

DER NORMANN.   – Einen Gruß von Hause.
Ein Wandrer aus Kalabrien kam an.

DER GREIS. So! aus Neapel?

DER ERSTE KRIEGER.   – Was siehst du so verstört dich um?

DER NORMANN *die beiden Männer bei der Hand fassend.*

Verstört? Ihr seid wohl toll? Ich bin vergnügt.

DER GREIS.

Mann! Deine Lipp ist bleich. Was fehlt dir? Rede!

DER NORMANN *nachdem er sich wieder umgesehen.*

Hört. Aber was ihr hört, auch nicht mit Mienen
Antwortet ihr, viel weniger mit Worten.

DER GREIS. Mensch, du bist fürchterlich. Was ist geschehn?

DER NORMANN *laut zu dem Volk, das ihn beobachtet.*

140 Nun, wie auch stehts? Der Herzog kommt, ihr Freunde?

EINER *aus dem Haufen.*

Ja, wir erhoffens.

EIN ANDRER.   Die Kaiserin will ihn rufen.

DER NORMANN *geheimnisvoll, indem er die beiden Männer vorführt.*

Da ich die Wache heut, um Mitternacht,
Am Eingang hier des Guiskardszeltes halte,
Fängts plötzlich jammervoll zu stöhnen drin,
Zu ächzen an, als haucht' ein kranker Löwe
Die Seele von sich. Drauf sogleich beginnt
Ein ängstlich heftig Treiben, selber wecket
Die Herzogin sich einen Knecht, der schnell
Die Kerzenstöcke zündet, dann hinaus
Stürzt aus dem Zelt. Nun auf sein Rufen schießt   150
Die ganze Sippschaft wildverstört herbei:
Die Kaiserin, im Nachtgewand, die beiden
Reichsprinzen an der Hand; des Herzogs Neffe,
In einen Mantel flüchtig eingehüllt;
Der Sohn, im bloßen Hemde fast; zuletzt –
Der Knecht, mit einem eingemummten Dinge, das,
Auf meine Frag, sich einen Ritter nennt.
Nun zieht mir Weiberröcke an, so gleich
Ich einer Jungfrau ebenso, und mehr;
Denn alles, Mantel, Stiefeln, Pickelhaube,   160
Hing an dem Kerl, wie an dem Nagelstift.
Drauf faß ich, schon von Ahndungen beklemmt,
Beim Ärmel ihn, dreh ihm das Angesicht
Ins Mondenlicht, und nun erkenn ich – wen?
Des Herzogs Leibarzt, den Jeronimus.

DER GREIS. Den Leibarzt, was!

DER ERSTE KRIEGER.   Ihr Ewigen!

DER GREIS.   Und nun
Meinst du, er sei unpäßlich, krank vielleicht –?

DER ERSTE KRIEGER. Krank? Angesteckt –!

DER GREIS *indem er ihm den Mund zuhält.*

                      Daß du verstummen müßtest!

DER NORMANN *nach einer Pause voll Schrecken.*

Ich sagt es nicht. Ich gebs euch zu erwägen.

*Robert und Abälard lassen sich, mit einander sprechend, im Eingang des
Zeltes sehn.*

DER ERSTE KRIEGER.

Das Zelt geht auf! Die beiden Prinzen kommen!   170

Sechster Auftritt

Robert und Abälard treten auf. Die Vorigen.

ROBERT *bis an den Rand des Hügels vorschreitend.*
    Wer an der Spitze stehet dieser Schar,
    Als Wortesführer, trete vor.
DER GREIS.   – Ich bins.
ROBERT. Du bists! – Dein Geist ist jünger, als dein Haupt,
    Und deine ganze Weisheit steckt im Haar!
    Dein Alter steht, du Hundertjährger, vor dir,
    Du würdest sonst nicht ohne Züchtigung,
    Hinweg von deines Prinzen Antlitz gehn.
    Denn eine Jünglingstat hast du getan,
    Und scheinst, fürwahr! der wackre Hausfreund nicht,
180   Der einst die Wiege Guiskards hütete,
    Wenn du als Führer dieser Schar dich beutst,
    Die mit gezückten Waffen hellen Aufruhrs,
    Wie mir die Schwester sagt, durchs Lager schweift,
    Und mit lautdonnernden Verwünschungen,
    Die aus dem Schlaf der Gruft ihn schrecken könnten,
    Aus seinem Zelt hervor den Feldherrn fordert.
    Ists wahr? Was denk ich? Was beschließ ich? – Sprich?
DER GREIS. Wahr ists, daß wir den Feldherrn forderten;
    Doch daß wirs donnernd, mit Verwünschungen,
190   Getan, hat dir die Schwester nicht gesagt,
    Die gegen uns, solang ich denken kann,
    Wohlwollend war und wahrhaft gegen dich!
    In meinem Alter wüßtest du es nicht,
    Wie man den Feldherrn ehrt, wohl aber ich
    Gewiß in deinem, was ein Krieger sei.
    Geh hin zu deinem Vater, und horch auf,
    Wenn du willst wissen, wie man mit mir spricht;
    Und ich, vergäß ich redend ja, was ich
    Dir schuldig, will danach schamrot bei meinen
200   Urenkeln mich erkundigen: denn die
    In Windeln haben sies von mir gelernt.
    Mit Demut haben wir, wies längst, o Herr!
    Im Heer des Normanns Brauch und Sitte war,

Gefleht, daß Guiskard uns erscheinen möge;
Und nicht das erstemal wärs, wenn er uns
In Huld es zugestände, aber, traun!
Wenn ers uns, so wie du, verweigerte.

ROBERT. Ich höre dich, du grauer Tor, bestätgen,
Was deine Rede widerlegen soll.
Denn eines Buben Keckheit würde nicht   210
Verwegner, als dein ungebändigtes
Gemüt sich zeigen. Lernen mußt dus doch
Noch, was gehorchen sei, und daß ich es
Dich lehren kann, das höre gleich. Du hättest
Auf meine Rüge, ohne Widerrede,
Die Schar sogleich vom Platze führen sollen;
Das war die Antwort einzig, die dir ziemte;
Und wenn ich jetzt befehle, daß du gehst,
So tust dus, hoff ich, nach der eignen Lehre,
Tusts augenblicklich, lautlos, tust es gleich!   220

ABÄLARD. Mit Zürnen seh ich dich und mit Befehlen,
Freigebiger, als es dein Vater lehrt;
Und unbefremdet bin ich, nimmt die Schar
Kalt deine heißen Schmähungsworte auf;
Denn dem Geräusch des Tags vergleich ich sie,
Das keiner hört, weils stets sich hören läßt.
Noch, find ich, ist nichts Tadelnswürdiges
Sogar geschehn, bis auf den Augenblick!
Daß kühn die Rede dieses Greises war,
Und daß sie stolz war, steht nicht übel ihm,   230
Denn zwei Geschlechter haben ihn geehrt,
Und eine Spanne von der Gruft soll nicht
Des dritten einer ihn beleidigen.
Wär mein das kecke Volk, das dir mißfällt,
Ich möcht es anders wahrlich nicht, als keck;
Denn seine Freiheit ist des Normanns Weib,
Und heilig wäre mir dás Ehepaar,
Das mir den Ruhm im Bette zeugt der Schlacht.
Das weiß der Guiskard wohl, und mag es gern
Wenn ihm der Krieger in den Mähnen spielt;   240
Allein der glatte Nacken seines Sohnes

Der schüttelt gleich sich, wenn ihm eins nur naht.
Meinst du, es könne dir die Normannskrone
Nicht fehlen, daß du dich so trotzig zeigst?
Durch Liebe, hör es, mußt du sie erwerben,
Das Recht gibt sie dir nicht, die Liebe kanns!
Allein von Guiskard ruht kein Funk auf dir,
Und diesen Namen* mindstens erbst du nicht;
Denn in der Stunde, da es eben gilt,
250   Schlägst du sie schnöd ins Angesicht, die jetzt
Dich auf des Ruhmes Gipfel heben könnten.
Doch ganz verlassen ist, wie du wohl wähnst,
Das Normannsheer, ganz ohne Freund, noch nicht,
Und bist dus nicht, wohlan, ich bin es gern.
Zu hören, was der Flehende begehrt,
Ist leicht, Erhörung nicht, das Hören ists:
Und wenn dein Feldherrnwort die Schar vertreibt,
Meins will, daß sie noch bleib! – Ihr hörts, ihr Männer!
Ich will vor Guiskard es verantworten.

ROBERT *mit Bedeutung, halblaut.*

260   Dich jetzt erkenn ich, und ich danke dir,
Als meinen bösen Geist! – Doch ganz gewonnen,
Ist, wie geschickt dus führst, noch nicht dein Spiel.
– Willst du ein Beispiel sehn, wie sicher meins,
Die Karten mögen liegen, wie sie wollen?

ABÄLARD.

Was willst du?

ROBERT.   Nun, merk nur auf. Du sollsts gleich fassen.

Er wendet sich zum Volk.

Ihr Guiskardssöhne, die mein Wort vertreibt,
Und seines schmeichlerisch hier fesseln soll,
Euch selber ruf ich mir zu Richtern auf!
Entscheiden sollt ihr zwischen mir und ihm,
270   Und übertreten ein Gebot von zwein.
Und keinen Laut mehr feig setz ich hinzu:
Des Herrschers Sohn, durch Gottes Gunst, bin ich,
Ein Prinz der, von dem Zufall großgezogen:

* Guiskard heißt *Schlaukopf;* ein Zuname, den die Normänner dem
Herzog gaben.

Das Unerhörte will ich bloß erprüfen,
Erprüfen, ob sein Wort gewichtiger
In eurer Seelen Waage fällt, als meins!

ABÄLARD.

Des Herrschers Sohn? – Der bin ich so wie du!
Mein Vater saß vor deinem auf dem Thron!
Er tats mit seinem Ruhm, tats mit mehr Recht:
Und näher noch verwandt ist mir das Volk,   280
Mir, Ottos Sohn, gekrönt vom Erbgesetz,
Als dir – dem Sohne meines Vormunds bloß,
Bestimmt von dem, mein Reich nur zu verwalten! –*
Und nun, wie dus begehrt, so ists mir recht.
Entscheidet, Männer, zwischen mir und ihm.
Auf mein Geheiß zu bleiben, steht euch frei,
Und wollt ihr, sprecht, als wär ich Otto selbst.

DER GREIS.

Du zeigst, o Herr, dich deines Vaters wert,
Und jauchzen wahrlich, in der Todesstunde,
Würd einst dein Oheim, unser hoher Fürst,   290
Wär ihm ein Sohn geworden, so wie du.
Dein Anblick, sieh, verjüngt mich wunderbar;
Denn in Gestalt und Red und Art dir gleich,
Wie du, ein Freund des Volks, jetzt vor uns stehst,
Stand Guiskard einst, als Otto hingegangen,
Des Volkes Abgott, herrlich vor uns da!
Nun jeder Segen schütte, der in Wolken
Die Tugenden umschwebt, sich auf dich nieder,
Und ziehe deines Glückes Pflanze groß!
Die Gunst des Oheims, laß sie, deine Sonne,   300

---

* Wilhelm von der Normandie, Stifter des Normännerstaats in Italien,
hatte drei Brüder, die einander, in Ermangelung der Kinder, rechtmäßig
in der Regierung folgten. Abälard, der Sohn des dritten, ein Kind, als
derselbe starb, hätte nun zum Regenten ausgerufen werden sollen; doch
Guiskard, der vierte Bruder, von dem dritten zum Vormund eingesetzt –
sei es, weil die Folgereihe der Brüder für ihn sprach, sei es, weil das Volk
ihn sehr liebte, ward gekrönt, und die Mittel, die angewendet wurden,
dies zu bewerkstelligen, vergessen. – Kurz, Guiskard war seit dreißig
Jahren als Herzog, und Robert, als Thronerbe, anerkannt. – Diese Umstände liegen wenigstens hier zum Grunde.

Nur immer, wie bis heute, dich bestrahlen:
Das, was der Grund vermag, auf dem sie steht,
Das zweifle nicht, o Herr, das wird geschehn! –
Doch eines Düngers, mißlichen Geschlechts,
Bedarf es nicht, vergib, um sie zu treiben;
Der Acker, wenn es sein kann, bleibe rein.
In manchem andern Wettstreit siegest du,
In diesem einen, Herr, stehst du ihm nach;
Und weil dein Feldherrnwort erlaubend bloß,
310   Gebietend seins, so gibst du uns wohl zu,
Daß wir dem dringenderen hier gehorchen.

> *Zu Robert, kalt.*

Wenn du befiehlst zu gehn, wir trotzen nicht.
Du bist der Guiskardssohn, das ist genug!
Sag, ob wir wiederkommen dürfen, sag
Uns wann, so führ ich diese Schar zurück.

ROBERT *seine Verlegenheit verbergend.*

Kehrt morgen wieder. – Oder heut, ihr Freunde.
Vielleicht zu Mittag, wenns die Zeit erlaubt. – –
– Ganz recht. So gehts. Ein ernst Geschäft hält eben
Den Guiskard nur auf eine Stunde fest;
320   Will er euch sprechen, wenn es abgetan,
Wohlan, so komm ich selbst, und ruf euch her.

ABÄLARD.

Tust du doch mit dem Heer, als wärs ein Weib,
Ein schwangeres, das niemand schrecken darf!
Warum hehlst du die Wahrheit? Fürchtest du
Die Niederkunft? – –

> *Zum Volk gewandt.*

Der Guiskard fühlt sich krank.

DER GREIS *erschrocken.*

Beim großen Gott des Himmels und der Erde,
Hat er die Pest?

ABÄLARD.   Das nicht. Das fürcht ich nicht. –
Obschon der Arzt Besorgnis äußert: ja.

ROBERT. Daß dir ein Wetterstrahl aus heitrer Luft
330   Die Zunge lähmte, du Verräter, du!

> *Ab ins Zelt.*

Siebenter Auftritt

Die Vorigen ohne Robert.

EINE STIMME *aus dem Volk.*

Ihr Himmelsscharen, ihr geflügelten,
So steht uns bei!

EINE ANDERE.   Verloren ist das Volk!

EINE DRITTE. Verloren ohne Guiskard rettungslos!

EINE VIERTE. Verloren rettungslos!

EINE FÜNFTE.   Errettungslos,
In diesem meerumgebnen Griechenland! –

DER GREIS *zu Abälard, mit erhobenen Händen.*

Nein, sprich! Ists wahr? – – Du Bote des Verderbens!
Hat ihn die Seuche wirklich angesteckt? –

ABÄLARD *von dem Hügel herabsteigend.*

Ich sagt es euch, gewiß ist es noch nicht.
Denn weils kein andres sichres Zeichen gibt,
Als nur den schnellen Tod, so leugnet ers,   340
Ihr kennt ihn, wirds im Tode leugnen noch.
Jedoch dem Arzt, der Mutter ists, der Tochter,
Dem Sohne selbst, ihr sehts, unzweifelhaft –

DER GREIS.

Fühlt er sich kraftlos, Herr? Das ist ein Zeichen.

DER ERSTE KRIEGER.

Fühlt er sein Innerstes erhitzt?

DER ZWEITE.   Und Durst?

DER GREIS. Fühlt er sich kraftlos? Das erledge erst.

ABÄLARD.

– Noch eben, da er auf dem Teppich lag,
Trat ich zu ihm und sprach: Wie gehts dir, Guiskard?
Drauf er: »Ei nun«, erwidert' er, »erträglich! –
Obschon ich die Giganten rufen möchte,   350
Um diese kleine Hand hier zu bewegen.«
Er sprach: »Dem Ätna wedelst du, laß sein!«
Als ihm von fern, mit einer Reiherfeder,
Die Herzogin den Busen fächelte;
Und als die Kaiserin, mit feuchtem Blick,
Ihm einen Becher brachte, und ihn fragte,

Ob er auch trinken woll? antwortet' er:
»Die Dardanellen, liebes Kind!« und trank.

DER GREIS. Es ist entsetzlich!

ABÄLARD.   Doch das hindert nicht,

360 Daß er nicht stets nach jener Kaiserzinne,
Die dort erglänzt, wie ein gekrümmter Tiger,
Aus seinem offnen Zelt hinüberschaut.
Man sieht ihn still, die Karte in der Hand,
Entschlüss' im Busen wälzen, ungeheure,
Als ob er heut das Leben erst beträte.
Nessus und Loxias, den Griechenfürsten,
– Gesonnen längst, ihr wißt, auf *einen* Punkt,
Die Schlüssel heimlich ihm zu überliefern,
– Auf *einen* Punkt, sag ich, von ihm bis heut

370 Mit würdiger Hartnäckigkeit verweigert –
Heut einen Boten sandt er ihnen zu,
Mit einer Schrift, die diesen Punkt* bewilligt.
Kurz, wenn die Nacht ihn lebend trifft, ihr Männer,
Das Rasende, ihr sollt es sehn, vollstreckt sich,
Und einen Hauptsturm ordnet er noch an;
Den Sohn schon fragt' er, den die Aussicht reizt,
Was er von solcher Unternehmung halte?

DER GREIS. O möcht er doch!

DER ERSTE KRIEGER.   O könnten wir ihm folgen!

DER ZWEITE KRIEGER.
O führt' er lang uns noch, der teure Held,

380 In Kampf und Sieg und Tod!

ABÄLARD.   Das sag ich auch!

Doch eh wird Guiskards Stiefel rücken vor
Byzanz, eh wird an ihre ehrnen Tore
Sein Handschuh klopfen, eh die stolze Zinne
Vor seinem bloßen Hemde sich verneigen,
Als dieser *Sohn*, wenn Guiskard fehlt, die Krone
Alexius, dem Rebellen dort, entreißen!

---

* Dieser Punkt war (wie sich in der Folge ausgewiesen haben würde)
die Forderung der Verräter in Konstantinopel: daß nicht die, von dem
Alexius Komnenes vertriebene, Kaiserin von Griechenland, im Namen ihrer
Kinder, sondern Guiskard selbst, die Krone ergreifen solle.

Achter Auftritt

Robert aus dem Zelt zurück. Die Vorigen.

ROBERT.

Normänner, hörts. Es hat der Guiskard sein
Geschäft beendigt, gleich erscheint er jetzt!

ABÄLARD *erschrocken.*

Erscheint? Unmöglich ists!

ROBERT.   Dir, Heuchlerherz,
Deck ich den Schleier jetzt von der Mißgestalt!   390

Wieder ab ins Zelt.

Neunter Auftritt

Die Vorigen ohne Robert.

DER GREIS. O Abälard! O was hast du getan?

ABÄLARD *mit einer fliegenden Blässe.*

Die Wahrheit sagt ich euch, und dieses Haupt
Verpfänd ich kühn der Rache, täuscht ich euch!
Als ich das Zelt verließ, lag hingestreckt
Der Guiskard, und nicht eines Gliedes schien
Er mächtig. Doch sein Geist bezwingt sich selbst
Und das Geschick, nichts Neues sag ich euch!

EIN KNABE *halb auf den Hügel gestiegen.*

Seht her, seht her! Sie öffnen schon das Zelt!

DER GREIS.

O du geliebter Knabe, siehst du ihn?
Sprich, siehst du ihn?

DER KNABE.   Wohl, Vater, seh ich ihn!   400
Frei in des Zeltes Mitte seh ich ihn!
Der hohen Brust legt er den Panzer um!
Dem breiten Schulternpaar das Gnadenkettlein!
Dem weitgewölbten Haupt drückt er, mit Kraft,
Den mächtig-wankend-hohen Helmbusch auf!
Jetzt seht, o seht doch her! – Da ist er selbst!

Zehnter Auftritt

Guiskard tritt auf. Die Herzogin, Helena, Robert, Gefolge hinter ihm.
Die Vorigen.

DAS VOLK *jubelnd.*

Triumph! Er ists! Der Guiskard ists! Leb hoch!

Einige Mützen fliegen in die Höhe.

DER GREIS *noch während des Jubelgeschreis.*

O Guiskard! Wir begrüßen dich, o Fürst!

Als stiegst du uns von Himmelshöhen nieder!

410   Denn in den Sternen glaubten wir dich schon – –!

GUISKARD *mit erhobener Hand.*

Wo ist der Prinz, mein Neffe?

Allgemeines Stillschweigen.

Tritt hinter mich.

Der Prinz, der sich unter das Volk gemischt hatte, steigt auf den Hügel, und
stellt sich hinter Guiskard, während dieser ihn unverwandt mit den Augen
verfolgt.

Hier bleibst du stehn, und lautlos. – Du verstehst mich?

– Ich sprech nachher ein eignes Wort mit dir.

Er wendet sich zum Greise.

Du führst, Armin, das Wort für diese Schar?

DER GREIS.

Ich führs, mein Feldherr!

GUISKARD *zum Ausschuß.*   Seht, als ich das hörte,

Hats lebhaft mich im Zelt bestürzt, ihr Leute!

Denn nicht die schlechtsten Männer seh ich vor mir,

Und nichts Bedeutungsloses bringt ihr mir,

Und nicht von einem Dritten mag ichs hören,

420   Was euch so dringend mir vors Antlitz führt. –

Tus schnell, du alter Knabe, tu mirs kund!

Ists eine neue Not? Ist es ein Wunsch?

Und womit helf ich? Oder tröst ich? Sprich!

DER GREIS.

Ein Wunsch, mein hoher Herzog, führt uns her. –

Jedoch nicht ihm gehört, wie du wohl wähnst,

Der Ungestüm, mit dem wir dein begehrt,

Und sehr beschämen würd uns deine Milde,

Wenn du das glauben könntest von der Schar.

Der Jubel, als du aus dem Zelte tratst,
Von ganz was anderm, glaub es, rührt er her: 430
Nicht von der Lust bloß, selbst dich zu erblicken;
Ach, von dem Wahn, du Angebeteter!
Wir würden nie dein Antlitz wiedersehn;
Von nichts Geringerm, als dem rasenden
Gerücht, daß ichs nur ganz dir anvertraue,
Du, Guiskard, seist vom Pesthauch angeweht –!

GUISKARD *lachend.*

Vom Pesthauch angeweht! Ihr seid wohl toll, ihr!
Ob ich wie einer ausseh, der die Pest hat?
Der ich in Lebensfüll hier vor euch stehe?
Der seiner Glieder jegliches beherrscht?   440
Des reine Stimme aus der freien Brust,
Gleich dem Geläut der Glocken, euch umhallt?
Das läßt der Angesteckte bleiben, das!
Ihr wollt mich, traun! mich Blühenden, doch nicht
Hinschleppen zu den Faulenden aufs Feld?
Ei, was zum Henker, nein! Ich wehre mich –
Im Lager hier kriegt ihr mich nicht ins Grab:
In Stambul halt ich still, und eher nicht!

DER GREIS.

O du geliebter Fürst! Dein heitres Wort
Gibt uns ein aufgegebnes Leben wieder!
Wenn keine Gruft doch wäre, die dich deckte!   450
Wärst du unsterblich doch, o Herr! unsterblich,
Unsterblich, wie es deine Taten sind!

GUISKARD.

– Zwar trifft sichs seltsam just, an diesem Tage,
Daß ich so *lebhaft* mich nicht fühl, als sonst:
Doch nicht unpäßlich möcht ich nennen das,
Viel wen'ger pestkrank! Denn was weiter ists,
Als nur ein Mißbehagen, nach der Qual
Der letzten Tage, um mein armes Heer.

DER GREIS. So sagst du –?

GUISKARD *ihn unterbrechend.*

                    's ist der Red nicht wert, sag ich!   460
Hier diesem alten Scheitel, wißt ihr selbst,

Hat seiner Haare keins noch wehgetan!
Mein Leib ward jeder Krankheit mächtig noch.
Und wärs die Pest auch, so versichr' ich euch:
An diesen Knochen nagt sie selbst sich krank!
DER GREIS. Wenn du doch mindestens von heute an,
Die Kranken *unsrer* Sorge lassen wolltest!
Nicht einer ist, o Guiskard, unter ihnen,
Der hülflos nicht, verworfen lieber läge,
470   Jedwedem Übel sterbend ausgesetzt,
Als daß er Hülf, von dir, du Einziger,
Du Ewig-Unersetzlicher, empfinge,
In immer reger Furcht, den gräßlichsten
Der Tode dir zum Lohne hinzugeben.
GUISKARD.
Ich habs, ihr Leut, euch schon so oft gesagt,
Seit wann denn gilt mein Guiskardswort nicht mehr?
Kein Leichtsinn ists, wenn ich Berührung nicht
Der Kranken scheue, und kein Ohngefähr,
Wenns ungestraft geschieht. Es hat damit
480   Sein eigenes Bewenden – kurz, zum Schluß:
Furcht meinetwegen spart! –
                              Zur Sache jetzt!
Was bringst du mir? sag an! Sei kurz und bündig;
Geschäfte rufen mich ins Zelt zurück.
DER GREIS *nach einer kurzen Pause.*
Du weißts, o Herr! du fühlst es so, wie wir –
Ach, auf wem ruht die Not so schwer, als dir?
In dem entscheidenden Moment, da schon – –
          Guiskard sieht sich um, der Greis stockt.
DIE HERZOGIN *leise.*
Willst du –?
ROBERT.   Begehrst du –?
ABÄLARD.   Fehlt dir –?
DIE HERZOGIN.   Gott im Himmel!
ABÄLARD. Was ist?
ROBERT.   Was hast du?
DIE HERZOGIN.   Guiskard! Sprich ein Wort!
Die Kaiserin zieht eine große Heerpauke herbei und schiebt sie hinter ihn.

GUISKARD *indem er sich sanft niederläßt, halblaut.*

Mein liebes Kind! –

        Was also gibts Armin?   490

Bring deine Sache vor, und laß es frei

Hinströmen, bange Worte lieb ich nicht!

    Der Greis sieht gedankenvoll vor sich nieder.

EINE STIMME *aus dem Volk.*

Nun, was auch säumt er?

EINE ANDERE.   Alter, du! So sprich.

DER GREIS *gesammelt.*

Du weißts, o Herr – und wem ists so bekannt?

Und auf wem ruht des Schicksals Hand so schwer?

Auf deinem Fluge rasch, die Brust voll Flammen,

Ins Bett der Braut, der du die Arme schon

Entgegenstreckst zu dem Vermählungsfest,

Tritt, o du Bräutigam der Siegesgöttin,

Die Seuche grauenvoll dir in den Weg –!

Zwar du bist, wie du sagst, noch unberührt;   500

Jedoch dein Volk ist, deiner Lenden Mark,

Vergiftet, keiner Taten fähig mehr,

Und täglich, wie vor Sturmwind Tannen, sinken

Die Häupter deiner Treuen in den Staub.

Der Hingestreckt' ists auferstehungslos,

Und wo er hinsank, sank er in sein Grab.

Er sträubt, und wieder, mit unsäglicher

Anstrengung sich empor: es ist umsonst!

Die giftgeätzten Knochen brechen ihm,

Und wieder nieder sinkt er in sein Grab.   510

Ja, in des Sinns entsetzlicher Verwirrung,

Die ihn zuletzt befällt, sieht man ihn scheußlich

Die Zähne gegen Gott und Menschen fletschen,

Dem Freund, dem Bruder, Vater, Mutter, Kindern,

Der Braut selbst, die ihm naht, entgegenwütend.

DIE HERZOGIN *indem sie an der Tochter Brust niedersinkt.*

O Himmel!

HELENA.   Meine vielgeliebte Mutter!

GUISKARD *sich langsam umsehend.*

Was fehlet ihr?

HELENA *zögernd.*   Es scheint –

GUISKARD.   Bringt sie ins Zelt!

Helena führt die Herzogin ab.

DER GREIS. Und weil du denn die kurzen Worte liebst:
O führ uns fort aus diesem Jammertal!
520   Du Retter in der Not, der du so manchem
Schon halfst, versage deinem ganzen Heere
Den einzgen Trank nicht, der ihm Heilung bringt,
Versag uns nicht Italiens Himmelslüfte,
Führ uns zurück, zurück, ins Vaterland!

DER

ZERBROCHNE

KRUG

EIN LUSTSPIEL

VORREDE

DIESEM Lustspiel liegt wahrscheinlich ein historisches Faktum, worüber ich jedoch keine nähere Auskunft habe auffinden können, zum Grunde. Ich nahm die Veranlassung dazu aus einem Kupferstich, den ich vor mehreren Jahren in der Schweiz sah. Man bemerkte darauf – zuerst einen Richter, der gravitätisch auf dem Richterstuhl saß: vor ihm stand eine alte Frau, die einen zerbrochenen Krug hielt, sie schien das Unrecht, das ihm widerfahren war, zu demonstrieren: Beklagter, ein junger Bauerkerl, den der Richter, als überwiesen, andonnerte, verteidigte sich noch, aber schwach: ein Mädchen, das wahrscheinlich in dieser Sache gezeugt hatte (denn wer weiß, bei welcher Gelegenheit das Deliktum geschehen war) spielte sich, in der Mitte zwischen Mutter und Bräutigam, an der Schürze; wer ein falsches Zeugnis abgelegt hätte, könnte nicht zerknirschter dastehn: und der Gerichtsschreiber sah (er hatte vielleicht kurz vorher das Mädchen angesehen) jetzt den Richter mißtrauisch zur Seite an, wie Kreon, bei einer ähnlichen Gelegenheit, den Ödip. Darunter stand: der zerbrochene Krug. – Das Original war, wenn ich nicht irre, von einem niederländischen Meister.

PERSONEN

WALTER, Gerichtsrat
ADAM, Dorfrichter
LICHT, Schreiber
FRAU MARTHE RULL
EVE, ihre Tochter
VEIT TÜMPEL, ein Bauer
RUPRECHT, sein Sohn
FRAU BRIGITTE
EIN BEDIENTER, BÜTTEL, MÄGDE usw.

Die Handlung spielt in einem niederländischen Dorfe bei Utrecht.

Szene: Die Gerichtsstube

Erster Auftritt

Adam sitzt und verbindet sich ein Bein. Licht tritt auf.

LICHT. Ei, was zum Henker, sagt, Gevatter Adam!
Was ist mit Euch geschehn? Wie seht Ihr aus?
ADAM. Ja, seht. Zum Straucheln brauchts doch nichts, als Füße.
Auf diesem glatten Boden, ist ein Strauch hier?
Gestrauchelt bin ich hier; denn jeder trägt
Den leidgen Stein zum Anstoß in sich selbst.
LICHT. Nein, sagt mir, Freund! Den Stein trüg jeglicher –?
ADAM. Ja, in sich selbst!
LICHT.   Verflucht das!
ADAM.   Was beliebt?
LICHT. Ihr stammt von einem lockern Ältervater,
10   Der so beim Anbeginn der Dinge fiel,
Und wegen seines Falls berühmt geworden;
Ihr seid doch nicht –?
ADAM.   Nun?
LICHT.   Gleichfalls –?
ADAM.   Ob ich –? Ich glaube –!
Hier bin ich hingefallen, sag ich Euch.
LICHT. Unbildlich hingeschlagen?
ADAM.   Ja, unbildlich.
Es mag ein schlechtes Bild gewesen sein.
LICHT. Wann trug sich die Begebenheit denn zu?
ADAM. Jetzt, in dem Augenblick, da ich dem Bett
Entsteig. Ich hatte noch das Morgenlied
Im Mund, da stolpr' ich in den Morgen schon,
20   Und eh ich noch den Lauf des Tags beginne,
Renkt unser Herrgott mir den Fuß schon aus.
LICHT. Und wohl den linken obenein?
ADAM.   Den linken?
LICHT. Hier, den gesetzten?
ADAM.   Freilich!
LICHT.   Allgerechter!
Der ohnhin schwer den Weg der Sünde wandelt.

ADAM.
 Der Fuß! Was! Schwer! Warum?
LICHT. Der Klumpfuß?
ADAM. Klumpfuß!
 Ein Fuß ist, wie der andere, ein Klumpen.
LICHT. Erlaubt! Da tut Ihr Eurem rechten Unrecht.
 Der rechte kann sich dieser – Wucht nicht rühmen,
 Und wagt sich eh'r aufs Schlüpfrige.
ADAM. Ach, was!
 Wo sich der eine hinwagt, folgt der andre. 30
LICHT. Und was hat das Gesicht Euch so verrenkt?
ADAM. Mir das Gesicht?
LICHT. Wie? Davon wißt Ihr nichts?
ADAM. Ich müßt ein Lügner sein – wie siehts denn aus?
LICHT. Wies aussieht?
ADAM. Ja, Gevatterchen.
LICHT. Abscheulich!
ADAM. Erklärt Euch deutlicher.
LICHT. Geschunden ists,
 Ein Greul zu sehn. Ein Stück fehlt von der Wange,
 Wie groß? Nicht ohne Waage kann ichs schätzen.
ADAM. Den Teufel auch!
LICHT *bringt einen Spiegel.* Hier! Überzeugt Euch selbst!
 Ein Schaf, das, eingehetzt von Hunden, sich
 Durch Dornen drängt, läßt nicht mehr Wolle sitzen, 40
 Als Ihr, Gott weiß wo? Fleisch habt sitzen lassen.
ADAM. Hm! Ja! 's ist wahr. Unlieblich sieht es aus.
 Die Nas hat auch gelitten.
LICHT. Und das Auge.
ADAM. Das Auge nicht, Gevatter.
LICHT. Ei, hier liegt
 Querfeld ein Schlag, blutrünstig, straf mich Gott,
 Als hätt èin Großknecht wütend ihn geführt.
ADAM. Das ist der Augenknochen. – Ja, nun seht,
 Das alles hatt ich nicht einmal gespürt.
LICHT. Ja, ja! So gehts im Feuer des Gefechts.
ADAM. Gefecht! Was! – Mit dem verfluchten Ziegenbock, 50
 Am Ofen focht ich, wenn Ihr wollt. Jetzt weiß ichs.

Da ich das Gleichgewicht verlier, und gleichsam
Ertrunken in den Lüften um mich greife,
Fass ich die Hosen, die ich gestern abend
Durchnäßt an das Gestell des Ofens hing.
Nun fass ich sie, versteht Ihr, denke mich,
Ich Tor, daran zu halten, und nun reißt
Der Bund; Bund jetzt und Hos und ich, wir stürzen,
Und häuptlings mit dem Stirnblatt schmettr' ich auf
60   Den Ofen hin, just wo ein Ziegenbock
Die Nase an der Ecke vorgestreckt.

LICHT *lacht.* Gut, gut.

ADAM.   Verdammt!

LICHT.   Der erste Adamsfall,
Den Ihr aus einem Bett hinaus getan.

ADAM.
Mein Seel! – Doch, was ich sagen wollte, was gibts Neues?

LICHT. Ja, was es Neues gibt! Der Henker hols,
Hätt ichs doch bald vergessen.

ADAM.   Nun?

LICHT. Macht Euch bereit auf unerwarteten
Besuch aus Utrecht.

ADAM.   So?

LICHT.   Der Herr Gerichtsrat kömmt.

ADAM.
Wer kömmt?

LICHT.   Der Herr Gerichtsrat Walter kömmt, aus Utrecht.
70   Er ist in Revisionsbereisung auf den Ämtern
Und heut noch trifft er bei uns ein.

ADAM. Noch heut! Seid Ihr bei Trost?

LICHT.   So wahr ich lebe.
Er war in Holla, auf dem Grenzdorf, gestern,
Hat das Justizamt dort schon revidiert.
Ein Bauer sah zur Fahrt nach Huisum schon
Die Vorspannpferde vor den Wagen schirren.

ADAM. Heut noch, er, der Gerichtsrat, her, aus Utrecht!
Zur Revision, der wackre Mann, der selbst
Sein Schäfchen schiert, dergleichen Fratzen haßt.
80   Nach Huisum kommen, und uns kujonieren!

LICHT. Kam er bis Holla, kommt er auch bis Huisum.
  Nehmt Euch in acht.

ADAM.   Ach geht!

LICHT.   Ich sag es Euch.

ADAM. Geht mir mit Eurem Märchen, sag ich Euch.

LICHT. Der Bauer hat ihn selbst gesehn, zum Henker.

ADAM. Wer weiß, wen der triefäugige Schuft gesehn.
  Die Kerle unterscheiden ein Gesicht
  Von einem Hinterkopf nicht, wenn er kahl ist.
  Setzt einen Hut dreieckig auf mein Rohr,
  Hängt ihm den Mantel um, zwei Stiefeln drunter,
  So hält so'n Schubiack ihn für wen Ihr wollt.   90

LICHT. Wohlan, so zweifelt fort, ins Teufels Namen,
  Bis er zur Tür hier eintritt.

ADAM.   Er, eintreten! –
  Ohn uns ein Wort vorher gesteckt zu haben.

LICHT. Der Unverstand! Als obs der vorige
  Revisor noch, der Rat Wachholder, wäre!
  Es ist Rat Walter jetzt, der revidiert.

ADAM.
  Wenngleich Rat Walter! Geht, laßt mich zufrieden.
  Der Mann hat seinen Amtseid ja geschworen,
  Und praktisiert, wie wir, nach den
  Bestehenden Edikten und Gebräuchen.   100

LICHT. Nun, ich versichr' Euch, der Gerichtsrat Walter
  Erschien in Holla unvermutet gestern,
  Vis'tierte Kassen und Registraturen,
  Und suspendierte Richter dort und Schreiber,
  Warum? ich weiß nicht, ab officio.

ADAM. Den Teufel auch? Hat das der Bauer gesagt?

LICHT. Dies und noch mehr –

ADAM.   So?

LICHT.   Wenn Ihrs wissen wollt.
  Denn in der Frühe heut sucht man den Richter,
  Dem man in seinem Haus Arrest gegeben,
  Und findet hinten in der Scheuer ihn   110
  Am Sparren hoch des Daches aufgehangen.

ADAM. Was sagt Ihr?

LICHT.   Hülf inzwischen kommt herbei,
　Man löst ihn ab, man reibt ihn, und begießt ihn,
　Ins nackte Leben bringt man ihn zurück.

ADAM. So? Bringt man ihn?

LICHT.   Doch jetzo wird versiegelt,
　In seinem Haus, vereidet und verschlossen,
　Es ist, als wär er eine Leiche schon,
　Und auch sein Richteramt ist schon beerbt.

ADAM.
　Ei, Henker, seht! – Ein liederlicher Hund wars –
120　Sonst eine ehrliche Haut, so wahr ich lebe,
　Ein Kerl, mit dem sichs gut zusammen war;
　Doch grausam liederlich, das muß ich sagen.
　Wenn der Gerichtsrat heut in Holla war,
　So gings ihm schlecht, dem armen Kauz, das glaub ich.

LICHT. Und dieser Vorfall einzig, sprach der Bauer,
　Sei schuld, daß der Gerichtsrat noch nicht hier;
　Zu Mittag treff er doch ohnfehlbar ein.

ADAM. Zu Mittag! Gut, Gevatter! Jetzt gilts Freundschaft.
　Ihr wißt, wie sich zwei Hände waschen können.
130　Ihr wollt auch gern, ich weiß, Dorfrichter werden,
　Und Ihr verdients, bei Gott, so gut wie einer.
　Doch heut ist noch nicht die Gelegenheit,
　Heut laßt Ihr noch den Kelch vorübergehn.

LICHT. Dorfrichter, ich! Was denkt Ihr auch von mir?

ADAM. Ihr seid ein Freund von wohlgesetzter Rede,
　Und Euren Cicero habt Ihr studiert
　Trotz einem auf der Schul in Amsterdam.
　Drückt Euren Ehrgeiz heut hinunter, hört Ihr?
　Es werden wohl sich Fälle noch ergeben,
140　Wo Ihr mit Eurer Kunst Euch zeigen könnt.

LICHT. Wir zwei Gevatterleute! Geht mir fort.

ADAM. Zu seiner Zeit, Ihr wißts, schwieg auch der große
　Demosthenes. Folgt hierin seinem Muster.
　Und bin ich König nicht von Mazedonien,
　Kann ich auf meine Art doch dankbar sein.

LICHT. Geht mir mit Eurem Argwohn, sag ich Euch.
　Hab ich jemals –?

ADAM.   Seht, ich, ich, für mein Teil,
  Dem großen Griechen folg ich auch. Es ließe
  Von Depositionen sich und Zinsen
  Zuletzt auch eine Rede ausarbeiten: 150
  Wer wollte solche Perioden drehn?
LICHT. Nun, also!
ADAM.   Von solchem Vorwurf bin ich rein,
  Der Henker hols! Und alles, was es gilt,
  Ein Schwank ists etwa, der zur Nacht geboren,
  Des Tags vorwitzgen Lichtstrahl scheut.
LICHT.   Ich weiß.
ADAM. Mein Seel! Es ist kein Grund, warum ein Richter,
  Wenn er nicht auf dem Richtstuhl sitzt,
  Soll gravitätisch, wie ein Eisbär, sein.
LICHT. Das sag ich auch.
ADAM.   Nun denn, so kommt Gevatter,
  Folgt mir ein wenig zur Registratur;   160
  Die Aktenstöße setz ich auf, denn die,
  Die liegen wie der Turm zu Babylon.

Zweiter Auftritt

Ein Bedienter tritt auf. Die Vorigen. – Nachher: Zwei Mägde.

DER BEDIENTE. Gott helf, Herr Richter! Der Gerichtsrat Walter
  Läßt seinen Gruß vermelden, gleich wird er hier sein.
ADAM. Ei, du gerechter Himmel! Ist er mit Holla
  Schon fertig?
DER BEDIENTE. Ja, er ist in Huisum schon.
ADAM. He! Liese! Grete!
LICHT.   Ruhig, ruhig jetzt.
ADAM. Gevatterchen!
LICHT.   Laßt Euern Dank vermelden.
DER BEDIENTE. Und morgen reisen wir nach Hussahe.
ADAM. Was tu ich jetzt? Was laß ich?
            Er greift nach seinen Kleidern.
ERSTE MAGD *tritt auf.*   Hier bin ich, Herr.   170
LICHT. Wollt Ihr die Hosen anziehn? Seid Ihr toll?

ZWEITE MAGD *tritt auf.*

  Hier bin ich, Herr Dorfrichter.

LICHT.   Nehmt den Rock.

ADAM *sieht sich um.*

  Wer? Der Gerichtsrat?

LICHT.   Ach, die Magd ist es.

ADAM.

  Die Bäffchen! Mantel! Kragen!

ERSTE MAGD.   Erst die Weste!

ADAM. Was? – Rock aus! Hurtig!

LICHT *zum Bedienten.*   Der Herr Gerichtsrat werden

  Hier sehr willkommen sein. Wir sind sogleich

  Bereit ihn zu empfangen. Sagt ihm das.

ADAM. Den Teufel auch! Der Richter Adam läßt sich

  Entschuldigen.

LICHT.   Entschuldigen!

ADAM.   Entschuldgen.

180 Ist er schon unterwegs etwa?

DER BEDIENTE.   Er ist

  Im Wirtshaus noch. Er hat den Schmied bestellt;

  Der Wagen ging entzwei.

ADAM.   Gut. Mein Empfehl.

  Der Schmied ist faul. Ich ließe mich entschuldgen.

  Ich hätte Hals und Beine fast gebrochen,

  Schaut selbst, 's ist ein Spektakel, wie ich aussah;

  Und jeder Schreck purgiert mich von Natur.

  Ich wäre krank.

LICHT.   Seid Ihr bei Sinnen? –

  Der Herr Gerichtsrat wär sehr angenehm.

  – Wollt Ihr?

ADAM.   Zum Henker!

LICHT.   Was?

ADAM.   Der Teufel soll mich holen,

190 Ists nicht so gut, als hätt ich schon ein Pulver!

LICHT. Das fehlt noch, daß Ihr auf den Weg ihm leuchtet.

ADAM. Margrete! he! Der Sack voll Knochen! Liese!

DIE BEIDEN MÄGDE.

  Hier sind wir ja. Was wollt Ihr?

ADAM.   Fort! sag ich.
Kuhkäse, Schinken, Butter, Würste, Flaschen
Aus der Registratur geschafft! Und flink! –
Du nicht. Die andere. – Maulaffe! Du ja!
– Gotts Blitz, Margrete! Liese soll, die Kuhmagd,
In die Registratur!

Die erste Magd geht ab.

DIE ZWEITE MAGD.   Sprecht, soll man Euch verstehn!
ADAM. Halts Maul jetzt, sag ich –! Fort! schaff mir die Perücke!
Marsch! Aus dem Bücherschrank! Geschwind! Pack dich!   200

Die zweite Magd ab.

LICHT *zum Bedienten.*
Es ist dem Herrn Gerichtsrat, will ich hoffen,
Nichts Böses auf der Reise zugestoßen?
DER BEDIENTE. Je, nun! Wir sind im Hohlweg umgeworfen.
ADAM. Pest! Mein geschundner Fuß! Ich krieg die Stiefeln –
LICHT. Ei, du mein Himmel! Umgeworfen, sagt Ihr?
Doch keinen Schaden weiter –?
DER BEDIENTE.   Nichts von Bedeutung.
Der Herr verstauchte sich die Hand ein wenig.
Die Deichsel brach.
ADAM.   Daß er den Hals gebrochen!
LICHT.
Die Hand verstaucht! Ei, Herr Gott! Kam der Schmied schon?
DER BEDIENTE.
Ja, für die Deichsel.
LICHT.   Was?
ADAM.   Ihr meint, der Doktor.   210
LICHT. Was?
DER BEDIENTE. Für die Deichsel?
ADAM.   Ach, was! Für die Hand.
DER BEDIENTE.
Adies, ihr Herrn. – Ich glaub, die Kerls sind toll. *Ab.*
LICHT. Den Schmied meint ich.
ADAM.   Ihr gebt Euch bloß, Gevatter.
LICHT. Wieso?
ADAM.   Ihr seid verlegen.
LICHT.   Was!

Die erste Magd tritt auf.

ADAM.   He! Liese!
Was hast du da?
ERSTE MAGD.   Braunschweiger Wurst, Herr Richter.
ADAM. Das sind Pupillenakten.
LICHT.   Ich, verlegen!
ADAM. Die kommen wieder zur Registratur.
ERSTE MAGD. Die Würste?
ADAM.   Würste! Was! Der Einschlag hier.
LICHT. Es war ein Mißverständnis.
DIE ZWEITE MAGD *tritt auf.*   Im Bücherschrank,
220 Herr Richter, find ich die Perücke nicht.
ADAM. Warum nicht?
ZWEITE MAGD.   Hm! Weil Ihr –
ADAM.   Nun?
ZWEITE MAGD.   Gestern abend –
Glock eilf –
ADAM.   Nun? Werd ichs hören?
ZWEITE MAGD.   Ei, Ihr kamt ja,
Besinnt Euch, ohne die Perück ins Haus.
ADAM. Ich, ohne die Perücke?
ZWEITE MAGD.   In der Tat.
Da ist die Liese, die's bezeugen kann.
Und Eure andr' ist beim Perückenmacher.
ADAM. Ich wär–?
ERSTE MAGD.   Ja, meiner Treu, Herr Richter Adam!
Kahlköpfig wart Ihr, als Ihr wiederkamt;
Ihr spracht, Ihr wärt gefallen, wißt Ihr nicht?
230 Das Blut mußt ich Euch noch vom Kopfe waschen.
ADAM. Die Unverschämte!
ERSTE MAGD.   Ich will nicht ehrlich sein.
ADAM. Halts Maul, sag ich, es ist kein wahres Wort.
LICHT. Habt Ihr die Wund seit gestern schon?
ADAM.   Nein, heut.
Die Wunde heut und gestern die Perücke.
Ich trug sie weiß gepudert auf dem Kopfe,
Und nahm sie mit dem Hut, auf Ehre, bloß,
Als ich ins Haus trat, aus Versehen ab.

Was die gewaschen hat, das weiß ich nicht.
– Scher dich zum Satan, wo du hingehörst!
In die Registratur!   *Erste Magd ab.*
                    Geh, Margarete!   240
Gevatter Küster soll mir seine borgen;
In meine hätt die Katze heute morgen
Gejungt, das Schwein! Sie läge eingesäuet
Mir unterm Bette da, ich weiß nun schon.
LICHT. Die Katze? Was? Seid Ihr –?
ADAM.   So wahr ich lebe.
Fünf Junge, gelb und schwarz, und eins ist weiß.
Die schwarzen will ich in der Vecht ersäufen.
Was soll man machen? Wollt Ihr eine haben?
LICHT. In die Perücke?
ADAM.   Der Teufel soll mich holen!
Ich hatte die Perücke aufgehängt,   250
Auf einen Stuhl, da ich zu Bette ging,
Den Stuhl berühr ich in der Nacht, sie fällt –
LICHT. Drauf nimmt die Katze sie ins Maul –
ADAM.   Mein Seel –
LICHT. Und trägt sie unters Bett und jungt darin.
ADAM. Ins Maul? Nein –
LICHT.   Nicht? Wie sonst?
ADAM.   Die Katz? Ach, was!
LICHT. Nicht? Oder Ihr vielleicht?
ADAM.   Ins Maul! Ich glaube –!
Ich stieß sie mit dem Fuße heut hinunter,
Als ich es sah.
LICHT.   Gut, gut.
ADAM.   Kanaillen die!
Die balzen sich und jungen, wo ein Platz ist.
ZWEITE MAGD *kichernd.* So soll ich hingehn?
ADAM.   Ja, und meinen Gruß   260
An Muhme Schwarzgewand, die Küsterin.
Ich schickt ihr die Perücke unversehrt
Noch heut zurück – ihm brauchst du nichts zu sagen.
Verstehst du mich?
ZWEITE MAGD.   Ich werd es schon bestellen. *Ab.*

Dritter Auftritt

Adam und Licht.

ADAM. Mir ahndet heut nichts Guts, Gevatter Licht.

LICHT. Warum?

ADAM.   Es geht bunt alles überecke mir.
Ist nicht auch heut Gerichtstag?

LICHT.   Allerdings.
Die Kläger stehen vor der Türe schon.

ADAM. – Mir träumt', es hätt ein Kläger mich ergriffen,
270   Und schleppte vor den Richtstuhl mich; und ich,
Ich säße gleichwohl auf dem Richtstuhl dort,
Und schält' und hunzt' und schlingelte mich herunter,
Und judiziert den Hals ins Eisen mir.

LICHT. Wie? Ihr Euch selbst?

ADAM.   So wahr ich ehrlich bin.
Drauf wurden beide wir zu eins, und flohn,
Und mußten in den Fichten übernachten.

LICHT. Nun? Und der Traum meint Ihr –?

ADAM.   Der Teufel hols.
Wenns auch der Traum nicht ist, ein Schabernack,
Seis, wie es woll, ist wider mich im Werk!

LICHT.
280   Die läppsche Furcht! Gebt Ihr nur vorschriftsmäßig,
Wenn der Gerichtsrat gegenwärtig ist,
Recht den Parteien auf dem Richterstuhle,
Damit der Traum vom ausgehunzten Richter
Auf andre Art nicht in Erfüllung geht.

Vierter Auftritt

Der Gerichtsrat Walter tritt auf. Die Vorigen.

WALTER. Gott grüß Euch, Richter Adam.

ADAM.   Ei, willkommen!
Willkommen, gnädger Herr, in unserm Huisum!
Wer konnte, du gerechter Gott, wer konnte
So freudigen Besuches sich gewärtgen.

Kein Traum, der heute früh Glock achte noch
Zu solchem Glücke sich versteigen durfte.   290

WALTER. Ich komm ein wenig schnell, ich weiß; und muß
Auf dieser Reis, in unsrer Staaten Dienst,
Zufrieden sein, wenn meine Wirte mich
Mit wohlgemeintem Abschiedsgruß entlassen.
Inzwischen ich, was meinen Gruß betrifft,
Ich meins von Herzen gut, schon wenn ich komme.
Das Obertribunal in Utrecht will
Die Rechtspfleg auf dem platten Land verbessern,
Die mangelhaft von mancher Seite scheint,
Und strenge Weisung hat der Mißbrauch zu erwarten.   300
Doch *mein* Geschäft auf dieser Reis ist noch
Ein strenges nicht, sehn soll ich bloß, nicht strafen,
Und find ich gleich nicht alles, wie es soll,
Ich freue mich, wenn es erträglich ist.

ADAM. Fürwahr, so edle Denkart muß man loben.
Euer Gnaden werden hie und da, nicht zweifl' ich,
Den alten Brauch im Recht zu tadeln wissen;
Und wenn er in den Niederlanden gleich
Seit Kaiser Karl dem fünften schon besteht:
Was läßt sich in Gedanken nicht erfinden?   310
Die Welt, sagt unser Sprichwort, wird stets klüger,
Und alles liest, ich weiß, den Puffendorf;
Doch Huisum ist ein kleiner Teil der Welt,
Auf den nicht mehr, nicht minder, als sein Teil nur
Kann von der allgemeinen Klugheit kommen.
Klärt die Justiz in Huisum gütigst auf,
Und überzeugt Euch, gnädger Herr, Ihr habt
Ihr noch sobald den Rücken nicht gekehrt,
Als sie auch völlig Euch befriedgen wird;
Doch fändet Ihr sie heut im Amte schon   320
Wie Ihr sie wünscht, mein Seel, so wärs ein Wunder,
Da sie nur dunkel weiß noch, was Ihr wollt.

WALTER. Es fehlt an Vorschriften, ganz recht. Vielmehr
Es sind zu viel, man wird sie sichten müssen.

ADAM. Ja, durch ein großes Sieb. Viel Spreu! Viel Spreu!

WALTER. Das ist dort der Herr Schreiber?

LICHT.   Der Schreiber Licht,
Zu Eurer hohen Gnaden Diensten. Pfingsten
Neun Jahre, daß ich im Justizamt bin.
ADAM *bringt einen Stuhl.* Setzt Euch.
WALTER.   Laßt sein.
ADAM.   Ihr kommt von Holla schon.
330 WALTER. Zwei kleine Meilen – Woher wißt Ihr das?
ADAM. Woher? Euer Gnaden Diener –
LICHT.   Ein Bauer sagt' es,
Der eben jetzt von Holla eingetroffen.
WALTER. Ein Bauer?
ADAM.   Aufzuwarten.
WALTER.   – Ja! Es trug sich
Dort ein unangenehmer Vorfall zu,
Der mir die heitre Laune störte,
Die in Geschäften uns begleiten soll. –
Ihr werdet davon unterrichtet sein?
ADAM. Wärs wahr, gestrenger Herr? Der Richter Pfaul,
Weil er Arrest in seinem Haus empfing,
340 Verzweiflung hätt den Toren überrascht,
Er hing sich auf?
WALTER.   Und machte Übel ärger.
Was nur Unordnung schien, Verworrenheit,
Nimmt jetzt den Schein an der Veruntreuung,
Die das Gesetz, Ihr wißts, nicht mehr verschont. –
Wie viele Kassen habt Ihr?
ADAM.   Fünf, zu dienen.
WALTER. Wie, fünf! Ich stand im Wahn – Gefüllte Kassen?
Ich stand im Wahn, daß Ihr nur vier –
ADAM.   Verzeiht!
Mit der Rhein-Inundations-Kollektenkasse?
WALTER. Mit der Inundations-Kollektenkasse!
350 Doch jetzo ist der Rhein nicht inundiert,
Und die Kollekten gehn mithin nicht ein.
– Sagt doch, Ihr habt ja wohl Gerichtstag heut?
ADAM. Ob wir –?
WALTER.   Was?
LICHT.   Ja, den ersten in der Woche.

WALTER. Und jene Schar von Leuten, die ich draußen
    Auf Eurem Flure sah, sind das –?
ADAM.   Das werden –
LICHT. Die Kläger sinds, die sich bereits versammeln.
WALTER. Gut. Dieser Umstand ist mir lieb, ihr Herren.
    Laßt diese Leute, wenns beliebt, erscheinen.
    Ich wohne dem Gerichtsgang bei; ich sehe
    Wie er in Eurem Huisum üblich ist.   360
    Wir nehmen die Registratur, die Kassen,
    Nachher, wenn diese Sache abgetan.
ADAM. Wie Ihr befehlt. – Der Büttel! He! Hanfriede!

Fünfter Auftritt

Die zweite Magd tritt auf. Die Vorigen.

ZWEITE MAGD. Gruß von Frau Küsterin, Herr Richter Adam;
    So gern sie die Perück Euch auch –
ADAM.   Wie? Nicht?
ZWEITE MAGD. Sie sagt, es wäre Morgenpredigt heute;
    Der Küster hätte selbst die eine auf,
    Und seine andre wäre unbrauchbar,
    Sie sollte heut zu dem Perückenmacher.
ADAM. Verflucht!
ZWEITE MAGD.   Sobald der Küster wieder kömmt,   370
    Wird sie jedoch sogleich Euch seine schicken.
ADAM. Auf meine Ehre, gnädger Herr –
WALTER.   Was gibts?
ADAM. Ein Zufall, ein verwünschter, hat um beide
    Perücken mich gebracht. Und jetzt bleibt mir
    Die dritte aus, die ich mir leihen wollte:
    Ich muß kahlköpfig den Gerichtstag halten.
WALTER. Kahlköpfig!
ADAM.   Ja, beim ewgen Gott! So sehr
    Ich ohne der Perücke Beistand um
    Mein Richteransehn auch verlegen bin.
    – Ich müßt es auf dem Vorwerk noch versuchen,   380
    Ob mir vielleicht der Pächter –?

WALTER.   Auf dem Vorwerk!
Kann jemand anders hier im Orte nicht –?
ADAM. Nein, in der Tat –
WALTER.   Der Prediger vielleicht.
ADAM. Der Prediger? Der –
WALTER.   Oder Schulmeister.
ADAM. Seit der Sackzehnde abgeschafft, Euer Gnaden,
    Wozu ich hier im Amte mitgewirkt,
    Kann ich auf beider Dienste nicht mehr rechnen.
WALTER. Nun, Herr Dorfrichter? Nun? Und der Gerichtstag?
    Denkt Ihr zu warten, bis die Haar Euch wachsen?
390   ADAM. Ja, wenn Ihr mir erlaubt, schick ich aufs Vorwerk.
WALTER. – Wie weit ists auf das Vorwerk?
ADAM.   Ei! Ein kleines
    Halbstündchen.
WALTER.   Eine halbe Stunde, was!
    Und Eurer Sitzung Stunde schlug bereits.
    Macht fort! Ich muß noch heut nach Hussahe.
ADAM. Macht fort! Ja –
WALTER.   Ei, so pudert Euch den Kopf ein!
    Wo Teufel auch, wo ließt Ihr die Perücken?
    – Helft Euch so gut Ihr könnt. Ich habe Eile.
ADAM. Auch das.
DER BÜTTEL *tritt auf.*
       Hier ist der Büttel!
ADAM.   Kann ich inzwischen
    Mit einem guten Frühstück, Wurst aus Braunschweig,
400   Ein Gläschen Danziger etwa –
WALTER.   Danke sehr.
ADAM. Ohn Umständ!
WALTER.   Dank', Ihr hörts, habs schon genossen.
    Geht Ihr, und nutzt die Zeit, ich brauche sie
    In meinem Büchlein etwas mir zu merken.
ADAM. Nun, wenn Ihr so befehlt – Komm, Margarete!
WALTER. – Ihr seid ja bös verletzt, Herr Richter Adam.
    Seid Ihr gefallen?
ADAM.   – Hab einen wahren Mordschlag
    Heut früh, als ich dem Bett entstieg, getan:

Seht, gnädger Herr Gerichtsrat, einen Schlag
Ins Zimmer hin, ich glaubt es wär ins Grab.

WALTER. Das tut mir leid. – Es wird doch weiter nicht   410
Von Folgen sein?

ADAM.   Ich denke nicht. Und auch
In meiner Pflicht solls weiter mich nicht stören. –
Erlaubt!

WALTER.   Geht, geht!

ADAM *zum Büttel.*   Die Kläger rufst du – marsch!

Adam, die Magd und der Büttel ab.

Sechster Auftritt

Frau Marthe, Eve, Veit und Ruprecht treten auf. – Walter und Licht
im Hintergrunde.

FRAU MARTHE. Ihr krugzertrümmerndes Gesindel, ihr!
Ihr sollt mir büßen, ihr!

VEIT.   Sei Sie nur ruhig,
Frau Marth! Es wird sich alles hier entscheiden.

FRAU MARTHE.
O ja. Entscheiden. Seht doch. Den Klugschwätzer.
Den Krug mir, den zerbrochenen, entscheiden.
Wer wird mir den geschiednen Krug entscheiden?
Hier wird entschieden werden, daß geschieden   420
Der Krug mir bleiben soll. Für so'n Schiedsurteil
Geb ich noch die geschiednen Scherben nicht.

VEIT. Wenn Sie sich Recht erstreiten kann, Sie hörts,
Ersetz ich ihn.

FRAU MARTHE.   Er mir den Krug ersetzen.
Wenn ich mir Recht erstreiten kann, ersetzen.
Setz Er den Krug mal hin, versuch Ers mal,
Setz Er'n mal hin auf das Gesims! Ersetzen!
Den Krug, der kein Gebein zum Stehen hat,
Zum Liegen oder Sitzen hat, ersetzen!

VEIT.
Sie hörts! Was geifert Sie? Kann man mehr tun?   430
Wenn einer Ihr von uns den Krug zerbrochen,
Soll Sie entschädigt werden.

FRAU MARTHE.   Ich entschädigt!
Als ob ein Stück von meinem Hornvieh spräche.
Meint Er, daß die Justiz ein Töpfer ist?
Und kämen die Hochmögenden und bänden
Die Schürze vor, und trügen ihn zum Ofen,
Die könnten sonst was in den Krug mir tun,
Als ihn entschädigen. Entschädigen!
RUPRECHT. Laß Er sie, Vater. Folg Er mir. Der Drachen!
440   's ist der zerbrochne Krug nicht, der sie wurmt,
Die Hochzeit ist es, die ein Loch bekommen,
Und mit Gewalt hier denkt sie sie zu flicken.
Ich aber setze noch den Fuß eins drauf:
Verflucht bin ich, wenn ich die Metze nehme.
FRAU MARTHE. Der eitle Flaps! Die Hochzeit ich hier flicken!
Die Hochzeit, nicht des Flickdrahts, unzerbrochen
Nicht einen von des Kruges Scherben wert.
Und stünd die Hochzeit blankgescheuert vor mir,
Wie noch der Krug auf dem Gesimse gestern,
450   So faßt ich sie beim Griff jetzt mit den Händen,
Und schlüg sie gellend ihm am Kopf entzwei,
Nicht aber hier die Scherben möcht ich flicken!
Sie flicken!
EVE.   Ruprecht!
RUPRECHT.   Fort du –!
EVE.   Liebster Ruprecht!
RUPRECHT. Mir aus den Augen!
EVE.   Ich beschwöre dich.
RUPRECHT. Die lüderliche –! Ich mag nicht sagen, was.
EVE. Laß mich ein einzges Wort dir heimlich –
RUPRECHT.   Nichts!
EVE. – Du gehst zum Regimente jetzt, o Ruprecht,
Wer weiß, wenn du erst die Muskete trägst,
Ob ich dich je im Leben wieder sehe.
460   Krieg ists, bedenke, Krieg, in den du ziehst:
Willst du mit solchem Grolle von mir scheiden?
RUPRECHT. Groll? Nein, bewahr mich Gott, das will ich nicht.
Gott schenk dir so viel Wohlergehn, als er
Erübrigen kann. Doch kehrt ich aus dem Kriege

Gesund, mit erzgegoßnem Leib zurück,
Und würd in Huisum achtzig Jahre alt,
So sagt ich noch im Tode zu dir: Metze!
Du willsts ja selber vor Gericht beschwören.

FRAU MARTHE *zu Eve.*

Hinweg! Was sagt ich dir? Willst du dich noch
Beschimpfen lassen? Der Herr Korporal   470
Ist was für dich, der würdge Holzgebein,
Der seinen Stock im Militär geführt,
Und nicht dort der Maulaffe, der dem Stock
Jetzt seinen Rücken bieten wird. Heut ist
Verlobung, Hochzeit, wäre Taufe heute,
Es wär mir recht, und mein Begräbnis leid ich,
Wenn ich dem Hochmut erst den Kamm zertreten,
Der mir bis an die Krüge schwillet.

EVE.   Mutter!

Laßt doch den Krug! Laßt mich doch in der Stadt versuchen,
Ob ein geschickter Handwerksmann die Scherben   480
Nicht wieder Euch zur Lust zusammenfügt.
Und wärs um ihn geschehn, nehmt meine ganze
Sparbüchse hin, und kauft Euch einen neuen.
Wer wollte doch um einen irdnen Krug,
Und stammt er von Herodes' Zeiten her,
Solch einen Aufruhr, so viel Unheil stiften.

FRAU MARTHE.

Du sprichst, wie dus verstehst. Willst du etwa
Die Fiedel tragen, Evchen, in der Kirche
Am nächsten Sonntag reuig Buße tun?
Dein guter Name lag in diesem Topfe,   490
Und vor der Welt mit ihm ward er zerstoßen,
Wenn auch vor Gott nicht, und vor mir und dir.
Der Richter ist mein Handwerksmann, der Schergen,
Der Block ists, Peitschenhiebe, die es braucht,
Und auf den Scheiterhaufen das Gesindel,
Wenns unsre Ehre weiß zu brennen gilt,
Und diesen Krug hier wieder zu glasieren.

Siebenter Auftritt

Adam im Ornat, doch ohne Perücke, tritt auf. Die Vorigen.

ADAM *für sich.* Ei, Evchen. Sieh! Und der vierschrötge Schlingel,
Der Ruprecht! Ei, was Teufel, sieh! Die ganze Sippschaft!
500 – Die werden mich doch nicht bei mir verklagen?
EVE. O liebste Mutter, folgt mir, ich beschwör Euch,
Laßt diesem Unglückszimmer uns entfliehen!
ADAM. Gevatter! Sagt mir doch, was bringen die?
LICHT. Was weiß ich? Lärm um nichts; Lappalien.
Es ist ein Krug zerbrochen worden, hör ich.
ADAM. Ein Krug! So! Ei! – Ei, wer zerbrach den Krug?
LICHT. Wer ihn zerbrochen?
ADAM.   Ja, Gevatterchen.
LICHT. Mein Seel, setzt Euch: so werdet Ihrs erfahren.
ADAM *heimlich.*
    Evchen!
EVE *gleichfalls.*
        Geh Er.
ADAM.   Ein Wort.
EVE.   Ich will nichts wissen.
510 ADAM. Was bringt ihr mir?
EVE.   Ich sag Ihm, Er soll gehn.
ADAM. Evchen! Ich bitte dich! Was soll mir das bedeuten?
EVE. Wenn Er nicht gleich –! Ich sags Ihm, laß Er mich.
ADAM *zu Licht.*
    Gevatter, hört, mein Seel, ich halts nicht aus.
    Die Wund am Schienbein macht mir Übelkeiten;
    Führt Ihr die Sach, ich will zu Bette gehn.
LICHT. Zu Bett –? Ihr wollt –? Ich glaub, Ihr seid verrückt.
ADAM. Der Henker hols. Ich muß mich übergeben.
LICHT. Ich glaub, Ihr rast, im Ernst. Soeben kommt Ihr –?
    – Meinthalben. Sagts dem Herrn Gerichtsrat dort.
520 Vielleicht erlaubt ers. – Ich weiß nicht, was Euch fehlt?
ADAM *wieder zu Evchen.*
    Evchen! Ich flehe dich! Um alle Wunden!
    Was ists, das ihr mir bringt?
EVE.   Er wirds schon hören.

ADAM. Ists nur der Krug dort, den die Mutter hält,
  Den ich, soviel –?
EVE.   Ja, der zerbrochne Krug nur.
ADAM. Und weiter nichts?
EVE.   Nichts weiter.
ADAM.   Nichts? Gewiß nicht?
EVE. Ich sag Ihm, geh Er. Laß Er mich zufrieden.
ADAM. Hör du, bei Gott, sei klug, ich rat es dir.
EVE. Er, Unverschämter!
ADAM.   In dem Attest steht
  Der Name jetzt, Frakturschrift, Ruprecht Tümpel.
  Hier trag ichs fix und fertig in der Tasche;   530
  Hörst du es knackern, Evchen? Sieh, das kannst du,
  Auf meine Ehr, heut übers Jahr dir holen,
  Dir Trauerschürz und Mieder zuzuschneiden,
  Wenns heißt: der Ruprecht in Batavia
  Krepiert' – ich weiß, an welchem Fieber nicht,
  Wars gelb, wars scharlach, oder war es faul.
WALTER. Sprecht nicht mit den Partein, Herr Richter Adam,
  Vor der Session! Hier setzt Euch, und befragt sie.
ADAM. Was sagt er? – Was befehlen Euer Gnaden?
WALTER. Was ich befehl? – Ich sagte deutlich Euch,   540
  Daß Ihr nicht heimlich vor der Sitzung sollt
  Mit den Partein zweideutge Sprache führen.
  Hier ist der Platz, der Eurem Amt gebührt,
  Und öffentlich Verhör, was ich erwarte.
ADAM *für sich.*
  Verflucht! Ich kann mich nicht dazu entschließen –!
  – Es klirrte etwas, da ich Abschied nahm –
LICHT *ihn aufschreckend.*
  Herr Richter! Seid Ihr –?
ADAM.   Ich? Auf Ehre nicht!
  Ich hatte sie behutsam drauf gehängt,
  Und müßt ein Ochs gewesen sein –
LICHT.   Was?
ADAM.   Was?
LICHT.   Ich fragte –!
ADAM. Ihr fragtet, ob ich –?   550

LICHT.   Ob Ihr taub seid, fragt ich.
    Dort Seiner Gnaden haben Euch gerufen.
ADAM. Ich glaubte –! Wer ruft?
LICHT.   Der Herr Gerichtsrat dort.
ADAM *für sich.* Ei! Hols der Henker auch! Zwei Fälle gibts,
    Mein Seel, nicht mehr, und wenns nicht biegt, so brichts.
    – Gleich! Gleich! Gleich! Was befehlen Euer Gnaden?
    Soll jetzt die Prozedur beginnen?
WALTER. Ihr seid ja sonderbar zerstreut. Was fehlt Euch?
ADAM. – Auf Ehr! Verzeiht. Es hat ein Perlhuhn mir,
    Das ich von einem Indienfahrer kaufte,
560   Den Pips: ich soll es nudeln, und verstehs nicht,
    Und fragte dort die Jungfer bloß um Rat.
    Ich bin ein Narr in solchen Dingen, seht,
    Und meine Hühner nenn ich meine Kinder.
WALTER. Hier. Setzt Euch. Ruft den Kläger und vernehmt ihn.
    Und Ihr, Herr Schreiber, führt das Protokoll.
ADAM. Befehlen Euer Gnaden den Prozeß
    Nach den Formalitäten, oder so,
    Wie er in Huisum üblich ist, zu halten?
WALTER. Nach den gesetzlichen Formalitäten,
570   Wie er in Huisum üblich ist, nicht anders.
ADAM. Gut, gut. Ich werd Euch zu bedienen wissen.
    Seid Ihr bereit, Herr Schreiber?
LICHT.   Zu Euren Diensten.
ADAM. – So nimm, Gerechtigkeit, denn deinen Lauf!
    Klägere trete vor.
FRAU MARTHE.   Hier, Herr Dorfrichter!
ADAM. Wer seid Ihr?
FRAU MARTHE.   Wer –?
ADAM.   Ihr.
FRAU MARTHE.   Wer ich –?
ADAM.   Wer Ihr seid!
    Wes Namens, Standes, Wohnorts, und so weiter.
FRAU MARTHE. Ich glaub, Er spaßt, Herr Richter.
ADAM.   Spaßen, was!
    Ich sitz im Namen der Justiz, Frau Marthe,
    Und die Justiz muß wissen, wer Ihr seid.

LICHT *halblaut.* Laßt doch die sonderbare Frag –
FRAU MARTHE.   Ihr guckt   580
  Mir alle Sonntag in die Fenster ja,
  Wenn Ihr aufs Vorwerk geht!
WALTER.   Kennt Ihr die Frau?
ADAM. Sie wohnt hier um die Ecke, Euer Gnaden,
  Wenn man den Fußsteig durch die Hecken geht;
  Witw' eines Kastellans, Hebamme jetzt,
  Sonst eine ehrliche Frau, von gutem Rufe.
WALTER. Wenn Ihr so unterrichtet seid, Herr Richter,
  So sind dergleichen Fragen überflüssig.
  Setzt ihren Namen in das Protokoll,
  Und schreibt dabei: dem Amte wohlbekannt.   590
ADAM. Auch das. Ihr seid nicht für Formalitäten.
  Tut so, wie Seiner Gnaden anbefohlen.
WALTER. Fragt nach dem Gegenstand der Klage jetzt.
ADAM. Jetzt soll ich –?
WALTER.   Ja, den Gegenstand ermitteln!
ADAM. Das ist gleichfalls ein Krug, verzeiht.
WALTER.   Wie? Gleichfalls!
ADAM. Ein Krug. Ein bloßer Krug. Setzt einen Krug,
  Und schreibt dabei: dem Amte wohlbekannt.
LICHT. Auf meine hingeworfene Vermutung
  Wollt Ihr, Herr Richter –?
ADAM.   Mein Seel, wenn ichs Euch sage,
  So schreibt Ihrs hin. Ists nicht ein Krug, Frau Marthe?   600
FRAU MARTHE. Ja, hier der Krug –
ADAM.   Da habt Ihrs.
FRAU MARTHE.   Der zerbrochne –
ADAM. Pedantische Bedenklichkeit.
LICHT.   Ich bitt Euch –
ADAM. Und wer zerbrach den Krug? Gewiß der Schlingel –?
FRAU MARTHE.
  Ja, er, der Schlingel dort –
ADAM *für sich.*   Mehr brauch ich nicht.
RUPRECHT.
  Das ist nicht wahr, Herr Richter.
ADAM *für sich.*   Auf, aufgelebt, du alter Adam!

RUPRECHT.

Das lügt sie in den Hals hinein –

ADAM.   Schweig, Maulaffe!

Du steckst den Hals noch früh genug ins Eisen.

– Setzt einen Krug, Herr Schreiber, wie gesagt,

Zusamt dem Namen des, der ihn zerschlagen.

610   Jetzt wird die Sache gleich ermittelt sein.

WALTER. Herr Richter! Ei! Welch ein gewaltsames Verfahren.

ADAM. Wieso?

LICHT.   Wollt Ihr nicht förmlich –?

ADAM.   Nein! sag ich;

Ihr Gnaden lieben Förmlichkeiten nicht.

WALTER. Wenn Ihr die Instruktion, Herr Richter Adam,

Nicht des Prozesses einzuleiten wißt,

Ist hier der Ort jetzt nicht, es Euch zu lehren.

Wenn Ihr Recht anders nicht, als so, könnt geben,

So tretet ab: vielleicht kanns Euer Schreiber.

ADAM. Erlaubt! Ich gabs, wies hier in Huisum üblich;

620   Euer Gnaden habens also mir befohlen.

WALTER. Ich hätt –?

ADAM.   Auf meine Ehre!

WALTER.   Ich befahl Euch,

Recht hier nach den Gesetzen zu erteilen;

Und hier in Huisum glaubt ich die Gesetze

Wie anderswo in den vereinten Staaten.

ADAM. Da muß submiß ich um Verzeihung bitten!

Wir haben hier, mit Euerer Erlaubnis,

Statuten, eigentümliche, in Huisum,

Nicht aufgeschriebene, muß ich gestehn, doch durch

Bewährte Tradition uns überliefert.

630   Von dieser Form, getrau ich mir zu hoffen,

Bin ich noch heut kein Jota abgewichen.

Doch auch in Eurer andern Form bin ich,

Wie sie im Reich mag üblich sein, zu Hause.

Verlangt Ihr den Beweis? Wohlan, befehlt!

Ich kann Recht so jetzt, jetzo so erteilen.

WALTER. Ihr gebt mir schlechte Meinungen, Herr Richter.

Es sei. Ihr fangt von vorn die Sache an. –

ADAM. Auf Ehr! Gebt acht, Ihr sollt zufrieden sein.
– Frau Marthe Rull! Bringt Eure Klage vor.

FRAU MARTHE. Ich klag, Ihr wißts, hier wegen dieses Krugs;   640
Jedoch vergönnt, daß ich, bevor ich melde
Was diesem Krug geschehen, auch beschreibe
Was er vorher mir war.

ADAM.   Das Reden ist an Euch.

FRAU MARTHE.
Seht ihr den Krug, ihr wertgeschätzten Herren?
Seht ihr den Krug?

ADAM.   O ja, wir sehen ihn.

FRAU MARTHE.
Nichts seht ihr, mit Verlaub, die Scherben seht ihr;
Der Krüge schönster ist entzwei geschlagen.
Hier grade auf dem Loch, wo jetzo nichts,
Sind die gesamten niederländischen Provinzen
Dem span'schen Philipp übergeben worden.   650
Hier im Ornat stand Kaiser Karl der fünfte:
Von dem seht ihr nur noch die Beine stehn.
Hier kniete Philipp, und empfing die Krone:
Der liegt im Topf, bis auf den Hinterteil,
Und auch noch der hat einen Stoß empfangen.
Dort wischten seine beiden Muhmen sich,
Der Franzen und der Ungarn Königinnen,
Gerührt die Augen aus; wenn man die eine
Die Hand noch mit dem Tuch empor sieht heben,
So ists, als weinete sie über sich.   660
Hier im Gefolge stützt sich Philibert,
Für den den Stoß der Kaiser aufgefangen,
Noch auf das Schwert; doch jetzo müßt er fallen,
So gut wie Maximilian: der Schlingel!
Die Schwerter unten jetzt sind weggeschlagen.
Hier in der Mitte, mit der heilgen Mütze,
Sah man den Erzbischof von Arras stehn;
Den hat der Teufel ganz und gar geholt,
Sein Schatten nur fällt lang noch übers Pflaster.
Hier standen rings, im Grunde, Leibtrabanten,   670
Mit Hellebarden, dicht gedrängt, und Spießen,

Hier Häuser, seht, vom großen Markt zu Brüssel,
Hier guckt noch ein Neugierger aus dem Fenster:
Doch was er jetzo sieht, das weiß ich nicht.

ADAM. Frau Marth! Erlaßt uns das zerscherbte Paktum,
Wenn es zur Sache nicht gehört.
Uns geht das Loch – nichts die Provinzen an,
Die darauf übergeben worden sind.

FRAU MARTHE. Erlaubt! Wie schön der Krug, gehört zur Sache! –
680   Den Krug erbeutete sich Childerich,
Der Kesselflicker, als Oranien
Briel mit den Wassergeusen überrumpelte.
Ihn hatt ein Spanier, gefüllt mit Wein,
Just an den Mund gesetzt, als Childerich
Den Spanier von hinten niederwarf,
Den Krug ergriff, ihn leert' und weiter ging.

ADAM. Ein würdger Wassergeuse.

FRAU MARTHE.   Hierauf vererbte
Der Krug auf Fürchtegott, den Totengräber;
Der trank zu dreimal nur, der Nüchterne,
690   Und stets vermischt mit Wasser aus dem Krug.
Das erstemal, als er im Sechzigsten
Ein junges Weib sich nahm; drei Jahre drauf,
Als sie noch glücklich ihn zum Vater machte;
Und als sie jetzt noch funfzehn Kinder zeugte,
Trank er zum dritten Male, als sie starb.

ADAM. Gut. Das ist auch nicht übel.

FRAU MARTHE.   Drauf fiel der Krug
An den Zachäus, Schneider in Tirlemont,
Der meinem sel'gen Mann, was ich euch jetzt
Berichten will, mit eignem Mund erzählt.
700   Der warf, als die Franzosen plünderten,
Den Krug, samt allem Hausrat, aus dem Fenster,
Sprang selbst, und brach den Hals, der Ungeschickte,
Und dieser irdne Krug, der Krug von Ton,
Aufs Bein kam er zu stehen, und blieb ganz.

ADAM. Zur Sache, wenns beliebt, Frau Marthe Rull! Zur Sache!

FRAU MARTHE. Drauf in der Feuersbrunst von sechsundsechzig,
Da hatt ihn schon mein Mann, Gott hab ihn selig –

ADAM. Zum Teufel! Weib! So seid Ihr noch nicht fertig?

FRAU MARTHE.

   – Wenn ich nicht reden soll, Herr Richter Adam,
   So bin ich unnütz hier, so will ich gehn,   710
   Und ein Gericht mir suchen, das mich hört.

WALTER.

   Ihr sollt hier reden: doch von Dingen nicht,
   Die Eurer Klage fremd. Wenn Ihr uns sagt,
   Daß jener Krug Euch wert, so wissen wir
   Soviel, als wir zum Richten hier gebrauchen.

FRAU MARTHE. Wieviel ihr brauchen möget, hier zu richten,
   Das weiß ich nicht, und untersuch es nicht;
   Das aber weiß ich, daß ich, um zu klagen,
   Muß vor euch sagen dürfen, über was.

WALTER. Gut denn. Zum Schluß jetzt. Was geschah dem Krug? 720
   Was? – Was geschah dem Krug im Feuer
   Von Anno sechsundsechzig? Wird mans hören?
   Was ist dem Krug geschehn?

FRAU MARTHE.   Was ihm geschehen?
   Nichts ist dem Krug, ich bitt euch sehr, ihr Herren,
   Nichts Anno sechsundsechzig ihm geschehen.
   Ganz blieb der Krug, ganz in der Flammen Mitte,
   Und aus des Hauses Asche zog ich ihn
   Hervor, glasiert, am andern Morgen, glänzend,
   Als käm er eben aus dem Töpferofen.

WALTER. Nun gut. Nun kennen wir den Krug. Nun wissen 730
   Wir alles, was dem Krug geschehn, was nicht.
   Was gibts jetzt weiter?

FRAU MARTHE.   Nun, diesen Krug jetzt, seht – den Krug,
   Zertrümmert einen Krug noch wert, den Krug
   Für eines Fräuleins Mund, die Lippe selbst
   Nicht der Frau Erbstatthalterin zu schlecht,
   Den Krug, ihr hohen Herren Richter beide,
   Den Krug hat jener Schlingel mir zerbrochen.

ADAM. Wer?

FRAU MARTHE. Er, der Ruprecht dort.

RUPRECHT.   Das ist gelogen,
   Herr Richter.

ADAM.   Schweig Er, bis man Ihn fragen wird.

740   Auch heut an Ihn noch wird die Reihe kommen.

– Habt Ihrs im Protokoll bemerkt?

LICHT.   O ja.

ADAM. Erzählt den Hergang, würdige Frau Marthe.

FRAU MARTHE. Es war Uhr eilfe gestern –

ADAM.   Wann, sagt Ihr?

FRAU MARTHE. Uhr eilf.

ADAM.   Am Morgen!

FRAU MARTHE.   Nein, verzeiht, am Abend –

Und schon die Lamp im Bette wollt ich löschen,

Als laute Männerstimmen, ein Tumult,

In meiner Tochter abgelegnen Kammer,

Als ob der Feind einbräche, mich erschreckt.

Geschwind die Trepp eil ich hinab, ich finde

750   Die Kammertür gewaltsam eingesprengt,

Schimpfreden schallen wütend mir entgegen,

Und da ich mir den Auftritt jetzt beleuchte,

Was find ich jetzt, Herr Richter, was jetzt find ich?

Den Krug find ich zerscherbt im Zimmer liegen,

In jedem Winkel liegt ein Stück,

Das Mädchen ringt die Händ, und er, der Flaps dort,

Der trotzt, wie toll, Euch in des Zimmers Mitte.

ADAM. Ei, Wetter!

FRAU MARTHE.   Was?

ADAM.   Sieh da, Frau Marthe!

FRAU MARTHE.   Ja! –

Drauf ists, als ob, in so gerechtem Zorn,

760   Mir noch zehn Arme wüchsen, jeglichen

Fühl ich mir wie ein Geier ausgerüstet.

Ihn stell ich dort zu Rede, was er hier

In später Nacht zu suchen, mir die Krüge

Des Hauses tobend einzuschlagen habe:

Und er, zur Antwort gibt er mir, jetzt ratet?

Der Unverschämte! Der Halunke, der!

Aufs Rad will ich ihn sehen, oder mich

Nicht mehr geduldig auf den Rücken legen:

Er spricht, es hab ein anderer den Krug

Vom Sims gestürzt – ein anderer, ich bitt Euch,   770
Der vor ihm aus der Kammer nur entwichen;
– Und überhäuft mit Schimpf mir da das Mädchen.
ADAM. O! faule Fische – Hierauf?
FRAU MARTHE.   Auf dies Wort
Seh ich das Mädchen fragend an; die steht
Gleich einer Leiche da, ich sage: Eve! –
Sie setzt sich; ists ein anderer gewesen,
Frag ich? Und Joseph und Maria, ruft sie,
Was denkt Ihr Mutter auch? – So sprich! Wer wars?
Wer sonst, sagt sie, – und wer auch konnt es anders?
Und schwört mir zu, daß ers gewesen ist.   780
EVE. Was schwor ich Euch? Was hab ich Euch geschworen?
Nichts schwor ich, nichts Euch –
FRAU MARTHE.   Eve!
EVE.   Nein! Dies lügt Ihr –
RUPRECHT. Da hört ihrs.
ADAM.   Hund, jetzt, verfluchter, schweig,
Soll hier die Faust den Rachen dir nicht stopfen!
Nachher ist Zeit für dich, nicht jetzt.
FRAU MARTHE.
Du hättest nicht –?
EVE.   Nein, Mutter! Dies verfälscht Ihr.
Seht, leid tuts in der Tat mir tief zur Seele,
Daß ich es öffentlich erklären muß:
Doch nichts schwor ich, nichts, nichts hab ich geschworen.
ADAM. Seid doch vernünftig, Kinder.
LICHT.   Das ist ja seltsam.   790
FRAU MARTHE. Du hättest mir, o Eve, nicht versichert –?
Nicht Joseph und Maria angerufen?
EVE. Beim Schwur nicht! Schwörend nicht!
                    Seht, dies jetzt schwör ich,
Und Joseph und Maria ruf ich an.
ADAM. Ei, Leutchen! Ei, Frau Marthe! Was auch macht Sie?
Wie schüchtert Sie das gute Kind auch ein.
Wenn sich die Jungfer wird besonnen haben,
Erinnert ruhig dessen, was geschehen,
– Ich sage, was geschehen ist, und was,

800 Spricht sie nicht, wie sie soll, geschehn noch *kann:*
Gebt acht, so sagt sie heut uns aus, wie gestern,
Gleichviel, ob sies beschwören kann, ob nicht.
Laßt Joseph und Maria aus dem Spiele.

WALTER.
Nicht doch, Herr Richter, nicht! Wer wollte den
Parteien so zweideutge Lehren geben.

FRAU MARTHE. Wenn sie ins Angesicht mir sagen kann,
Schamlos, die liederliche Dirne, die,
Daß es ein andrer als der Ruprecht war,
So mag meintwegen sie – ich mag nicht sagen, was.

810 Ich aber, ich versichr' es Euch, Herr Richter,
Und kann ich gleich nicht, daß sies schwor, behaupten,
Daß sies gesagt hat gestern, das beschwör *ich*,
Und Joseph und Maria ruf ich an.

ADAM. Nun weiter will ja auch die Jungfer –

WALTER.   Herr Richter!

ADAM. Euer Gnaden? – Was sagt er? – Nicht, Herzens-Evchen?

FRAU MARTHE. Heraus damit! Hast dus mir nicht gesagt?
Hast dus mir gestern nicht, mir nicht gesagt?

EVE. Wer leugnet Euch, daß ichs gesagt –

ADAM.   Da habt ihrs.

RUPRECHT. Die Metze, die!

ADAM.   Schreibt auf.

VEIT.   Pfui, schäm Sie sich.

820 WALTER. Von Eurer Aufführung, Herr Richter Adam,
Weiß ich nicht, was ich denken soll. Wenn Ihr selbst
Den Krug zerschlagen hättet, könntet Ihr
Von Euch ab den Verdacht nicht eifriger
Hinwälzen auf den jungen Mann, als jetzt. –
Ihr setzt nicht mehr ins Protokoll, Herr Schreiber,
Als nur der Jungfer Eingeständnis, hoff ich,
Vom gestrigen Geständnis, nicht vom Fakto.
– Ists an die Jungfer jetzt schon auszusagen?

ADAM. Mein Seel, wenns ihre Reihe noch nicht ist,

830 In solchen Dingen irrt der Mensch, Euer Gnaden.
Wen hätt ich fragen sollen jetzt? Beklagten?
Auf Ehr! Ich nehme gute Lehre an.

WALTER. Wie unbefangen! – Ja, fragt den Beklagten.
  Fragt, macht ein Ende, fragt, ich bitt Euch sehr:
  Dies ist die letzte Sache, die Ihr führt.
ADAM. Die letzte! Was! Ei freilich! Den Beklagten!
  Wohin auch, alter Richter, dachtest du?
  Verflucht, das pipsge Perlhuhn mir! Daß es
  Krepiert wär an der Pest in Indien!
  Stets liegt der Kloß von Nudeln mir im Sinn.   840
WALTER.
  Was liegt? Was für ein Kloß liegt Euch –?
ADAM.   Der Nudelkloß,
  Verzeiht, den ich dem Huhne geben soll.
  Schluckt mir das Aas die Pille nicht herunter,
  Mein Seel, so weiß ich nicht, wies werden wird.
WALTER. Tut Eure Schuldigkeit, sag ich, zum Henker!
ADAM. Beklagter trete vor.
RUPRECHT.   Hier, Herr Dorfrichter.
  Ruprecht, Veits des Kossäten Sohn, aus Huisum.
ADAM. Vernahm Er dort, was vor Gericht soeben
  Frau Marthe gegen Ihn hat angebracht?
RUPRECHT. Ja, Herr Dorfrichter, das hab ich.
ADAM.   Getraut Er sich   850
  Etwas dagegen aufzubringen, was?
  Bekennt Er, oder unterfängt Er sich,
  Hier wie ein gottvergeßner Mensch zu leugnen?
RUPRECHT. Was ich dagegen aufzubringen habe,
  Herr Richter? Ei! Mit Euerer Erlaubnis,
  Daß sie kein wahres Wort gesprochen hat.
ADAM. So? Und das denkt Er zu beweisen?
RUPRECHT. O ja.
ADAM.   Die würdige Frau Marthe, die.
  Beruhige Sie sich. Es wird sich finden.
WALTER. Was geht Ihm die Frau Marthe an, Herr Richter?   860
ADAM. Was mir –? Bei Gott! Soll ich als Christ –?
WALTER.   Bericht
  Er, was Er für sich anzuführen hat. –
  Herr Schreiber, wißt Ihr den Prozeß zu führen?
ADAM. Ach, was!

LICHT.   Ob ich – ei nun, wenn Euer Gnaden –

ADAM. Was glotzt Er da? Was hat Er aufzubringen?
Steht nicht der Esel, wie ein Ochse, da?
Was hat Er aufzubringen?

RUPRECHT.   Was ich aufzubringen?

WALTER. Er ja, Er soll den Hergang jetzt erzählen.

RUPRECHT. Mein Seel, wenn man zu Wort mich kommen ließe.

870 WALTER. 's ist in der Tat, Herr Richter, nicht zu dulden.

RUPRECHT. Glock zehn Uhr mocht es etwa sein zu Nacht, –
Und warm just diese Nacht des Januars
Wie Mai, – als ich zum Vater sage: Vater!
Ich will ein bissel noch zur Eve gehn.
Denn heuren wollt ich sie, das müßt ihr wissen,
Ein rüstig Mädel ists, ich habs beim Ernten
Gesehn, wo alles von der Faust ihr ging,
Und ihr das Heu man flog, als wie gemaust.
Da sagt' ich: willst du? Und sie sagte: ach!

880 Was du da gakelst. – Und nachher sagt' sie, ja.

ADAM. Bleib Er bei seiner Sache. Gakeln! Was!
Ich sagte, willst du? Und sie sagte, ja.

RUPRECHT. Ja, meiner Treu, Herr Richter.

WALTER.   Weiter! Weiter!

RUPRECHT.   Nun –
Da sagt ich: Vater, hört Er? Laß er mich.
Wir schwatzen noch am Fenster was zusammen.
Na, sagt er, lauf; bleibst du auch draußen, sagt er?
Ja, meiner Seel, sag ich, das ist geschworen.
Na, sagt er, lauf, um eilfe bist du hier.

ADAM. Na, so sag du, und gakle, und kein Ende.

890 Na, hat er bald sich ausgesagt?

RUPRECHT.   Na, sag ich,
Das ist ein Wort, und setz die Mütze auf,
Und geh; und übern Steig will ich, und muß
Durchs Dorf zurückgehn, weil der Bach geschwollen.
Ei, alle Wetter, denk ich, Ruprecht, Schlag!
Nun ist die Gartentür bei Marthens zu:
Denn bis um zehn läßt 's Mädel sie nur offen,
Wenn ich um zehn nicht da bin, komm ich nicht.

ADAM. Die liederliche Wirtschaft, die.

WALTER.   Drauf weiter?

RUPRECHT. Drauf – wie ich übern Lindengang mich näh're
　　Bei Marthens, wo die Reihen dicht gewölbt,   900
　　Und dunkel, wie der Dom zu Utrecht, sind,
　　Hör ich die Gartentüre fernher knarren.
　　Sieh da! Da ist die Eve noch! sag ich,
　　Und schicke freudig Euch, von wo die Ohren
　　Mir Kundschaft brachten, meine Augen nach –
　　– Und schelte sie, da sie mir wiederkommen,
　　Für blind, und schicke auf der Stelle sie
　　Zum zweitenmal, sich besser umzusehen,
　　Und schimpfe sie nichtswürdige Verleumder,
　　Aufhetzer, niederträchtge Ohrenbläser,   910
　　Und schicke sie zum drittenmal, und denke,
　　Sie werden, weil sie ihre Pflicht getan,
　　Unwillig los sich aus dem Kopf mir reißen,
　　Und sich in einen andern Dienst begeben:
　　Die Eve ists, am Latz erkenn ich sie,
　　Und einer ists noch obenein.

ADAM. So? Einer noch? Und wer, Er Klugschwätzer?

RUPRECHT. Wer? Ja, mein Seel, da fragt Ihr mich –

ADAM.   Nun also!
　　Und nicht gefangen, denk ich, nicht gehangen.

WALTER. Fort! Weiter in der Rede! Laßt ihn doch!   920
　　Was unterbrecht Ihr ihn, Herr Dorfrichter?

RUPRECHT. Ich kann das Abendmahl darauf nicht nehmen,
　　Stockfinster wars, und alle Katzen grau.
　　Doch müßt Ihr wissen, daß der Flickschuster,
　　Der Lebrecht, den man kürzlich losgesprochen,
　　Dem Mädel längst mir auf die Fährte ging.
　　Ich sagte vorgen Herbst schon: Eve, höre,
　　Der Schuft schleicht mir ums Haus, das mag ich nicht;
　　Sag ihm, daß du kein Braten bist für ihn,
　　Mein Seel, sonst werf ich ihn vom Hof herunter.   930
　　Die spricht, ich glaub, du schierst mich, sagt ihm was,
　　Das ist nicht hin, nicht her, nicht Fisch, nicht Fleisch:
　　Drauf geh ich hin, und werf den Schlingel herunter.

ADAM. So? Lebrecht heißt der Kerl?

RUPRECHT.   Ja, Lebrecht.

ADAM.   Gut.
   Das ist ein Nam. Es wird sich alles finden.
   – Habt Ihrs bemerkt im Protokoll, Herr Schreiber?

LICHT. O ja, und alles andere, Herr Richter.

ADAM. Sprich weiter, Ruprecht, jetzt, mein Sohn.

RUPRECHT.   Nun schießt,
   Da ich Glock eilf das Pärchen hier begegne,
940 – Glock zehn Uhr zog ich immer ab – das Blatt mir.
   Ich denke, halt, jetzt ists noch Zeit, o Ruprecht,
   Noch wachsen dir die Hirschgeweihe nicht: –
   Hier mußt du sorgsam dir die Stirn befühlen,
   Ob dir von fern hornartig etwas keimt.
   Und drücke sacht mich durch die Gartenpforte,
   Und berg in einen Strauch von Taxus mich:
   Und hör Euch ein Gefispre hier, ein Scherzen,
   Ein Zerren hin, Herr Richter, Zerren her,
   Mein Seel, ich denk, ich soll vor Lust –

EVE.   Du Böswicht!
950 Was das, o, schändlich ist von dir!

FRAU MARTHE.   Halunke!
   Dir weis ich noch einmal, wenn wir allein sind,
   Die Zähne! Wart! Du weißt noch nicht, wo mir
   Die Haare wachsen! Du sollsts erfahren!

RUPRECHT. Ein Viertelstündchen dauerts so, ich denke,
   Was wirds doch werden, ist doch heut nicht Hochzeit?
   Und eh ich den Gedanken ausgedacht,
   Husch! sind sie beid ins Haus schon, vor dem Pastor.

EVE. Geht, Mutter, mag es werden, wie es will –

ADAM. Schweig du mir dort, rat ich, das Donnerwetter
960 Schlägt über dich ein, unberufne Schwätzerin!
   Wart, bis ich auf zur Red dich rufen werde.

WALTER. Sehr sonderbar, bei Gott!

RUPRECHT.   Jetzt hebt, Herr Richter Adam,
   Jetzt hebt sichs, wie ein Blutsturz, mir. Luft!
   Da mir der Knopf am Brustlatz springt: Luft jetzt!
   Und reiße mir den Latz auf: Luft jetzt sag ich!

Und geh, und drück, und tret und donnere,
Da ich der Dirne Tür, verriegelt finde,
Gestemmt, mit Macht, auf einen Tritt, sie ein.

ADAM. Blitzjunge, du!

RUPRECHT.   Just da sie auf jetzt rasselt,
Stürzt dort der Krug vom Sims ins Zimmer hin,   970
Und husch! springt einer aus dem Fenster Euch:
Ich seh die Schöße noch vom Rocke wehn.

ADAM. War das der Leberecht?

RUPRECHT.   Wer sonst, Herr Richter?
Das Mädchen steht, die werf ich übern Haufen,
Zum Fenster eil ich hin, und find den Kerl
Noch in den Pfählen hangen, am Spalier,
Wo sich das Weinlaub aufrankt bis zum Dach.
Und da die Klinke in der Hand mir blieb,
Als ich die Tür eindonnerte, so reiß ich
Jetzt mit dem Stahl eins pfundschwer übern Detz ihm: 980
Den just, Herr Richter, konnt ich noch erreichen.

ADAM. Wars eine Klinke?

RUPRECHT.   Was?

ADAM.   Obs –

RUPRECHT.   Ja, die Türklinke.

ADAM. Darum.

LICHT.   Ihr glaubtet wohl, es war ein Degen?

ADAM. Ein Degen? Ich – wieso?

RUPRECHT.   Ein Degen!

LICHT.   Je nun!
Man kann sich wohl verhören. Eine Klinke
Hat sehr viel Ähnlichkeit mit einem Degen.

ADAM. Ich glaub –!

LICHT.   Bei meiner Treu! Der Stiel, Herr Richter?

ADAM. Der Stiel!

RUPRECHT.   Der Stiel! Der wars nun aber nicht.
Der Klinke umgekehrtes Ende wars.

ADAM. Das umgekehrte Ende wars der Klinke!   990

LICHT. So! So!

RUPRECHT.   Doch auf dem Griffe lag ein Klumpen
Blei, wie ein Degengriff, das muß ich sagen.

ADAM. Ja, wie ein Griff.

LICHT.   Gut. Wie ein Degengriff.
Doch irgend eine tücksche Waffe mußt es
Gewesen sein. Das wußt ich wohl.

WALTER. Zur Sache stets, ihr Herren, doch! Zur Sache!

ADAM. Nichts als Allotrien, Herr Schreiber! – Er, weiter!

RUPRECHT.
Jetzt stürzt der Kerl, und ich schon will mich wenden,
Als ichs im Dunkeln auf sich rappeln sehe.
1000   Ich denke, lebst du noch? und steig aufs Fenster
Und will dem Kerl das Gehen unten legen:
Als jetzt, ihr Herrn, da ich zum Sprung just aushol,
Mir eine Handvoll grobgekörnten Sandes –
– Und Kerl und Nacht und Welt und Fensterbrett,
Worauf ich steh, denk ich nicht, straf mich Gott,
Das alles fällt in einen Sack zusammen –
Wie Hagel, stiebend, in die Augen fliegt.

ADAM. Verflucht! Sieh da! Wer tat das?

RUPRECHT.   Wer? Der Lebrecht.

ADAM. Halunke!

RUPRECHT.   Meiner Treu! Wenn ers gewesen.

1010   ADAM. Wer sonst!

RUPRECHT.   Als stürzte mich ein Schloßenregen
Von eines Bergs zehn Klaftern hohen Abhang,
So schlag ich jetzt vom Fenster Euch ins Zimmer:
Ich denk, ich schmettere den Boden ein.
Nun brech ich mir den Hals doch nicht, auch nicht
Das Kreuz mir, Hüften, oder sonst, inzwischen
Konnt ich des Kerls doch nicht mehr habhaft werden,
Und sitze auf, und wische mir die Augen.
Die kommt, und ach, Herr Gott! ruft sie, und Ruprecht!
Was ist dir auch? Mein Seel, ich hob den Fuß,
1020   Gut wars, daß ich nicht sah, wohin ich stieß.

ADAM. Kam das vom Sande noch?

RUPRECHT.   Vom Sandwurf, ja.

ADAM. Verdammt! Der traf!

RUPRECHT.   Da ich jetzt aufersteh,
Was sollt ich auch die Fäuste hier mir schänden?

So schimpf ich sie, und sage liederliche Metze,
Und denke, das ist gut genug für sie.
Doch Tränen, seht, ersticken mir die Sprache.
Denn da Frau Marthe jetzt ins Zimmer tritt,
Die Lampe hebt, und ich das Mädchen dort
Jetzt schlotternd, zum Erbarmen, vor mir sehe,
Sie, die so herzhaft sonst wohl um sich sah,   1030
So sag ich zu mir, blind ist auch nicht übel.
Ich hätte meine Augen hingegeben,
Knippkügelchen, wer will, damit zu spielen.

EVE. Er ist nicht wert, der Böswicht –

ADAM.   Sie soll schweigen!

RUPRECHT. Das Weitere wißt ihr.

ADAM.   Wie, das Weitere?

RUPRECHT. Nun ja, Frau Marthe kam, und geiferte,
Und Ralf, der Nachbar, kam, und Hinz, der Nachbar,
Und Muhme Sus und Muhme Liese kamen,
Und Knecht und Mägd und Hund und Katzen kamen,
's war ein Spektakel, und Frau Marthe fragte   1040
Die Jungfer dort, wer ihr den Krug zerschlagen,
Und die, die sprach, ihr wißts, daß ichs gewesen.
Mein Seel, sie hat so unrecht nicht, ihr Herren.
Den Krug, den sie zu Wasser trug, zerschlug ich,
Und der Flickschuster hat im Kopf ein Loch. –

ADAM. Frau Marthe! Was entgegnet Ihr der Rede?
Sagt an!

FRAU MARTHE.
                Was ich der Red entgegne?
Daß sie, Herr Richter, wie der Marder einbricht,
Und Wahrheit wie ein gakelnd Huhn erwürgt.
Was Recht liebt, sollte zu den Keulen greifen,   1050
Um dieses Ungetüm der Nacht zu tilgen.

ADAM. Da wird Sie den Beweis uns führen müssen.

FRAU MARTHE. O ja, sehr gern. – Hier ist mein Zeuge. – Rede!

ADAM. Die Tochter? Nein, Frau Marthe.

WALTER.   Nein? Warum nicht?

ADAM. Als Zeugin, gnädger Herr? Steht im Gesetzbuch
Nicht titulo, ists quarto? oder quinto?

Wenn Krüge oder sonst, was weiß ich?
Von jungen Bengeln sind zerschlagen worden,
So zeugen Töchter ihren Müttern nicht?
1060 WALTER. In Eurem Kopf liegt Wissenschaft und Irrtum
Geknetet, innig, wie ein Teig, zusammen;
Mit jedem Schnitte gebt Ihr mir von beidem.
Die Jungfer zeugt noch nicht, sie deklariert jetzt;
Ob, und für wen, sie zeugen will und kann,
Wird erst aus der Erklärung sich ergeben.
ADAM. Ja, deklarieren. Gut. Titulo sexto.
Doch was sie sagt, das glaubt man nicht.
WALTER. Tritt vor, mein junges Kind.
ADAM.   He! Lies' –! – Erlaubt!
Die Zunge wird sehr trocken mir – Margrete!

Achter Auftritt

Eine Magd tritt auf. Die Vorigen.

ADAM.
1070 Ein Glas mit Wasser! –
DIE MAGD.   Gleich! *Ab.*
ADAM.   Kann ich Euch gleichfalls –?
WALTER. Ich danke.
ADAM.   Franz? oder Mos'ler? Was Ihr wollt.
Walter verneigt sich; die Magd bringt Wasser und entfernt sich.

Neunter Auftritt

Walter. Adam. Frau Marthe usw. ohne die Magd.

ADAM. – Wenn ich freimütig reden darf, Ihr Gnaden,
Die Sache eignet gut sich zum Vergleich.
WALTER. Sich zum Vergleich? Das ist nicht klar, Herr Richter.
Vernünftge Leute können sich vergleichen;
Doch wie *Ihr* den Vergleich schon wollt bewirken,
Da noch durchaus die Sache nicht entworren,
Das hätt ich wohl von Euch zu hören Lust.
Wie denkt Ihrs anzustellen, sagt mir an?
1080 Habt Ihr ein Urteil schon gefaßt?

ADAM.　　　　　　　　　　　Mein Seel!
　Wenn ich, da das Gesetz im Stich mich läßt,
　Philosophie zu Hülfe nehmen soll,
　So wars – der Leberecht –
WALTER.　　　　　　　　Wer?
ADAM.　　　　　　　　　　　Oder Ruprecht –
WALTER. Wer?
ADAM.　　　　　　Oder Lebrecht, der den Krug zerschlug.
WALTER. Wer also wars? Der Lebrecht oder Ruprecht?
　Ihr greift, ich seh, mit Eurem Urteil ein,
　Wie eine Hand in einen Sack voll Erbsen.
ADAM. Erlaubt!
WALTER.　　　Schweigt, schweigt, ich bitt Euch.
ADAM.　　　　　　　　　　　　　　Wie Ihr wollt.
　Auf meine Ehr, mir wärs vollkommen recht,
　Wenn sie es alle beid gewesen wären.　　　　　　　　1090
WALTER. Fragt dort, so werdet Ihrs erfahren.
ADAM.　　　　　　　　　　　　Sehr gern.
　Doch wenn Ihrs herausbekommt, bin ich ein Schuft.
　– Habt Ihr das Protokoll da in Bereitschaft?
LICHT. Vollkommen.
ADAM.　　　　Gut.
LICHT.　　　　　　　Und brech ein eignes Blatt mir,
　Begierig, was darauf zu stehen kommt.
ADAM. Ein eignes Blatt? Auch gut.
WALTER.　　　　　　　Sprich dort, mein Kind.
ADAM. Sprich, Evchen, hörst du, sprich jetzt, Jungfer Evchen!
　Gib Gotte, hörst du, Herzchen, gib, mein Seel,
　Ihm und der Welt, gib ihm was von der Wahrheit.
　Denk, daß du hier vor Gottes Richtstuhl bist,　　　　1100
　Und daß du deinen Richter nicht mit Leugnen,
　Und Plappern, was zur Sache nicht gehört,
　Betrüben mußt. Ach, was! Du bist vernünftig.
　Ein Richter immer, weißt du, ist ein Richter,
　Und einer braucht ihn heut, und einer morgen.
　Sagst du, daß es der Lebrecht war: nun gut;
　Und sagst du, daß es Ruprecht war: auch gut!
　Sprich so, sprich so, ich bin kein ehrlicher Kerl,

Es wird sich alles, wie dus wünschest, finden.
1110 Willst du mir hier von einem andern trätschen,
Und dritten etwa, dumme Namen nennen:
Sieh, Kind, nimm dich in acht, ich sag nichts weiter.
In Huisum, hols der Henker, glaubt dirs keiner,
Und keiner, Evchen, in den Niederlanden,
Du weißt, die weißen Wände zeugen nicht,
Der auch wird zu verteidigen sich wissen:
Und deinen Ruprecht holt die Schwerenot!

WALTER. Wenn Ihr doch Eure Reden lassen wolltet.
Geschwätz, gehauen nicht und nicht gestochen.

1120 ADAM. Verstehens Euer Gnaden nicht?
WALTER.   Macht fort!
Ihr habt zulängst hier auf dem Stuhl gesprochen.

ADAM. Auf Ehr! Ich habe nicht studiert, Euer Gnaden.
Bin ich euch Herrn aus Utrecht nicht verständlich,
Mit diesem Volk vielleicht verhält sichs anders:
Die Jungfer weiß, ich wette, was ich will.

FRAU MARTHE.
Was soll das? Dreist heraus jetzt mit der Sprache!

EVE. O liebste Mutter!

FRAU MARTHE.   Du –! Ich rate dir!

RUPRECHT.
Mein Seel, 's ist schwer, Frau Marthe, dreist zu sprechen,
Wenn das Gewissen an der Kehl uns sitzt.

1130 ADAM. Schweig Er jetzt, Nasweis, mucks Er nicht.

FRAU MARTHE.   Wer wars?

EVE. O Jesus!

FRAU MARTHE. Maulaffe, der! Der niederträchtige!
O Jesus! Als ob sie eine Hure wäre.
Wars der Herr Jesus?

ADAM.   Frau Marthe! Unvernunft!
Was das für –! Laß Sie die Jungfer doch gewähren!
Das Kind einschrecken – Hure – Schafsgesicht!
So wirds uns nichts. Sie wird sich schon besinnen.

RUPRECHT. O ja, besinnen.

ADAM.   Flaps dort, schweig Er jetzt.

RUPRECHT. Der Flickschuster wird ihr schon einfallen.

ADAM. Der Satan! Ruft den Büttel! He! Hanfriede!

RUPRECHT.

Nun, nun! Ich schweig, Herr Richter, laßts nur sein.   1140
Sie wird Euch schon auf meinen Namen kommen.

FRAU MARTHE. Hör du, mach mir hier kein Spektakel, sag ich.
Hör, neunundvierzig bin ich alt geworden
In Ehren: funfzig möcht ich gern erleben.
Den dritten Februar ist mein Geburtstag;
Heut ist der erste. Mach es kurz. Wer wars?

ADAM. Gut, meinethalben! Gut, Frau Marthe Rull!

FRAU MARTHE.

Der Vater sprach, als er verschied: Hör, Marthe,
Dem Mädel schaff mir einen wackern Mann;
Und wird sie eine liederliche Metze,   1150
So gib dem Totengräber einen Groschen,
Und laß mich wieder auf den Rücken legen:
Mein Seel, ich glaub, ich kehr im Grab mich um.

ADAM. Nun, das ist auch nicht übel.

FRAU MARTHE.   Willst du Vater
Und Mutter jetzt, mein Evchen, nach dem vierten
Gebot hoch ehren, gut, so sprich: in meine Kammer
Ließ ich den Schuster, oder einen dritten,
Hörst du? Der Bräutgam aber war es nicht.

RUPRECHT.

Sie jammert mich. Laßt doch den Krug, ich bitt Euch;
Ich will'n nach Utrecht tragen. Solch ein Krug –   1160
Ich wollt ich hätt ihn nur entzwei geschlagen.

EVE. Unedelmütger, du! Pfui, schäme dich,
Daß du nicht sagst, gut, ich zerschlug den Krug!
Pfui, Ruprecht, pfui, o schäme dich, daß du
Mir nicht in meiner Tat vertrauen kannst.
Gab ich die Hand dir nicht und sagte, ja,
Als du mich fragtest, Eve, willst du mich?
Meinst du, daß du den Flickschuster nicht wert bist?
Und hättest du durchs Schlüsselloch mich mit
Dem Lebrecht aus dem Kruge trinken sehen,   1170
Du hättest denken sollen: Ev ist brav,
Es wird sich alles ihr zum Ruhme lösen,

Und ists im Leben nicht, so ist es jenseits,
Und wenn wir auferstehn ist auch ein Tag.

RUPRECHT. Mein Seel, das dauert mir zu lange, Evchen.
Was ich mit Händen greife, glaub ich gern.

EVE. Gesetzt, es wär der Leberecht gewesen,
Warum – des Todes will ich ewig sterben,
Hätt ichs dir Einzigem nicht gleich vertraut;
1180   Jedoch warum vor Nachbarn, Knecht' und Mägden –
Gesetzt, ich hätte Grund, es zu verbergen,
Warum, o Ruprecht, sprich, warum nicht sollt ich,
Auf dein Vertraun hin sagen, daß dus warst?
Warum nicht sollt ichs? Warum sollt ichs nicht?

RUPRECHT. Ei, so zum Henker, sags, es ist mir recht,
Wenn du die Fiedel dir ersparen kannst.

EVE. O du Abscheulicher! Du Undankbarer!
Wert, daß ich mir die Fiedel spare! Wert,
Daß ich mit einem Wort zu Ehren mich,
1190   Und dich in ewiges Verderben bringe.

WALTER.
Nun –? Und dies einzge Wort –? Halt uns nicht auf.
Der Ruprecht also war es nicht?

EVE. Nein, gnädger Herr, weil ers denn selbst so will,
Um seinetwillen nur verschwieg ich es:
Den irdnen Krug zerschlug der Ruprecht nicht,
Wenn ers Euch selber leugnet, könnt Ihrs glauben.

FRAU MARTHE. Eve! Der Ruprecht nicht?

EVE.   Nein, Mutter, nein!
Und wenn ichs gestern sagte, wars gelogen.

FRAU MARTHE. Hör, dir zerschlag ich alle Knochen!
Sie setzt den Krug nieder.

1200 EVE. Tut, was Ihr wollt.

WALTER *drohend.*   Frau Marthe!

ADAM.   He! Der Büttel! –
Schmeißt sie heraus dort, die verwünschte Vettel!
Warum solls Ruprecht just gewesen sein?
Hat Sie das Licht dabei gehalten, was?
Die Jungfer, denk ich, wird es wissen müssen:
Ich bin ein Schelm, wenns nicht der Lebrecht war.

FRAU MARTHE. War es der Lebrecht etwa? Wars der Lebrecht?
ADAM. Sprich, Evchen, wars der Lebrecht nicht, mein Herzchen?
EVE. Er Unverschämter, Er! Er Niederträchtger!
  Wie kann Er sagen, daß es Lebrecht –
WALTER.   Jungfer!
  Was untersteht Sie sich? Ist das mir der   1210
  Respekt, den Sie dem Richter schuldig ist?
EVE. Ei, was! Der Richter dort! Wert, selbst vor dem
  Gericht, ein armer Sünder, dazustehn –
  – Er, der wohl besser weiß, wer es gewesen!
            Sich zum Dorfrichter wendend:
  Hat Er den Lebrecht in die Stadt nicht gestern
  Geschickt nach Utrecht, vor die Kommission,
  Mit dem Attest, die die Rekruten aushebt?
  Wie kann Er sagen, daß es Lebrecht war,
  Wenn Er wohl weiß, daß der in Utrecht ist?
ADAM. Nun wer denn sonst? Wenns Lebrecht nicht, zum Henker – 1220
  Nicht Ruprecht ist, nicht Lebrecht ist – – Was machst du?
RUPRECHT. Mein Seel, Herr Richter Adam, laßt Euch sagen,
  Hierin mag doch die Jungfer just nicht lügen,
  Dem Lebrecht bin ich selbst begegnet gestern,
  Als er nach Utrecht ging, früh wars Glock acht,
  Und wenn er auf ein Fuhrwerk sich nicht lud,
  Hat sich der Kerl, krummbeinig wie er ist,
  Glock zehn Uhr nachts noch nicht zurück gehaspelt.
  Es kann ein dritter wohl gewesen sein.
ADAM. Ach, was! Krummbeinig! Schafsgesicht! Der Kerl   1230
  Geht seinen Stiefel, der, trotz einem.
  Ich will von ungespaltnem Leibe sein,
  Wenn nicht ein Schäferhund von mäßger Größe
  Muß seinen Trab gehn, mit ihm fortzukommen.
WALTER. Erzähl den Hergang uns.
ADAM.   Verzeihn Euer Gnaden!
  Hierauf wird Euch die Jungfer schwerlich dienen.
WALTER. Nicht dienen? Mir nicht dienen? Und warum nicht?
ADAM. Ein twatsches Kind. Ihr sehts. Gut, aber twatsch.
  Blutjung, gefirmelt kaum; das schämt sich noch,
  Wenns einen Bart von weitem sieht. So'n Volk,   1240

Im Finstern leiden sies, und wenn es Tag wird,
So leugnen sies vor ihrem Richter ab.

WALTER. Ihr seid sehr nachsichtsvoll, Herr Richter Adam,
Sehr mild, in allem, was die Jungfer angeht.

ADAM. Die Wahrheit Euch zu sagen, Herr Gerichtsrat,
Ihr Vater war ein guter Freund von mir.
Wollen Euer Gnaden heute huldreich sein,
So tun wir hier nicht mehr, als unsre Pflicht,
Und lassen seine Tochter gehn.

1250 WALTER. Ich spüre große Lust in mir, Herr Richter,
Der Sache völlig auf den Grund zu kommen. –
Sei dreist, mein Kind; sag, wer den Krug zerschlagen.
Vor niemand stehst du, in dem Augenblick,
Der einen Fehltritt nicht verzeihen könnte.

EVE. Mein lieber, würdiger und gnädger Herr,
Erlaßt mir, Euch den Hergang zu erzählen.
Von dieser Weigrung denkt uneben nicht.
Es ist des Himmels wunderbare Fügung,
Die mir den Mund in dieser Sache schließt.

1260 Daß Ruprecht jenen Krug nicht traf, will ich
Mit einem Eid, wenn Ihrs verlangt,
Auf heiligem Altar bekräftigen.
Jedoch die gestrige Begebenheit,
Mit jedem andern Zuge, ist mein eigen,
Und nicht das ganze Garnstück kann die Mutter,
Um eines einzgen Fadens willen, fordern,
Der, ihr gehörig, durchs Gewebe läuft.
Ich kann hier, wer den Krug zerschlug, nicht melden,
Geheimnisse, die nicht mein Eigentum,

1270 Müßt ich, dem Kruge völlig fremd, berühren.
Früh oder spät will ichs ihr anvertrauen,
Doch hier das Tribunal ist nicht der Ort,
Wo sie das Recht hat, mich darnach zu fragen.

ADAM. Nein, Rechtens nicht. Auf meine Ehre nicht.
Die Jungfer weiß, wo unsre Zäume hängen.
Wenn sie den Eid hier vor Gericht will schwören,
So fällt der Mutter Klage weg:
Dagegen ist nichts weiter einzuwenden.

WALTER. Was sagt zu der Erklärung Sie, Frau Marthe?

FRAU MARTHE.

    Wenn ich gleich was Erkleckliches nicht auf bring,   1280
    Gestrenger Herr, so glaubt, ich bitt Euch sehr,
    Daß mir der Schlag bloß jetzt die Zunge lähmte.
    Beispiele gibts, daß ein verlorner Mensch,
    Um vor der Welt zu Ehren sich zu bringen,
    Den Meineid vor dem Richterstuhle wagt; doch daß
    Ein falscher Eid sich schwören kann, auf heilgem
    Altar, um an den Pranger hinzukommen,
    Das heut erfährt die Welt zum erstenmal.
    Wär, daß ein andrer, als der Ruprecht, sich
    In ihre Kammer gestern schlich, gegründet,   1290
    Wärs überall nur möglich, gnädger Herr,
    Versteht mich wohl, – so säumt ich hier nicht länger.
    Den Stuhl setzt ich, zur ersten Einrichtung,
    Ihr vor die Tür, und sagte, geh, mein Kind,
    Die Welt ist weit, da zahlst du keine Miete,
    Und lange Haare hast du auch geerbt,
    Woran du dich, kommt Zeit, kommt Rat, kannst hängen.

WALTER. Ruhig, ruhig, Frau Marthe.

FRAU MARTHE.   Da ich jedoch
    Hier den Beweis noch anders führen kann,
    Als bloß durch sie, die diesen Dienst mir weigert,   1300
    Und überzeugt bin völlig, daß nur er
    Mir, und kein anderer, den Krug zerschlug,
    So bringt die Lust, es kurzhin abzuschwören,
    Mich noch auf einen schändlichen Verdacht.
    Die Nacht von gestern birgt ein anderes
    Verbrechen noch, als bloß die Krugverwüstung.
    Ich muß Euch sagen, gnädger Herr, daß Ruprecht
    Zur Konskription gehört, in wenig Tagen
    Soll er den Eid zur Fahn in Utrecht schwören.
    Die jungen Landessöhne reißen aus.   1310
    Gesetzt, er hätte gestern nacht gesagt:
    Was meinst du, Evchen? Komm. Die Welt ist groß.
    Zu Kist' und Kasten hast du ja die Schlüssel –
    Und sie, sie hätt ein wenig sich gesperrt:

So hätte ohngefähr, da ich sie störte,
– Bei ihm aus Rach, aus Liebe noch bei ihr –
Der Rest, so wie geschehn, erfolgen können.
RUPRECHT. Das Rabenaas! Was das für Reden sind!
Zu Kist' und Kasten –
WALTER.   Still!
EVE.   Er, austreten!
1320 WALTER. Zur Sache hier. Vom Krug ist hier die Rede. –
Beweis, Beweis, daß Ruprecht ihn zerbrach!
FRAU MARTHE. Gut, gnädger Herr. Erst will ich hier beweisen,
Daß Ruprecht mir den Krug zerschlug,
Und dann will ich im Hause untersuchen. –
Seht, eine Zunge, die mir Zeugnis redet,
Bring ich für jedes Wort auf, das er sagte,
Und hätt in Reihen gleich sie aufgeführt,
Wenn ich von fern geahndet nur, daß diese
Die ihrige für mich nicht brauchen würde.
1330 Doch wenn ihr Frau Brigitte jetzo ruft,
Die ihm die Muhm ist, so genügt mir die,
Weil die den Hauptpunkt just bestreiten wird.
Denn die, die hat Glock halb auf eilf im Garten,
Merkt wohl, bevor der Krug zertrümmert worden,
Wortwechselnd mit der Ev ihn schon getroffen;
Und wie die Fabel, die er aufgestellt,
Vom Kopf zu Fuß dadurch gespalten wird,
Durch diese einzge Zung, ihr hohen Richter:
Das überlaß ich selbst euch einzusehn.
RUPRECHT.
1340 Wer hat mich –?
VEIT.   Schwester Briggy?
RUPRECHT.   Mich mit Ev? Im Garten?
FRAU MARTHE. Ihn mit der Ev, im Garten, Glock halb eilf,
Bevor er noch, wie er geschwätzt, um eilf
Das Zimmer überrumpelnd eingesprengt:
Im Wortgewechsel, kosend bald, bald zerrend,
Als wollt er sie zu etwas überreden.
ADAM *für sich.* Verflucht! Der Teufel ist mir gut.
WALTER. Schafft diese Frau herbei.

RUPRECHT.   Ihr Herrn, ich bitt euch:
Das ist kein wahres Wort, das ist nicht möglich.
ADAM. O wart, Halunke! – He! Der Büttel! Hanfried! –
Denn auf der Flucht zerschlagen sich die Krüge –   1350
– Herr Schreiber, geht, schafft Frau Brigitt herbei!
VEIT. Hör, du verfluchter Schlingel, du, was machst du?
Dir brech ich alle Knochen noch.
RUPRECHT.   Weshalb auch?
VEIT. Warum verschwiegst du, daß du mit der Dirne
Glock halb auf eilf im Garten schon scharwenzt?
Warum verschwiegst dus?
RUPRECHT.   Warum ichs verschwieg?
Gotts Schlag und Donner, weils nicht wahr ist, Vater!
Wenn das die Muhme Briggy zeugt, so hängt mich.
Und bei den Beinen sie meinthalb dazu.
VEIT. *Wenn* aber sies bezeugt – nimm dich in acht!   1360
Du und die saubre Jungfer Eve dort,
Wie ihr auch vor Gericht euch stellt, ihr steckt
Doch unter einer Decke noch. 's ist irgend
Ein schändliches Geheimnis noch, von dem
Sie weiß, und nur aus Schonung hier nichts sagt.
RUPRECHT. Geheimnis! Welches?
VEIT.   Warum hast du eingepackt?
He? Warum hast du gestern abend eingepackt?
RUPRECHT. Die Sachen?
VEIT.   Röcke, Hosen, ja, und Wäsche;
Ein Bündel, wies ein Reisender just auf
Die Schultern wirft?
RUPRECHT.   Weil ich nach Utrecht soll!   1370
Weil ich zum Regiment soll! Himmel-Donner –!
Glaubt Er, daß ich –?
VEIT.   Nach Utrecht? Ja, nach Utrecht!
Du hast geeilt, nach Utrecht hinzukommen!
Vorgestern wußtest du noch nicht, ob du
Den fünften oder sechsten Tag wirst reisen.
WALTER. Weiß Er zur Sache was zu melden, Vater?
VEIT. – Gestrenger Herr, ich will noch nichts behaupten.
Ich war daheim, als sich der Krug zerschlug,

Und auch von einer andern Unternehmung
1380 Hab ich, die Wahrheit zu gestehn, noch nichts,
Wenn ich jedweden Umstand wohl erwäge,
Das meinen Sohn verdächtig macht, bemerkt.
Von seiner Unschuld völlig überzeugt,
Kam ich hieher, nach abgemachtem Streit
Sein ehelich Verlöbnis aufzulösen,
Und ihm das Silberkettlein einzufordern,
Zusamt dem Schaupfennig, den er der Jungfer
Bei dem Verlöbnis vorgen Herbst verehrt.
Wenn jetzt von Flucht was, und Verräterei
1390 An meinem grauen Haar zutage kommt,
So ist mir das so neu, ihr Herrn, als euch:
Doch dann der Teufel soll den Hals ihm brechen.
WALTER. Schafft Frau Brigitt herbei, Herr Richter Adam.
ADAM. – Wird Euer Gnaden diese Sache nicht
Ermüden? Sie zieht sich in die Länge.
Euer Gnaden haben meine Kassen noch,
Und die Registratur – Was ist die Glocke?
LICHT. Es schlug soeben halb.
ADAM.   Auf eilf!
LICHT.   Verzeiht, auf zwölfe.
WALTER. Gleichviel.
ADAM.   Ich glaub, die Zeit ist, oder Ihr verrückt.
Er sieht nach der Uhr.
1400 Ich bin kein ehrlicher Mann. – Ja, was befehlt Ihr?
WALTER. Ich bin der Meinung –
ADAM.   Abzuschließen? Gut –!
WALTER. Erlaubt! Ich bin der Meinung, fortzufahren.
ADAM. Ihr seid der Meinung – Auch gut. Sonst würd ich
Auf Ehre, morgen früh, Glock neun, die Sache,
Zu Euerer Zufriedenheit beendgen.
WALTER. Ihr wißt um meinen Willen.
ADAM.   Wie Ihr befehlt.
Herr Schreiber, schickt die Büttel ab; sie sollen
Sogleich ins Amt die Frau Brigitte laden.
WALTER. Und nehmt Euch – Zeit, die mir viel wert, zu sparen –
1410 Gefälligst selbst der Sach ein wenig an. *Licht ab.*

Zehnter Auftritt

Die Vorigen ohne Licht. Späterhin einige Mägde.

ADAM *aufstehend.* Inzwischen könnte man, wenns so gefällig,
  Vom Sitze sich ein wenig lüften –?

WALTER.   Hm! O ja.
  Was ich sagen wollt –

ADAM.   Erlaubt Ihr gleichfalls,
  Daß die Partein, bis Frau Brigitt erscheint –?

WALTER. Was? Die Partein?

ADAM.   Ja, vor die Tür, wenn Ihr –

WALTER *für sich.* Verwünscht!

              Laut. Herr Richter Adam, wißt Ihr was?
  Gebt ein Glas Wein mir in der Zwischenzeit.

ADAM. Von ganzem Herzen gern. He! Margarete!
  Ihr macht mich glücklich, gnädger Herr. – Margrete!

         Die Magd tritt auf.

DIE MAGD. Hier.

ADAM.   Was befehlt Ihr? – Tretet ab, ihr Leute.   1420
  Franz? – Auf den Vorsaal draußen. – Oder Rhein?

WALTER. Von unserm Rhein.

ADAM.   Gut. – Bis ich rufe. Marsch!

WALTER. Wohin?

ADAM.   Geh, vom versiegelten, Margrete. –
  Was? Auf den Flur bloß draußen. – Hier. – Der Schlüssel.

WALTER. Hm! Bleibt.

ADAM.   Fort! Marsch, sag ich! – Geh, Margarete!
  Und Butter, frisch gestampft, Käs auch aus Limburg,
  Und von der fetten pommerschen Räuchergans.

WALTER.
  Halt! Einen Augenblick! Macht nicht so viel
  Umständ, ich bitt Euch sehr, Herr Richter.

ADAM.   Schert
  Zum Teufel euch, sag ich! Tu, wie ich sagte.   1430

WALTER.
  Schickt Ihr die Leute fort, Herr Richter?

ADAM.   Euer Gnaden?

WALTER. Ob Ihr –?

ADAM.   Sie treten ab, wenn Ihr erlaubt.
Bloß ab, bis Frau Brigitt erscheint.
Wie, oder solls nicht etwa –?
WALTER.   Hm! Wie Ihr wollt.
Doch obs der Mühe sich verlohnen wird?
Meint Ihr, daß es so lange Zeit wird währen,
Bis man im Ort sie trifft?
ADAM.   's ist heute Holztag,
Gestrenger Herr. Die Weiber größtenteils
Sind in den Fichten, Sträucher einzusammeln.
1440   Es könnte leicht –
RUPRECHT.   Die Muhme ist zu Hause.
WALTER. Zu Haus. Laßt sein.
RUPRECHT.   Die wird sogleich erscheinen.
WALTER. Die wird uns gleich erscheinen. Schafft den Wein.
ADAM *für sich.*
Verflucht!
WALTER.   Macht fort. Doch nichts zum Imbiß, bitt ich,
Als ein Stück trocknen Brodes nur, und Salz.
ADAM *für sich.* Zwei Augenblicke mit der Dirn allein –
Laut. Ach trocknes Brod! Was! Salz! Geht doch.
WALTER.   Gewiß.
ADAM. Ei, ein Stück Käs aus Limburg mindstens. – Käse
Macht erst geschickt die Zunge, Wein zu schmecken.
WALTER. Gut. Ein Stück Käse denn, doch weiter nichts.
1450   ADAM. So geh. Und weiß, von Damast, aufgedeckt.
Schlecht alles zwar, doch recht.
                    Die Magd ab.
                              Das ist der Vorteil
Von uns verrufnen hagestolzen Leuten,
Daß wir, was andre, knapp und kummervoll,
Mit Weib und Kindern täglich teilen müssen,
Mit einem Freunde, zur gelegnen Stunde,
Vollauf genießen.
WALTER.   Was ich sagen wollte –
Wie kamt Ihr doch zu Eurer Wund, Herr Richter?
Das ist ein böses Loch, fürwahr, im Kopf, das!
ADAM. – Ich fiel.

WALTER.   Ihr fielt. Hm! So. Wann? Gestern abend?

ADAM. Heut, Glock halb sechs, verzeiht, am Morgen, früh,   1460
    Da ich soeben aus dem Bette stieg.

WALTER. Worüber?

ADAM.   Über – gnädger Herr Gerichtsrat,
    Die Wahrheit Euch zu sagen, über mich.
    Ich schlug Euch häuptlings an den Ofen nieder,
    Bis diese Stunde weiß ich nicht, warum?

WALTER. Von hinten?

ADAM.   Wie? Von hinten –

WALTER.   Oder vorn?
    Ihr habt zwo Wunden, vorne ein' und hinten.

ADAM. Von vorn und hinten. – Margarete!

    Die beiden Mägde mit Wein usw. Sie decken auf, und gehen wieder ab.

WALTER.   Wie?

ADAM. Erst so, dann so. Erst auf die Ofenkante,
    Die vorn die Stirn mir einstieß, und sodann   1470
    Vom Ofen rückwärts auf den Boden wieder,
    Wo ich mir noch den Hinterkopf zerschlug.

                Er schenkt ein.

    Ists Euch gefällig?

WALTER *nimmt das Glas.*

           Hättet Ihr ein Weib,
    So würd ich wunderliche Dinge glauben,
    Herr Richter.

ADAM.   Wieso?

WALTER.   Ja, bei meiner Treu,
    So rings seh ich zerkritzt Euch und zerkratzt.

ADAM *lacht.* Nein, Gott sei Dank! Fraunnägel sind es nicht.

WALTER. Glaubs. Auch ein Vorteil noch der Hagestolzen.

ADAM *fortlachend.*
    Strauchwerk für Seidenwürmer, das man trocknend
    Mir an dem Ofenwinkel aufgesetzt. –   1480
    Auf Euer Wohlergehn!

                Sie trinken.

WALTER.   Und grad auch heut
    Noch die Perücke seltsam einzubüßen!
    Die hätt Euch Eure Wunden noch bedeckt.

ADAM. Ja, ja. Jedwedes Übel ist ein Zwilling. –
Hier – von dem fetten jetzt – kann ich –?

WALTER.   Ein Stückchen.
Aus Limburg?

ADAM.   Rect' aus Limburg, gnädger Herr.

WALTER. – Wie Teufel aber, sagt mir, ging das zu?

ADAM. Was?

WALTER.   Daß Ihr die Perücke eingebüßt.

ADAM. Ja, seht. Ich sitz und lese gestern abend
1490 Ein Aktenstück, und weil ich mir die Brille
Verlegt, duck ich so tief mich in den Streit,
Daß bei der Kerze Flamme lichterloh
Mir die Perücke angeht. Ich, ich denke,
Feu'r fällt vom Himmel auf mein sündig Haupt,
Und greife sie, und will sie von mir werfen;
Doch eh ich noch das Nackenband gelöst,
Brennt sie wie Sodom und Gomorrha schon.
Kaum daß ich die drei Haare noch mir rette.

WALTER. Verwünscht! Und Eure andr' ist in der Stadt.

1500 ADAM. Bei dem Perückenmacher. – Doch zur Sache.

WALTER. Nicht allzurasch, ich bitt, Herr Richter Adam.

ADAM. Ei, was! Die Stunde rollt. Ein Gläschen. Hier.

Er schenkt ein.

WALTER.
Der Lebrecht – wenn der Kauz dort wahr gesprochen –
Er auch hat einen bösen Fall getan.

ADAM. Auf meine Ehr.

Er trinkt.

WALTER.   Wenn hier die Sache,
Wie ich fast fürchte, unentworren bleibt,
So werdet Ihr, in Eurem Ort, den Täter
Leicht noch aus seiner Wund entdecken können.

Er trinkt.

Niersteiner?

ADAM.   Was?

WALTER.   Oder guter Oppenheimer?

1510 ADAM. Nierstein. Sieh da! Auf Ehre! Ihr verstehts.
Aus Nierstein, gnädger Herr, als hätt ich ihn geholt.

WALTER. Ich prüft ihn, vor drei Jahren, an der Kelter.

Adam schenkt wieder ein.

— Wie hoch ist Euer Fenster — dort! Frau Marthe!

FRAU MARTHE. Mein Fenster?

WALTER.   Das Fenster jener Kammer, ja,
  Worin die Jungfer schläft?

FRAU MARTHE.   Die Kammer zwar
  Ist nur vom ersten Stock, ein Keller drunter,
  Mehr als neun Fuß das Fenster nicht vom Boden;
  Jedoch die ganze, wohlerwogene
  Gelegenheit sehr ungeschickt zum Springen.
  Denn auf zwei Fuß steht von der Wand ein Weinstock,   1520
  Der seine knotgen Äste rankend hin
  Durch ein Spalier treibt, längs der ganzen Wand:
  Das Fenster selbst ist noch davon umstrickt.
  Es würd ein Eber, ein gewaffneter,
  Müh mit den Fängern haben, durchzubrechen.

ADAM. Es hing auch keiner drin. *Er schenkt sich ein.*

WALTER.   Meint Ihr?

ADAM.   Ach, geht!

Er trinkt.

WALTER *zu Ruprecht.* Wie traf er denn den Sünder? Auf den Kopf?

ADAM. Hier.

WALTER.   Laßt.

ADAM.   Gebt her.

WALTER.   's ist halb noch voll.

ADAM.   Wills füllen.

WALTER. Ihr hörts.

ADAM.   Ei, für die gute Zahl.

WALTER.   Ich bitt Euch.

ADAM. Ach, was! Nach der Pythagoräer-Regel.   1530

Er schenkt ihm ein.

WALTER *wieder zu Ruprecht.*

  Wie oft traf er dem Sünder denn den Kopf?

ADAM. Eins ist der Herr. Zwei ist das finstre Chaos.
  Drei ist die Welt. Drei Gläser lob ich mir.
  Im dritten trinkt man mit den Tropfen Sonnen,
  Und Firmamente mit den übrigen.

WALTER. Wie oftmals auf den Kopf traf Er den Sünder?
Er, Ruprecht, Ihn dort frag ich!

ADAM.   Wird mans hören?
Wie oft trafst du den Sündenbock? Na, heraus!
Gotts Blitz, seht, weiß der Kerl wohl selbst, ob er –

1540   Vergaßt dus?

RUPRECHT.   Mit der Klinke?

ADAM.   Ja, was weiß ich.

WALTER.
Vom Fenster, als Er nach ihm herunterhieb?

RUPRECHT. Zweimal, ihr Herrn.

ADAM.   Halunke! Das behielt er!

Er trinkt.

WALTER. Zweimal! Er konnt ihn mit zwei solchen Hieben
Erschlagen, weiß er –?

RUPRECHT.   Hätt ich ihn erschlagen,
So hätt ich ihn. Es wär mir grade recht.
Läg er hier vor mir, tot, so könnt ich sagen,
Der wars, ihr Herrn, ich hab euch nicht belogen.

ADAM. Ja, tot! Das glaub ich. Aber so –

Er schenkt ein.

WALTER. Konnt Er ihn denn im Dunkeln nicht erkennen?

1550   RUPRECHT. Nicht einen Stich, gestrenger Herr. Wie sollt ich?

ADAM. Warum sperrtst du nicht die Augen auf – Stoßt an!

RUPRECHT. Die Augen auf! Ich hatt sie aufgesperrt.
Der Satan warf sie mir voll Sand.

ADAM *in den Bart.*   Voll Sand, ja!
Warum sperrtst du deine großen Augen auf.
– Hier. Was wir lieben, gnädger Herr! Stoßt an!

WALTER. – Was recht und gut und treu ist, Richter Adam!

Sie trinken.

ADAM. Nun denn, zum Schluß jetzt, wenns gefällig ist.

Er schenkt ein.

WALTER. Ihr seid zuweilen bei Frau Marthe wohl,
Herr Richter Adam. Sagt mir doch,

1560   Wer, außer Ruprecht, geht dort aus und ein.

ADAM. Nicht allzuoft, gestrenger Herr, verzeiht.
Wer aus und ein geht, kann ich Euch nicht sagen.

WALTER. Wie? Solltet Ihr die Witwe nicht zuweilen
  Von Eurem sel'gen Freund besuchen?
ADAM. Nein, in der Tat, sehr selten nur.
WALTER.   Frau Marthe!
  Habt Ihrs mit Richter Adam hier verdorben?
  Er sagt, er spräche nicht mehr bei Euch ein?
FRAU MARTHE. Hm! Gnädger Herr, verdorben? Das just nicht.
  Ich denk er nennt mein guter Freund sich noch.
  Doch daß ich oft in meinem Haus ihn sähe,   1570
  Das vom Herrn Vetter kann ich just nicht rühmen.
  Neun Wochen sinds, daß ers zuletzt betrat,
  Und auch nur da noch im Vorübergehn.
WALTER. Wie sagt Ihr?
FRAU MARTHE.   Was?
WALTER.   Neun Wochen wärens –?
FRAU MARTHE.   Neun,
  Ja – Donnerstag sinds zehn. Er bat sich Samen
  Bei mir, von Nelken und Aurikeln aus.
WALTER. Und – Sonntags – wenn er auf das Vorwerk geht –?
FRAU MARTHE.
  Ja, da – da guckt er mir ins Fenster wohl,
  Und saget guten Tag zu mir und meiner Tochter;
  Doch dann so geht er wieder seiner Wege.   1580
WALTER *für sich.*
  Hm! Sollt ich auch dem Manne wohl – *Er trinkt.* Ich glaubte,
  Weil Ihr die Jungfer Muhme dort zuweilen
  In Eurer Wirtschaft braucht, so würdet Ihr
  Zum Dank die Mutter dann und wann besuchen.
ADAM. Wieso, gestrenger Herr?
WALTER.   Wieso? Ihr sagtet,
  Die Jungfer helfe Euren Hühnern auf,
  Die Euch im Hof erkranken. Hat sie nicht
  Noch heut in dieser Sach Euch Rat erteilt?
FRAU MARTHE.
  Ja, allerdings, gestrenger Herr, das tut sie.
  Vorgestern schickt' er ihr ein krankes Perlhuhn   1590
  Ins Haus, das schon den Tod im Leibe hatte.
  Vorm Jahr rettete sie ihm eins vom Pips,

Und dies auch wird sie mit der Nudel heilen:
Jedoch zum Dank ist er noch nicht erschienen.
WALTER *verwirrt.*
– Schenkt ein, Herr Richter Adam, seid so gut.
Schenkt gleich mir ein. Wir wollen eins noch trinken.
ADAM. Zu Eurem Dienst. Ihr macht mich glücklich. Hier.
Er schenkt ein.
WALTER. Auf Euer Wohlergehn! – Der Richter Adam,
Er wird früh oder spät schon kommen.
FRAU MARTHE.   Meint Ihr? Ich zweifle.
1600 Könnt ich Niersteiner, solchen, wie Ihr trinkt,
Und wie mein sel'ger Mann, der Kastellan,
Wohl auch, von Zeit zu Zeit, im Keller hatte,
Vorsetzen dem Herrn Vetter, wärs was anders:
Doch so besitz ich nichts, ich arme Witwe,
In meinem Hause, das ihn lockt.
WALTER. Um so viel besser.

Eilfter Auftritt

Licht, Frau Brigitte mit einer Perücke in der Hand, die Mägde treten auf.
Die Vorigen.

LICHT.   Hier, Frau Brigitt, herein.
WALTER. Ist das die Frau, Herr Schreiber Licht?
LICHT. Das ist die Frau Brigitte, Euer Gnaden.
WALTER.
Nun denn, so laßt die Sach uns jetzt beschließen.
1610 Nehmt ab, ihr Mägde. Hier.
Die Mägde mit Gläsern usw. ab.
ADAM *währenddessen.*   Nun, Evchen, höre,
Dreh du mir deine Pille ordentlich,
Wie sichs gehört, so sprech ich heute abend
Auf ein Gericht Karauschen bei euch ein.
Dem Luder muß sie ganz jetzt durch die Gurgel,
Ist sie zu groß, so mags den Tod dran fressen.
WALTER *erblickt die Perücke.*
Was bringt uns Frau Brigitte dort für eine
Perücke?

LICHT.   Gnädger Herr?

WALTER.   Was jene Frau uns dort für eine
  Perücke bringt?

LICHT.   Hm!

WALTER.   Was?

LICHT.   Verzeiht –

WALTER. Werd ichs erfahren?

LICHT.   Wenn Euer Gnaden gütigst
  Die Frau, durch den Herrn Richter, fragen wollen,   1620
  So wird, wem die Perücke angehört,
  Sich, und das Weitere, zweifl' ich nicht, ergeben.

WALTER. – Ich will nicht wissen, wem sie angehört.
  Wie kam die Frau dazu? Wo fand sie sie?

LICHT. Die Frau fand die Perücke im Spalier
  Bei Frau Margrete Rull. Sie hing gespießt,
  Gleich einem Nest, im Kreuzgeflecht des Weinstocks,
  Dicht unterm Fenster, wo die Jungfer schläft.

FRAU MARTHE. Was? Bei mir? Im Spalier?

WALTER *heimlich.*   Herr Richter Adam,
  Habt Ihr mir etwas zu vertraun,   1630
  So bitt ich, um die Ehre des Gerichtes,
  Ihr seid so gut, und sagt mirs an.

ADAM. Ich Euch –?

WALTER.   Nicht? Habt Ihr nicht –?

ADAM.   Auf meine Ehre –
              Er ergreift die Perücke.

WALTER. Hier die Perücke ist die Eure nicht?

ADAM.
  Hier die Perück ihr Herren, ist die meine!
  Das ist, Blitz-Element, die nämliche,
  Die ich dem Burschen vor acht Tagen gab,
  Nach Utrecht sie zum Meister Mehl zu bringen.

WALTER.
  Wem? Was?

LICHT.   Dem Ruprecht?

RUPRECHT.   Mir?

ADAM.   Hab ich Ihm Schlingel,
  Als Er nach Utrecht vor acht Tagen ging,   1640

Nicht die Perück hier anvertraut, sie zum
Friseur, daß er sie renoviere, hinzutragen?
RUPRECHT. Ob Er –? Nun ja. Er gab mir –
ADAM.   Warum hat Er
Nicht die Perück, Halunke, abgegeben?
Warum nicht hat Er sie, wie ich befohlen,
Beim Meister in der Werkstatt abgegeben?
RUPRECHT.
Warum ich sie –? Gotts, Himmel-Donner – Schlag!
Ich hab sie in der Werkstatt abgegeben.
Der Meister Mehl nahm sie –
ADAM.   Sie abgegeben?
1650   Und jetzt hängt sie im Weinspalier bei Marthens?
O wart, Kanaille! So entkommst du nicht.
Dahinter steckt mir von Verkappung was,
Und Meuterei, was weiß ich? – Wollt Ihr erlauben,
Daß ich sogleich die Frau nur inquiriere?
WALTER. Ihr hättet die Perücke –?
ADAM.   Gnädger Herr,
Als jener Bursche dort vergangnen Dienstag
Nach Utrecht fuhr mit seines Vaters Ochsen,
Kam er ins Amt und sprach, Herr Richter Adam,
Habt Ihr im Städtlein etwas zu bestellen?
1660   Mein Sohn, sag ich, wenn du so gut willt sein,
So laß mir die Perück hier auftoupieren –
Nicht aber sagt ich ihm, geh und bewahre
Sie bei dir auf, verkappe dich darin,
Und laß sie im Spalier bei Marthens hängen.
FRAU BRIGITTE.
Ihr Herrn, der Ruprecht, mein ich, halt zu Gnaden,
Der wars wohl nicht. Denn da ich gestern nacht
Hinaus aufs Vorwerk geh, zu meiner Muhme,
Die schwer im Kindbett liegt, hört ich die Jungfer
Gedämpft, im Garten hinten jemand schelten:
1670   Wut scheint und Furcht die Stimme ihr zu rauben.
Pfui, schäm Er sich, Er Niederträchtiger,
Was macht Er? Fort. Ich werd die Mutter rufen;
Als ob die Spanier im Lande wären.

Drauf: Eve! durch den Zaun hin, Eve! ruf ich.
Was hast du? Was auch gibts? – Und still wird es:
Nun? Wirst du antworten? – Was wollt Ihr, Muhme? –
Was hast du vor, frag ich? – Was werd ich haben. –
Ist es der Ruprecht? – Ei so ja, der Ruprecht.
Geht Euren Weg doch nur. – So koch dir Tee.
Das liebt sich, denk ich, wie sich andre zanken.   1680

FRAU MARTHE.
Mithin –?
RUPRECHT. Mithin –?
WALTER.   Schweigt! Laßt die Frau vollenden.
FRAU BRIGITTE. Da ich vom Vorwerk nun zurückekehre,
Zur Zeit der Mitternacht etwa, und just,
Im Lindengang, bei Marthens Garten bin,
Huscht euch ein Kerl bei mir vorbei, kahlköpfig,
Mit einem Pferdefuß, und hinter ihm
Erstinkts wie Dampf von Pech und Haar und Schwefel.
Ich sprech ein Gottseibeiuns aus, und drehe
Entsetzensvoll mich um, und seh, mein Seel,
Die Glatz, ihr Herren, im Verschwinden noch,   1690
Wie faules Holz, den Lindengang durchleuchten.

RUPRECHT.
Was! Himmel – Tausend –!
FRAU MARTHE.   Ist Sie toll, Frau Briggy?
RUPRECHT.
Der Teufel, meint Sie, wärs –?
LICHT.   Still! Still!
FRAU BRIGITTE.   Mein Seel!
Ich weiß, was ich gesehen und gerochen.
WALTER ungeduldig.
Frau, obs der Teufel war, will ich nicht untersuchen,
Ihn aber, ihn denunziiert man nicht.
Kann Sie von einem andern melden, gut:
Doch mit dem Sünder da verschont Sie uns.
LICHT. Wollen Euer Gnaden sie vollenden lassen.
WALTER. Blödsinnig Volk, das!
FRAU BRIGITTE.   Gut, wie Ihr befehlt.   1700
Doch der Herr Schreiber Licht sind mir ein Zeuge.

WALTER. Wie? Ihr ein Zeuge?

LICHT.   Gewissermaßen, ja.

WALTER. Fürwahr, ich weiß nicht –

LICHT.   Bitte ganz submiß,
  Die Frau in dem Berichte nicht zu stören.
  Daß es der Teufel war, behaupt ich nicht;
  Jedoch mit Pferdefuß, und kahler Glatze
  Und hinten Dampf, wenn ich nicht sehr mich irre,
  Hats seine völlge Richtigkeit! – Fahrt fort!

FRAU BRIGITTE. Da ich nun mit Erstaunen heut vernehme,
1710   Was bei Frau Marthe Rull geschehn, und ich
  Den Krugzertrümmrer auszuspionieren,
  Der mir zu Nacht begegnet am Spalier,
  Den Platz, wo er gesprungen, untersuche,
  Find ich im Schnee, ihr Herrn, euch eine Spur –
  Was find ich euch für eine Spur im Schnee?
  Rechts fein und scharf und nett gekantet immer,
  Ein ordentlicher Menschenfuß,
  Und links unförmig grobhin eingetölpelt
  Ein ungeheurer klotzger Pferdefuß.

WALTER ärgerlich.
1720   Geschwätz, wahnsinniges, verdammenswürdges –!

VEIT. Es ist nicht möglich, Frau!

FRAU BRIGITTE.   Bei meiner Treu!
  Erst am Spalier, da, wo der Sprung geschehen,
  Seht, einen weiten, schneezerwühlten Kreis,
  Als ob sich eine Sau darin gewälzt;
  Und Menschenfuß und Pferdefuß von hier,
  Und Menschenfuß und Pferdefuß, und Menschenfuß und
  Quer durch den Garten, bis in alle Welt.   [Pferdefuß,

ADAM. Verflucht! – Hat sich der Schelm vielleicht erlaubt,
  Verkappt des Teufels Art –?

RUPRECHT.   Was! Ich!

LICHT.   Schweigt! Schweigt!

1730 FRAU BRIGITTE. Wer einen Dachs sucht, und die Fährt entdeckt,
  Der Weidmann, triumphiert nicht so, als ich.
  Herr Schreiber Licht, sag ich, denn eben seh ich
  Von euch geschickt, den Würdgen zu mir treten,

Herr Schreiber Licht, spart eure Session,
Den Krugzertrümmrer judiziert ihr nicht,
Der sitzt nicht schlechter euch, als in der Hölle:
Hier ist die Spur die er gegangen ist.

WALTER. So habt Ihr selbst Euch überzeugt?

LICHT.   Euer Gnaden,
Mit dieser Spur hats völlge Richtigkeit.

WALTER. Ein Pferdefuß?

LICHT.   Fuß eines Menschen, bitte,   1740
Doch praeter propter wie ein Pferdehuf.

ADAM. Mein Seel, ihr Herrn, die Sache scheint mir ernsthaft.
Man hat viel beißend abgefaßte Schriften,
Die, daß ein Gott sei, nicht gestehen wollen;
Jedoch den Teufel hat, soviel ich weiß,
Kein Atheist noch bündig wegbewiesen.
Der Fall, der vorliegt, scheint besonderer
Erörtrung wert. Ich trage darauf an,
Bevor wir ein Konklusum fassen,
Im Haag bei der Synode anzufragen   1750
Ob das Gericht befugt sei, anzunehmen,
Daß Beelzebub den Krug zerbrochen hat.

WALTER. Ein Antrag, wie ich ihn von Euch erwartet.
Was wohl meint *Ihr*, Herr Schreiber?

LICHT.   Euer Gnaden werden
Nicht die Synode brauchen, um zu urteiln.
Vollendet – mit Erlaubnis! – den Bericht,
Ihr Frau Brigitte, dort; so wird der Fall
Aus der Verbindung, hoff ich, klar konstieren.

FRAU BRIGITTE.
Hierauf: Herr Schreiber Licht, sag ich, laßt uns
Die Spur ein wenig doch verfolgen, sehn,   1760
Wohin der Teufel wohl entwischt mag sein.
Gut, sagt er, Frau Brigitt, ein guter Einfall;
Vielleicht gehn wir uns nicht weit um,
Wenn wir zum Herrn Dorfrichter Adam gehn.

WALTER. Nun? Und jetzt fand sich –?

FRAU BRIGITTE.   Zuerst jetzt finden wir
Jenseits des Gartens, in dem Lindengange,

Den Platz, wo Schwefeldämpfe von sich lassend,
Der Teufel bei mir angeprellt: ein Kreis,
Wie scheu ein Hund etwa zur Seite weicht,
1770 Wenn sich die Katze prustend vor ihm setzt.

WALTER.   Drauf weiter?

FRAU BRIGITTE.
Nicht weit davon jetzt steht ein Denkmal seiner,
An einem Baum, daß ich davor erschrecke.

WALTER. Ein Denkmal? Wie?

FRAU BRIGITTE.   Wie? Ja, da werdet Ihr –

ADAM *für sich.* Verflucht mein Unterleib.

LICHT.   Vorüber, bitte,
Vorüber, hier, ich bitte, Frau Brigitte.

WALTER. Wohin die Spur Euch führte, will ich wissen!

FRAU BRIGITTE. Wohin? Mein Treu, den nächsten Weg zu euch,
Just wie Herr Schreiber Licht gesagt.

WALTER. Zu uns? Hierher?

FRAU BRIGITTE.   Vom Lindengange, ja,
1780 Aufs Schulzenfeld, den Karpfenteich entlang,
Den Steg, quer übern Gottesacker dann,
Hier, sag ich, her, zum Herrn Dorfrichter Adam.

WALTER. Zum Herrn Dorfrichter Adam?

ADAM.   Hier zu mir?

FRAU BRIGITTE. Zu Euch, ja.

RUPRECHT.   Wird doch der Teufel nicht
In dem Gerichtshof wohnen?

FRAU BRIGITTE.   Mein Treu, ich weiß nicht,
Ob er in diesem Hause wohnt; doch hier,
Ich bin nicht ehrlich, ist er abgestiegen:
Die Spur geht hinten ein bis an die Schwelle.

ADAM.
Sollt er vielleicht hier durchpassiert –?

FRAU BRIGITTE.
1790 Ja, oder durchpassiert. Kann sein. Auch das.
Die Spur vornaus –

WALTER.   War eine Spur vornaus?

LICHT. Vornaus, verzeihn Euer Gnaden, keine Spur.

FRAU BRIGITTE. Ja, vornaus war der Weg zertreten.

ADAM. Zertreten. Durchpassiert. Ich bin ein Schuft.
  Der Kerl, paßt auf, hat den Gesetzen hier
  Was angehängt. Ich will nicht ehrlich sein,
  Wenn es nicht stinkt in der Registratur.
  Wenn meine Rechnungen, wie ich nicht zweifle,
  Verwirrt befunden werden sollten,
  Auf meine Ehr, ich stehe für nichts ein.   1800
WALTER.
  Ich auch nicht. *Für sich.* Hm! Ich weiß nicht, wars der linke,
  War es der rechte? Seiner Füße einer –
  Herr Richter! Eure Dose! – Seid so gefällig.
ADAM.
  Die Dose?
WALTER.   Die Dose. Gebt! Hier!
ADAM *zu Licht.*   Bringt dem Herrn Gerichtsrat.
WALTER. Wozu die Umständ? Einen Schritt gebrauchts.
ADAM. Es ist schon abgemacht. Gebt Seiner Gnaden.
WALTER. Ich hätt Euch was ins Ohr gesagt.
ADAM. Vielleicht, daß wir nachher Gelegenheit –
WALTER.   Auch gut.
            Nachdem sich Licht wieder gesetzt.
  Sagt doch, ihr Herrn, ist jemand hier im Orte,
  Der mißgeschaffne Füße hat?   1810
LICHT. Hm! Allerdings ist jemand hier in Huisum –
WALTER.
  So? Wer?
LICHT.   Wollen Euer Gnaden den Herrn Richter fragen –
WALTER. Den Herrn Richter Adam?
ADAM.   Ich weiß von nichts.
  Zehn Jahre bin ich hier im Amt zu Huisum,
  Soviel ich weiß, ist alles grad gewachsen.
WALTER *zu Licht.*
  Nun? Wen hier meint Ihr?
FRAU MARTHE.   Laß Er doch seine Füße draußen!
  Was steckt Er untern Tisch verstört sie hin,
  Daß man fast meint, Er wär die Spur gegangen.
WALTER. Wer? Der Herr Richter Adam?
ADAM.   Ich? die Spur?

1820   Bin ich der Teufel? Ist das ein Pferdefuß?
                Er zeigt seinen linken Fuß.
        WALTER. Auf meine Ehr. Der Fuß ist gut.
                Heimlich.
        Macht jetzt mit der Session sogleich ein Ende.
        ADAM. Ein Fuß, wenn den der Teufel hätt,
        So könnt er auf die Bälle gehn und tanzen.
        FRAU MARTHE.
        Das sag ich auch. Wo wird der Herr Dorfrichter –
        ADAM. Ach, was! Ich!
        WALTER.   Macht, sag ich, gleich ein Ende.
        FRAU BRIGITTE. Den einzgen Skrupel nur, ihr würdgen Herrn,
        Macht, dünkt mich, dieser feierliche Schmuck!
        ADAM. Was für ein feierlicher –?
        FRAU BRIGITTE.   Hier, die Perücke!
1830   Wer sah den Teufel je in solcher Tracht?
        Ein Bau, getürmter, strotzender von Talg,
        Als eines Domdechanten auf der Kanzel!
        ADAM. Wir wissen hierzuland nur unvollkommen,
        Was in der Hölle Mod ist, Frau Brigitte!
        Man sagt, gewöhnlich trägt er eignes Haar.
        Doch auf der Erde, bin ich überzeugt,
        Wirft er in die Perücke sich, um sich
        Den Honoratioren beizumischen.
        WALTER. Nichtswürdger! Wert, vor allem Volk ihn schmachvoll
1840   Vom Tribunal zu jagen! Was Euch schützt,
        Ist einzig nur die Ehre des Gerichts.
        Schließt Eure Session!
        ADAM.   Ich will nicht hoffen –
        WALTER. Ihr hofft jetzt nichts. Ihr zieht Euch aus der Sache.
        ADAM. Glaubt Ihr, ich hätte, ich, der Richter, gestern,
        Im Weinstock die Perücke eingebüßt?
        WALTER. Behüte Gott! Die Eur' ist ja im Feuer,
        Wie Sodom und Gomorrha, aufgegangen.
        LICHT. Vielmehr – vergebt mir, gnädger Herr! die Katze
        Hat gestern in die seinige gejungt.
1850   ADAM. Ihr Herrn, wenn hier der Anschein mich verdammt:
        Ihr übereilt euch nicht, bitt ich. Es gilt

Mir Ehre oder Prostitution.
Solang die Jungfer schweigt, begreif ich nicht,
Mit welchem Recht ihr mich beschuldiget.
Hier auf dem Richterstuhl von Huisum sitz ich,
Und lege die Perücke auf den Tisch:
Den, der behauptet, daß sie mein gehört,
Fordr' ich vors Oberlandgericht in Utrecht.

LICHT. Hm! Die Perücke paßt Euch doch, mein Seel,
Als wär auf Euren Scheiteln sie gewachsen.   1860

Er setzt sie ihm auf.

ADAM. Verleumdung!

LICHT.   Nicht?

ADAM.   Als Mantel um die Schultern
Mir noch zu weit, wie viel mehr um den Kopf.

Er besieht sich im Spiegel.

RUPRECHT. Ei, solch ein Donnerwetter-Kerl!

WALTER.   Still, Er!

FRAU MARTHE. Ei, solch ein blitz-verfluchter Richter, das!

WALTER.

Noch einmal, wollt *Ihr* gleich, soll *ich* die Sache enden?

ADAM. Ja, was befehlt Ihr?

RUPRECHT *zu Eve.*   Eve, sprich, ist ers?

WALTER. Was untersteht der Unverschämte sich?

VEIT. Schweig du, sag ich.

ADAM.   Wart, Bestie! Dich faß ich.

RUPRECHT. Ei, du Blitz-Pferdefuß!

WALTER.   Heda! der Büttel!

VEIT. Halts Maul, sag ich.

RUPRECHT.   Wart! Heute reich ich dich.   1870
Heut streust du keinen Sand mir in die Augen.

WALTER.

Habt Ihr nicht so viel Witz, Herr Richter –?

ADAM.   Ja, wenn Euer Gnaden
Erlauben, fäll ich jetzo die Sentenz.

WALTER. Gut. Tut das. Fällt sie.

ADAM.   Die Sache jetzt konstiert,
Und Ruprecht dort, der Racker, ist der Täter.

WALTER. Auch gut das. Weiter.

ADAM.   Den Hals erkenn ich
Ins Eisen ihm, und weil er ungebührlich
Sich gegen seinen Richter hat betragen,
Schmeiß ich ihn ins vergitterte Gefängnis.
1880 Wie lange, werd ich noch bestimmen.
EVE. Den Ruprecht –?
RUPRECHT.   Ins Gefängnis mich?
EVE.   Ins Eisen?
WALTER. Spart eure Sorgen, Kinder. – Seid Ihr fertig?
ADAM. Den Krug meinthalb mag er ersetzen, oder nicht.
WALTER. Gut denn. Geschlossen ist die Session.
Und Ruprecht appelliert an die Instanz zu Utrecht.
EVE. Er soll, er, erst nach Utrecht appellieren?
RUPRECHT. Was? Ich –?
WALTER.   Zum Henker, ja! Und bis dahin –
EVE. Und bis dahin –?
RUPRECHT.   In das Gefängnis gehn?
EVE. Den Hals ins Eisen stecken? Seid Ihr auch Richter?
1890 Er dort, der Unverschämte, der dort sitzt,
Er selber wars –
WALTER.   Du hörsts, zum Teufel! Schweig!
Ihm bis dahin krümmt sich kein Haar –
EVE.   Auf, Ruprecht!
Der Richter Adam hat den Krug zerbrochen!
RUPRECHT. Ei, wart, du!
FRAU MARTHE.   Er?
FRAU BRIGITTE.   Der dort?
EVE.   Er, ja! Auf, Ruprecht!
Er war bei deiner Eve gestern!
Auf! Faß ihn! Schmeiß ihn jetzo, wie du willst.
WALTER steht auf.
Halt dort! Wer hier Unordnungen –
EVE.   Gleichviel!
Das Eisen ist verdient, geh, Ruprecht!
Geh, schmeiß ihn von dem Tribunal herunter.
1900 ADAM. Verzeiht, ihr Herrn. *Läuft weg.*
EVE.   Hier! Auf!
RUPRECHT.   Halt ihn!

EVE.   Geschwind!

ADAM.   Was?

RUPRECHT.

  Blitz-Hinketeufel!

EVE.   Hast du ihn?

RUPRECHT.   Gotts Schlag und Wetter!

  Es ist sein Mantel bloß!

WALTER.   Fort! Ruft den Büttel!

RUPRECHT *schlägt den Mantel.*

  Ratz! Das ist eins. Und Ratz! Und Ratz! Noch eins.

  Und noch eins! In Ermangelung des Buckels.

WALTER. Er ungezogner Mensch– Schafft hier mir Ordnung!

  – An Ihm, wenn Er sogleich nicht ruhig ist,

  Ihm wird der Spruch vom Eisen heut noch wahr.

VEIT. Sei ruhig, du vertrackter Schlingel!

Zwölfter Auftritt

Die Vorigen ohne Adam.
Sie begeben sich alle in den Vordergrund der Bühne.

RUPRECHT.   Ei, Evchen!

  Wie hab ich heute schändlich dich beleidigt!

  Ei Gotts Blitz, alle Wetter; und wie gestern!   1910

  Ei, du mein goldnes Mädchen, Herzens-Braut!

  Wirst du dein Lebtag mir vergeben können?

EVE *wirft sich dem Gerichtsrat zu Füßen.*

  Herr! Wenn Ihr jetzt nicht helft, sind wir verloren!

WALTER. Verloren? Warum das?

RUPRECHT.   Herr Gott! Was gibts?

EVE. Errettet Ruprecht von der Konskription!

  Denn diese Konskription – der Richter Adam

  Hat mirs als ein Geheimnis anvertraut,

  Geht nach Ostindien; und von dort, Ihr wißt,

  Kehrt von drei Männern einer nur zurück!

WALTER. Was! Nach Ostindien! Bist du bei Sinnen?   1920

EVE. Nach Bantam, gnädger Herr; verleugnets nicht!

  Hier ist der Brief, die stille heimliche

  Instruktion, die Landmiliz betreffend,

Die die Regierung jüngst deshalb erließ:
Ihr seht, ich bin von allem unterrichtet.

WALTER *nimmt den Brief und liest ihn.*

O unerhört, arglistiger Betrug! –
Der Brief ist falsch!

EVE.   Falsch?

WALTER.   Falsch, so wahr ich lebe!
Herr Schreiber Licht, sagt selbst, ist das die Order,
Die man aus Utrecht jüngst an euch erließ?

1930   LICHT. Die Order! Was! Der Sünder, der! Ein Wisch,
Den er mit eignen Händen aufgesetzt! –
Die Truppen, die man anwarb, sind bestimmt
Zum Dienst im Landesinnerern; kein Mensch
Denkt dran, sie nach Ostindien zu schicken!

EVE. Nein, nimmermehr, ihr Herrn?

WALTER.   Bei meiner Ehre!
Und zum Beweise meines Worts: den Ruprecht,
Wärs so, wie du mir sagst: ich kauf ihn frei!

EVE *steht auf.* O Himmel! Wie belog der Böswicht mich!
Denn mit der schrecklichen Besorgnis eben,

1940   Quält' er mein Herz, und kam, zur Zeit der Nacht,
Mir ein Attest für Ruprecht aufzudringen;
Bewies, wie ein erlognes Krankheitszeugnis,
Von allem Kriegsdienst ihn befreien könnte;
Erklärte und versicherte und schlich,
Um es mir auszufertgen, in mein Zimmer:
So Schändliches, ihr Herren, von mir fordernd,
Daß es kein Mädchenmund wagt auszusprechen!

FRAU BRIGITTE. Ei, der nichtswürdig-schändliche Betrüger!

RUPRECHT. Laß, laß den Pferdehuf, mein süßes Kind!

1950   Sieh, hätt ein Pferd bei dir den Krug zertrümmert,
Ich wär so eifersüchtig just, als jetzt!

                    Sie küssen sich.

VEIT. Das sag ich auch! Küßt und versöhnt und liebt euch;
Und Pfingsten, wenn ihr wollt, mag Hochzeit sein!

LICHT *am Fenster.* Seht, wie der Richter Adam, bitt ich euch,
Berg auf, Berg ab, als flöh er Rad und Galgen,
Das aufgepflügte Winterfeld durchstampft!

WALTER. Was? Ist das Richter Adam?

LICHT.   Allerdings!

MEHRERE. Jetzt kommt er auf die Straße. Seht! seht!
   Wie die Perücke ihm den Rücken peitscht!

WALTER. Geschwind, Herr Schreiber, fort! Holt ihn zurück!   1960
   Daß er nicht Übel rettend ärger mache.
   Von seinem Amt zwar ist er suspendiert,
   Und Euch bestell ich, bis auf weitere
   Verfügung, hier im Ort es zu verwalten;
   Doch sind die Kassen richtig, wie ich hoffe,
   Zur Desertion ihn zwingen will ich nicht.
   Fort! Tut mir den Gefallen, holt ihn wieder!

Licht ab.

Letzter Auftritt

Die Vorigen ohne Licht.

FRAU MARTHE. Sagt doch, gestrenger Herr, wo find ich auch
   Den Sitz in Utrecht der Regierung?

WALTER.
   Weshalb, Frau Marthe?

FRAU MARTHE *empfindlich.* Hm! Weshalb? Ich weiß nicht –   1970
   Soll hier dem Kruge nicht sein Recht geschehn?

WALTER. Verzeiht mir! Allerdings. Am großen Markt,
   Und Dienstag ist und Freitag Session.

FRAU MARTHE. Gut! Auf die Woche stell ich dort mich ein.

Alle ab.

Ende.

AMPHITRYON

EIN LUSTSPIEL NACH MOLIÈRE

PERSONEN

JUPITER, in der Gestalt des Amphitryon
MERKUR, in der Gestalt des Sosias
AMPHITRYON, Feldherr der Thebaner
SOSIAS, sein Diener
ALKMENE, Gemahlin des Amphitryon
CHARIS, Gemahlin des Sosias
FELDHERREN

(Die Szene ist in Theben vor dem Schlosse des Amphitryon)

ERSTER AKT

Es ist Nacht

Erste Szene

SOSIAS *tritt mit einer Laterne auf.*

Heda! Wer schleicht da? Holla! – Wenn der Tag
Anbräche, wär mirs lieb; die Nacht ist – Was?
Gut Freund, ihr Herrn! Wir gehen eine Straße –
Ihr habt den ehrlichsten Gesell'n getroffen,
Bei meiner Treu, auf den die Sonne scheint –
Vielmehr der Mond jetzt, wollt ich sagen –
Spitzbuben sinds entweder, feige Schufte,
Die nicht das Herz, mich anzugreifen, haben:
Oder der Wind hat durch das Laub gerasselt.
10   Jedweder Schall hier heult in dem Gebirge. –
Vorsichtig! Langsam! – Aber wenn ich jetzt
Nicht bald mit meinem Hut an Theben stoße,
So will ich in den finstern Orkus fahren.
Ei, hols der Henker! ob ich mutig bin,
Ein Mann von Herz; das hätte mein Gebieter
Auf anderm Wege auch erproben können.
Ruhm krönt ihn, spricht die ganze Welt, und Ehre,
Doch in der Mitternacht mich fortzuschicken,
Ist nicht viel besser, als ein schlechter Streich.
20   Ein wenig Rücksicht wär, und Nächstenliebe,
So lieb mir, als der Keil von Tugenden,
Mit welchem er des Feindes Reihen sprengt.
Sosias, sprach er, rüste dich mein Diener,
Du sollst in Theben meinen Sieg verkünden
Und meine zärtliche Gebieterin
Von meiner nahen Ankunft unterrichten.
Doch hätte das nicht Zeit gehabt bis morgen,
Will ich ein Pferd sein, ein gesatteltes!
Doch sieh! Da zeigt sich, denk ich, unser Haus!
30   Triumph, du bist nunmehr am Ziel, Sosias,
Und allen Feinden soll vergeben sein.
Jetzt, Freund, mußt du an deinen Auftrag denken;

Man wird dich feierlich zur Fürstin führen,
Alkmen', und den Bericht bist du ihr dann,
Vollständig und mit Rednerkunst gesetzt
Des Treffens schuldig, das Amphitryon
Siegreich fürs Vaterland geschlagen hat.
– Doch wie zum Teufel mach ich das, da ich
Dabei nicht war? Verwünscht. Ich wollt: ich hätte
Zuweilen aus dem Zelt geguckt,   40
Als beide Heer im Handgemenge waren.
Ei was! Vom Hauen sprech ich dreist und Schießen,
Und werde schlechter nicht bestehn, als andre,
Die auch den Pfeil noch pfeifen nicht gehört. –
Doch wär es gut, wenn du die Rolle übtest?
Gut! Gut bemerkt, Sosias! Prüfe dich.
Hier soll der Audienzsaal sein, und diese
Latern Alkmene, die mich auf dem Thron erwartet.
Er setzt die Laterne auf den Boden.
Durchlauchtigste! mich schickt Amphitryon,
Mein hoher Herr und Euer edler Gatte,   50
Von seinem Siege über die Athener
Die frohe Zeitung Euch zu überbringen.
– Ein guter Anfang! – »Ach, wahrhaftig, liebster
Sosias, meine Freude mäßg' ich nicht,
Da ich dich wiedersehe.« – Diese Güte,
Vortreffliche, beschämt mich, wenn sie stolz gleich
Gewiß jedweden andern machen würde.
– Sieh! das ist auch nicht übel! – »Und dem teuren
Geliebten meiner Seel Amphitryon,
Wie gehts ihm?« – Gnädge Frau, das faß ich kurz: 60
Wie einem Mann von Herzen auf dem Feld des Ruhms!
– Ein Blitzkerl! Seht die Suade! – »Wann denn kommt er?«
Gewiß nicht später, als sein Amt verstattet,
Wenn gleich vielleicht so früh nicht, als er wünscht.
– Potz, alle Welt! – »Und hat er sonst dir nichts
Für mich gesagt, Sosias?« – Er sagt wenig,
Tut viel, und es erbebt die Welt vor seinem Namen.
– Daß mich die Pest! Wo kömmt der Witz mir her?
»Sie weichen also, sagst du, die Athener?«

70 — Sie weichen, tot ist Labdakus, ihr Führer,
Erstürmt Pharissa, und wo Berge sind,
Da hallen sie von unserm Siegsgeschrei. –
»O teuerster Sosias! Sieh, das mußt du
Umständlich mir, auf jeden Zug, erzählen.«
– Ich bin zu Euern Diensten, gnädge Frau.
Denn in der Tat kann ich von diesem Siege
Vollständge Auskunft, schmeichl' ich mir, erteilen:
Stellt Euch, wenn Ihr die Güte haben wollt,
Auf dieser Seite hier – *Er bezeichnet die Örter auf seiner Hand.*

　　　　　　　　Pharissa vor

80 — Was eine Stadt ist, wie Ihr wissen werdet,
So groß im Umfang, praeter propter,
Um nicht zu übertreiben, wenn nicht größer,
Als Theben. Hier geht der Fluß. Die Unsrigen
In Schlachtordnung auf einem Hügel hier;
Und dort im Tale haufenweis der Feind.
Nachdem er ein Gelübd zum Himmel jetzt gesendet,
Daß Euch der Wolkenkreis erzitterte,
Stürzt, die Befehle treffend rings gegeben,
Er gleich den Strömen brausend auf uns ein.
90 Wir aber, minder tapfer nicht, wir zeigten
Den Rückweg ihm, – und Ihr sollt gleich sehn, wie?
Zuerst begegnet' er dem Vortrab hier;
Der wich. Dann stieß er auf die Bogenschützen dort;
Die zogen sich zurück. Jetzt dreist gemacht, rückt er
Den Schleudrern auf den Leib; die räumten ihm das Feld
Und als verwegen jetzt dem Hauptkorps er sich nahte,
Stürzt dies – halt! Mit dem Hauptkorps ists nicht richtig.
Ich höre ein Geräusch dort, wie mir deucht.

Zweite Szene

Merkur tritt in der Gestalt des Sosias aus Amphitryons Haus. Sosias.

MERKUR *für sich.*
　　Wenn ich den ungerufnen Schlingel dort
100　Beizeiten nicht von diesem Haus entferne,
　　So steht, beim Styx, das Glück mir auf dem Spiel,

Das in Alkmenens Armen zu genießen,
Heut in der Truggestalt Amphitryons
Zeus der Olympische, zur Erde stieg.

SOSIAS *ohne den Merkur zu sehn.*

Es ist zwar nichts und meine Furcht verschwindet,
Doch um den Abenteuern auszuweichen,
Will ich mich vollends jetzt zu Hause machen,
Und meines Auftrags mich entledigen.

MERKUR *für sich.*

Du überwindest den Merkur, Freund, oder
Dich werd ich davon abzuhalten wissen.   110

SOSIAS. Doch diese Nacht ist von endloser Länge.

Wenn ich fünf Stunden unterwegs nicht bin,
Fünf Stunden nach der Sonnenuhr von Theben,
Will ich stückweise sie vom Turme schießen.
Entweder hat in Trunkenheit des Siegs
Mein Herr den Abend für den Morgen angesehn,
Oder der lockre Phöbus schlummert noch,
Weil er zu tief ins Fläschchen gestern guckte.

MERKUR.

Mit welcher Unehrbietigkeit der Schuft
Dort von den Göttern spricht. Geduld ein wenig;   120
Hier dieser Arm bald wird Respekt ihm lehren.

SOSIAS *erblickt den Merkur.*

Ach bei den Göttern der Nacht! Ich bin verloren.
Da schleicht ein Strauchdieb um das Haus, den ich
Früh oder spät am Galgen sehen werde.
– Dreist muß ich tun, und keck und zuversichtlich.

Er pfeift.

MERKUR *laut.*

Wer denn ist jener Tölpel dort, der sich
Die Freiheit nimmt, als wär er hier zu Hause,
Mit Pfeifen mir die Ohren vollzuleiern?
Soll hier mein Stock vielleicht ihm dazu tanzen?

SOSIAS. – Ein Freund nicht scheint er der Musik zu sein.   130

MERKUR. Seit der vergangnen Woche fand ich keinen,
Dem ich die Knochen hätte brechen können.
Mein Arm wird steif, empfind ich, in der Ruhe,

Und einen Buckel von des deinen Breite,
Ihn such ich just, mich wieder einzuüben.

SOSIAS.

Wer, Teufel, hat den Kerl mir dort geboren?
Von Todesschrecken fühl ich mich ergriffen,
Die mir den Atem stocken machen.
Hätt ihn die Hölle ausgeworfen,

140   Es könnt entgeisternder mir nicht sein Anblick sein.
– Jedoch vielleicht gehts dem Hanswurst wie mir,
Und er versucht den Eisenfresser bloß,
Um mich ins Bockshorn schüchternd einzujagen.
Halt, Kauz, das kann ich auch. Und überdies,
Ich bin allein, er auch; zwei Fäuste hab ich,
Doch er nicht mehr; und will das Glück nicht wohl mir,
Bleibt mir ein sichrer Rückzug dort – Marsch also!

MERKUR *vertritt ihm den Weg.*

Halt dort! Wer geht dort?

SOSIAS.   Ich.

MERKUR.   Was für ein Ich?

SOSIAS. Meins mit Verlaub. Und meines, denk ich, geht

150   Hier unverzollt gleich andern. Mut Sosias!

MERKUR. Halt! mit so leichter Zech entkommst du nicht.
Von welchem Stand bist du?

SOSIAS.   Von welchem Stande?
Von einem auf zwei Füßen, wie Ihr seht.

MERKUR. Ob Herr du bist, ob Diener, will ich wissen?

SOSIAS. Nachdem Ihr so mich, oder so betrachtet,
Bin ich ein Herr, bin ich ein Dienersmann.

MERKUR. Gut. Du mißfällst mir.

SOSIAS.   Ei das tut mir leid.

MERKUR. Mit einem Wort, Verräter, will ich wissen,
Nichtswürdger Gassentreter, Eckenwächter,

160   Wer du magst sein, woher du gehst, wohin,
Und was du hier herum zu zaudern hast?

SOSIAS. Darauf kann ich Euch nichts zur Antwort geben
Als dies: ich bin ein Mensch, dort komm ich her,
Da geh ich hin, und habe jetzt was vor,
Das anfängt, Langeweile mir zu machen.

MERKUR.

Ich seh dich witzig, und du bist im Zuge,
Mich kurzhin abzufertigen. Mir aber kommt
Die Lust an, die Bekanntschaft fortzusetzen,
Und die Verwicklung einzuleiten, werd ich
Mit dieser Hand hier hinters Ohr dir schlagen.   170

SOSIAS. Mir?

MERKUR.   Dir, und hier bist dessen du gewiß.
Was wirst du nun darauf beschließen.

SOSIAS.   Wetter!
Ihr schlagt mir eine gute Faust, Gevatter.

MERKUR. Ein Hieb von mittlern Schrot. Zuweilen treff ich
Noch besser.

SOSIAS.   Wär ich auch so aufgelegt,
Wir würden schön uns in die Haare kommen.

MERKUR. Das wär mir recht. Ich liebe solchen Umgang.

SOSIAS. Ich muß, jedoch, Geschäfts halb, mich empfehlen.

                Er will gehn.

MERKUR *tritt ihm in den Weg.*

Wohin?

SOSIAS.   Was gehts dich an, zum Teufel?

MERKUR.   Ich will wissen,
Sag ich dir, wo du hingehst?

SOSIAS.   Jene Pforte   180
Will ich mir öffnen lassen. Laß mich gehn.

MERKUR. Wenn du die Unverschämtheit hast, dich jener
Schloßpforte dort zu nähern, sieh, so rasselt
Ein Ungewitter auf dich ein von Schlägen.

SOSIAS. Was? soll ich nicht nach Hause gehen dürfen?

MERKUR. Nach Hause? sag das noch einmal.

SOSIAS.   Nun ja.
Nach Haus.

MERKUR.   Du sagst von diesem Hause dich?

SOSIAS. Warum nicht? Ist es nicht Amphitryons Haus?

MERKUR. Ob dies Amphitryons Haus ist? Allerdings,
Halunk, ist dies das Haus Amphitryons,   190
Das Schloß des ersten Feldherrn der Thebaner.
Doch welch ein Schluß erfolgt? –

SOSIAS.   Was für ein Schluß?
   Daß ich hinein gehn werd. Ich bin sein Diener.
MERKUR. Sein Die—?
SOSIAS.   Sein Diener.
MERKUR.   Du?
SOSIAS.   Ich, ja.
MERKUR.   Amphitryons Diener?
SOSIAS. Amphitryons Diener, des Thebanerfeldherrn.
MERKUR. – Dein Name ist?
SOSIAS.   Sosias.
MERKUR.   So –?
SOSIAS.   *Sosias.*
MERKUR. Hör, dir zerschlag ich alle Knochen.
SOSIAS.   Bist du
   Bei Sinnen?
MERKUR.   Wer gibt das Recht dir, Unverschämter,
   Den Namen des Sosias anzunehmen?
200 SOSIAS. Gegeben wird er mir, ich nehm ihn nicht.
   Mag es mein Vater dir verantworten.
MERKUR. Hat man von solcher Frechheit je gehört?
   Du wagst mir schamlos ins Gesicht zu sagen,
   Daß du Sosias bist?
SOSIAS.   Ja, allerdings.
   Und das aus dem gerechten Grunde, weil es
   Die großen Götter wollen; weil es nicht
   In meiner Macht steht, gegen sie zu kämpfen,
   Ein andrer sein zu wollen als ich bin;
   Weil ich muß Ich, Amphitryons Diener sein,
210 Wenn ich auch zehenmal Amphitryon,
   Sein Vetter lieber, oder Schwager wäre.
MERKUR. Nun, wart! Ich will dich zu verwandeln suchen.
SOSIAS. Ihr Bürger! Ihr Thebaner! Mörder! Diebe!
MERKUR. Wie du Nichtswürdiger, du schreist noch?
SOSIAS.   Was?
   Ihr schlagt mich, und nicht schreien soll ich dürfen?
MERKUR. Weißt du nicht, daß es Nacht ist, Schlafenszeit
   Und daß in diesem Schloß Alkmene hier,
   Amphitryons Gemahlin, schläft?

SOSIAS.   Hol Euch der Henker!
Ich muß den kürzern ziehen, weil Ihr seht,
Daß mir zur Hand kein Prügel ist, wie Euch.   220
Doch Schläg erteilen, ohne zu bekommen,
Das ist kein Heldenstück. Das sag ich Euch:
Schlecht ist es, wenn man Mut zeigt gegen Leute,
Die das Geschick zwingt, ihren zu verbergen.
MERKUR.
Zur Sach also. Wer bist du?
SOSIAS *für sich.*   Wenn ich dem
Entkomme, will ich eine Flasche Wein
Zur Hälfte opfernd auf die Erde schütten.
MERKUR. Bist du Sosias noch?
SOSIAS.   Ach laß mich gehn.
Dein Stock kann machen, daß ich nicht mehr bin;
Doch nicht, daß ich nicht *Ich* bin, weil ich bin.   230
Der einzge Unterschied ist, daß ich mich
Sosias jetzo der geschlagne, fühle.
MERKUR. Hund, sieh, so mach ich kalt dich. *Er droht.*
SOSIAS.   Laß! Laß!
Hör auf, mir zuzusetzen.
MERKUR.   Eher nicht,
Als bis du aufhörst –
SOSIAS.   Gut, ich höre auf.
Kein Wort entgegn' ich mehr, recht sollst du haben,
Und allem, was du aufstellst, sag ich ja.
MERKUR. Bist du Sosias noch, Verräter?
SOSIAS.   Ach!
Ich bin jetzt, was du willst. Befiehl, was ich
Soll sein, dein Stock macht dich zum Herren meines Lebens.   240
MERKUR. Du sprachst, du hättest dich Sosias sonst genannt?
SOSIAS. Wahr ists, daß ich bis diesen Augenblick gewähnt,
Die Sache hätte ihre Richtigkeit.
Doch das Gewicht hat deiner Gründe mich
Belehrt: ich sehe jetzt, daß ich mich irrte.
MERKUR. Ich bins, der sich Sosias nennt.
SOSIAS.   Sosias –?
Du –?

MERKUR. Ja Sosias. Und wer Glossen macht,
Hat sich vor diesem Stock in acht zu nehmen.
SOSIAS *für sich.* Ihr ewgen Götter dort! So muß ich auf
250   Mich selbst Verzicht jetzt leisten, mir von einem
Betrüger meinen Namen stehlen lassen?
MERKUR. Du murmelst in die Zähne, wie ich höre?
SOSIAS.
Nichts, was dir in der Tat zu nahe träte,
Doch bei den Göttern allen Griechenlands
Beschwör ich dich, die dich und mich regieren,
Vergönne mir, auf einen Augenblick,
Daß ich dir offenherzge Sprache führe.
MERKUR. Sprich.
SOSIAS.   Doch dein Stock wird stumme Rolle spielen?
Nicht von der Unterhaltung sein? Versprich mir,
260   Wir schließen Waffenstillstand.
MERKUR.   Gut, es sei.
Den Punkt bewillg' ich.
SOSIAS.   Nun so sage mir,
Wie kommt der unerhörte Einfall dir,
Mir meinen Namen schamlos wegzugaunern?
Wär es mein Mantel, wärs mein Abendessen;
Jedoch ein Nam! Kannst du dich darin kleiden?
Ihn essen? trinken? oder ihn versetzen?
Was also nützet dieser Diebstahl dir?
MERKUR. Wie? Du – du unterstehst dich?
SOSIAS.   Halt! halt! sag ich.
Wir schlossen Waffenstillstand.
MERKUR.   Unverschämter!
270   Nichtswürdiger!
SOSIAS.   Dawider hab ich nichts.
Schimpfwörter mag ich leiden, dabei kann ein
Gespräch bestehen.
MERKUR.   Du nennst dich Sosias?
SOSIAS. Ja, ich gestehs, ein unverbürgtes
Gerücht hat mir –
MERKUR.   Genug. Den Waffenstillstand
Brech ich, und dieses Wort hier nehm ich wieder.

SOSIAS. Fahr in die Höll! Ich kann mich nicht vernichten,
   Verwandeln nicht, aus meiner Haut nicht fahren,
   Und meine Haut dir um die Schultern hängen.
   Ward, seit die Welt steht, so etwas erlebt?
   Träum ich etwa? Hab ich zur Morgenstärkung   280
   Heut mehr, als ich gewöhnlich pfleg, genossen?
   Bin ich mich meiner völlig nicht bewußt?
   Hat nicht Amphitryon mich hergeschickt,
   Der Fürstin seine Rückkehr anzumelden?
   Soll ich ihr nicht den Sieg, den er erfochten,
   Und wie Pharissa überging, beschreiben?
   Bin ich soeben nicht hier angelangt?
   Halt ich nicht die Laterne? Fand ich dich
   Vor dieses Hauses Tür herum nicht lungern,
   Und als ich mich der Pforte nähern wollte,   290
   Nahmst du den Stock zur Hand nicht, und zerbläutest
   Auf das unmenschlichste den Rücken mir,
   Mir ins Gesicht behauptend, daß nicht ich,
   Wohl aber du Amphitryons Diener seist.
   Das alles, fühl ich, leider, ist zu wahr nur;
   Gefiels den Göttern doch, daß ich besessen wäre!
MERKUR. Halunke, sieh, mein Zorn wird augenblicklich,
   Wie Hagel wieder auf dich niederregnen!
   Was du gesagt hast, alles, Zug vor Zug,
   Es gilt von mir: die Prügel ausgenommen.   300
SOSIAS. Von dir? – Hier die Laterne, bei den Göttern,
   Ist Zeuge mir –
MERKUR.   Du lügst, sag ich, Verräter.
   Mich hat Amphitryon hieher geschickt.
   Mir gab der Feldherr der Thebaner gestern,
   Da er vom Staub der Mordschlacht noch bedeckt,
   Dem Temp'l enttrat, wo er dem Mars geopfert,
   Gemeßnen Auftrag, seinen Sieg in Theben,
   Und daß der Feinde Führer Labdakus
   Von seiner Hand gefallen, anzukündgen;
   Denn ich bin, sag ich dir, Sosias,   310
   Sein Diener, Sohn des Davus, wackern Schäfers
   Aus dieser Gegend, Bruder Harpagons,

Der in der Fremde starb, Gemahl der Charis,
Die mich mit ihren Launen wütend macht;
Sosias, der im Türmchen saß, und dem man
Noch kürzlich funfzig auf den Hintern zählte,
Weil er zu weit die Redlichkeit getrieben.

SOSIAS *für sich.* Da hat er recht! Und ohne daß man selbst
Sosias ist, kann man von dem, was er
320   Zu wissen scheint, nicht unterrichtet sein.
Man muß, mein Seel, ein bißchen an ihn glauben.
Zu dem, da ich ihn jetzt ins Auge fasse,
Hat er Gestalt von mir und Wuchs und Wesen
Und die spitzbübsche Miene, die mir eigen.
– Ich muß ihm ein paar Fragen tun, die mich
Aufs Reine bringen. *Laut.*
                    Von der Beute,
Die in des Feindes Lager ward gefunden,
Sagst du mir wohl, wie sich Amphitryon
Dabei bedacht, und was sein Anteil war?

330   MERKUR. Das Diadem ward ihm des Labdakus,
Das man im Zelt desselben aufgefunden.

SOSIAS. Was nahm mit diesem Diadem man vor?

MERKUR. Man grub den Namenszug Amphitryons
Auf seine goldne Stirne leuchtend ein.

SOSIAS. Vermutlich trägt ers selber jetzt –?

MERKUR.   Alkmenen
Ist es bestimmt. Sie wird zum Angedenken
Des Siegs den Schmuck um ihren Busen tragen.

SOSIAS. Und zugefertigt aus dem Lager wird
Ihr das Geschenk –?

MERKUR.   In einem goldnen Kästchen,
340   Auf das Amphitryon sein Wappen drückte.

SOSIAS *für sich.* Er weiß um alles. – Alle Teufel jetzt!
Ich fang im Ernst an mir zu zweifeln an.
Durch seine Unverschämtheit ward er schon
Und seinen Stock, Sosias, und jetzt wird er,
Das fehlte nur, es auch aus Gründen noch.
Zwar wenn ich mich betaste, wollt ich schwören,
Daß dieser Leib Sosias ist.

– Wie find ich nun aus diesem Labyrinth? –
Was ich getan, da ich ganz einsam war,
Was niemand hat gesehn, kann niemand wissen,   350
Falls er nicht wirklich Ich ist, so wie ich.
– Gut, diese Frage wird mir Licht verschaffen.
Was gilts? Dies fängt ihn – nun wir werden sehn.

Laut.

Als beide Heer im Handgemenge waren,
Was machtest du, sag an, in den Gezelten,
Wo du gewußt, geschickt dich hinzudrücken?
MERKUR. Von einem Schinken –
SOSIAS *für sich.*   Hat den Kerl der Teufel –?
MERKUR. Den ich im Winkel des Gezeltes fand,
Schnitt ich ein Kernstück mir, ein saftiges,
Und öffnete geschickt ein Flaschenfutter,   360
Um für die Schlacht, die draußen ward gefochten,
Ein wenig Munterkeit mir zu verschaffen.
SOSIAS *für sich.* Nun ist es gut. Nun wärs gleich viel, wenn mich
Die Erde gleich von diesem Platz verschlänge,
Denn aus dem Flaschenfutter trinkt man nicht,
Wenn man, wie ich, zufällig nicht im Sacke
Den Schlüssel, der gepaßt, gefunden hätte.

Laut.

Ich sehe, alter Freund, nunmehr, daß du
Die ganze Portion Sosias bist,
Die man auf dieser Erde brauchen kann.   370
Ein mehreres scheint überflüssig mir.
Fern sei mir, den Zudringlichen zu spielen,
Und gern tret ich vor dir zurück. Nur habe die
Gefälligkeit für mich, und sage mir,
Da ich Sosias nicht bin, *wer* ich bin?
Denn *etwas*, gibst du zu, muß ich doch sein.
MERKUR. Wenn ich nicht mehr Sosias werde sein,
Sei dus, es ist mir recht, ich willge drein.
Jedoch so lang ichs bin, wagst du den Hals,
Wenn dir der unverschämte Einfall kommt.   380
SOSIAS. Gut, gut. Mir fängt der Kopf zu schwirren an,
Ich sehe jetzt, mein Seel, wie sichs verhält,

Wenn ichs auch gleich noch völlig nicht begreife.
Jedoch – die Sache muß ein Ende nehmen;
Und das Gescheideste, zum Schluß zu kommen,
Ist, daß ich meiner Wege geh. – Leb wohl.

Er geht dem Hause zu.

MERKUR *stößt ihn zurück.*

Wie, Galgenstrick! So muß ich alle Knochen
Dir lähmen? *Er schlägt ihn.*

SOSIAS.   Ihr gerechten Götter!
Wo bleibt mir euer Schutz? Mein Rücken heilt
390 In Wochen nicht, wenn auch Amphitryon
Den Stock nicht rührt. Wohlan! Ich meide denn
Den Teufelskerl, und geh zurück ins Lager,
So finster diese Höllennacht auch glotzt. –
Das war mir eine rühmliche Gesandtschaft!
Wie wird dein Herr, Sosias, dich empfangen?

Ab.

Dritte Szene

MERKUR. Nun, endlich! Warum trolltest du nicht früher?
Du hättst dir böse Risse sparen können. –
Denn daß ihn eines Gottes Arm getroffen,
Die Ehre kümmert den Halunken nicht:
400 Ich traf ihn wie der beste Büttel auch.
Nun, mag es sein. Gesündigt hat er gnug,
Verdient, wenn auch nicht eben heut, die Prügel;
Er mag auf Abschlag sie empfangen haben. –
Wenn mir der Schuft mit seinem Zeterschrei,
Als ob man ihn zum Braten spießen wollte,
Nur nicht die Liebenden geweckt! – So wahr ich lebe,
Zeus bricht schon auf. Er kommt, der Göttervater,
Und zärtlich gibt Alkmen', als wärs ihr teurer
Gemahl Amphitryon, ihm das Geleit.

Vierte Szene

Jupiter in der Gestalt Amphitryons. Alkmene. Charis. Merkur. Fackeln.

JUPITER. Laß, meine teuerste Alkmene, dort   410
　　Die Fackeln sich entfernen. Zwar sie leuchten
　　Dem schönsten Reiz, der auf der Erde blüht,
　　Und keiner der Olympier sah ihn schöner;
　　Jedoch – wie sag ich? Sie verraten den,
　　Den dieser Reiz hieher gelockt, Geliebte,
　　Und besser wird es ein Geheimnis bleiben,
　　Daß dein Amphitryon in Theben war,
　　Sie sind dem Krieg geraubt, die Augenblicke,
　　Die ich der Liebe opfernd dargebracht;
　　Die Welt könnt ihn mißdeuten, diesen Raub;   420
　　Und gern entbehrt ich andre Zeugen seiner,
　　Als nur die eine, die ihn mir verdankt.

ALKMENE. Amphitryon! So willst du gehn? Ach, wie
　　So lästig ist so vieler Ruhm, Geliebter!
　　Wie gern gäb ich das Diadem, das du
　　Erkämpft, für einen Strauß von Veilchen hin,
　　Um eine niedre Hütte eingesammelt.
　　Was brauchen wir, als nur uns selbst? Warum
　　Wird so viel Fremdes noch dir aufgedrungen,
　　Dir eine Krone und der Feldherrnstab?   430
　　Zwar wenn das Volk dir jauchzt, und sein Entzücken
　　In jedem großen Namen sich verschwendet,
　　Ist der Gedanke süß, daß du mir angehörst;
　　Doch dieser flüchtge Reiz, kann er vergelten,
　　Was ich empfinde, wenn im wilden Treffen
　　Der Pfeil auf diesen teuern Busen zielt?
　　Wie öd ist, ohne dich, dies Haus! Wie träge,
　　Bist du mir fern, der muntre Reihn der Stunden,
　　Wenn sie den Tag herauf mir führen sollen!
　　Ach was das Vaterland mir alles raubt,   440
　　Das fühl ich, mein Amphitryon, erst seit heute,
　　Da ich zwei kurze Stunden dich besaß.

JUPITER. Geliebte! Wie du mich entzückst! Doch eine
　　Besorgnis auch erregst du mir, die ich,

So scherzhaft sie auch klingt, dir nennen muß.
Du weißt, daß ein Gesetz der Ehe ist,
Und eine Pflicht, und daß, wer Liebe nicht erwirbt,
Noch Liebe vor dem Richter fordern kann.
Sieh dies Gesetz, es stört mein schönstes Glück.
450 *Dir* möcht ich, deinem Herzen, Teuerste,
Jedwede Gunst verdanken, möchte gern
Nicht, daß du einer Förmlichkeit dich fügtest,
Zu der du dich vielleicht verbunden wähnst.
Wie leicht verscheuchst du diese kleinen Zweifel?
So öffne mir dein Innres denn, und sprich,
Ob den Gemahl du heut, dem du verlobt bist,
Ob den Geliebten du empfangen hast?

ALKMENE.
Geliebter und Gemahl! Was sprichst du da?
Ist es dies heilige Verhältnis nicht,
460 Das mich allein, dich zu empfahn, berechtigt?
Wie kann dich ein Gesetz der Welt nur quälen,
Das weit entfernt, beschränkend hier zu sein,
Vielmehr den kühnsten Wünschen, die sich regen,
Jedwede Schranke glücklich niederreißt?

JUPITER. Was ich dir fühle, teuerste Alkmene,
Das überflügelt, sieh, um Sonnenferne,
Was ein Gemahl dir schuldig ist. Entwöhne,
Geliebte, von dem Gatten dich,
Und unterscheide zwischen mir und ihm.
470 Sie schmerzt mich, diese schmähliche Verwechslung,
Und der Gedanke ist mir unerträglich,
Daß du den Laffen bloß empfangen hast,
Der kalt ein Recht auf dich zu haben wähnt.
Ich möchte dir, mein süßes Licht,
Dies Wesen eigner Art erschienen sein,
Besieger dein, weil über dich zu siegen,
Die Kunst, die großen Götter mich gelehrt.
Wozu den eitlen Feldherrn der Thebaner
Einmischen hier, der für ein großes Haus
480 Jüngst eine reiche Fürstentochter freite?
Was sagst du? Sieh, ich möchte deine Tugend

Ihm, jenem öffentlichen Gecken, lassen,
Und mir, mir deine Liebe vorbehalten.
ALKMENE. Amphitryon! Du scherzest. Wenn das Volk hier
    Auf den Amphitryon dich schmähen hörte,
    Es müßte doch dich einen andern wähnen,
    Ich weiß nicht wen? Nicht, daß es mir entschlüpft
    In dieser heitern Nacht, wie, vor dem Gatten,
    Oft der Geliebte aus sich zeichnen kann;
    Doch da die Götter eines und das andre   490
    In dir mir einigten, verzeih ich diesem
    Von Herzen gern, was der vielleicht verbrach.
JUPITER. Versprich mir denn, daß dieses heitre Fest,
    Das wir jetzt frohem Wiedersehn gefeiert,
    Dir nicht aus dem Gedächtnis weichen soll;
    Daß du den Göttertag, den wir durchlebt,
    Geliebteste, mit deiner weitern Ehe
    Gemeinen Tag'lauf nicht verwechseln willst.
    Versprich, sag ich, daß du an mich willst denken,
    Wenn einst Amphitryon zurückekehrt –?   500
ALKMENE. Nun ja. Was soll man dazu sagen?
JUPITER.   Dank dir!
    Es hat mehr Sinn und Deutung, als du glaubst.
    Leb wohl, mich ruft die Pflicht.
ALKMENE.   So willst du fort?
    Nicht diese kurze Nacht bei mir, Geliebter,
    Die mit zehntausend Schwingen fleucht, vollenden?
JUPITER. Schien diese Nacht dir kürzer als die andern?
ALKMENE. Ach!
JUPITER.   Süßes Kind! Es konnte doch Aurora
    Für unser Glück nicht mehr tun, als sie tat.
    Leb wohl. Ich sorge, daß die anderen
    Nicht länger dauern, als die Erde braucht.   510
ALKMENE. Er ist berauscht, glaub ich. Ich bin es auch. *Ab.*

Fünfte Szene

Merkur. Charis.

CHARIS *für sich.* Das nenn ich Zärtlichkeit mir! Das mir Treue!
   Das mir ein artig Fest, wenn Eheleute
   Nach langer Trennung jetzt sich wiedersehn!
   Doch jener Bauer dort, der mir verbunden,
   Ein Klotz ist just so zärtlich auch, wie er.
MERKUR *für sich.*
   Jetzt muß ich eilen und die Nacht erinnern,
   Daß uns der Weltkreis nicht aus aller Ordnung kommt.
   Die gute Göttin Kupplerin verweilte
520 Uns siebzehn Stunden über Theben heut;
   Jetzt mag sie weiter ziehn, und ihren Schleier
   Auch über andre Abenteuer werfen.
CHARIS *laut.* Jetzt seht den Unempfindlichen! da geht er.
MERKUR. Nun, soll ich dem Amphitryon nicht folgen?
   Ich werde doch, wenn er ins Lager geht,
   Nicht auf die Bärenhaut mich legen sollen?
CHARIS. Man sagt doch was.
MERKUR.   Ei was! Dazu ist Zeit. –
   Was du gefragt, das weißt du, damit basta.
   In diesem Stücke bin ich ein Lakoner.
530 CHARIS. Ein Tölpel bist du. Gutes Weib, sagt man,
   Behalt mich lieb, und tröst dich, und was weiß ich?
MERKUR. Was, Teufel, kommt dir in den Sinn? Soll ich
   Mit dir zum Zeitvertreib hier Fratzen schneiden?
   Eilf Ehstandsjahr erschöpfen das Gespräch,
   Und schon seit Olims Zeit sag ich dir alles.
CHARIS. Verräter, sieh Amphitryon, wie er,
   Den schlechtsten Leuten gleich, sich zärtlich zeigt,
   Und schäme dich, daß in Ergebenheit
   Zu seiner Frau, und ehelicher Liebe
540 Ein Herr der großen Welt dich übertrifft.
MERKUR. Er ist noch in den Flitterwochen, Kind.
   Es gibt ein Alter, wo sich alles schickt.
   Was diesem jungen Paare steht, das möcht ich
   Von weitem sehn, wenn wirs verüben wollten.

Es würd uns lassen, wenn wir alten Esel
Mit süßen Brocken um uns werfen wollten.
CHARIS. Der Grobian! Was das für Reden sind.
Bin ich nicht mehr im Stand? –
MERKUR.   Das sag ich nicht,
Dein offner Schaden läßt sich übersehen,
Wenns finster ist, so bist du grau; doch hier   550
Auf offnem Markt würds einen Auflauf geben,
Wenn mich der Teufel plagte, zu scharwenzeln.
CHARIS. Ging ich nicht gleich, so wie du kamst, Verräter,
Zur Plumpe? Kämmt ich dieses Haar mir nicht?
Legt ich dies reingewaschne Kleid nicht an?
Und das, um ausgehunzt von dir zu werden.
MERKUR. Ei was ein reines Kleid! Wenn du das Kleid
Ausziehen könntest, das dir von Natur ward,
Ließ ich die schmutzge Schürze mir gefallen.
CHARIS. Als du mich freitest, da gefiel dirs doch.   560
Da hätt es not getan, es in der Küche
Beim Waschen und beim Heuen anzutun.
Kann ich dafür, wenn es die Zeit genutzt?
MERKUR.
Nein, liebstes Weib. Doch ich kanns auch nicht flicken.
CHARIS. Halunke, du verdienst es nicht, daß eine
Frau dir von Ehr und Reputation geworden.
MERKUR. Wärst du ein wenig minder Frau von Ehre,
Und rissest mir dafür die Ohren nicht
Mit deinen ewgen Zänkereien ab.
CHARIS. Was? so mißfällts dir wohl, daß ich in Ehren   570
Mich stets erhielt, mir guten Ruf erwarb?
MERKUR. Behüt der Himmel mich. Pfleg deiner Tugend,
Nur führe sie nicht, wie ein Schlittenpferd,
Stets durch die Straße läutend, und den Markt.
CHARIS. Dir wär ein Weib gut, wie man sie in Theben
Verschmitzt und voller Ränke finden kann,
Ein Weib, das dich in süße Wort' ertränkte,
Damit du ihr den Hahnrei niederschluckst.
MERKUR. Was das betrifft, mein Seel, da sag ich dir:
Gedankenübel quälen nur die Narren,   580

Den Mann vielmehr beneid ich, dem ein Freund
Den Sold der Ehe vorschießt; alt wird er,
Und lebt das Leben aller seiner Kinder.

CHARIS. Du wärst so schamlos, mich zu reizen? Wärst
So frech, mich förmlich aufzufordern, dir
Den freundlichen Thebaner, welcher abends
Mir auf der Fährte schleicht, zu adjungieren?

MERKUR. Hol mich der Teufel, ja. Wenn du mir nur
Ersparst, Bericht darüber anzuhören.

590   Bequeme Sünd ist, find ich, so viel wert,
Als lästge Tugend; und mein Wahlspruch ist,
Nicht so viel Ehr in Theben, und mehr Ruhe –
Fahr wohl jetzt, Charis, Schatzkind! Fort muß ich.
Amphitryon wird schon im Lager sein. *Ab.*

CHARIS. Warum, um diesen Niederträchtigen
Mit einer offenbaren Tat zu strafen,
Fehlts an Entschlossenheit mir? O ihr Götter!
Wie ich es jetzt bereue, daß die Welt
Für eine ordentliche Frau mich hält!

ZWEITER AKT

Es ist Tag

Erste Szene

Amphitryon. Sosias.

600 AMPHITRYON. Steh, Gaudieb, sag ich, mir, vermaledeiter
Halunke! Weißt du, Taugenichts, daß dein
Geschwätz dich an den Galgen bringen wird?
Und daß, mit dir nach Würden zu verfahren,
Nur meinem Zorn ein tüchtges Rohr gebricht?

SOSIAS. Wenn Ihrs aus diesem Ton nehmt, sag ich nichts.
Befehlt, so träum ich, oder bin betrunken.

AMPHITRYON. Mir solche Märchen schamlos aufzubürden!
Erzählungen, wie unsre Ammen sie
Den Kindern abends in die Ohren lullen. –

610   Meinst du, ich werde dir die Possen glauben?

SOSIAS. Behüt! Ihr seid der Herr und ich der Diener,
  Ihr werdet tun und lassen, was Ihr wollt.
AMPHITRYON. Es sei. Ich unterdrücke meinen Zorn,
  Gewinne die Geduld mir ab, noch einmal
  Vom Ei den ganzen Hergang anzuhören.
  – Ich muß dies Teufelsrätsel mir entwirren,
  Und nicht den Fuß ehr setz ich dort ins Haus.
  – Nimm alle deine Sinne wohl zusammen,
  Und steh mir Rede, pünktlich, Wort für Wort.
SOSIAS. Doch, Herr, aus Furcht, vergebt mir, anzustoßen,   620
  Ersuch ich Euch, eh wir zur Sache schreiten,
  Den Ton mir der Verhandlung anzugeben.
  Soll ich nach meiner Überzeugung reden,
  Ein ehrlicher Kerl, versteht mich, oder so,
  Wie es bei Hofe üblich, mit Euch sprechen?
  Sag ich Euch dreist die Wahrheit, oder soll ich
  Mich wie ein wohlgezogner Mensch betragen?
AMPHITRYON. Nichts von den Fratzen. Ich verpflichte dich,
  Bericht mir unverhohlen abzustatten.
SOSIAS. Gut. Laßt mich machen jetzt. Ihr sollt bedient sein.   630
  Ihr habt bloß mir die Fragen auszuwerfen.
AMPHITRYON. Auf den Befehl, den ich dir gab –?
SOSIAS.   Ging ich
  Durch eine Höllenfinsternis, als wäre
  Der Tag zehntausend Klaftern tief versunken,
  Euch allen Teufeln, und den Auftrag gebend,
  Den Weg nach Theben, und die Königsburg.
AMPHITRYON. Was, Schurke, sagst du?
SOSIAS.   Herr, es ist die Wahrheit.
AMPHITRYON. Gut. Weiter. Während du den Weg verfolgtest –?
SOSIAS. Setzt ich den Fuß stets einen vor den andern,
  Und ließ die Spuren hinter mir zurück.   640
AMPHITRYON. Was! Ob dir was begegnet, will ich wissen!
SOSIAS. Nichts, Herr, als daß ich salva venia
  Die Seele voll von Furcht und Schrecken hatte.
AMPHITRYON. Drauf eingetroffen hier –?
SOSIAS.   Übt ich ein wenig
  Mich auf den Vortrag, den ich halten sollte,

Und stellte witzig die Laterne mir,
Als Eure Gattin, die Prinzessin, vor.

AMPHITRYON.

Dies abgemacht –?

SOSIAS. Ward ich gestört. Jetzt kömmts.

AMPHITRYON. Gestört? Wodurch? Wer störte dich?

SOSIAS. Sosias.

AMPHITRYON.

650 Wie soll ich das verstehn?

SOSIAS. Wie Ihrs verstehn sollt?
Mein Seel! Da fragt Ihr mich zu viel.
Sosias störte mich, da ich mich übte.

AMPHITRYON. Sosias! Welch ein Sosias! Was für
Ein Galgenstrick, Halunke, von Sosias,
Der außer dir den Namen führt in Theben,
Hat dich gestört, da du dich eingeübt?

SOSIAS. Sosias! Der bei Euch in Diensten steht,
Den Ihr vom Lager gestern abgeschickt,
Im Schlosse Eure Ankunft anzumelden.

660 AMPHITRYON. Du? Was?

SOSIAS. Ich, ja. Ein Ich, das Wissenschaft
Von allen unsern Heimlichkeiten hat,
Das Kästchen und die Diamanten kennt,
Dem Ich vollkommen gleich, das mit Euch spricht.

AMPHITRYON. Was für Erzählungen?

SOSIAS. Wahrhaftige.
Ich will nicht leben, Herr, belüg ich Euch.
Dies Ich war früher angelangt, als ich,
Und ich war hier, in diesem Fall, mein Seel,
Noch eh ich angekommen war.

AMPHITRYON.

Woher entspringt dies Irrgeschwätz? Der Wischwasch?
670 Ists Träumerei? Ist es Betrunkenheit?
Gehirnverrückung? Oder solls ein Scherz sein?

SOSIAS. Es ist mein völlger Ernst, Herr, und Ihr werdet,
Auf Ehrenwort, mir Euren Glauben schenken,
Wenn Ihr so gut sein wollt. Ich schwörs Euch zu,
Daß ich, der einfach aus dem Lager ging,

Ein Doppelter in Theben eingetroffen;
Daß ich mir glotzend hier begegnet bin;
Daß hier dies eine Ich, das vor Euch steht,
Vor Müdigkeit und Hunger ganz erschöpft,
Das andere, das aus dem Hause trat,   680
Frisch, einen Teufelskerl, gefunden hat;
Daß diese beiden Schufte, eifersüchtig
Jedweder, Euern Auftrag auszurichten,
Sofort in Streit gerieten, und daß ich
Mich wieder ab ins Lager trollen mußte,
Weil ich ein unvernünftger Schlingel war.

AMPHITRYON.
Man muß von meiner Sanftmut sein, von meiner
Friedfertigkeit, von meiner Selbstverleugnung,
Um einem Diener solche Sprache zu gestatten.

SOSIAS. Herr, wenn Ihr Euch ereifert, schweig ich still.   690
Wir wollen von was andern sprechen.

AMPHITRYON. Gut. Weiter denn. Du siehst, ich mäßge mich.
Ich will geduldig bis ans End dich hören.
Doch sage mir auf dein Gewissen jetzt,
Ob das, was du für wahr mir geben willst,
Wahrscheinlich auch nur auf den Schatten ist.
Kann mans begreifen? reimen? Kann mans fassen?

SOSIAS. Behüte! Wer verlangt denn das von Euch?
Ins Tollhaus weis ich den, der sagen kann,
Daß er von dieser Sache was begreift.   700
Es ist gehauen nicht und nicht gestochen,
Ein Vorfall, koboldartig, wie ein Märchen,
Und dennoch *ist* es, wie das Sonnenlicht.

AMPHITRYON.
Falls man demnach fünf Sinne hat, wie glaubt mans.

SOSIAS. Mein Seel! Es kostete die größte Pein mir,
So gut, wie Euch, eh ich es glauben lernte.
Ich hielt mich für besessen, als ich mich
Hier aufgepflanzt fand lärmend auf dem Platze,
Und einen Gauner schalt ich lange mich.
Jedoch zuletzt erkannt ich, mußt ich mich,   710
Ein Ich, so wie das andre, anerkennen.

Hier stands, als wär die Luft ein Spiegel vor mir,
Ein Wesen völlig wie das meinige,
Von diesem Anstand, seht, und diesem Wuchse,
Zwei Tropfen Wasser sind nicht ähnlicher.
Ja, wär es nur geselliger gewesen,
Kein solcher mürrscher Grobian, ich könnte,
Auf Ehre, sehr damit zufrieden sein.

AMPHITRYON. Zu welcher Überwindung ich verdammt bin!
720 – Doch endlich, bist du nicht ins Haus gegangen?

SOSIAS. Ins Haus! Was! Ihr seid gut! Auf welche Weise?
Litt ichs? Hört ich Vernunft an? Untersagt ich
Nicht eigensinnig stets die Pforte mir?

AMPHITRYON. Wie? Was? Zum Teufel!

SOSIAS.   Wie? Mit einem Stocke,
Von dem mein Rücken noch die Spuren trägt.

AMPHITRYON.
So schlug man dich?

SOSIAS.   Und tüchtig.

AMPHITRYON.   Wer – wer schlug dich?
Wer unterstand sich das?

SOSIAS.   Ich.

AMPHITRYON.   Du? Dich schlagen?

SOSIAS. Mein Seel, ja, ich! Nicht dieses Ich von hier,
Doch das vermaledeite Ich vom Hause,
730 Das wie fünf Ruderknechte schlägt.

AMPHITRYON. Unglück verfolge dich, mit mir also zu reden!

SOSIAS. Ich kanns Euch dartun, Herr, wenn Ihrs begehrt.
Mein Zeuge, mein glaubwürdiger, ist der
Gefährte meines Mißgeschicks, mein Rücken.
– Das Ich, das mich von hier verjagte, stand
Im Vorteil gegen mich; es hatte Mut
Und zwei geübte Arme, wie ein Fechter.

AMPHITRYON. Zum Schlusse. Hast du meine Frau gesprochen?

SOSIAS. Nein.

AMPHITRYON. Nicht! Warum nicht?

SOSIAS.   Ei! Aus guten Gründen.

740 AMPHITRYON. Und wer hat dich, Verräter, deine Pflicht
Verfehlen lassen? Hund, Nichtswürdiger!

SOSIAS. Muß ich es zehn und zehnmal wiederholen?
  Ich, hab ich Euch gesagt, dies Teufels-Ich,
  Das sich der Türe dort bemächtigt hatte;
  Das Ich, das das alleinge Ich will sein;
  Das Ich vom Hause dort, das Ich vom Stocke,
  Das Ich, das mich halb tot geprügelt hat.
AMPHITRYON. Es muß die Bestie getrunken haben,
  Sich vollends um das bißchen Hirn gebracht.
SOSIAS. Ich will des Teufels sein, wenn ich heut mehr   750
  Als meine Portion getrunken habe.
  Auf meinen Schwur, mein Seel, könnt Ihr mir glauben.
AMPHITRYON. – So hast du dich unmäßgem Schlaf vielleicht
  Ergeben? – Vielleicht daß dir ein böser Traum
  Den aberwitzgen Vorfall vorgespiegelt,
  Den du mir hier für Wirklichkeit erzählst –?
SOSIAS. Nichts, nichts von dem. Ich schlief seit gestern nicht
  Und hatt im Wald auch gar nicht Lust zu schlafen,
  Ich war erwacht vollkommen, als ich eintraf,
  Und sehr erwacht und munter war der andre   760
  Sosias, als er mich so tüchtig walkte.
AMPHITRYON. Schweig. Was ermüd ich mein Gehirn? Ich bin
  Verrückt selbst, solchen Wischwasch anzuhören.
  Unnützes, marklos-albernes Gewäsch,
  In dem kein Menschensinn ist, und Verstand.
  Folg mir.
SOSIAS *für sich.*
          So ists. Weil es aus meinem Munde kommt,
  Ists albern Zeug, nicht wert, daß man es höre.
  Doch hätte sich ein Großer selbst zerwalkt,
  So würde man Mirakel schrein.
AMPHITRYON. Laß mir die Pforte öffnen. – Doch was seh ich?   770
  Alkmene kommt. Es wird sie überraschen,
  Denn freilich jetzt erwartet sie mich nicht.

Zweite Szene

Alkmene. Charis. Die Vorigen.

ALKMENE. Komm, meine Charis. Laß den Göttern uns
   Ein Opfer dankbar auf den Altar legen.
   Laß ihren großen, heilgen Schutz noch ferner
   Mich auf den besten Gatten niederflehn.
              Da sie den Amphitryon erblickt.
   O Gott! Amphitryon!

AMPHITRYON.   Der Himmel gebe,
   Daß meine Gattin nicht vor mir erschrickt,
   Nicht fürcht ich, daß nach dieser flüchtgen Trennung
780   Alkmene minder zärtlich mich empfängt,
   Als ihr Amphitryon zurückekehrt.

ALKMENE. So früh zurück –?

AMPHITRYON.   Was! dieser Ausruf,
   Fürwahr, scheint ein zweideutig Zeichen mir,
   Ob auch die Götter jenen Wunsch erhört.
   Dies: »Schon so früh zurück!« ist der Empfang,
   Beim Himmel, nein! der heißen Liebe nicht.
   Ich Törichter! Ich stand im Wahn, daß mich
   Der Krieg zu lange schon von hier entfernt;
   Zu spät, war meine Rechnung, kehrt ich wieder.
790   Doch du belehrst mich, daß ich mich geirrt,
   Und mit Befremden nehm ich wahr, daß ich
   Ein Überlästger aus den Wolken falle.

ALKMENE. Ich weiß nicht –

AMPHITRYON.   Nein, Alkmene,
   Verzeih. Mit diesem Worte hast du Wasser
   Zu meiner Liebe Flammen hingetragen.
   Du hast, seit ich dir fern, die Sonnenuhr
   Nicht eines flüchtgen Blicks gewürdigt.
   Hier ward kein Flügelschlag der Zeit vernommen,·
   Und unter rauschenden Vergnügen sind
800   In diesem Schloß fünf abgezählte Monden
   Wie so viel Augenblicke hingeflohn.

ALKMENE. Ich habe Müh, mein teurer Freund, zu fassen,
   Worauf du diesen Vorwurf gründen magst.

Beklagst du über meine Kälte dich,
So siehst du mich verlegen, wie ich dich
Befriedgen soll. Ich denke gestern, als
Du um die Abenddämmrung mir erschienst,
Trug ich die Schuld, an welche du mich mahnst,
Aus meinem warmen Busen reichlich ab.
Kannst du noch mehr dir wünschen, mehr begehren,   810
So muß ich meine Dürftigkeit gestehn:
Ich gab dir wirklich alles, was ich hatte.

AMPHITRYON. Wie?

ALKMENE.   Und du fragst noch! Flog ich gestern nicht,
Als du mich heimlich auf den Nacken küßtest,
Ich spann, ins Zimmer warst du eingeschlichen,
Wie aus der Welt entrückt, dir an die Brust?
Kann man sich inn'ger des Geliebten freun?

AMPHITRYON. Was sagst du mir?

ALKMENE.   Was das für Fragen sind!
Du selber warst unmäßger Freude voll,
Dich so geliebt zu sehn; und als ich lachte,   820
Inzwischen mir die Träne floß, schwurst du
Mit seltsam schauerlichen Schwur mir zu,
Daß nie die Here so den Jupiter beglückt.

AMPHITRYON. Ihr ewgen Götter!

ALKMENE.   Drauf als der Tag erglühte,
Hielt länger dich kein Flehn bei mir zurück.
Auch nicht die Sonne wolltest du erwarten.
Du gehst, ich werfe mich aufs Lager nieder,
Heiß ist der Morgen, schlummern kann ich nicht,
Ich bin bewegt, den Göttern will ich opfern,
Und auf des Hauses Vorplatz treff ich dich!   830
Ich denke, Auskunft, traun, bist du mir schuldig,
Wenn deine Wiederkehr mich überrascht,
Bestürzt auch, wenn du willst; nicht aber ist
Ein Grund hier, mich zu schelten, mir zu zürnen.

AMPHITRYON. Hat mich etwan ein Traum bei dir verkündet,
Alkmene? Hast du mich vielleicht im Schlaf
Empfangen, daß du wähnst, du habest mir
Die Forderung der Liebe schon entrichtet?

ALKMENE. Hat dir ein böser Dämon das Gedächtnis
840　　Geraubt, Amphitryon? hat dir vielleicht
　　　Ein Gott den heitern Sinn verwirrt, daß du
　　　Die keusche Liebe deiner Gattin, höhnend,
　　　Von allem Sittlichen entkleiden willst?

AMPHITRYON. Was? Mir wagst du zu sagen, daß ich gestern
　　　Hier um die Dämmrung eingeschlichen bin?
　　　Daß ich dir scherzend auf den Nacken – Teufel!

ALKMENE. Was? Mir wagst du zu leugnen, daß du gestern
　　　Hier um die Dämmrung eingeschlichen bist?
　　　Daß du dir jede Freiheit hast erlaubt,
850　　Die dem Gemahl mag zustehn über mich?

AMPHITRYON. – Du scherzest. Laß zum Ernst uns wiederkehren,
　　　Denn nicht an seinem Platz ist dieser Scherz.

ALKMENE. *Du* scherzest. Laß zum Ernst uns wiederkehren,
　　　Denn roh ist und empfindlich dieser Scherz.

AMPHITRYON. – Ich hätte jede Freiheit mir erlaubt,
　　　Die dem Gemahl mag zustehn über dich? –
　　　Wars nicht so? –

ALKMENE. 　　　　　Geh, Unedelmütiger!

AMPHITRYON. O Himmel! Welch ein Schlag trifft mich! Sosias!
　　　Mein Freund!

SOSIAS. 　　　　Sie braucht fünf Grane Niesewurz;
860　　In ihrem Oberstübchen ists nicht richtig.

AMPHITRYON. Alkmene! Bei den Göttern! du bedenkst nicht,
　　　Was dies Gespräch für Folgen haben kann.
　　　Besinne dich. Versammle deine Geister.
　　　Fortan werd ich dir glauben, was du sagst.

ALKMENE. Was auch daraus erfolgt, Amphitryon,
　　　Ich wills, daß du mir glaubst, du sollst mich nicht
　　　So unanständgen Scherzes fähig wähnen.
　　　Sehr ruhig siehst du um den Ausgang mich.
　　　Kannst du im Ernst ins Angesicht mir leugnen,
870　　Daß du im Schlosse gestern dich gezeigt,
　　　Falls nicht die Götter fürchterlich dich straften,
　　　Gilt jeder andre schnöde Grund mir gleich.
　　　Den innern Frieden kannst du mir nicht stören,
　　　Und auch die Meinung, hoff ich, nicht der Welt:

Den Riß bloß werd ich in der Brust empfinden,
Daß mich der Liebste grausam kränken will.
AMPHITRYON. Unglückliche! Welch eine Sprach! – Und auch
Schon die Beweise hast du dir gefunden?
ALKMENE. Ist es erhört? die ganze Dienerschaft
Ist, dieses Schlosses, Zeuge mir; es würden   880
Die Steine mir, die du betratst, die Bäume,
Die Hunde, die deine Knie umwedelten,
Von dir mir Zeugnis reden, wenn sie könnten.
AMPHITRYON. Die ganze Dienerschaft? Es ist nicht möglich!
ALKMENE. Soll ich, du Unbegreiflicher, dir den
Beweis jetzt geben, den entscheidenden?
Von wem empfing ich diesen Gürtel hier?
AMPHITRYON. Was, einen Gürtel? du? Bereits? Von mir?
ALKMENE. Das Diadem, sprachst du, des Labdakus,
Den du gefällt hast in der letzten Schlacht.   890
AMPHITRYON. Verräter dort! Was soll ich davon denken?
SOSIAS. Laßt mich gewähren. Das sind schlechte Kniffe,
Das Diadem halt ich mit meinen Händen.
AMPHITRYON. Wo?
SOSIAS.   Hier. *Er zieht ein Kästchen aus der Tasche.*
AMPHITRYON.   Das Siegel ist noch unverletzt!
           Er betrachtet den Gürtel an Alkmenes Brust.
Und gleichwohl – – trügen mich nicht alle Sinne –
                    Zu Sosias.
Schnell öffne mir das Schloß.
SOSIAS.   Mein Seel, der Platz ist leer.
Der Teufel hat es wegstipitzt, es ist
Kein Diadem des Labdakus zu finden.
AMPHITRYON. O ihr allmächtgen Götter, die die Welt
Regieren! Was habt ihr über mich verhängt?   900
SOSIAS. Was über Euch verhängt ist? Ihr seid doppelt,
Amphitryon vom Stock ist hier gewesen,
Und glücklich schätz ich Euch, bei Gott –
AMPHITRYON.   Schweig Schlingel!
ALKMENE *zu Charis.* Was kann in aller Welt ihn so bewegen?
Warum ergreift Bestürzung ihn, Entgeisterung,
Bei dieses Steines Anblick, den er kennt?

AMPHITRYON. Ich habe sonst von Wundern schon gehört,
Von unnatürlichen Erscheinungen, die sich
Aus einer andern Welt hieher verlieren;
910 Doch heute knüpft der Faden sich von jenseits
An meine Ehre und erdrosselt sie.
AKMENE *zu Amphitryon.*
Nach diesem Zeugnis, sonderbarer Freund,
Wirst du noch leugnen, daß du mir erschienst
Und daß ich meine Schuld schon abgetragen?
AMPHITRYON. Nein; doch du wirst den Hergang mir erzählen.
ALKMENE. Amphitryon!
AMPHITRYON.   Du hörst, ich zweifle nicht.
Man kann dem Diadem nicht widersprechen.
Gewisse Gründe lassen bloß mich wünschen,
Daß du umständlich die Geschichte mir
920 Von meinem Aufenthalt im Schloß erzählst.
ALKMENE.
Mein Freund, du bist doch krank nicht?
AMPHITRYON.   Krank – krank nicht.
ALKMENE. Vielleicht daß eine Sorge dir des Krieges
Den Kopf beschwert, dir, die zudringliche,
Des Geistes heitre Tätigkeit befangen? –
AMPHITRYON. Wahr ists. Ich fühle mir den Kopf benommen.
ALKMENE. Komm, ruhe dich ein wenig aus.
AMPHITRYON.   Laß mich.
Es drängt nicht. Wie gesagt, es ist mein Wunsch,
Eh ich das Haus betrete, den Bericht
Von dieser Ankunft gestern – anzuhören.
930 ALKMENE. Die Sach ist kurz. Der Abend dämmerte,
Ich saß in meiner Klaus und spann, und träumte
Bei dem Geräusch der Spindel mich ins Feld,
Mich unter Krieger, Waffen hin, als ich
Ein Jauchzen an der fernen Pforte hörte.
AMPHITRYON. Wer jauchzte?
ALKMENE.   Unsre Leute.
AMPHITRYON.   Nun?
ALKMENE.   Es fiel
Mir wieder aus dem Sinn, auch nicht im Traume

Gedacht ich noch, welch eine Freude mir
Die guten Götter aufgespart, und eben
Nahm ich den Faden wieder auf, als es
Jetzt zuckend mir durch alle Glieder fuhr.   940
AMPHITRYON. Ich weiß.
ALKMENE.   Du weißt es schon.
AMPHITRYON.   Darauf?
ALKMENE.   Darauf
Ward viel geplaudert, viel gescherzt, und stets
Verfolgten sich und kreuzten sich die Fragen.
Wir setzten uns – und jetzt erzähltest du
Mit kriegerischer Rede mir, was bei
Pharissa jüngst geschehn, mir von dem Labdakus,
Und wie er in die ewge Nacht gesunken
– Und jeden blutgen Auftritt des Gefechts.
Drauf – ward das prächtge Diadem mir zum
Geschenk, das einen Kuß mich kostete;   950
Viel bei dem Schein der Kerze wards betrachtet
– Und einem Gürtel gleich verband ich es,
Den deine Hand mir um den Busen schlang.
AMPHITRYON *für sich.*
Kann man, frag ich, den Dolch lebhafter fühlen?
ALKMENE. Jetzt ward das Abendessen aufgetragen,
Doch weder du noch ich beschäftigten
Uns mit dem Ortolan, der vor uns stand,
Noch mit der Flasche viel, du sagtest scherzend,
Daß du von meiner Liebe Nektar lebtest,
Du seist ein Gott, und was die Lust dir sonst,   960
Die ausgelaßne, in den Mund dir legte.
AMPHITRYON. – Die ausgelaßne in den Mund mir legte!
ALKMENE. – Ja, in den Mund dir legte. Nun – hierauf –
Warum so finster, Freund?
AMPHITRYON.   Hierauf jetzt –?
ALKMENE.   Standen
Wir von der Tafel auf; und nun –
AMPHITRYON.   Und nun?
ALKMENE. Nachdem wir von der Tafel aufgestanden –
AMPHITRYON. Nachdem ihr von der Tafel aufgestanden –

ALKMENE. So gingen –

AMPHITRYON.　　　　Ginget –

ALKMENE.　　　　　　　　Gingen wir – – – nun ja!

Warum steigt solche Röt ins Antlitz dir?

970 AMPHITRYON. O dieser Dolch, er trifft das Leben mir!

Nein, nein, Verräterin, ich war es nicht!

Und wer sich gestern um die Dämmerung

Hier eingeschlichen als Amphitryon,

War der nichtswürdigste der Lotterbuben!

ALKMENE. Abscheulicher!

AMPHITRYON.　　　　Treulose! Undankbare! –

Fahr hin jetzt Mäßigung, und du, die mir

Bisher der Ehre Fordrung lähmtest, Liebe,

Erinnrung fahrt, und Glück und Hoffnung hin,

Fortan in Wut und Rache will ich schwelgen.

980 ALKMENE. Fahr hin auch du, unedelmütger Gatte,

Es reißt das Herz sich blutend von dir los.

Abscheulich ist der Kunstgriff, er empört mich.

Wenn du dich einer andern zugewendet,

Bezwungen durch der Liebe Pfeil, es hätte

Dein Wunsch, mir würdig selbst vertraut, so schnell dich

Als diese feige List zum Ziel geführt.

Du siehst entschlossen mich das Band zu lösen,

Das deine wankelmütge Seele drückt;

Und ehe noch der Abend sich verkündet,

990 Bist du befreit von allem, was dich bindet.

AMPHITRYON.

Schmachvoll, wie die Beleidgung ist, die sich

Mir zugefügt, ist dies das Mindeste,

Was meine Ehre blutend fordern kann.

Daß ein Betrug vorhanden ist, ist klar,

Wenn meine Sinn auch das fluchwürdige

Gewebe noch nicht fassen. Zeugen doch

Jetzt ruf ich, die es mir zerreißen sollen.

Ich rufe deinen Bruder mir, die Feldherrn,

Das ganze Heer mir der Thebaner auf,

1000 Aus deren Mitt ich eher nicht gewichen,

Als mit des heutgen Morgens Dämmerstrahl.

Dann werd ich auf des Rätsels Grund gelangen,
Und Wehe! ruf ich, wer mich hintergangen!

SOSIAS. Herr, soll ich etwa –?

AMPHITRYON.   Schweig, ich will nichts wissen.
Du bleibst, und harrst auf diesem Platze mein. *Ab.*

CHARIS. Befehlt Ihr Fürstin?

ALKMENE.   Schweig, ich will nichts wissen,
Verfolg mich nicht, ich will ganz einsam sein. *Ab.*

Dritte Szene

Charis. Sosias.

CHARIS. Was das mir für ein Auftritt war! Er ist
Verrückt, wenn er behaupten kann, daß er
Im Lager die verfloßne Nacht geschlafen. –   1010
Nun wenn der Bruder kommt, so wird sichs zeigen.

SOSIAS. Dies ist ein harter Schlag für meinen Herrn.
– Ob mir wohl etwas Ähnliches beschert ist?
Ich muß ein wenig auf den Strauch ihr klopfen.

CHARIS *für sich*. Was gibts? Er hat die Unverschämtheit dort,
Mir maulend noch den Rücken zuzukehren.

SOSIAS. Es läuft, mein Seel, mir übern Rücken, da ich
Den Punkt, den kitzlichen, berühren soll.
Ich möchte fast den Vorwitz bleiben lassen,
Zuletzt ists doch so lang wie breit,   1020
Wenn mans nur mit dem Licht nicht untersucht. –
Frisch auf, der Wurf soll gelten, wissen muß ichs!
– Helf dir der Himmel Charis!

CHARIS.   Was? du nahst mir noch,
Verräter? Was? du hast die Unverschämtheit,
Da ich dir zürne, keck mich anzureden?

SOSIAS. Nun, ihr gerechten Götter, sag, was hast denn du?
Man grüßt sich doch, wenn man sich wieder sieht.
Wie du gleich über nichts die Fletten sträubst.

CHARIS. Was nennst du über nichts? Was nennst du nichts?
Was nennst du über nichts? Unwürdger! Was?   1030

SOSIAS. Ich nenne nichts, die Wahrheit dir zu sagen,
Was nichts in Prosa wie in Versen heißt,

Und nichts, du weißt, ist ohngefähr so viel,
Wie nichts, versteh mich, oder nur sehr wenig. –
CHARIS. Wenn ich nur wüßte, was die Hände mir
   Gebunden hält. Es kribbelt mir, daß ichs
   Kaum mäßge, dir die Augen auszukratzen,
   Und was ein wütend Weib ist, dir zu zeigen.
SOSIAS. Ei, so bewahr der Himmel mich, was für ein Anfall!
1040   CHARIS. Nichts also nennst du, nichts mir das Verfahren,
   Das du dir schamlos gegen mich erlaubt?
SOSIAS. Was denn erlaubt ich mir? Was ist geschehn?
CHARIS. Was mir geschehn? Ei seht! Den Unbefangenen!
   Er wird mir jetzo, wie sein Herr, behaupten,
   Daß er noch gar in Theben nicht gewesen.
SOSIAS. Was das betrifft, mein Seel! Da sag ich dir,
   Daß ich nicht den Geheimnisvollen spiele.
   Wir haben einen Teufelswein getrunken,
   Der die Gedanken rein uns weggespült.
1050   CHARIS. Meinst du, mit diesem Pfiff mir zu entkommen?
SOSIAS. Nein Charis. Auf mein Wort. Ich will ein Schuft sein,
   Wenn ich nicht gestern schon hier angekommen.
   Doch weiß ich nichts von allem, was geschehn,
   Die ganze Welt war mir ein Dudelsack.
CHARIS. Du wüßtest nicht mehr, wie du mich behandelt,
   Da gestern abend du ins Haus getreten?
SOSIAS. Der Henker hol es! Nicht viel mehr, als nichts.
   Erzähls, ich bin ein gutes Haus, du weißt,
   Ich werd mich selbst verdammen, wenn ich fehlte.
1060   CHARIS. Unwürdiger! Es war schon Mitternacht,
   Und längst das junge Fürstenpaar zur Ruhe,
   Als du noch immer in Amphitryons
   Gemächern weiltest, deine Wohnung noch
   Mit keinem Blick gesehn. Es muß zuletzt
   Dein Weib sich selber auf die Strümpfe machen,
   Dich aufzusuchen, und was find ich jetzt?
   Wo find ich jetzt dich, Pflichtvergessener?
   Hin auf ein Kissen find ich dich gestreckt,
   Als ob du, wie zu Haus, hier hingehörtest.
1070   Auf meine zartbekümmerte Beschwerde,

Hat dies dein Herr, Amphitryon, befohlen,
Du sollst die Reisestunde nicht verschlafen,
Er denke früh von Theben aufzubrechen,
Und was dergleichen faule Fische mehr.
Kein Wort, kein freundliches, von deinen Lippen.
Und da ich jetzt mich niederbeuge, liebend,
Zu einem Kusse, wendest du, Halunke,
Der Wand dich zu, ich soll dich schlafen lassen.

SOSIAS. Brav, alter, ehrlicher Sosias!

CHARIS.   Was?
Ich glaube gar du lobst dich noch? Du lobst dich?   1080

SOSIAS. Mein Seel, du mußt es mir zugute halten.
Ich hatte Meerrettich gegessen, Charis,
Und hatte recht, den Atem abzuwenden.

CHARIS. Ei was! Ich hätte nichts davon gespürt,
Wir hatten auch zu Mittag Meerrettich.

SOSIAS. Mein Seel. Das wußt ich nicht. Man merkts dann nicht.

CHARIS. Du kömmst mit diesen Schlichen mir nicht durch.
Früh oder spät wird die Verachtung sich,
Mit der ich mich behandelt sehe, rächen.
Es wurmt mich, ich verwind es nicht, was ich   1090
Beim Anbruch hier des Tages hören mußte,
Und ich benutze dir die Freiheit noch,
Die du mir gabst, so wahr ich ehrlich bin.

SOSIAS. Welch eine Freiheit hab ich dir gegeben?

CHARIS. Du sagtest mir und warst sehr wohl bei Sinnen,
Daß dich ein Hörnerschmuck nicht kümmern würde,
Ja daß du sehr zufrieden wärst, wenn ich
Mit dem Thebaner mir die Zeit vertriebe,
Der hier, du weißts, mir auf der Fährte schleicht.
Wohlan, mein Freund, dein Wille soll geschehn.   1100

SOSIAS. Das hat ein Esel dir gesagt, nicht ich.
Spaß hier beiseit. Davon sag ich mich los.
Du wirst in diesem Stück vernünftig sein.

CHARIS. Kann ich es gleichwohl über mich gewinnen?

SOSIAS. Still jetzt, Alkmene kommt, die Fürstin.

Vierte Szene

Alkmene. Die Vorigen.

ALKMENE.   Charis!
     Was ist mir, Unglücksel'gen, widerfahren?
     Was ist geschehn mir, sprich? Sieh dieses Kleinod.
CHARIS. Was ist dies für ein Kleinod, meine Fürstin?
ALKMENE. Das Diadem ist es, des Labdakus,
1110   Das teure Prachtgeschenk Amphitryons,
     Worauf sein Namenszug gegraben ist.
CHARIS. Dies? Dies das Diadem des Labdakus?
     Hier ist kein Namenszug Amphitryons.
ALKMENE. Unselige, so bist du sinnberaubt?
     Hier stünde nicht, daß mans mit Fingern läse,
     Mit großem, goldgegrabnen Zug ein A?
CHARIS. Gewiß nicht, beste Fürstin. Welch ein Wahn?
     Hier steht ein andres fremdes Anfangszeichen.
     Hier steht ein J.
ALKMENE.   Ein J?
CHARIS.   Ein J. Man irrt nicht.
1120 ALKMENE. Weh mir sodann! Weh mir! Ich bin verloren.
CHARIS. Was ists, erklärt mir, das Euch so bewegt?
ALKMENE. Wie soll ich Worte finden, meine Charis,
     Das Unerklärliche dir zu erklären?
     Da ich bestürzt mein Zimmer wieder finde,
     Nicht wissend, ob ich wache, ob ich träume,
     Wenn sich die rasende Behauptung wagt,
     Daß mir ein anderer erschienen sei;
     Da ich gleichwohl den heißen Schmerz erwäg
     Amphitryons, und dies sein letztes Wort,
1130   Er geh den eignen Bruder, denke dir!
     Den Bruder wider mich zum Zeugnis aufzurufen;
     Da ich jetzt frage, hast du wohl geirrt?
     Denn einen äfft der Irrtum doch von beiden,
     Nicht ich, nicht er, sind einer Tücke fähig;
     Und jener doppelsinnge Scherz mir jetzt
     Durch das Gedächtnis zuckt, da der Geliebte,
     Amphitryon, ich weiß nicht, ob dus hörtest,

Mir auf Amphitryon den Gatten schmähte,
Wie Schaudern jetzt, Entsetzen mich ergreift
Und alle Sinne treulos von mir weichen, –   1140
Faß ich, o du Geliebte, diesen Stein,
Das einzig, unschätzbare, teure Pfand,
Das ganz untrüglich mir zum Zeugnis dient.
Jetzt faß ichs, will den werten Namenszug,
Des lieben Lügners eignen Widersacher,
Bewegt an die entzückten Lippen drücken:
Und einen andern fremden Zug erblick ich,
Und wie vom Blitz steh ich gerührt – ein J!
CHARIS. Entsetzlich! solltet Ihr getäuscht Euch haben?
ALKMENE. Ich mich getäuscht!
CHARIS.   Hier in dem Zuge, mein ich.   1150
ALKMENE. Ja in dem Zug meinst du – so scheint es fast.
CHARIS. Und also –?
ALKMENE.   Was und also –?
CHARIS.   Beruhigt Euch.
Es wird noch alles sich zum Guten wenden.
ALKMENE. O Charis! – Eh will ich irren in mir selbst!
Eh will ich dieses innerste Gefühl,
Das ich am Mutterbusen eingesogen,
Und das mir sagt, daß ich Alkmene bin,
Für einen Parther oder Perser halten.
Ist diese Hand mein? Diese Brust hier mein?
Gehört das Bild mir, das der Spiegel strahlt?   1160
Er wäre fremder mir, als ich! Nimm mir
Das Aug, so hör ich ihn; das Ohr, ich fühl ihn;
Mir das Gefühl hinweg, ich atm' ihn noch;
Nimm Aug und Ohr, Gefühl mir und Geruch,
Mir alle Sinn und gönne mir das Herz:
So läßt du mir die Glocke, die ich brauche,
Aus einer Welt noch find ich ihn heraus.
CHARIS. Gewiß! Wie konnt ich auch nur zweifeln, Fürstin?
Wie könnt ein Weib in solchem Falle irren?
Man nimmt ein falsches Kleid, ein Hausgerät,   1170
Doch einen Mann greift man im Finstern.
Zudem, ist er uns allen nicht erschienen?

Empfing ihn freudig an der Pforte nicht
Das ganze Hofgesind, als er erschien?
Tag war es noch, hier müßten tausend Augen
Mit Mitternacht bedeckt gewesen sein.
ALKMENE. Und gleichwohl dieser wunderliche Zug!
Warum fiel solch ein fremdes Zeichen mir,
Das kein verletzter Sinn verwechseln kann,
1180   Warum nicht auf den ersten Blick mir auf?
Wenn ich zwei solche Namen, liebste Charis,
Nicht unterscheiden kann, sprich, können sie
Zwei Führern, ist es möglich, eigen sein,
Die leichter nicht zu unterscheiden wären?
CHARIS. Ihr seid doch sicher, hoff ich, beste Fürstin? –
ALKMENE. Wie meiner reinen Seele! Meiner Unschuld!
Du müßtest denn die Regung mir mißdeuten,
Daß ich ihn schöner niemals fand, als heut.
Ich hätte für sein Bild ihn halten können,
1190   Für sein Gemälde, sieh, von Künstlershand,
Dem Leben treu, ins Göttliche verzeichnet.
Er stand, ich weiß nicht, vor mir, wie im Traum,
Und ein unsägliches Gefühl ergriff
Mich meines Glücks, wie ich es nie empfunden,
Als er mir strahlend, wie in Glorie, gestern
Der hohe Sieger von Pharissa nahte.
Er wars, Amphitryon, der Göttersohn!
Nur schien er selber einer schon mir der
Verherrlichten, ich hätt ihn fragen mögen,
1200   Ob er mir aus den Sternen niederstiege.
CHARIS. Einbildung, Fürstin, das Gesicht der Liebe.
ALKMENE. Ach, und der doppeldeutge Scherz, o Charis,
Der immer wiederkehrend zwischen ihm
Und dem Amphitryon mir unterschied.
War ers, dem ich zu eigen mich gegeben,
Warum stets den Geliebten nannt er sich,
Den Dieb nur, welcher bei mir nascht? Fluch mir,
Die ich leichtsinnig diesem Scherz gelächelt,
Kam er mir aus des Gatten Munde nicht.
1210 CHARIS. Quält Euch mit übereiltem Zweifel nicht.

Hat nicht Amphitryon den Zug selbst anerkannt,
Als Ihr ihm heut das Diadem gezeigt?
Gewiß, hier ist ein Irrtum, beste Fürstin.
Wenn dieses fremde Zeichen ihn nicht irrte,
So folgt, daß es dem Steine eigen ist,
Und Wahn hat *gestern* uns getäuscht, geblendet;
Doch *heut* ist alles, wie es soll.

ALKMENE. Und wenn ers flüchtig nur betrachtet hätte,
Und jetzt mit allen Feldherrn wiederkehrte,
Und die Behauptung rasend wiederholte,   1220
Daß er die Schwelle noch des Hauses nicht betrat!
Nicht nur entblößt bin ich von *jedem* Zeugnis,
Ein Zeugnis *wider mich* ist dieser Stein.
Was kann ich, ich Verwirrte, dem entgegnen?
Wohin rett ich vor Schmerz mich, vor Vernichtung,
Wenn der Verdacht der Männer ihn geprüft?
Muß ich nicht eingestehn, daß dieser Zug
Der Namenszug nicht des Amphitryon?
Nicht eingestehn, daß ein Geschenk mir nicht
Mit fremden Zeichen von ihm kommen kann?   1230
Ja, schwör ich auf den Altar gleich, daß er
Mir das Gestein selbst gestern überreicht,
Bin ich wohl sicher, sprich, daß ich auch gestern
Das *Zeichen*, das hier steht, von ihm empfing?

CHARIS. Faßt Euch. Hier ist er selbst. Jetzt wird sichs lösen.

Fünfte Szene

Jupiter. Die Vorigen.

ALKMENE. Mein Herr und mein Gemahl! Vergönne mir,
Daß ich dir knieend dieses Kleinod reiche.
Ich lege treu mein Leben dir zu Füßen,
Hast du mir diesen Stein, betracht ihn wohl,
Mit eines fremden Namens Zug gegeben,   1240
So küss ich ihn vor Lust und wein auf ihn;
Gabst du ihn nicht, und leugnest du ihn mir,
Verleugnest ihn, so sei der Tod mein Los
Und ewge Nacht begrabe meine Schmach.

JUPITER. Mein schönes Weib! Werd ich den Stein ergreifen,
    Da solch ein Wert vor mir im Staube liegt.
    Erhebe dich. Was willst du? Fasse dich.
ALKMENE. Mein zuversichtlich Wort hat dich beleidigt,
    Ich fühlte damals schuldlos mich und stark.
1250   Doch seit ich diesen fremden Zug erblickt,
    Will ich dem innersten Gefühl mißtrauen:
    Ich glaubs – daß mir – ein anderer – erschienen,
    Wenn es dein Mund mir noch versichern kann.
JUPITER. Mein großes Weib! Wie sehr beschämst du mich.
    Welch eine Lüg ist deiner Lipp entflohen?
    Wie könnte dir ein anderer erscheinen?
    Wer nahet dir, o du, vor deren Seele
    Nur stets des Ein- und Ein'gen Züge stehn?
    Du bist, du Heilige, vor jedem Zutritt
1260   Mit diamantnem Gürtel angetan.
    Auch selbst der Glückliche, den du empfängst
    Entläßt dich schuldlos noch und rein, und alles,
    Was sich dir nahet, ist Amphitryon.
ALKMENE. O mein Gemahl! Kannst du mir gütig sagen,
    Warst dus, warst du es nicht? O sprich! du warsts!
JUPITER. Ich wars. Seis wer es wolle. Sei – sei ruhig,
    Was du gesehn, gefühlt, gedacht, empfunden,
    War ich: wer wäre außer mir, Geliebte?
    Wer deine Schwelle auch betreten hat,
1270   Mich immer hast du, Teuerste, empfangen,
    Und für jedwede Gunst, die du ihm schenktest,
    Bin ich dein Schuldner, und ich danke dir.
ALKMENE. Nein, mein Amphitryon, hier irrst du dich.
    Jetzt lebe wohl auf ewig, du Geliebter,
    Auf diesen Fall war ich gefaßt.
JUPITER.   Alkmene!
ALKMENE. Leb wohl! Leb wohl!
JUPITER.   Was denkst du?
ALKMENE.   Fort, fort, fort –
JUPITER. Mein Augenstern!
ALKMENE.   Geh, sag ich.
JUPITER.   Höre mich.

ALKMENE. Ich will nichts hören, leben will ich nicht,
  Wenn nicht mein Busen mehr unsträflich ist.
JUPITER. Mein angebetet Weib, was sprichst du da?   1280
  Was könntest du, du Heilige, verbrechen?
  Und wär ein Teufel gestern dir erschienen,
  Und hätt er Schlamm der Sünd, durchgeiferten,
  Aus Höllentiefen über dich geworfen,
  Den Glanz von meines Weibes Busen nicht
  Mit einem Makel fleckt er! Welch ein Wahn!
ALKMENE. Ich Schändlich-hintergangene!
JUPITER.   Er war
  Der Hintergangene, mein Abgott! Ihn
  Hat seine böse Kunst, nicht dich getäuscht,
  Nicht dein unfehlbares Gefühl! Wenn er   1290
  In seinem Arm dich wähnte, lagst du an
  Amphitryons geliebter Brust, wenn er
  Von Küssen träumte, drücktest du die Lippe
  Auf des Amphitryon geliebten Mund.
  O einen Stachel trägt er, glaub es mir,
  Den aus dem liebeglühnden Busen ihm
  Die ganze Götterkunst nicht reißen kann.
ALKMENE. Daß ihn Zeus mir zu Füßen niederstürzte!
  O Gott! Wir müssen uns auf ewig trennen.
JUPITER. Mich fester hat der Kuß, den du ihm schenktest,   1300
  Als alle Lieb an dich, die je für mich
  Aus deinem Busen loderte, geknüpft.
  Und könnt ich aus der Tage fliehndem Reigen
  Den gestrigen, sieh, liebste Frau, so leicht
  Wie eine Dohl aus Lüften niederstürzen,
  Nicht um olympsche Seligkeit wollt ich,
  Um Zeus' unsterblich Leben, es nicht tun.
ALKMENE. Und ich, zehn Toden reicht ich meine Brust.
  Geh! Nicht in deinem Haus siehst du mich wieder.
  Du zeigst mich keiner Frau in Hellas mehr.   1310
JUPITER. Dem ganzen Kreise der Olympischen,
  Alkmene! – Welch ein Wort? Dich in die Schar
  Glanzwerfend aller Götter führ ich ein.
  Und wär ich Zeus, wenn du dem Reigen nahtest,

Die ewge Here müßte vor dir aufstehn,
Und Artemis, die strenge, dich begrüßen.
ALKMENE. Geh, deine Güt erdrückt mich. Laß mich fliehn.
JUPITER. Alkmene!
ALKMENE.　　　　Laß mich.
JUPITER.　　　　　　　　Meiner Seelen Weib!
ALKMENE. Amphitryon, du hörsts! Ich will jetzt fort.
1320 JUPITER. Meinst du, dich diesem Arme zu entwinden?
ALKMENE. Amphitryon, ich wills, du sollst mich lassen.
JUPITER. Und flöhst du über ferne Länder hin,
Dem scheußlichen Geschlecht der Wüste zu,
Bis an den Strand des Meeres folgt ich dir,
Ereilte dich, und küßte dich, und weinte,
Und höbe dich in Armen auf, und trüge
Dich im Triumph zu meinem Bett zurück.
ALKMENE. Nun dann, weil dus so willst, so schwör ich dir,
Und rufe mir der Götter ganze Schar,
1330 Des Meineids fürchterliche Rächer auf:
Eh will ich meiner Gruft, als diesen Busen,
So lang er atmet, deinem Bette nahn.
JUPITER. Den Eid, kraft angeborner Macht, zerbrech ich
Und seine Stücken werf ich in die Lüfte.
Es war kein Sterblicher, der dir erschienen,
Zeus selbst, der Donnergott, hat dich besucht.
ALKMENE. Wer?
JUPITER.　　　　Jupiter.
ALKMENE.　　　　　　　　Wer, Rasender, sagst du?
JUPITER. Er, Jupiter, sag ich.
ALKMENE.　　　　　　　　Er Jupiter?
Du wagst, Elender –?
JUPITER.　　　　　　　　Jupiter sagt ich,
1340 Und wiederhols. Kein anderer, als er,
Ist in verfloßner Nacht erschienen dir.
ALKMENE. Du zeihst, du wagst es, die Olympischen
Des Frevels, Gottvergeßner, der verübt ward?
JUPITER. Ich zeihe Frevels die Olympischen?
Laß solch ein Wort nicht, Unbesonnene,
Aus deinem Mund mich wieder hören.

ALKMENE.
Ich solch ein Wort nicht mehr –? Nicht Frevel wärs –?
JUPITER. Schweig, sag ich, ich befehls.
ALKMENE.   Verlorner Mensch!
JUPITER. Wenn du empfindlich für den Ruhm nicht bist,
    Zu den Unsterblichen die Staffel zu ersteigen,   1350
    Bin ichs: und du vergönnst mir, es zu sein.
    Wenn du Kallisto nicht, die herrliche,
    Europa auch und Leda nicht beneidest,
    Wohlan, ich sags, ich neide Tyndarus,
    Und wünsche Söhne mir, wie Tyndariden.
ALKMENE. Ob ich Kallisto auch beneid? Europa?
    Die Frauen, die verherrlichten, in Hellas?
    Die hohen Auserwählten Jupiters?
    Bewohnerinnen ewgen Ätherreichs?
JUPITER. Gewiß! Was solltest du sie auch beneiden?   1360
    Du, die gesättigt völlig von dem Ruhm,
    Den einen Sterblichen zu Füßen dir zu sehn.
ALKMENE. Was das für unerhörte Reden sind!
    Darf ich auch den Gedanken nur mir gönnen?
    Würd ich vor solchem Glanze nicht versinken?
    Würd ich, wär ers gewesen, noch das Leben
    In diesem warmen Busen freudig fühlen?
    Ich, solcher Gnad Unwürdg'? Ich, Sünderin?
JUPITER. Ob du der Gnade wert, ob nicht, kömmt nicht
    Zu prüfen *dir* zu. Du wirst über dich,   1370
    Wie er dich würdiget, ergehen lassen.
    Du unternimmst, Kurzsichtge, ihn zu meistern,
    Ihn, der der Menschen Herzen kennt?
ALKMENE. Gut, gut, Amphitryon. Ich verstehe dich,
    Und deine Großmut rührt mich bis zu Tränen,
    Du hast dies Wort, ich weiß es, hingeworfen,
    Mich zu zerstreun – doch meine Seele kehrt
    Zu ihrem Schmerzgedanken wiederum zurück.
    Geh du, mein lieber Liebling, geh, mein Alles,
    Und find ein andres Weib dir, und sei glücklich,   1380
    Und laß des Lebens Tage mich durchweinen,
    Daß ich dich nicht beglücken darf.

JUPITER. Mein teures Weib! Wie rührst du mich?
    Sieh doch den Stein, den du in Händen hältst.
ALKMENE. Ihr Himmlischen, schützt mich vor Wahn!
JUPITER.
    Ists nicht sein Nam? Und wars nicht gestern meiner?
    Ist hier nicht Wunder alles, was sich zeigt?
    Hielt ich nicht heut dies Diadem noch in
    Versiegeltem Behältnis eingeschlossen?
1390   Und da ichs öffne, dir den Schmuck zu reichen,
    Find ich die leere Spur nicht in der Wolle?
    Seh ichs nicht glänzend an der Brust dir schon?
ALKMENE. So solls die Seele denken? Jupiter?
    Der Götter ewger, und der Menschen, Vater?
JUPITER. Wer könnte dir die augenblickliche
    Goldwaage der Empfindung so betrügen?
    Wer so die Seele dir, die weibliche,
    Die so vielgliedrig fühlend um sich greift,
    So wie das Glockenspiel der Brust umgehn,
1400   Das von dem Atem lispelnd schon erklingt?
ALKMENE. Er selber! Er!
JUPITER.   Nur die Allmächtgen mögen
    So dreist, wie dieser Fremdling, dich besuchen,
    Und solcher Nebenbuhler triumphier ich!
    Gern mag ich sehn, wenn die Allwissenden
    Den Weg zu deinem Herzen finden, gern,
    Wenn die Allgegenwärtigen dir nahn:
    Und müssen nicht sie selber noch, Geliebte,
    Amphitryon sein, und seine Züge stehlen,
    Wenn deine Seele sie empfangen soll?
1410 ALKMENE. Nun ja. *Sie küßt ihn.*
JUPITER.   Du Himmlische!
ALKMENE.   Wie glücklich bin ich!
    Und o wie gern, wie gern noch bin ich glücklich!
    Wie gern will ich den Schmerz empfunden haben,
    Den Jupiter mir zugefügt,
    Bleibt mir nur alles freundlich wie es war.
JUPITER. Soll ich dir sagen, was ich denke?
ALKMENE.   Nun?

JUPITER. Und was, wenn Offenbarung uns nicht wird,
　　So gar geneigt zu glauben ich mich fühle?
ALKMENE.
　　Nun? Und? du machst mir bang –
JUPITER.　　　　　　　　　　　Wie, wenn du seinen
　　Unwillen – du erschrickst dich nicht, gereizt?
ALKMENE. Ihn? Ich? gereizt?
JUPITER.　　　　　　　Ist er dir wohl vorhanden?　　　1420
　　Nimmst du die Welt, sein großes Werk, wohl wahr?
　　Siehst du ihn in der Abendröte Schimmer,
　　Wenn sie durch schweigende Gebüsche fällt?
　　Hörst du ihn beim Gesäusel der Gewässer,
　　Und bei dem Schlag der üppgen Nachtigall?
　　Verkündet nicht umsonst der Berg ihn dir
　　Getürmt gen Himmel, nicht umsonst ihn dir
　　Der felszerstiebten Katarakten Fall?
　　Wenn hoch die Sonn in seinen Tempel strahlt
　　Und von der Freude Pulsschlag eingeläutet,　　　1430
　　Ihn alle Gattungen Erschaffner preisen,
　　Steigst du nicht in des Herzens Schacht hinab
　　Und betest deinen Götzen an?
ALKMENE. Entsetzlicher! Was sprichst du da? Kann man
　　Ihn frömmer auch, und kindlicher, verehren?
　　Verglüht ein Tag, daß ich an seinem Altar
　　Nicht für mein Leben dankend, und dies Herz,
　　Für dich auch du Geliebter, niedersänke?
　　Warf ich nicht jüngst noch in gestirnter Nacht
　　Das Antlitz tief, inbrünstig, vor ihm nieder,　　　1440
　　Anbetung, glühnd, wie Opferdampf, gen Himmel
　　Aus dem Gebrodel des Gefühls entsendend?
JUPITER. Weshalb *warfst* du aufs Antlitz dich? – Wars nicht,
　　Weil in des Blitzes zuckender Verzeichnung
　　Du einen wohlbekannten Zug erkannt?
ALKMENE. Mensch! Schauerlicher! Woher weißt du das?
JUPITER. Wer ists, dem du an seinem Altar betest?
　　Ist ers dir wohl, der über Wolken ist?
　　Kann dein befangner Sinn ihn wohl erfassen?
　　Kann dein Gefühl, an seinem Nest gewöhnt,　　　1450

Zu solchem Fluge wohl die Schwingen wagen?
Ists nicht Amphitryon, der Geliebte stets,
Vor welchem du im Staube liegst?
ALKMENE. Ach, ich Unsel'ge, wie verwirrst du mich.
Kann man auch Unwillkürliches verschulden?
Soll ich zur weißen Wand des Marmors beten?
Ich brauche Züge nun, um ihn zu denken.
JUPITER.
Siehst du? Sagt ich es nicht? Und meinst du nicht, daß solche
Abgötterei ihn kränkt? Wird er wohl gern
1460   Dein schönes Herz entbehren? Nicht auch gern
Von dir sich innig angebetet fühlen?
ALKMENE. Ach, freilich wird er das. Wo ist der Sünder,
Deß Huldigung nicht den Göttern angenehm.
JUPITER. Gewiß! Er kam, *wenn* er dir niederstieg,
Dir nur, um dich zu *zwingen* ihn zu denken,
Um sich an dir, Vergessenen, zu *rächen.*
ALKMENE. Entsetzlich!
JUPITER.   Fürchte nichts. Er straft nicht mehr dich,
Als du verdient. Doch künftig wirst du immer
Nur ihn, versteh, der dir zu Nacht erschien,
1470   An seinem Altar denken, und nicht mich.
ALKMENE. Wohlan! Ich schwörs dir heilig zu! Ich weiß
Auf jede Miene, wie er ausgesehn,
Und werd ihn nicht mit dir verwechseln.
JUPITER.
Das tu. Sonst wagst du, daß er wiederkömmt.
So oft du seinen Namenszug erblickst,
Dem Diadem verzeichnet, wirst du seiner
Erscheinung auf das Innigste gedenken;
Dich der Begebenheit auf jeden Zug erinnern;
Erinnern, wie vor dem Unsterblichen
1480   Der Schreck am Rocken dich durchzuckt; wie du
Das Kleinod von ihm eingetauscht; wer dir
Beim Gürten hülfreich war, und was
Beim Ortolan geschehn. Und stört dein Gatte dich,
So bittest du ihn freundlich, daß er dich
Auf eine Stunde selbst dir überlasse.

ALKMENE. Gut, gut, du sollst mit mir zufrieden sein.
　　Es soll in jeder ersten Morgenstunde
　　Auch kein Gedanke fürder an dich denken:
　　Jedoch nachher vergeß ich Jupiter.
JUPITER. Wenn also jetzt in seinem vollen Glanze,　　　　1490
　　Gerührt durch so viel Besserung,
　　Der ewg' Erschütterer der Wolken sich dir zeigte,
　　Geliebte! sprich, wie würdest du dich fassen?
ALKMENE. Ach, der furchtbare Augenblick! hätt ich
　　Doch immer ihn gedacht nur beim Altar,
　　Da er so wenig von dir unterschieden.
JUPITER. Du sahst noch sein unsterblich Antlitz nicht,
　　Alkmene. Ach, es wird das Herz vor ihm
　　In tausendfacher Seligkeit dir aufgehn.
　　Was du ihm fühlen wirst, wird Glut dir dünken,　　　1500
　　Und Eis, was du Amphitryon empfindest.
　　Ja, wenn er deine Seele jetzt berührte,
　　Und zum Olymp nun scheidend wiederkehrt,
　　So wirst du das Unglaubliche erfahren,
　　Und weinen, daß du ihm nicht folgen darfst.
ALKMENE. Nein, nein, das glaube nicht, Amphitryon.
　　Und könnt ich einen Tag zurücke leben,
　　Und mich vor allen Göttern und Heroen
　　In meine Klause riegelfest verschließen,
　　So willigt ich –
JUPITER.　　　　　Wahrhaftig? tätst du das?　　　　1510
ALKMENE. So willigt ich von ganzem Herzen ein.
JUPITER *für sich.*
　　Verflucht der Wahn, der mich hieher gelockt!
ALKMENE. Was ist dir? zürnst du? Kränkt ich dich, Geliebter?
JUPITER. Du wolltest ihm, mein frommes Kind,
　　Sein ungeheures Dasein nicht versüßen?
　　Ihm deine Brust verweigern, wenn sein Haupt,
　　Das weltenordnende, sie sucht,
　　Auf seinen Flaumen auszuruhen? Ach Alkmene!
　　Auch der Olymp ist öde ohne Liebe.
　　Was gibt der Erdenvölker Anbetung　　　　　　　1520
　　Gestürzt in Staub, der Brust, der lechzenden?

Er will geliebt sein, nicht ihr Wahn von ihm.
In ewge Schleier eingehüllt,
Möcht er sich selbst in einer Seele spiegeln,
Sich aus der Träne des Entzückens widerstrahlen.
Geliebte, sieh! So viele Freude schüttet
Er zwischen Erd und Himmel endlos aus;
Wärst du vom Schicksal nun bestimmt
So vieler Millionen Wesen Dank,
1530   Ihm seine ganze Fordrung an die Schöpfung
    In einem einzgen Lächeln auszuzahlen,
    Würdst du dich ihm wohl – ach! ich kanns nicht denken,
    Laß michs nicht denken – laß –
ALKMENE.   Fern sei von mir,
    Der Götter großem Ratschluß mich zu sträuben,
    Ward ich so heilgem Amte auserkoren.
    Er, der mich schuf, er walte über mich.
    Doch –
JUPITER. Nun? –
ALKMENE.   Läßt man die Wahl mir –
JUPITER.   Läßt man dir –?
ALKMENE. Die Wahl, so bliebe meine Ehrfurcht ihm,
    Und meine Liebe dir, Amphitryon.
JUPITER.
1540   Wenn ich nun dieser Gott dir wär –?
ALKMENE.   Wenn du
    – Wie ist mir denn? Wenn du mir dieser Gott wärst
    – – Ich weiß nicht, soll ich vor dir niederfallen,
    Soll ich es nicht? Bist dus mir? Bist dus mir?
JUPITER. Entscheide du. Amphitryon bin ich.
ALKMENE. Amphitryon –
JUPITER.   Amphitryon, dir ja.
    Doch wenn ich, frag ich, dieser Gott dir wäre,
    Dir liebend vom Olymp herabgestiegen,
    Wie würdest du dich dann zu fassen wissen?
ALKMENE. Wenn du mir, Liebster, dieser Gott wärst – ja,
1550   So wüßt ich nicht, wo mir Amphitryon wäre,
    So würd ich folgen dir, wohin du gehst,
    Und wärs auch, wie Euridike, zum Orkus.

JUPITER. Wenn du nicht wüßtest, wo Amphitryon wäre.
Doch wie, wenn sich Amphitryon jetzt zeigte?
ALKMENE. Wenn sich Amphitryon mir – ach, du quälst mich.
Wie kann sich auch Amphitryon mir zeigen,
Da ich Amphitryon in Armen halte?
JUPITER.
Und dennoch könntst du leicht den Gott in Armen halten,
Im Wahn, es sei Amphitryon.
Warum soll dein Gefühl dich überraschen?   1560
Wenn ich, der Gott, dich hier umschlungen hielte,
Und jetzo dein Amphitryon sich zeigte,
Wie würd dein Herz sich wohl erklären?
ALKMENE. Wenn du, der Gott, mich hier umschlungen hieltest
Und jetzo sich Amphitryon mir zeigte,
Ja – dann so traurig würd ich sein, und wünschen,
Daß er der Gott mir wäre, und daß du
Amphitryon mir bliebst, wie du es bist.
JUPITER. Mein süßes, angebetetes Geschöpf!
In dem so selig ich mich, selig preise!   1570
So urgemäß, dem göttlichen Gedanken,
In Form und Maß, und Sait und Klang,
Wie's meiner Hand Äonen nicht entschlüpfte!
ALKMENE. Amphitryon!
JUPITER.   Sei ruhig, ruhig, ruhig!
Es wird sich alles dir zum Siege lösen.
Es drängt den Gott Begier, sich dir zu zeigen,
Und ehe noch des Sternenheeres Reigen
Herauf durchs stille Nachtgefilde zieht,
Weiß deine Brust auch schon, wem sie erglüht –
Sosias!
SOSIAS.   Herr!
JUPITER.   Auf jetzt, mein treuer Diener,   1580
Auf daß sich dieser Tag verherrliche!
Alkmene hat sich liebend mir versöhnt:
Und du, du gehst, und rufst zu einem Feste
Im Lager mir, wo du sie triffst, die Gäste.

                    Beide ab.

Sechste Szene

Charis. Sosias.

CHARIS *für sich*. Was hast du da gehört, Unselige?
    Olympsche Götter wären es gewesen?
    Und der sich für Sosias hier mir gibt,
    Der wäre einer der Unsterblichen,
    Apollon, Hermes, oder Ganymed?
1590 SOSIAS *für sich*. Der Blitzgott! Zeus soll es gewesen sein.
    CHARIS *für sich*. Pfui, schäme dich, wie du dich aufgeführt.
    SOSIAS *für sich*. Mein Seel, er war nicht schlecht bedient.
    Ein Kerl, der seinen Mann stund, und sich
    Für seinen Herrn schlug, wie ein Panthertier.
    CHARIS *für sich*.
    Wer weiß auch, irr ich nicht. Ich muß ihn prüfen.
    Laut. Komm, laß uns Frieden machen auch, Sosias.
    SOSIAS. Ein andermal. Jetzt ist nicht Zeit dazu.
    CHARIS. Wo gehst du hin?
    SOSIAS.   Ich soll die Feldherrn rufen.
    CHARIS. Vergönne mir ein Wort vorher, mein Gatte.
1600 SOSIAS. Dein Gatte –? O, recht gern.
    CHARIS.   Hast du gehört,
    Daß in der Dämmerung zu meiner Fürstin gestern,
    Und ihrer treuen Dienerin,
    Zwei große Götter vom Olymp gestiegen,
    Daß Zeus, der Gott der Wolken, hier gewesen,
    Und Phöbus ihn, der herrliche, begleitet?
    SOSIAS. Ja wenns noch wahr ist. Leider hört ichs, Charis.
    Dergleichen Heirat war mir stets zuwider.
    CHARIS. Zuwider? Warum das? Ich wüßte nicht –
    SOSIAS. Hm! Wenn ich dir die Wahrheit sagen soll,
1610 Es ist wie Pferd und Esel.
    CHARIS.   Pferd und Esel!
    Ein Gott und eine Fürstin! *Für sich*. Der auch kömmt
    Wohl vom Olymp nicht. *Laut*. Du beliebst
    Mit deiner schlechten Dienerin zu scherzen.
    Solch ein Triumph, wie über uns gekommen,
    Ward noch in Theben nicht erhört.

SOSIAS. Mir für mein Teil, schlecht ist er mir bekommen.
Und ein gemeßnes Maß von Schande wär mir
So lieb, als die verteufelten Trophäen,
Die mir auf beiden Schultern prangen. –
Doch ich muß eilen.

CHARIS.　　　　　Ja, was ich sagen wollte –　　　1620
Wer träumte, solche Gäste zu empfangen?
Wer glaubte in der schlechten Menschen Leiber
Zwei der Unsterblichen auch eingehüllt.
Gewiß, wir hätten manche gute Seite,
Die unachtsam zu Innerst blieb, mehr hin
Nach außen wenden können, als geschehn ist.

SOSIAS. Mein Seel, das hätt ich brauchen können, Charis.
Denn du bist zärtlich gegen mich gewesen,
Wie eine wilde Katze. Beßre dich.

CHARIS. Ich wüßte nicht, daß ich dich just beleidigt?　　1630
Dir mehr getan als sich –

SOSIAS.　　　　　Mich nicht beleidigt?
Ich will ein Schuft sein, wenn du heute morgen
Nicht Prügel, so gesalzene verdient,
Als je herab sind auf ein Weib geregnet.

CHARIS. Nun was – Was ist geschehen denn?

SOSIAS.　　　　　　　　Was geschehn ist,
Maulaffe? Hast du nicht gesagt, du würdest
Dir den Thebaner holen, den ich jüngst
Schon, den Halunken, aus dem Hause warf?
Nicht mir ein Hörnerpaar versprochen? Nicht
Mich einen Hahnrei schamlos tituliert?　　　1640

CHARIS. Ei, Scherz! Gewiß!

SOSIAS.　　　　　Ja, Scherz! Kömmst du
Mit diesem Scherz mir wieder, prell ich dir,
Hol mich der Teufel, eins –!

CHARIS.　　　　　O Himmel! Wie geschieht mir?

SOSIAS. Der Saupelz!

CHARIS.　　　　Blicke nicht so grimmig her!
Das Herz in Stücken fühl ich mir zerspalten!

SOSIAS. Pfui, schäme dich, du Gotteslästerliche!
So deiner heilgen Ehepflicht zu spotten!

Geh mach dich solcher Sünd nicht mehr teilhaftig,
Das rat ich dir – und wenn ich wieder komme,
1650 Will ich gebratne Wurst mit Kohlköpf essen.
CHARIS. Was du begehrst: Was säum ich auch noch länger?
Was zaudr' ich noch? Ist ers nicht? Ist ers nicht?
SOSIAS. Ob ich es bin?
CHARIS.   Sieh mich in Staub.
SOSIAS.   Was fehlt dir?
CHARIS. Sieh mich zerknirscht vor dir im Staube liegen.
SOSIAS. Bist du von Sinnen?
CHARIS.   Ach du bists! du bists!
SOSIAS. Wer bin ich?
CHARIS.   Ach was leugnest du dich mir.
Sosias. Ist heute alles rasend toll?
CHARIS.   Sah ich
Aus deines Auges Flammenzorne nicht
Den fernhintreffenden Apollon strahlen?
1660 SOSIAS. Apollon, ich? bist du des Teufels? – Der eine
Macht mich zum Hund, der andre mich zum Gott? –
Ich bin der alte, wohlbekannte Esel
Sosias! *Ab.*
CHARIS. Sosias? Was? Der alte,
Mir wohlbekannte Esel du, Sosias?
Halunke, gut, daß ich das weiß,
So wird die Bratwurst heute dir nicht heiß. *Ab.*

DRITTER AKT

Erste Szene

AMPHITRYON. Wie widerlich mir die Gesichter sind
Von diesen Feldherrn. Jeder hat mir Glückwunsch
Für das erfochtne Treffen abzustatten,
1670 Und in die Arme schließen muß ich jeden,
Und in die Hölle jeden fluch ich hin.
Nicht einer, dem ein Herz geworden wäre,
Das meine, volle, darin auszuschütten.

Daß man ein Kleinod aus versiegeltem
Behältnis wegstiehlt ohne Siegellösung,
Seis; Taschenspieler können uns von fern
Hinweg, was wir in Händen halten, gaunern.
Doch daß man einem Mann Gestalt und Art
Entwendet, und bei seiner Frau für voll bezahlt,
Das ist ein leidges Höllenstück des Satans.   1680
In Zimmern, die vom Kerzenlicht erhellt,
Hat man bis heut mit fünf gesunden Sinnen
In seinen Freunden nicht geirret; Augen,
Aus ihren Höhlen auf den Tisch gelegt,
Von Leib getrennte Glieder, Ohren, Finger,
Gepackt in Schachteln, hätten hingereicht,
Um einen Gatten zu erkennen. Jetzo wird man
Die Ehemänner brennen, Glocken ihnen,
Gleich Hämmeln um die Hälse hängen müssen.
Zu argen Trug ist sie so fähig just,   1690
Wie ihre Turteltaub; eh will ich an
Die Redlichkeit dem Strick entlaufner Schelme,
Als an die Tücke dieses Weibes glauben.
– Verrückt ist sie, und morgen, wenn der Tag graut,
Werd ich gewiß nach Ärzten schicken müssen.
– Fänd nur Gelegenheit sich, anzuknüpfen.

Zweite Szene

Merkur auf dem Altan. Amphitryon.

MERKUR *für sich.* Auf dies verliebte Erdenabenteuer
    Dir, alter Vater Jupiter, zu folgen,
    Es ist ein wahres Freundschaftsstück Merkurs.
    Beim Styx! Mir machts von Herzen Langeweile.   1700
    Denn jener Zofe Charis täuschender
    Als es vonnöten, den Gemahl zu spielen,
    So groß in dieser Sach ist nicht mein Eifer.
    – Ich will mir hier ein Abenteuer suchen,
    Und toll den eifersüchtgen Kauz dort machen.
AMPHITRYON.
    Warum verriegelt man am Tage denn dies Haus?

MERKUR. Holla! Geduld! Wer klopfet?

AMPHITRYON.   Ich.

MERKUR.   Wer? Ich!

AMPHITRYON. Ah! Öffne!

MERKUR.   Öffne! Tölpel! Wer denn bist du,
Der solchen Lärm verführt, und so mir spricht?

1710 AMPHITRYON. Ich glaub du kennst mich nicht?

MERKUR.   O ja;
Ich kenne jeden, der die Klinke drückt.
– Ob ich ihn kenne!

AMPHITRYON.   Hat ganz Theben heut
Tollwurz gefressen, den Verstand verloren? –
Sosias! he! Sosias!

MERKUR.   Ja, Sosias!
So heiß ich. Schreit der Schuft nicht meinen Namen,
Als ob er sorgt', ich möcht ihn sonst vergessen.

AMPHITRYON.
Gerechte Götter! Mensch! Siehst du mich nicht?

MERKUR.   Vollkommen.
Was gibts?

AMPHITRYON. Halunke! Was es gibt?

MERKUR.   Was gibts denn nicht,
Zum Teufel? Sprich, soll man dir Rede stehn.

1720 AMPHITRYON. Du Hundsfott wart! Mit einem Stock da oben
Lehr ich dich, solche Sprache mit mir führen.

MERKUR. Ho, ho! Da unten ist ein ungeschliffner Riegel.
Nimms nicht für ungut.

AMPHITRYON.   Teufel!

MERKUR.   Fasse dich.

AMPHITRYON. Heda! Ist niemand hier zu Hause?

MERKUR. Philippus! Charmion! Wo steckt ihr denn!

AMPHITRYON.
Der Niederträchtige!

MERKUR.   Man muß dich doch bedienen.
Doch harrst du in Geduld nicht, bis sie kommen,
Und rührst mir noch ein einzigs Mal
Den Klöpfel an, so schick ich von hier oben

1730 Dir eine sausende Gesandtschaft zu.

AMPHITRYON. Der Freche! Der Schamlose, der! Ein Kerl,
Den ich mit Füßen oft getreten; ich,
Wenn mir die Lust kommt, kreuzgen lassen könnte. –
MERKUR. Nun? bist du fertig? Hast du mich besehen?
Hast du mit deinen stieren Augen bald
Mich ausgemessen? Wie er auf sie reißt!
Wenn man mit Blicken um sich beißen könnte,
Er hätte mich bereits zerrissen hier.
AMPHITRYON. Ich zittre selbst, Sosias, wenn ich denke,
Was du mit diesen Reden dir bereitest.   1740
Wie viele Schläg entsetzlich warten dein!
– Komm, steig herab, und öffne mir.
MERKUR.   Nun endlich!
AMPHITRYON. Laß mich nicht länger warten, ich bin dringend.
MERKUR. Erfährt man doch, was dein Begehren ist.
Ich soll die Pforte unten öffnen?
AMPHITRYON.   Ja.
MERKUR. Nun gut. Das kann man auch mit Gutem sagen.
Wen suchst du?
AMPHITRYON.   Wen ich suche?
MERKUR.   Wen du suchst,
Zum Teufel! bist du taub? Wen willst du sprechen?
AMPHITRYON.
Wen ich will sprechen? Hund! ich trete alle Knochen
Dir ein, wenn sich das Haus mir öffnet.   1750
MERKUR. Freund, weißt du was? Ich rat dir, daß du gehst.
Du reizest mir die Galle. Geh, geh, sag ich.
AMPHITRYON. Du sollst, du Niederträchtiger, erfahren,
Wie man mit einem Knecht verfährt,
Der seines Herren spottet.
MERKUR.   Seines Herrn?
Ich spotte meines Herrn? Du wärst mein Herr? –
AMPHITRYON.
Jetzt hör ich noch, daß ers mir leugnet.
MERKUR.   Ich kenne
Nur einen, und das ist Amphitryon.
AMPHITRYON. Und wer ist außer mir Amphitryon,
Triefäug'ger Schuft, der Tag und Nacht verwechselt?   1760

MERKUR. Amphitryon?

AMPHITRYON.   Amphitryon, sag ich.

MERKUR. Ha, ha! O ihr Thebaner, kommt doch her.

AMPHITRYON. Daß mich die Erd entrafft'! Solch eine Schmach!

MERKUR.

     Hör, guter Freund dort! Nenn mir doch die Kneipe
     Wo du so selig dich gezecht?

AMPHITRYON.   O Himmel!

MERKUR. Wars junger oder alter Wein?

AMPHITRYON.   Ihr Götter!

MERKUR. Warum nicht noch ein Gläschen mehr? Du hättest
     Zum König von Ägypten dich getrunken!

AMPHITRYON. Jetzt ist es aus mit mir.

MERKUR.   Geh, lieber Junge,

1770   Du tust mir leid. Geh, lege dich aufs Ohr.
     Hier wohnt Amphitryon, Thebanerfeldherr,
     Geh, störe seine Ruhe nicht.

AMPHITRYON. Was? dort im Hause wär Amphitryon?

MERKUR. Hier in dem Hause ja, er und Alkmene.
     Geh, sag ich noch einmal, und hüte dich
     Das Glück der beiden Liebenden zu stören,
     Willst du nicht, daß er selber dir erscheine,
     Und deine Unverschämtheit strafen soll. *Ab.*

Dritte Szene

AMPHITRYON. Was für ein Schlag fällt dir, Unglücklicher!

1780   Vernichtend ist er, es ist aus mit mir.
     Begraben bin ich schon, und meine Witwe
     Schon einem andern Ehgemahl verbunden.
     Welch ein Entschluß ist jetzo zu ergreifen?
     Soll ich die Schande, die mein Haus getroffen,
     Der Welt erklären, soll ich sie verschweigen?
     Was! Hier ist nichts zu schonen. Hier ist nichts
     In dieser Ratsversammlung laut, als die
     Empfindung nur, die glühende, der Rache,
     Und meine einzge zarte Sorgfalt sei,

1790   Daß der Verräter lebend nicht entkomme.

Vierte Szene

Sosias. Feldherren. Amphitryon.

SOSIAS. Hier seht Ihr alles Herr, was ich an Gästen
　　In solcher Eil zusammenbringen konnte.
　　Mein Seel, speis ich auch nicht an Eurer Tafel,
　　Das Essen hab ich doch verdient.
AMPHITRYON.
　　Ah sieh! da bist du.
SOSIAS.　　　　　　　Nun?
AMPHITRYON.　　　　　　　Hund! Jetzo stirbst du.
SOSIAS. Ich? Sterben?
AMPHITRYON.　　　Jetzt erfährst du, wer ich bin.
SOSIAS. Zum Henker, weiß ichs nicht?
AMPHITRYON.　　　　　　　Du wußtest es, Verräter?
　　　　　Er legt die Hand an den Degen.
SOSIAS. Ihr Herren, nehmt euch meiner an, ich bitt euch.
ERSTER FELDHERR.
　　Verzeiht! *Er fällt ihm in den Arm.*
AMPHITRYON. Laßt mich.
SOSIAS.　　　　　　　Sagt nur, was ich verbrochen?
AMPHITRYON.
　　Das fragst du noch? – Fort, sag ich euch, laßt meiner　　1800
　　Gerechten Rache ein Genüge tun.
SOSIAS. Wenn man wen hängt, so sagt man ihm, warum?
ERSTER FELDHERR. Seid so gefällig.
ZWEITER FELDHERR.　　　　　Sagt, worin er fehlte.
SOSIAS. Halt't euch, ihr Herrn, wenn ihr so gut sein wollt.
AMPHITRYON. Was! Dieser weggeworfne Knecht soeben
　　Hielt vor dem Antlitz mir die Türe zu,
　　Schamlose Red' in Strömen auf mich sendend,
　　Jedwede wert, daß man ans Kreuz ihn nagle.
　　Stirb, Hund!
SOSIAS.　　　Ich bin schon tot. *Er sinkt in die Knie.*
ERSTER FELDHERR.　　　　　Beruhigt Euch.
SOSIAS. Ihr Feldherrn! Ah!
ZWEITER FELDHERR.　　　Was gibts?
SOSIAS.　　　　　　　Sticht er nach mir?　　1810

AMPHITRYON. Fort sag ich euch, und wieder! Ihm muß Lohn
    Dort, vollgezählter, werden für die Schmach,
    Die er zur Stunde jetzt mir zugefügt.
SOSIAS. Was kann ich aber jetzt verschuldet haben,
    Da ich die letzten neun gemeßnen Stunden
    Auf Eueren Befehl im Lager war?
ERSTER FELDHERR. Wahr ists. Er lud zu Eurer Tafel uns.
    Zwei Stunden sinds, daß er im Lager war,
    Und nicht aus unsern Augen kam.
1820 AMPHITRYON. Wer gab dir den Befehl?
SOSIAS.   Wer? Ihr! Ihr selbst!
AMPHITRYON.
    Wann? Ich!
SOSIAS.   Nachdem Ihr mit Alkmenen Euch versöhnt.
    Ihr wart voll Freud und ordnetet sogleich
    Ein Fest im ganzen Schlosse an.
AMPHITRYON. O Himmel! Jede Stunde, jeder Schritt
    Führt tiefer mich ins Labyrinth hinein.
    Was soll ich, meine Freunde, davon denken?
    Habt ihr gehört, was hier sich zugetragen?
ERSTER FELDHERR. Was hier uns dieser sagte, ist so wenig
    Für das Begreifen noch gemacht, daß Eure Sorge
1830   Für jetzt nur sein muß, dreisten Schrittes
    Des Rätsels ganzes Trugnetz zu zerreißen.
AMPHITRYON. Wohlan, es sei! Und eure Hülfe brauch ich.
    Euch hat mein guter Stern mir zugeführt.
    Mein Glück will ich, mein Lebensglück, versuchen.
    O! hier im Busen brennts, mich aufzuklären,
    Und ach! ich fürcht es, wie den Tod. *Er klopft.*

Fünfte Szene

Jupiter. Die Vorigen.

JUPITER. Welch ein Geräusch zwingt mich, herabzusteigen?
    Wer klopft ans Haus? Seid ihr es, meine Feldherrn?
AMPHITRYON. Wer bist du? Ihr allmächtgen Götter!
1840 ZWEITER FELDHERR. Was seh ich? Himmel! Zwei Amphitryonen.

AMPHITRYON. Starr ist vor Schrecken meine ganze Seele!
Weh mir! Das Rätsel ist nunmehr gelöst.

ERSTER FELDHERR. Wer von euch beiden ist Amphitryon?

ZWEITER FELDHERR.
Fürwahr! Zwei so einander nachgeformte Wesen,
Kein menschlich Auge unterscheidet sie.

SOSIAS. Ihr Herrn, hier ist Amphitryon, der andre,
Ein Schubiack ists, der Züchtigung verdient.

Er stellt sich auf Jupiters Seite.

DRITTER FELDHERR *auf Amphitryon deutend.*
Unglaublich! Dieser ein Verfälscher hier?

AMPHITRYON. G'nug der unwürdigen Bezauberung!
Ich schließe das Geheimnis auf.   1850

Er legt die Hand an den Degen.

ERSTER FELDHERR.
Halt!

AMPHITRYON.
        Laßt mich!

ZWEITER FELDHERR. Was beginnt Ihr?

AMPHITRYON.   Strafen will ich
Den niederträchtigsten Betrug! Fort, sag ich.

JUPITER. Fassung dort. Hier bedarf es nicht des Eifers,
Wer so besorgt um seinen Namen ist,
Wird schlechte Gründe haben, ihn zu führen.

SOSIAS. Das sag ich auch. Er hat den Bauch
Sich ausgestopft, und das Gesicht bemalt,
Der Gauner, um dem Hausherrn gleich zu sehn.

AMPHITRYON. Verräter! Dein empörendes Geschwätz,
Dreihundert Peitschenhiebe strafen es,   1860
Dir von drei Armen wechselnd zugeteilt.

SOSIAS. Ho, ho! Mein Herr ist Mann von Herz,
Der wird dich lehren seine Leute schlagen.

AMPHITRYON. Wehrt mir nicht länger, sag ich, meine Schmach
In des Verräters Herzblut abzuwaschen.

ERSTER FELDHERR.
Verzeiht uns, Herr! Wir dulden diesen Kampf nicht,
Amphitryons mit dem Amphitryon.

AMPHITRYON.

Was? Ihr – Ihr duldet nicht –?

ERSTER FELDHERR.   Ihr müßt Euch fassen.

AMPHITRYON.

Ist das mir eure Freundschaft auch, ihr Feldherrn?
1870   Das mir der Beistand, den ihr angelobt?
Statt meiner Ehre Rache selbst zu nehmen,
Ergreift ihr des Betrügers schnöde Sache,
Und hemmt des Racheschwerts gerechten Fall?

ERSTER FELDHERR. Wär Euer Urteil frei, wie es nicht ist,
Ihr würdet unsre Schritte billigen.
Wer von euch beiden ist Amphitryon?
Ihr seid es, gut; doch jener ist es auch.
Wo ist des Gottes Finger, der uns zeigte,
In welchem Busen, einer wie der andre,
1880   Sich laurend das Verräterherz verbirgt?
Ist es erkannt, so haben wir, nicht zweifelt,
Das Ziel auch unsrer Rache aufgefunden.
Jedoch so lang des Schwertes Schneide hier
In blinder Wahl nur um sich wüten könnte,
Bleibt es gewiß noch besser in der Scheide.
Laßt uns in Ruh die Sache untersuchen,
Und fühlt Ihr wirklich Euch Amphitryon,
Wie wir in diesem sonderbaren Falle
Zwar hoffen, aber auch bezweifeln müssen,
1890   So wird es schwerer Euch, als ihm, nicht werden,
Uns diesen Umstand gültig zu beweisen.

AMPHITRYON.

Ich euch den Umstand? –

ERSTER FELDHERR.   Und mit triftgen Gründen.
Eh wird in dieser Sache nichts geschehn.

JUPITER. Recht hast du, Photidas; und diese Gleichheit,
Die zwischen uns sich angeordnet findet,
Entschuldigt dich, wenn mir dein Urteil wankt.
Ich zürne nicht, wenn zwischen mir und ihm
Hier die Vergleichung an sich stellen soll.
Nichts von des Schwerts feigherziger Entscheidung.
1900   Ganz Theben denk ich selber zu berufen,

Und in des Volks gedrängtester Versammlung,
Aus wessen Blut ich stamme, darzutun.
Er selber dort soll meines Hauses Adel,
Und daß ich Herr in Theben, anerkennen.
Vor mir in Staub, das Antlitz soll er senken.
Mein soll er Thebens reiche Felder alle,
Mein alle Herden, die die Triften decken,
Mein auch dies Haus, mein die Gebieterin,
Die still in seinen Räumen waltet, nennen.
Es soll der ganze Weltenkreis erfahren,   1910
Daß keine Schmach Amphitryon getroffen.
Und den Verdacht, den jener Tor erregt,
Hier steht, wer ihn zu Schanden machen kann. –
Bald wird sich Theben hier zusammenfinden.
Indessen kommt und ehrt die Tafel gütigst,
Zu welcher euch Sosias eingeladen.

SOSIAS. Mein Seel, ich wußt es wohl. – Dies Wort, ihr Herrn,
Streut allen weitern Zweifel in die Lüfte.
Der ist der wirkliche Amphitryon,
Bei dem zu Mittag jetzt gegessen wird.   1920

AMPHITRYON. Ihr ewgen und gerechten Götter!
Kann auch so tief ein Mensch erniedrigt werden?
Von dem verruchtesten Betrüger mir
Weib, Ehre, Herrschaft, Namen stehlen lassen!
Und Freunde binden mir die Hände?

ERSTER FELDHERR.
Ihr müßt, wer Ihr auch seid, Euch noch gedulden.
In wenig Stunden wissen wirs. Alsdann
Wird ungesäumt die Rache sich vollstrecken,
Und Wehe! ruf ich, wen sie trifft.

AMPHITRYON.
Geht, ihr Schwachherzgen! Huldigt dem Verräter!   1930
Mir bleiben noch der Freunde mehr, als ihr.
Es werden Männer noch in Theben mir begegnen,
Die meinen Schmerz im Busen mitempfinden,
Und nicht den Arm mir weigern, ihn zu rächen.

JUPITER. Wohlan! Du rufst sie. Ich erwarte sie.

AMPHITRYON. Marktschreierischer Schelm! Du wirst inzwischen

Dich durch die Hintertür zu Felde machen.
Doch meiner Rach entfliehst du nicht!

JUPITER. Du gehst, und rufst, und bringst mir deine Freunde,
1940   Nachher sag ich zwei Worte, jetzo nichts.

AMPHITRYON. Beim Zeus, da sagst du wahr, dem Gott der Wolken!
Denn ist es mir bestimmt, dich aufzufinden,
Mehr als zwei Worte, Mordhund, sagst du nicht,
Und bis ans Heft füllt dir das Schwert den Rachen.

JUPITER. Du rufst mir deine Freund; ich sag auch nichts,
Ich sprech auch bloß mit Blicken, wenn du willst.

AMPHITRYON. Fort, jetzo, schleunig, eh er mir entwischt!
Die Lust, ihr Götter, müßt ihr mir gewähren,
Ihn eurem Orkus heut noch zuzusenden!
1950   Mit einer Schar von Freunden kehr ich wieder,
Gewaffneter, die mir dies Haus umnetzen,
Und, einer Wespe gleich, drück ich den Stachel
Ihm in die Brust, aussaugend, daß der Wind
Mit seinem trocknen Bein mir spielen soll. *Ab.*

Sechste Szene

Jupiter. Sosias. Die Feldherrn.

JUPITER. Auf denn, ihr Herrn, gefällts euch! Ehrt dies Haus
Mit eurem Eintritt.

ERSTER FELDHERR.   Nun, bei meinem Eid!
Dies Abenteu'r macht meinen Witz zu Schanden.

SOSIAS. Jetzt schließt mit dem Erstaunen Waffenstillstand,
Und geht, und tischt, und pokuliert bis morgen.
          Jupiter und die Feldherrn ab.

Siebente Szene

1960   SOSIAS. Wie ich mich jetzt auch auf den Stuhl will setzen!
Und wie ich tapfer,
Wenn man vom Kriege spricht, erzählen will.
Ich brenne, zu berichten, wie man bei
Pharissa eingehauen; und mein Lebtag
Hatt ich noch so wolfmäßgen Hunger nicht.

Achte Szene

Merkur. Sosias.

MERKUR. Wohin? Ich glaub, du steckst die Nase auch hierher?
Durchschnüffler, unverschämter, du, der Küchen?
SOSIAS. Nein! – Mit Erlaubnis!
MERKUR.   Fort! Hinweg dort, sag ich!
Soll ich die Haube dir zurechte setzen?
SOSIAS. Wie? Was? Großmütiges und edles Ich,   1970
Faß dich! Verschon ein wenig den Sosias,
Sosias! Wer wollte immer bitterlich
Erpicht sein, auf sich selber loszuschlagen?
MERKUR. Du fällst in deine alten Tücken wieder?
Du nimmst, Nichtswürdiger, den Namen mir?
Den Namen des Sosias mir?
SOSIAS. Ei, was! Behüt mich Gott, mein wackres Selbst,
Werd ich so karg dir, so mißgünstig sein?
Nimm ihn, zur Hälfte, diesen Namen hin,
Nimm ihn, den Plunder, willst dus, nimm ihn ganz.   1980
Und wärs der Name Kastor oder Pollux,
Was teilt ich gern nicht mit dir, Bruderherz?
Ich dulde dich in meines Herren Hause,
Duld auch du mich in brüderlicher Liebe,
Und während jene beiden eifersüchtgen
Amphitryonen sich die Hälse brechen,
Laß die Sosias einverständig beide
Zu Tische sitzen, und die Becher heiter
Zusammenstoßen, daß sie leben sollen!
MERKUR. Nichts, nichts! – Der aberwitzge Vorschlag der!   1990
Soll ich inzwischen Hungerpfoten saugen?
Es ist für einen nur gedeckt.
SOSIAS. Gleichviel! *Ein* mütterlicher Schoß hat uns
Geboren, *eine* Hütte uns beschirmt,
In *einem* Bette haben wir geschlafen,
Ein Kleid ward brüderlich, *ein* Los uns beiden,
So laß uns auch aus *einer* Schüssel essen.
MERKUR. Von der Gemeinschaft weiß ich nichts. Ich bin
Von Jugend mutterseel' allein gewesen,

2000   Und weder Bette hab ich je, noch Kleid,
        Noch einen Bissen Brod geteilt.
        SOSIAS. Besinne dich. Wir sind zwei Zwillingsbrüder.
        Du bist der ältre, ich bescheide mich.
        Du wirst in jedem Stück voran mir gehen.
        Den ersten nimmst du, und die ungeraden,
        Den zweiten Löffel, und die graden, ich.
        MERKUR. Nichts. Meine volle Portion gebrauch ich,
        Und was mir übrig bleibt, das heb ich auf.
        Den wollt ich lehren, bei den großen Göttern,
2010   Der mit der Hand mir auf den Teller käme.
        SOSIAS. So dulde mich als deinen Schatten mindstens,
        Der hintern Stuhl entlang fällt, wo du ißt.
        MERKUR. Auch nicht als meine Spur im Sande! Fort!
        SOSIAS. O du barbarisch Herz! Du Mensch von Erz,
        Auf einem Amboß keilend ausgeprägt!
        MERKUR. Was denkst du, soll ich wie ein wandernder
        Geselle vor dem Tor ins Gras mich legen,
        Und von der blauen Luft des Himmels leben?
        Ein reichlich zugemeßnes Mahl hat heut
2020   Bei Gott! kein Pferd so gut verdient, als ich.
        Kam ich zu Nacht nicht aus dem Lager an?
        Mußt ich zurück nicht wieder mit dem Morgen,
        Um Gäste für die Tafel aufzutreiben?
        Hab ich auf diesen Teufelsreisen mir
        Nicht die geschäftgen alten Beine fast
        Bis auf die Hüften tretend abgelaufen?
        Wurst gibt es heut, und aufgewärmten Kohl.
        Und die just brauch ich, um mich herzustellen.
        SOSIAS. Da hast du recht. Und über die verfluchten
2030   Kienwurzeln, die den ganzen Weg durchflechten,
        Bricht man die Beine fast sich, und den Hals.
        MERKUR. Nun also!
        SOSIAS.   – Ich Verlaßner von den Göttern!
        Wurst also hat die Charis –?
        MERKUR.   Frische, ja.
        Doch nicht für dich. Man hat ein Schwein geschlachtet.
        Und Charis hab ich wieder gut gemacht.

SOSIAS. Gut, gut. Ich lege mich ins Grab. Und Kohl?

MERKUR. Kohl, aufgewärmten, ja. Und wem das Wasser
　Im Mund etwa zusammenläuft, der hat
　Vor mir und Charis sich in acht zu nehmen.

SOSIAS. Vor mir freßt euren Kohl, daß ihr dran stickt.　　　　2040
　Was brauch ich eure Würste? Wer den Vögeln
　Im Himmel Speisung reicht, wird auch, so denk ich,
　Den alten ehrlichen Sosias speisen.

MERKUR. Du gibst, Verräter, dir den Namen noch?
　Du wagst, Hund, niederträchtger –!

SOSIAS. 　　　　　　　　　Ei was! Ich sprach von mir nicht.
　Ich sprach von einem alten Anverwandten
　Sosias, der hier sonst in Diensten stand –
　Und der die andern Diener sonst zerbläute,
　Bis eines Tags ein Kerl, der wie aus Wolken fiel,
　Ihn aus dem Haus warf, just zur Essenszeit.　　　　　2050

MERKUR. Nimm dich in acht, sag ich, und weiter nichts.
　Nimm dich in acht, rat ich dir, willst du länger
　Zur Zahl noch der Lebendigen dich zählen.

SOSIAS *für sich.* Wie ich dich schmeißen würde, hätt ich Herz,
　Du von der Bank gefallner Gauner, du,
　Von zuviel Hochmut aufgebläht.

MERKUR. 　　　　　　　　Was sagst du?

SOSIAS. 　　　　　　　　　　　　Was?

MERKUR.
　Mir schien, du sagtest etwas –?

SOSIAS. 　　　　　　Ich?

MERKUR. 　　　　　　　Du.

SOSIAS. 　　　　　　　　　Ich muckste nicht.

MERKUR. Ich hörte doch von schmeißen, irr ich nicht –
　Und von der Bank gefallnem Gauner reden?

SOSIAS. So wirds ein Papagei gewesen sein.　　　　　2060
　Wenns Wetter gut ist, schwatzen sie.

MERKUR. 　　　　　　　　Es sei.
　Du lebst jetzt wohl. Doch juckt der Rücken dir,
　In diesem Haus hier kannst du mich erfragen. *Ab.*

Neunte Szene

SOSIAS. Hochmütger Satan! Möchtest du am Schwein
Den Tod dir holen, das man schlachtete!
– »Den lehrt' er, der ihm auf den Teller käme!« –
Ich möchte eh'r mit einem Schäferhund
Halbpart, als ihm, aus einer Schüssel essen.
Sein Vater könnte Hungers vor ihm sterben,
2070 Daß er ihm auch so viel nicht gönnt, als ihm
In hohlen Zähnen kauend stecken bleibt.
– Geh! dir geschieht ganz recht, Abtrünniger.
Und hätt ich Würst in jeder Hand hier eine,
Ich wollte sie in meinen Mund nicht stecken.
So seinen armen, wackern Herrn verlassen,
Den Übermacht aus seinem Hause stieß.
– Dort naht er sich mit rüstgen Freunden schon.
– – Und auch von hier strömt Volk herbei! Was gibts?

Zehnte Szene

Amphitryon mit Obersten, von der einen Seite. Volk, von der andern.

AMPHITRYON. Seid mir gegrüßt! Wer rief euch meine Freunde?
2080 EINER AUS DEM VOLK. Herolde riefen durch die ganze Stadt,
Wir sollten uns vor Eurem Schloß versammeln.
AMPHITRYON. Herolde! Und zu welchem Zweck?
DERSELBE. Wir sollten Zeugen sein, so sagte man,
Wie ein entscheidend Wort aus Eurem Munde
Das Rätsel lösen wird, das in Bestürzung
Die ganze Stadt gesetzt.
AMPHITRYON *zu den Obersten.*
       Der Übermütge!
Kann man die Unverschämtheit weiter treiben?
ZWEITER OBERSTER.
Zuletzt erscheint er noch.
AMPHITRYON.   Was gilts? Er tuts.
ERSTER OBERSTER. Sorgt nicht. Hier steht Argatiphontidas.
2090 Hab ich nur erst ins Auge ihn gefaßt,
So tanzt sein Leben auch auf dieses Schwertes Spitze.

AMPHITRYON *zum Volk.* Ihr Bürger Thebens, hört mich an!
　Ich bin es nicht, der euch hieher gerufen,
　Wenn eure strömende Versammlung gleich
　Von Herzen mir willkommen ist. Er wars,
　Der lügnerische Höllengeist, der mich
　Aus Theben will, aus meiner Frauen Herzen,
　Aus dem Gedächtnis mich der Welt, ja könnt ers,
　Aus des Bewußtseins eigner Feste drängen.
　Drum sammelt eure Sinne jetzt, und wärt   2100
　Ihr tausendäugig auch, ein Argus jeder,
　Geschickt, zur Zeit der Mitternacht, ein Heimchen
　Aus seiner Spur im Sande zu erkennen,
　So reißet, laßt die Müh euch nicht verdrießen,
　Jetzt eure Augen auf, wie Maulwürfe,
　Wenn sie zur Mittagszeit die Sonne suchen;
　All diese Blicke werft in einen Spiegel,
　Und kehrt den ganzen vollen Strahl auf mich,
　Von Kopf zu Fuß ihn auf und nieder führend,
　Und sagt mir an, und sprecht, und steht mir Rede: 2110
　Wer bin ich?
DAS VOLK.　　　Wer du bist? Amphitryon!
AMPHITRYON.
　Wohlan. Amphitryon. Es gilt. Wenn nunmehr
　Dort jener Sohn der Finsternis erscheint,
　Der ungeheure Mensch, auf dessen Haupte
　Jedwedes Haar sich, wie auf meinem, krümmt;
　Wenn euren trugverwirrten Sinnen jetzt
　Nicht so viel Merkmal wird, als Mütter brauchen,
　Um ihre jüngsten Kinder zu erkennen;
　Wenn ihr jetzt zwischen mir und ihm, wie zwischen
　Zwei Wassertropfen, euch entscheiden müßt,   2120
　Der eine süß und rein und echt und silbern,
　Gift, Trug, und List, und Mord, und Tod der andre:
　Alsdann erinnert euch, daß ich Amphitryon,
　Ihr Bürger Thebens, bin,
　Der dieses Helmes Feder eingeknickt.
VOLK. Oh! Oh! Was machst du? laß die Feder ganz,
　So lang du blühend uns vor Augen stehst.

ZWEITER OBERSTER.
    Meint Ihr, wir würden auch –?
AMPHITRYON.   Laßt mich, ihr Freunde.
    Bei Sinnen fühl ich mich, weiß, was ich tue.
ERSTER OBERSTER.
2130   Tut, was Ihr wollt. Inzwischen werd ich hoffen,
    Daß Ihr die Possen nicht für mich gemacht.
    Wenn Eure Feldherrn hier gezaudert haben,
    Als jener Aff erschien, so folgt ein Gleiches
    Noch nicht für den Argatiphontidas.
    Braucht uns ein Freund in einer Ehrensache,
    So soll ins Auge man den Helm sich drücken,
    Und auf den Leib dem Widersacher gehn.
    Den Gegner lange schwadronieren hören,
    Steht alten Weibern gut; ich, für mein Teil,
2140   Bin für die kürzesten Prozesse stets;
    In solchen Fällen fängt man damit an,
    Dem Widersacher, ohne Federlesens,
    Den Degen querhin durch den Leib zu jagen.
    Argatiphontidas, mit einem Worte,
    Wird heute Haare auf den Zähnen zeigen,
    Und nicht von einer andern Hand, beim Ares,
    Beißt dieser Schelm ins Gras, Ihr sehts, als meiner.
AMPHITRYON. Auf denn!
SOSIAS.   Hier leg ich mich zu Euren Füßen,
    Mein echter, edler und verfolgter Herr.
2150   Gekommen bin ich völlig zur Erkenntnis,
    Und warte jetzt auf meines Frevels Lohn.
    Schlagt, ohrfeigt, prügelt, stoßt mich, tretet mich,
    Gebt mir den Tod, mein Seel ich muckse nicht.
AMPHITRYON.
    Steh auf. Was ist geschehen?
SOSIAS.   Vom aufgetragnen Essen
    Nicht den Geruch auch hat man mir gegönnt.
    Das andre Ich, das andre Ihr Bedienter,
    Vom Teufel wieder völlig wars besessen,
    Und kurz ich bin entsosiatisiert,
    Wie man Euch entamphitryonisiert.

AMPHITRYON. Ihr hörts, ihr Bürger.

SOSIAS.   Ja, ihr Bürger Thebens!   2160
  Hier ist der wirkliche Amphitryon;
  Und jener, der bei Tische sitzt,
  Ist wert, daß ihn die Raben selber fressen.
  Auf! Stürmt das Haus jetzt, wenn ihr wollt so gut sein,
  So finden wir den Kohl noch warm.

AMPHITRYON.
  Folgt mir.

SOSIAS.   Doch seht! Da kommt er selbst schon. Er und sie.

Eilfte Szene

Jupiter. Alkmene. Merkur. Charis. Feldherren. Die Vorigen.

ALKMENE. Entsetzlicher! Ein Sterblicher sagst du,
  Und schmachvoll willst du seinem Blick mich zeigen?

VOLK. Ihr ewgen Götter! Was erblicken wir!

JUPITER. Die ganze Welt, Geliebte, muß erfahren,   2170
  Daß *niemand* deiner Seele nahte,
  Als nur dein Gatte, als Amphitryon.

AMPHITRYON. Herr, meines Lebens! Die Unglückliche!

ALKMENE. Niemand! Kannst ein gefallnes Los du ändern?

DIE OBERSTEN. All ihr Olympischen! Amphitryon dort.

JUPITER. Du bist dirs, Teuerste, du bist mirs schuldig,
  Du *mußt*, du wirst, mein Leben, dich bezwingen;
  Komm, sammle dich, dein wartet ein Triumph!

AMPHITRYON. Blitz, Höll und Teufel! Solch ein Auftritt mir?

JUPITER. Seid mir willkommen, Bürger dieser Stadt.   2180

AMPHITRYON. Mordhund! Sie kamen dir den Tod zu geben.
  Auf jetzt! *Er zieht.*

ZWEITER FELDHERR *tritt ihm in den Weg.*
          Halt dort!

AMPHITRYON.   Auf, ruf ich, ihr Thebaner!

ERSTER FELDHERR *auf Amphitryon deutend.*
  Thebaner, greift ihn, ruf ich, den Verräter!

AMPHITRYON. Argatiphontidas!

ERSTER OBERSTER.   Bin ich behext?

DAS VOLK. Kann sich ein menschlich Auge hier entscheiden?

AMPHITRYON. Tod! Teufel! Wut und keine Rache!
Vernichtung!

Er fällt dem Sosias in die Arme.

JUPITER. Tor, der du bist, laß dir zwei Worte sagen.

SOSIAS. Mein Seel! Er wird schlecht hören. Er ist tot.

2190 ERSTER OBERSTER. Was hilft der eingeknickte Federbusch?
    – »Reißt eure Augen auf, wie Maulwürfe!«
Der ists, den seine eigne Frau erkennt.

ERSTER FELDHERR. Hier steht, ihr Obersten, Amphitryon.

AMPHITRYON *erwachend.*

    Wen kennt die eigne Frau hier?

ERSTER OBERSTER.   Ihn erkennt sie,
Ihn an, mit dem sie aus dem Hause trat.
Um welchen, wie das Weinlaub, würd sie ranken,
Wenn es ihr Stamm nicht ist, Amphitryon?

AMPHITRYON. Daß mir so viele Kraft noch wär, die Zung
In Staub zu treten, die das sagt!

2200 Sie anerkennt ihn nicht! *Er erhebt sich wieder.*

ERSTER FELDHERR.   Das lügst du dort!
Meinst du des Volkes Urteil zu verwirren,
Wo es mit eignen Augen sieht?

AMPHITRYON. Sie anerkennt ihn nicht, ich wiederhols!
    – Wenn sie als Gatten ihn erkennen kann,
So frag ich nichts danach mehr, wer ich *bin*:
So will ich ihn Amphitryon begrüßen.

ERSTER FELDHERR.
    Es gilt. Sprecht jetzt.

ZWEITER FELDHERR.   Erklärt Euch jetzo, Fürstin.

AMPHITRYON. Alkmene! Meine Braut! Erkläre dich:
Schenk mir noch einmal deiner Augen Licht!

2210 Sag, daß du jenen anerkennst, als Gatten,
Und so urschnell, als der Gedanke zuckt,
Befreit dies Schwert von meinem Anblick dich.

ERSTER FELDHERR.
    Wohlan! Das Urteil wird sogleich gefällt sein.

ZWEITER FELDHERR.
    Kennt Ihr ihn dort?

ERSTER FELDHERR.   Kennt Ihr den Fremdling dort?

AMPHITRYON. Dir wäre dieser Busen unbekannt,
  Von dem so oft dein Ohr dir lauschend sagte,
  Wie viele Schläge liebend er dir klopft?
  Du solltest diese Töne nicht erkennen,
  Die du so oft, noch eh sie laut geworden,
  Mit Blicken schon mir von der Lippe stahlst?   2220
ALKMENE. Daß ich zu ewger Nacht versinken könnte!
AMPHITRYON. Ich wußt es wohl. Ihr sehts, ihr Bürger Thebens,
  Eh wird der rasche Peneus rückwärts fließen,
  Eh sich der Bosphorus auf Ida betten,
  Eh wird das Dromedar den Ozean durchwandeln,
  Als sie dort jenen Fremdling anerkennen.
VOLK. Wärs möglich? Er, Amphitryon? Sie zaudert.
ERSTER FELDHERR. Sprecht!
ZWEITER FELDHERR.   Redet!
DRITTER FELDHERR.   Sagt uns! –
ZWEITER FELDHERR.   Fürstin, sprecht ein Wort! –
ERSTER FELDHERR. Wir sind verloren, wenn sie länger schweigt.
JUPITER. Gib, gib der Wahrheit deine Stimme, Kind.   2230
ALKMENE. Hier dieser ist Amphitryon, ihr Freunde.
AMPHITRYON. Er dort Amphitryon! Allmächtge Götter!
ERSTER FELDHERR. Wohlan. Es fiel dein Los. Entferne dich.
AMPHITRYON. Alkmene!
ZWEITER FELDHERR.   Fort Verräter: willst du nicht,
  Daß wir das Urteil dir vollstrecken sollen.
AMPHITRYON. Geliebte!
ALKMENE.   Nichtswürdger! Schändlicher!
  Mit diesem Namen wagst du mich zu nennen?
  Nicht vor des Gatten scheugebietendem
  Antlitz bin ich vor deiner Wut gesichert?
  Du Ungeheuer! Mir scheußlicher,   2240
  Als es geschwollen in Morästen nistet!
  Was tat ich dir, daß du mir nahen mußtest,
  Von einer Höllennacht bedeckt,
  Dein Gift mir auf den Fittich hinzugeifern?
  Was mehr, als daß ich, o du Böser, dir
  Still, wie ein Maienwurm, ins Auge glänzte?
  Jetzt erst, was für ein Wahn mich täuscht', erblick ich.

Der Sonne heller Lichtglanz war mir nötig,
Solch einen feilen Bau gemeiner Knechte,
2250 Vom Prachtwuchs dieser königlichen Glieder,
Den Farren von dem Hirsch zu unterscheiden?
Verflucht die Sinne, die so gröblichem
Betrug erliegen. O verflucht der Busen,
Der solche falschen Töne gibt!
Verflucht die Seele, die nicht so viel taugt,
Um ihren eigenen Geliebten sich zu merken!
Auf der Gebirge Gipfel will ich fliehen,
In tote Wildnis hin, wo auch die Eule
Mich nicht besucht, wenn mir kein Wächter ist,
2260 Der in Unsträflichkeit den Busen mir bewahrt. –
Geh! deine schnöde List ist dir geglückt,
Und meiner Seele Frieden eingeknickt.

AMPHITRYON. Du Unglückselige! Bin ich es denn,
Der dir in der verfloßnen Nacht erschienen?

ALKMENE. Genug fortan! Entlaß mich, mein Gemahl.
Du wirst die bitterste der Lebensstunden
Jetzt gütig mir ein wenig kürzen.
Laß diesen tausend Blicken mich entfliehn,
Die mich wie Keulen, kreuzend niederschlagen.

2270 JUPITER. Du Göttliche! Glanzvoller als die Sonne!
Dein wartet ein Triumph, wie er in Theben
Noch keiner Fürstentochter ist geworden.
Und einen Augenblick verweilst du noch.

Zu Amphitryon.

Glaubst du nunmehr, daß ich Amphitryon?

AMPHITRYON. Ob ich nunmehr Amphitryon dich glaube?
Du Mensch, – entsetzlicher,
Als mir der Atem reicht, es auszusprechen! –

ERSTER FELDHERR.
Verräter! Was? du weigerst dich?

ZWEITER FELDHERR. Du leugnest?

ERSTER FELDHERR. Wirst du jetzt etwa zu beweisen suchen,
2280 Daß uns die Fürstin hinterging?

AMPHITRYON. O ihrer Worte jedes ist wahrhaftig,
Zehnfach geläutert Gold ist nicht so wahr.

Läs ich, mit Blitzen in die Nacht, Geschriebnes,
Und riefe Stimme mir des Donners zu,
Nicht dem Orakel würd ich so vertraun,
Als was ihr unverfälschter Mund gesagt.
Jetzt einen Eid selbst auf den Altar schwör ich,
Und sterbe siebenfachen Todes gleich,
Des unerschütterlich erfaßten Glaubens,
Daß er Amphitryon ihr ist.   2290

JUPITER. Wohlan! Du bist Amphitryon.

AMPHITRYON.   Ich bins! –
Und wer bist du, furchtbarer Geist?

JUPITER. Amphitryon. Ich glaubte, daß dus wüßtest.

AMPHITRYON. Amphitryon! Das faßt kein Sterblicher.
Sei uns verständlich.

ALKMENE.   Welche Reden das?

JUPITER. Amphitryon! Du Tor! Du zweifelst noch?
Argatiphontidas und Photidas,
Die Kadmusburg und Griechenland,
Das Licht, der Äther, und das Flüssige,
Das was da war, was ist, und was sein wird.   2300

AMPHITRYON.
Hier, meine Freunde, sammelt euch um mich,
Und laßt uns sehn, wie sich dies Rätsel löst.

ALKMENE. Entsetzlich!

DIE FELDHERREN.   Was von diesem Auftritt denkt man?

JUPITER *zu Alkmenen.*
Meinst du, dir sei Amphitryon erschienen?

ALKMENE. Laß ewig in dem Irrtum mich, soll mir
Dein Licht die Seele ewig nicht umnachten.

JUPITER. O Fluch der Seligkeit, die du mir schenktest,
Müßt ich dir ewig nicht vorhanden sein.

AMPHITRYON. Heraus jetzt mit der Sprache dort: Wer bist du?

Blitz und Donnerschlag. Die Szene verhüllt sich mit Wolken.

Es schwebt ein Adler mit dem Donnerkeil aus den Wolken nieder.

JUPITER. Du willst es wissen?

Er ergreift den Donnerkeil; der Adler entflieht.

VOLK.   Götter!

JUPITER.   Wer bin ich?   2310

DIE FELDHERREN UND OBERSTEN.

 Der Schreckliche! Er selbst ists! Jupiter!

ALKMENE. Schützt mich, ihr Himmlischen!

Sie fällt in Amphitryons Arme.

AMPHITRYON.   Anbetung dir

 In Staub. Du bist der große Donnerer!

 Und dein ist alles, was ich habe.

VOLK. Er ists! In Staub! In Staub das Antlitz hin!

Alles wirft sich zur Erde außer Amphitryon.

JUPITER. Zeus hat in deinem Hause sich gefallen,

 Amphitryon, und seiner göttlichen

 Zufriedenheit soll dir ein Zeichen werden.

 Laß deinen schwarzen Kummer jetzt entfliehen,

2320 Und öffne dem Triumph dein Herz.

 Was du, in mir, dir selbst getan, wird dir

 Bei mir, dem, was ich ewig bin, nicht schaden.

 Willst du in meiner Schuld den Lohn dir finden,

 Wohlan, so grüß ich freundlich dich, und scheide.

 Es wird dein Ruhm fortan, wie meine Welt,

 In den Gestirnen seine Grenze haben.

 Bist du mit deinem Dank zufrieden nicht,

 Auch gut: Dein liebster Wunsch soll sich erfüllen,

 Und eine Zunge geb ich ihm vor mir.

2330 AMPHITRYON. Nein, Vater Zeus, zufrieden bin ich nicht!

 Und meines Herzens Wunsche wächst die Zunge.

 Was du dem Tyndarus getan, tust du

 Auch dem Amphitryon: Schenk einen Sohn

 Groß, wie die Tyndariden, ihm.

JUPITER. Es sei. Dir wird ein Sohn geboren werden,

 Deß Name Herkules: es wird an Ruhm

 Kein Heros sich, der Vorwelt, mit ihm messen,

 Auch meine ewgen Dioskuren nicht.

 Zwölf ungeheure Werke, wälzt er türmend

2340 Ein unvergänglich Denkmal sich zusammen.

 Und wenn die Pyramide jetzt, vollendet,

 Den Scheitel bis zum Wolkensaum erhebt,

 Steigt er auf ihren Stufen himmelan

 Und im Olymp empfang ich dann, den Gott.

AMPHITRYON. Dank dir! – Und diese hier, nicht raubst du mir?
Sie atmet nicht. Sieh her.

JUPITER.   Sie wird dir bleiben;
Doch laß sie ruhn, wenn sie dir bleiben soll! –
Hermes!

*Er verliert sich in den Wolken, welche sich mittlerweile in der Höhe geöffnet
haben, und den Gipfel des Olymps zeigen, auf welchem die Olympischen
gelagert sind.*

ALKMENE. Amphitryon!

MERKUR. Gleich folg ich dir, du Göttlicher! –   2350
Wenn ich erst jenem Kauze dort gesagt,
Daß ich sein häßliches Gesicht zu tragen,
Nun müde bin, daß ichs mir mit Ambrosia jetzt
Von den olympschen Wangen waschen werde;
Daß er besingenswürdge Schläg empfangen,
Und daß ich mehr und minder nicht, als Hermes,
Der Fußgeflügelte der Götter bin! *Ab.*

SOSIAS. Daß du für immer unbesungen mich
Gelassen hättst! Mein Lebtag sah ich noch
Solch einen Teufelskerl, mit Prügeln, nicht.   2360

ERSTER FELDHERR.
Fürwahr! Solch ein Triumph –

ZWEITER FELDHERR.   So vieler Ruhm –

ERSTER OBERSTER.
Du siehst durchdrungen uns –

AMPHITRYON.   Alkmene!

ALKMENE.   Ach!

PENTHESILEA

EIN TRAUERSPIEL

PERSONEN

PENTHESILEA, Königin
PROTHOE
MEROE ⎬ Fürstinnen ⎬ der Amazonen
ASTERIA
DIE OBERPRIESTERIN DER DIANA
ACHILLES
ODYSSEUS
DIOMEDES ⎬ Könige des Griechenvolks
ANTILOCHUS
GRIECHEN UND AMAZONEN

Szene: Schlachtfeld bei Troja.

Odysseus und Diomedes von der einen Seite, Antilochus von der andern,
Gefolge treten auf.

ANTILOCHUS. Seid mir gegrüßt, ihr Könige! Wie gehts,
    Seit wir zuletzt bei Troja uns gesehn?
ODYSSEUS. Schlecht, Antiloch. Du siehst auf diesen Feldern,
    Der Griechen und der Amazonen Heer,
    Wie zwei erboste Wölfe sich umkämpfen:
    Beim Jupiter! sie wissen nicht warum?
    Wenn Mars entrüstet, oder Delius,
    Den Stecken nicht ergreift, der Wolkenrüttler
    Mit Donnerkeilen nicht dazwischen wettert:
10   Tot sinken die Verbißnen heut noch nieder,
    Des einen Zahn im Schlund des anderen. –
    Schafft einen Helm mit Wasser!
ANTILOCHUS.   Element!
    Was wollen diese Amazonen uns?
ODYSSEUS. Wir zogen aus, auf des Atriden Rat,
    Mit der gesamten Schar der Myrmidonen,
    Achill und ich; Penthesilea, hieß es,
    Sei in den skyth'schen Wäldern aufgestanden,
    Und führ ein Heer, bedeckt mit Schlangenhäuten,
    Von Amazonen, heißer Kampflust voll,
20   Durch der Gebirge Windungen heran,
    Den Priamus in Troja zu entsetzen.
    Am Ufer des Skamandros hören wir,
    Deiphobus auch, der Priamide, sei
    Aus Ilium mit einer Schar gezogen,
    Die Königin, die ihm mit Hülfe naht,
    Nach Freundesart zu grüßen. Wir verschlingen
    Die Straße jetzt, uns zwischen dieser Gegner
    Heillosem Bündnis wehrend aufzupflanzen;
    Die ganze Nacht durch windet sich der Zug.
30   Doch, bei des Morgens erster Dämmerröte,
    Welch ein Erstaunen faßt' uns, Antiloch,
    Da wir, in einem weiten Tal vor uns,
    Mit des Deiphobus Ilern im Kampf

Die Amazonen sehn! Penthesilea,
Wie Sturmwind ein zerrissenes Gewölk,
Weht der Trojaner Reihen vor sich her,
Als gält es übern Hellespont hinaus,
Hinweg vom Rund der Erde sie zu blasen.

ANTILOCHUS. Seltsam, bei unserm Gott!

ODYSSEUS.   Wir sammeln uns,
    Der Trojer Flucht, die wetternd auf uns ein,   40
    Gleich einem Anfall keilt, zu widerstehen,
    Und dicht zur Mauer drängen wir die Spieße.
    Auf diesen Anblick stutzt der Priamide;
    Und wir, im kurzen Rat beschließen, gleich,
    Die Amazonenfürstin zu begrüßen:
    Sie auch hat ihren Siegeslauf gehemmt.
    War je ein Rat einfältiger und besser?
    Hätt ihn Athene, wenn ich sie befragt,
    Ins Ohr verständiger mir flüstern können?
    Sie muß, beim Hades! diese Jungfrau, doch,   50
    Die wie vom Himmel plötzlich, kampfgerüstet,
    In unsern Streit fällt, sich darin zu mischen,
    Sie muß zu einer der Partein sich schlagen;
    Und uns die Freundin müssen wir sie glauben,
    Da sie sich Teukrischen die Feindin zeigt.

ANTILOCHUS.
    Was sonst, beim Styx! Nichts anders gibts.

ODYSSEUS.   Nun gut.
    Wir finden sie, die Heldin Skythiens,
    Achill und ich – in kriegerischer Feier
    An ihrer Jungfraun Spitze aufgepflanzt,
    Geschürzt, der Helmbusch wallt ihr von der Scheitel,   60
    Und seine Gold- und Purpurtroddeln regend,
    Zerstampft ihr Zelter unter ihr den Grund.
    Gedankenvoll, auf einen Augenblick,
    Sieht sie in unsre Schar, von Ausdruck leer,
    Als ob in Stein gehaun wir vor ihr stünden;
    Hier diese flache Hand, versichr' ich dich,
    Ist ausdrucksvoller als ihr Angesicht:
    Bis jetzt ihr Aug auf den Peliden trifft:

Und Glut ihr plötzlich, bis zum Hals hinab,
70   Das Antlitz färbt, als schlüge rings um ihr
Die Welt in helle Flammenlohe auf.
Sie schwingt, mit einer zuckenden Bewegung,
– Und einen finstern Blick wirft sie auf ihn –
Vom Rücken sich des Pferds herab, und fragt,
Die Zügel einer Dienrin überliefernd,
Was uns, in solchem Prachtzug, zu ihr führe.
Ich jetzt, wie wir Argiver hoch erfreut,
Auf eine Feindin des Dardanervolks zu stoßen;
Was für ein Haß den Priamiden längst
80   Entbrannt sei in der Griechen Brust, wie nützlich,
So ihr, wie uns, ein Bündnis würde sein;
Und was der Augenblick noch sonst mir beut:
Doch mit Erstaunen, in dem Fluß der Rede,
Bemerk ich, daß sie mich nicht hört. Sie wendet,
Mit einem Ausdruck der Verwunderung,
Gleich einem sechzehnjährgen Mädchen plötzlich,
Das von olympschen Spielen wiederkehrt,
Zu einer Freundin, ihr zur Seite sich,
Und ruft: solch einem Mann, o Prothoe, ist
90   Otrere, meine Mutter, nie begegnet!
Die Freundin, auf dies Wort betreten, schweigt,
Achill und ich, wir sehn uns lächelnd an,
Sie ruht, sie selbst, mit trunknem Blick schon wieder
Auf des Äginers schimmernde Gestalt:
Bis jen' ihr schüchtern naht, und sie erinnert,
Daß sie mir noch die Antwort schuldig sei.
Drauf mit der Wangen Rot, wars Wut, wars Scham,
Die Rüstung wieder bis zum Gurt sich färbend,
Verwirrt und stolz und wild zugleich: sie sei
100   Penthesilea, kehrt sie sich zu mir,
Der Amazonen Königin, und werde
Aus Köchern mir die Antwort übersenden!

ANTILOCHUS. So, Wort für Wort, der Bote, den du sandtest;
    Doch keiner in dem ganzen Griechenlager,
    Der ihn begriff.

ODYSSEUS.   Hierauf unwissend jetzt,

Was wir von diesem Auftritt denken sollen,
In grimmiger Beschämung gehn wir heim,
Und sehn die Teukrischen, die unsre Schmach
Von fern her, die hohnlächelnden, erraten,
Wie im Triumph sich sammeln. Sie beschließen 110
Im Wahn, sie seien die Begünstigten,
Und nur ein Irrtum, der sich lösen müsse,
Sei an dem Zorn der Amazone schuld,
Schnell ihr, durch einen Herold, Herz und Hand,
Die sie verschmäht, von neuem anzutragen.
Doch eh der Bote, den sie senden wollen,
Den Staub noch von der Rüstung abgeschüttelt,
Stürzt die Kentaurin, mit verhängtem Zügel,
Auf sie und uns schon, Griech' und Trojer, ein,
Mit eines Waldstroms wütendem Erguß 120
Die einen, wie die andern, niederbrausend.

ANTILOCHUS. Ganz unerhört, ihr Danaer!

ODYSSEUS.   Jetzt hebt
Ein Kampf an, wie er, seit die Furien walten,
Noch nicht gekämpft ward auf der Erde Rücken.
So viel ich weiß, gibt es in der Natur
Kraft bloß und ihren Widerstand, nichts Drittes.
Was Glut des Feuers löscht, löst Wasser siedend
Zu Dampf nicht auf und umgekehrt. Doch hier
Zeigt ein ergrimmter Feind von beiden sich,
Bei dessen Eintritt nicht das Feuer weiß, 130
Obs mit dem Wasser rieseln soll, das Wasser,
Obs mit dem Feuer himmelan soll lecken.
Der Trojer wirft, gedrängt von Amazonen,
Sich hinter eines Griechen Schild, der Grieche
Befreit ihn von der Jungfrau, die ihn drängte,
Und Griech' und Trojer müssen jetzt sich fast,
Dem Raub der Helena zu Trotz, vereinen,
Um dem gemeinen Feinde zu begegnen.

                Ein Grieche bringt ihm Wasser.
Dank! Meine Zunge lechzt.

DIOMEDES.   Seit jenem Tage
Grollt über dieser Ebne unverrückt 140

Die Schlacht, mit immer reger Wut, wie ein
Gewitter, zwischen waldgekrönter Felsen Gipfeln
Geklemmt. Als ich mit den Ätoliern gestern
Erschien, der Unsern Reihen zu verstärken,
Schlug sie mit Donnerkrachen eben ein,
Als wollte sie den ganzen Griechenstamm
Bis auf den Grund, die Wütende, zerspalten.
Der Krone ganze Blüte liegt, Ariston,
Astyanax, von Sturm herabgerüttelt,
150   Menandros, auf dem Schlachtfeld da, den Lorbeer,
Mit ihren jungen, schönen Leibern groß,
Für diese kühne Tochter Ares', düngend.
Mehr der Gefangnen siegreich nahm sie schon,
Als sie uns Augen, sie zu missen, Arme,
Sie wieder zu befrein, uns übrig ließ.
ANTILOCHUS. Und niemand kann, was sie uns will, ergründen?
DIOMEDES. Kein Mensch, das eben ists: wohin wir spähend
Auch des Gedankens Senkblei fallen lassen.
– Oft, aus der sonderbaren Wut zu schließen,
160   Mit welcher sie, im Kampfgewühl, den Sohn
Der Thetis sucht, scheints uns, als ob ein Haß
Persönlich wider ihn die Brust ihr füllte.
So folgt, so hungerheiß, die Wölfin nicht,
Durch Wälder, die der Schnee bedeckt, der Beute,
Die sich ihr Auge grimmig auserkor,
Als sie, durch unsre Schlachtreihn, dem Achill.
Doch jüngst, in einem Augenblick, da schon
Sein Leben war in ihre Macht gegeben,
Gab sie es lächelnd, ein Geschenk, ihm wieder:
170   Er stieg zum Orkus, wenn sie ihn nicht hielt.
ANTILOCHUS.
Wie? Wenn ihn wer? Die Königin?
DIOMEDES.   Sie selbst!
Denn als sie, um die Abenddämmrung gestern,
Im Kampf, Penthesilea und Achill,
Einander trafen, stürmt Deiphobus her,
Und auf der Jungfrau Seite hingestellt,
Der Teukrische, trifft er dem Peleïden

Mit einem tückschen Schlag die Rüstung prasselnd,
Daß rings der Ormen Wipfel widerhallten.
Die Königin, entfärbt, läßt zwei Minuten
Die Arme sinken: und die Locken dann   180
Entrüstet um entflammte Wangen schüttelnd,
Hebt sie vom Pferdesrücken hoch sich auf,
Und senkt, wie aus dem Firmament geholt,
Das Schwert ihm wetterstrahlend in den Hals,
Daß er zu Füßen hin, der Unberufne,
Dem Sohn, dem göttlichen, der Thetis rollt.
Er jetzt, zum Dank, will ihr, der Peleïde,
Ein Gleiches tun; doch sie bis auf den Hals
Gebückt, den mähnumflossenen, des Schecken,
Der, in den Goldzaum beißend, sich herumwirft,   190
Weicht seinem Mordhieb aus, und schießt die Zügel,
Und sieht sich um, und lächelt, und ist fort.
ANTILOCHUS. Ganz wunderbar!
ODYSSEUS.   Was bringst du uns von Troja?
ANTILOCHUS. Mich sendet Agamemnon her, und fragt dich,
Ob Klugheit nicht, bei so gewandelten
Verhältnissen, den Rückzug dir gebiete.
Uns gelt es Iliums Mauern einzustürzen,
Nicht einer freien Fürstin Heereszug,
Nach einem uns gleichgültgen Ziel, zu stören.
Falls du daher Gewißheit dir verschafft,   200
Daß nicht mit Hülfe der Dardanerburg
Penthesilea naht, woll er, daß ihr
Sogleich, um welchen Preis gleichviel, euch wieder
In die argivische Verschanzung werft.
Verfolgt sie euch, so werd er, der Atride,
Dann an des Heeres Spitze selber sehn,
Wozu sich diese rätselhafte Sphinx
Im Angesicht von Troja wird entscheiden.
ODYSSEUS. Beim Jupiter! Der Meinung bin ich auch.
Meint ihr, daß der Laertiade sich   210
In diesem sinnentblößten Kampf gefällt?
Schafft den Peliden weg von diesem Platze!
Denn wie die Dogg entkoppelt, mit Geheul

In das Geweih des Hirsches fällt: der Jäger,
Erfüllt von Sorge, lockt und ruft sie ab;
Jedoch verbissen in des Prachttiers Nacken,
Tanzt sie durch Berge neben ihm, und Ströme,
Fern in des Waldes Nacht hinein: so er,
Der Rasende, seit in der Forst des Krieges
220   Dies Wild sich von so seltner Art, ihm zeigte.
Durchbohrt mit einem Pfeilschuß, ihn zu fesseln,
Die Schenkel ihm: er weicht, so schwört er, eher
Von dieser Amazone Ferse nicht,
Bis er bei ihren seidnen Haaren sie
Von dem gefleckten Tigerpferd gerissen.
Versuchs, o Antiloch, wenns dir beliebt,
Und sieh, was deine rednerische Kunst,
Wenn seine Lippe schäumt, bei ihm vermag.
DIOMEDES. Laßt uns vereint, ihr Könige, noch einmal
230   Vernunft keilförmig, mit Gelassenheit,
Auf seine rasende Entschließung setzen.
Du wirst, erfindungsreicher Larissäer,
Den Riß schon, den er beut, zu finden wissen.
Weicht er dir nicht, wohlan, so will ich ihn
Mit zwei Ätoliern auf den Rücken nehmen,
Und einem Klotz gleich, weil der Sinn ihm fehlt,
In dem Argiverlager niederwerfen.
ODYSSEUS. Folgt mir!
ANTILOCHUS.   Nun? Wer auch eilt uns dort heran?
DIOMEDES. Es ist Adrast. So bleich und so verstört.

Zweiter Auftritt

Die Vorigen. Ein Hauptmann tritt auf.

240   ODYSSEUS. Was bringst du?
DIOMEDES.   Botschaft?
DER HAUPTMANN.   Euch die ödeste,
Die euer Ohr noch je vernahm.
DIOMEDES.   Wie?
ODYSSEUS.   Rede!

DER HAUPTMANN. Achill – ist in der Amazonen Händen,
  Und Pergams Mauern fallen jetzt nicht um.
DIOMEDES. Ihr Götter, ihr olympischen!
ODYSSEUS.   Unglücksbote!
ANTILOCHUS. Wann trug, wo, das Entsetzliche sich zu?
DER HAUPTMANN. Ein neuer Anfall, heiß, wie Wetterstrahl,
  Schmolz, dieser wuterfüllten Mavorstöchter,
  Rings der Ätolier wackre Reihen hin,
  Auf uns, wie Wassersturz, hernieder sie,
  Die unbesiegten Myrmidonier, gießend.   250
  Vergebens drängen wir dem Fluchtgewog
  Entgegen uns: in wilder Überschwemmung
  Reißts uns vom Kampfplatz strudelnd mit sich fort:
  Und eher nicht vermögen wir den Fuß,
  Als fern von dem Peliden fest zu setzen.
  Erst jetzo wickelt er, umstarrt von Spießen,
  Sich aus der Nacht des Kampfes los, er rollt
  Von eines Hügels Spitze scheu herab,
  Auf uns kehrt glücklich sich sein Lauf, wir senden
  Aufjauchzend ihm den Rettungsgruß schon zu: 260
  Doch es erstirbt der Laut im Busen uns,
  Da plötzlich jetzt sein Viergespann zurück
  Vor einem Abgrund stutzt, und hoch aus Wolken
  In grause Tiefe bäumend niederschaut.
  Vergebens jetzt, in der er Meister ist,
  Des Isthmus ganze vielgeübte Kunst:
  Das Roßgeschwader wendet, das erschrockne,
  Die Häupter rückwärts in die Geißelhiebe,
  Und im verworrenen Geschirre fallend,
  Zum Chaos, Pferd' und Wagen, eingestürzt,   270
  Liegt unser Göttersohn, mit seinem Fuhrwerk,
  Wie in der Schlinge eingefangen da.
ANTILOCHUS. Der Rasende! Wohin treibt ihn –?
DER HAUPTMANN.   Es stürzt
  Automedon, des Fahrzeugs rüstger Lenker,
  In die Verwirrung hurtig sich der Rosse:
  Er hilft dem Viergekoppel wieder auf.
  Doch eh er noch aus allen Knoten rings

Die Schenkel, die verwickelten, gelöst,
Sprengt schon die Königin, mit einem Schwarm
280　Siegreicher Amazonen, ins Geklüft,
Jedweden Weg zur Rettung ihm versperrend.

ANTILOCHUS.
Ihr Himmlischen!

DER HAUPTMANN.　Sie hemmt, Staub rings umqualmt sie,
Des Zelters flüchtgen Lauf, und hoch zum Gipfel
Das Angesicht, das funkelnde, gekehrt,
Mißt sie, auf einen Augenblick, die Wand:　·
Der Helmbusch selbst, als ob er sich entsetzte,
Reißt bei der Scheitel sie von hinten nieder.
Drauf plötzlich jetzt legt sie die Zügel weg:
Man sieht, gleich einer Schwindelnden, sie hastig
290　Die Stirn, von einer Lockenflut umwallt,
In ihre beiden kleinen Hände drücken.
Bestürzt, bei diesem sonderbaren Anblick,
Umwimmeln alle Jungfraun sie, mit heiß
Eindringlicher Gebärde sie beschwörend;
Die eine, die zunächst verwandt ihr scheint,
Schlingt ihren Arm um sie, indes die andre
Entschloßner noch, des Pferdes Zügel greift:
Man will den Fortschritt mit Gewalt ihr wehren,
Doch sie –

DIOMEDES.　Wie? wagt sie es?

ANTILOCHUS.　　　　　　　Nein, sprich!

DER HAUPTMANN.　　　　　　　　Ihr hörts.
300　Umsonst sind die Versuche, sie zu halten,
Sie drängt mit sanfter Macht von beiden Seiten
Die Fraun hinweg, und im unruhgen Trabe
An dem Geklüfte auf und nieder streifend,
Sucht sie, ob nicht ein schmaler Pfad sich biete
Für einen Wunsch, der keine Flügel hat;
Drauf jetzt, gleich einer Rasenden, sieht man
Empor sie an des Felsens Wände klimmen,
Jetzt hier, in glühender Begier, jetzt dort,
Unsinnger Hoffnung voll, auf diesem Wege
310　Die Beute, die im Garn liegt, zu erhaschen.

Jetzt hat sie jeden sanftern Riß versucht,
Den sich im Fels der Regen ausgewaschen;
Der Absturz ist, sie sieht es, unersteiglich;
Doch, wie beraubt des Urteils, kehrt sie um,
Und fängt, als wärs von vorn, zu klettern an.
Und schwingt, die Unverdrossene, sich wirklich
Auf Pfaden, die des Wandrers Fußtritt scheut,
Schwingt sich des Gipfels höchstem Rande näher
Um einer Orme Höh; und da sie jetzt auf einem
Granitblock steht, von nicht mehr Flächenraum   320
Als eine Gemse sich zu halten braucht;
Von ragendem Geklüfte rings geschreckt,
Den Schritt nicht vorwärts mehr, nicht rückwärts wagt;
Der Weiber Angstgeschrei durchkreischt die Luft:
Stürzt sie urplötzlich, Roß und Reuterin,
Von los sich lösendem Gestein umprasselt,
Als ob sie in den Orkus führe, schmetternd
Bis an des Felsens tiefsten Fuß zurück,
Und bricht den Hals sich nicht und lernt auch nichts:
Sie rafft sich bloß zu neuem Klimmen auf.   330
ANTILOCHUS. Seht die Hyäne, die blind-wütende!
ODYSSEUS. Nun? Und Automedon?
DER HAUPTMANN.   Er endlich schwingt,
Das Fahrzeug steht, die Rosse auch, geordnet –
– Hephästos hätt in so viel Zeit fast neu
Den ganzen erznen Wagen schmieden können –
Er schwingt dem Sitz sich zu, und greift die Zügel:
Ein Stein fällt uns Argivern von der Brust.
Doch eben jetzt, da er die Pferde wendet,
Erspähn die Amazonen einen Pfad,
Dem Gipfel sanfthin zugeführt, und rufen,   340
Das Tal rings mit Geschrei des Jubels füllend,
Die Königin dahin, die sinnberaubte,
Die immer noch des Felsens Sturz versucht.
Sie, auf dies Wort, das Roß zurücke werfend,
Rasch einen Blick den Pfad schickt sie hinan;
Und dem gestreckten Parder gleich, folgt sie
Dem Blick auch auf dem Fuß: er, der Pelide,

Entwich zwar mit den Rossen, rückwärts strebend;
Doch in den Gründen bald verschwand er mir,
350　Und was aus ihm geworden, weiß ich nicht.
ANTILOCHUS. Verloren ist er!
DIOMEDES.　　　　　　　　　Auf! Was tun wir, Freunde?
ODYSSEUS. Was unser Herz, ihr Könige, gebeut!
Auf! laßt uns ihn der Königin entreißen!
Gilts einen Kampf um ihn auf Tod und Leben:
Den Kampf bei den Atriden fecht ich aus.

Odysseus, Diomedes, Antilochus ab.

Dritter Auftritt

*Der Hauptmann. Eine Schar von Griechen, welche während dessen einen
Hügel bestiegen haben.*

EIN MYRMIDONIER *in die Gegend schauend.*

Seht! Steigt dort über jenes Berges Rücken,
Ein Haupt nicht, ein bewaffnetes, empor?
Ein Helm, von Federbüschen überschattet?
Der Nacken schon, der mächtge, der es trägt?
360　Die Schultern auch, die Arme, stahlumglänzt?
Das ganze Brustgebild, o seht doch, Freunde,
Bis wo den Leib der goldne Gurt umschließt?
DER HAUPTMANN.
Ha! Wessen!
DER MYRMIDONIER.
　　　　　Wessen! Träum ich, ihr Argiver?
Die Häupter sieht man schon, geschmückt mit Blessen,
Des Roßgespanns! Nur noch die Schenkel sind,
Die Hufen, von der Höhe Rand bedeckt!
Jetzt, auf dem Horizonte, steht das ganze
Kriegsfahrzeug da! So geht die Sonne prachtvoll
An einem heitern Frühlingstage auf!
DIE GRIECHEN.
370　Triumph! Achilleus ists! Der Göttersohn!
Selbst die Quadriga führet er heran!
Er ist gerettet!

DER HAUPTMANN. Ihr Olympischen!

   So sei euch ewger Ruhm gegönnt! – Odysseus!

   – Flieg einer den argolschen Fürsten nach!

               Ein Grieche schnell ab.

   Naht er sich uns, ihr Danaer?

DER MYRMIDONIER.   O sieh!

DER HAUPTMANN.

   Was gibts?

DER MYRMIDONIER.

          O mir vergeht der Atem, Hauptmann!

DER HAUPTMANN. So rede, sprich!

DER MYRMIDONIER.   O, wie er mit der Linken

   Vor über seiner Rosse Rücken geht!

   Wie er die Geißel umschwingt über sie!

   Wie sie von ihrem bloßen Klang erregt,   380

   Der Erde Grund, die göttlichen, zerstampfen!

   Am Zügel ziehn sie, beim Lebendigen,

   Mit ihrer Schlünde Dampf, das Fahrzeug fort!

   Gehetzter Hirsche Flug ist schneller nicht!

   Der Blick drängt unzerknickt sich durch die Räder,

   Zur Scheibe fliegend eingedreht, nicht hin!

EIN ÄTOLIER.

   Doch hinter ihm –

DER HAUPTMANN.   Was?

DER MYRMIDONIER.   An des Berges Saum –

DER ÄTOLIER. Staub –

DER MYRMIDONIER.   Staub aufqualmend, wie Gewitterwolken:

   Und, wie der Blitz vorzuckt –

DER ÄTOLIER.   Ihr ewgen Götter!

DER MYRMIDONIER. Penthesilea.

DER HAUPTMANN.   Wer?

DER ÄTOLIER.   Die Königin! –   390

   Ihm auf dem Fuß, dem Peleïden, schon

   Mit ihrem ganzen Troß von Weibern folgend.

DER HAUPTMANN. Die rasende Megär!

DIE GRIECHEN *rufend.*   Hieher der Lauf!

   Hieher den Lauf, du Göttlicher, gerichtet!

   Auf uns den Lauf!

DER ÄTOLIER.   Seht! wie sie mit den Schenkeln
Des Tigers Leib inbrünstiglich umarmt!
Wie sie, bis auf die Mähn herabgebeugt,
Hinweg die Luft trinkt lechzend, die sie hemmt!
Sie fliegt, wie von der Senne abgeschossen:
400   Numidsche Pfeile sind nicht hurtiger!
Das Heer bleibt keuchend, hinter ihr, wie Köter,
Wenn sich ganz aus die Dogge streckt, zurück!
Kaum daß ihr Federbusch ihr folgen kann!
DER HAUPTMANN.
So naht sie ihm?
EIN DOLOPER.   Naht ihm!
DER MYRMIDONIER.   Naht ihm noch nicht!
DER DOLOPER. Naht ihm, ihr Danaer! Mit jedem Hufschlag,
Schlingt sie, wie hungerheiß, ein Stück des Weges,
Der sie von dem Peliden trennt, hinunter!
DER MYRMIDONIER. Bei allen hohen Göttern, die uns schützen!
Sie wächst zu seiner Größe schon heran!
410   Sie atmet schon, zurückgeführt vom Winde,
Den Staub, den säumend seine Fahrt erregt!
Der rasche Zelter wirft, auf dem sie reitet,
Erdschollen, aufgewühlt von seiner Flucht,
Schon in die Muschel seines Wagens hin!
DER ÄTOLIER. Und jetzt – der Übermütge! Rasende!
Er lenkt im Bogen spielend noch! Gib acht:
Die Amazone wird die Sehne nehmen.
Siehst du? Sie schneidet ihm den Lauf –
DER MYRMIDONIER.   Hilf! Zeus!
An seiner Seite fliegt sie schon! Ihr Schatten,
420   Groß, wie ein Riese, in der Morgensonne,
Erschlägt ihn schon!
DER ÄTOLIER.   Doch jetzt urplötzlich reißt er –
DER DOLOPER. Das ganze Roßgeschwader reißt er plötzlich
Zur Seit herum!
DER ÄTOLIER.   Zu uns her fliegt er wieder!
DER MYRMIDONIER.
Ha! Der Verschlagne! Er betrog sie –
DER DOLOPER.   Hui!

Wie sie, die Unaufhaltsame, vorbei
Schießt an dem Fuhrwerk –
DER MYRMIDONIER.   Prellt, im Sattel fliegt,
Und stolpert –
DER DOLOPER.   Stürzt!
DER HAUPTMANN.   Was?
DER MYRMIDONIER.   Stürzt, die Königin!
Und eine Jungfrau blindhin über sie –
DER DOLOPER. Und eine noch –
DER MYRMIDONIER.   Und wieder –
DER DOLOPER.   Und noch eine –
DER HAUPTMANN.
Ha! Stürzen, Freunde?
DER DOLOPER.   Stürzen –
DER MYRMIDONIER.   Stürzen, Hauptmann,   430
Wie in der Feueresse eingeschmelzt,
Zum Haufen, Roß und Reutrinnen, zusammen!
DER HAUPTMANN. Daß sie zu Asche würden!
DER DOLOPER.   Staub ringsum,
Vom Glanz der Rüstungen durchzuckt und Waffen:
Das Aug erkennt nichts mehr, wie scharf es sieht.
Ein Knäuel, ein verworrener, von Jungfraun,
Durchwebt von Rossen bunt: das Chaos war,
Das erst', aus dem die Welt sprang, deutlicher.
DER ÄTOLIER. Doch jetzt – ein Wind erhebt sich; Tag wird es,
Und eine der Gestürzten rafft sich auf.   440
DER DOLOPER. Ha! Wie sich das Gewimmel lustig regt!
Wie sie die Spieße sich, die Helme, suchen,
Die weithin auf das Feld geschleuderten!
DER MYRMIDONIER. Drei Rosse noch, und eine Reuterin, liegen
Gestreckt wie tot –
DER HAUPTMANN.   Ist das die Königin?
DER ÄTOLIER. Penthesilea, fragst du?
DER MYRMIDONIER.   Obs die Königin?
– Daß mir den Dienst die Augen weigerten!
Dort steht sie!
DER DOLOPER.   Wo?
DER HAUPTMANN.   Nein, sprich!

DER MYRMIDONIER.   Dort, beim Kroniden,
    Wo sie gestürzt: in jener Eiche Schatten!
450 An ihres Pferdes Nacken hält sie sich,
    Das Haupt entblößt – seht ihr den Helm am Boden?
    Die Locken schwachhin mit der Rechten greifend,
    Wischt sie, ists Staub, ists Blut, sich von der Stirn.
DER DOLOPER. Bei Gott, sie ists!
DER HAUPTMANN.   Die Unverwüstliche!
DER ÄTOLIER. Die Katze, die so stürzt, verreckt; nicht sie!
DER HAUPTMANN. Und der Pelid?
DER DOLOPER.   Ihn schützen alle Götter!
    Um drei Pfeilschüsse flog er fort und drüber!
    Kaum mehr mit Blicken kann sie ihn erreichen,
    Und der Gedanke selbst, der strebende,
460 Macht ihr im atemlosen Busen halt!
DER MYRMIDONIER.
    Triumph! Dort tritt Odysseus jetzt hervor!
    Das ganze Griechenheer, im Strahl der Sonne,
    Tritt plötzlich aus des Waldes Nacht hervor!
DER HAUPTMANN. Odyß? Und Diomed auch? O ihr Götter!
    – Wie weit noch in dem Feld ist er zurück?
DER DOLOPER.
    Kaum einen Steinwurf, Hauptmann! Sein Gespann
    Fliegt auf die Höhen am Skamandros schon,
    Wo sich das Heer raschhin am Rande ordnet.
    Die Reihn schon wettert er entlang –
STIMMEN aus der Ferne.   Heil dir!
470 DER DOLOPER. Sie rufen, die Argiver, ihm –
STIMMEN.   Heil dir!
    Achill! Heil dir, Pelide! Göttersohn!
    Heil dir! Heil dir! Heil dir!
DER DOLOPER.   Er hemmt den Lauf!
    Vor den versammelten Argiverfürsten
    Hemmt er den Lauf! Odysseus naht sich ihm!
    Vom Sitz springt er, der Staubbedeckte, nieder!
    Die Zügel gibt er weg! Er wendet sich!
    Er nimmt den Helm ab, der sein Haupt beschwert!
    Und alle Könige umringen ihn!

Die Griechen reißen ihn, die jauchzenden,
Um seine Kniee wimmelnd, mit sich fort: 480
Indes Automedon die Rosse schrittweis,
Die dampfenden, an seiner Seite führt!
Hier wälzt der ganze Jubelzug sich schon
Auf uns heran! Heil dir! du Göttlicher!
O seht doch her, seht her – Da ist er schon!

Vierter Auftritt

*Achilles, ihm folgen Odysseus, Diomedes, Antilochus, Automedon mit der
Quadriga ihm zur Seite, das Heer der Griechen.*

ODYSSEUS. Sei mir, Äginerheld, aus heißer Brust
Gegrüßt! Du Sieger auch noch in der Flucht!
Beim Jupiter! Wenn hinter deinem Rücken,
Durch deines Geistes Obmacht über ihren,
In Staub die Feindin stürzt, was wird geschehn,   490
Wenns dir gelingt, du Göttlicher, sie einst
Von Angesicht zu Angesicht zu fassen.
ACHILLES *er hält den Helm in der Hand und wischt sich den Schweiß von
der Stirn. Zwei Griechen ergreifen, ihm unbewußt, einen seiner Arme, der
verwundet ist, und verbinden ihn.*
Was ist? Was gibts?
ANTILOCHUS.   Du hast in einem Kampf
Wetteifernder Geschwindigkeit bestanden,
Neridensohn, wie losgelassene
Gewitterstürm, am Himmelsplane brausend,
Noch der erstaunten Welt ihn nicht gezeigt.
Bei den Erinnyen! Meiner Reue würd ich
Mit deinem flüchtigen Gespann entfliehn,
Hätt ich, des Lebens Gleise schwer durchknarrend,   500
Die Sünden von der ganzen Trojerburg
Der Muschel meiner Brust auch aufgeladen.
ACHILLES *zu den zwei Griechen, welche ihn mit ihrem Geschäft zu belästigen
scheinen.* Die Narren.
EIN GRIECHENFÜRST. Wer?
ACHILLES.   Was neckt ihr –
DER ERSTE GRIECHE *der ihm den Arm verbindet.* Halt! Du blutest!

ACHILLES. Nun ja.

DER ZWEITE GRIECHE. So steh!

DER ERSTE.   So laß dich auch verbinden.

DER ZWEITE. Gleich ists geschehn.

DIOMEDES.   – Es hieß zu Anfang hier,
  Der Rückzug meiner Völker habe dich
  In diese Flucht gestürzt; beschäftiget
  Mit dem Ulyß, den Antiloch zu hören,
  Der Botschaft uns von den Atriden brachte,
510 War ich selbst auf dem Platz nicht gegenwärtig.
  Doch alles, was ich sehe, überzeugt mich,
  Daß dieser meisterhaften Fahrt ein freier
  Entwurf zum Grunde lag. Man könnte fragen,
  Ob du bei Tagesanbruch, da wir zum
  Gefecht noch allererst uns rüsteten,
  Den Feldstein schon gedacht dir, über welchen
  Die Königin zusammenstürzen sollte:
  So sichern Schrittes, bei den ewigen Göttern,
  Hast du zu diesem Stein sie hingeführt.
520 ODYSSEUS. Doch jetzt, Doloperheld, wirst du gefällig,
  Wenn dich ein anderes nicht besser dünkt,
  Mit uns dich ins Argiverlager werfen.
  Die Söhne Atreus' rufen uns zurück.
  Wir werden mit verstelltem Rückzug sie
  In das Skamandrostal zu locken suchen,
  Wo Agamemnon aus dem Hinterhalt
  In einer Hauptschlacht sie empfangen wird.
  Beim Gott des Donners! Nirgends, oder dort
  Kühlst du die Brunst dir ab, die, rastlos drängend,
530 Gleich einem jungen Spießer, dich verfolgt:
  Und meinen besten Segen schenk ich dir.
  Denn mir ein Greul auch, in den Tod verhaßt,
  Schweift die Megäre, unsre Taten störend,
  Auf diesem Feld herum, und gern möcht ich,
  Gesteh ich dir, die Spur von deinem Fußtritt
  Auf ihrer rosenblütnen Wange sehn.
ACHILLES *sein Blick fällt auf die Pferde.*
  Sie schwitzen.

ANTILOCHUS. Wer?

AUTOMEDON *indem er ihre Hälse mit der Hand prüft.*

Wie Blei.

ACHILLES.   Gut. Führe sie.

 Und wenn die Luft sie abgekühlt, so wasche

 Brüst ihnen und der Schenkel Paar mit Wein.

AUTOMEDON.

 Man bringt die Schläuche schon.

DIOMEDES.   – Hier siehst du wohl,   540

 Vortrefflicher, daß wir im Nachteil kämpfen.

 Bedeckt, so weit das schärfste Auge reicht,

 Sind alle Hügel von der Weiber Haufen;

 Heuschrecken lassen dichtgeschloßner nicht

 Auf eine reife Saatenflur sich nieder.

 Wem noch gelang ein Sieg, wie er ihn wünschte?

 Ist einer, außer dir, der sagen kann,

 Er hab auch die Kentaurin nur gesehn?

 Umsonst, daß wir, in goldnen Rüstungen,

 Hervor uns drängen, unsern Fürstenstand   550

 Lautschmetternd durch Trompeten ihr verkünden:

 Sie rückt nicht aus dem Hintergrund hervor;

 Und wer auch fern, vom Windzug hergeführt,

 Nur ihre Silberstimme hören wollte,

 Müßt eine Schlacht, unrühmlich, zweifelhaft,

 Vorher mit losem Kriegsgesindel kämpfen,

 Das sie, den Höllenhunden gleich, bewacht.

ACHILLES *in die Ferne hinaus schauend.*

 Steht sie noch da?

DIOMEDES.   Du fragst? –

ANTILOCHUS.   Die Königin?

DER HAUPTMANN.

 Man sieht nichts – Platz! Die Federbüsch hinweg!

DER GRIECHE *der ihm den Arm verbindet.*

 Halt! Einen Augenblick.

EIN GRIECHENFÜRST.   Dort, allerdings!   560

DIOMEDES. Wo?

DER GRIECHENFÜRST.

Bei der Eiche, unter der sie fiel.

Der Helmbusch wallt schon wieder ihr vom Haupte,
Und ihr Mißschicksal scheint verschmerzt. –

DER ERSTE GRIECHE. Nun endlich!

DER ZWEITE. Den Arm jetzt magst du, wie du willst, gebrauchen.

DER ERSTE. Jetzt kannst du gehn.

Die Griechen verknüpfen noch einen Knoten und lassen seinen Arm fahren.

ODYSSEUS. Hast du gehört, Pelide,
Was wir dir vorgestellt?

ACHILLES. Mir vorgestellt?
Nein, nichts. Was wars? Was wollt ihr?

ODYSSEUS. Was wir wollen?
Seltsam. – Wir unterrichteten von den Befehlen
Dich der Atriden! Agamemnon will,
570   Daß wir sogleich ins Griechenlager kehren;
Den Antiloch sandt er, wenn du ihn siehst,
Mit diesem Schluß des Feldherrnrats uns ab.
Der Kriegsplan ist, die Amazonenkönigin
Herab nach der Dardanerburg zu locken,
Wo sie, in beider Heere Mitte nun,
Von treibenden Verhältnissen gedrängt,
Sich muß, wem sie die Freundin sei, erklären;
Und wir dann, sie erwähle, was sie wolle,
Wir werden wissen mindstens, was zu tun.
580   Ich traue deiner Klugheit zu, Pelide,
Du folgst der Weisheit dieser Anordnung.
Denn Wahnsinn wärs, bei den Olympischen,
Da dringend uns der Krieg nach Troja ruft,
Mit diesen Jungfraun hier uns einzulassen,
Bevor wir wissen, *was* sie von uns wollen,
Noch überhaupt nur, *ob* sie uns was wollen?

ACHILLES *indem er sich den Helm wieder aufsetzt.*
Kämpft ihr, wie die Verschnittnen, wenn ihr wollt;
Mich einen Mann fühl ich, und diesen Weibern,
Wenn keiner sonst im Heere, will ich stehn!
590   Ob ihr hier länger, unter kühlen Fichten,
Ohnmächtiger Lust voll, sie umschweift, ob nicht,
Vom Bette fern der Schlacht, die sie umwogt,
Gilt mir gleichviel: beim Styx, ich willge drein,

Daß ihr nach Ilium zurücke kehrt.
Was *mir* die Göttliche begehrt, das weiß ich;
Brautwerber schickt sie mir, gefiederte,
Genug in Lüften zu, die ihre Wünsche
Mit Todgeflüster in das Ohr mir raunen.
Im Leben keiner Schönen war ich spröd;
Seit mir der Bart gekeimt, ihr lieben Freunde,   600
Ihr wißts, zu Willen jeder war ich gern:
Und wenn ich dieser mich gesperrt bis heute,
Beim Zeus, des Donners Gott, geschahs, weil ich
Das Plätzchen unter Büschen noch nicht fand,
Sie ungestört, ganz wie ihr Herz es wünscht,
Auf Küssen heiß von Erz im Arm zu nehmen.
Kurz, geht: ins Griechenlager folg ich euch;
Die Schäferstunde bleibt nicht lang mehr aus:
Doch müßt ich auch durch ganze Monden noch,
Und Jahre, um sie frein: den Wagen dort   610
Nicht ehr zu meinen Freunden will ich lenken,
Ich schwörs, und Pergamos nicht wiedersehn,
Als bis ich sie zu meiner Braut gemacht,
Und sie, die Stirn bekränzt mit Todeswunden,
Kann durch die Straßen häuptlings mit mir schleifen.
Folgt mir!

EIN GRIECHE *tritt auf.*
       Penthesilea naht sich dir, Pelide!
ACHILLES. Ich auch. Bestieg sie schon den Perser wieder?
DER GRIECHE. Noch nicht. Zu Fuße schreitet sie heran,
   Doch ihr zur Seite stampft der Perser schon.
ACHILLES. Wohlan! So schafft mir auch ein Roß, ihr Freunde! – 620
   Folgt, meine tapfern Myrmidonier, mir.
            Das Heer bricht auf.
ANTILOCHUS. Der Rasende!
ODYSSEUS.   Nun, so versuch doch
   Jetzt deine Rednerkunst, o Antiloch!
ANTILOCHUS. Laßt mit Gewalt uns ihn –
DIOMEDES.   Fort ist er schon!
ODYSSEUS. Verwünscht sei dieser Amazonenkrieg!
             Alle ab.

Fünfter Auftritt

Penthesilea, Prothoe, Meroe, Asteria, Gefolge, das Amazonenheer.

DIE AMAZONEN. Heil dir, du Siegerin! Überwinderin!
Des Rosenfestes Königin! Triumph dir!
PENTHESILEA. Nichts vom Triumph mir! Nichts vom Rosenfeste!
Es ruft die Schlacht noch einmal mich ins Feld.
630   Den jungen trotzgen Kriegsgott bändg' ich mir,
Gefährtinnen, zehntausend Sonnen dünken,
Zu einem Glutball eingeschmelzt, so glanzvoll
Nicht, als ein Sieg, ein Sieg mir über ihn.
PROTHOE. Geliebte, ich beschwöre dich –
PENTHESILEA.   Laß mich!
Du hörst, was ich beschloß, eh würdest du
Den Strom, wenn er herab von Bergen schießt,
Als meiner Seele Donnersturz regieren.
Ich will zu meiner Füße Staub ihn sehen,
Den Übermütigen, der mir an diesem
640   Glorwürdgen Schlachtentag, wie keiner noch,
Das kriegerische Hochgefühl verwirrt.
Ist das die Siegerin, die schreckliche,
Der Amazonen stolze Königin,
Die seines Busens erzne Rüstung mir,
Wenn sich mein Fuß ihm naht, zurückespiegelt?
Fühl ich, mit aller Götter Fluch Beladne,
Da rings das Heer der Griechen vor mir flieht,
Bei dieses einzgen Helden Anblick mich
Gelähmt nicht, in dem Innersten getroffen,
650   Mich, *mich* die Überwundene, Besiegte?
Wo ist der Sitz mir, der kein Busen ward,
Auch des Gefühls, das mich zu Boden wirft?
Ins Schlachtgetümmel stürzen will ich mich,
Wo der Hohnlächelnde mein harrt, und ihn
Mir überwinden, oder leben nicht!
PROTHOE. Wenn du dein Haupt doch, teure Königin,
An diesem treuen Busen ruhen wolltest.
Der Sturz, der dir die Brust gewaltsam traf,
Hat dir das Blut entflammt, den Sinn empört:

An allen jungen Gliedern zitterst du!   660
Beschließe nichts, wir alle flehen dich,
Bis heitrer dir der Geist zurückgekehrt.
Komm, ruhe dich bei mir ein wenig aus.

PENTHESILEA.

Warum? Weshalb? Was ist geschehn? Was sagt ich?
Hab ich? – Was hab ich denn –?

PROTHOE.   Um eines Siegs,
Der deine junge Seele flüchtig reizt,
Willst du das Spiel der Schlachten neu beginnen?
Weil unerfüllt ein Wunsch, ich weiß nicht welcher,
Dir im geheimen Herzen blieb, den Segen,
Gleich einem übellaunigen Kind, hinweg,   670
Der deines Volks Gebete krönte, werfen?

PENTHESILEA. Ha, sieh! Verwünscht das Los mir dieses Tages!
Wie mit dem Schicksal heut, dem tückischen,
Sich meiner Seele liebste Freundinnen
Verbünden, mir zu schaden, mich zu kränken!
Wo sich die Hand, die lüsterne, nur regt,
Den Ruhm, wenn er bei mir vorüberfleucht,
Bei seinem goldnen Lockenhaar zu fassen,
Tritt eine Macht mir hämisch in den Weg –
– Und Trotz ist, Widerspruch, die Seele mir!   680
Hinweg!

PROTHOE *für sich.*
                Ihr Himmlischen, beschützet sie!

PENTHESILEA. Denk ich bloß *mich*, sinds *meine* Wünsche bloß,
Die mich zurück aufs Feld der Schlachten rufen?
Ist es das Volk, ists das Verderben nicht,
Das in des Siegs wahnsinniger Berauschung,
Hörbaren Flügelschlags, von fern ihm naht?
Was ist geschehn, daß wir zur Vesper schon,
Wie nach vollbrachter Arbeit ruhen wollen?
Gemäht liegt uns, zu Garben eingebunden,
Der Ernte üppger Schatz, in Scheuern hoch,   690
Die in den Himmel ragen, aufgetürmt:
Jedoch die Wolke heillos überschwebt ihn,
Und den Vernichtungsstrahl droht sie herab.

Die Jünglingsschar, die überwundene,
Ihr werdet sie, bekränzt mit Blumen nicht,
Bei der Posaunen und der Zimbeln Klang,
Zu euren duftgen Heimatstälern führen.
Aus jedem tückschen Hinterhalt hervor,
Der sich ihm beut, seh ich den Peleïden
700 Auf euren frohen Jubelzug sich stürzen;
Euch und dem Trosse der Gefangenen,
Bis zu den Mauern Themiscyras folgen;
Ja in der Artemis geweihtem Tempel
Die Ketten noch, die rosenblütenen,
Von ihren Gliedern reißen und die unsern
Mit erzgegoßner Fessel Last bewuchten.
Soll ich von seiner Fers, ich Rasende,
Die nun fünf schweißerfüllte Sonnen schon
An seinem Sturze rüttelte, entweichen:
710 Da er vom Windzug eines Streiches muß,
Getroffen, unter meines Rosses Huf,
Wie eine reife Südfrucht, niederfallen?
Nein, eh ich, was so herrlich mir begonnen,
So groß, nicht endige, eh ich nicht völlig
Den Kranz, der mir die Stirn umrauscht', erfasse,
Eh ich Mars' Töchter nicht, wie ich versprach,
Jetzt auf des Glückes Gipfel jauchzend führe,
Eh möge seine Pyramide schmetternd
Zusammenbrechen über mich und sie:
720 Verflucht das Herz, das sich nicht mäßgen kann.
PROTHOE. Dein Aug, o Herrscherin, erglüht ganz fremd,
Ganz unbegreiflich, und Gedanken wälzen,
So finster, wie der ewgen Nacht entstiegen,
In meinem ahndungsvollen Busen sich.
Die Schar, die deine Seele seltsam fürchtet,
Entfloh rings vor dir her, wie Spreu vor Winden;
Kaum daß ein Speer sich noch erblicken läßt.
Achill, so wie du mit dem Heer dich stelltest,
Von dem Skamandros ist er abgeschnitten;
730 Reiz ihn nicht mehr, aus seinem Blick nur weiche:
Den ersten Schritt, beim Jupiter, ich schwörs,

In seine Danaerschanze setzt er hin.
Ich will, ich, dir des Heeres Schweif beschirmen.
Sieh, bei den Göttern des Olymps, nicht *einen*
Gefangenen entreißt er dir! Es soll
Der Glanz, auch meilenfernhin, seiner Waffen,
Dein Heer nicht schrecken, seiner Rosse ferner Tritt
Dir kein Gelächter einer Jungfrau stören:
Mit meinem Haupt steh ich dir dafür ein!

PENTHESILEA *indem sie sich plötzlich zu Asteria wendet.*
Kann das geschehn, Asteria?

ASTERIA.   Herrscherin –   740

PENTHESILEA. Kann ich das Heer, wie Prothoe verlangt,
Nach Themiscyra wohl zurücke führen?

ASTERIA. Vergib, wenn ich in meinem Fall, o Fürstin –

PENTHESILEA.
Sprich dreist. Du hörst.

PROTHOE *schüchtern.*   Wenn du den Rat willst gütig
Versammelt aller Fürstinnen befragen,
So wird –

PENTHESILEA. Den Rat hier *dieser* will ich wissen!
– Was bin ich denn seit einer Hand voll Stunden?
        Pause, in welcher sie sich sammelt.
– – Kann ich das Heer, du sprichst, Asteria,
Kann ich es wohl zurück zur Heimat führen?

ASTERIA. Wenn du so willst, o Herrscherin, so laß   750
Mich dir gestehn, wie ich des Schauspiels staune,
Das mir in die ungläubgen Sinne fällt.
Vom Kaukasus, mit meinem Völkerstamm,
Um eine Sonne später aufgebrochen,
Konnt ich dem Zuge deines Heeres nicht,
Der reißend wie ein Strom dahinschoß, folgen.
Erst heute, weißt du, mit der Dämmerung,
Auf diesem Platz schlagfertig treff ich ein;
Und jauchzend schallt aus tausend Kehlen mir
Die Nachricht zu: Der Sieg, er sei erkämpft,   760
Beschlossen schon, auf jede Forderung,
Der ganze Amazonenkrieg. Erfreut,
Versichr' ich dich, daß das Gebet des Volks sich dir

So leicht, und unbedürftig mein, erfüllt,
Ordn' ich zur Rückkehr alles wieder an;
Neugierde treibt mich doch, die Schar zu sehen,
Die man mir als des Sieges Beute rühmt;
Und eine Handvoll Knechte, bleich und zitternd,
Erblickt mein Auge, der Argiver Auswurf,
770　Auf Schildern, die sie fliehend weggeworfen,
Von deinem Kriegstroß schwärmend aufgelesen.
Vor Trojas stolzen Mauern steht das ganze
Hellenenheer, steht Agamemnon noch,
Stehn Menelaus, Ajax, Palamed;
Ulysses, Diomedes, Antilochus,
Sie wagen dir ins Angesicht zu trotzen:
Ja jener junge Nereïdensohn,
Den deine Hand mit Rosen schmücken sollte,
Die Stirn beut er, der Übermütge, dir;
780　Den Fußtritt will er, und erklärt es laut,
Auf deinen königlichen Nacken setzen:
Und meine große Arestochter fragt mich,
Ob sie den Siegesheimzug feiern darf?
PROTHOE *leidenschaftlich.*
Der Königin, du Falsche, sanken Helden
An Hoheit, Mut und Schöne –
PENTHESILEA.　　　　　　　Schweig, Verhaßte!
Asteria fühlt, wie ich, es ist nur einer
Hier mir zu sinken wert: und dieser eine,
Dort steht er noch im Feld der Schlacht und trotzt!
PROTHOE. Nicht von der Leidenschaft, o Herrscherin,
790　Wirst du dich –
PENTHESILEA.　　　Natter! Deine Zunge nimm gefangen!
– Willst du den Zorn nicht deiner Königin wagen!
Hinweg!
PROTHOE.　So wag ich meiner Königin Zorn!
Eh will ich nie dein Antlitz wiedersehen,
Als feig, in diesem Augenblick, dir eine
Verräterin schmeichlerisch zur Seite stehn.
Du bist, in Flammen wie du loderst, nicht
Geschickt, den Krieg der Jungfraun fortzuführen;

So wenig, wie, sich mit dem Spieß zu messen,
Der Löwe, wenn er von dem Gift getrunken,
Das ihm der Jäger tückisch vorgesetzt.　　　　　800
Nicht den Peliden, bei den ewgen Göttern,
Wirst du in dieser Stimmung dir gewinnen:
Vielmehr, noch eh die Sonne sinkt, versprech ich,
Die Jünglinge, die unser Arm bezwungen,
So vieler unschätzbaren Mühen Preis,
Uns bloß, in deiner Raserei, verlieren.
PENTHESILEA. Das ist ja sonderbar und unbegreiflich!
Was macht dich plötzlich denn so feig?
PROTHOE.　　　　　　　　　　　Was mich? –
PENTHESILEA. Wen überwandst du, sag mir an?
PROTHOE.　　　　　　　　　　　　Lykaon,
Den jungen Fürsten der Arkadier.　　　　　810
Mich dünkt, du sahst ihn.
PENTHESILEA.　　　　　So, so. War es jener,
Der zitternd stand, mit eingeknicktem Helmbusch,
Als ich mich den Gefangnen gestern –
PROTHOE.　　　　　　　　　　Zitternd!
Er stand so fest, wie je dir der Pelide!
Im Kampf von meinen Pfeilen heiß getroffen,
Sank er zu Füßen mir, stolz werd ich ihn,
An jenem Fest der Rosen, stolz, wie eine,
Zu unserm heilgen Tempel führen können.
PENTHESILEA. Wahrhaftig? Wie du so begeistert bist. –
Nun denn – er soll dir nicht entrissen werden!　　　　820
– Führt aus der Schar ihn den Gefangenen,
Lykaon, den Arkadier herbei!
– Nimm, du unkriegerische Jungfrau, ihn,
Entfleuch, daß er dir nicht verloren gehe,
Aus dem Geräusch der Schlacht mit ihm, bergt euch
In Hecken von süß duftendem Holunder,
In der Gebirge fernsten Kluft, wo ihr
Wollüstig Lied die Nachtigall dir flötet,
Und fei'r es gleich, du Lüsterne, das Fest,
Das deine Seele nicht erwarten kann.　　　　　830
Doch aus dem Angesicht sei ewig mir,

Sei aus der Hauptstadt mir verbannt, laß den
Geliebten dich und seine Küsse, trösten,
Wenn alles, Ruhm dir, Vaterland und Liebe,
Die Königin, die Freundin untergeht.
Geh und befreie – geh! ich will nichts wissen!
Von deinem hassenswürdgen Anblick mich!

MEROE.

O, Königin!

EINE ANDERE FÜRSTIN *aus ihrem Gefolge.*

         Welch ein Wort sprachst du?

PENTHESILEA.   Schweigt, sag ich!

Der Rache weih ich den, der für sie fleht!

840   EINE AMAZONE *tritt auf.* Achilles nahet dir, o Herrscherin!

PENTHESILEA.

Er naht – Wohlauf, ihr Jungfraun, denn zur Schlacht! –
Reicht mir der Spieße treffendsten, o reicht
Der Schwerter wetterflammendstes mir her!
Die Lust, ihr Götter, müßt ihr mir gewähren,
Den einen heißersehnten Jüngling siegreich
Zum Staub mir noch der Füße hinzuwerfen.
Das ganze Maß von Glück erlaß ich euch,
Das meinem Leben zugemessen ist. –
Asteria! Du wirst die Scharen führen.

850   Beschäftige den Griechentroß und sorge
Daß sich des Kampfes Inbrunst mir nicht störe.
Der Jungfraun keine, wer sie immer sei,
Trifft den Peliden selbst! Dem ist ein Pfeil
Geschärft des Todes, der sein Haupt, was sag ich!
Der seiner Locken eine mir berührt!
Ich nur, ich weiß den Göttersohn zu fällen.
Hier dieses Eisen soll, Gefährtinnen,
Soll mit der sanftesten Umarmung ihn
(Weil ich mit Eisen ihn umarmen muß!)

860   An meinen Busen schmerzlos niederziehn.
Hebt euch, ihr Frühlingsblumen, seinem Fall,
Daß seiner Glieder keines sich verletze.
Blut meines Herzens mißt ich ehr, als seines.
Nicht eher ruhn will ich, bis ich aus Lüften,

Gleich einem schöngefärbten Vogel, ihn
Zu mir herabgestürzt; doch liegt er jetzt
Mit eingeknickten Fittichen, ihr Jungfraun,
Zu Füßen mir, kein Purpurstäubchen missend,
Nun dann, so mögen alle Seligen
Daniedersteigen, unsern Sieg zu feiern,   870
Zur Heimat geht der Jubelzug, dann bin ich
Die Königin des Rosenfestes euch! –
Jetzt kommt! –

Indem sie abgehen will, erblickt sie die weinende Prothoe, und wendet sich
unruhig. Darauf plötzlich, indem sie ihr um den Hals fällt.

         Prothoe! Meiner Seelen Schwester!
Willst du mir folgen?

PROTHOE *mit gebrochener Stimme.*

            In den Orkus dir!
Ging ich auch zu den Seligen ohne dich?

PENTHESILEA. Du Bessere, als Menschen sind! Du willst es?
Wohlan, wir kämpfen, siegen mit einander,
Wir *beide* oder *keine*, und die Losung
Ist: Rosen für die Scheitel unsrer Helden,
Oder Zypressen für die unsrigen.   880

         Alle ab.

Sechster Auftritt

Die Oberpriesterin der Diana mit ihren Priesterinnen treten auf. Ihnen folgen
eine Schar junger Mädchen mit Rosen in Körben auf den Köpfen, und die
Gefangenen, geführt von einigen bewaffneten Amazonen.

DIE OBERPRIESTERIN.

Nun, ihr geliebten, kleinen Rosenjungfraun,
Laßt jetzt die Frucht mich eurer Wandrung sehn.
Hier, wo die Felsenquelle einsam schäumt,
Beschattet von der Pinie, sind wir sicher:
Hier schüttet eure Ernte vor mir aus.

EIN JUNGES MÄDCHEN *ihren Korb ausschüttend.*

Sieh, diese Rosen pflückt ich, heilge Mutter!

EIN ANDERES *ebenso.*

Hier diesen Schoßvoll ich!

EIN DRITTES.   Und diesen ich!

EIN VIERTES. Und diesen ganzen üppgen Frühling ich!

Die andern jungen Mädchen folgen.

DIE OBERPRIESTERIN. Das blüht ja wie der Gipfel von Hymetta!

890   Nun solch ein Tag des Segens, o Diana!
Ging deinem Volke herrlich noch nicht auf.
Die Mütter bringen mir, die Töchter, Gaben;
Nicht von der Pracht, der doppelten, geblendet,
Weiß ich, wem schönrer Dank gebühren mag. –
Doch ist dies euer ganzer Vorrat, Kinder?

DAS ERSTE MÄDCHEN.
Mehr nicht, als du hier siehst, war aufzufinden.

DIE OBERPRIESTERIN. So waren eure Mütter fleißiger.

DAS ZWEITE MÄDCHEN.
Auf diesen Feldern, heilge Priestrin, ernten
Gefangne leichter auch, als Rosen, sich.

900   Wenn dichtgedrängt, auf allen Hügeln rings,
Die Saat der jungen Griechen steht, die Sichel
Nur einer muntern Schnitterin erwartend,
So blüht so sparsam in den Tälern rings,
Und so verschanzt, versichr' ich dich, die Rose,
Daß man durch Pfeile sich und Lanzen lieber,
Als ihr Geflecht der Dornen schlagen möchte.
– Sieh nur die Finger an, ich bitte dich.

DAS DRITTE MÄDCHEN.
Auf eines Felsens Vorsprung wagt ich mich,
Um eine einzge Rose dir zu pflücken.

910   Und blaß nur, durch des Kelches Dunkelgrün,
Erschimmerte sie noch, ein Knösplein nur,
Für volle Liebe noch nicht aufgeblüht.
Doch greif ich sie, und strauchl' und sinke plötzlich
In einen Abgrund hin, der Nacht des Todes
Glaubt ich, Verlorne, in den Schoß zu sinken.
Mein Glück doch wars, denn eine Rosenpracht
Stand hier im Flor, daß wir zehn Siege noch
Der Amazonen hätten feiern können.

DAS VIERTE MÄDCHEN. Ich pflückte dir, du heilge Priesterin,

920   Dir pflückt ich eine Rose nur, nur eine;

Doch eine Rose ists, hier diese, sieh!
Um eines Königs Scheitel zu bekränzen:
Nicht schöner wünscht Penthesilea sie,
Wenn sie Achill, den Göttersohn, sich fällt.

DIE OBERPRIESTERIN. Wohlan, wenn ihn Penthesilea fällt,
Sollst du die königliche Ros ihr reichen.
Verwahre sie nur sorgsam, bis sie kömmt.

DAS ERSTE MÄDCHEN.

Zukünftig, wenn, beim Zimbelnschlag, von neuem
Das Amazonenheer ins Schlachtfeld rückt,
Ziehn wir zwar mit, doch nicht mehr, das versprichst du,   930
Durch Rosenpflücken bloß und Kränzewinden,
Den Sieg der Mütter zu verherrlichen.
Sieh, dieser Arm, er schwingt den Wurfspieß schon,
Und sausend trifft die Schleuder mir das Ziel:
Was gilts? Mir selbst schon blüht ein Kranz zusammen,
– Und tapfer im Gedräng schon mag er kämpfen,
Der Jüngling, dem sich diese Sehne strafft.

DIE OBERPRIESTERIN.

Meinst du? – Nun freilich wohl, du mußt es wissen,
– Hast du die Rosen schon drauf angesehn?
– Den nächsten Lenz, sobald sie wieder reif,   940
Sollst du den Jüngling, im Gedräng dir suchen.
– Doch jetzt, der Mütter frohe Herzen drängen:
Die Rosen schnell zu Kränzen eingewunden!

DIE MÄDCHEN *durcheinander.*

Fort zum Geschäft! Wie greifen wir es an?

DAS ERSTE MÄDCHEN *zur zweiten.*

Komm her, Glaukothoe!

DAS DRITTE *zum vierten.*   Komm, Charmion!

Sie setzen sich paarweise.

DAS ERSTE MÄDCHEN. Wir – der Ornythia winden wir den Kranz,
Die sich Alcest mit hohen Büschen fällte.

DAS DRITTE. Und wir – Parthenion, Schwester: Athenäus,
Mit der Medus im Schilde, soll sie fesseln.

DIE OBERPRIESTERIN *zu den bewaffneten Amazonen.*

Nun? Wollt ihr eure Gäste nicht erheitern?   950
– Steht ihr nicht unbehülflich da, ihr Jungfraun,

Als müßt ich das Geschäft der Lieb euch lehren! –
Wollt ihr das Wort nicht freundlich ihnen wagen?
Nicht hören, was die Schlachtermüdeten,
Was sie begehren? Wünschen? Was sie brauchen?

DIE ERSTE AMAZONE.

Sie sagen, sie bedürfen nichts, Ehrwürdge.

DIE ZWEITE. Bös sind sie uns.

DIE DRITTE.   Wenn man sich ihnen nahet,
So wenden sich die Trotzigen schmähnd hinweg.

DIE OBERPRIESTERIN.

Ei, wenn sie bös euch sind, bei unsrer Göttin,
960   So macht sie wieder gut! Warum auch habt ihr
So heftig sie im Kampfgewühl getroffen?
Sagt ihnen, was geschehn wird, sie zu trösten:
So werden sie nicht unerbittlich sein.

DIE ERSTE AMAZONE *zu einem gefangenen Griechen.*

Willst du auf weichen Teppichen, o Jüngling,
Die Glieder ruhn? Soll ich von Frühlingsblumen,
Denn müde scheinst du sehr, ein Lager dir,
Im Schatten jenes Lorbeerbaums, bereiten?

DIE ZWEITE *ebenso.* Soll ich das duftendste der Perseröle
In Wasser mischen, frisch dem Quell entschöpft,
970   Und dir den staubbedeckten Fuß erquicken?

DIE DRITTE. Doch der Orange Saft verschmähst du nicht
Mit eigner Hand dir liebend dargebracht?

DIE DREI AMAZONEN.

Sprecht! Redet! Womit dient man euch?

EIN GRIECHE.   Mit nichts!

DIE ERSTE AMAZONE. Ihr sonderbaren Fremdlinge! Was härmt euch?
Was ists, da uns der Pfeil im Köcher ruht,
Daß ihr vor unserm Anblick euch entsetzt?
Ist es die Löwenhaut, die euch erschreckt? –
Du, mit dem Gürtel, sprich! Was fürchtest du?

DER GRIECHE *nachdem er sie scharf angesehn.*

Wem winden jene Kränze sich? Sagt an!

DIE ERSTE AMAZONE.

980   Wem? Euch! Wem sonst?

DER GRIECHE.   Uns! und das sagt ihr noch,

Unmenschliche! Wollt ihr, geschmückt mit Blumen,
Gleich Opfertieren, uns zur Schlachtbank führen?
DIE ERSTE AMAZONE.

Zum Tempel euch der Artemis! Was denkt ihr?
In ihren dunkeln Eichenhain, wo eurer
Entzücken ohne Maß und Ordnung wartet!
DER GRIECHE *erstaunt, mit unterdrückter Stimme, zu den andern Gefangenen.*

War je ein Traum so bunt, als was hier wahr ist?

Siebenter Auftritt

Eine Hauptmännin tritt auf. Die Vorigen.

DIE HAUPTMÄNNIN.

Auf diesem Platz, Hochwürdge, find ich dich!
– Inzwischen sich, auf eines Steinwurfs Nähe,
Das Heer zur blutigen Entscheidung rüstet!
DIE OBERPRIESTERIN.

Das Heer! Unmöglich! Wo?
DIE HAUPTMÄNNIN.   In jenen Gründen,   990
Die der Skamandros ausgeleckt. Wenn du
Dem Wind, der von den Bergen weht, willst horchen,
Kannst du den Donnerruf der Königin,
Gezückter Waffen Klirren, Rosse wiehern,
Drommeten, Tuben, Zimbeln und Posaunen,
Des Krieges ganze ehrne Stimme hören.
EINE PRIESTERIN.

Wer rasch erfleucht den Hügel dort?
DIE MÄDCHEN.   Ich! Ich!
Sie ersteigen den Hügel.
DIE OBERPRIESTERIN.

Der Königin! – Nein, sprich! Es ist unglaublich –
– Warum, wenn noch die Schlacht nicht ausgewütet,
Das Fest der Rosen ordnete sie an?   1000
DIE HAUPTMÄNNIN.

Das Rosenfest – Gab sie Befehl denn wem?
DIE OBERPRIESTERIN.

Mir! Mir!

DIE HAUPTMÄNNIN.
    Wo? Wann?

DIE OBERPRIESTERIN. Vor wenigen Minuten
In jenes Obelisken Schatten stand ich,
Als der Pelid, und sie, auf seiner Ferse,
Den Winden gleich, an mir vorüberrauschten.
Und ich: wie gehts? fragt ich die Eilende.
Zum Fest der Rosen, rief sie, wie du siehst!
Und flog an mir vorbei und jauchzte noch:
Laß es an Blüten nicht, du Heilge, fehlen!

DIE ERSTE PRIESTERIN *zu den Mädchen.*
1010 Seht ihr sie? sprecht!

DAS ERSTE MÄDCHEN *auf dem Hügel.*
      Nichts, gar nichts sehen wir!
Es läßt kein Federbusch sich unterscheiden.
Ein Schatten überfleucht von Wetterwolken
Das weite Feld ringsher, das Drängen nur
Verwirrter Kriegerhaufen nimmt sich wahr,
Die im Gefild des Tods einander suchen.

DIE ZWEITE PRIESTERIN.
Sie wird des Heeres Rückzug decken wollen.

DIE ERSTE. Das denk ich auch. –

DIE HAUPTMÄNNIN.   Zum Kampf steht sie gerüstet,
Ich sags euch, dem Peliden gegenüber,
Die Königin, frisch, wie das Perserroß,
1020 Das in die Luft hoch aufgebäumt sie trägt,
Den Wimpern heißre Blick', als je, entsendend,
Mit Atemzügen, freien, jauchzenden,
Als ob ihr junger kriegerischer Busen
Jetzt in die erste Luft der Schlachten käme.

DIE OBERPRIESTERIN.
Was denn, bei den Olympischen, erstrebt sie?
Was ists, da rings, zu Tausenden, uns die
Gefangenen in allen Wäldern wimmeln,
Das ihr noch zu erringen übrig bleibt?

DIE HAUPTMÄNNIN. Was ihr noch zu erringen übrig bleibt?

DIE MÄDCHEN *auf dem Hügel.*
1030 Ihr Götter!

DIE ERSTE PRIESTERIN.

   Nun? Was gibts? Entwich der Schatten?

DAS ERSTE MÄDCHEN.

 O ihr Hochheiligen, kommt doch her!

DIE ZWEITE PRIESTERIN.   So sprecht!

DIE HAUPTMÄNNIN. Was ihr noch zu erringen übrig bleibt?

DAS ERSTE MÄDCHEN.

 Seht, seht, wie durch der Wetterwolken Riß,
 Mit einer Masse Licht, die Sonne eben
 Auf des Peliden Scheitel niederfällt!

DIE OBERPRIESTERIN.

 Auf wessen?

DAS ERSTE MÄDCHEN.

    Seine, sagt ich! Wessen sonst?
 Auf einem Hügel leuchtend steht er da,
 In Stahl geschient sein Roß und er, der Saphir,
 Der Chrysolith, wirft solche Strahlen nicht!
 Die Erde rings, die bunte, blühende,   1040
 In Schwärze der Gewitternacht gehüllt;
 Nichts als ein dunkler Grund nur, eine Folie,
 Die Funkelpracht des Einzigen zu heben!

DIE OBERPRIESTERIN. Was geht dem Volke der Pelide an?
 – Ziemts einer Tochter Ares', Königin,
 Im Kampf auf einen Namen sich zu stellen?

      Zu einer Amazone.

 Fleuch gleich, Arsinoe, vor ihr Antlitz hin,
 Und sag in meiner Göttin Namen ihr,
 Mars habe seinen Bräuten sich gestellt:
 Ich forderte, bei ihrem Zorn sie auf,   1050
 Den Gott bekränzt zur Heimat jetzt zu führen,
 Und unverzüglich ihm, in ihrem Tempel,
 Das heilge Fest der Rosen zu eröffnen!

      Die Amazone ab.

 Ward solch ein Wahnsinn jemals noch erhört!

DIE ERSTE PRIESTERIN.

 Ihr Kinder! Seht ihr noch die Königin nicht?

DAS ERSTE MÄDCHEN *auf dem Hügel.*

 Wohl, wohl! Das ganze Feld erglänzt – da ist sie!

DIE ERSTE PRIESTERIN.
Wo zeigt sie sich?
DAS MÄDCHEN.　　An aller Jungfraun Spitze!
Seht, wie sie, in dem goldnen Kriegsschmuck funkelnd,
Voll Kampflust ihm entgegen tanzt! Ists nicht,
1060　Als ob sie, heiß von Eifersucht gespornt,
Die Sonn im Fluge übereilen wollte,
Die seine jungen Scheitel küßt! O seht!
Wenn sie zum Himmel auf sich schwingen wollte,
Der hohen Nebenbuhlrin gleich zu sein,
Der Perser könnte, ihren Wünschen frönend,
Geflügelter sich in die Luft nicht heben!
DIE OBERPRIESTERIN. *zur Hauptmännin.*
War keine unter allen Jungfraun denn,
Die sie gewarnt, die sie zurückgehalten?
DIE HAUPTMÄNNIN. Es warf ihr ganzes fürstliches Gefolge
1070　Sich in den Weg ihr: hier auf diesem Platze
Hat Prothoe ihr Äußerstes getan.
Jedwede Kunst der Rede ward erschöpft,
Nach Themiscyra sie zurückzuführen.
Doch taub schien sie der Stimme der Vernunft:
Vom giftigsten der Pfeile Amors sei,
Heißt es, ihr jugendliches Herz getroffen.
DIE OBERPRIESTERIN.
Was sagst du?
DAS ERSTE MÄDCHEN *auf dem Hügel.*
　　　　　Ha, jetzt treffen sie einander!
Ihr Götter! Haltet eure Erde fest –
Jetzt, eben jetzt, da ich dies sage, schmettern
1080　Sie, wie zwei Sterne, auf einander ein!
DIE OBERPRIESTERIN *zur Hauptmännin.*
Die Königin, sagst du? Unmöglich, Freundin!
Von Amors Pfeil getroffen – wann? Und wo?
Die Führerin des Diamantengürtels?
Die Tochter Mars', der selbst der Busen fehlt,
Das Ziel der giftgefiederten Geschosse?
DIE HAUPTMÄNNIN. So sagt des Volkes Stimme mindestens,
Und Meroe hat es eben mir vertraut.

DIE OBERPRIESTERIN.

Es ist entsetzlich!

Die Amazone kehrt wieder zurück.

DIE ERSTE PRIESTERIN. Nun? was bringst du? Rede!

DIE OBERPRIESTERIN. Ist es bestellt? Sprachst du die Königin?

DIE AMAZONE. Es war zu spät, Hochheilige, vergib.   1090
Ich konnte sie, die von dem Troß der Frauen
Umschwärmt, bald hier, bald dort erschien, nicht treffen.
Wohl aber Prothoe, auf einen Augenblick,
Traf ich, und sagt ihr, was dein Wille sei;
Doch sie entgegnete – ein Wort, nicht weiß ich,
Ob ich in der Verwirrung recht gehört.

DIE OBERPRIESTERIN.

Nun, welch ein Wort?

DIE AMAZONE.   Sie hielt, auf ihrem Pferde
Und sah, es schien, mit tränenvollen Augen,
Der Königin zu. Und als ich ihr gesagt,
Wie du entrüstet, daß die Sinnberaubte   1100
Den Kampf noch um ein einzeln Haupt verlängre,
Sprach sie: geh hin zu deiner Priesterin,
Und heiße sie daniederknieen und beten,
Daß ihr dies eine Haupt im Kampf noch falle;
Sonst keine Rettung gibts, für sie und uns.

DIE OBERPRIESTERIN.

O sie geht steil-bergab den Pfad zum Orkus!
Und nicht dem Gegner, wenn sie auf ihn trifft,
Dem Feind in ihrem Busen wird sie sinken.
Uns alle reißt sie in den Abgrund hin;
Den Kiel seh ich, der uns Gefesselte   1110
Nach Hellas trägt, geschmückt mit Bändern höhnend,
Im Geiste schon den Hellespont durchschäumen.

DIE ERSTE PRIESTERIN.

Was gilts? Dort naht die Unheilskunde schon.

Achter Auftritt

Eine Oberste tritt auf, die Vorigen.

DIE OBERSTE. Flieh! Rette die Gefangnen, Priesterin!
Das ganze Heer der Griechen stürzt heran.
DIE OBERPRIESTERIN.
Ihr Götter des Olymps! Was ist geschehn?
DIE ERSTE PRIESTERIN.
Wo ist die Königin?
DIE OBERSTE.   Im Kampf gefallen,
Das ganze Amazonenheer zerstreut.
DIE OBERPRIESTERIN. Du Rasende! Was für ein Wort sprachst du?
DIE ERSTE PRIESTERIN *zu den bewaffneten Amazonen.*
1120   Bringt die Gefangenen fort!
                Die Gefangenen werden abgeführt.
DIE OBERPRIESTERIN.   Sag an: wo? wann?
DIE OBERSTE. Laß kurz das Ungeheuerste dir melden!
Achill und sie, mit vorgelegten Lanzen,
Begegnen beide sich, zween Donnerkeile,
Die aus Gewölken in einander fahren;
Die Lanzen, schwächer als die Brüste, splittern:
Er, der Pelide, steht, Penthesilea,
Sie sinkt, die Todumschattete, vom Pferd.
Und da sie jetzt, der Rache preisgegeben,
Im Staub sich vor ihm wälzt, denkt jeglicher,
1130   Zum Orkus völlig stürzen wird er sie;
Doch bleich selbst steht der Unbegreifliche,
Ein Todesschatten da, ihr Götter! ruft er,
Was für ein Blick der Sterbenden traf mich!
Vom Pferde schwingt er eilig sich herab;
Und während, von Entsetzen noch gefesselt,
Die Jungfraun stehn, des Wortes eingedenk
Der Königin, kein Schwert zu rühren wagen,
Dreist der Erblaßten naht er sich, er beugt
Sich über sie, Penthesilea! ruft er,
1140   In seinen Armen hebt er sie empor,
Und laut die Tat, die er vollbracht, verfluchend,
Lockt er ins Leben jammernd sie zurück!

DIE OBERPRIESTERIN.

Er – was? Er selbst?

DIE OBERSTE.　　　　　Hinweg, Verhaßter! donnert
Das ganze Heer ihm zu; dankt mit dem Tod ihm,
Ruft Prothoe, wenn er vom Platz nicht weicht:
Den treffendsten der Pfeile über ihn!
Und mit des Pferdes Huftritt ihn verdrängend,
Reißt sie die Königin ihm aus dem Arm.
Indes erwacht die Unglückselige,
Man führt sie röchelnd, mit zerrißner Brust,　　　　　1150
Das Haar verstört vom Scheitel niederflatternd,
Den hintern Reihn zu, wo sie sich erholt;
Doch er, der unbegriffne Doloper –
Ein Gott hat, in der erzgekeilten Brust,
Das Herz in Liebe plötzlich ihm geschmelzt –
Er ruft: verweilet, meine Freundinnen!
Achilles grüßt mit ewgem Frieden euch!
Und wirft das Schwert hinweg, das Schild hinweg,
Die Rüstung reißt er von der Brust sich nieder,
Und folgt – mit Keulen könnte man, mit Händen ihn,　　　　　1160
Wenn man ihn treffen dürfte, niederreißen –
Der Kön'gin unerschrocknen Schrittes nach:
Als wüßt er schon, der Rasende, Verwegne,
Daß unserm Pfeil sein Leben heilig ist.

DIE OBERPRIESTERIN. Und wer gab den wahnsinnigen Befehl?

DIE OBERSTE. Die Königin! Wer sonst?

DIE OBERPRIESTERIN.　　　　　Es ist entsetzlich!

DIE ERSTE PRIESTERIN.

Seht, seht! Da wankt, geführt von Prothoe,
Sie selbst, das Bild des Jammers, schon heran!

DIE ZWEITE. Ihr ewgen Himmelsgötter! Welch ein Anblick!

Neunter Auftritt

Penthesilea, geführt von Prothoe und Meroe, Gefolge treten auf.

PENTHESILEA *mit schwacher Stimme.*

Hetzt alle Hund' auf ihn! Mit Feuerbränden　　　　　1170
Die Elefanten peitschet auf ihn los!

Mit Sichelwagen schmettert auf ihn ein,
Und mähet seine üppgen Glieder nieder!
PROTHOE. Geliebte! Wir beschwören dich –
MEROE.   Hör uns!
PROTHOE. Er folgt dir auf dem Fuße, der Pelide;
Wenn dir dein Leben irgend lieb, so flieh!
PENTHESILEA. Mir diesen Busen zu zerschmettern, Prothoe!
– Ists nicht, als ob ich eine Leier zürnend
Zertreten wollte, weil sie still für sich,
1180 Im Zug des Nachtwinds, meinen Namen flüstert?
Dem Bären kauert ich zu Füßen mich,
Und streichelte das Panthertier, das mir
In solcher Regung nahte, wie ich ihm.
MEROE. So willst du nicht entweichen?
PROTHOE.   Willst nicht fliehen?
MEROE. Willst dich nicht retten?
PROTHOE.   Was kein Name nennt,
Auf diesem Platz hier soll es sich vollbringen?
PENTHESILEA. Ists meine Schuld, daß ich im Feld der Schlacht
Um sein Gefühl mich kämpfend muß bewerben?
Was will ich denn, wenn ich das Schwert ihm zücke?
1190 Will ich ihn denn zum Orkus niederschleudern?
Ich will ihn ja, ihr ewgen Götter, nur
An diese Brust will ich ihn niederziehn!
PROTHOE. Sie rast –
DIE OBERPRIESTERIN. Unglückliche!
PROTHOE.   Sie ist von Sinnen!
DIE OBERPRIESTERIN.
Sie denkt nichts, als den einen nur.
PROTHOE.   Der Sturz
Hat völlig ums Bewußtsein sie gebracht.
PENTHESILEA *mit erzwungener Fassung.*
Gut. Wie ihr wollt. Seis drum. Ich will mich fassen.
Dies Herz, weil es sein muß, bezwingen will ichs,
Und tun mit Grazie, was die Not erheischt.
Recht habt ihr auch. Warum auch wie ein Kind gleich,
1200 Weil sich ein flüchtger Wunsch mir nicht gewährt,
Mit meinen Göttern brechen? Kommt hinweg.

Das Glück, gesteh ich, wär mir lieb gewesen;
Doch fällt es mir aus Wolken nicht herab,
Den Himmel drum erstürmen will ich nicht.
Helft mir nur fort von hier, schafft mir ein Pferd,
So will ich euch zurück zur Heimat führen.
PROTHOE. Gesegnet sei, o Herrscherin, dreimal
Ein Wort, so würdig königlich, als dies.
Komm, alles steht zur Flucht bereit –
PENTHESILEA *da sie die Rosenkränze in der Kinder Hände erblickt, mit plötzlich*
aufflammendem Gesicht.   Ha, sieh!
Wer gab Befehl, die Rosen einzupflücken?   1210
DAS ERSTE MÄDCHEN.
Das fragst du noch, Vergessene? Wer sonst,
Als nur –
PENTHESILEA. Als wer?
DIE OBERPRIESTERIN.   – Das Siegsfest sollte sich,
Das heißersehnte, deiner Jungfraun feiern!
Wars nicht dein eigner Mund, ders so befahl?
PENTHESILEA. Verflucht mir diese schnöde Ungeduld!
Verflucht, im blutumschäumten Mordgetümmel,
Mir der Gedanke an die Orgien!
Verflucht, im Busen keuscher Arestöchter,
Begierden, die, wie losgelaßne Hunde,
Mir der Drommete erzne Lunge bellend,   1220
Und aller Feldherrn Rufen, überschrein! –
Der Sieg, ist er erkämpft mir schon, daß mit
Der Hölle Hohn schon der Triumph mir naht?
– Mir aus den Augen! *Sie zerhaut die Rosenkränze.*
DAS ERSTE MÄDCHEN.   Herrscherin! Was tust du?
DAS ZWEITE *die Rosen wieder aufsuchend.*
Der Frühling bringt dir rings, auf Meilenferne,
Nichts für das Fest mehr –
PENTHESILEA.   Daß der ganze Frühling
Verdorrte! Daß der Stern, auf dem wir atmen,
Geknickt, gleich dieser Rosen einer, läge!
Daß ich den ganzen Kranz der Welten so,
Wie dies Geflecht der Blumen, lösen könnte!   1230
– O Aphrodite!

DIE OBERPRIESTERIN. Die Unselige!

DIE ERSTE PRIESTERIN. Verloren ist sie!

DIE ZWEITE.   Den Erinnyen
Zum Raub ist ihre Seele hingegeben!

EINE PRIESTERIN *auf dem Hügel.*
Der Peleïd, ihr Jungfraun, ich beschwör euch,
Im Schuß der Pfeile naht er schon heran!

PROTHOE. So fleh ich dich auf Knieen – rette dich!

PENTHESILEA. Ach, meine Seel ist matt bis in den Tod!
                    Sie setzt sich.

PROTHOE. Entsetzliche! Was tust du?

PENTHESILEA.   Flieht, wenn ihr wollt.

PROTHOE.
Du willst –?

MEROE.   Du säumst –?

PROTHOE.   Du willst –?

PENTHESILEA.   Ich will hier bleiben.

1240 PROTHOE. Wie, Rasende!

PENTHESILEA.   Ihr hörts. Ich kann nicht stehen.
Soll das Gebein mir brechen? Laßt mich sein.

PROTHOE. Verlorenste der Fraun! Und der Pelide,
Er naht, du hörst, im Pfeilschuß –

PENTHESILEA.   Laßt ihn kommen.
Laßt ihn den Fuß gestählt, es ist mir recht,
Auf diesen Nacken setzen. Wozu auch sollen
Zwei Wangen länger, blühnd wie diese, sich
Vom Kot, aus dem sie stammen, unterscheiden?
Laßt ihn mit Pferden häuptlings heim mich schleifen,
Und diesen Leib hier, frischen Lebens voll,
1250 Auf offnem Felde schmachvoll hingeworfen,
Den Hunden mag er ihn zur Morgenspeise,
Dem scheußlichen Geschlecht der Vögel, bieten.
Staub lieber, als ein Weib sein, das nicht reizt.

PROTHOE. O Königin!

PENTHESILEA *indem sie sich den Halsschmuck abreißt.*
                    Weg ihr verdammten Flittern!

PROTHOE. Ihr ewgen Götter dort! Ist das die Fassung,
Die mir dein Mund soeben angelobt?

PENTHESILEA.
Vom Haupt, ihr auch – was nickt ihr? Seid verflucht mir,
Hülflosere, als Pfeil und Wangen, noch!
– Die Hand verwünsch ich, die zur Schlacht mich heut
Geschmückt, und das verräterische Wort,   1260
Das mir gesagt, es sei zum Sieg, dazu.
Wie sie mit Spiegeln mich, die Gleißnerinnen,
Umstanden, rechts und links, der schlanken Glieder
In Erz gepreßte Götterbildung preisend. –
Die Pest in eure wilden Höllenkünste!

GRIECHEN *außerhalb der Szene.*
Vorwärts, Pelide, vorwärts! Sei getrost!
Nur wenig Schritte noch, so hast du sie.

DIE PRIESTERIN *auf dem Hügel.*
Diana! Königin! Du bist verloren,
Wenn du nicht weichst!

PROTHOE.   Mein Schwesterherz! Mein Leben!
Du willst nicht fliehn? nicht gehn?

PENTHESILEA. *Die Tränen stürzen ihr aus den Augen, sie lehnt sich an einen
Baum.*

PROTHOE *plötzlich gerührt, indem sie sich neben ihr niedersetzt.*
                                 Nun, wie du willst.   1270
Wenn du nicht kannst, nicht willst – seis! Weine nicht.
Ich bleibe bei dir. Was nicht möglich ist,
Nicht ist, in deiner Kräfte Kreis nicht liegt,
Was du nicht leisten *kannst:* die Götter hüten,
Daß ich es von dir fordre! Geht, ihr Jungfraun,
Geht; kehrt in eure Heimatflur zurück:
Die Königin und ich, wir bleiben hier.

DIE OBERPRIESTERIN. Wie, du Unsel'ge? Du bestärkst sie noch?
MEROE. Unmöglich wärs ihr, zu entfliehn?
DIE OBERPRIESTERIN.   Unmöglich,
Da nichts von außen sie, kein Schicksal, hält,   1280
Nichts als ihr töricht Herz –

PROTHOE.   Das ist ihr Schicksal!
Dir scheinen Eisenbanden unzerreißbar,
Nicht wahr? Nun sieh: sie bräche sie vielleicht,
Und das Gefühl doch nicht, das du verspottest.

Was in ihr walten mag, das weiß nur sie,
Und jeder Busen ist, der fühlt, ein Rätsel.
Des Lebens höchstes Gut erstrebte sie,
Sie streift', ergriff es schon: die Hand versagt ihr,
Nach einem andern noch sich auszustrecken. –
1290 Komm, magst dus jetzt an meiner Brust vollenden.
– Was fehlt dir? Warum weinst du?

PENTHESILEA. Schmerzen, Schmerzen –

PROTHOE.
Wo?

PENTHESILEA.
Hier.

PROTHOE. Kann ich dir Lindrung –?

PENTHESILEA. Nichts, nichts, nichts.

PROTHOE. Nun, fasse dich; in kurzem ists vollbracht.

DIE OBERPRIESTERIN *halblaut.*
Ihr Rasenden zusamt –!

PROTHOE *ebenso.* Schweig bitt ich dich.

PENTHESILEA.
Wenn ich zur Flucht mich noch – wenn ich es täte:
Wie, sag, wie faßt ich mich?

PROTHOE. Du gingst nach Pharsos.
Dort fändest du, denn dorthin wies ich es,
Dein ganzes Heer, das jetzt zerstreut, zusammen.
Du ruhtest dich, du pflegtest deiner Wunden,
1300 Und mit des nächsten Tages Strahl, gefiels dir,
Nähmst du den Krieg der Jungfraun wieder auf.

PENTHESILEA. *Wenn* es mir möglich wär –! *Wenn* ichs vermöchte –!
Das Äußerste, das Menschenkräfte leisten,
Hab ich getan – Unmögliches versucht –
Mein Alles hab ich an den Wurf gesetzt;
Der Würfel, der entscheidet, liegt, er liegt:
Begreifen muß ichs – – und daß ich verlor.

PROTHOE. Nicht, nicht, mein süßes Herz! Das glaube nicht.
So niedrig schlägst du deine Kraft nicht an.
1310 So schlecht von jenem Preis nicht wirst du denken,
Um den du spielst, als daß du wähnen solltest,
Das, was er wert, sei schon für ihn geschehn.

Ist diese Schnur von Perlen, weiß und rot,
Die dir vom Nacken rollt, der ganze Reichtum,
Den deine Seele aufzubieten hat?
Wie viel, woran du gar nicht denkst, in Pharsos,
Endlos für deinen Zweck noch ist zu tun!
Doch freilich wohl – jetzt ist es fast zu spät.

PENTHESILEA *nach einer unruhigen Bewegung.*
Wenn ich rasch wäre – – Ach es macht mich rasend!
– Wo steht die Sonne?

PROTHOE.   Dort, dir grad im Scheitel,   1320
Noch eh die Nacht sinkt, träfest du dort ein.
Wir schlössen Bündnis, unbewußt den Griechen,
Mit den Dardanischen, erreichten still
Die Bucht des Meers, wo jener Schiffe liegen;
Zur Nachtzeit, auf ein Merkmal, lodern sie
In Flammen auf, das Lager wird erstürmt,
Das Heer, gedrängt zugleich von vorn und hinten,
Zerrissen, aufgelöst, ins Land zerstreut,
Verfolgt, gesucht, gegriffen und bekränzet
Jedwedes Haupt, das unsrer Lust gefiel.   1330
O selig wär ich, wenn ich dies erlebte!
Nicht ruhn wollt ich, an deiner Seite kämpfen,
Der Tage Glut nicht scheuen, unermüdlich,
Müßt ich an allen Gliedern mich verzehren,
Bis meiner lieben Schwester Wunsch erfüllt,
Und der Pelid ihr doch, nach so viel Mühen,
Besiegt zuletzt zu Füßen niedersank.

PENTHESILEA *die während dessen unverwandt in die Sonne gesehen.*
Daß ich mit Flügeln weit gespreizt und rauschend,
Die Luft zerteilte –!

PROTHOE.   Wie?

MEROE.   – Was sagte sie?

PROTHOE. Was siehst du, Fürstin –?

MEROE.   Worauf heftet sich –?   1340

PROTHOE. Geliebte, sprich!

PENTHESILEA.   Zu hoch, ich weiß, zu hoch –
Er spielt in ewig fernen Flammenkreisen
Mir um den sehnsuchtsvollen Busen hin.

PROTHOE. Wer, meine beste Königin?

PENTHESILEA   Gut, gut.
    – Wo geht der Weg? *Sie sammelt sich und steht auf.*

MEROE.   So willst du dich entschließen?

PROTHOE. So hebst du dich empor? – Nun, meine Fürstin,
    So seis auch wie ein Riese! Sinke nicht,
    Und wenn der ganze Orkus auf dich drückte!
    Steh, stehe fest, wie das Gewölbe steht,
1350   Weil seiner Blöcke jeder stürzen will!
    Beut deine Scheitel, einem Schlußstein gleich,
    Der Götter Blitzen dar, und rufe, trefft!
    Und laß dich bis zum Fuß herab zerspalten,
    Nicht aber wanke in dir selber mehr,
    Solang ein Atem Mörtel und Gestein,
    In dieser jungen Brust, zusammenhält.
    Komm. Gib mir deine Hand.

PENTHESILEA.   Gehts hier, gehts dort?

PROTHOE. Du kannst den Felsen dort, der sichrer ist,
    Du kannst auch das bequemre Tal hier wählen. –
1360   Wozu entschließen wirst du dich?

PENTHESILEA.   Den Felsen!
    Da komm ich ihm um soviel näher. Folgt mir.

PROTHOE. Wem, meine Königin?

PENTHESILEA.   Euren Arm, ihr Lieben.

PROTHOE. Sobald du jenen Hügel dort erstiegen,
    Bist du in Sicherheit.

MEROE.   Komm fort.

PENTHESILEA *indem sie plötzlich, auf eine Brücke gekommen, stehen bleibt.*
                Doch höre:
    Eins eh ich weiche, bleibt mir übrig noch.

PROTHOE. Dir übrig noch?

MEROE.   Und was?

PROTHOE.   Unglückliche!

PENTHESILEA. Eins noch, ihr Freundinnen, und rasend wär ich,
    Das müßt ihr selbst gestehn, wenn ich im ganzen
    Gebiet der Möglichkeit mich nicht versuchte.
1370 PROTHOE *unwillig.* Nun denn, so wollt ich, daß wir gleich versänken!
    Denn Rettung gibts nicht mehr.

PENTHESILEA *erschrocken.* Was ists? Was fehlt dir?
Was hab ich ihr getan, ihr Jungfraun, sprecht!

DIE OBERPRIESTERIN.
Du denkst –?

MEROE. Du willst auf diesem Platze noch –?

PENTHESILEA. Nichts, nichts, gar nichts, was sie erzürnen sollte. –
Den Ida will ich auf den Ossa wälzen,
Und auf die Spitze ruhig bloß mich stellen.

DIE OBERPRIESTERIN.
Den Ida wälzen –?

MEROE. Wälzen auf den Ossa –?

PROTHOE *mit einer Wendung.*
Schützt, all ihr Götter, sie!

DIE OBERPRIESTERIN. Verlorene!

MEROE *schüchtern.*
Dies Werk ist der Giganten, meine Königin!

PENTHESILEA. Nun ja, nun ja: worin denn weich ich ihnen?   1380

MEROE. Worin du ihnen –?

PROTHOE. Himmel!

DIE OBERPRIESTERIN. Doch gesetzt –?

MEROE. Gesetzt nun du vollbrächtest dieses Werk –?

PROTHOE. Gesetzt was würdest du –?

PENTHESILEA. Blödsinnige!
Bei seinen goldnen Flammenhaaren zög ich
Zu mir hernieder ihn –

PROTHOE. Wen?

PENTHESILEA. Helios,
Wenn er am Scheitel mir vorüberfleucht!

Die Fürstinnen sehn sprachlos und mit Entsetzen einander an.

DIE OBERPRIESTERIN.
Reißt mit Gewalt sie fort!

PENTHESILEA *schaut in den Fluß nieder.*
Ich, Rasende!
Da liegt er mir zu Füßen ja! Nimm mich –

Sie will in den Fluß sinken, Prothoe und Meroe halten sie.

PROTHOE. Die Unglückselige!

MEROE. Da fällt sie leblos,
Wie ein Gewand, in unsrer Hand zusammen.   1390

DIE PRIESTERIN *auf dem Hügel.*

Achill erscheint, ihr Fürstinnen! Es kann
Die ganze Schar der Jungfraun ihn nicht halten!

EINE AMAZONE.

Ihr Götter! Rettet! Schützet vor dem Frechen
Die Königin der Jungfraun!

DIE OBERPRIESTERIN *zu den Priesterinnen.*

Fort! Hinweg!
Nicht im Gewühl des Kampfs ist unser Platz.

Die Oberpriesterin mit den Priesterinnen und den Rosenmädchen ab.

Zehnter Auftritt

Eine Schar von Amazonen tritt mit Bogen in den Händen auf.
Die Vorigen.

DIE ERSTE AMAZONE *in die Szene rufend.*

Zurück, Verwegner!

DIE ZWEITE.   Er hört uns nicht.

DIE DRITTE. Ihr Fürstinnen, wenn wir nicht treffen dürfen,
So hemmt sich sein wahnsinniger Fortschritt nicht!

DIE ZWEITE. Was ist zu tun? Sprich, Prothoe!

PROTHOE *mit der Königin beschäftigt.*   So sendet

1400   Zehntausend Pfeile über ihn! –

MEROE *zu dem Gefolge.*   Schafft Wasser!

PROTHOE. Doch sorget, daß ihr ihn nicht tödlich trefft! –

MEROE. Schafft einen Helm voll Wasser, sag ich!

EINE FÜRSTIN *aus dem Gefolge der Königin.*   Hier!

Sie schöpft und bringt.

DIE DRITTE AMAZONE *zur Prothoe.*

Sei ruhig! Fürchte nichts!

DIE ERSTE.   Hier ordnet euch!
Die Wangen streift ihm, sengt die Locken ihm,
Den Kuß des Todes flüchtig laßt ihn schmecken!

Sie bereiten ihre Bögen.

Eilfter Auftritt

Achilles ohne Helm, Rüstung und Waffen, im Gefolge einiger Griechen.
Die Vorigen.

ACHILLES. Nun? Wem auch gelten diese Pfeil, ihr Jungfraun?
　Doch diesem unbeschützten Busen nicht?
　Soll ich den seidnen Latz noch niederreißen,
　Daß ihr das Herz mir harmlos schlagen seht?
DIE ERSTE AMAZONE.
　Herunter, wenn du willst, damit!
DIE ZWEITE.　　　　　　　Es brauchts nicht!　　　　1410
DIE DRITTE. Den Pfeil genau, wo er die Hand jetzt hält!
DIE ERSTE. Daß er das Herz gespießt ihm, wie ein Blatt,
　Fort mit sich reiß im Flug –
MEHRERE.　　　　　　Schlagt! Trefft!
　　　　　Sie schießen über sein Haupt hin.
ACHILLES.　　　　　　　　Laßt, laßt!
　Mit euren Augen trefft ihr sicherer.
　Bei den Olympischen, ich scherze nicht,
　Ich fühle mich im Innersten getroffen,
　Und ein Entwaffneter, in jedem Sinne,
　Leg ich zu euren kleinen Füßen mich.
DIE FÜNFTE AMAZONE *von einem Spieß hinter der Szene hervor getroffen.*
　Ihr guten Götter! *Sie sinkt.*
DIE SECHSTE *ebenso.*　Weh mir! *Sie sinkt.*
DIE SIEBENTE *ebenso.*　　Artemis! *Sie sinkt.*
DIE ERSTE. Der Rasende! ⎫
MEROE *mit der Königin beschäftigt.* ⎬ *zugleich*
　Die Unglückselige! ⎭
DIE ZWEITE AMAZONE.　Entwaffnet nennt er sich. ⎫ *zugleich* 1420
PROTHOE *ebenso.*　Entseelt ist sie. ⎭
DIE DRITTE AMAZONE. ⎫
　Indessen uns die Seinen niederwerfen! ⎬ *zugleich*
MEROE. ⎭
　Indessen rings umher die Jungfraun sinken!
　Was ist zu tun?
DIE ERSTE AMAZONE.
　　　Den Sichelwagen her!

DIE ZWEITE. Die Doggen über ihn!

DIE DRITTE.   Mit Steinen ihn
Hochher, vom Elefantenturm begraben!

EINE AMAZONENFÜRSTIN *die Königin plötzlich verlassend.*
Wohlan, so will ich das Geschoß versuchen.
                    Sie wirft den Bogen von der Schulter und spannt ihn.

ACHILLES *bald zu dieser bald zu jener Amazone sich wendend.*
Ich kanns nicht glauben: süß, wie Silberklang,
Straft eure Stimme eure Reden Lügen.

1430   Du mit den blauen Augen bist es nicht,
Die mir die Doggen reißend schickt, noch du,
Die mit der seidenweichen Locke prangt.
Seht, wenn, auf euer übereiltes Wort,
Jetzt heulend die entkoppelten mir nahten,
So würft ihr noch, mit euren eignen Leibern,
Euch zwischen sie und mich, dies Männerherz,
Dies euch in Lieb erglühende, zu schirmen.

DIE ERSTE AMAZONE.
Der Übermütge!

DIE ZWEITE.   Hört, wie er sich brüstet!

DIE ERSTE. Er meint mit Schmeichelworten uns –

DIE DRITTE *die erste geheimnisvoll rufend.*   Oterpe!

DIE ERSTE *sich umwendend.*

1440   Ha, sieh! Die Meisterin des Bogens jetzt! –
Still öffnet euren Kreis, ihr Fraun!

DIE FÜNFTE.   Was gibts?

DIE VIERTE. Frag nicht! Du wirst es sehn.

DIE ACHTE.   Hier! Nimm den Pfeil!

DIE AMAZONENFÜRSTIN *indem sie den Pfeil auf den Bogen legt.*
Die Schenkel will ich ihm zusammen heften.

ACHILLES *zu einem Griechen, der neben ihm, schon den Bogen angelegt hat.*
Triff sie!

DIE AMAZONENFÜRSTIN.
          Ihr Himmlischen! *Sie sinkt.*

DIE ERSTE AMAZONE.   Der Schreckliche!

DIE ZWEITE. Getroffen sinkt sie selbst!

DIE DRITTE.   Ihr ewigen Götter!
Und dort naht uns ein neuer Griechenhaufen!

Zwölfter Auftritt

Diomedes mit den Ätoliern treten von der andern Seite auf.
Bald darauf auch Odysseus von der Seite Achills mit dem Heer.

DIOMEDES. Hier, meine wackeren Ätolier,
Heran! *Er führt sie über die Brücke.*

PROTHOE. O, Artemis! Du Heilige! Rette!
Jetzt ists um uns geschehn!

Sie trägt die Königin, mit Hülfe einiger Amazonen, wieder auf den
Vorgrund der Szene.

DIE AMAZONEN *in Verwirrung.* Wir sind gefangen!
Wir sind umzingelt! Wir sind abgeschnitten!   1450
Fort! Rette sich, wer retten kann!

DIOMEDES *zu Prothoe.*   Ergebt euch!

MEROE *zu den flüchtigen Amazonen.*
Ihr Rasenden! Was tut ihr? Wollt ihr stehn! –
Prothoe! Sieh her!

PROTHOE *immer bei der Königin.*
                Hinweg! Verfolge sie,
Und wenn du kannst, so mach uns wieder frei.

Die Amazonen zerstreuen sich. Meroe folgt ihnen.

ACHILLES. Auf jetzt, wo ragt sie mit dem Haupte?

EIN GRIECHE.   Dort!

ACHILLES. Dem Diomed will ich zehn Kronen schenken.

DIOMEDES. Ergebt euch, sag ich noch einmal!

PROTHOE.   Dem Sieger
Ergeb ich sie, nicht dir! Was willst du auch?
Der Peleïd ists, dem sie angehört!

DIOMEDES. So werft sie nieder!

EIN ÄTOLIER.   Auf!

ACHILLES *den Ätolier zurückstoßend.*   Der weicht ein Schatten   1460
Vom Platz, der mir die Königin berührt! –
Mein ist sie! Fort! Was habt ihr hier zu suchen –

DIOMEDES. So! Dein! Ei sieh, bei Zeus', des Donnrers, Locken,
Aus welchen Gründen auch? Mit welchem Rechte?

ACHILLES. Aus einem Grund, der rechts, und einer links. –
Gib.

PROTHOE.

Hier. Von deiner Großmut fürcht ich nichts.

ACHILLES *indem er die Königin in seine Arme nimmt.*

Nichts, nichts. –

Zu Diomedes. Du gehst und folgst und schlägst die Frauen;
Ich bleib auf einen Augenblick zurück.
– Fort! Mir zulieb. Erwidre nichts. Dem Hades
1470   Stünd ich im Kampf um sie, vielmehr denn dir!

Er legt sie an die Wurzel einer Eiche nieder.

DIOMEDES. Es sei! Folgt mir!

ODYSSEUS *mit dem Heer über die Bühne ziehend.*

Glück auf, Achill! Glück auf!
Soll ich dir die Quadriga rasselnd schicken?

ACHILL *über die Königin geneigt.*

Es brauchts nicht. Laß noch sein.

ODYSSEUS.   Gut. Wie du willst. –
Folgt mir! Eh sich die Weiber wieder sammlen.

Odysseus und Diomedes mit dem Heer von der Seite der Amazonen ab.

Dreizehnter Auftritt

Penthesilea, Prothoe, Achilles. Gefolge von Griechen und Amazonen.

ACHILLES *indem er der Königin die Rüstung öffnet.*

Sie lebt nicht mehr.

PROTHOE.   O möcht ihr Auge sich
Für immer diesem öden Licht verschließen!
Ich fürchte nur zu sehr, daß sie erwacht.

ACHILLES. Wo traf ich sie?

PROTHOE.   Sie raffte von dem Stoß sich,
Der ihr die Brust zerriß, gewaltsam auf;
1480   Hier führten wir die Wankende heran,
Und diesen Fels just wollten wir erklimmen.
Doch seis der Glieder, der verwundeten,
Seis der verletzten Seele Schmerz: sie konnte,
Daß sie im Kampf gesunken dir, nicht tragen;
Der Fuß versagte brechend ihr den Dienst,
Und Irrgeschwätz von bleichen Lippen sendend,
Fiel sie zum zweitenmal mir in den Arm.

ACHILLES. Sie zuckte – sahst du es?

PROTHOE.   Ihr Himmlischen!
  So hat sie noch den Kelch nicht ausgeleert?
  Seht, o die Jammervolle, seht –

ACHILLES.   Sie atmet.   1490

PROTHOE. Pelide! Wenn du das Erbarmen kennst,
  Wenn ein Gefühl den Busen dir bewegt,
  Wenn du sie töten nicht, in Wahnsinn völlig
  Die Leichtgereizte nicht verstricken willst,
  So gönne eine Bitte mir.

ACHILLES.   Sprich rasch!

PROTHOE. Entferne dich! Tritt, du Vortrefflicher,
  Tritt aus dem Antlitz ihr, wenn sie erwacht.
  Entrück ihr gleich die Schar, die dich umsteht,
  Und laß, bevor die Sonne sich erneut,
  Fern auf der Berge Duft, ihr niemand nahn,   1500
  Der sie begrüßte, mit dem Todeswort:
  Du bist die Kriegsgefangene Achills.

ACHILLES. So haßt sie mich?

PROTHOE.   O frage nicht, Großherzger! –
  Wenn sie jetzt freudig an der Hoffnung Hand
  Ins Leben wiederkehrt, so sei der Sieger
  Das erste nicht, das freudlos ihr begegnet.
  Wie manches regt sich in der Brust der Frauen,
  Das für das Licht des Tages nicht gemacht.
  Muß sie zuletzt, wie ihr Verhängnis will,
  Als die Gefangne schmerzlich dich begrüßen,   1510
  So fordr' es früher nicht, beschwör ich dich!
  Als bis ihr Geist dazu gerüstet steht.

ACHILLES. Mein Will ist, ihr zu tun, muß ich dir sagen,
  Wie ich dem stolzen Sohn des Priam tat.

PROTHOE. Wie, du Entsetzlicher!

ACHILLES.   – Fürchtet sie dies?

PROTHOE. Du willst das Namenlos' an ihr vollstrecken?
  Hier diesen jungen Leib, du Mensch voll Greuel,
  Geschmückt mit Reizen, wie ein Kind mit Blumen,
  Du willst ihn schändlich, einer Leiche gleich –?

ACHILLES. Sag ihr, daß ich sie liebe.   1520

PROTHOE.   Wie? – Was war das?

ACHILLES. Beim Himmel, wie! Wie Männer Weiber lieben;
    Keusch und das Herz voll Sehnsucht doch, in Unschuld,
    Und mit der Lust doch, sie darum zu bringen.
    Ich will zu meiner Königin sie machen.

PROTHOE. Ihr ewgen Götter, sag das noch einmal.
    – Du willst?

ACHILLES.   Kann ich nun bleiben?

PROTHOE.   O so laß
    Mich deine Füße küssen, Göttlicher!
    O jetzt, wärst du nicht hier, jetzt sucht ich dich,
    Und müßts an Herkuls Säulen sein, Pelide! –
1530   Doch sieh: sie schlägt die Augen auf –

ACHILLES.   Sie regt sich –

PROTHOE. Jetzt gilts! Ihr Männer, fort von hier; und du
    Rasch hinter diese Eiche berge dich!

ACHILLES. Fort, meine Freunde! Tretet ab.

              Das Gefolge des Achills ab.

PROTHOE *zu Achill, der sich hinter die Eiche stellt.* Noch tiefer!
    Und eher nicht, beschwör ich dich, erscheine,
    Als bis mein Wort dich ruft. Versprichst du mir? –
    Es läßt sich ihre Seele nicht berechnen.

ACHILLES. Es soll geschehn.

PROTHOE.   Nun denn, so merk jetzt auf!

Vierzehnter Auftritt

Penthesilea, Prothoe, Achilles. Gefolge von Amazonen.

PROTHOE. Penthesilea! O du Träumerin!
    In welchen fernen Glanzgefilden schweift
1540   Dein Geist umher, mit unruhvollem Flattern,
    Als ob sein eigner Sitz ihm nicht gefiele,
    Indes das Glück, gleich einem jungen Fürsten,
    In deinen Busen einkehrt, und, verwundert
    Die liebliche Behausung leer zu finden,
    Sich wieder wendet und zum Himmel schon
    Die Schritte wieder flüchtig setzen will?

Willst du den Gast nicht fesseln, o du Törin? –
Komm hebe dich an meine Brust.

PENTHESILEA.   Wo bin ich?

PROTHOE. – Kennst du die Stimme deiner Schwester nicht?
　Führt jener Fels dich, dieser Brückenpfad,   1550
　Die ganze blühnde Landschaft nicht zurück?
　– Sieh diese Jungfraun, welche dich umringen:
　Wie an den Pforten einer schönren Welt,
　Stehn sie, und rufen dir: willkommen! zu.
　– Du seufzest. Was beängstigt dich?

PENTHESILEA.   Ach Prothoe!
Welch einen Traum entsetzensvoll träumt ich –
Wie süß ist es, ich möchte Tränen weinen,
Dies mattgequälte Herz, da ich erwache,
An deinem Schwesterherzen schlagen fühlen –
– Mir war, als ob, im heftigen Getümmel,   1560
Mich des Peliden Lanze traf: umrasselt
Von meiner erznen Rüstung, schmettr' ich nieder;
Der Boden widerhallte meinem Sturz.
Und während das erschrockne Heer entweicht,
Umstrickt an allen Gliedern lieg ich noch,
Da schwingt er sich vom Pferde schon herab,
Mit Schritten des Triumphes naht er mir,
Und er ergreift die Hingesunkene,
In starken Armen hebt er mich empor,
Und jeder Griff nach diesem Dolch versagt mir,   1570
Gefangen bin ich und mit Hohngelächter
Zu seinen Zelten werd ich abgeführt.

PROTHOE. Nicht, meine beste Königin! Der Hohn
Ist seiner großmutsvollen Seele fremd.
Wär es, was dir im Traum erschien: glaub mir,
Ein sel'ger Augenblick wär dir beschieden,
Und in den Staub vielleicht, dir huldigend,
Sähst du den Sohn der Götter niederfallen.

PENTHESILEA.
Fluch mir, wenn ich die Schmach erlebte, Freundin!
Fluch mir, empfing ich jemals einen Mann,   1580
Den mir das Schwert nicht würdig zugeführt.

PROTHOE. Sei ruhig, meine Königin.

PENTHESILEA. Wie! Ruhig –

PROTHOE. Liegst du an meinem treuen Busen nicht?
Welch ein Geschick auch über dich verhängt sei,
Wir tragen es, wir beide: fasse dich.

PENTHESILEA. Ich war so ruhig, Prothoe, wie das Meer,
Das in der Bucht des Felsen liegt; nicht ein
Gefühl, das sich in Wellen mir erhob.
Dies Wort: sei ruhig! jagt mich plötzlich jetzt,

1590 Wie Wind die offnen Weltgewässer, auf.
Was ist es denn, das Ruh hier nötig macht? –
Ihr steht so seltsam um mich, so verstört –
– Und sendet Blicke, bei den ewgen Göttern,
In meinen Rücken hin, als stünd ein Unhold,
Mit wildem Antlitz dräuend, hinter mir.
– Du hörsts, es war ja nur ein Traum, es ist nicht –
Wie! Oder ist es? Ists? Wärs wirklich? Rede! –
– Wo ist denn Meroe? Megaris?

Sie sieht sich um und erblickt den Achilles.

Entsetzlich!
Da steht der Fürchterliche hinter mir.

1600 Jetzt meine freie Hand – *Sie zieht den Dolch.*

PROTHOE. Unglückliche!

PENTHESILEA. O die Nichtswürdige, sie wehret mir –

PROTHOE. Achilles! Rette sie.

PENTHESILEA. O Rasende!
Er soll den Fuß auf meinen Nacken setzen!

PROTHOE. Den Fuß, Wahnsinnige –

PENTHESILEA. Hinweg, sag ich! –

PROTHOE. So sieh ihn doch nur an, Verlorene –!
Steht er nicht ohne Waffen hinter dir?

PENTHESILEA. Wie? Was?

PROTHOE. Nun ja! Bereit, wenn dus verlangst,
Selbst deinem Fesselkranz sich darzubieten.

PENTHESILEA. Nein, sprich.

PROTHOE. Achill! Sie glaubt mir nicht. Sprich du!

1610 PENTHESILEA. Er wär gefangen mir?

PROTHOE. Wie sonst? Ists nicht?

ACHILLES *der während dessen vorgetreten.*

In jedem schönren Sinn, erhabne Königin!
Gewillt mein ganzes Leben fürderhin,
In deiner Blicke Fesseln zu verflattern.

    Penthesilea drückt ihre Hände vors Gesicht.

PROTHOE. Nun denn, da hörtest dus aus seinem Mund.
 – Er sank, wie du, als ihr euch traft, in Staub;
Und während du entseelt am Boden lagst,
Ward er entwaffnet – nicht?

ACHILLES.   Ich ward entwaffnet;
Man führte mich zu deinen Füßen her.

    Er beugt ein Knie vor ihr.

PENTHESILEA *nach einer kurzen Pause.*

Nun denn, so sei mir, frischer Lebensreiz,
Du junger, rosenwang'ger Gott, gegrüßt!   1620
Hinweg jetzt, o mein Herz, mit diesem Blute,
Das aufgehäuft, wie seiner Ankunft harrend,
In beiden Kammern dieser Brüste liegt.
Ihr Boten, ihr geflügelten, der Lust,
Ihr Säfte meiner Jugend, macht euch auf,
Durch meine Adern fleucht, ihr jauchzenden,
Und laßt es einer roten Fahne gleich,
Von allen Reichen dieser Wangen wehn:
Der junge Nereïdensohn ist mein!

    Sie steht auf.

PROTHOE. O meine teure Königin, mäßge dich.   1630
PENTHESILEA *indem sie vorschreitet.*

Heran, ihr sieggekrönten Jungfraun jetzt,
Ihr Töchter Mars', vom Wirbel bis zur Sohle
Vom Staub der Schlacht noch überdeckt, heran,
Mit dem Argiverjüngling jegliche,
Den sie sich überwunden, an der Hand!
Ihr Mädchen, naht euch, mit den Rosenkörben:
Wo sind für soviel Scheitel Kränze mir?
Hinaus mir über die Gefilde, sag ich,
Und mir die Rosen, die der Lenz verweigert,
Mit eurem Atem aus der Flur gehaucht!   1640

An euer Amt, ihr Priestrinnen der Diana:
Daß eures Tempels Pforten rasselnd auf,
Des glanzerfüllten, weihrauchduftenden,
Mir, wie des Paradieses Tore, fliegen!
Zuerst den Stier, den feisten, kurzgehörnten,
Mir an den Altar hin; das Eisen stürz ihn,
Das blinkende, an heilger Stätte lautlos,
Daß das Gebäu erschüttere, darnieder.
Ihr Dienrinnen, ihr rüstigen, des Tempels,
1650   Das Blut, wo seid ihr? rasch, ihr Emsigen,
Mit Perserölen, von der Kohle zischend,
Von des Getäfels Plan hinweggewaschen!
Und all ihr flatternden Gewänder, schürzt euch,
Ihr goldenen Pokale, füllt euch an,
Ihr Tuben, schmettert, donnert, ihr Posaunen,
Der Jubel mache, der melodische,
Den festen Bau des Firmamentes beben! –
O Prothoe! Hilf jauchzen mir, frohlocken,
Erfinde, Freundin, Schwesterherz, erdenke,
1660   Wie ich ein Fest jetzt göttlicher, als der
Olymp durchjubelte, verherrliche,
Das Hochzeitsfest der krieggeworbnen Bräute,
Der Inachiden und der Kinder Mars'! –
O Meroe, wo bist du? Megaris?

PROTHOE *mit unterdrückter Rührung.*

Freud ist und Schmerz dir, seh ich, gleich verderblich,
Und gleich zum Wahnsinn reißt dich beides hin.
Du wähnst, wähnst dich in Themiscyra schon,
Und wenn du so die Grenzen überschwärmst,
Fühl ich gereizt mich, dir das Wort zu nennen,
1670   Das dir den Fittich plötzlich wieder lähmt.
Blick um dich her, Betrogene, wo bist du?
Wo ist das Volk? Wo sind die Priesterinnen?
Asteria? Meroe? Megaris? Wo sind sie?

PENTHESILEA *an ihrem Busen.*

O laß mich, Prothoe! O laß dies Herz
Zwei Augenblick in diesem Strom der Lust,
Wie ein besudelt Kind, sich untertauchen;

Mit jedem Schlag in seine üppgen Wellen
Wäscht sich ein Makel mir vom Busen weg.
Die Eumeniden fliehn, die schrecklichen,
Es weht, wie Nahn der Götter um mich her, 1680
Ich möchte gleich in ihren Chor mich mischen,
Zum Tode war ich nie so reif als jetzt.
Doch jetzt vor allem: du vergißt mir doch?
PROTHOE. O meine Herrscherin!
PENTHESILEA.   Ich weiß, ich weiß –
Nun, meines Blutes beßre Hälft ist dein.
– Das Unglück, sagt man, läutert die Gemüter,
Ich, du Geliebte, ich empfand es nicht;
Erbittert hat es, Göttern mich und Menschen
In unbegriffner Leidenschaft empört.
Wie seltsam war, auf jedem Antlitz, mir, 1690
Wo ich sie traf, der Freude Spur verhaßt;
Das Kind, das in der Mutter Schoße spielte,
Schien mir verschworen wider meinen Schmerz.
Wie möcht ich alles jetzt, was mich umringt,
Zufrieden gern und glücklich sehn! Ach, Freundin!
Der Mensch kann groß, ein Held, im Leiden sein,
Doch göttlich ist er, wenn er selig ist!
– Doch rasch zur Sache jetzt. Es soll das Heer
Zur Rückkehr schleunig jede Anstalt treffen;
Sobald die Scharen ruhten, Tier und Menschen, 1700
Bricht auch der Zug mit den Gefangenen,
Nach unsern heimatlichen Fluren auf. –
– Wo ist Lykaon?
PROTHOE.   Wer?
PENTHESILEA *mit zärtlichem Unwillen.*
                          Wer, fragst du noch!
Er, jener blühende Arkadierheld,
Den dir das Schwert erwarb. Was hält ihn fern?
PROTHOE *verwirrt.*
Er weilt noch in den Wäldern, meine Königin!
Wo man die übrigen Gefangnen hält.
Vergönne, daß er, dem Gesetz gemäß,
Eh nicht, als in der Heimat mir erscheine.

PENTHESILEA.

1710   Man ruf ihn mir! – Er weilt noch in den Wäldern!
– Zu meiner Prothoe Füßen ist sein Platz!
– – Ich bitte dich, Geliebte, ruf ihn her,
Du stehst mir, wie ein Maienfrost, zur Seite,
Und hemmst der Freude junges Leben mir.
PROTHOE *für sich.* Die Unglückselige! – Wohlan so geht,
Und tut, wie euch die Königin befohlen.
Sie winkt einer Amazone; diese geht ab.
PENTHESILEA. Wer schafft mir jetzt die Rosenmädchen her?
Sie erblickt Rosen auf dem Boden.
Sieh! Kelche finden, und wie duftende,
Auf diesem Platz sich –!
Sie fährt sich mit der Hand über die Stirne.
Ach mein böser Traum!
Zu Prothoe.
1720   War denn der Diana Oberpriestrin hier?
PROTHOE. Nicht, daß ich wüßte, meine Königin –
PENTHESILEA. Wie kommen denn die Rosen her?
PROTHOE *rasch.*   Sieh da!
Die Mädchen, die die Fluren plünderten,
Sie ließen einen Korb voll hier zurück.
Nun, diesen Zufall wahrlich nenn ich günstig.
Hier, diese duftgen Blüten raff ich auf,
Und winde den Pelidenkranz dir. Soll ich?
Sie setzt sich an der Eiche nieder.
PENTHESILEA. Du Liebe! Treffliche! Wie du mich rührst. –
Wohlan! Und diese hundertblättrigen
1730   Ich dir zum Siegerkranz Lykaons. Komm.
Sie rafft gleichfalls einige Rosen auf, und setzt sich neben Prothoe nieder.
Musik, ihr Fraun, Musik! Ich bin nicht ruhig.
Laßt den Gesang erschallen! Macht mich still.
EINE JUNGFRAU *aus ihrem Gefolge.*
Was wünschest du?
EINE ANDERE.   Den Siegsgesang?
PENTHESILEA.   – Die Hymne.
DIE JUNGFRAU. Es sei. – O die Betrogene! – Singt! Spielt!

CHOR DER JUNGFRAUN *mit Musik.*

Ares entweicht!
Seht, wie sein weißes Gespann
Fernhin dampfend zum Orkus niedereilt!
Die Eumeniden öffnen, die scheußlichen:
Sie schließen die Tore wieder hinter ihm zu.

EINE JUNGFRAU. Hymen! Wo weilst du?   1740
Zünde die Fackel an, und leuchte! leuchte!
Hymen! wo weilst du?

CHOR. Ares entweicht! *usw.*

ACHILLES *nähert sich während des Gesanges der Prothoe heimlich.*
Sprich! Wohin führt mich dies? Ich will es wissen!

PROTHOE. Noch einen Augenblick, Großherziger,
Fleh ich dich um Geduld – du wirst es sehn.

*Wenn die Kränze gewunden sind, wechselt Penthesilea den ihrigen gegen den
Kranz der Prothoe, sie umarmen sich und betrachten die Windungen.*

Die Musik schweigt.

Die Amazone kehrt zurück.

PENTHESILEA. Hast dus bestellt?

DIE AMAZONE.   Lykaon wird sogleich,
Der junge Prinz Arkadiens, erscheinen.

Fünfzehnter Auftritt

Penthesilea, Prothoe, Achilles, Amazonen.

PENTHESILEA. Komm jetzt, du süßer Nereïdensohn,
Komm, lege dich zu Füßen mir – Ganz her!   1750
Nur dreist heran! – – Du fürchtest mich doch nicht?
– Verhaßt nicht, weil ich siegte, bin ich dir?
Sprich! Fürchtest du, die dich in Staub gelegt?

ACHILLES *zu ihren Füßen.*
Wie Blumen Sonnenschein.

PENTHESILEA.   Gut, gut gesagt!
So sieh mich auch wie deine Sonne an. –
Diana, meine Herrscherin, er ist
Verletzt!

ACHILLES. Geritzt am Arm, du siehst, nichts weiter.

PENTHESILEA. Ich bitte dich, Pelide, glaube nicht,

Daß ich jemals nach deinem Leben zielte.
1760 Zwar gern mit diesem Arm hier traf ich dich;
Doch als du niedersankst, beneidete
Hier diese Brust den Staub, der dich empfing.
ACHILLES. Wenn du mich liebst, so sprichst du nicht davon.
Du siehst es heilt schon.
PENTHESILEA. So verzeihst du mir?
ACHILLES. Von ganzem Herzen. –
PENTHESILEA. Jetzt – kannst du mir sagen,
Wie es die Liebe macht, der Flügelknabe,
Wenn sie den störr'gen Leun in Fesseln schlägt?
ACHILLES. Sie streichelt, denk ich, seine rauhen Wangen,
So hält er still.
PENTHESILEA. Nun denn, so wirst du dich
1770 Nicht mehr als eine junge Taube regen,
Um deren Hals ein Mädchen Schlingen legt.
Denn die Gefühle dieser Brust, o Jüngling,
Wie Hände sind sie, und sie streicheln dich.
Sie umschlingt ihn mit Kränzen.
ACHILLES. Wer bist du, wunderbares Weib?
PENTHESILEA. Gib her. –
Ich sagte still! Du wirst es schon erfahren.
– Hier diese leichte Rosenwindung nur
Um deine Scheitel, deinen Nacken hin –
Zu deinen Armen, Händen, Füßen nieder –
Und wieder auf zum Haupt – – so ists geschehn.
1780 – Was atmest du?
ACHILLES. Duft deiner süßen Lippen.
PENTHESILEA *indem sie sich zurückbeugt.*
Es sind die Rosen, die Gerüche streun.
– Nichts, nichts!
ACHILLES. Ich wollte sie am Stock versuchen.
PENTHESILEA. Sobald sie reif sind, Liebster, pflückst du sie.
Sie setzt ihm noch einen Kranz auf die Scheitel und läßt ihn gehn.
Jetzt ists geschehn. – O sieh, ich bitte dich,
Wie der zerfloßne Rosenglanz ihm steht!
Wie sein gewitterdunkles Antlitz schimmert!
Der junge Tag, wahrhaftig, liebste Freundin,

Wenn ihn die Horen von den Bergen führen,
Demanten perlen unter seinen Tritten:
Er sieht so weich und mild nicht drein, als er. –   1790
Sprich! Dünkts dich nicht, als ob sein Auge glänzte? –
Fürwahr! Man möchte, wenn er so erscheint, fast zweifeln,
Daß er es sei.

PROTHOE.   Wer, meinst du?

PENTHESILEA.   Der Pelide! –
Sprich, wer den Größesten der Priamiden
Vor Trojas Mauern fällte, warst das du?
Hast du ihm wirklich, *du*, mit diesen Händen
Den flüchtgen Fuß durchkeilt, an deiner Achse
Ihn häuptlings um die Vaterstadt geschleift? –
Sprich! Rede! Was bewegt dich so? Was fehlt dir?

ACHILLES. Ich bins.

PENTHESILEA *nachdem sie ihn scharf angesehen.*
                        Er sagt, er seis.

PROTHOE.   Er ist es, Königin;   1800
An diesem Schmuck hier kannst du ihn erkennen.

PENTHESILEA. Woher?

PROTHOE.   Es ist die Rüstung, sieh nur her,
Die Thetis ihm, die hohe Göttermutter,
Bei dem Hephäst, des Feuers Gott, erschmeichelt.

PENTHESILEA. Nun denn, so grüß ich dich mit diesem Kuß,
Unbändigster der Menschen, mein! Ich bins,
Du junger Kriegsgott, der du angehörst;
Wenn man im Volk dich fragt, so nennst du *mich*.

ACHILLES. O du, die eine Glanzerscheinung mir,
Als hätte sich das Ätherreich eröffnet,
Herabsteigst, Unbegreifliche, wer bist du?   1810
Wie nenn ich dich, wenn meine eigne Seele
Sich, die entzückte, fragt, wem sie gehört?

PENTHESILEA. Wenn sie dich fragt, so nenne diese Züge,
Das sei der Nam, in welchem du mich denkst. –
Zwar diesen goldnen Ring hier schenk ich dir,
Mit jedem Merkmal, das dich sicher stellt;
Und zeigst du ihn, so weist man dich zu mir.
Jedoch ein Ring vermißt sich, Namen schwinden;

1820   Wenn dir der Nam entschwänd, der Ring sich mißte:
Fändst du mein Bild in dir wohl wieder aus?
Kannst dus wohl mit geschloßnen Augen denken?
ACHILLES. Es steht so fest, wie Züg in Diamanten.
PENTHESILEA. Ich bin die Königin der Amazonen,
Er nennt sich marserzeugt, mein Völkerstamm,
Otrere war die große Mutter mir,
Und mich begrüßt das Volk: Penthesilea.
ACHILLES. Penthesilea.
PENTHESILEA.   Ja, so sagt ich dir.
ACHILLES. Mein Schwan singt noch im Tod: Penthesilea.
PENTHESILEA.
1830   Die Freiheit schenk ich dir, du kannst den Fuß
Im Heer der Jungfraun setzen, wie du willst.
Denn eine andre Kette denk ich noch,
Wie Blumen leicht, und fester doch, als Erz,
Die dich mir fest verknüpft, ums Herz zu schlagen.
Doch bis sie zärtlich, Ring um Ring, geprägt,
In der Gefühle Glut, und ausgeschmiedet,
Der Zeit nicht, und dem Zufall, mehr zerstörbar,
Kehrst du, weil es die Pflicht erheischt, mir wieder,
Mir, junger Freund, versteh mich, die für jedes,
1840   Seis ein Bedürfnis, seis ein Wunsch, dir sorgt.
Willst du das tun, sag an?
ACHILLES.   Wie junge Rosse
Zum Duft der Krippe, die ihr Leben nährt.
PENTHESILEA. Gut. Ich verlaß mich drauf. Wir treten jetzt
Die Reise gleich nach Themiscyra an;
Mein ganzer Harras bis dahin ist dein.
Man wird dir purpurne Gezelte bringen,
Und auch an Sklaven nicht, dich zu bedienen,
Wirds deinem königlichen Willen fehlen.
Doch weil mich, auf dem Zuge, du begreifst,
1850   So manche Sorge fesselt, wirst du dich
Noch zu den übrigen Gefangnen halten:
In Themiscyra erst, Neridensohn,
Kann ich mich ganz, aus voller Brust, dir weihn.
ACHILLES. Es soll geschehn.

PENTHESILEA *zu Prothoe.*   Nun aber sage mir,
Wo weilt auch dein Arkadier?

PROTHOE.   Meine Fürstin –

PENTHESILEA. So gern von deiner Hand, geliebte Prothoe,
Möcht ich bekränzt ihn sehn.

PROTHOE.   Er wird schon kommen. –
Der Kranz hier soll ihm nicht verloren gehn.

PENTHESILEA *aufbrechend.*
Nun denn – mich rufen mancherlei Geschäfte,
So laßt mich gehn.

ACHILLES.   Wie?

PENTHESILEA.   Laß mich aufstehn, Freund.   1860

ACHILLES. Du fliehst? Du weichst? Du lässest mich zurück?
Noch eh du meiner sehnsuchtsvollen Brust
So vieler Wunder Aufschluß gabst, Geliebte?

PENTHESILEA. In Themiscyra, Freund.

ACHILLES.   Hier, meine Königin!

PENTHESILEA. In Themiscyra, Freund, in Themiscyra –
Laß mich!

PROTHOE *sie zurückhaltend, unruhig.*
          Wie? Meine Königin! Wo willst du hin?

PENTHESILEA *befremdet.*
Die Scharen will ich mustern – sonderbar!
Mit Meroe will ich sprechen, Megaris.
Hab ich, beim Styx, jetzt nichts zu tun, als plaudern?

PROTHOE. Das Heer verfolgt die flüchtgen Griechen noch. –   1870
Laß Meroe, die die Spitze führt, die Sorge;
Du brauchst der Ruhe noch. – Sobald der Feind
Nur völlig über den Skamandros setzte,
Wird dir das Heer hier siegreich vorgeführt.

PENTHESILEA *erwägend.*
So! – – Hier auf dieses Feld? Ist das gewiß?

PROTHOE. Gewiß. Verlaß dich drauf. –

PENTHESILEA *zum Achill.*   Nun so sei kurz.

ACHILLES. Was ists, du wunderbares Weib, daß du,
Athene gleich, an eines Kriegsheers Spitze,
Wie aus den Wolken nieder, unbeleidigt,
In unsern Streit vor Troja plötzlich fällst?   1880

Was treibt, vom Kopf zu Fuß in Erz gerüstet,
So unbegriffner Wut voll, Furien ähnlich,
Dich gegen das Geschlecht der Griechen an;
Du, die sich bloß in ihrer Schöne ruhig
Zu zeigen brauchte, Liebliche, das ganze
Geschlecht der Männer dir im Staub zu sehn?
PENTHESILEA. Ach, Nereïdensohn! – Sie ist mir nicht,
Die Kunst vergönnt, die sanftere, der Frauen!
Nicht bei dem Fest, wie deines Landes Töchter,
1890   Wenn zu wetteifernd frohen Übungen
Die ganze Jugendpracht zusammenströmt,
Darf ich mir den Geliebten ausersehn;
Nicht mit dem Strauß, so oder so gestellt,
Und dem verschämten Blick, ihn zu mir locken;
Nicht in dem Nachtigall-durchschmetterten
Granatwald, wenn der Morgen glüht, ihm sagen,
An seine Brust gesunken, daß ers sei.
Im blutgen Feld der Schlacht muß ich ihn suchen,
Den Jüngling, den mein Herz sich auserkor,
1900   Und ihn mit ehrnen Armen mir ergreifen,
Den diese weiche Brust empfangen soll.
ACHILLES. Und woher quillt, von wannen ein Gesetz,
Unweiblich, du vergibst mir, unnatürlich,
Dem übrigen Geschlecht der Menschen fremd?
PENTHESILEA. Fern aus der Urne alles Heiligen,
O Jüngling: von der Zeiten Gipfeln nieder,
Den unbetretnen, die der Himmel ewig
In Wolkenduft geheimnisvoll verhüllt.
Der ersten Mütter Wort entschied es also,
1910   Und dem verstummen wir, Neridensohn,
Wie deiner ersten Väter Worten du.
ACHILLES. Sei deutlicher.
PENTHESILEA.   Wohlan! So höre mich. –
Wo jetzt das Volk der Amazonen herrschet,
Da lebte sonst, den Göttern untertan,
Ein Stamm der Skythen, frei und kriegerisch,
Jedwedem andern Volk der Erde gleich.
Durch Reihn schon nannt er von Jahrhunderten

Den Kaukasus, den fruchtumblühten, sein:
Als Vexoris, der Äthioper König,
An seinem Fuß erschien, die Männer rasch,   1920
Die kampfverbundnen, vor sich niederwarf,
Sich durch die Täler goß, und Greis' und Knaben,
Wo sein gezückter Stahl sie traf, erschlug:
Das ganze Prachtgeschlecht der Welt ging aus.
Die Sieger bürgerten, barbarenartig,
In unsre Hütten frech sich ein, ernährten
Von unsrer reichen Felder Früchten sich,
Und voll der Schande Maß uns zuzumessen,
Ertrotzten sie der Liebe Gruß sich noch:
Sie rissen von den Gräbern ihrer Männer   1930
Die Fraun zu ihren schnöden Betten hin.
ACHILLES. Vernichtend war das Schicksal, Königin,
　　Das deinem Frauenstaat das Leben gab.
PENTHESILEA. Doch alles schüttelt, was ihm unerträglich,
　　Der Mensch von seinen Schultern sträubend ab;
　　Den Druck nur mäßger Leiden duldet er.
　　Durch ganze Nächte lagen, still und heimlich,
　　Die Fraun im Tempel Mars', und höhlten weinend
　　Die Stufen mit Gebet um Rettung aus.
　　Die Betten füllten, die entweihten, sich   1940
　　Mit blankgeschliffnen Dolchen an, gekeilt,
　　Aus Schmuckgeräten, bei des Herdes Flamme,
　　Aus Senkeln, Ringen, Spangen: nur die Hochzeit
　　Ward, des Äthioperkönigs Vexoris
　　Mit Tanaïs, der Königin, erharrt,
　　Der Gäste Brust zusamt damit zu küssen.
　　Und als das Hochzeitsfest erschienen war,
　　Stieß ihm die Kön'gin ihren in das Herz;
　　Mars, an des Schnöden Statt, vollzog die Ehe,
　　Und das gesamte Mordgeschlecht, mit Dolchen,   1950
　　In einer Nacht, ward es zu Tod gekitzelt.
ACHILLES. Solch eine Tat der Weiber läßt sich denken.
PENTHESILEA. Und dies jetzt ward im Rat des Volks beschlossen:
　　Frei, wie der Wind auf offnem Blachfeld, sind
　　Die Fraun, die solche Heldentat vollbracht,

Und dem Geschlecht der Männer nicht mehr dienstbar.
Ein Staat, ein mündiger, sei aufgestellt,
Ein Frauenstaat, den fürder keine andre
Herrschsüchtge Männerstimme mehr durchtrotzt,
1960   Der das Gesetz sich würdig selber gebe,
Sich selbst gehorche, selber auch beschütze:
Und Tanaïs sei seine Königin.
Der Mann, des Auge diesen Staat erschaut,
Der soll das Auge gleich auf ewig schließen;
Und wo ein Knabe noch geboren wird,
Von der Tyrannen Kuß, da folg er gleich
Zum Orkus noch den wilden Vätern nach.
Der Tempel Ares' füllte sich sogleich
Gedrängt mit Volk, die große Tanaïs
1970   Zu solcher Satzung Schirmerin zu krönen.
Gerad als sie, im festlichsten Moment,
Die Altarstuf erstieg, um dort den Bogen,
Den großen, goldenen, des Skythenreichs,
Den sonst die Könige geführt, zu greifen,
Von der geschmückten Oberpriesterin Hand,
Ließ eine Stimme also sich vernehmen:
»Den Spott der Männer werd er reizen nur,
Ein Staat, wie der, und gleich dem ersten Anfall
Des kriegerischen Nachbarvolks erliegen:
1980   Weil doch die Kraft des Bogens nimmermehr,
Von schwachen Fraun, beengt durch volle Brüste,
Leicht, wie von Männern, sich regieren würde.«
Die Königin stand einen Augenblick,
Und harrte still auf solcher Rede Glück;
Doch als die feige Regung um sich griff,
Riß sie die rechte Brust sich ab, und taufte
Die Frauen, die den Bogen spannen würden,
Und fiel zusammen, eh sie noch vollendet:
Die Amazonen oder Busenlosen! –
1990   Hierauf ward ihr die Krone aufgesetzt.
    ACHILLES. Nun denn, beim Zeus, die brauchte keine Brüste!
Die hätt ein Männervolk beherrschen können,
Und meine ganze Seele beugt sich ihr.

PENTHESILEA. Still auch auf diese Tat wards, Peleïde,
Nichts als der Bogen ließ sich schwirrend hören,
Der aus den Händen, leichenbleich und starr,
Der Oberpriesterin daniederfiel.
Er stürzt', der große, goldene, des Reichs,
Und klirrte von der Marmorstufe dreimal,
Mit dem Gedröhn der Glocken, auf, und legte,   2000
Stumm wie der Tod, zu ihren Füßen sich. –
ACHILLES. Man folgt ihr, hoff ich doch, im Staat der Frauen,
In diesem Beispiel nicht?
PENTHESILEA.   Nicht – allerdings!
Man ging so lebhaft nicht zu Werk als sie.
ACHILLES *mit Erstaunen.*
Wie! Also doch –? Unmöglich!
PENTHESILEA.   Was sagst du?
ACHILLES. – Die ungeheure Sage wäre wahr?
Und alle diese blühenden Gestalten,
Die dich umstehn, die Zierden des Geschlechts,
Vollständig, einem Altar gleich, jedwede
Geschmückt, in Liebe davor hinzuknien,   2010
Sie sind beraubt, unmenschlich, frevelhaft –?
PENTHESILEA. Hast du das nicht gewußt?
ACHILLES *indem er sein Gesicht an ihre Brust drückt.*
         O Königin!
Der Sitz der jungen, lieblichen Gefühle,
Um eines Wahns, barbarisch –
PENTHESILEA.   Sei ganz ruhig.
Sie retteten in diese Linke sich,
Wo sie dem Herzen um so näher wohnen.
Du wirst mir, hoff ich, deren keins vermissen. –
ACHILLES. Fürwahr! Ein Traum, geträumt in Morgenstunden,
Scheint mir wahrhaftger, als der Augenblick.
– Doch weiter.
PENTHESILEA.   Wie?
ACHILLES.   – Du bist den Schluß noch schuldig.   2020
Denn dieser überstolze Frauenstaat,
Der ohn der Männer Hülf entstand, wie pflanzt er
Doch ohne Hülfe sich der Männer fort?

Wirft euch Deukalion, von Zeit zu Zeit,
Noch seiner Schollen eine häuptlings zu?
PENTHESILEA. So oft nach jährlichen Berechnungen,
Die Königin dem Staat ersetzen will,
Was ihr der Tod entrafft, ruft sie die blühendsten
Der Frauen – *Stockt und sieht ihn an.*
           Warum lächelst du?
ACHILLES.   Wer? Ich?
2030 PENTHESILEA. Mich dünkt, du lächelst, Lieber.
ACHILLES.   – Deiner Schöne.
Ich war zerstreut. Vergib. Ich dachte eben,
Ob du mir aus dem Monde niederstiegst? –
PENTHESILEA *nach einer Pause.*
So oft, nach jährlichen Berechnungen,
Die Königin, was ihr der Tod entrafft,
Dem Staat ersetzen will, ruft sie die blühndsten
Der Fraun, von allen Enden ihres Reichs,
Nach Themiscyra hin, und fleht, im Tempel
Der Artemis, auf ihre jungen Schöße
Den Segen keuscher Marsbefruchtung nieder.
2040 Ein solches Fest heißt, still und weich gefeiert,
Der blühnden Jungfraun Fest, wir warten stets,
Bis – wenn das Schneegewand zerhaucht, der Frühling
Den Kuß drückt auf den Busen der Natur.
Dianas heilge Priesterin verfügt
Auf dies Gesuch sich in den Tempel Mars',
Und trägt, am Altar hingestreckt, dem Gott
Den Wunsch der weisen Völkermutter vor.
Der Gott dann, wenn er sie erhören will,
– Denn oft verweigert ers, die Berge geben,
2050 Die schneeigen, der Nahrung nicht zu viel –
Der Gott zeigt uns, durch seine Priesterin,
Ein Volk an, keusch und herrlich, das, statt seiner,
Als Stellvertreter, uns erscheinen soll.
Des Volkes Nam und Wohnsitz ausgesprochen,
Ergeht ein Jubel nun durch Stadt und Land.
Marsbräute werden sie begrüßt, die Jungfraun,
Beschenkt mit Waffen, von der Mütter Hand,

Mit Pfeil' und Dolch, und allen Gliedern fliegt,
Von emsgen Händen jauchzend rings bedient,
Das erzene Gewand der Hochzeit an.   2060
Der frohe Tag der Reise wird bestimmt,
Gedämpfter Tuben Klang ertönt, es schwingt
Die Schar der Mädchen flüsternd sich zu Pferd,
Und still und heimlich, wie auf wollnen Sohlen,
Gehts in der Nächte Glanz, durch Tal und Wald,
Zum Lager fern der Auserwählten hin.
Das Land erreicht, ruhn wir, an seiner Pforte,
Uns noch zwei Tage, Tier' und Menschen, aus:
Und wie die feuerrote Windsbraut brechen
Wir plötzlich in den Wald der Männer ein,   2070
Und wehn die Reifsten derer, die da fallen,
Wie Samen, wenn die Wipfel sich zerschlagen,
In unsre heimatlichen Fluren hin.
Hier pflegen wir, im Tempel Dianas, ihrer,
Durch heilger Feste Reihn, von denen mir
Bekannt nichts, als der Name: Rosenfest –
Und denen sich, bei Todesstrafe, niemand,
Als nur die Schar der Bräute nahen darf –
Bis uns die Saat selbst blühend aufgegangen;
Beschenken sie, wie Könige zusamt;   2080
Und schicken sie, am Fest der reifen Mütter,
Auf stolzen Prachtgeschirren wieder heim.
Dies Fest dann freilich ist das frohste nicht,
Neridensohn – denn viele Tränen fließen,
Und manches Herz, von düsterm Gram ergriffen,
Begreift nicht, wie die große Tanaïs
In jedem ersten Wort zu preisen sei. –
Was träumst du?
ACHILLES.   Ich?
PENTHESILEA.   Du.
ACHILLES *zerstreut.*   Geliebte, mehr,
    Als ich in Worte eben fassen kann.
    – – Und auch mich denkst du also zu entlassen?   2090
PENTHESILEA.
    Ich weiß nicht, Lieber. Frag mich nicht. –

ACHILLES.   Traun! Seltsam. –
Er versinkt in Nachdenken.

– Doch einen Aufschluß noch gewährst du mir.

PENTHESILEA. Sehr gern, mein Freund. Sei dreist.

ACHILLES.   Wie faß ich es,
Daß du gerade *mich* so heiß verfolgtest?
Es schien, ich sei bekannt dir.

PENTHESILEA.   Allerdings.

ACHILLES. Wodurch?

PENTHESILEA.   Willst du der Törichten nicht lächeln?

ACHILLES *lächelnd.*

Ich weiß nicht, sag ich jetzt, wie du.

PENTHESILEA.   Nun denn,
Du sollsts erfahren. – Sieh ich hatte schon
Das heitre Fest der Rosen zwanzigmal
2100   Erlebt und drei, und immer nur von fern,
Wo aus dem Eichenwald der Tempel ragt,
Den frohen Jubelschall gehört, als Ares,
Bei der Otrere, meiner Mutter, Tod,
Zu seiner Braut mich auserkor. Denn die
Prinzessinnen, aus meinem Königshaus,
Sie mischen nie aus eigener Bewegung,
Sich in der blühnden Jungfraun Fest; der Gott,
Begehrt er ihrer, ruft sie würdig auf,
Durch seiner großen Oberpriestrin Mund.
2110   Die Mutter lag, die bleiche, scheidende,
Mir in den Armen eben, als die Sendung
Des Mars mir feierlich im Palast erschien,
Und mich berief, nach Troja aufzubrechen,
Um ihn von dort bekränzt heranzuführen.
Es traf sich, daß kein Stellvertreter je
Ernannt noch ward, willkommener den Bräuten,
Als die Hellenenstämme, die sich dort umkämpften.
An allen Ecken hörte man erjauchzend,
Auf allen Märkten, hohe Lieder schallen,
2120   Die des Hero'nkriegs Taten feierten:
Vom Paris-Apfel, dem Helenenraub,
Von den geschwaderführenden Atriden,

Vom Streit um Briseïs, der Schiffe Brand,
Auch von Patroklus' Tod, und welche Pracht
Du des Triumphes rächend ihm gefeiert;
Und jedem großen Auftritt dieser Zeit. –
In Tränen schwamm ich, Jammervolle, hörte
Mit halbem Ohr nur, was die Botschaft mir,
In der Otrere Todesstunde, brachte;
»Laß mich dir bleiben, rief ich, meine Mutter,   2130
Dein Ansehn, brauch es heut zum letztenmal,
Und heiße diese Frauen wieder gehn.«
Doch sie, die würdge Königin, die längst
Mich schon ins Feld gewünscht – denn ohne Erben
War, wenn sie starb, der Thron und eines andern
Ehrgeizgen Nebenstammes Augenmerk –
Sie sagte: »geh, mein süßes Kind! Mars ruft dich!
Du wirst den Peleïden dir bekränzen:
Werd eine Mutter, stolz und froh, wie ich –«
Und drückte sanft die Hand mir, und verschied.   2140
PROTHOE. So nannte sie den Namen dir, Otrere?
PENTHESILEA. – Sie nannt ihn, Prothoe, wie's einer Mutter
  Wohl im Vertraun zu ihrer Tochter ziemt.
ACHILLES. Warum? Weshalb? Verbeut dies das Gesetz?
PENTHESILEA. Es schickt sich nicht, daß eine Tochter Mars'
  Sich ihren Gegner sucht, den soll sie wählen,
  Den ihr der Gott im Kampf erscheinen läßt. –
  Doch wohl ihr, zeigt die Strebende sich da,
  Wo ihr die Herrlichsten entgegenstehn.
  – Nicht, Prothoe?
PROTHOE.   So ists.
ACHILLES.   Nun –?
PENTHESILEA.   – Lange weint ich,   2150
  Durch einen ganzen kummervollen Mond,
  An der Verblichnen Grab, die Krone selbst,
  Die herrenlos am Rande lag, nicht greifend,
  Bis mich zuletzt der wiederholte Ruf
  Des Volks, das den Palast mir ungeduldig,
  Bereit zum Kriegeszug, umlagerte,
  Gewaltsam auf den Thron riß. Ich erschien,

Wehmütig strebender Gefühle voll,
Im Tempel Mars', den Bogen gab man mir,
2160   Den klirrenden, des Amazonenreichs,
Mir war, als ob die Mutter mich umschwebte,
Da ich ihn griff, nichts schien mir heiliger,
Als ihren letzten Willen zu erfüllen.
Und da ich Blumen noch, die duftigsten,
Auf ihren Sarkophag gestreut, brach ich
Jetzt mit dem Heer der Amazonen auf,
Nach der Dardanerburg – Mars weniger,
Dem großen Gott, der mich dahin gerufen,
Als der Otrere Schatten, zu gefallen.
2170 ACHILLES. Wehmut um die Verblichne lähmte flüchtig
Die Kraft, die deine junge Brust sonst ziert.
PENTHESILEA. Ich liebte sie.
ACHILLES.   Nun? Hierauf? –
PENTHESILEA.   In dem Maße,
Als ich mich dem Skamandros näherte,
Und alle Täler rings, die ich durchrauschte,
Von dem Trojanerstreite widerhallten,
Schwand mir der Schmerz, und meiner Seele ging
Die große Welt des heitern Krieges auf.
Ich dachte so: wenn sie sich allzusamt,
Die großen Augenblicke der Geschichte,
2180   Mir wiederholten, wenn die ganze Schar
Der Helden, die die hohen Lieder feiern,
Herab mir aus den Sternen stieg', ich fände
Doch keinen Trefflichern, den ich mit Rosen
Bekränzt', als ihn, den mir die Mutter ausersehn –
Den Lieben, Wilden, Süßen, Schrecklichen,
Den Überwinder Hektors! O Pelide!
Mein ewiger Gedanke, wenn ich wachte,
Mein ewger Traum warst du! Die ganze Welt
Lag wie ein ausgespanntes Musternetz
2190   Vor mir; in jeder Masche, weit und groß,
War deiner Taten eine eingeschürzt,
Und in mein Herz, wie Seide weiß und rein,
Mit Flammenfarben jede brannt ich ein.

Bald sah ich dich, wie du ihn niederschlugst,
Vor Ilium, den flüchtgen Priamiden;
Wie du, entflammt von hoher Siegerlust,
Das Antlitz wandtest, während er die Scheitel,
Die blutigen, auf nackter Erde schleifte;
Wie Priam flehnd in deinem Zelt erschien –
Und heiße Tränen weint ich, wenn ich dachte,   2200
Daß ein Gefühl doch, Unerbittlicher,
Den marmorharten Busen dir durchzuckt.

ACHILLES. Geliebte Königin!

PENTHESILEA.   Wie aber ward mir,
O Freund, als ich dich selbst erblickte –!
Als du mir im Skamandros-Tal erschienst,
Von den Heroen deines Volks umringt,
Ein Tagsstern unter bleichen Nachtgestirnen!
So müßt es mir gewesen sein, wenn er
Unmittelbar, mit seinen weißen Rossen,
Von dem Olymp herabgedonnert wäre,   2210
Mars selbst, der Kriegsgott, seine Braut zu grüßen!
Geblendet stand ich, als du jetzt entwichen,
Von der Erscheinung da – wie wenn zur Nachtzeit
Der Blitz vor einen Wandrer fällt, die Pforten
Elysiums, des glanzerfüllten, rasselnd,
Vor einem Geist sich öffnen und verschließen.
Im Augenblick, Pelid, erriet ich es,
Von wo mir das Gefühl zum Busen rauschte;
Der Gott der Liebe hatte mich ereilt.
Doch von zwei Dingen schnell beschloß ich eines,   2220
Dich zu gewinnen, oder umzukommen:
Und jetzt ist mir das Süßere erreicht.
– Was blickst du?

Man hört ein Waffengeräusch in der Ferne.

PROTHOE *heimlich*.   Göttersohn! Ich bitte dich.
Du mußt dich augenblicklich ihr erklären.

PENTHESILEA *aufbrechend*.

Argiver nahn, ihr Fraun! Erhebt euch!

ACHILLES *sie haltend*.   Ruhig!
Es sind Gefangne, meine Königin.

PENTHESILEA. Gefangene?

PROTHOE *heimlich zum Achilles.*

Es ist Ulyß, beim Styx!

Die Deinen, heiß gedrängt von Meroe, weichen!

ACHILLES *in den Bart murmelnd.*

Daß sie zu Felsen starrten!

PENTHESILEA.   Sagt! Was gibts?

ACHILLES *mit erzwungener Heiterkeit.*

2230   Du sollst den Gott der Erde mir gebären!
       Prometheus soll von seinem Sitz erstehn,
       Und dem Geschlecht der Welt verkündigen:
       Hier ward ein Mensch, so hab ich ihn gewollt!
       Doch nicht nach Themiscyra folg ich dir,
       Vielmehr du, nach der blühnden Phtia, mir:
       Denn dort, wenn meines Volkes Krieg beschlossen,
       Führ ich dich jauchzend hin, und setze dich,
       Ich Seliger, auf meiner Väter Thron.

               Das Geräusch dauert fort.

PENTHESILEA. Wie? Was? Kein Wort begreif ich –

DIE FRAUEN *unruhig.*   All ihr Götter!

2240   PROTHOE. Neridensohn! Willst du –?

PENTHESILEA.   Was ists? Was gibts denn?

ACHILLES. Nichts, nichts, erschrick nicht, meine Königin,
       Du siehst, es drängt die Zeit, wenn du nun hörst,
       Was über dich der Götter Schar verhängt.
       Zwar durch die Macht der Liebe bin ich dein,
       Und ewig diese Banden trag ich fort;
       Doch durch der Waffen Glück gehörst du mir;
       Bist mir zu Füßen, Treffliche, gesunken,
       Als wir im Kampf uns trafen, nicht ich dir.

PENTHESILEA *sich aufraffend.*

Entsetzlicher!

ACHILLES.   Ich bitte dich, Geliebte!

2250   Kronion selbst nicht ändert, was geschehn.
       Beherrsche dich, und höre, wie ein Felsen,
       Den Boten an, der dort, wenn ich nicht irre,
       Mit irgend einem Unheilswort mir naht.
       Denn dir, begreifst du wohl, dir bringt er nichts,

Dein Schicksal ist auf ewig abgeschlossen;
Gefangen bist du mir, ein Höllenhund
Bewacht dich minder grimmig, als ich dich.

PENTHESILEA. Ich die Gefangne dir?

PROTHOE.   So ist es, Königin!

PENTHESILEA *die Hände aufhebend.*

Ihr ewigen Himmelsmächt! Euch ruf ich auf!

Sechzehnter Auftritt

Ein Hauptmann tritt auf, das Gefolge des Achilles mit seiner Rüstung.
Die Vorigen.

ACHILLES. Was bringst du mir?

DER HAUPTMANN.   Entferne dich, Pelide!   2260
Das Schlachtglück lockt, das wetterwendische,
Die Amazonen siegreich wieder vor.
Auf diesen Platz hier stürzen sie heran,
Und ihre Losung ist: Penthesilea!

ACHILLES *steht auf und reißt sich die Kränze ab.*

Die Waffen mir herbei! Die Pferde vor!
Mit meinem Wagen rädern will ich sie!

PENTHESILEA *mit zitternder Lippe.*

Nein, sieh den Schrecklichen! Ist das derselbe –?

ACHILLES *wild.* Sind sie noch weit von hier?

DER HAUPTMANN.   Hier in dem Tal
Erblickst du ihren goldnen Halbmond schon.

ACHILLES *indem er sich rüstet.*

Bringt sie hinweg!

EIN GRIECHE.   Wohin?

ACHILLES.   Ins Griechenlager,   2270
In wenig Augenblicken folg ich euch.

DER GRIECHE *zu Penthesilea.*

Erhebe dich.

PROTHOE.   O meine Königin!

PENTHESILEA *außer sich.*

Mir keinen Blitz, Zeus, sendest du herab!

Siebenzehnter Auftritt

Odysseus und Diomedes mit dem Heer. Die Vorigen.

DIOMEDES *über die Bühne ziehend.*

Vom Platz hier fort, Doloperheld! Vom Platze!
Den einzgen Weg, der dir noch offen bleibt,
Den schneiden dir die Frauen eben ab.
Hinweg! *Ab.*

ODYSSEUS. Schafft diese Kön'gin fort, ihr Griechen.

ACHILLES *zum Hauptmann.*

Alexis! Tu mir den Gefallen. Hilf ihr.

DER GRIECHE *zum Hauptmann.*

Sie regt sich nicht.

ACHILLES *zu den Griechen, die ihn bedienen.*

Den Schild mir her! Den Spieß!

Aufrufend, da sich die Königin sträubt.

2280   Penthesilea!

PENTHESILEA. O Neridensohn!
Du willst mir nicht nach Themiscyra folgen?
Du willst mir nicht zu jenem Tempel folgen,
Der aus den fernen Eichenwipfeln ragt?
Komm her, ich sagte dir noch alles nicht –

ACHILLES *nun völlig gerüstet, tritt vor sie und reicht ihr die Hand.*

Nach Phtia, Kön'gin.

PENTHESILEA.   O! – Nach Themiscyra!
O! Freund! Nach Themiscyra, sag ich dir,
Wo Dianas Tempel aus den Eichen ragt!
Und wenn der Sel'gen Sitz in Phtia wäre,
Doch, doch, o Freund! nach Themiscyra noch,

2290   Wo Dianas Tempel aus den Wipfeln ragt!

ACHILLES *indem er sie aufhebt.*

So mußt du mir vergeben, Teuerste;
Ich bau dir solchen Tempel bei mir auf.

Achtzehnter Auftritt

Meroe, Asteria mit dem Heer der Amazonen treten auf.
Die Vorigen.

MEROE. Schlagt ihn zu Boden!

ACHILLES *läßt die Königin fahren und wendet sich.*

                              Reiten sie auf Stürmen?

DIE AMAZONEN *sich zwischen Penthesilea und Achilles eindrängend.*

  Befreit die Königin!

ACHILLES.

                      Bei dieser Rechten, sag ich!

Er will die Königin mit sich fortziehen.

PENTHESILEA *ihn nach sich ziehend.*

  Du folgst mir nicht? Folgst nicht?

Die Amazonen spannen ihre Bogen.

ODYSSEUS.

                            Fort! Rasender!

Hier ist der Ort nicht mehr, zu trotzen. – Folgt!

Er reißt den Achill hinweg. Alle ab.

Neunzehnter Auftritt

Die Oberpriesterin der Diana mit ihren Priesterinnen.
Die Vorigen ohne die Griechen.

DIE AMAZONEN. Triumph! Triumph! Triumph! Sie ist gerettet!

PENTHESILEA *nach einer Pause.*

  Verflucht sei dieser schändliche Triumph mir!
  Verflucht jedwede Zunge, die ihn feiert,
  Die Luft verflucht mir, die ihn weiter bringt!   2300
  War ich, nach jeder würdgen Rittersitte,
  Nicht durch das Glück der Schlacht ihm zugefallen?
  Wenn das Geschlecht der Menschen unter *sich,*
  Mit Wolf und Tiger nicht, im Streite liegt:
  Gibts ein Gesetz, frag ich, in solchem Kriege,
  Das den Gefangenen, der sich ergeben,
  Aus seines Siegers Banden lösen kann?
  – Neridensohn!

DIE AMAZONEN.   Ihr Götter, hört ich recht?

MEROE. Ehrwürdge Priesterin der Artemis,
  Tritt näher vor, ich bitte dich –   2310

ASTERIA. Sie zürnt,
Weil wir sie aus der Knechtschaft Schmach befreiten!

DIE OBERPRIESTERIN *aus dem Gewühl der Frauen hervortretend.*

Nun denn, du setzest würdig, Königin,
Mit diesem Schmähungswort, muß ich gestehn,
Den Taten dieses Tags die Krone auf.
Nicht bloß, daß du, die Sitte wenig achtend,
Den Gegner dir im Feld der Schlacht gesucht,
Nicht bloß, daß du, statt ihn in Staub zu werfen,
Ihm selbst im Kampf erliegst, nicht bloß, daß du
Zum Lohn dafür ihn noch mit Rosen kränzest:
2320   Du zürnst auch deinem treuen Volke noch,
Das deine Ketten bricht, du wendest dich,
Und rufst den Überwinder dir zurück.
Wohlan denn große Tochter Tanaïs',
So bitt ich – ein Versehn wars, weiter nichts –
Für diese rasche Tat dich um Verzeihung.
Das Blut, das sie gekostet, reut mich jetzt,
Und die Gefangnen, eingebüßt um dich,
Wünsch ich von ganzer Seele mir zurück.
Frei, in des Volkes Namen, sprech ich dich;
2330   Du kannst den Fuß jetzt wenden, wie du willst,
Kannst ihn mit flatterndem Gewand ereilen,
Der dich in Fesseln schlug, und ihm den Riß,
Da, wo wir sie zersprengten, überreichen:
Also ja wills das heilge Kriegsgesetz!
Uns aber, uns vergönnst du, Königin,
Den Krieg jetzt aufzugeben, und den Fuß
Nach Themiscyra wieder heimzusetzen;
Wir mindestens, wir können jene Griechen,
Die dort entfliehn, nicht *bitten*, stillzustehn,
2340   Nicht, so wie du, den Siegskranz in der Hand,
Zu unsrer Füße Staub sie nieder *flehn.*

Pause.

PENTHESILEA *wankend.*

Prothoe!

PROTHOE. Mein Schwesterherz!

PENTHESILEA. Ich bitte dich, bleib bei mir.

PROTHOE. Im Tod, du weißt – – Was bebst du, meine Königin?

PENTHESILEA.

Nichts, es ist nichts, ich werde gleich mich sammeln.

PROTHOE. Ein großer Schmerz traf dich. Begegn' ihm groß.

PENTHESILEA. Sie sind verloren?

PROTHOE.   Meine Königin?

PENTHESILEA. Die ganze junge Prachtschar, die wir fällten? –
Sie sinds durch mich?

PROTHOE.   Beruhge dich. Du wirst sie
In einem andern Krieg uns wiederschenken.

PENTHESILEA *an ihrem Busen.*

O niemals!

PROTHOE.   Meine Königin?

PENTHESILEA.   O niemals!   2350
Ich will in ewge Finsternis mich bergen!

Zwanzigster Auftritt

Ein Herold tritt auf. Die Vorigen.

MEROE. Ein Herold naht dir, Königin!

ASTERIA.   Was willst du?

PENTHESILEA *mit schwacher Freude.*

Von dem Peliden! – Ach, was werd ich hören?
Ach, Prothoe, heiß ihn wieder gehn!

PROTHOE.   Was bringst du?

DER HEROLD. Mich sendet dir Achilleus, Königin,
Der schilfumkränzten Nereïde Sohn,
Und läßt durch meinen Mund dir kündigen:
Weil dich Gelüst treibt, als Gefangnen ihn
Nach deinen Heimatsfluren abzuführen,
Ihn aber auch hinwiederum Gelüst,   2360
Nach seinen heimatlichen Fluren dich:
So fordert er zum Kampf, auf Tod und Leben,
Noch einmal dich ins Feld hinaus, auf daß
Das Schwert, des Schicksals ehrne Zung entscheide,
In der gerechten Götter Angesicht,
Wer würdig sei, du oder er, von beiden,
Den Staub nach ihrem heiligen Beschluß,

Zu seines Gegners Füßen aufzulecken.
Hast dus auf solchen Strauß zu wagen Lust?
PENTHESILEA *mit einer fliegenden Blässe.*
2370   Laß dir vom Wetterstrahl die Zunge lösen,
Verwünschter Redner, eh du wieder sprichst!
Hört ich doch einen Sandblock just so gern,
Endlosen Falls, bald hier, bald dort anschmetternd,
Dem klafternhohen Felsenriff entpoltern.
                    Zu Prothoe.
– Du mußt es Wort für Wort mir wiederholen.
PROTHOE *zitternd.*
Der Sohn des Peleus, glaub ich, schickt ihn her,
Und fordert dich aufs Feld hinaus;
Verweigre kurz dich ihm, und sage, nein.
PENTHESILEA. Es ist nicht möglich.
PROTHOE.   Meine Königin?
2380   PENTHESILEA. Der Sohn des Peleus fordert mich ins Feld?
PROTHOE. Sag ich dem Mann gleich: nein, und laß ihn gehn?
PENTHESILEA. Der Sohn des Peleus fordert mich ins Feld?
PROTHOE. Zum Kampf ja, meine Herrscherin, so sagt ich.
PENTHESILEA.
Der mich zu schwach weiß, sich mit ihm zu messen,
Der ruft zum Kampf mich, Prothoe, ins Feld?
Hier diese treue Brust, sie rührt ihn erst,
Wenn sie sein scharfer Speer zerschmetterte?
Was ich ihm zugeflüstert, hat sein Ohr
Mit der Musik der Rede bloß getroffen?
2390   Des Tempels unter Wipfeln denkt er nicht,
Ein steinern Bild hat meine Hand bekränzt?
PROTHOE. Vergiß den Unempfindlichen.
PENTHESILEA *glühend.*   Nun denn,
So ward die Kraft mir jetzo, ihm zu stehen:
So soll er in den Staub herab, und wenn
Lapithen und Giganten ihn beschützten!
PROTHOE. Geliebte Königin –
MEROE.   Bedenkst du auch?
PENTHESILEA *sie unterbrechend.*
Ihr sollt *all* die Gefangnen wieder haben!

DER HEROLD. Du willst im Kampf dich –?

PENTHESILEA.   Stellen will ich mich:
Er soll im Angesicht der Götter mich,
Die Furien auch ruf ich herab, mich treffen!   2400

Der Donner rollt.

DIE OBERPRIESTERIN.
Wenn dich mein Wort gereizt, Penthesilea,
So wirst du mir den Schmerz nicht –

PENTHESILEA *ihre Tränen unterdrückend.*   Laß, du Heilige!
Du sollst mir nicht umsonst gesprochen haben.

MEROE. Ehrwürdge Priesterin, dein Ansehen brauche.

DIE OBERPRIESTERIN.
Hörst du ihn, Königin, der dir zürnt?

PENTHESILEA.   Ihn ruf ich
Mit allen seinen Donnern mir herab!

ERSTE OBERSTE *in Bewegung.*
Ihr Fürstinnen –

DIE ZWEITE.   Unmöglich ists!

DIE DRITTE.   Es *kann* nicht!

PENTHESILEA *mit zuckender Wildheit.*
Herbei, Ananke, Führerin der Hunde!

DIE ERSTE OBERSTE.
Wir sind zerstreut, geschwächt –

DIE ZWEITE.   Wir sind ermüdet –

PENTHESILEA. Du, mit den Elefanten, Thyrroe!

PROTHOE.   Königin!   2410
Willst du mit Hunden ihn und Elefanten –

PENTHESILEA. Ihr Sichelwagen, kommt, ihr blinkenden,
Die ihr des Schlachtfelds Erntefest bestellt,
Kommt, kommt in greulgen Schnitterreihn herbei!
Und ihr, die ihr der Menschen Saat zerdrescht,
Daß Halm und Korn auf ewig untergehen,
Ihr Reuterscharen, stellt euch um mich her!
Du ganzer Schreckenspomp des Kriegs, dich ruf ich,
Vernichtender, entsetzlicher, herbei!

Sie ergreift den großen Bogen aus einer Amazone Hand.
Amazonen mit Meuten gekoppelter Hunde. Späterhin Elefanten, Feuerbrände,
Sichelwagen usw.

2420 PROTHOE. Geliebte meiner Seele! Höre mich!

PENTHESILEA *sich zu den Hunden wendend.*

Auf, Tigris, jetzt, dich brauch ich! Auf Leäne!
Auf, mit der Zoddelmähne du, Melampus!
Auf, Akle, die den Fuchs erhascht, auf Sphinx,
Und der die Hirschkuh übereilt, Alektor,
Auf, Oxus, der den Eber niederreißt,
Und der dem Leuen nicht erbebt, Hyrkaon!

Der Donner rollt heftig.

PROTHOE. O! Sie ist außer sich –!

ERSTE OBERSTE. Sie ist wahnsinnig!

PENTHESILEA *kniet nieder, mit allen Zeichen des Wahnsinns, während die Hunde ein gräßliches Geheul anstimmen.*

Dich, Ares, ruf ich jetzt, dich Schrecklichen,
Dich, meines Hauses hohen Gründer, an!
2430 Oh! – – deinen erznen Wagen mir herab:
Wo du der Städte Mauern auch und Tore
Zermalmst, Vertilgergott, gekeilt in Straßen,
Der Menschen Reihen jetzt auch niedertrittst;
Oh! – – deinen erznen Wagen mir herab:
Daß ich den Fuß in seine Muschel setze,
Die Zügel greife, durch die Felder rolle,
Und wie ein Donnerkeil aus Wetterwolken,
Auf dieses Griechen Scheitel niederfalle!

Sie steht auf.

DIE ERSTE OBERSTE. Ihr Fürstinnen!

DIE ZWEITE. Auf! Wehrt der Rasenden!

2440 PROTHOE. Hör, meine große Königin, mich!

PENTHESILEA *indem sie den Bogen spannt.* Ei, lustig!

So muß ich sehn, ob mir der Pfeil noch trifft.

Sie legt auf Prothoe an.

PROTHOE *niederstürzend.*

Ihr Himmlischen!

EINE PRIESTERIN *indem sie sich rasch hinter die Königin stellt.*

Achill ruft!

EINE ZWEITE *ebenso.* Der Pelide!

EINE DRITTE. Hier steht er hinter dir!

PENTHESILEA *wendet sich.*   Wo?

DIE ERSTE PRIESTERIN.   War ers nicht?

PENTHESILEA.

Nein, hier sind noch die Furien nicht versammelt.
– Folg mir, Ananke! Folgt, ihr anderen!

Ab mit dem ganzen Kriegstroß unter heftigen Gewitterschlägen.

MEROE *indem sie Prothoe aufhebt.*

Die Gräßliche!

ASTERIA.   Fort! Eilt ihr nach, ihr Frauen!

DIE OBERPRIESTERIN *leichenbleich.*

Ihr Ewgen! Was beschloßt ihr über uns?

Alle ab.

Einundzwanzigster Auftritt

Achilles, Diomedes treten auf. Späterhin Odysseus,
zuletzt der Herold.

ACHILLES. Hör, tu mir den Gefallen, Diomed,
  Und sag dem Sittenrichter nichts, dem grämlichen
  Odyß, von dem, was ich dir anvertraue;   2450
  Mir widerstehts, es macht mir Übelkeiten,
  Wenn ich den Zug um seine Lippe sehe.

DIOMEDES. Hast du den Herold ihr gesandt, Pelide?
  Ists wahr? Ists wirklich?

ACHILLES.   Ich will dir sagen, Freund:
  – Du aber, du erwiderst nichts, verstehst du?
  Gar nichts, kein Wort! – Dies wunderbare Weib,
  Halb Furie, halb Grazie, sie liebt mich –
  Und allen Weibern Hellas' ich zum Trotz,
  Beim Styx! beim ganzen Hades! – ich sie auch.

DIOMEDES. Was!

ACHILLES.   Ja. Doch eine Grille, die ihr heilig,   2460
  Will, daß ich ihrem Schwert im Kampf erliege;
  Eh nicht in Liebe kann sie mich umfangen.
  Nun schickt ich –

DIOMEDES.   Rasender!

ACHILLES.   Er hört mich nicht!
  Was er im Weltkreis noch, so lang er lebt,

Mit seinem blauen Auge nicht gesehn,
Das kann er in Gedanken auch nicht fassen.
DIOMEDES. Du willst –? Nein, sprich! Du willst –?
ACHILLES *nach einer Pause.*   – Was also will ich?
Was ists, daß ich so Ungeheures will?
DIOMEDES. Du hast sie in die Schranken bloß gefordert,
2470   Um ihr –?
ACHILLES.   Beim wolkenrüttelnden Kroniden,
Sie *tut* mir nichts, sag ich! Eh wird ihr Arm,
Im Zweikampf gegen ihren Busen wüten,
Und rufen: »Sieg!« wenn er von Herzblut trieft,
Als wider mich! – Auf einen Mond bloß will ich ihr,
In dem, was sie begehrt, zu Willen sein;
Auf einen oder zwei, mehr nicht: das wird
Euch ja den alten, meerzerfreßnen Isthmus
Nicht gleich zusammenstürzen! – Frei bin ich dann,
Wie ich aus ihrem eignen Munde weiß,
2480   Wie Wild auf Heiden wieder; und folgt sie mir,
Beim Jupiter! ich wär ein Seliger,
Könnt ich auf meiner Väter Thron sie setzen.
               Odysseus kommt.
DIOMEDES. Komm her, Ulyß, ich bitte dich.
ODYSSEUS.   Pelide!
Du hast die Königin ins Feld gerufen;
Willst du, ermüdet, wie die Scharen sind,
Von neu'm das oftmißlungne Wagstück wagen?
DIOMEDES.
Nichts, Freund, von Wagestücken, nichts von Kämpfen;
Er will sich bloß ihr zum Gefangnen geben.
ODYSSEUS. Was?
ACHILLES *das Blut schießt ihm ins Gesicht.*
        Tu mir dein Gesicht weg, bitt ich dich!
ODYSSEUS. Er will –?
DIOMEDES.   Du hörsts, ja! Ihr den Helm zerkeilen;
Gleich einem Fechter, grimmig sehn, und wüten;
Dem Schild aufdonnern, daß die Funken sprühen,
Und stumm sich, als ein Überwundener,
Zu ihren kleinen Füßen niederlegen.

ODYSSEUS. Ist dieser Mann bei Sinnen, Sohn des Peleus?
   Hast du gehört, was er –?
ACHILLES *sich zurückhaltend.*   Ich bitte dich,
   Halt deine Oberlippe fest, Ulyß!
   Es steckt mich an, bei den gerechten Göttern,
   Und bis zur Faust gleich zuckt es mir herab.
ODYSSEUS *wild.*
   Bei dem Kozyt, dem feurigen! Wissen will ich,   2500
   Ob meine Ohren hören, oder nicht!
   Du wirst mir, Sohn des Tydeus, bitt ich, jetzt,
   Mit einem Eid, daß ich aufs Reine komme,
   Bekräftigen, was ich dich fragen werde.
   Er will der Königin sich gefangen geben?
DIOMEDES. Du hörsts!
ODYSSEUS.   Nach Themiscyra will er gehn?
DIOMEDES. So ists.
ODYSSEUS.   Und unseren Helenenstreit,
   Vor der Dardanerburg, der Sinnentblößte,
   Den will er, wie ein Kinderspiel, weil sich
   Was anders Buntes zeigt, im Stiche lassen?   2510
DIOMEDES. Beim Jupiter! Ich schwörs.
ODYSSEUS *indem er die Arme verschränkt.*   – Ich kanns nicht glauben.
ACHILLES. Er spricht von der Dardanerburg.
ODYSSEUS.   Was?
ACHILLES.   Was?
ODYSSEUS. Mich dünkt, du sagtest was.
ACHILLES.   Ich?
ODYSSEUS.   Du!
ACHILLES.   Ich sagte:
   Er spricht von der Dardanerburg.
ODYSSEUS.   Nun, ja!
   Wie ein Beseßner fragt ich, ob der ganze
   Helenenstreit, vor der Dardanerburg,
   Gleich einem Morgentraum, vergessen sei?
ACHILLES *indem er ihm näher tritt.*
   Wenn die Dardanerburg, Laertiade,
   Versänke, du verstehst, so daß ein See,
   Ein bläulicher, an ihre Stelle träte;   2520

Wenn graue Fischer, bei dem Schein des Monds,
Den Kahn an ihre Wetterhähne knüpften;
Wenn im Palast des Priamus ein Hecht
Regiert', ein Ottern- oder Ratzenpaar
Im Bette sich der Helena umarmten:
So wärs für mich gerad so viel, als jetzt.

ODYSSEUS. Beim Styx! Es ist sein voller Ernst, Tydide!

ACHILLES. Beim Styx! Bei dem Lernäersumpf! Beim Hades!
Der ganzen Oberwelt und Unterwelt,
2530   Und jedem dritten Ort: es ist mein Ernst;
Ich will den Tempel der Diana sehn!

ODYSSEUS *halb ihm ins Ohr.* Laß ihn nicht von der Stelle, Diomed,
Wenn du so gut willst sein.

DIOMEDES.   Wenn ich – ich glaube!
Sei doch so gut, und leih mir deine Arme.

Der Herold tritt auf.

ACHILLES. Ha! Stellt sie sich? Was bringst du? Stellt sie sich?

DER HEROLD. Sie stellt sich, ja, Neridensohn, sie naht schon;
Jedoch mit Hunden auch und Elefanten,
Und einem ganzen wilden Reutertroß:
Was die beim Zweikampf sollen, weiß ich nicht.

2540   ACHILLES. Gut. Dem Gebrauch, war sie das schuldig. Folgt mir!
– O sie ist listig, bei den ewigen Göttern!
– – Mit Hunden, sagst du?

DER HEROLD.   Ja.

ACHILLES.   Und Elefanten?

DER HEROLD. Daß es ein Schrecken ist, zu sehn, Pelide!
Gält es, die Atreïden anzugreifen,
Im Lager vor der Trojerburg, sie könnte
In keiner finstrern Greuelrüstung nahn.

ACHILLES *in den Bart.*
Die fressen aus der Hand, wahrscheinlich – Folgt mir!
– O! Die sind zahm, wie sie.

Ab mit dem Gefolge.

DIOMEDES.   Der Rasende!

ODYSSEUS. Laßt uns ihn knebeln, binden – hört ihr Griechen!

2550   DIOMEDES. Hier nahn die Amazonen schon – hinweg!

Alle ab.

Zweiundzwanzigster Auftritt

Die Oberpriesterin, bleich im Gesicht, mehrere andere
Priesterinnen und Amazonen.

DIE OBERPRIESTERIN.

Schafft Stricke her, ihr Frauen!

DIE ERSTE PRIESTERIN.   Hochwürdigste!

DIE OBERPRIESTERIN. Reißt sie zu Boden nieder! Bindet sie!

EINE AMAZONE. Meinst du die Königin?

DIE OBERPRIESTERIN.   Die Hündin, mein ich!

– Der Menschen Hände bändgen sie nicht mehr.

DIE AMAZONEN. Hochheilge Mutter! Du scheinst außer dir.

DIE OBERPRIESTERIN.

Drei Jungfraun trat sie wütend in den Staub,
Die wir geschickt, sie aufzuhalten; Meroe,
Weil sie auf Knien sich in den Weg ihr warf,
Bei jedem süßen Namen sie beschwörend,
Mit Hunden hat sie sie hinweggehetzt.   2560
Als ich von fern der Rasenden nur nahte,
Gleich einen Stein, gebückt, mit beiden Händen,
Den grimmerfüllten Blick auf mich gerichtet,
Riß sie vom Boden auf – verloren war ich,
Wenn ich im Haufen nicht des Volks verschwand.

DIE ERSTE PRIESTERIN.

Es ist entsetzlich!

DIE ZWEITE.   Schrecklich ists, ihr Fraun.

DIE OBERPRIESTERIN. Jetzt unter ihren Hunden wütet sie,
Mit schaumbedeckter Lipp, und nennt sie Schwestern,
Die heulenden, und der Mänade gleich,
Mit ihrem Bogen durch die Felder tanzend,   2570
Hetzt sie die Meute, die mordatmende,
Die sie umringt, das schönste Wild zu fangen,
Das je die Erde, wie sie sagt, durchschweift.

DIE AMAZONEN. Ihr Orkusgötter! Wie bestraft ihr sie!

DIE OBERPRIESTERIN.

Drum mit dem Strick, ihr Arestöchter, schleunig
Dort auf den Kreuzweg hin, legt Schlingen ihr,
Bedeckt mit Sträuchern, vor der Füße Tritt.

Und reißt, wenn sich ihr Fuß darin verfängt,
Dem wutgetroffnen Hunde gleich, sie nieder:
2580   Daß wir sie binden, in die Heimat bringen,
Und sehen, ob sie noch zu retten sei.

DAS HEER DER AMAZONEN *außerhalb der Szene.*
Triumph! Triumph! Triumph! Achilleus stürzt!
Gefangen ist der Held! Die Siegerin,
Mit Rosen wird sie seine Scheitel kränzen!

Pause.

DIE OBERPRIESTERIN *mit freudebeklemmter Stimme.*
Hört ich auch recht?

DIE PRIESTERINNEN UND AMAZONEN.
Ihr hochgepriesnen Götter!

DIE OBERPRIESTERIN. War dieser Jubellaut der Freude nicht?

DIE ERSTE PRIESTERIN. Geschrei des Siegs, o du Hochheilige,
Wie noch mein Ohr keins seliger vernahm!

DIE OBERPRIESTERIN.
Wer schafft mir Kund, ihr Jungfraun?

DIE ZWEITE PRIESTERIN.   Terpi! rasch!
2590   Sag an, was du auf jenem Hügel siehst?

EINE AMAZONE *die während dessen den Hügel erstiegen, mit Entsetzen.*
Euch, ihr der Hölle grauenvolle Götter,
Zu Zeugen ruf ich nieder – was erblick ich!

DIE OBERPRIESTERIN.
Nun denn – als ob sie die Medus' erblickte!

DIE PRIESTERINNEN.
Was siehst du? Rede! Sprich!

DIE AMAZONE.   Penthesilea,
Sie liegt, den grimmgen Hunden beigesellt,
Sie, die ein Menschenschoß gebar, und reißt, –
Die Glieder des Achills reißt sie in Stücken!

DIE OBERPRIESTERIN. Entsetzen! o Entsetzen!

ALLE.   Fürchterlich!

DIE AMAZONE. Hier kommt es, bleich, wie eine Leiche, schon
2600   Das Wort des Greuelrätsels uns heran.

Sie steigt vom Hügel herab.

Dreiundzwanzigster Auftritt

Meroe tritt auf. Die Vorigen.

MEROE. O ihr, der Diana heilge Priesterinnen,
  Und ihr, Mars' reine Töchter, hört mich an:
  Die afrikanische Gorgone bin ich,
  Und wie ihr steht, zu Steinen starr ich euch.
DIE OBERPRIESTERIN.
  Sprich, Gräßliche! was ist geschehn?
MEROE.   Ihr wißt,
  Sie zog dem Jüngling, den sie liebt, entgegen,
  Sie, die fortan kein Name nennt –
  In der Verwirrung ihrer jungen Sinne,
  Den Wunsch, den glühenden, ihn zu besitzen,
  Mit allen Schrecknissen der Waffen rüstend.   2610
  Von Hunden rings umheult und Elefanten,
  Kam sie daher, den Bogen in der Hand:
  Der Krieg, der unter Bürgern rast, wenn er,
  Die blutumtriefte Graungestalt, einher,
  Mit weiten Schritten des Entsetzens geht,
  Die Fackel über blühnde Städte schwingend,
  Er sieht so wild und scheußlich nicht, als sie.
  Achilleus, der, wie man im Heer versichert,
  Sie bloß ins Feld gerufen, um freiwillig
  Im Kampf, der junge Tor, ihr zu erliegen: 2620
  Denn er auch, o wie mächtig sind die Götter!
  Er liebte sie, gerührt von ihrer Jugend,
  Zu Dianas Tempel folgen wollt er ihr:
  Er naht sich ihr, voll süßer Ahndungen,
  Und läßt die Freunde hinter sich zurück.
  Doch jetzt, da sie mit solchen Greulnissen
  Auf ihn herangrollt, ihn, der nur zum Schein
  Mit einem Spieß sich arglos ausgerüstet:
  Stutzt er, und dreht den schlanken Hals, und horcht,
  Und eilt entsetzt, und stutzt, und eilet wieder: 2630
  Gleich einem jungen Reh, das im Geklüft
  Fern das Gebrüll des grimmen Leun vernimmt.
  Er ruft: Odysseus! mit beklemmter Stimme,

Und sieht sich schüchtern um, und ruft: Tydide!
Und will zurück noch zu den Freunden fliehn;
Und steht, von einer Schar schon abgeschnitten,
Und hebt die Händ empor, und duckt und birgt
In eine Fichte sich, der Unglücksel'ge,
Die schwer mit dunkeln Zweigen niederhangt. –
2640 Inzwischen schritt die Königin heran,
Die Doggen hinter ihr, Gebirg und Wald
Hochher, gleich einem Jäger, überschauend;
Und da er eben, die Gezweige öffnend,
Zu ihren Füßen niedersinken will:
Ha! sein Geweih verrät den Hirsch, ruft sie,
Und spannt mit Kraft der Rasenden, sogleich
Den Bogen an, daß sich die Enden küssen,
Und hebt den Bogen auf und zielt und schießt,
Und jagt den Pfeil ihm durch den Hals; er stürzt:
2650 Ein Siegsgeschrei schallt roh im Volk empor.
Jetzt gleichwohl lebt der Ärmste noch der Menschen,
Den Pfeil, den weit vorragenden, im Nacken,
Hebt er sich röchelnd auf, und überschlägt sich,
Und hebt sich wiederum und will entfliehn;
Doch, hetz! schon ruft sie: Tigris! hetz, Leäne!
Hetz, Sphinx! Melampus! Dirke! Hetz, Hyrkaon!
Und stürzt – stürzt mit der ganzen Meut, o Diana!
Sich über ihn, und reißt – reißt ihn beim Helmbusch,
Gleich einer Hündin, Hunden beigesellt,
2660 Der greift die Brust ihm, dieser greift den Nacken,
Daß von dem Fall der Boden bebt, ihn nieder!
Er, in dem Purpur seines Bluts sich wälzend,
Rührt ihre sanfte Wange an, und ruft:
Penthesilea! meine Braut! was tust du?
Ist dies das Rosenfest, das du versprachst?
Doch sie – die Löwin hätte ihn gehört,
Die hungrige, die wild nach Raub umher,
Auf öden Schneegefilden heulend treibt;
Sie schlägt, die Rüstung ihm vom Leibe reißend,
2670 Den Zahn schlägt sie in seine weiße Brust,
Sie und die Hunde, die wetteifernden,

Oxus und Sphinx den Zahn in seine rechte,
In seine linke sie; als ich erschien,
Troff Blut von Mund und Händen ihr herab.

Pause voll Entsetzen.

Vernahmt ihr mich, ihr Fraun, wohlan, so redet,
Und gebt ein Zeichen eures Lebens mir.

Pause.

DIE ERSTE PRIESTERIN *am Busen der zweiten weinend.*

Solch eine Jungfrau, Hermia! So sittsam!
In jeder Kunst der Hände so geschickt!
So reizend, wenn sie tanzte, wenn sie sang!
So voll Verstand und Würd und Grazie!   2680

DIE OBERPRIESTERIN. O die gebar Otrere nicht! Die Gorgo
Hat im Palast der Hauptstadt sie gezeugt!

DIE ERSTE PRIESTERIN *fortfahrend.*

Sie war wie von der Nachtigall geboren,
Die um den Tempel der Diana wohnt.
Gewiegt im Eichenwipfel saß sie da,
Und flötete, und schmetterte, und flötete,
Die stille Nacht durch, daß der Wandrer horchte,
Und fern die Brust ihm von Gefühlen schwoll.
Sie trat den Wurm nicht, den gesprenkelten,
Der unter ihrer Füße Sohle spielte,   2690
Den Pfeil, der eines Ebers Busen traf,
Rief sie zurück, es hätte sie sein Auge,
Im Tod gebrochen, ganz zerschmelzt in Reue,
Auf Knieen vor ihn niederziehen können!

Pause.

MEROE. Jetzt steht sie lautlos da, die Grauenvolle,
Bei seiner Leich, umschnüffelt von der Meute,
Und blicket starr, als wärs ein leeres Blatt,
Den Bogen siegreich auf der Schulter tragend,
In das Unendliche hinaus, und schweigt.
Wir fragen mit gesträubten Haaren, sie,   2700
Was sie getan? Sie schweigt. Ob sie uns kenne?
Sie schweigt. Ob sie uns folgen will? Sie schweigt.
Entsetzen griff mich, und ich floh zu euch.

Vierundzwanzigster Auftritt

Penthesilea. – Die Leiche des Achills, mit einem roten Teppich bedeckt. –
Prothoe und andere.

DIE ERSTE AMAZONE.

Seht, seht, ihr Fraun! – Da schreitet sie heran,
Bekränzt mit Nesseln, die Entsetzliche,
Dem dürren Reif des Hag'dorns eingewebt,
An Lorbeerschmuckes Statt, und folgt der Leiche,
Die Gräßliche, den Bogen festlich schulternd,
Als wärs der Todfeind, den sie überwunden!

DIE ZWEITE PRIESTERIN.

2710   O diese Händ –!

DIE ERSTE PRIESTERIN.

                    O wendet euch ihr Frauen!

PROTHOE *der Oberpriesterin an den Busen sinkend.*

O meine Mutter!

DIE OBERPRIESTERIN *mit Entsetzen.*

                    Diana ruf ich an:

Ich bin an dieser Greueltat nicht schuldig!

DIE ERSTE AMAZONE.

Sie stellt sich grade vor die Oberpriesterin.

DIE ZWEITE. Sie winket, schaut!

DIE OBERPRIESTERIN.   Hinweg, du Scheußliche!

Du Hadesbürgerin! Hinweg, sag ich!
Nehmt diesen Schleier, nehmt, und deckt sie zu.

        Sie reißt sich den Schleier ab, und wirft ihn der Königin ins Gesicht.

DIE ERSTE AMAZONE.

O die lebendge Leich. Es rührt sie nicht –!

DIE ZWEITE. Sie winket immer fort –

DIE DRITTE.   Winkt immer wieder –

DIE ERSTE. Winkt immer zu der Priestrin Füßen nieder –

2720 DIE ZWEITE. Seht, seht!

DIE OBERPRIESTERIN.   Was willst du mir? hinweg, sag ich!

Geh zu den Raben, Schatten! Fort! Verwese!
Du blickst die Ruhe meines Lebens tot.

DIE ERSTE AMAZONE.

Ha! man verstand sie, seht –

DIE ZWEITE.   Jetzt ist sie ruhig.

DIE ERSTE. Den Peleïden sollte man, das wars,
  Vor der Dianapriestrin Füßen legen.

DIE DRITTE. Warum just vor der Dianapriestrin Füßen?

DIE VIERTE. Was meint sie auch damit?

DIE OBERPRIESTERIN.   Was *soll* mir das?
  Was soll die *Leiche* hier vor mir? Laß sie
  Gebirge decken, unzugängliche,
  Und den Gedanken deiner Tat dazu!   2730
  War ichs, du – Mensch nicht mehr, wie nenn ich dich?
  Die diesen Mord dir schrecklich abgefordert? –
  Wenn ein Verweis, sanft aus der Liebe Mund,
  Zu solchen Greuelnissen treibt, so sollen
  Die Furien kommen, und uns Sanftmut lehren!

DIE ERSTE AMAZONE. Sie blicket immer auf die Priestrin ein.

DIE ZWEITE. Grad ihr ins Antlitz –

DIE DRITTE.   Fest und unverwandt,
  Als ob sie durch und durch sie blicken wollte. –

DIE OBERPRIESTERIN. Geh, Prothoe, ich bitte dich, geh, geh,
  Ich kann sie nicht mehr sehn, entferne sie.   2740

PROTHOE *weinend*. Weh mir!

DIE OBERPRIESTERIN.   Entschließe dich!

PROTHOE.   Die Tat, die sie
  Vollbracht hat, ist zu scheußlich; laß mich sein.

DIE OBERPRIESTERIN. Faß dich. – Sie hatte eine schöne Mutter.
  – Geh, biet ihr deine Hülf und führ sie fort.

PROTHOE. Ich will sie nie mit Augen wiedersehn! –

DIE ZWEITE AMAZONE.
  Seht, wie sie jetzt den schlanken Pfeil betrachtet!

DIE ERSTE. Wie sie ihn dreht und wendet –

DIE DRITTE.   Wie sie ihn mißt!

DIE ERSTE PRIESTERIN.
  Das scheint der Pfeil, womit sie ihn erlegt.

DIE ERSTE AMAZONE.
  So ists, ihr Fraun!

DIE ZWEITE.   Wie sie vom Blut ihn säubert!
  Wie sie an seiner Flecken jeden wischt!   2750

DIE DRITTE. Was denkt sie wohl dabei?

DIE ZWEITE.   Und das Gefieder,
Wie sie es trocknet, kräuselt, wie sies lockt!
So zierlich! Alles, wie es sich gehört.
O seht doch!
DIE DRITTE.   – Ist sie das gewohnt zu tun?
DIE ERSTE. Tat sie das sonst auch selber?
DIE ERSTE PRIESTERIN.   Pfeil und Bogen,
Sie hat sie stets mit eigner Hand gereinigt.
DIE ZWEITE. O heilig hielt sie ihn, das muß man sagen! – –
DIE ZWEITE AMAZONE.
Doch jetzt den Köcher nimmt sie von der Schulter,
Und stellt den Pfeil in seinen Schaft zurück.

2760 DIE DRITTE. Nun ist sie fertig –
DIE ZWEITE.   Nun ist es geschehen –
DIE ERSTE PRIESTERIN.
Nun sieht sie wieder in die Welt hinaus –!
MEHRERE FRAUEN. O jammervoller Anblick! O so öde
Wie die Sandwüste, die kein Gras gebiert!
Lustgärten, die der Feuerstrom verwüstet,
Gekocht im Schoß der Erd und ausgespieen,
Auf alle Blüten ihres Busens hin,
Sind anmutsvoller als ihr Angesicht.
PENTHESILEA. *Ein Schauer schüttelt sie zusammen; sie läßt den Bogen fallen.*
DIE OBERPRIESTERIN. O die Entsetzliche!
PROTHOE *erschrocken.*   Nun, was auch gibts?
DIE ERSTE AMAZONE.
Der Bogen stürzt' ihr aus der Hand danieder!
DIE ZWEITE.

2770 Seht, wie er taumelt –
DIE VIERTE.   Klirrt, und wankt, und fällt –!
DIE ZWEITE. Und noch einmal am Boden zuckt –
DIE DRITTE.   Und stirbt,
Wie er der Tanaïs geboren ward.
                    Pause.
DIE OBERPRIESTERIN *sich plötzlich zu ihr wendend.*
Du, meine große Herrscherin, vergib mir!
Diana ist, die Göttin, dir zufrieden,
Besänftigt wieder hast du ihren Zorn.

Die große Stifterin des Frauenreiches,
Die Tanaïs, das gesteh ich jetzt, sie hat
Den Bogen würdger nicht geführt als du.

DIE ERSTE AMAZONE.
  Sie schweigt –
DIE ZWEITE.   Ihr Auge schwillt –
DIE DRITTE.   Sie hebt den Finger,
  Den blutigen, was will sie – Seht, o seht!   2780
DIE ZWEITE. O Anblick, herzzerreißender, als Messer!
DIE ERSTE. Sie wischt sich eine Träne ab.
DIE OBERPRIESTERIN *an Prothoes Busen zurück sinkend.*
                              O Diana!
  Welch eine Träne!
DIE ERSTE PRIESTERIN. O eine Träne, du Hochheilge,
  Die in der Menschen Brüste schleicht,
  Und alle Feuerglocken der Empfindung zieht,
  Und: Jammer! rufet, daß das ganze
  Geschlecht, das leicht bewegliche, hervor
  Stürzt aus den Augen, und in Seen gesammelt,
  Um die Ruine ihrer Seele weint.
DIE OBERPRIESTERIN *mit einem bittern Ausdruck.*
  Nun denn – wenn Prothoe ihr nicht helfen will,   2790
  So muß sie hier in ihrer Not vergehn.
PROTHOE *drückt den heftigsten Kampf aus. Drauf, indem sie sich ihr nähert,
  mit einer, immer von Tränen unterbrochenen, Stimme.*
  Willst du dich niederlassen, meine Königin?
  Willst du an meiner treuen Brust nicht ruhn?
  Viel kämpftest du, an diesem Schreckenstag,
  Viel auch, viel littest du – von so viel Leiden
  Willst du an meiner treuen Brust nicht ruhn?
PENTHESILEA. *Sie sieht sich um, wie nach einem Sessel.*
PROTHOE. Schafft einen Sitz herbei! Ihr seht, sie wills.
*Die Amazonen wälzen einen Stein herbei. Penthesilea läßt sich an Prothoes
  Hand darauf nieder. Hierauf setzt sich auch Prothoe.*
PROTHOE. Du kennst mich doch, mein Schwesterherz?
PENTHESILEA *sieht sie an, ihr Antlitz erheitert sich ein wenig.*
PROTHOE.   Prothoe
  Bin ich, die dich so zärtlich liebt.

PENTHESILEA *streichelt sanft ihre Wange.*

PROTHOE.   O du,
2800   Vor der mein Herz auf Knieen niederfällt,
Wie rührst du mich!

                    Sie küßt die Hand der Königin.

                    – Du bist wohl sehr ermüdet?
Ach, wie man dir dein Handwerk ansieht, Liebe!
Nun freilich – Siegen geht so rein nicht ab,
Und jede Werkstatt kleidet ihren Meister.
Doch wie, wenn du dich jetzo reinigtest,
Händ und Gesicht? – Soll ich dir Wasser schaffen?
– – Geliebte Königin!

PENTHESILEA. *Sie besieht sich und nickt.*

PROTHOE.   Nun ja. Sie wills.

          Sie winkt den Amazonen; diese gehen Wasser zu schöpfen.

– Das wird dir wohltun, das wird dich erquicken,
Und sanft, auf kühle Teppiche gestreckt,
2810   Von schwerer Tagesarbeit wirst du ruhn.

DIE ERSTE PRIESTERIN.

Wenn man mit Wasser sie besprengt, gebt acht,
Besinnt sie sich.

DIE OBERPRIESTERIN. O ganz gewiß, das hoff ich.

PROTHOE. Du hoffsts, hochheilge Priesterin? – Ich fürcht es.

DIE OBERPRIESTERIN *indem sie zu überlegen scheint.*

Warum? Weshalb? – Es ist nur nicht zu wagen,
Sonst müßte man die Leiche des Achills –

PENTHESILEA *blickt die Oberpriesterin blitzend an.*

PROTHOE. Laßt, laßt –!

DIE OBERPRIESTERIN.   Nichts, meine Königin, nichts, nichts!
Es soll dir alles bleiben, wie es ist. –

PROTHOE. Nimm dir den Lorbeer ab, den dornigen,
Wir alle wissen ja, daß du gesiegt.
2820   Und auch den Hals befreie dir – So, so!
Schau! Eine Wund und das recht tief! Du Arme!
Du hast es dir recht sauer werden lassen –
Nun dafür triumphierst du jetzo auch!
– O Artemis!

Zwei Amazonen bringen ein großes flaches Marmorbecken, gefüllt mit Wasser.

PROTHOE.   Hier setzt das Becken her. –
Soll ich dir jetzt die jungen Scheitel netzen?
Und wirst du auch erschrecken nicht – –? Was machst du?

PENTHESILEA *läßt sich von ihrem Sitz auf Knien vor das Becken nieder-*
fallen, und begießt sich das Haupt mit Wasser.

PROTHOE. Sieh da! Du bist ja traun recht rüstig, Königin!
– Das tut dir wohl recht wohl?

PENTHESILEA *sie sieht sich um.*   Ach Prothoe!

Sie begießt sich von neuem mit Wasser.

MEROE *froh.* Sie spricht!

DIE OBERPRIESTERIN.   Dem Himmel sei gedankt!

PROTHOE.   Gut, gut!

MEROE. Sie kehrt ins Leben uns zurück!

PROTHOE.   Vortrefflich!   2830
Das Haupt ganz unter Wasser, Liebe! So!
Und wieder! So, so! Wie ein junger Schwan! –

MEROE. Die Liebliche!

DIE ERSTE PRIESTERIN. Wie sie das Köpfchen hängt!

MEROE. Wie sie das Wasser niederträufeln läßt!

PROTHOE. – Bist du jetzt fertig?

PENTHESILEA.   Ach! – Wie wunderbar.

PROTHOE. Nun denn, so komm mir auf den Sitz zurück! –
Rasch eure Schleier mir, ihr Priesterinnen,
Daß ich ihr die durchweichten Locken trockne!
So, Phania, deinen! Terpi! helft mir, Schwestern!
Laßt uns ihr Haupt und Nacken ganz verhüllen!   2840
So, so! – Und jetzo auf den Sitz zurück!

Sie verhüllt die Königin, hebt sie auf den Sitz, und drückt sie fest an ihre Brust.

PENTHESILEA.

Wie ist mir?

PROTHOE.   Wohl, denk ich – nicht?

PENTHESILEA *lispelnd.*   Zum Entzücken!

PROTHOE. Mein Schwesterherz! Mein süßes! O mein Leben!

PENTHESILEA. O sagt mir! – Bin ich in Elysium?
Bist du der ewig jungen Nymphen eine,
Die unsre hehre Königin bedienen,
Wenn sie von Eichenwipfeln still umrauscht,
In die kristallne Grotte niedersteigt?

Nahmst du die Züge bloß, mich zu erfreuen,
2850 Die Züge meiner lieben Prothoe an?
PROTHOE. Nicht, meine beste Königin, nicht, nicht.
Ich bin es, deine Prothoe, die dich
In Armen hält, und was du hier erblickst,
Es ist die Welt noch, die gebrechliche,
Auf die nur fern die Götter niederschaun.
PENTHESILEA. So, so. Auch gut. Recht sehr gut. Es tut nichts.
PROTHOE. Wie, meine Herrscherin?
PENTHESILEA.   Ich bin vergnügt.
PROTHOE. Erkläre dich, Geliebte. Wir verstehn nicht –
PENTHESILEA. Daß ich noch bin, erfreut mich. Laßt mich ruhn.

Pause.

2860 MEROE. Seltsam!
DIE OBERPRIESTERIN.
        Welch eine wunderbare Wendung!
MEROE. Wenn man geschickt ihr doch entlocken könnte –?
PROTHOE. – Was war es denn, das dir den Wahn erregt,
Du seist ins Reich der Schatten schon gestiegen?
PENTHESILEA *nach einer Pause, mit einer Art von Verzückung.*
Ich bin so selig, Schwester! Überselig!
Ganz reif zum Tod o Diana, fühl ich mich!
Zwar weiß ich nicht, was hier mit mir geschehn,
Doch gleich des festen Glaubens könnt ich sterben,
Daß ich mir den Peliden überwand.
PROTHOE *verstohlen zur Oberpriesterin.*
Rasch jetzt die Leich hinweg!
PENTHESILEA *sich lebhaft aufrichtend.* O Prothoe!
2870 Mit wem sprichst du?
PROTHOE *da die beiden Trägerinnen noch säumen.*
         Fort, Rasende!
PENTHESILEA.   O Diana!
So ist es wahr?
PROTHOE.   Was, fragst du, wahr, Geliebte?
– Hier! Drängt euch dicht heran!
Sie winkt den Priesterinnen, die Leiche, die aufgehoben wird, mit ihren Leibern
zu verbergen.

PENTHESILEA *hält ihre Hände freudig vors Gesicht.* Ihr heilgen Götter!

Ich habe nicht das Herz mich umzusehn.

PROTHOE. Was hast du vor? Was denkst du, Königin?

PENTHESILEA *sich umsehend.*

O Liebe, du verstellst dich.

PROTHOE.   Nein, beim Zeus,
Dem ewgen Gott der Welt!

PENTHESILEA *mit immer steigender Ungeduld.*

O ihr Hochheiligen,
Zerstreut euch doch!

DIE OBERPRIESTERIN *sich dicht mit den übrigen Frauen zusammendrängend.*

Geliebte Königin!

PENTHESILEA *indem sie aufsteht.*

O Diana! Warum soll ich nicht? O Diana!
Er stand schon einmal hinterm Rücken mir.

MEROE. Seht, seht! Wie sie Entsetzen faßt!   2880

PENTHESILEA *zu den Amazonen, welche die Leiche tragen.*

Halt dort! –
Was tragt ihr dort? Ich will es wissen. Steht!

Sie macht sich Platz unter den Frauen und dringt bis zur Leiche vor.

PROTHOE. O meine Königin! Untersuche nicht!

PENTHESILEA. Ist ers, ihr Jungfraun? Ist ers?

EINE TRÄGERIN *indem die Leiche niedergelassen wird.*

Wer, fragst du?

PENTHESILEA. – Es ist unmöglich nicht, das seh ich ein.
Zwar einer Schwalbe Flügel kann ich lähmen,
So, daß der Flügel noch zu heilen ist;
Den Hirsch lock ich mit Pfeilen in den Park.
Doch ein Verräter ist die Kunst der Schützen;
Und gilts den Meisterschuß ins Herz des Glückes,
So führen tücksche Götter uns die Hand.   2890
– Traf ich zu nah ihn, wo es gilt? Sprecht ist ers?

PROTHOE. O bei den furchtbarn Mächten des Olymps,
Frag nicht –!

PENTHESILEA.   Hinweg! Und wenn mir seine Wunde,
Ein Höllenrachen, gleich entgegen gähnte:
Ich will ihn sehn!

Sie hebt den Teppich auf.

Wer von euch tat das, ihr Entsetzlichen!

PROTHOE. Das fragst du noch?

PENTHESILEA. O Artemis! Du Heilige!
Jetzt ist es um dein Kind geschehn!

DIE OBERPRIESTERIN.
Da stürzt sie hin!

PROTHOE. Ihr ewgen Himmelsgötter!
2900 Warum nicht meinem Rate folgtest du?
O dir war besser, du Unglückliche,
In des Verstandes Sonnenfinsternis
Umher zu wandeln, ewig, ewig, ewig,
Als diesen fürchterlichen Tag zu sehn!
– Geliebte, hör mich!

DIE OBERPRIESTERIN. Meine Königin!

MEROE. Zehntausend Herzen teilen deinen Schmerz!

DIE OBERPRIESTERIN. Erhebe dich!

PENTHESILEA *halb aufgerichtet.* Ach, diese blutgen Rosen!
Ach, dieser Kranz von Wunden um sein Haupt!
Ach, wie die Knospen, frischen Grabduft streuend,
2910 Zum Fest für die Gewürme, niedergehn!

PROTHOE *mit Zärtlichkeit.*
Und doch war es die Liebe, die ihn kränzte?

MEROE. Nur allzufest –!

PROTHOE. Und mit der Rose Dornen,
In der Beeifrung, daß es ewig sei!

DIE OBERPRIESTERIN. Entferne dich!

PENTHESILEA. Das aber will ich wissen,
Wer mir so gottlos neben hat gebuhlt! –
Ich frage nicht, wer den Lebendigen
Erschlug; bei unsern ewig hehren Göttern!
Frei, wie ein Vogel, geht er von mir weg.
Wer mir den Toten tötete, frag ich,
2920 Und darauf gib mir Antwort, Prothoe.

PROTHOE. Wie, meine Herrscherin?

PENTHESILEA. Versteh mich recht.
Ich will nicht wissen, wer aus seinem Busen
Den Funken des Prometheus stahl. Ich wills nicht,
Weil ichs nicht will; die Laune steht mir so:
Ihm soll vergeben sein, er mag entfliehn.

Doch wer, o Prothoe, bei diesem Raube
Die offne Pforte ruchlos mied, durch alle
Schneeweißen Alabasterwände mir
In diesen Tempel brach; wer diesen Jüngling,
Das Ebenbild der Götter, so entstellt,   2930
Daß Leben und Verwesung sich nicht streiten,
Wem er gehört, wer ihn so zugerichtet,
Daß ihn das Mitleid nicht beweint, die Liebe
Sich, die unsterbliche, gleich einer Metze,
Im Tod noch untreu, von ihm wenden muß:
Den will ich meiner Rache opfern. Sprich!
PROTHOE *zur Oberpriesterin.*
Was soll man nun der Rasenden erwidern? –
PENTHESILEA. Nun, werd ichs hören?
MEROE.   – O meine Königin,
Bringt es Erleichterung der Schmerzen dir,
In deiner Rache opfre, wen du willst.   2940
Hier stehn wir all und bieten dir uns an.
PENTHESILEA. Gebt acht, sie sagen noch, daß ich es war.
DIE OBERPRIESTERIN *schüchtern.*
Wer sonst, du Unglückselige, als nur –?
PENTHESILEA. Du Höllenfürstin, im Gewand des Lichts,
Das wagst du mir –?
DIE OBERPRIESTERIN.   Diana ruf ich an!
Laß es die ganze Schar, die dich umsteht,
Bekräftigen! Dein Pfeil wars der ihn traf,
Und Himmel! wär es nur dein Pfeil gewesen!
Doch, als er niedersank, warfst du dich noch,
In der Verwirrung deiner wilden Sinne,   2950
Mit allen Hunden über ihn und schlugst –
O meine Lippe zittert auszusprechen,
Was du getan. Frag nicht! Komm, laß uns gehn.
PENTHESILEA. Das muß ich erst von meiner Prothoe hören.
PROTHOE. O meine Königin! Befrag mich nicht.
PENTHESILEA.
Was! Ich? Ich hätt ihn –? Unter meinen Hunden –?
Mit diesen kleinen Händen hätt ich ihn –?
Und dieser Mund hier, den die Liebe schwellt –?

Ach, zu ganz anderm Dienst gemacht, als ihn –!
2960   Die hätten, lustig stets einander helfend,
Mund jetzt und Hand, und Hand und wieder Mund –?

PROTHOE. O Königin!

DIE OBERPRIESTERIN.   Ich rufe Wehe! dir.

PENTHESILEA.
Nein, hört, davon nicht überzeugt ihr mich.
Und stünds mit Blitzen in die Nacht geschrieben,
Und rief es mir des Donners Stimme zu,
So rief ich doch noch beiden zu: ihr lügt!

MEROE. Laß ihn, wie Berge, diesen Glauben stehn;
Wir sind es nicht, die ihn erschüttern werden.

PENTHESILEA. – Wie kam es denn, daß er sich nicht gewehrt?
2970   DIE OBERPRIESTERIN. Er liebte dich, Unseligste! Gefangen
Wollt er sich dir ergeben, darum naht' er!
Darum zum Kampfe fordert' er dich auf!
Die Brust voll süßen Friedens kam er her,
Um dir zum Tempel Artemis' zu folgen.
Doch du –

PENTHESILEA. So, so –

DIE OBERPRIESTERIN.   Du trafst ihn –

PENTHESILEA.   Ich zerriß ihn.

PROTHOE. O meine Königin!

PENTHESILEA.   Oder war es anders?

MEROE. Die Gräßliche!

PENTHESILEA.   Küßt ich ihn tot?

DIE ERSTE PRIESTERIN.   O Himmel!

PENTHESILEA.
Nicht? Küßt ich nicht? Zerrissen wirklich? sprecht?

DIE OBERPRIESTERIN. Weh! Wehe! ruf ich dir. Verberge dich!
2980   Laß fürder ewge Mitternacht dich decken!

PENTHESILEA. – So war es ein Versehen. Küsse, Bisse,
Das reimt sich, und wer recht von Herzen liebt,
Kann schon das eine für das andre greifen.

MEROE. Helft ihr, ihr Ewgen, dort!

PROTHOE *ergreift sie.*   Hinweg!

PENTHESILEA.   Laßt, laßt!

     Sie wickelt sich los, und läßt sich auf Knieen vor der Leiche nieder.

Du Ärmster aller Menschen, du vergibst mir!
Ich habe mich, bei Diana, bloß versprochen,
Weil ich der raschen Lippe Herr nicht bin;
Doch jetzt sag ich dir deutlich, wie ichs meinte:
Dies, du Geliebter, wars, und weiter nichts.

Sie küßt ihn.

DIE OBERPRIESTERIN.
    Schafft sie hinweg!
MEROE.   Was soll sie länger hier?   2990
PENTHESILEA. Wie manche, die am Hals des Freundes hängt,
    Sagt wohl das Wort: sie lieb ihn, o so sehr,
    Daß sie vor Liebe gleich ihn essen könnte;
    Und hinterher, das Wort beprüft, die Närrin!
    Gesättigt sein zum Ekel ist sie schon.
    Nun, du Geliebter, so verfuhr ich nicht.
    Sieh her: als *ich* an deinem Halse hing,
    Hab ichs wahrhaftig Wort für Wort getan;
    Ich war nicht so verrückt, als es wohl schien.
MEROE. Die Ungeheuerste! Was sprach sie da?   3000
DIE OBERPRIESTERIN.
    Ergreift sie! Bringt sie fort!
PROTHOE.   Komm, meine Königin!
PENTHESILEA *sie läßt sich aufrichten.*
    Gut, gut. Hier bin ich schon.
DIE OBERPRIESTERIN.   So folgst du uns?
PENTHESILEA. Euch nicht! – –
    Geht ihr nach Themiscyra, und seid glücklich,
    Wenn ihr es könnt –
    Vor allen meine Prothoe –
    Ihr alle –
    Und – – – im Vertraun ein Wort, das niemand höre,
    Der Tanaïs Asche, streut sie in die Luft!
PROTHOE. Und du, mein teures Schwesterherz?   3010
PENTHESILEA. Ich?
PROTHOE.   Du!
PENTHESILEA.   – Ich will dir sagen, Prothoe,
    Ich sage vom Gesetz der Fraun mich los,
    Und folge diesem Jüngling hier.

PROTHOE. Wie, meine Königin?

DIE OBERPRIESTERIN.   Unglückliche!

PROTHOE. Du willst –?

DIE OBERPRIESTERIN.   Du denkst –

PENTHESILEA.   Was? Allerdings!

MEROE.   O Himmel!

PROTHOE. So laß mich dir ein Wort, mein Schwesterherz –

Sie sucht ihr den Dolch wegzunehmen.

PENTHESILEA.

Nun denn, und was? – – Was suchst du mir am Gurt?
– Ja, so. Wart, gleich! Verstand ich dich doch nicht.
– – Hier ist der Dolch.

Sie löst sich den Dolch aus dem Gurt, und gibt ihn der Prothoe.

Willst du die Pfeile auch?

Sie nimmt den Köcher von der Schulter.

3020   Hier schütt ich ihren ganzen Köcher aus!

Sie schüttet die Pfeile vor sich nieder.

Zwar reizend wärs von *einer* Seite –

Sie hebt einige davon wieder auf.

Denn dieser hier – nicht? Oder war es dieser –?
Ja, der! Ganz recht – Gleichviel! Da! Nimm sie hin!
Nimm alle die Geschosse zu dir hin!

Sie rafft den ganzen Bündel wieder auf, und gibt ihn der Prothoe in die Hände.

PROTHOE.   Gib her.

PENTHESILEA. Denn jetzt steig ich in meinen Busen nieder,
Gleich einem Schacht, und grabe, kalt wie Erz,
Mir ein vernichtendes Gefühl hervor.
Dies Erz, dies läutr' ich in der Glut des Jammers
Hart mir zu Stahl; tränk es mit Gift sodann,

3030   Heißätzendem, der Reue, durch und durch;
Trag es der Hoffnung ewgem Amboß zu,
Und schärf und spitz es mir zu einem Dolch;
Und diesem Dolch jetzt reich ich meine Brust:
So! So! So! So! Und wieder! – Nun ists gut.

Sie fällt und stirbt.

PROTHOE *die Königin auffassend.*

Sie stirbt!

MEROE.   Sie folgt ihm, in der Tat!

PROTHOE.   Wohl ihr!
Denn hier war ihres fernern Bleibens nicht.

Sie legt sie auf den Boden nieder.

DIE OBERPRIESTERIN.

Ach! Wie gebrechlich ist der Mensch, ihr Götter!
Wie stolz, die hier geknickt liegt, noch vor kurzem,
Hoch auf des Lebens Gipfeln, rauschte sie!

PROTHOE. Sie sank, weil sie zu stolz und kräftig blühte!   3040
Die abgestorbne Eiche steht im Sturm,
Doch die gesunde stürzt er schmetternd nieder,
Weil er in ihre Krone greifen kann.

DAS KÄTHCHEN
VON HEILBRONN

oder

DIE FEUERPROBE

EIN GROSSES HISTORISCHES
RITTERSCHAUSPIEL

*Aufgeführt auf dem Theater an der Wien
den 17. 18. und 19. März 1810*

PERSONEN

DER KAISER

GEBHARDT, Erzbischof von Worms

FRIEDRICH WETTER, GRAF VOM STRAHL

GRÄFIN HELENA, seine Mutter

ELEONORE, ihre Nichte

RITTER FLAMMBERG, des Grafen Vasall

GOTTSCHALK, sein Knecht

BRIGITTE, Haushälterin im gräflichen Schloß

KUNIGUNDE VON THURNECK

ROSALIE, ihre Kammerzofe

[SYBILLE, deren Stiefmutter]

THEOBALD FRIEDEBORN, Waffenschmied aus Heilbronn

KÄTHCHEN, seine Tochter

GOTTFRIED FRIEDEBORN, ihr Bräutigam

MAXIMILIAN, BURGGRAF VON FREIBURG

GEORG VON WALDSTÄTTEN, sein Freund

[RITTER SCHAUERMANN ⎱ seine Vasallen]
[RITTER WETZLAF ⎰

DER RHEINGRAF VOM STEIN, Verlobter Kunigundens

FRIEDRICH VON HERRNSTADT ⎱ seine Freunde
EGINHARDT VON DER WART ⎰

GRAF OTTO VON DER FLÜHE ⎱
WENZEL VON NACHTHEIM ⎬ Räte des Kaisers und Richter
HANS VON BÄRENKLAU ⎰ des heimlichen Gerichts

JAKOB PECH, ein Gastwirt

DREI HERREN VON THURNECK

KUNIGUNDENS ALTE TANTEN

EIN KÖHLERJUNGE

EIN NACHTWÄCHTER

MEHRERE RITTER

EIN HEROLD, ZWEI KÖHLER, BEDIENTEN, BOTEN, HÄSCHER,
KNECHTE und VOLK

Die Handlung spielt in Schwaben

ERSTER AKT

Szene: Eine unterirdische Höhle, mit den Insignien des
Vehmgerichts, von einer Lampe erleuchtet.

Erster Auftritt

Graf Otto von der Flühe als Vorsitzer, Wenzel von Nachtheim, Hans von
Bärenklau als Beisassen, mehrere Grafen, Ritter und Herren, sämtlich ver-
mummt, Häscher mit Fackeln usw. – Theobald Friedeborn, Bürger aus Heil-
bronn, als Kläger, Graf Wetter vom Strahl als Beklagter, stehen vor den
Schranken.

GRAF OTTO *steht auf.* Wir, Richter des hohen, heimlichen Gerichts,
die wir, die irdischen Schergen Gottes, Vorläufer der geflügelten Heere, die er in seinen Wolken mustert, den Frevel aufsuchen, da, wo er, in der Höhle der Brust, gleich einem Molche
verkrochen, vom Arm weltlicher Gerechtigkeit nicht aufgefunden werden kann: wir rufen dich, Theobald Friedeborn,
ehrsamer und vielbekannter Waffenschmied aus Heilbronn
auf, deine Klage anzubringen gegen Friedrich, Graf Wetter
vom Strahle; denn dort, auf den ersten Ruf der heiligen Vehme,
10 von des Vehmherolds Hand dreimal, mit dem Griff des Ge-
richtsschwerts, an die Tore seiner Burg, deinem Gesuch gemäß,
ist er erschienen, und fragt, was du willst? *Er setzt sich.*
THEOBALD FRIEDEBORN. Ihr hohen, heiligen und geheimnisvollen
Herren! Hätte *er*, auf den ich klage, sich bei mir ausrüsten
lassen – setzet in Silber, von Kopf bis zu Fuß, oder in schwarzen Stahl, Schienen, Schnallen und Ringe von Gold; und
hätte nachher, wenn ich gesprochen: Herr, bezahlt mich!
geantwortet: Theobald! Was willst du? Ich bin dir nichts
schuldig; oder wäre er vor die Schranken meiner Obrigkeit
20 getreten, und hätte meine Ehre, mit der Zunge der Schlangen –
oder wäre er aus dem Dunkel mitternächtlicher Wälder her-
ausgebrochen und hätte mein Leben, mit Schwert und Dolch,
angegriffen: so wahr mir Gott helfe! ich glaube, ich hätte nicht
vor euch geklagt. Ich erlitt, in drei und funfzig Jahren, da ich
lebe, so viel Unrecht, daß meiner Seele Gefühl nun gegen
seinen Stachel wie gepanzert ist; und während ich Waffen
schmiede, für andere, die die Mücken stechen, sag ich selbst

zum Skorpion: fort mit dir! und laß ihn fahren. Friedrich,
Graf Wetter vom Strahl, hat mir mein Kind verführt, meine
Katharine. Nehmt ihn, ihr irdischen Schergen Gottes, und   30
überliefert ihn allen geharnischten Scharen, die an den Pforten
der Hölle stehen und ihre glutroten Spieße schwenken: ich
klage ihn schändlicher Zauberei, aller Künste der schwarzen
Nacht und der Verbrüderung mit dem Satan an!

GRAF OTTO. Meister Theobald von Heilbronn! Erwäge wohl,
was du sagst. Du bringst vor, der Graf vom Strahl, uns vielfältig und von guter Hand bekannt, habe dir dein Kind verführt. Du klagst ihn, hoff ich, der Zauberei nicht an, weil er
deines Kindes *Herz* von dir abwendig gemacht? Weil er ein
Mädchen, voll rascher Einbildungen, mit einer Frage, wer sie   40
sei? oder wohl gar mit dem bloßen Schein seiner roten Wangen,
unter dem Helmsturz hervorglühend, oder mit irgend einer
andern Kunst des hellen Mittags ausgeübt auf jedem Jahrmarkt, für sich gewonnen hat?

THEOBALD. Es ist wahr, ihr Herren, ich sah ihn nicht zur Nachtzeit, an Mooren und schilfreichen Gestaden, oder wo sonst
des Menschen Fuß selten erscheint, umherwandeln und mit
den Irrlichtern Verkehr treiben. Ich fand ihn nicht auf den
Spitzen der Gebirge, den Zauberstab in der Hand, das unsichtbare Reich der Luft abmessen, oder in unterirdischen   50
Höhlen, die kein Strahl erhellt, Beschwörungsformeln aus
dem Staub heraufmurmeln. Ich sah den Satan und die Scharen,
deren Verbrüderten ich ihn nannte, mit Hörnern, Schwänzen
und Klauen, wie sie zu Heilbronn, über dem Altar abgebildet
sind, an seiner Seite nicht. Wenn ihr mich gleichwohl reden
lassen wollt, so denke ich es durch eine schlichte Erzählung
dessen, was sich zugetragen, dahin zu bringen, daß ihr auf-
brecht, und ruft: unsrer sind dreizehn und der vierzehnte ist
der Teufel! zu den Türen rennt und den Wald, der diese Höhle
umgibt, auf dreihundert Schritte im Umkreis, mit euren Taft-   60
mänteln und Federhüten besäet.

GRAF OTTO. Nun, du alter, wilder Kläger! so rede!

THEOBALD. Zuvörderst müßt ihr wissen, ihr Herren, daß mein
Käthchen Ostern, die nun verflossen, funfzehn Jahre alt war;
gesund an Leib und Seele, wie die ersten Menschen, die gebo-

ren worden sein mögen; ein Kind recht nach der Lust Gottes,
das heraufging aus der Wüsten, am stillen Feierabend meines
Lebens, wie ein gerader Rauch von Myrrhen und Wachhol-
dern! Ein Wesen von zarterer, frommerer und lieberer Art
70   müßt ihr euch nicht denken, und kämt ihr, auf Flügeln der
Einbildung, zu den lieben, kleinen Engeln, die, mit den hellen
Augen, aus den Wolken, unter Gottes Händen und Füßen
hervorgucken. Ging sie in ihrem bürgerlichen Schmuck über
die Straße, den Strohhut auf, von gelbem Lack erglänzend,
das schwarzsamtene Leibchen, das ihre Brust umschloß, mit
feinen Silberkettlein behängt: so lief es flüsternd von allen
Fenstern herab: das ist das Käthchen von Heilbronn; das
Käthchen von Heilbronn, ihr Herren, als ob der Himmel von
Schwaben sie erzeugt, und von seinem Kuß geschwängert,
80   die Stadt, die unter ihm liegt, sie geboren hätte. Vettern und
Basen, mit welchen die Verwandtschaft, seit drei Menschen-
geschlechtern, vergessen worden war, nannten sie, auf Kind-
taufen und Hochzeiten, ihr liebes Mühmchen, ihr liebes
Bäschen; der ganze Markt, auf dem wir wohnten, erschien an
ihrem Namenstage, und bedrängte sich und wetteiferte, sie zu
beschenken; wer sie nur einmal, gesehen und einen Gruß im
Vorübergehen von ihr empfangen hatte, schloß sie acht folgende Tage lang, als ob sie ihn gebessert hätte, in sein Gebet ein.
Eigentümerin eines Landguts, das ihr der Großvater, mit
90   Ausschluß meiner, als einem Goldkinde, dem er sich liebreich bezeigen wollte, vermacht hatte, war sie schon unabhängig von mir, eine der wohlhabendsten Bürgerinnen der
Stadt. Fünf Söhne wackerer Bürger, bis in den Tod von
ihrem Werte gerührt, hatten nun schon um sie angehalten;
die Ritter, die durch die Stadt zogen, weinten, daß sie kein
Fräulein war; ach, und wäre sie eines gewesen, das Morgenland wäre aufgebrochen, und hätte Perlen und Edelgesteine,
von Mohren getragen, zu ihren Füßen gelegt. Aber sowohl
ihre, als meine Seele, bewahrte der Himmel vor Stolz; und
100   weil Gottfried Friedeborn, der junge Landmann, dessen Güter
das ihrige umgrenzen, sie zum Weibe begehrte, und sie auf
meine Frage: Katharine, willt du ihn? antwortete: Vater!
Dein Wille sei meiner; so sagte ich: der Herr segne euch! und

weinte und jauchzte, und beschloß, Ostern, die kommen, sie
nun zur Kirche zu bringen. – So war sie, ihr Herren, bevor sie
mir dieser entführte.

GRAF OTTO. Nun? Und wodurch entführte er sie dir? Durch
welche Mittel hat er sie dir und dem Pfade, auf welchen du
sie geführt hattest, wieder entrissen?

THEOBALD. Durch welche Mittel? – Ihr Herren, wenn ich das   110
sagen könnte, so begriffen es diese fünf Sinne, und so ständ ich
nicht vor euch und klagte auf alle, mir unbegreiflichen,
Greuel der Hölle. Was soll ich vorbringen, wenn ihr mich
fragt, durch welche Mittel? Hat er sie am Brunnen getroffen,
wenn sie Wasser schöpfte, und gesagt: Lieb Mädel, wer bist
du? hat er sich an den Pfeiler gestellt, wenn sie aus der Mette
kam, und gefragt: Lieb Mädel, wo wohnst du? hat er sich,
bei nächtlicher Weile, an ihr Fenster geschlichen, und, indem
er ihr einen Halsschmuck umgehängt, gesagt: Lieb Mädel, wo
ruhst du? Ihr hochheiligen Herren, damit war sie nicht zu ge-   120
winnen! Den Judaskuß erriet unser Heiland nicht rascher, als
sie solche Künste. Nicht mit Augen, seit sie geboren ward,
hat sie ihn gesehen; ihren Rücken, und das Mal darauf, das sie
von ihrer seligen Mutter erbte, kannte sie besser, als ihn. *Er weint.*

GRAF OTTO *nach einer Pause.* Und gleichwohl, wenn er sie verführt
hat, du wunderlicher Alter, so muß es wann und irgendwo
geschehen sein?

THEOBALD. Heiligen Abend vor Pfingsten, da er auf fünf Minuten
in meine Werkstatt kam, um sich, wie er sagte, eine Eisen-
schiene, die ihm zwischen Schulter und Brust losgegangen   130
war, wieder zusammenheften zu lassen.

WENZEL. Was!

HANS. Am hellen Mittag?

WENZEL. Da er auf fünf Minuten in deine Werkstatt kam, um
sich eine Brustschiene anheften zu lassen?

Pause.

GRAF OTTO. Fasse dich, Alter, und erzähle den Hergang.

THEOBALD *indem er sich die Augen trocknet.* Es mochte ohngefähr eilf
Uhr morgens sein, als er, mit einem Troß Reisiger, vor
mein Haus sprengte, rasselnd, der Erzgepanzerte, vom
Pferd stieg, und in meine Werkstatt trat: das Haupt tief herab   140

neigt' er, um mit den Reiherbüschen, die ihm vom Helm
niederwankten, durch die Tür zu kommen. Meister, schau
her, spricht er: dem Pfalzgrafen, der eure Wälle niederreißen
will, zieh ich entgegen; die Lust, ihn zu treffen, sprengt mir
die Schienen; nimm Eisen und Draht, ohne daß ich mich zu
entkleiden brauche, und heft sie mir wieder zusammen. Herr!
sag ich: wenn Euch die Brust so die Rüstung zerschmeißt, so
läßt der Pfalzgraf unsere Wälle ganz; nötig ihn auf einen
Sessel, in des Zimmers Mitte nieder, und: Wein! ruf ich in
150   die Türe, und vom frischgeräucherten Schinken, zum Imbiß!
und setz einen Schemel, mit Werkzeugen versehn, vor ihn,
um ihm die Schiene wieder herzustellen. Und während draußen
noch der Streithengst wiehert, und, mit den Pferden der
Knechte, den Grund zerstampft, daß der Staub, als wär ein
Cherub vom Himmel niedergefahren, emporquoll: öffnet
langsam, ein großes, flaches Silbergeschirr auf dem Kopf tragend, auf welchem Flaschen, Gläser und der Imbiß gestellt
waren, das Mädchen die Türe und tritt ein. Nun seht, wenn
mir Gott der Herr aus Wolken erschiene, so würd ich mich
160   ohngefähr so fassen, wie sie. Geschirr und Becher und Imbiß,
da sie den Ritter erblickt, läßt sie fallen; und leichenbleich,
mit Händen, wie zur Anbetung verschränkt, den Boden mit
Brust und Scheiteln küssend, stürzt sie vor ihm nieder, als
ob sie ein Blitz nieder geschmettert hätte! Und da ich sage:
Herr meines Lebens! Was fehlt dem Kind? und sie aufhebe:
schlingt sie, wie ein Taschenmesser zusammenfallend, den
Arm um mich, das Antlitz flammend auf ihn gerichtet, als
ob sie eine Erscheinung hätte. Der Graf vom Strahl, indem
er ihre Hand nimmt, fragt: wes ist das Kind? Gesellen und
170   Mägde strömen herbei und jammern: hilf Himmel! Was ist
dem Jüngferlein widerfahren; doch da sie sich, mit einigen
schüchternen Blicken auf sein Antlitz, erholt, so denk ich, der
Anfall ist wohl auch vorüber, und gehe, mit Pfriemen und
Nadeln, an mein Geschäft. Drauf sag ich: Wohlauf, Herr
Ritter! Nun mögt Ihr den Pfalzgrafen treffen; die Schiene ist
eingerenkt, das Herz wird sie Euch nicht mehr zersprengen.
Der Graf steht auf; er schaut das Mädchen, das ihm bis an die
Brusthöhle ragt, vom Wirbel zur Sohle, gedankenvoll an, und

beugt sich, und küßt ihr die Stirn und spricht: der Herr segne
dich, und behüte dich, und schenke dir seinen Frieden, Amen! 180
Und da wir an das Fenster treten: schmeißt sich das Mädchen,
in dem Augenblick, da er den Streithengst besteigt, dreißig
Fuß hoch, mit aufgehobenen Händen, auf das Pflaster der
Straße nieder: gleich einer Verlorenen, die ihrer fünf Sinne
beraubt ist! Und bricht sich beide Lenden, ihr heiligen Herren,
beide zarten Lendchen, dicht über des Knierunds elfenbei-
nernem Bau; und ich, alter, bejammernswürdiger Narr, der
mein versinkendes Leben auf sie stützen wollte, muß sie, auf
meinen Schultern, wie zu Grabe tragen; indessen er dort, den
Gott verdamme! zu Pferd, unter dem Volk, das herbeiströmt, 190
herüberruft von hinten, was vorgefallen sei! – Hier liegt sie
nun, auf dem Todbett, in der Glut des hitzigen Fiebers, sechs
endlose Wochen, ohne sich zu regen. Keinen Laut bringt sie
hervor; auch nicht der Wahnsinn, dieser Dietrich aller Herzen, eröffnet das ihrige; kein Mensch vermag das Geheimnis,
das in ihr waltet, ihr zu entlocken. Und prüft, da sie sich ein
wenig erholt hat, den Schritt, und schnürt ihr Bündel, und
tritt, beim Strahl der Morgensonne, in die Tür: wohin? fragt
sie die Magd; zum Grafen Wetter vom Strahl, antwortet sie,
und verschwindet.   200
WENZEL. Es ist nicht möglich!
HANS. Verschwindet?
WENZEL. Und läßt alles hinter sich zurück?
HANS. Eigentum, Heimat und den Bräutigam, dem sie verlobt
    war?
WENZEL. Und begehrt auch deines Segens nicht einmal?
THEOBALD. Verschwindet, ihr Herren – Verläßt mich und alles,
    woran Pflicht, Gewohnheit und Natur sie knüpften – Küßt
    mir die Augen, die schlummernden, und verschwindet; ich
    wollte, sie hätte sie mir zugedrückt.   210
WENZEL. Beim Himmel! Ein seltsamer Vorfall. –
THEOBALD. Seit jenem Tage folgt sie ihm nun, gleich einer
    Metze, in blinder Ergebung, von Ort zu Ort; geführt am
    Strahl seines Angesichts, fünfdrähtig, wie einen Tau, um ihre
    Seele gelegt; auf nackten, jedem Kiesel ausgesetzten, Füßen,
    das kurze Röckchen, das ihre Hüfte deckt, im Winde flat-

ternd, nichts als den Strohhut auf, sie gegen der Sonne Stich,
oder den Grimm empörter Witterung zu schützen. Wohin
sein Fuß, im Lauf seiner Abenteuer, sich wendet: durch den
220 Dampf der Klüfte, durch die Wüste, die der Mittag versengt,
durch die Nacht verwachsener Wälder: wie ein Hund, der
von seines Herren Schweiß gekostet, schreitet sie hinter ihm
her; und die gewohnt war, auf weichen Kissen zu ruhen, und
das Knötlein spürte, in des Bettuchs Faden, das ihre Hand
unachtsam darin eingesponnen hatte: die liegt jetzt, einer
Magd gleich, in seinen Ställen, und sinkt, wenn die Nacht
kömmt, ermüdet auf die Streu nieder, die seinen stolzen
Rossen untergeworfen wird.

GRAF OTTO. Graf Wetter vom Strahl! Ist dies gegründet?

230 DER GRAF VOM STRAHL. Wahr ists, ihr Herren; sie geht auf der
Spur, die hinter mir zurückbleibt. Wenn ich mich umsehe,
erblick ich zwei Dinge: meinen Schatten und sie.

GRAF OTTO. Und wie erklärt Ihr Euch diesen sonderbaren Umstand?

DER GRAF VOM STRAHL. Ihr unbekannten Herren der Vehme!
Wenn der Teufel sein Spiel mit ihr treibt, so braucht er mich
dabei, wie der Affe die Pfoten der Katze; ein Schelm will ich
sein, holt er den Nußkern für mich. Wollt ihr meinem Wort
schlechthin, wies die heilige Schrift vorschreibt, glauben: ja,
240 ja, nein, nein; gut! Wo nicht, so will ich nach Worms, und den
Kaiser bitten, daß er den Theobald ordiniere. Hier werf ich
ihm vorläufig meinen Handschuh hin!

GRAF OTTO. Ihr sollt hier Rede stehn, auf unsre Frage! Womit
rechtfertigt Ihr, daß sie unter Eurem Dache schläft? Sie, die
in das Haus hingehört, wo sie geboren und erzogen ward?

DER GRAF VOM STRAHL. Ich war, es mögen ohngefähr zwölf
Wochen sein, auf einer Reise, die mich nach Straßburg
führte, ermüdet, in der Mittagshitze, an einer Felswand, eingeschlafen – nicht im Traum gedacht ich des Mädchens mehr,
250 das in Heilbronn aus dem Fenster gestürzt war – da liegt sie
mir, wie ich erwache, gleich einer Rose, entschlummert zu
Füßen; als ob sie vom Himmel herabgeschneit wäre! Und da
ich zu den Knechten, die im Grase herumliegen, sage: Ei, was
der Teufel! Das ist ja das Käthchen von Heilbronn! schlägt

sie die Augen auf, und bindet sich das Hütlein zusammen, das
ihr schlafend vom Haupt herabgerutscht war. Katharine! ruf
ich: Mädel! Wo kömmst auch her? Auf funfzehn Meilen von
Heilbronn, fernab am Gestade des Rheins? »Hab ein Geschäft,
gestrenger Herr«, antwortet sie, »das mich gen Straßburg führt;
schauert mich im Wald so einsam zu wandern, und schlug 260
mich zu Euch.« Drauf laß ich ihr zur Erfrischung reichen, was
mir Gottschalk, der Knecht, mit sich führt, und erkundige
mich: wie der Sturz abgelaufen? auch, was der Vater macht?
Und was sie in Straßburg zu erschaffen denke? Doch da sie
nicht freiherzig mit der Sprache herausrückt: was auch gehts
dich an, denk ich; ding ihr einen Boten, der sie durch den
Wald führe, schwing mich auf den Rappen, und reite ab.
Abends, in der Herberg, an der Straßburger Straß, will ich
mich eben zur Ruh niederlegen: da kommt Gottschalk, der
Knecht, und spricht: das Mädchen sei unten und begehre 270
in meinen Ställen zu übernachten. Bei den Pferden? frag ich.
Ich sage: wenns ihr weich genug ist, mich wirds nicht drücken.
Und füge noch, indem ich mich im Bett wende, hinzu:
magst ihr wohl eine Streu unterlegen, Gottschalk, und sorgen,
daß ihr nichts widerfahre. Drauf, wandert sie, kommenden
Tages früher aufgebrochen, als ich, wieder auf der Heerstraße,
und lagert sich wieder in meinen Ställen, und lagert sich Nacht
für Nacht, so wie mir der Streifzug fortschreitet, darin, als ob sie
zu meinem Troß gehörte. Nun litt ich das, ihr Herren, um
jenes grauen, unwirschen Alten willen, der mich jetzt darum 280
straft; denn der Gottschalk, in seiner Wunderlichkeit, hatte
das Mädchen lieb gewonnen, und pflegte ihrer, in der Tat, als
seiner Tochter; führt dich die Reise einst, dacht ich, durch
Heilbronn, so wird der Alte dirs danken. Doch da sie sich
auch in Straßburg, in der erzbischöflichen Burg, wieder bei
mir einfindet, und ich gleichwohl spüre, daß sie nichts im
Orte erschafft: denn *mir* hatte sie sich ganz und gar geweiht,
und wusch und flickte, als ob es sonst am Rhein nicht zu haben
wäre: so trete ich eines Tages, da ich sie auf der Stallschwelle
finde, zu ihr und frage: was für ein Geschäft sie in Straßburg 290
betreibe? Ei, spricht sie, gestrenger Herr, und eine Röte,
daß ich denke, ihre Schürze wird angehen, flammt über ihr

Antlitz empor: »was fragt Ihr doch? Ihr wißts ja!« – Holla!
denk ich, steht es so mit dir? und sende einen Boten flugs nach
Heilbronn, dem Vater zu, mit folgender Meldung: das Käthchen sei bei mir; ich hütete seiner; in kurzem könne er es,
vom Schlosse zu Strahl, wohin ich es zurückbringen würde,
abholen.

GRAF OTTO. Nun? Und hierauf?

300 WENZEL. Der Alte holte die Jungfrau nicht ab?

DER GRAF VOM STRAHL. Drauf, da er am zwanzigsten Tage, um
sie abzuholen, bei mir erscheint, und ich ihn in meiner Väter
Saal führe: erschau ich mit Befremden, daß er, beim Eintritt
in die Tür, die Hand in den Weihkessel steckt, und mich mit
dem Wasser, das darin befindlich ist, besprengt. Ich arglos,
wie ich von Natur bin, nötge ihn auf einen Stuhl nieder;
erzähle ihm, mit Offenherzigkeit, alles, was vorgefallen; eröffne ihm auch, in meiner Teilnahme, die Mittel, wie er die
Sache, seinen Wünschen gemäß, wieder ins Geleis rücken
310 könne; und tröste ihn und führ ihn, um ihm das Mädchen zu
übergeben, in den Stall hinunter, wo sie steht, und mir eine
Waffe von Rost säubert. So wie er in die Tür tritt, und die
Arme mit tränenvollen Augen öffnet, sie zu empfangen,
stürzt mir das Mädchen leichenbleich zu Füßen, alle Heiligen
anrufend, daß ich sie vor ihm schütze. Gleich einer Salzsäule
steht er, bei diesem Anblick, da; und ehe ich mich noch
gefaßt habe, spricht er schon, das entsetzensvolle Antlitz auf
mich gerichtet: das ist der leibhaftige Satan! und schmeißt
mir den Hut, den er in der Hand hält, ins Gesicht, als wollt er
320 ein Greuelbild verschwinden machen, und läuft, als setzte die
ganze Hölle ihm nach, nach Heilbronn zurück.

GRAF OTTO. Du wunderlicher Alter! Was hast du für Einbildungen?

WENZEL. Was war in dem Verfahren des Ritters, das Tadel verdient? Kann er dafür, wenn sich das Herz deines törichten
Mädchens ihm zuwendet?

HANS. Was ist in diesem ganzen Vorfall, das ihn anklagt?

THEOBALD. Was ihn anklagt? O du – Mensch, entsetzlicher, als
Worte fassen, und der Gedanke ermißt: stehst du nicht rein
330 da, als hätten die Cherubim sich entkleidet, und ihren Glanz

dir, funkelnd wie Mailicht, um die Seele gelegt! – Mußt ich
vor dem Menschen nicht erbeben, der die Natur, in dem
reinsten Herzen, das je geschaffen ward, dergestalt umgekehrt
hat, daß sie vor dem Vater, zu ihr gekommen, seiner Liebe
Brust ihren Lippen zu reichen, kreideweißen Antlitzes entweicht, wie vor dem Wolfe, der sie zerreißen will? Nun denn,
so walte, Hekate, Fürstin des Zaubers, moorduftige Königin
der Nacht! Sproßt, ihr dämonischen Kräfte, die die menschliche Satzung sonst auszujäten bemüht war, blüht auf, unter
dem Atem der Hexen, und schoßt zu Wäldern empor, daß   340
die Wipfel sich zerschlagen, und die Pflanze des Himmels, die
am Boden keimt, verwese; rinnt, ihr Säfte der Hölle, tröp-
felnd aus Stämmen und Stielen gezogen, fallt, wie ein Kata-
rakt, ins Land, daß der erstickende Pestqualm zu den Wolken
empordampft; fließt und ergießt euch durch alle Röhren des
Lebens, und schwemmt, in allgemeiner Sündflut, Unschuld
und Tugend hinweg!

GRAF OTTO. Hat er ihr Gift eingeflößt?

WENZEL. Meinst du, daß er ihr verzauberte Tränke gereicht?

HANS. Opiate, die des Menschen Herz, der sie genießt, mit ge-   350
heimnisvoller Gewalt umstricken?

THEOBALD. Gift? Opiate? Ihr hohen Herren, was fragt ihr *mich*?
Ich habe die Flaschen nicht gepfropft, von welchen er ihr, an
der Wand des Felsens, zur Erfrischung reichte; ich stand nicht
dabei, als sie in der Herberge, Nacht für Nacht, in seinen
Ställen schlief. Wie soll ich wissen, ob er ihr Gift eingeflößt?
habt neun Monate Geduld; alsdann sollt ihr sehen, wies ihrem
jungen Leibe bekommen ist.

DER GRAF VOM STRAHL. Der alte Esel, der! Dem entgegn' ich
nichts, als meinen Namen! Ruft sie herein; und wenn sie ein   360
Wort sagt, auch nur von fern duftend, wie diese Gedanken, so
nennt mich den Grafen von der stinkenden Pfütze, oder wie es
sonst eurem gerechten Unwillen beliebt.

Zweiter Auftritt

Käthchen mit verbundenen Augen, geführt von zwei Häschern. – Die Häscher
nehmen ihr das Tuch ab, und gehen wieder fort. – Die Vorigen.

KÄTHCHEN *sieht sich in der Versammlung um, und beugt, da sie den Grafen*
erblickt, ein Knie vor ihm.

  Mein hoher Herr!

DER GRAF VOM STRAHL.

              Was willst du?

KÄTHCHEN. Vor meinen Richter hat man mich gerufen.

DER GRAF VOM STRAHL.

  Dein Richter bin nicht *ich*. Steh auf, dort sitzt er;

  Hier steh ich, ein Verklagter, so wie du.

KÄTHCHEN. Mein hoher Herr! Du spottest.

DER GRAF VOM STRAHL.   Nein! Du hörst!

  Was neigst du mir dein Angesicht in Staub?

370   Ein Zaubrer bin ich, und gestand es schon,

  Und laß, aus jedem Band, das ich dir wirkte,

  Jetzt deine junge Seele los.

                Er erhebt sie.

GRAF OTTO.

  Hier Jungfrau, wenns beliebt; hier ist die Schranke!

HANS. Hier sitzen deine Richter!

KÄTHCHEN *sieht sich um.*   Ihr versucht mich.

WENZEL. Hier tritt heran! Hier sollst du Rede stehn.

KÄTHCHEN *stellt sich neben den Grafen vom Strahl, und sieht die Richter an.*

GRAF OTTO. Nun?

WENZEL.   Wirds?

HANS.   Wirst du gefällig dich bemühn?

GRAF OTTO. Wirst dem Gebot dich deiner Richter fügen?

KÄTHCHEN *für sich.* Sie rufen mich.

WENZEL.   Nun, ja!

HANS.   Was sagte sie?

GRAF OTTO *befremdet.*

  Ihr Herrn, was fehlt dem sonderbaren Wesen?

           Sie sehen sich an.

380 KÄTHCHEN *für sich.* Vermummt von Kopf zu Füßen sitzen sie,

  Wie das Gericht, am jüngsten Tage, da!

DER GRAF VOM STRAHL *sie aufweckend*.

Du wunderliche Maid! Was träumst, was treibst du?
Du stehst hier vor dem heimlichen Gericht!
Auf jene böse Kunst bin ich verklagt,
Mit der ich mir, du weißt, dein Herz gewann,
Geh hin, und melde jetzo, was geschehn!

KÄTHCHEN *sieht ihn an und legt ihre Hände auf die Brust*.

– Du quälst mich grausam, daß ich weinen möchte!
Belehre deine Magd, mein edler Herr,
Wie soll ich mich in diesem Falle fassen?

GRAF OTTO *ungeduldig*. Belehren – was!

HANS.   Bei Gott! Ist es erhört?   390

DER GRAF VOM STRAHL *mit noch milder Strenge*.

Du sollst sogleich vor jene Schranke treten,
Und Rede stehn, auf was man fragen wird!

KÄTHCHEN. Nein, sprich! Du bist verklagt?

DER GRAF VOM STRAHL.   Du hörst.

KÄTHCHEN. Und jene Männer dort sind deine Richter?

DER GRAF VOM STRAHL.   So ists.

KÄTHCHEN *zur Schranke tretend*.

Ihr würdgen Herrn, wer ihr auch sein mögt dort,
Steht gleich vom Richtstuhl auf und räumt ihn diesem!
Denn, beim lebendgen Gott, ich sag es euch,
Rein, wie sein Harnisch ist sein Herz, und eures
Verglichen ihm, und meins, wie eure Mäntel.
Wenn hier gesündigt ward, ist *er* der Richter,   400
Und ihr sollt zitternd vor der Schranke stehn!

GRAF OTTO. Du, Närrin, jüngst der Nabelschnur entlaufen,
Woher kommt die prophetische Kunde dir?
Welch ein Apostel hat dir das vertraut?

THEOBALD. Seht die Unselige!

KÄTHCHEN *da sie den Vater erblickt, auf ihn zugehend*.

                    Mein teurer Vater!

Sie will seine Hand ergreifen.

THEOBALD *streng*. Dort ist der Ort jetzt, wo du hingehörst!

KÄTHCHEN.

Weis mich nicht von dir.

Sie faßt seine Hand und küßt sie.

THEOBALD.   – Kennst du das Haar noch wieder,
Das deine Flucht mir jüngsthin grau gefärbt?

KÄTHCHEN. Kein Tag verging, daß ich nicht einmal dachte,
410   Wie seine Locken fallen. Sei geduldig,
Und gib dich nicht unmäßgem Grame preis:
Wenn Freude Locken wieder dunkeln kann,
So sollst du wieder wie ein Jüngling blühn.

GRAF OTTO. Ihr Häscher dort! ergreift sie! bringt sie her!

THEOBALD. Geh hin, wo man dich ruft.

KÄTHCHEN *zu den Richtern, da sich ihr die Häscher nähern.*
                              Was wollt ihr mir?

WENZEL. Saht ihr ein Kind, so störrig je, als dies?

GRAF OTTO *da sie vor der Schranke steht.*

Du sollst hier Antwort geben, kurz und bündig,
Auf unsre Fragen! Denn wir, von unserem
Gewissen eingesetzt, sind deine Richter,
420   Und an der Strafe, wenn du freveltest,
Wirds deine übermütge Seele fühlen.

KÄTHCHEN.

Sprecht ihr verehrten Herrn; was wollt ihr wissen?

GRAF OTTO. Warum, als Friedrich Graf vom Strahl erschien,
In deines Vaters Haus, bist du zu Füßen,
Wie man vor Gott tut, nieder ihm gestürzt?
Warum warfst du, als er von dannen ritt,
Dich aus dem Fenster sinnlos auf die Straße,
Und folgtest ihm, da kaum dein Bein vernarbt,
Von Ort zu Ort, durch Nacht und Graus und Nebel,
430   Wohin sein Roß den Fußtritt wendete?

KÄTHCHEN *hochrot zum Grafen.*

Das soll ich hier vor diesen Männern sagen?

DER GRAF VOM STRAHL.

Die Närrin, die verwünschte, sinnverwirrte,
Was fragt sie *mich?* Ists nicht an jener Männer
Gebot, die Sache darzutun, genug?

KÄTHCHEN *in Staub niederfallend.*

Nimm mir, o Herr, das Leben, wenn ich fehlte!
Was in des Busens stillem Reich geschehn,
Und Gott nicht straft, das braucht kein Mensch zu wissen;

Den nenn ich grausam, der mich darum fragt!
Wenn *du* es wissen willst, wohlan, so rede,
Denn dir liegt meine Seele offen da!   440

HANS. Ward, seit die Welt steht, so etwas erlebt?

WENZEL. Im Staub liegt sie vor ihm –

HANS.   Gestürzt auf Knieen –

WENZEL. Wie wir vor dem Erlöser hingestreckt!

DER GRAF VOM STRAHL *zu den Richtern.*

Ihr würdgen Herrn, ihr rechnet, hoff ich, mir
Nicht dieses Mädchens Torheit an! Daß sie
Ein Wahn betört, ist klar, wenn euer Sinn
Auch gleich, wie meiner, noch nicht einsieht, welcher?
Erlaubt ihr mir, so frag ich sie darum:
Ihr mögt, aus meinen Wendungen entnehmen,
Ob meine Seele schuldig ist, ob nicht?   450

GRAF OTTO *ihn forschend ansehend.*

Es sei! Versuchts einmal, Herr Graf, und fragt sie.

DER GRAF VOM STRAHL

wendet sich zu Käthchen, die noch immer auf Knieen liegt.

Willt den geheimsten der Gedanken mir,
Kathrina, der dir irgend, faß mich wohl,
Im Winkel wo des Herzens schlummert, geben?

KÄTHCHEN. Das ganze Herz, o Herr, dir, willt du es,
So bist du sicher des, was darin wohnt.

DER GRAF VOM STRAHL.

Was ists, mit einem Wort, mir rund gesagt,
Das dich aus deines Vaters Hause trieb?
Was fesselt dich an meine Schritte an?

KÄTHCHEN. Mein hoher Herr! Da fragst du mich zuviel.   460
Und läg ich so, wie ich vor dir jetzt liege,
Vor meinem eigenen Bewußtsein da:
Auf einem goldnen Richtstuhl laß es thronen,
Und alle Schrecken des Gewissens ihm,
In Flammenrüstungen, zur Seite stehn;
So spräche jeglicher Gedanke noch,
Auf das, was du gefragt: ich weiß es nicht.

DER GRAF VOM STRAHL.

Du lügst mir, Jungfrau? Willst mein Wissen täuschen?

Mir, der doch das Gefühl dir ganz umstrickt;
470   Mir, dessen Blick du da liegst, wie die Rose,
Die ihren jungen Kelch dem Licht erschloß? –
Was hab ich dir einmal, du weißt, getan?
Was ist an Leib und Seel dir widerfahren?

KÄTHCHEN. Wo?

DER GRAF VOM STRAHL.
              Da oder dort.

KÄTHCHEN.   Wann?

DER GRAF VOM STRAHL.   Jüngst oder früherhin.

KÄTHCHEN. Hilf mir, mein hoher Herr.

DER GRAF VOM STRAHL.   Ja, ich dir helfen,
Du wunderliches Ding. –

Er hält inne.
              Besinnst du dich auf nichts?

KÄTHCHEN *sieht vor sich nieder.*

DER GRAF VOM STRAHL.
Was für ein Ort, wo du mich je gesehen,
Ist dir im Geist, vor andern, gegenwärtig.

KÄTHCHEN. Der Rhein ist mir vor allen gegenwärtig.

DER GRAF VOM STRAHL.
480   Ganz recht. Da eben wars. Das wollt ich wissen.
Der Felsen am Gestad des Rheins, wo wir
Zusammen ruhten, in der Mittagshitze.
– Und du gedenkst nicht, was dir da geschehn?

KÄTHCHEN. Nein, mein verehrter Herr.

DER GRAF VOM STRAHL.   Nicht? Nicht?
– Was reicht ich deiner Lippe zur Erfrischung?

KÄTHCHEN. Du sandtest, weil ich deines Weins verschmähte,
Den Gottschalk, deinen treuen Knecht, und ließest
Ihn einen Trunk mir, aus der Grotte schöpfen.

DER GRAF VOM STRAHL.
Ich aber nahm dich bei der Hand, und reichte
490   Sonst deiner Lippe – nicht? Was stockst du da?

KÄTHCHEN. Wann?

DER GRAF VOM STRAHL.
              Eben damals.

KÄTHCHEN.   Nein, mein hoher Herr.

DER GRAF VOM STRAHL.

  Jedoch nachher.

KÄTHCHEN.   In Straßburg?

DER GRAF VOM STRAHL.   Oder früher.

KÄTHCHEN. Du hast mich niemals bei der Hand genommen.

DER GRAF VOM STRAHL. Kathrina!

KÄTHCHEN *errötend.*   Ach vergib mir; in Heilbronn!

DER GRAF VOM STRAHL.

  Wann?

KÄTHCHEN.

      Als der Vater dir am Harnisch wirkte.

DER GRAF VOM STRAHL.

  Und sonst nicht?

KÄTHCHEN.   Nein, mein hoher Herr.

DER GRAF VOM STRAHL.   Kathrina!

KÄTHCHEN. Mich bei der Hand?

DER GRAF VOM STRAHL.   Ja, oder sonst, was weiß ich.

KÄTHCHEN *besinnt sich.*

  In Straßburg einst, erinnr' ich mich, beim Kinn.

DER GRAF VOM STRAHL.

  Wann?

KÄTHCHEN.

      Als ich auf der Schwelle saß und weinte,
  Und dir auf was du sprachst, nicht Rede stand.   500

DER GRAF VOM STRAHL.

  Warum nicht standst du Red?

KÄTHCHEN.   Ich schämte mich.

DER GRAF VOM STRAHL.

  Du schämtest dich? Ganz recht. Auf meinen Antrag.
  Du wardst glutrot bis an den Hals hinab.
  Welch einen Antrag macht ich dir?

KÄTHCHEN.   Der Vater,
  Der würd, sprachst du, daheim im Schwabenland,
  Um mich sich härmen, und befragtest mich,
  Ob ich mit Pferden, die du senden wolltest,
  Nicht nach Heilbronn zu ihm zurück begehrte?

DER GRAF VOM STRAHL *kalt.*

  Davon ist nicht die Rede! – Nun, wo auch,

510   Wo hab ich sonst im Leben dich getroffen?
      – Ich hab im Stall zuweilen dich besucht.
KÄTHCHEN. Nein, mein verehrter Herr.
DER GRAF VOM STRAHL.   Nicht? Katharina!
KÄTHCHEN. Du hast mich niemals in dem Stall besucht,
      Und noch viel wen'ger rührtest du mich an.
DER GRAF VOM STRAHL.
      Was? Niemals?
KÄTHCHEN.   Nein, mein hoher Herr.
DER GRAF VOM STRAHL.   Kathrina!
KÄTHCHEN *mit Affekt.* Niemals, mein hochverehrter Herr, niemals.
DER GRAF VOM STRAHL.
      Nun seht, bei meiner Treu, die Lügnerin!
KÄTHCHEN. Ich will nicht selig sein, ich will verderben,
      Wenn du mich je –!
DER GRAF VOM STRAHL *mit dem Schein der Heftigkeit.*
           Da schwört sie und verflucht
520   Sich, die leichtfertge Dirne, noch und meint,
      Gott werd es ihrem jungen Blut vergeben!
      – Was ist geschehn, fünf Tag von hier, am Abend,
      In meinem Stall, als es schon dunkelte,
      Und ich den Gottschalk hieß, sich zu entfernen?
KÄTHCHEN. O! Jesus! Ich bedacht es nicht! –
      Im Stall zu Strahl, da hast du mich besucht.
DER GRAF VOM STRAHL. Nun denn! Da ists heraus! Da hat sie nun
      Der Seelen Seligkeit sich weggeschworen!
      Im Stall zu Strahl, da hab ich sie besucht!
               Käthchen weint.
               Pause.
530   GRAF OTTO. Ihr quält das Kind zu sehr.
THEOBALD *nähert sich ihr gerührt.*   Komm, meine Tochter.
         Er will sie an seine Brust heben.
KÄTHCHEN. Laß, laß!
WENZEL.   Das nenn ich menschlich nicht verfahren.
GRAF OTTO. Zuletzt ist nichts im Stall zu Strahl geschehen.
DER GRAF VOM STRAHL *sieht sie an.*
      Bei Gott, ihr Herrn, wenn ihr des Glaubens seid:
      Ich bins! Befehlt, so gehn wir aus einander.

GRAF OTTO. Ihr sollt das Kind befragen, ist die Meinung,
Nicht mit barbarischem Triumph verhöhnen.
Seis, daß Natur Euch solche Macht verliehen:
Geübt wie Ihrs tut, ist sie hassenswürdger,
Als selbst die Höllenkunst, der man Euch zeiht.

DER GRAF VOM STRAHL *erhebt das Käthchen vom Boden.*
Ihr Herrn, was ich getan, das tat ich nur,   540
Sie mit Triumph hier vor euch zu erheben!
Statt meiner – *Auf den Boden hinzeigend.*
          steht mein Handschuh vor Gericht!
Glaubt ihr von Schuld sie rein, wie sie es ist,
Wohl, so erlaubt denn, daß sie sich entferne.

WENZEL.
Es scheint Ihr habt viel Gründe, das zu wünschen?

DER GRAF VOM STRAHL.
Ich? Gründ? Entscheidende! Ihr wollt sie, hoff ich,
Nicht mit barbarschem Übermut verhöhnen?

WENZEL *mit Bedeutung.*
Wir wünschen doch, erlaubt Ihrs, noch zu hören,
Was in dem Stall damals zu Strahl geschehn.

DER GRAF VOM STRAHL.
Das wollt ihr Herrn noch –?

WENZEL.   Allerdings!

DER GRAF VOM STRAHL *glutrot, indem er sich zum Käthchen wendet.*
                    Knie nieder!   550
     Käthchen läßt sich auf Knieen vor ihm nieder.

GRAF OTTO. Ihr seid sehr dreist, Herr Friedrich Graf vom Strahl!

DER GRAF VOM STRAHL *zum Käthchen.*
So! Recht! Mir gibst du Antwort und sonst keinem.

HANS. Erlaubt! *Wir* werden sie –

DER GRAF VOM STRAHL *ebenso.*   Du rührst dich nicht!
Hier soll dich keiner richten, als nur der,
Dem deine Seele frei sich unterwirft.

WENZEL. Herr Graf, man wird hier Mittel –

DER GRAF VOM STRAHL *mit unterdrückter Heftigkeit.*
                    Ich sage, nein!
Der Teufel soll mich holen, zwingt ihr sie! –
Was wollt ihr wissen, ihr verehrten Herrn?

HANS *auffahrend.*

Beim Himmel!

WENZEL.   Solch ein Trotz soll –!

HANS.   He! Die Häscher!

GRAF OTTO *halblaut.*

560   Laßt, Freunde, laßt! Vergeßt nicht, wer er ist.

ERSTER RICHTER.

Er hat nicht eben, drückt Verschuldung ihn,
Mit List sie überhört.

ZWEITER RICHTER.   Das sag ich auch!
Man kann ihm das Geschäft wohl überlassen.

GRAF OTTO *zum Grafen vom Strahl.*

Befragt sie, was geschehn, fünf Tag von hier
Im Stall zu Strahl, als es schon dunkelte,
Und Ihr den Gottschalk hießt, sich zu entfernen?

DER GRAF VOM STRAHL *zum Käthchen.*

Was ist geschehn, fünf Tag von hier, am Abend,
Im Stall zu Strahl, als es schon dunkelte,
Und ich den Gottschalk hieß, sich zu entfernen?

570   KÄTHCHEN. Mein hoher Herr! Vergib mir, wenn ich fehlte;
Jetzt leg ich alles, Punkt für Punkt, dir dar.

DER GRAF VOM STRAHL.

Gut. – – Da berühr ich dich und zwar – nicht? Freilich!
Das schon gestandst du?

KÄTHCHEN.   Ja, mein verehrter Herr.

DER GRAF VOM STRAHL.

Nun?

KÄTHCHEN.

Mein verehrter Herr?

DER GRAF VOM STRAHL.   Was will ich wissen?

KÄTHCHEN. Was du willst wissen?

DER GRAF VOM STRAHL.   Heraus damit! Was stockst du?
Ich nahm, und herzte dich, und küßte dich,
Und schlug den Arm dir –?

KÄTHCHEN.   Nein, mein hoher Herr.

DER GRAF VOM STRAHL.

Was sonst?

KÄTHCHEN.   Du stießest mich mit Füßen von dir.

DER GRAF VOM STRAHL.

   Mit Füßen? Nein! Das tu ich keinem Hund.

   Warum? Weshalb? Was hattst du mir getan?   580

KÄTHCHEN. Weil ich dem Vater, der voll Huld und Güte,

   Gekommen war, mit Pferden, mich zu holen,

   Den Rücken, voller Schrecken, wendete,

   Und mit der Bitte, mich vor ihm zu schützen,

   Im Staub vor dir bewußtlos nieder sank.

DER GRAF VOM STRAHL.

   Da hätt ich dich mit Füßen weggestoßen?

KÄTHCHEN. Ja, mein verehrter Herr.

DER GRAF VOM STRAHL.   Ei, Possen, was!

   Das war nur Schelmerei, des Vaters wegen.

   Du bliebst doch nach wie vor im Schloß zu Strahl.

KÄTHCHEN. Nein, mein verehrter Herr.

DER GRAF VOM STRAHL.   Nicht? Wo auch sonst?   590

KÄTHCHEN. Als du die Peitsche, flammenden Gesichts,

   Herab vom Riegel nahmst, ging ich hinaus,

   Vor das bemooste Tor, und lagerte

   Mich draußen, am zerfallnen Mauernring

   Wo in süßduftenden Holunderbüschen

   Ein Zeisig zwitschernd sich das Nest gebaut.

DER GRAF VOM STRAHL.

   Hier aber jagt ich dich mit Hunden weg?

KÄTHCHEN. Nein, mein verehrter Herr.

DER GRAF VOM STRAHL.   Und als du wichst,

   Verfolgt vom Hundgeklaff, von meiner Grenze,

   Rief ich den Nachbar auf, dich zu verfolgen?   600

KÄTHCHEN. Nein, mein verehrter Herr! Was sprichst du da?

DER GRAF VOM STRAHL.

   Nicht? Nicht? – Das werden diese Herren tadeln.

KÄTHCHEN. Du kümmerst dich um diese Herren nicht.

   Du sandtest Gottschalk mir am dritten Tage,

   Daß er mir sag: dein liebes Käthchen wär ich;

   Vernünftig aber möcht ich sein, und gehn.

DER GRAF VOM STRAHL.

   Und was entgegnetest du dem?

KÄTHCHEN.   Ich sagte,

Den Zeisig littest du, den zwitschernden,
In den süßduftenden Holunderbüschen:
610 Möchtst denn das Käthchen von Heilbronn auch leiden.

DER GRAF VOM STRAHL *erhebt das Käthchen.*

Nun dann, so nehmt sie hin, ihr Herrn der Vehme,
Und macht mit ihr und mir jetzt, was ihr wollt.

Pause.

GRAF OTTO *unwillig.* Der aberwitzge Träumer, unbekannt
Mit dem gemeinen Zauber der Natur! –
Wenn euer Urteil reif, wie meins, ihr Herrn,
Geh ich zum Schluß, und laß die Stimmen sammeln.

WENZEL.

Zum Schluß!

HANS.   Die Stimmen!

ALLE.   Sammelt sie!

EIN RICHTER.   Der Narr, der!

Der Fall ist klar. Es ist hier nichts zu richten.

GRAF OTTO. Vehmherold, nimm den Helm und sammle sie.

Vehmherold sammelt die Kugeln und bringt den Helm, worin sie liegen,
dem Grafen.

GRAF OTTO *steht auf.*

620 Herr Friedrich Wetter Graf vom Strahl, du bist
Einstimmig von der Vehme losgesprochen,
Und dir dort, Theobald, dir geb ich auf,
Nicht fürder mit der Klage zu erscheinen,
Bis du kannst bessere Beweise bringen.

Zu den Richtern.

Steht auf, ihr Herrn! die Sitzung ist geschlossen.

Die Richter erheben sich.

THEOBALD. Ihr hochverehrten Herrn, ihr sprecht ihn schuldlos?
Gott sagt ihr, hat die Welt aus nichts gemacht;
Und er, der sie durch nichts und wieder nichts
Vernichtet, in das erste Chaos stürzt,
630 Der sollte nicht der leidge Satan sein?

GRAF OTTO. Schweig, alter, grauer Tor! Wir sind nicht da,
Dir die verrückten Sinnen einzurenken.
Vehmhäscher, an dein Amt! Blend ihm die Augen,
Und führ ihn wieder auf das Feld hinaus.

THEOBALD. Was! Auf das Feld? Mich hilflos greisen Alten?
Und dies mein einzig liebes Kind, –?
GRAF OTTO.   Herr Graf,
Das überläßt die Vehme Euch! Ihr zeigtet
Von der Gewalt, die Ihr hier übt, so manche
Besondre Probe uns; laßt uns noch eine,
Die größeste, bevor wir scheiden, sehn,   640
Und gebt sie ihrem alten Vater wieder.
DER GRAF VOM STRAHL.
Ihr Herren, was ich tun kann, soll geschehn. –
Jungfrau!
KÄTHCHEN. Mein hoher Herr!
DER GRAF VOM STRAHL.   Du liebst mich?
KÄTHCHEN.   Herzlich!
DER GRAF VOM STRAHL.
So tu mir was zu Lieb.
KÄTHCHEN.   Was willst du? Sprich.
DER GRAF VOM STRAHL.
Verfolg mich nicht. Geh nach Heilbronn zurück.
– Willst du das tun?
KÄTHCHEN.   Ich hab es dir versprochen.
                    Sie fällt in Ohnmacht.
THEOBALD *empfängt sie.*
Mein Kind! Mein Einziges! Hilf, Gott im Himmel!
DER GRAF VOM STRAHL *wendet sich.*
Dein Tuch her, Häscher!
                    Er verbindet sich die Augen.
THEOBALD.   O verflucht sei,
Mordschaunder Basiliskengeist! Mußt ich
Auch diese Probe deiner Kunst noch sehn?   650
GRAF OTTO *vom Richtstuhl herabsteigend.*
Was ist geschehn, ihr Herrn?
WENZEL.   Sie sank zu Boden.
                    Sie betrachten sie.
DER GRAF VOM STRAHL *zu den Häschern.*
Führt mich hinweg!
THEOBALD.   Der Hölle zu, du Satan!
Laß ihre schlangenhaargen Pförtner dich

An ihrem Eingang, Zauberer, ergreifen,
Und dich zehntausend Klafter tiefer noch,
Als ihre wildsten Flammen lodern, schleudern!

GRAF OTTO.

Schweig Alter, schweig!

THEOBALD *weint.*   Mein Kind! Mein Käthchen!

KÄTHCHEN.   Ach!

WENZEL *freudig.*

Sie schlägt die Augen auf!

HANS.   Sie wird sich fassen.

GRAF OTTO. Bringt in des Pförtners Wohnung sie! Hinweg!

Alle ab.

ZWEITER AKT

Szene: Wald vor der Höhle des heimlichen Gerichts.

Erster Auftritt

DER GRAF VOM STRAHL *tritt auf, mit verbundenen Augen, geführt von zwei Häschern, die ihm die Augen aufbinden, und alsdann in die Höhle zurückkehren – Er wirft sich auf den Boden nieder und weint.*

660   Nun will ich hier, wie ein Schäfer liegen und klagen. Die
Sonne scheint noch rötlich durch die Stämme, auf welchen
die Wipfel des Waldes ruhn; und wenn ich, nach einer kurzen
Viertelstunde, sobald sie hinter den Hügel gesunken ist, auf-
sitze, und mich im Blachfelde, wo der Weg eben ist, ein wenig
daran halte, so komme ich noch nach Schloß Wetterstrahl, ehe
die Lichter darin erloschen sind. Ich will mir einbilden, meine
Pferde dort unten, wo die Quelle rieselt, wären Schafe und
Ziegen, die an dem Felsen kletterten, und an Gräsern und bittern Gesträuchen rissen; ein leichtes weißes linnenes Zeug
670   bedeckte mich, mit roten Bändern zusammengebunden, und
um mich her flatterte eine Schar muntrer Winde, um die
Seufzer, die meiner, von Gram sehr gepreßten, Brust ent-
quillen, gradaus zu der guten Götter Ohr empor zu tragen.
Wirklich und wahrhaftig! Ich will meine Muttersprache durchblättern, und das ganze, reiche Kapitel, das diese Überschrift

führt: Empfindung, dergestalt plündern, daß kein Reim-
schmied mehr, auf eine neue Art, soll sagen können: ich bin
betrübt. Alles, was die Wehmut Rührendes hat, will ich auf-
bieten, Lust und in den Tod gehende Betrübnis sollen sich
abwechseln, und meine Stimme, wie einen schönen Tänzer, 680
durch alle Beugungen hindurch führen, die die Seele bezau-
bern; und wenn die Bäume nicht in der Tat bewegt werden,
und ihren milden Tau, als ob es geregnet hätte, herabträufeln
lassen, so sind sie von Holz, und alles, was uns die Dichter von
ihnen sagen, ein bloßes liebliches Märchen. O du – – – wie
nenn ich dich? Käthchen! Warum kann ich dich nicht mein
nennen? Käthchen, Mädchen, Käthchen! Warum kann ich dich
nicht mein nennen? Warum kann ich dich nicht aufheben,
und in das duftende Himmelbett tragen, das mir die Mutter,
daheim im Prunkgemach, aufgerichtet hat? Käthchen, Käth- 690
chen, Käthchen! Du, deren junge Seele, als sie heut nackt vor
mir stand, von wollüstiger Schönheit gänzlich triefte, wie die
mit Ölen gesalbte Braut eines Perserkönigs, wenn sie, auf alle
Teppiche niederregnend, in sein Gemach geführt wird! Käthchen, Mädchen, Käthchen! Warum kann ich es nicht? Du
Schönere, als ich singen kann, ich will eine eigene Kunst erfinden, und dich weinen. Alle Phiolen der Empfindung,
himmlische und irdische, will ich eröffnen, und eine solche
Mischung von Tränen, einen Erguß so eigentümlicher Art,
so heilig zugleich und üppig, zusammenschütten, daß jeder 700
Mensch gleich, an dessen Hals ich sie weine, sagen soll: sie
fließen dem Käthchen von Heilbronn! – – – Ihr grauen, bärtigen Alten, was wollt ihr? Warum verlaßt ihr eure goldnen
Rahmen, ihr Bilder meiner geharnischten Väter, die meinen
Rüstsaal bevölkern, und tretet, in unruhiger Versammlung,
hier um mich herum, eure ehrwürdigen Locken schüttelnd?
Nein, nein, nein! Zum Weibe, wenn ich sie gleich liebe, begehr ich sie nicht; eurem stolzen Reigen will ich mich anschließen: das war beschloßne Sache, noch ehe ihr kamt. Dich
aber, Winfried, der ihn führt, du Erster meines Namens, 710
Göttlicher mit der Scheitel des Zeus, dich frag ich, ob die
Mutter meines Geschlechts war, wie diese: von jeder frommen Tugend strahlender, makelloser an Leib und Seele, mit

jedem Liebreiz geschmückter, als sie? O Winfried! Grauer
Alter! Ich küsse dir die Hand, und danke dir, daß ich bin;
doch hättest du *sie* an die stählerne Brust gedrückt, du hättest
ein Geschlecht von Königen erzeugt, und Wetter vom Strahl
hieße jedes Gebot auf Erden! Ich weiß, daß ich mich fassen und
diese Wunde vernarben werde: denn welche Wunde vernarbte
720   nicht der Mensch? Doch wenn ich jemals ein Weib finde,
Käthchen, dir gleich: so will ich die Länder durchreisen, und
die Sprachen der Welt lernen, und Gott preisen in jeder Zunge,
die geredet wird. – Gottschalk!

Zweiter Auftritt

Gottschalk. Der Graf vom Strahl.

GOTTSCHALK *draußen*. Heda! Herr Graf vom Strahl!

DER GRAF VOM STRAHL. Was gibts?

GOTTSCHALK. Was zum Henker! – – Ein Bote ist angekommen
von Eurer Mutter.

DER GRAF VOM STRAHL. Ein Bote?

GOTTSCHALK. Gestreckten Laufs, keuchend, mit verhängtem Zügel;
730   mein Seel, wenn Euer Schloß ein eiserner Bogen und er ein
Pfeil gewesen wäre, er hätte nicht rascher herangeschossen
werden können.

DER GRAF VOM STRAHL. Was hat er mir zu sagen?

GOTTSCHALK. He! Ritter Franz!

Dritter Auftritt

Ritter Flammberg tritt auf. Die Vorigen.

DER GRAF VOM STRAHL. Flammberg! – Was führt dich so eilig
zu mir her?

FLAMMBERG. Gnädigster Herr! Eurer Mutter, der Gräfin, Gebot;
sie befahl mir den besten Renner zu nehmen, und Euch entgegen zu reiten!

740   DER GRAF VOM STRAHL. Nun? Und was bringst du mir?

FLAMMBERG. Krieg, bei meinem Eid, Krieg! Ein Aufgebot zu
neuer Fehde, warm, wie sie es eben von des Herolds Lippen
empfangen hat.

DER GRAF VOM STRAHL *betreten.* Wessen? – Doch nicht des
Burggrafen, mit dem ich eben den Frieden abschloß?
Er setzt sich den Helm auf.

FLAMMBERG. Des Rheingrafen, des Junkers vom Stein, der unten
am weinumblühten Neckar seinen Sitz hat.

DER GRAF VOM STRAHL. Des Rheingrafen! – Was hab ich mit dem
Rheingrafen zu schaffen, Flammberg?

FLAMMBERG. Mein Seel! Was hattet Ihr mit dem Burggrafen zu 750
schaffen? Und was wollte so mancher andere von Euch, ehe
Ihr mit dem Burggrafen zu schaffen kriegtet? Wenn Ihr den
kleinen griechischen Feuerfunken nicht austretet, der diese
Kriege veranlaßt, so sollt Ihr noch das ganze Schwabenge-
birge wider Euch auflodern sehen, und die Alpen und den
Hundsrück obenein.

DER GRAF VOM STRAHL. Es ist nicht möglich! Fräulein Kunigunde –

FLAMMBERG. Der Rheingraf fordert, im Namen Fräulein Kunigundens von Thurneck, den Wiederkauf Eurer Herrschaft 760
Stauffen; jener drei Städtlein und siebzehn Dörfer und Vor-
werker, Eurem Vorfahren Otto, von Peter, dem ihrigen,
unter der besagten Klausel, käuflich abgetreten; grade so, wie
dies der Burggraf von Freiburg, und, in früheren Zeiten
schon ihre Vettern, in ihrem Namen getan haben.

DER GRAF VOM STRAHL *steht auf.* Die rasende Megäre! Ist das
nicht der dritte Reichsritter, den sie mir, einem Hund gleich,
auf den Hals hetzt, um mir diese Landschaft abzujagen! Ich
glaube, das ganze Reich frißt ihr aus der Hand. Kleopatra
fand einen, und als der sich den Kopf zerschellt hatte, scheuten 770
die anderen; doch ihr dient alles, was eine Ribbe weniger hat,
als sie, und für jeden einzelnen, den ich ihr zerzaust zurück-
sende, stehen zehn andere wider mich auf – Was führt' er für
Gründe an?

FLAMMBERG. Wer? Der Herold?

DER GRAF VOM STRAHL. Was führt' er für Gründe an?

FLAMMBERG. Ei, gestrenger Herr, da hätt er ja rot werden müssen.

DER GRAF VOM STRAHL. Er sprach von Peter von Thurneck –
nicht? Und von der Landschaft ungültigem Verkauf?

FLAMMBERG. Allerdings. Und von den schwäbischen Gesetzen; 780

mischte Pflicht und Gewissen, bei jedem dritten Wort, in die
Rede, und rief Gott zum Zeugen an, daß nichts als die reinsten Absichten seinen Herrn, den Rheingrafen, vermöchten,
des Fräuleins Sache zu ergreifen.

DER GRAF VOM STRAHL. Aber die roten Wangen der Dame behielt
er für sich?

FLAMMBERG. Davon hat er kein Wort gesagt.

DER GRAF VOM STRAHL. Daß sie die Pocken kriegte! Ich wollte,
ich könnte den Nachttau in Eimern auffassen, und über
790   ihren weißen Hals ausgießen! Ihr kleines verwünschtes Gesicht ist der letzte Grund aller dieser Kriege wider mich;
und so lange ich den Märzschnee nicht vergiften kann,
mit welchem sie sich wäscht, hab ich auch vor den Rittern
des Landes keine Ruhe. Aber Geduld nur! – Wo hält sie sich
jetzt auf?

FLAMMBERG. Auf der Burg zum Stein, wo ihr schon seit drei
Tagen Prunkgelage gefeiert werden, daß die Feste des Himmels erkracht, und Sonne, Mond und Sterne nicht mehr angesehen werden. Der Burggraf, den sie verabschiedet hat,
800   soll Rache kochen, und wenn Ihr einen Boten an ihn absen-
det, so zweifl' ich nicht, er zieht mit Euch gegen den Rheingrafen zu Felde.

DER GRAF VOM STRAHL. Wohlan! Führt mir die Pferde vor, ich
will reiten. – Ich habe dieser jungen Aufwieglerin versprochen, wenn sie die Waffen ihres kleinen schelmischen Angesichts nicht ruhen ließe wider mich, so würd ich ihr einen
Possen zu spielen wissen, daß sie es ewig in einer Scheide
tragen sollte; und so wahr ich diese Rechte auf hebe, ich halte
Wort! – Folgt mir, meine Freunde!

Alle ab.

Szene: Köhlerhütte im Gebirg. Nacht, Donner und Blitz.

Vierter Auftritt

Burggraf von Freiburg und Georg von Waldstätten treten auf.

810   FREIBURG *in die Szene rufend.* Hebt sie vom Pferd herunter! – *Blitz
und Donnerschlag.* – Ei, so schlag ein wo du willst; nur nicht auf

die Scheitel, belegt mit Kreide, meiner lieben Braut, der Kunigunde von Thurneck!

EINE STIMME *außerhalb*. He! Wo seid Ihr?

FREIBURG. Hier!

GEORG. Habt Ihr jemals eine solche Nacht erlebt?

FREIBURG. Das gießt vom Himmel herab, Wipfel und Berg-
spitzen ersäufend, als ob eine zweite Sündflut heranbräche.
– Hebt sie vom Pferd herunter!

EINE STIMME *außerhalb*. Sie rührt sich nicht.   820

EINE ANDERE. Sie liegt, wie tot, zu des Pferdes Füßen da.

FREIBURG. Ei, Possen! Das tut sie bloß, um ihre falschen Zähne
nicht zu verlieren. Sagt ihr, ich wäre der Burggraf von Freiburg und die echten, die sie im Mund hätte, hätte ich gezählt. – So! bringt sie her.

> *Ritter Schauermann erscheint, das Fräulein von Thurneck auf der*
> *Schulter tragend.*

GEORG. Dort ist eine Köhlerhütte.

Fünfter Auftritt

> *Ritter Schauermann mit dem Fräulein, Ritter Wetzlaf und die*
> *Reisigen des Burggrafen. Zwei Köhler. Die Vorigen.*

FREIBURG *an die Köhlerhütte klopfend*. Heda!

DER ERSTE KÖHLER *drinnen*. Wer klopfet?

FREIBURG. Frag nicht, du Schlingel, und mach auf.

DER ZWEITE KÖHLER *ebenso*. Holla! Nicht eher bis ich den   830
Schlüssel umgekehrt habe. Wird doch der Kaiser nicht vor der
Tür sein?

FREIBURG. Halunke! Wenn nicht der, doch einer, der hier regiert, und den Szepter gleich vom Ast brechen wird, ums dir
zu zeigen.

DER ERSTE KÖHLER *auftretend, eine Laterne in der Hand*. Wer seid ihr?
Was wollt ihr?

FREIBURG. Ein Rittersmann bin ich; und diese Dame, die hier
todkrank herangetragen wird, das ist –

SCHAUERMANN *von hinten*. Das Licht weg!   840

WETZLAF. Schmeißt ihm die Laterne aus der Hand!

FREIBURG *indem er ihm die Laterne wegnimmt.* Spitzbube! Du willst
hier leuchten?

DER ERSTE KÖHLER. Ihr Herren, ich will hoffen, der größeste
unter euch bin ich! Warum nehmt ihr mir die Laterne weg?

DER ZWEITE KÖHLER. Wer seid ihr? Und was wollt ihr?

FREIBURG. Rittersleute, du Flegel, hab ich dir schon gesagt!

GEORG. Wir sind reisende Ritter, ihr guten Leute, die das Un-
wetter überrascht hat.

850 FREIBURG *unterbricht ihn.* Kriegsmänner, die von Jerusalem kommen, und in ihre Heimat ziehen; und jene Dame dort, die
herangetragen wird, von Kopf zu Fuß in einem Mantel eingewickelt, das ist –
Ein Gewitterschlag.

DER ERSTE KÖHLER. Ei, so plärr du, daß die Wolken reißen! –
Von Jerusalem, sagt ihr?

DER ZWEITE KÖHLER. Man kann vor dem breitmäuligen Donner
kein Wort verstehen.

FREIBURG. Von Jerusalem, ja.

DER ZWEITE KÖHLER. Und das Weibsen, das herangetragen
860 wird –?

GEORG *auf den Burggrafen zeigend.* Das ist des Herren kranke Schwester, ihr ehrlichen Leute, und begehrt –

FREIBURG *unterbricht ihn.* Das ist jenes Schwester, du Schuft, und
meine Gemahlin; todkrank, wie du siehst, von Schloßen
und Hagel halb erschlagen, so daß sie kein Wort vorbringen
kann: die begehrt eines Platzes in deiner Hütte, bis das Ungewitter vorüber und der Tag angebrochen ist.

DER ERSTE KÖHLER. Die begehrt einen Platz in meiner Hütte?

GEORG. Ja, ihr guten Köhler; bis das Gewitter vorüber ist, und
870 wir unsre Reise fortsetzen können.

DER ZWEITE KÖHLER. Mein Seel, da habt ihr Worte gesagt, die
waren den Lungenodem nicht wert, womit ihr sie ausgestoßen.

DER ERSTE KÖHLER. Isaak!

FREIBURG. Du willst das tun?

DER ZWEITE KÖHLER. Des Kaisers Hunden, ihr Herrn, wenn sie
vor meiner Tür darum heulten. – Isaak! Schlingel! hörst nicht?

JUNGE *in der Hütte.* He! sag ich. Was gibts?

DER ZWEITE KÖHLER. Das Stroh schüttle auf, Schlingel, und die
Decken drüberhin; ein krank Weibsen wird kommen und 880
Platz nehmen, in der Hütten! Hörst du?

FREIBURG. Wer spricht drin?

DER ERSTE KÖHLER. Ei, ein Flachskopf von zehn Jahren, der uns
an die Hand geht.

FREIBURG. Gut. – Tritt heran, Schauermann! hier ist ein Knebel
losgegangen.

SCHAUERMANN. Wo?

FREIBURG. Gleichviel! – In den Winkel mit ihr hin, dort! – –
Wenn der Tag anbricht, werd ich dich rufen.

Schauermann trägt das Fräulein in die Hütte.

Sechster Auftritt

Die Vorigen ohne Schauermann und das Fräulein.

FREIBURG. Nun, Georg, alle Saiten des Jubels schlag ich an: wir 890
haben sie; wir *haben* diese Kunigunde von Thurneck! So wahr
ich nach meinem Vater getauft bin, nicht um den ganzen
Himmel, um den meine Jugend gebetet hat, geb ich die Lust
weg, die mir beschert ist, wenn der morgende Tag anbricht! –.
Warum kamst du nicht früher von Waldstätten herab?

GEORG. Weil du mich nicht früher rufen ließest.

FREIBURG. O, Georg! Du hättest sie sehen sollen, wie sie daher
geritten kam, einer Fabel gleich, von den Rittern des Landes
umringt, gleich einer Sonne, unter ihren Planeten! Wars
nicht, als ob sie zu den Kieseln sagte, die unter ihr Funken 900
sprühten: ihr müßt mir schmelzen, wenn ihr mich seht?
Thalestris, die Königin der Amazonen, als sie herabzog vom
Kaukasus, Alexander den Großen zu bitten, daß er sie küsse:
sie war nicht reizender und göttlicher, als sie.

GEORG. Wo fingst du sie?

FREIBURG. Fünf Stunden, Georg, fünf Stunden von der Steinburg, wo ihr der Rheingraf, durch drei Tage, schallende Ju-
belfeste gefeiert hatte. Die Ritter, die sie begleiteten, hatten
sie kaum verlassen, da werf ich ihren Vetter Isidor, der bei
ihr geblieben war, in den Sand, und auf den Rappen mit ihr, 910
und auf und davon.

GEORG. Aber, Max! Max! Was hast du –?

FREIBURG. Ich will dir sagen, Freund –

GEORG. Was bereitest du dir, mit allen diesen ungeheuren Anstalten, vor?

FREIBURG. Lieber! Guter! Wunderlicher! Honig von Hybla, für diese vom Durst der Rache zu Holz vertrocknete Brust. Warum soll dies wesenlose Bild länger, einer olympischen Göttin gleich, auf dem Fußgestell prangen, die Hallen der christlichen Kirchen von uns und unsersgleichen entvölkernd? Lieber angefaßt, und auf den Schutt hinaus, das Oberste zu unterst, damit mit Augen erschaut wird, daß kein Gott in ihm wohnt.

GEORG. Aber in aller Welt, sag mir, was ists, das dich mit so rasendem Haß gegen sie erfüllt?

FREIBURG. O Georg! Der Mensch wirft alles, was er sein nennt, in eine Pfütze, aber kein Gefühl. Georg, ich liebte sie, und sie war dessen nicht wert. Ich liebte sie und ward verschmäht, Georg; und sie war meiner Liebe nicht wert. Ich will dir was sagen – Aber es macht mich blaß, wenn ich daran denke. Georg! Georg! Wenn die Teufel um eine Erfindung verlegen sind: so müssen sie einen Hahn fragen der sich vergebens um eine Henne gedreht hat, und hinterher sieht, daß sie, vom Aussatz zerfressen, zu seinem Spaße nicht taugt.

GEORG. Du wirst keine unritterliche Rache an ihr ausüben?

FREIBURG. Nein; Gott behüt mich! Keinem Knecht mut ich zu, sie an ihr zu vollziehn. – Ich bringe sie nach der Steinburg zum Rheingrafen zurück, wo ich nichts tun will, als ihr das Halstuch abnehmen: das soll meine ganze Rache sein!

GEORG. Was! Das Halstuch abnehmen?

FREIBURG. Ja Georg; und das Volk zusammen rufen.

GEORG. Nun, und wenn das geschehn ist, da willst du –?

FREIBURG. Ei, da will ich über sie philosophieren. Da will ich euch einen metaphysischen Satz über sie geben, wie Platon, und meinen Satz nachher erläutern, wie der lustige Diogenes getan. Der Mensch ist – – Aber still: *Er horcht.*

GEORG. Nun! der Mensch ist? –

FREIBURG. Der Mensch ist, nach Platon, ein zweibeinigtes, ungefiedertes Tier; du weißt, wie Diogenes dies bewiesen; einen

Hahn, glaub ich, rupft' er, und warf ihn unter das Volk. – Und 950
diese Kunigunde, Freund, diese Kunigunde von Thurneck,
die ist nach mir – – – Aber still! So wahr ich ein Mann bin:
dort steigt jemand vom Pferd!

Siebenter Auftritt

Der Graf vom Strahl und Ritter Flammberg treten auf.
Nachher Gottschalk. – Die Vorigen.

DER GRAF VOM STRAHL *an die Hütte klopfend.* Heda! Ihr wackern
Köhlersleute!

FLAMMBERG. Das ist eine Nacht, die Wölfe in den Klüften um
ein Unterkommen anzusprechen.

DER GRAF VOM STRAHL. Ists erlaubt, einzutreten?

FREIBURG *ihm in den Weg.* Erlaubt, ihr Herrn! Wer ihr auch sein
mögt dort – 960

GEORG. Ihr könnt hier nicht einkehren.

DER GRAF VOM STRAHL. Nicht? Warum nicht?

FREIBURG. Weil kein Raum drin ist, weder für euch noch für
uns. Meine Frau liegt darin todkrank, den einzigen Winkel
der leer ist mit ihrer Bedienung erfüllend: ihr werdet sie nicht
daraus vertreiben wollen.

DER GRAF VOM STRAHL. Nein, bei meinem Eid! Vielmehr wünsche
ich, daß sie sich bald darin erholen möge. – Gottschalk!

FLAMMBERG. So müssen wir beim Gastwirt zum blauen Himmel
übernachten. 970

DER GRAF VOM STRAHL. Gottschalk sag ich!

GOTTSCHALK *draußen.* Hier!

DER GRAF VOM STRAHL. Schaff die Decken her! Wir wollen uns
hier ein Lager bereiten, unter den Zweigen.

Gottschalk und der Köhlerjunge treten auf.

GOTTSCHALK *indem er ihnen die Decken bringt.* Das weiß der Teufel,
was das hier für eine Wirtschaft ist. Der Junge sagt, drinnen
wäre ein geharnischter Mann, der ein Fräulein bewachte:
das läge geknebelt und mit verstopftem Munde da, wie ein
Kalb, das man zur Schlachtbank bringen will.

DER GRAF VOM STRAHL. Was sagst du? Ein Fräulein? Geknebelt 980
und mit verstopftem Munde? – Wer hat dir das gesagt?

FLAMMBERG. Jung! Woher weißt du das?

KÖHLERJUNGE *erschrocken.* St! – Um aller Heiligen willen! Ihr Herren, was macht ihr?

DER GRAF VOM STRAHL. Komm her.

KÖHLERJUNGE. Ich sage: St!

FLAMMBERG. Jung! Wer hat dir das gesagt? So sprich.

KÖHLERJUNGE *heimlich nachdem er sich umgesehen.* Habs geschaut, ihr Herren. Lag auf dem Stroh, als sie sie hineintrugen, und sprachen, sie sei krank. Kehrt ihr die Lampe zu und erschaut, daß sie gesund war, und Wangen hatt als wie unsre Lore. Und wimmert' und druckt' mir die Händ und blinzelte, und sprach so vernehmlich, wie ein kluger Hund: mach mich los, lieb Bübel, mach mich los! daß ichs mit Augen hört und mit den Fingern verstand.

DER GRAF VOM STRAHL. Jung, du flachsköpfiger; so tus!

FLAMMBERG. Was säumst du? Was machst du?

DER GRAF VOM STRAHL. Bind sie los und schick sie her!

KÖHLERJUNGE *schüchtern.* St! sag ich. – Ich wollt, daß ihr zu Fischen würdet! – Da erheben sich ihrer drei schon und kommen her, und sehen, was es gibt? *Er bläst seine Laterne aus.*

DER GRAF VOM STRAHL. Nichts, du wackrer Junge, nichts.

FLAMMBERG. Sie haben nichts davon gehört.

DER GRAF VOM STRAHL. Sie wechseln bloß um des Regens willen ihre Plätze.

KÖHLERJUNGE *sieht sich um.* Wollt ihr mich schützen?

DER GRAF VOM STRAHL. Ja, so wahr ich ein Ritter bin; das will ich.

FLAMMBERG. Darauf kannst du dich verlassen.

KÖHLERJUNGE. Wohlan! Ich wills dem Vater sagen. – Schaut was ich tue, und ob ich in die Hütte gehe, oder nicht?

Er spricht mit den Alten, die hinten am Feuer stehen, und verliert sich nachher in die Hütte.

FLAMMBERG. Sind das solche Kauze? Beelzebubs-Ritter, deren Ordensmantel die Nacht ist? Eheleute, auf der Landstraße mit Stricken und Banden an einander getraut?

DER GRAF VOM STRAHL. Krank, sagten sie!

FLAMMBERG. Todkrank, und dankten für alle Hülfe!

GOTTSCHALK. Nun wart! Wir wollen sie scheiden.

Pause.

SCHAUERMANN *in der Hütte.* He! holla! Die Bestie!

DER GRAF VOM STRAHL. Auf, Flammberg; erhebe dich!

Sie stehen auf.

FREIBURG. Was gibts?

Die Partei des Burggrafen erhebt sich.

SCHAUERMANN. Ich bin angebunden! Ich bin angebunden!   1020

Das Fräulein erscheint.

FREIBURG. Ihr Götter! Was erblick ich?

Achter Auftritt

Fräulein Kunigunde von Thurneck im Reisekleide, mit entfesselten Haaren. – Die Vorigen.

KUNIGUNDE *wirft sich vor dem Grafen vom Strahl nieder.*

Mein Retter! Wer Ihr immer seid! Nehmt einer
Vielfach geschmähten und geschändeten
Jungfrau Euch an! Wenn Euer ritterlicher Eid
Den Schutz der Unschuld Euch empfiehlt; hier liegt sie
In Staub gestreckt, die jetzt ihn von Euch fordert!

FREIBURG. Reißt sie hinweg, ihr Männer!

GEORG *ihn zurückhaltend.*   Max! hör mich an.

FREIBURG. Reißt sie hinweg, sag ich; laßt sie nicht reden!

DER GRAF VOM STRAHL.

Halt dort ihr Herrn! Was wollt ihr!

FREIBURG.   Was wir wollen?

Mein Weib will ich, zum Henker! – Auf! ergreift sie!   1030

KUNIGUNDE. Dein Weib? Du Lügnerherz!

DER GRAF VOM STRAHL *streng.*   Berühr sie nicht!

Wenn du von dieser Dame was verlangst,
So sagst dus mir! Denn mir gehört sie jetzt,
Weil sie sich meinem Schutze anvertraut.

Er erhebt sie.

FREIBURG. Wer bist du, Übermütiger, daß du
Dich zwischen zwei Vermählte drängst? Wer gibt
Das Recht dir, mir die Gattin zu verweigern?

KUNIGUNDE. Die Gattin? Bösewicht! Das bin ich nicht!

DER GRAF VOM STRAHL. Und wer bist du, Nichtswürdiger, daß du
Sie deine Gattin sagst, verfluchter Bube,

Daß du sie dein nennst, geiler Mädchenräuber,
Die Jungfrau, dir vom Teufel in der Hölle,
Mit Knebeln und mit Banden angetraut?

FREIBURG.

Wie? Was? Wer?

GEORG.   Max, ich bitte dich.

DER GRAF VOM STRAHL.   Wer bist du?

FREIBURG. Ihr Herrn, ihr irrt euch sehr –

DER GRAF VOM STRAHL.   Wer bist du, frag ich?

FREIBURG.

Ihr Herren, wenn ihr glaubt, daß ich –

DER GRAF VOM STRAHL.   Schafft Licht her!

FREIBURG. Dies Weib hier, das ich mitgebracht, das ist –

DER GRAF VOM STRAHL.

Ich sage Licht herbeigeschafft!

Gottschalk und die Köhler kommen mit Fackeln und Feuerhaken.

FREIBURG.   Ich bin –

GEORG *heimlich.* Ein Rasender bist du! Fort! Gleich hinweg!
1050   Willst du auf ewig nicht dein Wappen schänden.

DER GRAF VOM STRAHL.

So, meine wackern Köhler; leuchtet mir!

Freiburg schließt sein Visier.

DER GRAF VOM STRAHL.

Wer bist du jetzt, frag ich? Öffn' das Visier.

FREIBURG. Ihr Herrn, ich bin –

DER GRAF VOM STRAHL.   Öffn' das Visier.

FREIBURG.   Ihr hört.

DER GRAF VOM STRAHL.

Meinst du, leichtfertger Bube, ungestraft
Die Antwort *mir* zu weigern, wie ich dir?

Er reißt ihm den Helm vom Haupt, der Burggraf taumelt.

SCHAUERMANN.

Schmeißt den Verwegenen doch gleich zu Boden!

WETZLAF. Auf! Zieht!

FREIBURG.   Du Rasender, welch eine Tat!

Er erhebt sich, zieht und haut nach dem Grafen; der weicht aus.

DER GRAF VOM STRAHL. Du wehrst dich mir, du Afterbräutigam?

Er haut ihn nieder.

So fahr zur Hölle hin, woher du kamst,
Und feire deine Flitterwochen drin!   1060

WETZLAF. Entsetzen! Schaut! Er stürzt, er wankt, er fällt!

FLAMMBERG *dringt vor.*

Auf jetzt, ihr Freunde!

SCHAUERMANN.   Fort! Entflieht!

FLAMMBERG.   Schlagt drein!

Jagt das Gesindel völlig in die Flucht!

*Die Burggräflichen entweichen; niemand bleibt als Georg, der über den
Burggrafen beschäftigt ist.*

DER GRAF VOM STRAHL *zum Burggrafen.*

Freiburg! Was seh ich? Ihr allmächtgen Götter!
Du bists?

KUNIGUNDE *unterdrückt.*

            Der undankbare Höllenfuchs!

DER GRAF VOM STRAHL.

Was galt dir diese Jungfrau, du Unsel'ger?
Was wolltest du mit ihr?

GEORG.   – Er kann nicht reden.

Blut füllt, vom Scheitel quellend, ihm den Mund.

KUNIGUNDE. Laßt ihn ersticken drin!

DER GRAF VOM STRAHL.   Ein Traum erscheint mirs!

Ein Mensch wie der, so wacker sonst, und gut.   1070
– Kommt ihm zu Hülf, ihr Leute!

FLAMMBERG.   Auf! Greift an!

Und tragt ihn dort in jener Hütte Raum.

KUNIGUNDE. Ins Grab! Die Schaufeln her! Er sei gewesen!

DER GRAF VOM STRAHL.

Beruhigt Euch! – Wie er darnieder liegt,
Wird er auch unbeerdigt Euch nicht schaden.

KUNIGUNDE. Ich bitt um Wasser!

DER GRAF VOM STRAHL.   Fühlt Ihr Euch nicht wohl?

KUNIGUNDE.

Nichts, nichts – Es ist – Wer hilft? – Ist hier kein Sitz?
– Weh mir! *Sie wankt.*

DER GRAF VOM STRAHL.

              Ihr Himmlischen! He! Gottschalk! hilf!

GOTTSCHALK. Die Fackeln her!

KUNIGUNDE.   Laßt, laßt!
DER GRAF VOM STRAHL *hat sie auf einen Sitz geführt.*
                              Es geht vorüber?
1080 KUNIGUNDE. Das Licht kehrt meinen trüben Augen wieder. –
DER GRAF VOM STRAHL.
     Was wars, das so urplötzlich Euch ergriff?
KUNIGUNDE. Ach, mein großmütger Retter und Befreier,
     Wie nenn ich das? Welch ein entsetzensvoller,
     Unmenschlicher Frevel war mir zugedacht?
     Denk ich, was ohne Euch, vielleicht schon jetzt,
     Mir widerfuhr, hebt sich mein Haar empor,
     Und meiner Glieder jegliches erstarrt.
DER GRAF VOM STRAHL.
     Wer seid Ihr? Sprecht! Was ist Euch widerfahren?
KUNIGUNDE. O Seligkeit, Euch dies jetzt zu entdecken!
1090 Die Tat, die Euer Arm vollbracht, ist keiner
     Unwürdigen geschehen; Kunigunde,
     Freifrau von Thurneck, bin ich, daß Ihrs wißt;
     Das süße Leben, das Ihr mir erhieltet,
     Wird, außer mir, in Thurneck, dankbar noch
     Ein ganz Geschlecht Euch von Verwandten lohnen.
DER GRAF VOM STRAHL. Ihr seid? – Es ist nicht möglich? Kunigunde
     Von Thurneck? –
KUNIGUNDE.   Ja, so sagt ich! Was erstaunt Ihr?
DER GRAF VOM STRAHL *steht auf.*
     Nun denn, bei meinem Eid, es tut mir leid,
     So kamt Ihr aus dem Regen in die Traufe:
1100 Denn ich bin Friedrich Wetter Graf vom Strahl!
KUNIGUNDE. Was! Euer Name? – Der Name meines Retters? –
DER GRAF VOM STRAHL.
     Ist Friedrich Strahl, Ihr hörts. Es tut mir leid,
     Daß ich Euch keinen bessern nennen kann.
KUNIGUNDE *steht auf.*
     Ihr Himmlischen! Wie prüft ihr dieses Herz?
GOTTSCHALK *heimlich.*
     Die Thurneck? hört ich recht?
FLAMMBERG *erstaunt.*   Bei Gott! Sie ists!
                              Pause.

KUNIGUNDE. Es sei. Es soll mir das Gefühl, das hier
In diesem Busen sich entflammt, nicht stören.
Ich will nichts denken, fühlen will ich nichts,
Als Unschuld, Ehre, Leben, Rettung – Schutz
Vor diesem Wolf, der hier am Boden liegt. –   1110
Komm her, du lieber, goldner Knabe, du,
Der mich befreit, nimm diesen Ring von mir,
Es ist jetzt alles, was ich geben kann:
Einst lohn ich würdiger, du junger Held,
Die Tat dir, die mein Band gelöst, die mutige,
Die mich vor Schmach bewahrt, die mich errettet,
Die Tat, die mich zur Seligen gemacht!
                Sie wendet sich zum Grafen.
Euch, mein Gebieter – Euer nenn ich alles,
Was mein ist! Sprecht! Was habt Ihr über mich beschlossen?
In Eurer Macht bin ich; was muß geschehn?   1120
Muß ich nach Eurem Rittersitz Euch folgen?
DER GRAF VOM STRAHL *nicht ohne Verlegenheit.*
Mein Fräulein – es ist nicht eben allzuweit.
Wenn Ihr ein Pferd besteigt, so könnt Ihr bei
Der Gräfin, meiner Mutter, übernachten.
KUNIGUNDE. Führt mir das Pferd vor!
DER GRAF VOM STRAHL *nach einer Pause.* Ihr vergebt mir,
Wenn die Verhältnisse, in welchen wir –
KUNIGUNDE.
Nichts, nichts! Ich bitt Euch sehr! Beschämt mich nicht!
In Eure Kerker klaglos würd ich wandern.
DER GRAF VOM STRAHL.
In meinen Kerker! Was! Ihr überzeugt Euch –
KUNIGUNDE *unterbricht ihn.*
Drückt mich mit Eurer Großmut nicht zu Boden! –   1130
Ich bitt um Eure Hand!
DER GRAF VOM STRAHL.   He! Fackeln! Leuchtet!
                Ab.

Szene: Schloß Wetterstrahl. Ein Gemach in der Burg.

Neunter Auftritt

Kunigunde, in einem halb vollendeten, romantischen Anzuge, tritt auf, und setzt sich vor einer Toilette nieder. Hinter ihr Rosalie und die alte Brigitte.

ROSALIE *zu Brigitten.* Hier, Mütterchen, setz dich! Der Graf vom Strahl hat sich bei meinem Fräulein anmelden lassen; sie läßt sich nur noch die Haare von mir zurecht legen, und mag gern dein Geschwätz hören.

BRIGITTE *die sich gesetzt.* Also Ihr seid Fräulein Kunigunde von Thurneck?

KUNIGUNDE. Ja Mütterchen; das bin ich.

BRIGITTE. Und nennt Euch eine Tochter des Kaisers?

1140 KUNIGUNDE. Des Kaisers? Nein; wer sagt dir das? Der jetzt lebende Kaiser ist mir fremd; die Urenkelin eines der vorigen Kaiser bin ich, die in verflossenen Jahrhunderten, auf dem deutschen Thron saßen.

BRIGITTE. O Herr! Es ist nicht möglich? Die Urenkeltochter –

KUNIGUNDE. Nun ja!

ROSALIE. Hab ich es dir nicht gesagt?

BRIGITTE. Nun, bei meiner Treu, so kann ich mich ins Grab legen: der Traum des Grafen vom Strahl ist aus!

KUNIGUNDE. Welch ein Traum?

1150 ROSALIE. Hört nur, hört! Es ist die wunderlichste Geschichte von der Welt! – – Aber sei bündig, Mütterchen, und spare den Eingang; denn die Zeit, wie ich dir schon gesagt, ist kurz.

BRIGITTE. Der Graf war gegen das Ende des vorletzten Jahres, nach einer seltsamen Schwermut, von welcher kein Mensch die Ursache ergründen konnte, erkrankt; matt lag er da, mit glutrotem Antlitz und phantasierte; die Ärzte, die ihre Mittel erschöpft hatten, sprachen, er sei nicht zu retten. Alles, was in seinem Herzen verschlossen war, lag nun, im Wahnsinn des Fiebers, auf seiner Zunge: er scheide gern, sprach er, von
1160 hinnen; das Mädchen, das fähig wäre, ihn zu lieben, sei nicht vorhanden; Leben aber ohne Liebe sei Tod; die Welt nannt er ein Grab, und das Grab eine Wiege, und meinte, er würde nun erst geboren werden. – Drei hintereinander folgende Nächte,

während welcher seine Mutter nicht von seinem Bette wich,
erzählte er ihr, ihm sei ein Engel erschienen und habe ihm
zugerufen: Vertraue, vertraue, vertraue! Auf der Gräfin
Frage: ob sein Herz sich, durch diesen Zuruf des Himmlischen,
nicht gestärkt fühle? antwortete er: »Gestärkt? Nein!« – und
mit einem Seufzer setzte er hinzu: »doch! doch, Mutter! Wenn
ich sie werde gesehen haben!« – Die Gräfin fragt: und wirst du   1170
sie sehen? »Gewiß!« antwortet er. Wann? fragt sie. Wo? –
»In der Silvesternacht, wenn das neue Jahr eintritt; da wird er
mich zu ihr führen.« Wer? fragt sie, Lieber; zu wem? »Der
Engel«, spricht er, »zu meinem Mädchen« – wendet sich und
schläft ein.

KUNIGUNDE. Geschwätz!

ROSALIE. Hört sie nur weiter. – Nun?

BRIGITTE. Drauf in der Silvesternacht, in dem Augenblick, da
eben das Jahr wechselt, hebt er sich halb vom Lager empor,
starrt, als ob er eine Erscheinung hätte, ins Zimmer hinein,   1180
und, indem er mit der Hand zeigt: »Mutter! Mutter! Mutter!«
spricht er. Was gibts? fragt sie. »Dort! Dort!« Wo? »Geschwind!« spricht er. – Was? – »Den Helm! Den Harnisch!
Das Schwert!« – Wo willst du hin? fragt die Mutter. »Zu ihr«,
spricht er, »zu ihr. So! so! so!« und sinkt zurück; «Ade, Mutter
ade!« streckt alle Glieder von sich, und liegt wie tot.

KUNIGUNDE. Tot?

ROSALIE. Tot, ja!

KUNIGUNDE. Sie meint, einem Toten gleich.

ROSALIE. Sie sagt, tot! Stört sie nicht. – Nun?   1190

BRIGITTE. Wir horchten an seiner Brust: es war so still darin, wie
in einer leeren Kammer. Eine Feder ward ihm vorgehalten,
seinen Atem zu prüfen: sie rührte sich nicht. Der Arzt meinte
in der Tat, sein Geist habe ihn verlassen; rief ihm ängstlich
seinen Namen ins Ohr; reizt' ihn, um ihn zu erwecken, mit
Gerüchen; reizt' ihn mit Stiften und Nadeln, riß ihm ein
Haar aus, daß sich das Blut zeigte; vergebens: er bewegte kein
Glied und lag, wie tot.

KUNIGUNDE. Nun? Darauf?

BRIGITTE. Darauf, nachdem er einen Zeitraum so gelegen, fährt   1200
er auf, kehrt sich, mit dem Ausdruck der Betrübnis, der

Wand zu, und spricht: »Ach! Nun bringen sie die Lichter!
Nun ist sie mir wieder verschwunden!« – gleichsam, als ob er
durch den Glanz derselben verscheucht würde. – Und da die
Gräfin sich über ihn neigt und ihn an ihre Brust hebt und
spricht: Mein Friedrich! Wo warst du? »Bei ihr«, versetzt er,
mit freudiger Stimme; »bei ihr, die mich liebt! bei der Braut,
die mir der Himmel bestimmt hat! Geh, Mutter geh, und laß
nun in allen Kirchen für mich beten: denn nun wünsch ich zu

1210   leben.«

KUNIGUNDE. Und bessert sich wirklich?

ROSALIE. Das eben ist das Wunder.

BRIGITTE. Bessert sich, mein Fräulein, bessert sich, in der Tat;
erholt sich, von Stund an, gewinnt, wie durch himmlischen
Balsam geheilt, seine Kräfte wieder, und ehe der Mond sich
erneut, ist er so gesund wie zuvor.

KUNIGUNDE. Und erzählte? – Was erzählte er nun?

BRIGITTE. Ach, und erzählte, und fand kein Ende zu erzählen:
wie der Engel ihn, bei der Hand, durch die Nacht geleitet; wie

1220   er sanft des Mädchens Schlafkämmerlein eröffnet, und alle
Wände mit seinem Glanz erleuchtend, zu ihr eingetreten sei;
wie es dagelegen, das holde Kind, mit nichts, als dem Hemdchen angetan, und die Augen bei seinem Anblick groß aufgemacht, und gerufen habe, mit einer Stimme, die das Erstaunen beklemmt: »Mariane!« welches jemand gewesen sein
müsse, der in der Nebenkammer geschlafen; wie sie darauf,
vom Purpur der Freude über und über schimmernd, aus dem
Bette gestiegen, und sich auf Knieen vor ihm niedergelassen,
das Haupt gesenkt, und: mein hoher Herr! gelispelt; wie der

1230   Engel ihm darauf, daß es eine Kaisertochter sei, gesagt, und
ihm ein Mal gezeigt, das dem Kindlein rötlich auf dem Nacken
verzeichnet war, – wie er, von unendlichem Entzücken durch-
bebt, sie eben beim Kinn gefaßt, um ihr ins Antlitz zu schauen:
und wie die unselige Magd nun, die Mariane, mit Licht gekommen, und die ganze Erscheinung bei ihrem Eintritt wieder
verschwunden sei.

KUNIGUNDE. Und nun meinst du, diese Kaisertochter sei ich?

BRIGITTE. Wer sonst?

ROSALIE. Das sag ich auch.

BRIGITTE. Die ganze Strahlburg, bei Eurem Einzug, als sie erfuhr,   1240
wer Ihr seid, schlug die Hände über den Kopf zusammen und
rief: sie ists!

ROSALIE. Es fehlte nichts, als daß die Glocken ihre Zungen gelöst,
und gerufen hätten: ja, ja, ja!

KUNIGUNDE *steht auf.* Ich danke dir, Mütterchen, für deine Erzählung. Inzwischen nimm diese Ohrringe zum Andenken,
und entferne dich.

Brigitte ab.

Zehnter Auftritt

Kunigunde und Rosalie.

KUNIGUNDE *nachdem sie sich im Spiegel betrachtet, geht gedankenlos ans*
Fenster und öffnet es. – Pause.
Hast du mir alles dort zurecht gelegt,
Was ich dem Grafen zugedacht, Rosalie?
Urkunden, Briefe, Zeugnisse?

ROSALIE *am Tisch zurück geblieben.* Hier sind sie.   1250
In diesem Einschlag liegen sie beisammen.

KUNIGUNDE.
Gib mir doch –
        Sie nimmt eine Leimrute, die draußen befestigt ist, herein.

ROSALIE.   Was, mein Fräulein?

KUNIGUNDE *lebhaft.*   Schau, o Mädchen!
Ist dies die Spur von einem Fittich nicht?

ROSALIE *indem sie zu ihr geht.*
Was habt Ihr da?

KUNIGUNDE.   Leimruten, die, ich weiß
Nicht wer? an diesem Fenster aufgestellt!
– Sieh, hat hier nicht ein Fittich schon gestreift?

ROSALIE. Gewiß! Da ist die Spur. Was wars? Ein Zeisig?

KUNIGUNDE. Ein Finkenhähnchen wars, das ich vergebens
Den ganzen Morgen schon herangelockt.

ROSALIE. Seht nur dies Federchen. Das ließ er stecken!   1260

KUNIGUNDE *gedankenvoll.*
Gib mir doch –

ROSALIE.   Was, mein Fräulein? Die Papiere?

KUNIGUNDE *lacht und schlägt sie.*

Schelmin! – Die Hirse will ich, die dort steht.

> *Rosalie lacht, und geht und holt die Hirse.*

Eilfter Auftritt

Ein Bedienter tritt auf. Die Vorigen.

DER BEDIENTE.

Graf Wetter vom Strahl, und die Gräfin seine Mutter!

KUNIGUNDE *wirft alles aus der Hand.*

Rasch! Mit den Sachen weg.

ROSALIE. Gleich, gleich!

> *Sie macht die Toilette zu und geht ab.*

KUNIGUNDE. Sie werden mir willkommen sein.

Zwölfter Auftritt

Gräfin Helena, der Graf vom Strahl treten auf.
Fräulein Kunigunde.

KUNIGUNDE *ihnen entgegen.*

Verehrungswürdge! Meines Retters Mutter,
Wem dank ich, welchem Umstand, das Vergnügen,
Daß Ihr mir Euer Antlitz schenkt, daß Ihr
1270 Vergönnt, die teuren Hände Euch zu küssen?

GRÄFIN. Mein Fräulein, Ihr demütigt mich. Ich kam,
Um Eure Stirn zu küssen, und zu fragen,
Wie Ihr in meinem Hause Euch befindet?

KUNIGUNDE. Sehr wohl. Ich fand hier alles, was ich brauchte.
Ich hatte nichts von Eurer Huld verdient,
Und Ihr besorgtet mich, gleich einer Tochter.
Wenn irgend etwas mir die Ruhe störte
So war es dies beschämende Gefühl;
Doch ich bedurfte nur den Augenblick,
1280 Um diesen Streit in meiner Brust zu lösen.

> *Sie wendet sich zum Grafen.*

Wie stehts mit Eurer linken Hand, Graf Friedrich?

DER GRAF VOM STRAHL.

Mit meiner Hand? mein Fräulein! Diese Frage,

Ist mir empfindlicher als ihre Wunde!
Der Sattel wars, sonst nichts, an dem ich mich
Unachtsam stieß, Euch hier vom Pferde hebend.
GRÄFIN. Ward sie verwundet? – Davon weiß ich nichts.
KUNIGUNDE. Es fand sich, als wir dieses Schloß erreichten,
Daß ihr, in hellen Tropfen, Blut entfloß.
DER GRAF VOM STRAHL.
Die Hand selbst, seht Ihr, hat es schon vergessen.
Wenns Freiburg war, dem ich im Kampf um Euch,   1290
Dies Blut gezahlt, so kann ich wirklich sagen:
Schlecht war der Preis, um den er Euch verkauft.
KUNIGUNDE. Ihr denkt von seinem Werte so – nicht ich.
              Indem sie sich zur Mutter wendet.
– Doch wie? Wollt Ihr Euch, Gnädigste, nicht setzen?
Sie holt einen Stuhl, der Graf bringt die andern. Sie lassen sich sämtlich nieder.
GRÄFIN. Wie denkt Ihr, über Eure Zukunft, Fräulein?
Habt Ihr die Lag, in die das Schicksal Euch
Versetzt, bereits erwogen? Wißt Ihr schon,
Wie Euer Herz darin sich fassen wird?
KUNIGUNDE *bewegt.* Verehrungswürdige und gnädge Gräfin,
Die Tage, die mir zugemessen, denk ich   1300
In Preis und Dank, in immer glühender
Erinnrung des, was jüngst für mich geschehn,
In unauslöschlicher Verehrung Eurer,
Und Eures Hauses, bis auf den letzten Odem,
Der meine Brust bewegt, wenns mir vergönnt ist,
In Thurneck bei den Meinen hinzubringen.
                    Sie weint.
GRÄFIN. Wann denkt Ihr zu den Euren aufzubrechen?
KUNIGUNDE. Ich wünsche – weil die Tanten mich erwarten,
– Wenns sein kann, morgen, – oder mindestens –
In diesen Tagen, abgeführt zu werden.   1310
GRÄFIN. Bedenkt Ihr auch, was dem entgegen steht?
KUNIGUNDE.
Nichts mehr, erlauchte Frau, wenn Ihr mir nur
Vergönnt, mich offen vor Euch zu erklären.
        Sie küßt ihr die Hand; steht auf und holt die Papiere.
Nehmt dies von meiner Hand, Herr Graf vom Strahl.

DER GRAF VOM STRAHL *steht auf.*

Mein Fräulein! Kann ich wissen, was es ist?

KUNIGUNDE. Die Dokumente sinds, den Streit betreffend,
Um Eure Herrschaft Stauffen, die Papiere
Auf die ich meinen Anspruch gründete.

DER GRAF VOM STRAHL.

Mein Fräulein, Ihr beschämt mich, in der Tat!
1320   Wenn dieses Heft, wie Ihr zu glauben scheint,
Ein Recht begründet: weichen will ich Euch,
Und wenn es meine letzte Hütte gälte!

KUNIGUNDE.

Nehmt, nehmt, Herr Graf vom Strahl! Die Briefe sind
Zweideutig, seh ich ein, der Wiederkauf,
Zu dem sie mich berechtigen, verjährt;
Doch wär mein Recht so klar auch, wie die Sonne,
Nicht gegen Euch mehr kann ichs geltend machen.

DER GRAF VOM STRAHL.

Niemals, mein Fräulein, niemals, in der Tat!
Mit Freuden nehm ich, wollt Ihr mir ihn schenken,
1330   Von Euch den Frieden an; doch, wenn auch nur
Der Zweifel eines Rechts auf Stauffen Euer,
Das Dokument nicht, das ihn Euch belegt!
Bringt Eure Sache vor, bei Kaiser und bei Reich,
Und das Gesetz entscheide, wer sich irrte.

KUNIGUNDE *zur Gräfin.*

Befreit denn Ihr, verehrungswürdge Gräfin,
Von diesen leidgen Dokumenten mich,
Die mir in Händen brennen, widerwärtig
Zu dem Gefühl, das mir erregt ist, stimmen,
Und mir auf Gottes weiter Welt zu nichts mehr,
1340   Lebt ich auch neunzig Jahre, helfen können.

GRÄFIN *steht gleichfalls auf.*

Mein teures Fräulein! Eure Dankbarkeit
Führt Euch zu weit. Ihr könnt, was Eurer ganzen
Familie angehört, in einer flüchtigen
Bewegung nicht, die Euch ergriff, veräußern.
Nehmt meines Sohnes Vorschlag an und laßt
In Wetzlar die Papiere untersuchen;

Versichert Euch, Ihr werdet wert uns bleiben,
Man mag auch dort entscheiden, wie man wolle.

KUNIGUNDE *mit Affekt.*

Nun denn, der Anspruch war mein Eigentum!
Ich brauche keinen Vetter zu befragen,   1350
Und meinem Sohn vererb ich einst mein Herz!
Die Herrn in Wetzlar mag ich nicht bemühn:
Hier diese rasche Brust entscheidet so!

       Sie zerreißt die Papiere und läßt sie fallen.

GRÄFIN. Mein liebes, junges, unbesonnes Kind,
Was habt Ihr da getan? – – Kommt her,
Weils doch geschehen ist, daß ich Euch küsse.

       Sie umarmt sie.

KUNIGUNDE. Ich *will* daß dem Gefühl, das mir entflammt,
Im Busen ist, nichts fürder widerspreche!
Ich *will*, die Scheidewand *soll* niedersinken,
Die zwischen mir und meinem Retter steht!   1360
Ich will mein ganzes Leben ungestört,
Durchatmen, ihn zu preisen, ihn zu lieben.

GRÄFIN *gerührt.*

Gut, gut, mein Töchterchen. Es ist schon gut,
Ihr seid zu sehr erschüttert.

DER GRAF VOM STRAHL.   – Ich will wünschen,
Daß diese Tat Euch nie gereuen möge.

       Pause.

KUNIGUNDE *trocknet sich die Augen.*

Wann darf ich nun nach Thurneck wiederkehren?

GRÄFIN.

Gleich! *Wann* Ihr wollt! Mein Sohn selbst wird Euch führen!

KUNIGUNDE. So seis – auf morgen denn!

GRÄFIN.   Gut! Ihr begehrt es.
Obschon ich gern Euch länger bei mir sähe. –
Doch heut bei Tisch noch macht Ihr uns die Freude?   1370

KUNIGUNDE *verneigt sich.*

Wenn ich mein Herz kann sammeln, wart ich auf.

       Ab.

Dreizehnter Auftritt

Gräfin Helena. Der Graf vom Strahl.

DER GRAF VOM STRAHL.

So wahr, als ich ein Mann bin, die begehr ich
Zur Frau!

GRÄFIN.   Nun, nun, nun, nun!

DER GRAF VOM STRAHL.   Was! Nicht?

Du willst, daß ich mir eine wählen soll;
Doch die nicht? Diese nicht? Die nicht?

GRÄFIN.   Was willst du?

Ich sagte nicht, daß sie mir ganz mißfällt.

DER GRAF VOM STRAHL.

Ich will auch nicht, daß heut noch Hochzeit sei:
– Sie ist vom Stamm der alten sächsschen Kaiser.

GRÄFIN. Und der Silvesternachttraum spricht für sie?

1380   Nicht? Meinst du nicht?

DER GRAF VOM STRAHL.   Was soll ichs bergen: ja!

GRÄFIN. Laß uns die Sach ein wenig überlegen.

Ab.

DRITTER AKT

Szene: Gebirg und Wald. Eine Einsiedelei.

Erster Auftritt

Theobald und Gottfried Friedeborn führen das Käthchen von einem Felsen herab.

THEOBALD. Nimm dich in acht, mein liebes Käthchen; der Ge-
birgspfad, siehst du, hat eine Spalte. Setze deinen Fuß hier auf
diesen Stein, der ein wenig mit Moos bewachsen ist; wenn ich
wüßte, wo eine Rose wäre, so wollte ich es dir sagen. – So!

GOTTFRIED. Doch hast wohl Gott, Käthchen, nichts von der Reise
anvertraut, die du heut zu tun willens warst? – Ich glaubte,
an dem Kreuzweg, wo das Marienbild steht, würden zwei
Engel kommen, Jünglinge, von hoher Gestalt, mit schneeweißen

1390   Fittichen an den Schultern, und sagen: Ade, Theobald! Ade,

Gottfried! Kehrt zurück, von wo ihr gekommen seid; wir werden das Käthchen jetzt auf seinem Wege zu Gott weiter führen. – Doch es war nichts; wir mußten dich ganz bis ans Kloster herbringen.

THEOBALD. Die Eichen sind so still, die auf den Bergen verstreut sind: man hört den Specht, der daran pickt. Ich glaube, sie wissen, daß Käthchen angekommen ist, und lauschen auf das, was sie denkt. Wenn ich mich doch in die Welt auflösen könnte, um es zu erfahren. Harfenklang muß nicht lieblicher sein, als ihr Gefühl; es würde Israel hinweggelockt von David und 1400 seinen Zungen neue Psalter gelehrt haben. – Mein liebes Käthchen?

KÄTHCHEN. Mein lieber Vater!

THEOBALD. Sprich ein Wort.

KÄTHCHEN. Sind wir am Ziele?

THEOBALD. Wir sinds. Dort in jenem freundlichen Gebäude, das mit seinen Türmen zwischen die Felsen geklemmt ist, sind die stillen Zellen der frommen Augustinermönche; und hier, der geheiligte Ort, wo sie beten.

KÄTHCHEN. Ich fühle mich matt. 1410

THEOBALD. Wir wollen uns setzen. Komm, gib mir deine Hand, daß ich dich stütze. Hier vor diesem Gitter ist eine Ruhebank, mit kurzem und dichtem Gras bewachsen: schau her, das angenehmste Plätzchen, das ich jemals sah.

Sie setzen sich.

GOTTFRIED. Wie befindest du dich?

KÄTHCHEN. Sehr wohl.

THEOBALD. Du scheinst doch blaß, und deine Stirne ist voll Schweiß?

Pause.

GOTTFRIED. Sonst warst du so rüstig, konntest meilenweit wandern, durch Wald und Feld, und brauchtest nichts, als 1420 einen Stein, und das Bündel das du auf der Schulter trugst, zum Pfühl, um dich wieder herzustellen; und heut bist du so erschöpft, daß es scheint, als ob alle Betten, in welchen die Kaiserin ruht, dich nicht wieder auf die Beine bringen würden.

THEOBALD. Willst du mit etwas erquickt sein.

GOTTFRIED. Soll ich gehen und dir einen Trunk Wasser schöpfen?

THEOBALD. Oder suchen wo dir eine Frucht blüht?

GOTTFRIED. Sprich, mein liebes Käthchen!

1430 KÄTHCHEN. Ich danke dir, lieber Vater.

THEOBALD. Du dankst uns.

GOTTFRIED. Du verschmähst alles.

THEOBALD. Du begehrst nichts, als daß ich ein Ende mache: hin-
gehe und dem Prior Hatto, – meinem alten Freund, sage: der
alte Theobald sei da, der sein einzig liebes Kind begraben
wolle.

KÄTHCHEN. Mein lieber Vater!

THEOBALD. Nun gut. Es soll geschehn. Doch bevor wir die entscheidenden Schritte tun, die nicht mehr zurück zu nehmen
1440 sind, will ich dir noch etwas sagen. Ich will dir sagen, was
Gottfried und mir eingefallen ist, auf dem Wege hierher, und
was, wie uns scheint, ins Werk zu richten notwendig ist, bevor
wir den Prior in dieser Sache sprechen. – Willst du es wissen?

KÄTHCHEN. Rede!

THEOBALD. Nun wohlan, so merk auf, und prüfe dein Herz
wohl! – Du willst in das Kloster der Ursulinerinnen gehen,
das tief im einsamen kieferreichen Gebirge seinen Sitz hat. Die
Welt, der liebliche Schauplatz des Lebens, reizt dich nicht
mehr; Gottes Antlitz, in Abgezogenheit und Frömmigkeit
1450 angeschaut, soll dir Vater, Hochzeit, Kind, und der Kuß kleiner
blühender Enkel sein.

KÄTHCHEN. Ja, mein lieber Vater.

THEOBALD *nach einer kurzen Pause.* Wie wärs, wenn du auf ein paar
Wochen, da die Witterung noch schön ist, zu dem Gemäuer
zurückkehrtest, und dir die Sache ein wenig überlegtest?

KÄTHCHEN. Wie?

THEOBALD. Wenn du wieder hingingst, mein ich, nach der Strahlburg, unter den Holunderstrauch, wo sich der Zeisig das Nest
gebaut hat, am Hang des Felsens, du weißt, von wo das Schloß,
1460 im Sonnenstrahl funkelnd, über die Gauen des Landes her-
niederschaut?

KÄTHCHEN. Nein, mein lieber Vater!

THEOBALD. Warum nicht?

KÄTHCHEN. Der Graf, mein Herr, hat es mir verboten.

THEOBALD. Er hat es dir verboten. Gut. Und was er dir verboten hat, das darfst du nicht tun. Doch wie, wenn ich hinginge und ihn bäte, daß er es erlaubte?

KÄTHCHEN. Wie? Was sagst du?

THEOBALD. Wenn ich ihn ersuchte, dir das Plätzchen, wo dir so wohl ist, zu gönnen, und mir die Freiheit würde, dich daselbst 1470 mit dem, was du zur Notdurft brauchst, freundlich auszustatten?

KÄTHCHEN. Nein, mein lieber Vater.

THEOBALD. Warum nicht?

KÄTHCHEN *beklemmt*. Das würdest du nicht tun; und wenn du es tätest, so würde es der Graf nicht erlauben; und wenn der Graf es erlaubte, so würd ich doch von seiner Erlaubnis keinen Gebrauch machen.

THEOBALD. Käthchen! Mein liebes Käthchen! Ich will es tun. Ich will mich so vor ihm niederlegen, wie ich es jetzt vor 1480 dir tue, und sprechen: mein hoher Herr! erlaubt, daß das Käthchen unter dem Himmel, der über Eure Burg gespannt ist, wohne; reitet Ihr aus, so vergönnt, daß sie Euch von fern, auf einen Pfeilschuß, folge, und räumt ihr, wenn die Nacht kömmt, ein Plätzchen auf dem Stroh ein, das Euren stolzen Rossen untergeschüttet wird. Es ist besser, als daß sie vor Gram vergehe.

KÄTHCHEN *indem sie sich gleichfalls vor ihm niederlegt*. Gott im höchsten Himmel; du vernichtest mich! Du legst mir deine Worte kreuzweis, wie Messer, in die Brust! Ich will jetzt nicht mehr 1490 ins Kloster gehen, nach Heilbronn will ich mit dir zurückkehren, ich will den Grafen vergessen, und, wen du willst, heiraten; müßt auch ein Grab mir, von acht Ellen Tiefe, das Brautbett sein.

THEOBALD *der aufgestanden ist und sie aufhebt*. Bist du mir bös, Käthchen?

KÄTHCHEN. Nein, nein! Was fällt dir ein?

THEOBALD. Ich will dich ins Kloster bringen!

KÄTHCHEN. Nimmer und nimmermehr! Weder auf die Strahlburg, noch ins Kloster! – Schaff mir nur jetzt, bei dem Prior, ein Nachtlager, daß ich mein Haupt niederlege, und mich 1500 erhole; mit Tagesanbruch, wenn es sein kann, gehen wir zurück. *Sie weint.*

GOTTFRIED. Was hast du gemacht, Alter?

THEOBALD. Ach! Ich habe sie gekränkt!

GOTTFRIED *klingelt.* Prior Hatto ist zu Hause?

PFÖRTNER *öffnet.* Gelobt sei Jesus Christus!

THEOBALD. In Ewigkeit, Amen!

GOTTFRIED. Vielleicht besinnt sie sich!

THEOBALD. Komm, meine Tochter!

Alle ab.

Szene: Eine Herberge.

Zweiter Auftritt

Der Rheingraf vom Stein und Friedrich von Herrnstadt treten auf,
ihnen folgt: Jakob Pech, der Gastwirt. Gefolge von Knechten.

1510   RHEINGRAF *zu dem Gefolge.* Laßt die Pferde absatteln! Stellt Wachen aus, auf dreihundert Schritt um die Herberge, und laßt
jeden ein, niemand aus! Füttert und bleibt in den Ställen,
und zeigt euch, so wenig es sein kann; wenn Eginhardt mit
Kundschaft aus der Thurneck zurückkommt, geb ich euch
meine weitern Befehle.

Das Gefolge ab.

Wer wohnt hier?

JAKOB PECH. Halten zu Gnaden, ich und meine Frau, gestrenger
Herr.

RHEINGRAF. Und hier?

1520   JAKOB PECH. Vieh.

RHEINGRAF. Wie?

JAKOB PECH. Vieh. – Eine Sau mit ihrem Wurf, halten zu Gnaden;
es ist ein Schweinstall, von Latten draußen angebaut.

RHEINGRAF. Gut. – Wer wohnt hier?

JAKOB PECH. Wo?

RHEINGRAF. Hinter dieser dritten Tür?

JAKOB PECH. Niemand, halten zu Gnaden.

RHEINGRAF. Niemand?

JAKOB PECH. Niemand gestrenger Herr, gewiß und wahrhaftig.

1530   Oder vielmehr jedermann. Es geht wieder aufs offne Feld hinaus.

RHEINGRAF. Gut. – Wie heißest du?

JAKOB PECH. Jakob Pech.

RHEINGRAF. Tritt ab, Jakob Pech. –

Der Gastwirt ab.

RHEINGRAF. Ich will mich hier, wie die Spinne, zusammen
knäueln, daß ich aussehe, wie ein Häuflein argloser Staub; und
wenn sie im Netz sitzt, diese Kunigunde, über sie herfahren –
den Stachel der Rache tief eindrücken in ihre treulose Brust:
töten, töten, töten, und ihr Gerippe, als das Monument einer
Erzbuhlerin, in dem Gebälke der Steinburg aufbewahren!

FRIEDRICH. Ruhig, ruhig Albrecht! Eginhardt, den du nach   1540
Thurneck gesandt hast, ist noch, mit der Bestätigung dessen,
was du argwohnst, nicht zurück.

RHEINGRAF. Da hast du recht, Freund; Eginhardt ist noch nicht
zurück. Zwar in dem Zettel, den mir die Bübin schrieb, steht:
ihre Empfehlung voran; es sei nicht nötig, daß ich mich fürder
um sie bemühe; Stauffen sei ihr von dem Grafen vom Strahl,
auf dem Wege freundlicher Vermittlung, abgetreten. Bei meiner
unsterblichen Seele, hat dies irgend einen Zusammenhang, der
rechtschaffen ist: so will ich es hinunterschlucken, und die
Kriegsrüstung, die ich für sie gemacht, wieder auseinander   1550
gehen lassen. Doch wenn Eginhardt kommt und mir sagt,
was mir das Gerüchte schon gesteckt, daß sie ihm mit ihrer
Hand verlobt ist: so will ich meine Artigkeit, wie ein Taschenmesser, zusammenlegen, und ihr die Kriegskosten wieder ab-
jagen: müßt ich sie umkehren, und ihr den Betrag hellerweise
aus den Taschen herausschütteln.

Dritter Auftritt

Eginhardt von der Wart tritt auf. Die Vorigen.

RHEINGRAF. Nun, Freund, alle Grüße treuer Brüderschaft über
dich! – Wie stehts auf dem Schlosse zu Thurneck?

EGINHARDT. Freunde, es ist alles, wie der Ruf uns erzählt! Sie
gehen mit vollen Segeln auf dem Ozean der Liebe, und ehe   1560
der Mond sich erneut, sind sie in den Hafen der Ehe eingelaufen.

RHEINGRAF. Der Blitz soll ihre Masten zersplittern, ehe sie ihn
erreichen!

FRIEDRICH. Sie sind miteinander verlobt?

EGINHARDT. Mit dürren Worten, glaub ich, nein; doch wenn Blicke reden, Mienen schreiben und Händedrücke siegeln können, so sind die Ehepakten fertig.

RHEINGRAF. Wie ist es mit der Schenkung von Stauffen zugegangen? Das erzähle!

FRIEDRICH. Wann machte er ihr das Geschenk?

EGINHARDT. Ei! Vorgestern, am Morgen ihres Geburtstags, da die Vettern ihr ein glänzendes Fest in der Thurneck bereitet hatten. Die Sonne schien kaum rötlich auf ihr Lager: da findet sie das Dokument schon auf der Decke liegen; das Dokument, versteht mich, in ein Briefchen des verliebten Grafen eingewickelt, mit der Versicherung, daß es ihr Brautgeschenk sei, wenn sie sich entschließen könne, ihm ihre Hand zu geben.

RHEINGRAF. Sie nahm es? Natürlich! Sie stellte sich vor den Spiegel, knixte, und nahm es?

EGINHARDT. Das Dokument? Allerdings.

FRIEDRICH. Aber die Hand, die dagegen gefordert ward?

EGINHARDT. O die verweigerte sie nicht.

FRIEDRICH. Was! Nicht?

EGINHARDT. Nein. Gott behüte! Wann hätte sie je einem Freier ihre Hand verweigert?

RHEINGRAF. Aber sie hält, wenn die Glocke geht, nicht Wort?

EGINHARDT. Danach habt Ihr mich nicht gefragt.

RHEINGRAF. Wie beantwortete sie den Brief?

EGINHARDT. Sie sei so gerührt, daß ihre Augen, wie zwei Quellen, niederträufelten, und ihre Schrift ertränkten; – die Sprache, an die sie sich wenden müsse, ihr Gefühl auszudrücken, sei ein Bettler. – Er habe, auch ohne dieses Opfer, ein ewiges Recht an ihre Dankbarkeit, und es sei, wie mit einem Diamanten, in ihre Brust geschrieben; – kurz, einen Brief voll doppelsinniger Fratzen, der, wie der Schillertaft, zwei Farben spielt, und weder ja sagt, noch nein.

RHEINGRAF. Nun, Freunde; ihre Zauberei geht, mit diesem Kunststück zu Grabe! Mich betrog sie, und keinen mehr; die Reihe derer, die sie am Narrenseil geführt hat, schließt mit mir ab. – Wo sind die beiden reitenden Boten?

FRIEDRICH *in die Tür rufend.* He!

Vierter Auftritt

Zwei Boten treten auf. Die Vorigen.

RHEINGRAF *nimmt zwei Briefe aus dem Kollett.* Diese beiden Briefe nehmt ihr – diesen du, diesen du; und tragt sie – diesen hier du an den Dominikanerprior Hatto, verstehst du? Ich würd Glock sieben gegen Abend kommen, und Absolution in seinem Kloster empfangen. Diesen hier du an Peter Quanz, Haushofmeister in der Burg zu Thurneck; Schlag zwölf um Mitternacht stünd ich mit meinem Kriegshaufen vor dem Schloß, und bräche ein. Du gehst nicht eher in die Burg, du, 1610 bis es finster ist, und lässest dich vor keinem Menschen sehen; verstehst du mich? – Du brauchst das Tageslicht nicht zu scheuen. – Habt ihr mich verstanden?

DIE BOTEN. Gut.

RHEINGRAF *nimmt ihnen die Briefe wieder aus der Hand.* Die Briefe sind doch nicht verwechselt?

FRIEDRICH. Nein, nein.

RHEINGRAF. Nicht? – – Himmel und Erde!

EGINHARDT. Was gibts?

RHEINGRAF. Wer versiegelte sie?   1620

FRIEDRICH. Die Briefe?

RHEINGRAF. Ja!

FRIEDRICH. Tod und Verderben! Du versiegeltest sie selbst!

RHEINGRAF *gibt den Boten die Briefe wieder.* Ganz recht! hier, nehmt! Auf der Mühle, beim Sturzbach, werd ich euch erwarten! – Kommt meine Freunde!

Alle ab.

Szene: Thurneck. Ein Zimmer in der Burg.

Fünfter Auftritt

Der Graf vom Strahl sitzt gedankenvoll an einem Tisch, auf welchem zwei Lichter stehen. Er hält eine Laute in der Hand, und tut einige Griffe darauf. Im Hintergrunde, bei seinen Kleidern und Waffen beschäftigt, Gottschalk.

STIMME *von außen.*

Macht auf! Macht auf! Macht auf!

GOTTSCHALK.   Holla! – Wer ruft?

STIMME. Ich, Gottschalk, bins; ich bins, du lieber Gottschalk!

GOTTSCHALK. Wer?

STIMME.   Ich!

GOTTSCHALK.   Du?

STIMME.   Ja!

GOTTSCHALK.   Wer?

STIMME.   Ich!

DER GRAF VON STRAHL *legt die Laute weg*. Die Stimme kenn ich!

1630   GOTTSCHALK. Mein Seel! Ich hab sie auch schon wo gehört.

STIMME.

    Herr Graf vom Strahl! Macht auf! Herr Graf vom Strahl!

DER GRAF VOM STRAHL.

    Bei Gott! Das ist –

GOTTSCHALK.   Das ist, so wahr ich lebe –

STIMME. Das Käthchen ists! Wer sonst! Das Käthchen ists,

    Das kleine Käthchen von Heilbronn!

DER GRAF VOM STRAHL *steht auf*.   Wie? Was? zum Teufel!

GOTTSCHALK *legt alles aus der Hand*.

    Du, Mädel? Was? O Herzensmädel! Du?

             Er öffnet die Tür.

DER GRAF VOM STRAHL.

    Ward, seit die Welt steht, so etwas –?

KÄTHCHEN *indem sie eintritt*.   Ich bins.

GOTTSCHALK. Schaut her, bei Gott! Schaut her, sie ist es selbst!

Sechster Auftritt

Das Käthchen mit einem Brief. Die Vorigen.

DER GRAF VOM STRAHL.

    Schmeiß sie hinaus. Ich will nichts von ihr wissen.

GOTTSCHALK.

    Was! Hört ich recht –?

KÄTHCHEN.   Wo ist der Graf vom Strahl?

DER GRAF VOM STRAHL.

1640   Schmeiß sie hinaus! Ich will nichts von ihr wissen!

GOTTSCHALK *nimmt sie bei der Hand*.

    Wie, gnädiger Herr, vergönnt –!

KÄTHCHEN *reicht ihm den Brief*.   Hier! nehmt, Herr Graf!

DER GRAF VOM STRAHL *sich plötzlich zu ihr wendend.*

Was willst du hier? Was hast du hier zu suchen?

KÄTHCHEN *erschrocken.*

Nichts! – Gott behüte! Diesen Brief hier bitt ich –

DER GRAF VOM STRAHL.

Ich *will* ihn nicht! – Was ist dies für ein Brief?

Wo kommt er her? Und was enthält er mir?

KÄTHCHEN. Der Brief hier ist –

DER GRAF VOM STRAHL.   Ich will davon nichts wissen!

Fort! Gib ihn unten in dem Vorsaal ab.

KÄTHCHEN. Mein hoher Herr! Laßt bitt ich, Euch bedeuten –

DER GRAF VOM STRAHL *wild.*

Die Dirne, die landstreichend unverschämte!

Ich will nichts von ihr wissen! Hinweg, sag ich!   1650

Zurück nach Heilbronn, wo du hingehörst!

KÄTHCHEN. Herr meines Lebens! Gleich verlaß ich Euch!

Den Brief nur hier, der Euch sehr wichtig ist,

Erniedrigt Euch, von meiner Hand zu nehmen.

DER GRAF VOM STRAHL.

Ich aber *will* ihn nicht! Ich *mag* ihn nicht!

Fort! Augenblicks! Hinweg!

KÄTHCHEN.   Mein hoher Herr!

DER GRAF VOM STRAHL *wendet sich.*

Die Peitsche her! An welchem Nagel hängt sie?

Ich will doch sehn, ob ich, vor losen Mädchen,

In meinem Haus nicht Ruh mir kann verschaffen.

Er nimmt die Peitsche von der Wand.

GOTTSCHALK.

O gnädger Herr! Was macht Ihr? Was beginnt Ihr?   1660

Warum auch wollt Ihr, den nicht sie verfaßt,

Den Brief, nicht freundlich aus der Hand ihr nehmen?

DER GRAF VOM STRAHL.

Schweig, alter Esel, du, sag ich.

KÄTHCHEN *zu Gottschalk.*   Laß, laß!

DER GRAF VOM STRAHL.

In Thurneck bin ich hier, weiß, was ich tue;

Ich will den Brief aus ihrer Hand nicht nehmen!

– Willst du jetzt gehn?

KÄTHCHEN *rasch.*   Ja, mein verehrter Herr!

DER GRAF VOM STRAHL.

Wohlan!

GOTTSCHALK *halblaut zu Käthchen da sie zittert.*

     Sei ruhig. Fürchte nichts.

DER GRAF VOM STRAHL.   So fern dich! –

Am Eingang steht ein Knecht, dem gib den Brief,
Und kehr des Weges heim, von wo du kamst.

1670 KÄTHCHEN. Gut, gut. Du wirst mich dir gehorsam finden.
Peitsch mich nur nicht, bis ich mit Gottschalk sprach. –

Sie kehrt sich zu Gottschalk um.

Nimm du den Brief.

GOTTSCHALK.   Gib her, mein liebes Kind.

Was ist dies für ein Brief? Und was enthält er?

KÄTHCHEN. Der Brief hier ist vom Graf vom Stein, verstehst du?
Ein Anschlag, der noch heut vollführt soll werden,
Auf Thurneck, diese Burg, darin enthalten,
Und auf das schöne Fräulein Kunigunde,
Des Grafen, meines hohen Herren, Braut.

GOTTSCHALK. Ein Anschlag auf die Burg? Es ist nicht möglich!

1680 Und vom Graf Stein? – Wie kamst du zu dem Brief?

KÄTHCHEN. Der Brief ward Prior Hatto übergeben,
Als ich mit Vater just, durch Gottes Fügung,
In dessen stiller Klause mich befand.
Der Prior, der verstand den Inhalt nicht,
Und wollt ihn schon dem Boten wiedergeben;
Ich aber riß den Brief ihm aus der Hand,
Und eilte gleich nach Thurneck her, euch alles
Zu melden, in die Harnische zu jagen;
Denn heut, Schlag zwölf um Mitternacht, soll schon

1690 Der mörderische Frevel sich vollstrecken.

GOTTSCHALK. Wie kam der Prior Hatto zu dem Brief?

KÄTHCHEN. Lieber, das weiß ich nicht; es ist gleichviel.
Er ist, du siehst, an irgend wen geschrieben,
Der hier im Schloß zu Thurneck wohnhaft ist;
Was er dem Prior soll, begreift man nicht.
Doch daß es mit dem Anschlag richtig ist,
Das hab ich selbst gesehn; denn kurz und gut,

Der Graf zieht auf die Thurneck schon heran:
Ich bin ihm, auf dem Pfad hieher, begegnet.
GOTTSCHALK. Du siehst Gespenster, Töchterchen!
KÄTHCHEN.   Gespenster! – 1700
Ich sage, nein! So wahr ich Käthchen bin!
Der Graf liegt draußen vor der Burg, und wer
Ein Pferd besteigen will, und um sich schauen,
Der kann den ganzen weiten Wald ringsum
Erfüllt von seinen Reisigen erblicken!
GOTTSCHALK.
– Nehmt doch den Brief, Herr Graf, und seht selbst zu.
Ich weiß nicht, was ich davon denken soll.
DER GRAF VON STRAHL
legt die Peitsche weg, nimmt den Brief und entfaltet ihn.
»Um zwölf Uhr, wenn das Glöckchen schlägt, bin ich
Vor Thurneck. Laß die Tore offen sein.
Sobald die Flamme zuckt, zieh ich hinein.   1710
Auf niemand münz ich es, als Kunigunden,
Und ihren Bräutigam, den Graf vom Strahl:
Tu mir zu wissen, Alter, wo sie wohnen.«
GOTTSCHALK. Ein Höllenfrevel! – Und die Unterschrift?
DER GRAF VOM STRAHL. Das sind drei Kreuze.
                        Pause.
Wie stark fandst du den Kriegstroß, Katharina?
KÄTHCHEN.
Auf sechzig Mann, mein hoher Herr, bis siebzig.
DER GRAF VOM STRAHL.
Sahst du ihn selbst den Graf vom Stein?
KÄTHCHEN.   Ihn nicht.
DER GRAF VOM STRAHL.
Wer führte seine Mannschaft an?
KÄTHCHEN.   Zwei Ritter,
Mein hochverehrter Herr, die ich nicht kannte.   1720
DER GRAF VOM STRAHL.
Und jetzt, sagst du, sie lägen vor der Burg?
KÄTHCHEN. Ja, mein verehrter Herr.
DER GRAF VOM STRAHL.   Wie weit von hier?
KÄTHCHEN. Auf ein dreitausend Schritt, verstreut im Walde.

DER GRAF VOM STRAHL.

Rechts, auf der Straße?

KÄTHCHEN.   Links, im Föhrengrunde,

Wo überm Sturzbach sich die Brücke baut.

Pause.

GOTTSCHALK. Ein Anschlag, greuelhaft, und unerhört!

DER GRAF VOM STRAHL *steckt den Brief ein.*

Ruf mir sogleich die Herrn von Thurneck her!

– Wie hoch ists an der Zeit?

GOTTSCHALK.   Glock halb auf zwölf.

DER GRAF VOM STRAHL.

So ist kein Augenblick mehr zu verlieren.

Er setzt sich den Helm auf.

GOTTSCHALK.

1730   Gleich, gleich; ich gehe schon! – Komm, liebes Käthchen,

Daß ich dir das erschöpfte Herz erquicke! –

Wie großen Dank, bei Gott, sind wir dir schuldig?

So in der Nacht, durch Wald und Feld und Tal –

DER GRAF VOM STRAHL.

Hast du mir sonst noch, Jungfrau, was zu sagen?

KÄTHCHEN. Nein, mein verehrter Herr.

DER GRAF VOM STRAHL.   – Was suchst du da?

KÄTHCHEN *sich in den Busen fassend.*

Den Einschlag, der vielleicht dir wichtig ist.

Ich glaub, ich hab –? Ich glaub, er ist –?

Sie sieht sich um.

DER GRAF VOM STRAHL.   Der Einschlag?

KÄTHCHEN.

Nein, hier.

Sie nimmt das Kuvert und gibt es dem Grafen.

DER GRAF VOM STRAHL.

Gib her!

Er betrachtet das Papier.

Dein Antlitz speit ja Flammen! –

Du nimmst dir gleich ein Tuch um, Katharina,

1740   Und trinkst nicht ehr, bis du dich abgekühlt.

– Du aber hast keins?

KÄTHCHEN.   Nein –

DER GRAF VOM STRAHL *macht sich die Schärpe los – wendet sich plötzlich,*
und wirft sie auf den Tisch.   So nimm die Schürze.
        Nimmt die Handschuh und zieht sie sich an.

Wenn du zum Vater wieder heim willst kehren,
Werd ich, wie sichs von selbst versteht –
        Er hält inne.

KÄTHCHEN.   Was wirst du?

DER GRAF VOM STRAHL *erblickt die Peitsche.*

Was macht die Peitsche hier?

GOTTSCHALK.   Ihr selbst ja nahmt sie –!

DER GRAF VOM STRAHL *ergrimmt.*

Hab ich hier Hunde, die zu schmeißen sind?
   Er wirft die Peitsche, daß die Scherben niederklirren, durchs Fenster;
        hierauf zu Käthchen:

Pferd' dir, mein liebes Kind, und Wagen geben,
Die sicher nach Heilbronn dich heimgeleiten.
– Wann denkst du heim?

KÄTHCHEN *zitternd.*   Gleich, mein verehrter Herr!

DER GRAF VOM STRAHL *streichelt ihre Wangen.*

Gleich nicht! Du kannst im Wirtshaus übernachten.
        Er weint.

– Was glotzt er da? Geh, nimm die Scherben auf!   1750
   Gottschalk hebt die Scherben auf. Er nimmt die Schärpe vom Tisch,
        und gibt sie Käthchen.

Da! Wenn du dich gekühlt, gib mir sie wieder.

KÄTHCHEN *sie will seine Hand küssen.*

Mein hoher Herr!

DER GRAF VOM STRAHL *wendet sich von ihr ab.*

        Leb wohl! Leb wohl! Leb wohl!
      Getümmel und Glockenklang draußen.

GOTTSCHALK. Gott, der Allmächtige!

KÄTHCHEN.   Was ist? Was gibts?

GOTTSCHALK.

Ist das nicht Sturm?

KÄTHCHEN.   Sturm?

DER GRAF VOM STRAHL.   Auf! Ihr Herrn von Thurneck!
Der Rheingraf, beim Lebendgen, ist schon da!
        Alle ab.

*Szene: Platz vor dem Schloß. Es ist Nacht. Das Schloß
brennt. Sturmgeläute.*

Siebenter Auftritt

EIN NACHTWÄCHTER *tritt auf und stößt ins Horn.* Feuer! Feuer! Feuer!
Erwacht ihr Männer von Thurneck, ihr Weiber und Kinder
des Fleckens erwacht! Werft den Schlaf nieder, der, wie ein
Riese, über euch liegt; besinnt euch, ersteht und erwacht!
1760   Feuer! Der Frevel zog auf Socken durchs Tor! Der Mord
steht, mit Pfeil und Bogen, mitten unter euch, und die Ver-
heerung, um ihm zu leuchten, schlägt ihre Fackel an alle
Ecken der Burg! Feuer! Feuer! O daß ich eine Lunge von
Erz und ein Wort hätte, das sich mehr schreien ließe, als dies:
Feuer! Feuer! Feuer!

Achter Auftritt

*Der Graf vom Strahl. Die drei Herren von Thurneck. Gefolge.
Der Nachtwächter.*

DER GRAF VOM STRAHL. Himmel und Erde! Wer steckte das
Schloß in Brand? – Gottschalk!
GOTTSCHALK *außerhalb der Szene.* He!
DER GRAF VOM STRAHL. Mein Schild, meine Lanze!
1770   RITTER VON THURNECK. Was ist geschehn?
DER GRAF VOM STRAHL. Fragt nicht, nehmt was hier steht, fliegt
auf die Wälle, kämpft und schlagt um euch, wie angeschos-
sene Eber!
RITTER VON THURNECK. Der Rheingraf ist vor den Toren?
DER GRAF VOM STRAHL. Vor den Toren, ihr Herrn, und ehe ihr
den Riegel vorschiebt, drin: Verräterei, im Innern des Schlos-
ses, hat sie ihm geöffnet!
RITTER VON THURNECK. Der Mordanschlag, der unerhörte!
– Auf!
Ab mit Gefolge.
1780   DER GRAF VOM STRAHL. Gottschalk!
GOTTSCHALK *außerhalb.* He!
DER GRAF VOM STRAHL. Mein Schwert! Mein Schild! meine
Lanze.

Neunter Auftritt

Das Käthchen tritt auf. Die Vorigen.

KÄTHCHEN *mit Schwert, Schild und Lanze.* Hier!

DER GRAF VOM STRAHL *indem er das Schwert nimmt und es sich umgürtet.*
  Was willst du?

KÄTHCHEN. Ich bringe dir die Waffen.

DER GRAF VOM STRAHL. Dich rief ich nicht!

KÄTHCHEN. Gottschalk rettet.

DER GRAF VOM STRAHL. Warum schickt er den Buben nicht?
  – Du dringst dich schon wieder auf?   1790

Der Nachtwächter stößt wieder ins Horn.

Zehnter Auftritt

Ritter Flammberg mit Reisigen. Die Vorigen.

FLAMMBERG. Ei, so blase du, daß dir die Wangen bersten! Fische
  und Maulwürfe wissen, daß Feuer ist, was braucht es deines
  gotteslästerlichen Gesangs, um es uns zu verkündigen?

DER GRAF VOM STRAHL. Wer da?

FLAMMBERG. Strahlburgische!

DER GRAF VOM STRAHL. Flammberg?

FLAMMBERG. Er selbst!

DER GRAF VOM STRAHL. Tritt heran! – Verweil hier, bis wir
  erfahren, wo der Kampf tobt!

Eilfter Auftritt

Die Tanten von Thurneck treten auf. Die Vorigen.

ERSTE TANTE. Gott helf uns!   1800

DER GRAF VOM STRAHL. Ruhig, ruhig.

ZWEITE TANTE. Wir sind verloren! Wir sind gespießt.

DER GRAF VOM STRAHL. Wo ist Fräulein Kunigunde, eure Nichte?

DIE TANTEN. Das Fräulein, unsre Nichte?

KUNIGUNDE *im Schloß.* Helft! Ihr Menschen! Helft!

DER GRAF VOM STRAHL. Gott im Himmel! War das nicht ihre
  Stimme?

Er gibt Schild und Lanze an Käthchen.

ERSTE TANTE. Sie rief! – Eilt, eilt!

ZWEITE TANTE. Dort erscheint sie im Portal!

1810   ERSTE TANTE. Geschwind! Um aller Heiligen! Sie wankt, sie fällt!

ZWEITE TANTE. Eilt sie zu unterstützen!

Zwölfter Auftritt

Kunigunde von Thurneck. Die Vorigen.

DER GRAF VOM STRAHL *empfängt sie in seinen Armen.*

Meine Kunigunde!

KUNIGUNDE *schwach.*

Das Bild, das Ihr mir jüngst geschenkt, Graf Friedrich!
Das Bild mit dem Futtral!

DER GRAF VOM STRAHL.   Was solls? Wo ists?

KUNIGUNDE. Im Feu'r! Weh mir! Helft! Rettet! Es verbrennt.

DER GRAF VOM STRAHL.

Laßt, laßt! Habt Ihr mich selbst nicht, Teuerste?

KUNIGUNDE.

Das Bild mit dem Futtral, Herr Graf vom Strahl!
Das Bild mit dem Futtral!

KÄTHCHEN *tritt vor.*   Wo liegts, wo stehts?

Sie gibt Schild und Lanze an Flammberg.

KUNIGUNDE.

1820   Im Schreibtisch! Hier, mein Goldkind, ist der Schlüssel!

Käthchen geht.

DER GRAF VOM STRAHL.

Hör, Käthchen!

KUNIGUNDE.   Eile!

DER GRAF VOM STRAHL. Hör, mein Kind!

KUNIGUNDE.   Hinweg!

Warum auch stellt Ihr wehrend Euch –?

DER GRAF VOM STRAHL.   Mein Fräulein,

Ich will zehn andre Bilder Euch statt dessen –

KUNIGUNDE *unterbricht ihn.*

Dies brauch ich, dies; sonst keins! – Was es mir gilt,
Ist hier der Ort jetzt nicht, Euch zu erklären. –
Geh, Mädchen geh, schaff Bild mir und Futtral:
Mit einem Diamanten lohn ichs dir!

DER GRAF VOM STRAHL.

Wohlan, so schaffs! Es ist der Törin recht!

Was hatte sie an diesem Ort zu suchen?

KÄTHCHEN. Das Zimmer – rechts?

KUNIGUNDE.   Links, Liebchen; eine Treppe,   1830

Dort, wo der Altan, schau, den Eingang ziert!

KÄTHCHEN. Im Mittelzimmer?

KUNIGUNDE.   In dem Mittelzimmer!

Du fehlst nicht, lauf; denn die Gefahr ist dringend!

KÄTHCHEN. Auf! Auf! Mit Gott! Mit Gott! Ich bring es Euch!

Ab.

Dreizehnter Auftritt

Die Vorigen, ohne Käthchen.

DER GRAF VOM STRAHL.

Ihr Leut, hier ist ein Beutel Gold für den,

Der in das Haus ihr folgt!

KUNIGUNDE.   Warum? Weshalb?

DER GRAF VOM STRAHL.

Veit Schmidt! Hans, du! Karl Böttiger! Fritz Töpfer!

Ist niemand unter euch?

KUNIGUNDE.   Was fällt Euch ein?

DER GRAF VOM STRAHL.

Mein Fräulein, in der Tat, ich muß gestehn –

KUNIGUNDE. Welch ein besondrer Eifer glüht Euch an? –   1840

Was ist dies für ein Kind?

DER GRAF VOM STRAHL.   – Es ist die Jungfrau,

Die heut mit so viel Eifer uns gedient.

KUNIGUNDE. Bei Gott, und wenns des Kaisers Tochter wäre!

– Was fürchtet Ihr? Das Haus, wenn es gleich brennt,

Steht, wie ein Fels, auf dem Gebälke noch;

Sie wird, auf diesem Gang, nicht gleich verderben.

Die Treppe war noch unberührt vom Brand;

Rauch ist das einzge Übel, das sie findet.

KÄTHCHEN *erscheint in einem brennenden Fenster.*

Mein Fräulein! He! Hilf Gott! Der Rauch erstickt mich!

– Es ist der rechte Schlüssel nicht.   1850

DER GRAF VOM STRAHL *zu Kunigunden.* Tod und Teufel!
  Warum regiert Ihr Eure Hand nicht besser?
KUNIGUNDE. Der rechte Schlüssel nicht?
KÄTHCHEN *mit schwacher Stimme.*   Hilf Gott! Hilf Gott!
DER GRAF VOM STRAHL.
  Komm herab, mein Kind!
KUNIGUNDE.   Laßt, laßt!
DER GRAF VOM STRAHL.   Komm herab, sag ich!
  Was sollst du ohne Schlüssel dort? Komm herab!
KUNIGUNDE.
  Laßt einen Augenblick –!
DER GRAF VOM STRAHL.   Wie? Was, zum Teufel!
KUNIGUNDE. Der Schlüssel, liebes Herzens-Töchterchen,
  Hängt, jetzt erinnr' ich michs, am Stift des Spiegels,
  Der überm Putztisch glänzend eingefugt!
KÄTHCHEN. Am Spiegelstift?
DER GRAF VOM STRAHL.   Beim Gott der Welt! Ich wollte,
1860   Er hätte nie gelebt, der mich gezeichnet,
  Und er, der mich gemacht hat, obenein!
  – So such!
KUNIGUNDE. Mein Augenlicht! Am Putztisch, hörst du?
KÄTHCHEN *indem sie das Fenster verläßt.*
  Wo ist der Putztisch? Voller Rauch ist alles.
DER GRAF VOM STRAHL.
  Such!
KUNIGUNDE.
     An der Wand rechts.
KÄTHCHEN *unsichtbar.*   Rechts?
DER GRAF VOM STRAHL.   Such, sag ich!
KÄTHCHEN *schwach.*
  Hilf Gott! Hilf Gott! Hilf Gott!
DER GRAF VOM STRAHL.   Ich sage, such! –
  Verflucht die hündische Dienstfertigkeit!
FLAMMBERG.
  Wenn sie nicht eilt: das Haus stürzt gleich zusammen!
DER GRAF VOM STRAHL.
  Schafft eine Leiter her!
KUNIGUNDE.   Wie, mein Geliebter?

DER GRAF VOM STRAHL. Schafft eine Leiter her! Ich will hinauf.
KUNIGUNDE.

Mein teurer Freund! Ihr selber wollt –?
DER GRAF VOM STRAHL.   Ich bitte!   1870
Räumt mir den Platz! Ich will das Bild Euch schaffen.
KUNIGUNDE. Harrt einen Augenblick noch, ich beschwör Euch.
Sie bringt es gleich herab.
DER GRAF VOM STRAHL.   Ich sage, laßt mich! –
Putztisch und Spiegel ist, und Nagelstift,
Ihr unbekannt, mir nicht; ich finds heraus,
Das Bild von Kreid und Öl auf Leinewand,
Und brings Euch her, nach Eures Herzens Wunsch.

Vier Knechte bringen eine Feuerleiter.

– Hier! Legt die Leiter an!
ERSTER KNECHT *vorn, indem er sich umsieht.*

                    Holla! Da hinten!
EIN ANDERER *zum Grafen.*

Wo?
DER GRAF VOM STRAHL.

Wo das Fenster offen ist.
DIE KNECHTE *heben die Leiter auf.*   O ha!
DER ERSTE *vorn.*

Blitz! Bleibt zurück, ihr hinten da! Was macht ihr?   1880
Die Leiter ist zu lang!
DIE ANDEREN *hinten.*   Das Fenster ein!
Das Kreuz des Fensters eingestoßen! So!
FLAMMBERG *der mit geholfen.*

Jetzt steht die Leiter fest und rührt sich nicht!
DER GRAF VOM STRAHL *wirft sein Schwert weg.*

Wohlan denn!
KUNIGUNDE.   Mein Geliebter! Hört mich an!
DER GRAF VOM STRAHL.

Ich bin gleich wieder da!

Er setzt einen Fuß auf die Leiter.

FLAMMBERG *aufschreiend.*   Halt! Gott im Himmel!
KUNIGUNDE *eilt erschreckt von der Leiter weg.*

Was gibts?

DIE KNECHTE. Das Haus sinkt! Fort zurücke!

ALLE. Heiland der Welt! Da liegts in Schutt und Trümmern!

*Das Haus sinkt zusammen, der Graf wendet sich, und drückt beide Hände vor
die Stirne; alles, was auf der Bühne ist, weicht zurück und wendet sich
gleichfalls ab. – Pause.*

Vierzehnter Auftritt

*Käthchen tritt rasch, mit einer Papierrolle, durch ein großes Portal, das stehen
geblieben ist, auf; hinter ihr ein Cherub in der Gestalt eines Jünglings, von Licht
umflossen, blondlockig, Fittiche an den Schultern und einen Palmzweig
in der Hand.*

KÄTHCHEN

so wie sie aus dem Portal ist, kehrt sie sich, und stürzt vor ihm nieder.

Schirmt mich, ihr Himmlischen! Was widerfährt mir?

DER CHERUB

berührt ihr Haupt mit der Spitze des Palmenzweigs, und verschwindet.

Pause.

Funfzehnter Auftritt

Die Vorigen ohne den Cherub.

KUNIGUNDE *sieht sich zuerst um.*

Nun, beim lebendgen Gott, ich glaub, ich träume! –

1890   Mein Freund! Schaut her!

DER GRAF VOM STRAHL *vernichtet.*

Flammberg!

Er stützt sich auf seine Schulter.

KUNIGUNDE.   Ihr Vettern! Tanten! –

Herr Graf! so hört doch an!

DER GRAF VOM STRAHL *schiebt sie von sich.*

Geht, geht! – – Ich bitt Euch!

KUNIGUNDE. Ihr Toren! Seid ihr Säulen Salz geworden?

Gelöst ist alles glücklich.

DER GRAF VOM STRAHL *mit abgewandtem Gesicht.*

Trostlos mir!

Die Erd hat nichts mehr Schönes. Laß mich sein.

FLAMMBERG *zu den Knechten.*

Rasch, Brüder, rasch!

EIN KNECHT.   Herbei, mit Hacken, Spaten!

EIN ANDERER. Laßt uns den Schutt durchsuchen, ob sie lebt!

KUNIGUNDE *scharf*. Die alten, bärtgen Gecken, die! das Mädchen,
Das sie verbrannt zu Feuersasche glauben,
Frisch und gesund am Boden liegt sie da,
Die Schürze kichernd vor dem Mund, und lacht!   1900

DER GRAF VOM STRAHL *wendet sich*.
Wo?

KUNIGUNDE.
Hier!

FLAMMBERG. Nein, sprecht! Es ist nicht möglich.

DIE TANTEN.
Das Mädchen wär –?

ALLE.   O Himmel! Schaut! Da liegt sie.

DER GRAF VOM STRAHL *tritt zu ihr und betrachtet sie*.
Nun über dich schwebt Gott mit seinen Scharen!

Er erhebt sie vom Boden.

Wo kommst du her?

KÄTHCHEN.   Weiß nit, mein hoher Herr.

DER GRAF VOM STRAHL.
Hier stand ein Haus, dünkt mich, und du warst drin.
– Nicht? Wars nicht so?

FLAMMBERG.   – Wo warst du, als es sank?

KÄTHCHEN.
Weiß nit, ihr Herren, was mir widerfahren.

Pause.

DER GRAF VOM STRAHL.
Und hat noch obenein das Bild.

Er nimmt ihr die Rolle aus der Hand.

KUNIGUNDE *reißt sie an sich*.   Wo?

DER GRAF VOM STRAHL.   Hier.

KUNIGUNDE *erblaßt*.

DER GRAF VOM STRAHL.
Nicht? Ists das Bild nicht? – Freilich!

DIE TANTEN.   Wunderbar!

FLAMMBERG.
Wer gab dir es? Sag an!   1910

KUNIGUNDE *indem sie ihr mit der Rolle einen Streich auf die Backen gibt.*
                         Die dumme Trine!
  Hatt ich ihr nicht gesagt, das Futteral?
DER GRAF VOM STRAHL.
  Nun, beim gerechten Gott, das muß ich sagen –!
  – Ihr wolltet das Futtral?
KUNIGUNDE.   Ja und nichts anders!
  Ihr hattet Euren Namen drauf geschrieben;
  Es war mir wert, ich hatts ihr eingeprägt.
DER GRAF VOM STRAHL.
  Wahrhaftig, wenn es sonst nichts war –
KUNIGUNDE.   So? Meint Ihr?
  Das kommt zu prüfen *mir* zu und nicht *Euch.*
DER GRAF VOM STRAHL.
  Mein Fräulein, Eure Güte macht mich stumm.
KUNIGUNDE *zu Käthchen.*
  Warum nahmst dus heraus, aus dem Futteral?
DER GRAF VOM STRAHL.
1920 Warum nahmst dus heraus, mein Kind?
KÄTHCHEN.   Das Bild?
DER GRAF VOM STRAHL.   Ja!
KÄTHCHEN.
  Ich nahm es nicht heraus, mein hoher Herr.
  Das Bild, halb aufgerollt, im Schreibtischwinkel,
  Den ich erschloß, lag neben dem Futtral.
KUNIGUNDE.
  Fort! – das Gesicht der Äffin!
DER GRAF VOM STRAHL.   Kunigunde! –
KÄTHCHEN. Hätt ichs hinein erst wieder ordentlich
  In das Futtral –?
DER GRAF VOM STRAHL.
                Nein, nein, mein liebes Käthchen!
  Ich lobe dich, du hast es recht gemacht.
  Wie konntest du den Wert der Pappe kennen?
KUNIGUNDE.
  Ein Satan leitet' ihr die Hand!
DER GRAF VOM STRAHL.   Sei ruhig! –
1930 Das Fräulein meint es nicht so bös. – Tritt ab.

KÄTHCHEN.

Wenn *du* mich nur nicht schlägst, mein hoher Herr!

Sie geht zu Flammberg und mischt sich im Hintergrund unter die Knechte.

Sechzehnter Auftritt

Die Herren von Thurneck. Die Vorigen.

RITTER VON THURNECK.

Triumph, ihr Herrn! Der Sturm ist abgeschlagen!
Der Rheingraf zieht mit blutgem Schädel heim!

FLAMMBERG. Was! Ist er fort?

VOLK.   Heil, Heil!

DER GRAF VOM STRAHL.   Zu Pferd, zu Pferd!
Laßt uns den Sturzbach ungesäumt erreichen,
So schneiden wir die ganze Rotte ab!

Alle ab.

VIERTER AKT

Szene: Gegend im Gebirg, mit Wasserfällen und einer Brücke.

Erster Auftritt

Der Rheingraf vom Stein, zu Pferd, zieht mit einem Troß Fußvolk über die Brücke. Ihnen folgt der Graf vom Strahl zu Pferd; bald darauf Ritter Flammberg mit Knechten und Reisigen zu Fuß. Zuletzt Gottschalk gleichfalls zu Pferd, neben ihm das Käthchen.

RHEINGRAF *zu dem Troß.* Über die Brücke, Kinder, über die Brücke! Dieser Wetter vom Strahl kracht, wie vom Sturmwind getragen, hinter uns drein; wir müssen die Brücke abwerfen, oder wir sind alle verloren!   1940

Er reitet über die Brücke.

KNECHTE DES RHEINGRAFEN *folgen ihm.* Reißt die Brücke nieder!

Sie werfen die Brücke ab.

DER GRAF VOM STRAHL *erscheint in der Szene, sein Pferd tummelnd.* Hinweg! – Wollt ihr den Steg unberührt lassen?

KNECHTE DES RHEINGRAFEN *schießen mit Pfeilen auf ihn.* Hei! Diese Pfeile zur Antwort dir!

DER GRAF VOM STRAHL *wendet das Pferd.* Meuchelmörder! – He! Flammberg!

KÄTHCHEN *hält eine Rolle in die Höhe.* Mein hoher Herr!

DER GRAF VOM STRAHL *zu Flammberg.* Die Schützen her!

1950 RHEINGRAF *über den Fluß rufend.* Auf Wiedersehn, Herr Graf! Wenn Ihr schwimmen könnt, so schwimmt; auf der Steinburg, diesseits der Brücke, sind wir zu finden.

Ab mit dem Troß.

DER GRAF VOM STRAHL. Habt Dank ihr Herrn! Wenn der Fluß trägt, so sprech ich bei euch ein!

Er reitet hindurch.

EIN KNECHT *aus seinem Troß.* Halt! zum Henker! nehmt Euch in acht!

KÄTHCHEN *am Ufer zurückbleibend.* Herr Graf vom Strahl!

EIN ANDERER KNECHT. Schafft Balken und Bretter her!

FLAMMBERG. Was! bist du ein Jud?

1960 ALLE. Setzt hindurch! Setzt hindurch!

Sie folgen ihm.

DER GRAF VOM STRAHL. Folgt! Folgt! Es ist ein Forellenbach, weder breit noch tief! So recht! So recht! Laßt uns das Gesindel völlig in die Pfanne hauen!

Ab mit dem Troß.

KÄTHCHEN. Herr Graf vom Strahl! Herr Graf vom Strahl!

GOTTSCHALK *wendet mit dem Pferde um.* Ja, was lärmst und schreist du? – Was hast du hier im Getümmel zu suchen? Warum läufst du hinter uns drein?

KÄTHCHEN *hält sich an einem Stamm.* Himmel!

GOTTSCHALK *indem er absteigt.* Komm! Schürz und schwinge dich!
1970 Ich will das Pferd an die Hand nehmen, und dich hindurch führen.

DER GRAF VOM STRAHL *hinter der Szene.* Gottschalk!

GOTTSCHALK. Gleich, gnädiger Herr, gleich! Was befehlt Ihr?

DER GRAF VOM STRAHL. Meine Lanze will ich haben!

GOTTSCHALK *hilft das Käthchen in den Steigbügel.* Ich bringe sie schon!

KÄTHCHEN. Das Pferd ist scheu.

GOTTSCHALK *reißt das Pferd in den Zügel.* Steh, Mordmähre! – – – So zieh dir Schuh und Strümpfe aus!

KÄTHCHEN *setzt sich auf einen Stein.* Geschwind!

DER GRAF VOM STRAHL *außerhalb.* Gottschalk!   1980

GOTTSCHALK. Gleich, gleich! Ich bringe die Lanze schon. –
  Was hast du denn da in der Hand?

KÄTHCHEN *indem sie sich auszieht.* Das Futteral, Lieber, das gestern –
  nun!

GOTTSCHALK. Was! Das im Feuer zurück blieb?

KÄTHCHEN. Freilich! Um das ich gescholten ward. Früh morgens, im Schutt, heut sucht ich nach und durch Gottes Fügung – – nun, so! *Sie zerrt sich am Strumpf.*

GOTTSCHALK. Je, was der Teufel! *Er nimmt es ihr aus der Hand.* Und
  unversehrt, bei meiner Treu, als wärs Stein! – Was steckt   1990
  denn drin?

KÄTHCHEN. Ich weiß nicht.

GOTTSCHALK *nimmt ein Blatt heraus.* »Akte, die Schenkung, Stauffen
  betreffend, von Friedrich Grafen vom Strahl« – Je, verflucht!

DER GRAF VOM STRAHL *draußen.* Gottschalk!

GOTTSCHALK. Gleich, gnädiger Herr, gleich!

KÄTHCHEN *steht auf.* Nun bin ich fertig!

GOTTSCHALK. Nun, das mußt du dem Grafen geben! *Er gibt ihr das*
  Futtral wieder. Komm, reich mir die Hand, und folg mir! *Er*
  führt sie und das Pferd durch den Bach.

KÄTHCHEN *mit dem ersten Schritt ins Wasser.* Ah!   2000

GOTTSCHALK. Du mußt dich ein wenig schürzen.

KÄTHCHEN. Nun, bei Leibe, schürzen nicht!

Sie steht still.

GOTTSCHALK. Bis an den Zwickel nur, Käthchen!

KÄTHCHEN. Nein! Lieber such ich mir einen Steg!

Sie kehrt um.

GOTTSCHALK *hält sie.* Bis an den Knöchel nur, Kind! bis an die
  äußerste, unterste Kante der Sohle!

KÄTHCHEN. Nein, nein, nein, nein; ich bin gleich wieder bei dir!

Sie macht sich los, und läuft weg.

GOTTSCHALK *kehrt aus dem Bach zurück, und ruft ihr nach.* Käthchen!
  Käthchen! Ich will mich umkehren! Ich will mir die Augen zu-
  halten! Käthchen! Es ist kein Steg auf Meilenweite zu finden!   2010
  – – Ei so wollt ich, daß ihr der Gürtel platzte! Da läuft sie am
  Ufer entlang, der Quelle zu, den weißen schroffen Spitzen der

Berge; mein Seel, wenn sich kein Fährmann ihrer erbarmt, so
geht sie verloren!

DER GRAF VOM STRAHL *draußen.* Gottschalk! Himmel und Erde!
Gottschalk!

GOTTSCHALK. Ei, so schrei du! – – Hier, gnädiger Herr; ich
komme schon.

> *Er leitet sein Pferd mürrisch durch den Bach.*
> *Ab.*

*Szene: Schloß Wetterstrahl. Platz, dicht mit Bäumen bewachsen,
am äußeren zerfallenen Mauernring der Burg. Vorn ein Holunderstrauch, der eine Art von natürlicher Laube bildet, worunter von
Feldsteinen, mit einer Strohmatte bedeckt, ein Sitz. An den Zweigen sieht man ein Hemdchen und ein Paar Strümpfe usw. zum
Trocknen aufgehängt.*

Zweiter Auftritt

Käthchen liegt und schläft. Der Graf vom Strahl tritt auf.

DER GRAF VOM STRAHL *indem er das Futteral in den Busen steckt.* Gottschalk, der mir dies Futteral gebracht, hat mir gesagt, das
Käthchen wäre wieder da. Kunigunde zog eben, weil ihre
Burg niedergebrannt ist, in die Tore der meinigen ein; da
kommt er und spricht: unter dem Holunderstrauch läge
sie wieder da, und schliefe; und bat mich, mit tränenden
Augen, ich möchte ihm doch erlauben, sie in den Stall zu
nehmen. Ich sagte, bis der alte Vater, der Theobald sich aufgefunden, würd ich ihr in der Herberge ein Unterkommen
verschaffen; und indessen hab ich mich herabgeschlichen, um
einen Entwurf mit ihr auszuführen. – Ich *kann* diesem Jammer
nicht mehr zusehen. Dies Mädchen, bestimmt, den herrlichsten Bürger von Schwaben zu beglücken, wissen will ich,
warum ich verdammt bin, sie einer Metze gleich, mit mir
herum zu führen; wissen, warum sie hinter mir herschreitet,
einem Hunde gleich, durch Feuer und Wasser, mir Elenden,
der nichts für sich hat, als das Wappen auf seinem Schild. – Es
ist mehr, als der bloße sympathetische Zug des Herzens; es
ist irgend von der Hölle angefacht, ein Wahn, der in ihrem

Busen sein Spiel treibt. So oft ich sie gefragt habe: Käthchen!
Warum erschrakst du doch so, als du mich zuerst in Heilbronn sahst? hat sie mich immer zerstreut angesehen, und dann   2040
geantwortet: Ei, gestrenger Herr! Ihr wißts ja! – – – Dort ist
sie! – Wahrhaftig, wenn ich sie so daliegen sehe, mit roten
Backen und verschränkten Händchen, so kommt die ganze
Empfindung der Weiber über mich, und macht meine Tränen
fließen. Ich will gleich sterben, wenn sie mir nicht die Peitsche
vergeben hat – ach! was sag ich? wenn sie nicht im Gebet für
mich, der sie mißhandelte, eingeschlafen! – – – Doch rasch,
ehe Gottschalk kommt, und mich stört. Dreierlei hat er mir
gesagt: einmal, daß sie einen Schlaf hat, wie ein Murmeltier,
zweitens, daß sie, wie ein Jagdhund, immer träumt, und   2050
drittens, daß sie im Schlaf spricht; und auf diese Eigenschaften
hin, will ich meinen Versuch gründen. – Tue ich eine Sünde,
so mag sie mir Gott verzeihen.

*Er läßt sich auf Knieen vor ihr nieder und legt seine beiden Arme sanft um ihren
Leib. – Sie macht eine Bewegung als ob sie erwachen wollte, liegt aber gleich
wieder still.*

DER GRAF VOM STRAHL.
    Käthchen! Schläfst du?
KÄTHCHEN.   Nein, mein verehrter Herr.
                    Pause.
DER GRAF VOM STRAHL. Und doch hast du die Augenlider zu.
KÄTHCHEN. Die Augenlider?
DER GRAF VOM STRAHL.   Ja; und fest, dünkt mich.
KÄTHCHEN.
    – Ach, geh!
DER GRAF VOM STRAHL.
            Was! Nicht? Du hättst die Augen auf?
KÄTHCHEN. Groß auf, so weit ich kann, mein bester Herr;
    Ich sehe dich ja, wie du zu Pferde sitzest.
DER GRAF VOM STRAHL.
    So! – Auf dem Fuchs – nicht?
KÄTHCHEN.   Nicht doch! Auf dem Schimmel.   2060
                    Pause.
DER GRAF VOM STRAHL.
    Wo bist du denn, mein Herzchen? Sag mir an.

KÄTHCHEN. Auf einer schönen grünen Wiese bin ich,
Wo alles bunt und voller Blumen ist.

DER GRAF VOM STRAHL.

Ach, die Vergißmeinnicht! Ach, die Kamillen!

KÄTHCHEN.

Und hier die Veilchen; schau! ein ganzer Busch.

DER GRAF VOM STRAHL.

Ich will vom Pferde niedersteigen, Käthchen,
Und mich ins Gras ein wenig zu dir setzen.
– Soll ich?

KÄTHCHEN.   Das tu, mein hoher Herr.

DER GRAF VOM STRAHL *als ob er riefe*.   He, Gottschalk! –
Wo laß ich doch das Pferd? – Gottschalk! Wo bist du?

2070 KÄTHCHEN. Je, laß es stehn. Die Liese läuft nicht weg.

DER GRAF VOM STRAHL *lächelt*.

Meinst du? – Nun denn, so seis!

> *Pause. – Er rasselt mit seiner Rüstung.*

Mein liebes Käthchen.

> *Er faßt ihre Hand.*

KÄTHCHEN. Mein hoher Herr!

DER GRAF VOM STRAHL.   Du bist mir wohl recht gut.

KÄTHCHEN. Gewiß! Von Herzen.

DER GRAF VOM STRAHL.   Aber *ich* – was meinst du?
Ich nicht.

KÄTHCHEN *lächelnd*.

O Schelm!

DER GRAF VOM STRAHL.

Was, Schelm! Ich hoff –?

KÄTHCHEN.   O geh! –
Verliebt ja, wie ein Käfer, bist du mir.

DER GRAF VOM STRAHL.

Ein Käfer! Was! Ich glaub du bist –?

KÄTHCHEN.   Was sagst du?

DER GRAF VOM STRAHL *mit einem Seufzer*.

Ihr Glaub ist, wie ein Turm, so fest gegründet! –
Seis! Ich ergebe mich darin. – Doch, Käthchen,
Wenns ist, wie du mir sagst –

KÄTHCHEN.   Nun? Was beliebt?

DER GRAF VOM STRAHL.

Was, sprich, was soll draus werden?

KÄTHCHEN.   Was draus soll werden?   2080

DER GRAF VOM STRAHL.

Ja! hast dus schon bedacht?

KÄTHCHEN.   Je, nun.

DER GRAF VOM STRAHL.   – Was heißt das?

KÄTHCHEN. Zu Ostern, übers Jahr, wirst du mich heuern.

DER GRAF VOM STRAHL *das Lachen verbeißend.*

So! Heuern! In der Tat! Das wußt ich nicht!

Kathrinchen, schau! – Wer hat dir das gesagt?

KÄTHCHEN. Das hat die Mariane mir gesagt.

DER GRAF VOM STRAHL.

So! Die Mariane! Ei! – Wer ist denn das?

KÄTHCHEN. Das ist die Magd, die sonst das Haus uns fegte.

DER GRAF VOM STRAHL.

Und die, die wußt es wiederum – von wem?

KÄTHCHEN. Die sahs im Blei, das sie geheimnisvoll

In der Silvesternacht, mir zugegossen.   2090

DER GRAF VOM STRAHL.

Was du mir sagst! Da prophezeite sie –?

KÄTHCHEN. Ein großer, schöner Ritter würd mich heuern.

DER GRAF VOM STRAHL.

Und nun meinst du so frischweg, das sei ich?

KÄTHCHEN. Ja, mein verehrter Herr.

Pause.

DER GRAF VOM STRAHL *gerührt.*   – Ich will dir sagen,

Mein Kind, ich glaub, es ist ein anderer.

Der Ritter Flammberg. Oder sonst. Was meinst du?

KÄTHCHEN.

Nein, nein!

DER GRAF VOM STRAHL.

            Nicht?

KÄTHCHEN.   Nein, nein, nein!

DER GRAF VOM STRAHL.   Warum nicht? Rede!

KÄTHCHEN. – Als ich zu Bett ging, da das Blei gegossen,

In der Silvesternacht, bat ich zu Gott,

Wenns wahr wär, was mir die Mariane sagte,   2100

Möcht er den Ritter mir im Traume zeigen.
Und da erschienst du ja, um Mitternacht,
Leibhaftig, wie ich jetzt dich vor mir sehe,
Als deine Braut mich liebend zu begrüßen.

DER GRAF VOM STRAHL.
Ich wär dir –? Herzchen! Davon weiß ich nichts.
– Wann hätt ich dich –?

KÄTHCHEN.   In der Silvesternacht.
Wenn wiederum Silvester kommt, zwei Jahr.

DER GRAF VOM STRAHL.
Wo? In dem Schloß zu Strahl?

KÄTHCHEN.   Nicht! In Heilbronn;
Im Kämmerlein, wo mir das Bette steht.

DER GRAF VOM STRAHL.
2110   Was du da schwatzst, mein liebes Kind. – Ich lag
Und obenein todkrank, im Schloß zu Strahl.

Pause. – Sie seufzt, bewegt sich, und lispelt etwas.

DER GRAF VOM STRAHL.
Was sagst du?

KÄTHCHEN.   Wer?

DER GRAF VOM STRAHL.
              Du!

KÄTHCHEN.   Ich? Ich sagte nichts.

Pause.

DER GRAF VOM STRAHL *für sich.*
Seltsam, beim Himmel! In der Silvesternacht –

Er träumt vor sich nieder.

– Erzähl mir doch etwas davon, mein Käthchen!
Kam ich allein?

KÄTHCHEN.   Nein, mein verehrter Herr.

DER GRAF VOM STRAHL.
Nicht? – Wer war bei mir?

KÄTHCHEN.   Ach, so geh!

DER GRAF VOM STRAHL   So rede!

KÄTHCHEN. Das weißt du nicht mehr?

DER GRAF VOM STRAHL.   Nein, so wahr ich lebe.

KÄTHCHEN. Ein Cherubim, mein hoher Herr, war bei dir,
Mit Flügeln, weiß wie Schnee, auf beiden Schultern,

Und Licht – o Herr! das funkelte! das glänzte! –   2120
Der führt', an seiner Hand, dich zu mir ein.

DER GRAF VOM STRAHL *starrt sie an.*

So wahr, als ich will selig sein, ich glaube,
Da hast du recht!

KÄTHCHEN.   Ja, mein verehrter Herr.

DER GRAF VOM STRAHL *mit beklemmter Stimme.*

Auf einem härnen Kissen lagst du da,
Das Bettuch weiß, die wollne Decke rot?

KÄTHCHEN.

Ganz recht! so wars!

DER GRAF VOM STRAHL. Im bloßen leichten Hemdchen?

KÄTHCHEN.

Im Hemdchen? – Nein.

DER GRAF VOM STRAHL.   Was! Nicht?

KÄTHCHEN.   Im leichten Hemdchen?

DER GRAF VOM STRAHL.

Mariane, riefst du?

KÄTHCHEN.   Mariane, rief ich!

Geschwind! Ihr Mädchen! Kommt doch her! Christine!

DER GRAF VOM STRAHL.

Sahst groß, mit schwarzem Aug, mich an?   2130

KÄTHCHEN.

Ja, weil ich glaubt, es wär ein Traum.

DER GRAF VOM STRAHL.   Stiegst langsam,
An allen Gliedern zitternd, aus dem Bett,
Und sankst zu Füßen mir –?

KÄTHCHEN.   Und flüsterte –

DER GRAF VOM STRAHL *unterbricht sie.*

Und flüstertest, mein hochverehrter Herr!

KÄTHCHEN *lächelnd.*

Nun! Siehst du wohl? – Der Engel zeigte dir –

DER GRAF VOM STRAHL.

Das Mal – Schützt mich, ihr Himmlischen! Das hast du?

KÄTHCHEN. Je, freilich!

DER GRAF VOM STRAHL *reißt ihr das Tuch ab.*

        Wo? Am Halse?

KÄTHCHEN *bewegt sich.*   Bitte, bitte.

DER GRAF VOM STRAHL. O ihr Urewigen! – Und als ich jetzt,
Dein Kinn erhob, ins Antlitz dir zu schauen?

2140 KÄTHCHEN. Ja, da kam die unselige Mariane
Mit Licht – – – und alles war vorbei;
Ich lag im Hemdchen auf der Erde da,
Und die Mariane spottete mich aus.

DER GRAF VOM STRAHL.
Nun steht mir bei, ihr Götter: ich bin doppelt!
Ein Geist bin ich und wandele zur Nacht!

Er läßt sie los und springt auf.

KÄTHCHEN *erwacht.*
Gott, meines Lebens Herr! Was widerfährt mir!

Sie steht auf und sieht sich um.

DER GRAF VOM STRAHL.
Was mir ein Traum schien, nackte Wahrheit ists:
Im Schloß zu Strahl, todkrank am Nervenfieber,
Lag ich danieder, und hinweggeführt,

2150 Von einem Cherubim, besuchte sie
Mein Geist in ihrer Klause zu Heilbronn!

KÄTHCHEN.
Himmel! Der Graf!

Sie setzt sich den Hut auf, und rückt sich das Tuch zurecht.

DER GRAF VOM STRAHL. Was tu ich jetzt? Was laß ich?

Pause.

KÄTHCHEN *fällt auf ihre beiden Kniee nieder.*
Mein hoher Herr, hier lieg ich dir zu Füßen,
Gewärtig dessen, was du mir verhängst!
An deines Schlosses Mauer fandst du mich,
Trotz des Gebots, das du mir eingeschärft;
Ich schwörs, es war ein Stündchen nur zu ruhn,
Und jetzt will ich gleich wieder weiter gehn.

DER GRAF VOM STRAHL.
Weh mir! Mein Geist, von Wunderlicht geblendet,

2160 Schwankt an des Wahnsinns grausem Hang umher!
Denn wie begreif ich die Verkündigung,
Die mir noch silbern wiederklingt im Ohr,
Daß sie die Tochter meines Kaisers sei?

GOTTSCHALK *draußen.*

Käthchen! He, junge Maid!

DER GRAF VOM STRAHL *erhebt sie rasch vom Boden.*

Geschwind erhebe dich!

Mach dir das Tuch zurecht! Wie siehst du aus?

Dritter Auftritt

Gottschalk tritt auf. Die Vorigen.

DER GRAF VOM STRAHL.

Gut, Gottschalk, daß du kommst! Du fragtest mich,
Ob du die Jungfrau in den Stall darfst nehmen;
Das aber schickt aus manchem Grund sich nicht;
Die Friedborn zieht aufs Schloß zu meiner Mutter.

GOTTSCHALK. Wie? Was? Wo? – Oben auf das Schloß hinauf?   2170

DER GRAF VOM STRAHL.

Ja, und das gleich! Nimm ihre Sachen auf,
Und auf dem Pfad zum Schlosse folg ihr nach.

GOTTSCHALK.

Gotts Blitz auch, Käthchen! hast du das gehört?

KÄTHCHEN *mit einer zierlichen Verbeugung.*

Mein hochverehrter Herr! Ich nehm es an,
Bis ich werd wissen, wo mein Vater ist.

DER GRAF VOM STRAHL.

Gut, gut! Ich werd mich gleich nach ihm erkundgen.

Gottschalk bindet die Sachen zusammen; Käthchen hilft ihm.

Nun? Ists geschehn?

Er nimmt ein Tuch vom Boden auf, und übergibt es ihr.

KÄTHCHEN *errötend.*   Was! Du bemühst dich mir?

Gottschalk nimmt das Bündel in die Hand.

DER GRAF VOM STRAHL.

Gib deine Hand!

KÄTHCHEN.   Mein hochverehrter Herr!

Er führt sie über die Steine; wenn sie hinüber ist, läßt er sie vorangehen und folgt.
Alle ab.

Szene: Garten. Im Hintergrunde eine Grotte, im gotischen Stil.

Vierter Auftritt

*Kunigunde, von Kopf zu Fuß in einen feuerfarbnen Schleier verhüllt,
und Rosalie treten auf.*

KUNIGUNDE. Wo ritt der Graf vom Strahl hin?

2180 ROSALIE. Mein Fräulein, es ist dem ganzen Schloß unbegreiflich.
Drei kaiserliche Kommissarien kamen spät in der Nacht, und
weckten ihn auf; er verschloß sich mit ihnen, und heut, bei
Anbruch des Tages schwingt er sich aufs Pferd, und verschwindet.

KUNIGUNDE. Schließ mir die Grotte auf.

ROSALIE. Sie ist schon offen.

KUNIGUNDE. Ritter Flammberg, hör ich, macht dir den Hof;
zu Mittag, wann ich mich gebadet und angekleidet, werd ich
dich fragen, was dieser Vorfall zu bedeuten?

Ab in die Grotte.

Fünfter Auftritt

Fräulein Eleonore tritt auf, Rosalie.

2190 ELEONORE. Guten Morgen, Rosalie.

ROSALIE. Guten Morgen, mein Fräulein! – Was führt Euch so
früh schon hierher?

ELEONORE. Ei, ich will mich mit Käthchen, dem kleinen, holden
Gast, den uns der Graf ins Schloß gebracht, weil die Luft so
heiß ist, in dieser Grotte baden.

ROSALIE. Vergebt! – Fräulein Kunigunde ist in der Grotte.

ELEONORE. Fräulein Kunigunde? – Wer gab euch den Schlüssel?

ROSALIE. Den Schlüssel? – Die Grotte war offen.

ELEONORE. Habt ihr das Käthchen nicht darin gefunden?

2200 ROSALIE. Nein, mein Fräulein. Keinen Menschen.

ELEONORE. Ei, das Käthchen, so wahr ich lebe, ist drin!

ROSALIE. In der Grotte? Unmöglich!

ELEONORE. Wahrhaftig! In der Nebenkammern eine, die dunkel
und versteckt sind. – Sie war vorangegangen; ich sagte nur,

als wir an die Pforte kamen, ich wollte mir ein Tuch von der
Gräfin zum Trocknen holen. – O Herr meines Lebens; da ist
sie schon!

Sechster Auftritt

Käthchen aus der Grotte. Die Vorigen.

ROSALIE *für sich.* Himmel! Was seh ich dort?

KÄTHCHEN *zitternd.*   Eleonore!

ELEONORE. Ei, Käthchen! Bist du schon im Bad gewesen?
  Schaut, wie das Mädchen funkelt, wie es glänzet!   2210
  Dem Schwane gleich, der in die Brust geworfen,
  Aus des Kristallsees blauen Fluten steigt!
  – Hast du die jungen Glieder dir erfrischt?

KÄTHCHEN. Eleonore! Komm hinweg.

ELEONORE.   Was fehlt dir?

ROSALIE *schreckenblaß.*

  Wo kommst du her? Aus jener Grotte dort?
  Du hattest in den Gängen dich versteckt?

KÄTHCHEN. Eleonore! Ich beschwöre dich!

KUNIGUNDE *im Innern der Grotte.*

  Rosalie!

ROSALIE.   Gleich, mein Fräulein!

                    Zu Käthchen. Hast sie gesehn?

ELEONORE. Was gibts? Sag an! – Du bleichst?

KÄTHCHEN *sinkt in ihre Arme.*   Eleonore!

ELEONORE.

  Hilf, Gott im Himmel! Käthchen! Kind! Was fehlt dir?   2220

KUNIGUNDE *in der Grotte.*

  Rosalie!

ROSALIE *zu Käthchen.*

        Nun, beim Himmel! Dir wär besser,
  Du rissest dir die Augen aus, als daß sie
  Der Zunge anvertrauten, was sie sahn!

                    Ab in die Grotte.

Siebenter Auftritt

Käthchen und Eleonore.

ELEONORE. Was ist geschehn, mein Kind? Was schilt man dich?
Was macht an allen Gliedern so dich zittern?
Wär dir der Tod, in jenem Haus, erschienen,
Mit Hipp und Stundenglas, von Schrecken könnte
Dein Busen grimmiger erfaßt nicht sein!

KÄTHCHEN.
Ich will dir sagen –

Sie kann nicht sprechen.

ELEONORE.   Nun, sag an! Ich höre.

2230   KÄTHCHEN. – Doch du gelobst mir, nimmermehr, Lenore,
Wem es auch sei, den Vorfall zu entdecken.

ELEONORE. Nein, keiner Seele; nein! Verlaß dich drauf.

KÄTHCHEN. Schau, in die Seitengrotte hatt ich mich,
Durch die verborgne Türe eingeschlichen;
Das große Prachtgewölb war mir zu hell.
Und nun, da mich das Bad erquickt, tret ich
In jene größre Mitte scherzend ein,
Und denke du, du seists, die darin rauscht:
Und eben von dem Rand ins Becken steigend,

2240   Erblickt mein Aug –

ELEONORE.   Nun, was? wen? Sprich!

KÄTHCHEN.   Was sag ich!
Du mußt sogleich zum Grafen, Leonore,
Und von der ganzen Sach ihn unterrichten.

ELEONORE. Mein Kind! Wenn ich nur wüßte, was es wäre?

KÄTHCHEN. – Doch ihm nicht sagen, nein, ums Himmels willen,
Daß es von mir kommt. Hörst du? Eher wollt ich,
Daß er den Greuel nimmermehr entdeckte.

ELEONORE. In welchen Rätseln sprichst du, liebstes Käthchen?
Was für ein Greul? Was ists, das du erschaut?

KÄTHCHEN. Ach, Leonor', ich fühle, es ist besser,

2250   Das Wort kommt über meine Lippen nie!
Durch mich kann er, durch mich, enttäuscht nicht werden!

ELEONORE. Warum nicht? Welch ein Grund ist, ihm zu bergen –?
Wenn du nur sagtest –

KÄTHCHEN *wendet sich.*   Horch!

ELEONORE.   Was gibts?

KÄTHCHEN.   Es kommt!

ELEONORE. Das Fräulein ists, sonst niemand, und Rosalie.

KÄTHCHEN. Fort! Gleich! Hinweg!

ELEONORE.   Warum?

KÄTHCHEN.   Fort, Rasende!

ELEONORE. Wohin?

KÄTHCHEN.   Hier fort, aus diesem Garten will ich –

ELEONORE. Bist du bei Sinnen?

KÄTHCHEN.   Liebe Leonore!
Ich bin verloren, wenn sie mich hier trifft!
Fort! In der Gräfin Arme flücht ich mich!
                        Ab.

Achter Auftritt

Kunigunde und Rosalie aus der Grotte.

KUNIGUNDE *gibt Rosalien einen Schlüssel.*

Hier, nimm! – Im Schubfach, unter meinem Spiegel;   2260
Das Pulver, in der schwarzen Schachtel, rechts,
Schütt es in Wein, in Wasser oder Milch,
Und sprich: komm her, mein Käthchen! – Doch du nimmst
Vielleicht sie lieber zwischen deine Kniee?
Gift, Tod und Rache! Mach es, wie du willst,
Doch sorge mir, daß sies hinunterschluckt.

ROSALIE.
Hört mich nur an, mein Fräulein –

KUNIGUNDE.   Gift! Pest! Verwesung!
Stumm mache sie und rede nicht!
Wenn sie vergiftet, tot ist, eingesargt,
Verscharrt, verwest, zerstiebt, als Myrtenstengel,   2270
Von dem, was sie jetzt sah, im Winde flüstert;
So komm und sprich von Sanftmut und Vergebung,
Pflicht und Gesetz und Gott und Höll und Teufel,
Von Reue und Gewissensbissen mir.

ROSALIE. Sie hat es schon entdeckt, es hilft zu nichts.

KUNIGUNDE. Gift! Asche! Nacht! Chaotische Verwirrung!

Das Pulver reicht, die Burg ganz wegzufressen,
Mit Hund und Katzen hin! – Tu, wie ich sagte!
Sie buhlt mir so zur Seite um sein Herz,
2280   Wie ich vernahm, und ich – des Todes sterb ich,
Wenn ihn das Affenangesicht nicht rührt;
Fort! In die Dünste mit ihr hin: die Welt,
Hat nicht mehr Raum genug, für mich und sie!
Ab.

FÜNFTER AKT

*Szene: Worms. Freier Platz vor der kaiserlichen Burg, zur Seite
ein Thron; im Hintergrunde die Schranken des Gottesgerichts.*

Erster Auftritt

*Der Kaiser auf dem Thron. Ihm zur Seite der Erzbischof von Worms, Graf
Otto von der Flühe und mehrere andere Ritter, Herren und Trabanten. Der
Graf vom Strahl, im leichten Helm und Harnisch, und Theobald, von Kopf zu
Fuß in voller Rüstung; beide stehen dem Thron gegenüber.*

DER KAISER. Graf Wetterstrahl, du hast, auf einem Zuge,
Der durch Heilbronn dich, vor drei Monden, führte,
In einer Törin Busen eingeschlagen;
Den alten Vater jüngst verließ die Dirne,
Und, statt sie heimzusenden, birgst du sie
Im Flügel deiner väterlichen Burg.
2290   Nun sprengst du, solchen Frevel zu beschönen,
Gerüchte, lächerlich und gottlos, aus;
Ein Cherubim, der dir zu Nacht erschienen,
Hab dir vertraut, die Maid, die bei dir wohnt,
Sei meiner kaiserlichen Lenden Kind.
Solch eines abgeschmackt prophetschen Grußes
Spott ich, wie sichs versteht, und meinethalb
Magst du die Krone selbst aufs Haupt ihr setzen;
Von Schwaben einst, begreifst du, erbt sie nichts,
Und meinem Hof auch bleibt sie fern zu Worms.
2300   Hier aber steht ein tiefgebeugter Mann,
Dem du, zufrieden mit der Tochter nicht,

Auch noch die Mutter willst zur Metze machen;
Denn er, sein Lebelang fand er sie treu,
Und rühmt des Kinds unsel'gen Vater *sich*.
Darum, auf seine schweren Klagen, riefen wir
Vor unsern Thron dich her, die Schmach, womit
Du ihre Gruft geschändet, darzutun;
Auf, rüste dich, du Freund der Himmlischen:
Denn du bist da, mit einem Wort von Stahl,
Im Zweikampf ihren Ausspruch zu beweisen!   2310

DER GRAF VOM STRAHL *mit dem Erröten des Unwillens.*

Mein kaiserlicher Herr! Hier ist ein Arm,
Von Kräften strotzend, markig, stahlgeschient,
Geschickt im Kampf dem Teufel zu begegnen;
Treff ich auf jene graue Scheitel dort,
Flach schmettr' ich sie, wie einen Schweizerkäse,
Der gärend auf dem Brett des Sennen liegt.
Erlaß, in deiner Huld und Gnade, mir,
Ein Märchen, aberwitzig, sinnverwirrt,
Dir darzutun, das sich das Volk aus zwei
Ereignissen, zusammen seltsam freilich,   2320
Wie die zwei Hälften eines Ringes, passend,
Mit müßgem Scharfsinn, an einander setzte.
Begreif, ich bitte dich, in deiner Weisheit,
Den ganzen Vorfall der Silvesternacht,
Als ein Gebild des Fiebers, und so wenig
Als es mich kümmern würde, träumtest du,
Ich sei ein Jud, so wenig kümmre dich,
Daß ich gerast, die Tochter jenes Mannes
Sei meines hochverehrten Kaisers Kind!

ERZBISCHOF. Mein Fürst und Herr, mit diesem Wort, fürwahr,   2330
Kann sich des Klägers wackres Herz beruhgen.
Geheimer Wissenschaft, sein Weib betreffend,
Rühmt er sich nicht; schau, was er der Mariane
Jüngst, in geheimer Zwiesprach, vorgeschwatzt:
Er hat es eben jetzo widerrufen!
Straft um den Wunderbau der Welt ihn nicht,
Der ihn, auf einen Augenblick, verwirrt.
Er gab, vor einer Stund, o Theobald,

Mir seine Hand, das Käthchen, wenn du kommst
2340   Zu Strahl, in seiner Burg, dir abzuliefern;
Geh hin und tröste dich und hole sie,
Du alter Herr, und laß die Sache ruhn!

THEOBALD. Verfluchter Heuchler, du, wie kannst du leugnen,
Daß deine Seele ganz durchdrungen ist,
Vom Wirbel bis zur Sohle, von dem Glauben,
Daß sie des Kaisers Bänkeltochter sei?
Hast du den Tag nicht, bei dem Kirchenspiel,
Erforscht, wann sie geboren, nicht berechnet,
Wohin die Stunde der Empfängnis fällt;
2350   Nicht ausgemittelt, mit verruchtem Witze,
Daß die erhabne Majestät des Kaisers
Vor sechzehn Lenzen durch Heilbronn geschweift?
Ein Übermütiger, aus eines Gottes Kuß,
Auf einer Furie Mund gedrückt, entsprungen;
Ein glanzumfloßner Vatermördergeist,
An jeder der granitnen Säulen rüttelnd,
In dem urewgen Tempel der Natur;
Ein Sohn der Hölle, den mein gutes Schwert
Entlarven jetzo, oder, rückgewendet,
2360   Mich selbst zur Nacht des Grabes schleudern soll!

DER GRAF VOM STRAHL.
Nun, den Gott selbst verdamme, gifterfüllter
Verfolger meiner, der dich nie beleidigt,
Und deines Mitleids eher würdig wäre,
So seis, Mordraufer, denn, so wie du willst.
Ein Cherubim, der mir, in Glanz gerüstet,
Zu Nacht erschien, als ich im Tode lag,
Hat mir, was leugn' ichs länger, Wissenschaft,
Entschöpft dem Himmelsbronnen, anvertraut.
Hier vor des höchsten Gottes Antlitz steh ich,
2370   Und die Behauptung schmettr' ich dir ins Ohr:
Käthchen von Heilbronn, die dein Kind du sagst,
Ist meines höchsten Kaisers dort; komm her,
Mich vom Gegenteil zu überzeugen!

DER KAISER. Trompeter, blast, dem Lästerer zum Tode!

Trompetenstöße.

THEOBALD *zieht.*

Und wäre gleich mein Schwert auch eine Binse,
Und einem Griffe, locker, wandelbar,
Von gelbem Wachs geknetet, eingefugt,
So wollt ich doch von Kopf zu Fuß dich spalten,
Wie einen Giftpilz, der der Heid entblüht,
Der Welt zum Zeugnis, Mordgeist, daß du logst!   2380

DER GRAF VOM STRAHL *er nimmt sich sein Schwert ab und gibt es weg.*

Und wär mein Helm gleich und die Stirn, die drunter,
Durchsichtig, messerrückendünn, zerbrechlich,
Die Schale eines ausgenommnen Eis,
So sollte doch dein Sarraß, Funken sprühend,
Abprallen, und in alle Ecken splittern,
Als hättst du einen Diamant getroffen,
Der Welt zum Zeugnis, daß ich wahr gesprochen!
Hau, und laß jetzt mich sehn, wes Sache rein?

> *Er nimmt sich den Helm ab und tritt dicht vor ihn.*

THEOBALD *zurückweichend.*

Setz dir den Helm auf!

DER GRAF VOM STRAHL *folgt ihm.*

> Hau!

THEOBALD.   Setz dir den Helm auf!

DER GRAF VOM STRAHL *stößt ihn zu Boden.*

Dich lähmt der bloße Blitz aus meiner Wimper?   2390

*Er windet ihm das Schwert aus der Hand, tritt über ihm und setzt ihm den Fuß
auf die Brust.*

Was hindert mich, im Grimm gerechten Siegs,
Daß ich den Fuß ins Hirn dir drücke? – Lebe!

> *Er wirft das Schwert vor des Kaisers Thron.*

Mag es die alte Sphinx, die Zeit, dir lösen,
Das Käthchen aber ist, wie ich gesagt,
Die Tochter meiner höchsten Majestät!

VOLK *durcheinander.*

Himmel! Graf Wetterstrahl hat obgesiegt!

DER KAISER *erblaßt und steht auf.*

Brecht auf, ihr Herrn!

ERZBISCHOF.   Wohin?

EIN RITTER *aus dem Gefolge.*   Was ist geschehn?

GRAF OTTO. Allmächtger Gott! Was fehlt der Majestät?
Ihr Herren, folgt! Es scheint, ihr ist nicht wohl?
Ab.

Szene: *Ebendaselbst. Zimmer im kaiserlichen Schloß.*

Zweiter Auftritt

2400 DER KAISER *wendet sich unter der Tür.* Hinweg! Es soll mir niemand
folgen! Den Burggrafen von Freiburg und den Ritter von
Waldstätten laßt herein; das sind die einzigen Männer, die
ich sprechen will! *Er wirft die Tür zu.* – – – Der Engel Gottes, der
dem Grafen vom Strahl versichert hat, das Käthchen sei meine
Tochter: ich glaube, bei meiner kaiserlichen Ehre, er hat recht!
Das Mädchen ist, wie ich höre, funfzehn Jahr alt; und vor sechs-
zehn Jahren, weniger drei Monaten, genau gezählt, feierte ich
der Pfalzgräfin, meiner Schwester, zu Ehren das große Turnier
in Heilbronn! Es mochte ohngefähr eilf Uhr abends sein, und
2410 der Jupiter ging eben, mit seinem funkelnden Licht, im Osten
auf, als ich, vom Tanz sehr ermüdet, aus dem Schloßtor trat,
um mich in dem Garten, der daran stößt, unerkannt, unter dem
Volk, das ihn erfüllte, zu erlaben; und ein Stern, mild und
kräftig, wie der, leuchtete, wie ich gar nicht zweifle, bei ihrer
Empfängnis. Gertrud, so viel ich mich erinnere, hieß sie, mit
der ich mich in einem, von dem Volk minder besuchten, Teil
des Gartens, beim Schein verlöschender Lampen, während die
Musik, fern von dem Tanzsaal her, in den Duft der Linden nie-
dersäuselte, unterhielt; und Käthchens Mutter heißt Gertrud!
2420 Ich weiß, daß ich mir, als sie sehr weinte, ein Schaustück, mit
dem Bildnis Papst Leos, von der Brust los machte, und es ihr,
als ein Andenken von mir, den sie gleichfalls nicht kannte, in
das Mieder steckte; und ein solches Schaustück, wie ich eben
vernehme, besitzt das Käthchen von Heilbronn! O Himmel!
Die Welt wankt aus ihren Fugen! Wenn der Graf vom Strahl,
dieser Vertraute der Auserwählten, von der Buhlerin, an die
er geknüpft ist, loslassen kann: so werd ich die Verkündigung
wahrmachen, den Theobald, unter welchem Vorwand es sei,
bewegen müssen, daß er mir dies Kind abtrete, und sie mit

ihm verheiraten müssen: will ich nicht wagen, daß der Cherub   2430
zum zweitenmal zur Erde steige und das ganze Geheimnis,
das ich hier den vier Wänden anvertraut, ausbringe!

Ab.

Dritter Auftritt

Burggraf von Freiburg und Georg von Waldstätten treten auf.
Ihnen folgt Ritter Flammberg.

FLAMMBERG *erstaunt.* Herr Burggraf von Freiburg! – Seid Ihr es,
oder ist es Euer Geist? O eilt nicht, ich beschwör Euch –!

FREIBURG *wendet sich.* Was willst du?

GEORG. Wen suchst du?

FLAMMBERG. Meinen bejammernswürdigen Herrn, den Grafen
vom Strahl! Fräulein Kunigunde, seine Braut – o hätten wir
sie Euch nimmermehr abgewonnen! Den Koch hat sie bestechen wollen, dem Käthchen Gift zu reichen –: Gift, ihr ge-   2440
strengen Herren, und zwar aus dem abscheulichen, unbegreiflichen und rätselhaften Grunde, weil das Kind sie im Bade
belauschte!

FREIBURG. Und das begreift ihr nicht?

FLAMMBERG. Nein!

FREIBURG. So will ich es dir sagen. Sie ist eine mosaische Arbeit,
aus allen drei Reichen der Natur zusammengesetzt. Ihre Zähne
gehören einem Mädchen aus München, ihre Haare sind aus
Frankreich verschrieben, ihrer Wangen Gesundheit kommt
aus den Bergwerken in Ungarn, und den Wuchs, den ihr an   2450
ihr bewundert, hat sie einem Hemde zu danken, das ihr der
Schmied, aus schwedischem Eisen, verfertigt hat. – Hast du
verstanden?

FLAMMBERG. Was!

FREIBURG. Meinen Empfehl an deinen Herrn! *Ab.*

GEORG. Den meinigen auch! – Der Graf ist bereits nach der
Strahlburg zurück; sag ihm, wenn er den Hauptschlüssel neh-
men, und sie in der Morgenstunde, wenn ihre Reize auf den
Stühlen liegen, überraschen wolle, so könne er seine eigne
Bildsäule werden und sich, zur Verewigung seiner Heldentat,   2460
bei der Köhlerhütte aufstellen lassen! *Ab.*

Szene: Schloß Wetterstrahl. Kunigundens Zimmer.

Vierter Auftritt

Rosalie, bei der Toilette des Fräuleins beschäftigt. Kunigunde tritt ungeschminkt, wie sie aus dem Bette kömmt, auf; bald darauf der Graf vom Strahl.

KUNIGUNDE *indem sie sich bei der Toilette niedersetzt.*

Hast du die Tür besorgt?

ROSALIE.   Sie ist verschlossen.

KUNIGUNDE. Verschlossen! Was! Verriegelt, will ich wissen! Verschlossen *und* verriegelt, jedesmal!

Rosalie geht, die Tür zu verriegeln; der Graf kommt ihr entgegen.

ROSALIE *erschrocken.*

Mein Gott! Wie kommt Ihr hier herein, Herr Graf?
– Mein Fräulein!

KUNIGUNDE *sieht sich um.* Wer?

ROSALIE.   Seht, bitt ich Euch!

KUNIGUNDE.   Rosalie!

Sie erhebt sich schnell, und geht ab.

Fünfter Auftritt

Der Graf vom Strahl und Rosalie.

DER GRAF VOM STRAHL *steht wie vom Donner gerührt.*

Wer war die unbekannte Dame?

ROSALIE.   – Wo?

DER GRAF VOM STRAHL.

Die, wie der Turm von Pisa, hier vorbeiging? –
Doch, hoff ich, nicht –?

ROSALIE.   Wer?

DER GRAF VOM STRAHL.   Fräulein Kunigunde?

2470 ROSALIE. Bei Gott, ich glaub, Ihr scherzt! Sybille, meine Stiefmutter, gnädger Herr –

KUNIGUNDE *drinnen.*   Rosalie!

ROSALIE. Das Fräulein, das im Bett liegt, ruft nach mir. – Verzeiht, wenn ich –! *Sie holt einen Stuhl.*

                    Wollt Ihr Euch gütigst setzen?

Sie nimmt die Toilette und geht ab.

Sechster Auftritt

DER GRAF VOM STRAHL *vernichtet.*

Nun, du allmächtger Himmel, meine Seele,
Sie ist doch wert nicht, daß sie also heiße!
Das Maß, womit sie, auf dem Markt der Welt,
Die Dinge mißt, ist falsch; scheusel'ge Bosheit
Hab ich für milde Herrlichkeit erstanden!
Wohin flücht ich, Elender, vor mir selbst?
Wenn ein Gewitter wo in Schwaben tobte,   2480
Mein Pferd könnt ich, in meiner Wut, besteigen,
Und suchen, wo der Keil mein Haupt zerschlägt!
Was ist zu tun, mein Herz? Was ist zu lassen?

Siebenter Auftritt

Kunigunde, in ihrem gewöhnlichen Glanz, Rosalie und die alte Sybille,
die schwächlich, auf Krücken, durch die Mitteltür abgeht.

KUNIGUNDE. Sieh da, Graf Friederich! Was für ein Anlaß
Führt Euch so früh in meine Zimmer her?
DER GRAF VOM STRAHL *indem er die Sybille mit den Augen verfolgt.*

Was! Sind die Hexen doppelt?
KUNIGUNDE *sieht sich um.*   Wer?
DER GRAF VOM STRAHL *faßt sich.*   Vergebt! –
Nach Eurem Wohlsein wollt ich mich erkunden.
KUNIGUNDE. Nun? – Ist zur Hochzeit alles vorbereitet?
DER GRAF VOM STRAHL *indem er näher tritt und sie prüft.*

Es ist, bis auf den Hauptpunkt, ziemlich alles –
KUNIGUNDE *weicht zurück.*

Auf wann ist sie bestimmt?
DER GRAF VOM STRAHL.   Sie wars – auf morgen.   2490
KUNIGUNDE *nach einer Pause.*

Ein Tag mit Sehnsucht längst von mir erharrt!
– Ihr aber seid nicht froh, dünkt mich, nicht heiter?
DER GRAF VOM STRAHL *verbeugt sich.*

Erlaubt! ich bin der Glücklichste der Menschen!
ROSALIE *traurig.*

Ists wahr, daß jenes Kind, das Käthchen, gestern,
Das Ihr im Schloß beherbergt habt –?

DER GRAF VOM STRAHL.   O Teufel!

KUNIGUNDE *betreten.*

  Was fehlt Euch? Sprecht!

ROSALIE *für sich.*   Verwünscht!

DER GRAF VOM STRAHL *faßt sich.*   – Das Los der Welt!

  Man hat sie schon im Kirchhof beigesetzt.

KUNIGUNDE. Was Ihr mir sagt!

ROSALIE.   Jedoch noch nicht begraben?

KUNIGUNDE. Ich muß sie doch im Leichenkleid, noch sehn.

Achter Auftritt

Ein Diener tritt auf. Die Vorigen.

2500 DIENER. Gottschalk schickt einen Boten, gnädger Herr,
       Der Euch im Vorgemach zu sprechen wünscht!

KUNIGUNDE. Gottschalk?

ROSALIE.   Von wo?

DER GRAF VOM STRAHL.   Vom Sarge der Verblichnen!

  Laßt Euch im Putz, ich bitte sehr, nicht stören!

                Ab.

Neunter Auftritt

Kunigunde und Rosalie.

Pause.

KUNIGUNDE *ausbrechend.*

  Er weiß, umsonst ists, alles hilft zu nichts,
  Er hats gesehn, es ist um mich getan!

ROSALIE. Er weiß es nicht!

KUNIGUNDE.   Er weiß!

ROSALIE.   Er weiß es nicht!

  Ihr klagt, und ich, vor Freuden möcht ich hüpfen.
  Er steht im Wahn, daß die, die hier gesessen,
  Sybille, meine Mutter, sei gewesen;

2510   Und nimmer war ein Zufall glücklicher
  Als daß sie just in Eurem Zimmer war;
  Schnee, im Gebirg gesammelt, wollte sie,
  Zum Waschen eben Euch ins Becken tragen.

KUNIGUNDE.

Du sahst, wie er mich prüfte, mich ermaß.

ROSALIE.

Gleichviel! Er traut den Augen nicht! Ich bin
So fröhlich, wie ein Eichhorn in den Fichten!
Laßt sein, daß ihm von fern ein Zweifel kam;
Daß Ihr Euch zeigtet, groß und schlank und herrlich,
Schlägt seinen Zweifel völlig wieder nieder.
Des Todes will ich sterben, wenn er nicht,   2520
Den Handschuh jedem hinwirft, der da zweifelt,
Daß ihr die Königin der Frauen seid.
O seid nicht mutlos! Kommt und zieht Euch an;
Der nächsten Sonne Strahl, was gilts begrüßt Euch,
Als Gräfin Kunigunde Wetterstrahl!

KUNIGUNDE.

Ich wollte, daß die Erde mich verschlänge!

Ab.

Szene: Das Innere einer Höhle mit der Aussicht auf eine Landschaft.

Zehnter Auftritt

*Käthchen, in einer Verkleidung, sitzt traurig auf einem Stein, den Kopf an die
Wand gelehnt. Graf Otto von der Flühe, Wenzel von Nachtheim, Hans von
Bärenklau, in der Tracht kaiserlicher Reichsräte, und Gottschalk treten auf.
Gefolge, zuletzt der Kaiser und Theobald, welche in Mänteln verhüllt, im
Hintergrunde bleiben.*

GRAF OTTO *eine Pergamentrolle in der Hand.*

Jungfrau von Heilbronn! Warum herbergst du,
Dem Sperber gleich, in dieser Höhle Raum?

KÄTHCHEN *steht auf.*

O Gott! Wer sind die Herrn?

GOTTSCHALK.   Erschreckt sie nicht! –

Der Anschlag einer Feindin, sie zu töten,   2530
Zwang uns, in diese Berge sie zu flüchten.

GRAF OTTO. Wo ist dein Herr, der Reichsgraf, dem du dienst?

KÄTHCHEN. Ich weiß es nicht.

GOTTSCHALK.   Er wird sogleich erscheinen!

GRAF OTTO *gibt ihr das Pergament.*

Nimm diese Rolle hier; es ist ein Schreiben,
Verfaßt von kaiserlicher Majestät.
Durchfleuchs und folge mir; hier ist kein Ort,
Jungfrau, von deinem Range, zu bewirten;
Worms nimmt fortan, in seinem Schloß, dich auf!

DER KAISER *im Hintergrund.* Ein lieber Anblick!

THEOBALD.   O ein wahrer Engel!

Eilfter Auftritt

Der Graf vom Strahl tritt auf. Die Vorigen.

DER GRAF VOM STRAHL *betroffen.*

2540   Reichsrät, in festlichem Gepräng, aus Worms!

GRAF OTTO. Seid uns gegrüßt, Herr Graf!

DER GRAF VOM STRAHL.   – Was bringt Ihr mir?

GRAF OTTO. Ein kaiserliches Schreiben dieser Jungfrau!
Befragt sie selbst; sie wird es Euch bedeuten.

DER GRAF VOM STRAHL.

O Herz, was pochst du?

                    Zu Käthchen.

                    Kind, was hältst du da?

KÄTHCHEN.

Weiß nit, mein hoher Herr. –

GOTTSCHALK.   Gib, gib, mein Herzchen.

DER GRAF VOM STRAHL *liest.*

»Der Himmel, wisset, hat mein Herz gestellt,
Das Wort des Auserwählten einzulösen.
Das Käthchen ist nicht mehr des Theobalds,
Des Waffenschmieds, der mir sie abgetreten,

2550   Das Käthchen fürderhin ist meine Tochter,
Und Katharina heißt sie jetzt von Schwaben.«

                Er durchblättert die andern Papiere.

Und hier: »Kund sei« – Und hier: »das Schloß zu Schwabach« –

                Kurze Pause.

Nun möcht ich vor der Hochgebenedeiten
In Staub mich werfen, ihren Fuß ergreifen,
Und mit des Danks glutheißer Träne waschen.

KÄTHCHEN *setzt sich.*

Gottschalk, hilf, steh mir bei; mir ist nicht wohl!

DER GRAF VOM STRAHL *zu den Räten.*

Wo ist der Kaiser? Wo der Theobald?

DER KAISER *indem beide ihre Mäntel abwerfen.*

Hier sind sie!

KÄTHCHEN *steht auf.*

Gott im hohen Himmel! Vater!

Sie eilt auf ihn zu; er empfängt sie.

GOTTSCHALK *für sich.*

Der Kaiser! Ei, so wahr ich bin! Da steht er!

DER GRAF VOM STRAHL.

Nun, sprich du – Göttlicher! Wie nenn ich dich?   2560
– Sprich, las ich recht?

DER KAISER.   Beim Himmel, ja, das tatst du!
Die einen Cherubim zum Freunde hat,
Der kann mit Stolz ein Kaiser Vater sein!
Das Käthchen ist die Erst' itzt vor den Menschen,
Wie sies vor Gott längst war; wer sie begehrt,
Der muß bei mir jetzt würdig um sie frein.

DER GRAF VOM STRAHL *beugt ein Knie vor ihm.*

Nun, hier auf Knieen bitt ich: gib sie mir!

DER KAISER. Herr Graf! Was fällt Ihm ein?

DER GRAF VOM STRAHL.   Gib, gib sie mir!
Welch andern Zweck ersänn ich deiner Tat?

DER KAISER. So! Meint Er das? – Der Tod nur ist umsonst,   2570
Und die Bedingung setz ich dir.

DER GRAF VOM STRAHL.   Sprich! Rede!

DER KAISER *ernst.* In deinem Haus den Vater nimmst du auf!

DER GRAF VOM STRAHL.

Du spottest!

DER KAISER.   Was! du weigerst dich?

DER GRAF VOM STRAHL.   In Händen!
In meines Herzens Händen nehm ich ihn!

DER KAISER *zu Theobald.*

Nun, Alter; hörtest du?

THEOBALD *führt ihm Käthchen zu.* So gib sie ihm!
Was Gott fügt, heißt es, soll der Mensch nicht scheiden.

DER GRAF VOM STRAHL *steht auf, und nimmt Käthchens Hand.*

Nun denn, zum Sel'gen hast du mich gemacht! –
Laßt einen Kuß mich, Väter, einen Kuß nur
Auf ihre himmelsüßen Lippen drücken.
2580 Hätt ich zehn Leben, nach der Hochzeitsnacht,
Opfr' ich sie jauchzend jedem von euch hin!

DER KAISER. Fort jetzt! daß er das Rätsel ihr erkläre!

Ab.

Zwölfter Auftritt

Der Graf vom Strahl und das Käthchen.

DER GRAF VOM STRAHL *indem er sie bei der Hand nimmt, und sich setzt.*

Nun denn, mein Käthchen, komm! komm her, o Mädchen!
Mein Mund hat jetzt dir etwas zu vertraun.

KÄTHCHEN. Mein hoher Herr! Sprich! Was bedeutet mir –?

DER GRAF VOM STRAHL.

Zuerst, mein süßes Kind, muß ich dir sagen,
Daß ich mit Liebe dir, unsäglich, ewig,
Durch alle meine Sinne zugetan.
Der Hirsch, der von der Mittagsglut gequält,
2590 Den Grund zerwühlt, mit spitzigem Geweih,
Er sehnt sich so begierig nicht,
Vom Felsen in den Waldstrom sich zu stürzen,
Den reißenden, als ich, jetzt, da du mein bist,
In alle deine jungen Reize mich.

KÄTHCHEN *schamrot.*

Jesus! Was sprichst du? Ich versteh dich nicht.

DER GRAF VOM STRAHL.

Vergib mir, wenn mein Wort dich oft gekränkt,
Beleidigt; meine roh mißhandelnde
Gebärde dir zuweilen weh getan.
Denk ich, wie lieblos einst mein Herz geeifert,
2600 Dich von mir wegzustoßen – und seh ich gleichwohl jetzo dich
So voll von Huld und Güte vor mir stehn,
Sieh, so kommt Wehmut, Käthchen, über mich,
Und meine Tränen halt ich nicht zurück.

Er weint.

KÄTHCHEN *ängstlich.*

Himmel! Was fehlt dir? Was bewegt dich so?
Was hast du mir getan? Ich weiß von nichts.

DER GRAF VOM STRAHL.

O Mädchen, wenn die Sonne wieder scheint,
Will ich den Fuß in Gold und Seide legen,
Der einst auf meiner Spur sich wund gelaufen.
Ein Baldachin soll diese Scheitel schirmen,
Die einst der Mittag hinter mir versengt.   2610
Arabien soll sein schönstes Pferd mir schicken,
Geschirrt in Gold, mein süßes Kind zu tragen,
Wenn mich ins Feld der Klang der Hörner ruft;
Und wo der Zeisig sich das Nest gebaut,
Der zwitschernde, in dem Holunderstrauch,
Soll sich ein Sommersitz dir auferbaun,
In heitern, weitverbreiteten Gemächern,
Mein Käthchen, kehr ich wieder, zu empfangen.

KÄTHCHEN. Mein Friederich! Mein angebeteter!
Was soll ich auch von dieser Rede denken?   2620
Du willst? – Du sagst? –

> *Sie will seine Hand küssen.*

DER GRAF VOM STRAHL *zieht sie zurück.*

Nichts, nichts, mein süßes Kind.

> *Er küßt ihre Stirn.*

KÄTHCHEN. Nichts?

DER GRAF VOM STRAHL.

Nichts. Vergib. Ich glaubt, es wäre morgen.
– Was wollt ich doch schon sagen? – Ja, ganz recht,
Ich wollte dich um einen Dienst ersuchen.

> *Er wischt sich die Tränen ab.*

KÄTHCHEN *kleinlaut.*

Um einen Dienst? Nun, welchen? Sag nur an.

> *Pause.*

DER GRAF VOM STRAHL.

Ganz recht. Das wars. – Du weißt, ich mache morgen Hochzeit.
Es ist zur Feier alles schon bereitet;
Am nächsten Mittag bricht der Zug,
Mit meiner Braut bereits zum Altar auf.

2630   Nun sann ich mir ein Fest aus, süßes Mädchen,
       Zu welchem du die Göttin spielen sollst.
       Du sollst, aus Lieb zu deinem Herrn, für morgen
       Die Kleidung, die dich deckt, beiseite legen,
       Und in ein reiches Schmuckgewand dich werfen,
       Das Mutter schon für dich zurecht gelegt.
       – Willst du das tun?

KÄTHCHEN *hält ihre Schürze vor die Augen.*

                         Ja, ja, es soll geschehn.

DER GRAF VOM STRAHL.

       Jedoch recht schön; hörst du? Schlicht aber prächtig!
       Recht, wies Natur und Weis in dir erheischt.
       Man wird dir Perlen und Smaragden reichen;
2640   Gern möcht ich daß du alle Fraun im Schloß,
       Selbst noch die Kunigunde überstrahlst. –
       Was weinst du?

KÄTHCHEN.   – Ich weiß nicht, mein verehrter Herr.
       Es ist ins Aug mir was gekommen.

DER GRAF VOM STRAHL.   Ins Auge? Wo?

                Er küßt ihr die Tränen aus den Augen.

       Nun komm nur fort. Es wird sich schon erhellen.

                         Er führt sie ab.

*Szene: Schloßplatz, zur Rechten, im Vordergrund, ein Portal. Zur
Linken, mehr in der Tiefe, das Schloß, mit einer Rampe. Im Hinter-
                     grund die Kirche.*

Dreizehnter Auftritt

*Marsch. Ein Aufzug. Ein Herold eröffnet ihn; darauf Trabanten. Ein Baldachin
von vier Mohren getragen. In der Mitte des Schloßplatzes stehen der Kaiser,
der Graf vom Strahl, Theobald, Graf Otto von der Flühe, der Rheingraf vom
Stein, der Burggraf von Freiburg und das übrige Gefolge des Kaisers und empfangen den Baldachin. Unter dem Portal, rechts Fräulein Kunigunde von
Thurneck im Brautschmuck, mit ihren Tanten und Vettern, um sich dem Zuge
anzuschließen. Im Hintergrunde Volk, worunter Flammberg, Gottschalk,
                         Rosalie usw.*

DER GRAF VOM STRAHL. Halt hier, mit dem Baldachin! – Herold,
   tue dein Amt!

DER HEROLD *ablesend.* »Kund und zu wissen sei hiermit jedermann,
daß der Reichsgraf, Friedrich Wetter vom Strahl, heut seine
Vermählung feiert, mit Katharina, Prinzessin von Schwaben,
Tochter unsers durchlauchtigsten Herrn Herrn und Kaisers. Der   2650
Himmel segne das hohe Brautpaar, und schütte das ganze
Füllhorn von Glück, das in den Wolken schwebt, über ihre
teuren Häupter aus!«

KUNIGUNDE *zu Rosalie.* Ist dieser Mann besessen, Rosalie?

ROSALIE. Beim Himmel! Wenn er es nicht ist, so ist es darauf
angelegt, uns dazu zu machen. –

BURGGRAF VON FREIBURG. Wo ist die Braut?

RITTER VON THURNECK. Hier, ihr verehrungswürdigen Herren!

FREIBURG. Wo?

THURNECK. Hier steht das Fräulein, unsere Muhme, unter diesem   2660
Portal!

FREIBURG. Wir suchen die Braut des Grafen vom Strahl. – Ihr
Herren, an euer Amt! Folgt mir und laßt uns sie holen.

*Burggraf von Freiburg, Georg von Waldstätten und der Rheingraf vom Stein,
besteigen die Rampe und gehen ins Schloß.*

DIE HERREN VON THURNECK. Hölle, Tod und Teufel! Was haben
diese Anstalten zu bedeuten?

Vierzehnter Auftritt

*Käthchen im kaiserlichen Brautschmuck, geführt von Gräfin Helena und
Fräulein Eleonore, ihre Schleppe von drei Pagen getragen; hinter ihr
Burggraf von Freiburg usw. steigen die Rampe herab.*

GRAF OTTO. Heil dir, o Jungfrau!

RITTER FLAMMBERG *und* GOTTSCHALK. Heil dir, Käthchen von
Heilbronn, kaiserliche Prinzessin von Schwaben!

VOLK. Heil dir! Heil! Heil dir!

HERRNSTADT *und* VON DER WART *die auf dem Platz geblieben.*
Ist dies die Braut?   2670

FREIBURG. Dies ist sie.

KÄTHCHEN. Ich? Ihr hohen Herren! Wessen?

DER KAISER. Dessen, den dir der Cherub geworben. Willst du
diesen Ring mit ihm wechseln?

THEOBALD. Willst du dem Grafen deine Hand geben?

DER GRAF VOM STRAHL *umfaßt sie.* Käthchen! Meine Braut! Willst du mich?

KÄTHCHEN. Schütze mich Gott und alle Heiligen!

Sie sinkt; die Gräfin empfängt sie.

DER KAISER. Wohlan, so nehmt sie, Herr Graf vom Strahl, und
2680   führt sie zur Kirche!

Glockenklang.

KUNIGUNDE. Pest, Tod und Rache! Diesen Schimpf sollt ihr mir büßen!

Ab, mit Gefolge.

DER GRAF VOM STRAHL. Giftmischerin!

Marsch: Der Kaiser stellt sich mit Käthchen und dem Grafen vom Strahl unter den Baldachin; die Damen und Ritter folgen. Trabanten beschließen den Zug. – Alle ab.

Ende

DIE HERMANNSSCHLACHT

EIN DRAMA

Wehe, mein Vaterland, dir! Die Leier, zum Ruhm dir,
zu schlagen,
Ist, getreu dir im Schoß, mir, deinem Dichter, verwehrt.

PERSONEN

HERMANN, Fürst der Cherusker
THUSNELDA, seine Gemahlin
RINOLD ⎫
ADELHART ⎭ seine Knaben
EGINHARDT, sein Rat
LUITGAR ⎫
ASTOLF ⎬ dessen Söhne, seine Hauptleute
WINFRIED ⎭
EGBERT ein andrer cheruskischer Anführer
GERTRUD ⎫
BERTHA ⎭ Frauen der Thusnelda
MARBOD, Fürst der Sueven, Verbündeter des Hermann
ATTARIN, sein Rat
KOMAR, ein suevischer Hauptmann
WOLF, Fürst der Katten ⎫
THUISKOMAR, Fürst der Sicambrier ⎪
DAGOBERT, Fürst der Marsen ⎬ Mißvergnügte
SELGAR, Fürst der Brukterer ⎭
FUST, Fürst der Cimbern ⎫
GUELTAR, Fürst der Nervier ⎬ Verbündete des Varus
ARISTAN, Fürst der Ubier ⎭
QUINTILIUS VARUS, römischer Feldherr
VENTIDIUS, Legat von Rom
SCÄPIO, sein Geheimschreiber
SEPTIMIUS ⎫
CRASSUS ⎭ römische Anführer
TEUTHOLD, ein Waffenschmied
CHILDERICH, ein Zwingerwärter
EINE ALRAUNE
ZWEI ÄLTESTEN VON TEUTOBURG
DREI CHERUSKISCHE HAUPTLEUTE
DREI CHERUSKISCHE BOTEN
FELDHERRN, HAUPTLEUTE, KRIEGER, VOLK

ERSTER AKT

Szene: Gegend im Wald, mit einer Jagdhütte.

Erster Auftritt

Wolf, Fürst der Katten, Thuiskomar, Fürst der Sicambrier, Dagobert, Fürst der Marsen, Selgar, Fürst der Brukterer, und andere treten, mit Pfeil und Bogen, auf.

WOLF *indem er sich auf dem Boden wirft.*

Es ist umsonst, Thuskar, wir sind verloren!
Rom, dieser Riese, der, das Mittelmeer beschreitend,
Gleich dem Koloß von Rhodus, trotzig,
Den Fuß auf Ost und Westen setzet,
Des Parthers mutgen Nacken hier,
Und dort den tapfern Gallier niedertretend:
Er wirft auch jetzt uns Deutsche in den Staub.
Gueltar, der Nervier, und Fust, der Fürst der Cimbern,
Erlagen dem Augustus schon;
10   Holm auch, der Friese, wehrt sich nur noch sterbend;
Aristan hat, der Ubier,
Der ungroßmütigste von allen deutschen Fürsten,
In Varus' Arme treulos sich geworfen;
Und Hermann, der Cherusker, endlich,
Zu dem wir, als dem letzten Pfeiler, uns,
Im allgemeinen Sturz Germanias, geflüchtet,
Ihr seht es, Freunde, wie er uns verhöhnt:
Statt die Legionen mutig aufzusuchen,
In seine Forsten spielend führt er uns,
20   Und läßt den Hirsch uns und den Ur besiegen.

THUISKOMAR *zu Dagobert und Selgar, die im Hintergrund auf und nieder gehen.*

Er *muß* hier diese Briefe lesen!
– Ich bitt euch, meine Freunde, wanket nicht,
Bis die Verräterei des Varus ihm eröffnet.
Ein förmlicher Vertrag ward jüngst,
Geschlossen zwischen mir und ihm:
Wenn ich dem Fürsten mich der Friesen nicht verbände,
So solle dem August mein Erbland heilig sein;
Und hier, seht diesen Brief, ihr Herrn,

Mein Erbland ist von Römern überflutet.
Der Krieg, so schreibt der falsche Schelm,   30
In welchem er mit Holm, dem Friesen, liege,
Erfordere, daß ihm Sicambrien sich öffne:
Und meine Freundschaft für Augustus laß ihn hoffen,
Ich werd ihm diesen dreisten Schritt,
Den Not ihm dringend abgepreßt, verzeihn.
Laßt Hermann, wenn er kömmt, den Gaunerstreich uns
So kommt gewiß, Freund Dagobert,   [melden:
Freund Selgar, noch der Bund zustande,
Um dessenthalb wir hier bei ihm versammelt sind.
DAGOBERT. Freund Thuiskomar! Ob *ich* dem Bündnis mich,   40
Das diese Fremdlinge aus Deutschland soll verjagen,
Anschließen werd, ob nicht: darüber, weißt du,
Entscheidet hier ein Wort aus Selgars Munde!
Augustus trägt, Roms Kaiser, mir,
Wenn ich mich seiner Sache will vermählen,
Das ganze, jüngst dem Ariovist entrißne,
Reich der Narisker an –
          Wolf und Thuiskomar machen eine Bewegung.
Nichts! Nichts! Was fahrt ihr auf? Ich will es nicht!
Dem Vaterlande bleib ich treu,
Ich schlag es aus, ich bin bereit dazu.   50
Doch der hier, Selgar, soll, der Fürst der Brukterer,
Den Strich mir, der mein Eigentum,
An dem Gestad der Lippe überlassen;
Wir lagen längst im Streit darum.
Und wenn er mir Gerechtigkeit verweigert,
Selbst jetzt noch, da er meiner Großmut braucht,
So werd ich mich in euren Krieg nicht mischen.
SELGAR. Dein Eigentum! Sieh da! Mit welchem Rechte
Nennst du, was mir verpfändet, dein,
Bevor das Pfand, das Horst, mein Ahnherr, zahlte,   60
An seinen Enkel du zurückgezahlt?
Ist jetzt der würdge Augenblick,
Zur Sprache solche Zwistigkeit zu bringen?
Eh ich, Unedelmütgem, dir
Den Strich am Lippgestade überlasse,

Eh will an Augusts Heere ich
Mein ganzes Reich, mit Haus und Hof verlieren!

THUISKOMAR *dazwischen tretend.*

O meine Freunde!

EIN FÜRST *ebenso.*   Selgar! Dagobert!

Man hört Hörner in der Ferne.

EIN CHERUSKER *tritt auf.*

Hermann, der Fürst, kommt!

THUISKOMAR.   Laßt den Strich, ich bitt euch,
70   Ruhn, an der Lippe, bis entschieden ist,
Wem das gesamte Reich Germaniens gehört!

WOLF *indem er sich erhebt.*

Da hast du recht! Es bricht der Wolf, o Deutschland,
In deine Hürde ein, und deine Hirten streiten
Um eine Handvoll Wolle sich.

Zweiter Auftritt

Thusnelda, den Ventidius aufführend. Ihr folgt Hermann, Scäpio, ein Gefolge
von Jägern und ein leerer römischer Wagen mit vier breitgespannten weißen
Rossen.

THUSNELDA. Heil dem Ventidius Carbo! Römerritter!
Dem kühnen Sieger des gehörnten Urs!

DAS GEFOLGE.

Heil! Heil!

THUISKOMAR. Was! Habt ihr ihn?

HERMANN.   Hier, seht, ihr Freunde!
Man schleppt ihn bei den Hörnern schon herbei!

Der erlegte Auerochs wird herangeschleppt.

VENTIDIUS. Ihr deutschen Herrn, der Ruhm gehört nicht mir!
80   Er kommt Thusnelden, Hermanns Gattin,
Kommt der erhabenen Cheruskerfürstin zu!
Ihr Pfeil, auf mehr denn hundert Schritte,
Warf mit der Macht des Donnerkeils ihn nieder,
Und, Sieg! rief, wem ein Odem ward;
Der Ur hob plötzlich nur, mit pfeildurchbohrtem Nacken
Noch einmal sich vom Sand empor:
Da kreuzt ich seinen Nacken durch noch einen.

THUSNELDA. Du häufst, Ventidius, Siegsruhm auf die Scheitel,
Die du davon entkleiden willst.
Das Tier schoß, von dem Pfeil gereizt, den ich entsendet,   90
Mit wuterfüllten Sätzen auf mich ein,
Und schon verloren glaubt ich mich;
Da half dein beßrer Schuß dem meinen nach,
Und warf es völlig leblos vor mir nieder.
SCÄPIO. Bei allen Helden des Homers!
Dir ward ein Herz von par'schem Marmel, Fürstin!
Des Todes Nacht schlug über mich zusammen,
Als es gekrümmt, mit auf die Brust
Gesetzten Hörnern, auf dich ein,
Das rachentflammte Untier, wetterte: 100
Und du, du wichst, du wanktest nicht – was sag ich?
Sorg überflog, mit keiner Wolke,
Den heitern Himmel deines Angesichts!
THUSNELDA mutwillig. Was sollt ich fürchten, Scäpio,
So lang Ventidius mir zur Seite stand.
VENTIDIUS. Du warst des Todes gleichwohl, wenn ich fehlte.
WOLF finster. – Stand sie im Freien, als sie schoß?
VENTIDIUS.   Die Fürstin?
SCÄPIO. Nein – hier im Wald. Warum?
VENTIDIUS.   Ganz in der Nähe,
Wo kreuzend durch die Forst die Wildbahn bricht.
WOLF lachend.
Nun denn, beim Himmel –!
THUISKOMAR.   Wenn sie im Walde stand –   110
WOLF. Ein Auerochs ist keine Katze,
Und geht, soviel bekannt mir, auf die Wipfel
Der Pinien und Eichen nicht.
HERMANN abbrechend. Kurz, Heil ruf ich Ventidius noch einmal,
Des Urs, des hornbewehrten, Sieger,
Und der Thusnelda Retter obenein!
THUSNELDA zu Hermann.
Vergönnst du mein Gebieter mir,
Nach Teutoburg nunmehr zurückzukehren?
          Sie gibt den Pfeil und Bogen weg.
HERMANN wendet sich. Holla! Die Pferd!

VENTIDIUS *halblaut, zu Thusnelden.*

               Wie, Göttliche, du willst –?

            Sie sprechen heimlich zusammen.

THUISKOMAR *die Pferde betrachtend.*

120   Schau, die Quadriga, die August dir schenkte?

SELGAR. Die Pferd aus Rom?

HERMANN *zerstreut.*   Aus Rom, beim Jupiter!

    Ein Zug, wie der Pelid ihn nicht geführt!

VENTIDIUS *zu Thusnelda.*

    Darf ich in Teutoburg –?

THUSNELDA.   Ich bitte dich.

HERMANN. Ventidius Carbo! Willst du sie begleiten?

VENTIDIUS.

    Mein Fürst! Du machst zum Sel'gen mich –

         Er gibt Pfeil und Bogen gleichfalls weg; offiziös.

                  Wann wohl vergönnst du,

    Vor deinem Thron, o Herr, in Ehrfurcht

    Dir eine Botschaft des Augustus zu entdecken?

HERMANN. Wenn du begehrst, Ventidius!

VENTIDIUS.   So werd ich

    Dir mit der nächsten Sonne Strahl erscheinen.

130   HERMANN. Auf denn! – Ein Roß dem Scäpio, ihr Jäger!

    – Gib deine Hand, Thusnelda, mir!

      Er hebt, mit Ventidius, Thusnelda in den Wagen; Ventidius folgt ihr.

THUSNELDA *sich aus dem Wagen herausbeugend.*

    Ihr Herrn, wir sehn uns an der Tafel doch?

HERMANN *zu den Fürsten.*

    Wolf! Selgar! Redet!

DIE FÜRSTEN.   Zu deinem Dienst, Erlauchte!

    Wir werden gleich nach dem Gezelt dir folgen.

HERMANN.

    Wohlauf, ihr Jäger! Laßt das Horn dann schmettern,

    Und bringt sie im Triumph nach Teutoburg!

         Der Wagen fährt ab; Hörnermusik.

Dritter Auftritt

Hermann, Wolf, Thuiskomar, Dagobert und Selgar lassen sich, auf eine Rasenbank, um einen steinernen Tisch nieder, der vor der Jagdhütte steht.

HERMANN. Setzt euch, ihr Freunde! Laßt den Becher
  Zur Letzung jetzt der müden Glieder kreisen!
  Das Jagen selbst ist weniger das Fest,
  Als dieser heitre Augenblick,   140
  Mit welchem sich das Fest der Jagd beschließet!

  Knaben bedienen ihn mit Wein.

WOLF. O könnten wir, beim Mahle, bald
  Ein andres größres Siegsfest selig feiern!
  Wie durch den Hals des Urs Thusneldens sichre Hand
  Den Pfeil gejagt: o Hermann! könnten wir
  Des Krieges ehrnen Bogen spannen,
  Und, mit vereinter Kraft, den Pfeil der Schlacht
                                        zerschmetternd
  So durch den Nacken hin des Römerheeres jagen,
  Das in den Feldern Deutschlands aufgepflanzt!

THUISKOMAR. Hast du gehört, was mir geschehn?   150
  Daß Varus treulos den Vertrag gebrochen,
  Und mir Sicambrien mit Römern überschwemmt?
  Sieh, Holm, der Friesen wackern Fürsten,
  Der durch das engste Band der Freundschaft mir verbunden:
  Als jüngst die Rach Augustus' auf ihn fiel,
  Mir die Legionen fern zu halten,
  Gab ich der Rach ihn des Augustus preis.
  So lang an dem Gestad der Ems der Krieg nun wütet,
  Mit keinem Wort, ich schwörs, mit keinem Blick,
  Bin ich zu Hülfe ihm geeilt;   160
  Ich hütet, in Calpurns, des Römerboten, Nähe,
  Die Mienen, Hermann, die sich traurend
  Auf des verlornen Schwagers Seite stellten:
  Und jetzt – noch um den Lohn seh ich
  Mich der fluchwürdigen Feigherzigkeit betrogen:
  Varus führt die Legionen mir ins Land,
  Und gleich, als wär ich Augusts Feind,
  Wird es jedwedem Greul des Krieges preisgegeben.

HERMANN. Ich hab davon gehört, Thuiskar.
170   Ich sprach den Boten, der die Nachricht
       Dir eben aus Sicambrien gebracht..

   THUISKOMAR. Was nun – was wird für dich davon die Folge sein?
       Marbod, der herrschensgierge Suevenfürst,
       Der, fern von den Sudeten kommend,
       Die Oder rechts und links die Donau überschwemmt,
       Und seinem Szepter (so erklärt er)
       Ganz Deutschland siegreich unterwerfen will:
       Am Weserstrom, im Osten deiner Staaten,
       Mit einem Heere steht er da,
180   Und den Tribut hat er dir abgefordert.
       Du weißt, wie oft dir Varus schon
       Zu Hülfe schelmisch die Kohorten bot.
       Nur allzuklar ließ er die Absicht sehn,
       Den Adler auch im Land Cheruskas aufzupflanzen;
       Den schlausten Wendungen der Staatskunst nur
       Gelang es, bis auf diesen Tag,
       Dir den bösartgen Gast entfernt zu halten.
       Nun ist er bis zur Lippe vorgerückt;
       Nun steht er, mit drei Legionen,
190   In deines Landes Westen drohend da;
       Nun mußt du, wenn er es in Augusts Namen fordert,
       Ihm deiner Plätze Tore öffnen:
       Du hast nicht mehr die Macht, es ihm zu wehren.

   HERMANN. Gewiß. Da siehst du richtig. Meine Lage
       Ist in der Tat bedrängter als jemals.

   THUISKOMAR. Beim Himmel, wenn du schnell nicht hilfst,
       Die Lage eines ganz Verlornen!
       – Daß ich, mein wackrer Freund, dich in dies Irrsal stürzte,
       Durch Schritte, wenig klug und überlegt,
200   Gewiß, ich fühls mit Schmerz, im Innersten der Brust.
       Ich hätte nimmer, fühl ich, Frieden
       Mit diesen Kindern des Betruges schließen,
       Und diesen Varus, gleich dem Wolf der Wüste,
       In einem ewgen Streit, bekriegen sollen.
       – Das aber ist geschehn, und wenig frommt, du weißt,
       In das Vergangene sich reuig zu versenken.

Was wirst du, fragt sich, nun darauf beschließen?

HERMANN. Ja! Freund! Davon kann kaum die Red noch sein. –
  Nach allem, was geschehn, find ich
  Läuft nun mein Vorteil ziemlich mit des Varus,   210
  Und wenn er noch darauf besteht,
  So nehm ich ihn in meinen Grenzen auf.

THUISKOMAR *erstaunt.*
  Du nimmst ihn – was?

DAGOBERT.   In deines Landes Grenze? –

SELGAR. Wenn Varus drauf besteht, du nimmst ihn auf?

THUISKOMAR. Du Rasender! Hast du auch überlegt? –

DAGOBERT. Warum?

SELGAR.   Weshalb, sag an?

DAGOBERT.   Zu welchem Zweck?

HERMANN. – Mich gegen Marbod zu beschützen,
  Der den Tribut mir trotzig abgefordert.

THUISKOMAR. Dich gegen Marbod zu beschützen!
  Und du weißt nicht, Unseliger, daß er   220
  Den Marbod schelmisch gegen dich erregt,
  Daß er mit Geld und Waffen heimlich
  Ihn unterstützt, ja, daß er Feldherrn
  Ihm zugesandt, die in der Kunst ihn tückisch,
  Dich aus dem Feld zu schlagen, unterrichten?

HERMANN. Ihr Freund', ich bitt euch, kümmert euch
  Um meine Wohlfahrt nicht! Bei Wodan, meinem hohen Herrn!
  So weit im Kreise mir der Welt
  Das Heer der munteren Gedanken reichet,
  Erstreb ich und bezweck ich nichts,   230
  Als jenem Römerkaiser zu erliegen.
  Das aber möcht ich gern mit Ruhm, ihr Brüder,
  Wies einem deutschen Fürsten ziemt:
  Und *daß* ich das vermög, im ganzen vollen Maße,
  Wie sichs die freie Seele glorreich denkt –
  Will ich allein stehn, und mit euch mich –
  – Die manch ein andrer Wunsch zur Seite lockend zieht, –
  In dieser wichtgen Sache nicht verbinden.

DAGOBERT. Nun, bei den Nornen! Wenn du sonst nichts willst,
  Als dem August erliegen –?! *Er lacht.*   240

SELGAR.   – Man kann nicht sagen,
Daß hoch Arminius das Ziel sich stecket!

HERMANN.   So! –
Ihr würdet beide euren Witz vergebens
Zusammenlegen, dieses Ziel,
Das vor der Stirn euch dünket, zu erreichen.
Denn setzt einmal, ihr Herrn, ihr stündet
(Wohin ihr es im Lauf der Ewigkeit nicht bringt)
Dem Varus kampfverbunden gegenüber;
Im Grund morastger Täler er,
Auf Gipfeln waldbekränzter Felsen ihr:
250   So dürft er dir nur, Dagobert,
Selgar, dein Lippgestad verbindlich schenken:
Bei den fuchshaarigen Alraunen, seht,
Den Römer laßt ihr beid im Stich,
Und fallt euch, wie zwei Spinnen, selber an.

WOLF *einlenkend.* Du hältst nicht eben hoch im Wert uns, Vetter!
Es scheint, das Bündnis nicht sowohl,
Als die Verbündeten mißfallen dir.

HERMANN. Verzeiht! – Ich nenn euch meine wackern Freunde,
Und will mit diesem Wort, das glaubt mir, mehr, als euren
260   Verletzten Busen höflich bloß versöhnen.
Die Zeit stellt, heißen Drangs voll, die Gemüter
Auf eine schwere Prob; und manchen kenn ich besser,
Als er in diesem Augenblick sich zeigt.
Wollt ich auf Erden irgend was *erringen,*
Ich würde glücklich sein, könnt ich mit Männern mich,
Wie hier um mich versammelt sind, verbinden;
Jedoch, weil alles zu *verlieren* bloß
Die Absicht ist – so läßt, begreift ihr,
Solch ein Entschluß nicht wohl ein Bündnis zu:
270   Allein muß ich, in solchem Kriege, stehn,
Verknüpft mit niemand, als nur meinem Gott.

THUISKOMAR. Vergib mir, Freund, man sieht nicht ein,
Warum notwendig wir erliegen sollen;
Warum es soll unmöglich ganz,
Undenkbar sein (wenn es auch schwer gleich sein mag),
Falls wir nur sonst vereint, nach alter Sitte, wären,

Den Adler Roms, in einer muntern Schlacht,
Aus unserm deutschen Land hinwegzujagen.
HERMANN. Nein, nein! Das eben ists! Der Wahn, Thuiskar,
  Der stürzt just rettungslos euch ins Verderben hin!   280
  Ganz Deutschland ist verloren schon,
  Dir der Sicambern Thron, der Thron der Katten dir,
  Der Marsen dem, mir der Cherusker,
  Und auch der Erb, bei Hertha! schon benannt:
  Es gilt nur bloß noch jetzt, sie abzutreten.
  Wie wollt ihr doch, ihr Herrn, mit diesem Heer des Varus
  Euch messen – an eines Haufens Spitze,
  Zusammen aus den Waldungen gelaufen,
  Mit der Kohorte, der gegliederten,
  Die, wo sie geht und steht, des Geistes sich erfreut?   290
  Was habt ihr, sagt doch selbst, das Vaterland zu schirmen,
  Als nur die nackte Brust allein,
  Und euren Morgenstern; indessen jene dort
  Gerüstet mit der ehrnen Waffe kommen,
  Die ganze Kunst des Kriegs entfaltend,
  In den vier Himmelsstrichen ausgelernt?
  Nein, Freunde, so gewiß der Bär dem schlanken Löwen
  Im Kampf erliegt, so sicherlich
  Erliegt ihr, in der Feldschlacht, diesen Römern.
WOLF.
  Es scheint, du hältst dies Volk des fruchtumblühten Latiens   300
  Für ein Geschlecht von höhrer Art,
  Bestimmt, uns roh're Kauze zu beherrschen?
HERMANN. Hm! In gewissem Sinne sag ich: ja.
  Ich glaub, der Deutsch' erfreut sich einer größern
  Anlage, der Italier doch hat seine mindre
  In diesem Augenblicke mehr entwickelt.
  Wenn sich der Barden Lied erfüllt,
  Und, unter *einem* Königsszepter,
  Jemals die ganze Menschheit sich vereint,
  So läßt, daß es ein Deutscher führt, sich denken,   310
  Ein Britt', ein Gallier, oder wer ihr wollt;
  Doch nimmer jener Latier, beim Himmel!
  Der keine andre Volksnatur

Verstehen kann und ehren, als nur seine.
Dazu am Schluß der Ding auch kommt es noch;
Doch bis die Völker sich, die diese Erd umwogen,
Noch jetzt vom Sturm der Zeit gepeitscht,
Gleich einer See, ins Gleichgewicht gestellt,
Kann es leicht sein, der Habicht rupft
320   Die Brut des Aars, die, noch nicht flügg,
Im stillen Wipfel einer Eiche ruht.

WOLF. Mithin ergibst du wirklich völlig dich
In das Verhängnis – beugst den Nacken
Dem Joch, das dieser Römer bringt,
Ohn auch ein Glied nur sträubend zu bewegen?

HERMANN. Behüte Wodan mich! Ergeben! Seid ihr toll?
Mein Alles, Haus und Hof, die gänzliche
Gesamtheit des, was mein sonst war,
Als ein verlornes Gut in meiner Hand noch ist,
330   Das, Freunde, setz ich dran, im Tod nur,
Wie König Porus, glorreich es zu lassen!
Ergeben! – Einen Krieg, bei Mana! will ich
Entflammen, der in Deutschland rasselnd,
Gleich einem dürren Walde, um sich greifen,
Und auf zum Himmel lodernd schlagen soll!

THUISKOMAR. Und gleichwohl – unbegreiflich bist du, Vetter!
Gleichwohl nährst keine Hoffnung du,
In solchem tüchtgen Völkerstreit zu siegen?

HERMANN. Wahrhaftig, nicht die mindeste,
340   Ihr Freunde. Meine ganze Sorge soll
Nur sein, wie ich, nach meinen Zwecken,
Geschlagen werd. – Welch ein wahnsinnger Tor
Müßt ich doch sein, wollt ich mir und der Heeresschar,
Die ich ins Feld des Todes führ, erlauben,
Das Aug, von dieser finstern Wahrheit ab,
Buntfarbgen Siegesbildern zuzuwenden,
Und gleichwohl dann gezwungen sein,
In dem gefährlichen Momente der Entscheidung,
Die ungeheure Wahrheit anzuschaun?
350   Nein! Schritt vor Schritt will ich das Land der großen Väter
Verlieren – über jeden Waldstrom schon im voraus,

Mir eine goldne Brücke baun,
In jeder Mordschlacht denken, wie ich in
Den letzten Winkel nur mich des Cheruskerlands
Zurückezieh: und triumphieren,
Wie nimmer Marius und Sylla triumphierten,
Wenn ich – nach einer runden Zahl von Jahren,
Versteht sich – im Schatten einer Wodanseiche,
Auf einem Grenzstein, mit den letzten Freunden,
Den schönen Tod der Helden sterben kann.   360

DAGOBERT. Nun denn, beim Styxfluß –!

SELGAR.   Das gestehst du, Vetter,
Auf diesem Weg nicht kömmst du eben weit.

DAGOBERT. Gleich einem Löwen grimmig steht er auf,
Warum? Um, wie ein Krebs, zurückzugehn.

HERMANN.
Nicht weit? Hm! – Seht, das möcht ich just nicht sagen.
Nach Rom – ihr Herren, Dagobert und Selgar!
Wenn mir das Glück ein wenig günstig ist.
Und wenn nicht ich, wie ich fast zweifeln muß,
Der Enkel einer doch, wag ich zu hoffen,
Die hier in diesem Paar der Lenden ruhn!   370

WOLF *umarmt ihn.* Du Lieber, Wackrer, Göttlicher –!
Wahrhaftig, du gefällst mir. – Kommt, stoßt an!
Hermann soll, der Befreier Deutschlands, leben!

HERMANN *sich losmachend.*
Kurz, wollt ihr, wie ich schon einmal euch sagte,
Zusammenraffen Weib und Kind,
Und auf der Weser rechtes Ufer bringen,
Geschirre, goldn' und silberne, die ihr
Besitzet, schmelzen, Perlen und Juwelen
Verkaufen oder sie verpfänden,
Verheeren eure Fluren, eure Herden   380
Erschlagen, eure Plätze niederbrennen,
So bin ich euer Mann –:

WOLF.   Wie? Was?

HERMANN.   Wo nicht –?

THUISKOMAR. Die eignen Fluren sollen wir verheeren –?

DAGOBERT. Die Herden töten –?

SELGAR.   Unsre Plätze niederbrennen –?

HERMANN. Nicht? Nicht? Ihr wollt es nicht?

THUISKOMAR. Das eben, Rasender, das ist es ja,
    Was wir in diesem Krieg verteidigen wollen!

HERMANN *abbrechend.*
    Nun denn, ich glaubte, eure Freiheit wärs. *Er steht auf.*

THUISKOMAR. Was? – Allerdings. Die Freiheit –

HERMANN.   Ihr vergebt mir!

390   THUISKOMAR. Wohin, ich bitte dich?

SELGAR.   Was fällt dir ein?

HERMANN. Ihr Herrn, ihr hörts; so kann ich euch nicht helfen.

DAGOBERT *bricht auf.*
    Laß dir bedeuten, Hermann.

HERMANN *in die Szene rufend.*   Horst! Die Pferde!

SELGAR *ebenso.* Ein Augenblick! Hör an! Du mißverstehst uns!
              Die Fürsten brechen sämtlich auf.

HERMANN. Ihr Herrn, zur Mittagstafel sehn wir uns.
           Er geht ab; Hörnermusik.

WOLF. O Deutschland! Vaterland! Wer rettet dich,
    Wenn es ein Held, wie Siegmars Sohn nicht tut!
              Alle ab.

ZWEITER AKT

*Szene: Teutoburg. Das Innere eines großen und prächtigen Fürsten-
zelts, mit einem Thron.*

Erster Auftritt

*Hermann auf dem Thron. Ihm zur Seite Eginhardt. Ventidius, der Legat
von Rom, steht vor ihm.*

HERMANN. Ventidius! Deine Botschaft, in der Tat,
    Erfreut zugleich mich und bestürzt mich.
    – Augustus, sagst du, beut zum drittenmal,
400   Mir seine Hülfe gegen Marbod an.

VENTIDIUS. Ja, mein erlauchter Herr. Die drei Legionen,
    Die, in Sicambrien, am Strom der Lippe stehn,

Betrachte sie wie dein! Quintilius Varus harrt,
Ihr großer Feldherr, deines Winkes nur,
In die Cheruskerplätze einzurücken.
Drei Tage, mehr bedarf es nicht, so steht er
Dem Marbod schon, am Bord der Weser, gegenüber,
Und zahlt, vorn an der Pfeile Spitzen,
Ihm das Metall, das er gewagt,
Dir als Tribut, der Trotzge, abzufodern.   410

HERMANN.

Freund, dir ist selbst bekannt, wie manchem bittern Drangsal
Ein Land ist heillos preis gestellt,
Das einen Heereszug erdulden muß.
Da finden Raub und Mord und Brand sich,
Der höllentstiegene Geschwisterreigen, ein,
Und selbst das Beil oft hält sie nicht zurück.
Meinst du nicht, alles wohl erwogen,
Daß ich im Stande wär, allein
Cheruska vor dem Marbod zu beschützen?

VENTIDIUS.

Nein, nein, mein Fürst! Den Wahn, ich bitte dich, entferne!   420
Gewiß, die Scharen, die du führst, sie bilden
Ein würdig kleines Heer, jedoch bedenke,
Mit welchem Feind du es zu tun!
Marbod, das Kind des Glücks, der Fürst der Sueven ists,
Der, von den Riesenbergen niederrollend,
Stets siegreich, wie ein Ball von Schnee, sich groß gewälzt.
Wo ist der Wall um solchem Sturz zu wehren?
Die Römer werden Mühe haben,
Die weltbesiegenden, wie mehr, o Herr, denn du,
Dein Reich vor der Verschüttung zu beschirmen.   430

HERMANN. Freilich! Freilich! Du hast zu sehr nur recht.

Das Schicksal, das im Reich der Sterne waltet,
Ihn hat es, in der Luft des Kriegs,
Zu einem Helden rüstig groß gezogen,
Dagegen mir, du weißt, das sanftre Ziel sich steckte:
Dem Weib, das mir vermählt, der Gatte,
Ein Vater meinen süßen Kindern,
Und meinem Volk ein guter Fürst zu sein.

Seit jener Mordschlacht, die den Ariovist vernichtet,
440   Hab ich im Felde mich nicht mehr gezeigt;
Die Weisung werd ich nimmermehr vergessen:
Es war, im Augenblick der gräßlichen Verwirrung,
Als ob ein Geist erstünde und mir sagte,
Daß mir das Schicksal hier nicht günstig wäre. –
VENTIDIUS. Gewiß! Die Weisheit, die du mir entfaltest,
Füllt mit Bewunderung mich. – Zudem muß ich dir sagen,
Daß so, wie nun die Sachen dringend stehn,
O Herr, dir keine Wahl mehr bleibt,
Daß du dich zwischen Marbod und Augustus
450   Notwendig jetzt entscheiden mußt;
Daß dieses Sueven Macht, im Reich Germaniens,
Zu ungeheuer anwuchs; daß Augustus
Die Oberherrschaft keinem gönnen kann,
Der, auf ein Heer, wie Marbod, trotzend,
Sich selbst sie nur verdanken will; ja, wenn
Er je ein Oberhaupt der Deutschen anerkennt,
Ein Fürst es sein muß, das begreifst du,
Den er, durch einen Schritt, verhängnisvoll wie diesen,
Auf immer seinem Thron verbinden kann.

HERMANN *nach einer kurzen Pause.*
460   *Wenn* du die Aussicht mir eröffnen könntest,
Ventidius, daß *mir*
Die höchste Herrschgewalt in Deutschland zugedacht:
So würd Augustus, das versichr' ich dich,
Den wärmsten Freund würd er an mir erhalten. –
Denn dieses Ziel, das darf ich dir gestehn,
Reizt meinen Ehrgeiz, und mit Neid
Seh ich den Marbod ihm entgegeneilen.

VENTIDIUS. Mein Fürst! Das ist kein Zweifel mehr.
Glaub nicht, was Meuterei hier ausgesprengt,
470   Ein Neffe werd Augusts, sobald es nur erobert,
In Deutschland, als Präfekt, sich niederlassen;
Und wenn gleich Scipio, Agricola, Licin,
Durch meinen großen Kaiser eingesetzt,
Nariska, Markoland und Nervien jetzt verwalten:
Ein Deutscher kann das Ganze nur beherrschen!

Der Grundsatz, das versichr' ich dich,
Steht, wie ein Felsen, bei Senat und Volk!
Wenn aber, das entscheide selbst,
Ein Deutscher solch ein Amt verwalten soll:
Wer kann es sein, o Herr, als der allein,   480
Durch dessen Hülfe uns ersprießlich,
Sich solch ein Herrschamt allererst errichtet?

HERMANN *vom Thron herabsteigend.*

Nun denn, Legat der römischen Cäsaren,
So werf ich, was auch säum ich länger,
Mit Thron und Reich, in deine Arme mich!
Cheruskas ganze Macht leg ich,
Als ein Vasall, zu Augusts Füßen nieder.
Laß Varus kommen, mit den Legionen;
Ich will fortan, auf Schutz und Trutz
Mich wider König Marbod ihm verbinden!   490

VENTIDIUS. Nun, bei den Uraniden! Dieser Tag,
Er ist der schönste meines Lebens!
Ich eile dem August, o Herr, dein Wort zu melden.
Man wird in Rom die Zirken öffnen,
Die Löwen kämpfen, die Athleten, lassen,
Und Freudenfeuer in die Nächte schicken!
– Wann darf Quintilius jetzt die Lippe überschreiten?

HERMANN. Wann es sein Vorteil will.

VENTIDIUS.   Wohlan, so wirst
Du morgen schon in Teutoburg ihn sehn.
– Vergönne, daß ich die Minute nütze. *Ab.*   500

Zweiter Auftritt

Hermann und Eginhardt
Pause.

HERMANN. Ging er?

EGINHARDT.   Mich dünkte, ja. Er bog sich links.

HERMANN.
Mich dünkte, rechts.

EGINHARDT.   Still!

HERMANN.   Rechts! Der Vorhang rauschte.
Er bog sich in Thusneldens Zimmer hin.

Dritter Auftritt

Thusnelda tritt, einen Vorhang öffnend, zur Seite auf. Die Vorigen.

HERMANN. Thuschen!

THUSNELDA.   Was gibts?

HERMANN.   Geschwind! Ventidius sucht dich.

THUSNELDA. Wo?

HERMANN.   Von dem äußern Gang.

THUSNELDA.   So? Desto besser.

So bin ich durch den mittlern ihm entflohn.

HERMANN. Thuschen! Geschwind! Ich bitte dich!

THUSNELDA.   Was hast du?

HERMANN. Zurück, mein Herzchen! liebst du mich! Zurücke!

In deine Zimmer wieder! Rasch! Zurücke!

THUSNELDA *lächelnd.*

510   Ach, laß mich gehn.

HERMANN.   Was? Nicht? Du weigerst mir –?

THUSNELDA. Laß mich mit diesem Römer aus dem Spiele.

HERMANN. Dich aus dem Spiel? Wie! Was! Bist du bei Sinnen?

Warum? Weshalb?

THUSNELDA.   – Er tut mir leid, der Jüngling.

HERMANN.

Dir leid? Gewiß, beim Styx, weil er das Untier gestern –?

THUSNELDA. Gewiß! Bei Braga! Bei der sanften Freya:

Er war so rüstig bei der Hand!

Er *wähnte* doch, mich durch den Schuß zu retten,

Und wir verhöhnen ihn!

HERMANN.   Ich glaub, beim Himmel,

Die römische Tarantel hat –?

520   Er wähnt ja auch, du Törin, du,

Daß wir den Wahn der Tat ihm danken!

Fort, Herzchen, fort!

EGINHARDT.   Da ist er selber schon!

HERMANN. Er riecht die Fährt ihr ab, ich wußt es wohl.

– Du sei mir klug, ich rat es dir!

Komm, Eginhardt, ich hab dir was zu sagen.

Ab.

Vierter Auftritt

Thusnelda nimmt eine Laute und setzt sich nieder. Ventidius und
Scäpio treten auf.

VENTIDIUS *noch unter dem Eingang.*
  Scäpio! Hast du gehört?

SCÄPIO.   Du sagst, der Bote –?

VENTIDIUS *flüchtig.* Der Bote, der nach Rom geht, an Augustus,
  Soll zwei Minuten warten; ein Geschäft
  Für Livia liegt, die Kaiserin, mir noch ob.

SCÄPIO. Genug! Es soll geschehn. *Ab.*

VENTIDIUS.   Harr meiner draußen.   530

Fünfter Auftritt

Thusnelda und Ventidius.

VENTIDIUS. Vergib, erlauchte Frau, dem Freund des Hauses,
  Wenn er den Fuß, unaufgerufen,
  In deine göttergleiche Nähe setzt.
  Von deiner Lippe hört ich gern,
  Wie du die Nacht, nach jenem Schreck, der gestern
  Dein junges Herz erschütterte, geschlummert?

THUSNELDA. Nicht eben gut, Ventidius. Mein Gemüt
  War von der Jagd noch ganz des wilden Urs erfüllt.
  Vom Bogen sandt ich tausendmal den Pfeil,
  Und immerfort sah ich das Tier,   540
  Mit eingestemmten Hörnern, auf mich stürzen.
  Ein fürchterlicher Tod, Ventidius,
  Solch einem Ungeheu'r erliegen!
  Arminius sagte scherzend heut,
  Ich hätte durch die ganze Nacht,
  Ventidius! Ventidius! gerufen.

VENTIDIUS *läßt sich leidenschaftlich vor ihr nieder, und ergreift ihre Hand.*
  Wie selig bin ich, Königin,
  Dir ein Gefühl entlockt zu haben!
  Was für ein Strahl der Wonne strömt,
  Mir unerträglich, alle Glieder lähmend,   550
  Durch den entzückten Busen hin,

Sagt mir dein süßer Mund, daß du, bei dem Gedanken
An mich, empfindest – wärs auch die unscheinbare
Empfindung nur des Danks, verehrte Frau,
Die jedem Glücklichen geworden wäre,
Der, als ein Retter, dir zur Seite stand!

THUSNELDA. Ventidius! Was willst du mir? Steh auf!

VENTIDIUS.
  Nicht ehr, Vergötterte, als bis du meiner Brust
  Ein Zeichen, gleichviel welches, des
560 Gefühls, das ich in dir entflammt, verehrt!
  Sei es das Mindeste, was Sinne greifen mögen,
  Das Herz gestaltet es zum Größesten.
  Laß es den Strauß hier sein, der deinen Busen ziert,
  Hier diese Schleife, diese goldne Locke –
  Ja, Kön'gin, eine Locke laß es sein!

THUSNELDA.
  Ich glaub, du schwärmst. Du weißt nicht, wo du bist.

VENTIDIUS. Gib eine Locke, Abgott meiner Seelen,
  Von diesem Haupthaar mir, das von der Juno Scheiteln
  In üppgern Wogen nicht zur Ferse wallt!
570 Sieh, dem Arminius gönn ich alles:
  Das ganze duftende Gefäß von Seligkeiten,
  Das ich in meinen Armen zitternd halte,
  Sein ists; ich gönn es ihm: es möge sein verbleiben.
  Die einzge Locke fleh ich nur für mich,
  Die, in dem Hain, beim Schein des Monds,
  An meine Lippe heiß gedrückt,
  Mir deines Daseins Traum ergänzen soll!
  Die kannst du mir, geliebtes Weib, nicht weigern,
  Wenn du nicht grausam mich verhöhnen willst.

580 THUSNELDA. Ventidius, soll ich meine Frauen rufen?

VENTIDIUS. Und müßt ich so, in Anbetung gestreckt,
  Zu deinen Füßen flehend liegen,
  Bis das Giganten-Jahr des Platon abgerollt,
  Bis die graubärt'ge Zeit ein Kind geworden,
  Und der verliebten Schäfer Paare wieder
  An Milch- und Honigströmen zärtlich wandeln:
  Von diesem Platz entweichen werd ich nicht,

Bis jener Wunsch, den meine Seele
Gewagt hat dir zu nennen, mir erfüllt.

Thusnelda steht auf und sieht ihn an. Ventidius läßt sie betreten los und erhebt sich. Thusnelda geht und klingelt.

Sechster Auftritt

Gertrud und Bertha treten auf. Die Vorigen.

THUSNELDA.

Gertrud; wo bleibst du? Ich rief nach meinen Kindern.   590
GERTRUD. Sie sind im Vorgemach. *Sie wollen beide gehen.*
THUSNELDA.   Wart! Einen Augenblick!
Gertrud, du bleibst! – Du, Bertha, kannst sie holen.

Bertha ab.

Siebenter Auftritt

Thusnelda setzt sich wieder nieder, ergreift die Laute, und tut einige Griffe darauf, Ventidius läßt sich hinter ihr, auf einem Sessel, nieder. Gertrud.

Pause.

THUSNELDA *spielt und singt.*

Ein Knabe sah den Mondenschein
In eines Teiches Becken;
Er faßte mit der Hand hinein,
Den Schimmer einzustecken;
Da trübte sich des Wassers Rand,
Das glänzge Mondesbild verschwand,
Und seine Hand war –

VENTIDIUS *steht auf. Er hat, während dessen, unbemerkt eine Locke von Thusneldens Haar geschnitten, wendet sich ab, und drückt sie leidenschaftlich an seine Lippe.*

THUSNELDA *hält inne.*

Was hast du?

VENTIDIUS *entzückt.*

– Was ich um das Gold der Afern,   600
Die Seide Persiens, die Perlen von Korinth,
Um alles, was die Römerwaffen
Je in dem Kreis der Welt erbeuteten, nicht lasse.

THUSNELDA. Ich glaub, du treibst die Dreistigkeit so weit,
Und nahmst mir –

Sie legt die Laute weg.

VENTIDIUS.   Nichts, nichts, als diese Locke!
Doch selbst der Tod nicht trennt mich mehr von ihr.

Er beugt ehrfurchtsvoll ein Knie vor ihr und geht ab.

THUSNELDA *steht auf.* Ventidius Carbo, du beleidigst mich! –
Gib sie mir her, sag ich! – Ventidius Carbo!

Achter Auftritt

Hermann mit einer Pergamentrolle. Hinter ihm Eginhardt. – Die Vorigen.

HERMANN. Was gibts, mein Thuschen? Was erhitzt dich so?
610   THUSNELDA *erzürnt.* Nein, dies ist unerträglich, Hermann!
HERMANN. Was hast du? Sprich! Was ist geschehn, mein Kind?
THUSNELDA. Ich bitte dich, verschone fürder
Mit den Besuchen dieses Römers mich.
Du wirfst dem Walfisch, wie das Sprichwort sagt,
Zum Spielen eine Tonne vor;
Doch wenn du irgend dich auf offnem Meere noch
Erhalten kannst, so bitt ich dich,
Laß es was anders, als Thusnelden, sein.
HERMANN. Was wollt er dir, mein Herzchen, sag mir an?
620   THUSNELDA. Er kam und bat, mit einer Leidenschaft,
Die wirklich alle Schranken niederwarf,
Gestreckt auf Knieen, wie ein Glücklicher,
Um eine Locke mich –
HERMANN.   Du gabst sie ihm –?
THUSNELDA. Ich –? ihm die Locke geben!
HERMANN.   Was! Nicht? Nicht?
THUSNELDA. Ich weigerte die Locke ihm. Ich sagte,
Ihn hätte Wahnsinn, Schwärmerei ergriffen,
Erinnert ihn, an welchem Platz er wäre –
HERMANN. Da kam er her und schnitt die Locke ab –?
THUSNELDA. Ja, in der Tat! Es scheint, du denkst, ich scherze.
630   Inzwischen ich auf jenem Sessel mir
Ein Lied zur Zither sang, löst er,
Mit welchem Werkzeug weiß ich nicht, bis jetzt,

Mir eine Locke heimlich von der Scheitel,
Und gleich, als hätt er sie, der Törichte,
Von meiner Gunst davongetragen,
Drückt' er sie, glühend vor Entzücken, an die Lippen,
Und ging, mit Schritten des Triumphes,
Als du erschienst, mit seiner Beut hinweg.

HERMANN *mit Humor.* Ei, Thuschen, was! So sind wir glückliche
Geschöpfe ja, so wahr ich lebe,   640
Daß er die andern dir gelassen hat.

THUSNELDA.
Wie? Was? Wir wären glücklich –?

HERMANN.   Ja, beim Himmel!
Käm er daher, mit seinen Leuten,
Die Scheitel ratzekahl dir abzuscheren:
Ein Schelm, mein Herzchen, will ich sein,
Wenn ich die Macht besitz, es ihm zu wehren.

THUSNELDA *zuckt die Achseln.*
– Ich weiß nicht, was ich von dir denken soll.

HERMANN. Bei Gott, ich auch nicht. Varus rückt
Mit den Kohorten morgen bei mir ein. –

THUSNELDA *streng.* Armin, du hörst, ich wiederhol es dir,   650
Wenn irgend dir dein Weib was wert ist,
So nötigst du mich nicht, das Herz des Jünglings ferner
Mit falschen Zärtlichkeiten, zu entflammen.
Bekämpf ihn, wenn du willst, mit Waffen des Betrugs,
Da, wo er mit Betrug dich angreift;
Doch hier, wo, gänzlich unbesonnen,
Sein junges Herz sich dir entfaltet,
Hier wünsch ich lebhaft, muß ich dir gestehn,
Daß du auf offne Weise ihm begegnest.
Sag ihm, mit einem Wort, bestimmt doch ungehässig,   660
Daß seine kaiserliche Sendung
An dich, und nicht an deine Gattin sei gerichtet.

HERMANN *sieht sie an.*
Entflammen? Wessen Herz? Ventidius Carbos?
Thuschen! Sieh mich mal an! – Bei unsrer Hertha!
Ich glaub, du bildst dir ein, Ventidius liebt dich?

THUSNELDA. Ob er mich liebt?

HERMANN.   Nein, sprich, im Ernst, das glaubst du?
So, was ein Deutscher lieben nennt,
Mit Ehrfurcht und mit Sehnsucht, wie ich dich?

THUSNELDA.

Gewiß, glaub mir, ich fühls, und fühls mit Schmerz,
670   Daß ich den Irrtum leider selbst,
Der dieses Jünglings Herz ergriff, verschuldet.
Er hätte, ohne die betrügerischen Schritte,
Zu welchen du mich aufgemuntert,
Sich nie in diese Leidenschaft verstrickt;
Und wenn du das Geschäft, ihn offen zu enttäuschen,
Nicht übernehmen willst, wohlan:
Bei unsrer nächsten Zwiesprach werd ichs selbst.

HERMANN. Nun, Thuschen, ich versichre dich,
Ich liebe meinen Hund mehr, als er dich.
680   Du machst, beim Styx, dir überflüssge Sorge.
Ich zweifle nicht, o ja, wenn ihn dein schöner Mund
Um einen Dienst ersucht, er tut ihn dir:
Doch wenn er die Orange ausgesaugt,
Die Schale, Herzchen, wirft er auf den Schutt.

THUSNELDA *empfindlich.*

Dich macht, ich seh, dein Römerhaß ganz blind.
Weil als dämonenartig dir
Das Ganz' erscheint, so kannst du dir
Als sittlich nicht den Einzelnen gedenken.

HERMANN. Meinst du? Wohlan! Wer recht hat, wird sich zeigen.
690   Wie er die Lock, auf welche Weise,
Gebrauchen will, das weiß ich nicht;
Doch sie im Stillen an den Mund zu drücken,
Das kannst du sicher glauben, ist es nicht.
– Doch, Thuschen, willst du jetzt allein mich lassen?

THUSNELDA. O ja. Sehr gern.

HERMANN.   Du bist mir doch nicht bös?

THUSNELDA. Nein, nein! Versprich mir nur, für immer mich
Mit diesem Toren aus dem Spiel zu lassen!

HERMANN. Topp! Meine Hand drauf! In drei Tagen,
Soll sein Besuch dir nicht zur Last mehr fallen!

Thusnelda und Gertrud ab.

Neunter Auftritt

Hermann und Eginhardt.

HERMANN. Hast du mir den geheimen Boten   700
  An Marbod, Fürst von Suevien, besorgt?
EGINHARDT. Er steht im Vorgemach.
HERMANN.   Wer ist es?
EGINHARDT. Mein Fürst und Herr, es ist mein eigner Sohn!
  Ich konnte keinen Schlechteren
  Für diese wichtge Botschaft dir bestellen.
HERMANN. Ruf ihn herein!
EGINHARDT.   Luitogar, erscheine!

Zehnter Auftritt

Luitgar tritt auf. – Die Vorigen.

HERMANN. Du bist entschlossen, hör ich, Luitgar,
  An Marbod heimlich eine Botschaft zu besorgen?
LUITGAR. Ich bins, mein hoher Herr.
HERMANN.   Kann ich gewiß sein,
  Daß das, was ich dir anvertraue,   710
  Vor morgen nacht in seinen Händen ist?
LUITGAR. Mein Fürst, so sicher, als ich morgen lebe,
  So sicher auch ist es ihm überbracht.
HERMANN. Gut. – Meine beide blonden Jungen wirst du,
  Den Rinold und den Adelhart,
  Empfangen, einen Dolch, und dieses Schreiben hier,
  Dem Marbod, Herrn des Suevenreiches,
  Von mir zu überliefern. – Die drei Dinge
  Erklären sich, genau erwogen, selbst,
  Und einer mündlichen Bestellung braucht es nicht;   720
  Doch, um dich in den Stand zu setzen,
  Sogleich jedwedem Irrtum zu begegnen,
  Der etwa nicht von mir berechnet wäre,
  Will ich umständlich, von dem Schritt,
  Zu dem ich mich entschloß, dir Kenntnis geben.
LUITGAR. Geruhe deinen Knecht zu unterrichten.

HERMANN. Die Knaben schick ich ihm zuvörderst und den Dolch,
Damit dem Brief er Glauben schenke.
Wenn irgend in dem Brief ein Arges ist enthalten,
730 Soll er den Dolch sofort ergreifen,
Und in der Knaben weiße Brüste drücken.
LUITGAR. Wohl, mein erlauchter Herr.
HERMANN. Augustus hat
Das Angebot der drei Legionen,
Die Varus führt, zum Schutze wider Marbod,
Zum drittenmal mir heute wiederholt.
Gründe von zwingender Gewalt bestimmten mich,
Die Truppen länger nicht mehr abzulehnen.
Sie rücken morgen in Cheruska ein,
Und werden, in drei Tagen schon,
740 Am Weserstrom, ins Angesicht ihm sehn.
Varus will schon am Idus des Augusts
(Also am Tag *nach* unserem
Hochheilgen Nornentag, das merk dir wohl),
Mit seinem Römerheer die Weser überschiffen,
Und Hermann wird, auf *einen* Marsch,
Mit dem Cheruskerheer, zu gleichem Zweck, ihm folgen.
An dem Alraunentag, Luitgar,
(Also am Tag *vor* unserm Nornentag)
Brech ich von Teutoburg mit meinen Scharen auf.
750 Jenseits der Weser wollen wir
Vereint auf Marbods Haufen plötzlich fallen;
Und wenn wir ihn erdrückt (wie kaum zu zweifeln steht),
Soll *mir*, nach dem Versprechen Augusts,
Die Oberherrschaft in Germanien werden.
LUITGAR. Ich faß, o Herr, dich und bewundre
Schon im voraus, was noch erfolgen wird.
HERMANN. Ich weiß inzwischen, daß Augustus sonst
Ihm mit der Herrschaft von Germanien geschmeichelt.
Mir ist von guter Hand bekannt,
760 Daß Varus heimlich ihn mit Geld,
Und Waffen selbst versehn, mich aus dem Feld zu schlagen.
Das Schicksal Deutschlands lehrt nur allzudeutlich mich,
Daß Augusts letzte Absicht sei,

Uns beide, mich wie ihn, zugrund zu richten,
Und wenn er, Marbod, wird vernichtet sein,
Der Suevenfürst, so fühl ich lebhaft,
Wird an Arminius die Reihe kommen.

LUITGAR. Du kennst, ich seh, die Zeit, wie wenige.

HERMANN. Da ich nun – *soll* ich einen Oberherrn erkennen,
Weit lieber einem Deutschen mich,   770
Als einem Römer unterwerfen will:
Von allen Fürsten Deutschlands aber *ihm*,
Marbod, um seiner Macht, und seines Edelmuts,
Der Thron am unzweideutigsten gebührt:
So unterwerf ich mich hiermit demselben,
Als meinem Herrn und hohen König,
Und zahl ihm den Tribut, Luitogar, den er
Durch einen Herold, jüngst mir abgefordert.

LUITGAR *betreten.*
Wie mein erlauchter Herr! Hört ich auch recht?
Du unterwirfst –? Ich bitte dich, mein Vater!   780
            Eginhardt winkt ihm, ehrfurchtsvoll zu schweigen.

HERMANN. Dagegen, hoff ich, übernimmt nun *er*,
Als Deutschlands Oberherrscher, die Verpflichtung,
Das Vaterland von dem Tyrannenvolk zu säubern.
Er wird den Römeradler länger nicht
Um einen Tag, steht es in seiner Macht,
Auf Hermanns, seines Knechts, Gefilden dulden.
Und da der Augenblick sich eben günstig zeigt,
Dem Varus, eh der Mond noch wechselte,
Das Grab in dem Cheruskerland zu graben,
So wag ich es, sogleich dazu   790
In Ehrfurcht *ihm* den Kriegsplan vorzulegen.

EGINHARDT. Jetzt merk wohl auf, Luitogar,
Und laß kein Wort Arminius' dir entschlüpfen.

LUITGAR. Mein Vater! Meine Brust ist Erz
Und ein Demantengriffel seine Rede!

HERMANN. Der Plan ist einfach und begreift sich leicht. –
Varus kommt, in der Nacht der düsteren Alraunen,
Im Teutoburger Walde an,
Der zwischen mir liegt und der Weser Strom.

800 Er denkt am folgenden, dem Tag der letzten Nornen,
    Des Stroms Gestade völlig zu erreichen,
    Um, an dem Idus des Augusts,
    Mit seinem Heer darüber hin zu gehn.
    Nun aber überschifft, am Tag schon der Alraunen,
    Marbod der Weser Strom und rückt
    Ihm bis zum Wald von Teutoburg entgegen.
    Am gleichen Tag brech ich, dem Heer des Varus folgend,
    Aus meinem Lager auf, und rücke
    Von hinten ihm zu diesem Walde nach.
810 Wenn nun der Tag der Nornen purpurn
    Des Varus Zelt bescheint, so siehst du, Freund Luitgar,
    Ist ihm der Lebensfaden schon durchschnitten.
    Denn nun fällt Marbod ihn von vorn,
    Von hinten ich ihn grimmig an,
    Erdrückt wird er von unsrer Doppelmacht:
    Und keine andre Sorge bleibt uns,
    Als die nur, eine Hand voll Römer zu verschonen;
    Die, von dem Fall der übrigen,
    Die Todespost an den Augustus bringen.
820 – Ich denk der Plan ist gut. Was meinst du, Luitgar?
    LUITGAR. O Hermann! Wodan hat ihn selbst dir zugeflüstert!
    Sieh, wenn du den Cheruskern ihn wirst nennen,
    Sie werden, was sie nimmer tun,
    Sieg! vor dem ersten Keulenschlag schon rufen!
    HERMANN. Wohlan! In dem Vertraun itzt, das ich hege,
    Er, Marbod, auch, werd diesen Plan,
    Nach seiner höhren Weisheit billigen,
    Nimmt er für mich die Kraft nun des Gesetzes an.
    An dem Alraunentag rück ich nunmehr so fehllos,
830 Als wär es sein Gebot, aus meinem Lager aus,
    Und steh, am Nornentag, vorm Teutoburger Wald.
    Ihm aber – überlaß ich es in Ehrfurcht,
    Nach dem Entwurf, das Seinige zu tun.
    – Hast du verstanden?
    LUITGAR.   Wohl, mein erlauchter Herr.
    HERMANN. Sobald wir über Varus' Leiche uns
    Begegnet – beug ich ein Knie vor ihm,

Und harre seines weiteren Befehls.
– Weißt du noch sonst was, Eginhardt?
EGINHARDT. Nichts, mein Gebieter.
HERMANN.   Oder du, Luitgar?
LUITGAR *zögernd*. Nichts mindestens, das von Bedeutung wäre. –   840
  Laß deiner Weisheit ganz mich unterwerfen.
HERMANN. – Nun? Sags nur dreist heraus, du siehst so starr
  Auf diese kleine Rolle nieder,
  Als hättst du nicht das Herz, sie zu ergreifen.
LUITGAR. Mein Fürst, die Wahrheit dir zu sagen,
  Die Möglichkeit, daß mich ein Unfall träf, erschreckt mich.
  Laß uns, in keinem Stück, der Gunst des Glücks vertraun.
  Vergönne mir, ich bitte dich,
  Zwei Freund ins Lager Marbods mitzunehmen,
  Damit, wenn *mir* Verhindrung käme,   850
  Ein andrer, und ein dritter noch,
  Das Blatt in seine Hände bringen kann.
HERMANN. Nichts, nichts, Luitgar! Welch ein Wort entfiel dir?
  Wer wollte die gewaltgen Götter
  Also versuchen?! Meinst du, es ließe
  Das große Werk sich ohne sie vollziehn?
  Als ob ihr Blitz drei Boten minder,
  Als einen einzelnen, zerschmettern könnte!
  Du gehst allein; und triffst du mit der Botschaft
  Zu spät bei Marbod, oder gar nicht, ein: 860
  Seis! mein Geschick ists, das ich tragen werde.
LUITGAR. Gib mir die Botschaft! Nur der Tod verhindert,
  Daß er sie morgen in den Händen hält.
HERMANN. Komm. So gebraucht ich dich. Hier ist die Rolle,
  Und Dolch und Kinder händg' ich gleich dir ein.

                    Alle ab.

DRITTER AKT

*Szene: Platz vor einem Hügel, auf welchem das Zelt Hermanns
steht. Zur Seite eine Eiche, unter welcher ein großes Polster liegt, mit
prächtigen Tigerfellen überdeckt. Im Hintergrunde sieht man die
Wohnungen der Horde.*

Erster Auftritt

*Hermann, Eginhardt, zwei Ältesten der Horde und andere stehen vor dem Zelt
und schauen in die Ferne.*

HERMANN. Das ist Thuiskon, was jetzt Feuer griff?

ERSTER ÄLTESTER. Vergib mir, Herthakon.

HERMANN.   Ja, dort zur Linken.
Der Ort, der brannte längst. Zur Rechten, mein ich.

ERSTER ÄLTESTER. Zur Rechten, meinst du. Das ist Helakon.

870   Thuiskon kann man hier vom Platz nicht sehn.

HERMANN. Was! Helakon! Das liegt in Asche schon.
Ich meine, was jetzt eben Feuer griff?

ERSTER ÄLTESTER.
Ganz recht! Das ist Thuiskon, mein Gebieter!
Die Flamme schlägt jetzt übern Wald empor. –

Pause.

HERMANN. Auf diesem Weg rückt, dünkt mich, Varus an?

ERSTER ÄLTESTER. Varus? Vergib. Von deinem Jagdhaus Orla.
Das ist der Ort, wo heut er übernachtet.

HERMANN. Ja, Varus in Person. Doch die drei Haufen,
Die er ins Land mir führt –?

ZWEITER ÄLTESTER *vortretend.*   Die ziehn, mein König,

880   Durch Thuiskon, Helakon und Herthakon.

Pause.

HERMANN *indem er vom Hügel herabschreitet.*
Man soll aufs beste, will ich, sie empfangen.
An Nahrung weder, reichlicher,
Wie der Italier sie gewohnt, soll mans
Noch auch an Met, an Fellen für die Nacht,
Noch irgend sonst, wie sie auch heiße,
An einer Höflichkeit gebrechen lassen.

Denn meine guten Freunde sinds,
Von August mir gesandt, Cheruska zu beschirmen,
Und das Gesetz der Dankbarkeit erfodert,
Nichts, was sie mir verbinden kann, zu sparen.   890
ERSTER ÄLTESTER. Was dein getreuer Lagerplatz besitzt,
Das zweifle nicht, wird er den Römern geben.
ZWEITER ÄLTESTER.
Warum auch soll er warten, bis mans nimmt?

Zweiter Auftritt

Drei Hauptleute treten eilig nach einander auf. – Die Vorigen.

DER ERSTE HAUPTMANN *indem er auftritt.*

Mein Fürst, die ungeheueren
Unordnungen, die sich dies Römerheer erlaubt,
Beim Himmel! übersteigen allen Glauben.
Drei deiner blühndsten Plätze sind geplündert,
Entflohn die Horden, alle Hütten und Gezelte –
Die unerhörte Tat! – den Flammen preisgegeben!
HERMANN *heimlich und freudig.*

Geh, geh, Siegrest! Spreng aus, es wären sieben!   900
DER ERSTE HAUPTMANN.

Was? – Was gebeut mein König?
EGINHARDT.   Hermann sagt –
Er nimmt ihn beiseite.

DER ERSTE ÄLTESTE. Dort kommt ein neuer Unglücksbote schon!
DER ZWEITE HAUPTMANN *tritt auf.*

Mein Fürst, man schickt von Herthakon mich her,
Dir eine gräßliche Begebenheit zu melden!
Ein Römer ist, in diesem armen Ort,
Mit einer Wöchnerin in Streit geraten,
Und hat, da sie den Vater rufen wollte,
Das Kind, das sie am Busen trug, ergriffen,
Des Kindes Schädel, die Hyäne, rasend
An seiner Mutter Schädel eingeschlagen.   910
Die Feldherrn, denen man die Greueltat gemeldet,
Die Achseln haben sie gezuckt, die Leichen
In eine Grube heimlich werfen lassen.

HERMANN *ebenso.* Geh! Fleuch! Verbreit es in dem Platz, Govin!
Versichere von mir, den Vater hätten sie
Lebendig, weil er zürnte, nachgeworfen!
DER ZWEITE HAUPTMANN.
Wie? Mein erlauchter Herr!
EGINHARDT *nimmt ihn beim Arm.* Ich will dir sagen –

Er spricht heimlich mit ihm.

ERSTER ÄLTESTER. Beim Himmel! Da erscheint der dritte schon!
DER DRITTE HAUPTMANN *tritt auf.*
Mein Fürst, du mußt, wenn du die Gnade haben willst,
920 Verzuglos dich nach Helakon verfügen.
Die Römer fällten dort, man sagt mir, aus Versehen,
Der tausendjährgen Eichen eine,
Dem Wodan, in dem Hain der Zukunft, heilig.
Ganz Helakon hierauf, Thuiskon, Herthakon,
Und alles, was den Kreis bewohnt,
Mit Spieß und Schwert stand auf, die Götter zu verteidgen.
Den Aufruhr rasch zu dämpfen, steckten
Die Römer plötzlich alle Läger an:
Das Volk, so schwer bestraft, zerstreute jammernd sich,
930 Und heult jetzt um die Asche seiner Hütten. –
Komm, bitt ich dich, und steure der Verwirrung.
HERMANN. Gleich, gleich! – Man hat mir hier gesagt,
Die Römer hätten die Gefangenen gezwungen,
Zeus, ihrem Greulgott, in den Staub zu knien?
DER DRITTE HAUPTMANN.
Nein, mein Gebieter, davon weiß ich nichts.
HERMANN. Nicht? Nicht? – Ich hab es von dir selbst gehört!
DER DRITTE HAUPTMANN.
Wie? Was?
HERMANN *in den Bart.*
Wie! Was! Die deutschen Uren!
– Bedeut ihm, was die List sei, Eginhardt.
EGINHARDT. Versteh, Freund Ottokar! Der König meint –

Er nimmt ihn beim Arm und spricht heimlich mit ihm.

ERSTER ÄLTESTER.
940 Nun solche Zügellosigkeit, beim hohen Himmel,

In Freundes Land noch obenein,
Ward doch, seitdem die Welt steht, nicht erlebt!

ZWEITER ÄLTESTER.

Schickt Männer aus, zu löschen!

HERMANN *der wieder in die Ferne gesehn.* Hör, Eginhardt!

Was ich dir sagen wollte –

EGINHARDT.   Mein Gebieter!

HERMANN *heimlich.* Hast du ein Häuflein wackrer Leute wohl,
Die man zu einer List gebrauchen könnte?

EGINHARDT. Mein Fürst, die War' ist selten, wie du weißt.

– Was wünschest du, sag an?

HERMANN.   Was? Hast du sie?

Nun hör, schick sie dem Varus, Freund,
Wenn er zur Weser morgen weiter rückt, 950
Schick sie in Römerkleidern doch vermummt ihm nach.
Laß sie, ich bitte dich, auf allen Straßen,
Die sie durchwandern, sengen, brennen, plündern:
Wenn sies geschickt vollziehn, will ich sie lohnen!

EGINHARDT. Du sollst die Leute haben. Laß mich machen.

        Er mischt sich unter die Hauptleute.

Dritter Auftritt

Thusnelda tritt aus dem Zelt. – Die Vorigen.

HERMANN *heiter.*

Ei, Thuschen! Sieh! Mein Stern! Was bringst du mir?

      Er sieht wieder, mit vorgeschützter Hand, in die Ferne hinaus.

THUSNELDA. Ei nun! Die Römer, sagt man, ziehen ein;
Die muß Arminius' Frau doch auch begrüßen.

HERMANN. Gewiß, gewiß! So wills die Artigkeit.
Doch weit sind sie im Felde noch; 960
Komm her und laß den Zug heran uns plaudern!

      Er winkt ihr, sich unter der Eiche niederzulassen.

THUSNELDA *den Sitz betrachtend.*

Der Sybarit! Sieh da! Mit seinen Polstern!
Schämst du dich nicht? – Wer traf die Anstalt hier?

        Sie setzt sich nieder.

HERMANN. Ja, Kind! Die Zeiten, weißt du, sind entartet. –
Holla, schafft Wein mir her, ihr Knaben,
Damit der Perserschach vollkommen sei!

Er läßt sich an Thusneldens Seite nieder und umarmt sie.

Nun, Herzchen, sprich, wie gehts dir, mein Planet?
Was macht Ventidius, dein Mond? Du sahst ihn?

Es kommen Knaben und bedienen ihn mit Wein.

THUSNELDA. Ventidius? Der grüßt dich.
HERMANN. So! Du sahst ihn?
970 THUSNELDA. Aus meinem Zimmer eben ging er fort!
– Sieh mich mal an!
HERMANN. Nun?
THUSNELDA. Siehst du nichts?
HERMANN. Nein, Thuschen.
THUSNELDA. Nichts? Gar nichts? Nicht das Mindeste?
HERMANN. Nein, in der Tat! Was soll ich sehn?
THUSNELDA. Nun wahrlich,
Wenn Varus auch so blind, wie du,
Der Feldherr Roms, den wir erwarten,
So war die ganze Mühe doch verschwendet.

HERMANN *indem er dem Knaben, der ihn bedient, den Becher zurückgibt.*

Ja, so! Du hast, auf meinen Wunsch, den Anzug
Heut mehr gewählt, als sonst –
THUSNELDA. So! Mehr gewählt!
Geschmückt bin ich, beim hohen Himmel,
980 Daß ich die Straßen Roms durchschreiten könnte!
HERMANN. Potz! Bei der großen Hertha! Schau! – Hör, du!
Wenn ihr den Adler seht, so ruft ihr mich.

Der Knabe, der ihn bedient, nickt mit dem Kopf.

THUSNELDA. Was?
HERMANN. Und Ventidius war bei dir?
THUSNELDA. Ja, allerdings. Und zeigte mir am Putztisch,
Wie man, in Rom, das Haar sich ordnet,
Den Gürtel legt, das Kleid in Falten wirft.
HERMANN. Schau, wie er göttlich dir den Kopf besorgt!
Der Kopf, beim Styx, von einer Juno!
Bis auf das Diadem sogar,
990 Das dir vom Scheitel blitzend niederstrahlt!

THUSNELDA. Das ist das schöne Prachtgeschenk,
Das du aus Rom mir jüngsthin mitgebracht.

HERMANN. So? Der geschnittne Stein, gefaßt in Perlen?
Ein Pferd war, dünkt mich, drauf?

THUSNELDA.   Ein wildes, ja,
Das seinen Reiter abwirft. – *Er betrachtet das Diadem.*

HERMANN.   Aber, Thuschen! Thuschen!
Wie wirst du aussehn, liebste Frau,
Wenn du mit einem kahlen Kopf wirst gehn?

THUSNELDA.
Wer? Ich?

HERMANN.   Du, ja! – Wenn Marbod erst geschlagen ist,
So läuft kein Mond ins Land, beim Himmel!
Sie scheren dich so kahl wie eine Ratze.   1000

THUSNELDA.
Ich glaub, du träumst, du schwärmst! Wer wird den Kopf
                                        mir –?

HERMANN. Wer? Ei, Quintilius Varus und die Römer,
Mit denen ich alsdann verbunden bin.

THUSNELDA. Die Römer! Was!

HERMANN.   Ja, was zum Henker, denkst du?
– Die römschen Damen müssen doch,
Wenn sie sich schmücken, hübsche Haare haben?

THUSNELDA. Nun haben denn die römschen Damen keine?

HERMANN.
Nein, sag ich! Schwarze! Schwarz und fett, wie Hexen!
Nicht hübsche, trockne, goldne, so wie du!

THUSNELDA. Wohlan! So mögen sie! Der triftge Grund!   1010
Wenn sie mit hübschen nicht begabt,
So mögen sie mit schmutzgen sich behelfen.

Hermann. So! In der Tat! Da sollen die Kohorten
Umsonst wohl übern Rhein gekommen sein?

THUSNELDA. Wer? Die Kohorten?

HERMANN.   Ja, die Varus führt.

THUSNELDA *lacht*. Das muß ich sagen! Der wird doch
Um meiner Haare nicht gekommen sein?

HERMANN. Was? Allerdings! Bei unsrer großen Hertha!
Hat dir Ventidius das noch nicht gesagt?

1020 THUSNELDA. Ach, geh! Du bist ein Affe.

HERMANN.   Nun, ich schwörs dir. –
Wer war es schon, der jüngst beim Mahl erzählte,
Was einer Frau in Ubien begegnet?

THUSNELDA. Wem? Einer Ubierin?

HERMANN.   Das weißt du nicht mehr?

THUSNELDA. Nein, Lieber! – Daß drei Römer sie, meinst du,
In Staub gelegt urplötzlich und gebunden –?

HERMANN. Nun ja! Und ihr nicht bloß, vom Haupt hinweg,
Das Haar, das goldene, die Zähne auch,
Die elfenbeinernen, mit einem Werkzeug,
Auf offner Straße, aus dem Mund genommen?

THUSNELDA.

1030 Ach, geh! Laß mich zufrieden.

HERMANN.   Das glaubst du nicht?

THUSNELDA. Ach, was! Ventidius hat mir gesagt,
Das wär ein Märchen.

HERMANN.   Ein Märchen! So!
Ventidius hat ganz recht, wahrhaftig,
Sein Schäfchen, für die Schurzeit, sich zu kirren.

THUSNELDA. Nun, der wird doch den Kopf mir selber nicht –?

HERMANN. Ventidius? Hm! Ich steh für nichts, mein Kind.

THUSNELDA *lacht.*
Was? Er? Er, mir? Nun, das muß ich gestehn –!

HERMANN. Du lachst. Es sei. Die Folge wird es lehren.

Pause.

THUSNELDA *ernsthaft.* Was denn, in aller Welt, was machen sie

1040 In Rom, mit diesen Haaren, diesen Zähnen?

HERMANN. Was du für Fragen tust, so wahr ich lebe!

THUSNELDA. Nun ja! Wie nutzen sie, bei allen Nornen!
Auf welche Art gebrauchen sie die Dinge?
Sie können doch die fremden Locken nicht
An ihre eignen knüpfen, nicht die Zähne
Aus ihrem eignen Schädel wachsen machen?

HERMANN. Aus ihrem eignen Schädel wachsen machen!

THUSNELDA. Nun also! Wie verfahren sie? So sprich!

HERMANN *mit Laune.* Die schmutzgen Haare schneiden sie sich ab,

1050 Und hängen unsre trocknen um die Platte!

Die Zähne reißen sie, die schwarzen, aus,
Und stecken unsre weißen in die Lücken!

THUSNELDA. Was!

HERMANN.　　　In der Tat! Ein Schelm, wenn ich dir lüge. –

THUSNELDA *glühend*. Bei allen Rachegöttern! Allen Furien!
Bei allem, was die Hölle finster macht!
Mit welchem Recht, wenn dem so ist,
Vom Kopf uns aber nehmen sie sie weg?

HERMANN. Ich weiß nicht, Thuschen, wie du heut dich stellst.
Steht August nicht, mit den Kohorten,
In allen Ländern siegreich aufgepflanzt?　　　　　　1060
Für wen erschaffen ward die Welt, als Rom?
Nimmt August nicht dem Elefanten
Das Elfenbein, das Öl der Bisamkatze,
Dem Panthertier das Fell, dem Wurm die Seide?
Was soll der Deutsche hier zum voraus haben?

THUSNELDA *sieht ihn an.*

Was wir zum voraus sollen –?

HERMANN.　　　　　　　Allerdings.

THUSNELDA. Daß du verderben müßtest, mit Vernünfteln!
Das sind ja Tiere, Querkopf, der du bist,
Und keine Menschen!

HERMANN.　　　　　Menschen! Ja, mein Thuschen,
Was ist der Deutsche in der Römer Augen?　　　　1070
Thusnelda. Nun, doch kein Tier, hoff ich –?

HERMANN.　　　　　　　Was? – Eine Bestie,
Die auf vier Füßen in den Wäldern läuft!
Ein Tier, das, wo der Jäger es erschaut,
Just einen Pfeilschuß wert, mehr nicht,
Und ausgeweidet und gepelzt dann wird!

THUSNELDA. Ei, die verwünschte Menschenjägerei!
Ei, der Dämonenstolz! Der Hohn der Hölle!

HERMANN *lacht*. Nun wird ihr bang, um ihre Zähn und Haare.

THUSNELDA. Ei, daß wir, wie die grimmgen Eber, doch
Uns über diese Schützen werfen könnten!　　　　1080

HERMANN *ebenso*. Wie sie nur aussehn wird! Wie'n Totenkopf!

THUSNELDA. Und diese Römer nimmst du bei dir auf?

HERMANN. Ja, Thuschen! Liebste Frau, was soll ich machen?

Soll ich, um deiner gelben Haare,
Mit Land und Leut in Kriegsgefahr mich stürzen?
THUSNELDA. Um meiner Haare! Was? Gilt es sonst nichts?
Meinst du, wenn Varus so gestimmt, er werde
Das Fell dir um die nackten Schultern lassen?
HERMANN. Sehr wahr, beim Himmel! Das bedacht ich nicht.
1090   Es sei! Ich will die Sach mir überlegen.
THUSNELDA. Dir überlegen! – Er rücket ja schon ein!
HERMANN. Je nun, mein Kind. Man schlägt ihn wieder 'naus.

Sie sieht ihn an.

THUSNELDA.
Ach, geh! Ein Geck bist du, ich sehs, und äffst mich!
Nicht, nicht? Gestehs mir nur: du scherztest bloß?
HERMANN *küßt sie.* Ja. – Mit der Wahrheit, wie ein Abderit.
– Warum soll sich, von seiner Not,
Der Mensch, auf muntre Art, nicht unterhalten? –
Die Sach ist zehnmal schlimmer, als ichs machte,
Und doch auch, wieder so betrachtet,
1100   Bei weitem nicht so schlimm. – Beruhge dich.

Pause.

THUSNELDA. Nun, meine goldnen Locken kriegt er nicht!
Die Hand, die in den Mund mir käme,
Wie jener Frau, um meiner Zähne:
Ich weiß nicht, Hermann, was ich mit ihr machte.
HERMANN *lacht.* Ja, liebste Frau, da hast du recht! Beiß zu!
Danach wird weder Hund noch Katze krähen. –
THUSNELDA. Doch sieh! Wer fleucht so eilig dort heran?

Vierter Auftritt

Ein Cherusker tritt auf. Die Vorigen.

DER CHERUSKER.
Varus kömmt!
HERMANN *erhebt sich.*
                Was! Der Feldherr Roms! Unmöglich!
Wer wars, der mir von seinem Einzug
1110   In Teutoburg die Nachricht geben wollte?

Fünfter Auftritt

*Varus tritt auf. Ihm folgen Ventidius, der Legat; Crassus und Septimius, zwei
römische Hauptleute; und die deutschen Fürsten Fust, Gueltar und Aristan. –
Die Vorigen.*

HERMANN *indem er ihm entgegengeht.*

Vergib, Quintilius Varus, mir,
Daß deine Hoheit mich hier suchen muß!
Mein Wille war, dich ehrfurchtsvoll
In meines Lagers Tore einzuführen,
Oktav August in dir, den großen Kaiser Roms,
Und meinen hochverehrten Freund, zu grüßen.

VARUS. Mein Fürst, du bist sehr gütig, in der Tat.
Ich hab von außerordentlichen
Unordnungen gehört, die die Kohorten sich
In Helakon und Herthakon erlaubt;   1120
Von einer Wodanseiche unvorsichtiger
Verletzung – Feuer, Raub und Mord,
Die dieser Tat unsel'ge Folgen waren,
Von einer Aufführung, mit einem Wort,
Nicht eben, leider! sehr geschickt,
Den Römer in Cheruska zu empfehlen.
Sei überzeugt, ich selbst befand mich in Person
Bei keinem der drei Heereshaufen,
Die von der Lippe her ins Land dir rücken.
Die Eiche, sagt man zwar, ward nicht aus Hohn verletzt,   1130
Der Unverstand nur achtlos warf sie um;
Gleichwohl ist ein Gericht bereits bestellt,
Die Täter aufzufahn, und morgen wirst du sie,
Zur Sühne deinem Volk, enthaupten sehn.

HERMANN. Quintilius! Dein erhabnes Wort beschämt mich!
Ich muß dich für die allzuraschen
Cherusker dringend um Verzeihung bitten,
Die eine Tat sogleich, aus Unbedacht geschehn,
Mit Rebellion fanatisch strafen wollten.
Mißgriffe, wie die vorgefallnen, sind   1140
Auf einem Heereszuge unvermeidlich.
Laß diesen Irrtum, ich beschwöre dich,

Das Fest nicht stören, das mein Volk,
Zur Feier deines Einzugs, vorbereitet.
Gönn mir ein Wort zu Gunsten der Bedrängten,
Die deine Rache treffen soll:
Und weil sie bloß aus Unverstand gefehlt,
So schenk das Leben ihnen, laß sie frei!

VARUS *reicht ihm die Hand.*

Nun, Freund Armin; beim Jupiter, es gilt!
1150 Nimm diese Hand, die ich dir reiche,
Auf immer hast du dir mein Herz gewonnen! –
Die Frevler, bis auf einen, sprech ich frei!
Man wird den Namen ihres Retters ihnen nennen,
Und hier im Staube sollen sie,
Das Leben dir, das mir verwirkt war, danken. –
Den einen nur behalt ich mir bevor,
Der, dem ausdrücklichen Ermahnungswort zuwider,
Den ersten Schlag der Eiche zugefügt;
Der Herold hat es mehr denn zehnmal ausgerufen,
1160 Daß diese Eichen heilig sind,
Und das Gesetz verurteilt ihn des Kriegs,
Das kein Gesuch entwaffnen kann, nicht ich.

HERMANN.

– Wann du auf immer jeden Anlaß willst,
Der eine Zwistigkeit entflammen könnte,
Aus des Cheruskers treuer Brust entfernen,
So bitt ich, würdge diese Eichen,
Quintilius, würdge einger Sorgfalt sie.
Von ihnen her rinnt einzig fast die Quelle
Des Übels, das uns zu entzweien droht.
1170 Laß irgend, was es sei, ein Zeichenbild zur Warnung,
Wenn du dein Lager wählst, bei diesen Stämmen pflanzen:
So hast du, glaub es mir, für immer
Den wackern Eingebornen dir verbunden.

VARUS. Wohlan! – Woran erkennt man diese Eichen?

HERMANN. An ihrem Alter und dem Schmuck der Waffen,
In ihres Wipfels Wölbung aufgehängt.

VARUS. Septimius Nerva!

SEPTIMIUS *tritt vor.*   Was gebeut mein Feldherr?

VARUS. Laß eine Schar von Römern gleich
Sich in den Wald zerstreun, der diese Niederlassung,
Cheruskas Hauptplatz Teutoburg umgibt.   1180
Bei jeder Eiche grauen Alters,
In deren Wipfel Waffen aufgehängt,
Soll eine Wache von zwei Kriegern halten,
Und jeden, der vorübergeht, belehren,
Daß Wodan in der Nähe sei.
Denn Wodan ist, daß ihrs nur wißt, ihr Römer,
Der Zeus der Deutschen, Herr des Blitzes
Diesseits der Alpen, so wie jenseits der;
Er ist der Gott, dem sich mein Knie sogleich,
Beim ersten Eintritt in dies Land, gebeugt;   1190
Und kurz, Quintilius, euer Feldherr, will
Mit Ehrfurcht und mit Scheu, im Tempel dieser Wälder,
Wie den Olympier selbst, geehrt ihn wissen.
SEPTIMIUS. Man wird dein Wort, o Herr, genau vollziehn.
VARUS *zu Hermann.*
Bist du zufrieden, Freund?
HERMANN.   Du überfleuchst,
Quintilius, die Wünsche deines Knechts.
VARUS *nimmt ein Kissen, auf welchem Geschenke liegen, aus der Hand eines*
Sklaven, und bringt sie der Thusnelda.
Hier, meine Fürstin, überreich ich dir,
Von August, meinem hohen Herrn,
Was er für dich mir jüngsthin zugesandt,
Es sind Gesteine, Perlen, Federn, Öle –   1200
Ein kleines Rüstzeug, schreibt er, Kupidos.
August, erlauchte Frau, bewaffnet deine Schönheit,
Damit du Hermanns großes Herz,
Stets in der Freundschaft Banden ihm erhaltest.
THUSNELDA *empfängt das Kissen und betrachtet die Geschenke.*
Quintilius! Dein Kaiser macht mich stolz.
Thusnelda nimmt die Waffen an,
Mit dem Versprechen, Tag und Nacht,
Damit geschirrt, für ihn zu Feld zu ziehn.
         Sie übergibt das Kissen ihren Frauen.
VARUS *zu Hermann.* Hier stell ich Gueltar, Fust dir und Aristan,

1210 Die tapfern Fürsten Deutschlands vor,
Die meinem Heereszug sich angeschlossen.

Er tritt zurück und spricht mit Ventidius.

HERMANN *indem er sich dem Fürsten der Cimbern nähert.*

Wir kennen uns, wenn ich nicht irre, Fust,
Aus Gallien, von der Schlacht des Ariovist.

FUST. Mein Prinz, ich kämpfte dort an deiner Seite.

HERMANN *lebhaft.* Ein schöner Tag, beim hohen Himmel,
An den dein Helmbusch lebhaft mich erinnert!
– Der Tag, an dem Germanien zwar
Dem Cäsar sank, doch der zuerst
Den Cäsar die Germanier schätzen lehrte.

1220 FUST *niedergeschlagen.* Mir kam er teuer, wie du weißt, zu stehn.
Der Cimbern Thron, nicht mehr, nicht minder,
Den ich nur Augusts Gnade jetzt verdanke. –

HERMANN *indem er sich zu dem Fürsten der Nervier wendet.*

Dich, Gueltar, auch sah ich an diesem Tag?

GUELTAR. Auf einen Augenblick. Ich kam sehr spät.
Mich kostet' er, wie dir bekannt sein wird,
Den Thron von Nervien; doch August hat
Mich durch den Thron von Äduen entschädigt.

HERMANN *indem er sich zu dem Fürsten der Ubier wendet.*

Wo war Aristan an dem Tag der Schlacht?

ARISTAN *kalt und scharf.* Aristan war in Ubien,
1230 Diesseits des Rheines, wo er hingehörte.
Aristan hat das Schwert niemals
Den Cäsarn Roms gezückt, und er darf kühnlich sagen:
Er war ihr Freund, sobald sie sich
Nur an der Schwelle von Germania zeigten.

HERMANN *mit einer Verbeugung.*

Arminius bewundert seine Weisheit.
– Ihr Herrn, wir werden uns noch weiter sprechen.

Ein Marsch in der Ferne.

Sechster Auftritt

Ein Herold tritt auf. Bald darauf das Römerheer. — Die Vorigen.

DER HEROLD *zum Volk das zusammengelaufen.*
Platz hier, beliebts euch, ihr Cherusker!
Varus', des Feldherrn Roms, Liktoren
Nahn festlich an des Heeres Spitze sich!
THUSNELDA. Was gibts?
SEPTIMIUS *nähert sich ihr.* Es ist das Römerheer,   1240
Das seinen Einzug hält in Teutoburg!
HERMANN *zerstreut.* Das Römerheer?

Er beobachtet Varus und Ventidius, welche heimlich mit einander sprechen.

THUSNELDA.   Wer sind die ersten dort?
CRASSUS. Varus' Liktoren, königliche Frau,
Die des Gesetzes heilges Richtbeil tragen.
THUSNELDA. Das Beil? Wem! Uns?
SEPTIMIUS.   Vergib! Dem Heere,
Dem sie ins Lager feierlich voranziehn.

Das Römerheer zieht in voller Pracht vorüber.

VARUS *zu Ventidius.* Was also, sag mir an, was hab ich
Von jenem Hermann dort mir zu versehn?
VENTIDIUS. Quintilius! Das faß ich in zwei Worten!
Er ist ein Deutscher.   1250
In einem Hämmling ist, der an der Tiber graset,
Mehr Lug und Trug, muß ich dir sagen,
Als in dem ganzen Volk, dem er gehört. —
VARUS. So kann ich, meinst du, dreist der Sueven Fürsten
Entgegenrücken? Habe nichts von diesem,
Bleibt er in meinem Rücken, zu befürchten?
VENTIDIUS. So wenig, wiederhol ich dir,
Als hier von diesem Dolch in meinem Gurt. —
VARUS. Ich werde doch den Platz, in dem Cheruskerland,
Beschaun, nach des Augusts Gebot,   1260
Auf welchem ein Kastell erbaut soll werden.
— Marbod ist mächtig, und nicht weiß ich,
Wie sich am Weserstrom das Glück entscheiden wird.

Er sieht ihn fragend an.

VENTIDIUS. Das lob ich sehr. Solch eine Anstalt
   Wird stets, auch wenn du siegst, zu brauchen sein.
VARUS. Wieso? Meinst du vielleicht, die Absicht sei, Cheruska
   Als ein erobertes Gebiet –?
VENTIDIUS.   Quintilius,
   Die Absicht, dünkt mich, läßt sich fast erraten.
VARUS. – Ward dir etwa bestimmte Kund hierüber?
1270 VENTIDIUS. Nicht, nicht! Mißhör mich nicht! Ich teile bloß,
   Was sich in dieser Brust prophetisch regt, dir mit,
   Und Freunde mir aus Rom bestätigen.
VARUS. Seis! Was bekümmerts mich? Es ist nicht meines Amtes
   Den Willen meines Kaisers zu erspähn.
   Er sagt ihn, wenn er ihn vollführt will wissen. –
   Wahr ists, Rom wird auf seinen sieben Hügeln,
   Vor diesen Horden nimmer sicher sein,
   Bis ihrer kecken Fürsten Hand
   Auf immerdar der Szepterstab entwunden.
1280 VENTIDIUS. So denkt August, so denket der Senat.
VARUS. Laß uns in ihre Mitte wieder treten.

Sie treten wieder zu Hermann und Thusnelda, welche, von Feldherrn und
Fürsten umringt, dem Zuge des Heers zusehen.

THUSNELDA. Septimius! Was bedeutet dieser Adler?
SEPTIMIUS. Das ist ein Kriegspanier, erhabne Frau!
   Jedweder der drei Legionen
   Fleucht solch metallnes Adlerbild voran.
THUSNELDA. So, so! Ein Kriegspanier! Sein Anblick hält
   Die Scharen in der Nacht des Kampfs zusammen?
SEPTIMIUS. Du trafsts. Er führet sie den Pfad des Siegs. –
THUSNELDA. Wie jedes Land doch seine Sitte hat!
1290   – Bei uns tut es der Chorgesang der Barden.

Pause. Der Zug schließt, die Musik schweigt.

HERMANN *indem er sich zu dem Feldherrn Roms wendet.*
   Willst du dich in das Zelt verfügen, Varus?
   Ein Mahl ist, nach Cheruskersitte,
   Für dich und dein Gefolge drin bereitet.
VARUS. Ich werde kurz jedoch mich fassen müssen.

Er nimmt ihn vertraulich bei der Hand.

Ventidius hat dir gesagt,
Wie ich den Plan für diesen Krieg entworfen?
HERMANN. Ich weiß um jeden seiner weisen Punkte.
VARUS. Ich breche morgen mit dem Römerheer
    Aus diesem Lager auf, und übermorgen
    Rückst du mit dem Cheruskervolk mir nach.   1300
    Jenseits der Weser, in des Feindes Antlitz,
    Hörst du das Weitre. – Wünschest du vielleicht,
    Daß ein geschickter Römerfeldherr,
    Für diesen Feldzug, sich in dein Gefolge mische?
    Sags dreist mir an. Du hast nur zu befehlen.
HERMANN. Quintilius, in der Tat, du wirst
    Durch eine solche Wahl mich glücklich machen.
VARUS. Wohlan, Septimius, schick dich an,
    Dem Kriegsbefehl des Königs zu gehorchen. –
            Er wendet sich zu Crassus.
Und daß die Teutoburg gesichert sei,   1310
Indessen wir entfernt sind, laß ich, Crassus,
Mit drei Kohorten, dich darin zurück.
    – Weißt du noch sonst was anzumerken, Freund?
HERMANN. Nichts, Feldherr Roms! Dir übergab ich alles,
    So sei die Sorge auch, es zu beschützen, dein.
VARUS *zu Thusnelda.* Nun, schöne Frau, so bitt ich – Eure Hand!
          Er führt die Fürstin ins Zelt.
HERMANN. Holla, die Hörner! Dieser Tag
    Soll für Cheruska stets ein Festtag sein!
          Hörnermusik. Alle ab.

VIERTER AKT

*Szene: Marbods Zelt, im Lager der Sueven, auf dem rechten Ufer
der Weser.*

Erster Auftritt

*Marbod, den Brief Hermanns, mit dem Dolch, in der Hand haltend. Neben
ihm Attarin, sein Rat. Im Hintergrunde zwei Hauptleute. – Auf der andern
Seite des Zeltes Luitgar mit Hermanns Kindern Rinold und Adelhart.*

MARBOD. Was soll ich davon denken, Attarin?

1320   – Arminius, der Cheruskerfürst,
    Läßt mir durch jenen wackern Freund dort melden:
    Varus sei ihm, auf Schutz und Trutz, verbunden,
    Und werd, in dreien Tagen schon,
    Mich am Gestad der Weser überfallen! –
    Der Bund, schreibt Hermann doch, sei ihm nur aufgedrungen,
    Und stets im Herzen, nach wie vor,
    Sei er der Römer unversöhnter Feind.
    – Er ruft mich auf, verknüpft mit ihm,
    Sogleich dem Mordverrat zuvor zu kommen,

1330   Die Weser, angesichts des Blatts, zu überschiffen,
    Und, im Morast des Teutoburger Walds,
    Die ganze giftge Brut der Hölle zu vertilgen. –
    Zum Preis mir, wenn der Sieg erfochten,
    Will er zu Deutschlands Oberherrn mich krönen.
    – Da, lies den Brief, den er mir zugefertigt!
    Wars nicht so, Luitgar?

LUITGAR.   Allerdings! So sagt ich.

ATTARIN *nachdem er den Brief genommen und gelesen.*
    Mein Fürst, trau diesem Fuchs, ich bitte dich,
    Dem Hermann, nicht! Der Himmel weiß,
    Was er mit dieser schnöden List bezweckt.

1340   Send ihm, Roms Cäsar so, wie er verdient, zu ehren,
    Das Schreiben ohne Antwort heim,
    Und melde Varus gleich den ganzen Inhalt!
    Es ist ein tückischer, verrätrischer Versuch
    Das Bündnis, das euch einigt, zu zerreißen.
             Er gibt ihm den Brief zurück.

MARBOD. Was! List! Verräterei! – Da schicket er
  Den Rinold und den Adelhart,
  Die beiden Knaben mir, die ihm sein Weib gebar,
  Und diesen Dolch hier, sie zu töten,
  Wenn sich ein Trug in seinen Worten findet.

ATTARIN *wendet sich.*
  Wo?

MARBOD. Dort!

ATTARIN.   Das wären des Arminius Kinder?   1350

MARBOD. Arminius', allerdings! Ich glaub du zweifelst?
  In Teutoburg, vor sieben Monden,
  Als ich den Staatenbund verhandeln wollte,
  Hab ich die Jungen, die dort stehn,
  Wie oft an diese alte Brust gedrückt!

ATTARIN. Vergib, o Herr, das sind die Knaben nicht!
  Das sind zwei unterschobene, behaupt ich,
  An Wuchs den echten Prinzen ähnlich bloß.
  Laß die Verräterbrut gleich in Verwahrsam bringen,
  Und ihn, der sie gebracht dir hat, dazu!   1360

Pause.

MARBOD *nachdem er die Knaben aufmerksam betrachtet.*
  Rinold! *Er setzt sich nieder.*

RINOLD *tritt dicht vor ihn.*

MARBOD.   Nun, was auch willst du mir? Wer rief dich?

RINOLD *sieht ihn an.*
  Je, nun!

MARBOD. Je, nun! – Den andern meint ich, Rinold!

Er winkt den Adelhart.

ADELHART *tritt gleichfalls vor ihn.*

MARBOD *nimmt ihn bei der Hand.*
  Nicht? Nicht? Du bist der Rinold? Allerdings!

ADELHART. Ich bin der Adelhart.

MARBOD.   – So? Bist du das.

Er stellt die beiden Knaben neben einander und scheint sie zu prüfen.

  Nun, Jungen, sagt mir; Rinold! Adelhart!
  Wie stehts in Teutoburg daheim,
  Seit ich, vergangnen Herbst her, euch nicht sah?
  – Ihr kennt mich doch?

RINOLD.   O ja.

MARBOD.   – Ich bin der Holtar,
    Der alte Kämmrer, im Gefolge Marbods,
1370   Der euch, kurz vor der Mittagsstunde,
    Stets in des Fürsten Zelt herüber brachte.

RINOLD. Wer bist du?

MARBOD.   Was! Das wißt ihr nicht mehr? Holtar,
    Der euch mit glänzgem Perlenmutter,
    Korallen und mit Bernstein noch beschenkte.

RINOLD *nach einer Pause.*
    Du trägst ja Marbods eisern' Ring am Arm.

MARBOD. Wo?

RINOLD.   Hier!

MARBOD.   Trug Marbod diesen Ring damals?

RINOLD. Marbod?

MARBOD.   Ja, Marbod, frag ich, mein Gebieter.

RINOLD. Ach, Marbod! Was! Freilich trugst du den Ring!
    Du sagtest, weiß ich noch, auf Vater Hermanns Frage,
1380   Du hättest ein Gelübd getan,
    Und müßtest an dem Arm den Ring von Eisen tragen,
    So lang ein römischer Mann in Deutschland sei.

MARBOD. Das hätt ich – wem? Euch? Nein, das hab ich nicht –!

RINOLD. Nicht uns! Dem Hermann!

MARBOD.   Wann?

RINOLD.   Am ersten Mittag,
    Als Holtar beid in dein Gezelt uns brachte.

       Marbod sieht den Attarin an.

ATTARIN *der die Knaben aufmerksam beobachtet.*
    Das ist ja sonderbar, so wahr ich lebe!

    Er nimmt Hermanns Brief noch einmal und überliest ihn. Pause.

MARBOD *indem er gedankenvoll in den Haaren der Knaben spielt.*
    Ist denn, den Weserstrom zu überschiffen,
    Vorläufig eine Anstalt schon gemacht?

EINER DER BEIDEN HAUPTLEUTE *vortretend.*
    Mein Fürst, die Kähne liegen, in der Tat,
1390   Zusamt am rechten Ufer aufgestellt.

MARBOD. Mithin könnt ich – *wenn* ich den Entschluß faßte,

Gleich, in der Tat, wie Hermann wünscht,
Des Stromes andern Uferrand gewinnen.

DER HAUPTMANN.

Warum nicht? In drei Stunden, wenn du willst.
Der Mond erhellt die Nacht; du hättest nichts,
Als den Entschluß nur schleunig zu erklären. –

ATTARIN *unruhig.* Mein Herr und Herrscher, ich beschwöre dich,
Laß zu nichts Übereiltem dich verführen!
Armin ist selbst hier der Betrogene!
Nach dem, wie sich Roms Cäsar zeigte,   1400
Wärs eine Raserei, zu glauben,
Er werde den Cheruskern sich verbinden.
Hat er mit Waffen dich, dich nicht mit Geld versehn,
In ihre Staaten feindlich einzufallen?
Stählt man die Brust, die man durchbohren will?
Dein Lager ist von Römern voll,
Der herrlichsten Patrizier Söhnen,
Die hergesandt, dein Heer die Bahn des Siegs zu führen;
Die dienen dir, für Augusts Wort,
Als Geisel, Herr, und würden ja   1410
Zusamt ein Opfer deiner Rache fallen,
Wenn ein so schändlicher Verrat dich träfe.
– Beschließe nichts, ich bitte dich,
Bis dir durch Fulvius, den Legaten Roms,
Von Varus' Plänen näh're Kunde ward.

Pause.

MARBOD. Ich will den Fulvius mindestens
Gleich über diese Sache doch vernehmen.

Er steht auf und klingelt.

Zweiter Auftritt

Komar tritt auf. Die Vorigen.

MARBOD. Den Fulvius Lepidus, Legaten Roms,
Ersuch ich, einen Augenblick,
In diesem Zelt, sein Antlitz mir zu schenken.   1420

KOMAR. Den Fulvius? Vergib! Der wird nicht kommen;
Er hat soeben, auf fünf Kähnen,

Sich mit der ganzen Schar von Römern eingeschifft,
Die dein Gefolg bis heut vergrößerten. –
Hier ist ein Brief, den er zurückgelassen.
MARBOD. Was sagst du mir?
ATTARIN.   Er hat, mit allen Römern –?
MARBOD. Wohin mit diesem Troß, jetzt, da die Nacht kömmt?
KOMAR. In das Cheruskerland, dem Anschein nach.
Er ist am andern Weserufer schon,
1430   Wo Pferde stehen, die ihn weiter bringen.
ATTARIN. – Gift, Tod und Rache! Was bedeutet dies?
MARBOD *liest.*
»Du hast für Rom dich nicht entscheiden können,
Aus voller Brust, wie du gesollt:
Rom, der Bewerbung müde, gibt dich auf.
Versuche jetzt (es war dein Wunsch) ob du
Allein den Herrschthron dir in Deutschland kannst errichten.
August jedoch, daß du es wissest,
Hat den Armin auf seinem Sitz erhöht,
Und dir – die Stufen jetzo weist er an!«
                    Er läßt den Brief fallen.
1440   ATTARIN. Verräterei! Verräterei!
Auf! Zu den Kähnen an der Weser!
Setzt dem Verfluchten nach und bringt ihn her!
MARBOD. Laß, laß ihn, Freund! Er läuft der Nemesis,
Der er entfliehen will, entgegen!
Das Rachschwert ist schon über ihn gezückt!
Er glaubte, *mir* die Grube zu eröffnen,
Und selbst, mit seiner ganzen Rotte,
Zur neunten Hölle schmetternd stürzt *er* nieder!
– Luitgar!
LUITGAR.   Mein erlauchter Herr!
MARBOD.   Tritt näher! –
1450   Wo ist, sag an, wollt ich die Freiheitsschlacht versuchen,
Nach des Arminius Kriegsentwurf,
Der Ort, an dem die Würfel fallen sollen?
LUITGAR. Das ist der Teutoburger Wald, mein König.
MARBOD. Und welchen Tag, unfehlbar und bestimmt,
Hat er zum Fall der Würfel festgesetzt?

LUITGAR. Den Nornentag, mein königlicher Herr. –

MARBOD *indem er ihm die Kinder gibt und den Dolch zerbricht.*

Wohlan, dein Amt ist aus, hier nimm die Kinder,
Und auch, in Stücken, deinen Dolch zurück!
Den Brief auch – *indem er ihn durchsieht.*
            kann ich nur zur Hälfte brauchen;
         Er zerreißt ihn.
Den Teil, der mir von seiner Huldgung spricht,   1460
Als einem Oberherrn, den lös ich ab. –
Triffst du ihn ehr, als ich, so sagst du ihm,
Zu Worten hätt ich keine Zeit gehabt:
Mit Taten würd ich ihm die Antwort schreiben!

LUITGAR *indem er den Dolch und die Stücke des Briefes übernimmt.*

Wenn ich dich recht verstehe, mein Gebieter –?

MARBOD *zu den Feldherren.*

Auf, Komar! Brunold! Meine Feldherrn!
Laßt uns den Strom sogleich der Weser überschiffen!
Die Nornen werden ein Gericht,
Des Schicksals fürchterliche Göttinnen,
Im Teutoburger Wald, dem Heer des Varus halten: 1470
Auf, mit der ganzen Macht, ihr Freunde,
Daß wir das Amt der Schergen übernehmen!
         Alle ab.

Szene: Straße in Teutoburg. Es ist Nacht.

Dritter Auftritt

Hermann und Eginhardt treten auf.

HERMANN. Tod und Verderben, sag ich, Eginhardt!
Woher die Ruh, woher die Stille,
In diesem Standplatz römscher Kriegerhaufen?

EGINHARDT. Mein bester Fürst, du weißt, Quintilius Varus zog
Heut mit des Heeres Masse ab.
Er ließ, zum Schutz in diesem Platz,
Nicht mehr, als drei Kohorten nur, zurück.
Die hält man ehr in Zaum, als so viel Legionen,   1480
Zumal, wenn sie so wohlgewählt, wie die.

HERMANN. Ich aber rechnete, bei allen Rachegöttern,
Auf Feuer, Raub, Gewalt und Mord,
Und alle Greul des fessellosen Krieges!
Was brauch ich Latier, die mir Gutes tun?
Kann ich den Römerhaß, eh ich den Platz verlasse,
In der Cherusker Herzen nicht
Daß er durch ganz Germanien schlägt, entflammen:
So scheitert meine ganze Unternehmung!
EGINHARDT.
1490   Du hättest Wolf, dünkt mich, und Thuskar und den andern
Doch dein Geheimnis wohl entdecken sollen.
Sie haben, als die Römer kamen,
Mit Flüchen, gleich die Teutoburg verlassen.
Wie gut, wenn deine Sache siegt,
Hättst du in Deutschland sie gebrauchen können.
HERMANN. Die Schwätzer, die! Ich bitte dich;
Laß sie zu Hause gehn. –
Die schreiben, Deutschland zu befreien,
Mit Chiffern, schicken, mit Gefahr des Lebens,
1500   Einander Boten, die die Römer hängen,
Versammeln sich um Zwielicht – essen, trinken,
Und schlafen, kommt die Nacht, bei ihren Frauen.–
Wolf ist der einzge, der es redlich meint.
EGINHARDT. So wirst du doch den Flambert mindestens,
Den Torst und Alarich und Singar,
Die Fürsten an des Maines Ufer,
Von deinem Wagstück staatsklug unterrichten?
HERMANN. Nichts, Liebster! Nenne mir die Namen nicht!
Meinst du, die ließen sich bewegen,
1510   Auf meinem Flug mir munter nachzuschwingen?
Eh das von meinem Maultier würd ich hoffen.
Die Hoffnung: morgen stirbt Augustus!
Lockt sie, bedeckt mit Schmach und Schande,
Von einer Woche in die andere. –
Es braucht der Tat, nicht der Verschwörungen.
Den Widder laß sich zeigen, mit der Glocke,
So folgen, glaub mir, alle anderen.
EGINHARDT. So mög der Himmel dein Beginnen krönen!

HERMANN.

Horch! Still!

EGINHARDT.   Was gibts?

HERMANN.   Rief man nicht dort Gewalt?

EGINHARDT. Nein, mein erlauchter Herr! Ich hörte nichts,   1520
Es war die Wache, die die Stunden rief.

HERMANN. Verflucht sei diese Zucht mir der Kohorten!
Ich stecke, wenn sich niemand rührt,
Die ganze Teutoburg an allen Ecken an!

EGINHARDT. Nun, nun! Es wird sich wohl ein Frevel finden.

HERMANN. Komm, laß uns heimlich durch die Gassen schleichen,
Und sehn ob uns der Zufall etwas beut.

Beide ab.

Vierter Auftritt

*Ein Auflauf. – Zuerst ein Greis und andere, bald darauf zwei Cherusker,
welche eine Person aufführen, die ohnmächtig ist. Fackeln. Volk jeden Alters
und Geschlechts.*

DER GREIS *mit aufgehobenen Händen.*

Wodan, den Blitz regierst du, in den Wolken:
Und einen Greul, entsetzensvoll,
Wie den, läßt du auf Erden sich verüben!   1530

EIN JUNGES MÄDCHEN.

Mutter, was gibts?

EIN ANDERES.   Was läuft das Volk zusammen?

DIE MUTTER *mit einem Kinde an der Brust.*

Nichts, meine Töchter, nichts! Was fragt ihr doch?
Ein Mensch, der auf der offnen Straß erkrankte,
Wird von den Freunden hier vorbeigeführt.

EIN MANN *indem er auftritt.*

Habt ihr gesehn? Den jungen Römerhauptmann,
Der plötzlich, mit dem Federbusch, erschien?

EIN ANDERER. Nein, Freund! Von wo?

EIN DRITTER.   Was tat er?

DER MANN.   Was er tat?

Drei'n dieser geilen apenninschen Hunden,
Als man die Tat ihm meldete,
Hat er das Herz gleich mit dem Schwert durchbohrt!   1540

DER GREIS. Vergib mir, Gott! ich kann es ihm nicht danken!

EIN WEIB *aus dem Haufen.*

    Da kommt die Unglücksel'ge schon heran!

Die Person, von zwei Cheruskern geführt, erscheint.

DER GREIS. Hinweg die Fackeln!

DAS VOLK.   Seht, o seht!

DER GREIS.   Hinweg!

    – Seht ihr nicht, daß die Sonne sich verbirgt?

DAS VOLK. O des elenden, schmachbedeckten Wesens!

    Der fußzertretnen, kotgewälzten,

    An Brust und Haupt, zertrümmerten Gestalt.

EINIGE STIMMEN.

    Wer ists? Ein Mann? Ein Weib?

DER CHERUSKER *der die Person führt.*   Fragt nicht, ihr Leute,

    Werft einen Schleier über die Person!

Er wirft ein großes Tuch über sie.

DER ZWEITE CHERUSKER *der sie führt.*

1550   Wo ist der Vater?

EINE STIMME *aus dem Volke.*

                Der Vater ist der Teuthold!

DER ZWEITE CHERUSKER.

    Der Teuthold, Helgars Sohn, der Schmied der Waffen?

MEHRERE STIMMEN.

    Teuthold, der Schmied, er, ja!

DER ZWEITE CHERUSKER.   Ruft ihn herbei!

DAS VOLK. Da tritt er schon, mit seinen Vettern, auf!

Fünfter Auftritt

Teuthold und zwei andre Männer treten auf.

DER ZWEITE CHERUSKER.

    Teuthold, heran!

TEUTHOLD.   Was gibts?

DER ZWEITE CHERUSKER.   Heran hier, sag ich! –

    Platz, Freunde, bitt ich! Laßt den Vater vor!

TEUTHOLD.

    Was ist geschehn?

DER ZWEITE CHERUSKER.

Gleich, gleich! – Hier stell dich her!
Die Fackeln! He, ihr Leute! Leuchtet ihm!

TEUTHOLD. Was habt ihr vor?

DER ZWEITE CHERUSKER.   Hör an und faß dich kurz. –
Kennst du hier die Person?

TEUTHOLD.   Wen, meine Freunde?

DER ZWEITE CHERUSKER.

Hier, frag ich, die verschleierte Person?   1560

TEUTHOLD. Nein! Wie vermöcht ich das? Welch ein Geheimnis!

DER GREIS. Du kennst sie nicht?

DER ERSTE DER BEIDEN VETTERN. Darf man den Schleier lüften?

DER ERSTE CHERUSKER.

Halt, sag ich dir! Den Schleier rühr nicht an!

DER ZWEITE VETTER.

Wer die Person ist, fragt ihr?

Er nimmt eine Fackel und beleuchtet ihre Füße.

TEUTHOLD.   Gott im Himmel!
Hally, mein Einziges, was widerfuhr dir?

Der Greis führt ihn auf die Seite und sagt ihm etwas ins Ohr.
Teuthold steht, wie vom Donner gerührt. Die Vettern, die ihm gefolgt waren,
erstarren gleichfalls. Pause.

DER ZWEITE CHERUSKER.

Genug! Die Fackeln weg! Führt sie ins Haus!
Ihr aber eilt den Hermann herzurufen!

TEUTHOLD *indem er sich plötzlich wendet.*

Halt dort!

DER ERSTE CHERUSKER.

Was gibts?

TEUTHOLD.   Halt, sag ich, ihr Cherusker!
Ich will sie führen, wo sie hingehört. *Er zieht den Dolch.*
– Kommt, meine Vettern, folgt mir!

DER ZWEITE CHERUSKER.   Mann, was denkst du?   1570

TEUTHOLD *zu den Vettern.*

Rudolf, du nimmst die Rechte, Ralf, die Linke!
– Seid ihr bereit, sagt an?

DIE VETTERN *indem sie die Dolche ziehn.*

Wir sinds! Brich auf!

TEUTHOLD *bohrt sie nieder.*

Stirb! Werde Staub! Und über deiner Gruft
Schlag ewige Vergessenheit zusammen!

Sie fällt, mit einem kurzen Laut, übern Haufen.

DAS VOLK. Ihr Götter!

DER ERSTE CHERUSKER *fällt ihm in den Arm.*

Ungeheuer! Was beginnst du?

EINE STIMME *aus dem Hintergrunde.*

Was ist geschehn?

EINE ANDERE.   Sprecht!

EINE DRITTE.   Was erschrickt das Volk?

DAS VOLK *durcheinander.*

Weh! Weh! Der eigne Vater hat, mit Dolchen,
Die eignen Vettern, sie in Staub geworfen!

TEUTHOLD *indem er sich über die Leiche wirft.*

Hally! Mein Einzges! Hab ichs recht gemacht?

Sechster Auftritt

Hermann und Eginhardt treten auf. Die Vorigen.

DER ZWEITE CHERUSKER.

1580   Komm her, mein Fürst, schau diese Greuel an!

HERMANN.

Was gibts?

DER ERSTE CHERUSKER.

Was! Fragst du noch? Du weißt von nichts?

HERMANN. Nichts, meine Freund! ich komm aus meinem Zelte.

EGINHART. Sagt, was erschreckt euch?

DER ZWEITE CHERUSKER *halblaut.*   Eine ganze Meute
Von geilen Römern, die den Platz durchschweifte,
Hat bei der Dämmrung schamlos eben jetzt –

HERMANN *indem er ihn vorführt.*

Still, Selmar, still! Die Luft, du weißt, hat Ohren.
– Ein Römerhaufen?

EGINHARDT.   Ha! Was wird das werden?

Sie sprechen heimlich zusammen. Pause.

HERMANN *mit Wehmut, halblaut.*

Hally? Was sagst du mir! Die junge Hally?

DER ZWEITE CHERUSKER.

Hally, Teutholds, des Schmieds der Waffen, Tochter!
– Da liegt sie jetzt, schau her, mein Fürst,   1590
Von ihrem eignen Vater hingeopfert!

EGINHARDT *vor der Leiche.*

Ihr großen, heiligen und ewgen Götter!

DER ERSTE CHERUSKER.

Was wirst du nun, o Herr, darauf beschließen?

HERMANN *zum Volke.*

Kommt, ihr Cherusker! Kommt, ihr Wodankinder!
Kommt, sammelt euch um mich und hört mich an!
   Das Volk umringt ihn; er tritt vor Teuthold.
Teuthold, steh auf!

TEUTHOLD *am Boden.* Laß mich!

HERMANN.   Steh auf, sag ich!

TEUTHOLD. Hinweg! Des Todes ist, wer sich mir naht.

HERMANN. – Hebt ihn empor, und sagt ihm, wer ich sei.

DER ZWEITE CHERUSKER. Steh auf, unsel'ger Alter!

DER ERSTE CHERUSKER.   Fasse dich!

DER ZWEITE CHERUSKER.

Hermann, dein Rächer ists, der vor dir steht.   1600
    Sie heben ihn empor.

TEUTHOLD. Hermann, mein Rächer, sagt ihr? – Kann er Rom,
Das Drachennest, vom Erdenrund vertilgen?

HERMANN. Ich kanns und wills! Hör an, was ich dir sage.

TEUTHOLD *sieht ihn an.*

Was für ein Laut des Himmels traf mein Ohr?

DIE BEIDEN VETTERN.

Du kannsts und willsts?

TEUTHOLD.   Gebeut! Sprich! Red, o Herr!
Was muß geschehn? Wo muß die Keule fallen?

HERMANN. Das hör jetzt, und erwidre nichts. –
Brich, Rabenvater, auf, und trage, mit den Vettern,
Die Jungfrau, die geschändete,
In einen Winkel deines Hauses hin!   1610
Wir zählen funfzehn Stämme der Germaner;
In funfzehn Stücke, mit des Schwertes Schärfe,
Teil ihren Leib, und schick mit funfzehn Boten,

Ich will dir funfzehn Pferde dazu geben,
Den funfzehn Stämmen ihn Germaniens zu.
Der wird in Deutschland, dir zur Rache,
Bis auf die toten Elemente werben:
Der Sturmwind wird, die Waldungen durchsausend,
Empörung! rufen, und die See,
1620   Des Landes Ribben schlagend, Freiheit! brüllen.
DAS VOLK. Empörung! Rache! Freiheit!
TEUTHOLD.   Auf! Greift an!
Bringt sie ins Haus, zerlegt in Stücken sie!

Sie tragen die Leiche fort.

HERMANN. Komm, Eginhardt! Jetzt hab ich nichts mehr
An diesem Ort zu tun! Germanien lodert:
Laß uns den Varus jetzt, den Stifter dieser Greuel,
Im Teutoburger Walde suchen!

Alle ab.

Szene: Hermanns Zelt.

Siebenter Auftritt

*Hermann tritt auf, mit Schild und Spieß. Hinter ihm
Septimius. – Gefolge.*

HERMANN. Hast du die neuste Einrichtung getroffen?
Mir das Cheruskerheer, das vor den Toren liegt,
Nach Römerart, wie du versprachst,
1630   In kleinere Manipeln abgeteilt?
SEPTIMIUS.
Mein Fürst, wie konnt ich? Deine deutschen Feldherrn
Versicherten, du wolltest selbst,
Bei dieser Neuerung zugegen sein.
Ich harrte, vor dem Tor, bis in die Nacht auf dich;
Doch du – warum? nicht weiß ich es – bliebst aus.
HERMANN. Was! So ist alles noch im Heer, wie sonst?
SEPTIMIUS. Auf jeden Punkt; wie könnt es anders?
Es ließ sich, ohne dich, du weißt, nichts tun.
HERMANN. Das tut mir leid, Septimius, in der Tat!
1640   Mich hielt ein dringendes Geschäft

Im Ort zurück; du würdest, glaubt ich,
Auch ohne mich hierin verfügen können.
Nun – wird es wohl beim alten bleiben müssen.
Der Tag bricht an; hast du das Heer,
Dem Plan gemäß, zum Marsch nach Arkon,
Dem Teutoburger Waldplatz angeschickt?
SEPTIMIUS. Es harrt nur deines Worts, um anzutreten.
HERMANN *indem er einen Vorhang lüftet.*
– Ich denk, es wird ein schöner Tag heut werden?
SEPTIMIUS. Die Nacht war heiß, ich fürchte ein Gewitter.
Pause.
HERMANN. Nun, sei so gut, verfüg dich nur voran!   1650
Von meinem Weib nur will ich Abschied nehmen,
Und folg, in einem Augenblick, dir nach! *Septimius ab.*
Zu dem Gefolge.
Auf, folgt ihm, und verlaßt ihn nicht!
Und jegliche Gemeinschaft ist,
Des Heers mit Teutoburg, von jetzt streng aufgehoben.
Das Gefolge ab.

Achter Auftritt

HERMANN *nachdem er Schild und Spieß weggelegt.*
Nun wär ich fertig, wie ein Reisender.
Cheruska, wie es steht und liegt,
Kommt mir, wie eingepackt in eine Kiste, vor:
Um einen Wechsel könnt ich es verkaufen.
Denn käms heraus, daß ich auch nur   1660
Davon geträumt, Germanien zu befrein:
Roms Feldherr steckte gleich mir alle Plätze an,
Erschlüge, was die Waffen trägt,
Und führte Weib und Kind gefesselt übern Rhein. –
August straft den Versuch, so wie die Tat!
Er zieht eine Klingel; ein Trabant tritt auf.
Ruf mir die Fürstin!
DER TRABANT.   Hier erscheint sie schon!

Neunter Auftritt

Hermann und Thusnelda.

HERMANN *nimmt einen Brief aus dem Busen.*

Nun, Thuschen, komm; ich hab dir was zu sagen.

THUSNELDA *ängstlich.*

Sag, liebster Freund, ums Himmelswillen,
Welch ein Gerücht läuft durch den Lagerplatz?
1670   Ganz Teutoburg ist voll, es würd, in wenig Stunden,
Dem Crassus, der Kohorten Führer,
Ein fürchterliches Blutgericht ergehn!
Dem Tode, wär die ganze Schar geweiht,
Die als Besatzung hier zurückgeblieben.

HERMANN. Ja! Kind, die Sach hat ihre Richtigkeit.
Ich warte nur auf Astolf noch,
Deshalb gemeßne Order ihm zu geben.
Sobald ich Varus' Heer, beim Strahl des nächsten Tages,
Im Teutoburger Wald erreicht,
1680   Bricht Astolf hier im Ort dem Crassus los;
Die ganze Brut, die in den Leib Germaniens
Sich eingefilzt, wie ein Insektenschwarm,
Muß durch das Schwert der Rache jetzo sterben.

THUSNELDA. Entsetzlich! – Was für Gründe, sag mir,
Hat dein Gemüt, so grimmig zu verfahren?

HERMANN. Das muß ich dir ein andermal erzählen.

THUSNELDA. Crassus, mein liebster Freund, mit allen Römern –?

HERMANN. Mit allen, Kind; nicht einer bleibt am Leben!
Vom Kampf, mein Thuschen, übrigens,
1690   Der hier im Ort gekämpft wird werden,
Hast du auch nicht das Mindeste zu fürchten;
Denn Astolf ist dreimal so stark, als Crassus;
Und überdies noch bleibt ein eigner Kriegerhaufen,
Zum Schutze dir, bei diesem Zelt zurück.

THUSNELDA. Crassus? Nein, sag mir an! Mit allen Römern –?
Die Guten mit den Schlechten, rücksichtslos?

HERMANN. Die Guten mit den Schlechten. – Was! Die Guten!
Das sind die Schlechtesten! Der Rache Keil
Soll sie zuerst, vor allen andern, treffen!

THUSNELDA. Zuerst! Unmenschlicher! Wie mancher ist,   1700
Dem wirklich Dankbarkeit du schuldig bist –?
HERMANN. – Daß ich nicht wüßte! Wem?
THUSNELDA.   Das fragst du noch!
HERMANN. Nein, in der Tat, du hörst; ich weiß von nichts.
Nenn einen Namen mir?
THUSNELDA.   Dir einen Namen!
So mancher einzelne, der, in den Plätzen,
Auf Ordnung hielt, das Eigentum beschützt –
HERMANN. Beschützt! Du bist nicht klug! Das taten sie,
Es um so besser unter sich zu teilen.
THUSNELDA *mit steigender Angst.*
Du Unbarmherzger! Ungeheuerster!
– So hätt auch der Centurio,   1710
Der, bei dem Brande in Thuiskon jüngst
Die Heldentat getan, dir kein Gefühl entlockt?
HERMANN. Nein – Was für ein Centurio?
THUSNELDA.   Nicht? Nicht?
Der junge Held, der, mit Gefahr des Lebens,
Das Kind, auf seiner Mutter Ruf,
Dem Tod der Flammen mutig jüngst entrissen? –
Er hätte kein Gefühl der Liebe dir entlockt?
HERMANN *glühend.* Er sei verflucht, wenn er mir das getan!
Er hat, auf einen Augenblick,
Mein Herz veruntreut, zum Verräter   1720
An Deutschlands großer Sache mich gemacht!
Warum setzt' er Thuiskon mir in Brand?
Ich *will* die höhnische Dämonenbrut nicht lieben!
So lang sie in Germanien trotzt,
Ist Haß mein Amt und meine Tugend Rache!
THUSNELDA *weinend.* Mein liebster, bester Herzens-Hermann,
Ich bitte dich um des Ventidius Leben!
Das eine Haupt nimmst du von deiner Rache aus!
Laß, ich beschwöre dich, laß mich ihm heimlich melden,
Was über Varus du verhängt: 1730
Mag er ins Land der Väter rasch sich retten!
HERMANN. Ventidius? Nun gut. – Ventidius Carbo?
Nun denn, es sei! – Weil es mein Thuschen ist,

Die für ihn bittet, mag er fliehn:
Sein Haupt soll meinem Schwert, so wahr ich lebe,
Um dieser schönen Regung heilig sein!

THUSNELDA *sie küßt seine Hand.*

O Hermann! Ist es wirklich wahr? O Hermann!
Du schenkst sein Leben mir?

HERMANN.   Du hörst. Ich schenks ihm.

Sobald der Morgen angebrochen,
1740   Steckst du zwei Wort ihm heimlich zu,
Er möchte gleich sich übern Rheinstrom retten;
Du kannst ihm Pferd aus meinen Ställen schicken,
Daß er den Tagesstrahl nicht mehr erschaut.

THUSNELDA. O Liebster mein! Wie rührst du mich! O Liebster!

HERMANN. Doch eher nicht, hörst du, das bitt ich sehr,
Als bis der Morgen angebrochen!
Eh auch mit Mienen nicht verrätst du dich!
Denn alle andern müssen unerbittlich,
Die schändlichen Tyrannenknechte, sterben:
1750   Der Anschlag darf nicht etwa durch ihn scheitern!

THUSNELDA *indem sie sich die Tränen trocknet.*

Nein, nein; ich schwörs dir zu! Kurz vor der Sonn erst!
Kurz vor der Sonn erst soll er es erfahren!

HERMANN.

So, wenn der Mond entweicht. Nicht eh, nicht später.

THUSNELDA. Und daß der Jüngling auch nicht etwa,
Der törichte, um dieses Briefs,
Mit einem falschen Wahn sich schmeichele,
Will ich den Brief in deinem Namen schreiben;
Ich will, mit einem höhnschen Wort ihm sagen:
Bestimmt wär er, die Post vom Untergang des Varus
1760   Nach Rom, an seinen Kaiserhof, zu bringen!

HERMANN *heiter.*

Das tu. Das ist sehr klug. – Sieh da, mein schönes Thuschen!
Ich muß dich küssen. –
Doch, was ich sagen wollte – –
Hier ist die Locke wieder, schau,
Die er dir jüngst vom Scheitel abgelöst,
Sie war, als eine Probe deiner Haare,

Schon auf dem Weg nach Rom; jedoch ein Schütze bringt,
Der in den Sand den Boten streckte,
Sie wieder in die Hände mir zurück.

Er gibt ihr den Brief, worin die Locke eingeschlagen.

THUSNELDA *indem sie den Brief entfaltet.*

Die Lock? O was! Um die ich ihn verklagt?   1770
HERMANN. Dieselbe, ja!
THUSNELDA.   Sieh da! Wo kommt sie her?
  Du hast sie dem Arkadier abgefordert?
HERMANN. Ich? O behüte!
THUSNELDA.   Nicht? – Ward sie gefunden?
HERMANN. Gefunden, ja, in einem Brief, du siehst,
  Den er nach Rom hin, gestern früh,
  An Livia, seine Kaisrin, abgefertigt.
THUSNELDA. In einem Brief? An Kaiserin Livia?
HERMANN. Ja, lies die Aufschrift nur. Du hältst den Brief.

Indem er mit dem Finger zeigt.

»An Livia, Roms große Kaiserin.«
THUSNELDA.

Nun? Und?
HERMANN.   Nun? Und?
THUSNELDA.   – Freund, ich versteh kein Wort!   1780
  – Wie kamst du zu dem Brief? Wer gab ihn dir?
HERMANN. Ein Zufall, Thuschen, hab ich schon gesagt!
  Der Brief, mit vielen andern noch,
  Ward einem Boten abgejagt,
  Der nach Italien ihn bringen sollte.
  Den Boten warf ein guter Pfeilschuß nieder,
  Und sein Paket, worin die Locke,
  Hat mir der Schütze eben überbracht.
THUSNELDA. Das ist ja seltsam, das, so wahr ich lebe! –
  Was sagt Ventidius denn darin?
HERMANN.   Er sagt –:   1790
  Laß sehn! Ich überflog ihn nur. Was sagt er?

Er guckt mit hinein.

THUSNELDA *liest.*

»Varus, o Herrscherin, steht, mit den Legionen,
  Nun in Cheruska siegreich da;

Cheruska, faß mich wohl, der Heimat jener Locken,
Wie Gold so hell und weich wie Seide,
Die dir der heitre Markt von Rom verkauft.
Nun bin ich jenes Wortes eingedenk,
Das deinem schönen Mund, du weißt,
Als ich zuletzt dich sah, im Scherz entfiel.
1800 Hier schick ich von dem Haar, das ich dir zugedacht,
Und das sogleich, wenn Hermann sinkt,
Die Schere für dich ernten wird,
Dir eine Probe zu, mir klug verschafft;
Beim Styx! so legts am Kapitol,
Phaon, der Krämer, dir nicht vor:
Es ist vom Haupt der ersten Frau des Reichs,
Vom Haupt der Fürstin selber der Cherusker!«
– Ei der Verfluchte!

    Sie sieht Hermann an, und wieder in den Brief hinein.

               Nein, ich las wohl falsch?

HERMANN. Was?
THUSNELDA.   Was!
HERMANN.   – Stehts anders in dem Briefe da?
1810 Er sagt –:
THUSNELDA. »Hier schick ich von dem Haar«, sagt er,
  »Das ich dir zugedacht, und das sogleich,
  Wenn Hermann sinkt – die Schere für dich ernten wird –«

    Die Sprache geht ihr aus.

HERMANN. Nun ja; er will –! Verstehst dus nicht?
THUSNELDA *sie wirft sich auf einen Sessel nieder.*   O Hertha!
Nun mag ich diese Sonne nicht mehr sehn.

    Sie verbirgt ihr Haupt.

HERMANN *leise, flüsternd.*
  Thuschen! Thuschen! Er ist ja noch nicht fort.

    Er folgt ihr und ergreift ihre Hand.

THUSNELDA.
  Geh, laß mich sein.
HERMANN *beugt sich ganz über sie.*
        Heut, wenn die Nacht sinkt, Thuschen,
Schlägt dir der Rache süße Stunde ja!

THUSNELDA. Geh, geh, ich bitte dich! Verhaßt ist alles,
Die Welt mir, du mir, ich: laß mich allein!
HERMANN *er fällt vor ihr nieder.*

Thuschen! Mein schönes Weib! Wie rührst du mich!   1820
Kriegsmusik draußen.

Zehnter Auftritt

Eginhardt und Astolf treten auf. Die Vorigen.

EGINHARDT. Mein Fürst, die Hörner rufen dich! Brich auf!
Du darfst, willst du das Schlachtfeld noch erreichen,
Nicht, wahrlich! einen Augenblick mehr säumen.
HERMANN *steht auf.*

Gertrud!
EGINHARDT. Was fehlt der Königin?
HERMANN.   Nichts, nichts!
Die Frauen der Thusnelda treten auf.

Hier! Sorgt für eure Frau! Ihr seht, sie weint.
Er nimmt Schild und Spieß.

Astolf ist von dem Kriegsplan unterrichtet?
EGINHARDT. Er weiß von allem.
HERMANN *zu Astolf.*   Sechshundert Krieger bleiben dir
In Teutoburg zurück, und ein Gezelt mit Waffen,
Cheruskas ganzes Volk damit zu rüsten.
Teuthold bewaffnest, und die Seinen, du,   1830
Um Mitternacht, wenn alles schläft, zuerst.
Sobald der Morgen dämmert, brichst du los.
Crassus und alle Führer der Kohorten,
Suchst du in ihren Zelten auf;
Den Rest des Haufens fällst du, gleichviel, wo?
Auch den Ventidius empfehl ich dir.
Wenn hier in Teutoburg der Schlag gefallen,
Folgst du, mit deinem ganzen Troß,
Mir nach dem Teutoburger Walde nach;
Dort wirst du weiteren Befehl erhalten. –   1840
Hast du verstanden?
ASTOLF.   Wohl, mein erlauchter Herr.
EGINHARDT *besorgt.* Mein bester Fürst! Willst du nicht lieber ihn

Nach Norden, an den Lippstrom, schicken,
Cheruska vor dem Pästus zu beschirmen,
Der dort, du weißt, mit Holm, dem Herrn der Friesen, kämpft.
Cheruska ist ganz offen dort,
Und Pästus, wenn er hört, daß Rom von dir verraten,
Beim Styx! er sendet, zweifle nicht,
Gleich einen Haufen ab, in deinem Rücken,
1850   Von Grund aus, alle Plätze zu verwüsten.
HERMANN. Nichts, nichts, mein alter Freund! Was fällt dir ein?
Kämpf ich auch für den Sand, auf den ich trete,
Kämpf ich für meine Brust?
Cheruska schirmen! Was! Wo Hermann steht, da siegt er,
Und mithin ist Cheruska da.
Du folgst mir, Astolf, ins Gefild der Schlacht;
Wenn Varus, an der Weser, sank,
Werd ich, am Lippstrom, auch den Pästus treffen!
ASTOLF. Es ist genug, o Herr! Es wird geschehn.
HERMANN *wendet sich zu Thusnelda.*
1860   Leb wohl, Thusnelda, mein geliebtes Weib!
Astolf hat deine Rache übernommen.
THUSNELDA *steht auf.* An dem Ventidius?
        Sie drückt einen heißen Kuß auf seine Lippen.
                                    Überlaß ihn mir!
Ich habe mich gefaßt, ich will mich rächen!
HERMANN. Dir?
THUSNELDA.   *Mir!* Du sollst mit mir zufrieden sein.
HERMANN. Nun denn, so ist der erste Sieg erfochten!
Auf jetzt, daß ich den Varus treffe:
Roms ganze Kriegsmacht, wahrlich, scheu ich nicht!
                    Alle ab.

FÜNFTER AKT

Szene: Teutoburger Wald. Nacht, Donner und Blitz.

Erster Auftritt

*Varus und mehrere Feldherrn, an der Spitze des römischen Heeres, mit Fackeln,
treten auf.*

VARUS. Ruft Halt! ihr Feldherrn, den Kohorten zu!

DIE FELDHERRN *in der Ferne.*

Halt! – Halt!

VARUS.   Licinius Valva!

EIN HAUPTMANN *vortretend.*   Hier! Wer ruft?

VARUS. Schaff mir die Boten her, die drei Cherusker,   1870
Die an der Spitze gehn!

DER HAUPTMANN.   Du hörst, mein Feldherr!
Du wirst die Männer schuldlos finden;
Arminius hat sie also unterrichtet.

VARUS. Schaff sie mir her, sag ich, ich will sie sprechen! –
Ward, seit die Welt in Kreisen rollt,
Solch ein Verrat erlebt? Cherusker führen mich,
Die man, als Kundige des Landes, mir
Mit breitem Munde rühmt, am hellen Mittag irr!
Rück ich nicht, um zwei Meilen zu gewinnen,
Bereits durch sechzehn volle Stunden fort?   1880
Wars ein Versehn, daß man nach Pfiffi- mich,
Statt Iphikon geführt: wohlan, ich will es mindstens,
Bevor ich weiter rücke, untersuchen.

ERSTER FELDHERR *in den Bart.*

Daß durch den Mantel doch, den sturmzerrißnen,
Der Nacht, der um die Köpf uns hängt,
Ein *einzges* Sternbild schimmernd niederblinkte!
Wenn auf je hundert Schritte nicht,
Ein Blitzstrahl zischend vor uns niederkeilte,
Wir würden, wie die Eul am Tage,
Haupt und Gebein uns im Gebüsch zerschellen!   1890

ZWEITER FELDHERR. Wir können keinen Schritt fortan,
In diesem feuchten Mordgrund, weiter rücken!
Er ist so zäh, wie Vogelleim geworden.

Das Heer schleppt halb Cheruska an den Beinen,
Und wird noch, wie ein bunter Specht,
Zuletzt, mit Haut und Haar, dran kleben bleiben.
DRITTER FELDHERR. Pfiffikon! Iphikon! – Was das, beim Jupiter!
Für eine Sprache ist! Als schlüg ein Stecken
An einen alten, rostzerfreßnen Helm!
1900   Ein Greulsystem von Worten, nicht geschickt,
Zwei solche Ding, wie Tag und Nacht,
Durch einen eignen Laut zu unterscheiden.
Ich glaub, ein Tauber wars, der das Geheul erfunden,
Und an den Mäulern sehen sie sichs ab.
EIN RÖMER. Dort kommen die Cherusker!
VARUS.   Bringt sie her!

Zweiter Auftritt

Der Hauptmann mit den drei cheruskischen Boten. – Die Vorigen.

VARUS. Nach welchem Ort, sag an, von mir benannt,
Hast du mich heut von Arkon führen sollen?
DER ERSTE CHERUSKER. Nach Pfiffikon, mein hochverehrter Herr.
VARUS. Was, Pfiffikon! hab ich nicht Iphi- dir
1910   Bestimmt, und wieder Iphikon genannt?
DER ERSTE CHERUSKER. Vergib, o Herr, du nanntest Pfiffikon.
Zwar sprachst du, nach der Römermundart,
Das leugn' ich nicht: »führt mich nach Iphikon«;
Doch Hermann hat bestimmt uns gestern,
Als er uns unterrichtete, gesagt:
»Des Varus Wille ist nach Pfiffikon zu kommen;
Drum tut nach mir, wie er auch ausspricht,
Und führt sein Heer auf Pfiffikon hinaus.«
VARUS. Was!
DER ERSTE CHERUSKER.
                    Ja, mein erlauchter Herr, so ists.
1920   VARUS. Woher kennt auch dein Hermann meine Mundart?
Den Namen hatt ich: Iphikon,
Ja schriftlich ihm, mit dieser Hand gegeben?!
DER ERSTE CHERUSKER. Darüber wirst du ihn zur Rede stellen;
Doch wir sind schuldlos, mein verehrter Herr.

VARUS. O wart! – – Wo sind wir jetzt?

DER ERSTE CHERUSKER.   Das weiß ich nicht.

VARUS. Das weißt du nicht, verwünschter Galgenstrick,
    Und bist ein Bote?

DER ERSTE CHERUSKER. Nein! Wie vermöcht ich das?
    Der Weg, den dein Gebot mich zwang,
    Südwest quer durch den Wald hin einzuschlagen,
    Hat in der Richtung mich verwirrt: 1930
    Mir war die große Straße nur,
    Von Teutoburg nach Pfiffikon, bekannt.

VARUS. Und du? Du weißt es auch nicht.

DER ZWEITE CHERUSKER.   Nein, mein Feldherr.

VARUS. Und du?

DER DRITTE CHERUSKER.
              Ich auch bin, seit es dunkelt, irre. –
    Nach allem doch, was ich ringsum erkenne,
    Bist du nicht weit von unserm Waldplatz Arkon.

VARUS. Von Arkon? Was! Wo ich heut ausgerückt?

DER DRITTE CHERUSKER.
    Von eben dort; du bist ganz heimgegangen.

VARUS. Daß euch der Erde finstrer Schoß verschlänge! –
    Legt sie in Stricken! – Und wenn sie jedes ihrer Worte   1940
    Hermann ins Antlitz nicht beweisen können,
    So hängt der Schufte einen auf,
    Und gerbt den beiden anderen die Rücken!
              Die Boten werden abgeführt.

Dritter Auftritt

Die Vorigen ohne die Boten.

VARUS. Was ist zu machen? – – Sieh da! Ein Licht im Walde!

ERSTER FELDHERR.
    He, dort! Wer schleicht dort?

ZWEITER FELDHERR.   Nun, beim Jupiter!
    Seit wir den Teutoburger Wald durchziehn,
    Der erste Mensch, der unserm Blick begegnet!

DER HAUPTMANN. Es ist ein altes Weib, das Kräuter sucht.

Vierter Auftritt

Eine Alraune tritt auf, mit Krücke und Laterne. Die Vorigen.

VARUS. Auf diesem Weg, den ich im Irrtum griff,
1950 Stammütterchen Cheruskas, sag mir an,
Wo komm ich her? Wo bin ich? Wohin wandr' ich?
DIE ALRAUNE. Varus, o Feldherr Roms, das sind drei Fragen!
Auf mehr nicht kann mein Mund dir Rede stehn!
VARUS. Sind deine Worte so geprägt,
Daß du, wie Stücken Goldes, sie berechnest?
Wohlan, es sei, ich bin damit zufrieden!
Wo komm ich her?
DIE ALRAUNE.   Aus Nichts, Quintilius Varus!
VARUS. Aus Nichts? – Ich komm aus Arkon heut.
– Die Römische Sybille, seh ich wohl,
1960 Und jene Wunderfrau von Endor bist du nicht.
– Laß sehn, wie du die andern Punkt' erledigst!
Wenn du nicht weißt, woher des Wegs ich wandre:
Wenn ich südwestwärts, sprich, stets ihn verfolge,
Wo geh ich hin?
DIE ALRAUNE.   Ins Nichts, Quintilius Varus!
VARUS. Ins Nichts? – Du singst ja, wie ein Rabe!
Von wannen kommt dir diese Wissenschaft?
Eh ich in Charons düstern Nachen steige,
Denk ich, als Sieger, zweimal noch
Rom, mit der heiteren Quadriga, zu durchschreiten!
1970 Das hat ein Priester Jovis mir vertraut.
– Triff, bitt ich dich, der dritten Frage,
Die du vergönnt mir, besser auf die Stirn!
Du siehst, die Nacht hat mich Verirrten überfallen:
Wo geh ich her? Wo geh ich hin?
Und wenn du das nicht weißt, wohlan:
Wo bin ich? sag mir an, das wirst du wissen;
In welcher Gegend hier befind ich mich?
DIE ALRAUNE.
Zwei Schritt vom Grab, Quintilius Varus,
Hart zwischen Nichts und Nichts! Gehab dich wohl!
1980 Das sind genau der Fragen drei;

Der Fragen mehr, auf dieser Heide,
Gibt die cheruskische Alraune nicht!

Sie verschwindet.

Fünfter Auftritt

Die Vorigen ohne die Alraune.

VARUS. Sieh da!

ERSTER FELDHERR. Beim Jupiter, dem Gott der Welt!

ZWEITER FELDHERR.

Was war das?

VARUS.   Wo?

ZWEITER FELDHERR.   Hier, wo der Pfad sich kreuzet!

VARUS. Saht ihr es auch, das sinnverrückte Weib?

ERSTER FELDHERR.

Das Weib?

ZWEITER FELDHERR.

        Ob wirs gesehn?

VARUS.   Nicht? – Was wars sonst?
Der Schein des Monds, der durch die Stämme fällt?

ERSTER FELDHERR. Beim Orkus! Eine Hexe! Halt' sie fest!
Da schimmert die Laterne noch!

VARUS *niedergeschlagen.*   Laßt, laßt!
Sie hat des Lebens Fittich mir   1990
Mit ihrer Zunge scharfem Stahl gelähmt!

Sechster Auftritt

Ein Römer tritt auf. Die Vorigen.

DER RÖMER. Wo ist der Feldherr Roms? Wer führt mich zu ihm?

DER HAUPTMANN.

Was gibts? Hier steht er!

VARUS.   Nun? Was bringst du mir?

DER RÖMER. Quintilius, zu den Waffen, sag ich dir!
Marbod hat übern Weserstrom gesetzt!
Auf weniger, denn tausend Schritte,
Steht er mit seinem ganzen Suevenheere da!

VARUS. Marbod! Was sagst du mir?

ERSTER FELDHERR.   Bist du bei Sinnen?

VARUS. – Von wem kommt dir die aberwitzige Kunde?

2000 DER RÖMER. Die Kunde? Was! Beim Zeus, hier von mir selbst!
　　　 Dein Vortrab stieß soeben auf den seinen,
　　　 Bei welchem ich, im Schein der Fackeln,
　　　 Soeben durch die Büsche, ihn gesehn!

VARUS. Unmöglich ists!

ZWEITER FELDHERR.   Das ist ein Irrtum, Freund!

VARUS. Fulvius Lepidus, der Legate Roms,
　　　 Der eben jetzt, aus Marbods Lager,
　　　 Hier angelangt, hat ihn vorgestern
　　　 Ja noch jenseits des Weserstroms verlassen?!

DER RÖMER. Mein Feldherr, frage mich nach nichts!

2010 Schick deine Späher aus und überzeuge dich!
　　　 Marbod, hab ich gesagt, steht, mit dem Heer der Sueven,
　　　 Auf deinem Weg zur Weser aufgepflanzt;
　　　 Hier diese Augen haben ihn gesehn!

VARUS. – Was soll dies alte Herz fortan nicht glauben?
　　　 Kommt her und sprecht: Marbod und Hermann
　　　 Verständen heimlich sich, in dieser Fehde,
　　　 Und so wie der im Antlitz mir,
　　　 So stände der mir schon im Rücken,
　　　 Mich hier mit Dolchen in den Staub zu werfen:

2020 Beim Styx! ich glaubt es noch; ich habs, schon vor drei Tagen,
　　　 Als ich den Lippstrom überschifft, geahnt!

ERSTER FELDHERR.
　　　 Pfui doch, Quintilius, des unrömerhaften Worts!
　　　 Marbod und Hermann! In den Staub dich werfen!
　　　 Wer weiß, ob einer noch von beiden
　　　 In deiner Nähe ist! – Gib mir ein Häuflein Römer,
　　　 Den Wald, der dich umdämmert, zu durchspähn:
　　　 Die Schar, auf die dein Vordertrapp gestoßen,
　　　 Ist eine Horde noch zuletzt,
　　　 Die hier den Uren oder Bären jagt.

2030 VARUS *sammelt sich.* Auf! – Drei Centurien geb ich dir!
　　　 – Bring Kunde mir, wenn dus vermagst,
　　　 Von seiner Zahl; verstehst du mich?

Und seine Stellung auch im Wald erforsche;
Jedoch vermeide sorgsam ein Gefecht.

Der erste Feldherr ab.

Siebenter Auftritt

Varus. – Im Hintergrunde das Römerheer.

VARUS. O Priester Zeus', hast du den Raben auch,
  Der Sieg mir zu verkündgen schien, verstanden?
  Hier war ein Rabe, der mir prophezeit,
  Und seine heisre Stimme sprach: das Grab!

Achter Auftritt

Ein zweiter Römer tritt auf. Die Vorigen.

DER RÖMER. Man schickt mich her, mein Feldherr, dir zu melden,
  Daß Hermann, der Cheruskerfürst,   2040
  Im Teutoburger Wald soeben eingetroffen;
  Der Vortrab seines Heers, dir hülfreich zugeführt,
  Berührt den Nachtrab schon des deinigen!
VARUS. Was sagst du?
ZWEITER FELDHERR.   Hermann? – Hier in diesem Wald?
VARUS *wild.* Bei allen Furien der flammenvollen Hölle!
  Wer hat ihm Fug und Recht gegeben,
  Heut weiter, als bis Arkon, vorzurücken?
DER RÖMER. Darauf bleib ich die Antwort schuldig dir. –
  Servil, der mich dir sandte, schien zu glauben
  Er werde dir, mit dem Cheruskerheer,   2050
  In deiner Lage sehr willkommen sein.
VARUS. Willkommen mir? Daß ihn die Erd entraffte!
  Fleuch gleich zu seinen Scharen hin,
  Und ruf mir den Septimius, hörst du,
  Den Feldherrn her, den ich ihm zugeordnet!
  Dahinter fürcht ich sehr, steckt eine Meuterei,
  Die ich sogleich ans Tageslicht will ziehn!

Neunter Auftritt

Aristan, Fürst der Ubier, tritt eilig auf. Die Vorigen.

ARISTAN. Verräterei! Verräterei!
Marbod und Hermann stehn im Bund, Quintilius!
2060 Den Teutoburger Wald umringen sie,
Mit deinem ganzen Heere dich
In der Moräste Tiefen zu ersticken!
VARUS. Daß du zur Eule werden müßtest,
Mit deinem mitternächtlichen Geschrei!
– Woher kommt dir die Nachricht?
ARISTAN.   Mir die Nachricht? –
Hier lies den Brief, bei allen Römergöttern,
Den er mit Pfeilen eben jetzt
Ließ in die Feu'r der Deutschen schießen,
Die deinem Heereszug hierher gefolgt!
Er gibt ihm einen Zettel.
2070 Er spricht von Freiheit, Vaterland und Rache,
Ruft uns – ich bitte dich! der giftge Meuter, auf,
Uns mutig seinen Scharen anzuschließen,
Die Stunde hätte deinem Heer geschlagen,
Und droht, jedwedes Haupt, das er in Waffen
Erschauen wird, die Sache Roms verfechtend,
Mit einem Beil, vom Rumpf herab, zum Kuß
Auf der Germania heilgen Grund zu nötgen!
VARUS *nachdem er gelesen.*
Was sagten die germanschen Herrn dazu?
ARISTAN. Was sie dazu gesagt? Die gleißnerischen Gauner!
2080 Sie fallen alle von dir ab!
Fust rief zuerst, der Cimbern Fürst,
Die andern gleich, auf dieses Blatt, zusammen;
Und, unter einer Fichte eng
Die Häupter aneinander drückend,
Stand, einer Glucke gleich, die Rotte der Rebellen,
Und brütete, die Waffen plusternd,
Gott weiß, welch eine Untat aus,
Mordvolle Blick auf mich zur Seite werfend,
Der aus der Ferne sie in Aufsicht nahm!

VARUS *scharf.* Und du, Verräter, folgst dem Aufruf nicht?   2090
ARISTAN.

> Wer? Ich? Dem Ruf Armins? – Zeus' Donnerkeil
> Soll mich hier gleich zur Erde schmettern,
> Wenn der Gedank auch nur mein Herz beschlich!

VARUS. Gewiß? Gewiß? – Daß mir der Schlechtste just,

> Von allen deutschen Fürsten, bleiben muß! –
> Doch, kann es anders sein? – – O Hermann! Hermann!
> So kann man blondes Haar und blaue Augen haben,
> Und doch so falsch sein, wie ein Punier?
> Auf! Noch ist alles nicht verloren. –
> Publius Sextus!

ZWEITER FELDHERR.

> Was gebeut mein Feldherr?   2100

VARUS. Nimm die Kohorten, die den Schweif mir bilden,

> Und wirf die deutsche Hülfsschar gleich,
> Die meinem Zug hierher gefolgt, zusammen!
> Zur Hölle, mitleidlos, eh sie sich noch entschlossen,
> Die ganze Meuterbrut, herab;
> Es fehlt mir hier an Stricken, sie zu binden!

> *Er nimmt Schild und Spieß aus der Hand eines Römers.*

> Ihr aber – folgt mir zu den Legionen!
> Arminius, der Verräter, wähnt,
> Mich durch den Anblick der Gefahr zu schrecken;
> Laß sehn, wie er sich fassen wird,   2110
> Wenn ich, die Waffen in der Hand,
> Gleich einem Eber, jetzt hinein mich stürze!

> *Alle ab.*

Szene: Eingang des Teutoburger Walds.

Zehnter Auftritt

Egbert mit mehreren Feldherrn und Hauptleuten stehen versammelt. Fackeln.
Im Hintergrunde das Cheruskerheer.

EGBERT. Hier, meine Freunde! Sammelt euch um mich!

> *Ich* will das Wort euch mutig führen!
> Denkt, daß die Sueven Deutsche sind, wie ihr:

Und wie sich seine Red auch wendet,
Verharrt bei eurem Entschluß nicht zu fechten!

ERSTER FELDHERR.

Hier kommt er schon.

EIN HAUPTMANN.   Doch rat ich Vorsicht an!

Eilfter Auftritt

Hermann und Winfried treten auf. Die Vorigen.

HERMANN *in die Ferne schauend.*

Siehst du die Feuer dort?

WINFRIED.   Das ist der Marbod! –

2120   Er gibt das Zeichen dir zum Angriff schon.

HERMANN. Rasch! – Daß ich keinen Augenblick verliere.

Er tritt in die Versammlung.

Kommt her, ihr Feldherrn der Cherusker!
Ich hab euch etwas Wichtges zu entdecken.

EGBERT *indem er vortritt.*

Mein Fürst und Herr, eh du das Wort ergreifst,
Vergönnst, auf einen Augenblick,
In deiner Gnade, du die Rede mir!

HERMANN. Dir? – Rede!

EGBERT.   Wir folgten deinem Ruf
Ins Feld des Tods, du weißt, vor wenig Wochen,
Im Wahn, den du geschickt erregt,

2130   Es gelte Rom und die Tyrannenmacht,
Die unser heilges Vaterland zertritt.
Des Tages neueste, unselige Geschichte
Belehrt uns doch, daß wir uns schwer geirrt:
Dem August hast du dich, dem Feind des Reichs, verbunden,
Und rückst, um eines nichtgen Streits,
Marbod, dem deutschen Völkerherrn entgegen.
Cherusker, hättst du wissen können,
Leihn, wie die Ubier sich, und Äduer, nicht,
Die Sklavenkette, die der Römer bringt,

2140   Den deutschen Brüdern um den Hals zu legen.
Und kurz, daß ichs, o Herr, mit *einem* Wort dir melde:
Dein Heer verweigert mutig dir den Dienst;

Es folgt zum Sturm nach Rom dir wenn du willst,
Doch in des wackern Marbod Lager nicht.

HERMANN *sieht ihn an.*

Was! hört ich recht?

WINFRIED.   Ihr Götter des Olymps!

HERMANN. Ihr weigert, ihr Verräter, mir den Dienst?

WINFRIED *ironisch.*

Sie weigern dir den Dienst, du hörst! Sie wollen
Nur gegen Varus' Legionen fechten!

HERMANN *indem er sich den Helm in die Augen drückt.*

Nun denn, bei Wodans erznem Donnerwagen,
So soll ein grimmig Beispiel doch   2150
Solch eine schlechte Regung in dir strafen!
– Gib deine Hand mir her!

> *Er streckt ihm die Hand hin.*

EGBERT.   Wie, mein Gebieter.

HERMANN. Mir deine Hand, sag ich! Du sollst, du Römerfeind,
Noch heut, auf ihrer Adler einen,
Im dichtesten Gedräng des Kampfs mir treffen!
Noch eh die Sonn entwich, das merk dir wohl,
Legst du ihn hier zu Füßen mir darnieder!

EGBERT. Auf wen, mein Fürst? Vergib, daß ich erstaune!
Ists Marbod nicht, dem deine Rüstung –?

HERMANN.   Marbod?

Meinst du, daß Hermann minder deutsch gesinnt,   2160
Als du? – Der ist hier diesem Schwert verfallen,
Der seinem greisen Haupt ein Haar nur krümmt! –
Auf meinen Ruf, ihr Brüder, müßt ihr wissen,
Steht er auf jenen Höhn, durch eine Botschaft
Mir, vor vier Tagen, heimlich schon verbunden!
Und kurz, daß ich mich gleichfalls rund erkläre:
Auf, ihr Cherusker zu den Waffen!
Doch ihm nicht, Marbod, meinem Freunde,
Germaniens Henkersknecht, Quintilius Varus gilts!

WINFRIED. Das wars, was Hermann euch zu sagen hatte.   2170

EGBERT *freudig.* Ihr Götter!

DIE FELDHERRN UND HAUPTLEUTE *durcheinander.*

Tag des Jubels und der Freude!

DAS CHERUSKERHEER *jauchzend.*

Heil, Hermann, Heil dir! Heil, Sohn Siegmars, dir!
Daß Wodan dir den Sieg verleihen mög!

Zwölfter Auftritt

Ein Cherusker tritt auf. Die Vorigen.

DER CHERUSKER.

Septimius Nerva kommt, den du gerufen!

HERMANN.

Still, Freunde, still! Das ist der Halsring von der Kette,
Die der Cheruska angetan;
Jetzt muß das Werk der Freiheit gleich beginnen.

WINFRIED. Wo war er?

HERMANN.   Bei dem Brand in Arkon, nicht?
Beschäftiget zu retten und zu helfen?

2180 DER CHERUSKER. In Arkon, ja, mein Fürst; bei einer Hütte,
Die durch den Römerzug, in Feuer aufgegangen.
Er schüttete gerührt dem Eigner
Zwei volle Säckel Geldes aus!
Bei Gott! der ist zum reichen Mann geworden,
Und wünscht noch oft ein gleiches Unheil sich.

HERMANN. Das gute Herz!

WINFRIED.   Wo stahl er doch die Säckel?

HERMANN. Dem Nachbar auf der Rechten oder Linken?

WINFRIED. Er preßt mir Tränen aus.

HERMANN.   Doch still! Da kömmt er.

Dreizehnter Auftritt

Septimius tritt auf. Die Vorigen.

HERMANN *kalt.*

Dein Schwert, Septimius Nerva, du mußt sterben.

2190 SEPTIMIUS. – Mit wem sprech ich?

HERMANN.   Mit Hermann, dem Cherusker,
Germaniens Retter und Befreier
Von Roms Tyrannenjoch!

SEPTIMIUS.   Mit dem Armin? –
   Seit wann führt der so stolze Titel?
HERMANN. Seit August sich so niedre zugelegt.
SEPTIMIUS. So ist es wahr? Arminius spielte falsch?
   Verriet die Freunde, die ihn schützen wollten?
HERMANN. Verriet euch, ja; was soll ich mit dir streiten?
   Wir sind verknüpft, Marbod und ich,
   Und werden, wenn der Morgen tagt,
   Den Varus, hier im Walde, überfallen.   2200
SEPTIMIUS. Die Götter werden ihre Söhne schützen!
   – Hier ist mein Schwert!
HERMANN *indem er das Schwert wieder weggibt.*
                    Führt ihn hinweg,
   Und laßt sein Blut, das erste, gleich
   Des Vaterlandes dürren Boden trinken!
            Zwei Cherusker ergreifen ihn.
SEPTIMIUS. Wie, du Barbar! Mein Blut? Das wirst du nicht –!
HERMANN. Warum nicht?
SEPTIMIUS *mit Würde.*   – Weil ich dein Gefangner bin!
   An deine Siegerpflicht erinnr' ich dich!
HERMANN *auf sein Schwert gestützt.*
   An Pflicht und Recht! Sieh da, so wahr ich lebe!
   Er hat das Buch vom Cicero gelesen.
   Was müßt ich tun, sag an, nach diesem Werk?   2210
SEPTIMIUS. Nach diesem Werk? Armsel'ger Spötter, du!
   Mein Haupt, das wehrlos vor dir steht,
   Soll deiner Rache heilig sein;
   Also gebeut dir das Gefühl des Rechts,
   In deines Busens Blättern aufgeschrieben!
HERMANN *indem er auf ihn einschreitet.*
   Du weißt was Recht ist, du verfluchter Bube,
   Und kamst nach Deutschland, unbeleidigt,
   Um uns zu unterdrücken?
   Nehmt eine Keule doppelten Gewichts,
   Und schlagt ihn tot!   2220
SEPTIMIUS. Führt mich hinweg! – hier unterlieg ich,
   Weil ich mit Helden würdig nicht zu tun!
   Der das Geschlecht der königlichen Menschen

Besiegt, in Ost und West, der ward
Von Hunden in Germanien zerrissen:
Das wird die Inschrift meines Grabmals sein!
Er geht ab; Wache folgt ihm.
DAS HEER *in der Ferne.* Hurrah! Hurrah! Der Nornentag bricht an!

Vierzehnter Auftritt

Die Vorigen ohne den Septimius.

HERMANN. Steckt das Fanal in Brand, ihr Freunde,
Zum Zeichen Marbod und den Sueven,
2230   Daß wir nunmehr zum Schlagen fertig sind!
Ein Fanal wird angesteckt.
Die Barden! He! Wo sind die süßen Alten
Mit ihrem herzerhebenden Gesang?
WINFRIED. Ihr Sänger, he! Wo steckt ihr?
EGBERT.   Ha, schau her!
Dort, auf dem Hügel, wo die Fackeln schimmern!
WINFRIED. Horch! Sie beginnen dir das Schlachtlied schon!
Musik.
CHOR DER BARDEN *aus der Ferne.*
Wir litten menschlich seit dem Tage,
Da jener Fremdling eingerückt;
Wir rächten nicht die erste Plage,
Mit Hohn auf uns herabgeschickt;
2240   Wir übten, nach der Götter Lehre,
Uns durch viel Jahre im Verzeihn:
Doch endlich drückt des Joches Schwere,
Und abgeschüttelt will es sein!
Hermann hat sich, mit vorgestützter Hand, an den Stamm einer Eiche gelehnt. –
Feierliche Pause. – Die Feldherren sprechen heimlich mit einander.
WINFRIED *nähert sich ihm.* Mein Fürst, vergib! Die Stunde drängt,
Du wolltest uns den Plan der Schlacht –
HERMANN *wendet sich.*   Gleich, gleich! –
– Du, Bruder, sprich für mich, ich bitte dich.
Er sinkt, heftig bewegt, wieder an die Eiche zurück.
EIN HAUPTMANN. Was sagt er?
EIN ANDERER.   Was?

WINFRIED. Laßt ihn. – Er wird sich fassen.
Kommt her, daß ich den Schlachtplan euch entdecke!

Er versammelt die Anführer um sich.

Wir stürzen uns, das Heer zum Keil geordnet,
Hermann und ich, vorn an der Spitze, 2250
Grad auf den Feldherrn des Augustus ein!
Sobald ein Riß das Römerheer gesprengt,
Nimmst du die erste Legion,
Die zweite du, die dritte du!
In Splittern völlig fällt es auseinander.
Das Endziel ist, den Marbod zu erreichen;
Wenn wir zu diesem, mit dem Schwert,
Uns kämpfend einen Weg gebahnt,
Wird der uns weitere Befehle geben.

CHOR DER BARDEN *fällt wieder ein.*

Du wirst nicht wanken und nicht weichen, 2260
Vom Amt, das du dir kühn erhöht,
Die Regung wird dich nicht beschleichen,
Die dein getreues Volk verrät;
Du bist so mild, o Sohn der Götter,
Der Frühling kann nicht milder sein:
Sei schrecklich heut, ein Schloßenwetter,
Und Blitze laß dein Antlitz spein!

Die Musik schweigt. – Kurze Pause. – Ein Hörnertusch in der Ferne.

EGBERT. Ha! Was war das?
HERMANN *in ihre Mitte tretend.* Antwortet! Das war Marbod!

Ein Hörnertusch in der Nähe.

Auf! – Mana und die Helden von Walhalla!

Er bricht auf.

EGBERT *tritt ihn an.*

Ein Wort, mein Herr und Herrscher! Winfried! Hört mich! 2270
Wer nimmt die Deutschen, das vergaßt ihr,
Die sich dem Zug der Römer angeschlossen?
HERMANN. Niemand, mein Freund! Es soll kein deutsches Blut,
An diesem Tag, von deutschen Händen fließen!
EGBERT. Was! Niemand! hört ich recht? Es wär dein Wille –?
HERMANN. Niemand! So wahr mir Wodan helfen mög!

Sie sind mir heilig; ich berief sie,
Sich mutig unsern Scharen anzuschließen!
EGBERT. Was! Die Verräter, Herr, willst du verschonen,
2280   Die grimmger, als die Römer selbst,
In der Cheruska Herzen wüteten?
HERMANN. Vergebt! Vergeßt! Versöhnt, umarmt und liebt euch!
Das sind die Wackersten und Besten,
Wenn es nunmehr die Römerrache gilt! –
Hinweg! – Verwirre das Gefühl mir nicht!
Varus und die Kohorten, sag ich dir;
Das ist der Feind, dem dieser Busen schwillt!
                    Alle ab.

*Szene: Teutoburg. Garten hinter dem Fürstenzelt. Im Hintergrund
ein eisernes Gitter, das in einen, von Felsen eingeschlossenen, öden
Eichwald führt.*

Funfzehnter Auftritt

Thusnelda und Gertrud treten auf.

THUSNELDA. Was wars, sag an, was dir Ventidius gestern,
Augusts Legat gesagt, als du ihm früh
2290   Im Eingang des Gezelts begegnetest?
GERTRUD. Er nahm, mit schüchterner Gebärde, meine Königin,
Mich bei der Hand, und einen Ring
An meinen Finger flüchtig steckend,
Bat und beschwor er mich, bei allen Kindern Zeus',
Ihm in geheim zu Nacht Gehör zu schaffen,
Bei der, die seine Seele innig liebt.
Er schlug, auf meine Frage: wo?
Hier diesen Park mir vor, wo zwischen Felsenwänden,
Das Volk sich oft vergnügt, den Ur zu hetzen;
2300   Hier, meint' er, sei es still, wie an dem Lethe,
Und keines lästgen Zeugen Blick zu fürchten,
Als nur der Mond, der ihm zur Seite buhlt.
THUSNELDA. Du hast ihm meine Antwort überbracht?
GERTRUD.
Ich sagt ihm: wenn er heut, beim Untergang des Mondes,

Eh noch der Hahn den Tag bekräht,
Den Eichwald, den er meint, besuchen wollte,
Würd ihn daselbst die Landesfürstin,
Sie, deren Seele heiß ihn liebt,
Am Eingang gleich, zur Seite rechts, empfangen.

THUSNELDA. Und nun hast du, der Bärin wegen,   2310
Die Hermann jüngst im Walde griff,
Mit Childrich, ihrem Wärter, dich besprochen?

GERTRUD. Es ist geschehn, wie mir dein Mund geboten;
Childrich, der Wärter, führt sie schon heran! –
Doch, meine große Herrscherin,
Hier werf ich mich zu Füßen dir:
Die Rache der Barbaren sei dir fern!
Es ist Ventidius nicht, der mich mit Sorg erfüllt;
Du selbst, wenn nun die Tat getan,
Von Reu und Schmerz wirst du zusammenfallen!   2320

THUSNELDA. Hinweg! – Er hat zur Bärin mich gemacht!
Arminius' will ich wieder würdig werden!

Sechzehnter Auftritt

Childerich tritt auf, eine Bärin an einer Kette führend. Die Vorigen.

CHILDERICH. Heda! Seid Ihrs, Frau Gertrud?

GERTRUD *steht auf.*   Gott im Himmel!
Da naht der Allzupünktliche sich schon!

CHILDERICH. Hier ist die Bärin!

GERTRUD.   Wo?

CHILDERICH.   Seht Ihr sie nicht?

GERTRUD. Du hast sie an der Kette, will ich hoffen?

CHILDERICH. An Kett und Koppel. – Ach, so habt Euch doch!
Wenn ich dabei bin, müßt Ihr wissen,
Ist sie so zahm, wie eine junge Katze.

GERTRUD. Gott möge ewig mich vor ihr bewahren! –   2330
's ist gut, bleib mir nur fern, hier ist der Schlüssel,
Tu sie hinein und schleich dich wieder weg.

CHILDERICH. Dort in den Park?

GERTRUD.   Ja, wie ich dir gesagt.

CHILDERICH. Mein Seel ich hoff, so lang die Bärin drin,
Wird niemand anders sich der Pforte nahn?
GERTRUD. Kein Mensch, verlaß dich drauf! Es ist ein Scherz nur,
Den meine Frau sich eben machen will.
CHILDERICH.
Ein Scherz?
GERTRUD.   Ja, was weiß ich?
CHILDERICH.   Was für ein Scherz?
GERTRUD. Ei, so frag du –! Fort! In den Park hinein!
Ich kann das Tier nicht mehr vor Augen sehn!

2340

CHILDERICH. Nun, bei den Elfen, hört; nehmt Euch in acht!
Die Petze hat, wie Ihr befahlt,
Nun seit zwölf Stunden nichts gefressen;
Sie würde Witz, von grimmiger Art, Euch machen,
Wenns Euch gelüsten sollte, sie zu necken.
         Er läßt die Bärin in den Park und schließt ab.
GERTRUD. Fest!
CHILDERICH.   Es ist alles gut.
GERTRUD.   Ich sage, fest!
Den Riegel auch noch vor, den eisernen!
CHILDERICH. Ach, was! Sie wird doch keine Klinke drücken?
– Hier ist der Schlüssel!
GERTRUD.   Gut, gib her! –

2350

Und nun entfernst du dich, in das Gebüsch,
Doch so, daß wir sogleich dich rufen können. –
         Childerich geht ab.
Schirmt, all ihr guten Götter, mich!
Da schleicht der Unglücksel'ge schon heran!

Siebzehnter Auftritt

Ventidius tritt auf. – Thusnelda und Gertrud.

VENTIDIUS. Dies ist der stille Park, von Bergen eingeschlossen,
Der, auf die Lispelfrage: wo?
Mir gestern in die trunknen Sinne fiel!
Wie mild der Mondschein durch die Stämme fällt!
Und wie der Waldbach fern, mit üppigem Geplätscher,
Vom Rand des hohen Felsens niederrinnt! –

Thusnelda! Komm und lösche diese Glut,   2360
Soll ich, gleich einem jungen Hirsch,
Das Haupt voran, mich in die Flut nicht stürzen! –
Gertrud! – – So hieß ja, dünkt mich, wohl die Zofe,
Die mir versprach, mich in den Park zu führen?

    Gertrud steht und kämpft mit sich selbst.

THUSNELDA *mit gedämpfter Stimme.*

Fort! Gleich! Hinweg! Du hörst! Gib ihm die Hand,
Und führ ihn in den Park hinein!

GERTRUD. Geliebte Königin?!

THUSNELDA.   Bei meiner Rache!
Fort, augenblicks, sag ich! Gib ihm die Hand,
Und führ ihn in den Park hinein!

GERTRUD *fällt ihr zu Füßen.*

Vergebung, meine Herrscherin, Vergebung!   2370

THUSNELDA *ihr ausweichend.*

Die Närrin, die verwünschte, die! Sie auch
Ist in das Affenangesicht verliebt!

    Sie reißt ihr den Schlüssel aus der Hand und geht zu Ventidius.

VENTIDIUS. Gertrud, bist dus?

THUSNELDA.   Ich bins.

VENTIDIUS.   O sei willkommen,
Du meiner Juno süße Iris,
Die mir Elysium eröffnen soll! –
Komm, gib mir deine Hand, und leite mich!
– Mit wem sprachst du?

THUSNELDA.   Thusnelden, meiner Fürstin.

VENTIDIUS. Thusnelden! Wie du mich entzückst!
Mir wär die Göttliche so nah?

THUSNELDA. Im Park, dem Wunsch gemäß, den du geäußert,   2380
Und heißer Brunst voll harrt sie schon auf dich!

VENTIDIUS. O so eröffne schnell die Tore mir!
Komm her! Der Saturniden Wonne
Ersetzt mir solche Augenblicke nicht!

*Thusnelda läßt ihn ein. Wenn er die Tür hinter sich hat, wirft sie dieselbe
mit Heftigkeit zu, und zieht den Schlüssel ab.*

Achtzehnter Auftritt

Ventidius innerhalb des Gitters. Thusnelda und Gertrud. – Nachher Childerich,
der Zwingerwärter.

VENTIDIUS *mit Entsetzen.*
　Zeus, du, der Götter und der Menschen Vater!
　Was für ein Höllen-Ungetüm erblick ich?
THUSNELDA *durch das Gitter.*
　Was gibts, Ventidius? Was erschreckt dich so?
VENTIDIUS. Die zottelschwarze Bärin von Cheruska,
　Steht, mit gezückten Tatzen, neben mir!
GERTRUD *in die Szene eilend.*
2390　Du Furie, gräßlicher, als Worte sagen –!
　– He, Childerich! Herbei! Der Zwingerwärter!
THUSNELDA. Die Bärin von Cheruska?
GERTRUD.　　　　　　　Childrich! Childrich!
THUSNELDA. Thusnelda, bist du klug, die Fürstin ists,
　Von deren Haupt, der Livia zur Probe,
　Du jüngst die seidne Locke abgelöst!
　Laß den Moment, dir günstig, nicht entschlüpfen,
　Und ganz die Stirn jetzt schmeichelnd scher ihr ab!
VENTIDIUS. Zeus, du, der Götter und der Menschen Vater,
　Sie bäumt sich auf, es ist um mich geschehn!
CHILDERICH *tritt auf.*
2400　Ihr Rasenden! Was gibts? Was machtet ihr?
　Wen ließt ihr in den Zwinger ein, sagt an?
GERTRUD. Ventidius, Childrich, Roms Legat, ist es!
　Errett ihn, bester aller Menschenkinder,
　Eröffn' den Pfortenring und mach ihn frei!
CHILDERICH. Ventidius, der Legat? Ihr heilgen Götter!
　　　　　Er bemüht sich das Gitter zu öffnen.
THUSNELDA *durch das Gitter.*
　Ach, wie die Borsten, Liebster, schwarz und starr,
　Der Livia, deiner Kaiserin, werden stehn,
　Wenn sie um ihren Nacken niederfallen!
　Statthalter von Cheruska, grüß ich dich!
2410　Das ist der mindste Lohn, du treuer Knecht,
　Der dich für die Gefälligkeit erwartet!

VENTIDIUS. Zeus, du, der Götter und der Menschen Vater,
 Sie schlägt die Klaun in meine weiche Brust!
THUSNELDA. Thusneld? O was!
CHILDERICH.   Wo ist der Schlüssel, Gertrud?
GERTRUD. Der Schlüssel, Gott des Himmels, steckt er nicht?
CHILDERICH. Der Schlüssel, nein!
GERTRUD.   Er wird am Boden liegen.
 – Das Ungeheu'r! Sie hält ihn in der Hand.
                Auf Thusnelda deutend.
VENTIDIUS *schmerzvoll.*
 Weh mir! Weh mir!
GERTRUD *zu Childerich.* Reiß ihr das Werkzeug weg!
THUSNELDA. Sie sträubt sich dir?
CHILDERICH *da Thusnelda den Schlüssel verbirgt.*
                    Wie, meine Königin?
GERTRUD. Reiß ihr das Werkzeug, Childerich, hinweg!   2420
        Sie bemühen sich, ihr den Schlüssel zu entwinden.
VENTIDIUS. Ach! O des Jammers! Weh mir! O Thusnelda!
THUSNELDA. Sag ihr, daß du sie liebst, Ventidius,
 So hält sie still und schenkt die Locken dir!
        Sie wirft den Schlüssel weg und fällt in Ohnmacht.
GERTRUD. Die Gräßliche! – Ihr ewgen Himmelsmächte!
 Da fällt sie sinnberaubt mir in den Arm!
        Sie läßt die Fürstin auf einen Sitz nieder.

Neunzehnter Auftritt

Astolf und ein Haufen cheruskischer Krieger treten auf. – Die Vorigen.

ASTOLF. Was gibts, ihr Fraun? Was für ein Jammerruf,
 Als ob der Mord entfesselt wäre,
 Schallt aus dem Dunkel jener Eichen dort?
CHILDERICH.
 Fragt nicht und kommt und helft das Gitter mir zersprengen!
*Die Cherusker stürzen in den Park. Pause. – Bald darauf die Leiche des Ventidius,
von den Cheruskern getragen, und Childerich mit der Bärin.*
ASTOLF *läßt die Leiche vor sich niederlegen.*
 Ventidius, der Legate Roms! –   2430

Nun, bei den Göttern von Walhalla,
So hab ich einen Spieß an ihm gespart!

GERTRUD *aus dem Hintergrund.*

Helft mir, ihr Leut, ins Zelt die Fürstin führen!

ASTOLF. Helft ihr!

EIN CHERUSKER.   Bei allen Göttern, welch ein Vorfall?

ASTOLF. Gleichviel! Gleichviel! Auf! Folgt zum Crassus mir,
Ihn, eh er noch die Tat erfuhr,
Ventidius, dem Legaten nachzuschicken!

Alle ab.

Szene: Teutoburger Wald. Schlachtfeld. Es ist Tag.

Zwanzigster Auftritt

*Marbod, von Feldherren umringt, steht auf einem Hügel und schaut in die
Ferne. – Komar tritt auf.*

KOMAR. Sieg! König Marbod! Sieg! Und wieder, Sieg!
Von allen zwei und dreißig Seiten,
2440   Durch die der Wind in Deutschlands Felder bläst!

MARBOD *von dem Hügel herabsteigend.*

Wie steht die Schlacht, sag an?

EIN FELDHERR.   Laß hören, Komar,
Und spar die lusterfüllten Worte nicht!

KOMAR.
Wir rückten, wie du weißt, beim ersten Strahl der Sonne,
Arminius' Plan gemäß, auf die Legionen los;
Doch hier, im Schatten ihrer Adler,
Hier wütete die Zwietracht schon:
Die deutschen Völker hatten sich empört,
Und rissen heulend ihre Kette los.
Dem Varus eben doch, – der schnell, mit allen Waffen,
2450   Dem pfeilverletzten Eber gleich,
Auf ihren Haufen fiel, erliegen wollten sie:
Als Brunold hülfreich schon, mit deinem Heer erschien,
Und ehe Hermann noch den Punkt der Schlacht erreicht,
Die Schlacht der Freiheit völlig schon entschied.

Zerschellt ward nun das ganze Römerheer,
Gleich einem Schiff, gewiegt in Klippen,
Und nur die Scheitern hülflos irren
Noch, auf dem Ozean des Siegs, umher!

MARBOD. So traf mein tapfres Heer der Sueven wirklich
Auf Varus früher ein, als die Cherusker?   2460

KOMAR. Sie trafen früher ihn! Arminius selbst,
Er wird gestehn, daß du die Schlacht gewannst!

MARBOD. Auf jetzt, daß ich den Trefflichen begrüße!

Alle ab.

Einundzwanzigster Auftritt

VARUS *tritt verwundet auf.*

Da sinkt die große Weltherrschaft von Rom
Vor eines Wilden Witz zusammen,
Und kommt, die Wahrheit zu gestehn,
Mir wie ein dummer Streich der Knaben vor!
Rom, wenn, gebläht von Glück, du mit drei Würfeln doch,
Nicht neunzehn Augen werfen wolltest!
Die Zeit noch kehrt sich, wie ein Handschuh um,   2470
Und über uns seh ich die Welt regieren,
Jedwede Horde, die der Kitzel treibt. –
Da naht der Derwisch mir, Armin, der Fürst der Uren,
Der diese Sprüche mich gelehrt. –
Der Rhein, wollt ich, wär zwischen mir und ihm!
Ich warf, von Scham erfüllt, dort in dem Schilf des Moors,
Mich in des eignen Schwertes Spitze schon;
Doch meine Ribbe, ihm verbunden,
Beschirmte mich; mein Schwert zerbrach,
Und nun bin ich dem seinen aufgespart. –   2480
Fänd ich ein Pferd nur, das mich rettete.

Zweiundzwanzigster Auftritt

*Hermann mit bloßem Schwert, von der einen Seite, Fust, Fürst der Cimbern,
und Gueltar, Fürst der Nervier, von der andern, treten hitzig auf. – Varus.*

HERMANN. Steh, du Tyrannenknecht, dein Reich ist aus!
FUST. Steh, Höllenhund!

GUELTAR.   Steh, Wolf vom Tiberstrande,
Hier sind die Jäger, die dich fällen wollen!

Fust und Gueltar stellen sich auf Hermanns Seite.

VARUS *nimmt ein Schwert auf.*

Nun will ich tun, als führt ich zehn Legionen! –
Komm her, du dort im Fell des zottgen Löwen,
Und laß mich sehn, ob du Herakles bist!

Hermann und Varus bereiten sich zum Kampf.

FUST *sich zwischen sie werfend.*

Halt dort, Armin! Du hast des Ruhms genug.

GUELTAR *ebenso.* Halt, sag auch ich!

FUST.   Quintilius Varus
2490 Ist mir, und wenn ich sinke, dem verfallen!

HERMANN.

Wem! Dir? Euch? – Ha! Sieh da! Mit welchem Recht?

FUST. Das Recht, bei Mana, wenn du es verlangst,
Mit Blut schreib ichs auf deine schöne Stirn!
Er hat in Schmach und Schande mich gestürzt,
An Deutschland, meinem Vaterlande,
Der Mordknecht, zum Verräter mich gemacht:
Den Schandfleck wasch ich ab in seinem Blute,
Das hab ich heut, das mußt du wissen,
Gestreckt am Boden heulend, mir,
2500 Als mir dein Brief kam, Göttlicher, gelobt!

HERMANN. Gestreckt am Boden heulend! Sei verwünscht,
Gefallner Sohn des Teut, mit deiner Reue!
Soll ich von Schmach dich rein zu waschen,
Den Ruhm, beim Jupiter, entbehren,
Nach dem ich durch zwölf Jahre treu gestrebt?
Komm her, fall aus und triff – und verflucht sei,
Wer jenen Römer ehr berührt,
Als dieser Streit sich zwischen uns gelöst!

Sie fechten.

VARUS *für sich.* Ward solche Schmach im Weltkreis schon erlebt?
2510 Als wär ich ein gefleckter Hirsch,
Der, mit zwölf Enden durch die Forsten bricht! –

HERMANN *hält inne.*

GUELTAR. Sieg, Fust, halt ein! Das Glück hat dir entschieden.

FUST.

  Wem? Mir? – Nein, sprich!

GUELTAR.   Beim Styx! Er kanns nicht leugnen.

  Blut rötet ihm den Arm!

FUST.   Was! Traf ich dich?

HERMANN *indem er sich den Arm verbindet.*

  Ich wills zufrieden sein! Dein Schwert fällt gut.

  Da nimm ihn hin. Man kann ihn dir vertraun.

      Er geht, mit einem tötenden Blick auf Varus, auf die Seite.

VARUS *wütend.* Zeus, diesen Übermut hilfst du mir strafen!

  Du schnöder, pfauenstolzer Schelm,

  Der du gesiegt, heran zu mir,

  Es soll der Tod sein, den du dir errungen!   2520

FUST. Der Tod? Nimm dich in acht! Auch noch im Tode

  Zapf ich das Blut dir ab, das rein mich wäscht.

      Sie fechten; Varus fällt.

VARUS. Rom, wenn du fällst, wie ich: was willst du mehr?

      Er stirbt.

DAS GEFOLGE.

  Triumph! Triumph! Germaniens Todfeind stürzt!

  Heil, Fust, dir! Heil dir, Fürst der Cimbern!

  Der du das Vaterland von ihm befreit!

      Pause.

FUST. Hermann! Mein Bruderherz! Was hab ich dir getan?

      Er fällt ihm um den Hals.

HERMANN. Nun, es ist alles gut.

GUELTAR *umhalst ihn gleichfalls.*   Du bist verwundet –!

FUST. Das Blut des besten Deutschen fällt in Staub.

HERMANN. Ja, allerdings.

FUST.   Daß mir die Hand verdorrte!   2530

GUELTAR. Komm her, soll ich das Blut dir saugen?

FUST. Mir laß – mir, mir!

HERMANN.   Ich bitt euch, meine Freunde –!

FUST. Hermann, du bist mir bös, mein Bruderherz,

  Weil ich den Siegskranz schelmisch dir geraubt?!

HERMANN. Du bist nicht klug! Vielmehr, es macht mich lachen!

  Laß einen Herold gleich nur kommen,

Der deinen Namen ausposaune:
Und mir schaff einen Arzt, der mich verbindet.
Er lacht und geht ab.

DAS GEFOLGE. Kommt! hebt die Leiche auf und tragt sie fort.
Alle ab.

Szene: *Teutoburg. Platz unter Trümmern.*

Dreiundzwanzigster Auftritt

Thusnelda mit ihren Frauen. – Ihr zur Seite Eginhardt und Astolf. – Im Hintergrunde Wolf, Thuiskomar, Dagobert, Selgar. – Hermann tritt auf. Ihm folgen Fust, Gueltar, Winfried, Egbert und andere.

2540   WOLF *usw.* Heil, Hermann! Heil dir, Sieger der Kohorten!
Germaniens Retter, Schirmer und Befreier!

HERMANN. Willkommen, meine Freunde!

THUSNELDA *an seinem Busen.*   Mein Geliebter!

HERMANN *empfängt sie.*

Mein schönes Thuschen! Heldin, grüß ich dich!
Wie groß und prächtig hast du Wort gehalten?

THUSNELDA.

Das ist geschehn. Laß sein.

HERMANN.   Doch scheinst du blaß?
Er betrachtet sie mit Innigkeit. – Pause.

Wie stehts, ihr deutschen Herrn! Was bringt ihr mir?

WOLF. Uns selbst, mit allem jetzt, was wir besitzen!
Hally, die Jungfrau, die geschändete,
Die du, des Vaterlandes grauses Sinnbild,
2550   Zerstückt in alle Stämme hast geschickt,
Hat unsrer Völker Langmut aufgezehrt.
In Waffen siehst du ganz Germanien lodern,
Den Greul zu strafen, der sich ihr verübt:
Wir aber kamen her, dich zu befragen,
Wie du das Heer, das wir ins Feld gestellt,
Im Krieg nun gegen Rom gebrauchen willst?

HERMANN. Harrt einen Augenblick, bis Marbod kömmt,
Der wird bestimmteren Befehl euch geben! –

ASTOLF. Hier leg ich Crassus' Schwert zu Füßen dir!

HERMANN *nimmt es auf.*

Dank, Freund, für jetzt! Die Zeit auch kömmt, das weißt du,   2560
Wo ich dich zu belohnen wissen werde!

Er gibt es weg.

EGINHARDT. Doch hier, o Herr, schau her! Das sind die Folgen
Des Kampfs, den Astolf mit den Römern kämpfte:
Ganz Teutoburg siehst du in Schutt und Asche!

HERMANN. Mag sein! Wir bauen uns ein schönres auf.

EIN CHERUSKER *tritt auf.* Marbod, der Fürst der Sueven, naht sich dir!
Du hast geboten, Herr, es dir zu melden.

HERMANN. Auf, Freunde! Laßt uns ihm entgegen eilen!

Letzter Auftritt

*Marbod mit Gefolge tritt auf. Hinter ihm, von einer Wache geführt, Aristan,
Fürst der Ubier, in Fesseln. – Die Vorigen.*

HERMANN *beugt ein Knie vor ihm.*

Heil, Marbod, meinem edelmütgen Freund!
Und wenn Germanien meine Stimme hört: 2570
Heil seinem großen Oberherrn und König!

MARBOD. Steh auf, Arminius, wenn ich reden soll!

HERMANN. Nicht ehr, o Herr, als bis du mir gelobt,
Nun den Tribut, der uns entzweite,
Von meinem Kämmrer huldreich anzunehmen!

MARBOD. Steh auf, ich wiederhols! Wenn ich dein König,
So ist mein erst Gebot an dich: steh auf!

Hermann steht auf.

MARBOD *beugt ein Knie vor ihm.*

Heil, ruf ich, Hermann, dir, dem Retter von Germanien!
Und wenn es meine Stimme hört:
Heil seinem würdgen Oberherrn und König!   2580
Das Vaterland muß einen Herrscher haben,
Und weil die Krone sonst, zur Zeit der grauen Väter,
Bei deinem Stamme rühmlich war:
Auf deine Scheitel falle sie zurück!

DIE SUEVISCHEN FELDHERRN.

Heil, Hermann! Heil dir, König von Germanien!
So ruft der Suev, auf König Marbods Wort!

FUST *vortretend.* Heil, ruf auch ich, beim Jupiter!

GUELTAR.   Und ich!

WOLF UND THUISKOMAR.

  Heil, König Hermann, alle Deutschen dir!

              Marbod steht auf.

HERMANN *umarmt ihn.*

  Laß diese Sach, beim nächsten Mondlicht, uns,

2590 Wenn die Druiden Wodan opfern,

  In der gesamten Fürsten Rat, entscheiden!

MARBOD. Es sei! Man soll im Rat die Stimmen sammeln.

  Doch bis dahin, das weigre nicht,

  Gebeutst du als Regent und führst das Heer!

DAGOBERT UND SELGAR.

  So seis! – Beim Opfer soll die Wahl entscheiden.

MARBOD *indem er einige Schritte zurückweicht.*

  Hier übergeb ich, Oberster der Deutschen,

           Er winkt der Wache.

  Den ich in Waffen aufgefangen,

  Aristan, Fürsten dir der Ubier!

HERMANN *wendet sich ab.*

  Weh mir! Womit muß ich mein Amt beginnen?

2600 MARBOD. Du wirst nach deiner Weisheit hier verfahren.

HERMANN *zu Aristan.* – Du hattest, du Unseliger, vielleicht

  Den Ruf, den ich den deutschen Völkern,

  Am Tag der Schlacht erlassen, nicht gelesen?

ARISTAN *keck.* Ich las, mich dünkt, ein Blatt von deiner Hand,

  Das für Germanien in den Kampf mich rief!

  Jedoch was galt Germanien mir?

  Der Fürst bin ich der Ubier,

  Beherrscher eines freien Staats,

  In Fug und Recht, mich jedem, wer es sei,

2610 Und also auch dem Varus zu verbinden!

HERMANN. Ich weiß, Aristan. Diese Denkart kenn ich.

  Du bist imstand und treibst mich in die Enge,

  Fragst, wo und wann Germanien gewesen?

  Ob in dem Mond? Und zu der Riesen Zeiten?

  Und was der Witz sonst an die Hand dir gibt;

  Doch jetzo, ich versichre dich, jetzt wirst du

Mich schnell begreifen, wie ich es gemeint:
Führt ihn hinweg und werft das Haupt ihm nieder!

ARISTAN *erblaßt.* Wie, du Tyrann! Du scheutest dich so wenig –?

MARBOD *halblaut, zu Wolf.*

Die Lektion ist gut.

WOLF.   Das sag ich auch.   2620

FUST. Was gilts, er weiß jetzt, wo Germanien liegt?

ARISTAN. Hört mich, ihr Brüder –!

HERMANN.   Führet ihn hinweg!

Was kann er sagen, das ich nicht schon weiß?

                    Aristan wird abgeführt.

Ihr aber kommt, ihr wackern Söhne Teuts,
Und laßt, im Hain der stillen Eichen,
Wodan für das Geschenk des Siegs uns danken! –
Uns bleibt der Rhein noch schleunig zu ereilen,
Damit vorerst der Römer keiner
Von der Germania heilgem Grund entschlüpfe:
Und dann – nach Rom selbst mutig aufzubrechen!   2630
Wir oder unsre Enkel, meine Brüder!
Denn eh doch, seh ich ein, erschwingt der Kreis der Welt
Vor dieser Mordbrut keine Ruhe,
Als bis das Raubnest ganz zerstört,
Und nichts, als eine schwarze Fahne,
Von seinem öden Trümmerhaufen weht!

PRINZ
FRIEDRICH VON HOMBURG

EIN SCHAUSPIEL

Ihrer Königlichen Hoheit
der Prinzessin
Amalie Marie Anne
Gemahlin des Prinzen Wilhelm von Preußen
Bruders Sr. Majestät des Königs
geborne Prinzessin von Hessen-Homburg.

Gen Himmel schauend greift, im Volksgedränge,
Der Barde fromm in seine Saiten ein.
Jetzt trösten, jetzt verletzen seine Klänge,
Und solcher Antwort kann er sich nicht freun.
Doch eine denkt er in dem Kreis der Menge,
Der die Gefühle seiner Brust sich weihn:
Sie hält den Preis in Händen, der ihm falle,
Und krönt ihn die, so krönen sie ihn alle.

PERSONEN

FRIEDRICH WILHELM, Kurfürst von Brandenburg

DIE KURFÜRSTIN

PRINZESSIN NATALIE VON ORANIEN, seine Nichte, Chef eines
Dragonerregiments

FELDMARSCHALL DÖRFLING

PRINZ FRIEDRICH ARTHUR VON HOMBURG, General der Reuterei

OBRIST KOTTWITZ, vom Regiment der Prinzessin von Oranien

HENNINGS
GRAF TRUCHSS } Obersten der Infanterie

GRAF HOHENZOLLERN, von der Suite des Kurfürsten

RITTMEISTER VON DER GOLZ

GRAF GEORG VON SPARREN
STRANZ
SIEGFRIED VON MÖRNER } Rittmeister
GRAF REUSS

EIN WACHTMEISTER

OFFIZIERE, KORPORALE und REUTER. HOFKAVALIERE. HOFDAMEN.
PAGEN. HEIDUCKEN. BEDIENTEN. VOLK jeden Alters und Geschlechts.

ERSTER AKT

Szene: Fehrbellin. Ein Garten im altfranzösischen Stil. Im Hinter-
grunde ein Schloß, von welchem eine Rampe herabführt. – Es ist
Nacht.

Erster Auftritt

Der Prinz von Homburg sitzt mit bloßem Haupt und offner Brust, halb wa-
chend halb schlafend, unter einer Eiche und windet sich einen Kranz. – Der
Kurfürst, seine Gemahlin, Prinzessin Natalie, der Graf von Hohenzollern,
Rittmeister Golz und andere treten heimlich aus dem Schloß, und schauen, vom
Geländer der Rampe, auf ihn nieder. – Pagen mit Fackeln.

DER GRAF VON HOHENZOLLERN.

    Der Prinz von Homburg, unser tapfrer Vetter,
    Der an der Reuter Spitze, seit drei Tagen
    Den flüchtgen Schweden munter nachgesetzt,
    Und sich erst heute wieder atemlos,
    Im Hauptquartier zu Fehrbellin gezeigt:
    Befehl ward ihm von dir, hier länger nicht,
    Als nur drei Füttrungsstunden zu verweilen,
    Und gleich dem Wrangel wiederum entgegen,
    Der sich am Rhyn versucht hat einzuschanzen,
10   Bis an die Hackelberge vorzurücken?
DER KURFÜRST. So ists!
HOHENZOLLERN.   Die Chefs nun sämtlicher Schwadronen,
    Zum Aufbruch aus der Stadt, dem Plan gemäß,
    Glock zehn zu Nacht, gemessen instruiert,
    Wirft er erschöpft, gleich einem Jagdhund lechzend,
    Sich auf das Stroh um für die Schlacht, die uns
    Bevor beim Strahl des Morgens steht, ein wenig
    Die Glieder, die erschöpften, auszuruhn.
DER KURFÜRST. So hört ich! – Nun?
HOHENZOLLERN.   Da nun die Stunde schlägt,
    Und aufgesessen schon die ganze Reuterei
20   Den Acker vor dem Tor zerstampft,
    Fehlt – wer? der Prinz von Homburg noch, ihr Führer.
    Mit Fackeln wird und Lichtern und Laternen

Der Held gesucht – und aufgefunden, wo?
Er nimmt einem Pagen die Fackel aus der Hand.
Als ein Nachtwandler, schau, auf jener Bank,
Wohin, im Schlaf, wie du nie glauben wolltest,
Der Mondschein ihn gelockt, beschäftiget,
Sich träumend, seiner eignen Nachwelt gleich,
Den prächtgen Kranz des Ruhmes einzuwinden.

DER KURFÜRST. Was!

HOHENZOLLERN.   In der Tat! Schau hier herab: da sitzt er!
Er leuchtet von der Rampe auf ihn nieder.

DER KURFÜRST. Im Schlaf versenkt? Unmöglich!

HOHENZOLLERN.   Fest im Schlafe!   30
Ruf ihn bei Namen auf, so fällt er nieder.
Pause.

DIE KURFÜRSTIN. Der junge Mann ist krank, so wahr ich lebe.

PRINZESSIN NATALIE.
Er braucht des Arztes –!

DIE KURFÜRSTIN.   Man sollt ihm helfen, dünkt mich,
Nicht den Moment verbringen, sein zu spotten!

HOHENZOLLERN *indem er die Fackel wieder weggibt.*
Er ist gesund, ihr mitleidsvollen Frauen,
Bei Gott, ich bins nicht mehr! Der Schwede morgen
Wenn wir im Feld ihn treffen, wirds empfinden!
Es ist nichts weiter, glaubt mir auf mein Wort,
Als eine bloße Unart seines Geistes.

DER KURFÜRST.
Fürwahr! Ein Märchen glaubt ichs! – Folgt mir Freunde,   40
Und laßt uns näher ihn einmal betrachten.
Sie steigen von der Rampe herab.

EIN HOFKAVALIER *zu den Pagen.*
Zurück! die Fackeln!

HOHENZOLLERN.   Laßt sie, laßt sie, Freunde!
Der ganze Flecken könnt in Feuer aufgehn,
Daß sein Gemüt davon nicht mehr empfände,
Als der Demant, den er am Finger trägt.
Sie umringen ihn; die Pagen leuchten.

DER KURFÜRST *über ihn gebeugt.*
Was für ein Laub denn flicht er? – Laub der Weide?

HOHENZOLLERN.

Was! Laub der Weid, o Herr! – Der Lorbeer ists,
Wie ers gesehn hat, an der Helden Bildern,
Die zu Berlin im Rüstsaal aufgehängt.

50 DER KURFÜRST. – Wo fand er den in meinem märkschen Sand?

HOHENZOLLERN. Das mögen die gerechten Götter wissen!

DER HOFKAVALIER. Vielleicht im Garten hinten, wo der Gärtner
Mehr noch der fremden Pflanzen auferzieht.

DER KURFÜRST.

Seltsam beim Himmel! Doch, was gilts, ich weiß,
Was dieses jungen Toren Brust bewegt?

HOHENZOLLERN.

O – was! Die Schlacht von morgen, mein Gebieter!
Sterngucker sieht er, wett ich, schon im Geist,
Aus Sonnen einen Siegeskranz ihm winden.

Der Prinz besieht den Kranz.

DER HOFKAVALIER. Jetzt ist er fertig!

HOHENZOLLERN.　　　　　　　Schade, ewig schade,
60 Daß hier kein Spiegel in der Nähe ist!
Er würd ihm eitel, wie ein Mädchen nahn,
Und sich den Kranz bald so, und wieder so,
Wie eine florne Haube aufprobieren.

DER KURFÜRST.

Bei Gott! Ich muß doch sehn, wie weit ers treibt!

*Der Kurfürst nimmt ihm den Kranz aus der Hand; der Prinz errötet und sieht
ihn an. Der Kurfürst schlingt seine Halskette um den Kranz und gibt ihn der
Prinzessin; der Prinz steht lebhaft auf. Der Kurfürst weicht mit der Prinzessin,
welche den Kranz erhebt, zurück; der Prinz mit ausgestreckten Armen, folgt ihr.*

DER PRINZ VON HOMBURG *flüsternd.*

Natalie! Mein Mädchen! Meine Braut!

DER KURFÜRST.

Geschwind! Hinweg!

HOHENZOLLERN.　　　　Was sagt der Tor?

DER HOFKAVALIER.　　　　　　　　　Was sprach er?

Sie besteigen sämtlich die Rampe.

DER PRINZ VON HOMBURG.

Friedrich! Mein Fürst! Mein Vater!

HOHENZOLLERN.　　　　　　　　　Höll und Teufel!

DER KURFÜRST *rückwärts ausweichend.*

Öffn' mir die Pforte nur!

DER PRINZ VON HOMBURG.   O meine Mutter!

HOHENZOLLERN. Der Rasende! Er ist –

DIE KURFÜRSTIN.   Wen nennt er so?

DER PRINZ VON HOMBURG *nach dem Kranz greifend.*

O! Liebste! Was entweichst du mir? Natalie!   70
     Er erhascht einen Handschuh von der Prinzessin Hand.

HOHENZOLLERN. Himmel und Erde! Was ergriff er da?

DER HOFKAVALIER.

Den Kranz?

NATALIE.   Nein, nein!

HOHENZOLLERN *öffnet die Tür.*

                Hier rasch herein, mein Fürst!

Auf daß das ganze Bild ihm wieder schwinde!

DER KURFÜRST.

Ins Nichts mit dir zurück, Herr Prinz von Homburg,

Ins Nichts, ins Nichts! In dem Gefild der Schlacht,

Sehn wir, wenns dir gefällig ist, uns wieder!

Im Traum erringt man solche Dinge nicht!
     Alle ab; die Tür fliegt rasselnd vor dem Prinzen zu.
          Pause.

Zweiter Auftritt

DER PRINZ VON HOMBURG *bleibt einen Augenblick, mit dem Ausdruck der Verwunderung, vor der Tür stehen; steigt dann sinnend, die Hand, in welcher er den Handschuh hält, vor die Stirn gelegt, von der Rampe herab; kehrt sich sobald er unten ist, um, und sieht wieder nach der Tür hinauf.*

Dritter Auftritt

Der Graf von Hohenzollern tritt von unten, durch eine Gittertür, auf. Ihm folgt ein Page. – Der Prinz von Homburg.

DER PAGE *leise.* Herr Graf, so hört doch! Gnädigster Herr Graf!

HOHENZOLLERN *unwillig.*

Still! die Zikade! – Nun? Was gibts?

PAGE.   Mich schickt –!

80 HOHENZOLLERN. Weck ihn mit deinem Zirpen mir nicht auf!
– Wohlan! Was gibts?

PAGE.   Der Kurfürst schickt mich her!
Dem Prinzen möchtet Ihr, wenn er erwacht,
Kein Wort, befiehlt er, von dem Scherz entdecken,
Den er sich eben jetzt mit ihm erlaubt!

HOHENZOLLERN *leise.* Ei, so leg dich im Weizenfeld aufs Ohr,
Und schlaf dich aus! Das wußt ich schon! Hinweg!

Der Page ab.

Vierter Auftritt

Der Graf von Hohenzollern und der Prinz von Homburg.

HOHENZOLLERN *indem er sich in einiger Entfernung hinter dem Prinzen stellt,
der noch immer unverwandt die Rampe hinaufsieht.*
Arthur!

Der Prinz fällt um.

Da liegt er; eine Kugel trifft nicht besser!

Er nähert sich ihm.

Nun bin ich auf die Fabel nur begierig,
90 Die er ersinnen wird, mir zu erklären,
Warum er hier sich schlafen hat gelegt.

Er beugt sich über ihn.

Arthur! He! Bist des Teufels du? Was machst du?
Wie kommst du hier zu Nacht auf diesen Platz?

DER PRINZ VON HOMBURG.
Je, Lieber!

HOHENZOLLERN.
            Nun, fürwahr, das muß ich sagen!
Die Reuterei ist die du kommandierst,
Auf eine Stunde schon im Marsch voraus,
Und du, du liegst im Garten hier, und schläfst.

DER PRINZ VON HOMBURG.
Welch eine Reuterei?

HOHENZOLLERN.   Die Mamelucken! –
So wahr ich Leben atm', er weiß nicht mehr,
100 Daß er der märkschen Reuter Oberst ist?!

DER PRINZ VON HOMBURG *steht auf.*

Rasch! Meinen Helm! Die Rüstung!

HOHENZOLLERN.   Ja wo sind sie?

DER PRINZ VON HOMBURG.

Zur Rechten, Heinz, zur Rechten; auf dem Schemel!

HOHENZOLLERN.

Wo? Auf dem Schemel?

DER PRINZ VON HOMBURG. Ja, da legt ich, mein ich –!

HOHENZOLLERN *sieht ihn an.*

So nimm sie wieder von dem Schemel weg!

DER PRINZ VON HOMBURG.

– Was ist dies für ein Handschuh?

> *Er betrachtet den Handschuh, den er in der Hand hält.*

HOHENZOLLERN.   Ja, was weiß ich? –

> *Für sich.*

Verwünscht! Den hat er der Prinzessin Nichte,
Dort oben unbemerkt vom Arm gerissen!

> *Abbrechend.*

Nun, rasch! Hinweg! Was säumst du? Fort!

DER PRINZ VON HOMBURG *wirft den Handschuh wieder weg.*

                                   Gleich, gleich! –

He, Franz, der Schurke der mich wecken sollte!

HOHENZOLLERN *betrachtet ihn.*

Er ist ganz rasend toll!

DER PRINZ VON HOMBURG. Bei meinem Eid!   110

Ich weiß nicht, liebster Heinrich, wo ich bin.

HOHENZOLLERN. In Fehrbellin, du sinnverwirrter Träumer;
In einem von des Gartens Seitengängen,
Der ausgebreitet hinterm Schlosse liegt!

DER PRINZ VON HOMBURG *für sich.*

Daß mich die Nacht verschläng! Mir unbewußt
Im Mondschein bin ich wieder umgewandelt!

> *Er faßt sich.*

Vergib! Ich weiß nun schon. Es war, du weißt, vor Hitze,
Im Bette gestern fast nicht auszuhalten.
Ich schlich erschöpft in diesen Garten mich,
Und weil die Nacht so lieblich mich umfing,   120

Mit blondem Haar, von Wohlgeruch ganz triefend
Ach! wie den Bräutgam eine Perserbraut,
So legt ich hier in ihren Schoß mich nieder.
– Was ist die Glocke jetzo?

HOHENZOLLERN.   Halb auf Zwölf.

DER PRINZ VON HOMBURG.

Und die Schwadronen, sagst du, brachen auf?

HOHENZOLLERN.

Versteht sich, ja! Glock zehn; dem Plan gemäß!
Das Regiment Prinzessin von Oranien,
Hat, wie kein Zweifel ist, an ihrer Spitze
Bereits die Höhn von Hackelwitz erreicht,
130   Wo sie des Heeres stillen Aufmarsch morgen,
Dem Wrangel gegenüber decken sollen.

DER PRINZ VON HOMBURG.

Es ist gleichviel! Der alte Kottwitz führt sie,
Der jede Absicht dieses Marsches kennt.
Zudem hätt ich zurück ins Hauptquartier
Um zwei Uhr morgens wieder kehren müssen,
Weil hier Parole noch soll empfangen werden:
So blieb ich besser gleich im Ort zurück.
Komm; laß uns gehn! Der Kurfürst weiß von nichts?

HOHENZOLLERN. Ei, was! Der liegt im Bette längst und schläft.

Sie wollen gehen; der Prinz stutzt, kehrt sich um,
und nimmt den Handschuh auf.

DER PRINZ VON HOMBURG.

140   Welch einen sonderbaren Traum träumt ich?! –
Mir war, als ob, von Gold und Silber strahlend
Ein Königsschloß sich plötzlich öffnete,
Und hoch von seiner Marmorramp' herab,
Der ganze Reigen zu mir niederstiege,
Der Menschen, die mein Busen liebt:
Der Kurfürst und die Fürstin und die – dritte,
– Wie heißt sie schon?

HOHENZOLLERN.   Wer?

DER PRINZ VON HOMBURG *er scheint zu suchen.*
                 Jene – die ich meine!
Ein Stummgeborner würd sie nennen können!

HOHENZOLLERN. Die Platen?

DER PRINZ VON HOMBURG. Nicht doch, Lieber!

HOHENZOLLERN. Die Ramin?

DER PRINZ VON HOMBURG.

Nicht, nicht doch, Freund!

HOHENZOLLERN. Die Bork? die Winterfeld? 150

DER PRINZ VON HOMBURG.

Nicht, nicht; ich bitte dich! Du siehst die Perle
Nicht vor dem Ring, der sie in Fassung hält.

HOHENZOLLERN.

Zum Henker, sprich! Läßt das Gesicht sich raten?
– Welch eine Dame meinst du?

DER PRINZ VON HOMBURG. Gleichviel! Gleichviel!
Der Nam ist mir, seit ich erwacht, entfallen,
Und gilt zu dem Verständnis hier gleichviel.

HOHENZOLLERN. Gut! So sprich weiter!

DER PRINZ VON HOMBURG. Aber stör mich nicht! –
Und er, der Kurfürst, mit der Stirn des Zeus,
Hielt einen Kranz von Lorbeern in der Hand:
Er stellt sich dicht mir vor das Antlitz hin, 160
Und schlägt, mir ganz die Seele zu entzünden,
Den Schmuck darum, der ihm vom Nacken hängt,
Und reicht ihn, auf die Locken mir zu drücken
– O Lieber!

HOHENZOLLERN. Wem?

DER PRINZ VON HOMBURG. O Lieber!

HOHENZOLLERN. Nun, so sprich!

DER PRINZ VON HOMBURG.

– Es wird die Platen wohl gewesen sein.

HOHENZOLLERN. Die Platen? Was! – Die jetzt in Preußen ist?

DER PRINZ VON HOMBURG.

Die Platen. Wirklich. Oder die Ramin.

HOHENZOLLERN.

Ach, die Ramin! Was! Die, mit roten Haaren! –
Die Platen, mit den schelmschen Veilchenaugen!
Die, weiß man, die gefällt dir.

DER PRINZ VON HOMBURG. Die gefällt mir. – 170

HOHENZOLLERN. Nun, und die, sagst du, reichte dir den Kranz?

DER PRINZ VON HOMBURG.

Hoch auf, gleich einem Genius des Ruhms,
Hebt sie den Kranz, an dem die Kette schwankte,
Als ob sie einen Helden krönen wollte.
Ich streck, in unaussprechlicher Bewegung,
Die Hände streck ich aus, ihn zu ergreifen:
Zu Füßen will ich vor ihr niedersinken.
Doch, wie der Duft, der über Täler schwebt,
Vor eines Windes frischem Hauch zerstiebt,
180   Weicht mir die Schar, die Ramp' ersteigend, aus.
Die Rampe dehnt sich, da ich sie betrete,
Endlos, bis an das Tor des Himmels aus;
Ich greife rechts, ich greife links umher,
Der Teuren einen ängstlich zu erhaschen.
Umsonst! Des Schlosses Tor geht plötzlich auf;
Ein Blitz der aus dem Innern zuckt, verschlingt sie;
Das Tor fügt rasselnd wieder sich zusammen:
Nur einen Handschuh, heftig, im Verfolgen,
Streif ich der süßen Traumgestalt vom Arm:
190   Und einen Handschuh, ihr allmächtgen Götter,
Da ich erwache, halt ich in der Hand!

HOHENZOLLERN.

Bei meinem Eid! – Und nun meinst du, der Handschuh,
Der sei der ihre?

DER PRINZ VON HOMBURG.

        Wessen?

HOHENZOLLERN.   Nun, der Platen!

DER PRINZ VON HOMBURG.

Der Platen. Wirklich. Oder der Ramin. –

HOHENZOLLERN *lacht.* Schelm, der du bist, mit deinen Visionen!
Wer weiß von welcher Schäferstunde, traun,
Mit Fleisch und Bein hier wachend zugebracht,
Dir noch der Handschuh in den Händen klebt!

DER PRINZ VON HOMBURG.

Was! Mir? Bei meiner Liebe –!

HOHENZOLLERN.   Ei so, zum Henker,
200   Was kümmerts mich? Meinthalben seis die Platen,
Seis die Ramin! Am Sonntag geht die Post nach Preußen,

Da kannst du auf dem kürzsten Weg erfahren,
Ob deiner Schönen dieser Handschuh fehlt. –
Fort! Es ist zwölf. Was stehn wir hier und plaudern?

DER PRINZ VON HOMBURG *träumt vor sich nieder.*

– Da hast du recht. Laß uns zu Bette gehn.
Doch, was ich sagen wollte, Lieber,
Ist die Kurfürstin noch und ihre Nichte hier,
Die liebliche Prinzessin von Oranien,
Die jüngst in unser Lager eingetroffen?

HOHENZOLLERN.

Warum? – Ich glaube gar, der Tor –?

DER PRINZ VON HOMBURG.   Warum? –   210

Ich sollte, weißt du, dreißig Reuter stellen,
Sie wieder von dem Kriegsplatz wegzuschaffen,
Ramin hab ich deshalb beordern müssen.

HOHENZOLLERN.

Ei, was! Die sind längst fort! Fort, oder reisen gleich!
Ramin, zum Aufbruch völlig fertig, stand
Die ganze Nacht durch mindstens am Portal.
Doch fort! Zwölf ists; und eh die Schlacht beginnt,
Wünsch ich mich noch ein wenig auszuruhn.

Beide ab.

Szene: Ebendaselbst. Saal im Schloß. Man hört in der Ferne schießen.

Fünfter Auftritt

Die Kurfürstin und die Prinzessin Natalie in Reisekleidern, geführt von einem
Hofkavalier, treten auf und lassen sich zur Seite nieder. Hofdamen. Hierauf
der Kurfürst, Feldmarschall Dörfling, der Prinz von Homburg, den Handschuh
im Kollett, der Graf von Hohenzollern, Graf Truchß, Obrist Hennings,
Rittmeister von der Golz und mehrere andere Generale, Obersten und Offiziere.

DER KURFÜRST.

Was ist dies für ein Schießen? – Ist das Götz?

FELDMARSCHALL DÖRFLING.

Das ist der Oberst Götz, mein Fürst und Herr,   220
Der mit dem Vortrab gestern vorgegangen.
Er hat schon einen Offizier gesandt,

Der im voraus darüber dich beruhge.
Ein schwedscher Posten ist, von tausend Mann,
Bis auf die Hackelberge vorgerückt;
Doch haftet Götz für diese Berge dir,
Und sagt mir an, du möchtest nur verfahren,
Als hätte sie sein Vortrab schon besetzt.

DER KURFÜRST *zu den Offizieren.*

Ihr Herrn, der Marschall kennt den Schlachtentwurf;

230   Nehmt euren Stift, bitt ich, und schreibt ihn auf.

Die Offiziere versammeln sich auf der andern Seite um den Feldmarschall und
nehmen ihre Schreibtafeln heraus.

DER KURFÜRST *wendet sich zu dem Hofkavalier.*

Ramin ist mit dem Wagen vorgefahren?

DER HOFKAVALIER.

Den Augenblick, mein Fürst. – Man spannt schon an.

DER KURFÜRST *läßt sich auf einen Stuhl hinter der Kurfürstin und Prinzessin*
nieder. Ramin wird meine teur' Elisa führen,
Und dreißig rüstge Reuter folgen ihm.
Ihr geht auf Kalkhuhns, meines Kanzlers, Schloß
Bei Havelberg, jenseits des Havelstroms,
Wo sich kein Schwede mehr erblicken läßt. –

DIE KURFÜRSTIN. Hat man die Fähre wieder hergestellt?

DER KURFÜRST. Bei Havelberg? – Die Anstalt ist getroffen.

240   Zudem ists Tag, bevor ihr sie erreicht.

Pause.

Natalie ist so still, mein süßes Mädchen?
– Was fehlt dem Kind?

PRINZESSIN NATALIE.   Mich schauert, lieber Onkel.

DER KURFÜRST. Und gleichwohl ist mein Töchterchen so sicher,
In ihrer Mutter Schoß war sies nicht mehr.

Pause.

DIE KURFÜRSTIN.

Wann, denkst du, werden wir uns wiedersehen?

DER KURFÜRST.

Wenn Gott den Sieg mir schenkt, wie ich nicht zweifle,
Vielleicht im Laufe dieser Tage schon.

Pagen kommen und servieren den Damen ein Frühstück. – Feldmarschall
Dörfling diktiert. – Der Prinz von Homburg, Stift und Tafel in der Hand,
fixiert die Damen.

FELDMARSCHALL. Der Plan der Schlacht, ihr Herren Obersten,
Den die Durchlaucht des Herrn ersann, bezweckt,
Der Schweden flüchtges Heer, zu gänzlicher   250
Zersplittrung, von dem Brückenkopf zu trennen,
Der an dem Rhynfluß ihren Rücken deckt.
Der Oberst Hennings –!

OBERST HENNINGS.   Hier! *Er schreibt.*

FELDMARSCHALL.   Der nach des Herren Willen heut
Des Heeres rechten Flügel kommandiert,
Soll, durch den Grund der Hackelbüsche, still
Des Feindes linken zu umgehen suchen,
Sich mutig zwischen ihn und die drei Brücken werfen,
Und mit dem Grafen Truchß vereint –
Graf Truchß!

GRAF TRUCHSS. Hier! *Er schreibt.*

FELDMARSCHALL. Und mit dem Grafen Truchß vereint –   260

                    Er hält inne.

Der auf den Höhn indes, dem Wrangel gegenüber,
Mit den Kanonen Posten hat gefaßt –

GRAF TRUCHSS *schreibt.*

Kanonen Posten hat gefaßt –

FELDMARSCHALL.   Habt Ihr?

                    Er fährt fort.

Die Schweden in den Sumpf zu jagen suchen,
Der hinter ihrem rechten Flügel liegt.

EIN HEIDUCK *tritt auf.*

Der Wagen, gnädge Frau, ist vorgefahren.

                    Die Damen stehen auf.

FELDMARSCHALL. Der Prinz von Homburg –

DER KURFÜRST *erhebt sich gleichfalls.*   – Ist Ramin bereit?

DER HEIDUCK. Er harrt zu Pferd schon unten am Portal.

          Die Herrschaften nehmen Abschied von einander.

GRAF TRUCHSS *schreibt.* Der hinter ihrem rechten Flügel liegt.

FELDMARSCHALL. Der Prinz von Homburg –   270
Wo ist der Prinz von Homburg?

GRAF VON HOHENZOLLERN *heimlich.* Arthur!

DER PRINZ VON HOMBURG *fährt zusammen.* Hier!

HOHENZOLLERN. Bist du bei Sinnen?

DER PRINZ VON HOMBURG.   Was befiehlt mein Marschall?

Er errötet, stellt sich mit Stift und Pergament und schreibt.

FELDMARSCHALL. Dem die Durchlaucht des Fürsten wiederum
  Die Führung ruhmvoll, wie bei Rathenow,
  Der ganzen märkschen Reuterei vertraut –

Er hält inne.

  Dem Obrist Kottwitz gleichwohl unbeschadet,
  Der ihm mit seinem Rat zur Hand wird gehn –

Halblaut zum Rittmeister Golz.

  Ist Kottwitz hier?

RITTMEISTER VON DER GOLZ.
                     Nein, mein General, du siehst,
  Mich hat er abgeschickt, an seiner Statt,
280 Aus deinem Mund den Kriegsbefehl zu hören.

Der Prinz sieht wieder nach den Damen herüber.

FELDMARSCHALL *fährt fort.*
  Stellt, auf der Ebne sich, beim Dorfe Hackelwitz,
  Des Feindes rechtem Flügel gegenüber,
  Fern außer dem Kanonenschusse auf.

RITTMEISTER VON DER GOLZ *schreibt.*
  Fern außer dem Kanonenschusse auf.

*Die Kurfürstin bindet der Prinzessin ein Tuch um den Hals. Die Prinzessin,
indem sie sich die Handschuh anziehen will, sieht sich um, als ob sie etwas suchte.*

DER KURFÜRST *tritt zu ihr.*
  Mein Töchterchen, was fehlt dir –?

DIE KURFÜRSTIN.   Suchst du etwas?

PRINZESSIN NATALIE.
  Ich weiß nicht, liebe Tante, meinen Handschuh –

Sie sehen sich alle um.

DER KURFÜRST *zu den Hofdamen.*
  Ihr Schönen! Wollt ihr gütig euch bemühn?

DIE KURFÜRSTIN *zur Prinzessin.*
  Du hältst ihn, Kind.

NATALIE.   Den rechten; doch den linken?

DER KURFÜRST. Vielleicht daß er im Schlafgemach geblieben?

290 NATALIE. O liebe Bork!

DER KURFÜRST *zu diesem Fräulein.*

Rasch, rasch!

NATALIE.   Auf dem Kamin!

Die Hofdame ab.

DER PRINZ VON HOMBURG *für sich.*

Herr meines Lebens! hab ich recht gehört?

Er nimmt den Handschuh aus dem Kollett.

FELDMARSCHALL *sieht in ein Papier, das er in der Hand hält.*

Fern außer dem Kanonenschusse auf. –

Er fährt fort.

Des Prinzen Durchlaucht wird –

DER PRINZ VON HOMBURG.   Den Handschuh sucht sie –

Er sieht bald den Handschuh, bald die Prinzessin an.

FELDMARSCHALL. Nach unsers Herrn ausdrücklichem Befehl –

RITTMEISTER VON DER GOLZ *schreibt.*

Nach unsers Herrn ausdrücklichem Befehl –

FELDMARSCHALL. Wie immer auch die Schlacht sich wenden mag,

Vom Platz nicht, der ihm angewiesen, weichen –

DER PRINZ VON HOMBURG.

– Rasch, daß ich jetzt erprüfe, ob ers ist!

Er läßt, zugleich mit seinem Schnupftuch, den Handschuh fallen; das Schnupf-
tuch hebt er wieder auf, den Handschuh läßt er so, daß ihn jedermann sehen
kann, liegen.

FELDMARSCHALL *befremdet.*

Was macht des Prinzen Durchlaucht?

GRAF VON HOHENZOLLERN *heimlich.*   Arthur!

DER PRINZ VON HOMBURG.   Hier!

HOHENZOLLERN.   Ich glaub,

Du bist des Teufels?!

DER PRINZ VON HOMBURG. Was befiehlt mein Marschall?   300

Er nimmt wieder Stift und Tafel zur Hand. Der Feldmarschall sieht ihn einen
Augenblick fragend an. – Pause.

RITTMEISTER VON DER GOLZ *nachdem er geschrieben.*

Vom Platz nicht, der ihm angewiesen, weichen –

FELDMARSCHALL *fährt fort.*

Als bis, gedrängt von Hennings und von Truchß –!

DER PRINZ VON HOMBURG *zum Rittmeister Golz, heimlich, indem er in
seine Schreibtafel sieht.*

Wer? lieber Golz! Was? Ich?

RITTMEISTER VON DER GOLZ.   Ihr, ja! Wer sonst?

DER PRINZ VON HOMBURG.

Vom Platz nicht soll ich –?

RITTMEISTER VON DER GOLZ.   Freilich!

FELDMARSCHALL.   Nun? habt Ihr?

DER PRINZ VON HOMBURG *laut.*

Vom Platz nicht, der mir angewiesen, weichen –
Er schreibt.

FELDMARSCHALL.

Als bis, gedrängt von Hennings und von Truchß –
Er hält inne.

Des Feindes linker Flügel, aufgelöst,
Auf seinen rechten stürzt, und alle seine
Schlachthaufen wankend nach der Trift sich drängen,
In deren Sümpfen, oft durchkreuzt von Gräben,
Der Kriegsplan eben ist, ihn aufzureiben.

DER KURFÜRST.

Ihr Pagen, leuchtet! – Euren Arm, ihr Lieben!
Er bricht mit der Kurfürstin und der Prinzessin auf.

FELDMARSCHALL.

Dann wird er die Fanfare blasen lassen.

DIE KURFÜRSTIN *da einige Offiziere sie komplimentieren.*

Auf Wiedersehn, ihr Herrn! Laßt uns nicht stören.
Der Feldmarschall komplimentiert sie auch.

DER KURFÜRST *steht plötzlich still.*

Sieh da! Des Fräuleins Handschuh! Rasch! Dort liegt er!

EIN HOFKAVALIER.

Wo?

DER KURFÜRST.

Zu des Prinzen, unsers Vetters, Füßen!

DER PRINZ VON HOMBURG *ritterlich.*

Zu meinen –? Was! Ist das der Eurige?
Er hebt ihn auf und bringt ihn der Prinzessin.

NATALIE. Ich dank Euch, edler Prinz.

DER PRINZ VON HOMBURG *verwirrt.*   Ist das der Eure?

310

NATALIE. Der meinige; der, welchen ich vermißt.

Sie empfängt ihn und zieht ihn an.

DIE KURFÜRSTIN *zu dem Prinzen im Abgehen.*

Lebt wohl! Lebt wohl! Viel Glück und Heil und Segen!   320
Macht, daß wir bald und froh uns wieder sehn!

Der Kurfürst mit den Frauen ab. Hofdamen, Kavaliere und Pagen folgen.

DER PRINZ VON HOMBURG *steht, einen Augenblick, wie vom Blitz getroffen
da; dann wendet er sich mit triumphierenden Schritten wieder in den Kreis
der Offiziere zurück.*

Dann wird er die Fanfare blasen lassen!

Er tut, als ob er schriebe.

FELDMARSCHALL *sieht in sein Papier.*

Dann wird er die Fanfare blasen lassen. –
Doch wird des Fürsten Durchlaucht ihm, damit,
Durch Mißverstand, der Schlag zu früh nicht falle –

Er hält inne.

RITTMEISTER VON DER GOLZ *schreibt.*

Durch Mißverstand, der Schlag zu früh nicht falle –

DER PRINZ VON HOMBURG *zum Grafen Hohenzollern, heimlich, in großer
Bewegung.* O Heinrich!

HOHENZOLLERN *unwillig.* Nun! Was gibts? Was hast du vor?

DER PRINZ VON HOMBURG.

Was! Sahst du nichts?

HOHENZOLLERN.   Nein, nichts! Sei still, zum Henker!

FELDMARSCHALL *fährt fort.*

Ihm einen Offizier, aus seiner Suite, senden,
Der den Befehl, das merkt, ausdrücklich noch   330
Zum Angriff auf den Feind ihm überbringe.
Eh wird er nicht Fanfare blasen lassen.

Der Prinz steht und träumt vor sich nieder.

– Habt Ihr?

RITTMEISTER VON DER GOLZ *schreibt.*

Eh wird er nicht Fanfare blasen lassen.

FELDMARSCHALL *mit erhöhter Stimme.*

Des Prinzen Durchlaucht, habt Ihr?

DER PRINZ VON HOMBURG.   Mein Feldmarschall?

FELDMARSCHALL. Ob Ihr geschrieben habt?

DER PRINZ VON HOMBURG.   – Von der Fanfare?

HOHENZOLLERN *heimlich, unwillig, nachdrücklich.*

Fanfare! Sei verwünscht! Nicht eh, als bis der –

RITTMEISTER VON DER GOLZ *ebenso.*

Als bis er selbst –

DER PRINZ VON HOMBURG *unterbricht sie.*

Ja, allerdings! Eh nicht –
Doch dann wird er Fanfare blasen lassen.
Er schreibt. – Pause.

FELDMARSCHALL.

340   Den Obrist Kottwitz, merkt das, Baron Golz,
Wünsch ich, wenn er es möglich machen kann,
Noch vor Beginn des Treffens selbst zu sprechen.

RITTMEISTER VON DER GOLZ *mit Bedeutung.*

Bestellen werd ich es. Verlaß dich drauf.
Pause.

DER KURFÜRST *kommt zurück.*

Nun, meine General' und Obersten,
Der Morgenstrahl ergraut! – Habt ihr geschrieben?

FELDMARSCHALL.

Es ist vollbracht, mein Fürst; dein Kriegsplan ist
An deine Feldherrn pünktlich ausgeteilt!

DER KURFÜRST *indem er Hut und Handschuh nimmt.*

Herr Prinz von Homburg, dir empfehl ich Ruhe!
Du hast am Ufer, weißt du, mir des Rheins

350   Zwei Siege jüngst verscherzt; regier dich wohl,
Und laß mich heut den dritten nicht entbehren,
Der mindres nicht, als Thron und Reich, mir gilt!
Zu den Offizieren.

Folgt mir! – He, Franz!

EIN REITKNECHT *tritt auf.*   Hier!

DER KURFÜRST.   Rasch! Den Schimmel vor!
– Noch vor der Sonn im Schlachtfeld will ich sein!
Ab; die Generale, Obersten und Offiziere folgen ihm.

Sechster Auftritt

DER PRINZ VON HOMBURG *in den Vordergrund tretend.*

Nun denn, auf deiner Kugel, Ungeheures,
Du, der der Windeshauch den Schleier heut,
Gleich einem Segel lüftet, roll heran!
Du hast mir, Glück, die Locken schon gestreift:
Ein Pfand schon warfst du, im Vorüberschweben,
Aus deinem Füllhorn lächelnd mir herab: 360
Heut, Kind der Götter, such ich, flüchtiges,
Ich hasche dich im Feld der Schlacht und stürze
Ganz deinen Segen mir zu Füßen um:
Wärst du auch siebenfach, mit Eisenketten,
Am schwedschen Siegeswagen festgebunden!

Ab.

ZWEITER AKT

Szene: Schlachtfeld bei Fehrbellin.

Erster Auftritt

*Obrist Kottwitz, Graf Hohenzollern, Rittmeister von der Golz, und andere
Offiziere, an der Spitze der Reuterei, treten auf.*

OBRIST KOTTWITZ *außerhalb der Szene.*

Halt hier die Reuterei, und abgesessen!

HOHENZOLLERN UND GOLZ *treten auf.*

Halt! – Halt!

OBRIST KOTTWITZ.

      Wer hilft vom Pferde mir, ihr Freunde?

HOHENZOLLERN UND GOLZ.

Hier, Alter, hier!

       Sie treten wieder zurück.

OBRIST KOTTWITZ *außerhalb.*

      Habt Dank! – Ouf! Daß die Pest mich!
– Ein edler Sohn, für euren Dienst, jedwedem,
Der euch, wenn ihr zerfallt, ein Gleiches tut!   370

Er tritt auf; Hohenzollern, Golz und andere, hinter ihm.

Ja, auf dem Roß fühl ich voll Jugend mich;
Doch sitz ich ab, da hebt ein Strauß sich an,
Als ob sich Leib und Seele kämpfend trennten!

Er sieht sich um.

Wo ist des Prinzen, unsers Führers, Durchlaucht?

HOHENZOLLERN. Der Prinz kehrt gleich zu dir zurück!

OBRIST KOTTWITZ.   Wo ist er?

HOHENZOLLERN. Er ritt ins Dorf, das dir, versteckt in Büschen,
Zur Seite blieb. Er wird gleich wiederkommen.

EIN OFFIZIER. Zur Nachtzeit, hör ich, fiel er mit dem Pferd?

HOHENZOLLERN. Ich glaube, ja.

OBRIST KOTTWITZ.   Er fiel?

HOHENZOLLERN *wendet sich.*   Nichts von Bedeutung!

380   Sein Rappe scheute an der Mühle sich,
      Jedoch, leichthin zur Seite niedergleitend,
      Tat er auch nicht den mindsten Schaden sich.
      Es ist den Odem keiner Sorge wert.

OBRIST KOTTWITZ *auf einen Hügel tretend.*

      Ein schöner Tag, so wahr ich Leben atme!
      Ein Tag von Gott, dem hohen Herrn der Welt,
      Gemacht zu süßerm Ding als sich zu schlagen!
      Die Sonne schimmert rötlich durch die Wolken,
      Und die Gefühle flattern, mit der Lerche,
      Zum heitern Duft des Himmels jubelnd auf! –

390   GOLZ. Hast du den Marschall Dörfling aufgefunden?

OBRIST KOTTWITZ *kommt vorwärts.*

      Zum Henker, nein! Was denkt die Exzellenz?
      Bin ich ein Pfeil, ein Vogel, ein Gedanke,
      Daß er mich durch das ganze Schlachtfeld sprengt?
      Ich war beim Vortrab, auf den Hackelhöhn,
      Und in dem Hackelgrund, beim Hintertrab:
      Doch wen ich nicht gefunden, war der Marschall!
      Drauf meine Reuter sucht ich wieder auf.

GOLZ. Das wird sehr leid ihm tun. Es schien, er hatte
      Dir von Belang noch etwas zu vertraun.

DER OFFIZIER.

400   Da kommt des Prinzen, unsers Führers, Durchlaucht!

Zweiter Auftritt

Der Prinz von Homburg, mit einem schwarzen Band um die linke Hand.
Die Vorigen.

OBRIST KOTTWITZ. Sei mir gegrüßt, mein junger edler Prinz!
Schau her, wie, während du im Dörfchen warst,
Die Reuter ich im Talweg aufgestellt:
Ich denk du wirst mit mir zufrieden sein!
DER PRINZ VON HOMBURG.
Guten Morgen, Kottwitz! – Guten Morgen, Freunde!
– Du weißt, ich lobe alles, was du tust.
HOHENZOLLERN. Was machtest, Arthur, in dem Dörfchen du?
– Du scheinst so ernst!
DER PRINZ VON HOMBURG. Ich – war in der Kapelle,
Die aus des Dörfchens stillen Büschen blinkte.
Man läutete, da wir vorüberzogen,   410
Zur Andacht eben ein; da trieb michs an,
Am Altar auch mich betend hinzuwerfen.
OBRIST KOTTWITZ. Ein frommer junger Herr, das muß ich sagen!
Das Werk, glaubt mir, das mit Gebet beginnt,
Das wird mit Heil und Ruhm und Sieg sich krönen!
DER PRINZ VON HOMBURG.
Was ich dir sagen wollte, Heinrich –
                    Er führt den Grafen ein wenig vor.
Was wars schon, was der Dörfling, mich betreffend,
Bei der Parol' hat gestern vorgebracht?
HOHENZOLLERN. – Du warst zerstreut. Ich hab es wohl gesehn.
DER PRINZ VON HOMBURG.
Zerstreut – geteilt; ich weiß nicht, was mir fehlte,   420
Diktieren in die Feder macht mich irr. –
HOHENZOLLERN. – Zum Glück nicht diesmal eben viel für dich.
Der Truchß und Hennings, die das Fußvolk führen,
Die sind zum Angriff auf den Feind bestimmt,
Und dir ist aufgegeben, hier zu halten
Im Tal schlagfertig mit der Reuterei,
Bis man zum Angriff den Befehl dir schickt.
DER PRINZ VON HOMBURG *nach einer Pause, in der er vor sich niedergeträumt.*
– Ein wunderlicher Vorfall!

HOHENZOLLERN.   Welcher, Lieber?
Er sieht ihn an. – Ein Kanonenschuß fällt.
OBRIST KOTTWITZ. Holla, ihr Herrn, holla! Sitzt auf, sitzt auf!
430   Das ist der Hennings und die Schlacht beginnt!
Sie besteigen sämtlich einen Hügel.
DER PRINZ VON HOMBURG.
Wer ist es? Was?
HOHENZOLLERN.   Der Obrist Hennings, Arthur,
Der sich in Wrangels Rücken hat geschlichen!
Komm nur, dort kannst du alles überschaun.
GOLZ *auf dem Hügel.*
Seht, wie er furchtbar sich am Rhyn entfaltet!
DER PRINZ VON HOMBURG *hält sich die Hand vors Auge.*
– Der Hennings dort auf unserm rechten Flügel?
ERSTER OFFIZIER.
Ja, mein erlauchter Prinz.
DER PRINZ VON HOMBURG.   Was auch, zum Henker!
Der stand ja gestern auf des Heeres Linken.
Kanonenschüsse in der Ferne.
OBRIST KOTTWITZ. Blitzelement! Seht, aus zwölf Feuerschlünden
Wirkt jetzt der Wrangel auf den Hennings los!
440 ERSTER OFFIZIER. Das nenn ich Schanzen das, die schwedischen!
ZWEITER OFFIZIER.
Bei Gott, getürmt bis an die Kirchsturmspitze,
Des Dorfs, das hinter ihrem Rücken liegt!
Schüsse in der Nähe.
GOLZ. Das ist der Truchß!
DER PRINZ VON HOMBURG. Der Truchß?
OBRIST KOTTWITZ.   Der Truchß, er, ja;
Der Hennings jetzt von vorn zu Hülfe kommt.
DER PRINZ VON HOMBURG.
Wie kommt der Truchß heut in die Mitte?
Heftige Kanonade.
GOLZ. O Himmel, schaut, mich dünkt das Dorf fing Feuer!
DRITTER OFFIZIER.
Es brennt, so wahr ich leb!
ERSTER OFFIZIER.   Es brennt! Es brennt!
Die Flamme zuckt schon an dem Turm empor!

GOLZ. Hui! Wie die Schwedenboten fliegen rechts und links!
ZWEITER OFFIZIER.

Sie brechen auf!
OBRIST KOTTWITZ. Wo?
ERSTER OFFIZIER.   Auf dem rechten Flügel! –   450
DRITTER OFFIZIER. Freilich! In Zügen! Mit drei Regimentern!
Es scheint, den linken wollen sie verstärken.
ZWEITER OFFIZIER. Bei meiner Treu! Und Reuterei rückt vor,
Den Marsch des rechten Flügels zu bedecken!
HOHENZOLLERN *lacht.* Ha! Wie das Feld die wieder räumen wird,
Wenn sie versteckt uns hier im Tal erblickt!

Musketenfeuer.

KOTTWITZ. Schaut, Brüder, schaut!
ZWEITER OFFIZIER.   Horcht!
ERSTER OFFIZIER.   Feuer der Musketen!
DRITTER OFFIZIER. Jetzt sind sie bei den Schanzen aneinander! –
GOLZ. Bei Gott! Solch einen Donner des Geschützes
Hab ich zeit meines Lebens nicht gehört!   460
HOHENZOLLERN.

Schießt! Schießt! Und macht den Schoß der Erde bersten!
Der Riß soll eurer Leichen Grabmal sein.

Pause. – Ein Siegsgeschrei in der Ferne.

ERSTER OFFIZIER. Herr, du, dort oben, der den Sieg verleiht:
Der Wrangel kehrt den Rücken schon!
HOHENZOLLERN.   Nein, sprich!
GOLZ. Beim Himmel, Freunde! Auf dem linken Flügel!
Er räumt mit seinem Feldgeschütz die Schanzen.
ALLE. Triumph! Triumph! Triumph! Der Sieg ist unser!
DER PRINZ VON HOMBURG *steigt vom Hügel herab.*

Auf, Kottwitz, folg mir!
OBRIST KOTTWITZ.   Ruhig, ruhig, Kinder!
DER PRINZ VON HOMBURG.

Auf! Laß Fanfare blasen! Folge mir!
OBRIST KOTTWITZ. Ich sage, ruhig.
DER PRINZ VON HOMBURG *wild.*   Himmel, Erd und Hölle!   470
OBRIST KOTTWITZ.

Des Herrn Durchlaucht, bei der Parole gestern,

Befahl, daß wir auf Order warten sollen.
Golz, lies dem Herren die Parole vor.
DER PRINZ VON HOMBURG.

Auf Ord'r! Ei, Kottwitz! Reitest du so langsam?
Hast du sie noch vom Herzen nicht empfangen?
OBRIST KOTTWITZ. Order?
HOHENZOLLERN.   Ich bitte dich!
OBRIST KOTTWITZ.   Von meinem Herzen?
HOHENZOLLERN. Laß dir bedeuten, Arthur!
GOLZ.   Hör mein Obrist!
OBRIST KOTTWITZ *beleidigt.*

Oho! Kömmst du mir so, mein junger Herr? –
Den Gaul, den du dahersprengst, schlepp ich noch
480 Im Notfall an dem Schwanz des meinen fort!
Marsch, marsch, ihr Herrn! Trompeter, die Fanfare!
Zum Kampf! Zum Kampf! Der Kottwitz ist dabei!
GOLZ *zu Kottwitz.*

Nein nimmermehr, mein Obrist! Nimmermehr!
ZWEITER OFFIZIER.

Der Hennings hat den Rhyn noch nicht erreicht!
ERSTER OFFIZIER. Nimm ihm den Degen ab!
DER PRINZ VON HOMBURG.   Den Degen mir?
              Er stößt ihn zurück.

Ei, du vorwitzger Knabe, der du noch
Nicht die Zehn märkischen Gebote kennst!
Hier ist der deinige, zusamt der Scheide!
              Er reißt ihm das Schwert samt dem Gürtel ab.
ERSTER OFFIZIER *taumelnd.*

Mein Prinz, die Tat, bei Gott –!
DER PRINZ VON HOMBURG *auf ihn einschreitend.*

                              Den Mund noch öffnest –?
HOHENZOLLERN *zu dem Offizier.*

490 Schweig! Bist du rasend?
DER PRINZ VON HOMBURG *indem er den Degen abgibt.*

                              Ordonnanzen! –
Führt ihn gefangen ab, ins Hauptquartier.
              Zu Kottwitz und den übrigen Offizieren.
Und jetzt ist die Parol', ihr Herrn: ein Schurke,

Wer seinem General zur Schlacht nicht folgt!
– Wer von euch bleibt?

OBBIST KOTTWITZ.   Du hörst. Was eiferst du?

HOHENZOLLERN *beilegend*. Es war ein Rat nur, den man dir erteilt.

OBRIST KOTTWITZ. Auf deine Kappe nimms. Ich folge dir.

DER PRINZ VON HOMBURG *beruhigt*.

Ich nehms auf meine Kappe. Folgt mir, Brüder!

Alle ab.

Szene: Zimmer in einem Dorf.

Dritter Auftritt

Ein Hofkavalier, in Stiefeln und Sporen, tritt auf. – Ein Bauer und seine Frau
sitzen an einem Tisch und arbeiten.

HOFKAVALIER. Glück auf, ihr wackern Leute! Habt ihr Platz,
  In eurem Hause Gäste aufzunehmen?

DER BAUER. O ja! Von Herzen.

DIE FRAU.   Darf man wissen, wen?   500

HOFKAVALIER. Die hohe Landesmutter! Keinen Schlechtern! –
  Am Dorftor brach die Achse ihres Wagens,
  Und weil wir hören, daß der Sieg erfochten,
  So braucht es weiter dieser Reise nicht.

BEIDE *stehen auf*.

  Der Sieg erfochten? – Himmel!

HOFKAVALIER.   Das wißt ihr nicht?
  Das Heer der Schweden ist aufs Haupt geschlagen,
  Wenn nicht für immer, doch auf Jahresfrist,
  Die Mark vor ihrem Schwert und Feuer sicher!
  – Doch seht! da kömmt die Landesfürstin schon.

Vierter Auftritt

Die Kurfürstin, bleich und verstört. Prinzessin Natalie und mehrere Hofdamen
folgen. – Die Vorigen.

KURFÜRSTIN *unter der Tür*.

  Bork! Winterfeld! Kommt: gebt mir euren Arm!   510

NATALIE *zu ihr eilend*.

  O meine Mutter!

DIE HOFDAMEN.   Gott! Sie bleicht! Sie fällt!

Sie unterstützen sie.

KURFÜRSTIN. Führt mich auf einen Stuhl, ich will mich setzen.
  – Tot, sagt er; tot?

NATALIE.   O meine teure Mutter!

KURFÜRSTIN. Ich will den Unglücksboten selber sprechen.

Fünfter Auftritt

Rittmeister von Mörner tritt verwundet auf, von zwei Reutern geführt. –
Die Vorigen.

KURFÜRSTIN. Was bringst du, Herold des Entsetzens, mir?

MÖRNER. Was diese Augen, leider, teure Frau,
  Zu meinem ewgen Jammer, selbst gesehn.

KURFÜRSTIN.
  Wohlan! Erzähl!

MÖRNER.   Der Kurfürst ist nicht mehr!

NATALIE.   O Himmel!
  Soll ein so ungeheurer Schlag uns treffen?

Sie bedeckt sich das Gesicht.

520 KURFÜRSTIN. Erstatte mir Bericht, wie er gesunken!
  – Und wie der Blitzstrahl, der den Wandrer trifft,
  Die Welt noch einmal purpurn ihm erleuchtet,
  So laß dein Wort sein; Nacht, wenn du gesprochen,
  Mög über meinem Haupt zusammenschlagen.

MÖRNER *tritt, geführt von den beiden Reutern, vor ihr.*
  Der Prinz von Homburg war, sobald der Feind,
  Gedrängt von Truchß, in seiner Stellung wankte,
  Auf Wrangel in die Ebne vorgerückt;
  Zwei Linien hatt er, mit der Reuterei,
  Durchbrochen schon, und auf der Flucht vernichtet,
530 Als er auf eine Feldredoute stieß.
  Hier schlug so mörderischer Eisenregen
  Entgegen ihm, daß seine Reuterschar,
  Wie eine Saat, sich knickend niederlegte:
  Halt mußt er machen zwischen Busch und Hügeln,
  Um sein zerstreutes Reuterkorps zu sammeln.

NATALIE *zur Kurfürstin.*

   Geliebte! Fasse dich!

KURFÜRSTIN.   Laß, laß mich, Liebe!

MÖRNER. In diesem Augenblick, dem Staub entrückt,
   Bemerken wir den Herrn, der, bei den Fahnen
   Des Truchßschen Korps, dem Feind entgegenreitet;
   Auf einem Schimmel herrlich saß er da,   540
   Im Sonnenstrahl, die Bahn des Siegs erleuchtend.
   Wir alle sammeln uns, bei diesem Anblick,
   Auf eines Hügels Abhang, schwer besorgt,
   Inmitten ihn des Feuers zu erblicken:
   Als plötzlich jetzt der Kurfürst, Roß und Reuter,
   In Staub vor unsern Augen niedersinkt;
   Zwei Fahnenträger fielen über ihn,
   Und deckten ihn mit ihren Fahnen zu.

NATALIE. O meine Mutter!

ERSTE HOFDAME.   Himmel!

KURFÜRSTIN.   Weiter! Weiter!

MÖRNER. Drauf faßt, bei diesem schreckenvollen Anblick,   550
   Schmerz, unermeßlicher, des Prinzen Herz;
   Dem Bären gleich, von Wut gespornt und Rache,
   Bricht er mit uns auf die Verschanzung los:
   Der Graben wird, der Erdwall, der sie deckt,
   Im Anlauf überflogen, die Besatzung
   Geworfen, auf das Feld zerstreut, vernichtet,
   Kanonen, Fahnen, Pauken und Standarten,
   Der Schweden ganzes Kriegsgepäck, erbeutet:
   Und hätte nicht der Brückenkopf am Rhyn
   Im Würgen uns gehemmt, so wäre keiner,   560
   Der an dem Herd der Väter, sagen könnte:
   Bei Fehrbellin sah ich den Helden fallen!

KURFÜRSTIN. Ein Sieg, zu teu'r erkauft! Ich mag ihn nicht.
   Gebt mir den Preis, den er gekostet, wieder.

Sie sinkt in Ohnmacht.

ERSTE HOFDAME. Hilf, Gott im Himmel! Ihre Sinne schwinden.

Natalie weint.

Sechster Auftritt

Der Prinz von Homburg tritt auf. – Die Vorigen.

DER PRINZ VON HOMBURG. O meine teuerste Natalie!
        Er legt ihre Hand gerührt an sein Herz.
NATALIE. So ist es wahr?
DER PRINZ VON HOMBURG. O! könnt ich sagen: nein!
   Könnt ich mit Blut, aus diesem treuen Herzen,
   Das seinige zurück ins Dasein rufen! –
NATALIE *trocknet sich die Tränen.*
570   Hat man denn schon die Leiche aufgefunden?
DER PRINZ VON HOMBURG.

   Ach, mein Geschäft, bis diesen Augenblick,
   War Rache nur an Wrangel; wie vermocht ich,
   Solch einer Sorge mich bis jetzt zu weihn?
   Doch eine Schar von Männern sandt ich aus,
   Ihn, im Gefild des Todes, aufzusuchen:
   Vor Nacht noch zweifelsohne trifft er ein.
NATALIE. Wer wird, in diesem schauderhaften Kampf,
   Jetzt diese Schweden niederhalten? Wer
   Vor dieser Welt von Feinden uns beschirmen,
580   Die uns sein Glück, die uns sein Ruhm erworben?
DER PRINZ VON HOMBURG *nimmt ihre Hand.*

   Ich, Fräulein, übernehme eure Sache!
   Ein Engel will ich, mit dem Flammenschwert,
   An eures Throns verwaiste Stufen stehn!
   Der Kurfürst wollte, eh das Jahr noch wechselt,
   Befreit die Marken sehn; wohlan! ich will der
   Vollstrecker solchen letzten Willens sein!
NATALIE. Mein lieber, teurer Vetter!
        Sie zieht ihre Hand zurück.
DER PRINZ VON HOMBURG.   O Natalie!
        Er hält einen Augenblick inne.
   Wie denkt Ihr über Eure Zukunft jetzt?
NATALIE. Ja, was soll ich, nach diesem Wetterschlag,
590   Der unter mir den Grund zerreißt, beginnen?
   Mir ruht der Vater, mir die teure Mutter,
   Im Grab zu Amsterdam; in Schutt und Asche

Liegt Dortrecht, meines Hauses Erbe, da;
Gedrängt von Spaniens Tyrannenheeren,
Weiß Moritz kaum, mein Vetter von Oranien,
Wo er die eignen Kinder retten soll:
Und jetzt sinkt mir die letzte Stütze nieder,
Die meines Glückes Rebe aufrecht hielt.
Ich ward zum zweitenmale heut verwaist.

DER PRINZ VON HOMBURG *schlägt einen Arm um ihren Leib.*

O meine Freundin! Wäre diese Stunde   600
Der Trauer nicht geweiht, so wollt ich sagen:
Schlingt Eure Zweige hier um diese Brust,
Um sie, die schon seit Jahren, einsam blühend,
Nach eurer Glocken holden Duft sich sehnt!

NATALIE. Mein lieber, guter Vetter!

DER PRINZ VON HOMBURG.   – Wollt Ihr? Wollt Ihr?

NATALIE. – Wenn ich ins innre Mark ihr wachsen darf?

     Sie legt sich an seine Brust.

DER PRINZ VON HOMBURG.

Wie? Was war das?

NATALIE.   Hinweg!

DER PRINZ VON HOMBURG *hält sie.* In ihren Kern!
In ihres Herzens Kern, Natalie!

     Er küßt sie; sie reißt sich los.

O Gott, wär er jetzt da, den wir beweinen,
Um diesen Bund zu schauen! Könnten wir   610
Zu ihm aufstammeln: Vater, segne uns!

*Er bedeckt sein Gesicht mit seinen Händen; Natalie wendet sich wieder
zur Kurfürstin zurück.*

Siebenter Auftritt

Ein Wachtmeister tritt eilig auf. – Die Vorigen.

WACHTMEISTER.

Mein Prinz, kaum wag ich, beim lebendgen Gott,
Welch ein Gerücht sich ausstreut, Euch zu melden!
– Der Kurfürst lebt!

DER PRINZ VON HOMBURG.

     Er lebt!

WACHTMEISTER.   Beim hohen Himmel!
Graf Sparren bringt die Nachricht eben her.
NATALIE. Herr meines Lebens! Mutter; hörtest dus?

> *Sie stürzt vor der Kurfürstin nieder und umfaßt ihren Leib.*

DER PRINZ VON HOMBURG.
Nein, sag –! Wer bringt mir –?
WACHTMEISTER.   Graf Georg von Sparren,
Der ihn in Hackelwitz beim Truchßschen Korps,
Mit eignem Aug, gesund und wohl, gesehn!
DER PRINZ VON HOMBURG.
620   Geschwind! Lauf, Alter! Bring ihn mir herein!

> *Wachtmeister ab.*

Achter Auftritt

> *Graf Georg von Sparren und der Wachtmeister treten auf. –*
> *Die Vorigen.*

KURFÜRSTIN.
O stürzt mich zweimal nicht zum Abgrund nieder!
NATALIE. Nein, meine teure Mutter!
KURFÜRSTIN.   Friedrich lebt?
NATALIE *hält sie mit beiden Händen aufrecht.*
Des Daseins Gipfel nimmt Euch wieder auf!
WACHTMEISTER *auftretend.*
Hier ist der Offizier!
DER PRINZ VON HOMBURG.
                        Herr Graf von Sparren!
Des Herrn Durchlaucht habt Ihr frisch und wohlauf,
Beim Truchßschen Korps, in Hackelwitz, gesehn?
GRAF SPARREN. Ja, mein erlauchter Prinz, im Hof des Pfarrers,
Wo er Befehle gab, vom Stab umringt,
Die Toten beider Heere zu begraben!
630   DIE HOFDAMEN. O Gott! An deine Brust –

> *Sie umarmen sich.*

KURFÜRSTIN.   O meine Tochter!
NATALIE. Nein, diese Seligkeit ist fast zu groß!

> *Sie drückt ihr Gesicht in der Tante Schoß.*

DER PRINZ VON HOMBURG.

Sah ich von fern, an meiner Reuter Spitze,
Ihn nicht, zerschmettert von Kanonenkugeln,
In Staub, samt seinem Schimmel, niederstürzen?

GRAF SPARREN.

Der Schimmel, allerdings, stürzt', samt dem Reuter,
Doch wer ihn ritt, mein Prinz, war nicht der Herr.

DER PRINZ VON HOMBURG.

Nicht? Nicht der Herr?

NATALIE.   O Jubel!

Sie steht auf und stellt sich an die Seite der Kurfürstin.

DER PRINZ VON HOMBURG.   Sprich! Erzähle!
Dein Wort fällt schwer wie Gold in meine Brust!

GRAF SPARREN. O laßt die rührendste Begebenheit,
Die je ein Ohr vernommen, Euch berichten!   640
Der Landesherr, der, jeder Warnung taub,
Den Schimmel wieder ritt, den strahlendweißen,
Den Froben jüngst in England ihm erstand,
War wieder, wie bis heut noch stets geschah,
Das Ziel der feindlichen Kanonenkugeln.
Kaum konnte, wer zu seinem Troß gehörte,
Auf einen Kreis von hundert Schritt ihm nahn;
Granaten wälzten, Kugeln und Kartätschen,
Sich wie ein breiter Todesstrom daher,
Und alles, was da lebte, wich ans Ufer: 650
Nur er, der kühne Schwimmer, wankte nicht,
Und, stets den Freunden winkend, rudert' er
Getrost den Höhn zu, wo die Quelle sprang.

DER PRINZ VON HOMBURG.

Beim Himmel, ja! Ein Grausen wars, zu sehn.

GRAF SPARREN. Stallmeister Froben, der, beim Troß der Suite,
Zunächst ihm folgt, ruft dieses Wort mir zu:
»Verwünscht sei heut mir dieses Schimmels Glanz
Mit schwerem Gold in London jüngst erkauft!
Wollt ich doch funfzig Stück Dukaten geben,
Könnt ich ihn mit dem Grau der Mäuse decken.«   660
Er naht, voll heißer Sorge, ihm und spricht:
»Hoheit, dein Pferd ist scheu, du mußt verstatten,

Daß ichs noch einmal in die Schule nehme!«
Mit diesem Wort entsitzt er seinem Fuchs,
Und fällt dem Tier des Herren in den Zaum.
Der Herr steigt ab, still lächelnd, und versetzt:
»Die Kunst, die du ihn, Alter, lehren willst,
Wird er, solang es Tag ist, schwerlich lernen.
Nimm, bitt ich, fern ihn, hinter jenen Hügeln,
670   Wo seines Fehls der Feind nicht achtet, vor.«
Dem Fuchs drauf sitzt er auf, den Froben reitet,
Und kehrt zurück, wohin sein Amt ihn ruft.
Doch Froben hat den Schimmel kaum bestiegen,
So reißt, entsendet aus der Feldredoute,
Ihn schon ein Mordblei, Roß und Reuter, nieder.
In Staub sinkt er, ein Opfer seiner Treue,
Und keinen Laut vernahm man mehr von ihm.

Kurze Pause.

DER PRINZ VON HOMBURG.
    Er ist bezahlt! – Wenn ich zehn Leben hätte,
    Könnt ich sie besser brauchen nicht, als so!
680 NATALIE. Der wackre Froben!
    KURFÜRSTIN.   Der Vortreffliche!
    NATALIE. Ein Schlechtrer wäre noch der Tränen wert!

Sie weinen.

DER PRINZ VON HOMBURG.
    Genug! Zur Sache jetzt. Wo ist der Kurfürst?
    Nahm er in Hackelwitz sein Hauptquartier?
GRAF SPARREN. Vergib! der Herr ist nach Berlin gegangen,
    Und die gesamte Generalität
    Ist aufgefordert, ihm dahin zu folgen.
DER PRINZ VON HOMBURG.
    Wie? Nach Berlin? – Ist denn der Feldzug aus?
GRAF SPARREN. Fürwahr, ich staune, daß dir alles fremd! –
    Graf Horn, der schwedsche General, traf ein;
690 Es ist im Lager, gleich nach seiner Ankunft,
    Ein Waffenstillstand ausgerufen worden.
    Wenn ich den Marschall Dörfling recht verstanden,
    Ward eine Unterhandlung angeknüpft:
    Leicht, daß der Frieden selbst erfolgen kann.

KURFÜRSTIN. O Gott, wie herrlich klärt sich alles auf!

Sie steht auf.

DER PRINZ VON HOMBURG.

Kommt, laßt sogleich uns nach Berlin ihm folgen!
– Räumst du, zu rascherer Beförderung, wohl
Mir einen Platz in deinem Wagen ein?
– Zwei Zeilen nur an Kottwitz schreib ich noch,
Und steige augenblicklich mit dir ein. 700

Er setzt sich nieder und schreibt.

KURFÜRSTIN. Von ganzem Herzen gern!

DER PRINZ VON HOMBURG *legt den Brief zusammen und übergibt ihn dem
Wachtmeister; indem er sich wieder zur Kurfürstin wendet, und den Arm
sanft um Nataliens Leib legt.* Ich habe so
Dir einen Wunsch noch schüchtern zu vertraun,
Des ich mich auf der Reis entlasten will.

NATALIE *macht sich von ihm los.*

Bork! Rasch! Mein Halstuch, bitt ich!

KURFÜRSTIN. Du? Einen Wunsch mir?

ERSTE HOFDAME. Ihr tragt das Tuch, Prinzessin, um den Hals!

DER PRINZ VON HOMBURG *zur Kurfürstin.*

Was? Rätst du nichts?

KURFÜRSTIN. Nein, nichts!

DER PRINZ VON HOMBURG. Was? Keine Silbe? –

KURFÜRSTIN *abbrechend.*

Gleichviel! – Heut keinem Flehenden auf Erden
Antwort ich: nein! was es auch immer sei;
Und dir, du Sieger in der Schlacht, zuletzt!
– Hinweg!

DER PRINZ VON HOMBURG.

O Mutter! Welch ein Wort sprachst du? 710
Darf ichs mir deuten, wie es mir gefällt?

KURFÜRSTIN. Hinweg, sag ich! Im Wagen mehr davon!

DER PRINZ VON HOMBURG.

Kommt, gebt mir Euren Arm! – O Cäsar Divus!
Die Leiter setz ich an, an deinen Stern!

Er führt die Damen ab; alle folgen.

Szene: Berlin. Lustgarten vor dem alten Schloß. Im Hintergrunde die
Schloßkirche, mit einer Treppe. Glockenklang; die Kirche ist stark
erleuchtet; man sieht die Leiche Frobens vorübertragen, und auf einen
prächtigen Katafalk, niedersetzen.

Neunter Auftritt

Der Kurfürst, Feldmarschall Dörfling, Obrist Hennings, Graf Truchß, und
mehrere andere Obristen und Offiziere treten auf. Ihm gegenüber zeigen sich
einige Offiziere mit Depeschen. – In der Kirche sowohl als auf dem Platz
Volk jeden Alters und Geschlechts.

DER KURFÜRST. Wer immer auch die Reuterei geführt,
    Am Tag der Schlacht, und, eh der Obrist Hennings
    Des Feindes Brücken hat zerstören können,
    Damit ist aufgebrochen, eigenmächtig,
    Zur Flucht, bevor ich Order gab, ihn zwingend,
720 Der ist des Todes schuldig, das erklär ich,
    Und vor ein Kriegsgericht bestell ich ihn.
    – Der Prinz von Homburg hat sie nicht geführt?
GRAF TRUCHSS. Nein, mein erlauchter Herr!
DER KURFÜRST.   Wer sagt mir das?
GRAF TRUCHSS. Das können Reuter dir bekräftigen,
    Die mirs versichert, vor Beginn der Schlacht.
    Der Prinz hat mit dem Pferd sich überschlagen,
    Man hat verwundet schwer, an Haupt und Schenkeln,
    In einer Kirche ihn verbinden sehn.
DER KURFÜRST. Gleichviel. Der Sieg ist glänzend dieses Tages,
730 Und vor dem Altar morgen dank ich Gott.
    Doch wär er zehnmal größer, das entschuldigt
    Den nicht, durch den der Zufall mir ihn schenkt:
    Mehr Schlachten noch, als die, hab ich zu kämpfen,
    Und will, daß dem Gesetz Gehorsam sei.
    Wers immer war, der sie zur Schlacht geführt,
    Ich wiederhols, hat seinen Kopf verwirkt,
    Und vor ein Kriegsrecht hiemit lad ich ihn.
    – Folgt, meine Freunde, in die Kirche mir!

Zehnter Auftritt

Der Prinz von Homburg, drei schwedische Fahnen in der Hand, Obrist Kott-
witz, mit deren zwei, Graf Hohenzollern, Rittmeister Golz, Graf Reuß,
jeder mit einer Fahne, mehrere andere Offiziere, Korporale und Reuter, mit
Fahnen, Pauken und Standarten, treten auf.

FELDMARSCHALL DÖRFLING *so wie er den Prinzen erblickt.*

Der Prinz von Homburg! – Truchß! Was machtet Ihr?

DER KURFÜRST *stutzt.*

Wo kommt Ihr her, Prinz?

DER PRINZ VON HOMBURG *einige Schritte vorschreitend.*

                      Von Fehrbellin, mein Kurfürst,   740
Und bringe diese Siegstrophäen dir.

Er legt die drei Fahnen vor ihm nieder; die Offiziere, Korporale und Reuter
folgen, jeder mit der ihrigen.

DER KURFÜRST *betroffen.*

Du bist verwundet, hör ich, und gefährlich?
– Graf Truchß!

DER PRINZ VON HOMBURG *heiter.*

            Vergib!

GRAF TRUCHSS.   Beim Himmel, ich erstaune!

DER PRINZ VON HOMBURG.

Mein Goldfuchs fiel, vor Anbeginn der Schlacht;
Die Hand hier, die ein Feldarzt mir verband,
Verdient nicht, daß du sie verwundet taufst.

DER KURFÜRST. Mithin hast du die Reuterei geführt?

DER PRINZ VON HOMBURG *sieht ihn an.*

Ich? Allerdings! Mußt du von mir dies hören?
– Hier legt ich den Beweis zu Füßen dir.

DER KURFÜRST. – Nehmt ihm den Degen ab. Er ist gefangen.   750

FELDMARSCHALL *erschrocken.*

Wem?

DER KURFÜRST *tritt unter die Fahnen.*

           Kottwitz! Sei gegrüßt mir!

GRAF TRUCHSS *für sich.*   O verflucht!

OBRIST KOTTWITZ.

Bei Gott, ich bin aufs äußerste –!

DER KURFÜRST *er sieht ihn an.*   Was sagst du? –

Schau, welche Saat für unsern Ruhm gemäht!
– Die Fahn ist von der schwedschen Leibwacht! Nicht?

Er nimmt eine Fahne auf, entwickelt und betrachtet sie.

OBRIST KOTTWITZ. Mein Kurfürst?

FELDMARSCHALL.   Mein Gebieter?

DER KURFÜRST.   Allerdings!
Und zwar aus König Gustav Adolfs Zeiten!
– Wie heißt die Inschrift?

OBRIST KOTTWITZ.   Ich glaube –

FELDMARSCHALL.   Per aspera ad astra.

DER KURFÜRST. Das hat sie nicht bei Fehrbellin gehalten. –

Pause.

OBRIST KOTTWITZ *schüchtern.*

Mein Fürst, vergönn ein Wort mir –!

DER KURFÜRST.   Was beliebt? –

760   Nehmt alles, Fahnen, Pauken und Standarten,
Und hängt sie an der Kirche Pfeiler auf;
Beim Siegsfest morgen denk ich sie zu brauchen!

*Der Kurfürst wendet sich zu den Kurieren, nimmt ihnen die Depeschen ab,
erbricht, und liest sie.*

OBRIST KOTTWITZ *für sich.*

Das, beim lebendgen Gott, ist mir zu stark!

*Der Obrist nimmt, nach einigem Zaudern, seine zwei Fahnen auf; die übrigen
Offiziere und Reuter folgen; zuletzt, da die drei Fahnen des Prinzen liegen
bleiben, hebt Kottwitz auch diese auf, so daß er nun fünf trägt.*

EIN OFFIZIER *tritt vor den Prinzen.*

Prinz, Euren Degen, bitt ich.

HOHENZOLLERN *mit seiner Fahne, ihm zur Seite tretend.*

                    Ruhig, Freund!

DER PRINZ VON HOMBURG.

Träum ich? Wach ich? Leb ich? Bin ich bei Sinnen?

GOLZ. Prinz, gib den Degen, rat ich, hin und schweig!

DER PRINZ VON HOMBURG.

Ich, ein Gefangener?

HOHENZOLLERN.   So ists!

GOLZ.   Ihr hörts!

DER PRINZ VON HOMBURG.

Darf man die Ursach wissen?

HOHENZOLLERN *mit Nachdruck.*   Jetzo nicht!
– Du hast zu zeitig, wie wir gleich gesagt,
Dich in die Schlacht gedrängt; die Order war,   770
Nicht von dem Platz zu weichen, ungerufen!

DER PRINZ VON HOMBURG.
Helft Freunde, helft! Ich bin verrückt.

GOLZ *unterbrechend.*   Still! Still!

DER PRINZ VON HOMBURG.
Sind denn die Märkischen geschlagen worden?

HOHENZOLLERN *stampft mit dem Fuß auf die Erde.*
Gleichviel! – Der Satzung soll Gehorsam sein.

DER PRINZ VON HOMBURG *mit Bitterkeit.*
So – so, so, so!

HOHENZOLLERN *entfernt sich von ihm.*
                         Es wird den Hals nicht kosten.

GOLZ *ebenso.* Vielleicht, daß du schon morgen wieder los.

*Der Kurfürst legt die Briefe zusammen, und kehrt sich wieder in den Kreis
der Offiziere zurück.*

DER PRINZ VON HOMBURG *nachdem er sich den Degen abgeschnallt.*
Mein Vetter Friedrich will den Brutus spielen,
Und sieht, mit Kreid auf Leinewand verzeichnet,
Sich schon auf dem kurulschen Stuhle sitzen:
Die schwedschen Fahnen in dem Vordergrund,   780
Und auf dem Tisch die märkschen Kriegsartikel.
Bei Gott, in mir nicht findet er den Sohn,
Der, unterm Beil des Henkers, ihn bewundre.
Ein deutsches Herz, von altem Schrot und Korn,
Bin ich gewohnt an Edelmut und Liebe,
Und wenn er mir, in diesem Augenblick,
Wie die Antike starr entgegenkömmt,
Tut er mir leid, und ich muß ihn bedauren!

Er gibt den Degen an den Offizier und geht ab.

DER KURFÜRST. Bringt ihn nach Fehrbellin, ins Hauptquartier,
Und dort bestellt das Kriegsrecht, das ihn richte.   790

*Ab in die Kirche. Die Fahnen folgen ihm, und werden, während er mit seinem
Gefolge an dem Sarge Frobens niederkniet und betet, an den Pfeilern derselben
aufgehängt. Trauermusik.*

DRITTER AKT

Szene: Fehrbellin. Ein Gefängnis.

Erster Auftritt

*Der Prinz von Homburg. – Im Hintergrunde zwei Reuter, als Wache. –
Der Graf von Hohenzollern tritt auf.*

DER PRINZ VON HOMBURG.

Sieh da! Freund Heinrich! Sei willkommen mir!
Nun, des Arrestes bin ich wieder los?

HOHENZOLLERN *erstaunt.*

Gott sei Lob, in der Höh!

DER PRINZ VON HOMBURG.   Was sagst du?

HOHENZOLLERN.   Los?

Hat er den Degen dir zurück geschickt?

DER PRINZ VON HOMBURG.

Mir? Nein.

HOHENZOLLERN. Nicht?

DER PRINZ VON HOMBURG. Nein!

HOHENZOLLERN.   – Woher denn also los?

DER PRINZ VON HOMBURG *nach einer Pause.*

Ich glaubte, du, du bringst es mir. – Gleichviel!

HOHENZOLLERN.

– Ich weiß von nichts.

DER PRINZ VON HOMBURG. Gleichviel, du hörst; gleichviel!
So schickt er einen andern, der mirs melde.

Er wendet sich und holt Stühle.

Setz dich! – Nun, sag mir an, was gibt es Neues?

800   – Der Kurfürst kehrte von Berlin zurück?

HOHENZOLLERN *zerstreut.*

Ja. Gestern abend.

DER PRINZ VON HOMBURG.

Ward, beschloßnermaßen,
Das Siegsfest dort gefeiert? – – Allerdings!
– Der Kurfürst war zugegen in der Kirche?

HOHENZOLLERN. Er und die Fürstin und Natalie. –

Die Kirche war, auf würdge Art, erleuchtet;

Battrieen ließen sich, vom Schloßplatz her,
Mit ernster Pracht bei dem Tedeum hören.
Die schwedschen Fahnen wehten und Standarten,
Trophäenartig, von den Pfeilern nieder,
Und auf des Herrn ausdrücklichem Befehl,   810
Ward deines, als des Siegers Namen –
Erwähnung von der Kanzel her getan.

DER PRINZ VON HOMBURG.

Das hört ich! – – Nun, was gibt es sonst; was bringst du?
– Dein Antlitz, dünkt mich, sieht nicht heiter, Freund!

HOHENZOLLERN.

– Sprachst du schon wen?

DER PRINZ VON HOMBURG.   Golz, eben, auf dem Schlosse,
Wo ich, du weißt es, im Verhöre war.

Pause.

HOHENZOLLERN *sieht ihn bedenklich an.*

Was denkst du, Arthur, denn von deiner Lage,
Seit sie so seltsam sich verändert hat?

DER PRINZ VON HOMBURG.

Ich? Nun, was du und Golz – die Richter selbst!
Der Kurfürst hat getan, was Pflicht erheischte,   820
Und nun wird er dem Herzen auch gehorchen.
Gefehlt hast du, so wird er ernst mir sagen,
Vielleicht ein Wort von Tod und Festung sprechen:
Ich aber schenke dir die Freiheit wieder –
Und um das Schwert, das ihm den Sieg errang,
Schlingt sich vielleicht ein Schmuck der Gnade noch;
– Wenn der nicht, gut; denn den verdient ich nicht!

HOHENZOLLERN. O Arthur!

Er hält inne.

DER PRINZ VON HOMBURG.   Nun?
HOHENZOLLERN.   – Des bist du so gewiß?
DER PRINZ VON HOMBURG.

Ich denks mir so! Ich bin ihm wert, das weiß ich,
Wert wie ein Sohn; das hat seit früher Kindheit,   830
Sein Herz in tausend Proben mir bewiesen.
Was für ein Zweifel ists, der dich bewegt?

Schien er am Wachstum meines jungen Ruhms
Nicht mehr fast, als ich selbst, sich zu erfreun?
Bin ich nicht alles, was ich bin, durch ihn?
Und er, er sollte lieblos jetzt die Pflanze,
Die er selbst zog, bloß, weil sie sich ein wenig
Zu rasch und üppig in die Blume warf,
Mißgünstig in den Staub daniedertreten?
840   Das glaubt ich seinem schlimmsten Feinde nicht,
Vielwen'ger dir, der du ihn kennst und liebst.

HOHENZOLLERN *bedeutend.*

Du standst dem Kriegsrecht, Arthur, im Verhör,
Und bist des Glaubens noch?

DER PRINZ VON HOMBURG.   Weil ich ihm stand! –
Bei dem lebendgen Gott, so weit geht keiner,
Der nicht gesonnen wäre, zu begnadgen!
Dort eben, vor der Schranke des Gerichts,
Dort wars, wo mein Vertraun sich wiederfand.
Wars denn ein todeswürdiges Verbrechen,
Zwei Augenblicke früher, als befohlen,
850   Die schwedsche Macht in Staub gelegt zu haben?
Und welch ein Frevel sonst drückt meine Brust?
Wie könnt er doch vor diesen Tisch mich laden,
Von Richtern, herzlos, die den Eulen gleich,
Stets von der Kugel mir das Grablied singen,
Dächt er, mit einem heitern Herrscherspruch,
Nicht, als ein Gott in ihren Kreis zu treten?
Nein, Freund, er sammelt diese Nacht von Wolken
Nur um mein Haupt, um wie die Sonne mir,
Durch ihren Dunstkreis strahlend aufzugehn:
860   Und diese Lust, fürwahr, kann ich ihm gönnen!

HOHENZOLLERN.

Das Kriegsrecht gleichwohl, sagt man, hat gesprochen?

DER PRINZ VON HOMBURG.

Ich höre, ja; auf Tod.

HOHENZOLLERN *erstaunt.* Du weißt es schon?

DER PRINZ VON HOMBURG.

Golz, der dem Spruch des Kriegsrechts beigewohnt,
Hat mir gemeldet, wie er ausgefallen.

HOHENZOLLERN.

Nun denn, bei Gott! – Der Umstand rührt dich nicht?

DER PRINZ VON HOMBURG.

Mich? Nicht im mindesten.

HOHENZOLLERN.   Du Rasender!

Und worauf stützt sich deine Sicherheit?

DER PRINZ VON HOMBURG.

Auf mein Gefühl von ihm!

Er steht auf.

Ich bitte, laß mich!

Was soll ich mich mit falschen Zweifeln quälen?

Er besinnt sich und läßt sich wieder nieder. – Pause.

Das Kriegsrecht mußte auf den Tod erkennen;   870
So lautet das Gesetz, nach dem es richtet.
Doch eh er solch ein Urteil läßt vollstrecken,
Eh er dies Herz hier, das getreu ihn liebt,
Auf eines Tuches Wink, der Kugel preis gibt,
Eh sieh, eh öffnet er die eigne Brust sich,
Und sprützt sein Blut selbst tropfenweis in Staub.

HOHENZOLLERN. Nun, Arthur, ich versichre dich –

DER PRINZ VON HOMBURG *unwillig.*   O Lieber!

HOHENZOLLERN.

Der Marschall –

DER PRINZ VON HOMBURG *ebenso.*

Laß mich, Freund!

HOHENZOLLERN.   Zwei Worte hör noch!

Wenn die dir auch nichts gelten, schweig ich still.

DER PRINZ VON HOMBURG *wendet sich wieder zu ihm.*

Du hörst, ich weiß von allem. – Nun? Was ists?   880

HOHENZOLLERN. Der Marschall hat, höchst seltsam ists, soeben
Das Todesurteil im Schloß ihm überreicht;
Und er, statt wie das Urteil frei ihm stellt,
Dich zu begnadigen, er hat befohlen,
Daß es zur Unterschrift ihm kommen soll.

DER PRINZ VON HOMBURG.

Gleichviel. Du hörst.

HOHENZOLLERN.   Gleichviel?

DER PRINZ VON HOMBURG.   Zur Unterschrift?

HOHENZOLLERN. Bei meiner Ehr! Ich kann es dir versichern.

DER PRINZ VON HOMBURG.

  Das Urteil? – Nein! die Schrift –?

HOHENZOLLERN.   Das Todesurteil.

DER PRINZ VON HOMBURG.

  – Wer hat dir das gesagt?

HOHENZOLLERN.   Er selbst, der Marschall!

DER PRINZ VON HOMBURG.

890   Wann?

HOHENZOLLERN.

      Eben jetzt.

DER PRINZ VON HOMBURG.

                  Als er vom Herrn zurück kam?

HOHENZOLLERN. Als er vom Herrn die Treppe niederstieg! –
  Er fügt' hinzu, da er bestürzt mich sah,
  Verloren sei noch nichts, und morgen sei
  Auch noch ein Tag, dich zu begnadigen;
  Doch seine bleiche Lippe widerlegte
  Ihr eignes Wort, und sprach: ich fürchte, nein!

DER PRINZ VON HOMBURG *steht auf.*

  Er könnte – nein! so ungeheure
  Entschließungen in seinem Busen wälzen?
  Um eines Fehls, der Brille kaum bemerkbar,
900   In dem Demanten, den er jüngst empfing,
  In Staub den Geber treten? Eine Tat,
  Die weiß den Dei von Algier brennt, mit Flügeln,
  Nach Art der Cherubinen, silberglänzig,
  Den Sardanapel ziert, und die gesamte
  Altrömische Tyrannenreihe, schuldlos,
  Wie Kinder, die am Mutterbusen sterben,
  Auf Gottes rechter Seit hinüberwirft?

HOHENZOLLERN *der gleichfalls aufgestanden.*

  Du mußt, mein Freund, dich davon überzeugen.

DER PRINZ VON HOMBURG.

  Und der Feldmarschall schwieg und sagte nichts?

HOHENZOLLERN.

910   Was sollt er sagen?

DER PRINZ VON HOMBURG.

O Himmel! Meine Hoffnung!

HOHENZOLLERN. Hast du vielleicht je einen Schritt getan,
Seis wissentlich, seis unbewußt,
Der seinem stolzen Geist zu nah getreten?

DER PRINZ VON HOMBURG.

Niemals!

HOHENZOLLERN.

Besinne dich!

DER PRINZ VON HOMBURG. Niemals, beim Himmel!
Mir war der Schatten seines Hauptes heilig.

HOHENZOLLERN.

Arthur, sei mir nicht böse, wenn ich zweifle.
Graf Horn traf, der Gesandte Schwedens, ein,
Und sein Geschäft geht, wie man mir versichert,
An die Prinzessin von Oranien.
Ein Wort, das die Kurfürstin Tante sprach,   920
Hat aufs empfindlichste den Herrn getroffen;
Man sagt, das Fräulein habe schon gewählt.
Bist du auf keine Weise hier im Spiele?

DER PRINZ VON HOMBURG.

O Gott! Was sagst du mir?

HOHENZOLLERN.   Bist dus? Bist dus?

DER PRINZ VON HOMBURG.

Ich bins, mein Freund; jetzt ist mir alles klar;
Es stürzt der Antrag ins Verderben mich:
An ihrer Weigrung, wisse, bin ich schuld,
Weil mir sich die Prinzessin anverlobt!

HOHENZOLLERN. Du unbesonner Tor! Was machtest du?
Wie oft hat dich mein treuer Mund gewarnt?   930

DER PRINZ VON HOMBURG.

O Freund! Hilf, rette mich! Ich bin verloren.

HOHENZOLLERN. Ja, welch ein Ausweg führt aus dieser Not?
Willst du vielleicht die Fürstin Tante sprechen?

DER PRINZ VON HOMBURG *wendet sich.*

– He, Wache!

REUTER *im Hintergrunde.*

Hier!

DER PRINZ VON HOMBURG.

Ruft euren Offizier! –

Er nimmt eilig einen Mantel um von der Wand, und setzt einen Federhut auf,
der auf dem Tisch liegt.

HOHENZOLLERN *indem er ihm behülflich ist.*

Der Schritt kann, klug gewandt, dir Rettung bringen.
– Denn kann der Kurfürst nur mit König Karl,
Um den bewußten Preis, den Frieden schließen,
So sollst du sehn, sein Herz versöhnt sich dir,
Und gleich, in wenig Stunden, bist du frei.

Zweiter Auftritt

Der Offizier tritt auf. – Die Vorigen.

DER PRINZ VON HOMBURG *zu dem Offizier.*

940 Stranz, übergeben bin ich deiner Wache!
Erlaub, in einem dringenden Geschäft,
Daß ich auf eine Stunde mich entferne.

DER OFFIZIER. Mein Prinz, mir übergeben bist du nicht.
Die Order, die man mir erteilt hat, lautet,
Dich gehn zu lassen frei, wohin du willst.

DER PRINZ VON HOMBURG.

Seltsam! – So bin ich kein Gefangener?

DER OFFIZIER. Vergib! – Dein Wort ist eine Fessel auch.

HOHENZOLLERN *bricht auf.*

Auch gut! Gleichviel!

DER PRINZ VON HOMBURG. Wohlan! So leb denn wohl!

HOHENZOLLERN. Die Fessel folgt dem Prinzen auf dem Fuße!

DER PRINZ VON HOMBURG.

950 Ich geh aufs Schloß zu meiner Tante nur,
Und bin in zwei Minuten wieder hier.

Alle ab.

Szene: Zimmer der Kurfürstin.

Dritter Auftritt

Die Kurfürstin und Natalie treten auf.

DIE KURFÜRSTIN.

Komm, meine Tochter; komm! Dir schlägt die Stunde!
Graf Gustav Horn, der schwedische Gesandte,
Und die Gesellschaft, hat das Schloß verlassen;
Im Kabinett des Onkels seh ich Licht:
Komm, leg das Tuch dir um und schleich dich zu ihm,
Und sieh, ob du den Freund dir retten kannst.

Sie wollen gehen.

Vierter Auftritt

Eine Hofdame tritt auf. – Die Vorigen.

DIE HOFDAME. Prinz Homburg, gnädge Frau, ist vor der Türe!
   – Kaum weiß ich wahrlich, ob ich recht gesehn?
KURFÜRSTIN *betroffen.* O Gott!
NATALIE.   Er selbst?
KURFÜRSTIN.   Hat er denn nicht Arrest?   960
DIE HOFDAME. Er steht in Federhut und Mantel draußen,
   Und fleht, bestürzt und dringend um Gehör.
KURFÜRSTIN *unwillig.*
Der Unbesonnene! Sein Wort zu brechen!
NATALIE. Wer weiß, was ihn bedrängt.
KURFÜRSTIN *nach einigem Bedenken.*   – Laßt ihn herein!

Sie selbst setzt sich auf einen Stuhl.

Fünfter Auftritt

Der Prinz von Homburg tritt auf. – Die Vorigen.

DER PRINZ VON HOMBURG.

O meine Mutter!

Er läßt sich auf Knieen vor ihr nieder.

KURFÜRSTIN.   Prinz! Was wollt Ihr hier?

DER PRINZ VON HOMBURG.

O laß mich deine Knie umfassen, Mutter!

KURFÜRSTIN *mit unterdrückter Rührung.*

Gefangen seid Ihr, Prinz, und kommt hieher!

Was häuft Ihr neue Schuld zu Euren alten?

DER PRINZ VON HOMBURG *dringend.*

Weißt du, was mir geschehn?

KURFÜRSTIN.   Ich weiß um alles!

970   Was aber kann ich, Ärmste, für Euch tun?

DER PRINZ VON HOMBURG.

O meine Mutter, also sprächst du nicht,

Wenn dich der Tod umschauerte, wie mich!

Du scheinst mit Himmelskräften, rettenden,

Du mir, das Fräulein, deine Fraun, begabt,

Mir alles rings umher, dem Troßknecht könnt ich,

Dem schlechtesten, der deiner Pferde pflegt,

Gehängt am Halse flehen: rette mich!

Nur ich allein, auf Gottes weiter Erde,

Bin hülflos, ein Verlaßner, und kann nichts!

980   KURFÜRSTIN. Du bist ganz außer dir! Was ist geschehn?

DER PRINZ VON HOMBURG.

Ach! Auf dem Wege, der mich zu dir führte,

Sah ich das Grab, beim Schein der Fackeln, öffnen,

Das morgen mein Gebein empfangen soll.

Sieh, diese Augen, Tante, die dich anschaun,

Will man mit Nacht umschatten, diesen Busen

Mit mörderischen Kugeln mir durchbohren.

Bestellt sind auf dem Markte schon die Fenster,

Die auf das öde Schauspiel niedergehn,

Und der die Zukunft, auf des Lebens Gipfel,

990   Heut, wie ein Feenreich, noch überschaut,

Liegt in zwei engen Brettern duftend morgen,

Und ein Gestein sagt dir von ihm: er war!

Die Prinzessin, welche bisher, auf die Schulter der Hofdame gelehnt, in der Ferne gestanden hat, läßt sich, bei diesen Worten, erschüttert an einen Tisch nieder und weint.

KURFÜRSTIN. Mein Sohn! Wenns so des Himmels Wille ist,

Wirst du mit Mut dich und mit Fassung rüsten!

DER PRINZ VON HOMBURG.

O Gottes Welt, o Mutter, ist so schön!
Laß mich nicht, fleh ich, eh die Stunde schlägt,
Zu jenen schwarzen Schatten niedersteigen!
Mag er doch sonst, wenn ich gefehlt, mich strafen,
Warum die Kugel eben muß es sein?
Mag er mich meiner Ämter doch entsetzen,   1000
Mit Kassation, wenns das Gesetz so will,
Mich aus dem Heer entfernen: Gott des Himmels!
Seit ich mein Grab sah, will ich nichts, als leben,
Und frage nichts mehr, ob es rühmlich sei!

KURFÜRSTIN.

Steh auf, mein Sohn; steh auf! Was sprichst du da?
Du bist zu sehr erschüttert. Fasse dich!

DER PRINZ VON HOMBURG.

Nicht, Tante, ehr als bis du mir gelobt,
Mit einem Fußfall, der mein Dasein rette,
Flehnd seinem höchsten Angesicht zu nahn!
Dir übergab zu Homburg, als sie starb,   1010
Die Hedwig mich, und sprach, die Jugendfreundin:
Sei ihm die Mutter, wenn ich nicht mehr bin.
Du beugtest tief gerührt, am Bette knieend,
Auf ihre Hand dich und erwidertest:
Er soll mir sein, als hätt ich ihn erzeugt.
Nun, jetzt erinnr' ich dich an solch ein Wort!
Geh hin, als hättst du mich erzeugt, und sprich:
Um Gnade fleh ich, Gnade! Laß ihn frei!
Ach, und komm mir zurück und sprich: du bists!

KURFÜRSTIN *weint.* Mein teurer Sohn! Es ist bereits geschehn!   1020
Doch alles, was ich flehte, war umsonst!

DER PRINZ VON HOMBURG.

Ich gebe jeden Anspruch auf an Glück.
Nataliens, das vergiß nicht, ihm zu melden,
Begehr ich gar nicht mehr, in meinem Busen
Ist alle Zärtlichkeit für sie verlöscht.
Frei ist sie, wie das Reh auf Heiden, wieder;
Mit Hand und Mund, als wär ich nie gewesen,
Verschenken kann sie sich, und wenns Karl Gustav,

Der Schweden König ist, so lob ich sie.
1030 Ich will auf meine Güter gehn am Rhein,
Da will ich bauen, will ich niederreißen,
Daß mir der Schweiß herabtrieft, säen, ernten,
Als wärs für Weib und Kind, allein genießen,
Und, wenn ich erntete, von neuem säen,
Und in den Kreis herum das Leben jagen,
Bis es am Abend niedersinkt und stirbt.
KURFÜRSTIN. Wohlan! Kehr jetzt nur heim in dein Gefängnis,
Das ist die erste Fordrung meiner Gunst!
DER PRINZ VON HOMBURG *steht auf und wendet sich zur Prinzessin.*
Du armes Mädchen, weinst! Die Sonne leuchtet
1040 Heut alle deine Hoffnungen zu Grab!
Entschieden hat dein erst Gefühl für mich,
Und deine Miene sagt mir, treu wie Gold,
Du wirst dich nimmer einem andern weihn.
Ja, was erschwing ich, Ärmster, das dich tröste?
Geh an den Main, rat ich, ins Stift der Jungfraun,
Zu deiner Base Thurn, such in den Bergen
Dir einen Knaben, blondgelockt wie ich,
Kauf ihn mit Gold und Silber dir, drück ihn
An deine Brust und lehr ihn: Mutter! stammeln,
1050 Und wenn er größer ist, so unterweis ihn,
Wie man den Sterbenden die Augen schließt.
Das ist das ganze Glück, das vor dir liegt!
NATALIE *mutig und erhebend, indem sie aufsteht und ihre Hand in die seinige legt.*
Geh, junger Held, in deines Kerkers Haft,
Und auf dem Rückweg, schau noch einmal ruhig
Das Grab dir an, das dir geöffnet wird!
Es ist nichts finstrer und um nichts breiter,
Als es dir tausendmal die Schlacht gezeigt!
Inzwischen werd ich, in dem Tod dir treu,
Ein rettend Wort für dich dem Oheim wagen:
1060 Vielleicht gelingt es mir, sein Herz zu rühren,
Und dich von allem Kummer zu befrein!
Pause.
DER PRINZ VON HOMBURG *faltet, in ihrem Anschaun verloren, die Hände.*
Hättst du zwei Flügel, Jungfrau, an den Schultern,

Für einen Engel wahrlich hielt ich dich! –
O Gott, hört ich auch recht? Du für mich sprechen?
– Wo ruhte denn der Köcher dir der Rede,
Bis heute, liebes Kind, daß du willst wagen,
Den Herrn in solcher Sache anzugehn? –
– O Hoffnungslicht, das plötzlich mich erquickt!
NATALIE. Gott wird die Pfeile mir, die treffen, reichen! –
Doch wenn der Kurfürst des Gesetzes Spruch   1070
Nicht ändern kann, nicht kann: wohlan! so wirst du
Dich tapfer ihm, der Tapfre, unterwerfen:
Und der im Leben tausendmal gesiegt,
Er wird auch noch im Tod zu siegen wissen!
KURFÜRSTIN. Hinweg! – Die Zeit verstreicht, die günstig ist!
DER PRINZ VON HOMBURG.
Nun, alle Heilgen mögen dich beschirmen!
Leb wohl! Leb wohl! Und was du auch erringst,
Vergönne mir ein Zeichen vom Erfolg!
Alle ab.

VIERTER AKT

Szene: Zimmer des Kurfürsten.

Erster Auftritt

Der Kurfürst steht mit Papieren an einem, mit Lichtern besetzten Tisch. –
Natalie tritt durch die mittlere Tür auf und läßt sich in einiger Entfernung,
vor ihm nieder.
Pause.

NATALIE *knieend.* Mein edler Oheim, Friedrich von der Mark!
DER KURFÜRST *legt die Papiere weg.*
Natalie!
Er will sie erheben.
NATALIE. Laß, laß!
DER KURFÜRST.   Was willst du, Liebe?   1080
NATALIE. Zu deiner Füße Staub, wies mir gebührt,
Für Vetter Homburg dich um Gnade flehn!

Ich will ihn nicht für mich erhalten wissen –
Mein Herz begehrt sein und gesteht es dir;
Ich will ihn nicht für mich erhalten wissen –
Mag er sich welchem Weib er will vermählen;
Ich will nur, daß er da sei, lieber Onkel,
Für sich, selbständig, frei und unabhängig,
Wie eine Blume, die mir wohlgefällt:
1090   Dies fleh ich dich, mein höchster Herr und Freund,
Und weiß, solch Flehen wirst du mir erhören.

DER KURFÜRST *erhebt sie.*

Mein Töchterchen! Was für ein Wort entfiel dir?
– Weißt du, was Vetter Homburg jüngst verbrach?

NATALIE. O lieber Onkel!

DER KURFÜRST.   Nun? Verbrach er nichts?

NATALIE. O dieser Fehltritt, blond mit blauen Augen,
Den, eh er noch gestammelt hat: ich bitte!
Verzeihung schon vom Boden heben sollte:
Den wirst du nicht mit Füßen von dir weisen!
Den drückst du um die Mutter schon ans Herz,
1100   Die ihn gebar, und rufst: komm, weine nicht;
Du bist so wert mir, wie die Treue selbst!
Wars Eifer nicht, im Augenblick des Treffens,
Für deines Namens Ruhm, der ihn verführt,
Die Schranke des Gesetzes zu durchbrechen:
Und ach! die Schranke jugendlich durchbrochen,
Trat er dem Lindwurm männlich nicht aufs Haupt?
Erst, weil er siegt', ihn kränzen, dann enthaupten,
Das fordert die Geschichte nicht von dir;
Das wäre so erhaben, lieber Onkel,
1110   Daß man es fast unmenschlich nennen könnte:
Und Gott schuf noch nichts Milderes, als dich.

DER KURFÜRST. Mein süßes Kind! Sieh! Wär ich ein Tyrann,
Dein Wort, das fühl ich lebhaft, hätte mir
Das Herz schon in der erznen Brust geschmelzt.
Dich aber frag ich selbst: darf ich den Spruch
Den das Gericht gefällt, wohl unterdrücken? –
Was würde wohl davon die Folge sein?

NATALIE. Für wen? Für dich?

DER KURFÜRST.   Für mich; nein! – Was? Für mich!
  Kennst du nichts Höhres, Jungfrau, als nur mich?
  Ist dir ein Heiligtum ganz unbekannt,   1120
  Das in dem Lager, Vaterland sich nennt?
NATALIE. O Herr! Was sorgst du doch? Dies Vaterland!
  Das wird, um dieser Regung deiner Gnade,
  Nicht gleich, zerschellt in Trümmern, untergehn.
  Vielmehr, was du, im Lager auferzogen,
  Unordnung nennst, die Tat, den Spruch der Richter,
  In diesem Fall, willkürlich zu zerreißen,
  Erscheint mir als die schönste Ordnung erst:
  Das Kriegsgesetz, das weiß ich wohl, soll herrschen,
  Jedoch die lieblichen Gefühle auch.   1130
  Das Vaterland, das du uns gründetest,
  Steht, eine feste Burg, mein edler Ohm:
  Das wird ganz andre Stürme noch ertragen,
  Fürwahr, als diesen unberufnen Sieg;
  Das wird sich ausbaun herrlich, in der Zukunft,
  Erweitern, unter Enkels Hand, verschönern,
  Mit Zinnen, üppig, feenhaft, zur Wonne
  Der Freunde, und zum Schrecken aller Feinde:
  Das braucht nicht dieser Bindung, kalt und öd,
  Aus eines Freundes Blut, um Onkels Herbst,   1140
  Den friedlich prächtigen, zu überleben.
DER KURFÜRST.
  Denkt Vetter Homburg auch so?
NATALIE.   Vetter Homburg?
DER KURFÜRST. Meint er, dem Vaterlande gelt es gleich,
  Ob Willkür drin, ob drin die Satzung herrsche?
NATALIE. Ach, dieser Jüngling!
DER KURFÜRST.   Nun?
NATALIE.   Ach, lieber Onkel! –
  Hierauf zur Antwort hab ich nichts, als Tränen.
DER KURFÜRST *betroffen.*
  Warum, mein Töchterchen? Was ist geschehn?
NATALIE *zaudernd.*
  Der denkt jetzt nichts, als nur dies eine: Rettung!
  Den schaun die Röhren, an der Schützen Schultern,

1150 So gräßlich an, daß überrascht und schwindelnd,
Ihm jeder Wunsch, als nur zu leben, schweigt:
Der könnte, unter Blitz und Donnerschlag,
Das ganze Reich der Mark versinken sehn,
Daß er nicht fragen würde: was geschieht?
– Ach, welch ein Heldenherz hast du geknickt!

Sie wendet sich und weint.

DER KURFÜRST *im äußersten Erstaunen.*

Nein, meine teuerste Natalie,
Unmöglich, in der Tat?! – Er fleht um Gnade?

NATALIE. Ach, hättst du nimmer, nimmer ihn verdammt!

DER KURFÜRST.

Nein, sag: er fleht um Gnade? – Gott im Himmel,
1160 Was ist geschehn, mein liebes Kind? Was weinst du?
Du sprachst ihn? Tu mir alles kund! Du sprachst ihn?

NATALIE *an seine Brust gelehnt.*

In den Gemächern eben jetzt der Tante,
Wohin, im Mantel, schau, und Federhut
Er, unterm Schutz der Dämmrung, kam geschlichen:
Verstört und schüchtern, heimlich, ganz unwürdig,
Ein unerfreulich, jammernswürdger Anblick!
Zu solchem Elend, glaubt ich, sänke keiner,
Den die Geschicht als ihren Helden preist.
Schau her, ein Weib bin ich, und schaudere
1170 Dem Wurm zurück, der meiner Ferse naht:
Doch so zermalmt, so fassungslos, so ganz
Unheldenmütig träfe mich der Tod,
In eines scheußlichen Leun Gestalt nicht an!
–Ach, was ist Menschengröße, Menschenruhm!

DER KURFÜRST *verwirrt.*

Nun denn, beim Gott des Himmels und der Erde,
So fasse Mut, mein Kind; so ist er frei!

NATALIE. Wie, mein erlauchter Herr?

DER KURFÜRST.   Er ist begnadigt! –
Ich will sogleich das Nötg' an ihn erlassen.

NATALIE. O Liebster! Ist es wirklich wahr?

DER KURFÜRST.   Du hörst!

1180 NATALIE. Ihm soll vergeben sein? Er stirbt jetzt nicht?

DER KURFÜRST.

Bei meinem Eid! Ich schwörs dir zu! Wo werd ich
Mich gegen solchen Kriegers Meinung setzen?
Die höchste Achtung, wie dir wohl bekannt,
Trag ich im Innersten für sein Gefühl:
Wenn er den Spruch für ungerecht kann halten
Kassier ich die Artikel: er ist frei! –

Er bringt ihr einen Stuhl.

Willst du, auf einen Augenblick, dich setzen?

Er geht an den Tisch, setzt sich und schreibt.
Pause.

NATALIE *für sich.* Ach, Herz, was klopfst du also an dein Haus?

DER KURFÜRST *indem er schreibt.*

Der Prinz ist drüben noch im Schloß?

NATALIE.   Vergib!

Er ist in seine Haft zurückgekehrt. –   1190

DER KURFÜRST *endigt und siegelt; hierauf kehrt er mit dem Brief wieder zur Prinzessin zurück.*

Fürwahr, mein Töchterchen, mein Nichtchen, weinte!
Und ich, dem ihre Freude anvertraut,
Mußt ihrer holden Augen Himmel trüben!

Er legt den Arm um ihren Leib.

Willst du den Brief ihm selber überbringen? –

NATALIE. Ins Stadthaus! Wie?

DER KURFÜRST *drückt ihr den Brief in die Hand.*

Warum nicht? – He! Heiducken!

Heiducken treten auf.

Den Wagen vorgefahren! Die Prinzessin
Hat ein Geschäft beim Obersten von Homburg!

Die Heiducken treten wieder ab.

So kann er, für sein Leben, gleich dir danken.

Er umarmt sie.

Mein liebes Kind! Bist du mir wieder gut?

NATALIE *nach einer Pause.*

Was deine Huld, o Herr, so rasch erweckt,   1200
Ich weiß es nicht und untersuch es nicht.
Das aber, sieh, das fühl ich in der Brust,
Unedel meiner spotten wirst du nicht:

Der Brief enthalte, was es immer sei,
Ich glaube Rettung – und ich danke dir!
>>> *Sie küßt ihm die Hand.*

DER KURFÜRST. Gewiß, mein Töchterchen, gewiß! So sicher,
Als sie in Vetter Homburgs Wünschen liegt.
>>> *Ab.*

Szene: Zimmer der Prinzessin.

Zweiter Auftritt

Prinzessin Natalie tritt auf. – Zwei Hofdamen und der Rittmeister, Graf Reuß, folgen.

NATALIE *eilfertig.* Was bringt Ihr, Graf? – Von meinem Regiment?
Ists von Bedeutung? Kann ichs morgen hören?
GRAF REUSS *überreicht ihr ein Schreiben.*
1210   Ein Brief vom Obrist Kottwitz, gnädge Frau!
NATALIE. Geschwind! Gebt! Was enthält er?
>>> *Sie eröffnet ihn.*

GRAF REUSS.   Eine Bittschrift,
Freimütig, wie Ihr seht, doch ehrfurchtsvoll,
An die Durchlaucht des Herrn, zu unsers Führers,
Des Prinz von Homburg, Gunsten aufgesetzt.
NATALIE *liest.* »Supplik, in Unterwerfung eingereicht,
Vom Regiment, Prinzessin von Oranien.« –
>>> *Pause.*

Die Bittschrift ist von wessen Hand verfaßt?
GRAF REUSS. Wie ihrer Züg unsichre Bildung schon
Erraten läßt, vom Obrist Kottwitz selbst. –
1220   Auch steht sein edler Name obenan.
NATALIE. Die dreißig Unterschriften, welche folgen –?
GRAF REUSS. Der Offiziere Namen, Gnädigste,
Wie sie, dem Rang nach, Glied für Glied, sich folgen.
NATALIE. Und mir, mir wird die Bittschrift zugefertigt?
GRAF REUSS. Mein Fräulein, untertänigst Euch zu fragen,
Ob Ihr, als Chef, den ersten Platz, der offen,
Mit Eurem Namen gleichfalls füllen wollt.
>>> *Pause.*

NATALIE. Der Prinz zwar, hör ich, soll, mein edler Vetter,
Vom Herrn aus eignem Trieb, begnadigt werden,
Und eines solchen Schritts bedarf es nicht.   1230

GRAF REUSS *vergnügt.*
Wie? Wirklich?

NATALIE.   Gleichwohl will ich unter einem Blatte,
Das, in des Herrn Entscheidung, klug gebraucht,
Als ein Gewicht kann in die Waage fallen,
Das ihm vielleicht, den Ausschlag einzuleiten,
Sogar willkommen ist, mich nicht verweigern –
Und, eurem Wunsch gemäß, mit meinem Namen,
Hiemit an eure Spitze setz ich mich.
                    Sie geht und will schreiben.

GRAF REUSS. Fürwahr, uns lebhaft werdet Ihr verbinden!
                    Pause.

NATALIE *wendet sich wieder zu ihm.*
Ich finde nur mein Regiment, Graf Reuß!
Warum vermiß ich Bomsdorf Kürassiere,   1240
Und die Dragoner Götz und Anhalt-Pleß?

GRAF REUSS. Nicht, wie vielleicht Ihr sorgt, weil ihre Herzen
Ihm lauer schlügen, als die unsrigen! –
Es trifft ungünstig sich für die Supplik,
Daß Kottwitz fern in Arnstein kantoniert,
Gesondert von den andern Regimentern,
Die hier bei dieser Stadt, im Lager stehn.
Dem Blatt fehlt es an Freiheit, leicht und sicher,
Die Kraft, nach jeder Richtung zu entfalten.

NATALIE. Gleichwohl fällt, dünkt mich, so das Blatt nur leicht? –   1250
Seid Ihr gewiß, Herr Graf, wärt Ihr im Ort,
Und sprächt die Herrn, die hier versammelt sind,
Sie schlössen gleichfalls dem Gesuch sich an?

GRAF REUSS. Hier in der Stadt, mein Fräulein? – Kopf für Kopf!
Die ganze Reuterei verpfändete
Mit ihren Namen sich; bei Gott, ich glaube,
Es ließe glücklich eine Subskription,
Beim ganzen Heer der Märker, sich eröffnen!

NATALIE *nach einer Pause.* Warum nicht schickt ihr Offiziere ab,
Die das Geschäft im Lager hier betreiben?   1260

GRAF REUSS. Vergebt! – Dem weigerte der Obrist sich!
  – Er wünsche, sprach er, nichts zu tun, das man
  Mit einem übeln Namen taufen könnte.
NATALIE. Der wunderliche Herr! Bald kühn, bald zaghaft! –
  Zum Glück trug mir der Kurfürst, fällt mir ein,
  Bedrängt von anderen Geschäften, auf,
  An Kottwitz, dem die Stallung dort zu eng,
  Zum Marsch hierher die Order zu erlassen! –
  Ich setze gleich mich nieder es zu tun.

Sie setzt sich und schreibt.

1270 GRAF REUSS. Beim Himmel, trefflich, Fräulein! Ein Ereignis,
  Das günstger sich dem Blatt nicht treffen könnte!
NATALIE *während sie schreibt.*
  Gebrauchts Herr Graf von Reuß, so gut Ihr könnt.

Sie schließt, und siegelt, und steht wieder auf.

  Inzwischen bleibt, versteht, dies Schreiben noch,
  In Eurem Portefeuille; Ihr geht nicht eher
  Damit nach Arnstein ab, und gebts dem Kottwitz:
  Bis ich bestimmtern Auftrag Euch erteilt!

Sie gibt ihm das Schreiben.

EIN HEIDUCK *tritt auf.*
  Der Wagen, Fräulein, auf des Herrn Befehl,
  Steht angeschirrt im Hof und wartet Euer!
NATALIE. So fahrt ihn vor! Ich komme gleich herab!

Pause, in welcher sie gedankenvoll an den Tisch tritt, und ihre Handschuh anzieht.

1280 Wollt Ihr zum Prinz von Homburg mich, Herr Graf,
  Den ich zu sprechen willens bin, begleiten?
  Euch steht ein Platz in meinem Wagen offen.
GRAF REUSS. Mein Fräulein, diese Ehre, in der Tat –!

Er bietet ihr den Arm.

NATALIE *zu den Hofdamen.*
  Folgt, meine Freundinnen! – Vielleicht daß ich
  Gleich, dort des Briefes wegen, mich entscheide!

Alle ab.

Szene: Gefängnis des Prinzen.

Dritter Auftritt

Der Prinz von Homburg hängt seinen Hut an die Wand, und läßt sich nach-
lässig auf ein, auf der Erde ausgebreitetes Kissen nieder.

DER PRINZ VON HOMBURG.

Das Leben nennt der Derwisch eine Reise,
Und eine kurze. Freilich! Von zwei Spannen
Diesseits der Erde nach zwei Spannen drunter.
Ich will auf halbem Weg mich niederlassen!
Wer heut sein Haupt noch auf der Schulter trägt,   1290
Hängt es schon morgen zitternd auf den Leib,
Und übermorgen liegts bei seiner Ferse.
Zwar, eine Sonne, sagt man, scheint dort auch,
Und über buntre Felder noch, als hier:
Ich glaubs; nur schade, daß das Auge modert,
Das diese Herrlichkeit erblicken soll.

Vierter Auftritt

Prinzessin Natalie tritt auf, geführt von dem Rittmeister, Graf Reuß. Hofdamen
folgen. Ihnen voran tritt ein Läufer mit einer Fackel. – Der Prinz von Homburg.

LÄUFER. Durchlaucht, Prinzessin von Oranien!
DER PRINZ VON HOMBURG *steht auf.*
Natalie!
LÄUFER.   Hier ist sie selber schon.
NATALIE *verbeugt sich gegen den Grafen.*
Laßt uns auf einen Augenblick allein!
              Graf Reuß und der Läufer ab.
DER PRINZ VON HOMBURG.
Mein teures Fräulein!
NATALIE.   Lieber, guter Vetter!   1300
DER PRINZ VON HOMBURG *führt sie vor.*
Nun sagt, was bringt Ihr? Sprecht! Wie stehts mit mir?
NATALIE. Gut. Alles gut. Wie ich vorher Euch sagte,
Begnadigt seid Ihr, frei; hier ist ein Brief,
Von seiner Hand, der es bekräftiget.

DER PRINZ VON HOMBURG.

Es ist nicht möglich! Nein! Es ist ein Traum!

NATALIE. Lest, lest den Brief! So werdet Ihrs erfahren.

DER PRINZ VON HOMBURG *liest.*

»Mein Prinz von Homburg, als ich Euch gefangen setzte,
Um Eures Angriffs, allzufrüh vollbracht,
Da glaubt ich nichts, als meine Pflicht zu tun;
1310 Auf Euren eignen Beifall rechnet ich.
Meint Ihr, ein Unrecht sei Euch widerfahren,
So bitt ich, sagts mir mit zwei Worten –
Und gleich den Degen schick ich Euch zurück.«

Natalie erblaßt. Pause. Der Prinz sieht sie fragend an.

NATALIE *mit dem Ausdruck plötzlicher Freude.*

Nun denn, da stehts! Zwei Worte nur bedarfs –!
O lieber süßer Freund!

Sie drückt seine Hand.

DER PRINZ VON HOMBURG. Mein teures Fräulein!

NATALIE. O sel'ge Stunde, die mir aufgegangen! –
Hier, nehmt, hier ist die Feder; nehmt, und schreibt!

DER PRINZ VON HOMBURG.

Und hier die Unterschrift?

NATALIE.   Das F; sein Zeichen! –
O Bork! O freut euch doch! – O seine Milde
1320 Ist uferlos, ich wußt es, wie die See. –
Schafft einen Stuhl nur her, er soll gleich schreiben.

DER PRINZ VON HOMBURG.

Er sagt, wenn ich der Meinung wäre –?

NATALIE *unterbricht ihn.*   Freilich!
Geschwind! Setzt Euch! Ich will es Euch diktieren.

Sie setzt ihm einen Stuhl hin.

DER PRINZ VON HOMBURG.

– Ich will den Brief noch einmal überlesen.

NATALIE *reißt ihm den Brief aus der Hand.*

Wozu? – Saht Ihr die Gruft nicht schon im Münster,
Mit offnem Rachen, Euch entgegengähn'n? –
Der Augenblick ist dringend. Sitzt und schreibt!

DER PRINZ VON HOMBURG *lächelnd.*

Wahrhaftig, tut Ihr doch, als würde sie
Mir, wie ein Panther, übern Nacken kommen.

Er setzt sich, und nimmt eine Feder.

NATALIE *wendet sich und weint.*

Schreibt, wenn Ihr mich nicht böse machen wollt!   1330

Der Prinz klingelt einem Bedienten; der Bediente tritt auf.

DER PRINZ VON HOMBURG.

Papier und Feder, Wachs und Petschaft mir!

Der Bediente nachdem er diese Sachen zusammengesucht, geht wieder ab.
Der Prinz schreibt. – Pause.

DER PRINZ VON HOMBURG *indem er den Brief, den er angefangen hat, zer-*
reißt und unter den Tisch wirft.

Ein dummer Anfang.

Er nimmt ein anderes Blatt.

NATALIE *hebt den Brief auf.* Wie? Was sagtet Ihr? –
Mein Gott, das ist ja gut; das ist vortrefflich!

DER PRINZ VON HOMBURG *in den Bart.*

Pah! – Eines Schuftes Fassung, keines Prinzen. –
Ich denk mir eine andre Wendung aus.

Pause. – Er greift nach des Kurfürsten Brief, den die Prinzessin in der Hand hält.

Was sagt er eigentlich im Briefe denn?

NATALIE *ihn verweigernd.*

Nichts, gar nichts!

DER PRINZ VON HOMBURG.

                    Gebt!

NATALIE.   Ihr last ihn ja!

DER PRINZ VON HOMBURG *erhascht ihn.*   Wenn gleich!

Ich will nur sehn, wie ich mich fassen soll.

Er entfaltet und überliest ihn.

NATALIE *für sich.*

O Gott der Welt! Jetzt ists um ihn geschehn!

DER PRINZ VON HOMBURG *betroffen.*

Sieh da! Höchst wunderbar, so wahr ich lebe!   1340
– Du übersahst die Stelle wohl?

NATALIE.   Nein! – Welche?

DER PRINZ VON HOMBURG.

Mich selber ruft er zur Entscheidung auf!

NATALIE. Nun, ja!

DER PRINZ VON HOMBURG.

                   Recht wacker, in der Tat, recht würdig!
Recht, wie ein großes Herz sich fassen muß!

NATALIE. O seine Großmut, Freund, ist ohne Grenzen!
– Doch nun tu auch das Deine du, und schreib,
Wie ers begehrt; du siehst, es ist der Vorwand,
Die äußre Form nur, deren es bedarf:
Sobald er die zwei Wort in Händen hat,

1350   Flugs ist der ganze Streit vorbei!

DER PRINZ VON HOMBURG *legt den Brief weg.*

                              Nein, Liebe!
Ich will die Sach bis morgen überlegen.

NATALIE. Du Unbegreiflicher! Welch eine Wendung? –
Warum? Weshalb?

DER PRINZ VON HOMBURG *erhebt sich leidenschaftlich vom Stuhl.*

              Ich bitte, frag mich nicht!
Du hast des Briefes Inhalt nicht erwogen!
Daß er mir unrecht tat, wies mir bedingt wird,
Das kann ich ihm nicht schreiben; zwingst du mich,
Antwort, in dieser Stimmung, ihm zu geben,
Bei Gott! so setz ich hin, du tust mir recht!

*Er läßt sich mit verschränkten Armen wieder an den Tisch nieder und sieht
in den Brief.*

NATALIE *bleich.*

Du Rasender! Was für ein Wort sprachst du?

                Sie beugt sich gerührt über ihn.

DER PRINZ VON HOMBURG *drückt ihr die Hand.*

1360   Laß, einen Augenblick! Mir scheint –

                        Er sinnt.

NATALIE.   Was sagst du?

DER PRINZ VON HOMBURG.

Gleich werd ich wissen, wie ich schreiben soll.

NATALIE *schmerzvoll.*

Homburg!

DER PRINZ VON HOMBURG *nimmt die Feder.*

              Ich hör! Was gibts?

NATALIE.   Mein süßer Freund!

Die Regung lob ich, die dein Herz ergriff.
Das aber schwör ich dir: das Regiment
Ist kommandiert, das dir Versenktem morgen,
Aus Karabinern, überm Grabeshügel,
Versöhnt die Totenfeier halten soll.
Kannst du dem Rechtsspruch, edel wie du bist,
Nicht widerstreben, nicht ihn aufzuheben,
Tun, wie ers hier in diesem Brief verlangt: 1370
Nun so versichr' ich dich, er faßt sich dir
Erhaben, wie die Sache steht, und läßt
Den Spruch mitleidsvoll morgen dir vollstrecken!

DER PRINZ VON HOMBURG *schreibend.*

Gleichviel!

NATALIE.   Gleichviel?

DER PRINZ VON HOMBURG. Er handle, wie er darf;
Mir ziemts hier zu verfahren, wie ich soll!

NATALIE *tritt erschrocken näher.*

Du Ungeheuerster, ich glaub, du schriebst?

DER PRINZ VON HOMBURG *schließt.*

»Homburg; gegeben, Fehrbellin, am zwölften –«;
Ich bin schon fertig. – Franz!

Er kuvertiert und siegelt den Brief.

NATALIE.   O Gott im Himmel!

DER PRINZ VON HOMBURG *steht auf.*

Bring diesen Brief aufs Schloß, zu meinem Herrn!

Der Bediente ab.

Ich will ihm, der so würdig vor mir steht,   1380
Nicht, ein Unwürdger, gegenüber stehn!
Schuld ruht, bedeutende, mir auf der Brust,
Wie ich es wohl erkenne; kann er mir
Vergeben nur, wenn ich mit ihm drum streite,
So mag ich nichts von seiner Gnade wissen.

NATALIE *küßt ihn.*

Nimm diesen Kuß! – Und bohrten gleich zwölf Kugeln
Dich jetzt in Staub, nicht halten könnt ich mich,
Und jauchzt und weint und spräche: du gefällst mir!
– Inzwischen, wenn du deinem Herzen folgst,

1390   Ists mir erlaubt, dem meinigen zu folgen.
        – Graf Reuß!

> *Der Läufer öffnet die Tür; der Graf tritt auf.*

GRAF REUSS.   Hier!

NATALIE.   Auf, mit Eurem Brief,
    Nach Arnstein hin, zum Obersten von Kottwitz!
    Das Regiment bricht auf, der Herr befiehlts;
    Hier, noch vor Mitternacht, erwart ich es!

> *Alle ab.*

FÜNFTER AKT

Szene: Saal im Schloß.

Erster Auftritt

Der Kurfürst kommt halbentkleidet aus dem Nebenkabinett; ihm folgen Graf Truchß, Graf Hohenzollern, und der Rittmeister von der Golz. – Pagen mit Lichtern.

DER KURFÜRST. Kottwitz? Mit den Dragonern der Prinzessin?
    Hier in der Stadt?

GRAF TRUCHSS *öffnet das Fenster.*

                    Ja, mein erlauchter Herr!
    Hier steht er vor dem Schlosse aufmarschiert.

DER KURFÜRST.
    Nun? – Wollt ihr mir, ihr Herrn, dies Rätsel lösen?
    – Wer rief ihn her?

HOHENZOLLERN.   Das weiß ich nicht, mein Kurfürst.

DER KURFÜRST.
1400   Der Standort, den ich ihm bestimmt, heißt Arnstein!
        Geschwind! Geh einer hin, und bring ihn her!

GOLZ. Er wird sogleich, o Herr, vor dir erscheinen!

DER KURFÜRST. Wo ist er?

GOLZ.   Auf dem Rathaus, wie ich höre,
    Wo die gesamte Generalität,
    Die deinem Hause dient, versammelt ist.

DER KURFÜRST.
    Weshalb? Zu welchem Zweck?

HOHENZOLLERN.   – Das weiß ich nicht.

GRAF TRUCHSS.

Erlaubt mein Fürst und Herr, daß wir uns gleichfalls,
Auf einen Augenblick, dorthin verfügen?

DER KURFÜRST.

Wohin? Aufs Rathaus?

HOHENZOLLERN.   In der Herrn Versammlung!

Wir gaben unser Wort, uns einzufinden.   1410

DER KURFÜRST *nach einer kurzen Pause.*

– Ihr seid entlassen!

GOLZ.   Kommt, ihr werten Herrn!

Die Offiziere ab.

Zweiter Auftritt

Der Kurfürst. – Späterhin zwei Bediente.

DER KURFÜRST. Seltsam! – Wenn ich der Dei von Tunis wäre,
Schlüg ich bei so zweideutgem Vorfall, Lärm.
Die seidne Schnur, legt ich auf meinen Tisch;
Und vor das Tor, verrammt mit Palisaden,
Führt ich Kanonen und Haubitzen auf.
Doch weils Hans Kottwitz aus der Priegnitz ist,
Der sich mir naht, willkürlich, eigenmächtig,
So will ich mich auf märksche Weise fassen:
Von den drei Locken, die man silberglänzig,   1420
Auf seinem Schädel sieht, faß ich die eine,
Und führ ihn still, mit seinen zwölf Schwadronen,
Nach Arnstein, in sein Hauptquartier, zurück.
Wozu die Stadt aus ihrem Schlafe wecken?

*Nachdem er wieder einen Augenblick ans Fenster getreten, geht er an den Tisch
und klingelt; zwei Bediente treten auf.*

DER KURFÜRST. Spring doch herab und frag, als wärs für dich,
Was es im Stadthaus gibt?

ERSTER BEDIENTER.   Gleich, mein Gebieter! *Ab.*

DER KURFÜRST *zu dem andern.*

Du aber geh und bring die Kleider mir!

*Der Bediente geht und bringt sie; der Kurfürst kleidet sich an und legt seinen
fürstlichen Schmuck an.*

Dritter Auftritt

Feldmarschall Dörfling tritt auf. – Die Vorigen.

FELDMARSCHALL. Rebellion, mein Kurfürst!

DER KURFÜRST *noch im Ankleiden beschäftigt.*   Ruhig, ruhig!
Es ist verhaßt mir, wie dir wohl bekannt,
1430   In mein Gemach zu treten, ungemeldet!
– Was willst du?

FELDMARSCHALL.   Herr, ein Vorfall – du vergibst!
Führt von besonderem Gewicht mich her.
Der Obrist Kottwitz rückte, unbeordert,
Hier in die Stadt; an hundert Offiziere
Sind auf dem Rittersaal um ihn versammelt;
Es geht ein Blatt in ihrem Kreis herum,
Bestimmt in deine Rechte einzugreifen.

DER KURFÜRST. Es ist mir schon bekannt! – Was wird es sein,
Als eine Regung zu des Prinzen Gunsten,
1440   Dem das Gesetz die Kugel zuerkannte.

FELDMARSCHALL.
So ists! Beim höchsten Gott! Du hasts getroffen!

DER KURFÜRST. Nun gut! – So ist mein Herz in ihrer Mitte.

FELDMARSCHALL. Man sagt, sie wollten heut, die Rasenden!
Die Bittschrift noch im Schloß dir überreichen,
Und falls, mit unversöhntem Grimm, du auf
Den Spruch beharrst – kaum wag ichs dir zu melden? –
Aus seiner Haft ihn mit Gewalt befrein!

DER KURFÜRST *finster.*
Wer hat dir das gesagt?

FELDMARSCHALL.   Wer mir das sagte?
Die Dame Retzow, der du trauen kannst,
1450   Die Base meiner Frau! Sie war heut abend
In ihres Ohms, des Drost von Retzow, Haus,
Wo Offiziere, die vom Lager kamen,
Laut diesen dreisten Anschlag äußerten.

DER KURFÜRST. Das muß ein Mann mir sagen, eh ichs glaube!
Mit meinem Stiefel, vor sein Haus gesetzt,
Schütz ich vor diesen jungen Helden ihn!

FELDMARSCHALL. Herr, ich beschwöre dich, wenns überall

Dein Wille ist, den Prinzen zu begnadigen:
Tus, eh ein höchstverhaßter Schritt geschehn!
Jedwedes Heer liebt, weißt du, seinen Helden;   1460
Laß diesen Funken nicht, der es durchglüht,
Ein heillos fressend Feuer um sich greifen.
Kottwitz weiß und die Schar, die er versammelt,
Noch nicht, daß dich mein treues Wort gewarnt;
Schick, eh er noch erscheint, das Schwert dem Prinzen,
Schicks ihm, wie ers zuletzt verdient, zurück:
Du gibst der Zeitung eine Großtat mehr,
Und eine Untat weniger zu melden.

DER KURFÜRST. Da müßt ich noch den Prinzen erst befragen,
Den Willkür nicht, wie dir bekannt sein wird,   1470
Gefangen nahm und nicht befreien kann. –
Ich will die Herren, wenn sie kommen, sprechen.

FELDMARSCHALL *für sich.*

Verwünscht! – Er ist jedwedem Pfeil gepanzert.

Vierter Auftritt

Zwei Heiducken treten auf; der eine hält einen Brief in der Hand. –
Die Vorigen.

ERSTER HEIDUCK.

Der Obrist Kottwitz, Hennings, Truchß und andre,
Erbitten sich Gehör!

DER KURFÜRST *zu dem anderen, indem er ihm den Brief aus der Hand nimmt.*

Vom Prinz von Homburg?

ZWEITER HEIDUCK. Ja, mein erlauchter Herr!

DER KURFÜRST.   Wer gab ihn dir?

ZWEITER HEIDUCK. Der Schweizer, der am Tor die Wache hält,
Dem ihn des Prinzen Jäger eingehändigt.

DER KURFÜRST *stellt sich an den Tisch und liest; nachdem dies geschehen ist,*
wendet er sich und ruft einen Pagen.

Prittwitz! – Das Todesurteil bring mir her!
– Und auch den Paß, für Gustav Graf von Horn,   1480
Den schwedischen Gesandten, will ich haben!

Der Page ab; zu dem ersten Heiducken.

Kottwitz, und sein Gefolg; sie sollen kommen!

Fünfter Auftritt

Obrist Kottwitz und Obrist Hennings, Graf Truchß, Graf Hohenzollern und Sparren, Graf Reuß, Rittmeister von der Golz und Stranz, und andre Obristen und Offiziere treten auf. – Die Vorigen.

OBRIST KOTTWITZ *mit der Bittschrift.*
Vergönne, mein erhabner Kurfürst, mir,
Daß ich, im Namen des gesamten Heers,
In Demut dies Papier dir überreiche!
DER KURFÜRST. Kottwitz, bevor ichs nehme, sag mir an,
Wer hat dich her nach dieser Stadt gerufen?
KOTTWITZ *sieht ihn an.*
Mit den Dragonern?
DER KURFÜRST.   Mit dem Regiment! –
Arnstein hatt ich zum Sitz dir angewiesen.
1490 KOTTWITZ. Herr! Deine Order hat mich her gerufen.
DER KURFÜRST. Wie? – Zeig die Order mir.
KOTTWITZ.   Hier, mein Gebieter.
DER KURFÜRST *liest.*
»Natalie, gegeben Fehrbellin;
In Auftrag meines höchsten Oheims Friedrich.« –
KOTTWITZ.
Bei Gott, mein Fürst und Herr, ich will nicht hoffen,
Daß dir die Order fremd?
DER KURFÜRST.   Nicht, nicht! Versteh mich –
Wer ists, der dir die Order überbracht?
KOTTWITZ.
Graf Reuß!
DER KURFÜRST *nach einer augenblicklichen Pause.*
                  Vielmehr, ich heiße dich willkommen! –
Dem Obrist Homburg, dem das Recht gesprochen,
Bist du bestimmt, mit deinen zwölf Schwadronen,
1500 Die letzten Ehren morgen zu erweisen.
KOTTWITZ *erschrocken.*
Wie, mein erlauchter·Herr?!
DER KURFÜRST *indem er ihm die Order wiedergibt.*
                  Das Regiment
Steht noch in Nacht und Nebel, vor dem Schloß?

KOTTWITZ. Die Nacht, vergib –

DER KURFÜRST.   Warum rückt es nicht ein?

KOTTWITZ. Mein Fürst, es rückte ein; es hat Quartiere,
   Wie du befahlst, in dieser Stadt bezogen!

DER KURFÜRST *mit einer Wendung gegen das Fenster.*

   Wie? Vor zwei Augenblicken – –? Nun, beim Himmel!
   So hast du Ställe rasch dir ausgemittelt! –
   Um soviel besser denn! Gegrüßt noch einmal!
   Was führt dich her, sag an? Was bringst du Neues?

KOTTWITZ. Herr, diese Bittschrift deines treuen Heers.   1510

DER KURFÜRST. Gib!

KOTTWITZ.   Doch das Wort, das deiner Lipp entfiel,
   Schlägt alle meine Hoffnungen zu Boden.

DER KURFÜRST. So hebt ein Wort auch wiederum sie auf.

Er liest.

   »Bittschrift, die allerhöchste Gnad erflehend,
   Für unsern Führer, peinlich angeklagt,
   Den General, Prinz Friedrich Hessen-Homburg.«

Zu den Offizieren.

   Ein edler Nam, ihr Herrn! Unwürdig nicht,
   Daß ihr, in solcher Zahl, euch ihm verwendet!

Er sieht wieder in das Blatt.

   Die Bittschrift ist verfaßt von wem?

KOTTWITZ.   Von mir.

DER KURFÜRST. Der Prinz ist von dem Inhalt unterrichtet?   1520

KOTTWITZ. Nicht auf die fernste Weis! In unsrer Mitte
   Ist sie empfangen und vollendet worden.

DER KURFÜRST. Gebt mir auf einen Augenblick Geduld.

Er tritt an den Tisch und durchsieht die Schrift. – Lange Pause.

   Hm! Sonderbar! – Du nimmst, du alter Krieger,
   Des Prinzen Tat in Schutz? Rechtfertigst ihn,
   Daß er auf Wrangel stürzte, unbeordert?

KOTTWITZ. Ja, mein erlauchter Herr; das tut der Kottwitz!

DER KURFÜRST.

   Der Meinung auf dem Schlachtfeld warst du nicht.

KOTTWITZ. Das hatt ich schlecht erwogen, mein Gebieter!
   Dem Prinzen, der den Krieg gar wohl versteht,   1530

Hätt ich mich ruhig unterwerfen sollen.
Die Schweden wankten, auf dem linken Flügel,
Und auf dem rechten wirkten sie Sukkurs;
Hätt er auf deine Order warten wollen,
Sie faßten Posten wieder, in den Schluchten,
Und nimmermehr hättst du den Sieg erkämpft.

DER KURFÜRST. So! – Das beliebt dir so vorauszusetzen!
Den Obrist Hennings hatt ich abgeschickt,
Wie dir bekannt, den schwedschen Brückenkopf,
1540   Der Wrangels Rücken deckt, hinwegzunehmen.
Wenn ihr die Order nicht gebrochen hättet,
Dem Hennings wäre dieser Schlag geglückt;
Die Brücken hätt er, in zwei Stunden Frist,
In Brand gesteckt, am Rhyn sich aufgepflanzt,
Und Wrangel wäre ganz, mit Stumpf und Stiel,
In Gräben und Morast, vernichtet worden.

KOTTWITZ. Es ist der Stümper Sache, nicht die deine,
Des Schicksals höchsten Kranz erringen wollen;
Du nahmst, bis heut, noch stets, was es dir bot.
1550   Der Drachen ward, der dir die Marken trotzig
Verwüstete, mit blutgem Hirn verjagt;
Was konnte mehr, an einem Tag, geschehn?
Was liegt dir dran, ob er zwei Wochen noch
Erschöpft im Sand liegt, und die Wunde heilt?
Die Kunst jetzt lernten wir, ihn zu besiegen,
Und sind voll Lust, sie fürder noch zu üben:
Laß uns den Wrangel rüstig, Brust an Brust,
Noch einmal treffen, so vollendet sichs,
Und in die Ostsee ganz fliegt er hinab!
1560   Rom ward an einem Tage nicht erbaut.

DER KURFÜRST.
Mit welchem Recht, du Tor, erhoffst du das,
Wenn auf dem Schlachtenwagen, eigenmächtig,
Mir in die Zügel jeder greifen darf?
Meinst du das Glück werd immerdar, wie jüngst,
Mit einem Kranz den Ungehorsam lohnen?
Den Sieg nicht mag ich, der, ein Kind des Zufalls,
Mir von der Bank fällt; das Gesetz will ich,

Die Mutter meiner Krone, aufrecht halten,
Die ein Geschlecht von Siegen mir erzeugt!
KOTTWITZ. Herr, das Gesetz, das höchste, oberste,   1570
Das wirken soll, in deiner Feldherrn Brust,
Das ist der Buchstab deines Willens nicht;
Das ist das Vaterland, das ist die Krone,
Das bist du selber, dessen Haupt sie trägt.
Was kümmert dich, ich bitte dich, die Regel,
Nach der der Feind sich schlägt: wenn er nur nieder
Vor dir, mit allen seinen Fahnen, sinkt?
Die Regel, die ihn schlägt, das ist die höchste!
Willst du das Heer, das glühend an dir hängt,
Zu einem Werkzeug machen, gleich dem Schwerte,   1580
Das tot in deinem goldnen Gürtel ruht?
Der ärmste Geist, der in den Sternen fremd,
Zuerst solch eine Lehre gab! Die schlechte,
Kurzsichtge Staatskunst, die, um eines Falles,
Da die Empfindung sich verderblich zeigt,
Zehn andere vergißt, im Lauf der Dinge,
Da die Empfindung einzig retten kann!
Schütt ich mein Blut dir, an dem Tag der Schlacht,
Für Sold, seis Geld, seis Ehre, in den Staub?
Behüte Gott, dazu ist es zu gut!   1590
Was! Meine Lust hab, meine Freude ich,
Frei und für mich im Stillen, unabhängig,
An deiner Trefflichkeit und Herrlichkeit,
Am Ruhm und Wachstum deines großen Namens!
Das ist der Lohn, dem sich mein Herz verkauft!
Gesetzt, um dieses unberufnen Sieges,
Brächst du dem Prinzen jetzt den Stab; und ich,
Ich träfe morgen, gleichfalls unberufen,
Den Sieg wo irgend zwischen Wald und Felsen,
Mit den Schwadronen, wie ein Schäfer, an: 1600
Bei Gott, ein Schelm müßt ich doch sein, wenn ich
Des Prinzen Tat nicht munter wiederholte.
Und sprächst du, das Gesetzbuch in der Hand:
»Kottwitz, du hast den Kopf verwirkt!« so sagt ich:
»Das wußt ich Herr; da nimm ihn hin, hier ist er:

Als mich ein Eid an deine Krone band,
Mit Haut und Haar, nahm ich den Kopf nicht aus,
Und nichts dir gäb ich, was nicht dein gehörte!«
DER KURFÜRST. Mit dir, du alter, wunderlicher Herr,
1610   Werd ich nicht fertig! Es besticht dein Wort
Mich, mit arglistger Rednerkunst gesetzt,
Mich, der, du weißt, dir zugetan, und einen
Sachwalter ruf ich mir, den Streit zu enden,
Der meine Sache führt!

       Er klingelt, ein Bedienter tritt auf.

                 Der Prinz von Homburg!
Man führ aus dem Gefängnis ihn hierher!

       Der Bediente ab.

Der wird dich lehren, das versichr' ich dich,
Was Kriegszucht und Gehorsam sei! Ein Schreiben
Schickt' er mir mindstens zu, das anders lautet,
Als der spitzfündge Lehrbegriff der Freiheit,
1620   Den du hier, wie ein Knabe, mir entfaltet.

       Er stellt sich wieder an den Tisch und liest.

KOTTWITZ *erstaunt.*
Wen holt –? Wen ruft –?
OBRIST HENNINGS.   Ihn selber?
GRAF TRUCHSS.   Nein unmöglich!

    Die Offiziere treten unruhig zusammen und sprechen mit einander.

DER KURFÜRST. Von wem ist diese zweite Zuschrift hier?
HOHENZOLLERN.
Von mir, mein Fürst!
DER KURFÜRST *liest.*   »Beweis, daß Kurfürst Friedrich
Des Prinzen Tat selbst« – – – Nun, beim Himmel!
Das nenn ich keck!
Was! Die Veranlassung, du wälzest sie des Frevels,
Den er sich in der Schlacht erlaubt, auf mich?
HOHENZOLLERN.
Auf dich, mein Kurfürst, ja; ich Hohenzollern.
DER KURFÜRST.
Nun denn, bei Gott, das übersteigt die Fabel!
1630   Der eine zeigt mir, daß nicht schuldig er,

Der andre gar mir, daß der Schuldge ich! –
Womit wirst solchen Satz du mir beweisen?

HOHENZOLLERN.

Du wirst dich jener Nacht, o Herr, erinnern,
Da wir den Prinzen, tief versenkt im Schlaf,
Im Garten unter den Plantanen fanden:
Vom Sieg des nächsten Tages mocht er träumen,
Und einen Lorbeer hielt er in der Hand.
Du, gleichsam um sein tiefstes Herz zu prüfen,
Nahmst ihm den Kranz hinweg, die Kette schlugst du,
Die dir vom Hals hängt, lächelnd um das Laub;   1640
Und reichtest Kranz und Kette, so verschlungen,
Dem Fräulein, deiner edlen Nichte, hin.
Der Prinz steht, bei so wunderbarem Anblick,
Errötend auf; so süße Dinge will er,
Und von so lieber Hand gereicht, ergreifen:
Du aber, die Prinzessin rückwärts führend,
Entziehst dich eilig ihm; die Tür empfängt dich,
Jungfrau und Kett und Lorbeerkranz verschwinden,
Und einsam – einen Handschuh in der Hand,
Den er, nicht weiß er selber, wem? entrissen –   1650
Im Schoß der Mitternacht, bleibt er zurück.

DER KURFÜRST.

Welch einen Handschuh?

HOHENZOLLERN.   Herr, laß mich vollenden! –

Die Sache war ein Scherz; jedoch von welcher
Bedeutung ihm, das lernt ich bald erkennen.
Denn, da ich, durch des Garten hintre Pforte,
Jetzt zu ihm schleich, als wärs von ohngefähr,
Und ihn erweck, und er die Sinne sammelt:
Gießt die Erinnrung Freude über ihn,
Nichts Rührenders, fürwahr, kannst du dir denken.
Den ganzen Vorfall, gleich, als wärs ein Traum,   1660
Trägt er, bis auf den kleinsten Zug, mir vor;
So lebhaft, meint' er, hab er nie geträumt –:
Und fester Glaube baut sich in ihm auf,
Der Himmel hab ein Zeichen ihm gegeben:
Es werde alles, was sein Geist gesehn,

Jungfrau und Lorbeerkranz und Ehrenschmuck,
Gott, an dem Tag der nächsten Schlacht, ihm schenken.

DER KURFÜRST.

Hm! Sonderbar! – Und jener Handschuh –?

HOHENZOLLERN.   Ja, –
Dies Stück des Traums, das ihm verkörpert ward,
1670   Zerstört zugleich und kräftigt seinen Glauben.
Zuerst mit großem Aug sieht er ihn an –
Weiß ist die Farb, er scheint nach Art und Bildung,
Von einer Dame Hand –: doch weil er keine
Zu Nacht, der er entnommen könnte sein
Im Garten sprach, – durchkreuzt in seinem Dichten,
Von mir, der zur Parol' aufs Schloß ihn ruft,
Vergißt er, was er nicht begreifen kann,
Und steckt zerstreut den Handschuh ins Kollett.

DER KURFÜRST.

Nun? Drauf?

HOHENZOLLERN. Drauf tritt er nun mit Stift und Tafel,
1680   Ins Schloß, aus des Feldmarschalls Mund, in frommer
Aufmerksamkeit, den Schlachtbefehl zu hören;
Die Fürstin und Prinzessin, reisefertig
Befinden grad im Herrensaal sich auch.
Doch wer ermißt das ungeheure Staunen,
Das ihn ergreift, da die Prinzeß den Handschuh,
Den er sich ins Kollett gesteckt, vermißt.
Der Marschall ruft, zu wiederholten Malen:
Herr Prinz von Homburg! Was befiehlt mein Marschall?
Entgegnet er, und will die Sinne sammeln;
1690   Doch er, von Wundern ganz umringt – – : der Donner
Des Himmels hätte niederfallen können! –!

Er hält inne.

DER KURFÜRST. Wars der Prinzessin Handschuh?

HOHENZOLLERN.   Allerdings!

Der Kurfürst fällt in Gedanken.

HOHENZOLLERN *fährt fort.*

Ein Stein ist er, den Bleistift in der Hand,
Steht er zwar da und scheint ein Lebender;
Doch die Empfindung, wie durch Zauberschläge,

In ihm verlöscht; und erst am andern Morgen,
Da das Geschütz schon in den Reihen donnert,
Kehrt er ins Dasein wieder und befragt mich:
Liebster, was hat schon Dörfling, sag mirs, gestern
Beim Schlachtbefehl, mich treffend, vorgebracht?   1700

FELDMARSCHALL.
Herr, die Erzählung, wahrlich, unterschreib ich!
Der Prinz, erinnr' ich mich, von meiner Rede
Vernahm kein Wort; zerstreut sah ich ihn oft,
Jedoch in solchem Grad abwesend ganz
Aus seiner Brust, noch nie, als diesen Tag.

DER KURFÜRST.
Und nun, wenn ich dich anders recht verstehe,
Türmst du, wie folgt, ein Schlußgebäu mir auf:
Hätt ich, mit dieses jungen Träumers Zustand,
Zweideutig nicht gescherzt, so blieb er schuldlos:
Bei der Parole wär er nicht zerstreut,   1710
Nicht widerspenstig in der Schlacht gewesen.
Nicht? Nicht? Das ist die Meinung?

HOHENZOLLERN.   Mein Gebieter,
Das überlaß ich jetzt dir, zu ergänzen.

DER KURFÜRST. Tor, der du bist, Blödsinniger! hättest du
Nicht in den Garten mich herabgerufen,
So hätt ich, einem Trieb der Neugier folgend,
Mit diesem Träumer harmlos nicht gescherzt.
Mithin behaupt ich, ganz mit gleichem Recht,
Der sein Versehn veranlaßt hat, warst du! –
Die delphsche Weisheit meiner Offiziere!   1720

HOHENZOLLERN. Es ist genug, mein Kurfürst! Ich bin sicher,
Mein Wort fiel, ein Gewicht, in deine Brust!

Sechster Auftritt

Ein Offizier tritt auf. – Die Vorigen.

DER OFFIZIER. Der Prinz, o Herr, wird augenblicks erscheinen!
DER KURFÜRST.
Wohlan! Laßt ihn herein.

OFFIZIER.   In zwei Minuten! –
Er ließ nur flüchtig, im Vorübergehn,
Durch einen Pförtner sich den Kirchhof öffnen.
DER KURFÜRST.
Den Kirchhof?
OFFIZIER.   Ja mein Fürst und Herr!
DER KURFÜRST.   Weshalb?
OFFIZIER. Die Wahrheit zu gestehn, ich weiß es nicht;
Es schien das Grabgewölb wünscht' er zu sehen,
1730   Das dein Gebot ihm dort eröffnen ließ.
       Die Obersten treten zusammen und sprechen miteinander.
DER KURFÜRST. Gleichviel! Sobald er kömmt, laßt ihn herein.
       Er tritt wieder an den Tisch und sieht in die Papiere.
GRAF TRUCHSS. Da führt die Wache schon den Prinzen her.

Siebenter Auftritt

Der Prinz von Homburg tritt auf. Ein Offizier mit Wache. Die Vorigen.

DER KURFÜRST. Mein junger Prinz, Euch ruf ich mir zu Hülfe!
Der Obrist Kottwitz bringt, zu Gunsten Eurer,
Mir dieses Blatt hier, schaut, in langer Reihe
Von hundert Edelleuten unterzeichnet;
Das Heer begehre, heißt es, Eure Freiheit,
Und billige den Spruch des Kriegsrechts nicht. –
Lest, bitt ich, selbst, und unterrichtet Euch!
                    Er gibt ihm das Blatt.
DER PRINZ VON HOMBURG *nachdem er einen Blick hineingetan, wendet
sich, und sieht sich im Kreis der Offiziere um.*
1740   Kottwitz, gib deine Hand mir, alter Freund!
Du tust mir mehr, als ich, am Tag der Schlacht,
Um dich verdient! Doch jetzt geschwind geh hin
Nach Arnstein wiederum, von wo du kamst,
Und rühr dich nicht; ich habs mir überlegt,
Ich will den Tod, der mir erkannt, erdulden!
                    Er übergibt ihm die Schrift.
KOTTWITZ *betroffen.*
Nein, nimmermehr, mein Prinz! Was sprichst du da?

HOHENZOLLERN.

Er will den Tod –?

GRAF TRUCHSS.   Er soll und darf nicht sterben!

MEHRERE OFFIZIERE *vordringend.*

Mein Herr und Kurfürst! Mein Gebieter! Hör uns!

DER PRINZ VON HOMBURG.

Ruhig! Es ist mein unbeugsamer Wille!
Ich will das heilige Gesetz des Kriegs,   1750
Das ich verletzt, im Angesicht des Heers,
Durch einen freien Tod verherrlichen!
Was kann der Sieg euch, meine Brüder, gelten,
Der eine, dürftige, den ich vielleicht
Dem Wrangel noch entreiße, dem Triumph
Verglichen, über den verderblichsten
Der Feind' in uns, den Trotz, den Übermut,
Errungen glorreich morgen? Es erliege
Der Fremdling, der uns unterjochen will,
Und frei, auf mütterlichem Grund, behaupte   1760
Der Brandenburger sich; denn sein ist er,
Und seiner Fluren Pracht nur ihm erbaut!

KOTTWITZ *gerührt.*

Mein Sohn! Mein liebster Freund! Wie nenn ich dich?

GRAF TRUCHSS. O Gott der Welt!

KOTTWITZ.   Laß deine Hand mich küssen!

Sie drängen sich um ihn.

DER PRINZ VON HOMBURG *wendet sich zum Kurfürsten.*

Doch dir, mein Fürst, der einen süßern Namen
Dereinst mir führte, leider jetzt verscherzt:
Dir leg ich tiefbewegt zu Füßen mich!
Vergib, wenn ich am Tage der Entscheidung,
Mit übereiltem Eifer dir gedient:
Der Tod wäscht jetzt von jeder Schuld mich rein.   1770
Laß meinem Herzen, das versöhnt und heiter
Sich deinem Rechtsspruch unterwirft, den Trost,
Daß deine Brust auch jedem Groll entsagt:
Und, in der Abschiedsstunde, des zum Zeichen,
Bewillge huldreich eine Gnade mir!

DER KURFÜRST. Sprich, junger Held! Was ists, das du begehrst?
Mein Wort verpfänd ich dir und Ritterehre,
Was es auch sei, es ist dir zugestanden!

DER PRINZ VON HOMBURG.
Erkauf o Herr, mit deiner Nichte Hand,
1780 Von Gustav Karl den Frieden nicht! Hinweg
Mit diesem Unterhändler aus dem Lager,
Der solchen Antrag ehrlos dir gemacht:
Mit Kettenkugeln schreib die Antwort ihm!

DER KURFÜRST *küßt seine Stirn.*
Seis, wie du sagst! Mit diesem Kuß, mein Sohn,
Bewillg' ich diese letzte Bitte dir!
Was auch bedarf es dieses Opfers noch,
Vom Mißglück nur des Kriegs mir abgerungen;
Blüht doch aus jedem Wort, das du gesprochen,
Jetzt mir ein Sieg auf, der zu Staub ihn malmt!
1790 Prinz Homburgs Braut sei sie, werd ich ihm schreiben,
Der Fehrbellins halb, dem Gesetz verfiel,
Und seinem Geist, tot vor den Fahnen schreitend,
Kämpf er auf dem Gefild der Schlacht, sie ab!
Er küßt ihn noch einmal und erhebt ihn.

DER PRINZ VON HOMBURG.
Nun sieh, jetzt schenktest du das Leben mir!
Nun fleh ich jeden Segen dir herab,
Den, von dem Thron der Wolken, Seraphin
Auf Heldenhäupter jauchzend niederschütten:
Geh und bekrieg, o Herr, und überwinde
Den Weltkreis, der dir trotzt – denn du bists wert!
1800 DER KURFÜRST. Wache! Führt ihn zurück in sein Gefängnis!

Achter Auftritt

Natalie und die Kurfürstin zeigen sich unter der Tür. Hofdamen folgen. –
Die Vorigen.

NATALIE. O Mutter, laß! Was sprichst du mir von Sitte?
Die höchst' in solcher Stund, ist ihn zu lieben!
– Mein teurer, unglücksel'ger Freund!

DER PRINZ VON HOMBURG *bricht auf.*   Hinweg!

GRAF TRUCHSS *hält ihn.*

Nein nimmermehr, mein Prinz!

Mehrere Offiziere treten ihm in den Weg.

DER PRINZ VON HOMBURG.   Führt mich hinweg!

HOHENZOLLERN.

Mein Kurfürst, kann dein Herz –?

DER PRINZ VON HOMBURG *reißt sich los.* Tyrannen, wollt ihr
Hinaus an Ketten mich zum Richtplatz schleifen?
Fort! – Mit der Welt schloß ich die Rechnung ab!

Ab, mit Wache.

NATALIE *indem sie sich an die Brust der Tante legt.*

O Erde, nimm in deinen Schoß mich auf!
Wozu das Licht der Sonne länger schaun?

Neunter Auftritt

Die Vorigen ohne den Prinzen von Homburg.

FELDMARSCHALL.

O Gott der Welt! Mußt es bis dahin kommen!   1810

Der Kurfürst spricht heimlich und angelegentlich mit einem Offizier.

KOTTWITZ *kalt.*

Mein Fürst und Herr, nach dem, was vorgefallen,
Sind wir entlassen?

DER KURFÜRST.   Nein! zur Stund noch nicht!
Dir sag ichs an, wenn du entlassen bist!

*Er fixiert ihn eine Weile mit den Augen; alsdann nimmt er die Papiere, die ihm
der Page gebracht hat, vom Tisch, und wendet sich damit zum Feldmarschall.*

Hier, diesen Paß dem schwedschen Grafen Horn!
Es wär des Prinzen, meines Vetters Bitte,
Die ich verpflichtet wäre zu erfüllen;
Der Krieg heb, in drei Tagen, wieder an!

Pause. – Er wirft einen Blick in das Todesurteil.

Ja, urteilt selbst, ihr Herrn! Der Prinz von Homburg
Hat im verfloßnen Jahr, durch Trotz und Leichtsinn,
Um zwei der schönsten Siege mich gebracht;   1820
Den dritten auch hat er mir schwer gekränkt.
Die Schule dieser Tage durchgegangen,
Wollt ihrs zum vierten Male mit ihm wagen?

KOTTWITZ UND TRUCHSS *durcheinander.*

Wie, mein vergöttert – angebeteter –?

DER KURFÜRST. Wollt ihr? Wollt ihr?

KOTTWITZ.   Bei dem lebendgen Gott,
Du könntest an Verderbens Abgrund stehn,
Daß er, um dir zu helfen, dich zu retten,
Auch nicht das Schwert mehr zückte, ungerufen!

DER KURFÜRST *zerreißt das Todesurteil.*

So folgt, ihr Freunde, in den Garten mir!

Alle ab.

*Szene: Schloß, mit der Rampe, die in den Garten hinabführt;
wie im ersten Akt. – Es ist wieder Nacht.*

Zehnter Auftritt

*Der Prinz von Homburg wird vom Rittmeister Stranz mit verbundenen Augen
durch das untere Gartengitter aufgeführt. Offizier mit Wache. – In der Ferne
hört man Trommeln des Totenmarsches.*

DER PRINZ VON HOMBURG.

1830   Nun, o Unsterblichkeit, bist du ganz mein!
Du strahlst mir, durch die Binde meiner Augen,
Mir Glanz der tausendfachen Sonne zu!
Es wachsen Flügel mir an beiden Schultern,
Durch stille Ätherräume schwingt mein Geist;
Und wie ein Schiff, vom Hauch des Winds entführt,
Die muntre Hafenstadt versinken sieht,
So geht mir dämmernd alles Leben unter:
Jetzt unterscheid ich Farben noch und Formen,
Und jetzt liegt Nebel alles unter mir.

*Der Prinz setzt sich auf die Bank, die in der Mitte des Platzes, um die Eiche
aufgeschlagen ist; der Rittmeister Stranz entfernt sich von ihm, und sieht nach
der Rampe hinauf.*

1840   DER PRINZ VON HOMBURG.

Ach, wie die Nachtviole lieblich duftet!
Spürst du es nicht?

Stranz kommt wieder zu ihm zurück.

STRANZ.   Es sind Levkojn und Nelken.

DER PRINZ VON HOMBURG.

Levkojn? – Wie kommen die hierher?

STRANZ.   Ich weiß nicht. –

Es scheint, ein Mädchen hat sie hier gepflanzt.

– Kann ich dir eine Nelke reichen?

DER PRINZ VON HOMBURG.   Lieber! –

Ich will zu Hause sie in Wasser setzen.

Eilfter Auftritt

*Der Kurfürst mit dem Lorbeerkranz, um welchen die goldne Kette geschlungen
ist, Kurfürstin, Prinzessin Natalie, Feldmarschall Dörfling, Obrist Kottwitz,
Hohenzollern, Golz usw., Hofdamen, Offiziere und Fackeln erscheinen auf
der Rampe des Schlosses. – Hohenzollern tritt, mit einem Tuch, an das Geländer und winkt dem Rittmeister Stranz; worauf dieser den Prinzen von
Homburg verläßt, und im Hintergrund mit der Wache spricht.*

DER PRINZ VON HOMBURG.

Lieber, was für ein Glanz verbreitet sich?

STRANZ *kehrt zu ihm zurück.*

Mein Prinz, willst du gefällig dich erheben?

DER PRINZ VON HOMBURG.

Was gibt es?

STRANZ.   Nichts, das dich erschrecken dürfte! –

Die Augen bloß will ich dir wieder öffnen.

DER PRINZ VON HOMBURG.

Schlug meiner Leiden letzte Stunde?

STRANZ.   Ja! –   1850

Heil dir und Segen, denn du bist es wert!

*Der Kurfürst gibt den Kranz, an welchem die Kette hängt, der Prinzessin,
nimmt sie bei der Hand und führt sie die Rampe herab. Herren und Damen
folgen. Die Prinzessin tritt, umgeben von Fackeln, vor den Prinzen, welcher
erstaunt aufsteht; setzt ihm den Kranz auf, hängt ihm die Kette um, und drückt
seine Hand an ihr Herz. Der Prinz fällt in Ohnmacht.*

NATALIE. Himmel! die Freude tötet ihn!

HOHENZOLLERN *faßt ihn auf.*   Zu Hülfe!

DER KURFÜRST. Laßt den Kanonendonner ihn erwecken!

Kanonenschüsse. Ein Marsch. Das Schloß erleuchtet sich.

KOTTWITZ.

Heil, Heil dem Prinz von Homburg!

DIE OFFIZIERE.   Heil! Heil! Heil!

ALLE. Dem Sieger in der Schlacht bei Fehrbellin!

Augenblickliches Stillschweigen.

DER PRINZ VON HOMBURG.

  Nein, sagt! Ist es ein Traum?

KOTTWITZ.   Ein Traum, was sonst?

MEHRERE OFFIZIERE.

  Ins Feld! Ins Feld!

GRAF TRUCHSS.   Zur Schlacht!

FELDMARSCHALL.   Zum Sieg! Zum Sieg!

ALLE. In Staub mit allen Feinden Brandenburgs!

Ende.

VARIANTEN

GEDICHTE

JÜNGLINGSKLAGE

[Ältere Fassung]

WINTER so weichst du,
Pfleger der Welt
Der die Gefühle
Ruhig erhält.
Nun kommt der Frühling,
Thymianhauch,
Nachtigallnlauben,
Wehmut, du auch!

GERMANIA AN IHRE KINDER

[4. Fassung]

[1]

Die des Maines Regionen,
Die der Elbe heitre Aun
Die der Donau Strand bewohnen,
Die das Odertal bebaun,
Aus des Rheines Traubensitzen,
Von dem duftgen Mittelmeer,
Von der Alpen Riesensitzen,
Von der Ost- und Nordsee her!

CHOR

Horchet durch die Nacht ihr Brüder!
Welcher Donnerruf hernieder?
Wachst du auf Germania?
Ist der Tag der Rache da?

[2]

Deutsche! süßer Kinder Reigen,
Die mit Schmerz und Lust geküßt,

In den Schoß mir kletternd steigen,
Die mein Mutterarm umschließt,
Meines Busens Schutz und Schirmer,
Unbesiegtes Marsenblut,
Enkel der Kohortenstürmer,
Römerüberwinderbrut!

CHOR

Zu den Waffen, zu den Waffen!
Was die Hände blindlings raffen,
Mit der Keule, mit dem Stab
Eilt ins Tal der Schlacht hinab!

[3]

Wenn auf grauen Alpenhöhen,
Von des Frühlings heißen Küssen,
Siedend auf die Gletscher gehen,
Ihrem Felsenbett entrissen,
Katarakte stürmen nieder,
Fels und Wald folgt ihrer Bahn,
Das Gebirg hallt donnernd wider,
Fluren sind ein Ozean.

CHOR

So verlaßt, voran der Kaiser,
Eure Hütten, eure Häuser,
Schäumt ein uferloses Meer,
Über diese Franken her!

[4]

Der Gewerbsmann, der den Hügeln
Mit der Fracht entgegen zeucht,
Der Gelehrte, der auf Flügeln,
Der Gestirne Raum erreicht,
Schweißbedeckt das Volk der Schnitter,
Das die Fluren nieder mäht,
Und von seinem Fels der Ritter,
Der – sein Cherub – auf ihm steht.

CHOR

Wer, in nie gefühlten Wunden
Dieser Franken Hohn empfunden,
Brüder! jeder deutsche Mann
Schließe unserm Reih'n sich an.

[5]

Alle Triften, alle Städte,
Färbt mit ihren Knochen weiß,
Welchen Rab und Fuchs verschmähte,
Gebet ihn den Fischen preis!
Dämmt den Rhein mit ihren Leichen,
Laßt gestaucht durch ihr Gebein,
Schäumend um die Pfalz ihn weichen,
Und ihn dann die Grenze sein.

CHOR

Eine Treibjagd, wie wenn Schützen
Auf der Spur dem Wolfe sitzen, –
Schlagt ihn tot! – das Weltgericht
Fragt euch um die Ursach nicht.

[6]

Nicht die Flur ists, die zertreten
Unter ihren Rossen sinkt,
Nicht der Mond, der in den Städten
Aus den öden Fenstern blinkt;
Nicht das Weib, das mit Gewimmer
Ihrem Todeskuß erliegt,
Und zum Lohn beim Morgenschimmer
Auf den Schutt der Vorstadt fliegt!

CHOR

Euern Schlachtraub laßt euch schenken,
Wenige, die dessen denken:
Höhrem, als der Erde Gut
Schwillt die Sehne, flammt das Blut!

[7]

Rettung von dem Joch der Knechte,
Das aus Eisenerz geprägt,

Eines Höllensohnes Rechte
Über unsre Nacken legt;
Schutz den Tempeln, und Verehrung;
Unsrer Fürsten heilgem Blut
Unterwerfung! und Verheerung,
Gift und Dolch der Afterbrut!

CHOR

Frei auf deutschem Boden walten,
Laßt uns nach dem Brauch der Alten!
Seines Segens selbst uns freun,
Oder – unser Grab ihn sein!

GERMANIA AN IHRE KINDER
[6. Fassung]

§ 1

Die des Brockens Felsregionen,
Die des Elbstroms heitre Aun,
Die der Donau Strand bewohnen,
Die das Odertal bebaun,
Aus des Rheines Laubensitzen,
Von dem duftgen Mittelmeer,
Von der Riesenberge Spitzen,
Von der Ost- und Nordsee her –!

CHOR

Horcht! Was für ein Ruf, ihr Brüder,
Hallt, dem Donner gleich, hernieder?
Stehst du auf, Germania?
Ist der Tag der Rache da?

§ 2

Deutsche, meiner Kinder Reigen,
Die, mit Schmerz und Lust geküßt,
In den Schoß mir kletternd steigen,
Die mein Mutterarm umschließt,
Meines Busens Schutz und Schirmer,
Unbesiegtes Marsenblut,

Enkel der Kohortenstürmer,
Römerüberwinderbrut!

CHOR

Zu den Waffen, zu den Waffen!
Was die Hände blindlings raffen!
Mit der Keule, mit dem Stab,
Schlacht, in dein Gefild hinab!

§ 3

Wie der Schnee aus Felsenrissen:
Brausend, wie auf Alpenhöhn,
Unter Frühlings heißen Küssen,
Plötzlich *auf*, die Gletscher gehn:
Katarakten stürzen nieder,
Es ersäuft der Wetterhahn,
Donnernd hallt der Himmel wider,
Fluren sind ein Ozean –:

CHOR

Also schmelzt, voran der Retter,
Rings herab im Freiheitswetter!
Schäumt, ein uferloses Meer,
Über diese Franken her!

§ 4

Hier der Kaufmann, der den Hügeln
Mit der Fracht entgegenzeucht,
Dort der Denker, der auf Flügeln
Durch das Land der Sterne streicht,
Schweißbedeckt das Volk der Schnitter,
Das die Fluren niedermäht,
Und vom Felsen dort der Ritter,
Der, ihr Cherub, auf ihm steht!

CHOR

Wer in unheilbaren Wunden
Dieser Fremden Hohn empfunden,
Brüder, wer ein deutscher Mann,
Schließe diesem Kampf sich an!

§ 5

Alles, was ihr Fuß betreten,
Färbt mit ihren Knochen weiß,
Welchen Rab und Fuchs verschmähten,
Gebet ihn den Fischen preis,
Dämmt den Rhein mit ihren Leichen,
Laßt, gestäuft von ihrem Bein,
Ihn um Pfalz und Trier weichen,
Und ihn dann die Grenze sein!

CHOR

Eine Jagdlust, wie wenn Schützen
Auf der Spur dem Wolfe sitzen!
Schlagt ihn tot! Das Weltgericht
Fragt euch nach den Gründen nicht!

§ 6

Nicht die Flur ists, die zertreten
Unter ihren Rossen sinkt,
Nicht der Mondstrahl in den Städten,
Der aus Tür' und Fenstern blinkt,
Nicht das Weib, das mit Gewimmer
Ihrem Todeskuß erliegt,
Und zum Lohn, beim Morgenschimmer,
Auf den Schutt der Vorstadt fliegt:

CHOR

Das Geschehne sei vergessen;
Droben wird ein Richter messen.
Keinem nichtgen Erdengut
Flammt, an diesem Tag, das Blut!

§ 7

Rettung von dem Joch der Knechte,
Das, aus Eisenerz geprägt,
Eines Höllensohnes Rechte
Über unsern Nacken legt;
Schutz den Tempeln vor Verheerung,
Unsrer Fürsten heilgem Blut

Unterwerfung und Verehrung,
Gift und Dolch der Afterbrut!

CHOR

Frei auf deutschem Boden walten,
Laßt uns, nach dem Brauch der Alten,
Seines Segens selbst uns freun,
Oder unser Grab ihn sein!

GERMANIAS AUFRUF AN IHRE KINDER

*[In einer 7. Fassung, die im wesentlichen der 6. Fassung entspricht,
lautet die sechste Strophe:]*

§ 6

Seht die Flur dort, die zertreten
Unter ihren Rossen sinkt,
Seht den Mondstrahl in den Städten,
Der aus Tür und Fenstern blinkt,
Seht das Weib, das mit Gewimmer
Ihrem Todeskuß erliegt,
Und zum Lohn, beim Morgenschimmer,
Auf den Schutt der Vorstadt fliegt!

CHOR

Deutsche, Deutsche, eure Schande
Mißt der Sand am Meeresstrande,
Mißt der Sterne zahllos Licht,
Mißt der weite Weltkreis nicht!

KRIEGSLIED

[Vorsichtig verhüllende Fassung des ,,Kriegslieds der Deutschen"]

§ 6

Nur . . . zeigt sich noch
In dem deutschen Reiche;
Brüder, nehmt die Büchsen doch,
Daß er gleichfalls weiche.

DAS LETZTE LIED

[Frühere Fassung der beiden letzten Strophen]

Ein Götterkind, bekränzt, im Jugendreigen,
Wirst du nicht mehr von Land zu Lande ziehn,
Nicht mehr in unsre Tänze niedersteigen,
Nicht hochrot mehr, bei unserm Mahl, erglühn.
Und nur wo einsam, unter Tannenzweigen,
Zu Leichensteinen, stille Pfade fliehn,
Wird Wanderern, die bei den Toten leben,
Ein Schatten deiner Schön' entgegenschweben.

Und stärker rauscht der Sänger in die Saiten,
Der Töne ganze Macht lockt er hervor,
Er singt die Lust, fürs Vaterland zu streiten,
Und machtlos schlägt sein Ruf an jedes Ohr,
Und wie er flatternd, das Panier der Zeiten,
Sich näher pflanzen sieht, von Tor zu Tor,
Schließt er sein Lied; er wünscht mit ihm zu enden,
Und legt die Leier tränend aus den Händen.

DRAMEN

DIE FAMILIE THIERREZ

[Erster Entwurf der ›Familie Schroffenstein‹]

1. Alonzo und Fernando von Thierrez sind zwei Vettern, deren Großväter einen Erbvertrag mit einander geschlossen haben. Sie sind im Streit darüber, Fernandos (des bösen) Sohn wird tot in der Nähe von Männern Alonzos gefunden, und diesem der Mord aufgebürdet.

I

2. Das Stück hebt mit einem Gebet um Rache gegen Alonzo an. Der Jüngling Rodrigo schwöret und liebet, ohne zu wissen, daß es die Tochter seines Feindes ist (Ignez).
3. Die Nachricht kommt bei Alonzo an. Er beschwört den Fernando um Frieden. Umsonst.

II

4. Die Geliebten sehen einander, ohne zu entdecken, wer sie sind – versprechen aber nicht blutig und rachedürstend zu sein.
5. Ignez vertraut sich ihrer Mutter an. Diese entdeckt ihr, und macht sie mißtrauisch, mit Obst selbst vergiften.

III

6. Sie geht doch wieder hin, mißtrauisch – endlich schließt sie ihn ans Herz, sie erkennen einander. – Vater kommt zu rekognoszieren, und findet Rodrigo. Rodrigo versucht es, seinen Vater zu stimmen. Vergebens.
7. Ignez kommt zu Eltern und bekennt frei, sie traue auf Rodrigo. Die Eltern denken, wenn man sie vereinigen könnte, und schicken zwei Freunde, ihn zu holen.
8. Rodrigo entdeckt von einer Frau – er sagt ihr, sie möchte Ignez zu sich bestellen – das Geheimnis und eilt fort.

IV

9. Indessen sind die Freunde gefangen worden und haben Fernando die Liebe entdeckt. Der wütet. So wie Rodrigo ankömmt, wird er gleich ins Gefängnis geführt.

10. Im Gefängnis bittet Rodrigo um Gotteswillen, ihn frei zu lassen, hört schlafend den Anschlag gegen Ignez' Leben. Er ermordet den Kerkermeister nicht, sondern springt aus dem Fenster.

V

11. Rodrigo und Ignez wechseln die Kleider. – Fernando ersticht seinen Sohn, Alonzo seine Tochter – die Frau entdeckt das Geheimnis. – Die Greisen reichen sich über ihre Kinder die Hände.

[DIE FAMILIE GHONOREZ]

[Erste Fassung der ›Familie Schroffenstein‹]

[PERSONEN

RAIMOND, Graf von Ghonorez aus dem Hause Ciella
ELMIRE, seine Gemahlin
RODRIGO, ihr Sohn
JUAN, Raimonds natürlicher Sohn
ALONZO, regierender Graf von Ghonorez aus dem Hause Gossa
DER GROSSVATER, sein Vater
FRANZISKA, Alonzos Gemahlin, Stiefschwester der Elmire
IGNEZ, ihre Tochter
ANTONIO VON GHONOREZ
ALDOLA ⎤
SANTIN ⎬ Vasallen Raimonds
VETORIN ⎦
THIESTA, Vasall Alonzos
URSULA, eine Witwe
BARNABÉ, ihre Tochter
HANS FRANZ FLANZ, ein Wanderer
EIN ZWEITER WANDERER
GRETE, eine Kammerjungfer der Elmire
EIN KIRCHENDIENER
CIRYLLO, ein Diener Alonzos
HANS, ein Gärtner
DER KERKERMEISTER AUF CIELLA
RITTER. GEISTLICHE. HOFGESINDE. JÜNGLINGE. MÄDCHEN

Das Stück spielt in Spanien.]

ERSTER AKT

Erste Szene

Ciella. Das Innere einer Kapelle. Es steht ein Sarg in der Mitte, um ihn herum Raimond, Elmire, Rodrigo, Antonio, Ritter, Geistliche, das Hofgesinde, und ein Chor von Jünglingen und Mädchen. Die Messe ist eben beendigt.

CHOR DER MÄDCHEN *mit Musik.*

Niedersteigen
Glanzumstrahlet
   Himmelshöhen zur Erd herab,
Sah ein Frühling
Einen Engel.
   Nieder trat ihn ein frecher Fuß.

CHOR DER JÜNGLINGE.

Dessen Thron die weiten Räume decken,
Dessen Reich die Sterne Grenzen stecken,
Dessen Willen wollen wir vollstrecken,
Rache! Rache! Rache! schwören wir.

CHOR DER MÄDCHEN.

Aus dem Staube
Aufwärts blickt' er
   Milde zürnend den Frechen an,
Bat, ein Kindlein,
Bat um Liebe.
   Mörders Stahl gab die Antwort ihm.

CHOR DER JÜNGLINGE *wie oben.*

CHOR DER MÄDCHEN.

Nun im Sarge
Ausgelitten
   Faltet blutige Händlein er,
Gnadebetend
Seinem Feinde.
   Trotzig stehet der Feind und schweigt.

CHOR DER JÜNGLINGE *wie oben.*

Während die Musik zu Ende geht, nähert sich die Familie und ihr Gefolge dem Altar.

RAIMOND. Ich schwöre Rache! Rache! auf die Hostie!
Dem Haus Alonzos, Grafen Ghonorez.
                    Er empfängt das Abendmahl.
Die Reihe ist an dir, mein Sohn.
RODRIGO.   Mein Herz
Trägt wie mit Schwingen deinen Fluch zu Gott.
Ich schwöre Rache so wie du.
RAIMOND.   Den Namen,
Mein Sohn, den Namen nenne.
RODRIGO.   Rache schwör ich,
Alonzon Ghonorez.
RAIMOND.   Nein, irre nicht.
Ein Fluch, wie unsrer, kömmt vor Gottes Ohr,   30
Und jedes Wort bewaffnet er mit Blitzen.
Drum wäge sie gewissenhaft – Sprich nicht
Alonzo, sprich sein ganzes Haus, so hast
Dus sichrer.
RODRIGO.   Rache schwör ich, Rache
Dem Mörderhaus Alonzos.
                    Er empfängt das Abendmahl.
RAIMOND.   Elmire,
Die Reihe ist an dir.
ELMIRE.   Verschone mich,
Ich bin ein Weib –
RAIMOND.   Und Mutter auch des Toten.
ELMIRE. O Gott! Wie soll ein Weib sich rächen?
RAIMOND.   In
Gedanken. Würge
Sie betend.   *Sie empfängt das Abendmahl.*
        Raimond führt Elmiren in den Vordergrund, alle folgen.
RAIMOND. Ich weiß, Elmire, Männer sind die Rächer,   40
Ihr seid die Klageweiber der Natur.
Doch nichts mehr von Natur.
Ein holdergötzend Märchen ists, der Kindheit
Der Menschheit von den Dichtern, ihrer Amme,
Erzählt. Vertrauen, Unschuld, Treue, Liebe,
Religion, der Götter Furcht sind wie
Die Tiere, welche reden – Selbst das Band,

Das heilige, der Blutsverwandtschaft riß,
Und Vettern, Kinder eines Vaters, zielen
50   Mit Dolchen zielen sie auf ihre Brüste.
Ja sieh, die letzte Menschenregung für
Das Wesen in der Windel ist erloschen.
Man spricht von Wölfen, welche Kinder säugten,
Von Löwen, die das Einzige der Mutter
Verschonten – Ich erwarte, daß ein Bär
An Oheims Stelle tritt für Rodrigo.
Und weil doch alles sich gewandelt, Menschen
Mit Tieren die Natur gewechselt, wechsle
Denn auch das Weib die ihrige und dränge
60   Das Kleinod Liebe, das nicht üblich ist,
Aus ihrem Herzen, um die Folie, Haß,
Der üblich ist, hineinzusetzen.
                                   Wir
Indessen tuns in unsrer Art. Ich biete
Euch, meine Lehensmänner auf, mir schnell
Von Mann und Weib und Kind, und was nur irgend
Sein Leben lieb hat, eine Schar zu bilden.
Denn nicht ein ehrlich offner Krieg, ich denke
Nur eine Jagd wirds werden, wie nach Schlangen.
Wir wollen bloß das Felsenloch verkeilen,
70   Mit Dampfe sie in ihrem Nest ersticken, –
Die Leichen liegen lassen, daß von fernher
Gestank die Gattung schreckt, und keine wieder
In einem Erdenalter dort ein Ei legt.
ELMIRE. O Raimond! Mäßge dich! Es hat der Frech-
Beleidigte den Nachteil, daß die Tat
Ihm die Besinnung selbst der Rache raubt,
Und daß in seiner Brust noch, an der Wut,
Ein Freund des Feindes aufsteht wider ihn.
Wenn dir ein Garn Alonzo stellt, du läufst
80   In deiner Wunde blindem Schmerzgefühl
Hinein – Könntst du nicht prüfen mindestens
Vorher, aufschieben noch die Fehde – Ich
Will nicht den Arm der Rache binden, leiten
Nur will ich ihn, daß er so sichrer treffe –

RAIMOND. So meinst du, soll ich warten, Pedros Mord
  Nicht rächen, bis ich Rodrigos, bis ich
  Auch deinen noch zu rächen hab – Aldola!
  Geh hin nach Gossa, kündge ihm den Frieden!
  – Doch sags ihm nicht so sanft, wie ich, hörst du?
  Nicht mit so dürren Worten – Sag daß ich   90
  Gesonnen sei an seines Schlosses Stelle
  Ein Hochgericht zu bauen – Nein, ich bitte,
  Du mußt so matt nicht reden – Sag, ich dürste
  Nach sein und seines Kindes Blut, hörst du?
  Und seines Kindes Blute.

Er bedeckt sein Gesicht; ab mit Gefolge
außer Antonio und Rodrigo.

ANTONIO. Ein Wort, Graf Rodrigo.
RODRIGO.   Bist dus, Antonio?
ANTONIO. Ich komm aus Gossa.
RODRIGO.   So? Aus Gossa? Nun?   100
ANTONIO. Bei meinem Eid, ich nehme ihre Sache.
RODRIGO. Alonzos? Du?
ANTONIO.   Denn nie ward eine Fehde
  So tollkühn rasch, so frevelhaft leichtsinnig
  Beschlossen, als die eur'.
RODRIGO.   Erkläre dich.
ANTONIO. Ich denke, das Erklären ist an dir.
  Ich habe hier in diesen Bänken wie
  Ein Narr gestanden,
  Dem ein Schwarzkünstler Faxen vormacht.
RODRIGO.   Wie?
  Du wüßtest nichts?
ANTONIO.   Du hörst. Ich sage dir,
  Ich komm aus Gossa, wo Alonzo, den   110
  Ihr einen Kindesmörder scheltet,
  Die Mücken klatscht, die um sein Mädchen summen.
RODRIGO. Ja so, das war es – Allerdings, man weiß,
  Du giltst dem Hause viel, sie haben dich
  Stets ihren Freund genannt, so solltest du
  Wohl unterrichtet sein von ihren Wegen.

Man spricht, du freitest um die Tochter – Nun
Ich sah sie nie, doch des Gerüchtes Stimme
Rühmt ihre Schönheit – Wohl. So ist der Preis
Es wert.
120 ANTONIO. Wie meinst du das?
RODRIGO.   Ich meine, weil –
ANTONIO. Laß gut sein, kann es selbst mir übersetzen.
Du meinest, weil ein seltner Fisch sich zeigt,
Der doch zum Unglück bloß von Aas sich nährt,
So schlüg ich meine Ritterehre tot
Und hing' die Leich an meiner Lüste Angel
Als Köder auf –
RODRIGO.   Ja, grad heraus, Antonio.
Es gab uns Gott das seltne Glück, daß wir
Der Feinde Schar leichtfaßlich, unzweideutig,
Wie eine runde Zahl erkennen. Gossa,
130 In diesem Worte liegts, wie Gift in einer Büchse,
Und weils jetzt drängt und eben nicht die Zeit
Zu makeln, ein zweideutig Körnchen Saft
Mit Müh herauszuklauben, nun so machen
Wirs kurz, und sagen, du gehörst zu Gossa.
ANTONIO. Bei meinem Eid, da habt ihr recht. Niemals
War eine Wahl mir zwischen euch und sie.
Doch muß ich mich entscheiden, auf der Stelle
Tu ichs, wenn so die Sachen stehen. Ja, sieh,
Ich spreng auf alle Schlösser im Gebirg,
140 Empöre jedes Herz, bewaffne
Wo ich es finde, das Gefühl des Rechts,
Den Frech-Verleumdeten zu rächen.
RODRIGO.   Das
Gefühl des Rechts! O du Falschmünzer der
Gefühl'! Nicht einen wird ihr Glanz betrügen,
Am Klange werden sie es hören, an
Die Tür zur Warnung deine Worte nageln –
Das Rechtgefühl! Als obs ein andres noch
In einer andern Brust als dieses gäbe!
Denkst du, daß ich, wenn ich ihn schuldlos glaubte,
150 Nicht selbst auf seine Seite treten würde,

Dem eignen Vater gegenüber? Nun
Du Tor, wie könnt ich denn dies Schwert, dies gestern
Empfangne, dies der Rache auf sein Haupt
Geweihte, so mit Wollust tragen – Doch
Nichts mehr davon, das kannst du nicht verstehn.
Zum Schlusse – wir, wir hätten, denk ich, nun
Einander wohl nichts mehr zu sagen?

ANTONIO.   Nein.

RODRIGO. Leb wohl.

ANTONIO. Rodrigo!
Was meinst du? Sieh, du schlägst mir ins Gesicht,   160
Und ich, ich bitte dich mit mir zu reden.
Was meinst du, bin ich nicht ein Schurke?

RODRIGO.   Willst
Dus wissen, stell dich nur an diesen Sarg. *Ab.*

ANTONIO *kämpft mit sich, will gehen, bemerkt dann den Kirchendiener.*
He, Alter.

KIRCHENDIENER. Herr.

ANTONIO. Kennst du mich?

KIRCHENDIENER. Du meinst, von Ansehn –

ANTONIO. Nein, von Namen.

KIRCHENDIENER. Warst du schon in dieser Kirche?

ANTONIO. Niemals.

KIRCHENDIENER. Ei, Herr, wie sollt ich die Namen aller kennen,
die außer der Kirche sind?

ANTONIO. Nun dann, es tut zur Sache nichts. Ich bin
Auf Reisen, hab hier angesprochen,
Und finde alles voller Leid und Trauer.
Unglaublich dünkts mich, was die Leute sagen,   170
Es hab der Oheim dieses Kind erschlagen.
Du bist ein Mann doch, den man zu dem Pöbel
Nicht zählt, und der wohl hie und da ein Wort
Von höhrer Hand erhorchen mag. Nun, wenns
Beliebt, so teil mir, was du wissen magst,
Fein ordentlich und nach der Reihe mit.

KIRCHENDIENER. Herr. Von alten Zeiten her gibts einen Erbvertrag zwischen den beiden Häusern von Gossa und von Ciella;
einen Erbvertrag, sag ich, kraft dessen nach dem gänzlichen 180

Aussterben des einen Stammes das sämtliche Besitztum desselben an den andern Stamm fallen sollte.

ANTONIO. Zur Sache, das gehört zur Sache nicht.

KIRCHENDIENER. Ei wohl, Herr, der Erbvertrag gehört zur Sache.
Denn das ist so viel, als wolltest du sagen, der Apfel gehöre
nicht zum Sündenfall.

ANTONIO. Nun, weiter.

KIRCHENDIENER. Nun weiter. Als unser jetziger Herr die Regierung übernehmen sollte, ward er plötzlich krank. Zwei Tage
190   lang lag er in der Ohnmacht, man hielt ihn für tot, und der Graf
Alonzo, als Erbe, machte bereits Anstalten die Hinterlassenschaft in Besitz zu nehmen, als unser Herr wieder erwachte.

ANTONIO. Sprich deutlich. Welche Anstalt traf er?

KIRCHENDIENER. Ei nun, er ließ Kisten und Kasten versiegeln,
verschließen, bewachen –

ANTONIO. Nun?

KIRCHENDIENER. Nun, das tat er. Weiter nichts.

ANTONIO. Fahre fort.

KIRCHENDIENER. Ich fahre fort. Die Todesnachricht hätte in Gossa
keine so große Trauer erwecken können, als die Nachricht,
daß unser Herr am Leben sei.

ANTONIO. Wer sagte dir das?

KIRCHENDIENER. Herr, es sind zwanzig Jahre vorbei, kanns nicht
mehr beschwören.

ANTONIO. Sprich weiter.

KIRCHENDIENER. Ich spreche weiter. Seitdem haben sie von Gossa
immer nach unsrer Grafschaft herübergeschielt, wie die Katze
200   nach dem Knochen, an welchem der Hund nagt.

ANTONIO. Taten sie das?

KIRCHENDIENER. So oft unserm Herrn ein Junker geboren ward,
soll der Graf Alonzo blaß geworden sein.

ANTONIO. Wirklich?

KIRCHENDIENER. Nun, weil doch alles Warten und Gedulden
vergebens war, und die zwei Jünglinge wie die Pappeln blühten, so nahm er kurzweg die Axt, und fällte vorderhand den
einen, den jüngsten, von neun Jahren, der hier im Sarge
liegt.

ANTONIO. Nun das erzähl, wie ist das zugegangen?

KIRCHENDIENER. Nun gut, Herr, das will ich dir erzählen. Denk, du 210
seist Graf Raimond, unser Herr, und gingest an einem Abend
spazieren, weit ab, ins Gebirge. Nun denke dir, du fändest
dort plötzlich dein Kind tot auf der Erde, neben ihm kniend
zwei Männer aus dem Fußvolk von Gossa, mit blutigen Messern in den Händen. Du, wütend, zögst das Schwert, und
machtest sie beide nieder.

ANTONIO. Tat das dein Herr?

KIRCHENDIENER. Herr, der eine blieb noch am Leben, und der hats
gestanden.

ANTONIO. Gestanden?

KIRCHENDIENER. Ja, Herr, er hats rein heraus gestanden.   220

ANTONIO. Was hat er gestanden?

KIRCHENDIENER. Daß Graf Alonzo ihn zum Morde abgeschickt,
und ihm im voraus bezahlt habe.

ANTONIO. Hast dus gehört? Mit deinen eignen Ohren? Aus seinem
Munde?

KIRCHENDIENER. Herr, ich habs gehört und die ganze Gemeinde.

ANTONIO. O höllisch ists! Erzähls genau, sprich, wie gestand er es?

KIRCHENDIENER. Auf der Folter.

ANTONIO. So. Weiter. Sag mir seine Worte.

KIRCHENDIENER. Herr, die hab ich nicht genau gehört, außer eines.
Denn es war ein Getümmel auf dem Markte, wo er gefoltert 230
ward, daß man sein Brüllen kaum hören konnte.

ANTONIO. Du sagtest, außer eines. Nenne mir
Das eine Wort, das du gehört.

KIRCHENDIENER. Das eine Wort war: Alonzo.

ANTONIO. Alonzo? Sagt' er das? bist dus gewiß?
So. – Nun was wars weiter?

KIRCHENDIENER. Herr, weiter war es nichts. Denn bald darauf,
als ers gestanden, verblich er.

ANTONIO. So, verblich – Und weiter weißt du nichts?

KIRCHENDIENER. Herr, nichts.

Antonio bleibt in Gedanken stehen.

EIN DIENER *tritt auf.*   Habt Ihr Graf Rodrigo
Gesehn?

ANTONIO. Den suchst du? Freund, ich gehe mit dir.

Alle ab.

Rodrigo und Juan treten von der andern Seite auf.

RODRIGO. Wie kamst du denn zu diesem Schleier? Er
240   Ists, ists wahrhaftig – Sprich, – Und so in Tränen?
Warum denn so in Tränen, so erhitzt?
Hat dich die Mutter Gottes so begeistert,
Vor der du knietest?
JUAN.   Gnädger Herr – als ich
Vorbeiging an dem Bilde, riß es mich
Gewaltsam zu sich nieder –
RODRIGO.   Und der Schleier?
Wie kamst du denn zu diesem Schleier, sprich?
JUAN. Ich sag Euch ja, ich fand ihn.
RODRIGO.   Wo?
JUAN.   Im Tale
Zu Santa Kruz.
RODRIGO.   Und kennst nicht die Person,
Die ihn verloren?
JUAN.   – Nein.
RODRIGO.   Gut. Es tut nichts;
250   Ist einerlei – Und weil er dir nichts nützet,
Nimm diesen Ring und laß den Schleier mir.
JUAN. Den Schleier –? Gnädger Herr, was denkst du? Soll
Ich das Gefundene an dich verhandeln?
RODRIGO. Nun, wie du willst – Ich war dir immer gut,
Und wills dir schon so lohnen, wie dus wünschest.
Er küßt ihn und will gehn.
JUAN. Mein bester Herr – O nicht – o nimm mir alles,
Mein Leben wenn du willst. –
RODRIGO.   Du bist ja seltsam.
JUAN. Du nähmst das Leben mir mit diesem Schleier.
Denn einer heiligen Reliquie gleich,
260   Bewahrt er mir das Angedenken an
Den Augenblick, wo segensreich, heilbringend,
Ein Gott ins Leben mich, ins ewge, führte.
RODRIGO. Wahrhaftig? – Also fandst du ihn wohl nicht?
Er ward dir wohl geschenkt? Ward er? Nun sprich.
JUAN.
Fünf Wochen sinds – nein, morgen sinds fünf Wochen,

Als sein gesamt berittnes Jagdgefolge
Dein Vater in die Forsten führte. Gleich
Vom Platz, wie ein gekrümmter Fischbein, flog
Das ganze Roßgewimmel ab ins Feld.
Mein Pferd, ein ungebändigt tückisches,   270
Von Hörnerklang, und Peitschenschall, und Hund-
Geklaff verwildert, eilt ein eilendes
Vorüber nach dem andern, streckt das Haupt
Vor deines Vaters Roß schon an der Spitze. –
Gewaltig drück ich in die Zügel, doch,
Als hätts ein Sporn getroffen, nun erst greift
Es aus, und aus dem Zuge, wie der Pfeil
Aus seinem Bogen, fliegts dahin – Rechts herum
In eine Wildbahn reiß ich es, bergan,
Und weil ich meinen Blicken auf dem Fuß   280
Muß folgen, eh ich, was ich sehe, wahr
Kann nehmen, stürz ich, Roß und Reuter, schon
Hinab in einen Strom –
RODRIGO.   Nun Gott sei Dank,
Daß ich auf trocknem Land dich vor mir sehe.
Wer rettete dich denn?
JUAN.   Wer, fragst du? Ach,
Daß ichs mit einem Worte nennen soll!
Ich kanns dir nicht so sagen, wie ichs meine,
Es war ein nackend Mädchen.
RODRIGO. Wie? Nackend?
JUAN.   Strahlenrein, wie eine Göttin
Hervorgeht aus dem Bade. Zwar ich sah   290
Sie fliehend nur in ihrer Schöne – Denn
Als mir das Licht der Augen wiederkehrte,
Verhüllte sie sich –
RODRIGO.   Nun?
JUAN.   Ach, doch ein Engel
Schien sie, als sie verhüllt mir wiederkehrte.
Denn das Geschäft der Engel tat sie, hob
Zuerst mich Hingesunknen – löste dann
Von Haupt und Nacken schnell den Schleier, mir
Das Blut, das strömende, zu stillen.

RODRIGO.   O
   Du Glücklicher!
   JUAN.   Still saß ich, rührte nicht ein Glied,
300   Wie eine Taub in Kindes Hand.
   RODRIGO.   Und sprach sie nicht?
   JUAN. Mit Tönen, wie aus Glocken – fragte stets
   Geschäftig, wer ich sei? Woher ich komme?
   – Erschrak dann lebhaft, als sie hört', ich sei
   Aus Ciella.
   RODRIGO.   Wie? Warum denn das?
   JUAN.   Gott weiß.
   Doch hastig fördernd das Geschäft, ließ sie
   Den Schleier mir und schwand.
   RODRIGO.   Und sagte sie
   Dir ihren Namen nicht?
   JUAN.   Dazu war sie
   Durch Bitten nicht, nicht durch Beschwören zu
   Bewegen.
   RODRIGO.   Nein, das tut sie nicht.
   JUAN.   Wie? Kennst
   Du sie?
310   RODRIGO. Ob ich sie kenne? Glaubst du Tor,
   Die Sonne scheine dir allein?
   JUAN.   Wie meinst
   Du das –? Und kennst auch ihren Namen?
   RODRIGO.   Nein,
   Beruhge dich. Den sagt sie mir so wenig,
   Wie dir, und droht mit ihrem Zorne, wenn
   Wir unbescheiden ihn erforschen sollten.
   Drum laß uns tun, wie sie es will. Es sollen
   Geheimnisse der Engel Menschen nicht
   Ergründen. Laß – ja laß uns lieber, wie
   Wir es mit Engeln tun, sie taufen. Mag
320   Die Ähnliche der Mutter Gottes auch
   Marie heißen – uns nur, du verstehst,
   Und nennst du im Gespräch mir diesen Namen,
   So weiß ich, wen du meinst. Ich habe lange
   Mir einen solchen Freund gewünscht. Es sind

So wenig Seelen in dem Hause, die
Wie deine, zartbesaitet,
Vom Atem tönen.
Und weil uns nun der Schwur der Rache fort
Ins wilde Kriegsgetümmel treibt, so laß
Uns brüderlich zusammenhalten, kämpfe   330
Du stets an meiner Seite.
JUAN.   Gegen wen –?
RODRIGO. Das fragst du hier an dieser Leiche? Gegen
    Alonzos frevelhaftes Haus.
JUAN.   O Gott,
    Laß ihn die Engellästrung nicht entgelten.
RODRIGO. Was, bist du rasend?
JUAN.   Rodrigo – Ich muß
    Ein schreckliches Bekenntnis dir vollenden.
    Es muß heraus aus dieser Brust – denn gleich
    Den Geistern ohne Rast und Ruhe, die
    Kein Sarg, kein Riegel, kein Gewölbe bändigt,
    So mein Geheimnis –
RODRIGO.   Du erschreckst mich. Rede.   340
JUAN. Nur dir, nur dir darf ichs vertraun – Denn hier
    Auf dieser Burg – mich dünkt, ich sei
    In einem Götzentempel, sei, ein Christ,
    Umringt von Wilden, die mit gräßlichen
    Gebärden mich, den Haaresträubenden,
    Zu ihrem blutgen Fratzenbilde reißen –
    – Du hast ein menschliches Gesicht, zu dir,
    Wie zu dem Weißen unter Mohren, wende
    Ich mich – Denn niemand bei Gefahr des Lebens,
    Darf außer dir des Gottes Namen wissen,   350
    Der mich entzückt –
RODRIGO.   O Gott! – Doch meine Ahndung –?
JUAN. Sie ist es.
RODRIGO erschrocken. Wer?
JUAN.   Du hasts geahndet.
RODRIGO.   Was
    Hab ich geahndet? Sagt ich denn ein Wort?
    Kann ein Vermuten denn nicht trügen? Mienen

Sind schlechte Rätsel, die auf vieles passen,
Und übereilt hast du die Auflösung.
Nicht wahr, das Mädchen, dessen Schleier hier,
Ist Ignez nicht, nicht Ignez Ghonorez?
JUAN. Ich sag dir ja, sie ist es.
RODRIGO.   O mein Gott!
360 JUAN. Als sie auf den Bericht, ich sei aus Ciella,
Schnell fortging, folgt ich ihr von weitem
Bis Gossa fast, wo mirs ein Mann nicht einmal
Nein zehenmal bekräftigte.
RODRIGO.   O laß
An deiner Brust mich ruhn, mein lieber Freund.
ANTONIO *tritt auf.*   Ich soll
Mich sinngeändert vor dir zeigen, soll
Die schlechte Meinung dir benehmen, dir,
Wenns möglich, eine beßre abgewinnen,
– Gott weiß, das ist ein peinliches Geschäft.
Laß gut sein, Rodrigo. Du kannst mirs glauben,
370 Ich wußte nichts von allem, was geschehn.
          Pause; da Rodrigo nicht aufsieht.
Wenn dus nicht glaubst, ei nun, so laß es bleiben.
Ich hab nicht Lust, mich vor dir weiß zu brennen.
Kannst dus verschmerzen, so mich zu verkennen,
Bei Gott, so kann ich das verschmerzen.
RODRIGO *zerstreut.* Wie sagst du, Antonio?
ANTONIO. Ich weiß, was dich so zäh macht in dem Argwohn.
's ist wahr, und niemals werd ichs leugnen, ja,
Ich hatt das Mädel mir zum Weib erkoren.
Doch eh ich je mit Mördern mich verschwägre,
380 Zerbreche mir die Henkershand das Wappen.
RODRIGO *fällt ihm plötzlich um den Hals.*
ANTONIO. Was ist dir, Rodrigo? Was hat so plötzlich
Dich und so tief bewegt?
RODRIGO.   Gib deine Hand,
Verziehn sei alles –
ANTONIO.   Tränen? Warum Tränen?
RODRIGO. Laß mich, ich muß hinaus ins Freie.
        Rodrigo schnell ab; Antonio und Juan folgen.

Zweite Szene

Gossa. *Ein Zimmer im Schloß.*
Ignez führt ihren Großvater in einen Sessel.

GROSSVATER. Ignez, wo ist Philipp?
IGNEZ. Du lieber Gott, ich sags dir alle Tage,
  Und schriebs dir auf ein Blatt, wärst du nicht blind.
  Komm her, ich schreibs dir in die Hand.
GROSSVATER.   Hilft das?
IGNEZ. Es hilft, glaub mirs.
GROSSVATER.   Ach, es hilft nicht.
IGNEZ.   Ich meine
  Vor dem Vergessen.
GROSSVATER.   Ich vor dem Erinnern.   390
IGNEZ. Guter Vater.
GROSSVATER. Liebe Ignez.
IGNEZ. Fühl mir einmal die Wange an.
GROSSVATER.   Du weinest?
IGNEZ. Ich weiß es wohl, daß mich der Pater schilt,
  Doch glaub ich, er versteht es nicht. Denn sieh,
  Wie ich muß lachen, eh ich will, wenn einer
  Sich lächerlich bezeigt, so muß ich weinen,
  Wenn einer stirbt.
GROSSVATER.   Warum denn, meint der Pater,
  Sollst du nicht weinen?
IGNEZ.   Ihm sei wohl, sagt er.
GROSSVATER. Glaubst dus?
IGNEZ.   Der Pater freilich solls verstehn,   400
  Doch glaub ich fast, er sagts nicht wie ers denkt.
  Denn hier war Philipp gern, wie sollt er nicht?
  Wir liebten ihn, es war bei uns ihm wohl,
  Nun haben sie ihn in das Grab gelegt –
  Ach, es ist gräßlich – Zwar der Pater sagt,
  Er sei nicht in dem Grabe – Nein, daß ichs
  Recht sag, er sei zwar in dem Grabe – Ach,
  Ich kanns dir nicht so wiederbeichten. Kurz,
  Ich seh es, wo er ist, am Hügel. Denn
  Woher der Hügel?   410

GROSSVATER.   Wahr, sehr wahr!
– Ignez, der Pater hat doch recht. Ich glaubs
Mit Zuversicht.

IGNEZ.   Mit Zuversicht? Das ist
Doch seltsam. Ja, da möcht es freilich doch
Wohl anders sein, wohl anders. Denn woher
Die Zuversicht?

GROSSVATER.   Wie willst dus halten, Ignez?

IGNEZ. Wie meinst du das?

GROSSVATER.   Ich meine, wie dus gläubest.

IGNEZ. Ich wills erst lernen, Vater.

GROSSVATER.   Wie? Du bist
Nicht eingesegnet? Sprich, wie alt denn bist du?

IGNEZ. Bald funfzehn.

GROSSVATER.   Sieh, da könnte ja ein Ritter
420   Bereits dich vor den Altar führen.

IGNEZ.   Meinst du?

GROSSVATER. Das möchtest du doch wohl?

IGNEZ.   Das sag ich nicht.

GROSSVATER. Kannst auch die Antwort sparen. Sags der Mutter,
Sie soll den Beichtger zu dir schicken.

IGNEZ.   Horch!
Da kommt die Mutter.

GROSSVATER.   Sags ihr gleich.

IGNEZ.   Nein, lieber
Sag du es ihr. Sie möchte ungleich von
Mir denken.

GROSSVATER.   Ignez, führe meine Hand
Zu deiner Wange.

IGNEZ *ausweichend.*   Was soll das?

Franziska tritt auf.

GROSSVATER. Franziska, hier das Mädel klagt dich an.
Es rechne ihr das Herz das Alter vor,
430   Ihr blühend Leben sei der Reife nah,
Und knüpf' ihn einer nur, so würde, meint sie,
Ihr üppig Haupthaar einen Brautkranz fesseln, –
Du aber hättst ihr noch die Einsegnung,
Den Ritterschlag der Weiber, vorenthalten.

FRANZISKA. Hat dir Antonio das gelehrt?

GROSSVATER.   Franziska,
  Sprich, ist sie rot?

FRANZISKA.   Ei nun, ich wills dem Vater sagen.
  Gedulde dich bis morgen, willst du das?

Ignez küßt die Hand ihrer Mutter.

  Hier, Ignez, ist die Schachtel mit dem Spielzeug.
  Was wolltest du damit?

IGNEZ.   Den Gärtnerkindern,
  Den hinterlaßnen Freunden Philipps schenk   440
  Ich sie.

GROSSVATER.
           Die Reuter Philipps? Gib sie her.

Er macht die Schachtel auf.

  Sieh, wenn ich diese Puppen halt, ist mirs,
  Als säße Philipp an dem Tisch. Denn hier
  Stellt' er sie auf, und führte Krieg, und sagte
  Mir an, wies abgelaufen.

IGNEZ.   Diese Reuter,
  Sprach er, sind wir, und dieses Fußvolk ist
  Aus Ciella.

GROSSVATER. Nein, du sagst nicht recht. Das Fußvolk
  War nicht aus Ciella, sondern war der Feind.

IGNEZ. Ganz recht, so mein ich es, der Feind aus Ciella.

GROSSVATER. Ei nicht doch, Ignez, nicht doch. Denn wer sagt dir, 450
  Daß die aus Ciella unsre Feinde sind?

IGNEZ. Was weiß ich? Alle sagens.

GROSSVATER.   Sags nicht nach.
  Sie sind uns ja die nahverwandten Freunde.

IGNEZ. Wie du nur sprichst! Sie haben dir den Enkel,
  Den Bruder mir vergiftet, und das sollen
  Nicht Feinde sein –

GROSSVATER.   Vergiftet? Unsern Philipp?

FRANZISKA. Ei Ignez, immer trägt im Herzen das Geheimnis
  Die Jugend, wie den Vogel in der Hand.

IGNEZ. Geheimnis! Allen Kindern in dem Schlosse
  Ist es bekannt. Hast du, du selber es   460
  Nicht öffentlich gesagt?

FRANZISKA.   Gesagt? Und öffentlich?
Was hätt ich öffentlich gesagt? Dir hab
Ich heimlich anvertraut, es könnte sein,
Wär möglich, hab den Anschein fast –
GROSSVATER.   Franziska,
Du tust nicht gut daran, daß du das sagst.
FRANZISKA. Du hörst ja, ich behaupte nichts, will keinen
Der Tat beschuldgen, will von allem schweigen.
GROSSVATER. Der Möglichkeit doch schuldigst du sie an.
FRANZISKA. Nun das soll keiner mir bestreiten – Denn
470   So schnell dahin zu sterben, heute noch
In Lebensfülle, in dem Sarge morgen.
– Warum denn hätten sie vor sieben Jahren
Als mir die Tochter starb sich nicht erkundigt?
War das ein Eifer nicht – Die Nachricht bloß
Der Krankheit konnte kaum in Ciella sein,
Da flog ein Bote schon herüber, fragte
Mit wildverstörter Hast im Hause, ob
Der Junker krank sei? – Freilich wohl, man weiß es
Was so besorgt sie macht', der Erbvertrag,
480   Den wir schon immer, sie nie lösen wollten.
– Und nun, die ungewöhnliche Umwandlung,
Die plötzliche, des Leichnames in Fäulnis –
– Doch still. Der Vater kommt. Er hat mirs streng
Verboten von dem Gegenstand zu reden.
                Alonzo und der Gärtner treten auf.
ALONZO. Kann dir nicht helfen, Meister Hans. Geb zu,
Daß deine Rüben süß wie Zucker sind –
GÄRTNER. Wie Feigen, Herr.
ALONZO. Hilft nichts. Reiß aus, reiß aus.
GÄRTNER. Herr, ich will lieber zehn Felder mit Buchsbaum be-
pflanzen, als eine Kohlstaude ausreißen.
490   ALONZO. Du bist ein Narr. Ausreißen ist ein froh
Geschäft, geschiehts, um etwas Besseres zu pflanzen.
Denk dir das junge Volk von Bäumen, die,
Wenn wir vorbeigehn, wie die Kinder tanzen,
Und uns mit ihren Blütenaugen ansehn.
Es wird dich freuen, Hans, du kannst mirs glauben.

Du wirst sie hegen, pflegen, wirst sie wie
Milchbrüder deiner Kinder lieben, die
Mit ihnen Leben ziehn aus deinem Fleiße.
Zusammen wachsen wirst du sie, zusammen
Sie blühen sehn, und wenn dein Mädel dir   500
Den ersten Enkel bringt, gib acht, so füllen
Zum Brechen unsre Speicher sich mit Obst.

GÄRTNER. Herr, werden wirs erleben?

ALONZO. Ei, wenn nicht wir, doch unsre Kinder.

GÄRTNER. Dein Kind? Herr, ich möchte lieber eine Eichenpflanzung groß ziehn, als dein Fräulein.

ALONZO. Wie meinst du das?

GÄRTNER. Denn wenns keinen Nordostwind gibt, mit dem Beile
sollte mir keiner herankommen, wie bei Junker Philipp.

ALONZO. Schweig still. Ich kann das alberne Geschwätz
Im Haus nicht leiden.   510

GÄRTNER. Nun, ich pflanze die Bäume, Herr; aber könnt Ihr
die Früchte nicht essen, der Teufel soll mich holen, wenn ich
nicht lieber die Bäume umhaue, ehe ich einen Apfel nach
Ciella schicke. *Ab.*

Während der letzten Worte verbirgt Ignez das Haupt an die Brust ihrer
Mutter.

ALONZO. Was ist das? Ich erstaun – O daran ist,
Beim Himmel, niemand schuld als du, Franziska.
Das Mißtraun ist die schwarze Sucht der Seele,
Und alles, auch das Schuldlos-Reine zieht
Fürs kranke Aug die Tracht der Hölle an.
Das Nichtsbedeutende, Gemeine, ganz
Alltägliche, spitzfündig, wie zerstreute
Zwirnfaden wirds zu einem Bild verknüpft,   520
Das uns mit gräßlichen Gestalten schreckt.
Franziska, o das ist sehr schlimm –

FRANZISKA.   Mein teurer
Gemahl –

ALONZO.   Hättst du nicht wenigstens das Licht,
Das wie du vorgibst dir gezündet ward,
Verbergen in dem Busen, einen so
Zweideutgen Strahl nicht fallen lassen sollen

Auf diesen Tag, den, hätt er was du sagst
Gesehn, ein mitternächtlich Dunkel ewig
Wie den Karfreitag, decken müßte?

FRANZISKA.   Höre

530   Mich an –

ALONZO.   Dem Volk, diesem Hohlspiegel des
Gerüchts, den Funken vorzuhalten, den
Er einer Fackel gleich zurückwirft.

FRANZISKA.   Vorgehalten?
O mein Gemahl, die Sache lag so klar
Vor aller Menschen Augen, daß ein jeder,
Noch eh man es verbergen konnte, schon
Von selbst das Rechte griff.

ALONZO.   Was meinst du? Wenn
Vor achtzehn Jahren, als du schnell nach Ciella
Zu deiner Schwester eiltest, bei der ersten

540   Geburt ihr beizustehn, die Schwester nun
Als sie den neugebornen Knaben tot
Erblickte dich beschuldigt hätte, du,
Du hättest – du verstehst mich – heimlich ihm,
Verstohlen, während du ihn herztest, küßtest –
Den Mund verstopft, das Hirn ihm eingedrückt –

FRANZISKA. O Gott, mein Gott, ich will ja nichts mehr sagen,
Will niemand mehr beschuldgen, wills verschmerzen,
Wenn sie dies Einzge nur, dies Letzte nur
Uns lassen – *Sie drückt Ignez mit Heftigkeit an sich.*

EIN KNAPPE *tritt auf.* Herr, es ist ein Ritter am Fallgitter. Er verlangt, daß man es aufziehe, und ihn hineinreiten lasse, mit dir
zu reden.

ALONZO. Laß ihn hinein.

550   GROSSVATER. Ich will aufs Zimmer, Ignez, führe mich.

Großvater und Ignez ab.

FRANZISKA. Soll ich ihm einen Platz an unserm Tisch
Bereiten?

ALONZO. Ja, das magst du tun. Ich will
Indessen Sorge tragen für sein Pferd. *Beide ab.*

*Ignez tritt indessen auf, sieht sich um, schlägt ein Tuch über, setzt einen
Hut auf, und geht ab.*

Alonzo und Aldola treten auf.

ALONZO. Aus Ciella, sagst du?

ALDOLA.   Ritter Aldola
Aus Ciella. Bin gesandt von meinem Herrn
Dom Raimond Graf von Ghonorez an dich
Alonzo Grafen Ghonorez.

ALONZO.   Die Sendung
Empfiehlt dich, Aldola, denn deines Herrn
Sind deine Freunde. Drum so laß uns schnell
Hinhüpfen über den Gebrauch, verzeih   560
Daß ich mich setze, setz dich zu mir, und
Erzähle alles was du weißt von Ciella.
Denn wie, wenn an zwei Seegestaden zwei
Verbrüderte Familien wohnen, selten
Bei Hochzeit nur, bei Taufe, Trauer, oder
Wenns sonst was Wichtges gibt, der Kahn
Herüberschlüpft, und dann der Bote vielfach,
Noch eh er reden kann, befragt wird, was
Geschehn, wies zuging, und warum nicht anders,
Ja selbst an Dingen, als, wie groß der Ältste,   570
Wie viele Zähn der Jüngste, ob die Kuh
Gekalbet und dergleichen, was zur Sache
Doch nicht gehöret, sich erschöpfen muß –
Sieh, Freund, so bin ich fast gesonnen, es
Mit dir zu machen. – Nun, beliebts, so setz dich.

ALDOLA. Herr, kann es stehend abtun.

ALONZO.   Ei, du Narr,
Stehn und Erzählen, das gehört zusammen,
Wie Reiten fast und Küssen.

ALDOLA.   Meine Rede
Wär fertig, Herr, noch eh ich niedersitze.

ALONZO. Willst du so kurz sein? Ei, das tut mir leid.   580
Doch wenns so drängt, ich wills nicht hindern. Rede.

ALDOLA. Mich schickt mein Herr, Graf Raimond Ghonorez,
Dir wegen des an seinem Sohne Pedro
Verübten Mords den Frieden aufzukünden –

ALONZO. Mord?

ALDOLA. Doch soll ich, meint er, nicht so frostig reden,

Von bloßem Zwist und Streit und Kampf und Krieg,
Von Sengen, Brennen, Reißen und Verheeren.
590 Drum brauch ich lieber seine eignen Worte,
Die lauten so: er sei gesonnen, hier
Auf deiner Burg ein Hochgericht zu bauen,
Es dürste ihm nach dein und deines Kindes,
Und deines Kindes Blute – wiederholt' er.

ALONZO *steht auf, sieht ihm steif ins Gesicht.*

Ja so – Nun setz dich, guter Freund –

               Er holt einen Stuhl.

                           Du bist
Aus Ciella nicht, nicht wahr? – Nun setz dich – Wie
War schon dein Name? Setz dich, setz dich – Nun,
Sag an, ich habs vergessen, wo, wo bist
Du her?

ALDOLA.   Gebürtig? Herr, aus Murcia.

600 – Was soll das?

ALONZO.   So, aus Murcia – nun also
Aus Ciella nicht. Ich wußt es wohl, nun setz dich –

               Er geht an die Türe.

Franziska!

               Franziska tritt auf.

             Laß mir doch den Knappen rufen
Von diesem Ritter, hörst du?

               Franziska ab.

                   Nun so setz dich
Doch, Alter – Was den Krieg betrifft, das ist
Ein lustig Ding für Ritter, sieh, da bin ich
Auf deiner Seite –

ALDOLA.   Meiner Seite?

ALONZO.   Ja,
Was Henker denkst du? Hat dir einer Unrecht,
Beschimpfung, oder sonst was zugefügt,
So sag dus mir, sags mir, wir wollens rächen.

610 ALDOLA. Bist du von Sinnen, oder ists Verstellung?

      Franziska, der Knappe, und Diener treten auf.

ALONZO. Sag an, mein Sohn, wer ist dein Herr? Es ist
Mit ihm wohl, nun, du weißt schon, was ich meine –

ALDOLA. Den Teufel bin ich, was du meinst – Denkst du
　　Mir sei von meiner Mutter soviel Menschen-
　　Verstand nicht angeboren, als vonnöten,
　　Um einzusehn, du seist ein Schurke? Frag
　　Die Hund auf unserm Hofe, sieh, sie riechens
　　Dir an, und nähme einer einen Bissen
　　Aus deiner Hand, so hänge mich. – Zum Schlusse
　　So viel noch: Mein Geschäft ist aus. Den Krieg   620
　　Hab ich dir Kindesmörder angekündigt. *Will ab.*
ALONZO *hält ihn.* Nein, halte – Nein, bei Gott, du machst mich bange.
　　Denn deine Rede, wenn sie gleich nicht reich,
　　Ist doch so wenig arm an Sinn, daß michs
　　Entsetzet – Einer von uns beiden muß
　　Verrückt sein, bist dus nicht, ich könnt es werden.
　　Die Unze Mutterwitz, die dich vom Tollhaus
　　Errettet, muß, es kann nicht anders, mich
　　Ins Tollhaus führen – Sieh, wenn du mir sagtest,
　　Die Ströme flössen neben ihren Ufern   630
　　Bergan, und sammelten auf Felsenspitzen
　　In Seen sich, so wollt, ich wollts dir glauben.
　　Doch sagst du mir, ich hätt ein Kind gemordet,
　　Des Vetters Kind –
FRANZISKA.　　　　　O großer Gott, wer denn
　　Beschuldiget dich dieser Untat? Die aus Ciella,
　　Die selbst, vor wenig Monden –
ALONZO.　　　　　　　　Schweig. Nun wenns
　　Beliebt, so sag mirs einmal noch. Ists wahr,
　　Ists wirklich wahr? Um eines Mordes willen,
　　Krieg wider mich?
ALDOLA.　　　　　Soll ichs dir zehenmal,
　　Und wieder zehnmal wiederkäun?
ALONZO.　　　　　　　　Nun gut.   640
　　Franz, sattle mir mein Pferd. – Verzeih mir, Freund,
　　Wer kann das Unbegreifliche begreifen?
　　– Wo ist mein Helm, mein Schwert? – Denn hören muß
　　Ichs doch aus seinem Munde, eh ichs glaube.
　　– Schick zu Antonio, er möchte schnell,
　　Nach Gossa kommen –

ALDOLA.   Leb denn wohl.

ALONZO.   Nein, warte,
  Ich reite mit dir, Freund.

FRANZISKA.   Um Gotteswillen,
  In deiner Feinde Macht gibst du dich selbst?

ALONZO. Laß gut sein –

ALDOLA.   Wenn du glaubst, sie werden schonend
650 In Ciella dich empfangen, irrst du dich.

ALONZO *immer beschäftigt.*

  Tut nichts, tut nichts, allein werd ich erscheinen,
  Ein einzelner tritt frei zu seinen Feinden.

ALDOLA. Das Mildeste, das dir begegnen mag,
  Ist, daß man an des Kerkers Wand dich fesselt.

ALONZO. Es ist umsonst – Ich muß mir Licht verschaffen,
  Und sollt ichs mir auch aus der Hölle holen.

ALDOLA. Ein Fluch ruht auf dein Haupt, es ist nicht einer
  In Ciella, dem dein Leben heilig wäre.

ALONZO. Du schreckst mich nicht – mir ist das ihre heilig,
660 Drum wag ich fröhlich-kühn mein einzelnes.
  Nun fort. *Zu Franziska.*
                    Ich kehre unverletzt zurück,
  So wahr der Gottheit selbst die Unschuld heilig.
                    Wie sie abgehen wollen, tritt Antonio auf.

ANTONIO. Wohin?

ALONZO.   Gut, daß du kömmst, ich bitte dich,
  Bleib bei den Weibern, bis ich wiederkehre.

ANTONIO. Wo willst du hin?

ALONZO.   Nach Ciella.

ANTONIO.   Lieferst du,
  Wie ein bekehrter Sünder selbst dich aus?

ALONZO. Wie meinst du das?

ANTONIO.   Ei nun, ein schlechtes Leben
  Ist kaum der Mühe wert, es zu verlängern.
  Drum geh nur hin, und leg dein sündig Haupt
670 In christlicher Ergebung auf den Block.

ALONZO.
  Glaubst du, daß ich, wenn eine Schuld mich drückte,
  Das Haupt dem Recht der Rache weigern würde?

ANTONIO. O du Quacksalber der Natur! Denkst du,
  Ich werde dein verfälschtes Herz auf Treu
  Und Glauben zweimal als ein echtes kaufen?
  Bin ich ein blindes Glied denn aus dem Volke,
  Daß du mit deinem Ausruf an der Ecke
  Mich äffen willst, und wieder äffen willst?
  – Doch nicht so vielen Atem bist du wert,
  Als nur dies einzge Wort mir kostet: Schurke.   680
  Ich will dich meiden, das ist wohl das Beste.
  Denn hier in deiner Nähe stinkt es wie
  Bei Mördern.

             Alonzo fällt in Ohnmacht.

FRANZISKA.   Hülfe! Kommt zu Hülfe! Hülfe!

ZWEITER AKT

Erste Szene

Gegend im Gebirge. Im Vordergrunde eine Höhle.

*Ignez sitzt an der Erde und knüpft Kränze. Rodrigo tritt auf und betrachtet
sie mit Wehmut. Dann wendet er sich mit einer schmerzvollen Bewegung,
während welcher Ignez ihn wahrnimmt, welche dann zu knüpfen fortfährt, als
hätte sie ihn nicht gesehen.*

IGNEZ.
  's ist doch ein häßliches Geschäft: belauschen;
  Und weil ein rein Gemüt es stets verschmäht,
  So wird nur dieses grade stets belauscht.
  Drum ist das schlimmste noch, daß es den Lauscher,
  Statt ihn zu strafen, lohnt. Denn statt des Bösen,
  Das er verdiente zu entdecken, findet
  Er wohl sogar ein still Bemühen noch   690
  Für sein Bedürfnis oder seine Laune.
  Da ist, zum Beispiel, heimlich jetzt ein Jüngling,
  – Wie heißt er doch? Ich kenn ihn wohl. Sein Antlitz
  Gleicht einem milden Morgenungewitter,
  Sein Aug dem Wetterleuchten auf den Höhen,
  Sein Haar den Wolken, welche Blitze bergen,

Sein Nahen ist ein Wehen aus der Ferne,
Sein Reden wie ein Strömen von den Bergen
Und sein Umarmen stark – Doch still. Was wollt
700 Ich schon? Ja, dieser Jüngling, wollt ich sagen,
Ist heimlich nun herangeschlichen, plötzlich,
Unangekündigt, wie die Sommersonne,
Will sie ein nächtlich Liebesfest belauschen.
Nun wär mirs recht, er hätte, was er sucht,
Bei mir gefunden, und die Eifersucht,
Der Liebe Jugendstachel hätte, selbst
Sich stumpfend, ihn hinaus gejagt ins Feld,
Gleich einem jungen Rosse, das zuletzt
Doch heimkehrt zu dem Stall, der es ernährt.
710 Statt dessen ist kein andrer Nebenbuhler
Jetzt grade um mich, als sein Geist. Und der
Singt mir sein Lied zur Zither vor, wofür
Ich diesen Kranz ihm winde. *Sie sieht sich um.*
                    Fehlt dir was?
RODRIGO. Jetzt nichts.
IGNEZ.   So setz dich nieder, daß ich sehe,
Wie dir der Kranz steht. Ist er hübsch?
RODRIGO.   Recht hübsch.
IGNEZ. Wahrhaftig? Sieh einmal die Finger an.
RODRIGO. Sie bluten –
IGNEZ.   Das bekam ich, als ich aus den Dornen
Die Blumen pflückte.
RODRIGO.   Armes Kind.
IGNEZ.   Ein Weib
Scheut keine Mühe. Stundenlang hab ich
720 Gesonnen, wie ein jedes einzeln Blümchen
Zu stellen, wie das unscheinbarste selbst
Zu nutzen sei, damit Gestalt und Farbe
Des Ganzen seine Wirkung tue. – Nun,
Der Kranz ist ein vollendet Weib. Da nimm
Ihn hin. Sprich: er gefällt mir, so ist er
Belohnt. *Sie sieht sich wieder um.*
          Was fehlt dir denn?
          Sie steht auf. Rodrigo faßt sie in seine Arme.

      Du bist so seltsam,
So feierlich – Bist unbegreiflich mir.

RODRIGO. Und mir du.

IGNEZ.   Liebst du mich, so sprich sogleich
Ein Wort, das mich beruhigt.

RODRIGO.   Erst sprich du.
Wie hast dus heute wagen können, heute,   730
Von deinem Vaterhaus dich zu entfernen?

IGNEZ. Von meinem Vaterhause? Kennst dus denn?
Hab ich nicht stets gewünscht, du möchtest es
Nicht zu erforschen streben?

RODRIGO.   O verzeih.
Nicht meine Schuld ists, daß ichs weiß.

IGNEZ.   Du weißts?

RODRIGO. Ich weiß es. Fürchte nichts. Denn deinem Engel
Kannst du dich sichrer nicht vertraun, als mir.
Nun sage, nun beruhige erst mich;
Wie konntest du dein Vaterhaus verlassen,
So einsam dich in dies Gebirge wagen,
Da doch ein mächtger Nachbar all die Deinen   740
In blutger Rachefehd verfolgt?

IGNEZ.   In Fehde?
In meines Vaters Sälen liegt der Staub
Auf allen Rüstungen, und niemand ist
Uns feindlich, als der Marder höchstens, der
In unsre Hühnerställe bricht.

RODRIGO.   Wie sagst du?
Ihr wärt im Frieden mit den Nachbarn? Wärt
Im Frieden mit euch selbst?

IGNEZ.   Du hörst es, ja.

RODRIGO. O Gott! Ich danke dir mein Leben nur
Um dieser Stunde! – Mädchen! Mädchen! O
Mein Gott, so brauch ich dich ja nicht zu morden!   750

IGNEZ. Morden?

RODRIGO. O komm! *Sie setzen sich.*
     Nun will ich heiter, offen, wahr
Wie deine Seele mit dir reden. Komm!
Es darf kein Schatten mehr dich decken, nicht

Der mindeste, ganz klar will ich dich sehen.
Dein Innres ists mir schon, die ungebornen
Gedanken kann ich wie dein Gott erraten.
Dein Zeichen nur, die freundliche Erfindung,
Mit einer Silbe das Unendliche
760   Zu fassen, nur den Namen sage mir.
Dir sag ich meinen Namen gleich, denn nur
Ein Scherz wars, dir zu weigern, was du mir.
Ich hätte deinen längst erforscht, wenn nicht
Sogar dein unverständliches Gebot
Mir heilig. Aber nun frag ich dich selbst.
Nichts Böses bin ich mir bewußt, ich fühle
Du gehst mir über alles Glück der Welt,
Und nicht ans Leben bin ich so gebunden,
So gern nicht und so fest nicht, wie an dich.
770   Drum will ich, daß du nichts mehr vor mir birgst,
Und fordre ernst dein unumschränkt Vertraun.
IGNEZ. Mir weht ein Schauer wie von bösen Geistern
Um Haupt und Brust und hemmt die Rede mir.
RODRIGO. Was ängstigt dich? O sags mir, Teure, an.
Ich kann dir jeden falschen Wahn benehmen.
IGNEZ. Du sprachst von Mord – und der Entsetzenslaut
Hat deine reine Lippe bös gefleckt.
RODRIGO. Von Liebe sprech ich nun – das süße Wort
Gibt jeder Lippe Reiz, die es berührt.
IGNEZ. Von Liebe, hör ich wohl, sprichst du mit mir,
Doch sag mir an, mit wem sprachst du vom Morde?
RODRIGO. Du hörst es ja, es war ein böser Irrtum,
Den mir ein selbstgetäuschter Freund erweckt.
IGNEZ *welche Juan erblickt, der sich in der Ferne gezeigt hat.*
Dort steht ein Mensch, den kenn ich – *Sie steht auf.*
RODRIGO.   Kennst du ihn?
780 IGNEZ. Leb wohl.
RODRIGO.   Um Gotteswillen, nein, du irrst dich.
IGNEZ. Ich irre nicht – Laß mich – Wollt ihr mich morden?
RODRIGO. Dich morden? – Frei bist du, und willst du gehen,
Du kannst es unberührt, wohin du willst.
IGNEZ. So leb denn wohl.

RODRIGO.   Und kehrst nicht wieder?

IGNEZ.   Niemals,
    Wenn du nicht gleich mir deinen Namen sagst.

RODRIGO. Das soll ich jetzt – vor diesem Fremden –

IGNEZ.   So
    Leb wohl auf ewig.

RODRIGO.   Marie! Willst du nicht besser von
    Mir denken lernen?

IGNEZ.   Zeigen kann ein jeder
    Gleich, wer er ist.

RODRIGO.   Ich will es nächstens. Kehre wieder.

IGNEZ.
    Soll ich dir traun, wenn du nicht mir?

RODRIGO.   Tu es   790
    Auf die Gefahr.

IGNEZ.   Es sei. Und irr ich mich,
    Nicht eine Träne kosten soll es mich. *Ab.*

RODRIGO. Juan, komm her. Du siehst, sie ist es wohl,
    Es ist kein Zweifel mehr, nicht wahr?

JUAN.   Es mag,
    Wies scheint, dir wohl an keinem Aufschluß mangeln,
    Den ich dir geben könnte.

RODRIGO.   Wie dus nimmst.
    Zwei Werte hat ein jeder Mensch; den einen
    Lernt man nur kennen aus sich selbst, den andern
    Muß man erfragen.

JUAN.   Hast du nur den Kern,
    Die Schale gibt sich dann als eine Zugab.   800

RODRIGO. Ich sage dir, sie weigert mir, wie dir,
    Den Namen, und wie dich, so flieht sie mich,
    Schon bei der Ahndung bloß, ich sei aus Ciella.
    Du sahst es selbst, gleich einem Geist erscheint
    Und schwindet sie uns beiden.

JUAN.   Beiden? Ja.
    Doch mit dem Unterschied, daß dir das eine
    Talent geworden, ihn zu rufen, mir
    Das andre bloß, den Geist zu bannen.

RODRIGO   Juan!

JUAN. Pah! – Die Schuld liegt an der Spitze meiner Nase,
810 Und etwa noch an meinen Ohrenzipfeln.
  Was sonst an mir kann so voll Greuel sein,
  Daß es das Blut aus ihren Wangen jagt,
  Und, bis aufs Fliehen, jede Kraft ihr nimmt?
RODRIGO. Juan, ich kenne dich nicht mehr.
JUAN.   Ich aber dich.
RODRIGO. Ich will im voraus jede Kränkung dir
  Vergeben, wenn du es nur edel tust.
JUAN. Nicht übern Preis will ich dir zahlen – Sprich.
  Wenn einer mir vertraut', er wiss ein Roß,
  Das ihm bequem sei, und er kaufen wolle,
820 Und ich, ich ginge heimlich hin, und kaufts
  Mir selbst – was meinst du, wäre das wohl edel?
RODRIGO. Sehr schief wählst du dein Gleichnis –
JUAN.   Sage bitter;
  Und doch ists Honig gegen mein Gefühl.
RODRIGO. Dein Irrtum ist dir lieb, weil er mich kränkt.
JUAN. Kränkt? Ja, das ist mir lieb; und ists ein Irrtum,
  Just darum zähe will ich fest ihn halten.
RODRIGO. Nicht viele Freude wird dir das gewähren,
  Denn still verschmerzen werd ich, was du tust.
JUAN. Da hast du recht. Nichts würd mich mehr verdrießen,
830 Als wenn dein Herz wie eine Kröte wäre,
  Die ein verwundlos steinern Schild beschützt.
  Denn weiter keine Lust bleibt mir auf Erden,
  Als einer Bremse gleich dich zu verfolgen.
RODRIGO. Du bist weit besser, als der Augenblick.
JUAN. Weil ich mich edel nicht erweise, nicht
  Erweisen will, machst du mir weis, ich seis,
  Damit die unverdiente Ehre mich
  Bewegen mög, in ihrem Sinn zu handeln?
840 Vor deine Füße werf ich deine Achtung –
  Du Tor! Du Tor! Denkst du mich so zu fassen?
RODRIGO. Du willst mich reizen, doch du kannst es nicht;
  Ich weiß, du selbst, du wirst mich morgen rächen.
JUAN. Nein, wahrlich, nein, dafür will ich schon sorgen.
  Denn in die Brust schneid ich mir eine Wunde,

Die reiz ich stets mit Nadeln, halte stets
Sie offen, daß es mir recht sinnlich bleibe.

RODRIGO. Es ist nicht möglich, ach, es ist nicht möglich!
Wie könnte dein Gemüt so häßlich sein,
Da du doch Ignez, Ignez lieben kannst.

JUAN. Nicht wahr, dir wär es recht, wenn ich so albern-   850
Großmütig mich erwiese, wie es grade
Wohl passen mag in deinen Kram?

RODRIGO.   Leb wohl,
Juan.

JUAN. Nein halt! Du denkst, ich habe bloß
Gespaßt.

RODRIGO. Was willst du?

JUAN.   Grad heraus. Mein Leben
Und deins sind wie zwei Spinnen in der Schachtel.
Drum zieh! *Er zieht.*

RODRIGO.   Gewiß nicht. Fallen will ich anders
Von deiner Hand nicht, als gemordet.

JUAN.   Zieh,
Du Memme! Nicht nach deinem Tod, nach meinem
Nach meinem nur gelüstets mir.

RODRIGO *umarmt ihn.*   Juan!
Mein Freund! Ich dich ermorden?

JUAN *stößt ihn fort.*   Fort, du Schlange!
Nicht stechen will sie, nur mit ihrem Anblick   860
Mich langsam töten. – Gut. *Er steckt das Schwert ein.*
                    Noch gibts ein andres Mittel!

Beide von verschiedenen Seiten ab.

Zweite Szene

Gossa. Zimmer im Schlosse.

*Alonzo auf einem Stuhle mit Zeichen der Ohnmacht, die nun vorüber. Um
ihn herum Antonio, Thiesta, Franziska, Ciryllo.*

FRANZISKA. Nun, er erholt sich, Gott sei Dank –

ALONZO.   Franziska –

FRANZISKA. Alonzo, kennst du mich, kennst du mich wieder?

ALONZO. Mir ist so wohl, wie bei dem Eintritt in
Ein andres Leben.

FRANZISKA.   Und an seiner Pforte
Stehn deine Engel, wir, die Deinen, liebreich
Dich zu empfangen.

ALONZO.   Sage mir, wie kam
Ich denn auf diesen Stuhl? Zuletzt, wenn ich
Nicht irre, stand ich – nicht?

FRANZISKA.   Du sankest stehend
870   In Ohnmacht.

ALONZO.   Ohnmacht? Und warum denn das?
So sprich doch – Wie, was ist dir denn? Was ist
Euch denn? *Er sieht sich um; lebhaft.*
              Fehlt Ignez? Ist sie tot?

FRANZISKA.   O nein.
O nein, sie ist in ihrem Garten.

ALONZO.   Nun,
Wovon seid ihr denn alle so besessen?
Franziska, sprich – Sprich du, Thiesta – Seid
Ihr stumm, Thiest, Anto – – Antonio!
Ja so, ganz recht, nun weiß ich –

FRANZISKA.   Komm ins Bette,
Alonzo, dort will ichs dir schon erzählen.

ALONZO.

Ins Bett? O pfui! Bin ich denn – sage mir
880   – Bin ich in Ohnmacht wirklich denn gefallen?

FRANZISKA.

Du weißt ja, wie du sagst, sogar warum?

ALONZO. Wüßt ichs? O pfui! O pfui! Ein Geist ist doch
Ein elend Ding.

FRANZISKA.   Komm nur ins Bett, Alonzo,
Dein Leib bedarf der Ruhe.

ALONZO.   Ja, 's ist wahr,
Mein Leib ist doch an allem schuld.

FRANZISKA.   So komm.

ALONZO. Meinst du, es wäre nötig?

FRANZISKA.   Ja, durchaus
Mußt du ins Bette.

ALONZO.   Dein Bemühn
Beschämt mich sehr. Vergönne mir zwei Augenblicke,
So mach ich alles wieder gut, und stelle
Von selbst mich her.

FRANZISKA.   Zum mindsten nimm die Tropfen   890
Aus dem Tirolerfläschchen, das du selbst
Stets als ein heilsam Mittel mir gepriesen.

ALONZO. An eigne Kraft glaubt doch kein Weib, und traut
Stets einer Salbe mehr zu, als der Seele.

FRANZISKA. Es wird dich stärken, glaube mir –

ALONZO.   Dazu
Brauchts nichts als mein Bewußtsein. *Er steht auf.*
                            Was mich freut,
Ist daß der Geist doch mehr ist, als ich glaubte.
Denn flieht er gleich auf einen Augenblick,
An seinen Urquell geht er nur zu Gott,
Und mit Heroenkraft kehrt er zurück.   900
Thiesta! 's ist wohl viele Zeit nicht zu
Verlieren – Franziska, weiß ers?

FRANZISKA.   Ja.

ALONZO.   Du weißts? Nun sprich,
Was meinst du, 's ist doch wohl ein Bubenstück?
's ist wohl kein Zweifel mehr, nicht wahr?

THIESTA.   In Gossa
Ist keiner ders bezweifelt, ist fast keiner,
Ders, außer dir, nicht hätt vorhergesehen,
Wies enden müsse, sei es früh, seis spät.

ALONZO. Vorhergesehen? Nein, das hab ich nicht.
Bezweifelt? Nein, das tu ich auch nicht mehr.
– Und also ists den Leuten schon bekannt?   910

THIESTA. So wohl, daß sie das Haupt sogar besitzen,
Das dir die Nachricht her aus Ciella brachte.

ALONZO. Wie meinst du das? Der Herold wär noch hier?

THIESTA. Gesteinigt, ja.

ALONZO.   Gesteiniget?

THIESTA.   Das Volk
War nicht zu bändigen. Sein Haupt ist zwischen
Den Eulen an dem Torweg festgenagelt.

ALONZO. Unrecht ists,
   Thiest, mit deinem Haupt hättst du das seine
   Das heilige, des Herolds schützen sollen.
920 THIESTA. Mit Unrecht tadelst du mich, Herr, ich war
   Ein Zeuge nicht der Tat, wie du wohl glaubst.
   Zu seinem Leichnam kam ich – diesen hier,
   Antonio, wars just noch Zeit zu retten.
ALONZO. – Ei nun, sie mögens niederschlucken. Das
   Geschehne muß stets gut sein, wie es kann.
   Ganz rein, seh ich wohl ein, kanns fast nicht abgehn,
   Denn wer das Schmutzge anfaßt, den besudelts.
   Auch, find ich, ist der Geist von dieser Untat
   Doch etwas wert, und kann zu mehr noch dienen.
930 Wir wollens nützen. Reite schnell ins Land,
   Die sämtlichen Vasallen biete auf,
   Sogleich sich in Person bei mir zu stellen.
   Indessen will ich selbst von Männern, was
   Hier in der Burg ist, sammeln, Reden brauchts
   Nicht viel, ich stell mein graues Haupt zur Schau,
   Und jedes Haar muß einen Helden werben.
   Das soll den ersten Bubenanfall hemmen,
   Dann, sind wir stärker, wenden wir das Blatt,
   In seiner Höhle suchen wir den Wolf.
940 Es kann nicht fehlen, glaube mirs, es geht
   Für alles ja, was heilig ist und hehr,
   Für Tugend, Ehre, Weib und Kind, und Leben.
THIESTA. So geh ich, Herr, in wenig Stunden sind
   Die sämtlichen Vasallen hier versammelt.
ALONZO. 's ist gut. *Thiesta ab.*
       Ciryllo, rufe mir den Burgvogt.
   – Noch eins. Die beiden Waffenschmiede bringe
   Gleich mit. *Ciryllo ab.*
       Zu Antonio.
     Dir ist ein Unglimpf widerfahren,
   Antonio, das tut mir leid. Du weißt, ich war
   Im eigentlichsten Sinn nicht gegenwärtig.
950 Die Leute sind mir gut, du siehst, es war
   Ein mißverstandner Eifer bloß der Treue.

Drum mußt dus ihnen schon verzeihn. Fürs Künftge
Versprech ich, will ich sorgen. Willst du fort
Nach Ciella, kannst dus gleich, ich gebe dir
Zehn Reis'ge zur Begleitung mit. *Antonio schweigt.*
                                        Ich kanns
Nicht leugnen fast, daß mir der Unfall lieb,
Versteh mich, bloß weil er dich hier verweilte.
Denn sehr unwürdig hab ich mich gezeigt,
– Nein, sage nichts. Ich weiß das. – Freilich mag
Wohl mancher sinken, weil er stark ist: Denn   960
Die kranke, abgestorbne Eiche, ruhig
Steht sie im Sturm, doch die gesunde stürzt er,
Weil er in ihre Krone greifen kann.
Nicht jeden Schlag ertragen soll der Mensch,
Und welchen Gott faßt, denk ich, der darf sinken,
– Auch seufzen. Denn der Gleichmut ist die Tugend
Nur der Athleten. Wir, wir Menschen fallen
Ja nicht für Geld, auch nicht zur Schau – Doch sollen
Wir stets des Anschauns würdig aufstehn.
                                        Nun
Ich halte dich nicht länger. Geh nach Ciella,   970
Zu deinen Freunden, die du dir gewählt.
Denn hier in Gossa, wie du selbst gefunden,
Bist du seit heute nicht mehr gern gesehn.
ANTONIO. – Hast recht, hast recht – bins nicht viel besser wert,
Als daß du mir die Türe zeigst – Bin ich
Ein Schuft in meinen Augen doch, um wie
Vielmehr in deinen – Zwar ein Schuft, wie du
Es meinst, der bin ich nicht – Doch kurz und gut,
Glaubt was ihr wollt, ich kann mich nicht entschuldgen,
Mir lähmts die Zung, die Worte wollen wie   980
Verschlagne Kinder nicht ans Licht – Ich gehe,
Nur soviel sag ich dir, ich gehe nicht
Nach Ciella, hörst du? Und noch eins. Wenn du
Mich brauchen kannst, so sags, ich laß mein Leben
Für dich, hörst du, mein Leben. *Ab.*
FRANZISKA.   Hör, Antonio!
Da geht er hin! Warum riefst du ihn nicht?

ALONZO. Verstehst du was davon, so sag es mir.
    Mir ists noch immer, wie ein Traum.
FRANZISKA.   Ei nun,
    Er war gewonnen von den Ciellischen.
990   Denn in dem ganzen Gau ist wohl kein Ritter,
    Den sie, wenns ging, uns auf den Hals nicht hetzten.
ALONZO.
    Allein Antonio – Ja, wärs ein andrer,
    So wollt ichs glauben; doch Antonio!
    's ist doch so leicht nicht, in dem Augenblick
    Das Werk der Jahre, Achtung, zu zerstören.
FRANZISKA. O, 's ist ein teuflischer Betrug, der mich,
    Ja dich mißtrauisch hätte machen können.
ALONZO. Mich selbst? Mißtrauisch gegen mich? Nun laß
    Doch hören.
FRANZISKA.   Raimonds jüngster Sohn ist wirklich
1000   Von deinen Leuten im Gebirg erschlagen.
ALONZO. Von meinen Leuten?
FRANZISKA.   O das ist bei weitem
    Das schlimmste nicht. Der eine hat es selbst
    Gestanden, du, du hättst ihn zu dem Mord gedungen.
ALONZO. Gestanden hätt er das?
FRANZISKA.   Ja, auf der Folter,
    Und ist zwei Augenblicke drauf verschieden.
ALONZO. Verschieden – Und gestanden – Und im Tode,
    Wär auch das Leben voll Abscheulichkeit,
    Im Tode ist der Mensch kein Sünder. – Wer
    Hats denn gehört, daß ers gestanden?
FRANZISKA.   Ganz
1010   Ciella. Unter Volkes Augen auf
    Dem öffentlichen Markt ward er gefoltert.
ALONZO. Und wer hat dir das mitgeteilt?
FRANZISKA.   Antonio,
    Er hat sich bei dem Volke selbst erkundigt.
ALONZO. – Nein, das ist kein Betrug, kann keiner sein.
FRANZISKA. Um Gotteswillen, was denn sonst?
ALONZO.   Bin ich
    Denn Gott, daß du *mich* fragst?

FRANZISKA.   Ists keiner, so
O Himmel fällt ja der Verdacht auf uns.

ALONZO. Ja, allerdings fällt er auf uns.

FRANZISKA.   Und wir,
Wir müßten uns dann reinigen.

ALONZO.   Kein Zweifel,
Wir müssen es, nicht sie.

FRANZISKA.   O du mein Heiland,   1020
Wie ist das möglich?

ALONZO.   Möglich? Ja, das wärs,
Wenn ich nur Raimond sprechen könnte.

FRANZISKA.   Wie?
Das könntest du dich jetzt getraun, da ihn
Des Herolds Tod noch mehr erbittert hat?

ALONZO. 's ist freilich jetzt weit schlimmer – Doch es ist
Das einzge Mittel, das ergreift sich leicht.
– Ja recht, so gehts – Wo mag Antonio sein?
Der soll mich zu ihm führen. Franz! Ciryllo!
– Ich hab sie fortgeschickt, 's ist wahr. – So komm,
Antonio ist noch hier, ich such ihn selbst.

FRANZISKA. Um Gotteswillen, folge meinem Rate –

ALONZO. Franziska – laß mich – das verstehst du nicht.   1030

Beide ab.

Dritte Szene

Platz vor den Toren von Gossa.

IGNEZ *tritt in Hast auf.*
Zu Hilfe! Zu Hilfe!

JUAN *ergreift sie.*   So höre mich doch, Mädchen!
Es folgt dir ja kein Feind, ich liebe dich,
Ach, lieben! Ich vergöttre dich!

IGNEZ. Fort, Ungeheuer, bist du nicht aus Ciella?

JUAN. Wie kann ich furchtbar sein? Sieh mich doch an;
Ich zittre selbst vor Wollust und vor Schmerz
Mit meinen Armen dich, mein ganzes Maß
Von Glück und Jammer zu umschließen.

IGNEZ. Was willst du, Rasender, von mir?

JUAN.　　　　　　　　　　　　　　Nichts weiter.

1040　　Mir bist du tot, und, einer Leiche gleich,
　　　　Mit kaltem Schauer drück ich dich ans Herz.

IGNEZ. Schützt mich, ihr Himmlischen, vor seiner Wut!

JUAN. Sieh, Mädchen, morgen lieg ich in dem Grabe,
　　　　Ein Jüngling, ich – nicht wahr, das tut dir weh?
　　　　Nun, einem Sterbenden schlägst du nichts ab,
　　　　Den Abschiedskuß gib mir. *Er küßt sie.*

IGNEZ.　　　　　　　　　　　Errettet mich,
　　　　Ihr Heiligen!

JUAN.　　　　　– Ja, rette du mich, Heilge!
　　　　Es hat das Leben mich wie eine Schlange,
　　　　Mit Gliedern, zahllos, ekelhaft, umwunden.

1050　　Es schauert mich, es zu berühren – Da,
　　　　Nimm diesen Dolch –

IGNEZ.　　　　　　　　　Zu Hilfe! Mörder! Hilfe!

JUAN *streng*. Nimm diesen Dolch, sag ich – Hast du nicht einen
　　　　Mir schon ins Herz gedrückt?

IGNEZ.　　　　　　　　　　　　Entsetzlicher!

　　　　　　　Sie fällt besinnungslos in seine Arme.

JUAN *sanft*. Nimm diesen Dolch, Geliebte – Denn mit Wollust,
　　　　Wie deinem Kusse sich die Lippe reicht,
　　　　Reich ich die Brust dem Stoß von deiner Hand.

ANTONIO *tritt auf, aus dem Tore mit Reisigen.*
　　　　Hier war das Angstgeschrei – – Unglücklicher!
　　　　Welch eine Tat, – Sie ist ermordet – Teufel!
　　　　Mit deinem Leben sollst dus büßen –

　　　　　　　Er verwundet Juan; der fällt. Antonio faßt Ignez auf.

　　　　　　　　　　　　　　Ignez! Ignez!

1060　　Ich sehe keine Wunde – Lebst du, Ignez?

　　　　　　　Alonzo tritt auf, aus dem Tore; ihm folgt Franziska.

ALONZO. Es war Antonios Entsetzensstimme,
　　　　Nicht Ignez' – – O mein Gott! *Er wendet sich schmerzvoll.*

FRANZISKA.　　　　　　　　　O meine Tochter,
　　　　Mein Einziges, mein Letztes –

ANTONIO.　　　　　　　　　　Schafft nur Hilfe,
　　　　Ermordet ist sie nicht.

FRANZISKA.   Sie rührt sich – horch,
Sie atmet – ja sie lebt, sie lebt!

ALONZO.   Lebt sie?
Und unverwundet?

ANTONIO.   Eben wars noch Zeit.
Er zückte schon den Dolch auf sie, da hieb
Ich den Unwürdgen nieder.

FRANZISKA.   Ist er nicht
Aus Ciella?

ANTONIO.   Frage nicht, du machst mich schamrot – ja.

ALONZO. Gib mir die Hand, Antonio, wir verstehn   1070
Uns.

ANTONIO *reicht ihm die Hand.*
       Wir verstehn uns.

FRANZISKA.   Sie erwacht, o seht,
Sie schlägt die Augen auf, sie sieht mich an –

IGNEZ. Bin ich von dem Entsetzlichen erlöst?

FRANZISKA. Er liegt zu deinen Füßen – fasse dich!

IGNEZ *sieht sich um.*
    Getötet? Und um mich? Ach, es ist gräßlich –

FRANZISKA. Antonio hat den Mörder hingestreckt.

IGNEZ. Er folgte mir weit her aus dem Gebirge.
  – Mich faßte das Entsetzen gleich, als ich
Von weitem nur ihn in das Auge faßte.
Ich eilte – doch ihn trieb die Mordsucht schneller,   1080
Als mich die Angst – und hier ergriff er mich.

ALONZO. Und zückt' er gleich den Dolch? Und sprach er nichts?
Kannst du dich dessen nicht entsinnen mehr?

IGNEZ. So kaum – denn vor sein fürchterliches Antlitz
Entflohn mir alle Sinne fast. Er sprach,
– Gott weiß, mir schiens fast, wie im Wahnsinn – sprach
Von Liebe – daß er mich vergöttre – nannte
Bald eine Heilge mich, bald eine Leiche.
Dann zog er plötzlich jenen Dolch, und bittend,
Ich möchte, ich, ihn töten, zückt' er ihn   1090
Auf mich –

ALONZO.   Lebt er denn noch? Er scheint verwundet bloß,
Sein Aug ist offen. *Zu den Leuten.*

Tragt ihn in das Schloß,
Und ruft den Wundarzt. *Einige tragen ihn fort.*
Einer komme wieder,
Und bring mir Nachricht.

FRANZISKA.   Aber, meine Tochter,
Wie konntest du so einsam, und so weit
Dich ins Gebirge wagen?

IGNEZ.   Zürne nicht.
Es war mein Lieblingsweg.

FRANZISKA.   Und noch so lange
Dich zu verweilen!

IGNEZ.   Einen Ritter traf
Ich, der mich aufhielt.

FRANZISKA.   Einen Ritter? Sieh,
1100 Wie du in die Gefahr dich wagst. Kanns wohl
Ein andrer sein fast, als ein Ciellischer?

IGNEZ. – Glaubst du, es sei ein Ciellischer?

ANTONIO.   Ich weiß,
Daß Rodrigo oft ins Gebirge geht.

IGNEZ. Meinst du den –?

ANTONIO.   Raimonds ältsten Sohn.
– Kennst du ihn nicht?

IGNEZ.   Ich hab ihn nie gesehn.

ANTONIO. Ich habe sichre Proben doch, daß er
Dich kennt.

IGNEZ.   Mich?

FRANZISKA.   Unsre Ignez? Und woher?

ANTONIO. Wenn ich nicht irre, sah ich einen Schleier,
Den du zu tragen pflegst, in seiner Hand.

IGNEZ *verbirgt ihr Haupt an die Brust ihrer Mutter.*
1110 Ach, Mutter –

FRANZISKA.   O um Gotteswillen, Ignez,
Sei doch auf deiner Hut – Er kann dich mit
Dem Apfel, den er dir vom Baume pflückt,
Vergiften –

ANTONIO.   Nun, das möcht ich fast nicht fürchten.
Allein ich traue freilich keiner Schlang, er hat
Beim Abendmahle ihr den Tod geschworen.

IGNEZ.   Mir?
   Den Tod?
ANTONIO.   Ich hab es selbst gehört.
FRANZISKA.   Nun sieh,
   Ich werde wie ein Kind dich hüten müssen.
   Du darfst nicht aus den Mauern dieser Burg,
   Darfst nicht von deiner Mutter Seite gehn,
   Darfst nichts berühren, keine Nahrung, seis
   Auch was du willst, die ich dir nicht bereitet.
CIRYLLO *tritt auf; aus dem Tore.* Herr, der Mörder ist nicht tot, und   1120
   der Wundarzt sagt, seine Wunde sei auch nicht tödlich.
ALONZO *der bisher in Gedanken gestanden.*
   Ist er sich sein bewußt?
CIRYLLO. Er klagt über Bewußtlosigkeit.
ALONZO. Er klagt, er sei sich seiner nicht bewußt?
   So ist ers, merk ich, sehr.
CIRYLLO. Es wird keiner klug aus ihm. Denn er spricht ungehobelt
   Zeug durcheinander, und tut, als ob er wahnwitzig wäre.
ANTONIO. Es ist Verstellung offenbar.
ALONZO.   Kennst du
   Den Menschen?
ANTONIO.   Weiß nur so viel, daß sein Namen
   Juan, und er ein unecht Kind des Raimond,
   – Daß er den Ritterdienst in Ciella lernte,
   Und gestern früh das Schwert empfangen hat.
ALONZO. Das Schwert empfangen, gestern erst – und heute   1130
   Wahnsinnig – Sagtest du nicht auch, er habe
   Beim Abendmahl den Racheschwur geleistet?
ANTONIO. Wie alle Diener Raimonds, so auch er.
ALONZO. Antonio, mir wird ein böser Zweifel
   Fast zur Gewißheit, fast – Ich hätts entschuldigt,
   Daß sie Verdacht auf mich geworfen, daß
   Sie Rache mir geschworen, daß sie Fehde
   Mir angekündiget – ja hätten sie
   Im Krieg mein Haus verbrannt, mir Weib und Kind
   Im Krieg erschlagen, noch wollt ichs entschuldgen,   1140
   – Doch daß sie mir den Meuchelmörder senden,
   – Wenns so ist –

FRANZISKA.   Ists denn noch ein Zweifel? Haben
Sie uns nicht selbst die Probe schon gegeben?
ALONZO. Du meinst an Philipp –?
FRANZISKA.   Endlich siehst dus ein.
Du hast mirs nie geglaubt, hast die Vermutung,
Gewißheit, wollt ich sagen, stets ein Deuteln
Der Weiber nur genannt, die, weil sies einmal,
Aus Zufall treffen, nie zu fehlen wähnen.
Nun weißt dus besser – Nun, ich könnte dir
1150   Wohl mehr noch sagen, das dir nicht geahndet.
ALONZO. Mehr noch?
FRANZISKA.   Du wirst dich deines Fiebers vor
Zwei Jahren noch erinnern. Als du der
Genesung nahtest, schickte dir Elmire
Ein Fläschchen eingemachter Ananas.
ALONZO. Ganz recht, durch eine Reutersfrau aus Ciella.
FRANZISKA.
Ich bat dich, unter falschem Vorwand, nicht
Von dem Geschenke zu genießen, setzte
Dir selbst ein Fläschchen vor aus eignem Vorrat
Mit eingemachtem Fürsich – aber du
1160   Bestandst darauf, verschmähtest meinen Fürsich,
Nahmst von der Ananas, und plötzlich folgte
Ein heftiges Erbrechen –
ALONZO.   Das ist seltsam;
Denn ich besinne mich noch eines Umstands –
– Ganz recht. Die Katze war mir übers Fläschchen
Mit Ananas gekommen, und ich ließ
Von Ignez mir den Fürsich reichen – Nicht?
Sprich, Ignez.
IGNEZ.   Ja, so ist es.
ALONZO.   Ei, so hätte
Sich seltsam ja das Blatt gewendet. Denn
Die Ananas hat doch der Katze nicht
1170   Geschadet, aber mir dein Fürsich, den
Du selbst mir zubereitet –?
FRANZISKA.   – Drehen freilich
Läßt alles sich –

ALONZO.   Meinst du? Nun sieh, das mein
Ich auch, und habe recht, wenn ich auf das,
Was du mir drehst, nicht achte. – Nun genug.
Ich will mit Ernst, daß du von Philipp schweigst.
Er sei vergiftet oder nicht, er soll
Gestorben sein und weiter nichts. Ich wills.

ANTONIO.
Du solltst, Alonzo, doch den Augenblick
Der jetzt dir günstig scheinet nützen. Ist
Der Totschlag Pedros ein Betrug, wie es   1180
Fast sein muß, so ist auch Juan darin
Verwebt –

ALONZO.   Betrug? Wie wär das möglich?

ANTONIO.   Nun,
Du magst das Irren schelten, wie du willst,
So ists doch oft der einzge Weg zur Wahrheit.

ALONZO. Sprich nur.

ANTONIO.   Und wenn die Wirkung sich im Felde
Des Fast-Unglaublichen befindet, kann
Und darf man wohl die Mittel dort auch suchen.

ALONZO. Zur Sache.

ANTONIO.   Möglich wärs, daß Raimonds Sohn,
Der doch ermordet sein soll, bloß gestorben,
Und daß, von der Gelegenheit gereizt,
Den Erbvertrag zu seinem Glück zu lenken,
Der Vater es verstanden, deiner Leute
Die just vielleicht in dem Gebirge waren,
In ihrer Unschuld so sich zu bedienen,
Daß es der Welt erscheint, als hätten wirklich   1190
Sie ihn ermordet.

ALONZO.   Und wozu?

ANTONIO.   Ei, nun
Mit diesem Schein des Rechts dich zu befehden,
Den Stamm von Gossa auszurotten, dann
Das Erbvermächtnis sich zu nehmen.

ALONZO.   Fein
Ersonnen wär es wenigstens – Doch wie?
Du sagtest ja, der eine meiner Leute

Hätts in dem Tode noch bekannt, er wäre
Von mir gedungen zu dem Mord –
Stillschweigen.

ANTONIO. Der Mann, den ich gesprochen, hatte nur
Von dem Gefolterten ein Wort gehört.

1200 ALONZO. Das war?

ANTONIO.   Alonzo.
Stillschweigen.

ANTONIO.   Hast du denn die Leute,
Die sogenannten Mörder, nicht vermißt?
– Von ihren Hinterlaßnen müßte sich
Doch mancherlei erforschen lassen.

ALONZO *zu den Leuten.*   Rufe
Den Hauptmann einer her!

ANTONIO.   Von wem ich doch
Den meisten Aufschluß hoffe, ist Juan.

ALONZO. 's ist auch kein sichrer.

ANTONIO.   Wie? Wenn er es nicht
Gestehen will, macht mans wie die von Ciella,
Und wirft ihn auf die Folter.

ALONZO.   Nun? Und wenn
Er dann gesteht, daß Raimond ihn gedungen?

1210 ANTONIO. So ists heraus, so ists am Tage –

ALONZO.   So?
Dann freilich bin ich auch ein Mörder.
Stillschweigen.

ANTONIO. Aus diesem Wirrwarr finde sich ein Pfaffe!
Ich kann es nicht.

ALONZO.   Ich bin dir wohl ein Rätsel;
Nicht wahr? Nun tröste dich; Gott ist es mir.

ANTONIO. Sag kurz, was willst du tun?

ALONZO.   Das beste wär
Noch immer, wenn ich Raimond sprechen könnte.

ANTONIO. – 's ist ein gewagter Schritt. Bei seiner Rede
Am Sarge Pedros schien kein menschliches,
Kein göttliches Gesetz ihm heilig, das

1220 Dich schützt.

ALONZO.   Es wäre zu versuchen. Denn
Es wagt ein Mensch oft den abscheulichen
Gedanken, der sich vor der Tat entsetzt.

ANTONIO. Er hat dir heut das Beispiel nicht gegeben.

ALONZO. Auch diese Untat, wenn sie häßlich gleich,
Doch ists noch zu verzeihn, Antonio.
Denn schwer war er gereizt – Auf jeden Fall
Ist mein Gesuch so unerwarteter;
Und öfters tut ein Mensch, was man kaum hofft,
Weil mans kaum hofft.

ANTONIO.   Es ist ein blinder Griff;
Man *kann* es treffen.

ALONZO.   Ich wills wagen. Reite   1230
Nach Ciella, fordre sicheres Geleit,
Ich denke, du hast nichts zu fürchten.

ANTONIO.   – Nein.
Ich wills versuchen. *Ab ins Schloß.*

ALONZO.   So leb wohl.

FRANZISKA.   Leb wohl,
Und kehre bald mit Trost zu uns zurück.

Alonzo, Franziska und Ignez gehn ins Tor.

IGNEZ *hebt im Abgehn den Dolch auf.*

Es gibt keinen. –

FRANZISKA *erschrocken.*

Den Dolch – er ist vergiftet, Ignez, kann
Vergiftet sein – Wirf gleich, sogleich ihn fort.

Ignez legt ihn nieder.

Du sollst mit deinen Händen nichts ergreifen,
Nichts fassen, nichts berühren, das ich nicht
Mit eignen Händen selbst vorher geprüft.   1240

Alle ab.

DRITTER AKT

Erste Szene

Gegend im Gebirge.

*Ignez sitzt im Vordergrunde der Höhle, in der Stellung der Trauer. Rodrigo
tritt auf und stellt sich, ungesehen, nahe der Höhle. Ignez erblickt ihn, tut einen
Schrei, springt auf und will entfliehen.*

IGNEZ *da sie sich gesammelt hat.*
    Du bists –

RODRIGO.   An mir erschrickst du?

IGNEZ.   Gott sei Dank.

RODRIGO. Und wie du zitterst –

IGNEZ.   Ach, es ist vorüber.

RODRIGO. Ists wirklich wahr, an mir wärst du erschrocken?

IGNEZ. Es ist mir selbst ein Rätsel. Denn soeben
    Dacht ich noch dran, und rief den kühnen Mut,
    Die hohe Kraft, die unbezwingliche
    Standhaftigkeit herbei, mir beizustehn
    – Und doch ergriffs mich, wie unvorbereitet.
    – – Nun ists vorbei.

RODRIGO.   O Gott des Schicksals! Welch ein schönes
1250   Welch ruhiges Gemüt hast du gestört!

IGNEZ. – Du hast mich herbestellt, was willst du?

RODRIGO.   Wenn
    Ichs dir nun sage, kannst du mir vertraun,
    Marie?

IGNEZ.   Warum nennst du mich Marie?

RODRIGO. Erinnern will ich dich mit diesem Namen
    An jenen schönen Tag, wo ich dich taufte.
    Ich fand dich schlafend hier in diesem Tale,
    Das, einer Wiege gleich, dich bettete.
    Ein schützend Flordach webten dir die Zweige,
    Es sang der Wasserfall ein Lied, wie Federn
1260   Umwehten dich die Lüfte, eine Göttin
    Schien dein zu pflegen. – Da erwachtest du,
    Und blicktest wie mein neugebornes Glück

Mich an. – Ich fragte dich nach deinem Namen;
Du seist noch nicht getauft, sprachst du. – Da schöpfte
Ich eine Hand voll Wasser aus dem Quell,
Benetzte dir die Stirn, die Brust, und sprach:
Weil du ein Ebenbild der Mutter Gottes,
Marie tauf ich dich.

> *Ignez wendet sich bewegt.*

            Wie war es damals
Ganz anders, so ganz anders. Deine Seele
Lag offen vor mir, wie ein schönes Buch,   1270
Das sanft zuerst den Geist ergreift, dann tief
Ihn rührt, dann unzertrennlich fest ihn hält.
Es zieht des Lebens Forderung den Leser
Zuweilen ab, denn das Gemeine will
Ein Opfer auch; doch immer kehrt er wieder
Zu dem vertrauten Geist zurück, der in
Der Göttersprache ihm die Welt erklärt,
Und kein Geheimnis ihm verbirgt, als das
Geheimnis nur von seiner eignen Schönheit,
Das selbst ergründet werden muß.

                   Nun bist   1280
Du ein verschlossner Brief –

IGNEZ *wendet sich zu ihm.*   Du sagtest gestern,
Du wolltest *mir* etwas vertraun.

RODRIGO.   Warum
Entflohest du so schleunig?

IGNEZ.   Das fragst du?

RODRIGO. Ich kann es fast erraten – vor dem Jüngling,
Der uns hier überraschte; denn ich weiß,
Du hassest alles, was aus Ciella ist.

IGNEZ. Sie hassen mich.

RODRIGO.   Ich kann es fast beschwören,
Daß du dich irrst – Nicht alle wenigstens;
Zum Beispiel, für den Jüngling steh ich.

IGNEZ.   Stehst du –?

RODRIGO. Ich weiß, daß er dich heftig liebt –

IGNEZ.   Mich liebt –?   1290

RODRIGO. Denn er ist mein vertrauter Freund.

IGNEZ.   Dein Freund –?

RODRIGO. – Was fehlt dir, Ignez?

IGNEZ.   Mir wird übel. *Sie setzt sich.*

RODRIGO.   Welch
    Ein Zufall – wie kann ich dir helfen?

IGNEZ.   Laß
    Mich einen Augenblick –

RODRIGO.   Ich will dir Wasser
    Aus jener Quelle schöpfen. *Ab.*

IGNEZ *steht auf.*   Nun ists gut.
    Jetzt bin ich stark. Die Krone sank ins Meer,
    Gleich einem nackten Fürsten werf ich ihr
    Das Leben nach. Er bringe Gift, er bringe
    Es nicht, gleichviel, ich trink es aus, er soll
1300   Das Ungeheuerste an mir vollenden.
                              Sie setzt sich.

RODRIGO *kommt mit Wasser in dem Hute.*
    Hier ist der Trunk – fühlst du dich besser?

IGNEZ.   – Stärker
    Doch wenigstens.

RODRIGO.   Nun, trinke doch. Es wird
    Dir wohltun.

IGNEZ.   Wenns nur nicht zu kühl.

RODRIGO.   Es scheint
    Mir nicht.

IGNEZ.   Versuchs einmal.

RODRIGO.   Wozu? Es ist
    Nicht viel.

IGNEZ.   Nun, wie du willst. So gib. *Sie faßt den Hut.*

RODRIGO.   Nimm dich
    In acht, verschütte nichts.

IGNEZ.   Ein Tropfen ist
    Genug. *Sie trinkt, wobei sie ihn unverwandt ansieht.*

RODRIGO. Wie schmeckt es dir?

IGNEZ.   's ist kühl. *Sie schauert.*

RODRIGO.   So trinke
    Es aus.

IGNEZ. Soll ichs ganz leeren?

RODRIGO.   Wie du willst,
  Es reicht auch hin.
IGNEZ.   Nun, warte nur ein Weilchen,
  Ich tue alles, wie dus willst.
RODRIGO.   Es ist   1310
  So gut, wie Arzenei.
IGNEZ.   Fürs Elend.
RODRIGO.   – Wie?
IGNEZ. Nun, setz dich zu mir, bis mir besser worden.
  Ein Arzt, wie du, dient nicht für Geld, er hat
  An der Genesung seine eigne Freude.
RODRIGO. Wie meinst du das – für Geld –
IGNEZ.   Komm, laß uns plaudern.
  Vertreibe mir die Zeit, bis ichs vollendet, –
  Du weißt, es sind Genesende stets schwatzhaft.
RODRIGO. – Du scheinst so seltsam mir verändert –
IGNEZ.   Schon?
  Wirkt es so schnell? So muß ich, was ich dir
  Zu sagen habe, wohl beschleunigen.   1320
RODRIGO. Du mir zu sagen –
IGNEZ.   Weißt du, wie ich heiße?
RODRIGO. Du hast verboten mir, danach zu forschen.
IGNEZ. Das heißt du weißt es nicht. Meinst du,
  Daß ich dirs glaube?
RODRIGO.   Nun, ich wills nicht leugnen – –
IGNEZ. Wahrhaftig? Nun ich weiß auch, wer du bist.
RODRIGO. Nun?
IGNEZ.   Rodrigo von Ghonorez.
RODRIGO.   Wie hast
  Du das erfahren?
IGNEZ.   Ist gleichviel. Ich weiß noch mehr.
  Du hast beim Abendmahle mir den Tod
  Geschworen.
RODRIGO.   Gott! O Gott!
IGNEZ.   Erschrick doch nicht.
  Was macht es aus, ob ichs jetzt weiß? Das Gift   1330
  Hab ich getrunken, du bist quitt mit Gott.
RODRIGO. Gift?

IGNEZ.   Hier ists übrige, ich will es leeren.

RODRIGO. Nein, halt! – Es ist genug für dich. Gib mirs,
Ich sterbe mit dir. *Er trinkt.*

IGNEZ.   Rodrigo!

Sie fällt ihm um den Hals.

Rodrigo!

– O wär es Gift, und könnt ich mit dir sterben.
Denn ist es keins, mit dir zu leben, darf
Ich nun nicht hoffen, da ich so unwürdig
An deiner Seele mich versündigt habe.

RODRIGO. Willst dus?

IGNEZ.   Was meinst du?

RODRIGO.   Mit mir leben?

1340   Fest an mir halten? Dem Gespenst des Mißtrauns,
Das wieder vor mir treten könnte, kühn
Entgegenschreiten? Unabänderlich,
Und wäre der Verdacht auch noch so groß,
Dem Vater nicht, der Mutter nicht, so traun,
Als mir?

IGNEZ.   O Rodrigo! Wie sehr beschämst
Du mich?

RODRIGO.   Willst dus? Kann ich dich ganz mein nennen?

IGNEZ. Ganz deine, in der grenzenlosesten
Bedeutung.

RODRIGO.   Wohl, das steht nun fest, und gilt
Für eine Ewigkeit – wir werdens brauchen.

1350   Wir haben viel einander zu erklären,
Viel zu vertraun. – Du weißt, mein Bruder ist
Von deinem Vater hingerichtet.

IGNEZ.   Glaubst dus?

RODRIGO. Es gilt kein Zweifel, denk ich, denn die Mörder
Gestandens selbst.

IGNEZ.   So mußt *dus* freilich glauben.

RODRIGO. Und nicht auch du?

IGNEZ.   Mich überzeugt es nicht.
Denn etwas gibts, das über alles Wähnen
Und Wissen hoch erhaben – das Gefühl
Ist es der Seelengüte andrer.

RODRIGO.   Höchstens
  Gilt das für dich. Denn nicht wirst du verlangen,
  Daß ich mit deinen Augen sehen soll.   1360
IGNEZ. Und umgekehrt.
RODRIGO.   Wirst nicht verlangen, daß
  Ich meinem Vater weniger, als du
  Dem deinen, traue.
IGNEZ.   Und so umgekehrt.
RODRIGO. – O Ignez, ist es möglich – muß ich dich
  So früh schon mahnen? Hast du nicht versprochen,
  Mir deiner heimlichsten Gedanken keinen
  Zu bergen? Denkst du, daß ich darum dich
  Entgelten lassen werde, was dein Haus
  Verbrach? Bist du dein Vater denn?
IGNEZ.   So wenig,
  Wie du der deinige – sonst würd ich dich   1370
  In Ewigkeit wohl lieben nicht.
RODRIGO.   Mein Vater?
  Was hat mein Vater denn verbrochen? Daß
  Die Untat ihn empört, daß er den Tätern
  Die Fehde angekündigt, ists zu tadeln?
  Mußt ers nicht fast?
IGNEZ.   Ich wills nicht untersuchen.
  Er war gereizt, 's ist wahr. Doch daß er uns
  Das Gleiche, wie er meint, mit Gleichem gilt,
  Und uns den Meuchelmörder schickt, das ist
  Nicht groß, nicht edel.
RODRIGO.   Meuchelmörder? Ignez!
IGNEZ.
  Nun, das ist, Gott sei Dank, nicht zu bezweifeln,   1380
  Denn ich erfuhr es selbst an meinem Leibe.
  Er zückte schon den Dolch, da hieb Antonio
  Ihn nieder – und er liegt nun krank in Gossa.
RODRIGO. Wer tat das?
IGNEZ.   Nun, ich kann dir jetzt ein Beispiel
  Doch geben, wie ich innig dir vertraue.
  Der Mörder ist dein Freund.
RODRIGO.   Mein Freund?

IGNEZ.   Du nanntest
Ihn selbst so, und das war es, was vorher
Mich irrte.

RODRIGO.   's ist wohl möglich nicht – – Juan?

IGNEZ.   Derselbe
Der gestern hier uns überraschte.

RODRIGO.   O
1390 Mein Gott, das ist ein Irrtum – sieh, das weiß,
Das weiß ich.

IGNEZ.   Ei, das ist doch seltsam. Soll
Ich nun mit deinen Augen sehn?

RODRIGO.   Mein Vater!
Ein Meuchelmörder! Ist er gleich sehr heftig,
Nie hab ich anders doch ihn, als ganz edel
Gekannt.

IGNEZ.   Soll *ich* nun deinem Vater mehr,
Als du dem meinen traun?

Stillschweigen.

RODRIGO.   In jedem Falle,
War zu der Tat Juan von meinem Vater
Gedungen nicht.

IGNEZ.   Kann sein. Vielleicht so wenig,
Wie von dem meinigen die Leute, die
1400 Den Bruder dir erschlugen.

Stillschweigen.

RODRIGO.   Hätte nur
Antonio in seiner Hitze nicht
Den Menschen mit dem Schwerte gleich verwundet.
Es hätte sich vielleicht das Rätsel gleich
Gelöst.

IGNEZ.   Vielleicht – so gut, wie wenn dein Vater
Die Leute nicht erschlagen hätte, die
Er bei der Leiche deines Bruders fand.

Stillschweigen.

RODRIGO.

Ach, Ignez, diese Tat ist nicht zu leugnen,
Die Mörder habens ja gestanden –

IGNEZ.   Nun,
Wer weiß, was noch geschieht. Juan ist krank,
Er spricht im Fieber manchen Namen aus,   1410
Und wenn mein Vater rachedürstend wäre,
Er könnte leicht sich einen wählen, der
Für sein Bedürfnis taugt.
RODRIGO.   O Ignez! Ignez!
Ich fange an zu fürchten fast, daß wir
Doch deinem Vater wohl zu viel getan.
IGNEZ. Sehr gern nehm ichs, wie all die Meinigen,
Zurück, wenn wir von deinem falsch gedacht.
RODRIGO. Für meinen steh ich.
IGNEZ.   So, wie ich für meinen.
RODRIGO. Nun wohl, 's ist abgetan. Wir glauben uns.
– O Gott, welch eine Sonne geht mir auf!   1420
Wenns möglich wäre, wenn die Väter sich,
So gern, so leicht, wie wir verstehen wollten!
– Ja, könnte man sie nur zusammenführen.
Denn einzeln denkt nur jeder seinen einen
Gedanken, käm der andere hinzu,
Gleich gäbs den dritten, der uns fehlt.
– Und schuldlos, wie sie sind, müßt ohne Rede
Sogleich ein Aug das andere verstehn.
– Ach Ignez, wenn dein Vater sich entschlösse,
Denn kaum erwarten läßts von meinem sich.   1430
IGNEZ. Kann sein, er ist schon auf dem Wege.
RODRIGO.   Wie?
Er wird doch nicht? Unangefragt, und ohne
Die Sicherheit des Zutritts?
IGNEZ.   Mit dem Herold
Gleich wollt er fort nach Ciella.
RODRIGO.   – O das spricht
Für deinen Vater weit, weit besser, als
Das Beste für den meinen –
IGNEZ.   Ach, du solltest
Ihn kennen, ihn nur einmal handeln sehn!
Er ist so stark, und doch so sanft – Er hat es längst
Vergeben.

RODRIGO.   Könnt ich das von meinem sagen –!
1440   Denn niemals hat die blinde Rachsucht, die
Ihn zügellos-wild treibt, mir wohlgetan.
Ich fürchte viel von meinem Vater, wenn
Der deinige unangefragt erscheint.
IGNEZ. Nun, das wird jetzt wohl nicht geschehn, ich weiß
Antonio wird ihn euch melden.
RODRIGO.   Antonio?
Der ist ja selbst nicht sicher.
IGNEZ.   Warum das?
RODRIGO. Wenn er Juan erschlagen hat, in Gossa
Erschlagen hat, das macht den Vater wütend.
IGNEZ. – Es muß ein böser Mensch doch sein, dein Vater.
1450   RODRIGO. Ist denn Antonio schon fort?
IGNEZ.   Schon längst.
Mich wunderts, daß er noch nicht bei euch ist.
Denn stündlich auf die Rückkehr wartet schon
Mein Vater, gleich nach Ciella dann zu reiten.
RODRIGO. Ach, das ist sehr gefährlich –
IGNEZ.   Könntest du
Nicht lieber gleich zu deinem Vater eilen,
Zu mildern wenigstens, was möglich ist?
RODRIGO. Ich mildern? Meinen Vater? Gute Ignez,
Er trägt uns, wie die See das leichte Schiff,
Wir müssen tanzen, wie die Wogen wanken,
Sie sind nicht zu beschwören –
IGNEZ.   Doch zu lenken
Ist noch das Schiff.
RODRIGO.   Ich wüßte wohl was Beßres.
– Denn fruchtlos ist doch alles, kommt der Irrtum
Ans Licht nicht, der uns neckt – Der eine ist,
Von jenem Anschlag auf dein Leben, mir
1460   Schon klar – Der Jüngling war mein Freund, um seine
Geheimste Absicht kann ich wissen – Hier
Auf dieser Stelle, eifersuchtgequält,
Reizt' er mit bittern Worten mich, zu ziehen,
– Nicht mich zu morden, denn er sagt' es selbst,
Er wolle sterben.

IGNEZ.   Seltsam; grade das
    Sagt' er mir auch.
RODRIGO.   Nun sieh, so ists am Tage.
IGNEZ. Das seh ich doch nicht ein – er stellte sich
    Wahnsinnig zwar, drang mir den Dolch auf, sagte,
    Als ich mich weigerte, ich hätt ihm einen
    Schon in das Herz gedrückt –
RODRIGO.   Nun, das brauch ich   1470
    Wohl dir nicht zu erklären –
IGNEZ.   – Wie?
RODRIGO.   Sagt ich
    Dir nicht, daß er dich heftig liebe?
IGNEZ.   – O
    Mein Gott, was ist das für ein Irrtum – Nun
    Liegt er verwundet in dem Kerker, niemand
    Pflegt seiner, der ein Mörder heißt, und doch
    Ganz schuldlos ist – Ich will sogleich auch gehen.
RODRIGO.
    Nur einen Augenblick noch – So wie einer,
    Kann auch der andre Irrtum schwinden – Weißt
    Du was ich tun jetzt werde? Immer ists
    Mir aufgefallen, daß an beiden Händen   1480
    Der Bruderleiche just derselbe Finger,
    Der kleine Finger fehlte – Mördern, denk
    Ich, müßte jedes andre Glied fast wichtger
    Doch sein, als just der kleine Finger – Läßt
    Sich was erforschen, ists nur an dem Ort
    Der Tat. Den weiß ich. Leute wohnen dort,
    Das weiß ich auch – Ja recht, ich gehe hin.
IGNEZ. So lebe wohl denn.
RODRIGO.   Eile nur nicht so;
    Wird dir Juan entfliehn? – Nun, pfleg ihn nur,
    Und sag ihm, daß ich immer noch sein Freund.   1490
IGNEZ. Laß gut sein, werd ihn schon zu trösten wissen.
RODRIGO. Wirst du? Nun *einen* Kuß will ich ihm gönnen.
IGNEZ. Den andern gibt er mir zum Dank.
RODRIGO.   Den dritten
    Krieg ich zum Lohn für die Erlaubnis.

IGNEZ.   Von
Juan?
RODRIGO. Das ist der vierte.
IGNEZ.   Ich versteh
Versteh schon. Nein, daraus wird nichts.
RODRIGO.   Nun gut;
Das nächstemal geb ich dir Gift.
IGNEZ *lacht.*   Frisch aus
Der Quelle, du trinkst mit.
RODRIGO *lacht.*   Sind wir
Nicht wie die Kinder? Denn das Schicksal zieht,
1500   Gleich einem strengen Lehrer, kaum ein freundlich
Gesicht, sogleich erhebt der Mutwill wieder
Sein keckes Haupt.
IGNEZ.   Nun bin ich wieder ernst,
Nun geh ich.
RODRIGO.   Und wann kehrst du wieder?
IGNEZ.   Morgen.

Ab von verschiedenen Seiten.

Zweite Szene

Ciella. Zimmer im Schlosse.
Raimond, Elmire, Santin, treten auf.

RAIMOND. Erschlagen, sagst du?
ELMIRE.   Ja, so spricht das Volk.
RAIMOND. Das Volk – ein Volk von Weibern wohl?
ELMIRE.   Mir hats
Ein Mann bekräftigt.
RAIMOND.   Hats ein Mann gehört?
SANTIN. Ich habs gehört, Herr, und ein Mann, ein Wandrer,
Der her aus Gossa kam, hats mitgebracht.
RAIMOND. Was hat er mitgebracht?
SANTIN.   Daß dein Juan
1510   Erschlagen sei.
ELMIRE.   Nicht doch, Santin, er sagte
Nichts von Juan, vom Herold sagt' er das.

RAIMOND. Wer von euch beiden ist das Weib?

SANTIN.   Ich sage,
   Juan, und ists der Herold, wohl, so zieht
   Der Frau den Panzer an, und mich steckt in den Weibsrock.

RAIMOND. Mit eignen Ohren will ichs hören. Bringt
   Den Mann zu mir.

SANTIN.   Ich zweifle, daß er noch
   Im Ort.

ELMIRE *sieht ihn an.*

      Er ist im Hause.

RAIMOND.   Einerlei.
   Bringt ihn. *Elmire und Santin ab.*

RAIMOND *pfeift; zwei Diener erscheinen.*
      Ruft gleich den Grafen Rodrigo.

EIN DIENER. Es soll geschehn, Herr. *Bleibt stehen.*

RAIMOND. Was willst du?

EIN DIENER. Wir haben eine Klingel gekauft, Herr, und bitten   1520
   dich, wenn du uns brauchst, so klingle.

RAIMOND. 's ist gut.

EIN DIENER *setzt die Klingel auf den Tisch.* Wir bitten dich darum,
   Herr. Denn wenn du pfeifst, so springt der Hund aus dem
   Ofenloche, und denkt, es gilt ihm.

RAIMOND. – 's ist gut.
      Diener ab; Elmire und ein Wandrer treten auf.

ELMIRE. Hier ist der Mann – hör es nun selbst, ob ich
   Dir falsch berichtet.

RAIMOND.   Wer bist du, mein Sohn?

EIN WANDERER. Gestrenger Herr, ich bin ein Fleischergeselle,
   Hans Franz, Flanz von Namen.

RAIMOND. Wes Landes bist du?

EIN WANDERER. Ein Untertan aus deiner Herrschaft, komme
   vom Wandern zurück in die Heimat.

RAIMOND. Du warst in Gossa, sprich, was sahst du da?

EIN WANDERER. Sie haben deinen Herold erschlagen.   1530

RAIMOND. Wer tat es?

EIN WANDERER. Herr, die Namen gingen auf keine Eselshaut. Es
   waren an die Tausend über einen, alle Graf Alonzos Leute.

RAIMOND. War er, Alonzo, selbst dabei?

EIN WANDERER. Er tat, als wüßt ers nicht, und ließ sich nicht
    sehen bei der Tat. Nachher, als die Stücken des Herolds auf
    dem Hofe herumlagen, kam er herunter.

RAIMOND. Was sagt' er da?

EIN WANDERER. Er schalt und schimpft' die Täter rein aus, es

1540   glaubts ihm aber kein Mensch; denn es dauerte nicht lang,
    so nannte er sie seine getreuen Untertanen.

RAIMOND *nach einer Pause.*

    – O listig ist die Schlange – 's ist nur gut,
    Daß wir das wissen, denn so *ist* sies nicht
    Für uns.

ELMIRE *zum Wanderer.*

         Hat denn der Herold ihn beleidigt?

RAIMOND. Beleidigen! Ein Herold! Der die Zange
    Nur höchstens ist, womit *ich* ihn gekniffen.

ELMIRE. So läßt sichs fast nicht denken, daß die Tat
    Von ihm gestiftet; denn warum sollt er
    So zwecklos dich noch mehr erbittern wollen?

1550   RAIMOND. Er setzet die Erfindungskraft vielleicht
    Der Rache auf die Probe – nun wir wollen
    Doch einen Henker noch zu Rate ziehn.

        Santin und ein zweiter Wandrer treten auf.

SANTIN. Hier ist der Wandrer, Herr, er kann dir sagen,
    Ob ich ein Weib, ob nicht.

RAIMOND *wendet sich.*   Es ist doch nicht
    Die Höll in seinem Dienst –

ZWEITER WANDRER. Ja, Herr, Juan heißt der Rittersmann, den
    sie in Gossa erschlagen.

RAIMOND *dreht sich zu ihm, schnell.*

    Und also wohl der Herold nicht?

ZWEITER WANDRER. Herr, das geschah früher.

RAIMOND *nach einer Pause.* Tretet ab – Bleib du, Santin.

        Die Wandrer, und Elmire ab.

RAIMOND. Du siehst die Sache ist ein Märchen. Kannst

1560   Du selbst nicht an die Quelle gehn nach Gossa,
    So glaub ichs keinem.

SANTIN.   Herr, du hättst den Mann
    Doch sollen hören. In dem Hause war,

   Wo ich ihn traf, ein andrer noch, der ihm
   Ganz fremd, und der die Nachricht mit den Worten
   Fast sagt', als hätt er sie von ihm gelernt.
RAIMOND. Der Herold, seis – das wollt ich glauben; doch
   Juan! Wie *käm* denn der nach Gossa?
SANTIN.   Wie
   Die Männer sprachen, hat er Ignez,
   Alonzos Tochter, morden wollen –
RAIMOND.   Morden!
   Ein Mädchen! Sind sie toll? Der Junge ist   1570
   Verliebt in alles, was in Weiberröcken.
SANTIN.
   Er soll den Dolch auf sie gezückt schon haben,
   Da kommt Antonio und haut ihn nieder.
RAIMOND. Antonio – wenns überhaupt geschehn,
   Daß ers getan, ist glaublich; denn ich weiß,
   Der graue Geck freit um die Tochter – Glaubs
   Trotz allem nicht, bis dus aus Gossa bringst.
SANTIN. So reit ich hin – und kehr ich noch vor Abend
   Nach Ciella nicht zurück, so ists ein Zeichen
   Von meinem Tode auch.
RAIMOND.   Auf jeden Fall   1580
   Will ich den dritten sprechen, der dirs sagte.
SANTIN. Herr, der liegt krank im Haus.
RAIMOND.   So führ mich zu ihm.
                        Beide ab.
   Antonio und Elmire treten im Gespräch von der andern Seite auf.

ELMIRE. Um Gotteswillen, Ritter –
ANTONIO.   Ihm den Mörder
   Zu senden, der ihm hinterrücks die Tochter
   Durchbohren soll, die Schuldlos-Reine, die
   Mit ihrem Leben nichts verbrach, als dieses
   Nur, daß just dieser Vater ihr es gab.
ELMIRE. Du hörst mich nicht –
ANTONIO.   Was seid ihr besser denn
   Als die Beklagten, wenn die Rache so
   Unwürdig niedrig ist, als die Beleidigung?   1590
ELMIRE. Ich sag dir ja –

ANTONIO.   Ist das die Weis in diesem
  Zweideutig bösen Zwist dem Rechtgefühl
  Der Nachbarn schleunig anzuweisen, wo
  Die gute Sache sei? Nein, wahrlich, nein,
  Ich weiß es nicht, und soll ichs jetzt entscheiden,
  Gleich zu Alonzo neig ich mich, nicht euch.
ELMIRE. So laß mich doch ein Wort nur sprechen – sind
  Wir denn die Stifter dieser Tat?
ANTONIO.   Ihr nicht
  Die Stifter? Nun, das nenn ich spaßhaft! Er,
1600 Der Mörder hat es selbst gestanden –
ELMIRE.   Wer
  Hat es gestanden?
ANTONIO.   Wer fragst du? – Juan.
ELMIRE. O welch ein Scheusal ist der Lügner – Ich
  Erstaun, Antonio, und wage kaum
  Zu sagen, was ich von dir denke. Denn
  Ein jedes unbestochnes Urteil müßte
  Schnell frei uns sprechen.
ANTONIO.   Schnell? Da hast du unrecht.
  Als ich Alonzo hörte, hab ich schnell
  Im Geist entschieden, denn sehr würdig wies
  Die Schuld er von sich, die man auf ihn bürdet.
1610 ELMIRE. Ists möglich, du nimmst ihn in Schutz?
ANTONIO.   Haut mir
  Die Hand ab, wenn ich sie meineidig hebe:
  Unschuldig ist Alonzo.
ELMIRE.   Soll ich dir
  Mehr glauben, als den Tätern, die es selbst
  Gestanden?
ANTONIO.   Nun, das nenn ich wieder spaßhaft;
  Denn glauben soll ich doch von euch, daß ihr
  Unschuldig, ob es gleich Juan gestanden.
ELMIRE. Nun, über jedwedes Geständnis geht
  Mein innerstes Gefühl doch. –
ANTONIO.   Grad so spricht Alonzo,
  Nur mit dem Unterschied, daß ichs ihm glaube.
1620 ELMIRE. Wenn jene Tat wie diese ist beschaffen –

ANTONIO. Für jene, für Alonzos Unschuld, steh ich.

ELMIRE. Und nicht für unsre?

ANTONIO.　　　　　　　　　Reinigt euch.

ELMIRE. Was hat der Knabe denn gestanden?

ANTONIO.　　　　　　　　　　　　　　– Sag mir erst,
　Was hat der Mörder ausgesagt, den man
　Gefoltert – wörtlich will ichs wissen.

ELMIRE.　　　　　　　　　　　　　　Ach
　Antonio, soll ich mich wahr dir zeigen,
　Ich weiß es nicht. Denn frag ich, heißt es stets,
　Er hats gestanden; will ichs wörtlich wissen,
　So hat, vor dem Geräusch, ein jeder nur,
　Selbst Raimond nur ein Wort gehört: Alonzo.　　　　　　1630

ANTONIO. Selbst Raimond? Ei, wenns nur ein Wort bedurfte,
　So wußte ers wohl schon vorher, nicht wahr?
　So halb und halb?

ELMIRE.　　　　　　　Gewiß hat ers vorher schon
　Geahndet –

ANTONIO.　　　Wirklich? Nun so war auch wohl
　Dies Wort nicht nötig, und ihr hättet euch
　Mit einem Blick genügt?

ELMIRE.　　　　　　　　　Ach mir hats nie
　Genügt, – doch muß die Flagge wehn, wohin
　Der Wind – ich werde nie den Unglückstag
　Vergessen – und es knüpft, du wirst es sehn,
　Sich eine Zukunft noch von Unglück an –　　　　　　　　1640
　Nun sag mir nur, was hat Juan bekannt?

ANTONIO. Juan? Dasselbe. Er hat euren Namen
　Genannt –

ELMIRE.　　　Und weiter nichts?

ANTONIO.　　　　　　　　　　　Das wäre schon,
　Wenn nicht Alonzo edel wär, genug.

ELMIRE. So glaubt' ers also nicht?

ANTONIO.　　　　　　　　　　Er ist der einzge
　In seinem Gossa noch, der euch entschuldigt.

ELMIRE. Ja dieser Haß der die zwei Stämme trennt,
　Stets grundlos schien er mir, und stets bemüht
　War ich, die Männer auszusöhnen – doch

1650 Ein neues Mißtraun trennte stets sie wieder
Auf Jahre, wenn so kaum ich sie vereinigt. –
Nun weiter hat Juan doch nichts bekannt?

ANTONIO. Auch dieses Wort selbst sprach er nur im Fieber.
– Doch wie gesagt, es wär genug –

ELMIRE.   So ist
Er krank?

ANTONIO.   Er phantasiert sehr heftig, spricht
Das Wahre und das Falsche durcheinander,
– Zum Beispiel, daß die Hölle im Gebirge
Für ihn, für Rodrigo und Ignez doch
Der Himmel.

ELMIRE.   Nun, und was bedeutet das?

1660 ANTONIO. Ei, daß sie sich so treu, wie Engel lieben.

ELMIRE. Wie, du erschreckst mich, Rodrigo und Ignez?

ANTONIO.
Warum erschrickst du? Denk ich doch, du solltest
Vielmehr dich freun. Denn fast kein Minnesänger
Könnt etwas Besseres ersinnen, leicht
Das Wild-Verworrene euch aufzulösen,
Das Blutig-Angefangne lachend zu
Beenden, und der Stämme Zwietracht ewig
Mit seiner Wurzel auszurotten, als
– Als eine Heirat.

ELMIRE.   Ritter, du erweckst

1670 Mir da Gedanken – Aber wie? Man sagte,
– Wars ein Gerücht nur bloß? – Du freitest selbst
Um Ignez?

ANTONIO.   Ja, 's ist wahr – Doch untersucht
Es nicht, ob es viel Edelmut, ob wenig,
Beweise, daß ich deinem Sohn sie gönne,
– Denn kurz, das Mädel liebt ihn.

ELMIRE.   Aber sagt
Mir nur, wie sie sich kennen lernten? Seit
Drei Monden erst ist Rodrigo vom Hofe
Des Kaisers, dessen Edelknab er war,
Zurück. In dieser Zeit hat er das Mädchen

1680 In meinem Beisein mindstens nie gesehn.

ANTONIO. Doch, nicht in eurem Beisein, um so öfter;
   Noch heute waren beid in dem Gebirge.

ELMIRE. – Nun freilich, glücklich könnte sichs beschließen.
   Alonzo also wär bereit?

ANTONIO.   Ich bin
   Gewiß, daß er das Mädchen ihm nicht weigert,
   Wenn Raimond nur –

ELMIRE.   's ist kaum zu hoffen, kaum,
   – Versuchen will ichs – Horch! Er kommt! Da ist er!

Raimond und Santin treten auf. Raimond erblickt Antonio, erblaßt, kehrt
          um, geht ab, im Abgehen.
   Santin! *Beide ab.*

ANTONIO. Was war das?

ELMIRE.   Hat er dich denn schon gesehen?   1690

ANTONIO. Absichtlich hab ich ihn vermieden, um
   Mit dir vorher mich zu besprechen – Wie
   Es scheint, ist er sehr aufgebracht.

ELMIRE.   Er ward
   Ganz blaß, als er dich sah – das ist ein Zeichen
   Wie matte Wolkenstreifen stets für mich,
   Ich fürchte einen bösen Sturm.

ANTONIO.   Weiß er
   Denn, daß Juan von meiner Hand gefallen?

ELMIRE. Noch wußt ers nicht, doch hat er eben jetzt
   Noch einen dritten Wanderer gesprochen.

ANTONIO. Das ist ein böser Strich durch meinen Plan.   1700

RAIMOND *tritt auf.* Laß uns allein, Elmire.

ELMIRE *zu Antonio halblaut.*   Hüte dich,
   Um Gotteswillen. *Ab.*

ANTONIO.   Sei gegrüßet!

RAIMOND *setzt sich.*   Sehr
   Neugierig bin ich zu erfahren, was
   Zu mir nach Ciella dich geführt. Du kommst
   Aus Gossa – nicht?

ANTONIO.   Unmittelbar von Hause,
   Doch war ich gestern dort.

RAIMOND.   So wirst du wissen,
   Wir Vettern sind seit kurzer Zeit ein wenig

Schlimm übern Fuß gespannt – Vielleicht hast du
Aufträg an mich, kommst im Geschäft des Friedens,
1710   Stellst selbst vielleicht die heilige Person
Des Herolds vor? –?
ANTONIO.   Des Herolds? Nein – Warum?
– Die Frag ist seltsam. Als dein Gast komm ich –
RAIMOND. Mein Gast – und hättst aus Gossa keinen Auftrag?
ANTONIO. Zum mindsten keinen andern, dessen ich
Mich nicht als Freund des Hauses im Gespräch
Gelegentlich entledgen könnte.
RAIMOND.   Nun,
Wir brechen die Gelegenheit vom Zaune;
Sag an.
ANTONIO. – Alonzo will dich sprechen.
RAIMOND.   Mich,
Mich sprechen?
ANTONIO.   Freilich seltsam ist die Fordrung,
1720   Ja unerhört fast – dennoch gäbs ein Zeichen,
Ein sichres fast von seiner Unschuld, wär
Es dieses.
RAIMOND. Unschuld?
ANTONIO.   Ja, mir ists ein Rätsel,
Wie dir, da es die Mörder selbst gestanden.
Zwar ein Geständnis auf der Folter ist
Zweideutig stets – auch war es nur ein Wort,
Das doch im Grunde stets sehr unbestimmt.
Allein, trotz allem, der Verdacht bleibt groß,
Und fast unmöglich scheints – zum wenigsten
Sehr schwer, sich davon reinigen zu können.
1730   RAIMOND. Meinst du?
ANTONIO.   Doch, wie gesagt, er hälts für möglich.
Er glaubt, es steck ein Irrtum wo verborgen –
RAIMOND. Ein Irrtum?
ANTONIO.   Den er aufzudecken, nichts
Bedürfe, als nur ein Gespräch mit dir.
RAIMOND. Nun, meinetwegen –
ANTONIO.   Wirklich? Willst dus tun?
RAIMOND. Wenn du ihn jemals wiedersehen solltest.

ANTONIO. – Jemals? Ich eile gleich zu ihm.

RAIMOND.   So sags,
  Daß ich mit Freude ihn erwarten würde.

ANTONIO. O welche segensreiche Stunde hat
  Mich hergeführt – Ich reite gleich nach Gossa,
  Und bring ihn her – Möcht er dich auch so finden,   1740
  So freundlich und so mild, wie ich – Machs ihm
  Nicht schwer, die Sache ist verwickelt, blutig
  Ist die Entscheidung stets des Schwerts, und Frieden
  Ist die Bedingung doch von allem Glück.
  Willst du ihn nur unschuldig finden, wirst
  Dus auch – Ich glaubs, bei meinem Eid, ich glaubs.
  Ich war wie du von dem Verdacht empört,
  Ein einzger Blick auf sein ehrwürdig Haupt
  Hat schnell das Wahre mich gelehrt –

RAIMOND.   Dein Amt
  Ist aus, so wie ich merke –?

ANTONIO.   Nur noch zur   1750
  Berichtigung etwas von zwei Gerüchten,
  Die bös verfälscht, wie ich fast fürchte, dir
  Zu Ohren kommen möchten –

RAIMOND.   Nun?

ANTONIO.   Juan
  Liegt krank in Gossa.

RAIMOND.   Auf den Tod, ich weiß.

ANTONIO. Er wird nicht sterben.

RAIMOND.   Wie es euch beliebt.

ANTONIO. Wie?

RAIMOND.   Weiter – Nun, das andere Gerücht –?

ANTONIO. Ich wollt dir nur noch sagen, daß er zwar
  Den Dolch auf Ignez –

RAIMOND.   Ich hatt ihn gedungen.

ANTONIO. Wie sagst du?

RAIMOND.   Könnts mir doch nichts helfen, wenn
  Ichs leugnen wollte, da ers ja gestanden.   1760

ANTONIO.
  Vielmehr das Gegenteil – aus seiner Rede
  Wird klar, daß dir ganz unbewußt die Tat.

RAIMOND. Alonzo doch ist überzeugt, wie billig,
Daß ich so gut ein Mörder bin, wie er?
ANTONIO. Vielmehr das Gegenteil – der Anschein hat
Das ganze Volk getäuscht, doch er bleibt stets
Unwandelbar und nennt dich schuldlos.
RAIMOND. O List der Hölle, von dem bösesten
Der Teufel ausgeheckt!
ANTONIO.   Was ist das? Raimond!
RAIMOND *faßt sich.*

1770   Das war das eine – nun sprich weiter, noch
Ein anderes Gerücht wolltst du berichtgen.
ANTONIO. Gib mir erst Kraft und Mut, gib mir Vertraun –
RAIMOND. Sieh zu, wies geht – sag an.
ANTONIO.   Der Herold ist –
RAIMOND. Erschlagen, weiß ich – doch Alonzo ist
Unschuldig an dem Blute.
ANTONIO.   Wahrlich, ja;
Er lag in Ohnmacht während es geschah.
Es hat ihn tief empört, er bietet jede
Genugtuung dir an, die du nur forderst.
RAIMOND. Hat nichts zu sagen –
ANTONIO.   Wie?
RAIMOND.   Was ist ein Herold?
1780   ANTONIO. Du bist entsetzlich –
RAIMOND.   Bist du denn ein Herold –?
ANTONIO. Dein Gast bin ich, ich wiederhols – Und wenn
Der Herold dir nicht heilig ist, so wirds
Der Gast dir sein.
RAIMOND.   Mir heilig? Ja. Doch fall
Ich leicht in Ohnmacht.
ANTONIO.   – Lebe wohl. *Schnell ab.*
       Pause; Elmire stürzt aus dem Nebenzimmer herein.
ELMIRE. Um Gotteswillen, rette, rette *Sie öffnet ein Fenster.*
                                    Alles
Fällt über ihn – Antonio – das Volk
Mit Keulen – rette, rette ihn – sie reißen
Ihn nieder, nieder liegt er schon am Boden –
Um Gotteswillen, komm ans Fenster nur,

Sie töten ihn – Nein, wieder steht er auf,   1790
Er zieht, er kämpft, sie weichen – Nun ists Zeit,
O Raimond, ich beschwöre dich – Sie dringen
Schon wieder ein, er wehrt sich wütend – Rufe
Ein Wort, um aller Heilgen willen, nur
Ein Wort aus diesem Fenster – – Ah! jetzt fiel
Ein Schlag – – er taumelt – Ah! noch einer – nun
Ists aus – Nun fällt er um – Nun ist er tot – –

Pause; Elmire tritt vor Raimond.

O welch entsetzliche Gelassenheit – –
– Es hätte dir ein Wort gekostet, nur
Ein Schritt bis zu dem Fenster, ja dein bloßes   1800
Gebieterantlitz hätte sie geschreckt –
– Möcht einst in jener bittern Stunde, wenn
Du Hilfe Gottes brauchest, Gott nicht säumen,
Wie du, mit Hilfe vor dir zu erscheinen.

SANTIN *tritt auf.* 's ist abgetan, Herr.

ELMIRE.   Abgetan? Wie sagst
Du, Santin – Raimond, abgetan?

Raimond wendet sich verlegen.

                              O jetzt
Ists klar – Ich Törin, die ich dich zur Rettung
Berief! – O pfui! Das ist kein schönes Werk,
Das ist so häßlich, so verächtlich, daß
Selbst ich, dein unterdrücktes Weib, es kühn   1810
Und laut verachte. Pfui! O pfui! Wie du
Jetzt vor mir sitzest, und es leiden mußt,
Daß ich in meiner Unschuld hoch mich brüste,
Denn über alles siegt das Rechtgefühl,
Auch über jede Furcht und jede Rücksicht,
Und nicht der Herr, der Gatte nicht, der Vater
Nicht meiner Kinder ist so heilig mir,
Daß ich den Richterspruch verleugnen sollte,
Du bist ein Mörder!

RAIMOND *steht auf.*   Wer zuerst ihn tödlich
Getroffen hat, der ist des Todes.

SANTIN.   Herr,   1820
Auf dein Geheiß –

RAIMOND.　　　　　Wer sagt das?

SANTIN.　　　　　　　　　　　– 's ist ein Faustschlag

Mir ins Gesicht –

RAIMOND.　　　　　Stecks ein. *Er pfeift; zwei Diener erscheinen.*

Wo sind die Hunde wenn

Ich pfeife? – Ruft den Grafen auf mein Zimmer.

Alle ab.

VIERTER AKT

Erste Szene

Ciella. Zimmer im Schlosse.
Raimond und Santin treten auf.

RAIMOND. Das eben ist der Fluch der Macht, daß sich
　　　Dem Willen, dem leicht widerruflichen,
　　　Ein Arm gleich beut, der fest unwiderruflich
　　　Die Tat ankettet. Nicht ein Zehnteil würd
　　　Ein Herr des Bösen tun, müßt er es selbst
　　　Mit eignen Händen tun. Es heckt sein bloßer
1830　Gedanke Unheil aus, und seiner Knechte
　　　Geringster hat den Vorteil über ihn,
　　　Daß er das Böse wollen darf.

SANTIN.　　　　　　　　　　　Ich kann

Das Herrschen dir nicht lehren, du nicht das
Gehorchen mir. Was Dienen ist, das weiß
Ich auf ein Haar. Befiehl, daß ich dir künftig
Nicht mehr gehorche, wohl, so will ich dir
Gehorchen.

RAIMOND.　　　Dienen! Mir gehorchen! Dienen!
Sprichst du doch wie ein Neuling. Hast du mir
Gedienet? Soll ich dir erklären, was
1840　Ein Dienst sei? Nützen, nützen soll er – Was
Denn ist durch deinen mir geworden, als
Der Reue ekelhaft Gefühl?

Es ist

Mir widerlich, ich wills getan nicht haben.

Auf deine Kappe nimms – ich steck dich in
Den Schloßturm –

SANTIN.   Mich?

RAIMOND.   Kommst du heraus, das schöne
Gebirgslehn wird dir nicht entgehn.

Elmire tritt auf
Raimond steht auf; zu Santin, halblaut.

                              Es bleibt
Dabei. In vierzehn Tagen bist du frei.

Zu Elmiren.

Was willst du?

ELMIRE.   Stör ich?

RAIMOND *zu Santin.*   Gehe! Meinen Willen
Weißt du. Solange ich kein Knecht, soll mir
Den Herrn ein andrer auf der Burg nicht spielen.   1850
Den Zügel hab ich noch, sie sollen sich
Gelassen dran gewöhnen, müßten sie
Die Zähne sich daran zerbeißen. Der
Zuerst den Herold angetastet, hat
Das Beil verwirkt – Dich steck ich in den Schloßturm.
– Kein Wort, sag ich, wenn dir dein Leben lieb!
Du hast ein Wort gedeutet eigenmächtig,
Rebellisch deines Herren Willen mißbraucht –
– Ich schenk dirs Leben. Fort. Tritt ab. *Santin ab.*

Zu Elmiren.

Was willst du?

ELMIRE.   Mein Herr und mein Gemahl –

RAIMOND.   Wenn du   1860
Die Rede, die du kürzlich hier begonnen,
Fortsetzen willst, so spar es auf; du siehst
Ich bin soeben nicht gestimmt, es an
Zu hören.

ELMIRE.   Wenn ich Unrecht dir getan –

RAIMOND. So werd ich mich vor dir wohl reingen müssen?
Soll ich etwa das Hofgesinde rufen,
Und öffentlich dir Rede stehn?

ELMIRE.   O mein
Gemahl, ein Weib glaubt gern an ihres Mannes

Unschuld, und küssen will ich deine Hand
1870   Mit Tränen, Freudentränen, wenn sie rein
Von diesem Morde.

RAIMOND.   Wissen es die Leute,
   Wies zugegangen?

ELMIRE.   Selber spricht die Tat.
Das Volk war aufgehetzt von Santin.

RAIMOND.   Daß
Ich auf dein Rufen an das Fenster nicht
Erschienen, ist mir selber unerklärlich.
Sehr schmerzhaft ist mir die Erinnerung.

ELMIRE.
Es würde fruchtlos doch gewesen sein.
Er sank so schleunig hin, daß jede Rettung,
Die schnellste selbst, zu spät gekommen wäre.
1880   Auch ganz aus seiner Schranke war das Volk,
Und hätte nichts von deinem Wort gehört.

RAIMOND. Doch hätt ich mich gezeigt –

ELMIRE.   Nun freilich wohl.

GRETE *stürzt herein, umfaßt Elmirens Knie.*
Um deine Hilfe, Gnädigste! Erbarmung
Gebieterin! Sie führen ihn zum Tode,
Errettung von dem Tod! Laß ihn, laß mich,
Laß uns nicht aufgeopfert werden.

ELMIRE.   Dich?
Bist du von Sinnen?

GRETE.   Meinen Friedrich. Er
Hat ihn zuerst getroffen.

ELMIRE.   Wen?

GRETE.   Den Ritter,
Den dein Gemahl geboten zu erschlagen.

RAIMOND.
1890   Geboten – ich! Den Teufel hab ich! Santin
Hats angestiftet!

GRETE *steht auf.*   Santin hats auf dein
Geheiß gestiftet.

RAIMOND.   Schlange, giftige!
Aus meinen Augen fort!

GRETE.   Auf dein Geheiß
Hats Santin angestiftet. Selbst hab ichs
Gehört, wie dus an Santin hast befohlen.

RAIMOND. – Gehört? – Du selbst?

GRETE.   Ich stand im Schloßflur, stand
Dicht hinter dir, ich hörte jedes Wort,
Doch du warst blind vor Wut und sahst mich nicht.
Es habens außer mir noch zwei gehört.

RAIMOND. – 's ist gut. Tritt ab.

GRETE.   So schenkst du ihm das Leben?   1900

RAIMOND. 's soll aufgeschoben sein.

GRETE.   O Gott sei Dank
Und dir sei Dank, mein bester Herr, es ist
Ein braver Bursche, der sein Leben wird
An deines setzen.

RAIMOND.   Gut, sag ich. Tritt ab. *Grete ab.*

   Raimond wirft sich auf den Sessel; Elmire nähert sich ihm; Pause.

ELMIRE. Mein teurer Freund –

RAIMOND.   Laß mich allein, Elmire.

ELMIRE. O laß mich bleiben – O dies menschlich schöne
Gefühl, das dich bewegt, löscht jeden Fleck,
Denn Reue ist die Unschuld der Gefallnen.
An ihrem Glanze weiden will ich mich,
Denn herrlicher bist du mir nie erschienen,   1910
Als jetzt.

RAIMOND.   Ein Elender bin ich –

ELMIRE.   *Du* glaubst
Es – Ah! Der Augenblick nach dem Verbrechen
Ist oft der schönste in dem Menschenleben.
Du weißts nicht – ach, du weißt es nicht, und grade
Das macht dich herrlich. Denn nie besser ist
Der Mensch, als wenn er es recht innig fühlt,
Wie schlecht er ist.

RAIMOND.   Es kann mich keiner ehren,
Denn selbst ein Ekel bin ich mir.

ELMIRE.   Den soll
Kein Mensch verdammen, der sein Urteil selbst
Sich spricht. O hebe dich! Du bist so tief   1920

Bei weitem nicht gesunken, als du hoch
Dich heben kannst.

RAIMOND.   Und wer hat mich so häßlich
Gemacht? O, hassen will ich ihn –

ELMIRE.   Raimond!
Du könntest noch an Rache denken?

RAIMOND.   Ob
Ich an die Rache denke? – Frage doch
Ob ich noch lebe?

ELMIRE.   Ist es möglich? O
Nicht diesen Augenblick zum wenigsten
Wirst du so bös beflecken – Teufel nicht
In deiner Seele dulden, wenn ein Engel
1930   Noch mit mir spricht aus deinen Zügen.

RAIMOND.   Soll
Ich dir etwa erzählen, daß Alonzo
Viel Böses mir getan? Und soll ichs ihm
Verzeihn, als wär es nur ein Weiberschmollen?
Er hat mir freilich nur den Sohn gemordet,
Den Knaben auch, der lieb mir wie ein Sohn, –

ELMIRE. O sprichs nicht aus – Wenn dich die Tat gereut,
Die blutige, die du gestiftet, wohl,
So zeigs, und ehre mindestens im Tode
Den Mann, mit dessen Leben du gespielt.
1940   Der Abgeschiedene hat es beschworen,
Alonzo ist unschuldig.

                    Raimond sieht sie starr an.
                    So unschuldig,
An Pedros Mord, wie wir an jenem Anschlag
Auf Ignez' Leben.

RAIMOND.   Über die Vergleichung!

ELMIRE. Warum nicht, mein Gemahl? Denn es liegt alles
Auf beiden Seiten gleich, bis selbst auf die
Umstände nach der Tat. Du fandst Verdächtge
Bei deinem toten Kinde, so in Gossa;
Du hiebst sie nieder, so in Gossa; sie
Gestanden Falsches, so in Gossa; du
1950   Vertrautest ihnen, so in Gossa – Nein,

Der einzge Umstand ist verschieden, daß
Alonzo selber doch dich freispricht.

RAIMOND.   O
Gewendet, listig, haben sie das ganze
Verhältnis, mich, den Kläger, zum Verklagten
Gemacht – Und um das Bubenstück, das mich
Der ganzen Welt als Mörder zeigt, noch zu
Vollenden, so verzeiht er mir –

ELMIRE.   Raimond!
O welch ein häßlicher Verdacht, der schon
Die Seele schändet, die ihn denkt.

RAIMOND.   Verdacht
Ists nicht in mir, es ist Gewißheit. Warum,   1960
Meinst du, hätt er mir wohl verziehen, da
Der Anschein doch so groß, als nur, damit
Ich gleich gefällig mich erweise? Er
Kann sich nicht reinigen, er kann es nicht,
Und nun, damit ichs ihm erlaß, erläßt
Ers mir – Nun, halb zum wenigsten soll ihm
Das Bubenstück gelingen nur. Ich nehme
Den Mord auf mich – und hätt der Jung das Mädchen
Erschlagen, wärs mir recht.

ELMIRE.   Das Mädchen? O
Mein Gott, du wirst das Mädchen doch nicht morden?   1970

RAIMOND. Die Stämme sind zu nah gepflanzet, sie
Zerschlagen sich die Äste.

ELMIRE *zu seinen Füßen.*   O verschone,
Auf meinen Knien bitt ich dich, verschone
Das Mädchen – wenn dein eigner Sohn dir lieb,
Wenn seine Liebe lieb dir, wenn auf immer
Du seinen Fluch dir nicht bereiten willst,
Verschone Ignez –

RAIMOND.   Welche seltsame
Anwandlung? Mir den Fluch des Sohnes?

ELMIRE.   Ja,
Es ist heraus – auf meinen Knien beschwöre
Ich dich, bei jener ersten Nacht, die ich   1980
Am Tage vor des Priesters Spruch dir schenkte,

Bei unserm einzgen Kind, bei unserm letzten,
Das du hinopferst, und das du doch nicht
Wie ich geboren hast, o mache diesem
Unselig-bösen Zwist ein Ende, der
Bis auf den Namen selbst den ganzen Stamm
Der Ghonorezze auszurotten droht.
Gott zeigt den Weg selbst zur Versöhnung dir.
Die Kinder lieben sich, ich habe sichre
1990   Beweise –

RAIMOND.   Lieben?

ELMIRE.   Unerkannt hat Gott
In dem Gebirge sie vereint.

RAIMOND.   Gebirg?

ELMIRE. Ich weiß es von Antonio, der Edle!
Vortreffliche! Sein eigner Plan war es,
Die Stämme durch die Heirat zu versöhnen,
Und selbst sich opfernd, trat er seine Braut
Dem Sohne seines Freundes ab – O ehre
Im Tode seinen Willen, daß sein Geist
In deinen Träumen dir nicht mit Entsetzen
Begegne – Sprich, o sprich den Segen aus!
Mit Tränen küß ich deine Knie, küsse
2000   Mit Inbrunst deine Hand, die ach! noch schuldig,
Was sie mir am Altar versprach – o brauche
Sie einmal doch zum Wohltun, gib dem Sohne
Die Gattin, die sein Herz begehrt, und dir
Und mir und allen Unsrigen den Frieden –

RAIMOND.

Nein, sag mir, hab ich recht gehört, sie sehen
Sich im Gebirge, Rodrigo und Ignez?

ELMIRE *steht auf.*

O Gott, mein Heiland, was hab ich getan!

RAIMOND *steht auf.*

Das freilich, ist ein Umstand von Bedeutung.

          Er pfeift; zwei Diener erscheinen.

ELMIRE.

2010   Wärs möglich –? Nein – O Gott sei Dank! Das wäre
Ja selbst für einen Teufel fast zu boshaft –

RAIMOND *zum Diener.*

Ist noch der Graf zurück nicht vom Spaziergang?

EIN DIENER. Nein, Herr, wir erwarten ihn.

RAIMOND. Wo ist Santin?

EIN DIENER. Bei der Leiche.

RAIMOND. Führ mich zu ihm. *Ab.*

ELMIRE.   Raimond! Raimond! O höre –

Folgt. Alle ab.

Zweite Szene

Gossa. Zimmer im Schloß

ALONZO *tritt auf, öffnet ein Fenster, und bleibt mit Zeichen einer tiefen Bewegung davor stehen.*

FRANZISKA *tritt auf, und nähert sich ihm mit verhülltem Gesicht.*

Weißt du es?

IGNEZ *tritt auf, noch an der Türe, halblaut.*

Mutter! Mutter!

Franziska sieht sich um, Ignez nähert sich ihr.

Weißt du die

Entsetzenstat? Antonio ist erschlagen.

Franziska gibt ihr ein bejahendes Zeichen.

Weiß ers?

FRANZISKA *wendet sich zu Alonzo.*

Alonzo!

ALONZO *ohne sich umzusehen.*

Bist du es, Franziska?

FRANZISKA.   Wenn

Ich wüßte, wie du jetzt gestimmt, viel hätt ich
Zu sagen dir.

ALONZO.   Es ist ein trüber Tag

Mit Wind und Regen, viel Bewegung draußen –   2020
Es zieht ein unsichtbarer Geist, gewaltig
Nach *einer* Richtung alles fort, den Staub,
Die Wolken, und die Wellen –

FRANZISKA.   Willst du mich,

Alonzo, hören?

ALONZO.   Sehr beschäftigt mich
　　Dort jener Segel – siehst du ihn? Er schwankt
　　Gefährlich, übel ist sein Stand, er kann
　　Das Ufer nicht erreichen –
FRANZISKA.   Höre mich,
　　Alonzo, eine Nachricht hab ich dir
　　Zu sagen von Antonio.
ALONZO.   Er, er ist
2030　Hinüber, *Er wendet sich.* ich weiß alles.
FRANZISKA.   Weißt dus? Nun,
　　Was sagst du?
ALONZO.   Wenig will ich sagen. Ist
　　Thiest noch nicht zurück?
FRANZISKA.   So willst du nun
　　Den Krieg beginnen?
ALONZO.   Kenn ich doch den Feind.
FRANZISKA. Nun freilich, wie die Sachen stehn, so mußt
　　Dus wohl. Hat er den Vetter hingerichtet,
　　Der schuldlos war, so wird er dich nicht schonen.
　　Die Zweige abzuhaun des ganzen Stammes,
　　Das ist sein überlegter Plan, damit
　　Das Mark ihm seinen Wipfel höher treibe.
2040　ALONZO. Den Edelen, der nicht einmal als Herold
　　Gekommen, der als Freund nur das Geschäft
　　Betrieb des Friedens, preiszugeben – *ihn,*
　　Um sich an *mir* zu rächen, preiszugeben,
　　Dem Volke – –
FRANZISKA.   Nun doch, endlich, wirst du ihn
　　Nicht mehr verkennen?
ALONZO.   Ihn hab ich verkannt,
　　Antonio – hab ihn der Mitschuld heute
　　Geziehen, der sich heut für mich geopfert.
　　Denn wohl geahndet hat es ihm – mich hielt
　　Er ab, und ging doch selbst nach Ciella, der
2050　Nicht sichrer war, als ich –
FRANZISKA.   Konnt er denn anders?
　　Denn weil du Raimond stets mit blinder Neigung
　　Hast freigesprochen, ja sogar gezürnet,

Wenn man es nur gewagt, ihm zu mißtraun,
So mußt er freilich zu ihm gehen –

ALONZO.   Nun,
Beruhge dich – fortan kein anderes
Gefühl nur, als der Rache, will ich kennen;
Und wie ich duldend, einer Wolke gleich
Ihm lange überm Haupt geschwebt, so fahr
Ich einem Blitze gleich jetzt über ihn.

THIESTA *tritt auf.*

Hier bin ich wieder, Herr, von meinem Zuge,   2060
Und bringe gleich dir fünf Vasallen mit.

ALONZO *wendet sich schnell.*

Wo sind sie?

THIESTA.   Unten in dem Saale. Drei,
Der Manso, Vitina, Paratzin, haben
Auf ihren Kopf ein dreißig Reuter gleich
Nach Gossa mitgebracht.

ALONZO.   Ein dreißig Reuter?
– Ein ungesprochner Wunsch ist mir erfüllt.
– Laßt mich allein, ihr Weiber.

                Franziska und Ignez ab.

                                Wenn sie so
Ergeben sich erweisen, sind sie wohl
Gestimmt, daß man sie schleunig brauchen kann?

THIESTA. Wie den gespannten Bogen, Herr; der Mord   2070
Antonios hat ganz wütend sie gemacht.

ALONZO. So wollen wir die Witterung benutzen.
Er will nach meinem Haupte greifen, will
Es – nun so greif ich schnell nach seinem. Dreißig
Sagst du, sind eben eingerückt, ein Zwanzig
Bring ich zusammen, das ist mit dem Geiste,
Der mit uns geht, ein Heer – Thiest, was meinst du?
Noch diese Nacht will ich nach Ciella.

THIESTA.   Herr,
Gib mir ein Funfzehn von dem Trupp, spreng ich
Die Tore selbst, und öffne dir den Weg.   2080
Ich kenn das Nest, als wärs ein Dachsloch – noch
Erwarten sie von uns nichts Böses, ich

Beschwörs, die sieben Bürger halten Wache
Noch, wie in Friedenszeit.

ALONZO.   So bleibts dabei.
Du nimmst den Vortrab. Wenn es finster, brechen
Wir auf. Den ersten Zugang überrumpelst
Du, selber folg ich auf dem Fuße, bei
Antonios Leiche sehen wir uns wieder.
Ich will ihm eine Totenfeier halten,
2090   Und Ciella soll, wie Fackeln, sie beleuchten.
Nun fort zu den Vasallen!

Beide ab.

Dritte Szene

Bauernstube.

Barnabé am Kamin; sie rührt einen Kessel, der über Feuer steht.

BARNABE.
Erst dem Vater:
    Ruh in der Gruft: daß ihm ein Frevlerarm nicht
    Über das Feld trage die Knochen umher.
    Leichtes Erstehn: daß er hochjauchzend das Haupt
    Dränge durchs Grab, wenn die Posaune ihm ruft.
    Ewiges Glück: daß sich die Pforte ihm weit
    Öffne, des Lichts Glanzstrom entgegen ihm wog.

URSULA *außerhalb der Szene.*
2100   Barnabé! Barnabé! Rührst du den Kessel?

BARNABE. Ja doch, ja, mit beiden Händen, ich wollt, ich könnte
die Füße auch brauchen.

URSULA. Aber du sprichst nicht die drei Wünsche aus?

BARNABE. Nun, das gesteh ich! Wenn unser Herrgott so taub
ist, wie du, so hilfts alles nichts.
Dann der Mutter:
    Alles Gedeihn: daß ihr die Landhexe nicht
    Giftigen Blicks töte das Kalb in der Kuh.
    Heil an dem Leib: daß ihr der Krebs mit dem Blut-
    Läppchen im Schutt schwinde geschwinde dahin.
    Leben im Tod: daß ihr kein Teufel die Zung
2110   Strecke heraus, wenn sie an Gott sich empfiehlt.

Dann für mich:
> Freuden vollauf: daß mich ein stattlicher Mann
> Ziehe mit Kraft kühn ins hochzeitliche Bett.
> Blüte des Leibs: daß mir –

URSULA. Barnabé! Du böses Mädel hast den Blumenstaub vergessen und die Wolfkrautskeime.

BARNABE. Nein doch, nein, 's ist alles hinein. Der Brei ist so dick,
daß die Kelle schon steht.

URSULA. Aber die ungelegten Eier aus dem Hechtsbauche?

BARNABE. Soll ich noch einen aufschneiden?

URSULA. Warte noch ein Weilchen. Ich will erst Fliederblüte   2120
zubereiten. Laß nur keinen in die Küche, hörst du, und rühre
fleißig, hörst du, und sage die Wünsche, hörst du?

BARNABE. Ja doch, ja – Wo blieb ich stehen? Freuden vollauf –
Nein:
> Blüte des Leibs: daß mir kein giftiger Duft
> Sudle das Blut, Furchen mir ätz in die Haut.
> Fröhlichen Tod: fröhlich im gleitenden Kahn,
> Bin ich am Ziel, stoße er sanft an das Land.

Du lieber Gott, wenns Glück nicht so süß wäre, wer würde   2130
sich die Mühe so sauer werden lassen? – Nun wieder von vorn:
Erst dem Vater:
> Ruh in der Gruft: daß ihm ein Frevlerarm nicht
> Über das Feld trage die Knochen umher.
> Leichtes Erstehn: daß er hochjauchzend das Haupt
> Dränge durchs Grab – – Ah!

Sie erblickt Rodrigo, der bei den letzten Worten hereingetreten ist.

RODRIGO. Was sprichst du mit deinem Kessel, Mädchen? Wenn
du eine Hexe bist, du bist die lieblichste, die ich jemals sah,
und ich wette, du tust keinem was Böses, der dir gut ist.

BARNABE. Geh heraus, lieber Herr, ich bitte dich. Es darf niemand
in die Küche kommen, die Mutter selbst nicht, außer ich.   2140

RODRIGO. Warum denn nur du?

BARNABE. Was weiß ich? Weil ich eine Jungfrau bin.

RODRIGO. Darauf schwör ich. Und wie heißt du denn, liebe
Jungfrau?

BARNABE. Barnabé.

RODRIGO. Deine Stimme klingt schöner, als dein Name.

URSULA. Barnabé! Barnabé! Wer spricht denn mit dir?

Rodrigo macht ein bittend Zeichen.

BARNABE. – Was sagst du, Mutter?

URSULA. Sprichst du die drei Wünsche?

BARNABE. Ja doch, ja, sei nur ruhig. *Rührt im Kessel.* Aber nun geh, lieber Herr. Die Mutter sagt, wenn ein Unreiner zusieht, taugt der Brei nichts.

2150 RODRIGO. Doch wenn ein Reiner zusieht, so wird er um so besser.

BARNABE. Davon hat sie nichts gesagt.

RODRIGO. Aber es ergibt sich von selbst.

BARNABE. Nun freilich, ich sollt es meinen. Ich will die Mutter fragen.

RODRIGO. Wozu? Das mußt du ja selbst verstehn.

BARNABE. Freilich wohl. Nun störe mich nur nicht. Es ist unser Glücksbrei, ich muß die drei Wünsche dazu hersagen.

RODRIGO. Was kochst du denn?

BARNABE. Einen Kindsfinger – – ha! ha! ha! Du denkst wohl, ich bin eine Hexe?

RODRIGO. Einen Kindsfinger?

URSULA. Barnabé! Böses Mädchen, was lachst du?

2160 BARNABE. Ei, ich bin lustig, und spreche die Wünsche.

URSULA. Meinen auch vom Krebse?

BARNABE. Ja doch ja, auch den vom Kalbe.

RODRIGO. O sage mir, ein Kindsfinger? Wie kamst du dazu?

BARNABE. Nein, nun plaudre ich nicht mehr, ich muß die Wünsche sprechen, sonst verdirbt der Brei und die Mutter schilt.

RODRIGO. Weißt du was? Bring diesen Beutel der Mutter, sag, er sei dir neben den Kessel gefallen, und komm wieder.

BARNABE. Diesen Beutel, den schenkst du uns?

RODRIGO. Ja, doch ja, sag nur der Mutter nicht, daß ihn dir je-
2170 mand gegeben hat, und komm bald wieder.

BARNABE. Mutter! Mutter! *Ab.*

RODRIGO *lebhaft auf und nieder.*

Ein Kindesfinger! Wenns der kleine wäre!
Wenns Pedros kleiner Finger wäre! Wiege
Mich, Hoffnung, einer Schaukel gleich, und gleich,
Als spielt' geschloßnen Auges schwebend mir

Ein Windzug um die offne Brust, so wende
Mein Innerstes sich vor Entzücken – Wie
Gewaltig, Glück, klopft deine Ahndung an
Das Herz! Dich selbst, o Übermaß, wie werd
Ich dich ertragen – Horch! Sie kommt! Jetzt werd ichs hören.   2180
Barnabé kommt zurück.

RODRIGO *führt sie in den Vordergrund.*

Nun sage mir, was ist das für ein Finger?

BARNABE. Ein kleiner Kindsfinger.

RODRIGO. Wie kamst du dazu?

BARNABE. Vorgestern haben Mutter und ich ihn gefunden.

RODRIGO. Gefunden bloß? Auf welche Art?

BARNABE. Nun, dir will ich alles erzählen, wenns gleich die Mutter verboten hat.

RODRIGO. So erzähle.

BARNABE. Wir suchten Kräuter am Waldstrom im Gebirg, da schleifte das Wasser ein ertrunkenes Kind zu uns an das Ufer, wo wir standen. Wir zogen es heraus, und bemühten uns viel um das arme Wurm, aber es blieb tot. Da schnitt die Mutter   2190 dem Kinde den kleinen Finger ab, denn der tut nach dem Tode mehr Gutes, als die Hand eines Erwachsenen in seinem ganzen Leben. – Warum stehst du so tiefsinnig? Woran denkst du?

RODRIGO. – An Gott. – – Nun erzähle noch mehr. War niemand dabei, als du und die Mutter?

BARNABE. Als wir den Finger von der linken Hand hatten, kamen zwei Männer aus Gossa, die wollten den von der rechten auch abschneiden. Der hilft aber nichts, wir gingen fort, weiter weiß   2200 ich nichts.

RODRIGO. Es ist genug. Mehr brauch ich nicht. Du hast
Gleich einer heilgen Offenbarung mir
Das Unbegriffene erklärt – Das kannst
Du nicht verstehn, doch sollst dus bald – Noch eins.
In Gossa ist ein Mädchen, dem ich auch
So gut, wie dir. Die möcht ich gern *hier* sprechen
In einer Höhle, die ihr wohlbekannt.
Die Tochter ist es aus dem Hause, Ignez,
Du kannst nicht fehlen –   2210

BARNABE.   Soll ich sie dir rufen?
Nun ja, es wird ihr Freude machen auch.
RODRIGO. Und dir; wir wollens beide dir schon lohnen.
Doch mußt dus selbst ihr sagen, keinem andern
Vertraun, daß dich ein Jüngling abgeschickt,
Verstehst du? Nun, das weißt du wohl. Ihr kannst
Du alles sagen, auch vom Finger ihr
Erzählen, sie verrät dich nicht, wie ich.
Und daß du Glauben finden mögst bei ihr,
Nimm dieses Tuch, und diesen Kuß gib ihr. *Ab.*

Barnabé sieht ihm nach, seufzt, und geht ab.

Vierte Szene

Andere Gegend im Gebirge.
Raimond und Santin treten auf.

SANTIN. Das soll gewöhnlich sein Spaziergang sein,
Sagt mir der Jäger. Selber hab ich ihn
2220   Zweimal, und sehr erhitzt, auf dieser Straße
Begegnet. Ist er im Gebirg, so ists
Auch Ignez, und wir fangen beid zugleich.
RAIMOND *setzt sich auf einen Stein.*
Es ist sehr heiß mir, und die Zunge trocken.
SANTIN. Der Wind geht kühl doch übers Feld.
RAIMOND.   Ich glaub,
's ist innerlich.
SANTIN.   Fühlst du nicht wohl dich?
RAIMOND.   Nein.
Mich dürstet.
SANTIN.   Komm an diesen Quell.
RAIMOND.   Löscht er
Den Durst?
SANTIN.   Das Wasser wenigstens ist klar,
Daß du darin dich spiegeln könntest. Komm!
RAIMOND *steht auf, geht zum Quell, neigt sich, und plötzlich, mit der Bewe-*
gung des Abscheus, wendet er sich.
SANTIN. Was fehlt dir?

RAIMOND.   Eines Teufels Antlitz sah
    Mich aus der Welle an.
SANTIN *lachend*.   Es war dein eignes.   2230
RAIMOND. Skorpion von einem Menschen! *Er setzt sich wieder.*
BARNABE *tritt auf.* Hier gehts doch nach Gossa, gestrenger Ritter?
SANTIN. Was hast du denn dort zu tun, mein schönes Kind?
BARNABE. Eine Bestellung an Fräulein Ignez.
SANTIN. Wenn sie so schön ist, wie du, so grüße sie von uns.
    Was hast du ihr denn zu sagen?
BARNABE. Zu sagen? Nichts. Ich führe sie bloß ins Gebirge.
SANTIN. Heute noch?
BARNABE. Kennt Ihr sie?
SANTIN. Noch weniger, als dich, und es betrübt mich auch weni-
    ger. Also heute noch?
BARNABE. Ja gleich. Nun sprich, gehts hier nach Gossa?   2240
SANTIN. Wer schickt dich denn?
BARNABE. – Meine Mutter.
SANTIN. So? – Nun so geh nur, du bist auf dem rechten Wege.
BARNABE. Gott behüt euch. *Ab.*
SANTIN. Hast du gehört, Raimond? Sie kommt noch heut
    In das Gebirg. Ich wett, das Mädchen war
    Von Rodrigo geschickt.
RAIMOND *steht auf.*   So führ ein Gott,
    So führ ein Teufel sie mir in die Schlingen –
    Gleichviel! Sie haben mich zu einem Mörder
    Gebrandmarkt, boshaft, im voraus – Wohlan
    So sollen sie denn recht gehabt auch haben.   2250
    – Weißt du den Ort, wo sie sich treffen?
SANTIN.   Nein.
    Wir müssen ihnen auf die Fährte gehn.
RAIMOND.   So komm.
                    Beide ab.

Fünfte Szene

Ciella. Ein Gefängnis im Turm.
Die Türe geht auf, Vetorin tritt auf.

RODRIGO *noch draußen.*
Mein Vater hats befohlen?
VETORIN.   In der eignen
Person, du möchtest gleich bei deinem Eintritt
Ins Tor uns folgen nur, wohin wir dich
Zu führen haben. Komm, du alter Junge,
Komm h'rein –
RODRIGO.   Hör, Vetorin, du bist mit deinem
Satyrngesicht verdammt verdächtig mir.
Nun, weil ich doch kein Mädchen, will ichs tun.
                    Rodrigo tritt auf, ihm folgt der Kerkermeister.
2260 VETORIN. Der Ort ist, siehst du, der unschuldigste.
Denn hier auf diesen Quadersteinen müßts
Selbst einen Satyr frieren.
RODRIGO.   Statt der Rosen
Will er mit Ketten mich und Banden mich
Umwinden – denn die Grotte, merk ich wohl,
Ist ein Gefängnis.
VETORIN.   Hör, das gibt vortreffliche
Gedanken, morgen, wett ich, ist dein Geist
Fünf Jahre älter, als dein Haupt.
RODRIGO.   Wär ich
Wie du, ich nähm es an. Denn deiner straft
Dein graues Haupt um dreißig Jahre Lügen.
2270 – Nun, komm, ich muß zum Vater.
VETORIN *tritt ihm in den Weg.*   Nein, im Ernst,
Bleib hier, und sei so lustig, wie du kannst.
RODRIGO. Bei meinem Leben, ja das bin ich nie
Gewesen so wie jetzt, und möchte dir
Die zähnelosen Lippen küssen, Alter.
Du ziehst auch gern nicht in den Krieg, nun höre,
Sags deinem Weibe nur, ich bring den Frieden.
VETORIN. Im Ernste?
RODRIGO.   Bei meinem Leben, ja.

VETORIN.   Nun, morgen
  Mehr. Lebe wohl. –
                   Kehrt um, zum Kerkermeister.
                Verschließe hinter mir
  Sogleich die Türe. *Zu Rodrigo, da dieser folgen will.*
                Nein, bei meinem Eid,
  Ich sag dir, auf Befehl des Vaters bist   2280
  Du ein Gefangner.
RODRIGO.   Was sagst du?
VETORIN.   Ich soll
  Dir weiter gar nichts sagen, außer dies.
RODRIGO. Nun?
VETORIN.   Ei, daß ich nichts sagen soll.
RODRIGO.   O bei
  Dem großen Gott des Himmels, sprechen muß
  Ich gleich ihn – eine Nachricht von dem höchsten
  Gewicht, die keinen Aufschub duldet, muß
  Ich mündlich gleich ihm hinterbringen.
VETORIN.   So
  Kannst du dich trösten mindestens, er ist
  Mit Santin fort, es weiß kein Mensch wohin.
RODRIGO. Ich muß sogleich ihn suchen, laß mich –
VETORIN *tritt ihm in den Weg.*   Ei   2290
  Du scherzest wohl –
RODRIGO.   Nein, laß mich, nein, ich scherze
  Bei meiner Ritterehre nicht mit deiner.
  's ist plötzlich mir so ernst zu Mut geworden,
  Als wäre ein Gewitter in der Luft.
  Es hat die höchste Eil mit meiner Nachricht,
  Und läßt du mich gutwillig nicht, so wahr
  Ich leb, ich breche durch.
VETORIN.   Durchbrechen, du?
  Sprichst doch mit mir gleich wie mit einem Weibe.
  Du bist mir anvertraut auf Haupt und Ehre,
  Tritt mich mit Füßen erst, dann bist du frei.   2300
  – Nein, hör, ich wüßte was Gescheuteres.
  Gedulde dich ein Stündchen, führ ich selbst
  Sobald er rückkehrt deinen Vater zu dir.

RODRIGO. Sag mir ums Himmelswillen nur, was hab
    Ich Böses denn getan?

VETORIN.   Weiß nichts – noch mehr,
    Ich schick dem Vater Boten nach, daß er
    Noch früher heimkehrt.

RODRIGO.   Nun denn, meinetwegen.

VETORIN. So lebe wohl. *Zum Kerkermeister.*
            Und du tust deine Pflicht.

    Vetorin und der Kerkermeister ab; die Tür wird verschlossen.

RODRIGO *sieht ihnen nach; Pause.*   .

    Ich hätte doch nicht bleiben sollen – Gott
2310 Weiß, wann der Vater wiederkehrt – Sie wollen
    Ihn freilich suchen – Ach, es treibt der Geist
    Sie nicht der alles leistet – – Was, zum Henker,
    Es geht ja nicht, ich muß heraus, ich habe
    Ja Ignez ins Gebirg beschieden – Vetorin!
    Vetorin! *An die Tür klopfend.*
          Daß ein Donner, Tauber, das
    Gehör dir öffnete! Vetorin! – – Schloß
    Von einem Menschen, den kein Schlüssel schließt
    Als bloß sein Herr! Dem dient er mit stockblinder
    Dienstfertigkeit, und wenn sein Dienst auch zehnmal
2320 Ihm Schäden brächt, doch dient er ihm – – Ich wollt
    Ihn doch gewinnen, wenn er nur erschiene.
    Denn nichts besticht ihn, außer daß man ihm
    Das sagt – – Zum mindsten wollt ich ihn doch eher
    Gewinnen, als die tauben Wände! Himmel
    Und Hölle, daß ich einem Schäfer gleich,
    Mein Leid den Felsen klagen muß! – – So will
    Ich mich, Geduld, an dir, du Weibertugend, üben.
    – 's ist eine schnöde Kunst, mit Anstand viel
    Zu unterlassen – und ich merk es schon,
2330 Es wird mehr Schweiß mir kosten, als das Tun.
              Er will sich setzen.
    Horch! Horch! Es kommt!

      Der Kerkermeister öffnet Elmiren die Tür.

ELMIRE *zu diesem.*   Ich werd es dir vergelten.

RODRIGO. Ach, Mutter!

ELMIRE.   Hör, mein Sohn, ich habe dir
  Entsetzliches zu sagen.
RODRIGO.   Du erschreckst mich –
  – Wie bist du so entstellt!
ELMIRE.   Das eine wirst
  Du wissen schon, Antonio ist erschlagen.
RODRIGO.
  Antonio? – O Gott des Himmels, wer
  Hat das getan?
ELMIRE.   Das ist nicht alles, Raimond
  Kennt deine Liebe –
RODRIGO.   Wie? Wer konnt ihm die
  Entdecken?
ELMIRE.   Frage nicht – o deine Mutter,
  Ich selbst – Antonio hatt es mir vertraut,   2340
  Mich riß ein übereilter Eifer hin,
  Der Wütrich, den ich niemals so gekannt, –
RODRIGO. Von wem sprichst du?
ELMIRE.   O Gott, von deinem Vater.
RODRIGO.
  Noch faß ich dich nur halb – doch laß dir sagen,
  Vor allen Dingen, alles ist gelöset,
  Das ganze Rätsel von dem Mord, die Männer,
  Die man bei Pedros Leiche fand, sie haben
  Die Leiche selbst gefunden, ihr die Finger
  Aus Vorurteil nur abgeschnitten – kurz,
  Rein, wie die Sonne, ist Alonzo.
ELMIRE.   O   2350
  Jesus, und jetzt erschlägt er seine Tochter –
RODRIGO. Wer?
ELMIRE.   Raimond. – Wenn sie in dem Gebirge jetzt,
  Ist sie verloren, er und Santin sucht sie.
RODRIGO *eilt zur Türe.* Vetorin! Vetorin! Vetorin!
ELMIRE.   Höre
  Mich an, er darf dich nicht befrein, sein Haupt
  Steht drauf –
RODRIGO.   Er oder ich – Vetorin! *Er besinnt sich.*
                          Nein, er hat

Ein Weib. *Er sieht sich um.* So helfe mir die Mutter Gottes!
Und diesen Mantel kann ich brauchen just.

Er nimmt einen Mantel um, der auf der Erde lag, und klettert in ein unver-
gittertes Fenster.

ELMIRE. Um Gotteswillen, springen willst du doch
2360   Von diesem Turm nicht? Rasender! der Turm
     Ist funfzig Fuß hoch, und der ganze Boden
     Gepflastert – Rodrigo! Rodrigo!

RODRIGO *von oben, halblaut.*

     Mutter! Mutter! Sei wenn ich gesprungen
     Nur still, hörst du? ganz still, sonst fangen sie
     Mich –

ELMIRE *sinkt auf die Knie.*

          Rodrigo, auf meinen Knien bitte,
   ·Beschwör ich dich, geh so verächtlich nicht
     Mit deinem Leben um, spring nicht vom Turm.

RODRIGO. Das Leben ist viel wert, wenn mans verachtet.
     Ich brauchs – Leb wohl. *Er springt.*

ELMIRE *steht auf.*   Zu Hilfe! Hilfe! Hilfe!

FÜNFTER AKT

Das Innere einer Höhle. Es wird Nacht.

Ignez mit einem Hute, und einem Überkleide, das vorn mit Schleifen zugebunden
ist. Barnabé. Beide stehen schüchtern an der Seite des Vordergrundes.

2370 IGNEZ. Hättst du mir früher das gesagt! Ich fühle
     Mich sehr beängstigt, möchte lieber, daß
     Ich nicht gefolgt dir wäre – Geh noch einmal
     Hinaus, du Liebe, vor den Eingang, sieh,
     Ob niemand sich der Höhle nähert.

BARNABE *die in den Hintergrund gegangen.* Von
     Den beiden Rittern seh ich nichts.

IGNEZ *mit einem Seufzer.*   Ach, Gott!

         Zu Barnabé.

Hab Dank für deine Nachricht.

BARNABE.   Aber von
Dem schönen Jüngling seh ich auch nichts.
IGNEZ.   Siehst
Du wirklich nichts? Du kennst ihn doch?
BARNABE.   Wie mich.
IGNEZ. So sieh nur scharf hin auf den Weg.
BARNABE.   Es wird
Sehr finster schon im Tal, aus allen Häusern   2380
Sieht man schon Lichter schimmern und Kamine.
IGNEZ. Die Lichter schon? So ists mir unbegreiflich –
BARNABE. Wenn einer käm, ich könnt es hören, so
Geheimnis-still gehts um die Höhen.
IGNEZ.
Ach, nun ists doch umsonst. Ich will nur lieber
Heimkehren. Komm. Begleite mich.
BARNABE.   Still! Still!
Ich hör ein Rauschen – wieder – – Ach, es war
Ein Windstoß, der vom Wasserfalle kam.
IGNEZ. Wars auch gewiß vom Wasserfalle nur?
BARNABE. – Da regt sich etwas Dunkles doch im Nebel – –   2390
IGNEZ. Ists einer? Sind es zwei?
BARNABE.   Ich kann es nicht
Genau erkennen, aber menschliche
Gestalten sind es – – – Ah!
IGNEZ.   Ah!

Beide Mädchen fahren zurück; Rodrigo tritt auf.

RODRIGO *umarmt Ignez mit Heftigkeit.*
O Dank, Gott! Dank für deiner Engel Obhut!
So lebst du, Mädchen.
IGNEZ.   – Ob ich lebe?
RODRIGO.   Zittre
Doch nicht, bin ich nicht Rodrigo?
IGNEZ.   Es ist
So seltsam alles heute mir verdächtig,
Der fremde Bote, dann dein spät Erscheinen,
Nun diese Frage – auch die beiden Ritter,
Die schon den ganzen Tag um diese Höhle   2400
Geschlichen sind. –

RODRIGO.   Zwei Ritter?

IGNEZ.   Die sogar

Nach mir gefragt –

RODRIGO.   Gefragt? Und wen?

IGNEZ.   Dies Mädchen

Die es gestanden, daß sie ins Gebirg
Mich ruf'.

RODRIGO *zu Barnabé.*

                    Unglückliche!

IGNEZ.   Was sind denn das

Für Ritter?

RODRIGO *zu Barnabé.*

               Und so wissen sie, daß Ignez
In dieser Höhle?

BARNABE.   Das nicht, gnädger Herr.

Das hab ich nicht gestanden.

IGNEZ.   Rodrigo!

Du scheinst beängstigt, und ich werd es doppelt.
Kennst du die Ritter denn?

               Rodrigo in Gedanken.

                    Sind sie etwa

– Sie sind doch nicht aus Ciella? Sind doch nicht
2410   Geschickt nach mir? Sie sind doch keine Mörder?

RODRIGO *mit einem plötzlich heitern Spiel.*

Du weißt ja, alles ist gelöst, das ganze
Geheimnis klar, dein Vater ist unschuldig –

IGNEZ. So ists nun klar?

RODRIGO.   Bei diesem Mädchen fand

Ich Pedros Finger, Pedro ist ertrunken,
Ermordet nicht – Doch künftig mehr. Laß uns
Die schöne Stunde innig fassen. Möge
Die Trauer schwatzen, und die Langeweile,
Das Glück ist stumm. *Er drückt sie an seine Brust.*

                    Wir machen diese Nacht
Zu einem Fest der Liebe, willst du? Komm!

               Er zieht sie auf einen Sitz.

2420   In kurzem, ist der Irrtum aufgedeckt,
Sind nur die Väter erst versöhnt, darf ich

Dich öffentlich als meine Braut begrüßen.
– Mit diesem Kuß verlobe ich mich dir.

Er steht auf, zu Barnabé heimlich.

Du stellst dich an den Eingang, hörst du? Siehst
Du irgend jemand nahen, rufst du gleich.
Noch eins. Wir werden hier die Kleider wechseln;
In einer Viertelstunde führst du Ignez
In Männerkleidern heim. Und sollte man
Uns überraschen, tust dus gleich. – Nun geh.

Rodrigo kehrt zu Ignez zurück; Barnabé in den Hintergrund.

IGNEZ. Wo geht das Mädchen hin?

RODRIGO *setzt sich.*   Ach, Ignez, Ignez!   2430
Welch eine Zukunft öffnet uns die Pforte!
Du wirst mein Weib, mein Weib! Weißt du denn auch
Wie groß das Maß von Glück?

IGNEZ *lächelnd.*   – Du wirst es lehren.

RODRIGO. Ich werd es. – O du Glückliche! Der Tag,
Die Nacht vielmehr ist nicht mehr fern. *Halblaut.*

                      Es kommt, du weißt,
Den Liebenden das Licht nur in der Nacht.
– Errötest du?

IGNEZ.   So wenig schützt das Dunkel?

RODRIGO. Nur vor dem Auge, Törin, doch ich sehs
Mit meiner Wange, daß du glühst – Ach, Ignez!
Wenn erst das Wort gesprochen ist, das dein   2440
Gefühl, jetzt eine Sünde, heiligt – – Erst
Im Schwarm der Gäste, die mit Blicken uns,
Wie Wespen, folgen, tret ich zu dir, sprichst
Du zwei beklemmte Worte, wendest dann
Vielschwatzend zu dem Nachbar dich. Ich zürne
Der Spröden nicht, denn besser weiß ichs wohl.
So oft ein Gast, der von dem Feste scheidet,
Die Türe zuschließt, fliegt auch, wo du seist,
Ein Blick zu mir herüber, der mich tröstet.
Wenn dann der Letzte auch geschieden, nur   2450
Die Väter und die Mütter noch beisammen –
– »Nun, gute Nacht, ihr Kinder!« – Lächelnd küssen
Sie dich, und küssen mich – wir wenden uns,

Und eine ganze Dienerschaft mit Kerzen
Will folgen. »Eine Kerze ist genug,
Ihr Leute«, ruf ich, und die nehm ich selber,
Ergreife deine, diese Hand *Er küßt sie.*
– Und langsam steigen wir die Treppe, stumm,
Als wär uns kein Gedanke in der Brust,
2460   Daß nur das Rauschen sich von deinem Kleide,
Noch in den weiten Hallen hören läßt.
Dann – Schläfst du, Ignez?

IGNEZ.   – Schlafen?

RODRIGO.   Weil du plötzlich
So still – Nun weiter. Leise öffne ich
Die Türe, schließe leise sie, als wär
Es mir verboten. Denn es schauert stets
Der Mensch, wo man es ihn als Kind gelehrt.
Wir setzen uns. Ich ziehe sanft dich nieder.
Mit meinen Armen stark umspann ich dich,
Und alle Liebe sprech ich aus mit *einem,*
2470   Mit diesem Kuß.
        Er geht schnell in den Hintergrund; zu Barnabé heimlich.
                    So sahst du niemand noch?

BARNABE. Es schien mir kürzlich fast, als schlichen zwei
Gestalten um den Berg.

IGNEZ *zu Rodrigo, der schnell zurückkehrt.*
                      Was sprichst du denn
Mit jenem Mädchen stets?

RODRIGO *der sich wieder gesetzt hat.*
                        Wo blieb ich stehen?
Ja, bei dem Kuß – Dann kühner wird die Liebe,
Und weil du mein bist – bist du denn nicht mein?
So nehm ich dir den Hut vom Haupte *Er tuts,* störe
Der Locken steife Ordnung *Er tuts,* drücke kühn
Das Tuch hinweg *Er tuts.* Du lispelst leis: O lösche
Das Licht! und plötzlich, tief verhüllend, webt
2480   Die Nacht den Schleier um die heilge Liebe,
Wie jetzt.

BARNABE.   O Ritter! Ritter!

IGNEZ *sieht sich ängstlich um.*

RODRIGO *fällt ihr ins Wort.* Nun entwallt,
  Gleich einem frühling-angeschwellten Strom,
  Die Regung ohne Maß und Ordnung – schnell
  Lös ich die Schleife, schnell noch eine *Er tuts,*
                              streife dann
  Die fremde Hülle leicht dir ab. *Er tuts.*
IGNEZ.   O Rodrigo,
  Was machst du? *Sie fällt ihm um den Hals.*
RODRIGO *an dem Kleide beschäftigt.*
            Ein Gehülfe der Natur
  Stell ich sie wieder her. Denn wozu noch
  Das Unergründliche geheimnisvoll
  Verschleiern? Alles Schöne, liebe Ignez,
  Braucht keinen andern Schleier, als den eignen,   2490
  Denn der ist freilich selbst die Schönheit.
BARNABE.   Ritter! Ritter!
  Geschwind!
RODRIGO *schnell auf, heimlich zu Barnabé.*
            Was gibts?
BARNABE.   Der eine ging zweimal
  Ganz nah vorbei, ganz langsam.
RODRIGO.   Hat er dich gesehn?
BARNABE. Ich glaub es fast. *Rodrigo kehrt zurück.*
IGNEZ *die aufgestanden ist.*   Was rief das Mädchen denn
  So ängstlich?
RODRIGO.   Es ist nichts – Du frierst, armes Mädchen,
  Nimm diesen Mantel um.
              Er hängt ihr seinen Mantel um.
              Nun setze dich.
        Ignez setzt sich; Rodrigo bleibt vor ihr stehn.
  Wer würde glauben, daß der grobe Mantel
  So Zartes deckte, als ein Mädchenleib.
  Drück ich dir noch den Helm auf deine Locken *Er tuts,*   2500
  Mach ich auch Weiber mir zu Nebenbuhlern.
BARNABE *kommt zurück, eilig.*
  Sie kommen! Ritter! Sie kommen!
    Rodrigo wirft schnell Ignez' Oberkleid über, und setzt ihren Hut auf.
IGNEZ. Wer soll denn kommen? – Rodrigo, was machst du?

RODRIGO *im Ankleiden beschäftigt.*

Mein Vater kommt – Sei nur ganz ruhig. Niemand
Fügt dir ein Leid, wenn, ohn' ein Wort zu reden,
Du dreist und kühn in deiner Männertracht
Hinaus zur Höhle gehst. Ich bleibe – Nein,
Erwidre nichts, ich bleib. Es ist nur für
2510   Den ersten Anfall.

> *Raimond und Santin treten auf.*

Zu Ignez und Barnabé. Sprecht kein Wort und geht sogleich.

> *Die Mädchen gehen.*

RAIMOND *tritt Ignez in den Weg.*

Wer bist du? Rede!

RODRIGO *tritt vor.*   Sucht ihr Ignez? Hier bin ich.
Wenn ihr aus Gossa seid, so führt mich heim.

RAIMOND. Ich fördre dein Gespenst zu deinem Vater!

> *Er ersticht Rodrigo, der fällt ohne Laut.*

RAIMOND *betrachtet starr die Leiche; nach einer Pause.*

Santin! Santin! – Ich glaube, sie ist tot –

SANTIN. Die Schlange hat ein zähes Leben. Doch
Beschwör ichs fast. Das Schwert steckt ihr im Busen.

RAIMOND *er fährt sich mit der Hand übers Gesicht.*

Warum denn tat ichs, Santin? Kann ich es
Doch gar nicht finden im Gedächtnis –

SANTIN.   Ei,
Es ist ja Ignez.

RAIMOND.   Ignez, ja, ganz recht,
2520   Die tat mir Böses, mir viel Böses, o
Ich weiß es wohl – – Was war es schon?

SANTIN.   Ich weiß
Nicht, wie dus meinst. Das Mädchen selber hat
Nichts Böses dir getan.

RAIMOND.   Nichts Böses? Santin!
Warum denn hätt ich sie gemordet? Sage
Mir schnell, ich bitte dich, womit sie mich
Beleidigt, sags recht hämisch – Basiliske,
Sieh mich nicht an, sprich, Teufel, sprich, und weißt
Du nichts, so lüg es.

SANTIN.   Bist du denn verrückt?
Das Mädchen ist Alonzos Tochter.

RAIMOND.   So,
Alonzos – Ja, nun weiß ichs, der mir Pedro   2530
Ermordet hat –

SANTIN.   Den Herold und Juan.

RAIMOND.
Juan, ganz recht, und der mich so infam
Gelogen hat, daß ich es werden mußte.

          Er zieht das Schwert aus der Leiche.
Rechtmäßig wars – *Er sticht es noch einmal in die Leiche.*
                    – und das ist auch rechtmäßig.
Gezücht der Otter! *Er stößt die Leiche mit dem Fuße.*

SANTIN *der in den Hintergrund gegangen.*
Welch eine seltsame Erscheinung, Herr!
Ein Zug mit Fackeln, gleich dem Jägerheere,
Zieht still von Gossa an den Höhn herab.

RAIMOND *der ihm gefolgt.*
Sie sind, wies scheint, nach Ciella auf dem Wege.

SANTIN. Das Ding ist sehr verdächtig.

RAIMOND.   Denkst du an
Alonzo?

SANTIN.   Herr, ich gebe keine Nuß   2540
Für eine andre Meinung. Laß uns schnell
Heimkehren, in zwei Augenblicken wärs
Nicht möglich mehr.

RAIMOND.   Wenn Rodrigo nur ihnen
Nicht in die Hände fällt – Ging er nicht aus
Der Höhle, als wir kamen?

SANTIN.   Und vermutlich
Nach Haus; so finden wir ihn auf dem Wege. Komm!

                    Beide ab.
          Ignez und Barnabé lassen sich am Eingang sehen.

IGNEZ. Die Schreckensnacht! Entsetzlich ist der Anblick!
Ein Leichenzug mit Kerzen, wie ein Traum
Im Fieber! Weit das ganze Tal erleuchtet
Vom blutig roten Licht der Fackeln. Jetzt   2550
Durch dieses Heer von Geistern geh ich nicht

Zu Hause. Wenn die Höhle leer ist, wie
Du sagst –

BARNABE.   Soeben gingen die zwei Männer
Heraus.

IGNEZ.   So wäre Rodrigo noch hier?

Sie treten auf.

IGNEZ. Rodrigo! Rodrigo!

BARNABE. 's ist alles leer und alles still – nein, halt!

IGNEZ. Was gibt es?

BARNABE.   Dort, seht, dort liegt einer – Ach,
Es ist dein Jüngling in dem Weiberkleide.

IGNEZ. Ists Rodrigo? Ein Schwert – im Busen – Heiland!
Heiland der Welt! Mein Rodrigo! *Sie fällt über den Leichnam.*

RODRIGO.   Es ist
Gelungen! Flieh!

IGNEZ.   Ich folge dir.

BARNABE.   O Jammer!
Mein Fräulein! Sie ist sinnlos! Keine Hilfe!
2560   Ermannt Euch, liebes Fräulein – Gott! die Fackeln;
Sie nahen! Fort Unglückliche! Entflieh! *Ab.*

Alonzo und Thiesta treten auf; eine Fackel folgt.

ALONZO. Der Zug soll halten! *Zu Thiest.*
Ist es diese Höhle?

THIESTA. Ja, Herr, von dieser sprach Juan, und darf
Man seiner Rede traun, so finden wir
Am sichersten das Fräulein hier.

ALONZO.   Die Fackel
Vor!

THIESTA. Irr ich nicht, so seh ich Rodrigo, –
Dort liegt sie auch – –

ALONZO.   Am Boden! Gott des Himmels!
Ein Schwert im Busen meiner Ignez! Ignez!

IGNEZ *richtet sich auf.*
Wer ruft?

ALONZO.   Die Hölle ruft dich, Mörder! Stirb!

Er ersticht Ignez, die fällt mit einem Schrei.
Alonzo läßt sich auf ein Knie neben der Leiche Rodrigos nieder.

THIESTA *nach einer Pause.*

Mein bester Herr, verweile nicht in diesem   2570
Verderblich dumpfen Schmerz! Erhebe dich!
Wir brauchen Kraft, und einem Kinderlosen
Zerreißt der Schreckensanblick das Gebein.

ALONZO. Laß einen Augenblick mich ruhn. Es regt
Sich sehr gewaltig die Natur im Menschen,
Und will, daß man, gleich einem einzgen Gotte,
Ihr einzig diene, wo sie uns erscheint.
Mich hat ein großer Sturm gefaßt, er beugt
Mein wankend Leben tief zur Gruft. Wenn es
Nicht reißt, so steh ich wieder auf, ist der   2580
Gewaltsam erste Anfall nur vorüber.

THIESTA. Mein teurer Herr, das Zögern ist uns sehr
Gefährlich – Komm! Ergreif den Augenblick!
Er wird so günstig niemals wiederkehren.
Gebeut die Rache, und wir wettern wie
Die Würgeengel über Ciella hin!

ALONZO. Des Lebens Güter sind in weiter Ferne,
Wenn ein Verlust so nah, wie diese Leiche.
O niemals ein Gewinst kann mir ersetzen,
Was mir auf dieser Nummer fehlgeschlagen.   2590
Sie blühte wie die Ernte meines Lebens,
Die nun ein frecher Fußtritt mir zertreten,
Und darben werd ich nun, von fremden Müttern
Ein fremdes Kind zum Almos' mir erflehn.
Sie ging gleich einer Frühlingssonne über
Mein winterliches Dasein auf, und gab
Ihm Jugendfarbe wieder und Gestalt.
Aus ihrer Hand empfing ich nur die Welt,
Die sie zu einem Strauße mir gewunden.
Wer geht mir lächelnd jetzt zur Seite auf
Dem öden Weg ins Grab?

THIESTA.   Alonzo! Hör mich!

ALONZO *steht auf.*

Ja, du hast recht. Es bleibt die ganze Zukunft
Zur Trauer, dieser Augenblick gehört
Der Rache. Einmal doch in meinem Leben

Dürst ich nach Blut, und kostbar ist die Stimmung.

2600　Komm schnell zum Zuge.

Man hört draußen ein Geschrei: Hollah! Herein! Hollah!; die Ritter stutzen.

THIESTA.　　　　　Was bedeutet das?

Raimond und Santin werden von Rittern Alonzos gefangen aufgeführt.

EIN RITTER. Ein guter Fund, Alonzo! Diese saubern

Zwei Herren, im Gesträuche hat ein Knappe,

Der von dem Pferd gestiegen, sie gefunden!

THIESTA. Alonzo! Hilf mir sehn, ich bitte dich!

Er ists leibhaftig, Raimond und der Santin!

ALONZO. Raimond! *Er zieht sein Schwert.*

THIESTA.　　　　　Sein Teufel ist ein Beutelschneider,

Und führt in eigener Person den Sünder

In seiner Henker Hände.

ALONZO.　　　　　O gefangen!

Warum gefangen, Santin? – – Gott des Himmels!

2610　Sprich deutlich mit dem Menschen, daß ers weiß

Auch, was er soll!

RAIMOND *erblickt Ignez' Leiche.*

　　　　　Mein Sohn! Mein Sohn! Ermordet!

Zu meinem Sohne laßt mich, meinem Sohne!

Er will sich losreißen; die Ritter halten ihn.

ALONZO.

Er trägt sein eigen schneidend Schwert im Busen.

Er steckt sein Schwert ein.

Laßt ihn zu seinem Sohne!

RAIMOND *stürzt über Ignez' Leichnam.*

　　　　　Rodrigo!

FRANZISKA *tritt auf.*

Ein Reuter flog durch Gossa, schreiend, Ignez

Sei tot gefunden in der Höhle. Manso!

Paratzin! Ist es wahr? Wo ist sie? Wo?

– O heilge Mutter Gottes!

Sie stürzt über Rodrigos Leichnam.

　　　　　O mein Kind!

Du Leben meines Lebens!

ELMIRE *tritt auf.*　　　　Seid ihr Männer,

2620　So laßt ein Weib unangerührt hindurch.

Gebeuts, Alonzo, ich, die Mutter des
Erschlagnen, will zu meines Sohnes Leiche.

ALONZO.
Der Schmerz ist heilig, und es rührt kein Feind
Ihn an. Tritt frei zu deinem Sohn! Macht Platz!

ELMIRE. Wo ist er? – Jesus! Deine Tochter auch?

Alonzo wendet sich; Elmire läßt sich auf Knieen vor Ignez' Leiche nieder.
Der Großvater von Juan geführt, treten auf.

GROSSVATER. Wohin führst du mich, Knabe?

JUAN. Ins Elend, Alter, denn ich bin die Torheit. Sei getrost,
wir sind auf dem rechten Wege.

GROSSVATER. Weh! O Weh! Die Blindheit im Walde und ihr
Hüter der Wahnsinn! Führe mich heim, Knabe, heim –

JUAN. Ins Glück? Alter, es geht nicht. 's ist inwendig zugeriegelt.   2630
Komm vorwärts.

GROSSVATER. Nun, so mögen sich die Himmlischen erbarmen.
Ich folge dir.

JUAN. Heißa lustig! Wir sind am Ziele!

GROSSVATER. Am Ziele? Bei meinem erschlagenen Kindeskinde?
Wo, wo ist es?

JUAN. Wenn ich blind wäre, so könnte ichs riechen, denn die
Leiche stinkt schon. Komm, wir wollen uns davor niedersetzen, wie die Geier ums Aas. Es riecht gut.

Er setzt sich bei Rodrigos Leiche nieder.

GROSSVATER. Wehe! Wehe! Er raset! Ist denn kein Mensch in der
Nähe, der sich eines hilflosen Greises erbarmt!   2640

JUAN. Sei nicht böse, Alter, ich meine es gut mit dir. Komm,
gib mir die Hand, ich führe dich zu Ignez.

GROSSVATER *gibt ihm die Hand.* Ists noch weit?

JUAN. Ein Pfeilschuß. Beuge dich.

GROSSVATER. Ein Schwert – in der Brust – eine Leiche –

JUAN. Höre, Alter, das ist schauerlich. Das Mädchen war so gut,
und so schön, o so schön!

GROSSVATER. Knabe! Das ist nicht Ignez! Ignez' Kleid, aber nicht
Ignez! Bei meinem ewigen Leben! Das ist nicht Ignez!

JUAN *sieht die Leiche an, springt schnell auf.* Ah! der Skorpion! 's ist
Rodrigo!

ALONZO. Rodrigo?   2650

FRANZISKA. So wahr ich Mutter, das ist meine Tochter
  Nicht. *Sie steht auf.*
ALONZO. Fackeln her! – Nein, wahrlich, nein, das ist
  Nicht Ignez.
ELMIRE *die herbeigeeilt.*
                    Ignez, Rodrigo, was soll
  Ich glauben – – O ich Unheilsmutter! Doppelt
  Die Leiche meines Sohnes! Rodrigo!
ALONZO. Dein Sohn in meiner Ignez Kleider? Wer
  Denn ist die Leiche in der Männertracht?
  Ist es denn – Nein, es ist doch nicht –
GROSSVATER.   Alonzo!
  Wo ist denn Ignez' Leiche? Führ mich zu ihr!
2660 ALONZO. Unglücklicher! Sie ist ja nicht ermordet!
JUAN. Das ist ein Narr. Komm, Alter, dort ist noch eine Leiche,
  die wirds sein, hoff ich. Komm! *Er führt den Großvater zu Ignez'*
  Leiche.
GROSSVATER. Noch eine Leiche? Sind wir denn in einem Bein-
  haus?
JUAN. Lustig, Alter! Sie ists! 's ist Ignez!
ALONZO. Ignez! *Er verdeckt sein Gesicht.*
JUAN. Faß ihr dreist ins Gesicht, es muß wie fliegender Sommer
  sein. *Zu Raimond.* Fort, du Scheusal, fort!
RAIMOND *richtet sich halb auf.*
  Bleibt fern, ich bitt euch – Sehr gefährlich ists,
  Der Ohnmacht eines Rasenden zu spotten.
  Ist er in Fesseln gleich geschlagen, kann
2670 Er euch den Speichel noch ins Antlitz spein,
  Der seine Pest euch einimpft. Geht, und laßt
  Die Leiche mindstens mir von Rodrigo.
JUAN. Du toller Hund! Geh gleich fort! Rodrigo ist dort, hier
  ist Ignez. – Komm, Alter, gib deine Hand.
GROSSVATER. O meine Ignez! Mein Kindeskind!
FRANZISKA. O meine Tochter! Welch ein Irrtum! Gott!
RAIMOND *sieht die Leiche genauer an, steht auf, geht schnell zur Leiche Rodri-*
  gos, und wendet sich mit der Bewegung des Entsetzens.
  Höllisch Gesicht, was äffst du mich? *Er sieht sie wieder an.*
                    Ein Teufel

Blöckt mir die Zung heraus.
Er sieht sie wieder an, und fährt mit den Händen in seinen Haaren.
                    Ich selbst – ich selbst
Zweimal die Brust durchbohrt, zweimal die Brust –
URSULA *tritt auf.* Püppchen, sagt an, wer kennt diesen Kindes-   2680
finger? *Sie zeigt ihn.*
ELMIRE. Einen Kindesfinger?
URSULA. Ihr schlügt euch tot, Püppchen, um diesen Kindesfinger,
sagt meine Tochter. Wer kennt ihn?
ELMIRE. Jesus! Es ist der kleine Finger von Pedros linker Hand!   2690
RAIMOND. Pedros Finger? Weib! Wie kamst du dazu?
URSULA. Püppchen, erzürne dich nicht. 's ist ein geschehenes
Ding. Ich zog einen ertrunkenen Knaben aus dem Wasser und
schnitt ihm den Finger ab. Denn unter die Schwelle gelegt,
läßt er den Teufel nicht drüber, bis er verfault. Püppchen,
wenns dein Sohn war, nimms nicht für ungut. Ich wußt es
nicht, Püppchen.
RAIMOND. – Dich fand ich aber nicht bei der Leiche, sondern   2700
zwei Männer aus Gossa.
URSULA. Die kamen nach mir, Püppchen, und schnitten dem
Knaben den andern Finger von der rechten Hand ab.
                    Raimond bedeckt das Gesicht.
JUAN *tritt vor sie.* Was willst du, alte Hexe!
URSULA. 's ist abgetan, Püppchen. Wenn ihr euch totschlagt, so
ist es ein Versehen.
JUAN *lacht.* Ein Versehen! Ein Versehen! Nimms nicht übel,
Ignez! Nimms nicht übel, Rodrigo!
RAIMOND. Juan, lieber Knabe, schweig still, deine Worte schnei-
den wie Messer.
JUAN *ernsthaft.* Nimms nicht übel, Ignez! Nimms nicht übel, Ro-
drigo! Papa hats nicht gern getan, Papa wirds nicht mehr tun.   2710
RAIMOND. Alonzo! Dir hab ich ein Kind genommen,
Und biete einen Freund dir zum Ersatz –
                    Pause.
Alonzo! Selbst bin ich ein Kinderloser –
                    Pause.
Alonzo! Deines Kindes Blut komm über
Mich – Kannst du besser nicht verzehn, als ich?

Alonzo reicht Raimond mit abgewandtem Gesicht die Hand; Elmire und
Franziska umarmen sich.

JUAN. Wein her! Lustig! Das ist ein Spaß zum Totlachen! Der
  Teufel hat ihnen im Schlaf die Gesichter mit Kohlen be-
2720 schmiert, nun kennen sie sich wieder. Schurken! Bringt Wein!
  Wir wollen eins drauf trinken.

URSULA. Püppchen, so seid ihr versöhnt, so kann ich wieder gehn?

RAIMOND. Du hast den Knoten geschürzt, du hast ihn gelöst,
  tritt ab.

JUAN. Geh, alte Hexe, du spielst gut aus der Tasche, ich bin mit
  deinem Kunststück zufrieden.

  Der Vorhang fällt.

[Im Manuskript gestrichene Vorstufen der »Familie Ghonorez«]

[Vers 74–88]

ELMIRE. O Raimond, mäßge dich. Es hat der Frech-
  Beleidigte den Nachteil, daß die Tat
  Ihm die Besinnung selbst der Rache raubt,
  Und daß die Wut, die Feindeshaupt bestimmte,
  Wie Elefanten, sich zum Herren kehrt.
  Glaubst du, Alonzo werde sein Verbrechen
  Bekennen, deinem Stahl den Busen öffnen?
  Wird er sich nicht verstellen, leugnen, dich
  Des falschen Argwohns zeihn, die Schuld des Blutes,
  Das fließen wird, auf deine Seele schieben?
  Denn immer nennt der Mensch das Auge krank,
  Das seinen Makel sieht, und findet Freunde,
  Die's glauben. Eine Macht wird er sich sammeln,
  Mit Rednerkünsten die Gemüter sich
  Gewinnen, dann dir listig kalt ein Garn
  Bereiten, das in deiner Wut dich fängt.
  Was sag ich, dich – auch mich, und Rodrigo,
  Denn das ist seines Wandelns weites Ziel.
RAIMOND. Nein, fürchte nicht – Was meinst du, ist ein Gott?
  Nun sieh, der wird das heilge Recht beschützen;
  Denn eine Welt geht ehr als das Gesetz
  Zu Grunde, das allein sie aufrecht hält.
  Indessen wollen wir das Schergenamt
  Mit Weisheit übernehmen, und ein Heer
  Von wenigstens dreihundert Männern stellen.
  Auch will ich selbst mit Mördern treu verfahren,
  Und ihm den Frieden kündgen – Aldola,
  Euch send ich ab, ihm das zu sagen –

[Vers 143–151]

RODRIGO.   Das
  Gefühl des Rechts! O du Marktschreier der
  Natur, nicht einen wird dein Aufruf trügen,
  Und schreiend an der Ecke werden sie
  Allein dich stehen lassen – Das Gefühl

Des Rechts! Als obs in einem Menschen-Innern
Ein andres noch als dieses gäbe – Denkst du,
Daß ich die Brust, wenn eine Schuld mich drückte,
Dem Recht der Rache weigern würde?

[Vers 265–298]

JUAN. Fünf Wochen sinds, – nein morgen sinds fünf Wochen,
   Als ich, im Jagdgefolge deines Vaters
   Ein Windspiel mißte, und, es suchend, selbst
   Mich im Gebirge von dem Troß verlor.
   Wie ich, schon hastig, nur dem Jagdhorn folgend,
   In grader Linie fort durch Strauch und Moor
   Und moosigem Gestein mich winde, gleitet
   Mein Fuß, mein Haupt zerschlägt sich an dem Felsen –
RODRIGO. Nun?
JUAN. Der Gott der Liebe wohnte in dem Moose.
   Denn wie das Leben und das Licht der Augen
   Mir wiederkehrten, stand
   Ein strahlenreines Wesen vor mir.
RODRIGO. Dein Engel?
JUAN.   Mir ein Engel war das Mädchen.
   Denn das Geschäft der Engel tat sie, reichte
   Die Hand mir Hingefallnem – löste dann
   Von Haupt und Nacken schnell den Schleier, mir
   Das Blut, das strömende, zu stillen.

[Vers 352–358]

RODRIGO.   Was
   Hab ich geahndet? Sagt ich denn ein Wort?
   Kann ein Gedanke denn nicht trügen? Sprich,
   O sprich es war ein Irrtum – Vorschnell fragend
   Hast du, gereizt, die Antwort übereilt.
   Wie könntest du denn wissen, was ich denke,
   Da du doch nicht allwissend bist? Dein Auge
   Reicht ja nicht weiter, als an meinen Rock.
   Drum sage mirs, und laß das Raten. Mienen
   Sind schlechte Rätsel, die auf vieles passen,
   Und decken einem steifen Schleier gleich
   Die Seele – Darum nenne mir den Namen –

JUAN. O Gott, und doch –

RODRIGO.   Nein höre, nein, wir irren uns.
   Denn was ich dachte, war so von der Hölle
   Ersonnen, daß ichs dir, dir selbst nicht glauben,
   Nicht glauben würd, es sei auf Erden wahr.
   Ja sieh – fast schäm ich mich. Stets hat das Schicksal
   Auf Händen fast mein Herz getragen, mir
   Wie einem Lieblingskind fast jede Laune
   Und überschwenglich erfüllt – sogar noch ehe
   Ich seine Gunst erkennen konnte, auf
   Die Wiege alles Herrliche mir gelegt.
   Was meinst du wohl, Juan, wird es mich nun
   Wohl plötzlich, gleich als wär ich unecht, ohne
   Verschuldung, als die Schuld der Mutter
   Des Glückes, mich hinaus an seine Schwelle
   Dem Elend preisgegeben, setzen?

JUAN.   O
   Dein Klagelied spielst du auf meiner Seele.

RODRIGO. Nun also – Sieh, wir sind wie Brüder fast,
   Und so wie ich, wärst du zerschmettert – Drum
   So sag es, sag es frei heraus – Nicht wahr?
   Das Mädchen, dem der Schleier angehört,
   Ist Ignez nicht, nicht Ignez Ghonorez?

[Vers 363–364]

RODRIGO *an seinem Halse.*   O halte –
   Laß mich nicht sinken – Alles wankt und wechselt
   Vor meinem Geiste seinen Platz – Mir ists
   Als lag die Erde auf mir, unter mir
   Ein Abgrund ohne Maß und Licht –

[Nach Vers 380–384]

RODRIGO *schnell zu ihm gewandt.*
   Ja du, du liebst sie auch – Verziehn sei alles.
   Vergib auch mir. Ich habe dich beleidigt,
   Dich tief gekränkt, den schönen, hohen Eifer
   Empörend dir mißdeutet – Wußt ich denn
   Von welchem Gott dir die Begeistrung kam?

ANTONIO. Nein, du verkennst mich noch. Mein Eifer war
Nur der Betrogene des Rechtgefühls.
RODRIGO. Ach, du wirst für sie kämpfen – Glücklicher!
Wie wird dein Innerstes vor Wollust zittern,
Wenn du die Rüstung nimmst, das Roß besteigst,
Das bäumende, das in die Lüfte jauchzt,
Und um dein zürnend Haupt das Schwert nun schwingend
Gleich einem Blitzstrahl in die Feinde wetterst.
– Mir ein Racheengel wirst du scheinen.
Erstarrt an deinem Anblick wird dein Wort
Wie eine Gottesstimme mich entsetzen,
Dein bloßes Antlitz mich zu Boden schlagen,
Nicht wagen werd ichs aus dem Staub an dich
Das schuldbewußte Aug hinaufzuheben.
ANTONIO. Wo bist du, Rodrigo –? Ich für sie kämpfen?
Sagt ich dir nicht, daß ich zu euch mich schlage?
RODRIGO. Zu uns? Was bist du rasend? Heimlich jetzt,
Da eine Mordschar auf ihr Leben lauert,
Willst du den einzgen Schutz, den letzten Freund,
Gleich einem vogelfreien Haupt ihr rauben?
O nein, o tu das nicht – Wir sind so stark,
Daß uns dein Arm nur wenig nützen mag
Sie, sie bedarf ihn – Stell dich ihr zur Seite,
Verlaß sie nicht, wohin sie gehn mag folge.
Die Blume, die sie pflückt, kann man vergiften,
Drum koste, prüfe, untersuche alles,
Was sie genießen mag, bis auf die Luft.
Und schläft sie, nachts, verdopple deine Angst,
Dreifache Türen riegle dreifach, wache
Selbst schlaflos an dem Bette – denn fünfhundert
Geschworne Mörder dürsten nach ihr Blut,
Und in dem ganzen haßentflammten Ciella,
Ist einer nur, der sie nicht würgen will.
ANTONIO. Mein bester Rodrigo –
RODRIGO.   Drum gehe, gehe,
O säume nicht – Denn während wir hier sprechen,
Kann schon ein Pfeil nach ihrem Herzen zielen.
So kommt denn – – Wie betraten wir dies Haus?

Und wie verlassen wir es?

Er umschlingt beide.

O ihr Brüder

Verstoßene des Schicksals, Hand in Hand

Hinaus ins Elend aus dem Paradiese,

Aus dem des Cherubs Flammenschwert uns treibt!

Alle ab.

[Vers 959—960]

[ALONZO.] – Nein, sage nichts. Ich weiß das. – Freilich ist

Nicht Sinken stets gleichviel mit Schwachsein. Manchen

Mag wohl ein Eindruck stürzen, nicht weil keinen,

Nein, weil er starken Widerstand ihm leistet.

[Vers 974—986]

ANTONIO. – Hast recht, hast recht – bins nicht viel besser wert,

Als daß du mir die Türe zeigst – kann auch

Nicht bleiben, sehs wohl ein, kann nicht – denn niemals

Wirst dus verzeihn, und sollsts auch nicht, und wärst

Ein schlechter Kerl, wenn du es könntest – bin

Ich doch ein Schuft in meinen Augen, wie

Vielmehr in deinen – Ja, ein Schuft, sags nur,

Erzschuft – Was klotzest du mich an? Denkst du

Ich wüßt es nicht, daß dus mit Blicken mir

Gleich einer Säure in das Herz noch ätzest?

– Doch wie gesagt, ich bins nicht besser wert.

– Kann, wie ichs auch gesagt, in Gossa nicht

Mehr bleiben – Doch nach Ciella kann ich auch nicht.

Eh geb ich meine Stirn dem Brandmal hin

Von Henkershand eh ich nach Ciella gehe.

– Nun wohl, so geh auf deine Burg, du Narr,

Den sie zum besten haben überall.

Das ist wohl das Gescheuteste – Leb denn wohl,

Alonzo. Brauchest mich nicht anzufeinden,

Ich zieh kein Schwert, bei meinem Eid, kein Schwert.

Kannst mit mir tun, wie dirs beliebt, kannst gleich

Mich hierbehalten, wenn du willst – Es wäre

Mir selbst das Liebste – Willst du nicht? Ei nun,

Laß bleiben. Denn erbetteln will ich auch nichts.
Lebt wohl.

FRANZISKA.   Antonio! – Willst du ihn gehen lassen,
Alonzo? – Hör Antonio!

ANTONIO.   Was solls?

ALONZO. Du hast ein Rätsel uns gesagt, und bleibst
Die Auflösung uns schuldig.

ANTONIO.   Kanns nicht sagen,
Nein, kann es nicht, bins nicht im Stand – Was klotzt
Ihr mich schon wieder an? Ich sags euch ja,
Ich kann mich nicht entschuldgen, kann mich nicht
Rechtfertgen, ein für allemal, mir lähmts
Die Zunge, die Gedanken gehn mir aus,
Und jedes Wort gleicht dem verschlagen Kind,
Das mutlos, scheu, ans Licht nicht will zum Vater,
Der sein sich schämt. – Drum kurz und gut, ich gehe.
Die Zeit wird mich bei euch vertreten. Nur
So viel für jetzt: Mich hatt ein höllisch Garn
Gefangen – doch mit einem Fuße nur,
Den reiß ich rasch zurück – Nun Gott behüt euch. *Ab.*

[Vers 994–995]

[ALONZO.] 's ist doch so leicht nicht, in dem Augenblick
Das Werk der Jahre, Achtung, zu zerstören.
Denn nichts ist schmerzlicher, als dieser Raub,
Und selbst wenn der Verstand ihn fahren ließ,
Pflegt doch, und wärs aus bloßer Scham, das Herz
Den Freund noch festzuhalten.

[Vers 1883–1899]

EIN DIENER *tritt auf.* Herr, der Schulze begehrt eingelassen zu
werden.

RAIMOND. Der Schulze? Nein.

ELMIRE. So wird das Haus die Trauer wohl für den
Verwandten tragen müssen?

RAIMOND.   Wie es sich
Von selbst versteht. Was mir von seinen Gütern
Zufallen könnte, nehm ich nicht, es soll
Der böse Argwohn selber frei mich sprechen.

DER SCHULZE *öffnet die Türe und wirft einen Diener zur Seite.* Flegel von einem Diener! Der Herr sagt: nein, ich sage: ja. *Tritt auf.*

RAIMOND. Sind alle Hunde los auf dieser Burg?

DER SCHULZE. Herr, einer ders Leben nicht lieb hat, macht sich blutwenig aus der Sitte.

RAIMOND. – Was willst du?

DER SCHULZE. Ich bitte dich, Herr, und bitte dich nochmals, schlag mirs nicht ab, Herr, laß meinen Sohn nicht hinrichten.

RAIMOND. Deinen Sohn?

DER SCHULZE. Er hat auf dein Geheiß den Ritter erschlagen.

RAIMOND. Auf mein Geheiß – den Teufel hab ich – Auf Santins hat ers getan.

DER SCHULZE. Santin hats auf dein Geheiß gestiftet.

RAIMOND. Skorpion von einem Menschen! Fort aus meinen Augen.

DER SCHULZE. 's hat Zeit, Herr. Ich sags dir noch einmal, Santin hats auf dein Geheiß getan. Ich hab es selbst gehört, wie dus ihm befohlen hast.

RAIMOND. – Gehört? Befohlen?

DER SCHULZE. Ich stand im Schloßflur dicht hinter dir, du warst blind vor Wut, und sahst mich nicht. Es habens außer mir noch zwei gehört.

[Vers 2166–2183]

RODRIGO. Er ist schon gelungen, denn er schenkt dir diesen Beutel mit Gold. Bring ihn der Mutter, sag, er sei dir neben den Kessel gefallen und komm wieder.

BARNABE. Mutter! Mutter! *Ab; Rodrigo untersucht den Kessel.*

BARNABE *kommt zurück.* Was machst du?

RODRIGO. Ich suche den Finger, gib mir den Finger, ich bin dir so gut, gib mir den Finger.

BARNABE. Der ist zerkocht, lieber Herr, du findest kaum noch die Knochen.

RODRIGO *führt sie in den Vordergrund.* So sage mir, wie kamst du dazu?

[Vers 2630–2631]

JUAN. Ins Glück? Alter, es geht nicht. 's ist inwendig zugeriegelt. Komm vorwärts. Es steht ein Teufel hinter dir, der wird gleich peitschen, wir sind bald am Ziele.

[Kleists Randnotizen zur »Familie Ghonorez«]

[zu Vers 96 »Graf Rodrigo«] Dies darf Rodrigo nicht sein, der muß zum Ritter geschlagen werden.

[nach 157] Katze frißt Mäuse und Speck obenein.

[zu 656] Das Schicksal ist ein Taschenspieler – Sturm der Leidenschaft, Raub des Irrtums, Himmel hat uns zum Narren.

[zu 2. Akt, 1. Szene] (Nachmittag)

[zu 786] Warum weigert Rodrigo?

[zu 1059] Das hätte Antonio nicht tun sollen, muß Alonzo bemerken.

[zu 1127 »Juan«] Natürlicher Sohn.

[zu Ende 2. Akt] Es muß noch eines andern Stammes Ghonorez erwähnt werden.

[zu 1583] Elmire muß edler dargestellt werden.

[zu 1754] Die Liebe zu diesem Sohne [Juan] muß ins Licht gesetzt werden.

[zu 1762 »Tat«] Im zweiten Akt konnte das Antonio nicht wissen.

[zu Anfang 4. Akt] Ende ein umgekehrter Handschuh. Volk ist Storchschnabel.

[zu Vers 1883] Dies Folgende könnte lieber ein Kammermädchen übernehmen.

[zu 1981] ? zu sinnlich.

[zu 4. Akt, 2. Szene] Ignez muß ja Juan gesprochen haben.

[zu 2070 »Mord Antonios«] Großvater muß die Leiche erkennen.

[zu Ende 2. Szene] Bis hierher abgeschickt.

[zu Anfang 3. Szene] Man könnte eine Hexe aufführen, die wirklich das Schicksal gelenkt hätte.

[zu 2181] Die Mutter muß ihm zu Füßen fallen, und es gestehn.

[zu 2199] Die Männer wollten ihn begraben.

[zu 2202] Rodrigo muß lebhafter und froher sein.

[zu Anfang 4. Akt, 4. Szene] Ursula muß zuletzt, ihr Kind suchend, als Schicksalsleiterin auftreten.

[zu 2231 »Skorpion«] siehe 1. Szene IV. Akt, mit dem Schulzen.

[zu Anfang 4. Akt, 5. Szene] Nachricht für den Abschreiber: statt RODRIGO wird überall OTTOKAR gesetzt.

[zu Anfang 5. Akt] Nachricht für den Abschreiber: statt IGNEZ überall AGNES.

[zu 2426] Es wäre wohl gut, wenn Rodrigos Absicht ganz unzweideutig erkannt würde.

[zu 2507] Sage du seist Rodrigo.

[zu 2510] Was wird aus Barnabé?

[letzte Seite] Ein Weib glaubt nie an eigne Kraft und traut einer
Salbe mehr als der Seele. Weiber wollen nur etwas tun, nicht
für andre, für sich, zur Beruhigung.

DER ZERBROCHNE KRUG

[Phöbus-Fassung]

Wir waren nach dem ersten Plane unsrer Zeitschrift willens, hier das Fragment eines größern Werkes einzurücken (Robert Guiskard, Herzog der Normänner, ein Trauerspiel von dem Verf. der Penthesilea); doch da dieses kleine, vor mehrern Jahren zusammengesetzte, Lustspiel eben jetzt auf der Bühne von Weimar verunglückt ist: so wird es unsere Leser vielleicht interessieren, einigermaßen prüfen zu können, worin dies seinen Grund habe. Und so mag es, als eine Art von Neuigkeit des Tages, hier seinen Platz finden.

Szene: Gerichtsstube in einem niederländischen Dorf

A. Erster Auftritt

Adam sitzt und verbindet sich ein Bein. Licht tritt auf.

LICHT. Ei, was zum Henker, sagt, Gevatter Adam!
    Was ist mit Euch geschehn? Wie seht Ihr aus!
ADAM. Ja, seht. Zum Straucheln brauchts doch nichts als Füße.
    Auf diesem glatten Boden, ist ein Strauch hier?
    Gestrauchelt bin ich hier, und jeder trägt
    Den leidgen Stein zum Anstoß in sich selbst.
LICHT. Wie meint Ihr das? Wie Teufel, meint Ihr das?
    Den Stein, behauptet Ihr, trüg jeglicher –?
ADAM. Zum Fallen, ja, in sich.
LICHT *ihn scharf ins Auge fassend.* Verflucht das!
ADAM.   Was?
LICHT. Ihr stammt von einem lockern Ältervater,
    Der so beim Anbeginn der Dinge fiel,
    Und wegen seines Falls berühmt geworden;
    Jetzt wärt Ihr –?
ADAM.   Was?
LICHT.   Gleichfalls –?
ADAM.   Ob ich –? Ich glaube –!
    Hier bin ich hingefallen, sag ich Euch.

LICHT. Unbildlich hingeschlagen?

ADAM.   Ja, unbildlich.

Es mag ein schlechtes Bild gewesen sein.

LICHT. Bei meiner Treu! und keiner malts Euch nach.

– Wann trug der Vorfall sich denn zu?

ADAM.   Jetzt, jetzt,

Im Augenblick, da ich dem Bett entsteig.

Ich hatte noch das Morgenlied im Munde,

Da stolpr' ich häuptlings in den Morgen schon,

Und eh ich noch den Lauf des Tags beginne,

Renkt mir der Kuckuck hier den Fuß schon aus.

LICHT. Und wohl den Linken obenein noch?

ADAM.   Was?

LICHT. Hier, den gesetzten Fuß, den würdigen,

Der ohnhin schwer den Weg der Sünde wandelt?

ADAM. Ach! Schwer! Warum?

LICHT.   Der Klumpfuß?

ADAM.   Klumpfuß! Was?

Ein Fuß ist, wie der andere, ein Klumpen.

LICHT. Verzeiht! Da tut Ihr Eurem Rechten Unrecht.

Der Rechte kann sich dieser – Wucht nicht rühmen,

Und wagt sich eh'r aufs schlüpfrige.

ADAM.   Ach! Possen!

Wo sich der eine hinwagt, folgt der andre. –

LICHT. Und was hat das Gesicht Euch so verrenkt?

ADAM. Mir das Gesicht?

LICHT.   Wie? Davon wißt Ihr nichts?

ADAM. Ich müßt ein Lügner sein – wie siehts denn aus?

LICHT. Wies aussieht?

ADAM.   Ja, Gevatterchen.

LICHT.   Abscheulich!

ADAM. Erklärt Euch deutlicher.

LICHT.   Geschunden ists,

Ein Greul zu sehn. Ein Stück fehlt von der Wange,

Wie groß? Nicht ohne Waage kann ichs schätzen.

ADAM. Den Teufel auch.

LICHT *holt einen Spiegel.*   Hier. Überzeugt Euch selbst.

Ein Schaf, das, eingehetzt von Hunden, sich

Durch Dornen drängt, läßt nicht mehr Wolle sitzen,
Als Ihr, Gott weiß wo? Fleisch habt sitzen lassen.

ADAM. Hm! Ja: 's ist wahr. Unlieblich sieht es aus.
Die Nas hat auch gelitten.

LICHT.   Und das Auge.

ADAM. Das Auge nicht, Gevatter.

LICHT.   Ei, hier liegt
Querfeld ein Schlag, im Angesicht, blutrünstig,
Geballt, wie eine Faust groß, hols der Henker,
Kein Großknecht trifft im ganzen Dorfe besser.

ADAM. Das ist der Augenknochen. – Ja, nun seht,
Das alles hatt ich nicht einmal gespürt.

LICHT. Ja, ja. So gehts im Feuer des Gefechtes.

ADAM. Im Feuer des Gefechts – schamlose Reden!
Mit dem verfluchten Bockgesicht focht ich,
Der an der Ofenkante eingefugt.
Jetzt weiß ich es. Da ich, beim Auferstehn,
Das Gleichgewicht verlier und gleichsam wie
Ertrunken in den Lüften um mich greife,
Faß ich – zuerst die Hosen, die ich gestern
Durchnäßt an das Gestell des Ofens hing.
Nun faß ich sie, versteht Ihr, denke mich,
Ich Tor, daran zu halten, und nun reißt
Der Bund, es stürzt die Hos und das Gestell,
Ich stürz – und mit dem Stirnblatt schmettr' ich wütend
Just auf dem Ofen, wo ein Ziegenbock
Die Nase an der Ecke vorgestreckt.

LICHT *lacht.* Gut, gut.

ADAM.   Verdammt, sag ich!

LICHT.   Laßts gut sein, Vetter.

ADAM. Ich muß es wohl. – Doch was ich sagen wollte,
Was gibt es Neues!

LICHT.   Ja, sieh da! hätt ichs
Doch bald vergessen.

ADAM.   Nun?

LICHT.   Macht Euch gefaßt,
Auf unerwarteten Besuch aus Utrecht.

ADAM. Nun? Und von wem?

LICHT. Rat Walter kömmt.

ADAM *erschrocken.* Wer kömmt?

LICHT. Der Herr Gerichtsrat Walter kömmt aus Utrecht.

ADAM. Was sagt Ihr!

Usw.

B. Vierter Auftritt

[= 6. Auftritt. Vers 414-456]

(Zur Erklärung: Ehe sich der Richter noch von seinem Schrecken erholt hat, erscheint der Gerichtsrat Walter schon, um die Rechtspflege zu kontrollieren, und läßt die Parteien, die er auf dem Vorsaal fand, eintreten. Der Richter, der nicht ahndet, was dies für Leute sind, geht, sich in den Ornat zu werfen; während der Gerichtsrat sich, mit seiner Schreibtafel beschäftigt, an einem Tisch, im Hintergrunde der Bühne, niederläßt.)

Frau Marthe, Eve, Veit, Ruprecht treten auf.

FRAU MARTHE. Ihr krugzertrümmerndes Gesindel, ihr!
  Ihr loses Pack, das an die Schranken mir,
  Und jeden Pfeiler guter Ordnung rüttelt!
  Ihr sollt mir büßen, ihr!

[usw. bis Vers 456]

C. Fünfter Auftritt

[= 7. Auftritt. Vers 498-650, 730-845]
[Vers 646 ff:]

FRAU MARTHE. Nichts seht ihr, mit Verlaub, die Scherben seht ihr,
  Der Krüge schönster ist entzwei geschlagen.
  Hier grade auf dem Loch, wo jetzo nichts,
  Sind die gesamten – – – – Provinzen
  – – – – übergeben worden.

Usw.

Hier folgt die Beschreibung des Kruges.

WALTER. Nun gut, nun kennen wir den Krug.

[usw. bis Vers 845]

VARIANT

[Ursprüngliche Fassung der letzten Auftritte. Als „Variant" bis Vers 2381
in der Buchausgabe von 1811]

Zwölfter Auftritt

Die Vorigen ohne Adam.
Sie bewegen sich alle in den Vordergrund der Bühne.

RUPRECHT.   Ei, Evchen!
Wie hab ich heute schändlich dich beleidigt!
1910   Ei, Gotts Blitz, alle Wetter, und wie gestern!
Ei, du mein goldnes Mädchen, Herzens-Braut!
Wirst du dein Lebtag mir vergeben können?
EVE. Geh, laß mich sein.
RUPRECHT.   Ei, ich verfluchter Schlingel!
Könnt ich die Hände brauchen, mich zu prügeln.
Nimm, weißt du was? hör: tu mir den Gefallen,
Dein Pätschchen, hols der Henker, nimms und balls,
Und schlage tüchtig eins mir hinters Ohr.
Willst dus mir tun? Mein Seel, ich bin nicht ruhig.
EVE. Du hörst. Ich will nichts von dir wissen.
RUPRECHT.   Ei, solch ein Tölpel!
1920   Der Lebrecht denk ich, Schafsgesicht, und geh,
Mich beim Dorfrichter ehrlich zu beklagen,
Und er, vor dem ich klage, ist es selbst:
Den Hals noch judiziert er mir ins Eisen.
WALTER. Wenn sich die Jungfer gestern gleich der Mutter
Eröffnet hätte züchtiglich, so hätte
Sie dem Gerichte Schand erspart, und sich
Zweideutige Meinungen von ihrer Ehre.
RUPRECHT. Sie schämte sich. Verzeiht ihr, gnädger Herr!
Es war ihr Richter doch, sie mußt ihn schonen. –
1930   Komm nur jetzt fort zu Haus. Es wird sich finden.
EVE. Ja, schämen!
RUPRECHT.   Gut. So wars was anderes.
Behalts für dich, was brauchen wirs zu wissen.
Du wirsts schon auf der Fliederbank mir eins,

Wenn von dem Turm die Vesper geht, erzählen.
Komm, sei nur gut.

WALTER.   Was wirs zu wissen brauchen?
So denk ich nicht. Wenn Jungfer Eve will,
Daß wir an ihre Unschuld glauben sollen:
So wird sie, wie der Krug zerbrochen worden,
Umständlich nach dem Hergang uns berichten.
Ein Wort keck hingeworfen, macht den Richter   1940
In meinem Aug der Sünd noch gar nicht schuldig.

RUPRECHT. Nun denn, so faß ein Herz! Du bist ja schuldlos.
Sags, was er dir gewollt, der Pferdefuß.
Sieh, hätt ein Pferd bei dir den Krug zertrümmert,
Ich wär so eifersüchtig just, als jetzt.

EVE. Was hilfts, daß ich jetzt schuldlos mich erzähle?
Unglücklich sind wir beid auf immerdar.

RUPRECHT. Unglücklich, wir?

WALTER.   Warum ihr unglücklich?

RUPRECHT. Was gilts, da ist die Konskription im Spiele.

EVE *wirft sich Waltern zu Füßen.*

Herr, wenn Ihr jetzt nicht helft, sind wir verloren!   1950

WALTER. Wenn ich nicht –?

RUPRECHT.   Ewiger Gott!

WALTER.   Steh auf, mein Kind.

EVE. Nicht eher, Herr, als bis Ihr Eure Züge,
Die menschlichen, die Euch vom Antlitz strahlen,
Wahr macht durch eine Tat der Menschlichkeit.

WALTER. Mein liebenswertes Kind! Wenn du mir deine
Unschuldigen bewährst, wie ich nicht zweifle,
Bewähr ich auch dir meine menschlichen.
Steh auf!

EVE.   Ja, Herr, das werd ich.

WALTER.   Gut. So sprich.

EVE. Ihr wißt, daß ein Edikt jüngst ist erschienen,
Das von je hundert Söhnen jeden Orts   1960
Zehn für dies Frühjahr zu den Waffen ruft,
Der rüstigsten. Denn der Hispanier
Versöhnt sich mit dem Niederländer nicht,
Und die Tyrannenrute will er wieder

Sich, die zerbrochene, zusammenbinden.
Kriegshaufen sieht man ziehn auf allen Wegen,
Die Flotten rings, die er uns zugesendet,
Von unsrer Staaten Küsten abzuhalten,
Und die Miliz steht auf, die Tor' inzwischen
1970   In den verlaßnen Städten zu besetzen.
WALTER. So ist es.
EVE.   Ja, so heißts, ich weiß.
WALTER.   Nun? Weiter?
EVE. Wir eben sitzen, Mutter, Vater, Ruprecht
Und ich, an dem Kamin, und halten Rat,
Ob Pfingsten sich, ob Pfingsten übers Jahr,
Die Hochzeit feiern soll: als plötzlich jetzt
Die Kommission, die die Rekruten aushebt,
Ins Zimmer tritt, und Ruprecht aufnotiert,
Und unsern frohen Streit mit schneidendem
Machtspruch, just da er sich zu Pfingsten neigte,
1980   Für, Gott weiß, welches Pfingstfest nun? – entscheidet.
WALTER. Mein Kind –
EVE.   Gut, gut.
WALTER.   Das allgemeine Los.
EVE. Ich weiß.
WALTER.   Dem kann sich Ruprecht gar nicht weigern.
RUPRECHT. Ich denk auch nicht daran.
EVE.   Er denkt nicht dran,
Gestrenger Herr, und Gott behüte mich,
Daß ich in seiner Sinnesart ihn störte.
Wohl uns, daß wir was Heilges, jeglicher,
Wir freien Niederländer, in der Brust,
Des Streites wert bewahren: so gebe jeder denn
Die Brust auch her, es zu verteidigen.
1990   Müßt er dem Feind im Treffen selbst begegnen,
Ich spräche noch, zieh hin, und Gott mit dir:
Was werd ich jetzt ihn weigern, da er nur
Die Wälle, die geebneten, in Utrecht,
Vor Knaben soll, und ihren Spielen schützen.
Inzwischen, lieber Herr, Ihr zürnt mir nicht –
Wenn ich die Mai'n in unserm Garten rings

Dem Pfingstfest rötlich seh entgegen knospen,
So kann ich mich der Tränen nicht enthalten:
Denk ich doch sonst, und tue, wie ich soll.

WALTER. Verhüt auch Gott, daß ich darum dir zürne.   2000
Sprich weiter.

EVE.   Nun schickt die Mutter gestern
Mich in gleichgültigem Geschäft ins Amt,
Zum Richter Adam. Und da ich in das Zimmer trete,
»Gott grüß dich, Evchen! Ei, warum so traurig?«
Spricht er. »Das Köpfchen hängt dir ja wie'n Maienglöckchen!
Ich glaubte fast, du weißt, daß es dir steht.
Der Ruprecht! Gelt? Der Ruprecht!« – Je nun freilich,
Der Ruprecht, sag ich; wenn der Mensch was liebt,
Muß er schon auch auf Erden etwas leiden.
Drauf er: »Du armes Ding! Hm! Was wohl gäbst du,   2010
Wenn ich den Ruprecht dir von der Miliz befreite?«
Und ich: wenn Ihr den Ruprecht mir befreitet?
Ei nun, dafür möcht ich Euch schon was geben.
Wie fingt Ihr das wohl an? – »Du Närrchen, sagt er,
Der Physikus, der kann, und ich kann schreiben,
Verborgne Leibesschäden sieht man nicht,
Und bringt der Ruprecht ein Attest darüber
Zur Kommission, so gibt die ihm den Abschied:
Das ist ein Handel, wie um eine Semmel.« –
So, sag ich. – »Ja« – So, so! Nun, laßts nur sein,   2020
Herr Dorfrichter, sprech ich. Daß Gott der Herr
Gerad den Ruprecht mir zur Lust erschaffen,
Mag ich nicht vor der Kommission verleugnen.
Des Herzens innerliche Schäden sieht er,
Und ihn irrt kein Attest vom Physikus.

WALTER.
Recht! Brav!

EVE.   »Gut«, spricht er. »Wie du willst. So mag
Er seiner Wege gehn. Doch was ich sagen wollte –
Die hundert Gulden, die er kürzlich erbte,
Läßt du dir doch, bevor er geht, verschreiben?« –
Die hundert Gulden, frag ich? Ei, warum?   2030
Was hats mir für Gefahr auch mit den Gulden?

Wird er denn weiter, als nach Utrecht gehn? –
»Ob er dir weiter als nach Utrecht geht?
Ja, du gerechter Gott, spricht er, was weiß ich,
Wohin der jetzo geht. Folgt er einmal der Trommel,
Die Trommel folgt dem Fähndrich, der dem Hauptmann,
Der Hauptmann folgt dem Obersten, der folgt
Dem General, und der folgt den vereinten Staaten wieder,
Und die vereinten Staaten, hols der Henker,
2040 Die ziehen in Gedanken weit herum.
Die lassen trommeln, daß die Felle platzen.«
WALTER. Der Schändliche.
EVE.   Bewahr mich Gott, sprech ich,
Ihr habt, als ihr den Ruprecht aufnotiert,
Ja die Bestimmung deutlich ihm verkündigt.
»Ja! Die Bestimmung!« spricht er: »Speck für Mäuse!
Wenn sie die Landmiliz in Utrecht haben,
So klappt die Falle hinten schnappend zu.
Laß du die hundert Gulden dir verschreiben.« –
Ist das gewiß, frag ich, Herr Richter Adam?
2050 Will man zum Kriegsdienst förmlich sie gebrauchen?
»Ob man zum Kriegsdienst sie gebrauchen will?« –
»Willst du Geheimnis, unverbrüchliches,
Mir angeloben gegen jedermann?«
Ei, Herr Gott, sprech ich, was auch gibts, Herr Richter!
Was sieht Er so bedenklich? Sag Ers heraus.
WALTER. Nun? Nun? Was wird das werden?
EVE.   Was das wird werden?
Herr, jetzo sagt er mir, was Ihr wohl wißt,
Daß die Miliz sich einschifft nach Batavia,
Den eingebornen Kön'gen dort, von Bantam,
2060 Von Java, Jakarta, was weiß ich? Raub
Zum Heil der Haager Krämer abzujagen.
WALTER. Was? nach Batavia?
RUPRECHT.   Ich, nach Asien?
WALTER. Davon weiß ich kein Wort.
EVE.   Gestrenger Herr,
 Ich weiß, Ihr seid verbunden, so zu reden.
WALTER. Auf meine Pflicht!

EVE.   Gut, gut. Auf Eure Pflicht.
Und die ist, uns, was wahr ist, zu verbergen.

WALTER.
    Du hörsts. Wenn ich –

EVE.   Ich sah den Brief, verzeiht, den Ihr
Aus Utrecht an die Ämter habt erlassen.

WALTER. Welch einen Brief?

EVE.   Den Brief, Herr, die geheime
Instruktion, die Landmiliz betreffend,   2070
Und ihre Stellung aus den Dörfern rings.

WALTER. Den hast du?

EVE.   Herr, den sah ich.

WALTER.   Und darin?

EVE. Stand, daß die Landmiliz, im Wahn, sie sei
Zum innern Friedensdienste nur bestimmt,
Soll hingehalten werden bis zum März:
Im März dann schiffe sie nach Asien ein.

WALTER. Das in dem Brief selbst hättest du gelesen?

EVE. Ich nicht. Ich las es nicht. Ich kann nicht lesen.
Doch er, der Richter, las den Brief mir vor.

WALTER. So. Er, der Richter.

EVE.   Ja. Und Wort vor Wort.   2080

WALTER. Gut, gut. Nun weiter.

EVE.   Gott im Himmel, ruf ich,
Das junge Volk, das blühnde, nach Batavia!
Das Eiland, das entsetzliche, wo von
Jedweden Schiffes Mannschaft, das ihm naht,
Die eine Hälfte stets die andere begräbt.
Das ist ja keine offen ehrliche
Konskription, das ist Betrug, Herr Richter,
Gestohlen ist dem Land die schöne Jugend,
Um Pfeffer und Muskaten einzuhandeln.
List gegen List jetzt, schaff Er das Attest   2090
Für Ruprecht mir, und alles geb ich Ihm
Zum Dank, was Er nur redlich fordern kann.

WALTER. Das machtest du nicht gut.

EVE.   List gegen List.

WALTER. Drauf er?

EVE.   »Das wird sich finden«, spricht er, »Evchen,
Vom Dank nachher, jetzt gilt es das Attest.
Wann soll der Ruprecht gehn?« – In diesen Tagen.
»Gut«, spricht er, »gut. Es trifft sich eben günstig.
Denn heut noch kommt der Physikus ins Amt;
Da kann ich gleich mein Heil mit ihm versuchen.
2100   Wie lange bleibt der Garten bei dir offen?«
Bei mir der Garten, frag ich? – »Ja, der Garten.«
Bis gegen zehn, sag ich. Warum, Herr Richter?
»Vielleicht kann ich den Schein dir heut noch bringen.« –
Er mir den Schein! Ei, wohin denkt Er auch?
Ich werd den Schein mir morgen früh schon holen. –
»Auch gut«, spricht er. »Gleichviel. So holst du ihn.
Glock halb auf neun früh morgens bin ich auf.«
WALTER. Nun?
EVE.   Nun – geh ich zur Mutter heim, und harre,
Den Kummer, den verschwiegnen, in der Brust,
2110   In meiner Klause, durch den Tag, und harre,
Bis zehn zu Nacht auf Ruprecht, der nicht kömmt.
Und geh verstimmt Glock zehn die Trepp hinab,
Die Gartentür zu schließen, und erblicke,
Da ich sie öffn', im Dunkel fernhin wen,
Der schleichend von den Linden her mir naht.
Und sage: Ruprecht! – »Evchen«, heisert es. –
Wer ist da? frag ich. – »St! Wer wird es sein?« –
Ist Ers, Herr Richter? – »Ja, der alte Adam« –
RUPRECHT. Gotts Blitz!
EVE.   Er selbst –
RUPRECHT.   Gotts Donnerwetter!
EVE.   Ists,
2120   Und kommt, und scherzt, und kneipt mir in die Backen,
Und fragt, ob Mutter schon zu Bette sei.
RUPRECHT. Seht, den Halunken!
EVE.   Drauf ich: Ei, was Herr Richter,
Was will er auch so spät zu Nacht bei mir?
»Je, Närrchen«, spricht er – Dreist heraus, sag ich;
Was hat Er hier Glock zehn bei mir zu suchen?
»Was ich Glock zehn bei dir zu suchen habe?« –

Ich sag, laß Er die Hand mir weg! Was will Er? –
»Ich glaube wohl, du bist verrückt«, spricht er.
»Warst du nicht heut Glock eilf im Amt bei mir,
Und wolltest ein Attest für Ruprecht haben?«   2130
Ob ich? – Nun ja. – »Nun gut. Das bring ich dir.«
Ich sagts Ihm ja, daß ichs mir holen wollte. –
»Bei meiner Treu! Die ist nicht recht gescheut.
Ich muß Glock fünf Uhr morgen früh verreisen,
Und ungewiß, wann ich zurücke kehre,
Liefr' ich den Schein noch heut ihr in die Hände;
Und sie, nichts fehlt, sie zeigt die Türe mir;
Sie will den Schein sich morgen bei mir holen.« –
Wenn Er verreisen will Glock fünf Uhr morgen –
Davon ja wußt Er heut noch nichts Glock eilf?   2140
»Ich sags«, spricht er, »die ist nicht recht bei Troste.
Glock zwölf bekam ich heut die Order erst.« –
Das ist was anderes, das wußt ich nicht.
»Du hörst es ja«, spricht er. – Gut, gut, Herr Richter.
So dank ich herzlich Ihm für seine Mühe.
Verzeih Er mir. Wo hat Er das Attest?
WALTER. Wißt Ihr was von der Order?
LICHT.   Nicht ein Wort.
Vielmehr bekam er kürzlich noch die Order,
Sich nicht von seinem Amte zu entfernen.
Auch habt Ihr heut zu Haus ihn angetroffen.   2150
WALTER. Nun?
EVE.   Wenn er log, ihr Herrn, konnt ichs nicht prüfen.
Ich mußte seinem Wort vertraun.
WALTER.   Ganz recht.
Du konntest es nicht prüfen. Weiter nur.
Wo ist der Schein, sprachst du?
EVE.   »Hier«, sagt er, »Evchen«;
Und zieht ihn vor. »Doch höre«, fährt er fort,
»Du mußt, so wahr ich lebe, mir vorher
Noch sagen, wie der Ruprecht zubenamst?
Heißt er nicht Ruprecht Gimpel?« – Wer? Der Ruprecht?
»Ja. Oder Simpel? Simpel oder Gimpel.«
Ach, Gimpel! Simpel! Tümpel heißt der Ruprecht.   2160

»Gotts Blitz, ja«, spricht er; »Tümpel! Ruprecht Tümpel!
Hab ich, Gott töt mich, mit dem Wetternamen
Auf meiner Zunge nicht Versteck gespielt!« –
Ich sag, Herr Richter Adam, weiß Er nicht –?
»Der Teufel soll mich holen, nein!« spricht er. –
Steht denn der Nam hier im Attest noch nicht?
»Ob er in dem Attest –?« – Ja, hier im Scheine.
»Ich weiß nicht, wie du heute bist«, spricht er.
»Du hörsts, ich sucht und fand ihn nicht, als ich
2170 Heut nachmittag bei mir den Schein hier mit
Dem Physikus zusammen fabrizierte.«
Das ist ja aber dann kein Schein, sprech ich.
Das ist, nehm Ers mir übel nicht, ein Wisch, das!
Ich brauch ein ordentlich Attest, Herr Richter. –
»Die ist, mein Seel, heut«, spricht er, »ganz von Sinnen.
Der Schein ist fertig, ge- und unterschrieben,
Datiert, besiegelt auch, und in der Mitte
Ein Platz, so groß just, wie ein Tümpel, offen;
Den füll ich jetzt mit Dinte aus, so ists
2180 Ein Schein, nach allen Regeln, wie du brauchst.« –
Doch ich: wo will Er in der Nacht, Herr Richter,
Hier unterm Birnbaum auch den Platz erfüllen? –
»Gotts Menschenkind auch, unvernünftiges!«
Spricht er; »du hast ja in der Kammer Licht,
Und Dint und Feder führ ich in der Tasche.
Fort! Zwei Minuten brauchts, so ists geschehn.«
RUPRECHT. Ei, solch ein blitz-verfluchter Kerl!
WALTER. Und darauf gingst du mit ihm in die Kammer?
EVE. Ich sag: Herr Dorfrichter, was das auch für
2190 Anstalten sind! Ich werde jetzt mit Ihm,
Da Mutter schläft, in meine Kammer gehn!
Daraus wird nichts, das konnt Er sich wohl denken.
»Gut«, spricht er, »wie du willst. Ich bins zufrieden.
So bleibt die Sach bis auf ein andermal.
In Tagner drei bis acht bin ich zurück.« –
Herr Gott, sag ich, Er in acht Tagen erst!
Und in drei Tagen geht der Ruprecht schon –
WALTER. Nun, Evchen, kurz –

EVE. Kurz, gnädger Herr –

WALTER. Du gingst –

EVE. Ich ging. Ich führt ihn in die Kammer ein.

FRAU MARTHE. Ei, Eve! Eve!

EVE. Zürnt nicht!

WALTER. Nun jetzt – weiter? 2200

EVE. Da wir jetzt in der Stube sind – zehnmal
Verwünscht ichs schon, eh wir sie noch erreicht –
Und ich die Tür behutsam zugedrückt,
Legt er Attest und Dint und Feder auf den Tisch,
Und rückt den Stuhl herbei sich, wie zum Schreiben.
Ich denke, setzen wird er sich: doch er,
Er geht und schiebt den Riegel vor die Türe,
Und räuspert sich, und lüftet sich die Weste,
Und nimmt sich die Perücke förmlich ab,
Und hängt, weil der Perückenstock ihm fehlt, 2210
Sie auf den Krug dort, den zum Scheuern ich
Bei mir aufs Wandgesimse hingestellt.
Und da ich frag, was dies auch mir bedeutet?
Läßt er am Tisch jetzt auf den Stuhl sich nieder,
Und faßt mich so, bei beiden Händen, seht,
Und sieht mich an.

FRAU MARTHE. Und sieht –?

RUPRECHT. Und sieht dich an –?

EVE. Zwei abgemessene Minuten starr mich an.

FRAU MARTHE.
Und spricht –?

RUPRECHT. Spricht nichts –?

EVE. Er, Niederträchtger, sag ich,
Da er jetzt spricht; was denkt Er auch von mir?
Und stoß ihm vor die Brust, daß er euch taumelt – 2220
Und: Jesus Christus! ruf ich: Ruprecht kömmt!
– Denn an der Tür ihn draußen hör ich donnern.

RUPRECHT. Ei, sieh! da kam ich recht.

EVE. »Verflucht!« spricht er,
»Ich bin verraten!« – und springt, den Schein ergreifend,
Und Dint und Feder, zu dem Fenster hin.
»Du!« sagt er jetzt, »sei klug!« – und öffnet es.

»Den Schein holst du dir morgen bei mir ab.
Sagst du ein Wort, so nehm ich ihn, und reiß ihn,
Und mit ihm deines Lebens Glück, entzwei.«

2230 RUPRECHT. Die Bestie!

EVE.　　　　　　　　Und tappt sich auf die Hütsche,
Und auf den Stuhl, und steigt aufs Fensterbrett,
Und untersucht, ob er wohl springen mag.
Und wendet sich, und beugt sich zum Gesimse,
Wo die Perück hängt, die er noch vergaß.
Und greift und reißt vom Kruge sie, und reißt
Von dem Gesims den Krug herab:
Der stürzt; er springt; und Ruprecht kracht ins Zimmer.

RUPRECHT.
Gotts Schlag und Wetter!

EVE.　　　　　　　　　Jetzt will, ich jetzt will reden,
Gott der Allwissende bezeugt es mir!

2240 Doch dieser – schnaubend fliegt er euch durchs Zimmer,
Und stößt –

RUPRECHT.　Verflucht!

EVE.　　　　　　　Mir vor die Brust –

RUPRECHT.　　　　　　　　　　Mein Evchen!

EVE. Ich taumle sinnlos nach dem Bette hin.

VEIT. Verdammter Hitzkopf, du!

EVE.　　　　　　　Jetzt steh ich noch,
Goldgrün, wie Flammen rings, umspielt es mich,
Und wank, und halt am Bette mich; da stürzt
Der von dem Fenster schmetternd schon herab;
Ich denk, er steht im Leben nicht mehr auf.
Ich ruf: Heiland der Welt! und spring und neige
Mich über ihn, und nehm ihn in die Arme,
2250 Und sage: Ruprecht! Lieber Mensch! Was fehlt dir?
Doch er –

RUPRECHT.　Fluch mir!

EVE.　　　　Er wütet –

RUPRECHT.　　　　　　Traf ich dich?

EVE. Ich weiche mit Entsetzen aus.

FRAU MARTHE. Der Grobian!

RUPRECHT.　　　　　　Daß mir der Fuß erlahmte!

FRAU MARTHE. Nach ihr zu stoßen!

EVE.   Jetzt erscheint die Mutter,
Und stutzt, und hebt die Lamp und fällt ergrimmt,
Da sie den Krug in Scherben sieht, den Ruprecht
Als den unzweifelhaften Täter an.
Er, wutvoll steht er, sprachlos da, will sich
Verteidigen: doch Nachbar Ralf fällt ihn,
Vom Schein getäuscht, und Nachbar Hinz ihn an,   2260
Und Muhme Sus' und Lies und Frau Brigitte,
Die das Geräusch zusamt herbeigezogen,
Sie alle, taub, sie schmähen ihn und schimpfen,
Und sehen großen Auges auf mich ein,
Da er mit Flüchen, schäumenden, beteuert,
Daß nicht er, daß ein andrer das Geschirr,
Der eben nur entwichen sei, zerschlagen.

RUPRECHT. Verwünscht! Daß ich nicht schwieg! Ein anderer!
Mein liebes Evchen!

EVE.   Die Mutter stellt sich vor mich,
Blaß, ihre Lippe zuckt, sie stemmt die Arme.   2270
»Ists«, fragt sie, »ists ein anderer gewesen?«
Und: Joseph, sag ich, und Maria, Mutter;
Was denkt Ihr auch? – »Und was noch fragt Ihr sie«,
Schreit Muhme Sus' und Liese: »Ruprecht wars!«
Und alle schrein: »Der Schändliche! Der Lügner!«
Und ich – ich schwieg, ihr Herrn; ich log, ich weiß,
Doch log ich anders nicht, ich schwörs, als schweigend.

RUPRECHT. Mein Seel, sie sprach kein Wort, das muß ich sagen.

FRAU MARTHE.
Sie sprach nicht, nein, sie nickte mit dem Kopf bloß,
Wenn man sie, obs der Ruprecht war, befragte.   2280

RUPRECHT. Ja, nicken. Gut.

EVE.   Ich nickte? Mutter!

RUPRECHT.   Nicht?
Auch gut.

EVE.   Wann hätt ich –?

FRAU MARTHE.   Nun? Du hättest nicht,
Als Muhme Suse vor dir stand, und fragte:
Nicht, Evchen, Ruprecht war es? ja genickt?

EVE. Wie? Mutter? Wirklich? Nickt ich? Seht –

RUPRECHT.   Beim Schnauben,
   Beim Schnauben, Evchen! Laß die Sache gut sein.
   Du hieltst das Tuch, und schneuztest heftig drein;
   Mein Seel, es schien, als ob du 'n bissel nicktest.

EVE *verwirrt*. Es muß unmerklich nur gewesen sein.

2290   FRAU MARTHE. Es war zum Merken just genug.

WALTER.   Zum Schluß jetzt –?

EVE. Nun war auch heut am Morgen noch mein erster
   Gedanke, Ruprecht alles zu vertraun.
   Denn weiß er nur der Lüge wahren Grund,
   Was gilts, denk ich, so lügt er selbst noch mit,
   Und sagt, nun ja, den irdnen Krug zerschlug ich:
   Und dann so kriegt ich auch wohl noch den Schein –
   Doch Mutter, da ich in das Zimmer trete,
   Die hält den Krug schon wieder, und befiehlt,
   Sogleich zum Vater Tümpel ihr zu folgen.

2300   Dort fordert sie den Ruprecht vor Gericht,
   Vergebens, daß ich um Gehör ihn bitte,
   Wenn ich ihm nah, so schmäht und schimpft er mich,
   Und wendet sich, und will nichts von mir wissen.

RUPRECHT. Vergib mir.

WALTER.   Nun laß dir sagen, liebes Kind,
   Wie zu so viel, stets tadelnswerten, Schritten –
   – Ich sage tadelnswert, wenn sie auch gleich
   Verzeihlich sind – dich ein gemeiner, grober
   Betrug verführt.

EVE.   So? Wirklich?

WALTER.   Die Miliz
   Wird nach Batavia nicht eingeschifft:

2310   Sie bleibt, bleibt in der Tat bei uns, in Holland.

EVE. Gut, gut, gut. Denn der Richter log, nicht wahr?
   So oft: und *also* log er gestern mir.
   Der Brief, den ich gesehen, war verfälscht;
   Er las mirs aus dem Stegreif nur so vor.

WALTER. Ja, ich versichr' es dich.

EVE.   O gnädger Herr! –
   O Gott! Wie könnt Ihr mir das tun? O sagt –

WALTER. Herr Schreiber Licht! Wie lautete der Brief?
  Ihr müßt ihn kennen.

LICHT.   Ganz unverfänglich.
  Wies überall bekannt ist. Die Miliz
  Bleibt in dem Land, 's ist eine *Land*miliz.   2320

EVE. O Ruprecht! O mein Leben! Nun ists aus.

RUPRECHT. Evchen! Hast du dich wohl auch überzeugt?
  Besinne dich!

EVE.   Ob ich –? Du wirsts erfahren.

RUPRECHT. Stands wirklich so –?

EVE.   Du hörst es, alles, alles,
  Auch dies, daß sie uns täuschen sollen, Freund.

WALTER. Wenn ich mein Wort dir gebe –

EVE.   O gnädger Herr!

RUPRECHT. Wahr ists, es wär das erstemal wohl nicht –

EVE. Schweig! 's ist umsonst –

WALTER.   Das erstemal wärs nicht?

RUPRECHT. Vor sieben Jahren soll was Ähnliches
  Im Land geschehen sein –

WALTER.   Wenn die Regierung   2330
  Ihn hinterginge, wärs das erstemal.
  So oft sie Truppen noch nach Asien schickte,
  Hat sies den Truppen noch gewagt, zu sagen.
  Er geht –

EVE.   Du gehst. Komm.

WALTER.   Wo er hinbeordert.
  In Utrecht wird er merken, daß er bleibt.

EVE. Du gehst nach Utrecht. Komm. Da wirst dus merken.
  Komm, folg. Es sind die letzten Abschiedsstunden,
  Die die Regierung uns zum Weinen läßt;
  Die wird der Herr uns nicht verbittern wollen.

WALTER. Sieh da! So arm dein Busen an Vertrauen?   2340

EVE. O Gott! Gott! Daß ich jetzt nicht schwieg.

WALTER. Dir glaubt ich Wort vor Wort, was du mir sagtest.
  Ich fürchte fast, daß ich mich übereilt.

EVE. Ich glaub Euch ja, Ihr hörts, so wie Ihrs meint.
  Komm fort.

WALTER.   Bleib. Mein Versprechen will ich lösen.

Du hast mir deines Angesichtes Züge
Bewährt, ich will die meinen dir bewähren,
Müßt ich auf andre Art dir den Beweis
Auch führen, als du mir. Nimm diesen Beutel.

2350 EVE. Ich soll –

WALTER.   Den Beutel hier, mit zwanzig Gulden!
Mit so viel Geld kaufst du den Ruprecht los.

EVE. Wie? Damit –?

WALTER.   Ja, befreist du ganz vom Dienst ihn.
Doch so. Schifft die Miliz nach Asien ein,
So ist der Beutel ein Geschenk, ist dein.
Bleibt sie im Land, wie ichs vorher dir sagte,
So trägst du deines bösen Mißtrauns Strafe,
Und zahlst, wie billig, Beutel, samt Intressen,
Vom Hundert vier, terminlich mir zurück.

EVE. Wie, gnädger Herr? Wenn die –

WALTER.   Die Sach ist klar.

2360 EVE. Wenn die Miliz nach Asien sich einschifft,
So ist der Beutel ein Geschenk, ist mein.
Bleibt sie im Land, wie Ihrs vorher mir sagtet,
So soll ich bösen Mißtrauns Straf erdulden,
Und Beutel, samt, wie billig, Interessen –

                    Sie sieht Ruprecht an.

RUPRECHT. Pfui! 's ist nicht wahr! Es ist kein wahres Wort!

WALTER.
Was ist nicht wahr?

EVE.   Da nehmt ihn! Nehmt ihn! Nehmt ihn!

WALTER.
Wie?

EVE.   Nehmt, ich bitt Euch, gnädger Herr, nehmt, nehmt ihn!

WALTER. Den Beutel?

EVE.   O Herr Gott!

WALTER.   Das Geld? Warum das?
Vollwichtig, neugeprägte Gulden sinds,

2370 Sieh her, das Antlitz hier des Spanierkönigs:
Meinst du, daß dich der König wird betrügen?

EVE. O lieber, guter, edler Herr, verzeiht mir.
– O der verwünschte Richter!

RUPRECHT.   Ei, der Schurke!

WALTER. So glaubst du jetzt, daß ich dir Wahrheit gab?

EVE. Ob Ihr mir Wahrheit gabt? O scharfgeprägte,
Und Gottes leuchtend Antlitz drauf. O Jesus!
Daß ich nicht solche Münze mehr erkenne!

WALTER. Hör, jetzt geb ich dir einen Kuß. Darf ich?

RUPRECHT. Und einen tüchtigen. So. Das ist brav.

WALTER. Du also gehst nach Utrecht?

RUPRECHT.   Ich geh nach Utrecht,   2380
Und stehe tapfer auf den Wällen Schildwach.

EVE. Und ich geh einen Sonntag um den andern,
Und such ihn auf den Wällen auf, und bring ihm
Im kühlen Topf von frischgekernter Butter:
Bis ich ihn einst mit mir zurückenehme.

WALTER. Und ich empfehle meinem Bruder ihn,
Dem Hauptmann von der Landmiliz, der ihn
Aufnimmt, wollt ihr, in seine Kompanie?

EVE. Das wollt Ihr tun?

WALTER.   Das werd ich gleich besorgen.

EVE. O guter Herr! O wie beglückt ihr uns.   2390

WALTER. Und ist sein kurzes Dienstjahr nun verflossen,
So komm ich Pfingsten, die nächstfolgenden,
Und melde mich als Hochzeitsgast: ihr werdet
Das Pfingstfest übers Jahr doch nicht versäumen?

EVE. Nein, mit den nächsten Mai'n blüht unser Glück.

WALTER. Ihr seid damit zufrieden doch, Frau Marthe?

RUPRECHT. Ihr zürnt mir jetzo nicht mehr, Mutter – nicht?

FRAU MARTHE. Warum soll ich dir zürnen, dummer Jung? Hast du
Den Krug herunter vom Gesims geschmissen?

WALTER. Nun also. – Er auch, Vater.

VEIT.   Von Herzen gern.   2400

WALTER. – Nun möcht ich wissen, wo der Richter blieb?

LICHT. Der Richter? Hm! Ich weiß nicht, Euer Gnaden –
Ich steh hier schon geraume Zeit am Fenster,
Und einen Flüchtling seh ich, schwarz orniert,
Das aufgepflügte Winterfeld durchstampfen,
Als ob er Rad und Galgen flöhe.

WALTER.   Wo?

LICHT. Wollt Ihr gefälligst Euch hierher bemühen –
Sie treten alle ans Fenster.

WALTER. Ist das der Richter?

LICHT.   Ja, wer scharfe Augen hätte –

RUPRECHT. Der Henker hols!

LICHT.   Ist ers?

RUPRECHT.   So wahr ich lebe!

2410   Sieh, Ev, ich bitte dich –

EVE.   Er ists.

RUPRECHT.   Er ists!
Ich sehs an seinem hinkenden Galopp.

VEIT. Der dort den Fichtengrund heruntertrabt,
Der Richter?

FRAU MARTHE.   So wahr ich ehrlich bin. Seht nur,
Wie die Perücke ihm den Rücken peitscht.

WALTER. Geschwind, Herr Schreiber, fort! Holt ihn zurück!
Daß er nicht Übel rettend ärger mache.
Von seinem Amt zwar ist er suspendiert,
Und Euch bestell ich, bis auf weitere
Verfügung, hier im Ort es zu verwalten;

2420   Doch sind die Kassen richtig, wie ich hoffe,
So wird er wohl auf irgend einem Platze
Noch zu erhalten sein. Fort, holt ihn wieder.
Licht ab.

[Letzter Auftritt]

FRAU MARTHE. Sagt doch, gestrenger Herr, wo find ich auch
Den Sitz in Utrecht der Regierung?

WALTER. Weshalb, Frau Marthe?

FRAU MARTHE.   Hm! Weshalb? Ich weiß nicht –
Soll hier dem Kruge nicht sein Recht geschehn?

WALTER. Verzeiht mir. Allerdings. Am großen Markt.
Und Dienstag ist, und Freitag, Session.

FRAU MARTHE. Gut, auf die Woche stell ich dort mich ein.
Ende.

PENTHESILEA

[Phöbus-Fassung]

A. *Erster Auftritt [Vers 1–46, 116–237]*

B. *Fünfter Auftritt [Vers 626–720]*

(Zur Erklärung: Die Griechen sind von neuem geschlagen worden. Achill ist nur durch eine geschickte Wendung, mit seiner Quadriga, der Penthesilea entkommen, wobei diese mit dem Pferde gestürzt ist.)

C. *Sechster Auftritt [Vers 881–986]*

(Zur Erklärung: Penthesilea und Achill treffen sich während dieses Auftritts im Felde.)

D. *Neunter Auftritt [Vers 1170–1237]*

(Zur Erklärung: Penthesilea kann ihres Gegners nicht mächtig werden. Sie ist im Kampf mit dem Achill gefallen, man hat sie aus seinen Händen gerettet. Er verfolgt sie.)

[Vers 1170–1212]

Penthesilea, bleich, mit zerstörten Haaren, zum Versinken matt. Prothoe und Asteria führen sie. Gefolge von Amazonen.

PENTHESILEA. Hetzt alle Hund' auf ihn! Mit Feuerbüscheln
   Die Elefanten peitschet auf ihn los!
   Rhinozeros und Schakaln führt herbei,
   Und laßt sie seine Glieder niedertreten!
PROTHOE. Geliebte! Hör mich! Ich beschwöre dich!
ASTERIA. Achilles naht!
PROTHOE.   Wenn dir dein Leben lieb,
   So säume keinen Augenblick und flieh!
PENTHESILEA. Mir diesen Busen zu zerschmettern, Prothoe!
   Die Brust, so voll Gesang, Asteria,
   Ein Lied jedweder Saitengriff auf ihn!
   Dem Bären kauert ich zu Füßen mich,
   Und streichelte das Panthertier, das mir
   In solcher Regung nahte, wie ich ihm.

PROTHOE. So willst du nicht entweichen?

ASTERIA. Nicht dich retten?

PROTHOE. Das Ungeheuerste, o Königin,
Hier soll es sich, auf diesem Platz, vollbringen?

PENTHESILEA. Wars meine Schuld, daß ich im Schlachtfeld mußte,
Mit Erz und Stahl umschient, den Fuß ihm nahn?
Was will ich denn, wenn ich das Schwert ihm zücke?
Will ich ihn denn zum Orkus niederschleudern?
Ich will ihn ja, ihr ewgen Götter, nur,
An diese Brust will ich ihn niederziehn!

PROTHOE. Sie rast –

DIE OBERPRIESTERIN. Unglückliche!

ASTERIA. Sie ist von Sinnen –

PROTHOE. Indes der Schreckliche stets weiter dringt –
Was ist zu tun?

ASTERIA. Ehrwürdigste der Mütter!

DIE OBERPRIESTERIN. Bringt sie in jenes Talgeklüft!

PENTHESILEA *einen Rosenkranz in zweier Mädchen Hand erblickend.*

Ha, sieh!

Wer gab Befehl, die Rosen einzupflücken?

DIE OBERPRIESTERIN.

Warst dus nicht selbst, Verlorene –?

PENTHESILEA. Wer? Ich!

DIE OBERPRIESTERIN. Es sollte sich das Fest des Siegs, nun ja!
Das heiß ersehnte deiner Jungfraun, feiern.

E. *Vierzehnter Auftritt [= 15. Auftritt. Vers 1749–1828, 1877–2025]*

(Zur Nachricht: Penthesilea ist, in einem Anfall von Wahnsinn,
in Ohnmacht gefallen, und, während der Ohnmacht, vom Achill
gefangen genommen worden. Da sie erwacht, verschweigt man
ihr, was vorgegangen; sie hält den Sohn des Peleus, von allem,
was sie umringt, getäuscht, für *ihren* Gefangenen.)

F. *Neunzehnter Auftritt [= 20. Auftritt. Vers 2352–2446]*

(Zur Erklärung: Penthesilea ist, in dem Augenblick, da sie von
ihrer wahren Lage (nämlich, daß nicht Achill der ihrige, sondern
sie die Gefangne Achills war) unterrichtet worden, von den Amazonen befreit und aus seinen Armen gerissen worden. Sie ruft

ihn, in der ersten Regung des Schmerzes zurück; doch, von der Oberpriesterin bitter und schonungslos darüber gestraft, steht sie jetzt beschämt und zitternd, im Gefühl gänzlicher Vernichtung, vor ihrem Volke da, das noch obenein, in diesem Gefecht um ihre Freiheit, seine eigenen Gefangenen eingebüßt hat.)

[Vers 2370–2397]

PENTHESILEA *nach einer Pause.*

Mein Schwesterherz! Was sagte dieser Mann –
Ists der Pelide, der so mit mir spricht?

PROTHOE. Verweigre ihm den Zweikampf, Königin.

PENTHESILEA. Er ruft, o Diana! mich, der mich zu schwach,
Um sich mit ihm im Kampf zu messen, weiß,
Zum Kampf ruft er auf Tod und Leben mich?
Die Brust hier, erst zerschmettern will er sie,
Mit seiner weißen Pferde Tritt, und dann
Auf ihrem bleichen Kissen fröhlich ruhn?
Was ich vom Fest der Rosen ihm gesagt,
Und unserm Tempel, in der Eichen Dunkel,
Hat ihn mit der Musik der Rede bloß,
Wie eines Felsens starres Ohr, getroffen?
Es rührt' ihn nicht, er dachte nichts dabei,
Es rührt' ihn nicht, sein Bild aus Marmor hätt ich
Gleich gut mit meinen Rosen kränzen können?

PROTHOE. Vergiß den Unempfindlichen.

PENTHESILEA.   Nun ists aus.

PROTHOE. Wie?

PENTHESILEA *verstört.*

              Gut, gut, gut.

PROTHOE.   Geliebte meiner Seele!

PENTHESILEA. Ihr sollt *all* die Gefangnen wieder haben.

[Vers 2410–2420]

PENTHESILEA. Halkymnia, greuelvolle Schnitterin,
Die du des Schlachtfelds Erntefest bestellst,
Mit deinen Sichelwagen mir herbei!

DIE OBERPRIESTERIN.

Erscheint man so zum Zweikampf, Unglücksel'ge?

PENTHESILEA. Und ihr, die ihr der Menschen Saat zerdrescht,
Daß Korn und Halm auf ewig untergehen,
Ihr Elefanten-Reihen, stampft heran!
Ihr Reuterscharen und ihr Bogenschützen,
Zum Stoppellesen geizig hinterher!
Du ganzer Schreckenspomp des Kriegs, dich ruf ich,
Vernichtender, entsetzlicher, herbei!
     Sie ergreift den großen Bogen des Reichs aus einer Amazone Hand.
Amazonen mit Meuten gekoppelter Hunde, Elefanten, Sichelwagen, Fackeln,
usw.
PROTHOE. O, meine große Königin, höre mich!

G. *Einundzwanzigster Auftritt* [Vers 2448–2550]

H. *Zweiundzwanzigster Auftritt* [Vers 2551–2584]

PENTHESILEA

[Varianten in einer von Kleist korrigierten Abschrift]

[Erster Auftritt. Vers 84–100]

[ODYSSEUS.]   Sie wendet,
Die Hände plötzlich mit Erstaunen faltend,
Zum Kreise ihrer Jungfraun sich, und ruft
Beklemmt: solch einem Gegner, Prothoe, ist
Otrere, meine Mutter, nie begegnet!
Die Freundin, die Betretne, schweigt, ich schweige,
Es sieht die Schar der Jungfraun rings sich an,
Indes von neu'm sie den Äginer sucht,
Bis jen' ihr schüchtern naht, und sie erinnert,
Daß sie mir noch die Antwort schuldig sei.
Drauf mit Verwirrung sie und stolz: sie sei
Penthesilea . . .

[Zweiter Auftritt. Vers 254–260]

[DER HAUPTMANN.] Ein Felssturz heißt uns endlich wieder stehn:
Doch Schaudern faßt uns, ihr Argiverfürsten,
Da wir den großen Sohn der Thetis missen.
Sein Helmbusch, in des Kampfes dickster Nacht,
Hochher vom erznen Wagen weht er noch;
Umstarrt von tausend Spießen ist er schon;
Tod dünkt sein Los uns: bis er endlich jetzt
Zur Flucht die raschen Geißelhiebe schwingt.
Vom Hang der Berge rollt er stürzend nieder;
Auf uns kehrt sich sein Lauf, wir senden ihm,
Wir Jauchzenden, den Rettungsgruß schon zu:

[Vers 338–343]

Jetzt hätt ein Augenblick ihn retten können:
Die Königin versucht, die Rasende,
Noch stets des Felsens lotgerechten Sturz.
Jedoch die Jungfraun jetzt, mit Angstgeschrei,
Die eine breite Bergkluft fanden, rufen
Im Widerhall zehnfach des Tals ihr zu:
Hier sei ein Pfad! Und locken sie dahin.

[Dritter Auftritt. Vers 375–386]

[DER HAUPTMANN.] Naht er sich uns?

DER MYRMIDONIER.   Hah! wie er mit der Linken
     Vor über seiner Rosse Rücken geht!
     Wie er die Geißel umschwingt über sie!
     Wie sie von ihrem bloßen Klang erregt,
     Der Erde Grund, die Kräftigen, zerstampfen!
     Am Zügel ziehn sie, mit der Zunge Spiel,
     Des Atems bloßem Dampf, das Fahrzeug fort!
     Kein Blick kann durch der Schenkel Tanz sich drängen!
     So fleucht vom Spieß des Jägers heiß gedrängt,
     Ein Rudel Hirsche über die Gefilde.

[Vierter Auftritt. Vers 520–565]

ODYSSEUS. Doch jetzt, du Stolz der Danaer, wirst du,
     Wenn dich ein anderes nicht besser dünkt,
     Mit uns dich ins Argiverlager werfen.
     Die Söhne Atreus' rufen uns zurück.
     Wir werden sie, die hier zu stark uns ist,
     Ins Feld nach Ilium zu locken suchen,
     Wo Agamemnon, aus dem Hinterhalt,
     In einer Hauptschlacht sie empfangen wird.
     Sieh, diese tausend Schritte weichst du noch;
     Dort ist der Platz auf Erden, zweifle nicht,
     Wo sich der Obelisk dir heben wird.
     Denn ist der Kampf nur gleich von beiden Seiten,
     So triffst du auf des Schwertes Länge sie:
     Ganz Hellas, das entzückte, hör ich jauchzen,
     Wenn dein gestählter Fuß, du Göttlicher,
     Auf ihrer pflaumenweichen Wange steht.

ACHILLES. Sie schwitzen. Wasche sie mit Wein, du Freund dort!

AUTOMEDON.
     Man holt die Schläuche schon.

ACHILLES.   Gut. Brüst' und Schenkel.
     Wenn sie sich abgekühlt.

DIOMEDES.   Hier siehst du wohl,
     Äginerfürst, daß wir im Nachteil kämpfen.
     Bedeckt soweit das schärfste Auge reicht,

Sind alle Hügel von der Weiber Haufen;
Heuschrecken lassen dichtgeschlossner nicht
Auf eine reife Saatenflur sich nieder.
Vergebens, daß die Kampfbegierde heiß
An unsre tapfre Brüste klopft; wer sich,
Ein Fürst des Heers, will mit der Fürstin messen,
Der einzge Kampf, der seiner würdig ist,
Muß eine zweifelhafte Schlacht vorerst
Gemeinen Weibern liefern und Trabanten,
Die ihres Hauptes feile Wächter sind.

ACHILLES *in die Ferne blickend.*

Kann man die Göttliche hier sehn?

DIOMEDES.   Du fragst –

ANTILOCHUS. Er meint die Königin.

DIOMEDES.   Ich zweifle nicht.

EIN GRIECHENFÜRST.

Macht Platz! – Dort, allerdings.

ACHILLES.   Wo?

DER GRIECHENFÜRST.   Bei der Eiche –

DER GRIECHE *der ihm den Arm verbindet.*

Halt! Einen Augenblick –

DER GRIECHENFÜRST.   Wo sie gestürzt.

EIN HAUPTMANN.

Der Helmbusch wallt schon wieder ihr vom Haupte,
Und das Geschick des Tages scheint verschmerzt.

DER GRIECHE. Jetzt ists geschehn. Jetzt geh.

Er verknüpft noch einen Knoten, und läßt seinen Arm fahren.

[Vers 607–621]

[ACHILLES.] Kein Mädchen hat so glüh'nd noch mein begehrt;
Und in des Kaukas Schlünden sucht ich sie,
Wenn sie nicht hier an dem Skamandros wär.
O zehen übermütger Sieger Blicke,
In einen Strahl gefaßt, ihr Danaer
Sie reichen an den Hohn noch nicht der unter
Den dunkeln Wimpern dieser Jungfrau glüht.
Kurz, geht: ins Griechenlager folg ich euch;
Mein Fahrzeug steht zum Heimzug stets geschirrt.

Doch eher nicht, ich schwörs, besteig ich es,
Als bis ich ihrer Füße Paar durchkeilen,
Den Keil an meine Achse binden, häuptlings
Sie durch den Kot des Landes schleifen kann. –
Folgt meine tapfern Myrmidonier mir!
EIN GRIECHE *tritt auf.* Penthesilea naht, ihr Könige!
ACHILLES. Ich auch, du siehst. Wir werden gleich uns treffen.

[Fünfter Auftritt. Vers 720–733]

[PENTHESILEA.]
  Verflucht das Herz, das sich nicht bändgen kann.
PROTHOE. Mein Leben –
EINE AMAZONENFÜRSTIN *zu Prothoe.*
                    Nichts mehr –
PROTHOE.   Meine Königin
EINE ZWEITE AMAZONENFÜRSTIN.
  Nichts, nichts mehr, Prothoe, wenn du uns liebst.
DIE ERSTE. Wir sind bereit –
DIE ZWEITE.   Laß ihrem Wunsch uns folgen.
PROTHOE. Ihr Rasenden! Wohin verirrt ihr euch?
  Meint ihr, daß ich das Leben freudig nicht,
  Wie ihr, an ihrer Wünsche letzten setzte? –
  Wenn ich dich bat, den Kampf nicht zu verlängern,
  Jetzt auf den Knien fleh ich dich, o Königin,
  Nach Themiscyra uns zurück zu führen.
  Gefallen ist das Los des Sieges dir,
  Nichts bleibt dem Volke mehr zu wünschen übrig,
  Als nur die Augen dir, Unglücklichen,
  Um deine eignen Taten zu erblicken.
  Befürchte nicht, daß dir Achilles folgt.
  Sieh, wie du jetzo mit dem Heer dich stelltest,
  Von dem Skamandros ist er abgeschnitten;
  Entweich ihm, weich ihm von der Ferse nur:
  Den Fuß, ich schwörs, den er mit Freiheit rührt,
  In seiner Danaerschanze setzt er hin.
  Ja jede Sorge von dir zu entfernen,
  Will ich, ich selbst, den Schweif des Heers dir schirmen.

[Vers 785–820]

PENTHESILEA.　　　　　　　　　　　　Schweig Verhaßte!
　Asteria fühlt wie ich, es ist nur einer
　Hier mir zu sinken wert, und dieser *steht*!
PROTHOE. Nicht von der Leidenschaft o Königin
　Wirst du –
PENTHESILEA. Versuche nicht ein Wort mehr sag ich
　Willst du den Zorn nicht deiner Königin wagen!
　Hinweg!
PROTHOE.　So wag ich meiner Königin Zorn!
　Der Wahnsinn nur, ich wag es auszusprechen,
　Kann wo das Glück sich völlig schon entschieden,
　Sich einem neuen Wurfe anvertraun.
　Erfüllt ist jeder Zweck des Krieges uns;
　Die Götter schenkten reichern Segen uns
　Als, auf des Altars Stufen hingebeugt,
　Die Brüst' all deiner Jungfraun sich erflehten.
　Dir selber sank Orest, der Atreus-Enkel,
　Dir Pylades, Olynth auch, Angesander:
　Dir Helden zu, an des Skamandros Ufern,
　Wie sie den großen Müttern herrlicher
　Am Euphrat nicht, am Indus nicht erschienen.
　Der Rückzug nicht, der Kampf ist hier zu fürchten.
　Der Sturm der von dem Kaukas niederwehte,
　Er wird, wenn seine wilde Wut nicht schweigt,
　Die beiden feindlichen Gewölke noch,
　In eine finstre Nacht zusammen treiben.
　Den Söhnen Priams seh ich Atreus sich
　Vereinigen, am Horizont herauf,
　Eh deine Seele ahndet, ziehn, auf uns
　Mit einem Schlag sich fürchterlich entladen;
　Vielleicht, daß eh die Sonne noch sich wendet,
　In Rauch uns schon die Ernte aufgegangen,
　Die ganze Schar uns, die wir überwunden,
　So vieler Mühen Preis, entrissen ist.
PENTHESILEA. Ha, sieh! Versteh ich dich Unwürdige?
　Wen überwandst du.
PROTHOE.　　　　　　Ich?

PENTHESILEA.   Du, ja, dich frag ich.

PROTHOE. Lykaon überwand ich, Königin,
Den Fürsten der Arkadier, du sahst ihn!
Den Schlechtesten der Hellassöhne nicht:
Stolz, an dem Fest der Rosen werd ich ihn
Zu unserm heilgen Tempel führen können.

PENTHESILEA. Nun denn – er soll dir nicht entrissen werden!

[Vers 864–872]
Doch ist die Amazonen-Schlacht geschlagen,
Liegt er umwunden von der Fessel jetzt,
Zu Füßen mir, nun dann, so möge rasselnd,
Die Freude ihre goldnen Pforten öffnen:
Zum Tempel geht der Jubelzug, dann bin ich
Die Königin des Rosenfestes euch! –

[Siebenter Auftritt. Vers 1047–1113]

[DIE OBERPRIESTERIN.] Fleuch mir, Arsinoe, vor ihr Antlitz hin,
Und sag ihr: Mars ihr großer Ahnherr habe
Des Volkes Wunsch erhört, ich forderte,
Der Diana hohe Oberpriesterin,
Zur Rückkehr in die Heimat sie, verzuglos,
Zur Feier jetzt des Rosenfestes auf!
Die Amazone ab.
Ward solche Schmach mir jemals noch erhört!

DIE ERSTE PRIESTERIN.
Zeigt sich die Königin noch nicht, ihr Kinder!

DAS ERSTE MÄDCHEN *auf dem Hügel.*
Nacht wieder des Gewitters deckt die Flur,
Ihr Tempelfrauen; man kann nicht unterscheiden.
Die Wolken sinken, wie ein Schleier, nieder,
Ein Anblick, schauerlich Geheimnis voll,
Als ob ein Werk des Orkus sich vollbrächte.

DIE ZWEITE PRIESTERIN. Seht, seht! Wie jene Jungfrau dort heraneilt.

Achter Auftritt [Vers 1114–1120]
Eine Oberste tritt auf. Die Vorigen.

DIE OBERPRIESTERIN. Was bringst du uns!

DIE OBERSTE.   Flieht ihr Hochheiligen!

Flieht, rettet schleunig die Gefangenen,
Achilles stürzt mit seinem ganzen Heere,
Siegreich auf diesen Platz stürzt er heran!

DIE ERSTE PRIESTERIN. Ihr Götter des Olymps, was ist geschehen!

DIE OBERPRIESTERIN. Wo ist die Königin, die Wahnsinnige?

DIE OBERSTE. Im Kampf gefallen – frage nicht! Hinweg!
Durch das Entsetzen ihres Falles, rings
Das ganze Amazonenheer zerstreut.

DIE ZWEITE PRIESTERIN.

Fort, fort, ihr Jungfraun, mit den Jünglingen!

Die gefangenen Griechen ab.

DIE OBERPRIESTERIN. Nein, sei so karg, du Bote des Verderbens,
Sei uns so karg mit Worten nicht. Sag an!

[Vers 1159–1169]

[DIE OBERSTE.] Die Rüstung reißt er von der Brust sich nieder,
Und folgt der Jungfraun dichte Schar durchstrebend,
– Mit Keulen könnte man, mit Händen, ihn
Wenn man ihn treffen dürfte niederreißen –
Der Kön'gin unerschrocknen Schrittes nach:
Ein Regen nicht vermag von Pfeilen sausend
Und Steinen, Spießen, die sein Leben streifen,
Den ungeheuern Menschen aufzuhalten. –
Dort naht sie selbst schon die Verlorene.

DIE ERSTE PRIESTERIN.

O, ihr allmächtgen Götter! Welch ein Anblick!

[Neunter Auftritt. Vers 1238–1390]

PROTHOE. So soll sich das Entsetzliche vollbringen?
Um diese königlichen Glieder soll
Sich jenes frechen Griechen Kette schlagen?
Den Dienst sollst du der Sklaven ihm verrichten,
Und wenn, von solchem Tagwerk müde nun,
Dein Geist ins stille Reich der Schatten floh,
Soll dieser junge zarte, blühende Leib,
Auf offnem Felde schmachvoll hingeworfen
Soll er den Hunden eine Speise sich,
Dem scheußlichen Geschlecht der Vögel bieten
– Du weinst?

PENTHESILEA.   Schmerzen, Schmerzen, Schmerzen. Laß mich.

PROTHOE. Kann ich dir Linderung, Hülfe dir?

PENTHESILEA.   Nichts, nichts! –

PROTHOE. Komm meine Königin! Erhebe dich!
   Du wirst in diesem Augenblick nicht sinken.
   Oft, wenn im Menschen alles untergeht,
   So hält ihn dies: wie das Gewölbe steht,
   Weil seiner Blöcke jeder stürzen will.
   Noch auch hat sich das Glück für immer nicht,
   Falls *wir* nicht mit zerbrechen, abgewandt.
   Laß uns zurück nach Thermidora gehn –

PENTHESILEA. Wo steht die Sonne?

PROTHOE.   Grad im Scheitel dir,
   Noch eh die Nacht sinkt, treffen wir dort ein,
   Die Glieder kannst du, die verwundeten,
   Dort ruhn, des Heers zerstreute Splitter sammlen,
   Auch dort wird dir ein Feld zum Schlagen sein.
   Und folgt er dir, der Übermütige:
   Wohlan denn, bei des Morgens erstem Strahl
   Nimmst du den Krieg der Jungfraun wieder auf.

CYNTHIA. Was siehst du? Worauf heftet sich –?

PENTHESILEA *an Prothoes Brust ihr Haupt verbergend.*   Ach Prothoe!
   Warum so hoch mir überm Haupt, o Freundin?
   Warum in ewig fernen Flammenkreisen
   Mir um den sehnsuchtsvollen Busen spielen?

PROTHOE. – Wer meine beste Königin?

PENTHESILEA.   Gut, gut –
   Wo geht der Weg?

CYNTHIA.   Nach Thermidora, fragst du?
   – Du kannst den Talweg, den bequemeren,
   Du kannst den kürzern Pfad der Felsen wählen.

PROTHOE. Wozu entschließen wirst du dich?

PENTHESILEA.   Den Felsen,

Sie steht auf.

   Da komm ich ihm um so viel näher. Kommt.

PROTHOE. Wem, meine Königin?

PENTHESILEA.   Euren Arm, ihr Lieben.

CYNTHIA. Hier stütze dich. Sobald du jenen Gipfel

Der dort die Eichen überragt, erstiegen,
Bist du in Sicherheit. Komm fort.

PENTHESILEA *indem sie plötzlich stehen bleibt.* Doch höre:
Eins, eh ich weiche, bleibt mir übrig noch.

PROTHOE. Dir übrig noch?

CYNTHIA.   Und was?

PROTHOE.   Unglückliche!

PENTHESILEA. Eins noch, ihr Freundinnen. Und rasend wär ich,
Das müßt ihr selbst gestehn, wenn ich im ganzen
Gebiet der Möglichkeit mich nicht versuchte.
Den Ida will ich erst auf Pelion
Und Pelion wieder auf den Ossa wälzen,
Den Ossa will ich auf den Kaukasus,
Und Kaukasus auf dem Altai türmen,
Mir von Altai, Pelion, Kaukasus,
Den Weltgebirgen, eine Leiter bauen,
Und auf der Staffeln höchst' empor mich schwingen.

PROTHOE. Nein, meine Teuerste –

PENTHESILEA.   Nicht! Und warum nicht?

PROTHOE. Dies Werk ist der Giganten –

PENTHESILEA.   Der Giganten!
Worin denn fühl ich schwächer mich, als sie?

PROTHOE. Jedoch, gesetzt –! Was würdest du? –

PENTHESILEA.   Blödsinnige!
Bei seinen goldnen Flammenhaaren zög ich
Zu mir hernieder ihn –

PROTHOE.   Wen?

PENTHESILEA.   Helios,
Wenn er am Scheitel mir vorüberfleucht.

PROTHOE *zu den Priesterinnen.* Habt ihr dies Wort gehört?

PENTHESILEA *schaut, während dessen auf eine Brücke gekommen, in den Fluß
nieder.*   Ich, Rasende!
Da liegt er mir zu Füßen ja – Nimm mich!

Sie will in den Fluß sinken, Prothoe und Cynthia halten sie.

PROTHOE. Ihr Himmlischen!

CYNTHIA.   Sie sinkt uns atemlos –

PROTHOE. Penthesilea! höre mich! Erwache!

CYNTHIA. Es ist umsonst! Ihr Leben ist entflohn.

[Zwölfter Auftritt. Vers 1460–1474]

ACHILLES *den Ätolier zurück stoßend.*   Der weicht ein Schatten
Von diesem Platz, der mit der Hand sie anrührt! –
Gib.

PROTHOE. Hier.

ACHILLES *indem er die Königin in seine Arme nimmt.*
        Du gehst, und folgst, und schlägst die Frauen –
Fort! Mir zu Lieb. Erwidre nichts.
    Er legt sie an die Wurzel einer Eiche nieder.

DIOMEDES.   Was machst du?

ULYSSES *der während dessen mit dem Heer aufgetreten.*
Auf! Ehe sich die Scharen wieder sammlen.

[Dreizehnter Auftritt. Vers 1498–1537]

[PROTHOE.] Wenn sie ins Leben, die Unglückliche,
Uns freudig wiederkehrt, so sei der Sieger
Das erste nicht, das freudlos ihr begegnet.
Entrück ihr diese deine Griechen-Schar;
Und muß sie endlich, die Gefangne, dich,
Die Überwindrin noch vor kurzem, grüßen,
So fordr' es früher, Edelmütger, nicht,
Als bis ihr Geist dazu gerüstet steht.

ACHILLES. Wahrhaftig. Reizt' es sie? – Hinweg ihr Freunde!
– Du sagst, es reizte sie?
    Das Gefolge des Achilles ab.

PROTHOE.   Fort – frage nicht!
– Hinter ihren Rücken berge dich.

Vierzehnter Auftritt [Vers 1538–1554]

Penthesilea, Prothoe, Achilles, Gefolge von Amazonen.

PROTHOE. Sie schlägt die Augen auf – Penthesilea!
Wohin entfloh dein lebensmüder Geist?
In welchen fernen Glanzgefilden regt er
Das schwanenweiße Flügelpaar? O ruf ihn,
Geliebte, ruf in deine Brust ihn wieder –!
Es ist der Stern, der deinem Volke strahlt,
Und in der schauerlichen Mitternacht,
Verderben wir, die unsern Pfad umdunkelt,

Wenn du die sichre Führerin, uns weichst. –
Komm, hebe dich an meine Brust.

PENTHESILEA. Wo bin ich?

PROTHOE. Kennst du die Stimme deiner Schwester nicht?
Führt diese Flur, von Silberduft umflossen,
Dich dies Gewässerrauschen nicht zurück?
Sieh diese deiner treuen Frauen Schar:
Wie an dem Eingang eines neuen Lebens
Stehn sie, und rufen dir: willkommen! zu.

[Vers 1573–1595]

PROTHOE. Wie? Diesen ahndungsvollen Schreckenstraum,
Ihn hättest du – ?

PENTHESILEA. Auf jeden Zug o Freundin,
Der meiner Lippe zitternd jetzt entflohn.
Wenn ich den Arm, den ungefesselten,
Um deinen Leib nicht schläng, ich könnte fragen,
Wo er mein harre, der Entsetzliche:
So lebhaft gaukelte der Wahn um mich,
Es perlt der Schweiß noch von der Stirne mir.

PROTHOE. Sei ruhig meine Teuerste.

PENTHESILEA. Wie! Ruhig –

PROTHOE. Welch ein Geschick auch über dich verhängt sei,
Wir tragen es, wir beide: fasse dich.

PENTHESILEA. Ich bin so ruhig, Prothoe, wie das Meer,
Das hinter hohen Felsgestaden liegt;
Nicht ein Gefühl in mir, das Wellen schlägt.
Dies sonderbare Wort, es jagt mich plötzlich,
Sei ruhig! wie die Braut des Windes, Prothoe,
Die offnen Weltgewässer, schäumend auf.
Was steht ihr denn so seltsam? So verstört?
– Und sendet Blick' in meinen Rücken hin,
Als ob ein Unhold dräuend hinter mir
Mit wildem zähngefletschten Anlitz stünde?

[Vers 1605–1614]

PROTHOE. Steht er nicht ohne Waffen hinter dir?

PENTHESILEA. Gleichviel – ich eine Königin in Fesseln!
Ich wills –

PROTHOE.   So sieh ihn doch nur an, Verlorne!
   Scheint er mit mildem Antlitz nicht bereit,
   Sich selber deiner Fesseln darzubieten?
PENTHESILEA. Nein, sprich.
PROTHOE.   Achilles! Wenn du menschlich bist!
PENTHESILEA. Er wär gefangen mir?
PROTHOE.   Dir, ja, gefangen.
   Sprich selbst, Pelide, ich beschwöre dich
   – Du schweigst, Entsetzlicher!
ACHILLES *indem er vortritt.*   In jedem Sinne,
   Du Göttliche! Gewillt, mein ganzes Leben
   In deiner Blicke Fesseln zu verflattern.
            Penthesilea drückt ihre Hände vors Gesicht.
PROTHOE. Da hörst du es. Er sank – erzähls ihr, Lieber!

[Vers 1653–1697]

[PENTHESILEA.] Ihr jungen Rosenpaare tretet auf;
   Ihr Gäste steht im Kreis, ihr festlichen,
   Ihr Mütter, ihr schneelockigen, ihr Kinder:
   Das Volk, der ganze Häupterkeil, herein
   Und müßt er der Portale Riß zersprengen.
   Und all ihr flatternden Gewänder, schürzt euch,
   Ihr goldenen Pokale, füllt euch an,
   Ihr Tuben schmettert, donnert, ihr Posaunen,
   Der Jubel mache, der melodische,
   Den festen Bau des Firmamentes beben! –
   O Jupiter, dürft ich dich niederrufen,
   Könnt ich dich selbst, Apoll den herrlichen,
   Euch, ihr Kamönen, Grazien begrüßen
   Daß sich ein Hochzeitsfest verherrliche,
   Wie der Olymp noch nicht durchjubelte,
   Das Hochzeitsfest der krieggeworbnen Bräute,
   Der Kinder Pelops' und der Kinder Mars'! –
   O Prothoe! *Sie fällt ihr um den Hals.*
PROTHOE.   Die Freude, seh ich wohl,
   Ist dir verderblich, Kön'gin, wie der Schmerz:
   Zum Wahnsinn heftig treibt dich beides hin.
   Wo warst du jetzt, o du Unglückliche?

Blick um dich her – zerstreut bist du. Komm zu dir.
PENTHESILEA. O laß mich, Prothoe! O laß dies Herz
Zwei Augenblick in diesem Strom der Lust,
Wie ein besudelt Kind, sich untertauchen,
Mit jedem Schlag in seine üppgen Wellen
Wäscht sich ein Makel mir vom Busen weg.
Das Unglück, sagt man, läutert die Gemüter,
Ach, nur die erznen, Freundin, meines nicht.
Vernichtet hat die Glut mich, umgewandelt,
Und nicht mehr kenntlich war ich mir und dir.
Doch jetzt, wenn mir Diana gnädig ist,
Stell ich zur Lust mich wieder her: ach Prothoe,
Der Mensch kann groß, ein Held, im Leiden sein,
Doch göttlich ist er, wenn er selig ist. –
Sprich, du vergibst mir doch?
PROTHOE.   O meine Königin!
PENTHESILEA. So ist die Hälfte meines Blutes dein. –

[– (15. Auftritt) Vers 1749–1757]

PENTHESILEA. Komm jetzt, du süßer Nereidensohn,
Komm, lege dich zu Füßen mir – Ganz her!
– Ich bin verhaßt dir, hoff ich nicht, o Jüngling?
Ich habe dir im Kampf nicht weh getan?
Wie? Oder doch? hat dich mein Spieß verletzt?
ACHILLES *zu ihren Füßen.*
Nichts als den Arm –
PENTHESILEA.   Es ist unmöglich. Rede!
ACHILLES. Geritzt, du siehst, nichts weiter.
PENTHESILEA.   Was! Mein Spieß?
ACHILLES *ungeduldig.*
Er steckt' dir schief am Latz, du hörst. Das Schicksal
Wenn man mit Weibern kämpft. Was willst du mir?

[Vers 1830–1876]

PENTHESILEA. Wohlan – so wärst du unterrichtet, denk ich,
So kannst du aufstehn.
ACHILLES.   Wie?
PENTHESILEA.   Kannst wieder gehn.

ACHILLES. Gehn, meine süße Pflegerin, schon wieder?
  Von deinem Busen sendest du mich fort?
PENTHESILEA. Verhüte, Artemis, was denkst du auch?
  Wenn du mir bleiben willst, o Jüngling, bleibe,
  Und niemals von der Ferse weiche mir.
  Kann ich dir gleich was Süßes tun und Liebes?
  Willst du erquickt sein? Mit dem Saft der Rebe?
  Mit der Orange? Mit der Feige? Sprich?
ACHILLES. O lösche mir der Seele Durst, Geliebte,
  Und gib auf eine Frage Antwort mir,
  Die mich und all die Meinen drängt.
PENTHESILEA.   So rede!

[Vers 2018–2032]

ACHILLES. Oh! Freundin!
PENTHESILEA.   Nun? Was gibts?
ACHILLES.   Ich möchte gleich
  Hingehn wo sie begraben liegt, und weinen.
PENTHESILEA *lächelnd.*
  Du wunderlicher Mensch! Du Tor!
ACHILLES.   Geh, geh!
PENTHESILEA. Willst du von mir nichts wissen mehr?
ACHILLES.   Geh, sag ich.
  Was gibts noch weiter jetzt in deiner Rede?
PENTHESILEA. Was es noch weiter gibt in meiner Rede?
  Viel noch, gar viel, wenn du mich hören willst
  Gar vieles noch, das dich erfreuen wird –
  Was er sich für Gedanken machen mag!
ACHILLES. Meinst du? Nun freilich wohl – Wahrhaftig, meinst du?
  Wo blieben wir doch stehn? Ganz recht. Nun weiß ich.
PENTHESILEA. Bei jener großen Tanaïs. Ich erzählte
  Wie sie den Staat der Frauen uns begründet.
ACHILLES. Da eben blieb ein Punkt im Dunkeln.
PENTHESILEA.   Welcher?
ACHILLES. Denn dieser stolze Frauenstaat, sag an,
  Der ohn der Männer Hülf entstand, wie pflanzt er
  Doch ohne Hülfe sich der Männer fort?
  Wirft euch Deukalion, von Zeit zu Zeit

Noch eine seiner Schollen häuptlings zu?

PENTHESILEA. Deukalion?

ACHILLES. Ja! Oder ist es anders?

PENTHESILEA. Deukalion!

ACHILLES. Wohlan, wie ist es denn?

PENTHESILEA. Willst du das wissen?

ACHILLES. Allerdings, das will ich.

PENTHESILEA. Wohlan, so höre mich – du drückst mich, Lieber.

Sie entfernt ihn von sich.

[Vers 2044–2055]

PENTHESILEA.

Drauf jetzt, sag ich, erscheint, im Schmuck der Feste,
Dianas Priesterin im Tempel Mars.
Und trägt, tief auf ihr Antlitz hingestreckt,
Dem Gotte, dem erschrecklichen, den Wunsch
Der königlichen Völkermutter vor.
Mars dann, wenn er die Kön'gin will erhören,
– Denn oft verweigert ers, die Berge geben,
Die schneeigen, der Nahrung nicht zu viel;
Und wenns an Korn fehlt, weißt du, für den Menschen,
Sind Menschen Korn selbst für des Todes Hunger:
Oft also schlägt er das Gesuch uns ab.
Doch wenn die Ernt' ergiebig uns gewesen,
Zeigt er, als seinen Stellvertreter, uns
Ein Volk an, der Olympische, ein würdges,
Das in der keuschen Brust, rein und geprägt,
Der Menschheit heilgen Stempel aufbewahrt:
Drauf jetzt ergeht ein Jubel durch die Stadt.

[Vers 2061–2100]

Die Königin benennt den Tag, es hebt
Der goldene Mond sich auf, die Tube donnert,
Zu Pferde schwingt erglühend sich die Schar,
Und still und heimlich, wie auf wollnen Sohlen,
Gehts zu dem Lager hin der Jünglinge.
Hier an den Pforten schleichend eingetroffen,
Ruhn wir, zwei Augenblicke, in nahen Wäldern,
Von unsrer Reise, Pferd' und Menschen, aus;

Und rauschend wie die Windsbraut, brechen wir,
Verwüstend, in den Wald der Männer ein,
Und wehn die Tapfersten, die uns gesunken,
Wie Samen, wenn die Wipfel sich zerschlagen,
In unsre heimatlichen Fluren hin.
Hier hegen wir, im Tempel Dianas, ihn
Und pflegen durch endloser Feste Reihe,
Die wir also begrüßen Rosenfest!
– Und denen niemand sich bei Todesstrafe,
Als die der Lorbeer krönet, nahen darf –
Bis er uns aufgeht; schicken, reich beschenkt,
Wie Könige, die Männer allzusamt,
Am Fest der reifen Mütter, wieder heim;
Der jungen Söhne Leben knicken wir,
Die Töchter aber frohen Angedenkens,
Ziehn wir zum Dienst des Frauenstaates groß.

ACHILLES. Nun – jetzo fast errät mans, Königin.
    Denn jetzt – nicht? kommst du her –
PENTHESILEA.   Nun hätt ich schon
    Das heitre Fest der Rosen zwanzigmal
    Erlebt und drei . . .

[Vers 2110–2117]

Die Mutter lag, die bleiche, scheidende,
Mir in den Armen eben, als die Sendung
Des Mars mir festlich im Palast erschien;
Und seinen Aufruf mir verkündigte.
Die Völker, hieß es, Danaer und Phryger,
In deren Kampf, vor der Dardanerburg,
Die Götter allzusamt hernieder stiegen,
Hab er den Bräuten diesmal ausersehn;
Und ich, die künftge Herrscherin des Reichs,
Ich solle ihre junge Brautschaft führen.
Es traf sich just, daß keines Volkes Wahl
Das Land umher noch so entzückt als diese.

[Vers 2170–2204]

– Was blickst du so zerstreut, mein Freund –
       Man hört ein Geräusch hinter der Szene.

ACHILLES.   Mich dünkt –

PROTHOE *heimlich zum Achilles.*

Willst du dich eilen, Göttlicher, und ihr –

PENTHESILEA. Sind das Gefangene, die dort –?

PROTHOE.   Was sonst –?

PENTHESILEA. Ha! Sonderbar.

ACHILLES.   Nun? Weiter! Drauf? Als du
Dich dem Skamandros nahtest –?

PENTHESILEA.   In dem Maße,
Als ich mich dem Skamandros näherte,
Und alle Täler rings, die ich durchrauschte,
Von dem Trojanerstreite widerhallten,
Schwand mir der Schmerz, und meiner Seele ging
Die große heitre Welt des Krieges auf.
Es schien mir süß zugleich und ungeheuer,
Recht würdig einer Königin, das Werk,
Das mir die große Mutter auferlegt.
Ich dachte so: wenn die Momente sich,
Die großen allzusamt der Weltgeschichte
Mir wiederholten, wenn die ganze Schar
Mir der Heroen, die die Lieder singen,
Aus den Gestirnen glänzend niederstiegen,
Ich könnte keinen trefflichern doch finden
Den ich mit Rosen mir bekränzt, als ihn,
Den Lieben, Wilden, Süßen, Schrecklichen,
Den Überwinder Hektors! O Pelide!
Mein ewiger Traum warst du! Bald sah ich dich,
Wie du ihn niederschlugst, den Flüchtigen,
Vor dem Achajertor, wie er die Scheitel,
Die blutigen, auf nackter Erde schleifte,
Wie Priam der weißlock'ge dir erschien.
Wie du ihm erst Patroklus' Leiche zeigtest;
Und heiße Tränen weint ich, wenn ich dachte,
Daß eine Regung dir, du Schrecklicher,
Die marmorharte Menschenbrust durchzuckt.

ACHILLES *heimlich zu Prothoe.*

Es war wohl nichts.

PROTHOE.   So scheints.

PENTHESILEA.   Wie aber ward mir,
O Pelid, als ich dich selbst erblickte!

[Vers 2223–2233]

– Was blickst du?
PROTHOE *heimlich.*   Ich beschwöre dich, Pelide.
PENTHESILEA. Du wirst mir doch zum Tempel, Lieber, folgen?
ACHILLES *heimlich zu Prothoe.*

Sind das die Griechen, sprich?
PENTHESILEA.   Was habt ihr vor?
ACHILLES. Du sollst den Gott der Erde mir gebären!
Prometheus soll von seinem Sitz erstehn,
Und dem Geschlecht der Welt verkündigen:
Dies ist ein Mensch, so hab ich ihn gewollt!

[Vers 2249–2257]

PENTHESILEA. Entsetzlicher!
ACHILLES.   Ich höre Waffen klirren,
Ein Bote naht sich bleich mir und bestürzt,
Und eine Unheilskunde bringt er mir.
Dir aber bringt er nichts, versteh mich wohl,
Dein Schicksal ist auf ewig abgeschlossen;
Gefangen bist du mir, ein Höllenhund
Bewacht dich minder giftig, als ich dich.

[Funfzehnter (= 16.) Auftritt. Vers 2261–2269]

[DER HAUPTMANN.]
Das Schlachtglück hat den Rücken uns gekehrt.
Die Amazonen drängen wieder vor,
Und ihre Losung ist: Penthesilea!
Ulysses weicht, wir halten sie nicht mehr,
In wenig Augenblicken sind sie da.
ACHILLES *steht auf und reißt sich die Kränze ab.*
Denn Waffen mir herbei! Die Pferde vor.
Mit meinem Wagen rädern will ich sie.
PENTHESILEA. Der Schreckliche!
ACHILLES.   Sind sie noch weit von hier?
DER HAUPTMANN. Dort wo der Weg sich durch die Täler schleicht,
Kannst du schon ihren goldnen Mond erblicken.

[Achtzehnter (= 19). Auftritt. Vers 2303–2351]

[PENTHESILEA.] Wenn Menschen, die die Übereinkunft zügelt,
Mit sich, nicht mit des Waldes Bären kriegen,
Gibts ein Gesetz, frag ich, des Krieges auch,
Das den Gefangenen, der sich ergeben,
Aus seines Siegers Banden lösen kann?
– Neridensohn!

DIE AMAZONEN.   Ihr Götter, ist es möglich?

ASTERIA. Ehrwürdge Priesterin der Artemis!

EINE OBERSTE *zu der Oberpriesterin.*

Hast du gehört?

DIE ZWEITE OBERSTE. Sie zürnt, ich bitte dich,
Weil wir von ihrer Fesseln Schmach sie lösten.

DIE OBERPRIESTERIN. Nun denn, du setzest würdig, Königin,
Mit diesem Schmähungswort, muß ich gestehn,
Den Taten dieses Tags die Krone auf.
Nicht bloß, daß du, jedweder Sitte spottend,
Das Haupt für deine Kränze suchst, nicht bloß,
Daß du zu schwach, im Kampf es hinzuwerfen,
Ihm selbst im Kampf erliegst, nicht bloß, daß du,
Durch einen Krieg, so sinnentblößt geführt,
Die Jünglinge, leichtsinnig, ungroßmütig,
Die sich dein tapfres Heer erwarb, verlierst:
Du zürnst auch deinem treuen Volke noch,
Das deine Ketten bricht, du wendest dich,
Und rufst den Überwinder dir zurück.
Wohlan denn, große Königin, so bitt ich
Für diese rasche Tat dich um Verzeihung;
Vergib: sie ist jetzt nicht mehr gern geschehn.
Frei, in des Volkes Namen, sprech ich dich,
Du kannst zum Nereïdensohn dich wenden;
Kannst ihn mit flatterndem Gewand ereilen,
Der dich in Fesseln schlug, und ihm den Riß,
Da, wo wir sie zersprengten, überreichen:
Also ja wills das heilge Kriegsgesetz!
Uns aber, uns vergönnst du, Königin,
Daß wir zurück nach Themiscyra gehn,
Und eine andre Herrscherin uns wählen

Aus dem Geschlecht der großen Tanaïs,
Die sie hinweg vom goldnen Bogen wasche,
Die Schmach, die deine Hand ihm angetan.

Pause.

PENTHESILEA *zitternd.*

Prothoe!

PROTHOE. Mein Schwesterherz! Was willst du?

PENTHESILEA. Sind sie zusamt verloren, die Gefangenen?

PROTHOE. So hör ich.

PENTHESILEA.   Sinds durch mich? – Sprich!

PROTHOE.   Fasse dich.

Ein andrer Krieg kann sie uns wiederschenken.

PENTHESILEA. O niemals!

PROTHOE.   Wie?

PENTHESILEA.   O Prothoe!

Daß mich der Erde tiefster Grund verschlänge!

[Neunzehnter (= 20.) Auftritt. Vers 2370–2403]

PENTHESILEA. Wie sprach der Mann? – O Freundin! Hört ich recht?

PROTHOE. Verweigre ihm das Treffen Königin.

PENTHESILEA. *Er* ruft, den ich mit Rosen mir bekränzte,
Zum Kampf auf Tod und Leben mich heraus?
Hier diese Brust, er will sie erst zerschmettern,
Mit seiner Pferde Tritt, und dann, o Schwester,
Auf ihren leichenbleichen Kissen ruhn?
Was ich vom Tempel ihm der Diana sagte,
Hat ihn mit der Musik der Rede bloß,
Wie eines Felsen starres Ohr, getroffen?
Es rührt' ihn nicht, er dachte nichts dabei,
Er liebt mich nicht, sein Bild aus weißem Marmor
Hätt ich mit gleichem Glücke krönen können?

PROTHOE. Vergiß den Unempfindlichen.

PENTHESILEA.   Nun ists aus.

PROTHOE. Wie?

PENTHESILEA.   Gut, gut, gut.

PROTHOE.   Geliebte meiner Seele!

PENTHESILEA. Ihr sollt all die Gefangnen wiederhaben.

DER HEROLD. Du willst –?

PENTHESILEA.   Ich wills, ja! Sag es ihm, o Herold:
Er soll im Angesicht der Götter mich,
Die Furien auch ruf ich herab, mich treffen!

Der Donner rollt.

DIE OBERPRIESTERIN. Wenn dich mein Wort gereizt, Penthesilea,
So wirst du mir den Schmerz –

PENTHESILEA.   Laß mich, du Heilige!
Ich will den Bogen wieder reinigen.

[Zweiundzwanzigster (= 23.) Auftritt. Vers 2677–2694]

DIE ERSTE PRIESTERIN *am Busen der zweiten weinend.*
Solch eine Jungfrau! Im Gespräch so sinnig!
In jeder Kunst der Hände so geschickt!
Beim Tanz so zierlich! Ihr Gesang so rührend!
So voll Verstand, und Würd und Grazie!

DIE OBERPRIESTERIN. O die gebar Otrere nicht! Die Gorgo
Hat im Palast der Kön'ge sie gezeugt!

DIE ERSTE PRIESTERIN *fortfahrend.*
Sie war so sanft wie neugeborne Kinder!
Die Weste waren nicht so mild als sie!
Die Herzen gingen ihr wie Blumen auf,
Und was sie irgend tat, es war ein Kuß.
Sie trat den Käfer nicht den fröhlichen
Der unter ihrer Füße Sohle spielte,
Den Pfeil, der eines grimmgen Ebers Busen
Verwundete, rief sie zurück, es hätte
Sie sein gebrochner Blick und seine Töne
Zu seinen Füßen niederziehen können!

[Dreiundzwanzigster (= 24.) Auftritt. Vers 2768–2778]

PENTHESILEA. *Ein Schauer schüttelt sie zusammen: sie läßt den Bogen fallen.*
MEHRERE FRAUEN. O die Entsetzliche!
DIE DRITTE OBERSTE.   Habt ihr gesehn?
DIE ERSTE. Der Bogen stürzt' ihr aus der Hand darnieder.
DIE ZWEITE. Seht wie er taumelt –!
DIE DRITTE.   Klirrt –!
DIE VIERTE.   Und wankt –!
DIE ZWEITE.   Und fällt –!

DIE DRITTE. Nun liegt er still.

DIE ERSTE.   Ihr hohes Amt ist aus,
Und nie mit Händen mehr berührt sie ihn.

DIE OBERPRIESTRIN *indem sie Prothoe von sich drückt.*
Und keiner ist, der ihrer sich erbarmt? –
Penthesilea! Meine Königin!
Komm her, willst du an meinem Busen ruhn?
Ich bin mit dir zufrieden Treffliche,
Vergib mir, wenn ich dich beleidiget.
Die Tanaïs selbst, du wunderbar Erhabne,
Sie hat den Bogen das gesteh ich jetzt
So groß und würdig nicht geführt, als du.

[Vers 2905–2913]

DIE OBERPRIESTERIN.   Meine Königin!
Erhebe dich!

Sie richten sie halb auf.

PENTHESILEA.   Ach, diese blutgen Rosen!
Ach dieser Kranz von Greueln um sein Haupt!
Ach, wie die Windung, frischen Grabduft streuend,
Ein Jubel für die Würmer niedergeht.

PROTHOE. Hinweg von diesem jammervollen Anblick.
Rufst du ins Leben, Kön'gin, ihn zurück?

[Vers 2926–Ende]

[PENTHESILEA.] Doch wer bei diesem frechen Raub, die Pforte,
Die allgemeine, ruchlos mied, durch alle
Schneeweißen Alabaster-Wände mir
In diesen Tempel brach, wer diesen Jüngling,
Das Ebenbild der Götter, so entstellt,
Daß die Verwesung ihn, wie an ein Fremdes,
Vorübergeht, wer ihn so zugerichtet
Daß ihn das Mitleid nicht beweint, die Liebe,
Von unwillkürlichen Gefühlen überwältigt,
Ihm noch im Tode untreu werden muß:
Den will ich meiner Rache opfern. Sprich!

PROTHOE. Unglückliche! Wer sonst, als nur du selbst –?

PENTHESILEA. Du schändlichste der Lügnerinnen! Du Teufel!

Das wagst du mir –?

PROTHOE.   Diana ruf ich an!
Möcht ich mit jedem Wort zu Schanden werden!
Als dein Geschoß zu Boden ihn gestreckt,
Da warfest du mit allen deinen Hunden,
Dich über ihn, und schlugst, du Gottgestrafte –
O meine Lippe zittert auszusprechen,
Was du getan. Frag nicht! Komm laß uns gehn.

PENTHESILEA. Was? Ich? Ich hätt ihn –? Unter meinen Hunden
Mit diesen kleinen Händen, hätt ich ihn –?
Und dieser Mund hier, den die Liebe schwellt –?
Ach zu ganz anderm Dienst gemacht, als ihn –?
Die hätten, lustig stets einander helfend,
Mund jetzt und Hand, und Hand und wieder Mund –?

PROTHOE. O wehe! Wehe! ruf ich über dich!

PENTHESILEA. Nein du Geliebte bei den ewgen Göttern
Eh bög ich hungrig auf mich selbst mich nieder,
Also, sieh her –! Und öffnete die Brust mir,
Und tauchte diese Hände so – sieh her!
Hinunter in den blutgen Riß, und griff
Das Herz, das junge dampfende, hervor,
Um es zu essen, ach, als daß ich nur
Ein Haar auf seiner lieben Scheitel krümmte.

PROTHOE. Ich rufe wehe, wehe über dich!

PENTHESILEA. Nun freilich – wenn du es versichern kannst.

PROTHOE. Hinweg, hinweg von diesem Schreckensort!

PENTHESILEA. Wie käm das denn, daß er sich nicht gewehrt?

PROTHOE. Er liebte dich Unglückliche; gefangen
Wollt er sich dir ergeben, darum naht' er!
Darum zum Kampfe fordert' er dich auf!
Die Brust voll süßen Friedens kam er her
Um dir zum Tempel Artemis' zu folgen.
Doch du –

PENTHESILEA. So, so. Doch ich –

PROTHOE.   Du Wütende –!

PENTHESILEA. Ich Wütende –

PROTHOE.   O frage nicht! Du gräbst
Dir ewge Reue aus meiner Brust hervor.

PENTHESILEA. Nun ist mir alles klar, und jegliches,
   O Licht der Mittagssonn ist nicht so hell.
   – Beim Styx, es ist gelogen, Prothoe.
PROTHOE. Laß ihn, wie Berge diesen Glauben stehn;
   Ich bin es nicht, die ihn erschüttern wird.
PENTHESILEA. Gebissen also würklich? Tot gebissen?
PROTHOE. Ich rufe: Wehe! dir!
PENTHESILEA.   Nicht tot geküßt?
PROTHOE. Ich rufe: Wehe! dir! Verberge dich!
   Laß fürder ewge Mitternacht dich decken!
PENTHESILEA. So war es ein Versehn. Küsse, Bisse,
   Das reimt sich, und wer recht von Herzen liebt
   Kann schon das eine für das andre greifen.
PROTHOE. Unglückliche! Und damit denkst du dich –?
PENTHESILEA. Im Ernst
PROTHOE *sie hinweg reißend.* Hinweg!
PENTHESILEA.   Laßt, laßt!
PROTHOE.   Fort! Sag ich.
PENTHESILEA *vor die Leiche hinkniend.*
   Du lieber, süßer Bräutgam, du vergibst mir.
   Ich habe mich bei Diana, bloß versprochen,
   Weil ich der raschen Lippe Herr nicht bin.
   Doch jetzt sag ichs dir deutlich, wie ichs meinte:
   Dies, du Geliebter, wars, und weiter nichts.
              Sie küßt ihn.
PROTHOE. O ihr allmächtgen Götter, welch ein Anblick.
DIE OBERPRIESTERIN. O die Unglückliche!
PENTHESILEA.   Ich bilde mir,
   Mein süßer Liebling, ein, daß du mich doch,
   Trotz dieses groben Fehlers, recht verstandst.
   Beim Jupiter! Der Meinung will ich sterben
   Dir waren meine blutgen Küsse lieber
   Als die lustfeuchten einer andern.
   Du hieltst mir wett ich, als ich dich erstickte,
   Gleich einer Taube still, kein Glied hast du,
   Vor Wollust, überschwenglicher, o Diana!
   Keins deiner Glieder mir dabei gerührt.
PROTHOE. Ach die Erbarmungswürdige!

OBERPRIESTRIN.   Die Verlorne!

PENTHESILEA. Sieh, Prothoe, sieh – der Rest von einer Lippe –
Sprich, dünkts dich nicht als ob er lächelte?
O beim Olymp! Er ist mir ausgesöhnt,
Und jener andre Teil er lächelt auch.
Nun denn, du hast auch recht, o du mein Abgott!
– Denn wenn du alles wohl dir überlegst
So hab ich dich vor Liebe aufgegessen.

PROTHOE. Komm meine liebste Königin, hinweg!

PENTHESILEA *sich aufraffend.*
Ja! Jetzt muß ich fort!

PROTHOE.   Wohin nun denkst du?

PENTHESILEA. Wohin? Ich darf ihn ja nicht warten lassen.
Ist er nicht bei der großen Diana schon?

OBERPRIESTRIN. Wie, du Unglückliche –!

PROTHOE.   Mein Schwesterherz.

OBERPRIESTRIN.
Du willst –?

PROTHOE.   Du denkst –?

PENTHESILEA.   Was? Allerdings.

OBERPRIESTRIN.   O Himmel!

PROTHOE. So will ich dir was sagen. *Sie neigt sich über sie.*

PENTHESILEA.   Nun? Was willst du?
Was gibts? Was suchst du mir? Ja, so! Du Liebe
Wart! Gleich! Hier –

    Sie löst sich den Dolch aus dem Gurt und gibt ihn der Prothoe.

              Willst du die Pfeile auch, da hier!
Da schütt ich ihren ganzen Köcher aus.

      Sie schüttet die Pfeile vor sich nieder.

Zwar – reizend wärs, von einer Seite –

      Sie hebt einige davon wieder auf.

Wenn dieser hier – nicht? Oder war es dieser –?
Ja der! Ganz recht – Gleichviel! Da nimm sie hin.
Da, nimm sie alle zu dir hin.

    Sie rafft sie alle zusammen auf und gibt sie der Prothoe in die Hände.

PROTHOE.   Gib her.

PENTHESILEA. Denn jetzt steig ich in meinen Busen nieder,
Gleich einem Schacht, und grabe, kalt wie Erz,

Mir ein Gefühl hervor; dies Erz, dies nehm ich,
Und läutre es dreimal in der Glut des Jammers,
Hart mir zu Stahl; und tränk es, bis zur Sättigung
Mit Gift, heiß ätzendem, der Reue, durch und durch,
Und hämmr' es auf der Liebe Amboß, mir,
Und schärf und spitz es mir zu einem Dolch;
Und diesem Dolch jetzt reich ich meine Brust:
So! so! so! so – Und wieder! Nun ists gut.

Sie fällt und stirbt.

PROTHOE. Sie stirbt.

DIE ERSTE OBERSTE. Sie folgt dem Jüngling.

PROTHOE.   Wohl, wohl ihr!
Denn hier war ihres fernern Bleibens nicht.

DIE ERSTE PRIESTERIN.

Ach, wie gebrechlich ist der Mensch, ihr Götter!
Wie frisch, die hier geknickt liegt, noch vor kurzem,
Hoch auf des Lebens Gipfel, rauschte sie!

DIE OBERPRIESTRIN.

Sie sank, weil sie zu stark und üppig blühte!
Die abgestorbne Eiche steht im Sturm,
Doch die gesunde stürzt erbrochen nieder,
Weil er in ihre Krone greifen kann.

Ende.

KÄTHCHEN VON HEILBRONN

[Varianten aus dem »Phöbus«, in dem der erste und der zweite Akt bis zum 13.
Auftritt erschien.]

[Erster Akt, erster Auftritt. Zeile 19–24]

[THEOBALD FRIEDEBORN.] oder wäre er vor die purpurnen Schranken meiner Ratsherren getreten, und hätte, nach Art der Verleumder, gesagt: der Friedeborn sinnt auf Verrat, ihr Herren;
dem Pfalzgrafen, der euch bedroht, sendet er Waffen zu;
schickt die Häscher, auf daß man ihn greife: und es hätte sich
nachher befunden, daß ich ihm nichts zugesendet, als Fang-
eisen, den Wolf zu fangen, und Speere mit Widerhaken, den
Eber daran auflaufen zu lassen; oder hätte er mich auf sein
Schloß laden lassen, und im Saal seiner Väter gesprochen: Meister, die Klage, die ich gegen dich verführt, reut mich; die
Rüstung will ich dir zahlen, und zum Zeichen, daß du keinen
Groll gegen mich hegst, nimm diesen Becher Wein aus meiner
Hand und leer ihn: der Hund aber, dem ich heimlich einen
Bissen, in des Weines Naß getränkten Brodes vorgeworfen,
wäre augenblicklich niedergesunken, verreckt, auch, binnen
ein Rosenkranz abgebetet wird, verwest, so, daß er nur halb,
als ob ihn ein Bär angefressen, begraben worden: ihr Herren
der hohen und heiligen Vehme, so wahr mir Gott helfe! ich
glaube, ich hätte nicht vor euch geklagt.

[Zeile 89–99]

[THEOBALD.] Anton, der Großvater, den sie in seiner letzten
Krankheit gepflegt hatte, hatte ihr als einem Goldkinde, dem
er ein Zeichen seiner Liebe zu geben wünschte, vorzugsweise
vor mir und meinen übrigen Geschwistern, ein Landgut verschrieben, das vor den Toren der Stadt liegt, und sie dadurch,
unabhängig von mir, schon zur wohlhabenden Bürgerin gemacht. Fünf wackre Männer, jeder ihrer Schwestern eine
wert, wenn sie deren gehabt hätte, hatten nun schon um sie
angehalten; dem Fräulein, das die Ritter umbuhlen, stand sie
zur Seite; und wäre sie eines gewesen, das Morgenland wäre

aufgebrochen und hätte Perlen und Edelsteine, von Mohren
getragen, ihr zu Füßen gelegt. Wie viele Tränen vergoß ich,
wenn ich dachte, daß ich mich von ihrer Liebe zu mir, dieser
wahren Milch meiner letzten Tage, nach dem unbegreiflichen
Gesetz der Natur, würde entwöhnen müssen;

[Zeile 113–114]

[THEOBALD.] Der Teufel, der die Herzen der Mädchen, wie ihr
euch auszudrücken beliebt, auf Turnieren und Ringelstechen,
oder wo sonst die muntere Ritterschaft zusammen kommt,
verführt, der ist mir gar wohl bekannt. Jugend heißt er, und
hat glatte Scheitel, Füße ohne Hufen und Hände ohne Klauen,
mancher Seraph hat sie nicht kleiner; und steckte kein andrer
in ihm, als der, so wollt ich mich begnügen, mir die Haare
auszuraufen, und schweigen. Was soll ich euch sagen, wenn ihr
mich fragt: durch welche Mittel?

[Zeile 169–174]

[THEOBALD.] Gesellen und Mägde strömen herbei und jammern:
hilf, Himmel! Was ist dem Jüngferlein widerfahren? Mein
Käthchen! sag ich: soll ich dich zu Bette bringen? Doch sie,
sie zittert; die Lippen bewegt sie, als ob sie etwas sagen wolle,
und regt sich und sträubt sich und wischt sich die Augen, wie
einer, den ein unerhörter Vorfall betroffen hat. Und da sie
sich nach und nach erholt, und mir die Wangen streichelt, als
wollte sie sagen: guter, alter Vater! beruhige dich: so ruft der
Graf noch einmal: wes ist das wunderbare Kind? und faßt sie
bei der Hand und zieht sie zu sich. Meins! gestrenger Herr,
sag ich; mein Goldkind, mein Käthchen! So frisch und gesund
sonst, wie die Tannen auf den Spitzen der Berge! Ich heiße sie
auf den Schemel vor ihm, auf welchem die Werkzeuge liegen,
niedersitzen; doch da sie, in ziemlicher Fassung, zwischen seinen Knieen steht und ihm ins Antlitz schaut: so denk ich, der
Anfall ist wohl auch vorüber, und lasse die Mägde den Schutt
wegräumen, und geh an mein Geschäft. – Der Graf vom Strahle
spricht, während ich ihm an der Schulter arbeite: Katharina,
jung Mädel, was auch hast du? Weshalb entsatztest dich so, als

du eintratst? War, mein ich, nicht vor mir? »Weiß nit, gestrenger Herr, antwortet sie, was mir widerfahren. Laßt gut
sein; ist schon wieder vorüber;« und streicht sich die Haare von
der Stirn, und schweigt.

[Zeile 284–312]

[GRAF VOM STRAHLE.] Doch da sie sich auch in Straßburg wieder
bei mir einfindet, und ich gleichwohl spüre, daß sie nichts im
Ort erschafft: denn *mir* hatte sie sich ganz und gar geweiht,
und wusch und flickte, als ob es sonst am Rhein nicht zu haben
wäre: so denk ich, sollst ihr doch einmal mit der Sprache näher
aufs Herz rücken und hören, was sie treibt. Und spreche, da
ich sie auf der Treppe finde, mit Hemden, die ich abgelegt,
und Strümpfen flickend beschäftigt: »Katharina! O Jungfrau!
Wie auch stehts? Hast dein Geschäft in Straßburg bald abgemacht?« Und eine Glut, wie wenn ein Herd geschürt wird,
flammt ihr übers Antlitz: – nein, flüstert sie, noch nicht; und
hebt einen Knäuel auf, der ihr vom Schoß herabgefallen war.
Ich sage: woran auch liegts? Wird sich der Vater daheim, wenn
du so lang ausbleibst, nicht härmen? – – Was denn ists für ein
Geschäft? setz ich forschend hinzu, da sie nichts herfürbringt,
weint, und mit der Nadel schafft, als jagte sie einer. »Ei«, spricht
sie, »gestrenger Herr«, und schaut auf die Wäsche nieder, »Ihr
wißt ja!« Ich? frag ich. Nein, so wahr mir Gott helfe, da irrst
du. Wie soll ichs wissen? Hast dus mir jemals anvertraut? –
Käthchen! sag ich, und nehm ihr das Kinn, und richt es sanft
zu mir auf. »Gott!« ruft sie, »was quält Ihr mich!« rafft Hemden
und Strümpfe auf, neigt sich, und küßt mir des Mantels Saum,
und geht ab. Holla! denk ich, steht es so mit dir? und send einen
Boten flugs gen Heilbronn dem Vater zu, mit folgender Meldung: »das Käthchen sei bei mir; ich hütete seiner; in zwanzig
Tagen könne er es vom Schloß Wetterstrahl, daheim im Schwa-
benlande, abholen, wohin ich in fünfen aufbrechen und es mitnehmen würde.«

GRAF OTTO. Hat dies seine Richtigkeit, Alter?

THEOBALD. Wahr ists, ihr hohen Herren; er schickte mir den Boten gen Heilbronn, und ich, guter, alter Narr, erschien auch.
Doch das wußt ich nicht, daß es bloß war, um mich zu äffen,

und mir von seiner Kunst eine Probe zu zeigen; denn sie blieb nach wie vor bei ihm.

GRAF VOM STRAHLE. Äffen! – Wenn du der Affe der Vernunft bist: was gehts *mich* an? Wärst du verständig verfahren, wies deinem dreiundfunzigjährigen Alter zukam: hättest du die träumerische Kunst nicht, von der du sprichst, zu Schanden machen, und das Mädchen mit dir nehmen können?

GRAF OTTO. Weiter, Graf Wetter! berichtet den Vorfall!

GRAF VOM STRAHLE. Da er am zwanzigsten Tage, verabredeter Maßen, bei mir erscheint: mit dem Mädchen, das mir nach Schloß Wetterstrahl gefolgt war, hatte ich kein Wort weiter gesprochen; nehm ich ihn, ungesehen von ihr, und führ ihn in meiner Väter Saal. Und such ihn, der mir bang ins Antlitz schaut, durch Offenherzigkeit zu gewinnen; bericht ihm, was vorgefallen; wie mir das Mädchen, in törichter Ergebung zugetan sei; wie ich gleichwohl von der Gewalt, die er über ihr Herz ausübe, mancherlei Proben hätte; und wie ich, für die Rückkehr zu ihrer Pflicht, alles von ihrem Gefühl und dem Eindruck der ersten Überraschung erwarte, wenn er nur Klugheit genug habe, ihn nicht durch Schelten zu verwirren. Er auch, indem er ein wenig Mut faßt, verspricht mir, daß er mild sein werde; er liebe das Mädchen viel zu sehr, sagt er, als daß er ihr, um welchen Fehler es immer sei, lange zürnen könne; alles sei vergeben und vergessen, wenn sie nur wieder mit ihm zurückkehren wolle. Dies abgemacht, gehn wir in den Stall hinunter, wo sie steht und mir eine Waffe vom Staub säubert.

[nach Zeile 363]

GRAF OTTO. Geh, Häscher, und rufe sie!

Zwei Häscher ab.

WENZEL. Bei meinem Eid! Dieser Vorfall macht meinen Witz zu Schanden.

Zweiter Auftritt

Das Käthchen von Heilbronn tritt auf, mit verbundenen Augen, geführt von zwei Häschern. Die Vorigen.

DAS KÄTHCHEN. Bin ich am Ziel, ihr geheimnisvollen Männer?

DER ERSTE HÄSCHER *indem er ihr das Tuch aufbindet.* Du stehst vor deinem Richter.

DER ZWEITE. Sei wahr, als stündest du vor Gott; denn er sieht in dein innerstes Herz.

[Vers 376–379]

KÄTHCHEN *stellt sich neben dem Grafen vom Strahl, und sieht die Richter an.*
  Ihr sollt mir diesen Busen nicht verwirren.

GRAF OTTO.
  Nun?

WENZEL. Wirds auch werden?

HANS.   Wirst du dich bald uns nähern?
  Wirst du zur Schranke treten, wie sichs schickt?

KÄTHCHEN *für sich.* Sie rufen mich.

WENZEL *befremdet.*   Was fehlt dem Wesen dort?

[Vers 525–574]

KÄTHCHEN. O! Himmel! Ich bedacht es nicht. Vergib!
  Im Stall zu Strahl, da hast du mich besucht.

GRAF VOM STRAHLE. Nun also! Da besinnt sie sich. Und glüht,
  Auch schon vor Scham, daß es mich brennt, bis hier.
  Da gibst du zu, daß ich dich angerührt?

KÄTHCHEN. Da geb ich zu, daß du mich angerührt.

GRAF VOM STRAHLE. Nun?

[Vers 642–646]

GRAF VOM STRAHLE.
  Ihr Herrn, was ich tun kann, das soll geschehn.–
  Kathrine!

KÄTHCHEN. Mein hoher Herr!

GRAF VOM STRAHLE.   Ich will dir etwas sagen.
  Du liebst mich.

KÄTHCHEN.   Von ganzem Herzen.

GRAF VOM STRAHLE.   Und was ich will, das tust du.

KÄTHCHEN. Verlaß dich drauf.

GRAF VOM STRAHLE.   Gewiß?

KÄTHCHEN. Verlaß dich drauf.

GRAF VOM STRAHLE.

Gibst du mir wohl das Leben?

KÄTHCHEN. Mein hoher Herr.

GRAF VOM STRAHLE.

Nun! Sei mir offen. Sag mirs.

KÄTHCHEN. Stirbst du auch?

GRAF VOM STRAHLE. Nein, davon red ich nicht.

KÄTHCHEN. Mein hoher Herr!

GRAF VOM STRAHLE.

Mithin, scheid ich nicht auch, so gibst dus nicht?
– Rasch mit der Antwort nur!

KÄTHCHEN *zitternd*. Was willst du haben?

GRAF VOM STRAHLE.

Ich will, daß du zurück nach Heilbronn gehst. –
Du bleichst? Du stockst? Du wankst? Du willst es nicht?
Du willst es nicht?

KÄTHCHEN. Ich hab es dir versprochen.

Sie fällt in Ohnmacht.

[Zweiter Akt, erster Auftritt. *Zeile 674–678*]

[DER GRAF VOM STRAHLE.] Ich will meine Muttersprache durchblättern, und das ganze, reiche Kapitel, das diese Überschrift
führt: Empfindung, dergestalt plündern, daß keine Träne
mehr, die unter dem Monde rinnt, auf eine neue Art soll sagen
können: ich bin betrübt. Wenn mir nur Gottschalk gegenüber
säße, und irgend etwas, was es auch sei, vor uns auf der Erde
läge, damit ich mir einbilden könnte, es sei ein Wettstreit.

[*Zeile 702–703*]

[DER GRAF VOM STRAHLE.] Du kleines Veilchen, das an der bemoosten Felswand, im Schatten wildrankender Brombeer-
gebüsche, blühte, und bestimmt schien, mir, wenn ich dich
jemals erblickte, einen Geruch zuzusenden, und dann vergessen
zu werden: was hast du meiner Brust angetan? So wahr mir
Gott die Sünde vergebe, ich meine, meine Seligkeit ist mir
zugemessen. Ich weiß nicht mehr, warum ich abends die

Hände falten und beten soll: sobald nur der Dank für das, was mir heute geworden ist, ausgeweint ist. Wars nicht, als sie sich da, in ihrer lieblichen Unschuld, vor mir entfaltete, als ob ich, diese Verbindung von Eisen und Fleisch und Blut, die gegen die Erde drückt, gänzlich zu Gesang verwandelt worden wäre; als schwäng ich mich, wie ein Adler, kreisend und gewälzt und kopfüber, ins Reich unendlicher Lüfte empor, immer jauchzend und wieder jauchzend: ich bin geliebt! daß die ganze Welt, wie ein großer Resonanzboden, mir widerhallte: ich bin geliebt! – ich bin geliebt! ich bin geliebt! ich bin geliebt! schwachher der Nachhall lispelnd noch von den äußersten Sternen, die an der Grenze der Schöpfung stehn, zu mir herüber zitterte. – – – Ihr grauen, bärtigen Alten, was wollt ihr?

Zweiter Auftritt [Zeile 724–734]
Gottschalk tritt auf. Der Graf vom Strahle.

GOTTSCHALK. Ei, was der Gukuck! So hängt ja der Himmel voller Geigen. Ist das Gericht schon vorbei, gestrenger Herr? – Nun, so wahr ich lebe! Wir stehn dort, wo die Pferde grasen, und schauen uns die Augen wund, Euch aus der Mordhöhle wieder hervortreten zu sehen; und Ihr liegt hier, wie ein Dachs davor, und sonnt Euch. – Ein Bote ist angekommen von Eurer Mutter.

DER GRAF VOM STRAHLE. Ein Bote?

GOTTSCHALK. Gestreckten Laufs, keuchend, mit verhängtem Zügel: mein Seel, wenn Schloß Wetterstrahl eine Pulverpfanne, und die Landstraße eine Donnerbüchse gewesen wäre, er hätte nicht rascher herangeschossen werden können.

DER GRAF VOM STRAHLE. Was bringt er mir, Gottschalk?

GOTTSCHALK. He! Ritter Franz!

[Ende des dritten Auftritts; nach Zeile 808]

[DER GRAF VOM STRAHLE.] – und so wahr ich diese Rechte aufhebe, ich halte Wort. – Bring mir die Pferde, sag ich, ich will reiten.

GOTTSCHALK *halblaut in die Höhle rufend.* Käthchen!

DER GRAF VOM STRAHLE. Was? – Die Pferde, Gottschalk, sag ich!
Die Pferde!

GOTTSCHALK. Gleich, gleich, gestrenger Herr – He! Jung Mädel!
Wo bleibst du?

DER GRAF VOM STRAHLE. Der alte Geck, der! Was geht ihm das
Mädchen an?

GOTTSCHALK. Was, mir? – Bei Gott, gnädiger Herr, wenns ein
Hund wär, so würd ich –

DER GRAF VOM STRAHLE. Ei so, Narr, der du bist! – Das Käthchen
ist bei seinem Vater geblieben, und geht wieder nach Heilbronn
zurück.

GOTTSCHALK *betroffen.* Was sagt Ihr?

DER GRAF VOM STRAHLE. Fort, sag ich! Die Pferde will ich haben,
ich will reiten.

Alle ab.

[Fünfter Auftritt. *Zeile 885–889*]

BURGGRAF VON FREIBURG. Gut. Platz jetzt hier. Tritt heran,
Schauermann!

RITTER SCHAUERMANN. Hier, gnädger Herr.

BURGGRAF VON FREIBURG. Licht her!

Ein Knecht bringt die Laterne, die Ritter besehen das Fräulein.

GEORG VON WALDSTÄTTEN. Sie hängt, wie tot, von der Schulter
nieder.

RITTER WETZLAF *zu den Köhlern.* Was wollt ihr? Was habt ihr hier
zu suchen?

GEORG VON WALDSTÄTTEN. Sie hat den Hut verloren. Hätt ich ihr
den Mantel nicht gegeben: der Wind hätt ihr alle Kleider vom
Leibe gerissen.

BURGGRAF VON FREIBURG. Ei, Georg! So hätt ich sie ihr in der
Steinburg nicht auszuziehen brauchen.

RITTER SCHAUERMANN *zum Burggrafen und dem Junker von Waldstätten.*
Ist alles gut, ihr Herrn? Kann ich gehen?

BURGGRAF VON FREIBURG. Es ist alles gut. Sie kann sich nicht rühren. Geh schmeiß sie herein, Schauermann, und bewache sie,
bis ich rufe.

Ritter Schauermann mit Fräulein Kunigunde von Thurneck ab.

Sechster Auftritt

Burggraf von Freiburg und Georg von Waldstätten treten in den Vorgrund,
Ritter Wetzlaf lagert sich mit den Reisigen zur Seite. Die Köhler schüren
hinten die Kohlen, und gehen ab und zu. Späterhin der Köhlerjunge.

[Siebenter Auftritt. *Zeile 954–974*]

DER GRAF VOM STRAHLE *in die Szene rufend.* Bind die Pferde an, Gottschalk, und füg dich zu mir. – Das ist eine Nacht, die Wölfe
in den Klüften um ein Unterkommen anzusprechen.

GOTTSCHALK *von außen.* Holla! Ihr Herren! Wenn ihr so gut
sein wollt –

RITTER FLAMMBERG. Was gibts?

GOTTSCHALK. Schafft mir Licht, zum Henker. Ich stehe hier mit
den Pferden, wie in einen Sack eingenäht.

DER GRAF VOM STRAHLE. Gleich, Gottschalk, gleich! Du sollst
gleich welches haben.

RITTER FLAMMBERG. Dort blitzt eine Laterne.

DER GRAF VOM STRAHLE. Heda!

DIE KÖHLER *aus dem Hintergrunde.* Hurrassasa! Hat heut der Teufel
hier Reichstag? Was gibts?

DER GRAF VOM STRAHLE. Rittersmänner, ihr wackern Leute, die
der Regen treibt, Schutz zu suchen in euerer Köhlerhütte. Ists
vergönnt, einzutreten?

BURGGRAF VON FREIBURG *ihm in den Weg tretend.* Erlaubt, ihr
Herren! – Wer ihr auch sein mögt: in dieser Hütte, ist kein
Platz für euch.

GEORG VON WALDSTÄTTEN *ebenso.* Ihr könnt hier nicht eintreten.

DER GRAF VOM STRAHLE. Wie? Was? Ich kann hier nicht eintreten?

GEORG VON WALDSTÄTTEN. Mit Eurer Vergunst, nein.

BURGGRAF VON FREIBURG. Es ist kein Raum mehr, sich darin zu
bergen. Wäre noch Raum drin: wir übernachteten selbst
nicht, wie ihr seht, im Freien. Wir sind reisende Ritter, die das
Ungewitter hierher verschlagen; meine Frau liegt in der Hütte
todkrank, den einzigen Winkel, der leer ist, mit ihrer Bedienung erfüllend. Ihr werdet sie nicht daraus verjagen wollen.

DER GRAF VOM STRAHLE. Ihr Herren, das tut mir leid, um mich und
eure Frau. – Krank, sagt ihr? An was?

RITTER FLAMMBERG. Hat sie ein Bett drin?

DER GRAF VOM STRAHLE. Kann man ihr mit Mänteln? –

RITTER FLAMMBERG. Oder fehlts ihr sonst an irgend etwas? –

BURGGRAF VON FREIBURG. Wir danken, ihr würdigen Herren, wir danken. Sie ist mit allem versorgt.

GEORG VON WALDSTÄTTEN. Sie wird sich wohl gegen Morgen erholen.

DER GRAF VOM STRAHLE. Nun, so wünsch ich euch eine glückliche Reise! Wir wollen uns hier unter diesen Bäumen betten. – Gottschalk!

GOTTSCHALK *von außen.* He!

DER GRAF VOM STRAHLE. Sind die Pferde angebunden?

RITTER FLAMMBERG. Hast du Licht?

GOTTSCHALK. Ja, der Junge hat sich meiner erbarmt.

DER GRAF VOM STRAHLE. Schaff die Decken her, wenn du fertig bist. Wir wollen uns ein Lager bereiten, auf der Erden, unter den Zweigen.

> *Sie spreiten ihre Mäntel unter, und legen sich nieder.*

RITTER FLAMMBERG. Es ist nicht möglich, weiter zu reiten. Die Gebirgswege sind so glatt, man möchte den Pferden Schlittschuhe unterbinden, und darüber hinlaufen.

DER GRAF VOM STRAHLE. 's ist nicht das erstemal, Franz, daß wir auf dem Felde, beim Gastwirt zum blauen Himmel übernachten. Was mich kümmert ist meine alte Mutter; denn die wird keinen Wetterkeil durch die Luft zucken sehen, ohne zu denken, er trifft mein Haupt.

> *Gottschalk und der Köhlerjunge treten auf.*

RITTER FLAMMBERG. Bringst du die Decken?

[Zeile 1009–1021]

> *Köhlerjunge sieht sich wieder um.*

DER GRAF VOM STRAHLE. Nun?

RITTER FLAMMBERG. Was säumst du?

DER GRAF VOM STRAHLE. Was stehst du und steckst die Hände, die du brauchen sollst, in die Hosen, und bedenkst dich?

GOTTSCHALK. Hast kein Herz, Junge?

KÖHLERJUNGE. – Weiß nit, ihr Herren.

DER GRAF VOM STRAHLE *lachend.* Weiß nit!

KÖHLERJUNGE. Wills dem Vater sagen. – Harrt einen Augenblick hier und schaut, was ich tue.

Er geht und spricht mit den beiden Alten, die am Feuer stehen, und verliert sich nachher in die Hütte.

RITTER FLAMMBERG. Sind das solche Kauze? Beelzebubs-Ritter, deren Ordensmantel die Nacht ist? Eheleute, auf der Treppe mit Stricken und Banden an einander getraut?

DER GRAF VOM STRAHLE. Krank, sagten sie!

RITTER FLAMMBERG. Todkrank und dankten für alle Hülfe. –

Pause.

GOTTSCHALK. Mein Seel! Ihr Herren, wenn ich die Sache recht bedenke, so wollt ich, ich hätte geschwiegen.

RITTER FLAMMBERG. Warum hast dus nicht getan?

GOTTSCHALK. Wenn der Junge Herz hat, so wirds einen blutigen Strauß geben.

Pause.

DER GRAF VOM STRAHLE. Wie hoch schätzt ihr wohl ihre Zahl?

RITTER FLAMMBERG. Immer um die Hälfte geringer, als derer, die mit uns sein werden. – Ich meine, es sind ihrer ein Dutzend.

DER GRAF VOM STRAHLE. Eher drüber, als drunter.

RITTER FLAMMBERG. Wir wollen uns einbilden, es wären zwei.

Pause.

GOTTSCHALK. Aber, ihr Herren, paßt auf wo der Junge bleibt! So wahr ich lebe, er schlüpft' eben vom Feuer hinweg. Die Alten, mit denen er sprach, stehen allein.

DER GRAF VOM STRAHLE. Wird ihn doch der Luzifer nicht, eh er wieder gekommen? –

RITTER FLAMMBERG. Richtig!

DER GRAF VOM STRAHLE. Was?

GOTTSCHALK. Der Teufel soll mich holen!

DER GRAF VOM STRAHLE. Ist er fort?

RITTER FLAMMBERG. Er schlich eben in die Hütte hinein. –

DER GRAF VOM STRAHLE. Gottschalk! Geh doch einmal, und mach dir ein Geschäft bei den Alten, und horche, wie sie gesinnt sind.

GOTTSCHALK. Mein Seel! Das wird einen Lärm setzen, wie bei der Hochzeit von Kanaan.

Er schleicht sich in den Hintergrund und spricht mit den Alten.

DER GRAF VOM STRAHLE. Ich meine, es wird alles bleiben, wie es

ist. – Sprach der Junge nicht, es läge ein geharnischter Mann
bei ihr?

RITTER FLAMMBERG. Allerdings.

DER GRAF VOM STRAHLE. So wird der Schlingel nichts ausrichten.

RITTER FLAMMBERG. Je nun! – Der Junge war schlau genug, andern
einbilden zu können, er sei es nicht. Wenn er sich aufs Stroh
hinlegt, neben ihr, so sieht er aus, wie ein Sack voll Kohlen;
kein Mensch merkt auf ihn. Ein geschickter Schnitt, der ihr,
ungesehen von dem, der sie bewacht, die Hände befreit; das
übrige, mein ich, tut sie schon selbst.

Pause.

RITTER SCHAUERMANN *drinnen.* He! Holla! Die Bestie! Ihr Herrn
draußen!

DER GRAF VOM STRAHLE. Auf, Flammberg! Erhebe dich!

Sie stehen beide auf.

KUNIGUNDE VON THURNECK *drinnen.* Hülfe!

BURGGRAF VON FREIBURG. Was gibts, Schauermann?

Die ganze Schar des Burggrafen erhebt sich.

RITTER SCHAUERMANN *drinnen.* Ich bin angebunden! Die Bestie!
Ich bin angebunden!

Kunigunde von Thurneck tritt auf. Hinter ihr der Köhlerjunge.

KÖHLERJUNGE. Hier! *Er zeigt auf den Grafen vom Strahle.*

KUNIGUNDE. Wo?

KÖHLERJUNGE. Dort, dort! Seht Ihr nicht? Wo die große Eiche
steht!

BURGGRAF VON FREIBURG. Ihr ewigen Götter: was erblick ich?

[Achter Auftritt. Vers 1058–1063]

DER GRAF VOM STRAHLE.
Du haust nach mir?

RITTER FLAMMBERG.　　Auf, Gottschalk, jetzt!

DER GRAF VOM STRAHLE.　　　　　　　　Du hast
Noch so viel Herz, du lügnerischer Brautmann?

Er zieht und haut ihn nieder.

So fahr zur Hölle hin, woher du kamst,
Und feire deine Flitterwochen drin!

GEORG VON WALDSTÄTTEN *zum Burggrafen.*
Gott! Meines Lebens Herr! Was starrst du so?

BURGGRAF VON FREIBURG.

  Weh mir! Was ist geschehn?

GEORG VON WALDSTÄTTEN.   Bist du getroffen?

RITTER WETZLAF. Getroffen ist er –

EINER *aus dem Haufen.*   Wankt –

EIN ANDERER.   Und bleicht –

EIN DRITTER.   Und fällt –

RITTER SCHAUERMANN. Gleich einer Eiche schmetternd fällt er um!

ALLE. Entsetzen! O Entsetzen!

RITTER FLAMMBERG.   Auf jetzt, ihr Freunde!

RITTER SCHAUERMANN.

  Gott hat gerichtet! Fort! Entflieht.

RITTER FLAMMBERG.   Schlagt drein!

  Jagt das Gesindel völlig in die Flucht!

[Vers 1079–1080]

GOTTSCHALK. Die Fackeln her!

DER GRAF VOM STRAHLE.   Hier ist ein Sitz, mein Fräulein!

  Kommt! Eure Hand! Gebt her! Hier laßt Euch nieder.

            Er führt sie auf einen Sitz.

  Wie fühlt Ihr Euch, sagt an? – Schafft Wasser, Gottschalk!

  – Wie fühlt Ihr Euch? *Er setzt sich bei ihr nieder.*

KUNIGUNDE.   Gut, gut.

DER GRAF VOM STRAHLE.   Mich dünkt, Ihr zittert?

  Wollt Ihr nicht das Gewand, das Euch umschließt –?

  Soll ich –?

KUNIGUNDE. Laßt, laßt. Es geht vorüber schon.

DER GRAF VOM STRAHLE. So fühlt Ihr Euch ein wenig leichter jetzt?

KUNIGUNDE. Das Licht der Augen kehrt mir dämmernd wieder.

[Vers 1132–1250]

Neunter Auftritt

*Der Burggraf von Freiburg verwundet am Boden, Georg von Waldstätten über
ihm; zur Seite die Köhler.*

GEORG VON WALDSTÄTTEN.

  Nimm hier von diesem Wasser, Max! Wie gehts dir?

  Fühlst du ein wenig besser dich?

BURGGRAF VON FREIBURG *sie richten ihn auf, er trinkt.*

Ach, Georg.

DER ERSTE KÖHLER *betrachtet ihn.*

Es scheint, er geht, wo alles Fleisch.

DER ZWEITE.   Sein Aug

Ist dunkel, seine Nägel blau, wie Wachs. –

GEORG VON WALDSTÄTTEN.

Sag mir, o Max, eh deine Seel entweicht,
Wodurch hat dich dies Weib so schwer gereizt?
Wodurch hat sie so grimmig dich gereizt,
Daß du solch eine Tat ihr angetan?

BURGGRAF VON FREIBURG.

O Georg! Wenn ich das sagen könnte –

GEORG VON WALDSTÄTTEN.   Sag es.

BURGGRAF VON FREIBURG.

Den Atem meiner ganzen Jugend gäb ich,
Um nur die sieben Worte auszusprechen.

GEORG VON WALDSTÄTTEN.

Du hast jetzt eben dreizehn schon gesagt. –

BURGGRAF VON FREIBURG.

Ist sie hinweg mit ihm?

GEORG VON WALDSTÄTTEN. Du kanntest ihn?

– Es war der Graf vom Strahl, der sie befreit.

BURGGRAF VON FREIBURG.

Ist sie hinweg mit ihm?

GEORG VON WALDSTÄTTEN. Sie sind hinweg.

Er nahm sie mit sich auf sein Schloß zum Strahl.

BURGGRAF VON FREIBURG *mit einem Seufzer.*

O Georg!

GEORG VON WALDSTÄTTEN.

          Was denkst du?

BURGGRAF VON FREIBURG.   Morgen liebt er sie,
Und übermorgen ist er mit ihr verlobt:
Und doch –

GEORG VON WALDSTÄTTEN.

          Und doch –

BURGGRAF VON FREIBURG. Und doch – ihm wäre besser
Wenn er sich einen Erben will erzielen –

GEORG VON WALDSTÄTTEN.

Wenn er sich einen Erben will erzielen?

BURGGRAF VON FREIBURG.

In einem Beinhaus freit' er eine Braut.

GEORG VON WALDSTÄTTEN.

Du unbegreiflicher Prophet! Was weißt du?

BURGGRAF VON FREIBURG.

Ich will dir sagen, Freund. Ich war einst –

GEORG VON WALDSTÄTTEN.   Nun? Du warst? –

BURGGRAF VON FREIBURG.

Tod starrt mir auf der Zung, ich kann nicht sprechen. –
Geht, fragt –

GEORG VON WALDSTÄTTEN.

Wen?

BURGGRAF VON FREIBURG.

Fragt –

GEORG VON WALDSTÄTTEN. Nun, sprich! Wen soll ich fragen?

BURGGRAF VON FREIBURG.

Wie heißt die Zofe schon, die um sie ist?

GEORG VON WALDSTÄTTEN.

Rosalie!

BURGGRAF VON FREIBURG.

Fragt Rosalien, die mein ich.
Und nun laßt mich zufrieden, es ist aus.

Er sinkt wieder zurück.

GEORG VON WALDSTÄTTEN.

Kommt, laßt uns ihn in jene Hütte tragen.

Sie heben ihn auf und tragen ihn fort.

Szene: Schloß Wetterstrahl. Ein Gemach in der Burg.

Zehnter Auftritt

*Fräulein Kunigunde von Thurneck am Putztisch, beschäftigt, die letzte Hand
an ihren Anzug zu legen. Hinter ihr Rosalie.*

KUNIGUNDE. Mich dünkt, Rosalie, diese Locken sind
Zu zierlich hier. Was meinst du? Es ist nicht
Mein Wille, was die Kunst kann, zu erschöpfen,

Vielmehr, wo die Bedeutung minder ist,
Möcht ich dich gern nachlässiger, damit
Das Ganze so vollendeter erschiene.
Sieh, diesen Stein, der diesen Busch von Federn
Zusammenhält: gewiß! er steht mir gut;
Er wirft den Glanz, den funkelnden, auf mich;
Doch streu ich diese Haare über ihn,
So scheint es mehr, er nimmt den Glanz von mir:
Ihn selber, freilich, sieht man weniger,
Doch das Gemüt, das ihn verbarg, so mehr.
ROSALIE. Gewiß! In manchem Sinne habt Ihr recht.
Da kömmt er, denkt man, übers Meer und bietet
Mit seinem Strahl sich an, und Ihr verschmäht ihn:
Ihr werft ihn hin, wo man ihn kaum erblickt.
Das aber wußt ich nicht, daß es Euch mehr
Um das Gemüt zu tun ist, als die Stirn,
Auf die Ihr mir befahlt, ihn aufzustecken.
KUNIGUNDE. Da hast du dich geirrt, Rosalie.
Die Kunst, die du an meinem Putztisch übst,
Ist mehr, als bloß ein sinnereizendes
Verbinden von Gestalten und von Farben.
Das unsichtbare Ding, das Seele heißt,
Möcht ich an allem gern erscheinen machen,
Dem Toten selbst, das mir verbunden ist.
Nichts schätz ich so gering an mir, daß es
Entblößt von jeglicher Bedeutung wäre.
Ein Band, das niederhängt, der Schleif entrissen,
Ein Strauß, – was du nur irgend willst, ein Schmuck,
Ein Kleid, das aufgeschürzt ist, oder nicht,
Sind Züg an mir, die reden, die versammelt
Das Bild von einem innern Zustand geben.
Hier diese Feder, sieh, die du mir stolz
Hast aufgepflanzt, die andern überragend:
Du wirst nicht leugnen, daß sie etwas sagt.
Zu meinem Zweck heut beug ich sie danieder:
Sie sagt nun, dünkt mich, ganz was anderes.
Wenn mich der junge Rheingraf heut besuchte,
So lob ich, daß du mir die Stirn befreit;

Doch weils Graf Wetter ist, den ich erwarte,
So laß ich diesen Schleier niederfallen;
Nun erst, nun drück ich aus, was ich empfinde,
Und lehr ihn so empfinden, wie er soll.

Sie steht auf.

Wer naht?

ROSALIE.   Wo?

KUNIGUNDE.   Draußen von der Galerie.

ROSALIE. Es ist –

KUNIGUNDE.   Horch! – Rasch die Sachen weg, Rosalie.

ROSALIE.

Was träumt Ihr? Es ist niemand.

KUNIGUNDE.   Niemand?

ROSALIE.   Niemand.

Der Windzug wars, der mit der Wetterfahne
Geklirrt.

KUNIGUNDE. Mich dünkt', es war sein Fußtritt.
    – Nun, nimm die Sachen weg, Rosalie.

ROSALIE. Fürwahr! Sieht man in dieser Fassung Euch,
    Meint man – ich wag noch nicht zu sagen, was?

KUNIGUNDE. Laß das. Davon ein andermal. –

Sie tritt wieder vor den Spiegel.

Ach, Freundin!

Wie vielen Dank bin ich dem Zufall schuldig,
Der dich auf dieses Schloß hierher geführt.
Von allen Wünschen, sieh, die mich durch jene
Verhängnisvolle Nacht begleiteten,
War dies der größeste – und er ist mir erfüllt.

ROSALIE. Ihr nennt es Zufall! – Meine Iris wars,
    Ich habs Euch schon gesagt, sie selbst leibhaftig,
    Die Königin der klugen Kammerzofen.
    Als Euch der Burggraf mir entrissen hatte
    Und ich, umirrend in der Finsternis,
    Nicht weiß, wie ich den Fußtritt wenden soll,
    Zeigt gegenüber, matt verzeichnet, sich
    Ein zarter Mondscheins-Regenbogen mir.
    Ich kann nicht sagen, wie mich dies erfreute.
    Durch seine Pfort ermuntert geh ich durch,

Und steh, am Morgen, vor dem Schloß zum Strahle.
KUNIGUNDE. Ich will ihr einen Göttertempel baun. –
Ach, Teuerste! Kannst du mir sagen, was
Aus diesem Wütrich mag geworden sein?
Wir ließen bei den Köhlern ihn zurück.
Lebt er? – Sag an.
ROSALIE.   Wenn Wünsche töten könnten,
So sagt ich: nein. – Ich weiß es nicht, mein Fräulein.
KUNIGUNDE. Geh, und erkundge dich danach. – Die Ruhe
Ist meinem Busen fremd, bis ich es weiß.
ROSALIE. Der alte Knecht, der eben noch im Hofe
Den Vorfall meldete, versicherte,
Er würde nimmer wieder auferstehn.
KUNIGUNDE. Kannst du mir sagen: er ist tot, Rosalie:
Die Lippen sind auf ewig ihm geschlossen –
Jedwedes Wort der Botschaft will ich dir
Mit einer Perle, wie ein König, lohnen. –

    Indem sie zum Fenster geht und es öffnet.

Hast du mir alles dort zurecht gelegt?
Urkunden? Briefe? Zeugnisse?

[*Zwölfter/dreizehnter Auftritt. Vers 1366–1381*]

GRÄFIN HELENA.
Kommt! Sammelt Euch. – Wollt Ihr Euch niederlassen?
Begehrt Ihr an die freie Luft hinaus?
KUNIGUNDE. Laßt, laßt! 's ist schon vorüber.

   Sie faßt sich und trocknet sich die Augen.

         Wann wird es mir
Erlaubt nun sein, nach Thurneck aufzubrechen?
GRÄFIN HELENA.
Wann Ihr es wünscht. Mein Sohn wird Euch begleiten.
Ihr habt bloß ihm die Stunde zu bestimmen.
KUNIGUNDE. So seis – auf morgen denn!
GRÄFIN HELENA.   Was! Morgen schon!
Wollt Ihr nicht ein paar Tag, mein liebes Kind,
Bei uns verweilen? Wir wollen Boten schicken,
Die Eure würdgen Vettern heim beruhigen.

KUNIGUNDE. Ich sehne mich an ihre Brust zurücke.

Wenns mir vergönnt ist –

GRÄFIN HELENA. Gut, gut. Wie Ihr wollt.

So mögt Ihr, mit der Morgendämmrung, reisen.

KUNIGUNDE. Erlaubt, daß ich, auf einen Augenblick

Mich jetzt –

GRÄFIN HELENA.

– Geht, geht! Wir werden Euch zu Tisch doch sehn?

KUNIGUNDE *mit einer Verbeugung.*

Ich hoffs. Sobald mein Herz sich sammelte,

Hab ich das Glück, Euch wieder aufzuwarten.

Ab; die Gräfin gibt ihr die Hand und begleitet sie bis an ihr Zimmer.

Dreizehnter Auftritt

Der Graf vom Strahle. Gräfin Helena.

DER GRAF VOM STRAHLE.

So wahr, als ich ein Mann bin, die begehr ich

Zur Frau!

GRÄFIN HELENA.

Nun, nun, nun, nun!

DER GRAF VOM STRAHLE. Was! Nicht?

Du willst, daß ich mir eine wählen soll;

Doch die nicht? Diese nicht? Die nicht?

GRÄFIN HELENA. Was willst du?

Ich sagte nicht, daß sie mir ganz mißfällt.

DER GRAF VOM STRAHLE.

Ich will auch nicht, daß heut Vermählung sei.

GRÄFIN HELENA. Laß uns die Sach ein wenig überlegen.

Ab.

Der Vorhang fällt.

DAS KÄTHCHEN VON HEILBRONN

[Varianten aus einem Soufflierbuch des Detmolder Hoftheaters zu einer Insze-nierung des Jahres 1842, der vermutlich ein verschollenes eigenhändiges Manu-skript Kleists zugrunde lag. Im folgenden wird die durchgängige Prosaaufzeich-nung des Soufflierbuchs in die entsprechende Versform umgesetzt.]

[Vers 384/85]

Auf jene böse Kunst bin ich verklagt,
Mit der ich mir, du weißt, dein Herz gewann,
Und dich mit Liebesband' so arg umstrickt,
Daß du der Pflicht vergaß'st und deiner Ehr. –

[Aus IV/1]

GOTTSCHALK. Mein armer Herr! ließ er sich doch bedeuten! –
Wer rettet ihn aus dieses Satans Krallen!
Und ich muß ihrs noch überbringen, was sie
Mit Schmeichelei ihm listig abgelockt! –
Hätt doch die Flamme, die ihr Schloß verzehrt,
Das Dokument und sie dazu verbrannt!

[Zeile 2164–2167]

GOTTSCHALK *außerhalb*. Herr Graf vom Strahl! Heda Herr Graf
vom Strahl!
STRAHL *Käthchen rasch erhebend*. Geschwind, erhebe dich!

Die Vorigen. Gottschalk.

GOTTSCHALK. Hier find ich Euch! Drei kaiserliche Boten,
Verhängten Zügels, sprengten in das Schloß,
Aus Worms, mit Sendung ihres Herren, der
Euch schleunig läßt an seinen Hof entbieten!
STRAHL. Vom Kaiser? Botschaft mir? ich folge gleich. –
Gut Gottschalk, daß du kamst, du fragtest mich,
Ob du die Jungfrau in den Stall darfst nehmen?

[Zeile 2398–2461]

*Die Ritter drängen sich besorgt um den Kaiser und führen ihn ab. Das Volk
zerstreut sich; zurückbleiben der Burggraf und Georg.*

Burggraf Freiburg, Georg, später Otto, zuletzt Flammberg.

GEORG. Ein wunderbarer Vorfall! Unbegreiflich!
Was fehlt der Majestät? Sie schien nicht wohl.
FREIBURG. Erblassen sah ich ihn, betroffen wankend,   .
Als Wetterstrahl den Alten niederstieß!
Doch wohl entsetzt auch einen Stärkern hätte
Der Ausgang dieses Kampfs, ein Urteil Gottes
Wie nie ich sah! Der Blick allein des Grafen
Macht in des Alten Brust den Odem stocken,
Und kraftlos sank er wie vom Blitz getroffen!

GEORG. Da kommt Graf Otto! sicher bringt er Kunde.

Otto tritt auf.

FREIBURG. Was bringt Ihr uns, Herr Graf? Wo weilt der Herr?
OTTO. Im Innersten erschüttert, nur mit Mühe,
Fassung gewinnend, deutet er dem Grafen
Nach Strahlburg schleunig wieder heimzukehren!
Gewärtig dort des weiteren Gebots,
Das er ihm senden wolle! – Darauf rief er
Bei Seite mich, und fromme Rührung strahlte
Sein Auge, als er mir die Worte sprach:
»Wo Gottes Wille also deutlich redet,
Da soll des schwachen Menschen Schluß nicht schwanken!
Dem Graf vom Strahl, dem Freund der Auserwählten,
Hat sie mein Kind, ein Cherubim genannt,
Und des zum Zeugnis heut ihm Sieg verliehn;
So soll sie fürder meine Tochter sein«,
Und drauf den Kanzler hieß er mich zu rufen!
FREIBURG. Nun denn, beim hohen Himmel! eine Fabel
Glaubt ichs, hätt es mein Auge nicht gesehen! *wollen abgehen.*
FLAMMBERG *tritt eilig auf.* Herr Burggraf von Freiburg! Seid Ihr es,
oder ist es Euer Geist? O eilt nicht, ich beschwöre Euch!
FREIBURG. Was willst du? Wen suchst du?
FLAMMBERG. Meinen bejammernswürdigen Herrn, den Grafen
vom Strahl! Fräulein Kunigunde, seine Braut, – o hätten wir sie
Euch nimmermehr abgenommen! Den Koch hat sie bestechen
wollen dem Käthchen Gift zu reichen! – Gift, ihr gestrengen
Herrn!

FREIBURG. Und das wundert dich? Mich wahrlich nicht! Das
Käthchen ist ihr im Wege, da muß sie doch auf Mittel denken,
sie hinwegzuräumen!

FLAMMBERG. Wo aber ist mein Herr?

FREIBURG. Nach der Strahlburg zurück! – Meinen Empfehl an ihn!
Sag ihm, die Wunde hätt ich längst verziehn, und leid nur tät es
mir, daß Fräulein Kunigunde, um deren schöner Augen willen
er sie mir geschlagen, meine Rache an ihm, selbst übernommen
habe!

Freiburg mit Otto und Georg auf der einen, Flammberg auf der andern Seite ab.

*[Außer durch zahlreiche kleinere Text- und Handlungsvarianten unterscheidet
sich der Detmolder Text vor allem durch das Fehlen aller mit Kunigundes
Monstrosität zusammenhängenden Szenen.]*

DIE HERMANNSSCHLACHT

*[Varianten aus den »Zeitschwingen« von 1818, in denen die letzten vier Auftritte
nach einer unbekannten, von Kleist korrigierten Abschrift erschienen.]*

[Vers 2449–2454]

[KOMAR.] Dem Varus eben doch erliegen wollten sie,
Der, ihren Haufen zu zertrümmern,
Mit seiner ganzen Macht sich auf sie warf,
Als Brunold schon, o Herr, zu ihrer Hülf erschien,
Und ehe Hermann noch den Punkt der Schlacht erreicht,
Die Schlacht der Freiheit völlig schon entschied.

[Vers 2463–2481]

MARBOD. Auf jetzt, daß ich mit Hermann mich vereine!

Alle ab.

VARUS *tritt auf.* Da sinkt der Plan, die Welt zu unterjochen,
Vor eines Wilden Witz zusammen,
Und kommt, die Wahrheit zu gestehn,
Mir wie ein dummer Streich der Knaben vor!
Rom, wenn, gebläht vom Glück, du mit drei Würfeln doch
Nicht neunzehn Augen werfen wolltest!
Die Zeit noch kehrt sich, wie ein Handschuh, um,

Und über uns seh ich die Welt regieren,
Jedwede Horde, die die Lust beschleicht. –
Dort naht Arminius, der Fürst der Uren,
Der diese Sprüche mich gelehrt. –
Der Rhein, wollt ich, wär zwischen mir und ihm!
Ich warf, von Scham erfüllt, dort, in den Schilf des Moores,
Mich in des eignen Schwertes Spitze schon;
Doch meine Ribbe, ihm verbunden,
Beschirmte mich, das Schwert zerbrach,
Und nun bin ich dem seinen aufbewahrt. –
Wenn ich ein Pferd nur fänd, ihm zu entschlüpfen! –

[Vers 2611–2621]

HERMANN. Ganz recht, Aristan, diese Denkart kenn ich.
Du bist imstand und treibst mich in die Enge,
Fragst wo und wann Germanien sei?
Ob es im Mond und zu der Riesen Zeiten?
Und was der Witz sonst an die Hand dir gibt.
Ich aber, ich versichre dich, ich werde
Dich jetzo bündig lehren, was es sei?
Führt ihn hinweg und laßt durchs Beil ihn sterben!
ARISTAN *erblaßt*. Wie, du Tyrann, du scheutest dich so wenig?
MARBOD. Beim Styx! die Lektion ist gut erfunden,
Zum Denken über diesen Gegenstand,
In Deutschland die Gemüter anzuleiten.

ANHANG

ANMERKUNGEN ZU DEN GEDICHTEN

9: *Der höhere Frieden* – Als erstes der »Kleinen Gelegenheitsgedichte« im September/Oktober-Heft des Phöbus 1808; nach der von Kleist angegebenen Datierung zu Beginn seiner Soldatenzeit entstanden und somit das früheste uns bekannte Gedicht; vermutlich nachträglich überarbeitet.

Prolog und *Epilog* – beide *H. v. K.* unterzeichnet, bildeten Anfang und Schluß des 1. Phöbus-Heftes vom Januar 1808, dessen Umschlag mit einer Zeichnung Ferdinand Hartmanns, Phöbus Apollo mit seinem Sonnenwagen über dem Stadtbild Dresdens darstellend, geschmückt war. Der Epilog wird vom »Freimüthigen«, 6. Febr. 1808, mit einigen hämischen Bemerkungen abgedruckt.

10: *Der Engel am Grabe des Herrn* – Phöbus Januar 1808, unterzeichnet *H. v. K.* Auf Wunsch Adam Müllers zu einem dem Heft beigegebenen Umriß nach F. Hartmanns Ölgemälde gedichtet. Müller hatte darüber geklagt, »daß die moderne Poesie in ihrer allegorischen Fülle zu wenig über Kleist vermöge, und so war seine Legende . . . eine freundschaftliche Rücksicht auf meine Neigung und meine Wünsche für ihn«. Vgl. die redaktionelle Anmerkung dazu (Bd. 2, S. 449).

11: *Die beiden Tauben* – Phöbus Februar 1808, unterzeichnet *H. v. K.* Freie Nachdichtung Lafontaines, mit deutlicher Beziehung auf Kleists ehemalige Verlobte Wilhelmine v. Zenge. Ihr Gatte, Professor Krug, legte ihr bei Erscheinen das Heft mit den Worten vor: »Sieh, da hat dir dein Freund noch etwas gesungen.«

14: *Kleine Gelegenheitsgedichte* – zusammen mit *Der höhere Frieden* und *An S. v. H.* (S. 46) im Phöbus Sept./Oktober 1808, unterzeichnet *H. v. K.*
Jünglingsklage – ältere Fassung s. S. 713.

Katharina von Frankreich – Eduard Prinz von Wales, nach seiner schwarzen Rüstung »the black prince« genannt, besiegte im 14. Jahrhundert Frankreich. Kleist dachte wohl an Heinrich V. von England, den Shakespeare bei seiner Werbung um »Käthchen«, die Prinzessin Katharina von Frankreich, sagen läßt, daß er »mit einer starren Außenseite« auf die Welt kam, »mit einer eisernen Gestalt, so daß ich die Frauen erschrecke, wenn ich komme, um sie zu werben«. Bezieht sich vermutlich auf Napoleons Absicht auf dem Erfurter Kongreß von 1808, die Zarenschwester Katharina zu heiraten.

15: *Der Schrecken im Bade* – Phöbus November/Dezember 1808 (erschienen Februar 1809), unterzeichnet *Heinrich von Kleist.*

16: *Aktäon* – belauschte Diana im Bade und wurde von ihr in einen Hirsch verwandelt, den die eigene Meute zerfleischte.

19: *Das hätte mir der kleine Finger jückend sagen sollen* – vgl. »Macbeth« IV, 1 (in Schillers Übertragung): »Juckend sagt der Daumen mir«.

20: *Epigramme* – 1. Reihe: Phöbus April/Mai 1808, unterzeichnet *H. v. K.*

Herr von Goethe – betr. Goethes Optik, nach Kleists Zerwürfnis anläßlich der Weimarer Krug-Aufführung geschrieben; siehe aber auch Kleists Brief an Marie (Bd. 2, S. 875).

Der Kritiker – gehört zu der vorangehenden *Forderung.*

21: *Voltaire* – Sein bekannter Ausspruch »Mon cul est aussi naturel, et je mets pourtant des culottes« wird wenig später auch in der »Zeit. f. d. eleg. Welt«, 9. 7. 1808, zitiert.

Der Theater-Bearbeiter – W = Weimar. 1817 kommt es dort wirklich über das Auftreten eines dressierten Hundes in einem Theaterstück zu Goethes Rücktritt von der Weimarer Theaterleitung.

Vokation (Berufung) – Die Nymphe Daphne wurde auf der Flucht vor dem liebestollen Apoll in einen Lorbeer verwandelt.

Rechtfertigung – Mit *Hephästion* meint Kleist Ptolemäus Chennus, den Hederichs Lexikon als »Ptol. Hephäst.« (= Sohn des H.) zitierte.

A l'ordre du jour (Zur Tagesordnung) – betr. vermutlich Wielands Verhalten.

22: *Die Welt und die Weisheit* – antwortet dem vorangehenden Ausspruch des *Psychologen.*

Der Areopagus (Gerichtshügel bei Athen) – Der Rat der Alten, der über die Sittlichkeit zu wachen hat, spricht hier gleichsam Sophokles, aber auch Kleist von den Vorwürfen seiner Kritiker frei.

Die Marquise von O – Während sich Kleist in den vorangegangenen Epigrammen mit Ironie gegen die scharfen Angriffe auf seine im Phöbus veröffentlichten Dramen »Penthesilea« und »Robert Guiskard« verteidigt, geht es bei den letzten sechs Stücken dieser Reihe um die gleichfalls im Phöbus erschienene Novelle.

Die Susannen – hebräische Schreibung von »Susanna«.

Ad vocem – ähnlich gebraucht wie apropos (dabei fällt mir ein).

23: *Epigramme* – 2. Reihe: Phöbus Juni (erschienen November) 1808, unterzeichnet *H. v. K.*

Musikalische Einsicht – Fr. v. P. = ? Zenon von Kittion und Diogenes von Sinope begründeten die stoische und kynische Tugendlehre; Platon duldete in seinem Idealstaat keine lyrischen Dichter.

Demosthenes – Anspielung auf den politischen Zustand Deutschlands.

Das frühreife Genie – Goethes Sohn August war bei der Trauung Goethes mit Christiane Vulpius, die 1806 stattgefunden hatte, sechzehn Jahre alt. Der »Freimüthige« sagt von den Epigrammen, daß sie »nicht so übel geraten sind, ob wir schon nicht wissen, wohin wir ›Das frühreife Genie‹ sowohl wegen seiner Eleganz, als seiner Versrichtigkeit rechnen sollen«.

24: *Der Aufschluß* – ähnlich »Familie Schroffenstein« 1832–35.

P... und F... – Pestalozzi und Ph. E. v. Fellenberg (wohl kaum, wie meist angenommen wird, Fichte); beide Schweizer Pädagogen waren in ihren Erziehungssystemen damals öffentlich umstritten. Pestalozzi wird auch in Kleists »Allerneuestem Erziehungsplan« abfällig erwähnt.

Die lebendigen Pflanzen – *An M...* = Adam Müller? Man hat auch an Goethes »Metamorphose der Pflanzen« gedacht, die aber doch nicht als Person angeredet werden kann.

Der Bauer — ähnlicher Scherz in Kleists »Zuschrift eines Predigers an den Herausgeber der Berliner Abendblätter« (Bd. 2, S. 394).

Freundesrat — Noch 1800/1801 hatte Kleist seine Braut aufgefordert, in einem Tagebuch aufzuschreiben, »was Du am Tage sahst, dachtest, fühltest etc.« und an jedem Abend »die Summe Deiner Handlungen« zu ziehen.

25: *Die Bestimmung* — vgl. »Empfindungen vor Friedrichs Seelandschaft«: »Nichts kann trauriger und unbehaglicher sein, als diese Stellung in der Welt: ... der einsame Mittelpunkt im einsamen Kreis.«

Der Bewunderer des Shakespeare — vgl. »Ein Satz aus der höheren Kritik« (Bd. 2, S. 346).

Die gefährliche Aufmunterung — Ein Anonymus (K. A. Böttiger) hatte im »Freimüthigen« vom 10. Juni 1808 Kleists Dichtungen verunglimpft und über die 1. Reihe der Epigramme geäußert, sie seien »nicht ohne Witz und meist gegen seine eignen Werke ... gerichtet, wo denn die Persiflage ziemlich leicht ward«. Nun schreibt der gleiche Anonymus am 5. Dez. 1808: »Auf uns selbst müssen wir wohl die drei letzten Epigramme ziehen; indes erfrechen wir uns immer noch, zu behaupten, daß Herr v. Kleist uns bis jetzt in seinen Epigrammen — vielleicht, weil sie das kürzeste sind, was er schrieb — noch am besten gefiel; und zum Dank, daß er uns besang, geben wir ihm auch ein Xenion zum Abschiede:

Das gezwungene Lachen

Sieh! wir zeigen so sanft dir Fehler und Schwächen und Mängel;
Aber du lachst! — Wir sehns, wie du dich kitzelst dazu.«

25: *Germania an ihre Kinder* — Die Ode liegt in vier Fassungen von Kleists Hand, zwei Kopien sowie einer Anzahl zeitgenöss. Drucke vor, die insgesamt acht verschiedene Versionen repräsentieren (s. Sembdner, In Sachen Kleist, München 1974, S. 88—98).

Eine Abschrift der ältesten Fassung entdeckte Herm. F. Weiss im Nachlaß von Baron Buol in Brno / Brünn, ČSSR (Funde und Studien, 1984, S. 299—304). Weitere Fassungen:

a) Sammelhandschrift von Kleists Hand (Germania, An Franz den Ersten, Kriegslied); von E. Schmidt als h² bezeichnet. Faksimile in »Zeitschrift für Bücherfreunde«, April 1907. Danach unser Text.

b) Separatdruck nach verschollener Handschrift, 1813 von Ernst von Pfuel veranlaßt, bei J. E. Hitzig in Berlin gedruckt; mit Fußnote: »Diese Ode war vom Verfasser beim Ausbruche des Krieges 1809 gedichtet worden, zufällige Umstände verhinderten damals den Druck. Im gegenwärtigen Moment wird ihre Herausgabe dem Publikum nicht weniger passend erscheinen.« (Ähnlich annoncierte Pfuel in der Spenerschen Zeitung, 13. 3. 1813.) — Faksimile in einem Privatdruck von G. Minde-Pouet, Leipzig 1927.

c) Eintragung von fremder Hand in einer Ewald-von-Kleist-Aus-

gabe, Berlin 1761, mit dem Zusatz »1813. 24. März.«, also möglicherweise nach unbekanntem Druck. Veröffentlicht von Ottomar Bach-
mann in »Blättern der Literarischen Gesellschaft«, Jg. 1, Frankfurt/
Oder 1924/25, S. 138–41. Man könnte die Eintragung für eine Abschrift von b halten, mit der sie im einzelnen übereinstimmt und
wofür auch die Datierung sprechen würde; doch weist sie in V. 1 die
Fassung a, d, e »Maines Regionen« statt b »Brockens Fels-Regionen«
auf, auch ihr Zusatz »Ode« fehlt bei b. Offenbar geht c auf eine weitere, b sehr nahe stehende Handschrift Kleists zurück. Als einzige
neue Variante hat sie in Vers 4 der letzten Strophe »Über seine [statt:
unsern] Nacken legt«, auch setzt sie hinter »Schlagt ihn tot« nur
einen Punkt.

d) Druck nach verschollener Handschrift in »Rußlands Triumph
oder das erwachte Europa«, Heft 3, Deutschland [d. i. Riga, März]
1813; Zweitdruck Berlin 1814 bei Achenwall & Co. (Varianten
S. 713–16) Die mit dieser Fassung repräsentierte Stufe nimmt eine
zentrale Stellung ein, wie sich aufgrund eines neuaufgefundenen
Textes (in Karrigs »Geist der deutschen Literatur«, Berlin 1834) zeigen ließ; siehe Sembdner, Kleists Kriegslyrik in unbekannten Fassungen (In Sachen Kleist, München 1974, S. 88–98).

e) Doppelquart mit Vermerk L. Tiecks: »Von Heinrich von Kleist,
in Dresden gedichtet und eigenhändig geschrieben.«; von E. Schmidt
als h³ bezeichnet. Faksimile in »Deutsche Gedichte in Handschriften«,
Leipzig 1935.

f) Doppelquart von Kleists Hand aus dem Besitz Marie von
Kleists. Faksimiliert hrsg. v. Minde-Pouet, Leipzig 1918. (Varianten
S. 716–19)

g) Doppelquart von Kleists Hand; von E. Schmidt als h¹ bezeichnet.
Faksimile in »Zeitschrift für Bücherfreunde«, Januar 1917. (Var. S. 719)

Die Entstehungsfolge ist, wenn auch nicht eindeutig festlegbar,
etwa in der obigen Reihenfolge zu denken. Die älteste Fassung
dürfte a sein. Fassung e steht a sehr nahe, doch enthält sie bereits die
ab Fassung d eingeschobene Strophe 4 sowie die von a abweichende
letzte Strophe, auch sind in Strophe 6 die zunächst hingeschriebenen
Zeilen »Euren Schlachtraub . . . gedenken« gestrichen und durch eine
Fassung ersetzt, wie sie f und g entspricht. Die beiden Drucke b
und d ähneln sich weitgehend, auch in kleinen Druckeigentümlich-
keiten, so daß man auf eine gemeinsame Vorlage schließen könnte;
doch fehlt in b noch die neue 4. Strophe, während anderseits zwei
Varianten von b (Brockens Fels-Regionen – Also schmelzt . . .
Frühlingswetter) bereits auf f und g weisen. Als vermutliche Fassungen letzter Hand unterscheiden sich f und g wenig voneinander;
doch ist Strophe 6, unter Hinzudichtung eines neuen Chores, bei g
ganz ins Unversöhnliche gewendet worden.

Unsere Ausgabe bringt die drei am weitesten voneinander abweichenden Fassungen a (im Textteil), d und f sowie die sechste Strophe

von g (im Variantenteil S. 713–19); damit sind alle wesentlichen Varianten erfaßt.

Tiedge las die Ode, die er »tyrtäisch« fand, zwei Monate vor Kleists Tod auf einer Teegesellschaft des Fürsten von Ligne in Teplitz vor; Marie von Kleist schickte sie zusammen mit dem »Kriegslied« am 9. Sept. 1811 an den preußischen König und bemerkte, daß diese Lieder Kleist in Berlin teuer zu stehen kommen könnten.

28: *Kriegslied der Deutschen* – Sammelhandschrift a (s. *Germania*) und gleichlautende Handschrift mit bei a fehlender Orts- und Datumsangabe (Faksimile im Jahrb. d. Kleist-Ges. 1931/32). Eine dritte Handschrift (s. S. 719) und 5 zeitgenössische Drucke weisen Varianten auf. Fouqué teilte 1841 noch eine weitere Fassung nach der Handschrift mit (Sembdner, In Sachen Kleist, 1974).

An Franz den Ersten – Sammelhandschrift a (Faksimile in Minde-Pouets Ausgabe, Bd. 7) und fast gleichlautende Handschrift (s. K. Kanzog, Euphorion 1970). Hinter dem Titel: »gesungen von Heinrich von Kleist, Dreßden, d. 9t Aprill, 1809«; Handschrift u. Erstdruck bei Tieck: ».. . Dreßden, d. 1t März 1809«.

3: *Sohn der duftgen Erde* – Antäus, griech. Sagengestalt, empfing durch Berührung mit der Erde stets neue Kraft.

29: *Fußnote* – Sammelhandschrift a; vgl. Kleist an Collin, 20. April 1809: »Geben Sie die Gedichte, wenn sie Ihnen gefallen, Degen oder wem Sie wollen, in öffentliche Blätter zu rücken, oder auch einzeln (nur nicht zusammenhängend, weil ich eine größere Sammlung herausgeben will) zu drucken; ich wollte, ich hätte eine Stimme von Erz, und könnte sie, vom Harz herab, den Deutschen absingen.« Die Gedichte entstanden vor Gründung der Zeitschrift »Germania«.

An den Erzherzog Karl – Erstdruck bei Tieck, 1821. Eine Kopie Dahlmanns enthält drei weitere, von Th. Zolling (Kleist-Ausgabe 1885) zu Unrecht Kleist zugeschriebene politische Gedichte aus dieser Zeit.

30: *An Palafox* – Erstdruck bei Tieck, 1821. R. Borchardts (von Minde-Pouet übernommene) Emendation »Jahrhunderte« statt »Jahrtausende« ist unberechtigt.

Der spanische Feldherr Palafox mußte am 21. Febr. 1809 Saragossa nach tapferer Verteidigung den Franzosen übergeben.

An den Erzherzog Karl – Erstdruck bei Tieck, 1821.

31: *Rettung der Deutschen* – Kleists Handschrift. Nach Rühle von Liliensterns »Reise mit der Armee im Jahre 1809«, Bd. 2, 1810, wären die Österreicher bei Aspern von Napoleon besiegt worden, »wenn nicht unglücklicher Weise der reißende Strom die Brücken zerrissen hätte, ehe die Hälfte seiner Heeresmacht nach der Lobau übergesetzt hatte«. »Donauweibchen«: nach einem damals bekannten Singspiel.

Die tiefste Erniedrigung – Kleists Handschrift; mit kleiner Abweichung auch dem Erstdruck der »Hermannsschlacht«, Tieck 1821, als Motto vorangesetzt. Faksimile der beiden auf einem Blatt stehenden Epigramme in Ed. Engels Literaturgeschichte.

Das letzte Lied – Erstmals mit der Fassung des Erstdrucks (»Friedens-blätter«, Wien, 8. Juli 1815) in dieser Ausgabe. Die bedeutsamen Ab-weichungen gegenüber der bisher bekannten Gestalt hielt Josef Körner in seiner Deutung (Zeitschrift f. Dt. Philologie, 1933; dort ausführ-licher Textvergleich) für eigenmächtige Eingriffe des Redakteurs; doch sprechen »der Völker Reigen« (V. 33), den wir aus der Germania-Ode kennen, die gehäuften Dativformen (34–36), die »zur Erde glühnde Träne« (36), das »Blutpanier« (45) eindeutig für Kleist. Den Text ver-mittelte vermutlich Adam Müller, der Mitarbeiter der »Friedens-blätter« war und wohl auch den Vorspruch beisteuerte:

»Wenn auch der Klageton des nachstehenden Liedes fremd in dem Jubel unser triumphierenden Zeit klingt, so mahnt es doch an etwas, das nie vergessen werden soll, an das Gedenken der Schmach und Schmerzen, durch die der Sieg geboren werden mußte! – Die Er-innerung an jene Zeit wird den Dank des wieder erstandenen Vater-landes immer neu entflammen, die Freude und die Schätzung seiner jugendlich reichen Kräfte steigern, dem unglücklichen Sänger aber, der nicht den Sieg erleben sollte, der in den Tagen der Heimsuchung, als eines der teuersten Opfer, verzagend fiel, indem er ungeduldig – davon ging, ihm wird die Erinnerung an jene Zeit ein billiges Be-dauern zollen.«

Die Abdrucke von Fouqué, 1818, und Tieck, 1821, sowie die 1962 aufgetauchte Abschrift von Charlotte von Stein überliefern eine ältere Fassung der beiden letzten Strophen (s. Varianten, S. 720; Anmer-kungen, S. 956). Tieck hat statt der Jahreszahl den mystifizierenden Untertitel: »Nach dem Griechischen, aus dem Zeitalter Philipps von Mazedonien [d. i. Napoleon!]«; Frau von Steins Abschrift bewahrt Kleists überraschende Datierung: »Dreßden, im April 1809«.

32: *An den König von Preußen* – Text nach einer Reinschrift Kleists (Fak-simile in E. Schmidts Kleistausgabe, Bd. 1), in der erste Stanzen mit der dazugehörigen Stanzen-Fassung des Gedichts an die Königin Luise zusammenstellte. Mit abweichender Überschrift noch in einer zweiten Handschrift Kleists (Faksimile in W. Herzogs Kleistausgabe, Bd. 5, 1910) sowie in zwei Drucken überliefert:

a) Probe-Separatdruck des Berliner Hofbuchdruckers Decker mit handschriftlichem Vermerk des Polizeipräsidenten Gruner: »Das Imprimatur kann nicht erteilt werden. Berlin 24. April 1809«; Vers 6–8 und 21 f. sind rot angestrichen. Faksimile in einem Privatdruck von Paul Hoffmann, Berlin 1926.

b) Berliner Abendblätter, 5. Okt. 1810: »Ode auf den Wieder-einzug des Königs im Winter 1809«, unterz. *H. v. K.*

Für Vers 6–8 wies Berth. Schulze (Neue Studien, 1904, S. 43) auf die bekannte Stelle bei Lucanus (»Pharsalia« 1, 128): »Victrix causa diis placuit, sed victa Catoni« (»Göttern gefiel der siegende Teil, der be-siegte dem Cato«).

33: *An die Königin von Preußen − Erste Fassung:* zusammen mit dem Gedicht an den König von Preußen in Kleists Reinschrift (Faksimile in Waetzolds Kleistausgabe Bd. 1, 1907). − *Zweite Fassung:* Kleists Handschrift aus dem Besitz Marie von Kleists; Erstdruck in Fouqués »Musen«, Heft 1, März 1812. − *Dritte Fassung:* Kleists Handschrift (Faksimile in W. Herzogs Kleistausgabe, Bd. 5, 1910). Erstdruck: »Morgenblatt«, 22. 1. 1864. − Vers 9 f. (»die das Unglück, mit der Grazie Tritten...«) geht durch alle drei Fassungen. Das Bild vom Cherub in der 2. Fassung stammt aus Shakespeares »Romeo und Julia« 2,2.

Kleist an Ulrike, 19. März 1810: »Ich habe der Königin, an ihrem Geburtstag, ein Gedicht [vermutlich die 3. Fassung] überreicht, das sie, vor den Augen des ganzen Hofes, zu Tränen gerührt hat.« Vier Monate später starb Kleists Gönnerin.

36: *An unsern Iffland −* Berliner Abendblätter, 3. Okt. 1810. Zuweisung an Kleist: Sembdner, Euphorion 1959. Iffland hatte sich durch seine zahlreichen Gastspielreisen bei den Berlinern mißliebig gemacht. Kleist wollte zunächst die satirische Anzeige machen, daß Iffland in Berlin einige Gastrollen geben werde; die Zensur strich ihm diesen Artikel, doch ließ sie seltsamerweise Kleists sarkastische Begrüßungsode passieren.

An die Nachtigall − Abendblätter, 17. Okt. 1810; unterz. *Vx.* Betrifft die Rivalität zwischen den Sängerinnen Herbst und Schmalz. Möglicherweise steht das Epigramm in Zusammenhang mit dem einen Tag vorher erschienenen, gleichfalls *Vx.* gezeichneten scherzhaften »Haushofmeister-Examen aus dem Shakespeare«, in dem nach Pythagoras Lehre, »wildes Geflügel anlangend«, gefragt wird: die menschliche Seele wohnt im Vogel, der Vogel birgt sich im Menschen (Bd. 2, S. 328). Nachdruck des »barocken Distichons« in der »Zeitung für die eleg. Welt«, 9. Nov. 1810.

37: *Wer ist der Ärmste? − Der witzige Tischgesellschafter −* Abendblätter, 24. Okt. 1810; unterz. *xp.*

Notwehr − Abendblätter 31. Okt. 1810; unterz. *xp.*

Glückwunsch − Abendblätter, 13. Nov. 1810; anonym. Die fehlerhafte Version »denn du ewig wirst du leben« weist auf Kleists Feilarbeit. Vgl. »Über das Marionettentheater«: »Allerdings kann der Geist nicht irren, da, wo keiner vorhanden ist.«

Der Jüngling an das Mädchen − Abendblätter, 5. Dez. 1810; anonym. Zuweisung an Kleist: Sembdner, Euphorion 1959. In der nächsten Nummer war zu lesen: »Auflösung der im vorigen Stück enthaltenen Charade. Das Wort: Ja.« Anspruchsloser Lückenbüßer.

Gleich und Ungleich − Abendblätter, 3. Nov. 1810; anonym; freie Nachdichtung von Hans Sachsens »Gesprech St. Peter mit dem faulen pawrenknecht«. Nachdruck in den Hamburger »Gemeinnütz. Unterhaltungsblättern«, 17. April 1811.

39: *Der Welt Lauf −* Abendblätter, 8. Dez. 1810; anonym. Sehr freie Nachdichtung von Hans Sachsens »Gesprech zwischen Sankt Peter und dem Herren von der jetzigen welt lauff«.

42: *Widmung des Prinz von Homburg* – von Schreiberhand in dem Dedika-
tionsexemplar des »Prinz von Homburg«, das der Prinzessin Marianne,
Gemahlin des Prinzen Wilhelm von Preußen, Anfang Sept. 1811
überreicht wurde; der volle Widmungstext auf S. 629. Prinzessin
Marianne suchte lange Zeit die Drucklegung und Aufführung des ihr
nicht genehmen Dramas zu verhindern.

Gelegenheitsverse und Albumblätter

43: *Für Wilhelmine von Kleist* – Die undatierte Albumeintragung ist die
älteste erhaltene Kleisthandschrift (Faksimile in P. Hoffmann: Kleist
in Paris. Berlin 1924; danach bei Sembdner: Kleist, Geschichte meiner Seele. Bremen 1959). Kleists Schwester benutzte ihr Stammbuch,
nach einem Eintrag vorn, von 1788–1791.
Für Luise von Linckersdorf – Nach der Überlieferung durch E. v. Bülow,
1848, schrieb Kleist diese Worte, die aus Wielands »Gesicht von einer
Welt unschuldiger Menschen« stammen, »einer zärtlich geliebten
Freundin« in ihr Stammbuch; aber schwerlich »zu Ende seines ersten
Dienstjahrs« (1793), da die deutsche Ausgabe von Wielands Schrift
erst 1798 erschien.
Hymne an die Sonne – Kleists Eintragung in dem von P. Hoffmann
wieder aufgefundenen alten Fremdenbuch wurde zuerst von M.
Schuler (»Die Woche«, 3. Juni 1911) veröffentlicht. Das Gedicht ist
eine Umbildung von Schillers »Hymne an den Unendlichen«, erschie-
nen in der »Anthologie auf das Jahr 1782«; das Bild von dem »Griffel
des Strahles« (bei Schiller »Griffel des Blitzes«) erscheint 1810 in Kleists
Anekdote »Der Griffel Gottes« wieder.

44: *Wunsch für Ulrike von Kleist* – Kleists Handschrift. Ähnlich spricht er
im Brief vom 28. Juli 1801 von der Schwester, daß sie »gleichsam wie
eine Amphibie zwischen zwei Gattungen schwankt«.
Wunsch (für die Eltern seiner Braut) – Kleists Handschrift.

45: *Für Wilhelmine Clausius* – Stammbucheintrag, veröffentlicht von
dem Besitzer Dr. Goldberg (Frankfurter Zeitung, 26. Nov. 1911); auf
der Rückseite Eintrag von Wilhelmine von Kleist, auf anderen Blättern weitere Einträge der Familien Kleist und Zenge.
Für Henriette von Schlieben – kleines, herausgerissenes Albumblatt;
vom gleichen Tage gibt es ein Albumblatt Ulrikens: »Leb wohl, leb
wohl! auf Wiedersehn!«
Für Varnhagen – einzelnes Albumblatt (Faksimile in »Der mod. Buch-
drucker«, Nov. 1927). Erstdruck: Varnhagens »Denkwürdigkeiten«,
1843. Die gleichen Sätze im Brief an Pfuel, 7. Jan. 1805.
Für Adolfine von Werdeck – Eintrag in M. Mendelssohns »Phädon
oder über die Unsterblichkeit der Seele«, 4. Aufl., Berlin und Stettin
1776; zuerst veröffentlicht von W. Deetjen (Zeitschrift f. Bücherfreunde, April/Mai 1918, ohne Faksimile). Das Titelblatt des Buches,

das nach Angabe der damaligen Besitzerin aus der Familie von Klitzing stammt, trägt Kleists Signum »H. K.«; auf der Innenseite des Deckels von anderer Hand: »Ein Geschenk Heinrichs von Kleist«. Kleists Jugendbriefe zeigen auch sonst deutliche Einflüsse der populären Aufklärungsphilosophie, wie sie Mendelssohn vertritt.

Für Theodor Körner – Albumeintragung, im Besitz der Städt. Sammlungen, Dresden, veröffentlicht von S. Rahmer, 1909.

46: *Für Eleonore von Haza* – Albumeintragung; Faksimile bei P. Hoffmann (»H. v. Kleist und das tapfere Lorchen«, Westermanns Monatshefte, Okt. 1928.) Am gleichen Tage Eintrag Ernst von Pfuels: »Wenn das kleine Lorchen ein großes Lorchen wird geworden sein, so wünsche ich ihr den schönsten Mann im ganzen Sarmaten-Volke.«

An Sophie v. Haza – Kleists Handschrift, ohne Überschrift, unterz. H. v. Kleist. (Faksimile im Jahrb. d. Kleist-Ges. 1927/28); unser Text nach Phöbus, Sept./Okt. 1808, wo es als letztes der »Kleinen Gelegenheitsgedichte« erschien. In der Handschrift ist das *Du* der letzten Zeile nicht unterstrichen.

Nach Johanna von Haza hatte sich ihre Mutter über die Dichter beklagt, »welche alle Blumen, nur die Kamille nicht besängen, die doch denen so heilsam sei, die, wie sie, an Krämpfen litten. Ihr und meiner kleinen Person zu Ehren wurden sie denn nebst den Vergißmeinnicht und Veilchen im Traum des Käthchens erwähnt«.

Für Adolfine Henriette Vogel – Kopien aus Peguilhens Nachlaß; Erstdruck P. Lindau, Die Gegenwart, August 1873. Aus einer Art dithyrambischen Wettspiels mit Henriette in den letzten Lebenstagen entstanden; vgl. Käthchen 674 nebst Variante S. 892. A. Sauer, »Kleists Todeslitanei«, Prag 1907, ordnete die Zeilen als hymnusartige Verse an, was Minde-Pouet in seiner Ausgabe übernahm.

Das gleichfalls in zwei Kopien bewahrte Gegenstück Henriettens lautet:

»Mein Heinrich, mein Süßtönender, mein Hyazinthenbeet, mein Wonnemeer, mein Morgen- und Abendrot, meine Äolsharfe, mein Tau, mein Friedensbogen, mein Schoßkindchen, mein liebstes Herz, meine Freude im Leid, meine Wiedergeburt, meine Freiheit, meine Fessel, mein Sabbath, mein Goldkelch, meine Luft, meine Wärme, mein Gedanke, mein teurer Sünder, meine Gewünschtes hier und jenseit, mein Augentrost, meine süßeste Sorge, meine schönste Tugend, mein Stolz, mein Beschützer, mein Gewissen, mein Wald, meine Herrlichkeit, mein Schwert und Helm, meine Großmut, meine rechte Hand, mein Paradies, meine Träne, meine Himmelsleiter, mein Johannes, mein Tasso, mein Ritter, mein Graf Wetter, mein zarter Page, mein Erzdichter, mein Kristall, mein Lebensquell, meine Rast, meine Trauerweide, mein Herr Schutz und Schirm, mein Hoffen und Harren, meine Träume, mein liebstes Sternbild, mein Schmeichelkätzchen, meine sichre Burg, mein Glück, mein Tod, mein

Herzensnärrchen, meine Einsamkeit, mein Schiff, mein schönes Tal, meine Belohnung, mein Werther, meine Lethe, meine Wiege, mein Weihrauch und Myrrhen, meine Stimme, mein Richter, mein Heiliger, mein lieblicher Träumer, meine Sehnsucht, meine Seele, meine Nerven, mein goldner Spiegel, mein Rubin, meine Syringsflöte, meine Dornenkrone, meine tausend Wunderwerke, mein Lehrer und mein Schüler, wie über alles Gedachte und zu Erdenkende lieb ich Dich. – Meine Seele sollst Du haben.   Henriette.

Mein Schatten am Mittag, mein Quell in der Wüste, meine geliebte Mutter, meine Religion, meine innre Musik, mein armer kranker Heinrich, mein zartes weißes Lämmchen, meine Himmelspforte. H.«

Ausgeschieden wurden folgende noch bei Minde-Pouet aufgenommenen Gedichte:

Für Wilhelmine von Zenge (»Nicht aus des Herzens bloßem Wunsche...«) – Neuerdings führte Karl S. Guthke (Zeitschr. f. dt. Philologie 1957, S. 420–24) den eingehenden Nachweis, daß dieses »pseudo-Kleistische Gedicht« mit Recht von mir aus Kleists Schriften gestrichen wurde.

Für Henriette Hendel-Schütz (»Arion spricht«) – Wie Hans Zeeck 1937 Minde-Pouet mitteilte, ist die angebliche Kleistsche Eintragung leicht abgewandelter Schlegelscher Verse nicht in dem handschriftlichen Stammbuch enthalten, so daß es sich hier, wie auch in anderen Fällen, um eine Schützsche Fälschung handeln dürfte.

»O halte stets den Glauben . . .« – Von F. W. Gubitz in »Der Gesellschafter«, 27. April 1835, unter der Überschrift »Reliquie von H. von Kleist (Aus einem Stammbuch)« veröffentlicht; wieder abgedruckt von S. Rahmer, Sonntagsbeilage zur Vossischen Zeitung, 15. Juli 1906. Keinesfalls von Kleist.

ANMERKUNGEN ZU DEN DRAMEN

Die Familie Schroffenstein (S. 49–152)

Entstehung: Erste Niederschrift Anfang 1802 in der Schweiz; nach Kleists Abreise anonym im Geßnerschen Verlag erschienen.

Erstaufführung: 9. Januar 1804 im Nationaltheater Graz; ab 1822 in der Bearbeitung Franz von Holbeins (unter dem Titel »Die Waffenbrüder«) an verschiedenen Bühnen.

Textüberlieferung:

a) Eigenhändig geschriebenes Szenarium »Die Familie Thierrez«, angehängt an das Manuskript b. Die gleiche Papiersorte benutzte Kleist (nach P. Hoffmanns Beobachtung) für seine Briefe vom 12. 1. und 1. 5. 1802, was immerhin gewisse Schlüsse für die Entstehungszeit dieses ersten Entwurfs erlaubt. (Varianten S. 721 f.)

b) Eigenhändiges Manuskript »Die Familie Ghonorez«; 1864 aus Dahlmanns Nachlaß an die Preuß. Staatsbibliothek Berlin gekommen, heute in der Staatsbibl. Preuß. Kulturbesitz. – Mit einer Nachbildung der Handschrift hrsg. v. P. Hoffmann, Berlin 1927. (S. 723–834)

c) Erstdruck: »Die Familie Schroffenstein. Ein Trauerspiel in fünf Aufzügen. Bern und Zürch, bei Heinrich Geßner. 1803« [anonym].

Das Manuskript b enthält im zweiten Teil bereits Hinweise Kleists für den Abschreiber, die spanischen Namen Rodrigo, Santin, Ignez in Ottokar, Santing, Agnes zu verwandeln. Die uns nicht überlieferte Abschrift, in der Kleist weitere Veränderungen und Korrekturen angebracht haben muß, diente als Vorlage für den ohne Kleists Mitwirkung zustande gekommenen Erstdruck c. Wieweit die Einwirkung Ludwig Wielands und Heinrich Geßners auf die Textgestaltung von c reicht, ist umstritten; Kleist scheint sich immerhin über die Entstellung seines Stückes beklagt zu haben. Jedenfalls ist nur die »Familie Ghonorez« mit jedem Wort und Komma eindeutig Kleists Werk.

Zeugnisse zur Entstehung:

W. v. Schütz (1817): »Schrieb dort [am Thuner See], nachdem er schon einzelne kleinere Gedichte geschrieben, die Familie Schroffenstein, die erst in Spanien spielte. Fing mit der Umkleidungs-Szene vom Ende an, dichtet darüber das Stück.«

H. Zschokke (1842): »Als uns Kleist eines Tages sein Trauerspiel vorlas, ward im letzten Akt das allseitige Gelächter der Zuhörerschaft, wie auch des Dichters, so stürmisch und endlos, daß bis zu seiner letzten Mordszene zu gelangen Unmöglichkeit wurde.«

E. v. Bülow (1848): »Nur daß Kleist den fünften Akt bloß in Prosa geschrieben und die Herausgeber [Ludwig] Wieland und Geßner ihn in Verse gebracht haben sollen. Es heißt auch, daß derselbe Wieland Kleist bewogen habe, das Stück nochmals umzuschreiben und die erst in Spanien vorgesehene Handlung nach der Schweiz [!] zu verlegen.«

H. K. Dippold (1807): »Zudem soll es von unberufenen Herausgebern, wo nicht seiner besten Reize beraubt, doch so ausstaffiert worden sein, daß von der ursprünglichen Gestalt wenig oder nichts zu erkennen ist.« Kleist an Ulrike, 13. 3. 1803: »Auch tut mir den Gefallen und *leset das Buch nicht.* Ich bitte Euch darum. [nachträglich gestrichen:] Es ist eine elende Scharteke.«

Familienüberlieferung (Zolling 1885): »Eine zweite, verlorengegangene Handschrift war im Besitze von Kleists Bruder Leopold. Dessen Frau [seit Juni 1804 verheiratet] hatte dieselbe, als der Dichter sie in seiner blinden Zerstörungswut neben anderen seiner Papiere ins Kaminfeuer warf, dem Flammentod entrissen . . .«

Zum Text:

Der Text der »Familie Schroffenstein« folgt, um einen realen Vergleich mit der »Familie Ghonorez« (Varianten S. 723–825) zu ermöglichen, ganz und gar dem Erstdruck, wobei nur offensichtliche Druckfehler beseitigt wurden.

39: *Sie betend* – Die Zeile bildet wie im Manuskript auch im Erstdruck einen eigenen Vers von besonderer Wucht. Die ursprüngliche Form wurde unter Beibehaltung der Erich Schmidtschen Verszählung wiederhergestellt.

44: *ihren Ammen* statt *ihrer Amme* (Ghonorez) – vermutlich Verschlimmbesserung L. Wielands.

270: *tückisches* – im Erstdruck *türkisches* (Druckfehler).

531–33: Nach dem Volksglauben trägt der Hirschkäfer mit seinem Geweih glühende Kohlen auf die Strohdächer.

718–26: Diese Verse wurden von L. F. Huber im »Freimüthigen«, 4. 3. 1803, und von Josef Görres in der »Aurora«, 12. 10. 1804, besonders gerühmt.

959–69: Von Görres als Probe Kleistscher Sprachkunst zitiert. Das Bild von der Eiche kehrt in Kleists Brief an Frau von Werdeck, Juli 1801 (Bd. 2, S. 678), sowie in der »Penthesilea« 3041–43 wieder.

1049: *zahnlos* statt *zahllos* (Ghonorez) braucht kein Druckfehler zu sein.

1159ff: *Pfirsich* – im Manuskript und auch sonst bei Kleist stets *Fürsich.*

1164f: Ludwig Tieck machte sich als Katzenkenner darüber lustig, daß Kleist eine Katze von eingemachter Ananas naschen läßt.

1824ff: Görres wies auf die auffällige, aber »für einen kleinen rheinischen Ritter« unangebrachte Reminiszenz an Shakespeares »König Johann« 4, 2 hin; vor allem aber abhängig von Oktavios Rede in »Wallensteins Tod«: »O Fluch der Könige, der ihren Worten / Das fürchterliche Leben gibt, dem schnell / Vergänglichen Gedanken gleich die Tat, / Die fest unwiderufliche, ankettet!«

1840: Das dreifache *nützen* gegenüber der einfachen Wiederholung im Manuskript vielleicht Druckversehen.

1971f: Ein zeitgenössischer Rezensent in der »Neuen allg. deutschen Bibliothek«, 1803, empfand bereits den »etwas zu sichtbaren einheimischen Borg« bei Lessings »Nathan« 2, 5.

2061: *die* (Ghonorez: *dir*) *fünf Vasallen* – wohl Druckfehler.

2253 ff: Der Erstdruck hat in der 5. Szene für *Fintenring* noch überall *Vetorin*, doch ist die Namensänderung dem Personenverzeichnis zu entnehmen.

2410: *Sind keine Mörder doch?* – von Kleist später im Manuskript geändert: *Sie sind doch keine Mörder?* Der Erstdruck bewahrt demnach die ursprüngliche Version.

2415 ff: Die Höhlenszene, aus der Kleist angeblich das ganze Stück entwickelt hat, wird bereits von Görres und der »Zeitung f. d. eleg. Welt«, 30. 7. 1803, als meisterhaft gerühmt.

2420: Das in Erstdruck und Manuskript vorhandene Komma hinter *kurzem* darf nicht getilgt werden, da ein Konditionalsatz folgt.

2533: *gelogen* – im Erstdruck *belogen* (Druck- oder Korrektorfehler).

2534: *Rechtmäßig wars* – danach folgt im Manuskript der Szenenhinweis *Er sticht es noch einmal in die Leiche*, wodurch erst 2556, 2568, 2644 verständlich werden.

2650: *Ottokar!* – E. Schmidt weist den Ausruf irrtümlich Sylvius zu.

2666: *fliegender Sommer* – Sommer- oder Marienfäden; feines Spinnengewebe.

2676: Durch einen unentdeckt gebliebenen Fehler im Erstdruck wurde der Vers bislang stets Eustache statt Gertrude zugeteilt.

2716: Die Beseitigung des Fragezeichens durch Erich Schmidt, die aus der Frage einen Konditionalsatz werden läßt, ist unberechtigt.

Robert Guiskard (S. 153–173)

Entstehung: Erste Niederschrift 1802 in der Schweiz; Fortführung der Arbeit während des Aufenthaltes bei Wieland im Winter 1802/03, sowie in Dresden, Sommer 1803. Nach wiederholt vernichteten Ansätzen verbrennt Kleist das fast fertige Werk Oktober 1803 in Paris. Während der Dresdner Zeit 1807/08 plant er aufs neue die Vollendung und veröffentlicht im Phöbus das Fragment als eine Probe des angeblich fertigen Werkes, das er Cotta im Juni 1808 zum Verlag anbietet.

Erstaufführung: 6. April 1901 unter Paul Lindau am Berliner Theater.

Textüberlieferung: Erstdruck im Phöbus, 4. und 5. Stück, April/Mai 1808; danach 1821 durch Tieck. Die in einer Sammelhandschrift enthaltene Kopie von V. 44–425 (ohne Kleists Anmerkungen) ist belanglos.

Quellen: K. W. F. v. Funck, »Robert Guiscard, Herzog von Apulien und Calabrien«, 1797 in Schillers Zeitschrift »Die Horen« erschienen; ferner vermutlich die »Denkwürdigkeiten aus dem Leben des griechischen Kaisers Alexius, beschrieben durch seine Tochter Anna Komnena«, 1790 von Schiller in seiner »Sammlung historischer Memoires« veröffentlicht.

Der geschichtliche Stoff wurde von Kleist sehr frei verwandt; der Ausgang von Kleists Drama bleibt im Dunkeln. Anna Komnena berichtet, daß Robert einer Weissagung vertraut habe, er werde bis zur Insel Korfu »sich alles unterwürfig machen und dann in Jerusalem verscheiden«; tatsächlich

habe er aber auf Korfu, »wo weiland eine große Stadt mit Namen Jerusalem stand« seinen Tod gefunden; dieses Motiv einer trügenden Weissagung wird Kleist benutzt haben.

Nach Funcks historischer Darstellung starb Guiskard 1085 auf der Er-
oberungsfahrt nach Byzanz: » . . . Constantinopel war der Sammelplatz.
Anders hatte es das Schicksal beschlossen. Mit fürchterlicher Schnelligkeit
verbreitete sich auf den Schiffen ein ansteckendes Übel. Die Hitze des
Sommers vermehrte die Wut der tödlichen Seuche, und unter den Kranken befand sich jetzt auch der Herzog . . . Mit ihm sanken alle seine hohen
Entwürfe ins Grab und der Glanz des apulischen Staates erlosch.« Kleist
verbindet die Darstellung von Guiskards Ende mit Funcks Schilderung
der Belagerung von Durazzo im Jahre 1081, bei der gleichfalls Krankheit
ausgebrochen war: »Hunger wütete in Roberts Lager, eine tödliche Seuche
war die unmittelbare Folge davon, und in der kurzen Zeit von drei Monaten wurden fünfhundert Ritter und über zehntausend Gemeine von
dem fürchterlichen Übel hingerafft. Bei allen diesen Widerwärtigkeiten
blieb Robert allein unerschüttert, das allgemeine Elend kränkte ihn, ohne
ihn zu beugen. Er ging in den Gezelten umher, suchte den Mut der Gesunden wieder aufzurichten, und teilte seinen sparsamen Vorrat mit den
Kranken. Die Arbeiten der Belagerung wurden mit unermüdetem Eifer
fortgesetzt . . . Er sagte die nahe Eroberung von Durazzo mit einer Zuversicht voraus, welche vermuten ließ, daß er auf geheime Hülfsmittel
rechnen zu können glaubte.« Wirklich fiel die Stadt dann, ähnlich wie es
in Kleists Fragment vorbereitet wird, durch Verrat. — Auffallender Bezug
zu Napoleon, der 1799 vergeblich Akka belagert hatte und dessen syri-
scher Feldzug durch die im französischen Heer ausbrechende Pest gescheitert war; wie Guiskard besuchte Napoleon die Kranken allen Warnungen
zum Trotz, da er sich gefeit wußte.

Vorbild für Kleist war der »König Ödipus« des Sophokles, den er sich
Juni 1803 in der Übersetzung von Steinbüchel aus der Dresdner Biblio-
thek entlieh; Wukadinović (1904) beobachtete interessante Parallelen zu
Kleists »Penthesilea«.

Zeugnisse zur Entstehung:

Kleist an Ulrike, 1. 5. 1802: »So habe ich zum Beispiel jetzt eine seltsame
Furcht, ich möchte sterben, ehe ich meine Arbeit vollendet habe.«
Kleist an Ulrike, 9. 12. 1802: »Der Anfang meines Gedichtes, das der Welt
Deine Liebe zu mir erklären soll, erregt die Bewunderung aller Menschen, denen ich es mitteile. O Jesus! Wenn ich es doch vollenden könnte!«
Bericht eines jungen Mannes aus Kleists Umkreis: »Er hatte auf einer
Insel der Aar ein kleines Landhaus dem unsrigen gegenüber gemietet;
er brütete über einem Trauerspiel, in dem der Held auf der Bühne, an
der Pest stirbt. Oft sahen wir ihn stundenlang in einem braunen Curé
auf seiner Insel, mit den Armen fechtend, auf und ab rennen und deklamieren.« Anläßlich einer Unterhaltung über Goethes dramatische Verdienste veranschaulichte Kleist dem Bekannten »die Gesetze des

Trauerspiels in einer sehr einfachen und mathematischen Figur«. (Nach
P. Hoffmann: Der zerbrochene Krug. Weimar 1941, Nachwort S. 45)

Wieland an einen Bekannten (1804): In Ossmannstedt Anfang 1803 bekannte Kleist, »daß er an einem Trauerspiel arbeite, aber ein so hohes
und vollkommenes Ideal davon seinem Geiste vorschweben habe, daß
es ihm noch immer unmöglich gewesen sei, es zu Papier zu bringen. Er
habe zwar schon viele Szenen nach und nach aufgeschrieben, vernichte
sie aber immer wieder. . . Endlich . . . erschien einstmals zufälligerweise
an einem Nachmittag die glückliche Stunde, wo ich ihn so treuherzig
zu machen wußte, mir einige der wesentlichsten Szenen . . . aus dem
Gedächtnis vorzudeklamieren. Ich gestehe Ihnen, daß ich erstaunt war,
und ich glaube nicht zu viel zu sagen, wenn ich Sie versichere: Wenn
die Geister des Äschylus, Sophokles und Shakespeare sich vereinigten,
eine Tragödie zu schaffen, so würde das sein, was Kleists ›Tod Guiscards
des Normanns‹, sofern das Ganze demjenigen entspräche, was er mich
damals hören ließ.«

Kleist an Ulrike, 13. 3. 1803: »Ich nehme hier Unterricht in der Deklamation bei einem gewissen Kerndörffer. Ich lerne meine eigne Tragödie
bei ihm deklamieren. Sie müßte, gut deklamiert, eine bessere Wirkung
tun, als schlecht vorgestellt. Sie würde, mit vollkommner Deklamation
vorgetragen, eine ganz ungewöhnliche Wirkung tun.«

Wieland an Kleist, Juli 1803: »Sie *müssen* Ihren Guiscard vollenden, und
wenn der ganze Kaukasus und Atlas auf Sie drückte.«

Kleist an Ulrike, 3. Juli 1803: »Ich soll das Anerbieten eines Freundes
[Pfuel] annehmen, von seinem Gelde so lange zu leben, bis ich eine gewisse Entdeckung im Gebiete der Kunst, die ihn sehr interessiert, völlig
ins Licht gestellt habe. Ich soll in spätestens zwölf Tagen mit ihm nach
der Schweiz gehen, wo ich diese meine literarische Arbeit, die sich
allerdings über meine Erwartung hinaus verzögert, unter seinen Augen
vollenden soll.«

Kleist an Ulrike, 5. 10. 1803: »Ich habe nun ein Halbtausend hintereinander
folgender Tage, die Nächte der meisten mit eingerechnet, an den Versuch gesetzt, zu so vielen Kränzen noch einen auf unsere Familie herabzuringen: jetzt ruft mir unsere heilige Schutzgöttin zu, daß es genug
sei . . . Töricht wäre es wenigstens, wenn *ich* meine Kräfte länger an ein
Werk setzen wollte, das, wie ich mich endlich überzeugen muß, für
mich zu schwer ist. Ich trete vor ihm zurück, der noch nicht da ist,
und beuge mich, ein Jahrtausend im voraus, vor seinem Geiste. Denn
in der Reihe der menschlichen Erfindungen ist diejenige, die ich gedacht habe, unfehlbar ein Glied . . .«

Kleist an Ulrike, 26. 10. 1803: »Ich habe in Paris mein Werk, soweit es
fertig war, durchlesen, verworfen und verbrannt: und nun ist es aus.«

Adam Müller an Goethe, 17. 12. 1807: »Kleist, tief bewegt durch Ihren
Tadel, will durch seine beiden Trauerspiele Penthesilea und Robert
Guiskard den einzigen Richter gewinnen, auf dessen Urteil es ihm an-
kömmt.«

Kleist an H. v. Collin, 14. 2. 1808: »Das erste Werk, womit ich wieder
auftreten werde, ist Robert Guiskard, Herzog der Normänner. Der
Stoff ist, mit den Leuten zu reden, noch ungeheurer [als Penthesilea];
doch in der Kunst kommt es überall auf die Form an, und alles, was
eine Gestalt hat, ist meine Sache.«

Zum Text:

116 und 118: am Schluß der Zeilen jeweils ein Semikolon.

123: *Tritte* – E. Schmidt und Minde-Pouet drucken versehentlich: *Schritte*

131: *Marin!* – Die von den Herausgebern beibehaltene Phöbus-Lesart
    Maria beruht zweifellos auf einem Lesefehler des Setzers; ich folge
    dem Änderungsvorschlag von K. Schultze-Jahde (Zeitschr. f. dt.
    Philologie, Dez. 1935).

140: *wie auch stehts?* – im Phöbus *stets* (Druckfehler).

169: *Ich gebs euch zu erwägen* – im Erstdruck Komma hinter *euch.*

198: *vergäß ich redend ja* – Julian Schmidt verbesserte wohl zu Recht: *je.*

248: *Namen* (Kleists Anmerkung) – »Die Normannen priesen seine
    List, so hoch als seine Tapferkeit, und der Beiname *Guiscard*, oder
    der Schlaukopf, den sie ihm deshalb beilegten, war ein Ehrenname,
    dessen sich Robert mit Vergnügen rühmte.« (Funck)

281: *Mir, Ottos Sohn* – Abälards Vater hieß Humphred.

297–306: Das Bild von dem »*Pflänzchen des Glückes*« tritt schon in Kleists
    Briefen vom Juli 1801 auf (Bd. 2. S. 665, 669).

384: *Vor seinem bloßen Hemde* – im Phöbus *blassen* (Druckfehler; s.
    Vers 155).

Der zerbrochne Krug *(S. 175–244)*

Entstehung: Erste Anregung 1802 in der Schweiz durch einen Kupferstich
von Le Veau (1782) nach einem verschollenen Gemälde von Debucourt.
Niederschrift der drei ersten Szenen auf Pfuels Veranlassung 1803 in
Dresden. Vorläufige Fertigstellung April 1805 in Berlin; weitere Arbeit
in Königsberg. Während Kleists Gefangenschaft gelangt das Manuskript
über Rühle an Adam Müller, der es Anfang August 1807 an Goethe
schickt. Gereizt durch den Mißerfolg der Weimarer Inszenierung (Einteilung in drei Akte!) veröffentlicht Kleist sofort einige Fragmente im
März-Heft des Phöbus. Nachdem eine Aufführung durch Iffland in Berlin
unmöglich geworden war, erscheint das Stück Februar 1811 bei Reimer
als Buch.

Erstaufführung: 2. März 1808 in Weimar; dann 1816 und 1818 in München
und Breslau. Erst seit 1820 (Bearbeitung von Friedrich Ludwig Schmidt)
auf den Bühnen heimisch.

Textüberlieferung:

a) Eigenhändige Handschrift in Folio; aus Tieck/Köpkes Nachlaß, heute
   in der Dt. Staatsbibliothek Berlin/DDR. Unvollständig – es fehlen

1633–2290; die Handschrift hat den längeren Schluß, der in der Buchfassung fragmentarisch als »Variant« abgedruckt ist, und diente, wie
redaktionelle Notizen von Kleists Hand zeigen, als Vorlage für den
Phöbus-Abdruck; noch ohne Szeneneinteilung. – In Nachbildung der
Handschrift hrsg. von P. Hoffmann, Weimar 1941.
b) Fragmente – 1., 6., 7. Auftritt – im Phöbus, drittes Stück, März 1808
   (siehe Varianten, S. 835–38). Einige Abweichungen gegenüber a.
c) Buchausgabe: »Der zerbrochne Krug, ein Lustspiel, von Heinrich von
   Kleist. Berlin. In der Realschulbuchhandlung. 1811.« (Mit »Variant« im
   Anhang; s. S. 839 ff.) Danach unser Text. – Die Buchausgabe beruht
   auf einer verschollenen, die Änderungen in a nicht berücksichtigenden, aber gleichfalls überarbeiteten Handschrift. – Ein Exemplar der
   Buchausgabe mit eigenhändigem Namenseintrag »H. v. Kleist« auf dem
   Titelblatt wurde 1926 von Henrici, Berlin, versteigert (Katalog CXII).

Quellen: Das Hauptmotiv – der Richter, der seine eigene Tat aufdecken
muß – sowie die analytische Entwicklung der Handlung gehen auf Sophokles' »König Ödipus« zurück, zu dem Kleists Lustspiel ein tragikomi-
sches Gegenstück bildet; selbst Adams Klumpfuß deutet auf Oidipus =
Schwellfuß. Ein wesentlicher Einfluß ging nach neueren Ermittlungen
von K. W. Rabeners Satiren aus (Sembdner, In Sachen Kleist, 1974;
dort auch Näheres über Goethes Inszenierung). Kleists Quellen für die
Beschreibung des Kruges siehe unter 649.

Zeugnisse zur Entstehung:
Zschokke (1842): »In meinem Zimmer hing ein französischer Kupferstich,
   ›La cruche cassée‹. In den Figuren desselben glaubten wir ein trauriges
   Liebespärchen, eine keifende Mutter mit einem zerbrochenen Majolika-
   kruge und einen großnasigen Richter zu erkennen.« – (1825): »Die aus-
   drucksvolle Zeichnung belustigte und verlockte zu mancherlei Deutun-
   gen des Inhalts. Im Scherz gelobten die drei, jeder wolle seine eigen-
   tümliche Ansicht schriftlich ausführen. Ludwig Wieland verhieß eine
   Satire, Heinrich von Kleist entwarf ein Lustspiel und der Verfasser der
   gegenwärtigen Erzählung das, was hier gegeben wird.«
E. v. Bülow (1848): In Dresden 1803 »soll Kleist eines Abends, als Pfuel
   Zweifel an seinem komischen Talent geäußert, ihm die drei ersten
   Szenen des schon in der Schweiz begonnenen Lustspiels diktiert haben«.
Kleist an Massenbach, 23. 4. 1805: »Schließlich erfolgt der Krug.«
Kleist an Rühle, 31. 8. 1806: »Ich habe der Kleisten eben wieder gestern
   eins geschickt, wovon Du die erste Szene schon in Dresden gesehen hast.
   Es ist der zerbrochne Krug . . . Meine Vorstellung von meiner Fähig-
   keit ist nur noch der Schatten von jener ehemaligen in Dresden.«
Goethe an Adam Müller, 28. 8. 1807: »Der zerbrochne Krug hat außer-
   ordentliche Verdienste, und die ganze Darstellung dringt sich mit gewaltsamer Gegenwart auf . . . Das Manuskript will ich mit nach Weimar nehmen, in der Hoffnung Ihrer Erlaubnis, und sehen, ob etwa ein
   Versuch der Vorstellung zu machen sei.«

Kleist an Goethe, 24. 1. 1808: »[Penthesilea] ist übrigens ebenso wenig
für die Bühne geschrieben, als jenes frühere Drama: der Zerbrochne
Krug, und ich kann es nur Ew. Exzellenz gutem Willen zuschreiben,
mich aufzumuntern, wenn dies letztere gleichwohl in Weimar gegeben wird. Unsre übrigen Bühnen sind weder vor noch hinter dem
Vorhang so beschaffen, daß ich auf diese Auszeichnung rechnen
dürfte . . .«

Kleist an Ulrike, 8. 2. 1808: »Der zerbrochene Krug . . . wird im Februar zu Weimar aufgeführt, wozu ich wahrscheinlich mit Rühle . . .
mitreisen werde.«

Kleist an Collin, 14. 2. 1808: »Außerdem habe ich noch ein Lustspiel liegen, wovon ich Ihnen eine, zum Behuf einer hiesigen Privatvorstellung
(aus der nichts ward) genommene Abschrift schicke.«

F. W. Riemer, Weimar, 2. 3. 1808: »Abends ›Der Gefangene‹ und der
›Zerbrochene Krug‹, der anfangs gefiel, nachher langweilte und zuletzt
von einigen wenigen ausgetrommelt wurde, während andere zum
Schluß klatschten. Um 9 Uhr aus.«

Goethe zu Falk: »Sie wissen, welche Mühe und Proben ich es mir kosten
ließ, seinen ›Wasserkrug‹ aufs hiesige Theater zu bringen. Daß es dennoch nicht glückte, lag einzig in dem Umstande, daß es dem übrigens
geistreichen und humoristischen Stoffe an einer rasch durchgeführten
Handlung fehlt. Mir aber den Fall desselben zuzuschreiben, ja, mir sogar, wie es im Werke gewesen ist, eine Ausforderung deswegen nach
Weimar schicken zu wollen, deutet, wie Schiller sagt, auf eine schwere
Verirrung der Natur . . .«

Kleist an Fouqué, 25. 4. 1811: »Es kann auch, aber nur für einen sehr kritischen Freund, für eine Tinte meines Wesens gelten; es ist nach dem
Tenier gearbeitet, und würde nichts wert sein, käme es nicht von einem,
der in der Regel lieber dem göttlichen Raphael nachstrebt.«

Zum Text:

Vorrede (S. 176): steht nur im Manuskript a, nicht in der Buchausgabe.
Hinter *Ödip* (Zeile 17) nachträglich eingefügt und wieder gestrichen: *als die Frage war, wer den Lajus erschlagen?* – Kleist hatte
sich 1803 Sophokles' »König Ödipus« aus der Dresdner Bibliothek
geborgt.

50: *Ziegenbock am Ofen* – ursprünglich deutlicher: *der an der Ofenkante
eingefugt.*

73 ff: *Holla, Huisum, Hussahe* – von Kleist erfundene Ortsnamen.

142 ff: Plutarch erzählt, daß Demosthenes einmal in der Volksversamm-
lung unter dem Vorwand, erkältet zu sein, gegen seine Überzeugung geschwiegen habe, weil er von Alexanders Schatzmeister
Harpalos bestochen worden war.

306: *Euer Gnaden* – hier und auch sonst bei Kleist gewöhnlich: *Ew. Gnaden.*

309: *seit Kaiser Karl dem fünften* – Halsgerichtsordnung Karls V. von
1532 (»Carolina«).

312: *Puffendorf* – Samuel Frh. v. Pufendorf (1632–94), Verfasser der »Elementa jurisprudentiae universalis« und »De statu imperii germanici«.

385: *Sackzehnde* – Naturalleistung der Bauern an Pfarrer und Lehrer.

439: *Der Drachen* – so in a und b; c: *Der Drache.*

488: *Fiedel* – Pranger-Instrument.

493: *der Schergen* – so in a, b und c; E. Schmidt: *Scherge.*

521: *um alle Wunden* – zu ergänzen: *Christi.*

560: *Pips* – Geflügelkrankheit.

574: *Klägere* – altertümelnde Form. Die nun folgende Szene mit den deplazierten Fragen des Dorfrichters ist in Goethes »Lehrjahren«, I 13, vorgebildet, worauf Friedrich Michael (Jahrb. d. Kleistges. 1922) aufmerksam machte.

624: *vereinte Staaten* – die Niederlande.

646 f: Diese Verse und überhaupt das Kunstmittel, die Bilder des zerbrochnen Kruges beschreiben zu lassen, gehen zurück auf Salomon Geßners Idylle vom zerbrochenen Krug:

> »Ach! zerbrochen ist er, der Krüge schönster! Da liegen
> Seine Scherben umher! . . .«

Heinrich Geßner schrieb 1802 die von Ramler in Verse gebrachte Idylle seines Vaters ab, wohl um damit gleichfalls einen Beitrag zum Dichterwettstreit zu liefern. Auch in Zschokkes Erzählung (1813) spielt nach Kleists Vorgang die Krugbeschreibung eine Rolle: »den guten Adam ohne Kopf und von der Eva nur noch die Beine fest stehend . . . das Lämmlein bis auf den Schwanz verschwunden, als hätte es der Tiger hinuntergeschluckt.«

649 ff: Karl V. übergab 1555 zu Brüssel die Niederländischen Provinzen an seinen Sohn Philipp. Für seine Darstellung benutzte Kleist neben Schillers »Abfall der Niederlande« vermutlich die französische Ausgabe von Famianus Stradas »Histoire de la guerre de Flandre«, Paris 1652, sowie die deutsche Ausgabe von Jan Wagenaars »Geschichte der Vereinigten Niederlande«, Leipzig 1756/66 (nach de Leeuwe in »Duitse Kronieck«, Jg. 12, 1961).

657: *der Franzen und der Ungarn Königinnen* – Eleonore und Maria, die Schwestern Karls V.

661: *Philibert* – ein Ritter Karls V.

664: *Maximilian* – Neffe Karls V., galt für ausschweifend (»der Schlingel«!); später als Maximilian II. deutscher Kaiser.

667: *Erzbischof von Arras* – Granvella, Bischof von Arras und späterer Erzbischof von Mecheln, gegen den sich der Haß der Niederländer erhob. Hinter 667 hatte Kleist ursprünglich eingefügt:

> *Den Hirtenstab hielt er, und hinter ihm*
> *Sah man geschmückt den ganzen Klerus prangen:*

doch wollte er offenbar nicht den gesamten Klerus vom Teufel holen lassen.

681 f: Wilhelm von Oranien; die Meergeusen eroberten Briel in Südholland am 1. April 1572.

697: *Tirlemont* – 1635 von den Franzosen erobert. Die Komik der Erzählung liegt darin, daß der Schneider, der sich den Hals bricht,
dies schlecht »mit eignem Mund« erzählen kann (P. Hoffmann).

706: *Sechsundsechzig* – d. i. 1666.

vor 712: WALTER – im Manuskript von fremder Hand aus ADAM verbessert; entsprechend im Buchdruck. Nach dem von Minde-Pouet
übernommenen Vorschlag J. Körners (Germanisch-romanische
Monatsschrift 1927) wären dagegen 720 ff. und 730 ff. Adam zuzutei-
len, was aber in diesem Fall dem Befund von a, b und c widerspricht.

762: *stell ich zu Rede* – ältere Redeweise; a: *zur Rede.*

847: *Kossät* – Kotsasse, Tagelöhner (der in einer Kote sitzt).

939 f: *Nun schießt . . . das Blatt mir* – volkstümliche Redensart: »ich bin
aufgeregt; die Augen gehen mir auf« (Blatt = Zwerchfell?).

942: *Hirschgeweihe* – als Zeichen des betrogenen Liebhabers.

980: *Detz* – Deets, märkisch: Kopf (frz. tête).

1133: *Wars der Herr Jesus?* – dieser blasphemische Vers ist es offenbar, den
Fouqué (Morgenblatt 1816) weggelassen wünscht, nicht V. 259!

1238: *twatsch* – märkisch: töricht (mittelhochdeutsch »twâs« = Narr).

1530–33: *Pythagoräer-Regel* – auf die Pythagoreische Schule zurück-
gehende Zahlensymbolik. In seinem »Fragment eines Haushof-
meister-Examens« zitiert Kleist nach Shakespeare »des Pythagoras
Lehre, wildes Geflügel anlangend«.

1486: *Rect'* – lat. »recta via« (geradewegs).

1679: *So koch dir Tee* – Berlinisch: »Tu, was du willst!« (nach de Leeuwe).

1741: *praeter propter* – lat. »ungefähr«; wie »Amphitryon« 81.

nach 1820: *Er zeigt seinen linken Fuß* – Man hat auf einen Irrtum im Text
geschlossen, da es nach V. 22 gerade der linke ist, den er verbergen
sollte; aber Adam mag zum Trotz den Klumpfuß vorzeigen.

Amphitryon (S. 245–320)

Entstehung: Sommer 1803 in Dresden, wo Kleist durch J. D. Falk, Ver-
fasser eines »Amphitruon«, zum gemeinsamen Bemühen um das »künftige
Lustspiel der Deutschen« angeregt wurde (s. Sembdner: Kleist und Falk.
Jahrb. d. Dt. Schillerges. 1969). Rühle vermittelte 1807 während Kleists
Gefangenschaft das Manuskript einem Dresdner Buchhändler; Adam
Müller gab eine Einleitung dazu.

Erstaufführung: 1899 am Neuen Theater in Berlin.

Textüberlieferung: Erstdruck »Heinrich von Kleists Amphitryon, ein Lust-
spiel nach Moliere. Herausgegeben von Adam H. Müller. Dresden, in der
Arnoldischen Buchhandlung« o. J. (Mai 1807). Danach Titelauflage:
»Neue wohlfeilere Ausgabe. Dresden. 1818.« – Vorangestellt ist die

»Vorrede des Herausgebers.

Eine leichte Betrachtung des vorliegenden Lustspiels wird zeigen, daß die
gegenwärtige Abwesenheit des Verfassers von Deutschland und keine

andre Veranlassung den Beistand einer fremden Hand bei der Bekanntmachung des Werks nötig machte. Es bedarf nämlich so wenig einer
Empfehlung, daß diesmal, ganz der gewöhnlichen Ordnung entgegen,
der Herausgeber viel mehr durch den Amphitryon, als die eigentümliche,
auf ihre eigne Hand lebende Dichtung durch den Herausgeber empfohlen
werden kann . . . Möge der Leser, wenn er in Betrachtung dieses Jupiters
und dieser Alkmene sich der Seitenblicke auf den Moliere, oder den Plautus, oder die alte Fabel selbst, durchaus nicht erwehren kann – den Wör-
terbüchern, den Kunstlehren, und den Altertumsforschern, die ihm dabei
an die Hand gehen möchten, nicht zu viel trauen: das altertümliche Kostüm gibt die Antike noch nicht; ein tüchtiger, strenger metrischer Leisten gibt noch nicht den poetischen Rhythmus; und das Geheimnis der
Klassizität liegt nicht in der bloßen Vermeidung von Nachlässigkeiten, die
leise verletzen, aber nicht ärgern, nicht verunstalten, oder verdunkeln
können das Ursprüngliche und Hohe, das aus dem Werke herausstrahlt.
Mir scheint dieser Amphitryon weder in antiker noch moderner Manier
gearbeitet: der Autor verlangt auch keine mechanische Verbindung von
beiden, sondern strebt nach einer gewissen *poetischen Gegenwart*, in der sich
das Antike und Moderne – wie sehr sie auch ihr untergeordnet sein
möchten, dereinst wenn getan sein wird, was Goethe entworfen hat –
dennoch wohlgefallen werden.

Erwägt man die Bedeutung des deutschen und die Frivolität des Moliere-
schen Amphitryon, erwägt man die einzelnen von Kleist hinzugefügten
komischen Züge, so muß man die Gutmütigkeit bewundern, mit der die
komischen Szenen dem Moliere nachgebildet sind: der deutsche Leser hat
von dieser mehrmaligen Rückkehr zu dem französischen Vorbilde den
Gewinn, kräftig an das Verhältnis des poetischen Vermögens der beiden
Nationen erinnert zu werden.

Einen Wunsch kann der Herausgeber nicht unterdrücken, nämlich den,
daß im letzten Akte das thebanische Volk an den Unterschied des
göttlichen und irdischen Amphitryon gemahnt werden möchte, wie
Alkmene im zweiten Akt. *Gewollt* hat es der Autor, daß die irdische
Liebe des Volks zu ihrem Führer ebensowohl zu Schanden werde, als
die Liebe der Alkmene zu ihrem Gemahl – aber nicht *ausgedrückt.*

Adam H. Müller.«

Quellen: Neben Molières »Amphitryon« (1668), den er in der Pariser Edition von 1734 benutzte, und J. D. Falks »Amphitruon« (Halle 1804) scheint
Kleist auch Rotrous »Les Sosies« (1636) gekannt zu haben.– In Szene 4 bis 6
des zweiten Aktes und in der Schlußszene weicht Kleist völlig von seiner
Vorlage ab.

Zeugnisse zur Entstehung:
Chr. G. Körner an Verleger Göschen, 17. 2. 1807: »Vorjetzt bitte ich Sie
  um baldige Antwort auf eine Anfrage, wozu mich ein merkwürdiges
  poetisches Produkt veranlaßt, das ich hier im Manuskript gelesen habe...
  Der Verfasser ist jetzt als Gefangener in eine französische Provinz ge-

bracht worden, und seine Freunde wünschen das Manuskript an einen gutdenkenden Verleger zu bringen, um ihm eine Unterstützung in seiner bedrängten Lage zu verschaffen. Adam Müller . . . will die Herausgabe besorgen und noch einige kleine Nachlässigkeiten im Versbau verbessern. Von ihm habe ich das Manuskript erhalten.«

A. Müller an Fr. von Gentz, 9. 5. 1807: »Die äußere Ungeschliffenheit der Verse wegzuschaffen, hielt ich nicht für meinen Beruf, um so weniger, als ich den innern Rhythmus dieses Gedichts zu verletzen für ein Verbrechen gegen die poetische Majestät dieses großen Talents gehalten haben würde.«

Kleist an Ulrike, Chalons, 8. 6. 1807: »Rühle hat ein Manuskript, das mir unter andern Verhältnissen das Dreifache wert gewesen wäre, für 24 Louisdor verkaufen müssen.«

Kleist an Wieland, 17. 12. 1807: »Der Gegenstand meines Briefes [vom März 1807] war, wenn ich nicht irre, der Amphitryon, eine Umarbeitung des Molierischen, die Ihnen vielleicht jetzt durch den Druck bekannt sein wird, und von der Ihnen damals das Manuskript, zur gütigen Empfehlung an einen Buchhändler, zugeschickt werden sollte.«

Goethe, 13. 7. 1807: »Gegen Abend Hr. von Mohrenheim, russischer Legationssekretär, welcher mir den Amphitryon von Kleist, herausgegeben von Adam Müller, brachte. Ich las und verwunderte mich, als über das seltsamste Zeichen der Zeit.«

Kleist an Ulrike, 17. 9. 1807: »Zwei meiner Lustspiele [Amphitryon, Krug] sind schon mehrere Male in öffentlichen Gesellschaften, und immer mit wiederholtem Beifall, vorgelesen worden.«

Zum Text:

S. 246: *vor dem Schlosse – devant le Palais* – so in Kleists Vorlage. Sonst in den Ausgaben: *devant la Maison*

23: *Sosias* – Kleist betont, wohl durch Molières Schreibung *Sosie* beeinflußt, den Namen auf der zweiten Silbe, was der griechischen, nicht der lateinischen Betonung entspricht.

45: *Doch wär es gut, wenn du die Rolle übtest?* – von E. Schmidt und den späteren Herausgebern zu Unrecht in einen Ausruf verwandelt.

70: *Labdakus* – Kleist entlehnt den Namen der Ödipus-Tragödie; bei Molière wie bei Plautus heißt der feindliche Feldherr Ptérélas.

88, 94, 97: *Stürzt – rückt – Stürzt* – ohne Apostroph: historisches Präsens.

172: *Was wirst du nun darauf beschließen.* – Das von Zolling eingeführte Fragezeichen verändert den Ton.

178: *Ich muß, jedoch* – Das in den Ausgaben fehlende Komma drückt deutlich die Verlegenheit des Sosias aus (drei Zäsuren!).

187: *Du sagst von diesem Hause dich?* – hier wie auch sonst französische Diktion: *Tu te dis de cette maison?* (Molière)

397: *Risse* – märkisch: Prügel.

454: *Wie leicht verscheuchst du diese kleinen Zweifel?* – Das Fragezeichen ist zu halten, da der Satz fragend gesprochen zu denken ist.

505: *Schwingen* – im Erstdruck *Schweigen:* Lesefehler des Setzers!

529: *Lakoner* – der Hinweis auf die sprichwörtliche spartanische Schweigsamkeit nicht bei Molière.

552: *schwarwenzeln* – Zerbr. Krug 1355: *scharwenzen* = umwerben.

587: *adjungieren* – beigesellen.

615: *Vom Ei* – wörtl. Übersetzung des lat. »ab ovo«: von Anfang an.

617: *ehr* – wie meist auch sonst bei Kleist ohne Apostroph.

620: *aus Furcht, vergebt mir* – Komma fehlt bei Kleist, da ohne Zäsur zu sprechen.

642: *salva venia* – lat. »mit Verlaub«.

664: *Was für Erzählungen?* – kein Ausrufezeichen.

704: *wie glaubt mans.* – kein Fragezeichen, siehe auch 172.

823: *Here* – Hera, griech. Name der Juno; lateinische und griechische Formen wechseln bei Kleist.

882: *deine Knie* – metrisch korrekter: *dein Knie; Druckfehler?*

957: *Ortolan* – Gartenammer, von den Römern als Leckerbissen geschätzt; nicht bei Molière.

1028: *Fletten* – niederdeutsch: Fittiche.

1142: *einzig, unschätzbare* – Das für Kleist typische Komma darf nicht getilgt werden; vgl. Homburg 1166.

1206: *nannt* – im Druck *nennt* (wohl Druckfehler).

1286: *Makel* – im Druck nach damaliger Schreibung *Mackel.*

1355: *Tyndariden* – Kastor und Pollux, die von Jupiter gezeugten Söhne der Leda und des Tyndarus; Vordeutung auf 2334.

1383: *Wie rührst du mich?* – Das Fragezeichen ist als typisch zu halten.

1450: *an seinem Nest gewöhnt* – Gentz, durch Adam Müller auf Nachlässigkeiten der Sprache aufmerksam gemacht, bezeichnet diese Stelle als »einzige Sprachunrichtigkeit«, die er gefunden habe.

1463: *den Göttern angenehm.* – kein Fragezeichen.

1514–31: Diese Verse aus der neu hinzugedichteten 5. Szene werden von A. Klingemann (Zeitung f. d. eleg. Welt, 19. 7. 1807) als Beispiel zitiert, »daß bei dem höchsten Dichtergenie es dennoch nur einseitig gelingen kann, einen eigentümlich antiken Gegenstand romantisch darzustellen«.

1534 ff: hinter *sträuben* und *auserkoren* ist im Druck ein Punkt, während er hinter *mich* fehlt; es erscheint richtiger, den ersten, nicht den zweiten Punkt in ein Komma zu verwandeln.

1644: *Saupelz* – Gentz an Müller, 16. 5. 1807: »Alsdann hätte ich das Wort ›Saupelz‹ weggewünscht, weil es doch etwas *zu* niedrig ist, ob es gleich da, wo es steht, nichtsdestoweniger gute Wirkung tut.«

1725: *Wo steckt ihr denn!* – kein Fragezeichen.

1732: *getreten; ich* – Schon Tieck schob hier unnötigerweise *den* ein.

1765: *gezecht?* – kein Ausrufezeichen, wie seit Zolling zu lesen.

1802: *so sagt man ihm, warum?* – kein Ausrufezeichen.

1851: *beginnt* – im Erstdruck fehlerhaft *beginnet.*

1967: *unverschämter* – im Erstdruck: *Unverschämter.*

1994 ff: *Eine Hütte – in Einem Bette – Ein Los* usw. – die Betonung nach damaligem Gebrauch durch Großschreibung ausgedrückt; hier wie auch sonst von uns durch Kursivdruck wiedergegeben.

2055: *von der Bank gefallen* – unehelich (auf der Bank, nicht im Ehebett) gezeugt; ähnlich Homburg 1567 u. ö.

2089 u. ö.: *Argatiphontidas* – so bei Molière; im Erstdruck gelegentlich fehlerhafte Schreibung (thi statt ti).

2156: *das andre Ihr Bedienter* – seit J. Schmidt unnötigerweise in *des andren Ihr Bedienter* verändert; »*Ihr Bedienter*« ist gleichsam in Anführungszeichen zu denken.

2224: *Bosphorus* – damals übliche falsche Schreibung.

2251: *zu unterscheiden?* – seit Zolling von den Herausgebern in einen Ausruf verwandelt, was den Sinn verändert.

2283: *in die Nacht* – *die* fehlt versehentlich im Erstdruck.

2335 f: *Dir wird ein Sohn geboren werden, Des Name Herkules* – Die Worte erinnern an die Marien-Verkündigung. Adam Müller und – wohl durch ihn beeinflußt – H. K. Dippold (Morgenblatt, 3. 6. 1807) und Goethe sprechen überhaupt von einer Umdeutung der Fabel durch Kleist »ins Christliche«.

2344: *Und im Olymp empfang ich dann, den Gott* – Das syntaktisch störende und deshalb von E. Schmidt wie gewöhnlich getilgte Komma gibt eine gewichtige Zäsur.

2345: *Und diese hier, nicht raubst du mir?* – Das Komma betont zwar etwas unglücklich den zweifach auftretenden Binnenreim, ist aber als Kleistisch zu halten.

2362: *Ach!* – Die Schönheit des Schlusses wird schon von der zeitgenössischen Kritik hervorgehoben. Allgem. Literaturzeitung, 24. 7. 1807: »und schön ist das überwältigende, unaussprechliche Gefühl von dieser plötzlichen Offenbarung durch Alkmenens einfaches Ach! ausgedrückt, womit das Drama bedeutend schließt.« A. Klingemann in der Zeitung f. d. eleg. Welt, 19. 7. 1807: »ein Ach von tiefer Bedeutung; wo Unschuld und Sünde in den kleinsten Laut zusammenschmelzen.« Ähnlich eine Notiz Jean Pauls: »Das Final–›Ach‹ würde zu viel bedeuten, wenn es nicht auch zu vielerlei bedeutete.« – Dagegen Goethe: »Das Ende ist aber klatrig.«

Penthesilea *(S. 321–428)*

Entstehung: In Königsberg begonnen, in der Gefangenschaft fortgesetzt, in Dresden Herbst 1807 vollendet. Januar 1808 eröffnet ein »Organisches Fragment« den Phöbus, Herbst 1808 erscheint bei Cotta die Buchausgabe, die Kleist zunächst im Selbstverlag herausgeben wollte.

Erstaufführung: 23. April 1811 pantomimische Darstellung einzelner Teile (nach vorangegangener Rezitation) durch Henriette Hendel-Schütz im

Konzertsaal des Berliner Nationaltheaters. Mai 1876 erster Aufführungs-
versuch nach der Bearbeitung von Mosenthal am Kgl. Schauspielhaus zu
Berlin.

Textüberlieferung:

a) Manuskript eines Kopisten (des gleichen, der Kleists Königsberger
   Aufsatz »Über die allmähliche Verfertigung der Gedanken« abschrieb),
   von Kleist mit Tinte, Bleistift und Rötel korrigiert; einige nachträgliche
   Änderungen im 1. bis 7. Auftritt gehen über den Erstdruck c hinaus.
   (Siehe Varianten S. 860–886) – Nach Kleists Tod im Besitz Sophie von
   Hazas, dann mit dem Tieck/Köpkeschen Nachlaß in die Preuß. Staatsbibliothek gekommen, heute in der Staatsbibliothek Preuß. Kulturbesitz. Textabdruck (fehlerhaft) durch Charlotte Bühler, Frankfurt
   a. M. 1921, Kleukens-Presse.

b) »Organisches Fragment« im 1. Phöbus-Heft, Januar 1808, mit verbin-
   dendem Text von Kleist (siehe Varianten S. 856–859). Der Text entspricht weitgehend dem Druck c, gelegentlich auch der Kopie a.

c) Buchausgabe: »Penthesilea. Ein Trauerspiel von Heinrich von Kleist.
   Tübingen, im Verlag der Cottaischen Buchhandlung und gedruckt in
   Dresden bei Gärtner. 1808.« (Die ersten Exemplare, wie sie uns mit
   Kleists Widmungen für Baron Buol und F. G. Wetzel erhalten sind,
   tragen im Titel nur den Druckvermerk: »Dresden, gedruckt bei Carl
   Gottlob Gärtner«.) Danach unser Text.

Quellen: Benjamin Hederichs »Gründliches mythologisches Lexicon«,
2. Aufl. 1770, insbesondere die Stichworte »Amazonen«, »Penthesilea«,
»Pentheus« (Schilderung der Mänaden!); ferner Euripides' »Bakchen«,
Homers »Ilias« u. a. Kleist benutzt nicht die übliche Fassung der Sage, wonach Achill die Amazonenkönigin tötet und sich in die Sterbende verliebt,
sondern eine bei Hederich verzeichnete Variante, nach der es Penthesilea
zunächst gelingt, ihren Gegner zu erlegen; allerdings tötet auch hier der
wiedererstandene Achill am Ende die Amazonenfürstin.

Zeugnisse zur Entstehung:

Kleist an Rühle, 31. 8. 1806: »Jetzt habe ich ein Trauerspiel unter der
Feder.«

Kleist an Ulrike, 8. 7. 1807: »Ich habe deren noch in diesem Augenblick
zwei fertig; doch sie sind die Arbeit eines Jahres . . .«

Kleist an Marie, Spätherbst 1807: »Ich habe die Penthesilea geendigt, von
der ich Ihnen damals, als ich den Gedanken zuerst faßte, wenn Sie sich
dessen noch erinnern, einen so begeisterten Brief schrieb . . . Es ist hier
schon zweimal in Gesellschaft vorgelesen worden.« – »Um alles in der
Welt möcht ich kein so von kassierten Varianten strotzendes Manuskript einem andern mitteilen, der nicht von dem Grundsatz ausginge,
daß alles seinen guten Grund hat.« – »Es ist wahr, mein innerstes Wesen
liegt darin . . .: der ganze Schmutz [!] zugleich und Glanz meiner
Seele.« Vgl. den vollständigen Text der Briefe, Bd. 2, S. 796 f.

Kleist an Wieland, 17. 12. 1807: »Soviel ist gewiß: ich habe eine Tragödie (Sie wissen, wie ich mich damit gequält habe) von der Brust heruntergehustet; und fühle mich wieder ganz frei!«

Kleist an Goethe, 24. I. 1808:»Ich war zu furchtsam, das Trauerspiel, von welchem Exzellenz hier ein Fragment finden werden, dem Publikum im Ganzen vorzulegen. So, wie es hier steht, wird man vielleicht die Prämissen, als möglich, zugeben müssen, und nachher nicht erschrecken, wenn die Folgerung gezogen wird.«

Kleist an Collin, 14. 2. 1808:»Von der Penthesilea, die im Druck ist, sollen Sie ein Exemplar haben, sobald sie fertig sein wird.«

Kleist an Cotta, 7. 6. 1808:»Dieser Druck der ersten Bogen schreckt die Hr. Buchhändler ab, das Werk anders, als in Kommission, zu übernehmen, und gleichwohl setzen mich die großen Kosten, die mir der Phöbus verursacht, außerstand, im Druck dieses Werks fortzufahren.«

Kleist an Cotta, 24. 7. 1808:»Ew. Wohlgeboren haben sich wirklich, durch die Übernahme der Penthesilea, einen Anspruch auf meine herzliche und unauslöschliche Ergebenheit erworben.«

Varnhagen nach seinem Besuch bei Cotta, November 1808:»Wir sprachen von Kleists Penthesilea, die er verlegt hat, er war unzufrieden mit dem Erzeugnis, und wollte das Buch gar nicht anzeigen, damit es nicht gefordert würde.«

Kleist an Collin, 8. Dez. 1808:»Wie gern hätte ich das Wort von Ihnen gehört, das Ihnen, die Penthesilea betreffend, auf der Zunge zu schweben schien! Wäre es gleich ein wenig streng gewesen! Denn wer das Käthchen liebt, dem kann die Penthesilea nicht ganz unbegreiflich sein, sie gehören ja wie das + und — der Algebra zusammen, und sind ein und dasselbe Wesen, nur unter entgegengesetzten Beziehungen gedacht.«

Johanna v. Haza an Tieck, 1816:»Leider besteht mein ganzer Reichtum in einer Abschrift seiner Penthesilea, die ich Ihnen hiebei mit Vergnügen überschicke, da, als sie geschrieben wurde, nur einige wenige Abschriften in den Händen vertrauter Freunde davon existierten . . .«

Namensverzeichnis zu »Penthesilea«

Äginer – Achilles; sein Vater Peleus stammte aus Ägina.

Äthioper – Afrikaner.

Ätolier – Griechen, Bewohner Ätoliens.

Agamemnon – Führer der Griechen vor Troja.

Ares – Kriegsgott, lat. Mars.

Argiver – Bewohner von Argos; Griechen überhaupt.

Artemis – Göttin der Jagd, lat. Diana; bei Kleist Hauptgöttin der Amazonen. In V. 703 hat Handschrift und Phöbus statt dessen *Aphrodite*.

Atriden – Agamemnon und Menelaos, Söhne des Atreus.

Briseïs – von Achill erbeutete Sklavin, die ihm Agamemnon streitig machte.

Danaer – Bewohner von Argos; die Griechen überhaupt.

Dardaner – Bewohner von Dardanos in Troas; Trojaner überhaupt.

Deïphobus — Sohn des Priamus; die korrekte Betonung des viersilbigen Namens liegt auf dem i.

Delius — Apollo, nach der Sage auf der Insel Delos geboren.

Deukalion — der Noah der griech. Sage, schuf mit den hinter sich geworfenen Steinen ein neues Menschengeschlecht.

Diana — s. Artemis.

Doloper — Volksstamm in Thessalien.

Erinnyen, Eumeniden — Rachegöttinen.

Gorgonen — Ungeheuer der Unterwelt; nach Hederich auch »streitbare Frauen aus Afrika«, Feindinnen der Amazonen.

Hades — Unterwelt.

Helios — Sonnengott.

Hellas — Griechenland.

Hellespont — antiker Name der Dardanellen.

Hephästos — Gott der Schmiedekunst.

Herkuls Säulen — die Säulen des Herkules, Straße von Gibraltar.

Horen — Göttinnen, hüten die Tore des Olymps.

Hymen — Hymenäos, griech. Hochzeitsgott.

Hymetta — eigentlich Hymettos, Berg in Attika.

Ilium — Troja.

Inachiden — die Griechen als Nachkommen des Königs Inachos von Argos.

Isthmus — auf der Landenge von Korinth wurden Wagenkämpfe ausgetragen.

Kozyth — Kokytos, Fluß der Unterwelt.

Kronide, Kronion — Zeus, Sohn des Kronos.

Laertiade — Odysseus, Sohn des Laertes.

Lapithen — mythischer Volksstamm, kämpften gegen die Kentauren.

Larissäer — von Virgil gebrauchter Beiname des Achilles; Kleist meint aber V. 232 den Laertiaden Odysseus.

Lernäersumpf — Wohnort der neunköpfigen Hydra.

Mänaden — rasende Frauen im Gefolge des Dionysos.

Mavors — ältere Form für Mars.

Myrmidonen — thessalischer Volksstamm unter Führung des Achilles.

Neridensohn — Achilles; seine Mutter war die Tochter des Meergotts Nereus.

Numidier — afrikanisches Reitervolk.

Orkus — Unterwelt.

Patroklus — Achills Freund, von Hektor getötet.

Pelide — Achilles, Sohn des Peleus.

Pergam — Pergamos, die Burg von Troja.

Pharsos — von Kleist erfundener Name.

Phtia — Hauptstadt der Myrmidonen; Kleist schreibt stets *Phtya*.

Priamiden — Söhne des trojanischen Königs Priamus; vor allem Hektor, dessen Leichnam Achill um die Stadtmauern schleifte.

Skythen — griech. Sammelname für die nordöstlichen Nomadenvölker.

Styx — Fluß der Unterwelt.

Teukrische — Trojaner, nach ihrem ersten König Teukros.

Themiscyra — Hauptstadt des Amazonenreichs.

Thetis — Achilles Mutter, Tochter des Meergotts Nereus.

Tydide — Diomedes, Sohn des Tydeus.

Ulyß — falsche lat. Form für Odysseus; so durchweg im Phöbus-Abdruck.

Zum Text:

70: *rings um ihr* – Kleistisch; darf nicht zu *ringsum ihr* verbessert werden.

151: *groß* – gehört zu *düngend*, nicht etwa zu *Leibern*.

178: *Ormen* – Ulmen, nach franz. »orme«; ebenso 319.

399: *Senne* – ältere Form für Sehne.

575: *Wo sie, in beider Heere Mitte nun,* – so der Korrekturhinweis am Schluß der Buchausgabe; im Text stand das *nun* hinter *sie.*

606: *auf Küssen* – so in Handschrift und Druck; Kleist benutzt sonst nicht diese alte Form von *Kissen.*

720: *nicht mäßgen* – so in a, b und c; man erwartet: *noch mäßgen*; vgl. aber Schultze-Jahde, Jahrb. d. Kleist-Ges. 1925/26 und Archiv f. d. Studium d. neueren Sprachen, 1936, S. 10–17.

747: *seit einer Hand voll Stunden* – Kleists Schreibung wechselt mit *Handvoll,* was eine etwas andere Nuance gibt (z. B. 768).

803–6: trotz Doppelpunktes noch von *wirst du* (802) abhängig. Ein bösartiger zeitgenössischer Kritiker druckte die vier für sich allein sinnlosen Verse ab, um dann hinter 807 ›*Das ist ja sonderbar und unbegreiflich!*‹ als Kommentar: »Freilich! freilich! –« zu setzen.

821: *ihn den Gefangenen* – *der Gefangenen* unnötige Konjektur.

863: *ehr* – wie meist bei Kleist ohne Apostroph.

867: *Fittichen* – Kleist schreibt stets *Fittigen.*

1083: *Diamantengürtels* – im Druck (nicht verbessert) *Diametengürtels;* der berühmte Gürtel der Amazonenkönigin Hippolyta (Hederich).

1291: *Warum weinst du?* – *du* fehlt im Druck; Handschrift: *Du weinst?*

1349f: Das gleiche Bild in Kleists Brief vom 16. 11. 1800.

1364: *Komm fort.* – Die beiden Worte, die im Manuskript noch Cynthia (= Prothoe) spricht, sollten im Druck wohl Meroe zugeteilt werden, fielen aber hinter der Personenangabe MEROE ganz aus.

1393: EINE AMAZONE – so im Manuskript; im Druck: DIE AMAZONE (wohl Druckversehen).

1420f: Ineinander verschlungene Verse. 1420 lautet: *Der Rasende! / Entwaffnet nennt er sich.* 1421: *Die Unglückselige! / Entseelt ist sie.* In den Ausgaben meist falsch eingerückt; auch darf die dritte Klammer natürlich nicht mehr die Zeile *Was ist zu tun?* umfassen.

1511: *beschwör ich dich!* – E. Schmidt setzt nur ein Komma.

1587: *des Felsen* – nicht *der Felsen,* wie bei E. Schmidt.

1596: *es ist nicht* – *ist* im Druck nicht gesperrt; im Manuskript unterstrichen.

1989: *die Busenlosen* – volksetymologische Namensdeutung, die Kleist bei Hederich fand.

2003f: *Nicht – allerdings!* Im Phöbusdruck: *Nicht – allerdings; so heftig nicht als sie. / Man war gescheut.* Wahrscheinlich müßte das Zeichen hinter *allerdings* ganz fortfallen.

2015f: Nach Goethes Meinung grenzte diese Stelle völlig an das Hochkomische.

2112: *feierlich* – in der Handschrift *festlich,* was metrisch korrekter ist.

2269: *goldner Halbmond* – Diana-Feldzeichen der Amazonen.

2273: *sendest du herab!* – kein Fragezeichen.

2300: *weiter bringt* – E. Schmidt druckt hier nach der Handschrift *weiter trägt.*

2373: Zschokke in »Miszellen f. d. Neueste Weltkunde«, 28. 12. 1808: »Die Klafterhöhe steht hier mit der Endlosigkeit in schlechter Nachbarschaft.«

2421 ff: die Hundenamen z. T. nach Ovid und Hygin; *Akle* richtiger *Alke.*

2450: *anvertraue* – im Druck versehentlich *vertraue.*

2488: *zum Gefangnen* – in a und b: *zu gefangen.*

2577: *vor der Füße Tritt.* – kein Komma.

2783–89: wird 1808 von Zschokke als geschmackloser Schwulst bezeichnet.

2795: *viel auch, viel littest du* – im Druck fehlerhaft *viel, auch viel*

2800: *mein Herz auf Knien* – Kleist schickt das 1. Phöbusheft »auf den ›Knien meines Herzens‹« an Goethe; Zitat nach dem biblisch-unkanonischen »Gebet Manasses«.

2843: *mein süßes!* – im Druck *mein Süßes!*

2911: *die ihn kränzte?* – kein Ausruf.

2975: *Ich zerriß ihn.* – kein Fragezeichen; tonlos gesprochen zu denken.

2995: *Ekel* – hier wie auch sonst meist bei Kleist: *Eckel.*

3021: *von einer Seite* – im Druck *Einer,* also betont zu sprechen.

3041 ff: Das gleiche Bild schon in Kleists Brief vom 29. 7. 1801 (Bd. 2, S. 678) sowie fast wörtlich in »Familie Schroffenstein« 961-63.

Das Käthchen von Heilbronn *(S. 429–531)*

Entstehung: Begonnen Herbst 1807/08, anschließend an »Penthesilea«. Mehrfache Umarbeitungen bis zur Buchausgabe Michaeli 1810.

Erstaufführung: 17. März 1810 im Theater an der Wien.

Textüberlieferung:

a) Fragmente (1. und 2. Akt) im Phöbus, 4. und 5. Stück (April/Mai), 9. und 10. Stück (Sept./Okt. 1808). Siehe Varianten, Seite 886–904.

b) Detmolder Soufflierbuch von 1842, auf Kleistschem Manuskript beruhend. Siehe Varianten S. 905/907 und Anmerkungen S. 960.

c) Buchausgabe: »Das Käthchen von Heilbronn oder die Feuerprobe, ein großes historisches Ritterschauspiel von Heinrich von Kleist. Aufgeführt auf dem Theater an der Wien den 17. 18. und 19. März 1810. Berlin, in der Realschulbuchhandlung, 1810.« Danach unser Text. Tiecks Abdruck von 1826 beruht auf dem Manuskript.

Quellen: »Frisch Liedlein«, Jahrmarktsdruck einer Heilbronner Volkssage (s. Sembdner, Jahrb. f. schwäb.-fränk. Geschichte 29, 1978/81); Anregungen aus Bürgers Gedicht »Graf Walter«, Wielands Erzählungen, G. H. Schuberts Berichte über Somnambulismus.

Zeugnisse zur Entstehung:

K. A. Böttiger (1819): »Bei seinen militärischen Streifzügen durch Schwaben [?] fand Kleist die ganze Legende vom Käthchen als einer Volkssage. Er bewahrte selbst das gedruckte Flugblatt noch auf, das er auf einem Jahrmarkte gekauft hatte.«

Bülow (1848): »Nach dem Bruche [mit Julie Kunze] begann er das K. v. H. zu dichten, und ward dazu gewissermaßen von dem schmerzlichen Bedürfnisse angetrieben, seiner ungetreuen Geliebten beispielsweise an seiner Heldin zu zeigen, wie man lieben müsse. Die Annahme, daß eine andere Dame [Dora Stock] seine Verbindung zumeist aus Abneigung gegen ihn gestört habe, vermochte ihn zugleich, ihren Charakter so sehr ins Schwarze und Häßliche auszumalen, daß daraus die Übertreibung seiner Kunigunde entstand.« (Fragwürdige Überlieferung)

Kleist an Marie v. Kleist, Spätherbst 1807: »Jetzt bin ich nur neugierig, was Sie zu dem K. v. H. sagen werden, denn das ist die Kehrseite der Penthesilea, ihr andrer Pol, ein Wesen, das ebenso mächtig ist durch gänzliche Hingebung, als jene durch Handeln.«

Kleist an Cotta, 7. 6. 1808: »Ich würde, in diesem Jahre, das K. v. H. dazu [für ein Taschenbuch mit Zeichnungen von F. Hartmann] bestimmen, ein Stück, das mehr in die romantische Gattung schlägt, als die übrigen.«

Kleist an Cotta, 24. 7. 1808: »Das Schauspiel, das für das Taschenbuch bestimmt ist, wird, hoff ich, in Wien aufgeführt werden. Da bisher noch von keinem Honorar die Rede war, so hindert dies die Erscheinung des Werkes nicht; inzwischen wünschte ich doch, daß es so spät erschiene, als es Ihr Interesse zuläßt.«

Kleist an Ulrike, August 1808: »Ich habe jetzt wieder ein Stück . . . an die Sächsische Hauptbühne verkauft, und denke dies, wenn mich der Krieg nicht stört, auch nach Wien zu tun.«

Kleist an Collin, 2. 10. 1808: »Das K. v. H., das ich für die Bühne bearbeitet habe, lege ich Ew. Hochwohlgeb. hiermit ergebenst, zur Durchsicht und Prüfung, ob es zu diesem Zweck tauglich sei, bei.«

Kleist an Collin, 8. 12. 1808: »Das K. v. H., das, wie ich selbst einsehe, notwendig verkürzt werden muß, konnte unter keine Hände fallen, denen ich dies Geschäft lieber anvertraute, als den Ihrigen. Verfahren Sie ganz damit, wie es der Zweck Ihrer Bühne erheischt. Auch die Berliner Bühne, die es aufführt, verkürzt es; und ich selbst werde vielleicht noch, für andere Bühnen, ein Gleiches damit vornehmen . . . Hier erfolgt zugleich die Quittung an die K. K. Theaterkasse [über 300 Gulden] . . . Besorgen Sie gefälligst die Einziehung des Honorars . . .«

Kleist an Cotta, 12. 1. 1810: »Ew. Wohlgeboren habe ich die Ehre, Ihrem Brief vom 1. Juli 8 gemäß, das K. v. H. zu überschicken . . . Ich erhielt einen Brief von Hr. v. Collin, kurz vor dem Ausbruch des Kriegs, worin er mir schreibt: die Rollen wären ausgeteilt, und es sollte unmittelbar, auf dem Theater zu Wien, gegeben werden.«

Kleist an Cotta, 1. 4. 1810: »Aus Ew. Wohlgeboren Schreiben vom

22. Feb. d. ersehe ich, daß Dieselben das K. v. H., im Laufe dieses Jahres, nicht drucken können. Da mir eine so lange Verspätung nicht zweckmäßig scheint, so muß ich mich um einen anderen Verleger bemühen . . .

Kleist an Reimer, 10. 8. 1810:»Wollen Sie mein Drama, das K. v. H., zum Druck übernehmen? Es ist den 17. 18. und 19. März, auf dem Theater an der Wien, während der Vermählungsfeierlichkeiten, zum erstenmal gegeben, und auch seitdem häufig, wie mir Freunde sagen, wiederholt worden. Ich lege Ihnen ein Stück, das, glaube ich, aus der Nürnberger Zeitung ist, vor, worin dessen Erwähnung geschieht. Auch der Moniteur und mehrere andere Blätter, haben darüber Bericht erstattet.« (Das Stück wurde nur dreimal gegeben und nicht anläßlich der Vermählung Napoleons mit Marie Luise von Österreich.) Siehe auch Kleists Brief an Iffland, 12. 8. 1810, und dessen Antwort.

Kleist an Reimer, 8. 9. 1810:»Wenn Sie, bei der Revision des Käthchens, Anstoß nehmen bei ganzen Worten und Wendungen, so bitte ich mir den Revisionsbogen gefälligst noch einmal zurück.«

Kleist an Marie v. Kleist, Sommer 1811: »Das Urteil der Menschen hat mich bisher viel zu sehr beherrscht; besonders das K. v. H. ist voll Spuren davon. Es war von Anfang herein eine ganz treffliche Erfindung, und nur die Absicht, es für die Bühne passend zu machen, hat mich zu Mißgriffen verführt, die ich jetzt beweinen möchte.«

Bülow (1848): »Nachdem Kleist das K. v. H. geschrieben und Tieck mitgeteilt hatte, sprachen und stritten sie mannigfach darüber und sagte Tieck ihm unter anderen seine Meinung über eine merkwürdige Szene, die das ganze Stück gewissermaßen in das Gebiet des Märchens oder Zaubers hinüberspielte. Kleist mißverstand diese Äußerung als Tadel, vernichtete die Szene, ohne daß Tieck eine Ahnung davon hatte, und als dieser sie in der Folge im Druck vermißte, konnte er nicht aufhören, darüber sein Bedauern auszusprechen, weil sie die karikierte Häßlichkeit Kunigundens weit besser motiviert und sie in ein besseres Licht gerückt habe.

Dieser Szene gemäß wandelte Käthchen im vierten Akt auf dem Felsen und erschien ihr unten im Wasser eine Nixe, die sie mit Gesang und Rede lockte. Käthchen wollte sich herabstürzen, und wurde nur durch eine Begleiterin gerettet. Vorher belauschte sie Kunigundens badende Häßlichkeit und war außer sich vor Angst, wie sie den Ritter vor dem Ungeheuer errette. Aus dieser Schilderung des Bildes erinnerte sich Tieck noch des schönen Verses: ›Da quillt es wieder unterm Stein hervor.‹«

Franz Horn (1819): »Zweitens fühlte der mit sich selbst sehr strenge Dichter gar wohl das Ungenügende in dem letzten Drittteil des Stückes, und hatte den Plan gefaßt, es umzuarbeiten. Dann sollte auch noch zur gänzlichen Beruhigung gewissermaßen ein zweiter Teil folgen. Hier sollte endlich der Graf, durch irgendein — vielleicht nur leises — Wort, Käthchen dergestalt verletzen, daß *sie* nun *ihn* fliehen *müßte*. Kaum aber flieht sie ihn, so fühlt er mit unendlicher Gewalt, wie sehr er an ihr gesündigt und was er in ihr verloren habe. *Ihre* Schmerzen, obwohl die tiefsten, waren doch immer harmonisch und graziös; wir zweifeln, daß die *seinigen* sich würden *so* gestaltet haben können. Dennoch geneset er in jenen Schmerzen zu höherer sittlicher Reinheit und Würde, sie *darf* ihm am Schlusse vergeben: und das tiefe Glück der geläutertsten innigsten Liebe schließt das Ganze harmonisch.«

˘Zum Text:

7: *Waffenschmied* – bei Kleist stets, auch in Zerbr. Krug und Hermannsschlacht: *Schmidt*.

9: *Wetter vom Strahle* – so stets im Phöbusdruck; in der Buchausgabe sonst: *Wetter vom Strahl*.

67 ff: Zitat aus dem Hohenlied Salomos: »die heraufgeht aus der Wüste wie ein gerader Rauch, wie ein Geräuch von Myrrhe«.

214: *wie einen Tau* – so auch im Phöbus; trotzdem vielleicht fehlerhaft statt *einem Tau*.

237: *wie der Affe die Pfoten der Katze* – in Lafontaines Fabel läßt sich der Affe von der Katze die Kastanien aus der Glut holen.

241: *ordinieren* – die Ritterweihe geben, damit er sich zum Zweikampf stellen kann. Im Phöbus ist hier eingeschoben: »*Alsdann mag Gott der Herr kurz und bündig entscheiden:*«

418, 444: *wir* – *mir* – im Buchdruck nicht gesperrt.

478: *gegenwärtig.* – in der Buchausgabe kein Fragezeichen.

487: *ließest* – von E. Schmidt unnötig in *hießest* verändert.

567: *fünf Tag von hier* – im Buchdruck fehlerhaft *fünf Tage*.

642: *Ihr Herren, was ich tun kann, soll geschehn.* – Kleist verbessert der Betonung zuliebe die Phöbusfassung *das soll geschehn*, wobei aber versehentlich die elidierte Form *Herrn* stehenblieb.

713: *Tugend* – in der Buchausgabe *Jugend* (Lesefehler des Setzers); a, b und auch Tieck haben die richtige Lesart.

753: *griechischer Feuerfunke* – griechisches Feuer, im Mittelalter verwandte schwer löschbare Pulvermischung.

756: *Hundsrück* – statt *Hunsrück*, auch in Kleists Briefen.

770: *scheuten die anderen* – so die korrekte Lesart von b und Tieck; a und c: *schauten* (offenbar durch Fehllesung bedingtes Versehen, da das kleine a und e in den Handschriften leicht zu verwechseln sind).

902: *Thalestris* – von dem Besuch der Amazonenkönigin bei Alexander berichtete Hederichs Lexikon, das Kleist für die »Penthesilea« verwandt hatte.

916: *Honig von Hybla* – von Virgil und Ovid gepriesener sizilischer Honig.

1029: *Was wollt ihr!* – in der Buchausgabe kein Fragezeichen.

1045: *Wer bist du, frag ich?* – Kleist setzt, dem Tonfall des Ganzen entsprechend, Fragezeichen (bzw. Ausrufezeichen) erst am Schluß des Satzes (vgl. 1052 u. ö.).

1096: *Es ist nicht möglich?* – hier wie auch sonst kein Ausrufezeichen (1144 u. ö.).

1104: *Wie prüft ihr dieses Herz?* – kein Ausrufezeichen.

1129: *in meinen Kerker* – im Phöbus entsprechend 1128: *in meine Kerker*

1168 ff: Kleist setzt nur die Rede des Grafen in Anführungszeichen, doch fehlen sie bei »*Gestärkt? Nein!*« sowie 1172–74; konsequent durchgeführt wieder 1181–86, 1202–10.

1196: *reizt' ihn* – nach Tiecks Vorgang vielleicht das zweitemal in *ritzt' ihn* zu verbessern.

1203: *als ob er* – E. Schmidt verbessert unnötigerweise *als ob es.*

1346: *Wetzlar* – Das Reichskammergericht wurde erst 1693 nach dort verlegt.

1354: *unbesonnes* – im Phöbus *unbesonnenes*, nicht elidiert.

1357 ff: *will – will – soll:* im Phöbus ist nur das erste *will* gesperrt; vielleicht sind die etwas seltsamen Hervorhebungen durch mißverstandene, von Kleist zu Korrekturzwecken angebrachte Unterstreichungen entstanden.

1605: *Dominikanerprior* – Im 1. Auftritt war Hatto Augustinerprior (1408).

1607: *empfangen.* – im Druck wohl versehentlich ein Fragezeichen.

1660: *O gnädger Herr!* – im Druck *O Gnädger Herr,* weshalb E. Schmidt hinter die Interjektion ein Ausrufezeichen setzte.

1732: *schuldig?* – kein Ausrufezeichen.

1741: *So nimm die Schürze* – im Druck *Schärpe;* auf der letzten Seite die Korrektur: »lies: *Schürze.* statt *Schärpe.*« Der Graf zögert hier noch, seine Schärpe zur Verfügung zu stellen.

1847: *vom Brand* – so b und Tieck; a: *Strahl* (Druckversehen).

1888: DER CHERUB – dem Erstdruck entsprechend nicht als szenische Anweisung, sondern als dialogische Geste gesetzt.

1908: KUNIGUNDE *erblaßt.* – dialogische Geste.

1943: *unberührt lassen?* – kein Ausrufezeichen.

1965: *Ja, was lärmst* – Tieck und Schmidt verbessern wohl zu Recht: *Je.*

2004: *einen Steg!* – Schmidt und Nachfolger setzten versehentlich einen Punkt.

vor 2019: *ein Paar Strümpfe* – im Druck *paar;* Kleist pflegt im Gegensatz zum heutigen Gebrauch den Zweierbegriff klein, das unbestimmte Zahlwort dagegen groß zu schreiben.

2029: *diesem Jammer* – im Druck *diesen;* vielleicht Kleistisch.

2064: *Kamillen* – Auf Wunsch Sophie v. Hazas hatte Kleist die Kamille in einem Gedicht (S. 46) besungen; auch die Erwähnung hier erfolgte Frau von Haza und ihrer Tochter zu Ehren.

2072: *Du bist mir wohl recht gut.* – kein Fragezeichen.

2203: *In der Nebenkammern eine* – so im Druck.

2267: *Gift!* – kein Komma, wie seit Zollings Ausgabe zu lesen.

2270: *als Myrtenstengel* – Märchenmotiv.

2353: *Ein Übermütiger,* – durch Korrekturhinweis am Schluß der Erstausgabe aus »*Verwegner, du,*« verbessert; diese nachträglich von

Kleist geforderte metrische Verschlechterung blieb bislang unverständlich (s. dazu jetzt meine Käthchen-Schrift, Heidelberg 1981).

2446: *mosaisch* – mosaikartig.

2450: *Bergwerke in Ungarn* – wo das Zinnober gewonnen wurde.

2478: *für milde Herrlichkeit* – im Druck versehentlich *für die milde Herrlichkeit;* von Tieck mit Recht korrigiert.

2631: *zu welchem* – im Druck *zu welchen.*

2637: *Schlicht aber prächtig* – so die korrekte Lesart von b und Tieck; c: *Still aber prächtig* (offenbar Druckversehen).

2650: *Herrn Herrn* – die kuriale Verdoppelung zu Unrecht von E. Schmidt beseitigt.

Die Hermannsschlacht (S. 533–628)

Entstehung: Juni bis Dezember 1808 in Dresden.

Erstaufführung: 18. Oktober 1860 in Breslau nach der Bearbeitung von Feodor Wehl. Bei der Aufführung der »Hermannsschlacht« durch das Detmolder Hoftheater in Pyrmont und Münster 1839 handelte es sich nicht, wie vor mir angenommen, um Kleists Drama, sondern um das unter gleichem Titel dargebotene »geschichtliche Schauspiel ›Herrmann‹« von Johanna Franul von Weißenthurn (s. Katalog der Kleist-Ausstellung in West-Berlin 1977, Nr. 268).

Textüberlieferung:

a) Ältere Fassung der letzten fünf Szenen, nach verschollener, »von des Verblichenen Hand selbst durchkorrigierten Abschrift« mitgeteilt von J. B. Pfeilschifter in den »Zeitschwingen oder des deutschen Volkes fliegende Blätter«, 22. und 25. April 1818. Zuerst wieder veröffentlicht von Karl Siegen in seiner Kleist-Ausgabe, Bd. 5, 1914, S. 116–122; dann in Paralleldruck mit ausführlichem Kommentar von Richard Samuel, Jahrb. d. Dt. Schillerges. 1957, S. 179–210. Siehe Varianten S. 907f.

b) Erstdruck durch Tieck nach verschollenem Manuskript in »Hinterlassene Schriften«, Berlin 1821. Danach unser Text.

Quellen: Von den zahlreichen Hermann-Darstellungen in der deutschen Literatur kannte Kleist zweifellos Klopstocks »Hermanns Schlacht« (1769), aus der er einige Einzelheiten und auch die (keltischen!) »Barden« und »Druiden« übernahm. Im übrigen schaltete er sehr frei mit dem Stoff und wandelte ihn ohne Rücksicht auf die historische Überlieferung zu einem politischen Tendenzstück mit nur wenig verhülltem Anspielungen auf zeitgenössische Personen und Ereignisse (vgl. dazu R. Samuel in: Jahrbuch d. Dt. Schillerges. 1961, S. 64–101).

Zeugnisse zur Entstehung:

Kleist an Ulrike, 24. 10. 1806: »Es wäre schrecklich, wenn dieser Wüterich [Napoleon] sein Reich gründete. Nur ein sehr kleiner Teil der Menschen begreift, was für ein Verderben es ist, unter seine Herrschaft zu kommen. Wir sind die unterjochten Völker der Römer. Es ist auf eine Ausplünderung von Europa abgesehen, um Frankreich reich zu machen.«

Kleist an Cotta, 7. 6. 1808: »Es wird nächstens noch eins [= Dramenfragment im Phöbus] erscheinen, vielleicht, daß dies Denenselben zusagt.«

Chr. G. Körner an seinen Sohn, 19. 12. 1808: »Kleist hat einen Hermann und Varus bearbeitet, und es ist das Werk schon vorgelesen worden. Sonderbarerweise aber hat es Bezug auf die jetzigen Zeitverhältnisse und kann daher nicht gedruckt werden.«

Kleist an Collin, 1. 1. 1809: »Sie erhalten, in der Anlage, ein neues Drama, betitelt: die Hermannsschlacht, von dem ich wünsche, daß es Ihnen gleichfalls, wie das Käthchen von Heilbronn, ein wenig gefallen möge. Schlagen Sie es gefälligst der K. K. Theaterdirektion zur Aufführung vor. Wenn dieselbe es annehmen sollte, so wünsche ich fast (falls dies noch möglich wäre) daß es früher auf die Bühne käme, als das Käthchen; es ist um nichts besser, und doch scheint es mir seines Erfolges sichrer zu sein.«

Kleist an Altenstein, 1. 1. 1809: »Ew. Exzellenz Ankunft in Berlin erwarte ich bloß . . ., um Denenselben die Abschrift einer Hermannsschlacht zuzustellen, die ich eben jetzt nach Wien geschickt habe. Schon aus dem Titel sehen Sie, daß dies Drama auf keinem so entfernten Standpunkt gedichtet ist, als ein früheres . . .«

Kleist an Collin, 22. 2. 1809: »indem dies Stück mehr, als irgend ein anderes, für den Augenblick berechnet war, und ich fast wünschen muß, es ganz und gar wieder zurückzunehmen, wenn die Verhältnisse, wie leicht möglich ist, nicht gestatten sollten, es im Laufe dieser Zeit aufzuführen.«

Kleist an Collin, 20. 4. 1809: »Sie können leicht denken, wie sehr mir die Aufführung dieses Stücks, das einzig und allein auf diesen Augenblick berechnet war, am Herzen liegt. Schreiben Sie mir bald: es wird gegeben; jede Bedingung ist mir gleichgültig, ich *schenke* es den Deutschen; machen Sie nur, daß es gegeben wird.«

Kleist an Collin, 28. 1. 1810: »Natürlich machten die Vorfälle, die bald darauf eintraten [Schlacht von Wagram, 5./6. Juli 1809], unmöglich, daß es aufgeführt werden konnte. Jetzt aber, da sich die Verhältnisse wieder glücklich geändert haben, interessiert es mich, zu wissen: ob . . . daran zu denken ist, es auf die Bühne zu bringen? und wenn nicht, ob ich es nicht nach Berlin zurück erhalten kann?«

Dahlmann an Gervinus (1840): »Damals verstand jeder die Beziehungen, wer der Fürst Aristan sei, der zuletzt zum Tode geführt wird, wer die wären, die durch Wichtigtun und Botenschicken das Vaterland zu retten meinten — an den Druck war 1809 etc. gar nicht zu denken. Sie können denken, daß ich an der Bärin des Ventidius einigen Anstoß nahm. Kleist entgegnete: meine Thusnelda ist brav, aber ein wenig einfältig und eitel, wie heute die Mädchen sind, denen die Franzosen imponieren; wenn solche Naturen zu sich zurückkehren, so bedürfen sie einer grimmigen Rache.«

Dahlmann an Julian Schmidt (1859): »Mit den Leuten, welche Briefe schreiben und geheime Boten schicken, um das Vaterland zu retten, war von dem ungeduldigen Dichter der Tugendbund gemeint. Nichts irriger als Thusnelden wie ein verfehltes Ideal zu fassen. Kleist pflegte wohl zu sagen: ›Sie ist im Grunde eine recht brave Frau, aber ein wenig einfältig, wie die Weiberchen sind, die sich von den französischen Manieren fangen lassen.‹«

Tieck an Solger, 7. 10. 1816: »Hartmann in Dresden besitzt den Hermann nicht mehr, Kleist hatte ihm denselben geschenkt, ihm aber wieder abgeliehen, und nicht wiedergegeben.«

Zum Text:

Motto S. 533: Das Distichon ist in Kleists Handschrift (aus Tiecks Besitz) mit der Variante *Das Lied dir zum Ruhme zu singen* überliefert (s. S. 31). Möglicherweise erst von Tieck als Motto der »Hermannsschlacht« verwandt, so daß die Änderung von ihm herrührt.

96: *par'scher Marmel* – Marmor von der Insel Paros.

122: *Pelide* – Achilles, Sohn des Peleus.

190: *In deines Landes Westen* – im Erstdruck fehlerhaft *Vesten.*

331: *Porus* – Inderkönig, suchte im Kampf gegen Alexander den Großen den Tod.

356: *Sylla* – französ. Form von Sulla, römischer Feldherr.

425: *Riesenberge* – das Riesengebirge, ebenso in Kleists Germania-Ode.

504: *Thuschen* – so soll (nach Zolling) eine Kleistsche Nichte in ihrer Familie genannt worden sein; bei Klopstock: *Thusneldchen.*

569: *üppgern* – im Erstdruck *üpp'gere* (so auch bei E. Schmidt), wohl durch Verlesung des *n.*

583–86: *Giganten-Jahr des Platon* – Nach Wünschs »Kosmologischen Unterhaltungen«, 1778, I, 335 f., lehrte Plato, »daß allezeit nach 26000 Jahren eine Welt entstände, worinne alle die Menschen, alle die Geschöpfe und alle Seelen wieder zum Vorscheine kämen, welche in der nächst vorhergehenden Welt, oder in den vorigen 26000 Jahren gelebt und existiert hätten. Wir sind daher nach seiner Meinung schon vor 26000 Jahren einmal da gewesen, und kommen nach 26000 Jahren aufs neue wieder ... Von diesem Plato nennt man die Zeit, in welcher der scheinbare Umlauf der Fixsterne aus Abend gegen Morgen einmal vollendet wird, das große Platonische Jahr.« Diese Stelle, die für das Fortwirken von Kleists Jugendlektüre sehr aufschlußreich ist, wurde anscheinend bisher, auch von Kayka, übersehen.

600: *Afern* – Afrikaner, nach lat. »Afri«.

741: *Idus des Augusts* – 13. oder 15. August; der *Nornen-* und *Alraunen-Tag* ist Kleists Erfindung.

825: *itzt* – die bei Kleist ungebräuchliche Form tritt nur im »Käthchen« 2564 noch einmal auf; Einwirkung Tiecks?

962: *Sybarit* – Einwohner von Sybaris = Schlemmer.

966: *Perserschach* – sprichwörtlich für einen üppig lebenden König.

1095: *Abderit* – Schildbürger der Antike, durch Wielands Roman berühmt geworden.

1163: *Wann du* – Erstdruck; von E. Schmidt in *Wenn du* verbessert.

1251: *Hämmling* – hier gleich Hammel.

1278: *Fürsten Hand* – Erstdruck: *Fürstenhand*; schon von Tieck 1826 verbessert.

1364: *Bist du das.* – Das Fragezeichen bei E. Schmidt ist unberechtigt; der Satz wird als ironische Feststellung gesprochen.

1397: *ich beschwöre dich*, – kein Semikolon, wie E. Schmidt erst einführte; gehört zum folgenden.

1551: *Schmied* – hier, wie auch sonst bei Kleist stets: *Schmidt*.

1612 ff: Nach dem Vorbild aus dem biblischen »Buch der Richter«, 19, 29: Ein Levit schickt die zerstückte Leiche des geschändeten Kebsweibes an die zwölf Stämme Israels.

1630: *Manipel* – Eine römische Legion hatte zehn Kohorten zu je drei Manipeln (220 Mann).

1673: *Dem Tode,* – Durch die mit dem Komma angedeutete Zäsur wird die Betonung auf *Tode* gelegt; von E. Schmidt hier wie auch sonst getilgt.

1704: *Nenn einen Namen mir?* – fragend gesprochen; das Ausrufezeichen bei E. Schmidt ist unberechtigt.

1772: *Arkadier* – hier: verliebter Schäfer.

1809: *Was!* – E. Schmidt verwandelt Thusneldens empörten Ausruf in eine Frage.

1886: *einzges* – im Erstdruck großgeschrieben, hier also durch Kursivdruck hervorzuheben.

1909 ff: *Pfiffikon* – Irreführung durch falsche Aussprache von Ortsnamen schon bei Livius XXII, 13. Ortsnamen auf »kon« waren Kleist von der Schweiz her geläufig.

1933: *Du weißt es auch nicht.* – kein Fragezeichen; siehe 1364.

1951 ff: Vgl. die Schweizer Hausinschrift: »Ich komme, ich weiß nicht, von wo?...« (Bd. 2, S. 717)

1959 f: *Römische Sybille* – Sibylle von Cumä; auch im »Kohlhaas«, Bd. 1, S. 91, erwähnt. *Wunderfrau von Endor* – biblische Wahrsagerin (1. Samuel 28).

2071: *Meuter* – auch bei Schiller gebräuchliche Form für *Meuterer*.

2098: *Punier* – berühmt für ihre Verschlagenheit; siehe auch Kleists Brief an Fouqué, Bd. II, S. 861.

2209: *Buch vom Cicero* – »De officiis« (Von den Pflichten).

2236–43: Diese Verse las Kleist nach Dahlmanns Zeugnis von 1859 »mit einem so unwiderstehlichen Herzensklange der Stimme, daß sie mir noch immer in den Ohren tönen«.

2360–62: Das Bild vom Hirsch schon 1801 in den Briefen (Bd. 2, S. 671) und im »Käthchen« 2589–94.

2374: *Iris* – Personifizierung des Regenbogens, Dienerin der Juno; so auch in den Varianten zum »Käthchen« II, 10 (S. 902).

2383: *Saturniden* – Angehörige des goldenen Zeitalters unter Saturnus.

2409: ohne Anführungszeichen; ist auch nicht unbedingt, wie E. Schmidt will, von Livia gesprochen zu denken.

2439: *zwei und dreißig Seiten* – die Felder der Windrose.

2458: *Noch, auf dem Ozean des Siegs,* – Die bei Tieck fehlenden Kommas sind nach der Fassung a eingesetzt.

2459: *mein tapfres Heer* – *tapfres* fehlt in b.

vor 2491: Szenenanweisung in a: *betroffen*

2507: *ehr berührt* – b: *eh*

vor 2509: *für sich* – a: *vor Erstaunen sprachlos.* – *im Weltkreis* – a: *auf Erden.*

2515f: a: *Ich wills zufrieden sein; du trafst, da, nimm ihn hin! / Dein Schwert fällt gut, man kann ihn dir vertrauen!* – Die szenische Bemerkung davor folgt hier erst nach den beiden Versen: *Er geht . . . auf die Seite, und verbindet sich den Arm.*

2524: *stürzt* – a: *sinkt;* die Verse 2527–39 fehlen in a.

2542: *an seinem Busen* – a: *fliegt an seinen Busen* – Die nächste szenische Bemerkung *empfängt sie* fehlt in a.

vor 2545: Szenenanweisung in a: *verwirrt*

2549: *grauses Sinnbild* – *grauses* fehlt in b.

2554: *wir aber kamen her* – a: *Uns aber siehst du hier*

2560: *Die Zeit auch kömmt, das weißt du,* – a: *Die Zeit kommt,* – Die szenischen Bemerkungen fehlen in a.

2566: *naht sich dir!* – a: *ist erschienen!*

2586: *So ruft der Suev, auf König Marbods Wort!* – a: *Dazu ruft Marbods edles Herz dich aus!* Der nächste Vers fehlt in a.

2590: *Wenn die Druiden Wodan opfern* – a: *Wenn die Druiden opfern, bitt ich*

vor 2596: *zurückweicht* – a: *zurücktritt*

2604: *Ich las, mich dünkt,* – a: *Vergieb, ich las* Die Bemerkung *keck* fehlt.

2622: *Führet ihn hinweg* – b hat das metrisch unkorrekte *führt.*

2624: *wackern Söhne* – a: *bessern Söhne*

2626: *für das Geschenk des Siegs* – a: *für seinen Sieg*

2633: *Mordbrut* – a: *Brut der Wölfin*

Prinz Friedrich von Homburg (S. 629–709)

Entstehung: Anfang 1809 entleiht Kleist aus der Dresdner Bibliothek zwei später als Quellen benutzte Werke; das Stück wird wohl noch im Jahre 1809 in Angriff genommen. Erste Erwähnung am 19. 3. 1810, Fertigstellung im Sommer 1811; das fertige Werk wird am 3. 9. 1811 durch Marie von Kleist der Prinzessin Wilhelm von Preußen übermittelt. Erstdruck durch Tieck 1821.

Erstaufführung: 3. Okt. 1821 am Wiener Burgtheater unter dem Titel »Die Schlacht von Fehrbellin«; weitere Aufführungen 1821: 15. Okt. in Breslau, 5. Nov. in Frankfurt a.M. und Graz, 6. Dez. auf Tiecks Veranlassung in Dresden mit der Musik von Heinrich Marschner.

Textüberlieferung:
Schön geschriebene, für die Prinzessin Wilhelm von Preußen bestimmte Schreiberkopie; heute im Besitz der Universitätsbibliothek Heidelberg. Danach unser Text (= K).
Der Abdruck bei Tieck, 1821, (= T) beruht nicht, wie man bisher annahm, auf einer Handschrift Kleists, sondern auf einer nach K angefertigten, von Tieck selbst durchkorrigierten und als Druckvorlage aufgebrauchten Abschrift, ist also für die Textkritik belanglos (siehe Sembdner, Jahrbuch der Dt. Schillergesellschaft 1957, S. 169–78).

Quellen: 1) Oeuvres de Fréderic II roi de Prusse. T. I, Berlin 1789, S. 127–30. – 2) K. H. Krause: Mein Vaterland unter den Hohenzollerischen Regenten, ein Lesebuch für Freunde der Geschichte. 2. Teil, Halle 1803, S. 181–84. Beide von Kleist benutzten Werke berichten die Froben-Anekdote, Homburgs Unbotmäßigkeit und des Kurfürsten Verzeihung.

Zeugnisse zur Entstehung:
Kleist an Ulrike, 19. 3. 1810: »Jetzt wird ein Stück von mir, das aus der Brandenburgischen Geschichte genommen ist, auf dem Privattheater des Prinzen Radziwil gegeben, und soll nachher auf die Nationalbühne kommen, und, wenn es gedruckt ist, der Königin [Luise] übergeben werden.«
Kleist an Reimer, 21. 6. 1811: »Wollen Sie ein Drama von mir drucken, ein *vaterländisches* (mit mancherlei Beziehungen), namens *der Prinz von Homburg,* das ich jetzt eben anfange, abzuschreiben?«
Kleist an Reimer, Juli 1811: »Ich bitte um die Gefälligkeit, mir Ihre Entschließung wegen des Pr. v. Homburg zukommen zu lassen, welchen ich bald gedruckt zu sehen wünsche, indem es meine Absicht ist, ihn der Prinzess. Wilhelm zu dedizieren.«
Kleist an Fouqué, 15. 8. 1811: »Vielleicht kann ich Ihnen in kurzem gleichfalls ein vaterländisches Schauspiel, betitelt: der Prinz von Homburg, vorlegen, worin ich auf diesem, ein wenig dürren, aber eben deshalb fast, möcht ich sagen, reizenden Felde, mit Ihnen in die Schranken trete.«
E. v. Bülow (1846, in der Buchausgabe seiner Kleistbiographie, 1848, unterdrückt): »Der zufällige Umstand, daß sich damals eine andere hohe, dem regierenden Hause verwandte Person in Berlin aufhielt, war mit Veranlassung gewesen, daß Kleist sich dieses Stoffes bemächtigte. Um es recht gut zu machen, verherrlichte er in seiner Dichtung auch eine Prinzessin von Oranien. Der edle Dichter widmete das vollendetste Werk seines Lebens handschriftlich seiner Gönnerin. Es war eine poetische Verblendung, davon Hofgunst zu erwarten. Man hatte demselben erwartungsvoll entgegengesehen, und fand sich in den daran gestellten Anforderungen schwer enttäuscht.«

Marie v. Kleist an Prinz Wilhelm von Preußen, 3. 9. 1811: »J'ose en même tems mettre aux pieds de S. A. Royale Madame la Princesse une pièce que l'auteur lui a dédiée, et qui surement renferme de grandes beautés, mais sur laquelle, si j'en juge par l'effet qu'elle a fait sur moi, il seroit nécessaire de prévenir Madame la Princesse, et surtout il seroit nécessaire qu'elle connut l'auteur, et toutes ses idées sur le Drame puisée dans le Shakespeare. Mais je promets beaucoup de satisfactions à Madame la Princesse si elle lit la pièce jusqu'au bout. [Friedrich v.] Luck croit qu'elle sera la réputation de Kleist, mais ce n'est pas le moment de la vendre avantageusement.« (Ich wage gleichzeitig, Ihrer Königl. Hoheit der Frau Prinzessin ein Stück zu Füßen zu legen, welches der Verfasser ihr gewidmet hat und das sicher große Schönheiten enthält, auf das man jedoch, wenn ich nach der Wirkung urteile, die es auf mich gemacht hat, die Frau Prinzessin vorbereiten müßte, und vor allem wäre es nötig, daß sie den Dichter und all seine aus Shakespeare geschöpften Ideen über das Drama kennenlerne. Aber ich verspreche der Frau Prinzessin viel Befriedigung, wenn sie das Stück bis zuende liest – Luck glaubt, daß es Kleists Ruhm ausmachen wird, aber dies ist nicht der Augenblick, es vorteilhaft zu verkaufen.) (Der bisher unbekannte Brief wurde von mir vollständig veröffentlicht im Jahrb. d. Dt. Schillerges. 1957, S. 170f.)

E. v. Bülow (1846, in der Buchausgabe unterdrückt): »Tieck hat übrigens das große noch nicht anerkannte Verdienst, daß er den Prinzen von Homburg vor wahrscheinlicher Vernichtung oder Vergessenheit rettete. Er wußte sich das Manuskript, welches da, wo es sich befand [bei Prinzessin Wilhelm!], gering geschätzt wurde, im Jahr 1814 zu verschaffen, las es oft in seinen Kreisen vor, gewann ihm so Freunde, und ließ es endlich sogar drucken.«

Zum Text:

Abkürzungen: K = Kopie (Widmungsexemplar)
         T = Tiecks Erstdruck, 1821
         S = Kritische Ausgabe von E. Schmidt

Widmung (S. 629): folgt in K nach dem Titelblatt auf einer eigenen Seite; fehlt in T – zur Absicherung gegenüber der Prinzessin, deren Exemplar für den Druck zur Verfügung gestanden hatte. Erste Veröffentlichung in den »Grenzboten« 1867, nach einer Abschrift aus Marie von Kleists Besitz.

  9: *Rhyn* – Nebenflüßchen der Havel, an dem Fehrbellin liegt.

 10: *Hackelberge* – Kleists Erfindung; ähnlich 129: *Hackelwitz,* 255: *Hackelbüsche,* 394f: *Hackelhöhn, Hackelgrund.* Das Dorf Hakenberg, 6 km östlich von Fehrbellin, wo die Schlacht geschlagen wurde, heißt in Kleists zweiter Quelle: Hackelberg.

 40: *Ein Märchen glaubt ichs* – K setzt ein Komma hinter *Märchen.*

 42: *Zurück! die Fackeln!* – Das erste Ausrufezeichen von S zu Unrecht getilgt.

81: *schickt mich her!* − S setzt einen Punkt.

87: *Arthur* − Homburgs zweiter Vorname ist nicht historisch.

98: *Mamelucken* − orientalische Truppen, durch Napoleons Ägypten-feldzug bekanntgeworden; zur Zeit der Niederschrift des Dramas ging die Nachricht von der Ermordung der Mameluckenhäupter durch Mehemed Ali (1. März 1811) durch die Zeitungen. Hier natürlich ironisch zur Kennzeichnung von Homburgs Zerstreut-heit angeführt.

107: *Dort oben unbemerkt* − S setzt ein Komma hinter *oben!*

121f: Das gleiche Bild im »Käthchen« 692f.

136: *Parole* − T/S: *Parol'*

172-74: Das Gleichnis ist nach W. Silz (Mod. Lang. Notes, 1936, S. 93f.) beeinflußt durch ein Bild von Carracci in der Dresdner Galerie.

233: *Elisa* − Die zweite Gemahlin des Kurfürsten hieß Dorothea und war damals nicht anwesend. Auch die sonstigen Namen sind bei Kleist historisch meist nicht korrekt; z. T. stammen sie aus der preuß. Rangliste von 1806.

253: *Der nach des Herren Willen heut* − T/S setzen hinter *Der* und *Willen* Kommas, die in K fehlen; das Komma nach *Willen* ist ausradiert!

255: *Hackelbüsche* − T: *Fackelbüsche;* Druckfehler, schwerlich auf fal-scher Lesung beruhend.

vor 266: *HEIDUCK* − oder Haiduck: Lakai (in ungarischer Uniform).

281: *Stellt, auf der Ebne sich,* − Die von T/S getilgten Kommas deuten Zäsuren während des Diktats an.

356: *Du, der* − auf die Glücksgöttin bezogen, daher hier *der* statt *dem*

357: *Gleich einem Segel lüftet* − Das Komma hinter *Segel* (T/S) ist in K ausradiert!

361: *flüchtiges* − großgeschrieben; aber auf *Kind* bezüglich.

368: *Ouf!* − franz. geschriebener Ausdruck der Erleichterung: uff! Im Französischen ein Schmerzenslaut.

379: *Ich glaube, ja.* − T/S setzen Ausrufezeichen!

392: *Bin ich ein Pfeil, ein Vogel, ein Gedanke* − Falstaff in Shakespeares »Heinrich der Vierte«, 2. Teil, IV, 3: »Haltet Ihr mich für eine Schwalbe, einen Pfeil oder eine Kanonenkugel? Habe ich ... die Schnelligkeit des Gedankens?«

vor 400: DER OFFIZIER − S: EIN OFFIZIER; gemeint ist aber der gleiche, der 378 spricht.

420: *fehlte,* − T/S setzen einen Punkt.

441: *Kirchsturmspitze* − T: *Kirchturmsspitze;* S: *Kirchturmspitze.* Das Komma dahinter wird von T/S hinter *getürmt* versetzt.

480: *an dem Schwanz* − K: *den;* schon von T verbessert.

487: *die Zehn märkischen Gebote* − T/S: *zehn*

501: *Keinen Schlechtern* − der letzte Buchstabe von *Keinen* vom Kopisten selbst nachträglich eingefügt; da die Schlußbuchstaben *n* und *e* in der Kopie schwer zu unterscheiden, erklärt sich die Lesart T: *Keine Schlechtere*

vor 525: *vor ihr* – in K mit Bleistift, vielleicht von Tiecks Hand, in *sie*
verbessert.

525ff: Kleists Quelle, K. H. Krauses Lesebuch, berichtet über die Schlacht
bei Fehrbellin folgendes: »Der Prinz von Hessenhomburg wurde
mit Tages Anbruch vorausgeschickt, den Feind zu beobachten und
aufzuhalten, jedoch, ohne ihn anzugreifen. Er stieß auf die schwedischen Vorposten; aus jugendlicher Hitze und aus Begierde, sich
auszuzeichnen, griff er sie an, und trieb sie siegreich vor sich her
bis zur Hauptarmee. Aber jetzt rückte diese aus, und der Kurfürst
wurde zum Treffen genötigt, ehe er es wünschte. Zum Glück hatte
er schon vorher auf einem Sandhügel eine Batterie errichtet, von
der er ununterbrochen und mit dem besten Erfolge auf den Feind
losfeuerte. Jetzt stellte er sich an die Spitze seines linken Flügels,
und drängte die feindliche Reiterei an das Fußvolk zurück. Ein
schrecklicher Kugelregen empfing die brandenburgischen Reiter;
aber das Beispiel ihres großen Anführers gab ihnen Mut. Der Kurfürst setzte sich selbst den größten Gefahren aus, und blieb auch
da, als sein treuer Stallmeister *Froben*, der ihn nicht aus den Augen
verließ, an seiner Seite durch eine Kugel zerschmettert wurde, ein
Muster des Mutes für seine tapferen Soldaten. Er schlug den linken
Flügel des Feindes in die Flucht, der rechte folgte bald darauf, und
der Sieg war entschieden.« Eine Ergänzung bieten die gleichfalls von
Kleist benutzten Memoiren Friedrich des Großen: »Da Friedrich
Wilhelm keine Infanterie zur Hand hatte, konnte er weder die Fehr-
belliner Brücke nehmen noch den Feind auf seiner Flucht verfol-
gen. Er ließ es sich genug sein, auf dem Schlachtfeld, wo er so
hohen Ruhm erworben hatte, sein Lager aufzuschlagen.« (Nach
Richard Samuels reich kommentierter Ausgabe des »Prinz von
Homburg«, Harrap, London 1957; 2. Aufl. 1961)

594: *Gedrängt von Spaniens Tyrannenheeren* – Tieck an Reimer, 23. 6.
1846: »Senden Sie mir doch ein Exempl. des Prinzen von Homburg, in welchem ein einziger Vers zu ändern ist, den der brave
Kleist damals wegen der Franzosen verfälschen mußte.« (Letters of
Ludwig Tieck. London 1937, S. 503f.) Tatsächlich hat Tiecks Ausgabe von 1846 hier: »*Gedrängt von den Tyrannenheeren Frankreichs*«,
was den historischen Tatsachen zwar entspricht, in der Diktion aber
natürlich von Tieck stammt. Im übrigen war damals nicht Moritz,
sondern Wilhelm III. von Oranien Statthalter der Niederlande.

599: *verwaist.* – T/S setzen Ausrufezeichen.

604: *Nach Eurer Glocken holden Duft* – S: *holdem;* Tieck (?) unterstrich in
K die schwer verständliche Metapher *Glocken* mit Bleistift und
setzte ein *B* darüber; wahrscheinlich wollte er *Blüten* verbessern,
entdeckte dann aber im vorangehenden Vers *blühend.*

vor 623: *mit beiden Händen* – von T/S in Kommas gesetzt.

639–677: Die *rührendste Begebenheit* berichtet Friedrich der Große in seinen »Mémoires pour servir à l'histoire de la Maison de Brande-

bourg«, 1751, läßt sie aber in der 2. Ausgabe der Memoiren als offenbar unhistorisch fallen; wieder abgedruckt in den von Kleist benutzten »Oeuvres de Fréderic II.«, T. 1, Berlin 1789. Eine ausführliche »Berichtigung des angeblichen Faktums« konnte Kleist bereits in den »Jahrbüchern der preußischen Monarchie«, April 1799, finden (freundlicher Hinweis von Dr. Wolfgang Grözinger, München); wenn der anonyme Verfasser den Malern und Dichtern zugesteht, »mehrerer Freiheiten als der Geschichtschreiber« sich zu bedienen, so gibt er doch zu bedenken, »ob solches ganz gut sei oder nicht, da die Wahrheit hiedurch eben keinen Zuwachs erhält«. Kleist stößt, wie auch sonst, sich nicht an der Ungeschichtlichkeit der Sage. Er folgt im Wesentlichen seiner zweiten Quelle, K. H. Krauses Lesebuch »Mein Vaterland unter den Hohenzollerischen Regenten«, Halle 1803: »Nicht hinlänglich begründet und von einem Augenzeugen widersprochen ist folgende von den meisten Geschichtschreibern aufgenommene Erzählung. Der Kurfürst habe in der Schlacht einen Schimmel geritten, auf welchen die Schweden alle ihre Kanonenschüsse gerichtet hätten. Froben habe dies bemerkt, aber seinen Herrn vergebens gebeten, sein ausgezeichnetes Pferd mit einem andern zu vertauschen; nur erst bei dem Vorgeben, daß das Pferd scheu sei, habe es der Kurfürst mit dem Pferde seines treuen Dieners vertauscht. Kaum habe Froben den Schimmel bestiegen, als er durch eine Kanonenkugel niedergestreckt sei.« (Nach Richard Samuels Homburg-Ausgabe, London 1957)

640: *je* – in K nicht unterstrichen; wohl versehentlich von T gesperrt, was in der Ausgabe von 1826 zwar berichtigt, von S aber übernommen wird.

657/60, 662/70: hier auch in K die sonst nicht gebrauchten Anführungsstriche.

697: *Beförderung* – von T/S zu *Befördrung* geglättet.

713: *Kommt, gebt mir Euren Arm!* – T/S teilen Homburgs Worte (wohl aus Etikettegründen) der Kurfürstin zu.

713 f: *O Cäsar divus* – göttlicher Cäsar; Virgil spricht in seinen Eklogen von dem »Stern Cäsars« (B. Schulze); ihn will Homburg erreichen.

748: *Mußt du von mir dies hören?* – T: *das hören?* erstaunte Frage; S setzt Ausrufezeichen.

754: *Die Fahn* – *Die* in K nicht unterstrichen; erst von Tieck gesperrt.

757: *Per aspera ad astra* – »Durch Rauhes zu den Sternen« (nach Hesiod).

775: *So* – S setzt hinter das erste *So* ein Ausrufezeichen!

777: *Brutus* – Der römische Konsul Lucius Junius Brutus (gest. 509 v. Chr.) ließ seine eigenen Söhne zum Tode verurteilen.

779: Der kurulische Stuhl war der Amtssessel im alten Rom.

810: *ausdrücklichem* – T/S: *ausdrücklichen*

822–24: Ähnlich hatte sich nach Kleists Quelle der Kurfürst wirklich verhalten: »Der Prinz Friedrich von Hessenhomburg stand, im

Bewußtsein seines Dienstfehlers, in einiger Entfernung, und wagte es nicht, seinen Blick zu dem streng gerechten Fürsten aufzuschlagen. Der Kurfürst winkte ihm liebreich, heranzutreten. ›Wollte ich‹, redete er ihn an, ›nach der Strenge der Kriegsgesetze mit Ihnen verfahren, so hätten Sie den Tod verdient. Aber Gott bewahre mich, daß ich meine Hände mit dem Blute eines Mannes beflecke, der ein vorzügliches Werkzeug meines Sieges war.‹ Mit diesen Worten und einer väterlichen Ermahnung, künftig vorsichtiger zu sein, umarmte er ihn und versicherte ihn seiner ganzen Achtung und Freundschaft.« (K. H. Krause)

830f: *das hat . . . bewiesen* – Die von S eigenmächtig gesetzten Kommas hinter *hat, Herz, Proben*, zerstören den Rhythmus; K hat hinter *Kindheit*, T hinter *Herz* ein Komma.

843: *Weil* – in K nicht unterstrichen; in T/S gesperrt.

861: *gesprochen?* S setzt Punkt.

868: *Auf mein Gefühl von ihm* – sehr kleistisch; siehe auch »Familie Schroffenstein«, 1617f.

882: *Todesurteil* – T/S glätten: *Todsurteil* und setzen am Schluß ein Kolon.

902: *Dei von Algier* – ebenso 1412: *Dei von Tunis* – Janitscharenfürsten, mußten ihre meist kurzlebige Herrschaft durch grausamsten Despotismus behaupten.

903: *Cherubinen* – T/S: *Cherubime* (falscher Plural).

904: *Sardanapel* – sagenhafter assyrischer Despot.

905: *Tyrannenreihe* – K hat den Schreibfehler *Tyrannenreiche*, den T übernimmt!

907: *rechter* – wahrscheinlich Schreibfehler für *rechte*, aber von T/S übernommen.

914: *Besinne dich!* – T/S setzen Punkt.

918: *wie man mir versichert* – Das vorletzte (betonte!) Wort fehlt versehentlich in K. T/S ergänzen *hier*; wahrscheinlich aber hat der Kopist ein *mir* übersehen, das dem vorangehenden *man* in der Handschrift ähnlich sieht.

929: *unbesonnener* – T/S elidieren das vorletzte *e*.

930: *gewarnt?* – S setzt Ausrufezeichen.

950: *aufs Schloß* – T/S setzen ein Komma dahinter.

959: *– Kaum* – Der eine Sprechpause andeutende Gedankenstrich am Anfang fehlt versehentlich bei S und Nachfolgern.

964: *Laßt ihn herein!* – S setzt Punkt. In der folgenden Szenenbemerkung fehlt *selbst* bei T/S.

968: *zu Euren alten* – T/S: *Eurer;* Homburg hatte sich aber schon mehrfach des Ungehorsams schuldig gemacht.

971ff: Die berühmte, oft beanstandete Todesfurcht-Szene. Man hat hier, wie auch sonst, Einflüsse von Shakespeares »Maß für Maß« festgestellt: »Ja! Aber sterben! Gehn, wer weiß, wohin, / Daliegen, kalt, eng eingesperrt und faulen: / Dies lebenswarme, fühlende Bewegen / Verschrumpft zum Kloß . . . / Das schwerste, jammervollste irdsche Leben, / Das Alter, Armut, Schmerz, Gefangenschaft / Dem Menschen auflegt – ist ein Paradies / Gen das, was wir vom Tode fürchten! . . . / O Liebste, laß mich leben!« (III, 1)

984: *Sieh, diese Augen* – in K fehlt das Komma, da ohne Zäsur gesprochen zu denken.

987f: Ähnlich im »Erdbeben in Chili« (Bd. 2, S. 145): »Man vermietete in den Straßen, durch welche der Hinrichtungszug gehen sollte, die Fenster«; in Schillers »Piccolomini«, II, 7: »Sie hatten schon in Wien / Die Fenster, die Balkons voraus gemietet, / Ihn auf dem Armensünderkarrn zu sehn«.

991: *duftend* – Tieck verbessert in der Ausgabe von 1826: *leblos!*

1026: *wieder;* – T/S setzen statt des Semikolons ein Komma; das danach folgende *Mit Hand und Mund* gehört aber nicht zu *Frei ist sie*, sondern zu *Verschenken kann sie sich!* 1027–29 wurden in der Dresdner Aufführung 1821 von Tieck gestrichen.

1046: *Thurn* – bekannter Adelsname; der Kopist las aus Unverständnis *Theure;* von Tieck vermutlich richtig emendiert.

1058: *in dem Tod dir treu* – S und T 1826: *in den Tod*

1087: *Onkel* – von Tieck hier und weiterhin (1094, 1109, 1140, 1145) in *Oheim* oder *Ohm* verändert.

1114: *erznen Brust* – Tieck verbessert: *ehrnen*

1121: *Das in dem Lager, Vaterland sich nennt* – T/S setzen hinter *Das* ein zweites Komma; Kleist beabsichtigt lediglich eine Zäsur vor dem bedeutungsvollen Wort *Vaterland*

1166: *unerfreulich, jammernswürdger* – S tilgt das Komma, wodurch das erste (verkürzte) Beiwort zum Umstandswort wird!

1205: *glaube* – in K nicht unterstrichen; erst von T/S gesperrt gedruckt.

1239: *mein* – in K nicht unterstrichen; erst in T/S gesperrt.

1273: *versteht,* – Ausrufezeichen erst von T/S gesetzt.

1299: *Laßt uns auf einen Augenblick allein!* – T/S setzen *auf einen Augenblick* in Kommas; von T 1826 getilgt.

1306: *Lest, lest* – K schreibt das zweite *lest* versehentlich groß; T/S: *Lest! Lest*

1326: *entgegengähn'n* – T/S: *entgegengähnen*

1373: *mitleidsvoll* – Tieck druckt, die hier gemeinte Dualität zwischen Staatsräson und persönlichem Mitgefühl verwischend: *mitleidlos.*

1377: *am zwölften* – Das historische Datum der Schlacht von Fehrbellin drei Tage vorher ist der 28. (nach dem Kalender alten Stils: der 18.) Juni 1675; Kleists Datum ist frei erfunden.

1412ff: K. W. F. Solger, dem Tieck das Manuskript geschickt hatte, schreibt ihm am 4.10.1817: »Welche Wirkung müßten auf ein einigermaßen fühlendes Publikum Stellen machen wie die: ›Seltsam! Wenn ich der Dey von Tunis wäre‹ usw. – Das ist etwas anderes, als die hohle Großsprecherei und alberne Treuherzigkeit, die uns sonst für Patriotismus verkauft wird.« – *Dei von Tunis* siehe 902.

1414: *Die seidne Schnur* – nach orientalischer Sitte Aufforderung an die Rebellen, sich selbst hinzurichten. Das eine Sprechpause bedingende Komma hinter *Schnur* von S getilgt.

1446: *kaum wag ichs dir zu melden?* – S verwandelt die zögernde Frage nach Zollings Vorgang in einen Ausruf.

1457: *überall* – nach damaligem Gebrauch im Sinne von »überhaupt«.

vor 1479: *und ruft einen Pagen* – T/S: *einem;* Komma vor *und*

1490: *hat mich her gerufen* – in K fehlt versehentlich *her;* schon von T ergänzt, gemäß 1487.

1528: *Der* – in K nicht unterstrichen; erst von T/S gesperrt.

1537: *vorauszusetzen* – K fehlerhaft: *voraussetzen*

1550: *Drachen* – ebenso Zerbr. Krug 439; T/S ändern: *Drache*

1552: *Was konnte mehr, an einem Tag, geschehn?* – S und T 1826 tilgen die Kommas.

1554: *Wunde* – T/S: *Wunden*

1566f: *von der Bank fällt* – der Sieg als illegitimer »Bankert«.

1592: *für mich im Stillen* – T/S setzen Komma hinter *mich;* von T 1826 getilgt.

1593: *An deiner Trefflichkeit* – K fehlerhaft: *deine*

1596: *Sieges* – T/S: *Siegs*

1605/8: Anführungszeichen der Kottwitz-Rede bei T/S getilgt.

1612: *Mich, der, du weißt, dir zugetan* – T verbessert: *Mich, den du weißt dir zugetan*

1614: *Homburg!* – Ausrufezeichen, nicht Gedankenstrich wie bei T/S.

1630f: *er . . . ich* – in K nicht unterstrichen; erst von T/S gesperrt.

1635: *Plantane* – Kleists fehlerhafte, nach franz. »plantage« gebildete Schreibung für »Platanen«; ebenso Bd. 2, S. 703,24.

1659: *kannst du dir denken.* – T/S setzen ein Ausrufezeichen statt des Punktes, S setzt zudem am Ende des vorigen Verses ein Semikolon; der Satz ist aber nur beiläufig gesprochen.

1671: *Zuerst mit großem Aug sieht er ihn an* – T setzt hinter *Zuerst,* S dann auch hinter *Aug* ein Komma.

1686: *vermißt.* – T (danach S) setzt, durch ein über dem Punkt stehendes Komma in K verführt, ein Ausrufezeichen.

1691: *können!–!* – T/S: *können – –!* Hohenzollerns Rede wird mit diesem zweifach besiegelten Ausruf beendet.

1719: *warst du* – Fehler bei S: *warest du;* in Minde-Pouets Neuauflage verbessert.

vor 1740: *wendet sich* – T/S: *wendet er sich*

1751: *Das ich verletzt',* – Das für den Sinn wesentliche Komma fehlt bei T/S: *im Angesicht des Heers* gehört zu *verherrlichen!*

1757: *den Trotz, den Übermut* – in K und T fehlerhaft: *dem . . . dem . . .;* oder soll es 1758: *entrungen* statt *errungen* heißen, wie A. Bley (Festschrift f. Paul Frédericq, Brüssel 1904) annimmt?

1779: *mit deiner Nichte Hand,* – Komma fehlt bei S.

1793: *Kämpf er auf dem Gefild der Schlacht, sie ab!* – S setzt auch hinter *er* ein Komma; dadurch wird die von Kleist mittels der Zäsur beabsichtigte Hervorhebung von *Schlacht* beseitigt; Tieck, der ein Gefühl dafür hatte, beließ Kleists Zeichensetzung!

1796: *Seraphin* – T: *Seraphin'*, S: *Seraphim'* (siehe auch 903).

1802: *Die höchst' in solcher Stund, ist ihn zu lieben!* – T/S setzen hinter *höchst'* ein zweites Komma.

1814: *Hier, diesen Paß* – T/S tilgen das Komma.

1817: *Der Krieg heb, in drei Tagen, wieder an* – T/S tilgen die Kommas.

1830: *Nun, o Unsterblichkeit, bist du ganz mein!* – In Klopstocks Ode »An Fanny« heißt es: »Dann, o Unsterblichkeit, / Gehörst du ganz uns!« Dieser Anklang ist insofern von Interesse, als Kleist, nach Peguilhens Aussage, auch an seinem Todestage Klopstocks Oden bei sich gehabt haben soll.

1832: *Mir Glanz* – Die bisherige Lesart *Mit Glanz* beruht vermutlich auf einem Lesefehler des Kopisten (schon von Dombrowsky, Euphorion 1907, S. 793 bemerkt); ein doppeltes *mir* z. B. auch in Amphitryon 998f.; ein doppeltes *ihm* Krug 1906f.

1844: *Nelke* – in K fehlerhaft: *Nelken*

1845: *in Wasser* – K fehlerhaft: *im*

nach 1851: *an welchem die Kette hängt* – K: *welchen*

ANMERKUNGEN ZU DEN VARIANTEN

Gedichte (S. 713–720)

713: *Jünglingsklage* (zu S. 14) – nach verschollener Handschrift »aus H. v. Kleists Nachlaß« im letzten Stück von Fouqués und Wilhelm Neumanns ›norddeutscher Zeitschrift‹ »Die Musen«, 1814; ohne Überschrift. – Das Gedicht, das sich in einer gleichlautenden Abschrift auf Schloß Miltitz befindet, sollte ursprünglich für die »Musen« vertont werden (Fouqué an Carl von Miltitz, 9. 9. 1812: »Vergiß doch ja nicht . . . Heinrich Kleists Gedicht und Deine Komposition dazu.« O. E. Schmidt: Fouqué, Apel, Miltitz, Leipzig 1908, S. 82).

713–19: *Germania an ihre Kinder* (zu S. 25–27) – 4. *Fassung (d):* Druck nach verschollener Handschrift in »Rußlands Triumph oder das erwachte Europa«, März 1813. – 6. *Fassung (f):* Doppelquart von Kleists Hand aus dem Besitz Marie v. Kleists. – 7. *Fassung (g):* Doppelquart von Kleists Hand. (Vgl. Textüberlieferung, S. 911 f.)

Erich Schmidt druckte Fassung e; Minde-Pouet im 7. Band seiner Ausgabe (Leipzig 1938) die Fassungen a, e und g.

719: *Kriegslied* (zu S. 28) – Kleists Handschrift (früher Staatsbibliothek Berlin); dort die weiteren Varianten V. 3/4: *Nur für Geld noch, im Spalier, / Zeigt man uns die Jungen.* 14: *Auf der Berge Rücken* (nach einer von Prof. R. Samuel frdl. zur Verfügung gestellten Fotokopie).

720: *Das letzte Lied* (zu S. 31 f.) – Text nach Tiecks Abdruck, 1821. Einige kleinere Varianten dazu in Fouqués »Frauentaschenbuch f. d. Jahr 1818« und gleichlautend in der fragmentarisch überlieferten Kopie Charlotte v. Steins (mit Kleists Datierung: »Dreßden im April 1809«!): 33 *Ein Göttersohn* – 36 *Nicht jubelnd mehr* – 46 *Sich weiter pflanzen* – 48 *weinend* (s. dazu W. Hettche im Jahrb. d. Fr. Dt. Hochstifts, 1982).

Fouqué versah seinen Abdruck mit dem Untertitel: »Gesungen in der Zeit von Deutschlands Unterdrückung« sowie der Fußnote: »Ein ernster Nachklang aus einem früh von der Erde geschiedenen Leben! Mögen wir dabei abermal bedenken, was Gott seitdem an uns getan hat (es kann nie oft genug geschehen!), und mögen die edlen deutschen Frauen des edlen unglücklichen Sängers Grab mit neuen Blumen der Erinnerung bekränzen.«

Varianten zu »Familie Schroffenstein« (S. 721–834)

721: *Die Familie Thierrez* – halber Quartbogen von Kleists Hand, angehängt an die Ghonorez-Handschrift, mit vielen Ausstreichungen und Änderungen (Faksimile in Zollings Kleist-Ausgabe, 1885, Bd. I).

723–834: *Die Familie Ghonorez* – Manuskript von Kleists Hand (faksimiliert hrsg. von P. Hoffmann; siehe Textüberlieferung, S. 919).

Titel und Personenverzeichnis fehlen und wurden nach dem Muster der »Familie Schroffenstein« zugefügt.

Um einen besseren Vergleich der beiden Fassungen zu ermöglichen, wurde die Verszählung der »Familie Schroffenstein« übernommen und auch dort beibehalten, wo die Anzahl der Verse oder Prosazeilen abweichen.

7: *die weiten Räume* – zunächst: *die lauen Lüfte*

1183: *Du magst das Irren schelten* – *Irren* verbessert aus *Raten* (die Verse fehlen in der Buchausgabe). Vgl. dazu das neuaufgefundene »Fragment« (Bd. 2, S. 338): »Es gibt gewisse Irrtümer, die mehr Aufwand von Geist kosten, als die Wahrheit selbst.«

1419: *Wir glauben uns.* – zunächst: *Zwei solche Bürgen / Wie du und ich, wir sind unfehlbar sicher.*

1438: zunächst: *Er ist so streng, und doch so duldend, ist / So stark, und doch so sanft*

2064f., 2074: *dreißig* – zunächst: *siebzig.* – 2075: *Zwanzig* – zunächst: *Funfzig.* – 2079: *Funfzehn* – zunächst: *Dreißig.* – 2083: *sieben* – zunächst: *siebzehn*

vor 2370: *Überkleide* – zunächst: *übergeworfenen Kleide*

2465f: zunächst: *Denn es schauert stets / Der Mensch, wo er einmal geschauert hat.*

nach 2561: hinter *ab* zunächst: *Barnabé will entfliehen, kehrt um, und birgt sich an die Seite hinter einen Stein.*

2648: *der Skorpion!* – zunächst: *das Scheusal!* dazu am Rande: *Kröte*

2666: *du Scheusal* – zunächst: *du Krokodil*

Weitere von Kleist gestrichene Varianten siehe S. 826–32.

833: *Kleists Randnotizen* – bei der Durchsicht des Manuskriptes niedergeschrieben; einiges wurde von ihm dann weiter ausgeführt.

zu 2. Akt, 1. Szene: *(Nachmittag)* – Wohlüberlegte Zeitangabe, die aber in der Buchausgabe fehlt.

zu 1981: *? zu sinnlich* – Die Wendung von *jener ersten Nacht, die ich / Am Tage vor des Priesters Spruch dir schenkte* blieb in der Buchausgabe bestehen; dagegen tilgte Kleist noch im Manuskript folgende erste Fassung von 1982–84: *Bei unserm einzgen Kind, bei unserm letzten, / Das deine Wut ins Elend stürzt, und das / Doch zu gebären schwerer mir geworden, / Als zu erzeugen dir,*

zu 2070: *Großvater muß die Leiche erkennen* – Die Randbemerkung paßt nicht in den Zusammenhang, sondern war ein augenblicklicher, sofort niedergeschriebener Einfall.

zu 2231: *Skorpion von einem Menschen* – Kleist fiel ein, daß er den gleichen Ausdruck schon in der Szene 1883 ff. (S. 831) gebraucht hatte; er strich dann die ganze Szene mit dem Schulzen (*»Dies Folgende könnte lieber ein Kammermädchen übernehmen«*) und ersetzte sie durch die Verse 1883–99 (S. 793 f.), wobei es jetzt an der beanstandeten Stelle 1892 heißt: *Schlange, giftige!*

nach IV,2: *Bis hierher abgeschickt.* – Diese Bemerkung sowie die

»*Nachrichten für den Abschreiber*« deuten darauf hin, daß Kleist das Manuskript ratenweise an einen Kopisten sandte, um eine saubere Abschrift zu erhalten, in der er dann weitere Verbesserungen anbrachte.

Varianten zum »Zerbrochnen Krug« (S. 835–855)

835–38: *Fragmente aus dem Lustspiel: der zerbrochne Krug* – Im dritten Stück des Phöbus, März (ausgegeben: Ende April) 1808; als Druckvorlage diente die Folio-Handschrift a (siehe Textüberlieferung, S. 924 f.).

Die zu Anfang abgedruckte Fußnote bezieht sich auf die Weimarer Aufführung vom 2. März 1808.

B. Zur Erklärung – nach einem in a angesiegelten Zettel.

414: *Schranken* – Phöbus: *Schenken* (Setzerirrtum!)

649 ff: Warum Kleist *niederländischen* und *Dem span'schen Philipp* im Phöbus nur durch Striche andeutet, ist nicht ersichtlich. Die Stelle, nach welcher der Setzer unter Fortlassung der Krugbeschreibung mit dem Abdruck fortzufahren hatte, ist im Manuskript durch einen waagrechten Strich vor V. 730 gekennzeichnet.

Weitere Varianten im Phöbus:

445: *Der Laffe! Seht!* – so auch im Manuskript statt: *Der eitle Flaps!*

450: *So faßt' ich sie beim Griff jetzt, sieht er, so,*

502: *Laßt diesem Ort des Unheils uns entfliehn!* – statt *Unglückszimmer,* wie es zunächst im Manuskript hieß und in der Buchausgabe beibehalten wurde.

559: *Das jüngst ein Indienfahrer mir geschenkt, / Schwarz, wie ein Rab',* *mit goldner Toll und Flügeln,* – so auch im Manuskript, wo die Fassung der Buchausgabe durchstrichen ist.

nach 744: *am Abend* – *ADAM (wendet sich mit der Gebärde des Erschreckens). FRAU MARTHE (fortfahrend).* – so auch im Manuskript.

755: *In jedem Winkel brüchig liegt ein Stück* – *brüchig* nur im Phöbus.

nach 805: *Man legt die Worte niemand in den Mund.* – auch im Manuskript.

839–55: *Variant* – nach der Folio-Handschrift (faksimiliert hrsg. von P. Hoffmann; siehe Textüberlieferung, S. 925); die dort durch Manuskriptverlust fehlenden Verse (bis 2290) nach dem »Variant« der Buchausgabe.

Unter der Bezeichnung »Variant« (ebenso in Kleists Epigramm »Rechtfertigung«, S. 21) brachte Kleist als Anhang der Buchausgabe den 12. Auftritt (bis 2381) in der Fassung, wie sie der Folio-Handschrift entspricht. Daß dieser längere Schluß tatsächlich der ursprüngliche war und auch der Weimarer Aufführung von 1808 zugrunde lag, konnte ich anhand eines bisher unbekannten Berichts über die Aufführung in der »Allgemeinen deutschen Theater-Zeitung«, 11. 3. 1808, ermitteln, in dem es u. a. heißt: »nun müssen wir noch den zweiten und den (das ganze Stück verdarb dritthalb Stunde) eine Stunde währenden, dritten Akt, alles ein einziges Verhör, mit anhören«, wobei die Darstellerin des Evchens »die eigentliche plagende Erzählerin« gewesen sei. Durch diesen Fund (mitgeteilt im Jahrb. d. Dt. Schillerges. 1963) dürfte die alte Streitfrage, welche Fassung in Weimar gespielt wurde, endgültig geklärt sein.

1939: *nach dem Hergang* – im Erstdruck: *den* – P. Hoffmann vermutet ein Druckversehen für: *noch den Hergang* (so auch bei Tieck 1826).

2006: *Ich glaubte fast, du weißt, daß es dir steht.* – von Tieck und E. Schmidt zu Unrecht in *glaube* verbessert; nach P. Hoffmanns richtiger Beobachtung konjunktivisch gemeint: »Ich würde es fast glauben, wenn ich nicht wüßte, daß du nicht eitel bist.«

2299: *zum Vater Tümpel* – im Manuskript zunächst: *zu Vater Veit dort*

2305: *zu so viel* – *so* fehlt im Manuskript.

2312: *also* – in der Buchausgabe nicht gesperrt.

2376: *O Jesus!* – in der Buchausgabe: *O Himmel!*

2380f: Hier endet der Variant in der Buchausgabe von 1811 (und in den Kleist-Ausgaben) auf folgende Weise: *Nach Utrecht geh ich, / Und steh ein Jahr lang auf den Wällen Schildwach, / Und wenn ich das getan, u.s.w. . . . ist Eve mein!*

Varianten zu »Penthesilea« *(S. 856–885)*

856–59: *Organisches Fragment* – nach verschollener Handschrift im Phöbus, Januar 1808, mit Kleists Erklärungen. Die Bezeichnung »Organisches Fragment« wird von Arnim in der ›Zeitung für Einsiedler‹ als »glücklicher Ausdruck des H. v. Kleist« übernommen und noch 1820 von Goethe zitiert.

Im Personenverzeichnis fehlt *Meroe* (ebenso in dem erhaltenen Manuskript); für *Odysseus* im Text durchgehend *Ulysses*.

Weitere Phöbus-Varianten:

33: *Troilus* statt des falsch betonten *Deiphobus;* ebenso 174: *Troil daher* (Korrektur Adam Müllers?)

1765: hinter PENTHESILEA die sonst fehlende Szenenbemerkung: *indem sie die Kränze nimmt.*

1782: *Ich wollte sie am Stocke kosten.* – 1783 und die darauf folgende Szenenbemerkung fehlt im Phöbus.

1992f. im Phöbus: *Die war der Krone eures Reiches wert, / Und meine Männerseele beugt sich ihr.* – im Manuskript: *Nun denn, beim Zeus, die war der Krone wert! / Die war gemacht, mit Männern sich zu messen.*

1995–97: *Kein Laut vernahm sich, als der Bogen nur, / Der aus der*

Hand, geöffnet im Entsetzen, / Der Priesterin, wie jauchzend, niederfiel.
– ebenso im Manuskript.

2410 (S. 858): *Halkymnia* – von Kleist erfundener Name.

2446: *F (Neunzehnter Auftritt* = 20. Auftritt der Buchausgabe) schließt im Phöbus wie folgt: *DIE OBERPRIESTERIN. Seht, die Wahnsinnige! U.s.w.* – Da im Phöbus nun G als *Einundzwanzigster Auftritt* folgt, muß man sich offenbar einen unbekannten 20. Auftritt dazwischen denken, der im Phöbus fortfiel.

2463: nach *ACHILLES* die sonst erst 2489 auftauchende Szenenbemerkung: *das Blut schießt ihm ins Gesicht.*

860–85: *Varianten* – Hier sind nur die wesentlichsten, sowohl vom Phöbusdruck wie der Buchausgabe meist erheblich abweichenden Stellen aus dem von Kleist korrigierten Manuskript verzeichnet (siehe Textüberlieferung a, S. 933). Diese ursprüngliche Fassung ist erheblich krasser und in gewissem Sinne »moderner« als die in den Kleistausgaben befindliche. Das Manuskript ist, da nicht von Kleists Hand, bisher nicht faksimiliert; der kaum mehr zugängliche bibliophile Neudruck von 1921 ist ebenso wie der Erich Schmidtsche Lesartenapparat fehlerhaft.

S. 867, Zeile 5–7 (entspricht Vers 1349 f.): *Oft, wenn im Menschen alles untergeht . . .* – Diese Verse werden von Adam Müller als Motto seines Aufsatzes »Von der Modulation des Schmerzes« (Vermischte Schriften, Bd. 1, 1812) nach Kleists Manuskript zitiert.

Varianten zu »Käthchen von Heilbronn« (S. 886–907)

886–904: *Fragmente des Schauspiels: Käthchen von Heilbronn* – Das erste »Fragment« (I, 1 bis II, 1) erschien im vierten und fünften Stück des Phöbus, April/Mai 1808, ein »Zweites Fragment« (II, 2–13) im neunten und zehnten Stück, September/Oktober 1808 (ausgegeben Anfang 1809).

S. 890, Z. 5: *Ihr sollt mir diesen Busen nicht verwirren.* – Diese bezeichnende Wendung Käthchens fehlt in der Buchausgabe.

S. 891, Zeile 8 v. u.: *damit ich mir einbilden könnte, es sei ein Wettstreit* – Kleist denkt hier wohl an die in Frankfurt gepflegten literarischen Gesellschaftsspiele, bei denen »irgend etwas« als Preis ausgesetzt war. Einen ähnlichen Wettstreit, bei dem »die Muttersprache durchblättert« wurde, veranstaltete er später mit Henriette Vogel (siehe S. 46 und Anmerkung dazu).

Der erste Auftritt des 2. Aktes endet im Phöbus mit Gottschalks Ruf *(aus der Ferne): He!* Darunter steht *U.s.w.* sowie Kleists Unterschrift; demnach hatte Kleist zunächst nicht die Absicht, das Fragment im Phöbus fortzusetzen. Daß Gottschalk seinen Herrn ruft, dem er eine dringende Botschaft zu überbringen hat, ist einleuchtender, als daß Strahl selbst nach seinem Knecht ruft, wie es in der Buchausgabe der Fall ist.

S. 898 ff: *Neunter Auftritt* – Diese Szene wird in der Buchausgabe durch Brigittens Erzählung vom Silvesternachttraum ersetzt.

S. 900 ff: *Zehnter Auftritt* – In der Buchausgabe fehlen die ersten 85 Verse, in denen Kunigunde höchst geistreich über die Kunst des Schmückens philosophiert.

S. 902, Zeile 10 v. u.: *Iris* – Dienerin der Juno (ebenso Hermannsschlacht 2374), Personifizierung des Regenbogens; hier ist ein Mondregenbogen gemeint.

S. 904: *Dreizehnter Auftritt* – entspricht wörtlich der Buchfassung, nur fehlen 1378–80 mit der Erwähnung des Silvesternachttraums. Es ist auch nicht ganz ersichtlich, warum Kleist diese Erwähnung später in die Exposition mit hineinnimmt, zumal Strahl den Traum im weiteren Verlauf anscheinend völlig wieder vergessen hat.

905–907: Daß das von Wolfgang Grözinger aufgefundene *Soufflierbuch* mit seinen zahlreichen Abweichungen von der bisher bekannten Fassung auf einem verschollenen Kleistschen Bühnenmanuskript beruht, findet jetzt seinen ausführlichen Nachweis in: H. Sembdner, »Das Detmolder ›Käthchen von Heilbronn‹« (mit Faksimile), Heidelberg 1981; dazu meine Ergänzungen »Heilbronner Vorträge«, Heft 16, 1982.

Varianten zur »Hermannsschlacht« (S. 907–908)

907 f: nach verschollenem älteren Manuskript abgedruckt in den »Zeitschwingen«, 22. und 25. 4. 1818 (siehe Textüberlieferung a, S. 942). Der Herausgeber, J. B. Pfeilschifter, bemerkt dazu:

»Wer kennt nicht das liebliche Käthchen von Heilbronn und das unglückliche Ende des Dichters desselben, des gemütsreichen Heinrich von Kleist? Wie wir vernehmen, ist Tieck beschäftigt, des frühhingegangenen Freundes Nachlaß endlich dem Publikum mitzuteilen. Eine der herrlichsten Reliquien ist unstreitig die Hermannsschlacht, die Kleist vor dem Ausbruche des Krieges 1809 bei seinem Aufenthalte in Prag, Deutschlands Befreiung, die er nicht mehr erlebte, schon damals hoffend, in edler Begeisterung zur Beflügelung des Volkes schrieb, die aber nie auf die Bühne gekommen ist. Wir besitzen eine von des Verblichenen Hand selbst durchkorrigierte Abschrift, und glauben, den Dank unserer Leser zu verdienen, wenn wir eine der herrlichen (wir wissen kaum zu wählen) Szenen, an denen das ganze Schauspiel so reich ist, hier mitteilen.«

Wie Pfeilschifter in den Besitz des Manuskriptes gekommen ist und warum Tieck, der damals den Nachlaß Kleists eifrig sammelte, nichts davon erfahren hat, wissen wir nicht. Der Abdruck reicht von Vers 2438 bis 2636; es fehlen 2527–39 und 2587. Auf einige kleinere Varianten ist in den Anmerkungen (S. 946) hingewiesen.

ÜBERSCHRIFTEN UND ANFÄNGE DER GEDICHTE, GELEGENHEITSVERSE UND ALBUMBLÄTTER

In den Dramen enthaltene Lieder und Sprüche

Familie Schroffenstein (Ghonorez)

Chor der Mädchen und Jünglinge: »Niedersteigen, / Glanzumstrahlet, /
Himmelshöhen zur Erd herab« (S. 51, 725)
Barnabés Zauberspruch: »Ruh in der Gruft« (S. 127 f., 801 f.)

Penthesilea

Chor der Jungfrauen: »Ares entweicht!« (S. 382)

Hermannsschlacht

Thusneldas Lied: »Ein Knabe sah den Mondenschein« (S. 554)
Chor der Barden: »Wir litten menschlich seit dem Tage« (S. 613 f.)

INHALT

Heinrich von Kleist

Sämtliche Werke und Briefe

Herausgegeben von
Helmut Sembdner

Zweiter Band

Deutscher Taschenbuch Verlag

INHALTSÜBERSICHT

ERZÄHLUNGEN UND ANEKDOTEN

ERZÄHLUNGEN

MICHAEL KOHLHAAS
(Aus einer alten Chronik)

An den Ufern der Havel lebte, um die Mitte des sechzehnten Jahrhunderts, ein Roßhändler, namens *Michael Kohlhaas*, Sohn eines Schulmeisters, einer der rechtschaffensten zugleich und entsetzlichsten Menschen seiner Zeit. – Dieser außerordentliche Mann würde, bis in sein dreißigstes Jahr für das Muster eines guten Staatsbürgers haben gelten können. Er besaß in einem Dorfe, das noch von ihm den Namen führt, einen Meierhof, auf welchem er sich durch sein Gewerbe ruhig ernährte; die Kinder, die ihm sein Weib schenkte, erzog er, in der Furcht Gottes, zur Arbeitsamkeit und Treue; nicht einer war unter seinen Nachbarn, der sich nicht seiner Wohltätigkeit, oder seiner Gerechtigkeit erfreut hätte; kurz, die Welt würde sein Andenken haben segnen müssen, wenn er in einer Tugend nicht ausgeschweift hätte. Das Rechtgefühl aber machte ihn zum Räuber und Mörder.

Er ritt einst, mit einer Koppel junger Pferde, wohlgenährt alle und glänzend, ins Ausland, und überschlug eben, wie er den Gewinst, den er auf den Märkten damit zu machen hoffte, anlegen wolle: teils, nach Art guter Wirte, auf neuen Gewinst, teils aber auch auf den Genuß der Gegenwart: als er an die Elbe kam, und bei einer stattlichen Ritterburg, auf sächsischem Gebiete, einen Schlagbaum traf, den er sonst auf diesem Wege nicht gefunden hatte. Er hielt, in einem Augenblick, da eben der Regen heftig stürmte, mit den Pferden still, und rief den Schlagwärter, der auch bald darauf, mit einem grämlichen Gesicht, aus dem Fenster sah. Der Roßhändler sagte, daß er ihm öffnen solle. Was gibts hier Neues? fragte er, da der Zöllner, nach einer geraumen Zeit, aus dem Hause trat. Landesherrliches Privilegium, antwortete dieser, indem er aufschloß: dem Junker Wenzel von Tronka verliehen. – So, sagte Kohlhaas. Wenzel heißt der Junker? und sah sich das Schloß an, das mit glänzenden Zinnen über das Feld blickte. Ist der alte Herr tot? – Am Schlagfluß gestorben, erwi-

derte der Zöllner, indem er den Baum in die Höhe ließ. – Hm!
Schade! versetzte Kohlhaas. Ein würdiger alter Herr, der seine
Freude am Verkehr der Menschen hatte, Handel und Wandel,
wo er nur vermochte, forthalf, und einen Steindamm einst bauen
ließ, weil mir eine Stute, draußen, wo der Weg ins Dorf geht,
das Bein gebrochen. Nun! Was bin ich schuldig? – fragte er; und
holte die Groschen, die der Zollwärter verlangte, mühselig unter
dem im Winde flatternden Mantel hervor. »Ja, Alter«, setzte er
noch hinzu, da dieser: hurtig! hurtig! murmelte, und über die
Witterung fluchte: »wenn der Baum im Walde stehen geblieben
wäre, wärs besser gewesen, für mich und Euch«; und damit gab
er ihm das Geld und wollte reiten. Er war aber noch kaum unter
den Schlagbaum gekommen, als eine neue Stimme schon: halt
dort, der Roßkamm! hinter ihm vom Turm erscholl, und er den
Burgvogt ein Fenster zuwerfen und zu ihm herabeilen sah. Nun,
was gibts Neues? fragte Kohlhaas bei sich selbst, und hielt mit
den Pferden an. Der Burgvogt, indem er sich noch eine Weste
über seinen weitläufigen Leib zuknüpfte, kam, und fragte, schief
gegen die Witterung gestellt, nach dem Paßschein. – Kohlhaas
fragte: der Paßschein? Er sagte, ein wenig betreten, daß er, soviel
er wisse, keinen habe; daß man ihm aber nur beschreiben möchte,
was dies für ein Ding des Herrn sei: so werde er vielleicht zufälligerweise damit versehen sein. Der Schloßvogt, indem er ihn
von der Seite ansah, versetzte, daß ohne einen landesherrlichen
Erlaubnisschein, kein Roßkamm mit Pferden über die Grenze
gelassen würde. Der Roßkamm versicherte, daß er siebzehn Mal
in seinem Leben, ohne einen solchen Schein, über die Grenze gezogen sei; daß er alle landesherrlichen Verfügungen, die sein Gewerbe angingen, genau kennte; daß dies wohl nur ein Irrtum sein
würde, wegen dessen er sich zu bedenken bitte, und daß man ihn,
da seine Tagereise lang sei, nicht länger unnützer Weise hier aufhalten möge. Doch der Vogt erwiderte, daß er das achtzehnte
Mal nicht durchschlüpfen würde, daß die Verordnung deshalb
erst neuerlich erschienen wäre, und daß er entweder den Paßschein noch hier lösen, oder zurückkehren müsse, wo er herge-
kommen sei. Der Roßhändler, den diese ungesetzlichen Erpressungen zu erbittern anfingen, stieg, nach einer kurzen Besinnung,
vom Pferde, gab es einem Knecht, und sagte, daß er den Junker

von Tronka selbst darüber sprechen würde. Er ging auch auf die Burg; der Vogt folgte ihm, indem er von filzigen Geldraffern und nützlichen Aderlässen derselben murmelte; und beide traten, mit ihren Blicken einander messend, in den Saal. Es traf sich, daß der Junker eben, mit einigen muntern Freunden, beim Becher saß, und, um eines Schwanks willen, ein unendliches Gelächter unter ihnen erscholl, als Kohlhaas, um seine Beschwerde anzubringen, sich ihm näherte. Der Junker fragte, was er wolle; die Ritter, als sie den fremden Mann erblickten, wurden still; doch kaum hatte dieser sein Gesuch, die Pferde betreffend, angefangen, als der ganze Troß schon: Pferde? Wo sind sie? ausrief, und an die Fenster eilte, um sie zu betrachten. Sie flogen, da sie die glänzende Koppel sahen, auf den Vorschlag des Junkers, in den Hof hinab; der Regen hatte aufgehört; Schloßvogt und Verwalter und Knechte versammelten sich um sie, und alle musterten die Tiere. Der eine lobte den Schweißfuchs mit der Blesse, dem andern gefiel der Kastanienbraune, der dritte streichelte den Schecken mit schwarzgelben Flecken; und alle meinten, daß die Pferde wie Hirsche wären, und im Lande keine bessern gezogen würden. Kohlhaas erwiderte munter, daß die Pferde nicht besser wären, als die Ritter, die sie reiten sollten; und forderte sie auf, zu kaufen. Der Junker, den der mächtige Schweißhengst sehr reizte, befragte ihn auch um den Preis; der Verwalter lag ihm an, ein Paar Rappen zu kaufen, die er, wegen Pferdemangels, in der Wirtschaft gebrauchen zu können glaubte; doch als der Roßkamm sich erklärt hatte, fanden die Ritter ihn zu teuer, und der Junker sagte, daß er nach der Tafelrunde reiten und sich den König Arthur aufsuchen müsse, wenn er die Pferde so anschlage. Kohlhaas, der den Schloßvogt und den Verwalter, indem sie sprechende Blicke auf die Rappen warfen, mit einander flüstern sah, ließ es, aus einer dunkeln Vorahndung, an nichts fehlen, die Pferde an sie los zu werden. Er sagte zum Junker: »Herr, die Rappen habe ich vor sechs Monaten für 25 Goldgülden gekauft; gebt mir 30, so sollt Ihr sie haben.« Zwei Ritter, die neben dem Junker standen, äußerten nicht undeutlich, daß die Pferde wohl so viel wert wären; doch der Junker meinte, daß er für den Schweißfuchs wohl, aber nicht eben für die Rappen, Geld ausgeben möchte, und machte Anstalten, aufzubrechen; worauf Kohlhaas sagte, er würde vielleicht das nächste Mal, wenn er wieder mit seinen Gaulen durchzöge, einen Handel mit ihm machen; sich dem Junker empfahl, und die Zügel seines Pferdes ergriff, um abzureiten. In diesem Augenblick trat der Schloßvogt aus dem Haufen vor, und sagte, er höre, daß er ohne einen Paßschein nicht reisen dürfe. Kohlhaas wandte sich und fragte den Junker, ob es denn mit diesem Umstand, der sein ganzes Gewerbe zerstöre, in der Tat seine Richtigkeit habe? Der Junker antwortete, mit einem verlegnen Gesicht, indem er abging: ja, Kohlhaas, den Paß mußt du lösen. Sprich mit dem Schloßvogt, und zieh deiner Wege. Kohlhaas versicherte ihn, daß es gar nicht seine Absicht sei, die Verordnungen, die wegen Ausführung der Pferde bestehen möchten, zu umgehen; versprach, bei seinem Durchzug durch Dresden, den Paß in der Geheimschreiberei zu lösen, und bat, ihn nur diesmal, da er von dieser Forderung durchaus nichts gewußt, ziehen zu lassen. Nun! sprach der Junker, da eben das Wetter wieder zu stürmen anfing, und seine dürren Glieder durchsauste: laßt den Schlucker laufen. Kommt! sagte er zu den Rittern, kehrte sich um, und wollte nach dem Schlosse gehen. Der Schloßvogt sagte, zum Junker gewandt, daß er wenigstens ein Pfand, zur Sicherheit, daß er den Schein lösen würde, zurücklassen müsse. Der Junker blieb wieder unter dem Schloßtor stehen. Kohlhaas fragte, welchen Wert er denn, an Geld oder an Sachen, zum Pfande, wegen der Rappen, zurücklassen solle? Der Verwalter meinte, in den Bart murmelnd, er könne ja die Rappen selbst zurücklassen. Allerdings, sagte der Schloßvogt, das ist das Zweckmäßigste; ist der Paß gelöst, so kann er sie zu jeder Zeit wieder abholen. Kohlhaas, über eine so unverschämte Forderung betreten, sagte dem Junker, der sich die Wamsschöße frierend vor den Leib hielt, daß er die Rappen ja verkaufen wolle; doch dieser, da in demselben Augenblick ein Windstoß eine ganze Last von Regen und Hagel durchs Tor jagte, rief, um der Sache ein Ende zu machen: wenn er die Pferde nicht loslassen will, so schmeißt ihn wieder über den Schlagbaum zurück; und ging ab. Der Roßkamm, der wohl sah, daß er hier der Gewalttätigkeit weichen mußte, entschloß sich, die Forderung, weil doch nichts anders übrig blieb, zu erfüllen; spannte die Rappen aus, und führte sie in einen Stall, den ihm der Schloßvogt anwies. Er ließ einen

Knecht bei ihnen zurück, versah ihn mit Geld, ermahnte ihn, die Pferde, bis zu seiner Zurückkunft, wohl in acht zu nehmen, und setzte seine Reise, mit dem Rest der Koppel, halb und halb ungewiß, ob nicht doch wohl, wegen aufkeimender Pferdezucht, ein solches Gebot, im Sächsischen, erschienen sein könne, nach Leipzig, wo er auf die Messe wollte, fort.

In Dresden, wo er, in einer der Vorstädte der Stadt, ein Haus mit einigen Ställen besaß, weil er von hier aus seinen Handel auf den kleineren Märkten des Landes zu bestreiten pflegte, begab er sich, gleich nach seiner Ankunft, auf die Geheimschreiberei, wo er von den Räten, deren er einige kannte, erfuhr, was ihm allerdings sein erster Glaube schon gesagt hatte, daß die Geschichte von dem Paßschein ein Märchen sei. Kohlhaas, dem die mißvergnügten Räte, auf sein Ansuchen, einen schriftlichen Schein über den Ungrund derselben gaben, lächelte über den Witz des dürren Junkers, obschon er noch nicht recht einsah, was er damit bezwecken mochte; und die Koppel der Pferde, die er bei sich führte, einige Wochen darauf, zu seiner Zufriedenheit, verkauft, kehrte er, ohne irgend weiter ein bitteres Gefühl, als das der allgemeinen Not der Welt, zur Tronkenburg zurück. Der Schloßvogt, dem er den Schein zeigte, ließ sich nicht weiter darüber aus, und sagte, auf die Frage des Roßkamms, ob er die Pferde jetzt wieder bekommen könne: er möchte nur hinunter gehen und sie holen. Kohlhaas hatte aber schon, da er über den Hof ging, den unangenehmen Auftritt, zu erfahren, daß sein Knecht, ungebührlichen Betragens halber, wie es hieß, wenige Tage nach dessen Zurücklassung in der Tronkenburg, zerprügelt und weggejagt worden sei. Er fragte den Jungen, der ihm diese Nachricht gab, was denn derselbe getan? und wer während dessen die Pferde besorgt hätte? worauf dieser aber erwiderte, er wisse es nicht, und darauf dem Roßkamm, dem das Herz schon von Ahnungen schwoll, den Stall, in welchem sie standen, öffnete. Wie groß war aber sein Erstaunen, als er, statt seiner zwei glatten und wohlgenährten Rappen, ein Paar dürre, abgehärmte Mähren erblickte; Knochen, denen man, wie Riegeln, hätte Sachen aufhängen können; Mähnen und Haare, ohne Wartung und Pflege, zusammengeknetet: das wahre Bild des Elends im Tierreiche! Kohlhaas, den die Pferde, mit einer schwachen Bewegung,

anwieherten, war auf das äußerste entrüstet, und fragte, was seinen
Gaulen widerfahren wäre? Der Junge, der bei ihm stand, antwortete, daß ihnen weiter kein Unglück zugestoßen wäre, daß
sie auch das gehörige Futter bekommen hätten, daß sie aber, da
gerade Ernte gewesen sei, wegen Mangels an Zugvieh, ein wenig
auf den Feldern gebraucht worden wären. Kohlhaas fluchte über
diese schändliche und abgekartete Gewalttätigkeit, verbiß jedoch,
im Gefühl seiner Ohnmacht, seinen Ingrimm, und machte schon,
da doch nichts anders übrig blieb, Anstalten, das Raubnest mit den
Pferden nur wieder zu verlassen, als der Schloßvogt, von dem
Wortwechsel herbeigerufen, erschien, und fragte, was es hier
gäbe? Was es gibt? antwortete Kohlhaas. Wer hat dem Junker von
Tronka und dessen Leuten die Erlaubnis gegeben, sich meiner
bei ihm zurückgelassenen Rappen zur Feldarbeit zu bedienen?
Er setzte hinzu, ob das wohl menschlich wäre? versuchte, die er-
schöpften Gaule durch einen Gertenstreich zu erregen, und zeigte
ihm, daß sie sich nicht rührten. Der Schloßvogt, nachdem er ihn
eine Weile trotzig angesehen hatte, versetzte: seht den Grobian!
Ob der Flegel nicht Gott danken sollte, daß die Mähren überhaupt noch leben? Er fragte, wer sie, da der Knecht weggelaufen,
hätte pflegen sollen? Ob es nicht billig gewesen wäre, daß die
Pferde das Futter, das man ihnen gereicht habe, auf den Feldern
abverdient hätten? Er schloß, daß er hier keine Flausen machen
möchte, oder daß er die Hunde rufen, und sich durch sie Ruhe
im Hofe zu verschaffen wissen würde. – Dem Roßhändler schlug
das Herz gegen den Wams. Es drängte ihn, den nichtswürdigen
Dickwanst in den Kot zu werfen, und den Fuß auf sein kupfernes
Antlitz zu setzen. Doch sein Rechtgefühl, das einer Goldwaage
glich, wankte noch; er war, vor der Schranke seiner eigenen
Brust, noch nicht gewiß, ob eine Schuld seinen Gegner drücke;
und während er, die Schimpfreden niederschluckend, zu den Pferden trat, und ihnen, in stiller Erwägung der Umstände, die Mähnen zurecht legte, fragte er mit gesenkter Stimme: um welchen
Versehens halber der Knecht denn aus der Burg entfernt worden
sei? Der Schloßvogt erwiderte: weil der Schlingel trotzig im
Hofe gewesen ist! Weil er sich gegen einen notwendigen Stall-
wechsel gesträubt, und verlangt hat, daß die Pferde zweier Jungherren, die auf die Tronkenburg kamen, um seiner Mähren wil-

len, auf der freien Straße übernachten sollten! – Kohlhaas hätte den Wert der Pferde darum gegeben, wenn er den Knecht zur Hand gehabt, und dessen Aussage mit der Aussage dieses dickmäuligen Burgvogts hätte vergleichen können. Er stand noch, und streifte den Rappen die Zoddeln aus, und sann, was in seiner Lage zu tun sei, als sich die Szene plötzlich änderte, und der Junker Wenzel von Tronka, mit einem Schwarm von Rittern, Knechten und Hunden, von der Hasenhetze kommend, in den Schloßplatz sprengte. Der Schloßvogt, als er fragte, was vorgefallen sei, nahm sogleich das Wort, und während die Hunde, beim Anblick des Fremden, von der einen Seite, ein Mordgeheul gegen ihn anstimmten, und die Ritter ihnen, von der andern, zu schweigen geboten, zeigte er ihm, unter der gehässigsten Entstellung der Sache, an, was dieser Roßkamm, weil seine Rappen ein wenig gebraucht worden wären, für eine Rebellion verführe. Er sagte, mit Hohngelächter, daß er sich weigere, die Pferde als die seinigen anzuerkennen. Kohlhaas rief: »das *sind* nicht meine Pferde, gestrenger Herr! Das sind die *Pferde* nicht, die dreißig Goldgülden wert waren! Ich will meine wohlgenährten und gesunden Pferde wieder haben!« – Der Junker, indem ihm eine flüchtige Blässe ins Gesicht trat, stieg vom Pferde, und sagte: wenn der H ... A ... die Pferde nicht wiedernehmen will, so mag er es bleiben lassen. Komm, Günther! rief er – Hans! Kommt! indem er sich den Staub mit der Hand von den Beinkleidern schüttelte; und: schafft Wein! rief er noch, da er mit den Rittern unter der Tür war; und ging ins Haus. Kohlhaas sagte, daß er eher den Abdecker rufen, und die Pferde auf den Schindanger schmeißen lassen, als sie so, wie sie wären, in seinen Stall zu Kohlhaasenbrück führen wolle. Er ließ die Gaule, ohne sich um sie zu bekümmern, auf dem Platz stehen, schwang sich, indem er versicherte, daß er sich Recht zu verschaffen wissen würde, auf seinen Braunen, und ritt davon.

Spornstreichs auf dem Wege nach Dresden war er schon, als er, bei dem Gedanken an den Knecht, und an die Klage, die man auf der Burg gegen ihn führte, schrittweis zu reiten anfing, sein Pferd, ehe er noch tausend Schritt gemacht hatte, wieder wandte, und zur vorgängigen Vernehmung des Knechts, wie es ihm klug und gerecht schien, nach Kohlhaasenbrück einbog. Denn ein richtiges, mit der gebrechlichen Einrichtung der Welt schon bekanntes Gefühl machte ihn, trotz der erlittenen Beleidigungen, geneigt, falls nur wirklich dem Knecht, wie der Schloßvogt behauptete, eine Art von Schuld beizumessen sei, den Verlust der Pferde, als eine gerechte Folge davon, zu verschmerzen. Dagegen sagte ihm ein ebenso vortreffliches Gefühl, und dies Gefühl faßte tiefere und tiefere Wurzeln, in dem Maße, als er weiter ritt, und überall, wo er einkehrte, von den Ungerechtigkeiten hörte, die täglich auf der Tronkenburg gegen die Reisenden verübt wurden: daß wenn der ganze Vorfall, wie es allen Anschein habe, bloß abgekartet sein sollte, er mit seinen Kräften der Welt in der Pflicht verfallen sei, sich Genugtuung für die erlittene Kränkung, und Sicherheit für zukünftige seinen Mitbürgern zu verschaffen.

Sobald er, bei seiner Ankunft in Kohlhaasenbrück, Lisbeth, sein treues Weib, umarmt, und seine Kinder, die um seine Kniee frohlockten, geküßt hatte, fragte er gleich nach Herse, dem Großknecht: und ob man nichts von ihm gehört habe? Lisbeth sagte: ja liebster Michael, dieser Herse! Denke dir, daß dieser unselige Mensch, vor etwa vierzehn Tagen, auf das jämmerlichste zerschlagen, hier eintrifft; nein, so zerschlagen, daß er auch nicht frei atmen kann. Wir bringen ihn zu Bett, wo er heftig Blut speit, und vernehmen, auf unsre wiederholten Fragen, eine Geschichte, die keiner versteht. Wie er von dir mit Pferden, denen man den Durchgang nicht verstattet, auf der Tronkenburg zurückgelassen worden sei, wie man ihn, durch die schändlichsten Mißhandlungen, gezwungen habe, die Burg zu verlassen, und wie es ihm unmöglich gewesen wäre, die Pferde mitzunehmen. So? sagte Kohlhaas, indem er den Mantel ablegte. Ist er denn schon wieder hergestellt? – Bis auf das Blutspeien, antwortete sie, halb und halb. Ich wollte sogleich einen Knecht nach der Tronkenburg schicken, um die Pflege der Rosse, bis zu deiner Ankunft daselbst, besorgen zu lassen. Denn da sich der Herse immer wahrhaftig gezeigt hat, und so getreu uns, in der Tat wie kein anderer, so kam es mir nicht zu, in seine Aussage, von so viel Merkmalen unterstützt, einen Zweifel zu setzen, und etwa zu glauben, daß er der Pferde auf eine andere Art verlustig gegangen wäre. Doch er beschwört mich, niemandem zuzumuten, sich in diesem Raubneste zu zeigen, und die Tiere aufzugeben, wenn ich keinen Menschen dafür aufopfern wolle. – Liegt er denn noch im Bette? fragte Kohlhaas, indem er sich von der Halsbinde befreite. – Er geht, erwiderte sie, seit einigen Tagen schon wieder im Hofe umher. Kurz, du wirst sehen, fuhr sie fort, daß alles seine Richtigkeit hat, und daß diese Begebenheit einer von den Freveln ist, die man sich seit kurzem auf der Tronkenburg gegen die Fremden erlaubt. – Das muß ich doch erst untersuchen, erwiderte Kohlhaas. Ruf ihn mir, Lisbeth, wenn er auf ist, doch her! Mit diesen Worten setzte er sich in den Lehnstuhl; und die Hausfrau, die sich über seine Gelassenheit sehr freute, ging, und holte den Knecht.

Was hast du in der Tronkenburg gemacht? fragte Kohlhaas, da Lisbeth mit ihm in das Zimmer trat. Ich bin nicht eben wohl mit dir zufrieden. – Der Knecht, auf dessen blassem Gesicht sich, bei diesen Worten, eine Röte fleckig zeigte, schwieg eine Weile; und: da habt Ihr recht, Herr! antwortete er; denn einen Schwefelfaden, den ich durch Gottes Fügung bei mir trug, um das Raubnest, aus dem ich verjagt worden war, in Brand zu stecken, warf ich, als ich ein Kind darin jammern hörte, in das Elbwasser, und dachte: mag es Gottes Blitz einäschern; ich wills nicht! – Kohlhaas sagte betroffen: wodurch aber hast du dir die Verjagung aus der Tronkenburg zugezogen? Drauf Herse: durch einen schlechten Streich, Herr; und trocknete sich den Schweiß von der Stirn: Geschehenes ist aber nicht zu ändern. Ich wollte die Pferde nicht auf der Feldarbeit zu Grunde richten lassen, und sagte, daß sie noch jung wären und nicht gezogen hätten. – Kohlhaas erwiderte, indem er seine Verwirrung zu verbergen suchte, daß er hierin nicht ganz die Wahrheit gesagt, indem die Pferde schon zu Anfange des verflossenen Frühjahrs ein wenig im Geschirr gewesen wären. Du hättest dich auf der Burg, fuhr er fort, wo du doch eine Art von Gast warest, schon ein oder etliche Mal, wenn gerade, wegen schleuniger Einführung der Ernte Not war, gefällig zeigen können. – Das habe ich auch getan, Herr, sprach Herse. Ich dachte, da sie mir grämliche Gesichter machten, es wird doch die Rappen just nicht kosten. Am dritten Vormittag spannt ich sie vor, und drei Fuhren Getreide führt ich ein. Kohlhaas, dem das Herz emporquoll, schlug die Augen zu Boden, und versetzte: davon hat man mir nichts gesagt, Herse! – Herse versicherte ihn, daß es so sei. Meine Ungefälligkeit, sprach er, bestand darin, daß ich die Pferde, als sie zu Mittag kaum ausgefressen hatten, nicht

wieder ins Joch spannen wollte; und daß ich dem Schloßvogt
und dem Verwalter, als sie mir vorschlugen frei Futter dafür anzunehmen, und das Geld, das Ihr mir für Futterkosten zurückgelassen hattet, in den Sack zu stecken, antwortete – ich würde
ihnen sonst was tun; mich umkehrte und wegging. – Um dieser
Ungefälligkeit aber, sagte Kohlhaas, bist du von der Tronkenburg nicht weggejagt worden. – Behüte Gott, rief der Knecht,
um eine gottvergessene Missetat! Denn auf den Abend wurden
die Pferde zweier Ritter, welche auf die Tronkenburg kamen, in
den Stall geführt, und meine an die Stalltüre angebunden. Und
da ich dem Schloßvogt, der sie daselbst einquartierte, die Rappen
aus der Hand nahm, und fragte, wo die Tiere jetzo bleiben sollten, so zeigte er mir einen Schweinekoben an, der von Latten und
Brettern an der Schloßmauer auferbaut war. – Du meinst, unterbrach ihn Kohlhaas, es war ein so schlechtes Behältnis für Pferde,
daß es einem Schweinekoben ähnlicher war, als einem Stall. –
Es war ein Schweinekoben, Herr, antwortete Herse; wirklich
und wahrhaftig ein Schweinekoben, in welchem die Schweine
aus- und einliefen, und ich nicht aufrecht stehen konnte. – Vielleicht war sonst kein Unterkommen für die Rappen aufzufinden,
versetzte Kohlhaas; die Pferde der Ritter gingen, auf eine gewisse Art, vor. – Der Platz, erwiderte der Knecht, indem er die
Stimme fallen ließ, war eng. Es hauseten jetzt in allem sieben
Ritter auf der Burg. Wenn Ihr es gewesen wäret, Ihr hättet die
Pferde ein wenig zusammenrücken lassen. Ich sagte, ich wolle
mir im Dorf einen Stall zu mieten suchen; doch der Schloßvogt
versetzte, daß er die Pferde unter seinen Augen behalten müsse,
und daß ich mich nicht unterstehen solle, sie vom Hofe wegzuführen. – Hm! sagte Kohlhaas. Was gabst du darauf an? – Weil
der Verwalter sprach, die beiden Gäste würden bloß übernachten, und am andern Morgen weiter reiten, so führte ich die
Pferde in den Schweinekoben hinein. Aber der folgende Tag verfloß, ohne daß es geschah; und als der dritte anbrach, hieß es, die
Herren würden noch einige Wochen auf der Burg verweilen. –
Am Ende wars nicht so schlimm, Herse, im Schweinekoben, sagte
Kohlhaas, als es dir, da du zuerst die Nase hineinstecktest, vorkam. – 's ist wahr, erwiderte jener. Da ich den Ort ein bissel aus-
fegte, gings an. Ich gab der Magd einen Groschen, daß sie die

Schweine woanders einstecke. Und den Tag über bewerkstelligte ich auch, daß die Pferde aufrecht stehen konnten, indem ich die Bretter oben, wenn der Morgen dämmerte, von den Latten abnahm, und abends wieder auflegte. Sie guckten nun, wie Gänse, aus dem Dach vor, und sahen sich nach Kohlhaasenbrück, oder sonst, wo es besser ist, um. – Nun denn, fragte Kohlhaas, warum also, in aller Welt, jagte man dich fort? – Herr, ich sags Euch, versetzte der Knecht, weil man meiner los sein wollte. Weil sie die Pferde, so lange ich dabei war, nicht zu Grunde richten konnten. Überall schnitten sie mir, im Hofe und in der Gesindestube, widerwärtige Gesichter; und weil ich dachte, zieht ihr die Mäuler, daß sie verrenken, so brachen sie die Gelegenheit vom Zaune, und warfen mich vom Hofe herunter. – Aber die Veranlassung! rief Kohlhaas. Sie werden doch irgend eine Veranlassung gehabt haben! – O allerdings, antwortete Herse, und die allergerechteste. Ich nahm, am Abend des zweiten Tages, den ich im Schweinekoben zugebracht, die Pferde, die sich darin doch zugesudelt hatten, und wollte sie zur Schwemme reiten. Und da ich eben unter dem Schloßtore bin, und mich wenden will, hör ich den Vogt und den Verwalter, mit Knechten, Hunden und Prügeln, aus der Gesindestube, hinter mir herstürzen, und: halt, den Spitzbuben! rufen: halt, den Galgenstrick! als ob sie besessen wären. Der Torwächter tritt mir in den Weg; und da ich ihn und den rasenden Haufen, der auf mich anläuft, frage: was auch gibts? was es gibt? antwortet der Schloßvogt; und greift meinen beiden Rappen in den Zügel. Wo will Er hin mit den Pferden? fragt er, und packt mich an die Brust. Ich sage, wo ich hin will? Himmeldonner! Zur Schwemme will ich reiten. Denkt Er, daß ich –? Zur Schwemme? ruft der Schloßvogt. Ich will dich, Gauner, auf der Heerstraße, nach Kohlhaasenbrück schwimmen lehren! und schmeißt mich, mit einem hämischen Mordzug, er und der Verwalter, der mir das Bein gefaßt hat, vom Pferd herunter, daß ich mich, lang wie ich bin, in den Kot messe. Mord! Hagel! ruf ich, Sielzeug und Decken liegen, und ein Bündel Wäsche von mir, im Stall; doch er und die Knechte, indessen der Verwalter die Pferde wegführt, mit Füßen und Peitschen und Prügeln über mich her, daß ich halbtot hinter dem Schloßtor niedersinke. Und da ich sage: die Raubhunde! Wo führen sie mir die Pferde

hin? und mich erhebe: heraus aus dem Schloßhof! schreit der
Vogt, und: hetz, Kaiser! hetz, Jäger! erschallt es, und: hetz,
Spitz! und eine Koppel von mehr denn zwölf Hunden fällt über
mich her. Drauf brech ich, war es eine Latte, ich weiß nicht was,
vom Zaune, und drei Hunde tot streck ich neben mir nieder;
doch da ich, von jämmerlichen Zerfleischungen gequält, weichen
muß: Flüt! gellt eine Pfeife; die Hunde in den Hof, die Torflügel
zusammen, der Riegel vor: und auf der Straße ohnmächtig sink
ich nieder. – Kohlhaas sagte, bleich im Gesicht, mit erzwungener
Schelmerei: hast du auch nicht entweichen wollen, Herse? Und
da dieser, mit dunkler Röte, vor sich niedersah: gesteh mirs, sagte
er; es gefiel dir im Schweinekoben nicht; du dachtest, im Stall zu
Kohlhaasenbrück ists doch besser. – Himmelschlag! rief Herse:
Sielzeug und Decken ließ ich ja, und einen Bündel Wäsche, im
Schweinekoben zurück. Würd ich drei Reichsgülden nicht zu
mir gesteckt haben, die ich, im rotseidnen Halstuch, hinter der
Krippe versteckt hatte? Blitz, Höll und Teufel! Wenn Ihr so
sprecht, so möcht ich nur gleich den Schwefelfaden, den ich
wegwarf, wieder anzünden! Nun, nun! sagte der Roßhändler;
es war eben nicht böse gemeint! Was du gesagt hast, schau, Wort
für Wort, ich glaub es dir; und das Abendmahl, wenn es zur
Sprache kommt, will ich selbst nun darauf nehmen. Es tut mir
leid, daß es dir in meinen Diensten nicht besser ergangen ist;
geh, Herse, geh zu Bett, laß dir eine Flasche Wein geben, und
tröste dich: dir soll Gerechtigkeit widerfahren! Und damit stand
er auf, fertigte ein Verzeichnis der Sachen an, die der Großknecht im Schweinekoben zurückgelassen; spezifizierte den Wert
derselben, fragte ihn auch, wie hoch er die Kurkosten anschlage;
und ließ ihn, nachdem er ihm noch einmal die Hand gereicht,
abtreten.

Hierauf erzählte er Lisbeth, seiner Frau, den ganzen Verlauf
und inneren Zusammenhang der Geschichte, erklärte ihr, wie
er entschlossen sei, die öffentliche Gerechtigkeit für sich aufzufordern, und hatte die Freude, zu sehen, daß sie ihn, in diesem
Vorsatz, aus voller Seele bestärkte. Denn sie sagte, daß noch
mancher andre Reisende, vielleicht minder duldsam, als er, über
jene Burg ziehen würde; daß es ein Werk Gottes wäre, Unordnungen, gleich diesen, Einhalt zu tun; und daß sie die Kosten, die

ihm die Führung des Prozesses verursachen würde, schon beitreiben wolle. Kohlhaas nannte sie sein wackeres Weib, erfreute sich diesen und den folgenden Tag in ihrer und seiner Kinder Mitte, und brach, sobald es seine Geschäfte irgend zuließen, nach Dresden auf, um seine Klage vor Gericht zu bringen.

Hier verfaßte er, mit Hülfe eines Rechtsgelehrten, den er kannte, eine Beschwerde, in welcher er, nach einer umständlichen Schilderung des Frevels, den der Junker Wenzel von Tronka, an ihm sowohl, als an seinem Knecht Herse, verübt hatte, auf gesetzmäßige Bestrafung desselben, Wiederherstellung der Pferde in den vorigen Stand, und auf Ersatz des Schadens antrug, den er sowohl, als sein Knecht, dadurch erlitten hatten. Die Rechtssache war in der Tat klar. Der Umstand, daß die Pferde gesetzwidriger Weise festgehalten worden waren, warf ein entscheidendes Licht auf alles Übrige; und selbst wenn man hätte annehmen wollen, daß die Pferde durch einen bloßen Zufall erkrankt wären, so würde die Forderung des Roßkamms, sie ihm gesund wieder zuzustellen, noch gerecht gewesen sein. Es fehlte Kohlhaas auch, während er sich in der Residenz umsah, keineswegs an Freunden, die seine Sache lebhaft zu unterstützen versprachen; der ausgebreitete Handel, den er mit Pferden trieb, hatte ihm die Bekanntschaft, und die Redlichkeit, mit welcher er dabei zu Werke ging, ihm das Wohlwollen der bedeutendsten Männer des Landes verschafft. Er speisete bei seinem Advokaten, der selbst ein ansehnlicher Mann war, mehrere Mal heiter zu Tisch; legte eine Summe Geldes, zur Bestreitung der Prozeßkosten, bei ihm nieder; und kehrte, nach Verlauf einiger Wochen, völlig von demselben über den Ausgang seiner Rechtssache beruhigt, zu Lisbeth, seinem Weibe, nach Kohlhaasenbrück zurück. Gleichwohl vergingen Monate, und das Jahr war daran, abzuschließen, bevor er, von Sachsen aus, auch nur eine Erklärung über die Klage, die er daselbst anhängig gemacht hatte, geschweige denn die Resolution selbst, erhielt. Er fragte, nachdem er mehrere Male von neuem bei dem Tribunal eingekommen war, seinen Rechtsgehülfen, in einem vertrauten Briefe, was eine so übergroße Verzögerung verursache; und erfuhr, daß die Klage, auf eine höhere Insinuation, bei dem Dresdner Gerichtshofe, gänzlich niedergeschlagen worden sei. – Auf die befremdete Rückschrift des Roßkamms, worin dies seinen Grund habe, meldete ihm jener: daß der Junker Wenzel von Tronka mit zwei Jungherren, Hinz und Kunz von Tronka, verwandt sei, deren einer, bei der Person des Herrn, Mundschenk, der andre gar Kämmerer sei. – Er riet ihm noch, er möchte, ohne weitere Bemühungen bei der Rechtsinstanz, seiner, auf der Tronkenburg befindlichen, Pferde wieder habhaft zu werden suchen; gab ihm zu verstehen, daß der Junker, der sich jetzt in der Hauptstadt aufhalte, seine Leute angewiesen zu haben scheine, sie ihm auszuliefern; und schloß mit dem Gesuch, ihn wenigstens, falls er sich hiermit nicht beruhigen wolle, mit ferneren Aufträgen in dieser Sache zu verschonen.

Kohlhaas befand sich um diese Zeit gerade in Brandenburg, wo der Stadthauptmann, Heinrich von Geusau, unter dessen Regierungsbezirk Kohlhaasenbrück gehörte, eben beschäftigt war, aus einem beträchtlichen Fonds, der der Stadt zugefallen war, mehrere wohltätige Anstalten, für Kranke und Arme, einzurichten. Besonders war er bemüht, einen mineralischen Quell, der auf einem Dorf in der Gegend sprang, und von dessen Heilkräften man sich mehr, als die Zukunft nachher bewährte, versprach, für den Gebrauch der Preßhaften einzurichten; und da Kohlhaas ihm, wegen manchen Verkehrs, in dem er, zur Zeit seines Aufenthalts am Hofe, mit demselben gestanden hatte, bekannt war, so erlaubte er Hersen, dem Großknecht, dem ein Schmerz beim Atemholen über der Brust, seit jenem schlimmen Tage auf der Tronkenburg, zurückgeblieben war, die Wirkung der kleinen, mit Dach und Einfassung versehenen, Heilquelle zu versuchen. Es traf sich, daß der Stadthauptmann eben, am Rande des Kessels, in welchen Kohlhaas den Herse gelegt hatte, gegenwärtig war, um einige Anordnungen zu treffen, als jener, durch einen Boten, den ihm seine Frau nachschickte, den niederschlagenden Brief seines Rechtsgehülfen aus Dresden empfing. Der Stadthauptmann, der, während er mit dem Arzte sprach, bemerkte, daß Kohlhaas eine Träne auf den Brief, den er bekommen und eröffnet hatte, fallen ließ, näherte sich ihm, auf eine freundliche und herzliche Weise, und fragte ihn, was für ein Unfall ihn betroffen; und da der Roßhändler ihm, ohne ihm zu antworten, den Brief überreichte: so klopfte ihm dieser würdige Mann, dem die abscheuliche Ungerechtigkeit, die man auf der

Tronkenburg an ihm verübt hatte, und an deren Folgen Herse eben, vielleicht auf die Lebenszeit, krank danieder lag, bekannt war, auf die Schulter, und sagte ihm: er solle nicht mutlos sein; er werde ihm zu seiner Genugtuung verhelfen! Am Abend, da sich der Roßkamm, seinem Befehl gemäß, zu ihm aufs Schloß begeben hatte, sagte er ihm, daß er nur eine Supplik, mit einer kurzen Darstellung des Vorfalls, an den Kurfürsten von Brandenburg aufsetzen, den Brief des Advokaten beilegen, und wegen der Gewalttätigkeit, die man sich, auf sächsischem Gebiet, gegen ihn erlaubt, den landesherrlichen Schutz aufrufen möchte. Er versprach ihm, die Bittschrift, unter einem anderen Paket, das schon bereit liege, in die Hände des Kurfürsten zu bringen, der seinethalb unfehlbar, wenn es die Verhältnisse zuließen, bei dem Kurfürsten von Sachsen einkommen würde; und mehr als eines solchen Schrittes bedürfe es nicht, um ihm bei dem Tribunal in Dresden, den Künsten des Junkers und seines Anhanges zum Trotz, Gerechtigkeit zu verschaffen. Kohlhaas, lebhaft erfreut, dankte dem Stadthauptmann, für diesen neuen Beweis seiner Gewogenheit, aufs herzlichste; sagte, es tue ihm nur leid, daß er nicht, ohne irgend Schritte in Dresden zu tun, seine Sache gleich in Berlin anhängig gemacht habe; und nachdem er, in der Schreiberei des Stadtgerichts, die Beschwerde, ganz den Forderungen gemäß, verfaßt, und dem Stadthauptmann übergeben hatte, kehrte er, beruhigter über den Ausgang seiner Geschichte, als je, nach Kohlhaasenbrück zurück. Er hatte aber schon, in wenig Wochen, den Kummer, durch einen Gerichtsherrn, der in Geschäften des Stadthauptmanns nach Potsdam ging, zu erfahren, daß der Kurfürst die Supplik seinem Kanzler, dem Grafen Kallheim, übergeben habe, und daß dieser nicht unmittelbar, wie es zweckmäßig schien, bei dem Hofe zu Dresden, um Untersuchung und Bestrafung der Gewalttat, sondern um vorläufige, nähere Information bei dem Junker von Tronka eingekommen sei. Der Gerichtsherr, der, vor Kohlhaasens Wohnung, im Wagen haltend, den Auftrag zu haben schien, dem Roßhändler diese Eröffnung zu machen, konnte ihm auf die betroffene Frage: warum man also verfahren? keine befriedigende Auskunft geben. Er fügte nur noch hinzu: der Stadthauptmann ließe ihm sagen, er möchte sich in Geduld fassen; schien bedrängt, seine Reise fort-

zusetzen; und erst am Schluß der kurzen Unterredung erriet
Kohlhaas, aus einigen hingeworfenen Worten, daß der Graf Kallheim mit dem Hause derer von Tronka verschwägert sei. – Kohlhaas, der keine Freude mehr, weder an seiner Pferdezucht, noch
an Haus und Hof, kaum an Weib und Kind hatte, durchharrte, in
trüber Ahndung der Zukunft, den nächsten Mond; und ganz
seiner Erwartung gemäß kam, nach Verlauf dieser Zeit, Herse,
dem das Bad einige Linderung verschafft hatte, von Brandenburg
zurück, mit einem, ein größeres Reskript begleitenden, Schreiben
des Stadthauptmanns, des Inhalts: es tue ihm leid, daß er nichts in
seiner Sache tun könne; er schicke ihm eine, an ihn ergangene,
Resolution der Staatskanzlei, und rate ihm, die Pferde, die er
in der Tronkenburg zurückgelassen, wieder abführen, und die
Sache übrigens ruhen zu lassen. – Die Resolution lautete: »er
sei, nach dem Bericht des Tribunals in Dresden, ein unnützer
Querulant; der Junker, bei dem er die Pferde zurückgelassen,
halte ihm dieselben, auf keine Weise, zurück; er möchte nach der
Burg schicken, und sie holen, oder dem Junker wenigstens wissen
lassen, wohin er sie ihm senden solle; die Staatskanzlei aber, auf
jeden Fall, mit solchen Plackereien und Stänkereien verschonen.«
Kohlhaas, dem es nicht um die Pferde zu tun war – er hätte gleichen Schmerz empfunden, wenn es ein Paar Hunde gegolten
hätte – Kohlhaas schäumte vor Wut, als er diesen Brief empfing.
Er sah, so oft sich ein Geräusch im Hofe hören ließ, mit der wider-
wärtigsten Erwartung, die seine Brust jemals bewegt hatte, nach
dem Torwege, ob die Leute des Jungherren erscheinen, und ihm,
vielleicht gar mit einer Entschuldigung, die Pferde, abgehungert
und abgehärmt, wieder zustellen würden; der einzige Fall, in
welchem seine von der Welt wohlerzogene Seele, auf nichts das
ihrem Gefühl völlig entsprach gefaßt war. Er hörte aber in kurzer
Zeit schon, durch einen Bekannten, der die Straße gereiset war,
daß die Gaule auf der Tronkenburg, nach wie vor, den übrigen
Pferden des Landjunkers gleich, auf dem Felde gebraucht würden;
und mitten durch den Schmerz, die Welt in einer so ungeheuren
Unordnung zu erblicken, zuckte die innerliche Zufriedenheit
empor, seine eigne Brust nunmehr in Ordnung zu sehen. Er lud
einen Amtmann, seinen Nachbar, zu sich, der längst mit dem Plan
umgegangen war, seine Besitzungen durch den Ankauf der, ihre

Grenze berührenden, Grundstücke zu vergrößern, und fragte ihn, nachdem sich derselbe bei ihm niedergelassen, was er für seine Besitzungen, im Brandenburgischen und im Sächsischen, Haus und Hof, in Pausch und Bogen, es sei nagelfest oder nicht, geben wolle? Lisbeth, sein Weib, erblaßte bei diesen Worten. Sie wandte sich, und hob ihr Jüngstes auf, das hinter ihr auf dem Boden spielte, Blicke, in welchen sich der Tod malte, bei den roten Wangen des Knaben vorbei, der mit ihren Halsbändern spielte, auf den Roßkamm, und ein Papier werfend, das er in der Hand hielt. Der Amtmann fragte, indem er ihn befremdet ansah, was ihn plötzlich auf so sonderbare Gedanken bringe; worauf jener, mit so viel Heiterkeit, als er erzwingen konnte, erwiderte: der Gedanke, seinen Meierhof, an den Ufern der Havel, zu verkaufen, sei nicht allzuneu; sie hätten beide schon oft über diesen Gegenstand verhandelt; sein Haus in der Vorstadt in Dresden sei, in Vergleich damit, ein bloßer Anhang, der nicht in Erwägung komme; und kurz, wenn er ihm seinen Willen tun, und beide Grundstücke übernehmen wolle, so sei er bereit, den Kontrakt darüber mit ihm abzuschließen. Er setzte, mit einem etwas erzwungenen Scherz hinzu, Kohlhaasenbrück sei ja nicht die Welt; es könne Zwecke geben, in Vergleich mit welchen, seinem Hauswesen, als ein ordentlicher Vater, vorzustehen, untergeordnet und nichtswürdig sei; und kurz, seine Seele, müsse er ihm sagen, sei auf große Dinge gestellt, von welchen er vielleicht bald hören werde. Der Amtmann, durch diese Worte beruhigt, sagte, auf eine lustige Art, zur Frau, die das Kind einmal über das andere küßte: er werde doch nicht gleich Bezahlung verlangen? legte Hut und Stock, die er zwischen den Knieen gehalten hatte, auf den Tisch, und nahm das Blatt, das der Roßkamm in der Hand hielt, um es zu durchlesen. Kohlhaas, indem er demselben näher rückte, erklärte ihm, daß es ein von ihm aufgesetzter eventueller in vier Wochen verfallener Kaufkontrakt sei; zeigte ihm, daß darin nichts fehle, als die Unterschriften, und die Einrückung der Summen, sowohl was den Kaufpreis selbst, als auch den Reukauf, d. h. die Leistung betreffe, zu der er sich, falls er binnen vier Wochen zurückträte, verstehen wolle; und forderte ihn noch einmal munter auf, ein Gebot zu tun, indem er ihm versicherte, daß er billig sein, und keine großen Umstände machen würde. Die Frau ging

in der Stube auf und ab; ihre Brust flog, daß das Tuch, an welchem der Knabe gezupft hatte, ihr völlig von der Schulter herab-
zufallen drohte. Der Amtmann sagte, daß er ja den Wert der Besitzung in Dresden keineswegs beurteilen könne; worauf ihm
Kohlhaas, Briefe, die bei ihrem Ankauf gewechselt worden waren, hinschiebend, antwortete: daß er sie zu 100 Goldgülden anschlage; obschon daraus hervorging, daß sie ihm fast um die
Hälfte mehr gekostet hatte. Der Amtmann, der den Kaufkontrakt
noch einmal überlas, und darin auch von seiner Seite, auf eine
sonderbare Art, die Freiheit stipuliert fand, zurückzutreten, sagte,
schon halb entschlossen: daß er ja die Gestütpferde, die in seinen
Ställen wären, nicht brauchen könne; doch da Kohlhaas erwiderte, daß er die Pferde auch gar nicht loszuschlagen willens sei,
und daß er auch einige Waffen, die in der Rüstkammer hingen,
für sich behalten wolle, so – zögerte jener noch und zögerte, und
wiederholte endlich ein Gebot, das er ihm vor kurzem schon einmal, halb im Scherz, halb im Ernst, nichtswürdig gegen den
Wert der Besitzung, auf einem Spaziergange gemacht hatte.
Kohlhaas schob ihm Tinte und Feder hin, um zu schreiben; und
da der Amtmann, der seinen Sinnen nicht traute, ihn noch einmal
gefragt hatte, ob es sein Ernst sei? und der Roßkamm ihm ein
wenig empfindlich geantwortet hatte: ob er glaube, daß er bloß
seinen Scherz mit ihm treibe? so nahm jener zwar, mit einem bedenklichen Gesicht, die Feder, und schrieb; dagegen durchstrich
er den Punkt, in welchem von der Leistung, falls dem Verkäufer
der Handel gereuen sollte, die Rede war; verpflichtete sich zu
einem Darlehn von 100 Goldgülden, auf die Hypothek des
Dresdenschen Grundstücks, das er auf keine Weise käuflich an
sich bringen wollte; und ließ ihm, binnen zwei Monaten völlige
Freiheit, von dem Handel wieder zurückzutreten. Der Roßkamm, von diesem Verfahren gerührt, schüttelte ihm mit vieler
Herzlichkeit die Hand; und nachdem sie noch, welches eine
Hauptbedingung war, übereingekommen waren, daß des Kaufpreises vierter Teil unfehlbar gleich bar, und der Rest, in drei
Monaten, in der Hamburger Bank, gezahlt werden sollte, rief
jener nach Wein, um sich eines so glücklich abgemachten Geschäfts zu erfreuen. Er sagte einer Magd, die mit den Flaschen
hereintrat, Sternbald, der Knecht, solle ihm den Fuchs satteln;

er müsse, gab er an, nach der Hauptstadt reiten, wo er Verrichtungen habe; und gab zu verstehen, daß er in kurzem, wenn er zurückkehre, sich offenherziger über das, was er jetzt noch für sich behalten müsse, auslassen würde. Hierauf, indem er die Gläser einschenkte, fragte er nach dem Polen und Türken, die gerade damals mit einander im Streit lagen; verwickelte den Amtmann in mancherlei politische Konjekturen darüber; trank ihm schlüßlich hierauf noch einmal das Gedeihen ihres Geschäfts zu, und entließ ihn. – Als der Amtmann das Zimmer verlassen hatte, fiel Lisbeth auf Knieen vor ihm nieder. Wenn du mich irgend, rief sie, mich und die Kinder, die ich dir geboren habe, in deinem Herzen trägst; wenn wir nicht im voraus schon, um welcher Ursach willen, weiß ich nicht, verstoßen sind: so sage mir, was diese entsetzlichen Anstalten zu bedeuten haben! Kohlhaas sagte: liebstes Weib, nichts, das dich noch, so wie die Sachen stehn, beunruhigen dürfte. Ich habe eine Resolution erhalten, in welcher man mir sagt, daß meine Klage gegen den Junker Wenzel von Tronka eine nichtsnutzige Stänkerei sei. Und weil hier ein Mißverständnis obwalten muß: so habe ich mich entschlossen, meine Klage noch einmal, persönlich bei dem Landesherrn selbst, einzureichen. – Warum willst du dein Haus verkaufen? rief sie, indem sie mit einer verstörten Gebärde, aufstand. Der Roßkamm, indem er sie sanft an seine Brust drückte, erwiderte: weil ich in einem Lande, liebste Lisbeth, in welchem man mich, in meinen Rechten, nicht schützen will, nicht bleiben mag. Lieber ein Hund sein, wenn ich von Füßen getreten werden soll, als ein Mensch! Ich bin gewiß, daß meine Frau hierin so denkt, als ich. – Woher weißt du, fragte jene wild, daß man dich in deinen Rechten nicht schützen wird? Wenn du dem Herrn bescheiden, wie es dir zukommt, mit deiner Bittschrift nahst: woher weißt du, daß sie beiseite geworfen, oder mit Verweigerung, dich zu hören, beantwortet werden wird? – Wohlan, antwortete Kohlhaas, wenn meine Furcht hierin ungegründet ist, so ist auch mein Haus noch nicht verkauft. Der Herr selbst, weiß ich, ist gerecht; und wenn es mir nur gelingt, durch die, die ihn umringen, bis an seine Person zu kommen, so zweifle ich nicht, ich verschaffe mir Recht, und kehre fröhlich, noch ehe die Woche verstreicht, zu dir und meinen alten Geschäften zurück. Möcht ich alsdann noch, setzt' er

hinzu, indem er sie küßte, bis an das Ende meines Lebens bei dir
verharren! – Doch ratsam ist es, fuhr er fort, daß ich mich auf
jeden Fall gefaßt mache; und daher wünschte ich, daß du dich,
auf einige Zeit, wenn es sein kann, entferntest, und mit den Kindern zu deiner Muhme nach Schwerin gingst, die du überdies
längst hast besuchen wollen. – Wie? rief die Hausfrau. Ich soll
nach Schwerin gehen? Über die Grenze mit den Kindern, zu
meiner Muhme nach Schwerin? Und das Entsetzen erstickte ihr
die Sprache. – Allerdings, antwortete Kohlhaas, und das, wenn es
sein kann, gleich, damit ich in den Schritten, die ich für meine
Sache tun will, durch keine Rücksichten gestört werde. – »O! ich
verstehe dich!« rief sie. »Du brauchst jetzt nichts mehr, als Waffen
und Pferde; alles andere kann nehmen, wer will!« Und damit
wandte sie sich, warf sich auf einen Sessel nieder, und weinte. –
Kohlhaas sagte betroffen: liebste Lisbeth, was machst du? Gott
hat mich mit Weib und Kindern und Gütern gesegnet; soll ich
heute zum erstenmal wünschen, daß es anders wäre? – – – Er
setzte sich zu ihr, die ihm, bei diesen Worten, errötend um den
Hals gefallen war, freundlich nieder. – Sag mir an, sprach er,
indem er ihr die Locken von der Stirne strich: was soll ich tun?
Soll ich meine Sache aufgeben? Soll ich nach der Tronkenburg
gehen, und den Ritter bitten, daß er mir die Pferde wieder gebe,
mich aufschwingen, und sie dir herreiten? – Lisbeth wagte nicht:
ja! ja! ja! zu sagen – sie schüttelte weinend mit dem Kopf, sie
drückte ihn heftig an sich, und überdeckte mit heißen Küssen
seine Brust. »Nun also!« rief Kohlhaas. »Wenn du fühlst, daß mir,
falls ich mein Gewerbe forttreiben soll, Recht werden muß: so
gönne mir auch die Freiheit, die mir nötig ist, es mir zu verschaffen!« Und damit stand er auf, und sagte dem Knecht, der ihm
meldete, daß der Fuchs gesattelt stünde: morgen müßten auch die
Braunen eingeschirrt werden, um seine Frau nach Schwerin zu
führen. Lisbeth sagte: sie habe einen Einfall! Sie erhob sich,
wischte sich die Tränen aus den Augen, und fragte ihn, der sich an
einem Pult niedergesetzt hatte: ob er ihr die Bittschrift geben,
und sie, statt seiner, nach Berlin gehen lassen wolle, um sie dem
Landesherrn zu überreichen. Kohlhaas, von dieser Wendung, um
mehr als einer Ursach willen, gerührt, zog sie auf seinen Schoß
nieder, und sprach: liebste Frau, das ist nicht wohl möglich! Der

Landesherr ist vielfach umringt, mancherlei Verdrießlichkeiten ist der ausgesetzt, der ihm naht. Lisbeth versetzte, daß es in tausend Fällen einer Frau leichter sei, als einem Mann, ihm zu nahen. Gib mir die Bittschrift, wiederholte sie; und wenn du weiter nichts willst, als sie in seinen Händen wissen, so verbürge ich mich dafür: er soll sie bekommen! Kohlhaas, der von ihrem Mut sowohl, als ihrer Klugheit, mancherlei Proben hatte, fragte, wie sie es denn anzustellen denke; worauf sie, indem sie verschämt vor sich niedersah, erwiderte: daß der Kastellan des kurfürstlichen Schlosses, in früheren Zeiten, da er zu Schwerin in Diensten gestanden, um sie geworben habe; daß derselbe zwar jetzt verheiratet sei, und mehrere Kinder habe; daß sie aber immer noch nicht ganz vergessen wäre; – und kurz, daß er es ihr nur überlassen möchte, aus diesem und manchem andern Umstand, der zu beschreiben zu weitläufig wäre, Vorteil zu ziehen. Kohlhaas küßte sie mit vieler Freude, sagte, daß er ihren Vorschlag annähme, belehrte sie, daß es weiter nichts bedürfe, als einer Wohnung bei der Frau desselben, um den Landesherrn, im Schlosse selbst, anzutreten, gab ihr die Bittschrift, ließ die Braunen anspannen, und schickte sie mit Sternbald, seinem treuen Knecht, wohleingepackt ab.

Diese Reise war aber von allen erfolglosen Schritten, die er in seiner Sache getan hatte, der allerunglücklichste. Denn schon nach wenig Tagen zog Sternbald in den Hof wieder ein, Schritt vor Schritt den Wagen führend, in welchem die Frau, mit einer gefährlichen Quetschung an der Brust, ausgestreckt darnieder lag. Kohlhaas, der bleich an das Fuhrwerk trat, konnte nichts Zusammenhängendes über das, was dieses Unglück verursacht hatte, erfahren. Der Kastellan war, wie der Knecht sagte, nicht zu Hause gewesen; man war also genötigt worden, in einem Wirtshause, das in der Nähe des Schlosses lag, abzusteigen; dies Wirtshaus hatte Lisbeth am andern Morgen verlassen, und dem Knecht befohlen, bei den Pferden zurückzubleiben; und eher nicht, als am Abend, sei sie, in diesem Zustand, zurückgekommen. Es schien, sie hatte sich zu dreist an die Person des Landesherrn vorgedrängt, und, ohne Verschulden desselben, von dem bloßen rohen Eifer einer Wache, die ihn umringte, einen Stoß, mit dem Schaft einer Lanze, vor die Brust erhalten. Wenigstens berichteten die Leute

so, die sie, in bewußtlosem Zustand, gegen Abend in den Gasthof
brachten; denn sie selbst konnte, von aus dem Mund vorquellendem Blute gehindert, wenig sprechen. Die Bittschrift war ihr
nachher durch einen Ritter abgenommen worden. Sternbald
sagte, daß es sein Wille gewesen sei, sich gleich auf ein Pferd zu
setzen, und ihm von diesem unglücklichen Vorfall Nachricht zu
geben; doch sie habe, trotz der Vorstellungen des herbeigerufenen
Wundarztes, darauf bestanden, ohne alle vorgängige Benach-
richtigungen, zu ihrem Manne nach Kohlhaasenbrück abgeführt
zu werden. Kohlhaas brachte sie, die von der Reise völlig zu
Grunde gerichtet worden war, in ein Bett, wo sie, unter schmerz-
haften Bemühungen, Atem zu holen, noch einige Tage lebte.
Man versuchte vergebens, ihr das Bewußtsein wieder zu geben,
um über das, was vorgefallen war, einige Aufschlüsse zu erhalten;
sie lag, mit starrem, schon gebrochenen Auge, da, und antwortete
nicht. Nur kurz vor ihrem Tode kehrte ihr noch einmal die Besinnung wieder. Denn da ein Geistlicher lutherischer Religion
(zu welchem eben damals aufkeimenden Glauben sie sich, nach
dem Beispiel ihres Mannes, bekannt hatte) neben ihrem Bette
stand, und ihr mit lauter und empfindlich-feierlicher Stimme, ein
Kapitel aus der Bibel vorlas: so sah sie ihn plötzlich, mit einem
finstern Ausdruck, an, nahm ihm, als ob ihr daraus nichts vorzulesen wäre, die Bibel aus der Hand, blätterte und blätterte, und
schien etwas darin zu suchen; und zeigte dem Kohlhaas, der an
ihrem Bette saß, mit dem Zeigefinger, den Vers: »Vergib deinen
Feinden; tue wohl auch denen, die dich hassen.« – Sie drückte
ihm dabei mit einem überaus seelenvollen Blick die Hand, und
starb. – Kohlhaas dachte: »so möge mir Gott nie vergeben, wie
ich dem Junker vergebe!« küßte sie, indem ihm häufig die Tränen
flossen, drückte ihr die Augen zu, und verließ das Gemach. Er
nahm die hundert Goldgülden, die ihm der Amtmann schon, für
die Ställe in Dresden, zugefertigt hatte, und bestellte ein Leichenbegängnis, das weniger für sie, als für eine Fürstin, angeordnet
schien: ein eichener Sarg, stark mit Metall beschlagen, Kissen von
Seide, mit goldnen und silbernen Troddeln, und ein Grab von
acht Ellen Tiefe, mit Feldsteinen gefüttert und Kalk. Er stand
selbst, sein Jüngstes auf dem Arm, bei der Gruft, und sah der
Arbeit zu. Als der Begräbnistag kam, ward die Leiche, weiß wie

Schnee, in einen Saal aufgestellt, den er mit schwarzem Tuch hatte beschlagen lassen. Der Geistliche hatte eben eine rührende Rede an ihrer Bahre vollendet, als ihm die landesherrliche Resolution auf die Bittschrift zugestellt ward, welche die Abgeschiedene übergeben hatte, des Inhalts: er solle die Pferde von der Tronkenburg abholen, und bei Strafe, in das Gefängnis geworfen zu werden, nicht weiter in dieser Sache einkommen. Kohlhaas steckte den Brief ein, und ließ den Sarg auf den Wagen bringen. Sobald der Hügel geworfen, das Kreuz darauf gepflanzt, und die Gäste, die die Leiche bestattet hatten, entlassen waren, warf er sich noch einmal vor ihrem, nun verödeten Bette nieder, und übernahm sodann das Geschäft der Rache. Er setzte sich nieder und verfaßte einen Rechtsschluß, in welchem er den Junker Wenzel von Tronka, kraft der ihm angeborenen Macht, verdammte, die Rappen, die er ihm abgenommen, und auf den Feldern zu Grunde gerichtet, binnen drei Tagen nach Sicht, nach Kohlhaasenbrück zu führen, und in Person in seinen Ställen dick zu füttern. Diesen Schluß sandte er durch einen reitenden Boten an ihn ab, und instruierte denselben, flugs nach Übergabe des Papiers, wieder bei ihm in Kohlhaasenbrück zu sein. Da die drei Tage, ohne Überlieferung der Pferde, verflossen, so rief er Hersen; eröffnete ihm, was er dem Jungherrn, die Dickfütterung derselben anbetreffend, aufgegeben; fragte ihn zweierlei, ob er mit ihm nach der Tronkenburg reiten und den Jungherrn holen; auch, ob er über den Hergeholten, wenn er bei Erfüllung des Rechtsschlusses, in den Ställen von Kohlhaasenbrück, faul sei, die Peitsche führen wolle? und da Herse, so wie er ihn nur verstanden hatte: »Herr, heute noch!« aufjauchzte, und, indem er die Mütze in die Höhe warf, versicherte: einen Riemen, mit zehn Knoten, um ihm das Striegeln zu lehren, lasse er sich flechten! so verkaufte Kohlhaas das Haus, schickte die Kinder, in einen Wagen gepackt, über die Grenze; rief, bei Anbruch der Nacht, auch die übrigen Knechte zusammen, sieben an der Zahl, treu ihm jedweder, wie Gold; bewaffnete und beritt sie, und brach nach der Tronkenburg auf.

Er fiel auch, mit diesem kleinen Haufen, schon, beim Einbruch der dritten Nacht, den Zollwärter und Torwächter, die im Gespräch unter dem Tor standen, niederreitend, in die Burg, und

während, unter plötzlicher Aufprasselung aller Baracken im
Schloßraum, die sie mit Feuer bewarfen, Herse, über die Windel-
treppe, in den Turm der Vogtei eilte, und den Schloßvogt und
Verwalter, die, halb entkleidet, beim Spiel saßen, mit Hieben
und Stichen überfiel, stürzte Kohlhaas zum Junker Wenzel ins
Schloß. Der Engel des Gerichts fährt also vom Himmel herab;
und der Junker, der eben, unter vielem Gelächter, dem Troß jun-
ger Freunde, der bei ihm war, den Rechtsschluß, den ihm der
Roßkamm übermacht hatte, vorlas, hatte nicht sobald dessen
Stimme im Schloßhof vernommen: als er den Herren schon,
plötzlich leichenbleich: Brüder, rettet euch! zurief, und verschwand. Kohlhaas, der, beim Eintritt in den Saal, einen Junker
Hans von Tronka, der ihm entgegen kam, bei der Brust faßte,
und in den Winkel des Saals schleuderte, daß er sein Hirn an den
Steinen verspritzte, fragte, während die Knechte die anderen
Ritter, die zu den Waffen gegriffen hatten, überwältigten, und
zerstreuten: wo der Junker Wenzel von Tronka sei? Und da er,
bei der Unwissenheit der betäubten Männer, die Türen zweier
Gemächer, die in die Seitenflügel des Schlosses führten, mit einem
Fußtritt sprengte, und in allen Richtungen, in denen er das weit-
läufige Gebäude durchkreuzte, niemanden fand, so stieg er flu-
chend in den Schloßhof hinab, um die Ausgänge besetzen zu
lassen. Inzwischen war, vom Feuer der Baracken ergriffen, nun
schon das Schloß, mit allen Seitengebäuden, starken Rauch gen
Himmel qualmend, angegangen, und während Sternbald, mit
drei geschäftigen Knechten, alles, was nicht niet- und nagelfest
war, zusammenschleppten, und zwischen den Pferden, als gute
Beute, umstürzten, flogen, unter dem Jubel Hersens, aus den
offenen Fenstern der Vogtei, die Leichen des Schloßvogts und
Verwalters, mit Weib und Kindern, herab. Kohlhaas, dem sich,
als er die Treppe vom Schloß niederstieg, die alte, von der Gicht
geplagte Haushälterin, die dem Junker die Wirtschaft führte, zu
Füßen warf, fragte sie, indem er auf der Stufe stehen blieb: wo
der Junker Wenzel von Tronka sei? und da sie ihm, mit schwacher, zitternder Stimme, zur Antwort gab: sie glaube, er habe
sich in die Kapelle geflüchtet; so rief er zwei Knechte mit Fak-
keln, ließ, in Ermangelung der Schlüssel, den Eingang mit Brechstangen und Beilen eröffnen, kehrte Altäre und Bänke um, und

fand gleichwohl, zu seinem grimmigen Schmerz, den Junker nicht. Es traf sich, daß ein junger, zum Gesinde der Tronkenburg gehöriger Knecht, in dem Augenblick, da Kohlhaas aus der Kapelle zurückkam, herbeieilte, um aus einem weitläufigen, steinernen Stall, den die Flamme bedrohte, die Streithengste des Junkers herauszuziehen. Kohlhaas, der, in eben diesem Augenblick, in einem kleinen, mit Stroh bedeckten Schuppen, seine beiden Rappen erblickte, fragte den Knecht: warum er die Rappen nicht rette? und da dieser, indem er den Schlüssel in die Stalltür steckte, antwortete: der Schuppen stehe ja schon in Flammen; so warf Kohlhaas den Schlüssel, nachdem er ihn mit Heftigkeit aus der Stalltüre gerissen, über die Mauer, trieb den Knecht, mit hageldichten, flachen Hieben der Klinge, in den brennenden Schuppen hinein, und zwang ihn, unter entsetzlichem Gelächter der Umstehenden, die Rappen zu retten. Gleichwohl, als der Knecht schreckenblaß, wenige Momente nachdem der Schuppen hinter ihm zusammenstürzte, mit den Pferden, die er an der Hand hielt, daraus hervortrat, fand er den Kohlhaas nicht mehr; und da er sich zu den Knechten auf den Schloßplatz begab, und den Roßhändler, der ihm mehreremal den Rücken zukehrte, fragte: was er mit den Tieren nun anfangen solle? – hob dieser plötzlich, mit einer fürchterlichen Gebärde, den Fuß, daß der Tritt, wenn er ihn getan hätte, sein Tod gewesen wäre: bestieg, ohne ihm zu antworten, seinen Braunen, setzte sich unter das Tor der Burg, und erharrte, inzwischen die Knechte ihr Wesen forttrieben, schweigend den Tag.

Als der Morgen anbrach, war das ganze Schloß, bis auf die Mauern, niedergebrannt, und niemand befand sich mehr darin, als Kohlhaas und seine sieben Knechte. Er stieg vom Pferde, und untersuchte noch einmal, beim hellen Schein der Sonne, den ganzen, in allen seinen Winkeln jetzt von ihr erleuchteten Platz, und da er sich, so schwer es ihm auch ward, überzeugen mußte, daß die Unternehmung auf die Burg fehlgeschlagen war, so schickte er, die Brust voll Schmerz und Jammer, Hersen mit einigen Knechten aus, um über die Richtung, die der Junker auf seiner Flucht genommen, Nachricht einzuziehen. Besonders beunruhigte ihn ein reiches Fräuleinstift, namens Erlabrunn, das an den Ufern der Mulde lag, und dessen Äbtissin,

Antonia von Tronka, als eine fromme, wohltätige und heilige
Frau, in der Gegend bekannt war; denn es schien dem unglücklichen Kohlhaas nur zu wahrscheinlich, daß der Junker sich, entblößt von aller Notdurft, wie er war, in dieses Stift geflüchtet
hatte, indem die Äbtissin seine leibliche Tante und die Erzieherin
seiner ersten Kindheit war. Kohlhaas, nachdem er sich von diesem
Umstand unterrichtet hatte, bestieg den Turm der Vogtei, in
dessen Innerem sich noch ein Zimmer, zur Bewohnung brauchbar, darbot, und verfaßte ein sogenanntes »Kohlhaasisches Mandat«, worin er das Land aufforderte, dem Junker Wenzel von
Tronka, mit dem er in einem gerechten Krieg liege, keinen Vor-
schub zu tun, vielmehr jeden Bewohner, seine Verwandten und
Freunde nicht ausgenommen, verpflichtete, denselben bei Strafe
Leibes und des Lebens, und unvermeidlicher Einäscherung alles
dessen, was ein Besitztum heißen mag, an ihn auszuliefern. Diese
Erklärung streute er, durch Reisende und Fremde, in der Gegend
aus; ja, er gab Waldmann, dem Knecht, eine Abschrift davon,
mit dem bestimmten Auftrage, sie in die Hände der Dame Antonia nach Erlabrunn zu bringen. Hierauf besprach er einige
Tronkenburgische Knechte, die mit dem Junker unzufrieden
waren, und von der Aussicht auf Beute gereizt, in seine Dienste
zu treten wünschten; bewaffnete sie, nach Art des Fußvolks, mit
Armbrüsten und Dolchen, und lehrte sie, hinter den berittenen
Knechten aufsitzen; und nachdem er alles, was der Troß zusam-
mengeschleppt hatte, zu Geld gemacht und das Geld unter denselben verteilt hatte, ruhete er einige Stunden, unter dem Burg-
tor, von seinen jämmerlichen Geschäften aus.

Gegen Mittag kam Herse und bestätigte ihm, was ihm sein
Herz, immer auf die trübsten Ahnungen gestellt, schon gesagt
hatte: nämlich, daß der Junker in dem Stift zu Erlabrunn, bei der
alten Dame Antonia von Tronka, seiner Tante, befindlich sei. Es
schien, er hatte sich, durch eine Tür, die, an der hinteren Wand
des Schlosses, in die Luft hinausging, über eine schmale, steinerne
Treppe gerettet, die, unter einem kleinen Dach, zu einigen Kähnen in die Elbe hinablief. Wenigstens berichtete Herse, daß er, in
einem Elbdorf, zum Befremden der Leute, die wegen des Brandes in der Tronkenburg versammelt gewesen, um Mitternacht,
in einem Nachen, ohne Steuer und Ruder, angekommen, und

mit einem Dorffuhrwerk nach Erlabrunn weiter gereiset sei. – – –
Kohlhaas seufzte bei dieser Nachricht tief auf; er fragte, ob die
Pferde gefressen hätten? und da man ihm antwortete: ja: so ließ
er den Haufen aufsitzen, und stand schon in drei Stunden vor
Erlabrunn. Eben, unter dem Gemurmel eines entfernten Gewitters am Horizont, mit Fackeln, die er sich vor dem Ort angesteckt, zog er mit seiner Schar in den Klosterhof ein, und Waldmann, der Knecht, der ihm entgegen trat, meldete ihm, daß das
Mandat richtig abgegeben sei, als er die Äbtissin und den Stiftsvogt, in einem verstörten Wortwechsel, unter das Portal des
Klosters treten sah; und während jener, der Stiftsvogt, ein kleiner,
alter, schneeweißer Mann, grimmige Blicke auf Kohlhaas schie-
ßend, sich den Harnisch anlegen ließ, und den Knechten, die ihn
umringten, mit dreister Stimme zurief, die Sturmglocke zu ziehn:
trat jene, die Stiftsfrau, das silberne Bildnis des Gekreuzigten in
der Hand, bleich, wie Linnenzeug, von der Rampe herab, und
warf sich mit allen ihren Jungfrauen, vor Kohlhaasens Pferd nieder. Kohlhaas, während Herse und Sternbald den Stiftsvogt, der
kein Schwert in der Hand hatte, überwältigten, und als Gefangenen zwischen die Pferde führten, fragte sie: wo der Junker
Wenzel von Tronka sei? und da sie, einen großen Ring mit
Schlüsseln von ihrem Gurt loslösend: in Wittenberg, Kohlhaas,
würdiger Mann! antwortete, und, mit bebender Stimme, hinzusetzte: fürchte Gott und tue kein Unrecht! – so wandte Kohlhaas,
in die Hölle unbefriedigter Rache zurückgeschleudert, das Pferd,
und war im Begriff: steckt an! zu rufen, als ein ungeheurer Wetterschlag, dicht neben ihm, zur Erde niederfiel. Kohlhaas, indem
er sein Pferd zu ihr zurückwandte, fragte sie: ob sie sein Mandat
erhalten? und da die Dame mit schwacher, kaum hörbarer
Stimme, antwortete: eben jetzt! – »Wann?« – Zwei Stunden, so
wahr mir Gott helfe, nach des Junkers, meines Vetters, bereits
vollzogener Abreise! – – – und Waldmann, der Knecht, zu dem
Kohlhaas sich, unter finsteren Blicken, umkehrte, stotternd diesen
Umstand bestätigte, indem er sagte, daß die Gewässer der Mulde,
vom Regen geschwellt, ihn verhindert hätten, früher, als eben
jetzt, einzutreffen: so sammelte sich Kohlhaas; ein plötzlich
furchtbarer Regenguß, der die Fackeln verlöschend, auf das Pflaster des Platzes niederrauschte, löste den Schmerz in seiner un-

glücklichen Brust; er wandte, indem er kurz den Hut vor der Dame rückte, sein Pferd, drückte ihm, mit den Worten: folgt mir meine Brüder; der Junker ist in Wittenberg! die Sporen ein, und verließ das Stift.

Er kehrte, da die Nacht einbrach, in einem Wirtshause auf der Landstraße ein, wo er, wegen großer Ermüdung der Pferde, einen Tag ausruhen mußte, und da er wohl einsah, daß er mit einem Haufen von zehn Mann (denn so stark war er jetzt), einem Platz wie Wittenberg war, nicht trotzen konnte, so verfaßte er ein zweites Mandat, worin er, nach einer kurzen Erzählung dessen, was ihm im Lande begegnet, »jeden guten Christen«, wie er sich ausdrückte, »unter Angelobung eines Handgelds und anderer kriegerischen Vorteile«, aufforderte »seine Sache gegen den Junker von Tronka, als dem allgemeinen Feind aller Christen, zu ergreifen«. In einem anderen Mandat, das bald darauf erschien, nannte er sich: »einen Reichs- und Weltfreien, Gott allein unterworfenen Herrn«; eine Schwärmerei krankhafter und mißgeschaffener Art, die ihm gleichwohl, bei dem Klang seines Geldes und der Aussicht auf Beute, unter dem Gesindel, das der Friede mit Polen außer Brot gesetzt hatte, Zulauf in Menge verschaffte: dergestalt, daß er in der Tat dreißig und etliche Köpfe zählte, als er sich, zur Einäscherung von Wittenberg, auf die rechte Seite der Elbe zurückbegab. Er lagerte sich, mit Pferden und Knechten, unter dem Dache einer alten verfallenen Ziegelscheune, in der Einsamkeit eines finsteren Waldes, der damals diesen Platz umschloß, und hatte nicht sobald durch Sternbald, den er, mit dem Mandat, verkleidet in die Stadt schickte, erfahren, daß das Mandat daselbst schon bekannt sei, als er auch mit seinen Haufen schon, am heiligen Abend vor Pfingsten, aufbrach, und den Platz, während die Bewohner im tiefsten Schlaf lagen, an mehreren Ecken zugleich, in Brand steckte. Dabei klebte er, während die Knechte in der Vorstadt plünderten, ein Blatt an den Türpfeiler einer Kirche an, des Inhalts: »er, Kohlhaas, habe die Stadt in Brand gesteckt, und werde sie, wenn man ihm den Junker nicht ausliefere, dergestalt einäschern, daß er«, wie er sich ausdrückte, »hinter keiner Wand werde zu sehen brauchen, um ihn zu finden.« – Das Entsetzen der Einwohner, über diesen unerhörten Frevel, war unbeschreiblich; und die Flamme, die bei einer zum

Glück ziemlich ruhigen Sommernacht, zwar nicht mehr als neunzehn Häuser, worunter gleichwohl eine Kirche war, in den Grund gelegt hatte, war nicht sobald, gegen Anbruch des Tages, einigermaßen gedämpft worden, als der alte Landvogt, Otto von Gorgas, bereits ein Fähnlein von funfzig Mann aussandte, um den entsetzlichen Wüterich aufzuheben. Der Hauptmann aber, der es führte, namens Gerstenberg, benahm sich so schlecht dabei, daß die ganze Expedition Kohlhaasen, statt ihn zu stürzen, vielmehr zu einem höchst gefährlichen kriegerischen Ruhm verhalf; denn da dieser Kriegsmann sich in mehrere Abteilungen auflösete, um ihn, wie er meinte, zu umzingeln und zu erdrücken, ward er von Kohlhaas, der seinen Haufen zusammenhielt, auf vereinzelten Punkten, angegriffen und geschlagen, dergestalt, daß schon, am Abend des nächstfolgenden Tages, kein Mann mehr von dem ganzen Haufen, auf den die Hoffnung des Landes gerichtet war, gegen ihm im Felde stand. Kohlhaas, der durch diese Gefechte einige Leute eingebüßt hatte, steckte die Stadt, am Morgen des nächsten Tages, von neuem in Brand, und seine mörderischen Anstalten waren so gut, daß wiederum eine Menge Häuser, und fast alle Scheunen der Vorstadt, in die Asche gelegt wurden. Dabei plackte er das bewußte Mandat wieder, und zwar an die Ecken des Rathauses selbst, an, und fügte eine Nachricht über das Schicksal des, von dem Landvogt abgeschickten und von ihm zu Grunde gerichteten, Hauptmanns von Gerstenberg bei. Der Landvogt, von diesem Trotz aufs äußerste entrüstet, setzte sich selbst, mit mehreren Rittern, an die Spitze eines Haufens von hundert und funfzig Mann. Er gab dem Junker Wenzel von Tronka, auf seine schriftliche Bitte, eine Wache, die ihn vor der Gewalttätigkeit des Volks, das ihn platterdings aus der Stadt entfernt wissen wollte, schützte; und nachdem er, auf allen Dörfern in der Gegend, Wachen ausgestellt, auch die Ringmauer der Stadt, um sie vor einem Überfall zu decken, mit Posten besetzt hatte, zog er, am Tage des heiligen Gervasius, selbst aus, um den Drachen, der das Land verwüstete, zu fangen. Diesen Haufen war der Roßkamm klug genug, zu vermeiden; und nachdem er den Landvogt, durch geschickte Märsche, fünf Meilen von der Stadt hinweggelockt, und vermittelst mehrerer Anstalten, die er traf, zu dem Wahn verleitet hatte, daß er sich, von der Übermacht

gedrängt, ins Brandenburgische werfen würde: wandte er sich
plötzlich, beim Einbruch der dritten Nacht, kehrte, in einem
Gewaltritt, nach Wittenberg zurück, und steckte die Stadt zum
drittenmal in Brand. Herse, der sich verkleidet in die Stadt schlich,
führte dieses entsetzliche Kunststück aus; und die Feuersbrunst
war, wegen eines scharf wehenden Nordwindes, so verderblich
und um sich fressend, daß, in weniger als drei Stunden, zwei und
vierzig Häuser, zwei Kirchen, mehrere Klöster und Schulen, und
das Gebäude der kurfürstlichen Landvogtei selbst, in Schutt und
Asche lagen. Der Landvogt, der seinen Gegner, beim Anbruch
des Tages, im Brandenburgischen glaubte, fand, als er von dem,
was vorgefallen, benachrichtigt, in bestürzten Märschen zurückkehrte, die Stadt in allgemeinem Aufruhr; das Volk hatte sich
zu Tausenden vor dem, mit Balken und Pfählen verrammelten,
Hause des Junkers gelagert, und forderte, mit rasendem Geschrei,
seine Abführung aus der Stadt. Zwei Bürgermeister, namens
Jenkens und Otto, die in Amtskleidern an der Spitze des ganzen
Magistrats gegenwärtig waren, bewiesen vergebens, daß man
platterdings die Rückkehr eines Eilboten abwarten müsse, den
man wegen Erlaubnis den Junker nach Dresden bringen zu dürfen, wohin er selbst aus mancherlei Gründen abzugehen wünsche,
an den Präsidenten der Staatskanzlei geschickt habe; der unver-
nünftige, mit Spießen und Stangen bewaffnete Haufen gab auf
diese Worte nichts, und eben war man, unter Mißhandlung einiger zu kräftigen Maßregeln auffordernden Räte, im Begriff das
Haus worin der Junker war zu stürmen, und der Erde gleich zu
machen, als der Landvogt, Otto von Gorgas, an der Spitze seines
Reuterhaufens, in der Stadt erschien. Diesem würdigen Herrn,
der schon durch seine bloße Gegenwart dem Volk Ehrfurcht und
Gehorsam einzuflößen gewohnt war, war es, gleichsam zum
Ersatz für die fehlgeschlagene Unternehmung, von welcher er
zurückkam, gelungen, dicht vor den Toren der Stadt drei zer-
sprengte Knechte von der Bande des Mordbrenners aufzufangen;
und da er, inzwischen die Kerle vor dem Angesicht des Volks mit
Ketten belastet wurden, den Magistrat in einer klugen Anrede
versicherte, den Kohlhaas selbst denke er in kurzem, indem er ihm
auf die Spur sei, gefesselt einzubringen: so glückte es ihm, durch
die Kraft aller dieser beschwichtigenden Umstände, die Angst des

versammelten Volks zu entwaffnen, und über die Anwesenheit des Junkers, bis zur Zurückkunft des Eilboten aus Dresden, einigermaßen zu beruhigen. Er stieg, in Begleitung einiger Ritter, vom Pferde, und verfügte sich, nach Wegräumung der Palisaden und Pfähle, in das Haus, wo er den Junker, der aus einer Ohnmacht in die andere fiel, unter den Händen zweier Ärzte fand, die ihn mit Essenzen und Irritanzen wieder ins Leben zurück zu bringen suchten; und da Herr Otto von Gorgas wohl fühlte, daß dies der Augenblick nicht war, wegen der Aufführung, die er sich zu Schulden kommen lasse, Worte mit ihm zu wechseln: so sagte er ihm bloß, mit einem Blick stiller Verachtung, daß er sich ankleiden, und ihm, zu seiner eigenen Sicherheit, in die Gemächer der Ritterhaft folgen möchte. Als man dem Junker ein Wams angelegt, und einen Helm aufgesetzt hatte, und er, die Brust, wegen Mangels an Luft, noch halb offen, am Arm des Landvogts und seines Schwagers, des Grafen von Gerschau, auf der Straße erschien, stiegen gotteslästerliche und entsetzliche Verwünschungen gegen ihn zum Himmel auf. Das Volk, von den Landsknechten nur mühsam zurückgehalten, nannte ihn einen Blutigel, einen elenden Landplager und Menschenquäler, den Fluch der Stadt Wittenberg, und das Verderben von Sachsen; und nach einem jämmerlichen Zuge durch die in Trümmern liegende Stadt, während welchem er mehreremal, ohne ihn zu vermissen, den Helm verlor, den ihm ein Ritter von hinten wieder aufsetzte, erreichte man endlich das Gefängnis, wo er in einem Turm, unter dem Schutz einer starken Wache, verschwand. Mittlerweile setzte die Rückkehr des Eilboten, mit der kurfürstlichen Resolution, die Stadt in neue Besorgnis. Denn die Landesregierung, bei welcher die Bürgerschaft von Dresden, in einer dringenden Supplik, unmittelbar eingekommen war, wollte, vor Überwältigung des Mordbrenners, von dem Aufenthalt des Junkers in der Residenz nichts wissen; vielmehr verpflichtete sie den Landvogt, denselben da, wo er sei, weil er irgendwo sein müsse, mit der Macht, die ihm zu Gebote stehe, zu beschirmen: wogegen sie der guten Stadt Wittenberg, zu ihrer Beruhigung, meldete, daß bereits ein Heerhaufen von fünfhundert Mann, unter Anführung des Prinzen Friedrich von Meißen im Anzuge sei, um sie vor den ferneren Belästigungen desselben zu beschützen. Der Landvogt, der wohl

einsah, daß eine Resolution dieser Art, das Volk keinesweges beruhigen konnte: denn nicht nur, daß mehrere kleinen Vorteile,
die der Roßhändler, an verschiedenen Punkten, vor der Stadt erfochten, über die Stärke, zu der er herangewachsen, äußerst unangenehme Gerüchte verbreiteten; der Krieg, den er, in der Finsternis der Nacht, durch verkleidetes Gesindel, mit Pech, Stroh
und Schwefel führte, hätte, unerhört und beispiellos, wie er war,
selbst einen größeren Schutz, als mit welchem der Prinz von Meißen heranrückte, unwirksam machen können: der Landvogt,
nach einer kurzen Überlegung, entschloß sich, die Resolution,
die er empfangen, ganz und gar zu unterdrücken. Er plackte bloß
einen Brief, in welchem ihm der Prinz von Meißen seine Ankunft
meldete, an die Ecken der Stadt an; ein verdeckter Wagen, der,
beim Anbruch des Tages, aus dem Hofe des Herrenzwingers
kam, fuhr, von vier schwer bewaffneten Reutern begleitet, auf
die Straße nach Leipzig hinaus, wobei die Reuter, auf eine unbestimmte Art verlauten ließen, daß es nach der Pleißenburg gehe;
und da das Volk über den heillosen Junker, an dessen Dasein Feuer
und Schwert gebunden, dergestalt beschwichtigt war, brach er
selbst, mit einem Haufen von dreihundert Mann, auf, um sich
mit dem Prinzen Friedrich von Meißen zu vereinigen. Inzwischen
war Kohlhaas in der Tat, durch die sonderbare Stellung, die er in
der Welt einnahm, auf hundert und neun Köpfe herangewachsen;
und da er auch in Jassen einen Vorrat an Waffen aufgetrieben,
und seine Schar, auf das vollständigste, damit ausgerüstet hatte:
so faßte er, von dem doppelten Ungewitter, das auf ihn heranzog,
benachrichtigt, den Entschluß, demselben, mit der Schnelligkeit
des Sturmwinds, ehe es über ihn zusammenschlüge, zu begegnen.
Demnach griff er schon, Tags darauf, den Prinzen von Meißen,
in einem nächtlichen Überfall, bei Mühlberg an; bei welchem
Gefechte er zwar, zu seinem großen Leidwesen, den Herse ein-
büßte, der gleich durch die ersten Schüsse an seiner Seite zusammenstürzte: durch diesen Verlust erbittert aber, in einem drei
Stunden langen Kampfe, den Prinzen, unfähig sich in dem Flek-
ken zu sammeln, so zurichtete, daß er beim Anbruch des Tages,
mehrerer schweren Wunden, und einer gänzlichen Unordnung
seines Haufens wegen, genötigt war, den Rückweg nach Dresden
einzuschlagen. Durch diesen Vorteil tollkühn gemacht, wandte er

sich, ehe derselbe noch davon unterrichtet sein konnte, zu dem Landvogt zurück, fiel ihn bei dem Dorfe Damerow, am hellen Mittag, auf freiem Felde an, und schlug sich, unter mörderischem Verlust zwar, aber mit gleichen Vorteilen, bis in die sinkende Nacht mit ihm herum. Ja, er würde den Landvogt, der sich in den Kirchhof zu Damerow geworfen hatte, am andern Morgen unfehlbar mit dem Rest seines Haufens wieder angegriffen haben, wenn derselbe nicht durch Kundschafter von der Niederlage, die der Prinz bei Mühlberg erlitten, benachrichtigt worden wäre, und somit für ratsamer gehalten hätte, gleichfalls, bis auf einen besseren Zeitpunkt, nach Wittenberg zurückzukehren. Fünf Tage, nach Zersprengung dieser beiden Haufen, stand er vor Leipzig, und steckte die Stadt an drei Seiten in Brand. – Er nannte sich in dem Mandat, das er, bei dieser Gelegenheit, ausstreute, »einen Statthalter Michaels, des Erzengels, der gekommen sei, an allen, die in dieser Streitsache des Junkers Partei ergreifen würden, mit Feuer und Schwert, die Arglist, in welcher die ganze Welt versunken sei, zu bestrafen«. Dabei rief er, von dem Lützner Schloß aus, das er überrumpelt, und worin er sich festgesetzt hatte, das Volk auf, sich zur Errichtung einer besseren Ordnung der Dinge, an ihn anzuschließen; und das Mandat war, mit einer Art von Verrückung, unterzeichnet: »Gegeben auf dem Sitz unserer provisorischen Weltregierung, dem Erzschlosse zu Lützen.« Das Glück der Einwohner von Leipzig wollte, daß das Feuer, wegen eines anhaltenden Regens der vom Himmel fiel, nicht um sich griff, dergestalt, daß bei der Schnelligkeit der bestehenden Löschanstalten, nur einige Kramläden, die um die Pleißenburg lagen, in Flammen aufloderten. Gleichwohl war die Bestürzung in der Stadt, über das Dasein des rasenden Mordbrenners, und den Wahn, in welchem derselbe stand, daß der Junker in Leipzig sei, unaussprechlich; und da ein Haufen von hundert und achtzig Reisigen, den man gegen ihn ausschickte, zersprengt in die Stadt zurückkam: so blieb dem Magistrat, der den Reichtum der Stadt nicht aussetzen wollte, nichts anderes übrig, als die Tore gänzlich zu sperren, und die Bürgerschaft Tag und Nacht, außerhalb der Mauern, wachen zu lassen. Vergebens ließ der Magistrat, auf den Dörfern der umliegenden Gegend, Deklarationen anheften, mit der bestimmten Versicherung, daß der Junker nicht in der Plei-

ßenburg sei; der Roßkamm, in ähnlichen Blättern, bestand
darauf, daß er in der Pleißenburg sei, und erklärte, daß, wenn
derselbe nicht darin befindlich wäre, er mindestens verfahren
würde, als ob er darin wäre, bis man ihm den Ort, mit Namen
genannt, werde angezeigt haben, worin er befindlich sei. Der
Kurfürst, durch einen Eilboten, von der Not, in welcher sich die
Stadt Leipzig befand, benachrichtigt, erklärte, daß er bereits einen
Heerhaufen von zweitausend Mann zusammenzöge, und sich
selbst an dessen Spitze setzen würde, um den Kohlhaas zu fangen.
Er erteilte dem Herrn Otto von Gorgas einen schweren Verweis,
wegen der zweideutigen und unüberlegten List, die er angewendet, um des Mordbrenners aus der Gegend von Wittenberg los-
zuwerden; und niemand beschreibt die Verwirrung, die ganz
Sachsen und insbesondere die Residenz ergriff, als man daselbst
erfuhr, daß, auf den Dörfern bei Leipzig, man wußte nicht von
wem, eine Deklaration an den Kohlhaas angeschlagen worden
sei, des Inhalts: »Wenzel, der Junker, befinde sich bei seinen Vettern Hinz und Kunz, in Dresden.«

Unter diesen Umständen übernahm der Doktor Martin Luther
das Geschäft, den Kohlhaas, durch die Kraft beschwichtigender
Worte, von dem Ansehn, das ihm seine Stellung in der Welt gab,
unterstützt, in den Damm der menschlichen Ordnung zurück-
zudrücken, und auf ein tüchtiges Element in der Brust des Mordbrenners bauend, erließ er ein Plakat folgenden Inhalts an ihn,
das in allen Städten und Flecken des Kurfürstentums angeschlagen
ward:

»Kohlhaas, der du dich gesandt zu sein vorgibst, das Schwert
der Gerechtigkeit zu handhaben, was unterfängst du dich, Ver-
messener, im Wahnsinn stockblinder Leidenschaft, du, den
Ungerechtigkeit selbst, vom Wirbel bis zur Sohle erfüllt? Weil
der Landesherr dir, dem du untertan bist, dein Recht verweigert hat, dein Recht in dem Streit um ein nichtiges Gut, erhebst
du dich, Heilloser, mit Feuer und Schwert, und brichst, wie
der Wolf der Wüste, in die friedliche Gemeinheit, die er beschirmt. Du, der die Menschen mit dieser Angabe, voll Un-
wahrhaftigkeit und Arglist, verführt: meinst du, Sünder, vor
Gott dereinst, an dem Tage, der in die Falten aller Herzen
scheinen wird, damit auszukommen? Wie kannst du sagen, daß

dir dein Recht verweigert worden ist, du, dessen grimmige Brust, vom Kitzel schnöder Selbstrache gereizt, nach den ersten, leichtfertigen Versuchen, die dir gescheitert, die Bemühung gänzlich aufgegeben hat, es dir zu verschaffen? Ist eine Bank voll Gerichtsdienern und Schergen, die einen Brief, der gebracht wird, unterschlagen, oder ein Erkenntnis, das sie abliefern sollen, zurückhalten, deine Obrigkeit? Und muß ich dir sagen, Gottvergessener, daß deine Obrigkeit von deiner Sache nichts weiß – was sag ich? daß der Landesherr, gegen den du dich auflehnst, auch deinen Namen nicht kennt, dergestalt, daß wenn dereinst du vor Gottes Thron trittst, in der Meinung, ihn anzuklagen, er, heiteren Antlitzes, wird sprechen können: diesem Mann, Herr, tat ich kein Unrecht, denn sein Dasein ist meiner Seele fremd? Das Schwert, wisse, das du führst, ist das Schwert des Raubes und der Mordlust, ein Rebell bist du und kein Krieger des gerechten Gottes, und dein Ziel auf Erden ist Rad und Galgen, und jenseits die Verdammnis, die über die Missetat und die Gottlosigkeit verhängt ist.

Wittenberg, usw.   *Martin Luther.*«

Kohlhaas wälzte eben, auf dem Schlosse zu Lützen, einen neuen Plan, Leipzig einzuäschern, in seiner zerrissenen Brust herum: – denn auf die, in den Dörfern angeschlagene Nachricht, daß der Junker Wenzel in Dresden sei, gab er nichts, weil sie von niemand, geschweige denn vom Magistrat, wie er verlangt hatte, unterschrieben war: – als Sternbald und Waldmann das Plakat, das, zur Nachtzeit, an den Torweg des Schlosses, angeschlagen worden war, zu ihrer großen Bestürzung, bemerkten. Vergebens hofften sie, durch mehrere Tage, daß Kohlhaas, den sie nicht gern deshalb antreten wollten, es erblicken würde; finster und in sich gekehrt, in der Abendstunde erschien er zwar, aber bloß, um seine kurzen Befehle zu geben, und sah nichts: dergestalt, daß sie an einem Morgen, da er ein paar Knechte, die in der Gegend, wider seinen Willen, geplündert hatten, aufknüpfen lassen wollte, den Entschluß faßten, ihn darauf aufmerksam zu machen. Eben kam er, während das Volk von beiden Seiten schüchtern auswich, in dem Aufzuge, der ihm, seit seinem letzten Mandat, gewöhnlich war, von dem Richtplatz zurück: ein großes Cherubsschwert, auf einem rotledernen Kissen, mit Quasten von Gold verziert, ward ihm vorangetragen, und zwölf Knechte, mit brennenden Fackeln folgten ihm: da traten die beiden Männer, ihre Schwerter unter dem Arm, so, daß es ihn befremden mußte, um den Pfeiler, an welchen das Plakat angeheftet war, herum. Kohlhaas, als er, mit auf dem Rücken zusammengelegten Händen, in Gedanken vertieft, unter das Portal kam, schlug die Augen auf und stutzte; und da die Knechte, bei seinem Anblick, ehrerbietig auswichen: so trat er, indem er sie zerstreut ansah, mit einigen raschen Schritten, an den Pfeiler heran. Aber wer beschreibt, was in seiner Seele vorging, als er das Blatt, dessen Inhalt ihn der Ungerechtigkeit zieh, daran erblickte: unterzeichnet von dem teuersten und verehrungswürdigsten Namen, den er kannte, von dem Namen Martin Luthers! Eine dunkle Röte stieg in sein Antlitz empor; er durchlas es, indem er den Helm abnahm, zweimal von Anfang bis zu Ende; wandte sich, mit ungewissen Blicken, mitten unter die Knechte zurück, als ob er etwas sagen wollte, und sagte nichts; löste das Blatt von der Wand los, durchlas es noch einmal; und rief: Waldmann! laß mir mein Pferd satteln! sodann: Sternbald! folge mir ins Schloß! und verschwand. Mehr als dieser wenigen Worte bedurfte es nicht, um ihn, in der ganzen Verderblichkeit, in der er dastand, plötzlich zu entwaffnen. Er warf sich in die Verkleidung eines thüringischen Landpächters; sagte Sternbald, daß ein Geschäft, von bedeutender Wichtigkeit, ihn nach Wittenberg zu reisen nötige; übergab ihm, in Gegenwart einiger der vorzüglichsten Knechte, die Anführung des in Lützen zurückbleibenden Haufens; und zog, unter der Versicherung, daß er in drei Tagen, binnen welcher Zeit kein Angriff zu fürchten sei, wieder zurück sein werde, nach Wittenberg ab.

Er kehrte, unter einem fremden Namen, in ein Wirtshaus ein, wo er, sobald die Nacht angebrochen war, in seinem Mantel, und mit einem Paar Pistolen versehen, die er in der Tronkenburg erbeutet hatte, zu Luthern ins Zimmer trat. Luther, der unter Schriften und Büchern an seinem Pulte saß, und den fremden, besonderen Mann die Tür öffnen und hinter sich verriegeln sah, fragte ihn: wer er sei? und was er wolle? und der Mann, der seinen Hut ehrerbietig in der Hand hielt, hatte nicht sobald, mit dem schüchternen Vorgefühl des Schreckens, den er verursachen würde, erwidert: daß er Michael Kohlhaas, der Roßhändler sei; als Luther schon: weiche fern hinweg! ausrief, und indem er, vom Pult erstehend, nach einer Klingel eilte, hinzusetzte: dein Odem ist Pest und deine Nähe Verderben! Kohlhaas, indem er, ohne sich vom Platz zu regen, sein Pistol zog, sagte: Hochwürdiger Herr, dies Pistol, wenn Ihr die Klingel rührt, streckt mich leblos zu Euren Füßen nieder! Setzt Euch und hört mich an; unter den Engeln, deren Psalmen Ihr aufschreibt, seid Ihr nicht sicherer, als bei mir. Luther, indem er sich niedersetzte, fragte: was willst du? Kohlhaas erwiderte: Eure Meinung von mir, daß ich ein ungerechter Mann sei, widerlegen! Ihr habt mir in Eurem Plakat gesagt, daß meine Obrigkeit von meiner Sache nichts weiß: wohlan, verschafft mir freies Geleit, so gehe ich nach Dresden, und lege sie ihr vor. – »Heilloser und entsetzlicher Mann!« rief Luther, durch diese Worte verwirrt zugleich und beruhigt: »wer gab dir das Recht, den Junker von Tronka, in Verfolg eigenmächtiger Rechtsschlüsse, zu überfallen, und da du ihn auf seiner Burg nicht fandst mit Feuer und Schwert die ganze Gemeinschaft heimzusuchen, die ihn beschirmt?« Kohlhaas erwiderte: hochwürdiger Herr, niemand, fortan! Eine Nachricht, die ich aus Dresden erhielt, hat mich getäuscht, mich verführt! Der Krieg, den ich mit der Gemeinheit der Menschen führe, ist eine Missetat, sobald ich aus ihr nicht, wie Ihr mir die Versicherung gegeben habt, verstoßen war! Verstoßen! rief Luther, indem er ihn ansah. Welch eine Raserei der Gedanken ergriff dich? Wer hätte dich aus der Gemeinschaft des Staats, in welchem du lebtest, verstoßen? Ja, wo ist, so lange Staaten bestehen, ein Fall, daß jemand, wer es auch sei, daraus verstoßen worden wäre? – Verstoßen, antwortete Kohlhaas, indem er die Hand zusammendrückte, nenne ich den, dem der Schutz der Gesetze versagt ist! Denn dieses Schutzes, zum Gedeihen meines friedlichen Gewerbes, bedarf ich; ja, er ist es, dessenhalb ich mich, mit dem Kreis dessen, was ich erworben, in diese Gemeinschaft flüchte; und wer mir ihn versagt, der stößt mich zu den Wilden der Einöde hinaus; er gibt mir, wie wollt Ihr das leugnen, die Keule, die mich selbst schützt, in die Hand. – Wer hat dir den Schutz der Gesetze versagt? rief Luther. Schrieb ich dir nicht, daß die Klage, die du eingereicht, dem Landesherrn, dem du sie eingereicht, fremd ist? Wenn

Staatsdiener hinter seinem Rücken Prozesse unterschlagen, oder
sonst seines geheiligten Namens, in seiner Unwissenheit, spotten;
wer anders als Gott darf ihn wegen der Wahl solcher Diener zur
Rechenschaft ziehen, und bist du, gottverdammter und entsetzlicher Mensch, befugt, ihn deshalb zu richten? – Wohlan, versetzte Kohlhaas, wenn mich der Landesherr nicht verstößt, so
kehre ich auch wieder in die Gemeinschaft, die er beschirmt, zurück. Verschafft mir, ich wiederhol es, freies Geleit nach Dresden:
so lasse ich den Haufen, den ich im Schloß zu Lützen versammelt,
auseinander gehen, und bringe die Klage, mit der ich abgewiesen
worden bin, noch einmal bei dem Tribunal des Landes vor. –
Luther, mit einem verdrießlichen Gesicht, warf die Papiere, die
auf seinem Tisch lagen, übereinander, und schwieg. Die trotzige
Stellung, die dieser seltsame Mensch im Staat einnahm, verdroß
ihn; und den Rechtsschluß, den er, von Kohlhaasenbrück aus, an
den Junker erlassen, erwägend, fragte er: was er denn von dem
Tribunal zu Dresden verlange? Kohlhaas antwortete: Bestrafung
des Junkers, den Gesetzen gemäß; Wiederherstellung der Pferde
in den vorigen Stand; und Ersatz des Schadens, den ich sowohl,
als mein bei Mühlberg gefallener Knecht Herse, durch die Gewalttat, die man an uns verübte, erlitten. – Luther rief: Ersatz des
Schadens! Summen zu Tausenden, bei Juden und Christen, auf
Wechseln und Pfändern, hast du, zur Bestreitung deiner wilden
Selbstrache, aufgenommen. Wirst du den Wert auch, auf der
Rechnung, wenn es zur Nachfrage kommt, ansetzen? – Gott behüte! erwiderte Kohlhaas. Haus und Hof, und den Wohlstand,
den ich besessen, fordere ich nicht zurück; so wenig als die Ko-
sten des Begräbnisses meiner Frau! Hersens alte Mutter wird eine
Berechnung der Heilkosten, und eine Spezifikation dessen, was
ihr Sohn in der Tronkenburg eingebüßt, beibringen; und den
Schaden, den ich wegen Nichtverkaufs der Rappen erlitten, mag
die Regierung durch einen Sachverständigen abschätzen lassen.
– Luther sagte: rasender, unbegreiflicher und entsetzlicher
Mensch! und sah ihn an. Nachdem dein Schwert sich, an dem
Junker, Rache, die grimmigste, genommen, die sich erdenken
läßt: was treibt dich, auf ein Erkenntnis gegen ihn zu bestehen,
dessen Schärfe, wenn es zuletzt fällt, ihn mit einem Gewicht von
so geringer Erheblichkeit nur trifft? – Kohlhaas erwiderte, indem

ihm eine Träne über die Wangen rollte: hochwürdiger Herr! es hat mich meine Frau gekostet; Kohlhaas will der Welt zeigen, daß sie in keinem ungerechten Handel umgekommen ist. Fügt Euch in diesen Stücken meinem Willen, und laßt den Gerichtshof sprechen; in allem anderen, was sonst noch streitig sein mag, füge ich mich Euch. – Luther sagte: schau her, was du forderst, wenn anders die Umstände so sind, wie die öffentliche Stimme hören läßt, ist gerecht; und hättest du den Streit, bevor du eigenmächtig zur Selbstrache geschritten, zu des Landesherrn Entscheidung zu bringen gewußt, so wäre dir deine Forderung, zweifle ich nicht, Punkt vor Punkt bewilligt worden. Doch hättest du nicht, alles wohl erwogen, besser getan, du hättest, um deines Erlösers willen, dem Junker vergeben, die Rappen, dürre und abgehärmt, wie sie waren, bei der Hand genommen, dich aufgesetzt, und zur Dickfütterung in deinen Stall nach Kohlhaasenbrück heimgeritten? – Kohlhaas antwortete: kann sein! indem er ans Fenster trat: kann sein, auch nicht! Hätte ich gewußt, daß ich sie mit Blut aus dem Herzen meiner lieben Frau würde auf die Beine bringen müssen: kann sein, ich hätte getan, wie Ihr gesagt, hochwürdiger Herr, und einen Scheffel Hafer nicht gescheut! Doch, weil sie mir einmal so teuer zu stehen gekommen sind, so habe es denn, meine ich, seinen Lauf: laßt das Erkenntnis, wie es mir zukömmt, sprechen, und den Junker mir die Rappen auffüttern. – – Luther sagte, indem er, unter mancherlei Gedanken, wieder zu seinen Papieren griff: er wolle mit dem Kurfürsten seinethalben in Unterhandlung treten. Inzwischen möchte er sich, auf dem Schlosse zu Lützen, still halten; wenn der Herr ihm freies Geleit bewillige, so werde man es ihm auf dem Wege öffentlicher Anplackung bekannt machen. – Zwar, fuhr er fort, da Kohlhaas sich herabbog, um seine Hand zu küssen: ob der Kurfürst Gnade für Recht ergehen lassen wird, weiß ich nicht; denn einen Heerhaufen, vernehm ich, zog er zusammen, und steht im Begriff, dich im Schlosse zu Lützen aufzuheben: inzwischen, wie ich dir schon gesagt habe, an meinem Bemühen soll es nicht liegen. Und damit stand er auf, und machte Anstalt, ihn zu entlassen. Kohlhaas meinte, daß seine Fürsprache ihn über diesen Punkt völlig beruhige; worauf Luther ihn mit der Hand grüßte, jener aber plötzlich ein Knie vor ihm senkte und sprach:

er habe noch eine Bitte auf seinem Herzen. Zu Pfingsten nämlich, wo er an den Tisch des Herrn zu gehen pflege, habe er die
Kirche, dieser seiner kriegerischen Unternehmung wegen, versäumt; ob er die Gewogenheit haben wolle, ohne weitere Vorbereitung, seine Beichte zu empfangen, und ihm, zur Auswechselung dagegen, die Wohltat des heiligen Sakraments zu erteilen?
Luther, nach einer kurzen Besinnung, indem er ihn scharf ansah,
sagte: ja, Kohlhaas, das will ich tun! Der Herr aber, dessen Leib
du begehrst, vergab seinem Feind. – Willst du, setzte er, da jener
ihn betreten ansah, hinzu, dem Junker, der dich beleidigt hat,
gleichfalls vergeben: nach der Tronkenburg gehen, dich auf
deine Rappen setzen, und sie zur Dickfütterung nach Kohlhaasenbrück heimreiten? – »Hochwürdiger Herr«, sagte Kohlhaas errötend, indem er seine Hand ergriff, – nun? – »der Herr auch vergab allen seinen Feinden nicht. Laßt mich den Kurfürsten, meinen
beiden Herren, dem Schloßvogt und Verwalter, den Herren
Hinz und Kunz, und wer mich sonst in dieser Sache gekränkt
haben mag, vergeben: den Junker aber, wenn es sein kann, nötigen, daß er mir die Rappen wieder dick füttere.« – Bei diesen
Worten kehrte ihm Luther, mit einem mißvergnügten Blick, den
Rücken zu, und zog die Klingel. Kohlhaas, während, dadurch
herbeigerufen, ein Famulus sich mit Licht in dem Vorsaal meldete, stand betreten, indem er sich die Augen trocknete, vom Boden auf; und da der Famulus vergebens, weil der Riegel vorge-
schoben war, an der Türe wirkte, Luther aber sich wieder zu
seinen Papieren niedergesetzt hatte: so machte Kohlhaas dem
Mann die Türe auf. Luther, mit einem kurzen, auf den fremden
Mann gerichteten Seitenblick, sagte dem Famulus: leuchte! worauf dieser, über den Besuch, den er erblickte, ein wenig befremdet, den Hausschlüssel von der Wand nahm, und sich, auf die
Entfernung desselben wartend, unter die halboffene Tür des Zimmers zurückbegab. – Kohlhaas sprach, indem er seinen Hut bewegt zwischen beide Hände nahm: und so kann ich, hochwürdig-
ster Herr, der Wohltat versöhnt zu werden, die ich mir von Euch
erbat, nicht teilhaftig werden? Luther antwortete kurz: deinem
Heiland, nein; dem Landesherrn, – das bleibt einem Versuch, wie
ich dir versprach, vorbehalten! Und damit winkte er dem Famulus, das Geschäft, das er ihm aufgetragen, ohne weiteren Auf-

schub, abzumachen. Kohlhaas legte, mit dem Ausdruck schmerzlicher Empfindung, seine beiden Hände auf die Brust; folgte dem Mann, der ihm die Treppe hinunter leuchtete, und verschwand.

Am anderen Morgen erließ Luther ein Sendschreiben an den Kurfürsten von Sachsen, worin er, nach einem bitteren Seitenblick auf die seine Person umgebenden Herren Hinz und Kunz, Kämmerer und Mundschenk von Tronka, welche die Klage, wie allgemein bekannt war, untergeschlagen hatten, dem Herrn, mit der Freimütigkeit, die ihm eigen war, eröffnete, daß bei so ärgerlichen Umständen, nichts anderes zu tun übrig sei, als den Vorschlag des Roßhändlers anzunehmen, und ihm des Vorgefallenen wegen, zur Erneuerung seines Prozesses, Amnestie zu erteilen. Die öffentliche Meinung, bemerkte er, sei auf eine höchst gefährliche Weise, auf dieses Mannes Seite, dergestalt, daß selbst in dem dreimal von ihm eingeäscherten Wittenberg, eine Stimme zu seinem Vorteil spreche; und da er sein Anerbieten, falls er damit abgewiesen werden sollte, unfehlbar, unter gehässigen Bemerkungen, zur Wissenschaft des Volks bringen würde, so könne dasselbe leicht in dem Grade verführt werden, daß mit der Staatsgewalt gar nichts mehr gegen ihn auszurichten sei. Er schloß, daß man, in diesem außerordentlichen Fall, über die Bedenklichkeit, mit einem Staatsbürger, der die Waffen ergriffen, in Unterhandlung zu treten, hinweggehen müsse; daß derselbe in der Tat durch das Verfahren, das man gegen ihn beobachtet, auf gewisse Weise außer der Staatsverbindung gesetzt worden sei; und kurz, daß man ihn, um aus dem Handel zu kommen, mehr als eine fremde, in das Land gefallene Macht, wozu er sich auch, da er ein Ausländer sei, gewissermaßen qualifiziere, als einen Rebellen, der sich gegen den Thron auflehne, betrachten müsse. – Der Kurfürst erhielt diesen Brief eben, als der Prinz Christiern von Meißen, Generalissimus des Reichs, Oheim des bei Mühlberg geschlagenen und an seinen Wunden noch daniederliegenden Prinzen Friedrich von Meißen; der Großkanzler des Tribunals, Graf Wrede; Graf Kallheim, Präsident der Staatskanzlei; und die beiden Herren Hinz und Kunz von Tronka, dieser Kämmerer, jener Mundschenk, die Jugendfreunde und Vertrauten des Herrn, in dem Schlosse gegenwärtig waren. Der Kämmerer, Herr Kunz, der, in der Qualität eines Geheimenrats, des Herrn geheime Korre-

spondenz, mit der Befugnis, sich seines Namens und Wappens
zu bedienen, besorgte, nahm zuerst das Wort, und nachdem er
noch einmal weitläufig auseinander gelegt hatte, daß er die Klage,
die der Roßhändler gegen den Junker, seinen Vetter, bei dem
Tribunal eingereicht, nimmermehr durch eine eigenmächtige
Verfügung niedergeschlagen haben würde, wenn er sie nicht,
durch falsche Angaben verführt, für eine völlig grundlose und
nichtsnutzige Plackerei gehalten hätte, kam er auf die gegenwärtige Lage der Dinge. Er bemerkte, daß, weder nach göttlichen noch menschlichen Gesetzen, der Roßkamm, um dieses
Mißgriffs willen, befugt gewesen wäre, eine so ungeheure Selbstrache, als er sich erlaubt, auszuüben; schilderte den Glanz, der
durch eine Verhandlung mit demselben, als einer rechtlichen
Kriegsgewalt, auf sein gottverdammtes Haupt falle; und die
Schmach, die dadurch auf die geheiligte Person des Kurfürsten
zurückspringe, schien ihm so unerträglich, daß er, im Feuer der
Beredsamkeit, lieber das Äußerste erleben, den Rechtsschluß des
rasenden Rebellen erfüllt, und den Junker, seinen Vetter, zur
Dickfütterung der Rappen nach Kohlhaasenbrück abgeführt
sehen, als den Vorschlag, den der Doktor Luther gemacht, angenommen wissen wollte. Der Großkanzler des Tribunals, Graf
Wrede, äußerte, halb zu ihm gewandt, sein Bedauern, daß eine
so zarte Sorgfalt, als er, bei der Auflösung dieser allerdings mißlichen Sache, für den Ruhm des Herrn zeige, ihn nicht, bei der
ersten Veranlassung derselben, erfüllt hätte. Er stellte dem Kurfürsten sein Bedenken vor, die Staatsgewalt, zur Durchsetzung
einer offenbar unrechtlichen Maßregel, in Anspruch zu nehmen;
bemerkte, mit einem bedeutenden Blick auf den Zulauf, den der
Roßhändler fortdauernd im Lande fand, daß der Faden der Freveltaten sich auf diese Weise ins Unendliche fortzuspinnen drohe,
und erklärte, daß nur ein schlichtes Rechttun, indem man unmittelbar und rücksichtslos den Fehltritt, den man sich zu Schulden kommen lassen, wieder gut machte, ihn abreißen und die Regierung glücklich aus diesem häßlichen Handel herausziehen
könne. Der Prinz Christiern von Meißen, auf die Frage des Herrn,
was er davon halte? äußerte, mit Verehrung gegen den Großkanzler gewandt: die Denkungsart, die er an den Tag lege, erfülle ihn zwar mit dem größesten Respekt; indem er aber dem

Kohlhaas zu seinem Recht verhelfen wolle, bedenke er nicht, daß er Wittenberg und Leipzig, und das ganze durch ihn mißhandelte Land, in seinem gerechten Anspruch auf Schadenersatz, oder wenigstens Bestrafung, beeinträchtige. Die Ordnung des Staats sei, in Beziehung auf diesen Mann, so verrückt, daß man sie schwerlich durch einen Grundsatz, aus der Wissenschaft des Rechts entlehnt, werde einrenken können. Daher stimme er, nach der Meinung des Kämmerers, dafür, das Mittel, das für solche Fälle eingesetzt sei, ins Spiel zu ziehen: einen Kriegshaufen, von hinreichender Größe zusammenzuraffen, und den Roßhändler, der in Lützen aufgepflanzt sei, damit aufzuheben oder zu erdrücken. Der Kämmerer, indem er für ihn und den Kurfürsten Stühle von der Wand nahm, und auf eine verbindliche Weise ins Zimmer setzte, sagte: er freue sich, daß ein Mann von seiner Rechtschaffenheit und Einsicht mit ihm in dem Mittel, diese Sache zweideutiger Art beizulegen, übereinstimme. Der Prinz, indem er den Stuhl, ohne sich zu setzen, in der Hand hielt, und ihn ansah, versicherte ihn: daß er gar nicht Ursache hätte sich deshalb zu freuen, indem die damit verbundene Maßregel notwendig die wäre, einen Verhaftbefehl vorher gegen ihn zu erlassen, und wegen Mißbrauchs des landesherrlichen Namens den Prozeß zu machen. Denn wenn Notwendigkeit erfordere, den Schleier vor dem Thron der Gerechtigkeit niederzulassen, über eine Reihe von Freveltaten, die unabsehbar wie sie sich forterzeugt, vor den Schranken desselben zu erscheinen, nicht mehr Raum fänden, so gelte das nicht von der ersten, die sie veranlaßt; und allererst seine Anklage auf Leben und Tod könne den Staat zur Zermalmung des Roßhändlers bevollmächtigen, dessen Sache, wie bekannt, sehr gerecht sei, und dem man das Schwert, das er führe, selbst in die Hand gegeben. Der Kurfürst, den der Junker bei diesen Worten betroffen ansah, wandte sich, indem er über das ganze Gesicht rot ward, und trat ans Fenster. Der Graf Kallheim, nach einer verlegenen Pause von allen Seiten, sagte, daß man auf diese Weise aus dem Zauberkreise, in dem man befangen, nicht herauskäme. Mit demselben Rechte könne seinem Neffen, dem Prinzen Friedrich, der Prozeß gemacht werden; denn auch er hätte, auf dem Streifzug sonderbarer Art, den er gegen den Kohlhaas unternommen, seine Instruktion auf man-

cherlei Weise überschritten: dergestalt, daß wenn man nach der
weitläufigen Schar derjenigen frage, die die Verlegenheit, in welcher man sich befinde, veranlaßt, er gleichfalls unter die Zahl derselben würde benannt, und von dem Landesherrn wegen dessen
was bei Mühlberg vorgefallen, zur Rechenschaft gezogen werden müssen. Der Mundschenk, Herr Hinz von Tronka, während
der Kurfürst mit ungewissen Blicken an seinen Tisch trat, nahm
das Wort und sagte: er begriffe nicht, wie der Staatsbeschluß, der
zu fassen sei, Männern von solcher Weisheit, als hier versammelt
wären, entgehen könne. Der Roßhändler habe, seines Wissens,
gegen bloß freies Geleit nach Dresden, und erneuerte Untersuchung seiner Sache, versprochen, den Haufen, mit dem er in das
Land gefallen, auseinander gehen zu lassen. Daraus aber folge
nicht, daß man ihm, wegen dieser frevelhaften Selbstrache, Amnestie erteilen müsse: zwei Rechtsbegriffe, die der Doktor Luther
sowohl, als auch der Staatsrat zu verwechseln scheine. Wenn,
fuhr er fort, indem er den Finger an die Nase legte, bei dem Tribunal zu Dresden, gleichviel wie, das Erkenntnis der Rappen
wegen gefallen ist; so hindert nichts, den Kohlhaas auf den Grund
seiner Mordbrennereien und Räubereien einzustecken: eine
staatskluge Wendung, die die Vorteile der Ansichten beider
Staatsmänner vereinigt, und des Beifalls der Welt und Nachwelt
gewiß ist. – Der Kurfürst, da der Prinz sowohl als der Großkanzler dem Mundschenk, Herrn Hinz, auf diese Rede mit einem
bloßen Blick antworteten, und die Verhandlung mithin geschlossen schien, sagte: daß er die verschiedenen Meinungen, die
sie ihm vorgetragen, bis zur nächsten Sitzung des Staatsrats bei
sich selbst überlegen würde. – Es schien, die Präliminar-Maß-
regel, deren der Prinz gedacht, hatte seinem für Freundschaft sehr
empfänglichen Herzen die Lust benommen, den Heereszug gegen
den Kohlhaas, zu welchem schon alles vorbereitet war, auszuführen. Wenigstens behielt er den Großkanzler, Grafen Wrede,
dessen Meinung ihm die zweckmäßigste schien, bei sich zurück;
und da dieser ihm Briefe vorzeigte, aus welchen hervorging, daß
der Roßhändler in der Tat schon zu einer Stärke von vierhundert
Mann herangewachsen sei; ja, bei der allgemeinen Unzufriedenheit, die wegen der Unziemlichkeiten des Kämmerers im Lande
herrschte, in kurzem auf eine doppelte und dreifache Stärke rech-

nen könne: so entschloß sich der Kurfürst, ohne weiteren Anstand, den Rat, den ihm der Doktor Luther erteilt, anzunehmen.
Dem gemäß übergab er dem Grafen Wrede die ganze Leitung der
Kohlhaasischen Sache; und schon nach wenigen Tagen erschien
ein Plakat, das wir, dem Hauptinhalt nach, folgendermaßen mitteilen:

»Wir etc. etc. Kurfürst von Sachsen, erteilen, in besonders gnädiger Rücksicht auf die an Uns ergangene Fürsprache des Doktors Martin Luther, dem Michael Kohlhaas, Roßhändler aus
dem Brandenburgischen, unter der Bedingung, binnen drei
Tagen nach Sicht die Waffen, die er ergriffen, niederzulegen,
behufs einer erneuerten Untersuchung seiner Sache, freies Geleit nach Dresden; dergestalt zwar, daß, wenn derselbe, wie
nicht zu erwarten, bei dem Tribunal zu Dresden mit seiner
Klage, der Rappen wegen, abgewiesen werden sollte, gegen
ihn, seines eigenmächtigen Unternehmens wegen, sich selbst
Recht zu verschaffen, mit der ganzen Strenge des Gesetzes verfahren werden solle; im entgegengesetzten Fall aber, ihm mit
seinem ganzen Haufen, Gnade für Recht bewilligt, und völlige
Amnestie, seiner in Sachsen ausgeübten Gewalttätigkeiten wegen, zugestanden sein solle.«

Kohlhaas hatte nicht sobald, durch den Doktor Luther, ein
Exemplar dieses in allen Plätzen des Landes angeschlagenen Plakats erhalten, als er, so bedingungsweise auch die darin geführte
Sprache war, seinen ganzen Haufen schon, mit Geschenken,
Danksagungen und zweckmäßigen Ermahnungen auseinander
gehen ließ. Er legte alles, was er an Geld, Waffen und Gerätschaften erbeutet haben mochte, bei den Gerichten zu Lützen, als kurfürstliches Eigentum, nieder; und nachdem er den Waldmann mit
Briefen, wegen Wiederkaufs seiner Meierei, wenn es möglich sei,
an den Amtmann nach Kohlhaasenbrück, und den Sternbald zur
Abholung seiner Kinder, die er wieder bei sich zu haben wünschte, nach Schwerin geschickt hatte, verließ er das Schloß zu Lützen,
und ging, unerkannt, mit dem Rest seines kleinen Vermögens,
das er in Papieren bei sich trug, nach Dresden.
Der Tag brach eben an, und die ganze Stadt schlief noch, als er
an die Tür der kleinen, in der Pirnaischen Vorstadt gelegenen Be-

sitzung, die ihm durch die Rechtschaffenheit des Amtmanns übrig geblieben war, anklopfte, und Thomas, dem alten, die Wirtschaft führenden Hausmann, der ihm mit Erstaunen und Bestürzung aufmachte, sagte: er möchte dem Prinzen von Meißen auf dem Gubernium melden, daß er, Kohlhaas der Roßhändler, da wäre. Der Prinz von Meißen, der auf diese Meldung für zweckmäßig hielt, augenblicklich sich selbst von dem Verhältnis, in welchem man mit diesem Mann stand, zu unterrichten, fand, als er mit einem Gefolge von Rittern und Troßknechten bald darauf erschien, in den Straßen, die zu Kohlhaasens Wohnung führten, schon eine unermeßliche Menschenmenge versammelt. Die Nachricht, daß der Würgengel da sei, der die Volksbedrücker mit Feuer und Schwert verfolgte, hatte ganz Dresden, Stadt und Vorstadt, auf die Beine gebracht; man mußte die Haustür vor dem Andrang des neugierigen Haufens verriegeln, und die Jungen kletterten an den Fenstern heran, um den Mordbrenner, der darin frühstückte, in Augenschein zu nehmen. Sobald der Prinz, mit Hülfe der ihm Platz machenden Wache, ins Haus gedrungen, und in Kohlhaasens Zimmer getreten war, fragte er diesen, welcher halb entkleidet an einem Tische stand: ob er Kohlhaas, der Roßhändler, wäre? worauf Kohlhaas, indem er eine Brieftasche mit mehreren über sein Verhältnis lautenden Papieren aus seinem Gurt nahm, und ihm ehrerbietig überreichte, antwortete: ja! und hinzusetzte: er finde sich nach Auflösung seines Kriegshaufens, der ihm erteilten landesherrlichen Freiheit gemäß, in Dresden ein, um seine Klage, der Rappen wegen, gegen den Junker Wenzel von Tronka vor Gericht zu bringen. Der Prinz, nach einem flüchtigen Blick, womit er ihn von Kopf zu Fuß überschaute, durchlief die in der Brieftasche befindlichen Papiere; ließ sich von ihm erklären, was es mit einem von dem Gericht zu Lützen ausgestellten Schein, den er darin fand, über die zu Gunsten des kurfürstlichen Schatzes gemachte Deposition für eine Bewandtnis habe; und nachdem er die Art des Mannes noch, durch Fragen mancherlei Gattung, nach seinen Kindern, seinem Vermögen und der Lebensart die er künftig zu führen denke, geprüft, und überall so, daß man wohl seinetwegen ruhig sein konnte, befunden hatte, gab er ihm die Briefschaften wieder, und sagte: daß seinem Prozeß nichts im Wege stünde, und daß er sich nur unmittelbar, um ihn einzuleiten, an den Großkanzler des Tribunals, Grafen Wrede, selbst wenden möchte. Inzwischen, sagte der Prinz, nach einer Pause, indem er ans Fenster trat, und mit großen Augen das Volk, das vor dem Hause versammelt war, überschaute: du wirst auf die ersten Tage eine Wache annehmen müssen, die dich, in deinem Hause sowohl, als wenn du ausgehst, schütze! – – Kohlhaas sah betroffen vor sich nieder, und schwieg. Der Prinz sagte: »gleichviel!« indem er das Fenster wieder verließ. »Was daraus entsteht, du hast es dir selbst beizumessen«; und damit wandte er sich wieder nach der Tür, in der Absicht, das Haus zu verlassen. Kohlhaas, der sich besonnen hatte, sprach: Gnädigster Herr! tut, was Ihr wollt! Gebt mir Euer Wort, die Wache, sobald ich es wünsche, wieder aufzuheben: so habe ich gegen diese Maßregel nichts einzuwenden! Der Prinz erwiderte: das bedürfe der Rede nicht; und nachdem er drei Landsknechten, die man ihm zu diesem Zweck vorstellte, bedeutet hatte: daß der Mann, in dessen Hause sie zurückblieben, frei wäre, und daß sie ihm bloß zu seinem Schutz, wenn er ausginge, folgen sollten, grüßte er den Roßhändler mit einer herablassenden Bewegung der Hand, und entfernte sich.

Gegen Mittag begab sich Kohlhaas, von seinen drei Landsknechten begleitet, unter dem Gefolge einer unabsehbaren Menge, die ihm aber auf keine Weise, weil sie durch die Polizei gewarnt war, etwas zu Leide tat, zu dem Großkanzler des Tribunals, Grafen Wrede. Der Großkanzler, der ihn mit Milde und Freundlichkeit in seinem Vorgemach empfing, unterhielt sich während zwei ganzer Stunden mit ihm, und nachdem er sich den ganzen Verlauf der Sache, von Anfang bis zu Ende, hatte erzählen lassen, wies er ihn, zur unmittelbaren Abfassung und Einreichung der Klage, an einen, bei dem Gericht angestellten, berühmten Advokaten der Stadt. Kohlhaas, ohne weiteren Verzug, verfügte sich in dessen Wohnung; und nachdem die Klage, ganz der ersten niedergeschlagenen gemäß, auf Bestrafung des Junkers nach den Gesetzen, Wiederherstellung der Pferde in den vorigen Stand, und Ersatz *seines* Schadens sowohl, als auch dessen, den sein bei Mühlberg gefallener Knecht Herse erlitten hatte, zu Gunsten der alten Mutter desselben, aufgesetzt war, begab er sich wieder, unter Begleitung des ihn immer noch angaffenden Volks, nach

Hause zurück, wohl entschlossen, es anders nicht, als nur wenn notwendige Geschäfte ihn riefen, zu verlassen.

Inzwischen war auch der Junker seiner Haft in Wittenberg entlassen, und nach Herstellung von einer gefährlichen Rose, die seinen Fuß entzündet hatte, von dem Landesgericht unter peremtorischen Bedingungen aufgefordert worden, sich zur Verantwortung auf die von dem Roßhändler Kohlhaas gegen ihn eingereichte Klage, wegen widerrechtlich abgenommener und zu Grunde gerichteter Rappen, in Dresden zu stellen. Die Gebrüder Kämmerer und Mundschenk von Tronka, Lehnsvettern des Junkers, in deren Hause er abtrat, empfingen ihn mit der größesten Erbitterung und Verachtung; sie nannten ihn einen Elenden und Nichtswürdigen, der Schande und Schmach über die ganze Familie bringe, kündigten ihm an, daß er seinen Prozeß nunmehr unfehlbar verlieren würde, und forderten ihn auf, nur gleich zur Herbeischaffung der Rappen, zu deren Dickfütterung er, zum Hohngelächter der Welt, verdammt werden werde, Anstalt zu machen. Der Junker sagte, mit schwacher, zitternder Stimme: er sei der bejammernswürdigste Mensch von der Welt. Er verschwor sich, daß er von dem ganzen verwünschten Handel, der ihn ins Unglück stürze, nur wenig gewußt, und daß der Schloßvogt und der Verwalter an allem schuld wären, indem sie die Pferde, ohne sein entferntestes Wissen und Wollen, bei der Ernte gebraucht, und durch unmäßige Anstrengungen, zum Teil auf ihren eigenen Feldern, zu Grunde gerichtet hätten. Er setzte sich, indem er dies sagte, und bat ihn nicht durch Kränkungen und Beleidigungen in das Übel, von dem er nur soeben erst erstanden sei, mutwillig zurückzustürzen. Am andern Tage schrieben die Herren Hinz und Kunz, die in der Gegend der eingeäscherten Tronkenburg Güter besaßen, auf Ansuchen des Junkers, ihres Vetters, weil doch nichts anders übrig blieb, an ihre dort befindlichen Verwalter und Pächter, um Nachricht über die an jenem unglücklichen Tage abhanden gekommenen und seitdem gänzlich verschollenen Rappen einzuziehn. Aber alles, was sie bei der gänzlichen Verwüstung des Platzes, und der Niedermetzelung fast aller Einwohner, erfahren konnten, war, daß ein Knecht sie, von den flachen Hieben des Mordbrenners getrieben, aus dem brennenden Schuppen, in welchem sie standen, gerettet, nachher aber

auf die Frage, wo er sie hinführen, und was er damit anfangen
solle, von dem grimmigen Wüterich einen Fußtritt zur Antwort
erhalten habe. Die alte, von der Gicht geplagte Haushälterin des
Junkers, die sich nach Meißen geflüchtet hatte, versicherte demselben, auf eine schriftliche Anfrage, daß der Knecht sich, am
Morgen jener entsetzlichen Nacht, mit den Pferden nach der
brandenburgischen Grenze gewandt habe; doch alle Nachfragen,
die man daselbst anstellte, waren vergeblich, und es schien dieser
Nachricht ein Irrtum zum Grunde zu liegen, indem der Junker
keinen Knecht hatte, der im Brandenburgischen, oder auch nur
auf der Straße dorthin, zu Hause war. Männer aus Dresden, die
wenige Tage nach dem Brande der Tronkenburg in Wilsdruf gewesen waren, sagten aus, daß um die benannte Zeit ein Knecht
mit zwei an der Halfter gehenden Pferden dort angekommen,
und die Tiere, weil sie sehr elend gewesen wären, und nicht weiter fort gekonnt hätten, im Kuhstall eines Schäfers, der sie wieder hätte auf bringen wollen, stehen gelassen hätte. Es schien mancherlei Gründe wegen sehr wahrscheinlich, daß dies die in Untersuchung stehenden Rappen waren; aber der Schäfer aus Wilsdruf
hatte sie, wie Leute, die dorther kamen, versicherten, schon wieder, man wußte nicht an wen, verhandelt; und ein drittes Gerücht, dessen Urheber unentdeckt blieb, sagte gar aus, daß die
Pferde bereits in Gott verschieden, und in der Knochengrube zu
Wilsdruf begraben wären. Die Herren Hinz und Kunz, denen
diese Wendung der Dinge, wie man leicht begreift, die erwünsch-
teste war, indem sie dadurch, bei des Junkers ihres Vetters Ermangelung eigener Ställe, der Notwendigkeit, die Rappen in den
ihrigen aufzufüttern, überhoben waren, wünschten gleichwohl,
völliger Sicherheit wegen, diesen Umstand zu bewahrheiten.
Herr Wenzel von Tronka erließ demnach, als Erb-, Lehns- und
Gerichtsherr, ein Schreiben an die Gerichte zu Wilsdruf, worin
er dieselben, nach einer weitläufigen Beschreibung der Rappen,
die, wie er sagte, ihm anvertraut und durch einen Unfall abhanden gekommen wären, dienstfreundlichst ersuchte, den dermaligen Aufenthalt derselben zu erforschen, und den Eigner, wer er
auch sei, aufzufordern und anzuhalten, sie, gegen reichliche
Wiedererstattung aller Kosten, in den Ställen des Kämmerers
Herrn Kunz, zu Dresden abzuliefern. Dem gemäß erschien auch

wirklich, wenige Tage darauf, der Mann an den sie der Schäfer
aus Wilsdruf verhandelt hatte, und führte sie, dürr und wankend,
an die Runge seines Karrens gebunden, auf den Markt der Stadt;
das Unglück aber Herrn Wenzels, und noch mehr des ehrlichen
Kohlhaas wollte, daß es der Abdecker aus Döbbeln war.

   Sobald Herr Wenzel, in Gegenwart des Kämmerers, seines
Vetters, durch ein unbestimmtes Gerücht vernommen hatte, daß
ein Mann mit zwei schwarzen aus dem Brande der Tronkenburg
entkommenen Pferden in der Stadt angelangt sei, begaben sich
beide, in Begleitung einiger aus dem Hause zusammengerafften
Knechte, auf den Schloßplatz, wo er stand, um sie demselben,
falls es die dem Kohlhaas zugehörigen wären, gegen Erstattung
der Kosten abzunehmen, und nach Hause zu führen. Aber wie
betreten waren die Ritter, als sie bereits einen, von Augenblick
zu Augenblick sich vergrößernden Haufen von Menschen, den
das Schauspiel herbeigezogen, um den zweirädrigen Karren, an
dem die Tiere befestigt waren, erblickten; unter unendlichem
Gelächter einander zurufend, daß die Pferde schon, um derent-
halben der Staat wanke, an den Schinder gekommen wären! Der
Junker, der um den Karren herumgegangen war, und die jämmerlichen Tiere, die alle Augenblicke sterben zu wollen schienen,
betrachtet hatte, sagte verlegen: das wären die Pferde nicht, die er
dem Kohlhaas abgenommen; doch Herr Kunz, der Kämmerer,
einen Blick sprachlosen Grimms voll auf ihn werfend, der, wenn
er von Eisen gewesen wäre, ihn zerschmettert hätte, trat, indem
er seinen Mantel, Orden und Kette entblößend, zurückschlug,
zu dem Abdecker heran, und fragte ihn: ob das die Rappen
wären, die der Schäfer von Wilsdruf an sich gebracht, und der
Junker Wenzel von Tronka, dem sie gehörten, bei den Gerichten
daselbst requiriert hätte? Der Abdecker, der, einen Eimer Wasser
in der Hand, beschäftigt war, einen dicken, wohlbeleibten Gaul,
der seinen Karren zog, zu tränken, sagte: »die schwarzen?« – Er
streifte dem Gaul, nachdem er den Eimer niedergesetzt, das Gebiß aus dem Maul, und sagte: »die Rappen, die an die Runge gebunden wären, hätte ihm der Schweinehirte von Hainichen verkauft. Wo der sie her hätte, und ob sie von dem Wilsdrufer
Schäfer kämen, das wisse er nicht. Ihm hätte«, sprach er, während
er den Eimer wieder aufnahm, und zwischen Deichsel und Knie

anstemmte: »ihm hätte der Gerichtsbote aus Wilsdruf gesagt, daß er sie nach Dresden in das Haus derer von Tronka bringen solle; aber der Junker, an den er gewiesen sei, heiße Kunz.« Bei diesen Worten wandte er sich mit dem Rest des Wassers, den der Gaul im Eimer übrig gelassen hatte, und schüttete ihn auf das Pflaster der Straße aus. Der Kämmerer, der, von den Blicken der hohnlachenden Menge umstellt, den Kerl, der mit empfindungslosem Eifer seine Geschäfte betrieb, nicht bewegen konnte, daß er ihn ansah, sagte: daß er der Kämmerer, Kunz von Tronka, wäre; die Rappen aber, die er an sich bringen solle, müßten dem Junker, seinem Vetter, gehören; von einem Knecht, der bei Gelegenheit des Brandes aus der Tronkenburg entwichen, an den Schäfer zu Wilsdruf gekommen, und ursprünglich zwei dem Roßhändler Kohlhaas zugehörige Pferde sein! Er fragte den Kerl, der mit gespreizten Beinen dastand, und sich die Hosen in die Höhe zog: ob er davon nichts wisse? Und ob sie der Schweinehirte von Hainichen nicht vielleicht, auf welchen Umstand alles ankomme, von dem Wilsdrufer Schäfer, oder von einem Dritten, der sie seinerseits von demselben gekauft, erstanden hätte? – Der Abdecker, der sich an den Wagen gestellt und sein Wasser abgeschlagen hatte, sagte: »er wäre mit den Rappen nach Dresden bestellt, um in dem Hause derer von Tronka sein Geld dafür zu empfangen. Was er da vorbrächte, verstände er nicht; und ob sie, vor dem Schweinehirten aus Hainichen, Peter oder Paul besessen hätte, oder der Schäfer aus Wilsdruf, gelte ihm, da sie nicht gestohlen wären, gleich.« Und damit ging er, die Peitsche quer über seinen breiten Rücken, nach einer Kneipe, die auf dem Platze lag, in der Absicht, hungrig wie er war, ein Frühstück einzunehmen. Der Kämmerer, der auf der Welt Gottes nicht wußte, was er mit Pferden, die der Schweinehirte von Hainichen an den Schinder in Döbbeln verkauft, machen solle, falls es nicht diejenigen wären, auf welchen der Teufel durch Sachsen ritt, forderte den Junker auf, ein Wort zu sprechen; doch da dieser mit bleichen, bebenden Lippen erwiderte: das Ratsamste wäre, daß man die Rappen kaufe, sie möchten dem Kohlhaas gehören oder nicht: so trat der Kämmerer, Vater und Mutter, die ihn geboren, verfluchend, indem er sich den Mantel zurückschlug, gänzlich unwissend, was er zu tun oder zu lassen habe, aus dem Haufen des

Volks zurück. Er rief den Freiherrn von Wenk, einen Bekannten,
der über die Straße ritt, zu sich heran, und trotzig, den Platz nicht
zu verlassen, eben weil das Gesindel höhnisch auf ihn einblickte,
und, mit vor dem Mund zusammengedrückten Schnupftüchern,
nur auf seine Entfernung zu warten schien, um loszuplatzen, bat er
ihn, bei dem Großkanzler, Grafen Wrede, abzusteigen, und durch
dessen Vermittelung den Kohlhaas zur Besichtigung der Rappen
herbeizuschaffen. Es traf sich, daß Kohlhaas eben, durch einen
Gerichtsboten herbeigerufen, in dem Gemach des Großkanzlers,
gewisser, die Deposition in Lützen betreffenden Erläuterungen
wegen, die man von ihm bedurfte, gegenwärtig war, als der
Freiherr, in der eben erwähnten Absicht, zu ihm ins Zimmer trat;
und während der Großkanzler sich mit einem verdrießlichen Gesicht vom Sessel erhob, und den Roßhändler, dessen Person jenem unbekannt war, mit den Papieren, die er in der Hand hielt,
zur Seite stehen ließ, stellte der Freiherr ihm die Verlegenheit, in
welcher sich die Herren von Tronka befanden, vor. Der Abdecker
von Döbbeln sei, auf mangelhafte Requisition der Wilsdrufer
Gerichte, mit Pferden erschienen, deren Zustand so heillos beschaffen wäre, daß der Junker Wenzel anstehen müsse, sie für die
dem Kohlhaas gehörigen anzuerkennen; dergestalt, daß, falls man
sie gleichwohl dem Abdecker abnehmen solle, um in den Ställen
der Ritter, zu ihrer Wiederherstellung, einen Versuch zu machen,
vorher eine Okular-Inspektion des Kohlhaas, um den besagten
Umstand außer Zweifel zu setzen, notwendig sei. »Habt demnach die Güte, schloß er, den Roßhändler durch eine Wache aus
seinem Hause abholen und auf den Markt, wo die Pferde stehen,
hinführen zu lassen.« Der Großkanzler, indem er sich eine Brille
von der Nase nahm, sagte: daß er in einem doppelten Irrtum
stünde; einmal, wenn er glaube, daß der in Rede stehende Umstand anders nicht, als durch eine Okular-Inspektion des Kohlhaas auszumitteln sei; und dann, wenn er sich einbilde, er, der
Kanzler, sei befugt, den Kohlhaas durch eine Wache, wohin es
dem Junker beliebe, abführen zu lassen. Dabei stellte er ihm den
Roßhändler, der hinter ihm stand, vor, und bat ihn, indem er
sich niederließ und seine Brille wieder aufsetzte, sich in dieser
Sache an ihn selbst zu wenden. – Kohlhaas, der mit keiner Miene,
was in seiner Seele vorging, zu erkennen gab, sagte: daß er bereit

wäre, ihm zur Besichtigung der Rappen, die der Abdecker in die Stadt gebracht, auf den Markt zu folgen. Er trat, während der Freiherr sich betroffen zu ihm umkehrte, wieder an den Tisch des Großkanzlers heran, und nachdem er demselben noch, aus den Papieren seiner Brieftasche, mehrere, die Deposition in Lützen betreffende Nachrichten gegeben hatte, beurlaubte er sich von ihm; der Freiherr, der, über das ganze Gesicht rot, ans Fenster getreten war, empfahl sich ihm gleichfalls; und beide gingen, begleitet von den drei durch den Prinzen von Meißen eingesetzten Landsknechten, unter dem Troß einer Menge von Menschen, nach dem Schloßplatz hin. Der Kämmerer, Herr Kunz, der inzwischen den Vorstellungen mehrerer Freunde, die sich um ihn eingefunden hatten, zum Trotz, seinen Platz, dem Abdecker von Döbbeln gegenüber, unter dem Volke behauptet hatte, trat, sobald der Freiherr mit dem Roßhändler erschien, an ·den letzteren heran, und fragte ihn, indem er sein Schwert, mit Stolz und Ansehen, unter dem Arm hielt: ob die Pferde, die hinter dem Wagen stünden, die seinigen wären? Der Roßhändler, nachdem er, mit einer bescheidenen Wendung gegen den die Frage an ihn richtenden Herrn, den er nicht kannte, den Hut gerückt hatte, trat, ohne ihm zu antworten, im Gefolge sämtlicher Ritter, an den Schinderkarren heran; und die Tiere, die, auf wankenden Beinen, die Häupter zur Erde gebeugt, dastanden, und von dem Heu, das ihnen der Abdecker vorgelegt hatte, nicht fraßen, flüchtig, aus einer Ferne von zwölf Schritt, in welcher er stehen blieb, betrachtet: gnädigster Herr! wandte er sich wieder zu dem Kämmerer zurück, der Abdecker hat ganz recht; die Pferde, die an seinen Karren gebunden sind, gehören mir! Und damit, indem er sich in dem ganzen Kreise der Herren umsah, rückte er den Hut noch einmal, und begab sich, von seiner Wache begleitet, wieder von dem Platz hinweg. Bei diesen Worten trat der Kämmerer, mit einem raschen, seinen Helmbusch erschütternden Schritt zu dem Abdecker heran, und warf ihm einen Beutel mit Geld zu; und während dieser sich, den Beutel in der Hand, mit einem bleiernen Kamm die Haare über die Stirn zurückkämmte, und das Geld betrachtete, befahl er einem Knecht, die Pferde abzulösen und nach Hause zu führen! Der Knecht, der auf den Ruf des Herrn, einen Kreis von Freunden

und Verwandten, die er unter dem Volke besaß, verlassen hatte,
trat auch, in der Tat, ein wenig rot im Gesicht, über eine große
Mistpfütze, die sich zu ihren Füßen gebildet hatte, zu den Pferden heran; doch kaum hatte er ihre Halftern erfaßt, um sie loszubinden, als ihn Meister Himboldt, sein Vetter, schon beim
Arm ergriff, und mit den Worten: du rührst die Schindmähren
nicht an! von dem Karren hinwegschleuderte. Er setzte, indem
er sich mit ungewissen Schritten über die Mistpfütze wieder zu
dem Kämmerer, der über diesen Vorfall sprachlos dastand, zurück wandte, hinzu: daß er sich einen Schinderknecht anschaffen
müsse, um ihm einen solchen Dienst zu leisten! Der Kämmerer,
der, vor Wut schäumend, den Meister auf einen Augenblick betrachtet hatte, kehrte sich um, und rief über die Häupter der
Ritter, die ihn umringten, hinweg, nach der Wache; und sobald,
auf die Bestellung des Freiherrn von Wenk, ein Offizier mit einigen kurfürstlichen Trabanten, aus dem Schloß erschienen war,
forderte er denselben unter einer kurzen Darstellung der schändlichen Aufhetzerei, die sich die Bürger der Stadt erlaubten, auf,
den Rädelsführer, Meister Himboldt, in Verhaft zu nehmen. Er
verklagte den Meister, indem er ihn bei der Brust faßte: daß er
seinen, die Rappen auf seinen Befehl losbindenden Knecht von
dem Karren hinweggeschleudert und mißhandelt hätte. Der Meister, indem er den Kämmerer mit einer geschickten Wendung,
die ihn befreite, zurückwies, sagte: gnädigster Herr! einem Burschen von zwanzig Jahren bedeuten, was er zu tun hat, heißt
nicht, ihn verhetzen! Befragt ihn, ob er sich gegen Herkommen
und Schicklichkeit mit den Pferden, die an die Karre gebunden
sind, befassen will; will er es, nach dem, was ich gesagt, tun:
sei's! Meinethalb mag er sie jetzt abludern und häuten! Bei diesen
Worten wandte sich der Kämmerer zu dem Knecht herum, und
fragte ihn: ob er irgend Anstand nähme, seinen Befehl zu erfüllen, und die Pferde, die dem Kohlhaas gehörten, loszubinden,
und nach Hause zu führen? und da dieser schüchtern, indem er
sich unter die Bürger mischte, erwiderte: die Pferde müßten erst
ehrlich gemacht werden, bevor man ihm das zumute; so folgte
ihm der Kämmerer von hinten, riß ihm den Hut ab, der mit
seinem Hauszeichen geschmückt war, zog, nachdem er den Hut
mit Füßen getreten, von Leder, und jagte den Knecht mit wü-

tenden Hieben der Klinge augenblicklich vom Platz weg und aus seinen Diensten. Meister Himboldt rief: schmeißt den Mordwüterich doch gleich zu Boden! und während die Bürger, von diesem Auftritt empört, zusammentraten, und die Wache hinwegdrängten, warf er den Kämmerer von hinten nieder, riß ihm Mantel, Kragen und Helm ab, wand ihm das Schwert aus der Hand, und schleuderte es, in einem grimmigen Wurf, weit über den Platz hinweg. Vergebens rief der Junker Wenzel, indem er sich aus dem Tumult rettete, den Rittern zu, seinem Vetter beizuspringen; ehe sie noch einen Schritt dazu getan hatten, waren sie schon von dem Andrang des Volks zerstreut, dergestalt, daß der Kämmerer, der sich den Kopf beim Fallen verletzt hatte, der ganzen Wut der Menge preis gegeben war. Nichts, als die Erscheinung eines Trupps berittener Landsknechte, die zufällig über den Platz zogen, und die der Offizier der kurfürstlichen Trabanten zu seiner Unterstützung herbeirief, konnte den Kämmerer retten. Der Offizier, nachdem er den Haufen verjagt, ergriff den wütenden Meister, und während derselbe durch einige Reuter nach dem Gefängnis gebracht ward, hoben zwei Freunde den unglücklichen mit Blut bedeckten Kämmerer vom Boden auf, und führten ihn nach Hause. Einen so heillosen Ausgang nahm der wohlgemeinte und redliche Versuch, dem Roßhändler wegen des Unrechts, das man ihm zugefügt, Genugtuung zu verschaffen. Der Abdecker von Döbbeln, dessen Geschäft abgemacht war, und der sich nicht länger aufhalten wollte, band, da sich das Volk zu zerstreuen anfing, die Pferde an einen Laternenpfahl, wo sie, den ganzen Tag über, ohne daß sich jemand um sie bekümmerte, ein Spott der Straßenjungen und Tagediebe, stehen blieben; dergestalt, daß in Ermangelung aller Pflege und Wartung die Polizei sich ihrer annehmen mußte, und gegen Einbruch der Nacht den Abdecker von Dresden herbeirief, um sie, bis auf weitere Verfügung, auf der Schinderei vor der Stadt zu besorgen.

Dieser Vorfall, so wenig der Roßhändler ihn in der Tat verschuldet hatte, erweckte gleichwohl, auch bei den Gemäßigtern und Besseren, eine, dem Ausgang seiner Streitsache höchst gefährliche Stimmung im Lande. Man fand das Verhältnis desselben zum Staat ganz unerträglich, und in Privathäusern und auf öffentlichen Plätzen, erhob sich die Meinung, daß es besser sei, ein offenbares Unrecht an ihm zu verüben, und die ganze Sache von neuem niederzuschlagen, als ihm Gerechtigkeit, durch Gewalttaten ertrotzt, in einer so nichtigen Sache, zur bloßen Befriedigung seines rasenden Starrsinns, zukommen zu lassen. Zum völligen Verderben des armen Kohlhaas mußte der Großkanzler selbst, aus übergroßer Rechtlichkeit, und einem davon herrührenden Haß gegen die Familie von Tronka, beitragen, diese Stimmung zu befestigen und zu verbreiten. Es war höchst unwahrscheinlich, daß die Pferde, die der Abdecker von Dresden jetzt besorgte, jemals wieder in den Stand, wie sie aus dem Stall zu Kohlhaasenbrück gekommen waren, hergestellt werden würden; doch gesetzt, daß es durch Kunst und anhaltende Pflege möglich gewesen wäre: die Schmach, die zufolge der bestehenden Umstände, dadurch auf die Familie des Junkers fiel, war so groß, daß bei dem staatsbürgerlichen Gewicht, den sie, als eine der ersten und edelsten, im Lande hatte, nichts billiger und zweckmäßiger schien, als eine Vergütigung der Pferde in Geld einzuleiten. Gleichwohl, auf einen Brief, in welchem der Präsident, Graf Kallheim, im Namen des Kämmerers, den seine Krankheit abhielt, dem Großkanzler, einige Tage darauf, diesen Vorschlag machte, erließ derselbe zwar ein Schreiben an den Kohlhaas, worin er ihn ermahnte, einen solchen Antrag, wenn er an ihn ergehen sollte, nicht von der Hand zu weisen; den Präsidenten selbst aber bat er, in einer kurzen, wenig verbindlichen Antwort, ihn mit Privataufträgen in dieser Sache zu verschonen, und forderte den Kämmerer auf, sich an den Roßhändler selbst zu wenden, den er ihm als einen sehr billigen und bescheidenen Mann schilderte. Der Roßhändler, dessen Wille, durch den Vorfall, der sich auf dem Markt zugetragen, in der Tat gebrochen war, wartete auch nur, dem Rat des Großkanzlers gemäß, auf eine Eröffnung von Seiten des Junkers, oder seiner Angehörigen, um ihnen mit völliger Bereitwilligkeit und Vergebung alles Geschehenen, entgegenzukommen; doch eben diese Eröffnung war den stolzen Rittern zu tun empfindlich; und schwer erbittert über die Antwort, die sie von dem Großkanzler empfangen hatten, zeigten sie dieselbe dem Kurfürsten, der, am Morgen des nächstfolgenden Tages, den Kämmerer krank, wie er an seinen Wunden danieder lag, in seinem Zimmer besucht hatte. Der Kämmerer, mit einer, durch seinen Zustand, schwachen und rührenden Stimme, fragte ihn, ob er, nachdem er sein Leben daran gesetzt, um diese Sache, seinen Wünschen gemäß, beizulegen, auch noch seine Ehre dem Tadel der Welt aussetzen, und mit einer Bitte um Vergleich und Nachgiebigkeit, vor einem Manne erscheinen solle, der alle nur erdenkliche Schmach und Schande über ihn und seine Familie gebracht habe. Der Kurfürst, nachdem er den Brief gelesen hatte, fragte den Grafen Kallheim verlegen: ob das Tribunal nicht befugt sei, ohne weitere Rücksprache mit dem Kohlhaas, auf den Umstand, daß die Pferde nicht wieder herzustellen wären, zu fußen, und dem gemäß das Urteil, gleich, als ob sie tot wären, auf bloße Vergütigung derselben in Geld abzufassen? Der Graf antwortete: »gnädigster Herr, sie *sind* tot: sind in staatsrechtlicher Bedeutung tot, weil sie keinen Wert haben, und werden es physisch sein, bevor man sie, aus der Abdeckerei, in die Ställe der Ritter gebracht hat«; worauf der Kurfürst, indem er den Brief einsteckte, sagte, daß er mit dem Großkanzler selbst darüber sprechen wolle, den Kämmerer, der sich halb aufrichtete und seine Hand dankbar ergriff, beruhigte, und nachdem er ihm noch empfohlen hatte, für seine Gesundheit Sorge zu tragen, mit vieler Huld sich von seinem Sessel erhob, und das Zimmer verließ.

So standen die Sachen in Dresden, als sich über den armen Kohlhaas, noch ein anderes, bedeutenderes Gewitter, von Lützen her, zusammenzog, dessen Strahl die arglistigen Ritter geschickt genug waren, auf das unglückliche Haupt desselben herabzuleiten. Johann Nagelschmidt nämlich, einer von den durch den Roßhändler zusammengebrachten, und nach Erscheinung der kurfürstlichen Amnestie wieder abgedankten Knechten, hatte für gut befunden, wenige Wochen nachher, an der böhmischen Grenze, einen Teil dieses zu allen Schandtaten aufgelegten Gesindels von neuem zusammenzuraffen, und das Gewerbe, auf dessen Spur ihn Kohlhaas geführt hatte, auf seine eigne Hand fortzusetzen. Dieser nichtsnutzige Kerl nannte sich, teils um den Häschern von denen er verfolgt ward, Furcht einzuflößen, teils um das Landvolk, auf die gewohnte Weise, zur Teilnahme an seinen Spitzbübereien zu verleiten, einen Statthalter des Kohlhaas; sprengte mit einer seinem Herrn abgelernten Klugheit aus, daß die Amnestie an mehreren, in ihre Heimat ruhig zurückgekehrten Knechten nicht gehalten, ja der Kohlhaas selbst, mit himmelschreiender Wortbrüchigkeit, bei seiner Ankunft in Dresden eingesteckt, und einer Wache übergeben worden sei; dergestalt, daß in Plakaten, die den Kohlhaasischen ganz ähnlich waren, sein Mordbrennerhaufen als ein zur bloßen Ehre Gottes aufgestandener Kriegshaufen erschien, bestimmt, über die Befolgung der ihnen von dem Kurfürsten angelobten Amnestie zu wachen; alles, wie schon gesagt, keineswegs zur Ehre Gottes, noch aus Anhänglichkeit an den Kohlhaas, dessen Schicksal ihnen völlig gleichgültig war, sondern um unter dem Schutz solcher Vorspiegelungen desto ungestrafter und bequemer zu sengen und zu plündern. Die Ritter, sobald die ersten Nachrichten davon nach Dresden kamen, konnten ihre Freude über diesen, dem ganzen Handel eine andere Gestalt gebenden Vorfall nicht unterdrücken. Sie erinnerten mit weisen und mißvergnügten Seitenblicken an den Mißgriff, den man begangen, indem man dem Kohlhaas, ihren dringenden und wiederholten Warnungen zum Trotz, Amnestie erteilt, gleichsam als hätte man die Absicht gehabt Bösewichtern aller Art dadurch, zur Nachfolge auf seinem Wege, das Signal zu geben; und nicht zufrieden, dem Vorgeben des Nagelschmidt, zur bloßen Aufrechthaltung und Sicherheit seines unterdrückten Herrn die Waffen ergriffen zu haben, Glauben zu schenken, äußerten sie sogar die bestimmte Meinung, daß die ganze Erscheinung desselben nichts, als ein von dem Kohlhaas angezetteltes Unternehmen sei, um die Regierung in Furcht zu setzen, und den Fall des Rechtsspruchs, Punkt vor Punkt, seinem rasenden Eigensinn gemäß, durchzusetzen und zu beschleunigen. Ja, der Mundschenk, Herr Hinz, ging so weit, einigen Jagdjunkern und Hofherren, die sich nach der Tafel im Vorzimmer des Kurfürsten um ihn versammelt hatten, die Auflösung des Räuberhaufens in Lützen als eine verwünschte Spiegelfechterei darzustellen; und indem er sich über die Gerechtigkeitsliebe des Großkanzlers sehr lustig machte, erwies er aus mehreren witzig zusammengestellten Umständen, daß der Haufen, nach wie vor, noch in den Wäldern des Kurfürstentums vorhanden sei, und nur auf den Wink des Roßhändlers warte, um daraus von neuem mit Feuer und Schwert hervorzubrechen. Der Prinz Christiern von Meißen, über diese Wendung der Dinge, die seines Herrn Ruhm auf die empfindlichste Weise zu beflecken drohete, sehr mißvergnügt, begab sich sogleich zu demselben aufs Schloß; und das Interesse der Ritter, den Kohlhaas, wenn es möglich wäre, auf den Grund neuer Vergehungen zu stürzen, wohl durchschauend, bat er sich von demselben die Erlaubnis aus, unverzüglich ein Verhör über den Roßhändler anstellen zu dürfen. Der Roßhändler, nicht ohne Befremden, durch einen Häscher in das Gubernium abgeführt, erschien, den Heinrich und Leopold, seine beiden kleinen Knaben auf dem Arm; denn Sternbald, der Knecht, war Tags zuvor mit seinen fünf Kindern aus dem Mecklenburgischen, wo sie sich aufgehalten hatten, bei ihm angekommen, und Gedanken mancherlei Art, die zu entwickeln zu weitläuftig sind, bestimmten ihn, die Jungen, die ihn bei seiner Entfernung unter dem Erguß kindischer Tränen darum baten, aufzuheben, und in das Verhör mitzunehmen. Der Prinz, nachdem er die Kinder, die Kohlhaas neben sich niedergesetzt hatte, wohlgefällig betrachtet und auf eine freundliche Weise nach ihrem Alter und Namen gefragt hatte, eröffnete ihm, was der Nagelschmidt, sein ehemaliger Knecht, sich in den Tälern des Erzgebirges für Freiheiten herausnehme; und indem er ihm die sogenannten Mandate desselben überreichte, forderte er ihn auf, dagegen vorzubringen, was er zu seiner Rechtfertigung vorzubringen wüßte. Der Roßhändler, so schwer er auch in der Tat über diese schändlichen und verräterischen Papiere erschrak, hatte gleichwohl, einem so rechtschaffenen Manne, als der Prinz war, gegenüber, wenig Mühe, die Grundlosigkeit der gegen ihn auf die Bahn gebrachten Beschuldigungen, befriedigend auseinander zu legen. Nicht nur, daß zufolge seiner Bemerkung er, so wie die Sachen standen, überhaupt noch zur Entscheidung seines, im besten Fortgang begriffenen Rechtsstreits, keiner Hülfe von Seiten eines Dritten bedürfte: aus einigen Briefschaften, die er bei sich trug, und die er dem Prinzen vorzeigte, ging sogar eine Unwahrscheinlichkeit ganz eigner Art hervor, daß das Herz des Nagelschmidts gestimmt sein sollte, ihm dergleichen Hülfe zu leisten, indem er den Kerl, wegen auf dem platten Lande verübter Notzucht und anderer Schelmereien, kurz vor Auflösung des Haufens in Lützen hatte hängen lassen wollen; dergestalt, daß nur die Erscheinung der kurfürstlichen Amnestie, indem sie das ganze Verhältnis auf-

hob, ihn gerettet hatte, und beide Tags darauf, als Todfeinde auseinander gegangen waren. Kohlhaas, auf seinen von dem Prinzen
angenommenen Vorschlag, setzte sich nieder, und erließ ein
Sendschreiben an den Nagelschmidt, worin er das Vorgeben desselben zur Aufrechthaltung der an ihm und seinen Haufen gebrochenen Amnestie aufgestanden zu sein, für eine schändliche
und ruchlose Erfindung erklärte; ihm sagte, daß er bei seiner Ankunft in Dresden weder eingesteckt, noch einer Wache übergeben, auch seine Rechtssache ganz so, wie er es wünsche, im
Fortgange sei; und ihn wegen der, nach Publikation der Amnestie im Erzgebirge ausgeübten Mordbrennereien, zur Warnung
des um ihn versammelten Gesindels, der ganzen Rache der Gesetze preis gab. Dabei wurden einige Fragmente der Kriminal-
verhandlung, die der Roßhändler auf dem Schlosse zu Lützen,
in Bezug auf die oben erwähnten Schändlichkeiten, über ihn
hatte anstellen lassen, zur Belehrung des Volks über diesen nichts-
nutzigen, schon damals dem Galgen bestimmten, und, wie schon
erwähnt, nur durch das Patent das der Kurfürst erließ, geretteten
Kerl, angehängt. Dem gemäß beruhigte der Prinz den Kohlhaas
über den Verdacht, den man ihm, durch die Umstände notgedrungen, in diesem Verhör habe äußern müssen; versicherte ihn,
daß so lange *er* in Dresden wäre, die ihm erteilte Amnestie auf
keine Weise gebrochen werden solle; reichte den Knaben noch
einmal, indem er sie mit Obst, das auf seinem Tische stand, beschenkte, die Hand, grüßte den Kohlhaas und entließ ihn. Der
Großkanzler, der gleichwohl die Gefahr, die über den Roßhändler schwebte, erkannte, tat sein Äußerstes, um die Sache desselben,
bevor sie durch neue Ereignisse verwickelt und verworren würde,
zu Ende zu bringen; das aber wünschten und bezweckten die
staatsklugen Ritter eben, und statt, wie zuvor, mit stillschweigen-
dem Eingeständnis der Schuld, ihren Widerstand auf ein bloß
gemildertes Rechtserkenntnis einzuschränken, fingen sie jetzt an,
in Wendungen arglistiger und rabulistischer Art, diese Schuld
selbst gänzlich zu leugnen. Bald gaben sie vor, daß die Rappen
des Kohlhaas, in Folge eines bloß eigenmächtigen Verfahrens des
Schloßvogts und Verwalters, von welchem der Junker nichts
oder nur Unvollständiges gewußt, auf der Tronkenburg zurückgehalten worden seien; bald versicherten sie, daß die Tiere schon,

bei ihrer Ankunft daselbst, an einem heftigen und gefährlichen Husten krank gewesen wären, und beriefen sich deshalb auf Zeugen, die sie herbeizuschaffen sich anheischig machten; und als sie mit diesen Argumenten, nach weitläuftigen Untersuchungen und Auseinandersetzungen, aus dem Felde geschlagen waren, brachten sie gar ein kurfürstliches Edikt bei, worin, vor einem Zeitraum von zwölf Jahren, einer Viehseuche wegen, die Einführung der Pferde aus dem Brandenburgischen ins Sächsische, in der Tat verboten worden war: zum sonnenklaren Beleg nicht nur der Befugnis, sondern sogar der Verpflichtung des Junkers, die von dem Kohlhaas über die Grenze gebrachten Pferde anzuhalten. – Kohlhaas, der inzwischen von dem wackern Amtmann zu Kohlhaasenbrück seine Meierei, gegen eine geringe Vergütigung des dabei gehabten Schadens, käuflich wieder erlangt hatte, wünschte, wie es scheint wegen gerichtlicher Abmachung dieses Geschäfts, Dresden auf einige Tage zu verlassen, und in diese seine Heimat zu reisen; ein Entschluß, an welchem gleichwohl, wie wir nicht zweifeln, weniger das besagte Geschäft, so dringend es auch in der Tat, wegen Bestellung der Wintersaat, sein mochte, als die Absicht unter so sonderbaren und bedenklichen Umständen seine Lage zu prüfen, Anteil hatte: zu welchem vielleicht auch noch Gründe anderer Art mitwirkten, die wir jedem, der in seiner Brust Bescheid weiß, zu erraten überlassen wollen. Demnach verfügte er sich, mit Zurücklassung der Wache, die ihm zugeordnet war, zum Großkanzler, und eröffnete ihm, die Briefe des Amtmanns in der Hand: daß er willens sei, falls man seiner, wie es den Anschein habe, bei dem Gericht nicht notwendig bedürfe, die Stadt zu verlassen, und auf einen Zeitraum von acht oder zwölf Tagen, binnen welcher Zeit er wieder zurück zu sein versprach, nach dem Brandenburgischen zu reisen. Der Großkanzler, indem er mit einem mißvergnügten und bedenklichen Gesichte zur Erde sah, versetzte: er müsse gestehen, daß seine Anwesenheit grade jetzt notwendiger sei als jemals, indem das Gericht wegen arglistiger und winkelziehender Einwendungen der Gegenpart, seiner Aussagen und Erörterungen, in tausenderlei nicht vorherzusehenden Fällen, bedürfe; doch da Kohlhaas ihn auf seinen, von dem Rechtsfall wohl unterrichteten Advokaten verwies, und mit bescheidener Zudringlichkeit, indem er sich auf acht

Tage einzuschränken versprach, auf seine Bitte beharrte, so sagte
der Großkanzler nach einer Pause kurz, indem er ihn entließ:»er
hoffe, daß er sich deshalb Pässe, bei dem Prinzen Christiern von
Meißen, ausbitten würde.« – – Kohlhaas, der sich auf das Gesicht
des Großkanzlers gar wohl verstand, setzte sich, in seinem Entschluß nur bestärkt, auf der Stelle nieder, und bat, ohne irgend
einen Grund anzugeben, den Prinzen von Meißen, als Chef des
Guberniums, um Pässe auf acht Tage nach Kohlhaasenbrück, und
zurück. Auf dieses Schreiben erhielt er eine, von dem Schloßhauptmann, Freiherrn Siegfried von Wenk, unterzeichnete Gubernial-Resolution, des Inhalts:»sein Gesuch um Pässe nach
Kohlhaasenbrück werde des Kurfürsten Durchlaucht vorgelegt
werden, auf dessen höchster Bewilligung, sobald sie einginge,
ihm die Pässe zugeschickt werden würden.« Auf die Erkundigung
Kohlhaasens bei seinem Advokaten, wie es zuginge, daß die
Gubernial-Resolution von einem Freiherrn Siegfried von Wenk,
und nicht von dem Prinzen Christiern von Meißen, an den er
sich gewendet, unterschrieben sei, erhielt er zur Antwort: daß der
Prinz vor drei Tagen auf seine Güter gereist, und die Gubernial-
geschäfte während seiner Abwesenheit dem Schloßhauptmann
Freiherrn Siegfried von Wenk, einem Vetter des oben erwähnten
Herren gleiches Namens, übergeben worden wären. – Kohlhaas, dem das Herz unter allen diesen Umständen unruhig zu
klopfen anfing, harrte durch mehrere Tage auf die Entscheidung
seiner, der Person des Landesherrn mit befremdender Weitläuftig-
keit vorgelegten Bitte; doch es verging eine Woche, und es verging mehr, ohne daß weder diese Entscheidung einlief, noch auch
das Rechtserkenntnis, so bestimmt man es ihm auch verkündigt
hatte, bei dem Tribunal gefällt ward: dergestalt, daß er am zwölften Tage, fest entschlossen, die Gesinnung der Regierung gegen
ihn, sie möge sein, welche man wolle, zur Sprache zu bringen,
sich niedersetzte, und das Gubernium von neuem in einer dringenden Vorstellung um die erforderten Pässe bat. Aber wie betreten war er, als er am Abend des folgenden, gleichfalls ohne die
erwartete Antwort verstrichenen Tages, mit einem Schritt, den
er gedankenvoll, in Erwägung seiner Lage, und besonders der
ihm von dem Doktor Luther ausgewirkten Amnestie, an das Fenster seines Hinterstübchens tat, in dem kleinen, auf dem Hofe be-

findlichen Nebengebäude, das er ihr zum Aufenthalte angewiesen hatte, die Wache nicht erblickte, die ihm bei seiner Ankunft der Prinz von Meißen eingesetzt hatte. Thomas, der alte Hausmann, den er herbeirief und fragte: was dies zu bedeuten habe? antwortete ihm seufzend: Herr! es ist nicht alles wie es sein soll; die Landsknechte, deren heute mehr sind wie gewöhnlich, haben sich bei Einbruch der Nacht um das ganze Haus verteilt; zwei stehen, mit Schild und Spieß, an der vordern Tür auf der Straße; zwei an der hintern im Garten: und noch zwei andere liegen im Vorsaal auf ein Bund Stroh, und sagen, daß sie daselbst schlafen würden. Kohlhaas, der seine Farbe verlor, wandte sich und versetzte: »es wäre gleichviel, wenn sie nur da wären; und er möchte den Landsknechten, sobald er auf den Flur käme, Licht hinsetzen, damit sie sehen könnten.« Nachdem er noch, unter dem Vorwande, ein Geschirr auszugießen, den vordern Fensterladen eröffnet, und sich von der Wahrheit des Umstands, den ihm der Alte entdeckt, überzeugt hatte: denn eben ward sogar in geräuschloser Ablösung die Wache erneuert, an welche Maßregel bisher, so lange die Einrichtung bestand, noch niemand gedacht hatte: so legte er sich, wenig schlaflustig allerdings, zu Bette, und sein Entschluß war für den kommenden Tag sogleich gefaßt. Denn nichts mißgönnte er der Regierung, mit der er zu tun hatte, mehr, als den Schein der Gerechtigkeit, während sie in der Tat die Amnestie, die sie ihm angelobt hatte, an ihm brach; und falls er wirklich ein Gefangener sein sollte, wie es keinem Zweifel mehr unterworfen war, wollte er derselben auch die bestimmte und unumwundene Erklärung, daß es so sei, abnötigen. Demnach ließ er, sobald der Morgen des nächsten Tages anbrach, durch Sternbald, seinen Knecht, den Wagen anspannen und vorführen, um wie er vorgab, zu dem Verwalter nach Lockewitz zu fahren, der ihn, als ein alter Bekannter, einige Tage zuvor in Dresden gesprochen und eingeladen hatte, ihn einmal mit seinen Kindern zu besuchen. Die Landsknechte, welche mit zusammengesteckten Köpfen, die dadurch veranlaßten Bewegungen im Hause wahrnahmen, schickten einen aus ihrer Mitte heimlich in die Stadt, worauf binnen wenigen Minuten ein Gubernial-Offiziant an der Spitze mehrerer Häscher erschien, und sich, als ob er daselbst ein Geschäft hätte, in das gegenüberliegende Haus begab. Kohlhaas der mit der Ankleidung seiner Knaben beschäftigt, diese Bewegungen gleichfalls bemerkte, und den Wagen absichtlich länger, als eben nötig gewesen wäre, vor dem Hause halten ließ, trat, sobald er die Anstalten der Polizei vollendet sah, mit seinen Kindern, ohne darauf Rücksicht zu nehmen, vor das Haus hinaus; und während er dem Troß der Landsknechte, die unter der Tür standen, im Vorübergehen sagte, daß sie nicht nötig hätten, ihm zu folgen, hob er die Jungen in den Wagen und küßte und tröstete die kleinen weinenden Mädchen, die, seiner Anordnung gemäß, bei der Tochter des alten Hausmanns zurückbleiben sollten. Kaum hatte er selbst den Wagen bestiegen, als der Gubernial-Offiziant mit seinem Gefolge von Häschern, aus dem gegenüberliegenden Hause, zu ihm herantrat, und ihn fragte: wohin er wolle? Auf die Antwort Kohlhaasens: »daß er zu seinem Freund, dem Amtmann nach Lockewitz fahren wolle, der ihn vor einigen Tagen mit seinen beiden Knaben zu sich aufs Land geladen«, antwortete der Gubernial-Offiziant: daß er in diesem Fall einige Augenblicke warten müsse, indem einige berittene Landsknechte, dem Befehl des Prinzen von Meißen gemäß, ihn begleiten würden. Kohlhaas fragte lächelnd von dem Wagen herab: »ob er glaube, daß seine Person in dem Hause eines Freundes, der sich erboten, ihn auf einen Tag an seiner Tafel zu bewirten, nicht sicher sei?« Der Offiziant erwiderte auf eine heitere und angenehme Art: daß die Gefahr allerdings nicht groß sei; wobei er hinzusetzte: daß ihm die Knechte auch auf keine Weise zur Last fallen sollten. Kohlhaas versetzte ernsthaft: »daß ihm der Prinz von Meißen, bei seiner Ankunft in Dresden, freigestellt, ob er sich der Wache bedienen wolle oder nicht«; und da der Offiziant sich über diesen Umstand wunderte, und sich mit vorsichtigen Wendungen auf den Gebrauch, während der ganzen Zeit seiner Anwesenheit, berief: so erzählte der Roßhändler ihm den Vorfall, der die Einsetzung der Wache in seinem Hause veranlaßt hatte. Der Offiziant versicherte ihn, daß die Befehle des Schloßhauptmanns, Freiherrn von Wenk, der in diesem Augenblick Chef der Polizei sei, ihm die unausgesetzte Beschützung seiner Person zur Pflicht mache; und bat ihn, falls er sich die Begleitung nicht gefallen lassen wolle, selbst auf das Gubernium zu gehen, um den Irrtum, der dabei obwalten müsse, zu berichtigen. Kohlhaas, mit einem sprechenden Blick, den er auf den Offizianten warf, sagte, entschlossen die Sache zu beugen oder zu brechen: »daß er dies tun wolle«; stieg mit klopfendem Herzen von dem Wagen, ließ die Kinder durch den Hausmann in den Flur tragen, und verfügte sich, während der Knecht mit dem Fuhrwerk vor dem Hause halten blieb, mit dem Offizianten und seiner Wache in das Gubernium. Es traf sich, daß der Schloßhauptmann, Freiherr Wenk eben mit der Besichtigung einer Bande, am Abend zuvor eingebrachter Nagelschmidtscher Knechte, die man in der Gegend von Leipzig aufgefangen hatte, beschäftigt war, und die Kerle über manche Dinge, die man gern von ihnen gehört hätte, von den Rittern, die bei ihm waren, befragt wurden, als der Roßhändler mit seiner Begleitung zu ihm in den Saal trat. Der Freiherr, sobald er den Roßhändler erblickte, ging, während die Ritter plötzlich still wurden, und mit dem Verhör der Knechte einhielten, auf ihn zu, und fragte ihn: was er wolle? und da der Roßkamm ihm auf ehrerbietige Weise sein Vorhaben, bei dem Verwalter in Lockewitz zu Mittag zu speisen, und den Wunsch, die Landsknechte deren er dabei nicht bedürfe zurücklassen zu dürfen, vorgetragen hatte, antwortete der Freiherr, die Farbe im Gesicht wechselnd, indem er eine andere Rede zu verschlucken schien: »er würde wohl tun, wenn er sich still in seinem Hause hielte, und den Schmaus bei dem Lockewitzer Amtmann vor der Hand noch aussetzte.« – Dabei wandte er sich, das ganze Gespräch zerschneidend, dem Offizianten zu, und sagte ihm: »daß es mit dem Befehl, den er ihm, in Bezug auf den Mann gegeben, sein Bewenden hätte, und daß derselbe anders nicht, als in Begleitung sechs berittener Landsknechte die Stadt verlassen dürfe.« – Kohlhaas fragte: ob er ein Gefangener wäre, und ob er glauben solle, daß die ihm feierlich, vor den Augen der ganzen Welt angelobte Amnestie gebrochen sei? worauf der Freiherr sich plötzlich glutrot im Gesichte zu ihm wandte, und, indem er dicht vor ihn trat, und ihm in das Auge sah, antwortete: ja! ja! ja! – ihm den Rükken zukehrte, ihn stehen ließ, und wieder zu den Nagelschmidtschen Knechten ging. Hierauf verließ Kohlhaas den Saal, und ob er schon einsah, daß er sich das einzige Rettungsmittel, das ihm übrig blieb, die Flucht, durch die Schritte die er getan, sehr erschwert hatte, so lobte er sein Verfahren gleichwohl, weil er sich nunmehr auch seinerseits von der Verbindlichkeit den Artikeln der Amnestie nachzukommen, befreit sah. Er ließ, da er zu Hause kam, die Pferde ausspannen, und begab sich, in Begleitung des Gubernial-Offizianten, sehr traurig und erschüttert in sein Zimmer; und während dieser Mann auf eine dem Roßhändler Ekel erregende Weise, versicherte, daß alles nur auf einem Mißverständnis beruhen müsse, das sich in Kurzem lösen würde, verriegelten die Häscher, auf seinen Wink, alle Ausgänge der Wohnung die auf den Hof führten; wobei der Offiziant ihm versicherte, daß ihm der vordere Haupteingang nach wie vor, zu seinem beliebigen Gebrauch offen stehe.

Inzwischen war der Nagelschmidt in den Wäldern des Erzgebirgs, durch Häscher und Landsknechte von allen Seiten so gedrängt worden, daß er bei dem gänzlichen Mangel an Hülfsmitteln, eine Rolle der Art, wie er sie übernommen, durchzuführen, auf den Gedanken verfiel, den Kohlhaas in der Tat ins Interesse zu ziehen; und da er von der Lage seines Rechtsstreits in Dresden durch einen Reisenden, der die Straße zog, mit ziemlicher Genauigkeit unterrichtet war: so glaubte er, der offenbaren Feindschaft, die unter ihnen bestand, zum Trotz, den Roßhändler bewegen zu können, eine neue Verbindung mit ihm einzugehen. Demnach schickte er einen Knecht, mit einem, in kaum leserlichem Deutsch abgefaßten Schreiben an ihn ab, des Inhalts: »Wenn er nach dem Altenburgischen kommen, und die Anführung des Haufens, der sich daselbst, aus Resten des aufgelösten zusammengefunden, wieder übernehmen wolle, so sei er erbötig, ihm zur Flucht aus seiner Haft in Dresden mit Pferden, Leuten und Geld an die Hand zu gehen; wobei er ihm versprach, künftig gehorsamer und überhaupt ordentlicher und besser zu sein, als vorher, und sich zum Beweis seiner Treue und Anhänglichkeit anheischig machte, selbst in die Gegend von Dresden zu kommen, um seine Befreiung aus seinem Kerker zu bewirken.« Nun hatte der, mit diesem Brief beauftragte Kerl das Unglück, in einem Dorf dicht vor Dresden, in Krämpfen häßlicher Art, denen er von Jugend auf unterworfen war, niederzusinken; bei welcher Gelegenheit der Brief, den er im Brustlatz trug, von Leuten, die ihm zu Hülfe kamen, gefunden, er selbst aber, sobald er sich erholt, arretiert, und durch eine Wache unter Begleitung vielen

Volks, auf das Gubernium transportiert ward. Sobald der Schloßhauptmann von Wenk diesen Brief gelesen hatte, verfügte er sich
unverzüglich zum Kurfürsten aufs Schloß, wo er die Herren
Kunz und Hinz, welcher ersterer von seinen Wunden wieder
hergestellt war, und den Präsidenten der Staatskanzelei, Grafen
Kallheim, gegenwärtig fand. Die Herren waren der Meinung, daß
der Kohlhaas ohne weiteres arretiert, und ihm, auf den Grund
geheimer Einverständnisse mit dem Nagelschmidt, der Prozeß
gemacht werden müsse; indem sie bewiesen, daß ein solcher
Brief nicht, ohne daß frühere auch von Seiten des Roßhändlers
vorangegangen, und ohne daß überhaupt eine frevelhafte und
verbrecherische Verbindung, zu Schmiedung neuer Greuel, unter
ihnen statt finden sollte, geschrieben sein könne. Der Kurfürst
weigerte sich standhaft, auf den Grund bloß dieses Briefes, dem
Kohlhaas das freie Geleit, das er ihm angelobt, zu brechen; er
war vielmehr der Meinung, daß eine Art von Wahrscheinlichkeit
aus dem Briefe des Nagelschmidt hervorgehe, daß keine frühere
Verbindung zwischen ihnen statt gefunden habe; und alles, wozu
er sich, um hierüber aufs Reine zu kommen, auf den Vorschlag
des Präsidenten, obschon nach großer Zögerung entschloß, war,
den Brief durch den von dem Nagelschmidt abgeschickten
Knecht, gleichsam als ob derselbe nach wie vor frei sei, an ihn
abgeben zu lassen, und zu prüfen, ob er ihn beantworten würde.
Dem gemäß ward der Knecht, den man in ein Gefängnis gesteckt
hatte, am andern Morgen auf das Gubernium geführt, wo der
Schloßhauptmann ihm den Brief wieder zustellte, und ihn unter
dem Versprechen, daß er frei sein, und die Strafe die er verwirkt,
ihm erlassen sein solle, aufforderte, das Schreiben, als sei nichts
vorgefallen, dem Roßhändler zu übergeben; zu welcher List
schlechter Art sich dieser Kerl auch ohne weiteres gebrauchen
ließ, und auf scheinbar geheimnisvolle Weise, unter dem Vorwand, daß er Krebse zu verkaufen habe, womit ihn der Gubernial-
Offiziant, auf dem Markte, versorgt hatte, zu Kohlhaas ins Zimmer trat. Kohlhaas, der den Brief, während die Kinder mit den
Krebsen spielten, las, würde den Gauner gewiß unter andern
Umständen beim Kragen genommen, und den Landsknechten,
die vor seiner Tür standen, überliefert haben; doch da bei der
Stimmung der Gemüter auch selbst dieser Schritt noch einer

gleichgültigen Auslegung fähig war, und er sich vollkommen
überzeugt hatte, daß nichts auf der Welt ihn aus dem Handel, in
dem er verwickelt war, retten konnte: so sah er dem Kerl, mit
einem traurigen Blick, in sein ihm wohlbekanntes Gesicht, fragte
ihn, wo er wohnte, und beschied ihn, in einigen Stunden, wieder
zu sich, wo er ihm, in Bezug auf seinen Herrn, seinen Beschluß
eröffnen wolle. Er hieß dem Sternbald, der zufällig in die Tür
trat, dem Mann, der im Zimmer war, etliche Krebse abkaufen;
und nachdem dies Geschäft abgemacht war, und beide sich ohne
einander zu kennen, entfernt hatten, setzte er sich nieder und
schrieb einen Brief folgenden Inhalts an den Nagelschmidt: »Zuvörderst daß er seinen Vorschlag, die Oberanführung seines Haufens im Altenburgischen betreffend, annähme; daß er dem gemäß,
zur Befreiung aus der vorläufigen Haft, in welcher er, mit seinen
fünf Kindern gehalten werde, ihm einen Wagen mit zwei Pferden
nach der Neustadt bei Dresden schicken solle; daß er auch, rasche-
ren Fortkommens wegen, noch eines Gespannes von zwei Pferden auf der Straße nach Wittenberg bedürfe, auf welchem Umweg er allein, aus Gründen, die anzugeben zu weitläufig wären,
zu ihm kommen könne; daß er die Landsknechte, die ihn bewachten, zwar durch Bestechung gewinnen zu können glaube,
für den Fall aber daß Gewalt nötig sei, ein paar beherzte, ge-
scheute und wohlbewaffnete Knechte, in der Neustadt bei Dresden gegenwärtig wissen wolle; daß er ihm zur Bestreitung der
mit allen diesen Anstalten verbundenen Kosten, eine Rolle von
zwanzig Goldkronen durch den Knecht zuschicke, über deren
Verwendung er sich, nach abgemachter Sache, mit ihm berechnen wolle; daß er sich übrigens, weil sie unnötig sei, seine eigne
Anwesenheit bei seiner Befreiung in Dresden verbitte, ja ihm
vielmehr den bestimmten Befehl erteile, zur einstweiligen Anführung der Bande, die nicht ohne Oberhaupt sein könne, im
Altenburgischen zurückzubleiben.« – Diesen Brief, als der Knecht
gegen Abend kam, überlieferte er ihm; beschenkte ihn selbst
reichlich, und schärfte ihm ein, denselben wohl in acht zu nehmen. – Seine Absicht war mit seinen fünf Kindern nach Hamburg
zu gehen, und sich von dort nach der Levante oder nach Ostindien, oder so weit der Himmel über andere Menschen, als die
er kannte, blau war, einzuschiffen: denn die Dickfütterung der

Rappen hatte seine, von Gram sehr gebeugte Seele auch unabhängig von dem Widerwillen, mit dem Nagelschmidt deshalb gemeinschaftliche Sache zu machen, aufgegeben. – Kaum hatte der Kerl diese Antwort dem Schloßhauptmann überbracht, als der Großkanzler abgesetzt, der Präsident, Graf Kallheim, an dessen Stelle, zum Chef des Tribunals ernannt, und Kohlhaas, durch einen Kabinettsbefehl des Kurfürsten arretiert, und schwer mit Ketten beladen in die Stadttürme gebracht ward. Man machte ihm auf den Grund dieses Briefes, der an alle Ecken der Stadt angeschlagen ward, den Prozeß; und da er vor den Schranken des Tribunals auf die Frage, ob er die Handschrift anerkenne, dem Rat, der sie ihm vorhielt, antwortete: »ja!« zur Antwort aber auf die Frage, ob er zu seiner Verteidigung etwas vorzubringen wisse, indem er den Blick zur Erde schlug, erwiderte, »nein!« so ward er verurteilt, mit glühenden Zangen von Schinderknechten gekniffen, geviertteilt, und sein Körper, zwischen Rad und Galgen, verbrannt zu werden.

So standen die Sachen für den armen Kohlhaas in Dresden, als der Kurfürst von Brandenburg zu seiner Rettung aus den Händen der Übermacht und Willkür auftrat, und ihn, in einer bei der kurfürstlichen Staatskanzlei daselbst eingereichten Note, als brandenburgischen Untertan reklamierte. Denn der wackere Stadthauptmann, Herr Heinrich von Geusau, hatte ihn, auf einem Spaziergange an den Ufern der Spree, von der Geschichte dieses sonderbaren und nicht verwerflichen Mannes unterrichtet, bei welcher Gelegenheit er von den Fragen des erstaunten Herrn gedrängt, nicht umhin konnte, der Schuld zu erwähnen, die durch die Unziemlichkeiten seines Erzkanzlers, des Grafen Siegfried von Kallheim, seine eigene Person drückte: worüber der Kurfürst schwer entrüstet, den Erzkanzler, nachdem er ihn zur Rede gestellt und befunden, daß die Verwandtschaft desselben mit dem Hause derer von Tronka an allem schuld sei, ohne weiteres, mit mehreren Zeichen seiner Ungnade entsetzte, und den Herrn Heinrich von Geusau zum Erzkanzler ernannte.

Es traf sich aber, daß die Krone Polen grade damals, indem sie mit dem Hause Sachsen, um welchen Gegenstandes willen wissen wir nicht, im Streit lag, den Kurfürsten von Brandenburg, in wiederholten und dringenden Vorstellungen anging, sich mit ihr in gemeinschaftlicher Sache gegen das Haus Sachsen zu verbinden; dergestalt, daß der Erzkanzler, Herr Geusau, der in solchen Dingen nicht ungeschickt war, wohl hoffen durfte, den Wunsch seines Herrn, dem Kohlhaas, es koste was es wolle, Gerechtigkeit zu verschaffen, zu erfüllen, ohne die Ruhe des Ganzen auf eine mißlichere Art, als die Rücksicht auf einen einzelnen erlaubt, aufs Spiel zu setzen. Demnach forderte der Erzkanzler nicht nur wegen gänzlich willkürlichen, Gott und Menschen mißgefälligen Verfahrens, die unbedingte und ungesäumte Auslieferung des Kohlhaas, um denselben, falls ihn eine Schuld drücke, nach brandenburgischen Gesetzen, auf Klageartikel, die der Dresdner Hof deshalb durch einen Anwalt in Berlin anhängig machen könne, zu richten; sondern er begehrte sogar selbst Pässe für einen Anwalt, den der Kurfürst nach Dresden zu schicken willens sei, um dem Kohlhaas, wegen der ihm auf sächsischem Grund und Boden abgenommenen Rappen und anderer himmelschreienden Mißhandlungen und Gewalttaten halber, gegen den Junker Wenzel von Tronka, Recht zu verschaffen. Der Kämmerer, Herr Kunz, der bei der Veränderung der Staatsämter in Sachsen zum Präsidenten der Staatskanzlei ernannt worden war, und der aus mancherlei Gründen den Berliner Hof, in der Bedrängnis in der er sich befand, nicht verletzen wollte, antwortete im Namen seines über die eingegangene Note sehr niedergeschlagenen Herrn: »daß man sich über die Unfreundschaftlichkeit und Unbilligkeit wundere, mit welcher man dem Hofe zu Dresden das Recht abspräche, den Kohlhaas wegen Verbrechen, die er im Lande begangen, den Gesetzen gemäß zu richten, da doch weltbekannt sei, daß derselbe ein beträchtliches Grundstück in der Hauptstadt besitze, und sich selbst in der Qualität als sächsischen Bürger gar nicht verleugne.« Doch da die Krone Polen bereits zur Ausfechtung ihrer Ansprüche einen Heerhaufen von fünftausend Mann an der Grenze von Sachsen zusammenzog, und der Erzkanzler, Herr Heinrich von Geusau, erklärte: »daß Kohlhaasenbrück, der Ort, nach welchem der Roßhändler heiße, im Brandenburgischen liege, und daß man die Vollstreckung des über ihn ausgesprochenen Todesurteils für eine Verletzung des Völkerrechts halten würde«: so rief der Kurfürst, auf den Rat des Kämmerers, Herrn Kunz selbst, der sich aus diesem Handel zurückzuziehen wünschte, den Prinzen

Christiern von Meißen von seinen Gütern herbei, und entschloß
sich, auf wenige Worte dieses verständigen Herrn, den Kohlhaas,
der Forderung gemäß, an den Berliner Hof auszuliefern. Der
Prinz, der obschon mit den Unziemlichkeiten die vorgefallen
waren, wenig zufrieden, die Leitung der Kohlhaasischen Sache
auf den Wunsch seines bedrängten Herrn, übernehmen mußte,
fragte ihn, auf welchen Grund er nunmehr den Roßhändler bei
dem Kammergericht zu Berlin verklagt wissen wolle; und da man
sich auf den leidigen Brief desselben an den Nagelschmidt, wegen
der zweideutigen und unklaren Umstände, unter welchen er geschrieben war, nicht berufen konnte, der früheren Plünderungen
und Einäscherungen aber, wegen des Plakats, worin sie ihm vergeben worden waren, nicht erwähnen durfte: so beschloß der
Kurfürst, der Majestät des Kaisers zu Wien einen Bericht über den
bewaffneten Einfall des Kohlhaas in Sachsen vorzulegen, sich über
den Bruch des von ihm eingesetzten öffentlichen Landfriedens zu
beschweren, und sie, die allerdings durch keine Amnestie gebunden war, anzuliegen, den Kohlhaas bei dem Hofgericht zu Berlin
deshalb durch einen Reichsankläger zur Rechenschaft zu ziehen.
Acht Tage darauf ward der Roßkamm durch den Ritter Friedrich
von Malzahn, den der Kurfürst von Brandenburg mit sechs Reutern nach Dresden geschickt hatte, geschlossen wie er war, auf
einen Wagen geladen, und mit seinen fünf Kindern, die man auf
seine Bitte aus Findel- und Waisenhäusern wieder zusammengesucht hatte, nach Berlin transportiert. Es traf sich daß der Kurfürst von Sachsen auf die Einladung des Landdrosts, Grafen
Aloysius von Kallheim, der damals an der Grenze von Sachsen
beträchtliche Besitzungen hatte, in Gesellschaft des Kämmerers,
Herrn Kunz, und seiner Gemahlin, der Dame Heloise, Tochter
des Landdrosts und Schwester des Präsidenten, andrer glänzenden
Herren und Damen, Jagdjunker und Hofherren, die dabei waren,
nicht zu erwähnen, zu einem großen Hirschjagen, das man, um
ihn zu erheitern, angestellt hatte, nach Dahme gereist war; dergestalt, daß unter dem Dach bewimpelter Zelte, die quer über die
Straße auf einem Hügel erbaut waren, die ganze Gesellschaft vom
Staub der Jagd noch bedeckt unter dem Schall einer heitern vom
Stamm einer Eiche herschallenden Musik, von Pagen bedient
und Edelknaben, an der Tafel saß, als der Roßhändler langsam

mit seiner Reuterbedeckung die Straße von Dresden daher gezogen kam. Denn die Erkrankung eines der kleinen, zarten Kinder des Kohlhaas, hatte den Ritter von Malzahn, der ihn begleitete, genötigt, drei Tage lang in Herzberg zurückzubleiben; von
welcher Maßregel er, dem Fürsten dem er diente deshalb allein
verantwortlich, nicht nötig befunden hatte, der Regierung zu
Dresden weitere Kenntnis zu geben. Der Kurfürst, der mit halb-
offener Brust, den Federhut, nach Art der Jäger, mit Tannenzweigen geschmückt, neben der Dame Heloise saß, die, in Zeiten
früherer Jugend, seine erste Liebe gewesen war, sagte von der
Anmut des Festes, das ihn umgaukelte, heiter gestimmt: »Lasset
uns hingehen, und dem Unglücklichen, wer es auch sei, diesen
Becher mit Wein reichen!« Die Dame Heloise, mit einem herzlichen Blick auf ihn, stand sogleich auf, und füllte, die ganze Tafel
plündernd, ein silbernes Geschirr, das ihr ein Page reichte, mit
Früchten, Kuchen und Brot an; und schon hatte, mit Erquickun-
gen jeglicher Art, die ganze Gesellschaft wimmelnd das Zelt verlassen, als der Landdrost ihnen mit einem verlegenen Gesicht entgegen kam, und sie bat zurückzubleiben. Auf die betretene Frage
des Kurfürsten was vorgefallen wäre, daß er so bestürzt sei? antwortete der Landdrost stotternd gegen den Kämmerer gewandt,
daß der Kohlhaas im Wagen sei; auf welche jedermann unbegreifliche Nachricht, indem weltbekannt war, daß derselbe bereits vor sechs Tagen abgereist war, der Kämmerer, Herr Kunz,
seinen Becher mit Wein nahm, und ihn, mit einer Rückwendung
gegen das Zelt, in den Sand schüttete. Der Kurfürst setzte, über
und über rot, den seinigen auf einen Teller, den ihm ein Edel-
knabe auf den Wink des Kämmerers zu diesem Zweck vorhielt;
und während der Ritter Friedrich von Malzahn, unter ehrfurchts-
voller Begrüßung der Gesellschaft, die er nicht kannte, langsam
durch die Zeltleinen, die über die Straße liefen, nach Dahme weiter zog, begaben sich die Herrschaften, auf die Einladung des
Landdrosts, ohne weiter davon Notiz zu nehmen, ins Zelt zurück. Der Landdrost, sobald sich der Kurfürst niedergelassen
hatte, schickte unter der Hand nach Dahme, um bei dem Magistrat daselbst die unmittelbare Weiterschaffung des Roßhändlers
bewirken zu lassen; doch da der Ritter, wegen bereits zu weit
vorgerückter Tageszeit, bestimmt in dem Ort übernachten zu

wollen erklärte, so mußte man sich begnügen, ihn in einer dem
Magistrat zugehörigen Meierei, die, in Gebüschen versteckt, auf
der Seite lag, geräuschlos unterzubringen. Nun begab es sich,
daß gegen Abend, da die Herrschaften vom Wein und dem Genuß eines üppigen Nachtisches zerstreut, den ganzen Vorfall wieder vergessen hatten, der Landdrost den Gedanken auf die Bahn
brachte, sich noch einmal, eines Rudels Hirsche wegen, der sich
hatte blicken lassen, auf den Anstand zu stellen; welchen Vorschlag die ganze Gesellschaft mit Freuden ergriff, und paarweise
nachdem sie sich mit Büchsen versorgt, über Gräben und Hecken
in die nahe Forst eilte: dergestalt, daß der Kurfürst und die Dame
Heloise, die sich, um dem Schauspiel beizuwohnen, an seinen
Arm hing, von einem Boten, den man ihnen zugeordnet hatte,
unmittelbar, zu ihrem Erstaunen, durch den Hof des Hauses geführt wurden, in welchem Kohlhaas mit den brandenburgischen
Reutern befindlich war. Die Dame als sie dies hörte, sagte:
»kommt, gnädigster Herr, kommt!« und versteckte die Kette, die
ihm vom Halse herabhing, schäkernd in seinen seidenen Brustlatz: »laßt uns ehe der Troß nachkömmt in die Meierei schleichen,
und den wunderlichen Mann, der darin übernachtet, betrachten!«
Der Kurfürst, indem er errötend ihre Hand ergriff, sagte: Heloise!
was fällt Euch ein? Doch da sie, indem sie ihn betreten ansah, versetzte: »daß ihn ja in der Jägertracht, die ihn decke, kein Mensch
erkenne!« und ihn fortzog; und in eben diesem Augenblick ein
paar Jagdjunker, die ihre Neugierde schon befriedigt hatten, aus
dem Hause heraustraten, versichernd, daß in der Tat, vermöge
einer Veranstaltung, die der Landdrost getroffen, weder der Ritter noch der Roßhändler wisse, welche Gesellschaft in der Gegend
von Dahme versammelt sei; so drückte der Kurfürst sich den
Hut lächelnd in die Augen, und sagte: »Torheit, du regierst die
Welt, und dein Sitz ist ein schöner weiblicher Mund!« – Es traf
sich daß Kohlhaas eben mit dem Rücken gegen die Wand auf
einem Bund Stroh saß, und sein, ihm in Herzberg erkranktes
Kind mit Semmel und Milch fütterte, als die Herrschaften, um
ihn zu besuchen, in die Meierei traten; und da die Dame ihn, um
ein Gespräch einzuleiten, fragte: wer er sei? und was dem Kinde
fehle? auch was er verbrochen und wohin man ihn unter solcher
Bedeckung abführe? so rückte er seine lederne Mütze vor ihr,

und gab ihr auf alle diese Fragen, indem er sein Geschäft fortsetzte, unreichliche aber befriedigende Antwort. Der Kurfürst,
der hinter den Jagdjunkern stand, und eine kleine bleierne Kapsel,
die ihm an einem seidenen Faden vom Hals herabhing, bemerkte,
fragte ihn, da sich grade nichts Besseres zur Unterhaltung darbot:
was diese zu bedeuten hätte und was darin befindlich wäre? Kohlhaas erwiderte: »ja, gestrenger Herr, diese Kapsel!« – und damit
streifte er sie vom Nacken ab, öffnete sie und nahm einen kleinen
mit Mundlack versiegelten Zettel heraus – »mit dieser Kapsel hat
es eine wunderliche Bewandtnis! Sieben Monden mögen es etwa
sein, genau am Tage nach dem Begräbnis meiner Frau; und von
Kohlhaasenbrück, wie Euch vielleicht bekannt sein wird, war ich
aufgebrochen, um des Junkers von Tronka, der mir viel Unrecht
zugefügt, habhaft zu werden, als um einer Verhandlung willen,
die mir unbekannt ist, der Kurfürst von Sachsen und der Kurfürst
von Brandenburg in Jüterbock, einem Marktflecken, durch den
der Streifzug mich führte, eine Zusammenkunft hielten; und da
sie sich gegen Abend ihren Wünschen gemäß vereinigt hatten, so
gingen sie, in freundschaftlichem Gespräch, durch die Straßen der
Stadt, um den Jahrmarkt, der eben darin fröhlich abgehalten
ward, in Augenschein zu nehmen. Da trafen sie auf eine Zigeunerin, die, auf einem Schemel sitzend, dem Volk, das sie umringte, aus dem Kalender wahrsagte, und fragten sie scherzhafter
Weise: ob sie ihnen nicht auch etwas, das ihnen lieb wäre, zu eröffnen hätte? Ich, der mit meinem Haufen eben in einem Wirtshause abgestiegen, und auf dem Platz, wo dieser Vorfall sich zutrug, gegenwärtig war, konnte hinter allem Volk, am Eingang
einer Kirche, wo ich stand, nicht vernehmen, was die wunderliche Frau den Herren sagte; dergestalt, daß, da die Leute lachend
einander zuflüsterten, sie teile nicht jedermann ihre Wissenschaft
mit, und sich des Schauspiels wegen das sich bereitete, sehr bedrängten, ich, weniger neugierig, in der Tat, als um den Neugierigen Platz zu machen, auf eine Bank stieg, die hinter mir im
Kircheneingange ausgehauen war. Kaum hatte ich von diesem
Standpunkt aus, mit völliger Freiheit der Aussicht, die Herrschaften und das Weib, das auf dem Schemel vor ihnen saß und etwas
aufzukritzeln schien, erblickt: da steht sie plötzlich auf ihre Krük-
ken gelehnt, indem sie sich im Volk umsieht, auf; faßt mich, der

nie ein Wort mit ihr wechselte, noch ihrer Wissenschaft Zeit seines Lebens begehrte, ins Auge; drängt sich durch den ganzen dichten Auflauf der Menschen zu mir heran und spricht: ›da! wenn es der Herr wissen will, so mag er dich danach fragen!‹ Und damit, gestrenger Herr, reichte sie mir mit ihren dürren knöchernen Händen diesen Zettel dar. Und da ich betreten, während sich alles Volk zu mir umwendet, spreche: Mütterchen, was auch verehrst du mir da? antwortet sie, nach vielem unvernehmlichen Zeug, worunter ich jedoch zu meinem großen Befremden meinen Namen höre: ›ein Amulett, Kohlhaas, der Roßhändler; verwahr es wohl, es wird dir dereinst das Leben retten!‹ und verschwindet. – Nun!« fuhr Kohlhaas gutmütig fort: »die Wahrheit zu gestehen, hats mir in Dresden, so scharf es herging, das Leben nicht gekostet; und wie es mir in Berlin gehen wird, und ob ich auch dort damit bestehen werde, soll die Zukunft lehren.« – Bei diesen Worten setzte sich der Kurfürst auf eine Bank; und ob er schon auf die betretne Frage der Dame: was ihm fehle? antwortete: nichts, gar nichts! so fiel er doch schon ohnmächtig auf den Boden nieder, ehe sie noch Zeit hatte ihm beizuspringen, und in ihre Arme aufzunehmen. Der Ritter von Malzahn, der in eben diesem Augenblick, eines Geschäfts halber, ins Zimmer trat, sprach: heiliger Gott! was fehlt dem Herrn? Die Dame rief: schafft Wasser her! Die Jagdjunker hoben ihn auf und trugen ihn auf ein im Nebenzimmer befindliches Bett; und die Bestürzung erreichte ihren Gipfel, als der Kämmerer, den ein Page herbeirief, nach mehreren vergeblichen Bemühungen, ihn ins Leben zurückzubringen, erklärte: er gebe alle Zeichen von sich, als ob ihn der Schlag gerührt! Der Landdrost, während der Mundschenk einen reitenden Boten nach Luckau schickte, um einen Arzt herbeizuholen, ließ ihn, da er die Augen aufschlug, in einen Wagen bringen, und Schritt vor Schritt nach seinem in der Gegend befindlichen Jagdschloß abführen; aber diese Reise zog ihm, nach seiner Ankunft daselbst, zwei neue Ohnmachten zu: dergestalt, daß er sich erst spät am andern Morgen, bei der Ankunft des Arztes aus Luckau, unter gleichwohl entscheidenden Symptomen eines herannahenden Nervenfiebers, einigermaßen erholte. Sobald er seiner Sinne mächtig geworden war, richtete er sich halb im Bette auf, und seine erste Frage war gleich: wo der

Kohlhaas sei? Der Kämmerer, der seine Frage mißverstand, sagte, indem er seine Hand ergriff: daß er sich dieses entsetzlichen Menschen wegen beruhigen möchte, indem derselbe, seiner Bestimmung gemäß, nach jenem sonderbaren und unbegreiflichen Vorfall, in der Meierei zu Dahme, unter brandenburgischer Bedekkung, zurückgeblieben wäre. Er fragte ihn, unter der Versicherung seiner lebhaftesten Teilnahme und der Beteurung, daß er seiner Frau, wegen des unverantwortlichen Leichtsinns, ihn mit diesem Mann zusammenzubringen, die bittersten Vorwürfe gemacht hätte: was ihn denn so wunderbar und ungeheuer in der Unterredung mit demselben ergriffen hätte? Der Kurfürst sagte: er müsse ihm nur gestehen, daß der Anblick eines nichtigen Zettels, den der Mann in einer bleiernen Kapsel mit sich führe, schuld an dem ganzen unangenehmen Zufall sei, der ihm zugestoßen. Er setzte noch mancherlei zur Erklärung dieses Umstands, das der Kämmerer nicht verstand, hinzu; versicherte ihn plötzlich, indem er seine Hand zwischen die seinigen drückte, daß ihm der Besitz dieses Zettels von der äußersten Wichtigkeit sei; und bat ihn, unverzüglich aufzusitzen, nach Dahme zu reiten, und ihm den Zettel, um welchen Preis es immer sei, von demselben zu erhandeln. Der Kämmerer, der Mühe hatte, seine Verlegenheit zu verbergen, versicherte ihn: daß, falls dieser Zettel einigen Wert für ihn hätte, nichts auf der Welt notwendiger wäre, als dem Kohlhaas diesen Umstand zu verschweigen; indem, sobald derselbe durch eine unvorsichtige Äußerung Kenntnis davon nähme, alle Reichtümer, die er besäße, nicht hinreichen würden, ihn aus den Händen dieses grimmigen, in seiner Rachsucht unersättlichen Kerls zu erkaufen. Er fügte, um ihn zu beruhigen, hinzu, daß man auf ein anderes Mittel denken müsse, und daß es vielleicht durch List, vermöge eines Dritten ganz Unbefangenen, indem der Bösewicht wahrscheinlich, an und für sich, nicht sehr daran hänge, möglich sein würde, sich den Besitz des Zettels, an dem ihm so viel gelegen sei, zu verschaffen. Der Kurfürst, indem er sich den Schweiß abtrocknete, fragte: ob man nicht unmittelbar zu diesem Zweck nach Dahme schicken, und den weiteren Transport des Roßhändlers, vorläufig, bis man des Blattes, auf welche Weise es sei, habhaft geworden, einstellen könne? Der Kämmerer, der seinen Sinnen nicht traute, versetzte: daß leider

allen wahrscheinlichen Berechnungen zufolge, der Roßhändler
Dahme bereits verlassen haben, und sich jenseits der Grenze, auf
brandenburgischem Grund und Boden befinden müsse, wo das
Unternehmen, die Fortschaffung desselben zu hemmen, oder
wohl gar rückgängig zu machen, die unangenehmsten und weit-
läuftigsten, ja solche Schwierigkeiten, die vielleicht gar nicht zu
beseitigen wären, veranlassen würde. Er fragte ihn, da der Kurfürst sich schweigend, mit der Gebärde eines ganz Hoffnungs-
losen, auf das Kissen zurücklegte: was denn der Zettel enthalte?
und durch welchen Zufall befremdlicher und unerklärlicher Art
ihm, daß der Inhalt ihn betreffe, bekannt sei? Hierauf aber, unter
zweideutigen Blicken auf den Kämmerer, dessen Willfährigkeit
er in diesem Falle mißtraute, antwortete der Kurfürst nicht: starr,
mit unruhig klopfendem Herzen lag er da, und sah auf die Spitze
des Schnupftuchs nieder, das er gedankenvoll zwischen den Händen hielt; und bat ihn plötzlich, den Jagdjunker vom Stein, einen
jungen, rüstigen und gewandten Herrn, dessen er sich öfter schon
zu geheimen Geschäften bedient hatte, unter dem Vorwand, daß
er ein anderweitiges Geschäft mit ihm abzumachen habe, ins
Zimmer zu rufen. Den Jagdjunker, nachdem er ihm die Sache
auseinandergelegt, und von der Wichtigkeit des Zettels, in dessen
Besitz der Kohlhaas war, unterrichtet hatte, fragte er, ob er sich
ein ewiges Recht auf seine Freundschaft erwerben, und ihm den
Zettel, noch ehe derselbe Berlin erreicht, verschaffen wolle? und
da der Junker, sobald er das Verhältnis nur, sonderbar wie es war,
einigermaßen überschaute, versicherte, daß er ihm mit allen seinen Kräften zu Diensten stehe: so trug ihm der Kurfürst auf, dem
Kohlhaas nachzureiten, und ihm, da demselben mit Geld wahrscheinlich nicht beizukommen sei, in einer mit Klugheit angeordneten Unterredung, Freiheit und Leben dafür anzubieten, ja
ihm, wenn er darauf bestehe, unmittelbar, obschon mit Vorsicht,
zur Flucht aus den Händen der brandenburgischen Reuter, die
ihn transportierten, mit Pferden, Leuten und Geld an die Hand
zu gehen. Der Jagdjunker, nachdem er sich ein Blatt von der
Hand des Kurfürsten zur Beglaubigung ausgebeten, brach auch
sogleich mit einigen Knechten auf, und hatte, da er den Odem
der Pferde nicht sparte, das Glück, den Kohlhaas auf einem
Grenzdorf zu treffen, wo derselbe mit dem Ritter von Malzahn

und seinen fünf Kindern ein Mittagsmahl, das im Freien vor der Tür eines Hauses angerichtet war, zu sich nahm. Der Ritter von Malzahn, dem der Junker sich als einen Fremden, der bei seiner Durchreise den seltsamen Mann, den er mit sich führe, in Augenschein zu nehmen wünsche, vorstellte, nötigte ihn sogleich auf zuvorkommende Art, indem er ihn mit dem Kohlhaas bekannt machte, an der Tafel nieder; und da der Ritter in Geschäften der Abreise ab und zuging, die Reuter aber an einem, auf des Hauses anderer Seite befindlichen Tisch, ihre Mahlzeit hielten: so traf sich die Gelegenheit bald, wo der Junker dem Roßhändler eröffnen konnte, wer er sei, und in welchen besonderen Aufträgen er zu ihm komme. Der Roßhändler, der bereits Rang und Namen dessen, der beim Anblick der in Rede stehenden Kapsel, in der Meierei zu Dahme in Ohnmacht gefallen war, kannte, und der zur Krönung des Taumels, in welchen ihn diese Entdeckung versetzt hatte, nichts bedurfte, als Einsicht in die Geheimnisse des Zettels, den er, um mancherlei Gründe willen, entschlossen war, aus bloßer Neugierde nicht zu eröffnen: der Roßhändler sagte, eingedenk der unedelmütigen und unfürstlichen Behandlung, die er in Dresden, bei seiner gänzlichen Bereitwilligkeit, alle nur möglichen Opfer zu bringen, hatte erfahren müssen: »daß er den Zettel behalten wolle.« Auf die Frage des Jagdjunkers: was ihn zu dieser sonderbaren Weigerung, da man ihm doch nichts Minderes, als Freiheit und Leben dafür anbiete, veranlasse? antwortete Kohlhaas: »Edler Herr! Wenn Euer Landesherr käme, und spräche, ich will mich, mit dem ganzen Troß derer, die mir das Szepter führen helfen, vernichten – vernichten, versteht Ihr, welches allerdings der größeste Wunsch ist, den meine Seele hegt: so würde ich ihm doch den Zettel noch, der ihm mehr wert ist, als das Dasein, verweigern und sprechen: du kannst mich auf das Schafott bringen, ich aber kann dir weh tun, und ich wills!« Und damit, im Antlitz den Tod, rief er einen Reuter herbei, unter der Aufforderung, ein gutes Stück Essen, das in der Schüssel übrig geblieben war, zu sich zu nehmen; und für den ganzen Rest der Stunde, die er im Flecken zubrachte, für den Junker, der an der Tafel saß, wie nicht vorhanden, wandte er sich erst wieder, als er den Wagen bestieg, mit einem Blick, der ihn abschiedlich grüßte, zu ihm zurück. – Der Zustand des Kurfürsten, als er diese

Nachricht bekam, verschlimmerte sich in dem Grade, daß der Arzt, während drei verhängnisvoller Tage, seines Lebens wegen, das zu gleicher Zeit, von so vielen Seiten angegriffen ward, in der größesten Besorgnis war. Gleichwohl stellte er sich, durch die Kraft seiner natürlichen Gesundheit, nach dem Krankenlager einiger peinlich zugebrachten Wochen wieder her; dergestalt wenigstens, daß man ihn in einen Wagen bringen, und mit Kissen und Decken wohl versehen, nach Dresden zu seinen Regierungsgeschäften wieder zurückführen konnte. Sobald er in dieser Stadt angekommen war, ließ er den Prinzen Christiern von Meißen rufen, und fragte denselben: wie es mit der Abfertigung des Gerichtsrats Eibenmayer stünde, den man, als Anwalt in der Sache des Kohlhaas, nach Wien zu schicken gesonnen gewesen wäre, um kaiserlicher Majestät daselbst die Beschwerde wegen gebrochenen, kaiserlichen Landfriedens, vorzulegen? Der Prinz antwortete ihm: daß derselbe, dem, bei seiner Abreise nach Dahme hinterlassenen Befehl gemäß, gleich nach Ankunft des Rechtsgelehrten Zäuner, den der Kurfürst von Brandenburg als Anwalt nach Dresden geschickt hätte, um die Klage desselben, gegen den Junker Wenzel von Tronka, der Rappen wegen, vor Gericht zu bringen, nach Wien abgegangen wäre. Der Kurfürst, indem er errötend an seinen Arbeitstisch trat, wunderte sich über diese Eilfertigkeit, indem er seines Wissens erklärt hätte, die definitive Abreise des Eibenmayer, wegen vorher notwendiger Rücksprache mit dem Doktor Luther, der dem Kohlhaas die Amnestie ausgewirkt, einem näheren und bestimmteren Befehl vorbehalten zu wollen. Dabei warf er einige Briefschaften und Akten, die auf dem Tisch lagen, mit dem Ausdruck zurückgehaltenen Unwillens, über einander. Der Prinz, nach einer Pause, in welcher er ihn mit großen Augen ansah, versetzte, daß es ihm leid täte, wenn er seine Zufriedenheit in dieser Sache verfehlt habe; inzwischen könne er ihm den Beschluß des Staatsrats vorzeigen, worin ihm die Abschickung des Rechtsanwalts, zu dem besagten Zeitpunkt, zur Pflicht gemacht worden wäre. Er setzte hinzu, daß im Staatsrat von einer Rücksprache mit dem Doktor Luther, auf keine Weise die Rede gewesen wäre; daß es früherhin vielleicht zweckmäßig gewesen sein möchte, diesen geistlichen Herrn, wegen der Verwendung, die er dem Kohlhaas angedeihen lassen, zu berücksichtigen, nicht aber jetzt mehr, nachdem man demselben die Amnestie vor den Augen der ganzen Welt gebrochen, ihn arretiert, und zur Verurteilung und Hinrichtung an die brandenburgischen Gerichte ausgeliefert hätte. Der Kurfürst sagte: das Versehen, den Eibenmayer abgeschickt zu haben, wäre auch in der Tat nicht groß; inzwischen wünsche er, daß derselbe vorläufig, bis auf weiteren Befehl, in seiner Eigenschaft als Ankläger zu Wien nicht aufträte, und bat den Prinzen, deshalb das Erforderliche unverzüglich durch einen Expressen, an ihn zu erlassen. Der Prinz antwortete: daß dieser Befehl leider um einen Tag zu spät käme, indem der Eibenmayer bereits nach einem Berichte, der eben heute eingelaufen, in seiner Qualität als Anwalt aufgetreten, und mit Einreichung der Klage bei der Wiener Staatskanzlei vorgegangen wäre. Er setzte auf die betroffene Frage des Kurfürsten: wie dies überall in so kurzer Zeit möglich sei? hinzu: daß bereits, seit der Abreise dieses Mannes drei Wochen verstrichen wären, und daß die Instruktion, die er erhalten, ihm eine ungesäumte Abmachung dieses Geschäfts, gleich nach seiner Ankunft in Wien zur Pflicht gemacht hätte. Eine Verzögerung, bemerkte der Prinz, würde in diesem Fall um so unschicklicher gewesen sein, da der brandenburgische Anwalt Zäuner, gegen den Junker Wenzel von Tronka mit dem trotzigsten Nachdruck verfahre, und bereits auf eine vorläufige Zurückziehung der Rappen, aus den Händen des Abdeckers, behufs ihrer künftigen Wiederherstellung, bei dem Gerichtshof angetragen, und auch aller Einwendungen der Gegenpart ungeachtet, durchgesetzt habe. Der Kurfürst, indem er die Klingel zog, sagte: »gleichviel! es hätte nichts zu bedeuten!« und nachdem er sich mit gleichgültigen Fragen: wie es sonst in Dresden stehe? und was in seiner Abwesenheit vorgefallen sei? zu dem Prinzen zurückgewandt hatte: grüßte er ihn, unfähig seinen innersten Zustand zu verbergen, mit der Hand, und entließ ihn. Er forderte ihm noch an demselben Tage schriftlich, unter dem Vorwande, daß er die Sache, ihrer politischen Wichtigkeit wegen, selbst bearbeiten wolle, die sämtlichen Kohlhaasischen Akten ab; und da ihm der Gedanke, denjenigen zu verderben, von dem er allein über die Geheimnisse des Zettels Auskunft erhalten konnte, unerträglich war: so verfaßte er einen eigenhändigen Brief an den Kaiser, worin er ihn auf herzliche und dringende Weise bat, aus wichtigen Gründen, die er ihm vielleicht in kurzer Zeit bestimmter auseinander legen würde, die Klage, die der Eibenmayer gegen den Kohlhaas eingereicht, vorläufig bis auf einen weiteren Beschluß, zurücknehmen zu dürfen. Der Kaiser, in einer durch die Staatskanzelei ausgefertigten Note, antwortete ihm: »daß der Wechsel, der plötzlich in seiner Brust vorgegangen zu sein scheine, ihn aufs äußerste befremde; daß der sächsischerseits an ihn erlassene Bericht, die Sache des Kohlhaas zu einer Angelegenheit gesamten heiligen römischen Reichs gemacht hätte; daß demgemäß er, der Kaiser, als Oberhaupt desselben, sich verpflichtet gesehen hätte, als Ankläger in dieser Sache bei dem Hause Brandenburg aufzutreten; dergestalt, daß da bereits der Hof-Assessor Franz Müller, in der Eigenschaft als Anwalt nach Berlin gegangen wäre, um den Kohlhaas daselbst, wegen Verletzung des öffentlichen Landfriedens, zur Rechenschaft zu ziehen, die Beschwerde nunmehr auf keine Weise zurückgenommen werden könne, und die Sache den Gesetzen gemäß, ihren weiteren Fortgang nehmen müsse.« Dieser Brief schlug den Kurfürsten völlig nieder; und da, zu seiner äußersten Betrübnis, in einiger Zeit Privatschreiben aus Berlin einliefen, in welchen die Einleitung des Prozesses bei dem Kammergericht gemeldet, und bemerkt ward, daß der Kohlhaas wahrscheinlich, allen Bemühungen des ihm zugeordneten Advokaten ungeachtet, auf dem Schafott enden werde: so beschloß dieser unglückliche Herr noch einen Versuch zu machen, und bat den Kurfürsten von Brandenburg, in einer eigenhändigen Zuschrift, um des Roßhändlers Leben. Er schützte vor, daß die Amnestie, die man diesem Manne angelobt, die Vollstreckung eines Todesurteils an demselben, füglicher Weise, nicht zulasse; versicherte ihn, daß es, trotz der scheinbaren Strenge, mit welcher man gegen ihn verfahren, nie seine Absicht gewesen wäre, ihn sterben zu lassen; und beschrieb ihm, wie trostlos er sein würde, wenn der Schutz, den man vorgegeben hätte, ihm von Berlin aus angedeihen lassen zu wollen, zuletzt, in einer unerwarteten Wendung, zu seinem größeren Nachteile ausschlüge, als wenn er in Dresden geblieben, und seine Sache nach sächsischen Gesetzen entschieden worden wäre. Der Kurfürst von Brandenburg, dem in dieser Angabe mancherlei zweideutig und unklar schien, antwortete ihm: »daß der Nachdruck, mit welchem der Anwalt kaiserlicher Majestät verführe, platterdings nicht erlaube, dem Wunsch, den er ihm geäußert, gemäß, von der strengen Vorschrift der Gesetze abzuweichen. Er bemerkte, daß die ihm vorgelegte Besorgnis in der Tat zu weit ginge, indem die Beschwerde, wegen der dem Kohlhaas in der Amnestie verziehenen Verbrechen ja nicht von ihm, der demselben die Amnestie erteilt, sondern von dem Reichsoberhaupt, das daran auf keine Weise gebunden sei, bei dem Kammergericht zu Berlin anhängig gemacht worden wäre. Dabei stellte er ihm vor, wie notwendig bei den fortdauernden Gewalttätigkeiten des Nagelschmidt, die sich sogar schon, mit unerhörter Dreistigkeit, bis aufs brandenburgische Gebiet erstreckten, die Statuierung eines abschreckenden Beispiels wäre, und bat ihn, falls er dies alles nicht berücksichtigen wolle, sich an des Kaisers Majestät selbst zu wenden, indem, wenn dem Kohlhaas zu Gunsten ein Machtspruch fallen sollte, dies allein auf eine Erklärung von dieser Seite her geschehen könne.« Der Kurfürst, aus Gram und Ärger über alle diese mißglückten Versuche, verfiel in eine neue Krankheit; und da der Kämmerer ihn an einem Morgen besuchte, zeigte er ihm die Briefe, die er, um dem Kohlhaas das Leben zu fristen, und somit wenigstens Zeit zu gewinnen, des Zettels, den er besäße, habhaft zu werden, an den Wiener und Berliner Hof erlassen. Der Kämmerer warf sich auf Knieen vor ihm nieder, und bat ihn, um alles was ihm heilig und teuer sei, ihm zu sagen, was dieser Zettel enthalte? Der Kurfürst sprach, er möchte das Zimmer verriegeln, und sich auf das Bett niedersetzen; und nachdem er seine Hand ergriffen, und mit einem Seufzer an sein Herz gedrückt hatte, begann er folgendergestalt: »Deine Frau hat dir, wie ich höre, schon erzählt, daß der Kurfürst von Brandenburg und ich, am dritten Tage der Zusammenkunft, die wir in Jüterbock hielten, auf eine Zigeunerin trafen; und da der Kurfürst, aufgeweckt wie er von Natur ist, beschloß, den Ruf dieser abenteuerlichen Frau, von deren Kunst, eben bei der Tafel, auf ungebührliche Weise die Rede gewesen war, durch einen Scherz im Angesicht alles Volks zu nichte zu machen: so trat er mit verschränkten Armen vor ihren Tisch, und forderte, der Weissagung wegen, die sie ihm machen sollte, ein Zeichen von ihr, das sich noch heute erproben ließe, vorschützend, daß er sonst nicht, und wäre sie auch die römische Sybille selbst, an ihre Worte glauben könne. Die Frau, indem sie uns flüchtig von Kopf zu Fuß maß, sagte: das Zeichen würde sein, daß uns der große, gehörnte Rehbock, den der Sohn des Gärtners im Park erzog, auf dem Markt, worauf wir uns befanden, bevor wir ihn noch verlassen, entgegenkommen würde. Nun mußt du wissen, daß dieser, für die Dresdner Küche bestimmte Rehbock, in einem mit Latten hoch verzäunten Verschlage, den die Eichen des Parks beschatteten, hinter Schloß und Riegel aufbewahrt ward, dergestalt, daß, da überdies anderen kleineren Wildes und Geflügels wegen, der Park überhaupt und obenein der Garten, der zu ihm führte, in sorgfältigem Beschluß gehalten ward, schlechterdings nicht abzusehen war, wie uns das Tier, diesem sonderbaren Vorgeben gemäß, bis auf dem Platz, wo wir standen, entgegen kommen würde; gleichwohl schickte der Kurfürst aus Besorgnis vor einer dahinter steckenden Schelmerei, nach einer kurzen Abrede mit mir, entschlossen, auf unabänderliche Weise, alles was sie noch vorbringen würde, des Spaßes wegen, zu Schanden zu machen, ins Schloß, und befahl, daß der Rehbock augenblicklich getötet, und für die Tafel, an einem der nächsten Tage, zubereitet werden solle. Hierauf wandte er sich zu der Frau, vor welcher diese Sache laut verhandelt worden war, zurück, und sagte: nun, wohlan! was hast du mir für die Zukunft zu entdecken? Die Frau, indem sie in seine Hand sah, sprach: Heil meinem Kurfürsten und Herrn! Deine Gnaden wird lange regieren, das Haus, aus dem du stammst, lange bestehen, und deine Nachkommen groß und herrlich werden und zu Macht gelangen, vor allen Fürsten und Herren der Welt! Der Kurfürst, nach einer Pause, in welcher er die Frau gedankenvoll ansah, sagte halblaut, mit einem Schritte, den er zu mir tat, daß es ihm jetzo fast leid täte, einen Boten abgeschickt zu haben, um die Weissagung zu nichte zu machen; und während das Geld aus den Händen der Ritter, die ihm folgten, der Frau haufenweis, unter vielem Jubel, in den Schoß regnete, fragte er sie, indem er selbst in die Tasche griff, und ein Goldstück dazu legte: ob der Gruß, den sie mir zu eröffnen hätte, auch von so silbernem Klang wäre, als der seinige? Die Frau, nachdem sie einen Kasten, der ihr zur Seite stand, aufgemacht, und das Geld, nach Sorte und Menge, weitläufig und umständlich darin geordnet, und den Kasten wieder verschlossen hatte, schützte ihre Hand vor die Sonne, gleichsam als ob sie ihr lästig wäre, und sah mich an; und da ich die Frage an sie wiederholte, und, auf scherzhafte Weise, während sie meine Hand prüfte, zum Kurfürsten sagte: *mir*, scheint es, hat sie nichts, das eben angenehm wäre, zu verkündigen: so ergriff sie ihre Krücken, hob sich langsam daran vom Schemel empor, und indem sie sich, mit geheimnisvoll vorgehaltenen Händen, dicht zu mir heran drängte, flüsterte sie mir vernehmlich ins Ohr: nein! – So! sagt ich verwirrt, und trat einen Schritt vor der Gestalt zurück, die sich, mit einem Blick, kalt und leblos, wie aus marmornen Augen, auf den Schemel, der hinter ihr stand, zurücksetzte: von welcher Seite her droht meinem Hause Gefahr? Die Frau, indem sie eine Kohle und ein Papier zur Hand nahm und ihre Kniee kreuzte, fragte: ob sie es mir aufschreiben solle? und da ich, verlegen in der Tat, bloß weil mir, unter den bestehenden Umständen, nichts anders übrig blieb, antwortete: ja! das tu! so versetzte sie: ›wohlan! dreierlei schreib ich dir auf: den Namen des letzten Regenten deines Hauses, die Jahrszahl, da er sein Reich verlieren, und den Namen dessen, der es, durch die Gewalt der Waffen, an sich reißen wird.‹ Dies, vor den Augen allen Volks abgemacht, erhebt sie sich, verklebt den Zettel mit Lack, den sie in ihrem welken Munde befeuchtet, und drückt einen bleiernen, an ihrem Mittelfinger befindlichen Siegelring darauf. Und da ich den Zettel, neugierig, wie du leicht begreifst, mehr als Worte sagen können, erfassen will, spricht sie: ›mit nichten, Hoheit!‹ und wendet sich und hebt ihrer Krücken eine empor: ›von jenem Mann dort, der, mit dem Federhut, auf der Bank steht, hinter allem Volk, am Kircheneingang, lösest du, wenn es dir beliebt, den Zettel ein!‹ Und damit, ehe ich noch recht begriffen, was sie sagt, auf dem Platz, vor Erstaunen sprachlos, läßt sie mich stehen; und während sie den Kasten, der hinter ihr stand, zusammenschlug, und über den Rücken warf, mischt sie sich, ohne daß ich weiter bemerken konnte, was sie tut, unter den Haufen des uns umringenden Volks. Nun trat, zu meinem in der Tat herzlichen Trost, in eben diesem Augenblick der Ritter auf, den der Kurfürst ins Schloß geschickt hatte, und meldete ihm, mit lachendem Munde, daß der Rehbock getötet, und durch zwei Jäger, vor seinen Augen, in die Küche geschleppt worden sei. Der Kurfürst, indem er seinen Arm munter in den meinigen legte, in der Absicht, mich von dem Platz hinwegzuführen, sagte: nun, wohlan! so war die Prophezeiung eine alltägliche Gaunerei, und Zeit und Gold, die sie uns gekostet nicht wert! Aber wie groß war unser Erstaunen, da sich, noch während dieser Worte, ein Geschrei rings auf dem Platze erhob, und aller Augen sich einem großen, vom Schloßhof herantrabenden Schlächterhund zuwandten, der in der Küche den Rehbock als gute Beute beim Nacken erfaßt, und das Tier drei Schritte von uns, verfolgt von Knechten und Mägden, auf den Boden fallen ließ: dergestalt, daß in der Tat die Prophezeiung des Weibes, zum Unterpfand alles dessen, was sie vorgebracht, erfüllt, und der Rehbock uns bis auf den Markt, obschon allerdings tot, entgegen gekommen war. Der Blitz, der an einem Wintertag vom Himmel fällt, kann nicht vernichtender treffen, als mich dieser Anblick, und meine erste Bemühung, sobald ich der Gesellschaft in der ich mich befand, überhoben, war gleich, den Mann mit dem Federhut, den mir das Weib bezeichnet hatte, auszumitteln; doch keiner meiner Leute, unausgesetzt während drei Tage auf Kundschaft geschickt, war im Stande mir auch nur auf die entfernteste Weise Nachricht davon zu geben: und jetzt, Freund Kunz, vor wenig Wochen, in der Meierei zu Dahme, habe ich den Mann mit meinen eigenen Augen gesehn.« – Und damit ließ er die Hand des Kämmerers fahren; und während er sich den Schweiß abtrocknete, sank er wieder auf das Lager zurück. Der Kämmerer, der es für vergebliche Mühe hielt, mit seiner Ansicht von diesem Vorfall die Ansicht, die der Kurfürst davon hatte, zu durchkreuzen und zu berichtigen, bat ihn, doch irgend ein Mittel zu versuchen, des Zettels habhaft zu werden, und den Kerl nachher seinem Schicksal zu überlassen; doch der Kurfürst antwortete, daß er platterdings kein Mittel dazu sähe, obschon der Gedanke, ihn entbehren zu müssen, oder wohl gar die Wissenschaft davon mit diesem Menschen untergehen zu sehen, ihn dem Jammer und der Verzweiflung nahe brächte. Auf die Frage des Freundes: ob er denn Versuche gemacht, die Person der Zigeunerin selbst auszuforschen? erwiderte der Kurfürst, daß das Gubernium, auf einen Befehl, den er unter einem falschen Vorwand an dasselbe erlassen, diesem Weibe vergebens, bis auf den heutigen Tag, in allen Plätzen des

Kurfürstentums nachspüre: wobei er, aus Gründen, die er jedoch näher zu entwickeln sich weigerte, überhaupt zweifelte, daß sie in Sachsen auszumitteln sei. Nun traf es sich, daß der Kämmerer, mehrerer beträchtlichen Güter wegen, die seiner Frau aus der Hinterlassenschaft des abgesetzten und bald darauf verstorbenen Erzkanzlers, Grafen Kallheim, in der Neumark zugefallen waren, nach Berlin reisen wollte; dergestalt, daß, da er den Kurfürsten in der Tat liebte, er ihn nach einer kurzen Überlegung fragte: ob er ihm in dieser Sache freie Hand lassen wolle? und da dieser, indem er seine Hand herzlich an seine Brust drückte, antwortete: »denke, du seist ich, und schaff mir den Zettel!« so beschleunigte der Kämmerer, nachdem er seine Geschäfte abgegeben, um einige Tage seine Abreise, und fuhr, mit Zurücklassung seiner Frau, bloß von einigen Bedienten begleitet, nach Berlin ab.

Kohlhaas, der inzwischen, wie schon gesagt, in Berlin angekommen, und, auf einen Spezialbefehl des Kurfürsten, in ein ritterliches Gefängnis gebracht worden war, das ihn mit seinen fünf Kindern, so bequem als es sich tun ließ, empfing, war gleich nach Erscheinung des kaiserlichen Anwalts aus Wien, auf den Grund wegen Verletzung des öffentlichen, kaiserlichen Landfriedens, vor den Schranken des Kammergerichts zur Rechenschaft gezogen worden; und ob er schon in seiner Verantwortung einwandte, daß er wegen seines bewaffneten Einfalls in Sachsen, und der dabei verübten Gewalttätigkeiten, kraft des mit dem Kurfürsten von Sachsen zu Lützen abgeschlossenen Vergleichs, nicht belangt werden könne: so erfuhr er doch, zu seiner Belehrung, daß des Kaisers Majestät, deren Anwalt hier die Beschwerde führe, darauf keine Rücksicht nehmen könne: ließ sich auch sehr bald, da man ihm die Sache auseinander setzte und erklärte, wie ihm dagegen von Dresden her, in seiner Sache gegen den Junker Wenzel von Tronka, völlige Genugtuung widerfahren werde, die Sache gefallen. Demnach traf es sich, daß grade am Tage der Ankunft des Kämmerers, das Gesetz über ihn sprach, und er verurteilt ward mit dem Schwerte vom Leben zum Tode gebracht zu werden; ein Urteil, an dessen Vollstreckung gleichwohl, bei der verwickelten Lage der Dinge, seiner Milde ungeachtet, niemand glaubte, ja, das die ganze Stadt, bei dem Wohlwollen das der Kurfürst für den Kohlhaas trug, unfehlbar durch ein Machtwort desselben, in eine bloße, vielleicht beschwerliche und langwierige Gefängnisstrafe verwandelt zu sehen hoffte. Der Kämmerer, der gleichwohl einsah, daß keine Zeit zu verlieren sein möchte, falls der Auftrag, den ihm sein Herr gegeben, in Erfüllung gehen sollte, fing sein Geschäft damit an, sich dem Kohlhaas, am Morgen eines Tages, da derselbe in harmloser Betrachtung der Vorübergehenden, am Fenster seines Gefängnisses stand, in seiner gewöhnlichen Hoftracht, genau und umständlich zu zeigen; und da er, aus einer plötzlichen Bewegung seines Kopfes, schloß, daß der Roßhändler ihn bemerkt hatte, und besonders, mit großem Vergnügen, einen unwillkürlichen Griff desselben mit der Hand auf die Gegend der Brust, wo die Kapsel lag, wahrnahm: so hielt er das, was in der Seele desselben in diesem Augenblick vorgegangen war, für eine hinlängliche Vorbereitung, um in dem Versuch, des Zettels habhaft zu werden, einen Schritt weiter vorzurücken. Er bestellte ein altes, auf Krücken herumwandelndes Trödelweib zu sich, das er in den Straßen von Berlin, unter einem Troß andern, mit Lumpen handelnden Gesindels bemerkt hatte, und das ihm, dem Alter und der Tracht nach, ziemlich mit dem, das ihm der Kurfürst beschrieben hatte, übereinzustimmen schien; und in der Voraussetzung, der Kohlhaas werde sich die Züge derjenigen, die ihm in einer flüchtigen Erscheinung den Zettel überreicht hatte, nicht eben tief eingeprägt haben, beschloß er, das gedachte Weib statt ihrer unterzuschieben, und bei Kohlhaas, wenn es sich tun ließe, die Rolle, als ob sie die Zigeunerin wäre, spielen zu lassen. Dem gemäß, um sie dazu in Stand zu setzen, unterrichtete er sie umständlich von allem, was zwischen dem Kurfürsten und der gedachten Zigeunerin in Jüterbock vorgefallen war, wobei er, weil er nicht wußte, wie weit das Weib in ihren Eröffnungen gegen den Kohlhaas gegangen war, nicht vergaß, ihr besonders die drei geheimnisvollen, in dem Zettel enthaltenen Artikel einzuschärfen; und nachdem er ihr auseinandergesetzt hatte, was sie, auf abgerissene und unverständliche Weise, fallen lassen müsse, gewisser Anstalten wegen, die man getroffen, sei es durch List oder durch Gewalt, des Zettels, der dem sächsischen Hofe von der äußersten Wichtigkeit sei, habhaft zu werden, trug er ihr auf, dem Kohlhaas den Zettel, unter dem Vorwand, daß derselbe bei ihm nicht mehr sicher sei, zur Aufbewahrung während einiger verhängnisvollen Tage, abzufordern. Das Trödelweib übernahm auch sogleich gegen die Verheißung einer beträchtlichen Belohnung, wovon der Kämmerer ihr auf ihre Forderung einen Teil im voraus bezahlen mußte, die Ausführung des besagten Geschäfts; und da die Mutter des bei Mühlberg gefallenen Knechts Herse, den Kohlhaas, mit Erlaubnis der Regierung, zuweilen besuchte, diese Frau ihr aber seit einigen Monden her, bekannt war: so gelang es ihr, an einem der nächsten Tage, vermittelst einer kleinen Gabe an den Kerkermeister, sich bei dem Roßkamm Eingang zu verschaffen. – Kohlhaas aber, als diese Frau zu ihm eintrat, meinte, an einem Siegelring, den sie an der Hand trug, und einer ihr vom Hals herabhangenden Korallenkette, die bekannte alte Zigeunerin selbst wieder zu erkennen, die ihm in Jüterbock den Zettel überreicht hatte; und wie denn die Wahrscheinlichkeit nicht immer auf Seiten der Wahrheit ist, so traf es sich, daß hier etwas geschehen war, das wir zwar berichten: die Freiheit aber, daran zu zweifeln, demjenigen, dem es wohlgefällt, zugestehen müssen: der Kämmerer hatte den ungeheuersten Mißgriff begangen, und in dem alten Trödelweib, das er in den Straßen von Berlin aufgriff, um die Zigeunerin nachzuahmen, die geheimnisreiche Zigeunerin selbst getroffen, die er nachgeahmt wissen wollte. Wenigstens berichtete das Weib, indem sie, auf ihre Krücken gestützt, die Wangen der Kinder streichelte, die sich, betroffen von ihrem wunderlichen Anblick, an den Vater lehnten: daß sie schon seit geraumer Zeit aus dem Sächsischen ins Brandenburgische zurückgekehrt sei, und sich, auf eine, in den Straßen von Berlin unvorsichtig gewagte Frage des Kämmerers, nach der Zigeunerin, die im Frühjahr des verflossenen Jahres, in Jüterbock gewesen, sogleich an ihn gedrängt, und, unter einem falschen Namen, zu dem Geschäfte, das er besorgt wissen wollte, angetragen habe. Der Roßhändler, der eine sonderbare Ähnlichkeit zwischen ihr und seinem verstorbenen Weibe Lisbeth bemerkte, dergestalt, daß er sie hätte fragen können, ob sie ihre Großmutter sei: denn nicht nur, daß die Züge ihres Gesichts, ihre Hände, auch in ihrem knöchernen Bau noch schön, und besonders der Gebrauch, den sie davon im Reden machte, ihn aufs lebhafteste an sie erinnerten: auch ein Mal, womit seiner Frauen Hals bezeichnet war, bemerkte er an dem ihrigen. Der Roßhändler nötigte sie, unter Gedanken, die sich seltsam in ihm kreuzten, auf einen Stuhl nieder, und fragte, was sie in aller Welt in Geschäften des Kämmerers zu ihm führe? Die Frau, während der alte Hund des Kohlhaas ihre Kniee umschnüffelte, und von ihrer Hand gekraut, mit dem Schwanz wedelte, antwortete: »der Auftrag, den ihr der Kämmerer gegeben, wäre, ihm zu eröffnen, auf welche drei dem sächsischen Hofe wichtigen Fragen der Zettel geheimnisvolle Antwort enthalte; ihn vor einem Abgesandten, der sich in Berlin befinde, um seiner habhaft zu werden, zu warnen: und ihm den Zettel, unter dem Vorwande, daß er an seiner Brust, wo er ihn trage, nicht mehr sicher sei, abzufordern. Die Absicht aber, in der sie komme, sei, ihm zu sagen, daß die Drohung ihn durch Arglist oder Gewalttätigkeit um den Zettel zu bringen, abgeschmackt, und ein leeres Trugbild sei; daß er unter dem Schutz des Kurfürsten von Brandenburg, in dessen Verwahrsam er sich befinde, nicht das Mindeste für denselben zu befürchten habe; ja, daß das Blatt bei ihm weit sicherer sei, als bei ihr, und daß er sich wohl hüten möchte, sich durch Ablieferung desselben, an wen und unter welchem Vorwand es auch sei, darum bringen zu lassen. – Gleichwohl schloß sie, daß sie es für klug hielte, von dem Zettel den Gebrauch zu machen, zu welchem sie ihm denselben auf dem Jahrmarkt zu Jüterbock eingehändigt, dem Antrag, den man ihm auf der Grenze durch den Junker vom Stein gemacht, Gehör zu geben, und den Zettel, der ihm selbst weiter nichts nutzen könne, für Freiheit und Leben an den Kurfürsten von Sachsen auszuliefern.« Kohlhaas, der über die Macht jauchzte, die ihm gegeben war, seines Feindes Ferse, in dem Augenblick, da sie ihn in den Staub trat, tödlich zu verwunden, antwortete: nicht um die Welt, Mütterchen, nicht um die Welt! und drückte der Alten Hand, und wollte nur wissen, was für Antworten auf die ungeheuren Fragen im Zettel enthalten wären? Die Frau, inzwischen sie das Jüngste, das sich zu ihren Füßen niedergekauert hatte, auf den Schoß nahm, sprach: »nicht um die Welt, Kohlhaas, der Roßhändler; aber um diesen hübschen, kleinen, blonden Jungen!« und damit lachte sie ihn an, herzte und küßte ihn, der sie mit großen Augen ansah, und reichte ihm, mit ihren dürren Händen, einen Apfel, den sie in ihrer Tasche trug, dar. Kohlhaas sagte verwirrt: daß die Kinder selbst, wenn sie groß wären, ihn, um seines Verfahrens loben würden, und daß er, für sie und ihre Enkel nichts Heilsameres tun könne, als den Zettel behalten. Zudem fragte er, wer ihn, nach der Erfahrung, die er gemacht, vor einem neuen Betrug sicher stelle, und ob er nicht zuletzt, unnützer Weise, den Zettel, wie jüngst den Kriegshaufen, den er in Lützen zusammengebracht, an den Kurfürsten aufopfern würde? »Wer mir sein Wort einmal gebrochen,« sprach er, »mit dem wechsle ich keins mehr; und nur deine Forderung, bestimmt und unzweideutig, trennt mich, gutes Mütterchen, von dem Blatt, durch welches mir für alles, was ich erlitten, auf so wunderbare Weise Genugtuung geworden ist.« Die Frau, indem sie das Kind auf den Boden setzte, sagte: daß er in mancherlei Hinsicht recht hätte, und daß er tun und lassen könnte, was er wollte! Und damit nahm sie ihre Krücken wieder zur Hand, und wollte gehn. Kohlhaas wiederholte seine Frage, den Inhalt des wunderbaren Zettels betreffend; er wünschte, da sie flüchtig antwortete: »daß er ihn ja eröffnen könne, obschon es eine bloße Neugierde wäre,« noch über tausend andere Dinge, bevor sie ihn verließe, Aufschluß zu erhalten; wer sie eigentlich sei, woher sie zu der Wissenschaft, die ihr inwohne, komme, warum sie dem Kurfürsten, für den er doch geschrieben, den Zettel verweigert, und grade ihm, unter so vielen tausend Menschen, der ihrer Wissenschaft nie begehrt, das Wunderblatt überreicht habe? – – Nun traf es sich, daß in eben diesem Augenblick ein Geräusch hörbar ward, das einige Polizei-Offizianten, die die Treppe heraufstiegen, verursachten; dergestalt, daß das Weib, von plötzlicher Besorgnis, in diesen Gemächern von ihnen betroffen zu werden, ergriffen, antwortete: »auf Wiedersehen Kohlhaas, auf Wiedersehn! Es soll dir, wenn wir uns wiedertreffen, an Kenntnis über dies alles nicht fehlen!« Und damit, indem sie sich gegen die Tür wandte, rief sie: »lebt wohl, Kinderchen, lebt wohl!« küßte das kleine Geschlecht nach der Reihe, und ging ab.

Inzwischen hatte der Kurfürst von Sachsen, seinen jammervollen Gedanken preisgegeben, zwei Astrologen, namens Oldenholm und Olearius, welche damals in Sachsen in großem Ansehen standen, herbeigerufen, und wegen des Inhalts des geheimnisvollen, ihm und dem ganzen Geschlecht seiner Nachkommen so wichtigen Zettels zu Rate gezogen; und da die Männer, nach einer, mehrere Tage lang im Schloßturm zu Dresden fortgesetzten, tiefsinnigen Untersuchung, nicht einig werden konnten, ob die Prophezeiung sich auf späte Jahrhunderte oder aber auf die jetzige Zeit beziehe, und vielleicht die Krone Polen, mit welcher die Verhältnisse immer noch sehr kriegerisch waren, damit gemeint sei: so wurde durch solchen gelehrten Streit, statt sie zu zerstreuen, die Unruhe, um nicht zu sagen, Verzweiflung, in welcher sich dieser unglückliche Herr befand, nur geschärft, und zuletzt bis auf einen Grad, der seiner Seele ganz unerträglich war, vermehrt. Dazu kam, daß der Kämmerer um diese Zeit seiner Frau, die im Begriff stand, ihm nach Berlin zu folgen, auftrug, dem Kurfürsten, bevor sie abreiste, auf eine geschickte Art beizubringen, wie mißlich es nach einem verunglückten Versuch, den er mit einem Weibe gemacht, das sich seitdem nicht wieder habe blicken lassen, mit der Hoffnung aussehe, des Zettels in dessen Besitz der Kohlhaas sei, habhaft zu werden, indem das über ihn gefällte Todesurteil, nunmehr, nach einer umständlichen Prüfung der Akten, von dem Kurfürsten von Brandenburg unterzeichnet, und der Hinrichtungstag bereits auf den Montag nach Palmarum festgesetzt sei; auf welche Nachricht der Kurfürst sich, das Herz von Kummer und Reue zerrissen, gleich einem ganz Verlorenen, in seinem Zimmer verschloß, während zwei Tage, des Lebens satt, keine Speise zu sich nahm, und am dritten plötzlich, unter der kurzen Anzeige an das Gubernium, daß er zu dem Fürsten von Dessau auf die Jagd reise, aus Dresden verschwand. Wohin er eigentlich ging, und ob er sich nach Dessau wandte, lassen wir dahin gestellt sein, indem die Chroniken, aus deren Vergleichung wir Bericht erstatten, an dieser Stelle, auf befremdende Weise, einander widersprechen und aufheben. Gewiß ist, daß der Fürst von Dessau, unfähig zu jagen, um diese Zeit krank in Braunschweig, bei seinem Oheim, dem Herzog Heinrich, lag, und daß die Dame Heloise, am Abend des folgenden Tages, in Gesellschaft eines Grafen von Königstein, den sie für ihren Vetter ausgab, bei dem Kämmerer Herrn Kunz, ihrem Gemahl, in Berlin eintraf. – Inzwischen war dem Kohlhaas, auf Befehl des Kurfürsten, das Todesurteil vorgelesen, die Ketten abgenommen, und die über sein Vermögen lautenden Papiere, die ihm in Dresden abgesprochen worden waren, wieder zugestellt worden; und da die Räte, die das Gericht an ihn abgeordnet hatte, ihn fragten, wie er es mit dem, was er besitze, nach seinem Tode gehalten wissen wolle: so verfertigte er, mit Hülfe eines Notars, zu seiner Kinder Gunsten ein Testament, und setzte den Amtmann zu Kohlhaasenbrück, seinen wackern Freund, zum Vormund derselben ein. Demnach glich nichts der Ruhe und Zufriedenheit seiner letzten Tage; denn auf eine sonderbare Spezial-Verordnung des Kurfürsten war bald darauf auch noch der Zwinger, in welchem er sich befand, eröffnet, und allen seinen Freunden, deren er sehr viele in der Stadt besaß, bei Tag und Nacht freier Zutritt zu ihm verstattet worden. Ja, er hatte noch die Genugtuung, den Theologen Jakob Freising, als einen Abgesandten Doktor Luthers, mit einem eigenhändigen, ohne Zweifel sehr merkwürdigen Brief, der aber verloren gegangen ist, in sein Gefängnis treten zu sehen, und von diesem geistlichen Herrn in Gegenwart zweier brandenburgischen Dechanten, die ihm an die Hand gingen, die Wohltat der heiligen Kommunion zu empfangen. Hierauf erschien nun, unter einer allgemeinen Bewegung der Stadt, die sich immer noch nicht entwöhnen konnte, auf ein Machtwort, das ihn rettete, zu hoffen, der verhängnisvolle Montag nach Palmarum, an welchem er die Welt, wegen des allzuraschen Versuchs, sich selbst in ihr Recht verschaffen zu wollen, versöhnen sollte. Eben trat er, in Begleitung einer starken Wache, seine beiden Knaben auf dem Arm (denn diese Vergünstigung hatte er sich ausdrücklich vor den Schranken des Gerichts ausgebeten), von dem Theologen Jakob Freising geführt, aus dem Tor seines Gefängnisses, als unter einem wehmütigen Gewimmel von Bekannten, die ihm die Hände drückten, und von ihm Abschied nahmen, der Kastellan des kurfürstlichen Schlosses, verstört im Gesicht, zu ihm herantrat, und ihm ein Blatt gab, das ihm, wie er sagte, ein altes Weib für ihn eingehändigt. Kohlhaas, während er den Mann der ihm nur wenig bekannt war, befremdet ansah, eröffnete das Blatt, dessen Siegelring ihn, im Mundlack ausgedrückt, sogleich an die bekannte Zigeunerin erinnerte. Aber wer beschreibt das Erstaunen, das ihn ergriff, als er folgende Nachricht darin fand: »Kohlhaas, der Kurfüst von Sachsen ist in Berlin; auf den Richtplatz schon ist er vorangegangen, und wird, wenn dir daran liegt, an einem

Hut, mit blauen und weißen Federbüschen kenntlich sein. Die Absicht, in der er kömmt, brauche ich dir nicht zu sagen; er will die Kapsel, sobald du verscharrt bist, ausgraben, und den Zettel, der darin befindlich ist, eröffnen lassen. – Deine Elisabeth.« – Kohlhaas, indem er sich auf das äußerste bestürzt zu dem Kastellan umwandte, fragte ihn: ob er das wunderbare Weib, das ihm den Zettel übergeben, kenne? Doch da der Kastellan antwortete: »Kohlhaas, das Weib« – – und in Mitten der Rede auf sonderbare Weise stockte, so konnte er, von dem Zuge, der in diesem Augenblick wieder antrat, fortgerissen, nicht vernehmen, was der Mann, der an allen Gliedern zu zittern schien, vorbrachte. – Als er auf dem Richtplatz ankam, fand er den Kurfürsten von Brandenburg mit seinem Gefolge, worunter sich auch der Erzkanzler, Herr Heinrich von Geusau befand, unter einer unermeßlichen Menschenmenge, daselbst zu Pferde halten: ihm zur Rechten der kaiserliche Anwalt Franz Müller, eine Abschrift des Todesurteils in der Hand; ihm zur Linken, mit dem Konklusum des Dresdner Hofgerichts, sein eigener Anwalt, der Rechtsgelehrte Anton Zäuner; ein Herold in der Mitte des halboffenen Kreises, den das Volk schloß, mit einem Bündel Sachen, und den beiden, von Wohlsein glänzenden, die Erde mit ihren Hufen stampfenden Rappen. Denn der Erzkanzler, Herr Heinrich, hatte die Klage, die er, im Namen seines Herrn, in Dresden anhängig gemacht, Punkt für Punkt, und ohne die mindeste Einschränkung gegen den Junker Wenzel von Tronka, durchgesetzt; dergestalt, daß die Pferde, nachdem man sie durch Schwingung einer Fahne über ihre Häupter, ehrlich gemacht, und aus den Händen des Abdeckers, der sie ernährte, zurückgezogen hatte, von den Leuten des Junkers dickgefüttert, und in Gegenwart einer eigens dazu niedergesetzten Kommission, dem Anwalt, auf dem Markt zu Dresden, übergeben worden waren. Demnach sprach der Kurfürst, als Kohlhaas von der Wache begleitet, auf den Hügel zu ihm heranschritt: Nun, Kohlhaas, heut ist der Tag, an dem dir dein Recht geschieht! Schau her, hier liefere ich dir alles, was du auf der Tronkenburg gewaltsamer Weise eingebüßt, und was ich, als dein Landesherr, dir wieder zu verschaffen, schuldig war, zurück: Rappen, Halstuch, Reichsgulden, Wäsche, bis auf die Kurkosten sogar für deinen bei Mühlberg gefallenen Knecht

Herse. Bist du mit mir zufrieden? – Kohlhaas, während er das, ihm auf den Wink des Erzkanzlers eingehändigte Konklusum, mit großen, funkelnden Augen überlas, setzte die beiden Kinder, die er auf dem Arm trug, neben sich auf den Boden nieder; und da er auch einen Artikel darin fand, in welchem der Junker Wenzel zu zweijähriger Gefängnisstrafe verurteilt ward: so ließ er sich, aus der Ferne, ganz überwältigt von Gefühlen, mit kreuzweis auf die Brust gelegten Händen, vor dem Kurfürsten nieder. Er versicherte freudig dem Erzkanzler, indem er aufstand, und die Hand auf seinen Schoß legte, daß sein höchster Wunsch auf Erden erfüllt sei; trat an die Pferde heran, musterte sie, und klopfte ihren feisten Hals; und erklärte dem Kanzler, indem er wieder zu ihm zurückkam, heiter: »daß er sie seinen beiden Söhnen Heinrich und Leopold schenke!« Der Kanzler, Herr Heinrich von Geusau, vom Pferde herab mild zu ihm gewandt, versprach ihm, in des Kurfürsten Namen, daß sein letzter Wille heilig gehalten werden solle: und forderte ihn auf, auch über die übrigen im Bündel befindlichen Sachen, nach seinem Gutdünken zu schalten. Hierauf rief Kohlhaas die alte Mutter Hersens, die er auf dem Platz wahrgenommen hatte, aus dem Haufen des Volks hervor, und indem er ihr die Sachen übergab, sprach er: »da, Mütterchen; das gehört dir!« – die Summe, die, als Schadenersatz für ihn, bei dem im Bündel liegenden Gelde befindlich war, als ein Geschenk noch, zur Pflege und Erquickung ihrer alten Tage, hinzufügend. – – Der Kurfürst rief: »nun, Kohlhaas, der Roßhändler, du, dem solchergestalt Genugtuung geworden, mache dich bereit, kaiserlicher Majestät, deren Anwalt hier steht, wegen des Bruchs ihres Landfriedens, deinerseits Genugtuung zu geben!« Kohlhaas, indem er seinen Hut abnahm, und auf die Erde warf, sagte: daß er bereit dazu wäre! übergab die Kinder, nachdem er sie noch einmal vom Boden erhoben, und an seine Brust gedrückt hatte, dem Amtmann von Kohlhaasenbrück, und trat, während dieser sie unter stillen Tränen, vom Platz hinwegführte, an den Block. Eben knüpfte er sich das Tuch vom Hals ab und öffnete seinen Brustlatz: als er, mit einem flüchtigen Blick auf den Kreis, den das Volk bildete, in geringer Entfernung von sich, zwischen zwei Rittern, die ihn mit ihren Leibern halb deckten, den wohlbekannten Mann mit blauen und weißen Federbüschen wahrnahm. Kohlhaas löste sich, indem er mit einem plötzlichen, die Wache, die ihn umringte, befremdenden Schritt, dicht vor ihn trat, die Kapsel von der Brust; er nahm den Zettel heraus, entsiegelte ihn, und überlas ihn: und das Auge unverwandt auf den Mann mit blauen und weißen Federbüschen gerichtet, der bereits süßen Hoffnungen Raum zu geben anfing, steckte er ihn in den Mund und verschlang ihn. Der Mann mit blauen und weißen Federbüschen sank, bei diesem Anblick, ohnmächtig, in Krämpfen nieder. Kohlhaas aber, während die bestürzten Begleiter desselben sich herabbeugten, und ihn vom Boden aufhoben, wandte sich zu dem Schafott, wo sein Haupt unter dem Beil des Scharfrichters fiel. Hier endigt die Geschichte vom Kohlhaas. Man legte die Leiche unter einer allgemeinen Klage des Volks in einen Sarg; und während die Träger sie aufhoben, um sie anständig auf den Kirchhof der Vorstadt zu begraben, rief der Kurfürst die Söhne des Abgeschiedenen herbei und schlug sie, mit der Erklärung an den Erzkanzler, daß sie in seiner Pagenschule erzogen werden sollten, zu Rittern. Der Kurfürst von Sachsen kam bald darauf, zerrissen an Leib und Seele, nach Dresden zurück, wo man das Weitere in der Geschichte nachlesen muß. Vom Kohlhaas aber haben noch im vergangenen Jahrhundert, im Mecklenburgischen, einige frohe und rüstige Nachkommen gelebt.

DIE MARQUISE VON O...

(Nach einer wahren Begebenheit, deren Schauplatz vom Norden nach
dem Süden verlegt worden)

In M..., einer bedeutenden Stadt im oberen Italien, ließ die verwitwete Marquise von O..., eine Dame von vortrefflichem
Ruf, und Mutter von mehreren wohlerzogenen Kindern, durch
die Zeitungen bekannt machen: daß sie, ohne ihr Wissen, in
andre Umstände gekommen sei, daß der Vater zu dem Kinde,
das sie gebären würde, sich melden solle; und daß sie, aus Fami-
lienrücksichten, entschlossen wäre, ihn zu heiraten. Die Dame,
die einen so sonderbaren, den Spott der Welt reizenden Schritt,
beim Drang unabänderlicher Umstände, mit solcher Sicherheit
tat, war die Tochter des Herrn von G..., Kommandanten der
Zitadelle bei M... Sie hatte, vor ungefähr drei Jahren, ihren Gemahl, den Marquis von O..., dem sie auf das innigste und zärtlichste zugetan war, auf einer Reise verloren, die er, in Geschäften der Familie, nach Paris gemacht hatte. Auf Frau von G...s,
ihrer würdigen Mutter, Wunsch, hatte sie, nach seinem Tode,
den Landsitz verlassen, den sie bisher bei V... bewohnt hatte,
und war, mit ihren beiden Kindern, in das Kommandantenhaus,
zu ihrem Vater, zurückgekehrt. Hier hatte sie die nächsten Jahre
mit Kunst, Lektüre, mit Erziehung, und ihrer Eltern Pflege beschäftigt, in der größten Eingezogenheit zugebracht: bis der...
Krieg plötzlich die Gegend umher mit den Truppen fast aller
Mächte und auch mit russischen erfüllte. Der Obrist von G...,
welcher den Platz zu verteidigen Order hatte, forderte seine Gemahlin und seine Tochter auf, sich auf das Landgut, entweder der
letzteren, oder seines Sohnes, das bei V... lag, zurückzuziehen.
Doch ehe sich die Abschätzung noch, hier der Bedrängnisse, denen
man in der Festung, dort der Greuel, denen man auf dem platten
Lande ausgesetzt sein konnte, auf der Waage der weiblichen Überlegung entschieden hatte: war die Zitadelle von den russischen
Truppen schon berennt, und aufgefordert, sich zu ergeben. Der

Obrist erklärte gegen seine Familie, daß er sich nunmehr verhalten würde, als ob sie nicht vorhanden wäre; und antwortete mit Kugeln und Granaten. Der Feind, seinerseits, bombardierte die Zitadelle. Er steckte die Magazine in Brand, eroberte ein Außenwerk, und als der Kommandant, nach einer nochmaligen Aufforderung, mit der Übergabe zauderte, so ordnete er einen nächtlichen Überfall an, und eroberte die Festung mit Sturm.

Eben als die russischen Truppen, unter einem heftigen Haubitzenspiel, von außen eindrangen, fing der linke Flügel des Kommandantenhauses Feuer und nötigte die Frauen, ihn zu verlassen. Die Obristin, indem sie der Tochter, die mit den Kindern die Treppe hinabfloh, nacheilte, rief, daß man zusammenbleiben, und sich in die unteren Gewölbe flüchten möchte; doch eine Granate, die, eben in diesem Augenblicke, in dem Hause zerplatzte, vollendete die gänzliche Verwirrung in demselben. Die Marquise kam, mit ihren beiden Kindern, auf den Vorplatz des Schlosses, wo die Schüsse schon, im heftigsten Kampf, durch die Nacht blitzten, und sie, besinnungslos, wohin sie sich wenden solle, wieder in das brennende Gebäude zurückjagten. Hier, unglücklicher Weise, begegnete ihr, da sie eben durch die Hintertür entschlüpfen wollte, ein Trupp feindlicher Scharfschützen, der, bei ihrem Anblick, plötzlich still ward, die Gewehre über die Schultern hing, und sie, unter abscheulichen Gebärden, mit sich fortführte. Vergebens rief die Marquise, von der entsetzlichen, sich unter einander selbst bekämpfenden, Rotte bald hier, bald dorthin gezerrt, ihre zitternden, durch die Pforte zurückfliehenden Frauen, zu Hülfe. Man schleppte sie in den hinteren Schloßhof, wo sie eben, unter den schändlichsten Mißhandlungen, zu Boden sinken wollte, als, von dem Zetergeschrei der Dame herbeigerufen, ein russischer Offizier erschien, und die Hunde, die nach solchem Raub lüstern waren, mit wütenden Hieben zerstreute. Der Marquise schien er ein Engel des Himmels zu sein. Er stieß noch dem letzten viehischen Mordknecht, der ihren schlanken Leib umfaßt hielt, mit dem Griff des Degens ins Gesicht, daß er, mit aus dem Mund vorquellendem Blut, zurücktaumelte; bot dann der Dame, unter einer verbindlichen, französischen Anrede den Arm, und führte sie, die von allen solchen Auftritten sprachlos war, in den anderen, von der Flamme noch nicht ergriffenen, Flügel des Palastes, wo sie auch völlig bewußtlos niedersank. Hier – traf er, da bald darauf ihre erschrockenen Frauen erschienen, Anstalten, einen Arzt zu rufen; versicherte, indem er sich den Hut aufsetzte, daß sie sich bald erholen würde; und kehrte in den Kampf zurück.

. Der Platz war in kurzer Zeit völlig erobert, und der Kommandant, der sich nur noch wehrte, weil man ihm keinen Pardon geben wollte, zog sich eben mit sinkenden Kräften nach dem Portal des Hauses zurück, als der russische Offizier, sehr erhitzt im Gesicht, aus demselben hervortrat, und ihm zurief, sich zu ergeben. Der Kommandant antwortete, daß er auf diese Aufforderung nur gewartet habe, reichte ihm seinen Degen dar, und bat sich die Erlaubnis aus, sich ins Schloß begeben, und nach seiner Familie umsehen zu dürfen. Der russische Offizier, der, nach der Rolle zu urteilen, die er spielte, einer der Anführer des Sturms zu sein schien, gab ihm, unter Begleitung einer Wache, diese Freiheit; setzte sich, mit einiger Eilfertigkeit, an die Spitze eines Detachements, entschied, wo er noch zweifelhaft sein mochte, den Kampf, und bemannte schleunigst die festen Punkte des Forts. Bald darauf kehrte er auf den Waffenplatz zurück, gab Befehl, der Flamme, welche wütend um sich zu greifen anfing, Einhalt zu tun, und leistete selbst hierbei Wunder der Anstrengung, als man seine Befehle nicht mit dem gehörigen Eifer befolgte. Bald kletterte er, den Schlauch in der Hand, mitten unter brennenden Giebeln umher, und regierte den Wasserstrahl; bald steckte er, die Naturen der Asiaten mit Schaudern erfüllend, in den Arsenälen, und wälzte Pulverfässer und gefüllte Bomben heraus. Der Kommandant, der inzwischen in das Haus getreten war, geriet auf die Nachricht von dem Unfall, der die Marquise betroffen hatte, in die äußerste Bestürzung. Die Marquise, die sich schon völlig, ohne Beihülfe des Arztes, wie der russische Offizier vorher gesagt hatte, aus ihrer Ohnmacht wieder erholt hatte, und bei der Freude, alle die Ihrigen gesund und wohl zu sehen, nur noch, um die übermäßige Sorge derselben zu beschwichtigen, das Bett hütete, versicherte ihn, daß sie keinen andern Wunsch habe, als aufstehen zu dürfen, um ihrem Retter ihre Dankbarkeit zu bezeugen. Sie wußte schon, daß er der Graf F . . ., Obristlieutenant vom t . . .n Jägerkorps, und Ritter eines Verdienst- und mehrerer anderen Orden war. Sie bat ihren Vater, ihn inständigst zu ersuchen, daß er die Zitadelle nicht verlasse, ohne sich einen Augenblick im Schloß gezeigt zu haben. Der Kommandant, der das Gefühl seiner Tochter ehrte, kehrte auch ungesäumt in das Fort zurück, und trug ihm, da er unter unaufhörlichen Kriegsanordnungen umherschweifte, und keine bessere Gelegenheit zu finden war, auf den Wällen, wo er eben die zerschossenen Rotten revidierte, den Wunsch seiner gerührten Tochter vor. Der Graf versicherte ihn, daß er nur auf den Augenblick warte, den er seinen Geschäften würde abmüßigen können, um ihr seine Ehrerbietigkeit zu bezeugen. Er wollte noch hören, wie sich die Frau Marquise befinde? als ihn die Rapporte mehrer Offiziere schon wieder in das Gewühl des Krieges zurückrissen. Als der Tag anbrach, erschien der Befehlshaber der russischen Truppen, und besichtigte das Fort. Er bezeugte dem Kommandanten seine Hochachtung, bedauerte, daß das Glück seinen Mut nicht besser unterstützt habe, und gab ihm, auf sein Ehrenwort, die Freiheit, sich hinzubegeben, wohin er wolle. Der Kommandant versicherte ihn seiner Dankbarkeit, und äußerte, wie viel er, an diesem Tage, den Russen überhaupt, und besonders dem jungen Grafen F..., Obristlieutenant vom t...n Jägerkorps, schuldig geworden sei. Der General fragte, was vorgefallen sei; und als man ihn von dem frevelhaften Anschlag auf die Tochter desselben unterrichtete, zeigte er sich auf das äußerste entrüstet. Er rief den Grafen F... bei Namen vor. Nachdem er ihm zuvörderst wegen seines eignen edelmütigen Verhaltens eine kurze Lobrede gehalten hatte: wobei der Graf über das ganze Gesicht rot ward; schloß er, daß er die Schandkerle, die den Namen des Kaisers brandmarkten, niederschießen lassen wolle; und befahl ihm, zu sagen, wer sie seien? Der Graf F... antwortete, in einer verwirrten Rede, daß er nicht im Stande sei, ihre Namen anzugeben, indem es ihm, bei dem schwachen Schimmer der Reverberen im Schloßhof, unmöglich gewesen wäre, ihre Gesichter zu erkennen. Der General, welcher gehört hatte, daß damals schon das Schloß in Flammen stand, wunderte sich darüber; er bemerkte, wie man wohl bekannte Leute in der Nacht an ihren Stimmen erkennen könnte; und gab ihm, da er mit einem verlegenen Gesicht die Achseln zuckte, auf, der Sache auf das allereifrigste und strengste nachzuspüren. In diesem Augenblick berichtete jemand, der sich aus dem hintern Kreise hervordrängte, daß einer von den, durch den Grafen F . . . verwundeten, Frevlern, da er in dem Korridor niedergesunken, von den Leuten des Kommandanten in ein Behältnis geschleppt worden, und darin noch befindlich sei. Der General ließ diesen hierauf durch eine Wache herbeiführen, ein kurzes Verhör über ihn halten; und die ganze Rotte, nachdem jener sie genannt hatte, fünf an der Zahl zusammen, erschießen. Dies abgemacht, gab der General, nach Zurücklassung einer kleinen Besatzung, Befehl zum allgemeinen Aufbruch der übrigen Truppen; die Offiziere zerstreuten sich eiligst zu ihren Korps; der Graf trat, durch die Verwirrung der Auseinander-Eilenden, zum Kommandanten, und bedauerte, daß er sich der Frau Marquise, unter diesen Umständen, gehorsamst empfehlen müsse: und in weniger, als einer Stunde, war das ganze Fort von Russen wieder leer.

Die Familie dachte nun darauf, wie sie in der Zukunft eine Gelegenheit finden würde, dem Grafen irgend eine Äußerung ihrer Dankbarkeit zu geben; doch wie groß war ihr Schrecken, als sie erfuhr, daß derselbe noch am Tage seines Aufbruchs aus dem Fort, in einem Gefecht mit den feindlichen Truppen, seinen Tod gefunden habe. Der Kurier, der diese Nachricht nach M... brachte, hatte ihn mit eignen Augen, tödlich durch die Brust geschossen, nach P . . . tragen sehen, wo er, wie man sichere Nachricht hatte, in dem Augenblick, da ihn die Träger von den Schultern nehmen wollten, verblichen war. Der Kommandant, der sich selbst auf das Posthaus verfügte, und sich nach den näheren Umständen dieses Vorfalls erkundigte, erfuhr noch, daß er auf dem Schlachtfeld, in dem Moment, da ihn der Schuß traf, gerufen habe: »Julietta! Diese Kugel rächt dich!« und nachher seine Lippen auf immer geschlossen hätte. Die Marquise war untröstlich, daß sie die Gelegenheit hatte vorbeigehen lassen, sich zu seinen Füßen zu werfen. Sie machte sich die lebhaftesten Vorwürfe, daß sie ihn, bei seiner, vielleicht aus Bescheidenheit, wie sie meinte, herrührenden Weigerung, im Schlosse zu erscheinen, nicht selbst aufgesucht habe; bedauerte die Unglückliche, ihre Namensschwester, an die er noch im Tode gedacht hatte; bemühte sich vergebens, ihren Aufenthalt zu erforschen, um sie von diesem unglücklichen und rührenden Vorfall zu unterrichten;

und mehrere Monden vergingen, ehe sie selbst ihn vergessen konnte.

Die Familie mußte nun das Kommandantenhaus räumen, um dem russischen Befehlshaber darin Platz zu machen. Man überlegte anfangs, ob man sich nicht auf die Güter des Kommandanten begeben sollte, wozu die Marquise einen großen Hang hatte; doch da der Obrist das Landleben nicht liebte, so bezog die Familie ein Haus in der Stadt, und richtete sich dasselbe zu einer immerwährenden Wohnung ein. Alles kehrte nun in die alte Ordnung der Dinge zurück. Die Marquise knüpfte den lange unterbrochenen Unterricht ihrer Kinder wieder an, und suchte, für die Feierstunden, ihre Staffelei und Bücher hervor: als sie sich, sonst die Göttin der Gesundheit selbst, von wiederholten Unpäßlichkeiten befallen fühlte, die sie ganze Wochen lang, für die Gesellschaft untauglich machten. Sie litt an Übelkeiten, Schwindeln und Ohnmachten, und wußte nicht, was sie aus diesem sonderbaren Zustand machen solle. Eines Morgens, da die Familie beim Tee saß, und der Vater sich, auf einen Augenblick, aus dem Zimmer entfernt hatte, sagte die Marquise, aus einer langen Gedankenlosigkeit erwachend, zu ihrer Mutter: wenn mir eine Frau sagte, daß sie ein Gefühl hätte, ebenso, wie ich jetzt, da ich die Tasse ergriff, so würde ich bei mir denken, daß sie in gesegneten Leibesumständen wäre. Frau von G ... sagte, sie verstände sie nicht. Die Marquise erklärte sich noch einmal, daß sie eben jetzt eine Sensation gehabt hätte, wie damals, als sie mit ihrer zweiten Tochter schwanger war. Frau von G ... sagte, sie würde vielleicht den Phantasus gebären, und lachte. Morpheus wenigstens, versetzte die Marquise, oder einer der Träume aus seinem Gefolge, würde sein Vater sein; und scherzte gleichfalls. Doch der Obrist kam, das Gespräch ward abgebrochen, und der ganze Gegenstand, da die Marquise sich in einigen Tagen wieder erholte, vergessen.

Bald darauf ward der Familie, eben zu einer Zeit, da sich auch der Forstmeister von G ..., des Kommandanten Sohn, in dem Hause eingefunden hatte, der sonderbare Schrecken, durch einen Kammerdiener, der ins Zimmer trat, den Grafen F ... anmelden zu hören. Der Graf F ...! sagte der Vater und die Tochter zugleich; und das Erstaunen machte alle sprachlos. Der Kammerdiener versicherte, daß er recht gesehen und gehört habe, und daß der Graf schon im Vorzimmer stehe, und warte. Der Kommandant sprang sogleich selbst auf, ihm zu öffnen, worauf er, schön, wie ein junger Gott, ein wenig bleich im Gesicht, eintrat. Nachdem die Szene unbegreiflicher Verwunderung vorüber war, und der Graf, auf die Anschuldigung der Eltern, daß er ja tot sei, versichert hatte, daß er lebe; wandte er sich, mit vieler Rührung im Gesicht, zur Tochter, und seine erste Frage war gleich, wie sie sich befinde? Die Marquise versicherte, sehr wohl, und wollte nur wissen, wie *er* ins Leben erstanden sei? Doch *er*, auf seinem Gegenstand beharrend, erwiderte: daß sie ihm nicht die Wahrheit sage; auf ihrem Antlitz drücke sich eine seltsame Mattigkeit aus; ihn müsse alles trügen, oder sie sei unpäßlich, und leide. Die Marquise, durch die Herzlichkeit, womit er dies vorbrachte, gut gestimmt, versetzte: nun ja; diese Mattigkeit, wenn er wolle, könne für die Spur einer Kränklichkeit gelten, an welcher sie vor einigen Wochen gelitten hätte; sie fürchte inzwischen nicht, daß diese weiter von Folgen sein würde. Worauf er, mit einer aufflammenden Freude, erwiderte: er auch nicht! und hinzusetzte, ob sie ihn heiraten wolle? Die Marquise wußte nicht, was sie von dieser Aufführung denken solle. Sie sah, über und über rot, ihre Mutter, und diese, mit Verlegenheit, den Sohn und den Vater an; während der Graf vor die Marquise trat, und indem er ihre Hand nahm, als ob er sie küssen wollte, wiederholte: ob sie ihn verstanden hätte? Der Kommandant sagte: ob er nicht Platz nehmen wolle; und setzte ihm, auf eine verbindliche, obschon etwas ernsthafte, Art einen Stuhl hin. Die Obristin sprach: in der Tat, wir werden glauben, daß Sie ein Geist sind, bis Sie uns werden eröffnet haben, wie Sie aus dem Grabe, in welches man Sie zu P . . . gelegt hatte, erstanden sind. Der Graf setzte sich, indem er die Hand der Dame fahren ließ, nieder, und sagte, daß er, durch die Umstände gezwungen, sich sehr kurz fassen müsse; daß er, tödlich durch die Brust geschossen, nach P . . . gebracht worden wäre; daß er mehrere Monate daselbst an seinem Leben verzweifelt hätte; daß während dessen die Frau Marquise sein einziger Gedanke gewesen wäre; daß er die Lust und den Schmerz nicht beschreiben könnte, die sich in dieser Vorstellung umarmt hätten; daß er endlich, nach seiner Wiederherstellung, wieder zur Armee

gegangen wäre; daß er daselbst die lebhafteste Unruhe empfunden hätte; daß er mehrere Male die Feder ergriffen, um in einem
Briefe, an den Herrn Obristen und die Frau Marquise, seinem
Herzen Luft zu machen; daß er plötzlich mit Depeschen nach
Neapel geschickt worden wäre; daß er nicht wisse, ob er nicht
von dort weiter nach Konstantinopel werde abgeordert werden;
daß er vielleicht gar nach St. Petersburg werde gehen müssen;
daß ihm inzwischen unmöglich wäre, länger zu leben, ohne über
eine notwendige Forderung seiner Seele ins Reine zu sein; daß
er dem Drang bei seiner Durchreise durch M . . ., einige Schritte
zu diesem Zweck zu tun, nicht habe widerstehen können; kurz,
daß er den Wunsch hege, mit der Hand der Frau Marquise beglückt zu werden, und daß er auf das ehrfurchtsvollste, instän-
digste und dringendste bitte, sich ihm hierüber gütig zu erklären.
– Der Kommandant, nach einer langen Pause, erwiderte: daß
ihm dieser Antrag zwar, wenn er, wie er nicht zweifle, ernsthaft
gemeint sei, sehr schmeichelhaft wäre. Bei dem Tode ihres Gemahls, des Marquis von O . . ., hätte sich seine Tochter aber entschlossen, in keine zweite Vermählung einzugehen. Da ihr jedoch
kürzlich von ihm eine so große Verbindlichkeit auferlegt worden sei: so wäre es nicht unmöglich, daß ihr Entschluß dadurch,
seinen Wünschen gemäß, eine Abänderung erleide; er bitte sich
inzwischen die Erlaubnis für sie aus, darüber im Stillen während
einiger Zeit nachdenken zu dürfen. Der Graf versicherte, daß
diese gütige Erklärung zwar alle seine Hoffnungen befriedige;
daß sie ihn, unter anderen Umständen, auch völlig beglücken
würde; daß er die ganze Unschicklichkeit fühle, sich mit derselben nicht zu beruhigen: daß dringende Verhältnisse jedoch,
über welche er sich näher auszulassen nicht im Stande sei, ihm
eine bestimmtere Erklärung äußerst wünschenswert machten;
daß die Pferde, die ihn nach Neapel tragen sollten, vor seinem
Wagen stünden; und daß er inständigst bitte, wenn irgend etwas
in diesem Hause günstig für ihn spreche, – wobei er die Marquise ansah – ihn nicht, ohne eine gütige Äußerung darüber,
abreisen zu lassen. Der Obrist, durch diese Aufführung ein wenig
betreten, antwortete, daß die Dankbarkeit, die die Marquise für
ihn empfände, ihn zwar zu großen Voraussetzungen berechtige:
doch nicht zu so großen; sie werde bei einem Schritte, bei wel-

chem es das Glück ihres Lebens gelte, nicht ohne die gehörige
Klugheit verfahren. Es wäre unerläßlich, daß seiner Tochter, bevor sie sich erkläre, das Glück seiner näheren Bekanntschaft
würde. Er lade ihn ein, nach Vollendung seiner Geschäftsreise,
nach M . . . zurückzukehren, und auf einige Zeit der Gast seines
Hauses zu sein. Wenn alsdann die Frau Marquise hoffen könne,
durch ihn glücklich zu werden, so werde auch er, eher aber nicht,
mit Freuden vernehmen, daß sie ihm eine bestimmte Antwort
gegeben habe. Der Graf äußerte, indem ihm eine Röte ins Gesicht stieg, daß er seinen ungeduldigen Wünschen, während seiner
ganzen Reise, dies Schicksal vorausgesagt habe; daß er sich inzwischen dadurch in die äußerste Bekümmernis gestürzt sehe;
daß ihm, bei der ungünstigen Rolle, die er eben jetzt zu spielen
gezwungen sei, eine nähere Bekanntschaft nicht anders als vorteilhaft sein könne; daß er für seinen Ruf, wenn anders diese
zweideutigste aller Eigenschaften in Erwägung gezogen werden
solle, einstehen zu dürfen glaube; daß die einzige nichtswürdige
Handlung, die er in seinem Leben begangen hätte, der Welt unbekannt, und er schon im Begriff sei, sie wieder gut zu machen;
daß er, mit einem Wort, ein ehrlicher Mann sei, und die Versicherung anzunehmen bitte, daß diese Versicherung wahrhaftig
sei. – Der Kommandant erwiderte, indem er ein wenig, obschon
ohne Ironie, lächelte, daß er alle diese Äußerungen unterschreibe.
Noch hätte er keines jungen Mannes Bekanntschaft gemacht,
der, in so kurzer Zeit, so viele vortreffliche Eigenschaften des
Charakters entwickelt hätte. Er glaube fast, daß eine kurze Be-
denkzeit die Unschlüssigkeit, die noch obwalte, heben würde; bevor er jedoch Rücksprache genommen hätte, mit seiner sowohl,
als des Herrn Grafen Familie, könne keine andere Erklärung, als
die gegebene, erfolgen. Hierauf äußerte der Graf, daß er ohne
Eltern und frei sei. Sein Onkel sei der General K . . ., für dessen
Einwilligung er stehe. Er setzte hinzu, daß er Herr eines ansehnlichen Vermögens wäre, und sich würde entschließen können,
Italien zu seinem Vaterlande zu machen. – Der Kommandant
machte ihm eine verbindliche Verbeugung, erklärte seinen Willen noch einmal; und bat ihn, bis nach vollendeter Reise, von
dieser Sache abzubrechen. Der Graf, nach einer kurzen Pause, in
welcher er alle Merkmale der größten Unruhe gegeben hatte,

sagte, indem er sich zur Mutter wandte, daß er sein Äußerstes
getan hätte, um dieser Geschäftsreise auszuweichen; daß die
Schritte, die er deshalb beim General en Chef, und dem General
K . . ., seinem Onkel, gewagt hätte, die entscheidendsten gewesen wären, die sich hätten tun lassen; daß man aber geglaubt
hätte, ihn dadurch aus einer Schwermut aufzurütteln, die ihm
von seiner Krankheit noch zurückgeblieben wäre; und daß er
sich jetzt völlig dadurch ins Elend gestürzt sehe. – Die Familie
wußte nicht, was sie zu dieser Äußerung sagen sollte. Der Graf
fuhr fort, indem er sich die Stirn rieb, daß wenn irgend Hoffnung
wäre, dem Ziele seiner Wünsche dadurch näher zu kommen, er
seine Reise auf einen Tag, auch wohl noch etwas darüber, aussetzen würde, um es zu versuchen. – Hierbei sah er, nach der
Reihe, den Kommandanten, die Marquise und die Mutter an.
Der Kommandant blickte mißvergnügt vor sich nieder, und antwortete ihm nicht. Die Obristin sagte: gehn Sie, gehn Sie, Herr
Graf; reisen Sie nach Neapel; schenken Sie uns, wenn Sie wiederkehren, auf einige Zeit das Glück Ihrer Gegenwart; so wird sich
das Übrige finden. – Der Graf saß einen Augenblick, und schien
zu suchen, was er zu tun habe. Drauf, indem er sich erhob, und
seinen Stuhl wegsetzte: da er die Hoffnungen, sprach er, mit
denen er in dies Haus getreten sei, als übereilt erkennen müsse,
und die Familie, wie er nicht mißbillige, auf eine nähere Bekanntschaft bestehe: so werde er seine Depeschen, zu einer anderweitigen Expedition, nach Z . . ., in das Hauptquartier, zurückschicken,
und das gütige Anerbieten, der Gast dieses Hauses zu sein, auf
einige Wochen annehmen. Worauf er noch, den Stuhl in der
Hand, an der Wand stehend, einen Augenblick verharrte, und
den Kommandanten ansah. Der Kommandant versetzte, daß es
ihm äußerst leid tun würde, wenn die Leidenschaft, die er zu seiner Tochter gefaßt zu haben scheine, ihm Unannehmlichkeiten
von der ernsthaftesten Art zuzöge: daß er indessen wissen müsse,
was er zu tun und zu lassen habe, die Depeschen abschicken, und
die für ihn bestimmten Zimmer beziehen möchte. Man sah ihn
bei diesen Worten sich entfärben, der Mutter ehrerbietig die
Hand küssen, sich gegen die Übrigen verneigen und sich entfernen.

Als er das Zimmer verlassen hatte, wußte die Familie nicht,

was sie aus dieser Erscheinung machen solle. Die Mutter sagte,
es wäre wohl nicht möglich, daß er Depeschen, mit denen er
nach Neapel ginge, nach Z . . . zurückschicken wolle, bloß, weil
es ihm nicht gelungen wäre, auf seiner Durchreise durch M . . .,
in einer fünf Minuten langen Unterredung, von einer ihm ganz
unbekannten Dame ein Jawort zu erhalten. Der Forstmeister
äußerte, daß eine so leichtsinnige Tat ja mit nichts Geringerem,
als Festungsarrest, bestraft werden würde! Und Kassation obenein, setzte der Kommandant hinzu. Es habe aber damit keine Gefahr, fuhr er fort. Es sei ein bloßer Schreckschuß beim Sturm; er
werde sich wohl noch, ehe er die Depeschen abgeschickt, wieder
besinnen. Die Mutter, als sie von dieser Gefahr unterrichtet ward,
äußerte die lebhafteste Besorgnis, daß er sie abschicken werde.
Sein heftiger, auf einen Punkt hintreibender Wille, meinte sie,
scheine ihr grade einer solchen Tat fähig. Sie bat den Forstmeister
auf das dringendste, ihm sogleich nachzugehen, und ihn von einer
so unglückdrohenden Handlung abzuhalten. Der Forstmeister
erwiderte, daß ein solcher Schritt gerade das Gegenteil bewirken,
und ihn nur in der Hoffnung, durch seine Kriegslist zu siegen, be-
stärken würde. Die Marquise war derselben Meinung, obschon
sie versicherte, daß ohne ihn die Absendung der Depeschen unfehlbar erfolgen würde, indem er lieber werde unglücklich werden, als sich eine Blöße geben wollen. Alle kamen darin überein,
daß sein Betragen sehr sonderbar sei, und daß er Damenherzen
durch Anlauf, wie Festungen, zu erobern gewohnt scheine. In
diesem Augenblick bemerkte der Kommandant den angespann-
ten Wagen des Grafen vor seiner Tür. Er rief die Familie ans Fenster, und fragte einen eben eintretenden Bedienten, erstaunt, ob
der Graf noch im Hause sei? Der Bediente antwortete, daß er unten, in der Domestikenstube, in Gesellschaft eines Adjutanten,
Briefe schreibe und Pakete versiegle. Der Kommandant, der
seine Bestürzung unterdrückte, eilte mit dem Forstmeister hinunter, und fragte den Grafen, da er ihn auf dazu nicht schicklichen
Tischen seine Geschäfte betreiben sah, ob er nicht in seine Zimmer
treten wolle? Und ob er sonst irgend etwas befehle? Der Graf erwiderte, indem er mit Eilfertigkeit fortschrieb, daß er untertänigst danke, und daß sein Geschäft abgemacht sei; fragte noch,
indem er den Brief zusiegelte, nach der Uhr; und wünschte dem

Adjutanten, nachdem er ihm das ganze Portefeuille übergeben hatte, eine glückliche Reise. Der Kommandant, der seinen Augen nicht traute, sagte, indem der Adjutant zum Hause hinausging: Herr Graf, wenn Sie nicht sehr wichtige Gründe haben – Entscheidende! fiel ihm der Graf ins Wort; begleitete den Adjutanten zum Wagen, und öffnete ihm die Tür. In diesem Fall würde ich wenigstens, fuhr der Kommandant fort, die Depeschen – Es ist nicht möglich, antwortete der Graf, indem er den Adjutanten in den Sitz hob. Die Depeschen gelten nichts in Neapel ohne mich. Ich habe auch daran gedacht. Fahr zu! – Und die Briefe Ihres Herrn Onkels? rief der Adjutant, sich aus der Tür hervorbeugend. Treffen mich, erwiderte der Graf, in M... Fahr zu, sagte der Adjutant, und rollte mit dem Wagen dahin.

Hierauf fragte der Graf F..., indem er sich zum Kommandanten wandte, ob er ihm gefälligst sein Zimmer anweisen lassen wolle? Er würde gleich selbst die Ehre haben, antwortete der verwirrte Obrist; rief seinen und des Grafen Leuten, das Gepäck desselben aufzunehmen: und führte ihn in die für fremden Besuch bestimmten Gemächer des Hauses, wo er sich ihm mit einem trocknen Gesicht empfahl. Der Graf kleidete sich um; verließ das Haus, um sich bei dem Gouverneur des Platzes zu melden, und für den ganzen weiteren Rest des Tages im Hause unsichtbar, kehrte er erst kurz vor der Abendtafel dahin zurück.

Inzwischen war die Familie in der lebhaftesten Unruhe. Der Forstmeister erzählte, wie bestimmt, auf einige Vorstellungen des Kommandanten, des Grafen Antworten ausgefallen wären; meinte, daß sein Verhalten einem völlig überlegten Schritt ähnlich sehe; und fragte, in aller Welt, nach den Ursachen einer so auf Kurierpferden gehenden Bewerbung. Der Kommandant sagte, daß er von der Sache nichts verstehe, und forderte die Familie auf, davon weiter nicht in seiner Gegenwart zu sprechen. Die Mutter sah alle Augenblicke aus dem Fenster, ob er nicht kommen, seine leichtsinnige Tat bereuen, und wieder gut machen werde. Endlich, da es finster ward, setzte sie sich zur Marquise nieder, welche, mit vieler Emsigkeit, an einem Tisch arbeitete, und das Gespräch zu vermeiden schien. Sie fragte sie halblaut, während der Vater auf und niederging, ob sie begreife, was aus dieser Sache werden solle? Die Marquise antwortete, mit einem

schüchtern nach dem Kommandanten gewandten Blick: wenn
der Vater bewirkt hätte, daß er nach Neapel gereist wäre, so
wäre alles gut. Nach Neapel! rief der Kommandant, der dies
gehört hatte. Sollt ich den Priester holen lassen? Oder hätt ich
ihn schließen lassen und arretieren, und mit Bewachung nach
Neapel schicken sollen? – Nein, antwortete die Marquise, aber
lebhafte und eindringliche Vorstellungen tun ihre Wirkung; und
sah, ein wenig unwillig, wieder auf ihre Arbeit nieder. – Endlich
gegen die Nacht erschien der Graf. Man erwartete nur, nach den
ersten Höflichkeitsbezeugungen, daß dieser Gegenstand zur
Sprache kommen würde, um ihn mit vereinter Kraft zu bestür-
men, den Schritt, den er gewagt hatte, wenn es noch möglich
sei, wieder zurückzunehmen. Doch vergebens, während der ganzen Abendtafel, erharrte man diesen Augenblick. Geflissentlich
alles, was darauf führen konnte, vermeidend, unterhielt er den
Kommandanten vom Kriege, und den Forstmeister von der Jagd.
Als er des Gefechts bei P . . ., in welchem er verwundet worden
war, erwähnte, verwickelte ihn die Mutter bei der Geschichte
seiner Krankheit, fragte ihn, wie es ihm an diesem kleinen Orte
ergangen sei, und ob er die gehörigen Bequemlichkeiten gefunden
hätte. Hierauf erzählte er mehrere, durch seine Leidenschaft zur
Marquise interessanten, Züge: wie sie beständig, während seiner
Krankheit, an seinem Bette gesessen hätte; wie er die Vorstellung
von ihr, in der Hitze des Wundfiebers, immer mit der Vorstellung eines Schwans verwechselt hätte, den er, als Knabe, auf seines Onkels Gütern gesehen; daß ihm besonders eine Erinnerung
rührend gewesen wäre, da er diesen Schwan einst mit Kot beworfen, worauf dieser still untergetaucht, und rein aus der Flut
wieder emporgekommen sei; daß sie immer auf feurigen Fluten
umhergeschwommen wäre, und er Thinka gerufen hätte, welches der Name jenes Schwans gewesen, daß er aber nicht im
Stande gewesen wäre, sie an sich zu locken, indem sie ihre Freude
gehabt hätte, bloß am Rudern und In-die-Brust-sich-werfen;
versicherte plötzlich, blutrot im Gesicht, daß er sie außerordentlich liebe: sah wieder auf seinen Teller nieder, und schwieg. Man
mußte endlich von der Tafel aufstehen; und da der Graf, nach
einem kurzen Gespräch mit der Mutter, sich sogleich gegen die
Gesellschaft verneigte, und wieder in sein Zimmer zurückzog:

so standen die Mitglieder derselben wieder, und wußten nicht,
was sie denken sollten. Der Kommandant meinte: man müsse
der Sache ihren Lauf lassen. Er rechne wahrscheinlich auf seine
Verwandten bei diesem Schritte. Infame Kassation stünde sonst
darauf. Frau von G . . . fragte ihre Tochter, was sie denn von ihm
halte? Und ob sie sich wohl zu irgend einer Äußerung, die ein
Unglück vermiede, würde verstehen können? Die Marquise antwortete: Liebste Mutter! Das ist nicht möglich. Es tut mir leid,
daß meine Dankbarkeit auf eine so harte Probe gestellt wird.
Doch es war mein Entschluß, mich nicht wieder zu vermählen;
ich mag mein Glück nicht, und nicht so unüberlegt, auf ein zweites Spiel setzen. Der Forstmeister bemerkte, daß wenn dies ihr
fester Wille wäre, auch *diese* Erklärung ihm Nutzen schaffen
könne, und daß es fast notwendig scheine, ihm irgend *eine* bestimmte zu geben. Die Obristin versetzte, daß da dieser junge
Mann, den so viele außerordentliche Eigenschaften empföhlen,
seinen Aufenthalt in Italien nehmen zu wollen, erklärt habe, sein
Antrag, nach ihrer Meinung, einige Rücksicht, und der Entschluß
der Marquise Prüfung verdiene. Der Forstmeister, indem er sich
bei ihr niederließ, fragte, wie er ihr denn, was seine Person an-
betreffe, gefalle? Die Marquise antwortete, mit einiger Verlegenheit: er gefällt und mißfällt mir; und berief sich auf das Gefühl
der anderen. Die Obristin sagte: wenn er von Neapel zurückkehrt, und die Erkundigungen, die wir inzwischen über ihn einziehen könnten, dem Gesamteindruck, den du von ihm empfangen hast, nicht widersprächen: wie würdest du dich, falls er alsdann seinen Antrag wiederholte, erklären? In diesem Fall, versetzte die Marquise, würd ich – da in der Tat seine Wünsche so
lebhaft scheinen, diese Wünsche – sie stockte, und ihre Augen
glänzten, indem sie dies sagte – um der Verbindlichkeit willen,
die ich ihm schuldig bin, erfüllen. Die Mutter, die eine zweite
Vermählung ihrer Tochter immer gewünscht hatte, hatte Mühe,
ihre Freude über diese Erklärung zu verbergen, und sann, was
sich wohl daraus machen lasse. Der Forstmeister sagte, indem er
unruhig vom Sitz wieder aufstand, daß wenn die Marquise
irgend an die Möglichkeit denke, ihn einst mit ihrer Hand zu
erfreuen, jetzt gleich notwendig ein Schritt dazu geschehen müsse,
um den Folgen seiner rasenden Tat vorzubeugen. Die Mutter

war derselben Meinung, und behauptete, daß zuletzt das Wagstück nicht allzugroß wäre, indem bei so vielen vortrefflichen Eigenschaften, die er in jener Nacht, da das Fort von den Russen erstürmt ward, entwickelte, kaum zu fürchten sei, daß sein übriger Lebenswandel ihnen nicht entsprechen sollte. Die Marquise sah, mit dem Ausdruck der lebhaftesten Unruhe, vor sich nieder. Man könnte ihm ja, fuhr die Mutter fort, indem sie ihre Hand ergriff, etwa eine Erklärung, daß du, bis zu seiner Rückkehr von Neapel, in keine andere Verbindung eingehen wollest, zukommen lassen. Die Marquise sagte: *diese* Erklärung, liebste Mutter, kann ich ihm geben; ich fürchte nur, daß sie ihn nicht beruhigen, und uns verwickeln wird. Das sei meine Sorge! erwiderte die Mutter, mit lebhafter Freude; und sah sich nach dem Kommandanten um. Lorenzo! fragte sie, was meinst du? und machte Anstalten, sich vom Sitz zu erheben. Der Kommandant, der alles gehört hatte, stand am Fenster, sah auf die Straße hinaus, und sagte nichts. Der Forstmeister versicherte, daß er, mit dieser unschädlichen Erklärung, den Grafen aus dem Hause zu schaffen, sich anheischig mache. Nun so macht! macht! macht! rief der Vater, indem er sich umkehrte: ich muß mich diesem Russen schon zum zweitenmal ergeben! – Hierauf sprang die Mutter auf, küßte ihn und die Tochter, und fragte, indem der Vater über ihre Geschäftigkeit lächelte, wie man dem Grafen jetzt diese Erklärung augenblicklich hinterbringen solle? Man beschloß, auf den Vorschlag des Forstmeisters, ihn bitten zu lassen, sich, falls er noch nicht entkleidet sei, gefälligst auf einen Augenblick zur Familie zu verfügen. Er werde gleich die Ehre haben zu erscheinen! ließ der Graf antworten, und kaum war der Kammerdiener mit dieser Meldung zurück, als er schon selbst, mit Schritten, die die Freude beflügelte, ins Zimmer trat, und zu den Füßen der Marquise, in der allerlebhaftesten Rührung niedersank. Der Kommandant wollte etwas sagen: doch er, indem er aufstand, versetzte, er wisse genug! küßte ihm und der Mutter die Hand, umarmte den Bruder, und bat nur um die Gefälligkeit, ihm sogleich zu einem Reisewagen zu verhelfen. Die Marquise, obschon von diesem Auftritt bewegt, sagte doch: ich fürchte nicht, Herr Graf, daß Ihre rasche Hoffnung Sie zu weit – Nichts! Nichts! versetzte der Graf; es ist nichts geschehen, wenn die Erkundigungen, die Sie über mich einziehen mögen, dem Gefühl widersprechen, das mich zu Ihnen in dies Zimmer zurückberief. Hierauf umarmte der Kommandant ihn auf das herzlichste, der Forstmeister bot ihm sogleich seinen eigenen Reisewagen an, ein Jäger flog auf die Post, Kurierpferde auf Prämien zu bestellen, und Freude war bei dieser Abreise, wie noch niemals bei einem Empfang. Er hoffe, sagte der Graf, die Depeschen in B . . . einzuholen, von wo er jetzt einen näheren Weg nach Neapel, als über M . . . einschlagen würde; in Neapel würde er sein Möglichstes tun, die fernere Geschäftsreise nach Konstantinopel abzulehnen; und da er, auf den äußersten Fall, entschlossen wäre, sich krank anzugeben, so versicherte er, daß wenn nicht unvermeidliche Hindernisse ihn abhielten, er in Zeit von vier bis sechs Wochen unfehlbar wieder in M . . . sein würde. Hierauf meldete sein Jäger, daß der Wagen angespannt, und alles zur Abreise bereit sei. Der Graf nahm seinen Hut, trat vor die Marquise, und ergriff ihre Hand. Nun denn, sprach er, Julietta, so bin ich einigermaßen beruhigt; und legte seine Hand in die ihrige; obschon es mein sehnlichster Wunsch war, mich noch vor meiner Abreise mit Ihnen zu vermählen. Vermählen! riefen alle Mitglieder der Familie aus. Vermählen, wiederholte der Graf, küßte der Marquise die Hand, und versicherte, da diese fragte, ob er von Sinnen sei: es würde ein Tag kommen, wo sie ihn verstehen würde! Die Familie wollte auf ihn böse werden; doch er nahm gleich auf das wärmste von allen Abschied, bat sie, über diese Äußerung nicht weiter nachzudenken, und reiste ab.

Mehrere Wochen, in welchen die Familie, mit sehr verschiedenen Empfindungen, auf den Ausgang dieser sonderbaren Sache gespannt war, verstrichen. Der Kommandant empfing vom General K . . ., dem Onkel des Grafen, eine höfliche Zuschrift; der Graf selbst schrieb aus Neapel; die Erkundigungen, die man über ihn einzog, sprachen ziemlich zu seinem Vorteil; kurz, man hielt die Verlobung schon für so gut, wie abgemacht: als sich die Kränklichkeiten der Marquise, mit größerer Lebhaftigkeit, als jemals, wieder einstellten. Sie bemerkte eine unbegreifliche Veränderung ihrer Gestalt. Sie entdeckte sich mit völliger Freimütigkeit ihrer Mutter, und sagte, sie wisse nicht, was sie von ihrem Zustand denken solle. Die Mutter, welche so sonderbare Zufälle für die

Gesundheit ihrer Tochter äußerst besorgt machten, verlangte, daß sie einen Arzt zu Rate ziehe. Die Marquise, die durch ihre Natur zu siegen hoffte, sträubte sich dagegen; sie brachte mehrere Tage noch, ohne dem Rat der Mutter zu folgen, unter den empfindlichsten Leiden zu: bis Gefühle, immer wiederkehrend und von so wunderbarer Art, sie in die lebhafteste Unruhe stürzten. Sie ließ einen Arzt rufen, der das Vertrauen ihres Vaters besaß, nötigte ihn, da gerade die Mutter abwesend war, auf den Diwan nieder, und eröffnete ihm, nach einer kurzen Einleitung, scherzend, was sie von sich glaube. Der Arzt warf einen forschenden Blick auf sie; schwieg noch, nachdem er eine genaue Untersuchung vollendet hatte, eine Zeitlang: und antwortete dann mit einer sehr ernsthaften Miene, daß die Frau Marquise ganz richtig urteile. Nachdem er sich auf die Frage der Dame, wie er dies verstehe, ganz deutlich erklärt, und mit einem Lächeln, das er nicht unterdrücken konnte, gesagt hatte, daß sie ganz gesund sei, und keinen Arzt brauche, zog die Marquise, und sah ihn sehr streng von der Seite an, die Klingel, und bat ihn, sich zu entfernen. Sie äußerte halblaut, als ob er der Rede nicht wert wäre, vor sich nieder murmelnd: daß sie nicht Lust hätte, mit ihm über Gegenstände dieser Art zu scherzen. Der Doktor erwiderte empfindlich: er müsse wünschen, daß sie immer zum Scherz so wenig aufgelegt gewesen wäre, wie jetzt; nahm Stock und Hut, und machte Anstalten, sich sogleich zu empfehlen. Die Marquise versicherte, daß sie von diesen Beleidigungen ihren Vater unterrichten würde. Der Arzt antwortete, daß er seine Aussage vor Gericht beschwören könne: öffnete die Tür, verneigte sich, und wollte das Zimmer verlassen. Die Marquise fragte, da er noch einen Handschuh, den er hatte fallen lassen, von der Erde aufnahm: und die Möglichkeit davon, Herr Doktor? Der Doktor erwiderte, daß er ihr die letzten Gründe der Dinge nicht werde zu erklären brauchen; verneigte sich ihr noch einmal, und ging ab.

Die Marquise stand, wie vom Donner gerührt. Sie raffte sich auf, und wollte zu ihrem Vater eilen; doch der sonderbare Ernst des Mannes, von dem sie sich beleidigt sah, lähmte alle ihre Glieder. Sie warf sich in der größten Bewegung auf den Diwan nieder. Sie durchlief, gegen sich selbst mißtrauisch, alle Momente des verflossenen Jahres, und hielt sich für verrückt, wenn sie an

den letzten dachte. Endlich erschien die Mutter; und auf die bestürzte Frage, warum sie so unruhig sei? erzählte ihr die Tochter,
was ihr der Arzt soeben eröffnet hatte. Frau von G . . . nannte ihn
einen Unverschämten und Nichtswürdigen, und bestärkte die
Tochter in dem Entschluß, diese Beleidigung dem Vater zu entdecken. Die Marquise versicherte, daß es sein völliger Ernst gewesen sei, und daß er entschlossen scheine, dem Vater ins Gesicht seine rasende Behauptung zu wiederholen. Frau von G . . .
fragte, nicht wenig erschrocken, ob sie denn an die Möglichkeit
eines solchen Zustandes glaube? Eher, antwortete die Marquise,
daß die Gräber befruchtet werden, und sich dem Schoße der Leichen eine Geburt entwickeln wird! Nun, du liebes wunderliches
Weib, sagte die Obristin, indem sie sie fest an sich drückte: was
beunruhigt dich denn? Wenn dein Bewußtsein dich rein spricht:
wie kann dich ein Urteil, und wäre es das einer ganzen Konsulta
von Ärzten, nur kümmern? Ob das seinige aus Irrtum, ob es aus
Bosheit entsprang: gilt es dir nicht völlig gleichviel? Doch
schicklich ist es, daß wir es dem Vater entdecken. – O Gott! sagte
die Marquise, mit einer konvulsivischen Bewegung: wie kann
ich mich beruhigen. Hab ich nicht mein eignes, innerliches, mir
nur allzuwohlbekanntes Gefühl gegen mich? Würd ich nicht,
wenn ich in einer andern meine Empfindung wüßte, von ihr
selbst urteilen, daß es damit seine Richtigkeit habe? Es ist entsetzlich, versetzte die Obristin. Bosheit! Irrtum! fuhr die Marquise
fort. Was kann dieser Mann, der uns bis auf den heutigen Tag
schätzenswürdig erschien, für Gründe haben, mich auf eine so
mutwillige und niederträchtige Art zu kränken? Mich, die ihn
nie beleidigt hatte? Die ihn mit Vertrauen, und dem Vorgefühl
zukünftiger Dankbarkeit, empfing? Bei der er, wie seine ersten
Worte zeugten, mit dem reinen und unverfälschten Willen erschien, zu helfen, nicht Schmerzen, grimmigere, als ich empfand,
erst zu erregen? Und wenn ich in der Notwendigkeit der Wahl,
fuhr sie fort, während die Mutter sie unverwandt ansah, an einen
Irrtum glauben wollte: ist es wohl möglich, daß ein Arzt, auch
nur von mittelmäßiger Geschicklichkeit, in solchem Falle irre?
– Die Obristin sagte ein wenig spitz: und gleichwohl muß es
doch notwendig eins oder das andere gewesen sein. Ja! versetzte
die Marquise, meine teuerste Mutter, indem sie ihr, mit dem

Ausdruck der gekränkten Würde, hochrot im Gesicht glühend,
die Hand küßte: das muß es! Obschon die Umstände so außerordentlich sind, daß es mir erlaubt ist, daran zu zweifeln. Ich
schwöre, weil es doch einer Versicherung bedarf, daß mein Bewußtsein, gleich dem meiner Kinder ist; nicht reiner, Verehrungswürdigste, kann das Ihrige sein. Gleichwohl bitte ich Sie,
mir eine Hebamme rufen zu lassen, damit ich mich von dem, was
ist, überzeuge, und gleichviel alsdann, *was* es sei, beruhige. Eine
Hebamme! rief Frau von G... mit Entwürdigung. Ein reines
Bewußtsein, und eine Hebamme! Und die Sprache ging ihr aus.
Eine Hebamme, meine teuerste Mutter, wiederholte die Marquise, indem sie sich auf Knien vor ihr niederließ; und das augenblicklich, wenn ich nicht wahnsinnig werden soll. O sehr gern,
versetzte die Obristin; nur bitte ich, das Wochenlager nicht in
meinem Hause zu halten. Und damit stand sie auf, und wollte das
Zimmer verlassen. Die Marquise, ihr mit ausgebreiteten Armen
folgend, fiel ganz auf das Gesicht nieder, und umfaßte ihre Kniee.
Wenn irgend ein unsträfliches Leben, rief sie, mit der Beredsamkeit des Schmerzes, ein Leben, nach Ihrem Muster geführt, mir
ein Recht auf Ihre Achtung gibt, wenn irgend ein mütterliches
Gefühl auch nur, so lange meine Schuld nicht sonnenklar entschieden ist, in Ihrem Busen für mich spricht: so verlassen Sie mich in
diesen entsetzlichen Augenblicken nicht. – Was ist es, das dich
beunruhigt? fragte die Mutter. Ist es weiter nichts, als der Ausspruch des Arztes? Weiter nichts, als dein innerliches Gefühl?
Nichts weiter, meine Mutter, versetzte die Marquise, und legte
ihre Hand auf die Brust. Nichts, Julietta? fuhr die Mutter fort.
Besinne dich. Ein Fehltritt, so unsäglich er mich schmerzen
würde, er ließe sich, und ich müßte ihn zuletzt verzeihn; doch
wenn du, um einem mütterlichen Verweis auszuweichen, ein
Märchen von der Umwälzung der Weltordnung ersinnen, und
gotteslästerliche Schwüre häufen könntest, um es meinem, dir
nur allzugerngläubigen, Herzen aufzubürden: so wäre das schändlich; ich würde dir niemals wieder gut werden. – Möge das Reich
der Erlösung einst so offen vor mir liegen, wie meine Seele vor
Ihnen, rief die Marquise. Ich verschwieg Ihnen nichts, meine
Mutter. – Diese Äußerung, voll Pathos getan, erschütterte die
Mutter. O Himmel! rief sie: mein liebenswürdiges Kind! Wie

rührst du mich! Und hob sie auf, und küßte sie, und drückte sie an ihre Brust. Was denn, in aller Welt, fürchtest du? Komm, du bist sehr krank. Sie wollte sie in ein Bett führen. Doch die Marquise, welcher die Tränen häufig flossen, versicherte, daß sie sehr gesund wäre, und daß ihr gar nichts fehle, außer jenem sonderbaren und unbegreiflichen Zustand. – Zustand! rief die Mutter wieder; welch ein Zustand? Wenn dein Gedächtnis über die Vergangenheit so sicher ist, welch ein Wahnsinn der Furcht ergriff dich? Kann ein innerliches Gefühl denn, das doch nur dunkel sich regt, nicht trügen? Nein! Nein! sagte die Marquise, es trügt mich nicht! Und wenn Sie die Hebamme rufen lassen wollen, so werden Sie hören, daß das Entsetzliche, mich Vernichtende, wahr ist. – Komm, meine liebste Tochter, sagte Frau von G . . ., die für ihren Verstand zu fürchten anfing. Komm, folge mir, und lege dich zu Bett. Was meintest du, daß dir der Arzt gesagt hat? Wie dein Gesicht glüht! Wie du an allen Gliedern so zitterst! Was war es schon, das dir der Arzt gesagt hat? Und damit zog sie die Marquise, ungläubig nunmehr an den ganzen Auftritt, den sie ihr erzählt hatte, mit sich fort. – Die Marquise sagte: Liebe! Vortreffliche! indem sie mit weinenden Augen lächelte. Ich bin meiner Sinne mächtig. Der Arzt hat mir gesagt, daß ich in gesegneten Leibesumständen bin. Lassen Sie die Hebamme rufen: und sobald sie sagt, daß es nicht wahr ist, bin ich wieder ruhig. Gut, gut! erwiderte die Obristin, die ihre Angst unterdrückte. Sie soll gleich kommen; sie soll gleich, wenn du dich von ihr willst auslachen lassen, erscheinen, und dir sagen, daß du eine Träumerin, und nicht recht klug bist. Und damit zog sie die Klingel, und schickte augenblicklich einen ihrer Leute, der die Hebamme rufe.

Die Marquise lag noch, mit unruhig sich hebender Brust, in den Armen ihrer Mutter, als diese Frau erschien, und die Obristin ihr, an welcher seltsamen Vorstellung ihre Tochter krank liege, eröffnete. Die Frau Marquise schwöre, daß sie sich tugendhaft verhalten habe, und gleichwohl halte sie, von einer unbegreiflichen Empfindung getäuscht, für nötig, daß eine sachverständige Frau ihren Zustand untersuche. Die Hebamme, während sie sich von demselben unterrichtete, sprach von jungem Blut und der Arglist der Welt; äußerte, als sie ihr Geschäft vollendet hatte, dergleichen Fälle wären ihr schon vorgekommen; die jungen Wit-

wen, die in ihre Lage kämen, meinten alle auf wüsten Inseln gelebt zu haben; beruhigte inzwischen die Frau Marquise, und versicherte sie, daß sich der muntere Korsar, der zur Nachtzeit ge-
landet, schon finden würde. Bei diesen Worten fiel die Marquise
in Ohnmacht. Die Obristin, die ihr mütterliches Gefühl nicht
überwältigen konnte, brachte sie zwar, mit Hülfe der Hebamme,
wieder ins Leben zurück. Doch die Entrüstung siegte, da sie erwacht war. Julietta! rief die Mutter mit dem lebhaftesten
Schmerz. Willst du dich mir entdecken, willst du den Vater mir
nennen? Und schien noch zur Versöhnung geneigt. Doch als die
Marquise sagte, daß sie wahnsinnig werden würde, sprach die
Mutter, indem sie sich vom Diwan erhob: geh! geh! du bist
nichtswürdig! Verflucht sei die Stunde, da ich dich gebar! und
verließ das Zimmer.

Die Marquise, der das Tageslicht von neuem schwinden wollte,
zog die Geburtshelferin vor sich nieder, und legte ihr Haupt heftig
zitternd an ihre Brust. Sie fragte, mit gebrochener Stimme, wie
denn die Natur auf ihren Wegen walte? Und ob die Möglichkeit
einer unwissentlichen Empfängnis sei? – Die Hebamme lächelte,
machte ihr das Tuch los, und sagte, das würde ja doch der Frau
Marquise Fall nicht sein. Nein, nein, antwortete die Marquise, sie
habe wissentlich empfangen, sie wolle nur im allgemeinen wissen,
ob diese Erscheinung im Reiche der Natur sei? Die Hebamme
versetzte, daß dies, außer der heiligen Jungfrau, noch keinem
Weibe auf Erden zugestoßen wäre. Die Marquise zitterte immer
heftiger. Sie glaubte, daß sie augenblicklich niederkommen
würde, und bat die Geburtshelferin, indem sie sich mit krampf-
hafter Beängstigung an sie schloß, sie nicht zu verlassen. Die
Hebamme beruhigte sie. Sie versicherte, daß das Wochenbett
noch beträchtlich entfernt wäre, gab ihr auch die Mittel an, wie
man, in solchen Fällen, dem Leumund der Welt ausweichen
könne, und meinte, es würde noch alles gut werden. Doch da
diese Trostgründe der unglücklichen Dame völlig wie Messerstiche durch die Brust fuhren, so sammelte sie sich, sagte, sie be-
fände sich besser, und bat ihre Gesellschafterin sich zu entfernen.

Kaum war die Hebamme aus dem Zimmer, als ihr ein Schreiben von der Mutter gebracht ward, in welchem diese sich so aus-
ausließ: »Herr von G . . . wünsche, unter den obwaltenden Um-

ständen, daß sie sein Haus verlasse. Er sende ihr hierbei die über
ihr Vermögen lautenden Papiere, und hoffe daß ihm Gott den
Jammer ersparen werde, sie wieder zu sehen.« – Der Brief war
inzwischen von Tränen benetzt; und in einem Winkel stand ein
verwischtes Wort: diktiert. – Der Marquise stürzte der Schmerz
aus den Augen. Sie ging, heftig über den Irrtum ihrer Eltern
weinend, und über die Ungerechtigkeit, zu welcher diese vortrefflichen Menschen verführt wurden, nach den Gemächern ihrer
Mutter. Es hieß, sie sei bei ihrem Vater; sie wankte nach den Gemächern ihres Vaters. Sie sank, als sie die Türe verschlossen fand,
mit jammernder Stimme, alle Heiligen zu Zeugen ihrer Unschuld
anrufend, vor derselben nieder. Sie mochte wohl schon einige
Minuten hier gelegen haben, als der Forstmeister daraus hervortrat, und zu ihr mit flammendem Gesicht sagte: sie höre daß der
Kommandant sie nicht sehen wolle. Die Marquise rief: mein liebster Bruder! unter vielem Schluchzen; drängte sich ins Zimmer,
und rief: mein teuerster Vater! und streckte die Arme nach ihm
aus. Der Kommandant wandte ihr, bei ihrem Anblick, den Rükken zu, und eilte in sein Schlafgemach. Er rief, als sie ihn dahin
verfolgte, hinweg! und wollte die Türe zuwerfen; doch da sie,
unter Jammern und Flehen, daß er sie schließe, verhinderte, so
gab er plötzlich nach und eilte, während die Marquise zu ihm
hineintrat, nach der hintern Wand. Sie warf sich ihm, der ihr den
Rücken zugekehrt hatte, eben zu Füßen, und umfaßte zitternd
seine Kniee, als ein Pistol, das er ergriffen hatte, in dem Augenblick, da er es von der Wand herabriß, losging, und der Schuß
schmetternd in die Decke fuhr. Herr meines Lebens! rief die
Marquise, erhob sich leichenblaß von ihren Knieen, und eilte aus
seinen Gemächern wieder hinweg. Man soll sogleich anspannen,
sagte sie, indem sie in die ihrigen trat; setzte sich, matt bis in den
Tod, auf einen Sessel nieder, zog ihre Kinder eilfertig an, und ließ
die Sachen einpacken. Sie hatte eben ihr Kleinstes zwischen den
Knieen, und schlug ihm noch ein Tuch um, um nunmehr, da
alles zur Abreise bereit war, in den Wagen zu steigen: als der
Forstmeister eintrat, und auf Befehl des Kommandanten die Zurücklassung und Überlieferung der Kinder von ihr forderte. Dieser Kinder? fragte sie; und stand auf. Sag deinem unmenschlichen
Vater, daß er kommen, und mich niederschießen, nicht aber mir

meine Kinder entreißen könne! Und hob, mit dem ganzen Stolz
der Unschuld gerüstet, ihre Kinder auf, trug sie ohne daß der
Bruder gewagt hätte, sie anzuhalten, in den Wagen, und fuhr ab.

Durch diese schöne Anstrengung mit sich selbst bekannt gemacht, hob sie sich plötzlich, wie an ihrer eigenen Hand, aus der
ganzen Tiefe, in welche das Schicksal sie herabgestürzt hatte,
empor. Der Aufruhr, der ihre Brust zerriß, legte sich, als sie im
Freien war, sie küßte häufig die Kinder, diese ihre liebe Beute,
und mit großer Selbstzufriedenheit gedachte sie, welch einen
Sieg sie, durch die Kraft ihres schuldfreien Bewußtseins, über
ihren Bruder davon getragen hatte. Ihr Verstand, stark genug, in
ihrer sonderbaren Lage nicht zu reißen, gab sich ganz unter der
großen, heiligen und unerklärlichen Einrichtung der Welt gefangen. Sie sah die Unmöglichkeit ein, ihre Familie von ihrer
Unschuld zu überzeugen, begriff, daß sie sich darüber trösten
müsse, falls sie nicht untergehen wolle, und wenige Tage nur
waren nach ihrer Ankunft in V . . . verflossen, als der Schmerz
ganz und gar dem heldenmütigen Vorsatz Platz machte, sich mit
Stolz gegen die Anfälle der Welt zu rüsten. Sie beschloß, sich
ganz in ihr Innerstes zurückzuziehen, sich, mit ausschließendem
Eifer, der Erziehung ihrer beiden Kinder zu widmen, und des
Geschenks, das ihr Gott mit dem dritten gemacht hatte, mit voller mütterlichen Liebe zu pflegen. Sie machte Anstalten, in wenig
Wochen, sobald sie ihre Niederkunft überstanden haben würde,
ihren schönen, aber durch die lange Abwesenheit ein wenig verfallenen Landsitz wieder herzustellen; saß in der Gartenlaube,
und dachte, während sie kleine Mützen, und Strümpfe für kleine
Beine strickte, wie sie die Zimmer bequem verteilen würde; auch,
welches sie mit Büchern füllen, und in welchem die Staffelei am
schicklichsten stehen würde. Und so war der Zeitpunkt, da der
Graf F . . . von Neapel wiederkehren sollte, noch nicht abgelaufen, als sie schon völlig mit dem Schicksal, in ewig klösterlicher
Eingezogenheit zu leben, vertraut war. Der Türsteher erhielt
Befehl, keinen Menschen im Hause vorzulassen. Nur der Gedanke war ihr unerträglich, daß dem jungen Wesen, das sie in
der größten Unschuld und Reinheit empfangen hatte, und dessen
Ursprung, eben weil er geheimnisvoller war, auch göttlicher zu
sein schien, als der anderer Menschen, ein Schandfleck in der

bürgerlichen Gesellschaft ankleben sollte. Ein sonderbares Mittel
war ihr eingefallen, den Vater zu entdecken: ein Mittel, bei dem
sie, als sie es zuerst dachte, das Strickzeug selbst vor Schrecken
aus der Hand fallen ließ. Durch ganze Nächte, in unruhiger
Schlaflosigkeit durchwacht, ward es gedreht und gewendet um
sich an seine ihr innerstes Gefühl verletzende, Natur zu gewöhnen. Immer noch sträubte sie sich, mit dem Menschen, der sie so
hintergangen hatte, in irgend ein Verhältnis zu treten: indem sie
sehr richtig schloß, daß derselbe doch, ohne alle Rettung, zum
Auswurf seiner Gattung gehören müsse, und, auf welchem Platz
der Welt man ihn auch denken wolle, nur aus dem zertretensten
und unflätigsten Schlamm derselben, hervorgegangen sein könne.
Doch da das Gefühl ihrer Selbständigkeit immer lebhafter in ihr
ward, und sie bedachte, daß der Stein seinen Wert behält, er mag
auch eingefaßt sein, wie man wolle, so griff sie eines Morgens,
da sich das junge Leben wieder in ihr regte, ein Herz, und ließ
jene sonderbare Aufforderung in die Intelligenzblätter von M...
rücken, die man am Eingang dieser Erzählung gelesen hat.

Der Graf F..., den unvermeidliche Geschäfte in Neapel auf-
hielten, hatte inzwischen zum zweitenmal an die Marquise geschrieben, und sie aufgefordert, es möchten fremde Umstände
eintreten, welche da wollten, ihrer, ihm gegebenen, stillschwei-
genden Erklärung getreu zu bleiben. Sobald es ihm geglückt war,
seine fernere Geschäftsreise nach Konstantinopel abzulehnen, und
es seine übrigen Verhältnisse gestatteten, ging er augenblicklich
von Neapel ab, und kam auch richtig, nur wenige Tage nach der
von ihm bestimmten Frist, in M... an. Der Kommandant empfing ihn mit einem verlegenen Gesicht, sagte, daß ein notwendiges Geschäft ihn aus dem Hause nötige, und forderte den Forstmeister auf, ihn inzwischen zu unterhalten. Der Forstmeister zog
ihn auf sein Zimmer, und fragte ihn, nach einer kurzen Begrüßung, ob er schon wisse, was sich während seiner Abwesenheit in
dem Hause des Kommandanten zugetragen habe. Der Graf antwortete, mit einer flüchtigen Blässe: nein. Hierauf unterrichtete
ihn der Forstmeister von der Schande, die die Marquise über die
Familie gebracht hatte, und gab ihm die Geschichtserzählung dessen, was unsre Leser soeben erfahren haben. Der Graf schlug sich
mit der Hand vor die Stirn. Warum legte man mir so viele Hin-

dernisse in den Weg! rief er in der Vergessenheit seiner. Wenn die
Vermählung erfolgt wäre: so wäre alle Schmach und jedes Unglück uns erspart! Der Forstmeister fragte, indem er ihn anglotzte,
ob er rasend genug wäre, zu wünschen, mit dieser Nichtswürdigen vermählt zu sein? Der Graf erwiderte, daß sie mehr wert
wäre, als die ganze Welt, die sie verachtete; daß ihre Erklärung
über ihre Unschuld vollkommnen Glauben bei ihm fände; und
daß er noch heute nach V . . . gehen, und seinen Antrag bei ihr
wiederholen würde. Er ergriff auch sogleich seinen Hut, empfahl
sich dem Forstmeister, der ihn für seiner Sinne völlig beraubt
hielt, und ging ab.

Er bestieg ein Pferd und sprengte nach V . . . hinaus. Als er
am Tore abgestiegen war, und in den Vorplatz treten wollte, sagte
ihm der Türsteher, daß die Frau Marquise keinen Menschen
spräche. Der Graf fragte, ob diese, für Fremde getroffene, Maßregel auch einem Freund des Hauses gälte; worauf jener antwortete, daß er von keiner Ausnahme wisse, und bald darauf, auf
eine zweideutige Art hinzusetzte: ob er vielleicht der Graf F . . .
wäre? Der Graf erwiderte, nach einem forschenden Blick, nein;
und äußerte, zu seinem Bedienten gewandt, doch so, daß jener es
hören konnte, er werde, unter solchen Umständen, in einem
Gasthofe absteigen, und sich bei der Frau Marquise schriftlich anmelden. Sobald er inzwischen dem Türsteher aus den Augen war,
bog er um eine Ecke, und umschlich die Mauer eines weitläufigen
Gartens, der sich hinter dem Hause ausbreitete. Er trat durch eine
Pforte, die er offen fand, in den Garten, durchstrich die Gänge
desselben, und wollte eben die hintere Rampe hinaufsteigen, als
er, in einer Laube, die zur Seite lag, die Marquise, in ihrer lieblichen und geheimnisvollen Gestalt, an einem kleinen Tischchen
emsig arbeiten sah. Er näherte sich ihr so, daß sie ihn nicht früher
erblicken konnte, als bis er am Eingang der Laube, drei kleine
Schritte von ihren Füßen, stand. Der Graf F . . .! sagte die Marquise, als sie die Augen aufschlug, und die Röte der Überraschung
überflog ihr Gesicht. Der Graf lächelte, blieb noch eine Zeitlang,
ohne sich im Eingang zu rühren, stehen; setzte sich dann, mit so
bescheidener Zudringlichkeit, als sie nicht zu erschrecken nötig
war, neben ihr nieder, und schlug, ehe sie noch, in ihrer sonderbaren Lage, einen Entschluß gefaßt hatte, seinen Arm sanft um

ihren lieben Leib. Von wo, Herr Graf, ist es möglich, fragte die
Marquise – und sah schüchtern vor sich auf die Erde nieder. Der
Graf sagte: von M . . ., und drückte sie ganz leise an sich; durch
eine hintere Pforte, die ich offen fand. Ich glaubte auf Ihre Ver-
zeihung rechnen zu dürfen, und trat ein. Hat man Ihnen denn in
M . . . nicht gesagt –? – fragte sie, und rührte noch kein Glied in
seinen Armen. Alles, geliebte Frau, versetzte der Graf; doch von
Ihrer Unschuld völlig überzeugt – Wie! rief die Marquise, indem
sie aufstand, und sich loswickelte; und Sie kommen gleichwohl?
– Der Welt zum Trotz, fuhr er fort, indem er sie festhielt, und
Ihrer Familie zum Trotz, und dieser lieblichen Erscheinung sogar
zum Trotz; wobei er einen glühenden Kuß auf ihre Brust
drückte. – Hinweg! rief die Marquise – So überzeugt, sagte er,
Julietta, als ob ich allwissend wäre, als ob meine Seele in deiner
Brust wohnte – Die Marquise rief: Lassen Sie mich! Ich komme,
schloß er – und ließ sie nicht – meinen Antrag zu wiederholen,
und das Los der Seligen, wenn Sie mich erhören wollen, von
Ihrer Hand zu empfangen. Lassen Sie mich augenblicklich! rief
die Marquise; ich befehls Ihnen! riß sich gewaltsam aus seinen
Armen, und entfloh. Geliebte! Vortreffliche! flüsterte er, indem er
wieder aufstand, und ihr folgte. – Sie hören! rief die Marquise,
und wandte sich, und wich ihm aus. Ein einziges, heimliches, geflüstertes –! sagte der Graf, und griff hastig nach ihrem glatten,
ihm entschlüpfenden Arm. – Ich *will nichts* wissen, versetzte die
Marquise, stieß ihn heftig vor die Brust zurück, eilte auf die
Rampe, und verschwand.

Er war schon halb auf die Rampe gekommen, um sich, es
koste, was es wolle, bei ihr Gehör zu verschaffen, als die Tür vor
ihm zuflog, und der Riegel heftig, mit verstörter Beeiferung, vor
seinen Schritten zurasselte. Unschlüssig, einen Augenblick, was
unter solchen Umständen zu tun sei, stand er, und überlegte, ob
er durch ein, zur Seite offen stehendes Fenster einsteigen, und seinen Zweck, bis er ihn erreicht, verfolgen solle; doch so schwer es
ihm auch in jedem Sinne war, umzukehren, diesmal schien es die
Notwendigkeit zu erfordern, und grimmig erbittert über sich,
daß er sie aus seinen Armen gelassen hatte, schlich er die Rampe
hinab, und verließ den Garten, um seine Pferde aufzusuchen. Er
fühlte daß der Versuch, sich an ihrem Busen zu erklären, für

immer fehlgeschlagen sei, und ritt schrittweis, indem er einen
Brief überlegte, den er jetzt zu schreiben verdammt war, nach
M . . . zurück. Abends, da er sich, in der übelsten Laune von der
Welt, bei einer öffentlichen Tafel eingefunden hatte, traf er den
Forstmeister an, der ihn auch sogleich befragte, ob er seinen Antrag in V . . . glücklich angebracht habe? Der Graf antwortete
kurz: nein! und war sehr gestimmt, ihn mit einer bitteren Wendung abzufertigen; doch um der Höflichkeit ein Genüge zu tun,
setzte er nach einer Weile hinzu: er habe sich entschlossen, sich
schriftlich an sie zu wenden, und werde damit in kurzem ins
Reine sein. Der Forstmeister sagte: er sehe mit Bedauern, daß
seine Leidenschaft für die Marquise ihn seiner Sinne beraube. Er
müsse ihm inzwischen versichern, daß sie bereits auf dem Wege
sei, eine andere Wahl zu treffen; klingelte nach den neuesten Zeitungen, und gab ihm das Blatt, in welchem die Aufforderung derselben an den Vater ihres Kindes eingerückt war. Der Graf durchlief, indem ihm das Blut ins Gesicht schoß, die Schrift. Ein Wechsel von Gefühlen durchkreuzte ihn. Der Forstmeister fragte, ob er
nicht glaube, daß die Person, die die Frau Marquise suche, sich
finden werde? – Unzweifelhaft! versetzte der Graf, indessen er
mit ganzer Seele über dem Papier lag, und den Sinn desselben
gierig verschlang. Darauf nachdem er einen Augenblick, während
er das Blatt zusammenlegte, an das Fenster getreten war, sagte er:
nun ist es gut! nun weiß ich, was ich zu tun habe! kehrte sich sodann um; und fragte den Forstmeister noch, auf eine verbindliche Art, ob man ihn bald wiedersehen werde; empfahl sich
ihm, und ging, völlig ausgesöhnt mit seinem Schicksal, fort. –

Inzwischen waren in dem Hause des Kommandanten die lebhaftesten Auftritte vorgefallen. Die Obristin war über die zerstörende Heftigkeit ihres Gatten und über die Schwäche, mit
welcher sie sich, bei der tyrannischen Verstoßung der Tochter,
von ihm hatte unterjochen lassen, äußerst erbittert. Sie war, als
der Schuß in des Kommandanten Schlafgemach fiel, und die
Tochter aus demselben hervorstürzte, in eine Ohnmacht gesunken, aus der sie sich zwar bald wieder erholte; doch der Kommandant hatte, in dem Augenblick ihres Erwachens, weiter nichts
gesagt, als, es täte ihm leid, daß sie diesen Schrecken umsonst gehabt, und das abgeschossene Pistol auf einen Tisch geworfen.

Nachher, da von der Abforderung der Kinder die Rede war,
wagte sie schüchtern, zu erklären, daß man zu einem solchen
Schritt kein Recht habe; sie bat mit einer, durch die gehabte Anwandlung, schwachen und rührenden Stimme, heftige Auftritte
im Hause zu vermeiden; doch der Kommandant erwiderte weiter nichts, als, indem er sich zum Forstmeister wandte, vor Wut
schäumend: geh! und schaff sie mir! Als der zweite Brief des
Grafen F ... ankam, hatte der Kommandant befohlen, daß er
nach V ... zur Marquise herausgeschickt werden solle, welche
ihn, wie man nachher durch den Boten erfuhr, bei Seite gelegt,
und gesagt hatte, es wäre gut. Die Obristin, der in der ganzen
Begebenheit so vieles, und besonders die Geneigtheit der Marquise, eine neue, ihr ganz gleichgültige Vermählung einzugehen,
dunkel war, suchte vergebens, diesen Umstand zur Sprache zu
bringen. Der Kommandant bat immer, auf eine Art, die einem
Befehle gleich sah, zu schweigen; versicherte, indem er einst, bei
einer solchen Gelegenheit, ein Porträt herabnahm, das noch von
ihr an der Wand hing, daß er sein Gedächtnis ihrer ganz zu vertilgen wünsche; und meinte, er hätte keine Tochter mehr. Drauf
erschien der sonderbare Aufruf der Marquise in den Zeitungen.
Die Obristin, die auf das lebhafteste darüber betroffen war, ging
mit dem Zeitungsblatt, das sie von dem Kommandanten erhalten
hatte, in sein Zimmer, wo sie ihn an einem Tisch arbeitend fand,
und fragte ihn, was er in aller Welt davon halte? Der Kommandant sagte, indem er fortschrieb: o! sie ist unschuldig. Wie! rief
Frau von G ..., mit dem alleräußersten Erstaunen: unschuldig?
Sie hat es im Schlaf getan, sagte der Kommandant, ohne aufzusehen. Im Schlafe! versetzte Frau von G ... Und ein so ungeheurer Vorfall wäre –? Die Närrin! rief der Kommandant, schob
die Papiere über einander, und ging weg.

Am nächsten Zeitungstage las die Obristin, da beide beim
Frühstück saßen, in einem Intelligenzblatt, das eben ganz feucht
von der Presse kam, folgende Antwort:

»Wenn die Frau Marquise von O ... sich, am 3ten ...
11 Uhr morgens, im Hause des Herrn von G ..., ihres Vaters,
einfinden will: so wird sich derjenige, den sie sucht, ihr daselbst
zu Füßen werfen.« –
Der Obristin verging, ehe sie noch auf die Hälfte dieses uner-

hörten Artikels gekommen war, die Sprache; sie überflog das
Ende, und reichte das Blatt dem Kommandanten dar. Der Obrist
durchlas das Blatt dreimal, als ob er seinen eignen Augen nicht
traute. Nun sage mir, um des Himmels willen, Lorenzo, rief die
Obristin, was hältst du davon? O die Schändliche! versetzte der
Kommandant, und stand auf; o die verschmitzte Heuchlerin!
Zehnmal die Schamlosigkeit einer Hündin, mit zehnfacher List
des Fuchses gepaart, reichen noch an die ihrige nicht! Solch eine
Miene! Zwei solche Augen! Ein Cherub hat sie nicht treuer! –
und jammerte und konnte sich nicht beruhigen. Aber was in aller
Welt, fragte die Obristin, wenn es eine List ist, kann sie damit bezwecken? – Was sie damit bezweckt? Ihre nichtswürdige Betrügerei, mit Gewalt will sie sie durchsetzen, erwiderte der Obrist.
Auswendig gelernt ist sie schon, die Fabel, die sie uns beide, sie
und er, am Dritten 11 Uhr morgens hier aufbürden wollen.
Mein liebes Töchterchen, soll ich sagen, das wußte ich nicht, wer
konnte das denken, vergib mir, nimm meinen Segen, und sei
wieder gut. Aber die Kugel dem, der am Dritten morgens über
meine Schwelle tritt! Es müßte denn schicklicher sein, ihn mir
durch Bedienten aus dem Hause zu schaffen. – Frau von G...
sagte, nach einer nochmaligen Überlesung des Zeitungsblattes,
daß wenn sie, von zwei unbegreiflichen Dingen, einem, Glauben
beimessen solle, sie lieber an ein unerhörtes Spiel des Schicksals,
als an diese Niederträchtigkeit ihrer sonst so vortrefflichen Tochter glauben wolle. Doch ehe sie noch vollendet hatte, rief der
Kommandant schon: tu mir den Gefallen und schweig! und verließ das Zimmer. Es ist mir verhaßt, wenn ich nur davon höre.

Wenige Tage nachher erhielt der Kommandant, in Beziehung
auf diesen Zeitungsartikel, einen Brief von der Marquise, in welchem sie ihn, da ihr die Gnade versagt wäre, in seinem Hause erscheinen zu dürfen, auf eine ehrfurchtsvolle und rührende Art
bat, denjenigen, der sich am Dritten morgens bei ihm zeigen
würde, gefälligst zu ihr nach V... hinauszuschicken. Die Obristin war gerade gegenwärtig, als der Kommandant diesen Brief
empfing; und da sie auf seinem Gesicht deutlich bemerkte, daß er
in seiner Empfindung irre geworden war: denn welch ein Motiv
jetzt, falls es eine Betrügerei war, sollte er ihr unterlegen, da sie
auf seine Verzeihung gar keine Ansprüche zu machen schien? so

rückte sie, dadurch dreist gemacht, mit einem Plan hervor, den sie schon lange, in ihrer von Zweifeln bewegten Brust, mit sich herum getragen hatte. Sie sagte, während der Obrist noch, mit einer nichtssagenden Miene, in das Papier hineinsah: sie habe einen Einfall. Ob er ihr erlauben wolle, auf einen oder zwei Tage, nach V... hinauszufahren? Sie werde die Marquise, falls sie wirklich denjenigen, der ihr durch die Zeitungen, als ein Unbekannter, geantwortet, schon kenne, in eine Lage zu versetzen wissen, in welcher sich ihre Seele verraten müßte, und wenn sie die abgefeimteste Verräterin wäre. Der Kommandant erwiderte, indem er, mit einer plötzlich heftigen Bewegung, den Brief zerriß: sie wisse, daß er mit ihr nichts zu schaffen haben wolle, und er verbiete ihr, in irgend eine Gemeinschaft mit ihr zu treten. Er siegelte die zerrissenen Stücke ein, schrieb eine Adresse an die Marquise, und gab sie dem Boten, als Antwort, zurück. Die Obristin, durch diesen hartnäckigen Eigensinn, der alle Möglichkeit der Aufklärung vernichtete, heimlich erbittert, beschloß ihren Plan jetzt, gegen seinen Willen, auszuführen. Sie nahm einen von den Jägern des Kommandanten, und fuhr am nächstfolgenden Morgen, da ihr Gemahl noch im Bette lag, mit demselben nach V... hinaus. Als sie am Tore des Landsitzes angekommen war, sagte ihr der Türsteher, daß niemand bei der Frau Marquise vorgelassen würde. Frau von G... antwortete, daß sie von dieser Maßregel unterrichtet wäre, daß er aber gleichwohl nur gehen, und die Obristin von G... bei ihr anmelden möchte. Worauf dieser versetzte, daß dies zu nichts helfen würde, indem die Frau Marquise keinen Menschen auf der Welt spräche. Frau von G... antwortete, daß sie von ihr gesprochen werden würde, indem sie ihre Mutter wäre, und daß er nur nicht länger säumen, und sein Geschäft verrichten möchte. Kaum aber war noch der Türsteher zu diesem, wie er meinte, gleichwohl vergeblichen Versuche ins Haus gegangen, als man schon die Marquise daraus hervortreten, nach dem Tore eilen, und sich auf Knieen vor dem Wagen der Obristin niederstürzen sah. Frau von G... stieg, von ihrem Jäger unterstützt, aus, und hob die Marquise, nicht ohne einige Bewegung, vom Boden auf. Die Marquise drückte sich, von Gefühlen überwältigt, tief auf ihre Hand hinab, und führte sie, indem ihr die Tränen häufig flossen, ehrfurchtsvoll in die Zimmer ihres

Hauses. Meine teuerste Mutter! rief sie, nachdem sie ihr den
Diwan angewiesen hatte, und noch vor ihr stehen blieb, und sich
die Augen trocknete: welch ein glücklicher Zufall ist es, dem ich
Ihre, mir unschätzbare Erscheinung verdanke? Frau von G...
sagte, indem sie ihre Tochter vertraulich faßte, sie müsse ihr nur
sagen, daß sie komme, sie wegen der Härte, mit welcher sie aus
dem väterlichen Hause verstoßen worden sei, um Verzeihung zu
bitten. Verzeihung! fiel ihr die Marquise ins Wort, und wollte
ihre Hände küssen. Doch diese, indem sie den Handkuß vermied,
fuhr fort: denn nicht nur, daß die, in den letzten öffentlichen
Blättern eingerückte, Antwort auf die bewußte Bekanntmachung, mir sowohl als dem Vater, die Überzeugung von deiner
Unschuld gegeben hat; so muß ich dir auch eröffnen, daß er sich
selbst schon, zu unserm großen und freudigen Erstaunen, gestern
im Hause gezeigt hat. Wer hat sich –? fragte die Marquise, und
setzte sich bei ihrer Mutter nieder; – welcher er selbst hat sich gezeigt –? und Erwartung spannte jede ihrer Mienen. Er, erwiderte
Frau von G..., der Verfasser jener Antwort, er persönlich selbst,
an welchen dein Aufruf gerichtet war. – Nun denn, sagte die
Marquise, mit unruhig arbeitender Brust: wer ist es? Und noch
einmal: wer ist es? – Das, erwiderte Frau von G..., möchte ich
dich erraten lassen. Denn denke, daß sich gestern, da wir beim
Tee sitzen, und eben das sonderbare Zeitungsblatt lesen, ein
Mensch, von unsrer genauesten Bekanntschaft, mit Gebärden der
Verzweiflung ins Zimmer stürzt, und deinem Vater, und bald
darauf auch mir, zu Füßen fällt. Wir, unwissend, was wir davon
denken sollen, fordern ihn auf, zu reden. Darauf spricht er: sein
Gewissen lasse ihm keine Ruhe; er sei der Schändliche, der die
Frau Marquise betrogen, er müsse wissen, wie man sein Verbrechen beurteile, und wenn Rache über ihn verhängt werden solle,
so komme er, sich ihr selbst darzubieten. Aber wer? wer? wer?
versetzte die Marquise. Wie gesagt, fuhr Frau von G... fort,
ein junger, sonst wohlerzogener Mensch, dem wir eine solche
Nichtswürdigkeit niemals zugetraut hätten. Doch erschrecken
wirst du nicht, meine Tochter, wenn du erfährst, daß er von nied-
rigem Stande, und von allen Forderungen, die man sonst an
deinen Gemahl machen dürfte, entblößt ist. Gleichviel, meine
vortreffliche Mutter, sagte die Marquise, er kann nicht ganz un-

würdig sein, da er sich Ihnen früher als mir, zu Füßen geworfen hat. Aber, wer? wer? Sagen Sie mir nur: wer? Nun denn, versetzte die Mutter, es ist Leopardo, der Jäger, den sich der Vater jüngst aus Tirol verschrieb, und den ich, wenn du ihn wahrnahmst, schon mitgebracht habe, um ihn dir als Bräutigam vorzustellen. Leopardo, der Jäger! rief die Marquise, und drückte ihre Hand, mit dem Ausdruck der Verzweiflung, vor die Stirn. Was erschreckt dich? fragte die Obristin. Hast du Gründe, daran zu zweifeln? – Wie? Wo? Wann? fragte die Marquise verwirrt. Das, antwortete jene, will er nur dir anvertrauen. Scham und Liebe, meinte er, machten es ihm unmöglich, sich einer andern hierüber zu erklären, als dir. Doch wenn du willst, so öffnen wir das Vorzimmer, wo er, mit klopfendem Herzen, auf den Ausgang wartet; und du magst sehen, ob du ihm sein Geheimnis, indessen ich abtrete, entlockst. – Gott, mein Vater! rief die Marquise; ich war einst in der Mittagshitze eingeschlummert, und sah ihn von meinem Diwan gehen, als ich erwachte! – Und damit legte sie ihre kleinen Hände vor ihr in Scham erglühendes Gesicht. Bei diesen Worten sank die Mutter auf Knieen vor ihr nieder. O meine Tochter! rief sie; o du Vortreffliche! und schlug die Arme um sie. Und o ich Nichtswürdige! und verbarg das Antlitz in ihren Schoß. Die Marquise fragte bestürzt: was ist Ihnen, meine Mutter? Denn begreife, fuhr diese fort, o du Reinere als Engel sind, daß von allem, was ich dir sagte, nichts wahr ist; daß meine verderbte Seele an solche Unschuld nicht, als von der du umstrahlt bist, glauben konnte, und daß ich dieser schändlichen List erst bedurfte, um mich davon zu überzeugen. Meine teuerste Mutter, rief die Marquise, und neigte sich voll froher Rührung zu ihr herab, und wollte sie aufheben. Jene versetzte darauf: nein, eher nicht von deinen Füßen weich ich, bis du mir sagst, ob du mir die Niedrigkeit meines Verhaltens, du Herrliche, Überirdische, verzeihen kannst. Ich Ihnen verzeihen, meine Mutter! Stehen Sie auf, rief die Marquise, ich beschwöre Sie – Du hörst, sagte Frau von G..., ich will wissen, ob du mich noch lieben, und so aufrichtig verehren kannst, als sonst? Meine angebetete Mutter! rief die Marquise, und legte sich gleichfalls auf Knieen vor ihr nieder; Ehrfurcht und Liebe sind nie aus meinem Herzen gewichen. Wer konnte mir, unter so unerhörten Um-

ständen, Vertrauen schenken? Wie glücklich bin ich, daß Sie von
meiner Unsträflichkeit überzeugt sind! Nun denn, versetzte Frau
von G . . ., indem sie, von ihrer Tochter unterstützt, aufstand:
so will ich dich auf Händen tragen, mein liebstes Kind. Du sollst
bei mir dein Wochenlager halten; und wären die Verhältnisse so,
daß ich einen jungen Fürsten von dir erwartete, mit größerer
Zärtlichkeit nicht und Würdigkeit könnt ich dein pflegen. Die
Tage meines Lebens nicht mehr von deiner Seite weich ich. Ich
biete der ganzen Welt Trotz; ich *will* keine andre Ehre mehr, als
deine Schande: wenn du mir nur wieder gut wirst, und der Härte
nicht, mit welcher ich dich verstieß, mehr gedenkst. Die Marquise
suchte sie mit Liebkosungen und Beschwörungen ohne Ende zu
trösten; doch der Abend kam heran, und Mitternacht schlug,
ehe es ihr gelang. Am folgenden Tage, da sich der Affekt der
alten Dame, der ihr während der Nacht eine Fieberhitze zugezogen hatte, ein wenig gelegt hatte, fuhren Mutter und Tochter
und Enkel, wie im Triumph, wieder nach M . . . zurück. Sie
waren äußerst vergnügt auf der Reise, scherzten über Leopardo,
den Jäger, der vorn auf dem Bock saß; und die Mutter sagte zur
Marquise, sie bemerke, daß sie rot würde, so oft sie seinen breiten
Rücken ansähe. Die Marquise antwortete, mit einer Regung, die
halb ein Seufzer, halb ein Lächeln war: wer weiß, wer zuletzt
noch am Dritten 11 Uhr morgens bei uns erscheint! – Drauf, je
mehr man sich M . . . näherte, je ernsthafter stimmten sich wieder die Gemüter, in der Vorahndung entscheidender Auftritte,
die ihnen noch bevorstanden. Frau von G . . ., die sich von ihren
Plänen nichts merken ließ, führte ihre Tochter, da sie vor dem
Hause ausgestiegen waren, wieder in ihre alten Zimmer ein;
sagte, sie möchte es sich nur bequem machen, sie würde gleich
wieder bei ihr sein, und schlüpfte ab. Nach einer Stunde kam sie
mit einem ganz erhitzten Gesicht wieder. Nein, solch ein Thomas! sprach sie mit heimlich vergnügter Seele; solch ein ungläubiger Thomas! Hab ich nicht eine Seigerstunde gebraucht, ihn zu
überzeugen. Aber nun sitzt er, und weint. Wer? fragte die Marquise. Er, antwortete die Mutter. Wer sonst, als wer die größte
Ursache dazu hat. Der Vater doch nicht? rief die Marquise. Wie
ein Kind, erwiderte die Mutter; daß ich, wenn ich mir nicht selbst
hätte die Tränen aus den Augen wischen müssen, gelacht hätte,

so wie ich nur aus der Türe heraus war. Und das wegen meiner?
fragte die Marquise, und stand auf; und ich sollte hier –? Nicht
von der Stelle! sagte Frau von G . . . Warum diktierte er mir den
Brief! Hier sucht er *dich* auf, wenn er *mich*, so lange ich lebe, wiederfinden will. Meine teuerste Mutter, flehte die Marquise –
Unerbittlich! fiel ihr die Obristin ins Wort. Warum griff er nach
der Pistole. – Aber ich beschwöre Sie – Du *sollst* nicht, versetzte
Frau von G . . ., indem sie die Tochter wieder auf ihren Sessel
niederdrückte. Und wenn er nicht heut vor Abend noch kommt,
zieh ich morgen mit dir weiter. Die Marquise nannte dies Verfahren hart und ungerecht. Doch die Mutter erwiderte: Beruhige
dich – denn eben hörte sie jemand von weitem heranschluchzen:
er kömmt schon! Wo? fragte die Marquise, und horchte. Ist wer
hier draußen vor der Tür; dies heftige –? Allerdings, versetzte
Frau von G . . . Er will, daß wir ihm die Türe öffnen. Lassen Sie
mich! rief die Marquise, und riß sich vom Stuhl empor. Doch:
wenn du mir gut bist, Julietta, versetzte die Obristin, so bleib;
und in dem Augenblick trat auch der Kommandant schon, das
Tuch vor das Gesicht haltend, ein. Die Mutter stellte sich breit
vor ihre Tochter, und kehrte ihm den Rücken zu. Mein teuerster
Vater! rief die Marquise, und streckte ihre Arme nach ihm aus.
Nicht von der Stelle, sagte Frau von G . . ., du hörst! Der Kommandant stand in der Stube und weinte. Er soll dir abbitten, fuhr
Frau von G . . . fort. Warum ist er so heftig! Und warum ist er
so hartnäckig! Ich liebe ihn, aber dich auch; ich ehre ihn, aber
dich auch. Und muß ich eine Wahl treffen, so bist du vortrefflicher, als er, und ich bleibe bei dir. Der Kommandant beugte sich
ganz krumm, und heulte, daß die Wände erschallten. Aber mein
Gott! rief die Marquise, gab der Mutter plötzlich nach, und
nahm ihr Tuch, ihre eigenen Tränen fließen zu lassen. Frau von
G . . . sagte: – er kann nur nicht sprechen! und wich ein wenig
zur Seite aus. Hierauf erhob sich die Marquise, umarmte den
Kommandanten, und bat ihn, sich zu beruhigen. Sie weinte selbst
heftig. Sie fragte ihn, ob er sich nicht setzen wolle? sie wollte ihn
auf einen Sessel niederziehen; sie schob ihm einen Sessel hin,
damit er sich darauf setze: doch er antwortete nicht; er war nicht
von der Stelle zu bringen; er setzte sich auch nicht, und stand
bloß, das Gesicht tief zur Erde gebeugt, und weinte. Die Mar-

quise sagte, indem sie ihn aufrecht hielt, halb zur Mutter gewandt:
er werde krank werden; die Mutter selbst schien, da er sich ganz
konvulsivisch gebärdete, ihre Standhaftigkeit verlieren zu wollen.
Doch da der Kommandant sich endlich, auf die wiederholten
Anforderungen der Tochter, niedergesetzt hatte, und diese ihm,
mit unendlichen Liebkosungen, zu Füßen gesunken war: so
nahm sie wieder das Wort, sagte, es geschehe ihm ganz recht, er
werde nun wohl zur Vernunft kommen, entfernte sich aus dem
Zimmer, und ließ sie allein.

Sobald sie draußen war, wischte sie sich selbst die Tränen ab,
dachte, ob ihm die heftige Erschütterung, in welche sie ihn versetzt hatte, nicht doch gefährlich sein könnte, und ob es wohl
ratsam sei, einen Arzt rufen zu lassen? Sie kochte ihm für den
Abend alles, was sie nur Stärkendes und Beruhigendes aufzutreiben wußte, in der Küche zusammen, bereitete und wärmte
ihm das Bett, um ihn sogleich hineinzulegen, sobald er nur, an
der Hand der Tochter, erscheinen würde, und schlich, da er
immer noch nicht kam, und schon die Abendtafel gedeckt war,
dem Zimmer der Marquise zu, um doch zu hören, was sich zu-
trage? Sie vernahm, da sie mit sanft an die Tür gelegtem Ohr
horchte, ein leises, eben verhallendes Gelispel, das, wie es ihr
schien, von der Marquise kam; und, wie sie durchs Schlüsselloch
bemerkte, saß sie auch auf des Kommandanten Schoß, was er
sonst in seinem Leben nicht zugegeben hatte. Drauf endlich
öffnete sie die Tür, und sah nun – und das Herz quoll ihr vor
Freuden empor: die Tochter still, mit zurückgebeugtem Nacken,
die Augen fest geschlossen, in des Vaters Armen liegen; indessen
dieser, auf dem Lehnstuhl sitzend, lange, heiße und lechzende
Küsse, das große Auge voll glänzender Tränen, auf ihren Mund
drückte: gerade wie ein Verliebter! Die Tochter sprach nicht, er
sprach nicht; mit über sie gebeugtem Antlitz saß er, wie über das
Mädchen seiner ersten Liebe, und legte ihr den Mund zurecht,
und küßte sie. Die Mutter fühlte sich, wie eine Selige; ungesehen,
wie sie hinter seinem Stuhle stand, säumte sie, die Lust der him-
melfrohen Versöhnung, die ihrem Hause wieder geworden war,
zu stören. Sie nahte sich dem Vater endlich, und sah ihn, da er
eben wieder mit Fingern und Lippen in unsäglicher Lust über
den Mund seiner Tochter beschäftigt war, sich um den Stuhl

herumbeugend, von der Seite an. Der Kommandant schlug, bei ihrem Anblick, das Gesicht schon wieder ganz kraus nieder, und wollte etwas sagen; doch sie rief: o was für ein Gesicht ist das! küßte es jetzt auch ihrerseits in Ordnung, und machte der Rührung durch Scherzen ein Ende. Sie lud und führte beide, die wie Brautleute gingen, zur Abendtafel, an welcher der Kommandant zwar sehr heiter war, aber noch von Zeit zu Zeit schluchzte, wenig aß und sprach, auf den Teller niedersah, und mit der Hand seiner Tochter spielte.

Nun galt es, beim Anbruch des nächsten Tages, die Frage: wer nur, in aller Welt, morgen um 11 Uhr sich zeigen würde; denn morgen war der gefürchtete Dritte. Vater und Mutter, und auch der Bruder, der sich mit seiner Versöhnung eingefunden hatte, stimmten unbedingt, falls die Person nur von einiger Erträglichkeit sein würde, für Vermählung; alles, was nur immer möglich war, sollte geschehen, um die Lage der Marquise glücklich zu machen. Sollten die Verhältnisse derselben jedoch so beschaffen sein, daß sie selbst dann, wenn man ihnen durch Begünstigungen zu Hülfe käme, zu weit hinter den Verhältnissen der Marquise zurückblieben, so widersetzten sich die Eltern der Heirat; sie beschlossen, die Marquise nach wie vor bei sich zu behalten, und das Kind zu adoptieren. Die Marquise hingegen schien willens, in jedem Falle, wenn die Person nur nicht ruchlos wäre, ihr gegebenes Wort in Erfüllung zu bringen, und dem Kinde, es koste was es wolle, einen Vater zu verschaffen. Am Abend fragte die Mutter, wie es denn mit dem Empfang der Person gehalten werden solle? Der Kommandant meinte, daß es am schicklichsten sein würde, wenn man die Marquise um 11 Uhr allein ließe. Die Marquise hingegen bestand darauf, daß beide Eltern, und auch der Bruder, gegenwärtig sein möchten, indem sie keine Art des Geheimnisses mit dieser Person zu teilen haben wolle. Auch meinte sie, daß dieser Wunsch sogar in der Antwort derselben, dadurch, daß sie das Haus des Kommandanten zur Zusammenkunft vorgeschlagen, ausgedrückt scheine; ein Umstand, um dessentwillen ihr gerade diese Antwort, wie sie frei gestehen müsse, sehr gefallen habe. Die Mutter bemerkte die Unschicklichkeit der Rollen, die der Vater und der Bruder dabei zu spielen haben würden, bat die Tochter, die Entfernung der Männer zu-

zulassen, wogegen sie in ihren Wunsch willigen, und bei dem
Empfang der Person gegenwärtig sein wolle. Nach einer kurzen
Besinnung der Tochter ward dieser letzte Vorschlag endlich angenommen. Drauf nun erschien, nach einer, unter den gespann-
testen Erwartungen zugebrachten, Nacht der Morgen des gefürchteten Dritten. Als die Glocke eilf Uhr schlug, saßen beide
Frauen, festlich, wie zur Verlobung angekleidet, im Besuchzim-
mer; das Herz klopfte ihnen, daß man es gehört haben würde,
wenn das Geräusch des Tages geschwiegen hätte. Der eilfte
Glockenschlag summte noch, als Leopardo, der Jäger, eintrat,
den der Vater aus Tirol verschrieben hatte. Die Weiber erblaßten
bei diesem Anblick. Der Graf F . . ., sprach er, ist vorgefahren,
und läßt sich anmelden. Der Graf F . . .! riefen beide zugleich,
von einer Art der Bestürzung in die andre geworfen. Die Marquise rief: Verschließt die Türen! Wir sind für ihn nicht zu Hause;
stand auf, das Zimmer gleich selbst zu verriegeln, und wollte
eben den Jäger, der ihr im Wege stand, hinausdrängen, als der
Graf schon, in genau demselben Kriegsrock, mit Orden und
Waffen, wie er sie bei der Eroberung des Forts getragen hatte, zu
ihr eintrat. Die Marquise glaubte vor Verwirrung in die Erde zu
sinken; sie griff nach einem Tuch, das sie auf dem Stuhl hatte liegen lassen, und wollte eben in ein Seitenzimmer entfliehn; doch
Frau von G . . ., indem sie die Hand derselben ergriff, rief:
Julietta –! und wie erstickt von Gedanken, ging ihr die Sprache
aus. Sie heftete die Augen fest auf den Grafen und wiederholte:
ich bitte dich, Julietta! indem sie sie nach sich zog: wen erwarten
wir denn –? Die Marquise rief, indem sie sich plötzlich wandte:
nun? doch ihn nicht –? und schlug mit einem Blick funkelnd, wie
ein Wetterstrahl, auf ihn ein, indessen Blässe des Todes ihr Antlitz überflog. Der Graf hatte ein Knie vor ihr gesenkt; die rechte
Hand lag auf seinem Herzen, das Haupt sanft auf seine Brust gebeugt, lag er, und blickte hochglühend vor sich nieder, und
schwieg. Wen sonst, rief die Obristin mit beklemmter Stimme,
wen sonst, wir Sinnberaubten, als ihn –? Die Marquise stand
starr über ihm, und sagte: ich werde wahnsinnig werden, meine
Mutter! Du Törin, erwiderte die Mutter, zog sie zu sich, und
flüsterte ihr etwas in das Ohr. Die Marquise wandte sich, und
stürzte, beide Hände vor das Gesicht, auf das Sofa nieder. Die

Mutter rief: Unglückliche! Was fehlt dir? Was ist geschehn, worauf du nicht vorbereitet warst? – Der Graf wich nicht von der Seite der Obristin; er faßte, immer noch auf seinen Knieen liegend, den äußersten Saum ihres Kleides, und küßte ihn. Liebe! Gnädige! Verehrungswürdigste! flüsterte er: eine Träne rollte ihm die Wangen herab. Die Obristin sagte: stehn Sie auf, Herr Graf, stehn Sie auf! Trösten Sie jene; so sind wir alle versöhnt, so ist alles vergeben und vergessen. Der Graf erhob sich weinend. Er ließ sich von neuem vor der Marquise nieder, er faßte leise ihre Hand, als ob sie von Gold wäre, und der Duft der seinigen sie trüben könnte. Doch diese –: gehn Sie! gehn Sie! gehn Sie! rief sie, indem sie aufstand; auf einen Lasterhaften war ich gefaßt, aber auf keinen – – – Teufel! öffnete, indem sie ihm dabei, gleich einem Pestvergifteten, auswich, die Tür des Zimmers, und sagte: ruft den Obristen! Julietta! rief die Obristin mit Erstaunen. Die Marquise blickte, mit tötender Wildheit, bald auf den Grafen, bald auf die Mutter ein; ihre Brust flog, ihr Antlitz loderte: eine Furie blickt nicht schrecklicher. Der Obrist und der Forstmeister kamen. Diesem Mann, Vater, sprach sie, als jene noch unter dem Eingang waren, kann ich mich nicht vermählen! griff in ein Gefäß mit Weihwasser, das an der hinteren Tür befestigt war, besprengte, in einem großen Wurf, Vater und Mutter und Bruder damit, und verschwand.

Der Kommandant, von dieser seltsamen Erscheinung betroffen, fragte, was vorgefallen sei; und erblaßte, da er, in diesem entscheidenden Augenblick, den Grafen F... im Zimmer erblickte. Die Mutter nahm den Grafen bei der Hand und sagte: frage nicht; dieser junge Mann bereut von Herzen alles, was geschehen ist; gib deinen Segen, gib, gib: so wird sich alles noch glücklich endigen. Der Graf stand wie vernichtet. Der Kommandant legte seine Hand auf ihn; seine Augenwimpern zuckten, seine Lippen waren weiß, wie Kreide. Möge der Fluch des Himmels von diesen Scheiteln weichen! rief er: wann gedenken Sie zu heiraten? – Morgen, antwortete die Mutter für ihn, denn er konnte kein Wort hervorbringen, morgen oder heute, wie du willst; dem Herrn Grafen, der so viel schöne Beeiferung gezeigt hat, sein Vergehen wieder gut zu machen, wird immer die nächste Stunde die liebste sein. – So habe ich das Vergnügen, Sie

morgen um 11 Uhr in der Augustinerkirche zu finden! sagte der
Kommandant; verneigte sich gegen ihn, rief Frau und Sohn ab,
um sich in das Zimmer der Marquise zu verfügen, und ließ ihn
stehen.

Man bemühte sich vergebens, von der Marquise den Grund
ihres sonderbaren Betragens zu erfahren; sie lag im heftigsten
Fieber, wollte durchaus von Vermählung nichts wissen, und bat,
sie allein zu lassen. Auf die Frage: warum sie denn ihren Entschluß
plötzlich geändert habe? und was ihr den Grafen gehässiger
mache, als einen andern? sah sie den Vater mit großen Augen
zerstreut an, und antwortete nichts. Die Obristin sprach: ob sie
vergessen habe, daß sie Mutter sei? worauf sie erwiderte, daß sie,
in diesem Falle, mehr an sich, als ihr Kind, denken müsse, und
nochmals, indem sie alle Engel und Heiligen zu Zeugen anrief,
versicherte, daß sie nicht heiraten würde. Der Vater, der sie offenbar in einem überreizten Gemütszustande sah, erklärte, daß sie
ihr Wort halten müsse; verließ sie, und ordnete alles, nach gehöriger schriftlicher Rücksprache mit dem Grafen, zur Vermählung an. Er legte demselben einen Heiratskontrakt vor, in welchem dieser auf alle Rechte eines Gemahls Verzicht tat, dagegen
sich zu allen Pflichten, die man von ihm fordern würde, verstehen
sollte. Der Graf sandte das Blatt, ganz von Tränen durchfeuchtet,
mit seiner Unterschrift zurück. Als der Kommandant am andern
Morgen der Marquise dieses Papier überreichte, hatten sich ihre
Geister ein wenig beruhigt. Sie durchlas es, noch im Bette sitzend,
mehrere Male, legte es sinnend zusammen, öffnete es, und durchlas es wieder; und erklärte hierauf, daß sie sich um 11 Uhr in der
Augustinerkirche einfinden würde. Sie stand auf, zog sich, ohne
ein Wort zu sprechen, an, stieg, als die Glocke schlug, mit allen
Ihrigen in den Wagen, und fuhr dahin ab.

Erst an dem Portal der Kirche war es dem Grafen erlaubt, sich
an die Familie anzuschließen. Die Marquise sah, während der
Feierlichkeit, starr auf das Altarbild; nicht ein flüchtiger Blick
ward dem Manne zuteil, mit welchem sie die Ringe wechselte.
Der Graf bot ihr, als die Trauung vorüber war, den Arm; doch
sobald sie wieder aus der Kirche heraus waren, verneigte sich die
Gräfin vor ihm: der Kommandant fragte, ob er die Ehre haben
würde, ihn zuweilen in den Gemächern seiner Tochter zu sehen,

worauf der Graf etwas stammelte, das niemand verstand, den
Hut vor der Gesellschaft abnahm, und verschwand. Er bezog eine
Wohnung in M . . ., in welcher er mehrere Monate zubrachte,
ohne auch nur den Fuß in des Kommandanten Haus zu setzen,
bei welchem die Gräfin zurückgeblieben war. Nur seinem zarten,
würdigen und völlig musterhaften Betragen überall, wo er mit
der Familie in irgend eine Berührung kam, hatte er es zu verdanken, daß er, nach der nunmehr erfolgten Entbindung der Gräfin
von einem jungen Sohne, zur Taufe desselben eingeladen ward.
Die Gräfin, die, mit Teppichen bedeckt, auf dem Wochenbette
saß, sah ihn nur auf einen Augenblick, da er unter die Tür trat,
und sie von weitem ehrfurchtsvoll grüßte. Er warf unter den Geschenken, womit die Gäste den Neugebornen bewillkommten,
zwei Papiere auf die Wiege desselben, deren eines, wie sich nach
seiner Entfernung auswies, eine Schenkung von 20000 Rubel an
den Knaben, und das andere ein Testament war, in dem er die
Mutter, falls er stürbe, zur Erbin seines ganzen Vermögens einsetzte. Von diesem Tage an ward er, auf Veranstaltung der Frau
von G . . ., öfter eingeladen; das Haus stand seinem Eintritt
offen, es verging bald kein Abend, da er sich nicht darin gezeigt
hätte. Er fing, da sein Gefühl ihm sagte, daß ihm von allen Seiten,
um der gebrechlichen Einrichtung der Welt willen, verziehen
sei, seine Bewerbung um die Gräfin, seine Gemahlin, von neuem
an, erhielt, nach Verlauf eines Jahres, ein zweites Jawort von ihr,
und auch eine zweite Hochzeit ward gefeiert, froher, als die erste,
nach deren Abschluß die ganze Familie nach V . . . hinauszog.
Eine ganze Reihe von jungen Russen folgte jetzt noch dem ersten;
und da der Graf, in einer glücklichen Stunde, seine Frau einst
fragte, warum sie, an jenem fürchterlichen Dritten, da sie auf
jeden Lasterhaften gefaßt schien, vor ihm, gleich einem Teufel,
geflohen wäre, antwortete sie, indem sie ihm um den Hals fiel:
er würde ihr damals nicht wie ein Teufel erschienen sein, wenn er
ihr nicht, bei seiner ersten Erscheinung, wie ein Engel vorgekommen wäre.

DAS ERDBEBEN IN CHILI

In St. Jago, der Hauptstadt des Königreichs Chili, stand gerade in
dem Augenblicke der großen Erderschütterung vom Jahre 1647,
bei welcher viele tausend Menschen ihren Untergang fanden, ein
junger, auf ein Verbrechen angeklagter Spanier, namens *Jeronimo
Rugera*, an einem Pfeiler des Gefängnisses, in welches man ihn
eingesperrt hatte, und wollte sich erhenken. *Don Henrico Asteron*,
einer der reichsten Edelleute der Stadt, hatte ihn ungefähr ein
Jahr zuvor aus seinem Hause, wo er als Lehrer angestellt war, entfernt, weil er sich mit *Donna Josephe*, seiner einzigen Tochter, in
einem zärtlichen Einverständnis befunden hatte. Eine geheime
Bestellung, die dem alten Don, nachdem er die Tochter nachdrücklich gewarnt hatte, durch die hämische Aufmerksamkeit
seines stolzen Sohnes verraten worden war, entrüstete ihn dergestalt, daß er sie in dem Karmeliterkloster unsrer lieben Frauen
vom Berge daselbst unterbrachte.

Durch einen glücklichen Zufall hatte Jeronimo hier die Verbindung von neuem anzuknüpfen gewußt, und in einer verschwiegenen Nacht den Klostergarten zum Schauplatze seines
vollen Glückes gemacht. Es war am Fronleichnamsfeste, und
die feierliche Prozession der Nonnen, welchen die Novizen folgten, nahm eben ihren Anfang, als die unglückliche Josephe, bei
dem Anklange der Glocken, in Mutterwehen auf den Stufen der
Kathedrale niedersank.

Dieser Vorfall machte außerordentliches Aufsehn; man brachte die junge Sünderin, ohne Rücksicht auf ihren Zustand, sogleich in ein Gefängnis, und kaum war sie aus den Wochen erstanden, als ihr schon, auf Befehl des Erzbischofs, der geschärf-
teste Prozeß gemacht ward. Man sprach in der Stadt mit einer so
großen Erbitterung von diesem Skandal, und die Zungen fielen
so scharf über das ganze Kloster her, in welchem er sich zugetragen hatte, daß weder die Fürbitte der Familie Asteron, noch
auch sogar der Wunsch der Äbtissin selbst, welche das junge

Mädchen wegen ihres sonst untadelhaften Betragens lieb gewonnen hatte, die Strenge, mit welcher das klösterliche Gesetz
sie bedrohte, mildern konnte. Alles, was geschehen konnte, war,
daß der Feuertod, zu dem sie verurteilt wurde, zur großen Entrüstung der Matronen und Jungfrauen von St. Jago, durch einen
Machtspruch des Vizekönigs, in eine Enthauptung verwandelt
ward.

Man vermietete in den Straßen, durch welche der Hinrichtungszug gehen sollte, die Fenster, man trug die Dächer der Häuser
ab, und die frommen Töchter der Stadt luden ihre Freundinnen
ein, um dem Schauspiele, das der göttlichen Rache gegeben
wurde, an ihrer schwesterlichen Seite beizuwohnen.

Jeronimo, der inzwischen auch in ein Gefängnis gesetzt worden war, wollte die Besinnung verlieren, als er diese ungeheure
Wendung der Dinge erfuhr. Vergebens sann er auf Rettung:
überall, wohin ihn auch der Fittig der vermessensten Gedanken
trug, stieß er auf Riegel und Mauern, und ein Versuch, die
Gitterfenster zu durchfeilen, zog ihm, da er entdeckt ward, eine
nur noch engere Einsperrung zu. Er warf sich vor dem Bildnisse
der heiligen Mutter Gottes nieder, und betete mit unendlicher
Inbrunst zu ihr, als der einzigen, von der ihm jetzt noch Rettung
kommen könnte.

Doch der gefürchtete Tag erschien, und mit ihm in seiner Brust
die Überzeugung von der völligen Hoffnungslosigkeit seiner
Lage. Die Glocken, welche Josephen zum Richtplatze begleiteten, ertönten, und Verzweiflung bemächtigte sich seiner Seele.
Das Leben schien ihm verhaßt, und er beschloß, sich durch einen
Strick, den ihm der Zufall gelassen hatte, den Tod zu geben.
Eben stand er, wie schon gesagt, an einem Wandpfeiler, und be-
festigte den Strick, der ihn dieser jammervollen Welt entreißen
sollte, an eine Eisenklammer, die an dem Gesimse derselben ein-
gefugt war; als plötzlich der größte Teil der Stadt, mit einem
Gekrache, als ob das Firmament einstürzte, versank, und alles,
was Leben atmete, unter seinen Trümmern begrub. Jeronimo
Rugera war starr vor Entsetzen; und gleich als ob sein ganzes
Bewußtsein zerschmettert worden wäre, hielt er sich jetzt an dem
Pfeiler, an welchem er hatte sterben wollen, um nicht umzufallen.
Der Boden wankte unter seinen Füßen, alle Wände des Gefäng-

nisses rissen, der ganze Bau neigte sich, nach der Straße zu einzustürzen, und nur der, seinem langsamen Fall begegnende, Fall
des gegenüberstehenden Gebäudes verhinderte, durch eine zufällige Wölbung, die gänzliche Zubodenstreckung desselben.
Zitternd, mit sträubenden Haaren, und Knieen, die unter ihm
brechen wollten, glitt Jeronimo über den schiefgesenkten Fußboden hinweg, der Öffnung zu, die der Zusammenschlag beider
Häuser in die vordere Wand des Gefängnisses eingerissen hatte.

Kaum befand er sich im Freien, als die ganze, schon erschütterte
Straße auf eine zweite Bewegung der Erde völlig zusammenfiel.
Besinnungslos, wie er sich aus diesem allgemeinen Verderben
retten würde, eilte er, über Schutt und Gebälk hinweg, indessen
der Tod von allen Seiten Angriffe auf ihn machte, nach einem
der nächsten Tore der Stadt. Hier stürzte noch ein Haus zusammen, und jagte ihn, die Trümmer weit umherschleudernd, in
eine Nebenstraße; hier leckte die Flamme schon, in Dampf-
wolken blitzend, aus allen Giebeln, und trieb ihn schreckenvoll
in eine andere; hier wälzte sich, aus seinem Gestade gehoben,
der Mapochofluß auf ihn heran, und riß ihn brüllend in eine
dritte. Hier lag ein Haufen Erschlagener, hier ächzte noch eine
Stimme unter dem Schutte, hier schrieen Leute von brennenden
Dächern herab, hier kämpften Menschen und Tiere mit den
Wellen, hier war ein mutiger Retter bemüht, zu helfen; hier
stand ein anderer, bleich wie der Tod, und streckte sprachlos zitternde Hände zum Himmel. Als Jeronimo das Tor erreicht, und
einen Hügel jenseits desselben bestiegen hatte, sank er ohnmächtig auf demselben nieder.

Er mochte wohl eine Viertelstunde in der tiefsten Bewußtlosigkeit gelegen haben, als er endlich wieder erwachte, und sich,
mit nach der Stadt gekehrtem Rücken, halb auf dem Erdboden
erhob. Er befühlte sich Stirn und Brust, unwissend, was er aus
seinem Zustande machen sollte, und ein unsägliches Wonne-
gefühl ergriff ihn, als ein Westwind, vom Meere her, sein wieder-
kehrendes Leben anwehte, und sein Auge sich nach allen Richtungen über die blühende Gegend von St. Jago hinwandte. Nur
die verstörten Menschenhaufen, die sich überall blicken ließen,
beklemmten sein Herz; er begriff nicht, was ihn und sie hieher-
geführt haben konnte, und erst, da er sich umkehrte, und die

Stadt hinter sich versunken sah, erinnerte er sich des schrecklichen Augenblicks, den er erlebt hatte. Er senkte sich so tief, daß seine Stirn den Boden berührte, Gott für seine wunderbare Errettung zu danken; und gleich, als ob der eine entsetzliche Eindruck, der sich seinem Gemüt eingeprägt hatte, alle früheren daraus verdrängt hätte, weinte er vor Lust, daß er sich des lieblichen Lebens, voll bunter Erscheinungen, noch erfreue.

Drauf, als er eines Ringes an seiner Hand gewahrte, erinnerte er sich plötzlich auch Josephens; und mit ihr seines Gefängnisses, der Glocken, die er dort gehört hatte, und des Augenblicks, der dem Einsturze desselben vorangegangen war. Tiefe Schwermut erfüllte wieder seine Brust; sein Gebet fing ihn zu reuen an, und fürchterlich schien ihm das Wesen, das über den Wolken waltet. Er mischte sich unter das Volk, das überall, mit Rettung des Eigentums beschäftigt, aus den Toren stürzte, und wagte schüchtern nach der Tochter Asterons, und ob die Hinrichtung an ihr vollzogen worden sei, zu fragen; doch niemand war, der ihm umständliche Auskunft gab. Eine Frau, die auf einem fast zur Erde gedrückten Nacken eine ungeheure Last von Gerätschaften und zwei Kinder, an der Brust hängend, trug, sagte im Vorbeigehen, als ob sie es selbst angesehen hätte: daß sie enthauptet worden sei. Jeronimo kehrte sich um; und da er, wenn er die Zeit berechnete, selbst an ihrer Vollendung nicht zweifeln konnte, so setzte er sich in einem einsamen Walde nieder, und überließ sich seinem vollen Schmerz. Er wünschte, daß die zerstörende Gewalt der Natur von neuem über ihn einbrechen möchte. Er begriff nicht, warum er dem Tode, den seine jammervolle Seele suchte, in jenen Augenblicken, da er ihm freiwillig von allen Seiten rettend erschien, entflohen sei. Er nahm sich fest vor, nicht zu wanken, wenn auch jetzt die Eichen entwurzelt werden, und ihre Wipfel über ihn zusammenstürzen sollten. Darauf nun, da er sich ausgeweint hatte, und ihm, mitten unter den heißesten Tränen, die Hoffnung wieder erschienen war, stand er auf, und durchstreifte nach allen Richtungen das Feld. Jeden Berggipfel, auf dem sich die Menschen versammelt hatten, besuchte er; auf allen Wegen, wo sich der Strom der Flucht noch bewegte, begegnete er ihnen; wo nur irgend ein weibliches Gewand im Winde flatterte, da trug ihn sein zitternder Fuß hin: doch keines deckte die geliebte Tochter Asterons. Die Sonne neigte sich, und mit ihr seine Hoffnung schon wieder zum Untergange, als er den Rand eines Felsens betrat, und sich ihm die Aussicht in ein weites, nur von wenig Menschen besuchtes Tal eröffnete. Er durchlief, unschlüssig, was er tun sollte, die einzelnen Gruppen derselben, und wollte sich schon wieder wenden, als er plötzlich an einer Quelle, die die Schlucht bewässerte, ein junges Weib erblickte, beschäftigt, ein Kind in seinen Fluten zu reinigen. Und das Herz hüpfte ihm bei diesem Anblick: er sprang voll Ahndung über die Gesteine herab, und rief: O Mutter Gottes, du Heilige! und erkannte Josephen, als sie sich bei dem Geräusche schüchtern umsah. Mit welcher Seligkeit umarmten sie sich, die Unglücklichen, die ein Wunder des Himmels gerettet hatte!

Josephe war, auf ihrem Gang zum Tode, dem Richtplatze schon ganz nahe gewesen, als durch den krachenden Einsturz der Gebäude plötzlich der ganze Hinrichtungszug auseinander gesprengt ward. Ihre ersten entsetzensvollen Schritte trugen sie hierauf dem nächsten Tore zu; doch die Besinnung kehrte ihr bald wieder, und sie wandte sich, um nach dem Kloster zu eilen, wo ihr kleiner, hülfloser Knabe zurückgeblieben war. Sie fand das ganze Kloster schon in Flammen, und die Äbtissin, die ihr in jenen Augenblicken, die ihre letzten sein sollten, Sorge für den Säugling angelobt hatte, schrie eben, vor den Pforten stehend, nach Hülfe, um ihn zu retten. Josephe stürzte sich, unerschrocken durch den Dampf, der ihr entgegenqualmte, in das von allen Seiten schon zusammenfallende Gebäude, und gleich, als ob alle Engel des Himmels sie umschirmten, trat sie mit ihm unbeschädigt wieder aus dem Portal hervor. Sie wollte der Äbtissin, welche die Hände über ihr Haupt zusammenschlug, eben in die Arme sinken, als diese, mit fast allen ihren Klosterfrauen, von einem herabfallenden Giebel des Hauses, auf eine schmähliche Art erschlagen ward. Josephe bebte bei diesem entsetzlichen Anblicke zurück; sie drückte der Äbtissin flüchtig die Augen zu, und floh, ganz von Schrecken erfüllt, den teuern Knaben, den ihr der Himmel wieder geschenkt hatte, dem Verderben zu entreißen.

Sie hatte noch wenig Schritte getan, als ihr auch schon die Leiche des Erzbischofs begegnete, die man soeben zerschmettert aus dem Schutt der Kathedrale hervorgezogen hatte. Der Palast des Vizekönigs war versunken, der Gerichtshof, in welchem ihr das Urteil gesprochen worden war, stand in Flammen, und an die Stelle, wo sich ihr väterliches Haus befunden hatte, war ein See getreten, und kochte rötliche Dämpfe aus. Josephe raffte alle ihre Kräfte zusammen, sich zu halten. Sie schritt, den Jammer von ihrer Brust entfernend, mutig mit ihrer Beute von Straße zu Straße, und war schon dem Tore nah, als sie auch das Gefängnis, in welchem Jeronimo geseufzt hatte, in Trümmern sah. Bei diesem Anblicke wankte sie, und wollte besinnungslos an einer Ecke niedersinken; doch in demselben Augenblick jagte sie der Sturz eines Gebäudes hinter ihr, das die Erschütterungen schon ganz aufgelöst hatten, durch das Entsetzen gestärkt, wieder auf; sie küßte das Kind, drückte sich die Tränen aus den Augen, und erreichte, nicht mehr auf die Greuel, die sie umringten, achtend, das Tor. Als sie sich im Freien sah, schloß sie bald, daß nicht jeder, der ein zertrümmertes Gebäude bewohnt hatte, unter ihm notwendig müsse zerschmettert worden sein.

An dem nächsten Scheidewege stand sie still, und harrte, ob nicht einer, der ihr, nach dem kleinen Philipp, der liebste auf der Welt war, noch erscheinen würde. Sie ging, weil niemand kam, und das Gewühl der Menschen anwuchs, weiter, und kehrte sich wieder um, und harrte wieder; und schlich, viel Tränen vergießend, in ein dunkles, von Pinien beschattetes Tal, um seiner Seele, die sie entflohen glaubte, nachzubeten; und fand ihn hier, diesen Geliebten, im Tale, und Seligkeit, als ob es das Tal von Eden gewesen wäre.

Dies alles erzählte sie jetzt voll Rührung dem Jeronimo, und reichte ihm, da sie vollendet hatte, den Knaben zum Küssen dar. – Jeronimo nahm ihn, und hätschelte ihn in unsäglicher Vaterfreude, und verschloß ihm, da er das fremde Antlitz anweinte, mit Liebkosungen ohne Ende den Mund. Indessen war die schönste Nacht herabgestiegen, voll wundermilden Duftes, so silberglänzend und still, wie nur ein Dichter davon träumen mag. Überall, längs der Talquelle, hatten sich, im Schimmer des Mondscheins, Menschen niedergelassen, und bereiteten sich sanfte Lager von Moos und Laub, um von einem so qualvollen Tage auszuruhen. Und weil die Armen immer noch jammerten; dieser, daß er sein Haus, jener, daß er Weib und Kind, und der dritte, daß er alles verloren habe: so schlichen Jeronimo und Josephe in ein dichteres Gebüsch, um durch das heimliche Gejauchz ihrer Seelen niemand zu betrüben. Sie fanden einen prachtvollen Granatapfelbaum, der seine Zweige, voll duftender Früchte, weit ausbreitete; und die Nachtigall flötete im Wipfel ihr wollüstiges Lied. Hier ließ sich Jeronimo am Stamme nieder, und Josephe in seinem, Philipp in Josephens Schoß, saßen sie, von seinem Mantel bedeckt, und ruhten. Der Baumschatten zog, mit seinen verstreuten Lichtern, über sie hinweg, und der Mond erblaßte schon wieder vor der Morgenröte, ehe sie einschliefen. Denn Unendliches hatten sie zu schwatzen vom Klostergarten und den Gefängnissen, und was sie um einander gelitten hätten; und waren sehr gerührt, wenn sie dachten, wie viel Elend über die Welt kommen mußte, damit sie glücklich würden!

Sie beschlossen, sobald die Erderschütterungen aufgehört haben würden, nach La Conception zu gehen, wo Josephe eine vertraute Freundin hatte, sich mit einem kleinen Vorschuß, den sie von ihr zu erhalten hoffte, von dort nach Spanien einzuschiffen, wo Jeronimos mütterliche Verwandten wohnten, und daselbst ihr glückliches Leben zu beschließen. Hierauf, unter vielen Küssen, schliefen sie ein.

Als sie erwachten, stand die Sonne schon hoch am Himmel, und sie bemerkten in ihrer Nähe mehrere Familien, beschäftigt, sich am Feuer ein kleines Morgenbrot zu bereiten. Jeronimo dachte eben auch, wie er Nahrung für die Seinigen herbeischaffen sollte, als ein junger wohlgekleideter Mann, mit einem Kinde auf dem Arm, zu Josephen trat, und sie mit Bescheidenheit fragte: ob sie diesem armen Wurme, dessen Mutter dort unter den Bäumen beschädigt liege, nicht auf kurze Zeit ihre Brust reichen wolle? Josephe war ein wenig verwirrt, als sie in ihm einen Bekannten erblickte; doch da er, indem er ihre Verwirrung falsch deutete, fortfuhr: es ist nur auf wenige Augenblicke, Donna Josephe, und dieses Kind hat, seit jener Stunde, die uns alle unglücklich gemacht hat, nichts genossen; so sagte sie: »ich schwieg – aus einem andern Grunde, Don Fernando; in diesen schrecklichen Zeiten weigert sich niemand, von dem, was er besitzen mag, mitzuteilen«: und nahm den kleinen Fremdling, indem sie ihr eigenes Kind dem Vater gab, und legte ihn an ihre Brust. Don Fernando war sehr dankbar für diese Güte, und fragte: ob sie sich nicht mit ihm zu jener Gesellschaft verfügen wollten, wo eben jetzt beim Feuer ein kleines Frühstück bereitet werde? Josephe antwortete, daß sie dies Anerbieten mit Vergnügen annehmen würde, und folgte ihm, da auch Jeronimo nichts einzuwenden hatte, zu seiner Familie, wo sie auf das innigste und zärtlichste von Don Fernandos beiden Schwägerinnen, die sie als sehr würdige junge Damen kannte, empfangen ward.

Donna Elvire, Don Fernandos Gemahlin, welche schwer an den Füßen verwundet auf der Erde lag, zog Josephen, da sie ihren abgehärmten Knaben an der Brust derselben sah, mit vieler Freundlichkeit zu sich nieder. Auch Don Pedro, sein Schwiegervater, der an der Schulter verwundet war, nickte ihr liebreich mit dem Haupte zu. –

In Jeronimos und Josephens Brust regten sich Gedanken von seltsamer Art. Wenn sie sich mit so vieler Vertraulichkeit und Güte behandelt sahen, so wußten sie nicht, was sie von der Vergangenheit denken sollten, vom Richtplatze, von dem Gefängnisse, und der Glocke; und ob sie bloß davon geträumt hätten? Es war, als ob die Gemüter, seit dem fürchterlichen Schlage, der sie durchdröhnt hatte, alle versöhnt wären. Sie konnten in der Erinnerung gar nicht weiter, als bis auf ihn, zurückgehen. Nur Donna Elisabeth, welche bei einer Freundin, auf das Schauspiel des gestrigen Morgens, eingeladen worden war, die Einladung aber nicht angenommen hatte, ruhte zuweilen mit träumerischem Blicke auf Josephen; doch der Bericht, der über irgend ein neues gräßliches Unglück erstattet ward, riß ihre, der Gegenwart kaum entflohene Seele schon wieder in dieselbe zurück.

Man erzählte, wie die Stadt gleich nach der ersten Haupterschütterung von Weibern ganz voll gewesen, die vor den Augen aller Männer niedergekommen seien; wie die Mönche darin, mit dem Kruzifix in der Hand, umhergelaufen wären, und geschrieen hätten: das Ende der Welt sei da! wie man einer Wache, die auf Befehl des Vizekönigs verlangte, eine Kirche zu räumen, geantwortet hätte: es gäbe keinen Vizekönig von Chili mehr! wie der Vizekönig in den schrecklichsten Augenblicken hätte müssen Galgen aufrichten lassen, um der Dieberei Einhalt zu tun;

und wie ein Unschuldiger, der sich von hinten durch ein brennendes Haus gerettet, von dem Besitzer aus Übereilung ergriffen, und sogleich auch aufgeknüpft worden wäre.

Donna Elvire, bei deren Verletzungen Josephe viel beschäftigt war, hatte in einem Augenblick, da gerade die Erzählungen sich am lebhaftesten kreuzten, Gelegenheit genommen, sie zu fragen: wie es denn ihr an diesem fürchterlichen Tag ergangen sei? Und da Josephe ihr, mit beklemmtem Herzen, einige Hauptzüge davon angab, so ward ihr die Wollust, Tränen in die Augen dieser Dame treten zu sehen; Donna Elvire ergriff ihre Hand, und drückte sie, und winkte ihr, zu schweigen. Josephe dünkte sich unter den Seligen. Ein Gefühl, das sie nicht unterdrücken konnte, nannte den verfloßnen Tag, so viel Elend er auch über die Welt gebracht hatte, eine Wohltat, wie der Himmel noch keine über sie verhängt hatte. Und in der Tat schien, mitten in diesen gräßlichen Augenblicken, in welchen alle irdischen Güter der Menschen zu Grunde gingen, und die ganze Natur verschüttet zu werden drohte, der menschliche Geist selbst, wie eine schöne Blume, aufzugehn. Auf den Feldern, so weit das Auge reichte, sah man Menschen von allen Ständen durcheinander liegen, Fürsten und Bettler, Matronen und Bäuerinnen, Staatsbeamte und Tagelöhner, Klosterherren und Klosterfrauen: einander bemitleiden, sich wechselseitig Hülfe reichen, von dem, was sie zur Erhaltung ihres Lebens gerettet haben mochten, freudig mitteilen, als ob das allgemeine Unglück alles, was ihm entronnen war, zu *einer* Familie gemacht hätte.

Statt der nichtssagenden Unterhaltungen, zu welchen sonst die Welt an den Teetischen den Stoff hergegeben hatte, erzählte man jetzt Beispiele von ungeheuern Taten: Menschen, die man sonst in der Gesellschaft wenig geachtet hatte, hatten Römergröße gezeigt; Beispiele zu Haufen von Unerschrockenheit, von freudiger Verachtung der Gefahr, von Selbstverleugnung und der göttlichen Aufopferung, von ungesäumter Wegwerfung des Lebens, als ob es, dem nichtswürdigsten Gute gleich, auf dem nächsten Schritte schon wiedergefunden würde. Ja, da nicht einer war, für den nicht an diesem Tage etwas Rührendes geschehen wäre, oder der nicht selbst etwas Großmütiges getan hätte, so war der Schmerz in jeder Menschenbrust mit so viel süßer Lust vermischt, daß sich, wie sie meinte, gar nicht angeben ließ, ob die Summe des allgemeinen Wohlseins nicht von der einen Seite um ebenso viel gewachsen war, als sie von der anderen abgenommen hatte. Jeronimo nahm Josephen, nachdem sich beide in diesen Betrachtungen stillschweigend erschöpft hatten, beim Arm, und führte sie mit unaussprechlicher Heiterkeit unter den schattigen Lauben des Granatwaldes auf und nieder. Er sagte ihr, daß er, bei dieser Stimmung der Gemüter und dem Umsturz aller Verhältnisse, seinen Entschluß, sich nach Europa einzuschiffen, aufgebe; daß er vor dem Vizekönig, der sich seiner Sache immer günstig gezeigt, falls er noch am Leben sei, einen Fußfall wagen würde; und daß er Hoffnung habe (wobei er ihr einen Kuß aufdrückte), mit ihr in Chili zurückzubleiben. Josephe antwortete, daß ähnliche Gedanken in ihr aufgestiegen wären; daß auch sie nicht mehr, falls ihr Vater nur noch am Leben sei, ihn zu versöhnen zweifle; daß sie aber statt des Fußfalles lieber nach La Conception zu gehen, und von dort aus schriftlich das Versöhnungsgeschäft mit dem Vizekönig zu betreiben rate, wo man auf jeden Fall in der Nähe des Hafens wäre, und für den besten, wenn das Geschäft die erwünschte Wendung nähme, ja leicht wieder nach St. Jago zurückkehren könnte. Nach einer kurzen Überlegung gab Jeronimo der Klugheit dieser Maßregel seinen Beifall, führte sie noch ein wenig, die heitern Momente der Zukunft überfliegend, in den Gängen umher, und kehrte mit ihr zur Gesellschaft zurück.

Inzwischen war der Nachmittag herangekommen, und die Gemüter der herumschwärmenden Flüchtlinge hatten sich, da die Erdstöße nachließen, nur kaum wieder ein wenig beruhigt, als sich schon die Nachricht verbreitete, daß in der Dominikanerkirche, der einzigen, welche das Erdbeben verschont hatte, eine feierliche Messe von dem Prälaten des Klosters selbst gelesen werden würde, den Himmel um Verhütung fernerer Unglücks anzuflehen.

Das Volk brach schon aus allen Gegenden auf, und eilte in Strömen zur Stadt. In Don Fernandos Gesellschaft ward die Frage aufgeworfen, ob man nicht auch an dieser Feierlichkeit Teil nehmen, und sich dem allgemeinen Zuge anschließen solle? Donna Elisabeth erinnerte, mit einiger Beklemmung, was für ein Unheil gestern in der Kirche vorgefallen sei; daß solche Dankfeste

ja wiederholt werden würden, und daß man sich der Empfindung alsdann, weil die Gefahr schon mehr vorüber wäre, mit
desto größerer Heiterkeit und Ruhe überlassen könnte. Josephe
äußerte, indem sie mit einiger Begeisterung sogleich aufstand,
daß sie den Drang, ihr Antlitz vor dem Schöpfer in den Staub zu
legen, niemals lebhafter empfunden habe, als eben jetzt, wo er
seine unbegreifliche und erhabene Macht so entwickle. Donna
Elvire erklärte sich mit Lebhaftigkeit für Josephens Meinung. Sie
bestand darauf, daß man die Messe hören sollte, und rief Don
Fernando auf, die Gesellschaft zu führen, worauf sich alles, Donna
Elisabeth auch, von den Sitzen erhob. Da man jedoch letztere,
mit heftig arbeitender Brust, die kleinen Anstalten zum Aufbruche
zaudernd betreiben sah, und sie, auf die Frage: was ihr fehle? antwortete: sie wisse nicht, welch eine unglückliche Ahndung in
ihr sei? so beruhigte sie Donna Elvire, und foderte sie auf, bei
ihr und ihrem kranken Vater zurückzubleiben. Josephe sagte:
so werden Sie mir wohl, Donna Elisabeth, diesen kleinen Liebling abnehmen, der sich schon wieder, wie Sie sehen, bei mir eingefunden hat. Sehr gern, antwortete Donna Elisabeth, und machte
Anstalten ihn zu ergreifen; doch da dieser über das Unrecht, das
ihm geschah, kläglich schrie, und auf keine Art darein willigte, so
sagte Josephe lächelnd, daß sie ihn nur behalten wolle, und küßte
ihn wieder still. Hierauf bot Don Fernando, dem die ganze Würdigkeit und Anmut ihres Betragens sehr gefiel, ihr den Arm; Jeronimo, welcher den kleinen Philipp trug, führte Donna Con-
stanzen; die übrigen Mitglieder, die sich bei der Gesellschaft eingefunden hatten, folgten; und in dieser Ordnung ging der Zug
nach der Stadt.

Sie waren kaum funfzig Schritte gegangen, als man Donna
Elisabeth welche inzwischen heftig und heimlich mit Donna
Elvire gesprochen hatte: Don Fernando! rufen hörte, und dem
Zuge mit unruhigen Tritten nacheilen sah. Don Fernando hielt,
und kehrte sich um; harrte ihrer, ohne Josephen loszulassen, und
fragte, da sie, gleich als ob sie auf sein Entgegenkommen wartete,
in einiger Ferne stehen blieb: was sie wolle? Donna Elisabeth
näherte sich ihm hierauf, obschon, wie es schien, mit Widerwillen,
und raunte ihm, doch so, daß Josephe es nicht hören konnte,
einige Worte ins Ohr. Nun? fragte Don Fernando: und das Un-

glück, das daraus entstehen kann? Donna Elisabeth fuhr fort, ihm mit verstörtem Gesicht ins Ohr zu zischeln. Don Fernando stieg eine Röte des Unwillens ins Gesicht; er antwortete: es wäre gut! Donna Elvire möchte sich beruhigen; und führte seine Dame weiter. –

Als sie in der Kirche der Dominikaner ankamen, ließ sich die Orgel schon mit musikalischer Pracht hören, und eine unermeßliche Menschenmenge wogte darin. Das Gedränge erstreckte sich bis weit vor den Portalen auf den Vorplatz der Kirche hinaus, und an den Wänden hoch, in den Rahmen der Gemälde, hingen Knaben, und hielten mit erwartungsvollen Blicken ihre Mützen in der Hand. Von allen Kronleuchtern strahlte es herab, die Pfeiler warfen, bei der einbrechenden Dämmerung, geheimnisvolle Schatten, die große von gefärbtem Glas gearbeitete Rose in der Kirche äußerstem Hintergrunde glühte, wie die Abendsonne selbst, die sie erleuchtete, und Stille herrschte, da die Orgel jetzt schwieg, in der ganzen Versammlung, als hätte keiner einen Laut in der Brust. Niemals schlug aus einem christlichen Dom eine solche Flamme der Inbrunst gen Himmel, wie heute aus dem Dominikanerdom zu St. Jago; und keine menschliche Brust gab wärmere Glut dazu her, als Jeronimos und Josephens!

Die Feierlichkeit fing mit einer Predigt an, die der ältesten Chorherren einer, mit dem Festschmuck angetan, von der Kanzel hielt. Er begann gleich mit Lob, Preis und Dank, seine zitternden, vom Chorhemde weit umflossenen Hände hoch gen Himmel erhebend, daß noch Menschen seien, auf diesem, in Trümmer zerfallenden Teile der Welt, fähig, zu Gott empor zu stammeln. Er schilderte, was auf den Wink des Allmächtigen geschehen war; das Weltgericht kann nicht entsetzlicher sein; und als er das gestrige Erdbeben gleichwohl, auf einen Riß, den der Dom erhalten hatte, hinzeigend, einen bloßen Vorboten davon nannte, lief ein Schauder über die ganze Versammlung. Hierauf kam er, im Flusse priesterlicher Beredsamkeit, auf das Sittenverderbnis der Stadt; Greuel, wie Sodom und Gomorrha sie nicht sahen, straft' er an ihr; und nur der unendlichen Langmut Gottes schrieb er es zu, daß sie noch nicht gänzlich vom Erdboden vertilgt worden sei.

Aber wie dem Dolche gleich fuhr es durch die von dieser Pre-

digt schon ganz zerrissenen Herzen unserer beiden Unglücklichen,
als der Chorherr bei dieser Gelegenheit umständlich des Frevels
erwähnte, der in dem Klostergarten der Karmeliterinnen verübt
worden war; die Schonung, die er bei der Welt gefunden
hatte, gottlos nannte, und in einer von Verwünschungen erfüllten Seitenwendung, die Seelen der Täter, wörtlich genannt, allen
Fürsten der Hölle übergab! Donna Constanze rief, indem sie an
Jeronimos Armen zuckte: Don Fernando! Doch dieser antwortete
so nachdrücklich und doch so heimlich, wie sich beides verbinden
ließ: »Sie schweigen, Donna, Sie rühren auch den Augapfel nicht,
und tun, als ob Sie in eine Ohnmacht versänken; worauf wir die
Kirche verlassen.« Doch, ehe Donna Constanze diese sinnreiche
zur Rettung erfundene Maßregel noch ausgeführt hatte, rief
schon eine Stimme, des Chorherrn Predigt laut unterbrechend,
aus: Weichet fern hinweg, ihr Bürger von St. Jago, hier stehen
diese gottlosen Menschen! Und als eine andere Stimme schreckenvoll, indessen sich ein weiter Kreis des Entsetzens um sie bildete,
fragte: wo? hier! versetzte ein Dritter, und zog, heiliger Ruch-
losigkeit voll, Josephen bei den Haaren nieder, daß sie mit Don
Fernandos Sohne zu Boden getaumelt wäre, wenn dieser sie nicht
gehalten hätte. »Seid ihr wahnsinnig?« rief der Jüngling, und schlug
den Arm um Josephen: »ich bin Don Fernando Ormez, Sohn des
Kommandanten der Stadt, den ihr alle kennt.« Don Fernando
Ormez? rief, dicht vor ihn hingestellt, ein Schuhflicker, der für
Josephen gearbeitet hatte, und diese wenigstens so genau kannte,
als ihre kleinen Füße. Wer ist der Vater zu diesem Kinde? wandte
er sich mit frechem Trotz zur Tochter Asterons. Don Fernando
erblaßte bei dieser Frage. Er sah bald den Jeronimo schüchtern
an, bald überflog er die Versammlung, ob nicht einer sei, der ihn
kenne? Josephe rief, von entsetzlichen Verhältnissen gedrängt:
dies ist nicht mein Kind, Meister Pedrillo, wie Er glaubt; indem
sie, in unendlicher Angst der Seele, auf Don Fernando blickte:
dieser junge Herr ist Don Fernando Ormez, Sohn des Kommandanten der Stadt, den ihr alle kennt! Der Schuster fragte: wer
von euch, ihr Bürger, kennt diesen jungen Mann? Und mehrere
der Umstehenden wiederholten: wer kennt den Jeronimo Rugera? Der trete vor! Nun traf es sich, daß in demselben Augenblicke der kleine Juan, durch den Tumult erschreckt, von Jo-

sephens Brust weg Don Fernando in die Arme strebte. Hierauf: Er *ist* der Vater! schrie eine Stimme; und: er *ist* Jeronimo Rugera! eine andere; und: sie *sind* die gotteslästerlichen Menschen! eine dritte; und: steinigt sie! steinigt sie! die ganze im Tempel Jesu versammelte Christenheit! Drauf jetzt Jeronimo: Halt! Ihr Unmenschlichen! Wenn ihr den Jeronimo Rugera sucht: hier ist er! Befreit jenen Mann, welcher unschuldig ist! –

Der wütende Haufen, durch die Äußerung Jeronimos verwirrt, stutzte; mehrere Hände ließen Don Fernando los; und da in demselben Augenblick ein Marine-Offizier von bedeutendem Rang herbeieilte, und, indem er sich durch den Tumult drängte, fragte: Don Fernando Ormez! Was ist Euch widerfahren? so antwortete dieser, nun völlig befreit, mit wahrer heldenmütiger Besonnenheit: »Ja, sehen Sie, Don Alonzo, die Mordknechte! Ich wäre verloren gewesen, wenn dieser würdige Mann sich nicht, die rasende Menge zu beruhigen, für Jeronimo Rugera ausgegeben hätte. Verhaften Sie ihn, wenn Sie die Güte haben wollen, nebst dieser jungen Dame, zu ihrer beiderseitigen Sicherheit; und diesen Nichtswürdigen«, indem er Meister Pedrillo ergriff, »der den ganzen Aufruhr angezettelt hat!« Der Schuster rief: Don Alonzo Onoreja, ich frage Euch auf Euer Gewissen, ist dieses Mädchen nicht Josephe Asteron? Da nun Don Alonzo, welcher Josephen sehr genau kannte, mit der Antwort zauderte, und mehrere Stimmen, dadurch von neuem zur Wut entflammt, riefen: sie ists, sie ists! und: bringt sie zu Tode! so setzte Josephe den kleinen Philipp, den Jeronimo bisher getragen hatte, samt dem kleinen Juan, auf Don Fernandos Arm, und sprach: gehn Sie, Don Fernando, retten Sie Ihre beiden Kinder, und überlassen Sie uns unserm Schicksale!

Don Fernando nahm die beiden Kinder und sagte: er wolle eher umkommen, als zugeben, daß seiner Gesellschaft etwas zu Leide geschehe. Er bot Josephen, nachdem er sich den Degen des Marine-Offiziers ausgebeten hatte, den Arm, und forderte das hintere Paar auf, ihm zu folgen. Sie kamen auch wirklich, indem man ihnen, bei solchen Anstalten, mit hinlänglicher Ehrerbietigkeit Platz machte, aus der Kirche heraus, und glaubten sich gerettet. Doch kaum waren sie auf den von Menschen gleichfalls erfüllten Vorplatz derselben getreten, als eine Stimme aus dem

rasenden Haufen, der sie verfolgt hatte, rief: dies ist Jeronimo
Rugera, ihr Bürger, denn ich bin sein eigner Vater! und ihn an
Donna Constanzens Seite mit einem ungeheuren Keulenschlage
zu Boden streckte. Jesus Maria! rief Donna Constanze, und floh
zu ihrem Schwager; doch: Klostermetze! erscholl es schon, mit
einem zweiten Keulenschlage, von einer andern Seite, der sie
leblos neben Jeronimo niederwarf. Ungeheuer! rief ein Unbekannter: dies war Donna Constanze Xares! Warum belogen sie
uns! antwortete der Schuster; sucht die rechte auf, und bringt
sie um! Don Fernando, als er Constanzens Leichnam erblickte,
glühte vor Zorn; er zog und schwang das Schwert, und hieb,
daß er ihn gespalten hätte, den fanatischen Mordknecht, der
diese Greuel veranlaßte, wenn derselbe nicht, durch eine Wendung, dem wütenden Schlag entwichen wäre. Doch da er die
Menge, die auf ihn eindrang, nicht überwältigen konnte: leben
Sie wohl, Don Fernando mit den Kindern! rief Josephe – und:
hier mordet mich, ihr blutdürstenden Tiger! und stürzte sich freiwillig unter sie, um dem Kampf ein Ende zu machen. Meister
Pedrillo schlug sie mit der Keule nieder. Darauf ganz mit ihrem
Blute besprützt: schickt ihr den Bastard zur Hölle nach! rief er,
und drang, mit noch ungesättigter Mordlust, von neuem vor.

Don Fernando, dieser göttliche Held, stand jetzt, den Rücken
an die Kirche gelehnt; in der Linken hielt er die Kinder, in der
Rechten das Schwert. Mit jedem Hiebe wetterstrahlte er einen
zu Boden; ein Löwe wehrt sich nicht besser. Sieben Bluthunde
lagen tot vor ihm, der Fürst der satanischen Rotte selbst war verwundet. Doch Meister Pedrillo ruhte nicht eher, als bis er der
Kinder eines bei den Beinen von seiner Brust gerissen, und, hochher im Kreise geschwungen, an eines Kirchpfeilers Ecke zerschmettert hatte. Hierauf ward es still, und alles entfernte sich.
Don Fernando, als er seinen kleinen Juan vor sich liegen sah, mit
aus dem Hirne vorquellenden Mark, hob, voll namenlosen
Schmerzes, seine Augen gen Himmel.

Der Marine-Offizier fand sich wieder bei ihm ein, suchte ihn
zu trösten, und versicherte ihn, daß seine Untätigkeit bei diesem
Unglück, obschon durch mehrere Umstände gerechtfertigt, ihn
reue; doch Don Fernando sagte, daß ihm nichts vorzuwerfen sei,
und bat ihn nur, die Leichname jetzt fortschaffen zu helfen. Man

trug sie alle, bei der Finsternis der einbrechenden Nacht, in Don Alonzos Wohnung, wohin Don Fernando ihnen, viel über das Antlitz des kleinen Philipp weinend, folgte. Er übernachtete auch bei Don Alonzo, und säumte lange, unter falschen Vorspiegelungen, seine Gemahlin von dem ganzen Umfang des Unglücks zu unterrichten; einmal, weil sie krank war, und dann, weil er auch nicht wußte, wie sie sein Verhalten bei dieser Begebenheit beurteilen würde; doch kurze Zeit nachher, durch einen Besuch zufällig von allem, was geschehen war, benachrichtigt, weinte diese treffliche Dame im Stillen ihren mütterlichen Schmerz aus, und fiel ihm mit dem Rest einer erglänzenden Träne eines Morgens um den Hals und küßte ihn. Don Fernando und Donna Elvire nahmen hierauf den kleinen Fremdling zum Pflegesohn an; und wenn Don Fernando Philippen mit Juan verglich, und wie er beide erworben hatte, so war es ihm fast, als müßt er sich freuen.

DIE VERLOBUNG IN ST. DOMINGO

Zu Port au Prince, auf dem französischen Anteil der Insel St. Domingo, lebte, zu Anfange dieses Jahrhunderts, als die Schwarzen die Weißen ermordeten, auf der Pflanzung des Herrn Guillaume von Villeneuve, ein fürchterlicher alter Neger, namens Congo Hoango. Dieser von der Goldküste von Afrika herstammende Mensch, der in seiner Jugend von treuer und rechtschaffener Gemütsart schien, war von seinem Herrn, weil er ihm einst auf einer Überfahrt nach Cuba das Leben gerettet hatte, mit unendlichen Wohltaten überhäuft worden. Nicht nur, daß Herr Guillaume ihm auf der Stelle seine Freiheit schenkte, und ihm, bei seiner Rückkehr nach St. Domingo, Haus und Hof anwies; er machte ihn sogar, einige Jahre darauf, gegen die Gewohnheit des Landes, zum Aufseher seiner beträchtlichen Besitzung, und legte ihm, weil er nicht wieder heiraten wollte, an Weibes Statt eine alte Mulattin, namens Babekan, aus seiner Pflanzung bei, mit welcher er durch seine erste verstorbene Frau weitläufig verwandt war. Ja, als der Neger sein sechzigstes Jahr erreicht hatte, setzte er ihn mit einem ansehnlichen Gehalt in den Ruhestand und krönte seine Wohltaten noch damit, daß er ihm in seinem Vermächtnis sogar ein Legat auswarf; und doch konnten alle diese Beweise von Dankbarkeit Herrn Villeneuve vor der Wut dieses grimmigen Menschen nicht schützen. Congo Hoango war, bei dem allgemeinen Taumel der Rache, der auf die unbesonnenen Schritte des National-Konvents in diesen Pflanzungen aufloderte, einer der ersten, der die Büchse ergriff, und, eingedenk der Tyrannei, die ihn seinem Vaterlande entrissen hatte, seinem Herrn die Kugel durch den Kopf jagte. Er steckte das Haus, worein die Gemahlin desselben mit ihren drei Kindern und den übrigen Weißen der Niederlassung sich geflüchtet hatte, in Brand, verwüstete die ganze Pflanzung, worauf die Erben, die in Port au Prince wohnten, hätten Anspruch machen können, und zog, als sämtliche zur Besitzung gehörige Etablissements der Erde gleich gemacht waren, mit den Negern, die er versammelt und bewaffnet hatte, in der Nachbarschaft umher, um seinen Mitbrüdern in dem Kampfe gegen die Weißen beizustehen. Bald lauerte er den Reisenden auf, die in bewaffneten Haufen das Land durchkreuzten; bald fiel er am hellen Tage die in ihren Niederlassungen verschanzten Pflanzer selbst an, und ließ alles, was er darin vorfand, über die Klinge springen. Ja, er forderte, in seiner unmenschlichen Rachsucht, sogar die alte Babekan mit ihrer Tochter, einer jungen funfzehnjährigen Mestize, namens Toni, auf, an diesem grimmigen Kriege, bei dem er sich ganz verjüngte, Anteil zu nehmen; und weil das Hauptgebäude der Pflanzung, das er jetzt bewohnte, einsam an der Landstraße lag und sich häufig, während seiner Abwesenheit, weiße oder kreolische Flüchtlinge einfanden, welche darin Nahrung oder ein Unterkommen suchten, so unterrichtete er die Weiber, diese weißen Hunde, wie er sie nannte, mit Unterstützungen und Gefälligkeiten bis zu seiner Wiederkehr hinzuhalten. Babekan, welche in Folge einer grausamen Strafe, die sie in ihrer Jugend erhalten hatte, an der Schwindsucht litt, pflegte in solchen Fällen die junge Toni, die, wegen ihrer ins Gelbliche gehenden Gesichtsfarbe, zu dieser gräßlichen List besonders brauchbar war, mit ihren besten Kleidern auszuputzen; sie ermunterte dieselbe, den Fremden keine Liebkosung zu versagen, bis auf die letzte, die ihr bei Todesstrafe verboten war: und wenn Congo Hoango mit seinem Negertrupp von den Streifereien, die er in der Gegend gemacht hatte, wiederkehrte, war unmittelbarer Tod das Los der Armen, die sich durch diese Künste hatten täuschen lassen.

Nun weiß jedermann, daß im Jahr 1803, als der General Dessalines mit 30000 Negern gegen Port au Prince vorrückte, alles, was die weiße Farbe trug, sich in diesen Platz warf, um ihn zu verteidigen. Denn er war der letzte Stützpunkt der französischen Macht auf dieser Insel, und wenn er fiel, waren alle Weißen, die sich darauf befanden, sämtlich ohne Rettung verloren. Demnach traf es sich, daß gerade in der Abwesenheit des alten Hoango, der mit den Schwarzen, die er um sich hatte, aufgebrochen war, um dem General Dessalines mitten durch die französischen Posten einen Transport von Pulver und Blei zuzuführen, in der Finsternis einer stürmischen und regnigten Nacht, jemand an die hintere Tür seines Hauses klopfte. Die alte Babekan, welche schon im Bette lag, erhob sich, öffnete, einen bloßen Rock um die Hüften geworfen, das Fenster, und fragte, wer da sei? »Bei Maria und allen Heiligen,« sagte der Fremde leise, indem er sich unter das Fenster stellte: »beantwortet mir, ehe ich Euch dies entdecke, eine Frage!« Und damit streckte er, durch die Dunkelheit der Nacht, seine Hand aus, um die Hand der Alten zu ergreifen, und fragte: »seid Ihr eine Negerin?« Babekan sagte: nun, Ihr seid gewiß ein Weißer, daß Ihr dieser stockfinstern Nacht lieber ins Antlitz schaut, als einer Negerin! Kommt herein, setzte sie hinzu, und fürchtet nichts; hier wohnt eine Mulattin, und die einzige, die sich außer mir noch im Hause befindet, ist meine Tochter, eine Mestize! Und damit machte sie das Fenster zu, als wollte sie hinabsteigen und ihm die Tür öffnen; schlich aber, unter dem Vorwand, daß sie den Schlüssel nicht sogleich finden könne, mit einigen Kleidern, die sie schnell aus dem Schrank zusammenraffte, in die Kammer hinauf und weckte ihre Tochter. »Toni!« sprach sie: »Toni!« – Was gibts, Mutter? – »Geschwind!« sprach sie. »Aufgestanden und dich angezogen! Hier sind Kleider, weiße Wäsche und Strümpfe! Ein Weißer, der verfolgt wird, ist vor der Tür und begehrt eingelassen zu werden! « – Toni fragte: ein Weißer? indem sie sich halb im Bett aufrichtete. Sie nahm die Kleider, welche die Alte in der Hand hielt, und sprach: ist er auch allein, Mutter? Und haben wir, wenn wir ihn einlassen, nichts zu befürchten? – »Nichts, nichts!« versetzte die Alte, indem sie Licht anmachte: »er ist ohne Waffen und allein, und Furcht, daß wir über ihn herfallen möchten, zittert in allen seinen Gebeinen!« Und damit, während Toni aufstand und sich Rock und Strümpfe anzog, zündete sie die große Laterne an, die in dem Winkel des Zimmers stand, band dem Mädchen geschwind das Haar, nach der Landesart, über dem Kopf zusammen, bedeckte sie, nachdem sie ihr den Latz zugeschnürt hatte, mit einem Hut, gab ihr die Laterne in die Hand und befahl ihr, auf den Hof hinab zu gehen und den Fremden herein zu holen.

Inzwischen war auf das Gebell einiger Hofhunde ein Knabe, namens Nanky, den Hoango auf unehelichem Wege mit einer Negerin erzeugt hatte, und der mit seinem Bruder Seppy in den Nebengebäuden schlief, erwacht; und da er beim Schein des Mondes einen einzelnen Mann auf der hinteren Treppe des Hau-

ses stehen sah: so eilte er sogleich, wie er in solchen Fällen angewiesen war, nach dem Hoftor, durch welches derselbe hereinge-
kommen war, um es zu verschließen. Der Fremde, der nicht begriff, was diese Anstalten zu bedeuten hatten, fragte den Knaben,
den er mit Entsetzen, als er ihm nahe stand, für einen Negerknaben erkannte: wer in dieser Niederlassung wohne? und schon
war er auf die Antwort desselben: »daß die Besitzung, seit dem
Tode Herrn Villeneuves dem Neger Hoango anheim gefallen,«
im Begriff, den Jungen niederzuwerfen, ihm den Schlüssel der
Hofpforte, den er in der Hand hielt, zu entreißen und das weite
Feld zu suchen, als Toni, die Laterne in der Hand, vor das Haus
hinaus trat. »Geschwind!« sprach sie, indem sie seine Hand ergriff und ihn nach der Tür zog: »hier herein!« Sie trug Sorge, indem sie dies sagte, das Licht so zu stellen, daß der volle Strahl
davon auf ihr Gesicht fiel. – Wer bist du? rief der Fremde sträubend, indem er, um mehr als einer Ursache willen betroffen, ihre
junge liebliche Gestalt betrachtete. Wer wohnt in diesem Hause,
in welchem ich, wie du vorgibst, meine Rettung finden soll? –
»Niemand, bei dem Licht der Sonne«, sprach das Mädchen, »als
meine Mutter und ich!« und bestrebte und beeiferte sich, ihn mit
sich fortzureißen. Was, niemand! rief der Fremde, indem er, mit
einem Schritt rückwärts, seine Hand losriß: hat mir dieser Knabe
nicht eben gesagt, daß ein Neger, namens Hoango, darin befindlich sei? – »Ich sage, nein!« sprach das Mädchen, indem sie, mit
einem Ausdruck von Unwillen, mit dem Fuß stampfte; »und wenn
gleich einem Wüterich, der diesen Namen führt, das Haus gehört: abwesend ist er in diesem Augenblick und auf zehn Meilen
davon entfernt!« Und damit zog sie den Fremden mit ihren beiden Händen in das Haus hinein, befahl dem Knaben, keinem
Menschen zu sagen, wer angekommen sei, ergriff, nachdem sie
die Tür erreicht, des Fremden Hand und führte ihn die Treppe
hinauf, nach dem Zimmer ihrer Mutter.

»Nun«, sagte die Alte, welche das ganze Gespräch, von dem
Fenster herab, mit angehört und bei dem Schein des Lichts be-
merkt hatte, daß er ein Offizier war: »was bedeutet der Degen,
den Ihr so schlagfertig unter Eurem Arme tragt? Wir haben
Euch«, setzte sie hinzu, indem sie sich die Brille aufdrückte, »mit
Gefahr unseres Lebens eine Zuflucht in unserm Hause gestattet;

seid Ihr herein gekommen, um diese Wohltat, nach der Sitte
Eurer Landsleute, mit Verräterei zu vergelten?« – Behüte der
Himmel! erwiderte der Fremde, der dicht vor ihren Sessel getreten war. Er ergriff die Hand der Alten, drückte sie an sein Herz,
und indem er, nach einigen im Zimmer schüchtern umherge-
worfenen Blicken, den Degen, den er an der Hüfte trug, ab-
schnallte, sprach er: Ihr seht den elendesten der Menschen, aber
keinen undankbaren und schlechten vor Euch! – »Wer seid Ihr?«
fragte die Alte; und damit schob sie ihm mit dem Fuß einen
Stuhl hin, und befahl dem Mädchen, in die Küche zu gehen, und
ihm, so gut es sich in der Eil tun ließ, ein Abendbrot zu bereiten.
Der Fremde erwiderte: ich bin ein Offizier von der französischen
Macht, obschon, wie Ihr wohl selbst urteilt, kein Franzose; mein
Vaterland ist die Schweiz und mein Name Gustav von der Ried.
Ach, hätte ich es niemals verlassen und gegen dies unselige Eiland
vertauscht! Ich komme von Fort Dauphin, wo, wie Ihr wißt,
alle Weißen ermordet worden sind, und meine Absicht ist, Port
au Prince zu erreichen, bevor es dem General Dessalines noch gelungen ist, es mit den Truppen, die er anführt, einzuschließen und
zu belagern. – »Von Fort Dauphin!« rief die Alte. »Und es ist
Euch mit Eurer Gesichtsfarbe geglückt, diesen ungeheuren Weg,
mitten durch ein in Empörung begriffenes Mohrenland, zurückzulegen?« Gott und alle Heiligen, erwiderte der Fremde, haben
mich beschützt! – Und ich bin nicht allein, gutes Mütterchen; in
meinem Gefolge, das ich zurückgelassen, befindet sich ein ehrwürdiger alter Greis, mein Oheim, mit seiner Gemahlin und fünf
Kindern; mehrere Bediente und Mägde, die zur Familie gehören, nicht zu erwähnen; ein Troß von zwölf Menschen, den
ich, mit Hülfe zweier elenden Maulesel, in unsäglich mühevollen Nachtwanderungen, da wir uns bei Tage auf der Heerstraße nicht zeigen dürfen, mit mir fortführen muß. »Ei, mein
Himmel!« rief die Alte, indem sie, unter mitleidigem Kopfschüt-
teln, eine Prise Tabak nahm. »Wo befindet sich denn in diesem
Augenblick Eure Reisegesellschaft?« – Euch, versetzte der Fremde,
nachdem er sich ein wenig besonnen hatte: Euch kann ich mich
anvertrauen; aus der Farbe Eures Gesichts schimmert mir ein
Strahl von der meinigen entgegen. Die Familie befindet sich,
daß Ihr es wißt, eine Meile von hier, zunächst dem Möwenweiher,

in der Wildnis der angrenzenden Gebirgswaldung: Hunger und
Durst zwangen uns vorgestern, diese Zuflucht aufzusuchen. Vergebens schickten wir in der verflossenen Nacht unsere Bedienten
aus, um ein wenig Brot und Wein bei den Einwohnern des Landes aufzutreiben; Furcht, ergriffen und getötet zu werden, hielt
sie ab, die entscheidenden Schritte deshalb zu tun, dergestalt, daß
ich mich selbst heute mit Gefahr meines Lebens habe aufmachen
müssen, um mein Glück zu versuchen. Der Himmel, wenn mich
nicht alles trügt, fuhr er fort, indem er die Hand der Alten drückte,
hat mich mitleidigen Menschen zugeführt, die jene grausame und
unerhörte Erbitterung, welche alle Einwohner dieser Insel ergriffen hat, nicht teilen. Habt die Gefälligkeit, mir für reichlichen
Lohn einige Körbe mit Lebensmitteln und Erfrischungen anzu-
füllen; wir haben nur noch fünf Tagereisen bis Port au Prince, und
wenn ihr uns die Mittel verschafft, diese Stadt zu erreichen, so
werden wir euch ewig als die Retter unseres Lebens ansehen. –
»Ja, diese rasende Erbitterung«, heuchelte die Alte. »Ist es nicht,
als ob die Hände *eines* Körpers, oder die Zähne *eines* Mundes
gegen einander wüten wollten, weil das *eine* Glied nicht geschaffen ist, wie das andere? Was kann ich, deren Vater aus St.
Jago, von der Insel Cuba war, für den Schimmer von Licht, der
auf meinem Antlitz, wenn es Tag wird, erdämmert? Und was
kann meine Tochter, die in Europa empfangen und geboren ist,
dafür, daß der volle Tag jenes Weltteils von dem ihrigen wider-
scheint?« – Wie? rief der Fremde. Ihr, die Ihr nach Eurer ganzen
Gesichtsbildung eine Mulattin, und mithin afrikanischen Ur-
sprungs seid, Ihr wäret samt der lieblichen jungen Mestize, die
mir das Haus aufmachte, mit uns Europäern in *einer* Verdammnis? – »Beim Himmel!« erwiderte die Alte, indem sie die Brille
von der Nase nahm; »meint Ihr, daß das kleine Eigentum, das
wir uns in mühseligen und jammervollen Jahren durch die Arbeit
unserer Hände erworben haben, dies grimmige, aus der Hölle
stammende Räubergesindel nicht reizt? Wenn wir uns nicht
durch List und den ganzen Inbegriff jener Künste, die die Notwehr dem Schwachen in die Hände gibt, vor ihrer Verfolgung
zu sichern wüßten: der Schatten von Verwandtschaft, der über
unsere Gesichter ausgebreitet ist, der, könnt Ihr sicher glauben,
tut es nicht!« – Es ist nicht möglich! rief der Fremde; und wer auf

dieser Insel verfolgt euch? »Der Besitzer dieses Hauses«, antwortete die Alte: »der Neger Congo Hoango! Seit dem Tode Herrn Guillaumes, des vormaligen Eigentümers dieser Pflanzung, der durch seine grimmige Hand beim Ausbruch der Empörung fiel, sind wir, die wir ihm als Verwandte die Wirtschaft führen, seiner ganzen Willkür und Gewalttätigkeit preis gegeben. Jedes Stück Brot, jeden Labetrunk den wir aus Menschlichkeit einem oder dem andern der weißen Flüchtlinge, die hier zuweilen die Straße vorüberziehen, gewähren, rechnet er uns mit Schimpfwörtern und Mißhandlungen an; und nichts wünscht er mehr, als die Rache der Schwarzen über uns weiße und kreolische Halbhunde, wie er uns nennt, hereinhetzen zu können, teils um unserer überhaupt, die wir seine Wildheit gegen die Weißen tadeln, los zu werden, teils um das kleine Eigentum, das wir hinterlassen würden, in Besitz zu nehmen.«–Ihr Unglücklichen! sagte der Fremde; ihr Bejammernswürdigen! – Und wo befindet sich in diesem Augenblick dieser Wüterich? »Bei dem Heere des Generals Dessalines,« antwortete die Alte, »dem er, mit den übrigen Schwarzen, die zu dieser Pflanzung gehören, einen Transport von Pulver und Blei zuführt, dessen der General bedürftig war. Wir erwarten ihn, falls er nicht auf neue Unternehmungen auszieht, in zehn oder zwölf Tagen zurück; und wenn er alsdann, was Gott verhüten wolle, erführe, daß wir einem Weißen, der nach Port au Prince wandert, Schutz und Obdach gegeben, während er aus allen Kräften an dem Geschäft Teil nimmt, das ganze Geschlecht derselben von der Insel zu vertilgen, wir wären alle, das könnt Ihr glauben, Kinder des Todes.« Der Himmel, der Menschlichkeit und Mitleiden liebt, antwortete der Fremde, wird Euch in dem, was Ihr einem Unglücklichen tut, beschützen! – Und weil Ihr Euch, setzte er, indem er der Alten näher rückte, hinzu, einmal in diesem Falle des Negers Unwillen zugezogen haben würdet, und der Gehorsam, wenn Ihr auch dazu zurückkehren wolltet, Euch fürderhin zu nichts helfen würde; könnt Ihr Euch wohl, für jede Belohnung, die Ihr nur verlangen mögt, entschließen, meinem Oheim und seiner Familie, die durch die Reise aufs äußerste angegriffen sind, auf einen oder zwei Tage in Eurem Hause Obdach zu geben, damit sie sich ein wenig erholten? – »Junger Herr!« sprach die Alte betroffen, »was verlangt Ihr da? Wie ist es, in

einem Hause, das an der Landstraße liegt, möglich, einen Troß
von solcher Größe, als der Eurige ist, zu beherbergen, ohne daß
er den Einwohnern des Landes verraten würde?« – Warum nicht?
versetzte der Fremde dringend: wenn ich sogleich selbst an den
Möwenweiher hinausginge, und die Gesellschaft, noch vor Anbruch des Tages, in die Niederlassung einführte; wenn man alles,
Herrschaft und Dienerschaft, in einem und demselben Gemach
des Hauses unterbrächte, und, für den schlimmsten Fall, etwa noch
die Vorsicht gebrauchte, Türen und Fenster desselben sorgfältig
zu verschließen? – Die Alte erwiderte, nachdem sie den Vorschlag während einiger Zeit erwogen hatte: »daß, wenn er, in der
heutigen Nacht, unternehmen wollte, den Troß aus seiner Berg-
schlucht in die Niederlassung einzuführen, er, bei der Rückkehr
von dort, unfehlbar auf einen Trupp bewaffneter Neger stoßen
würde, der, durch einige vorangeschickte Schützen, auf der Heerstraße angesagt worden wäre.« – Wohlan! versetzte der Fremde:
so begnügen wir uns, für diesen Augenblick, den Unglücklichen
einen Korb mit Lebensmitteln zuzusenden, und sparen das Geschäft, sie in die Niederlassung einzuführen, für die nächstfolgende
Nacht auf. Wollt Ihr, gutes Mütterchen, das tun? – »Nun«,
sprach die Alte, unter vielfachen Küssen, die von den Lippen des
Fremden auf ihre knöcherne Hand niederregneten: »um des
Europäers, meiner Tochter Vater willen, will ich euch, seinen
bedrängten Landsleuten, diese Gefälligkeit erweisen. Setzt Euch
beim Anbruch des morgenden Tages hin, und ladet die Eurigen
in einem Schreiben ein, sich zu mir in die Niederlassung zu verfügen; der Knabe, den Ihr im Hofe gesehen, mag ihnen das
Schreiben mit einigem Mundvorrat überbringen, die Nacht über
zu ihrer Sicherheit in den Bergen verweilen, und dem Trosse beim
Anbruch des nächstfolgenden Tages, wenn die Einladung angenommen wird, auf seinem Wege hierher zum Führer dienen.«
    Inzwischen war Toni mit einem Mahl, das sie in der Küche
bereitet hatte, wiedergekehrt, und fragte die Alte mit einem
Blick auf den Fremden, schäkernd, indem sie den Tisch deckte:
Nun, Mutter, sagt an! Hat sich der Herr von dem Schreck, der
ihn vor der Tür ergriff, erholt? Hat er sich überzeugt, daß weder Gift noch Dolch auf ihn warten, und daß der Neger Hoango
nicht zu Hause ist? Die Mutter sagte mit einem Seufzer: »mein

Kind, der Gebrannte scheut, nach dem Sprichwort, das Feuer.
Der Herr würde töricht gehandelt haben, wenn er sich früher
in das Haus hineingewagt hätte, als bis er sich von dem Volksstamm, zu welchem seine Bewohner gehören, überzeugt hatte.«
Das Mädchen stellte sich vor die Mutter, und erzählte ihr: wie
sie die Laterne so gehalten, daß ihr der volle Strahl davon ins
Gesicht gefallen wäre. Aber seine Einbildung, sprach sie, war
ganz von Mohren und Negern erfüllt; und wenn ihm eine Dame
von Paris oder Marseille die Türe geöffnet hätte, er würde sie für
eine Negerin gehalten haben. Der Fremde, indem er den Arm
sanft um ihren Leib schlug, sagte verlegen: daß der Hut, den sie
aufgehabt, ihn verhindert hätte, ihr ins Gesicht zu schaun. Hätte
ich dir, fuhr er fort, indem er sie lebhaft an seine Brust drückte,
ins Auge sehen können, so wie ich es jetzt kann: so hätte ich, auch
wenn alles Übrige an dir schwarz gewesen wäre, aus einem ver-
gifteten Becher mit dir trinken wollen. Die Mutter nötigte ihn,
der bei diesen Worten rot geworden war, sich zu setzen, worauf
Toni sich neben ihm an der Tafel niederließ, und mit aufgestütz-
ten Armen, während der Fremde aß, in sein Antlitz sah. Der
Fremde fragte sie: wie alt sie wäre? und wie ihre Vaterstadt hieße?
worauf die Mutter das Wort nahm und ihm sagte: »daß Toni vor
funfzehn Jahren auf einer Reise, welche sie mit der Frau des Herrn
Villeneuve, ihres vormaligen Prinzipals, nach Europa gemacht
hätte, in Paris von ihr empfangen und geboren worden wäre.
Sie setzte hinzu, daß der Neger Komar, den sie nachher geheiratet,
sie zwar an Kindes Statt angenommen hätte, daß ihr Vater aber
eigentlich ein reicher Marseiller Kaufmann, namens Bertrand
wäre, von dem sie auch Toni Bertrand hieße.« – Toni fragte ihn:
ob er einen solchen Herrn in Frankreich kenne? Der Fremde erwiderte: nein! das Land wäre groß, und während des kurzen Aufenthalts, den er bei seiner Einschiffung nach Westindien darin genommen, sei ihm keine Person dieses Namens vorgekommen.
Die Alte versetzte daß Herr Bertrand auch, nach ziemlich sicheren
Nachrichten, die sie eingezogen, nicht mehr in Frankreich befindlich sei. Sein ehrgeiziges und aufstrebendes Gemüt, sprach
sie, gefiel sich in dem Kreis bürgerlicher Tätigkeit nicht; er
mischte sich beim Ausbruch der Revolution in die öffentlichen
Geschäfte, und ging im Jahr 1795 mit einer französischen Ge-

sandtschaft an den türkischen Hof, von wo er, meines Wissens, bis diesen Augenblick noch nicht zurückgekehrt ist. Der Fremde sagte lächelnd zu Toni, indem er ihre Hand faßte: daß sie ja in diesem Falle ein vornehmes und reiches Mädchen wäre. Er munterte sie auf, diese Vorteile geltend zu machen, und meinte, daß sie Hoffnung hätte, noch einmal an der Hand ihres Vaters in glänzendere Verhältnisse, als in denen sie jetzt lebte, eingeführt zu werden! »Schwerlich«, versetzte die Alte mit unterdrückter Empfindlichkeit. »Herr Bertrand leugnete mir, während meiner Schwangerschaft zu Paris, aus Scham vor einer jungen reichen Braut, die er heiraten wollte, die Vaterschaft zu diesem Kinde vor Gericht ab. Ich werde den Eidschwur, den er die Frechheit hatte, mir ins Gesicht zu leisten, niemals vergessen, ein Gallenfieber war die Folge davon, und bald darauf noch sechzig Peitschenhiebe, die mir Herr Villeneuve geben ließ, und in deren Folge ich noch bis auf diesen Tag an der Schwindsucht leide.« – –
Toni, welche den Kopf gedankenvoll auf ihre Hand gelegt hatte, fragte den Fremden: wer er denn wäre? wo er herkäme und wo er hinginge? worauf dieser nach einer kurzen Verlegenheit, worin ihn die erbitterte Rede der Alten versetzt hatte, erwiderte: daß er mit Herrn Strömlis, seines Oheims Familie, die er, unter dem Schutze zweier jungen Vettern, in der Bergwaldung am Möwenweiher zurückgelassen, vom Fort Dauphin käme. Er erzählte, auf des Mädchens Bitte, mehrere Züge der in dieser Stadt ausgebrochenen Empörung; wie zur Zeit der Mitternacht, da alles geschlafen, auf ein verräterisch gegebenes Zeichen, das Gemetzel der Schwarzen gegen die Weißen losgegangen wäre; wie der Chef der Negern, ein Sergeant bei dem französischen Pionierkorps, die Bosheit gehabt, sogleich alle Schiffe im Hafen in Brand zu stecken, um den Weißen die Flucht nach Europa abzuschneiden; wie die Familie kaum Zeit gehabt, sich mit einigen Habseligkeiten vor die Tore der Stadt zu retten, und wie ihr, bei dem gleichzeitigen Auflodern der Empörung in allen Küstenplätzen, nichts übrig geblieben wäre, als mit Hülfe zweier Maulesel, die sie aufgetrieben, den Weg quer durch das ganze Land nach Port au Prince einzuschlagen, das allein noch, von einem starken französischen Heere beschützt, der überhand nehmenden Macht der Negern in diesem Augenblick Widerstand leiste. –

Toni fragte: wodurch sich denn die Weißen daselbst so verhaßt gemacht hätten? – Der Fremde erwiderte betroffen: durch das allgemeine Verhältnis, das sie, als Herren der Insel, zu den Schwarzen hatten, und das ich, die Wahrheit zu gestehen, mich nicht unterfangen will, in Schutz zu nehmen; das aber schon seit vielen Jahrhunderten auf diese Weise bestand! Der Wahnsinn der Freiheit, der alle diese Pflanzungen ergriffen hat, trieb die Negern und Kreolen, die Ketten, die sie drückten, zu brechen, und an den Weißen wegen vielfacher und tadelnswürdiger Mißhandlungen, die sie von einigen schlechten Mitgliedern derselben erlitten, Rache zu nehmen. – Besonders, fuhr er nach einem kurzen Stillschweigen fort, war mir die Tat eines jungen Mädchens schauderhaft und merkwürdig. Dieses Mädchen, vom Stamm der Negern, lag gerade zur Zeit, da die Empörung aufloderte, an dem gelben Fieber krank, das zur Verdoppelung des Elends in der Stadt ausgebrochen war. Sie hatte drei Jahre zuvor einem Pflanzer vom Geschlecht der Weißen als Sklavin gedient, der sie aus Empfindlichkeit, weil sie sich seinen Wünschen nicht willfährig gezeigt hatte, hart behandelt und nachher an einen kreolischen Pflanzer verkauft hatte. Da nun das Mädchen an dem Tage des allgemeinen Aufruhrs erfuhr, daß sich der Pflanzer, ihr ehemaliger Herr, vor der Wut der Negern, die ihn verfolgten, in einen nahegelegenen Holzstall geflüchtet hatte: so schickte sie, jener Mißhandlungen eingedenk, beim Anbruch der Dämmerung, ihren Bruder zu ihm, mit der Einladung, bei ihr zu übernachten. Der Unglückliche, der weder wußte, daß das Mädchen unpäßlich war, noch an welcher Krankheit sie litt, kam und schloß sie voll Dankbarkeit, da er sich gerettet glaubte, in seine Arme: doch kaum hatte er eine halbe Stunde unter Liebkosungen und Zärtlichkeiten in ihrem Bette zugebracht, als sie sich plötzlich mit dem Ausdruck wilder und kalter Wut, darin erhob und sprach: eine Pestkranke, die den Tod in der Brust trägt, hast du geküßt: geh und gib das gelbe Fieber allen denen, die dir gleichen! – Der Offizier, während die Alte mit lauten Worten ihren Abscheu hierüber zu erkennen gab, fragte Toni: ob *sie* wohl einer solchen Tat fähig wäre? Nein! sagte Toni, indem sie verwirrt vor sich niedersah. Der Fremde, indem er das Tuch auf dem Tische legte, versetzte: daß, nach dem Gefühl seiner Seele, keine Tyrannei, die die Weißen je

verübt, einen Verrat, so niederträchtig und abscheulich, rechtfertigen könnte. Die Rache des Himmels, meinte er, indem er
sich mit einem leidenschaftlichen Ausdruck erhob, würde dadurch entwaffnet: die Engel selbst, dadurch empört, stellten sich
auf Seiten derer, die Unrecht hätten, und nähmen, zur Aufrechthaltung menschlicher und göttlicher Ordnung, ihre Sache! Er
trat bei diesen Worten auf einen Augenblick an das Fenster, und
sah in die Nacht hinaus, die mit stürmischen Wolken über den
Mond und die Sterne vorüber zog; und da es ihm schien, als ob
Mutter und Tochter einander ansähen, obschon er auf keine
Weise merkte, daß sie sich Winke zugeworfen hätten: so übernahm ihn ein widerwärtiges und verdrießliches Gefühl; er wandte
sich und bat, daß man ihm das Zimmer anweisen möchte, wo er
schlafen könne.

Die Mutter bemerkte, indem sie nach der Wanduhr sah, daß
es überdies nahe an Mitternacht sei, nahm ein Licht in die Hand,
und forderte den Fremden auf, ihr zu folgen. Sie führte ihn durch
einen langen Gang in das für ihn bestimmte Zimmer; Toni trug
den Überrock des Fremden und mehrere andere Sachen, die er
abgelegt hatte; die Mutter zeigte ihm ein von Polstern bequem
aufgestapeltes Bett, worin er schlafen sollte, und nachdem sie
Toni noch befohlen hatte, dem Herrn ein Fußbad zu bereiten,
wünschte sie ihm eine gute Nacht und empfahl sich. Der Fremde
stellte seinen Degen in den Winkel und legte ein Paar Pistolen,
die er im Gürtel trug, auf den Tisch. Er sah sich, während Toni
das Bett vorschob und ein weißes Tuch darüber breitete, im
Zimmer um; und da er gar bald, aus der Pracht und dem Geschmack, die darin herrschten, schloß, daß es dem vormaligen
Besitzer der Pflanzung angehört haben müsse: so legte sich ein
Gefühl der Unruhe wie ein Geier um sein Herz, und er wünschte
sich, hungrig und durstig, wie er gekommen war, wieder in die
Waldung zu den Seinigen zurück. Das Mädchen hatte mittlerweile, aus der nahebelegenen Küche, ein Gefäß mit warmem
Wasser, von wohlriechenden Kräutern duftend, hereingeholt,
und forderte den Offizier, der sich in das Fenster gelehnt hatte,
auf, sich darin zu erquicken. Der Offizier ließ sich, während er
sich schweigend von der Halsbinde und der Weste befreite, auf
den Stuhl nieder; er schickte sich an, sich die Füße zu entblößen,

und während das Mädchen, auf ihre Kniee vor ihm hingekauert, die kleinen Vorkehrungen zum Bade besorgte, betrachtete er ihre einnehmende Gestalt. Ihr Haar, in dunkeln Locken schwellend, war ihr, als sie niederknieete, auf ihre jungen Brüste herabgerollt; ein Zug von ausnehmender Anmut spielte um ihre Lippen und über ihre langen, über die gesenkten Augen hervorragenden Augenwimpern; er hätte, bis auf die Farbe, die ihm anstößig war, schwören mögen, daß er nie etwas Schöneres gesehen. Dabei fiel ihm eine entfernte Ähnlichkeit, er wußte noch selbst nicht recht mit wem, auf, die er schon bei seinem Eintritt in das Haus bemerkt hatte, und die seine ganze Seele für sie in Anspruch nahm. Er ergriff sie, als sie in den Geschäften, die sie betrieb, aufstand, bei der Hand, und da er gar richtig schloß, daß es nur ein Mittel gab, zu erprüfen, ob das Mädchen ein Herz habe oder nicht, so zog er sie auf seinen Schoß nieder und fragte sie: »ob sie schon einem Bräutigam verlobt wäre?« Nein! lispelte das Mädchen, indem sie ihre großen schwarzen Augen in lieblicher Verschämtheit zur Erde schlug. Sie setzte, ohne sich auf seinem Schoß zu rühren, hinzu: Konelly, der junge Neger aus der Nachbarschaft, hätte zwar vor drei Monaten um sie angehalten; sie hätte ihn aber, weil sie noch zu jung wäre, ausgeschlagen. Der Fremde, der, mit seinen beiden Händen, ihren schlanken Leib umfaßt hielt, sagte: »in seinem Vaterlande wäre, nach einem daselbst herrschenden Sprichwort, ein Mädchen von vierzehn Jahren und sieben Wochen bejahrt genug, um zu heiraten.« Er fragte, während sie ein kleines, goldenes Kreuz, das er auf der Brust trug, betrachtete: »wie alt sie wäre?« – Funfzehn Jahre, erwiderte Toni. »Nun also!« sprach der Fremde. – »Fehlt es ihm denn an Vermögen, um sich häuslich, wie du es wünschest, mit dir niederzulassen?« Toni, ohne die Augen zu ihm aufzuschlagen, erwiderte: o nein! – Vielmehr, sprach sie, indem sie das Kreuz, das sie in der Hand hielt, fahren ließ: Konelly ist, seit der letzten Wendung der Dinge, ein reicher Mann geworden; seinem Vater ist die ganze Niederlassung, die sonst dem Pflanzer, seinem Herrn, gehörte, zugefallen. – »Warum lehntest du denn seinen Antrag ab?« fragte der Fremde. Er streichelte ihr freundlich das Haar von der Stirn und sprach: »gefiel er dir etwa nicht?« Das Mädchen, indem sie kurz mit dem Kopf schüttelte, lachte; und auf die

Frage des Fremden, ihr scherzend ins Ohr geflüstert: ob es vielleicht ein Weißer sein müsse, der ihre Gunst davon tragen solle?
legte sie sich plötzlich, nach einem flüchtigen, träumerischen Bedenken, unter einem überaus reizenden Erröten, das über ihr
verbranntes Gesicht aufloderte, an seine Brust. Der Fremde, von
ihrer Anmut und Lieblichkeit gerührt, nannte sie sein liebes Mädchen, und schloß sie, wie durch göttliche Hand von jeder Sorge
erlöst, in seine Arme. Es war ihm unmöglich zu glauben, daß alle
diese Bewegungen, die er an ihr wahrnahm, der bloße elende
Ausdruck einer kalten und gräßlichen Verräterei sein sollten. Die
Gedanken, die ihn beunruhigt hatten, wichen, wie ein Heer
schauerlicher Vögel, von ihm; er schalt sich, ihr Herz nur einen
Augenblick verkannt zu haben, und während er sie auf seinen
Knieen schaukelte, und den süßen Atem einsog, den sie ihm her-
aufsandte, drückte er, gleichsam zum Zeichen der Aussöhnung
und Vergebung, einen Kuß auf ihre Stirn. Inzwischen hatte sich
das Mädchen, unter einem sonderbar plötzlichen Aufhorchen,
als ob jemand von dem Gange her der Tür nahte, emporgerichtet;
sie rückte sich gedankenvoll und träumerisch das Tuch, das sich
über ihrer Brust verschoben hatte, zurecht; und erst als sie sah,
daß sie von einem Irrtum getäuscht worden war, wandte sie sich
mit einigem Ausdruck von Heiterkeit wieder zu dem Fremden
zurück und erinnerte ihn: daß sich das Wasser, wenn er nicht
bald Gebrauch davon machte, abkälten würde. – Nun? sagte sie
betreten, da der Fremde schwieg und sie gedankenvoll betrachtete: was seht Ihr mich so aufmerksam an? Sie suchte, indem sie
sich mit ihrem Latz beschäftigte, die Verlegenheit, die sie ergriffen, zu verbergen, und rief lachend: wunderlicher Herr, was fällt
Euch in meinem Anblick so auf? Der Fremde, der sich mit der
Hand über die Stirn gefahren war, sagte, einen Seufzer unterdrückend, indem er sie von seinem Schoß herunterhob: »eine
wunderbare Ähnlichkeit zwischen dir und einer Freundin!« –
Toni, welche sichtbar bemerkte, daß sich seine Heiterkeit zerstreut hatte, nahm ihn freundlich und teilnehmend bei der Hand,
und fragte: mit welcher? worauf jener, nach einer kurzen Besinnung das Wort nahm und sprach: »Ihr Name war Mariane
Congreve und ihre Vaterstadt Straßburg. Ich hatte sie in dieser
Stadt, wo ihr Vater Kaufmann war, kurz vor dem Ausbruch der

Revolution kennen gelernt, und war glücklich genug gewesen, ihr Jawort und vorläufig auch ihrer Mutter Zustimmung zu erhalten. Ach, es war die treuste Seele unter der Sonne; und die schrecklichen und rührenden Umstände, unter denen ich sie verlor, werden mir, wenn ich dich ansehe, so gegenwärtig, daß ich mich vor Wehmut der Tränen nicht enthalten kann.« Wie? sagte Toni, indem sie sich herzlich und innig an ihn drückte: sie lebt nicht mehr? – »Sie starb«, antwortete der Fremde, »und ich lernte den Inbegriff aller Güte und Vortrefflichkeit erst mit ihrem Tode kennen. Gott weiß«, fuhr er fort, indem er sein Haupt schmerzlich an ihre Schulter lehnte, »wie ich die Unbesonnenheit so weit treiben konnte, mir eines Abends an einem öffentlichen Ort Äußerungen über das eben errichtete furchtbare Revolutionstribunal zu erlauben. Man verklagte, man suchte mich; ja, in Ermangelung meiner, der glücklich genug gewesen war, sich in die Vorstadt zu retten, lief die Rotte meiner rasenden Verfolger, die ein Opfer haben mußte, nach der Wohnung meiner Braut, und durch ihre wahrhaftige Versicherung, daß sie nicht wisse, wo ich sei, erbittert, schleppte man dieselbe, unter dem Vorwand, daß sie mit mir im Einverständnis sei, mit unerhörter Leichtfertigkeit statt meiner auf den Richtplatz. Kaum war mir diese entsetzliche Nachricht hinterbracht worden, als ich sogleich aus dem Schlupfwinkel, in welchen ich mich geflüchtet hatte, hervortrat, und indem ich, die Menge durchbrechend, nach dem Richtplatz eilte, laut ausrief: Hier, ihr Unmenschlichen, hier bin ich! Doch sie, die schon auf dem Gerüste der Guillotine stand, antwortete auf die Frage einiger Richter, denen ich unglücklicher Weise fremd sein mußte, indem sie sich mit einem Blick, der mir unauslöschlich in die Seele geprägt ist, von mir abwandte: diesen Menschen kenne ich nicht! – worauf unter Trommeln und Lärmen, von den ungeduldigen Blutmenschen angezettelt, das Eisen, wenige Augenblicke nachher, herabfiel, und ihr Haupt von seinem Rumpfe trennte. – Wie ich gerettet worden bin, das weiß ich nicht; ich befand mich, eine Viertelstunde darauf, in der Wohnung eines Freundes, wo ich aus einer Ohnmacht in die andere fiel, und halbwahnwitzig gegen Abend auf einen Wagen geladen und über den Rhein geschafft wurde.« – Bei diesen Worten trat der Fremde, indem er das Mädchen losließ, an das Fenster; und

da diese sah, daß er sein Gesicht sehr gerührt in ein Tuch drückte:
so übernahm sie, von manchen Seiten geweckt, ein menschliches
Gefühl; sie folgte ihm mit einer plötzlichen Bewegung, fiel ihm
um den Hals, und mischte ihre Tränen mit den seinigen.
Was weiter erfolgte, brauchen wir nicht zu melden, weil es
jeder, der an diese Stelle kommt, von selbst liest. Der Fremde,
als er sich wieder gesammlet hatte, wußte nicht, wohin ihn die
Tat, die er begangen, führen würde; inzwischen sah er so viel
ein, daß er gerettet, und in dem Hause, in welchem er sich befand,
für ihn nichts von dem Mädchen zu befürchten war. Er versuchte, da er sie mit verschränkten Armen auf dem Bett weinen
sah, alles nur Mögliche, um sie zu beruhigen. Er nahm sich das
kleine goldene Kreuz, ein Geschenk der treuen Mariane, seiner
abgeschiedenen Braut, von der Brust; und, indem er sich unter
unendlichen Liebkosungen über sie neigte, hing er es ihr als ein
Brautgeschenk, wie er es nannte, um den Hals. Er setzte sich, da
sie in Tränen zerfloß und auf seine Worte nicht hörte, auf den
Rand des Bettes nieder, und sagte ihr, indem er ihre Hand bald
streichelte, bald küßte: daß er bei ihrer Mutter am Morgen des
nächsten Tages um sie anhalten wolle. Er beschrieb ihr, welch ein
kleines Eigentum, frei und unabhängig, er an den Ufern der Aar
besitze; eine Wohnung, bequem und geräumig genug, sie und
auch ihre Mutter, wenn ihr Alter die Reise zulasse, darin aufzunehmen; Felder, Gärten, Wiesen und Weinberge; und einen alten
ehrwürdigen Vater, der sie dankbar und liebreich daselbst, weil
sie seinen Sohn gerettet, empfangen würde. Er schloß sie, da ihre
Tränen in unendlichen Ergießungen auf das Bettkissen nieder-
flossen, in seine Arme, und fragte sie, von Rührung selber ergriffen: was er ihr zu Leide getan und ob sie ihm nicht vergeben
könne? Er schwor ihr, daß die Liebe für sie nie aus seinem Herzen
weichen würde, und daß nur, im Taumel wunderbar verwirrter
Sinne, eine Mischung von Begierde und Angst, die sie ihm eingeflößt, ihn zu einer solchen Tat habe verführen können. Er erinnerte sie zuletzt, daß die Morgensterne funkelten, und daß,
wenn sie länger im Bette verweilte, die Mutter kommen und sie
darin überraschen würde; er forderte sie, ihrer Gesundheit wegen, auf, sich zu erheben und noch einige Stunden auf ihrem
eignen Lager auszuruhen; er fragte sie, durch ihren Zustand in die

entsetzlichsten Besorgnisse gestürzt, ob er sie vielleicht in seinen
Armen aufheben und in ihre Kammer tragen solle; doch da sie
auf alles, was er vorbrachte, nicht antwortete, und, ihr Haupt
stilljammernd, ohne sich zu rühren, in ihre Arme gedrückt, auf
den verwirrten Kissen des Bettes dalag: so blieb ihm zuletzt, hell
wie der Tag schon durch beide Fenster schimmerte, nichts übrig,
als sie, ohne weitere Rücksprache, aufzuheben; er trug sie, die
wie eine Leblose von seiner Schulter niederhing, die Treppe hinauf in ihre Kammer, und nachdem er sie auf ihr Bette niedergelegt, und ihr unter tausend Liebkosungen noch einmal alles, was
er ihr schon gesagt, wiederholt hatte, nannte er sie noch einmal
seine liebe Braut, drückte einen Kuß auf ihre Wangen, und eilte
in sein Zimmer zurück.

Sobald der Tag völlig angebrochen war, begab sich die alte
Babekan zu ihrer Tochter hinauf, und eröffnete ihr, indem sie
sich an ihr Bett niedersetzte, welch einen Plan sie mit dem Fremden sowohl, als seiner Reisegesellschaft vorhabe. Sie meinte, daß,
da der Neger Congo Hoango erst in zwei Tagen wiederkehre,
alles darauf ankäme, den Fremden während dieser Zeit in dem
Hause hinzuhalten, ohne die Familie seiner Angehörigen, deren
Gegenwart, ihrer Menge wegen, gefährlich werden könnte, darin
zuzulassen. Zu diesem Zweck, sprach sie, habe sie erdacht, dem
Fremden vorzuspiegeln, daß, einer soeben eingelaufenen Nachricht zufolge, der General Dessalines sich mit seinem Heer in
diese Gegend wenden werde, und daß man mithin, wegen allzu-
großer Gefahr, erst am dritten Tage, wenn er vorüber wäre,
würde möglich machen können, die Familie, seinem Wunsche
gemäß, in dem Hause aufzunehmen. Die Gesellschaft selbst,
schloß sie, müsse inzwischen, damit sie nicht weiter reise, mit
Lebensmitteln versorgt, und gleichfalls, um sich ihrer späterhin
zu bemächtigen, in dem Wahn, daß sie eine Zuflucht in dem
Hause finden werde, hingehalten werden. Sie bemerkte, daß die
Sache wichtig sei, indem die Familie wahrscheinlich beträchtliche
Habseligkeiten mit sich führe; und forderte die Tochter auf, sie
aus allen Kräften in dem Vorhaben, das sie ihr angegeben, zu
unterstützen. Toni, halb im Bette aufgerichtet, indem die Röte
des Unwillens ihr Gesicht überflog, versetzte: »daß es schändlich
und niederträchtig wäre, das Gastrecht an Personen, die man in

das Haus gelockt, also zu verletzen. Sie meinte, daß ein Verfolg-
ter, der sich ihrem Schutz anvertraut, doppelt sicher bei ihnen
sein sollte; und versicherte, daß, wenn sie den blutigen Anschlag,
den sie ihr geäußert, nicht aufgäbe, sie auf der Stelle hingehen und
dem Fremden anzeigen würde, welch eine Mördergrube das Haus
sei, in welchem er geglaubt habe, seine Rettung zu finden.« Toni!
sagte die Mutter, indem sie die Arme in die Seite stemmte, und
dieselbe mit großen Augen ansah. – »Gewiß!« erwiderte Toni,
indem sie die Stimme senkte. »Was hat uns dieser Jüngling, der
von Geburt gar nicht einmal ein Franzose, sondern, wie wir gesehen haben, ein Schweizer ist, zu Leide getan, daß wir, nach Art
der Räuber, über ihn herfallen, ihn töten und ausplündern wollen? Gelten die Beschwerden, die man hier gegen die Pflanzer
führt, auch in der Gegend der Insel, aus welcher er herkömmt?
Zeigt nicht vielmehr alles, daß er der edelste und vortrefflichste
Mensch ist, und gewiß das Unrecht, das die Schwarzen seiner
Gattung vorwerfen mögen, auf keine Weise teilt?« – Die Alte,
während sie den sonderbaren Ausdruck des Mädchens betrachtete, sagte bloß mit bebenden Lippen: daß sie erstaune. Sie fragte,
was der junge Portugiese verschuldet, den man unter dem Torweg kürzlich mit Keulen zu Boden geworfen habe? Sie fragte,
was die beiden Holländer verbrochen, die vor drei Wochen durch
die Kugeln der Neger im Hofe gefallen wären? Sie wollte wissen,
was man den drei Franzosen und so vielen andern einzelnen
Flüchtlingen, vom Geschlecht der Weißen, zur Last gelegt habe,
die mit Büchsen, Spießen und Dolchen, seit dem Ausbruch der
Empörung, im Hause hingerichtet worden wären? »Beim Licht
der Sonne«, sagte die Tochter, indem sie wild aufstand, »du hast
sehr Unrecht, mich an diese Greueltaten zu erinnern! Die Un-
menschlichkeiten, an denen ihr mich Teil zu nehmen
zwingt, empörten längst mein innerstes Gefühl; und um mir
Gottes Rache wegen alles, was vorgefallen, zu versöhnen, so
schwöre ich dir, daß ich eher zehnfachen Todes sterben, als zugeben werde, daß diesem Jüngling, so lange er sich in unserm
Hause befindet, auch nur ein Haar gekrümmt werde.« – Wohlan,
sagte die Alte, mit einem plötzlichen Ausdruck von Nachgiebigkeit: so mag der Fremde reisen! Aber wenn Congo Hoango zu-
rückkömmt, setzte sie hinzu, indem sie um das Zimmer zu ver-

lassen, aufstand, und erfährt, daß ein Weißer in unserm Hause übernachtet hat, so magst du das Mitleiden, das dich bewog, ihn gegen das ausdrückliche Gebot wieder abziehen zu lassen, verantworten.

Auf diese Äußerung, bei welcher, trotz aller scheinbaren Milde, der Ingrimm der Alten heimlich hervorbrach, blieb das Mädchen in nicht geringer Bestürzung im Zimmer zurück. Sie kannte den Haß der Alten gegen die Weißen zu gut, als daß sie hätte glauben können, sie werde eine solche Gelegenheit, ihn zu sättigen, ungenutzt vorüber gehen lassen. Furcht, daß sie sogleich in die benachbarten Pflanzungen schicken und die Neger zur Überwältigung des Fremden herbeirufen möchte, bewog sie, sich anzukleiden und ihr unverzüglich in das untere Wohnzimmer zu folgen. Sie stellte sich, während diese verstört den Speiseschrank, bei welchem sie ein Geschäft zu haben schien, verließ, und sich an einen Spinnrocken niedersetzte, vor das an die Tür geschlagene Mandat, in welchem allen Schwarzen bei Lebensstrafe verboten war, den Weißen Schutz und Obdach zu geben; und gleichsam als ob sie, von Schrecken ergriffen, das Unrecht, das sie begangen, einsähe, wandte sie sich plötzlich, und fiel der Mutter, die sie, wie sie wohl wußte, von hinten beobachtet hatte, zu Füßen. Sie bat, die Kniee derselben umklammernd, ihr die rasenden Äußerungen, die sie sich zu Gunsten des Fremden erlaubt, zu vergeben; entschuldigte sich mit dem Zustand, halb träumend, halb wachend, in welchem sie von ihr mit den Vorschlägen zu seiner Überlistung, da sie noch im Bette gelegen, überrascht worden sei, und meinte, daß sie ihn ganz und gar der Rache der bestehenden Landesgesetze, die seine Vernichtung einmal beschlossen, preis gäbe. Die Alte, nach einer Pause, in der sie das Mädchen unverwandt betrachtete, sagte: »Beim Himmel, diese deine Erklärung rettet ihm für heute das Leben! Denn die Speise, da du ihn in deinen Schutz zu nehmen drohtest, war schon vergiftet, die ihn der Gewalt Congo Hoangos, seinem Befehl gemäß, wenigstens tot überliefert haben würde.« Und damit stand sie auf und schüttete einen Topf mit Milch, der auf dem Tisch stand, aus dem Fenster. Toni, welche ihren Sinnen nicht traute, starrte, von Entsetzen ergriffen, die Mutter an. Die Alte, während sie sich wieder niedersetzte, und das Mädchen, das noch

immer auf den Knieen dalag, vom Boden aufhob, fragte: »was
denn im Lauf einer einzigen Nacht ihre Gedanken so plötzlich
umgewandelt hätte? Ob sie gestern, nachdem sie ihm das Bad
bereitet, noch lange bei ihm gewesen wäre? Und ob sie viel mit
dem Fremden gesprochen hätte?« Doch Toni, deren Brust flog,
antwortete hierauf nicht, oder nichts Bestimmtes; das Auge zu
Boden geschlagen, stand sie, indem sie sich den Kopf hielt, und
berief sich auf einen Traum; ein Blick jedoch auf die Brust ihrer
unglücklichen Mutter, sprach sie, indem sie sich rasch bückte und
ihre Hand küßte, rufe ihr die ganze Unmenschlichkeit der Gattung, zu der dieser Fremde gehöre, wieder ins Gedächtnis zurück:
und beteuerte, indem sie sich umkehrte und das Gesicht in ihre
Schürze drückte, daß, sobald der Neger Hoango eingetroffen
wäre, sie sehen würde, was sie an ihr für eine Tochter habe.

Babekan saß noch in Gedanken versenkt, und erwog, woher
wohl die sonderbare Leidenschaftlichkeit des Mädchens ent-
springe: als der Fremde mit einem in seinem Schlafgemach geschriebenen Zettel, worin er die Familie einlud, einige Tage in
der Pflanzung des Negers Hoango zuzubringen, in das Zimmer
trat. Er grüßte sehr heiter und freundlich die Mutter und die
Tochter, und bat, indem er der Alten den Zettel übergab: daß
man sogleich in die Waldung schicken und für die Gesellschaft,
dem ihm gegebenen Versprechen gemäß, Sorge tragen möchte.
Babekan stand auf und sagte, mit einem Ausdruck von Unruhe,
indem sie den Zettel in den Wandschrank legte: »Herr, wir müssen Euch bitten, Euch sogleich in Euer Schlafzimmer zurück zu
verfügen. Die Straße ist voll von einzelnen Negertrupps, die vorüberziehen und uns anmelden, daß sich der General Dessalines
mit seinem Heer in diese Gegend wenden werde. Dies Haus, das
jedem offen steht, gewährt Euch keine Sicherheit, falls Ihr Euch
nicht in Eurem, auf den Hof hinausgehenden, Schlafgemach ver-
bergt, und die Türen sowohl, als auch die Fensterladen, auf das
sorgfältigste verschließt.« – Wie? sagte der Fremde betroffen:
der General Dessalines – »Fragt nicht!« unterbrach ihn die Alte,
indem sie mit einem Stock dreimal auf den Fußboden klopfte:
»in Eurem Schlafgemach, wohin ich Euch folgen werde, will ich
Euch alles erklären.« Der Fremde von der Alten mit ängstlichen
Gebärden aus dem Zimmer gedrängt, wandte sich noch einmal

unter der Tür und rief: aber wird man der Familie, die meiner
harrt, nicht wenigstens einen Boten zusenden müssen, der sie –?
»Es wird alles besorgt werden«, fiel ihm die Alte ein, während,
durch ihr Klopfen gerufen, der Bastardknabe, den wir schon kennen, hereinkam; und damit befahl sie Toni, die, dem Fremden
den Rücken zukehrend, vor den Spiegel getreten war, einen
Korb mit Lebensmitteln, der in dem Winkel stand, aufzunehmen;
und Mutter, Tochter, der Fremde und der Knabe begaben sich
in das Schlafzimmer hinauf.

Hier erzählte die Alte, indem sie sich auf gemächliche Weise
auf den Sessel niederließ, wie man die ganze Nacht über auf den,
den Horizont abschneidenden Bergen, die Feuer des Generals
Dessalines schimmern gesehen: ein Umstand, der in der Tat gegründet war, obschon sich bis diesen Augenblick noch kein einziger Neger von seinem Heer, das südwestlich gegen Port au
Prince anrückte, in dieser Gegend gezeigt hatte. Es gelang ihr,
den Fremden dadurch in einen Wirbel von Unruhe zu stürzen,
den sie jedoch nachher wieder durch die Versicherung, daß sie
alles Mögliche, selbst in dem schlimmen Fall, daß sie Einquartierung bekäme, zu seiner Rettung beitragen würde, zu stillen
wußte. Sie nahm, auf die wiederholte inständige Erinnerung desselben, unter diesen Umständen seiner Familie wenigstens mit
Lebensmitteln beizuspringen, der Tochter den Korb aus der
Hand, und indem sie ihn dem Knaben gab, sagte sie ihm: er solle
an den Möwenweiher, in die nahgelegnen Waldberge hinaus
gehen, und ihn der daselbst befindlichen Familie des fremden
Offiziers überbringen. »Der Offizier selbst«, solle er hinzusetzen,
»befinde sich wohl; Freunde der Weißen, die selbst viel der Partei
wegen, die sie ergriffen, von den Schwarzen leiden müßten, hätten ihn in ihrem Hause mitleidig aufgenommen.« Sie schloß, daß
sobald die Landstraße nur von den bewaffneten Negerhaufen, die
man erwartete, befreit wäre, man sogleich Anstalten treffen
würde, auch ihr, der Familie, ein Unterkommen in diesem Hause
zu verschaffen. – Hast du verstanden? fragte sie, da sie geendet
hatte. Der Knabe, indem er den Korb auf seinen Kopf setzte, antwortete: daß er den ihm beschriebenen Möwenweiher, an dem er
zuweilen mit seinen Kameraden zu fischen pflege, gar wohl
kenne, und daß er alles, wie man es ihm aufgetragen, an die da-

selbst übernachtende Familie des fremden Herrn bestellen würde. Der Fremde zog sich, auf die Frage der Alten: ob er noch etwas hinzuzusetzen hätte? noch einen Ring vom Finger, und händigte ihn dem Knaben ein, mit dem Auftrag, ihn zum Zeichen, daß es mit den überbrachten Meldungen seine Richtigkeit habe, dem Oberhaupt der Familie, Herrn Strömli, zu übergeben. Hierauf traf die Mutter mehrere, die Sicherheit des Fremden, wie sie sagte, abzweckende Veranstaltungen; befahl Toni, die Fensterladen zu verschließen, und zündete selbst, um die Nacht, die dadurch in dem Zimmer herrschend geworden war, zu zerstreuen, an einem auf dem Kaminsims befindlichen Feuerzeug, nicht ohne Mühseligkeit, indem der Zunder nicht fangen wollte, ein Licht an. Der Fremde benutzte diesen Augenblick, um den Arm sanft um Tonis Leib zu legen, und ihr ins Ohr zu flüstern: wie sie geschlafen? und: ob er die Mutter nicht von dem, was vorgefallen, unterrichten solle? doch auf die erste Frage antwortete Toni nicht, und auf die andere versetzte sie, indem sie sich aus seinem Arm loswand: nein, wenn Ihr mich liebt, kein Wort! Sie unterdrückte die Angst, die alle diese lügenhaften Anstalten in ihr erweckten; und unter dem Vorwand, dem Fremden ein Frühstück zu bereiten, stürzte sie eilig in das untere Wohnzimmer herab.

Sie nahm aus dem Schrank der Mutter den Brief, worin der Fremde in seiner Unschuld die Familie eingeladen hatte, dem Knaben in die Niederlassung zu folgen: und auf gut Glück hin, ob die Mutter ihn vermissen würde, entschlossen, im schlimmsten Falle den Tod mit ihm zu leiden, flog sie damit dem schon auf der Landstraße wandernden Knaben nach. Denn sie sah den Jüngling, vor Gott und ihrem Herzen, nicht mehr als einen bloßen Gast, dem sie Schutz und Obdach gegeben, sondern als ihren Verlobten und Gemahl an, und war willens, sobald nur seine Partei im Hause stark genug sein würde, dies der Mutter, auf deren Bestürzung sie unter diesen Umständen rechnete, ohne Rückhalt zu erklären. »Nanky«, sprach sie, da sie den Knaben atemlos und eilfertig auf der Landstraße erreicht hatte: »die Mutter hat ihren Plan, die Familie Herrn Strömlis anbetreffend, umgeändert. Nimm diesen Brief! Er lautet an Herrn Strömli, das alte Oberhaupt der Familie, und enthält die Einladung, einige Tage mit allem, was zu ihm gehört, in unserer Niederlassung zu verweilen.

– Sei klug und trage selbst alles Mögliche dazu bei, diesen Entschluß zur Reife zu bringen; Congo Hoango, der Neger, wird,
wenn er wiederkömmt, es dir lohnen!« Gut, gut, Base Toni, antwortete der Knabe. Er fragte, indem er den Brief sorgsam eingewickelt in seine Tasche steckte: und ich soll dem Zuge, auf seinem
Wege hierher, zum Führer dienen? »Allerdings«, versetzte Toni;
»das versteht sich, weil sie die Gegend nicht kennen, von selbst.
Doch wirst du, möglicher Truppenmärsche wegen, die auf der
Landstraße statt finden könnten, die Wanderung eher nicht, als
um Mitternacht antreten; aber dann dieselbe auch so beschleunigen, daß du vor der Dämmerung des Tages hier eintriffst. – Kann
man sich auf dich verlassen?« fragte sie. Verlaßt euch auf Nanky!
antwortete der Knabe; ich weiß, warum ihr diese weißen
Flüchtlinge in die Pflanzung lockt, und der Neger Hoango soll
mit mir zufrieden sein!

Hierauf trug Toni dem Fremden das Frühstück auf; und nachdem es wieder abgenommen war, begaben sich Mutter und
Tochter, ihrer häuslichen Geschäfte wegen, in das vordere Wohnzimmer zurück. Es konnte nicht fehlen, daß die Mutter einige
Zeit darauf an den Schrank trat, und, wie es natürlich war, den
Brief vermißte. Sie legte die Hand, ungläubig gegen ihr Gedächtnis, einen Augenblick an den Kopf, und fragte Toni: wo
sie den Brief, den ihr der Fremde gegeben, wohl hingelegt haben
könne? Toni antwortete nach einer kurzen Pause, in der sie auf
den Boden niedersah: daß ihn der Fremde ja, ihres Wissens, wieder eingesteckt und oben im Zimmer, in ihrer beider Gegenwart,
zerrissen habe! Die Mutter schaute das Mädchen mit großen
Augen an; sie meinte, sich bestimmt zu erinnern, daß sie den
Brief aus seiner Hand empfangen und in den Schrank gelegt
habe; doch da sie ihn nach vielem vergeblichen Suchen darin
nicht fand, und ihrem Gedächtnis, mehrerer ähnlichen Vorfälle
wegen, mißtraute: so blieb ihr zuletzt nichts übrig, als der Meinung, die ihr die Tochter geäußert, Glauben zu schenken. Inzwischen konnte sie ihr lebhaftes Mißvergnügen über diesen Umstand nicht unterdrücken, und meinte, daß der Brief dem Neger
Hoango, um die Familie in die Pflanzung hereinzubringen, von
der größten Wichtigkeit gewesen sein würde. Am Mittag und
Abend, da Toni den Fremden mit Speisen bediente, nahm sie, zu

seiner Unterhaltung an der Tischecke sitzend, mehreremal Gelegenheit, ihn nach dem Briefe zu fragen; doch Toni war geschickt genug, das Gespräch, so oft es auf diesen gefährlichen
Punkt kam, abzulenken oder zu verwirren; dergestalt, daß die
Mutter durch die Erklärungen des Fremden über das eigentliche
Schicksal des Briefes auf keine Weise ins Reine kam. So verfloß
der Tag; die Mutter verschloß nach dem Abendessen aus Vorsicht, wie sie sagte, des Fremden Zimmer; und nachdem sie noch
mit Toni überlegt hatte, durch welche List sie sich von neuem,
am folgenden Tage, in den Besitz eines solchen Briefes setzen
könne, begab sie sich zur Ruhe, und befahl dem Mädchen
gleichfalls, zu Bette zu gehen.

Sobald Toni, die diesen Augenblick mit Sehnsucht erwartet
hatte, ihre Schlafkammer erreicht und sich überzeugt hatte, daß
die Mutter entschlummert war, stellte sie das Bildnis der heiligen
Jungfrau, das neben ihrem Bette hing, auf einen Sessel, und ließ
sich mit verschränkten Händen auf Knieen davor nieder. Sie
flehte den Erlöser, ihren göttlichen Sohn, in einem Gebet voll
unendlicher Inbrunst, um Mut und Standhaftigkeit an, dem Jüngling, dem sie sich zu eigen gegeben, das Geständnis der Verbrechen, die ihren jungen Busen beschwerten, abzulegen. Sie gelobte,
diesem, was es ihrem Herzen auch kosten würde, nichts, auch
nicht die Absicht, erbarmungslos und entsetzlich, in der sie ihn
gestern in das Haus gelockt, zu verbergen; doch um der Schritte
willen, die sie bereits zu seiner Rettung getan, wünschte sie, daß
er ihr vergeben, und sie als sein treues Weib mit sich nach Europa
führen möchte. Durch dies Gebet wunderbar gestärkt, ergriff
sie, indem sie aufstand, den Hauptschlüssel, der alle Gemächer
des Hauses schloß, und schritt damit langsam, ohne Licht, über
den schmalen Gang, der das Gebäude durchschnitt, dem Schlafgemach des Fremden zu. Sie öffnete das Zimmer leise und trat
vor sein Bett, wo er in tiefen Schlaf versenkt ruhte. Der Mond
beschien sein blühendes Antlitz, und der Nachtwind, der durch
die geöffneten Fenster eindrang, spielte mit dem Haar auf seiner
Stirn. Sie neigte sich sanft über ihn und rief ihn, seinen süßen
Atem einsaugend, beim Namen; aber ein tiefer Traum, von dem
sie der Gegenstand zu sein schien, beschäftigte ihn: wenigstens
hörte sie, zu wiederholten Malen, von seinen glühenden, zittern-

den Lippen das geflüsterte Wort: Toni! Wehmut, die nicht zu
beschreiben ist, ergriff sie; sie konnte sich nicht entschließen, ihn
aus den Himmeln lieblicher Einbildung in die Tiefe einer gemeinen und elenden Wirklichkeit herabzureißen; und in der Gewißheit, daß er ja früh oder spät von selbst erwachen müsse, kniete
sie an seinem Bette nieder und überdeckte seine teure Hand mit
Küssen.

   Aber wer beschreibt das Entsetzen, das wenige Augenblicke
darauf ihren Busen ergriff, als sie plötzlich, im Innern des Hofraums, ein Geräusch von Menschen, Pferden und Waffen hörte,
und darunter ganz deutlich die Stimme des Negers Congo Hoango erkannte, der unvermuteter Weise mit seinem ganzen Troß
aus dem Lager des Generals Dessalines zurückgekehrt war. Sie
stürzte, den Mondschein, der sie zu verraten drohte, sorgsam vermeidend, hinter die Vorhänge des Fensters, und hörte auch schon
die Mutter, welche dem Neger von allem, was während dessen
vorgefallen war, auch von der Anwesenheit des europäischen
Flüchtlings im Hause, Nachricht gab. Der Neger befahl den
Seinigen, mit gedämpfter Stimme, im Hofe still zu sein. Er fragte
die Alte, wo der Fremde in diesem Augenblick befindlich sei?
worauf diese ihm das Zimmer bezeichnete, und sogleich auch
Gelegenheit nahm, ihn von dem sonderbaren und auffallenden
Gespräch, das sie, den Flüchtling betreffend, mit der Tochter gehabt hatte, zu unterrichten. Sie versicherte dem Neger, daß das
Mädchen eine Verräterin, und der ganze Anschlag, desselben
habhaft zu werden, in Gefahr sei, zu scheitern. Wenigstens sei die
Spitzbübin, wie sie bemerkt, heimlich beim Einbruch der Nacht
in sein Bette geschlichen, wo sie noch bis diesen Augenblick in
guter Ruhe befindlich sei; und wahrscheinlich, wenn der Fremde
nicht schon entflohen sei, werde derselbe eben jetzt gewarnt, und
die Mittel, wie seine Flucht zu bewerkstelligen sei, mit ihm ver-
abredet. Der Neger, der die Treue des Mädchens schon in ähnlichen Fällen erprobt hatte, antwortete: es wäre wohl nicht
möglich? Und: Kelly! rief er wütend, und: Omra! Nehmt eure
Büchsen! Und damit, ohne weiter ein Wort zu sagen, stieg er,
im Gefolge aller seiner Neger, die Treppe hinauf, und begab sich
in das Zimmer des Fremden.

   Toni, vor deren Augen sich, während weniger Minuten, dieser

ganze Auftritt abgespielt hatte, stand, gelähmt an allen Gliedern, als ob sie ein Wetterstrahl getroffen hätte, da. Sie dachte einen Augenblick daran, den Fremden zu wecken; doch teils war, wegen Besetzung des Hofraums, keine Flucht für ihn möglich, teils auch sah sie voraus, daß er zu den Waffen greifen, und somit bei der Überlegenheit der Neger, Zubodenstreckung unmittelbar sein Los sein würde. Ja, die entsetzlichste Rücksicht, die sie zu nehmen genötigt war, war diese, daß der Unglückliche sie selbst, wenn er sie in dieser Stunde bei seinem Bette fände, für eine Verräterin halten, und, statt auf ihren Rat zu hören, in der Raserei eines so heillosen Wahns, dem Neger Hoango völlig besinnungslos in die Arme laufen würde. In dieser unaussprechlichen Angst fiel ihr ein Strick in die Augen, welcher, der Himmel weiß durch welchen Zufall, an dem Riegel der Wand hing. Gott selbst, meinte sie, indem sie ihn herabriß, hätte ihn zu ihrer und des Freundes Rettung dahin geführt. Sie umschlang den Jüngling, vielfache Knoten schürzend, an Händen und Füßen damit; und nachdem sie, ohne darauf zu achten, daß er sich rührte und sträubte, die Enden angezogen und an das Gestell des Bettes festgebunden hatte: drückte sie, froh, des Augenblicks mächtig geworden zu sein, einen Kuß auf seine Lippen, und eilte dem Neger Hoango, der schon auf der Treppe klirrte, entgegen.

Der Neger, der dem Bericht der Alten, Toni anbetreffend, immer noch keinen Glauben schenkte, stand, als er sie aus dem bezeichneten Zimmer hervortreten sah, bestürzt und verwirrt, im Korridor mit seinem Troß von Fackeln und Bewaffneten still. Er rief: »die Treulose! die Bundbrüchige!« und indem er sich zu Babekan wandte, welche einige Schritte vorwärts gegen die Tür des Fremden getan hatte, fragte er: »ist der Fremde entflohn?« Babekan, welche die Tür, ohne hineinzusehen, offen gefunden hatte, rief, indem sie als eine Wütende zurückkehrte: Die Gaunerin! Sie hat ihn entwischen lassen! Eilt, und besetzt die Ausgänge, ehe er das weite Feld erreicht! »Was gibts?« fragte Toni, indem sie mit dem Ausdruck des Erstaunens den Alten und die Neger, die ihn umringten, ansah. Was es gibt? erwiderte Hoango; und damit ergriff er sie bei der Brust und schleppte sie nach dem Zimmer hin. »Seid ihr rasend?« rief Toni, indem sie den Alten, der bei dem sich ihm darbietenden Anblick erstarrte, von

sich stieß: »da liegt der Fremde, von mir in seinem Bette festgebunden; und, beim Himmel, es ist nicht die schlechteste Tat, die
ich in meinem Leben getan!« Bei diesen Worten kehrte sie ihm
den Rücken zu, und setzte sich, als ob sie weinte, an einen Tisch
nieder. Der Alte wandte sich gegen die in Verwirrung zur Seite
stehende Mutter und sprach: o Babekan, mit welchem Märchen
hast du mich getäuscht? »Dem Himmel sei Dank«, antwortete die
Mutter, indem sie die Stricke, mit welchen der Fremde gebunden
war, verlegen untersuchte; »der Fremde ist da, obschon ich von
dem Zusammenhang nichts begreife.« Der Neger trat, das
Schwert in die Scheide steckend, an das Bett und fragte den
Fremden: wer er sei? woher er komme und wohin er reise? Doch
da dieser, unter krampfhaften Anstrengungen sich loszuwinden,
nichts hervorbrachte, als, auf jämmerlich schmerzhafte Weise:
o Toni! o Toni! – so nahm die Mutter das Wort und bedeutete
ihm, daß er ein Schweizer sei, namens Gustav von der Ried, und
daß er mit einer ganzen Familie europäischer Hunde, welche in
diesem Augenblick in den Berghöhlen am Möwenweiher versteckt sei, von dem Küstenplatz Fort Dauphin komme. Hoango,
der das Mädchen, den Kopf schwermütig auf ihre Hände gestützt,
dasitzen sah, trat zu ihr und nannte sie sein liebes Mädchen;
klopfte ihr die Wangen, und forderte sie auf, ihm den übereilten
Verdacht, den er ihr geäußert, zu vergeben. Die Alte, die gleichfalls vor das Mädchen hingetreten war, stemmte die Arme kopf-
schüttelnd in die Seite und fragte: weshalb sie denn den Fremden,
der doch von der Gefahr, in der er sich befunden, gar nichts gewußt, mit Stricken in dem Bette festgebunden habe? Toni, vor
Schmerz und Wut in der Tat weinend, antwortete, plötzlich zur
Mutter gekehrt: »weil du keine Augen und Ohren hast! Weil er
die Gefahr, in der er schwebte, gar wohl begriff! Weil er entfliehen wollte; weil er mich gebeten hatte, ihm zu seiner Flucht
behülflich zu sein; weil er einen Anschlag auf dein eignes Leben
gemacht hatte, und sein Vorhaben bei Anbruch des Tages ohne
Zweifel, wenn ich ihn nicht schlafend gebunden hätte, in Ausführung gebracht haben würde.« Der Alte liebkosete und beruhigte das Mädchen, und befahl Babekan, von dieser Sache zu
schweigen. Er rief ein paar Schützen mit Büchsen vor, um das
Gesetz, dem der Fremdling verfallen war, augenblicklich an dem-

selben zu vollstrecken; aber Babekan flüsterte ihm heimlich zu: »nein, ums Himmels willen, Hoango!« – Sie nahm ihn auf die Seite und bedeutete ihm: »Der Fremde müsse, bevor er hingerichtet werde, eine Einladung aufsetzen, um vermittelst derselben die Familie, deren Bekämpfung im Walde manchen Gefahren ausgesetzt sei, in die Pflanzung zu locken.« – Hoango, in Erwägung, daß die Familie wahrscheinlich nicht unbewaffnet sein werde, gab diesem Vorschlage seinen Beifall; er stellte, weil es zu spät war, den Brief verabredetermaßen schreiben zu lassen, zwei Wachen bei dem weißen Flüchtling aus; und nachdem er noch, der Sicherheit wegen, die Stricke untersucht, auch, weil er sie zu locker befand, ein paar Leute herbeigerufen hatte, um sie noch enger zusammenzuziehen, verließ er mit seinem ganzen Troß das Zimmer, und alles nach und nach begab sich zur Ruh.

Aber Toni, welche nur scheinbar dem Alten, der ihr noch einmal die Hand gereicht, gute Nacht gesagt und sich zu Bette gelegt hatte, stand, sobald sie alles im Hause still sah, wieder auf, schlich sich durch eine Hinterpforte des Hauses auf das freie Feld hinaus, und lief, die wildeste Verzweiflung im Herzen, auf dem, die Landstraße durchkreuzenden, Wege der Gegend zu, von welcher die Familie Herrn Strömlis herankommen mußte. Denn die Blicke voll Verachtung, die der Fremde von seinem Bette aus auf sie geworfen hatte, waren ihr empfindlich, wie Messerstiche, durchs Herz gegangen; es mischte sich ein Gefühl heißer Bitterkeit in ihre Liebe zu ihm, und sie frohlockte bei dem Gedanken, in dieser zu seiner Rettung angeordneten Unternehmung zu sterben. Sie stellte sich, in der Besorgnis, die Familie zu verfehlen, an den Stamm einer Pinie, bei welcher, falls die Einladung angenommen worden war, die Gesellschaft vorüberziehen mußte, und kaum war auch, der Verabredung gemäß, der erste Strahl der Dämmerung am Horizont angebrochen, als Nankys, des Knaben, Stimme, der dem Trosse zum Führer diente, schon fernher unter den Bäumen des Waldes hörbar ward.

Der Zug bestand aus Herrn Strömli und seiner Gemahlin, welche letztere auf einem Maulesel ritt; fünf Kindern desselben, deren zwei, Adelbert und Gottfried, Jünglinge von 18 und 17 Jahren, neben dem Maulesel hergingen; drei Dienern und zwei Mägden, wovon die eine, einen Säugling an der Brust, auf dem

andern Maulesel ritt; in allem aus zwölf Personen. Er bewegte
sich langsam über die den Weg durchflechtenden Kienwurzeln,
dem Stamm der Pinie zu: wo Toni, so geräuschlos, als niemand
zu erschrecken nötig war, aus dem Schatten des Baums hervortrat, und dem Zuge zurief: Halt! Der Knabe kannte sie sogleich;
und auf ihre Frage: wo Herr Strömli sei? während Männer, Weiber und Kinder sie umringten, stellte dieser sie freudig dem alten
Oberhaupt der Familie, Herrn Strömli, vor. »Edler Herr!« sagte
Toni, indem sie die Begrüßungen desselben mit fester Stimme
unterbrach:»der Neger Hoango ist, auf überraschende Weise,
mit seinem ganzen Troß in die Niederlassung zurück gekommen.
Ihr könnt jetzt, ohne die größeste Lebensgefahr, nicht darin einkehren; ja, euer Vetter, der zu seinem Unglück eine Aufnahme
darin fand, ist verloren, wenn ihr nicht zu den Waffen greift, und
mir, zu seiner Befreiung aus der Haft, in welcher ihn der Neger
Hoango gefangen hält, in die Pflanzung folgt!« Gott im Himmel!
riefen, von Schrecken erfaßt, alle Mitglieder der Familie; und die
Mutter, die krank und von der Reise erschöpft war, fiel von dem
Maultier ohnmächtig auf den Boden nieder. Toni, während, auf
den Ruf Herrn Strömlis die Mägde herbeieilten, um ihrer Frau
zu helfen, führte, von den Jünglingen mit Fragen bestürmt, Herrn
Strömli und die übrigen Männer, aus Furcht vor dem Knaben
Nanky, auf die Seite. Sie erzählte den Männern, ihre Tränen vor
Scham und Reue nicht zurückhaltend, alles, was vorgefallen;
wie die Verhältnisse, in dem Augenblick, da der Jüngling eingetroffen, im Hause bestanden; wie das Gespräch, das sie unter vier
Augen mit ihm gehabt, dieselben auf ganz unbegreifliche Weise
verändert; was sie bei der Ankunft des Negers, fast wahnsinnig
vor Angst, getan, und wie sie nun Tod und Leben daran setzen wolle,
ihn aus der Gefangenschaft, worin sie ihn selbst gestürzt, wieder zu
befreien. Meine Waffen! rief Herr Strömli, indem er zu dem
Maultier seiner Frau eilte und seine Büchse herabnahm. Er sagte,
während auch Adelbert und Gottfried, seine rüstigen Söhne, und
die drei wackern Diener sich bewaffneten: Vetter Gustav hat
mehr als einem von uns das Leben gerettet; jetzt ist es an uns, ihm
den gleichen Dienst zu tun; und damit hob er seine Frau, welche
sich erholt hatte, wieder auf das Maultier, ließ dem Knaben
Nanky, aus Vorsicht, als eine Art von Geißel, die Hände binden;

schickte den ganzen Troß, Weiber und Kinder, unter dem bloßen Schutz seines dreizehnjährigen, gleichfalls bewaffneten Sohnes, Ferdinand, an den Möwenweiher zurück; und nachdem er noch Toni, welche selbst einen Helm und einen Spieß genommen hatte, über die Stärke der Neger und ihre Verteilung im Hofraume ausgefragt und ihr versprochen hatte, Hoangos sowohl, als ihrer Mutter, so viel es sich tun ließ, bei dieser Unternehmung zu schonen: stellte er sich mutig, und auf Gott vertrauend, an die Spitze seines kleinen Haufens, und brach, von Toni geführt, in die Niederlassung auf.

Toni, sobald der Haufen durch die hintere Pforte eingeschlichen war, zeigte Herrn Strömli das Zimmer, in welchem Hoango und Babekan ruhten; und während Herr Strömli geräuschlos mit seinen Leuten in das offne Haus eintrat, und sich sämtlicher zusammengesetzter Gewehre der Neger bemächtigte, schlich sie zur Seite ab in den Stall, in welchem der fünfjährige Halbbruder des Nanky, Seppy, schlief. Denn Nanky und Seppy, Bastardkinder des alten Hoango, waren diesem, besonders der letzte, dessen Mutter kürzlich gestorben war, sehr teuer; und da, selbst in dem Fall, daß man den gefangenen Jüngling befreite, der Rückzug an den Möwenweiher und die Flucht von dort nach Port au Prince, der sie sich anzuschließen gedachte, noch mancherlei Schwierigkeiten ausgesetzt war: so schloß sie nicht unrichtig, daß der Besitz beider Knaben, als einer Art von Unterpfand, dem Zuge, bei etwaniger Verfolgung der Negern, von großem Vorteil sein würde. Es gelang ihr, den Knaben ungesehen aus seinem Bette zu heben, und in ihren Armen, halb schlafend, halb wachend, in das Hauptgebäude hinüberzutragen. Inzwischen war Herr Strömli, so heimlich, als es sich tun ließ, mit seinem Haufen in Hoangos Stubentüre eingetreten; aber statt ihn und Babekan, wie er glaubte, im Bette zu finden, standen, durch das Geräusch geweckt, beide, obschon halbnackt und hülflos, in der Mitte des Zimmers da. Herr Strömli, indem er seine Büchse in die Hand nahm, rief: sie sollten sich ergeben, oder sie wären des Todes! doch Hoango, statt aller Antwort, riß ein Pistol von der Wand und platzte es, Herrn Strömli am Kopf streifend, unter die Menge los. Herrn Strömlis Haufen, auf dies Signal, fiel wütend über ihn her; Hoango, nach einem zweiten Schuß, der einem

Diener die Schulter durchbohrte, ward durch einen Säbelhieb an
der Hand verwundet, und beide, Babekan und er, wurden nieder-
geworfen und mit Stricken am Gestell eines großen Tisches fest
gebunden. Mittlerweile waren, durch die Schüsse geweckt, die
Neger des Hoango, zwanzig und mehr an der Zahl, aus ihren
Ställen hervorgestürzt, und drangen, da sie die alte Babekan im
Hause schreien hörten, wütend gegen dasselbe vor, um ihre Waffen wieder zu erobern. Vergebens postierte Herr Strömli, dessen
Wunde von keiner Bedeutung war, seine Leute an die Fenster des
Hauses, und ließ, um die Kerle im Zaum zu halten, mit Büchsen
unter sie feuern; sie achteten zweier Toten nicht, die schon auf
dem Hofe umher lagen, und waren im Begriff, Äxte und Brechstangen zu holen, um die Haustür, welche Herr Strömli verriegelt
hatte, einzusprengen, als Toni, zitternd und bebend, den Knaben
Seppy auf dem Arm, in Hoangos Zimmer trat. Herr Strömli, dem
diese Erscheinung äußerst erwünscht war, riß ihr den Knaben
vom Arm; er wandte sich, indem er seinen Hirschfänger zog, zu
Hoango, und schwor, daß er den Jungen augenblicklich töten
würde, wenn er den Negern nicht zuriefe, von ihrem Vorhaben
abzustehen. Hoango, dessen Kraft durch den Hieb über die drei
Finger der Hand gebrochen war, und der sein eignes Leben, im
Fall einer Weigerung, ausgesetzt haben würde, erwiderte nach
einigen Bedenken, indem er sich vom Boden aufheben ließ: »daß
er dies tun wolle«; er stellte sich, von Herrn Strömli geführt, an
das Fenster, und mit einem Schnupftuch, das er in die linke Hand
nahm, über den Hof hinauswinkend, rief er den Negern zu: »daß
sie die Tür, indem es, sein Leben zu retten, keiner Hülfe bedürfe,
unberührt lassen sollten und in ihre Ställe zurückkehren möchten!« Hierauf beruhigte sich der Kampf ein wenig; Hoango
schickte, auf Verlangen Herrn Strömlis, einen im Hause einge-
fangenen Neger, mit der Wiederholung dieses Befehls, zu dem
im Hofe noch verweilenden und sich beratschlagenden Haufen
hinab; und da die Schwarzen, so wenig sie auch von der Sache begriffen, den Worten dieses förmlichen Botschafters Folge leisten
mußten, so gaben sie ihren Anschlag, zu dessen Ausführung schon
alles in Bereitschaft war, auf, und verfügten sich nach und nach,
obschon murrend und schimpfend, in ihre Ställe zurück. Herr
Strömli, indem er dem Knaben Seppy vor den Augen Hoangos

die Hände binden ließ, sagte diesem: »daß seine Absicht keine
andere sei, als den Offizier, seinen Vetter aus der in der Pflanzung
über ihn verhängten Haft zu befreien, und daß, wenn seiner
Flucht nach Port au Prince keine Hindernisse in den Weg gelegt
würden, weder für sein, Hoangos, noch für seiner Kinder Leben,
die er ihm wiedergeben würde, etwas zu befürchten sein würde.
Babekan, welcher Toni sich näherte und zum Abschied in einer
Rührung, die sie nicht unterdrücken konnte, die Hand geben
wollte, stieß diese heftig von sich. Sie nannte sie eine Niederträchtige und Verräterin, und meinte, indem sie sich am Gestell des
Tisches, an dem sie lag, umkehrte: die Rache Gottes würde sie,
noch ehe sie ihrer Schandtat froh geworden, ereilen. Toni antwortete: »ich habe euch nicht verraten; ich bin eine Weiße, und
dem Jüngling, den ihr gefangen haltet, verlobt; ich gehöre zu
dem Geschlecht derer, mit denen ihr im offenen Kriege liegt, und
werde vor Gott, daß ich mich auf ihre Seite stellte, zu verantworten wissen.« Hierauf gab Herr Strömli dem Neger Hoango, den
er zur Sicherheit wieder hatte fesseln und an die Pfosten der Tür
festbinden lassen, eine Wache; er ließ den Diener, der, mit zer-
splittertem Schulterknochen, ohnmächtig am Boden lag, aufheben und wegtragen; und nachdem er dem Hoango noch gesagt hatte, daß er beide Kinder, den Nanky sowohl als den Seppy,
nach Verlauf einiger Tage, in Sainte Lüze, wo die ersten französischen Vorposten stünden, abholen lassen könne, nahm er
Toni, die, von mancherlei Gefühlen bestürmt, sich nicht enthalten
konnte zu weinen, bei der Hand, und führte sie, unter den Flüchen Babekans und des alten Hoango, aus dem Schlafzimmer
fort.

Inzwischen waren Adelbert und Gottfried, Herrn Strömlis
Söhne, schon nach Beendigung des ersten, an den Fenstern ge-
fochtenen Hauptkampfs, auf Befehl des Vaters, in das Zimmer
ihres Vetters Gustav geeilt, und waren glücklich genug gewesen,
die beiden Schwarzen, die diesen bewachten, nach einem hartnäckigen Widerstand zu überwältigen. Der eine lag tot im Zimmer; der andere hatte sich mit einer schweren Schußwunde bis
auf den Korridor hinausgeschleppt. Die Brüder, deren einer, der
Ältere, dabei selbst, obschon nur leicht, am Schenkel verwundet
worden war, banden den teuren lieben Vetter los: sie umarmten

und küßten ihn, und forderten ihn jauchzend, indem sie ihm Gewehr und Waffen gaben, auf, ihnen nach dem vorderen Zimmer,
in welchem, da der Sieg entschieden, Herr Strömli wahrscheinlich alles schon zum Rückzug anordne, zu folgen. Aber Vetter
Gustav, halb im Bette aufgerichtet, drückte ihnen freundlich die
Hand; im übrigen war er still und zerstreut, und statt die Pistolen,
die sie ihm darreichten, zu ergreifen, hob er die Rechte, und
strich sich, mit einem unaussprechlichen Ausdruck von Gram,
damit über die Stirn. Die Jünglinge, die sich bei ihm niedergesetzt hatten, fragten: was ihm fehle? und schon, da er sie mit seinem Arm umschloß, und sich mit dem Kopf schweigend an die
Schulter des Jüngern lehnte, wollte Adelbert sich erheben, um
ihm im Wahn, daß ihn eine Ohnmacht anwandle, einen Trunk
Wasser herbeizuholen: als Toni, den Knaben Seppy auf dem
Arm, an der Hand Herrn Strömlis, in das Zimmer trat. Gustav
wechselte bei diesem Anblick die Farbe; er hielt sich, indem er
aufstand, als ob er umsinken wollte, an den Leibern der Freunde
fest; und ehe die Jünglinge noch wußten, was er mit dem Pistol,
das er ihnen jetzt aus der Hand nahm, anfangen wollte: drückte
er dasselbe schon, knirschend vor Wut, gegen Toni ab. Der
Schuß war ihr mitten durch die Brust gegangen; und da sie, mit
einem gebrochenen Laut des Schmerzes, noch einige Schritte gegen ihn tat, und sodann, indem sie den Knaben an Herrn Strömli
gab, vor ihm niedersank: schleuderte er das Pistol über sie, stieß
sie mit dem Fuß von sich, und warf sich, indem er sie eine Hure
nannte, wieder auf das Bette nieder. »Du ungeheurer Mensch!«
riefen Herr Strömli und seine beiden Söhne. Die Jünglinge warfen sich über das Mädchen, und riefen, indem sie es aufhoben,
einen der alten Diener herbei, der dem Zuge schon in manchen
ähnlichen, verzweiflungsvollen Fällen die Hülfe eines Arztes geleistet hatte; aber das Mädchen, das sich mit der Hand krampf-
haft die Wunde hielt, drückte die Freunde hinweg, und: »sagt
ihm –!« stammelte sie röchelnd, auf ihn, der sie erschossen, hin-
deutend, und wiederholte: »sagt ihm – –!« Was sollen wir ihm
sagen? fragte Herr Strömli, da der Tod ihr die Sprache raubte.
Adelbert und Gottfried standen auf und riefen dem unbegreiflich
gräßlichen Mörder zu: ob er wisse, daß das Mädchen seine Ret-
terin sei; daß sie ihn liebe und daß es ihre Absicht gewesen sei,

mit ihm, dem sie alles, Eltern und Eigentum, aufgeopfert, nach
Port au Prince zu entfliehen? – Sie donnerten ihm: Gustav! in die
Ohren, und fragten ihn: ob er nichts höre? und schüttelten ihn
und griffen ihm in die Haare, da er unempfindlich, und ohne auf
sie zu achten, auf dem Bette lag. Gustav richtete sich auf. Er warf
einen Blick auf das in seinem Blut sich wälzende Mädchen; und
die Wut, die diese Tat veranlaßt hatte, machte, auf natürliche
Weise, einem Gefühl gemeinen Mitleidens Platz. Herr Strömli,
heiße Tränen auf sein Schnupftuch niederweinend, fragte: warum, Elender, hast du das getan? Vetter Gustav, der von dem Bette
aufgestanden war, und das Mädchen, indem er sich den Schweiß
von der Stirn abwischte, betrachtete, antwortete: daß sie ihn
schändlicher Weise zur Nachtzeit gebunden, und dem Neger
Hoango übergeben habe. »Ach!« rief Toni, und streckte, mit
einem unbeschreiblichen Blick, ihre Hand nach ihm aus: »dich,
liebsten Freund, band ich, weil – – !« Aber sie konnte nicht reden
und ihn auch mit der Hand nicht erreichen; sie fiel, mit einer
plötzlichen Erschlaffung der Kraft, wieder auf den Schoß Herrn
Strömlis zurück. Weshalb? fragte Gustav blaß, indem er zu ihr
niederkniete. Herr Strömli, nach einer langen, nur durch das
Röcheln Tonis unterbrochenen Pause, in welcher man vergebens
auf eine Antwort von ihr gehofft hatte, nahm das Wort und
sprach: weil, nach der Ankunft Hoangos, dich, Unglücklichen,
zu retten, kein anderes Mittel war; weil sie den Kampf, den du
unfehlbar eingegangen wärest, vermeiden, weil sie Zeit gewinnen
wollte, bis wir, die wir schon vermöge ihrer Veranstaltung herbeieilten, deine Befreiung mit den Waffen in der Hand erzwingen konnten. Gustav legte die Hände vor sein Gesicht. Oh! rief
er, ohne aufzusehen, und meinte, die Erde versänke unter seinen
Füßen: ist das, was ihr mir sagt, wahr? Er legte seine Arme um
ihren Leib und sah ihr mit jammervoll zerrissenem Herzen ins
Gesicht. »Ach«, rief Toni, und dies waren ihre letzten Worte: »du
hättest mir nicht mißtrauen sollen!« Und damit hauchte sie ihre
schöne Seele aus. Gustav raufte sich die Haare. Gewiß! sagte er,
da ihn die Vettern von der Leiche wegrissen: ich hätte dir nicht
mißtrauen sollen; denn du warst mir durch einen Eidschwur verlobt, obschon wir keine Worte darüber gewechselt hatten! Herr
Strömli drückte jammernd den Latz, der des Mädchens Brust

umschloß, nieder. Er ermunterte den Diener, der mit einigen unvollkommenen Rettungswerkzeugen neben ihm stand, die Kugel, die, wie er meinte, in dem Brustknochen stecken müsse, auszuziehen; aber alle Bemühung, wie gesagt, war vergebens, sie
war von dem Blei ganz durchbohrt, und ihre Seele schon zu besseren Sternen entflohn. – Inzwischen war Gustav ans Fenster getreten; und während Herr Strömli und seine Söhne unter stillen
Tränen beratschlagten, was mit der Leiche anzufangen sei, und
ob man nicht die Mutter herbeirufen solle: jagte Gustav sich die
Kugel, womit das andere Pistol geladen war, durchs Hirn. Diese
neue Schreckenstat raubte den Verwandten völlig alle Besinnung.
Die Hülfe wandte sich jetzt auf ihn; aber des Ärmsten Schädel
war ganz zerschmettert, und hing, da er sich das Pistol in den
Mund gesetzt hatte, zum Teil an den Wänden umher. Herr
Strömli war der erste, der sich wieder sammelte. Denn da der
Tag schon ganz hell durch die Fenster schien, und auch Nachrichten einliefen, daß die Neger sich schon wieder auf dem Hofe
zeigten: so blieb nichts übrig, als ungesäumt an den Rückzug zu
denken. Man legte die beiden Leichen, die man nicht der mut-
willigen Gewalt der Neger überlassen wollte, auf ein Brett, und
nachdem die Büchsen von neuem geladen waren, brach der
traurige Zug nach dem Möwenweiher auf. Herr Strömli, den
Knaben Seppy auf dem Arm, ging voran; ihm folgten die beiden
stärksten Diener, welche auf ihren Schultern die Leichen trugen;
der Verwundete schwankte an einem Stabe hinterher; und Adelbert und Gottfried gingen mit gespannten Büchsen dem langsam
fortschreitenden Leichenzuge zur Seite. Die Neger, da sie den
Haufen so schwach erblickten, traten mit Spießen und Gabeln
aus ihren Wohnungen hervor, und schienen Miene zu machen,
angreifen zu wollen; aber Hoango, den man die Vorsicht beobachtet hatte, loszubinden, trat auf die Treppe des Hauses hinaus,
und winkte den Negern, zu ruhen. »In Sainte Lüze!« rief er Herrn
Strömli zu, der schon mit den Leichen unter dem Torweg war.
»In Sainte Lüze!« antwortete dieser: worauf der Zug, ohne verfolgt zu werden, auf das Feld hinauskam und die Waldung erreichte. Am Möwenweiher, wo man die Familie fand, grub man,
unter vielen Tränen, den Leichen ein Grab; und nachdem man
noch die Ringe, die sie an der Hand trugen, gewechselt hatte,

senkte man sie unter stillen Gebeten in die Wohnungen des ewigen Friedens ein. Herr Strömli war glücklich genug, mit seiner Frau und seinen Kindern, fünf Tage darauf, Sainte Lüze zu erreichen, wo er die beiden Negerknaben, seinem Versprechen gemäß, zurückließ. Er traf kurz vor Anfang der Belagerung in Port au Prince ein, wo er noch auf den Wällen für die Sache der Weißen focht; und als die Stadt nach einer hartnäckigen Gegenwehr an den General Dessalines überging, rettete er sich mit dem französischen Heer auf die englische Flotte, von wo die Familie nach Europa überschiffte, und ohne weitere Unfälle ihr Vaterland, die Schweiz, erreichte. Herr Strömli kaufte sich daselbst mit dem Rest seines kleinen Vermögens, in der Gegend des Rigi, an; und noch im Jahr 1807 war unter den Büschen seines Gartens das Denkmal zu sehen, das er Gustav, seinem Vetter, und der Verlobten desselben, der treuen Toni, hatte setzen lassen.

DAS BETTELWEIB VON LOCARNO

Am Fuße der Alpen, bei Locarno im oberen Italien, befand sich
ein altes, einem Marchese gehöriges Schloß, das man jetzt, wenn
man vom St. Gotthard kommt, in Schutt und Trümmern liegen
sieht: ein Schloß mit hohen und weitläufigen Zimmern, in
deren einem einst, auf Stroh, das man ihr unterschüttete, eine
alte kranke Frau, die sich bettelnd vor der Tür eingefunden hatte,
von der Hausfrau aus Mitleiden gebettet worden war. Der Marchese, der, bei der Rückkehr von der Jagd, zufällig in das Zimmer trat, wo er seine Büchse abzusetzen pflegte, befahl der Frau
unwillig, aus dem Winkel, in welchem sie lag, aufzustehen, und
sich hinter den Ofen zu verfügen. Die Frau, da sie sich erhob,
glitschte mit der Krücke auf dem glatten Boden aus, und be-
schädigte sich, auf eine gefährliche Weise, das Kreuz; dergestalt,
daß sie zwar noch mit unsäglicher Mühe aufstand und quer,
wie es vorgeschrieben war, über das Zimmer ging, hinter den
Ofen aber, unter Stöhnen und Ächzen, niedersank und verschied.

Mehrere Jahre nachher, da der Marchese, durch Krieg und
Mißwachs, in bedenkliche Vermögensumstände geraten war,
fand sich ein florentinischer Ritter bei ihm ein, der das Schloß,
seiner schönen Lage wegen, von ihm kaufen wollte. Der Marchese, dem viel an dem Handel gelegen war, gab seiner Frau auf,
den Fremden in dem obenerwähnten, leerstehenden Zimmer, das
sehr schön und prächtig eingerichtet war, unterzubringen. Aber
wie betreten war das Ehepaar, als der Ritter mitten in der Nacht,
verstört und bleich, zu ihnen herunter kam, hoch und teuer versichernd, daß es in dem Zimmer spuke, indem etwas, das dem
Blick unsichtbar gewesen, mit einem Geräusch, als ob es auf
Stroh gelegen, im Zimmerwinkel aufgestanden, mit vernehmli-
chen Schritten, langsam und gebrechlich, quer über das Zimmer
gegangen, und hinter dem Ofen, unter Stöhnen und Ächzen,
niedergesunken sei.

Der Marchese erschrocken, er wußte selbst nicht recht warum, lachte den Ritter mit erkünstelter Heiterkeit aus, und sagte, er wolle sogleich aufstehen, und die Nacht zu seiner Beruhigung, mit ihm in dem Zimmer zubringen. Doch der Ritter bat um die Gefälligkeit, ihm zu erlauben, daß er auf einem Lehnstuhl, in seinem Schlafzimmer übernachte, und als der Morgen kam, ließ er anspannen, empfahl sich und reiste ab.

Dieser Vorfall, der außerordentliches Aufsehen machte, schreckte auf eine dem Marchese höchst unangenehme Weise, mehrere Käufer ab; dergestalt, daß, da sich unter seinem eigenen Hausgesinde, befremdend und unbegreiflich, das Gerücht erhob, daß es in dem Zimmer, zur Mitternachtsstunde, umgehe, er, um es mit einem entscheidenden Verfahren niederzuschlagen, beschloß, die Sache in der nächsten Nacht selbst zu untersuchen. Demnach ließ er, beim Einbruch der Dämmerung, sein Bett in dem besagten Zimmer aufschlagen, und erharrte, ohne zu schlafen, die Mitternacht. Aber wie erschüttert war er, als er in der Tat, mit dem Schlage der Geisterstunde, das unbegreifliche Geräusch wahrnahm; es war, als ob ein Mensch sich von Stroh, das unter ihm knisterte, erhob, quer über das Zimmer ging, und hinter dem Ofen, unter Geseufz und Geröchel niedersank. Die Marquise, am andern Morgen, da er herunter kam, fragte ihn, wie die Untersuchung abgelaufen; und da er sich, mit scheuen und ungewissen Blicken, umsah, und, nachdem er die Tür verriegelt, versicherte, daß es mit dem Spuk seine Richtigkeit habe: so erschrak sie, wie sie in ihrem Leben nicht getan, und bat ihn, bevor er die Sache verlauten ließe, sie noch einmal, in ihrer Gesellschaft, einer kaltblütigen Prüfung zu unterwerfen. Sie hörten aber, samt einem treuen Bedienten, den sie mitgenommen hatten, in der Tat, in der nächsten Nacht, dasselbe unbegreifliche, gespensterartige Geräusch; und nur der dringende Wunsch, das Schloß, es koste was es wolle, los zu werden, vermochte sie, das Entsetzen, das sie ergriff, in Gegenwart ihres Dieners zu unterdrücken, und dem Vorfall irgend eine gleichgültige und zufällige Ursache, die sich entdecken lassen müsse, unterzuschieben. Am Abend des dritten Tages, da beide, um der Sache auf den Grund zu kommen, mit Herzklopfen wieder die Treppe zu dem Fremdenzimmer bestiegen, fand sich zufällig der Haushund, den man

von der Kette losgelassen hatte, vor der Tür desselben ein; dergestalt, daß beide, ohne sich bestimmt zu erklären, vielleicht in
der unwillkürlichen Absicht, außer sich selbst noch etwas Drittes,
Lebendiges, bei sich zu haben, den Hund mit sich in das Zimmer
nahmen. Das Ehepaar, zwei Lichter auf dem Tisch, die Marquise
unausgezogen, der Marchese Degen und Pistolen, die er aus dem
Schrank genommen, neben sich, setzen sich, gegen eilf Uhr,
jeder auf sein Bett; und während sie sich mit Gesprächen, so gut
sie vermögen, zu unterhalten suchen, legt sich der Hund, Kopf
und Beine zusammen gekauert, in der Mitte des Zimmers nieder
und schläft ein. Drauf, in dem Augenblick der Mitternacht, läßt
sich das entsetzliche Geräusch wieder hören; jemand, den kein
Mensch mit Augen sehen kann, hebt sich, auf Krücken, im Zimmerwinkel empor; man hört das Stroh, das unter ihm rauscht;
und mit dem ersten Schritt: tapp! tapp! erwacht der Hund, hebt
sich plötzlich, die Ohren spitzend, vom Boden empor, und knur-
rend und bellend, grad als ob ein Mensch auf ihn eingeschritten
käme, rückwärts gegen den Ofen weicht er aus. Bei diesem Anblick stürzt die Marquise, mit sträubenden Haaren, aus dem
Zimmer; und während der Marquis, der den Degen ergriffen:
wer da? ruft, und da ihm niemand antwortet, gleich einem Rasenden, nach allen Richtungen die Luft durchhaut, läßt sie anspannen, entschlossen, augenblicklich, nach der Stadt abzufahren.
Aber ehe sie noch einige Sachen zusammengepackt und aus dem
Tore herausgerasselt, sieht sie schon das Schloß ringsum in Flammen aufgehen. Der Marchese, von Entsetzen überreizt, hatte eine
Kerze genommen, und dasselbe, überall mit Holz getäfelt wie es
war, an allen vier Ecken, müde seines Lebens, angesteckt. Vergebens schickte sie Leute hinein, den Unglücklichen zu retten;
er war auf die elendiglichste Weise bereits umgekommen, und
noch jetzt liegen, von den Landleuten zusammengetragen, seine
weißen Gebeine in dem Winkel des Zimmers, von welchem er
das Bettelweib von Locarno hatte aufstehen heißen.

DER FINDLING

Antonio Piachi, ein wohlhabender Güterhändler in Rom, war
genötigt, in seinen Handelsgeschäften zuweilen große Reisen
zu machen. Er pflegte dann gewöhnlich *Elvire*, seine junge Frau,
unter dem Schutz ihrer Verwandten, daselbst zurückzulassen.
Eine dieser Reisen führte ihn mit seinem Sohn *Paolo*, einem eilf-
jährigen Knaben, den ihm seine erste Frau geboren hatte, nach
Ragusa. Es traf sich, daß hier eben eine pestartige Krankheit ausgebrochen war, welche die Stadt und Gegend umher in großes
Schrecken setzte. Piachi, dem die Nachricht davon erst auf der
Reise zu Ohren gekommen war, hielt in der Vorstadt an, um
sich nach der Natur derselben zu erkundigen. Doch da er hörte,
daß das Übel von Tage zu Tage bedenklicher werde, und daß
man damit umgehe, die Tore zu sperren; so überwand die Sorge
für seinen Sohn alle kaufmännischen Interessen: er nahm Pferde
und reisete wieder ab.

Er bemerkte, da er im Freien war, einen Knaben neben seinem
Wagen, der, nach Art der Flehenden, die Hände zu ihm aus-
streckte und in großer Gemütsbewegung zu sein schien. Piachi
ließ halten; und auf die Frage: was er wolle? antwortete der
Knabe in seiner Unschuld: er sei angesteckt; die Häscher verfolgten ihn, um ihn ins Krankenhaus zu bringen, wo sein Vater
und seine Mutter schon gestorben wären; er bitte um aller Heiligen willen, ihn mitzunehmen, und nicht in der Stadt umkommen
zu lassen. Dabei faßte er des Alten Hand, drückte und küßte sie
und weinte darauf nieder. Piachi wollte in der ersten Regung des
Entsetzens, den Jungen weit von sich schleudern; doch da dieser,
in eben diesem Augenblick, seine Farbe veränderte und ohnmächtig auf den Boden niedersank, so regte sich des guten Alten
Mitleid: er stieg mit seinem Sohn aus, legte den Jungen in den
Wagen, und fuhr mit ihm fort, obschon er auf der Welt nicht
wußte, was er mit demselben anfangen sollte.

Er unterhandelte noch, in der ersten Station, mit den Wirts-

leuten, über die Art und Weise, wie er seiner wieder los werden
könne: als er schon auf Befehl der Polizei, welche davon Wind
bekommen hatte, arretiert und unter einer Bedeckung, er, sein
Sohn und Nicolo, so hieß der kranke Knabe, wieder nach Ragusa
zurück transportiert ward. Alle Vorstellungen von Seiten Piachis,
über die Grausamkeit dieser Maßregel, halfen zu nichts; in Ragusa angekommen, wurden nunmehr alle drei, unter Aufsicht eines
Häschers, nach dem Krankenhause abgeführt, wo er zwar, Piachi,
gesund blieb, und Nicolo, der Knabe, sich von dem Übel wieder
erholte: sein Sohn aber, der eilfjährige Paolo, von demselben
angesteckt ward, und in drei Tagen starb.

Die Tore wurden nun wieder geöffnet und Piachi, nachdem
er seinen Sohn begraben hatte, erhielt von der Polizei Erlaubnis,
zu reisen. Er bestieg eben, sehr von Schmerz bewegt, den Wagen
und nahm, bei dem Anblick des Platzes, der neben ihm leer blieb,
sein Schnupftuch heraus, um seine Tränen fließen zu lassen: als
Nicolo, mit der Mütze in der Hand, an seinen Wagen trat und
ihm eine glückliche Reise wünschte. Piachi beugte sich aus dem
Schlage heraus und fragte ihn, mit einer von heftigem Schluchzen unterbrochenen Stimme: ob er mit ihm reisen wollte? Der
Junge, sobald er den Alten nur verstanden hatte, nickte und
sprach: o ja! sehr gern; und da die Vorsteher des Krankenhauses,
auf die Frage des Güterhändlers: ob es dem Jungen wohl erlaubt
wäre, einzusteigen? lächelten und versicherten: daß er Gottes
Sohn wäre und niemand ihn vermissen würde; so hob ihn
Piachi, in einer großen Bewegung, in den Wagen, und nahm ihn,
an seines Sohnes Statt, mit sich nach Rom.

Auf der Straße, vor den Toren der Stadt, sah sich der Land-
mäkler den Jungen erst recht an. Er war von einer besondern,
etwas starren Schönheit, seine schwarzen Haare hingen ihm, in
schlichten Spitzen, von der Stirn herab, ein Gesicht beschattend,
das, ernst und klug, seine Mienen niemals veränderte. Der Alte
tat mehrere Fragen an ihn, worauf jener aber nur kurz antwortete: ungesprächig und in sich gekehrt saß er, die Hände in die
Hosen gesteckt, im Winkel da, und sah sich, mit gedankenvoll
scheuen Blicken, die Gegenstände an, die an dem Wagen vor-
überflogen. Von Zeit zu Zeit holte er sich, mit stillen und ge-
räuschlosen Bewegungen, eine Handvoll Nüsse aus der Tasche,

die er bei sich trug, und während Piachi sich die Tränen vom
Auge wischte, nahm er sie zwischen die Zähne und knackte sie
auf.

In Rom stellte ihn Piachi, unter einer kurzen Erzählung des
Vorfalls, Elviren, seiner jungen trefflichen Gemahlin vor, welche
sich zwar nicht enthalten konnte, bei dem Gedanken an Paolo,
ihren kleinen Stiefsohn, den sie sehr geliebt hatte, herzlich zu weinen; gleichwohl aber den Nicolo, so fremd und steif er auch vor
ihr stand, an ihre Brust drückte, ihm das Bette, worin jener geschlafen hatte, zum Lager anwies, und sämtliche Kleider desselben
zum Geschenk machte. Piachi schickte ihn in die Schule, wo er
Schreiben, Lesen und Rechnen lernte, und da er, auf eine leicht
begreifliche Weise, den Jungen in dem Maße lieb gewonnen,
als er ihm teuer zu stehen gekommen war, so adoptierte er ihn,
mit Einwilligung der guten Elvire, welche von dem Alten keine
Kinder mehr zu erhalten hoffen konnte, schon nach wenigen Wochen, als seinen Sohn. Er dankte späterhin einen Kommis ab,
mit dem er, aus mancherlei Gründen, unzufrieden war, und hatte,
da er den Nicolo, statt seiner, in dem Kontor anstellte, die Freude
zu sehn, daß derselbe die weitläuftigen Geschäfte, in welchen er
verwickelt war, auf das tätigste und vorteilhafteste verwaltete.
Nichts hatte der Vater, der ein geschworner Feind aller Bigotterie war, an ihm auszusetzen, als den Umgang mit den Mönchen
des Karmeliterklosters, die dem jungen Mann, wegen des beträchtlichen Vermögens das ihm einst, aus der Hinterlassenschaft
des Alten, zufallen sollte, mit großer Gunst zugetan waren; und
nichts ihrerseits die Mutter, als einen früh, wie es ihr schien, in der
Brust desselben sich regenden Hang für das weibliche Geschlecht.
Denn schon in seinem funfzehnten Jahre, war er, bei Gelegenheit dieser Mönchsbesuche, die Beute der Verführung einer gewissen *Xaviera Tartini*, Beischläferin ihres Bischofs, geworden,
und ob er gleich, durch die strenge Forderung des Alten genötigt, diese Verbindung zerriß, so hatte Elvire doch mancherlei
Gründe zu glauben, daß seine Enthaltsamkeit auf diesem gefährlichen Felde nicht eben groß war. Doch da Nicolo sich, in seinem
zwanzigsten Jahre, mit *Constanza Parquet*, einer jungen liebenswürdigen Genueserin, Elvirens Nichte, die unter ihrer Aufsicht
in Rom erzogen wurde, vermählte, so schien wenigstens das

letzte Übel damit an der Quelle verstopft; beide Eltern vereinigten sich in der Zufriedenheit mit ihm, und um ihm davon einen
Beweis zu geben, ward ihm eine glänzende Ausstattung zuteil,
wobei sie ihm einen beträchtlichen Teil ihres schönen und weitläuftigen Wohnhauses einräumten. Kurz, als Piachi sein sechzigstes Jahr erreicht hatte, tat er das Letzte und Äußerste, was er für
ihn tun konnte: er überließ ihm, auf gerichtliche Weise, mit
Ausnahme eines kleinen Kapitals, das er sich vorbehielt, das
ganze Vermögen, das seinem Güterhandel zum Grunde lag, und
zog sich, mit seiner treuen, trefflichen Elvire, die wenige Wünsche
in der Welt hatte, in den Ruhestand zurück.

Elvire hatte einen stillen Zug von Traurigkeit im Gemüt, der
ihr aus einem rührenden Vorfall, aus der Geschichte ihrer Kindheit, zurückgeblieben war. Philippo Parquet, ihr Vater, ein be-
mittelter Tuchfärber in Genua, bewohnte ein Haus, das, wie es
sein Handwerk erforderte, mit der hinteren Seite hart an den,
mit Quadersteinen eingefaßten, Rand des Meeres stieß; große,
am Giebel eingefugte Balken, an welchen die gefärbten Tücher
aufgehängt wurden, liefen, mehrere Ellen weit, über die See
hinaus. Einst, in einer unglücklichen Nacht, da Feuer das Haus
ergriff, und gleich, als ob es von Pech und Schwefel erbaut wäre,
zu gleicher Zeit in allen Gemächern, aus welchen es zusammengesetzt war, emporknitterte, flüchtete sich, überall von Flammen
geschreckt, die dreizehnjährige Elvire von Treppe zu Treppe,
und befand sich, sie wußte selbst nicht wie, auf einem dieser
Balken. Das arme Kind wußte, zwischen Himmel und Erde
schwebend, gar nicht, wie es sich retten sollte; hinter ihr der
brennende Giebel, dessen Glut, vom Winde gepeitscht, schon
den Balken angefressen hatte, und unter ihr die weite, öde, entsetzliche See. Schon wollte sie sich allen Heiligen empfehlen und
unter zwei Übeln das kleinere wählend, in die Fluten hinabsprin-
gen; als plötzlich ein junger Genueser, vom Geschlecht der Patrizier, am Eingang erschien, seinen Mantel über den Balken warf,
sie umfaßte, und sich, mit eben so viel Mut als Gewandtheit, an
einem der feuchten Tücher, die von dem Balken niederhingen,
in die See mit ihr herabließ. Hier griffen Gondeln, die auf dem
Hafen schwammen, sie auf, und brachten sie, unter vielem Jauchzen des Volks, ans Ufer; doch es fand sich, daß der junge Held,

schon beim Durchgang durch das Haus, durch einen vom Gesims desselben herabfallenden Stein, eine schwere Wunde am Kopf empfangen hatte, die ihn auch bald, seiner Sinne nicht mächtig, am Boden niederstreckte. Der Marquis, sein Vater, in dessen Hotel er gebracht ward, rief, da seine Wiederherstellung sich in die Länge zog, Ärzte aus allen Gegenden Italiens herbei, die ihn zu verschiedenen Malen trepanierten und ihm mehrere Knochen aus dem Gehirn nahmen; doch alle Kunst war, durch eine unbegreifliche Schickung des Himmels, vergeblich: er erstand nur selten an der Hand Elvirens, die seine Mutter zu seiner Pflege herbeigerufen hatte, und nach einem dreijährigen höchst schmerzenvollen Krankenlager, während dessen das Mädchen nicht von seiner Seite wich, reichte er ihr noch einmal freundlich die Hand und verschied.

Piachi, der mit dem Hause dieses Herrn in Handelsverbindungen stand, und Elviren eben dort, da sie ihn pflegte, kennen gelernt und zwei Jahre darauf geheiratet hatte, hütete sich sehr, seinen Namen vor ihr zu nennen, oder sie sonst an ihn zu erinnern, weil er wußte, daß es ihr schönes und empfindliches Gemüt auf das heftigste bewegte. Die mindeste Veranlassung, die sie auch nur von fern an die Zeit erinnerte, da der Jüngling für sie litt und starb, rührte sie immer bis zu Tränen, und alsdann gab es keinen Trost und keine Beruhigung für sie; sie brach, wo sie auch sein mochte, auf, und keiner folgte ihr, weil man schon erprobt hatte, daß jedes andere Mittel vergeblich war, als sie still für sich, in der Einsamkeit, ihren Schmerz ausweinen zu lassen. Niemand, außer Piachi, kannte die Ursache dieser sonderbaren und häufigen Erschütterungen, denn niemals, so lange sie lebte, war ein Wort, jene Begebenheit betreffend, über ihre Lippen gekommen. Man war gewohnt, sie auf Rechnung eines überreizten Nervensystems zu setzen, das ihr aus einem hitzigen Fieber, in welches sie gleich nach ihrer Verheiratung verfiel, zurückgeblieben war, und somit allen Nachforschungen über die Veranlassung derselben ein Ende zu machen.

Einstmals war Nicolo, mit jener Xaviera Tartini, mit welcher er, trotz des Verbots des Vaters, die Verbindung nie ganz aufgegeben hatte, heimlich, und ohne Vorwissen seiner Gemahlin, unter der Vorspiegelung, daß er bei einem Freund eingeladen sei,

auf dem Karneval gewesen und kam, in der Maske eines genuesischen Ritters, die er zufällig gewählt hatte, spät in der Nacht, da
schon alles schlief, in sein Haus zurück. Es traf sich, daß dem Alten
plötzlich eine Unpäßlichkeit zugestoßen war, und Elvire, um
ihm zu helfen, in Ermangelung der Mägde, aufgestanden, und
in den Speisesaal gegangen war, um ihm eine Flasche mit Essig
zu holen. Eben hatte sie einen Schrank, der in dem Winkel stand,
geöffnet, und suchte, auf der Kante eines Stuhles stehend, unter
den Gläsern und Caravinen umher: als Nicolo die Tür sacht öffnete, und mit einem Licht, das er sich auf dem Flur angesteckt
hatte, mit Federhut, Mantel und Degen, durch den Saal ging.
Harmlos, ohne Elviren zu sehen, trat er an die Tür, die in sein
Schlafgemach führte, und bemerkte eben mit Bestürzung, daß
sie verschlossen war: als Elvire hinter ihm, mit Flaschen und Gläsern, die sie in der Hand hielt, wie durch einen unsichtbaren Blitz
getroffen, bei seinem Anblick von dem Schemel, auf welchem sie
stand, auf das Getäfel des Bodens niederfiel. Nicolo, von Schrek-
ken bleich, wandte sich um und wollte der Unglücklichen bei-
springen; doch da das Geräusch, das sie gemacht hatte, notwendig den Alten herbeiziehen mußte, so unterdrückte die Besorgnis, einen Verweis von ihm zu erhalten, alle andere Rücksichten:
er riß ihr, mit verstörter Beeiferung, ein Bund Schlüssel von der
Hüfte, das sie bei sich trug, und einen gefunden, der paßte, warf
er den Bund in den Saal zurück und verschwand. Bald darauf,
da Piachi, krank wie er war, aus dem Bette gesprungen war, und
sie aufgehoben hatte, und auch Bediente und Mägde, von ihm
zusammengeklingelt, mit Licht erschienen waren, kam auch
Nicolo in seinem Schlafrock, und fragte, was vorgefallen sei;
doch da Elvire, starr vor Entsetzen, wie ihre Zunge war, nicht
sprechen konnte, und außer ihr nur er selbst noch Auskunft auf
diese Frage geben konnte, so blieb der Zusammenhang der Sache
in ein ewiges Geheimnis gehüllt; man trug Elviren, die an allen
Gliedern zitterte, zu Bett, wo sie mehrere Tage lang an einem
heftigen Fieber darniederlag, gleichwohl aber durch die natürliche Kraft ihrer Gesundheit den Zufall überwand, und bis auf
eine sonderbare Schwermut, die ihr zurückblieb, sich ziemlich
wieder erholte.

So verfloß ein Jahr, als Constanze, Nicolos Gemahlin, niederkam, und samt dem Kinde, das sie geboren hatte, in den Wochen starb. Dieser Vorfall, bedauernswürdig an sich, weil ein tugendhaftes und wohlerzogenes Wesen verloren ging, war es doppelt, weil er den beiden Leidenschaften Nicolos, seiner Bigotterie und seinem Hange zu den Weibern, wieder Tor und Tür öffnete. Ganze Tage lang trieb er sich wieder, unter dem Vorwand, sich zu trösten, in den Zellen der Karmelitermönche umher, und gleichwohl wußte man, daß er während der Lebzeiten seiner Frau, nur mit geringer Liebe und Treue an ihr gehangen hatte. Ja, Constanze war noch nicht unter der Erde, als Elvire schon zur Abendzeit, in Geschäften des bevorstehenden Begräbnisses in sein Zimmer tretend, ein Mädchen bei ihm fand, das, geschürzt und geschminkt, ihr als die Zofe der Xaviera Tartini nur zu wohl bekannt war. Elvire schlug bei diesem Anblick die Augen nieder, kehrte sich, ohne ein Wort zu sagen, um, und verließ das Zimmer; weder Piachi, noch sonst jemand, erfuhr ein Wort von diesem Vorfall, sie begnügte sich, mit betrübtem Herzen bei der Leiche Constanzens, die den Nicolo sehr geliebt hatte, niederzuknieen und zu weinen. Zufällig aber traf es sich, daß Piachi, der in der Stadt gewesen war, beim Eintritt in sein Haus dem Mädchen begegnete, und da er wohl merkte, was sie hier zu schaffen gehabt hatte, sie heftig anging und ihr halb mit List, halb mit Gewalt, den Brief, den sie bei sich trug, abgewann. Er ging auf sein Zimmer, um ihn zu lesen, und fand, was er vorausgesehen hatte, eine dringende Bitte Nicolos an Xaviera, ihm, behufs einer Zusammenkunft, nach der er sich sehne, gefälligst Ort und Stunde zu bestimmen. Piachi setzte sich nieder und antwortete, mit verstellter Schrift, im Namen Xavieras: »gleich, noch vor Nacht, in der Magdalenenkirche.« – siegelte diesen Zettel mit einem fremden Wappen zu, und ließ ihn, gleich als ob er von der Dame käme, in Nicolos Zimmer abgeben. Die List glückte vollkommen; Nicolo nahm augenblicklich seinen Mantel, und begab sich in Vergessenheit Constanzens, die im Sarg ausgestellt war, aus dem Hause. Hierauf bestellte Piachi, tief entwürdigt, das feierliche, für den kommenden Tag festgesetzte Leichenbegängnis ab, ließ die Leiche, so wie sie ausgesetzt war, von einigen Trägern aufheben, und bloß von Elviren, ihm und einigen Verwandten begleitet, ganz in der Stille in dem Gewölbe der Magdalenen-

kirche, das für sie bereitet war, beisetzen. Nicolo, der in dem
Mantel gehüllt, unter den Hallen der Kirche stand, und zu seinem
Erstaunen einen ihm wohlbekannten Leichenzug herannahen sah,
fragte den Alten, der dem Sarge folgte: was dies bedeute? und
wen man heranträge? Doch dieser, das Gebetbuch in der Hand,
ohne das Haupt zu erheben, antwortete bloß: Xaviera Tartini:
– worauf die Leiche, als ob Nicolo gar nicht gegenwärtig wäre,
noch einmal entdeckelt, durch die Anwesenden gesegnet, und
alsdann versenkt und in dem Gewölbe verschlossen ward.

Dieser Vorfall, der ihn tief beschämte, erweckte in der Brust
des Unglücklichen einen brennenden Haß gegen Elviren; denn
ihr glaubte er den Schimpf, den ihm der Alte vor allem Volk
angetan hatte, zu verdanken zu haben. Mehrere Tage lang sprach
Piachi kein Wort mit ihm; und da er gleichwohl, wegen der
Hinterlassenschaft Constanzens, seiner Geneigtheit und Gefälligkeit bedurfte: so sah er sich genötigt, an einem Abend des Alten
Hand zu ergreifen und ihm mit der Miene der Reue, unverzüglich und auf immerdar, die Verabschiedung der Xaviera anzugeloben. Aber dies Versprechen war er wenig gesonnen zu halten;
vielmehr schärfte der Widerstand, den man ihm entgegen setzte,
nur seinen Trotz, und übte ihn in der Kunst, die Aufmerksamkeit
des redlichen Alten zu umgehen. Zugleich war ihm Elvire niemals schöner vorgekommen, als in dem Augenblick, da sie, zu
seiner Vernichtung, das Zimmer, in welchem sich das Mädchen
befand, öffnete und wieder schloß. Der Unwille, der sich mit
sanfter Glut auf ihren Wangen entzündete, goß einen unendlichen
Reiz über ihr mildes, von Affekten nur selten bewegtes Antlitz;
es schien ihm unglaublich, daß sie, bei soviel Lockungen dazu,
nicht selbst zuweilen auf dem Wege wandeln sollte, dessen Blumen zu brechen er eben so schmählich von ihr gestraft worden
war. Er glühte vor Begierde, ihr, falls dies der Fall sein sollte, bei
dem Alten denselben Dienst zu erweisen, als sie ihm, und bedurfte
und suchte nichts, als die Gelegenheit, diesen Vorsatz ins Werk
zu richten.

Einst ging er, zu einer Zeit, da gerade Piachi außer dem Hause
war, an Elvirens Zimmer vorbei, und hörte, zu seinem Befremden, daß man darin sprach. Von raschen, heimtückischen Hoffnungen durchzuckt, beugte er sich mit Augen und Ohren gegen

das Schloß nieder, und – Himmel! was erblickte er? Da lag sie, in der Stellung der Verzückung, zu jemandes Füßen, und ob er gleich die Person nicht erkennen konnte, so vernahm er doch ganz deutlich, recht mit dem Akzent der Liebe ausgesprochen, das geflüsterte Wort: Colino. Er legte sich mit klopfendem Herzen in das Fenster des Korridors, von wo aus er, ohne seine Absicht zu verraten, den Eingang des Zimmers beobachten konnte; und schon glaubte er, bei einem Geräusch, das sich ganz leise am Riegel erhob, den unschätzbaren Augenblick, da er die Scheinheilige entlarven könne, gekommen: als, statt des Unbekannten den er erwartete, Elvire selbst, ohne irgend eine Begleitung, mit einem ganz gleichgültigen und ruhigen Blick, den sie aus der Ferne auf ihn warf, aus dem Zimmer hervortrat. Sie hatte ein Stück selbstgewebter Leinwand unter dem Arm; und nachdem sie das Gemach, mit einem Schlüssel, den sie sich von der Hüfte nahm, verschlossen hatte, stieg sie ganz ruhig, die Hand ans Geländer gelehnt, die Treppe hinab. Diese Verstellung, diese scheinbare Gleichgültigkeit, schien ihm der Gipfel der Frechheit und Arglist, und kaum war sie ihm aus dem Gesicht, als er schon lief, einen Hauptschlüssel herbeizuholen, und nachdem er die Umringung, mit scheuen Blicken, ein wenig geprüft hatte, heimlich die Tür des Gemachs öffnete. Aber wie erstaunte er, als er alles leer fand, und in allen vier Winkeln, die er durchspähte, nichts, das einem Menschen auch nur ähnlich war, entdeckte: außer dem Bild eines jungen Ritters in Lebensgröße, das in einer Nische der Wand, hinter einem rotseidenen Vorhang, von einem besondern Lichte bestrahlt, aufgestellt war. Nicolo erschrak, er wußte selbst nicht warum: und eine Menge von Gedanken fuhren ihm, den großen Augen des Bildes, das ihn starr ansah, gegenüber, durch die Brust: doch ehe er sie noch gesammelt und geordnet hatte, ergriff ihn schon Furcht, von Elviren entdeckt und gestraft zu werden; er schloß, in nicht geringer Verwirrung, die Tür wieder zu, und entfernte sich.

Je mehr er über diesen sonderbaren Vorfall nachdachte, je wichtiger ward ihm das Bild, das er entdeckt hatte, und je peinlicher und brennender ward die Neugierde in ihm, zu wissen, wer damit gemeint sei. Denn er hatte sie, im ganzen Umriß ihrer Stellung auf Knieen liegen gesehen, und es war nur zu gewiß, daß derjenige, vor dem dies geschehen war, die Gestalt des jungen Ritters auf der Leinwand war. In der Unruhe des Gemüts, die sich seiner bemeisterte, ging er zu Xaviera Tartini, und erzählte ihr die wunderbare Begebenheit, die er erlebt hatte. Diese, die in dem Interesse, Elviren zu stürzen, mit ihm zusammentraf, indem alle Schwierigkeiten, die sie in ihrem Umgang fanden, von ihr herrührten, äußerte den Wunsch, das Bild, das in dem Zimmer derselben aufgestellt war, einmal zu sehen. Denn einer ausgebreiteten Bekanntschaft unter den Edelleuten Italiens konnte sie sich rühmen, und falls derjenige, der hier in Rede stand, nur irgend einmal in Rom gewesen und von einiger Bedeutung war, so durfte sie hoffen, ihn zu kennen. Es fügte sich auch bald, daß die beiden Eheleute Piachi, da sie einen Verwandten besuchen wollten, an einem Sonntag auf das Land reiseten, und kaum wußte Nicolo auf diese Weise das Feld rein, als er schon zu Xavieren eilte, und diese mit einer kleinen Tochter, die sie von dem Kardinal hatte, unter dem Vorwande, Gemälde und Stickereien zu besehen, als eine fremde Dame in Elvirens Zimmer führte. Doch wie betroffen war Nicolo, als die kleine Klara (so hieß die Tochter), sobald er nur den Vorhang erhoben hatte, ausrief: »Gott, mein Vater! Signor Nicolo, wer ist das anders, als Sie?« – Xaviera verstummte. Das Bild, in der Tat, je länger sie es ansah, hatte eine auffallende Ähnlichkeit mit ihm: besonders wenn sie sich ihn, wie ihrem Gedächtnis gar wohl möglich war, in dem ritterlichen Aufzug dachte, in welchem er, vor wenigen Monaten, heimlich mit ihr auf dem Karneval gewesen war. Nicolo versuchte ein plötzliches Erröten, das sich über seine Wangen ergoß, wegzuspotten; er sagte, indem er die Kleine küßte: wahrhaftig, liebste Klara, das Bild gleicht mir, wie du demjenigen, der sich deinen Vater glaubt! – Doch Xaviera, in deren Brust das bittere Gefühl der Eifersucht rege geworden war, warf einen Blick auf ihn; sie sagte, indem sie vor den Spiegel trat, zuletzt sei es gleichgültig, wer die Person sei; empfahl sich ihm ziemlich kalt und verließ das Zimmer.

Nicolo verfiel, sobald Xaviera sich entfernt hatte, in die lebhafteste Bewegung über diesen Auftritt. Er erinnerte sich, mit vieler Freude, der sonderbaren und lebhaften Erschütterung, in welche er, durch die phantastische Erscheinung jener Nacht, El-

viren versetzt hatte. Der Gedanke, die Leidenschaft dieser, als ein
Muster der Tugend umwandelnden Frau erweckt zu haben,
schmeichelte ihn fast eben so sehr, als die Begierde, sich an ihr zu
rächen; und da sich ihm die Aussicht eröffnete, mit einem und
demselben Schlage beide, das eine Gelüst, wie das andere, zu befriedigen, so erwartete er mit vieler Ungeduld Elvirens Wieder-
kunft, und die Stunde, da ein Blick in ihr Auge seine schwankende
Überzeugung krönen würde. Nichts störte ihn in dem Taumel,
der ihn ergriffen hatte, als die bestimmte Erinnerung, daß Elvire
das Bild, vor dem sie auf Knieen lag, damals, als er sie durch das
Schlüsselloch belauschte: Colino, genannt hatte; doch auch in
dem Klang dieses, im Lande nicht eben gebräuchlichen Namens,
lag mancherlei, das sein Herz, er wußte nicht warum, in süße
Träume wiegte, und in der Alternative, einem von beiden Sinnen, seinem Auge oder seinem Ohr zu mißtrauen, neigte er sich,
wie natürlich, zu demjenigen hinüber, der seiner Begierde am
lebhaftesten schmeichelte.

Inzwischen kam Elvire erst nach Verlauf mehrerer Tage von
dem Lande zurück, und da sie aus dem Hause des Vetters, den sie
besucht hatte, eine junge Verwandte mitbrachte, die sich in Rom
umzusehen wünschte, so warf sie, mit Artigkeiten gegen diese
beschäftigt, auf Nicolo, der sie sehr freundlich aus dem Wagen
hob, nur einen flüchtigen nichtsbedeutenden Blick. Mehrere
Wochen, der Gastfreundin, die man bewirtete, aufgeopfert, vergingen in einer dem Hause ungewöhnlichen Unruhe; man besuchte, in- und außerhalb der Stadt, was einem Mädchen, jung
und lebensfroh, wie sie war, merkwürdig sein mochte; und Nicolo, seiner Geschäfte im Kontor halber, zu allen diesen kleinen
Fahrten nicht eingeladen, fiel wieder, in Bezug auf Elviren, in die
übelste Laune zurück. Er begann wieder, mit den bittersten und
quälendsten Gefühlen, an den Unbekannten zurück zu denken,
den sie in heimlicher Ergebung vergötterte; und dies Gefühl zerriß besonders am Abend der längst mit Sehnsucht erharrten Abreise jener jungen Verwandten sein verwildertes Herz, da Elvire,
statt nun mit ihm zu sprechen, schweigend, während einer ganzen
Stunde, mit einer kleinen, weiblichen Arbeit beschäftigt, am
Speisetisch saß. Es traf sich, daß Piachi, wenige Tage zuvor, nach
einer Schachtel mit kleinen, elfenbeinernen Buchstaben gefragt

hatte, vermittelst welcher Nicolo in seiner Kindheit unterrichtet worden, und die dem Alten nun, weil sie niemand mehr brauchte, in den Sinn gekommen war, an ein kleines Kind in der Nachbarschaft zu verschenken. Die Magd, der man aufgegeben hatte, sie, unter vielen anderen, alten Sachen, aufzusuchen, hatte inzwischen nicht mehr gefunden, als die sechs, die den Namen: *Nicolo* ausmachen; wahrscheinlich weil die andern, ihrer geringeren Beziehung auf den Knaben wegen, minder in Acht genommen und, bei welcher Gelegenheit es sei, verschleudert worden waren. Da nun Nicolo die Lettern, welche seit mehreren Tagen auf dem Tisch lagen, in die Hand nahm, und während er, mit dem Arm auf die Platte gestützt, in trüben Gedanken brütete, damit spielte, fand er – zufällig, in der Tat, selbst, denn er erstaunte darüber, wie er noch in seinem Leben nicht getan – die Verbindung heraus, welche den Namen: *Colino* bildet. Nicolo, dem diese logogriphische Eigenschaft seines Namens fremd war, warf, von rasenden Hoffnungen von neuem getroffen, einen ungewissen und scheuen Blick auf die ihm zur Seite sitzende Elvire. Die Übereinstimmung, die sich zwischen beiden Wörtern angeordnet fand, schien ihm mehr als ein bloßer Zufall, er erwog, in unterdrückter Freude, den Umfang dieser sonderbaren Entdeckung, und harrte, die Hände vom Tisch genommen, mit klopfendem Herzen des Augenblicks, da Elvire aufsehen und den Namen, der offen da lag, erblicken würde. Die Erwartung, in der er stand, täuschte ihn auch keineswegs; denn kaum hatte Elvire, in einem müßigen Moment, die Aufstellung der Buchstaben bemerkt, und harmlos und gedankenlos, weil sie ein wenig kurzsichtig war, sich näher darüber hingebeugt, um sie zu lesen: als sie schon Nicolos Antlitz, der in scheinbarer Gleichgültigkeit darauf niedersah, mit einem sonderbar beklommenen Blick überflog, ihre Arbeit, mit einer Wehmut, die man nicht beschreiben kann, wieder aufnahm, und, unbemerkt wie sie sich glaubte, eine Träne nach der anderen, unter sanftem Erröten, auf ihren Schoß fallen ließ. Nicolo, der alle diese innerlichen Bewegungen, ohne sie anzusehen, beobachtete, zweifelte gar nicht mehr, daß sie unter dieser Versetzung der Buchstaben nur seinen eignen Namen verberge. Er sah sie die Buchstaben mit einemmal sanft übereinander schieben, und seine wilden Hoffnungen erreichten den Gipfel der Zuversicht, als sie auf-

stand, ihre Handarbeit weglegte und in ihr Schlafzimmer verschwand. Schon wollte er aufstehen und ihr dahin folgen: als
Piachi eintrat, und von einer Hausmagd, auf die Frage, wo Elvire
sei? zur Antwort erhielt: »daß sie sich nicht wohl befinde und sich
auf das Bett gelegt habe.« Piachi, ohne eben große Bestürzung zu
zeigen, wandte sich um, und ging, um zu sehen, was sie mache;
und da er nach einer Viertelstunde, mit der Nachricht, daß sie
nicht zu Tische kommen würde, wiederkehrte und weiter kein
Wort darüber verlor: so glaubte Nicolo den Schlüssel zu allen
rätselhaften Auftritten dieser Art, die er erlebt hatte, gefunden
zu haben.

Am andern Morgen, da er, in seiner schändlichen Freude, beschäftigt war, den Nutzen, den er aus dieser Entdeckung zu ziehen
hoffte, zu überlegen, erhielt er ein Billet von Xavieren, worin sie
ihn bat, zu ihr zu kommen, indem sie ihm, Elviren betreffend,
etwas, das ihm interessant sein würde, zu eröffnen hätte. Xaviera
stand, durch den Bischof, der sie unterhielt, in der engsten Verbindung mit den Mönchen des Karmeliterklosters; und da seine
Mutter in diesem Kloster zur Beichte ging, so zweifelte er nicht,
daß es jener möglich gewesen wäre, über die geheime Geschichte
ihrer Empfindungen Nachrichten, die seine unnatürlichen Hoffnungen bestätigen konnten, einzuziehen. Aber wie unangenehm,
nach einer sonderbaren schalkhaften Begrüßung Xavierens, ward
er aus der Wiege genommen, als sie ihn lächelnd auf den Diwan,
auf welchem sie saß, niederzog, und ihm sagte: sie müsse ihm nur
eröffnen, daß der Gegenstand von Elvirens Liebe ein, schon seit
zwölf Jahren, im Grabe schlummernder Toter sei. – Aloysius,
Marquis von Montferrat, dem ein Oheim zu Paris, bei dem er
erzogen worden war, den Zunamen *Collin*, späterhin in Italien
scherzhafter Weise in *Colino* umgewandelt, gegeben hatte, war
das Original des Bildes, das er in der Nische, hinter dem rotseidenen Vorhang, in Elvirens Zimmer entdeckt hatte; der junge,
genuesische Ritter, der sie, in ihrer Kindheit, auf so edelmütige
Weise aus dem Feuer gerettet und an den Wunden, die er dabei
empfangen hatte, gestorben war. – Sie setzte hinzu, daß sie ihn
nur bitte, von diesem Geheimnis weiter keinen Gebrauch zu
machen, indem es ihr, unter dem Siegel der äußersten Verschwiegenheit, von einer Person, die selbst kein eigentliches Recht dar-

über habe, im Karmeliterkloster anvertraut worden sei. Nicolo
versicherte, indem Blässe und Röte auf seinem Gesicht wechselten, daß sie nichts zu befürchten habe; und gänzlich außer Stand,
wie er war, Xaveriens schelmischen Blicken gegenüber, die Verlegenheit, in welche ihn diese Eröffnung gestürzt hatte, zu verbergen, schützte er ein Geschäft vor, das ihn abrufe, nahm, unter
einem häßlichen Zucken seiner Oberlippe, seinen Hut, empfahl
sich und ging ab.

Beschämung, Wollust und Rache vereinigten sich jetzt, um
die abscheulichste Tat, die je verübt worden ist, auszubrüten. Er
fühlte wohl, daß Elvirens reiner Seele nur durch einen Betrug
beizukommen sei; und kaum hatte ihm Piachi, der auf einige
Tage aufs Land ging, das Feld geräumt, als er auch schon Anstalten traf, den satanischen Plan, den er sich ausgedacht hatte, ins
Werk zu richten. Er besorgte sich genau denselben Anzug wieder,
in welchem er, vor wenig Monaten, da er zur Nachtzeit heimlich vom Karneval zurückkehrte, Elviren erschienen war; und
Mantel, Kollett und Federhut, genuesischen Zuschnitts, genau so,
wie sie das Bild trug, umgeworfen, schlich er sich, kurz vor dem
Schlafengehen, in Elvirens Zimmer, hing ein schwarzes Tuch über
das in der Nische stehende Bild, und wartete, einen Stab in der
Hand, ganz in der Stellung des gemalten jungen Patriziers, Elvirens Vergötterung ab. Er hatte auch, im Scharfsinn seiner schändlichen Leidenschaft, ganz richtig gerechnet; denn kaum hatte
Elvire, die bald darauf eintrat, nach einer stillen und ruhigen
Entkleidung, wie sie gewöhnlich zu tun pflegte, den seidnen Vorhang, der die Nische bedeckte, eröffnet und ihn erblickt: als sie
schon: Colino! Mein Geliebter! rief und ohnmächtig auf das Getäfel des Bodens niedersank. Nicolo trat aus der Nische hervor;
er stand einen Augenblick, im Anschauen ihrer Reize versunken,
und betrachtete ihre zarte, unter dem Kuß des Todes plötzlich
erblassende Gestalt: hob sie aber bald, da keine Zeit zu verlieren
war, in seinen Armen auf, und trug sie, indem er das schwarze
Tuch von dem Bild herabriß, auf das im Winkel des Zimmers
stehende Bett. Dies abgetan, ging er, die Tür zu verriegeln, fand
aber, daß sie schon verschlossen war; und sicher, daß sie auch nach
Wiederkehr ihrer verstörten Sinne, seiner phantastischen, dem
Ansehen nach überirdischen Erscheinung keinen Widerstand lei-

sten würde, kehrte er jetzt zu dem Lager zurück, bemüht, sie mit heißen Küssen auf Brust und Lippen aufzuwecken. Aber die Nemesis, die dem Frevel auf dem Fuß folgt, wollte, daß Piachi, den der Elende noch auf mehrere Tage entfernt glaubte, unvermutet, in eben dieser Stunde, in seine Wohnung zurückkehren mußte; leise, da er Elviren schon schlafen glaubte, schlich er durch den Korridor heran, und da er immer den Schlüssel bei sich trug, so gelang es ihm, plötzlich, ohne daß irgend ein Geräusch ihn angekündigt hätte, in das Zimmer einzutreten. Nicolo stand wie vom Donner gerührt; er warf sich, da seine Büberei auf keine Weise zu bemänteln war, dem Alten zu Füßen, und bat ihn, unter der Beteurung, den Blick nie wieder zu seiner Frau zu erheben, um Vergebung. Und in der Tat war der Alte auch geneigt, die Sache still abzumachen; sprachlos, wie ihn einige Worte Elvirens gemacht hatten, die sich von seinen Armen umfaßt, mit einem entsetzlichen Blick, den sie auf den Elenden warf, erholt hatte, nahm er bloß, indem er die Vorhänge des Bettes, auf welchem sie ruhte, zuzog, die Peitsche von der Wand, öffnete ihm die Tür und zeigte ihm den Weg, den er unmittelbar wandern sollte. Doch dieser, eines Tartüffe völlig würdig, sah nicht sobald, daß auf diesem Wege nichts auszurichten war, als er plötzlich vom Fußboden erstand und erklärte: an ihm, dem Alten, sei es, das Haus zu räumen, denn er durch vollgültige Dokumente eingesetzt, sei der Besitzer und werde sein Recht, gegen wen immer auf der Welt es sei, zu behaupten wissen! – Piachi traute seinen Sinnen nicht; durch diese unerhörte Frechheit wie entwaffnet, legte er die Peitsche weg, nahm Hut und Stock, lief augenblicklich zu seinem alten Rechtsfreund, dem Doktor Valerio, klingelte eine Magd heraus, die ihm öffnete, und fiel, da er sein Zimmer erreicht hatte, bewußtlos, noch ehe er ein Wort vorgebracht hatte, an seinem Bette nieder. Der Doktor, der ihn und späterhin auch Elviren in seinem Hause aufnahm, eilte gleich am andern Morgen, die Festsetzung des höllischen Bösewichts, der mancherlei Vorteile für sich hatte, auszuwirken; doch während Piachi seine machtlosen Hebel ansetzte, ihn aus den Besitzungen, die ihm einmal zugeschrieben waren, wieder zu verdrängen, flog jener schon mit einer Verschreibung über den ganzen Inbegriff derselben, zu den Karmelitermönchen, seinen Freunden, und forderte sie auf, ihn gegen den alten Narren, der ihn daraus vertreiben wolle, zu beschützen. Kurz, da er Xavieren, welche der Bischof los zu sein wünschte, zu heiraten willigte, siegte die Bosheit, und die Regierung erließ, auf Vermittelung dieses geistlichen Herrn, ein Dekret, in welchem Nicolo in den Besitz bestätigt und dem Piachi aufgegeben ward, ihn nicht darin zu belästigen.

Piachi hatte gerade Tags zuvor die unglückliche Elvire begraben, die an den Folgen eines hitzigen Fiebers, das ihr jener Vorfall zugezogen hatte, gestorben war. Durch diesen doppelten Schmerz gereizt, ging er, das Dekret in der Tasche, in das Haus, und stark, wie die Wut ihn machte, warf er den von Natur schwächeren Nicolo nieder und drückte ihm das Gehirn an der Wand ein. Die Leute die im Hause waren, bemerkten ihn nicht eher, als bis die Tat geschehen war; sie fanden ihn noch, da er den Nicolo zwischen den Knien hielt, und ihm das Dekret in den Mund stopfte. Dies abgemacht, stand er, indem er alle seine Waffen abgab, auf; ward ins Gefängnis gesetzt, verhört und verurteilt, mit dem Strange vom Leben zum Tode gebracht zu werden.

In dem Kirchenstaat herrscht ein Gesetz, nach welchem kein Verbrecher zum Tode geführt werden kann, bevor er die Absolution empfangen. Piachi, als ihm der Stab gebrochen war, verweigerte sich hartnäckig der Absolution. Nachdem man vergebens alles, was die Religion an die Hand gab, versucht hatte, ihm die Strafwürdigkeit seiner Handlung fühlbar zu machen, hoffte man, ihn durch den Anblick des Todes, der seiner wartete, in das Gefühl der Reue hineinzuschrecken, und führte ihn nach dem Galgen hinaus. Hier stand ein Priester und schilderte ihm, mit der Lunge der letzten Posaune, alle Schrecknisse der Hölle, in die seine Seele hinabzufahren im Begriff war; dort ein anderer, den Leib des Herrn, das heilige Entsühnungsmittel in der Hand, und pries ihm die Wohnungen des ewigen Friedens. – »Willst du der Wohltat der Erlösung teilhaftig werden?« fragten ihn beide. »Willst du das Abendmahl empfangen?« – Nein, antwortete Piachi. – »Warum nicht?« – Ich will nicht selig sein. Ich will in den untersten Grund der Hölle hinabfahren. Ich will den Nicolo, der nicht im Himmel sein wird, wiederfinden, und meine Rache, die ich hier nur unvollständig befriedigen konnte, wieder aufnehmen! – Und damit bestieg er die Leiter und forderte den Nachrichter auf, sein Amt zu tun. Kurz, man sah sich genötigt, mit der Hinrichtung einzuhalten, und den Unglücklichen, den das Gesetz in Schutz nahm, wieder in das Gefängnis zurückzuführen. Drei hinter einander folgende Tage machte man dieselben Versuche und immer mit demselben Erfolg. Als er am dritten Tage wieder, ohne an den Galgen geknüpft zu werden, die Leiter herabsteigen mußte: hob er, mit einer grimmigen Gebärde, die Hände empor, das unmenschliche Gesetz verfluchend, das ihn nicht zur Hölle fahren lassen wolle. Er rief die ganze Schar der Teufel herbei, ihn zu holen, verschwor sich, sein einziger Wunsch sei, gerichtet und verdammt zu werden, und versicherte, er würde noch dem ersten, besten Priester an den Hals kommen, um des Nicolo in der Hölle wieder habhaft zu werden! – Als man dem Papst dies meldete, befahl er, ihn ohne Absolution hinzurichten; kein Priester begleitete ihn, man knüpfte ihn, ganz in der Stille, auf dem Platz del popolo auf.

DIE HEILIGE CÄCILIE

oder

DIE GEWALT DER MUSIK

(Eine Legende)

Um das Ende des sechzehnten Jahrhunderts, als die Bilderstürmerei in den Niederlanden wütete, trafen drei Brüder, junge in
Wittenberg studierende Leute, mit einem vierten, der in Antwerpen als Prädikant angestellt war, in der Stadt Aachen zusammen. Sie wollten daselbst eine Erbschaft erheben, die ihnen von
Seiten eines alten, ihnen allen unbekannten Oheims zugefallen
war, und kehrten, weil niemand in dem Ort war, an den sie sich
hätten wenden können, in einem Gasthof ein. Nach Verlauf einiger Tage, die sie damit zugebracht hatten, den Prädikanten über
die merkwürdigen Auftritte, die in den Niederlanden vorgefallen
waren, anzuhören, traf es sich, daß von den Nonnen im Kloster
der heiligen Cäcilie, das damals vor den Toren dieser Stadt lag,
der Fronleichnamstag festlich begangen werden sollte; dergestalt, daß die vier Brüder, von Schwärmerei, Jugend und dem
Beispiel der Niederländer erhitzt, beschlossen, auch der Stadt
Aachen das Schauspiel einer Bilderstürmerei zu geben. Der Prädikant, der dergleichen Unternehmungen mehr als einmal schon
geleitet hatte, versammelte, am Abend zuvor, eine Anzahl junger,
der neuen Lehre ergebener Kaufmannssöhne und Studenten,
welche, in dem Gasthofe, bei Wein und Speisen, unter Verwünschungen des Papsttums, die Nacht zubrachten; und, da der Tag
über die Zinnen der Stadt aufgegangen, versahen sie sich mit
Äxten und Zerstörungswerkzeugen aller Art, um ihr ausgelassenes Geschäft zu beginnen. Sie verabredeten frohlockend ein
Zeichen, auf welches sie damit anfangen wollten, die Fensterscheiben, mit biblischen Geschichten bemalt, einzuwerfen; und
eines großen Anhangs, den sie unter dem Volk finden würden,
gewiß, verfügten sie sich, entschlossen keinen Stein auf dem andern zu lassen, in der Stunde, da die Glocken läuteten, in den

Dom. Die Äbtissin, die, schon beim Anbruch des Tages, durch einen Freund von der Gefahr, in welcher das Kloster schwebte, benachrichtigt worden war, schickte vergebens, zu wiederholten Malen, zu dem kaiserlichen Offizier, der in der Stadt kommandierte, und bat sich, zum Schutz des Klosters, eine Wache aus; der Offizier, der selbst ein Feind des Papsttums, und als solcher, wenigstens unter der Hand, der neuen Lehre zugetan war, wußte ihr unter dem staatsklugen Vorgeben, daß sie Geister sähe, und für ihr Kloster auch nicht der Schatten einer Gefahr vorhanden sei, die Wache zu verweigern. Inzwischen brach die Stunde an, da die Feierlichkeiten beginnen sollten, und die Nonnen schickten sich, unter Angst und Beten, und jammervoller Erwartung der Dinge, die da kommen sollten, zur Messe an. Niemand beschützte sie, als ein alter, siebenzigjähriger Klostervogt, der sich, mit einigen bewaffneten Troßknechten, am Eingang der Kirche aufstellte. In den Nonnenklöstern führen, auf das Spiel jeder Art der Instrumente geübt, die Nonnen, wie bekannt, ihre Musiken selber auf; oft mit einer Präzision, einem Verstand und einer Empfindung, die man in männlichen Orchestern (vielleicht wegen der weiblichen Geschlechtsart dieser geheimnisvollen Kunst) vermißt. Nun fügte es sich, zur Verdoppelung der Bedrängnis, daß die Kapellmeisterin, Schwester Antonia, welche die Musik auf dem Orchester zu dirigieren pflegte, wenige Tage zuvor, an einem Nervenfieber heftig erkrankte; dergestalt, daß abgesehen von den vier gotteslästerlichen Brüdern, die man bereits, in Mänteln gehüllt, unter den Pfeilern der Kirche erblickte, das Kloster auch, wegen Aufführung eines schicklichen Musikwerks, in der lebhaftesten Verlegenheit war. Die Äbtissin, die am Abend des vorhergehenden Tages befohlen hatte, daß eine uralte von einem unbekannten Meister herrührende, italienische Messe aufgeführt werden möchte, mit welcher die Kapelle mehrmals schon, einer besondern Heiligkeit und Herrlichkeit wegen, mit welcher sie gedichtet war, die größesten Wirkungen hervorgebracht hatte, schickte, mehr als jemals auf ihren Willen beharrend, noch einmal zur Schwester Antonia herab, um zu hören, wie sich dieselbe befinde; die Nonne aber, die dies Geschäft übernahm, kam mit der Nachricht zurück, daß die Schwester in gänzlich bewußtlosem Zustande danniederliege, und daß an ihre Direktionsführung, bei der vorhabenden Musik, auf keine Weise zu denken sei. Inzwischen waren in dem Dom, in welchem sich nach und nach mehr denn hundert, mit Beilen und Brechstangen versehene Frevler, von allen Ständen und Altern, eingefunden hatten, bereits die bedenklichsten Auftritte vorgefallen; man hatte einige Troßknechte, die an den Portälen standen, auf die unanständigste Weise geneckt, und sich die frechsten und unverschämtesten Äußerungen gegen die Nonnen erlaubt, die sich hin und wieder, in frommen Geschäften, einzeln in den Hallen blicken ließen: dergestalt, daß der Klostervogt sich in die Sakristei verfügte, und die Äbtissin auf Knieen beschwor, das Fest einzustellen und sich in die Stadt, unter den Schutz des Kommandanten zu begeben. Aber die Äbtissin bestand unerschütterlich darauf, daß das zur Ehre des höchsten Gottes angeordnete Fest begangen werden müsse; sie erinnerte den Klostervogt an seine Pflicht, die Messe und den feierlichen Umgang, der in dem Dom gehalten werden würde, mit Leib und Leben zu beschirmen; und befahl, weil eben die Glocke schlug, den Nonnen, die sie, unter Zittern und Beben umringten, ein Oratorium, gleichviel welches und von welchem Wert es sei, zu nehmen, und mit dessen Aufführung sofort den Anfang zu machen.

Eben schickten sich die Nonnen auf dem Altan der Orgel dazu an; die Partitur eines Musikwerks, das man schon häufig gegeben hatte, ward verteilt, Geigen, Hoboen und Bässe geprüft und gestimmt: als Schwester Antonia plötzlich, frisch und gesund, ein wenig bleich im Gesicht, von der Treppe her erschien; sie trug die Partitur der uralten, italienischen Messe, auf deren Aufführung die Äbtissin so dringend bestanden hatte, unter dem Arm. Auf die erstaunte Frage der Nonnen: »wo sie herkomme? und wie sie sich plötzlich so erholt habe?« antwortete sie: gleichviel, Freundinnen, gleichviel! verteilte die Partitur, die sie bei sich trug, und setzte sich selbst, von Begeisterung glühend, an die Orgel, um die Direktion des vortrefflichen Musikstücks zu übernehmen. Demnach kam es, wie ein wunderbarer, himmlischer Trost, in die Herzen der frommen Frauen; sie stellten sich augenblicklich mit ihren Instrumenten an die Pulte; die Beklemmung selbst, in der sie sich befanden, kam hinzu, um ihre Seelen, wie auf Schwingen, durch alle Himmel des Wohlklangs zu führen;

das Oratorium ward mit der höchsten und herrlichsten musikalischen Pracht ausgeführt; es regte sich, während der ganzen Darstellung, kein Odem in den Hallen und Bänken; besonders bei dem salve regina und noch mehr bei dem gloria in excelsis, war es, als ob die ganze Bevölkerung der Kirche tot sei: dergestalt, daß den vier gottverdammten Brüdern und ihrem Anhang zum Trotz, auch der Staub auf dem Estrich nicht verweht ward, und das Kloster noch bis an den Schluß des dreißigjährigen Krieges bestanden hat, wo man es, vermöge eines Artikels im westfälischen Frieden, gleichwohl säkularisierte.

Sechs Jahre darauf, da diese Begebenheit längst vergessen war, kam die Mutter dieser vier Jünglinge aus dem Haag an, und stellte, unter dem betrübten Vorgeben, daß dieselben gänzlich verschollen wären, bei dem Magistrat zu Aachen, wegen der Straße, die sie von hier aus genommen haben mochten, gerichtliche Untersuchungen an. Die letzten Nachrichten, die man von ihnen in den Niederlanden, wo sie eigentlich zu Hause gehörten, gehabt hatte, waren, wie sie meldete, ein vor dem angegebenen Zeitraum, am Vorabend eines Fronleichnamsfestes, geschriebener Brief des Prädikanten, an seinen Freund, einen Schullehrer in Antwerpen, worin er demselben, mit vieler Heiterkeit oder vielmehr Ausgelassenheit, von einer gegen das Kloster der heiligen Cäcilie entworfenen Unternehmung, über welche sich die Mutter jedoch nicht näher auslassen wollte, auf vier dichtgedrängten Seiten vorläufige Anzeige machte. Nach mancherlei vergeblichen Bemühungen, die Personen, welche diese bekümmerte Frau suchte, auszumitteln, erinnerte man sich endlich, daß sich schon seit einer Reihe von Jahren, welche ohngefähr auf die Angabe paßte, vier junge Leute, deren Vaterland und Herkunft unbekannt sei, in dem durch des Kaisers Vorsorge unlängst gestifteten Irrenhause der Stadt befanden. Da dieselben jedoch an der Ausschweifung einer religiösen Idee krank lagen, und ihre Aufführung, wie das Gericht dunkel gehört zu haben meinte, äußerst trübselig und melancholisch war; so paßte dies zu wenig auf den, der Mutter nur leider zu wohl bekannten Gemütsstand ihrer Söhne, als daß sie auf diese Anzeige, besonders da es fast herauskam, als ob die Leute katholisch wären, viel hätte geben sollen. Gleichwohl, durch mancherlei Kennzeichen, womit man sie beschrieb, seltsam getroffen, begab sie sich eines Tages, in Begleitung eines Gerichtsboten, in das Irrenhaus, und bat die Vorsteher um die Gefälligkeit, ihr zu den vier unglücklichen, sinnverwirrten Männern, die man daselbst aufbewahre, einen prüfenden Zutritt zu gestatten. Aber wer beschreibt das Entsetzen der armen Frau, als sie gleich auf den ersten Blick, so wie sie in die Tür trat, ihre Söhne erkannte: sie saßen, in langen, schwarzen Talaren, um einen Tisch, auf welchem ein Kruzifix stand, und schienen, mit gefalteten Händen schweigend auf die Platte gestützt, dasselbe anzubeten. Auf die Frage der Frau, die ihrer Kräfte beraubt, auf einen Stuhl niedergesunken war: was sie daselbst machten? antworteten ihr die Vorsteher: »daß sie bloß in der Verherrlichung des Heilands begriffen wären, von dem sie, nach ihrem Vorgeben, besser als andre, einzusehen glaubten, daß er der wahrhaftige Sohn des alleinigen Gottes sei.« Sie setzten hinzu: »daß die Jünglinge, seit nun schon sechs Jahren, dies geisterartige Leben führten; daß sie wenig schliefen und wenig genössen; daß kein Laut über ihre Lippen käme; daß sie sich bloß in der Stunde der Mitternacht einmal von ihren Sitzen erhöben; und daß sie alsdann, mit einer Stimme, welche die Fenster des Hauses bersten machte, das gloria in excelsis intonierten.« Die Vorsteher schlossen mit der Versicherung: daß die jungen Männer dabei körperlich vollkommen gesund wären; daß man ihnen sogar eine gewisse, obschon sehr ernste und feierliche, Heiterkeit nicht absprechen könnte; daß sie, wenn man sie für verrückt erklärte, mitleidig die Achseln zuckten, und daß sie schon mehr als einmal geäußert hätten: »wenn die gute Stadt Aachen wüßte, was sie, so würde dieselbe ihre Geschäfte bei Seite legen, und sich gleichfalls, zur Absingung des gloria, um das Kruzifix des Herrn niederlassen.«

Die Frau, die den schauderhaften Anblick dieser Unglücklichen nicht ertragen konnte und sich bald darauf, auf wankenden Knieen, wieder hatte zu Hause führen lassen, begab sich, um über die Veranlassung dieser ungeheuren Begebenheit Auskunft zu erhalten, am Morgen des folgenden Tages, zu Herrn Veit Gotthelf, berühmten Tuchhändler der Stadt; denn dieses Mannes erwähnte der von dem Prädikanten geschriebene Brief, und es ging daraus hervor, daß derselbe an dem Projekt, das Kloster der heiligen Cäcilie am Tage des Fronleichnamsfestes zu zerstören, eifrigen Anteil genommen habe. Veit Gotthelf, der Tuchhändler, der sich inzwischen verheiratet, mehrere Kinder gezeugt, und die beträchtliche Handlung seines Vaters übernommen hatte, empfing die Fremde sehr liebreich: und da er erfuhr, welch ein Anliegen sie zu ihm führe, so verriegelte er die Tür, und ließ sich, nachdem er sie auf einen Stuhl niedergenötigt hatte, folgendermaßen vernehmen: »Meine liebe Frau! Wenn Ihr mich, der mit Euren Söhnen vor sechs Jahren in genauer Verbindung gestanden, in keine Untersuchung deshalb verwickeln wollt, so will ich Euch offenherzig und ohne Rückhalt gestehen: ja, wir haben den Vorsatz gehabt, dessen der Brief erwähnt! Wodurch diese Tat, zu deren Ausführung alles, auf das Genaueste, mit wahrhaft gottlosem Scharfsinn, angeordnet war, gescheitert ist, ist mir unbegreiflich; der Himmel selbst scheint das Kloster der frommen Frauen in seinen heiligen Schutz genommen zu haben. Denn wißt, daß sich Eure Söhne bereits, zur Einleitung entscheidenderer Auftritte, mehrere mutwillige, den Gottesdienst störende Possen erlaubt hatten: mehr denn dreihundert, mit Beilen und Pechkränzen versehene Bösewichter, aus den Mauern unserer damals irregeleiteten Stadt, erwarteten nichts als das Zeichen, das der Prädikant geben sollte, um den Dom der Erde gleich zu machen. Dagegen, bei Anhebung der Musik, nehmen Eure Söhne plötzlich, in gleichzeitiger Bewegung, und auf eine uns auffallende Weise, die Hüte ab; sie legen, nach und nach, wie in tiefer unaussprechlicher Rührung, die Hände vor ihr herabgebeugtes Gesicht, und der Prädikant, indem er sich, nach einer erschütternden Pause, plötzlich umwendet, ruft uns allen mit lauter fürchterlicher Stimme zu: gleichfalls unsere Häupter zu entblößen! Vergebens fordern ihn einige Genossen flüsternd, indem sie ihn mit ihren Armen leichtfertig anstoßen, auf, das zur Bilderstürmerei verabredete Zeichen zu geben: der Prädikant, statt zu antworten, läßt sich, mit kreuzweis auf die Brust gelegten Händen, auf Knieen nieder und murmelt, samt den Brüdern, die Stirn inbrünstig in den Staub herab gedrückt, die ganze Reihe noch kurz vorher von ihm verspotteter Gebete ab. Durch diesen Anblick tief im Innersten verwirrt, steht der Haufen der jämmerlichen Schwärmer, seiner Anführer beraubt, in Unschlüssigkeit und

Untätigkeit, bis an den Schluß des, vom Altan wunderbar her-
abrauschenden Oratoriums da; und da, auf Befehl des Kommandanten, in eben diesem Augenblick mehrere Arretierungen verfügt, und einige Frevler, die sich Unordnungen erlaubt hatten,
von einer Wache aufgegriffen und abgeführt wurden, so bleibt
der elenden Schar nichts übrig, als sich schleunigst, unter dem
Schutz der gedrängt aufbrechenden Volksmenge, aus dem Got-
teshause zu entfernen. Am Abend, da ich in dem Gasthofe vergebens mehrere Mal nach Euren Söhnen, welche nicht wiedergekehrt waren, gefragt hatte, gehe ich, in der entsetzlichsten Unruhe, mit einigen Freunden wieder nach dem Kloster hinaus, um
mich bei den Türstehern, welche der kaiserlichen Wache hülfreich an die Hand gegangen waren, nach ihnen zu erkundigen.
Aber wie schildere ich Euch mein Entsetzen, edle Frau, da ich
diese vier Männer nach wie vor, mit gefalteten Händen, den
Boden mit Brust und Scheiteln küssend, als ob sie zu Stein erstarrt wären, heißer Inbrunst voll vor dem Altar der Kirche
daniedergestreckt liegen sehe! Umsonst forderte sie der Klostervogt, der in eben diesem Augenblick herbeikommt, indem er sie
am Mantel zupft und an den Armen rüttelt, auf, den Dom, in
welchem es schon ganz finster werde, und kein Mensch mehr
gegenwärtig sei, zu verlassen: sie hören, auf träumerische Weise
halb aufstehend, nicht eher auf ihn, als bis er sie durch seine
Knechte unter den Arm nehmen, und vor das Portal hinaus führen läßt: wo sie uns endlich, obschon unter Seufzern und häufi-
gem herzzerreißenden Umsehen nach der Kathedrale, die hinter
uns im Glanz der Sonne prächtig funkelte, nach der Stadt folgen.
Die Freunde und ich, wir fragen sie, zu wiederholten Malen,
zärtlich und liebreich auf dem Rückwege, was ihnen in aller
Welt Schreckliches, fähig, ihr innerstes Gemüt dergestalt umzukehren, zugestoßen sei; sie drücken uns, indem sie uns freundlich
ansehen, die Hände, schauen gedankenvoll auf den Boden nieder
und wischen sich – ach! von Zeit zu Zeit, mit einem Ausdruck,
der mir noch jetzt das Herz spaltet, die Tränen aus den Augen.
Drauf, in ihre Wohnungen angekommen, binden sie sich ein
Kreuz, sinnreich und zierlich von Birkenreisern zusammen, und
setzen es, einem kleinen Hügel von Wachs eingedrückt, zwischen
zwei Lichtern, womit die Magd erscheint, auf dem großen Tisch

in des Zimmers Mitte nieder, und während die Freunde, deren
Schar sich von Stunde zu Stunde vergrößert, händeringend zur
Seite stehen, und in zerstreuten Gruppen, sprachlos vor Jammer,
ihrem stillen, gespensterartigen Treiben zusehen: lassen sie sich,
gleich als ob ihre Sinne vor jeder andern Erscheinung verschlossen
wären, um den Tisch nieder, und schicken sich still, mit gefalteten
Händen, zur Anbetung an. Weder des Essens begehren sie, das
ihnen, zur Bewirtung der Genossen, ihrem am Morgen gegebenen Befehl gemäß, die Magd bringt, noch späterhin, da die Nacht
sinkt, des Lagers, das sie ihnen, weil sie müde scheinen, im Neben-
gemach aufgestapelt hat; die Freunde, um die Entrüstung des
Wirts, den diese Aufführung befremdet, nicht zu reizen, müssen
sich an einen, zur Seite üppig gedeckten Tisch niederlassen, und
die, für eine zahlreiche Gesellschaft zubereiteten Speisen, mit dem
Salz ihrer bitterlichen Tränen gebeizt, einnehmen. Jetzt plötzlich
schlägt die Stunde der Mitternacht; Eure vier Söhne, nachdem
sie einen Augenblick gegen den dumpfen Klang der Glocke auf-
gehorcht, heben sich plötzlich in gleichzeitiger Bewegung, von
ihren Sitzen empor; und während wir, mit niedergelegten Tisch-
tüchern, zu ihnen hinüberschauen, ängstlicher Erwartung voll,
was auf so seltsames und befremdendes Beginnen erfolgen werde:
fangen sie, mit einer entsetzlichen und gräßlichen Stimme, das
gloria in excelsis zu intonieren an. So mögen sich Leoparden und
Wölfe anhören lassen, wenn sie zur eisigen Winterzeit, das Firmament anbrüllen: die Pfeiler des Hauses, versichere ich Euch, er-
schütterten, und die Fenster, von ihrer Lungen sichtbarem Atem
getroffen, drohten klirrend, als ob man Hände voll schweren
Sandes gegen ihre Flächen würfe, zusammen zu brechen. Bei
diesem grausenhaften Auftritt stürzen wir besinnungslos, mit sträubenden Haaren auseinander; wir zerstreuen uns, Mäntel und Hüte
zurücklassend, durch die umliegenden Straßen, welche in kurzer
Zeit, statt unsrer, von mehr denn hundert, aus dem Schlaf geschreckter Menschen, angefüllt waren; das Volk drängt sich, die
Haustüre sprengend, über die Stiege dem Saale zu, um die Quelle
dieses schauderhaften und empörenden Gebrülls, das, wie von
den Lippen ewig verdammter Sünder, aus dem tiefsten Grund der
flammenvollen Hölle, jammervoll um Erbarmung zu Gottes
Ohren heraufdrang, aufzusuchen. Endlich, mit dem Schlage der

Glocke Eins, ohne auf das Zürnen des Wirts, noch auf die er-
schütterten Ausrufungen des sie umringenden Volks gehört zu
haben, schließen sie den Mund; sie wischen sich mit einem Tuch
den Schweiß von der Stirn, der ihnen, in großen Tropfen, auf
Kinn und Brust niederträuft; und breiten ihre Mäntel aus, und
legen sich, um eine Stunde von so qualvollen Geschäften auszuruhen, auf das Getäfel des Bodens nieder. Der Wirt, der sie gewähren läßt, schlägt, sobald er sie schlummern sieht, ein Kreuz
über sie; und froh, des Elends für den Augenblick erledigt zu sein,
bewegt er, unter der Versicherung, der Morgen werde eine heil-
same Veränderung herbeiführen, den Männerhaufen, der gegenwärtig ist, und der geheimnisvoll mit einander murmelt, das
Zimmer zu verlassen. Aber leider! schon mit dem ersten Schrei
des Hahns, stehen die Unglücklichen wieder auf, um dem auf
dem Tisch befindlichen Kreuz gegenüber, dasselbe öde, gespensterartige Klosterleben, das nur Erschöpfung sie auf einen Augenblick auszusetzen zwang, wieder anzufangen. Sie nehmen von
dem Wirt, dessen Herz ihr jammervoller Anblick schmelzt, keine
Ermahnung, keine Hülfe an; sie bitten ihn, die Freunde liebreich
abzuweisen, die sich sonst regelmäßig am Morgen jedes Tages bei
ihnen zu versammeln pflegten; sie begehren nichts von ihm, als
Wasser und Brot, und eine Streu, wenn es sein kann, für die
Nacht: dergestalt, daß dieser Mann, der sonst viel Geld von ihrer
Heiterkeit zog, sich genötigt sah, den ganzen Vorfall den Gerichten anzuzeigen und sie zu bitten, ihm diese vier Menschen, in
welchen ohne Zweifel der böse Geist walten müsse, aus dem
Hause zu schaffen. Worauf sie, auf Befehl des Magistrats, in ärzt-
liche Untersuchung genommen, und, da man sie verrückt befand,
wie Ihr wißt, in die Gemächer des Irrenhauses untergebracht
wurden, das die Milde des letzt verstorbenen Kaisers, zum Besten
der Unglücklichen dieser Art, innerhalb der Mauern unserer
Stadt gegründet hat.« Dies und noch Mehreres sagte Veit Gotthelf, der Tuchhändler, das wir hier, weil wir zur Einsicht in den
inneren Zusammenhang der Sache genug gesagt zu haben meinen, unterdrücken; und forderte die Frau nochmals auf, ihn auf
keine Weise, falls es zu gerichtlichen Nachforschungen über diese
Begebenheit kommen sollte, darin zu verstricken.

Drei Tage darauf, da die Frau, durch diesen Bericht tief im

Innersten erschüttert, am Arm einer Freundin nach dem Kloster hinausgegangen war, in der wehmütigen Absicht, auf einem Spaziergang, weil eben das Wetter schön war, den entsetzlichen Schauplatz in Augenschein zu nehmen, auf welchem Gott ihre Söhne wie durch unsichtbare Blitze zu Grunde gerichtet hatte: fanden die Weiber den Dom, weil eben gebaut wurde, am Eingang durch Planken versperrt, und konnten, wenn sie sich mühsam erhoben, durch die Öffnungen der Bretter hindurch von dem Inneren nichts, als die prächtig funkelnde Rose im Hintergrund der Kirche wahrnehmen. Viele hundert Arbeiter, welche fröhliche Lieder sangen, waren auf schlanken, vielfach verschlungenen Gerüsten beschäftigt, die Türme noch um ein gutes Dritteil zu erhöhen, und die Dächer und Zinnen derselben, welche bis jetzt nur mit Schiefer bedeckt gewesen waren, mit starkem, hellen, im Strahl der Sonne glänzigen Kupfer zu belegen. Dabei stand ein Gewitter, dunkelschwarz, mit vergoldeten Rändern, im Hintergrunde des Baus; dasselbe hatte schon über die Gegend von Aachen ausgedonnert, und nachdem es noch einige kraftlose Blitze, gegen die Richtung, wo der Dom stand, geschleudert hatte, sank es, zu Dünsten aufgelöst, mißvergnügt murmelnd in Osten herab. Es traf sich, daß da die Frauen von der Treppe des weitläufigen klösterlichen Wohngebäudes herab, in mancherlei Gedanken vertieft, dies doppelte Schauspiel betrachteten, eine Klosterschwester, welche vorüberging, zufällig erfuhr, wer die unter dem Portal stehende Frau sei; dergestalt, daß die Äbtissin, die von einem, den Fronleichnamstag betreffenden Brief, den dieselbe bei sich trug, gehört hatte, unmittelbar darauf die Schwester zu ihr herabschickte, und die niederländische Frau ersuchen ließ, zu ihr herauf zu kommen. Die Niederländerin, obschon einen Augenblick dadurch betroffen, schickte sich nichts desto weniger ehrfurchtsvoll an, dem Befehl, den man ihr angekündigt hatte, zu gehorchen; und während die Freundin, auf die Einladung der Nonne, in ein dicht an dem Eingang befindliches Nebenzimmer abtrat, öffnete man der Fremden, welche die Treppe hinaufsteigen mußte, die Flügeltüren des schön gebildeten Söllers selbst. Daselbst fand sie die Äbtissin, welches eine edle Frau, von stillem königlichen Ansehn war, auf einem Sessel sitzen, den Fuß auf einem Schemel gestützt, der auf Drachenklauen ruhte; ihr zur

Seite, auf einem Pulte, lag die Partitur einer Musik. Die Äbtissin, nachdem sie befohlen hatte, der Fremden einen Stuhl hinzusetzen, entdeckte ihr, daß sie bereits durch den Bürgermeister von ihrer Ankunft in der Stadt gehört; und nachdem sie sich, auf menschenfreundliche Weise, nach dem Befinden ihrer unglücklichen Söhne erkundigt, auch sie ermuntert hatte, sich über das Schicksal, das dieselben betroffen, weil es einmal nicht zu ändern sei, möglichst zu fassen: eröffnete sie ihr den Wunsch, den Brief zu sehen, den der Prädikant an seinen Freund, den Schullehrer in Antwerpen geschrieben hatte. Die Frau, welche Erfahrung genug besaß, einzusehen, von welchen Folgen dieser Schritt sein konnte, fühlte sich dadurch auf einen Augenblick in Verlegenheit gestürzt; da jedoch das ehrwürdige Antlitz der Dame unbedingtes Vertrauen erforderte, und auf keine Weise schicklich war, zu glauben, daß ihre Absicht sein könne, von dem Inhalt desselben einen öffentlichen Gebrauch zu machen; so nahm sie, nach einer kurzen Besinnung, den Brief aus ihrem Busen, und reichte ihn, unter einem heißen Kuß auf ihre Hand, der fürstlichen Dame dar. Die Frau, während die Äbtissin den Brief überlas, warf nunmehr einen Blick auf die nachlässig über dem Pult aufgeschlagene Partitur; und da sie, durch den Bericht des Tuchhändlers, auf den Gedanken gekommen war, es könne wohl die Gewalt der Töne gewesen sein, die, an jenem schauerlichen Tage, das Gemüt ihrer armen Söhne zerstört und verwirrt habe: so fragte sie die Klosterschwester, die hinter ihrem Stuhle stand, indem sie sich zu ihr umkehrte, schüchtern: »ob dies das Musikwerk wäre, das vor sechs Jahren, am Morgen jenes merkwürdigen Fronleichnamsfestes, in der Kathedrale aufgeführt worden sei?« Auf die Antwort der jungen Klosterschwester: ja! sie erinnere sich davon gehört zu haben, und es pflege seitdem, wenn man es nicht brauche, im Zimmer der hochwürdigsten Frau zu liegen: stand, lebhaft erschüttert, die Frau auf, und stellte sich, von mancherlei Gedanken durchkreuzt, vor den Pult. Sie betrachtete die unbekannten zauberischen Zeichen, womit sich ein fürchterlicher Geist geheimnisvoll den Kreis abzustecken schien, und meinte, in die Erde zu sinken, da sie grade das gloria in excelsis aufgeschlagen fand. Es war ihr, als ob das ganze Schrecken der Tonkunst, das ihre Söhne verderbt hatte, über ihrem Haupte rauschend daherzöge; sie glaubte, bei dem bloßen Anblick ihre Sinne zu verlieren, und nachdem sie schnell, mit einer unendlichen Regung von Demut und Unterwerfung unter die göttliche Allmacht, das Blatt an ihre Lippen gedrückt hatte, setzte sie sich wieder auf ihren Stuhl zurück. Inzwischen hatte die Äbtissin den Brief ausgelesen und sagte, indem sie ihn zusammen faltete: »Gott selbst hat das Kloster, an jenem wunderbaren Tage, gegen den Übermut Eurer schwer verirrten Söhne beschirmt. Welcher Mittel er sich dabei bedient, kann Euch, die Ihr eine Protestantin seid, gleichgültig sein: Ihr würdet auch das, was ich Euch darüber sagen könnte, schwerlich begreifen. Denn vernehmt, daß schlechterdings niemand weiß, wer eigentlich das Werk, das Ihr dort aufgeschlagen findet, im Drang der schreckenvollen Stunde, da die Bilderstürmerei über uns hereinbrechen sollte, ruhig auf dem Sitz der Orgel dirigiert habe. Durch ein Zeugnis, das am Morgen des folgenden Tages, in Gegenwart des Klostervogts und mehrerer anderen Männer aufgenommen und im Archiv niedergelegt ward, ist erwiesen, daß Schwester Antonia, die einzige, die das Werk dirigieren konnte, während des ganzen Zeitraums seiner Aufführung, krank, bewußtlos, ihrer Glieder schlechthin unmächtig, im Winkel ihrer Klosterzelle darniedergelegen habe; eine Klosterschwester, die ihr als leibliche Verwandte zur Pflege ihres Körpers beigeordnet war, ist während des ganzen Vormittags, da das Fronleichnamsfest in der Kathedrale gefeiert worden, nicht von ihrem Bette gewichen. Ja, Schwester Antonia würde ohnfehlbar selbst den Umstand, daß sie es nicht gewesen sei, die, auf so seltsame und befremdende Weise, auf dem Altan der Orgel erschien, bestätigt und bewahrheitet haben: wenn ihr gänzlich sinnberaubter Zustand erlaubt hätte, sie darum zu befragen, und die Kranke nicht noch am Abend desselben Tages, an dem Nervenfieber, an dem sie danieder lag, und welches früherhin gar nicht lebensgefährlich schien, verschieden wäre. Auch hat der Erzbischof von Trier, an den dieser Vorfall berichtet ward, bereits das Wort ausgesprochen, das ihn allein erklärt, nämlich, ›daß die heilige Cäcilie selbst dieses zu gleicher Zeit schreckliche und herrliche Wunder vollbracht habe‹; und von dem Papst habe ich soeben ein Breve erhalten, wodurch er dies bestätigt.« Und damit gab sie der Frau den Brief, den sie sich bloß von ihr erbeten hatte, um über das, was sie schon wußte, nähere Auskunft zu erhalten, unter dem Versprechen, daß sie davon keinen Gebrauch machen würde, zurück; und nachdem sie dieselbe noch gefragt hatte, ob zur Wiederherstellung ihrer Söhne Hoffnung sei, und ob sie ihr vielleicht mit irgend etwas, Geld oder eine andere Unterstützung, zu diesem Zweck dienen könne, welches die Frau, indem sie ihr den Rock küßte, weinend verneinte: grüßte sie dieselbe freundlich mit der Hand und entließ sie.

Hier endigt diese Legende. Die Frau, deren Anwesenheit in Aachen gänzlich nutzlos war, ging mit Zurücklassung eines kleinen Kapitals, das sie zum Besten ihrer armen Söhne bei den Gerichten niederlegte, nach dem Haag zurück, wo sie ein Jahr darauf, durch diesen Vorfall tief bewegt, in den Schoß der katholischen Kirche zurückkehrte: die Söhne aber starben, im späten Alter, eines heitern und vergnügten Todes, nachdem sie noch einmal, ihrer Gewohnheit gemäß, das gloria in excelsis abgesungen hatten.

DER ZWEIKAMPF

Herzog Wilhelm von Breysach, der, seit seiner heimlichen Verbindung mit einer Gräfin, namens Katharina von Heersbruck, aus dem Hause Alt-Hüningen, die unter seinem Range zu sein schien, mit seinem Halbbruder, dem Grafen Jakob dem Rotbart, in Feindschaft lebte, kam gegen das Ende des vierzehnten Jahrhunderts, da die Nacht des heiligen Remigius zu dämmern begann, von einer in Worms mit dem deutschen Kaiser abgehaltenen Zusammenkunft zurück, worin er sich von diesem Herrn, in Ermangelung ehelicher Kinder, die ihm gestorben waren, die Legitimation eines, mit seiner Gemahlin vor der Ehe erzeugten, natürlichen Sohnes, des Grafen Philipp von Hüningen, ausgewirkt hatte. Freudiger, als während des ganzen Laufs seiner Regierung in die Zukunft blickend, hatte er schon den Park, der hinter seinem Schlosse lag, erreicht: als plötzlich ein Pfeilschuß aus dem Dunkel der Gebüsche hervorbrach, und ihm, dicht unter dem Brustknochen, den Leib durchbohrte. Herr Friedrich von Trota, sein Kämmerer, brachte ihn, über diesen Vorfall äußerst betroffen, mit Hülfe einiger andern Ritter, in das Schloß, wo er nur noch, in den Armen seiner bestürzten Gemahlin, die Kraft hatte, einer Versammlung von Reichsvasallen, die schleunigst, auf Veranstaltung der letztern, zusammenberufen worden war, die kaiserliche Legitimationsakte vorzulesen; und nachdem, nicht ohne lebhaften Widerstand, indem, in Folge des Gesetzes, die Krone an seinen Halbbruder, den Grafen Jakob den Rotbart, fiel, die Vasallen seinen letzten bestimmten Willen erfüllt, und unter dem Vorbehalt, die Genehmigung des Kaisers einzuholen, den Grafen Philipp als Thronerben, die Mutter aber, wegen Minderjährigkeit desselben, als Vormünderin und Regentin anerkannt hatten: legte er sich nieder und starb.

Die Herzogin bestieg nun, ohne weiteres, unter einer bloßen Anzeige, die sie, durch einige Abgeordnete, an ihren Schwager, den Grafen Jakob den Rotbart, tun ließ, den Thron; und was mehrere Ritter des Hofes, welche die abgeschlossene Gemütsart des letzteren zu durchschauen meinten, vorausgesagt hatten, das traf, wenigstens dem äußeren Anschein nach, ein: Jakob der Rotbart verschmerzte, in kluger Erwägung der obwaltenden Umstände, das Unrecht, das ihm sein Bruder zugefügt hatte; zum mindesten enthielt er sich aller und jeder Schritte, den letzten Willen des Herzogs umzustoßen, und wünschte seinem jungen Neffen zu dem Thron, den er erlangt hatte, von Herzen Glück. Er beschrieb den Abgeordneten, die er sehr heiter und freundlich an seine Tafel zog, wie er seit dem Tode seiner Gemahlin, die ihm ein königliches Vermögen hinterlassen, frei und unabhängig auf seiner Burg lebe; wie er die Weiber der angrenzenden Edelleute, seinen eignen Wein, und, in Gesellschaft munterer Freunde, die Jagd liebe, und wie ein Kreuzzug nach Palästina, auf welchem er die Sünden einer raschen Jugend, auch leider, wie er zugab, im Alter noch wachsend, abzubüßen dachte, die ganze Unternehmung sei, auf die er noch, am Schluß seines Lebens, hinaussehe. Vergebens machten ihm seine beiden Söhne, welche in der bestimmten Hoffnung der Thronfolge erzogen worden waren, wegen der Unempfindlichkeit und Gleichgültigkeit mit welcher er, auf ganz unerwartete Weise, in diese unheilbare Kränkung ihrer Ansprüche willigte, die bittersten Vorwürfe: er wies sie, die noch unbärtig waren, mit kurzen und spöttischen Machtsprüchen zur Ruhe, nötigte sie, ihm am Tage des feierlichen Leichenbegängnisses, in die Stadt zu folgen, und daselbst, an seiner Seite, den alten Herzog, ihren Oheim, wie es sich gebühre, zur Gruft zu bestatten; und nachdem er im Thronsaal des herzoglichen Palastes, dem jungen Prinzen, seinem Neffen, in Gegenwart der Regentin Mutter, gleich allen andern Großen des Hofes, die Huldigung geleistet hatte, kehrte er unter Ablehnung aller Ämter und Würden, welche die letztere ihm antrug, begleitet von den Segnungen des, ihn um seine Großmut und Mäßigung doppelt verehrenden Volks, wieder auf seine Burg zurück.

Die Herzogin schritt nun, nach dieser unverhofft glücklichen Beseitigung der ersten Interessen, zur Erfüllung ihrer zweiten Regentenpflicht, nämlich, wegen der Mörder ihres Gemahls, deren man im Park eine ganze Schar wahrgenommen haben wollte, Untersuchungen anzustellen, und prüfte zu diesem Zweck

selbst, mit Herrn Godwin von Herrthal, ihrem Kanzler, den Pfeil,
der seinem Leben ein Ende gemacht hatte. Inzwischen fand man
an demselben nichts, das den Eigentümer hätte verraten können,
außer etwa, daß er, auf befremdende Weise, zierlich und prächtig
gearbeitet war. Starke, krause und glänzende Federn steckten in
einem Stiel, der, schlank und kräftig, von dunkelm Nußbaum-
holz, gedrechselt war; die Bekleidung des vorderen Endes war
von glänzendem Messing, und nur die äußerste Spitze selbst,
scharf wie die Gräte eines Fisches, war von Stahl. Der Pfeil schien
für die Rüstkammer eines vornehmen und reichen Mannes verfertigt zu sein, der entweder in Fehden verwickelt, oder ein großer Liebhaber von der Jagd war; und da man aus einer, dem
Knopf eingegrabenen, Jahrszahl ersah, daß dies erst vor kurzem
geschehen sein konnte: so schickte die Herzogin, auf Anraten des
Kanzlers, den Pfeil, mit dem Kronsiegel versehen, in alle Werkstätten von Deutschland umher, um den Meister, der ihn gedrechselt hatte, aufzufinden, und, falls dies gelang, von demselben
den Namen dessen zu erfahren, auf dessen Bestellung er gedrechselt worden war.

Fünf Monden darauf lief an Herrn Godwin, den Kanzler, dem
die Herzogin die ganze Untersuchung der Sache übergeben hatte,
die Erklärung von einem Pfeilmacher aus Straßburg ein, daß er
ein Schock solcher Pfeile, samt dem dazu gehörigen Köcher, vor
drei Jahren für den Grafen Jakob den Rotbart verfertigt habe.
Der Kanzler, über diese Erklärung äußerst betroffen, hielt dieselbe
mehrere Wochen lang in seinem Geheimschrank zurück; zum
Teil kannte er, wie er meinte, trotz der freien und ausschweifenden Lebensweise des Grafen, den Edelmut desselben zu gut, als
daß er ihn einer so abscheulichen Tat, als die Ermordung eines
Bruders war, hätte für fähig halten sollen; zum Teil auch, trotz
vieler andern guten Eigenschaften, die Gerechtigkeit der Regentin zu wenig, als daß er, in einer Sache, die das Leben ihres
schlimmsten Feindes galt, nicht mit der größten Vorsicht hätte
verfahren sollen. Inzwischen stellte er, unter der Hand, in der
Richtung dieser sonderbaren Anzeige, Untersuchungen an, und
da er durch die Beamten der Stadtvogtei zufällig ausmittelte, daß
der Graf, der seine Burg sonst nie oder nur höchst selten zu verlassen pflegte, in der Nacht der Ermordung des Herzogs daraus

abwesend gewesen war: so hielt er es für seine Pflicht, das Geheimnis fallen zu lassen, und die Herzogin, in einer der nächsten
Sitzungen des Staatsrats, von dem befremdenden und seltsamen
Verdacht, der durch diese beiden Klagpunkte auf ihren Schwager,
den Grafen Jakob den Rotbart fiel, umständlich zu unterrichten.

Die Herzogin, die sich glücklich pries, mit dem Grafen, ihrem
Schwager, auf einem so freundschaftlichen Fuß zu stehen, und
nichts mehr fürchtete, als seine Empfindlichkeit durch unüber-
legte Schritte zu reizen, gab inzwischen, zum Befremden des
Kanzlers, bei dieser zweideutigen Eröffnung nicht das mindeste
Zeichen der Freude von sich; vielmehr, als sie die Papiere zweimal
mit Aufmerksamkeit überlesen hatte, äußerte sie lebhaft ihr Mißfallen, daß man eine Sache, die so ungewiß und bedenklich sei,
öffentlich im Staatsrat zur Sprache bringe. Sie war der Meinung,
daß ein Irrtum oder eine Verleumdung dabei statt finden müsse,
und befahl, von der Anzeige schlechthin bei den Gerichten keinen
Gebrauch zu machen. Ja, bei der außerordentlichen, fast schwär-
merischen Volksverehrung, deren der Graf, nach einer natürlichen Wendung der Dinge, seit seiner Ausschließung vom Throne
genoß, schien ihr auch schon dieser bloße Vortrag im Staatsrat
äußerst gefährlich; und da sie voraus sah, daß ein Stadtgeschwätz
darüber zu seinen Ohren kommen würde, so schickte sie, von
einem wahrhaft edelmütigen Schreiben begleitet, die beiden
Klagpunkte, die sie das Spiel eines sonderbaren Mißverständnisses nannte, samt dem, worauf sie sich stützen sollten, zu ihm
hinaus, mit der bestimmten Bitte, sie, die im voraus von seiner
Unschuld überzeugt sei, mit aller Widerlegung derselben zu verschonen.

Der Graf der eben mit einer Gesellschaft von Freunden bei der
Tafel saß, stand, als der Ritter mit der Botschaft der Herzogin,
zu ihm eintrat, verbindlich von seinem Sessel auf; aber kaum,
während die Freunde den feierlichen Mann, der sich nicht niederlassen wollte, betrachteten, hatte er in der Wölbung des Fensters
den Brief überlesen: als er die Farbe wechselte, und die Papiere
mit den Worten den Freunden übergab: Brüder, seht! welch eine
schändliche Anklage, auf den Mord meines Bruders, wider mich
zusammengeschmiedet worden ist! Er nahm dem Ritter, mit
einem funkelnden Blick, den Pfeil aus der Hand, und setzte, die

Vernichtung seiner Seele verbergend, inzwischen die Freunde sich unruhig um ihn versammelten, hinzu: daß in der Tat das Geschoß sein gehöre und auch der Umstand, daß er in der Nacht des heiligen Remigius aus seinem Schloß abwesend gewesen, gegründet sei! Die Freunde fluchten über diese hämische und niederträchtige Arglistigkeit; sie schoben den Verdacht des Mordes auf die verruchten Ankläger selbst zurück, und schon waren sie im Begriff, gegen den Abgeordneten, der die Herzogin, seine Frau, in Schutz nahm, beleidigend zu werden: als der Graf, der die Papiere noch einmal überlesen hatte, indem er plötzlich unter sie trat, ausrief: ruhig, meine Freunde! – und damit nahm er sein Schwert, das im Winkel stand, und übergab es dem Ritter mit den Worten: daß er sein Gefangener sei! Auf die betroffene Frage des Ritters: ob er recht gehört, und ob er in der Tat die beiden Klagpunkte, die der Kanzler aufgesetzt, anerkenne? antwortete der Graf: ja! ja! ja! – Inzwischen hoffe er der Notwendigkeit überhoben zu sein, den Beweis wegen seiner Unschuld anders, als vor den Schranken eines förmlich von der Herzogin niedergesetzten Gerichts zu führen. Vergebens bewiesen die Ritter, mit dieser Äußerung höchst unzufrieden, daß er in diesem Fall wenigstens keinem andern, als dem Kaiser, von dem Zusammenhang der Sache Rechenschaft zu geben brauche; der Graf, der sich in einer sonderbar plötzlichen Wendung der Gesinnung, auf die Gerechtigkeit der Regentin berief, bestand darauf, sich vor dem Landestribunal zu stellen, und schon, indem er sich aus ihren Armen losriß, rief er, aus dem Fenster hinaus, nach seinen Pferden, willens, wie er sagte, dem Abgeordneten unmittelbar in die Ritterhaft zu folgen: als die Waffengefährten ihm gewaltsam, mit einem Vorschlag, den er endlich annehmen mußte, in den Weg traten. Sie setzten in ihrer Gesamtzahl ein Schreiben an die Herzogin auf, forderten als ein Recht, das jedem Ritter in solchem Fall zustehe, freies Geleit für ihn, und boten ihr zur Sicherheit, daß er sich dem von ihr errichteten Tribunal stellen, auch allem, was dasselbe über ihn verhängen möchte, unterwerfen würde, eine Bürgschaft von 20000 Mark Silbers an.

Die Herzogin, auf diese unerwartete und ihr unbegreifliche Erklärung, hielt es, bei den abscheulichen Gerüchten, die bereits über die Veranlassung der Klage, im Volk herrschten, für das

Ratsamste, mit gänzlichem Zurücktreten ihrer eignen Person, dem Kaiser die ganze Streitsache vorzulegen. Sie schickte ihm, auf den Rat des Kanzlers, sämtliche über den Vorfall lautende Aktenstücke zu, und bat, in seiner Eigenschaft als Reichsoberhaupt ihr die Untersuchung in einer Sache abzunehmen, in der sie selber als Partei befangen sei. Der Kaiser, der sich wegen Verhandlungen mit der Eidgenossenschaft grade damals in Basel aufhielt, willigte in diesen Wunsch; er setzte daselbst ein Gericht von drei Grafen, zwölf Rittern und zwei Gerichtsassessoren nieder; und nachdem er dem Grafen Jakob dem Rotbart, dem Antrag seiner Freunde gemäß, gegen die dargebotene Bürgschaft von 20000 Mark Silbers freies Geleit zugestanden hatte, forderte er ihn auf, sich dem erwähnten Gericht zu stellen, und demselben über die beiden Punkte: wie der Pfeil, der, nach seinem eignen Geständnis, sein gehöre, in die Hände des Mörders gekommen? auch: an welchem dritten Ort er sich in der Nacht des heiligen Remigius aufgehalten habe, Red und Antwort zu geben.

Es war am Montag nach Trinitatis, als der Graf Jakob der Rotbart, mit einem glänzenden Gefolge von Rittern, der an ihn ergangenen Aufforderung gemäß, in Basel vor den Schranken des Gerichts erschien, und sich daselbst, mit Übergehung der ersten, ihm, wie er vorgab, gänzlich unauflöslichen Frage, in Bezug auf die zweite, welche für den Streitpunkt entscheidend war, folgendermaßen faßte: »Edle Herren!« und damit stützte er seine Hände auf das Geländer, und schaute aus seinen kleinen blitzenden Augen, von rötlichen Augenwimpern überschattet, die Versammlung an. »Ihr beschuldigt mich, der von seiner Gleichgültigkeit gegen Krone und Szepter Proben genug gegeben hat, der abscheulichsten Handlung, die begangen werden kann, der Ermordung meines, mir in der Tat wenig geneigten, aber darum nicht minder teuren Bruders; und als einen der Gründe, worauf ihr eure Anklage stützt, führt ihr an, daß ich in der Nacht des heiligen Remigius, da jener Frevel verübt ward, gegen eine durch viele Jahre beobachtete Gewohnheit, aus meinem Schlosse abwesend war. Nun ist mir gar wohl bekannt, was ein Ritter, der Ehre solcher Damen, deren Gunst ihm heimlich zuteil wird, schuldig ist; und wahrlich! hätte der Himmel nicht, aus heiterer Luft, dies sonderbare Verhängnis über mein Haupt zusammengeführt: so würde das Geheimnis, das in meiner Brust schläft, mit mir gestorben, zu Staub verwest, und erst auf den Posaunenruf des Engels, der die Gräber sprengt, vor Gott mit mir erstanden sein. Die Frage aber, die kaiserliche Majestät durch euren Mund an mein Gewissen richtet, macht, wie ihr wohl selbst einseht, alle Rücksichten und alle Bedenklichkeiten zu Schanden; und weil ihr denn wissen wollt, warum es weder wahrscheinlich, noch auch selbst möglich sei, daß ich an dem Mord meines Bruders, es sei nun persönlich oder mittelbar, Teil genommen, so vernehmt, daß ich in der Nacht des heiligen Remigius, also zur Zeit, da er verübt worden, heimlich bei der schönen, in Liebe mir ergebenen Tochter des Landdrosts Winfried von Breda, Frau Wittib Littegarde von Auerstein war.«

Nun muß man wissen, daß Frau Wittib Littegarde von Auerstein, so wie die schönste, so auch, bis auf den Augenblick dieser schmählichen Anklage, die unbescholtenste und makelloseste Frau des Landes war. Sie lebte, seit dem Tode des Schloßhauptmanns von Auerstein, ihres Gemahls, den sie wenige Monden nach ihrer Vermählung an einem ansteckenden Fieber verloren hatte, still und eingezogen auf der Burg ihres Vaters; und nur auf den Wunsch dieses alten Herrn, der sie gern wieder vermählt zu sehen wünschte, ergab sie sich darin, dann und wann bei den Jagdfesten und Banketten zu erscheinen, welche von der Ritterschaft der umliegenden Gegend, und hauptsächlich von Herrn Jakob dem Rotbart, angestellt wurden. Viele Grafen und Herren, aus den edelsten und begütertsten Geschlechtern des Landes, fanden sich mit ihren Werbungen, bei solchen Gelegenheiten um sie ein, und unter diesen war ihr Herr Friedrich von Trota, der Kämmerer, der ihr einst auf der Jagd gegen den Anlauf eines verwundeten Ebers tüchtiger Weise das Leben gerettet hatte, der Teuerste und Liebste; inzwischen hatte sie sich aus Besorgnis, ihren beiden, auf die Hinterlassenschaft ihres Vermögens rechnenden Brüdern dadurch zu mißfallen, aller Ermahnungen ihres Vaters ungeachtet, noch nicht entschließen können, ihm ihre Hand zu geben. Ja, als Rudolf, der Ältere von beiden sich mit einem reichen Fräulein aus der Nachbarschaft vermählte, und ihm, nach einer dreijährigen kinderlosen Ehe, zur großen Freude der Familie, ein Stammhalter geboren ward: so nahm sie, durch manche deutliche und undeutliche Erklärung bewogen, von Herrn Friedrich, ihrem Freunde, in einem unter vielen Tränen abgefaßten Schreiben, förmlich Abschied, und willigte, um die Einigkeit des Hauses zu erhalten, in den Vorschlag ihres Bruders, den Platz als Äbtissin in einem Frauenstift einzunehmen, das unfern ihrer väterlichen Burg an den Ufern des Rheins lag.

Grade um die Zeit, da bei dem Erzbischof von Straßburg dieser Plan betrieben ward, und die Sache im Begriff war zur Ausführung zu kommen, war es, als der Landdrost, Herr Winfried von Breda, durch das von dem Kaiser eingesetzte Gericht, die Anzeige von der Schande seiner Tochter Littegarde, und die Aufforderung erhielt, dieselbe zur Verantwortung gegen die von dem Grafen Jakob wider sie angebrachte Beschuldigung nach Basel zu befördern. Man bezeichnete ihm, im Verlauf des Schreibens, genau die Stunde und den Ort, in welchem der Graf, seinem Vorgeben gemäß, bei Frau Littegarde seinen Besuch heimlich abgestattet haben wollte, und schickte ihm sogar einen, von ihrem verstorbenen Gemahl herrührenden Ring mit, den er beim Abschied, zum Andenken an die verflossene Nacht, aus ihrer Hand empfangen zu haben versicherte. Nun litt Herr Winfried eben, am Tage der Ankunft dieses Schreibens, an einer schweren und schmerzvollen Unpäßlichkeit des Alters; er wankte, in einem äußerst gereizten Zustande, an der Hand seiner Tochter im Zimmer umher, das Ziel schon ins Auge fassend, das allem was Leben atmet gesteckt ist; dergestalt, daß ihn, bei Überlesung dieser fürchterlichen Anzeige, der Schlag augenblicklich rührte, und er, indem er das Blatt fallen ließ, mit gelähmten Gliedern auf den Fußboden niederschlug. Die Brüder, die gegenwärtig waren, hoben ihn bestürzt vom Boden auf, und riefen einen Arzt herbei, der zu seiner Pflege, in den Nebengebäuden wohnte; aber alle Mühe, ihn wieder ins Leben zurück zu bringen, war umsonst: er gab, während Frau Littegarde besinnungslos in dem Schoß ihrer Frauen lag, seinen Geist auf, und diese, da sie erwachte, hatte auch nicht den letzten bittersüßen Trost, ihm ein Wort zur Verteidigung ihrer Ehre in die Ewigkeit mitgegeben zu haben. Das Schrecken der beiden Brüder über diesen heillosen Vorfall, und ihre Wut über die der Schwester angeschuldigte und leider nur zu wahrscheinliche Schandtat, die ihn veranlaßt hatte, war unbe-

schreiblich. Denn sie wußten nur zu wohl, daß Graf Jakob der
Rotbart ihr in der Tat, während des ganzen vergangenen Sommers, angelegentlich den Hof gemacht hatte; mehrere Turniere
und Bankette waren bloß ihr zu Ehren von ihm angestellt, und
sie, auf eine schon damals sehr anstößige Weise, vor allen andern
Frauen, die er zur Gesellschaft zog, von ihm ausgezeichnet worden. Ja, sie erinnerten sich, daß Littegarde, grade um die Zeit
des besagten Remigiustages, eben diesen von ihrem Gemahl her-
stammenden Ring, der sich jetzt, auf sonderbare Weise in den
Händen des Grafen Jakob wieder fand, auf einem Spaziergang
verloren zu haben vorgegeben hatte; dergestalt, daß sie nicht
einen Augenblick an der Wahrhaftigkeit der Aussage, die der
Graf vor Gericht gegen sie abgeleistet hatte, zweifelten. Vergebens – inzwischen unter den Klagen des Hofgesindes die väter-
liche Leiche weggetragen ward – umklammerte sie, nur um
einen Augenblick Gehör bittend, die Kniee ihrer Brüder; Rudolf, vor Entrüstung flammend, fragte sie, indem er sich zu ihr
wandte: ob sie einen Zeugen für die Nichtigkeit der Beschuldigung für sich aufstellen könne? und da sie unter Zittern und
Beben erwiderte: daß sie sich leider auf nichts, als die Unsträflichkeit ihres Lebenswandels berufen könne, indem ihre Zofe
grade wegen eines Besuchs, den sie in der bewußten Nacht bei
ihren Eltern abgestattet, aus ihrem Schlafzimmer abwesend gewesen sei: so stieß Rudolf sie mit Füßen von sich, riß ein Schwert
das an der Wand hing, aus der Scheide, und befahl ihr, in miß-
geschaffner Leidenschaft tobend, indem er Hunde und Knechte
herbeirief, augenblicklich das Haus und die Burg zu verlassen.
Littegarde stand bleich wie Kreide, vom Boden auf; sie bat, indem sie seinen Mißhandlungen schweigend auswich, ihr wenigstens zur Anordnung der erforderten Abreise die nötige Zeit zu
lassen; doch Rudolf antwortete weiter nichts, als, vor Wut
schäumend: hinaus, aus dem Schloß! dergestalt, daß da er auf
seine eigne Frau, die ihm mit der Bitte um Schonung und
Menschlichkeit, in den Weg trat, nicht hörte, und sie, durch
einen Stoß mit dem Griff des Schwerts, der ihr das Blut fließen
machte, rasend auf die Seite warf, die unglückliche Littegarde,
mehr tot als lebendig, das Zimmer verließ: sie wankte, von den
Blicken der gemeinen Menge umstellt, über den Hofraum

der Schloßpforte zu, wo Rudolf ihr ein Bündel mit Wäsche, wozu er einiges Geld legte, hinausreichen ließ, und selbst hinter ihr, unter Flüchen und Verwünschungen, die Torflügel verschloß.

Dieser plötzliche Sturz, von der Höhe eines heiteren und fast ungetrübten Glücks, in die Tiefe eines unabsehbaren und gänzlich hülflosen Elends, war mehr als das arme Weib ertragen konnte. Unwissend, wohin sie sich wenden solle, wankte sie, gestützt am Geländer, den Felsenpfad hinab, um sich wenigstens für die einbrechende Nacht ein Unterkommen zu verschaffen; doch ehe sie noch den Eingang des Dörfchens, das verstreut im Tale lag, erreicht hatte, sank sie schon ihrer Kräfte beraubt, auf den Fußboden nieder. Sie mochte, allen Erdenleiden entrückt, wohl eine Stunde so gelegen haben, und völlige Finsternis deckte schon die Gegend, als sie, umringt von mehreren mitleidigen Einwohnern des Orts, erwachte. Denn ein Knabe, der am Felsenabhang spielte, hatte sie daselbst bemerkt, und in dem Hause seiner Eltern von einer so sonderbaren und auffallenden Erscheinung Bericht abgestattet; worauf diese, die von Littegarden mancherlei Wohltaten empfangen hatten, äußerst bestürzt sie in einer so trostlosen Lage zu wissen, sogleich aufbrachen, um ihr mit Hülfe, so gut es in ihren Kräften stand, beizuspringen. Sie erholte sich durch die Bemühungen dieser Leute gar bald, und gewann auch, bei dem Anblick der Burg, die hinter ihr verschlossen war, ihre Besinnung wieder; sie weigerte sich aber das Anerbieten zweier Weiber, sie wieder auf das Schloß hinauf zu führen, anzunehmen, und bat nur um die Gefälligkeit, ihr sogleich einen Führer herbei zu schaffen, um ihre Wanderung fortzusetzen. Vergebens stellten ihr die Leute vor, daß sie in ihrem Zustande keine Reise antreten könne; Littegarde bestand unter dem Vorwand, daß ihr Leben in Gefahr sei, darauf, augenblicklich die Grenzen des Burggebiets zu verlassen; ja, sie machte, da sich der Haufen um sie, ohne ihr zu helfen, immer vergrößerte, Anstalten, sich mit Gewalt los zu reißen, und sich allein, trotz der Dunkelheit der hereinbrechenden Nacht, auf den Weg zu begeben; dergestalt daß die Leute notgedrungen, aus Furcht, von der Herrschaft, falls ihr ein Unglück zustieße, dafür in Anspruch genommen zu werden, in ihren Wunsch willigten, und ihr ein Fuhrwerk herbeischafften, das mit ihr, auf die wiederholt an sie gerichtete Frage, wohin sie sich denn eigentlich wenden wolle, nach Basel abfuhr.

Aber schon vor dem Dorfe änderte sie, nach einer aufmerksamern Erwägung der Umstände, ihren Entschluß, und befahl ihrem Führer umzukehren, und sie nach der, nur wenige Meilen entfernten Trotenburg zu fahren. Denn sie fühlte wohl, daß sie ohne Beistand, gegen einen solchen Gegner, als der Graf Jakob der Rotbart war, vor dem Gericht zu Basel nichts ausrichten würde; und niemand schien ihr des Vertrauens, zur Verteidigung ihrer Ehre aufgerufen zu werden, würdiger, als ihr wackerer, ihr in Liebe, wie sie wohl wußte, immer noch ergebener Freund, der treffliche Kämmerer Herr Friedrich von Trota. Es mochte ohngefähr Mitternacht sein, und die Lichter im Schlosse schimmerten noch, als sie äußerst ermüdet von der Reise, mit ihrem Fuhrwerk daselbst ankam. Sie schickte einen Diener des Hauses, der ihr entgegen kam, hinauf, um der Familie ihre Ankunft anmelden zu lassen; doch ehe dieser noch seinen Auftrag vollführt hatte, traten auch schon Fräulein Bertha und Kunigunde, Herrn Friedrichs Schwestern, vor die Tür hinaus, die zufällig, in Geschäften des Haushalts, im untern Vorsaal waren. Die Freundinnen hoben Littegarden, die ihnen gar wohl bekannt war, unter freudigen Begrüßungen vom Wagen, und führten sie, obschon nicht ohne einige Beklemmung, zu ihrem Bruder hinauf, der in Akten, womit ihn ein Prozeß überschüttete, versenkt, an einem Tische saß. Aber wer beschreibt das Erstaunen Herrn Friedrichs, als er auf das Geräusch, das sich hinter ihm erhob, sein Antlitz wandte, und Frau Littegarden, bleich und entstellt, ein wahres Bild der Verzweiflung, vor ihm auf Knieen nieder sinken sah. »Meine teuerste Littegarde!« rief er, indem er aufstand, und sie vom Fußboden erhob: »was ist Euch widerfahren?« Littegarde, nachdem sie sich auf einen Sessel niedergelassen hatte, erzählte ihm, was vorgefallen; welch eine verruchte Anzeige der Graf Jakob der Rotbart, um sich von dem Verdacht, wegen Ermordung des Herzogs, zu reinigen, vor dem Gericht zu Basel in Bezug auf sie, vorgebracht habe; wie die Nachricht davon ihrem alten, eben an einer Unpäßlichkeit leidenden Vater augenblicklich den Nervenschlag zugezogen, an welchem er auch, wenige Minuten darauf, in den Armen seiner Söhne verschieden sei; und wie diese in Entrüstung darüber rasend, ohne auf das, was sie zu ihrer Verteidigung vorbringen könne, zu hören, sie mit den entsetzlichsten Mißhandlungen überhäuft, und zuletzt, gleich einer Verbrecherin, aus dem Hause gejagt hatten. Sie bat Herrn Friedrich, sie unter einer schicklichen Begleitung nach Basel zu befördern, und ihr daselbst einen Rechtsgehülfen anzuweisen, der ihr, bei ihrer Erscheinung vor dem von dem Kaiser eingesetzten Gericht, mit klugem und besonnenen Rat, gegen jene schändliche Beschuldigung, zur Seite stehen könne. Sie versicherte, daß ihr aus dem Munde eines Parthers oder Persers, den sie nie mit Augen gesehen, eine solche Behauptung nicht hätte unerwarteter kommen können, als aus dem Munde des Grafen Jakobs des Rotbarts, indem ihr derselbe seines schlechten Rufs sowohl, als seiner äußeren Bildung wegen, immer in der tiefsten Seele verhaßt gewesen sei, und sie die Artigkeiten, die er sich, bei den Festgelagen des vergangenen Sommers, zuweilen die Freiheit genommen ihr zu sagen, stets mit der größten Kälte und Verachtung abgewiesen habe. »Genug, meine teuerste Littegarde!« rief Herr Friedrich, indem er mit edlem Eifer ihre Hand nahm, und an seine Lippen drückte: »verliert kein Wort zur Verteidigung und Rechtfertigung Eurer Unschuld! In meiner Brust spricht eine Stimme für Euch, weit lebhafter und überzeugender, als alle Versicherungen, ja selbst als alle Rechtsgründe und Beweise, die Ihr vielleicht aus der Verbindung der Umstände und Begebenheiten, vor dem Gericht zu Basel für Euch aufzubringen vermögt. Nehmt mich, weil Eure ungerechten und ungroßmütigen Brüder Euch verlassen, als Euren Freund und Bruder an, und gönnt mir den Ruhm, Euer Anwalt in dieser Sache zu sein; ich will den Glanz Eurer Ehre vor dem Gericht zu Basel und vor dem Urteil der ganzen Welt wiederherstellen!« Damit führte er Littegarden, deren Tränen vor Dankbarkeit und Rührung, bei so edelmütigen Äußerungen heftig flossen, zu Frau Helenen, seiner Mutter hinauf, die sich bereits in ihr Schlafzimmer zurückgezogen hatte; er stellte sie dieser würdigen alten Dame, die ihr mit besonderer Liebe zugetan war, als eine Gastfreundin vor, die sich, wegen eines Zwistes, der in ihrer Familie ausgebrochen, entschlossen habe, ihren Aufenthalt während einiger Zeit auf seiner Burg zu nehmen; man räumte ihr noch in derselben Nacht einen ganzen

Flügel des weitläufigen Schlosses ein, erfüllte, aus dem Vorrat der Schwestern, die Schränke, die sich darin befanden, reichlich mit Kleidern und Wäsche für sie, wies ihr auch, ganz ihrem Range gemäß, eine anständige ja prächtige Dienerschaft an: und schon am dritten Tage befand sich Herr Friedrich von Trota, ohne sich über die Art und Weise, wie er seinen Beweis vor Gericht zu führen gedachte, auszulassen, mit einem zahlreichen Gefolge von Reisigen und Knappen auf der Straße nach Basel.

Inzwischen war, von den Herren von Breda, Littegardens Brüdern, ein Schreiben, den auf der Burg statt gehabten Vorfall anbetreffend, bei dem Gericht zu Basel eingelaufen, worin sie das arme Weib, sei es nun, daß sie dieselbe wirklich für schuldig hielten, oder daß sie sonst Gründe haben mochten, sie zu verderben, ganz und gar, als eine überwiesene Verbrecherin, der Verfolgung der Gesetze preis gaben. Wenigstens nannten sie die Verstoßung derselben aus der Burg, unedelmütiger und unwahrhaftiger Weise, eine freiwillige Entweichung; sie beschrieben, wie sie sogleich, ohne irgend etwas zur Verteidigung ihrer Unschuld aufbringen zu können, auf einige entrüstete Äußerungen, die ihnen entfahren wären, das Schloß verlassen habe; und waren, bei der Vergeblichkeit aller Nachforschungen, die sie beteuerten, ihrethalb angestellt zu haben, der Meinung, daß sie jetzt wahrscheinlich, an der Seite eines dritten Abenteurers, in der Welt umirre, um das Maß ihrer Schande zu erfüllen. Dabei trugen sie, zur Ehrenrettung der durch sie beleidigten Familie, darauf an, ihren Namen aus der Geschlechtstafel des Bredaschen Hauses auszustreichen, und begehrten, unter weitläufigen Rechtsdeduktionen, sie, zur Strafe wegen so unerhörter Vergehungen, aller Ansprüche auf die Verlassenschaft des edlen Vaters, den ihre Schande ins Grab gestürzt, für verlustig zu erklären. Nun waren die Richter zu Basel zwar weit entfernt, diesem Antrag, der ohnehin gar nicht vor ihr Forum gehörte, zu willfahren; da inzwischen der Graf Jakob, beim Empfang dieser Nachricht, von seiner Teilnahme an dem Schicksal Littegardens die unzweideutigsten und entscheidendsten Beweise gab, und heimlich, wie man erfuhr, Reuter ausschickte, um sie aufzusuchen und ihr einen Aufenthalt auf seiner Burg anzubieten: so setzte das Gericht in die Wahrhaftigkeit seiner Aussage keinen Zweifel mehr, und be-

schloß die Klage die wegen Ermordung des Herzogs über ihn
schwebte, sofort aufzuheben. Ja, diese Teilnahme, die er der Unglücklichen in diesem Augenblick der Not schenkte, wirkte selbst
höchst vorteilhaft auf die Meinung des in seinem Wohlwollen
für ihn sehr wankenden Volks; man entschuldigte jetzt, was man
früherhin schwer gemißbilligt hatte, die Preisgebung einer ihm
in Liebe ergebenen Frau, vor der Verachtung aller Welt, und
fand, daß ihm unter so außerordentlichen und ungeheuren Umständen, da es ihm nichts Geringeres, als Leben und Ehre galt,
nichts übrig geblieben sei, als rücksichtslose Aufdeckung des
Abenteuers, das sich in der Nacht des heiligen Remigius zugetragen hatte. Demnach ward, auf ausdrücklichen Befehl des Kaisers, der Graf Jakob der Rotbart von neuem vor Gericht geladen,
um feierlich, bei offnen Türen, von dem Verdacht, zur Ermordung des Herzogs mitgewirkt zu haben, freigesprochen zu werden. Eben hatte der Herold, unter den Hallen des weitläufigen
Gerichtssaals, das Schreiben der Herren von Breda abgelesen,
und das Gericht machte sich bereit, dem Schluß des Kaisers gemäß, in Bezug auf den ihm zur Seite stehenden Angeklagten, zu
einer förmlichen Ehrenerklärung zu schreiten: als Herr Friedrich
von Trota vor die Schranken trat, und sich, auf das allgemeine
Recht jedes unparteiischen Zuschauers gestützt, den Brief auf
einen Augenblick zur Durchsicht ausbat. Man willigte, während
die Augen alles Volks auf ihn gerichtet waren, in seinen Wunsch;
aber kaum hatte Herr Friedrich aus den Händen des Herolds das
Schreiben erhalten, als er es, nach einem flüchtig hinein geworfenen Blick, von oben bis unten zerriß, und die Stücken, samt seinem Handschuh, die er zusammen wickelte, mit der Erklärung
dem Grafen Jakob dem Rotbart ins Gesicht warf: daß er ein
schändlicher und niederträchtiger Verleumder, und er entschlossen sei, die Schuldlosigkeit Frau Littegardens an dem Frevel, den
er ihr vorgeworfen, auf Tod und Leben, vor aller Welt, im Gottesurteil zu beweisen! – Graf Jakob der Rotbart, nachdem er,
blaß im Gesicht, den Handschuh aufgenommen, sagte: »so gewiß
als Gott gerecht, im Urteil der Waffen, entscheidet, so gewiß
werde ich dir die Wahrhaftigkeit dessen, was ich, Frau Littegarden betreffend, notgedrungen verlautbart, im ehrlichen ritterlichen Zweikampf beweisen! Erstattet, edle Herren,« sprach er,

indem er sich zu den Richtern wandte, »kaiserlicher Majestät
Bericht von dem Einspruch, welchen Herr Friedrich getan, und
ersucht sie, uns Stunde und Ort zu bestimmen, wo wir uns, mit
dem Schwert in der Hand, zur Entscheidung dieser Streitsache
begegnen können!« Dem gemäß schickten die Richter, unter
Aufhebung der Session, eine Deputation, mit dem Bericht über
diesen Vorfall an den Kaiser ab; und da dieser durch das Auftreten Herrn Friedrichs, als Verteidiger Littegardens, nicht wenig
in seinem Glauben an die Unschuld des Grafen irre geworden
war: so rief er, wie es die Ehrengesetze erforderten, Frau Littegarden, zur Beiwohnung des Zweikampfs, nach Basel, und setzte
zur Aufklärung des sonderbaren Geheimnisses, das über dieser
Sache schwebte, den Tag der heiligen Margarethe als die Zeit,
und den Schloßplatz zu Basel als den Ort an, wo beide, Herr
Friedrich von Trota und der Graf Jakob der Rotbart, in Gegenwart Frau Littegardens einander treffen sollten.

Eben ging, diesem Schluß gemäß, die Mittagssonne des Mar-
garethentages über die Türme der Stadt Basel, und eine unermeßliche Menschenmenge, für welche man Bänke und Gerüste zusammen gezimmert hatte, war auf dem Schloßplatz versammelt,
als auf den dreifachen Ruf des vor dem Altan der Kampfrichter
stehenden Herolds, beide, von Kopf zu Fuß in schimmerndes
Erz gerüstet, Herr Friedrich und der Graf Jakob, zur Ausfechtung
ihrer Sache, in die Schranken traten. Fast die ganze Ritterschaft
von Schwaben und der Schweiz war auf der Rampe des im
Hintergrund befindlichen Schlosses gegenwärtig; und auf dem
Balkon desselben saß, von seinem Hofgesinde umgeben, der
Kaiser selbst, nebst seiner Gemahlin, und den Prinzen und Prinzessinnen, seinen Söhnen und Töchtern. Kurz vor Beginn des
Kampfes, während die Richter Licht und Schatten zwischen den
Kämpfern teilten, traten Frau Helena und ihre beiden Töchter
Bertha und Kunigunde, welche Littegarden nach Basel begleitet
hatten, noch einmal an die Pforten des Platzes, und baten die
Wächter, die daselbst standen, um die Erlaubnis, eintreten, und
mit Frau Littegarden, welche, einem uralten Gebrauch gemäß,
auf einem Gerüst innerhalb der Schranken saß, ein Wort sprechen zu dürfen. Denn obschon der Lebenswandel dieser Dame die
vollkommenste Achtung und ein ganz uneingeschränktes Ver-

trauen in die Wahrhaftigkeit ihrer Versicherungen zu erfordern
schien, so stürzte doch der Ring, den der Graf Jakob aufzuweisen
hatte, und noch mehr der Umstand, daß Littegarde ihre Kammerzofe, die einzige, die ihr hätte zum Zeugnis dienen können,
in der Nacht des heiligen Remigius beurlaubt hatte, ihre Gemüter in die lebhafteste Besorgnis; sie beschlossen die Sicherheit des
Bewußtseins, das der Angeklagten inwohnte, im Drang dieses entscheidenden Augenblicks, noch einmal zu prüfen, und ihr die
Vergeblichkeit, ja Gotteslästerlichkeit des Unternehmens, falls
wirklich eine Schuld ihre Seele drückte, auseinander zu setzen,
sich durch den heiligen Ausspruch der Waffen, der die Wahrheit
unfehlbar ans Licht bringen würde, davon reinigen zu wollen.
Und in der Tat hatte Littegarde alle Ursache, den Schritt, den
Herr Friedrich jetzt für sie tat, wohl zu überlegen; der Scheiterhaufen wartete ihrer sowohl, als ihres Freundes, des Ritters von
Trota, falls Gott sich im eisernen Urteil nicht für ihn, sondern für
den Grafen Jakob den Rotbart, und für die Wahrheit der Aussage entschied, die derselbe vor Gericht gegen sie abgeleistet
hatte. Frau Littegarde, als sie Herrn Friedrichs Mutter und
Schwestern zur Seite eintreten sah, stand, mit dem ihr eigenen
Ausdruck von Würde, der durch den Schmerz, welcher über ihr
Wesen verbreitet war, noch rührender ward, von ihrem Sessel
auf, und fragte sie, indem sie ihnen entgegen ging: was sie in
einem so verhängnisvollen Augenblick zu ihr führe? »Mein liebes
Töchterchen«, sprach Frau Helena, indem sie dieselbe auf die
Seite führte: »wollt Ihr einer Mutter, die keinen Trost im öden
Alter, als den Besitz ihres Sohnes hat, den Kummer ersparen,
ihn an seinem Grabe beweinen zu müssen; Euch, ehe noch der
Zweikampf beginnt, reichlich beschenkt und ausgestattet, auf
einen Wagen setzen, und eins von unsern Gütern, das jenseits des
Rheins liegt, und Euch anständig und freundlich empfangen
wird, von uns zum Geschenk annehmen?« Littegarde, nachdem
sie ihr, mit einer Blässe, die ihr über das Antlitz flog, einen Augenblick starr ins Gesicht gesehen hatte, bog, sobald sie die Bedeutung dieser Worte in ihrem ganzen Umfang verstanden hatte,
ein Knie vor ihr. Verehrungswürdigste und vortreffliche Frau!
sprach sie; kommt die Besorgnis, daß Gott sich, in dieser entscheidenden Stunde, gegen die Unschuld meiner Brust erklären

werde, aus dem Herzen Eures edlen Sohnes? – »Weshalb?« fragte
Frau Helena. – Weil ich ihn in diesem Falle beschwöre das
Schwert, das keine vertrauensvolle Hand führt, lieber nicht zu
zücken, und die Schranken, unter welchem schicklichen Vor-
wand es sei, seinem Gegner zu räumen: mich aber, ohne dem
Gefühl des Mitleids, von dem ich nichts annehmen kann, ein
unzeitiges Gehör zu geben, meinem Schicksal, das ich in Gottes
Hand stelle, zu überlassen! – »Nein!« sagte Frau Helena verwirrt;
»mein Sohn weiß von nichts! Es würde ihm, der vor Gericht sein
Wort gegeben hat, Eure Sache zu verfechten, wenig anstehen,
Euch jetzt, da die Stunde der Entscheidung schlägt, einen solchen
Antrag zu machen. Im festen Glauben an Eure Unschuld steht er,
wie Ihr seht, bereits zum Kampf gerüstet, dem Grafen Eurem
Gegner gegenüber; es war ein Vorschlag, den wir uns, meine
Töchter und ich, in der Bedrängnis des Augenblicks, zur Berück-
sichtigung aller Vorteile und Vermeidung alles Unglücks ausgedacht haben.« – Nun, sagte Frau Littegarde, indem sie die
Hand der alten Dame, unter einem heißen Kuß, mit ihren Tränen befeuchtete: so laßt ihn sein Wort lösen! Keine Schuld be-
fleckt mein Gewissen; und ginge er ohne Helm und Harnisch
in den Kampf, Gott und alle seine Engel beschirmen ihn! Und
damit stand sie vom Boden auf, und führte Frau Helena und ihre
Töchter auf einige, innerhalb des Gerüstes befindliche Sitze, die
hinter dem, mit roten Tuch beschlagenen Sessel, auf dem sie sich
selbst niederließ, aufgestellt waren.

Hierauf blies der Herold, auf den Wink des Kaisers, zum
Kampf, und beide Ritter, Schild und Schwert in der Hand, gingen auf einander los. Herr Friedrich verwundete gleich auf den
ersten Hieb den Grafen; er verletzte ihn mit der Spitze seines,
nicht eben langen Schwertes da, wo zwischen Arm und Hand
die Gelenke der Rüstung in einander griffen; aber der Graf, der,
durch die Empfindung geschreckt, zurücksprang, und die Wunde
untersuchte, fand, daß, obschon das Blut heftig floß, doch nur die
Haut obenhin geritzt war: dergestalt, daß er auf das Murren der
auf der Rampe befindlichen Ritter, über die Unschicklichkeit
dieser Aufführung, wieder vordrang, und den Kampf, mit erneuerten Kräften, einem völlig Gesunden gleich, wieder fortsetzte. Jetzt wogte zwischen beiden Kämpfern der Streit, wie

zwei Sturmwinde einander begegnen, wie zwei Gewitterwolken, ihre Blitze einander zusendend, sich treffen, und, ohne sich zu vermischen, unter dem Gekrach häufiger Donner, getürmt um einander herumschweben. Herr Friedrich stand, Schild und Schwert vorstreckend, auf dem Boden, als ob er darin Wurzel fassen wollte, da; bis an die Sporen grub er sich, bis an die Knöchel und Waden, in dem, von seinem Pflaster befreiten, absichtlich aufgelockerten, Erdreich ein, die tückischen Stöße des Grafen, der, klein und behend, gleichsam von allen Seiten zugleich angriff, von seiner Brust und seinem Haupt abwehrend. Schon hatte der Kampf, die Augenblicke der Ruhe, zu welcher Entatmung beide Parteien zwang, mitgerechnet, fast eine Stunde gedauert: als sich von neuem ein Murren unter den auf dem Gerüst befindlichen Zuschauern erhob. Es schien, es galt diesmal nicht den Grafen Jakob, der es an Eifer, den Kampf zu Ende zu bringen, nicht fehlen ließ, sondern Herrn Friedrichs Einpfählung auf einem und demselben Fleck, und seine seltsame, dem Anschein nach fast eingeschüchterte, wenigstens starrsinnige Enthaltung alles eignen Angriffs. Herr Friedrich, obschon sein Verfahren auf guten Gründen beruhen mochte, fühlte dennoch zu leise, als daß er es nicht sogleich gegen die Forderung derer, die in diesem Augenblick über seine Ehre entschieden, hätte aufopfern sollen; er trat mit einem mutigen Schritt aus dem, sich von Anfang herein gewählten Standpunkt, und der Art natürlicher Verschanzung, die sich um seinen Fußtritt gebildet hatte, hervor, über das Haupt seines Gegners, dessen Kräfte schon zu sinken anfingen, mehrere derbe und ungeschwächte Streiche, die derselbe jedoch unter geschickten Seitenbewegungen mit seinem Schild aufzufangen wußte, danieder schmetternd. Aber schon in den ersten Momenten dieses dergestalt veränderten Kampfs, hatte Herr Friedrich ein Unglück, das die Anwesenheit höherer, über den Kampf waltender Mächte nicht eben anzudeuten schien; er stürzte, den Fußtritt in seinen Sporen verwickelnd, stolpernd abwärts, und während er, unter der Last des Helms und des Harnisches, die seine oberen Teile beschwerten, mit in dem Staub vorgestützter Hand, in die Kniee sank, stieß ihm Graf Jakob der Rotbart, nicht eben auf die edelmütigste und ritterlichste Weise, das Schwert in die dadurch bloßgegebene Seite.

Herr Friedrich sprang, mit einem Laut des augenblicklichen Schmerzes, von der Erde empor. Er drückte sich zwar den Helm in die Augen, und machte, das Antlitz rasch seinem Gegner wieder zuwendend, Anstalten, den Kampf fortzusetzen: aber während er sich, mit vor Schmerz krummgebeugtem Leibe auf seinen Degen stützte, und Dunkelheit seine Augen umfloß: stieß ihm der Graf seinen Flammberg noch zweimal, dicht unter dem Herzen, in die Brust; worauf er, von seiner Rüstung umrasselt, zu Boden schmetterte, und Schwert und Schild neben sich niederfallen ließ. Der Graf setzte ihm, nachdem er die Waffen über die Seite geschleudert, unter einem dreifachen Tusch der Trompeten, den Fuß auf die Brust; und inzwischen alle Zuschauer, der Kaiser selbst an der Spitze, unter dumpfen Ausrufungen des Schreckens und Mitleidens, von ihren Sitzen aufstanden: stürzte sich Frau Helena, im Gefolge ihrer beiden Töchter, über ihren teuern, sich in Staub und Blut wälzenden Sohn. »O mein Friedrich!« rief sie, an seinem Haupt jammernd niederkniend; während Frau Littegarde ohnmächtig und besinnungslos, durch zwei Häscher, von dem Boden des Gerüstes, auf welchen sie herab gesunken war, aufgehoben und in ein Gefängnis getragen ward. »Und o die Verruchte,« setzte sie hinzu, »die Verworfene, die, das Bewußtsein der Schuld im Busen, hierher zu treten, und den Arm des treusten und edelmütigsten Freundes zu bewaffnen wagt, um ihr ein Gottesurteil, in einem ungerechten Zweikampf zu erstreiten!« Und damit hob sie den geliebten Sohn, inzwischen die Töchter ihn von seinem Harnisch befreiten, wehklagend vom Boden auf, und suchte ihm das Blut, das aus seiner edlen Brust vordrang, zu stillen. Aber Häscher traten auf Befehl des Kaisers herbei, die auch ihn, als einen dem Gesetz Verfallenen, in Verwahrsam nahmen; man legte ihn, unter Beihülfe einiger Ärzte, auf eine Bahre, und trug ihn, unter der Begleitung einer großen Volksmenge gleichfalls in ein Gefängnis, wohin Frau Helena jedoch und ihre Töchter, die Erlaubnis bekamen, ihm, bis an seinen Tod, an dem niemand zweifelte, folgen zu dürfen.

Es zeigte sich aber gar bald, daß Herrn Friedrichs Wunden, so lebensgefährliche und zarte Teile sie auch berührten, durch eine besondere Fügung des Himmels nicht tödlich waren; vielmehr konnten die Ärzte, die man ihm zugeordnet hatte, schon

wenige Tage darauf die bestimmte Versicherung an die Familie
geben, daß er am Leben erhalten werden würde, ja, daß er, bei
der Stärke seiner Natur, binnen wenigen Wochen, ohne irgend
eine Verstümmlung an seinem Körper zu erleiden, wieder
hergestellt sein würde. Sobald ihm seine Besinnung, deren ihn der
Schmerz während langer Zeit beraubte, wiederkehrte, war seine
an die Mutter gerichtete Frage unaufhörlich: was Frau Littegarde mache? Er konnte sich der Tränen nicht enthalten, wenn
er sich dieselbe in der Öde des Gefängnisses, der entsetzlichsten
Verzweiflung zum Raube hingegeben dachte, und forderte die
Schwestern, indem er ihnen liebkosend das Kinn streichelte, auf,
sie zu besuchen und sie zu trösten. Frau Helena, über diese Äußerung betroffen, bat ihn, diese Schändliche und Niederträchtige
zu vergessen; sie meinte, daß das Verbrechen, dessen der Graf
Jakob vor Gericht Erwähnung getan, und das nun durch den
Ausgang des Zweikampfs ans Tageslicht gekommen, verziehen
werden könne, nicht aber die Schamlosigkeit und Frechheit, mit
dem Bewußtsein dieser Schuld, ohne Rücksicht auf den edelsten
Freund, den sie dadurch ins Verderben stürze, das geheiligte
Urteil Gottes, gleich einer Unschuldigen, für sich aufzurufen.
Ach, meine Mutter, sprach der Kämmerer, wo ist der Sterbliche,
und wäre die Weisheit aller Zeiten sein, der es wagen darf, den
geheimnisvollen Spruch, den Gott in diesem Zweikampf getan
hat, auszulegen? »Wie?« rief Frau Helena: »blieb der Sinn dieses
göttlichen Spruchs dir dunkel? Hast du nicht, auf eine nur leider
zu bestimmte und unzweideutige Weise, dem Schwert deines
Gegners im Kampf unterlegen?« – Sei es! versetzte Herr Friedrich: auf einen Augenblick unterlag ich ihm. Aber ward ich
durch den Grafen überwunden? Leb ich nicht? Blühe ich nicht,
wie unter dem Hauch des Himmels, wunderbar wieder empor,
vielleicht in wenig Tagen schon mit der Kraft doppelt und dreifach ausgerüstet, den Kampf, in dem ich durch einen nichtigen
Zufall gestört ward, von neuem wieder aufzunehmen? – »Törichter Mensch!« rief die Mutter. »Und weißt du nicht, daß ein Gesetz besteht, nach welchem ein Kampf, der einmal nach dem Ausspruch der Kampfrichter abgeschlossen ist, nicht wieder zur
Ausfechtung derselben Sache vor den Schranken des göttlichen
Gerichts aufgenommen werden darf?« – Gleichviel! versetzte der

Kämmerer unwillig. Was kümmern mich diese willkürlichen
Gesetze der Menschen? Kann ein Kampf, der nicht bis an den
Tod eines der beiden Kämpfer fortgeführt worden ist, nach jeder
vernünftigen Schätzung der Verhältnisse für abgeschlossen gehalten werden? und dürfte ich nicht, falls mir ihn wieder aufzunehmen gestattet wäre, hoffen, den Unfall, der mich betroffen,
wieder herzustellen, und mir mit dem Schwert einen ganz andern Spruch Gottes zu erkämpfen, als den, der jetzt beschränkter
und kurzsichtiger Weise dafür angenommen wird? »Gleichwohl«,
entgegnete die Mutter bedenklich, »sind diese Gesetze, um welche
du dich nicht zu bekümmern vorgibst, die waltenden und herrschenden; sie üben, verständig oder nicht, die Kraft göttlicher
Satzungen aus, und überliefern dich und sie, wie ein verabscheu-
ungswürdiges Frevelpaar, der ganzen Strenge der peinlichen
Gerichtsbarkeit.« – Ach, rief Herr Friedrich; das eben ist es, was
mich Jammervollen in Verzweiflung stürzt! Der Stab ist, einer
Überwiesenen gleich, über sie gebrochen; und ich, der ihre Tugend und Unschuld vor der Welt erweisen wollte, bin es, der dies
Elend über sie gebracht: ein heilloser Fehltritt in die Riemen
meiner Sporen, durch den Gott mich vielleicht, ganz unabhängig
von ihrer Sache, der Sünden meiner eignen Brust wegen, strafen
wollte, gibt ihre blühenden Glieder der Flamme und ihr Andenken ewiger Schande preis! – – Bei diesen Worten stieg ihm
die Träne heißen männlichen Schmerzes ins Auge; er kehrte sich,
indem er sein Tuch ergriff, der Wand zu, und Frau Helena und
ihre Töchter knieten in stiller Rührung an seinem Bett nieder,
und mischten, indem sie seine Hand küßten, ihre Tränen mit den
seinigen. Inzwischen war der Turmwächter, mit Speisen für ihn
und die Seinigen, in sein Zimmer getreten, und da Herr Friedrich ihn fragte, wie sich Frau Littegarde befinde: vernahm er in
abgerissenen und nachlässigen Worten desselben, daß sie auf
einem Bündel Stroh liege, und noch seit dem Tage, da sie eingesetzt worden, kein Wort von sich gegeben habe. Herr Friedrich
ward durch diese Nachricht in die äußerste Besorgnis gestürzt;
er trug ihm auf, der Dame, zu ihrer Beruhigung zu sagen, daß er,
durch eine sonderbare Schickung des Himmels, in seiner völligen
Besserung begriffen sei, und bat sich von ihr die Erlaubnis aus,
sie nach Wiederherstellung seiner Gesundheit, mit Genehmigung

des Schloßvogts, einmal in ihrem Gefängnis besuchen zu dürfen.
Doch die Antwort, die der Turmwächter von ihr, nach mehrma-
ligem Rütteln derselben am Arm, da sie wie eine Wahnsinnige,
ohne zu hören und zu sehen, auf dem Stroh lag, empfangen zu
haben, vorgab, war: nein, sie wolle, so lange sie auf Erden sei,
keinen Menschen mehr sehen; – ja, man erfuhr, daß sie noch an
demselben Tage dem Schloßvogt, in einer eigenhändigen Zuschrift, befohlen hatte, niemanden, wer es auch sei, den Kämmerer von Trota aber am allerwenigsten, zu ihr zu lassen; dergestalt, daß Herr Friedrich, von der heftigsten Bekümmernis über
ihren Zustand getrieben, an einem Tage, an welchem er seine
Kraft besonders lebhaft wiederkehren fühlte, mit Erlaubnis des
Schloßvogts aufbrach, und sich, ihrer Verzeihung gewiß, ohne
bei ihr angemeldet worden zu sein, in Begleitung seiner Mutter
und beiden Schwestern, nach ihrem Zimmer verfügte.

Aber wer beschreibt das Entsetzen der unglücklichen Littegarde, als sie sich, bei dem an der Tür entstehenden Geräusch, mit
halb offner Brust und aufgelöstem Haar, von dem Stroh, das
ihr untergeschüttet war, erhob und statt des Turmwächters,
den sie erwartete, den Kämmerer, ihren edlen und vortrefflichen
Freund, mit manchen Spuren der ausgestandenen Leiden, eine
wehmütige und rührende Erscheinung, an Berthas und Kunigundens Arm bei sich eintreten sah. »Hinweg!« rief sie, indem sie
sich mit dem Ausdruck der Verzweiflung rückwärts auf die
Decken ihres Lagers zurückwarf, und die Hände vor ihr Antlitz
drückte: »wenn dir ein Funken von Mitleid im Busen glimmt,
hinweg!« – Wie, meine teuerste Littegarde? versetzte Herr Friedrich. Er stellte sich ihr, gestützt auf seine Mutter, zur Seite und
neigte sich in unaussprechlicher Rührung über sie, um ihre Hand
zu ergreifen. »Hinweg!« rief sie, mehrere Schritt weit auf Knien
vor ihm auf dem Stroh zurückbebend: »wenn ich nicht wahnsinnig werden soll, so berühre mich nicht! Du bist mir ein Greuel;
loderndes Feuer ist mir minder schrecklich, als du!« – Ich dir ein
Greuel? versetzte Herr Friedrich betroffen. Womit, meine edelmütige Littegarde, hat dein Friedrich diesen Empfang verdient? – Bei diesen Worten setzte ihm Kunigunde, auf den Wink
der Mutter, einen Stuhl hin, und lud ihn, schwach wie er war,
ein, sich darauf zu setzen. »O Jesus!« rief jene, indem sie sich, in

der entsetzlichsten Angst, das Antlitz ganz auf den Boden gestreckt, vor ihm niederwarf: »räume das Zimmer, mein Geliebter, und verlaß mich! Ich umfasse in heißer Inbrunst deine Kniee,
ich wasche deine Füße mit meinen Tränen, ich flehe dich, wie
ein Wurm vor dir im Staube gekrümmt, um die einzige Erbarmung an: räume, mein Herr und Gebieter, räume mir das Zimmer, räume es augenblicklich und verlaß mich!« – Herr Friedrich stand durch und durch erschüttert vor ihr da. Ist dir mein
Anblick so unerfreulich Littegarde? fragte er, indem er ernst auf
sie niederschaute. »Entsetzlich, unerträglich, vernichtend!« antwortete Littegarde, ihr Gesicht mit verzweiflungsvoll vorgestütz-
ten Händen, ganz zwischen die Sohlen seiner Füße bergend. »Die
Hölle, mit allen Schauern und Schrecknissen, ist süßer mir und
anzuschauen lieblicher, als der Frühling deines mir in Huld und
Liebe zugekehrten Angesichts!« – Gott im Himmel! rief der
Kämmerer; was soll ich von dieser Zerknirschung deiner Seele
denken? Sprach das Gottesurteil, Unglückliche, die Wahrheit,
und bist du des Verbrechens, dessen dich der Graf vor Gericht
geziehen hat, bist du dessen schuldig? – »Schuldig, überwiesen,
verworfen, in Zeitlichkeit und Ewigkeit verdammt und verurteilt!« rief Littegarde, indem sie sich den Busen, wie eine Rasende
zerschlug: »Gott ist wahrhaftig und untrüglich; geh, meine Sinne
reißen, und meine Kraft bricht. Laß mich mit meinem Jammer
und meiner Verzweiflung allein!« – Bei diesen Worten fiel Herr
Friedrich in Ohnmacht; und während Littegarde sich mit einem
Schleier das Haupt verhüllte, und sich, wie in gänzlicher Verabschiedung von der Welt, auf ihr Lager zurücklegte, stürzten
Bertha und Kunigunde jammernd über ihren entseelten Bruder,
um ihn wieder ins Leben zurück zu rufen. »O sei verflucht!« rief
Frau Helena, da der Kämmerer wieder die Augen aufschlug:
»verflucht zu ewiger Reue diesseits des Grabes, und jenseits desselben zu ewiger Verdammnis: nicht wegen der Schuld, die du
jetzt eingestehst, sondern wegen der Unbarmherzigkeit und Unmenschlichkeit, sie eher nicht, als bis du meinen schuldlosen Sohn
mit dir ins Verderben herabgerissen, einzugestehn! Ich Törin!«
fuhr sie fort, indem sie sich verachtungsvoll von ihr abwandte,
»hätte ich doch einem Wort, das mir, noch kurz vor Eröffnung
des Gottesgerichts, der Prior des hiesigen Augustinerklosters an-

vertraut, bei dem der Graf, in frommer Vorbereitung zu der entscheidenden Stunde, die ihm bevorstand, zur Beichte gewesen,
Glauben geschenkt! Ihm hat er, auf die heilige Hostie, die Wahrhaftigkeit der Angabe, die er vor Gericht in Bezug auf die Elende,
niedergelegt, beschworen; die Gartenpforte hat er ihm bezeichnet, an welcher sie ihn, der Verabredung gemäß, beim Einbruch
der Nacht erwartet und empfangen, das Zimmer ihm, ein Sei-
tengemach des unbewohnten Schloßturms, beschrieben, worin
sie ihn, von den Wächtern unbemerkt, eingeführt, das Lager, von
Polstern bequem und prächtig unter einem Thronhimmel aufgestapelt, worauf sie sich, in schamloser Schwelgerei, heimlich mit
ihm gebettet! Ein Eidschwur in einer solchen Stunde getan, enthält keine Lüge: und hätte ich, Verblendete, meinem Sohn, auch
nur noch in dem Augenblick des ausbrechenden Zweikampfs,
eine Anzeige davon gemacht: so würde ich ihm die Augen geöffnet haben, und er vor dem Abgrund an welchem er stand,
zurückgebebt sein. – Aber komm!« rief Frau Helena, indem sie
Herrn Friedrich sanft umschloß, und ihm einen Kuß auf die
Stirne drückte: »Entrüstung, die sie der Worte würdigt, ehrt sie;
unsern Rücken mag sie erschaun, und vernichtet durch die Vorwürfe, womit wir sie verschonen, verzweifeln!« – Der Elende!
versetzte Littegarde, indem sie sich gereizt durch diese Worte emporrichtete. Sie stützte ihr Haupt schmerzvoll auf ihre Kniee,
und indem sie heiße Tränen auf ihr Tuch niederweinte, sprach
sie: Ich erinnere mich, daß meine Brüder und ich, drei Tage vor
jener Nacht des heiligen Remigius, auf seinem Schlosse waren;
er hatte, wie er oft zu tun pflegte, ein Fest mir zu Ehren veran-
staltet, und mein Vater, der den Reiz meiner aufblühenden Jugend gern gefeiert sah, mich bewogen, die Einladung, in Begleitung meiner Brüder, anzunehmen. Spät, nach Beendigung des
Tanzes, da ich mein Schlafzimmer besteige, finde ich einen
Zettel auf meinem Tisch liegen, der, von unbekannter Hand geschrieben und ohne Namensunterschrift, eine förmliche Liebes-
erklärung enthielt. Es traf sich, daß meine beiden Brüder grade
wegen Verabredung unserer Abreise, die auf den kommenden
Tag festgesetzt war, in dem Zimmer gegenwärtig waren; und
da ich keine Art des Geheimnisses vor ihnen zu haben gewohnt
war, so zeigte ich ihnen, von sprachlosem Erstaunen ergriffen,

den sonderbaren Fund, den ich soeben gemacht hatte. Diese, welche sogleich des Grafen Hand erkannten, schäumten vor Wut, und der ältere war willens, sich augenblicks mit dem Papier in sein Gemach zu verfügen; doch der jüngere stellte ihm vor, wie bedenklich dieser Schritt sei, da der Graf die Klugheit gehabt, den Zettel nicht zu unterschreiben; worauf beide in der tiefsten Entwürdigung über eine so beleidigende Aufführung, sich noch in derselben Nacht mit mir in den Wagen setzten, und mit dem Entschluß, seine Burg nie wieder mit ihrer Gegenwart zu beehren, auf das Schloß ihres Vaters zurück kehrten. – Dies ist die einzige Gemeinschaft, setzte sie hinzu, die ich jemals mit diesem Nichtswürdigen und Niederträchtigen gehabt! – »Wie?« sagte der Kämmerer, indem er ihr sein tränenvolles Gesicht zukehrte: »diese Worte waren Musik meinem Ohr! – Wiederhole sie mir!« sprach er nach einer Pause, indem er sich auf Knieen vor ihr niederließ, und seine Hände faltete: »Hast du mich, um jenes Elenden willen, nicht verraten, und bist du rein von der Schuld, deren er dich vor Gericht geziehen?« Lieber! flüsterte Littegarde, indem sie seine Hand an ihre Lippen drückte – »Bist dus?« rief der Kämmerer: »bist dus?« – Wie die Brust eines neugebornen Kindes, wie das Gewissen eines aus der Beichte kommenden Menschen, wie die Leiche einer, in der Sakristei, unter der Einkleidung, verschiedenen Nonne! – »O Gott, der Allmächtige!« rief Herr Friedrich, ihre Kniee umfassend: »habe Dank! Deine Worte geben mir das Leben wieder; der Tod schreckt mich nicht mehr, und die Ewigkeit, soeben noch wie ein Meer unabsehbaren Elends vor mir ausgebreitet, geht wieder, wie ein Reich voll tausend glänziger Sonnen, vor mir auf!« – Du Unglücklicher, sagte Littegarde, indem sie sich zurück zog: wie kannst du dem, was dir mein Mund sagt, Glauben schenken? – »Warum nicht?« fragte Herr Friedrich glühend. – Wahnsinniger! Rasender! rief Littegarde; hat das geheiligte Urteil Gottes nicht gegen mich entschieden? Hast du dem Grafen nicht in jenem verhängnisvollen Zweikampf unterlegen, und er nicht die Wahrhaftigkeit dessen, was er vor Gericht gegen mich angebracht, ausgekämpft? – »O meine teuerste Littegarde«, rief der Kämmerer: »bewahre deine Sinne vor Verzweiflung! türme das Gefühl, das in deiner Brust lebt, wie einen Felsen empor: halte dich daran und wanke nicht,

und wenn Erd und Himmel unter dir und über dir zu Grunde
gingen! Laß uns, von zwei Gedanken, die die Sinne verwirren,
den verständlicheren und begreiflicheren denken, und ehe du
dich schuldig glaubst, lieber glauben, daß ich in dem Zweikampf
den ich für dich gefochten, siegte! – Gott, Herr meines Lebens«,
setzte er in diesem Augenblick hinzu, indem er seine Hände vor
sein Antlitz legte, »bewahre meine Seele selbst vor Verwirrung!
Ich meine, so wahr ich selig werden will, vom Schwert meines
Gegners nicht überwunden worden zu sein, da ich schon unter
den Staub seines Fußtritts hingeworfen, wieder ins Dasein erstanden bin. Wo liegt die Verpflichtung der höchsten göttlichen
Weisheit, die Wahrheit im Augenblick der glaubensvollen An-
rufung selbst, anzuzeigen und auszusprechen? O Littegarde«, beschloß er, indem er ihre Hand zwischen die seinigen drückte:
»im Leben laß uns auf den Tod, und im Tode auf die Ewigkeit
hinaus sehen, und des festen, unerschütterlichen Glaubens sein:
deine Unschuld wird, und wird durch den Zweikampf, den ich
für dich gefochten, zum heitern, hellen Licht der Sonne gebracht
werden!« – Bei diesen Worten trat der Schloßvogt ein; und
da er Frau Helena, welche weinend an einem Tisch saß, erinnerte,
daß so viele Gemütsbewegungen ihrem Sohne schädlich werden
könnten: so kehrte Herr Friedrich, auf das Zureden der Seinigen,
nicht ohne das Bewußtsein, einigen Trost gegeben und empfangen zu haben, wieder in sein Gefängnis zurück.

Inzwischen war, vor dem zu Basel von dem Kaiser eingesetzten Tribunal, gegen Herrn Friedrich von Trota sowohl, als seine
Freundin, Frau Littegarde von Auerstein, die Klage wegen sünd-
haft angerufenen göttlichen Schiedsurteils eingeleitet, und beide,
dem bestehenden Gesetz gemäß, verurteilt worden, auf dem
Platz des Zweikampfs selbst, den schmählichen Tod der Flammen
zu erleiden. Man schickte eine Deputation von Räten ab, um es
den Gefangenen anzukündigen, und das Urteil würde auch,
gleich nach Wiederherstellung des Kämmerers an ihnen vollstreckt
worden sein, wenn es des Kaisers geheime Absicht nicht gewesen wäre, den Grafen Jakob den Rotbart, gegen den er eine Art
von Mißtrauen nicht unterdrücken konnte, dabei gegenwärtig
zu sehen. Aber dieser lag, auf eine in der Tat sonderbare und
merkwürdige Weise, an der kleinen, dem Anschein nach unbe-

deutenden Wunde, die er, zu Anfang des Zweikampfs, von Herrn
Friedrich erhalten hatte, noch immer krank; ein äußerst ver-
derbter Zustand seiner Säfte verhinderte, von Tage zu Tage,
und von Woche zu Woche, die Heilung derselben, und die ganze
Kunst der Ärzte, die man nach und nach aus Schwaben und der
Schweiz herbeirief, vermochte nicht, sie zu schließen. Ja, ein
ätzender der ganzen damaligen Heilkunst unbekannter Eiter,
fraß auf eine krebsartige Weise, bis auf den Knochen herab im
ganzen System seiner Hand um sich, dergestalt, daß man zum
Entsetzen aller seiner Freunde genötigt gewesen war, ihm die
ganze schadhafte Hand, und späterhin, da auch hierdurch dem
Eiterfraß kein Ziel gesetzt ward, den Arm selbst abzunehmen.
Aber auch dies, als eine Radikalkur gepriesene Heilmittel vergrößerte nur, wie man heutzutage leicht eingesehen haben würde,
statt ihm abzuhelfen, das Übel; und die Ärzte, da sich sein ganzer
Körper nach und nach in Eiterung und Fäulnis auflöste, erklär-
ten, daß keine Rettung für ihn sei, und er noch, vor Abschluß
der laufenden Woche, sterben müsse. Vergebens forderte ihn der
Prior des Augustinerklosters, der in dieser unerwarteten Wendung der Dinge die furchtbare Hand Gottes zu erblicken glaubte,
auf, im Bezug auf den zwischen ihm und der Herzogin Regentin
bestehenden Streit, die Wahrheit einzugestehen; der Graf nahm,
durch und durch erschüttert, noch einmal das heilige Sakrament
auf die Wahrhaftigkeit seiner Aussage, und gab, unter allen Zeichen der entsetzlichsten Angst, falls er Frau Littegarden verleum-
derischer Weise angeklagt hätte, seine Seele der ewigen Verdammnis preis. Nun hatte man, trotz der Sittenlosigkeit seines
Lebenswandels, doppelte Gründe, an die innerliche Redlichkeit
dieser Versicherung zu glauben: einmal, weil der Kranke in der
Tat von einer gewissen Frömmigkeit war, die einen falschen Eidschwur, in solchem Augenblick getan, nicht zu gestatten schien,
und dann, weil sich aus einem Verhör, das über den Turmwächter des Schlosses derer von Breda angestellt worden war, welchen
er, behufs eines heimlichen Eintritts in die Burg, bestochen zu
haben vorgegeben hatte, bestimmt ergab, daß dieser Umstand
gegründet, und der Graf wirklich in der Nacht des heiligen Remigius, im Innern des Bredaschen Schlosses gewesen war. Demnach
blieb dem Prior fast nichts übrig, als an eine Täuschung des Gra-

fen selbst, durch eine dritte ihm unbekannte Person zu glauben;
und noch hatte der Unglückliche, der, bei der Nachricht von der
wunderbaren Wiederherstellung des Kämmerers, selbst auf diesen
schrecklichen Gedanken geriet, das Ende seines Lebens nicht erreicht, als sich dieser Glaube schon zu seiner Verzweiflung vollkommen bestätigte. Man muß nämlich wissen, daß der Graf
schon lange, ehe seine Begierde sich auf Frau Littegarden stellte,
mit Rosalien, ihrer Kammerzofe, auf einem nichtswürdigen Fuß
lebte; fast bei jedem Besuch, den ihre Herrschaft auf seinem
Schlosse abstattete, pflegte er dies Mädchen, welches ein leicht-
fertiges und sittenloses Geschöpf war, zur Nachtzeit auf sein
Zimmer zu ziehen. Da nun Littegarde, bei dem letzten Aufenthalt, den sie mit ihren Brüdern auf seiner Burg nahm, jenen
zärtlichen Brief, worin er ihr seine Leidenschaft erklärte, von
ihm empfing: so erweckte dies die Empfindlichkeit und Eifersucht dieses seit mehreren Monden schon von ihm vernachlässigten Mädchens; sie ließ, bei der bald darauf erfolgten Abreise
Littegardens, welche sie begleiten mußte, im Namen derselben
einen Zettel an den Grafen zurück, worin sie ihm meldete, daß
die Entrüstung ihrer Brüder über den Schritt, den er getan, ihr
zwar keine unmittelbare Zusammenkunft gestattete: ihn aber
einlud, sie zu diesem Zweck, in der Nacht des heiligen Remigius,
in den Gemächern ihrer väterlichen Burg zu besuchen. Jener,
voll Freude über das Glück seiner Unternehmung, fertigte sogleich einen zweiten Brief an Littegarden ab, worin er ihr seine
bestimmte Ankunft in der besagten Nacht meldete, und sie nur
bat, ihm, zur Vermeidung aller Irrung, einen treuen Führer, der
ihn nach ihren Zimmern geleiten könne, entgegen zu schicken;
und da die Zofe, in jeder Art der Ränke geübt, auf eine solche
Anzeige rechnete, so glückte es ihr, dies Schreiben aufzufangen,
und ihm in einer zweiten falschen Antwort zu sagen, daß sie ihn
selbst an der Gartenpforte erwarten würde. Darauf, am Abend
vor der verabredeten Nacht, bat sie sich unter dem Vorwand,
daß ihre Schwester krank sei, und daß sie dieselbe besuchen wolle,
von Littegarden einen Urlaub aufs Land aus; sie verließ auch,
da sie denselben erhielt, wirklich, spät am Nachmittag, mit einem
Bündel Wäsche den sie unter dem Arm trug, das Schloß, und
begab sich, vor aller Augen nach der Gegend, wo jene Frau

wohnte, auf den Weg. Statt aber diese Reise zu vollenden, fand
sie sich bei Einbruch der Nacht, unter dem Vorgeben, daß ein
Gewitter heranziehe, wieder auf der Burg ein, und mittelte sich,
um ihre Herrschaft, wie sie sagte, nicht zu stören, indem es ihre
Absicht sei in der Frühe des kommenden Morgens ihre Wanderung anzutreten, ein Nachtlager in einem der leerstehenden
Zimmer des verödeten und wenig besuchten Schloßturms aus.
Der Graf, der sich bei dem Turmwächter durch Geld den Eingang in die Burg zu verschaffen wußte, und in der Stunde der
Mitternacht, der Verabredung gemäß, von einer verschleierten
Person an der Gartenpforte empfangen ward, ahndete, wie man
leicht begreift, nichts von dem ihm gespielten Betrug; das Mädchen drückte ihm flüchtig einen Kuß auf den Mund, und führte
ihn, über mehrere Treppen und Gänge des verödeten Seiten-
flügels, in eines der prächtigsten Gemächer des Schlosses selbst,
dessen Fenster vorher sorgsam von ihr verschlossen worden waren. Hier, nachdem sie seine Hand haltend, auf geheimnisvolle
Weise an den Türen umhergehorcht, und ihm, mit flüsternder
Stimme, unter dem Vorgeben, daß das Schlafzimmer des Bruders ganz in der Nähe sei, Schweigen geboten hatte, ließ sie sich
mit ihm auf dem zur Seite stehenden Ruhebette nieder; der
Graf, durch ihre Gestalt und Bildung getäuscht, schwamm im
Taumel des Vergnügens, in seinem Alter noch eine solche Eroberung gemacht zu haben; und als sie ihn beim ersten Dämmer-
licht des Morgens entließ, und ihm zum Andenken an die verflossene Nacht einen Ring, den Littegarde von ihrem Gemahl
empfangen und den sie ihr am Abend zuvor zu diesem Zweck
entwendet hatte, an den Finger steckte, versprach er ihr, sobald
er zu Hause angelangt sein würde, zum Gegengeschenk einen
anderen, der ihm am Hochzeitstage von seiner verstorbenen Gemahlin verehrt worden war. Drei Tage darauf hielt er auch Wort,
und schickte diesen Ring, den Rosalie wieder geschickt genug
war aufzufangen, heimlich auf die Burg; ließ aber, wahrscheinlich aus Furcht, daß dies Abenteuer ihn zu weit führen könne,
weiter nichts von sich hören, und wich, unter mancherlei Vor-
wänden, einer zweiten Zusammenkunft aus. Späterhin war das
Mädchen eines Diebstahls wegen, wovon der Verdacht mit
ziemlicher Gewißheit auf ihr ruhte, verabschiedet und in das

Haus ihrer Eltern, welche am Rhein wohnten, zurückgeschickt worden, und da, nach Verlauf von neun Monaten, die Folgen ihres ausschweifenden Lebens sichtbar wurden, und die Mutter sie mit großer Strenge verhörte, gab sie den Grafen Jakob den Rotbart, unter Entdeckung der ganzen geheimen Geschichte, die sie mit ihm gespielt hatte, als den Vater ihres Kindes an. Glücklicherweise hatte sie den Ring, der ihr von dem Grafen übersendet worden war, aus Furcht, für eine Diebin gehalten zu werden, nur sehr schüchtern zum Verkauf ausbieten können, auch in der Tat, seines großen Werts wegen, niemand gefunden, der ihn zu erstehen Lust gezeigt hätte: dergestalt, daß die Wahrhaftigkeit ihrer Aussage nicht in Zweifel gezogen werden konnte, und die Eltern, auf dies augenscheinliche Zeugnis gestützt, klagbar, wegen Unterhaltung des Kindes, bei den Gerichten gegen den Grafen Jakob einkamen. Die Gerichte, welche von dem sonderbaren Rechtsstreit, der in Basel anhängig gemacht worden war, schon gehört hatten, beeilten sich, diese Entdeckung, die für den Ausgang desselben von der größten Wichtigkeit war, zur Kenntnis des Tribunals zu bringen; und da eben ein Ratsherr in öffentlichen Geschäften nach dieser Stadt abging, so gaben sie ihm, zur Auflösung des fürchterlichen Rätsels, das ganz Schwaben und die Schweiz beschäftigte, einen Brief mit der gerichtlichen Aussage des Mädchens, dem sie den Ring beifügten, für den Grafen Jakob den Rotbart mit.

Es war eben an dem zur Hinrichtung Herrn Friedrichs und Littegardens bestimmten Tage, welche der Kaiser, unbekannt mit den Zweifeln, die sich in der Brust des Grafen selbst erhoben hatten, nicht mehr aufschieben zu dürfen glaubte, als der Ratsherr zu dem Kranken, der sich in jammervoller Verzweiflung auf seinem Lager wälzte, mit diesem Schreiben ins Zimmer trat. »Es ist genug!« rief dieser, da er den Brief überlesen, und den Ring empfangen hatte: »ich bin das Licht der Sonne zu schauen, müde! Verschafft mir«, wandte er sich zum Prior, »eine Bahre, und führt mich Elenden, dessen Kraft zu Staub versinkt, auf den Richtplatz hinaus: ich will nicht, ohne eine Tat der Gerechtigkeit verübt zu haben, sterben!« Der Prior, durch diesen Vorfall tief erschüttert, ließ ihn sogleich, wie er begehrte, durch vier Knechte auf ein Traggestell heben; und zugleich mit einer unermeßlichen

Menschenmenge, welche das Glockengeläut um den Scheiterhaufen, auf welchen Herr Friedrich und Littegarde bereits festgebunden waren, versammelte, kam er, mit dem Unglücklichen, der ein Kruzifix in der Hand hielt, daselbst an. »Halt!« rief
der Prior, indem er die Bahre, dem Altan des Kaisers gegenüber,
niedersetzen ließ: »bevor ihr das Feuer an jenen Scheiterhaufen
legt, vernehmt ein Wort, das euch der Mund dieses Sünders zu
eröffnen hat!« – Wie? rief der Kaiser, indem er sich leichenblaß
von seinem Sitz erhob, hat das geheiligte Urteil Gottes nicht für
die Gerechtigkeit seiner Sache entschieden, und ist es, nach dem
was vorgefallen, auch nur zu denken erlaubt, daß Littegarde an
dem Frevel, dessen er sie geziehen, unschuldig sei? – Bei diesen
Worten stieg er betroffen vom Altan herab; und mehr denn
tausend Ritter, denen alles Volk, über Bänke und Schranken
herab, folgte, drängten sich um das Lager des Kranken zusammen.
»Unschuldig«, versetzte dieser, indem er sich gestützt auf den
Prior, halb darauf emporrichtete: »wie es der Spruch des höchsten
Gottes, an jenem verhängnisvollen Tage, vor den Augen aller
versammelten Bürger von Basel entschieden hat! Denn er, von
drei Wunden, jede tödlich, getroffen, blüht, wie ihr seht, in
Kraft und Lebensfülle; indessen ein Hieb von seiner Hand, der
kaum die äußerste Hülle meines Lebens zu berühren schien, in
langsam fürchterlicher Fortwirkung den Kern desselben selbst
getroffen, und meine Kraft, wie der Sturmwind eine Eiche, gefällt hat. Aber hier, falls ein Ungläubiger noch Zweifel nähren
sollte, sind die Beweise: Rosalie, ihre Kammerzofe, war es, die
mich in jener Nacht des heiligen Remigius empfing, während
ich Elender in der Verblendung meiner Sinne, sie selbst, die meine
Anträge stets mit Verachtung zurückgewiesen hat, in meinen
Armen zu halten meinte!« Der Kaiser stand erstarrt wie zu Stein,
bei diesen Worten da. Er schickte, indem er sich nach dem Scheiterhaufen umkehrte, einen Ritter ab, mit dem Befehl, selbst die
Leiter zu besteigen, und den Kämmerer sowohl als die Dame,
welche letztere bereits in den Armen ihrer Mutter in Ohnmacht
lag, loszubinden und zu ihm heranzuführen. »Nun, jedes Haar
auf eurem Haupt bewacht ein Engel!« rief er, da Littegarde, mit
halb offner Brust und entfesselten Haaren, an der Hand Herrn
Friedrichs, ihres Freundes, dessen Knie selbst, unter dem Ge-

fühl dieser wunderbaren Rettung, wankten, durch den Kreis des
in Ehrfurcht und Erstaunen ausweichenden Volks, zu ihm herantrat. Er küßte beiden, die vor ihm niederknieten, die Stirn; und
nachdem er sich den Hermelin, den seine Gemahlin trug, erbeten,
und ihn Littegarden um die Schultern gehängt hatte, nahm er,
vor den Augen aller versammelten Ritter, ihren Arm, in der
Absicht, sie selbst in die Gemächer seines kaiserlichen Schlosses
zu führen. Er wandte sich, während der Kämmerer gleichfalls
statt des Sünderkleids, das ihn deckte, mit Federhut und ritter-
lichem Mantel geschmückt ward, gegen den auf der Bahre jammervoll sich wälzenden Grafen zurück, und von einem Gefühl
des Mitleidens bewegt, da derselbe sich doch in den Zweikampf,
der ihn zu Grunde gerichtet, nicht eben auf frevelhafte und gotteslästerliche Weise eingelassen hatte, fragte er den ihm zur Seite
stehenden Arzt: ob keine Rettung für den Unglücklichen sei? –
»Vergebens!« antwortete Jakob der Rotbart, indem er sich, unter
schrecklichen Zuckungen, auf den Schoß seines Arztes stützte:
»und ich habe den Tod, den ich erleide, verdient. Denn wißt,
weil mich doch der Arm der weltlichen Gerechtigkeit nicht mehr
ereilen wird, ich bin der Mörder meines Bruders, des edeln Herzogs Wilhelm von Breysach: der Bösewicht, der ihn mit dem
Pfeil aus meiner Rüstkammer nieder warf, war sechs Wochen
vorher, zu dieser Tat, die mir die Krone verschaffen sollte, von
mir gedungen!« – Bei dieser Erklärung sank er auf die Bahre
zurück und hauchte seine schwarze Seele aus. »Ha, die Ahndung
meines Gemahls, des Herzogs, selbst!« rief die an der Seite des
Kaisers stehende Regentin, die sich gleichfalls vom Altan des
Schlosses herab, im Gefolge der Kaiserin, auf den Schloßplatz
begeben hatte: »mir noch im Augenblick des Todes, mit gebrochenen Worten, die ich gleichwohl damals nur unvollkommen
verstand, kund getan!« – Der Kaiser versetzte in Entrüstung: so
soll der Arm der Gerechtigkeit noch deine Leiche ereilen! nehmt
ihn, rief er, indem er sich umkehrte, den Häschern zu, und über-
gebt ihn gleich, gerichtet wie er ist, den Henkern: er möge, zur
Brandmarkung seines Andenkens, auf jenem Scheiterhaufen verderben, auf welchem wir eben, um seinetwillen, im Begriff waren, zwei Unschuldige zu opfern! Und damit, während die
Leiche des Elenden in rötlichen Flammen aufprasselnd, vom

Hauche des Nordwindes in alle Lüfte verstreut und verweht ward,
führte er Frau Littegarden, im Gefolge aller seiner Ritter, auf das
Schloß. Er setzte sie, durch einen kaiserlichen Schluß, wieder
in ihr väterliches Erbe ein, von welchem die Brüder in ihrer
unedelmütigen Habsucht schon Besitz genommen hatten; und
schon nach drei Wochen ward, auf dem Schlosse zu Breysach, die
Hochzeit der beiden trefflichen Brautleute gefeiert, bei welcher
die Herzogin Regentin, über die ganze Wendung, die die Sache
genommen hatte, sehr erfreut, Littegarden einen großen Teil
der Besitzungen des Grafen, die dem Gesetz verfielen, zum Brautgeschenk machte. Der Kaiser aber hing Herrn Friedrich, nach der
Trauung, eine Gnadenkette um den Hals; und sobald er, nach
Vollendung seiner Geschäfte mit der Schweiz, wieder in Worms
angekommen war, ließ er in die Statuten des geheiligten göttlichen Zweikampfs, überall wo vorausgesetzt wird, daß die Schuld
dadurch unmittelbar ans Tageslicht komme, die Worte einrücken: »wenn es Gottes Wille ist.«

ANEKDOTEN

TAGESBEGEBENHEIT

Dem Kapitän v. Bürger, vom ehemaligen Regiment Tauentzien, sagte der, auf der neuen Promenade erschlagene Arbeitsmann Brietz: der Baum, unter dem sie beide ständen, wäre auch wohl zu klein für zwei, und er könnte sich wohl unter einen andern stellen. Der Kapitän Bürger, der ein stiller und bescheidener Mann ist, stellte sich wirklich unter einen andern: worauf der 2c. Brietz unmittelbar darauf vom Blitz getroffen und getötet ward.

FRANZOSEN-BILLIGKEIT

(wert in Erz gegraben zu werden)

Zu dem französischen General *Hulin* kam, während des Kriegs, ein . . . Bürger, und gab, behufs einer kriegsrechtlichen Beschlagnehmung, zu des Feindes Besten, eine Anzahl, im Pontonhof liegender, Stämme an. Der General, der sich eben anzog, sagte: Nein, mein Freund; diese Stämme können wir nicht nehmen. – »Warum nicht?« fragte der Bürger. »Es ist königliches Eigentum.« – Eben darum, sprach der General, indem er ihn flüchtig ansah. Der König von Preußen braucht dergleichen Stämme, um solche Schurken daran hängen zu lassen, wie er. –

DER VERLEGENE MAGISTRAT

Eine Anekdote

Ein H . . . r Stadtsoldat hatte vor nicht gar langer Zeit, ohne Erlaubnis seines Offiziers, die Stadtwache verlassen. Nach einem uralten Gesetz steht auf ein Verbrechen dieser Art, das sonst der Streifereien des Adels wegen, von großer Wichtigkeit war, eigentlich der Tod. Gleichwohl, ohne das Gesetz, mit bestimmten Worten aufzuheben, ist davon seit vielen hundert Jahren kein Gebrauch mehr gemacht worden: dergestalt, daß statt auf die Todesstrafe zu erkennen, derjenige, der sich dessen schuldig macht, nach einem feststehenden Gebrauch, zu einer bloßen Geld-

strafe, die er an die Stadtkasse zu erlegen hat, verurteilt wird. Der
besagte Kerl aber, der keine Lust haben mochte, das Geld zu entrichten, erklärte, zur großen Bestürzung des Magistrats: daß er,
weil es ihm einmal zukomme, dem Gesetz gemäß, sterben wolle.
Der Magistrat, der ein Mißverständnis vermutete, schickte einen
Deputierten an den Kerl ab, und ließ ihm bedeuten, um wieviel
vorteilhafter es für ihn wäre, einige Gulden Geld zu erlegen, als
arkebusiert zu werden. Doch der Kerl blieb dabei, daß er seines
Lebens müde sei, und daß er sterben wolle: dergestalt, daß dem
Magistrat, der kein Blut vergießen wollte, nichts übrig blieb, als
dem Schelm die Geldstrafe zu erlassen, und noch froh war, als er
erklärte, daß er, bei so bewandten Umständen am Leben bleiben
wolle.   rz.

DER GRIFFEL GOTTES

In Polen war eine Gräfin von P . . . ., eine bejahrte Dame, die ein
sehr bösartiges Leben führte, und besonders ihre Untergebenen,
durch ihren Geiz und ihre Grausamkeit, bis auf das Blut quälte.
Diese Dame, als sie starb, vermachte einem Kloster, das ihr die
Absolution erteilt hatte, ihr Vermögen; wofür ihr das Kloster,
auf dem Gottesacker, einen kostbaren, aus Erz gegossenen, Leichenstein setzen ließ, auf welchem dieses Umstandes, mit vielem
Gepränge, Erwähnung geschehen war. Tags darauf schlug der
Blitz, das Erz schmelzend, über den Leichenstein ein, und ließ
nichts, als eine Anzahl von Buchstaben stehen, die, zusammen
gelesen, also lauteten: *sie ist gerichtet!* – Der Vorfall (die Schrift-
gelehrten mögen ihn erklären) ist gegründet; der Leichenstein
existiert noch, und es leben Männer in dieser Stadt, die ihn samt
der besagten Inschrift gesehen.

ANEKDOTE AUS DEM LETZTEN PREUSSISCHEN KRIEGE

In einem bei Jena liegenden Dorf, erzählte mir, auf einer Reise
nach Frankfurt, der Gastwirt, daß sich mehrere Stunden nach der
Schlacht, um die Zeit, da das Dorf schon ganz von der Armee des
Prinzen von Hohenlohe verlassen und von Franzosen, die es für
besetzt gehalten, umringt gewesen wäre, ein einzelner preußischer Reiter darin gezeigt hätte; und versicherte mir, daß wenn

alle Soldaten, die an diesem Tage mitgefochten, so tapfer gewesen wären, wie dieser, die Franzosen hätten geschlagen werden müssen, wären sie auch noch dreimal stärker gewesen, als sie in der Tat waren. Dieser Kerl, sprach der Wirt, sprengte, ganz von Staub bedeckt, vor meinen Gasthof, und rief: »Herr Wirt!« und da ich frage: was gibts? »ein Glas Branntewein!« antwortet er, indem er sein Schwert in die Scheide wirft: »mich dürstet.« Gott im Himmel! sag ich: will er machen, Freund, daß er wegkömmt? Die Franzosen sind ja dicht vor dem Dorf! »Ei, was!« spricht er, indem er dem Pferde den Zügel über den Hals legt. »Ich habe den ganzen Tag nichts genossen!« Nun er ist, glaub ich, vom Satan besessen –! He! Liese! rief ich, und schaff ihm eine Flasche Danziger herbei, und sage: da! und will ihm die ganze Flasche in die Hand drücken, damit er nur reite. »Ach, was!« spricht er, indem er die Flasche wegstößt, und sich den Hut abnimmt: »wo soll ich mit dem Quark hin?« Und: »schenk er ein!« spricht er, indem er sich den Schweiß von der Stirn abtrocknet: »denn ich habe keine Zeit!« Nun er ist ein Kind des Todes, sag ich. Da! sag ich, und schenk ihm ein; da! trink er und reit er! Wohl mags ihm bekommen: »Noch eins!« spricht der Kerl; während die Schüsse schon von allen Seiten ins Dorf prasseln. Ich sage: noch eins? Plagt ihn –! »Noch eins!« spricht er, und streckt mir das Glas hin – »Und gut gemessen«, spricht er, indem er sich den Bart wischt, und sich vom Pferde herab schneuzt: »denn es wird bar bezahlt!« Ei, mein Seel, so wollt ich doch, daß ihn –! Da! sag ich, und schenk ihm noch, wie er verlangt, ein zweites, und schenk ihm, da er getrunken, noch ein drittes ein, und frage: ist er nun zufrieden? »Ach!« – schüttelt sich der Kerl. »Der Schnaps ist gut! – Na!« spricht er, und setzt sich den Hut auf: »was bin ich schuldig?« Nichts! nichts! versetz ich. Pack er sich, ins Teufelsnamen; die Franzosen ziehen augenblicklich ins Dorf! »Na!« sagt er, indem er in seinen Stiefel greift: »so solls ihm Gott lohnen«, und holt, aus dem Stiefel, einen Pfeifenstummel hervor, und spricht, nachdem er den Kopf ausgeblasen: »schaff er mir Feuer!« Feuer? sag ich: plagt ihn –? »Feuer, ja!« spricht er: »denn ich will mir eine Pfeife Tabak anmachen.« Ei, den Kerl reiten Legionen –! He, Liese, ruf ich das Mädchen! und während der Kerl sich die Pfeife stopft, schafft das Mensch ihm Feuer. »Na!« sagt der Kerl, die

Pfeife, die er sich angeschmaucht, im Maul: »nun sollen doch die
Franzosen die Schwerenot kriegen!« Und damit, indem er sich
den Hut in die Augen drückt, und zum Zügel greift, wendet er
das Pferd und zieht von Leder. Ein Mordkerl! sag ich; ein verfluchter, verwetterter Galgenstrick! Will er sich ins Henkers
Namen scheren, wo er hingehört? Drei Chasseurs – sieht er
nicht? halten ja schon vor dem Tor? »Ei was!« spricht er, indem er
ausspuckt; und faßt die drei Kerls blitzend ins Auge. »Wenn ihrer
zehen wären, ich fürcht mich nicht.« Und in dem Augenblick
reiten auch die drei Franzosen schon ins Dorf. »Bassa Manelka!«
ruft der Kerl, und gibt seinem Pferde die Sporen und sprengt
auf sie ein; sprengt, so wahr Gott lebt, auf sie ein, und greift sie,
als ob er das ganze Hohenlohische Korps hinter sich hätte, an;
dergestalt, daß, da die Chasseurs, ungewiß, ob nicht noch mehr
Deutsche im Dorf sein mögen, einen Augenblick, wider ihre
Gewohnheit, stutzen, er, mein Seel, ehe man noch eine Hand
umkehrt, alle drei vom Sattel haut, die Pferde, die auf dem Platz
herumlaufen, aufgreift, damit bei mir vorbeisprengt, und: »Bassa
Teremtetem!« ruft, und: »Sieht er wohl, Herr Wirt?« und »Adies!«
und »auf Wiedersehn!« und: »hoho! hoho! hoho!« – – So einen
Kerl, sprach der Wirt, habe ich zeit meines Lebens nicht gesehen.

MUTWILLE DES HIMMELS

Eine Anekdote

Der in Frankfurt an der Oder, wo er ein Infanterieregiment besaß,
verstorbene General Dieringshofen, ein Mann von strengem und
rechtschaffenem Charakter, aber dabei von manchen Eigentümlichkeiten und Wunderlichkeiten, äußerte, als er, in spätem Alter,
an einer langwierigen Krankheit, auf den Tod darniederlag, seinen Widerwillen, unter die Hände der Leichenwäscherinnen zu
fallen. Er befahl bestimmt, daß niemand, ohne Ausnahme, seinen
Leib berühren solle; daß er ganz und gar in dem Zustand, in
welchem er sterben würde, mit Nachtmütze, Hosen und Schlafrock, wie er sie trage, in den Sarg gelegt und begraben sein wolle;
und bat den damaligen Feldprediger seines Regiments, Herrn
P..., welcher der Freund seines Hauses war, die Sorge für die
Vollstreckung dieses seines letzten Willens zu übernehmen. Der

Feldprediger P . . . versprach es ihm: er verpflichtete sich, um jedem Zufall vorzubeugen, bis zu seiner Bestattung, von dem Augenblick an, da er verschieden sein würde, nicht von seiner Seite zu weichen. Darauf nach Verlauf mehrerer Wochen, kömmt, bei der ersten Frühe des Tages, der Kammerdiener in das Haus des Feldpredigers, der noch schläft, und meldet ihm, daß der General um die Stunde der Mitternacht schon, sanft und ruhig, wie es vorauszusehen war, gestorben sei. Der Feldprediger P . . . zieht sich, seinem Versprechen getreu, sogleich an, und begibt sich in die Wohnung des Generals. Was aber findet er? – Die Leiche des Generals schon eingeseift auf einem Schemel sitzen: der Kammerdiener, der von dem Befehl nichts gewußt, hatte einen Barbier herbeigerufen, um ihm vorläufig zum Behuf einer schicklichen Ausstellung, den Bart abzunehmen. Was sollte der Feldprediger unter so wunderlichen Umständen machen? Er schalt den Kammerdiener aus, daß er ihn nicht früher herbei gerufen hatte; schickte den Barbier, der den Herrn bei der Nase gefaßt hielt, hinweg, und ließ ihn, weil doch nichts anders übrig blieb, eingeseift und mit halbem Bart, wie er ihn vorfand, in den Sarg legen und begraben.

CHARITÉ-VORFALL

Der von einem Kutscher kürzlich übergefahrne Mann, namens Beyer, hat bereits dreimal in seinem Leben ein ähnliches Schicksal gehabt; dergestalt, daß bei der Untersuchung, die der Geheimerat Herr K., in der Charité mit ihm vornahm, die lächerlichsten Mißverständnisse vorfielen. Der Geheimerat, der zuvörderst seine beiden Beine, welche krumm und schief und mit Blut bedeckt waren, bemerkte, fragte ihn: ob er an diesen Gliedern verletzt wäre? worauf der Mann jedoch erwiderte: nein! die Beine wären ihm schon vor fünf Jahr, durch einen andern Doktor, abgefahren worden. Hierauf bemerkte ein Arzt, der dem Geheimenrat zur Seite stand, daß sein linkes Auge geplatzt war; als man ihn jedoch fragte: ob ihn das Rad hier getroffen hätte? antwortete er: nein! das Auge hätte ihm ein Doktor bereits vor vierzehn Jahren ausgefahren. Endlich, zum Erstaunen aller Anwesenden, fand sich, daß ihm die linke Rippenhälfte, in jämmerlicher Verstümmelung, ganz auf den Rücken gedreht war; als aber der Geheimerat ihn fragte: ob ihn des Doktors Wagen hier beschädigt hätte? antwortete er: nein! die Rippen wären ihm schon vor sieben Jahren durch einen Doktorwagen zusammen gefahren worden. – Bis sich endlich zeigte, daß ihm durch die letztere Überfahrt der linke Ohrknorpel ins Gehörorgan hineingefahren war. – Der Berichterstatter hat den Mann selbst über diesen Vorfall vernommen, und selbst die Todkranken, die in dem Saale auf den Betten herumlagen, mußten, über die spaßhafte und indolente Weise, wie er dies vorbrachte, lachen. – Übrigens bessert er sich; und falls er sich vor den Doktoren, wenn er auf der Straße geht, in acht nimmt, kann er noch lange leben.

DER BRANNTWEINSÄUFER UND DIE BERLINER GLOCKEN

Eine Anekdote

Ein Soldat vom ehemaligen Regiment Lichnowsky, ein heilloser und unverbesserlicher Säufer, versprach nach unendlichen Schlägen, die er deshalb bekam, daß er seine Aufführung bessern und sich des Branntweins enthalten wolle. Er hielt auch, in der Tat, Wort, während drei Tage: ward aber am vierten wieder besoffen in einem Rennstein gefunden, und, von einem Unteroffizier, in Arrest gebracht. Im Verhör befragte man ihn, warum er, seines Vorsatzes uneingedenk, sich von neuem dem Laster des Trunks ergeben habe? »Herr Hauptmann!« antwortete er; »es ist nicht meine Schuld. Ich ging in Geschäften eines Kaufmanns, mit einer Kiste Färbholz, über den Lustgarten; da läuteten vom Dom herab die Glocken: ›*Pom*meranzen! *Pom*meranzen! *Pom*meranzen!‹ Läut, Teufel, läut! sprach ich, und gedachte meines Vorsatzes und trank nichts. In der Königsstraße, wo ich die Kiste abgeben sollte, steh ich einen Augenblick, um mich auszuruhen, vor dem Rathaus still: da bimmelt es vom Turm herab: ›Kümmel! Kümmel! Kümmel! – Kümmel! Kümmel! Kümmel!‹ Ich sage, zum Turm: bimmle du, daß die Wolken reißen – und gedenke, mein Seel, gedenke meines Vorsatzes, ob ich gleich durstig war, und trinke nichts. Drauf führt mich der Teufel, auf dem Rückweg, über den Spittelmarkt; und da ich eben vor einer Kneipe, wo mehr denn dreißig Gäste beisammen waren, stehe, geht es, vom Spit-

telturm herab: ›Anisette! Anisette! Anisette!‹ Was kostet das
Glas, frag ich? Der Wirt spricht: Sechs Pfennige. Geb er her, sag
ich – und was weiter aus mir geworden ist, das weiß ich nicht.«

xyz.

ANEKDOTE AUS DEM LETZTEN KRIEGE

Den ungeheuersten Witz, der vielleicht, so lange die Erde steht,
über Menschenlippen gekommen ist, hat, im Lauf des letztver-
flossenen Krieges, ein Tambour gemacht; ein Tambour meines
Wissens von dem damaligen Regiment von Puttkamer; ein
Mensch, zu dem, wie man gleich hören wird, weder die griechische noch römische Geschichte ein Gegenstück liefert. Dieser
hatte, nach Zersprengung der preußischen Armee bei Jena, ein
Gewehr aufgetrieben, mit welchem er, auf seine eigne Hand, den
Krieg fortsetzte; dergestalt, daß da er, auf der Landstraße, alles,
was ihm an Franzosen in den Schuß kam, niederstreckte und aus-
plünderte, er von einem Haufen französischer Gensdarmen, die
ihn aufspürten, ergriffen, nach der Stadt geschleppt, und, wie es
ihm zukam, verurteilt ward, erschossen zu werden. Als er den
Platz, wo die Exekution vor sich gehen sollte, betreten hatte, und
wohl sah, daß alles, was er zu seiner Rechtfertigung vorbrachte,
vergebens war, bat er sich von dem Obristen, der das Detachement kommandierte, eine Gnade aus; und da der Obrist, inzwischen die Offiziere, die ihn umringten, in gespannter Erwartung
zusammentraten, ihn fragte: was er wolle? zog er sich die Hosen
ab, und sprach: sie möchten ihn in den . . . schießen, damit das
F . . . kein L . . . bekäme. – Wobei man noch die Shakespearesche
Eigenschaft bemerken muß, daß der Tambour mit seinem Witz,
aus seiner Sphäre als Trommelschläger nicht herausging.   x.

ANEKDOTE

Bach, als seine Frau starb, sollte zum Begräbnis Anstalten machen. Der arme Mann war aber gewohnt, alles durch seine Frau
besorgen zu lassen; dergestalt, daß da ein alter Bedienter kam, und
ihm für Trauerflor, den er einkaufen wollte, Geld abforderte, er
unter stillen Tränen, den Kopf auf einen Tisch gestützt, antwortete: »sagts meiner Frau.« –

FRANZÖSISCHES EXERZITIUM
das man nachmachen sollte

Ein französischer Artilleriekapitän, der, beim Beginn einer Schlacht, eine Batterie, bestimmt, das feindliche Geschütz in Respekt zu halten oder zugrund zu richten, placieren will, stellt sich zuvörderst in der Mitte des ausgewählten Platzes, es sei nun ein Kirchhof, ein sanfter Hügel oder die Spitze eines Gehölzes, auf: er drückt sich, während er den Degen zieht, den Hut in die Augen, und inzwischen die Karren, im Regen der feindlichen Kanonenkugeln, von allen Seiten rasselnd, um ihr Werk zu beginnen, abprotzen, faßt er mit der geballten Linken, die Führer der verschiedenen Geschütze (die Feuerwerker) bei der Brust, und mit der Spitze des Degens auf einen Punkt des Erdbodens hinzeigend, spricht er: »hier stirbst du!« wobei er ihn ansieht – und zu einem anderen: »hier du!« – und zu einem dritten und vierten und alle folgenden: »hier du! hier du! hier du!« – und zu dem letzten: »hier du!« – – Diese Instruktion an die Artilleristen, bestimmt und unverklausuliert, an dem Ort wo die Batterie aufgefahren wird zu sterben, soll, wie man sagt, in der Schlacht, wenn sie gut ausgeführt wird, die außerordentlichste Wirkung tun.   Vx.

RÄTSEL

Ein junger Doktor der Rechte und eine Stiftsdame, von denen kein Mensch wußte, daß sie mit einander in Verhältnis standen, befanden sich einst bei dem Kommandanten der Stadt, in einer zahlreichen und ansehnlichen Gesellschaft. Die Dame, jung und schön, trug, wie es zu derselben Zeit Mode war, ein kleines schwarzes Schönpflästerchen im Gesicht, und zwar dicht über der Lippe, auf der rechten Seite des Mundes. Irgend ein Zufall veranlaßte, daß die Gesellschaft sich auf einem Augenblick aus dem Zimmer entfernte, dergestalt, daß nur der Doktor und die besagte Dame darin zurückblieben. Als die Gesellschaft zurückkehrte, fand sich, zum allgemeinen Befremden derselben, daß der Doktor das Schönpflästerchen im Gesicht trug; und zwar gleichfalls über der Lippe, aber auf der linken Seite des Mundes. –

(Die Auflösung im folgenden Stück)

KORRESPONDENZ-NACHRICHT

Herr Unzelmann, der, seit einiger Zeit, in Königsberg Gastrollen gibt, soll zwar, welches das Entscheidende ist, dem Publiko daselbst sehr gefallen: mit den Kritikern aber (wie man auch aus der Königsberger Zeitung ersieht) und mit der Direktion viel zu schaffen haben. Man erzählt, daß ihm die Direktion verboten, zu improvisieren. Herr Unzelmann der jede Widerspenstigkeit haßt, fügte sich in diesem Befehl: als aber ein Pferd, das man, bei der Darstellung eines Stücks, auf die Bühne gebracht hatte, inmitten der Bretter, zur großen Bestürzung des Publikums, Mist fallen ließ: wandte er sich plötzlich, indem er die Rede unterbrach, zu dem Pferde und sprach: »Hat dir die Direktion nicht verboten, zu improvisieren?« – Worüber selbst die Direktion, wie man versichert, gelacht haben soll.

ANEKDOTE

Ein Kapuziner begleitete einen Schwaben bei sehr regnichtem Wetter zum Galgen. Der Verurteilte klagte unterwegs mehrmal zu Gott, daß er, bei so schlechtem und unfreundlichem Wetter, einen so sauren Gang tun müsse. Der Kapuziner wollte ihn christlich trösten und sagte: du Lump, was klagst du viel, du brauchst doch bloß hinzugehen, ich aber muß, bei diesem Wetter, wieder zurück, denselben Weg. – Wer es empfunden hat, wie öde einem, auch selbst an einem schönen Tage, der Rückweg vom Richtplatz wird, der wird den Ausspruch des Kapuziners nicht so dumm finden.

ANEKDOTE

Zwei berühmte englische Baxer, der eine aus Portsmouth gebürtig, der andere aus Plymouth, die seit vielen Jahren von einander gehört hatten, ohne sich zu sehen, beschlossen, da sie in London zusammentrafen, zur Entscheidung der Frage, wem von ihnen der Siegerruhm gebühre, einen öffentlichen Wettkampf zu halten. Demnach stellten sich beide, im Angesicht des Volks, mit geballten Fäusten, im Garten einer Kneipe, gegeneinander; und als der Plymouther den Portsmouther, in wenig Augenblicken, dergestalt auf die Brust traf, daß er Blut spie, rief dieser, indem er sich den Mund abwischte: brav! – Als aber bald darauf, da sie sich wieder gestellt hatten, der Portsmouther den Plymouther, mit der Faust der geballten Rechten, dergestalt auf den Leib traf, daß dieser, indem er die Augen verkehrte, umfiel, rief der letztere: das ist auch nicht übel –! Worauf das Volk, das im Kreise herumstand, laut aufjauchzte, und, während der Plymouther, der an den Gedärmen verletzt worden war, tot weggetragen ward, dem Portsmouther den Siegsruhm zuerkannte. – Der Portsmouther soll aber auch Tags darauf am Blutsturz gestorben sein.

ANEKDOTE

Ein mecklenburgischer Landmann, namens Jonas, war seiner Leibesstärke wegen, im ganzen Lande bekannt.

Ein Thüringer, der in die Gegend geriet, und von jenem mit Ruhm sprechen hörte, nahm sichs vor sich mit ihm zu versuchen.

Als der Thüringer vor das Haus kam, sah er vom Pferde über die Mauer hinweg auf dem Hofe einen Mann Holz spalten und fragte diesen: ob hier der starke Jonas wohne? erhielt aber keine Antwort.

So stieg er vom Pferde, öffnete die Pforte, führte das Pferd herein, und band es an die Mauer.

Hier eröffnete der Thüringer seine Absicht, sich mit dem starken Jonas zu messen.

Jonas ergriff den Thüringer, warf ihn sofort über die Mauer zurück, und nahm seine Arbeit wieder vor.

Nach einer halben Stunde rief der Thüringer, jenseits der Mauer: Jonas! – Nun was gibts? antwortete dieser.

Lieber Jonas, sagte der Thüringer: sei so gut und schmeiß mir einmal auch mein Pferd wieder herüber! Z.

SONDERBARE GESCHICHTE, DIE SICH, ZU MEINER ZEIT, IN ITALIEN ZUTRUG

Am Hofe der Prinzessin von St. C . . . zu Neapel, befand sich, im Jahr 1788, als Gesellschafterin oder eigentlich als Sängerin eine junge Römerin, namens Franzeska N . . ., Tochter eines armen invaliden Seeoffiziers, ein schönes und geistreiches Mädchen, das die Prinzessin von St. C . . ., wegen eines Dienstes, den ihr der

Vater geleistet, von früher Jugend an, zu sich genommen und in ihrem Hause erzogen hatte. Auf einer Reise, welche die Prinzessin in die Bäder zu Messina, und von hieraus, von der Witterung und dem Gefühl einer erneuerten Gesundheit aufgemuntert, auf den Gipfel des Ätna machte, hatte das junge, unerfahrne Mädchen das Unglück, von einem Kavalier, dem Vicomte von P . . ., einem alten Bekannten aus Paris, der sich dem Zuge anschloß, auf das abscheulichste und unverantwortlichste betrogen zu werden; dergestalt, daß ihr, wenige Monden darauf, bei ihrer Rückkehr nach Neapel, nichts übrig blieb, als sich der Prinzessin, ihrer zweiten Mutter, zu Füßen zu werfen, und ihr unter Tränen den Zustand, in dem sie sich befand, zu entdecken. Die Prinzessin, welche die junge Sünderin sehr liebte, machte ihr zwar wegen der Schande, die sie über ihren Hof gebracht hatte, die heftigsten Vorwürfe; doch da sie ewige Besserung und klösterliche Eingezogenheit und Enthaltsamkeit, für ihr ganzes künftiges Leben, angelobte, und der Gedanke, das Haus ihrer Gönnerin und Wohltäterin verlassen zu müssen, ihr gänzlich unerträglich war, so wandte sich das menschenfreundliche, zur Verzeihung ohnehin in solchen Fällen geneigte Gemüt der Prinzessin: sie hob die Unglückliche vom Boden auf, und die Frage war nur, wie man der Schmach, die über sie hereinzubrechen drohte, vorbeugen könne? In Fällen dieser Art fehlt es den Frauen, wie bekannt, niemals an Witz und der erforderlichen Erfindung; und wenige Tage verflossen: so ersann die Prinzessin selbst zur Ehrenrettung ihrer Freundin folgenden kleinen Roman.

Zuvörderst erhielt sie abends, in ihrem Hotel, da sie beim Spiel saß, vor den Augen mehrerer, zu einem Souper eingeladenen Gäste einen Brief: sie erbricht und überliest ihn, und indem sie sich zur Signora Franzeska wendet: »Signora«, spricht sie, »Graf Scharfeneck, der junge Deutsche, der Sie vor zwei Jahren in Rom gesehen, hält aus Venedig, wo er den Winter zubringt, um Ihre Hand an. – Da!« setzt sie hinzu, indem sie wieder zu den Karten greift, »lesen Sie selbst: es ist ein edler und würdiger Kavalier, vor dessen Antrag Sie sich nicht zu schämen brauchen.« Signora Franzeska steht errötend auf; sie empfängt den Brief, überfliegt ihn, und, indem sie die Hand der Prinzessin küßt: »Gnädigste«, spricht sie: »da der Graf in diesem Schreiben erklärt,

daß er Italien zu seinem Vaterlande machen kann, so nehme ich
ihn, von Ihrer Hand, als meinen Gatten an!« – Hierauf geht das
Schreiben unter Glückwünschungen von Hand zu Hand; jedermann erkundigt sich nach der Person des Freiers, den niemand
kennt, und Signora Franzeska gilt, von diesem Augenblick an,
für die Braut des Grafen Scharfeneck. Drauf, an dem zur Ankunft
des Bräutigams bestimmten Tage, an welchem nach seinem
Wunsche auch sogleich die Hochzeit sein soll, fährt ein Reisewagen mit vier Pferden vor: es ist der Graf Scharfeneck! Die
ganze Gesellschaft, die, zur Feier dieses Tages, in dem Zimmer der
Prinzessin versammelt war, eilt voll Neugierde an die Fenster,
man sieht ihn, jung und schön wie ein junger Gott, aussteigen –
inzwischen verbreitet sich sogleich, durch einen vorangeschickten
Kammerdiener, das Gerücht, daß der Graf krank sei, und in
einem Nebenzimmer habe abtreten müssen. Auf diese unangenehme Meldung wendet sich die Prinzessin betreten zur Braut;
und beide begeben sich nach einem kurzen Gespräch, in das
Zimmer des Grafen, wohin ihnen nach Verlauf von etwa einer
Stunde der Priester folgt. Inzwischen wird die Gesellschaft durch
den Hauskavalier der Prinzessin zur Tafel geladen; es verbreitet
sich, während sie auf das kostbarste und ausgesuchteste bewirtet
wird, durch diesen die Nachricht, daß der junge Graf, als ein
echter, deutscher Herr, weniger krank, als vielmehr nur ein Sonderling sei, der die Gesellschaft bei Festlichkeiten dieser Art nicht
liebe; bis spät, um 11 Uhr in der Nacht, die Prinzessin, Signora
Franzeska an der Hand, auftritt, und den versammelten Gästen
mit der Äußerung, daß die Trauung bereits vollzogen sei, die
Frau Gräfin von Scharfeneck vorstellt. Man erhebt sich, man erstaunt und freut sich, man jubelt und fragt: doch alles, was man
von der Prinzessin und der Gräfin erfährt, ist, daß der Graf wohlauf sei; daß er sich auch in kurzem sämtlichen Herrschaften, die
hier die Güte gehabt, sich zu versammeln, zeigen würde; daß
dringende Geschäfte jedoch ihn nötigten, mit der Frühe des
nächsten Morgens nach Venedig, wo ihm ein Onkel gestorben
sei und er eine Erbschaft zu erheben habe, zurückzukehren. Hierauf, unter wiederholten Glückwünschungen und Umarmungen
der Braut, entfernt sich die Gesellschaft; und mit dem Anbruch
des Tages fährt, im Angesicht der ganzen Dienerschaft, der Graf

in seinem Reisewagen mit vier Pferden wieder ab. – Sechs Wochen darauf erhalten die Prinzessin und die Gräfin, in einem schwarz versiegelten Briefe, die Nachricht, daß der Graf Scharfeneck in dem Hafen von Venedig ertrunken sei. Es heißt, daß er, nach einem scharfen Ritt, die Unbesonnenheit begangen, sich zu baden; daß ihn der Schlag auf der Stelle gerührt, und sein Körper noch bis diesen Augenblick im Meere nicht gefunden sei. – Alles, was zu dem Hause der Prinzessin gehört, versammelt sich, auf diese schreckliche Post, zur Teilnahme und Kondolation; die Prinzessin zeigt den unseligen Brief, die Gräfin, die ohne Bewußtsein in ihren Armen liegt, jammert und ist untröstlich –; hat jedoch nach einigen Tagen Kraft genug, nach Venedig abzureisen, um die ihr dort zugefallene Erbschaft in Besitz zu nehmen. – Kurz, nach Verfluß von ungefähr neun Monaten (denn so lange dauerte der Prozeß) kehrt sie zurück; und zeigt einen allerliebsten kleinen Grafen Scharfeneck, mit welchem sie der Himmel daselbst gesegnet hatte. Ein Deutscher, der eine große genealogische Kenntnis seines Vaterlands hatte, entdeckte das Geheimnis, das dieser Intrige zum Grunde lag, und schickte dem jungen Grafen, in einer zierlichen Handzeichnung, sein Wappen zu, welches die Ecke einer Bank darstellte, unter welcher ein Kind lag. Die Dame hielt sich gleichwohl, unter dem Namen einer Gräfin Scharfeneck, noch mehrere Jahre in Neapel auf; bis der Vicomte von P . . ., im Jahr 1793, zum zweitenmale nach Italien kam, und sich, auf Veranlassung der Prinzessin, entschloß, sie zu heiraten. – Im Jahr 1802 kehrten beide nach Frankreich zurück. mz.

NEUJAHRSWUNSCH EINES FEUERWERKERS AN SEINEN HAUPTMANN, AUS DEM SIEBENJÄHRIGEN KRIEGE

Hochwohlgeborner Herr,
Hochzuehrender, Hochgebietender, Vester und
Strenger Herr Hauptmann!

Sintemal und alldieweil und gleichwie, wenn die ungestüme Wasserflut und deren schäumende Wellen einer ganzen Stadt Untergang und Verwüstung drohen, und dann der zitternde Bürger mit Rettungswerkzeugen herzu eilet und rennt, um wo möglich den rauschenden, brausenden und erzürnten Fluten Einhalt zu tun: so und nicht anders eile ich Ew. Hochwohlgeboren bei dem jetzigen Jahreswechsel von der Unverbesserlichkeit meiner, Ihnen gewidmeten Ergebenheit bereitwilligst und dienstbeflissentlichst zu versichern und zu überzeugen und dabei meinem Hochgeehrten Herrn Hauptmann ein ganzes Arsenal voll aller zur Glückseligkeit des menschlichen Lebens erforderlichen Bedürfnisse anzuwünschen. — Es müsse meinem Hochgeehrtesten Herrn Hauptmann weder an Pulver der edlen Gesundheit, noch an den Kugeln eines immerwährenden Vergnügens, weder an Bomben der Zufriedenheit, weder an Karkassen der Gemütsruhe, noch an der Lunte eines langen Lebens ermangeln. Es müssen die Feinde unsrer Ruhe, die pandurenmäßigen Sorgen, sich nimmer der Zitadelle Ihres Herzens nähern; ja, es müsse Ihnen gelingen, die Trancheen ihrer Kränkungen vor der Redoute Ihrer Lustempfindungen zu öffnen. Das Glacis Ihres Wohlergehns sei bis in das späteste Alter mit den Palisaden des Segens verwahrt, und die Sturmleitern des Kummers müssen vergebens an das Ravelin Ihrer Freude gelegt werden. Es müssen Ew. Hochwohlgeboren alle, bei dem beschwerlichen Marsch dieses Lebens vorkommende, Defiléen ohne Verlust und Schaden passieren, und fehle es zu keiner Zeit, weder der Kavallerie Ihrer Wünsche, noch der Infanterie Ihrer Hoffnungen, noch der reitenden Artillerie Ihrer Projekte an dem Proviant und den Munitionen eines glücklichen Erfolgs. Übrigens ermangle ich auch nicht, das Gewehr meiner mit scharfen Patronen geladenen Dankbarkeit zu der Salve Ihres gütigen Wohlwollens loszuschießen, und mit ganzen Pelotons der Erkenntlichkeit durch zu chargieren. Ich verabscheue die Handgriffe der Falschheit, ich mache den Pfanndeckel der Verstellung ab, und dringe mit aufgepflanztem Bajonett meiner ergebensten Bitte in das Bataillon Quarré Ihrer Freundschaft ein, um dieselbe zu forcieren, daß sie mir den Wahlplatz Ihrer Gewogenheit überlassen müsse, wo ich mich zu maintenieren suchen werde, bis die unvermeidliche Mine des Todes ihren Effekt tut, und mich, nicht in die Luft sprengen, wohl aber in die dunkle Kasematte des Grabes einquartieren wird. Bis dahin verharre ich meines

Hochzuehrenden Herrn Hauptmanns
respektmäßiger Diener N. N.

DER NEUERE (GLÜCKLICHERE) WERTHER

Zu L..e in Frankreich war ein junger Kaufmannsdiener, Charles C..., der die Frau seines Prinzipals, eines reichen aber bejahrten Kaufmanns, namens D..., heimlich liebte. Tugendhaft und rechtschaffen, wie er die Frau kannte, machte er nicht den mindesten Versuch, ihre Gegenliebe zu erhalten: um so weniger, da er durch manche Bande der Dankbarkeit und Ehrfurcht an seinen Prinzipal geknüpft war. Die Frau, welche mit seinem Zustande, der seiner Gesundheit nachteilig zu werden drohte, Mitleiden hatte, forderte ihren Mann, unter mancherlei Vorwand auf, ihn aus dem Hause zu entfernen; der Mann schob eine Reise, zu welcher er ihn bestimmt hatte, von Tage zu Tage auf, und erklärte endlich ganz und gar, daß er ihn in seinem Kontor nicht entbehren könne. Einst machte Herr D..., mit seiner Frau, eine Reise zu einem Freunde, aufs Land; er ließ den jungen C..., um die Geschäfte der Handlung zu führen, im Hause zurück. Abends, da schon alles schläft, macht sich der junge Mann, von welchen Empfindungen getrieben, weiß ich nicht, auf, um noch einen Spaziergang durch den Garten zu machen. Er kömmt bei dem Schlafzimmer der teuern Frau vorbei, er steht still, er legt die Hand an die Klinke, er öffnet das Zimmer: das Herz schwillt ihm bei dem Anblick des Bettes, in welchem sie zu ruhen pflegt, empor, und kurz, er begeht, nach manchen Kämpfen mit sich selbst, die Torheit, weil es doch niemand sieht, und zieht sich aus und legt sich hinein. Nachts, da er schon mehrere Stunden, sanft und ruhig, geschlafen, kommt, aus irgend einem besonderen Grunde, der, hier anzugeben, gleichgültig ist, das Ehepaar unerwartet nach Hause zurück; und da der alte Herr mit seiner Frau ins Schlafzimmer tritt, finden sie den jungen C..., der sich, von dem Geräusch, das sie verursachen, aufgeschreckt, halb im Bette, erhebt. Scham und Verwirrung, bei diesem Anblick, ergreifen ihn; und während das Ehepaar betroffen umkehrt, und wieder in das Nebenzimmer, aus dem sie gekommen waren, verschwindet, steht er auf, und zieht sich an; er schleicht, seines Lebens müde, in sein Zimmer, schreibt einen kurzen Brief, in welchem er den Vorfall erklärt, an die Frau, und schießt sich mit einem Pistol, das an der Wand hängt, in die Brust. Hier scheint die Geschichte seines Lebens aus; und gleichwohl (sonderbar genug) fängt sie hier erst allererst an. Denn statt ihn, den Jüngling, auf den er gemünzt war, zu töten, zog der Schuß dem alten Herrn, der in dem Nebenzimmer befindlich war, den Schlagfluß zu: Herr D . . . verschied wenige Stunden darauf, ohne daß die Kunst aller Ärzte, die man herbeigerufen, imstande gewesen wäre, ihn zu retten. Fünf Tage nachher, da Herr D . . . schon längst begraben war, erwachte der junge C . . ., dem der Schuß, aber nicht lebensgefährlich, durch die Lunge gegangen war: und wer beschreibt wohl – wie soll ich sagen, seinen Schmerz oder seine Freude? als er erfuhr, was vorgefallen war, und sich in den Armen der lieben Frau befand, um derentwillen er sich den Tod hatte geben wollen! Nach Verlauf eines Jahres heiratete ihn die Frau; und beide lebten noch im Jahr 1801, wo ihre Familie bereits, wie ein Bekannter erzählt, aus 15 Kindern bestand.

MUTTERLIEBE

Zu St. Omer im nördlichen Frankreich ereignete sich im Jahr 1803 ein merkwürdiger Vorfall. Daselbst fiel ein großer toller Hund, der schon mehrere Menschen beschädigt hatte, über zwei, unter einer Haustür spielende, Kinder her. Eben zerreißt er das jüngste, das sich, unter seinen Klauen, im Blute wälzt; da erscheint, aus einer Nebenstraße, mit einem Eimer Wasser, den sie auf dem Kopf trägt, die Mutter. Diese, während der Hund die Kinder losläßt, und auf sie zuspringt, setzt den Eimer neben sich nieder; und außerstand zu fliehen, entschlossen, das Untier mindestens mit sich zu verderben, umklammert sie, mit Gliedern, gestählt von Wut und Rache, den Hund: sie erdrosselt ihn, und fällt, von grimmigen Bissen zerfleischt, ohnmächtig neben ihm nieder. Die Frau begrub noch ihre Kinder und ward, in wenig Tagen, da sie an der Tollwut starb, selbst zu ihnen ins Grab gelegt.

UNWAHRSCHEINLICHE WAHRHAFTIGKEITEN

»Drei Geschichten«, sagte ein alter Offizier in einer Gesellschaft, »sind von der Art, daß ich ihnen zwar selbst vollkommenen Glauben beimesse, gleichwohl aber Gefahr liefe, für einen Windbeutel gehalten zu werden, wenn ich sie erzählen wollte. Denn die Leute fordern, als erste Bedingung, von der Wahrheit, daß sie wahrscheinlich sei; und doch ist die Wahrscheinlichkeit, wie die Erfahrung lehrt, nicht immer auf Seiten der Wahrheit.«

Erzählen Sie, riefen einige Mitglieder, erzählen Sie! – denn man kannte den Offizier als einen heitern und schätzenswürdigen Mann, der sich der Lüge niemals schuldig machte.

Der Offizier sagte lachend, er wolle der Gesellschaft den Gefallen tun; erklärte aber noch einmal im voraus, daß er auf den Glauben derselben, in diesem besonderen Fall, keinen Anspruch mache.

Die Gesellschaft dagegen sagte ihm denselben im voraus zu; sie forderte ihn nur auf, zu reden, und horchte.

»Auf einem Marsch 1792 in der Rheinkampagne«, begann der Offizier, »bemerkte ich, nach einem Gefecht, das wir mit dem Feinde gehabt hatten, einen Soldaten, der stramm, mit Gewehr und Gepäck, in Reih und Glied ging, obschon er einen Schuß mitten durch die Brust hatte; wenigstens sah man das Loch vorn im Riemen der Patrontasche, wo die Kugel eingeschlagen hatte, und hinten ein anderes im Rock, wo sie wieder herausgegangen war. Die Offiziere, die ihren Augen bei diesem seltsamen Anblick nicht trauten, forderten ihn zu wiederholten Malen auf, hinter die Front zu treten und sich verbinden zu lassen; aber der Mensch versicherte, daß er gar keine Schmerzen habe, und bat, ihn, um dieses Prellschusses willen, wie er es nannte, nicht von dem Regiment zu entfernen. Abends, da wir ins Lager gerückt waren, untersuchte der herbeigerufene Chirurgus seine Wunde; und fand, daß die Kugel vom Brustknochen, den sie nicht Kraft genug gehabt, zu durchschlagen, zurückgeprellt, zwischen der Ribbe und der Haut, welche auf elastische Weise nachgegeben, um den ganzen Leib herumgeglitscht, und hinten, da sie sich am Ende des Rückgrats gestoßen, zu ihrer ersten senkrechten Richtung zurückgekehrt, und aus der Haut wieder hervorgebrochen war. Auch zog diese kleine Fleischwunde dem Kranken nichts als ein Wundfieber zu: und wenige Tage verflossen, so stand er wieder in Reih und Glied.«

Wie? fragten einige Mitglieder der Gesellschaft betroffen, und glaubten, sie hätten nicht recht gehört.

Die Kugel? Um den ganzen Leib herum? Im Kreise? – – Die Gesellschaft hatte Mühe, ein Gelächter zu unterdrücken.

»Das war die erste Geschichte«, sagte der Offizier, indem er eine Prise Tabak nahm, und schwieg.

Beim Himmel! platzte ein Landedelmann los: da haben Sie recht; diese Geschichte ist von der Art, daß man sie nicht glaubt!

»Eilf Jahre darauf«, sprach der Offizier, »im Jahr 1803, befand ich mich, mit einem Freunde, in dem Flecken Königstein in Sachsen, in dessen Nähe, wie bekannt, etwa auf eine halbe Stunde, am Rande des äußerst steilen, vielleicht dreihundert Fuß hohen, Elbufers, ein beträchtlicher Steinbruch ist. Die Arbeiter pflegen, bei großen Blöcken, wenn sie mit Werkzeugen nicht mehr hinzu kommen können, feste Körper, besonders Pfeifenstiele, in den Riß zu werfen, und überlassen der, keilförmig wirkenden, Gewalt dieser kleinen Körper das Geschäft, den Block völlig von dem Felsen abzulösen. Es traf sich, daß, eben um diese Zeit, ein ungeheurer, mehrere tausend Kubikfuß messender, Block zum Fall auf die Fläche des Elbufers, in dem Steinbruch, bereit war; und da dieser Augenblick, wegen des sonderbar im Gebirge widerhallenden Donners, und mancher andern, aus der Erschütterung des Erdreichs hervorgehender Erscheinungen, die man nicht berechnen kann, merkwürdig ist: so begaben, unter vielen andern Einwohnern der Stadt, auch wir uns, mein Freund und ich, täglich abends nach dem Steinbruch hinaus, um den Moment, da der Block fallen würde, zu erhaschen. Der Block fiel aber in der Mittagsstunde, da wir eben, im Gasthof zu Königstein, an der Tafel saßen; und erst um 5 Uhr gegen Abend hatten wir Zeit, hinaus zu spazieren, und uns nach den Umständen, unter denen er gefallen war, zu erkundigen. Was aber war die Wirkung dieses seines Falls gewesen? Zuvörderst muß man wissen, daß, zwischen der Felswand des Steinbruchs und dem Bette der Elbe, noch ein beträchtlicher, etwa 50 Fuß in der Breite haltender Erdstrich befindlich war; dergestalt, daß der Block (welches hier wichtig ist) nicht unmittelbar ins Wasser der Elbe, sondern auf die sandige Fläche dieses Erdstrichs gefallen war. Ein Elbkahn, meine Herren, das war die Wirkung dieses Falls gewesen, war, durch den Druck der Luft, der dadurch verursacht worden, aufs Trockne gesetzt worden; ein Kahn, der, etwa 60 Fuß lang und 30 breit, schwer mit Holz beladen, am andern, entgegengesetzten, Ufer der Elbe lag: diese Augen haben ihn im Sande – was sag ich? sie haben,

am anderen Tage, noch die Arbeiter gesehen, welche, mit He-
beln und Walzen, bemüht waren, ihn wieder flott zu machen, und
ihn, vom Ufer herab, wieder ins Wasser zu schaffen. Es ist wahrscheinlich, daß die ganze Elbe (die Oberfläche derselben) einen
Augenblick ausgetreten, auf das andere flache Ufer überge-
schwappt und den Kahn, als einen festen Körper, daselbst zurückgelassen; etwa wie, auf dem Rande eines flachen Gefäßes, ein
Stück Holz zurückbleibt, wenn das Wasser, auf welchem es
schwimmt, erschüttert wird.«

Und der Block, fragte die Gesellschaft, fiel nicht ins Wasser
der Elbe?

Der Offizier wiederholte: nein!

Seltsam! rief die Gesellschaft.

Der Landedelmann meinte, daß er die Geschichten, die seinen
Satz belegen sollten, gut zu wählen wüßte.

»Die dritte Geschichte«, fuhr der Offizier fort, »trug sich zu, im
Freiheitskriege der Niederländer, bei der Belagerung von Antwerpen durch den Herzog von Parma. Der Herzog hatte die
Schelde, vermittelst einer Schiffsbrücke, gesperrt, und die Ant-
werpner arbeiteten ihrerseits, unter Anleitung eines geschickten
Italieners, daran, dieselbe durch Brander, die sie gegen die Brücke
losließen, in die Luft zu sprengen. In dem Augenblick, meine
Herren, da die Fahrzeuge die Schelde herab, gegen die Brücke,
anschwimmen, steht, das merken Sie wohl, ein Fahnenjunker, auf
dem linken Ufer der Schelde, dicht neben dem Herzog von
Parma; jetzt, verstehen Sie, jetzt geschieht die Explosion: und
der Junker, Haut und Haar, samt Fahne und Gepäck, und ohne
daß ihm das mindeste auf dieser Reise zugestoßen, steht auf dem
rechten. Und die Schelde ist hier, wie Sie wissen werden, einen
kleinen Kanonenschuß breit.«

»Haben Sie verstanden?«

Himmel, Tod und Teufel! rief der Landedelmann.

Dixi! sprach der Offizier, nahm Stock und Hut und ging weg.

Herr Hauptmann! riefen die andern lachend: Herr Hauptmann! – Sie wollten wenigstens die Quelle dieser abenteuerlichen
Geschichte, die er für wahr ausgab, wissen.

Lassen Sie ihn, sprach ein Mitglied der Gesellschaft; die Geschichte steht in dem Anhang zu Schillers Geschichte vom Abfall

der vereinigten Niederlande; und der Verfasser bemerkt ausdrücklich, daß ein Dichter von diesem Faktum keinen Gebrauch machen könne, der Geschichtschreiber aber, wegen der Unverwerflichkeit der Quellen und der Übereinstimmung der Zeugnisse, genötigt sei, dasselbe aufzunehmen. vx.

SONDERBARER RECHTSFALL IN ENGLAND

Man weiß, daß in England jeder Beklagte zwölf Geschworne von seinem Stande zu Richtern hat, deren Ausspruch einstimmig sein muß, und die, damit die Entscheidung sich nicht zu sehr in die Länge verziehe, ohne Essen und Trinken so lange eingeschlossen bleiben, bis sie eines Sinnes sind. Zwei Gentlemen, die einige Meilen von London lebten, hatten in Gegenwart von Zeugen einen sehr lebhaften Streit miteinander; der eine drohte dem andern, und setzte hinzu, daß ehe vier und zwanzig Stunden vergingen, ihn sein Betragen reuen solle. Gegen Abend wurde dieser Edelmann erschossen gefunden; der Verdacht fiel natürlich auf den, der die Drohungen gegen ihn ausgestoßen hatte. Man brachte ihn zu gefänglicher Haft, das Gericht wurde gehalten, es fanden sich noch mehrere Beweise, und 11 Beisitzer verdammten ihn zum Tode; allein der zwölfte bestand hartnäckig darauf, nicht einzuwilligen, weil er ihn für unschuldig hielte.

Seine Kollegen baten ihn, Gründe anzuführen, warum er dies glaubte; allein er ließ sich nicht darauf ein, und beharrte bei seiner Meinung. Es war schon spät in der Nacht, und der Hunger plagte die Richter heftig; einer stand endlich auf, und meinte, daß es besser sei, einen Schuldigen loszusprechen, als 11 Unschuldige verhungern zu lassen; man fertigte also die Begnadigung aus, führte aber auch zugleich die Umstände an, die das Gericht dazu gezwungen hätten. Das ganze Publikum war wider den einzigen Starrkopf; die Sache kam sogar vor den König, der ihn zu sprechen verlangte; der Edelmann erschien, und nachdem er sich vom Könige das Wort geben lassen, daß seine Aufrichtigkeit nicht von nachteiligen Folgen für ihn sein sollte, so erzählte er dem Monarchen, daß, als er im Dunkeln von der Jagd gekommen, und sein Gewehr losgeschossen, es unglücklicher Weise diesen Edelmann, der hinter einem Busche gestanden, getötet habe. Da ich,

fuhr er fort, weder Zeugen meiner Tat, noch meiner Unschuld
hatte, so beschloß ich, Stillschweigen zu beobachten; aber als ich
hörte, daß man einen Unschuldigen anklagte, so wandte ich
alles an, um einer von den Geschwornen zu werden; fest entschlossen, eher zu verhungern, als den Beklagten umkommen zu
lassen. Der König hielt sein Wort, und der Edelmann bekam
seine Begnadigung.

ANEKDOTEN-BEARBEITUNGEN

ANEKDOTE

In einem Werke, betitelt: *Reise mit der Armee im Jahr 1809.* Rudol-
stadt, Hofbuchhdl. 1810. erzählt ein Franzose folgende Anekdote
vom Kaiser Napoleon, die von seiner Fähigkeit lebhafte Regungen des Mitleids zu empfinden, ein merkwürdiges Beispiel gibt.
Es ist bekannt, daß derselbe, in der Schlacht bei Aspern, den verwundeten Marschall Lannes lange mit großer Bewegung in den
Armen hielt. Am Abend eben dieser Schlacht beobachtete er,
mitten im Kartätschenfeuer, den Angriff seiner Kavallerie; eine
Menge Blessierter lagen um ihn herum – schweigend, wie der
Augenzeuge dieses Vorfalls sagt, um dem Kaiser, mit ihren Klagen, nicht zur Last zu fallen. Drauf setzt ein ganzes fr. Kürassierregiment, der feindlichen Übermacht ausweichend, über die Unglücklichen hinweg; es erhebt sich ein lautes Geschrei des Jammers, mit dem untermischten Ausruf (gleichsam um es zu übertäuben): Vive l'Empereur! Vive l'Empereur! Der Kaiser wendet
sich; indem er die Hand vors Gesicht hält, stürzen ihm die Tränen
aus den Augen, und nur mit Mühe behält er seine Fassung.

(Misz. d. n. Weltk.)

URALTE REICHSTAGSFEIERLICHKEIT,
ODER KAMPF DER BLINDEN MIT DEM SCHWEINE

Als *Kaiser Maximilian der Erste* zu Augsburg, um die Stände zu
einem Türkenkriege zu bewegen, einen Reichstag hielt, ergötzten sich Fürsten und Adel mit mancherlei ritterlichen Spielen.
Aber eine eigene Belustigung für den Kaiser hatte sich *Kunz von
der Rosen*, Maximilians Hofnarr sowohl als Obrist, ausgedacht.
Auf dem Weinmarkt nämlich, in der Mitte eines von starken
Schranken eingeschlossenen Platzes, ward ein Pfahl befestigt; an
dem Pfahl aber, vermittelst eines langen Stricks, ein fettes Schwein
gebunden. Zwölf Blinde, arme Leute, mit einem Prügel bewaffnet, eine Pickelhaube auf, und von Kopf zu Fuß in altes rostiges
Eisen gesteckt, traten nun in die Schranken, um gegen das
Schwein zu kämpfen; denn Kunz von der Rosen hatte verspro-

chen, daß demjenigen das Schwein gehören solle, der es erlegen
würde. Drauf, nachdem die Blinden sich in einen Kreis gestellt,
geht, auf einen Trompetenstoß, der Angriff an. Die Blinden tappten auf den Punkt zu, wo die Sau auf etwas Stroh lag und grunzte.
Jetzt empfing diese einen Streich und fing an zu schreien und fuhr
dabei einem oder zwei Blinden zwischen die Füße und warf die
Blinden um. Die übrigen, auf der Seite stehenden, welche die
Sau grunzen und schreien hörten, eilten auch hinzu, schlugen
tapfer darauf los, und trafen eben so oft einen Mitkämpfer, als die
Sau. Der Mitkämpfer schlug auf den Angreifer, dem er nichts
getan hatte, ärgerlich zurück; und endlich schlug gar ein dritter,
der von ihrem Hader nichts wußte, indem er meinte, sie schlügen
auf das Schwein, auf beide los. Zuweilen waren die Blinden alle
mit ihren Prügeln aneinander und arbeiteten so grimmig auf die
Pickelhauben der Mitkämpfer los, daß es klang, als wären Kesselschmiede und Pfannenflicker in Eisenhütten und Werkstätten geschäftig. Die Sau, welche den Vorteil hatte, gut zu sehen und den
Streichen ausweichen zu können, fing indessen an, zu gröllen.
Auf dies Gegröll spitzen die Blinden die Ohren; sie verlassen einander und gehen, mit ihren Prügeln, auf das Schwein zu. Aber
dies hat sich indessen schon wieder einen andern Platz gesucht;
und die Blinden stoßen aneinander, sie fallen über das Seil, woran
das Schwein festgebunden ist, sie berühren die Schranke, und
führen, weil sie glauben, das Schwein getroffen zu haben, einen
ungeheuren Schlag darauf. Endlich, nach vielen Stunden vergeblichen Suchens, gelingt es einem; er trifft das Schwein mit
dem Prügel auf die Schnauze; es fällt – und ein unendliches Jubel-
geschrei erhebt sich. Er wird zum Sieger ausgerufen, das Schwein
ihm, vom Kampfherold zuerkannt; und blutrünstig und unter-
laufen, wie sie sein mögen, setzen sie sich, samt und sonders, an
einem herrlichen Gastmahl nieder, das die Feierlichkeit beschließt. –   (Gem. Unterh. Bl.)

ANEKDOTE

Als man den Diogenes fragte, wo er nach seinem Tode begraben
sein wolle? antwortete er: »mitten auf das Feld.« Was, versetzte
jemand, willst du von den Vögeln und wilden Tieren gefressen
werden? »So lege man meinen Stab neben mich«, antwortete er,

»damit ich sie wegjagen könne.« Wegjagen! rief der andere; wenn du tot bist, hast du ja keine Empfindung! »Nun denn, was liegt mir daran«, erwiderte er, »ob mich die Vögel fressen oder nicht?« –

HELGOLÄNDISCHES GOTTESGERICHT

Die Helgoländer haben eine sonderbare Art, ihre Streitigkeiten in zweifelhaften Fällen, zu entscheiden; und wie die Parteien, bei anderen Völkerschaften, zu den Waffen greifen, und das Blut entscheiden lassen, so werfen sie ihre Lotsenzeichen (Medaillen von Messing, mit einer Nummer, die einem jeden von ihnen zugehört) in einen Hut, und lassen durch einen Schiedsrichter, eine derselben herausziehn. Der Eigentümer der Nummer bekommt alsdann recht.

BEISPIEL EINER UNERHÖRTEN MORDBRENNEREI

Als vor einiger Zeit die Gegend von Berlin von jener berüchtigten Mordbrennerbande heimgesucht ward, war jedem Gemüte, das Ehrfurcht vor göttlicher und menschlicher Ordnung hat, die entsetzliche Barbarei dieser Greuel unbegreiflich; und doch war es noch wenigstens nur, um zu stehlen. Was wird man nun zu einem Rechtsfall sagen, der im Jahr 1808 bei dem Kriminalgericht zu Rouen statt hatte? Daselbst ward die Todesstrafe, der Mordbrennerei wegen, über einen Mann verhängt, der bis in sein 60. Jahr für einen rechtschaffenen Mann gegolten und der Achtung aller seiner Mitbürger genossen hatte. Johann Mauconduit, Bauer zu Hattenville, war sein Name. Von bloßem Vergnügen an Mordbrennerei geleitet, hatte er, seit längerer Zeit, hie und da Gebäude in Brand gesteckt, ohne daß es jemand einfiel, ihn deshalb als den Täter anzusehn. Er hatte eine eigene Maschine erfunden, die sich vermittelst einer Batterie entzündete, und warf sie auf die Häuser, denen er den Brand zugedacht hatte. Innerhalb 8 Monaten hatte er nicht weniger als zehnmal dieses Verbrechen begangen, und zuletzt seine eigene Wohnung in Brand gesteckt: er wußte wohl, daß der Besitzer des Grundstücks verpflichtet war, ihm eine neue zu bauen. Aber da fand man in einem seiner Schränke dergleichen Zündmaschinen, wie man schon öfters, in Fällen, wo sie nicht losgebrannt waren, auf den Dächern der

Häuser gefunden hatte; und so klärten sich eine Menge anderer Zeugnisse gegen ihn auf, so, daß er sich endlich zu alle den Feuersbrünsten als Urheber angeben mußte, welche in seiner Nachbarschaft vorgefallen waren.

MERKWÜRDIGE PROPHEZEIUNG

In dem Werk: *Paris, Versailles et les Provinces au 18me siècle, par un ancien officier aux gardes françaises, 2 Vol. in 8. 1809.* wird die Erzählung einer sonderbar eingetroffenen Vorherverkündigung mit zuviel historischen Angaben belegt, als daß sie nicht einiger Erwägung wert wäre. Herr von Apchon war in seiner früheren Jugend Malteserritter, und von seiner Familie zum Seedienst bestimmt. Als er in dem Kollegium zu Lyon war, wurde er einem spanischen Jesuiten vorgestellt, der, unter seinen Mitbrüdern, für einen Wahrsager galt. Dieser, als er ihn ins Auge faßte, sagte ihm, auf eine sonderbare Weise, daß er einst eine der Stützen der Kirche, und der dritte Bischof von Dijon werden würde. Man verstand den Jesuiten um so weniger, da es damals in Dijon keinen Bischof gab, und Herr von Apchon ward, von diesem Augenblick an, von seinen Mitschülern spottweise *der Bischof* genannt: einen Zunamen, den er auch nachher als Seekadett beibehielt. Zehn Jahre darauf ward Herr von Apchon Bischof von *Dijon*, und nachheriger Erzbischof von *Auch*. – Diese Begebenheit bestätigen alle Zeitgenossen; und der ehrwürdige Prälat selbst hat sie, durch sein ganzes Leben, erzählt.

BEITRAG ZUR NATURGESCHICHTE DES MENSCHEN

Im Jahr 1809 zeigten sich in Europa zwei sonderbare entgegengesetzte menschliche Naturphänomene: das eine eine sogenannte Unverbrennliche, namens *Karoline Kopini*, das andere eine ungeheure Wassertrinkerin, namens *Chartret* aus Courlon in Frankreich. Jene, die Unverbrennliche, trank siedend heißes Öl, wusch sich mit Scheidewasser, ja sogar mit zerschmolzenem Blei, Gesicht und Hände, ging mit nackten Füßen auf einer dicken glühenden Eisenplatte umher, alles ohne irgend eine Empfindung von Schmerz. Die andere trinkt, seit ihrem achten Jahre, täglich 20 Kannen laues Wasser; wenn sie weniger trinkt, ist sie krank, fühlt Stiche in der Seite, und fällt in eine Art von Betäubung. –

Übrigens ist sie körperlich und geistig gesund, und war vor zwei Jahren 52 Jahr alt.

WASSERMÄNNER UND SIRENEN

In der Wiener Zeitung vom 30. Juli 1803 wird erzählt, daß die Fischereipächter des Königssees in Ungarn mehrmals schon, bei ihrem Geschäft, eine Art nackten, wie sie sagten, vierfüßigen Geschöpfs bemerkt hatten, ohne daß sie unterscheiden konnten, von welcher Gattung es sei, indem es schnell, sobald jemand sich zeigte, vom Ufer ins Wasser lief und verschwand. Die Fischer lauerten endlich so lange, bis sie das vermeintliche Tier, im Frühling des Jahrs 1776, mit ihren ausgesetzten Netzen fingen. Als sie nun desselben habhaft waren, sahen sie mit Erstaunen, daß es ein Mensch war. Sie schafften ihn sogleich nach Kapuvar zu dem fürstlichen Verwalter. Dieser machte eine Anzeige davon an die fürstliche Direktion, von welcher der Befehl erging, den Wassermann gut zu verwahren und ihn einem Trabanten zur Aufsicht zu übergeben. Derselbe mochte damals etwa 17 Jahr alt sein, seine Bildung war kräftig und wohlgestaltet, bloß die Hände und Füße waren krumm, weil er kroch; zwischen den Zehen und Fingern befand sich ein zartes, entenartiges Häutchen, er konnte, wie jedes Wassertier, schwimmen, und der größte Teil des Körpers war mit Schuppen bedeckt.

Man lehrte ihn gehen, und gab ihm anfangs nur rohe Fische und Krebse zur Nahrung, die er mit dem größesten Appetit verzehrte: auch füllte man einen großen Bottich mit Wasser an, in dem er sich mit großen Freudenbezeugungen badete. Die Kleider waren ihm öfters zur Last und er warf sie weg, bis er sich nach und nach daran gewöhnte. An gekochte, grüne, Mehl- und Fleischspeisen hat man ihn nie recht gewöhnen können, denn sein Magen vertrug sie nicht; er lernte auch reden und sprach schon viele Worte aus, arbeitete fleißig, war gehorsam und zahm. Allein nach einer Zeit von drei Vierteljahren, wo man ihn nicht mehr so streng beobachtete, ging er aus dem Schlosse über die Brücke, sah den mit Wasser angefüllten Schloßgraben, sprang mit seinen Kleidern hinein und verschwand.

Man traf sogleich alle Anstalten, um ihn wieder zu fangen, allein alles Nachsuchen war vergebens, und ob man ihn schon nach der Zeit, besonders bei dem Bau des Kanals durch den Königssee, im Jahr 1803, wiedergesehen hat, so hat man seiner doch nie wieder habhaft werden können.

Dieser Vorfall wirft Licht über manche, bisher für fabelhaft gehaltene, See-Erscheinungen, die man *Sirenen* nannte. So sah der Entdecker Grönlands Hudson, auf seiner zweiten Reise, am 15. Juni 1608 eine solche Sirene und die ganze Schiffsmannschaft sah sie mit ihm. Sie schwamm zur Seite des Schiffs und sah die Schiffsleute starr an. Vom Kopfe bis zum Unterleib glich sie vollkommen einem Weibe von gewöhnlicher Statur. Ihre Haut war weiß; sie hatte lange, schwarze, um die Schultern flatternde Haare. Wenn die Sirene sich umkehrte, so sahen die Schiffsleute ihren Fischschwanz, der mit dem eines Meerschweins viel Ähnlichkeit hatte, und wie ein Makrelenschwanz gefleckt war. – Nach einem wütigen Sturm im Jahr 1740, der die holländischen Dämme von Westfriesland durchbrochen hatte, fand man auf den Wiesen eine sogenannte Sirene im Wasser. Man brachte sie nach Haarlem, kleidete sie und lehrte sie spinnen. Sie nahm gewöhnliche Speise zu sich und lebte einige Jahre. Sprechen lernte sie nicht, ihre Töne glichen dem Ächzen eines Sterbenden. Immer zeigte sie den stärksten Trieb zum Wasser. – Im Jahr 1560 fingen Fischer von der Insel Ceylon mehrere solcher Ungeheuer auf einmal im Netze. Dimas Bosquez von Valence, der sie untersuchte und einige, die gestorben waren, in Gegenwart mehrerer Missionäre anatomierte, fand alle inneren Teile mit dem menschlichen Körper sehr übereinstimmend. Sie hatten einen runden Kopf, große Augen, ein volles Gesicht, platte Wangen, eine aufgeworfene Nase, sehr weiße Zähne, gräuliche, manchmal bläuliche Haare, und einen langen grauen bis auf den Magen herabhangenden Bart. – Hierher gehört auch noch der sogenannte neapolitanische *Fischnickel*, von welchem man in *Gehlers physikalischem Lexikon* eine authentische Beschreibung findet.

GESCHICHTE EINES MERKWÜRDIGEN ZWEIKAMPFS

Der Ritter Hans Carouge, Vasall des Grafen von Alenson, mußte in häuslichen Angelegenheiten eine Reise übers Meer tun. Seine junge und schöne Gemahlin ließ er auf seiner Burg. Ein anderer

Vasall des Grafen, Jakob der Graue genannt, verliebte sich in diese Dame auf das heftigste. Die Zeugen sagten vor Gericht aus, daß er zu der und der Stunde, des und des Tages, in dem und dem Monat, sich auf das Pferd des Grafen gesetzt, und diese Dame zu Argenteuil, wo sie sich aufhielt, besucht habe. Sie empfing ihn als den Gefährten ihres Mannes, und als seinen Freund, und zeigte ihm das ganze Schloß. Er wollte auch die Warte, oder den Wachturm der Burg sehen, und die Dame führte ihn selbst dahin, ohne sich von einem Bedienten begleiten zu lassen.

Sobald sie im Turm waren, verschloß Jakob, der sehr stark war, die Türe, nahm die Dame in seine Arme, und überließ sich ganz seiner Leidenschaft. Jakob, Jakob, sagte die Dame weinend, du hast mich beschimpft, aber die Schmach wird auf dich zurückfallen, sobald mein Mann wiederkömmt. Jakob achtete nicht viel auf diese Drohung, setzte sich auf sein Pferd, und kehrte in vollem Jagen zurück. Um vier Uhr des Morgens war er in der Burg gewesen, und um neun Uhr desselben Morgens, erschien er auch beim Lever des Grafen. – Dieser Umstand muß wohl bemerkt werden. Hans Carouge kam endlich von seiner Reise zurück, und seine Frau empfing ihn mit den lebhaftesten Beweisen der Zärtlichkeit. Aber des Abends, als Carouge sich in ihr Schlafgemach und zu Bette begeben hatte, ging sie lange im Zimmer auf und nieder, machte von Zeit zu Zeit das Zeichen des Kreuzes vor sich, fiel zuletzt vor seinem Bette auf die Kniee, und erzählte ihrem Manne, unter Tränen, was ihr begegnet war. Dieser wollte es anfangs nicht glauben, doch endlich mußte er den Schwüren und wiederholten Beteurungen seiner Gemahlin trauen; und nun beschäftigte ihn bloß der Gedanke der Rache. Er versammelte seine und seiner Frau Verwandte, und die Meinung aller ging da hinaus, die Sache bei dem Grafen anzubringen, und ihm ihre Entscheidung zu überlassen.

Der Graf ließ die Parteien vor sich kommen, hörte ihre Gründe an, und nach vielem Hin- und Herstreiten fällte er den Schluß, daß der Dame die ganze Geschichte geträumt haben müsse, weil es unmöglich sei, daß ein Mensch 23 Meilen zurücklegen, und auch die Tat, deren er beschuldigt wurde, mit allen den Nebenumständen, in dem kurzen Zeitraum von fünfthalb Stunden, begehen könne, welches die einzige Zwischenzeit war,

wo man den Jakob nicht im Schloß gesehen hatte. Der Graf von
Alenson befahl also, daß man nicht weiter von der Sache sprechen sollte. Aber der Ritter Carouge, der ein Mann von Herz,
und sehr empfindlich im Punkt der Ehre war, ließ es nicht bei
dieser Entscheidung bewenden, sondern machte die Sache vor
dem Parlament zu Paris anhängig. Dies Tribunal erkannte auf
einen Zweikampf. Der König, der damals zu Sluys in Flandern
war, sandte einen Kurier mit dem Befehl ab, den Tag des Zweikampfs bis zu seiner Zurückkunft zu verschieben, weil er selbst
dabei zugegen sein wollte. Die Herzoge von Berry, Burgund und
Bourbon kamen ebenfalls nach Paris, um dies Schauspiel mit anzusehen. Man hatte zum Kampfplatz den St. Katharinenplatz gewählt, und Gerüste für die Zuschauer aufgebaut. Die Kämpfer
erschienen vom Kopf bis zu den Füßen gewaffnet. Die Dame saß
auf einem Wagen, und war ganz schwarz gekleidet. Ihr Mann
näherte sich ihr und sagte: Madame, in Eurer Fehde, und auf
Eure Versicherung schlage ich jetzt mein Leben in die Schanze,
und fechte mit Jakob dem Grauen; niemand weiß besser als Ihr,
ob meine Sache gut und gerecht ist. – Ritter, antwortete die
Dame, Ihr könnt Euch auf die Gerechtigkeit Eurer Sache verlassen, und mit Zuversicht in den Kampf gehen. Hierauf ergriff
Carouge ihre Hand, küßte sie, machte das Zeichen des Kreuzes,
und begab sich in die Schranken. Die Dame blieb während des
Gefechts im Gebet. Ihre Lage war kritisch; wurde Hans Carouge
überwunden, so wurde er gehangen, und sie ohne Barmherzigkeit
verbrannt. Als das Feld und die Sonne gehörig zwischen beiden
Kämpfern verteilt war, sprengten sie an, und gingen mit der
Lanze aufeinander los. Aber sie waren beide zu geschickt, als daß
sie sich hätten was anhaben können. Sie stiegen also von ihren
Pferden, und griffen zum Schwert. Carouge wurde am Schenkel
verwundet; seine Freunde zitterten für ihn, und seine Frau war
mehr tot als lebendig. Aber er drang auf seinen Gegner mit so
vieler Wut und Geschicklichkeit ein, daß er ihn zu Boden warf,
und ihm das Schwert in die Brust stieß. Hierauf wandte er sich
gegen die Zuschauer, und fragte sie mit lauter Stimme: Ob er
seine Schuldigkeit getan habe? Alle antworteten einstimmig, Ja!
Sogleich bemächtigte sich der Scharfrichter des Leichnams des
Jakobs, und hing ihn an den Galgen. Ritter Carouge warf sich

dem König zu Füßen, der seine Tapferkeit lobte, ihm auf der Stelle 1000 Livres auszahlen ließ, einen lebenslänglichen Gehalt von 200 Livres aussetzte, und seinen Sohn zum Kammerherrn ernannte. Carouge eilte nunmehr zu seiner Frau, umarmte sie öffentlich, und begab sich mit ihr in die Kirche, um Gott zu danken, und auf dem Altar zu opfern. Froissard erzählt diese Geschichte, und sie ist Tatsache.

VARIANTEN ZU DEN ERZÄHLUNGEN

MICHAEL KOHLHAAS
[Phöbus-Fassung]
[Seite 9, Zeile 1–6]

An den Ufern der Havel lebte, um die Mitte des sechzehnten Jahrhunderts, ein Roßhändler, namens *Michael Kohlhaas*, Sohn eines Schulmeisters, einer der außerordentlichsten und fürchterlichsten Menschen seiner Zeit. – Dieser merkwürdige Mann würde, bis in sein dreißigstes Jahr für das Muster eines guten Staatsbürgers haben gelten können.

[Seite 13, Zeile 1–20]

Er ließ einen Knecht bei ihnen zurück, versah ihn mit Geld, ermahnte ihn, die Pferde wohl in Acht zu nehmen, und setzte endlich, nachdem er noch versprochen hatte, die Pferde in drei Wochen unfehlbar wieder abzuholen, seine Reise mit dem Rest der Koppel fort. Hierauf besuchte er nun die Märkte, kam auch, im Kreise seiner Wanderung, auf die Hauptstadt seines Landes zurück, wo er erfuhr, was er schon wußte, daß die Geschichte von den Paßscheinen ein Märchen sei, und kehrte, mit einem schriftlichen Schein von der Geheimschreiberei über den Ungrund derselben, ohne irgend weiter ein bitteres Gefühl, als das des allgemeinen Elends der Welt, zur Tronkenburg zurück.

[Seite 20, Zeile 9–11]

– Kohlhaas saß, bleich im Gesicht, wie Linnenzeug: seine Lippen begleiteten zitternd jeden Zug, den ihm der Knecht, mit nur zuviel innerlicher Wahrhaftigkeit, vortrug. Er sagte, mit erzwungenem Lächeln: hast du auch nicht entweichen wollen, Herse? Und da dieser errötend vor sich niedersah: komm her, setzte er hinzu, und gesteh mirs, wenns ist, ich verzeih dir.

[Seite 22, Zeile 9 – Seite 24, Zeile 23]

und schloß, ihn wenigstens, falls er sich hiermit nicht beruhigen wolle, mit ferneren Aufträgen in dieser Sache zu verschonen.

Kohlhaas, dem es nicht um die Pferde zu tun war: er hätte gleichen Schmerz empfunden, wenn es ein Paar Hunde gegolten hätte: Kohlhaas schäumte vor Wut, als er diesen Brief empfing.

[Seite 30, Zeile 16–36]

Nur kurz vor ihrem Tode kehrte ihr noch einmal die Besinnung wieder. Sie nahm einem vor ihr stehenden Geistlichen, lutherischer Religion (denn zu dieser hatte sie sich bekannt), eine Bibel aus der Hand; blätterte und blätterte, und schien etwas zu suchen; und zeigte Kohlhaas endlich, der an ihrem Bette saß, jenen Vers: vergib deinen Feinden: tue wohl auch denen, die dich hassen. – Sie drückte ihm dabei die Hand und starb. – Kohlhaas dachte: – – – –; küßte sie, indem ihm häufig die Tränen flossen, drückte ihr die Augen zu, und entließ den Geistlichen. Er ordnete ein, für seinen Stand ungewöhnlich prächtiges, Leichenbegängnis an; ließ einen eichenen Sarg, stark mit Metall beschlagen, zusammenzimmern, Kissen von Seide verfertigen, mit goldnen und silbernen Troddeln, und ein Grab von acht Ellen tief bauen, mit Feldsteinen gefüttert und Kalk.

DIE HEILIGE CÄCILIE ODER DIE GEWALT DER MUSIK
Eine Legende
(Zum Taufangebinde für Cäcilie M[üller])
[Kürzere Fassung in den »Berliner Abendblättern«]

Um das Ende des sechzehnten Jahrhunderts, als die Bilderstürmerei in den Niederlanden wütete, trafen drei Brüder, junge, in Wittenberg studierende Leute, mit einem vierten, der in Antwerpen als Prädikant angestellt war, in der Stadt Aachen zusammen. Sie wollten daselbst eine Erbschaft erheben, die ihnen von Seiten eines alten, ihnen allen unbekannten, Oheims zugefallen war, und kehrten, weil sie hofften, daß das Geschäft bald abgemacht sein würde, in einem Gasthof ein. Nach Verlauf einiger Tage, die sie damit zugebracht hatten, den Prädikanten über die merkwürdigsten Auftritte, die in den Niederlanden vorgefallen waren, anzuhören, traf es sich, daß von den Nonnen im Kloster der heiligen Cäcilie, das damals vor den Toren dieser Stadt lag, der Fronleichnamstag festlich begangen werden sollte; dergestalt, daß die vier Brüder, von Schwärmerei, Jugend und dem Beispiel der Niederländer erhitzt, beschlossen, auch der Stadt Aachen das Schauspiel einer Bilderstürmerei zu geben. Der Prädikant, der dergleichen Unternehmungen mehr als einmal schon geleitet hatte, versammelte, am Abend zuvor, eine Anzahl junger, der neuen Lehre ergebener, Kaufmannssöhne und Studenten, welche, in dem Gasthof, bei Wein und Speisen, unter Verwünschungen des Papsttums, die Nacht zubrachten; und der Tag über die Zinnen der Stadt aufgegangen, versahen sie sich mit Zerstörungswerkzeugen aller Art, um ihr ausgelassenes Geschäft zu beginnen. Sie verabredeten jubelnd ein Zeichen, auf welches sie damit anfangen wollten, die Fensterscheiben, mit biblischen Geschichten bemalt, einzuwerfen; und eines großen Anhangs, den sie unter dem Volk finden würden, gewiß, verfügten sie sich, entschlossen keinen Stein auf dem anderen zu lassen, als die Glocken läuteten, in den Dom. Die Äbtissin, die schon, in der Stunde der Mitternacht, durch einen Freund, von der Gefahr, die über dem Kloster schwebte, benachrichtigt worden war, schickte vergebens zu dem Kaiserl. Offizier, der in der Stadt kommandierte, und bat ihn, zum Schutz des Klosters, um eine Wache; der Offizier, der selbst ein Feind des Papsttums, und der neuen Lehre, unter der Hand, zugetan war, wußte ihr, unter dem Vorwand, daß sie Geister sähe, und für ihr Kloster, nicht der Schatten einer Gefahr vorhanden sei, die Wache zu verweigern. Inzwischen brach die Stunde an, da die Feierlichkeiten beginnen sollten, und die Nonnen schickten sich, unter Angst und Beten, und jammervoller Erwartung der Dinge, die da kommen sollten, zur Messe an. Niemand beschützte sie, als ein alter siebzigjähriger Klostervogt, der sich, mit einigen bewaffneten Troßknechten, am Eingang der Kirche aufstellte. In den Nonnenklöstern führen, auf das Spiel jeder Art der Instrumente geübt, die Nonnen, wie bekannt, ihre Musiken selber auf: oft mit einer Präzision, einem Verstande und einer Empfindung, die man in männlichen Orchestern (vielleicht wegen der weiblichen Geschlechtsart dieser geheimnisvollen Kunst) vermißt. Nun fügte es sich zur Verdoppelung der Bedrängnis daß die Kapellmeisterin, Schwester Antonia, welche die Musik auf dem Orchester zu dirigieren pflegte, wenige Tage zuvor, an einem Nervenfieber, heftig erkrankte; dergestalt, daß abgesehen von den vier gotteslästerlichen Brüdern, die man bereits, in Mänteln gehüllt, unter den Pfeilern der Kirche erblickte, das Kloster auch, wegen Aufführung eines schicklichen Musikwerks, in der lebhaftesten Verlegenheit war. Die Äbtissin, die am Abend des vorhergehenden Tages befohlen hatte, daß eine uralte, von einem unbekannten Meister herrührende, italienische Messe aufgeführt werden sollte, mit welcher die Kapelle oftmals schon, einer besonderen Heiligkeit und Innigkeit wegen, mit welcher sie gedichtet war, die größesten Wirkungen hervorgebracht hatte, schickte, mehr als jemals auf ihren Willen beharrend, noch einmal zur Schwester Antonia herab, um zu hören, wie sich dieselbe befinde: die Nonne aber, die dies Geschäft übernahm, kam mit der Nachricht zurück, daß die Schwester in gänzlich bewußtlosem Zustande darniederliege, und an ihre Direktionsführung, bei der vorhabenden Musik, auf keine Weise zu denken sei. Inzwischen waren in dem Dom, in welchen sich, nach und nach, mehr denn hundert, mit Beilen und Brechstangen versehene, Frevler, von allen Ständen und Altern, eingefunden hatten, bereits die bedenklichsten Auftritte vorgefallen; man hatte einige Troßknechte, die an den Portälen standen, auf die unanständigste Weise geneckt, und sich die frechsten und unverschämtesten Äußerungen gegen die Nonnen erlaubt, die sich hin und wieder, in frommen Geschäften, einzeln in den Hallen blicken ließen: dergestalt, daß der Klostervogt sich in die Sakristei verfügte, und die Äbtissin auf Knieen beschwor, das Fest einzustellen, und sich in die Stadt, unter den Schutz des Kommandanten, zu begeben. Die Äbtissin bestand unerschütterlich darauf, daß das zur Ehre Gottes angeordnete Fest begangen werden müsse; sie erinnerte den Klostervogt an seine Pflicht, die Messe und den feierlichen Umgang, der in dem Dom gehalten werden würde, mit Leib und Leben zu beschirmen; und befahl den Nonnen, die sie zitternd umringten, ein Oratorium, das häufig in der Kirche vorgetragen wurde, obschon es von minderem Wert war, zu nehmen, und mit dessen Aufführung sofort den Anfang zu machen.

Eben schickten sich die Nonnen auf dem Altan der Orgel dazu an: als Schwester Antonia plötzlich, frisch und gesund, obschon ein wenig bleich im Gesicht, erschien, und den Vorschlag machte, ungesäumt noch das alte, oben erwähnte, italienische Musikwerk, auf welches die Äbtissin so dringend bestanden hatte, aufzuführen. Auf die erstaunte Frage der Nonnen: wie sie sich plötzlich so erholt habe? antwortete sie: daß keine Zeit sei, zu schwatzen; verteilte die Partitur, die sie unter dem Arm trug, und setzte sich selbst, von Begeisterung glühend, an die Orgel, um die Direktion des trefflichen Musikstücks zu übernehmen. Demnach kam es, wie ein wunderbarer, himmlischer Trost in die Herzen der frommen Frauen; die Beklemmung selbst, in der sie sich befanden, kam hinzu, um ihre Seelen, wie auf Schwingen, durch alle Himmel des Wohlklangs zu führen: die Messe ward, mit der höchsten und herrlichsten, musikalischen Pracht aufgeführt; es regte sich kein Odem, während der ganzen Darstellung, in den Hallen und Bänken; besonders bei dem salve regina und noch mehr bei dem gloria in excelsis war es, als ob die ganze Kirche, von mehr denn dreitausend Menschen erfüllt, gänzlich tot sei; dergestalt, daß, den vier gottverdammten Brüdern zum Trotz, auch der Staub auf dem Estrich nicht verweht ward, und das Kloster noch, bis am Schluß des dreißigjährigen Krieges bestanden hat, wo man es, vermöge eines Artikels im westfälischen Frieden, gleichwohl säkularisierte.

Aber der Triumph der Religion war, wie sich nach einigen Tagen ergab, noch weit größer. Denn der Gastwirt, bei dem diese vier Brüder wohnten, verfügte sich, ihrer sonderbaren und auffallenden Aufführung wegen, auf das Rathaus, und zeigte der Obrigkeit an, daß dieselben, dem Anschein nach, abwesenden oder gestörten Geistes sein müßten. Die jungen Leute, sprach er, wären nach Beendigung des Fronleichnamsfestes, still und niedergeschlagen, in ihre Wohnung zurückgekehrt, hätten sich, in ihre dunkle Mäntel gehüllt, um einen Tisch niedergelassen, nichts als Brot und Wasser zur Nahrung verlangt, und gegen die Mitternachtsstunde, da sich schon alles zur Ruhe gelegt, mit einer schauerlichen und grausenhaften Stimme, das gloria in excelsis intoniert. Da er, der Gastwirt, mit Licht hinaufgekommen, um zu sehen, was diese ungewohnte Musik veranlasse, habe er sie noch singend alle vier aufrecht um den Tisch vorgefunden: worauf sie, mit dem Glockenschlag Eins, geschwiegen, sich, ohne ein Wort zu sagen, auf die Bretter des Fußbodens niedergelegt, einige Stunden geschlafen, und mit der Sonne schon wieder erhoben hätten, um dasselbe öde und traurige Klosterleben, bei Wasser und Brot, anzufangen. Fünf Mitternächte hindurch, sprach der Wirt, hätte er sie nun schon, mit einer Stimme, daß die Fenster des Hauses erklirrten, das gloria in excelsis absingen gehört; außer diesem Gesang, nicht ohne musikalischen Wohlklang, aber durch sein Geschrei gräßlich, käme kein Laut über ihre Lippen: dergestalt, daß er die Obrigkeit bitten müsse, ihm diese Leute, in welchen ohne Zweifel der böse Geist walten müsse, aus dem Hause zu schaffen. – Der Arzt, der von dem Magistrat in Folge dieses Berichts befehligt ward, den Zustand der gedachten jungen Leute zu untersuchen, und der denselben ganz so fand, wie ihn der Wirt beschrieben hatte, konnte schlechterdings, aller Forschungen ungeachtet, nicht erfahren, was ihnen in der Kirche, wohin sie noch ganz mit gesunden und rüstigen Sinnen gekommen waren, zugestoßen war. Man zog einige Bürger der Stadt, die während der Messe, in ihrer Nähe gewesen waren, vor Gericht; allein diese sagten aus, daß sie, zu Anfang derselben, zwar einige, den Gottesdienst störende, Possen getrieben hätten: nachher aber, beim Beginnen der Musik, ganz still geworden, andächtig, einer nach dem andern, aufs Knie gesunken wären, und, nach dem Beispiel der übrigen Gemeinde, zu Gott gebetet hätten. Bald darauf starb Schwester Antonia die Kapellmeisterin, an den Folgen des Nervenfiebers, an dem sie, wie schon oben erwähnt worden, daniederlag; und als der Arzt sich, auf Befehl des Prälaten der Stadt, ins Kloster verfügte, um die Partitur des, am Morgen jenes merkwürdigen Tages aufgeführten Musikwerks zu übersehen, versicherte die Äbtissin demselben, indem sie ihm die Partitur, unter sonderbar innerlichen Bewegungen übergab, daß schlechterdings niemand wisse, wer eigentlich, an der Orgel, die Messe dirigiert habe. Durch ein Zeugnis, das vor wenig Tagen, in Gegenwart des Schloßvogts und mehrerer andern Männer abgelegt worden, sei erwiesen, daß die Vollendete in der Stunde, da die Musik aufgeführt worden, ihrer Glieder gänzlich unmächtig, im Winkel ihrer Klosterzelle danieder gelegen habe; eine Klosterschwester, die ihr als leibliche Verwandtin zur Pflege ihres Körpers beigeordnet gewesen, sei während des ganzen Vormittags, da das Fronleichnamsfest gefeiert worden, nicht von ihrer Seite gewichen. – Demnach sprach der Erzbischof von Trier, an welchen dieser sonderbare Vorfall berichtet ward, zuerst das Wort aus, mit welchem die Äbtissin, aus mancherlei Gründen, nicht laut zu werden wagte: nämlich, daß die heilige Cäcilia selbst dieses, zu gleicher Zeit schreckliche und herrliche, Wunder vollbracht habe. Der Papst, mehrere Jahre darauf, bestätigte es; und noch am Schluß des dreißigjährigen Krieges, wo das Kloster, wie oben bemerkt, säkularisiert ward, soll, sagt die Legende, der Tag, an welchem die heilige Cäcilia dasselbe, durch die geheimnisvolle Gewalt der Musik rettete, gefeiert, und ruhig und prächtig das gloria in excelsis darin abgesungen worden sein.

yz.

KLEINE SCHRIFTEN

KUNST- UND WELTBETRACHTUNG

AUFSATZ, DEN SICHERN WEG DES GLÜCKS ZU FINDEN UND UNGESTÖRT – AUCH UNTER DEN GRÖSSTEN DRANGSALEN DES LEBENS – IHN ZU GENIESSEN!

An Rühle [von Lilienstern]

Von Heinrich Kleist

Wir sehen die Großen dieser Erde im Besitze der Güter dieser Welt. Sie leben in Herrlichkeit und Überfluß, die Schätze der Kunst und der Natur scheinen sich um sie und für sie zu versammeln, und darum nennt man sie Günstlinge des Glücks. Aber der Unmut trübt ihre Blicke, der Schmerz bleicht ihre Wangen, der Kummer spricht aus allen ihren Zügen.

Dagegen sehen wir einen armen Tagelöhner, der im Schweiße seines Angesichts sein Brot erwirbt; Mangel und Armut umgeben ihn, sein ganzes Leben scheint ein ewiges Sorgen und Schaffen und Darben. Aber die Zufriedenheit blickt aus seinen Augen, die Freude lächelt auf seinem Antlitz, Frohsinn und Vergessenheit umschweben die ganze Gestalt.

Was die Menschen also Glück und Unglück nennen, das sehn Sie wohl, mein Freund, ist es *nicht immer;* denn bei allen Begünstigungen des äußern Glückes haben wir Tränen in den Augen des erstern, und bei allen Vernachlässigungen desselben, ein Lächeln auf dem Antlitz des andern gesehen.

Wenn also die Regel des Glückes sich nur so unsicher auf äußere Dinge gründet, wo wird es sich denn sicher und unwandelbar gründen? Ich glaube da, mein Freund, wo es auch nur einzig genossen und entbehrt wird, im *Innern.*

Irgendwo in der Schöpfung *muß* es sich gründen, der Inbegriff *aller* Dinge *muß* die Ursachen und die Bestandteile des Glückes enthalten, mein Freund, denn die Gottheit wird die Sehnsucht nach Glück nicht täuschen, die sie selbst unauslöschlich in unsrer Seele erweckt hat, wird die Hoffnung nicht betrügen, durch welche sie unverkennbar auf ein für uns mögliches Glück hindeutet. Denn glücklich zu sein, das ist ja der erste aller unsrer

Wünsche, der laut und lebendig aus jeder Ader und jeder Nerve unsers Wesens spricht, der uns durch den ganzen Lauf unsers Lebens begleitet, der schon dunkel in dem ersten kindischen Gedanken unsrer Seele lag und den wir endlich als Greise mit in die Gruft nehmen werden. Und wo, mein Freund, kann dieser Wunsch erfüllt werden, wo kann das Glück besser sich gründen, als da, wo auch die Werkzeuge seines Genusses, unsre Sinne liegen, wohin die ganze Schöpfung sich bezieht, wo die Welt mit ihren unermeßlichen Reizungen im kleinen sich wiederholt?

Da ist es ja auch allein nur unser Eigentum, es hangt von keinen äußeren Verhältnissen ab, kein Tyrann kann es uns rauben, kein Bösewicht kann es stören, wir tragen es mit in alle Weltteile umher.

Wenn das Glück nur allein von äußeren Umständen, wenn es also vom Zufall abhinge, mein Freund, und wenn Sie mir auch davon tausend Beispiele aufführten; was mit der Güte und Weisheit Gottes streitet, kann nicht wahr sein. Der Gottheit liegen die Menschen alle gleich nahe am Herzen, nur der bei weiten kleinste Teil ist indes der vom Schicksal begünstigte, für den größten wären also die Genüsse des Glücks auf immer verloren. Nein, mein Freund, so ungerecht kann Gott nicht sein, es muß ein Glück geben, das sich von den äußeren Umständen trennen läßt, alle Menschen haben ja gleiche Ansprüche darauf, für alle muß es also in gleichem Grade möglich sein.

Lassen Sie uns also das Glück nicht an äußere Umstände knüpfen, wo es immer nur wandelbar sein würde, wie die Stütze, auf welcher es ruht; lassen Sie es uns lieber als Belohnung und Ermunterung an die Tugend knüpfen, dann erscheint es in schönerer Gestalt und auf sicherem Boden. Diese Vorstellung scheint Ihnen in einzelnen Fällen und unter gewissen Umständen wahr, mein Freund, *sie ist es in allen*, und es freut mich in voraus, daß ich Sie davon überzeugen werde.

Wenn ich Ihnen so das Glück als Belohnung der Tugend aufstelle, so erscheint zunächst freilich das erste als Zweck und das andere nur als Mittel. Dabei fühle ich, daß in diesem Sinne die Tugend auch nicht in ihrem höchsten und erhabensten Beruf erscheint, ohne darum angeben zu können, wie dieses Verhältnis zu ändern sei. Es ist möglich daß es das Eigentum einiger wenigen schönern Seelen ist, die Tugend allein um der Tugend selbst willen zu lieben, und zu üben. Aber mein Herz sagt mir, daß die Erwartung und Hoffnung auf ein menschliches Glück, und die Aussicht auf tugendhafte, wenn freilich nicht mehr ganz so reine Freuden, dennoch nicht strafbar und verbrecherisch sei. Wenn ein Eigennutz dabei zum Grunde liegt, so ist es der edelste der sich denken läßt, denn es ist der Eigennutz der Tugend selbst.

Und dann, mein Freund, dienen und unterstützen sich doch diese beiden Gottheiten so wechselseitig, das Glück als Aufmunterung zur Tugend, die Tugend als Weg zum Glück, daß es dem Menschen wohl erlaubt sein kann, sie nebeneinander und ineinander zu denken. Es ist kein bessrer Sporn zur Tugend möglich, als die Aussicht auf ein nahes Glück, und kein schönerer und edlerer Weg zum Glücke denkbar, als der Weg der Tugend.

Aber, mein Freund, er ist nicht allein der schönste und edelste, – wir vergessen ja, was wir erweisen wollten, daß er der einzige ist. Scheuen Sie sich also um so weniger die Tugend dafür zu halten, was sie ist, für die Führerin der Menschen auf dem Wege zum Glück. Ja mein Freund, *die Tugend macht nur allein glücklich.* Das was die Toren Glück nennen, ist kein Glück, es betäubt ihnen nur die Sehnsucht nach wahrem Glücke, es lehrt sie eigentlich nur ihres Unglücks vergessen. Folgen Sie dem Reichen und Geehrten nur in sein Kämmerlein, wenn er Orden und Band an sein Bette hängt und sich einmal als Mensch erblickt. Folgen Sie ihm nur in die Einsamkeit; das ist der Prüfstein des Glückes. Da werden Sie Tränen über bleiche Wangen rollen sehen, da werden Sie Seufzer sich aus der bewegten Brust empor heben hören. Nein, nein, mein Freund, die Tugend, und einzig allein nur die Tugend ist die Mutter des Glücks, und *der Beste ist der Glücklichste.*

Sie hören mich so viel und so lebhaft von der Tugend sprechen, und doch weiß ich, daß Sie mit diesem Worte nur einen dunkeln Sinn verknüpfen; Lieber, es geht mir wie Ihnen, wenn ich gleich so viel davon rede. Es erscheint mir nur wie ein Hohes, Erhabenes, Unnennbares, für das ich vergebens ein Wort suche, um es durch die Sprache, vergebens eine Gestalt, um es durch ein Bild auszudrücken. Und dennoch strebe ich ihm mit der innigsten

Innigkeit entgegen, als stünde es klar und deutlich vor meiner Seele. Alles was ich davon weiß, ist, daß es die unvollkommnen Vorstellungen, deren ich jetzt nur fähig bin, gewiß auch enthalten wird; aber ich ahnde noch mehr, noch etwas Höheres, noch etwas Erhabeneres, und das ist es recht eigentlich, was ich nicht ausdrücken und formen kann.

Mich tröstet indes die Rückerinnerung dessen, um wieviel noch dunkler, noch verworrener, als jetzt, in früheren Zeiten der Begriff der Tugend in meiner Seele lag, und wie nach und nach, seitdem ich denke, und an meiner Bildung arbeite, auch das Bild der Tugend für mich an Gestalt und Bildung gewonnen hat; daher hoffe und glaube ich, daß so wie es sich in meiner Seele nach und nach mehr aufklärt, auch dieses Bild sich in immer deutlicheren Umrissen mir darstellen, und jemehr es an Wahrheit gewinnt, meine Kräfte stärken und meinen Willen begeistern wird.

Wenn ich Ihnen mit einigen Zügen die undeutliche Vorstellung bezeichnen soll, die mich als Ideal der Tugend im Bilde eines Weisen umschwebt, so würde ich nur die Eigenschaften, die ich hin und wieder bei einzelnen Menschen zerstreut finde und deren Anblick mich besonders rührt, z. B. Edelmut, Menschenliebe, Standhaftigkeit, Bescheidenheit, Genügsamkeit etc. zusammentragen können; aber, Lieber, ein Gemälde würde das immer nicht werden, ein Rätsel würde es Ihnen, wie mir, bleiben, dem immer das bedeutungsvolle Wort der Auflösung fehlt. Aber, es sei mit diesen wenigen Zügen genug, ich getraue mich, schon jetzt zu behaupten, daß wenn wir, bei der möglichst vollkommnen Ausbildung aller unser geistigen Kräfte, auch diese benannten Eigenschaften einst fest in unser Innerstes gründen, ich sage, wenn wir bei der Bildung unsers Urteils, bei der Erhöhung unseres Scharfsinns durch Erfahrungen und Studien aller Art, mit der Zeit die Grundsätze des Edelmuts, der Gerechtigkeit, der Menschenliebe, der Standhaftigkeit, der Bescheidenheit, der Duldung, der Mäßigkeit, der Genügsamkeit usw. unerschütterlich und unauslöschlich in unsern Herzen verflochten, unter diesen Umständen behaupte ich, daß wir nie unglücklich sein werden.

Ich nenne nämlich Glück nur die vollen und überschwenglichen Genüsse, die – um es mit einem Zuge Ihnen darzustellen –

in dem erfreulichen Anschaun der moralischen Schönheit unseres eigenen Wesens liegen. Diese Genüsse, die Zufriedenheit unsrer selbst, das Bewußtsein guter Handlungen, das Gefühl unsrer durch alle Augenblicke unsers Lebens vielleicht gegen tausend Anfechtungen und Verführungen standhaft behaupteten Würde, sind fähig, unter allen äußern Umständen des Lebens, selbst unter den scheinbar traurigsten, ein sicheres tiefgefühltes und unzerstörbares Glück zu gründen.

Ich weiß es, Sie halten diese Art zu denken für ein künstliches aber wohl glückliches Hülfsmittel, sich die trüben Wolken des Schicksals hinweg zu philosophieren, und mitten unter Sturm und Donner sich Sonnenschein zu erträumen. Das ist nun freilich doppelt übel, daß Sie so schlecht von dieser himmlischen Kraft der Seele denken, einmal, weil Sie unendlich viel dadurch entbehren, und zweitens, weil es schwer, ja unmöglich ist, Sie besser davon denken zu machen. Aber ich wünsche zu Ihrem Glücke und hoffe, daß die Zeit und Ihr Herz Sie die Empfindung dessen, ganz so wahr und innig schenken möge, wie sie mich in dem Augenblick jener Äußerung belebte.

Die höchste nützlichste Wirkung, die Sie dieser Denkungsart, oder vielmehr (denn das ist sie eigentlich) Empfindungsweise, zuschreiben, ist, daß sie vielleicht dazu diene, den Menschen unter der Last niederdrückender Schicksale vor der Verzweiflung zu sichern; und Sie glauben, daß wenn auch wirklich Vernunft und Herz einen Menschen dahin bringen könnte, daß er selbst unter äußerlich unvorteilhaften Umständen sich glücklich fühlte, er doch immer in äußerlich vorteilhaften Verhältnissen glücklicher sein müßte.

Dagegen, mein Freund, kann ich nichts anführen, weil es ein vergeblicher mißverstandner Streit sein würde. Das Glück, wovon ich sprach, hangt von keinen äußeren Umständen ab, es begleitet den, der es besitzt, mit gleicher Stärke in alle Verhältnisse seines Lebens, und die Gelegenheit, es in Genüssen zu entwickeln, findet sich in Kerkern so gut, wie auf Thronen.

Ja, mein Freund, selbst in Ketten und Banden, in die Nacht des finstersten Kerkers gewiesen, – glauben und fühlen Sie nicht, daß es auch da überschwenglich entzückende Gefühle für den tugendhaften Weisen gibt? Ach es liegt in der Tugend eine geheime göttliche Kraft, die den Menschen über sein Schicksal erhebt, in ihren Tränen reifen höhere Freuden, in ihrem Kummer selbst liegt ein neues Glück. Sie ist der Sonne gleich, die nie so göttlich schön den Horizont mit Flammenröte malt, als wenn die Nächte des Ungewitters sie umlagern.

Ach, mein Freund, ich suche und spähe umher nach Worten und Bildern, um Sie von dieser herrlichen beglückenden Wahrheit zu überzeugen. Lassen Sie uns bei dem Bilde des unschuldig Gefesselten verweilen, – oder besser noch, blicken Sie einmal zweitausend Jahre in die Vergangenheit zurück, auf jenen besten und edelsten der Menschen, der den Tod am Kreuze für die Menschheit starb, auf Christus. Er schlummerte unter seinen Mördern, er reichte seine Hände freiwillig zum Binden dar, die teuern Hände, deren Geschäfte nur Wohltun war, er fühlte sich ja doch frei, mehr als die Unmenschen, die ihn fesselten, seine Seele war so voll des Trostes, daß er dessen noch seinen Freunden mitteilen konnte, er vergab sterbend seinen Feinden, er lächelte liebreich seine Henker an, er sah dem furchtbar schrecklichen Tode ruhig und freudig entgegen, – ach die Unschuld wandelt ja heiter über sinkende Welten. In seiner Brust muß ein ganzer Himmel von Empfindungen gewohnet haben, denn »Unrecht leiden schmeichelt große Seelen«.

Ich bin nun erschöpft, mein Freund, und was ich auch sagen könnte, würde matt und kraftlos neben diesem Bilde stehen. Daher will ich nun, mein lieber Freund, glauben Sie überzeugt zu haben, daß die Tugend den Tugendhaften selbst im Unglück glücklich macht; und wenn ich über diesen Gegenstand noch etwas sagen soll, so wollen wir einmal jenes äußere Glück mit der Fackel der Wahrheit beleuchten, für dessen Reizungen Sie einen so lebhaften Sinn zu haben scheinen.

Nach dem Bilde des wahren innern Glückes zu urteilen, dessen Anblick uns soeben so lebhaft entzückt hat: verdient nun wohl Reichtum, Güter, Würden, und alle die zerbrechlichen Geschenke des Zufalls, den Namen *Glück?* So arm an Nüancen ist doch unsre deutsche Sprache nicht, vielmehr finde ich leicht ein paar Wörter, die das, was diese Güter bewirken, sehr passend und richtig ausdrücken, Vergnügen und Wohlbehagen. Um diese sehr angenehmen Genüsse sind Fortunens Günstlinge freilich reicher als ihre Stiefkinder, obgleich ihre vorzüglichsten Bestandteile in der Neuheit und Abwechselung liegen, und daher der Arme und Verlaßne auch nicht ganz davon ausgeschlossen ist.

Ja ich bin sogar geneigt zu glauben, daß in dieser Rücksicht für ihn ein Vorteil über den Reichen und Geehrten möglich ist, indem dieser bei der zu häufigen Abwechselung leicht den Sinn zu genießen abstumpft oder wohl gar mit der Abwechselung endlich ans Ende kommt und dann auf Leeren und Lücken stößt, indes der andere mit mäßigen Genüssen haushält, selten aber desto inniger den Reiz der Neuheit schmeckt, und mit seinen Abwechselungen nie ans Ende kommt, weil selbst in ihnen eine gewisse Einförmigkeit liegt.

Aber es sei, die Großen dieser Erde mögen den Vorzug vor die Geringen haben, zu schwelgen und zu prassen, alle Güter der Welt mögen sich ihren nach Vergnügen lechzenden Sinnen darbieten, und sie mögen ihrer vorzugsweise genießen; nur, mein Freund, das Vorrecht glücklich zu sein, wollen wir ihnen nicht einräumen, mit Gold sollen sie den Kummer, wenn sie ihn verdienen, nicht aufwiegen können. Da waltet ein großes unerbittliches Gesetz über die ganze Menschheit, dem der Fürst wie der Bettler unterworfen ist. Der Tugend folgt die Belohnung, dem Laster die Strafe. Kein Gold besticht ein empörtes Gewissen, und wenn der lasterhafte Fürst auch alle Blicke und Mienen und Reden besticht, wenn er auch alle Künste des Leichtsinns herbeiruft, wie Medea alle Wohlgerüche Arabiens, um den häßlichen Mordgeruch von ihren Händen zu vertreiben – und wenn er auch Mahoms Paradies um sich versammelte, um sich zu zerstreun oder zu betäuben – umsonst! Ihn quält und ängstigt sein Gewissen, wie den Geringsten seiner Untertanen.

Gegen dieses größte der Übel wollen wir uns schützen, mein Freund, dadurch schützen wir uns zugleich vor allen übrigen, und wenn wir bei der Sinnlichkeit unsrer Jugend uns nicht entbrechen können, neben den Genüssen des ersten und höchsten innern Glücks, uns auch die Genüsse des äußern zu wünschen, so lassen Sie uns wenigstens so bescheiden und begnügsam in diesen Wünschen sein, wie es Schülern für die Weisheit ansteht.

Und nun, mein Freund, will ich Ihnen eine Lehre geben, von deren Wahrheit mein Geist zwar überzeugt ist, obgleich mein

Herz ihr unaufhörlich widerspricht. Diese Lehre ist, von den Wegen die zwischen dem höchsten äußern Glück und Unglück liegen, grade nur auf der Mittelstraße zu wandern, und unsre Wünsche nie auf die schwindlichen Höhen zu richten. So sehr ich jetzt noch die Mittelstraßen aller Art hasse, weil ein natürlich heftiger Trieb im Innern mich verführt, so ahnde ich dennoch, daß Zeit und Erfahrung mich einst davon überzeugen werden, daß sie dennoch die besten seien. Eine besonders wichtige Ursache uns nur ein mäßiges äußeres Glück zu wünschen, ist, daß dieses sich wirklich am häufigsten in der Welt findet, und wir daher am wenigsten fürchten dürfen getäuscht zu werden.

Wie wenig beglückend der Standpunkt auf großen außerordentlichen Höhen ist, habe ich recht innig auf dem *Brocken* empfunden. Lächeln Sie nicht, mein Freund, es waltet ein gleiches Gesetz über die moralische wie über die physische Welt. Die Temperatur auf der Höhe des Thrones ist so rauh, so empfindlich und der Natur des Menschen so wenig angemessen, wie der Gipfel des Blocksbergs, und die Aussicht von dem einen so wenig beglückend wie von dem andern, weil der Standpunkt auf beidem zu hoch, und das Schöne und Reizende um beides zu tief liegt.

Mit weit mehrerem Vergnügen gedenke ich dagegen der Aussicht auf der mittleren und mäßigen Höhe des *Regensteins*, wo kein trüber Schleier die Landschaft verdeckte, und der schöne Teppich im ganzen, wie das unendlich Mannigfaltige desselben im einzelnen klar vor meinen Augen lag. Die Luft war mäßig, nicht warm und nicht kalt, grade so wie sie nötig ist, um frei und leicht zu atmen. Ich werde Ihnen doch die bildliche Vorstellung *Homers* aufschreiben, die er sich von Glück und Unglück machte, ob ich Ihnen gleich schon einmal davon erzählt habe.

Im Vorhofe des Olymp, erzählt er, stünden zwei große Behältnisse, das eine mit Genuß, das andere mit Entbehrung gefüllt. Wem die Götter, so spricht *Homer*, aus beiden Fässern mit gleichem Maße messen, der ist der Glücklichste; wem sie ungleich messen, der ist unglücklich, doch am unglücklichsten der, dem sie nur allein aus einem Fasse zumessen.

Also *entbehren und genießen*, das wäre die Regel des äußeren Glücks, und der Weg, gleich weit entfernt von Reichtum und

Armut, von Überfluß und Mangel, von Schimmer und Dunkelheit, die beglückende Mittelstraße, die wir wandern wollen.

Jetzt freilich wanken wir noch auf regellosen Bahnen umher, aber, mein Freund, das ist uns als Jünglinge zu verzeihen. Die innere Gärung ineinander wirkender Kräfte, die uns in diesem Alter erfüllt, läßt keine Ruhe im Denken und Handeln zu. Wir kennen die Beschwörungsformel noch nicht, die Zeit allein führt sie mit sich, um die wunderbar ungleichartigen Gestalten, die in unserm Innern wühlen und durcheinander treiben, zu besänftigen und zu beruhigen. Und alle Jünglinge, die wir um und neben uns sehen, teilen ja mit uns dieses Schicksal. Alle ihre Schritte und Bewegungen scheinen nur die Wirkung eines unfühlbaren aber gewaltigen Stoßes zu sein, der sie unwiderstehlich mit sich fortreißt. Sie erscheinen mir wie Kometen, die in regellosen Kreisen das Weltall durchschweifen, bis sie endlich eine Bahn und ein Gesetz der Bewegung finden.

Bis dahin, mein Freund, wollen wir uns also aufs Warten und Hoffen legen, und nur wenigstens uns das zu erhalten streben, was schon jetzt in unsrer Seele Gutes und Schönes liegt. Besonders und aus mehr als dieser Rücksicht wird es gut für uns, und besonders für Sie sein, wenn wir die Hoffnung zu unsrer Göttin wählen, weil es scheint als ob uns der Genuß flieht.

Denn eine von beiden Göttinnen, Lieber, lächelt dem Menschen doch immer zu, dem Frohen der Genuß, dem Traurigen die Hoffnung. Auch scheint es, als ob die Summe der glücklichen und der unglücklichen Zufälle im ganzen für jeden Menschen gleich bleibe; wer denkt bei dieser Betrachtung nicht an jenen Tyrann von Syrakus, *Polykrates*, den das Glück bei allen seinen Bewegungen begleitete, den nie ein Wunsch, nie eine Hoffnung betrog, dem der Zufall sogar den Ring wiedergab, den er, um dem Unglück ein freiwilliges Opfer zu bringen, ins Meer geworfen hatte. So hatte die Schale seines Glücks sich tief gesenkt; aber das Schicksal setzte es dafür auch mit einem Schlage wieder ins Gleichgewicht und ließ ihn am Galgen sterben. – Oft verpraßt indes ein Jüngling in ein paar Jugendjahren den Glücksvorrat seines ganzen Lebens, und darbt dann im Alter; und da Ihre Jugendjahre, mehr noch als die meinigen, so freudenleer verflossen sind, ob Sie gleich eine tiefgefühlte Sehnsucht nach

Freude in sich tragen, so nähren und stärken Sie die Hoffnung auf schönere Zeiten, denn ich getraue mich, mit einiger, ja mit großer Gewißheit Ihnen eine frohe und freudenreiche Zukunft vorher zu kündigen. Denken Sie nur, mein Freund, an unsre schönen und herrlichen Pläne, an unsre Reisen. Wie vielen Genuß bieten sie uns dar, selbst den reichsten in den scheinbar ungünstigsten Zufällen, wenigstens doch *nach* ihnen, durch die Erinnerung. Oder blicken Sie über die Vollendung unsrer Reisen hin, und *sehen Sie sich an*, den an Kenntnissen bereicherten, an Herz und Geist durch Erfahrung und Tätigkeit gebildeten Mann. Denn Bildung muß der Zweck unsrer Reise sein und wir müssen ihn erreichen, oder der Entwurf ist so unsinnig wie die Ausführung ungeschickt.

Dann, mein Freund, wird die Erde unser Vaterland, und alle Menschen unsre Landsleute sein. Wir werden uns stellen und wenden können wohin wir wollen, und immer glücklich sein. Ja wir werden unser Glück zum Teil in der Gründung des Glücks anderer finden, und andere bilden, wie wir bisher selbst gebildet worden sind.

Wie viele Freuden gewährt nicht schon allein die wahre und richtige Wertschätzung der Dinge. Wie oft gründet sich das Unglück eines Menschen bloß darin, daß er den Dingen unmögliche Wirkungen zuschrieb, oder aus Verhältnissen falsche Resultate zog, und sich darinnen in seinen Erwartungen betrog. Wir werden uns seltner irren, mein Freund, wir durchschauen dann die Geheimnisse der physischen wie der moralischen Welt, bis dahin, versteht sich, wo der ewige Schleier über sie waltet, und was wir bei dem Scharfblick unsres Geistes von der Natur erwarten, das leistet sie gewiß. Ja es ist im richtigen Sinne sogar möglich, das Schicksal selbst zu leiten, und wenn uns dann auch das große allgewaltige Rad einmal mit sich fortreißt, so verlieren wir doch nie das Gefühl unsrer selbst, nie das Bewußtsein unseres Wertes. Selbst auf diesem Wege kann der Weise, wie jener Dichter sagt, *Honig aus jeder Blume saugen*. Er kennt den großen Kreislauf der Dinge, und freut sich daher der Vernichtung wie dem Segen, weil er weiß, daß in ihr wieder der Keim zu neuen und schöneren Bildungen liegt.

———

Und nun, mein Freund, noch ein paar Worte über ein Übel, welches ich mit Mißvergnügen als Keim in Ihrer Seele zu entdecken glaube. Ohne, wie es scheint, gegründete, vielleicht Ihnen selbst unerklärbare Ursachen, ohne besonders üble Erfahrungen, ja vielleicht selbst ohne die Bekanntschaft eines einzigen durchaus bösen Menschen, scheint es, als ob Sie die Menschen hassen und scheuen.

Lieber, in Ihrem Alter ist das besonders übel, weil es die Verknüpfung mit Menschen und die Unterstützung derselben noch so sehr nötig macht. Ich glaube nicht, mein Freund, daß diese Empfindung als Grundzug in Ihrer Seele liegt, weil sie die Hoffnung zu Ihrer vollkommnen Ausbildung, zu welcher Ihre übrigen Anlagen doch berechtigen, zerstören und Ihren Charakter unfehlbar entstellen würde. Daher glaube ich eher und lieber, worauf auch besonders Ihre Äußerungen hinzudeuten scheinen, daß es eine von jenen fremdartigen Empfindungen ist, die eigentlich keiner menschlichen Seele und besonders der Ihrigen nicht, eigentümlich sein sollte, und die Sie, von irgend einem Geiste der Sonderbarkeit und des Widerspruchs getrieben, und von einem an Ihnen unverkennbaren Trieb der Auszeichnung verführt, nur durch Kunst und Bemühung in Ihrer Seele verpflanzt haben.

Verpflanzungen, mein Freund, sind schon im allgemeinen Sinne nicht gut, weil sie immer die Schönheit des Einzelnen und die Ordnung des Ganzen stören. Südfrüchte in Nordländern zu verpflanzen, – das mag noch hingehen, der unfruchtbare Himmelsstrich mag die unglücklichen Bewohner und ihren Eingriff in die Ordnung der Dinge rechtfertigen; aber die kraft- und saftlosen verkrüppelten Erzeugnisse des Nordens in dem üppigsten südlichen Himmelstrich zu verpflanzen, – Lieber, es dringt sich nur gleich die Frage auf, *wozu?* Also der mögliche Nutzen kann es nur rechtfertigen.

Was ich aber auch denke und sinne, mein Freund, nicht ein einziger Nutzen tritt vor meine Seele, wohl aber Heere von Übeln.

Ich weiß es und Sie haben es mir ja oft mitgeteilt, Sie fühlen in sich einen lebhaften Tätigkeitstrieb, Sie wünschen einst viel und im großen zu wirken. Das ist schön, mein Freund, und Ihres Geistes würdig, auch Ihr Wirkungskreis wird sich finden, und

die relativen Begriffe von *groß* und *klein* wird die Zeit fest-
stellen.

Aber ich stoße hier gleich auf einen gewaltigen Widerspruch,
den ich nicht anders zu Ihrer Ehre auflösen kann, als wenn ich
die Empfindung des Menschenhasses geradezu aus Ihrer Seele
wegstreiche. Denn wenn Sie wirken und schaffen wollen, wenn
Sie Ihre Existenz für die Existenz andrer aufopfern und so Ihr
Dasein gleichsam vertausendfachen wollen, Lieber, wenn Sie nur
für andre sammeln, wenn Sie Kräfte, Zeit und Leben, nur für
andre aufopfern wollen, – wem können Sie wohl dieses kostbare Opfer bringen, als dem, was Ihrem Herzen am teuersten ist,
und am nächsten liegt?

Ja, mein Freund, Tätigkeit verlangt ein Opfer, ein Opfer verlangt Liebe, und so muß sich die Tätigkeit auf wahre innige
Menschenliebe gründen, sie müßte denn eigennützig sein, und
nur für sich selbst schaffen wollen.

Ich möchte hier schließen, mein Freund, denn das, was ich
Ihnen zur Bekämpfung des Menschenhasses, wenn Sie wirklich
so unglücklich wären ihn in Ihrer Brust zu verschließen, sagen
könnte, wird mir durch die Vorstellung dieser häßlichen abscheulichen Empfindung, so widrig, daß es mein ganzes Wesen
empört. Menschenhaß! Ein Haß über ein ganzes Menschengeschlecht! O Gott! Ist es möglich, daß ein Menschenherz weit genug für so viel Haß ist!

Und gibt es denn nichts Liebenswürdiges unter den Menschen
mehr? Und gibt es keine Tugenden mehr unter ihnen, keine Gerechtigkeit, keine Wohltätigkeit, keine Bescheidenheit im Glücke,
keine Größe und Standhaftigkeit im Unglück? Gibt es denn keine
redlichen Väter, keine zärtlichen Mütter, keine frommen Töchter mehr? Rührt Sie denn der Anblick eines frommen Dulders,
eines geheimen Wohltäters nicht? Nicht der Anblick einer schönen leidenden Unschuld? Nicht der Anblick einer triumphierenden Unschuld? Ach und wenn sich auch im ganzen Umkreis der
Erde nur ein einziger Tugendhafter fände, dieser einzige wiegt
ja eine ganze Hölle von Bösewichtern auf, um dieses einzigen
willen – kann man ja *die ganze Menschheit* nicht hassen. Nein, lieber Freund, es stellt sich in unsrer gemeinen Lebensweise nur die
Außenseite der Dinge dar, nur starke und heftige Wirkungen

fesseln unsern Blick, die mäßigen entschlüpfen ihm in dem Tumult der Dinge. Wie mancher Vater darbt und sorgt für den Wohlstand seiner Kinder, wie manche Tochter betet und arbeitet für die armen und kranken Eltern, wie manches Opfer erzeugt und vollendet sich im Stillen, wie manche wohltätige Hand waltet im Dunkeln. Aber das Gute und Edle gibt nur sanfte Eindrücke, und doch liebt der Mensch die heftigen, er gefällt sich in der Bewunderung und Entzückung, und das Große und Ungeheure ist es eben, worin die Menschen nicht stark sind. Und wenn es doch nur gerade das Große und Ungeheure ist, nach dessen Eindrücken Sie sich am meisten sehnen, nun, mein Freund, auch für diese Genüsse läßt sich sorgen, auch dazu findet sich Stoff in dem Umkreis der Dinge. Ich rate Ihnen daher nochmals die Geschichte an, nicht als Studium, sondern als Lektüre. Vielleicht ist die große Überschwemmung von Romanen, die, nach Ihrer eignen Mitteilung, auch Ihre Phantasie einst unter Wasser gesetzt hat (verzeihn Sie mir diesen unedlen Ausdruck), aber vielleicht ist diese zu häufige Lektüre an der Empfindung des Menschenhasses schuld, die so ungleichartig und fremd neben Ihren andern Empfindungen steht. Ein gutes leichtsinniges Herz hebt sich so gern in diese erdichteten Welten empor, der Anblick so vollkommner Ideale entzückt es, und fliegt dann einmal ein Blick über das Buch hinweg, so verschwindet die Zauberin, die magere Wirklichkeit umgibt es, und statt seiner Ideale grinset ihn ein Alltagsgesicht an. Wir beschäftigen uns dann mit Plänen zur Realisierung dieser Träumereien, und oft um so inniger, je weniger wir durch Handel und Wandel selbst dazu beitragen, wir finden dann die Menschen zu ungeschickt für unsern Sinn, und so erzeugt sich die erste Empfindung der Gleichgültigkeit und Verachtung gegen sie.

Aber wie ganz anders ist es mit der Geschichte, mein Freund! Sie ist die getreue Darstellung dessen, was sich zu allen Zeiten unter den Menschen zugetragen hat. Da hat keiner etwas hinzugesetzt, keiner etwas weggelassen, es finden sich keine phantastische Ideale, keine Dichtung, nichts als wahre trockne Geschichte. Und dennoch, mein Freund, finden sich darin schöne herrliche Charaktergemälde großer erhabner Menschen, Menschen wie Sokrates und Christus, deren ganzer Lebenslauf Tugend war, Taten, wie des Leonidas, des Regulus, und alle die unzähligen griechischen und römischen, die alles, was die Phantasie möglicherweise nur erdichten kann, erreichen und übertreffen. Und da, mein Freund, können wir wahrhaft sehn, auf welche Höhe der Mensch sich stellen, wie nah er an die Gottheit treten kann! Das darf und soll Sie mit Bewunderung und Entzückung füllen, aber, mein Freund, es soll Sie aber auch mit Liebe für das Geschlecht erfüllen, dessen Stolz sie waren, mit Liebe zu der großen Gattung, zu der sie gehören, und deren Wert sie durch ihre Erscheinung so unendlich erhöht und veredelt haben.

Vielleicht sehn Sie sich um in diesem Augenblick unter den Völkern der Erde, und suchen und vermissen einen Sokrates, Christus, Leonidas, Regulus etc. Irren Sie sich nicht, mein Freund! Alle diese Männer waren große, seltne Menschen, aber daß *wir* das wissen, daß sie so berühmt geworden sind, haben sie dem Zufall zu danken, der ihre Verhältnisse so glücklich stellte, daß die Schönheit ihres Wesens wie eine Sonne daraus hervorstieg.

Ohne den *Melitus* und ohne den *Herodes* würde *Sokrates* und *Christus* uns vielleicht unbekannt geblieben, und doch nicht minder groß und erhaben gewesen sein. Wenn sich Ihnen also in diesem Zeitpunkt kein so bewundrungswürdiges Wesen ankündigt, – – mein Freund, ich wünsche nur, daß Sie nicht etwa denken mögen, die Menschen seien von ihrer Höhe herabgesunken, vielmehr es scheint ein Gesetz über die Menschheit zu walten, daß sie sich im allgemeinen zu allen Zeiten gleich bleibt, wie oft auch immer die Völker mit Gestalt und Form wechseln mögen.

Aus allen diesen Gründen, mein teurer Freund, verscheuchen Sie, wenn er wirklich in Ihrem Busen wohnt, den häßlich unglückseligen und, wie ich Sie überzeugt habe, selbst ungegründeten Haß der Menschen. Liebe und Wohlwollen müssen nur den Platz darin einnehmen. Ach es ist ja so öde und traurig zu hassen und zu fürchten, und es ist so süß und so freudig zu lieben und zu trauen. Ja, wahrlich, mein Freund, es ist ohne Menschenliebe gewiß kein Glück möglich, und ein so liebloses Wesen wie ein Menschenfeind ist auch keines wahren Glückes wert.

Und dann noch eines, Lieber, ist denn auch ohne Menschenliebe jene Bildung möglich, der wir mit allen unsern Kräften entgegenstreben? Alle Tugenden beziehn sich ja auf die Menschen, und sie sind nur Tugenden insofern sie ihnen nützlich sind. Großmut, Bescheidenheit, Wohltätigkeit, bei allen diesen Tugenden fragt es sich, gegen wen? und für wen? und wozu? Und immer dringt sich die Antwort auf, für die Menschen, und zu ihrem Nutzen.

Besonders dienlich wird unsre entworfne Reise sein, um Ihnen die Menschen gewiß von einer recht liebenswürdigen Seite zu zeigen. Tausend wohltätige Einflüsse erwarte und hoffe ich von ihr, aber besonders nur für Sie den ebenbenannten. Die Art unsrer Reise verschafft uns ein glückliches Verhältnis mit den Menschen. Sie erfüllen nur nicht gern, was man laut von ihnen verlangt, aber leisten desto lieber was man schweigend von ihnen hofft.

Schon auf unsrer kleinen Harzwanderung haben wir häufig diese frohe Erfahrung gemacht. Wie oft, wenn wir ermüdet und erschöpft von der Reise in ein Haus traten, und den Nächsten um einen Trunk Wasser baten, wie oft reichten die ehrlichen Leute uns Bier oder Milch und weigerten sich Bezahlung anzunehmen. Oder sie ließen freiwillig Arbeit und Geschäft im Stiche, um uns Verirrte oft auf entfernte rechte Wege zu führen. Solche stillen Wünsche werden oft empfunden, und ohne Geräusch und Anspruch erfüllt, und mit Händedrücken bezahlt, weil die geselligen Tugenden gerade diejenigen sind, deren jeder in Zeit der Not bedarf. Aber freilich, große Opfer darf und soll man auch nicht verlangen.

[ÜBER DIE AUFKLÄRUNG DES WEIBES]

[Für Wilhelmine von Zenge]

den 16. September 1800 zu Würzburg

Alle echte Aufklärung des Weibes besteht am Ende wohl nur darin, meine liebe Freundin: *über die Bestimmung seines irdischen Lebens vernünftig nachdenken zu können.*

Über die Bestimmung unseres *ewigen* Daseins nachzudenken, auszuforschen, ob der Genuß der Glückseligkeit (wie *Epikur* meinte) oder die Erreichung der Vollkommenheit (wie *Leibniz* glaubte) oder die Erfüllung der trocknen Pflicht (wie *Kant* versichert) der letzte Zweck des Menschen sei, das, liebe Freundin, ist selbst für Männer unfruchtbar und oft verderblich. Solche Männer begehen die Unart, die ich beging, als ich mich im Geiste von Frankfurt nach Stralsund, und von Stralsund wieder im Geiste nach Frankfurt versetzte. Sie leben in der Zukunft, und vergessen darüber, was die Gegenwart von ihnen fordert.

Urteile selbst, wie können wir beschränkte Wesen, die wir von der Ewigkeit nur ein so unendlich kleines Stück, unser spannenlanges Erdenleben übersehen, wie können wir uns getrauen, den Plan, den die Natur für die Ewigkeit entwarf, zu ergründen? Und wenn dies nicht möglich ist, wie kann irgend eine gerechte Gottheit von uns verlangen, in diesen ihren ewigen Plan einzugreifen, von uns, die wir nicht einmal imstande sind, ihn zu denken?

Aber die Bestimmung unseres *irdischen* Daseins, die können wir allerdings unzweifelhaft herausfinden, und diese zu erfüllen, das kann daher die Gottheit auch wohl mit Recht von uns fordern.

Es ist möglich, liebe Freundin, daß mir Deine Religion hierin widerspricht und daß sie Dir gebietet, auch etwas für Dein künftiges Leben zu tun. Du wirst gewiß Gründe für Deinen Glauben haben, so wie ich Gründe für den meinigen; und so fürchte ich nicht, daß diese kleine Religionszwistigkeit unsrer Liebe eben großen Abbruch tun wird. Wo nur die Vernunft herrschend ist, da vertragen sich auch die Meinungen leicht; und da die Religionstoleranz schon eine Tugend ganzer Völker geworden ist, so wird es, denke ich, der Duldung nicht sehr schwer werden, in zwei liebenden Herzen zu herrschen.

Wenn Du Dich also durch die Einflüsse Deiner früheren Erziehung gedrungen fühltest, durch die Beobachtung religiöser Zeremonieen auch etwas für Dein ewiges Leben zu tun, so würde ich weiter nichts als Dich warnen, ja nicht darüber Dein irdisches Leben zu vernachlässigen.

Denn nur gar zu leicht glaubt man, man habe *alles* getan, wenn man die ernsten Gebräuche der Religion beobachtet, wenn man fleißig in die Kirche geht, täglich betet, und jährlich zweimal das Abendmahl nimmt.

Und doch sind dies alles nur *Zeichen* eines Gefühls, das auch ganz anders sich ausdrücken kann. Denn mit demselben Gefühle, mit welchem Du bei dem Abendmahle das Brot nimmst aus der Hand des Priesters, mit demselben Gefühle, sage ich, erwürgt der Mexikaner seinen Bruder vor dem Altare seines Götzen.

Ich will Dich dadurch nur aufmerksam machen, daß alle diese religiösen Gebräuche nichts sind, als *menschliche* Vorschriften, die zu allen Zeiten verschieden waren und noch in diesem Augenblicke an allen Orten der Erde verschieden sind. *Darin* kann also das Wesen der Religion nicht liegen, weil es ja sonst höchst schwankend und ungewiß wäre. Wer steht uns dafür, daß nicht in kurzem ein zweiter *Luther* unter uns aufsteht, und umwirft, was jener baute. Aber in uns flammt eine Vorschrift – und die muß göttlich sein, weil sie ewig und allgemein ist; sie heißt: *erfülle Deine Pflicht;* und dieser Satz enthält die Lehren aller Religionen.

Alle anderen Sätze folgen aus diesem und sind in ihm gegründet, oder sie sind nicht darin begriffen, und dann sind sie unfruchtbar und unnütz.

Daß ein Gott sei, daß es ein ewiges Leben, einen Lohn für die Tugend, eine Strafe für das Laster gebe, das alles sind Sätze, die in jenem nicht gegründet sind, und die wir also entbehren können. Denn gewiß sollen wir sie nach dem Willen der Gottheit selbst entbehren können, weil sie es uns selbst unmöglich gemacht hat, es einzusehen und zu begreifen. Würdest Du nicht mehr tun, was recht ist, wenn der Gedanke an Gott und Unsterblichkeit nur ein Traum wäre? Ich nicht.

Daher *bedarf* ich zwar zu meiner Rechtschaffenheit dieser Sätze nicht; aber zuweilen, *wenn ich meine Pflicht erfüllt habe,* erlaube ich mir, mit stiller Hoffnung an einen Gott zu denken, der mich sieht, und an eine frohe Ewigkeit, die meiner wartet; denn zu beiden fühle ich mich doch mit meinem Glauben hingezogen, den mein Herz mir ganz zusichert und mein Verstand mehr bestätigt, als widerspricht.

Aber dieser Glaube sei irrig, oder nicht, – gleichviel! Es warte auf mich eine Zukunft, oder nicht – gleichviel! Ich erfülle für dieses Leben meine Pflicht, und wenn Du mich fragst: *warum?* so ist die Antwort leicht: eben *weil* es meine Pflicht ist.

Ich schränke mich daher mit meiner Tätigkeit ganz für dieses Erdenleben ein. Ich will mich nicht um meine Bestimmung nach dem Tode kümmern, aus Furcht darüber meine Bestimmung für dieses Leben zu vernachlässigen. Ich fürchte nicht die Höllenstrafe der Zukunft, weil ich mein eignes Gewissen fürchte, und rechne nicht auf einen Lohn jenseits des Grabes, weil ich ihn mir diesseits desselben schon erwerben kann.

Dabei bin ich überzeugt, gewiß in den großen ewigen Plan der Natur einzugreifen, wenn ich nur den Platz ganz erfülle, auf den sie mich in dieser Erde setzte. Nicht umsonst hat sie mir diesen *gegenwärtigen* Wirkungskreis angewiesen, und gesetzt ich verträumte diesen und forschte dem *zukünftigen* nach – ist denn nicht die *Zukunft* eine *kommende Gegenwart*, und soll ich denn auch *diese* Gegenwart wieder verträumen?

Doch ich kehre zu meinem Gegenstande zurück. Ich habe Dir diese Gedanken bloß zur Prüfung vorgelegt. Ich fühle mich ruhiger und sicherer, wenn ich den Gedanken an die dunkle Bestimmung der Zukunft ganz von mir entferne, und mich allein an die gewisse und deutliche Bestimmung für dieses Erdenleben halte.

Ich will Dir nun meinen ersten Hauptgedanken erklären. *Bestimmung unseres irdischen Lebens* heißt Zweck desselben, oder die Absicht, zu welcher uns Gott auf diese Erde gesetzt hat. *Vernünftig darüber nachdenken* heißt nicht nur diesen Zweck selbst deutlich kennen, sondern auch in allen Verhältnissen unseres Lebens immer die zweckmäßigsten Mittel zu seiner Erreichung herausfinden.

Das, sagte ich, wäre die ganze wahre Aufklärung des Weibes und die einzige Philosophie, die ihr ansteht.

Deine Bestimmung, liebe Freundin, oder überhaupt die Bestimmung des Weibes ist wohl unzweifelhaft und unverkennbar; denn welche andere kann es sein, als diese, *Mutter zu werden, und der Erde tugendhafte Menschen zu erziehen?*

Und wohl euch, daß eure Bestimmung so einfach und beschränkt ist! Durch euch will die Natur nur ihre Zwecke erreichen, durch uns Männer auch der Staat noch die seinigen, und daraus entwickeln sich oft die unseligsten Widersprüche.

(In der Folge mehr.)

ÜBER DIE ALLMÄHLICHE VERFERTIGUNG DER GEDANKEN BEIM REDEN

An R[ühle] v[on] L[ilienstern]

Wenn du etwas wissen willst und es durch Meditation nicht finden kannst, so rate ich dir, mein lieber, sinnreicher Freund, mit dem nächsten Bekannten, der dir aufstößt, darüber zu sprechen. Es braucht nicht eben ein scharfdenkender Kopf zu sein, auch meine ich es nicht so, als ob du ihn darum befragen solltest: nein! Vielmehr sollst du es ihm selber allererst erzählen. Ich sehe dich zwar große Augen machen, und mir antworten, man habe dir in frühern Jahren den Rat gegeben, von nichts zu sprechen, als nur von Dingen, die du bereits verstehst. Damals aber sprachst du wahrscheinlich mit dem Vorwitz, *andere*, ich will, daß du aus der verständigen Absicht sprechest, *dich* zu belehren, und so könnten, für verschiedene Fälle verschieden, beide Klugheitsregeln vielleicht gut neben einander bestehen. Der Franzose sagt, l'appétit vient en mangeant, und dieser Erfahrungssatz bleibt wahr, wenn man ihn parodiert, und sagt, l'idée vient en parlant. Oft sitze ich an meinem Geschäftstisch über den Akten, und erforsche, in einer verwickelten Streitsache, den Gesichtspunkt, aus welchem sie wohl zu beurteilen sein möchte. Ich pflege dann gewöhnlich ins Licht zu sehen, als in den hellsten Punkt, bei dem Bestreben, in welchem mein innerstes Wesen begriffen ist, sich aufzuklären. Oder ich suche, wenn mir eine algebraische Aufgabe vorkommt, den ersten Ansatz, die Gleichung, die die gegebenen Verhältnisse ausdrückt, und aus welcher sich die Auflösung nachher durch Rechnung leicht ergibt. Und siehe da, wenn ich mit meiner Schwester davon rede, welche hinter mir sitzt, und arbeitet, so erfahre ich, was ich durch ein vielleicht stundenlanges Brüten nicht herausgebracht haben würde. Nicht, als ob sie es mir, im eigentlichen Sinne *sagte;* denn sie kennt weder das Gesetzbuch, noch hat sie den Euler, oder den Kästner studiert. Auch nicht, als ob sie mich durch geschickte Fragen auf den Punkt hinführte, auf welchen es ankommt, wenn schon dies letzte häufig der Fall sein mag. Aber weil ich doch irgend eine dunkle Vorstellung habe, die mit dem, was ich suche, von fern her in einiger Verbindung steht, so prägt, wenn ich nur dreist da-

mit den Anfang mache, das Gemüt, während die Rede fortschreitet, in der Notwendigkeit, dem Anfang nun auch ein Ende
zu finden, jene verworrene Vorstellung zur völligen Deutlichkeit
aus, dergestalt, daß die Erkenntnis, zu meinem Erstaunen, mit
der Periode fertig ist. Ich mische unartikulierte Töne ein, ziehe
die Verbindungswörter in die Länge, gebrauche auch wohl eine
Apposition, wo sie nicht nötig wäre, und bediene mich anderer,
die Rede ausdehnender, Kunstgriffe, zur Fabrikation meiner Idee
auf der Werkstätte der Vernunft, die gehörige Zeit zu gewinnen.
Dabei ist mir nichts heilsamer, als eine Bewegung meiner Schwester, als ob sie mich unterbrechen wollte; denn mein ohnehin
schon angestrengtes Gemüt wird durch diesen Versuch von außen,
ihm die Rede, in deren Besitz es sich befindet, zu entreißen, nur
noch mehr erregt, und in seiner Fähigkeit, wie ein großer General,
wenn die Umstände drängen, noch um einen Grad höher gespannt. In diesem Sinne begreife ich, von welchem Nutzen Molière seine Magd sein konnte; denn wenn er derselben, wie er
vorgibt, ein Urteil zutraute, das das seinige berichten konnte, so
ist dies eine Bescheidenheit, an deren Dasein in seiner Brust ich
nicht glaube. Es liegt ein sonderbarer Quell der Begeisterung für
denjenigen, der spricht, in einem menschlichen Antlitz, das ihm
gegenübersteht; und ein Blick, der uns einen halbausgedrückten
Gedanken schon als begriffen ankündigt, schenkt uns oft den
Ausdruck für die ganze andere Hälfte desselben. Ich glaube, daß
mancher große Redner, in dem Augenblick, da er den Mund aufmachte, noch nicht wußte, was er sagen würde. Aber die Überzeugung, daß er die ihm nötige Gedankenfülle schon aus den
Umständen, und der daraus resultierenden Erregung seines Gemüts schöpfen würde, machte ihn dreist genug, den Anfang, auf
gutes Glück hin, zu setzen. Mir fällt jener »Donnerkeil« des Mirabeau ein, mit welchem er den Zeremonienmeister abfertigte, der
nach Aufhebung der letzten monarchischen Sitzung des Königs
am 23. Juni, in welcher dieser den Ständen auseinander zu gehen
anbefohlen hatte, in den Sitzungssaal, in welchem die Stände
noch verweilten, zurückkehrte, und sie befragte, ob sie den Befehl des Königs vernommen hätten? »Ja«, antwortete Mirabeau,
»wir haben des Königs Befehl vernommen« – ich bin gewiß, daß
er bei diesem humanen Anfang, noch nicht an die Bajonette

dachte, mit welchen er schloß: »ja, mein Herr«, wiederholte er, »wir haben ihn vernommen« – man sieht, daß er noch gar nicht recht weiß, was er will. »Doch was berechtigt Sie«– fuhr er fort, und nun plötzlich geht ihm ein Quell ungeheurer Vorstellungen auf – »uns hier Befehle anzudeuten? Wir sind die Repräsentanten der Nation.« – Das war es was er brauchte! »Die Nation gibt Befehle und empfängt keine.« – um sich gleich auf den Gipfel der Vermessenheit zu schwingen. »Und damit ich mich Ihnen ganz deutlich erkläre« – und erst jetzo findet er, was den ganzen Widerstand, zu welchem seine Seele gerüstet dasteht, ausdrückt: »so sagen Sie Ihrem Könige, daß wir unsre Plätze anders nicht, als auf die Gewalt der Bajonette verlassen werden.« – Worauf er sich, selbstzufrieden, auf einen Stuhl niedersetzte. – Wenn man an den Zeremonienmeister denkt, so kann man sich ihn bei diesem Auftritt nicht anders, als in einem völligen Geistesbankerott vorstellen; nach einem ähnlichen Gesetz, nach welchem in einem Körper, der von dem elektrischen Zustand Null ist, wenn er in eines elektrisierten Körpers Atmosphäre kommt, plötzlich die entgegengesetzte Elektrizität erweckt wird. Und wie in dem elektrisierten dadurch, nach einer Wechselwirkung, der ihm inwohnende Elektrizitätsgrad wieder verstärkt wird, so ging unseres Redners Mut, bei der Vernichtung seines Gegners zur verwegensten Begeisterung über. Vielleicht, daß es auf diese Art zuletzt das Zucken einer Oberlippe war, oder ein zweideutiges Spiel an der Manschette, was in Frankreich den Umsturz der Ordnung der Dinge bewirkte. Man liest, daß Mirabeau, sobald der Zeremonienmeister sich entfernt hatte, aufstand, und vorschlug: 1) sich sogleich als Nationalversammlung, und 2) als unverletzlich, zu konstituieren. Denn dadurch, daß er sich, einer Kleistischen Flasche gleich, entladen hatte, war er nun wieder neutral geworden, und gab, von der Verwegenheit zurückgekehrt, plötzlich der Furcht vor dem Chatelet, und der Vorsicht, Raum. – Dies ist eine merkwürdige Übereinstimmung zwischen den Erscheinungen der physischen und moralischen Welt, welche sich, wenn man sie verfolgen wollte, auch noch in den Nebenumständen bewähren würde. Doch ich verlasse mein Gleichnis, und kehre zur Sache zurück. Auch Lafontaine gibt, in seiner Fabel: Les animaux malades de la peste, wo der Fuchs dem Löwen

eine Apologie zu halten gezwungen ist, ohne zu wissen, wo er
den Stoff dazu hernehmen soll, ein merkwürdiges Beispiel von
einer allmählichen Verfertigung des Gedankens aus einem in der
Not hingesetzten Anfang. Man kennt diese Fabel. Die Pest
herrscht im Tierreich, der Löwe versammelt die Großen desselben, und eröffnet ihnen, daß dem Himmel, wenn er besänftigt
werden solle, ein Opfer fallen müsse. Viele Sünder seien im
Volke, der Tod des größesten müsse die übrigen vom Untergang
retten. Sie möchten ihm daher ihre Vergehungen aufrichtig bekennen. Er, für sein Teil gestehe, daß er, im Drange des Hungers, manchem Schafe den Garaus gemacht; auch dem Hunde,
wenn er ihm zu nahe gekommen; ja, es sei ihm in leckerhaften
Augenblicken zugestoßen, daß er den Schäfer gefressen. Wenn
niemand sich größerer Schwachheiten schuldig gemacht habe, so
sei er bereit zu sterben. »Sire«, sagt der Fuchs, der das Ungewitter
von sich ableiten will, »Sie sind zu großmütig. Ihr edler Eifer
führt Sie zu weit. Was ist es, ein Schaf erwürgen? Oder einen
Hund, diese nichtswürdige Bestie? Und: quant au berger«, fährt
er fort, denn dies ist der Hauptpunkt: »on peut dire«, obschon er
noch nicht weiß was? »qu'il méritoit tout mal«, auf gut Glück;
und somit ist er verwickelt; »étant«, eine schlechte Phrase, die
ihm aber Zeit verschafft: »de ces gens là«, und nun erst findet er
den Gedanken, der ihn aus der Not reißt: »qui sur les animaux se
font un chimérique empire.« – Und jetzt beweist er, daß der
Esel, der blutdürstige! (der alle Kräuter auffrißt) das zweckmäßigste Opfer sei, worauf alle über ihn herfallen, und ihn zerreißen. – Ein solches Reden ist ein wahrhaftes lautes Denken. Die
Reihen der Vorstellungen und ihrer Bezeichnungen gehen neben
einander fort, und die Gemütsakten für eins und das andere, kon-
gruieren. Die Sprache ist alsdann keine Fessel, etwa wie ein Hemm-
schuh an dem Rade des Geistes, sondern wie ein zweites, mit ihm
parallel fortlaufendes, Rad an seiner Achse. Etwas ganz anderes
ist es wenn der Geist schon, vor aller Rede, mit dem Gedanken
fertig ist. Denn dann muß er bei seiner bloßen Ausdrückung zurückbleiben, und dies Geschäft, weit entfernt ihn zu erregen, hat
vielmehr keine andere Wirkung, als ihn von seiner Erregung ab-
zuspannen. Wenn daher eine Vorstellung verworren ausgedrückt
wird, so folgt der Schluß noch gar nicht, daß sie auch verworren

gedacht worden sei; vielmehr könnte es leicht sein, daß die ver-
worrenst ausgedrückten grade am deutlichsten gedacht werden.
Man sieht oft in einer Gesellschaft, wo durch ein lebhaftes Gespräch, eine kontinuierliche Befruchtung der Gemüter mit Ideen
im Werk ist, Leute, die sich, weil sie sich der Sprache nicht mächtig fühlen, sonst in der Regel zurückgezogen halten, plötzlich
mit einer zuckenden Bewegung, aufflammen, die Sprache an
sich reißen und etwas Unverständliches zur Welt bringen. Ja,
sie scheinen, wenn sie nun die Aufmerksamkeit aller auf sich gezogen haben, durch ein verlegnes Gebärdenspiel anzudeuten,
daß sie selbst nicht mehr recht wissen, was sie haben sagen wollen. Es ist wahrscheinlich, daß diese Leute etwas recht Treffendes,
und sehr deutlich, gedacht haben. Aber der plötzliche Geschäfts-
wechsel, der Übergang ihres Geistes vom Denken zum Ausdrücken, schlug die ganze Erregung desselben, die zur Festhaltung des Gedankens notwendig, wie zum Hervorbringen erforderlich war, wieder nieder. In solchen Fällen ist es um so uner-
läßlicher, daß uns die Sprache mit Leichtigkeit zur Hand sei, um
dasjenige, was wir gleichzeitig gedacht haben, und doch nicht
gleichzeitig von uns geben können, wenigstens so schnell, als
möglich, auf einander folgen zu lassen. Und überhaupt wird jeder,
der, bei gleicher Deutlichkeit, geschwinder als sein Gegner
spricht, einen Vorteil über ihn haben, weil er gleichsam mehr
Truppen als er ins Feld führt. Wie notwendig eine gewisse Erregung des Gemüts ist, auch selbst nur, um Vorstellungen, die
wir schon gehabt haben, wieder zu erzeugen, sieht man oft, wenn
offene, und unterrichtete Köpfe examiniert werden, und man
ihnen ohne vorhergegangene Einleitung, Fragen vorlegt, wie
diese: was ist der Staat? Oder: was ist das Eigentum? Oder dergleichen. Wenn diese jungen Leute sich in einer Gesellschaft befunden hätten, wo man sich vom Staat, oder vom Eigentum,
schon eine Zeitlang unterhalten hätte, so würden sie vielleicht
mit Leichtigkeit durch Vergleichung, Absonderung, und Zusammenfassung der Begriffe, die Definition gefunden haben. Hier
aber, wo diese Vorbereitung des Gemüts gänzlich fehlt, sieht man
sie stocken, und nur ein unverständiger Examinator wird daraus
schließen daß sie nicht *wissen*. Denn nicht *wir* wissen, es ist allererst ein gewisser *Zustand* unsrer, welcher weiß. Nur ganz ge-

meine Geister, Leute, die, was der Staat sei, gestern auswendig
gelernt, und morgen schon wieder vergessen haben, werden hier
mit der Antwort bei der Hand sein. Vielleicht gibt es überhaupt
keine schlechtere Gelegenheit, sich von einer vorteilhaften Seite
zu zeigen, als grade ein öffentliches Examen. Abgerechnet, daß
es schon widerwärtig und das Zartgefühl verletzend ist, und daß
es reizt, sich stetig zu zeigen, wenn solch ein gelehrter Roßkamm
uns nach den Kenntnissen sieht, um uns, je nachdem es fünf oder
sechs sind, zu kaufen oder wieder abtreten zu lassen: es ist so
schwer, auf ein menschliches Gemüt zu spielen und ihm seinen
eigentümlichen Laut abzulocken, es verstimmt sich so leicht unter ungeschickten Händen, daß selbst der geübteste Menschen-
kenner, der in der Hebeammenkunst der Gedanken, wie Kant
sie nennt, auf das Meisterhafteste bewandert wäre, hier noch,
wegen der Unbekanntschaft mit seinem Sechswöchner, Mißgriffe
tun könnte. Was übrigens solchen jungen Leuten, auch selbst den
unwissendsten noch, in den meisten Fällen ein gutes Zeugnis verschafft, ist der Umstand, daß die Gemüter der Examinatoren,
wenn die Prüfung öffentlich geschieht, selbst zu sehr befangen
sind, um ein freies Urteil fällen zu können. Denn nicht nur fühlen
sie häufig die Unanständigkeit dieses ganzen Verfahrens: man
würde sich schon schämen, von jemandem, daß er seine Geld-
börse vor uns ausschütte, zu fordern, viel weniger, seine Seele:
sondern ihr eigener Verstand muß hier eine gefährliche Muste-
rung passieren, und sie mögen oft ihrem Gott danken, wenn sie
selbst aus dem Examen gehen können, ohne sich Blößen, schmach-
voller vielleicht, als der, eben von der Universität kommende,
Jüngling gegeben zu haben, den sie examinierten.

(Die Fortsetzung folgt)   H. v. K.

FABELN

1. Die Hunde und der Vogel

Zwei ehrliche Hühnerhunde, die, in der Schule des Hungers zu
Schlauköpfen gemacht, alles griffen, was sich auf der Erde
blicken ließ, stießen auf einen Vogel. Der Vogel, verlegen, weil
er sich nicht in seinem Element befand, wich hüpfend bald hier,
bald dorthin aus, und seine Gegner triumphierten schon; doch

bald darauf, zu hitzig gedrängt, regte er die Flügel und schwang sich in die Luft: da standen sie, wie Austern, die Helden der Triften, und klemmten den Schwanz ein, und gafften ihm nach.

Witz, wenn du dich in die Luft erhebst: wie stehen die Weisen und blicken dir nach!

2. Die Fabel ohne Moral

Wenn ich dich nur hätte, sagte der Mensch zu einem Pferde, das mit Sattel und Gebiß vor ihm stand, und ihn nicht aufsitzen lassen wollte; wenn ich dich nur hätte, wie du zuerst, das unerzogene Kind der Natur, aus den Wäldern kamst! Ich wollte dich schon führen, leicht, wie ein Vogel, dahin, über Berg und Tal, wie es mich gut dünkte; und dir und mir sollte dabei wohl sein. Aber da haben sie dir Künste gelehrt, Künste, von welchen ich, nackt, wie ich vor dir stehe, nichts weiß; und ich müßte zu dir in die Reitbahn hinein (wovor mich doch Gott bewahre) wenn wir uns verständigen wollten. H. v. K.

GEBET DES ZOROASTER

(Aus einer indischen Handschrift, von einem Reisenden in den Ruinen von Palmyra gefunden)

Gott, mein Vater im Himmel! Du hast dem Menschen ein so freies, herrliches und üppiges Leben bestimmt. Kräfte unendlicher Art, göttliche und tierische, spielen in seiner Brust zusammen, um ihn zum König der Erde zu machen. Gleichwohl, von unsichtbaren Geistern überwältigt, liegt er, auf verwundernswürdige und unbegreifliche Weise, in Ketten und Banden; das Höchste, von Irrtum geblendet, läßt er zur Seite liegen, und wandelt, wie mit Blindheit geschlagen, unter Jämmerlichkeiten und Nichtigkeiten umher. Ja, er gefällt sich in seinem Zustand; und wenn die Vorwelt nicht wäre und die göttlichen Lieder, die von ihr Kunde geben, so würden wir gar nicht mehr ahnden, von welchen Gipfeln, o Herr! der Mensch um sich schauen kann. Nun lässest du es, von Zeit zu Zeit, niederfallen, wie Schuppen, von dem Auge eines deiner Knechte, den du dir erwählt, daß er die Torheiten und Irrtümer seiner Gattung überschaue; ihn

rüstest du mit dem Köcher der Rede, daß er, furchtlos und liebreich, mitten unter sie trete, und sie mit Pfeilen, bald schärfer,
bald leiser, aus der wunderlichen Schlafsucht, in welcher sie befangen liegen, wecke. Auch mich, o Herr, hast du, in deiner Weisheit, mich wenig Würdigen, zu diesem Geschäft erkoren; und
ich schicke mich zu meinem Beruf an. Durchdringe mich ganz,
vom Scheitel zur Sohle, mit dem Gefühl des Elends, in welchem
dies Zeitalter darniederliegt, und mit der Einsicht in alle Erbärm-
lichkeiten, Halbheiten, Unwahrhaftigkeiten und Gleisnereien,
von denen es die Folge ist. Stähle mich mit Kraft, den Bogen
des Urteils rüstig zu spannen, und, in der Wahl der Geschosse,
mit Besonnenheit und Klugheit, auf daß ich jedem, wie es ihm
zukommt, begegne: den Verderblichen und Unheilbaren, dir
zum Ruhm, niederwerfe, den Lasterhaften schrecke, den Irren-
den warne, den Toren, mit dem bloßen Geräusch der Spitze
über sein Haupt hin, necke. Und einen Kranz auch lehre mich
winden, womit ich, auf meine Weise, den, der dir wohlgefällig
ist, kröne! Über alles aber, o Herr, möge Liebe wachen zu dir,
ohne welche nichts, auch das Geringfügigste nicht, gelingt: auf
daß dein Reich verherrlicht und erweitert werde, durch alle
Räume und alle Zeiten, Amen!   x.

BETRACHTUNGEN ÜBER DEN WELTLAUF

Es gibt Leute, die sich die Epochen, in welchen die Bildung einer
Nation fortschreitet, in einer gar wunderlichen Ordnung vor-
stellen. Sie bilden sich ein, daß ein Volk zuerst in tierischer *Roheit*
und *Wildheit* daniederläge; daß man nach Verlauf einiger Zeit,
das Bedürfnis einer Sittenverbesserung empfinden, und somit die
Wissenschaft von der Tugend aufstellen müsse; daß man, um den
Lehren derselben Eingang zu verschaffen, daran denken würde,
sie in schönen Beispielen zu versinnlichen, und daß somit die
Ästhetik erfunden werden würde: daß man nunmehr, nach den
Vorschriften derselben, schöne Versinnlichungen verfertigen,
und somit die *Kunst* selbst ihren Ursprung nehmen würde: und
daß vermittelst der Kunst endlich das Volk auf die höchste Stufe
menschlicher *Kultur* hinaufgeführt werden würde. Diesen Leuten
dient zur Nachricht, daß alles, wenigstens bei den Griechen und

Römern, in ganz umgekehrter Ordnung erfolgt ist. Diese Völker machten mit der *heroischen* Epoche, welches ohne Zweifel die höchste ist, die erschwungen werden kann, den Anfang; als sie in keiner menschlichen und bürgerlichen Tugend mehr Helden hatten, *dichteten* sie welche; als sie keine mehr dichten konnten, erfanden sie dafür die *Regeln;* als sie sich in den Regeln verwirrten, abstrahierten sie die *Weltweisheit* selbst; und als sie damit fertig waren, wurden sie *schlecht.*   z.

EMPFINDUNGEN VOR FRIEDRICHS SEELANDSCHAFT

Herrlich ist es, in einer unendlichen Einsamkeit am Meeresufer, unter trübem Himmel, auf eine unbegrenzte Wasserwüste, hinauszuschauen. Dazu gehört gleichwohl, daß man dahin gegangen sei, daß man zurück muß, daß man hinüber möchte, daß man es nicht kann, daß man alles zum Leben vermißt, und die Stimme des Lebens dennoch im Rauschen der Flut, im Wehen der Luft, im Ziehen der Wolken, dem einsamen Geschrei der Vögel, vernimmt. Dazu gehört ein Anspruch, den das Herz macht, und ein Abbruch, um mich so auszudrücken, den einem die Natur tut. Dies aber ist vor dem Bilde unmöglich, und das, was ich in dem Bilde selbst finden sollte, fand ich erst zwischen mir und dem Bilde, nämlich einen Anspruch, den mein Herz an das Bild machte, und einen Abbruch, den mir das Bild tat; und so ward ich selbst der Kapuziner, das Bild ward die Düne, das aber, wo hinaus ich mit Sehnsucht blicken sollte, die See, fehlte ganz. Nichts kann trauriger und unbehaglicher sein, als diese Stellung in der Welt: der einzige Lebensfunke im weiten Reiche des Todes, der einsame Mittelpunkt im einsamen Kreis. Das Bild liegt, mit seinen zwei oder drei geheimnisvollen Gegenständen, wie die Apokalypse da, als ob es Youngs Nachtgedanken hätte, und da es, in seiner Einförmigkeit und Uferlosigkeit, nichts, als den Rahm, zum Vordergrund hat, so ist es, wenn man es betrachtet, als ob einem die Augenlider weggeschnitten wären. Gleichwohl hat der Maler zweifelsohne eine ganz neue Bahn im Felde seiner Kunst gebrochen; und ich bin überzeugt, daß sich, mit seinem Geiste, eine Quadratmeile märkischen Sandes darstellen ließe, mit einem Berberitzenstrauch,

worauf sich eine Krähe einsam plustert, und daß dies Bild eine
wahrhaft Ossiansche oder Kosegartensche Wirkung tun müßte.
Ja, wenn man diese Landschaft mit ihrer eignen Kreide und mit
ihrem eigenen Wasser malte; so, glaube ich, man könnte die
Füchse und Wölfe damit zum Heulen bringen: das Stärkste, was
man, ohne allen Zweifel, zum Lobe für diese Art von Land-
schaftsmalerei beibringen kann. – Doch meine eigenen Empfindungen, über dies wunderbare Gemälde, sind zu verworren; daher habe ich mir, ehe ich sie ganz auszusprechen wage, vorgenommen, mich durch die Äußerungen derer, die paarweise, von
Morgen bis Abend, daran vorübergehen, zu belehren.   cb.

FRAGMENT EINES HAUSHOFMEISTERS-EXAMENS AUS DEM SHAKESPEARE

Was ihr wollt. Akt 4

Ehrn Matthias. Was ist des Pythagoras Lehre wildes Geflügel
anlangend? – –

Was achtest du von dieser Lehre? –   Vx.

BRIEF EINES MALERS AN SEINEN SOHN

Mein lieber Sohn,

Du schreibst mir, daß du eine Madonna malst, und daß dein Gefühl dir, für die Vollendung dieses Werks, so unrein und körperlich dünkt, daß du jedesmal, bevor du zum Pinsel greifst, das
Abendmahl nehmen möchtest, um es zu heiligen. Laß dir von
deinem alten Vater sagen, daß dies eine falsche, dir von der
Schule, aus der du herstammst, anklebende Begeisterung ist, und
daß es, nach Anleitung unserer würdigen alten Meister, mit einer
gemeinen, aber übrigens rechtschaffenen Lust an dem Spiel,
deine Einbildungen auf die Leinewand zu bringen, völlig abgemacht ist. Die Welt ist eine wunderliche Einrichtung; und die
göttlichsten Wirkungen, mein lieber Sohn, gehen aus den niedrigsten und unscheinbarsten Ursachen hervor. Der Mensch,
um dir ein Beispiel zu geben, das in die Augen springt, gewiß, er
ist ein erhabenes Geschöpf; und gleichwohl, in dem Augenblick,
da man ihn macht, ist es nicht nötig, daß man dies, mit vieler
Heiligkeit, bedenke. Ja, derjenige, der das Abendmahl darauf

nähme, und mit dem bloßen Vorsatz ans Werk ginge, seinen Begriff davon in der Sinnenwelt zu konstruieren, würde ohnfehlbar ein ärmliches und gebrechliches Wesen hervorbringen; dagegen derjenige, der, in einer heitern Sommernacht, ein Mädchen, ohne weiteren Gedanken, küßt, zweifelsohne einen Jungen zur Welt bringt, der nachher, auf rüstige Weise, zwischen Erde und Himmel herumklettert, und den Philosophen zu schaffen gibt. Und hiermit Gott befohlen.   y.

ALLERNEUESTER ERZIEHUNGSPLAN

Zu welchen abenteuerlichen Unternehmungen, sei es nun das Bedürfnis, sich auf eine oder die andere Weise zu ernähren, oder auch die bloße Sucht, neu zu sein, die Menschen verführen, und wie lustig dem zufolge oft die Insinuationen sind, die an die Redaktion dieser Blätter einlaufen: davon möge folgender Aufsatz, der uns kürzlich zugekommen ist, eine Probe sein.

Hochgeehrtes Publikum,

Die Experimentalphysik, in dem Kapitel von den Eigenschaften elektrischer Körper, lehrt, daß wenn man in die Nähe dieser Körper, oder, um kunstgerecht zu reden, in ihre Atmosphäre, einen unelektrischen (neutralen) Körper bringt, dieser plötzlich gleichfalls elektrisch wird, und zwar die entgegengesetzte Elektrizität annimmt. Es ist als ob die Natur einen Abscheu hätte, gegen alles, was, durch eine Verbindung von Umständen, einen überwiegenden und unförmlichen Wert angenommen hat; und zwischen je zwei Körpern, die sich berühren, scheint ein Bestreben angeordnet zu sein, das ursprüngliche Gleichgewicht, das zwischen ihnen aufgehoben ist, wieder herzustellen. Wenn der elektrische Körper positiv ist: so flieht, aus dem unelektrischen, alles, was an natürlicher Elektrizität darin vorhanden ist, in den äußersten und entferntesten Raum desselben, und bildet, in den, jenen zunächst liegenden, Teilen eine Art von Vakuum, das sich geneigt zeigt, den Elektrizitätsüberschuß, woran jener, auf gewisse Weise, krank ist, in sich aufzunehmen; und ist der elektrische Körper negativ, so häuft sich, in dem unelektrischen, und zwar in den Teilen, die dem elektrischen zunächst liegen, die natürliche

Elektrizität schlagfertig an, nur auf den Augenblick harrend, den Elektrizitätsmangel umgekehrt, woran jener krank ist, damit zu ersetzen. Bringt man den unelektrischen Körper in den Schlagraum des elektrischen, so fällt, es sei nun von diesem zu jenem, oder von jenem zu diesem, der Funken: das Gleichgewicht ist hergestellt, und beide Körper sind einander an Elektrizität, völlig gleich.

Dieses höchst merkwürdige Gesetz findet sich, auf eine, unseres Wissens, noch wenig beachtete Weise, auch in der moralischen Welt; dergestalt, daß ein Mensch, dessen Zustand indifferent ist, nicht nur augenblicklich aufhört, es zu sein, sobald er mit einem anderen, dessen Eigenschaften, gleichviel auf welche Weise, bestimmt sind, in Berührung tritt: sein Wesen sogar wird, um mich so auszudrücken, gänzlich in den entgegengesetzten Pol hinübergespielt; er nimmt die Bedingung $+$ an, wenn jener von der Bedingung $-$, und die Bedingung $-$, wenn jener von der Bedingung $+$ ist.

Einige Beispiele, hochverehrtes Publikum, werden dies deutlicher machen.

Das gemeine Gesetz des Widerspruchs ist jedermann, aus eigner Erfahrung, bekannt; das Gesetz, das uns geneigt macht, uns, mit unserer Meinung, immer auf die entgegengesetzte Seite hinüber zu werfen. Jemand sagt mir, ein Mensch, der am Fenster vorübergeht, sei so dick, wie eine Tonne. Die Wahrheit zu sagen, er ist von gewöhnlicher Korpulenz. Ich aber, da ich ans Fenster komme, ich berichtige diesen Irrtum nicht bloß: ich rufe Gott zum Zeugen an, der Kerl sei so dünn, als ein Stecken.

Oder eine Frau hat sich, mit ihrem Liebhaber, ein Rendezvous menagiert. Der Mann, in der Regel, geht des Abends, um Tricktrack zu spielen, in die Tabagie; gleichwohl um sicher zu gehen, schlingt sie den Arm um ihn, und spricht: mein lieber Mann! Ich habe die Hammelkeule, von heute mittag, aufwärmen lassen. Niemand besucht mich, wir sind ganz allein; laß uns den heutigen Abend einmal, in recht heiterer und vertraulicher Abgeschlossenheit zubringen. Der Mann, der gestern schweres Geld in der Tabagie verlor, dachte in der Tat heut, aus Rücksicht auf seine Kasse, zu Hause zu bleiben; doch plötzlich wird ihm die entsetzliche Langeweile klar, die ihm, seiner Frau gegenüber, im Hause verwartet. Er spricht: liebe Frau! Ich habe einem Freunde versprochen, ihm im Tricktrack, worin ich gestern gewann, Revanche zu geben. Laß mich, auf eine Stunde, wenn es sein kann, in die Tabagie gehn; morgen von Herzen gern stehe ich zu deinen Diensten.

Aber das Gesetz, von dem wir sprechen, gilt nicht bloß von Meinungen und Begehrungen, sondern, auf weit allgemeinere Weise, auch von Gefühlen, Affekten, Eigenschaften und Charakteren.

Ein portugiesischer Schiffskapitän, der, auf dem Mittelländischen Meer, von drei venezianischen Fahrzeugen angegriffen ward, befahl, entschlossen wie er war, in Gegenwart aller seiner Offiziere und Soldaten, einem Feuerwerker, daß sobald irgend auf dem Verdeck ein Wort von Übergabe laut werden würde, er, ohne weiteren Befehl, nach der Pulverkammer gehen, und das Schiff in die Luft sprengen möchte. Da man sich vergebens, bis gegen Abend, gegen die Übermacht herumgeschlagen hatte, und allen Forderungen die die Ehre an die Equipage machen konnte, ein Genüge geschehen war: traten die Offiziere in vollzähliger Versammlung den Kapitän an, und forderten ihn auf, das Schiff zu übergeben. Der Kapitän, ohne zu antworten, kehrte sich um, und fragte, wo der Feuerwerker sei; seine Absicht, wie er nachher versichert hat, war, ihm aufzugeben, auf der Stelle den Befehl, den er ihm erteilt, zu vollstrecken. Als er aber den Mann schon, die brennende Lunte in der Hand, unter den Fässern, inmitten der Pulverkammer fand: ergriff er ihn plötzlich, vor Schrecken bleich, bei der Brust, riß ihn, in Vergessenheit aller anderen Gefahr, aus der Kammer heraus, trat die Lunte, unter Flüchen und Schimpfwörtern, mit Füßen aus und warf sie ins Meer. Den Offizieren aber sagte er, daß sie die weiße Fahne aufstecken möchten, indem er sich übergeben wolle.

Ich selbst, um ein Beispiel aus meiner Erfahrung zu geben, lebte, vor einigen Jahren, aus gemeinschaftlicher Kasse, in einer kleinen Stadt am Rhein, mit einer Schwester. Das Mädchen war in der Tat bloß, was man, im gemeinen Leben, eine gute Wirtin nennt; freigebig sogar in manchen Stücken; ich hatte es selbst erfahren. Doch weil ich locker und lose war, und das Geld auf keine Weise achtete: so fing sie an zu knickern und zu knausern;

ja, ich bin überzeugt, daß sie geizig geworden wäre, und mir
Rüben in den Kaffee und Lichter in die Suppe getan hätte. Aber
das Schicksal wollte zu ihrem Glücke, daß wir uns trennten.

Wer dies Gesetz recht begreift, dem wird die Erscheinung gar
nicht mehr fremd sein, die den Philosophen so viel zu schaffen
gibt: die Erscheinung, daß große Männer, in der Regel, immer
von unbedeutenden und obskuren Eltern abstammen, und ebenso
wieder Kinder groß ziehen, die in jeder Rücksicht untergeordnet
und geringartig sind. Und in der Tat, man kann das Experiment,
wie die moralische Atmosphäre, in dieser Hinsicht, wirkt, alle
Tage anstellen. Man bringe nur einmal alles, was, in einer Stadt,
an Philosophen, Schöngeistern, Dichtern und Künstlern, vorhanden ist, in einen Saal zusammen: so werden einige, aus ihrer Mitte,
auf der Stelle dumm werden; wobei wir uns, mit völliger Sicherheit, auf die Erfahrung eines jeden berufen, der einem solchen
Tee oder Punsch einmal beigewohnt hat.

Wie vielen Einschränkungen ist der Satz unterworfen: daß
schlechte Gesellschaften gute Sitten verderben; da doch schon
Männer, wie Basedow und Campe, die doch sonst, in ihrem Er-
ziehungshandwerk, wenig gegensätzisch verfuhren, angeraten
haben, jungen Leuten zuweilen den Anblick böser Beispiele zu
verschaffen, um sie von dem Laster abzuschrecken. Und wahrlich, wenn man die gute Gesellschaft, mit der schlechten, in Hinsicht auf das Vermögen, die Sitte zu entwickeln, vergleicht, so
weiß man nicht, für welche man sich entscheiden soll, da, in der
guten, die Sitte nur nachgeahmt werden kann, in der schlechten
hingegen, durch eine eigentümliche Kraft des Herzens erfunden
werden muß. Ein Taugenichts mag, in tausend Fällen, ein junges
Gemüt, durch sein Beispiel, verführen, sich auf Seiten des Lasters
hinüber zu stellen; tausend andere Fälle aber gibt es, wo es, in natürlicher Reaktion, das Polarverhältnis gegen dasselbe annimmt,
und dem Laster, zum Kampf gerüstet, gegenüber tritt. Ja, wenn
man, auf irgend einem Platze der Welt, etwa einer wüsten Insel,
alles, was die Erde an Bösewichtern hat, zusammenbrächte: so
würde sich nur ein Tor darüber wundern können, wenn er, in
kurzer Zeit, alle, auch die erhabensten und göttlichsten, Tugenden unter ihnen anträfe.

Wer dies für paradox halten könnte, der besuche nur einmal ein

Zuchthaus oder eine Festung. In den von Frevlern aller Art, oft bis zum Sticken angefüllten Kasematten, werden, weil keine Strafe mehr, oder doch nur sehr unvollkommen, bis hierher dringt, Ruchlosigkeiten, die kein Name nennt, verübt. Demnach würde, in solcher Anarchie, Mord und Totschlag und zuletzt der Untergang aller die unvermeidliche Folge sein, wenn nicht auf der Stelle, aus ihrer Mitte, welche aufträten, die auf Recht und Sitte halten. Ja, oft setzt sie der Kommandant selbst ein; und Menschen, die vorher aufsätzig waren, gegen alle göttliche und menschliche Ordnung, werden hier, in erstaunungswürdiger Wendung der Dinge, wieder die öffentlichen, geheiligten Handhaber derselben, wahre Staatsdiener der guten Sache, bekleidet mit der Macht, ihr Gesetz aufrecht zu halten.

Daher kann die Welt mit Recht auf die Entwickelung der Verbrecherkolonie in Botany-Bai aufmerksam sein. Was aus solchem, dem Boden eines Staats abgeschlämmten Gesindel werden kann, liegt bereits in den nordamerikanischen Freistaaten vor Augen; und um uns auf den Gipfel unsrer metaphysischen Ansicht zu schwingen, erinnern wir den Leser bloß an den Ursprung, die Geschichte, an die Entwickelung und Größe von Rom.

In Erwägung nun[*])

1) daß alle Sittenschulen bisher nur auf den Nachahmungstrieb gegründet waren, und statt das gute Prinzip, auf eigentümliche Weise im Herzen zu entwickeln, nur durch Aufstellung sogenannter guter Beispiele, zu wirken suchten[**]);

2) daß diese Schulen, wie die Erfahrung lehrt, nichts eben, für den Fortschritt der Menschheit Bedeutendes und Erkleckliches, hervorgebracht haben[***]);

das Gute aber 3) das sie bewirkt haben, allein von dem Umstand herzurühren scheint, daß sie schlecht waren, und hin und wieder, gegen die Verabredung, einige schlechten Beispiele mitunter liefen;

---

*) Jetzt rückt dieser merkwürdige Pädagog mit seinem neuesten Erziehungsplan heraus.   (Die Redaktion)
**) So! – Als ob die pädagogischen Institute nicht, nach ihrer natürlichen Anlage, schwache Seiten genug darböten!   (Die Redakt.)
***) In der Tat! – – Dieser Philosoph könnte das Jahrhundert um seinen ganzen Ruhm bringen.   (Die Redakt.)

in Erwägung, sagen wir, aller dieser Umstände, sind wir gesonnen, eine sogenannte *Lasterschule*, oder vielmehr eine *gegensätzische* Schule, eine Schule der *Tugend durch Laster*, zu errichten†).

Demnach werden für alle, einander entgegenstehende Laster, Lehrer angestellt werden, die in bestimmten Stunden des Tages, nach der Reihe, auf planmäßige Art, darin Unterricht erteilen: in der Religionsspötterei sowohl als in der Bigotterie, im Trotz sowohl als in der Wegwerfung und Kriecherei, und im Geiz und in der Furchtsamkeit sowohl, als in der Tollkühnheit und in der Verschwendung.

Diese Lehrer werden nicht bloß durch Ermahnungen, sondern durch Beispiel, durch lebendige Handlung, durch unmittelbaren praktischen, geselligen Umgang und Verkehr zu wirken suchen.

Für Eigennutz, Plattheit, Geringschätzung alles Großen und Erhabenen und manche anderen Untugenden, die man in Gesellschaften und auf der Straße lernen kann, wird es nicht nötig sein, Lehrer anzustellen.

In der Unreinlichkeit und Unordnung, in der Zank- und Streitsucht und Verleumdung, wird meine Frau Unterricht erteilen.

Liederlichkeit, Spiel, Trunk, Faulheit und Völlerei, behalte ich mir bevor.

Der Preis ist der sehr mäßige von 300 Rtl.

N. S.

Eltern, die uns ihre Kinder nicht anvertrauen wollten, aus Furcht, sie in solcher Anstalt, auf unvermeidliche Weise, verderben zu sehen, würden dadurch an den Tag legen, daß sie ganz übertriebene Begriffe von der Macht der Erziehung haben. Die Welt, die ganze Masse von Objekten, die auf die Sinne wirken, hält und regiert, an tausend und wieder tausend Fäden, das junge, die Erde begrüßende, Kind. Von diesen Fäden, ihm um die Seele gelegt, ist allerdings die Erziehung einer, und sogar der wichtigste und stärkste; verglichen aber mit der ganzen Totalität, mit der ganzen Zusammenfassung der übrigen, verhält er sich wie ein Zwirnsfaden zu einem Ankertau; eher drüber als drunter.

†) Risum teneatis, amici!   (Die Redakt.)

Und in der Tat, wie mißlich würde es mit der Sittlichkeit aussehen, wenn sie kein tieferes Fundament hätte, als das sogenannte gute Beispiel eines Vaters oder einer Mutter, und die platten Ermahnungen eines Hofmeisters oder einer französischen Mamsell.

– Aber das Kind ist kein Wachs, das sich, in eines Menschen Händen, zu einer beliebigen Gestalt kneten läßt: es lebt, es ist frei; es trägt ein unabhängiges und eigentümliches Vermögen der Entwickelung, und das Muster aller innerlichen Gestaltung, in sich.

Ja, gesetzt, eine Mutter nähme sich vor, ein Kind, das sie an ihrer Brust trägt, von Grund aus zu verderben: so würde sich ihr auf der Welt dazu kein unfehlbares Mittel darbieten, und, wenn das Kind nur sonst von gewöhnlichen, rechtschaffenen Anlagen ist, das Unternehmen, vielleicht auf die sonderbarste und überraschendste Art, daran scheitern.

Was sollte auch, in der Tat, aus der Welt werden, wenn den Eltern ein unfehlbares Vermögen beiwohnte, ihre Kinder nach Grundsätzen, zu welchen sie die Muster sind, zu erziehen: da die Menschheit, wie bekannt, fortschreiten soll, und es mithin, selbst dann, wenn an ihnen nichts auszusetzen wäre, nicht genug ist, daß die Kinder werden, wie sie; sondern besser.

Wenn demnach die uralte Erziehung, die uns die Väter, in ihrer Einfalt, überliefert haben, an den Nagel gehängt werden soll: so ist kein Grund, warum unser Institut nicht, mit allen andern, die die pädagogische Erfindung, in unsern Tagen, auf die Bahn gebracht hat, in die Schranken treten soll. In unsrer Schule wird, wie in diesen, gegen je einen, der darin zu Grunde geht, sich ein andrer finden, in dem sich Tugend und Sittlichkeit auf gar robuste und tüchtige Art entwickelt; es wird alles in der Welt bleiben, wie es ist; und was die Erfahrung von Pestalozzi und Zeller und allen andern Virtuosen der neuesten Erziehungskunst, und ihren Anstalten sagt, das wird sie auch von uns und der unsrigen sagen:»Hilft es nichts, so schadet es nichts.«

Rechtenfleck im Holsteinischen,   C. J. Levanus,
   den 15. Okt. 1810   Konrektor.

BRIEF EINES JUNGEN DICHTERS AN EINEN
JUNGEN MALER

Uns Dichtern ist es unbegreiflich, wie ihr euch entschließen könnt, ihr lieben Maler, deren Kunst etwas so Unendliches ist, jahrelang zuzubringen mit dem Geschäft, die Werke eurer großen Meister zu kopieren. Die Lehrer, bei denen ihr in die Schule geht, sagt ihr, leiden nicht, daß ihr eure Einbildungen, ehe die Zeit gekommen ist, auf die Leinewand bringt; wären wir aber, wir Dichter, in eurem Fall gewesen, so meine ich, wir würden unsern Rücken lieber unendlichen Schlägen ausgesetzt haben, als diesem grausamen Verbot ein Genüge zu tun. Die Einbildungskraft würde sich, auf ganz unüberwindliche Weise, in unseren Brüsten geregt haben, und wir, unseren unmenschlichen Lehrern zum Trotz, gleich, sobald wir nur gewußt hätten, daß man mit dem Büschel, und nicht mit dem Stock am Pinsel malen müsse, heimlich zur Nachtzeit die Türen verschlossen haben, um uns in der Erfindung, diesem Spiel der Seligen, zu versuchen. Da, wo sich die Phantasie in euren jungen Gemütern vorfindet, scheint uns, müsse sie, unerbittlich und unrettbar, durch die endlose Untertänigkeit, zu welcher ihr euch beim Kopieren in Galerien und Sälen verdammt, zu Grund und Boden gehen. Wir wissen, in unsrer Ansicht schlecht und recht von der Sache nicht, was es mehr bedarf, als das Bild, das euch rührt, und dessen Vortrefflichkeit ihr euch anzueignen wünscht, mit Innigkeit und Liebe, durch Stunden, Tage, Wochen, Monden, oder meinethalben Jahre, anzuschauen. Wenigstens dünkt uns, läßt sich ein doppelter Gebrauch von einem Bilde machen; einmal der, den ihr davon macht, nämlich die Züge desselben nachzuschreiben, um euch die Fertigkeit der malerischen Schrift einzulernen; und dann in seinem Geist, gleich vom Anfang herein, nachzuerfinden. Und auch diese Fertigkeit müßte, sobald als nur irgend möglich, gegen die Kunst selbst, deren wesentliches Stück die Erfindung nach eigentümlichen Gesetzen ist, an den Nagel gehängt werden. Denn die Aufgabe, Himmel und Erde! ist ja nicht, ein anderer, sondern ihr selbst zu sein, und euch selbst, euer Eigenstes und Innerstes, durch Umriß und Farben, zur Anschauung zu bringen! Wie mögt ihr euch nur in dem Maße verachten, daß ihr willigen könnt, ganz und gar auf Erden nicht vorhanden gewesen zu sein;

da eben das Dasein so herrlicher Geister, als die sind, welche ihr bewundert, weit entfernt, euch zu vernichten, vielmehr allererst die rechte Lust in euch erwecken und mit der Kraft, heiter und tapfer, ausrüsten sollen, auf eure eigne Weise gleichfalls zu sein? Aber ihr Leute, ihr bildet euch ein, ihr müßtet durch euren Meister, den Raphael oder Corregge, oder wen ihr euch sonst zum Vorbild gesetzt habt, hindurch; da ihr euch doch ganz und gar umkehren, mit dem Rücken gegen ihn stellen, und, in diametral entgegengesetzter Richtung, den Gipfel der Kunst, den ihr im Auge habt, auffinden und ersteigen könntet. – So! sagt ihr und seht mich an: was der Herr uns da Neues sagt! und lächelt und zuckt die Achseln. Demnach, ihr Herren, Gott befohlen! Denn da Kopernikus schon vor dreihundert Jahren gesagt hat, daß die Erde rund sei, so sehe ich nicht ein, was es helfen könnte, wenn ich es hier wiederholte. Lebet wohl! y.

VON DER ÜBERLEGUNG

Eine Paradoxe

Man rühmt den Nutzen der Überlegung in alle Himmel; besonders der kaltblütigen und langwierigen, vor der Tat. Wenn ich ein Spanier, ein Italiener oder ein Franzose wäre: so möchte es damit sein Bewenden haben. Da ich aber ein Deutscher bin, so denke ich meinem Sohn einst, besonders wenn er sich zum Soldaten bestimmen sollte, folgende Rede zu halten.

»Die Überlegung, wisse, findet ihren Zeitpunkt weit schicklicher *nach*, als *vor* der Tat. Wenn sie vorher, oder in dem Augenblick der Entscheidung selbst, ins Spiel tritt: so scheint sie nur die zum Handeln nötige Kraft, die aus dem herrlichen Gefühl quillt, zu verwirren, zu hemmen und zu unterdrücken; dagegen sich nachher, wenn die Handlung abgetan ist, der Gebrauch von ihr machen läßt, zu welchem sie dem Menschen eigentlich gegeben ist, nämlich sich dessen, was in dem Verfahren fehlerhaft und gebrechlich war, bewußt zu werden, und das Gefühl für andere künftige Fälle zu regulieren. Das Leben selbst ist ein Kampf mit dem Schicksal; und es verhält sich auch mit dem Handeln wie mit dem Ringen. Der Athlet kann, in dem Augenblick, da er seinen Gegner umfaßt hält, schlechthin nach keiner anderen Rücksicht, als nach bloßen augenblicklichen Eingebungen verfahren; und derjenige, der berechnen wollte, welche Muskeln er anstrengen, und welche Glieder er in Bewegung setzen soll, um zu überwinden, würde unfehlbar den kürzeren ziehen, und unterliegen. Aber nachher, wenn er gesiegt hat oder am Boden liegt, mag es zweckmäßig und an seinem Ort sein, zu überlegen, durch welchen Druck er seinen Gegner niederwarf, oder welch ein Bein er ihm hätte stellen sollen, um sich aufrecht zu erhalten. Wer das Leben nicht, wie ein solcher Ringer, umfaßt hält, und tausendgliedrig, nach allen Windungen des Kampfs, nach allen Widerständen, Drücken, Ausweichungen und Reaktionen, empfindet und spürt: der wird, was er will, in keinem Gespräch, durchsetzen; vielweniger in einer Schlacht.« x.

FRAGMENTE

1.

Es gibt gewisse Irrtümer, die mehr Aufwand von Geist kosten, als die Wahrheit selbst. Tycho hat, und mit Recht, seinen ganzen Ruhm einem Irrtum zu verdanken, und wenn Kepler uns nicht das Weltgebäude erklärt hätte, er würde berühmt geworden sein, bloß wegen des Wahns, in dem er stand, und wegen der scharfsinnigen Gründe, womit er ihn unterstützte, nämlich, daß sich der Mond nicht um seine Achse drehe.

2.

Man könnte die Menschen in zwei Klassen abteilen; in solche, die sich auf eine Metapher und 2) in solche, die sich auf eine Formel verstehn. Deren, die sich auf beides verstehn, sind zu wenige, sie machen keine Klasse aus.

ÜBER DAS MARIONETTENTHEATER

Als ich den Winter 1801 in M . . . zubrachte, traf ich daselbst eines Abends, in einem öffentlichen Garten, den Herrn C. an, der seit kurzem, in dieser Stadt, als erster Tänzer der Oper, angestellt war, und bei dem Publiko außerordentliches Glück machte.

Ich sagte ihm, daß ich erstaunt gewesen wäre, ihn schon mehrere Mal in einem Marionettentheater zu finden, das auf dem

Markte zusammengezimmert worden war, und den Pöbel, durch kleine dramatische Burlesken, mit Gesang und Tanz durchwebt, belustigte.

Er versicherte mir, daß ihm die Pantomimik dieser Puppen viel Vergnügen machte, und ließ nicht undeutlich merken, daß ein Tänzer, der sich ausbilden wolle, mancherlei von ihnen lernen könne.

Da diese Äußerung mir, durch die Art, wie er sie vorbrachte, mehr, als ein bloßer Einfall schien, so ließ ich mich bei ihm nieder, um ihn über die Gründe, auf die er eine so sonderbare Behauptung stützen könne, näher zu vernehmen.

Er fragte mich, ob ich nicht, in der Tat, einige Bewegungen der Puppen, besonders der kleineren, im Tanz sehr graziös gefunden hatte.

Diesen Umstand konnt ich nicht leugnen. Eine Gruppe von vier Bauern, die nach einem raschen Takt die Ronde tanzte, hätte von Teniers nicht hübscher gemalt werden können.

Ich erkundigte mich nach dem Mechanismus dieser Figuren, und wie es möglich wäre, die einzelnen Glieder derselben und ihre Punkte, ohne Myriaden von Fäden an den Fingern zu haben, so zu regieren, als es der Rhythmus der Bewegungen, oder der Tanz, erfordere?

Er antwortete, daß ich mir nicht vorstellen müsse, als ob jedes Glied einzeln, während der verschiedenen Momente des Tanzes, von dem Maschinisten gestellt und gezogen würde.

Jede Bewegung, sagte er, hätte einen Schwerpunkt; es wäre genug, diesen, in dem Innern der Figur, zu regieren; die Glieder, welche nichts als Pendel wären, folgten, ohne irgend ein Zutun, auf eine mechanische Weise von selbst.

Er setzte hinzu, daß diese Bewegung sehr einfach wäre; daß jedesmal, wenn der Schwerpunkt in einer *graden Linie* bewegt wird, die Glieder schon *Kurven* beschrieben; und daß oft, auf eine bloß zufällige Weise erschüttert, das Ganze schon in eine Art von rhythmische Bewegung käme, die dem Tanz ähnlich wäre.

Diese Bemerkung schien mir zuerst einiges Licht über das Vergnügen zu werfen, das er in dem Theater der Marionetten zu finden vorgegeben hatte. Inzwischen ahndete ich bei weitem die Folgerungen noch nicht, die er späterhin daraus ziehen würde.

Ich fragte ihn, ob er glaubte, daß der Maschinist, der diese Puppen regierte, selbst ein Tänzer sein, oder wenigstens einen Begriff vom Schönen im Tanz haben müsse?

Er erwiderte, daß wenn ein Geschäft, von seiner mechanischen Seite, leicht sei, daraus noch nicht folge, daß es ganz ohne Empfindung betrieben werden könne.

Die Linie, die der Schwerpunkt zu beschreiben hat, wäre zwar sehr einfach, und, wie er glaube, in den meisten Fällen, gerad. In Fällen, wo sie krumm sei, scheine das Gesetz ihrer Krümmung wenigstens von der ersten oder höchstens zweiten Ordnung; und auch in diesem letzten Fall nur elliptisch, welche Form der Bewegung den Spitzen des menschlichen Körpers (wegen der Gelenke) überhaupt die natürliche sei, und also dem Maschinisten keine große Kunst koste, zu verzeichnen.

Dagegen wäre diese Linie wieder, von einer andern Seite, etwas sehr Geheimnisvolles. Denn sie wäre nichts anders, als der *Weg der Seele des Tänzers;* und er zweifle, daß sie anders gefunden werden könne, als dadurch, daß sich der Maschinist in den Schwerpunkt der Marionette versetzt, d. h. mit andern Worten, *tanzt.*

Ich erwiderte, daß man mir das Geschäft desselben als etwas ziemlich Geistloses vorgestellt hätte: etwa was das Drehen einer Kurbel sei, die eine Leier spielt.

Keineswegs, antwortete er. Vielmehr verhalten sich die Bewegungen seiner Finger zur Bewegung der daran befestigten Puppen ziemlich künstlich, etwa wie Zahlen zu ihren Logarithmen oder die Asymptote zur Hyperbel.

Inzwischen glaube er, daß auch dieser letzte Bruch von Geist, von dem er gesprochen, aus den Marionetten entfernt werden, daß ihr Tanz gänzlich ins Reich mechanischer Kräfte hinübergespielt, und vermittelst einer Kurbel, so wie ich es mir gedacht, hervorgebracht werden könne.

Ich äußerte meine Verwunderung zu sehen, welcher Aufmerksamkeit er diese, für den Haufen erfundene, Spielart einer schönen Kunst würdige. Nicht bloß, daß er sie einer höheren Entwickelung für fähig halte: er scheine sich sogar selbst damit zu beschäftigen.

Er lächelte, und sagte, er getraue sich zu behaupten, daß wenn ihm ein Mechanikus, nach den Forderungen, die er an ihn zu machen dächte, eine Marionette bauen wollte, er vermittelst derselben einen Tanz darstellen würde, den weder er, noch irgend ein anderer geschickter Tänzer seiner Zeit, Vestris selbst nicht ausgenommen, zu erreichen imstande wäre.

Haben Sie, fragte er, da ich den Blick schweigend zur Erde schlug: haben Sie von jenen mechanischen Beinen gehört, welche englische Künstler für Unglückliche verfertigen, die ihre Schenkel verloren haben?

Ich sagte, nein: dergleichen wäre mir nie vor Augen gekommen.

Es tut mir leid, erwiderte er; denn wenn ich Ihnen sage, daß diese Unglücklichen damit tanzen, so fürchte ich fast, Sie werden es mir nicht glauben. – Was sag ich, tanzen? Der Kreis ihrer Bewegungen ist zwar beschränkt; doch diejenigen, die ihnen zu Gebote stehen, vollziehen sich mit einer Ruhe, Leichtigkeit und Anmut, die jedes denkende Gemüt in Erstaunen setzen.

Ich äußerte, scherzend, daß er ja, auf diese Weise, seinen Mann gefunden habe. Denn derjenige Künstler, der einen so merkwürdigen Schenkel zu bauen imstande sei, würde ihm unzweifelhaft auch eine ganze Marionette, seinen Forderungen gemäß, zusammensetzen können.

Wie, fragte ich, da er seinerseits ein wenig betreten zur Erde sah: wie sind denn diese Forderungen, die Sie an die Kunstfertigkeit desselben zu machen gedenken, bestellt?

Nichts, antwortete er, was sich nicht auch schon hier fände; Ebenmaß, Beweglichkeit, Leichtigkeit – nur alles in einem höheren Grade; und besonders eine naturgemäßere Anordnung der Schwerpunkte.

Und der Vorteil, den diese Puppe vor lebendigen Tänzern voraus haben würde?

Der Vorteil? Zuvörderst ein negativer, mein vortrefflicher Freund, nämlich dieser, daß sie sich niemals *zierte*. – Denn Ziererei erscheint, wie Sie wissen, wenn sich die Seele (vis motrix) in irgend einem andern Punkte befindet, als in dem Schwerpunkt der Bewegung. Da der Maschinist nun schlechthin, vermittelst des Drahtes oder Fadens, keinen andern Punkt in seiner Gewalt hat, als diesen: so sind alle übrigen Glieder, was sie sein sollen, tot, reine Pendel, und folgen dem bloßen Gesetz der Schwere; eine vortreffliche Eigenschaft, die man vergebens bei dem größesten Teil unsrer Tänzer sucht.

Sehen Sie nur die P . . . an, fuhr er fort, wenn sie die Daphne spielt, und sich, verfolgt vom Apoll, nach ihm umsieht; die Seele sitzt ihr in den Wirbeln des Kreuzes; sie beugt sich, als ob sie brechen wollte, wie eine Najade aus der Schule Bernins. Sehen Sie den jungen F . . . an, wenn er, als Paris, unter den drei Göttinnen steht, und der Venus den Apfel überreicht: die Seele sitzt ihm gar (es ist ein Schrecken, es zu sehen) im Ellenbogen.

Solche Mißgriffe, setzte er abbrechend hinzu, sind unvermeidlich, seitdem wir von dem Baum der Erkenntnis gegessen haben. Doch das Paradies ist verriegelt und der Cherub hinter uns; wir müssen die Reise um die Welt machen, und sehen, ob es vielleicht von hinten irgendwo wieder offen ist.

Ich lachte. – Allerdings, dachte ich, kann der Geist nicht irren, da, wo keiner vorhanden ist. Doch ich bemerkte, daß er noch mehr auf dem Herzen hatte, und bat ihn, fortzufahren.

Zudem, sprach er, haben diese Puppen den Vorteil, daß sie *antigrav* sind. Von der Trägheit der Materie, dieser dem Tanze entgegenstrebendsten aller Eigenschaften, wissen sie nichts: weil die Kraft, die sie in die Lüfte erhebt, größer ist, als jene, die sie an der Erde fesselt. Was würde unsre gute G . . . darum geben, wenn sie sechzig Pfund leichter wäre, oder ein Gewicht von dieser Größe ihr bei ihren Entrechats und Pirouetten, zu Hülfe käme? Die Puppen brauchen den Boden nur, wie die Elfen, um ihn zu *streifen*, und den Schwung der Glieder, durch die augenblickliche Hemmung neu zu beleben; wir brauchen ihn, um darauf zu *ruhen*, und uns von der Anstrengung des Tanzes zu erholen: ein Moment, der offenbar selber kein Tanz ist, und mit dem sich weiter nichts anfangen läßt, als ihn möglichst verschwinden zu machen.

Ich sagte, daß, so geschickt er auch die Sache seiner Paradoxe führe, er mich doch nimmermehr glauben machen würde, daß in einem mechanischen Gliedermann mehr Anmut enthalten sein könne, als in dem Bau des menschlichen Körpers.

Er versetzte, daß es dem Menschen schlechthin unmöglich wäre, den Gliedermann darin auch nur zu erreichen. Nur ein Gott könne sich, auf diesem Felde, mit der Materie messen; und hier sei der Punkt, wo die beiden Enden der ringförmigen Welt in einander griffen.

Ich erstaunte immer mehr, und wußte nicht, was ich zu so sonderbaren Behauptungen sagen sollte.

Es scheine, versetzte er, indem er eine Prise Tabak nahm, daß ich das dritte Kapitel vom ersten Buch Moses nicht mit Aufmerksamkeit gelesen; und wer diese erste Periode aller menschlichen Bildung nicht kennt, mit dem könne man nicht füglich über die folgenden, um wie viel weniger über die letzte, sprechen.

Ich sagte, daß ich gar wohl wüßte, welche Unordnungen, in der natürlichen Grazie des Menschen, das Bewußtsein anrichtet. Ein junger Mann von meiner Bekanntschaft hätte, durch eine bloße Bemerkung, gleichsam vor meinen Augen, seine Unschuld verloren, und das Paradies derselben, trotz aller ersinnlichen Bemühungen, nachher niemals wieder gefunden. – Doch, welche Folgerungen, setzte ich hinzu, können Sie daraus ziehen?

Er fragte mich, welch einen Vorfall ich meine?

Ich badete mich, erzählte ich, vor etwa drei Jahren, mit einem jungen Mann, über dessen Bildung damals eine wunderbare Anmut verbreitet war. Er mochte ohngefähr in seinem sechszehnten Jahre stehn, und nur ganz von fern ließen sich, von der Gunst der Frauen herbeigerufen, die ersten Spuren von Eitelkeit erblicken. Es traf sich, daß wir grade kurz zuvor in Paris den Jüngling gesehen hatten, der sich einen Splitter aus dem Fuße zieht; der Abguß der Statue ist bekannt und befindet sich in den meisten deutschen Sammlungen. Ein Blick, den er in dem Augenblick, da er den Fuß auf den Schemel setzte, um ihn abzutrocknen, in einen großen Spiegel warf, erinnerte ihn daran; er lächelte und sagte mir, welch eine Entdeckung er gemacht habe. In der Tat hatte ich, in eben diesem Augenblick, dieselbe gemacht; doch sei es, um die Sicherheit der Grazie, die ihm beiwohnte, zu prüfen, sei es, um seiner Eitelkeit ein wenig heilsam zu begegnen: ich lachte und erwiderte – er sähe wohl Geister! Er errötete, und hob den Fuß zum zweitenmal, um es mir zu zeigen; doch der Versuch, wie sich leicht hätte voraussehn lassen, mißglückte. Er hob verwirrt den Fuß zum dritten und vierten, er hob ihn wohl noch zehnmal: umsonst! er war außerstand, dieselbe Bewegung wieder hervorzubringen – was sag ich? die Bewegungen, die er machte, hatten ein

so komisches Element, daß ich Mühe hatte, das Gelächter zurückzuhalten: –

Von diesem Tage, gleichsam von diesem Augenblick an, ging
eine unbegreifliche Veränderung mit dem jungen Menschen vor.
Er fing an, tagelang vor dem Spiegel zu stehen; und immer ein
Reiz nach dem anderen verließ ihn. Eine unsichtbare und unbegreifliche Gewalt schien sich, wie ein eisernes Netz, um das freie
Spiel seiner Gebärden zu legen, und als ein Jahr verflossen war,
war keine Spur mehr von der Lieblichkeit in ihm zu entdecken,
die die Augen der Menschen sonst, die ihn umringten, ergötzt
hatte. Noch jetzt lebt jemand, der ein Zeuge jenes sonderbaren
und unglücklichen Vorfalls war, und ihn, Wort für Wort, wie
ich ihn erzählt, bestätigen könnte. –

Bei dieser Gelegenheit, sagte Herr C . . . freundlich, muß ich
Ihnen eine andere Geschichte erzählen, von der Sie leicht begreifen werden, wie sie hierher gehört.

Ich befand mich, auf meiner Reise nach Rußland, auf einem
Landgut des Herrn v. G . . ., eines livländischen Edelmanns,
dessen Söhne sich eben damals stark im Fechten übten. Besonders
der ältere, der eben von der Universität zurückgekommen war,
machte den Virtuosen, und bot mir, da ich eines Morgens auf
seinem Zimmer war, ein Rapier an. Wir fochten; doch es traf
sich, daß ich ihm überlegen war; Leidenschaft kam dazu, ihn zu
verwirren; fast jeder Stoß, den ich führte, traf, und sein Rapier
flog zuletzt in den Winkel. Halb scherzend, halb empfindlich,
sagte er, indem er das Rapier aufhob, daß er seinen Meister gefunden habe: doch alles auf der Welt finde den seinen, und fortan
wolle er mich zu dem meinigen führen. Die Brüder lachten laut
auf, und riefen: Fort! fort! In den Holzstall herab! und damit
nahmen sie mich bei der Hand und führten mich zu einem Bären,
den Herr v. G . . ., ihr Vater, auf dem Hofe auferziehen ließ.

Der Bär stand, als ich erstaunt vor ihn trat, auf den Hinterfüßen,
mit dem Rücken an einem Pfahl gelehnt, an welchem er angeschlossen war, die rechte Tatze schlagfertig erhoben, und sah
mir ins Auge: das war seine Fechterpositur. Ich wußte nicht, ob
ich träumte, da ich mich einem solchen Gegner gegenüber sah;
doch: stoßen Sie! stoßen Sie! sagte Herr v. G . . ., und versuchen Sie, ob Sie ihm eins beibringen können! Ich fiel, da ich mich

ein wenig von meinem Erstaunen erholt hatte, mit dem Rapier auf ihn aus; der Bär machte eine ganz kurze Bewegung mit der Tatze und parierte den Stoß. Ich versuchte ihn durch Finten zu verführen; der Bär rührte sich nicht. Ich fiel wieder, mit einer augenblicklichen Gewandtheit, auf ihn aus, eines Menschen Brust würde ich ohnfehlbar getroffen haben: der Bär machte eine ganz kurze Bewegung mit der Tatze und parierte den Stoß. Jetzt war ich fast in dem Fall des jungen Herrn v. G ... Der Ernst des Bären kam hinzu, mir die Fassung zu rauben, Stöße und Finten wechselten sich, mir triefte der Schweiß: umsonst! Nicht bloß, daß der Bär, wie der erste Fechter der Welt, alle meine Stöße parierte; auf Finten (was ihm kein Fechter der Welt nachmacht) ging er gar nicht einmal ein: Aug in Auge, als ob er meine Seele darin lesen könnte, stand er, die Tatze schlagfertig erhoben, und wenn meine Stöße nicht ernsthaft gemeint waren, so rührte er sich nicht.

Glauben Sie diese Geschichte?

Vollkommen! rief ich, mit freudigem Beifall; jedwedem Fremden, so wahrscheinlich ist sie: um wie viel mehr Ihnen!

Nun, mein vortrefflicher Freund, sagte Herr C ..., so sind Sie im Besitz von allem, was nötig ist, um mich zu begreifen. Wir sehen, daß in dem Maße, als, in der organischen Welt, die Reflexion dunkler und schwächer wird, die Grazie darin immer strahlender und herrschender hervortritt. – Doch so, wie sich der Durchschnitt zweier Linien, auf der einen Seite eines Punkts, nach dem Durchgang durch das Unendliche, plötzlich wieder auf der andern Seite einfindet, oder das Bild des Hohlspiegels, nachdem es sich in das Unendliche entfernt hat, plötzlich wieder dicht vor uns tritt: so findet sich auch, wenn die Erkenntnis gleichsam durch ein Unendliches gegangen ist, die Grazie wieder ein; so, daß sie, zu gleicher Zeit, in demjenigen menschlichen Körperbau am reinsten erscheint, der entweder gar keins, oder ein unendliches Bewußtsein hat, d. h. in dem Gliedermann, oder in dem Gott.

Mithin, sagte ich ein wenig zerstreut, müßten wir wieder von dem Baum der Erkenntnis essen, um in den Stand der Unschuld zurückzufallen?

Allerdings, antwortete er; das ist das letzte Kapitel von der Geschichte der Welt. H. v. K.

MISZELLEN

[1]

Falstaff bemerkt, in der Schenke von Eastcheap, daß er nicht bloß
selbst witzig, sondern auch schuld sei, daß andere Leute (auf seine
Kosten) witzig wären. Mancher Gimpel, den ich hier nicht nennen mag, stellt diesen Satz auf den Kopf. Denn er ist nicht bloß
selbst albern, sondern auch schuld daran, daß andere Leute (seinem Gesicht und seinen Reden gegenüber) albern werden.   tz.

[2]

Zu Montesquieus Zeiten waren die Frisuren so hoch, daß es, wie
er witzig bemerkt, aussah, als ob die Gesichter in der Mitte der
menschlichen Gestalt ständen; bald nachher wurden die Hacken
so hoch, daß es aussah, als ob die Füße diesen sonderbaren Platz
einnähmen. Auf eine ähnliche Art waren, mit Montesquieu zu
reden, vor einer Handvoll Jahren, die Taillen so dünn, daß es aussah, als ob die Frauen gar keine Leiber hätten; jetzt im Gegenteil
sind die Arme so dick, daß es aussieht, als ob sie deren drei hätten.

EIN SATZ AUS DER HÖHEREN KRITIK

An ***

Es gehört mehr Genie dazu, ein mittelmäßiges Kunstwerk zu
würdigen, als ein vortreffliches. Schönheit und Wahrheit leuchten der menschlichen Natur in der allerersten Instanz ein; und so
wie die erhabensten Sätze am leichtesten zu verstehen sind (nur
das Minutiöse ist schwer zu begreifen), so gefällt das Schöne
leicht; nur das Mangelhafte und Manierierte genießt sich mit
Mühe. In einem trefflichen Kunstwerk ist das Schöne so rein
enthalten, daß es jedem gesunden Auffassungsvermögen, als solchem, in die Sinne springt; im Mittelmäßigen hingegen ist es
mit soviel Zufälligem oder wohl gar Widersprechenden vermischt, daß ein weit schärferes Urteil, eine zartere Empfindung,
und eine geübtere und lebhaftere Imagination, kurz mehr Genie
dazu gehört, um es davon zu säubern. Daher sind auch über vor-
zügliche Werke die Meinungen niemals geteilt (die Trennung,
die die Leidenschaft hineinbringt, erwäge ich hier nicht); nur

über solche, die es nicht ganz sind, streitet und zankt man sich. Wie rührend ist die Erfindung in manchem Gedicht: nur durch Sprache, Bilder und Wendungen so entstellt, daß man oft unfehlbares Sensorium haben muß, um es zu entdecken. Alles dies ist so wahr, daß der Gedanke zu unsern vollkommensten Kunstwerken (z. B. eines großen Teils der Shakespeareschen) bei der Lektüre schlechter, der Vergessenheit ganz übergebener Broschüren und Scharteken entstanden ist. Wer also Schiller und Goethe lobt, der gibt mir dadurch noch gar nicht, wie er glaubt, den Beweis eines vorzüglichen und außerordentlichen Schönheitssinnes; wer aber mit Gellert und Cronegk hie und da zufrieden ist, der läßt mich, wenn er nur sonst in einer Rede recht hat, vermuten, daß er Verstand und Empfindungen, und zwar beide in einem seltenen Grade besitzt. xy.

BRIEF EINES DICHTERS AN EINEN ANDEREN

Mein teurer Freund!

Jüngsthin, als ich dich bei der Lektüre meiner Gedichte fand, verbreitetest du dich, mit außerordentlicher Beredsamkeit, über die Form, und unter beifälligen Rückblicken über die Schule, nach der ich mich, wie du vorauszusetzen beliebst, gebildet habe; rühmtest du mir auf eine Art, die mich zu beschämen geschickt war, bald die Zweckmäßigkeit des dabei zum Grunde liegenden Metrums, bald den Rhythmus, bald den Reiz des Wohlklangs und bald die Reinheit und Richtigkeit des Ausdrucks und der Sprache überhaupt. Erlaube mir, dir zu sagen, daß dein Gemüt hier auf Vorzügen verweilt, die ihren größesten Wert dadurch bewiesen haben würden, daß du sie gar nicht bemerkt hättest. Wenn ich beim Dichten in meinen Busen fassen, meinen Gedanken ergreifen, und mit Händen, ohne weitere Zutat, in den deinigen legen könnte: so wäre, die Wahrheit zu gestehn, die ganze innere Forderung meiner Seele erfüllt. Und auch dir, Freund, dünkt mich, bliebe nichts zu wünschen übrig: dem Durstigen kommt es, als solchem, auf die Schale nicht an, sondern auf die Früchte, die man ihm darin bringt. Nur weil der Gedanke, um zu erscheinen, wie jene flüchtigen, undarstellbaren, chemischen Stoffe, mit etwas Gröberem, Körperlichen, verbunden sein muß:

nur darum bediene ich mich, wenn ich mich dir mitteilen will, und nur darum bedarfst du, um mich zu verstehen, der Rede. Sprache, Rhythmus, Wohlklang usw., und so reizend diese Dinge auch, insofern sie den Geist einhüllen, sein mögen, so sind sie doch an und für sich, aus diesem höheren Gesichtspunkt betrachtet, nichts, als ein wahrer, obschon natürlicher und notwendiger Übelstand; und die Kunst kann, in bezug auf sie, auf nichts gehen, als sie möglichst *verschwinden* zu machen. Ich bemühe mich aus meinen besten Kräften, dem Ausdruck Klarheit, dem Versbau Bedeutung, dem Klang der Worte Anmut und Leben zu geben: aber bloß, damit diese Dinge gar nicht, vielmehr einzig und allein der Gedanke, den sie einschließen, erscheine. Denn das ist die Eigenschaft aller echten Form, daß der Geist augenblicklich und unmittelbar daraus hervortritt, während die mangelhafte ihn, wie ein schlechter Spiegel, gebunden hält, und uns an nichts erinnert, als an sich selbst. Wenn du mir daher, in dem Moment der ersten Empfängnis, die Form meiner kleinen, anspruchslosen Dichterwerke lobst: so erweckst du in mir, auf natürlichem Wege, die Besorgnis, daß darin ganz falsche rhythmische und prosodische Reize enthalten sind, und daß dein Gemüt, durch den Wortklang oder den Versbau, ganz und gar von dem, worauf es mir eigentlich ankam, abgezogen worden ist. Denn warum solltest du sonst dem Geist, den ich in die Schranken zu rufen bemüht war, nicht Rede stehen, und grade wie im Gespräch, ohne auf das Kleid meines Gedankens zu achten, ihm selbst, mit deinem Geiste, entgegentreten? Aber diese Unempfindlichkeit gegen das Wesen und den Kern der Poesie, bei der, bis zur Krankheit, ausgebildeten Reizbarkeit für das Zufällige und die Form, klebt deinem Gemüt überhaupt, meine ich, von der Schule an, aus welcher du stammst; ohne Zweifel gegen die Absicht dieser Schule, welche selbst geistreicher war, als irgend eine, die je unter uns auftrat, obschon nicht ganz, bei dem paradoxen Mutwillen ihrer Lehrart, ohne ihre Schuld. Auch bei der Lektüre von ganz andern Dichterwerken, als der meinigen, bemerke ich, daß dein Auge (um es dir mit einem Sprichwort zu sagen) den Wald vor seinen Bäumen nicht sieht. Wie nichtig oft, wenn wir den Shakespeare zur Hand nehmen, sind die Interessen, auf welchen du mit deinem Gefühl verweilst, in Vergleich mit den großen, erhabenen, weltbürgerlichen, die vielleicht nach der Absicht dieses herrlichen Dichters in deinem Herzen anklingen sollten! Was kümmert mich, auf den Schlachtfeldern von Agincourt, der Witz der Wortspiele, die darauf gewechselt werden; und wenn Ophelia vom Hamlet sagt: »welch ein edler Geist ward hier zerstört!« – oder Macduf vom Macbeth: »er hat keine Kinder!« – Was liegt an Jamben, Reimen, Assonanzen und dergleichen Vorzügen, für welche dein Ohr stets, als gäbe es gar keine andere, gespitzt ist? – Lebe wohl!   Ny.

KATECHISMUS DER DEUTSCHEN
ABGEFASST NACH DEM SPANISCHEN,
ZUM GEBRAUCH FÜR KINDER UND ALTE

In sechzehn Kapiteln

Erstes Kapitel

Von Deutschland überhaupt

FRAGE. Sprich, Kind, wer bist du?

ANTWORT. Ich bin ein Deutscher.

FRAGE. Ein Deutscher? Du scherzest. Du bist in Meißen geboren, und das Land, dem Meißen angehört, heißt Sachsen!

ANTWORT. Ich bin in Meißen geboren, und das Land, dem Meißen angehört, heißt Sachsen; aber mein Vaterland, das Land dem Sachsen angehört, ist Deutschland, und dein Sohn, mein Vater, ist ein Deutscher.

FRAGE. Du träumst! Ich kenne kein Land, dem Sachsen angehört, es müßte denn das rheinische Bundesland sein. Wo find ich es, dies Deutschland, von dem du sprichst, und wo liegt es?

ANTWORT. Hier, mein Vater. – Verwirre mich nicht.

FRAGE. Wo?

ANTWORT. Auf der Karte.

FRAGE. Ja, auf der Karte! – Diese Karte ist vom Jahr 1805. – Weißt du nicht, was geschehn ist, im Jahr 1805, da der Friede von Preßburg abgeschlossen war?

ANTWORT. Napoleon, der korsische Kaiser, hat es, nach dem Frieden, durch eine Gewalttat zertrümmert.

FRAGE. Nun? Und gleichwohl wäre es noch vorhanden?

ANTWORT. Gewiß! – Was fragst du mich doch.

FRAGE. Seit wann?

ANTWORT. Seit Franz der Zweite, der alte Kaiser der Deutschen, wieder aufgestanden ist, um es herzustellen, und der tapfre

Feldherr, den er bestellte, das Volk aufgerufen hat, sich an die Heere, die er anführt, zur Befreiung des Landes, anzuschließen.

Zweites Kapitel

Von der Liebe zum Vaterlande

FRAGE. Du liebst dein Vaterland, nicht wahr, mein Sohn?

ANTWORT. Ja, mein Vater; das tu ich.

FRAGE. Warum liebst du es?

ANTWORT. Weil es mein Vaterland ist.

FRAGE. Du meinst, weil Gott es gesegnet hat mit vielen Früchten, weil viele schöne Werke der Kunst es schmücken, weil Helden, Staatsmänner und Weise, deren Namen anzuführen kein Ende ist, es verherrlicht haben?

ANTWORT. Nein, mein Vater; du verführst mich.

FRAGE. Ich verführte dich?

ANTWORT. – Denn Rom und das ägyptische Delta sind, wie du mich gelehrt hast, mit Früchten und schönen Werken der Kunst, und allem, was groß und herrlich sein mag, weit mehr gesegnet, als Deutschland. Gleichwohl, wenn deines Sohnes Schicksal wollte, daß er darin leben sollte, würde er sich traurig fühlen, und es nimmermehr so lieb haben, wie jetzt Deutschland.

FRAGE. Warum also liebst du Deutschland?

ANTWORT. Mein Vater, ich habe es dir schon gesagt!

FRAGE. Du hättest es mir schon gesagt?

ANTWORT. Weil es mein Vaterland ist.

Drittes Kapitel

Von der Zertrümmerung des Vaterlandes

FRAGE. Was ist deinem Vaterlande jüngsthin widerfahren?

ANTWORT. Napoleon, Kaiser der Franzosen, hat es, mitten im Frieden, zertrümmert, und mehrere Völker, die es bewohnen, unterjocht.

FRAGE. Warum hat er dies getan?

ANTWORT. Das weiß ich nicht.

FRAGE. Das weißt du nicht?

ANTWORT. – Weil er ein böser Geist ist.

FRAGE. Ich will dir sagen, mein Sohn: Napoleon behauptet, er sei von den Deutschen beleidigt worden.

ANTWORT. Nein, mein Vater, das ist er nicht.

FRAGE. Warum nicht?

ANTWORT. Die Deutschen haben ihn niemals beleidigt.

FRAGE. Kennst du die ganze Streitfrage, die dem Kriege, der entbrannt ist, zum Grunde liegt?

ANTWORT. Nein, keineswegs.

FRAGE. Warum nicht?

ANTWORT. Weil sie zu weitläufig und umfassend ist.

FRAGE. Woraus also schließest du, daß die Sache, die die Deutschen führen, gerecht sei?

ANTWORT. Weil Kaiser Franz von Österreich es versichert hat.

FRAGE. Wo hat er dies versichert?

ANTWORT. In dem, von seinem Bruder, dem Erzherzog Karl, an die Nation erlassenen Aufruf.

FRAGE. Also, wenn zwei Angaben vorhanden sind, die eine von Napoleon, dem Korsenkaiser, die andere von Franz, Kaiser von Österreich: welcher glaubst du?

ANTWORT. Der Angabe Franzens, Kaisers von Österreich.

FRAGE. Warum?

ANTWORT. Weil er wahrhaftiger ist.

Viertes Kapitel

Vom Erzfeind

FRAGE. Wer sind deine Feinde, mein Sohn?

ANTWORT. Napoleon, und solange er ihr Kaiser ist, die Franzosen.

FRAGE. Ist sonst niemand, den du hassest?

ANTWORT. Niemand, auf der ganzen Welt.

FRAGE. Gleichwohl, als du gestern aus der Schule kamst, hast du dich mit jemand, wenn ich nicht irre, entzweit?

ANTWORT. Ich, mein Vater? – Mit wem?

FRAGE. Mit deinem Bruder. Du hast es mir selbst erzählt.

ANTWORT. Ja, mit meinem Bruder! Er hatte meinen Vogel nicht, wie ich ihm aufgetragen hatte, gefüttert.

FRAGE. Also ist dein Bruder, wenn er dies getan hat, dein Feind,
nicht Napoleon, der Korse, noch die Franzosen, die er beherrscht?

ANTWORT. Nicht doch, mein Vater! – Was sprichst du da?

FRAGE. Was ich da spreche?

ANTWORT. Ich weiß nicht, was ich darauf antworten soll.

FRAGE. Wozu haben die Deutschen, die erwachsen sind, jetzt allein
Zeit?

ANTWORT. Das Reich, das zertrümmert ward, wiederherzustellen.

FRAGE. Und die Kinder?

ANTWORT. Dafür zu beten, daß es ihnen gelingen möge.

FRAGE. *Wenn* das Reich wiederhergestellt ist: was magst du dann
mit deinem Bruder, der deinen Vogel nicht fütterte, tun?

ANTWORT. Ich werde ihn schelten; wenn ich es nicht vergessen
habe.

FRAGE. Noch besser aber ist es, weil er dein Bruder ist?

ANTWORT. Ihm zu verzeihn.

Fünftes Kapitel

Von der Wiederherstellung Deutschlands

FRAGE. Aber sage mir, wenn ein fremder Eroberer ein Reich zertrümmert, mein Sohn: hat irgend jemand, wer es auch sei,
das Recht, es wiederherzustellen?

ANTWORT. Ja, mein Vater; das denk ich.

FRAGE. Wer hat ein solches Recht, sag an?

ANTWORT. Jedweder, dem Gott zwei Dinge gegeben hat: den
guten Willen dazu und die Macht, es zu vollbringen.

FRAGE. Wahrhaftig? – Kannst du mir das wohl beweisen?

ANTWORT. Nein, mein Vater; das erlaß mir.

FRAGE. So will ich es dir beweisen.

ANTWORT. Das will ich *dir* erlassen, mein Vater.

FRAGE. Warum?

ANTWORT. Weil es sich von selbst versteht.

FRAGE. Gut! – Wer nun ist es in Deutschland, der die Macht und
den guten Willen und mithin auch das Recht hat, das Vaterland wiederherzutellen?

ANTWORT. Franz der Zweite, der alte Kaiser der Deutschen.

Sechstes Kapitel

Von dem Krieg Deutschlands gegen Frankreich

FRAGE. Wer hat diesen Krieg angefangen, mein Sohn?

ANTWORT. Franz der Zweite, der alte Kaiser der Deutschen.

FRAGE. In der Tat? – Warum glaubst du dies?

ANTWORT. Weil er seinen Bruder, den Erzherzog Karl, ins Reich
geschickt hat, mit seinen Heeren, und die Franzosen, da sie bei
Regensburg standen, angegriffen hat.

FRAGE. Also, wenn ich mit Gewehr und Waffen neben dir stehe,
den Augenblick erlauernd, um dich zu ermorden, und du, ehe
ich es vollbracht habe, den Stock ergreifst, um mich zu Boden
zu schlagen; so hast du den Streit angefangen?

ANTWORT. Nicht doch, mein Vater; was sprach ich!

FRAGE. Wer also hat den Krieg angefangen?

ANTWORT. Napoleon, Kaiser der Franzosen.

Siebentes Kapitel

Von der Bewunderung Napoleons

FRAGE. Was hältst du von Napoleon, dem Korsen, dem berühmten Kaiser der Franzosen?

ANTWORT. Mein Vater, vergib, das hast du mich schon gefragt.

FRAGE. Das hab ich dich schon gefragt? – Sage es noch einmal,
mit den Worten, die ich dich gelehrt habe.

ANTWORT. Für einen verabscheuungswürdigen Menschen; für
den Anfang alles Bösen und das Ende alles Guten; für einen
Sünder, den anzuklagen, die Sprache der Menschen nicht hinreicht, und den Engeln einst, am jüngsten Tage, der Odem vergehen wird.

FRAGE. Sahst du ihn je?

ANTWORT. Niemals, mein Vater.

FRAGE. Wie sollst du ihn dir vorstellen?

ANTWORT. Als einen, der Hölle entstiegenen, Vatermördergeist,
der herumschleicht, in dem Tempel der Natur, und an allen
Säulen rüttelt, auf welchen er gebaut ist.

FRAGE. Wann hast du dies im stillen für dich wiederholt?

ANTWORT. Gestern abend, als ich zu Bette ging, und heute morgen, als ich aufstand.

FRAGE. Und wann wirst du es wieder wiederholen?

ANTWORT. Heute abend, wenn ich zu Bette gehe, und morgen früh, wenn ich aufstehe.

FRAGE. Gleichwohl, sagt man, soll er viel Tugenden besitzen. Das Geschäft der Unterjochung der Erde soll er mit List, Gewandtheit und Kühnheit vollziehn, und besonders, an dem Tage der Schlacht, ein großer Feldherr sein.

ANTWORT. Ja, mein Vater; so sagt man.

FRAGE. Man sagt es nicht bloß; er *ist* es.

ANTWORT. Auch gut; er *ist* es.

FRAGE. Meinst du nicht, daß er, um dieser Eigenschaften willen, Bewunderung und Verehrung verdiene?

ANTWORT. Du scherzest, mein Vater.

FRAGE. Warum nicht?

ANTWORT. Das wäre ebenso feig, als ob ich die Geschicklichkeit, die einem Menschen im Ringen beiwohnt, in dem Augenblick bewundern wollte, da er mich in den Kot wirft und mein Antlitz mit Füßen tritt.

FRAGE. Wer also, unter den Deutschen, mag ihn bewundern?

ANTWORT. Die obersten Feldherrn etwa, und die Kenner der Kunst.

FRAGE. Und auch diese, wann mögen sie es erst tun?

ANTWORT. Wenn er vernichtet ist.

Achtes Kapitel

Von der Erziehung der Deutschen

FRAGE. Was mag die Vorsehung wohl damit, mein Sohn, daß sie die Deutschen so grimmig durch Napoleon, den Korsen, aus ihrer Ruhe aufgeschreckt hat, bezweckt haben?

ANTWORT. Das weiß ich nicht.

FRAGE. Das weißt du nicht?

ANTWORT. Nein, mein Vater.

FRAGE. Ich auch nicht. Ich schieße nur, mit meinem Urteil, ins Blaue hinein. Treffe ich, so ist es gut; wo nicht, so ist an dem Schuß nichts verloren. – Tadelst du dies Unternehmen?

ANTWORT. Keineswegs, mein Vater.

FRAGE. Vielleicht meinst du, die Deutschen befanden sich schon, wie die Sachen stehn, auf dem Gipfel aller Tugend, alles Heils und alles Ruhms?

ANTWORT. Keineswegs, mein Vater.

FRAGE. Oder waren wenigstens auf gutem Wege, ihn zu erreichen?

ANTWORT. Nein, mein Vater; das auch nicht.

FRAGE. Von welcher Unart habe ich dir zuweilen gesprochen?

ANTWORT. Von einer Unart?

FRAGE. Ja; die dem lebenden Geschlecht anklebt.

ANTWORT. Der Verstand der Deutschen, hast du mir gesagt, habe, durch einige scharfsinnige Lehrer, einen Überreiz bekommen; sie reflektierten, wo sie empfinden oder handeln sollten, meinten, alles durch ihren Witz bewerkstelligen zu können, und gäben nichts mehr auf die alte, geheimnisvolle Kraft der Herzen.

FRAGE. Findest du nicht, daß die Unart, die du mir beschreibst, zum Teil auch auf deinem Vater ruht, indem er dich katechisiert?

ANTWORT. Ja, mein lieber Vater.

FRAGE. Woran hingen sie, mit unmäßiger und unedler Liebe?

ANTWORT. An Geld und Gut, trieben Handel und Wandel damit, daß ihnen der Schweiß, ordentlich des Mitleidens würdig, von der Stirn triefte, und meinten, ein ruhiges, gemächliches und sorgenfreies Leben sei alles, was sich in der Welt erringen ließe.

FRAGE. Warum also mag das Elend wohl, das in der Zeit ist, über sie gekommen, ihre Hütten zerstört und ihre Felder verheert worden sein?

ANTWORT. Um ihnen diese Güter völlig verächtlich zu machen, und sie anzuregen, nach den höheren und höchsten, die Gott den Menschen beschert hat, hinanzustreben.

FRAGE. Und welches sind die höchsten Güter der Menschen?

ANTWORT. Gott, Vaterland, Kaiser, Freiheit, Liebe und Treue, Schönheit, Wissenschaft und Kunst.

Neuntes Kapitel

Eine Nebenfrage

FRAGE. Sage mir, mein Sohn, wohin kommt der, welcher liebt? In den Himmel oder in die Hölle?

ANTWORT. In den Himmel.

FRAGE. Und der, welcher haßt?

ANTWORT. In die Hölle.

FRAGE. Aber derjenige, welcher weder liebt noch haßt: wohin kommt der?

ANTWORT. Welcher weder liebt noch haßt?

FRAGE. Ja! – Hast du die schöne Fabel vergessen?

ANTWORT. Nein, mein Vater.

FRAGE. Nun? Wohin kommt er?

ANTWORT. Der kommt in die siebente, tiefste und unterste Hölle.

Zehntes Kapitel

Von der Verfassung der Deutschen

FRAGE. Wer ist der Herr der Deutschen?

ANTWORT. Die Deutschen, hast du mich gelehrt, haben keinen Herrn.

FRAGE. Die Deutschen hätten keinen Herrn? Da hast du mich falsch verstanden. Dein eigner Herr, zum Beispiel, ist der König von Sachsen.

ANTWORT. Der König von Sachsen?

FRAGE. Ja; der König von Sachsen!

ANTWORT. Das *war* dieser edle Herr, mein Vater, als er noch dem Vaterlande diente. Er wird es auch wieder werden, so gewiß als er zu seiner Pflicht, die ihm befiehlt, sich dem Vaterlande zu weihen, zurückkehrt. Doch jetzt, da er sich, durch schlechte und bestochene Ratgeber verführt, den Feinden des Reichs verbunden hat, jetzt ist er es, für die Wackeren unter den Sachsen, nicht mehr, und dein Sohn, so weh es ihm tut, ist ihm keinen Gehorsam schuldig.

FRAGE. So sind die Sachsen ein unglückliches Volk. – Sind sie die einzigen, oder gibt es noch mehrere Völker in Deutschland, die keinen Herrn haben?

ANTWORT. Noch viele, mein lieber Vater.

[Hier fehlen der Schluß des zehnten Kapitels, das elfte Kapitel und der Anfang des zwölften Kapitels.]

– – wo sie sie immer treffen mögen, erschlagen.

FRAGE. Hat er dies allen oder den einzelnen befohlen?

ANTWORT. Allen und den einzelnen.

FRAGE. Aber der einzelne, wenn er zu den Waffen griffe, würde oftmals nur in sein Verderben laufen?

ANTWORT. Allerdings, mein Vater; das wird er.

FRAGE. Er muß also lieber warten, bis ein Haufen zusammengelaufen ist, um sich an diesen anzuschließen?

ANTWORT. Nein, mein Vater.

FRAGE. Warum nicht?

ANTWORT. Du scherzest, wenn du so fragst.

FRAGE. So rede!

ANTWORT. Weil, wenn jedweder so dächte, gar kein Haufen zusammenlaufen würde, an den man sich anschließen könnte.

FRAGE. Mithin – was ist die Pflicht jedes einzelnen?

ANTWORT. Unmittelbar, auf das Gebot des Kaisers, zu den Waffen zu greifen, den anderen, wie die hochherzigen Tiroler, ein Beispiel zu geben, und die Franzosen, wo sie angetroffen werden mögen, zu erschlagen.

Dreizehntes Kapitel

Von den freiwilligen Beiträgen

FRAGE. Wen Gott mit Gütern gesegnet hat, was muß der noch außerdem, für den Fortgang des Kriegs, der geführt wird, tun?

ANTWORT. Er muß, was er entbehren kann, zur Bestreitung seiner Kosten hergeben.

FRAGE. Was kann der Mensch entbehren?

ANTWORT. Alles, bis auf Wasser und Brot, das ihn ernährt, und ein Gewand, das ihn deckt.

FRAGE. Wieviel Gründe kannst du anführen, um die Menschen, freiwillige Beiträge einzuliefern, zu bewegen?

ANTWORT. Zwei; einen, der nicht viel einbringen wird, und einen, der die Führer des Krieges reich machen muß, falls die Menschen nicht mit Blindheit geschlagen sind.

FRAGE. Welcher ist der, der nicht viel einbringen wird?

ANTWORT. Weil Geld und Gut, gegen das was damit errungen werden soll, nichtswürdig sind.

FRAGE. Und welcher ist der, der die Führer des Krieges reich machen muß, falls die Menschen nicht mit Blindheit geschlagen sind?

ANTWORT. Weil es die Franzosen doch wegnehmen.

Vierzehntes Kapitel

Von den obersten Staatsbeamten

FRAGE. Die Staatsbeamten, die dem Kaiser von Österreich, und den echten, deutschen Fürsten, treu dienen, findest du nicht, mein Sohn, daß sie einen gefährlichen Stand haben?

ANTWORT. Allerdings, mein Vater.

FRAGE. Warum?

ANTWORT. Weil, wenn der korsische Kaiser ins Land käme, er sie, um dieser Treue willen, bitter bestrafen würde.

FRAGE. Also ist es, für jeden, der auf einer wichtigen Landesstelle steht, der Klugheit gemäß, sich zurückzuhalten, und sich nicht, mit Eifer auf heftige Maßregeln, wenn sie ihm auch von der Regierung anbefohlen sein sollten, einzulassen.

ANTWORT. Pfui doch, mein Vater; was sprichst du da!

FRAGE. Was! – Nicht?

ANTWORT. Das wäre schändlich und niederträchtig.

FRAGE. Warum?

ANTWORT. Weil ein solcher nicht mehr Staatsdiener seines Fürsten, sondern schon, als ob er in seinem Sold stünde, Staatsdiener des Korsenkaisers ist, und für seine Zwecke arbeitet.

Funfzehntes Kapitel

Vom Hochverrate

FRAGE. Was begeht derjenige, mein Sohn, der dem Aufgebot, das der Erzherzog Karl an die Nation erlassen hat, nicht gehorcht, oder wohl gar, durch Wort und Tat, zu widerstreben wagt?

ANTWORT. Einen Hochverrat, mein Vater.

FRAGE. Warum?

ANTWORT. Weil er dem Volk, zu dem er gehört, verderblich ist.

FRAGE. Was hat derjenige zu tun, den das Unglück unter die verräterischen Fahnen geführt hat, die, den Franzosen verbunden, der Unterjochung des Vaterlandes wehen?

ANTWORT. Er muß seine Waffen schamrot wegwerfen, und zu den Fahnen der Österreicher übergehen.

FRAGE. Wenn er dies nicht tut, und mit den Waffen in der Hand ergriffen wird: was hat er verdient?

ANTWORT. Den Tod, mein Vater.

FRAGE. Und was kann ihn einzig davor schützen?

ANTWORT. Die Gnade Franzens, Kaisers von Österreich, des Vormunds, Retters und Wiederherstellers der Deutschen.

Sechzehntes Kapitel

Schluß

FRAGE. Aber sage mir, mein Sohn, wenn es dem hochherzigen Kaiser von Österreich, der für die Freiheit Deutschlands die Waffen ergriff, nicht gelänge, das Vaterland zu befreien: würde er nicht den Fluch der Welt auf sich laden, den Kampf überhaupt unternommen zu haben?

ANTWORT. Nein, mein Vater.

FRAGE. Warum nicht?

ANTWORT. Weil Gott der oberste Herr der Heerscharen ist, und nicht der Kaiser, und es weder in seiner, noch in seines Bruders, des Erzherzog Karls Macht steht, die Schlachten so, wie sie es wohl wünschen mögen, zu gewinnen.

FRAGE. Gleichwohl ist, wenn der Zweck des Kriegs nicht erreicht wird, das Blut vieler tausend Menschen nutzlos geflossen, die Städte verwüstet und das Land verheert worden.

ANTWORT. Wenn gleich, mein Vater.

FRAGE. Was; wenn gleich! – Also auch, wenn alles unterginge, und kein Mensch, Weiber und Kinder mit eingerechnet, am Leben bliebe, würdest du den Kampf noch billigen?

ANTWORT. Allerdings, mein Vater.

FRAGE. Warum?

ANTWORT. Weil es Gott lieb ist, wenn Menschen, ihrer Freiheit wegen, sterben.

FRAGE. Was aber ist ihm ein Greuel?

ANTWORT. Wenn Sklaven leben.

LEHRBUCH DER FRANZÖSISCHEN JOURNALISTIK

Einleitung

§ 1

Die Journalistik überhaupt, ist die treuherzige und unverfängliche Kunst, das Volk von dem zu unterrichten, was in der Welt vorfällt. Sie ist eine gänzliche Privatsache, und alle Zwecke der Regierung, sie mögen heißen, wie man wolle, sind ihr fremd. Wenn man die französischen Journale mit Aufmerksamkeit liest, so sieht man, daß sie nach ganz eignen Grundsätzen abgefaßt worden, deren System man die *französische Journalistik* nennen kann. Wir wollen uns bemühen, den Entwurf dieses Systems, so, wie es etwa im geheimen Archiv zu Paris liegen mag, hier zu entfalten.

Erklärung

§ 2

Die französische Journalistik ist die Kunst, das Volk glauben zu machen, was die Regierung für gut findet.

§ 3

Sie ist bloß Sache der Regierung, und alle Einmischung der Privatleute, bis selbst auf die Stellung vertraulicher Briefe die die Tagesgeschichte betreffen, verboten.

§ 4

Ihr Zweck ist, die Regierung, über allen Wechsel der Begebenheiten hinaus, sicherzustellen, und die Gemüter, allen Lockungen des Augenblicks zum Trotz, in schweigender Unterwürfigkeit unter das Joch derselben niederzuhalten.

Die zwei obersten Grundsätze

§ 5

Was das Volk nicht weiß, macht das Volk nicht heiß.

§ 6

Was man dem Volk dreimal sagt, hält das Volk für wahr.

Anmerkung

§ 7

Diese Grundsätze könnte man auch: Grundsätze des Talleyrand nennen. Denn ob sie gleich nicht von ihm erfunden sind, so wenig, wie die mathematischen von dem Euklid: so ist er doch der erste, der sie, für ein bestimmtes und schlußgerechtes System, in Anwendung gebracht hat.

Aufgabe

§ 8

Eine Verbindung von Journalen zu redigieren, welche 1) alles was in der Welt vorfällt, entstellen, und gleichwohl 2) ziemliches Vertrauen haben?

Lehrsatz zum Behuf der Auflösung

Die Wahrheit sagen heißt allererst die Wahrheit g a n z und n i c h t s a l s die Wahrheit sagen.

Auflösung

Also redigiere man zwei Blätter, deren eines niemals lügt, das andere aber die Wahrheit sagt: so wird die Aufgabe gelöst sein.

Beweis

Denn weil das eine niemals lügt, das andre aber die Wahrheit sagt, so wird die *zweite* Forderung erfüllt sein. Weil aber jenes verschweigt, was wahr ist, und dieses hinzusetzet, was erlogen ist, so wird es auch, wie jedermann zugestehen wird, die *erste* sein. q. e. d.

Erklärung

§ 9

Dasjenige Blatt, welches niemals lügt, aber hin und wieder verschweigt was wahr ist, heiße der *Moniteur*, und erscheine in offizieller Form; das andere, welches die Wahrheit sagt, aber zuweilen hinzu tut, was erstunken und erlogen ist, heiße *Journal de l'Empire,* oder auch *Journal de Paris,* und erscheine in Form einer bloßen Privatunternehmung.

Einteilung der Journalistik

§ 10

Die französische Journalistik zerfällt in die Lehre von der Verbreitung 1) *wahrhaftiger,* 2) *falscher* Nachrichten. Jede Art der Nachricht erfordert einen eignen *Modus der Verbreitung,* von welchem hier gehandelt werden soll.

Kap. 1

Von den wahrhaftigen Nachrichten

Art. 1

Von den guten

Lehrsatz

§ 11

Das Werk lobt seinen Meister.

Beweis

Der Beweis für diesen Satz ist klar an sich. Er liegt in der Sonne, besonders wenn sie aufgeht; in den ägyptischen Pyramiden; in der Peterskirche; in der Madonna des Raphael; und in vielen andern herrlichen Werken der Götter und Menschen.

Anmerkung

§ 12

Wirklich und in der Tat: man möchte meinen, daß dieser Satz sich in der französischen Journalistik nicht findet. Wer die Zeitungen aber mit Aufmerksamkeit gelesen hat, der wird gestehen, er findet sich darin; daher wir ihn auch, dem System zu Gefallen, hier haben aufführen müssen.

Korollarium

§ 13

Inzwischen gilt dieser Satz doch nur, in völliger Strenge, für den *Moniteur,* und auch für diesen nur, bei guten Nachrichten von außerordentlichem und entscheidenden Wert. Bei guten Nachrichten von untergeordnetem Wert kann der *Moniteur* schon das Werk ein wenig loben, das *Journal de l'Empire* aber und das *Journal de Paris* mit vollen Backen in die Posaune stoßen.

Aufgabe

§ 14

Dem Volk eine gute Nachricht vorzutragen?

Auflösung

Ist es z. B. eine gänzliche Niederlage des Feindes, wobei derselbe Kanonen, Bagage und Munition verloren hat und in die Moräste gesprengt worden ist: so sage man dies, und setze das Punktum dahinter (§ 11). Ist es ein bloßes Gefecht, wobei nicht viel herausgekommen ist: so setze man im *Moniteur* eine, im *Journal de l'Empire* drei Nullen an jede Zahl, und schicke die Blätter mit Kurieren in alle Welt (§ 13).

Anmerkung

§ 15

Hierbei braucht man nicht notwendig zu lügen. Man braucht nur z. B. die Blessierten, die man auf dem Schlachtfelde gefunden, auch unter den Gefangenen aufzuführen. Dadurch bekömmt man zwei Rubriken; und das Gewissen ist gerettet.

Art. 2

Von den schlechten Nachrichten

Lehrsatz

§ 16

Zeit gewonnen, alles gewonnen.

Anmerkung

§ 17

Dieser Satz ist so klar, daß er, wie die Grundsätze, keines Beweises bedarf, daher ihn der Kaiser der Franzosen auch unter die Grundsätze aufgenommen hat. Er führt, in natürlicher Ordnung, auf die Kunst, dem Volk eine Nachricht zu verbergen, von welchem sogleich gehandelt werden soll.

Korollarium

§ 18

Inzwischen gilt auch dieser Satz nur, in völliger Strenge, für das *Journal de l'Empire* und für das *Journal de Paris*, und auch für diese nur, bei schlechten Nachrichten von der gefährlichen und verzweifelten Art. Schlechte Nachrichten von erträglicher Art, kann der *Moniteur* gleich offenherzig gestehen: das *Journal de l'Empire* aber und das *Journal de Paris* tun, als ob nicht viel daran wäre.

Aufgabe

§ 19

Dem Volk eine schlechte Nachricht zu verbergen?

Auflösung

Die Auflösung ist leicht. Es gilt für das Innere des Landes in allen Journalen Stillschweigen, einem Fisch gleich. Unterschlagung der Briefe, die davon handeln; Aufhaltung der Reisenden; Verbote, in Tabagien und Gasthäusern davon zu reden; und für das Ausland Konfiskation der Journale, welche gleichwohl davon zu handeln wagen; Arretierung, Deportierung und Füselierung der Redaktoren; Ansetzung neuer Subjekte bei diesem Geschäft: alles mittelbar entweder durch Requisition oder unmittelbar, durch Detaschements.

Anmerkung

§ 20

Diese Auflösung ist, wie man sieht, nur eine bedingte; und früh oder spät kommt die Wahrheit ans Licht. Will man die Glaubwürdigkeit der Zeitungen nicht aussetzen, so muß es notwendig eine Kunst geben, dem Volk schlechte Nachrichten vorzutragen. Worauf wird diese Kunst sich stützen?

Lehrsatz

§ 21

Der Teufel läßt keinen Schelmen im Stich.

Anmerkung

§ 22

Auch dieser Satz ist so klar, daß er nur erst verworren werden würde, wenn man ihn beweisen wollte, daher wir uns nicht weiter darauf einlassen, sondern sogleich zur Anwendung schreiten wollen.

Aufgabe

§ 23

Dem Volk eine schlechte Nachricht vorzutragen?

Auflösung

Man schweige davon (§ 5) bis sich die Umstände geändert haben (§ 16). Inzwischen unterhalte man das Volk mit guten Nachrichten; entweder mit wahrhaftigen, aus der Vergangenheit, oder auch mit gegenwärtigen, wenn sie vorhanden sind, als Schlacht von Marengo, von der Gesandtschaft des Persenschachs, und von der Ankunft des Levantischen Kaffees; oder in Ermangelung aller mit solchen, die erstunken und erlogen sind: sobald sich die Umstände geändert haben, welches niemals ausbleibt (§ 21), und irgend ein Vorteil, er sei groß oder klein, errungen worden ist: gebe man (§ 14) eine pomphafte Ankündigung davon; und an ihren Schwanz hänge man die schlechte Nachricht an. q. e. dem.

Anmerkung

§ 24

Hierin ist eigentlich noch der Lehrsatz enthalten: *wenn man dem Kinde ein Licht zeigt, so weint es nicht*, denn darauf stützt sich zum

Teil das angegebene Verfahren. Nur der Kürze wegen, und weil er von selbst in die Augen springt, geschah es, daß wir denselben in abstracto nicht haben aufführen wollen.

Korollarium

§ 25

Ganz still zu schweigen, wie die Auflösung fordert, ist in vielen Fällen unmöglich; denn schon das Datum des Bülletins, wenn z.B. eine Schlacht verloren und das Hauptquartier zurückgegangen wäre, verrät dies Faktum. In diesem Fall *antedatiere* man entweder das Bülletin; oder aber *fingiere einen Druckfehler* im Datum; oder endlich lasse das Datum *ganz weg*. Die Schuld kommt auf den Setzer oder Korrektor.

- -

SATIRISCHE BRIEFE

I.

Brief eines rheinbündischen Offiziers an seinen Freund

Auf meine Ehre, mein vortrefflicher Freund, Sie irren sich. Ich will ein Schelm sein, wenn die Schlacht von Jena, wie Sie zu glauben scheinen, meine politischen Grundsätze verändert hat. Lassen Sie uns wieder einmal, nach dem Beispiel des schönen Sommers von 1806, ein patriotisches Konvivium veranstalten (bei Sala schlag ich vor; er hat frische Austern bekommen und sein Burgunder ist vom Besten): so sollen Sie sehen, daß ich noch ein ebenso enthusiastischer Anhänger der Deutschen bin, wie vormals. Zwar, der Schein, ich gestehe es, ist wider mich. Der König hat mich nach dem Frieden bei Tilsit, auf die Verwendung des Reichsmarschalls, Herzogs von Auerstädt, dem ich einige Dienste zu leisten Gelegenheit, zum Obristen avanciert. Man hat mir das Kreuz der Ehrenlegion zugeschickt, eine Auszeichnung, mit welcher ich, wie Sie selbst einsehen, öffentlich zu erscheinen, nicht unterlassen kann; ich würde den König, dem ich diene, auf eine zwecklose Weise, dadurch kompromittieren.

Aber was folgt daraus? Meinen Sie, daß diese Armseligkeiten mich bestimmen werden, die große Sache, für die die Deutschen fechten, aus den Augen zu verlieren? Nimmermehr! Lassen Sie nur den Erzherzog Karl, der jetzt ins Reich vorgerückt ist, siegen, und die Deutschen, so wie er es von ihnen verlangt hat, en masse aufstehen; so sollen Sie sehen, wie ich mich alsdann entscheiden werde.

Muß man denn den Abschied nehmen, und zu den Fahnen der Österreicher übergehen, um dem Vaterlande in diesem Augenblick nützlich zu sein? Mitnichten! Ein Deutscher, der es redlich meint, kann seinen Landsleuten, in dem Lager der Franzosen selbst, ja, in dem Hauptquartier des Napoleon, die wichtigsten Dienste tun. Wie mancher kann der Requisition, an Fleisch oder Fourage, vorbeugen; wie manches Elend der Einquartierung mildern?

Ich bin mit wahrer Freundschaft etc.

N. S.

Hierbei erfolgt, feucht, wie es eben der Kurier überbringt, das erste Bülletin der französischen Armee. Was sagen Sie dazu? Die österreichische Macht total pulverisiert, alle Korps der Armee vernichtet, drei Erzherzöge tot auf dem Platz! – Ein verwünschtes Schicksal! Ich wollte schon zur Armee abgehn. Herr von Montesquiou hat, wie ich höre, das Bülletin nunmehr anhero gebracht, und ist dafür, von Sr. Majestät, mit einer Tabatiere, schlecht gerechnet 2000 Dukaten an Wert, beschenkt worden. –

2.

Brief eines jungen märkischen Landfräuleins an ihren Onkel

Teuerster Herr Onkel,

Die Regungen der kindlichen Pflicht, die mein Herz gegen Sie empfindet, bewegen mich, Ihnen die Meldung zu tun, daß ich mich am 8. d. von Verhältnissen, die ich nicht nennen kann, gedrängt, mit dem jungen H. Lefat, Kapitän bei dem 9. französischen Dragonerregiment, der in unserm Hause zu P . . . einquartiert war, verlobt habe.

Ich weiß, gnädigster Onkel, wie Sie über diesen Schritt denken. Sie haben sich gegen die Verbindungen, die die Töchter des

Landes, solange der Krieg fortwährt, mit den Individuen des französischen Heers vollziehn, oftmals mit Heftigkeit und Bitterkeit erklärt. Ich will Ihnen hierin nicht ganz unrecht geben. Man braucht keine Römerin oder Spartanerin zu sein, um das Verletzende, das, allgemein betrachtet, darin liegen mag, zu empfinden. Diese Männer sind unsere Feinde; das Blut unserer Brüder und Verwandten klebt, um mich so auszudrücken, an ihren Röcken; und es heißt sich gewissermaßen, wie Sie sehr richtig bemerken, von den Seinigen lossagen, wenn man sich auf die Partei derjenigen herüberstellt, deren Bemühen ist, sie zu zertreten, und auf alle ersinnliche Weise, zu verderben und zu vernichten.

Aber sind diese Männer, ich beschwöre Sie, sind sie die Urheber des unseligen Kriegs, der, in diesem Augenblick, zwischen Franzosen und Deutschen, entbrannt ist? Folgen sie nicht, der Bestimmung eines Soldaten getreu, einem blinden Gesetz der Notwendigkeit, ohne selbst oft die Ursach des Streits, für den sie die Waffen ergreifen, zu kennen? Ja, gibt es nicht einzelne unter ihnen, die den rasenden Heereszug, mit welchem Napoleon von neuem das deutsche Reich überschwemmt, verabscheuen, und die das arme Volk, auf dessen Ausplünderung und Unterjochung es angesehen ist, aufs innigste bedauern und bemitleiden?

Vergeben Sie, mein teuerster und bester Oheim! Ich sehe die Röte des Unwillens auf Ihre Wangen treten! Sie glauben, ich weiß, Sie glauben an diese Gefühle nicht; Sie halten sie für die Erfindung einer satanischen List, um das Wohlwollen der armen Schlachtopfer, die sie zur Bank führen, gefangenzunehmen. Ja diese Regung selbst, wenn sie vorhanden wäre, versöhnt Sie nicht. Sie halten den Ihrer doppelten Rache für würdig, der das Gesetz des göttlichen Willens anerkennt, und gleichwohl, auf eine so lästerliche und höhnische Weise, zu verletzen wagt.

Allein, wenn die Ansicht, die ich aufstellte, allerdings nicht gemacht ist, die Männer, die das Vaterland eben verteidigen, zu entwaffnen, indem sie unmöglich, wenn es zum Handgemenge kömmt, sich auf die Frage einlassen können, wer von denen, die auf sie anrücken, schuldig ist, oder nicht: so verhält es sich doch, mein gnädigster Onkel, mit einem Mädchen anders; mit einem armen, schwachen Mädchen, auf dessen leicht betörte Sinne, in der Ruhe eines monatlangen Umgangs, alle Liebenswürdigkeiten der Geburt und der Erziehung einzuwirken Zeit finden, und das, wie man leider weiß, auf die Vernunft nicht mehr hört, wenn das Herz sich bereits, für einen Gegenstand, entschieden hat.

Hier lege ich Ihnen ein Zeugnis bei, das H. v. Lefat sich, auf die Forderung meiner Mutter, von seinem Regimentchef zu verschaffen gewußt hat. Sie werden daraus ersehen, daß das, was uns ein Feldwebel von seinem Regiment von ihm sagte, nämlich daß er schon verheiratet sei, eine schändliche und niederträchtige Verleumdung war. H. v. Lefat ist selbst, vor einigen Tagen, in B... gewesen, um das Attest, das die Deklaration vom Gegenteil enthält, formaliter von seinem Obristen ausfertigen zu lassen.

Überhaupt muß ich Ihnen sagen, daß die niedrige Meinung, die man, hier in der ganzen Gegend, von diesem jungen Manne hegt, mein Herz auf das empfindlichste kränkt. Der Leidenschaft, die er für mich fühlt, und die ich, als wahrhaft zu erkennen, die entscheidendsten Gründe habe, wagt man die schändlichsten Absichten unterzulegen. Ja mein voreiliger Bruder geht so weit, mich zu versichern, daß der Obrist, sein Regimentchef, gar nicht mehr in B... sei –

– und ich bitte Sie, der Sie sich in B... aufhalten, dem ersteren, darüber, nach angestellter Untersuchung, die Zurechtweisung zu geben.

Ich leugne nicht, daß der Vorfall, der sich, vor einiger Zeit, zwischen ihm und der Kammerjungfer meiner Mutter zutrug, einige Unruhe über seine sittliche Denkungsart zu erwecken, geschickt war. Abwesend, wie ich an diesem Tage von P... war, bin ich gänzlich außerstand, über die Berichte dieses albernen und eingebildeten Geschöpfs zu urteilen. Aber die Beweise, die er mir, als ich zurückkam, und in Tränen auf mein Bette sank, von seiner ungeteilten Liebe gab, waren so eindringlich, daß ich die ganze Erzählung als eine elende Vision verwarf, und, von der innigsten Reue bewegt, das Band der Ehe, von dem bis dahin noch nicht die Rede gewesen war, jetzt allererst knüpfen zu müssen glaubte. – Wären sie es weniger gewesen, und Ihre Laura noch frei und ruhig wie zuvor!

Kurz, mein teuerster, und bester Onkel, retten Sie mich!

In 8 Tagen soll, wenn es nach meinen Wünschen geht, die Vermählung sein.

Inzwischen wünscht H. v. Lefat, daß die Anstalten dazu, auf die meine gute Mutter bereits, in zärtlichen Augenblicken, denkt, nicht eher auf entscheidende Weise gemacht werden, als bis Sie die Güte gehabt haben, ihm das Legat zu überantworten, das mir aus der Erbschaft meines Großvaters bei dem Tode desselben zufiel, und Sie, als mein Vormund, bis heute gefälligst verwalteten. Da ich großjährig bin, so wird diesem Wunsch nichts im Wege stehn, und indem ich es, mit meiner zärtlichsten Bitte, unterstütze, und auf die schleunige Erfüllung desselben antrage, indem sonst die unangenehmste Verzögerung davon die Folge sein würde, nenne ich mich mit der innigsten Hochachtung und Liebe etc.

3.

Schreiben eines Burgemeisters in einer Festung an einen Unterbeamten

Sr. Exzellenz, der H. Generalleutnant von F., Kommandant der hiesigen Garnison, haben sich auf die Nachricht, daß der Feind nur noch drei Meilen von der Festung stehe, auf das Rathaus verfügt, und daselbst, in Begleitung eines starken Detaschements von Dragonern, 3000 Pechkränze verlangt, um die Vorstädte, die das Glacis embarrassieren, daniederzubrennen.

Der Rat der Stadt, der, unter solchen Umständen, das Ruhmvolle dieses Entschlusses einsah, hat, nach Abführung einiger renitierenden Mitglieder, die Sache in pleno erwogen, und, mit einer Majorität von 3 gegen 2 Stimmen, wobei meine, wie gewöhnlich, für 2 galt, und Sr. Exzellenz die 3 supplierten, die verlangten Pechkränze, ohne Bedenken, bewilligt.

Inzwischen ist nun die Frage, und wir geben Euch auf, Euch gutachtlich darüber auszulassen,

1) wieviel an Pech und Schwefel, als den dazugehörigen Materialien, zur Fabrikation von 3000 Pechkränzen erforderlich sind; und

2) ob die genannten Kombustibeln in der berechneten Menge, zur gehörigen Zeit, herbeizuschaffen sind?

Unseres Wissens liegt ein großer Vorrat von Pech und Schwe-

fel, bei dem Kaufmann M . . . in der N . . .schen Vorstadt, P...
sche Gasse, Num. 139.

Inzwischen ist dies ein, auf Bestellung der dänischen Regierung,
aufgehäufter Vorrat, und wir besitzen bereits, in Relation, wie
wir mit derselben stehen, den Auftrag, dem Kaufmann M . . . den
Marktpreis davon mit 3000 fl. zuzufertigen.

Indem wir Euch nun, diesem Auftrage gemäß, die besagte
Summe, für den Kaufmann M . . ., in guten Landespapieren,
demselben auch sechs Wägen oder mehr und Pässe, und was immer zur ungesäumten Abführung der Ingredienzen an den Hafen-
platz erforderlich sein mag, bewilligen, beschließen wir zwar,
von diesem Eigentum der dänischen Regierung, behufs einer
Niederbrennung der Vorstädte, keine Notiz zu nehmen.

Indessen habt Ihr das gesamte Personale der unteren Polizei-
beamten zusammenzunehmen, und alle Gewölbe und Läden der
Kauf- und Gewerksleute, die mit diesen Kombustibeln handeln
oder sie verarbeiten, aufs strengste und eigensinnigste zu durchsuchen, damit, dem Entschluß Sr. Exzellenz gemäß, unverzüglich die Pechkränze verfertigt, und mit Debarrassierung des Glacis, verfahren werden möge.

Nichts ist notwendiger, als, in diesem Augenblick der herannahenden Gefahr, alles aufzubieten, und kein Opfer zu scheuen,
das imstande ist, dem Staat diesen, für den Erfolg des Kriegs höchst
wichtigen, Platz zu behaupten. Sr. Exzellenz haben erklärt, daß
wenn ihr, auf dem Markt befindlicher, Palast, vor dem Glacis
läge, sie denselben zuerst niederbrennen, und unter den Toren
der Festung übernachten würden.

Da nun unser sowohl, des Burgemeisters, als auch Euer, des
Unterbeamten, Haus in dem angegebenen Fall sind, indem sie,
von der Q . . .schen Vorstadt her, mit ihren Gärten und Nebengebäuden, das Glacis beträchtlich embarrassieren: so wird es
bloß von Euren Recherchen, und von dem Bericht abhangen,
den Ihr darüber abstatten werdet, ob wir den andern ein Beispiel
zu geben, und den Pechkranz zuerst auf die Giebel derselben zu
werfen haben.

Sind in Gewogenheit, etc.

[4.]

Brief eines politischen Pescherä über einen Nürnberger Zeitungsartikel

Erlaube mir, Vetter Pescherä, daß ich dir, in der verwirrten Sprache, die kürzlich ein Deutscher mich gelehrt hat, einen Artikel mitteile, der in einer Zeitung dieses Landes, wenn ich nicht irre, im Nürnberger Korrespondenten, gestanden hat, und den ein Grönländer, der in Island auf einem Kaffeehause war, hierhergebracht hat.

Der Zeitungsartikel ist folgenden sonderbaren Inhalts:

»Es sind nicht sowohl die Franzosen, welche die Freiheitsschlacht, die bei Regensburg gefochten ward, entschieden haben, als vielmehr die Deutschen selbst.

Der tapfre Kronprinz von Bayern hat zuerst, an der Spitze der rheinbündischen Truppen, die Linien der Österreicher durchbrochen. Der Kaiser Napoleon hat ihn, am Abend der Schlacht, auf dem Walplatz umarmt, und ihn den Helden der Deutschen genannt.«

Ich versichere dich, Vetter Pescherä, ich bin hinausgegangen, auf den Sandhügel, wo die Sonne brennt, und habe meine Nase angesehen, stundenlang und wieder stundenlang: ohne imstande gewesen zu sein, den Sinn dieses Zeitungsartikels zu erforschen. Er verwischt alles, was ich über die Vergangenheit zu wissen meine, dergestalt, daß mein Gedächtnis wie ein weißes Blatt aussieht, und die ganze Geschichte derselben von neuem darin angefrischt werden muß.

Sage mir also, ich bitte dich,

1) Ist es der Kaiser von Österreich, der das deutsche Reich, im Jahr 1805, zertrümmert hat?

2) Ist er es, der den Buchhändler Palm erschießen ließ, weil er ein dreistes Wort, über diese Gewalttat, in Umlauf brachte?

3) Ist er es, der durch List und Ränke, die deutschen Fürsten entzweite, um über die Entzweiten, nach der Regel des Cäsar, zu herrschen?

4) Ist er es, der den Kurfürsten von Hessen, ohne Kriegserklärung, aus seinem Lande vertrieb, und einen Handlungskommis – wie heißt er schon? – der ihm verwandt war, auf den Thron desselben setzte?

5) Ist er es, der den König von Preußen, den ersten Gründer seines Ruhms, in dem undankbarsten und ungerechtesten Kriege, zu Boden geschlagen hat, und auch selbst nach dem Frieden noch, mit seinem grimmigen Fuß auf dem Nacken desselben verweilte?

6) Ist es dagegen der Kaiser Napoleon, der, durch unglückliche Feldzüge erschöpft, die deutsche Krone, auf das Machtwort seines Gegners, niederzulegen gezwungen war?

7) Ist er es, der, mit zerrissenem Herzen, Preußen, den letzten Pfeiler Deutschlands, sinken sah, und, so zerstreut seine Heere auch waren, herbeigeeilt sein würde, ihn zu retten, wenn der Friede von Tilsit nicht abgeschlossen worden wäre?

8) Ist er es, der dem betrogenen Kurfürsten von Hessen, auf der Flucht aus seinen Staaten, einen Zufluchtsort in den seinigen vergönnt hat?

9) Ist er es endlich, der sich des Elends, unter welchem die Deutschen seufzen, erbarmt hat, und der nun, an der Spitze der ganzen Jugend, wie Antäus, der Sohn der Erde, von seinem Fall erstanden ist, um das Vaterland zu retten?

Vetter Pescherä, vergib mir diese Fragen!

Ein Europäer wird ohne Zweifel, wenn er den Artikel liest, wissen was er davon zu halten hat. Einem Pescherä aber müssen, wie du selbst einsiehst, alle die Zweifel kommen, die ich dir vorgetragen habe.

Bekanntlich drücken wir mit dem Wort: Pescherä, alles aus, was wir empfinden oder denken; drücken es mit einer Deutlichkeit aus, die den andern Sprachen der Welt fremd ist. Wenn wir z. B. sagen wollen: es ist Tag, so sagen wir: Pescherä; wollen wir hingegen sagen: es ist Nacht, so sagen wir: Pescherä. Wollen wir ausdrücken: dieser Mann ist redlich, so sagen wir: Pescherä; wollen wir hingegen versichern: er ist ein Schelm, so sagen wir: Pescherä. Kurz, Pescherä drückt den Inbegriff aller Erscheinungen aus, und eben darum, weil es alles ausdrückt, auch jedes einzelne.

Hätte doch der Nürnberger Zeitungsschreiber in der Sprache der Pescheräs geschrieben! Denn setze einmal, der Artikel lautete also: Pescherä; so würde dein Vetter, nicht einen Augenblick, bei seinem Inhalt angestoßen sein. Er würde alsdann, mit völliger Bestimmtheit und Klarheit, also gelesen haben:

»Es sind nicht sowohl die Franzosen, welche die Schlacht, die das deutsche Reich dem Napoleon überliefern sollte, gewonnen haben, als vielmehr die bemitleidenswürdigen Deutschen selbst.

Der entartete Kronprinz von Bayern hat zuerst, an der Spitze der rheinbündischen Truppen, die Linien der braven Österreicher, ihrer Befreier, durchbrochen. Sie sind der Held der Deutschen! rief ihm der verschlagenste der Unterdrücker zu; aber sein Herz sprach heimlich: ein Verräter bist du; und wenn ich dich werde gebraucht haben, wirst du abtreten!«

EINLEITUNG [DER ZEITSCHRIFT GERMANIA]

Diese Zeitschrift soll der erste Atemzug der deutschen Freiheit sein. Sie soll alles aussprechen was, während der drei letzten, unter dem Druck der Franzosen verseufzten, Jahre, in den Brüsten wackerer Deutscher, hat verschwiegen bleiben müssen: alle Besorgnis, alle Hoffnung, alles Elend und alles Glück.

Es bedurfte einer Zeit, wie die jetzige, um einem Blatt, wie das vorliegende ist, das Dasein zu geben. So lange noch keine Handlung des Staats geschehen war, mußte es jedem Deutschen, der seine Worte zu Rate hielt, ebenso voreilig, als nutzlos scheinen, zu seinen Mitbrüdern zu reden. Eine solche Stimme würde entweder völlig in der Wüste verhallt sein; oder – welches fast noch schlimmer gewesen wäre – die Gemüter nur auf die Höhen der Begeisterung erhoben haben, um sie, in dem zunächst darauf folgenden Augenblick, in eine desto tiefere Nacht der Gleichgültigkeit und Hoffnungslosigkeit versinken zu lassen.

Jetzt aber hat der Kaiser von Österreich, an der Spitze seines tapferen Heeres, den Kampf für seiner Untertanen Wohl und den noch großmütigeren, für das Heil des unterdrückten, und bisher noch wenig dankbaren, Deutschlands unternommen.

Der kaiserliche Bruder, den er zum Herrn des Heers bestellte, hat die göttliche Kraft, das Werk an sein Ziel hinauszuführen, auf eine erhabene und rührende Art, dargetan. Das Mißgeschick, das ihn traf, trug er mit der Unbeugsamkeit der Helden, und ward, in dem entscheidenden Augenblick, da es zu siegen oder zu sterben galt, der Bezwinger des Unbezwungenen – ward es mit einer

Bescheidenheit, die dem Zeitalter, in welchem wir leben, fremd ist.

Jetzt, oder niemals, ist es Zeit, den Deutschen zu sagen, was sie ihrerseits zu tun haben, um der erhabenen Vormundschaft, die sich über sie eingesetzt hat, allererst würdig zu werden: und dieses Geschäft ist es, das wir, von der Lust, am Guten mitzuwirken, bewegt, in den Blättern der Germania haben übernehmen wollen.

Hoch, auf dem Gipfel der Felsen, soll sie sich stellen und den Schlachtgesang herab donnern ins Tal! Dich, o Vaterland, will sie singen; und deine Heiligkeit und Herrlichkeit; und welch ein Verderben seine Wogen auf dich heranwälzt! Sie will herabsteigen, wenn die Schlacht braust, und sich, mit hochrot glühenden Wangen, unter die Streitenden mischen, und ihren Mut beleben, und ihnen Unerschrockenheit und Ausdauer und des Todes Verachtung ins Herz gießen; – – und die Jungfrauen des Landes herbeirufen, wenn der Sieg erfochten ist, daß sie sich nieder beugen, über die, so gesunken sind, und ihnen das Blut aus der Wunde saugen. Möge jeder, der sich bestimmt fühlt, dem Vaterlande auf *diese* Weise zu – – –

[ZU E. M. ARNDTS ›GEIST DER ZEIT‹]

»Zeitgenossen! Glückliche oder unglückliche Zeitgenossen – wie soll ich euch nennen? Daß ihr nicht aufmerken wollet, oder nicht aufmerken könnet. Wunderbare und sorgenlose Blindheit, mit welcher ihr nichts vernehmt! O wenn in euren Füßen Weissagung wäre, wie schnell würden sie zur Flucht sein! Denn unter ihnen gärt die Flamme, die bald in Vulkanen herausdonnern, und unter ihrer Asche und ihren Lavaströmen alles begraben wird. Wunderbare Blindheit, die nicht gewahrt, daß Ungeheures und Unerhörtes nahe ist, daß Dinge reifen, von welchen noch der Urenkel mit Grausen sprechen wird, wie von atridischen Tischen und Pariser und Nanter Bluthochzeiten! Welche Verwandlungen nahen! Ja, in welchen seid ihr mitten inne und merkt sie nicht, und meinet, es geschehe etwas Alltägliches in dem alltäglichen Nichts, worin ihr befangen seid!« – G. d. Z. S. 13.

Mehr als einmal habe ich diese Worte als übertrieben tadeln hören. Sie flößen, sagt man, ein gewisses falsches Entsetzen ein, das die Gemüter, statt sie zu erregen, vielmehr abspanne und erschlaffe. Man sieht um sich, heißt es, ob wirklich die Erde sich schon, unter den Fußtritten der Menschen, eröffne; und wenn

man die Türme und die Giebel der Häuser noch stehen sieht, so
holt man, als ob man aus einem schweren Traum erwachte, wieder Atem. Das Wahrhaftige, was darin liegt, verwerfe man mit
dem Unwahrhaftigen, und sei geneigt, die ganze Weissagung, die
das Buch enthält, für eine Vision zu halten.

O du, der du so sprichst, du kömmst mir vor, wie etwa ein
Grieche, aus dem Zeitalter des Sülla, oder, aus jenem des Titus,
ein Israelit.

Was! Dieser mächtige Staat der Juden soll untergehen? Jerusalem, diese Stadt Gottes, von seinen leibhaftigen Cherubimen beschützt, sie sollte, mit Zinnen und Mauern, zu Asche versinken?
Eulen und Adler sollten in den Trümmern dieses salomonischen
Tempels wohnen? Der Tod sollte die ganze Bevölkerung hinweg-
raffen, Weiber und Kinder in Fesseln hinweggeführt werden,
und die Nachkommenschaft, in alle Länder der Welt zerstreut,
durch Jahrtausende und wieder Jahrtausende, auf ewig elend,
verworfen, wie dieser Ananias prophezeit, das Leben der Sklaven
führen?
Was!

WAS GILT ES IN DIESEM KRIEGE?

Gilt es, was es gegolten hat sonst in den Kriegen, die geführt
worden sind, auf dem Gebiete der unermeßlichen Welt? Gilt es
den Ruhm eines jungen und unternehmenden Fürsten, der, in
dem Duft einer lieblichen Sommernacht, von Lorbeern geträumt
hat? Oder Genugtuung für die Empfindlichkeit einer Favorite,
deren Reize, vom Beherrscher des Reichs anerkannt, an fremden
Höfen in Zweifel gezogen worden sind? Gilt es einen Feldzug,
der, jenem spanischen Erbfolgestreit gleich, wie ein Schachspiel
geführt wird; bei welchem kein Herz wärmer schlägt, keine Leidenschaft das Gefühl schwellt, kein Muskel vom Giftpfeil der
Beleidigung getroffen, emporzuckt? Gilt es, ins Feld zu rücken,
von beiden Seiten, wenn der Lenz kommt, sich zu treffen mit
flatternden Fahnen, und zu schlagen, und entweder zu siegen,
oder wieder in die Winterquartiere einzurücken? Gilt es, eine
Provinz abzutreten, einen Anspruch auszufechten, oder eine
Schuldforderung geltend zu machen, oder gilt es sonst irgend
etwas, das nach dem Wert des Geldes auszumessen ist, heut be-

sessen, morgen aufgegeben, und übermorgen wieder erworben werden kann?

Eine Gemeinschaft gilt es, deren Wurzeln tausendästig, einer Eiche gleich, in den Boden der Zeit eingreifen; deren Wipfel, Tugend und Sittlichkeit überschattend, an den silbernen Saum der Wolken rührt; deren Dasein durch das Dritteil eines Erdalters geheiligt worden ist. Eine Gemeinschaft, die, unbekannt mit dem Geist der Herrschsucht und der Eroberung, des Daseins und der Duldung so würdig ist, wie irgend eine; die ihren Ruhm nicht einmal denken kann, sie müßte denn den Ruhm zugleich und das Heil aller übrigen denken, die den Erdkreis bewohnen; deren ausgelassenster und ungeheuerster Gedanke noch, von Dichtern und Weisen, auf Flügeln der Einbildung erschwungen, Unterwerfung unter eine Weltregierung ist, die, in freier Wahl, von der Gesamtheit aller Brüder-Nationen, gesetzt wäre. Eine Gemeinschaft gilt es, deren Wahrhaftigkeit und Offenherzigkeit, gegen Freund und Feind gleich unerschütterlich geübt, bei dem Witz der Nachbarn zum Sprichwort geworden ist; die, über jeden Zweifel erhoben, dem Besitzer jenes echten Ringes gleich, diejenige ist, die die anderen am meisten lieben; deren Unschuld, selbst in dem Augenblick noch, da der Fremdling sie belächelt oder wohl gar verspottet, sein Gefühl geheimnisvoll erweckt: dergestalt, daß derjenige, der zu ihr gehört, nur seinen Namen zu nennen braucht, um auch in den entferntesten Teilen der Welt noch, Glauben zu finden. Eine Gemeinschaft, die, weit entfernt, in ihrem Busen auch nur eine Regung von Übermut zu tragen, vielmehr, einem schönen Gemüt gleich, bis auf den heutigen Tag, an ihre eigne Herrlichkeit nicht geglaubt hat; die herumgeflattert ist, unermüdlich, einer Biene gleich, alles, was sie Vortreffliches fand, in sich aufzunehmen, gleich, als ob nichts, von Ursprung herein Schönes, in ihr selber wäre; in deren Schoß gleichwohl (wenn es zu sagen erlaubt ist!) die Götter das Urbild der Menschheit reiner, als in irgend einer anderen, aufbewahrt hatten. Eine Gemeinschaft, die dem Menschengeschlecht nichts, in dem Wechsel der Dienstleistungen, schuldig geblieben ist; die den Völkern, ihren Brüdern und Nachbarn, für jede Kunst des Friedens, welche sie von ihnen erhielt, eine andere zurückgab; eine Gemeinschaft, die, an dem Obelisken der Zeiten, stets unter den Wackersten und Rüstigsten tätig gewesen ist: ja, die den Grundstein desselben gelegt hat, und vielleicht den Schlußblock darauf zu setzen, bestimmt war. Eine Gemeinschaft gilt es, die den Leibniz und Gutenberg geboren hat; in welcher ein Guericke den Luftkreis wog, Tschirnhausen den Glanz der Sonne lenkte und Kepler der Gestirne Bahn verzeichnete; eine Gemeinschaft, die große Namen, wie der Lenz Blumen aufzuweisen hat; die den Hutten und Sickingen, Luther und Melanchthon, Joseph und Friedrich auferzog; in welcher Dürer und Cranach, die Verherrlicher der Tempel, gelebt, und Klopstock den Triumph des Erlösers gesungen hat. Eine Gemeinschaft mithin gilt es, die dem ganzen Menschengeschlecht angehört; die die Wilden der Südsee noch, wenn sie sie kennten, zu beschützen herbeiströmen würden; eine Gemeinschaft, deren Dasein keine deutsche Brust überleben, und die nur mit Blut, vor dem die Sonne erdunkelt, zu Grabe gebracht werden soll.

DIE BEDINGUNG DES GÄRTNERS

Eine Fabel

Ein Gärtner sagte zu seinem Herrn: deinem Dienst habe ich mich nur, innerhalb dieser Hecken und Zäune, gewidmet. Wenn der Bach kommt, und deine Fruchtbeete überschwemmt, so will ich, mit Hacken und Spaten, aufbrechen, um ihm zu wehren. Aber außerhalb dieses Bezirkes zu gehen, und, ehe der Strom noch einbricht, mit seinen Wogen zu kämpfen: das kannst du nicht von deinem Diener verlangen.

Der Herr schwieg.

Und drei Frühlinge kamen, und verheerten, mit ihren Gewässern, das Land. Der Gärtner triefte von Schweiß, um dem Gerinsel, das von allen Seiten eindrang, zu steuern: umsonst; der Segen des Jahrs, wenn ihm die Arbeit auch gelang, war verderbt und vernichtet.

Als der vierte kam, nahm er Hacken und Spaten, und ging aufs Feld.

Wohin? fragte ihn sein Herr.

Auf das Feld, antwortete er, wo das Übel entspringt. Hier türm ich Wälle von Erde umsonst, um dem Strom, der brausend hereinbricht, zu wehren: an der Quelle kann ich ihn mit einem Fußtritt verstopfen.

———

Landwehren von Österreich! Warum wollt ihr bloß, innerhalb eures Landes, fechten?

ÜBER DIE RETTUNG VON ÖSTERREICH

Einleitung

1.

Jede große und umfassende Gefahr gibt, wenn ihr wohl begegnet wird, dem Staat, für den Augenblick, ein demokratisches Ansehn. Die Flamme, die eine Stadt bedroht, um sich greifen zu lassen, ohne ihr zu wehren, aus Furcht, der Zusammenlauf der Menschen, den eine nachdrückliche Rettung herbeizöge, könnte der Polizei über den Kopf wachsen: dieser Gedanke wäre Wahnsinn, und kann in die Seele eines Despoten kommen, aber keines redlichen und tugendhaften Regenten.

2.

Wir hinken, seit dieser unselige Krieg dauert, beständig, mit unsern Maßregeln, hinter der Zeit daher. Mit den Anstrengungen, die wir heute machen, würden wir vor drei Monaten, und mit denen, die wir nach drei Monaten machen werden (falls überhaupt dann noch welche gemacht werden), heute gesiegt haben. Das Äußerste, darüber ist jedermann einverstanden, muß geschehn, wenn die Zeit gerettet werden soll: aber darunter versteht man das mindeste, in der Tat, was unter solchen Umständen geschehen kann.

3.

Preußen, und manche andere norddeutsche Länder, in welchen die Franzosen ihre Raubgier, ihren Hohn, ihre Arglist und Abscheulichkeit, nach dem hergebrachten System, völlig zu entfalten Gelegenheit hatten, begreifen schon besser, wie man ihnen begegnen muß. Denn mehrere einsichtsvolle Landgüterbesitzer daselbst, die durch ihre Kriegsforderungen zugrunde gerichtet worden sind, haben berechnet, daß, wenn sie ihre Dörfer angesteckt, und ihr Vieh hinweggetrieben hätten, ihr Verlust geringer gewesen wäre, als jetzt.

4.

Ich will, in diesen kurzen Sätzen, ohne alle Deduktion der Gründe, angeben, wie der österreichische Staat, so wie die Sachen stehn, noch zu retten sei. Vielleicht wage ich, als ein unruhiger Kopf, angesehen und eingesteckt zu werden; aber wenn die nächste Schlacht, bei Komorn oder Pest, oder wo es sei, geliefert und verloren sein wird, werde ich die eine und unteilbare Republik in Böhmen proklamieren können, ohne angefochten zu werden.

Von der Quelle der Nationalkraft

5.

Zuvörderst muß die Regierung von Österreich sich überzeugen, daß der Krieg, den sie führt, weder für den Glanz noch für die Unabhängigkeit, noch selbst für das Dasein ihres Thrones geführt werde, welches, so wie die Sache liegt, lauter niedere und untergeordnete Zwecke sind, sondern für Gott, Freiheit, Gesetz und Sittlichkeit, für die Besserung einer höchst gesunkenen und entarteten Generation, kurz für Güter, die über jede Schätzung erhaben sind, und die um jeden Preis, gleichviel welchen, gegen den Feind, der sie angreift, verteidigt werden müssen.

6.

Sobald dieser Grundsatz aufgestellt ist, kommt es gar nicht mehr darauf an, ob die Nation auch von dem guten Willen beseelt sei, die Maßregeln der Regierung mit der gleichen Selbstlosigkeit zu unterstützen; sondern die Regierung hat, in der Voraussetzung derselben, ihre bestimmten Forderungen an das Volk zu machen, mit den Kräften desselben, auf jede denkbare Weise, willkürlich zu schalten, und um ihre Anordnungen von ihm zu erreichen, dem Geist derselben den schuldigen Respekt zu verschaffen.

Von den Maßregeln in Hinsicht auf Deutschland

7.

Man hat durch Proklamationen ohne Ende versucht, Deutschland auf die Beine zu bringen, und seine Völker, im Bunde mit Österreich, gegen den gemeinschaftlichen Feind zu bewaffnen. Gleichwohl hat man dadurch nichts bewirkt, als die einzelnen Landstriche, die sich erhoben haben, ins Verderben zu stürzen; ein Umstand, der zwar, insofern er die Gärung unterhält, an und für sich kein Übel ist, der aber doch den ganzen Umfang der Aufgabe, die man sich gesetzt hat, keinesweges löst. Es gibt ein einziges Wort, welches imstande ist, im deutschen Reich, besonders im Norden desselben, eine allgemeine, große und gewaltige Nationalerhebung zu bewirken – und dieses Wort ist das folgende.

Proklamation

8.

Wir, Franz der Erste, Kaiser von Österreich, kraft Unseres Willens und mit der Hülfe Gottes, Wiederhersteller und provisorischer Regent der Deutschen, haben beschlossen und beschließen, was folgt:

1) Von dem Tage dieses Beschlusses an soll das deutsche Reich wieder vorhanden sein.

2) Alle Deutsche vom 16. bis 60. Jahr, sollen zu den Waffen greifen, um die Franzosen aus dem Lande zu jagen.

3) Wer, mit den Waffen in der Hand, gegen das Vaterland fechtend, ergriffen wird, soll vor ein Kriegsgericht gestellt, und mit dem Tode bestraft werden.

4) Nach Beendigung des Kriegs sollen die Stände zusammenberufen, und, auf einem allgemeinen Reichstage, dem Reiche die Verfassung gegeben werden, die ihm am zweckmäßigsten ist.

Gegeben etc.

(L.S.)   Franz.

FRAGMENT EINES SCHREIBENS AUS PARIS

Den 6. September

Als des Kaisers Maj. den 4. d. 7 Uhr morgens nach Paris kam, um das Monument auf dem Platz Vendôme zu besehen, traf sichs, daß mich die Wanderungen, die ich bei Tagesanbruch gewöhnlich, um mich zu belustigen und zu unterrichten, durch die Stadt zu machen pflege, gerade auch auf diesen Platz geführt hatten. Der Monarch, der so nahe an mir vorbeiritt, daß ich den Hut vor ihm rücken konnte, sieht wohl und heiter aus; obschon, wie mehrere bemerkt haben wollen, nicht mehr ganz so stark und wohlbeleibt, als im Frühjahr. Derselbe hat auch noch, an diesem Morgen, mehrere andere Monumente und öffentliche Arbeiten, die ihrer Vollendung nahe sind, in Augenschein genommen; besonders hierunter sind die in der Rue Seine und am Hôtel Dieu, wo eine große Anzahl von Häusern demoliert wird, merkwürdig; und ich werde vielleicht, in einem meiner nächsten Briefe, Gelegenheit haben, Dich näher davon zu unterrichten.

Wenn man in den Straßen von Paris, den Verkehr, den Kaufleute, Handwerker, Schenkwirte, usw. treiben, beobachtet: so zeigt sich ein Charakter an demselben, der, auf die sonderbarste Weise, absticht gegen den Charakter unsers einfältigen deutschen Verkehrs. Zuvörderst muß man wissen, daß der Kaufmann nicht wie bei uns eine Probe seiner Ware zur Schau stellt: die Ware selbst, das Beste und Kostbarste, was er besitzt, wird an Riegeln und Haken, auf Tischen, Stühlen und Bänken, auf die wohlgefälligste und ruhmredigste Weise, ausgebreitet. Aushängeschilde, die von beiden Seiten in die Straße hineinragen, geben, in langen Tarifen, zudringliche und schmeichlerische Auskunft über die Wohlfeilheit sowohl, als über die Vortrefflichkeit der Waren; und bei der unüberwindlichen Anlage der Nation, sich dadurch täuschen zu lassen, ist nichts lustiger, als das Spiel zu sehen, das getrieben wird, um sich damit zu überbieten. In der Tat, man glaubt auf einem Theater zu sein, auf welchem, von höherer Hand gedichtet, ein satirisches Stück, das den Charakter der Nation schildert, aufgeführt wird: so zweckmäßig, ich möchte sagen, schalkhaft und durchtrieben, sind die Züge, aus denen er, in allen Umrissen, klar wird, zusammengestellt und zur Anschauung gebracht. Der Cafetier zum Beispiel, der am Eingang einer Straße wohnt, affichiert vielleicht, auf einem bloßen schwarzen Brett, mit weißen Lettern: Café; einige Artikel führt er, auf einfache Weise, mit ihren Preisen an; er hat den Vorteil, er ist der erste. Der zweite, um ihm den Rang abzulaufen, fügt schon überall bei der Enumeration seiner Leckereien hinzu: du plus exquis; de la meilleure qualité; und: le tout au plus modique prix; sein Brett ist bunt gefärbt, es sei nun gelb, rot oder blau, und er schiebt es, um die Aufmerksamkeit damit zu fangen, noch tiefer in die Straße hinein. Der dritte schreibt: Café des Connoisseurs, oder Café des Turcs; er hilft sich noch, indem er sein Schild, um noch einen oder zwei Fuß tiefer in die Straße reckt; und seine Lettern, auf schwarzem oder weißem Grunde, sind, auf sonderbare und bizarre Weise, bunt gefärbt in sich. Des vierten Lage scheint verzweifelt; gleichwohl durch die Verzweiflung selbst witzig gemacht, überbietet er noch alle seine Vorgänger. Café au non plus ultra, schreibt er; seine Lettern sind von Mannsgröße, dergestalt, daß sie in der Nähe gar nicht gelesen werden können; und sein Schild, das den ganzen Regenbogen spielt, ragt bis auf die Mitte der Straße hinaus. Aber was soll der fünfte machen? Hoffnungslos, durch Scharlatanerie, Selbstlob und Übertreibung etwas auszurichten, fällt er in die Ureinfalt der ersten Patriarchen zurück. Café, schreibt er, mit ganz gewöhnlichen (niedergeschlagenen) Lettern, und darunter: Entrez et puis jugez.

So affichierte bei Gelegenheit der Vermählungsfeierlichkeiten, der Gastwirt von Chantilly folgendes Blatt: Comme les plaisirs (du 15. Avril) rendront un délassement nécessaire, l'hôte du hameau de Chantilly s'offre ... &. Man sollte also, wenn man von Vergnügen übersättigt war, bei ihm das Vergnügen haben, keins zu genießen.

Aber noch spaßhafter sind die Ankündigungen von Gelehrten, Künstlern und Buchhändlern. Am Louvre fand ich letzthin eine Mathematik in zwölf Gesängen angekündigt. Der Verfasser hatte die algebraischen Formeln und Gleichungen gereimt; als z. B.:

> Donc le quarré de cinq est égal, à la fois,
> A la somme de ceux de quatre et de trois.

Ein anderer, namens François Renard &c. kündigte für Fremde, die, in kurzer Zeit, die französische Sprache zu erlernen wünschten, eine Grammatik in Form eines Panoramas an. Die inneren Wände nämlich dieser Grammatik (die Konkavität) waren überall, von oben bis unten, mit Regeln beschrieben; und da man demnach außer einem kleinen Luftloch, nichts sah, als Syntax und Prosodie, so rühmte er von ihr, daß wer drei Tage und drei Nächte, bei mäßiger Kost, darin zubrächte, am vierten Tage die Sprache, soviel als er zur Notdurft braucht, inne hätte. – Ich zweifle nicht, daß er Deutsche gefunden hat, die ihn besucht haben.

NÜTZLICHE ERFINDUNGEN

[1]

Entwurf einer Bombenpost

Man hat, in diesen Tagen, zur Beförderung des Verkehrs innerhalb der Grenzen der vier Weltteile, einen elektrischen Telegraphen erfunden; einen Telegraphen, der mit der Schnelligkeit des Gedankens, ich will sagen, in kürzerer Zeit, als irgend ein chronometrisches Instrument angeben kann, vermittelst des Elektrophors und des Metalldrahts, Nachrichten mitteilt; dergestalt, daß wenn jemand, falls nur sonst die Vorrichtung dazu getroffen wäre, einen guten Freund, den er unter den Antipoden hätte, fragen wollte: wie gehts dir? derselbe, ehe man noch eine Hand umkehrt, ohngefähr so, als ob er in einem und demselben Zimmer stünde, antworten könnte: recht gut. So gern wir dem Erfinder dieser Post, die, auf recht eigentliche Weise, auf Flügeln des Blitzes reitet, die Krone des Verdienstes zugestehn, so hat doch auch diese Fernschreibekunst noch die Unvollkommenheit, daß sie nur, dem Interesse des Kaufmanns wenig ersprießlich, zur Versendung ganz kurzer und lakonischer Nachrichten, nicht aber zur Übermachung von Briefen, Berichten, Beilagen und Paketen taugt. Demnach schlagen wir, um auch diese Lücke zu erfüllen, zur Beschleunigung und Vervielfachung der Handelskommuni-kationen, wenigstens innerhalb der Grenzen der kultivierten Welt, eine *Wurf- oder Bombenpost* vor; ein Institut, das sich auf zweckmäßig, innerhalb des Raums einer Schußweite, angelegten Artilleriestationen, aus Mörsern oder Haubitzen, hohle, statt des Pulvers, mit Briefen und Paketen angefüllte Kugeln, die man ohne alle Schwierigkeit, mit den Augen verfolgen, und wo sie hinfallen, falls es kein Morastgrund ist, wieder auffinden kann, zuwürfe; dergestalt, daß die Kugel, auf jeder Station zuvörderst eröffnet, die respektiven Briefe für jeden Ort herausgenommen, die neuen hineingelegt, das Ganze wieder verschlossen, in einen neuen Mörser geladen, und zur nächsten Station weiter spediert werden könnte. Den Prospektus des Ganzen und die Beschrei-bung und Auseinandersetzung der Anlagen und Kosten behal-ten wir einer umständlicheren und weitläufigeren Abhandlung bevor. Da man, auf diese Weise, wie eine kurze mathematische Berechnung lehrt, binnen Zeit eines halben Tages, gegen geringe Kosten von Berlin nach Stettin oder Breslau würde schreiben oder respondieren können, und mithin, verglichen mit unseren reitenden Posten, ein zehnfacher Zeitgewinn entsteht oder es ebensoviel ist, als ob ein Zauberstab diese Orte der Stadt Berlin zehnmal näher gerückt hätte: so glauben wir für das bürgerliche sowohl als handeltreibende Publikum, eine Erfindung von dem größesten und entscheidendsten Gewicht, geschickt, den Verkehr auf den höchsten Gipfel der Vollkommenheit zu treiben, an den Tag gelegt zu haben.

Berlin, den 10. Okt. 1810   *rmz.*

[2]

Schreiben eines Berliner Einwohners an den Herausgeber
der Abendblätter

Mein Herr!

Dieselben haben in dem 11. Stück der Berliner Abendblätter, unter der Rubrik: Nützliche Erfindungen, den Entwurf einer Bombenpost zur Sprache gebracht; einer Post, die der Mangelhaftigkeit des elektrischen Telegraphen, nämlich, sich mit nichts, als kurzen Anzeigen, befassen zu können, dadurch abhilft, daß sie dem Publiko auf zweckmäßig angelegten Artilleriestationen, Briefe und Pakete mit Bomben und Granaten zuwirft. Erlauben Dieselben mir zu bemerken, daß diese Post, nach einer, in Ihrem eigenen Aufsatz enthaltenen Äußerung, voraussetzt, der Stettiner oder Breslauer Freund habe auf die Frage des Berliners an ihn: wie gehts dir? zu antworten: recht gut! Wenn derselbe jedoch, gegen die Annahme, zu antworten hätte: so, so! oder: mittelmäßig! oder: die Wahrheit zu sagen, schlecht; oder: gestern nacht, da ich verreist war, hat mich meine Frau hintergangen; oder: ich bin in Prozessen verwickelt, von denen ich kein Ende absehe; oder: ich habe Bankerott gemacht, Haus und Hof verlassen und bin im Begriff in die weite Welt zu gehen: so gingen, für einen solchen Mann, unsere ordinären Posten geschwind genug. Da nun die Zeiten von der Art sind, daß von je hundert Briefen, die zwei Städte einander zuschicken, neun und neunzig Anzeigen von der besagten Art enthalten, so dünkt uns, sowohl die elektrische Donnerwetterpost, als auch die Bomben- und Granatenpost könne vorläufig noch auf sich beruhen, und wir fragen dagegen an, ob Dieselben nicht die Organisation einer anderen Post zuwege bringen können, die, gleichviel, ob sie mit Ochsen gezogen, oder von eines Fußboten Rücken getragen würde, auf die Frage: wie gehts dir? von allen Orten mit der Antwort zurückkäme: je nun! oder: nicht eben übel! oder: so wahr ich lebe, gut! oder: mein Haus habe ich wieder aufgebaut; oder: die Pfandbriefe stehen wieder al pari; oder: meine beiden Töchter habe ich kürzlich verheiratet; oder: morgen werden wir, unter dem Donner der Kanonen, ein Nationalfest feiern; – und was dergleichen Antworten mehr sind. Hiedurch würden Dieselben sich das Publikum auf das lebhafteste verbinden, und da wir von Dero Eifer, zum Guten überall, wo es auf Ihrem Wege liegt, mitzuwirken, überzeugt sind, so halten wir uns nicht auf, die Freiheit dieses Briefes zu entschuldigen, und haben die Ehre, mit der vollkommensten und ungeheucheltsten Hochachtung zu sein, usw.

Berlin, den 14. Okt. 1810   *Der Anonymus.*

Antwort an den Einsender des obigen Briefes

Dem Einsender obigen witzigen Schreibens geben wir hiemit zur Nachricht, daß wir uns mit der Einrichtung seiner Ochsen-post, oder seines moralischen und publizistischen Eldorados nicht befassen können. Persiflage und Ironie sollen uns, in dem Bestre-ben, das Heil des menschlichen Geschlechts, soviel als auf unse-rem Wege liegt, zu befördern, nicht irre machen. Auch in dem, Gott sei Dank! doch noch keineswegs allgemeinen Fall, daß die Briefe mit lauter Seufzern beschwert wären, würde es, aus öko-nomischen und kaufmännischen Gesichtspunkten noch vorteil-haft sein, sich dieselben mit Bomben zuzuwerfen. Demnach soll nicht nur der Prospektus der Bombenpost, sondern auch ein Plan, zur Einsammlung der Aktien, in einem unserer nächsten Blätter erfolgen.   *Die Redaktion.*

[ÜBER DIE LUFTSCHIFFAHRT AM 15. OKTOBER 1810]

[1]

Schreiben aus Berlin

10 Uhr morgens

Der Wachstuchfabrikant Herr *Claudius* will, zur Feier des Ge-burtstages Sr. Königl. Hoheit, des Kronprinzen, heute um 11 Uhr, mit dem Ballon des Prof. J[ungius] in die Luft gehen, und denselben, vermittelst einer Maschine, unabhängig vom Wind, nach einer bestimmten Richtung hinbewegen. Dies Unterneh-men scheint befremdend, da die Kunst, den Ballon, auf ganz leichte und naturgemäße Weise, ohne alle Maschinerie, zu bewe-gen, schon erfunden ist. Denn da in der Luft alle nur mögliche Strömungen (Winde) übereinander liegen: so braucht der Aëro-naut nur vermittelst perpendikularer Bewegungen, den Luft-strom aufzusuchen, der ihn nach seinem Ziel führt: ein Versuch, der bereits mit vollkommnem Glück, in Paris, von Herrn Gar-nerin, angestellt worden ist.

Gleichwohl scheint dieser Mann, der während mehrerer Jahre im Stillen dieser Erfindung nachgedacht hat, einer besondern Auf-merksamkeit nicht unwert zu sein. Einen Gelehrten, mit dem er sich kürzlich in Gesellschaft befand, soll er gefragt haben: ob er ihm wohl sagen könne, in wieviel Zeit eine Wolke, die eben an dem Horizont heraufzog, im Zenit der Stadt sein würde? Auf die Antwort des Gelehrten: »daß seine Kenntnis so weit nicht reiche«, soll er eine Uhr auf den Tisch gelegt haben, und die Wolke genau, in der von ihm bestimmten Zeit, im Zenit der Stadt gewesen sein. Auch soll derselbe, bei der letzten Luftfahrt des Prof. J., im voraus nach Werneuchen gefahren, und die Leute daselbst versammelt haben: indem er aus seiner Kenntnis der Atmosphäre mit Gewißheit folgerte, daß der Ballon diese Richtung nehmen, und der Prof. J. in der Gegend dieser Stadt niederkommen müsse.

Wie nun der Versuch, den er heute, gestützt auf diese Kenntnis, unternehmen will, ausfallen wird: das soll in Zeit von einer Stunde entschieden sein. Herr Claudius will nicht nur bei seiner Abfahrt, den Ort, wo er niederkommen will, in gedruckten Zetteln bekannt machen: es heißt sogar, daß er schon Briefe an diesen Ort habe abgehen lassen, um daselbst seine Ankunft anzumelden. – Der Tag ist, in der Tat, gegen alle Erwartung, seiner Vorherbestimmung gemäß, ausnehmend schön.

N. S.   2 Uhr nachmittags
Herr Claudius hatte beim Eingang in den Schützenplatz Zettel austeilen lassen, auf welchen er, längs der Potsdamer Chaussee, nach dem Luckenwaldschen Kreis zu gehen, und in einer Stunde vier Meilen zurückzulegen versprach. Der Wind war aber gegen 12 Uhr so mächtig geworden, daß er noch um 2 Uhr mit der Füllung des Ballons nicht fertig war; und es verbreitete sich das Gerücht, daß er vor 4 Uhr nicht in die Luft gehen würde.

[2]

Extrablatt

Über die gestrige Luftschiffahrt des Herrn Claudius

Herr Claudius hat seinen Versuch, den Ballon willkürlich, vermittelst einer Maschine, zu dirigieren, nicht zustande bringen können. Sei es nun, daß der Wind, indem er die Taftwände zusammendrückte, der Anfüllung hinderlich, oder aber die Materialien (welches das Wahrscheinlichere ist) von schlechter Beschaffenheit waren: der Ballon hatte um 4 Uhr noch keine Steigekraft. Das Volk ist, bei solchen Gelegenheiten, immer wie ein Kind; und während sich Herr Reichard, der sich der Sache angenommen hatte, der augenscheinlichen Gefahr ungeachtet, erbot, in die Lüfte zu gehen, ward Herr Claudius, durch die Vorsorge der Polizei, im Stillen in Sicherheit gebracht. Herr Reichard, dieser erfahrne und mutige Luftschiffahrer, dessen Einsicht man diese Sache überlassen mußte, setzte sich demnach in der Tat in die Gondel; sein Glück aber wollte, daß er, sogleich beim Aufsteigen, in die Bäume des zunächst liegenden Gartens geriet: ohne welchen Glücksfall er unfehlbar auf halsbrechende Weise über die Dächer der Stadt hinweg geschleift haben würde. Hierauf, nachdem man den Ballon wieder niedergezogen und in die Mitte des Schützenplatzes gebracht hatte, ward er von höherer Hand befragt: ob er anders nicht, als mit Lebensgefahr steigen könne? und da Herr Reichard antwortete: »steigen könne und wolle er; aber, unter solchen Umständen, ohne Lebensgefahr nicht!« so ward ihm, auf unbedingte Weise, befohlen, auszusteigen: worauf die Herren Unternehmer, nachdem dies bewerkstelligt war, dem Volk noch, um es zu befriedigen, das kostspielige Schauspiel gaben, den Ballon für sich, ohne Schiffahrer, in das Reich der Lüfte empor gehen zu lassen. In weniger als einer Viertelstunde, war derselbe nunmehr den Augen entschwunden; und ob man ihn wieder auffinden wird, steht dahin.

Bei dieser Gelegenheit müssen wir auf den Versuch Herrn Garnerins zurückkommen, den Ballon, auf ganz leichte und ungewaltsame Weise, ohne alle Maschinerie, willkürlich zu bewegen. Dieser Versuch scheint Herrn Claudius nicht in seinem ganzen Umfange bekannt geworden zu sein. Herr Garnerin hat, bei seinem interessanten Experiment, zwei Erfahrungen zum Grunde gelegt: einmal, daß in der Luft alle nur möglichen Winde, in horizontaler Richtung, übereinander liegen; und dann, daß diese Winde, während der Nacht, den mindesten Wechseln (Veränderungen) unterworfen sind. Demnach ist er, im August d. J., zu Paris, mit der Vorherbestimmung, daß er nach Rheims gehen würde, zur Zeit der Abenddämmerung, aufgestiegen: überzeugt, daß er, in senkrechten Auf- und Niederschwebungen, vermittelst des Kompasses, den er bei sich hatte, den Luftstrom finden würde, der ihn nach dieser Stadt hintragen würde. Hier bei der Morgen-

dämmerung des nächsten Tages angekommen, hat er sich aus-
geruht und restauriert, und ist, bei Einbruch der Nacht, mit der
Vorherbestimmung, daß er nach Trier gehen würde, mit demselben Ballon, von neuem in Luft gegangen. Diese Vorherbestimmung schlug in sofern fehl, daß er, am andern Morgen, nach
Köln kam: aber der Versuch war entscheidend genug, um darzutun, daß man, bei der Direktion des Luftballons, schlechthin
keiner Maschinen bedürfe. – Herr Claudius kann die nähere Beschreibung davon in den öffentlichen Blättern finden.

[3]

Neueste Nachricht

Der Ballon des Herrn Claudius soll, nach der Aussage eines Reisenden, in Düben niedergekommen sein.

[4]

Aëronautik

(S. Haude- u. Spenersche Zeitung, den 25. Okt. 1810)

Der, gegen die Abendblätter gerichtete, Artikel der Haude- und
Spenerschen Zeitung, über die angebliche Direktion der Luftbälle, ist mit soviel Einsicht, Ernst und Würdigkeit abgefaßt, daß
wir geneigt sind zu glauben, die Wendung am Schluß, die zu
dem Ganzen wenig paßt, beruhe auf einem bloßen Mißverständnis.

Demnach dient dem unbekannten Herrn Verfasser hiemit auf
seine, in Anregung gebrachten Einwürfe zur freundschaftlichen
Antwort:

1) Daß wenn das Abendblatt, des beschränkten Raums wegen,
den unverklausulierten Satz aufgestellt hat: die Direktion der
Luftbälle sei erfunden; dasselbe damit keinesweges hat sagen
wollen: es sei an dieser Erfindung nichts mehr hinzuzusetzen;
sondern bloß: das Gesetz einer solchen Kunst sei gefunden, und
es sei, nach dem, was in Paris vorgefallen, nicht mehr zweckmäßig, in dem Bau einer, mit dem Luftball verbundenen, Maschine eine Kraft zu suchen, die in dem Luftball selbst, und in
dem Element, das ihn trägt, vorhanden ist.

2) Daß die Behauptung, in der Luft seien Strömungen der viel-
fachsten und mannigfaltigsten Art enthalten, wenig Befremdendes und Außerordentliches in sich faßt, indem unseres Wissens,
nach den Aufschlüssen der neuesten Naturwissenschaft, eine der
Hauptursachen des Windes, chemische Zersetzung oder Entwickelung beträchtlicher Luftmassen ist. Diese Zersetzung oder Entwickelung der Luftmassen aber muß, wie eine ganz geringe Einbildung lehrt, ein konzentrisches oder exzentrisches, in allen seinen Richtungen diametral entgegengesetztes, Strömen der in der
Nähe befindlichen Luftmassen veranlassen; dergestalt, daß an
Tagen, wo dieser chemische Prozeß im Luftraum häufig vor sich
geht, gewiß über einem gegebenen, nicht allzubeträchtlichen
Kreis der Erdoberfläche, wenn nicht alle, doch so viele Strömungen, als der Luftfahrer, um die willkürliche Direktion darauf zu
gründen, braucht, vorhanden sein mögen.

3) Daß der Luftballon des Herrn Claudius selbst (in sofern ein
einzelner Fall hier in Erwägung gezogen zu werden verdient) zu
dieser Behauptung gewissermaßen den Beleg abgibt, indem ohne
Zweifel als derselbe ½5 Uhr durchaus westlich in der Richtung
nach Spandau und Stendal aufstieg, niemand geahndet hat, daß
er, innerhalb zwei Stunden, durchaus südlich, zu Düben in
Sachsen niederkommen würde.

4) Daß die Kunst, den Ballon *vertikal* zu dirigieren, noch einer
großen Entwickelung und Ausbildung bedarf, und derselben auch
wohl, ohne eben große Schwierigkeiten, fähig ist, indem man
ohne Zweifel durch Veränderung nicht bloß des absoluten, sondern auch spezifischen Gewichts (vermittelst der Wärme und der
Expansion) wird steigen und fallen und somit den Luftstrom mit
größerer Leichtigkeit wird aufsuchen lernen, dessen man, zu
einer bestimmten Reise, bedarf.

5) Daß Herr Claudius zwar wenig getan hat, die Aufmerksamkeit des Publikums, die er auf sich gezogen hat, zu rechtfertigen;
daß wir aber gleichwohl dahingestellt sein lassen, in wiefern derselbe, nach dem Gespräche der Stadt, in der Kunst, von der Erdoberfläche aus die Luftströmungen in den höheren Regionen zu
beurteilen, erfahren sein mag: indem aus der Richtung, die sein
Ballon anfänglich westwärts gegen Spandau und späterhin süd-
wärts gegen Düben nahm, mit sonderbarer Wahrscheinlichkeit

hervorzugehen scheint, daß er, wenn er aufgestiegen wäre, sein Versprechen erfüllt haben, und vermittelst seiner mechanischen Einwirkung, in der Diagonale zwischen beiden Richtungen, über der Potsdamer Chaussee, nach dem Luckenwaldischen Kreise, fortgeschwommen sein würde.

6) Daß wenn gleich das Unternehmen, vermittelst einer, im Luftball angebrachten Maschine, den Widerstand ganz konträrer Winde aufzuheben, unübersteiglichen Schwierigkeiten unterworfen ist, es doch vielleicht bei Winden von geringerer Ungünstigkeit möglich sein dürfte, den Sinus der Ungünstigkeit, vermittelst mechanischer Kräfte, zu überwinden, und somit, dem Seefahrer gleich, auch solche Winde, die nicht genau zu dem vorgeschriebenen Ziel führen, ins Interesse zu ziehen.

Zudem bemerken wir, daß wenn 7) der Luftschiffahrer, aller dieser Hülfsmittel ungeachtet, tage- und wochenlang auf den Wind, der ihm passend ist, warten müßte, derselbe sich mit dem Seefahrer zu trösten hätte, der auch wochen-, oft monatelang, auf günstige Winde im Hafen harren muß: wenn er ihn aber gefunden hat, binnen wenigen Stunden damit weiter kommt, als wenn er sich, von Anfang herein, während der ganzen verlornen Zeit, zur Achse oder zu Pferde fortbewegt hätte.

Endlich selbst zugegeben 8) – was wir bei der Möglichkeit, auch selbst in der wolkigsten Nacht, den Polarstern, wenigstens auf Augenblicke, aufzufinden, keinesweges tun – dem Luftschiffer fehle es schlechthin an Mittel, sich in der Nacht im Luftraum zu orientieren: so halten wir den von dem unbekannten Herrn R. berechneten Irrtum von 6 Meilen, auf einen Radius von 30 Meilen, für einen sehr mäßigen und erträglichen. Der Aëronaut würde immer noch, wenn x die Zeit ist, die er gebraucht haben würde, um den Radius zur Achse zurückzulegen, in $\frac{x}{5}$ den Radius und die Sehne zurücklegen können. Wenn er dies, gleichviel aus welchen Gründen, ohne seinen Ballon, nicht wollte, so würde er sich wieder mit dem Seefahrer trösten müssen, der auch oft, widriger Winde wegen, statt in den Hafen einzulaufen, auf der Reede vor Anker gehen, oder gar in einen andern ganz entlegenen Hafen einlaufen muß, nach dem er gar nicht bei seiner Abreise gewollt hat.

Was Herrn Garnerin betrifft, so werden wir imstande sein, in kurzem bestimmtere Fakta, als die im 13. Abendblatt enthalten waren, zur Erwiderung auf die gemachten Einwürfe, beizubringen.   *rm.*

ZUSCHRIFT EINES PREDIGERS AN DEN HERAUSGEBER DER BERLINER ABENDBLÄTTER

Mein Herr,

Der Erfinder der neuesten Quinenlotterie hat die aufgeklärte Absicht gehabt, die aberwitzige Traumdeuterei, zu welcher, in der Zahlenlotterie, die Freiheit, die Nummern nach eigner Willkür zu wählen, Veranlassung gab, durch bestimmte und feststehende Lose, die die Direktion ausschreibt, niederzuschlagen.

Mit Bedauern aber machen wir die Erfahrung, daß diese Absicht nur auf sehr unvollkommene Weise erreicht wird, indem der Aberglauben, auf einem Gebiet, auf dem man ihn gar nicht erwartet hatte, wieder zum Vorschein kommt.

Es ist wahr, die Leute träumen jetzt keine Nummern mehr; aber sie träumen die Namen der Kollekteurs, bei denen man setzen kann. Die gleichgültigsten Veranlassungen nehmen sie, in einer Verkettung von Gedanken, zu welchen kein Mensch die Mittelglieder erraten würde, für geheimnisvolle Winke der Vorsehung an. Verwichenen Sonntag nannte ich den David, auf der Kanzel, einen gottgefälligen Mann; nicht den Kollekteur dieses Orts, wie Dieselben leicht denken können, sondern den israelitischen König, den bekannten Sänger der frommen Psalmen. Tags darauf ließ mir der Kollekteur, durch einen Freund, für meine Predigt, scherzhafter Weise danken, indem alle Quinenlose, wie er mir versicherte, bei ihm vergriffen worden wären.

Ich bitte Sie, mein Herr, diesen Vorfall zur Kenntnis des Publikums zu bringen, und durch Ihr Blatt, wenn es möglich ist, den Entwurf einer anderweitigen Lotterie zu veranlassen, die den Aberglauben auf eine bestimmtere und so unbedingte Weise, als es der Wunsch aller Freunde der Menschheit ist, ausschließe.

F . ., den 15. Okt. 1810   F . . .

Nachricht an den Einsender obigen Briefes

Geschäfte von bedeutender Wichtigkeit halten uns ab, selbst an den Entwurf einer solchen Lotterie zu denken.

Inzwischen wollen wir, zur Erreichung dieses Zwecks, soviel in unsern Kräften steht, von Herzen gern beförderlich sein.

Wir setzen demnach einen Preis von 50 Rtlr. auf die Erfindung einer solchen Lotterie.

Die Mathematiker, die sich darum bewerben wollen, haben ihre Entwürfe, mit Devisen versehen, an uns einzusenden.

Berlin, den 22. Okt. 1810

Die Redaktion der Abendblätter.

[ZUR ERÖFFNUNG DES UNIVERSITÄTSKLINIKUMS]

Nach einer heute geschehenen öffentlichen Bekanntmachung wird nunmehr das große medizinische, chirurgische Klinikum der Universität unter der Direktion der Herrn Professoren Reil und Gräfe am 5. November [1810] eröffnet. Eine Anstalt ganz von der Art und Beschaffenheit, ähnlich dem berühmten Wiener Institut, hatte bisjetzt Berlin, bei allem was auch bisher für die Pflege der praktischen Arzneikunde geschehen war, gefehlt, und es verdient den ehrerbietigsten und lebhaftesten Dank des Publikums, daß der landesväterliche König durch Einrichtung einer solchen, mit den bedeutendsten Kosten verbundenen Anstalt und durch Anstellung solcher ausgezeichneten Männer dabei, abermals einen Beweis seiner treuen unablässigen Sorge für das Wohl seiner Untertanen gegeben hat.

POLITISCHE NEUIGKEIT

Die heutigen französischen Blätter bringen die für den ganzen Kontinent von Europa so wichtige Nachricht, von dem durch den Tod der Prinzessin Amalie veranlaßten *Rückfall des Königs von England in seine alte Krankheit.* Allen Bülletins zufolge scheint der Anfall so heftig, als der im Jahr 1790. Sr. Majestät haben die Prorogatur des Parlament in eigner Person nicht vollziehen können und sind überhaupt zu allen Geschäften völlig unfähig: wenn am 15. November, dem Tage der Eröffnung des Parlaments, die Herstellung noch nicht erfolgt ist, so sieht man den fürchterlich-

sten Parteikämpfen, der Einsetzung einer Regentschaft, und, mit
Hülfe der großen Krise, die das Genie Napoleons über Großbritannien zusammen zu ziehn gewußt hat, einer entscheidenden
Wendung in den Schicksalen der Welt entgegen. Es ist keinem
Zweifel unterworfen, daß England einer Revolution entgegen
geht: die Emanzipation der irländischen Katholiken und die
Parlamentsreform werden erfolgen, sobald der mächtige Damm
verschwunden ist, welchen der Wille des Königs ihnen entgegen
setzte: und daß alsdann ganz andere gesellschaftliche und politische Verhältnisse eintreten, daß, wenn die britische Konstitution umgestürzt ist, wenn die innere Haltung dieses Staates verschwunden sein wird, die Unfähigkeit Englands die Kontinen-
talverhältnisse zu beurteilen, zu regieren und darauf zu influieren,
an den Tag kommen wird, daß also Negoziationen eintreten
müssen; – alles dies wird jedem Unterrichteten einleuchten..

GEOGRAPHISCHE NACHRICHT VON DER INSEL HELGOLAND

In den öffentlichen Blättern las man vor einiger Zeit, daß auf der,
an der Mündung dreier Flüsse zugleich, nämlich der Weser, Elbe
und Eider, liegenden und mithin den Unterschleifshandel, zwischen England und dem Kontinent, bis zu den letzten kaiserlich-
französischen Dekreten, äußerst begünstigenden *Insel Helgoland*,
für 20 Mill. Pfund Sterl. Wert, an Kolonialwaren und englischen
Fabrikaten aufgehäuft wäre. Wenn man erwägt, wie groß die
Menschenmasse sein muß, die ein Gewerbe, von so beträchtlichem,
man möchte sagen ungeheurem Umfange, auf diesen Platz zu-
sammenzieht: so wird eine Nachricht, über die geographische
und physikalische Beschaffenheit dieser Insel sehr interessant,
die kürzlich in den Gemeinnützigen Unterhaltungs-Blättern gestanden hat: ein Journal, das überhaupt, wegen der Abwechselung an lehrreichen und ergötzenden Aufsätzen, und des ganzen
Geistes, ernst und heiter, der darin herrscht, den Titel eines Volksblatts (ein beneidenswürdiger Titel!) mehr als irgend ein andres
Journal, das sich darum bewirbt, verdient. Nach diesem Blatt
(St. 43) beträgt der Umfang des tonartigen Felsens, worauf dies
kleine, Bedrängnissen aller Art seinen Ursprung dankende Eta-
blissement ruht, nicht mehr als $\frac{1}{2}$ Meile; und auf der, dem zufolge

nicht mehr als $\frac{1}{4}$ Quadratmeile betragenden Oberfläche, fanden,
schon vor Ausbruch des Krieges, weder die Häuser, 400 an der
Zahl, die darauf befindlich waren, noch die Familien, 430 an der
Zahl, die sie bewohnten, gehörigen Platz. Schon Büsching gibt
die Menschenmenge zu 1700 Seelen an; eine ungeheure Bevölkerung, die die beträchtlichsten in England und in den Niederlanden, von 4500 Seelen auf 1 Quadratmeile, um ein Drittel übersteigt. Dabei ist der hohe und steile, an drei Seiten vom Meere
bespülte Felsen, worauf der Flecken gebaut ist, wegen seiner
mürben, zwischen den Fingern zerreiblichen Substanz, durch die
Witterung vom Gipfel zum Fuß zerspalten und zerrissen; dergestalt, daß, aus Furcht vor den Erdfällen und Zerbröckelungen, die
sehr häufig eintreten, bereits mehrere, auf dem äußersten Rand
schwebende Häuser haben abgebrochen werden müssen, und bei
einem derselben, vor mehreren Jahren, wirklich der Flügel des
Königl. Wachthauses, schon herabgestürzt ist. Die Besorgnis, den
Felsen ganz sich auflösen und zusammenfallen zu sehen, hat den
Rat schon längst die Notwendigkeit einer Abdachung empfinden
lassen; aber der beschränkte Raum, den sein Gipfel darbietet,
und der im umgekehrten Verhältnis damit stehende, ungeheure
jährliche Wachstum der Bevölkerung, verzögern die Ausführung dieses Entschlusses von Jahr zu Jahr. Die Einrichtung der
Häuser kleiner und kompendiöser zu machen, oder sie dichter
an einander zu rücken, oder die Straßen, die dadurch gebildet
werden, zu verengen, ist unmöglich; denn die ein Stock hohen
Häuser enthalten nicht mehr, als ein Zimmer, eine Kammer, eine
Küche und eine Speisekammer, und die Straßen sind schon, ihrer
ersten Anlage nach, so eng, daß kein Fuhrwerk sie passieren, und
höchstens nur eine Leiche hindurch getragen werden kann. Gegen
Südost befindet sich zwar noch ein kleines dünenartiges Vorland
oder Unterland, auf dessen höchstem Punkt dicht an der Felswand noch 50 Häuser angenistelt sind; aber die Flut, so oft sie
eintritt, überschwemmt diese Düne, und bei Stürmen und Unge-
wittern droht der Wachstum derselben, die Häuser, die darauf
befindlich sind, gänzlich hinwegzuspülen. Erwägt man hierbei,
daß der Felsen ganz unfruchtbar ist; daß auf dem Vor- oder Unterland, zwischen den Häusern, der einzige süße trinkbare Quell
entspringt; daß man sich im Flecken selbst, mit bloßem Regen-

wasser behelfen, und an heißen Sommertagen, über eine Treppe
von 191 Stufen herabsteigen muß, um daraus zu schöpfen; daß
nur einige Johannisbeersträucher, ein wenig Gerste (400 Tonnen
nach Büsching) und Weide fürs Vieh, auf der Oberfläche des
Felsens wachsen; daß innerhalb des hohen, vor Stürmen einigermaßen gesicherten, Hofes des Predigerhauses der einzige Baum
befindlich ist (ein Maulbeerbaum); daß demnach, vom Ursprung
dieses Etablissements an, alle Bedürfnisse, auch die ersten und
dringendsten, aus den, sechs und zehn Meilen fernen Häfen des
festen Landes, geholt werden mußten; daß durch den Krieg und
die unerbittliche Sperrung des Kontinents der Insel diese Zufuhr
gänzlich abgeschnitten ist; daß mithin, bis auf Fleisch, Butter,
Bier, Salz und Brot, alles, mit unverhältnismäßig mühevollen
Anstrengungen, aus den Häfen von England herübergeschafft
werden muß: so gehört dieser, um einen Wert von 20 Mill.
Pfund Sterling, spielende, kontinuierliche, an Leben und Bewegung alle Messen des Kontinents übertreffende Handel, der auf
dieser öden, nackten, von der Natur gänzlich vernachlässigten
Felsscholle, inmitten des Meers, sein Warenlager aufgeschlagen
hat (nun aber wahrscheinlich Bankerott machen wird), gewiß
zu den außerordentlichsten und merkwürdigsten Erscheinungen
der Zeit. *hk.*

WEIHNACHTSAUSSTELLUNG

Eine der interessantesten Kunstausstellungen für das bevorste-
hende Weihnachtsfest, wert, daß man sie besuche, und auch wohl,
daß man etwas darin kaufe, ist vielleicht die Warenausstellung
der, zum Besten der verschämten Armen beiderlei, doch vorzüglich weiblichen Geschlechts errichteten Kunst- und Industrie-
handlung, von Mad. Henriette Werkmeister, Oberwallstraße
Nr. 7. Es hat etwas Rührendes, das man nicht beschreiben kann,
wenn man in diese Zimmer tritt; Scham, Armut und Fleiß haben
hier, in durchwachten Nächten, beim Schein der Lampe, die
Wände mit allem was prächtig oder zierlich oder nützlich sein
mag, für die Bedürfnisse der Begüterten, ausgeschmückt. Es ist,
als sähe man die vielen tausend kleinen niedlichen Hände sich
regen, die hier, vielleicht aus kindlicher Liebe, eines alten Vaters
oder einer kranken Mutter wegen, oder aus eigner herben drin-

genden Not, geschäftigt waren: und man möchte ein Reicher sein, um das ganze Putzlager, mit allen Tränen, die darauf gefallen sein mögen, zu kaufen, und an die Verfertigerinnen, denen die Sachen doch wohl am besten stehen würden, zurückzuschenken.

Zu den vorzüglichsten Sachen gehören:

1) Ein Korb mit Blumen, in Chenille gestickt, mit einer Einfassung; etwa als Kaminschirm zu gebrauchen. Die Stickerei ist, auf taftnem Grund, eine Art von Basrelief; ein Büschel Rosen tritt, fast einen Zoll breit, so voll und frisch, daß man meint, er duftet, aus dem Taftgrunde hervor. Zu wünschen bleibt, daß auch die anderen Blumen und Blätter, die aus dem Korb vorstrebend, darin verwebt sind, verhältnismäßig hervorträten, das würde das Bild eines ganz lebendigen Blumenstraußes geben. Eine edle Dame hat dies Kunst- und Prachtwerk bereits für 15 Louisdor erkauft; und nur auf die Bitte der Vorsteherin befindet es sich noch hier, um die Ausstellung, während des Weihnachtsfestes, als das wahre Kleinod derselben, zu schmücken.

2) Eine Garnitur geklöpfelter Uhrbänder. Die Medaillen an dem Ende der Bänder, stellen, in Seide gewirkt, Köpfe, Tiere und Blumen dar; so fein und zierlich, daß man sie für eine Art von Miniatürmosaik halten möchte.

3) Ein, in Wolle, angeblich ohne Zeichnung gestickter, Fußteppich. Ein ganzer Frühling voll Rosen schüttet sich, in der lieblichsten Unordnung, darauf aus; und auch die Arabeskeneinfassung ist zierlich und geschmackvoll.

4) Ein Rosenstrauß, auf englischem Manschester gemalt, mit einer Einfassung von Winden; gleichfalls als Kaminschirm zu gebrauchen.

5) Ein ganz prächtiges Taufzeug.

Vieler Kleider, unter welchen ein gesticktes Musselinkleid oben an, Tücher, Hauben, eine immer schöner als die andere, Strick-, Geld- und Tabaksbeutel, in allen Provinzen des Reichs zusammengearbeitet, das Ganze mehr denn 10000 Taler an Wert, nicht zu erwähnen. – Wir laden die jungen Damen der Stadt, die begüterten sowohl als die unbegüterten ein, diese Anstalt zu besuchen, und glauben verbürgen zu können, daß sie diesen Gang weder in dem einen noch in dem andern Fall, umsonst tun werden.   *hk.*

[ÜBER DIE LUXUSSTEUERN]

Wenn man den Zweck der, in dem Edikt vom 28. Okt. d. J., dem Lande auferlegten Luxussteuern bedenkt –: wenn man erwägt, daß sie nicht ausgeschrieben worden sind, um die Hofhaltung eines ausgelassenen Fürsten oder die Tafel seines Günstlings, oder den Putz und die Haushaltung seiner Mätressen etc. zu bestreiten; wenn man erwägt, daß sie, im festen Vertrauen auf den Edelmut und den Gemeinsinn der Nation, als eine Art von patriotischem Beitrag, in Augenblicken dringender fast hülfloser Not, zur Rettung des Staats, erfordert worden sind: so wird ein Brief sehr merkwürdig, der uns, von unbekannter Hand, mit der Bemerkung, daß er gefunden worden, zugestellt worden ist. Wir teilen ihn ohne Abänderung unsern Lesern mit.

Bruderherz!

Was klagst du doch über die, in dem Edikt vom 28. Okt. d. J. ausgeschriebenen, neuesten Luxussteuern? Die Absicht und die Meinung, in der sie ausgeschrieben sind, lasse ich dahin gestellt sein; sie ist eine Sache für sich. Die Auslegung aber kömmt dem Publiko zu; und je öfter ich es überlese, je mehr überzeuge ich mich, daß es dich und mich gar nicht trifft.

Es ist wahr, ich halte 2 Kammerdiener und 5 Bediente; Haushofmeister, Kutscher, Koch und Kunstgärtner mit eingerechnet, beläuft sich meine Livree auf 12 Köpfe. Aber meinst du deshalb (denn der Satz im Edikt pro Mann beträgt 20 Tlr.), daß ich 240 Tlr. an die Luxussteuerkasse entrichten würde? Mitnichten! Mein Gärtner ist, wie du weißt, eigentlich mein Vizeverwalter, der Koch, den ich bei mir habe, ursprünglich der Bäcker des Orts; beide sind nur nebenher Gärtner und Koch; der Kutscher, der Jäger auch, der Friseur nebst Kammerdiener, und zwei Bediente sind, so wahr ich lebe, bloße Knechte; Menschen, die zu meinem Hofgesinde gehören, und die ich, wenn es not tut, auf dem Feld oder im Wald brauche. Da nun das Edikt (§ II, 10 a) sagt, daß Leute, die nur nebenher dienen, mehr nicht, als die Hälfte des Satzes und Knechte gar nichts zahlen: so bleibt für mich nur der Haushofmeister und zwei Bedienten als steuerpflichtig übrig: macht (à 10 Tlr.) 30 Reichstaler, oder drunter.

Ebenso, siehst du, mit den Hunden. In meinen Ställen, die Wahrheit zu sagen, befinden sich zwei auserlesene Koppeln;

Doggen, die eine, echt englische, 17 an der Zahl; die andere besteht aus 30 Jagdkleppern; Hühnerhunde, Teckel und dergleichen rechne ich nicht. Aber meinst du, das Edikt sähe deshalb mich an mit 1 Tlr. pro Hund? Mitnichten! Diese Koppeln gehören meinem Jäger; und da das Edikt (§ II, 10 b) Hunde die eines Gewerbes wegen gehalten werden, von der Steuer ausnimmt: so bleibt für mich nur, als steuerverfallen, ein Pudel von der norwegischen Rasse, ein Mops und der Schoßhund meiner Frau: macht (à Hund 1 Tlr.) 3 Tlr. mehr nicht.

Ein Gleiches gilt von den Pferden! – Zwar, wenn es Markt ist, fährt meine Frau mit den vier holsteinschen Rappen nach der Stadt; das schwarze Silbergeschirr steht den zwei jungen Apfelschimmeln nicht übel und der Fuchs und der Braune gehn gut, wenn ich sie reite. Aber meinst du, daß dies darum, durch die Bank, Reit- und Kutschpferde wären, die ich, mit 15 Tlr. pro Stück, zu versteuern hätte? Mitnichten! Die Pferde, das weiß jedermann, brauch ich im Frühjahr und bei der Ernte; und da das Edikt (§ II, 10 c) von Gebrauchspferden nicht spricht: so prallt die Forderung auch hieher von mir ab und ich zahle nichts.

Endlich, was die Wagen betrifft! – Zwar die zwei englischen Batarden, die ich kürzlich gekauft, werde ich, ob ich sie gleich in Kreisgeschäften zuweilen brauche, mit 8 Tlr. pro Stück, versteuern müssen. Aber den Halbwagen und die drei in Federn hängenden Korbwagen mit Verdeck? Mitnichten! Den Halbwagen, an dem ich kürzlich die Achse zerbrach, verbrenn ich oder verkauf ich; und von den Korbwagen beweis ich, daß ich vergangenes Jahr Heu und Strauchwerk damit eingefahren, und die 2 Fahrzeuge mithin Acker- und Lastwagen sind. Mithin geht der Kelch der Luxussteuer auch hier an mir vorüber; und es bleibt, außer den Batarden, nur noch eine zweirädrige Jagdkalesche übrig, die ich mit 5 Tlr. (denn mehr beträgt es nicht) (§ II, 10 d) zu versteuern habe.

Lebe wohl!

———

Gäbe es der begüterten Staatsbürger, welche so denken, mehrere: so wäre es allerdings besser, weder die Luxus- noch irgend eine andere Steuer wäre ausgeschrieben worden. Denn ob ein Staat, der aus solchen Bürgern zusammengesetzt ist, besteht, oder ob er, von den Stürmen der Zeit, in alle Lüfte verweht wird: das gilt völlig gleichviel. Glücklicherweise aber fehlt es an wackern, der Aufopferung fähigen Leuten, die den Drang des Augenblicks und die Zweckmäßigkeit der Luxussteuer begreifen, im Lande nicht; und da obiger Brief nur die Verirrung einer einzelnen, isolierten Schlechtigkeit sein kann: so wollen wir, zur Rechtfertigung der besagten Maßregel, folgende Antwort darauf versuchen.

Mein Herr!

Wenn die Landesbehörde, welche die Steuer ausschrieb, streng gegen Sie sein wollte, so nähme sie Dieselben, vermittelst eines eigenen Spezialbefehls, von der Steuer aus. Sie ließe Ihren Namen da, wo er wahrscheinlich früh oder spät noch einmal zu lesen sein wird, anschlagen, und setzte darunter: dieser ist von der Steuer frei. Da jedoch Huld und Güte, seit undenklichen Zeiten, die Eigenschaft aller unserer Landesregierungen gewesen ist: so wird, meine ich, die ganze Maßregel, die sie in bezug auf Ihre Genossenschaft (falls Sie dergleichen haben) ergreifen dürfte, diese sein, daß sie durch Vergrößerung des Beamtenpersonale, die Kontrolle der Luxussteuer und der Verpflichtung sie zu bezahlen, schärft. Alsdann werden, wie sich von selbst versteht, die Kosten, die dieser neue erhöhte Etat veranlaßt, auf die Steuer geschlagen werden; und statt pro Bedienten 10 Tlr. und pro Pferd oder Hund 15 Tlr. oder 1 Tlr. werden Dieselben pro Bedienten vielleicht 12 Tlr. und pro Pferd oder Hund 16 Tlr. und 3 Tlr. zu bezahlen haben.

Der ich die Ehre habe zu sein

Dero *Anonymus*

SCHREIBEN AUS BERLIN

Gestern früh um 4 Uhr wurde der Leichnam Ihrer Majestät der verewigten Königin, ganz in der Stille, aus dem hiesigen Dom, wo derselbe bisher gestanden, in die, zu diesem Zweck erbaute, Kapelle nach Charlottenburg gebracht. Der Sarg, auf welchem sich, wie an dem Tage der feierlichen Beisetzung, die Krone befand, wurde, von einigen königlichen Hausoffizianten, durch eine Reihe von Gardedukorps, die in dem Dom aufgestellt war, auf den, vor dem Domportal haltenden und mit acht Pferden bespannten, Leichenwagen gebracht. Se. Exzellenz, der Herr Gouverneur, Graf v. Kalkreuth, die Kammerherren Ihrer Majestät der verewigten Königin, und einige andere Herren, waren bei dieser Feierlichkeit gegenwärtig. Von hier aus ging der Zug, in einer finsteren, und gegen das Ende regnichten Nacht, unter Bedeckung einer Kompanie königlicher Fußgarde, durch die Linden, für deren Erleuchtung von neuem, auf beiden Seiten, gesorgt worden war, nach dem Brandenburger Tor; mehrere königliche Stallbediente mit Fackeln ritten nebenher. Der Zug kam, bei Anbruch des Tages, in Charlottenburg an, wo die hohe Leiche beigesetzt wurde, und der Probst Herr Ribbeck, in Gegenwart Sr. Majestät des Königs, der mit den Prinzen, seinen erlauchten Söhnen, von Potsdam herübergekommen war, zur Einweihung der Ihrer Majestät der verewigten Königin zum Begräbnisort dienenden Kapelle, eine passende Rede hielt. Das Schauspiel war an diesem Tage in Berlin geschlossen, und der ganze Hof, so wie mehrere andere, denen das Andenken an die beste Landesmutter noch im Herzen lebte, gingen schwarz. – Dem Publiko werden, wie es heißt, Tage bestimmt werden, an welchen ihm erlaubt sein wird, jene, die teuren Reste der königlichen Frau enthaltende, Kapelle zu Charlottenburg zu besuchen.

ANFRAGE

Es ist unverkennbar, daß die französische Gemeinde hiesiger Residenz ein Geist der Frömmigkeit und der Gottesdienstlichkeit auszeichnet, den wir den deutschen Gemeinden wohl wünschen möchten. – Daher zeigt sich auch in den wohltätigen Anstalten der französischen Kolonie, und überhaupt in allen Gemeindeangelegenheiten, ein musterhafter Wetteifer der Größten und Geringsten für alles Fördernde und Gute. – Und so hat es nicht fehlen können, daß einerseits das Bedürfnis dieser Gemeinde nach ausgezeichneten Kanzelrednern immer befriedigt worden, und daß andrerseits viele und distinguierte Glieder der deutschen Gemeinden sich in Rücksicht auf den sonntäglichen Gottesdienst an die französische angeschlossen haben.

Bei dieser Gelegenheit möchten wir fragen, warum in den sonntäglichen Kirchenlisten im Berliner Intelligenzblatte, die in

den französischen Kirchen Predigenden nicht mehr wie vormals
angezeigt werden, da doch in den Verzeichnissen der Aufgebo-
tenen desselben Blattes die französischen Gemeinden nicht über-
gangen werden. Mehrere freiwillige Glieder dieser Gemeinde,
die den Nachfolger des Herrn Staatsrat Ancillon, dieses vortrefflichen Kanzelredners, zu hören wünschten, haben nur mit Mühe
erfahren können, daß er am ersten Weihnachtsfeiertage Vormittags in der Werderschen Kirche predigen wird.

ÜBER DIE AUFHEBUNG DES LASSBÄUERLICHEN
VERHÄLTNISSES

Wenn in dem Edikt vom 27. Okt. [1810] die Aufhebung des
laßbäuerlichen Verhältnisses angedeutet, und demjenigen Teil
der Untertanen, der sich bisher keines Eigentums seiner Besitzungen erfreute, die Erteilung desselben angekündigt wird; so
folgt, trotz der augenscheinlichen Wohltätigkeit dieser Maßregel
und der heilsamen Wirkungen, die sich davon ohne Zweifel für
jede Art ländlicher Industrie ergeben werden, doch nicht, daß
dieselbe plötzlich und mit *einem* Schlage werde ins Leben gerufen
werden.

Jede Beschränkung der Freiheit hat die notwendige Folge,
daß der Beschränkte dadurch in eine Art von Unmündigkeit
tritt. Wer seine Kräfte nicht gebrauchen darf, verliert das Vermögen, sie zu gebrauchen, und zwar, wenn es geistige Kräfte
sind, noch rascher und sicherer, als wenn die Beschränkung sich
auf bloß körperliche Kräfte erstreckt. Wenn nun die Schranken,
die diese Kräfte hemmten, niederfallen: entsteht dadurch auch
plötzlich wiederum, wie durch den Schlag einer Zauberrute,
das Talent, davon die zweckmäßigste Anwendung zu machen?
Keineswegs! Vielmehr durch die lange Dauer einer solchen Beschränkung kann der Mensch so zurückkommen, daß er gänzlich
die Fähigkeit dazu einbüßt, und sich durch Aufhebung des Zwan-
ges weit unglücklicher fühlt, als durch den Zwang selbst. Auch
der Leibeigene wird ohne Zweifel anfangs stutzen, wenn er
nicht, wie bisher, zur Zeit der Not, bei seinem Herrn Unterstützung findet, und, wenn er dienstfrei wird, die Zeit, welche er
bisher im Frondienst beschäftigt war, nun zur Erwerbung seines
eignen Unterhalts anwenden soll. Kurz, wird ein Mensch, dem

so lange der Gebrauch gewisser Kräfte untersagt war, in deren freien Gebrauch wieder eingesetzt, so muß er erst lernen, von dieser Freiheit Gebrauch zu machen, so wie ein Blindgeborner, der durch die wohltätige Hand des Arztes sein Gesicht wieder erhielt, allmählich sehen lernen muß.

Diese Betrachtungen sind ohne Zweifel von der Regierung in Erwägung gezogen worden und wir führen sie hier nur an, um der Ungeduld derjenigen zu begegnen, welche die Publikation der Edikte über diesen Gegenstand nicht erwarten können.

[ÜBER DIE FINANZMASSREGELN DER REGIERUNG]

Mein teurer Freund!

Aus der Kabinettsorder Sr. Majestät des Königs vom 28. Dezember v. J. haben Sie ersehen, daß, gegen die, zur Tilgung der Nationalschuld ergriffenen Maßregeln, eine ehrfurchtsvolle aber eindringliche Vorstellung, von Seiten der Stände des Stolpischen Kreises, eingegangen ist. Über den Inhalt jener Vorstellung gibt das königliche Schreiben keine weitere Auskunft; inzwischen wollen Sie aus guter Quelle wissen, daß der besagte Kreis darin über die indirekte Form der Besteurung geklagt habe; die Last der damit verbundenen Kontrollen legt er auseinander, und bringt am Schluß auf unerwartete Weise den Gedanken zur Sprache, lieber die ganze Quote der Kontribution, die auf seinen Teil fällt, bar innerhalb des Raums von sechs Monaten entrichten zu wollen. Wenn nun, fragen Sie, anzunehmen wäre, daß auch bei dem übrigen Teil der Stände, zur Erhaltung der alten Ordnung der Dinge, dieser Entschluß zur Reife gelangen könnte: warum griff die Regierung nicht sogleich, ohne irgend die Grundlage der Verfassung anzurühren, zu einem Mittel, das mit einem Mal den ganzen gordischen Knoten der Staatsaufgabe, auf die es ankommt, löst?

Ihnen zu Gefallen will ich einmal in die Meinung, als ob eine direkte Besteurung des Landes, behufs einer Abtragung der Nationalschuld, beides, ausführbar und zweckmäßig, wäre, eingehen. Ich will vergessen, daß in der Verfassung, so wie sie seit Friedrich dem Ersten bestand, mancherlei vorhanden war, das, auf ganz augenscheinliche Weise, einer Ausbesserung oder eines

Umbaus bedurfte; ich will annehmen, daß die Tilgung der Nationalschuld der einzige und letzte Zweck aller Verordnungen gewesen wäre, die seit dem 27. Okt. v. J. im Umfange der Monarchie erschienen sind.

Fern sei von mir, zur Einleitung in das, was ich Ihnen zu sagen habe, in die auf allen Lippen ertönende Klage, über Mangel an Gemeingeist und Patriotismus einzustimmen! In einem Augenblick, wie der jetzige ist, scheint es mir doppelt unschicklich, diese Untugend der Zeit, wenn sie vorhanden sein sollte, anders anzuklagen, als durch die bessere Tat. Wer Vergangenheit und Zukunft ins Auge faßt, der ist mit der Gegenwart, als dem Mittelglied derselben, ausgesöhnt; und wenn ein beträchtlicher Zeitraum von Jahren verflossen ist, ohne daß die Kraft der Hingebung und Aufopferung für das Gemeinwesen wäre erprobt und geübt worden, so ist dies nur ein Grund mehr für mich, zu glauben, daß wir dem Zeitpunkt ganz nahe sind, wo ihm die größesten und herrlichsten Opfer, würdig der schönsten Beispiele der Vorzeit, werden gebracht werden.

Aber gesetzt, die Regierung hätte, Ihrem Vorschlage gemäß, ohne die Form der Verfassung, wie es geschehen ist, anzurühren, die Summe der Nationalschuld direkt, sei es nun unter der Form einer Anleihe oder einer Kontribution, von dem Lande eingefordert: mit welchem Geiste, meinen Sie, würde diese Anforderung wohl, bei der Erschütterung alles innerlichen Wohlstandes, von dem Lande aufgenommen worden sein? Würde man sich zu einer Kraftäußerung so außerordentlicher Art, schon vor acht Wochen, als man das Drückende, das in der Alternative lag, nicht kannte, so schlagfertig und bereitwillig gezeigt haben? *Hatten* die Stände, möcht ich fragen, damals diese Kraft schon, und ging nicht (ich berufe mich auf Sie selbst) von Mund zu Mund, auf nichts gestützt und doch nichtsdestoweniger allgemein, die Behauptung, daß die Kontribution die Kräfte des Landes bei weitem übersteige?

Wie nun, wenn der Gedanke, diese Kraft in dem Schoß der Nation zu erwecken und zu reifen, mit in die Waageschale gefallen wäre? Wenn man die Reaktion, die gegen den Inbegriff der erlassenen Verordnungen, auf ganz notwendige Weise, eintreten mußte, gar wohl berechnet hätte, und nicht sowohl der Buch-

stabe derselben, als vielmehr der Geist, den sie, infolge jener
natürlichen Reaktion, annehmen würden, die Absicht und der
Zweck der Regierung gewesen wäre? –

Boerhaave erzählt von einem Holländer, der paralytisch war,
daß er, seit mehreren Jahren schon, nicht die Kräfte gehabt habe,
die Türe seines Zimmers zu öffnen. Als aber zufällig Feuer in dem
Zimmer entstand: hatte er die Kraft, ohne auch nur die Klinke
oder den Schlüssel zu versuchen, die Türe, auf den ersten Anstoß,
einzusprengen: er befand sich, ohne daß er angeben konnte, woher ihm das Vermögen dazu gekommen war, auf der offenen
Straße, und war gerettet.

Der Himmel bewahre mich davor, der Regierung bei so viel
preiswürdigen und gesegneten Schritten, die sie zum Aufbau
einer besseren Zukunft tat, nichts als eine Absicht dieser sekun-
dären Art unterzulegen; es gilt hoffentlich ganz andre Dinge, als
die bloße Tilgung einer, momentan auf uns lastenden, Kriegs-
schuld, und ich gehe hier bloß in eine Ansicht der Dinge ein, die
Sie mir in Ihrem Briefe aufgestellt haben. Aber Ihr Urteil, mein
teurer Freund, möcht ich Sie, wenn es sein kann, bewegen, vor
der Vollendung des Werks, von dem uns einige Grundlinien vor
Augen gelegt worden sind, gefangen zu nehmen – möchte Ihr
Vertrauen schärfen zu einer Regierung, die es lebhaft, wie je
eine, verdient, und, in einer so verhängnisvollen Zeit, wie die
jetzige, mehr als irgend eine andere, falls die Wolken, die uns umringen, zerstreut werden sollen, in ihren Maßregeln, groß und
klein, die sie zu ergreifen für gut befindet, bedarf. Leben Sie
wohl!   *xy.*

KALENDERBETRACHTUNG

den 10. März 1811

Im vorigen Jahre waren keine sichtbaren Sonnen- oder Mond-
finsternisse; also seit ungewöhnlich langer Zeit die erste fällt auf
den Geburtstag unsrer unvergeßlichen Königin. Der Mond, der
an diesem Tage das Zeichen der Jungfrau verläßt, wird in der
sechsten Morgenstunde (die auch ihre Todesstunde war) verfin-
stert, und geht in der Verfinsterung unter. – Übrigens ist es Sonntag.

THEATER

[1]

Den 2. Oktober [1810]: Ton des Tages, Lustspiel von Voß

Kant sagt irgendwo, in seiner Kritik der Urteilskraft, daß der menschliche Verstand und die Hand des Menschen, zwei, auf notwendige Weise, zu einander gehörige und auf einander berechnete, Dinge sind. Der Verstand, meint er, bedürfe, falls er in Wirksamkeit treten solle, ein Werkzeug von so mannigfaltiger und vielseitiger Vollkommenheit, als die Hand; und hinwiederum zeige die Struktur der Hand an, daß die Intelligenz, die dieselbe regiere, der menschliche Verstand sein müsse. Die Wahrheit dieses, dem Anschein nach paradoxen Satzes, leuchtet uns nie mehr ein, als wenn wir Herrn Iffland auf der Bühne sehen. Er drückt in der Tat, auf die erstaunenswürdigste Art, fast alle Zustände und innerliche Bewegungen des Gemüts damit aus. Nicht, als ob, bei seinen theatralischen Darstellungen, nicht seine Figur überhaupt, nach den Forderungen seiner Kunst, zweckmäßig mitwirkte: in diesem Fall würde das, was wir hier vorgebracht haben, ein Tadel sein. Es wird ihm, in der Pantomimik überhaupt, besonders in den bürgerlichen Stücken, nicht leicht ein Schauspieler heutiger Zeit gleichkommen. Aber von allen seinen Gliedern, behaupten wir, wirkt, in der Regel, keins, zum Ausdruck eines Affekts, so geschäftig mit, als die Hand; sie zieht die Aufmerksamkeit fast von seinem so ausdrucksvollen Gesicht ab: und so vortrefflich dies Spiel an und für sich auch sein mag, so glauben wir doch, daß ein Gebrauch, mäßiger und minder verschwenderisch, als der, den er davon macht, seinem Spiel (*wenn* dasselbe noch etwas zu wünschen übrig läßt) vorteilhaft sein würde.   *xy.*

[2]

Gestern zum ersten Male: Der Sohn durchs Ungefähr;
Posse in zwei Akten

»C'est un rien« würden die Franzosen von dieser Posse sagen; und wir glauben sogar, daß man dem Stückchen nicht zu viel täte, wenn man die fremde Redensart wörtlich übersetzte und (freilich etwas härter) von ihm sagte: Es ist ein Nichts. Aber auch ein solches Nichts, als vorübergehende Erscheinung, darf, da wir nur eine Bühne haben, keinesweges verdrängt von ihr werden, und das Publikum bleibt der Direktion für Kleinigkeiten der Art, sollten sie auch nur wenige Male wiederholt werden, für jetzt noch immer Dank schuldig. Wem mit Variationen auf das beliebte »Rochus Pumpernickel« mit etwas »Je toller je besser« vermischt, gedient ist; der gehe und höre und sehe den Sohn *durchs* Ungefähr mit seinen beiden unüberschwenglichen Redensarten, die durch das ganze Stück wie zwei gewaltige Grundtöne durchgehen, nämlich Nr. 1: *Stellen Sie sich vor!* und Nr. 2: *Daran ist gar nicht zu zweifeln!* – – Die nähere Beschreibung des Stücks; was alles drin vorkommt, wann der erste Akt aufhört und wann der zweite anfängt, wird wahrscheinlich in den nächsten Blättern unsrer Zeitungen zu lesen sein. *Daran ist gar nicht zu zweifeln.* Wir aber wollen von dieser kleinen Wenigkeit nur noch sagen, daß sie mit mehr Präzision und ineinander greifender gegeben wurde, als manch vorzügliches Lust- oder Trauerspiel auf unsrer Bühne. *Stellen Sie sich vor!* Was die Schauspieler im einzelnen betrifft, so zeigten sich Herr Wurm und Herr Gern d. S. als echte Komiker; Herr Stich wird in seinem Fache mit jedem Tage sicherer und gewandter; Herr Kaselitz und Herr Labes spielten wie gewöhnlich, Herr Berger lobenswert-moderat. Mad. Fleck war recht hübsch; auch Madame Vanini hat mitgespielt.

++

[3]

Eine hiesige Künstlerin, die sehr geschätzt wird, soll, wie man sagt, eben darum das Theater verlassen. Das Nähere hierüber in einem zukünftigen Blatt.

[4]

Unmaßgebliche Bemerkung

Wenn man fragt, warum die Werke Goethes so selten auf der Bühne gegeben werden, so ist die Antwort gemeinhin, daß diese Stücke, so vortrefflich sie auch sein mögen, der Kasse nur, nach einer häufig wiederholten Erfahrung, von unbedeutendem Vorteil sind. Nun geht zwar, ich gestehe es, eine Theaterdirektion, die, bei der Auswahl ihrer Stücke, auf nichts, als das Mittel sieht, wie

sie besteht, auf gar einfachem und natürlichem Wege, zu dem
Ziel, der Nation ein gutes Theater zustande zu bringen. Denn so
wie, nach Adam Smith, der Bäcker, ohne weitere chemische
Einsicht in die Ursachen, schließen kann, daß seine Semmel gut
sei, wenn sie fleißig gekauft wird: so kann die Direktion, ohne
sich im mindesten mit der Kritik zu befassen, auf ganz unfehlbare
Weise, schließen, daß sie gute Stücke auf die Bühne bringt, wenn
Logen und Bänke immer, bei ihren Darstellungen, von Menschen
wacker erfüllt sind. Aber dieser Grundsatz ist nur wahr, wo das
Gewerbe frei, und eine uneingeschränkte Konkurrenz der Bühnen eröffnet ist. In einer Stadt, in welcher mehrere Theater nebeneinander bestehn, wird allerdings, sobald auf irgend einem derselben, durch das einseitige Bestreben, Geld in die Kasse zu lok-
ken, das Schauspiel entarten sollte, die Betriebsamkeit eines andern Theaterunternehmers, unterstützt von dem Kunstsinn des
besseren Teils der Nation, auf den Einfall geraten, die Gattung, in
ihrer ursprünglichen Reinheit, wieder festzuhalten. Wo aber das
Theater ein ausschließendes Privilegium hat, da könnte uns,
durch die Anwendung eines solchen Grundsatzes, das Schauspiel
ganz und gar abhanden kommen. Eine Direktion, die einer solchen Anstalt vorsteht, hat eine Verpflichtung sich mit der Kritik
zu befassen, und bedarf wegen ihres natürlichen Hanges, der
Menge zu schmeicheln, schlechthin einer höhern Aufsicht des
Staats. Und in der Tat, wenn auf einem Theater, wie das Berliner,
mit Vernachlässigung aller anderen Rücksichten, das höchste Gesetz, die Füllung der Kasse wäre: so wäre die Szene unmittelbar,
den spanischen Reutern, Taschenspielern und Faxenmachern ein-
zuräumen: ein Spektakel, bei welchem die Kasse, ohne Zweifel,
bei weitem erwünschtere Rechnung finden wird, als bei den
Goethischen Stücken. Parodieen hat man schon, vor einiger Zeit,
auf der Bühne gesehen; und wenn ein hinreichender Aufwand
von Witz, an welchem es diesen Produkten zum Glück gänzlich
gebrach, an ihre Erfindung gesetzt worden wäre, so würde es, bei
der Frivolität der Gemüter, ein Leichtes gewesen sein, das
Drama vermittelst ihrer, ganz und gar zu verdrängen. Ja, gesetzt,
die Direktion käme auf den Einfall, die Goethischen Stücke so zu
geben, daß die Männer die Weiber- und die Weiber die Männer-
rollen spielten: falls irgend auf Kostüme und zweckmäßige Kari-

katur einige Sorgfalt verwendet ist, so wette ich, man schlägt sich an der Kasse um die Billetts, das Stück muß drei Wochen hintereinander wiederholt werden, und die Direktion ist mit einemmal wieder solvent. – Welches Erinnerungen sind, wert, wie uns dünkt, daß man sie beherzige. *H. v. K.*

[5]

Stadtneuigkeiten

Es ist hier von neuem und sehr allgemein das Gespräch, von einer nahe bevorstehenden totalen Reform unsers Theaters – Italienische Oper (seria und buffa) sollen wieder eingerichtet, und für Deutsches und Italienisches Theater neue, tüchtige Subjekte gesucht werden. – Die Königl. Kapelle, an ihrer Spitze der verdiente Meister, Herr Righini, soll wieder in Aktivität kommen. – Gewiß ist, daß die berühmte Mamsell Schmalz mit 3200 Tlr. jährlichen Gehalt, vermutlich für beide Bühnen, hier bei uns engagiert ist. Man erwartet im Laufe des Winters Mamsell Fischer und im April Mamsell Milder aus Wien, beide Sängerinnen und sehr rühmlich bekannt. –

[6]

Schreiben aus Berlin

Den 28. Oktober [1810]

Die Oper Cendrillon, welche sich Madam Bethmann zum Benefiz gewählt hat, und Herr Herklots bereits, zu diesem Zweck, übersetzt, soll, wie man sagt, der zum Grunde liegenden, französischen Musik wegen, welche ein dreisilbiges Wort erfordert, *Ascherlich*, *Ascherling* oder *Ascherlein* usw., nicht *Aschenbrödel*, genannt werden. Brödel, von Brod oder, altdeutsch, Brühe (brode im Französischen), heißt eine mit Fett und Schmutz bedeckte Frau; eine Bedeutung, in der sich das Wort, durch eben das, in Rede stehende, Märchen, in welchem es, mit dem Mutwillen freundlicher Ironie, einem zarten und lieben Kinde von überaus schimmernder Reinheit an Leib und Seele, gegeben wird, allgemein beim Volk erhalten hat. Warum, ehe man diesem Märchen dergestalt, durch Unterschiebung eines, an sich gut gewählten, aber gleichwohl willkürlichen und bedeutungslosen Namens, an das Leben greift, zieht man nicht lieber, der Musik zu Gefallen, das »del« in »d'l« zusammen, oder elidiert das d ganz und gar? Ein österreichischer Dichter würde ohne Zweifel keinen Anstand nehmen, zu sagen: *Aschenbröd'l* oder *Aschenbröl*.

Ascherlich oder Aschenbröd'l selbst, wird Mademoiselle Maas, Madam Bethmann, wie es heißt, die Rolle einer der eifersüchtigen Schwestern übernehmen. Mademoiselle Maas ist ohne Zweifel durch mehr, als die bloße Jugend, zu dieser Rolle berufen; von Madam Bethmann aber sollte es uns leid tun, wenn sie glauben sollte, daß sie, ihres Alters wegen, davon ausgeschlossen wäre. Diese Resignation käme (wir meinen, wenn nicht den größesten, doch den verständigsten Teil des Publikums, auf unserer Seite zu haben) noch um viele Jahre zu früh. Es ist, mit dem Spiel dieser Künstlerin, wie mit dem Gesang manchen alten Musikmeisters am Fortepiano. Er hat eine, von manchen Seiten mangelhafte, Stimme und kann sich, was den Vortrag betrifft, mit keinem jungen, rüstigen Sänger messen. Gleichwohl, durch den Verstand und die ungemein zarte Empfindung, mit welcher er zu Werke geht, führt er, alle Verletzungen vermeidend, die Einbildung, in einzelnen Momenten, auf so richtige Wege, daß jeder sich mit Leichtigkeit das Fehlende ergänzt, und ein in der Tat höheres Vergnügen genießt, als ihm eine bessere Stimme, aber von einem geringern Genius regiert, gewährt haben würde. – Madam Bethmanns größester Ruhm, meinen wir, nimmt allererst, wenn sie sich anders auf ihre Kräfte versteht, in einigen Jahren (in dem Alter, wo andere ihn verlieren) seinen Anfang.

γ.

[7]

Hr. Kapellmeister Reichardt wird, im Laufe dieses Winters, die Oper: der Taucher (der bekannte, alte, sizilianische Stoff), von Hr. Bürde bearbeitet, auf die Bühne bringen. Das Publikum von Berlin, das diesen Gegenstand schon, aus der Ballade von Schiller kennt, ist mit Recht auf diese poetische Erscheinung begierig.

[8]

Von einem Kinde,
das kindlicher Weise ein anderes Kind umbringt

»In einer Stadt Franecker genannt, gelegen in Westfriesland, da ist es geschehen, daß junge Kinder, fünf-, sechsjährige, Mägdlein und Knaben, mit einander spielten. Und sie ordneten ein Büblein an, das solle der Metzger sein, ein anderes Büblein, das solle Koch sein, und ein drittes Büblein, das solle eine Sau sein. Ein Mägdlein, ordneten sie, solle Köchin sein, wieder ein anderes, das solle Unterköchin sein; und die Unterköchin solle in einem Geschirrlein das Blut von der Sau empfahen, daß man Würste könne machen. Der Metzger geriet nun verabredetermaßen an das Büblein, das die Sau sollte sein, riß es nieder und schnitt ihm mit einem Messerlein die Gurgel auf; und die Unterköchin empfing das Blut in ihrem Geschirrlein. Ein Ratsherr, der von ungefähr vorübergeht, sieht dies Elend; er nimmt von Stund an den Metzger mit sich, und führt ihn in des Obersten Haus, welcher sogleich den ganzen Rat versammeln ließ. Sie saßen all über diesen Handel, und wußten nicht, wie sie ihm tun sollten, denn sie sahen wohl, daß es kindlicher Weise geschehen war. Einer unter ihnen, ein alter weiser Mann, gab den Rat, der oberste Richter solle einen schönen, roten Apfel in die eine Hand nehmen, in die andere einen rheinischen Gulden, solle das Kind zu sich rufen, und beide Hände gleich gegen dasselbe ausstrecken; nehme es den Apfel, so solle es ledig erkannt werden, nehme es aber den Gulden, so solle man es auch töten. Dem wird gefolgt; das Kind aber ergreift den Apfel lachend, wird also aller Strafe ledig erkannt.«   [Wickram, Rollwagenbüchlein]

Diese rührende Geschichte aus einem alten Buche gewinnt ein neues Interesse durch das letzte kleine Trauerspiel Werners, *Der vierundzwanzigste Februar* genannt, welches in Weimar und Lauchstädt schon oft mit einem so lebhaften Anteil gesehen worden ist, als vielleicht kein Werk eines modernen Dichters. Das unselige Mordmesser, welches in jener Tragödie der unruhige Dolch des Schicksals ist (vielleicht derselbe, den Macbeth vor sich her zur Schlafkammer des Königs gehen sieht), ist dasselbe Messer, womit der eine Knabe den andern getötet, und er empfängt in jener Tat seine erste blutige Weihe. Wir wissen nicht, ob Werner die obige Geschichte ganz gekannt oder erzählt hat, denn jenes trefflichste und darstellbarste Werk Werners, zu dem nur drei Personen, Vater und Mutter und Sohn, nur eine doppelte durchgeschlagene Schweizer Bauerstube, ein Schrank, ein Messer und etwas Schnee, den der Winter gewiß bald bringen wird, die nötigen Requisite sind, ist auf unsrer Bühne noch nicht aufgeführt worden. Gleichwohl besitzen wir mehr, als die Weimaraner, um es zu geben, einen Iffland, eine Bethmann und Schauspieler, um den Sohn darzustellen, im Überfluß. Möge diese kleine Mitteilung den Sinn und den guten Willen dazu anregen.

[9]

Theaterneuigkeit

Das Singspiel: *Die Schweizerfamilie*, vom Herrn Kapellmeister Weigl, das in Wien, Stuttgart, München, Frankfurt usw. mit lebhaftem fast ausschweifendem Beifall aufgeführt worden ist, wird nun auch auf dem hiesigen Königl. Nationaltheater einstudiert. Die Direktion verdient dafür den lebhaftesten Dank; wir zweifeln, daß im Fach des Gefälligen und Anmutigen etwas Vorzüglicheres geleistet worden ist. Wie nun die Rolle der *Emeline* (von welcher, als der Hauptfigur, das ganze Glück dieses Stückes abhängt) besetzt werden wird, und ob sie der Mademoiselle Schmalz, wegen des Umfangs und der Gediegenheit ihrer Stimme – wegen Übung und Gewandtheit im Spiel der Madam Müller, oder wegen der glücklichen Verbindung beider der Madam Eunicke (welches wohl das Zweckmäßigste wäre) zufallen wird, steht dahin; in Wien ist sie der Mademoiselle Milder übertragen, eine der tüchtigsten, von Seiten der musikalischen sowohl als mimischen Kunst, trefflichsten Schauspielerinnen, die Deutschland in diesem Augenblicke besitzt.   *rz.*

[10]

Aufforderung

Die Expedition der Vossischen Zeitung (s. 135. Stück derselben) hat die, in französischen und [süddeutschen] Blättern, verbreitete Beschuldigung, daß die Theaterkritiker, die in ihren Blättern auftreten, von der Direktion des Königl. Nationaltheaters, mit Geld und Freibillets, bestochen wären, widerlegt und erklärt: *sie* habe für die Hrn. Rezensenten niemals etwas von der Direktion empfangen. Diese Erklärung ist von dem Publikum mit großem Vergnügen gelesen worden; und um ein Gerücht so häßlicher Art gänzlich niederzuschlagen, bleibt nichts übrig, als daß die Hrn. Rezensenten, von welchen diese Kritiken herrühren, eine ähnliche Erklärung von sich geben. Da sich die Sache ohne Zweifel so, wie jedermann, zur Ehre der Nation, wünscht, verhält, und das Theater, mancher Schwächen ungeachtet, Seiten genug, die zu ehren und zu schätzen sind, darbietet: so sieht das Publikum, zur gänzlichen Vernichtung dieser skandalösen Anekdote, mit welcher ganz Europa unterhalten worden ist, mit Ungeduld einer Erklärung dieser Art, von Seiten der Hrn. Rezensenten selbst, entgegen. *zr.*

[11]

Folgender *Brief eines redlichen Berliners, das hiesige Theater betreffend, an einen Freund im Ausland,* ist uns von unbekannter Hand zugesandt worden. Wir haben, in diesen Blättern, so manchen Beweis von Unparteilichkeit gegeben; dergestalt, daß wir, der gegen uns gerichteten Persönlichkeiten, die darin befindlich sind, ungeachtet, keinen Anstand nehmen, ihn dem Publiko vorzulegen. *(Die Redaktion)*

Schreiben eines redlichen Berliners, das hiesige Theater betreffend, an einen Freund im Ausland

Der Herr Theaterdirektor Iffland, hat nach dem Geständnis eines großen Teils von Berlin, seit er an der Spitze des hiesigen Theaters steht, die Gestalt und das Ansehn desselben, auf eine merkwürdige und außerordentliche, jedem Freunde der Kunst gewiß höchst überraschende Art, umgewandelt und bestimmt; und wenn wir ihn, wie uns die Würde und der Glanz seiner äußern Lage hoffen läßt, länger und unausgesetzt, in unserer Mitte behalten, so steht zu erwarten, daß er dem Theater (was ihm, zu besitzen, das erste Bedürfnis ist), vielleicht auf eine unwandelbare und nicht wieder zu verwischende Art, einprägen werde: nämlich, einen Charakter. Zwar sind nicht alle Kunstfreunde, und besonders nicht die, die aus der neuesten Schule hervorgegangen sind, mit den Grundsätzen, nach denen er verfährt, einverstanden; aber diejenigen, *die* er sich aufgestellt hat, verfolgt er mit Energie, Sicherheit, unerschütterlicher Konsequenz: Eigenschaften, die selbst fehlerhafte Maßregeln, heilsamer und ersprießlicher machen können, als gute, wenn dieselben ihnen fehlen.

Die Hauptursache, wodurch wir dies erreicht, liegt in dem glücklichen Verhältnis, in welchem wir seit mehreren Jahren schon, mit der Kritik stehen; mit der Kritik, dieser unschätzbaren und unzertrennlich schwesterlichen Begleiterin jedes Theaters dem es darum zu tun ist, der Vollendung, auf dem kürzesten und raschesten Wege, entgegenzuschreiten. Männer, von eben soviel Einsicht als Unparteilichkeit, haben in den öffentlichen, vom Staat anerkannten Blättern, das Geschäft permanenter Theaterkritiken übernommen; und nur die schändlichste Verleumdung hat Gefälligkeiten, die die Direktion, vielleicht aus persönlicher Freundschaft, für sie tat, die Wendung geben können, als ob sie dadurch bestochen wären. Gleichheit, Übereinstimmung und innerliche Kongruenz der Ansichten, im Fache der Kunst, bestimmen dieselben, mit ganz uneigennützigem Eifer, durch Belehrung und Würdigung dessen, was sich auf der Bühne zeigt, in die Zwecke der Direktion einzugreifen; und wenn ein pekuniäres Interesse (was zu leugnen gar keine Ursache ist) bei dem Geschäft dem sie sich unterzogen haben, zum Grunde liegt, so ist es kein anderes, als das, was jedem Schriftsteller, der Manuskripte an seinen Buchhändler abliefert, statuiert ist. Demnach haben wir, seit mehreren Jahren schon, die glückliche, allerdings den Neid der Übelgesinnten reizende, Erscheinung, daß dasjenige Organ, welches das größeste Publikum hat, auf Seiten des Theaters ist; dergestalt daß eine Stimme, die ihre Rezensionen durchkreuzte und das Publikum irre zu führen bestimmt wäre, sich nur in untergeordnete und obskure Blätter verlieren und aus diesen in die fremden, ausländischen aufgenommen werden kann; und auch für die Unschädlichkeit solcher Intrigen ist, auf mancherlei Weise, bei uns gesorgt.

Und in der Tat, wenn eine Direktion das Feld der Kritik so erschöpft hat, als man es von derjenigen deren wir uns jetzt erfreun, voraussetzen kann: wozu, kann man fragen, das Räsonnieren und Rezensieren, das doch niemals aus dem Standpunkt geschieht, der einmal, auf unabänderliche Weise, nach einer bestimmten Wahl des Besseren, angenommen ist, wozu, fragen wir, dergleichen, als nur die Eintracht, die zwischen Publikum und Direktion herrschen soll, zu stören, das Publikum gegen das Verfahren, das dieselbe beobachtet, argwöhnisch und mißtrauisch zu machen, und demnach den ganzen Kunstgenuß, die Totalität der Wirkungen, ästhetischer sowohl als moralischer und philanthropischer, die die Direktion beabsichtigt, auf die unzweckmäßigste und widerwärtigste Weise, zunichte zu machen?

Exzentrische Köpfe, Kraftgenies und poetische Revolutionärs aller Art machen sich, wir wissen es gar wohl, in witzigen und unwitzigen Äußerungen, über diese sogenannte »Theaterheiligkeit« und den neuesten »Theaterpapst« sehr lustig; sie führen an, selbst die Kirche habe dulden müssen, daß man die Fackel der Untersuchung in ihr Allerheiligstes hineintrage; doch weit entfernt, uns durch Persiflagen dieser Art, deren unreine Quelle nur zu sehr am Tage liegt, irre machen zu lassen, so soll dies nur ein Grund mehr sein, die Tür unseres kleinen freundlichen Tempels (soviel es sein kann) vor ihrer unberufenen, zudringlichen und leichtfertigen Fackel zu verschließen. Zu einer Zeit, dünkt uns, da alles wankt, ist es um so nötiger, daß irgend etwas fest stehe: und wenn es der Kirche, nach der sublimen Divination dieser Herren, (welches Gott verhüten wolle!) bestimmt wäre, im Strom der Zeiten unterzugehen, so wüßten wir nicht, was geschickter wäre, an ihre Stelle gesetzt zu werden, als ein Nationaltheater, ein Institut, dem das Geschäft der Nationalbildung und Entwickelung und Entfaltung aller ihrer höhern und niedern Anlagen, Eigentümlichkeiten und Tugenden, vorzugsweise vor allen andern Anstalten, übertragen ist.

Berlin, den 20. Nov. 1810   *μη.*

N. S. Gestern sahen wir hier *Pachter Feldkümmel;* in kurzem werden wir wieder *Vetter Kuckuck* und vielleicht auch *Rochus Pumpernickel* sehn.

[12]

Theater

Gestern sollte die *Schweizerfamilie,* vom Hrn. Kapellm. Weigl, wiederholt werden. Ein heftiges und ziemlich allgemeines Klatschen aber, bei der Erscheinung der Mslle. Herbst, welches durch den Umstand, daß man, bevor sie noch einen Laut von sich gegeben hatte, da capo rief, sehr zweideutig ward – machte das Herablassen der Gardine notwendig; Hr. Berger erschien und erklärte, daß man ein anderes Stück aufführen würde.

Ob nun dem Publiko (wenn anders ein Teil desselben so heißen kann) das Stück mißfiel; ob es mit der Mslle. Herbst, für welche die Rolle der Emeline nicht ganz geeignet schien, unzufrieden war; oder welch eine andre Ursach, bei diesen Bewegungen, zum Grunde liegen mochte – lassen wir dahin gestellt sein. Das Angenehme der Musik war, wie man hört, bei der ersten Darstellung, ziemlich allgemein empfunden worden; und auch Mslle. Herbst hatte die Aufgabe mit mehr Geschicklichkeit gelöst, als man, nach den Bedingungen ihrer musikalischen und mimischen Natur, hätte erwarten sollen.

Übrigens ward das Publikum, durch die Aufführung der beiden Stücke: *Die Geschwister* von Goethe und des Singspiels *Der Schatzgräber*, gut genug entschädigt. In dem ersten hat Mslle. Schönfeld recht wacker, und Hr. Gern, in dem andern, wie gewöhnlich, als Meister gespielt.   *rz.*

LITERATUR

[1]

Die Miszellen der neuesten Weltkunde vom 3. Oktober (ein *auswärtiges*, in der Schweiz erscheinendes Blatt) enthalten eine Rechtfertigung des glorreichen Andenkens König Friedrich Wilhelms II. von Preußen gegen die Angriffe der topographischen Chronik von *Breslau*.

[2]

Das Gesicht Karls XI. Königs von Schweden

In Hamburg erscheint seit dem 1. Julius des laufenden Jahres eine Zeitschrift: *Vaterländisches Museum*, die bei der tüchtigen Denkungsart und dem edlen Gemeinsinn ihres Unternehmers und Verlegers, des Herrn Perthes, das Interesse von ganz Deutschland zu erregen nicht ermangeln wird. Wir teilen aus einem darin enthaltenen Briefe über Gripsholm, das folgende Aktenstück mit, welches seit langer Zeit in Schweden zirkuliert und bei den neuerlichen Ereignissen vielfältige Beziehungen erlitten hat. Der hier dargestellte Vorfall erzählt sich auch schon längst in Deutschland, jedoch mannigfaltig entstellt, so daß unsre Leser ihn gern berichtigt sehn werden.

[3]

Hr. P. Schmid, aus Stettin, der Maler des trefflichen Viehstücks nach Potter, das kürzlich zur Ausstellung gebracht worden ist, auch als Schriftsteller (Anleitung zur Zeichenkunst, Leipzig, bei Feind, 1809) rühmlich bekannt, befindet sich, seit einiger Zeit, in Berlin.

[4]

Nach Briefen aus Paris hat Frau von Staël unmittelbar nach der Konfiskation ihres Werks binnen zweimal 24 Stunden Frankreich verlassen müssen. Sie ist mit Herrn Aug. Wilh. Schlegel, von Chaumont, wo sie sich aufhielt, nach der Schweiz zurückgegangen.

[5]

Herausforderung Karls IX. Königs von Schweden
an Christian IV. König von Dänemark

Die Allgemeine Moden-Zeitung, welche sich vorteilhaft, vor ähnlichen Instituten dieser Art, auszeichnet, liefert ein paar interessante Aktenstücke aus dem 17. Jahrhundert, in welchen zwei europäische Potentaten einander herausfordern. Da diese Zeitung nicht in jedermanns Händen ist, so wollen wir die besagten Aktenstücke unsern Lesern hier mitteilen.

[6]

Im Großherzogtum Baden sowie im Großherzogtum Frankfurt hören alle bisher bestandenen politischen Zeitungen auf, und es tritt an ihre Stelle ein einziges, vom Ministerium der auswärtigen Verhältnisse besorgtes, Blatt.

[7]

Korrespondenz und Notizen

Von dem Werk der Frau von Staël, *Lettres sur l'Allemagne*, das nun, nach den öffentlichen Blättern, dem Herrn Esmenard, zu Besorgung der nötigen Veränderungen und Auslassungen, übergeben worden ist, wird es interessant sein, einige authentische Nachrichten mitzuteilen. Die Verfasserin, welche, wie bekannt, mehrere Jahre in Deutschland zubrachte, bemüht sich darin, auf eine ebenso eindringende als beredte Art, das Streben des deutschen Geistes dem Auslande bekannt zu machen. Der Gesichtspunkt ist ein allgemein europäischer; gleichwohl erstreckt sich die Betrachtung auch, soviel es der große Umfang des Gegenstandes verstattet, ins einzelne. Der erste Teil handelt von den Sitten, dem Charakter und dem geselligen Leben der Deutschen; der zweite von der Literatur und vom Theater; der dritte von der Philosophie, Naturwissenschaft, Moral und Religion. Jedes Talent vom ersten Range, aus der Vergangenheit sowohl als Gegenwart, wird darin gewürdigt, die Richtung, welche Wissenschaft, Kunst und bürgerliches Leben davon empfangen haben mögen, angegeben, alles Gute und Vortreffliche, das in der Anlage der Nation vorhanden sein mag, mit einsichtsvollem Wohlwollen, beschrieben und hervorgehoben. An vergleichenden Blicken auf andre Nationen fehlt es nicht, aber man begreift leicht, daß die Verfasserin, welche selbst die eigentümlichen Vorzüge des französischen Geistes, schnelle Gegenwart, Klarheit und Gewandtheit, in einem so hohen Grade besitzt, nicht ungerecht dagegen wird gewesen sein. Meisterhaft ist der Gang der englischen und französischen Philosophie von Bacon an bis auf die Enzyklopädisten verzeichnet. Die Verfasserin stellt ihnen die deutschen Schulen, Leibniz, Kant und unsere neueren Denker, als Gegensatz gegenüber und bemüht sich, die ganze Wichtigkeit des dadurch bewirkten Umschwungs der Gedanken zur Anschauung zu bringen.

[8]

Ein weitläuftiges Fragment einer Übersetzung vom Tode Abels, von Geßner, steht im Moniteur; durch Hrn. Lablée, von der Akademie zu Lyon.

[9]

Literarische Notiz

Schon früher ist in diesen Blättern von dem, seit dem 1. Juli d. J. bei Herrn Perthes in Hamburg erscheinenden, *Vaterländischen Museum* die Rede gewesen. Das soeben erschienene 5. Heft dieser vortrefflichen Zeitschrift enthält unter andern höchst merkwür-

digen Aufsätzen eine von Herrn Hofsekretär Friedrich Schlegel
in Wien abgehaltene Vorlesung über die Natur und die Folgen
der Kreuzzüge, die wir unsern Lesern nicht genug empfehlen
können. – Überhaupt verdient diese liberale, wir möchten sagen,
großmütige Unternehmung, bei der, wie es die Natur der Sache
zeigt, keine Art gemeiner Spekulation obgewaltet hat, die Unterstützung aller Gutgesinnten. Die alte Richtung des deutschen
Sinnes nach Gründlichkeit des Denkens und Forschens, findet sich
in dieser Zeitschrift wieder, und alle bedeutende Köpfe unsrer
Nation werden sich anschließen. So sehr dieses Vaterländische
Museum einerseits strebt die äußeren Verhältnisse von Deutschland, wie es sich gebührt, unberührt zu lassen, so wird sie doch
andrerseits alle inneren Staatsangelegenheiten, Finanzen, Polizei,
Gesetzgebung, öffentliche Erziehung und Kultus, einer ernsten
Betrachtung unterziehn, und jedermann wird einer unbefangenen Erörterung dessen was in den verschiedenen deutschen Staaten in jenen großen Rücksichten verändert oder verbessert worden, mit großem Interesse entgegensehn.

[10]

Der Herausgeber der Schweizerischen Nachrichten ist wegen Einrückung eines Artikels von Belenz, den Kanton Tessin betreffend
(der ihm untersagt war), in Gefangenschaft gesetzt worden.

(Schw. Nachr.)

[11]

Über eine wesentliche Verbesserung der Klaviatur
der Tasteninstrumente

Des Journals für Kunst, Kunstsachen, Künsteleien und Moden
2. Jahrgang, 1. Band, enthält unter mehreren andern interessanten Aufsätzen, eine Anzeige über eine veränderte Einrichtung der
Klaviatur der Tasteninstrumente, von einem der scharfsinnigsten
Mathematiker jetziger Zeit, Herrn Dr. K. Chr. F. Krause in
Dresden. Da diese Erfindung ohne Zweifel, wegen ihrer in die
Augen fallenden Zweckmäßigkeit, einen Abschnitt, sowohl in
der Klavierspiel- als Klavierbaukunst, bilden wird: so wollen wir
nicht unterlassen, zu ihrer Verbreitung das, was in unserm Kreise
liegt, hiermit beizutragen.

[12]

Warnung

Im Selbstverlage des ungenannten Verfassers (Letzte Straße Nr. 22) ist ein – wie der Titel besagt – »Allgemeines (Industrie-) Adreßbuch für Berlin auf d. J. 1811« erschienen. Gegen diese Einschaltung haben wir zu bemerken, eben daß die Hauptsache eingeschaltet sei, und nur ein: Industrie-, oder allenfalls: Allgem. Industrie-, keinesweges aber ein *Allgemeines Adreßbuch* hier zu suchen ist. Um so mehr haben wir die Anzeige desselben in Nr. 155 der Spenerschen Zeitung zu rügen, die das hier wesentliche: *Industrie* wegläßt, und ohne weiteres ein *Allgemeines Adreßbuch* ankündigt; wodurch man, wie dem Einsender begegnet ist –, verleitet werden könnte, einen unnützen Kauf zu machen, insofern man die Wohnungen der Königl. Offizianten und anderer öffentlichen Beamten, die ohne Zweifel in ein Allgemeines Adreßbuch gehören, zu erfahren beabsichtigte. – Hiermit haben wir das Verdienstliche der Unternehmung eines bloßen Industrie-Adreßbuches anerkennen, das Zweckmäßige der Einrichtung und den Wert der Ausführung des Vorliegenden dahin gestellt sein lassen, und nur gegen die Industrie dieses Industrie-Adreßbuches warnen wollen.

[13]

Literatur

Das soeben erschienene *Halle und Jerusalem*, Studentenspiel und Pilgerabenteuer von *L. A. v. Arnim*, wird in der Folge dieser Blätter zugleich mit dem Roman desselben Dichters: Armut, Reichtum, Schuld und Buße der Gräfin Dolores, einer näheren Betrachtung unterzogen werden. Vorläufig begnügen wir uns, auf die großartige und durchaus eigentümliche Natur jenes dramatischen Gedichtes aufmerksam zu machen. Erfüllt wie wir von dem ersten Eindruck sind, fehlt uns noch der Maßstab des Urteils, der unter den übrigen Alltäglichkeiten der dermaligen deutschen Poesie leicht abhanden kommt.

Wenn hier oder dort uns eine Wendung des wunderbaren Gedichtes befremdete, so sind wir doch nicht Barbaren genug, um irgend eine angewöhnte, unserm Ohr längst eingesungene poetische Weise für die Regel alles Gesanges zu halten. Der Dichter hat mehr auszusprechen, als das besondere uns in engen Schulen anempfundene Gute und Schöne. Alles Vortreffliche führt etwas Befremdendes mit sich, am meisten in Zeiten, wo die Wunder der Poesie der großen Mehrzahl der Menschen auf Erden fremd geworden sind. rs.

[14]

Frau v. Helvig, geborne v. Imhoff, gegenwärtig in Heidelberg lebend, will ihren Schwestern von Lesbos ein anderes Werk unter dem Titel: *die Schwestern von Chios* an die Seite stellen.

[15]

Einleitung

Die herrliche Darstellung, welche Frau Professor Schütz auch in ihre, an Freunde während ihrer Reisen gerichtete, Briefe zu legen weiß, bewegt den Besitzer, einen derselben, seines allgemein interessanten Inhaltes wegen, mit Weglassung aller Privatangelegenheiten, in diesen Blättern öffentlich mitzuteilen. Das Schöne, in welcher Form es auch hervortritt, darf nicht gänzlich verborgen bleiben; und die treffliche Künstlerin selbst wird in dieser Bekanntmachung ihres Schreibens, nicht ohne Beifall, das Bestreben eines Freundes anerkennen, ihren Wert auch als sinnige Beobachterin geltend zu machen, welche die seltne Gabe zugleich besitzt, mit der Feder dasjenige lebendig darzustellen, was sie gesehen, gedacht und empfunden; so wie sie das Gleiche auf der höchsten Stufe der dramatischen Mimik, und der mimischen Plastik längst geleistet hat.

TAGESBEGEBENHEITEN

[1]

Extrablatt zum ersten Berliner Abendblatt

Durch den Königl. Präsidenten der Polizei, Herrn *Gruner,* der jedes Unternehmen gemeinnütziger Art mit so vieler Güte und Bereitwilligkeit unterstützt, sind wir in den Stand gesetzt, in solchen Extrablättern, als hier das erste erscheint, über alles, was innerhalb der Stadt, und deren Gebiet, in polizeilicher Hinsicht, Merkwürdiges und Interessantes vorfällt, ungesäumten, ausführlichen und glaubwürdigen Bericht abzustatten: dergestalt, daß die Reihe dieser, dem Hauptblatt beigefügten Blätter, deren Inhalt wir auch mit statistischen Nachrichten aus den Provinzen zu bereichern hoffen dürfen, eine fortlaufende Chronik, nicht nur der Stadt Berlin, sondern des gesamten Königreichs Preußen, bilden werden.

[2]

Folgende Extrakte aus den Polizeirapporten sind uns bis heute 10 Uhr zugekommen.

Rapport vom 28. September

Am 27. in der Nacht ist der Krug in Steglitz mit allen Nebengebäuden abgebrannt, und zugleich ein mit Zucker beladener Frachtwagen nebst 4 Pferden.

Rapport vom 29. September

Am 28. abends ist das alte hölzerne Wohnhaus des Zimmergesellen Grassow in der Dresdner Straße Nr. 93 abgebrannt.

Rapport vom 30. September

Gestern abend sind im Dorfe Alt-Schönberg 3 Bauerhöfe mit sämtlichen Nebengebäuden abgebrannt. Das Feuer ist in der Scheune des Schulzen Willmann ausgekommen, und zu gleicher Zeit ist ein ziemlich entfernter, gegenüber stehender Rüsternbaum in Brand geraten, welches die Vermutung begründet, daß das Feuer angelegt ist.

Rapport vom 1. Oktober

In dieser Nacht ist das Haus des Bäckermeister Lamprecht in der neuen Königsstraße Nr. 71 abgebrannt. Das Haus war sehr baufällig, und die Entstehungsart ist noch nicht ausgemittelt. Auch außerhalb Berlin, angeblich in Friedrichsfelde, ist in dieser Nacht Feuer gewesen.

In Lichtenberg brennt in diesen Augenblick (10 Uhr morgens) ein Bauerhof. Die Entstehungsart ist noch unbekannt, und sind alle Vorkehrungen gegen die weitere Verbreitung getroffen.

Auch sind in dieser Nacht von den Stadttürmen 3 Brände in verschiedenen Gegenden, jedoch außerhalb des Berlinischen Polizeibezirks, entdeckt worden.

Zu bemerken ist, daß bei einem, in Schönberg verhafteten Vagabonden gestohlne Sachen gefunden worden sind, welche dem abgebrannten Schulzen Willmann in Schönberg und dem abgebrannten Krüger in Steglitz gehören. Dieses gibt Hoffnung, den Brandstiftern auf die Spur zu kommen, deren Dasein die häufigen Feuersbrünste wahrscheinlich machen. (Sobald die Redaktion, durch die Gefälligkeit der hohen Polizeibehörde, von diesem glücklichen Ereignis unterrichtet sein wird, wird sie dem Publiko, zu seiner Beruhigung, davon Nachricht geben.)

[3]

Polizeirapport vom 2. Oktober

Der nach dem gestrigen Rapport in Lichtenberg entstandene Brand, hat damit geendiget, daß die beiden dem Kaufmann Sandow zugehörigen Wohngebäude nebst Scheune und Stall, in die Asche gelegt sind. Die Flamme hat sich zuerst morgens gegen 8 Uhr in der Scheune – angeblich an 2 entgegen gesetzten Ecken zugleich – gezeigt, welches auf eine vorsätzliche Brandstiftung hindeuten würde.

Daß wirklich Bösewichter vorhanden sind, die auf vorsätzliche Brandstiftungen ausgehen, zeigt deutlich ein, gestern vom Regiments-Chirurgus *Löffler*, auf der Straße gefundener, und vom Geheimen Rat *von Kummer* der Polizei übergebener alter baumwollener Handschuh. Dieser war mit einer Menge Holzkohlen, Feuerschwamm, Papier und einem Präparat von Kohlenstaub und Spiritus gefüllt, welches schon, bei Annäherung der Flamme, Feuer fing; und lag dicht an einer Haustür, welche an einem Keller grenzt, bei dem sich das Laboratorium des Apotheker Kunde an der Junker- und Lindenstraßen-Ecke befindet; so daß der beabsichtigte Brand sehr gefährlich werden konnte.

(Die Fortsetzung folgt.)

[4]

Polizeirapport vom 3. Oktober

Der Schreiber Seidler, Friedrichsstraße Nr. 56, hat gestern in der letzten Straße einen sogenannten Brandbrief gefunden, nach dessen Inhalt Berlin binnen wenigen Tagen an 8 Ecken angezündet werden soll. Das Publikum braucht gleichwohl, bei der Wachsamkeit der obersten Polizeibehörde, keinen unzweckmäßigen Besorgnissen Raum zu geben . . .

Gegen den, nach dem Rapport vom 1. dieses verhafteten Vagabonden wird die Untersuchung fortgesetzt, und dürfte ein für das Publikum beruhigendes Resultat geben. Er scheint danach wirklich bei den kürzlich so häufigen Feuersbrünsten tätig gewesen zu sein; jedoch sind die diesfälligen Unterhandlungen vor dem Schluß der Untersuchung nicht zur Publizität geeignet.

[5]

Wie grundlos oft das Publikum beunruhigt wird, beweist die, in der Stadt bereits bekannte Aussage eines kürzlich aufgefangenen Militärdeserteurs: »er sei auf eine Bande Mordbrenner gestoßen, welche ihm Anerbietungen gemacht, sich in ihr aufnehmen zu lassen« usw. Dieser Kerl hat, dem Vernehmen nach, nunmehr gestanden, daß dieser ganze Bericht eine Erfindung war, um sich dadurch Befreiung von der verwirkten Strafe zu verschaffen.

[6]

Die Polizeilichen Notizen, welche in den Abendblättern erscheinen, haben nicht bloß den Zweck, das Publikum zu unterhalten, und den natürlichen Wunsch, von den Tagesbegebenheiten authentisch unterrichtet zu werden, zu befriedigen. Der Zweck ist zugleich, die oft ganz entstellten Erzählungen über an sich gegründete Tatsachen und Ereignisse zu berichtigen, besonders aber das gutgesinnte Publikum aufzufordern, seine Bemühungen mit den Bemühungen der Polizei zu vereinigen, um gefährlichen Verbrechern auf die Spur zu kommen, und besorglichen Übeltaten vorzubeugen. Wenn z. B. wie geschehen ist, bekannt gemacht wird, daß Brandbriefe und Brandmaterialien gefunden oder Verbrechen begangen worden, deren Urheber noch nicht entdeckt sind, so kann dabei nicht die Absicht sein, Besorgnisse bei dem Publiko zu erwecken, indem es sich auch ohne ausdrückliche Ermahnung von selbst versteht, daß von Seiten der Polizeibehörde alle Maßregeln genommen werden, sowohl das beabsichtigte Verbrechen zu verhüten, als den Urhebern auf die Spur zu kommen: sondern bloß das Stadtgespräch zu berichtigen, welches aus einem solchen Brandbrief deren hundert macht, und ängstliche Gemüter ohne Not mit Furcht und Schrecken erfüllt. Zugleich wird aber auch jeder redliche Einwohner darin eine Aufforderung finden, seine Wachsamkeit auf die Menschen und Ereignisse um ihn her zu verdoppeln, und alles was zur Entdeckung des Verbrechers führen könnte, dem nächsten Polizeioffizianten auf das schleunigste anzuzeigen, damit das Pol.-Präsidium sogleich davon Nachricht erhalte, und seinen Maßregeln zur Sicherung des Publici die Richtung geben könne.

[7]

Gerüchte

Ein Schulmeister soll den originellen Vorschlag gemacht haben, den, wegen Mordbrennerei verhafteten Delinquenten Schwarz – der sich, nach einem andern im Publiko kursierenden Gerücht, im Gefängnis erhenkt haben soll – zum Besten der in Schönberg und Steglitz Abgebrannten, öffentlich für Geld sehen zu lassen.

[8]

Polizeiliche Tagesmitteilungen
Etwas über den Delinquenten Schwarz und die Mordbrennerbande

Die Verhaftung des in den Zeitungen vom 6. d. M. signalisierten Delinquenten *Schwarz* (derselbe ungenannte Vagabonde, von dem im 1. Stück dieser Blätter die Rede war) ist einem sehr unbedeutend scheinenden Zufall zu verdanken.

Nachdem er sich bei dem Brande in Schönberg die Taschen mit gestohlnem Gute gefüllt hatte, ging er sorglos, eine Pfeife in der Hand haltend, durch das Potsdamsche Tor in die Stadt hinein. Zufällig war ein Soldat auf der Wache, welcher bei dem Krüger La Val in Steglitz gearbeitet hatte, und die Pfeife des Schwarz als ein Eigentum des La Val erkannte.

Dieser Umstand gab Veranlassung, den Schwarz anzuhalten, näher zu examinieren, und nach Schönberg zum Verhör zurückzuführen, wo sich denn mehrere, dem ꝛc. La Val und dem Schulzen Willmann in Schönberg gehörige, Sachen bei ihm fanden.

Bei diesem ersten Verhöre in Schönberg standen, wie sich nachher ergeben hat, mehrere seiner Spießgesellen vor dem Fenster, und gaben ihm Winke und verabredete Zeichen, wie er sich zu benehmen habe. Dieses Verhör wurde während des ersten Tumults gehalten, wie der Brand noch nicht einmal völlig gelöscht war, und niemand konnte damals schon ahnden, mit welchem gefährlichen Verbrecher man zu tun habe.

Daß er zu einer völlig organisierten Räuberbande gehört, geht aus den bekannt gemachten Steckbriefen hervor. Diese Bande ist in der Kur- und Uckermark verbreitet, treibt ihr schändliches Gewerbe systematisch, und bedient sich der Brandstiftung als Mittel zum Stehlen, wenn andre Wege zu schwierig und gefahrvoll scheinen. Dem Schwarz selbst war besonders die Rolle zugeteilt, sich einige Tage vorher in dem zum Abbrennen bestimmten Hause einzuquartieren und die Gelegenheit zu erforschen. Dann gab er seinen Helfershelfern die nötigen Nachrichten, verabredete Zeit und Ort, setzte die Bewohner, sobald der Brand sich zeigte, durch lautes Geschrei in Verwirrung, und benutzte diese, unter dem Vorwande, hülfreiche Hand zu leisten, um alles ihm Anständige über die Seite zu schaffen. Diese Rolle hat er in Steglitz und in Schönberg mit Erfolg gespielt.

Daß diese Bande auch die gewaltsamsten Mittel nicht scheut, um ihre Zwecke zu erreichen, haben die unglücklichen Erfahrungen der letzten Zeit gelehrt. Aber es stehen ihr auch alle Arten des raffiniertesten Betruges zu Gebote, und das macht sie um so gefährlicher. Schon aus den Steckbriefen ergibt sich, daß jedes Mitglied unter mannigfachen Gestalten und Verkleidungen auftritt, mehrere Namen führt, und jede Rolle, welche die Umstände fordern, zu spielen vorbereitet ist. Auch auf Verfälschungen von Pässen, Dokumenten und Handschriften sind sie eingerichtet, und der sub 2 im Steckbrief bezeichnete *Grabowsky* versteht die Kunst, Petschafte zu verfertigen und nachzustechen.

(Künftig werden wir ein mehreres von dieser Rotte mitzuteilen Gelegenheit haben.)

[9]

Stadtgerücht

Die berüchtigte Louise, von der Mordbrennerbande, soll vorgestern unerkannt auf dem Posthause gewesen sein, und daselbst nach Briefen gefragt haben. Es ist nicht unmöglich, daß dieselbe sich noch in diesem Augenblick in der Stadt befindet.

[10]

Am 3. d. M. hat sich in Charlottenburg ein fremder Hund mit einem Stricke um den Hals eingefunden, und ist nachdem er sich mit mehrern Hunden gebissen hatte, und aus mehrern Häusern verjagt war, auf den Hof des Herrn Geh. Kommerz.Rat Pauli geraten. Daselbst wurde er von sämtlichen Hunden angefallen, und weil er sich mit ihnen herumbiß, so hielt man ihn für toll, erschoß ihn, und alle Paulische, von ihm gebissene Hunde, und begrub sie ehrlich. Dieses Faktum hat zu dem Gerücht Anlaß gegeben, daß in Charlottenburg ein toller Hund Menschen und Vieh gebissen habe. Menschen sind gar nicht gebissen, das Vieh aber, das er biß, ist teils getötet und begraben, teils in Observation gesetzt. Zudem da er sich gutwillig aus mehreren Häusern verjagen ließ, ist nur zu wahrscheinlich, daß der Hund gar nicht toll gewesen.

[11]

Druckfehler

In dem gestrigen Abendblatte ist aus einem Versehen die Rubrik: Polizeiliche Tagesmitteilungen *über* dem Artikel vom tollen Hunde in Charlottenburg gedruckt, anstatt *nach* diesem Artikel zu folgen; der Artikel ist keine Tagesmitteilung und seine Fassung beruht bloß auf der Redaktion.

[12]]

In Wilmersdorf hat man, bei dem Brande, wiederum zwei verdächtige Menschen bemerkt, die sich gleich nachher entfernt haben.

Auch hat man neuerlich in der Hasenheide wieder zwei Pechkuchen gefunden.

[13]

Ein französischer Kurier, der vergangenen Donnerstag in Berlin angekommen, soll, dem Vernehmen nach dem Gerücht, als ob die französischen Waffen in Portugal Nachteile erlitten hätten, widersprochen, und im Gegenteil von Siegsnachrichten erzählt haben, die bei seinem Abgang aus Paris in dieser Stadt angekommen wären.

[14]

Tagesereignis

Das Verbrechen des Ulanen *Hahn*, der heute hingerichtet ward, bestand darin, daß er dem Wachtmeister *Pape*, der ihn, eines kleinen Dienstversehens wegen, auf höheren Befehl, arretieren wollte, und deshalb, von der Straße her, zurief, ihm in die Wache zu folgen, indem er das Fenster, an dem er stand, zuwarf, antwortete: von einem solchen Laffen ließe er sich nicht in Arrest bringen. Hierauf verfügte der Wachtmeister Pape, um ihn mit Gewalt fortzuschaffen, sich in das Zimmer desselben: stürzte aber, von einer Pistolenkugel des Rasenden getroffen, sogleich tot zu Boden nieder. Ja, als auf den Schuß, mehrere Soldaten seines Regiments herbeieilten, schien er sie, mit den Waffen in der Hand, in Respekt halten zu wollen, und jagte noch eine Kugel durch das Hirn des in seinem Blute schwimmenden Wachtmeisters: ward aber gleichwohl, durch einige beherzte Kameraden, entwaffnet und ins Gefängnis gebracht. Se. Maj. der König haben, wegen der Unzweideutigkeit des Rechtsfalls, befohlen, ungesäumt mit der Vollstreckung des, von den Militärgerichten gefällten, Rechtsspruchs, der ihm das Rad zuerkannte, vorzugehen.

MISZELLEN

[1]

Unter einem Artikel: London, vom 9. Okt., wird in französischen Blättern dargetan, wie wenig selbst Siege die Sache der Engländer in Spanien fördern können.

[2]

Herr Damas, Leinewandfabrikant zu Charny, im Depart. der
Seine und Marne, hat, ohne Glasfenster und Glocken, durch
bloße zweckmäßige Bearbeitung des Bodens, in diesem Jahr, eine
Ernte von 15 Pfd. Kaffee gemacht. Hr. Desfontaines, Maire von
Thorigny, hat eine Probe davon an den Minister des Innern gesandt. Man hofft, vermittelst desselben den Mokkakaffee ganz
entbehren zu können.

[3]

Korrespondenz und Notizen aus Paris

Moden. Den Sommer über trugen unsere Damen große Schleier,
Roben mit langen Schleppen und große Schals. Diesen Herbst
sieht man sie alle mit sehr kleinen Schals, kurzen Röcken und
halben Schleiern. Kaschmirschals und Schleier von 100 Louisdor
werden abgelegt und verkauft, um kleine Schal-Fichü, oder einen
Diminutivschleier anzuschaffen. Von dem Kleide wird gar nicht
viel Erwähnung getan; lang oder kurz, es gilt alles gleich, wenn
es nur alle Tage ein neues ist. Zu dem Ende arrangiert sich eine
Dame mit ihrer Nähterin; diese nimmt das Kleid von gestern
zurück, und verkauft es einer andern, die es am dritten Tage
wieder ebenso, gegen das Kleid einer vierten macht: dergestalt,
daß eine Boutique de Modes eine Art von Gemeingut der Pariser
Damen und der ganze Handel damit gewissermaßen ein Tausch-
verkehr (eine Leihanstalt) wird.   *(Z. f. d. eleg. W.)*

[4]

Das Journal de la Côte d'Or enthält Details über den Selbstmord
jener beiden jungen Liebenden, die sich, wegen verweigerter Einwilligung ihrer Eltern, einander zu heiraten, im Gehölz zu Gilly,
erschossen haben. Es ergibt sich daraus, daß der Gedanke dazu
zuerst in dem Hirn des jungen Mädchens entsprang, und der
junge Mann, ihr Liebhaber, lange Zeit diesen Entschluß in ihr zu
bekämpfen suchte. Auch hat die gerichtliche Untersuchung, die
über diesen sonderbaren Vorfall angestellt worden ist, mit ziemlicher Wahrscheinlichkeit erwiesen, daß das junge Mädchen die
erste gewesen ist, die sich die Kugel durch das Hirn gejagt.

(Jour. d. Dam.)

[5]

Ein engl. Offizier, namens Edward, hat auf Van Diemens Land, wo er, zu seinem Vergnügen ans Land ging, eine französische Inschrift in einem Baum, und dicht dabei eine in die Erde gegrabene Flasche, mit mehreren versiegelten Briefschaften gefunden. Da die Adressen an französische Herren und Damen die unter der vormaligen Regierung bekannt waren, lauten, so glaubt man: La Peyrouse sei der Schreiber dieser Briefe, und Hr. Edward hat dieselben bereits, durch seinen Vater in London, zur Beförderung an ihre Adresse, dem Grafen Liverpool zustellen lassen.   *(L. d. B.)*

[6]

Aus Italien.

Zu Siena ist vor kurzen ein für die Literatur und Kunst gleich interessanter Fund gemacht worden. Hr. Antonio Piccolomini Bellanti nämlich, der sich längst mit Sammlung alter Medaillen und Malereien beschäftigte, hat das Bildnis der unsterblichen Laura, der Geliebten Petrarkas aufgefunden, welches, auf Verlangen dieses Dichters, sein Zeitgenosse, der Maler Simone di Memmo, malte. Es ist so schön erhalten, daß man davon auch nicht die geringsten Spuren seines Alters wahrnimmt. Die Arbeit selbst gehört zu den vortrefflichsten des berühmten Künstlers. Man erkennt Laura, ihr Alter, ihren Charakter, ihr Kostüm, ihren Schmuck, ganz wie der göttliche Sänger sie zu schildern pflegte.   *(Misc. d. n. Weltk.)*

[7]

Aus Kassel.

Die Aufführung der Oper Cendrillon lockte viel Neugierige herbei. Das Stück war in Paris 42 Mal hintereinander gegeben worden: und so glaubte man in Kassel an eine ähnliche Wirkung. Aber das deutsche Publikum scheint zu einer solchen Beständigkeit nicht geschickt: weder die Musik ist von ausgezeichnetem Gehalt, noch auch wird das Auge durch Dekorationen bestochen. Fast sollte man glauben, daß die Oper Cendrillon ihr ganzes Glück der Demoiselle Alexandrine St. Aubin verdankt, welche als Cendrillon alle Stimmen für sich gewann, und dem mittelmäßigen Stück einen rauschenden Beifall erwarb.   *(Journ. d. L. u. d. Mod.)*

[8]

Herr Robertson hat am 28. Okt. vor einer unzähligen Menge Volks, seine 37. Luftreise, im Baumgarten zu Bubenetsch bei Prag gehalten. Er erhob sich gegen Nordost, über den Moldaustrom hinweg, zu solcher Höhe, daß kein menschliches Auge imstande war, den Ballon am Horizont mehr wahrzunehmen, oder zu erkennen. *(Öster. Beob.)*

[9]

Das Waschen durch Dämpfe

Herr Couraudeau hat in Nr. 97 der Annales des Arts et Manufactures 1809 eine neue Erfahrung bekannt gemacht, die ebensosehr die allgemeine Aufmerksamkeit verdient, als seine übrigen Erfindungen, besonders die der Sparöfen. Er hat nämlich Anleitung gegeben zu einem neuen Verfahren, die Wäsche durch Dämpfe zu reinigen. Die Wäsche wird nicht gebeucht, gerieben, gespült, sondern bloß über die kochende Beuche gelegt und von dem Dampfe derselben nach und nach durchdrungen, welcher, alle Unreinigkeiten mit sich führend, wieder in den Kessel zurückfällt. Das Verfahren wird fortgesetzt, bis alle Unreinigkeit aus der Wäsche gebracht ist; und da die Wäsche stets von dem Dampfe durchdrungen wird, der nichts von den unreinen Teilen, die sich in dem Wasser befinden, bei sich führt, so ist weiter kein Nachspülen nötig, sondern die auf diese Art völlig gereinigte Wäsche wird bloß zum Trocknen aufgehängt.

Couraudeau erspart durch sein Verfahren zwei Dritteile der Zeit, ein Drittel Arbeitslohn und zwei Dritteile der Seife; er gibt der Wäsche eine größere Weiße, als sie durch die gewöhnliche Art des Waschens erhält, und sie wird nicht im geringsten abgenutzt. Übrigens wird jeder, der dieses Verfahren, das durch vorstehende Angaben hinlänglich erklärt wird, nachahmen will, die dazu nötigen Vorrichtungen leicht selbst nach seinen Bedürfnissen und seinen Hülfsmitteln erfinden können.

ÜBERSETZUNGEN AUS DEM FRANZÖSISCHEN

BRIEF DER GRÄFIN PIPER,
AN EINE FREUNDIN IN DEUTSCHLAND

In dem Oktoberheft des Journals: Die Zeiten, von Voß, sind drei
Briefe der Gräfin Piper, Schwester des unglücklichen Reichsmarschalls, Grafen von Fersen, nebst einer Abschrift des Verhörs, das
über sie, auf der Festung Waxholm, angestellt worden ist, zur
Wissenschaft des Publikums gebracht worden. Da die grimmige
Selbstrache, die sich das Volk an diesem, unglücklichen Herrn erlaubt hat, nach den, darüber stattgehabten Untersuchungen, von
allem Rechtsgrund entblößt ist, so glauben wir dem menschen-
freundlichen Zweck, welcher der Verbreitung dieser Briefe zum
Grunde lag, entgegen zu kommen, wenn wir eine Übersetzung
des zweiten*), nebst dem Verhör, das ihm beigefügt ist, mitteilen.

(Die Redaktion)

Festung Waxholm in Schweden, den 10. Aug. 1810

Erst jetzt, meine teure und liebe Freundin, kann ich meine
Geister in dem Maße sammlen, als es nötig ist, um Ihnen zu schreiben, und noch werden meine Gedanken verworren und zerrissen
sein, unter der Einwirkung des Schreckens und des Entsetzens, in
welchem meine Seele befangen ist. Gleichwohl, so schwer es mir
wird, so bin ich es der standhaften Freundschaft, die Sie mir bewiesen haben, schuldig, Ihnen einige Zeilen zu schreiben; es ist
gut und zweckmäßig, zur Wissenschaft aller Männer von Ehre
zu bringen, wie weit die Verwegenheit der abscheulichsten Lüge,
und der Grimm ihrer entsetzlichen Verfolgungen geht. Seit jenes,
gegen Gustav IV. ausgeübten Gewaltschrittes, waren die Gemüter überhaupt zur Rebellion geneigt: der Keim der Empörung
bildete sich und gärte in ihrem Inneren. Bediente und Lakaien
hatten geheime Zusammenkünfte; Brandbriefe gegen ihre Herrn
und gegen die Männer in Amt und Würden, gingen, in Stockholm sowohl als in der Provinz, von Hand zu Hand, und ver-

*) Die Briefe sowohl, als das Verhör, sind in franz. Sprache abgefaßt.

rieten nur zu deutlich die allgemeine Gärung. Darauf kömmt der
Kronprinz an: sein Anblick gefällt, er weiß sich geliebt zu machen. Und in der Tat hatte er die angenehmsten und schätzens-
würdigsten Eigenschaften; tapfer als Soldat, einfach und edel-
mütig in seinen Sitten, voll von Güte und Herablassung für alle
Stände, schickte er sich in jeder Rücksicht für dies Land; er ward
nach seinem vollen Verdienst darin gewürdigt. Diese Liebe zu
ihm beschwichtigte oder schien wenigstens die Gemüter zu beschwichtigen; das Glück Schwedens schimmerte von neuem
empor, und bei der milden und gerechten Denkungsart dieses
Herrn, hoffte jeder auf eine glückliche Regierung. Sein Tod, ach!
war das Zeichen des Hineinbrechens aller Übel über Schweden.
Die Unzufriedenen, die nichts als eine Gelegenheit wünschten,
um die Revolution zu beginnen, ergriffen diesen Augenblick,
um zu ihrem Zweck zu gelangen. Überall streute man Gerüchte
aus, des Prinzen Tod sei kein natürlicher, das Gift habe seinem
Leben ein Ende gemacht; unsere Familie sei der Urheber dieses
Verbrechens, noch mehrere große Familien seien darin verwik-
kelt, mein Bruder aber und ich vorzüglich die Anstifter desselben.
Wir waren, leider! mein Bruder und ich, die letzten, die von diesen abscheulichen Stadtgesprächen unterrichtet wurden; wir
wußten nichts von den Verleumdungen, die in öffentlichen Blättern gegen uns im Umlauf waren; im Schoß eines reinen Gewissens und der Unschuld unsrer Herzen lebten wir in völliger Ruhe
und Sicherheit. Es schien uns unmöglich, daß eine tadellose Aufführung seit den Tagen unserer frühesten Jugend, daß ein gänz-
liches Hingeben, als Staatsmann sowohl als Bürger, an die geheiligten Grundsätze der Ehre meinem (jetzt so schwer verkann-
ten) Bruder nicht den Schutz der öffentlichen Sicherheit und Gerechtigkeit verbürgen sollten. Wir glaubten, er sowohl als ich,
diese Gerüchte hätten keine andre Quelle, als die Verhetzungen
einzelner Übelgesinnter, und könnten, von allen Belegen entblößt, vernünftiger Weise keinen Eindruck machen. Erst 6 Tage
vor dem schrecklichen 20. erfuhren wir die, gegen uns im Volk
umlaufenden, Schmähungen; und auch selbst dann noch konnten
wir uns nicht entschließen, eine bedeutende Rücksicht darauf zu
nehmen. Überdies, wenn man sechs und funfzig tadellos durch-
lebte Jahre hinter sich hat, so glaubt man nicht, so unerhört ver-

kannt zu sein. Indem ich mich nun völlig auf das Herz meines
Bruders, auf seine Tugenden und seinen offenen und trefflichen
Charakter stützte, war ich seinethalben ohne die mindeste Besorgnis. Der Edelmut und die Gerechtigkeit der schwedischen
Nation war auch zu bekannt, als daß es nur von fern möglich ge-
schienen hätte, die schwärzeste Verleumdung könne diesen Charakter in der Schnelligkeit eines Augenblicks umwandeln. So
trennten wir uns nun den 20. morgens um 9 Uhr, in der Sorg-
losigkeit eines ganz ungestörten Gewissens. Der Königl. Hof
ging, wie Sie wissen, dem Leichenzug des Kronprinzen entgegen.
Aber Sie kennen besser, als ich, die entsetzlichen Umstände, die
diesen Vorfall – niemals hatte ich die Kraft sie anzuhören. – –
Um 2 Uhr kam man, und sagte mir, daß dieser teure Bruder, tot,
ein Opfer der Volkswut – – – Mein Zustand, bei dieser Nachricht, erlaubte mir nie, das Ausführliche darüber – Ich weiß nur,
daß einige Offiziere von der Garde, an der Spitze einer starken
Wache, mein Haus vor der Zerstörung und Plünderung sicher-
ten, und mein unglückliches, dem Tode gleichfalls geweihtes, Leben retteten. Ich beschwor sie, die Papiere meines Bruders und
die meinigen, unter Siegel zu legen. – So verstrich der Tag, für
mich und meine im siebenten Monat schwangern Tochter. Inzwischen zeigten mir zwei bewährte Freunde meines Bruders an,
daß für mich keine Sicherheit mehr in diesem Hause sei und daß
ich es noch vor der Nacht verlassen müßte. Demnach entschloß
ich mich, um 9 Uhr abends, mit Gefahr meines Lebens zu diesem
Schritt; man hüllte mich in die Kleider einer Dienstmagd, und da
ich nicht aus dem Lande fliehen wollte, so erteilte man mir, auf
meine Bitte, einen Befehl für den Kommandanten der hiesigen
Festung, um mich dahin zu retten, und von hier aus meine und
die Unschuld meines unglücklichen Bruders, an den Tag zu
legen. Bis 7 Uhr morgens war ich in einem entsetzlichen Regen
und Wind auf dem Meere; erst nach 36 Stunden war es mir vergönnt, meine ganz durchnäßten Kleider zu wechseln. Hier endlich fand ich Teilnahme und Wohlwollen bei dem Kommandanten und seinen Offizieren; ihre Behandlung war voll von Achtung und Menschlichkeit, und mein erster Schritt war sogleich,
mich wegen meines unglücklichen Bruders und meiner, an die
öffentliche Gerechtigkeit zu wenden. O meine teure Freundin!

Ich habe nur die Hälfte meiner Leiden erzählt! Wie schrecklich war dieser einsame Aufenthalt meinem traurigen Herzen. Ich habe einen Monat ganz allein mit meinem Kammermädchen zugebracht, die sich, am Morgen nach meiner Ankunft, hier bei mir eingefunden hat: weder meine Kinder, noch sonst irgend jemand sah ich; ich habe selbst gefordert, daß man mich mit Briefen bis zu meinem Verhör verschonen möchte. – Übrigens, teure Freundin, bin ich, wie schon bemerkt, weder Gefangene, noch so behandelt, und es steht jedermann frei, mir zu schreiben. Ich bekomme in diesem Augenblick Ihr kleines Billet, und die Teilnahme, die Sie mir darin zu erkennen geben, rührt mich. Sehr schwach bin ich und krank am Fieber – ich habe ganz allein und ohne Hülfe meine Verteidigungsschrift aufgesetzt, meine Sache spricht für sich selbst; doch fühle ich mich sehr ermüdet davon. Ach! Mein Leben ist durch die Rückerinnerung an das Schicksal meines lieben Bruders verbittert! –

Hier schicke ich Ihnen die Abschrift meines schrecklichen und unglaublichen Verhörs; es ist von mir ins Französische übersetzt worden. Ich hatte das Fieber und lag im Bett; der Kriegsrat, der mich verhörte, saß im Kreise um mein Bett herum. –

Adieu! Den Ort, wohin ich mich wenden werde, weiß ich noch nicht; aber Sie sollen darüber Auskunft von mir erhalten.

Verhör der Gräfin Piper
Gehalten vor einem Kriegsgericht in der Festung Waxholm
den 3. August 1810

Frage 1. Da das Verhör und die Untersuchungen, welche statthaben werden, im Verfolg auf das eigne Begehren der Frau Gräfin von Piper, stattfinden, so ist vorauszusetzen, daß dieselbe von dem Verdacht, der auf sie gefallen ist, Kenntnis habe. Demnach bin ich beauftragt, die Frau Gräfin zu fragen, was sie darauf zu entgegnen hat, und ob sie eröffnen kann, aus welcher Quelle ein Verdacht dieser Art, seinen Ursprung nehmen mag?

Antwort. Ich habe nichts zu sagen, außer dies, daß die Gerüchte, in bezug auf mich, gänzlich ohne Grund sind.

Frage 2. Kennt die Frau Gräfin die Ursachen, die zu dem Verdacht gegen Sr. Exzellenz den Herrn Reichsmarschall Veranlassung gegeben haben?

Antwort. Dieser Verdacht ist auf gleiche Weise, völlig nichtig und grundlos.

Frage 3. Weiß die Frau Gräfin irgend etwas das über die traurige Veranlassung, die diesen gerichtlichen Untersuchungen zum Grunde liegt, Licht verbreiten mag?

Antwort. Nicht das mindeste.

Frage 4. Wann hat die Frau Gräfin die Ehre gehabt, Sr. Königl. Hoheit den Kronprinzen zum ersten Male zu sehn?

Antwort. An der Abendtafel Ihrer Majestät der Königin, ohngefähr 14 Tage nach der Ankunft Sr. Hoheit in Stockholm.

Frage 5. War Sr. Exzellenz der Herr Reichsmarschall gegenwärtig bei dieser Gelegenheit?

Antwort. Ja.

Frage 6. Hat Sr. Hoheit der Kronprinz jemals in dem Hause Fersen, oder abgesondert bei Sr. Exzellenz dem Herrn Reichsmarschall einen Besuch abgestattet?

Antwort. Niemals.

Frage 7. Wann und wo hat die Frau Gräfin seit jenem Abendessen die Ehre gehabt, Sr. Königl. Hoheit wieder zu sehen?

Antwort. Ebenfalls wieder nur bei einigen Abendessen an Ihrer Majestät, der Königin, Tafel.

Frage 8. Hatte Sr. Hoheit vielleicht bei solchen Gelegenheiten, die Gewohnheit sich an die Tafel, und die Frau Gräfin die Ehre, sich an die Seite desselben zu setzen?

Antwort. Sr. Hoheit setzten sich niemals bei Gelegenheiten dieser Art zur Tafel nieder; sie zogen sich ohne Ausnahme jedesmal sobald gedeckt war, in ihre Behausung zurück.

Frage 9. Ohne Zweifel haben sich Höchstdieselben bei einer dieser Gelegenheiten, mit der Frau Gräfin unterhalten, und das Gespräch wird sich vielleicht in die Länge gezogen haben?

Antwort. Einmal, als ich die Ehre hatte, Sr. Hoheit vorgestellt zu werden, ohngefähr 14 Tage nach ihrer Ankunft in Stockholm. Die Unterhaltung dauerte ohngefähr zwei Minuten.

Frage 10. Was war der Gegenstand der Unterhaltung? War er von der Art, daß er Streit und Empfindlichkeit, auf einer oder der andern Seite, veranlaßte?

Antwort. Keinesweges. Sr. Hoheit hatten bloß die Gnade mir zu sagen, daß sie mich im Theater, hinter dem Gitter einer Loge gesehen, und daß sie von meinem krankhaften Zustand, der mich verhinderte, den Hoffesten beizuwohnen, unterrichtet wären.

Frage 11. Hat die Frau Gräfin niemals irgend eine Abneigung gegen Sr. Hoheit empfunden, und war dieselbe in seiner Person, in seinen Eigenschaften, oder sonst in irgend etwas, das ihn persönlich angeht, gegründet?

Antwort. Niemals.

Frage 12. Hat die Frau Gräfin niemals ein Gefühl dieser Art bei Sr. Exzellenz, dem Herrn Reichsmarschall, bemerkt?

Antwort. Niemals.

Frage 13. Hat jemals ein Vorfall stattgefunden, von welchem, nach der Einsicht der Frau Gräfin, vielleicht das Publikum einen Grund hat hernehmen können, zu glauben, daß zwischen Sr. Hoheit und der Frau Gräfin oder Sr. Exzellenz dem Herrn Reichsmarschall ein Mißverständnis vorhanden gewesen?

Antwort. Keinesweges.

Frage 14. Hat die Frau Gräfin oder der Herr Reichsmarschall je, durch eine Äußerung dem Publiko Veranlassung gegeben, zu glauben, daß dieselben die Hochachtung und das Wohlwollen, das Sr. Hoheit sich im ganzen Lande erworben hatten, nicht teilten?

Antwort. Niemals! Keine Äußerungen sind über unsere Lippen gekommen, als solche, die mit der allgemeinen Meinung über seine höchste Person übereinstimmten.

Frage 15. Gab es vielleicht Zusammenkünfte, die das Publikum glauben machen konnten, daß eine Verschwörung gegen das Leben Sr. Hoheit im Werke sei?

Antwort. Davon weiß ich nichts.

Frage 16. Hat die Frau Gräfin Kenntnis genommen von dem, im Publiko verbreiteten Gerücht, daß ein Anschlag, Sr. Königl. Hoheit Gift, in Kaffee, Pasteten, in der Suppe, oder im Tee, beizubringen, entworfen worden sei?

Antwort. Davon bin ich, durch das Gespräch der Stadt unterrichtet worden.

Frage 17. Bei der entsetzlichen Behandlung, die Sr. Exzellenz dem Herrn Reichsmarschall widerfahren ist, kann es der Frau Gräfin nicht verschwiegen geblieben sein, welche Meinung über den plötzlichen Tod Sr. Königl. Hoheit, im Publiko im Umlauf ist.

Die Frau Gräfin weiß besser, als ich es ausdrücken kann, daß vor den Augen Gottes auch die geheimsten Dinge entfaltet sind. Ich bin beauftragt, dieselbe zu beschwören, bei Gott und ihrem Gewissen anzugeben, ob sie von irgend einem, sei es auch noch so geringen, Umstand Kenntnis hat, der Licht über den unbegreiflichen Tod Sr. Königl. Hoheit werfen kann.

Antwort. Ich kann nichts angeben, was darüber Licht verbreiten kann, denn ich bin, wie schon gesagt, ohne alle Kenntnis über dessen Ursach.

ÜBER DEN ZUSTAND DER SCHWARZEN IN AMERIKA

In dem Werk: A voyage to the Demerary, containing a statistical account of the settlements there, and of those of the Essequebo, the Berbice and other contiguous rivers of Guyana, by Henri Bolingbroke, London, 1810, sind merkwürdige Nachrichten über den Zustand und die Behandlung der dortigen Neger enthalten.

»Während meines Aufenthalts zu Demerary«, sagt der Verfasser, »hatte ich Gelegenheit, mehrere Mal die Eigentümer der reichen Zuckerplantagen zu Reynestein zu besuchen. So oft ich dies tat, benutzte ich dieselbe, mich von dem Zustande und der Arbeit, welche den Negern, in diesen weitläuftigen Pflanzungen auferlegt ist, zu unterrichten. Von England hatte ich den Wahn mitgebracht, die Neger wären dergestalt gegen ihre Herren erbittert, daß diese schlechthin kein Zutrauen gegen sie hätten; das Leben eines Weißen glaubte ich einer ununterbrochenen Gefahr ausgesetzt und meinte, die Häuser der Europäer wären, aus Furcht und Besorgnis, lauter kleine Zitadellen. Wie groß war mein Erstaunen, zu finden, daß die Schwarzen zu Demerary selbst die Behüter ihrer Herren und ihres Eigentums sind!

Ich bemerkte, am Abend meiner Ankunft, mehrere große Feuer, welche auf manchen Punkten der Pflanzung, auf die Art, wie man einander Signale zu geben pflegt, angezündet waren. Auf meine betroffene Frage an den Holländer, der mich empfangen hatte: was dies zu bedeuten habe? antwortete er mir: daß dies eben soviel Negerposten wären, welche ausgestellt wären und sich ablösten, um, während der Nacht, die Diebstähle zu verhüten. Ich hörte sie, bis zum Anbruch des Tages, Patrouillen machen, und sich eine Art von Parole zurufen, wie in einem Lager (All's well!). Infolge dieser Maßregel stehen, während der Nacht, alle Türen der Häuser offen, ohne daß sich der mindeste Diebstahl ereignete.

Ich habe mehrere amerikanische Inseln, als Grenada, St. Christoph etc. besucht, und überall den Zustand der Neger nicht nur erträglich, sondern sogar so angenehm gefunden, als es, unter solchen Umständen, nur immer möglich ist.

Die Neger begeben sich, in der Regel, ein wenig vor Aufgang der Sonne, an ihre Arbeit; man gibt ihnen eine halbe Stunde zum Frühstücken und zwei Stunden zum Mittagsessen. Sie sind nicht träge bei der Arbeit, aber ungeschickt; und ein englischer Tagelöhner würde in einem Tage mehr leisten, als auch der fleißigste Schwarze.

Jeder Neger bekommt einen Quadratstrich Erdreichs, den er, nach seiner Laune und seinem Gutdünken, bewirtschaften kann. Sie gewinnen darauf, wenigstens zweimal des Jahrs, Mais, Ertoffeln, Spinat etc. Die geschickteren Ananas, Melonen etc. Alle Produkte, die sie auf ihren Feldern erzielen, haben sie das Recht, zu verkaufen; ein Erwerb, der bei weitem beträchtlicher ist, als der Erwerb auch des tätigsten Tagelöhners in Europa. Niemals sieht man, unter diesen Negern Bettler, oder Gestalten so elender und jämmerlicher Art, wie sie einem in Großbritannien und Irland begegnen.

Alle Schwarze werden in Krankheiten gepflegt; besonders aber die Weiber derselben während ihrer Niederkunft. Jedem Weibe, das in Wochen liegt, wird eine Hebamme und eine Wärterin zugeordnet; man fordert auch nicht die mindeste Arbeit von ihr, bis sie völlig wieder hergestellt ist. Überhaupt aber dürfen die Weiber nicht in schlechtem Wetter arbeiten: ein Aufseher, der zu strenge gegen sie wäre, würde weggejagt und nirgends wieder angestellt werden. Auf den Mord eines Sklaven steht unerbittlich der Tod.«

Seitdem die Engländer Meister vom holländischen Guyana sind, haben sie eine große Menge freier Schwarzen und Halbneger ins Land gezogen, welche (als Schuster, Schneider, Zimmermeister, Maurer) Professionen betreiben. Diese Menschen arbeiten anfänglich unter der Anleitung englischer und schottischer Meister; nachher werden sie selbst gebraucht, um die jungen Schwarzen zu unterrichten. Man hat bemerkt, daß diejenigen, die aus den Völkerschaften von Kongo und Elbo abstammen, geschickter und gelehriger sind, als die übrigen Afrikaner.

Der Verfasser war jedesmal bei der Ankunft eines Fahrzeuges mit Negern und bei dem Verkauf derselben gegenwärtig. Gewöhnlich sind auf Anstiften der Herren die Schwarzen alsdann in dem sogenannten Verkaufssaal versammelt; sie tanzen und singen, und man gibt ihnen zu essen. Der Verfasser bemerkte bei einer solchen Gelegenheit zwei Knaben unter den Angekommenen, die, ohne Teil an der Lustbarkeit zu nehmen, traurig und nachdenkend in der Ferne standen. Er näherte sich ihnen freundlich, und sprach mit ihnen; worauf der ältere von beiden, mehr durch Zeichen, als durch das schlechte Englisch, das er, während seiner Überfahrt, gelernt hatte, ihm zu verstehen gab: sein Kamerad habe eine entsetzliche Furcht davor, verkauft zu werden, weil er meine, daß man sie nur kaufe, um sie zu essen. Herr B. nahm den Knaben bei der Hand, und führte ihn auf den Hof; er gab ihm einen Hammer, und bemühte sich, ihm verständlich zu machen, daß man ihn brauchen würde, Holz, zum Bau der Schiffe und Häuser, zu bezimmern. Der Knabe tat, mit einem fragenden Blick, mehrere Schläge auf das Holz; und da er sich überzeugt hatte, daß er recht gehört habe, sprang er und sang, mit einer ausschweifenden Freude; kehrte aber plötzlich traurig zu Herrn B. zurück, und legte ihm seinen Finger auf den Mund, gleichsam, um ihn zu fragen, ob er auch ihn nicht essen würde. Herr B. nahm darauf ein Brot und ein Stück Fleisch, und bedeutete ihm, daß dies die gewöhnliche Nahrung der Europäer sei; er ergriff den Arm des Knaben, führte ihn an seinen Mund, und stieß ihn, mit dem Ausdruck des Abscheus und des Ekels, wieder von sich. Der junge Afrikaner verstand ihn vollkommen; er stürzte sich zu seinen Füßen, und stand nur auf, um zu tanzen und zu singen, mit einer Ausgelassenheit und Fröhlichkeit, die Herr B. ein besonderes Vergnügen hatte, zu beobachten.

»Ich komme noch einmal«, sagt der Verfasser am Schluß, »zu meinem Lieblingsgedanken zurück, nämlich für die Erneuerung und den Wachstum der schwarzen Bevölkerung in den Kolonien der Inseln und des Kontinents von Amerika Sorge zu tragen. Man müßte Neger, welche während zwanzig Jahre Beweise von Treue und Anhänglichkeit in den europäischen Niederlassungen gegeben haben, nach den Küsten von Afrika zurückschicken. Ich zweifle nicht, daß diese Emissarien ganze Völkerschaften, die ihnen freiwillig folgten, mitbringen würden: so erträglich ist der Zustand der Neger in Amerika im Vergleich mit dem Elend, dem sie unter der grimmigen Herrschaft ihrer einheimischen Despoten ausgesetzt sind.«

HAYDNS TOD

Haydn verließ schon, seit dem Jahr 1806, hohen Alters wegen, die kleine Wohnung nicht mehr, die er in einer Vorstadt von Wien besaß. Seine Schwäche war so groß, daß man ihm ein eigenes Fortepiano, dessen Claven, vermittelst einer Vorrichtung, mit besonderer Leichtigkeit zu rühren waren, erbauen mußte. Er bediente sich dieses Instruments, schon seit 1803, nicht mehr, um zu komponieren, sondern bloß, die Öde seiner alten Tage, wenn er sich dazu aufgelegt fühlte, zu erheitern. Freunde, welche kamen, sich nach seiner Gesundheit zu erkundigen, fanden, statt der Antwort, an der Tür eine Karte befestigt, auf welcher folgender Satz, aus einem seiner letzten Gesänge, in Kupfer gestochen war:

»Meine Kraft ist erloschen, Alter und Schwäche drücken mich zu Boden.«

Inzwischen hatte sich, während des Winters von 1808, in den ersten Häusern von Wien, eine Gesellschaft gebildet, welche Sonntags, vor einer zahlreichen Versammlung, die Werke der großen Musikmeister aufführte. Einer der geschmackvollsten und prächtigsten Säle der Stadt, der in seinem Raum wenigstens funfzehnhundert Menschen faßte, war der Schauplatz dieser musikalischen Festlichkeit; Damen und Herren vom ersten Rang fanden sich darin ein, teils um der Konzerte und Oratorien, die man gab, zu genießen, teils selbst an der Ausführung derselben, begleitet von den geschicktesten Meistern der Stadt, Anteil zu nehmen. Am Schluß des Winterhalbenjahrs, den 27. März 1808, entschloß sich die Gesellschaft, Haydns Schöpfung aufzuführen. Man erhielt von Haydn, in einem heiteren Augenblick, das Versprechen, daß er sich dabei einfinden würde: und alles, was Gefühl für Musik und Ehrfurcht für Verdienst und Alter hatte, beeiferte sich dem gemäß, an diesem Tage gegenwärtig zu sein. Zwei Stunden vor Anfang des Konzerts war der Saal bereits voll; in der Mitte ein dreifacher Rang von Sesseln, mit den ersten Virtuosen der Stadt, Männern wie Salieri, Gyrowetz, Hummel etc. besetzt; vorn ein Sessel von noch größerer Auszeichnung, bestimmt für Haydn, der nicht ahndete, welch ein Triumph seiner wartete.

Kaum war das Zeichen seiner Ankunft gegeben, so steht, in unbesprochener Übereinkunft, wie durch einen elektrischen Schlag, alles auf; man drängt, man erhöht sich, um ihn zu sehen, und alle Blicke sind auf die Türe gerichtet, durch die er eintreten soll. Die Prinzessin von Esterhazy, an der Spitze einer Versammlung von Personen von der ersten Geburt oder seltnem, vorzüglichem Talent, erhebt sich und geht ihm, um ihn zu empfangen, bis an den Fuß der Treppe entgegen. Der rühmwürdige Greis, auf einem Sessel getragen, erscheint unter der Tür; er kömmt, unter Vivatrufen und Beifallklatschen, vom Tusch aller Instrumente begrüßt, auf dem für ihn bestimmten Sessel an. Die Prinzessin von Esterhazy nimmt Platz zu seiner Rechten, der Autor der Danaiden zu seiner Linken; die Prinzen von Trautmannsdorf, Lobkowitz, mehrere auswärtige Gesandte usw. folgen; und es erscheinen zwei Damen, welche ihm, im Namen der Gesellschaft, zwei Gedichte überreichen, das eine ein Sonett, in italienischer Sprache, gedichtet von Carpani, das andere eine Ode, in deutscher Sprache, gedichtet von Collin.

Haydn, der diesen Empfang nicht vorhergesehen hatte, gebrach es, einfach und bescheiden, wie er war, an Worten, das Gefühl, das ihn ergriff, auszusprechen. Man hörte nur einzelne, von Tränen unterbrochene, Laute von ihm: »Niemals – niemals empfand ich –! Daß ich in diesem Augenblick sterben möchte –! Ich würde glücklich in die andere Welt hinüber schlummern!«

In eben diesem Augenblick wird von Salieri, der das Konzert dirigierte, das Zeichen zum Anfang desselben gegeben; Kreuzer am Flügel, Clementi (mit der ersten Violine), Weinmüller, Radichi, und eine Auswahl von Liebhabern, beginnen, mit bewundernswürdiger Einheit und Innigkeit, die Aufführung der Haydnschen Schöpfung. Vielleicht ist dies Werk noch nie in solcher Vollkommenheit exekutiert worden; die Talente übertrafen sich selbst, und die Zuhörer empfanden, was sie nie wieder emp-

finden werden. Haydn, dessen Herz, alt und schwach, von Gefühlen überwältigt ward, zerfloß in Tränen, er vermochte nichts,
als seine Hände, sprachlos, zum Zeichen seiner Dankbarkeit, gen
Himmel zu heben.

Inzwischen hatte das Gefühl, das dieses Fest anordnete, vorausgesehen, was es der Gesundheit des ehrwürdigen Greises, durch
die damit verbundenen Erschütterungen, kosten konnte: und
schon zu Ende des ersten Akts erschien der Tragsessel wieder,
der ihn zurückbringen sollte. Haydn winkte den Trägern, sich zu
entfernen, um keine Störung im Saal zu veranlassen; aber man
drang in ihn, sich nach Hause zu begeben, und so ward er mit
demselben Triumph, obschon nicht mehr mit dem Ausdruck
ungetrübter Heiterkeit, mit welchem er erschienen war, wieder
weggebracht.

Jedes Herz glaubte, als er den Saal verließ, ihm das letzte Lebewohl zu sagen.

Im Vorzimmer streckte er noch einmal die Hände über die
Versammlung aus, gleichsam um sie zu segnen; und ein Vorgefühl von Trauer trat an die Stelle der frohen Begeisterung, mit
welcher man ihn empfangen hatte.

Dies Vorgefühl war nur zu gerecht. Haydn, in seine Wohnung
angekommen, hatte das Bewußtsein verloren; und zwei und
einen halben Monat darauf (den 31. Mai) war er tot.

[*Für den »Phöbus«*]

[1]

Phöbus

Ein Journal für die Kunst
herausgegeben von Heinrich v. Kleist und Adam H. Müller

Unser Bestreben, die edelsten und bedeutendsten Künstler und Kunstfreunde für eine allgemeinere Verbindung zu gewinnen, als sie bereits in Dresden, dem Lieblingssitze der deutschen Kunst, existierte, hat den glücklichsten Fortgang. Demnach beginnen wir mit dem Jahre 1808, nach dem etwas modifizierten und erweiterten Plane der *Horen*, unter dem oben aufgeführten Titel unser durch vielfältigen Anteil begünstigtes Kunstjournal. Kunstwerke, von den entgegengesetztesten Formen, welchen nichts gemeinschaftlich zu sein braucht, als Kraft, Klarheit und Tiefe, die alten, anerkannten Vorzüge der Deutschen – und Kunstansichten, wie verschiedenartig sie sein mögen, wenn sie nur eigentümlich sind und sich zu verteidigen wissen, werden in dieser Zeitschrift wohltätig wechselnd aufgeführt werden.

Wir stellen den Gott, dessen Bild und Name unsre Ausstellungen beschirmt, nicht dar, wie er in Ruhe, im Kreise der Musen auf dem Parnaß erscheint, sondern vielmehr wie er in sichrer Klarheit die Sonnenpferde lenkt. Die Kunst, in dem Bestreben recht vieler gleichgesinnter, wenn auch noch so verschieden gestalteter Deutschen darzustellen, ist dem Charakter unsrer Nation angemessener, als wenn wir die Künstler und Kunstkritiker unsrer Zeit in einförmiger Symmetrie und im ruhigen Besitz um irgend einen Gipfel noch so herrlicher Schönheit versammeln möchten. – Unter dem Schutze des daherfahrenden Gottes eröffnen wir einen Wettlauf; jeder treibt es so weit er kann, und bleibt unüberwunden, da niemand das Ziel vollkommen erreichen, aber dafür jeder neue Gemüter für den erhabenen Streit entzünden kann, ohne Ende fort.

Wir selbst wissen unsere Arbeiten an keinen ehrenvolleren

Platz zu stellen, als neben andere ebenso eigentümliche und strenge; Ansichten und Werke können sehr wohl mit einander streiten, ohne sich gegenseitig aufzuheben. Aber wie wir selbst bewaffnet sind, werden wir keinen andern Unbewaffneten oder auch nur Leichtbewaffneten auf dem Kampfplatz, den wir hierdurch eröffnen, neben uns leiden. Große Autoren von längst begründetem Ruhm werden mit uns sein; andre, wie das Eisen den Mann an sich zieht, werden ihnen nachfolgen, wenn sie den Geist dieser Unternehmung in seiner Dauer sehen werden.

Die bildende Kunst wird ohne Rücksicht auf den spielenden und flachen Zeitgeist, mit Strenge und Ernst, in die ganze wohlgeschlossene Verbindung eingreifen. Unterstützt von den vortrefflichsten Künstlern und Kunstkennern dieser unsrer zweiten Vaterstadt, wird ein deutscher Maler, *Ferdinand Hartmann*, hinlänglich gekannt und verehrt, diesen Teil unsrer Unternehmung leiten. Welches ausgezeichnete Neue getan ist, oder welches unbekannte alte Werk durch die neue Bewegung und Berührung kunstliebender Gemüter an uns gelangt, soll in klaren und bestimmten Umrissen monatlich unsern Lesern vorgestellt werden.

Und so empfehlen wir unsre Absichten zur geneigten Begünstigung jedem, der es ernsthaft und gut meint.

Heinrich von Kleist.   Adam H. Müller.

Dieses Journal erscheint in monatlichen Heften, jedes zu 6–7 Bogen in einem eleganten Umschlage, vom Januar des Jahres 1808 an, jedesmal am 20. des Monats. Für bessere Exposition der Kupferstiche, deren eines jedes Heft begleitet, ist das Quartformat gewählt worden. Das Exemplar auf feinem Schreibpapier im Subskriptionspreise kostet 10 Reichstaler sächsisches Konventionsgeld, welcher Betrag indes beim Empfang des Februarheftes entrichtet werden muß; Exemplare auf Velinpapier können wir auf desfallsige Bestellungen, wenn sie vor dem 1. Februar an uns gelangen, für 14 Taler Konv. Geld liefern. Für diese Preise erhält der Subskribent sein Exemplar monatlich an Ort und Stelle postfrei eingesendet. Die Annahme der Bestellungen haben die Herren Cotta in Tübingen, Perthes in Hamburg, das Industriecomptoir in Weimar und die Realschulbuchhandlung in Berlin gütigst übernommen. Alle Sendungen und Mitteilungen an die Redaktion erfolgen frankiert unter der Adresse: An die Expedition des Phöbus zu Dresden. –

[2]

Anzeige

betreffend den Phöbus, ein Journal für die Kunst,
herausg. v. Heinrich von Kleist und Adam H. Müller. Mit Kupfern.

Da der Debit des Phöbus, nach den bisherigen Bestellungen zu urteilen, sich über unsre Erwartung erweitert, so sehen wir uns genötigt, selbigen einer Buchhandlung zu übertragen. Sobald die deshalb angeknüpften Unterhandlungen beendigt, soll der Name des Verlegers angezeigt werden: bis dahin bitten wir alle Bestellungen noch unter der Adresse an die Expedition des Phöbus zu Dresden einzusenden.

Allen redenden und bildenden Künsten steht unser Journal offen. Jede kunstreiche Behandlung der verschiedenartigsten Stoffe ist für unsre Absicht gerecht; alles Handwerk gleichviel des Malers und des Dichters oder des Denkers von Profession bleibt ausgeschlossen. Wir machen es uns zur Pflicht, in jedem einzelnen Hefte die allerentgegengesetztesten Ansichten, Werke und Künste zu versammeln, nicht bloß der Mannigfaltigkeit wegen, welche nur die verwöhnten, weichlichen Seelen von einem Journale unbedingt begehren, sondern besonders wegen Befreiung des Gemüts von den engen Schranken, in welche man die Weltidee der Kunst einzudrängen pflegt. Deshalb können wir unserer Absicht nicht genug tätige Genossen wünschen. Um aber die Redaktion mit Umsicht und Klugheit betreiben zu können, müssen wir unsern Herren Mitarbeitern folgenden Plan für die Einsendung der Beiträge vorlegen:

Von den poetischen oder philosophischen Werken, die unserm Journale zugedacht werden, müssen wir uns eine vorläufige schriftliche Anzeige mit Bemerkung des Gegenstandes, der Behandlungsform und der Bogenzahl postfrei erbitten, damit hiernach entschieden werden könne, ob und an welcher Stelle der Beitrag aufgenommen wird, und damit das unnötige Hin- und Hersenden, wie auch das Liegenbleiben der Manuskripte vermieden werde.

Da für den gedruckten Bogen jeder Originalarbeit 30 Rtlr. Konv. Geld an Honorar beschlossen worden, und wir überdies unserm Publikum die strengste Würdigung der Arbeiten schuldig sind, welche wir ihm vorlegen, so wird der Fall, daß wir Manuskripte zurücksenden müssen, zwar eintreten, aber bei obiger Einrichtung selten eintreten. Allenthalben wird man sehen, wie die Kunstvereinigung, welche wir im Sinne haben, uns mehr wert sei, als die eignen Arbeiten, in wie guter und großer Absicht sie auch geschrieben wären.

Statt der gewöhnlichen Art sich beim Anfang einer solchen Unternehmung auf die fremden Teilnehmer zu berufen, erklären wir nur, daß wir uns der Begünstigung

Goethes

erfreuen. Es wäre unbescheidnes Selbstvertraun, wenn wir verschmähten, ja wenn wir uns nicht darum beworben hätten, von *Ihm* empfohlen zu werden.

Die Redaktion des Phöbus.

[3]

Der Engel am Grabe des Herrn

Anmerkung. Wir enthalten uns für jetzt aller Bemerkungen über das vortreffliche Bild, welches vorstehende poetische Behandlung desselben Stoffes veranlaßt hat. Der Umriß des Hartmannischen Gemäldes, welchen wir unsern Lesern in dem gegenwärtigen Hefte mitgeteilt, bleibt, da seine Ausführung durch die Umstände sehr beschleunigt worden, weit hinter den Forderungen zurück, die wir selbst an uns machen: aber der gelungenste Umriß selbst würde nur eine schwache Vorstellung von dem einfachen und frommen Geiste geben können, der im Bilde waltet. Deshalb versprechen wir eine ausgeführte Beschreibung desselben, die uns Gelegenheit geben wird, die Natur der Malerei an dem großartigen Streben unsers Freundes zu entwickeln. Wo es irgend angeht, wird der in diesen Blättern monatlich ausgestellte Umriß durch eine poetische Darstellung des Stoffes begleitet werden, damit eine Sammlung von Beispielen vorliege, an denen, vielleicht gegen Ende des Jahres, die alte wichtige Frage: von den Grenzen der Malerei und Poesie, deutlich erörtert werden könne.

[4]

Der diesem Hefte beigefügte Umriß stellt den jungen Cimon dar, welcher sich nach dem Tode des Miltiades an seiner Statt in das Gefängnis begibt, und die Schwester, welche gegen den blühenden Bruder die Leiche des Vaters austauscht. Die Zeichnung ist nach einem vortrefflichen Bilde von Wächter und wird im März-Hefte des Phöbus, zugleich mit den Ausstellungen des ersten Heftes einer näheren Betrachtung unterzogen werden.

[5]

Von den Kupfern stellt das erste den Saul dar, den das Harfenspiel Davids zu erweichen anfängt, nach einem eben vollendeten Bilde des Herrn *Gerhard von Kügelgen;* das zweite den Amor, welchem Bachus eine Schale mit Wein reicht, nach einer Zeichnung des verstorbenen *Carstens.*

[6]

Zur Weinlese. Von Friedrich von Hardenberg

[Fußnote:] Ein ländliches Gelegenheitsgedicht, auch wenn manche Beziehung darin unverstanden bleiben sollte, wird dennoch den Freunden des unvergeßlichen Dichters als Reliquie heilig sein.

[7]

An die Interessenten des Journals Phöbus

Die beschleunigte Fortsetzung des in Dresden erscheinenden Kunstjournals Phöbus ist bisher durch die Ungunst der Zeitumstände gehemmt worden. Indes ist die Sphäre dieser Zeitschrift durch die Teilnahme der *Frau von Stael*, und der Herren *Friedrich Schlegel* und *Ludwig Tieck* erweitert und alles Hindernis auch für die Zukunft beseitigt worden.

Es ist soeben das 6. Heft des Phöbus erschienen und versandt worden. Da nun aber weder die persönlichen Verhältnisse der Herausgeber, noch die Beschaffenheit des deutschen Buchhandels fernerhin den Selbstverlag erlauben, so hat sich die *Walthersche Hofbuchhandlung* allhier zum künftigen Verlage dieses Journals entschlossen, und wird vom 7. Hefte an die Fortsetzung liefern, so, daß die restierenden 6 Hefte dieses Jahrgangs noch in diesem Jahre von ihr versendet werden. Es haben sich demnach alle Buchhandlungen sowohl, als andre Beförderer dieses Unternehmens, von jetzt an, an die Walthersche Hofbuchhandlung mit ihren Bestellungen zu wenden.

[Für die »Berliner Abendblätter«]

[1]

Berliner Abendblätter

Unter diesem Titel wird sich mit dem 1. Oktbr. d. J. ein Blatt in Berlin zu etablieren suchen, welches das Publikum, insofern dergleichen überhaupt ausführbar ist, auf eine vernünftige Art unterhält. Rücksichten, die zu weitläuftig sind, auseinander zu legen, mißraten uns eine Anzeige umständlicherer Art. Dem Schluß des Jahrgangs wird ein weitläuftiger Plan des Werks angehängt werden, wo man alsdann zugleich imstande sein wird, zu beurteilen, inwiefern demselben ein Genüge geschehen ist.

Berlin, den 25. Septbr. 1810.   *Die Redaktion der Abendblätter.*

[2]

[1. Fassung]

Berliner Abendblätter

(Siehe Vossische Zeitung vom 25. d. M.)

Von diesem Tagblatte wird Montag den 1. Oktober in der Expedition desselben, hinter der katholischen Kirche Nr. 3 zwei Treppen hoch, abends von 5–6 Uhr, das erste Stück gratis ausgegeben, und von da an erscheint dann *täglich*, mit Ausschluß des Sonntags, in der nämlichen Stunde ein solches Stück von einem Viertelbogen. Das Abonnement beträgt vierteljährig, also für 72 Stücke, achtzehn Groschen klingendes Kurant, das einzelne Blatt dagegen kostet 8 Pf. Die Interessenten des Herrn Buchalsky können es durch diesen erhalten, der ihnen auch das erste Stück gratis ins Haus schicken und sie zum Abonnement auffordern wird, und Auswärtige belieben sich durch die ihnen zunächst gelegenen Postämter an das hiesige Generalpostamt zu wenden.   *Die Redaktion.*

[2. Fassung]

Von diesem Blatte erscheint *täglich*, mit Ausschluß des Sonntags, ein Viertelbogen, und wird in der Stunde von 5–6 Uhr abends in der Expedition desselben, hinter der katholischen Kirche Nr. 3 zwei Treppen hoch, ausgegeben. Das Abonnement beträgt vierteljährig, also für 72 Stück, *achtzehn Groschen* klingendes Kurant, das einzelne Blatt dagegen, kostet 8 Pf. Den Interessenten des Herrn *Buchalsky* kann es durch diesen ins Haus geschickt werden; Auswärtige, die es mit den Zeitungen zugleich zu erhalten wünschen, belieben sich an das hiesige Königl. Hofpostamt zu wenden. Die Spedition an die Buchhandlungen, jedoch nur in Monatsheften, hat der hiesige Buchhändler, *J. E. Hitzig* übernommen.

Berlin, den 1. Oktober 1810.   *Die Redaktion.*

[3]

An das Publikum

Um alle uns bis jetzt bekannt gewordene Wünsche des Publikums in Hinsicht der Austeilung der *Berliner Abendblätter* zu befriedigen, sind folgende Veranstaltungen getroffen worden.

1) Da man das bisherige Lokal, bei dem außerordentlichen Andrange von Menschen, zu enge befunden; so werden, von *Montag den 8. d.* an, die gedachten Abendblätter *nicht mehr hinter der Katholischen Kirche Nr. 3*, sondern *in der Leihbibliothek des Herrn Kralowsky in der Jägerstraße Nr. 25 parterre*, ausgegeben werden. Die Stunde, in der dies geschieht, bleibt für die neuen Blätter eines jeden Tages, wie bisher, die von 5 bis 6 Uhr; dagegen sind die vom vorigen Tage ebendaselbst (nämlich bei Hrn. Kralowsky), von morgens 8 bis mittags 12 Uhr, und von nachmittags 2 bis abends 6 Uhr zu haben; so wie auch in dieser ganzen Zeit Abonnements angenommen werden.

2) Wer die Abendblätter jeden Abend ins Haus geschickt verlangt, kann sich, er möge abonniert haben wo er wolle, unter Vorzeigung seiner Abonnementsquittung, an *Herrn Buchalsky in der Fischerstraße Nr. 13* wenden, welcher vierteljährlich nicht mehr als 4 gGr. Bringegeld nimmt.

3) Derjenige Teil des Publikums, der *der Post* nahe wohnt, kann

die Abendblätter *auch von da* jeden Abend abholen lassen, wenn er deshalb mit einem der Herrn Hofpostsekretäre Verabredung trifft.

4) Es werden in den nächsten Tagen, auch für die entfernteren Gegenden der Stadt, Orte angezeigt werden, wo deren Einwohner sich abonnieren und jeden Abend die Blätter erhalten können.

5) Auswärtige Abonnenten dürfen sich nur an die Postämter ihres Wohnorts adressieren, da das hiesige Hofpostamt die Güte gehabt hat, an sämtliche Postämter in den Königl. Staaten Freiexemplare des ersten Blattes, mit der Aufforderung, Abonnenten zu sammeln, zu übersenden.

Übrigens wird nur auf den Schluß des vierten Blattes (vom 4. Oktober) verwiesen, um das Publikum zu überzeugen, *daß bloß das, was dieses Blatt aus Berlin meldet, das Neueste und das Wahrhafteste sei.*

Nachschrift. Auf viele desfallsige Anfragen wird endlich auch bemerkt, daß es sich von selbst verstehe:

daß jeder der *jetzt noch, oder auch später,* mit 18 Gr. für das 1. Vierteljahr abonniert, *alle Stücke des Blattes, vom 1. Oktober an,* die bisher ausgegeben worden, nachgeliefert erhält.

Berlin, den 5. Oktober 1810.   *Die Redaktion der Abendblätter.*

[4]

Kunstausstellung

[L. Beckedorff: »Und somit können wir nunmehr eine ganze Masse anderer Porträte, womit die Ausstellung überfüllt ist, auch die des Herrn Gerhard von Kügelgen in Dresden, dreist übergehen*).«]

*) *Anmerk. des Herausgeb.* Des Raums wegen. Wir werden im Feld der historischen Malerei auf ihn zurückkommen.   H. v. K.

[5]

Anzeige

Der uns von unbekannter Hand eingesandte Aufsatz über die Proklamation der Universität, kann, aus bewegenden Gründen, in unser Blatt nicht aufgenommen werden, und liegt zum Wiederabholen bereit.

[6]

Anzeige

Zwei Aufsätze, der eine betitelt: *Christian Jakob Kraus.* Antwort
auf den Aufsatz im Abendblatt Nr. 11 (welcher den 14. d.) der
andere betitelt: *Antikritik* (welcher den 17. d. an uns abgegeben
worden ist) werden, sowie der Aufsatz: *Fragmente eines Zuschauers*
usw. (der bereits vor 8 Tagen an uns abgegeben ist) nebst mehrern andern schätzbaren Aufsätzen, sobald es der Raum dieser
Blätter irgend gestattet, darin aufgenommen werden; wobei wir
die unbekannten Herrn Mitarbeiter, die uns mit ihren Beiträgen
beehren, ganz ergebenst bitten, auf die Ökonomie dieses Blattes
Rücksicht zu nehmen, und uns gefälligst die Verlegenheit zu ersparen, die Aufsätze brechen zu müssen.   *Die Redaktion.*

[7]

Erklärung

S. Voß. Zeitung, den 25. Sept. 1810

Mancherlei Rücksichten bestimmen mich, mit diesem Blatt, welches sich nunmehr etabliert *hat*, aus der Masse anonymer Institute herauszutreten. Demnach bleibt der Zweck desselben zwar,
in der ersten Instanz, Unterhaltung aller Stände des Volks; in der
zweiten aber ist er, nach allen erdenklichen Richtungen, Beförderung der Nationalsache überhaupt: und mit meinem verbindlichsten Dank an den unbekannten Herrn Mitarbeiter, der, in
dem nächstfolgenden Aufsatz, zuerst ein gründliches Gespräch
darüber einging, unterschreibe ich mich,

der Herausgeber der Abendblätter,
Heinrich von Kleist.

[8]

Erklärung

Der Aufsatz Hrn. L. A. v. A. und Hrn. C. B. über Hrn. Friedrichs
Seelandschaft (S. 12. Blatt) war ursprünglich dramatisch abgefaßt; der Raum dieser Blätter erforderte aber eine Abkürzung,
zu welcher Freiheit ich von Hrn. A. v. A. freundschaftlich be-
:echtigt war. Gleichwohl hat dieser Aufsatz dadurch, daß er nun-

mehr ein bestimmtes Urteil ausspricht, seinen Charakter dergestalt verändert, daß ich, zur Steuer der Wahrheit, falls sich dessen jemand noch erinnern sollte, erklären muß: nur der Buchstabe desselben gehört den genannten beiden Hrn.; der Geist aber, und die Verantwortlichkeit dafür, so wie er jetzt abgefaßt ist, mir.

H. v. K.

[9]

Allerneuester Erziehungsplan

Wir bitten unsre Leser gar sehr, sich die Mühe, die Aufsätze im 25, 26 und 27. Abendblatt noch einmal zu überlesen, nicht verdrießen zu lassen. Die Nachlässigkeit eines Boten, der ein Blatt abhanden kommen ließ, hat uns an die ununterbrochene Mitteilung dieses Aufsatzes verhindert.   (Die Redaktion.)

[10]

Auf die häufigen Anfragen Auswärtiger über die Art,
die Berliner Abendblätter
am leichtesten zu erhalten, wird hierdurch nochmals bemerkt, daß man dies interessante Tagblatt, welches *jeden Abend* erscheint, und immer das Neueste und Zuverlässigste aus Berlin bringt, *durch alle Königliche Postämter posttäglich* und durch alle Buchhandlungen in Monatsheften bekommen kann. Für Berlin bleibt die Expedition in der Jägerstraße Nr. 25, wo man noch immer mit 18 Gr. für das ganze Vierteljahr pränumerieren kann.

[11]

Erklärung

So gewiß der Unterzeichnete über Christian Jakob Kraus und über die Frage, ob es zweckmäßig oder unzweckmäßig war, die Grundsätze des Adam Smithschen Systems der preuß. Staatsverwaltung einzuverleiben, seine Partei genommen hat, so ist der Gegenstand doch, von jeder Seite betrachtet, zu wichtig, als daß derselbe nicht dem wissenschaftlichen Gespräch, das sich in diesen Blättern darüber erhoben hat, freien Lauf lassen sollte. Demnach legt er dem Publikum, seines Anteils an dieser Sache gewiß, folgenden Aufsatz von der Hand eines höchst achtungs-

würdigen Staatsmannes aus Königsberg vor, der sich berufen gefühlt hat, die Sache seines Freundes, des verewigten Christian
Jakob Kraus, gegen den Angriff (11tes Blatt) zu verteidigen.

H. v. K.

[12]

Anzeige

Den Verfasser eines Aufsatzes: *Über die neueste Lage von Großbritannien,* der aus Rücksichten, die hier zu erörtern zu weitläufig
wäre, nicht aufgenommen werden kann, ersuchen wir ganz ergebenst, ein Schreiben für ihn in der Expedition der Abendblätter (Jägerstraße, bei Hrn. Kralowsky) abzuholen. Dasselbe
wird ihm auf Vorzeigung *eines Petschafts mit einem Sokrateskopf*
ausgeliefert werden.   *(Die Redaktion.)*

[13]

Anzeige

Die sogenannte *unparteiische Gesellschaft,* die kürzlich ein Schreiben, die Beschwerden der Bäcker betreffend, an uns erlassen hat,
hat sich eine Antwort darauf, unter *Vorzeigung einer ähnlichen
Handschrift,* in der Expedition der Abendblätter (Jägerstraße Nr.
25) abzuholen.   *(Die Redaktion.)*

[14]

Berichtigung

Auf wiederholtes und dringendes Verlangen des Verfassers der
Aufsätze über C. J. Kraus (S. 19. und 34. Abendblatt) nehmen
wir noch folgendes Fragment einer an uns eingelaufenen Erklärung auf:

»Den Beruf des Herr A. v. A. für einen Freund in die Schranken zu
treten, erkennen wir willig und ehrend an. Ja wir sind ihm Dank schuldig, uns aufmerksam gemacht zu haben, wie man unsere Worte auslegen
könnte. –

Wem konnte es aber je einfallen, daß der *Verfasser* jenes als Feuerbrand
bezeichneten Werks, mit dem *Verfasser* des unter diesem Titel erschienenen
Journals je in Vergleichung oder in irgend eine Gemeinschaft gesetzt werden sollte? Selbst die Schriften werden nicht verglichen, sondern stehen
in direktem Gegensatz, weshalb eben die Anspielung auf den wasser-
reichen mit dem Umschlag und Titel kontrastierenden Inhalt jenes Jour-

nals gemacht wurde. Das Werk haben wir einen Feuerbrand genannt, weil es mit Feuer geschrieben ist, in demselben Sinne, wie man die Schriften Luthers, Voltaires, Burkes und jedes Mannes der für eine abweichende Meinung mit Kraft auftritt, Feuerbrände nennen könnte.« –

Der Rest dieser Erklärung betrifft nicht mehr die Sache, sondern Persönlichkeiten; und da er mithin das Mißverständnis, statt es aufzulösen, nur vermehren würde: so schließen wir den ganzen Streit, den der Aufsatz C. J. Kraus (11. Blatt) veranlaßt, mit dieser Berichtigung ab.   *(Die Red.)*

[15]

Ankündigung

[Entwurf]

Durch die Gnade Sr. Exzellenz des Hr. Staatskanzlers Freiherrn von Hardenberg, werden die zur Erhebung und Belebung des Anteils an den vaterländischen Angelegenheiten unternommenen, und mit dem Beifall des Publikums auf unerwartete Weise beehrten

Berliner Abendblätter

von nun an offizielle Mitteilungen, über alle bedeutenden, das Gemeinwohl und die öffentliche Sicherheit betreffenden Ereignisse in dem ganzen Umfange der Monarchie enthalten. Pränumerationen für das nächstfolgende Quartal müssen vor dem 1. Jan. 1811 in der Expedition der Abendblätter eingehen, indem nur diejenige Zahl von Exemplaren, auf welche sich die Bestellung beläuft, gedruckt werden wird.

[2. Fassung]

Durch höhere Unterstützungen werden die zur Erhebung und Belebung des Anteils an den vaterländischen Angelegenheiten unternommenen und mit dem Beifall des Publikums auf unerwartete Weise beehrten

Berliner Abendblätter

in zwei Punkten, vom 1. Januar 1811 an, folgende wesentliche Ausdehnung erhalten; nämlich:

1) Werden dieselben, in wöchentlichen Darstellungen, *spezielle Mitteilungen* über alle, das Gemeinwohl und die öffentliche Si-

cherheit betreffende interessante Ereignisse, *in dem ganzen Umfange der Monarchie*, enthalten.

2) Wird das *Bülletin der öffentlichen Blätter* ausführlicher, als es bisher geschehen ist, einen Auszug der wichtigsten, neu angekommenen, offiziellen Nachrichten des Auslandes kommunizieren, und insofern, da das Blatt täglich erscheint und der Abgang der Posten zu seiner täglichen Versendung benutzt werden kann, eine Art von Vorläufer der Zeitungen werden.

Alles übrige bleibt, wie es ist. Die Veränderungen *der vaterländischen Gesetzgebung*, zuvörderst der nächste und würdigste Gegenstand der allgemeinen Teilnahme, werden, nach wie vor, mit unbefangenem patriotischen Geiste gewürdigt, die bedeutendsten Erscheinungen der *Literatur* angezeigt und das *Theater*, in einem periodisch wiederkehrenden Artikel, einer kurzen und gründlichen Kritik unterzogen werden. Das Ganze wird, wie bisher, zunächst von der Liebe für Vaterland und König, und, in weiterer Beziehung, vom Eifer für alles Gute in allen Ständen und Wirkungskreisen, durchdrungen sein. –

Redaktion der Berliner Abendblätter.

[3. Fassung]

Durch höhere Unterstützung werden die zur Erhebung und Belebung des Anteils an den vaterländischen Angelegenheiten unternommenen und mit dem Beifall des Publikums auf unerwartete Weise beehrten

Berliner Abendblätter

vom 1. Januar 1811 an, die wesentliche Ausdehnung erhalten, daß dieselben, in wöchentlichen Darstellungen, spezielle Mitteilungen über alle, das Gemeinwohl und die öffentliche Sicherheit betreffende interessante Ereignisse, in dem ganzen Umfange der Monarchie, enthalten werden. Außerdem wird in dem *Bülletin der öffentlichen Blätter* in derselben Art, als es bisher geschehen, ein Auszug der wichtigsten Nachrichten des Auslandes mitgeteilt werden.

Auch alles übrige bleibt, wie es ist. Die Veränderungen der *vaterländischen Gesetzgebung*, zuvörderst der nächste und würdigste Gegenstand der allgemeinen Teilnahme, werden, nach wie vor, mit unbefangenem patriotischen Geiste gewürdigt, die bedeutendsten Erscheinungen der *Literatur* angezeigt, und das *Theater*, in einem periodisch wiederkehrenden Artikel, einer kurzen und gründlichen Kritik unterzogen werden. Das Ganze wird, wie bisher, zunächst von der Liebe für Vaterland und König, und, in weiterer Beziehung, vom Eifer für alles Gute in allen Ständen und Wirkungskreisen, durchdrungen sein. –

Redaktion der Berliner Abendblätter.

Unterzeichnete Buchhandlung hat den Verlag dieser täglich erscheinenden *Berliner Abendblätter*, von Neujahr 1811 an, übernommen, und wird sie mit eben der Pünktlichkeit erscheinen lassen, mit der seit *drei* Jahren der vom Publikum so gütig aufgenommene *Freimütige* bei ihr erschienen ist. Der Preis dieser *Abendblätter*, die nicht bloß für den ganzen Preußischen Staat, sondern auch für das Ausland von höchstem Interesse sein werden, beträgt *in Berlin* vierteljährig 18 Groschen Kurant; wer dieselben aber durch die Postämter und Buchhandlungen bezieht, zahlt vierteljährig 1 Taler, und, *bei sehr weiter Entfernung*, 1 Taler 3 Groschen. – Die Zeitungsexpeditionen und Postämter wenden sich gefälligst an das hochlöbl. Hofpostamt zu Berlin, sowie auch an die löbl. *Zeitungsexpeditionen zu Leipzig und Bremen.* Die Buchhandlungen machen ihre Bestellungen bei uns, und diejenigen, welche den *Freimütigen* von uns beziehen, können die *Abendblätter* in demselben Pakete mit erhalten; sie sollen also wöchentlich zweimal nach Leipzig und Hamburg versandt werden. Nur können keine Exemplare à Condition verschickt werden; und verlangte Exemplare nimmt die unterzeichnete Handlung durchaus nicht zurück.

Berlin, den 17ten Dezember 1810.

Das Kunst- und Industrie-Comptoir von Berlin
an der Leipziger und Charlottenstraßenecke Nr. 36.

[16]

Berichtigung

Hr. Buchhändler J. E. Hitzig hat (S. Beil. zum 72. Stück dieser Blätter) erklärt, daß er an der Redaktion der Berliner Abendblätter keinen Teil genommen. Diesem Umstande sehen wir uns genötigt zu widersprechen. Sowohl die Ankündigung der Abendblätter Anfang Oktobers, incl. der an den Linden und Straßenecken angeschlagenen Affichen, als auch mehrere, unter dem Strich befindliche, buchhändlerische Anzeigen, im Blatte selbst, rühren von seiner Hand her. *(Die Red.)*

[17]

Duplik

(auf **Hrn.** Hitzigs Replik im letzten Stück der Berliner Zeitungen)

Wenn Hr. Buchhändler J. E. Hitzig doch, der Wahrheit zu Ehren, gestehen wollte, daß er Unrecht hatte, die Lieferung der Abendblätter bei dem 72. Stück abzubrechen: die unterzeichnete Buchhandlung fordert ja die Kosten der für ihn bis zum 1. Jan. 1811 nachgelieferten Blätter nicht zurück. Der Vierteljahrgang, den er versprach, besteht nicht aus 12 Wochen, woraus er $12 \times 6 = 72$ Blätter herausrechnet, sondern aus 13 Wochen und 1 Tag, welches 79, oder wenigstens, nach Abzug der beiden Stücke für die Weihnachtsfeiertage, 77 Blätter beträgt. Würde er, wenn der Verlag der Abendblätter bei ihm geblieben wäre, das Abonnement für den nächstfolgenden Vierteljahrgang, statt am 1. Januar, wie es sich gehört, am 24. Dezember eingezogen und denselben den 16. März (wiederum 8 Tage zu früh) geschlossen haben? Erklärungen, wie die von ihm im letzten Stück der Berliner Zeitungen erlassene, geben Stoff zu Randglossen, und kosten ja eben das Geld, um dessen Ersparnis es ihm, bei jener Maßregel, zu tun war. – Übrigens besagen ja auch seine Quittungen über das Abonnementsgeld deutlich genug: daß er das erste *Quartal* (nicht 72 Blätter) bezahlt erhalten habe.

Kunst- und Industrie-Comptoir zu Berlin.

[18]

Anzeige

Gründe, die hier nicht angegeben werden können, bestimmen mich, das Abendblatt mit dieser Nummer zu schließen. Dem Publiko wird eine vergleichende Übersicht dessen, was diese Erscheinung leistete, mit dem, was sie sich befugt glaubte, zu versprechen, samt einer historischen Konstruktion der etwanigen Differenz, an einem anderen Orte vorgelegt werden.

H. v. K.

BRIEFE

Frankfurt am Main, den 13. (–18.) März 1793

Gnädigste Tante!

Was soll ich Ihnen zuerst beschreiben, zuerst erzählen? Soll ich Ihnen den Anblick schöner Gegenden, oder den Anblick schöner Städte, den Anblick prächtiger Paläste oder geschmackvoller Gärten, fürchterlicher Kanonen oder zahlreicher Truppen zuerst beschreiben? Ich würde das eine vergessen und das andere hinschreiben, wenn ich Ihnen nicht von Anfang an alles erzählen wollte. Ich fahre also in der Beschreibung meiner Reise fort.

Es war 10 Uhr als ich den Brief an Gustchen zusiegelte, und ihn dem Aufwärter übergab. Ich legte mich im Bette. Es war seit 3 Tagen die erste ruhige Nacht. Folgenden Tags am Donnerstag war es noch nicht bestimmt wenn wir abreisen wollten, und der Kaufmann beschloß bis Freitag früh um 7 Uhr auf Briefe zu warten, und dann abzureisen. Ich besah mir noch die Pleissenburg und die umliegende Gegend; ich kann Ihnen aber dieses unmöglich genau beschreiben, ich hätte zuviel zu tun; denn je näher ich nach Frankfurt kam, je schöner je romantischer wurde die Gegend. – Ein Feuer das in unsere Nähe entstand, hielt uns bis 11 Uhr wach; wir schliefen aus und fuhren den Freitag, da noch keine Briefe kamen, von Leipzig ab. Kapaun und Kuchen war aufgezehrt; ein Kalbsbraten ersetzte die Stelle. Auch riet man mir, mich wegen herumstreifenden Franzosen in der Nähe von Frankfurt in Acht zu nehmen; mein Mantel wurde also umgekehrt und die Sporen abgemacht. Wir kamen über Alt-Ranstädt, einem Städtchen wo einst ein wichtiger Friede geschlossen ward, über Lützen bei den Stein vorbei, welcher uns an den großen meuchelmördrisch gefallenen *Gustav Adolf* erinnerte, und endlich nach *Rippach*. Hier sah ich im Posthause den Stuhl auf welchen *Friedrich* nach der Bataille von Roßbach ausruhte. Dieser Stuhl steht noch so, wie er stand als König Friedrich davon aufstand; über ihm ist ein Aschenkrug mit der Inschrift gemalt: Place de repos de Fréderic II R. d. P. après la bataille de Roßbach. Von hier fuhren wir über das Schlachtfeld von Roßbach, durch das Schloß Weißenfels an dem Ufer der prächtigen Saale nach *Naumburg*. Was ich hier für Gegenden sah, Tantchen das kann ich Ihnen gar nicht beschreiben. Die Gegenden an der Saale sind die schönsten in ganz Sachsen. Ich habe nie geglaubt daß es in der Natur so schöne Landschaften geben könne, als ich sie gemalt gesehen habe; jetzt aber habe ich grade das Gegenteil erfahren. Vor Naumburg liegt ein hoher Felsen; eine alte Burg stand darauf. Man erzählte mir ein hundertjähriger Greis sei der einzige Bewohner dieses Ritterschlosses; dies hören, und den Entschluß gefaßt zu haben ihn zu sehen, war eins. Alles Protestierens des Herrn Romerio, der sich nicht gern aufhalten wollte, ungeachtet, fing ich an den schroffen Felsen hinanzuklettern. Ein Tritt auf einen losen Stein welcher abbrach, und ein darauffolgender 5 Fuß hoher Fall, schreckte mich von meinem Vorhaben ab, und hätte schlimmere Folgen für mich haben können, wenn unser zweiter Begleiter Herr Meier mich nicht aufgefangen hätte. Wir sahen immer noch die Saale an unserer Seite, ein Gegenstand der uns den ganzen Tag sehr amüsierte. Jetzt passierten wir eine Saline (Salzwerk) und von hier aus konnten wir nun schon den Thüringer Wald *sehen*. Um 8 Uhr abends trafen wir in *Auerstädt* ein. Hier übernachteten wir, waren aber um 3 Uhr wieder in den Wagen und kamen ohne viel gesehen zu haben in *Buttelstädt* an. Je weiter wir nun reisten, je majestätischer zeigte sich uns das prächtige Gebürge. In *Erfurt* sah ich die große Glocke, und die ersten Mainzischen und Kaiserl. Truppen. In Gotha sprach ich abends um 6 Uhr den Generalsuperintendenten Löffler; er trug mich auf ihm bei Ihnen zu empfehlen, und erinnerte sich unsers Hauses mit vielem Vergnügen. Hinter Gotha kamen wir nun wirklich in das mit Schnee bedeckte Gebürge. Nur schade daß es finster war und daß ich also nichts gesehen habe, folglich nichts erzählen kann. Wir begegneten auf der Fahrt von Gotha nach Eisenach einem Menschen im tiefsten Gebürge, der uns mit einem Straßenräuber nicht viel Unähnliches zu haben schien. Er klammerte sich heimlich hinten an den Wagen; und da dies der Postillion bemerkte so schlug er nach ihm mit der Peitsche. Ganz still blieb er sitzen und ließ schlagen. Der Postillion trat im Fahren auf den Bock, und hieb mit der Peitsche so lange bis er herunter war. Nun fing der Mensch gräßlich an zu schreien. Denken Sie sich nur ein Gebürge; wir ganz allein in dessen Mitte, hier wo man jeden Laut doppelt hört, hier schrie dieser Mensch so fürchterlich. Uns schien es nicht *eine* Stimme, uns schienen es ihrer 20 zu sein; denn an jedem Berge tönte das Geschrei doppelt stark zurück. Die Pferde, dadurch scheu gemacht, gingen durch, der Postillion der auf dem Bock noch immer stand, fiel herunter, der Mensch brüllte immer hinter uns her – bis endlich einer von uns der Pferde Zügel haschte. Dem Räuber (denn dies war er ganz gewiß) zeigten wir nun den blanken Säbel, und frugen ihm was er eigentlich wollte; er antwortete mit Schreien und Toben und Lärmen. Der Postillion fuhr scharf zu, und wir hörten den Menschen immer noch von weitem pfeifen. Unter diesem charmantem Konzert kamen wir des Nachts um 12 in *Eisenach* an, fuhren aber um 3 Uhr schon wieder ab. Die Chaussee die sich schon von Gotha anfing die reizte uns, sie zu benutzen; ohne ihr hätten wir es nicht gewagt im Gebürge herumzuirren. Nach einer zweistündigen Reise ohngefähr passierten wir die Wartburg. Sie entsinnen sich gewiß noch *Friedrichs mit der gebißnen Wange?* und seiner Burg? – Da wir ohnedem wegen der steilen Berge neben den Wagen gingen, so kletterte ich heimlich den Felsen zur Burg hinan. Ein steiler Fußweg zeigte mir die Öffnung zum Schloß. Auf dem höchsten Felsen liegt hier weiter nichts als ein altes eingefallnes Haus und 2 Türme. So eine antike eingefallne bemooste Burg können Sie sich auf einem steilen Felsen beinah vorstellen; *die* Aussicht aber die man hier genießt kann man sich unmöglich denken. Hier sieht man über alle beschneite Gebürge weg; hundertjährige Tannen und Eichen verschönern es. In der Ferne sehen Sie eine meilenlange Wiese, in dessen Mitte das Postamt *Berka* liegt, und in noch weiterer Ferne bemerken Sie Berge die Sie aber gleichsam nur wie durch einen blauen Flor sehen. Über sie ging eben die Sonne auf! – (Sonderbar ist es was solch ein Anblick bei mir für Wirkungen zeigt. Tausend andere heitert er auf; ich dachte an meine Mutter und an Ihre Wohltaten. Mehr darf ich Ihnen nicht sagen. –) Ich eilte dem Wagen nach der schon eine Strecke voran war, und in Abwechselungen der schönsten Gegenden kamen wir in dem obenbenannten Postamt (das heißt in dem letzten sächsisch-thüringischen) an. Auf unserer Reise begegneten wir viele Kuriere, und grade einer der hier von Frankfurt a. Main abstieg brachte Nachricht, daß die Franzosen von den Kaiserlichen aufs Haupt geschlagen, und viele Kanonen, Fahnen, und Soldaten erbeutet worden sind – Nach einem kleinen Frühstück traten wir die Reise nach *Vach* an; es verlor hier zwar schon das Gebürge, allein Ritterschlösser, Wiesen, Felsen und überhaupt schöne Gegenden sahen wir dennoch. Zwar vermißten wir den Anblick nie; denn auf unserer ganzen Reise war keine Minute die uns Langeweile gewährte, außer – die doppelt langen Minuten der Nacht. Aus dem Fuldischen Postamt, kamen wir in dem Hessischen *Schüchtern* und von hier wieder in dem erstern, in *Fulda* selbst an, die schönste, nein die angenehmste Stadt die ich je gesehen – (doch ich entsinne mich Ihnen Leipzig als die schönste angepriesen zu haben. Sie werden mir diesen Fehler verzeihen, denn zuletzt weiß ich selbst das Schönste was ich gesehen habe nicht zu nennen.) – Von Fulda kamen wir nach *Westminster*, von hier nach *Kellnhausen*, und nach *Hanau*. Hier fanden wir schon Preußen und Hessen und sahen schon lauter Kriegsbewegungen, das heißt hier Kanonen, dort Munitionswagens auf dem Felde herumfahren. Ich konnte nicht erwarten nach *Frankfurt* zu kommen, und wir eilten also etwas und waren den *11. März anno 1793 um halb zwölf Uhr in Frankfurt am Main* (und also grade 8 Tage auf der Reise).

Mein erster Gang war natürlich zum Cap. v. Franckenberg. Er glaubte mich nicht so früh zu sehen, doch freut' es ihm. Seine Verwundrung nahm aber ab, als ich ihm sagte daß *Frankfurt a. Oder* für mich, seitdem ich keine Mutter besitze, kein Aufenthalt der Freude mehr sei. Er nahm wahren Anteil an meinen Verlust und wünschte mir Glück, wenigstens keine *verlassne* Waise zu sein, und versprach sich meiner nur um desto mehr anzunehmen. Ich eilte nun mein Quartier zu besuchen; man stellte es mir frei mich eins auszusuchen. Ein Unteroffizier ging mit mir herum und ich besah mich eins nach dem andern. Aber eh ich alles in Ordnung brachte war es finster, und es war 7 Uhr und hatte noch kein Quartier. Mein letzter Versuch gelang. Der Kaufmann *Romerio* erlaubte mir eine Nacht in seiner Stube zu schlafen. Den andern Tag meldete ich mir bei die Herrn Stabsoffizier, und alles auf der Parade freute sich, mich so bald wieder bei ihnen zu sehen – Nun fand ich auch ein Quartier. Ein Vorzimmer und eine Stube mit einer wirklich schönen japanischen

Tapete und mit schönen Malereien ausgeziert gehört mir und
meinen Burschen ganz allein. Zwar ist sie so finster, daß ich dies
was ich hier schreibe kaum erkennen kann; zwar dringt keine
Sonnenstrahl in die Mitte der Stube, allein ich wäre zufrieden
und wenns ein Keller wäre. Was mich aber über alle Maßen
sonderbar vorkommt, ist dies, daß ich für ein eigenes Bette, worum ich meine Wirtin gebeten habe, *wöchentlich* – 1 Rth. sage
einen Reichsthaler geben muß. Es ist unerhört; allein ich müßte
es ihr geben und wenn sie auch nicht einen Pfennig abließe.
Eigentlich muß ich mit dem Burschen zusammenschlafen, und
dies geschähe auch recht gern; denn wenn der Mensch reinlich
ist, so ist dies gar nicht sonderbar. Allein auch er hat nur einen
Strohsack und eine Decke. Ich könnte dies meinem Capitaine
sagen, und er wäre gewiß so gütig für mich besser zu sorgen;
ich mag mich aber das nicht aussetzen, daß es heißt, ich bin mit
nichts zufrieden und es käme mir nur ungewohnt vor. Das
Mittagessen besteht in einer Suppe und Gemüse, öfters als zum
Beispiel heute fehlt die Suppe. Kaffee und Zucker hab ich selbst.
Abendbrot eß ich bei den Wirt einer meiner Kameraden, bei
einen herzensguten Mann, sehr gut und wohlfeil. Was ich aber
in meinem Quartier verzehre muß ich aufs teuerste bezahlen.
Glauben Sie etwa nicht daß dies ein Appendix zu dem Gespräch
sei was wir einmal hatten, nämlich daß die Söhne ihren Eltern
öfters von Unglücksfällen vorlügen; dies ist der Fall nicht und
wird es nie sein. *Jetzt* darf ich zu dem Mittel meine Zuflucht
noch nicht nehmen, und für die Folge da werden Sie, gnädigste
Tante, schon sorgen. Gott sei Dank daß es nicht mehr lange
dauern wird, denn wir marschieren Donnerstag oder Freitag
(d. 21. oder 22.) ganz gewiß. Vier Esquadrons von Golz haben
eine französische Batterie von 18 Kanonen bei Rüremonde erobert; 12 Stück zwölfpfündige stehen schon als Siegstrophäen
auf dem hiesigen Römerplatz. Die Franzosen oder vielmehr das
Räubergesindel wird jetzt allerwärts geklopft. Mastricht ist entsetzt, die Feinde sind von den Österreichern an drei Orten zurück geschlagen worden. Täglich ziehen Kaiserliche, Sächsische,
Hessische und allerlei Truppen hier durch die Stadt. Täglich
kommen schwere Batterien auf Frachtwagen aufgepackt hier
nach Frankfurt. Bereits sind 180 schwere östreichsche Batterien

hier, ohne die preuß'schen und ohne die, die noch kommen. Man erwartet täglich den Anfang des Bombardements von Mainz, und so ganz ohne Nutzen wird die Garde hier wohl nicht sein. Übermorgen ohngefähr (denn heute schreiben wir schon den 18.) marschieren wir, wohin? das weiß kein Mensch noch nicht, und wenn bestimmt, ebensowenig. Wahrscheinlich sollen wir eine Meile von hier die Stelle des Korps von Hohenlohe *mit* ersetzen was über den Rhein setzen soll. Sollte ich bald mit Briefe von Ihnen, gnädiges Tantchen, oder von meinen lieben Schwestern beglückt werden, so adressieren Sie nur, wenn Sie nicht genau den Ort unsers Aufenthalts wissen, den Brief nach Frankfurt a. Main, und so werd ich ihn wohl bekommen. – Haben Sie die Güte und empfehlen Sie mich der Frau Landrätin v. Gloger zu Gnaden; ihren Herr Sohn hab ich gesund und wohl gesprochen und bereits Brief und Pack abgegeben. – Ich gefalle mich also hier in Frankfurt sehr gut, und meiner völligen Zufriedenheit fehlt nichts als das *gewisse* Bewußtsein Ihrer aller Gesundheit. In den vergnügtesten Augenblicken stört mich freilich öfters der Gedanke beinahe 100 Meilen von Ihnen entfernt zu sein; von Ihnen allen, die einzigen, die ich noch lebhaft liebe und schätze, und an deren Liebe ich noch natürlichen Anspruch machen darf. Der Gedanke an Ihnen, beste Tante, erpreßt mir Tränen, indem ich zugleich an eine verlorne zärtliche Mutter denke, und der Gedanke an Ihre Wohltaten tröstet mich indem ich nun keine *verlaßne* Waise zu sein glaube. Dies alles, Tantchen, Schmerz und Freude, ist bei der Neuheit dieses unglücklichen Vorfalls natürlich; die beste Trösterin aller Leiden, die Zeit, wird nach und nach auch *mich* trösten, aber vergessen werd ich die Ursach nie.

Bei dem Auspacken meines Felleisens erinnerte mich jede Kleinigkeit an Ihre Sorgfalt, und viele von die Sachen die Sie so vorsorgend mir mitgaben, muß ich zurücklassen. Kaum daß ich das Kaffeezeug mitnehmen kann. Mein Capitaine hätte gewiß meinen ganzen Mantelsack mitgenommen, wenn er noch wie sonst fahren dürfte. Es ist aber bei Kassation verboten, und darf bloß gepackt werden; die Stelle meines Bettsacks den ich nun wohl verkaufen werde, wird ein 2. *Turnister* ersetzen, wo ich denn alles höchst Notwendige einpacken und ihn so dem

Capitaine übergeben werde. Alles Überflüssige bleibt hier in *Frankfurt am Main in sicherer Verwahrung.*

Nun, bestes Tantchen, ist auch meine ganze Erzählungs-Suade erschöpft, denn in diesen Augenblick fällt mir nichts bei was ich Ihnen noch mitteilen könnte, und doch bin ich überzeugt noch vieles vergessen zu haben. Um Ihnen nun aber alles mitzuteilen, was mir und die jetzige Lage der Dinge anbetrifft, so werde ich immer fortfahren Ihnen meinen hiesigen Lebenswandel zu beschreiben. Mir verschafft das Beschäftigung und Vergnügen, und vielleicht ist dies Ihnen auch nicht ganz unangenehm. Freilich, lange werde ich Beschäftigung nicht mehr suchen dürfen; die wird sich auf einem baldigen Marsch schon von selbst einfinden. –

Allen meinen Angehörigen, Teilnehmern und Freunden bitte ich meine Empfehlung zu machen, und mit der Bitte, ja meinen Mischmasch von Brief nicht zu kritisieren und genau zu betrachten, habe ich die Ehre mit der schuldigsten Ehrfurcht und aufrichtigsten Liebe mich zu nennen

gnädigstes Tantchen

Ihr gehorsamer Knecht
Heinrich v. Kl.

P. S.

Beinahe hätte ich vergessen das Wichtigste Ihnen zu melden. Ich bin nämlich durch einen gewißen Lieut. v. Haak der bei der Suite mit Avantage versetzt ist um eine Stufe avanciert, und habe Hoffnung zu mehr. – Wenn Sie die Gnade haben mich bald mit der Nachricht Ihres Wohlbefindens zu beglücken, so erbitte ich mich von Ihnen mir doch den Eindruck zu beschreiben, den die Nachricht des Verlusts unsrer Mutter bei die 4 Cousins gemacht hat. – Dieses einzige Mal, Tantchen, würken Sie nur noch bei Gustchen Verzeihung aus, daß ich ihr nicht schreibe; ich könnte wohl noch auf den künftigen Posttag warten, allein der Marsch übereilt uns. Ich erwarte und hoffe aber von beiden lieben Schwestern Briefe.

2. An Ulrike von Kleist

Eschborn, den 25. Febr. 1795

Liebe Ullrique,

Ein Geschenk mit so außerordentlichen Aufopferungen von Seiten der Geberin verknüpft, als Deine für mich gestrickte Weste, macht natürlich auf das Herz des Empfängers einen außerordentlichen Eindruck. Du schlägst jede Schlittenfahrt, jede Maskerade, jeden Ball, jede Komödie aus, um, wie Du sagst, Zeit zu gewinnen, für Deinen Bruder zu arbeiten; Du zwingst Dir eine Gleichgültigkeit gegen die für Dich sonst so reizbaren Freuden der Stadt ab, um Dir das einfachere Vergnügen zu gewähren, Deinen Bruder Dich zu verbinden. Erlaube mir daß ich hierin sehr viel finde; *mehr*, – als *gewöhnlich* dergleichen Geschenke an wahren inneren Wert in sich enthalten. Gewöhnlich denkt sich der Geber so wenig bei der Gabe, als der Empfänger bei dem Danke; gewöhnlich vernichtet die Art zu geben, was die Gabe selbst vielleicht gut gemacht haben würde. Aber Dein Geschenk heischt einen ganz eignen Dank. Irre ich nicht, so hältst Du den Dank für überflüssig, für gleichgültig, oder eigentlich für geschmacklos. Auch hast Du in gewisser Rücksicht recht, wenn Du von jener Empfindung sprichst, die in dem Munde einer gewissen Art von Menschen, weiter nichts als der Klang einer hohlen Schelle ist. Was mich dahin leitet Dir zu danken, ist aber eine sehr natürliche Empfindung, ist bloß Folge Deines glücklich gewählten Geschenks. Es flößt mir die wärmste Erkenntlichkeit gegen eine Schwester ein, die mitten in dem rauschenden Gewühl der Stadt, für deren Freuden sie sonst ein so fühlbares Herz hatte, an die Bedürfnisse eines weit entfernten Bruders denkt, nach einem jahrelangen Schweigen an ihn schreibt, und mit der Arbeit ihrer geschickten Hand, den Beweis ihrer Zuneigung ihm gibt. Du siehst wenigstens, liebe Ullrique, daß ich den Wert Deines Geschenkes zu schätzen weiß, und ich wünsche mir Glück, wenn ich Dich davon überzeugt habe. –

Gustchens Brief, und der Brief von der Tante Massow und der Nogier haben mir ein gleich lebhaftes Vergnügen gemacht. Sie beweisen mir alle eine gleiche Teilnahme an meine Lage, und ich muß meine Erkenntlichkeit teilen. Der Brief von der gnädigen Tante enthält die Verwunderung daß ich das Geld durch den Kaufmann Meyer noch nicht erhalten habe; auch mir ist der Vorfall unbegreiflich, und ich würde den Rat der Tante, an ihn zu schreiben, gern befolgen, wenn ich nur den Ort seines Aufenthaltes wüßte. Das Paket, worin die Strümpfe von der Nogier, und noch andere Wäsche war, nebst die Briefe vom 21. Dezbr. 1794, habe ich durch die Post erhalten; um so mehr ist es mir unerklärbar, warum der Kaufmann Meyer nicht zugleich das Geld abgeschickt hat. Ich verliere dabei zwar nichts, denn der Cap. v. Franckenberg ist so gnädig mir meine Zulage, selbst in seiner Abwesenheit auszahlen zu lassen; allein ich fürchte für eine Verwirrung mit den Geldern. Doch wird sich das alles wohl mit der nächsten Messe heben. –

Die Nähe unserer Abreise nach Westfalen hindert mich daran, die Briefe von der Tante und der Nogier zu beantworten; einige nicht unwichtige Geschäfte erhalten mich diese kurze Zeit über, so ziemlich in Bewegung. Dagegen wird die erste Zeit der Ruhe, die wir in Westfalen genießen, mir Gelegenheit geben, meine Pflicht zu beobachten. Ich hoffe auch von da aus zugleich die Nachricht von meinem Avancement abschicken zu können; der Marsch hat eine Änderung darin gemacht, sonst wäre ich vielleicht jetzt schon Offizier. Es macht mir indessen eine herzliche Freude, zu hören, daß Leopold schon so früh zum Offizier reift. Der Stand, in den er bisher gelebt hat, führt so manches Unangenehme, so manche Unbequemlichkeit mit sich, die sein junges Alter, vielleicht zu sehr angreifen würden. Auch hat ihm der Feldzug gegen die Polen genug mit Erfahrungen bereichert um einige Ansprüche auf diese Stelle machen zu können. Gebe uns der Himmel nur Frieden, um die Zeit, die wir hier so unmoralisch töten, mit menschenfreundlicheren Taten bezahlen zu können! –

Und nun nur noch ein paar Worte: ein Auftrag, mich der gnädigen Tante, der Fr. und Frl. v. Gloger, dem Protzenschen Hause, der Bonne, Martinin, Gustchen, mit deren Brief ich für diesmal nicht ganz zufrieden bin, und allen meinen Geschwistern zu empfehlen: die Bitte, mein jetziges Schreiben bald zu beantworten, und: die Versicherung, meiner unveränderlichen herzlichen Freundschaft.

Heinrich.

3. An Christian Ernst Martini

Potsdam, den 18. (und 19.) März 1799

Halten Sie mich für keinen Streitsüchtigen, mein Freund! weil ich diesen Brief mit jener Streitfrage anfange, die wir in unserer Unterredung wegen Kürze der Zeit unentschieden lassen mußten. Es ist nötig, mich hierüber zu erklären, um den Gesichtspunkt festzustellen, aus welchem ich die Absicht dieses Briefes beurteilt wissen will. Ich ersuche Sie im voraus, sich bei Lesung desselben mit Geduld zu rüsten; weil er in der Voraussetzung, daß der festzustellende Gesichtspunkt gefaßt und gebilligt wird, eine möglichst vollständige Darstellung meiner Denk- und Empfindungsweise enthalten soll. – Die Frage war die: ob ein Fall möglich sei, in welchem ein denkender Mensch der Überzeugung eines andern mehr trauen soll, als seiner eigenen? Ich sage: ein *denkender Mensch*, und schließe dadurch alle Fälle aus, in welchen ein blinder Glaube sich der Autorität eines andern unterwirft. Unter dieser Einschränkung scheint für unsere Streitfrage der einzige mögliche Fall der zu sein, wenn sich die Überzeugung des andern vorzugsweise auf die Erfahrung und die Weisheit des Alters gründet. Aber was heißt es: der Überzeugung eines andern trauen? Aus Gründen einsehen, daß seine Meinung wahr ist, das heißt, seine Meinung zur meinen machen, und ist es dann nicht immer nur meine eigene Überzeugung, welcher ich traue und folge? – Alles, was ein denkender Mensch tun soll, wenn die Überzeugung eines älteren und weiseren der seinigen widerspricht, ist, daß er gerechte Zweifel gegen die Wahrheit seiner Meinung erhebe, daß er sie streng und wiederholt prüfe und sich hüte, zu früh zu glauben, daß er sie aus allen Gesichtspunkten betrachtet und beleuchtet habe. Aber gegen seine Überzeugung glauben, heißt glauben, was man nicht glaubt, ist unmöglich.

Wenn man also nur seiner eigenen Überzeugung folgen darf und kann, so müßte man eigentlich niemand um Rat fragen, als sich selbst, als die Vernunft; denn niemand kann besser wissen, was zu meinem Glücke dient, als ich selbst; niemand kann so gut wissen, wie ich, welcher Weg des Lebens unter den Bedingungen meiner physischen und moralischen Beschaffenheit für mich einzuschlagen am besten sei; eben weil dies niemand so genau kennt, niemand sie so genau ergründen kann, wie ich. Alle diejenigen, die so schnell mit Ratgeben bei der Hand sind, kennen die Wichtigkeit und Schwierigkeit des Amtes nicht, dem sie sich unterziehen, und diejenigen, die sein Gewicht genug einsehen, scheuen sich, es zu verwalten, eben weil sie fühlen, wie schwer und selbst wie gefährlich es ist. Es ist also ein wahres Wort: daß man nur den um Rat fragen soll, der keinen gibt.

Aus dem Grunde schreib ich an Sie, mein Freund! Aus diesem Grunde? Ja, mein Teurer! so paradox das auch klingen mag. Als ich Ihnen meinen Entschluß, den Abschied zu nehmen, um mich den Wissenschaften zu widmen, eröffnete, äußerten Sie mir zwar eine herzliche Teilnahme; aber Sie hüteten sich eben so sehr, diesen Entschluß zu erschüttern, wie ihn zu befestigen; Sie taten nichts, als mich zu einer neuen, strengen Prüfung desselben einzuladen. Ich erkenne aus dieser klugen Behutsamkeit, daß Sie das Geschäft eines Ratgebers genug zu würdigen wissen. Sie hielten mir nur Ihr Urteil zurück, weil Sie den Gegenstand dieses Urteils noch nicht genau kannten; wenn ich Sie aber in den Stand gesetzt habe, ihn zu beurteilen, werden Sie mir Ihre Meinung über denselben nicht verweigern, und ich kann sicher und gewiß sein, daß sie geprüft und überlegt ist.

Unterdes fühle ich die Notwendigkeit, mich einem vernünftigen Manne gerade und ohne Rückhalt mitzuteilen, und seine Meinung mit der meinigen vergleichen zu können. Allen, die um meinen Entschluß wissen, meiner Familie, mit Ausschluß meiner Schwester Ulrike, meinem Vormunde, habe ich meinen neuen Lebensplan nur zum Teil mitgeteilt, und daher trafen auch alle Einwürfe von ihrer Seite denselben nur halb. Mich ihnen ganz zu eröffnen, war aus Gründen, deren Richtigkeit Sie nach vollendeter Durchlesung dieses Briefes einsehen werden, nicht ratsam.

Alle diese Leute schiffen ins hohe Meer und verlieren nach und nach die Küste mit ihren Gegenständen aus den Augen.

Gefühle, die sie selbst nicht mehr haben, halten sie auch gar nicht für vorhanden. Dieser Vorwurf trifft besonders meine sonst sehr ehrwürdige Tante, die nichts mehr liebt, als Ruhe und Einförmigkeit, und jede Art von Wechsel scheut, wäre es auch die Wanderung aus einer Wohnstube in die andere.

Um Sie aber in den Stand zu setzen, ein richtiges Urteil zu fällen, werde ich etwas weiter ausholen müssen, und ich wiederhole daher meine Bitte um Geduld, weil ich voraussehe, daß der Gegenstand und die Fülle seiner Betrachtung mich fortreißen wird.

Ohne die entfernteren Gründe meines Entschlusses aufzusuchen, können wir sogleich bei dem verweilen, aus welchem er zunächst fließt: bei dem Wunsche, glücklich zu sein.

Dieser Grund ist natürlich und einfach und zugleich in gewisser Rücksicht der einzige, weil er im richtigen Sinn alle meine anderen Gründe in sich faßt.

Unsere ganze Untersuchung wird sich allein auf die Untersuchung dieses Wunsches einschränken, und um Sie in den Stand zu setzen, darüber zu urteilen, wird es nötig sein, den Begriff von Glück und wahrem Vorteil festzustellen. Aber ich stoße hier gleich auf eine große Schwierigkeit; denn die Begriffe von Glück sind so verschieden, wie die Genüsse und die Sinne, mit welchen sie genossen werden. Dem einen ist es Überfluß, und wo, mein Freund! kann dieser Wunsch erfüllt werden, wo kann das Glück sich besser gründen, als da, wo auch die Werkzeuge des Genusses, unsere Sinne, liegen, worauf die ganze Schöpfung sich bezieht, worin die Welt mit ihren unendlichen Reizungen im Kleinen sich wiederholt. Da ist es auch allein unser Eigentum, es hangt von keinen äußeren Umständen ab; kein Tyrann kann es uns rauben, kein Bösewicht es stören; wir tragen es mit uns in alle Weltteile umher.

Diese Betrachtungen, die ich mir häufig und mit Vergnügen wiederhole, entzücken mich bei jeder meiner Vorstellung von denselben, weil ich mit ganzer Seele fühle, wie wahr sie sind und wie kräftig sie meinen Entschluß begünstigen und unterstützen. So übe ich mich unaufhörlich darin, das wahre Glück von allen äußeren Umständen zu trennen und es nur als Belohnung und Ermunterung an die Tugend zu knüpfen. Da erscheint es in schönerer Gestalt und auf sicherem Boden.

Zwar wenn ich so das Glück als Belohnung der Tugend aufstelle, denke ich mir das erste als Zweck und das andere nur als Mittel. Dabei fühle ich aber, daß in diesem Sinne die Tugend nicht in ihrer höchsten Würde erscheint, ohne jedoch angeben zu können, wie das Mißverhältnis in der Vorstellung zu ändern sei. Es ist möglich, daß es das Eigentum einiger wenigen schöneren Seelen ist: die Tugend allein um der Tugend willen zu lieben. Aber mein Herz sagt mir, daß auch die Erwartung und Hoffnung auf ein sinnliches Glück und die Aussicht auf tugendhafte, wenn gleich nicht mehr so reine Freuden nicht strafbar und verbrecherisch sei. Wenn Eigennutz dabei zum Grunde liegt, ist es der edelste, der sich denken läßt, der Eigennutz der Tugend selbst.

Und dann dienen und unterstützen sich diese beiden Gottheiten so wechselseitig, das Glück als Ermunterung zur Tugend, die Tugend als Weg zum Glück, daß es den Menschen wohl erlaubt sein kann, sie neben einander und in einander zu denken. Es ist kein besserer Sporn zur Tugend möglich, als die Aussicht auf ein nahes Glück, und kein schönerer und edlerer Weg zum Glücke denkbar, als der Weg der Tugend.

Sie hören mich so viel und lebhaft von der Tugend reden — — — Lieber! ich schäme mich nicht zu gestehen, was Sie befürchten: daß ich nicht deutlich weiß, wovon ich rede, und tröste mich mit unseren Philistern, die unter eben diesen Umständen von Gott reden. Sie erscheint mir nur wie ein hohes, erhabenes, unnennbares Etwas, für das ich vergebens ein Wort suche, um es durch die Sprache, vergebens eine Gestalt, um es durch ein Bild auszudrücken. Und dennoch strebe ich diesem unbegriffenen Dinge mit der innigsten Innigkeit entgegen, als stünde es klar und deutlich vor meiner Seele. Alles, was ich davon weiß, ist, daß es die unvollkommenen Vorstellungen, deren ich jetzt nur fähig bin, gewiß auch enthalten wird; aber ich ahnde noch etwas Höheres, und das ist es wohl eigentlich, was ich nicht ausdrücken und formen kann.

Mich tröstet die Erinnerung dessen, um wie viel dunkler, verworrener als jetzt, in früheren Zeiten der Begriff von Tugend in meiner Seele lag, und nur nach und nach, seitdem ich denke und an meiner Bildung arbeite, auch das Bild der Tugend für mich an Gestalt und Bildung gewonnen hat; daher hoffe und glaube ich, daß, so wie es sich in meiner Seele nach und nach mehr aufklärt, auch das Bild sich in immer deutlicheren Umrissen mir darstellen, und, je mehr es an Wahrheit gewinnt, meine Kräfte stärken und meinen Willen begeistern wird.

Wenn ich Ihnen mit einigen Zügen die undeutliche Vorstellung bezeichnen sollte, die mich als Ideal der Tugend, im Bilde eines Weisen umschwebt, so würde ich nur die Eigenschaften, die ich hin und wieder bei einzelnen Menschen zerstreut finde und deren Anblick mich besonders rührt, zum Beispiel Edelmut, Standhaftigkeit, Bescheidenheit, Genügsamkeit, Menschenliebe, zusammenstellen können; aber freilich, eine Definition würde es immer noch nicht und mit nichts als einer Scharade zu vergleichen sein (verzeihen Sie mir das unedle Gleichnis!), der die sinnreiche Bezeichnung des Ganzen fehlt.

Es sei mit diesen wenigen Zügen genug. – Ich getraue mir zu behaupten, daß, wenn es mir gelingt, bei der möglichst vollkommenen Ausbildung meiner geistigen und körperlichen Kräfte, auch diese benannten Eigenschaften einst fest und unerschütterlich in mein Innerstes zu gründen, ich, unter diesen Umständen, nie unglücklich sein werde.

Ich nenne nämlich Glück nur die vollen und überschwenglichen Genüsse, die – um es Ihnen mit *einem* Zuge darzustellen – in dem erfreulichen Anschauen der moralischen Schönheit unseres eigenen Wesens liegen. Diese Genüsse, die Zufriedenheit unsrer selbst, das Bewußtsein guter Handlungen, das Gefühl unserer durch alle Augenblicke unseres Lebens, vielleicht gegen tausend Anfechtungen und Verführungen standhaft behaupteten Würde sind fähig, unter allen äußern Umständen des Lebens, selbst unter den scheinbar traurigsten, ein sicheres, tiefgefühltes, unzerstörbares Glück zu gründen. Und verdienen wohl, bei diesen Begriffen von Glück, Reichtum, Güter, Würden und alle die zerbrechlichen Geschenke des Zufalls diesen Namen ebenfalls?

So arm an Nüancen ist unsere deutsche Sprache nicht. Ich finde vielmehr leicht ein paar Worte, die, was diese Güter bewirken, sehr passend ausdrücken: Vergnügen und Wohlbehagen. Um diese angenehmen Genüsse sind Fortunens Günstlinge freilich reicher als ihre Stiefkinder, und es sei! Die Großen der Erde mögen den Vorzug vor den Geringern haben, zu schwelgen und zu prassen. Alle Güter der Welt mögen sich ihrem nach Vergnügen lechzenden Sinnen darbieten, und sie mögen ihrer vorzugsweise genießen. Nur, mein Freund! das Vorrecht, *glücklich zu sein*, wollen wir ihnen nicht einräumen. Mit Gold sollen sie den

Kummer, wenn sie ihn verdienen, nicht aufwiegen können. Es waltet ein großes unerbittliches Gesetz über die ganze Menschheit, dem der Erste wie der Bettler unterworfen ist. Der Tugend folgt die Belohnung, dem Laster die Strafe. Kein Gold besticht ein empörtes Gewissen, und wenn der lasterhafte Fürst auch alle Blicke, Mienen und Reden besticht, wenn er auch alle Künste des Leichtsinns und der Üppigkeit herbeiruft, um das häßliche Gespenst vor seinen Augen zu verscheuchen – umsonst! Ihn quält und ängstigt sein Gewissen wie den Geringsten seiner Untertanen. Vor diesem größten der Übel mich zu schützen und jenes einzige Glück mir zu erhalten und zu erweitern, soll allein mein innigstes und unaufhörliches Bestreben sein, und wenn ich mich bei der Sinnlichkeit der Jugend nicht entbrechen kann, neben den Genüssen des ersten und höchsten innern Glückes mir auch die Genüsse des äußern zu wünschen, will ich wenigstens in diesen Wünschen so bescheiden und genügsam sein, wie es einem Schüler der Weisheit ansteht.

Auf diese Begriffe von Glück und Unglück gründet sich zuerst und zunächst der Entschluß, den Mittelpfad zu verlieren, teils, weil die Güter, die er als Belohnung an jahrelange Anstrengung knüpft, Reichtum, Würden, Ehren, eben durch sie unglaublich an Vorteil und Reiz verlieren; teils, weil die Pflichten und Verhältnisse, die er gibt, die Möglichkeit einer vollkommenen Ausbildung und daher auch die Gründung des Glückes zerstören, das allein und einzig das Ziel meines Bestrebens sein soll. – –

Was man nach der gemeinen Regel Glück und Unglück nennt, ist es nicht immer; denn bei allen Begünstigungen des äußern Glückes haben wir Tränen in den Augen des Ersten und bei allen Vernachlässigungen desselben ein Lächeln auf dem Antlitze des andern gesehen.

Wenn also das Glück sich nur so unsicher auf äußere Dinge gründet, wo wird es sich dann sicher und unwandelbar gründen? Ein Traum kann diese Sehnsucht nach Glück nicht sein, die von der Gottheit selbst so unauslöschlich in unserer Seele erweckt ist und durch welche sie unverkennbar auf ein für uns mögliches Glück hindeutet. Glücklich zu sein ist ja der erste aller unsrer Wünsche, der laut und lebendig aus jeder Ader und jedem Nerv unsres Wesens spricht, der uns durch den ganzen Lauf unsres Lebens begleitet, der schon dunkel in den ersten kindischen Gedanken unsrer Seele lag, und den wir endlich als Greise mit in die Gruft nehmen werden – – – – – –

Dem einen Ruhm, dem andern Vergessenheit, dem einen ein Szepter, dem andern ein Wanderstab! Auch zeigt sich uns das Ding in den wunderbar ungleichartigsten Gestalten, wird vermißt, wo alle Präparate sein Dasein verkündigen, und gefunden, wo man es am wenigsten vermutet haben würde.

So sehen wir, zum Beispiel, die Großen der Erde im Besitze der Güter dieser Welt. Sie leben in Gemächlichkeit und Überfluß: alle Schätze der Natur scheinen sich um sie und für sie zu versammeln, und darum nennt man sie Günstlinge des Glücks. Aber der Unmut trübt ihre Blicke, der Schmerz bleicht ihre Wangen, der Kummer spricht aus ihren Zügen. Dagegen sehen wir einen armen Tagelöhner sich im Schweiße seines Angesichts sein Brot erwerben. Mangel und Armut umgeben ihn; sein ganzes Leben scheint ein ewiges Sorgen und Schaffen und Darben. Aber die Zufriedenheit blickt aus seinen Augen, die Freude lächelt aus seinem Antlitz, Frohsinn und Vergessenheit umschweben die ganze Gestalt. – – –

Den 19. März

Lesen Sie diesen Brief, wie ich ihn geschrieben habe, an mehreren hintereinanderfolgenden Tagen. Ich komme nun zu einem neuen Gegenstande, zu der Natur des Standes, den ich jetzt zu verlassen entschlossen bin, und es ist nötig, Ihnen auch hierüber meine Denkweise mitzuteilen, weil sie Ihnen einigen Aufschluß über die Ursachen meines Entschlusses gewähren wird.

Ich teile Ihnen zu diesem Zwecke einen Brief mit, den ich bei dem Eifer für die Güte meiner Sache vor einem Jahre in der Absicht an den König schrieb, um denselben an ihn abzuschicken; aber, nach Vollendung desselben, abzuschicken nicht für gut fand, weil ich fühlte, daß die Darstellung des Gegenstandes so fehlerhaft wie unvollständig ist, und daß die Sprache, die ich darin führe, nicht besonders geschickt ist, um zu überzeugen und einzunehmen. Dennoch werden Sie unter vielen Irrtümern notwendig auch manche Wahrheit entdecken, und auf jeden Fall

einsehen, daß der Gesichtspunkt, aus welchem ich den Soldatenstand betrachte, ein neuer, entscheidender Grund ist, ihn so bald
wie möglich zu verlassen.

Denn eben durch diese Betrachtungen wurde mir der Soldatenstand, dem ich nie von Herzen zugetan gewesen bin, weil er
etwas durchaus Ungleichartiges mit meinem ganzen Wesen in
sich trägt, so verhaßt, daß es mir nach und nach lästig wurde, zu
seinem Zwecke mitwirken zu müssen. Die größten Wunder
militärischer Disziplin, die der Gegenstand des Erstaunens aller
Kenner waren, wurden der Gegenstand meiner herzlichsten Verachtung; die Offiziere hielt ich für so viele Exerziermeister, die
Soldaten für so viele Sklaven, und wenn das ganze Regiment
seine Künste machte, schien es mir als ein lebendiges Monument
der Tyrannei. Dazu kam noch, daß ich den übeln Eindruck, den
meine Lage auf meinen Charakter machte, lebhaft zu fühlen anfing. Ich war oft gezwungen, zu strafen, wo ich gern verziehen
hätte, oder verzieh, wo ich hätte strafen sollen; und in beiden
Fällen hielt ich mich selbst für strafbar. In solchen Augenblicken
mußte natürlich der Wunsch in mir entstehen, einen Stand zu
verlassen, in welchem ich von zwei durchaus entgegengesetzten
Prinzipien unaufhörlich gemartert wurde, immer zweifelhaft
war, ob ich als Mensch oder als Offizier handeln mußte; denn die
Pflichten beider zu vereinen, halte ich bei dem jetzigen Zustande
der Armeen für unmöglich.

Und doch hielt ich meine moralische Ausbildung für eine meiner heiligsten Pflichten, eben weil sie, wie ich eben gezeigt habe,
mein Glück gründen sollte, und so knüpft sich an meine natürliche Abneigung gegen den Soldatenstand noch die Pflicht, ihn
zu verlassen.

Das, mein teurer Freund! ist die getreue Darstellung der
Gründe, die mich bewogen, den Soldatenstand zu verlassen.
Welche Gründe ich für die Wahl eines anderen Standes habe,
braucht nicht untersucht zu werden; denn wenn ich mich den
Wissenschaften widmen will, ist das für mich kein neuer Stand,
weil ich schon, seit ich in Potsdam, mehr Student als Soldat gewesen bin. Ich habe mich ausschließlich mit Mathematik und
Philosophie, – als den beiden Grundfesten alles Wissens, beschäftigt und als Nebenstudien die griechische und lateinische Sprache

betrieben, welche letztere ich nun zur Hauptsache erheben werde. Ich habe außer einer nicht sehr bedeutenden Hülfe eines übrigens gescheuten Mannes, des Konrektors Bauer, jene beiden Wissenschaften und besonders die Philosophie ganz allein studiert, und bin daher auch in den zwei Jahren, welche ich der Mathematik, und in dem halben Jahre, welches ich der Philosophie gewidmet habe, nicht weiter vorgerückt, als in jener Wissenschaft bis zur Vollendung der gemischten Arithmetik –, mit Einschluß der Lehre von den geometrischen Reihen und einigem der Geometrie, sowie in dieser nicht ganz bis zur Vollendung der reinen Logik. Dagegen aber darf ich mich getrauen zu behaupten, daß ich das, was ich betrieben habe, weiß und fühle, nicht bloß über fremder Herren Länder gewandelt zu sein, sondern es zu meinem Eigentume gemacht zu haben. Sie fragten mich in Frankfurt, welcher Grund mich bei dem schon lange gebildeten Entschlusse, den Dienst zu verlassen, besonders bestimmt habe, es in diesem Zeitpunkte zu tun, und luden mich ein, ihn zu prüfen. An den Grund, den ich Ihnen vortragen werde, knüpft sich noch die nahe Exerzierzeit, die mir eine kostbare Zeit rauben würde, wenn ich ihr nicht zu entgehen suchte, und, Lieber! dieser Grund ist an sich so zufällig und scheinbar unbedeutend, daß Sie sich so ganz in meine Denkungsart versetzen müssen, um ihn wichtig genug zu finden, diese Folge zu bestimmen. Vergessen Sie auch nur nicht, daß der Wille, den Dienst zu verlassen, schon längst in meiner Seele lag.

Mich fesselte nichts in Potsdam als das Studium der reinen Mathematik, das ich hier zu beendigen wünschte, und ich glaubte, daß mir ohne alle Hülfe meines Lehrers dieses Studium, besonders für die Zukunft die Algebra, zu schwer fallen oder wenigstens durch diese Hülfe erleichtert werden würde. Haben Sie aber Lust, eine Geschichte zu hören, so will ich Ihnen den Vorfall erzählen, der mich von meiner irrigen Meinung heilte.

Ich studierte die Wissenschaft gesellschaftlich mit einem jüngeren Freunde vom Regiment. Wir hatten bei unserm Lehrer Bauer den Unterricht in der Geometrie angefangen, und, um schneller fortzurücken, die Einrichtung getroffen, daß wir uns zu jeder Stunde präparierten und in den Stunden selbst, ohne weiteren Vortrag von Seiten unseres Lehrers, abwechselnd der Reihe nach die Wahrheiten der Lehrsätze erwiesen, so daß unserem Lehrer kein anderes Geschäft, als die Beurteilung übrig blieb, ob wir die Resultate richtig gefaßt hätten. Schon diese Einrichtung war nicht viel mehr als eigenes Studium. Aber daß auch das wenige, was wir von der Hülfe unseres Lehrers genossen, nicht wert sei, darum die Ausführung meines Entschlusses zu verschieben, ward mir klar, als wir kürzlich zu dem Beweise kamen, daß auch irrationale Verhältnisse der Linien wie rationale angesehen werden können, weil das Maß jeder Linie kleiner als jede denkbare Größe ist. Der Beweis war indirekt und so weitläufig geführt, daß ich bei einiger Übereilung den Schlüssen nicht ganz folgen konnte, wie denn überhaupt Kästners indirekte Beweise keine Einsicht in die Natur der Sache gewähren und immer mir auch unglaublich sein werden, weil ich mich unaufhörlich sträube, als wahr vorauszusetzen, was ich für falsch erkennen muß. Kurz, ich erschien für diesen Beweis unvorbereitet in den Stunden, und unglücklicherweise traf mich die Reihe, ihn zu führen. Ich konnte es nicht. Mein Lehrer demonstrierte mir ihn; aber was ich nicht verstehen kann, wenn ich es lese, verstehe ich noch weit weniger, wenn ich es höre; wenn ich einen Beweis lese, gehe ich nicht eher zur Folgerung, als bis ich den Grund einsehe, und baue nicht fort, ehe ich nicht den Grundstein gelegt habe. Nichts stört mich in meiner Betrachtung, und wenn mich irgend ein sich ergebender Umstand zum Nachdenken verführt, erkläre ich mich über diesen auch und gehe von dannen weiter, wo ich stehen blieb. Wie ganz anders ist es dagegen, wenn ich höre! Der Lehrer folgert und schließt nach dem Grade seiner Einsicht, nicht nach dem Grade der meinigen. Der Gang, den er nimmt, kann der beste sein; aber in meiner Seele bildete sich einmal der Entwurf eines anderen, und die Abweichung von diesem macht eine störende Diversion in meinem Denkgeschäfte, oder ich falle mit Lebhaftigkeit über einen uns merkwürdigen Umstand her, der noch nicht berührt worden ist, und mich unwillkürlich beschäftigt, meine Aufmerksamkeit vom Ziele abzieht, das mein Lehrer, tauben Ohren predigend, mir indessen entgegenrückt. Kurz, ich begriff zum zweiten und dritten Male nicht, was der Lehrer demonstrierte, und es blieb, zu meiner nicht unempfundenen Schande, kein ander Mittel übrig, als meinem Freunde das Geschäft des Demonstrierens zu übertragen, der sich dessen auch vollkommen gut entledigte. Zu meinem Troste gestand er mir, als wir das Zimmer unsers Lehrers (diesmal für mich ein Inquisitions-Tribunal, weil ich bei jeder Frage heiße Tropfen schwitzte,) verlassen hatten, daß er den Beweis schon vor der Stunde vollkommen eingesehen habe und ohnedies mit mir ein gleiches Schicksal gehabt haben würde, weil auch er gleich mir aus derselben Ursache der Demonstration des Lehrers (für deren Richtigkeit ich übrigens stehe) nicht habe folgen können. Ich eilte mit meinem Lehrbuche nach Haus, las, verstand, führte Beweis, streng systematisch, für die verschiedenen Fälle, und in zwei Tagen war ich in Frankfurt, um keinen Augenblick mehr die Erfüllung meines Entschlusses aufzuschieben. Man machte mir Einwürfe, fragte mich, welche Brotwissenschaft ich ergreifen wolle; denn daß dies meine Absicht sein müsse, fiel niemanden ein, zu bezweifeln. Ich stockte. Man ließ mir die Wahl zwischen Jurisprudenz und der Kameralwissenschaft.

Ich zeigte mich derselben nicht abgeneigt, ohne mich jedoch zu bestimmen. Man fragte mich, ob ich auf Konnexionen bei Hofe rechnen könne? Ich verneinte anfänglich etwas verlegen, aber erklärte darauf, um so viel stolzer, daß ich, wenn ich auch Konnexionen hätte, mich nach meinen jetzigen Begriffen schämen müßte, darauf zu rechnen. Man lächelte, ich fühlte, daß ich mich übereilt hatte. Solche Wahrheiten muß man sich hüten, auszusprechen. Man fing nun an, nach und nach zu zweifeln, daß die Ausführung meines Planes ratsam sei. Man sagte, ich sei zu alt, zu studieren. Darüber lächelte ich im Innern, weil ich mein Schicksal voraus sah, einst als Schüler zu sterben, und wenn ich auch als Greis in die Gruft führe. Man stellte mir mein geringes Vermögen vor; man zeigte mir die zweifelhafte Aussicht auf Brot auf meinem neuen Lebenswege; die gewisse Aussicht auf dem alten. Man malte mir mein bevorstehendes Schicksal, jahrelang eine trockene Wissenschaft zu studieren, jahrelang und ohne Brot mich als Referendar mit trockenen Beschäftigungen zu quälen, um endlich ein kümmerliches Brot zu erwerben, mit so barocken Farben aus, daß, wenn es mir, wenn auch nur im Traume, hätte einfallen können, meine jetzige, in vieler Hinsicht günstige Lage darum mit diesem Lebensplane zu vertauschen, ich mich den unsinnigsten Toren hätte schelten müssen, der mir je erschienen wäre.

Aber alle diese Einwürfe trafen meinen Entschluß nicht. Nicht aus Unzufriedenheit mit meiner äußern Lage, nicht aus Mangel an Brot, nicht aus Spekulation auf Brot, – sondern aus Neigung zu den Wissenschaften, aus dem eifrigsten Bestreben nach einer Bildung, welche, nach meiner Überzeugung, in dem Militärdienste nicht zu erlangen ist, verlasse ich denselben. Meine Absicht ist, das Studium der reinen Mathematik und reinen Logik selbst zu beendigen und mich in der lateinischen Sprache zu befestigen, und diesem Zwecke bestimme ich einen jahrelangen Aufenthalt in Frankfurt. Alles was ich dort hören möchte, ist ein Kollegium über literarische Enzyklopädie. Sobald dieser Grund gelegt ist – und um ihn zu legen, muß ich die benannten Wissenschaften durchaus selbst studieren –, wünsche ich nach Göttingen zu gehen, um mich dort der höheren Theologie, der Mathematik, Philosophie und Physik zu widmen, zu welcher letzteren ich einen mir selbst unerklärlichen Hang habe, obwohl in meiner früheren Jugend die Kultur des Sinnes für die Natur und ihre Erscheinungen durchaus vernachlässigt geblieben ist und ich in dieser Hinsicht bis jetzt nichts kann, als mit Erstaunen und Verwunderung an ihre Phänomene denken.

Diesen Studienplan lege ich Ihrer Prüfung vor und erbitte mir darüber Ihren Rat, weil ich hierin meine Vernunft nicht als alleinige Ratgeberin anerkennen, nicht vorzugsweise meiner Überzeugung trauen darf, und es einen Gegenstand betrifft, dessen ich unwissend bin, und über den andere aufgeklärt sind. – Welche Anwendung ich einst von den Kenntnissen machen werde, die ich zu sammeln hoffe, und auf welche Art und Weise ich mir das Brot, das ich für jeden Tag, und die Kleidung, die ich für jedes Jahr brauche, erwerben werde, weiß ich nicht. Mich beruhigt mein guter Wille, keine Art von Arbeit und Broterwerb zu scheuen, wenn sie nur ehrlich sind. Alle Beispiele von ungeschätztem Verstande und brotlosen, wiewohl geschickten Gelehrten und Künstlern, von denen es freilich, leider! wimmelt, erschrecken mich so wenig, daß ich ihnen vielmehr mit Recht dies Schicksal zuerkenne, weil niemand zu hungern braucht, wenn er nur arbeiten will. Alle diese Leute (mit Ausschluß der

Kranken und Unvermögenden, welche freilich kein hartes Schicksal verdienen) sind entweder zu unwissend, um arbeiten zu können, oder zu stolz, um jede Art von Arbeit ergreifen zu wollen. Brauchbare und willige Leute werden immer gesucht und gebraucht. Diese Überzeugung beruht nicht auf der Tugend der Menschen, sondern auf ihrem Vorteile, und um so weniger soll sie mir, zu meinem Glücke, jemand rauben. Vielleicht ist es möglich, daß Zeit und Schicksale in mir Gefühle und Meinungen ändern; denn wer kann davor sicher sein! Es ist möglich, daß ich einst für ratsam halte, eine Bedienung, ein Amt zu suchen, und ich hoffe und glaube auch für diesen Fall, daß es mir dann leicht werden wird, mich für das Besondere eines Amtes zu bilden, wenn ich mich für das Allgemeine, für das Leben gebildet habe. Aber ich bezweifle diesen möglichen Schritt; weil ich die goldne Unabhängigkeit, oder, um nicht falsch verstanden zu werden, die goldne Abhängigkeit von der Herrschaft der Vernunft mich gewiß stets zu veräußern scheuen würde, wenn ich erst einmal so glücklich gewesen wäre, sie mir wieder erworben zu haben. Diese Äußerung ist es besonders, die ich zu verschweigen bitte, weil sie mir ohne Zweifel viele Unannehmlichkeiten von Seiten meines Vormundes verursachen würde, der mir schon erklärt hat, ein Mündel müsse sich für einen festen Lebensplan, für ein festes Ziel bestimmen. Sobald ich aber nur erst meinen Abschied erhalten habe, um dessen Bewilligung ich bereits nachgesucht, werde ich freimütig und offen zu Werke gehen. Welcher Erfolg dieses Schrittes im Hintergrunde der Zukunft meiner wartet, weiß allein der, der schon jetzt wie in der Zukunft lebt. Ich hoffe das Beste; wiewohl ich auch ohne Bestürzung an schlimme Folgen denke. Auch in ihnen ist Bildung, und vielleicht die höchste Bildung möglich, und sie werden mich nicht unvorbereitet überraschen, wenigstens mich unfehlbar nicht meinen Entschluß bereuen machen. Ja, täten sie dies, müßte ich dann nicht dasselbe fürchten, als wenn ich bliebe, wo ich bin? Man kann für jeden Augenblick des Lebens nichts anderes tun, als was die Vernunft für ihren wahren Vorteil erkennt.

Ein zufälliger Umstand schützt mich vor dem tiefsten Elende, vor Hunger und Blöße in Krankheiten. Ich habe ein kleines Vermögen, das mir in dieser Rücksicht – und weil es mir manchen

Vorteil für meine Bildung verschaffen kann – sehr teuer ist, und das ich mir, aus diesem Grunde, möglichst zu erhalten strebe. Mein Glück kann ich freilich nicht auf diesen Umstand gründen, den mir ein Zufall gab, und ich will es daher nur wie ein Geschick, nicht wie eine angeborne Eigenschaft genießen, um mich, wenn ich es verlieren sollte, wenigstens nicht ärmer zu fühlen, als ich war. Ich sinne oft nach, welchen Weg des Lebens ich wohl eingeschlagen haben würde, wenn das Schicksal mich von allen Gütern der Erde ganz entblößt hätte, wenn ich ganz arm wäre? Und fühle eine nie empfundene Freude Kopf und Herz wechselseitig kräftigen, daß ich dasselbe, ganz dasselbe getan haben würde.

Ja, Lieber! Nicht Schwärmerei, nicht kindische Zuversicht ist diese Äußerung. Erinnern Sie sich, daß ich es für meine Pflicht halte, diesen Schritt zu tun; und ein Zufall, außerwesentliche Umstände können und sollen die Erfüllung meiner Pflicht nicht hindern, einen Entschluß nicht zerstören, den die höhere Vernunft erzeugte, ein Glück nicht erschüttern, das sich nur im Innern gründet. In dieser Überzeugung darf ich gestehen, daß ich mit einiger, ja großer Gewißheit einer fröhlichen und glücklichen Zukunft entgegensehe. In mir und durch mich vergnügt, o, mein Freund! wo kann der Blitz des Schicksals mich Glücklichen treffen, wenn ich es fest im Innersten meiner Seele bewahre? Immer mehr erwärmt und begünstigt mein Herz den Entschluß, den ich nun um keinen Preis der Könige mehr aufgeben möchte, und meine Vernunft bekräftigt, was mein Herz sagt, und krönt es mit der Wahrheit, daß es wenigstens weise und ratsam sei, in dieser wandelbaren Zeit so wenig wie möglich an die Ordnung der Dinge zu knüpfen.

Diese getreue Darstellung meines ganzen Wesens, das volle unbegrenzte Vertrauen, dessen Gefühle mir selbst frohe Genüsse gewähren, weil eine zufällige Abgezogenheit von den Menschen sie so selten macht, wird auch Sie nicht ungerührt lassen, soll und wird mir auch Ihr Vertrauen erwerben, um das ich im eigentlichsten Sinne buhle. Den Funken der Teilnahme, den ich bei der ersten Eröffnung meines Plans in Ihren Augen entdeckte, zur Flamme zu erheben, ist mein Wunsch und meine Hoffnung. Sein Sie mein Freund im deutschen Sinne des Worts, so wie Sie einst mein Lehrer waren, jedoch für länger, für immer!

Es wird mir lieb sein, wenn dieser Brief nebst beiliegendem Aufsatz meiner Schwester Ulrike zur Lesung überschickt wird. Sie ist die einzige von meiner Familie, der ich mich ganz anzuvertrauen schuldig bin, weil sie die einzige ist, die mich ganz verstehen kann. Diesen Aufsatz bitte ich aufzubewahren, bis ich ihn mir in Frankfurt selbst abfordere. Ihr Freund Kleist.

Königl. Kabinettsorder an Kleist

An den vom Rgt. Garde verabschiedeten Lieut. v. Kleist in Potsdam.

13. April 1799

Ich habe gegen Euern Vorsatz, Euch den Studien zu widmen, nichts einzuwenden, und wenn Ihr Euch eifrig bestrebet, Eure Kenntnisse zu erweitern, und Euch zu einem besonders brauchbaren Geschäftsmanne zu bilden, so werde Ich dadurch auch in der Folge Gelegenheit erhalten, Mich zu bezeigen als Euer p. p.

4. Revers

Nachdem Sr. Königlichen Majestät von Preußen mir Endesunterschriebenem den aus freier Entschließung und aus eignem Antriebe um meine Studia zu vollenden alleruntertänigst nachgesuchten Abschied aus Höchstdero Kriegsdiensten in Gnaden bewilliget: so reversiere ich mich hierdurch auf Höchstdero ausdrücklichen Befehl: daß ich weder ohne Dero allerhöchsten Konsens jemals in auswärtige Krieges- oder Zivildienste treten, noch in Höchstdero Staaten wiederum in Königl. Kriegsdienste aufgenommen zu werden, anhalten will; dagegen ich mir vorbehalte, nach Absolvierung meiner Studia Sr. Majestät dem Könige und dem Vaterlande im Zivilstande zu dienen. Diesen wohlüberdachten Revers habe ich eigenhändig ge- und unterschrieben. So geschehen Frankfurt a. Oder, den 17. April 1799.

Heinrich v. Kleist
vormals Lieut. im Regt. Garde

5. An Ulrike von Kleist

[Frankfurt a. d. Oder, Mai 1799]

Wenn ich von jemandem Bildung erhalte, mein liebes Ulrikchen, so wünsche ich ihm dankbar auch wieder einige Bildung zurückzugeben; wenn ich aus seinem Umgange Nutzen ziehe, so wünsche ich, daß er auch in dem meinigen einigen Nutzen finde; nicht gern möchte ich, daß er die Zeit bei mir verlöre, die ich bei ihm gewinne. Wie lehrreich und bildend Dein Umgang mir ist, wie vielen *wahren Vorteil* Deine Freundschaft mir gewährt, das scheue ich mich nicht, Dir offenherzig mitzuteilen; vielmehr es ist recht und billig, daß ein Wohltäter den ganzen Umfang seiner Wohltat kennen lernt, damit er sich selbst durch das Bewußtsein seiner Handlung und des Nutzens, den sie gestiftet hat, belohne. Du, mein liebes Ulrikchen, ersetzest mir die schwer zu ersetzende und wahrlich Dich ehrende Stelle meiner hochachtungswürdigen Freunde zu Potsdam. Ich scheue mich auch nicht Dir zu gestehen, daß die Aussicht auf Deine Freundschaft, so sehr ich sonst andere Universitäten zu beziehen wünschte, mich dennoch, wenigstens zum Teil, bestimmte, meinen Aufenthalt in Frankfurt zu wählen. Denn Grundsätze und Entschlüsse wie die meinigen, bedürfen der Unterstützung, um über so viele Hindernisse und Schwierigkeiten unwandelbar hinausgeführt zu werden. Du, mein liebes Ulrikchen, sicherst mir den guten Erfolg derselben. Du bist die einzige die mich hier ganz versteht. Durch unsere vertraulichen Unterredungen, durch unsere Zweifel und Prüfungen, durch unsere freundlichen und freundschaftlichen Zwiste, deren Gegenstand nur allein die Wahrheit ist, der wir beide aufrichtig entgegenstreben und in welcher wir uns auch gewöhnlich beide vereinigen, durch alle diese Vorteile Deines Umgangs scheidet sich das Falsche in meinen Grundsätzen und Entschlüssen immer mehr von dem Wahren, das sie enthalten, und reinigen sich folglich immer mehr, und knüpfen sich immer inniger an meine Seele, und wurzeln immer tiefer, und werden immer mehr und mehr mein Eigentum. Deine Mitwissenschaft meiner ganzen Empfindungsweise, Deine Kenntnis meiner Natur schützt sie um so mehr vor ihrer Ausartung; denn ich fürchte nicht allein mir selbst, ich fürchte nun auch Dir zu mißfallen. Dein Beispiel schützt mich vor alle Einflüsse der Torheit und des Lasters, Deine Achtung sichert mir die meinige zu. – Doch genug. Du siehst, wie unaufhaltsam mir Dein Lob entfließt, mit wie vielem Vergnügen ich mich als Deinen Schuldner bekenne. Ich schätze Dich als das edelste der Mädchen, und liebe Dich, als die, welche mir jetzt am teuersten ist. Wärst Du ein Mann oder nicht meine Schwester, ich würde stolz sein, das Schicksal meines ganzen Lebens an das Deinige zu knüpfen.

Doch genug hiervon. So viele von Dir empfangene und innig empfundene Wohltaten will ich dadurch zu belohnen suchen, daß ich unaufgefordert und mit der Freimütigkeit der Freundschaft bis in das Geheimste und Innerste Deines Herzens dringe; und finde ich es nicht, wie ich es wünsche, finde ich Dich unentschieden, wo Du längst entschieden sein solltest, finde ich Dich schlummern, wo Du längst wach sein solltest, dann will ich mit der Kühnheit der Freundschaft Dich wecken.

Traue mir zu, daß es meine innige Überzeugung ist, auf welcher sich das jetzt Folgende gründet. Bei so vielen Fähigkeiten, die Deinen Verstand, bei so vielen herrlichen Tugenden, die Dein Herz schmücken, scheint es lieblos und unedel eine dunkle Seite an Dir dennoch auszuspüren. Aber grade diese dunkle Seite, ist keine unbedeutende, gleichgültige. Ich denke, sie würde Deinem Wesen die Krone aufsetzen, wenn sie im Lichte stünde, und darum wünsche ich, sie zu erhellen. Und wenn auch das nicht wäre, – wenn jemand so nahe am Ziele steht, so verdient er schon allein um der seltnen Erscheinung willen, daß man ihn ganz hinaufführe.

Tausend Menschen höre ich reden und sehe ich handeln, und es fällt mir nicht ein, nach dem Warum? zu fragen. Sie selbst wissen es nicht, dunkle Neigungen leiten sie, der Augenblick bestimmt ihre Handlungen. Sie bleiben für immer unmündig und ihr Schicksal ein Spiel des Zufalls. Sie fühlen sich wie von unsichtbaren Kräften geleitet und gezogen, sie folgen ihnen im Gefühl ihrer Schwäche wohin es sie auch führt, zum Glücke, das sie dann nur halb genießen, zum Unglücke, das sie dann doppelt fühlen.

Eine solche sklavische Hingebung in die Launen des Tyrannen Schicksal, ist nun freilich eines freien, denkenden Menschen höchst unwürdig. Ein freier, denkender Mensch bleibt da nicht stehen, wo der Zufall ihn hinstößt; oder wenn er bleibt, so bleibt er aus Gründen, aus Wahl des Bessern. Er fühlt, daß man sich über das Schicksal erheben könne, ja, daß es im richtigen Sinne selbst möglich sei, das Schicksal zu leiten. Er bestimmt nach seiner Vernunft, welches Glück für ihn das höchste sei, er entwirft sich seinen Lebensplan, und strebt seinem Ziele nach sicher aufgestellten Grundsätzen mit allen seinen Kräften entgegen. Denn schon die Bibel sagt, willst du das Himmelreich erwerben, so lege selbst Hand an.

So lange ein Mensch noch nicht im Stande ist, sich selbst einen Lebensplan zu bilden, so lange ist und bleibt er unmündig, er stehe nun als Kind unter der Vormundschaft seiner Eltern oder als Mann unter der Vormundschaft des Schicksals. Die erste Handlung der Selbständigkeit eines Menschen ist der Entwurf eines solchen Lebensplans. Wie nötig es ist, ihn so früh wie möglich zu bilden, davon hat mich der Verlust von sieben kostbaren Jahren, die ich dem Soldatenstande widmete, von sieben unwiederbringlich verlornen Jahren, die ich für meinen Lebensplan hätte anwenden gekonnt, wenn ich ihn früher zu bilden verstanden hätte, überzeugt.

Ein schönes Kennzeichen eines solchen Menschen, der nach sichern Prinzipien handelt, ist Konsequenz, Zusammenhang, und Einheit in seinem Betragen. Das hohe Ziel, dem er entgegenstrebt, ist das Mobil aller seiner Gedanken, Empfindungen und Handlungen. Alles, was er denkt, fühlt und will, hat Bezug auf dieses Ziel, alle Kräfte seiner Seele und seines Körpers streben nach diesem gemeinschaftlichen Ziele. Nie werden seine Worte seinen Handlungen, oder umgekehrt, widersprechen, für jede seiner Äußerungen wird er Gründe der Vernunft aufzuweisen haben. Wenn man nur sein Ziel kennt, so wird es nicht schwer sein die Gründe seines Betragens zu erforschen.

Ich wende mich nun zu Dir, mein liebes Ulrikchen. Deiner denkenden Seele stünde jener hohe Charakter der Selbständigkeit wohl an. Und doch vermisse ich ihn an Dir. Du bist für jeden Augenblick des Lebens oft nur zu bestimmt, aber Dein *ganzes* Leben hast Du noch nicht ins Auge gefaßt. Aus diesem Umstande erkläre ich mir die häufigen Inkonsequenzen Deines Betragens, die Widersprüche Deiner Äußerungen und Handlungen. Denn ich sinne gern bei Dir über die Gründe derselben nach, aber ungern finde ich, daß sie nicht immer übereinstimmen.

Du äußerst oft hohe vorurteilsfreie Grundsätze der Tugend, und doch klebst Du noch oft an den gemeinsten Vorurteilen.

Nie sehe ich Dich gegen wahren echten Wohlstand anstoßen, und doch bildest Du oft Wünsche und Pläne, die mit ihm durchaus unvereinbar sind. Ich hoffe Du wirst mich überheben, diese Urteile mit Beispielen zu belegen. Du bist entweder viel zu frei und vorurteillos, oder bei weitem nicht genug. Die Folge davon ist, daß ich nicht bestimmen kann, ob das, was Du willst und tust, recht sei, oder nicht, und ich muß fürchten, daß Du selbst darüber unentschieden bist.

Denn warum hättest Du mir, als ich Dir gestern die rasche Frage tat, ob Du Dir einen bestimmten Lebensplan gebildet hättest, mit Verwirrung und Schüchternheit, wenigstens nicht mit jener Dir eigentümlichen Reinheit und Gradheit geantwortet, Du verstündest meine Frage nicht? Meine simple Frage deren Sinn doch so offen und klar ist? Muß ich nicht fürchten, daß Du nur in der Notwendigkeit mir eine Antwort geben zu müssen, die Deiner nicht würdig ist, lieber diesen – Ausweg gewählt hast?

Ein Lebensplan ist – – Mir fällt die Definition vom Birnkuchen ein, die Du einst im Scherze Pannwitzen gabst, und wahrlich, ich möchte Dir im Ernste eine ähnliche geben. Denn bezeichnet hier nicht ebenfalls ein einfacher Ausdruck einen einfachen Sinn? Ein Reisender, der das Ziel seiner Reise, und den Weg zu seinem Ziele kennt, hat einen Reiseplan. Was der Reiseplan dem Reisenden ist, das ist der Lebensplan dem Menschen. Ohne Reiseplan sich auf die Reise begeben, heißt erwarten, daß der Zufall uns an das Ziel führe, das wir selbst nicht kennen. Ohne Lebensplan leben, heißt vom Zufall erwarten, ob er uns so glücklich machen werde, wie wir es selbst nicht begreifen.

Ja, es ist mir so unbegreiflich, wie ein Mensch ohne Lebensplan leben könne, und ich fühle, an der Sicherheit, mit welcher ich die Gegenwart benutze, an der Ruhe, mit welcher ich in die Zukunft blicke, so innig, welch ein unschätzbares Glück mir mein Lebensplan gewährt, und der Zustand, ohne Lebensplan, ohne feste Bestimmung, immer schwankend zwischen unsichern Wünschen, immer im Widerspruch mit meinen Pflichten, ein Spiel des Zufalls, eine Puppe am Drahte des Schicksals – dieser unwürdige Zustand scheint mir so verächtlich, und würde mich so unglücklich machen, daß mir der Tod bei weitem wünschenswerter wäre.

Du sagst, nur Männer besäßen diese uneingeschränkte Freiheit
des Willens, Dein Geschlecht sei unauflöslich an die Verhältnisse
der Meinung und des Rufs geknüpft. – Aber ist es aus Deinem
Munde, daß ich dies höre? Bist Du nicht ein freies Mädchen, so
wie ich ein freier Mann? Welcher andern Herrschaft bist Du unterworfen, als allein der Herrschaft der Vernunft?

Aber dieser sollst Du Dich auch vollkommen unterwerfen.
Etwas muß dem Menschen heilig sein. Uns beide, denen es die
Zeremonien der Religion und die Vorschriften des konventionel-
len Wohlstandes nicht sind, müssen um so mehr die Gesetze der
Vernunft heilig sein. Der Staat fordert von uns weiter nichts, als
daß wir die zehn Gebote nicht übertreten. Wer gebietet uns aber
die Tugenden der Menschenliebe, der Duldung, der Bescheidenheit, der Sittsamkeit zu üben, wenn es nicht die Vernunft tut?
Der Staat sichert uns unser Eigentum, unsre Ehre, und unser Leben; wer sichert uns aber unser inneres Glück zu, wenn es die
Vernunft nicht tut?

So innig ich es nun auch wünsche, Dich überhaupt für die
Annahme irgend eines Lebensplans zu bestimmen, weil ich Dir
gern das Glück gönne, das die Kenntnis unsrer Bestimmung, der
sichere Genuß der Gegenwart und die Ruhe für die Zukunft gewähren, so möchte ich doch nicht gern einen Einfluß auf die
Annahme eines bestimmten Lebensplanes haben. Das möge allein
das Werk Deiner Vernunft sein. Prüfe Deine Natur, beurteile
welches moralische Glück ihr am angemessensten sei, mit einem
Worte, bilde Dir einen Lebensplan, und strebe dann seiner Ausführung entgegen. Dann wird nie wieder geschehen, was ich vorher an Dir tadelte, dann werden sich Deine Wünsche und Deine
Pflichten, Deine Worte und Deine Handlungen nie widersprechen.

Aber noch weit mehr als ich fürchte, Du möchtest noch bisher
keinen Lebensplan gebildet haben, muß ich fürchten, daß Du
grade den einzigen Lebensplan verworfen hast, der Deiner würdig wäre. Laß mich aufrichtig, ohne Rückhalt, ohne alle falsche
Scham reden. Es scheint mir, – es ist möglich daß ich mich irre,
und ich will mich freuen, wenn Du mich vom Gegenteile überzeugen kannst, – aber es scheint mir, als ob Du bei Dir entschieden wärest, Dich nie zu verheiraten. Wie? Du wolltest nie Gattin

und Mutter werden? Du wärst entschieden, Deine höchste Bestimmung nicht zu erfüllen, Deine heiligste Pflicht nicht zu vollziehen? Und *entschieden* wärst Du darüber? Ich bin wahrlich begierig die Gründe zu hören, die Du für diesen höchst strafbaren
und verbrecherischen Entschluß aufzuweisen haben kannst.

Eine einzige simple Frage zerstört ihn. Denn wenn Du ein
Recht hättest, Dich nicht zu verheiraten, warum ich nicht auch?
Und wenn wir beide dazu ein Recht haben, warum ein Dritter
nicht auch? Und wenn dieses ist, warum nicht auch ein Vierter,
ein Fünfter, warum nicht wir alle? Aber das Leben, welches wir
von unsern Eltern empfingen, ist ein heiliges Unterpfand, das wir
unsern Kindern wieder mitteilen sollen. Das ist ein ewiges Gesetz
der Natur, auf welches sich ihre Erhaltung gründet.

Diese Wahrheit ist so klar, und das Interesse, das sie bei sich
führt, dem Herzen des Menschen so innig eingepflanzt, daß es
schwer wird zu glauben, sie sei Dir unbekannt. Aber was soll ich
glauben, wenn Dir der, nicht scherzhafte, nur allzu ernstliche
Wunsch entschlüpft, Du möchtest die Welt bereisen? Ist es auf
Reisen, daß man Geliebte suchet und findet? Ist es dort wo man
die Pflichten der Gattin und der Mutter am zweckmäßigsten erfüllt? Oder willst Du endlich wenn Dir auch das Reisen überdrüssig ist, zurückkehren, wenn nun die Blüte Deiner Jahre da-
hingewelkt ist, und erwarten, ob ein Mann philosophisch genug
denke, Dich dennoch zu heiraten? Soll er Weiblichkeit von einem
Weibe erwarten, deren Geschäft es während ihrer Reise war, sie
zu unterdrücken?

Aber Du glaubst Dich trösten zu können, wenn Du auch einen
solchen Mann nicht fändest. Täusche Dich nicht, Ulrickchen, ich
fühle es, Du würdest Dich nicht trösten, nein, wahrlich, bei Deinem Herzen würdest Du Dich nicht trösten. Gesetzt, es wäre Dein
Wille, Dich nach der Rückkehr von Deiner Reise irgendwo in
einer schönen Gegend mit Deinem Vermögen anzukaufen. Ach,
dem Landmann ist ein Gatte unentbehrlich. Der Städter mag seiner entbehren, ich will es glauben, das Geräusch der Stadt kann
seine geheimen Wünsche unterdrücken, er lernt das Glück nicht
vermissen, das er entbehrt. Aber der Landmann ist ohne Gattin
immer unglücklich. Da fehlt ihm Trost und Hülfe in Widerwärtigkeiten, da ist er in Krankheiten ohne Wartung und Pflege, da

sieht er sich allein stehen in der weiten lebendigen Natur, er fühlt sich unvermißt und unbeweint, wenn er an den Tod denkt. Und selbst wenn seine Bemühungen gedeihen und mit Früchten wuchern, – wo will er hin mit allen Erzeugnissen der Natur? Da fehlen ihm Kinder, die sie ihm verzehren helfen, da drückt er wehmütig fremde Kinder an seine Brust und reicht ihnen von seinem Überflusse. – Täusche Dich daher nicht, Ulrikchen. Dann erst würdest Du innig fühlen, welches Glück Du entbehren mußt, und um so tiefer würde dies dich schmerzen, je mehr Du es selbst mutwillig verworfen hast.

Und was würde Dich für so vielen Verlust schadlos halten können? Doch wohl nicht der höchst unreife Gedanke frei und unabhängig zu sein? Kannst Du Dich dem allgemeinen Schicksal Deines Geschlechtes entziehen, das nun einmal seiner Natur nach die zweite Stelle in der Reihe der Wesen bekleidet? Nicht einen Zaun, nicht einen elenden Graben kannst Du ohne Hülfe eines Mannes überschreiten, und willst allein über die Höhen und über die Abgründe des Lebens wandeln? Oder willst Du von Fremden fordern, was Dir ein Freund gern und freiwillig leisten würde?

Aus allen diesen Gründen deren Wahrheit Du gewiß einsehen und fühlen wirst, gib jenen unseligen Entschluß auf, wenn Du ihn gefaßt haben solltest. Du entsagst mit ihm Deiner höchsten Bestimmung, Deiner heiligsten Pflicht, der erhabensten Würde, zu welcher ein Weib emporsteigen kann, dem einzigen Glücke, das Deiner wartet.

Und wenn Mädchen wie Du sich der heiligen Pflicht Mütter und Erzieherinnen des Menschengeschlechts zu werden, entziehen, was soll aus der Nachkommenschaft werden? Soll die Sorge für künftige Geschlechter nur der Üppigkeit feiler oder eitler Dirnen überlassen sein? Oder ist sie nicht vielmehr eine heilige Verpflichtung tugendhafter Mädchen? – Ich schweige, und überlasse es Dir, diesen Gedanken auszubilden. –

6. An Ulrike von Kleist

Frankfurt a. d. Oder, den 12. November 1799
Ich war zuerst willens, der langen Verspätung dieses Briefes eine Rechtfertigung voranzuschicken; aber es fällt mir ein, daß doch eben nicht viele Billigkeit dazu gehört, sie zu entschuldigen,

wenn man mich und die Absicht meines Hierseins kennt. Ich habe
mir ein Ziel gesteckt, das die ununterbrochene Anstrengung aller
meiner Kräfte und die Anwendung jeder Minute Zeit erfordert,
wenn es erreicht werden soll. Ich habe besonders in diesem meinem zweiten akademischen Kursus eine Masse von Geschäften
auf mich geladen, die ich nicht anders als mit dem allermühsam-
sten Fleiße bearbeiten kann; eine Masse von Geschäften, die selbst
nach dem Urteile Hüllmanns zu schwer für mich ist, und von der
ich daher, wenn ich sie dennoch trage, mit Recht sagen kann, daß
ich das fast Unmögliche möglich gemacht habe. Unter diesen
Umständen siehst Du wohl ein, daß es bisher nötig war, mich oft
mit einem augenblicklichen Andenken an Dich zu begnügen; und
daß mir selbst jetzt die Zeit einer schriftlichen Unterhaltung mit
Dir noch nicht geworden wäre, wenn durch den Eintritt der
Messe die akademischen Vorlesungen nicht ausgesetzt worden
wären. Diese vierzehn Tage der Ruhe, diesen Sonntag für meine
lange geschäftsvolle Woche, benutze ich, um mich einmal nach
Herzenslust zu vergnügen; und dieses Vergnügen soll ein Brief
an Dich sein.

Wenn man sich so lange mit ernsthaften abstrakten Dingen
beschäftigt hat, wobei der Geist zwar seine Nahrung findet, aber
das arme Herz leer ausgehen muß, dann ist es eine wahre Freude,
sich einmal ganz seine Ergießungen zu überlassen; ja es ist selbst
nötig, daß man es zuweilen ins Leben zurückrufe. Bei dem ewigen
Beweisen und Folgern verlernt das Herz fast zu fühlen; und doch
wohnt das Glück nur im Herzen, nur im Gefühl, nicht im Kopfe,
nicht im Verstande. Das Glück kann nicht, wie ein mathemati-
scher Lehrsatz bewiesen werden, es muß empfunden werden,
wenn es da sein soll. Daher ist es wohl gut, es zuweilen durch den
Genuß sinnlicher Freuden von neuem zu beleben; und man müßte
wenigstens täglich *ein* gutes Gedicht lesen, *ein* schönes Gemälde
sehen, *ein* sanftes Lied hören – oder ein herzliches Wort mit einem
Freunde reden, um auch den schönern, ich möchte sagen den
menschlicheren Teil unseres Wesen zu bilden.

Dieses letzte Vergnügen habe ich seit Deiner Abwesenheit von
hier gänzlich entbehren müssen, und grade dieses ist es, dessen ich
am meisten bedarf. Vorsätze und Entschlüsse wie die meinigen
bedürfen der Aufmunterung und der Unterstützung mehr als

andere vielleicht, um nicht zu sinken. *Verstanden* wenigstens möchte ich gern zuweilen sein, wenn auch nicht aufgemuntert und gelobt, von *einer* Seele wenigstens möchte ich gern zuweilen verstanden werden, wenn auch alle andern mich verkennen. Wie man in einem heftigen Streite mit vielen Gegnern sich umsieht, ob nicht einer unter allen ist, der uns Beifall zulächelt, so suche ich zuweilen Dich; und wie man unter fremden Völkern freudig einem Landsmann entgegenfliegt, so werde ich Dir, mein liebes Ulrikchen entgegenkommen. Nenne es immerhin Schwäche von mir, daß ich mich so innig hier nach Mitteilung sehne, wo sie mir so ganz fehlt. Große Entwürfe mit schweren Aufopferungen auszuführen, ohne selbst auf den Lohn *verstanden zu werden* Anspruch zu machen, ist eine Tugend, die wir wohl bewundern, aber nicht *verlangen* dürfen. Selbst die größten Helden der Tugend, die jede andere Belohnung verachteten, rechneten doch auf diesen Lohn; und wer weiß, was Sokrates und Christus getan haben würden, wenn sie voraus gewußt hätten, daß keiner unter ihren Völkern den Sinn ihres Todes verstehen würde. Willst Du es doch eine Schwäche nennen, so ist es höchstens die Schwäche eines Münzensammlers z. B. der zwar hauptsächlich für sich und zu seinem Vergnügen, zu seinem Nutzen sammelte, und daher auch nicht zürnt, wenn die meisten gleichgültig bei seiner sorgfältig geordneten Sammlung vorübergehen, aber eben deswegen um so viel lieber einmal einen Freund der Kunst in sein Kabinett führt. Denn meine Absichten und meine Entschlüsse sind solche Schaumünzen, die aus dem Gebrauche gekommen sind und nicht mehr gelten; daher zeige ich sie gern zuweilen einem Kenner der Kunst, damit er sie prüfe und mich überzeuge, ob, was ich so emsig und eifrig sammle und aufbewahre, auch wohl echte Stücke sind, oder nicht.

– Ich überlese jetzt den eben vorangegangnen Punkt, und finde, daß er mir mißfallen würde, wenn ich ihn, so wie Du hier, aus dem Munde eines jungen Menschen hörte. Denn mit Recht kann man ein Mißtrauen in solche Vorsätze setzen, die unter so vielen Menschen keinen finden, der sie verstünde und billigte. Aber doch ist es mit den meinigen so; verstanden werden sie nicht, das ist gewiß, und daher, denke ich, werden sie nicht gebilligt. Wessen Schuld es ist, daß sie nicht verstanden werden –

das getraue ich mich wenigstens nicht zu meinem Nachteil zu entscheiden. Wenn ein Türke und ein Franzose zusammenkommen, so haben sie wenigstens *gleiche* Verpflichtung, die Sprache des andern zu lernen, um sich verständlich zu machen. Tausend Bande knüpfen die Menschen aneinander, gleiche Meinungen, gleiches Interesse, gleiche Wünsche, Hoffnungen und Aussichten; – alle diese Bande knüpfen mich nicht an sie, und dieses mag ein Hauptgrund sein, warum wir uns nicht verstehen. Mein Interesse besonders ist dem ihrigen so fremd, und ungleichartig, daß sie – gleichsam wie aus den Wolken fallen, wenn sie etwas davon ahnden. Auch haben mich einige mißlungene Versuche, es ihnen näher vor die Augen, näher ans Herz zu rücken, für immer davon zurückgeschreckt; und ich werde mich dazu bequemen müssen, es immer tief in das Innerste meines Herzens zu verschließen.

Was ich mit diesem Interesse im Busen, mit diesem heiligen, mir selbst von der Religion, von *meiner* Religion gegebnen Interesse im engen Busen, für eine Rolle unter den Menschen spiele, denen ich von dem, was meine ganze Seele erfüllt, nichts merken lassen darf, – das weißt Du zwar nach dem äußern Anschein, aber schwerlich weißt Du, was oft dabei im Innern mit mir vorgeht. Es ergreift mich zuweilen plötzlich eine Ängstlichkeit, eine Beklommenheit, die ich zwar aus allen Kräften zu unterdrücken mich bestrebe, die mich aber dennoch schon mehr als einmal in die lächerlichsten Situationen gesetzt hat.

Die einzige Gesellschaft, die ich täglich sehe, ist Zengens, und ich würde um dieser peinlichen Verlegenheit willen, auch diese Gesellschaft schon aufgegeben haben, wenn ich mir nicht vorgenommen hätte, mich durchaus von diesem unangenehmen Gefühl zu entwöhnen. Denn auf meinem Lebenswege werden mir Menschen aller Art begegnen, und jeden muß ich zu nutzen verstehen. Dazu kommt, daß es mir auch zuweilen gelingt, recht froh in dieser Gesellschaft zu sein; denn sie besteht aus lauter guten Menschen, und es herrscht darin viele Eintracht, und das Äußerste von Zwanglosigkeit. Die älteste Zengen, Minette, hat sogar einen feineren Sinn, der für schönere Eindrücke zuweilen empfänglich ist; wenigstens bin ich zufrieden, wenn sie mich zuweilen mit Interesse anhört, ob ich gleich nicht viel von ihr wieder erfahre. Aber von allem diesen ist nichts, wenn der ganze

Haufen beisammen ist. Ein Gespräch kann man ihr sich durch-
kreuzendes Geschwätz nicht nennen. Wenn ein Gespräch geführt
werden soll, so muß man bei dem Gegenstande desselben verweilen, denn nur dadurch gewinnt es Interesse; man muß ihn von
allen seinen Seiten betrachten, denn nur dadurch wird es mannigfaltig und anziehend. Aber hier – doch Du kennst das. Ich wollte
Dir nur zeigen, daß das Interesse, das mir die Seele erfüllt, schlecht
mit dem Geiste harmoniert, der in dieser Gesellschaft weht; und
daß die Beklommenheit, die mich zuweilen ergreift, hieraus sehr
gut erklärt werden kann.

Ich sage mir zwar häufig zu meinem Troste, daß es nicht die
Bildung für die Gesellschaft ist, die mein Zweck ist, daß diese Bildung, und mein Zweck, zwei ganz verschiedne Ziele sind, zu
denen zwei ganz verschiedne Wege nach ganz verschiednen
Richtungen führen – denn wenn man z. B. durch häufigen Umgang, vieles Plaudern, durch Dreistigkeit und Oberflächlichkeit
zu dem einen Ziele kommt, so erreicht man dagegen nur durch
Einsamkeit, Denken, Behutsamkeit und Gründlichkeit das andere
usw. Auch soll mein Betragen jetzt nicht gefallen, das Ziel, das
ich im Sinne habe, soll für töricht gehalten werden, man soll
mich auf der Straße, die ich wandle, auslachen, wie man den
Colomb auslachte, weil er *Ostindien in *Westen* suchte. Nur dann
erst bewunderte man ihn, als er noch mehr gefunden hatte, als er
suchte – usw. Das alles sage ich mir zu meinem Troste. Aber dennoch möchte ich mich gern von dieser Beklommenheit entwöhnen, um so viel mehr, da ich mit Verdruß bemerke, daß sie mich
immer öfter und öfter ergreift.

Aber ich fürchte, daß es mir in der Folge wie den meisten Gelehrten von Profession gehen wird; sie werden in ihrem äußern
Wesen rauh, rêche, wie der Franzose sagt, und für das gesellige
Leben untauglich. Ich finde das aus vielen Gründen sehr natürlich.
Sie haben ein höheres Interesse lieb gewonnen, und können sich
nicht mehr an dem gemeinen Interesse erwärmen. Wenn ein anderer z. B. ein Buch, ein Gedicht, einen Roman gelesen hat, das
einen starken Eindruck auf ihn machte und ihm die Seele füllte,
wenn er nun mit diesem Eindruck in eine Gesellschaft tritt, er sei
nun froh oder schwermütig gestimmt, er kann sich mitteilen,
und man versteht ihn. Aber wenn ich einen mathematischen Lehr-

satz ergründet habe, dessen Erhabenheit und Größe mir auch die
Seele füllte, wenn ich nun mit diesem Eindruck in eine Gesellschaft
trete, wem darf ich mich mitteilen, wer versteht mich? Nicht einmal ahnden darf ich lassen, was mich zur Bewunderung hinriß,
nicht *einen* von allen Gedanken darf ich mitteilen, die mir die
Seele füllen. – Und so muß man denn freilich zuweilen leer und
gedankenlos erscheinen, ob man es gleich wohl nicht ist.

Der größte Irrtum ist dann wohl noch der, wenn man glaubt,
ein Gelehrter schweige aus Stolz, etwa, weil er die Gesellschaft
nicht der Mitteilung seiner Weisheit wert achtet. Ich wollte
schwören daß es meistens grade das Gegenteil ist, und daß es
vielleicht grade der äußerste Grad von Bescheidenheit ist, der ihm
Stillschweigen auferlegt. Ich rede hier besonders von großen Gelehrten, die ihr Lob in allen Zeitschriften lesen. Man besucht sie
häufig um den Giganten doch einmal in der Nähe zu betrachten;
man erwartet von ihnen, das wissen sie selbst, lauter Sentenzen,
man glaubt, daß sie wie in ihren Büchern reden werden. Sie reden
aber nur wenige gemeine Dinge, man verläßt sie mit dem Verdacht, daß sie aus Stolz geschwiegen haben, ob sie zwar gleich nur
aus Bescheidenheit schwiegen, weil sie nicht immer in den erwarteten Sentenzen reden konnten, und doch nicht gern, die gute
Meinung, die man von ihnen hatte, zerstören wollten.

In solchen Lagen hat man die gelehrtesten Männer oft in der
größten Verlegenheit gesehen. Unser gescheuter Professor
Wünsch, der gewiß hier in Frankfurt obenan steht und alle übersieht, würde doch gewiß, des bin ich überzeugt, durch die abge-
schmacktesten Neckereien des albernsten Mädchens in die größte
Verlegenheit gesetzt werden können. Du weißt, wie es Rousseau
mit dem Könige von Frankreich ging; und man braucht daher
weder dumm noch feig zu sein, um vor einem Könige zu zittern.
Ein französischer Offizier, der, als Ludwig der 14. ihn heranrief,
sich zitternd seinem Könige näherte, und von ihm mit kalter
königlicher Überlegenheit gefragt wurde, warum er so zittere?
hatte dennoch die Freimütigkeit zu antworten: Sire, ce n'est pas
devant vos ennemis, que je tremble ainsi.

————

Meine Briefe werden lang, mein liebes Ulrikchen; und was

das Schlimmste ist, ich rede immer von mir. Verzeihe mir diese kleine menschliche Schwachheit. Vieles verschweige ich noch, das ich bis zu Deiner Rückkunft aufbewahre. Ob Dich Neuigkeiten mehr interessiert hätten, als der Inhalt dieses Briefes? – Wer weiß. Aber auf alle Fälle gab es keine Neuigkeiten, außer die alte Leier, daß die Messe schlecht sei. Die Kleist aus Schernewitz war hier, und hat mir gut gefallen. Sie will künftiges Jahr nach Flinzberg ins Bad reisen, und wünschte eine Reisebegleiterin – wen habe ich ihr wohl vorgeschlagen? Sie hat mir also förmlich aufgetragen, Dich zu dieser Reise einzuladen.

Bis dahin denke ich wirst Du doch noch einmal nach Frankfurt kommen? Was in aller Welt machst du denn in Werben? Niemand von uns, ich selbst nicht, kann begreifen, was dir den Aufenthalt dort auf viele Monate so angenehm machen kann. Wenn es kein Geheimnis ist, so schreibe es mir. Grüße Schönfeld und Frau, Onkel und Tante Pannwitz, kurz alles was Pannwitz heißt, auch Caroline. Ist sie noch böse? – Adieu.

Dein treuer Bruder Heinrich.

N. S. Hier kommen noch einige Supplemente, die ich Dir zur Bekanntmachung an Pannwitz, den das interessieren wird, mitteile. Schätzel hat das 3. Batl. bekommen aber ausgeschlagen und verlangt Pension. Gaudy ist Major geworden und hat Schätzels Kompanie. Welchen Eindruck dies gemacht hat, und in welchem Tone die Grumbkow spricht, kannst Du Dir denken. Das Sonderbarste hierbei ist, daß Gen. Kleist an Hagen geschrieben hat, es täte ihm dieser Einschub, von dem er auf sein Ehrenwort nichts wüßte, sehr leid. Wir wollen nicht glauben, daß hier eine Falschheit zum Grunde liege, ob ich Dir zwar gleich in der folgenden Neuigkeit ein Beispiel von einer unerhörten, unmenschlichen Falschheit geben werde. Der Kaufmann Scholz ist seines Arrests entlassen, statt seiner sitzt seine Frau – warum? das hast Du schon zu Anfange der ganzen Geschichte vorausgesehen. Die Sache ist keinem Zweifel mehr unterworfen. Sie hat sich selbst verraten. Ein Fragment aus einem Briefe von ihrem Manne, worin sie das Wort *Geld* in *Gift* umgefälscht hat, um den Verdacht gegen ihn zu verstärken, hat sie verraten. Einige Zeugen, ein Student und zwei Mädchen, die sie bewegt hatte, einen falschen Eid für ihren Betrug zu schwören, haben sie verraten. Sie selbst hat es schon eingestanden, daß sie einen Betrug gespielt habe. – Ist es wohl glaublich, daß dies ein Weib sei? – –

Zweite Nachschrift.

Ich liefre Dir noch ein Supplement zum Supplement. Schätzel ist Gen. Major geworden, erhält 800 Rth. Pension und bleibt nun in Frankfurt.

Noch eine Hauptnachricht, die Dich vielleicht bewegen wird, sogleich nach Frankfurt zu kommen. Zengens und unsre Familie nebst viele andere Damen Frankfurts nehmen ein Kollegium über Experimentalphysik bei Wünsch. *Nehmen*, sagte ich? Das klingt ja beinah, als wäre von Medizin die Rede. So übel schmeckt es indessen nicht. Es ist eine Brunnenkur zum Nutzen und Vergnügen. Du wirst sie nicht verschmähen. Willst du die Vorlesung von Anfang an beiwohnen, so mußt Du auf irgend eine Art suchen, *sogleich* nach Frkft. zu kommen.

7. An Wilhelmine von Zenge

[Frankfurt a. d. Oder, Anfang 1800]

Inliegenden Brief bin ich entschlossen morgen abend Ihrem Vater zu übergeben. Ich fühle, seit gestern abend, daß ich meinem Versprechen, nichts für meine Liebe zu tun, das ein Betrug Ihrer würdigen Eltern wäre, nicht treu bleiben kann. Vor Ihnen zu stehen, und nicht sprechen zu dürfen, weil *andere* diese Sprache nicht hören sollen, Ihre Hand in der meinigen zu halten und *nicht sprechen* zu dürfen, weil ich mich *diese Sprache* gegen *Sie* nicht erlauben will, ist eine Qual, die ich aufheben will und muß. Ich will es daher erfahren, ob ich Sie *mit Recht* lieben darf, oder gar nicht. Ist das letzte, so bin ich entschlossen, das Versprechen, welches ich Ihrem Vater in den letzten Zeilen meines Briefes gebe, auszuführen. Ist es nicht, so bin ich glücklich – Wilhelmine! *Bestes* Mädchen! Habe ich in dem Briefe an Ihren Vater zu kühn in Ihre Seele gesprochen? Wenn Ihnen etwas darin mißfällt, so sagen Sie es mir morgen, und ich ändere es ab.

Ich sehe, daß das neue Morgenlicht meines Herzens zu hell leuchtet, und schon zu sehr bemerkt wird. Ohne diesen Brief könnte ich Ihrem Rufe schaden, der mir doch teurer ist als alles in der Welt. Es komme nun auch, was der Himmel über mich verhängt, ich bin ruhig bei der Überzeugung, daß ich recht so tue.

Heinrich Kleist.

N. S. Wenn Sie morgen einen Spaziergang nicht abschlagen, so könnte ich von Ihnen erfahren, was Sie von diesem Schritte urteilen und denken. – Von meiner Reise habe ich, aus Gründen, die Sie selbst entschuldigen werden, nichts erwähnt. Schweigen Sie daher auch davon. *Wir verstehn uns ja.*

8. *An Wilhelmine von Zenge*

[Frankfurt a. d. Oder, Anfang 1800]

[Der Anfang fehlt.] . . . sichtbar die Zuversicht von Ihnen geliebt zu werden? Atmet nicht in jeder Zeile das frohe Selbstbewußtsein der erhörten und beglückten Liebe? – Und doch – wer hat es mir gesagt? Und wo steht es geschrieben?

Zwar – was soll ich aus dem Frohsinn, der auch Sie seit gestern belebt, was soll ich aus den Freudentränen, die Sie bei der Erklärung Ihres Vaters vergossen haben, was soll ich aus der Güte, mit welcher Sie mich in diesen Tagen zuweilen angeblickt haben, was soll ich aus dem innigen Vertrauen, mit welchem Sie in einigen der verflossenen Abende, besonders gestern am Fortepiano, zu mir sprachen, was soll ich aus der Kühnheit, mit welcher Sie sich jetzt, weil Sie es dürfen, selbst in Gegenwart andrer mir nähern, da Sie sonst immer schüchtern von mir entfernt blieben – ich frage, was soll ich aus allen diesen fast unzweifelhaften Zügen anderes schließen, was anderes, Wilhelmine, als daß ich geliebt werde?

Aber darf ich meinen Augen und meinen Ohren, darf ich meinem Witze und meinem Scharfsinn, darf ich dem Gefühle meines leichtgläubigen Herzens, das sich schon einmal von ähnlichen Zügen täuschen ließ, wohl trauen? Muß ich nicht mißtrauisch werden auf meine Schlüsse, da Sie mir selbst schon einmal gezeigt haben, wie falsch sie zuweilen sind? Was kann ich im Grunde, reiflich überlegt, mehr glauben, als was ich vor einem halben Jahre auch schon wußte, ich frage, was kann ich mehr glauben, als daß Sie mich *schätzen* und daß Sie mich wie *einen Freund* lieben?

Und doch wünsche ich *mehr*, und doch möchte ich nun gern

wissen, was Ihr Herz für mich fühlt. Wilhelmine! Lassen Sie mich einen Blick in Ihr Herz tun. Öffnen Sie mir es einmal mit Vertrauen und Offenherzigkeit. So viel Vertrauen, so viel unbegrenztes Vertrauen von meiner Seite verdient doch wohl *einige* Erwiderung von der Ihrigen. Ich will nicht sagen, daß Sie mich lieben müßten, weil ich Sie liebe; aber vertrauen müssen Sie sich mir, weil ich mich Ihnen unbegrenzt vertraut habe. – Wilhelmine! Schreiben Sie mir einmal *recht innig und herzlich*. Führen Sie mich einmal in das Heiligtum Ihres Herzens das ich noch nicht mit Gewißheit kenne. Wenn der Glaube, den ich aus der Innigkeit Ihres Betragens gegen mich schöpfte, zu kühn und noch zu übereilt war, so scheuen Sie sich nicht es mir zu sagen. Ich werde mit den Hoffnungen, die Sie mir gewiß nicht entziehen werden, zufrieden sein. Aber auch dann, Wilhelmine, wenn mein Glaube gegründet wäre, auch dann scheuen Sie sich nicht, sich mir ganz zu vertrauen. Sagen Sie es mir, wenn Sie mich lieben – denn warum wollten Sie sich dessen schämen? *Bin ich nicht ein edler Mensch*, Wilhelmine?

Zwar eigentlich – – ich will es Ihnen nur offenherzig gestehen, Wilhelmine, was Sie auch immerhin von meiner Eitelkeit denken mögen – eigentlich bin ich es *fest überzeugt*, daß Sie mich lieben. Aber, Gott weiß, welche seltsame Reihe von Gedanken mich wünschen lehrt, daß Sie es mir sagen möchten. Ich glaube, daß ich entzückt sein werde, und daß Sie mir einen Augenblick, voll der üppigsten und innigsten Freude bereiten werden, wenn Ihre Hand sich entschließen könnte, diese drei Worte niederzuschreiben: *ich liebe Dich*.

Ja, Wilhelmine, sagen Sie mir diese drei herrlichen Worte; sie sollen für die ganze Dauer meines künftigen Lebens gelten. Sagen Sie sie mir *einmal* und lassen Sie uns dann bald dahin kommen, daß wir nicht mehr nötig haben, sie uns zu wiederholen. Denn nicht durch Worte aber durch Handlungen zeigt sich *wahre Treue* und *wahre Liebe*. Lassen Sie uns bald recht *innig* vertraut werden, damit wir uns ganz kennen lernen. Ich weiß nichts, Wilhelmine, in meiner Seele regt sich kein Gedanke, kein Gefühl in meinem Busen, das ich mich scheuen dürfte Ihnen mitzuteilen. Und was könnten Sie mir wohl zu verheimlichen haben? Und was könnte Sie wohl bewegen, die erste Bedingung der Liebe, *das Vertrauen* zu verletzen? – Also offenherzig, Wilhelmine, *immer offenherzig*. Was wir auch denken und fühlen und wünschen – etwas Unedles kann es nicht sein, und darum wollen wir es uns freimütig mitteilen. Vertrauen und Achtung, das sind die beiden unzertrennlichen Grundpfeiler der Liebe, ohne welche sie nicht bestehen kann; denn ohne Achtung hat die Liebe keinen Wert und ohne Vertrauen keine Freude.

Ja, Wilhelmine, auch die Achtung ist eine unwiderrufliche Bedingung der Liebe. Lassen Sie uns daher unaufhörlich uns bemühen, nicht nur die Achtung, die wir gegenseitig für einander tragen, zu erhalten, sondern auch zu erhöhen. Denn dieser Zweck ist es erst, welcher der Liebe ihren höchsten Wert gibt. *Edler und besser sollen wir durch die Liebe werden*, und wenn wir diesen Zweck nicht erreichen, Wilhelmine, so mißverstehen wir uns. Lassen Sie uns daher immer mit sanfter menschenfreundlicher Strenge über unser gegenseitiges Betragen wachen. Von Ihnen wenigstens wünsche ich es, daß Sie mir offenherzig alles sagen, was Ihnen vielleicht an mir mißfallen könnte. Ich darf mich getrauen alle Ihre Forderungen zu erfüllen, weil ich nicht fürchte, daß Sie überspannte Forderungen machen werden. Fahren Sie wenigstens fort, sich immer so zu betragen, daß ich mein höchstes Glück in Ihre Liebe und in Ihre Achtung setze; dann werden sich alle die guten Eindrücke, von denen Sie vielleicht nichts ahnden, und die ich Ihnen dennoch innig und herzlich danke, verdoppeln und verdreifachen. – Dafür will ich denn auch an Ihrer Bildung arbeiten, Wilhelmine, und den Wert des Mädchens, das ich liebe, immer noch mehr veredlen und erhöhen.

Und nun noch eine Hauptsache, Wilhelmine. Sie wissen, daß ich bereits entschlossen bin, mich für ein Amt zu bilden; aber noch bin ich nicht entschieden, *für welches Amt* ich mich bilden soll. Ich wende jede müßige Stunde zum Behufe der Überlegung über diesen Gegenstand an. Ich wäge die Wünsche meines Herzens gegen die Forderungen meiner Vernunft ab; aber die Schalen der Waage schwanken unter den unbestimmten Gewichten. Soll ich *die Rechte* studieren? – Ach, Wilhelmine, ich hörte letzthin in dem Naturrechte die Frage aufwerfen, ob die Verträge der Liebenden gelten könnten, weil sie in der Leidenschaft geschehen – und was soll ich von einer Wissenschaft halten, die sich den

Kopf darüber zerbricht ob es ein Eigentum in der Welt gibt, und die mir daher nur zweifeln lehren würde, ob ich Sie auch wohl jemals mit Recht *die Meine* nennen darf? Nein, nein, Wilhelmine, nicht die Rechte will ich studieren, nicht die schwankenden ungewissen, zweideutigen Rechte der Vernunft will ich studieren, an die Rechte meines Herzens will ich mich halten, und ausüben will ich sie, was auch alle Systeme der Philosophen dagegen einwenden mögen. – Oder soll ich mich für das *diplomatische Fach* bestimmen? – Ach, Wilhelmine, ich erkenne nur ein höchstes Gesetz an, die *Rechtschaffenheit*, und die Politik kennt nur ihren Vorteil. Auch wäre der Aufenthalt an fremden Höfen kein Schauplatz für das Glück der Liebe. An den Höfen herrscht die Mode, und die Liebe flieht vor der unbescheidnen Spötterin. – Oder soll ich mich für das *Finanzfach* bestimmen? – Das wäre etwas. Wenn mir auch gleich der Klang rollender Münzen eben nicht lieb und angenehm ist, so sei es dennoch. Der Einklang unsrer Herzen möge mich entschädigen, und ich verwerfe diesen Lebensweg nicht, wenn er zu unserm Ziele führen kann. – Auch noch ein Amt steht mir offen, ein ehrenvolles Amt, das mir zugleich alle wissenschaftlichen Genüsse gewähren würde, aber freilich kein glänzendes Amt, ein Amt, von dem man freilich als Bürger des Staates nicht, wohl aber als Weltbürger weiterschreiten kann – ich meine ein *akademisches Amt*. – Endlich bleibt es mir noch übrig *die Ökonomie* zu studieren, um die wichtige Kunst zu lernen, mit geringen Kräften große Wirkungen hervorzubringen. Wenn ich mir diese große Kunst aneignen könnte, dann Wilhelmine, könnte ich ganz glücklich sein, dann könnte ich, ein freier Mensch, mein ganzes Leben Ihnen und meinem höchsten Zwecke – oder vielmehr, weil es die Rangordnung so will – meinem höchsten Zwecke und *Ihnen* widmen.

So stehe ich jetzt, wie Herkules, am fünffachen Scheidewege und sinne, welchen Weg ich wählen soll. Das Gewicht des Zweckes, den ich beabsichte, macht mich schüchtern bei der Wahl. Glücklich, glücklich, Wilhelmine, möchte ich gern werden, und darf man da nicht schüchtern sein, den rechten Weg zu verfehlen? Zwar ich glaube, daß ich auf jedem dieser Lebenswege glücklich sein würde, wenn ich ihn nur an Ihrer Seite zurücklegen kann. Aber, wer weiß, Wilhelmine, ob Sie nicht viel-

leicht besondere Wünsche haben, die es wert sind, auch in Erwägung gezogen zu werden. Daher fordere ich Sie auf, mir Ihre
Gedanken über alle diese Pläne, und Ihre Wünsche, in dieser Hinsicht, mitzuteilen. Auch wäre es mir lieb von Ihnen zu erfahren,
was Sie sich wohl eigentlich von einer Zukunft an meiner Seite
versprechen? Ich verspreche nicht unbedingt den Wunsch zu erfüllen, den Sie mir mitteilen werden; aber ich verspreche bei
gleich vorteilhaften Aussichten denjenigen Lebensweg einzuschlagen, der Ihren Wünschen am meisten entspricht. Sei es dann
auch der mühsamste, der beschwerdenvollste Weg. Wilhelmine,
ich fühle mich mit Mut und Kraft ausgerüstet, um alle Hindernisse zu übersteigen; und wenn mir der Schweiß über die Schläfe
rollt und meine Kräfte von der ewigen Anstrengung ermatten,
so soll mich tröstend das Bild der Zukunft anlächeln und der Gedanke mir neuen Mut und neue Kraft geben: *ich arbeite ja für
Wilhelmine.*   Heinrich Kleist.

9. An Wilhelmine von Zenge

Frankfurt a. d. Oder, den 30. Mai 1800

Liebe Wilhelmine. Die wechselseitige Übung in der Beantwortung zweifelhafter Fragen hat einen so vielseitigen Nutzen
für unsre Bildung, daß es wohl der Mühe wert ist, die Sache ganz
so ernsthaft zu nehmen, wie sie ist, und Dir eine kleine Anleitung
zu leichteren und zweckmäßigeren Entscheidungen zu geben.
Denn durch solche schriftlichen Auflösungen interessanter Aufgaben üben wir uns nicht nur in der Anwendung der Grammatik
und im Stile, sondern auch in dem Gebrauch unsrer höheren
Seelenkräfte; und endlich wird dadurch unser Urteil über zweifelhafte Gegenstände festgestellt und wir selbst auf diese Art nach
und nach immer um eine und wieder um eine interessante Wahrheit reicher.

Die Antwort auf meine erste Frage ist, ihrem Sinne nach, ganz
so, und die Antwort auf meine zweite Frage, ihrem Sinne nach,
vielleicht noch besser, als ich sie selbst gegeben haben würde. Nur
in der Einkleidung, in der Anordnung und in der Ausführung
beider Entscheidungen ließe sich einiges anführen, das zu tadeln
wäre.

Das behalte ich aber unseren mündlichen Unterhaltungen bevor, und begnüge mich, Dir hier bloß den Weg vorzuzeichnen, den ich selbst bei der Beantwortung einer ähnlichen Frage einschlagen würde.

Gesetzt, Du fragtest mich, *welcher von zwei Eheleuten, deren jeder seine Pflichten gegen den andern erfüllt, am meisten bei dem früheren Tode des andern verliert;* so würde alles, was in meiner Seele vorgeht, ohngefähr in folgender Ordnung aneinander hangen.

Zuerst fragt mein Verstand: *was willst Du?* das heißt, mein Verstand will den Sinn Deiner Frage begreifen. Dann fragt meine Urteilskraft: *worauf kommt es an?* das heißt, meine Urteilskraft will den Punkt der Streitigkeit auffinden. Zuletzt fragt meine Vernunft: *worauf läuft das hinaus?* das heißt, meine Vernunft will aus dem Vorangehenden das Resultat ziehen.

Zuerst stellt sich also mein Verstand den Sinn Deiner Frage deutlich vor, und findet, daß Du Dir zwei Eheleute denkst, deren jeder für den andern tut, was er seiner Natur nach vermag; daß Du also voraussetzest, jeder verliere bei dem Tode des andern *etwas,* und daß Du endlich eigentlich nur wissen willst, auf wessen Seite das Übergewicht des Verlustes befindlich ist.

Nun stellt sich meine Urteilskraft an die Quelle der Streitigkeit, und fragt: was tut denn eigentlich jeder der beiden Eheleute, seiner Natur nach, für den andern; und wenn sie dieses gefunden hat, so vergleicht sie das, was beide für einander tun, und bestimmt daraus, wer von beiden am meisten für den andern tut. Da findet nun die Urteilskraft zuerst, daß der Mann nicht bloß der Mann seiner Frau, sondern auch noch ein Bürger des Staates, die Frau hingegen nichts als die Frau ihres Mannes ist; daß der Mann nicht bloß Verpflichtungen gegen seine Frau, sondern auch Verpflichtungen gegen sein Vaterland, die Frau hingegen keine andern Verpflichtungen hat, als Verpflichtungen gegen ihren Mann; daß folglich das Glück des Weibes zwar ein wichtiger und unerlaßlicher, aber nicht der *einzige* Gegenstand des Mannes, das Glück des Mannes hingegen der *alleinige* Gegenstand der Frau ist; daß daher der Mann *nicht mit allen* seinen Kräften für seine Frau, die Frau hingegen mit ihrer *ganzen Seele* für den Mann wirkt; daß die Frau, in der Erfüllung der Hauptpflichten ihres Mannes, nichts empfängt, als Schutz gegen Angriffe auf Ehre und Sicherheit, und Unterhalt für die Bedürfnisse ihres Lebens, der

Mann hingegen, in der Erfüllung der Hauptpflichten seiner Frau, die ganze Summe seines häuslichen, das heißt überhaupt, *alles* Glückes von ihr empfängt; daß zuletzt der Mann nicht immer glücklich ist, wenn es die Frau ist, die Frau hingegen immer glücklich ist, wenn der Mann glücklich ist, und daß also das Glück des Mannes eigentlich der Hauptgegenstand des Bestrebens beider Eheleute ist. Aus der Vergleichung dieser Sätze bestimmt nun die Urteilskraft, daß der Mann bei weitem, ja unendlich mehr von seiner Frau empfängt, als die Frau von ihrem Manne.

Nun übernimmt die Vernunft das letzte Geschäft, und zieht aus jenem letzten Satze den natürlichen Schluß, daß derjenige, der am meisten empfängt, auch am meisten verlieren müsse, und daß folglich, da der Mann unendlich mehr empfängt, als die Frau, er auch unendlich mehr bei dem Tode derselben verlieren müsse, als die Frau bei dem Tode ihres Mannes.

Auf diesem Wege wäre ich also durch eine Reihe von Gedanken, deren jeden ich, ehe ich mich an die Ausführung des Ganzen wage, auf einem Nebenblatte aufzuschreiben pflege, auf das verlangte Resultat gekommen und es bleibt mir nun nichts übrig, als die zerstreuten Gedanken in ihrer Verknüpfung von Grund und Folge zu ordnen und dem Aufsatze die Gestalt eines abgerundeten, vollständigen Ganzen zu geben.

Das würde nun ohngefähr auf diese Art am besten geschehen: »Der Mann ist nicht bloß der Mann seiner Frau, er ist auch ein Bürger des Staates; die Frau hingegen ist nichts, als die Frau ihres Mannes; der Mann hat nicht bloß Verpflichtungen gegen seine Frau, er hat auch Verpflichtungen gegen sein Vaterland; die Frau hingegen hat keine andern Verpflichtungen, als Verpflichtungen gegen ihren Mann; das Glück des Weibes ist zwar ein *unerlaß-licher*, aber nicht der *einzige* Gegenstand des Mannes, ihm liegt auch das Glück seiner Landsleute am Herzen; das Glück des Mannes hingegen ist *der einzige* Gegenstand der Frau; der Mann ist nicht mit allen seinen Kräften für seine Frau tätig, er gehört ihr nicht ganz, nicht ihr allein, denn auch die Welt macht Ansprüche auf ihn und seine Kräfte; die Frau hingegen ist mit ihrer ganzen Seele für ihren Mann tätig, sie gehört niemandem an, als ihrem Manne, und sie gehört ihm *ganz* an; die Frau endlich,

empfängt, wenn der Mann seine Hauptpflichten erfüllt, nichts
von ihm, als Schutz gegen Angriff auf Ehre und Sicherheit, und
Unterhalt für die Bedürfnisse ihres Lebens, der Mann hingegen
empfängt, wenn die Frau ihre Hauptpflichten erfüllt, die ganze
Summe seines irdischen Glückes; die Frau ist schon glücklich,
wenn es der Mann nur ist, der Mann nicht immer, wenn es die
Frau ist, und die Frau muß ihn erst glücklich machen. Der Mann
empfängt also unendlich mehr von seiner Frau, als umgekehrt
die Frau von ihrem Manne.

Folglich verliert auch der Mann unendlich mehr bei dem Tode
seiner Frau, als diese umgekehrt bei dem Tode ihres Mannes. Die
Frau verliert nichts als den Schutz gegen Angriffe auf Ehre und
Sicherheit, und Unterhalt für die Bedürfnisse ihres Lebens; das
erste findet sie in den Gesetzen wieder, oder der Mann hat es ihr
in Verwandten, vielleicht in erwachsenen Söhnen hinterlassen;
das andere kann sie auch als Hinterlassenschaft von ihrem Manne
erhalten haben. Aber wie will die Frau dem Manne hinterlassen,
was er bei ihrem Tode verliert? Er verliert die ganze Inbegriff seines irdischen Glückes, ihm ist, mit der Frau, die Quelle alles
Glückes versiegt, ihm fehlt alles, wenn ihm eine Frau fehlt, und
alles, was die Frau ihm hinterlassen kann, ist das wehmütige
Andenken an ein ehemaliges Glück, das seinen Zustand noch um
so trauriger macht.«

––––––––

Ich füge jetzt hier noch eine Frage bei, die auf ähnlichem Wege
aufgelöset werden könnte: *Sind die Weiber wohl ganz ohne allen
Einfluß auf die Staatsregierung?*   H. K.

10. Verschiedene Denkübungen für Wilhelmine von Zenge

[Frankfurt a. d. Oder, Frühjahr bis Sommer 1800]

[1]

1. Wenn jemand einen Fehler, von welchem er selbst nicht frei
ist, an einem anderen tadelt, so hört man ihm oft antworten: du
machst es selbst nicht besser und tadelst doch andere? – Ich frage:
darf man darum nie einen Fehler an anderen tadeln, weil man
ihn selbst beging?

2. Was für ein Unterschied ist zwischen *rechtfertigen* und *entschuldigen?*

3. Wenn beide, Mann und Frau, für einander tun, was sie ihrer Natur nach vermögen, wer verliert von beiden am meisten, wenn einer zuerst stirbt?

4. Eine Frau kann sich die Achtung und das Vertrauen ihres Mannes erworben haben, ohne sein Interesse zu besitzen. Wodurch gewinnt und erhält sie sich dieses?

[2]

Frage.

Eine Frau, die *achtungswürdig* ist, ist darum noch nicht *interessant.* Wodurch erwirbt und erhält sich nun wohl eine Frau *das Interesse* ihres Mannes?

Antwort.

Es ist mit dem Interesse wie mit allen Dingen dieser Erde. Es ist nicht genug, daß der Himmel sie *erschaffen* hat, er muß sie auch *unterhalten,* wenn sie fortdauern sollen. Und nichts bedarf der Nahrung, der sorgfältigsten, mehr, als das rätselhafte Ding, das sich erzeugt, wir wissen nicht wie, und oft wieder verschwindet, wir wissen nicht wie – das *Interesse.*

Interesse erwecken, und es sich selbst überlassen, heißt einem Kinde das Leben geben, und es sich selbst überlassen. Das eine stirbt wie das andere dahin, nicht, weil man ihm etwas Schädliches zufügt, sondern weil man ihm *nichts* zufügt.

Aber das Kind ist nicht so ekel in der Ernährung, als das Interesse. Das Kind begnügt sich mit *einer* Nahrung, das Interesse will immer eine ausgesuchte, verfeinerte, wechselnde Nahrung. Es stirbt, wenn man ihm heute und morgen vorsetzt, was es schon gestern und vorgestern genoß.

Denn nichts ist dem Interesse so zuwider, als Einförmigkeit, und nichts ihm dagegen so günstig, als Wechsel und Neuheit. Daher macht uns das Reisen so vieles Vergnügen, weil mit den immer wechselnden Standorten auch die Ansichten der Natur immer wechseln, und daher hat überhaupt das Leben ein so hohes, ja das höchste Interesse, weil es gleichsam eine große Reise ist und weil jeder Augenblick etwas Neues herbeiführt, uns eine neue Ansicht zeigt oder eine neue Aussicht eröffnet.

Nun ist aber nichts so fähig, eine immerwechselnde Gestalt anzunehmen, als Talente. Die Tugend und die Liebe tragen ihrer Natur nach immer nur *ein* Gewand, und dürfen es ihrer Natur nach, nicht wechseln. Talente hingegen können mit Form und Einkleidung unaufhörlich wechseln und gefallen vielleicht eben nur darum weil sie das können.

Daher wird eine Frau, die sich das Interesse ihres Mannes erhalten will, ihre Talente, wenn sie von der Natur damit beschenkt ist, immer ausbilden und üben müssen, damit der Mann immer bei ihr den Genuß des Schönen finde, den er nie ganz entbehren kann, und den er sonst bei Fremden suchen müßte. Denn Tugend und Liebe begründen zwar das Familienglück, aber nur Talente machen es wirklich anziehend. Dabei ist nicht eben notwendig, daß die Talente der Musik, des Zeichnens, des Vorlesens etc. bis zur Vollkommenheit ausgebildet sind, wenn nur überhaupt der *Sinn* für das *wahre* Schöne dabei herrschend ist.

[3]

Frage.

Was ist wünschenswerter, *auf eine kurze Zeit*, oder *nie* glücklich gewesen zu sein?

Antwort.

Wenn man den Zustand dessen, der ein Glück verlor, mit dem Zustande dessen vergleicht, der nie ein Glück genoß, so schwanken die Schalen unter den Gewichten fast gleicher Übel und es ist schwer die Frage zu entscheiden. Doch scheint es, als ob sich die Waage auf der Seite des letztern neigte.

Wer einst an den Brüsten des Glückes den goldnen Traum des Lebens träumte, der streckt zwar, wenn ihn das Schicksal mit rauher Stimme weckt, wehmütig die Arme aus nach den göttlichen Gestalten, die nun auf immer entfliehen, und sein Schmerz ist um so größer, je größer das Glück war, dessen er genoß; aber ihm ist doch aus dem Füllhorne des Segens, das von oben herab sich öffnet, auch ein Blümchen zugefallen, das ihn selbst in der Erinnerung noch erfreuen kann, wenn es gleich längst verblüht ist. Ihm sind doch die Ansprüche, die er an dies Leben zu machen hatte, nicht ganz unerfüllt geblieben, nicht mit allen seinen Forderungen ist er von der großen Erbschaft abgewiesen worden, welche der Himmel den Kindern der Erde vermacht hat, nicht murren wird er mit dem Vater der Menschen, der ihn von seiner Liebe nicht ausschloß, nicht mit bitterm Groll seine Geschwister beneiden, die mit ihm nur zu gleichen Teilen gingen, nicht zürnen auf den Genuß seines Glückes, weil er nicht ewig währte, so wie man dem Frühlinge nicht zürnt, weil er kurz ist, und den Tag nicht verwünscht, weil ihn die Nacht ablöset. Mutiger und sicherer als wenn er nie auf hellen Pfaden gewandelt wäre, wird er nun auch die dunkeln Wege seines Lebens durchwandeln und in der Erinnerung zuweilen mit wehmütiger Freude die bemoosten Ruinen seines ehemaligen Glückes besuchen, um das Herbstblümchen der Weisheit zu pflücken.

Aber wem von allen seinen brennenden Wünschen auch nicht der bescheidenste erfüllt wurde, wer von jenem großen Vermächtnis, von dessen Überfluß alle seine Brüder schwelgen, auch nicht einmal den Pflichtteil erhalten hat, der steht da wie ein verstoßner Sohn, ausgeschlossen von der Liebe des Allvaters, der sein Vater nicht ist – und die Schale, auf welcher sein Zustand ruht, neigt sich tief gegen die Schale des andern. –

[4]

1. Wenn der Mann sein brutales *Recht des Stärkern* mit den *Waffen der Gewalt* gegen die Frau ausübt, hat nicht auch die Frau ein Recht gegen den Mann, das man das *Recht des Schwächern* nennen könnte, und das sie mit den *Waffen der Sanftmut* geltend machen kann?

2. Was knüpft die Menschen mehr mit Banden des Vertrauens aneinander, *Tugenden* oder *Schwächen?*

3. Darf die Frau *niemandem* gefallen, als dem Manne?

4. *Welche* Eifersucht stört den Frieden in der Ehe?

Damit indessen nicht immer bloß Dein Verstand geübt wird, liebe Wilhelmine, sondern auch andere Seelenkräfte, so will ich auch einmal Deiner Einbildungskraft eine kleine Aufgabe geben. Du sollst mir nämlich die Lage beschreiben, die Deinen Erwartungen von dem künftigen Glücke der Ehe am meisten entsprechen könnte. Du kannst dabei Deiner Einbildungskraft freien Lauf lassen, den Schauplatz des ehelichen Glückes ganz nach Deinen Begriffen vom Schönen bilden, das Haus ganz nach Deiner

Willkür ordnen und einrichten, die Geschäfte bestimmen, denen Du Dich am liebsten unterziehen würdest, und die Vergnügungen nennen, die Du Dir oder mir oder andern am liebsten darin bereiten möchtest.

[5]

Fragen.

1. Darf man jeden irrigen Grundsatz anderer Menschen bekämpfen, oder muß man nicht unschädliche Grundsätze dulden und ehren, wenn an ihnen die Ruhe eines Menschen hangt?

2. Darf man wohl von einem Menschen immer mit unerbittlicher Strenge die Erfüllung seiner Pflichten verlangen, oder kann man nicht schon mit ihm zufrieden sein, wenn er seine Pflichten nur immer anerkennt und den guten Willen, sie zu erfüllen, nie verliert?

3. Darf der Mensch wohl alles tun, was recht ist, oder muß er sich nicht damit begnügen, daß nur alles recht sei, was er tut?

4. Darf man sich in dieser Welt wohl bestreben, das Vollkommene wirklich zu machen, oder muß man sich nicht begnügen, nur das Vorhandne vollkommner zu machen?

5. Was ist besser, gut sein oder gut handeln?

Wenn ein Mädchen gefragt wird, was sie von einer zukünftigen Ehe fordert, um am glücklichsten darin zu sein, so muß sie zuerst bestimmen,

1. welche Eigenschaften ihr künftiger Gatte haben soll, ob er an Geist und Körper außerordentlich, oder gewöhnlich, und in welchem Grade er dies sein soll etc., ferner ob er reich, vornehm etc.

2. welch ein Amt er bekleiden soll, ob ein militärisches, oder ein Zivilamt, oder gar keines.

3. wo der Schauplatz der Ehe sein soll, ob in der Stadt, oder auf dem Lande, und wie er in einem dieser Fälle seinen einzelnen Bestimmungen nach beschaffen sein soll, ob er im Gebirge, oder in der Ebene, oder am Meere liegen soll etc.

4. wie das Haus selbst eingerichtet sein soll, ob groß und prächtig, oder nur geräumig, bequem etc. etc.

5. ob Luxus in der Wirtschaft herrschen soll, oder Wohlstand etc.

6. welche Geschäfte sie führen will, welche nicht etc.

7. welche Vergnügungen in dem Hause herrschen sollen, ob geräuschvolle, oder stille, prächtige oder edle, moderne oder sinnreiche etc. etc.

8. welchen Grad von Herrschaft sie darin führen und welchen sie ihrem Gatten überlassen will?

9. wie ihr Gatte sich überhaupt gegen sie betragen soll, ob schmeichelnd oder wahr, demütig oder stolz; ob er im Hause lustig, oder froh oder ernst sein soll; ob er sie außer dem Hause mit Eklat ehren soll, oder ob es genug sei, wenn dies zu Hause im Stillen geschieht; ob überhaupt außer dem Hause vor den Menschen viel geschehen müsse, oder ob es nicht genug sei, ganz im Stillen desto mehr zu genießen?

––––––––––

Da das Ganze nichts als ein Wunsch ist, so hat die Phantasie ihren uneingeschränkten Spielraum, und darf sich an keine Fessel der Wirklichkeit binden. –

11. An Ulrike von Kleist

Berlin, den 14. August 1800

Noch am Abend meiner Ankunft an diesem Orte melde ich Euch, daß ich gesund und vergnügt bin, und bin darum so eilig, weil ich fürchte, daß Ihr, besonders an dem letztern, zweifelt.

Denn eine Reise, ohne angegebnen Zweck, eine so schnelle Anleihe, ein ununterbrochenes Schreiben und am Ende noch obenein Tränen – das sind freilich Kennzeichen eines Zustandes, die dem Anschein nach, Betrübnis bei teilnehmenden Freunden erwecken müssen.

Indessen erinnere Dich, daß ich bloß die Wahrheit verschweige, ohne indessen zu lügen, und daß meine Erklärung, das Glück, die Ehre, und vielleicht das Leben eines Menschen durch diese Reise zu retten, vollkommen gegründet ist.

Gewiß würde ich nicht so geheimnisreich sein, wenn nicht meine beste Erkenntnis mir sagte, daß Verheimlichung meines Zweckes notwendig, *notwendig* sei.

Indessen Du, und noch ein Mensch, Ihr sollt beide mehr erfahren, als alle übrigen auf der Welt, und überhaupt alles, was zu verschweigen nicht notwendig ist.

Dabei baue ich aber nicht nur auf Deine unverbrüchliche Verschwiegenheit (indem ich will, daß das Scheinbar-Abenteuerliche meiner Reise durchaus versteckt bleibe, und die Welt weiter nichts erfahre, als daß ich in Berlin bin und Geschäfte beim Minister Struensee habe, welches zum Teil wahr ist), sondern auch auf Deine feste Zuversicht auf meine Redlichkeit, so daß selbst bei dem widersprechendsten Anschein Dein Glaube an dieselbe nicht wankt.

Unter diesen Bedingungen sollst Du alles erfahren, was ich sagen *kann*, welches Du aber ganz allein nur für Dich behalten und der Welt nichts anderes mitteilen sollst, als daß ich in Berlin bin. Ich glaube, daß das *Vortreffliche* meiner Absicht, die Ausbreitung dieses Satzes, selbst wenn er zuweilen eine Lüge sein sollte, entschuldigt und rechtfertigt.

Ich suche jetzt zunächst einen edeln, weisen Freund auf mit dem ich mich über die Mittel zu meinem Zwecke beraten könne, indem ich mich dazu zu schwach fühle, ob ich gleich stark genug war, den Zweck selbst unwiderruflich festzustellen.

Wärst Du ein Mann gewesen – o Gott, wie innig habe ich dies gewünscht! – Wärst Du ein Mann gewesen – denn eine Frau konnte meine Vertraute nicht werden, – so hätte ich diesen Freund nicht so weit zu suchen gebraucht, als jetzt.

Ergründe nicht den Zweck meiner Reise, selbst wenn Du es könntest. Denke, daß die Erreichung desselben zum Teil an die Verheimlichung vor allen, *allen* Menschen beruht. Für jetzt wenigstens. Denn einst wird es mein Stolz und meine Freude sein, ihn mitzuteilen.

Grüße W. v. Z. Sie weiß so viel, wie Du, aber nicht viel mehr. – Schicke mir doch durch die Post meine Schrift, über die Kantische Philosophie, welche Du besitzest, und auch die Kulturgeschichte, welche Auguste hat; aber sogleich.

Ich kehre nicht so bald wieder. Doch das alles behältst Du für Dich. Du sollst jedesmal den Ort erfahren, wo ich bin; Du wirst von diesem Vertrauen keinen Gebrauch machen, der der Erreichung meines Zweckes hinderlich wäre.

Sei ruhig. Sei ganz ruhig. – Wenn auch die Hülle des Menschen mit jedem Monde wechselt, so bleibt doch eines in ihm unwandelbar und ewig: *das Gefühl seiner Pflicht.*

Dein treuer Bruder Heinrich.

N. S. Deine Aufträge werden morgen besorgt werden. – – Du mußt auf alle Adressen an mich immer schreiben, daß der Brief selbst abgeholt werden wird.

12. *An Wilhelmine von Zenge*

An das Stiftsfräulein Wilhelmine v. Zenge, Hochwürden und Hochwohlgeboren zu Frankfurt a. O.

Berlin, den 16. August 1800

Mein liebes, teures Herzensminchen, sei nicht böse, daß Du so spät diesen Brief erhältst. Gestern hielten mich viele Geschäfte vom Schreiben ab – doch das ist eine schlechte Entschuldigung. Kein Geschäft darf mich von der Erfüllung der Pflicht abhalten, meinem lieben, treuen Mädchen zur bestimmten Zeit Nachricht von mir zu geben. Nun, verzeihe diesmal. Wenn ich jetzt diese Zeilen auf die Post gäbe, so fändest Du freilich bei Deiner Rückkehr von *Tamsel* einen Brief von mir vor; aber kann man 7 Zeilen einen Brief nennen? Laß mich also lieber noch ein Weilchen mit Vertrauen und Innigkeit mit Dir plaudern.

Mit welchen Empfindungen ich Frankfurt verlassen habe – ach, liebes Mädchen, das kann ich Dir nicht beschreiben, weil Du mich doch nicht ganz verstehen würdest. Als ich mich von Dir trennte, legte ich mich noch ins Bett, und lag da wohl noch 1½ Stunde, doch mit offnen Augen, ohne zu schlafen. Als ich im Halbdunkel des Morgens abfuhr, war mirs, als hörte ich ein Geräusch an dem einen Fenster Eures Saales. Mir fuhr ein schneller Gedanke durch die Seele, ob Du das wohl sein könntest. Aber Du warst es nicht, ob ich gleich eine brennende Sehnsucht hatte, Dich noch einmal zu sehen. Der Wagen rollte weiter, indessen mein Auge immer noch mit rückwärtsgewandtem Körper an das geliebte Haus hing. Mir traten Tränen ins Auge, ich wünschte herzlich zu weinen, aber ich bin schon zu lange davon entwöhnt.

Auf meiner ganzen Reise nach Berlin ist der Gedanke an Dich nur selten, sehr selten aus meiner Seele gewichen. Ich bin überzeugt, daß wenn man die Augenblicke der Zerstreuung zusammenrechnen wollte, kaum eine kleine Viertelstunde herauskommen würde. Nichts zerstreute mich, nicht das wirklich romantische *Steinhöffel* (ein Gut des Hofmarschalls *Massow*), wo gleichsam jeder Baum, jeder Zweig, ja selbst jedes Blatt nach einer entworfenen Idee des Schönen gepflanzt, gebogen und geordnet zu sein scheint; nicht der emporstrebende Rauch der Feueressen am Schlosse, der mich an die Anstalten erinnerte mit welchen man eine königliche Familie hier empfangen wollte; nicht der ganze königliche Troß, der, in eine Staubwolke gehüllt, vor mir dahin rollte; nicht die schöne, bereits fertige Chaussee von Friedrichsfelde nach Berlin, auf welcher ich jetzt nicht ohne Freude, aber, wenn ich sie gebaut hätte, nicht ohne Stolz gefahren wäre; selbst nicht die brennende Hitze des Tages, die mir auf den Scheiteln glühte, als ob ich unter der Linie wäre, und die so sehr sie auch meinen Körper erschlaffte, doch meinen Geist nicht in seiner liebsten Beschäftigung, in der Erinnerung an Dich stören konnte.

Als ich hinein fuhr in das Tor im Halbdunkel des Abends, und die hohen weiten Gebäude anfänglich nur zerstreut und einzeln umher lagen, dann immer dichter und dichter, und das Leben immer lebendiger, und das Geräusch immer geräuschvoller wurde, als ich nun endlich in die Mitte der stolzen Königsstadt war, und meine Seele sich erweiterte um so viele zuströmende Erscheinungen zu fassen, da dachte ich: wo mag wohl das liebe Dach liegen, das einst mich und mein Liebchen schützen wird? Hier an der stolzen Kolonnade? dort in jenem versteckten Winkel? oder hier an der offnen Spree? Werde ich einst in jenem weitläufigen Gebäude mit vierfachen Reihen von Fenstern mich verlieren, oder hier in diesem kleinen engen Häuschen mich immer wieder finden? Werde ich am Abend, nach vollbrachter Arbeit, hier durch dieses kleine Gäßchen, mit Papieren unter dem Arm zu Fuß nach meiner Wohnung gehen, oder werde ich mit Vieren stolz durch diese prächtige Straße vor jenes hohe Portal rollen? Wird mein liebes Minchen, wenn ich still in die Wohnung treten will, mir von oben herab freundlich zuwinken, und auf dieser dunkeln Treppe mir entgegenkommen, um früher den Kuß der Liebe auf die durstenden Lippen zu drücken, oder werde ich sie in diesem weiten Palast suchen und eine Reihe von Zimmern durchwandern müssen, um sie endlich auf dem gepolsterten Sofa unter geschmückten und geschminkten Weibern zu finden? Wird sie hier in diesem dunkeln Zimmer nur den dünnen Vorhang zu öffnen brauchen, um mir den Morgengruß zuzulächeln, oder wird sie von dem weitesten Flügel jenes Schlosses her am Morgen einen Jäger zu mir schicken, um sich zu erkundigen, wie der Herr Gemahl geschlafen habe? – – Ach, liebes Minchen, nein, gewiß, gewiß wirst Du das letzte nicht. Was auch die Sitte der Stadt für Opfer begehrt, die Sitte der Liebe wird Dir gewiß immer heiliger sein, und so mag denn das Schicksal mich hinführen, wohin es will, hier in dieses versteckte Häuschen oder dort in jenes prahlende Schloß, eines finde ich gewiß unter jedem Dache, *Vertrauen* und *Liebe*.

Aber, unter uns gesagt, je öfter ich Berlin sehe, je gewisser wird es mir, daß diese Stadt, so wie alle Residenzen und Hauptstädte kein eigentlicher Aufenthalt für die Liebe ist. Die Menschen sind hier zu zierlich, um wahr, zu gewitzigt, um offen zu sein. Die Menge von Erscheinungen stört das Herz in seinen Genüssen, man gewöhnt sich endlich in ein so vielfaches eitles Interesse einzugreifen, und verliert am Ende sein wahres aus den Augen.

Carln sprach ich gleich gestern morgen, aß bei ihm zu Mittag, er bei mir zu Abend. Ich grüßte *Kleisten* auf der Promenade, und ward durch eine Einladung zu heute Abend gestraft, denn dies ist wider meinen Plan. Mein erster Gang war zu *Struensee*, er war, was ich bloß fürchtete, nicht gewiß wußte, nicht zu Hause. Du brauchst dies nicht zu verschweigen. *Struensee* kommt den 26. wieder und dann werde ich ihn sprechen. Das ist *gewiß*. Du kannst sagen, daß ich so lange hier bleiben werde, welches jedoch nicht wahr ist. *Du* wirst die Wahrheit erfahren. – Mein zweiter Gang war zu *Beneken*, den ich aber heute wiederholen muß, weil er nicht zu Hause war. – Mein dritter war in den Buchladen, wo ich Bücher und Karten für Ulriken, den *Wallenstein von Schiller* – Du freust Dich doch? – für Dich kaufte. Lies ihn, liebes Mädchen, ich werde ihn auch lesen. So werden sich unsre Seelen auch in dem dritten Gegenstande zusammentreffen. Laß ihn nach Deiner Willkür auf meine Kosten binden und schreibe auf der innern

Seite des Bandes die bekannte Formel: H. v. K. an W. v. Z. Träume Dir so mit schönen Vorstellungen die Zeit unsrer Trennung hinweg. Alles was *Max Piccolomini* sagt, möge, wenn es einige Ähnlichkeit hat, für mich gelten, alles was *Thekla* sagt, soll, wenn es einige Ähnlichkeit hat, für Dich gelten.

Gestern abend ging ich in das berühmte *Panorama der Stadt Rom.* Es hat indessen, wie es scheint, seinen Ruhm niemandem zu danken, als seiner Neuheit. Es ist die erste Ahndung eines Panoramas (Panorama ist ein griechisches Wort. Für Dich ist es wohl weiter nichts, als ein unverständlicher Klang. Indessen damit Du Dir doch etwas dabei denken kannst, so will ich es Dir, nach Maßgabe Deiner Begreifungskraft, erklären. Die erste Hälfte des Wortes heißt ohngefähr so viel wie: *von allen Seiten, ringsherum;* die andere Hälfte heißt ohngefähr: *sehen, zu Sehendes, Gesehenes.* Daraus magst Du Dir nun nach Deiner Willkür ein deutsches Hauptwort zusammensetzen.) Ich sage, es ist die erste Ahndung eines Panoramas, und selbst die bloße Idee ist einer weit größeren Vollkommenheit fähig. Denn da es nun doch einmal darauf ankommt, den Zuschauer ganz in den Wahn zu setzen, er sei in der offnen Natur, so daß er durch *nichts* an den Betrug erinnert wird, so müßten ganz andere Anstalten getroffen werden. Keine Form des Gebäudes kann nach meiner Einsicht diesen Zweck erfüllen, als allein die kugelrunde. Man müßte auf dem Gemälde selbst stehen, und nach allen Seiten zu keinen Punkt finden, der nicht Gemälde wäre. Weil aber das Licht von oben hinein fallen und folglich oben eine Öffnung sein muß, so müßte um diese zu verdecken, etwa ein Baumstamm aus der Mitte sich erheben, der dick belaubte Zweige ausbreitet und unter dessen Schatten man gleichsam stünde. Doch höre, wie das alles ausgeführt ist. Zu mehrerer Verständlichkeit habe ich Dir den Plan beigelegt.

Am Eingange wird man höflichst ersucht, sich einzubilden, man stünde auf den Ruinen des Kaiserpalastes. Das kann aber wirklich, wenn man durch einen dunkeln Gang hinaufgestiegen ist bis in die Mitte, nicht ohne große Gefälligkeit geschehen. Man steht nämlich auf tüchtigen Fichtenbrettern, welche wie bekannt, mit dem carrarischen Marmor nicht eben viele Ähnlichkeit haben. Aus der Mitte erhebt sich ein vierkantiger Pfahl, der eine glatte hölzerne Decke trägt, um die obere Öffnung zu verdecken. Was das eigentlich vorstellen soll, sieht man gar nicht ein; und um die Täuschung vollends mit dem Dolche der Wirklichkeit niederzubohren, hangen an jeder Seite des Pfahles vier niedliche Spiegel, die das Bild des Gemäldes auf eine widerliche künstliche Art zurückwerfen. Der Raum für die Zuschauer ist durch eine hölzerne Schranke begrenzt, die ganz an die Barrieren der Luftspringer oder Kunstreiter erinnert. Drüber hin sieht man zunächst weiß und rot marmorierte Leinwand in gestaltlosen Formen aufgehängt und gestützt, und vertieft und gehoben, was denn, wie Du Dir leicht denken kannst, nichts weniger als die durch den Zahn der Zeit zerknirschten Trümmer des Kaiserpalastes vorstellen soll. Nächst diesem Vordergrunde, folgt eine ohngefähr 3 Fuß hohe im Kreise senkrecht umhergestellte Tapete, mit Blättern, Gesteinen, und Trümmern bemalt, welches gleichsam den Mittelgrund, wie auf unsern Theatern, andeutet. Denke Dir dann im Hintergrunde, das eigentliche Gemälde, an einer senkrechten runden Wand, denke Dir einen inwendig bemalten runden Turm, und Du hast die ganze Vorstellung des berühmten Panoramas.

Der Gegenstand des Gemäldes ist interessant, denn es ist *Rom*. Aber auch dieser ist zuweilen schlecht ausgeführt. Die Natur selbst, bilde ich mir ein, hat es wenigstens gewiß besser gemacht. Das ist eine Fülle von Gegenständen, ein Reichtum von Schönheiten und Partien, deren jede einzeln einen Ort interessant machen würde. Da sind Täler, Hügel, Alleen, heilige Haine, Grabmäler, Villen, Ruinen, Bäder, Wasserleitungen (nur kein Wasser selbst), Kapellen, Kirchen, Pyramiden, Triumphbögen, der große ungeheure Zirkus und das prächtige Rom. Das letzte besonders tut sein möglichstes zum Betrug. Der Künstler hat grade den Moment des Sonnenunterganges gut getroffen, ohne die Sonne selbst zu zeigen, die ein Felsen (Numro 1) verbirgt. Dabei hat er Rom, mit seinen Zinnen und Kuppeln so geschickt zwischen der Sonne und dem Zuschauer situiert, daß der melancholische dunkle Azurschleier des Abends, der über die große Antike liegt, und aus welchem nur hin und wieder mit heller Purpurröte die erleuchteten Spitzen hervorblitzen, seine volle Wirkung tut. Aber kein kühler Westwind wehte über die Ruinen, auf welchen wir standen, es war erstickend heiß in dieser Nähe von Rom, und ich eilte daher wieder nach Berlin, welche Reise diesmal nicht beschwerlich und langwierig war. –

Soeben tritt ein bewaffneter Diener der Polizei zu mir herein, und fragt mich, ob ich, der ehemalige Lieut. v. K., mich durch Dokumente legitimieren könne. Gott sei Dank, dachte ich, daß du nicht ein französischer oder polnischer Emigrierter bist, sonst würde man dich wohl höflichst unverrichteter Sache wieder zum Tore hinaus begleiten. Wer weiß ob er nicht dennoch nach Frankfurt schreibt, um sich näher nach mir zu erkundigen. Denn der seltsame militärisch-akademische Zwitter schien ihm doch immer noch ein Anomalon (Ausnahme von der Regel) in dem Bezirk seiner Praxis zu sein. –

Soeben komme ich von *Beneken* zurück und bringe meiner Schwester Wilhelmine gute Nachrichten. Gib ihr einliegenden Zettel. – Zu welchen Abscheulichkeiten sinkt der Mensch hinab, wenn er nichts als seinen eignen Vorteil im Auge hat. Pfui! Lieber alles verlieren, als durch solche Mittel gewinnen. Mein armes Minchen hatte auch ein besseres Schicksal verdient. Das sind die Folgen eines einzigen unseligen Entschlusses! – Werden wir wohl noch einmal uns scheiden? Statt dieser zärtlichen Briefe gerichtliche Klagen und Vorwürfe aufschreiben? In diesen wohlwollenden Herzen einst Haß und Rache nähren? Mit diesen getreuen Kräften einst wechselseitig uns in Schande und Elend stürzen? – Werden *wir* uns scheiden? – *Wir nicht*, mein liebes Mädchen. Aber *einer* wird uns freilich scheiden, *einer*, der auch schwarz aussehen soll, wie man sagt, ob er gleich kein Priester ist. Doch der scheidet immer nur die Körper.

Als ich von *Beneken* zurück kam, begegnete ich *Neddermann*, zierlich geputzt, in Schuhen, triefend von Schweiß. Wo kommen Sie her, mein Freund? – Aus dem Examen. –

———

Ich eile zum Schlusse. Lies die Instruktion oft durch. Es wäre am besten wenn Du sie auswendig könntest. Du wirst sie brauchen. Ich vertraue Dir *ganz*, und darum sollst Du mehr von mir erfahren als irgend einer.

Mein Plan hat eine Änderung erlitten, oder besser, die Mittel dazu; denn der Zweck steht fest. Ich fühle mich zu schwach *ganz allein* zu handeln, wo etwas so Wichtiges aufs Spiel steht. Ich suche mir daher jetzt, ehe ich handle, einen *weisen, ältern* Freund auf, den ich Dir nennen werde, sobald ich ihn gefunden habe. Hier ist er nicht, und in der Gegend auch nicht. Aber er ist – – soll ich Dir den Ort nennen? Ja, das will ich tun! *Ulrike* soll immer nur erfahren, wo ich *bin*, Du aber, mein geliebtes Mädchen, *wo ich sein werde.* Also kurz: Morgen geht es nach – – – – *Pasewalk. Pasewalk?* Ja, Pasewalk, Pasewalk. Was in aller Welt willst du denn dort? – Ja, mein Kind, so fragt man die Bauern aus! Begnüge Dich mit raten, bis es für Dich ein Glück sein wird, zu *wissen.* In 5 oder höchstens 7 Tagen bin ich wieder hier, und besorge meine Geschäfte bei Struensee. Dann ist die Reise noch nicht zu Ende – Du erschrickst doch nicht? Lies Du nur fleißig zur Beruhigung meine Briefe durch, wie ich Deine Aufsätze. Und schreibe mir nicht anders, als bis ich Dir genau andeute, wohin? Auch mußt Du immer auf Deine Briefe schreiben: *selbst abzuholen.* Morgen denke ich hier einen Brief von Dir zu finden. Jetzt aber mußt Du gleich wieder schreiben, und zwar so, daß der Brief den 22. spätestens in Berlin eintrifft. Sei klug und verschwiegen. Restés fidèle.

Dein Freund H. K.

N. S. Carl kommt mir nicht von der Seite und zerbricht sich den Kopf, was ich vorhabe. Ich werde ihm das Versprechen abnehmen, nicht zu erforschen, was ich will. Unter dieser Bedingung will ich ihm versprechen, daß er immer von Dir erfahren soll, wo ich bin. Das kannst Du ihm dann schreiben, doch weiter nichts. Du kannst auch sagen, daß ich in Berlin bei Carln wohne. Sollte er auf Urlaub nach Fr. kommen, so bin ich ausgezogen, nach Potsdam gegangen, wie Ihr wollt, nur immer Ihr beide einstimmig. Wenn Carl nur sieht, daß Du alles weißt, so wird er nicht erstaunen und sich verwundern, welches ich in alle Fälle gern vermeiden möchte. Hilf mir meinen Plan so ausführen, liebes Mädchen, *Dein* Glück ist so gut dabei interessiert, ja vielleicht mehr noch, als das meinige. Das alles wirst Du einst besser verstehen. Lebe wohl. Predige nur in allen Deinen Briefen Carln Verschwiegenheit vor. Er soll gegen niemanden viel von mir sprechen, und dringt einer auf ihn ein, antworten, er wisse von nichts. Adieu. Adieu. In 3 Tagen folgt ein zweiter Brief.

(Nimm immer die Karte von Deutschland zur Hand und siehe zu, wo der Ort liegt, in welchem ich mich befinde.) – Der erste, dem Du das Gedicht von *Schiller* leihst, muß *Ulrike* sein.

13. An Wilhelmine von Zenge

An das Stiftsfräulein Wilhelmine v. Zenge
Hochwürden und Hochwohlgeboren zu Frankfurt a. O.

Pasewalk, den 20. August 1800

Mein teures liebes Mädchen. Kaum genieße ich die erste Stunde der Ruhe, so denke ich auch schon wieder an die Erfüllung meiner Pflicht, meiner lieben, angenehmen Pflicht. Zwar habe ich den ganzen Weg über von Berlin nach Pasewalk an Dich geschrieben, trotz des Mangels an allen Schreibmaterialien, trotz des unausstehlichen Rütteln des Postwagens, trotz des noch unausstehlicheren Geschwätzes der Passagiere, das mich übrigens so wenig in meinem Konzept störte, als die Bombe in Stralsund Carln XII. in dem seinigen. Aber das Ganze ist ein Brief geworden, den ich Dir nicht anders als mit mir selbst und durch mich selbst mitteilen kann, denn, unter uns gesagt, es ist mein Herz. Du willst aber schwarz auf weiß sehen, und so will ich Dir denn mein Herz so gut ich kann auf dieses Papier malen, wobei Du aber nie vergessen mußt, daß es bloße Kopie ist, welche das Original nie erreicht, nie erreichen kann.

Ich reisete den 17. morgens um 8 Uhr mit der Stettiner bedeckten Post von Berlin ab. Deinem Bruder hatte ich das Versprechen abgenommen, weder das Ziel noch den Zweck meiner Reise zu erforschen, und hatte ihm dagegen das Versprechen gegeben, durch meine Vermittelung immer von Dir den Ort meines Aufenthaltes zu erfahren. Diesen kannst Du ihm denn auch immer mitteilen, es müßten denn in der Folge Gründe eintreten, welche mir das Gegenteil wünschen lassen. Das werde ich Dir aber noch schreiben.

Ich hatte am zweiten Abend vor meiner Abreise bei *Kleisten* gegessen, und obgleich die Tafel gar nicht überflüssig und leckerhaft gedeckt war, so hatte ich doch gleichsam in der Hitze des Gesprächs mit sehr interessanten Männern mehr gegessen, als mir dienlich war. Ich befand mich am andern Tage und besonders in der letzten Nacht sehr übel, wagte aber die Reise, welche *notwendig* war, doch, und der Genuß der freien Luft, Diät, das Rütteln des Wagens, vielleicht auch die Aussicht auf eine frohe Zukunft haben mich wieder ganz kuriert.

– Ich habe auch deinen lieben *Wittich* in Berlin gesehen und gesprochen, und finde, daß mir mein ehemaliger Nebenbuhler keine Schande macht. Ich habe zwar bloß sein Äußeres, seine Rüstung, kennen gelernt, aber es scheint mir, daß etwas Gutes darunter versteckt ist. Ich würde aber dennoch den Kampf mit ihm um Deine Liebe nicht scheuen. Denn obgleich seine Waffen heller funkeln als meine, so habe ich doch ein Herz, das sich mit dem besten messen kann; und Du, hoffe ich, würdest entscheiden, wie es *recht* ist.

Von meiner Reise läßt sich diesmal nichts sagen. Ich bin durch Oranienburg, Templin, Prenzlow hierhergekommen, ohne daß sich von dieser ganzen Gegend etwas Interessanteres sagen ließe, als dieses daß sie ohne alles Interesse ist. Das ist nichts, als Korn auf Sand, oder Fichten auf Sand, die Dörfer elend, die Städte wie mit dem Besen auf ein Häufchen zusammengekehrt. Denn rings um die Mauern ist alles so rein und proper, daß man oft einen Knedelbaum vergebens suchen würde. Es scheint als ob dieser ganze nördliche Strich Deutschlands von der Natur dazu bestimmt gewesen wäre, immer und ewig der Boden des Meeres zu bleiben, und daß das Meer sich gleichsam nur aus Versehn so weit zurückgezogen und so einen Erdstrich gebildet hat, der ursprünglich mehr zu einem Wohnplatz für Walfische und Heringe, als zu einem Wohnplatz für Menschen bestimmt war.

Diesmal mußt Du also mit dieser magern Reisebeschreibung vorlieb nehmen. Ich hoffe Dir künftig interessantere Dinge schreiben zu können. – Und nun zu dem, worauf Du gewiß mit Deiner ganzen Seele gespannt bist, und wovon ich Dir doch nur so wenig mitteilen kann. Doch alles, was jetzt für Dich zu wissen gut ist, sollst Du auch jetzt erfahren.

Du kannst doch Deine Lektion noch auswendig? Du liesest doch zuweilen meine Instruktion durch? Vergiß nicht, liebes Mädchen, was Du mir versprochen hast, *unwandelbares Vertrauen in meine Liebe zu Dir*, und *Ruhe über die Zukunft*. Wenn diese beiden Empfindungen immer in Deiner Seele lebendig wären, und durch keinen Zweifel niemals gestört würden, wenn ich dieses *ganz gewiß* wüßte, wenn ich die *feste Zuversicht* darauf haben könnte, o dann würde ich mit Freudigkeit und Heiterkeit meinem Ziele entgegen gehen können. Aber der Gedanke – Du bist doch nur ein schwaches Mädchen, meine unerklärliche Reise, diese wochenlange, vielleicht monatelange Trennung – – o Gott, wenn Du krank werden könntest! Liebes, teures, treues Mädchen! Sei auch ein *starkes* Mädchen! Vertraue Dich mir ganz an! Setze Dein ganzes Glück auf meine Redlichkeit! Denke Du wärest in das Schiff meines Glückes gestiegen, mit allen Deinen Hoffnungen und Wünschen und Aussichten. *Du* bist schwach, mit Stürmen und Wellen kannst *Du* nicht kämpfen, darum vertraue Dich mir an, mir, der mit Weisheit die Bahn der Fahrt entworfen hat, der die Gestirne des Himmels zu seinen Führern zu wählen, und das Steuer des Schiffes mit starkem Arm, mit *stärkerm* gewiß als Du glaubst, zu lenken weiß! Wozu wolltest Du klagen, Du, die Du das Ziel der Reise, und ihre Gefahr nicht einmal kennst, ja vielleicht Gefahren siehst, wo gar keine vorhanden sind? Sei also ruhig! So lange der Steuermann noch lebt, sei ruhig! *Beide* gehen unter in den Wellen, oder *beide* laufen glücklich in den Hafen; kann sich die Liebe, die *echte* Liebe, ein freundlicheres Schicksal wünschen?

Eben damit Du ganz ruhig sein möchtest, habe ich Dir, die einzige in der Welt, alles gesagt, was ich sagen durfte, nichts, auch das mindeste nicht vorgelogen, nur verschwiegen, was ich verschweigen mußte. Darum, denke ich, könntest Du wohl auch schon Vertrauen zu mir fassen. Das meinige wird von Dir nie wanken. Ich habe zwar am Sonntage keinen Brief gefunden, ob Du mir gleich versprochen hattest, noch vor Deiner Reise nach Tamsel an mich zu schreiben; aber ich fürchte eher, daß Du Deine Gesundheit, als Deine Liebe zu mir verloren hättest, ob mir gleich das erste auch schrecklich wäre. – Liebes Mädchen, wenn Du krank sein solltest, und ich erfahre dies in Berlin, so bin ich in zwei Tagen bei Dir. Aber ich fürchte das nicht – o weg mit dem häßlichen Gedanken!

Ich komme zu einer frohen Nachricht, die Dir gewiß auch recht froh sein wird. Denn alles was mir zustößt, sei es Gutes oder Böses, auch wenn Du es gar nicht deutlich kennst, das trifft auch Dich, nicht wahr? Das war die Grundlage unseres Bundes. Also höre! Mein erster Plan ist ganz vollständig geglückt. Ich habe einen *ältern*, *weisern* Freund gefunden, grade den, den ich am innigsten wünsche. Er stand nicht einen Augenblick an, mich in meinem Unternehmen zu unterstützen. Er wird mich bis zu seiner Ausführung begleiten. Nun bist Du doch ruhig? Du weißt doch mit welcher Achtung ich und Ulrike von einem gewissen *Brokes* sprach, den wir auf *Rügen* kennen gelernt haben? Der ist es. – Gott gebe, daß mir die Hauptsache so glückt, dann sind niemals zwei glücklichere Menschen gewesen, als *Du* und *ich*. – Aber das alles behältst Du für Dich. Das habe ich niemandem anvertraut, als der *Geliebten*. Das Fräulein von Zenge weiß es aber nicht anders, als daß ich in *Berlin* bin, und so darf es auch kein anderer anders von ihr erfahren. Grüße Vater und Mutter und beide Familien von dem Herrn von Kleist der in Berlin ist. Da treffe ich auch wirklich wieder den 24. August ein, doch halte ich mich dort nicht lange auf. Ich empfange bloß einen Brief von Dir, den ich *gewiß* aufzufinden hoffe, und spreche mit *Struensee;* dann geht es weiter, wohin? das sollst Du erfahren, ich weiß es selbst noch nicht gewiß. Du sollst dann überhaupt mehr von dem Ganzen meiner Reise erfahren; doch Dein Brief, den ich in Berlin erhalten werde, wird bestimmen – wie viel. Wenn ich mit *ganzer Zuversicht* auf Dein *Vertrauen* und Deine *Ruhe* rechnen kann, so lasse ich jeden Schleier sinken, der nicht notwendig ist.

Dein treuer Freund H. K.

14. An Ulrike von Kleist

Coblentz bei Pasewalk, den 21. August 1800

Du vergißt doch nicht, daß ich *Dir allein* meinen Aufenthalt mitteile, und daß er aus Gründen jedem andern Menschen verschwiegen bleiben muß? Ich habe ein unumschränktes Vertrauen zu Dir, und darum verschweige ich Dir nichts, was zu verschweigen nicht notwendig ist. Vertraue auch mir, und tue keinen eigenmächtigen Schritt, der üblere Folgen haben könnte, als Du glaubst. Elisabeth ehrte die Zwecke Posas, auch ohne sie zu kennen. Die meinigen sind wenigstens gewiß der Verehrung jedes edeln Menschen wert.

Ich habe mich hier mit *Brokes* vereinigt. Er hat mit mir denselben Zweck, und das könnte Dich noch ruhiger machen, wenn Dich die Unerklärlichkeit meiner Reise beunruhigen sollte. *Brokes* ist ein trefflicher junger Mann, wie ich wenige in meinem Leben gefunden habe. Wir werden beide gemeinschaftlich eine Reise machen – nicht zu unserm Vergnügen, das schwöre ich Dir; wie hätte ich Dich so um Deine liebsten Freuden betrügen können? – Nein. Vielmehr es liegt ein *sehr ernster* Zweck zum Grunde, der uns wahrscheinlich nicht eher ein ganz ungestörtes Vergnügen genießen lassen wird, als bis er erreicht ist. Die Mitwissenschaft eines Dritten war unmöglich, wenigstens stand es nicht in meiner Willkür über das Geheimnis zu schalten; sonst würde meine *edelste* Schwester gewiß auch meine *Vertraute* geworden sein.

Ich baue ganz auf Dein Vertrauen zu mir und auf Deine Verschwiegenheit. Wenn ich das nicht darf, Ulrike, so schreibe es mir nach Berlin, und ich ergreife andere Maßregeln. Nur in der festen Zuversicht auf Deine unwandelbare Treue wirst Du immer von mir den Ort erfahren, an welchen mich die Bahn unsers Zweckes führt. Täuschen wirst Du mich nicht. Du wirst meine gerechte Forderungen erfüllen, auch ohne es versprochen zu haben. Denn alles was wenige tun würden, erwarte ich von Dir.

Ich bleibe hier in Coblentz bis morgen. Ich treffe d. 24. in Berlin ein. Dahin mußt Du mir gleich nach Empfang dieses Briefes schreiben, wenn Du mir die Freude machen willst, von Deiner Hand zu sehen, was Du von meinem Vorhaben denkst. Ich habe alles Hiesige von Dir gegrüßt. Alles läßt Dich wieder grüßen. Ich habe der Gräfin den Wallenstein zurückgelassen, weil sie es wünschte. Sie wird ihn Dir bei ihrer Durchreise durch Frankfurt überliefern. Du kannst das Buch als ein Geschenk von mir betrachten, denn sein Inhalt muß nicht gelesen, sondern gelernt werden. Ich bin begierig ob Wallenstein den Carlos bei Dir verdrängen wird. Ich bin unentschieden.

Adieu. Grüße alles von mir *aus Berlin*. Die Gräfin Eickstedt wird zwar, wenn sie in Frankfurt ist, von mir und meiner Gegenwart in Coblentz erzählen; allein Du kannst alsdann sagen, ja, Du wüßtest es, ich hätte Dich aber gebeten, es zu verschweigen. So wünschte ich, daß Du es mit allem machen möchtest, was von meiner Reise entdeckt werden sollte. Hilf mir meinen Plan ausführen, liebes Ulrikchen, er verdient es. Adieu.

Heinrich.

– N. S. Weißt Du, daß das Turnier in Schwedisch-Pommern beim Gf. v. Falkenstein in Consages sein wird?

15. An Wilhelmine von Zenge

Coblentz bei Pasewalk, den 21. August 1800

Weil doch die Post vor morgen abend nicht abgeht, so will ich noch ein Blättchen Papier für Dich beschreiben, und wünsche herzlich daß die Lektüre desselben Dir nur halb so viel Vergnügen machen möge, als mir das Geschäft des Schreibens. Du wirst zwar nun ein paarmal vergebens auf die Post schicken, und das Herzchen wird mit jeder Stunde stärker und stärker zu klopfen anfangen; aber Du mußt vernünftig werden, Wilhelmine. Du kennst *mich*, und, wie ich hoffe, doch gewiß *im Guten*. Daran halte Dich. Du kennst überdies immer den Ort meines Aufenthaltes, und von dem Zwecke meiner Reise weißt Du doch wenigstens so viel, daß er *vortrefflich* ist. *Unser Glück* liegt dabei zum Grunde, und es kann, welches eine Hauptsache ist, *nichts dabei verloren*, doch *alles dabei gewonnen* werden. Also beruhige Dich für immer, was auch immer vorfallen mag. Wie leicht können Briefe auf der Post liegen bleiben, oder sonst verloren gehen; wer wollte da gleich sich ängstigen? Geschrieben habe ich gewiß, wenn Du auch durch Zufall nicht eben sogleich den Brief erhalten solltest. Damit wir aber immer beurteilen können, ob unsere Briefe ihr Ziel erreicht haben, so wollen wir beide uns in jedem Schreiben wechselseitig wiederholen, wie viele Briefe wir schon selbst geschrieben und empfangen haben. Und so mache ich denn hiermit unter folgender Rubrik den Anfang:

Abgeschickt	*Empfangen*
Von *Berlin* den 1. Brief.	– – – –

Ich hoffe, daß ich auch bald die andere Rubrik werde vollfüllen können. – Und noch eins. Ich führe ein Tagebuch, in welchem ich meinen Plan täglich ausbilde und verbessre. Da müßte ich mich denn zuweilen wiederholen, wenn ich die Geschichte des Tages darin aufzeichnen sollte, die ich Dir schon mitgeteilt habe. Ich werde also dieses ein für allemal darin auslassen, und die Lücken einst aus meinen Briefen an Dich ergänzen. Denn das Ganze hoffe ich wird Dir einst sehr interessant sein. Du mußt aber nun auch diese Briefe recht sorgsam aufheben; wirst Du? Oder war schon dieses Gesuch überflüssig? Liebes Mädchen, ich küsse Dich.

Und nun zur Geschichte des Tages. – Ach, mein bestes Minchen, wie unbeschreiblich beglückend ist es, einen weisen, zärtlichen Freund zu finden, da wo wir seiner grade recht innig bedürfen. Ich fühlte mich stark genug den hohen Zweck zu entwerfen, aber zu schwach um ihn allein auszuführen. Ich bedurfte nicht sowohl der Unterstützung, als nur eines weisen Rates, um die zweckmäßigsten Mittel nicht zu verfehlen. Bei meinem Freunde *Brokes* habe ich alles gefunden, was ich bedurfte, und dieser Mensch müßte auch Dir jetzt vor allen andern, *nach mir* vor allen andern teuer sein. Ihm habe ich mich ganz anvertraut, und er ehrte meinen Zweck, sobald er ihn kannte, so wie ihn denn jeder edle Mensch, der ihn fassen kann, ehren *muß*. Ach, mein teures *edles* Mädchen, wenn auch Du meinen Zweck ehren könntest, auch selbst ohne ihn zu kennen! Das würde mir ein Zeichen Deiner Achtung sein, ein Zeichen, das mich unaussprechlich stolz machen würde. Niemals, niemals wirst Du mir einen so unzweideutigen Beweis Deiner Achtung geben können, als jetzt. Ach, wenn Du dies versäumtest – – Wirst Du? Oder war auch diese Erinnerung überflüssig? Liebes Mädchen, ich küsse Dich wieder – –

Auch *Brokes* sieht ein, daß die Wahrscheinlichkeit eines glücklichen Erfolges groß ist. Wenigstens, sagte er, ist keine Gefahr vorhanden, in keiner Hinsicht, und wenn ich nur auf Deine Ruhe rechnen könnte, so wäre ein Haupthindernis gehoben. Ich hatte über den Gedanken dieses Planes schon lange lange gebrütet. Sich dem blinden Zufall überlassen, und warten, ob er uns endlich in den Hafen des Glückes führen wird, das war nichts für mich. Ich war Dir und mir schuldig, zu handeln. »Nicht aus des Herzens bloßem Wunsche keimt« etc. – »der Mensch soll mit der Mühe Pflugschar« etc. etc. – das sind herrliche, wahre Gedanken. Ich habe sie so oft durchgelesen, und sie scheinen mir so ganz aus Deiner Seele genommen, daß Deine Schrift das übrige tut um mir vollends einzubilden, das Gedicht wäre von keinem andern, als von Dir. So oft ich es wieder lese fühle ich mich gestärkt selbst zu dem Größten, und so gehe ich denn fast mit Zuversicht meinem Ziele entgegen. Doch werde ich vorher noch gewiß *Struensee* sprechen, um mir auf jeden Fall den Rückzug zu sichern. – *Brokes,* der schon diesen Herbst zu einer Reise bestimmt hatte, wird mich begleiten. Also kannst Du noch um so ruhiger sein. Du mußt nichts als die größte Hoffnung auf die Zukunft in Deiner Seele nähren.

Hast Du auch *Deine* Freundin schon wieder gefunden? Die Clausius, oder die Koschenbahr? Herzlich, herzlich, wünsche ich es Dir. Wahre, echte Freundschaft kann *fast* die Genüsse der Liebe ersetzen – Nein, das war doch noch zu viel gesagt; aber viel, sehr viel kann ein Freund tun, wenn der Geliebte fehlt. Wenigstens gibt es keine anderen Genüsse, zu welchen sich die Liebe so gern herab ließe, wenn sie ihr ganzes Glück genossen hat und auf eine Zeitlang feiern muß, als die Genüsse der Freundschaft. Vor allen andern Genüssen ekelt ihr, wie dem Schlemmer vor dem Landwein wenn er sich in Champagner berauscht hat. Daher ist es mit einer meiner herzlichsten Wünsche, daß Du eine von diesen beiden Freundinnen recht lange bei Dir behalten mögest, wenigstens so lange, bis ich zurückkomme. Erzähle ihr immerhin von mir, wenn sie Dir von dem *ihrigen* erzählt hat; denn das könnt ihr Weiber doch wohl nicht gut lassen, nicht wahr? Aber sei klug. Was ich Dir vertraue, *Dir allein,* das bleibt auch in Deinem Busen vor allen andern verschlossen. Laß Dich nicht etwa in einer zärtlichen Stunde verleiten mehr zu erzählen, als Du darfst. Minchen, Du weißt es nicht, wie viel an Deine Verschwiegenheit hangt. *Dein* Glück ist auch dabei im Spiel; also sorge für Dich und mich zugleich, und befolge genau, ohne Einschränkung, ohne Auslegung, wörtlich worum ich Dich herzlich und ernsthaft bitte. Kannst Du Dir den Genuß einige von meinen Briefen Deiner lieben Freundin mitzuteilen, nicht verweigern, so zeige ihr frühere Briefe, aber *diese* nicht; wenigstens daraus nichts, aus welchem sich nur auf irgend eine Art mein *wirklicher* Aufenthalt erkennen ließe. Denn dieser *muß* vor allen Menschen verschwiegen bleiben, außer vor *Dir* und *Ulriken.*

Doch ich wollte Dir ja die Geschichte des Tages erzählen und komme immer wieder zu meinem Plane zurück, weil mir der

unaufhörlich im Sinne liegt. Du bist aufs Innigste mit meinem
Plane verknüpft, also kannst Du schließen, wie oft ich an Dich
denke. Denkst Du wohl auch so oft an mich? – – Doch zur Sache.
Weil, wie gesagt, die Post, die mich und *Brokes* nach Berlin
führen soll, erst morgen abend abgeht (denn dieselbe Post trennt
sich in Prenzlow und bringt Dir diesen Brief nach Frankfurt), so
beschloß ich mit *Brokes* so lange auf seinem bisherigen Wohnort
zu verweilen. Dies ist *Coblentz*, ein Landgut des Grafen von *Eickstedt*, der die Güte hatte, mich einladen zu lassen. Seine Gemahlin
hatte ich auf *Rügen* kennen gelernt. Wir bestellten die Post in
Pasewalk nach *Berlin* und fuhren den 20. nachmittags um 2 Uhr
von dort ab.

Ich fand in der Nähe von Coblentz weite Wiesen, mit Graben
durchschnitten, umgeben mit großen reinlich gehaltenen Wäldern, viel junges Holz, immer verzäunt und geschlossen, ausge-
besserte Wege, tüchtige Brücken, viele zerstreute Vorwerke,
massiv gebaut, fette zahlreiche Herden von Kühen und Schafen
etc. etc. Die Vorwerke hießen: Augustenhain, Peterswalde, Ca-
rolinum, Carolinenburg, Dorotheenhof etc. etc. Wo nur eine
Tür war, da glänzte auch ein Johanniterkreuz, auf jedem Dache,
auf jedem Pfahle war es vielfach aufgepflanzt. Als ich vor das
Schloß fuhr, fand ich, von außen, zugleich ein uraltes und nagel-
neues Gebäude, zehnmal angefangen, nie vollendet, heute nach
dieser Idee, über das Jahr nach einer andern, hier ein Vorsprung,
dort ein Einschnitt, immer nach dem Bedürfnis des Augenblicks
angebaut und vergrößert. Im Hause kam mir die alte würdige
Gräfin freundlich entgegen. Der Graf war nicht zu Hause. Er war
mit einigen andern Damen nach Augustenhain gefahren. Indessen ich lernte ihn doch noch in seinem Hause kennen, noch ehe
ich ihn sah. Dunkle Zimmer, schön möbliert, viel Silber, noch
mehr Johanniterkreuze, Gemälde von großen Herren, Feldmar-
schälle, Grafen, Minister, Herzoge, er in der Mitte, in Lebensgröße, mit dem Scharlachmantel, auf jeder Brust einen Stern, den
Ordensband über den ganzen Leib, an jeder Ecke des Rahmens
ein Johanniterkreuz. Wir gingen, Brokes und ich, nach Augustenhain. Ein ordentlicher Garten, halb französisch, halb englisch,
schöne Lusthäuser, Orangerien, Altäre, Grabmäler von Freunden, die vornehme Herren waren, ein Tempel dem großen

Friedrich gewidmet; große angelegte Waldungen, weite urbar-
gemachte, ehemals wüste, jetzt fruchtbare Felder, viele Meiereien,
Pferde, Menschen, Kühe, schöne nützliche Ställe auf welchen
aber das Johanniterkreuz nie fehlte – – – – Wenn man die
Schnecke an ihrer Muschel erkennen kann, rief ich, so weiß ich
auch wer hier wohnt.

Ich hatte es getroffen. Ich fand Ökonomie und Liberalität,
Ehrgeiz und Bedürfnis, Weisheit und Torheit in einem Menschen vereinigt, und dieser war kein andrer als der Gr. v. Eickstedt.

Liebes Mädchen, ich werde abgerufen, und kann Dir nun
nicht mehr schreiben. Lebe wohl. In Berlin finde ich einen Brief
von Dir, und wenn er mir recht gefällt, recht *vernünftig* und *ruhig*
ist, so erfährst Du viel Neues von mir. Adieu. H. K.

16. An Ulrike von Kleist

Berlin, den 26. August 1800

Mein liebes Ulrickchen. Es steht eine Stelle in Deinem Briefe,
die mir viele Freude gemacht hat, weil sie mir Dein festes Vertrauen auf meine Redlichkeit, selbst bei den scheinbar widersprechendsten Umständen, zusichert. Du wirst finden daß ich
dessen bedarf. Ich teile *Dir* jetzt ohne Rückhalt alles mit, was ich
nicht verschweigen muß. Ich reise mit Brockes nach Wien. Ich
werde manches Schöne sehen, und jedesmal mit Wehmut daran
denken, wie vergnügt Du dabei gewesen wärest, wenn es *möglich*
gewesen wäre, Dich an dieser Reise Anteil nehmen zu lassen.
Doch das Schöne ist diesmal nicht Zweck meiner Reise. Unter-
lasse alle Anwendungen, Folgerungen, und Kombinationen. Sie
müssen falsch sein, weil Du mich nicht *ganz* verstehen kannst.
Halte Dich bloß an das, was ich Dir gradezu mitteile. Das ist
buchstäblich wahr.

Du bietest mir Deine ferneren Dienste an. Ich werde davon
Gebrauch machen, ohne Deine Freundschaft zu mißbrauchen.
Du wirkst unwissend zu einem Zwecke mit, der *vortrefflich* ist.
Ich stehe daher nicht an, Dich um eine neue Gefälligkeit zu er-
suchen. Oder eigentlich ist es Brockes, für den ich etwas erbitte.

Brockes reisete mit mir von Coblentz ab, und nannte der Eickstädtschen Familie kein anderes Ziel seiner Reise als Berlin. Du darfst der Gräfin Eickstädt, wenn Du sie in Frankfurt sprichst, diesen Glauben nicht benehmen. *Brockes* hatte einen Wechsel von 600 Rth., auf einen Bankier in Schwerin gestellt. Es war zu weitläufig, das Geld sich von Schwerin her schicken zu lassen. Er nahm ihn also nach Berlin mit, um ihn bei dem hiesigen mecklenburgischen Agenten umzusetzen. Der aber war verreiset und kein andrer hiesiger Bankier kennt Brockes. Er hat nun also doch von hier aus nach Schwerin schreiben müssen. Wir dürfen uns aber in Berlin nicht länger verweilen. Das Geld könnte frühstens in 4 Wochen in Wien sein. Wir bedürfen dies aber gleich, nicht um die Reisekosten zu bestreiten, sondern zu dem eigentlichen Zwecke unsrer Reise. Ferner würde der Mecklenburgische Bankier dadurch erfahren, daß Brockes in Wien ist, welches durchaus verschwiegen bleiben soll. Uns bleibt also kein anderes Mittel übrig als unsre einzige Vertraute, als Du. Wir ersuchen Dich also, wenn es Dir möglich ist, 100 Dukaten nach Wien zu schicken, und zwar an den Studenten Buchholz, denn so heißt Brockes auf dieser Reise. Das müßte aber bald geschehen. Auch müßte auf der Adresse stehen, daß der Brief selbst abgeholt werden wird. Nun höre die Bedingungen. Du erhältst dies Geld auf jeden Fall, Du magst in unsere Bitte willigen oder nicht, in spätestens 3 Wochen von Schwerin. Brockes hat nämlich auf meine Versicherung, daß Du gewiß zu unserm Zwecke mitwirken würdest, wenn es Dir möglich wäre, bereits nach Schwerin geschrieben, an den mecklenburgischen Minister Herrn von Brandenstein. Dieser wird in Schwerin das Geld heben und es Dir nach Frankfurt schicken. Sollte es Dir also nicht möglich gewesen sein, uns früher mit Geld auszuhelfen, so schicke uns wenigstens das empfangne Geld sogleich nach Wien unter untenstehender Adresse. Solltest Du aber schon aus eigenen Mitteln uns 100 Dukaten überschickt haben, so behältst Du die empfangenen 60 Fr.dor, und Brockes wird sich mit Dir bei unserer Zurückkunft berechnen wegen des Agios. Sollte bei dem zu empfangenden Gelde zugleich ein Brief von Brandenstein an Brokes vorhanden sein, so darfst Du diesen unter der Adresse: an Brokes nicht nachschicken, sondern Du kannst ihn erbrechen und bei Dir behalten, und uns nur den Inhalt melden.

Brokes heißt nicht Buchholz sondern *Bernhoff*. Die Adresse also ist:

An
den Studenten der Ökonomie
Herrn Bernhoff
Wohlgeboren
zu Wien

(selbst abzuholen)

Willst Du mich mit einem Brief erfreuen, so ist die Adresse:

An
den Studenten der Mathematik
Herrn Klingstedt
Wohlgeb.
zu Wien

(selbst abzuholen)

Ich brauche doch nicht zu wiederholen, daß niemand dies alles erfahren darf? Niemand weiß es als *Du* und *W.Z.*, wird es also verraten, so ist einer von Euch unfehlbar der Verräter. Doch wer dürfte das fürchten?

Ich werde Dir gleich von Wien aus schreiben. Ich komme sobald unser Geschäft beendigt ist, nach Frankfurt zurück, und dies geschieht auf jeden Fall vor dem 1. November. Fragt jemand nach uns, so heißt es, ich wäre verreiset, etwa ins Erzgebirge.

Nun bitte ich noch um einige Gefälligkeiten. Ich will meine Kollegia in Frankfurt bezahlen von dem Gelde, welches ich den 1. Oktober von Dames empfangen soll.

Madihn ———— 10 Rth.	Kalau ———— 10 Rth.
und noch den Preis eines Buches, dessen Wert ich nicht kenne.	Mit Wünschen werde ich selbst sprechen. Grüße ihn gelegentlich. Auch Hüllmann.
Huth ———— 15 Rth.	Überhaupt alle.
Hüllmann ———— 15 Rth.	

Sei ruhig. Adieu. H. K.

An das Stiftsfräulein Wilhelmine v. Zenge
Hochwürd. u. Hochwohlgeb. zu Frankfurt a. d. Oder

Leipzig, den 30. August (und 1. September) 1800

Mein liebes Minchen. Erst will ich Dir das Notwendige, nämlich den Verlauf meiner Reise erzählen, und dann zusehen, ob mir noch zu andern vertraulichen Gedanken Zeit übrig bleibt. Woran ich aber zweifle; denn jetzt ist es 8 Uhr abends, und morgen früh 11 Uhr geht es schon wieder fort von hier. –

Am Abend vor meiner Abreise von Berlin schickte die *Begerow* zu uns, und ließ uns ersuchen zu ihr und der Löschbrandt zu kommen. (Du mußt wissen, daß die Löschbrandt mir ihre Ankunft in Berlin zuvor gemeldet und mich um meine Unterstützung gebeten hatte, welche ich ihr aber abschlagen mußte) Ich konnte für diesen Abend nicht, weil ich schon ganz ausgezogen und mit meinem Briefe an Dich beschäftigt war. Weil ich aber doch noch am andern Morgen zu Struensee gehen mußte, ehe ich abreisete, so beschloß ich auch meine Schwester noch einmal zu sehen. Doch höre, wie dies ablief.

Ganz wehmütig umarmte sie mich, mit der Äußerung, sie hätte nicht geglaubt mich noch einmal zu sehen. Ich verstand gleich den eigentlichen Sinn dieser Rede, und gegen Dich will ich ganz ohne Rückhalt sprechen, *denn wir verstehen uns.* Mit Tränen in den Augen sagte sie mir, meine ganze Familie, besonders Tante Massow, sei höchst unruhig, und alle fürchteten, ich würde nie wieder nach Frankfurt zurückkehren. So sehr mich dies auch innerlich schmerzte, so blieb ich doch anfänglich äußerlich ruhig, erzählte ihr, daß ich vom Minister angestellt sei, daß ich ja Tanten *mein Wort* gegeben und noch nie in meinem Leben ehrlos gehandelt hätte. Aber das alles half doch nur wenig. Sie versprach zwar, selbst ruhig zu sein und auch Tanten zu beruhigen; aber ich bin doch überzeugt, daß sie noch immer heimlich dasselbe Mißtrauen in mir hegt.

Und nun urteile selbst, Wilhelmine, welch ein abscheuliches Gerücht während meiner Abwesenheit in Frankfurt von mir ausgebreitet werden kann! Du und Ulrike, Ihr seid die beiden einzigen, die mich davor retten könnt. Ulrike hat mir einige vortreffliche Briefe geschrieben, von Dir hoffe ich das Beste. Auf

Euch beide beruht mein ganzes Vertrauen. So lange Ihr beide ruhig und sicher seid, wird es die Welt auch sein. Wenn Ihr beide aber mir mißtrauet, dann freilich, dann hat die Verleumdung freien Spielraum, und mein Ruf wäre dahin. Meine baldige Rückkehr würde zwar dies alles wieder vernichten und meine Ehre wiederherstellen; aber ob ich zwei Menschen, die mich so tief entehrten, dann selbst noch würde ehren können, das ist es, was ich bezweifeln muß. – Aber ich fürchte das nicht. – – Wenn ich nur bald einen Brief von Dir erhalten könnte, um zu erfahren, wie Du meine Erklärung, daß ich nach *Wien* reisen würde, aufgenommen hast. – Aber ich hoffe, gut. – Doch höre weiter.

Ich reisete den 28. früh 11 Uhr mit *Brokes* in Begleitung *Carls* von Berlin ab nach Potsdam. Als ich vor Linkersdorfs Hause vorbeifuhr, ward es mir im Busen so warm. Jeder Gegenstand in dieser Gegend weckte irgendwo in meiner Seele einen tiefen Eindruck wieder auf. Ich betrachtete genau alle Fenstern des großen Hauses, aber ich wußte im voraus, daß die ganze Familie verreiset war. Wie erstaunte ich nun, wie froh erstaunte ich, als ich in jenem niedrig-dunkeln Zimmer, zu welchem ich des Abends so oft geschlichen war, *Louisen* entdeckte. Ich grüßte sie tief. Sie erkannte mich gleich, und dankte mir sehr, sehr freundlich. Mir strömten eine Menge von Erinnerungen zu. Ich mußte einigemal nach dem einst so lieben Mädchen wieder umsehen. Mir ward ganz seltsam zu Mute. Der Anblick dieses Mädchen, das mir einst so teuer war, und dieses Zimmer, in welchem ich so viele Freude empfunden hatte – – – Sei ruhig. Ich dachte an Dich und an die Gartenlaube, noch ein Augenblick, und ich gehörte wieder *ganz Dir*.

In Potsdam wohnten wir bei Leopolden. Ich sprach einiges Notwendige mit Rühlen wegen unseres Aufenthaltes in Berlin. Dies war die eigentliche Absicht unseres Verweilens in Potsdam. Rühle hat bereits um seinen Abschied angehalten und hofft ihn noch vor dem Winter zu erhalten. Weil noch vor Einbruch der Nacht einige Zeit übrig war, so nutzten wir diese *Brockes* flüchtig durch Sanssouci zu führen. Am andern Morgen früh 4 Uhr fuhr ich und *Brokes* wieder ab.

Die Reise ging durch die Mark – – also gibt es davon nichts Interessantes zu erzählen. Wir fuhren über *Treuenbritzen* nach *Wittenberg* und fanden, als wir auf der sächsischen Grenze das

Auge einigemal zurück auf unser Vaterland warfen, daß dieses sich immer besser ausnahm, je weiter wir uns davon entfernten. Nichts als der Gedanke, mein *liebstes Wesen* darin zurückzulassen, machte mir die Trennung davon schwer.

In *Wittenberg* wäre manches Interessante zu sehen gewesen, z. B. Doktor *Luthers* und *Melanchthons* Grabmale. Auch wäre von hier aus die Fahrt an der Elbe entlang nach *Dresden* sehr schön gewesen. Aber das Vergnügen ist diesmal nicht Zweck unsrer Reise, und ohne uns aufzuhalten, fuhren wir gleich weiter, die Nacht durch nach *Leipzig* (über *Düben*).

Hier kamen wir den 30. (heute) früh um 11 Uhr an. Unser erstes Geschäft war, uns unter unsern neuen Namen in die Akademie inskribieren zu lassen, und wir erhielten die Matrikeln, welche uns zu Pässen verhelfen sollen, ohne alle Schwierigkeit. Weil aber die Post erst morgen abgeht, so blieb uns der Nachmittag noch übrig, den wir benutzten, die schönen öffentlichen Anlagen rund um diese Stadt zu besehen. Gegen Abend gingen wir beide ins Schauspiel, nicht um des erbärmlichen Stückes *Aballino* willen, sondern um die Akteurs kennen zu lernen, die hier sehr gelobt wurden. Aber wir fanden auch eine so erbärmliche Vorstellung, und dabei ein so ungesittetes Publikum, daß ich wenigstens schon im 2. Akt das Haus verließ. Ich ging zu Hause um Dir zu schreiben und erfülle jetzt in diesem Augenblick mein Versprechen und meine Pflicht. Aber ich bin von der durchwachten Nacht so ermüdet und daher, wie Du auch an diesem schlechten Briefe merken wirst, so wenig aufgelegt zum Schreiben, daß ich hier abbrechen muß, um mich zu Bette zu legen. Gute Nacht, liebes Mädchen. Morgen will ich mehr schreiben und vielleicht auch etwas Besseres. Gute Nacht.

den 1. September

Diesesmal empfange ich auf meiner Reise wenig Vergnügen *durch* die Reise. Zuerst ist das Wetter meistens immer schlecht, auch war die Gegend bisher nicht sonderlich, und wo es doch etwas Seltneres zu sehen gibt, da müssen wir, unser Ziel im Auge, schnell vorbeirollen. Wenn ich doch zuweilen vergnügt bin, so bin ich es nur durch die Erinnerung an Dich. Vorgestern auf der Reise, als die Nacht einbrach, lag ich mit dem Rücken auf dem Stroh unsers Korbwagens, und blickte grade hinauf in das unermeßliche Weltall. Der Himmel war malerisch schön. Zerrissene Wolken, bald ganz dunkel, bald hell vom Monde erleuchtet, zogen über mich weg. *Brokes* und *ich*, wir suchten beide und fanden Ähnlichkeiten in den Formen des Gewölks, er die seinigen, ich die meinigen. Wir empfanden den feinen Regen nicht, der von oben herab uns die Gesichter sanft benetzte. Endlich ward es mir doch zu arg und ich deckte mir den Mantel über den Kopf. Da stand die geliebte Form, die mir das Gewölk gezeigt hatte, ganz deutlich, mit allen Umrissen und Farben im engen Dunkel vor mir. Ich habe mir Dich in diesem Augenblick ganz lebhaft und gewiß vollkommen wahr, vorgestellt, und bin überzeugt, daß an dieser Vorstellung nichts fehlte, nichts an Dir selbst, nichts an Deinem Anzuge, nicht das goldne Kreuz, und seine Lage, nicht der harte Reifen, der mich so oft erzürnte, selbst nicht das bräunliche Mal in der weichen Mitte Deines rechten Armes. Tausendmal habe ich es geküßt und Dich selbst. Dann drückte ich Dich an meine Brust und schlief in Deinen Armen ein. –

Du hast mir in Deinem vorigen Briefe geschrieben, Dein angefangner Aufsatz sei bald fertig. Schicke ihn mir nach Wien, sobald er vollendet ist. Du hast noch viele Fragen von mir unbeantwortet gelassen und sie werden Dir Stoff genug geben, wenn Du nur denken und schreiben willst.

Unser Reiseplan hat sich verändert. Wir gehen nicht über *Regensburg*, sondern über *Dresden* und *Prag* nach *Wien*. Dieser Weg ist näher und in *Dresden* finden wir auch einen englischen Gesandten, der uns Pässe geben kann. Ich werde Dir von *Dresden* aus wieder schreiben.

Empfangen		*Abgeschickt*
2 Briefe	den	1. aus Berlin
		2. aus Pasewalk
		3. aus Berlin
		4. aus Berlin
		und diesen aus Leipzig.

Lebe wohl, liebes Mädchen. Ich muß noch einige Geschäfte abtun. In zwei Stunden reise ich ab nach *Dresden*.

Dein treuer Freund Heinrich

Klingstedt

N. S. Was wird Kleist sagen, wenn er einst bei Dir Briefe von Klingstedt finden wird?

Mein Geschäft ist abgetan und weil noch ein Stündchen Zeit übrig ist, ehe die Post abgeht, so nutze ich es, wie ich am besten kann, und plaudre mit Dir.

Ich will Dir umständlicher die Geschichte unsrer Immatrikulation erzählen.

Wir gingen zu dem Magnifikus, Prof. *Wenk*, eröffneten ihm wir wären aus der Insel Rügen, wollten kommenden Winter auf der hiesigen Universität zubringen; vorher aber noch eine Reise ins Erzgebirge machen und wünschten daher jetzt gleich Matrikeln zu erhalten. Er fragte nach unsern Vätern. *Brokes* Vater war ein Amtmann, meiner ein invalider schwedischer Kapitän. Er machte weiter keine Schwierigkeiten, las uns die akademischen Gesetze vor, gab sie uns gedruckt, streute viele weise Ermahnungen ein, überlieferte uns dann die Matrikeln und entließ uns in Gnaden. Wir gingen zu Hause, bestellten Post, wickelten unsre Schuhe und Stiefeln in die akademischen Gesetze und hoben sorgsam die Matrikeln auf.

Nimm doch eine Landkarte zur Hand, damit Du im Geiste den Freund immer verfolgen kannst. Ich breite, so oft ich ein Stündchen Ruhe habe, immer meine Postkarte vor mir aus, reise zurück nach Frankfurt, und suche Dich auf des Morgens an Deinem Fenster in der Hinterstube, Nachmittags an dem Fenster des unteren Saales, gegen Abend in der dunkeln Laube, und wenn es Mitternacht ist in Deinem Lager, das ich nur einmal flüchtig gesehen habe, und das daher meine Phantasie nach ihrer freiesten Willkür sich ausmalt.

Liebes Mädchen, ich küsse Dich – – Adieu. Ich muß zusiegeln. Ich habe auch an Tante und Ulrike geschrieben.

Dein Heinrich.

18. An Wilhelmine von Zenge

An Fräulein Wilhelmine von Zenge Hochwohlgeb. zu Frankfurt a. d. O.

Dresden, den 3. September 1800, früh 5 Uhr

(und 4. September)

Gestern, den 2. September spät um 10 Uhr abends traf ich nach einer 34stündigen Reise in diese Stadt ein.

Noch habe ich nichts von ihr gesehen, nicht sie selbst, nicht ihre Lage, nicht den Strom, der sie durchschneidet, nicht die Höhen, die sie umkränzen; und wenn ich schreibe, daß ich in Dresden bin, so *glaube* ich das bloß, noch *weiß* ich es nicht.

Und freilich – es wäre wohl der Mühe wert, sich davon zu überzeugen. Der Morgen ist schön. Lange wird mein Aufenthalt hier nicht währen. Vielleicht muß ich es morgen schon wieder verlassen. Morgen? das schöne Dresden? Ohne es gesehen zu haben? Rasch ein Spaziergang –

Nein – und wenn ich es nie sehen sollte! Ich könnte Dir dann vielleicht von hier gar nicht schreiben, und so erfülle ich denn lieber jetzt gleich meine Pflicht.

Ich will durch diese immer wiederholten Briefe, durch diese fast ununterbrochene Unterhaltung mit Dir, durch diese nie ermüdende Sorgfalt für Deine Ruhe, bewirken, daß Du zuweilen, wenn das Verhältnis des Augenblicks Dich beklommen macht, wenn fremde Zweifel und fremdes Mißtrauen Dich beunruhigen, mit Sicherheit, mit Zuversicht, mit tiefempfundnem Bewußtsein zu Dir selbst sagen mögest: ja, es ist gewiß, *es ist gewiß*, daß er mich liebt!

Wenn Du mir nur eine Ahndung von Zweifel hättest erblicken lassen, gewiß, mir würde Deine Ruhe weniger am Herzen liegen. Aber da Du Dich mit Deiner ganzen offnen Seele mir anvertraut hast, so will ich jede Gelegenheit benutzen, jeden Augenblick ergreifen, um Dir zu zeigen, daß ich Dein Vertrauen auch vollkommen verdiene.

Darum ordne ich auch jetzt das Vergnügen, diese schöne Stadt zu sehen, meiner Pflicht, Dir Nachricht von mir zu geben, unter; oder eigentlich vertausche ich nur jenes Vergnügen mit einem andern, wobei mein Herz und mein Gefühl noch mehr genießt.

Mein Aufenthalt wird hier wahrscheinlich nur von sehr kurzer Dauer sein. Soeben geht die Post nach *Prag* ab und in 8 Tagen nicht wieder. Uns bleibt also nichts übrig als Extrapost zu nehmen, sobald unsre Geschäfte bei dem englischen Gesandten abgetan sind. Daher will ich Dir so kurz als möglich den Verlauf meiner Reise von Leipzig nach Dresden mitteilen.

Als wir von Leipzig abreiseten (mittags d. 1. September), hatten wir unser gewöhnliches Schicksal, schlechtes Wetter. Wir empfanden es auf dem offnen Postwagen doppelt unangenehm. Die Gegend schien fruchtbar und blühend, aber die Sonne war hinter einen Schleier von Regenwolken versteckt und wenn die Könige trauern, so trauert auch das Land.

So kamen wir über immer noch ziemlich flachen Lande gegen Abend, nach *Grimma*. Als es schon finster war, fuhren wir wieder ab. Denke Dir unser Erstaunen, als wir uns dicht vor den Toren dieser Stadt, plötzlich in der Mitte eines Gebirges sahen. Dicht vor uns lag eine Landschaft, ganz wie ein transparentes Stück. Wir fuhren auf einem schauerlich schönen Wege, der auf der halben Höhe eines Felsens in Stein gehauen war. Rechts der steile Felsen selbst, mit überhangendem Gebüsch, links der schroffe Abgrund, der den Lauf der *Mulde* beugt, jenseits des reißenden Stromes dunkelschwarze hohe belaubte Felsen, über welche in einem ganz erheiterten Himmel der Mond heraufstieg. Um das Stück zu vollenden lag vor uns, am Ufer der Mulde, auf einem einzelnen hohen Felsen, ein zweistockhohes viereckiges Haus, dessen Fenster sämtlich, wie absichtlich, erleuchtet waren. Wir konnten nicht erfahren, was diese seltsame Anstalt zu bedeuten habe, und fuhren, immer mit hochgehobnen Augen, daran vorbei, sinnend und forschend, wie man bei einem Feenschlosse vorbeigeht.

So reizend war der Eingang in eine reizende Nacht. Der Weg ging immer am Ufer der Mulde entlang, bei Felsen vorbei, die wie Nachtgestalten vom Monde erleuchtet waren. Der Himmel war durchaus heiter, der Mond voll, die Luft rein, das Ganze herrlich. Kein Schlaf kam in den ersten Stunden auf meine Augen. Die Natur und meine brennende Pfeife erhielten mich wach. Mein Auge wich nicht vom Monde. Ich dachte an Dich, und suchte den Punkt im Monde, auf welchem vielleicht Dein Auge ruhte, und maß in Gedanken den Winkel den unsre Blicke im Monde machten, und träumte mich zurück auf der Linie Deines Blickes, um so Dich zu finden, bis ich Dich endlich wirklich im Traume fand.

Als ich erwachte waren wir in *Waldheim*, einem Städtchen, das wieder an der Mulde liegt. Besonders als wir es schon im Rücken hatten und das Gebirgsstädtchen hinter uns im niedrigen Tale lag, von buschigten Höhen umlagert, gab es eine reizende Ansicht. Wir fuhren nun immer an dem Fuße des Erzgebirges oder an seinem Vorgebirge entlang. Hin und wieder blickten nackte Granitblöcke aus den Hügeln hervor. Die ganze Gebirgsart ist aber Schiefer, welcher, wegen seiner geblätterten Tafeln, ein noch wilderes zerrisseneres Ansehn hat, als der Granit selbst. Die allgemeine Pflanze war die Harztanne; ein schöner Baum an sich, der ein gewisses ernstes Ansehn hat, der aber die Gegend auf welcher er steht meistens öde macht, vielleicht wegen seines dunkeln Grüns, oder wegen des tiefen Schweigens das in dem Schatten seines Laubes waltet. Denn es sind nur einige wenige, ganz kleine Vögelarten, die, außer Uhu und Eule, in diesem Baume nisten.

Ich ging an dem Ufer eines kleinen Waldbachs entlang. Ich lächelte über seine Eilfertigkeit, mit welcher er schwatzhaft und geschmeidig über die Steine hüpfte. Das ruht nicht eher, dachte ich, als bis es im Meere ist; und dann fängt es seinen Weg von vorn an. – Und doch – wenn es still steht, wie in dieser Pfütze, so verfault es und stinkt.

Wir fanden dieses Gebirge wie alle, sehr bebaut und bewohnt; lange Dörfer, alle Häuser 2 Stock hoch, meistens mit Ziegeln gedeckt; die Täler grün, fruchtbar, zu Gärten gebildet; die Menschen warm und herzlich, meistens schön gestaltet, besonders die Mädchen. Das *Enge der Gebirge* scheint überhaupt auf das *Gefühl* zu wirken und man findet darin viele Gefühlsphilosophen, Menschenfreunde, Freunde der Künste, besonders der Musik. Das *Weite des platten Landes* hingegen wirkt mehr auf den *Verstand* und hier findet man die Denker und Vielwisser. Ich möchte an einem Orte geboren sein, wo die Berge nicht zu eng, die Flächen nicht zu weit sind. Es ist mir lieb, daß hinter Deinem Hause die Laube eng und dunkel ist. Da lernt man fühlen, was man in den Hörsälen nur zu oft verlernt.

Aber überhaupt steht der Sachse auf einem höhern Grad der Kultur, als unsre Landleute. Du solltest einmal hören, mit welcher Gewandtheit ein solches sächsisches Mädchen auf Fragen antwortet. Unsre (maulfaulen) Brandenburgerinnen würden Stunden brauchen, um abzutun, was hier in Minuten abgetan wird. Auch findet man häufig selbst in den Dörfern Lauben, Gärten, Kegelbahnen etc. so, daß hier nicht bloß, wie bei uns, für das Bedürfnis gesorgt ist, sondern daß man schon einen Schritt weiter gerückt ist, und auch an das Vergnügen denkt.

Mittags (d. 2.) passierten wir *Nossen* und zum drittenmale die Mulde, die hier eine fast noch reizendere Ansicht bildet. Das östliche Ufer ist sanft abhangend, das westliche steil, felsig und buschig. Um die Kante eines Einschnittes liegt das Städtchen *Nossen*, auf einem Vorsprung, dicht an der Mulde, ein altes Schloß. Rechts öffnet sich die Aussicht durch das Muldetal nach den Ruinen des Klosters Zelle.

In diesem Kloster liegen seit uralten Zeiten die Leichname aller Markgrafen von Meißen. In neuern Zeiten hat man jedem derselben ein Monument geben wollen. Man hat daher die Skelette ausgegraben, und die Knochen eines jeden möglichst genau zusammengesucht, wobei es indessen immer noch zweifelhaft bleibt, ob jeder auch wirklich den Kopf bekommen hat, der ihm gehört.

Gegen Abend kamen wir über *Wilsdruf*, nach den Höhen von *Kesselsdorf;* ein Ort, der berühmt ist, weil in seiner Nähe ein Sieg erfochten worden ist. So kann man sich Ruhm erwerben in der Welt, ohne selbst das mindeste dazu beizutragen.

Es war schon ganz finster, als wir von den Elbhöhen herabfuhren, und im Mondschein die Türme von *Dresden* erblickten. Grade jener vorteilhafte Schleier lag über die Stadt, der uns, wie Wieland sagt, mehr erwarten läßt, als versteckt ist. Man führte uns durch enge Gassen, zwischen hohen meistens fünf- bis sechsstöckigen Häusern entlang bis in die Mitte der Stadt, und sagte uns vor der Post, daß wir am Ziele unsrer Reise wären. Es war ½11 Uhr. Aber da die Elbbrücke nicht weit war, so eilten wir schnell dahin, sahen rechts die Altstadt, im Dunkel, links die Neustadt, im Dunkel, im Hintergrunde die hohen Elbufer, im Dunkel, kurz alles in Dunkel gehüllt, und gingen zurück, mit dem Entschluß, wiederzukehren, sobald nur die große Lampe im Osten angesteckt sei.

Liebes Minchen. Soeben kommen wir von dem engl. Ambassadeur, Lord *Elliot* zurück, wo wir Dinge gehört haben, die uns bewegen, nicht nach Wien zu gehen, sondern entweder nach *Würzburg* oder nach *Straßburg*. Sei ruhig, und wenn das Herzchen unruhig wird, so lies die Instruktion durch, oder besieh Deine neue Tasse von oben und unten.

Diese Veränderung unseres Reiseplans hat ihre Schwierigkeiten, die jedoch nicht unüberwindlich sind; besonders wegen Deiner Briefe, die ich in Wien getroffen haben würde. Doch ich werde schon noch Mittel aussinnen, und sie Dir am Ende dieses Briefes mitteilen.

Übrigens bleibt alles beim alten. Ich gehe nicht weiter, als an einen dieser Orte, und kehre zu der einmal bestimmten Zeit, nämlich vor dem 1. November gewiß zurück, wenn nicht vielleicht noch früher.

Denke nicht darüber nach, und halte Dich, wenn die Unmöglichkeit, mich zu begreifen, Dich beunruhigt, mit blinder Zuversicht an Deinem Vertrauen zu meiner Redlichkeit, das Dich nicht täuschen wird, *so wahr Gott über mich lebt.*

Einst wirst Du alles erfahren, und mir mit Tränen danken.

Täglich werde ich Dir schreiben. Ich reise morgen von hier wieder ab, und werde Tag und Nacht nicht ruhen. Aber ein Stündchen werde ich doch erübrigen, Dir zu schreiben. Mehr kann ich jetzt für Deine Ruhe nicht tun, liebes, *geliebtes* Mädchen.

Abends um 8 Uhr

Ich habe den übrigen Teil des heutigen Tages dazu angewendet, einige Merkwürdigkeiten von *Dresden* zu sehen, und will Dir, was ich sah und dachte und fühlte, mitteilen.

Dresden hat enge Straßen, meistens 5 bis 6 Stock hohe Häuser, viel Leben und Tätigkeit, wenig Pracht und Geschmack. Die Elbbrücke ist ganz von Stein, aber nicht prächtig. Auf dem *Zwinger* (dem kurfürstl. Garten) findet man Pracht, aber ohne Geschmack. Das kurfürstliche Schloß selbst kann man kaum finden, so alt und rußig sieht es aus.

Wir gingen in die berühmte Bildergalerie. Aber wenn man nicht genau vorbereitet ist, so gafft man so etwas an, wie Kinder eine Puppe. Eigentlich habe ich daraus nicht mehr gelernt, als daß hier viel zu lernen sei.

Wir hatten den Nachmittag frei, und die Wahl, das grüne Gewölbe, Pilnitz, oder *Tharandt* zu sehen. In der Wahl zwischen Antiquität, Kunst und Natur wählten wir das letztere und sind nicht unzufrieden mit unsrer Wahl.

Der Weg nach *Tharandt* geht durch den schönen *Plauenschen Grund.* Man fährt an der *Weißritz* entlang, die dem Reisenden entgegen rauscht. Mehr Abwechselung wird man selten in einem Tale finden. Die Schlucht ist bald eng, bald breit, bald steil, bald flach, bald felsig, bald grün, bald ganz roh, bald auf das Fruchtbarste bebaut. So hat man das Ende der Fahrt erreicht, ehe man es wünscht. Aber man findet doch hier noch etwas Schöneres, als man es auf diesem ganzen Wege sah.

Man steigt auf einen Felsen nach der Ruine einer alten Ritterburg. Es war ein unglückseliger Einfall, die herabgefallenen Steine weg zu schaffen und den Pfad dahin zu bahnen. Dadurch hat das Ganze aufgehört eine Antiquität zu sein. Man will sich den Genuß erkaufen, »wärs auch mit einem Tropfen Schweißes nur«. Du bist mir noch einmal so lieb geworden, seitdem ich um Deinetwillen reise.

Aber die Natur hat zuviel getan, um mißvergnügt diesen Platz zu verlassen. Welch eine Fülle von Schönheit! Wahrlich, es war ein natürlicher Einfall, sich hier ein Haus zu bauen, denn ein schönerer Platz läßt sich schwerlich denken. Mitten im engen Gebirge hat man die Aussicht in drei reizende Täler. Wo sie sich kreuzen, steht ein Fels, auf ihm die alte Ruine. Von hier aus übersieht man das Ganze. An seinem Fuße, wie an den Felsen geklebt, hangen zerstreut die Häuser von *Tharandt*. Wasser sieht man in jedem Tale, grüne Ufer, waldige Hügel. Aber das schönste Tal ist das südwestliche. Da schäumt die Weißritz heran, durch schroffe Felsen, die Tannen und Birken tragen, schön gruppiert wie Federn auf den Köpfen der Mädchen. Dicht unter der Ruine bildet sie selbst ein natürliches Bassin, und wirft das verkehrte Bild der Gegend malerisch schön zurück.

Bei der Rückfahrt sah ich *Dresden* in der Ferne. Es liegt, vieltürmig, von der Elbe geteilt, in einem weiten Kessel von Bergen. Der Kessel ist fast zu weit. Unzählige Mengen von Häusern liegen so weit man sieht umher, wie vom Himmel herabgestreut. Die Stadt selbst sieht aus, als wenn sie von den Bergen herab zusammengekollert wäre. Wäre das Tal enger, so würde dies alles mehr konzentriert sein. Doch auch so ist es reizend.

Gute Nacht, liebes Mädchen. Es ist 10 Uhr, morgen früh muß ich Dir noch mehr schreiben und also früh aufstehen. Gute Nacht.

den 4. September, morgens 5 Uhr

Guten Morgen, Minchen. Ich bin gestern bei meiner Erzählung zu rasch über manchen interessanten Gegenstand hinweg-
gegangen und ich will das heute noch nachholen.

In der Mitte des *Plauenschen* Grundes krümmt sich das Tal und
bildet da einen tiefen Einschnitt. Die *Weißritz* stürzt sich gegen
die Wand eines vorspringenden Felsens und will ihn gleichsam
durchbohren. Aber der Felsen ist stärker, wankt nicht, und beugt
ihren stürmischen Lauf.

Da hangt an dem Einschnitt des Tales, zwischen Felsen und
Strom, ein Haus, eng und einfältig gebaut, wie für einen Weisen.
Der hintere Felsen gibt dem Örtchen Sicherheit, Schatten winken
ihm die überhangenden Zweige zu, Kühlung führt ihm die Welle
der Weißritz entgegen. Höher hinauf in das Tal ist die Aussicht
schauerlich, tiefer hinab in die Ebene von Dresden heiter. Die
Weißritz trennt die Welt von diesem Örtchen und nur ein schmaler Steg führt in seinen Eingang. – Eng sagte ich, wäre das
Häuschen? Ja freilich, für Assembleen und Redouten. Aber für
2 Menschen und die Liebe weit genug, weit hinlänglich genug.

Ich verlor mich in meinen Träumereien. Ich sah mir das Zimmer aus, wo ich wohnen würde, ein anderes, wo jemand anderes
wohnen würde, ein drittes, wo wir beide wohnen würden. Ich
sah eine Mutter auf der Treppe sitzen, ein Kind schlummernd
an ihrem Busen. Im Hintergrunde kletterten Knaben an dem
Felsen, und sprangen von Stein zu Stein, und jauchzten laut –

In dem reizenden Tale von *Tharandt* war ich unbeschreiblich
bewegt. Ich wünschte recht mit Innigkeit Dich bei mir zu sehen.
Solche Täler, eng und heimlich, sind das wahre Vaterland der
Liebe. Da würden wir Freuden genossen haben, höhere noch als
in der Gartenlaube. Und wie herrlich müßte einmal ein kurzes
Leben in der idealischen Natur auf Deine Seele wirken. Denn
tiefe Eindrücke macht der Anblick der erhabenen edlen Schöpfung auf weiche, empfängliche Herzen. Die Natur würde gewiß
das Gefühl und den Gedanken in Dir erwecken; ich würde ihn zu
entwickeln suchen und selbst neue Gedanken und Gefühle bilden.
– O, einst müssen wir einmal *beide* eine schöne Gegend besuchen.
Denn da erwarten uns ganz neue Freuden, die wir noch gar nicht
kennen.

So erinnert mich fast jeder Gegenstand durch eine entfernte oder nahe Beziehung an Dich, mein liebes, geliebtes Mädchen. Und wenn mein Geist sich einmal in einer wissenschaftlichen Folgereihe von Gedanken von Dir entfernt, so führt mich ein Blick auf Deinen Tobaksbeutel, der immer an dem Knopfe meiner Weste hangt, oder auf Deine Handschuh, die ich selten ausziehe, oder auf das blaue Band, das Du mir um den linken Arm gewunden hast, und das immer noch, unaufgelöst, wie das Band unserer Liebe, verknüpft ist, wieder zu Dir zurück.

Abgeschickt	*Empfangen*
den 1. Brief aus Berlin	Zwei Briefe, nur zwei, aber
2. ———— Pasewalk	zwei herrliche, die ich mehr
3. ———— Berlin	als einmal durchgelesen habe.
4. ———— Berlin	Wann werde ich wieder etwas
5. ———— Leipzig	von Deiner Hand sehen?
und diesen aus Dresden.	

Wegen der nun folgenden Instruktion will ich mich kurz fassen. Ich habe Ulriken das Nötige hierüber geschrieben und sie gebeten Dir ihren Brief mitzuteilen. Mache Du es mit Deinen Briefen, wie sie es mit dem Gelde machen soll. Schreibe gleich nach Würzburg in Franken. Sei ruhig. Lebe wohl. Morgen schreibe ich Dir wieder. In 5 Minuten reise ich von hier ab.

Dein *treuer* Freund Heinrich.

(Diese Korrespondenz wird Dir vieles Geld kosten. Ich werde das ändern, so viel es möglich ist. Was es Dir doch kostet, werde ich Dir schon *einst* ersetzen.)

19. An Wilhelmine von Zenge

An das Stiftsfräulein Wilhelmine von Zenge, Hochwürden und Hochwohlgb. zu Frankfurt a. d. Oder, frei bis Berlin. [Berlin abzugeben bei dem Kaufmann Clausius in der Münzstraße.]

Öderan im Erzgebirge, den 4. Septbr. 1800, abends 9 Uhr
(und 5. September)

So heißt der Ort, der mich für diese Nacht empfängt. Er ist zwar von Dir nicht gekannt, aber er sorgt doch für Deine Wünsche wie für einen alten Freund. Denn er bietet mir ein Stübchen an, ganz wie das Deinige in Frankfurt; und ich werde nicht einschlafen, ohne tausendmal an Dich gedacht zu haben.

Unsere Reise ging von *Dresden* aus südwestlich, immer an dem Fuße des Erzgebirges entlang, über *Freiberg* nach *Oderan*. Die ganze Gegend sieht aus wie ein bewegtes Meer von Erde. Das sind nichts als Wogen, immer die eine kühner als die andern. Doch sahen wir noch nichts von dem eigentlichen Hochgebirge. Bei *Freiberg* gingen wir wieder über denselben Strom, den wir schon bei *Nossen* auf der Reise nach Dresden passiert waren; welches aber nicht die Mulde ist. In dem Tale dieses Flusses liegt das Bergwerk. Wir sahen es von weitem liegen und mich drängte die Begierde, es zu sehen. Aber mein Ziel trat mir vor Augen, und in einer halben Stunde hatte ich *Freiberg* schon wieder im Rücken.

Hier bin ich nun 6 Meilen von Dresden. *Brokes* wünscht hier zu übernachten, aus Gründen, die ich Dir in der Folge mitteilen werde. Ich benutzte noch die erste Viertelstunde, um Dir an *einem* Tage auch noch den *zweiten* Brief zu schreiben. Mein letzter Brief aus Dresden ist auch vom 4., von heute. Du sollst an Nachrichten von mir nicht Mangel haben. Aber diese Absicht ist nun erfüllt, und eigentlich bin ich herzlich müde. Also gute Nacht, liebes Mädchen. Morgen schreibe ich mehr.

Chemnitz, den 5. September, morgens 8 Uhr

Wie doch zwei Kräfte immer in dem Menschen sich streiten! Immer weiter von Dir führt mich die eine, die Pflicht, und die andere, die Neigung, strebt immer wieder zu Dir zurück. Aber die höhere Macht soll siegen, und sie wird es. Laß mich nur ruhig meinem Ziele entgegen gehen, Wilhelmine. Ich wandle auf einem guten Wege, das fühle ich an meinem heitern Selbstbewußtsein, an der Zufriedenheit, die mir das Innere durchwärmt. Wie würde ich sonst mit solcher Zuversicht zu Dir sprechen? Wie würde ich sonst Dich noch mit inniger Freude die Meinige nennen können? Wie würde ich die schöne Natur, die jetzt mich umgibt, so froh und ruhig genießen können? Ja, liebes Mädchen, das letzte ist entscheidend. Einsamkeit in der offnen Natur, das ist der Prüfstein des Gewissens. In Gesellschaften, auf den Straßen, in dem Schauspiele mag es schweigen, denn da wirken die Gegenstände nur auf den Verstand und bei ihnen braucht man kein Herz. Aber wenn man die weite, edlere, erhabenere Schöpfung vor sich sieht, – ja da braucht man ein Herz, da regt es sich unter der Brust und klopft an das Gewissen. Der erste Blick flog in die weite Natur, der zweite schlüpft heimlich in unser innerstes Bewußtsein. Finden wir uns selbst häßlich, uns allein in diesem Ideale von Schönheit, ja dann ist es vorbei mit der Ruhe, und weg ist Freude und Genuß. Da drückt es uns die Brust zusammen, wir können das Hohe und Göttliche nicht fassen, und wandeln stumpf und sinnlos wie Sklaven durch die Paläste ihrer Herren. Da ängstigt uns die Stille der Wälder, da schreckt uns das Geschwätz der Quelle, uns ist die Gegenwart Gottes zur Last, wir stürzen uns in das Gewühl der Menschen um uns selbst unter der Menge zu verlieren, und wünschen uns nie, nie wiederzufinden.

Wie froh bin ich, daß doch wenigstens *ein Mensch* in der Welt ist, der mich ganz versteht. Ohne *Brokes* würde mir vielleicht Heiterkeit, vielleicht selbst Kraft zu meinem Unternehmen fehlen. Denn ganz auf sein Selbstbewußtsein zurückgewiesen zu sein, nirgends ein paar Augen finden, die uns Beifall zuwinken – und doch *recht tun*, das soll freilich, sagt man, die Tugend der Helden sein. Aber wer weiß ob Christus am Kreuze getan haben würde, was er tat, wenn nicht aus dem Kreise wütender Verfolger seine Mutter und seine Jünger feuchte Blicke des Entzückens auf ihn geworfen hätten.

Die Post ist vor der Türe, adieu. Ich nehme diesen Brief noch mit mir. Er kömmt zwar immer weiter von Dir ab und später wirst Du ihn nun erhalten. Aber das Porto ist teuer, und *wir beide* müssen für ganzes Geld auch das ganze Vergnügen genießen.

Noch einen Gedanken – –. Warum, wirst Du sagen, warum spreche ich so geheimnisreiche Gedanken halb aus, die ich doch nicht ganz sagen will? Warum rede ich von Dingen, die Du nicht verstehn kannst und sollst? Liebes Mädchen, ich will es Dir sagen. Wenn ich so etwas schreibe, so denke ich mich immer zwei Monate älter. Wenn wir dann einmal, in der Gartenlaube, einsam, diese Briefe durchblättern werden, und ich Dir solche dunkeln Äußerungen erklären werde, und Du mit dem Ausruf des Erstaunens: ja so, so war das gemeint – –

Adieu. Der Postillion bläst.

Lungwitz, um ½11 Uhr

O welch ein herrliches Geschenk des Himmels ist ein schönes Vaterland! Wir sind durch ein einziges Tal gefahren, romantisch schön. Da ist Dorf an Dorf, Garten an Garten, herrlich bewässert, schöne Gruppen von Bäumen an den Ufern, alles wie eine englische Anlage. Jeder Bauerhof ist eine Landschaft. Reinlichkeit und Wohlstand blickt aus allem hervor. Man sieht aus dem Ganzen, daß auch der Knecht und die Magd hier das Leben genießen. Frohsinn und Wohlwollen spricht uns aus jedem Auge an. Die Mädchen sind zum Teil höchst interessant gebildet. Das findet man meistens in allen Gebirgen. Wahrlich, wenn ich Dich nicht hätte, und reich wäre, ich sagte à dieu à toutes les beautés des villes. Ich durchreisete die Gebirge, besonders die dunkeln Täler, spräche ein von Haus zu Haus, und wo ich ein blaues Auge unter dunkeln Augenwimpern, oder bräunliche Locken auf dem weißen Nakken fände, da wohnte ich ein Weilchen und sähe zu ob das Mädchen auch im Innern so schön sei, wie von außen. Wäre das, und wäre auch nur ein Fünkchen von Seele in ihr, ich nähme sie mit mir, sie auszubilden nach meinem Sinn. Denn das ist nun einmal mein Bedürfnis; und wäre ein Mädchen auch noch so vollkommen, ist sie *fertig*, so ist es nichts für mich. Ich selbst muß es mir formen und ausbilden, sonst fürchte ich, geht es mir, wie mit dem Mundstück an meiner Klarinette. Die kann man zu Dutzenden auf der Messe kaufen, aber wenn man sie braucht, so ist kein Ton rein. Da gab mir einst der Musikus Baer in Potsdam ein Stück, mit der Versicherung, das sei gut, *er* könne gut darauf spielen. Ja, *er*, das glaub ich. Aber *mir* gab es lauter falsche quiekende Töne an. Da schnitt ich mir von einem gesunden Rohre ein Stück ab, formte es nach meinen Lippen, schabte und kratzte mit dem Messer bis es in jeden Einschnitt meines Mundes paßte – – und das ging herrlich. Ich spielte nach Herzenslust. –

Zuweilen bin ich auf Augenblicke ganz vergnügt. Wenn ich so im offnen Wagen sitze, der Mantel gut geordnet, die Pfeife brennend, neben mir Brockes, tüchtige Pferde, guter Weg, und immer rechts und links die Erscheinungen wechseln, wie Bilder auf dem Tuche bei dem Guckkasten – und vor mir das schöne Ziel, und hinter mir das liebe Mädchen – – und *in mir* Zufriedenheit – dann, ja dann bin ich froh, recht herzlich froh.

Wenn *Du* einmal könntest so neben mir sitzen, zur Linken, Arm an Arm, Hand in Hand, immer Gedanken wechselnd und Gefühle, bald mit den Lippen, bald mit den Fingern – ja das würden schöne, süße herrliche Tage sein.

Was das Reisen hier schnell geht, das glaubst Du gar nicht. Oder ist es die Zeit, die so schnell verstreicht? Fünf Uhr war es als wir von *Oderan* abfuhren, jetzt ist es ½11, also in 5½ Stunde 4 Meilen. Jetzt geht es gleich weiter nach Zwickau. Wir fliegen wie die Vögel über die Länder. Aber dafür lernen wir auch nicht viel. Einige flüchtige Gedanken sind die ganze Ausbeute unsrer Reise.

Sind Sie in *Dresden* gewesen? – »Ja, durchgereist.« – Haben Sie das grüne Gewölbe gesehen? – »Nein.« – Das Schloß? – »Von außen.« – Königstein? – »Von weitem.« – Pillnitz, Moritzburg? – »Gar nicht.« – Mein Gott, wie ist das möglich? – »Möglich? Mein Freund, das war *notwendig*.«

Weil wir eben von *Dresden* sprechen – da habe ich Dir einige Ansichten dieser Gegend mitgeschickt. So kannst Du Dir deutlicher denken, wo Dein Freund war. Bei *Dresden*, rechts, der grüne Vordergrund, das ist der *Zwinger*. Nein – Eigentlich der Turm, an den der grüne Berg und die grüne Allee stößt, das ist der Zwinger, d. h. der kurfürstliche Garten. Auf diesem grünen Berge stand ich und sah über die Elbbrücke. – Das Stück von *Tharandt* ist schlecht. Tausendmal schöner hat es die Natur gebildet, als dieser Pfuscher von Künstler. Übrigens kann es doch meine Beschreibung davon erklären. Der höchste Berg in der Mitte, wo die schönsten Sträucher stehen, da stand ich. Die Aussicht über den See ist die schönste. Die andern beiden sind hier versteckt. – Das dritte Stück: die *Halsbrücke zu Freiberg* kaufte ich ebenfalls zu Dresden in Hoffnung sie in natura zu sehen. Aber daraus ward nichts, nicht einmal von weitem.

Adieu, in der nächsten Station noch ein Wort, und dann wird der Brief zugesiegelt und abgeschickt.

Zwickau, 3 Uhr nachmittags

Jetzt habe ich das Schönste auf meiner ganzen bisherigen Reise gesehen, und ich will es Dir beschreiben.

Es war das Schloß *Lichtenstein*. Wir sahen von einem hohen Berge herab, rechts und links dunkle Tannen, ganz wie ein gewählter Vordergrund; zwischen durch eine Gegend, ganz wie ein geschlossnes Gemälde. In der Tiefe lag zur Rechten am Wasser das Gebirgsstädtchen; hinter ihm, ebenfalls zur Rechten, auf der Hälfte eines ganz buschigten Felsens, das alte Schloß Lichtenstein; hinter diesem, immer noch zur Rechten ein höchster Felsen, auf welchem ein Tempel steht. Aber zur Linken öffnet sich ein weites Feld, wie ein Teppich, von Dörfern, Gärten und Wäldern gewebt. Ganz im Hintergrunde ahndet das Auge blasse Gebirge und drüber hin, über die höchste matteste Linie der Berge, schimmert der bläuliche Himmel, der Himmel im Norden, der Himmel von Frankfurt, der Himmel, der mein liebes Minchen beleuchtet, und beschützen möge, bis ich es einst wieder in meine Arme drücke.

Ja, mein liebes Mädchen, das ist ein ganz andrer Stil von Gegend, als man in unserm traurigen märkischen Vaterlande sieht. Zwar ist das Tal, das die Oder ausspült, besonders bei Frankfurt sehr reizend. Aber das ist doch nur ein bloßes Miniatürgemälde. Hier sieht man die Natur gleichsam in Lebensgröße. Jenes ist gleichsam wie die Gelegenheitsstücke großer Künstler, flüchtig gezeichnet, nicht ohne meisterhafte Züge, aber ohne Vollendung; dieses hingegen ist ein Stück, mit Begeisterung gedichtet, mit Fleiß und Genie auf das Tableau geworfen, und aufgestellt vor der Welt mit der Zuversicht auf Bewunderung.

Dabei ist alles fruchtbar, selbst die höchsten Spitzen bebaut, und oft bis an die Hälfte des Berges, wie in der Schweiz, laufen saftgrüne Wiesen hinan. –

Aber nun muß ich den Brief zusiegeln. Adieu. Schreibe mir doch ob Vater und Mutter nicht nach mir gefragt haben; und in welcher Art. Aber sei ganz aufrichtig. Ich werde ihnen flüchtige Gedanken, die natürlich sind, nicht verdenken. Aber bleibe Du standhaft, und verlasse Dich darauf, daß ich diesmal besser für Dich, und also für Deine Eltern sorge, als je in meinem Leben.

Adieu – Oder soll ich Dir noch einmal schreiben von der nächsten Station? Soll ich? – Es ist 3 Uhr, um 6 sind wir in *Reichenbach* – ja es sei. – Aber für diesen Brief, für dieses Kunststück einen 8 Seiten langen Brief mitten auf einer ununterbrochenen Extrapost-Reise zu schreiben, dafür, sage ich, mußt Du mir auch bei der Rückkehr entweder – einen Kuß geben, oder mir ein neues Band in den Tobaksbeutel ziehen. Denn das alte ist abgerissen.

Aber nun will ich auch einmal etwas essen. Adieu. In *Reichenbach* mehr. –

Geschwind noch ein paar Worte. Der Postillion ist faul und langsam, ich bin fleißig und schnell. Das ist natürlich, denn er arbeitet für Geld, und ich für den Lohn der Liebe.

Aber geschwind – Ich bin in die sogenannte *große* Kirche gewesen, hier in Zwickau. Da gibt es manches zu sehen. Zuerst ist der Eindruck des Innern angenehm und erhebend. Ein weites Gewölbe wird von wenigen und doch schlanken Pfeilern getragen. Wir sehen es gern, wenn mit geringen Kräften ausgewirkt wird, was große zu erfordern scheint. Ferner war zu sehn ein Stück von *Lucas Cranach*, mit Meisterzügen, aber ohne Plan und Ordnung, wie die durchlöcherten und gefärbten Stücke, die an den Türen der Bauern, Soldaten und Bedienten hangen; doch das kennst Du nicht. Ferner war zu sehn, ein Modell des heiligen Grabes zu Jerusalem aus Holz geschnitzt etc. etc.

Dabei fällt mir eine Kirche ein, die ich Dir noch nicht beschrieben habe; die *Nickolskirche* zu *Leipzig*. Sie ist im Äußern, wie die Religion, die in ihr gepredigt wird, antik, im Innern nach dem modernsten Geschmack ausgebaut. Aus der Kühnheit der äußeren Wölbungen sprach uns der Götze der abenteuerlichen Goten zu; aus der edeln Simplizität des Innern wehte uns der Geist der verfeinerten Griechen an. Schade daß ein – – – ich hätte beinah etwas gesagt, was die Priester übelnehmen. Aber das weiß ich, daß die edeln Gestalten der leblosen Steine wärmer zu meinem Herzen sprachen, als der hochgelehrte Priester auf seiner Kanzel.

Reichenbach, abends 8 Uhr

Nur zwei Dinge möchte ich gewiß wissen, dann wollte ich mich leichter, über den Mangel aller Nachrichten von Dir trösten: erstens ob Du *lebst*, zweitens, ob Du mich *liebst*. Oder nur das erste; denn dies, hoffe ich, schließt bei Dir, wie bei mir, das andere ein. Aber am liebsten fast möchte ich wissen, ob Du ganz ruhig bist. Wenn Du nur damals an jenem Abend in der Gartenlaube nicht geweint hättest, als ich Dir einen doppelsinnigen Gedanken mitteilte, von dem Du gleich den übelsten Sinn auffaßtest. Aber Du versprachst mir Besserung, und wirst Dein Wort halten und vernünftig sein. Wie sollte es Dich einst reuen, Wilhelmine, wenn Du mit Beschämung, vielleicht in kurzem, einsähest, Deinem redlichsten Freunde mißtraut zu haben. Und wie wird es Dich dagegen mit innigem Entzücken erfüllen, wenn Du in wenigen Wochen, den Freund, dem Du alles vertrautest, und der Dich in nichts betrog, in die Arme schließen kannst.

Adieu, liebes Mädchen, jetzt schließe ich den Brief. In der nächsten Station fange ich einen andern Brief an. Es werden doch Zwischenräume von Tagen sein, ehe Du den folgenden Brief empfängst. Vielleicht empfängst Du sie auch alle auf einmal. – Aber was ich in der Nacht denken werde weiß ich nicht, denn es ist finster, und der Mond verhüllt. – Ich werde ein Gedicht machen. Und worauf? – Da fielen mir heute die Nadeln ins Auge, die ich einst in der Gartenlaube aufsuchte. Unaufhörlich lagen sie mir im Sinn. Ich werde in dieser Nacht ein Gedicht *auf* oder *an eine Nadel* machen. Adieu. Schlafe wohl, ich wache für Dich.

H. K.

N. S. Soeben höre ich, daß der Waffenstillstand zwischen Kaiserlichen und Franzosen morgen, den 6., aufhört. Wir reisen grade den Franzosen entgegen, und da wird es was Neues zu sehen geben. Wenn nur die Briefe nicht gehindert werden! Aber Briefe an Damen – die Franzosen sind artig – ich hoffe das Beste. Fürchte nichts für mich.

20. An Wilhelmine von Zenge

[Würzburg, 9. oder 10. September 1800]

[Der Anfang fehlt] – – – Werde ich nicht bald einen Brief von Dir erhalten? meine liebe, teure, einzige Freundin! – Wenn Du in so langer Zeit krank geworden sein solltest – wenn Du vielleicht gar nicht mehr wärst – o Gott! Dann wären alle Opfer, alle Bemühungen dieser Reise umsonst! Denn Liebe bedarf ich – und wo würde ich *so viele Liebe* wiederfinden? Für Dich tat ich, was ich nie für einen Menschen tat. – Du würdest mich inniger, treuer, zärtlicher, dankbarer, als irgend ein Mädchen geliebt haben. – O Gott! das wäre schrecklich! Schreibe, schreibe bald. Täglich besuche ich die Post. *Bald* muß ich Nachricht von Dir erhalten, oder meine so lange erhaltene Ruhe wankt. – Schreibe mir nur

immer nach Würzburg. Ich bleibe hier, bis ich von Dir Nachricht erhalten habe, ich könnte sonst nicht ruhig weiter reisen.
Vielleicht, *ja wahrscheinlich* reise ich auch gar nicht weiter. Adieu.

21. An Wilhelmine von Zenge

> An das Stiftsfräulein Wilhelmine von Zenge Hochwürd. und Hoch-
> wohlgeb. zu Frankfurt a. d. Oder – frei bis Leipzig.

Würzburg, den 11. (und 12.) September 1800

Mein liebstes Herzensmädchen, o wenn ich Dir sagen dürfte,
wie vergnügt ich bin – Doch das darf ich nicht. Sei Du auch vergnügt. Aber laß uns davon abbrechen. Bald, bald mehr davon.
Ich will Dir von etwas anderm vorplaudern.

Zuerst von dieser Stadt. Auch diese liegt ganz im Grunde, an
einer Krümmung des Mains, von kahlen Höhen eingeschlossen,
denen das Laub ganz fehlt und die von nichts grün schimmern,
als von dem kurzen Weinstock. Beide Ufer des Mains sind mit
Häusern bebaut. Nr. 1 in dem beigefügten – Gekritzel (denn
Zeichnung kann man es nicht nennen) ist die Stadt auf dem *rechten* Mainufer, und wir kamen von dieser Seite, von dem Berge a
herab in die Stadt. Nr. 2 ist die Stadt auf dem *linken* Mainufer,
das sogenannte Mainviertel mit der Zitadelle. Das Ganze hat ein
echt katholisches Ansehn. Neun und dreißig Türme zeigen an,
daß hier ein Bischof wohne, wie ehemals die ägyptischen Pyramiden, daß hier ein König begraben sei. Die ganze Stadt wimmelt von Heiligen, Aposteln und Engeln, und wenn man durch
die Straßen geht, so glaubt man, man wandle durch den Himmel
der Christen. Aber die Täuschung dauert nicht lang. Denn Heere
von Pfaffen und Mönchen, buntscheckig montiert, wie die
Reichstruppen, laufen uns unaufhörlich entgegen und erinnern
uns an die gemeinste Erde.

Den Lauf der Straßen hat der regelloseste Zufall gebildet. In
lieser Hinsicht unterscheidet sich Würzburg durch nichts, von der
Anlage des gemeinsten Dorfes. Da hat sich jeder angebaut, wo es
ihm grade gefiel, ohne eben auf den Nachbar viele Rücksicht zu
nehmen. Daher findet man nichts als eine Zusammenstellung vieler einzelnen Häuser, und vermißt die Idee eines Ganzen, die
Existenz eines allgemeinen Interesses. Oft ehe man es sich ver-
sieht ist man in ein Labyrinth von Gebäuden geraten, wo man

sich den Faden der Ariadne wünschen muß, um sich heraus zu finden. Das alles könnte man der grauen Vorzeit noch verzeihen; aber wenn heutzutage ganz an der Stelle der alten Häuser neue gebaut werden, so daß also auch die Idee, die Stadt zu ordnen, nicht vorhanden ist, so heißt das ein Versehen verewigen.

Das bischöfliche Residenzschloß zeichnet sich unter den Häusern aus. Es ist lang und hoch. Schön kann man es wohl nicht nennen. Der Platz vor demselben ist heiter und angenehm. Er ist von beiden Seiten durch eine Kolonnade eingeschlossen, deren jede ein Obelisk ziert. – Die übrigen Häuser befriedigen bloß die gemeinsten Bedürfnisse. Nur zuweilen hebt sich über niedrige Dächer eine Kuppel, oder ein Kloster oder das höhere Dach eines Domherrn empor.

Keine der hiesigen Kirchen haben wir so schön gefunden, als die Kirche zu *Eberach*, die ich Dir in meinem vorigen Briefe beschrieb. Selbst der Dom ist nicht so geschmackvoll und nicht so prächtig. Aber alle diese Kirchen sind von früh morgens bis spät abends besucht. Das Läuten dauert unaufhörlich fort. Es ist als ob die Glocken sich selbst zu Grabe läuteten, denn wer weiß, ob die Franzosen sie nicht bald einschmelzen. Messen und Hora wechseln immer miteinander ab, und die Perlen der Rosenkränze sind in ewiger Bewegung. Denn es gilt die Rettung der Stadt, und da die Franzosen für ihren Untergang beten, so kommt es darauf an, wer am meisten betet.

Ich, mein liebes Kind, habe Ablaß auf 200 Tage. In einem Kloster auf dem Berge 2 bei b, hinter dem Zitadell, lag vor einem wundertätigen Marienbilde ein gedrucktes Gebet, mit der Ankündigung, daß wer es mit Andacht läse, diesen Ablaß haben sollte. Gelesen habe ich es; doch da es nicht mit der gehörigen Andacht geschah, so werde ich mich doch wohl vor Sünden hüten, und nach wie vor tun müssen, was recht ist.

Wenn man in eine solche katholische Kirche tritt, und das weitgebogene Gewölbe sieht, und diese Altäre und diese Gemälde – und diese versammelte Menschenmenge mit ihren Gebärden – wenn man diesen ganzen Zusammenfluß von Veranstaltungen, sinnend, betrachtet, so kann man gar nicht begreifen, wohin das alles führen solle. Bei uns erweckt doch die Rede des Priesters, oder ein Gellertsches Lied manchen herzerhebenden

Gedanken; aber das ist hier bei dem Murmeln des Pfaffen, das niemand hört, und selbst niemand verstehen würde, wenn man es auch hörte, weil es lateinisch ist, nicht möglich. Ich bin überzeugt, daß alle diese Präparate nicht einen einzigen vernünftigen Gedanken erwecken.

Überhaupt, dünkt mich, alle Zeremonien ersticken das Gefühl. Sie beschäftigen unsern Verstand, aber das Herz bleibt tot. Die bloße Absicht, es zu erwärmen, ist, wenn sie sichtbar wird, hinreichend, es ganz zu erkalten. Mir wenigstens erfüllt eine Todeskälte das Herz, sobald ich weiß, daß man auf mein Gefühl gerechnet hat.

Daher mißglücken auch meist alle Vergnügungen, zu welchen große Anstalten nötig sind. Wie oft treten wir in Gesellschaften, in den Tanzsaal, ohne mehr zu finden, als die bloße Anstalt zur Freude, und treffen dagegen die Freude selbst oft da an, wo wir sie am wenigsten erwarteten.

Daher werde ich auch den *schönsten* Tag, den ich vor mir sehe, nicht nach der Weise der Menschen, sondern nach *meiner* Art zu feiern wissen.

Ich kehre zu meinem Gegenstande zurück. – Wenn die wundertätigen Marienbilder einigermaßen ihre Schuldigkeit tun, so muß in kurzem kein Franzose mehr leben. Wirksam sind sie, das merkt man an den wächsernen Kindern, Beinen, Armen, Fingern etc. etc. die um das Bild gehängt sind; die Zeichen der Wünsche, welche die heilige Mutter Gottes erfüllt hat. – In kurzem wird hier eine Prozession sein, zur Niederschlagung der Feinde, und, wie es heißt, »zur Ausrottung aller Ketzer«. Also auch zu Deiner und meiner Ausrottung –

Ich wende mich jetzt zu einer vernünftigen Anstalt, die ich mit mehrerem Vergnügen besucht habe, als diese Klöster und Kirchen.

Da hat ein Mönch die Zeit, die ihm Hora und Messe übrig ließen, zur Verfertigung eines seltnen Naturalien-Kabinetts angewendet. Ich weiß nicht gewiß, ob es ein Benediktinermönch ist, aber ich schließe es aus dieser nützlichen Anwendung seiner Zeit, indem die Mönche dieses Ordens immer die fleißigsten und arbeitsamsten gewesen sind.

Er ist Professor bei der hiesigen Universität und heißt *Blank*. Er hat, mit Unterstützung des jetzigen Fürstbischofs, eines Herrn von *Fechenbach*, eine sehenswürdige Galerie von Vögeln und Moosen in dem hiesigen Schlosse aufgestellt. Das Gefieder der Vögel ist, *ohne die Haut*, auf Pergament geklebt, und so vor der Nachstellung der Insekten ganz gesichert. – Verzeihe mir diese Umständlichkeit. Ich denke einst diese Papiere für mich zu nützen.

Schon der bloße Apparat ist sehenswürdig und erfordert einen fast beispiellosen Fleiß. Da sind in vielen Gläsern, in besondern Fächern und Schränken, Gefieder aller Art, Häute, Holzspäne, Blätter, Moose, Samenstaub, Spinngewebe, Schilfe, Wolle, Schmetterlingsflügel etc. etc. in der größten Ordnung aufgestellt.

Aber dieser Vorrat von bunten Materialien hat den Mann auf eine Spielerei geführt. Er ist weiter gegangen, als bloß seine nützliche Galerie von Vögeln und Moosen zu vervollkommnen. Er hat mit allen diesen Materialien, ohne weiter irgend eine Farbe zu gebrauchen, *gemalt*, Landschaften, Blumenbuketts, Menschen etc. etc., oft täuschend ähnlich, das Wasser mit Wolle, das Laub mit Moose, die Erde mit Samenstaub, den Himmel mit Spinngewebe, und immer mit der genausten Abwechselung des Lichtes und des Schattens. – Die besten von allen diesen Stücken waren aber, aus Furcht vor den Franzosen, weggeschickt. –

+ Ich werde Dir in der Folge sagen, was das bedeutet.

den 12. September

Was Dir das hier für ein Leben auf den Straßen ist, aus Furcht vor den Franzosen, das ist unbeschreiblich. Bald Flüchtende, bald Pfaffen, bald Reichstruppen, das läuft alles buntscheckig durcheinander, und fragt und antwortet, und erzählt Neuigkeiten, die in 2 Stunden für falsch erklärt werden.

Der hiesige Kommandant, General D'Allaglio, soll wirklich im Ernst diese Festung behaupten wollen. Aber sei ruhig. Es gilt bloß die Zitadelle, nicht die Stadt. Auch diese ist zwar befestigt, aber sie liegt ganz in der Tiefe, ist ganz unhaltbar, und für sie, sagt man, sei schon eine Kapitulation im Werke. Nach meiner Einsicht ist aber die Zitadelle ebenso unhaltbar. Sie ist nach der Befestigungskunst des Mittelalters erbaut, das heißt, schlecht. Es war eine unglückliche Idee hier eine Festung anzulegen. Aber ursprünglich scheint es eine alte Burg zu sein, die nur nach und nach erweitert worden ist. Schon die Lage ist ganz unvorteilhaft, denn in der Nähe eines Flintenschusses liegt ein weit höherer Berg, der den Felsen der Zitadelle ganz beherrscht. Man will sich indessen in die Kasematten flüchten, und der Kommandant soll geäußert haben, er wolle sich halten, bis ihm das Schnupftuch in der Tasche brennt. Wenn er klug ist, so zündet er es sich selbst an, und rettet so sein Wort und sein Leben. Indessen ist wirklich die Zitadelle mit Proviant auf 3 Monate versehn. Auch soll viel Geschütz oben sein – doch das alles *soll* nur sein, hinauf auf das Zitadell darf keiner. Viele Schießscharten sind da, das ist wahr, aber das sind vielleicht bloße Metonymien.

Besonders des Abends auf der Brücke ist ein ewiges Laufen hinüber und herüber. Da stehn wir denn in einer Nische, Brokes und ich, und machen Glossen, und sehen es diesem oder jenem an, ob er seinen Wein in Sicherheit hat, ob er sich vor der Säkularisation fürchtet oder ob er den Franzosen freundlich ein Glas Wein vorsetzen wird. Die meisten, wenigstens von den Bürgern scheinen die letzte Partie ergreifen zu wollen. Das muß man ihnen aber abmerken, denn durch die Rede erfährt man von ihnen nichts. Du glaubst nicht, welche Stille in allen öffentlichen Häusern herrscht. Jeder kommt hin, um etwas zu erfahren, niemand, um etwas mitzuteilen. Es scheint als ob jeder erst abwarten wollte, wie man ihm kommt, um dann dem andern ebenso zu kommen. Aber das ist eben das Eigentümliche der katholischen Städte. Da hängt man den Mantel, wie der Wind kommt.

Soeben erfahre ich die *gewisse* Nachricht, daß der Waffenstillstand auf unbestimmte Zeit verlängert ist, also schließe ich diesen Brief, damit Du so frühe als möglich diese frohe Nachricht erhältst, die *unsre* Wünsche reifen soll. Adieu. Bleibe mir treu. Bald ein mehreres. Dein Freund Heinrich.

22. *An Wilhelmine von Zenge*

Ihro Hochwohlgeboren und Hochwürden dem Stiftsfräulein Wilhelmine von Zenge in Frankfurt an der Oder – frei bis Berlin [Duderstädt]

Würzburg, den 13. (–18.) September 1800

Mädchen! Wie glücklich wirst Du sein! Und ich! Wie wirst Du an meinem Halse weinen, heiße innige Freudentränen! Wie wirst Du mir mit Deiner ganzen Seele danken! – Doch still!

Noch ist nichts *ganz* entschieden, aber – der Würfel liegt, und,
wenn ich recht sehe, wenn nicht alles mich täuscht, so stehen die
Augen gut. Sei ruhig. In wenigen Tagen kommt ein froher Brief
an Dich, ein Brief, Wilhelmine, der – – Doch ich soll ja nicht reden, und so will ich denn noch schweigen auf diese wenigen Tage.
Nur diese *gewisse* Nachricht will ich Dir mitteilen: ich gehe von
hier nicht weiter nach Straßburg, sondern bleibe in Würzburg.
Eher als Du glaubst, bin ich wieder bei Dir in Frankfurt. Küsse
mich, Mädchen, denn ich verdiene es.

Laß uns tun, als ob wir nichts Interessanteres mit einander zu
plaudern hätten, als fremdartige Dinge. Denn das, was mir die
ganze Seele erfüllt, darf ich Dir nicht, *jetzt noch nicht*, mitteilen.

Also wieder etwas von dieser Stadt.

Eine der vortrefflichsten Anstalten, die je ein Mönch hervorbrachte, ist wohl das hiesige *Julius-Hospital*, vom Fürstbischof
Julius, im 16. Jahrhundert gestiftet, von dem vorletzten Fürstbischof *Ludwig* um mehr als das Ganze erweitert, veredelt und
verbessert. Das Stammgebäude schon ist ein Haus, wie ein Schloß;
aber nun sind noch, in ähnlicher Form, Häuser hinzugebaut worden, so daß die vordere Fassade 63 Fenster hat, und das Ganze ein
geschloßnes Viereck bildet. Im innern Hofe ist ein großer Brunnen angelegt, hinten befindet sich ein vortrefflicher botanischer
Garten, Badehäuser, ein anatomisches Theater und ein medizi-
nisch-chirurgisches Auditorium.

Das Ganze ist ein Produkt der wärmsten Menschenliebe. Jedes
Gebrechen gibt, *wenn es ganz arm* ist, ein Recht auf unbedingte
kostfreie Aufnahme in diesem Hause. Die Wiederhergestellten
und Geheilten müssen es wieder verlassen, die Unheilbaren und
das graue Alter findet Nahrung, Kleidung und Obdach bis ans
Ende des Lebens. Denn nur auf gänzliche Hülflosigkeit ist diese
Anstalt berechnet, und wer noch auf irgend eine Art sich selbst
helfen kann, der findet hier keinen Platz, weil er ihn einem Un-
glücklichern, Hülfsbedürftigern nehmen würde.

Dabei ist es besonders bemerkenswürdig und lobenswert, daß
die religiöse Toleranz, die nirgends in diesem ganzen Hochstift
anzutreffen ist, grade hier in diesem Spital, wo sie so nötig war,
Platz gefunden hat, und daß *jeder* Unglückliche seine Zuflucht

findet in dieser katholischen Anstalt, wäre es auch ein Protestant oder ein Jude.

Das Innere des Gebäudes soll sehr zweckmäßig eingerichtet sein. Ordnung wenigstens und Plan habe ich darin gefunden. Da beherbergt jedes Gebäude eine eigne Art von Kranken, entweder die medizinische oder chirurgische, und jeder Flügel wieder ein eignes Geschlecht, die männlichen oder die weiblichen. Dann ist ein besonderes Haus für Unheilbare, eines für das schwache Alter, eines für die Epileptischen, eines für die Verrückten etc. Der Garten steht jedem Gesitteten offen. Es wird in großen Sälen gespeiset. Eine recht geschmackvolle Kirche versammelt täglich die Frommen. Sogar die Verrückten haben da ihren vergitterten Platz.

Bei den Verrückten sahen wir manches Ekelhafte, manches Lächerliche, viel Unterrichtendes und Bemitleidenswertes. Ein paar Menschen lagen übereinander, wie Klötze, ganz unempfindlich, und man sollte fast zweifeln, ob sie Menschen zu nennen wären. Dagegen kam uns munter und lustig ein überstudierter Professor entgegen, und fing an, uns auf lateinisch zu harangieren, und fragte so schnell und flüchtig und sprach dabei ein so richtiges, zusammenhangendes Latein, daß wir im Ernste verlegen wurden um die Antwort, wie vor einem gescheuten Manne. In einer Zelle saß, schwarz gekleidet, mit einem tiefsinnigen, höchst ernsten und düstern Blick, ein Mönch. Langsam schlug er die Augen auf uns, und es schien, als ob er unser Innerstes erwog. Dann fing er, mit einer schwachen, aber doch tönenden und das Herz zermalmenden Stimme an, uns vor der Freude zu warnen und an das ewige Leben und an das heilige Gebet uns zu erinnern. Wir antworteten nicht. Er sprach in großen Pausen. Zuweilen blickte er uns wehmütig an, als ob er uns doch für verloren hielte. Er hatte sich einst auf der Kanzel in einer Predigt versprochen und glaubte von dieser Zeit an, er habe das Wort Gottes verfälscht. Von diesem gingen wir zu einem Kaufmann, der aus Verdruß und Stolz verrückt geworden war, weil sein Vater das Adelsdiplom erhalten hatte, ohne daß es auf den Sohn forterbte. Aber am Schrecklichsten war der Anblick eines Wesens, den ein unnatürliches Laster wahnsinnig gemacht hatte – Ein 18 jähriger Jüngling, der noch vor kurzem blühend schön gewesen sein soll und noch Spuren davon an sich trug, hing da über die unreinliche Öffnung, mit nackten, blassen, ausgedorrten Gliedern, mit eingesenkter Brust, kraftlos niederhangendem Haupte – Eine Röte, matt und geadert, wie eines Schwindsüchtigen, war ihm über das totenweiße Antlitz gehaucht, kraftlos fiel ihm das Augenlid auf das sterbende, erlöschende Auge, wenige saftlose Greisenhaare deckten das frühgebleichte Haupt, trocken, durstig, lechzend hing ihm die Zunge über die blasse, eingeschrumpfte Lippe, eingewunden und eingenäht lagen ihm die Hände auf dem Rücken – er hatte nicht das Vermögen die Zunge zur Rede zu bewegen, kaum die Kraft den stechenden Atem zu schöpfen – nicht verrückt waren seine Gehirnsnerven aber matt, ganz entkräftet, nicht fähig seiner Seele zu gehorchen, sein ganzes Leben nichts als eine einzige, lähmende, ewige Ohnmacht – O lieber tausend Tode, als ein einziges Leben wie dieses! So schrecklich rächt die Natur den Frevel gegen ihren eignen Willen! O weg mit diesem fürchterlichem Bilde –

Nicht ohne Rührung und Ehrfurcht wandelt man durch die Hallen dieses weiten Gebäudes, wenn man alle diese großen, mühsamen, kostspieligen Anstalten betrachtet, wenn man die Opfer erwägt, die sie dem Stifter und den Unterhaltern kostet. Die bloße Erhaltung der ganzen Anstalt beträgt jährlich 60000 fl. Damit ist zugleich eine Art von chirurgischer Pepiniere verknüpft, so daß bei dem Hospital selbst die künftigen Ärzte desselben gebildet werden. Lehrer sind die praktischen Ärzte, wie Seybold, Brünningshausen etc.

Aber wenn man an den Nutzen denkt, den diese Anstalt bringt, wenn man fragt, ob mit so großen Aufopferungen auf einem minder in die Augen fallenden Wege nicht noch weit mehr auszurichten sein würde, so hört man auf, diese an sich treffliche Anstalt zu bewundern, und fängt an, zu wünschen, daß das ganze Haus lieber gar nicht da sein möchte. Weit inniger greift man in das Interesse des hülflosen Kranken ein, wenn man ihn in seinem Hause, mit Heilung, Kleidung, Nahrung, oder statt der beiden letzten Dinge mit Geld unterstützt. Ihn erfreut doch der stolze Palast und der königliche Garten nicht, der ihn immer an seine demütigende Lage, an die Wohltat, die er nie abtragen kann erinnert; aller dieser Anschein von Pracht wird schwerlich mehr, als den Kranken und sein Gefühl durch den bittern Kontrast mit seinem Elende noch mehr drücken. Es liegt eine Art von Spott darin, erst ganz hilflos werden zu müssen um königlich zu wohnen – – Eigentlich weiß ich mich nicht recht auszudrücken. Aber ich bin gewiß, daß gute, stille, leidende Menschen weit lieber im Stillen Wohltaten annehmen, als sie hier mit prahlerischer Publizität zu empfangen. Auch würde wirklich jedem Kranken leichter geholfen werden, als hier, wo bei dem Zusammenfluß so vieles Elendes Herz und Mut sinken. Besonders die Verrückten können in ihrer eignen Gesellschaft nie zu gesundem Verstande kommen. Dagegen würde dies gewiß bei vielen möglich sein, wenn mehrere vernünftige Leute, etwa die eigne Familie, unter der Leitung eines Arztes, sich bemühte den Unglücklichen zur Vernunft zurückzuführen. Man könnte einwerfen, daß dies alles mehrere Kosten noch verursachen würde, aber man bedenke nur daß die bloße Einrichtung dieser Anstalt Millionen kostet, und daß dies alles dann nicht nötig wäre. – Indessen so viel ist freilich wahr, daß die ganze Wohltat dann nicht so viel Ansehen hätte. Daß doch immer auch Schatten sich zeigt, wo Licht ist!

den 14. September

Nirgends kann man den Grad der Kultur einer Stadt und überhaupt den Geist ihres herrschenden Geschmacks schneller und doch zugleich richtiger kennen lernen, als – in den Lesebibliotheken.

Höre was ich darin fand, und ich werde Dir ferner nichts mehr über den Ton von Würzburg zu sagen brauchen.

»Wir wünschen ein paar gute Bücher zu haben.« – *Hier steht die Sammlung zu Befehl.* – »Etwa von Wieland.« – *Ich zweifle fast.* – »Oder von Schiller, Goethe.« – *Die möchten hier schwerlich zu finden sein.* – »Wie? Sind alle diese Bücher vergriffen? Wird hier so stark gelesen?« – *Das eben nicht.* – »Wer liest denn hier eigentlich am meisten?« – *Juristen, Kaufleute und verheiratete Damen.* – »Und die unverheirateten?« – *Sie dürfen keine fordern.* – »Und die Studenten?« – *Wir haben Befehl ihnen keine zu geben.* – »Aber sagen Sie uns, wenn so wenig gelesen wird, wo in aller Welt sind denn die Schriften Wielands, Goethes, Schillers?« – *Halten zu Gnaden, diese Schriften werden hier gar nicht gelesen.* – »Also Sie haben sie gar nicht in der Bibliothek?« – *Wir dürfen nicht.* – »Was stehn denn also eigentlich für Bücher hier an diesen Wänden?« – *Rittergeschichten, lauter Rittergeschichten, rechts die Rittergeschichten mit Gespenstern, links ohne Gespenster, nach Belieben.* – »So, so.« – –

Nach Vergnügungen fragt man hier vergebens. Man hat hier nichts im Sinn als die zukünftige himmlische Glückseligkeit und vergißt darüber die gegenwärtige irdische. Ein elender französischer Garten, der *Huttensche*, heißt hier ein Rekreationsort. Man ist aber hier so still und fromm, wie auf einem Kirchhofe. Nirgends findet man ein Auge, das auf eine interessante Frage eine interessante Antwort verspräche. Auch hier erinnert das Läuten der Glocken unaufhörlich an die katholische Religion, wie das Geklirr der Ketten den Gefangnen an seine Sklaverei. Mitten in einem geselligen Gespräche sinken bei dem Schall des Geläuts alle Knie, alle Häupter neigen, alle Hände falten sich; und wer auf seinen Füßen stehen bleibt, ist ein Ketzer.

den 15. September

Meine liebe, liebste Freundin! Wie sehnt sich mein Herz nach einem paar freundlicher Worte von Deiner Hand, nach einer kurzen Nachricht von Deinem Leben, von Deiner Gesundheit, von Deiner Liebe, von Deiner Ruhe! Wie viele Tage verlebten wir jetzt getrennt von einander und wie manches wird Dir zugestoßen sein, das auch mich nahe angeht! Und warum erfahre ich nichts von Dir? Bist Du gar nicht mehr? Oder bist Du krank? Oder hast Du mich vergessen, mich, dem der Gedanke an Dich immer gegenwärtig blieb? Zürnst Du vielleicht auf den Geliebten, der sich so mutwillig von der Freundin entfernte? Schiltst Du ihn leichtsinnig, den Reisenden, ihn, der auf dieser Reise Dein Glück mit unglaublichen Opfern erkauft und jetzt vielleicht – *vielleicht* schon gewonnen hat? Wirst Du mit Mißtrauen und Untreue dem lohnen, der vielleicht in kurzem mit den Früchten seiner Tat zurückkehrt? Wird er Undank bei dem Mädchen finden, für deren Glück er *sein Leben* wagte? Wird ihm der Preis nicht werden, auf den er rechnete, *ewige innige zärtliche Dankbarkeit?* – Nein, nein – Du bist für den Undank nicht geschaffen. Ewig würde Dich die Reue quälen. Tausend Ursachen konnten verhindern, daß Briefe von Dir zu mir kamen. Ich halte mich fest an Deine Liebe. Mein Vertrauen zu Dir soll nicht wanken. Mich soll kein Anschein verführen. *Dir* will ich glauben und keinem andern. Ich selbst habe ja auch bestellt, daß alle Briefe in *Bayreuth* liegen bleiben sollten. Andere konnten zwar einen andern Weg über *Duderstadt* nehmen – indessen ich bin ruhig. Schon vor 4 Tagen habe ich nach Bayreuth geschrieben, mir die Briefe nach Würzburg zu senden – heute war noch nichts auf der hiesigen Post, aber morgen, morgen, – oder übermorgen, oder – –

Und was werde ich da alles erfahren! Mit welchen Vorgefühlen werde ich das Kuvert betrachten, das *kleine* Gefäß das so *vieles* in sich schließt! Ach, Wilhelmine, in sechs Worten kann alles liegen, was ich zu meiner Ruhe bedarf. Schreibe mir: *ich bin gesund; ich liebe Dich*, – und ich will weiter nichts mehr.

Aber doch – Nachrichten von Deinen redlichen Eltern und überhaupt von Deinen Geschwistern. Ist alles wieder gesund in Eurem Hause? Schläft Mutter wieder unten? Hat Vater nicht nach mir gefragt? – Was spricht man überhaupt von mir in Frankfurt? – Doch das wirst *Du* wohl nicht hören. Nun, es sei! Mögen sie sprechen, was sie wollen, mögen sie mich immerhin verkennen! Wenn *wir beide* uns nur *ganz* verstehen, so kümmert mich weiter kein Urteil, keine Meinung. Jedem will ich Mißtrauen verzeihen, nur *Dir* nicht; denn für Dich tat ich alles, um es Dir zu benehmen. – Verstehst Du die Inschrift der Tasse? Und befolgst Du sie? Dann erfüllst Du meinen innigsten Wunsch. Dann weißt Du, mich zu ehren.

Vielleicht erhalte ich auch den Aufsatz von Dir – oder ist er noch nicht fertig? Nun, übereile Dich nicht. Ein Frühlingssonnenstrahl reift die Orangenblüte, aber ein Jahrhundert die Eiche. Ich möchte gern etwas Gutes, etwas Seltenes, etwas Nützliches von Dir erhalten das ich selbst gebrauchen kann; und das Gute bedarf Zeit, es zu bilden. Das Schnellgebildete stirbt schnell dahin. Zwei Frühlingstage – und die Orangenblüte ist verwelkt, aber die Eiche durchlebt ein Jahrtausend. Was ich von Dir empfange soll mehr als auf zwei Augenblicke duften, ich will mich seiner erfreuen mein Lebenlang.

Ja, Wilhelmine, wenn Du mir könntest die Freude machen, immer fortzuschreiten in Deiner Bildung mit Geist und Herz, wenn Du es mir gelingen lassen könntest, mir an Dir eine Gattin zu formen, wie ich sie für mich, eine Mutter, wie ich sie für meine Kinder wünsche, erleuchtet, aufgeklärt, vorurteillos, immer der Vernunft gehorchend, gern dem Herzen sich hingebend – dann, ja dann könntest mir für eine Tat lohnen, für eine Tat –

Aber das alles wären vergebliche Wünsche, wenn nicht in Dir die Anlage zu jedem Vortrefflichen vorhanden wäre. Hineinlegen kann ich nichts in Deine Seele, nur entwickeln, was die Natur hineinlegte. Auch das kann *ich* eigentlich nicht, kannst nur *Du* allein. Du selbst mußt Hand an Dir legen, Du selbst mußt Dir das Ziel stecken, ich kann nichts als Dir den kürzesten, zweckmäßigsten Weg zeigen; und wenn ich Dir jetzt ein Ziel aufstellen werde, so geschieht es nur in der Überzeugung, daß es von Dir längst anerkannt ist. Ich will nur deutlich darstellen, was vielleicht dunkel in Deiner Seele schlummert.

Alle echte Aufklärung des Weibes besteht zuletzt darin, vernünftig über die Bestimmung ihres *irdischen* Lebens nachdenken zu können. Über den Zweck unseres ganzen *ewigen* Daseins nachzudenken, auszuforschen, ob der Genuß der Glückseligkeit, wie *Epikur* meinte, oder die Erreichung der Vollkommenheit, wie *Leibniz* glaubte, oder die Erfüllung der trocknen Pflicht, wie *Kant* versichert, der letzte Zweck des Menschen sei, das ist selbst für Männer unfruchtbar und oft verderblich. Wie können wir uns getrauen in den Plan einzugreifen, den die Natur für die Ewigkeit entworfen hat, da wir nur ein so unendlich kleines Stück von ihm, unser Erdenleben, übersehen? Also wage Dich mit Deinem Verstande nie über die Grenzen Deines Lebens hinaus. Sei ruhig über die Zukunft. Was Du für dieses Erdenleben tun sollst, das kannst Du begreifen, was Du für die Ewigkeit tun sollst, nicht; und so kann denn auch keine Gottheit mehr von Dir verlangen, als die Erfüllung Deiner Bestimmung auf dieser Erde. Schränke Dich also ganz für diese kurze Zeit ein. Kümmre Dich nicht um Deine Bestimmung nach dem Tode, weil Du darüber leicht Deine Bestimmung auf dieser Erde vernachlässigen könntest.

den 18. September 1800

Als ich so weit gekommen war, fiel mir ein, daß wohl manche Erläuterungen nötig sein möchten, um gegen Deine Religionsbegriffe nicht anzustoßen. Zugleich sah ich, daß dieser Gegenstand zu reichhaltig war für einen Brief, und entschloß mich daher Dir einen eignen Aufsatz darüber zu liefern. Den Anfang davon macht der beifolgende dritte Bogen. Laß uns beide, liebe Wilhelmine, unsre Bestimmung ganz ins Auge fassen, um sie künftig einst ganz zu erfüllen. Dahin *allein* wollen wir unsre ganze Tätigkeit richten. Wir wollen alle unsre Fähigkeiten ausbilden, eben nur um diese Bestimmung zu erfüllen. Du wirst mich, ich werde Dich darin unterstützen, und daher künftig in diesem Aufsatze fortfahren.

Wie ich auf die Idee des Ganzen gekommen bin, das wirst Du in der Folge leicht erraten. – Wie ich auf den Gedanken gekommen bin, Dich vor religiösen Grübeleien zu warnen, das will ich Dir hiermit sagen. Nicht weil sie etwa von Dir sehr zu befürchten wären, sondern darum, weil ich eben grade in einer Stadt lebe, wo man über die Andacht die Tätigkeit ganz vergißt, und auch darum, weil *Brokes* mich umgibt, der unaufhörlich mit der Natur im Streit ist, weil er, wie er sagt, seine ewige Bestimmung nicht herausfinden kann, und daher nichts für seine irdische tut. Doch darüber in der Folge mehr.

Jetzt muß ich schließen. Ich wollte warten bis ich doch endlich von Dir einen Brief empfangen haben würde, um dies Dir zu melden, aber vergebens. Liebe Wilhelmine! – Sei ruhig. Ich bleibe Dir herzlich gut, in der festen Überzeugung, daß Du auch mir noch herzlich gut bist, – wenn Du noch lebst. – O meine Hoffnung! – Sei ruhig. Mache keine Anstalten wegen der Briefe. Wenn ich in 3 Tagen keinen erhalte, so schicke ich selbst einen Laufzettel zurück. Denn geschrieben hast Du *gewiß*. Lebe wohl.

Dein Heinrich.

den 18. nachmittags

Ich möchte gern diesen Brief noch zurückhalten bis morgen, denn morgen hoffe ich doch gewiß einen Brief zu erhalten. Aber ich habe schon seit 6 Tagen keinen Brief an Dich abgeschickt, und Deiner Ruhe ist doch wohl nicht recht zu trauen. – Mädchen! Mädchen!

Weißt Du was? Es ist möglich, daß grade über Bayreuth die Briefe so unglücklich gehen. Schreibe mir geschwind einen, und adressiere ihn *über Duderstadt* nach Würzburg. Vielleicht glückt das besser.

Wenn ich denke, daß auch Du alle meine Briefe nicht erhalten haben könntest, und mich für untreu hieltest, indessen ich doch mit so inniger Treue an Dich hing – o Gott!

Auch von Ulriken habe ich noch nichts empfangen. Sage ihr dies. Aber noch soll sie keinen Laufzettel schicken.

Und nun noch eine Neuigkeit. Der Waffenstillstand war gestern schon wieder verflossen. Hier erwartet man nun täglich die Franzosen. Es heißt aber, daß mehrere Kaiserliche heranrücken. Die Festung soll nach wie vor behauptet werden. Sei Du aber ganz ruhig über mich. Diese Veränderung hat jetzt keinen Einfluß mehr auf die Erfüllung meines Plans, den ich *fast* schon erfüllt nennen kann. Doch muß ich noch einige Zeit hier bleiben und werde aber bei dem Kriege nichts als ein neutraler Zuschauer sein. Adieu. Ich küsse die liebe Hand, die ich einst *mein* nennen werde. Dein Freund H. K.

Abgeschickt

1. Brief aus Berlin		8. _____ Bayreuth	
2. _____ Pasewalk		9. _____ Würzburg	
3. _____ Berlin		10. _____ Würzburg	
4. _____ Berlin		und diesen.	
5. _____ Leipzig			
6. _____ Dresden		*Empfangen*	
7. _____ Reichenbach		2 Briefe.	

23. An Wilhelmine von Zenge

An die Frau von Kleist, geborene von Zenge, Hochwohlgeb., zu Berlin.

Würzburg, den 19. (–23.) September 1800

Und immer noch keine Nachrichten von Dir, meine *liebe* Freundin? Gibt es denn keinen Boten, der eine Zeile von Dir zu mir herübertragen könnte? Gibt es denn keine Verbindung mehr zwischen uns, keine Wege, keine Brücken? Ist denn ein Abgrund zwischen uns eingesunken, daß sich die Länder nicht mehr ihre Arme, die Landstraßen, zureichen? Bist Du denn fortgeführt von dieser Erde, daß kein Gedanke mehr herüberkommt von Dir zu mir, wie aus einer andern Welt? – Oder ist doch irgend ein Unhold des Mißtrauens zwischen uns getreten, mich loszureißen von Deinem Herzen? Und ist es ihm geglückt, wirklich geglückt –?

Wilhelmine! Bin ich Dir nichts mehr wert? Achtest Du mich nicht mehr? Hast Du sie schon verdammt, diese Reise, deren Zweck Du noch nicht kennst? – Ach, ich verzeihe es Dir. Du wirst genug leiden durch Deine Reue – ich will Dich durch meinen Unwillen nicht noch unglücklicher machen. Kehre um, liebes Mädchen! Hast Du Dich aus Mißtrauen von mir losreißen wollen, so gib es jetzt wieder auf, jetzt, wo bald eine Sonne über mich aufgehen wird. Wie würdest Du, in kurzem, herüberblicken mit Wehmut und Trauer zu mir, von dem Du Dich losgerissen hast grade da er Deiner Liebe am würdigsten war? Wie würdest Du Dich selbst herabwürdigen, wenn ich heraufstiege vor Deinen Augen geschmückt mit den Lorbeern meiner Tat? *Das* würdest Du nicht ertragen – Kehre um, liebes Mädchen. Ich will Dir alles verzeihen. Knüpfe Dich wieder an mich, tue es mit blinder Zuversicht. *Noch* weißt Du nicht ganz, wen Du mit Deinen Armen umstrickst – aber bald, bald! Und Dein Herz wird Dir beben, wenn Du in meines blicken wirst, das *verspreche* ich Dir.

Hast Du noch nie die Sonne aufgehen sehen über eine Gegend, zu welcher Du gekommen warst im Dunkel der Nacht? – Ich aber habe es. Es war vor 3 Jahren im *Harze*. Ich erstieg um Mitternacht den *Stufenberg* hinter *Gernrode*. Da stand ich, schauernd, unter den Nachtgestalten wie zwischen Leichensteinen, und kalt wehte mich die Nacht an, wie ein Geist, und öde schien mir der Berg, wie ein Kirchhof. Aber ich irrte nur, so lange die Finsternis über mich waltete. Denn als die Sonne hinter den Bergen heraufstieg, und ihr Licht ausgoß über die freundlichen Fluren, und ihre Strahlen senkte in die grünenden Täler, und ihren Schimmer heftete um die Häupter der Berge, und ihre Farben malte an die Blätter der Blumen und an die Blüten der Bäume – ja, da hob sich das Herz mir unter dem Busen, denn da sah ich und hörte, und fühlte, und empfand nun mit allen meinen Sinnen, daß ich ein Paradies vor mir hatte. – Etwas Ähnliches verspreche ich Dir, wenn die Sonne aufgehen wird über Deinen unbegreiflichen Freund.

Zuweilen – Ich weiß nicht, ob Dir je etwas Ähnliches glückte, und ob Du es folglich für wahr halten kannst. Aber ich höre zuweilen, wenn ich in der Dämmerung, einsam, dem wehenden Atem des Westwinds entgegen gehe, und besonders wenn ich dann die Augen schließe, ganze Konzerte, vollständig, mit allen Instrumenten von der zärtlichen Flöte bis zum rauschenden Kontra-Violon. So entsinne ich mich besonders einmal als Knabe vor 9 Jahren, als ich gegen den Rhein und gegen den Abendwind zugleich hinaufging, und so die Wellen der Luft und des Wassers zugleich mich umtönten, ein schmelzendes Adagio gehört [zu] habe[n], mit allem Zauber der Musik, mit allen melodischen Wendungen und der ganzen begleitenden Harmonie. Es war wie die Wirkung eines Orchesters, wie ein vollständiges Vaux-hall; ja, ich glaube sogar, daß alles was die Weisen Griechenlands von der Harmonie der Sphären dichteten, nichts Weicheres, Schöneres, Himmlischeres gewesen sei, als diese seltsame Träumerei.

Und dieses Konzert kann ich mir, ohne Kapelle, wiederholen so oft ich will – aber so bald ein *Gedanke* daran sich regt, gleich ist alles fort, wie weggezaubert durch das magische: disparois!, Melodie, Harmonie, Klang, kurz die ganze Sphärenmusik.

So stehe ich nun auch zuweilen an meinem Fenster, wenn die Dämmerung in die Straße fällt, und öffne das Glas und die Brust dem einströmenden Abendhauche, und schließe die Augen, und lasse seinen Atem durch meine Haare spielen, und denke nichts, und horche – O wenn du mir doch einen Laut von *ihr* herüberführen könntest, wehender Bote der Liebe! Wenn du mir doch auf diese zwei Fragen: *lebt sie? liebt sie* (mich)? ein leises *Ja* zuflüstern könntest! – Das *denke* ich – und fort ist das ganze tönende Orchester, nichts läßt sich hören als das Klingeln der Betglocke von den Türmen der Kathedrale.

Morgen, denke ich dann, *morgen* wird ein treuerer Bote kommen, als du bist! Hat er gleich keine Flügel, um *schnell* zu sein, wie du, so trägt er doch auf dem gelben Rocke den doppelten Adler des Kaisers, der ihn treu und pünktlich und sicher macht.

Aber der Morgen kommt zwar, doch mit ihm niemand, weder der Bote der Liebe, noch der Postknecht des Kaisers.

Gute Nacht. Morgen ein mehreres. Dir will ich schreiben, und nicht eher aufhören, als bis Du mir wenigstens schreibst, Du wolltest meine Briefe nicht lesen.

Es ist 12 Uhr nachts. Künftig will ich Dir sagen, warum ich so spät geschrieben habe. Gute Nacht, *geliebtes* Mädchen.

den 20. September

Wenn ich nur wüßte, ob alle meine Briefe pünktlich in Deine und in keines andern Menschen Hände gekommen sind, und ob auch dieser in die Deinigen kommen wird, ohne vorher von irgend einem Neugierigen erbrochen worden zu sein, so könnte ich Dir schon manches mitteilen, was Dir zwar eben noch keinen Aufschluß, aber doch Stoff zu richtigen Vermutungen geben würde. Immer bei jedem Briefe ist es mir, als ob ich ein Vorgefühl hätte, er werde umsonst geschrieben, er gehe verloren, ein andrer erbreche ihn, und dergleichen; denn kann es nicht meinen Briefen gehen, wie den Deinigen? Und wie würdest Du dann zürnen über den Nachlässigen, Ungetreuen, der die Geliebte vergaß, sobald er aus ihren Mauern war, unwissend, daß er in jeder Stadt, an jedem Orte an Dich dachte, ja, daß seine ganze Reise nichts war als ein langer Gedanke an Dich? – Aber wenn ich denke, daß dieses Papier, auf das ich jetzt schreibe, das unter meinen Händen, vor meinen Augen liegt, einst in *Deinen* Händen, vor *Deinen* Augen sein wird, dann – küsse ich es, heimlich, damit es *Brokes* nicht sieht, – und küsse es wieder das liebe Papier, das Du vielleicht auch an Deine Lippen drücken wirst – und bilde mir ein, es wären wirklich schon Deine Lippen. – Denn wenn ich die Augen zumache, so kann ich mir einbilden, was ich will.

Ich will Dir etwas von meinem hiesigen Leben schreiben, und wenn Du etwas daraus erraten solltest, so sei es – Denn ich schicke diesen Brief nicht eher ab, als bis ich Nachrichten von Dir empfangen habe, und folglich beurteilen kann, ob Du diese Vertraulichkeit wert bist, oder nicht.

Zuerst muß ich Dir sagen, daß ich nicht während dieser ganzen Zeit in dem Gasthofe gewohnt habe, der mich bei meiner Ankunft empfing. Sobald ich sicher war, nicht nach *Straßburg* reisen zu dürfen, so sah ich voraus, daß ich mich nun hier wohl einige Wochen würde aufhalten müssen, und mietete mir daher, mit *Brokes*, ein eignes Quartier, um dem teuren Gasthofe zu entgehen.

Denn ob ich gleich im ganzen die Kosten dieser Reise nicht gescheut habe, ja selbst zehnmal so viel, und noch mehr, ihrem Zwecke aufgeopfert haben würde, so suchen wir doch im einzelnen unsre Absicht so wohlfeil als möglich zu erkaufen. Indessen ob wir gleich beide die Absicht haben, zu sparen, so verstehen wir es doch eigentlich nicht, weder Brokes, noch ich. Dazu gehört ein ewiges Abwägen des Vorteils, eine ewige Aufmerksamkeit auf das geprägte Metall, die jungen Leuten mit warmem Blute meistens fehlt, besonders wenn sie auf Reisen das große Gepräge der Natur vor sich sehen. Indessen jede Kleinigkeit, zu sehr verachtet, rächt sich, und daher bin ich doch fest entschlossen, mich an eine größere Aufmerksamkeit auf das Geld zu gewöhnen. Recht herzlich lieb ist es mir, an Dir ein ordnungsliebendes Mädchen gefunden zu haben, das auch diese kleine Aufmerksamkeit nicht scheut. Wir beide wollen uns darin teilen. Rechnungen sind doch in größern Ökonomien notwendig. Im Großen muß sie der Mann führen, im Kleinen die Frau. Ordnung ist nicht ihr einziger Nutzen. Wenn man sich täglich die Summe seines wachsenden Glückes zieht, so mehrt sich die Lust, es zu mehren, und am Ende mehrt sich das Glück wirklich. Ich bin überzeugt, daß mancher Tausende zurücklegte, weil ihm die Berechnung des ersten zurückgelegten Talers, den er nicht brauchte, und der ihm nun wuchern soll, Freude machte.

Doch ich komme zurück. – Wir sind also aus unserm prächtigen Gasthofe ausgezogen, in ein kleines, verstecktes Häuschen, das Du gewiß nicht finden solltest, wenn ich es Dir nicht bezeichnete. Es ist ein Eckhaus, auf drei Seiten, ganz nahe, mit Häusern umgeben, die finster aussehen, wie die Köpfe, die sie bewohnen. Das möchte man, bis auf die Tonne des Diogenes, wohl überhaupt finden, daß das Äußere der Häuser den Charakter ihrer Bewohner ausdrückt. Hier z. B. hat jedes Haus eine Menge Türen, und es könnte da vieles einziehen; aber sie sind verschlossen bis auf eine, und auch diese steht nur dem Seelsorger (oder   ) und wenigen andern offen. Ebenso haben die Häuser einen Überfluß von Fenstern, ja, man könnte sagen, die ganze Fassade sei nichts als ein großes Fenster, und da könnte denn freilich genug Tageslicht einfallen; aber dicht davor steht eine hohe Kirche oder ein Kloster, und es bleibt ewig Nacht. Grade ohngefähr wie bei den Besitzern. – Unser Zimmer ist indessen ziemlich hell. Wir haben das Eckzimmer mit 4 Fenstern von zwei Seiten. In Rom war ein Mann, der in Wänden von Glas wohnte, um die ganze Stadt zum Zeugen aller seiner Handlungen zu machen. Hier würde ganz Würzburg ein Zeuge der unsrigen sein, wenn es hier nicht jene jesuitischen Jalousien gäbe, aus welchen man füglich hinaus sehen kann, ohne daß von außen hinein gesehen werden könnte.

Jetzt, da wir so ziemlich alles gesehen haben in dieser Stadt, sind wir viel zu Hause, Brokes und ich, und lesen und schreiben, wobei mir meine wissenschaftlichen Bücher, die ich aus Frankfurt mitnahm, nicht wenig zustatten kommen. Von der Langenweile, die ich nie empfand, weiß ich also auch hier nichts. Langeweile ist nichts als die Abwesenheit aller Gedanken, oder vielmehr das Bewußtsein ohne beschäftigende Vorstellungen zu sein. Das kann aber einem denkenden Menschen nie begegnen, so lange es noch Dinge überhaupt für ihn auf der Welt gibt; denn an jeden Gegenstand, sei er auch noch so scheinbar geringfügig, lassen sich interessante Gedanken anknüpfen, und das ist eben das Talent der Dichter, welche ebensowenig wie wir in Arkadien leben, aber das Arkadische oder überhaupt Interessante auch an dem Gemeinsten, das uns umgibt, heraus finden können. Wenn wir weiter nichts zu tun wissen, so treten wir ans Fenster, und machen Glossen über die Vorbeigehenden, aber gutmütige, denn wir vergessen nicht, daß, wenn wir auf der Straße gehn, die Rollen getauscht sind, und daß die kritisierten Schauspieler dann kritisierende Zuschauer geworden sind, und umgekehrt. Besonders der Markt an den Sonnabenden ist interessant, die Anstalten, die nötig sind, den Menschen 8 Tage lang das Leben zu fristen, der Streit der Vorteile, indem jeder strebt, so wohlfeil zu kaufen und so teuer zu verkaufen als möglich, auch die Frau an der Ecke, mit einer Schar von Gänsen, denen die Füße gebunden sind, um sich, wie eine französische Mamsell mit ihren gnädigen Fräulein, denen oft noch obenein die Hände gebunden sind, etc. etc.

Unser Wirt heißt übrigens Wirth, und wir befinden uns in diesem doppelten Wirtshause recht wohl. Uns bedient ein Mädchen, mit einer holden Freundlichkeit, und sorgt für uns, wie für Brüder, bringt uns Obst, ohne in allem Ernste Geld zu nehmen, usf. Und wenn uns die Menschen gefallen, die uns grade umgeben, so gefällt uns die ganze Menschheit. Keine Tugend ist doch weiblicher, als Sorge für das Wohl anderer, und nichts dagegen macht das Weib häßlicher und gleichsam der Katze ähnlicher als der schmutzige Eigennutz, das gierige Einhaschen für den eignen Genuß. Das läßt sich freilich verstecken; aber es gibt *eine himmlische Güte des Weibes, alles*, was in ihre Nähe kommt, an sich zu schließen, und an ihrem Herzen zu hegen und zu pflegen mit Innigkeit und Liebe, wie die Sonne (die wir darum auch König*in* nennen, nicht König) alle Sterne, die in ihren Wirkungsraum schweben, an sich zieht mit sanften unsichtbaren Banden, und in frohen Kreisen um sich führt, Licht und Wärme und Leben ihnen gebend – aber das läßt sich nicht anlernen. – – – –

Gute Nacht, Wilhelmine. Es ist wieder 12 Uhr nachts.

den 23. September

Endlich, endlich – ja Du lebst, und liebst mich noch! Hier in diesem Briefe ist es enthalten, in dem ersten, den ich seit 3 Wochen von Dir erhielt. Es ist Deine Antwort auf meinen Dresdner Brief:

Abgeschickt:

den 1. Brief aus Berlin	6. _____ Dresden
2. _____ Pasewalk	7. _____ Reichenbach
3. _____ Berlin	8. _____ Bayreuth
4. _____ Berlin	9. _____ Würzburg
5. _____ Leipzig	10. _____ Würzburg
Empfangen:	11. _____ Würzburg
3 Briefe.	und diesen 12.

Deine Briefe aus Wien werden nun wohl auch bald eintreffen.

Daß Du nach Berlin gegangen bist, ist mir herzlich lieb, wenn Du dort mehr Beruhigung zu finden hoffst, als in Frankfurt; sei vergnügt, denn jetzt darf Dir der Erfolg meines Unternehmens keine Sorge mehr machen. Aber sei auch vernünftig, und kehre ohne Widerwillen nach dem Orte zurück, an dem Du doch noch lange ohne mich wirst leben müssen. Honig wohnt in jeder Blume, Freude an jedem Orte, man muß nur, wie die Biene, sie zu finden wissen. Und wo kann sie sicherer für Dich blühen, als da, wo einst der Schauplatz unsrer ersten Liebe war, und wo auch Deine und meine Familie wohnt? – Doch darüber werde ich Dir noch mehr schreiben. Jetzt nutze diese Veränderung Deines Wohnortes so gut Du kannst. Auf eine kurze Zeit kann Berlin gefallen, auf eine lange nicht, mich nicht – Du müßtest denn bei mir sein, denn das habe ich noch nicht versucht.

Adieu. Halte Dein Wort, und kehre zur bestimmten Zeit wieder nach Frankfurt zurück. Ich werde es auch tun. Lebe wohl und freue Dich auf den nächsten Brief, denn wenn nicht alles mich täuscht, so – – H. K.

24. An Wilhelmine von Zenge

An Fräulein Wilhelmine v. Zenge Hochwohlgeb. zu Frankfurt a. Oder.

Würzburg, den 10. (und 11.) Oktober 1800

Liebe Wilhelmine! Du denkst gewiß heute an mich, so wie ich den ganzen 18. August an Dich dachte, nicht wahr? – O mit welcher Innigkeit denke ich jetzt auch an Dich! Und welch ein unbeschreiblicher Genuß ist mir diese Überzeugung, daß unsere Gedanken sich gewiß jetzt in diesem Augenblicke begegnen! Ja, mein Geburtstag ist heute, und mir ist, als hörte ich die Wünsche, die heute Dein Herz heimlich für mich bildet, als fühlte ich den Druck Deiner Hand, der mir alle diese Wünsche mit einemmale mitteilt. Ja sie werden erfüllt werden alle diese Wünsche, sei davon überzeugt, ich bin es. Wenn uns ein König ein Ordensband wünscht, heißt das nicht ihn uns versprechen? Er selbst hat die Erfüllung seines Wunsches in seiner Hand – Du auch, liebes Mädchen. Alles was ich *Glück* nenne, kann nur von Deiner Hand mir kommen, und wenn *Du* mir dieses Glück wünschest, ja dann kann ich wohl ganz ruhig in die Zukunft blicken, dann wird es mir gewiß zuteil werden. *Liebe* und *Bildung* das ist alles, was ich begehre, und wie froh bin ich, daß die Erfüllung dieser beiden unerläßlichen Bedürfnisse, ohne die ich *jetzt* nicht mehr glücklich sein könnte, nicht von dem Himmel abhangt, der, wie bekannt, die Wünsche der armen Menschen so oft unerfüllt läßt, sondern *einzig und allein von Dir*.

Du hast doch meinen letzten Brief, den ich am Anfange dieses Monats schrieb, und den ich einen *Hauptbrief* nennen möchte, wenn nicht bald ein zweiter erschiene, der noch wichtiger sein wird – Du hast ihn doch erhalten? Vielleicht hast Du ihn in diesen Tagen empfangen, vielleicht empfängst Du ihn in diesem Augenblicke – O wenn ich jetzt neben Dir stehen könnte, wenn ich Dir diesen unverständlichen Brief erklären dürfte, wenn ich Dich vor Mißverständnisse sichern könnte, wenn ich jede unwillige Regung Deines Gefühls gleich in dem ersten Augenblick der Entstehung unterdrücken dürfte – – Zürne nicht, liebes Mädchen, ehe Du mich *ganz* verstehst! Wenn ich mich gegen Dich vergangen habe, so habe ich es auch durch die teuersten Opfer wieder gut gemacht. Laß mir die Hoffnung daß Du mir verzeihen wirst, so werde ich den Mut haben Dir alles zu bekennen. Höre nur erst mein Bekenntnis an, und ich bin gewiß, daß Du dann nicht mehr zürnen wirst.

Ich versprach Dir in jenem Briefe, entweder in 8 Tagen von hier abzureisen, oder Dir zu schreiben. Diese Zeit ist verstrichen, und das erste war noch nicht möglich. Beunruhige Dich nicht – meine Abreise kann morgen oder übermorgen und an jedem Tage erfolgen, der mir etwas Nochzuerwartendes überbringt. In der Folge werde ich mich deutlicher darüber erklären, laß das jetzt ruhen. Jetzt will ich mein Versprechen erfüllen und Dir, statt meiner, wenigstens einen Brief schicken. Sei für jetzt zufrieden mit diesem Stellvertreter, bald wird die Post mich selbst zu Dir tragen.

Aber von *unserm Hauptgegenstande* kann ich Dir jetzt noch nicht mehr schreiben, denn ich muß erst wissen, wie Du jenen letzten Brief aufgenommen hast. Also von etwas anderem.

————————

In meiner Seele sieht es aus, wie in dem Schreibtische eines Philosophen, der ein neues System ersann, und einzelne Hauptgedanken auf zerstreute Papiere niederschrieb. Eine große Idee – für Dich, Wilhelmine, schwebt mir unaufhörlich vor der Seele! Ich habe Dir den Hauptgedanken schon am Schlusse meines letzten Briefes, auch schon vorher auf einem einzelnen Blatte mitgeteilt. Du hast ihn doch noch nicht vergessen? – –

Ich ersuchte Dich doch einst mir aufzuschreiben, was Du Dir denn eigentlich von dem Glücke einer künftigen Ehe versprächst? – Errätst Du nicht, warum? Doch wie kannst Du das erraten! – Ich sehe mit Sehnsucht diesem Aufsatz entgegen, den ich immer noch nicht von *Wien* erhalten habe. Sein erstes Blatt, das Du mir mitteiltest, und das mir eine unaussprechliche, aber bittersüße Freude gewährte, scheuchte mich aus Deinen Armen und beschleunigte meine Abreise. Weißt Du wohl noch mit welcher Bewegung ich es am Tage vor unsrer Trennung durchlas, und wie ich es unruhig mit mir nach Hause nahm – und weißt Du

auch was ich da, als ich allein war mit diesem Blatte, alles empfand? Es zog mein ganzes Herz an Dich, aber es stieß mich zugleich unwiderruflich aus Deinen Armen – Wenn ich es jetzt
wieder lesen werde, so wird es mich dahin zurückführen. Damals war ich Deiner nicht würdig, jetzt bin ich es. Damals weinte
ich, daß Du so gut, so edel, so achtungswürdig, so wert des höchstens Glückes warst, jetzt wird es mein Stolz und mein Entzücken
sein. Damals quälte mich das Bewußtsein, Deine heiligsten Ansprüche nicht erfüllen zu können, und jetzt, jetzt – – Doch still!

Jetzt, Wilhelmine, werde auch *ich* Dir mitteilen, was ich mir
von dem Glücke einer künftigen Ehe verspreche. Ehemals durfte
ich das nicht, aber jetzt – o Gott! Wie froh macht mich das! –
Ich werde Dir die Gattin *beschreiben*, die mich *jetzt* glücklich machen kann – – und das ist die *große Idee*, die ich für Dich im Sinne
habe. Das Unternehmen ist groß, aber der Zweck ist es auch. Ich
werde jede Stunde, die mir meine künftige Lage übrig lassen wird,
diesem Geschäfte widmen. Das wird meinem Leben neuen Reiz
geben, und uns beide schneller durch die Prüfungszeit führen, die
uns bevorsteht. In fünf Jahren, hoffe ich, wird das Werk fertig
sein.

Fürchte nicht, daß die beschriebene Gattin *nicht von Erde* sein
wird, und daß ich sie erst in dem Himmel finden werde. Ich
werde sie in 5 Jahren auf dieser Erde finden und mit meinen irdischen Armen umschließen – Ich werde von der Lilie nicht verlangen, daß sie in die Höhe schießen soll, wie die Zeder, und der
Taube kein Ziel stecken, wie dem Adler. Ich werde aus der Leinwand kein Bild hauen, und auf dem Marmor nicht malen. Ich
kenne die Masse, die ich vor mir habe, und weiß, wozu sie taugt.
Es ist ein Erz mit gediegenem Golde und mir bleibt nichts übrig,
als das Metall von dem Gestein zu scheiden. Klang und Gewicht
und Unverletzbarkeit in der Feuerprobe hat es von der Natur erhalten, die Sonne der Liebe wird ihm Schimmer und Glanz geben, und ich habe nach der metallurgischen Scheidung nichts weiter zu tun, als mich zu wärmen und zu sonnen in den Strahlen,
die seine Spiegelfläche auf mich zurückwirft.

Ich selbst fühle wie matt diese Bildersprache gegen den Sinn
ist, der mich belebt – – O wenn ich Dir nur einen Strahl von dem
Feuer mitteilen könnte, das in mir flammt! Wenn Du es ahnden

könntest, wie der Gedanke, aus Dir einst ein vollkommnes Wesen zu bilden, jede Lebenskraft in mir erwärmt, jede Fähigkeit in
mir bewegt, jede Kraft in mir in Leben und Tätigkeit setzt! – Du
wirst es mir kaum glauben, aber ich sehe oft stundenlang aus dem
Fenster und gehe in 10 Kirchen und besehe diese Stadt von allen
Seiten, und sehe doch nichts, als ein einziges Bild – Dich, Wilhelmine, und zu Deinen Füßen zwei Kinder, und auf Deinem
Schoße ein drittes, und höre wie Du den kleinsten sprechen, den
mittleren fühlen, den größten denken lehrst, und wie Du den
Eigensinn des einen zu Standhaftigkeit, den Trotz des andern zu
Freimütigkeit, die Schüchternheit des dritten zu Bescheidenheit,
und die Neugierde aller zu Wißbegierde umzubilden weißt, sehe,
wie Du ohne viel zu plaudern, durch Beispiele Gutes lehrst und
wie Du ihnen in Deinem eignen Bilde zeigst, was Tugend ist,
und wie liebenswürdig sie ist – – Ist es ein Wunder, Wilhelmine,
wenn ich für *diese* Empfindungen die Sprache nicht finden kann?

O lege den Gedanken wie einen diamantenen Schild um Deine
Brust: *ich bin zu einer Mutter geboren!* Jeder andere Gedanke, jeder
andere Wunsch fahre zurück von diesem undurchdringlichen
Harnisch. Was könnte Dir sonst die Erde für ein Ziel bieten, das
nicht verachtungswürdig wäre? Sie hat nichts was Dir einen
Wert geben kann, wenn es nicht die *Bildung edler Menschen* ist.
Dahin richte Dein heiligstes Bestreben! Das ist das einzige, was
Dir die Erde einst verdanken kann. Gehe nicht von ihr, wenn sie
sich schämen müßte, Dich nutzlos durch ein Menschenalter getragen zu haben! Verachte alle die niederen Zwecke des Lebens.
Dieser einzige wird Dich über alle erheben. In ihm wirst Du Dein
wahres Glück finden, alle andern können Dich nur auf Augenblicke vergnügen. Er wird Dir *Achtung für Dich selbst* einflößen,
alles andere kann nur Deine Eitelkeit kitzeln; und wenn Du einst
an seinem Ziele stehst, so wirst Du mit Selbstzufriedenheit auf
Deine Jugend zurückblicken, und nicht wie tausend andere unglückliche Geschöpfe Deines Geschlechts die versäumte Bestimmung und das versäumte Glück in bittern Stunden der Einsamkeit beweinen.

Liebe Wilhelmine, ich will nicht, daß Du aufhören sollst, Dich
zu putzen, oder in frohe Gesellschaften zu gehen, oder zu tanzen;
aber ich möchte Deiner Seele nur den Gedanken recht aneignen,

daß es höhere Freuden gibt, als die uns aus dem Spiegel, oder aus dem Tanzsaale entgegen lächeln. Das Gefühl, *im Innern schön zu sein*, und das Bild das uns der Spiegel des Bewußtseins in den Stunden der Einsamkeit zurückwirft, das sind Genüsse, die allein unsere heiße Sehnsucht nach Glück ganz stillen können.

Dieser Gedanke möge Dich auf alle Deine Schritte begleiten, vor den Spiegel, in Gesellschaften, in den Tanzsaal. Bringe der Mode, oder vielmehr dem Geschmack die kleinen Opfer, die er nicht ganz mit Unrecht von jungen Mädchen fordert, arbeite an Deinem Putze, frage den Spiegel, ob Dir die Arbeit gelungen ist – aber eile mit dem allen, und kehre so schnell als möglich zu Deinem höchsten Zwecke zurück. Besuche den Tanzsaal – aber sei froh, wenn Du von einem Vergnügen zurückkehrst, wobei nur die Füße ihre Rechnung fanden, das Herz aber und der Verstand den Pulsschlag ihres Lebens ganz aussetzten, und das Bewußtsein gleichsam ganz ausgelöscht war. Gehe in frohe Gesellschaften, aber suche Dir immer den Bessern, Edleren heraus, den, von dem Du etwas lernen kannst – denn das darfst Du in keinem Augenblicke Deines Lebens versäumen. Jede Minute, jeder Mensch, jeder Gegenstand kann Dir eine nützliche Lehre geben, wenn Du sie nur zu entwickeln verstehst – doch von diesem Gegenstande ein andermal mehr.

Und so laß uns denn beide, Hand in Hand, unserm Ziele entgegen gehen, jeder dem seinigen, das ihm zunächst liegt, und wir beide dem letzten, nach dem wir beide streben. Dein nächstes Ziel sei, *Dich zu einer Mutter*, das meinige, *mich zu einem Staatsbürger* zu bilden, und das fernere Ziel, nach dem wir beide streben, und das wir uns beide wechselseitig sichern können, *sei das Glück der Liebe*.

Gute Nacht, Wilhelmine, meine Braut, einst meine Gattin, einst die *Mutter* meiner Kinder!

den 11. Oktober

Ich will aus diesem Briefe kein Buch machen, wie aus dem vorigen, und Dir daher nur kurz noch einiges vor dem Abgange der Post mitteilen.

Ich finde jetzt die Gegend um diese Stadt weit angenehmer, als ich sie bei meinem Einzuge fand; ja ich möchte fast sagen, daß ich sie jetzt schön finde – und ich weiß nicht, ob sich die Gegend verändert hat, oder das Herz, das ihren Eindruck empfing. Wenn ich jetzt auf der steinernen Mainbrücke stehe, die das Zitadell von der Stadt trennt, und den gleitenden Strom betrachte, der durch Berge und Auen in tausend Krümmungen heran strömt und unter meinen Füßen weg fließt, so ist es mir, als ob ich über ein Leben erhaben stünde. Ich stehe daher gern am Abend auf diesem Gewölbe und lasse den Wasserstrom und den Luftstrom mir entgegen rauschen. Oder ich kehre mich um, und verfolge den Lauf des Flusses bis er sich in die Berge verliert, und verliere mich selbst dabei in stille Betrachtungen. Besonders ein Schauspiel ist mir sehr merkwürdig. Gradeaus strömt der Main von der Brücke weg, und pfeilschnell, als hätte er sein Ziel schon im Auge, als sollte ihn nichts abhalten, es zu erreichen, als wollte er es, ungeduldig, auf dem kürzesten Wege ereilen – aber ein Rebenhügel beugt seinen stürmischen Lauf, sanft aber mit festem Sinn, wie eine Gattin den stürmischen Willen ihres Mannes, und zeigt ihm mit edler Standhaftigkeit den Weg, der ihn ins Meer führen wird – – und er ehrt die bescheidne Warnung und folgt der freundlichen Weisung, und gibt sein voreiliges Ziel auf und durchbricht den Rebenhügel nicht, sondern umgeht ihn, mit beruhigtem Laufe, seine blumigen Füße ihm küssend –

Selbst von dem Berge aus, von dem ich Würzburg zuerst erblickte, gefällt es mir jetzt, und ich möchte fast sagen, daß es von dieser Seite am schönsten sei. Ich sahe es letzthin von diesem Berge in der Abenddämmerung, nicht ohne inniges Vergnügen. Die Höhe senkt sich allmählich herab und in der Tiefe liegt die Stadt. Von beiden Seiten hinter ihr ziehen im halben Kreise Bergketten sich heran, und nähern sich freundlich, als wollten sie sich die Hände geben, wie ein paar alte Freunde nach einer lange verflossenen Beleidigung – aber der Main tritt zwischen sie, wie die bittere Erinnerung, und sie wanken, und keiner wagt es, zuerst hinüber zu schreiten, und folgen beide langsam dem scheidenden Strome, wehmütige Blicke über die Scheidewand wechselnd –

In der Tiefe, sagte ich, liegt die Stadt, wie in der Mitte eines Amphitheaters. Die Terrassen der umschließenden Berge dienten statt der Logen, Wesen aller Art blickten als Zuschauer voll Freude herab und sangen und sprachen Beifall, oben in der Loge des Himmels stand Gott. Und aus dem Gewölbe des großen Schauspielhauses sank der Kronleuchter der Sonne herab, und versteckte sich hinter die Erde – denn es sollte ein Nachtstück aufgeführt werden. Ein blauer Schleier umhüllte die ganze Gegend, und es war, als wäre der azurne Himmel selbst hernieder gesunken auf die Erde. Die Häuser in der Tiefe lagen in dunkeln Massen da, wie das Gehäuse einer Schnecke, hoch empor in die Nachtluft ragten die Spitzen der Türme, wie die Fühlhörner eines Insektes, und das Klingeln der Glocken klang wie der heisere Ruf des Heimchens – und hinten starb die Sonne, aber hochrot glühend vor Entzücken, wie ein Held, und das blasse Zodiakallicht umschimmerte sie, wie eine Glorie das Haupt eines Heiligen – –

Vorgestern ging ich aus, einen andern Berg von der Nordseite zu ersteigen. Es war ein Weinberg, und ein enger Pfad führte durch gesegnete Rebenstangen auf seinen Gipfel. Ich hatte nicht geglaubt, daß der Berg so hoch sei – und er war es vielleicht auch nicht, aber sie hatten aus den Weinbergen alle Steine rechts und links in diesen Weg geworfen, das Ersteigen zu erschweren – – grade wie das Schicksal oder die Menschen mir auf den Weg zu dem Ziele, das ich nun doch erreicht habe. Ich lachte über diese auffallende Ähnlichkeit – liebes Mädchen, Du weißt noch nicht alles, was mir in Berlin, und in Dresden, in Bayreuth, ja selbst hier in Würzburg begegnet ist, das alles wird noch einen langen Brief kosten. Damals ärgerte ich mich ebenso über die Steine, die mir in den Weg geworfen wurden, ließ mich aber nicht stören, vergoß zwar heiße Schweißtropfen, aber erreichte doch, wie vorgestern, das Ziel. Das Ersteigen der Berge, wie der Weg zur Tugend, ist besonders wegen der Aussicht, die man eben vor sich hat, beschwerlich. Drei Schritte weit sieht man, weiter nicht, und nichts als die Stufen, die erstiegen werden müssen, und kaum ist ein Stein überschritten, gleich ist ein andrer da, und jeder Fehltritt schmerzt doppelt, und die ganze Mühseligkeit wird gleichsam wiedergekaut – – aber man muß an die Aussicht denken, wenn man den Gipfel erstiegen hat. O wie herrlich war der Anblick des Maintales von dieser Höhe! Hügel und Täler und Wasser, und Städte und Dörfer, alles durcheinander wie ein gewirkter Fußteppich! Der Main wandte sich bald rechts bald links, und küßte bald den einen, bald den andern Rebenhügel, und wankte zwischen seinen beiden Ufern, die ihm gleich teuer schienen, wie ein Kind zwischen Vater und Mutter. Der Felsen mit der Zitadelle sah ernst auf die Stadt herab, und bewachte sie, wie ein Riese sein Kleinod, und an den Außenwerken herum schlich ein Weg, wie ein Spion, und krümmte sich in jede Bastion, als ob er rekognoszieren wollte, wagte aber nicht in die Stadt zu gehen, sondern verlor sich in die Berge –

Aber keine Erscheinung in der Natur kann mir eine so wehmütige Freude abgewinnen, als ein Gewitter am Morgen, besonders wenn es ausgedonnert hat. Wir hatten hier vor einigen Tagen dies Schauspiel – o es war eine prächtige Szene! Im Westen stand das nächtliche Gewitter und wütete, wie ein Tyrann, und von Osten her stieg die Sonne herauf, ruhig und schweigend, wie ein Held. Und seine Blitze warf ihm das Ungewitter zischend zu und schalt ihn laut mit der Stimme des Donners – er aber schwieg der göttliche Stern, und stieg herauf, und blickte mit Hoheit herab auf den unruhigen Nebel unter seinen Füßen, und sah sich tröstend um nach den andern Sonnen, die ihn umgaben, als ob er seine Freunde beruhigen wollte – Und einen letzten fürchterlichen Donnerschlag schleuderte ihm das Ungewitter entgegen, als ob es seinen ganzen Vorrat von Galle und Geifer in einem Funken ausspeien wollte – aber die Sonne wankte nicht in ihrer Bahn, und nahte sich unerschrocken, und bestieg den Thron des Himmels – – und blaß, wie vor Schreck, entfärbte sich die Nacht des Gewölks, und zerstob wie dünner Rauch, und sank unter den Horizont, wenige schwache Flüche murmelnd – –

Aber welch ein Tag folgte diesem Morgen! Laue Luftzüge wehten mich an, leise flüsterte das Laub, große Tropfen fielen mit langen Pausen von den Bäumen, ein mattes Licht lag ausgegossen über die Gegend, und die ganze Natur schien ermattet nach dieser großen Anstrengung, wie ein Held nach der Arbeit des Kampfes – Doch ich wollte ja kein Buch machen und will nur kurz und gut schließen. Schreibe mir, *ob Du mir verzeihen kannst,* und schicke den Brief an *Carln,* damit ich ihn bei meiner Ankunft in Berlin gleich empfange. Dann sollst Du mehr hören.

H. K.

25. An Ulrike von Kleist

Berlin, den 27. Oktober 1800

Mein liebes, bestes Ulrickchen, wie freue ich mich wieder so nahe bei Dir zu sein, und so froh, o ich bin es nie in meinem Leben herzlich gewesen, ich *konnte* es nicht, jetzt erst öffnet sich mir etwas, das mich aus der Zukunft anlächelt, wie Erdenglück. *Mir,* mein edles Mädchen, hast Du mit Deiner Unterstützung das Leben gerettet – Du verstehst das wohl nicht? Laß das gut sein. Dir habe ich, nach Brokes, von meiner jetzigen innern Ruhe und Fröhlichkeit, das meiste zu danken, und ich werde das ewig nicht vergessen. Die Toren! Ich war gestern in Potsdam, und alle Leute glaubten, ich wäre darum so seelenheiter, weil ich angestellt würde – o die Toren!

Du möchtest wohl die einzige sein auf dieser Erde, bei der ich zweifelhaft sein könnte, ob ich das Geheimnis aufdecken soll, oder nicht? Zweifelhaft, sagte ich; denn bei jedem andern bin ich *entschieden,* nie wird es aus meiner Seele kommen. Indessen die Erklärung wäre sehr weitläufig, auch bin ich noch nicht ganz entschieden. Ich weiß wohl, daß Du nicht neugierig bist, aber ohne Teilnahme bist Du auch nicht, und Deiner möchte ich am wenigsten gern kalt begegnen. Also laß mich nur machen. Wir werden uns schon einst verstehen. Für jetzt und immer bleibe verschwiegen über alles.

Nach Frankfurt möchte ich jetzt nicht gern kommen, um das unausstehliche Fragen zu vermeiden, da ich durchaus nicht antworten kann. Denn ob ich gleich das halbe Deutschland durchreiset bin, so habe ich doch im eigentlichsten Sinne nichts gesehen. Von Würzburg über Meinungen, Schmalkalden, Gotha, Erfurt, Naumburg, Merseburg, Halle, Dessau, Potsdam nach Berlin bin ich (47 Meilen) in fünf Tagen gereist, Tag und Nacht, um noch vor dem 1. November hier zu sein.

Brokes ist nicht in Paris, sondern in Dresden, und das darum, weil bis auf den heutigen Tag die 100 Dukaten von Wien nicht angekommen sind. Wir haben aber in Würzburg die nötigen Anstalten getroffen. Sie werden nach Dresden geschickt werden.

Sei so gut und gib Zengen, der auf Urlaub kommen wird, den versiegelten Schlüssel vom Büro; er wird die Sorge übernehmen, alle meine Sachen herzuschaffen.

Ich werde auch etwas Geld in Frankfurt vom Vormunde übrig haben, das sei so gut und schicke mir gleich.

Ich sträube mich nach so vielen Bitten noch eine an Dich zu wagen, aber ich sehe mich wirklich gezwungen dazu, indem ich keinen andern Ausweg weiß. Hältst Du indessen diese Bitte für unbescheiden, so betrachte sie lieber als nicht geschehen und bleibe mir nur gut. Du hast genug für mich getan, um mir wohl einmal etwas abzuschlagen, und ich ehre Dich zu herzlich, als daß das nur eine Ahndung von Unwillen bei mir erwecken könnte.

Die Reise und besonders der Zweck der Reise war zu kostbar für 300 Rth. Brokes hat mir mit fast 200 Rth. ausgeholfen. Ich muß diese Summe ihm jetzt nach Dresden schicken. Er hat zu unaussprechlich viel für mich getan, als daß ich daran denken dürfte, diese Verpflichtung nur einen Augenblick zu versäumen. Du weißt daß ich selbst über mein Vermögen nicht gebieten kann, und Du errätst das übrige. Ich bin in einem Jahre majorenn. Diese Summe zurückzuzahlen wird mich nie reuen, ich achte mein ganzes Vermögen nicht um das, was ich mir auf dieser Reise erworben habe. Also deswegen sei unbesorgt. Antworte mir bald hierauf. Wenn mir diese kleine Unbequemlichkeit abgenommen wird, so wird es mir Mühe kosten, zu erdenken, was mir wohl auf der ganzen Erde zu meiner Zufriedenheit fehlen könne. Das wird mir wohl tun nach einem Leiden von 24 Jahren.

Grüße alles, alles und lebe wohl. Dein Bruder Heinrich.

N. S. Hast Du die Musik von Zengen erhalten? Sie kostet 1 Rth. 8 Gr. Von Leopold habe ich 2 Fr.dor empfangen, der Rest wäre also 11 Rth. Diese ziehe ab von dem Gelde, das Du mir schicken wirst, wenigstens von meinem eignen Gelde. Wegen des Agio auf die Louisdors wird Brokes noch schreiben.

N. S. Sollte Tante gern in mein Büro wollen, wegen der Wäsche, so sorge doch auf eine gute Art dafür, daß der obere Teil, worin die Schreibereien, *gar nicht* geöffnet werde.

26. An Karl August von Struensee

Ew. Exzellenz ersuche untertänigst um die Erlaubnis, den Sitzungen der technischen Deputation beiwohnen zu dürfen, damit ich in den Stand gesetzt werde, aus dem Gegenstande der Verhandlungen selbst zu beurteilen, ob ich mich getrauen darf, mich dem Kommerz- und Fabrikenfache zu widmen.

Der ich mit der vollkommensten Hochachtung verharre

Ew. Exzellenz untertänigster

Berlin,   Kleist
d. 1. November 1800.   ehemals Lieutenant im Reg. Garde.

27. An Wilhelmine von Zenge

Berlin, den 13. November 1800

Liebe Wilhelmine, o Dein Brief hat mir eine ganz außerordentliche Freude gewährt. Dich so anzuschmiegen an meine Wünsche, so innig einzugreifen in mein Interesse – o es soll Dir gewiß einst belohnt werden! Grade auf diesem Lebenswege, wo Du alles fahren läßt, was doch sonst die Weiber reizt, Ehre, Reichtum, Wohlleben, grade auf diesem Wege wirst Du um so gewisser etwas anderes finden, das doch mehr wert ist als das alles – *Liebe*. Denn wo es noch andere Genüsse gibt, da teilt sich das Herz, aber wo es nichts gibt als Liebe, da öffnet sich ihr das ganze Wesen, da umfaßt es ihr ganzes Glück, da werden alle ihre unendlichen Genüsse erschöpft – ja, *gewiß*, Wilhelmine, Du sollst einst glücklich sein.

Aber laß uns nicht bloß frohen Träumereien folgen – Es ist wahr, wenn ich mir das freundliche Tal denke, das einst unsre Hütte umgrenzen wird, und *mich* in dieser Hütte und *Dich* und die *Wissenschaften*, und weiter nichts – o dann sind mir alle Ehrenstellen und alle Reichtümer verächtlich, dann ist es mir, als könnte mich nichts glücklich machen, als die Erfüllung dieses Wunsches, und als *müßte* ich *unverzüglich* an seine Erreichung schreiten – – Aber die Vernunft muß doch auch mitsprechen, und wir wollen einmal hören, was sie sagt. Wir wollen einmal recht vernünftig diesen ganzen Schritt prüfen.

Ich will kein Amt nehmen. Warum will ich es nicht? – O wie viele Antworten liegen mir auf der Seele! Ich kann nicht eingreifen in ein Interesse, das ich mit meiner Vernunft nicht prüfen darf. Ich soll tun was der Staat von mir verlangt, und doch soll ich nicht untersuchen, ob das, was er von mir verlangt, gut ist. Zu seinen unbekannten Zwecken soll ich ein bloßes Werkzeug sein – ich kann es nicht. Ein eigner Zweck steht mir vor Augen, nach ihm würde ich handeln *müssen*, und wenn der Staat es anders will, dem Staate nicht gehorchen *dürfen*. Meinen Stolz würde ich darin suchen, die Aussprüche meiner Vernunft geltend zu machen gegen den Willen meiner Obern – nein, Wilhelmine, es geht nicht, ich passe mich für kein Amt. Ich bin auch wirklich zu ungeschickt, um es zu führen. Ordnung, Genauigkeit, Geduld, Unverdrossenheit, das sind Eigenschaften die bei einem Amte unentbehrlich sind, und die mir doch ganz fehlen. Ich arbeite nur für meine Bildung gern und da bin ich unüberwindlich geduldig und unverdrossen. Aber für die Amtsbesoldung Listen zu schreiben und Rechnungen zu führen – ach, ich würde eilen, eilen, daß sie nur fertig würden, und zu meinen geliebten Wissenschaften zurückkehren. Ich würde die Zeit meinem Amte stehlen, um sie meiner Bildung zu widmen – nein, Wilhelmine, es geht nicht, es geht nicht. Ja ich bin selbst zu ungeschickt mir ein Amt zu erwerben. Denn zufrieden mir wirklich Kenntnisse zu erwerben, bekümmert es mich wenig, ob andere sie in mir wahrnehmen. Sie zur Schau aufstellen, oder zum Kauf ausbieten, wäre mir ganz unmöglich – und würde man denjenigen wohl begünstigen, der den Stolz hat, jede Gunst zu entbehren, und der durch keine andere Fürsprache steigen will, als durch die Fürsprache seiner eignen Verdienste? – Aber das Entscheidendste ist dieses, daß selbst ein Amt, und wäre es eine Ministerstelle, mich nicht glücklich machen kann. *Mich* nicht, Wilhelmine – denn eines ist gewiß, ich bin einmal in meinem Hause glücklich, oder niemals, nicht auf Bällen, nicht im Opernhause, nicht in Gesellschaften, und wären es die Gesellschaften der Fürsten, ja wäre es auch die Gesellschaft unsres eignen Königs – – und wollte ich darum *Minister* werden, um *häusliches Glück* zu genießen? Wollte ich darum mich in eine Hauptstadt begraben und mich in ein Chaos von verwickelten Verhältnissen stürzen, um still und ruhig bei meiner Frau zu leben? Wollte ich mir darum Ehrenstellen erwerben und mich darum mit Ordensbändern behängen, um Staat zu machen damit vor meinem Weibe und meinen Kindern? Ich will von der Freiheit nicht reden, weil Du mir schon einmal Einwürfe dagegen gemacht hast, ob Du zwar wohl gleich, wie alle Weiber, das nicht recht verstehen magst; aber *Liebe* und *Bildung* sind zwei unerläßliche Bedingungen meines künftigen Glückes – – und was könnte mir in einem Amte davon zuteil werden, als höchstens ein karger, sparsamer Teil von beiden? Wollte ich an die Wissenschaften gehen, so brächte mir der Sekretär einen Stoß voll Akten, und wollte ich einen großen Gedanken verfolgen, so meldete mir der Kammerdiener, daß das Vorzimmer voll Fremden stehe. Wollte ich den Abend bei meinem Weibe zubringen, so ließe mich der König zu sich rufen, und um mir auch die Nächte zu rauben, müßte ich in die Provinzen reisen und die Fabriken zählen. O wie würde ich den Orden und die Reichtümer und den ganzen Bettel der großen Welt verwünschen, wie würde ich bitterlich weinen, meine Bestimmung so unwiederbringlich verfehlt zu haben, wie würde ich mir mit heißer Sehnsucht trocknes Brot wünschen und mit ihm Liebe, Bildung und Freiheit – Nein, Wilhelmine, ich darf kein Amt wählen, weil ich das ganze Glück, das es gewähren kann, verachte.

Aber darf ich mich auch jedem Amte entziehen? – Ach, Wilhelmine, diese spitzfündige Frage haben mir schon so viele Menschen aufgeworfen. Man müsse seinen Mitbürgern nützlich sein, sagen sie, und darin haben sie recht – und darum müsse man ein Amt nehmen, setzen sie hinzu, aber darin haben sie unrecht. Kann man denn nicht Gutes wirken, wenn man auch nicht eben dafür besoldet wird? O ich darf nur an *Brokes* denken –! Wie vieles Gute, Vortreffliche, tut täglich dieser herrliche Mensch. – Und dann, wenn ich einmal auf Kosten der Bescheidenheit die Wahrheit reden will – habe ich nicht auch während meiner Anwesenheit in Frankfurt unter unsern Familien manches Gute gestiftet –? Durch untadelhaften Lebenswandel den Glauben an die Tugend bei andern stärken, durch weise Freuden sie zur Nachahmung reizen, immer dem Nächsten, der es bedarf, helfen mit Wohlwollen und Güte – ist das nicht auch Gutes wirken? *Dich*, mein geliebtes Mädchen, *ausbilden*, ist das nicht etwas Vortreffliches? Und dann, *mich selbst* auf eine Stufe *näher der Gottheit* zu stellen – – o laß mich, laß mich! Das Ziel ist gewiß hoch genug und erhaben, da gibt es gewiß Stoff genug zum Handeln – – und wenn ich auch auf dieser Erde nirgends meinen Platz finden sollte, so finde ich vielleicht auf einem andern Sterne einen um so bessern.

Aber *kann* ich jedes Amt ausschlagen? das heißt, *ist es möglich?* – Ach, Wilhelmine, wie gehe ich mit klopfendem Herzen an die

Beantwortung dieser Frage! Weißt Du wohl noch am letzten
Abend den Erfolg unsrer Berechnungen? – Aber ich glaube doch
immer noch – ich habe doch noch nicht alle Hoffnung verloren
– – Sieh, Mädchen, ich will Dir sagen, wie ich zuerst auf den Gedanken kam, daß es wohl möglich sein müsse. Ich dachte, Du
lebst in Frankfurt, ich in Berlin, warum könnten wir denn nicht,
ohne *mehr* zu verlangen, zusammen leben? Aber das Herkommen
will, daß wir ein Haus bilden sollen, und unsere Geburt, daß wir
mit Anstand leben sollen – o über die unglückseligen Vorurteile!
Wie viele Menschen genießen mit wenigem, vielleicht mit einem
paar hundert Talern das Glück der Liebe – und wir sollten es entbehren, weil wir von Adel sind? Da dachte ich, weg mit allen
Vorurteilen, weg mit dem Adel, weg mit dem Stande – *gute
Menschen* wollen wir sein und uns mit der Freude begnügen, die
die Natur uns schenkt. *Lieben* wollen wir uns, und *bilden*, und
dazu gehört nicht viel Geld – aber doch etwas, *doch etwas* – und
ist das, was wir haben, wohl hinreichend? Ja, das ist eben die
große Frage. O wenn ich warten wollte, bis ich mir etwas erwerben kann, oder will, o dann bedürften wir weiter nichts als Geduld, denn das ist mir in der Folge gewiß. – Laß mich ganz aufrichtig sein, liebes Mädchen. Ich will von mir mit Dir reden, als
spräche ich mit mir selbst. Gesetzt Du fändest die Rede eitel,
was schadet es? Du bist nichts anders als ich, und vor Dir will
ich nicht besser erscheinen, als vor mir selbst, auch Schwächen
will ich vor Dir nicht verstecken. Also aufrichtig und ohne allen
Rückhalt.

Ich bilde mir ein, daß ich Fähigkeiten habe, seltnere Fähigkeiten, meine ich – Ich glaube es, weil mir keine Wissenschaft zu
schwer wird; weil ich rasch darin vorrücke, weil ich manches
schon aus eigener Erfindung hinzugetan habe – und am Ende
glaube ich es auch darum, weil alle Leute es mir sagen. Also kurz,
ich glaube es. Da stünde mir nun für die Zukunft das ganze
schriftstellerische Fach offen. Darin fühle ich, daß ich sehr gern
arbeiten würde. – O da ist die Aussicht auf Erwerb äußerst viel-
seitig. Ich könnte nach Paris gehen und die neueste Philosophie
in dieses neugierige Land verpflanzen – doch das siehst Du alles
so vollständig nicht ein, als ich. Da müßtest Du schon meiner
bloßen Versicherung glauben, und ich versichere Dir hiermit,

daß wenn Du mir nur ein paar Jahre, höchstens sechs, Spielraum gibst, ich dann gewiß Gelegenheit finden werde, mir Geld zu erwerben.

Aber so lange sollen wir noch getrennt sein –? Liebe Wilhelmine, ich will auch hierin ganz aufrichtig sein. Ich fühle, daß es mir notwendig ist, *bald* ein Weib zu haben. Dir selbst wird meine Ungeduld nicht entgangen sein – ich muß diese unruhigen Wünsche, die mich unaufhörlich wie Schuldner mahnen, zu befriedigen suchen. Sie stören mich in meinen Beschäftigungen – auch damit ich moralisch gut bleibe, ist es nötig – Sei aber ganz ruhig, ich bleibe es *gewiß*. Nur kämpfen möchte ich nicht gern. Man muß sich die Tugend so leicht machen als möglich. Wenn ich nur erst ein Weib habe, so werde ich meinem Ziele ganz ruhig und ganz sicher entgegen gehen – aber bis dahin – o werde *bald, bald,* mein Weib.

Also ich wünsche es mit meiner ganzen Seele und entsage dem ganzen prächtigen Bettel von Adel und Stand und Ehre und Reichtum, wenn ich nur Liebe bei Dir finde. Wenn es nur möglich ist, daß wir so ohne Mangel beieinander leben können etwa sechs Jahre lang, nämlich bis so lange, wo ich mir etwas zu erwerben hoffe, o dann bin ich glücklich.

Aber ist dies möglich –? O du gutes, treffliches Mädchen! *Ist* es möglich, so ist es nur *durch Dich* möglich. Hätte mich mein Schicksal zu einem andern Mädchen geführt, das nicht so anspruchslos und genügsam wäre, wie Du, ja dann müßte ich diesen innigsten Wunsch unfehlbar unterdrücken. Aber auch Du willst nichts, als Liebe und Bildung – o beides sollst Du von mir erhalten, von dem ersten mehr selbst als Du fordern wirst, von dem andern so viel ich geben kann, aber beides mit Freuden. Ich erwarte mit Sehnsucht Deine Berechnung. Du kannst das alles besser prüfen als ich. Aber laß Dich nicht verführen von Deiner Liebe. Sei karg gegen mich, aber nicht gegen Dich. Nein, ich schwöre Dir, ich will Dich mit dieser scheinbaren Selbstverleugnung nicht an Edelmut übertreffen. Setze also nicht vergeblich Edelmut an Edelmut, das würde unser beiderseitiges Interesse verwirren. Laß uns *wahr* sein, ohne geschraubte Tugend. Wenn ich weniger verlange, als Du, so ist das keine Selbstverleugnung, die mir ein Opfer kostet. Ich fühle, daß ich wirklich wenig bedarf, und mit *wahrer Freude* würde ich selbst manches entbehren, um Dich damit froher zu machen. *Das ist mein Ernst*, Wilhelmine, also laß mir diese Freude. Überfluß wirst Du nicht verlangen, aber an dem Notwendigen, darf es Dir niemals fehlen, o niemals, denn das würde mich selbst unglücklich machen. Also sei nicht karg gegen Dich in der Berechnung. Fordere lieber *mehr* als Du brauchst, als *weniger*. Es steht ja doch immer in der Folge bei Dir, mir zufließen zu lassen, was Du übrig hast, und dann werde ich es gewiß immer gern von Dir annehmen. Ist es unter diesen Bedingungen nicht möglich, daß wir uns bald vereinigen – *nicht möglich*, nun denn, so *müssen* wir auf günstigere Zeiten hoffen – aber dann ist die Aussicht dunkel, o sehr dunkel – und das Schrecklichste wäre mir, Dich betrogen zu haben, Dich, die mich so innig liebte – o weg mit dem abscheulichen Gedanken.

Indessen ich weiß doch noch ein Mittel, selbst wenn unser Vermögen Deiner Berechnung nicht entspräche. Es ist dieses, mir durch Unterricht wenigstens jährlich ein paar hundert Taler zu erwerben. Lächle nicht und bemühe Dich nur ja, alle Vorurteile zu bekämpfen. Ich bin sehr fest entschlossen, den ganzen Adel von mir abzuwerfen. Viele Männer haben geringfügig angefangen und königlich ihre Laufbahn beschlossen. Shakespeare war ein Pferdejunge und jetzt ist er die Bewunderung der Nachwelt. Wenn Dir auch die eine Art von Ehre entgeht, so wird Dir doch vielleicht einst eine andere zuteil werden, die höher ist – Wilhelmine, warte zehn Jahre und Du wirst mich nicht ohne Stolz umarmen.

Mein Plan in diesem Falle wäre dieser. Wir hielten uns irgendwo in Frankreich auf, etwa in dem südlichen Teile, in der französischen Schweiz, in dem schönsten Erdstriche von Europa – und zwar aus diesem Grunde, um Unterricht dort in der deutschen Sprache zu geben. Du weißt, wie überhäuft mit Stunden hier bei uns die Emigrierten sind; das möchte in Frankreich noch mehr der Fall sein, weil es da weniger Deutsche gibt, und doch von der Akademie und von allen französischen Gelehrten unaufhörlich die Erlernung der deutschen Sprache anempfohlen wird, weil man wohl einsieht, daß jetzt von keinem Volke der Erde mehr zu lernen ist, als von den Deutschen. Dieser Aufenthalt in Frankreich wäre mir aus 3 Gründen lieb. Erstlich, weil es mir in dieser Entfernung leicht werden würde, ganz nach meiner Neigung zu leben, ohne die Ratschläge guter Freunde zu hören, die mich und was ich eigentlich begehre, ganz und gar nicht verstehen; zweitens, weil ich so ein paar Jahre lang ganz unbekannt leben könnte und ganz vergessen werden würde, welches ich recht eigentlich wünsche; und drittens, welches der Hauptgrund ist, weil ich mir da recht die französische Sprache aneignen könnte, welches zu der entworfnen Verpflanzung der neuesten Philosophie in dieses Land, wo man von ihr noch gar nichts weiß, notwendig ist. – Schreibe mir unverhohlen Deine Meinung über dieses. – Aber daß ja niemand etwas von diesem Plane erfährt. Wenn Du nicht mein künftiges Weib wärest, so hätte ihn vor der Ausführung kein Mensch von mir erfahren. – Lerne nur auf jeden Fall recht fleißig die französische Sprache. – Wie Vater zur Einwilligung zu bringen ist, davon ein andermal. – Ist das alles nicht ausführbar, so bleibt uns, bis zum Tode, eins gewiß, nämlich *meine Liebe Dir*, und *Deine Liebe mir*. Ich wenigstens gebe nie einem andern Mädchen meine Hand, als Dir.

Und nun muß ich schließen. Ich kann jetzt nicht mehr so lange Briefe schreiben, als auf der Reise, denn jetzt muß ich für Dich und mich arbeiten. Und doch habe ich Dir noch so vieles zu sagen, z. B. über Deine Bildung. O wenn ich bei Dir wäre, so wäre das alles weit kürzer abgemacht. Ich wollte Dir bei meiner Anwesenheit in Frankfurt vorschlagen, ob Du Dir nicht ein Tagebuch halten wolltest, nämlich ob Du nicht alle Abend aufschreiben wolltest, was Du am Tage sahst, dachtest, fühltest etc. Denke einmal darüber nach, ob das nicht gut wäre. Wir werden uns in diesem unruhigen Leben so selten unsrer bewußt – die Gedanken und die Empfindungen verhallen wie ein Flötenton im Orkane – so manche Erfahrung geht ungenutzt verloren – das alles kann ein Tagebuch verhüten. Auch lernen wir dadurch Freude aus uns selbst entwickeln, und das möchte wohl gut sein für Dich, da Du von außen, außer von mir, wenige Freude empfangen wirst. Das könntest Du mir dann von Zeit zu Zeit mitteilen – aber Du müßtest Dich darum nicht weniger strenge prüfen – ich werde nicht hart sein – denke an Deine Verzeihung meines Fehltritts. – Ich werde Dir auch in meinen Briefen alles mitteilen, was mir begegnet. – Adieu. Ich küsse Dein Bild. H. K.

28. An Wilhelmine von Zenge

An das Stiftsfräulein Wilhelmine von Zenge Hochwürden und Hochwohlgeb. zu Frankfurt an der Oder.

Berlin, den 16. (und 18.) November (und Zusatz vom
30. Dez.) 1800

Für Wilhelminen

Man erzählt von *Newton*, es sei ihm, als er einst unter einer
Allee von Fruchtbäumen spazieren ging, ein Apfel von einem
Zweige vor die Füße gefallen. Wir beide würden bei dieser
gleichgültigen und *unbedeutenden* Erscheinung nicht viel Interessantes gedacht haben. Er aber knüpfte an die Vorstellung der Kraft,
welche den Apfel zur Erde trieb, eine Menge von folgenden Vorstellungen, bis er durch eine Reihe von Schlüssen zu dem Gesetze kam, nach welchem die Weltkörper sich schwebend in dem
unendlichen Raume erhalten.

Galilei mußte zuweilen in die Kirche gehen. Da mochte ihm
wohl das Geschwätz des Pfaffen auf der Kanzel ein wenig langweilig sein, und sein Auge fiel auf den Kronleuchter, der von der
Berührung des Ansteckens noch in schwebender Bewegung war.
Tausende von Menschen würden, wie das Kind, das die schwebende Bewegung der Wiege selbst fühlt, dabei vollends eingeschlafen sein. Ihm aber, dessen Geist immer schwanger war mit
großen Gedanken, ging plötzlich ein Licht auf, und er erfand das
Gesetz des Pendels, das in der Naturwissenschaft von der äußersten Wichtigkeit ist.

Es war, dünkt mich, *Pilâtre*, der einst aus seinem Zimmer den
Rauch betrachtete, der aus einer Feueresse wirbelnd in die Höhe
stieg. Das mochten wohl viele Menschen vor ihm auch gesehen
haben. Sie ließen es aber dabei bewenden. Ihm aber fiel der Gedanke ein, ob der Rauch, der doch mit einer gewissen Kraft in
die Höhe stieg, nicht auch fähig wäre, mit sich eine gewisse Last
in die Höhe zu nehmen. Es versuchte es und ward der Erfinder
der Luftschiffahrtskunst.

Colomb stand grade an der Küste von Portugal, als der Wind
ein Stück Holz ans Ufer trieb. Ein andrer, an seiner Stelle, würde
dies vielleicht nicht wahrgenommen haben und wir wüßten vielleicht noch nichts von Amerika. Er aber, der immer aufmerksam
war auf die Natur, dachte, in der Gegend, von welcher das Holz

herschwamm, müsse wohl ein Land liegen, weil das Meer keine Bäume trägt, und er ward der Entdecker des 4. Weltteiles.

In einer holländischen Grenzfestung saß seit langen Jahren ein Gefangener. In dem Gefängnisse, glaubt man, lassen sich nicht viele interessante Betrachtungen anstellen. Ihm aber war jede Erscheinung merkwürdig. Er bemerkte eine gewisse Übereinstimmung in dem verschiedenen Bau der Spinngewebe mit der bevorstehenden Witterung, so daß er untrüglich das Wetter vorhersagen konnte. Dadurch ward er der Urheber einer höchst wichtigen Begebenheit. Denn als in dem französischen Kriege Holland unter Wasser gesetzt worden war, und Pichegru im Winter mit einem Heere über das Eis bis an diese Festung vordrang, und nun plötzlich Tauwetter einfiel und der französische Feldherr, seine Armee vor dem Wassertode zu retten, mit der größten Eilfertigkeit zurückzukehren befahl, da trat dieser Gefangene auf und ließ dem General sagen, er könne ruhig stehen bleiben, in 2 Tagen falle wieder Frost ein, er stehe mit seinem Kopfe für die Erfüllung seiner Prophezeiung – – und Holland ward erobert. –

Diese Beispiele mögen hinreichend sein, Dir, mein liebes Mädchen, zu zeigen, daß *nichts* in der ganzen Natur unbedeutend und gleichgültig und *jede* Erscheinung der Aufmerksamkeit eines *denkenden* Menschen würdig ist.

Von Dir werde ich freilich nicht verlangen, daß Du durch Deine Beobachtungen die Wissenschaften mit Wahrheiten bereicherst, aber Deinen Verstand kannst Du damit bereichern und tausendfältig durch aufmerksame Wahrnehmung aller Erscheinungen üben.

Das ist es, liebes Mädchen, wozu ich Dir in diesem Bogen die Anleitung geben will.

Mir leuchtet es immer mehr und mehr ein, daß die Bücher schlechte Sittenlehrer sind. Was wahr ist sagen sie uns wohl, auch wohl, was *gut* ist, aber es dringt in die Seele nicht ein. Einen Lehrer gibt es, der ist vortrefflich, wenn wir ihn verstehen; es ist *die Natur*.

Ich will Dir das nicht durch ein langes Geschwätz beweisen, sondern lieber durch Beispiele zeigen, die wohl immer, besonders bei Weibern, die beste Wirkung tun möchten.

Ich ging an jenem Abend vor dem wichtigsten Tage meines Lebens in Würzburg spazieren. Als die Sonne herabsank war es mir als ob mein Glück unterginge. Mich schauerte wenn ich dachte, daß ich vielleicht *von allem* scheiden müßte, von allem, was mir teuer ist.

Da ging ich, in mich gekehrt, durch das gewölbte Tor, sinnend zurück in die Stadt. Warum, dachte ich, sinkt wohl das Gewölbe nicht ein, da es doch *keine* Stütze hat? Es steht, antwortete ich, *weil alle Steine auf einmal einstürzen wollen* – und ich zog aus diesem Gedanken einen unbeschreiblich erquickenden Trost, der mir bis zu dem entscheidenden Augenblicke immer mit der Hoffnung zur Seite stand, daß auch ich mich halten würde, wenn alles mich sinken läßt.

Das, mein liebes Minchen, würde mir kein Buch gesagt haben, und das nenne ich recht eigentlich *lernen von der Natur*.

Einen ähnlichen Trost hatte ich schon auf der Hinreise nach W. Ich stand nämlich mit dem Rücken gegen die Sonne und blickte lange in einen lebhaften Regenbogen. So fällt doch, dachte ich, immer ein Strahl von Glück auf unser Leben, und wer der Sonne selbst den Rücken kehrt und in die trübe Wetterwolke schaut, dem wirft ihr schönres Bild der Regenbogen zu.

In jener herrlichen Nacht, als ich von Leipzig nach Dresden reisete, dachte ich mit wehmütiger Freude: am Tage sehn wir wohl die schöne Erde, doch wenn es Nacht ist sehn wir in die Sterne.

O es gibt Augenblicke, wo uns solche Winke der Natur, wie die freundliche Rede eines Lehrers, entzücken können.

den 18. November

Bemühe Dich also von jetzt an, recht aufmerksam zu sein, auf *alle* Erscheinungen, die Dich umgeben. *Keine* ist unwichtig, *jede*, auch die scheinbar unbedeutendste, enthält doch etwas, das merkwürdig ist, wenn wir es nur wahrzunehmen wissen. Aber bestrebe Dich, nicht bloß die Erscheinungen *wahrzunehmen*, sondern auch *etwas von ihnen zu lernen*. Frage bei jeder Erscheinung entweder: *worauf deutet das hin?* und dann wird die Antwort Dich mit irgend einer nützlichen Lehre bereichern; oder frage wenigstens, wenn das nicht geht: *womit hat das eine Ähnlichkeit?*

und dann wird das Auffinden des Gleichnisses wenigstens Deinen Verstand schärfen.

Ich will Dir auch dieses durch einige anleitende Beispiele erläutern.

Daß Du nicht, wie das Tier, den Kopf zur *Erde* neigst, sondern aufrecht gebaut bist und in den *Himmel* sehen kannst – worauf deutet das hin? – beantworte mir einmal das.

Du hast *zwei Ohren* und doch nur *einen* Mund. Mit den Ohren sollst Du *hören*, mit dem Munde sollst Du *reden*. – Das hältst Du wohl für etwas sehr Gleichgültiges? Und doch läßt sich daraus eine höchst wichtige Lehre ziehen. Frage Dich einmal selbst, worauf das hindeutet, daß Du mehr Ohren hast als Münder? – Troschke könnte die Antwort gebrauchen.

Du *allein* singst nur einen *Ton*, ich *allein* singe auch nur einen *Ton;* wenn wir einen *Akkord* hören wollen, so müssen wir beide *zusammen* singen. – Worauf deutet das hin?

Wenn Du spazieren gehst und in die Sonne blickst, so wenden Dir alle Gegenstände ihre Schattenseite zu – Eine Lehre möchte sich daraus nicht ziehen lassen, aber ein sehr interessantes Gleichnis. Also frage Dich einmal: womit hat das eine Ähnlichkeit?

Ich ging letzthin in der Nacht durch die Königsstraße. Ein Mann kam mir entgegen mit einer Laterne. Sich selbst leuchtete er auf den Weg, mir aber machte er es noch dunkler. – Mit welcher Eigenschaft des Menschen hat diese Blendlaterne Ähnlichkeit?

Ein Mädchen, das verliebt ist, und es vor der Welt verbergen will, spielt in Gegenwart ihres Geliebten gewöhnlich mit dem Fächer. Ich nenne einen solchen Fächer einen Telegraphen (zu deutsch: Fernschreiber) der Liebe. – Warum?

Der Sturm reißt den Baum um, aber nicht das Veilchen, der leiseste Abendwind bewegt das Veilchen, aber nicht den Baum. – Womit hat das eine vortreffliche Ähnlichkeit?

Solche und ähnliche Fragen wirf Dir, mein liebes Minchen, selbst recht oft auf und suche sie dann zu beantworten. An Stoff zu solchen Fragen kann es Dir niemals fehlen, *wenn Du nur recht aufmerksam bist auf alles,* was Dich umgibt. Kannst Du die Frage nicht gleich beantworten, so glaube nicht, daß die Antwort unmöglich sei; aber setze die Beantwortung aus, denn *unangenehm* darfst Du Dir diese Beschäftigung nicht machen, die unserm ganzen Leben großen Reiz geben, die Wichtigkeit aller uns umgebenden Dinge erhöhen und eben dadurch für uns höchst angenehm werden kann. Das heißt recht eigentlich unsern Verstand *gebrauchen* – und dazu haben wir ihn doch?

Wenn Dir aber die Antwort gelingt, so zeichne den ganzen Gedanken gleich auf, in einem dazu bestimmten Hefte. Denn *festhalten* müssen wir, was wir uns selbst *erworben* haben – auch will ich Dir in der Folge noch einen andern Grund sagen warum es gut ist, wenn Du das aufschreibst.

Also von heute an mußt Du jeden Spaziergang bedauern oder vielmehr bereuen, der Dich nicht wenigstens um 1 Gedanken bereichert hätte; und wenn gar ein ganzer Tag ohne solche *moralische Revenüen* vergeht, und wenn gar ganze Wochen ohne solche Einkünfte verstreichen, – dann – dann – – Ja, mein liebes Minchen, *ein* Kapital müssen wir haben, und wenn es kein *Geld* ist, so muß es *Bildung* sein, denn mit dem *Körper* können wir wohl darben, aber mit dem *Geiste* müssen wir es niemals, niemals – und wovon wollen wir leben, wenn wir nicht bei Zeiten sammeln?

Widme Dich also diesem Geschäft so oft als möglich, ja bei der Arbeit selbst. Dadurch wird recht eigentlich die Arbeit veredelt, wenn sie nicht nur unsern Körper sondern auch unsern Geist beschäftigt. Daß dieses allerdings möglich sei, wirst Du bei einiger Betrachtung leicht finden.

Wenn Dir beim Stricken des Strumpfes eine Masche von der Nadel fällt, und Du, ehe Du weiter strickst, behutsam die Masche wieder aufnimmst, damit nicht der eine aufgelöste Knoten alle die andern auflöse und so das ganze künstliche Gewebe zerstört werde – welche nützliche Lehre gibt Dir das für Deine Bildung, oder wohin deutet das?

Wenn Du in der Küche das kochend-heiße Wasser in das kühlere Gefäß gießest, und die sprudelnde Flüssigkeit, indem sie das Gefäß ein wenig erwärmt, selbst dadurch abgekühlt wird, bis die Temperaturen (Wärmegrade) in beiden sich ins Gleichgewicht gesetzt haben – welche vortreffliche Hoffnung ist daraus für uns beide, und besonders für mich zu ziehen, oder worauf deutet das hin?

Ja, um Dir ein Beispiel von der gemeinsten Beschäftigung zu geben – wenn Du ein schmutziges Schnupftuch mit Wasser auswäschst, welches Buch kann Dir eine so hohe, erhabene Lehre geben, als diese Arbeit? Bedürfen wir mehr als *bloß rein* zu sein, um mit der schönsten Farbe der Unschuld zu *glänzen?*

Aber die beste Anleitung, Dich im Selbstdenken zu üben, möchte doch wohl ein nützliches Buch sein, etwa *Wünschs* kosmologische (weltbürgerliche) Unterhaltungen, das ich Dir geschenkt habe. Wenn Du das täglich ein Stündchen in die Hand nähmest, so würdest Du davon einen doppelten Nutzen haben. Erstens, die Natur selbst näher kennen zu lernen, und dann Stoff zu erhalten, um eigne Gedanken anzuknüpfen.

Nämlich so: Gesetzt Du fändest darin den Satz, daß die *äußere* (vordere) Seite des Spiegels nicht eigentlich bei dem Spiegel die Hauptsache sei, ja, daß diese eigentlich weiter nichts ist, als ein notwendiges Übel, indem sie das eigentliche Bild nur verwirrt, daß es aber hingegen vorzüglich auf die Glätte und Politur der *inneren* (hinteren) Seite ankomme, wenn das Bild recht rein und treu sein soll – – welchen Wink gibt uns das für unsere eigne Politur, oder wohin deutet das?

Oder gesetzt Du fändest darin den Satz, daß zwei Marmorplatten nur dann unzertrennlich aneinander hangen, wenn sie sich in *allen* ihren Punkten berühren. Womit haben die Marmorplatten Ähnlichkeit?

Oder, daß die Pflanze ihre Nahrung mehr aus der Luft und dem Regen, also mehr aus dem *Himmel* ziehen muß, als aus der *Erde*, um zu gedeihen – welche zarte Pflanze des Herzens muß das auch?

Bei jedem solchen interessanten Gedanken müßtest Du also immer fragen, entweder: wohin deutet das, wenn man es auf *den Menschen* bezieht? oder: was hat das für eine Ähnlichkeit, wenn man es mit *dem Menschen* vergleicht? Denn der Mensch und die Kenntnis seines ganzen Wesens muß Dein höchstes Augenmerk sein, weil es einst Dein Geschäft sein wird, Menschen zu bilden.

Gesetzt also, Du fändest in diesem Buche, daß die Luftsäure (eine Luftart) sich aus der Fäulnis entwickele und doch auch vor der Fäulnis sichere; so müßtest Du nun fragen, welche Ähnlichkeit hat das wohl, wenn man es in irgend einer Hinsicht mit dem Menschen vergleicht? Da wirst Du leicht finden, daß sich aus dem Laster des Menschen etwas entwickele, das davor sichert, nämlich die Reue.

Wenn Du liesest, daß die glänzende Sonne keine Flecken habe, wenn man sie nicht mühsam mit dem Teleskop aufsuche, um sie zu finden – welch eine vortreffliche Lehre gibt uns das?

O letzthin ward ich plötzlich durch einen bloßen Anblick zurückgeführt im Geiste durch anderthalb Jahre in jene Zeit, wo wir noch unempfindlich neben einander wohnten, unbewußt, daß wir uns einst so nahe verwandt sein würden. Ich öffnete nämlich das Schubfach meines Tisches, in welchem mein Feuerzeug, Stahl und Stein lag. Da liegen sie nebeneinander, dachte ich, als ob sie zu einander nicht gehörten, und wenden einander ihre kalten Seiten zu, und noch läßt sich der Funke nicht ahnden, der doch in beiden schlummert – – Aber jetzt umschließe ich Dich innig mit meinem *warmen* Herzen, mein liebes, liebes Minchen – o der *erste* Funke fing Feuer – vielleicht wäre er doch erloschen, aber Du hast es wohl verstanden, ihn zur Flamme anzufachen – o erhalte sie in der Glut, mein eignes Glück hängt daran, aber von Dir nur hängt es ab. O wache, wie die Vestalinnen, über die heilige Flamme, daß sie nicht erlösche, lege von Zeit zu Zeit etwa ein neues erworbenes Verdienst hinzu, und schlafe nie ein auf den Stufen – o dann wird die Flamme ewig lodern und beide, *uns beide,* erwärmen.

Und nun lebe wohl. – Doch ich wollte Dir ja noch einen andern Grund sagen, warum es gut wäre, Deine eigenen Gedanken aufzuschreiben. Er ist dieser. Du weißt daß ich mich jetzt für das schriftstellerische Fach bilde. Ich selbst habe mir schon ein kleines Ideenmagazin angelegt, das ich Dir wohl einmal mitteilen und Deiner Beurteilung unterwerfen möchte. Ich vergrößere es täglich. Wenn Du auch einen kleinen Beitrag dazu liefertest, so könntest Du den Stolz haben, zu einem künftigen Erwerb auch etwas beizutragen. – Verstehst Du mich? –

Und nun adieu. Ich danke Dir für die 6 Fr.dor. In kurzem erhältst Du sie wieder. Schreibe mir bald, und besonders schicke mir bald die Berechnung. Adieu. H. K.

N. S. Weißt Du wohl, daß *Brokes* ganz unvermutet angekommen ist, und den Winter bei uns wohnen wird? – O hättest Du auch bei Dir eine Freundin, die Dir das wäre, was dieser Mensch mir! Ich bin sehr vergnügt, und muß Dich herzlich küssen. Adieu.

[Zusatz vom 30. Dez. 1800:]

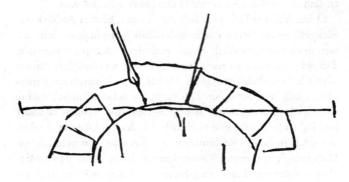

[Frankfurt a. d. O.,] den 30. Xbr 1800,
am vorletzten Tage im alten Jahrhundert.

29. An Wilhelmine von Zenge

Berlin, den 22. November 1800

Liebe Wilhelmine. Deinen Brief empfing ich grade, als ich sinnend an dem Fenster stand und mit dem Auge in den trüben Himmel, mit der Seele in die trübe Zukunft sah. Ich war nicht recht froh, – da glaubte ich durch Deinen Brief aufgeheitert zu werden – aber Du schreibst mir, daß auch Dich die Zukunft beunruhigt, ja daß Dich diese Unruhe sogar krank macht – o da ward ich ganz traurig, da konnte ich es in dem engen Zimmer nicht mehr aushalten, da zog ich mich an, und lief, ob es gleich regnete, im Halbdunkel des Abends, durch die kotigen Straßen dieser Stadt, mich zu zerstreuen und mein Schicksal zu vergessen.

Liebe Wilhelmine! Wenn diese Stimmung in uns herrschend wird, so werden wir die Zeit der Geduld, die uns das Schicksal auferlegt, sehr unglücklich durchleben.

Wenn ich mir ein Glück dachte, das unsere Herzen, das meinige wenigstens, ganz ausfüllen könnte, wenn dieses Glück nicht ganz erreichbar ist, wenn die Vorschläge zu seiner Erreichung Dir unausführbar scheinen, ist denn darum alles verloren? Noch habe ich die Laufbahn in dem Fabrikwesen nicht verlassen, ich wohne den Sitzungen der technischen Deputation bei, der Minister hat mich schriftlich eingeladen, mich anstellen zu lassen, und wenn Du darauf bestehst, so will ich nach zwei Jahren drei Jahre lang reisen und dann ein Amt übernehmen, das uns wohl Geld und Ehre, aber wenig häusliches Glück gewähren wird.

Liebe Wilhelmine, vergißt Du denn, daß ich nur darum so furchtsam bin, ein Amt zu nehmen, weil ich fürchte, daß wir beide darin nicht recht glücklich sein würden? Vergißt Du, daß mein ganzes Bestreben dahin geht, Dich und mich *wahrhaft* glücklich zu machen? Willst Du etwas anderes, als bloß häusliches Glück? Und ist es nicht der einzige Gegenstand meiner Wünsche, Dir und mir dieses Glück, aber ganz uneingeschränkt, zu verschaffen?

Also sei ruhig. Bei allem was ich unternehmen werde, wird mir immer jenes letzte Ziel vorschweben, ohne das ich auf dieser Erde niemals glücklich sein kann, nämlich, einst und zwar so bald als möglich, das Glück der Ehe zu genießen.

Glaubst Du nicht, daß ich bei so *vielen* Bewegungsgründen, mich zu einem brauchbaren Mann zu bilden, endlich brauchbar werden werde? Glaubst Du nicht, daß ich Kräfte genug sammeln werde, einst Dich und mich zu ernähren? Glaubst Du nicht, daß ich mir, bei der vereinten Richtung aller meiner Kräfte auf ein einziges Ziel, endlich ein so bescheidnes Glück, wie das häusliche, erwerben werde?

Daß Dir die Trennung von Deiner Familie so schmerzhaft scheint, ist natürlich und gut. Es entspricht zwar meinen Wünschen nicht, aber Du weißt, warum meine Wünsche gegen die Deinigen immer zurückstehen. *Mein* Glück ist freilich an niemanden gebunden, als bloß an Dich – indessen daß es bei Dir anders ist, ist natürlich und ich verzeihe es Dir gern.

Aber der Aufenthalt bei T[ante] M[assow] und die Verknüpfung unsrer Wirtschaft mit der ihrigen, würde uns doch so abhängig machen, uns so in ein fremdes Interesse verflechten, und unsrer Ehe so ihr Eigentümliches, nämlich eine *eigne* Familie zu bilden, rauben, daß ich Dich bloß an alle diese Übel erinnern zu brauchen glaube, um Dich zu bewegen, diesen Vorschlag aufzugeben.

Dagegen könnte ich bei meiner Majorennität das ganze Haus selbst übernehmen und bewirtschaften, woraus mancher Vorteil vielleicht entspringen könnte. Ich könnte auch in der Folge ein akademisches Lehramt in Frankfurt übernehmen, welches noch das einzige wäre, zu dem ich mich gern entschließen könnte. Du siehst also, daß noch Aussichten genug vorhanden sind, um ruhig zu sein.

Also sei es, liebes Mädchen. O inniger, heißer, kannst Du gewiß eine baldige Vereinigung nicht wünschen, als ich. Beruhige Dich mit diesen Wünschen, die gewiß Deine guten Fürsprecher sind. Sie werden meine Tätigkeit unaufhörlich spornen, sie werden meine Kräfte nie erschlaffen, meinen Mut nie sinken lassen, und endlich mich zu dem glücklichen Tage führen – o Wilhelmine! – –

Auf Weihnachten möchte ich wohl nach F. kommen – Du siehst es doch gern? Ich bringe Dir dann etwas mit. Adieu.

Dein *ewig treuer* Freund H. K.

30. An Ulrike von Kleist

Berlin, den 25. November 1800

Liebe Ulrike. Die überschickten 260 Rth. habe ich erhalten und wünsche statt des Dankes herzlich, für so viele mir erfüllten Wünsche, Dir auch einmal einen der Deinigen erfüllen zu können.

Ich habe jetzt manches auf dem Herzen, das ich zwar allen verschweigen muß, aber doch *Dir* gern mitteilen möchte, weil ich von Dir nicht fürchten darf, ganz mißverstanden zu werden.

Indessen das würde, wenn ich ausführlich sein wollte, einen gar zu langen Brief kosten, und daher will ich Dir nur ganz kurz einige Hauptzüge meiner jetzigen Stimmung mitteilen.

Ich fühle mich nämlich mehr als jemals abgeneigt, ein Amt zu nehmen. Vor meiner Reise war das anders – jetzt hat sich die Sphäre für meinen Geist und für mein Herz ganz unendlich erweitert – das mußt Du mir *glauben*, liebes Mädchen.

So lange die Metallkugel noch kalt ist, so läßt sie sich wohl hineinschieben in das enge Gefäß, aber sie paßt nicht mehr dafür, wenn man sie glühet – fast so wie der Mensch nicht für das Gefäß eines Amtes, wenn ein höheres Feuer ihn erwärmt.

Ich fühle mich zu ungeschickt mir ein Amt zu erwerben, zu ungeschickt es zu führen, und am Ende verachte ich den ganzen Bettel von Glück zu dem es führt.

Als ich diesmal in Potsdam war, waren zwar die Prinzen, besonders der jüngere, sehr freundlich gegen mich, aber der König war es nicht – und wenn er meiner nicht bedarf, so bedarf ich seiner noch weit weniger. Denn mir möchte es nicht schwer werden, einen andern König zu finden, ihm aber, sich andere Untertanen aufzusuchen.

Am Hofe teilt man die Menschen ein, wie ehemals die Chemiker die Metalle, nämlich in solche, die sich dehnen und strecken lassen, und in solche, die dies nicht tun – Die ersten, werden dann fleißig mit dem Hammer der Willkür geklopft, die andern aber, wie die Halbmetalle, als unbrauchbar verworfen.

Denn selbst die besten Könige entwickeln wohl gern das schlummernde Genie, aber das entwickelte drücken sie stets nieder; und sie sind wie der Blitz, der entzündliche Körper wohl entflammt, aber die Flamme ausschlägt.

Ich fühle wohl, daß es unschicklich ist, so etwas selbst zu sagen, indessen kann ich nicht leugnen, daß mir der Gedanke durch die Seele geflogen ist, ob es mir nicht einst so gehen könnte?

Wahr ist es, daß es mir schwer werden würde, in ein Interesse einzugreifen, das ich gar nicht prüfen darf – und das muß ich doch, wenn ich bezahlt werde?

Es wäre zwar wohl möglich, daß ich lernen könnte, es wie die andern zu machen – aber Gott behüte mich davor.

Ja, wenn man den warmen Körper unter die kalten wirft, so kühlen sie ihn ab – und darum ist es wohl recht gut, wenn man fern von den Menschen bleibt.

Das wäre auch recht eigentlich mein Wunsch – aber wie ich das ausführen werde, weiß ich noch nicht, und nie ist mir die Zukunft dunkler gewesen als jetzt, obgleich ich nie heitrer hineingesehen habe als jetzt.

Das Amt, das ich annehmen soll, liegt ganz außer dem Kreise

meiner Neigung. Es ist praktisch so gut wie die andern Finanz-
ämter. Als der Minister mit mir von dem Effekt einer Maschine
sprach, so verstand ich ganz natürlich darunter den mathematischen. Aber wie erstaunte ich, als sich der Minister deutlicher erklärte, er verstehe unter dem Effekt einer Maschine, nichts anders,
als das Geld, das sie einbringt.

Übrigens ist, so viel ich einsehe, das ganze preußische Kom-
merzsystem sehr *militärisch* – und ich zweifle, daß es an mir einen
eifrigen Unterstützer finden würde. Die Industrie ist eine Dame,
und man hätte sie fein und höflich aber herzlich einladen sollen,
das arme Land mit ihrem Eintritt zu beglücken. Aber da will man
sie mit den Haaren herbei ziehn – ist es ein Wunder, wenn sie
schmollt? Künste lassen sich nicht, wie die militärischen Handgriffe erzwingen. Aber da glaubt man, man habe alles getan,
wenn man Messen zerstört, Fabriken baut, Werkstühle zu Haufen
anlegt – Wem man eine Harmonika schenkt, ist der darum schon
ein Künstler? Wenn er nur die Musik erst verstünde, so würde er
sich schon selbst ein Instrument bauen. Denn Künste und Wissenschaften, wenn sie sich selbst nicht helfen, so hilft ihnen kein
König auf. Wenn man sie in ihrem Gange nur nicht stört, das ist
alles, was sie von den Königen begehren. – Doch ich kehre zur
Hauptsache zurück.

Ich werde daher wahrscheinlich diese Laufbahn nicht verfolgen. Doch möchte ich sie gern mit Ehren verlassen und wohne
daher, während dieses Winters, den Sessionen der technischen
Deputation bei. Man wollte mir dies zwar anfänglich nicht gestatten, ohne angestellt zu sein, und der Minister drohte mir sogar
schriftlich, daß wenn ich mich jetzt nicht gleich anstellen ließe,
sich in der Folge für mich wenig Aussichten zeigen würden. Ich
antwortete aber, daß ich mich nicht entschließen könnte, mich in
ein Fach zu werfen, ohne es genau zu kennen, und bestand darauf,
diesen Winter den Sessionen bloß beizuwohnen, ohne darin zu
arbeiten. Das ward mir denn endlich, unter der Bedingung, das
Gelübde der Verschwiegenheit abzulegen, gestattet. Im nächsten
Frühjahr werde ich mich bestimmt erklären.

Bei mir ist es indessen doch schon so gut, wie gewiß, bestimmt,
daß ich diese Laufbahn nicht verfolge. Wenn ich aber dieses Amt
ausschlage, so gibt es für mich kein besseres, wenigstens kein

praktisches. Die Reise war das einzige, das mich reizen konnte, so lange ich davon noch nicht genau unterrichtet war. Aber es kommt dabei hauptsächlich auf List und Verschmitztheit an, und darauf verstehe ich mich schlecht. Die Inhaber ausländischer Fabriken führen keinen Kenner in das Innere ihrer Werkstatt. Das einzige Mittel also, doch hinein zu kommen, ist Schmeichelei, Heuchelei, kurz Betrug – Ja, man hat mich in diese Kunst zu betrügen schon unterrichtet – nein, mein liebes Ulrikchen, das ist nichts für mich.

Was ich aber für einen Lebensweg einschlagen werde –? Noch weiß ich es nicht. Nach einem andern Amte möchte ich mich dann schwerlich umsehen. Unaufhörliches Fortschreiten in meiner Bildung, Unabhängigkeit und häusliche Freuden, das ist es, was ich unerläßlich zu meinem Glücke bedarf. Das würde mir kein Amt geben, und daher will ich es mir auf irgend einem andern Wege erwerben und sollte ich mich auch mit Gewalt von allen Vorurteilen losreißen müssen, die mich binden.

Aber behalte dies alles für Dich. *Niemand* versteht es, das haben mir tausend Erfahrungen bestätigt.

»Wenn du dein Wissen nicht nutzen willst, warum strebst du denn so nach Wahrheit?« So fragen mich viele Menschen, aber was soll man ihnen darauf antworten? Die einzige Antwort die es gibt, ist diese: *weil es Wahrheit ist!* – Aber wer versteht das?

Darum will ich jetzt so viel als möglich alle Vertrauten und Ratgeber vermeiden. Kann ich meine Wünsche nicht ganz erfüllen, so bleibt mir immer noch ein akademisches Lehramt übrig, das ich von allen Ämtern am liebsten nehmen würde.

Also sei auch Du so ruhig, mein liebes Ulrikchen, als ich es bin, und denke mit mir, daß wenn ich hier keinen Platz finden kann, ich vielleicht auf einem andern Sterne einen um so bessern finden werde.

Adieu. Lebe wohl und sei vergnügt auf dem Lande.

Dein treuer Bruder
Heinrich.

N. S. Sage Minetten, daß ich vergebens Löschbrandten täglich erwarte. Er hat nämlich versprochen zu mir zu kommen, wenn er sich mit seinem Advokaten beratschlagt hätte. Noch ist er aber nicht erschienen. Ich habe ihn bisher nicht aufsuchen wollen, um Minettens Sache nicht den Anschein zu geben, als ob sie dringend wäre. Indessen heute will ich es doch versuchen ihn aufzusuchen. In seinem Hause ist er niemals zu finden.

31. An Wilhelmine von Zenge

An das Stiftsfräulein Wilhelmine v. Zenge Hochwürden und Hochwohlgeboren zu Frankfurt a. O.

Berlin, den 29. (und 30.) November 1800

Liebe, beste Wilhelmine, ich küsse Dich in Gedanken für Deinen lieben, trefflichen Brief. O wenn ich doch bei Dir wäre und Dich an meine Brust drücken könnte –! Ach, man sollte, um ruhig zu sein, daran gar nicht denken. Aber wer kann das –?

Ganz außerordentlich habe ich mich über Deinen Brief gefreut, und über tausend Dinge in ihm, teils über die Antworten auf meine Fragen, teils über Deine erb- und eigentümlichen Gedanken, auch darum, daß Du meine Vorschläge zu Deiner Bildung so gern erfüllst, aber ganz besonders, daß Du diesen Vorschlag so gut *verstanden* hast. Nutzen und Vergnügen sind gewiß selten so innig verknüpft, als in dieser Beschäftigung, wo man gleichsam mit der Natur selbst spricht, und sie zwingt, auf unsre Fragen zu antworten. Ihre *nützliche* Seite konnte Dir nicht entgehen, aber daß Du auch *Vergnügen* daran findest, das ist es, was mich besonders freut, weil es meine Hoffnung, daß in Dir mehr als das Gemeine enthalten sein möchte, immer mehr und mehr bestätigt. O auch mir sind es die liebsten Stunden, in welchen ich die Natur frage, was recht ist, und edel und gut und schön. Täglich widme ich, zur Erholung, ein Stündchen diesem Geschäfte, und denke niemals ohne Freude an den Augenblick (in Würzburg) wo ich zum erstenmal auf den Gedanken kam, auf diese Art bei der großen Lehrmeisterin Natur in die Schule zu gehen.

Deine Antworten auf meine Fragen haben durchgängig den Sinn getroffen, und ich will nur, Deinem Wunsche gemäß, Deine erb- und eigentümlichen Gedanken prüfen.

Zuerst freut es mich überhaupt, daß Du das Talent besitzest, *wahrzunehmen*. Das, mein liebes Kind, ist kein gemeines Talent. *Sehen* und *hören* usw. können alle Menschen, aber *wahrnehmen*, das heißt mit der Seele den Eindruck der Sinne auffassen und denken, das können bei weitem nicht alle. Sie haben nichts als das tote Auge, und das nimmt das Bild der Natur so wenig wahr, wie die Spiegelfläche des Meeres das Bild des Himmels. Die Seele muß tätig sein, sonst sind doch alle Erscheinungen der Natur verloren, wenn sie auch auf alle Sinne wirkten – und es freut mich, daß diese *erste Bedingung*, von der Natur zu lernen, nämlich, jede ihrer Erscheinungen mit der Seele aufzufassen, so gut bei Dir erfüllt ist.

Ganz vortrefflich, besonders dem Sinne nach, ist der Gedanke, daß es bei dem Menschen, wie bei dem Spiegel, auf seine eigne Beschaffenheit ankommt, wie fremde Gegenstände auf ihn einwirken sollen. Das ist vielleicht der beste Gedanke, den jemals ein Mädchen vor dem Spiegel gehabt hat. Aber nun, mein liebes Kind, müssen wir auch die Lehre nutzen, und fleißig an dem Spiegel unserer Seele schleifen, damit er glatt und klar werde, und treu das Bild der schönen Natur zurückwerfe. Wie mancher Mensch würde aufhören, über die Verderbtheit der Zeiten und der Sitten zu schelten, wenn ihm nur ein einzigesmal der Gedanke einfiele, ob nicht vielleicht bloß der Spiegel, in welchen das Bild der Welt fällt, schief und schmutzig ist? Wie oft stand nicht vielleicht ein solcher Mensch schon vor dem Spiegel, der ihm die lehrreiche Warnung zurief, wenn er sie verstanden hätte – ja *wenn er sie verstanden hätte! –!*

Auch recht gut, dem Sinne nach, sind die beiden andern Gedanken, obschon nicht von einem so eingreifenden Interesse. Ich will Dir daher bloß einiges über ihre Darstellung mitteilen.

Du fragst, warum das Tier so schnell, der Mensch so langsam sich ausbilde? Die Frage ist doch allerdings sehr interessant. Zur Antwort möchte überhaupt schon der allgemeine Grundsatz dienen, daß die Natur immer um so viel mehr Zeit braucht, ein Wesen zu bilden, je vollkommner es werden soll. Das findet sich selbst im Pflanzenreiche bestätigt. Die Gartenpflanze braucht ein paar Frühlingsmorgen, die Eiche ein halbes Jahrhundert, um auszuwachsen. Du aber vergleichst, um die Antwort zu finden, den Menschen mit einer vollstimmigen Sonate, das Tier mit einer eintönigen Musik. Dadurch möchtest Du wohl nicht ausgedrückt haben, was Du Dir eigentlich gedacht hast. Eigentlich hast Du wohl nicht den Menschen, sondern *seine Bestimmung* mit der

Sonate vergleichen wollen, und dann wird das Gleichnis allerdings richtig. Nämlich er ist *bestimmt*, mit allen Zügen seines künstlichen Instruments einst jene große Komposition des Schöpfers auszuführen, indessen das Tier, auf seiner Rohrpfeife, nichts mehr als den einzigen Ton hören lassen soll, den sie enthält. Daher konnte dies freilich seine geringfügige Bestimmung früher erreichen, als der Mensch seine unendlich schwere und mannigfaltige – nicht wahr, das wolltest Du sagen?

Bei einem Bilde oder einem Gleichnis kommt es überhaupt auf möglichst genaue Übereinstimmung und Ähnlichkeit in allen Teilen der beiden verglichnen Gegenstände an. Alles, was von dem einen gilt, muß bei dem andern irgend eine Anwendung finden. Willst Du Dich einmal üben ein recht interessantes Gleichnis heraus zu finden, so vergleiche einmal den Menschen mit einem Klavier. Da müßtest Du dann Saiten, Stimmung, den Stimmer, Resonanzboden, Tasten, den Spieler, die Noten etc. etc. in Erwägung ziehen, und zu jedem das Ähnliche bei dem Menschen herausfinden.

Auch gibt es noch verschiedene andere Mittel, auf eine leichte und angenehme Art Deinen Scharfsinn in dem Auffinden des Ähnlichen zu prüfen. Schreibe Dir z. B. auf verschiedene Blätter folgende Fragen auf, und wenn Du die Antwort gefunden hast, diese darunter. Z. B. Was ist *lieblich?* Ein Maitag; eine Fürsichenblüte; eine frohe Braut etc. etc. – Was ist *erhebend?* Ein Sonnenaufgang; ein Choral am Morgen (ich denke an die schönen Morgen, wenn ich in unsrem Garten arbeitete, und der Choral der Hoboisten aus dem Eurigen zu mir herüberscholl) – Was ist *furchtbar?* Ein herannahendes Gewitter; das Kräuseln der Wellen für den Seemann etc. etc. – Was ist *rührend?* Reden bei der Leiche; ein Sonnenuntergang; Unschuld und Einfalt; Fleiß und Dürftigkeit etc. etc. – Was ist *schrecklich?* Blitz und Schlag in einem Augenblick; des Nachbars Haus oder gar die eigne Treppe in Flammen etc. etc. – Was ist *niederschlagend?* Regen am Morgen einer entworfnen Lustpartie; Kälte in der Antwort, wenn man herzlich und warm fragte; ein schlechtes Kleid, wenn die Gesellschaft es bemerkt; eine Grobheit, die uns aus Mißverständnis zugefügt wird, etc. etc. – Was ist *anbetungswürdig?* Christus am Kreuz; eine Unschuld in Ketten, ohne Klagen und Tränen; ein unerschrocknes Wort vor dem Tribunal blutbegieriger Richter oder, wie Schiller sagt, Männerstolz vor Königsthronen etc. etc. – Was ist *tröstend?* In den Himmel zu sehen; ein herrenhutischer Kirchhof; eine Erbschaft für den traurenden Neffen; ein Licht in der Nacht für den Verirrten. – Was ist *lächerlich?* Im Mondschein über den Schatten eines Laternenpfahles zu springen, in der Meinung es sei ein Graben; die ersten Versuche eines Kindes zu gehen (aber auf weichem Grase); ein ungeschickter Landjunker, der aus Liebe tanzt. – Was ist *unerträglich?* Geschwätz für den Denker; Trostgründe für den Leidenden; Windstille unter der Linie etc. etc. – Was ist *Erwartung erregend?* Ein Pfeifen im Walde; ferne Kanonenschüsse im Kriege; das Klingeln zum Aufziehn des Vorhangs im Theater etc. etc. – Was ist *einladend?* Eine reife Fürsiche; eine aufgeblühte Rose; ein Mund wie eine Kirsche etc. etc. – Was ist *verführerisch?* Schmeicheleien, und zwar für jeden, denn wer sich auch nicht gern schmeicheln hört, der nimmt doch nicht übel, wenn man ihm dies sagt etc. etc. – Was ist *abschrekkend?* Keine Antwort; ein großer Hund, der uns in die Beine springt, wenn wir in ein Haus treten. – Was ist *Zutrauen erwekkend?* Keine Umstände; auch wenn man mir eine Pfeife Tabak anbietet etc. etc. – Was ist *majestätisch?* Ein Sonnenaufgang über dem Meer; ein englisches Admiralsschiff, das mit vollem Winde segelt; ein Wasserfall; ein fernes Gebirge etc. etc. etc. etc. – – – – Genug, genug, genug. Auf diese Art kannst Du durch eine Menge von Antworten Deinen Verstand schärfen und üben. Das führt uns dann um so leichter ein Gleichnis herbei, wenn wir einmal grade eins brauchen.

O mein liebes Minchen, wie weitläufig ist es, dies alles aufzuschreiben – o wenn wir einst vereint sein werden, und Du neben mir sitzest, und ich Dich unterrichte, und jede gute Lehre mir mit einem Kusse belohnt wird – – o weg, weg mit diesen Bildern – und doch ist es das *einzige* was ich für diese Erde wünsche – und doch ist es ein so *bescheidner* Wunsch – und doch nicht zu erfüllen? und warum nicht? O ich mag gar nicht daran denken, sonst verwünsche ich Stand, Geburt und die ganze elende Last von Vorurteilen – Aber *ich hoffe.* O meine Hoffnung ist das einzige, was mich jetzt froh macht – Gute Nacht, ich gehe zu Bette mit meiner Hoffnung. Ich küsse Dein Bild, gute Nacht, gute Nacht – –

den 30. November

Guten Morgen, guten Morgen, liebe, *liebe*, *l i e b e* Wilhelmine!
Es ist recht heiterer, frischer Wintermorgen, und ich bin selbst
sehr heiter und wäre *ganz* glücklich, wenn, wenn, wenn – – –
Adieu. Ich küsse Dich von Herzen. Bleibe mir immer treu, und
so lange uns auch das Schicksal äfft, liebe mich doch nie kälter, als
in dieser schönen Periode unsrer Liebe. Ach kalte Liebe ist so gut
wie keine – Adieu, adieu. Schreibe mir bald wieder, und überhaupt *recht oft*, Du weißt nicht, wozu das gut ist. Adieu. Deine 6
Fr.dor will ich Dir wiedergeben, bestimme nur ob ich sie Dir
oder der Randow schicken soll. Sei herzlich für diese Gefälligkeit
gedankt, und *rechne auf mich* in allen ähnlichen und nicht ähnlichen Fällen. Adieu, adieu, adieu.

32. *An Ulrike von Kleist*

[Frankfurt a. d. Oder, Dezember 1800]

Mein liebes Ulrikchen, ich bin auf 8 Tage in Frankfurt, aber
nicht so vergnügt, als wenn Du hier wärest. Ich mußte mir diese
Zerstreuung machen, weil mich das Brüten über die schwangere
Zukunft wieder ganz verstimmt hatte. In meinem Kopfe sieht es
aus, wie in einem Lotteriebeutel, wo neben einem großen Lose
1000 Nieten liegen. Da ist es wohl zu verzeihen, wenn man ungewiß mit der Hand unter den Zetteln herumwühlt. Es hilft zwar
zu nichts, aber es entfernt doch den furchtbaren Augenblick, der
ein ganzes Lebensgeschick unwiderruflich entscheidet. Mehr als
einmal bin ich nahe gewesen mich endlich geduldig in ein Amt
zu fügen, bei dem doch viele Männer, wie sie es sagen, froh sind;
und am Ende könnte man sich selbst mit dem Apollo trösten, der
auch verdammt ward, Knechtdienste auf Erden zu tun. Aber immer noch reizt mich mein früheres, höheres Ziel, und noch kann
ich es nicht (wie viele es können) verächtlich als unerreichbar ver-
werfen, ohne vor mir selbst zu erröten. Das Schlimmste bei dieser
Ungewißheit ist, daß niemand mir raten kann, weil ich mich keinem andern ganz erklären kann. – Schreibe Du mir doch ein paar
Worte nach Berlin. Adieu. Grüße Schönfeld und Frau, Onkel
und Tante Pannwitzens etc.

N. S. Kannst Du mir nicht Nachricht geben, wo sich wohl
jetzt meine Kulturgeschichte befindet?

33. An Wilhelmine von Zenge

[An Fräulein Louise v. Zenge Hochw. zu Berlin, abzugeben bei dem Kaufmann Clausius]

Berlin, den 11. (und 12.) Januar 1801

Liebe, teure Wilhelmine, ja wenn Du mir so aus Deinem Herzen zu meinem Herzen schreibst, so muß ich Dir gleich antworten und wenn ich noch zehnmal mehr zu tun hätte. O wie schmerzt es mich, daß ich vorgestern in meiner übeln Laune jenen trüben Brief an Dich abschickte, den Du grade heute empfangen haben wirst, grade heute, wo ich den Deinigen empfing, der mir so herrlich den Mut und die Liebe von neuem belebte. Verzeihe mir diesen letzten Ausbruch meiner Unzufriedenheit mit mir, antworte mir gar nicht auf diesen Brief, verbrenne ihn lieber ganz und lies dafür diesen recht oft durch, den ich froh und heiter und mit Innigkeit für Dich niederschreibe.

– – Als ich so weit geschrieben hatte, klingelte jemand; ich mache auf, und wer war es? Dein kleiner Bruder von den Kadetten, den ich noch nie sah und jetzt zu sehen mich sehr freute. Er wollte Carln besuchen, der aber nicht zu Hause war. Ich teilte ihm, an Carls Stelle, Nachrichten von seiner Familie mit, küßte dann den kleinen Schwager (der Jettchen gleicht, und dessen Gesicht etwas Gutes verspricht), leuchtete dann dem armen Jungen durch die öden noch nicht bewohnten Zimmer und Treppen dieses Hauses und kehre nun wieder zu Dir zurück. –

Ja, liebes Mädchen, so oft ich Dir gleich nach Empfang Deines Briefes antworte, kannst Du immer überzeugt sein, daß er mir herzliche Freude gewährt hat; nicht etwa, weil er schön oder künstlich geschrieben ist – denn das achte ich wenig, und darum brauchst Du Dir wenig Mühe zu geben – sondern weil er Züge enthält, die mir Dein Herz liebenswürdiger und Deine Seele ehrwürdiger machen. Denn da ich Dich selbst nicht sehen und beurteilen kann, was bleibt mir übrig, als aus Deinen Briefen auf Dich zu schließen? Denn das glaube ich tun zu dürfen, indem ich Deine Worte nicht bloß für Worte, sondern für Deinen Schattenriß halte. Daher ist mir jeder Gedanke, der Dich in ein schöneres Licht stellt, jede Empfindung, die Dich schmückt, teuer, wie das Unterpfand einer Tat, wie das Zeichen Deines moralischen Wertes; und ein solcher Brief, der mir irgend eine schönere Seite Deiner Seele zeigt und dadurch unwillkürlich, unerwartet, überraschend mir das Bewußtsein Dich zu besitzen plötzlich hell und froh macht, ein solcher Brief, sage ich, wirkt auf meine Liebe, wie ein Öltropfen auf die verlöschende Flamme, die von ihm benetzt plötzlich hell und lustig wieder herauflodert.

Ja, liebe Wilhelmine, wenn jemals die Erinnerung an Dich in mir immer kälter und kälter werden sollte, so bin ich in meinem heiligsten Innern überzeugt, daß es einzig Deine Schuld sein würde, nie die meinige. Nur dann könnte und müßte ich gleichgültig gegen Dich werden, wenn die Erfahrung mich lehrte, daß der Stein, den ich mit meiner ganzen Seele bearbeitete, den Glanz aus ihm hervorzulocken, kein Edelstein wäre – Ich würde Dich darum nicht verlassen, – denn warum solltest *Du* den Irrtum büßen, den *ich* beging? Aber unglücklich würde ich sein, und Du würdest nicht glücklich sein, weil ich es nicht sein kann; denn das Gemeine kann man nur brauchen, nur das Edlere kann man lieben, und nur die Liebe macht das Leben süß.

Aber sei der Liebe würdig und nie wird es Dir daran fehlen. Nicht als ein Geschenk fordre sie von mir, Du kannst sie Dir erwerben, Du kannst sie von mir erzwingen, und nur so wird sie Dich und mich glücklich machen; denn das Herz ist das einzige Eigentum, das wir uns lieber rauben lassen, als auf Bitten und Gesuche verschenken. Nie ist es einem Mädchen leichter gewesen, sich die Liebe ihres Geliebten zu erhalten als Dir, denn ganz unglücklich würde ich selbst sein, wenn ich sie Dir je entziehen müßte. Ich würde Dich dann nicht verlassen – denn meine Pflicht ist mir höher selbst als mein Glück; aber eben das würde mich ganz unglücklich machen.

Daher kann ein Wechsler die Echtheit der Banknote, die sein Vermögen sichern soll, nicht ängstlicher untersuchen, als ich Deine Seele; und jeder schöne Zug, den ich an ihr entdecke, ist mir lieber, ja lieber selbst, als wenn ich ihn an mir selbst entdeckte. Manches Mädchen habe ich schon mit Dir verglichen, und bin ernst geworden, z. B. die Lettow, die Duhattois etc.; manches ist auch hier in Berlin, das ich gegen Dich halte, und ernst macht mich jedesmal diese Vergleichung; aber Du hast eine jahrelange Bekanntschaft, die innigste Vertraulichkeit, eine beispiellose Tat und ebenso beispiellose Verzeihung für Dich, und wenn Du nur ein weniges noch, nur die Ähnlichkeit mit meinem Ideale, nur den ernsten Willen, es einst in Dir darzustellen, in Deine Waagschale legst, so sinkt die andere mit allen Mädchen und mit allen Schätzen der Erde.

Ein Gedanke, Wilhelmine, steht in Deinem Briefe, der mich mit unbeschreiblicher Freude und Hoffnung erfüllt; ein Gedanke, nach dem meine Seele dürstete, wie die Rose in der Mittagsglut nach dem Tau – den ich Dir aber nicht in die Seele zu pflanzen wagte, weil er, wie die Orange, keine Verpflanzung leidet und nur dann Früchte trägt, wenn ihn die Kraft des eignen Bodens hervortreibt –: Du schreibst mir, daß Dir jetzt ein Gefühl die Seele bewegte, als ob eine neue Epoche für Dich anheben würde. – Liebe Wilhelmine! Soll ich Dir gestehen, daß ich mich oft schon, sinnend, mit Ernst und Wehmut fragte, warum sie nicht schon längst eingetreten war? So viele Erfahrungen hatten die Wahrheit in mir bestätigt, daß die Liebe immer unglaubliche Veränderungen in dem Menschen hervorbringt; ich habe schwache Jünglinge durch die Liebe stark werden sehen, rohe ganz weichherzig, unempfindliche ganz zärtlich; Jünglinge, die durch Erziehung und Schicksal ganz vernachlässigt waren, wurden fein, gesittet, edel, frei; ihr ganzes Wesen erlitt schnell eine große Reform, und gewöhnlich fing sie bei dem Anzuge an; sie kleideten sich sorgsamer, geschmackvoller, gewählter; dann kam die Reform an dem Körper, seine Haltung ward edler, sein Gang sicherer, seine Bewegungen zierlicher, offner, freimütiger, und hierbei blieb es, wenn die Liebe nicht von der höheren Art war; aber war sie es, so kam nun auch die große Revolution an die Seele; Wünsche, Hoffnungen, Aussichten, alles wechselte; die alten rohen Vergnügungen wurden verworfen, feinere traten an ihre Stelle; die vorher nur in dem lauten Gewühl der Gesellschaft, bei Spiel und Wein, vergnügt waren, überließen sich jetzt gern in der Einsamkeit ihren stillen Gefühlen; statt der abenteuerlichen Ritterromane, ward eine simple Erzählung von Lafontaine, oder ein erhebendes Lied von Hölty die Lieblingslektüre; nicht mehr wild mit dem Pferde strichen sie über die Landstraßen, still und einsam besuchten sie schattige Ufer, oder freie Hügel, und lernten Genüsse kennen, von deren Dasein sie sonst nichts ahndeten; tausend schlummernde Gefühle erwachten, unter ihnen die Wohltätigkeit meistens am lebhaftesten; wo ein Hülfloser lag, da gingen sie, ihm zu helfen; wo ein Auge in Tränen stand, da eilten sie, sie zu trocknen; alles was schön ist und edel und gut und groß, das faßten sie mit offner, empfänglicher Seele auf, es darzustellen in sich; ihr Herz erweiterte sich, die Seele hob sich ihnen unter der Brust, sie umfaßten irgend ein Ideal, dem sie sich verähnlichen wollten – Ich selbst hatte etwas Ähnliches an mir erfahren; und nun mußte ich mich wohl bei Dir fragen: Warum – warum –? Das war meine erste Frage; und die zweite: liebt sie mich etwa nicht? War doch meine erste Ahndung, daß sie mich nur zu lieben glaubt, weil ich sie liebe, gegründet –?

Das, liebes Mädchen, war, im Vorbeigehn gesagt, die eigentliche Ursache meiner Traurigkeit an jenem Abende. Damals wollte und konnte ich sie Dir nicht sagen, und auch jetzt würde ich sie Dir verschwiegen haben, wenn Du mir den Gedanken nicht selbst aus der Seele genommen hättest. Du selbst fühlst nun, daß Dir eine Epoche bevorstehe, und ich ahnde mit unaussprechlicher Freude, daß es die Liebe ist, die sie Dir eröffnet.

Unsre Väter und Mütter und Lehrer schelten immer so erbittert auf die Ideale, und doch gibt es nichts, das den Menschen wahrhaft erheben kann, als sie allein. Würde wohl etwas Großes auf der Erde geschehen, wenn es nicht Menschen gäbe, denen ein hohes Bild vor der Seele steht, das sie sich anzueignen bestreben? Posa würde seinen Freund nicht gerettet, und Max nicht in die schwedischen Haufen geritten sein. Folge daher nie dem dunkeln Triebe, der immer nur zu dem Gemeinen führt. Frage Dich immer in jeder Lage Deines Lebens ehe Du handelst: wie könntest Du hier am edelsten, am schönsten, am vortrefflichsten handeln? – und was Dein erstes Gefühl Dir antwortet, das tue. Das nenne ich das Ideal, das Dir immer vorschweben soll.

Aber wenn Deine Seele diese Gedanken bestätigt, so gibt es doch noch mehr für Dich zu tun – Weißt Du, welchen Erfolg an jenem vorletzten Abend Dein guter, vernünftiger Rat hatte, doch zuweilen mit Deinem Vater ein wenig zu sprechen? *Ich tat es auf der Stelle.*

Daß Du endlich auch jenen guten Rat mit dem Tagebuche befolgst, freut mich herzlich, und ich verspreche Dir davon im voraus viel Gutes. An dem meinigen arbeite ich auch fleißig und aufmerksam, und gelegentlich können wir sie einmal, wenigstens stellenweise, austauschen.

Ich eile zum Schlusse, liebes Minchen, denn es ist spät, und morgen früh kann ich nicht schreiben.

Deine Gefühle auf dem Universitätsberge, Deine Erinnerung an mich, Deine Gedanken bei dem trocknen Fußsteige, der neben dem beschwerlichen Pfad unbetreten blieb, sind mir wie Perlen, die ich in Gold fassen möchte.

Hier noch einige Nüsse zum Knacken.

1. Wenn die Flamme sich selbst den Zugwind verschafft und so immer höher herauflodert, inwiefern ist sie mit der Leidenschaft zu vergleichen?

2. Wenn der Sturm kleine Flammen auslöscht, große aber noch größer macht, inwiefern ist er mit dem Unglück zu vergleichen?

3. Wenn du den Nebel siehst, der andere Gegenstände verhüllt, aber nicht den, der Dich selbst umgibt, womit ist das zu vergleichen?

Schreibe *bald* und *lang* und *oft*, Du weißt, warum? H. K.

Nachschrift, den 12. Januar 1801

Als ich eben diesen Brief einsiegeln wollte, reichte mir Carl *das Versprochne*. Liebe Wilhelmine, ich küsse Dich. Das Ideal, das Du für mich in Deiner Seele trägst, macht Dich dem ähnlich, das ich für Dich in der meinigen trage. *Wir werden glücklich sein*, Wilhelmine – o fahre fort mir diese Hoffnung immer gewisser und gewisser zu machen. Schenke mir oft einen solchen, oder ähnlichen Aufsatz, der mir, wenn er so unerwartet kommt, wie dieser, das Vergnügen seiner Lesung verdoppelt. Es atmet in dieser Schrift, ein Ernst, eine Würde, eine Ruhe, eine Bescheidenheit, die mich mit unbeschreiblicher Freude erfüllt, wenn ich sie mir *an Deinem Wesen denke*. – Hat Carl vielleicht noch einen Aufsatz bei sich, den er mir erst heute abend, oder morgen früh geben wird – –?

34. An Wilhelmine von Zenge

Berlin, den 21. (und 22.) Januar 1801

Liebe Wilhelmine, ich habe bei Clausius zu Mittag gespeiset und mich gegen Abend (jetzt ist es 7 Uhr) weggeschlichen, um ein Stündchen mit Dir zu plaudern. Wie froh macht mich die stille Einsamkeit meines Zimmers gegen das laute Gewühl jener Gesellschaft, der ich soeben entfloh! Ich saß bei Minna, und das war das einzige Vergnügen, das ich genoß – die andern waren lauter Menschen, die man sieht und wieder vergißt, sobald man die Türe hinter sich zu gemacht hat. Eine magdeburgische Kaufmannsfamilie waren die Hauptpersonen des Festes. Der Vater, ein Hypochonder, gesteht, er sei weit fröhlicher gewesen, als er ehemals *nur* 100000 Rth. besaß – – Mutter und Tochter tragen ganz Amerika an ihrem Leibe, die Mutter das nördliche, Labrador, die Tochter das südliche, Peru. Jene trägt auf ihrem Kopfe einen ganzen Himmel von Diamanten, Sonne, Mond und Sterne, und es scheint, als ob sie mit *diesem* Himmel zufrieden sei; diese hat ihren Busen in zehnfache Ketten von Gold geschlagen, und es hat das Ansehn, als ob er, unter diesen Fesseln, nichts Höheres begehrte. Man wird, wenn man vor ihnen steht, ganz kalt, wie der Stein und das Metall, womit sie bepanzert sind. Leckerbissen sind es, die der Fischer über den Angelhaken zieht, damit der Fisch ihn nicht sehe – und auf gut Glück wirft er ihn aus in den Strom – aber wer den Betrug kennt, schaudert; denn so schön der Schmuck auch ist, so fürchte ich doch, daß er an ihnen das – Schönste ist.

Doch nichts mehr von ihnen – von Dir, liebes Minchen, laß mich sprechen; ihnen konnte ich aus meiner Seele kein Wort schenken – für Dich habe ich tausende auf dem Herzen.

Ich muß Dir auf zwei Briefe antworten; aber ich kann es nur kurz – o über jeden Gedanken möchte ich tagelang mit Dir plaudern, aber Du kennst es, das einzige, was ich höher achte – Nicht verloren nenne ich die Stunden, die ich Dir widme, aber ich sollte sie doch meinen, oder vielmehr *unseren* Zwecken nicht entziehen. Daher hatte ich auch zu Anfange nur etwa auf einen Brief für jede 14 Tage gerechnet; aber wie könnte ich schweigen, wenn Du mir so schreibst? Deinen ersten Brief (vom 15.) empfing ich eine ¼ Stunde vorher, ehe Clausius' Wagen vor meine Türe fuhr, mich abzuholen zum Kolonieball – o wie gern hätte ich mich gleich niedergesetzt Dir zu antworten. So tief kannst Du empfinden, Mädchen –? Ich kenne die Erzählung vom »Las Casas« nicht und weiß nicht, ob sie ein so inniges Interesse verdient, obschon es von einem Schriftsteller, wie Engel, zu erwarten ist. Aber das ist gleichviel – daß Du so tief und innig empfinden kannst, war mir eine neue, frohe Entdeckung. Große Empfindungen zeigen eine starke, umfassende Seele an. Wo der Wind das Meer nur flüchtig kräuselt, da ist es flach, aber wo er Wellen türmt, da ist es tief – Ich umarme Dich mit Stolz, mein starkes Mädchen. Der Zweifel, der Dir bei der Lesung des »Ätna« einfiel, ob ich nämlich nicht gleichgültig gegen Dich werden würde, wenn mir Dein Besitz gewiß wäre, möge Dich nicht beunruhigen. Laß nur Deine Liebe immer für mich den Preis der Tugend sein, so wie es die meinige für Dich sein soll – dann wird es immer für uns etwas geben, das des Bestrebens würdig ist, und wenn es nicht mehr das Geschenk der Liebe selbst ist, die wir schon besitzen, so ist es doch die *Erhaltung* derselben, da wir sie immer noch verlieren können.

Du hast ein gutes Vertrauen zu dem Strome, der die Eisscholle trug, ein Vertrauen, das wir beide rechtfertigen können und wollen und werden. So weit auch die Klippe hervorragt in den Lauf des Stromes, die Scholle, die er trägt, scheiternd an sich zu ziehn – sein Lauf ist zu sicher, er führt sie, wenn sie auch die Klippe berührt, ruhig fort ins Meer – –

Ganz willige ich [in] Deinen Vorschlag, ein oder ein paar Wochen mit Schreiben zu pausieren, um nur dann desto mehr schreiben zu können. Sorge und Mühe muß Dir dieser Briefwechsel nie machen, der nur die Stelle eines Vergnügens, nämlich uns mündlich zu unterhalten, ersetzen soll.

Die älteste Schulz ist allerdings ein Mädchen, das mir sehr gefällt, und von dem Du viel lernen kannst. Sie hat Nutzen gezogen aus dem Umgange mit aufgeklärten Leuten und gute Bücher nicht bloß gelesen, sondern auch empfunden – Aber ich sehe nach der Uhr, es ist Zeit, daß ich wieder von Dir scheide. Ich muß wieder zu Clausius, so gern ich auch bei Dir bliebe. Wann werde ich mich nie von Dir trennen dürfen?

den 22. Januar

Ich komme nun zu Deinem andern Briefe.

Schmerzhaft ist es mir, wenn Du mir sagst, daß ich selbst an der Vernachlässigung Deines eignen Äußern schuld bin – – So freilich, wie Du diesen Gegenstand betrachtest, kannst Du recht haben. Du verstehst unter dem Äußern nur Deine Kleidung, und daß diese nicht mehr so gewählt und preziös ist und nicht mehr so viel Geld und was noch schlimmer ist so viel Zeit kostet, daran mag ich freilich schuld sein und es reut mich nicht. Ich bin immer in Wohnzimmern lieber als in den sogenannten Putzstuben, wo ich mich eng und gepreßt fühle, weil ich kaum auftreten und nichts anrühren darf. Fast auf eine ähnliche Art unterscheide ich die bloß angezognen, und die geschmückten Mädchen. Dieser künstliche Bau von Seide und Gold und Edelsteinen, die Sorge, die daraus hervorleuchtet, die vergangne für seine Aufführung, die gegenwärtige für seine Erhaltung, die hervorstechende Absicht, Augen auf sich zu ziehn, und in Ermangelung eignen Glanzes durch etwas zu glänzen, das ganz fremdartig ist und gar keinen innern Wert hat, das alles führt die Seele auf einen Ideengang, der unmöglich den Mädchen günstig sein kann. Daher schaden sie sich meistens selbst durch den Staat – daß Du aber diesen abgelegt hast, das habe ich nie an Dir getadelt. Ich habe Dich nie ordnungs- und geschmacklos angezogen gefunden, und das würde ich Dir gewiß haben merken lassen; denn eine einfache und gefällige Unterstützung ihrer natürlichen Reize ist den Mädchen mehr als bloß erlaubt und die gänzliche Vernachlässigung desselben ist gewiß tadelnswürdig. Aber, liebes Mädchen, an Deiner Kleidung habe ich ja nie etwas ausgesetzt, und wenn ich einmal *stillschweigend* Dich fühlen ließ, daß mir an Deinem *Äußern* etwas zu wünschen übrig blieb, so verstand ich darunter etwas ganz anderes. – – Doch dieses ist gar kein Gegenstand für die Sprache, noch weit weniger für die Belehrung. *Dieses* Äußere kann nicht zugeschnitten werden, wie ein Kleid, es gründet sich in der Seele, von ihr muß es ausgehen, und sie muß es der Haltung, der Bewegung mitteilen, weil es sonst bloß theatralisch ist.

Wenn Du mich nicht verstehen solltest, so halte darum diese unverständliche Sprache nicht für Geschwätz. Fahre nur fort Dich auszubilden, und wenn sich einst auch Dein Sinn für das Schöne erhöht und verfeinert hat, so lies dies einmal wieder. Dann wirst Du es verstehn.

Deine Übereilung in der Teegesellschaft bei Tante Massow darf ich nicht mehr richten; Du hast Dich schon selbst gerichtet. Fahre fort so aufmerksam auf Dich selbst zu sein, und wenn auch jetzt zuweilen Blicke in Dein Inneres Dich schmerzen, künftig werden sie Dich entzücken. – Keine Tugend ist weiblicher, als Duldsamkeit bei den Fehlern andrer. Darüber will ich Dir künftig etwas schreiben. Erinnere mich daran. Adieu. Ich danke für das Geld, bald empfängst Du es wieder. H. K.

35. An Wilhelmine von Zenge

[An das Stiftsfräulein Wilhelmine v. Zenge Hochwürden und Hochwohlgeboren zu Frankfurt a. O.]

Berlin, den 31. Januar 1801

Liebe Wilhelmine, nicht, weil mir etwa Dein Brief weniger lieb gewesen wäre, als die andern, nicht dieses, sage ich, war der Grund, daß ich Dir diesmal etwas später antworte, als auf Deine andern Briefe – Denn das habe ich mir zum Gesetz gemacht, jedes Schreiben, das mir irgend eine schönere Seite von Dir zeigt, und mir darum inniger an das Herz greift, gleich und ohne Aufschub zu beantworten. Aber diesmal war es mir doch ganz unmöglich. Leopold ist hier, Huth hat mich in sein Interesse gezogen und mich aus meiner Einsamkeit ein wenig in die gelehrte Welt von Berlin eingeführt, – worin es mir aber, im Vorbeigehn gesagt, so wenig gefällt, als in der ungelehrten. Allein Du selbst kannst daraus schließen, wie karg ich mit der Zeit sein mußte, um notwendige Arbeiten nicht ganz zu versäumen. Gern möchte ich für Geld Stunden kaufen, wenn dies möglich wäre, und manchem würde damit gedient sein, der daran einen Überfluß hat und nicht weiß, was er damit anfangen soll. Die wenigen Stunden, die mir nach so vielen Zerstreuungen übrig blieben, mußte ich ganz meinem Zwecke widmen – heute endlich hat mir der Himmel einen freien Abend geschenkt und Dir soll er gewidmet sein. – Aber ich hebe das Gesetz nicht auf, und künftig beantworte ich jeden Brief von Dir, wenn er so ist wie der letzte, sogleich – Du mußt dann nur zuweilen mit wenigem zufrieden sein.

Besonders der Blick, den Du mir diesmal in Dein Herz voll

Liebe hast werfen lassen, hat mir unaussprechliche Freude gewährt – obschon das Ganze, um mir Vertrauen zu der Wahrheit Deiner Neigung einzuflößen, eigentlich nicht nötig war. Wenn Du mich nicht liebtest, so müßtest Du verachtungswürdig sein und ich, wenn ich. es von Dir nicht glaubte. Ich habe Dir schon einmal gesagt, warum? – Also dieses ist ein für allemal abgetan. Wir lieben uns, hoffe ich, herzlich und innig genug, um es uns nicht mehr sagen zu dürfen, und die Geschichte unsrer Liebe macht alle Versicherungen durch Worte unnötig.

Laß mich jetzt einmal ein Wort von meinem Freunde *Brokes* reden, von dem mein Herz ganz voll ist – Er hat mich verlassen, er ist nach Mecklenburg gegangen, dort ein Amt anzutreten, das seiner wartet – – und mit ihm habe ich den *einzigen* Menschen in dieser volkreichen Königsstadt verloren, der mein *Freund* war, den einzigen, den ich recht *wahrhaft* ehrte und liebte, den einzigen, für den ich in Berlin Herz und Gefühl haben konnte, den einzigen, dem ich es ganz geöffnet hatte und der jede, auch selbst seine geheimsten Falten kannte. Von keinem andern kann ich dies letzte sagen, niemand versteht mich ganz, niemand *kann* mich ganz verstehen, als *er* und *Du* – ja selbst Du vielleicht, liebe Wilhelmine, wirst mich und meine künftigen Handlungen nie ganz verstehen, wenn Du nicht für das, was ich höher achte, als die Liebe, einen so hohen Sinn fassen kannst, als er.

Ich habe Dir schon oft versprochen, Dir etwas von diesem herrlichen Menschen mitzuteilen, der gewiß von den wenigen, die die Würde ihrer Gattung behaupten, einer ist, und nicht der schlechteste unter diesen wenigen. – Eigentlich weiß ich jetzt gar nichts von ihm zu reden, als bloß sein Lob, und ob ich schon gleich mich entsinne, zuweilen auch an diesem den Charakter der Menschheit, nämlich nicht ganz vollkommen zu sein, entdeckt zu haben, so ist doch jetzt mein Gedächtnis für seine Fehler ganz ausgestorben, und ich habe nur eines für seine Tugenden. Ich füge dieses hinzu, damit Du etwa nicht glaubst, daß mein Lob aus einer verblendeten Seele entsprang. Wahr ist es, daß die Menschen uns, wie die Sterne, bei ihrem Verschwinden höher erscheinen, als sie wirklich stehen; aber dieser ist in dem ganzen Zeitraume unsrer vertrauten Bekanntschaft nie von der Stufe herabgestiegen, auf welcher ich ihn Dir jetzt zeigen werde. Ich habe ihn anhaltend beobachtet und in den verschiedensten Lagen geprüft und mir das Bild dieses Menschen mit meiner ganzen Seele angeeignet, als ob es eine Erscheinung wäre, die man nur einmal, und nicht wieder sieht.

Ja wenn Du unter den Mädchen wärest, was dieser unter den Männern – – Zwar dann müßte ich freilich auch erschrecken. Denn müßte ich dann nicht auch sein, wie er, um von Dir geliebt zu werden?

Ich sage Dir nichts von seiner Gestalt, die nicht schön war, aber sehr edel. Er ist groß, nicht sehr stark, hat ein gelbbräunliches Haar, ein blaues Auge, viel Ruhe und Sanftmut im Gesicht, und ebenso im Betragen.

Ebensowenig kann ich Dir von seiner Geschichte sagen. Er hatte eine sehr gebildete und zärtlich liebende Mutter, seine Erziehung war ein wenig poetisch, und ganz dahin abzweckend, sein Herz weich und für alle Eindrücke des Schönen und Guten schnell empfänglich zu machen. Er studierte in Göttingen, lernte in Frankfurt am Main die Liebe kennen, die ihn nicht glücklich machte, ging dann in dänische Militärdienste, wo es sein freier Geist nicht lange aushielt, nahm dann den Abschied, konnte sich nicht wieder entschließen, ein Amt zu nehmen, ging, um doch etwas Gutes zu stiften, mit einem jungen Manne zum zweitenmale auf die Universität, der sich dort unter seiner Anleitung bildete, dessen Eltern interessierten sich für ihn am mecklenburgschen Hofe, der ihm nun jetzt ein Amt anträgt, das er freilich annehmen muß, weil es sein Schicksal so will.

Auch von seinen Tugenden kann ich Dir nur weniges im allgemeinen sagen, weil sonst dieser Bogen nicht hinreichen würde. Er war durchaus immer edel, nicht bloß der äußern Handlung nach, auch dem innersten Bewegungsgrunde nach. Ein tiefes Gefühl für Recht war immer in ihm herrschend, und wenn er es geltend machte, so zeigte er sich zu gleicher Zeit immer so stark und doch so sanft. Sanftheit war überhaupt die Basis seines ganzen Wesens. Dabei war er von einer ganz reinen, ganz unbefleckten Sittlichkeit und ein Mädchen könnte nicht reiner, nicht unbefleckter sein, als er. Frei war seine Seele und ohne Vorurteil, voll Güte und Menschenliebe, und nie stand ein Mensch so unscheinbar unter den andern, über die er doch so unendlich erhaben war. Ein einziger Zug konnte ihn schnell für einen Menschen gewinnen; denn so wie es sein Bedürfnis war, Liebe zu finden, so war es auch sein Bedürfnis, Liebe zu geben. Nur zuweilen gegen Gelehrte war er hart, nicht seine Handlung, sondern sein Wort, indem er sie meistens Vielwisser nannte. Sein Grundsatz war: Handeln ist besser als Wissen. Daher sprach er selbst zuweilen verächtlich von der Wissenschaft, und nach seiner Rede zu urteilen so schien es, als wäre er immer vor allem geflohen, was ihr ähnlich sieht – – aber er meinte eigentlich bloß die Vielwisserei, und wenn er, statt dieser, wegwerfend von den Wissenschaften sprach, so bemerkte ich mitten in seiner Rede, daß er in keiner einzigen ganz fremd und in sehr vielen ganz zu Hause war. Von den meisten hatte er die Hauptzüge aufgefaßt und von den andern wenigstens doch diejenigen Züge, die in sein Ganzes paßten – denn dahin, nämlich alles in sich immer in Einheit zu bringen und zu erhalten, dahin ging sein unaufhörliches Bestreben. Daher stand sein Geist auf einer hohen Stufe von Bildung, obgleich nur eigentlich, wie er sagte, die Ausbildung seines Herzens sein Geschäft war. Denn zwischen diesen beiden Parteien in dem menschlichen Wesen, machte er einen scharfen, schneidenden Unterschied. Immer nannte er den Verstand kalt, und nur das Herz wirkend und schaffend. Daher hatte er ein unüberwindliches Mißtrauen gegen jenen, und hingegen ein ebenso unerschütterliches Vertrauen zu diesem gefaßt. Immer seiner ersten Regung gab er sich ganz hin, das nannte er seinen Gefühlsblick, und ich selbst habe nie gefunden, daß dieser ihn getäuscht habe. Er sprach immer wegwerfend von dem Verstande, obgleich er in einer solchen Rede selbst zeigte, daß er mehr habe, als andere, die damit prahlen. Übrigens war das Sprechen über seinen innern Zustand eben nicht, wie es scheinen möchte, sein Bedürfnis, selten teilte er sich einzelnen mit, vielen nie. In Gesellschaften war er meist still und leidend, wie überhaupt in dem ganzen Leben, und dennoch war er in Gesellschaft immer gern gesehen. Ja ich habe nie einen Menschen gesehen, der so viel Liebe fand bei allen Wesen – und oft habe ich mich sinnend in Gedanken vertieft, wenn ich sah, daß sogar Deines Bruders Spitz, der gegen seinen Herrn und gegen mich nie recht zärtlich war, dagegen unbeschreiblich freudig um dieses Menschen Knie sprang, sobald er

in die Stube trat. Aber er war von einem ganz liebenden, kind-
lichen Wesen, ein natürlicher Freund aller Geschöpfe – liebe
Wilhelmine, es ist keine Sprache vorhanden, um das Bild dieses
Menschen recht treu zu malen –

Ich will daher von seinem Wesen nur noch das ganz Charakteri-
stische herausheben – das war seine *Uneigennützigkeit.* – Liebe
Wilhelmine! Bist Du wohl schon recht aufmerksam gewesen auf
Dich und auf andere? Weißt Du wohl, was es heißt, *ganz un-*
eigennützig sein? Und weißt Du auch wohl, was es heißt, es *immer,*
und aus der *innersten* Seele und mit *Freudigkeit* es zu sein? – Ach,
es ist schwer – Wenn Du das nicht recht innig fühlst, so widme
einmal einen einzigen Tag dem Geschäft, es an Dir und an andern zu untersuchen. Sei einmal recht aufmerksam auf Dich und
auf die Dich umgebenden Menschen, – Du wirst Dich und sie
oft, o sehr oft, wenn auch nur in Kleinigkeiten, in Lagen sehen,
wo das eigne Interesse mit fremdem streitet – dann prüfe einmal
das Betragen, aber besonders den Grund, und oft wirst Du vor
andern oder vor Dir selbst erröten müssen – Vielleicht hat die
Natur Dir jene Klarheit, zu Deinem Glücke versagt, jene traurige Klarheit, die mir zu jeder Miene den Gedanken, zu jedem
Worte den Sinn, zu jeder Handlung den Grund nennt. Sie zeigt
mir alles, was mich umgibt, und mich selbst, in seiner ganzen
armseligen Blöße, und der farbige Nebel verschwindet, und alle
die gefällig gewordnen Schleier sinken und dem Herzen ekelt zuletzt vor dieser Nacktheit – O glücklich bist Du, wenn Du das
nicht verstehst. Aber glaube mir, es ist *sehr schwer immer ganz*
uneigennützig zu sein.

Und diese *schwerste* von allen Tugenden, o nie hat ihr Heiligen-
schein diesen Menschen verlassen, so lange ich ihn kannte auch
nicht auf einen Augenblick. Immer von seiner liebenden Seele
geführt, wählte er in jedem streitenden Falle *nie sein eignes, immer*
das fremde Interesse; und das tat er nicht nur in wichtigen Lagen,
nicht nur in solchen Lagen, wo die Augen der Menschen auf ihn
gerichtet waren (denn da zeigt sich freilich mancher durch eine
Anstrengung uneigennützig, der es ohne diese Anstrengung
nicht wäre), – auch in den unscheinbarsten, unbemerktesten
Fällen (und das ist bei weitem mehr) zeigte sich seine Seele immer
von derselben unbefleckten Uneigennützigkeit, selbst in solchen

Augenblicken, wo wir im gemeinen Leben gern einen kleinen Eigennutz verzeihen, und das immer ganz im Stillen, ganz anspruchlos, ohne die mindeste Rechnung auf Dank, ja selbst dann, wenn es ohne meine, durch das Entzücken über diese nie erblickte Erscheinung, immer rege Aufmerksamkeit, gar nicht empfunden und verstanden worden wäre.

Ich kann Dir zu dem allen Beispiele geben. – Als ich ihm in Pasewalk meine Lage eröffnete, besann er sich nicht einen Augenblick, mir nach Wien zu folgen Er sollte schon damals ein Amt nehmen, er hing innig an seiner Schwester und sie noch inniger an ihm. Ja es ist eine traurige Gewißheit, daß diese plötzliche, geheimnisvolle Abreise ihres Bruders, und das Gefühl, nun von ihrem einzigen Freunde verlassen zu sein, einzig und allein das arme Weib bewogen hat, einen Gatten sich zu wählen, mit dem sie jetzt doch nicht recht glücklich ist – So teuer, Wilhelmine, ward unser Glück erkauft. Werden wir nicht auch etwas tun müssen, es zu verdienen?

Doch ich kehre zurück. Er – ich brauche ihn doch nicht mehr zu nennen? er vergaß sein ganzes eignes Interesse, und folgte mir. Um mir den Verdacht zu ersparen, als sei *ich* der eigentliche Zweck der Reise, und als hätte *ich* ihn nur bewegt mir zu folgen, welches meiner Absicht schaden konnte, gab er bei seiner Familie der ganzen Reise den Anstrich, als geschehe sie nur um seinetwillen. Er selbst hat nur ein kleines Kapital, von mir wollte er sich die Kosten der Reise nicht vergüten lassen, er opferte 600 Rth. von seinem eignen Vermögen, mir zu folgen, und *uns beide* glücklich zu machen – Du liebst ihn doch auch?

Aber das ist doch noch nicht *die* Uneigennützigkeit, die ich meine. Es ist wahr, daß ich ihr die ganze glückliche Wendung meines Schicksals verdanke, aber doch ist das nicht die Uneigennützigkeit, die mich entzückt. Das alles, fühle ich, würde ich für ihn auch getan haben – – aber er hat noch weit mehr getan, o weit mehr! Es ist ganz unscheinbar, und Du wirst vielleicht darüber lächeln, wenn Du es nicht verstehst – aber mich hat es entzückt. Höre.

Wenn wir beide in den Postwagen stiegen, so nahm er sich immer den Platz, der am wenigsten bequem war. – Von dem Stroh, das zuweilen in den Fußboden lag, nahm er sich nie etwas, wenn es nicht hinreichte, die Füße beider zu erwärmen. – Wenn

ich in der Nacht zuweilen schlafend an seine Brust sank, so hielt
er mich, ohne selbst zu schlafen – Wenn wir in ein Nachtquartier
kamen, so wählte er für sich immer das schlechteste Bett. –
Wenn wir zusammen Früchte aßen, blieben immer die schönsten,
saftvollsten für mich übrig. – Wenn man uns in Würzburg Bücher aus der Lesegesellschaft brachte, so las er nie in dem zuerst,
das mir das liebste war – Als man uns zum erstenmale die französischen und deutschen Zeitungen brachte, hatte ich, ohne Absicht, zuerst die französischen ergriffen. So oft die Zeitungen nun
wieder kamen gab er mir immer die französischen. Ich merkte
das, und nahm mir einmal die deutschen. Seitdem gab er mir
immer die deutschen. – Um die Zeit, in welcher mein Arzt mich
besuchte, ging er immer spazieren. Ich hatte ihm nie etwas gesagt, aber es mochte schlechtes oder gutes Wetter sein, er verließ
das Zimmer und ging spazieren. – Nie kam er in meine Kammer,
auch darum hatte ich ihn nicht gebeten, aber er erriet es, und nie
ließ er sich darin sehen. – Ich brannte während der Nacht Licht
in meiner Kammer, und der Schein fiel durch die geöffnete Tür
grade auf sein Bett. Nachher habe ich gelegentlich erfahren, daß
er viele Nächte deswegen gar nicht geschlafen habe; aber nie
hat er es mir gesagt. O noch einen Zug werde ich Dir einst erzählen, aber jetzt nicht – noch ein Opfer, das ihn nötigte *jede*
Nacht mit dem bloßen übergeworfnen Mantel über den kalten
Flur zu gehen, und von dem ich auch nicht das mindeste erfuhr,
bis spät nachher –

Aber Du lächelst wohl über diese *Kleinigkeiten.* –? O Wilhelmine, wie schlecht verstehst Du Dich dann auf die Menschen!
Große Opfer sind Kleinigkeiten, die kleinen sind es, die schwer
sind; und es war leichter, mir nach Wien zu folgen, leichter mir
600 Rth. zu opfern, als mit nie ermüdendem Wohlwollen und
mit immer stiller und anspruchsloser Beeiferung meinen Vorteil
mit dem seinigen zu erkaufen und in der unendlichen Mannigfaltigkeit von Lagen sich nie, auch nicht auf einen Augenblick,
anders zu zeigen, als *ganz uneigennützig.*

Du glaubst doch wohl nicht von mir, daß ich nur darum dieser
Uneigennützigkeit so lebhaft das Wort rede, weil sie grade *mei-
nem* Vorteil schmeichelte –? O pfui. Ich gebe Dir darauf kein
Wort zur Antwort.

O wenn Du ahnden könntest, warum ich grade Dir das alles schrieb! – Denke einmal an alle die Abscheulichkeiten, zu welchen der Eigennutz die Menschen treibt – denke Dir einmal die glückliche Welt, wenn jeder seinen eignen Vorteil, gegen den Vorteil des andern vergäße – denke Dir wenigstens die glückliche Ehe, in welcher diese innige, herzliche Uneigennützigkeit *immer* herrschend wäre – O Du ahndest gewiß die Absicht dieser Zeilen, die Du darum auch gewiß recht oft durchlesen wirst – nicht, als ob ich Dich für eigennützig hielte, o behüte, so wenig als mich selbst. Aber in mir selbst finde ich doch nicht ein so reines, so hohes Wohlwollen für den andern, keine solche innige, unausgesetzte Beeiferung für seinen Vorteil, keine so gänzliche Vergessenheit meines eignen – und das ist jetzt das hohe Bild, das ich mit meiner ganzen Seele mir anzueignen strebe. O möchte es auch das Deinige werden – ja, Wilhelmine, sagte ich nicht, daß unser Glück teuer erkauft ward? Jetzt können wir es verdienen. Laß uns dem Beispiel jenes vortrefflichsten der Menschen folgen – mein heiligster Wille ist es. *Immer* und in *allen* Fällen will ich meines eignen Vorteils ganz vergessen, wie er, und nicht bloß gegen Dich, auch gegen andere und wären es auch ganz Fremde *ganz uneigennützig* sein, wie er. O mache diesen herrlichen Vorsatz auch zu dem Deinen. Verachte nun immer Deinen eignen Vorteil, er sei groß oder klein, gegen jeden anderen, gegen Deine Schwestern, gegen Freunde, gegen Bekannte, gegen Diener, gegen Fremde, gegen alle. Was ist der Genuß eines Vorteils gegen die Entzückung eines freiwilligen Opfers! Auch in dem geringfügigsten Falle erfülle diese schöne Pflicht, ja geize sogar begierig auf Gelegenheit, wo Du sie erfüllen kannst. Rechne aber dabei niemals auf Dank, niemals, wie er. Auch wenn Dein stilles bescheidnes Opfer gar nicht verstanden würde, ja selbst dann wenn Du vorher wüßtest, daß es von keinem verstanden werden würde, so bringe es dennoch – Du selbst verstehst es, und Dein Selbstgefühl möge Dich belohnen. Verlange aber nie ein Gleiches von dem andern, o niemals. Denn wahre Uneigennützigkeit zeigt sich in dem Talent, sich durch den Eigennutz andrer nie gekränkt zu fühlen, ebenso gut, ja selbst noch besser, als in dem Talent ihm immer zuvor zu kommen. Daher klage den andern nie um dieser Untugend an. Wenn er Dein *freiwilliges* Opfer nicht versteht, so schweige und zürne nicht, und wenn er ein Opfer von Dir *verlangt*, vorausgesetzt daß es nur möglich ist, so tue es, und er mag es Dir danken, oder nicht, schweige wieder und zürne n: ht. – O Wilhelmine! Gibt es etwas, das Dich mit so hohen Erwartungen in Deine *neue Epoche* einführen kann, als diese herrlichen Vorsätze? Ich freue mich darauf, daß ich Dich nicht wiederkennen werde, wenn ich Dich wiedersehe. Auch Du sollst besser mit mir zufrieden sein. Adieu. Dein *Geliebter* H. K.

36. An Ulrike von Kleist

Berlin, den 5. Februar 1801

Mein liebes teures Ulrikchen, ich hatte, als ich Schönfeld im Schauspielhause sah, in dem ersten Augenblicke eine unbeschreiblich frohe Hoffnung, daß auch Du in der Nähe sein würdest – und noch jetzt weiß ich nicht recht, warum Du diese gute Gelegenheit, nach Berlin zu kommen, so ungenutzt gelassen hast. Recht herzlich würde ich mich darüber gefreut haben, und ob ich gleich weiß, daß Du daran nicht zweifelst, so schreibe ich es doch auf, weil ich mich noch weit mehr darüber gefreut haben würde, als Du glaubst. Denn hier in der ganzen volkreichen Königsstadt ist auch nicht *ein* Mensch, der mir etwas Ähnliches von dem sein könnte, was Du mir bist. Nie denke ich anders an Dich, als mit Stolz und Freude, denn Du bist die einzige, oder überhaupt der einzige Mensch, von dem ich sagen kann, daß er mich ganz ohne ein eignes Interesse, ganz ohne eigne Absichten, kurz, daß er nur *mich selbst* liebt. Recht schmerzhaft ist es mir, daß ich nicht ein Gleiches von mir sagen kann, obgleich Du es gewiß weit mehr verdienst, als ich; denn Du hast zu viel für mich getan, als daß meine Freundschaft, in welche sich schon die Dankbarkeit mischt, ganz rein sein könnte. Jetzt wieder bietest Du mir durch Schönfeld Deine Hülfe an, und mein unseliges Verhältnis will, daß ich nie geben kann und immer annehmen muß. Kann Wackerbarth mir 200 Rth. geben, so denke ich damit und mit meiner Zulage den äußerst teuren Aufenthalt in Berlin (der mir eigentlich durch die vielen Besuche aus Potsdam teuer wird) bestreiten zu können. Besorge dies, und fürchte nicht, daß ich, wenn ich dankbarer sein muß, Dich weniger aus dem Innersten meiner Seele lieben und ehren werde. –

Ich habe lange mit mir selbst gekämpft, ob ich Schönfelds Vorschlag, ihm nach Werben zu folgen, annehmen sollte, oder nicht. Allein ich mußte mich für das letztere bestimmen, aus Gründen, die ich Dir kürzlich wohl angeben kann. Ich wünsche nämlich von ganzem Herzen diesen für mich traurigen Ort so bald als möglich wieder zu verlassen. So bald ich nach meinem Plan das Studium einiger Wissenschaften hier vollendet habe, so kehre ich ihm den Rücken. Daher wollte ich diesen ersehnten Zeitpunkt nicht gern durch eine Reise weiter herausschieben, als er schon liegt, und daher versagte ich mir das Vergnügen Dich zu sehn – Ach, wie gern hätte ich Dich gesehen in dem stillen Werben, wie vieles hätte ich Dir mitteilen, wie manches von Dir lernen können – Ach, Du weißt nicht, wie es in meinem Innersten aussieht. Aber es interessiert Dich doch? – O gewiß! Und gern möchte ich Dir alles mitteilen, wenn es möglich wäre. Aber es ist nicht möglich, und wenn es auch kein weiteres Hindernis gäbe, als dieses, daß es uns an einem Mittel zur Mitteilung fehlt. Selbst das einzige, das wir besitzen, die Sprache taugt nicht dazu, sie kann die Seele nicht malen, und was sie uns gibt sind nur zerrissene Bruchstücke. Daher habe ich jedesmal eine Empfindung, wie ein Grauen, wenn ich jemandem mein Innerstes aufdecken soll; nicht eben weil es sich vor der Blöße scheut, aber weil ich ihm nicht *alles* zeigen kann, nicht *kann*, und daher fürchten muß, aus den Bruchstücken falsch verstanden zu werden. Indessen: auf diese Gefahr will ich es bei Dir wagen und Dir so gut ich kann, in zerrissenen Gedanken mitteilen, was Interesse für Dich haben könnte.

Noch immer habe ich mich nicht für ein Amt entscheiden können und Du kennst die Gründe. Es gibt Gründe für das Gegenteil, und auch diese brauche ich Dir nicht zu sagen. Gern will ich immer tun, was recht ist, aber was soll man tun, wenn man dies nicht weiß? Dieser innere Zustand der Ungewißheit war mir unerträglich, und ich griff um mich zu entscheiden zu jenem Mittel, durch welches jener Römer in dem Zelte Porsennas diesen König, als er über die Friedensbedingungen zauderte, zur Entscheidung zwang. Er zog nämlich mit Kreide einen Kreis um sich und den König und erklärte, keiner von ihnen würde den Kreis überschreiten, ehe der Krieg oder der Friede entschieden wäre.

Fast ebenso machte ich es auch. Ich beschloß, nicht aus dem Zimmer zu gehen, bis ich über einen Lebensplan entschieden wäre; aber 8 Tage vergingen, und ich mußte doch am Ende das Zimmer unentschlossen wieder verlassen. – Ach Du weißt nicht, Ulrike, wie mein Innerstes oft erschüttert ist – – Du verstehst dies doch nicht falsch? Ach, es gibt kein Mittel, sich andern *ganz* verständlich zu machen, und der Mensch hat von Natur keinen andren Vertrauten, als sich selbst.

Indessen sehe ich doch immer von Tage zu Tage mehr ein, daß ich ganz unfähig bin, ein Amt zu führen. Ich habe mich durchaus daran gewöhnt, eignen Zwecken zu folgen, und dagegen von der Befolgung fremder Zwecke ganz und gar entwöhnt. Letzthin hatte ich eine äußerst widerliche Empfindung. Ich war nämlich in einer Session, denen ich immer noch beiwohne, weil ich nicht recht weiß, wie ich mich davon losmachen soll, ohne zu beleidigen. Da wird unter andern Berichten, auch immer im kurzen Nachricht erteilt von dem Inhalt gewisser Journale über Chemie, Mechanik etc. Eines der Mitglieder schlug einen großen Folianten auf, der der 5. Teil eines neu herausgekommenen französischen Werkes über Mechanik war. Er sagte in allgemeinen Ausdrücken, er habe das Buch freilich nur flüchtig durchblättern können, allein es scheine ihm, als ob es wohl allerdings manches enthalten könne, was die Deputation und ihren Zweck interessiert. Darauf fragte ihn der Präsident, ob er glaubte, daß es nützlich wäre, wenn es von einem Mitgliede ganz durchstudiert würde; und als er dies bejahend beantwortete, so wandte sich der Präsident schnell zu mir und sagte: nun Herr v. K. das ist etwas für Sie, nehmen Sie dies Buch zu sich, lesen Sie es durch und statten Sie der Deputation darüber Bericht ab. – Was in diesem Augenblicke alles in meiner Seele vorging kann ich Dir wieder nicht beschreiben. Ein solches Buch kostet wenigstens 1 Jahr Studium, ist neu, folglich sein Wert noch gar nicht entschieden, würde meinen ganzen Studienplan stören etc. etc. Ich hatte aber zum erstenmal in 2 Jahren wieder einen Obern vor mir und wußte in der Verlegenheit nichts zu tun, als mit dem Kopfe zu nicken. Das ärgerte mich aber nachher doppelt, ich erinnerte mich mit Freuden, daß ich noch frei war, und beschloß das Buch ungelesen zu lassen, es folge daraus, was da wolle. – Ich muß fürchten, daß auch dieses mißverstanden wird, weil ich wieder nicht alles sagen konnte.

In Gesellschaften komme ich selten. Die jüdischen würden mir die liebsten sein, wenn sie nicht so pretiös mit ihrer Bildung täten. An dem Juden Cohen habe ich eine interessante Bekanntschaft gemacht, nicht sowohl seinetwillen, als wegen seines prächtigen Kabinetts von physikalischen Instrumenten, das er mir zu benutzen erlaubt hat. Zuweilen bin ich bei Clausius, wo die Gäste meistens interessanter sind, als die Wirte. Einmal habe ich getanzt und war vergnügt, weil ich zerstreut war. *Huth* ist hier und hat mich in die gelehrte Welt eingeführt, worin ich mich aber so wenig wohl befinde, als in der ungelehrten. Diese Menschen sitzen sämtlich wie die Raupe auf einem Blatte, jeder glaubt seines sei das beste, und um den Baum bekümmern sie sich nicht.

Ach, liebe Ulrike, ich passe mich nicht unter die Menschen, es ist eine traurige Wahrheit, aber eine Wahrheit; und wenn ich den Grund ohne Umschweif angeben soll, so ist es dieser: sie gefallen mir nicht. Ich weiß wohl, daß es bei dem Menschen, wie bei dem Spiegel, eigentlich auf die eigne Beschaffenheit beider ankommt, wie die äußern Gegenstände darauf einwirken sollen; und mancher würde aufhören über die Verderbtheit der Sitten zu schelten, wenn ihm der Gedanke einfiele, ob nicht vielleicht bloß der Spiegel, in welchen das Bild der Welt fällt, schief und schmutzig ist. Indessen wenn ich mich in Gesellschaften nicht wohl befinde, so geschieht dies weniger, weil andere, als vielmehr weil ich mich selbst nicht zeige, wie ich es wünsche. Die Notwendigkeit, eine Rolle zu spielen, und ein innerer Widerwillen dagegen machen mir jede Gesellschaft lästig, und froh kann ich nur in meiner eignen Gesellschaft sein, weil ich da ganz wahr sein darf. Das darf man unter Menschen nicht sein, und keiner ist es – Ach, es gibt eine traurige Klarheit, mit welcher die Natur viele Menschen, die an dem Dinge nur die Oberfläche sehen, zu ihrem Glücke verschont hat. Sie nennt mir zu jeder Miene den Gedanken, zu jedem Worte den Sinn, zu jeder Handlung den Grund – sie zeigt mir alles, was mich umgibt, und mich selbst in seiner ganzen armseligen Blöße, und dem Herzen ekelt zuletzt vor dieser Nacktheit – – Dazu kommt bei mir eine unerklärliche Ver-

legenheit, die unüberwindlich ist, weil sie wahrscheinlich eine
ganz physische Ursache hat. Mit der größten Mühe nur kann ich
sie so verstecken, daß sie nicht auffällt – o wie schmerzhaft ist es,
in dem Äußern ganz stark und frei zu sein, indessen man im
Innern ganz schwach ist, wie ein Kind, ganz gelähmt, als wären
uns alle Glieder gebunden, wenn man sich nie zeigen kann, wie
man wohl möchte, nie frei handeln kann, und selbst das Große
versäumen muß, weil man vorausempfindet, daß man nicht
standhalten wird, indem man von jedem äußern Eindrucke abhangt und das albernste Mädchen oder der elendeste Schuft von
Elegant uns durch die matteste Persiflage vernichten kann. – Das
alles verstehst Du vielleicht nicht, liebe Ulrike, es ist wieder kein
Gegenstand für die Mitteilung, und der andere müßte das alles
aus sich selbst kennen, um es zu verstehen.

Selbst die Säule, an welcher ich mich sorst in dem Strudel des
Lebens hielt, wankt – – Ich meine, die Liebe zu den Wissenschaften. – Aber wie werde ich mich hier wieder verständlich machen? – Liebe Ulrike, es ist ein bekannter Gemeinplatz, daß das
Leben ein schweres Spiel sei; und warum ist es schwer? Weil man
beständig und immer von neuem eine Karte ziehen soll und doch
nicht weiß, was Trumpf ist; ich meine darum, weil man beständig und immer von neuem handeln soll und doch nicht weiß,
was recht ist. *Wissen* kann unmöglich das Höchste sein – handeln
ist besser als wissen. Aber ein Talent bildet sich im Stillen, doch
ein Charakter nur in dem Strome der Welt. Zwei ganz verschiedne Ziele sind es, zu denen zwei ganz verschiedne Wege
führen. Kann man sie beide nicht vereinigen, welches soll man
wählen? Das höchste, oder das, wozu uns unsre Natur treibt? –
Aber auch selbst dann, wenn bloß Wahrheit mein Ziel wäre, –
ach, es ist so traurig, weiter nichts, als gelehrt zu sein. Alle Männer,
die mich kennen, raten mir, mir irgend einen Gegenstand aus dem
Reiche des Wissens auszuwählen und diesen zu bearbeiten – Ja
freilich, das ist der Weg zum Ruhme, aber ist dieser mein Ziel?
Mir ist es unmöglich, mich wie ein Maulwurf in ein Loch zu
graben und alles andere zu vergessen. Mir ist keine Wissenschaft
lieber als die andere, und wenn ich eine vorziehe, so ist es nur
wie einem Vater immer derjenige von seinen Söhnen der liebste
ist, den er eben bei sich sieht. – Aber soll ich immer von einer

Wissenschaft zur andern gehen, und immer nur auf ihrer Oberfläche schwimmen und bei keiner in die Tiefe gehen? Das ist die
Säule, welche schwankt.

Ich habe freilich einen Vorrat von Gedanken zur Antwort auf
alle diese Zweifel. Indessen reif ist noch keiner. – – Goethe sagt,
wo eine Entscheidung soll geschehen, da muß vieles zusammentreffen. – Aber ist es nicht eine Unart nie den Augenblick der
Gegenwart ergreifen zu können, sondern immer in der Zukunft
zu leben? – Und doch, wer wendet sein Herz nicht gern der Zukunft zu, wie die Blumen ihre Kelche der Sonne? – Lerne Du nur
fleißig aus dem Gaspari, und vergiß nicht die Laute. Wer weiß
ob wir es nicht früh oder spät brauchen. Gute Nacht, es ist spät.
Grüße Deine liebe Wirtin und alle Bekannte. H. K.

N. S. Soeben erfahre ich, daß Minette und Gustel mit der
Moltken und Emilien nach Berlin kommen. Heute werden sie
ankommen und bei der Schlichting wohnen.

37. An Wilhelmine von Zenge

[An das Stiftsfräulein Wilhelmine v. Zenge Hochwürden und Hochwohlgeboren zu Frankfurt a. O.]

Berlin, den 22. März 1801

Liebe Herzens-Wilhelmine, diese Stunde ist seit unsrer Trennung eine von den wenigen, die ich vergnügt nennen kann, ja
vielleicht die erste – Nach vielen unruhigen Tagen kam ich heute
von einer Fußreise aus Potsdam zurück. Als ich zu Carln in das
Zimmer trat, fragte ich nach Briefen von Dir, und als er mir den
Deinigen gab, brach ich ihn nicht ganz ohne Besorgnis auf, indem ich fürchtete, er möchte voll Klagen und Scheltwörter über
mein langes Stillschweigen sein. Aber Du hast mir einen Brief
geschrieben, den ich in aller Hinsicht fast den *liebsten* nennen
möchte – Es war mir fast als müßte ich stolz darauf sein; *denn*,
sagte ich zu mir selbst, wenn W.s Gefühl sich so verfeinert, ihr
Verstand sich so berichtigt, ihre Sprache sich so veredelt hat, wer
ist daran – – wem hat sie es zu – – – Kurz, ich konnte mir den
Genuß nicht verweigern, den Brief, sobald ich ihn gelesen hatte,
Carln zu überreichen, welches ich noch nie getan habe – Ich
küsse die Hand die ihn schrieb, und das Herz, das ihn diktierte.
Fahre so fort nach dem Preise zu ringen, mein Bestreben soll es

sein, ihn so beneidenswürdig zu machen, als möglich. Du sollst einst einen Mann an Deine Brust drücken, den *edle* Menschen *ehren*, und wenn jemals in Deinem Herzen sich eine Sehnsucht nach etwas regt, was ich Dir nicht leiste, so ist mein Ziel verfehlt, so wie das Deinige, wenn Du nicht immer dieses Bestreben wach in mir erhältst. Ja, Wilhelmine, meine Liebe ist ganz in Deiner Gewalt. Schmerzhaft würde es mir sein, wenn ich Dir jemals aus bloßer Pflicht treu sein müßte. Gern möchte ich meine Treue immer nur der Neigung verdanken. Ich bin nicht flatterhaft, nicht leichtsinnig, nicht jede Schürze reizt mich, und ich verachte den Reichtum; wenn ich doch jemals mein Herz Dir entzöge, Dir selbst, nicht mir, würdest Du die Schuld zuzuschreiben haben. Denn so wie meine Liebe Dein Werk, nicht das meinige war, so ist auch die Erhaltung derselben nur Dein Werk, nicht das meinige. Meine Sorge ist nichts als Deine Gegenliebe, für meine eigne Neigung zu Dir kann ich nichts tun, gar nichts, Du aber *alles*. Dich zu lieben wenn ich Dich nicht liebenswürdig fände, das wäre mir das Unmögliche. Die Hand könnte ich Dir geben, und so mein Wort erfüllen, aber das Herz nicht – denn Du weißt, daß es das seltsame Eigentum ist, welches man sich nur rauben lassen darf, wenn es Zinsen tragen soll. Also sorge nie, daß ich gleichgültig gegen Dich werden möchte, sorge nur, daß *Du* mich nicht gleichgültig gegen Dich *machst*. Sei ruhig, so lange Du in Deinem Innersten fühlst, daß Du meiner Liebe wert bist, und wenn Du an jedem Abend nach einem heiter verflossenen Tage in Deinem Tagebuche die Summe Deiner Handlungen ziehest, und nach dem Abzuge ein Rest bleibt für die guten, und ein stilles, süßes, mächtig-schwellendes Gefühl Dir sagt, daß Du eine Stufe höher getreten bist als gestern, so – – so lege Dich ruhig auf Dein Lager, und denke mit Zuversicht an mich, der vielleicht in demselben Augenblicke mit derselben Zuversicht an Dich denkt, und *hoffe* – nicht zu heiß, aber auch nicht zu kalt – auf bessere Augenblicke, als die schönsten in der Vergangenheit – – auf bessere noch? – Ich sehe das Bild, und die Nadeln, und Vossens »Luise« und die Gartenlaube und die mondhellen Nächte, – und doch – – Still! – »Wer rief?« – Mir wars, als drücktest Du mir den Mund mit Küssen zu.

Ich wollte nun auf Deinen Brief, Punkt vor Punkt, antworten, und las ihn darum zum zweitenmale durch (immer noch mit derselben Freude) – Aber du hast diesmals in jede Zeile ein besonderes Interesse gelegt, und jede verdiente einen eignen Bogen zur Antwort. Ich kann aber nur *einen* Gedanken herausheben, den, der mir der liebste ist. Über die andern muß ich kurz weg eilen.

Fahre fort, dem schönen Beispiel zu folgen, das Dir die Blume an Deinem Fenster gibt. So oft Du auf ein Diner, oder Souper oder Ball gehest, kehre sie um, und wenn sie bei Deiner Rückkehr doch wieder den Kelch der Sonne entgegenneigt, so laß Dich nicht von ihr beschämen, und tue ein Gleiches.

Ich wünsche Dir aus meinem Herzen Glück zu Deinem *weiblichen Brokes*. Nicht leicht würde ich in diese Vergleichung einstimmen, aber diese muß ich doch billigen. Mir selbst hat das Mädchen sehr gefallen. Du hast mir ein paar unbeschreiblich rührende Züge von ihr aufgezeichnet, und wenn gleich das Wesen, dem sie *eigen* sind, sehr viel wert ist, so ist doch auch das Wesen, das sie *verstand*, etwas wert. Denn immer ist es ein Zeichen der eignen Vortrefflichkeit, wenn die Seele auch aus den unscheinbarsten Zügen andrer das Schöne herauszufinden weiß.

Es hätte sich nicht leicht ein Umstand ereignen können, der imstande wäre, Dich so schnell auf eine höhere Stufe zu führen, als Deine Neigung für Rousseau. Ich finde in Deinem ganzen Briefe schon etwas von seinem Geiste – das zweite Geschenk, das ich Dir, von heute an gerechnet, machen werde, wird das Geschenk von Rousseaus sämtlichen Werken sein. Ich werde Dir dann auch die Ordnung seiner Lesung bezeichnen – für jetzt laß Dich nicht stören, den »Emil« ganz zu beendigen. –

Ich komme jetzt zu dem Gedanken aus Deinem Briefe, der mir in meiner Stimmung der teuerste sein mußte, und der meiner verwundeten Seele fast so wohl tat, wie Balsam einer körperlichen Wunde.

Du schreibst: »Wie sieht es aus in Deinem Innern? Du würdest mir viele Freude machen, wenn Du mir etwas mehr davon mitteiltest, als bisher; glaube mir, ich kann leicht fassen, was Du mir sagst, und ich möchte gern Deine Hauptgedanken mit Dir teilen.«

Liebe Wilhelmine, ich erkenne an diesen fünf Zeilen mehr als an irgend etwas, daß Du wahrhaft meine Freundin bist. Nur unsre äußern Schicksale interessieren die Menschen, die innern nur den Freund. Unsere äußere Lage kann ganz ruhig sein, indessen unser Innerstes ganz bewegt ist – Ach, ich kann Dir nicht beschreiben, wie wohl es mir tut, einmal jemandem, der mich versteht, mein Innerstes zu öffnen. Eine ängstliche Bangigkeit ergreift mich immer, wenn ich unter Menschen bin, die alle von dem Grundsatze ausgehen, daß man ein Narr sei, wenn man ohne Vermögen jedes Amt ausschlägt. Du wirst nicht so hart über mich urteilen, – nicht wahr?

Ja, allerdings dreht sich mein Wesen jetzt um einen Hauptgedanken, der mein Innerstes ergriffen hat, er hat eine tiefe erschütternde Wirkung auf mich hervorgebracht – Ich weiß nur nicht, wie ich das, was seit 3 Wochen durch meine Seele flog, auf diesem Blatte zusammenpressen soll. Aber Du sagst ja, Du kannst mich fassen – also darf ich mich schon etwas kürzer fassen. Ich werde Dir den Ursprung und den ganzen Umfang dieses Gedankens, nebst allen seinen Folgerungen einst, wenn Du es wünschest, weitläufiger mitteilen. Also jetzt nur so viel.

Ich hatte schon als Knabe (mich dünkt am Rhein durch eine Schrift von Wieland) mir den Gedanken angeeignet, daß die Vervollkommnung der Zweck der Schöpfung wäre. Ich glaubte, daß wir einst nach dem Tode von der Stufe der Vervollkommnung, die wir auf diesem Sterne erreichten, auf einem andern weiter fortschreiten würden, und daß wir den Schatz von Wahrheiten, den wir hier sammelten, auch dort einst brauchen könnten. Aus diesen Gedanken bildete sich so nach und nach eine eigne Religion, und das Bestreben, nie auf einen Augenblick hienieden still zu stehen, und immer unaufhörlich einem höhern Grade von Bildung entgegenzuschreiten, ward bald das einzige Prinzip meiner Tätigkeit. *Bildung* schien mir das einzige Ziel, das des Bestrebens, *Wahrheit* der einzige Reichtum, der des Besitzes würdig ist. – Ich weiß nicht, liebe Wilhelmine, ob Du diese zwei Gedanken: *Wahrheit* und *Bildung*, mit einer solchen Heiligkeit denken kannst, als ich – Das freilich, würde doch nötig sein, wenn Du den Verfolg dieser Geschichte meiner Seele verstehen willst. Mir waren sie so heilig, daß ich diesen beiden Zwecken, Wahrheit zu sammeln, und Bildung mir zu erwerben, die *kostbarsten* Opfer brachte – Du kennst sie. – Doch ich muß mich kurz fassen.

Vor kurzem ward ich mit der neueren sogenannten Kantischen Philosophie bekannt – und Dir muß ich jetzt daraus einen Gedanken mitteilen, indem ich nicht fürchten darf, daß er Dich so tief, so schmerzhaft erschüttern wird, als mich. Auch kennst Du das Ganze nicht hinlänglich, um sein Interesse vollständig zu begreifen. Ich will indessen so deutlich sprechen, als möglich.

Wenn alle Menschen statt der Augen grüne Gläser hätten, so würden sie urteilen müssen, die Gegenstände, welche sie dadurch erblicken, *sind* grün – und nie würden sie entscheiden können, ob ihr Auge ihnen die Dinge zeigt, wie sie sind, oder ob es nicht etwas zu ihnen hinzutut, was nicht ihnen, sondern dem Auge gehört. So ist es mit dem Verstande. Wir können nicht entscheiden, ob das, was wir Wahrheit nennen, wahrhaft Wahrheit ist, oder ob es uns nur so scheint. Ist das letzte, so *ist* die Wahrheit, die wir hier sammeln, nach dem Tode nicht mehr – und alles Bestreben, ein Eigentum sich zu erwerben, das uns auch in das Grab folgt, ist vergeblich –

Ach, Wilhelmine, wenn die Spitze dieses Gedankens Dein Herz nicht trifft, so lächle nicht über einen andern, der sich tief in seinem heiligsten Innern davon verwundet fühlt. Mein einziges, mein höchstes Ziel ist gesunken, und ich habe nun keines mehr –

Seit diese Überzeugung, nämlich, daß hienieden keine Wahrheit zu finden ist, vor meine Seele trat, habe ich nicht wieder ein Buch angerührt. Ich bin untätig in meinem Zimmer umhergegangen, ich habe mich an das offne Fenster gesetzt, ich bin hinausgelaufen ins Freie, eine innerliche Unruhe trieb mich zuletzt in Tabagien und Kaffeehäuser, ich habe Schauspiele und Konzerte besucht, um mich zu zerstreuen, ich habe sogar, um mich zu betäuben, eine Torheit begangen, die Dir Carl lieber erzählen mag, als ich; und dennoch war der einzige Gedanke, den meine Seele in diesem äußeren Tumulte mit glühender Angst bearbeitete, immer nur dieser: dein *einziges*, dein *höchstes* Ziel ist gesunken –

An einem Morgen wollte ich mich zur Arbeit zwingen, aber ein innerlicher Ekel überwältigte meinen Willen. Ich hatte eine unbeschreibliche Sehnsucht an Deinem Halse zu weinen, oder wenigstens einen Freund an die Brust zu drücken. Ich lief, so schlecht das Wetter auch war, nach Potsdam, ganz durchnäßt kam ich dort an, drückte Leopold, Gleißenberg, Rühle ans Herz, und mir ward wohler – –

Rühle verstand mich am besten. Lies doch, sagte er mir, den »Kettenträger« (ein Roman). Es herrscht in diesem Buche eine sanfte, freundliche Philosophie, die dich gewiß aussöhnen wird, mit allem, worüber du zürnst. Es ist wahr, er selbst hatte aus diesem Buche einige Gedanken geschöpft, die ihn sichtbar ruhiger und weiser gemacht hatten. Ich faßte den Mut diesen Roman zu lesen.

Die Rede war von Dingen, die meine Seele längst schon selbst bearbeitet hatte. Was darin gesagt ward, war von mir schon längst im voraus widerlegt. Ich fing schon an unruhig zu blättern, als der Verfasser nun gar von ganz fremdartigen politischen Händeln weitläufig zu räsonieren anfing – Und das soll die Nahrung sein für meinen glühenden Durst? – Ich legte still und beklommen das Buch auf den Tisch, ich drückte mein Haupt auf das Kissen des Sofa, eine unaussprechliche Leere erfüllte mein Inneres, auch das letzte Mittel, mich zu heben, war fehlgeschlagen – Was sollst du nun tun, rief ich? Nach Berlin zurückkehren ohne Entschluß? Ach, es ist der schmerzlichste Zustand ganz ohne ein Ziel zu sein, nach dem unser Inneres, froh-beschäftigt, fortschreitet – und das war ich jetzt –

Du wirst mich doch nicht falsch verstehen, Wilhelmine? – Ich fürchte es nicht.

In dieser Angst fiel mir ein Gedanke ein.

Liebe Wilhelmine, laß mich reisen. Arbeiten kann ich nicht, das ist nicht möglich, ich weiß nicht zu welchem Zwecke. Ich müßte, wenn ich zu Hause bliebe, die Hände in den Schoß legen, und denken. So will ich lieber spazieren gehen, und denken. Die Bewegung auf der Reise wird mir zuträglicher sein, als dieses Brüten auf einem Flecke. Ist es eine Verirrung, so läßt sie sich vergüten, und schützt mich vor einer andern, die vielleicht unwiderruflich wäre. Sobald ich einen Gedanken ersonnen habe, der mich tröstet, sobald ich einen Zweck gefaßt habe, nach dem ich wieder streben kann, so kehre ich um, ich schwöre es Dir. Mein Bild schicke ich Dir, und Deines nehme ich mit mir. Willst Du es mir unter diesen Bedingungen erlauben? Antworte bald darauf Deinem treuen Freunde *Heinrich*.

N. S. Heute schreibe ich Ulriken, daß ich wahrscheinlich, wenn

Du es mir erlaubst, nach Frankreich reisen würde. Ich habe ihr versprochen, nicht das Vaterland zu verlassen, ohne es ihr vorher zu sagen. Will sie mitreisen, so muß ich es mir gefallen lassen. Ich zweifle aber, daß sie die Bedingungen annehmen wird. Denn ich kehre um, *sobald ich weiß, was ich tun soll.* Sei ruhig. Es muß etwas Gutes aus diesem innern Kampfe hervorgehn.

38. An Ulrike von Kleist

Berlin, den 23. März 1801

Mein liebes Ulrikchen, ich kann Dir jetzt nicht so weitläufig schreiben, warum ich mich entschlossen habe, Berlin sobald als möglich zu verlassen und ins Ausland zu reisen. Es scheint, als ob ich eines von den Opfern der Torheit werden würde, deren die Kantische Philosophie so viele auf das Gewissen hat. Mich ekelt vor dieser Gesellschaft, und doch kann ich mich nicht losringen aus ihren Banden. Der Gedanke, daß wir hienieden von der Wahrheit nichts, gar nichts, wissen, daß das, was wir hier Wahrheit nennen, nach dem Tode ganz anders heißt, und daß folglich das Bestreben, sich ein Eigentum zu erwerben, das uns auch in das Grab folgt, ganz vergeblich und fruchtlos ist, dieser Gedanke hat mich in dem Heiligtum meiner Seele erschüttert – Mein *einziges* und *höchstes* Ziel ist gesunken, ich habe keines mehr. Seitdem ekelt mich vor den Büchern, ich lege die Hände in den Schoß, und suche ein neues Ziel, dem mein Geist, froh-beschäftigt, von neuem entgegenschreiten könnte. Aber ich finde es nicht, und eine innerliche Unruhe treibt mich umher, ich laufe auf Kaffeehäuser und Tabagien, in Konzerte und Schauspiele, ich begehe, um mich zu zerstreuen und zu betäuben, Torheiten, die ich mich schäme aufzuschreiben, und doch ist der einzige Gedanke, den in diesem äußern Tumult meine Seele unaufhörlich mit glühender Angst bearbeitet, dieser: dein einziges, und höchstes Ziel ist gesunken – – Ich habe mich zwingen wollen zur Arbeit, aber mich ekelt vor allem, was Wissen heißt. Ich kann nicht einen Schritt tun, ohne mir deutlich bewußt zu sein, wohin ich will? – Mein Wille ist zu reisen. Verloren ist die Zeit nicht, denn arbeiten könnte ich doch nicht, ich wüßte nicht, zu welchem Zwecke? Ich will mir einen Zweck suchen, wenn es einen gibt. Wenn ich zu Hause bliebe, so müßte ich die Hände in den Schoß legen und denken; so will ich lieber spazieren gehen, und denken. Ich kehre um, sobald ich weiß, was ich tun soll. Ist es eine Verirrung, so läßt sie sich vergüten und schützt mich vielleicht vor einer andern, die unwiderruflich wäre. Ich habe Dir versprochen, das Vaterland nicht zu verlassen, ohne Dich davon zu benachrichtigen, und ich erfülle mein Wort. Willst Du mitreisen, so steht es in Deiner Willkür. Einen frohen Gesellschafter wirst Du nicht finden, auch würden die Kosten nicht gering sein, denn mein Zuschuß kann nicht mehr sein, als 1 Rth. für jeden Tag. Willst Du aber dennoch, so mache ich Dir gleich einige Vorschläge. Das Wohlfeilste würde sein, mit eigner Equipage zu reisen. Den Wagen könntest Du hier kaufen, ebenso ein paar alte ausrangierte polnische Husarenpferde, welche zu diesem Zwecke am besten tauglich sein möchten. Unser hiesiger Bedienter, ein brauchbarer guter Mensch, geht gern mit. Doch auf diesen Fall wäre zu viel zu verabreden, als daß es sich schriftlich leicht tun ließe. Das beste wäre daher, Du führest bis Eggersdorf, und schriebst mir, wann ich Dich dort abholen sollte. Kommt Dir dies alles aber zu rasch, so bleibe ruhig, unsre Reise aufs künftige Jahr bleibt Dir doch unverloren. In diesem Falle hilf mir doch (wenn Du nicht kannst, durch Minetten) mit 300 Rth. Aber so bald als möglich, denn die Untätigkeit macht mich unglücklich. Ich möchte gern mit dem 1. April abreisen, das heißt also schon in 8 Tagen. Mein Wille ist durch Frankreich (Paris), die Schweiz und Deutschland zu reisen. Ich kehre vielleicht in kurzem zurück, vielleicht auch nicht, doch gewiß noch vor Weihnachten. Heinrich.

N. S. Dieser Brief ist verspätet worden, und wenn ich nun auch nicht den ersten April reisen kann, so möchte ich doch gern in den ersten Tagen dieses Monats reisen.

Sage doch Tante Massow sie möchte mir sobald als möglich meine Zulage schicken. Auch außer dieser Zulage von 75 Rth. erhält sie noch 140 Rth. vom Vormund (worüber sie quittieren muß), die ich zugleich zu erhalten wünschte.

39. An Wilhelmine von Zenge

Berlin, den 28. März 1801

Liebes Mädchen, ich antworte Dir, nach Deinem Wunsche, *sogleich* auf Deinen Brief, ob ich gleich voraussehe, daß diese Antwort nicht lang werden kann, indem ich schon in einer Stunde zu dem Maler gehen und dann Leopold und ein paar Freunde empfangen muß, die heute aus Potsdam hier ankommen werden, um mich vor meiner Abreise noch einmal zu sehen.

Liebe Wilhelmine, ich ehre Dein Herz, und Deine Bemühung, mich zu beruhigen, und die Kühnheit, mit welcher Du Dich einer eignen Meinung nicht schämst, wenn sie auch einem berühmten System widerspräche – Aber der Irrtum liegt nicht im Herzen, er liegt im Verstande und nur der Verstand kann ihn heben. Ich habe mich unbeschreiblich über den Aufwand von Scharfsinn gefreut, den Du bei dem Gegenstande der Kristallinse anwendest; ich habe Dich besser verstanden, als Du Dich selbst ausdrückst, und *alles*, was Du darüber sagst, ist wahr. Aber ich habe mich nur des Auges in meinem Briefe als eines *erklärenden* Beispiels bedient, weil ich Dir selbst die trockne Sprache der Philosophie nicht vortragen konnte. Alles, was Du mir nun dagegen einwendest, *kann* wahr sein, ohne daß der Zweifel gehoben würde – Liebe Wilhelmine, ich bin durch mich selbst in einen Irrtum gefallen, ich kann mich auch nur *durch mich selbst* wieder heben. Diese Verirrung, wenn es eine ist, wird unsre Liebe nicht den Sturz drohen, sei darüber ganz ruhig. Wenn ich ewig in diesem rätselhaften Zustand bleiben müßte, mit einem innerlich heftigen Trieb zur Tätigkeit, und doch ohne Ziel – ja dann freilich, dann wäre ich ewig unglücklich, und selbst Deine Liebe könnte mich dann nur zerstreuen, nicht mit Bewußtsein beglücken. Aber ich werde das Wort, welches das Rätsel löset, schon finden, sei davon überzeugt – nur ruhig kann ich jetzt nicht sein, in der Stube darf ich nicht darüber brüten, ohne vor den Folgen zu erschrecken. Im Freien werde ich freier denken können. Hier in Berlin finde ich nichts, das mich auch nur auf einen Augenblick erfreuen könnte. In der Natur wird das besser sein. Auch werde ich mich unter Fremden wohler befinden, als unter Einheimischen, die mich für verrückt halten, wenn ich es wage mein Innerstes zu zeigen. Lebe wohl. Dieser Zettel gilt für keinen Brief. Bald, wenn ich Antwort von Ulrike habe, schreibe ich Dir wieder. Bleibe mir so treu, wie ich Dir bleiben werde. H. K.

40. An Ulrike von Kleist

An Fräulein Ulrike von Kleist, Hochwohlgeb. zu Frankfurt an der Oder.

Berlin, den 1. April 1801

Mein liebes Ulrikchen, Du kannst bei der Glogern, Verlorne Straße Nr. 22, absteigen.

Ich schreibe Dir hier folgende Berechnung auf, welche Du während Deiner Herreise prüfen kannst.

1. Die Pferde sind, da das Frühjahr und der Marsch (denn es rücken von hier einige Regimenter ins Feld) zusammenkommen, sehr teuer, und wir können rechnen, daß 2 Pferde jetzt wenigstens 10 Fr.dor mehr kosten, als sie unter günstigeren Umständen gekostet haben würden. Sie sind bei unsrer Rückkehr, wo der Winter (und vielleicht auch der Friede) eintritt, sehr wohlfeil, überdies auch nach der Wahrscheinlichkeit schlechter geworden; also kann man rechnen, daß wir wenigstens bei ihrem Verkauf 20 Fr.dor daran verlieren.

2. Sie kosten uns monatlich (mit dem Kutscher) wenigstens 6 Fr.dor, macht für 6 Monate 36 Fr.dor.

3. Man kann Unfälle nach der Wahrscheinlichkeit in Anschlag bringen und etwa annehmen, daß von 10 Reisen durch Krankwerden und Fallen der Pferde eine verunglückt. Man müßte also für jede Reise den 10. Teil des Pferdepreises in Anschlag bringen, macht, die Pferde zu 50 Fr.dor gerechnet, 5 Fr.dor.

Also 20 Fr.dor.

$$\begin{array}{r} 36\ - \\ \underline{5\ -} \end{array}$$

Summa 61 Fr.dor.

4. Dagegen kann man rechnen, daß man zwar, durch die Schikane der Postbedienten, der Wagen mag noch so leicht sein, nach der Regel 3 Extrapost-Pferde zu nehmen gezwungen ist; es muß aber durch Geschicklichkeit oft gelingen (besonders in Frankreich, wo man, wie ich häufig höre, sehr wohlfeil reisen soll), mit 2 Pferden wegzukommen; auch kann man gelegentlich mit Bauernpferden reisen. Gesetzt nun, man müßte die Hälfte der ganzen Reise nach Paris, das heißt 60 Meilen, 3 Pferde bezahlen, macht (in preuß. Staaten à 12 gr., in Frankreich aber weit wohlfeiler à 8 gr., also das Mittel à 10 gr.) $60 \times 30 =$

1800 gr., zweimal genommen (nämlich hin und zurück) 3600 gr. = 150 Rth. Gesetzt ferner, man könnte nur ¼ der ganzen Reise, also 30 Meilen, mit 2 Pferden wegkommen, macht 30 × 20 × 2 = 1200 gr. = 50 Rth. Gesetzt endlich, man könnte nur das letzte Viertel der Reise mit Bauernpferden à 6 gr. fahren, macht 30 × 12 × 2 = 720 gr. = 30 Rth.

$$\begin{array}{rl} \text{Also} & 150 \text{ Rth.} \\ & 50 - \\ & \underline{30 -} \\ & 230 \text{ Rth.} \end{array}$$

Gesetzt, da alles wohlfeil gerechnet, auch das Biergeld für Postillione vergessen ist, die ganze Reise kostete 70 Rth. mehr, als dieser Anschlag, so würde doch der Betrag nicht größer sein, als 300 Rth.

Dazu kommt, daß wir schneller nach Paris kommen, wo wir uns wohlfeil einmieten können, also in den Wirtshäusern nicht so viel ausgeben.

Endlich ist auch das Betrügen des Kutschers in einem fremden Lande und der Ärger, dem man auf diese Art ausweicht, in Anschlag zu bringen.

Willst Du doch nicht ohne Bedienung reisen (indem wir, wenn wir auf der Hinreise den Brocken besteigen, oder die herrliche Wasserfahrt von Mainz nach Koblenz machen, doch jemanden bei dem Wagen und den Sachen zurücklassen, auch in Paris einen haben müssen, der uns die Stube und Kleider reinigt, Essen holt etc. etc.), so will ich die Hälfte hinzutun, macht etwa 6 Fr.dor für jeden, wobei wir, bei der Ersparung der Biergelder, nicht viel mehr verlieren, als etwa die Hälfte.

Zu einem dritten Reisegesellschafter bin ich weder sehr geneigt, noch ist er leicht zu finden. Brokes und Rühle wären die einzigen, beide sind durch Ämter gefesselt.

Adieu. Ich erwarte Dich Sonnabend. Bringe mir mein Hutfutteral mit. Heinrich.

41. An Wilhelmine von Zenge

Berlin, den 9. April 1801

Liebe Wilhelmine! Meine teure, meine *einzige* Freundin! Ich nehme Abschied von Dir! – Ach, mir ist es, als wäre es auf ewig!

Ich habe mich wie ein spielendes Kind auf die Mitte der See gewagt, es erheben sich heftige Winde, gefährlich schaukelt das
Fahrzeug über den Wellen, das Getöse übertönt alle Besinnung,
ich kenne nicht einmal die Himmelsgegend, nach welcher ich
steuern soll, und mir flüstert eine Ahndung zu, daß mir mein
Untergang bevorsteht –

Ach, ich weiß es, diese Zeilen sind nicht dazu gemacht, Dir
den Abschied zu erleichtern. Aber willst Du nicht mitempfinden,
wenn ich leide? O gewiß! Wärst Du sonst meine *Freundin*?

Ich will Dir erzählen, wie in diesen Tagen das Schicksal mit
mir gespielt hat.

Du kennst die erste Veranlassung zu meiner bevorstehenden
Reise. Es war im Grunde nichts, als ein innerlicher Ekel vor aller
wissenschaftlichen Arbeit. Ich wollte nur nicht müßig die Hände
in den Schoß legen und brüten, sondern mir lieber unter der Bewegung einer Fußreise ein neues Ziel suchen, da ich das alte verloren hatte, und zurückkehren, sobald ich es gefunden hätte. Die
ganze Idee der Reise war also eigentlich nichts, als ein großer
Spaziergang. Ich hatte aber Ulriken versprochen, nicht über die
Grenzen des Vaterlandes zu reisen, ohne sie mitzunehmen. Ich
kündigte ihr daher meinen Entschluß an. Als ich dies aber tat,
hoffte ich zum Teil, daß sie ihn wegen der großen Schnelligkeit
und der außerordentlichen Kosten nicht annehmen würde, teils
fürchtete ich auch nicht, daß, wenn sie ihn annähme, dieser Umstand die eigentliche Absicht meiner Reise verändern könnte.
Doch höre wie das blinde Verhängnis mit mir spielte. Ich erkundigte mich bei verschiedenen Männern, ob ich Pässe zur
Reise haben müßte. Sie sagten mir, daß wenn ich *allein* auf der
Post reisete, ich mit meiner Studentenmatrikel wohl durchkom-
men würde; in Gesellschaft meiner Schwester aber und eines Bedienten müßte ich durchaus einen Paß haben, weil sonst diese
Reise eines Studenten mit seiner unverheirateten Schwester gewiß auffallen würde, wie ich selbst fürchte. Pässe waren aber
nicht anders zu bekommen, als bei dem Minister der auswärtigen
Angelegenheiten, Herrn v. Alvensleben, und auch bei diesem
nicht anders, als wenn man einen hinreichenden Zweck zur Reise
angeben kann. Welchen Zweck sollte ich aber angeben? Den
wahren? konnte ich das? Einen *falschen*? durfte ich das? – Ich

wußte nun gar nicht, was ich tun sollte. Ich war schon im Begriff, Ulriken die ganze Reise abzuschreiben, als ich einen Brief
bekam, daß sie in 3 Tagen hier schon eintreffen würde. Vielleicht,
dachte ich nun, läßt sie sich mit einer kleineren Reise begnügen,
und war schon halb und halb willens ihr dies vorzuschlagen;
aber Carl hatte schon an so viele Leute so viel von meiner Reise
nach Paris erzählt, und ich selbst war damit nicht ganz verschwiegen gewesen, so daß nun die Leute schon anfingen, mir Aufträge
zu geben – – sollte sich nun mein Entschluß auf einmal wie ein
Wetterhahn drehen? – Ach, Wilhelmine, wir dünken uns frei,
und der Zufall führt uns allgewaltig an tausend feingesponnenen
Fäden fort. Ich *mußte* also nun reisen, ich mochte wollen oder
nicht, und zwar nach Paris, ich mochte wollen oder nicht. Ich
erzählte Carln diese ganze seltsame Veränderung meiner Lage, er
tröstete mich, und sagte, ich möchte mich jetzt nur in die Verhältnisse fügen, er hoffte, es würde vielleicht recht gut werden,
und besser, als ich es glaubte. Denn das ist sein Glaube, daß wenn
uns das Schicksal einen Strich durch die Rechnung macht, dies
grade oft zu unserm Besten ausfalle. Darf ich es hoffen –? – Ich
mußte also nun auch Pässe fordern. Aber welchen Zweck
sollte ich angeben? – Ach, meine *liebe* Freundin, kann man nicht
in Lagen kommen, wo man selbst mit dem besten Willen doch
etwas tun *muß*, was nicht ganz recht ist? Wenn ich nicht reisete,
hätte ich da nicht Ulriken angeführt? Und wenn ich reisete, und
also Pässe haben mußte, mußte ich da nicht etwas Unwahres zum
Zwecke angeben? – Ich gab also denjenigen Zweck an, der wenigstens nicht ganz unwahr ist, nämlich auf der Reise zu lernen (welches eigentlich in *meinem* Sinne ganz wahr ist) oder wie ich mich
ausdrückte: in Paris zu studieren, und zwar Mathematik und
Naturwissenschaft – – Ach, Wilhelmine, *ich* studieren? In *dieser*
Stimmung? – – Doch es mußte so sein. Der Minister, und alle
Professoren und alle Bekannten wünschen mir Glück – am Hofe
wird es ohne Zweifel bekannt – soll ich nun zurückkehren über
den Rhein, so wie ich hinüberging? Habe ich nicht selbst die
Erwartung der Menschen gereizt? Werde ich nun nicht in Paris
im Ernste etwas lernen *müssen?* Ach, Wilhelmine, in meiner
Seele ziehen die Gedanken durcheinander, wie Wolken im Unge-
witter. Ich weiß nicht, was ich tun und lassen soll – alles, was die

Menschen von meinem Verstande erwarten, ich kann es nicht leisten. Die Mathematiker glauben, ich werde dort Mathematik studieren, die Chemiker, ich werde von Paris große chemische Kenntnisse zurückbringen – und doch wollte *ich* eigentlich nichts, als allem Wissen entfliehen. Ja ich habe mir sogar Adressen an französische Gelehrte müssen mitgeben lassen, und so komme ich denn wieder in jenen Kreis von kalten, trocknen, einseitigen Menschen, in deren Gesellschaft ich mich nie wohl befand. – Ach liebe Freundin, ehemals dachte ich mit so großer Entzückung an eine Reise – jetzt nicht. Ich versprach mir sonst so viel davon – jetzt nicht. Ich ahnde nichts Gutes – Ich hatte eine unbeschreibliche Sehnsucht Dich noch einmal zu sehen, und war schon im Begriff Dir selbst zu Fuße das Bild zu bringen. Aber immer ein neues Verhältnis und wieder ein neues machte es mir unmöglich. Ja, hätte mir Carl sein Pferd gegeben, ich hätte Dich doch noch einmal umarmt; aber er wollte und konnte auch nicht.

Und so lebe denn wohl! – Ach, Wilhelmine, schenkte mir der Himmel ein grünes Haus, ich gäbe alle Reisen, und alle Wissenschaft, und allen Ehrgeiz auf immer auf! Denn nichts als Schmerzen gewährt mir dieses ewig bewegte Herz, das wie ein Planet unaufhörlich in seiner Bahn zur Rechten und zur Linken wankt, und von ganzer Seele sehne ich mich, wonach die ganze Schöpfung und alle immer langsamer und langsamer rollenden Weltkörper streben, nach *Ruhe!*

Liebe Wilhelmine, Deine Eltern werden die Köpfe schütteln, Ahlemann wird besorgt sein, die Mädchen werden flüstern – wirst Du irgend jemandem jemals mehr Glauben beimessen, als *mir?* O dann, dann wärest Du meiner nicht wert! Denn diesen ganzen innerlichen Kampf, der eigentlich unsre Liebe gar nichts angeht, hat unaufhörlich der Wunsch, einst in Deinen Armen davon auszuruhen, unterbrochen; und hell und lebendig ist in mir das Bewußtsein, daß ich schnell lieber den Tod wählen möchte, als durch das ganze Leben das Gefühl, Dich betrogen zu haben, mit mir herum zu schleppen.

Ich werde Dir *oft* schreiben. Aber es mögen Briefe ausbleiben so lange sie wollen, Du wirst immer überzeugt sein, daß ich alle Abend und alle Morgen, wenn nicht öfter, an Dich denke. Dasselbe werde ich von Dir glauben. Also *niemals* Mißtraun oder Bangigkeit. *Vertrauen auf uns, Einigkeit unter uns!*

Und nun noch ein paar Aufträge. Beifolgendes Bild konnte ich, wegen Mangel an Geld, das ich sehr nötig brauche, nicht einfassen lassen. Tue Du es auf meine Kosten. *Einst* ersetze ich sie Dir. Möchtest Du es ähnlicher finden, als ich. Es liegt etwas Spöttisches darin, das mir nicht gefällt, ich wollte er hätte mich *ehrlicher* gemalt – Dir zu gefallen, habe ich fleißig während des Malens gelächelt, und so wenig ich auch dazu gestimmt war, so gelang es mir doch, wenn ich an Dich dachte. Du hast mir so oft mit der Hand die Runzeln von der Stirn gestrichen, darum habe ich in dem Gemälde wo es nicht möglich war dafür gesorgt, daß es auch nicht nötig war. So, ich meine so *freundlich*, werde ich immer aussehen, wenn wenn – – o Gott! *Wann?* – Küsse das Bild auf der Stirn, da küsse ich es jetzt auch.

Der zweite Auftrag ist dieser, mir anzukündigen, ob ich Dir 73 Rth., oder etwas weniger schuldig bin. Carl meint, ich hätte Dir schon etwas bezahlt, aber ich weiß von nichts. Schreibe mir dies, auch ob ich das Geld der Randow oder Carl geben oder Dir selbst überschicken soll.

Und nun lebe wohl. – Wenn Du mir *gleich* antwortest, so trifft mich Dein Brief noch in Berlin. Dann werde ich Dir zwar nicht mehr von hier, aber doch vielleicht schon von Potsdam schreiben.

Lebe wohl – Grüße alles, wenigstens Louise, der Du alle meine Briefe zeigen kannst. Mache wenn Du willst überhaupt gar kein Geheimnis mehr aus unsrer Liebe, trage das Bild öffentlich, ich selbst habe es hier bei Clausius, der Glogern, Ulrike etc. etc. gezeigt, und alle wissen, für *wen* es bestimmt war. Nenne mich Deinen Geliebten, denn ich *bin* es – und lebe wohl, lebe wohl – lebe wohl – Behalte mich lieb in Deinem *innersten* Herzen, bleibe treu, traue fest auf mich – lebe wohl – lebe wohl – Heinrich.

(Schicke mir doch das Bildfutteral sogleich zurück, denn es gehört zu *Deinem* Bilde.)

42. An Gottlob Johann Christian Kunth

Wohlgeborener Herr,
Hochzuverehrender Herr Geheimrat,

Das Wohlwollen, mit welchem Ew. Wohlgeb. meine erste

Bitte, nämlich den Sitzungen der hochlöbl. techn. Deputation beiwohnen zu dürfen, unterstützten, macht mich schüchtern bei einer Erklärung, die ich doch, von höheren Rücksichten bestimmt, nicht unterdrücken darf; bei der Erklärung, daß ich, nach einer ernstlichen Prüfung meiner Kräfte, die Laufbahn, die ich betreten hatte, nicht verfolgen darf, weil sich meine Neigung für das Rein-Wissenschaftliche ganz entschieden hat. Bloß die Erinnerung, daß Ew. Wohlgeb. selbst, schon bei Ihrem ersten Urteile über meine Kräfte, die Wahl eines praktischen Wirkungskreises für mich nicht billigten, gibt mir den Mut, diesen Irrtum selbst offenherzig zu gestehen. Ich danke Ihnen herzlich für diesen einzigen aufrichtigen Rat, den ich in Berlin empfing, und den ich gewiß nicht anders, als zu meinem Besten, nutzen werde, bitte ferner, *mich der hochlöbl.* technischen *Deputation,* zu deren *Zweck ich auf meiner bevorstehenden Reise nach Paris bei jeder* kommenden Gelegenheit mitzuwirken bereit bin, gehorsamst zu empfehlen, und verbleibe in der Hoffnung, fortdauernd Ihres Wohlwollens zu genießen, mit der herzlichsten und vollkommensten Hochachtung

Ew. Wohlgeb. ergebenster

Kleist,

Berlin, den 12. April 1801   ehemals Lieut. im Rgt. Garde.

43. An Wilhelmine von Zenge

Berlin, den 14. April 1801

Liebe Freundin, die paar Zeilen, die Du mir geschrieben hast, atmen zugleich so viel Wehmut und Würde, daß selbst Dein Anblick mich kaum weniger hätte rühren können. Wenn ich mir Dich denke, wie Du in Deinem Zimmer sitzest, mein Bild vor Dir, das Haupt auf die Arme gedrückt, die Augen voll Tränen – ach, Wilhelmine, dann kommt dieser Gedanke noch zu meinem eignen Kummer, ihn zu verdoppeln. Dir hat die Liebe wenig von ihren Freuden, doch viel von ihrem Kummer zugeteilt, und Dir schon zwei Trennungen zugemessen, deren jede gleich gefährlich war. Du hättest ein so ruhiges Schicksal verdient, warum mußte der Himmel Dein Los an einen Jüngling knüpfen, den seine seltsam gespannte Seele ewig-unruhig bewegt? Ach, Wilhelmine, Du bist so vielen Glückes würdig, *ich* bin es Dir schuldig, Du hast mir durch so vielen Edelmut die Schuld auferlegt – warum kann ich sie nicht bezahlen? Warum kann ich Dir nichts geben zum Lohne, als Tränen? – O Gott gebe mir nur die *Möglichkeit* diese Tränen einst wieder mit Freuden vergüten zu können! – *Liebe, teure* Freundin, ich fordre nicht von Dir, daß Du mir den Kummer verheimlichst, wenn Du ihn fühlst, so wie ich selbst immer das süßeste Recht der Freundschaft, nämlich das schwere Herz auszuschütten, übe; aber laß uns beide uns bemühen, so ruhig und so heiter unter der Gewitterwolke zu stehen, als es nur immer möglich ist. Verzeihe mir diese Reise – ja *verzeihen*, ich habe mich nicht in dem Ausdrucke vergriffen, denn ich fühle nun selbst, daß die erste Veranlassung dazu wohl nichts, als eine Übereilung war. Lies doch meine Briefe von dieser Zeit an noch einmal durch und frage Carln recht über mich aus – Mir ist diese Periode in meinem Leben und dieses gewaltsame Fortziehen der Verhältnisse zu einer Handlung, mit deren Gedanken man sich bloß zu spielen erlaubt hatte, äußerst merkwürdig. Aber nun ist es unabänderlich geschehen und ich *muß* reisen – Ach, Wilhelmine, wie hätte sich mir noch vor drei Jahren die Brust gehoben unter der Vorempfindung einer *solchen* Reise! Und jetzt –! Ach, Gott weiß, daß mir das Herz blutet! Frage nur Carln, der mich alle Augenblicke einmal fragt: was seufzest Du denn? – Aber nun will ich doch so viel Nutzen ziehn aus dieser Reise, wie ich kann, und auch in Paris etwas lernen, wenn es mir möglich sein wird. Vielleicht geht doch noch etwas Gutes aus dieser verwickelten Begebenheit meines Lebens hervor – liebe Wilhelmine, soll ich Dir sagen, daß ich es fast *hoffe*? Ach, ich sehne mich unaussprechlich nach Ruhe! Alles ist dunkel in meiner Zukunft, ich weiß nicht, was ich wünschen und hoffen und fürchten soll, ich fühle daß mich weder die Ehre, noch der Reichtum, noch selbst die Wissenschaften allein ganz befriedigen können; nur ein einziger Wunsch ist mir ganz deutlich, *Du* bist es, Wilhelmine – O Gott, wenn mir einst das bescheidne Los fallen sollte, das ich begehre, ein Weib, ein eignes Haus und *Freiheit* – o dann wäre es nicht zu teuer erkauft mit allen Tränen, die ich, und mit allen die Du vergießest, denn mit Entzückungen wollte ich sie Dir vergüten. Ja, laß uns hoffen – Was ich begehre, genießen Millionen, der Himmel gewährt Wünsche gern, die in seinen

Zweck eingreifen, warum sollte er grade uns beide von seiner Güte ausschließen? Also Hoffnung und Vertrauen auf den Himmel und auf uns! Ich will mich bemühen, die ganze unselige Spitzfündigkeit zu vergessen, die schuld an dieser innern Verwirrung ist. Vielleicht gibt es dann doch Augenblicke auf dieser Reise, in welchen ich vergnügt bin. O möchten sie auch Dir werden! Fahre nur fort, Dich immer auszubilden, ich müßte unsinnig sein mit den Füßen von mir zu stoßen, was sich zu meinem eignen Genuß von Tage zu Tage veredelt. Gewinne Deinen Rousseau so lieb wie es Dir immer möglich ist, auf *diesen* Nebenbuhler werde ich nie zürnen. Ich werde Dir oft schreiben, das nächstemal von Dresden, etwa in 8 Tagen. Dahin schreibe mir, aber gleich, und scheue Dich nicht mit eigner Hand die Adresse zu schreiben, unsre Liebe *soll* kein Geheimnis mehr sein. Den 28. April treffe ich ohngefähr in Leipzig ein, da kannst Du an Minna Clausius schreiben, die mit ihrem Vater dort zur Messe ist, und wieder einen Brief einlegen. Wohin Du auf der ganzen Reise schreibst, mußt Du aber immer den Brief bezeichnen: *selbst abzuholen* (in Frankreich französisch). – Und nun adieu. Die 73 Rth., wovon Du vergessen hast mir zu schreiben, habe ich Carln gegeben, in der Meinung, daß es Dir so recht sein wird. Adieu, adieu, sei mein *starkes* Mädchen. Heinrich K.

44. An Wilhelmine von Zenge

An Fräulein Wilhelmine v. Zenge Hochwohlgeb. zu Frankfurt a. Oder

Dresden, den 4. Mai 1801

Liebe Wilhelmine, heute lag ich auf den Brühlschen Terrassen, ich hatte ein Buch mitgenommen, darin zu lesen, aber ich war zerstreut und legte es weg. Ich blickte von dem hohen Ufer herab über das herrliche Elbtal, es lag da wie ein Gemälde von Claude Lorrain unter meinen Füßen – es schien mir wie eine Landschaft auf einen Teppich gestickt, grüne Fluren, Dörfer, ein breiter Strom, der sich schnell wendet, Dresden zu küssen, und hat er es geküßt, schnell wieder flieht – und der prächtige Kranz von Bergen, der den Teppich wie eine Arabeskenborde umschließt – und der reine blaue italische Himmel, der über die ganze Gegend schwebte – Mich dünkte, als schmeckte süß die Luft, holde Gerüche streuten mir die Fruchtbäume zu, und überall Knospen und Blüten, die ganze Natur sah aus wie ein funfzehnjähriges Mädchen – Ach, Wilhelmine, ich hatte eine unaussprechliche Sehnsucht, nur einen Tropfen von Freude zu empfangen, es schien ein ganzes Meer davon über die Schöpfung ausgegossen, nur ich allein ging leer aus – Ich wünschte mir nur so viel Heiterkeit, und auch diese nur auf eine so kurze Zeit als nötig wäre, Dir einen heitern kurzen Brief zu schreiben. Aber der Himmel läßt auch meine bescheidensten Wünsche unerfüllt. Ich beschloß, auch für diesen Tag noch zu schweigen – Da sah ich Dich im Geiste, wie Du täglich auf Nachrichten harrest, täglich sie erwartest und täglich getäuscht wirst, ich dachte mir, wie Du Dich härmst und Dich mit falschen Vorstellungen quälst, vielleicht mich krank glaubst, oder wohl gar – Da stand ich schnell auf, rief Ulriken, die lesend hinter mir saß, mir zu folgen, ging in mein Zimmer, und sitze nun am Tische, Dir wenigstens zu schreiben, daß ich noch immer lebe und noch immer Dich liebe.

Liebe, *teure* Freundin, erlaß mir eine weitläufigere Mitteilung, ich kann Dir nichts Frohes schreiben, und der Kummer ist eine Last, die noch schwerer drückt, wenn mehrere daran tragen. Noch habe ich seit meiner Abreise von Berlin keine wahrhaft vergnügte Stunde genossen, zerstreut bin ich wohl gewesen, aber nicht vergnügt – Meine heitersten Augenblicke sind solche, wo ich mich selbst vergesse – und doch, gibt es Freude, ohne ruhiges Selbstbewußtsein? Ach, Wilhelmine, Du bist glücklich gegen mich, weil Du eine Freundin hast – ich kann Ulriken alles mitteilen, nur nicht, was mir das Teuerste ist. Du glaubst auch nicht, wie ihr lustiges, zu allem Abenteuerlichen aufgewecktes Wesen, gegen *mein* Bedürfnis absticht – Ach, könnte ich vier Monate aus meinem Leben zurücknehmen! Adieu, adieu, ich will vergessen, was nicht mehr zu ändern ist – Lebe wohl, mit dem *ersten* frohen Augenblick erhältst Du einen recht langen Brief von mir. Bis dahin laß mich schweigen – wenn Du fürchtest, daß ich Dich kälter lieben werde, so quälst Du Dich vergeblich. O Gott, wenn mir ein *einziger Wunsch* erfüllt würde, mich aus diesem Labyrinthe zu retten – Liebe Wilhelmine, schreibe mir doch gleich nach Leipzig. Umstände haben uns verhindert, bereits dort zu sein. Du wirst aber wahrscheinlich einen Brief für mich an Minna Clausius geschickt haben, den sie nun, da sie mich nicht in Leip-

zig gesprochen hat, wieder nach Berlin zurückgenommen haben
vird. Also würde ich jetzt, wenn Du nicht gleich schreibst, keinen
Brief von Dir in Leipzig finden, wo ich ohngefähr in 10 Tagen
einzutreffen denke. Schreibe also doch gleich, wenn Du kannst,
und es Dir nicht auch so schwer wird wie mir – Adieu, grüße
Louisen, und denke nur ein halb mal so oft an mich, wie ich an
Dich denke, und zur bestimmten Zeit – Du weißt sie doch noch?
Vielleicht erhältst Du noch von Dresden aus einen Brief von mir.

H. K.

45. An Wilhelmine von Zenge

An das Stiftsfräulein Wilhelmine v. Zenge Hochwürden und Hochwohlgeboren zu Frankfurt a. Oder.

Leipzig, den 21. Mai 1801

Liebe Wilhelmine, ich bin bei meiner Ankunft in dieser Stadt
in einer recht großen Hoffnung getäuscht worden. Ich hatte nämlich Dir, und außer Dir noch Leopold, Rühle, Gleißenberg etc.
etc. teils schriftlich, teils mündlich gesagt, daß sie ihre Briefe an
mich nach Leipzig adressieren möchten, weil ich die Messe hier
besuchen würde. Da ich mich aber in Dresden so lange aufhielt,
daß die Messe während dieser Zeit vorüberging, so würde ich
nun diesen Umweg über Leipzig nicht gemacht haben, wenn ich
nicht gehofft hätte, hier eine ganze Menge von Briefen vorzufinden, besonders da ich in Dresden keinen einzigen, außer vor
4 Wochen den Deinigen empfing. Nun aber denke Dir mein
Erstaunen als ich auf der hiesigen Post auch nicht *einen einzigen*
Brief fand, auch für Ulriken nicht, so daß es fast scheint, als wären wir aus dem Gedächtnis unsrer Freunde und Verwandten
ganz ausgelöscht – – Liebe Wilhelmine, bin ich es auch aus dem
Deinigen? Zürnst Du auf mich, weil ich von Dresden aus nur
einmal, und nur so wenige Zeilen an Dich schrieb? Willst Du
Dich darum mit Gleichem an mir rächen? Ach, laß diese Rache
fahren – Wenn Du Dir einbildest, daß Du mir nicht mehr lieb
und wert bist, so irrst Du Dich, und wenn Du die Kürze meines
einzigen Briefes für ein Zeichen davon hältst, so verstehst Du
Dich ganz falsch auf meine Seele – Sonst, ja sonst war es meine
Freude, mir selbst oder Dir mein Herz zu öffnen, und meine Gedanken und Gefühle dem Papier anzuvertrauen; aber das ist nicht
mehr so – Ich habe selbst mein eignes Tagebuch vernachlässigt,

weil mich vor allem Schreiben ekelt. Sonst waren die Augenblicke, wo ich mich meiner selbst bewußt ward, meine schönsten – jetzt muß ich sie vermeiden, weil ich mich und meine Lage fast nicht ohne Schaudern denken kann – Doch nichts in diesem Tone. Auch dieses war ein Grund, warum ich Dir so selten schrieb, weil ich voraussah, daß ich Dir doch nichts von mir schreiben könnte, was Dir Freude machen würde. In den letzten Tagen meines Aufenthaltes in Dresden hatte ich schon einen Brief an Dich bis zur Hälfte vollendet, als ich einsah, daß es besser war, ihn ganz zurückzuhalten, weil er Dir doch nichts, als Kummer gewährt haben würde. Ach, warum kann ich dem Wesen, das ich glücklich machen sollte, nichts gewähren, als Tränen? Warum bin ich, wie Tankred, verdammt, das, was ich liebe, mit jeder Handlung zu verletzen? – Doch davon laß mich ein für allemal schweigen. Das Bewußtsein Dich durch meine Briefe, statt zu erfreuen, zu betrüben, macht sie mir selbst so verhaßt, daß ich bei diesen letzten Zeilen schon halb und halb willens war, auch dieses Schreiben zu zerreißen – Doch eines muß vollendet werden – und ich will Dir darum nur kürzlich die Geschichte meines Aufenthaltes in Dresden mitteilen, die Dich nicht betrüben wird, wenn ich Dir bloß erzähle, was ich sah und hörte, nicht was ich dachte und empfand.

Ich zweifle, daß ich auf meiner ganzen bevorstehenden Reise, selbst Paris nicht ausgenommen, eine Stadt finden werde, in welcher die Zerstreuung so leicht und angenehm ist, als Dresden. Nichts war so fähig mich so ganz ohne alle Erinnerung wegzuführen von dem traurigen Felde der Wissenschaft, als diese in dieser Stadt gehäuften Werke der Kunst. Die Bildergalerie, die Gipsabgüsse, das Antikenkabinett, die Kupferstichsammlung, die Kirchenmusik in der katholischen Kirche, das alles waren Gegenstände bei deren Genuß man den Verstand nicht braucht, die nur allein auf Sinn und Herz wirken. Mir war so wohl bei diesem ersten Eintritt in diese für mich ganz neue Welt voll Schönheit. Täglich habe ich die griechischen Ideale und die italienischen Meisterstücke besucht, und jedesmal, wenn ich in die Galerie trat, stundenlang vor dem einzigen Raphael dieser Sammlung, vor jener Mutter Gottes gestanden, mit dem hohen Ernste, mit der stillen Größe, ach Wilhelmine, und mit Umrissen, die mich

zugleich an zwei geliebte Wesen erinnerten – Wie oft, wenn ich
auf meinen Spaziergängen junge Künstler sitzen fand, mit dem
Brett auf dem Schoß, den Stift in der Hand, beschäftigt die schöne
Natur zu kopieren, o wie oft habe ich diese glücklichen Menschen
beneidet, welche kein Zweifel um das Wahre, das sich nirgends
findet, bekümmert, die nur in dem Schönen leben, das sich doch
zuweilen, wenn auch nur als Ideal, ihnen zeigt. Den einen fragte
ich einst, ob man, wenn man sonst nicht ohne Talent sei, sich
wohl im 24. Jahre noch mit Erfolg der Kunst widmen könnte?
Er antwortete mir, daß Wouwerman, einer der größten Land-
schaftsmaler, erst im 40. ein Künstler geworden sei. – Nirgends
fand ich mich aber tiefer in meinem Innersten gerührt, als in der
katholischen Kirche, wo die größte, erhebenste Musik noch zu
den andern Künsten tritt, das Herz gewaltsam zu bewegen. Ach,
Wilhelmine, unser Gottesdienst ist keiner. Er spricht nur zu dem
kalten Verstande, aber zu allen Sinnen ein katholisches Fest. Mitten vor dem Altar, an seinen untersten Stufen, kniete jedesmal,
ganz isoliert von den andern, ein gemeiner Mensch, das Haupt
auf die höheren Stufen gebückt, betend mit Inbrunst. Ihn quälte
kein Zweifel, er *glaubt* – Ich hatte eine unbeschreibliche Sehnsucht mich neben ihn niederzuwerfen, und zu weinen – Ach,
nur einen Tropfen Vergessenheit, und mit Wollust würde ich
katholisch werden –. Doch davon wollte ich ja eben schweigen. –
Dresden hat eine große, feierliche Lage, in der Mitte der um-
kränzenden Elbhöhen, die in einiger Entfernung, als ob sie aus
Ehrfurcht nicht näher zu treten wagten, es umlagern. Der Strom
verläßt plötzlich sein rechtes Ufer, und wendet sich schnell nach
Dresden, seinen Liebling zu küssen. Von der Höhe des Zwingers
kann man seinen Lauf fast bis nach Meißen verfolgen. Er wendet
sich bald zu dem rechten bald zu dem linken Ufer, als würde die
Wahl ihm schwer, und wankt, wie vor Entzücken, und schlän-
gelt sich spielend in tausend Umwegen durch das freundliche Tal,
als wollte er nicht in das Meer – Wir haben von Dresden aus
Moritzburg, Pillnitz, Tharandt, das Du schon kennst, und Freiberg besucht. In Freiberg sind wir beide in das Bergwerk gestiegen. Ich mußte es, damit ich, wenn man mich fragt: sind Sie
dort gewesen? doch antworten kann: ja. Ein weiteres Interesse
hatte ich jetzt nicht dabei, so sehr mich die Kenntnis, die man sich

hier erwerben kann, auch sonst interessiert hätte. Denn wenn das Herz ein Bedürfnis hat, so ist es kalt gegen alles, was es nicht befriedigt, und nur mit halbem Ohre habe ich gehört, wie tief der Schacht ist, wohin der Gang streicht, wieviel Ausbeute er gibt, usw. – Ich hatte ein paar Adressen nach Dresden mit, von denen ich aber nur eine gebrauchte und die andern verbrannt habe. Denn für ein Herz, das sich gern jedem Eindruck hingibt, ist nichts gefährlicher, als Bekanntschaften, weil sie durch neue Verhältnisse das Leben immer noch verwickelter machen, das schon verwickelt genug ist. Doch diese Verstandesregel war es eigentlich nicht, die mich davon abhielt. Ich fand aber in Dresden ein paar so liebe Leute, daß ich über sie alle andern vergaß. Denn ob ich gleich Menschen, die ich kennen lerne, leicht lieb gewinne und dann gern unter ihnen bin, so habe ich doch kein Bedürfnis, viele kennen zu lernen. Diese lieben Leute waren zuerst der Hauptmann v. Zanthier, Gouverneur bei dem jungen Grafen v. Stolberg und Prinzen v. Pleß, ein Mann, dem das Herz an einer guten Stelle sitzt. Er machte uns zuerst mit Dresden bekannt und hat viel zu unserm Vergnügen beigetragen. Außer ihm fanden wir noch in Dresden ein paar Verwandte, den Lieut. v. Einsiedel und seine Frau, welche uns auch mit dem weiblichen Teil von Dresden bekannt machten. Unter diesen waren besonders zwei Fräulein v. Schlieben, arm und freundlich und gut, die Eigenschaften die zusammengenommen mit zu dem Rührendsten gehören, das ich kenne. Wir sind gern in ihrer Gesellschaft gewesen, und zuletzt waren die Mädchen auch so gern in der unsrigen, daß die eine am Abend bei unserem Abschied aus vollem Herzen weinte. – Von Dresden aus machten wir auch noch eine große Streiferei nach Töplitz, 8 Meilen, eine herrliche Gegend, besonders von dem nahegelegenen Schloßberge aus, wo das ganze Land aussieht, wie ein bewegtes Meer von Erde, die Berge, wie kolossalische Pyramiden, in den schönsten Linien geformt, als hätten die Engel im Sande gespielt – Von Töplitz fuhren wir tiefer in Böhmen nach Lowositz, das am südlichen Fuße des Erzgebirges liegt, da, wo die Elbe hineintritt. Wie eine Jungfrau unter Männern erscheint, so tritt sie schlank und klar unter die Felsen – Leise mit schüchternem Wanken naht sie sich – das rohe Geschlecht drängt sich, den Weg ihr versperrend, um sie herum, der Glänzend-

Reinen ins Antlitz zu schauen – sie aber ohne zu harren, windet sich, flüchtig, errötend, hindurch – In Aussig ließen wir den Wagen zu Lande fahren, und fuhren noch 10 Meilen auf der Elbe nach Dresden. Ach, Wilhelmine, es war einer von jenen lauen, süßen, halb dämmernden Tagen, die jede Sehnsucht, und alle Wünsche des Herzens ins Leben rufen – Es war so still auf der Fläche des Wassers, so ernst zwischen den hohen, dunkeln Felsenufern, die der Strom durchschnitt. Einzelne Häuser waren hie und da an den Felsen gelehnt, wo ein Fischer oder ein Weinbauer sich angesiedelt hatte. Mir schien ihr Los unbeschreiblich rührend und reizend – das kleine einsame Hüttchen unter dem schützenden Felsen, der Strom, der Kühlung und Nahrung zugleich herbeiführt, Freuden, die keine Idylle malen kann, Wünsche, die nicht über die Gipfel der umschließenden Berge fliegen – ach, liebe Wilhelmine, ist Dir das nicht auch alles so rührend und reizend wie mir? Könntest Du bei *diesem* Glück nicht auch alles aufgeben, was jenseits der Berge liegt? *Ich* könnte es – ach, ich sehne mich unaussprechlich nach Ruhe. Für die Zukunft leben zu wollen – ach, es ist ein Knabentraum, und nur wer für den Augenblick lebt, lebt für die Zukunft. Ja wer erfüllt eigentlich getreuer seine Bestimmung nach dem Willen der Natur, als der Hausvater, der Landmann? – Ich malte mir ein ganzes künftiges Schicksal aus – ach, Wilhelmine, mit Freuden wollte ich um dieses Glück allen Ruhm und allen Ehrgeiz aufgeben – Zwei Fischer ruderten gegen den Strom, und trieften von Schweiß. Ich nahm unserm Schiffer das Ruder und fing aus Leibeskräften zu arbeiten [an]. Ja, fiel mir ein, das ist ein Scherz, wie aber wenn es Ernst wäre –? Auch das, antwortete ich mir, und beschloß eine ganze Meile lang unaufhörlich zu arbeiten. Es gelang mir doch nicht ohne Anstrengung und Mühe – aber es gelang mir. Ich wischte mir den Schweiß ab, und setzte mich neben Ulriken, und faßte ihre Hand – sie war kalt – ich dachte an den Lohn, an Dich – –

Adieu, adieu. Schreibe mir nach Göttingen, aber gleich, und Dein ganzes Schicksal während der verflossnen Zeit, Deine Verhältnisse, auch etwas von meiner Familie. Wenn es mir so leicht wird, wie heute, so schreibe ich bald wieder. Dein treuer Freund Heinrich.

46. An Wilhelmine von Zenge

Göttingen, den 3. Juni 1801

Mein liebes Minchen, ich habe Deinen Brief, der mir aus mehr als einer Rücksicht herzlich wohl tat, gestern hier erhalten und eile ihn zu beantworten. – Du bist nicht zufrieden, daß ich Dir das Äußere meiner Lage beschreibe, ich soll Dir auch etwas aus meinem Innern mitteilen? Ach, liebe Wilhelmine, leicht ist das, wenn alles in der Seele klar und hell ist, wenn man nur in sich selbst zu blicken braucht, um deutlich darin zu lesen. Aber wo Gedanken mit Gedanken, Gefühle mit Gefühlen kämpfen, da ist es schwer zu nennen, was in der Seele herrscht, weil noch der Sieg unentschieden ist. Alles liegt in mir verworren, wie die Wergfasern im Spinnrocken, durcheinander, und ich bin vergebens bemüht mit der Hand des Verstandes den Faden der Wahrheit, den das Rad der Erfahrung hinaus ziehen soll, um die Spule des Gedächtnisses zu ordnen. Ja selbst meine Wünsche wechseln, und bald tritt der eine, bald der andere ins Dunkle, wie die Gegenstände einer Landschaft, wenn die Wolken drüber hinziehn. – Was Du mir zum Troste sagst, ist wirklich das Tröstlichste, das ich kenne. Ich selbst fange an, zu glauben, daß der Mensch zu etwas mehr da ist, als bloß zu *denken* – *Arbeit*, fühle ich, wird das einzige sein, was mich ruhiger machen kann. Alles was mich beunruhigt ist die Unmöglichkeit, mir ein Ziel des Bestrebens zu setzen, und die Besorgnis, wenn ich zu schnell ein falsches ergriffe, die Bestimmung zu verfehlen und so ein ganzes Leben zu verpfuschen – Aber sei ruhig, ich werde das *rechte* schon finden. Falsch ist jedes Ziel, das nicht die reine Natur dem Menschen steckt. Ich habe fast eine Ahndung von dem rechten – wirst Du, Wilhelmine, mir dahin folgen, wenn Du Dich überzeugen kannst, daß es das rechte ist –? Doch laß mich lieber schweigen von dem, was selbst in mir noch ganz undeutlich ist. Die Geschichte Deines Lebens während der Abwesenheit Deiner Eltern, und besonders die Art von Freude, welche Du da genossen hast, hat mich ganz unbeschreiblich gerührt – *Diese* Freude, Wilhelmine, ist Dir gewiß; aber wirst Du Dich mit dieser *einzigen* begnügen können –? *Kann* es ein Mädchen von Deinem Stande, so bist Du es, und dieser Gedanke stärkt mich ganz unbeschreiblich. – Sei zufrieden mit diesen wenigen Zügen aus meinem Innern. Es ist darin so wenig bestimmt, daß ich mich fürchten muß etwas aufzuschreiben, weil es dadurch in gewisser Art bestimmt *wird*. Errate daraus was Du willst – gewiß ist es, daß ich kein andres Erdenglück wünsche, als *durch Dich*. Fahre fort, liebes Mädchen, Dich immer fähiger zu machen, zu beglücken. Rousseau ist mir der liebste durch den ich Dich bilden lassen mag, da ich es selbst nicht mehr unmittelbar, wie sonst, kann. Ach, Wilhelmine, Du hast mich an frohe Zeiten erinnert, und alles ist mir dabei eingefallen, auch das, woran Du mich *nicht* erinnert hast. Glaubst Du wohl, daß ein Tag vergeht, ohne daß ich an Dich dächte –? Dein Bild darf ich so oft nicht betrachten als ich wohl möchte, weil mir jeder unbescheidner Zeuge zuwider ist. Mehr als einmal habe ich gewünscht, meinem ersten Entschluß, *allein* zu reisen, treu geblieben zu sein – Ich ehre Ulrike ganz unbeschreiblich, sie trägt in ihrer Seele alles, was achtungswürdig und bewundrungswert ist, vieles mag sie besitzen, vieles geben können, aber es läßt sich, wie Goethe sagt, nicht an ihrem Busen ruhen – Doch dies bleibt, wie alles, unter uns – Von unsrer Reise kann ich Dir auch manches wieder erzählen. Wir reisen, wie Du vielleicht noch nicht weißt, mit eignen Pferden, die wir in Dresden gekauft haben. Johann leistet uns dabei treffliche Dienste, wir sind sehr mit ihm zufrieden, und denken oft mit Dankbarkeit an Carln, der ihn uns freiwillig abtrat. – Carl ist wohl jetzt in Frankfurt? Oder ist er in Magdeburg? Wenn Du ihn siehst oder schreibst, so sage ihm doch auch ein Wörtchen von mir. Ich hatte versprochen, ihm auch zuweilen zu schreiben, aber das Schreiben wird mir jetzt so schwer, daß ich oft selbst die notwendigsten Briefe vernachlässige. Gestern endlich habe ich zum erstenmale an meine Familie nach Pommern geschrieben – sollte man wohl glauben, daß ein Mensch, der in seiner Familie *alles* fand, was ein Herz binden kann, Liebe, Vertrauen, Schonung, Unterstützung mit Rat und Tat, sein Vaterland verlassen kann, ohne selbst einmal schriftlich Abschied zu nehmen von seinen Verwandten? – Und doch sind sie mir die liebsten und teuersten Menschen auf der Welt! So widersprechen sich in mir Handlung und Gefühl – Ach, es ist ekelhaft, zu leben – Schreibe also Carln, er solle nicht zürnen, wenn Briefe von mir ausblieben, großmütig sein, und zuweilen etwas von sich hören lassen, Neuigkeiten schreiben und dergleichen. Bitte ihn doch auch, er möchte sich einmal bei *Rühle* erkundigen, ob dieser denn gar keine Briefe von mir erhalten hat, auch nicht die große Schrift, die ich ihm von Berlin aus schickte? Er möchte ihn doch antreiben, einmal an mich zu schreiben, da mir sehr viel daran gelegen wäre, wenigstens zu wissen, ob die Schrift nicht verloren gegangen ist. – Ich will Dich doch von Leipzig nach Göttingen führen, aber ein wenig schneller, als wir reiseten. Denn wir wandern, wie die alten Ritter, von Burg zu Burg, halten uns auf und wechseln gern ein freundliches Wort mit den Leuten. Wir suchen uns in jeder Stadt immer die Würdigsten auf, in Leipzig Plattner, Hindenburg, in Halle Klügel, in Göttingen Blumenbach, Wrisberg etc. etc. Aber Du kennst wohl diese Namen nicht? Es sind die Lehrer der Menschheit. – In Leipzig fand endlich Ulrike Gelegenheit zu einem Abenteuer, und hörte verkleidet einer öffentlichen Vorlesung Plattners zu. Das geschah aber mit Vorwissen des Hofrats, indem er selbst wünschte, daß sie, Störung zu vermeiden, lieber in Mannskleidern kommen möchte, als in Weiberröcken. Alles lief glücklich ab, der Hofrat und ich, wir waren die einzigen in dem Saale, die um das Geheimnis wußten. – In Halberstadt besuchten wir *Gleim*, den bekannten Dichter, einen der rührendsten und interessantesten Greise, die ich kenne. An ihn waren wir zwar durch nichts adressiert, als durch unsern Namen; aber es gibt keine bessere Adresse als diesen. Er war nämlich einst ein vertrauter Freund Ewald Kleists, der bei Frankfurt fiel. Kurz vor seinem Tode hatte dieser ihm noch einen Neffen Kleist empfohlen, für den jedoch Gleim niemals hatte etwas tun können, weil er ihn niemals sah. Nun glaubte er, als ich mich melden ließ, ich sei es, und die Freude mit der er uns entgegen kam war unbeschreiblich. Doch ließ er es uns nicht empfinden, als er sich getäuscht, denn alles, was Kleist heißt, ist ihm teuer. Er führte uns in sein Kabinett, geschmückt mit Gemälden seiner Freunde. Da ist keiner, sagte er, der nicht ein schönes Werk schrieb, oder eine große Tat beging. Kleist tat beides und Kleist steht oben an – Wehmütig nannte er uns die Namen der vorangegangnen Freunde, trauernd, daß er noch zurück sei. Aber er ist 83 Jahr, und so die Reihe wohl auch bald an ihn – Er besitzt einige hundert Briefe von Kleist, auch sein erstes Gedicht. Gleim war es eigentlich, der ihm zuerst die Aussicht nach dem Parnaß zeigte,

und die Veranlassung ist seltsam und merkwürdig genug. Kleist
war nämlich in einem Duell blessiert, und lag krank im Bette zu
Potsdam. Gleim war damals Regiments-Quartiermeister und besuchte den Kranken, ohne ihn weiter genau zu kennen. Ach, sagte
Kleist, ich habe die größte Langeweile, denn ich kann nicht lesen.
Wissen Sie was, antwortete Gleim, ich will zuweilen herkommen und Ihnen etwas vorlesen. Damals eben hatte Gleim scherzhafte Gedichte gemacht, im Geschmack Anakreons, und las ihm
unter andern eine Ode an den Tod vor, die ohngefähr so lautet:
Tod, warum entführst du mir mein Mädchen? Kannst du dich
auch verlieben? – – Und so geht es fort. Am Ende heißt es: Was
willst du mit ihr machen? Kannst du doch mit Zähnen ohne
Lippen, wohl die Mädchen beißen, doch nicht küssen – Über
diese Vorstellung, wie der Tod mit seinen nackten, eckigen Zähnen, vergebens sich in die weichen Rosenlippen drückt, einen Kuß
zu versuchen, gerät Kleist so ins Lachen, daß ihm bei der Erschütterung, das Band von der Wunde an der Hand abspringt.
Man ruft einen Feldscher. Es ist ein Glück, sagt dieser, daß Sie
mich rufen lassen, denn unbemerkt ist der kalte Brand im Entstehen und morgen wäre es zu spät gewesen. – Aus Dankbarkeit
widmete Kleist der Dichtkunst das Leben, das sie ihm gerettet
hatte. – In Wernigerode lernten wir eine sehr liebenswürdige
Familie kennen, die Stolbergsche. – In Goslar fuhren wir in den
Rammelsberg, wo in großen Höhlen die Erze mit angezündeten
Holzstößen abgebrannt werden, und alles vor Hitze nackend arbeitet. Man glaubt in der Hölle, oder doch wenigstens in der
Werkstatt der Zyklopen zu sein. – Von Ilsenburg aus bestiegen
wir am Nachmittage des 31. den Brocken, den Du schon aus
meiner früheren Reisebeschreibung kennst. Ich habe auch Qued-
linburg lange wieder, aber nur von weitem, angesehen – In Ilsenburg habe ich den Teich gesehen, auf welchem die Knobelsdorf
als Kind herumgefahren ist. Schreibe doch Carl, der alte Otto
ließe die Knobelsdorf grüßen. – Und nun lebe wohl. Heute sind
wir hier auf einem Balle, wo die Füße springen werden, indessen
das Herz weint. Dann geht der Körper immer weiter und weiter
von Dir, indessen die Seele immer zu Dir zurück strebt. Bald an
diesen, bald an jenen Ort treibt mich das wilde Geschick, indessen
ich kein innigeres Bedürfnis habe, als Ruhe – Können so viele

Widersprüche in einem engen Herzen wohnen? –? Lebe wohl.
Hier hast Du meine Reiseroute. Morgen geht es nach Frankfurt,
Mainz, *Mannheim;* dahin schreibe mir, und teile diese Adresse
Carln mit. Wir werden dann unsre Tour über die Schweiz und
Südfrankreich nehmen – *Südfrankreich!* Du kennst doch noch das
Land? Und das alte Projekt –? In Paris werde ich schon das Stu-
dium der Naturwissenschaft fortsetzen müssen, und so werde ich
wohl am Ende noch wieder in das alte Gleis kommen, vielleicht
auch nicht, wer kann es wissen – Ich bin an lauter Pariser Ge-
lehrten adressiert, und die lassen einen nicht fort, ohne daß man
etwas von ihnen lernt. Lebe wohl, grüße die goldne Schwester,
Carln, und alle die es gern hören, daß ich mich ihrer erinnere.

Heinrich Kleist.

47. *An Wilhelmine von Zenge*

A Mademoiselle Mademoiselle Wilhelmine de Zenge à Frankfort sur
l'Oder, franc.

Straßburg, den 28. Juni 1801

Liebe Wilhelmine, ich habe wieder in Mannheim und in
Straßburg vergebens nach Briefen von Dir gefragt, und weiß nun
seit 5 Wochen nicht wie Du Dich befindest, wie Du lebst, was
Du tust, nichts, *als daß Du mich liebst. Diese* Nachricht bleibt
treuen Liebenden nie aus, und ich hoffe, Du wirst sie auch von
mir empfangen haben. Täglich habe ich mit der *alten* Innigkeit
an Dich gedacht, und jede einsame Stunde benutzt, meine
Wünsche im Traume zu erfüllen – Im Traume – denn in der
Wirklichkeit – – Ach Wilhelmine, wird es nicht einst einen
Augenblick geben, wo wir uns in die Arme drücken und rufen
werden: endlich – endlich sind wir glücklich –? –

– Ich muß von andern Dingen reden. – Ich wollte Dir heute
von Straßburg aus einen recht langen Brief schreiben, wozu ich
auch so ziemlich gestimmt war. Aber höre, auf welche Art Du
um diesen langen Brief gekommen bist. Man hat uns hier so viel
von den Friedensfesten die am 14. Juli in Paris gefeiert werden
sollen vorerzählt, daß wir uns entschlossen haben, die Schweiz
im Stiche zu lassen, und direkt nach Paris zu gehen. Nun aber
dürfen wir keinen Tag verlieren, um zur rechten Zeit hinzukommen. Wir reisen also in einer Stunde schon ab, und ich nutze
diese Frist bloß, um Dir im kurzen einige Nachricht von mir zu

geben. Sobald in Paris das Friedensfest vorbei ist, schreibe ich Dir gleich, und zwar einen langen Brief – Ach, Wilhelmine, von der einen Seite ist es mir lieb, endlich einmal wieder ein wenig zur Ruhe zu kommen, von der andern ist es mir, als ob sich mein Herz vor der Stadt, die ich betreten soll, sträubte – Noch habe ich von den Franzosen nichts, als ihre Greuel und ihre Laster kennen gelernt – Und die Toren werden denken, man komme nach Paris, um ihre Sitten abzulernen! Als ich in Halberstadt bei Gleim war, trauerte er, daß ich nach Frankreich ginge. Auf meine Frage: warum? antwortete er: weil ich ein Franzose werden würde. Ich versprach ihm aber, als ein Deutscher zurück zu kehren. – Doch ich muß eilen, der Koffer ist eingepackt. Schreibe mir sogleich nach Paris: A Mon. de Kleist, ci-devant lieut. au reg. des gardes prussiennes, poste-restante, recht viel von Dir, aber auch etwas von den Freunden. Du bist die einzige, von der ich Briefe empfange aus meinem Vaterlande. Adieu, Dein treuer Heinrich.

48. An Karoline von Schlieben

Paris, den 18. Juli 1801

Liebe Freundin. Entsinnen Sie sich wohl noch eines armen kleinen Menschen, der vor einigen Monaten an einem etwas stürmischen Tage, als die See ein wenig hoch ging, mit dem Schiffchen seines Lebens in Dresden einlief, und Anker warf in diesem lieben Örtchen, weil der Boden ihm so wohl gefiel, und die Lüfte da so warm wehten, und die Menschen so freundlich waren? Entsinnen Sie sich des Jünglings wohl noch, der zuweilen an kühlen Abenden unter den dunkeln Linden des Schloßgartens, frohe Worte wechselnd, an Ihrer Seite ging, oder schweigend neben Ihnen stand auf der hohen Elbbrücke, wenn die Sonne hinter den blauen Bergen unterging? Entsinnen Sie sich dessen wohl noch, der Sie zuweilen durch den Olymp der Griechen voll Göttern und Heroen führte, und oft mit Ihnen vor der Mutter Gottes stand, vor jener hohen Gestalt, mit der stillen Größe, mit dem hohen Ernste, mit der Engelreinheit? Der Ihnen einst, am Abhange der Terrasse an jenem schönen Morgen die Halme hielt, aus welchen Sie den Glückskranz flochten, der Ihre Wünsche erfüllen soll? Dem Sie ein wenig von Ihrem Wohlwollen

schenkten und Ihr Andenken für immer versprachen? Blättern
Sie in Ihrem Stammbuch nach – und wenn Sie ein Wort finden,
das warm ist, wie ein Herz, und einen Namen, der hold klingt,
wie ein Dichternamen, so können Sie nicht fehlen; denn kurz,
es ist Heinrich Kleist.

Ja, liebe Freundin, aus einem fernen fremden Lande fliegt der
Geist eines Freundes zu Ihnen zurück, und versetzt sich in das
holde, freundliche Tal von Dresden, das mehr seine Heimat ist,
als das stolze, ungezügelte, ungeheure Paris. Da fand er Wohlwollen bei guten Menschen, und es ist nichts, was ihn inniger
rühren, nichts was ihn tiefer bewegen kann, als dieses. O möchte
das Gefühl, es *mir* geschenkt zu haben, Sie nur halb so glücklich
machen, als mich, es von *Ihnen* empfangen zu haben. Von Ihnen –
denn ach, es bricht durch die kalte Kruste der Konvenienz, die
von Jugend auf unsre Herzen überzieht, so selten, besonders bei
den Weibern so selten, ein warmes Gefühl hervor – Sie dürfen
nur immer so viel fühlen, als der Hof erlaubt, und keinen Menschen mehr lieben, als die französischen Gouvernanten vorschrei-
ben. Und doch – den Mann erkennt man an seinem Verstande;
aber wenn man das Weib nicht an ihrem Herzen erkennt, woran
erkennt man es sonst? Ja, es gibt eine gewisse *himmlische* Güte,
womit die Natur das Weib bezeichnet hat, und die ihm allein
eigen ist, alles, was sich ihr mit einem Herzen nähert, an sich zu
schließen mit Innigkeit und Liebe: so wie die Sonne, die wir darum
auch Köni*gin*, nicht König nennen, alle Weltkörper, die in ihrem
Wirkungsraum schweben, an sich zieht mit sanften unsichtbaren
Banden, und in frohen Kreisen um sich führt, Licht und Wärme
und Leben ihnen gebend, bis sie am Ende ihrer spiralförmigen
Bahn an ihrem glühenden Busen liegen –

Das ist die Einrichtung der Natur, und nur ein Tor oder ein
Bösewicht kann es wagen, daran etwas verändern zu wollen.
Die Tugend hat ihren eignen Wohlstand, und wo die Sittlichkeit
im Herzen herrscht, da bedarf man ihres Zeichens nicht mehr.
Wozu wollte man das Gold vergolden? Lassen Sie sich also nicht
irren, was auch der Herold der Etikette dagegen einwendet. Das
ist die Weisheit des Staubes; was Ihnen Ihr Herz sagt, ist Gold-
klang, und der spricht es selbst aus, daß er echt sei. Alle diese Vorschriften für Mienen und Gebärden und Worten und Handlun-

gen, sie sind nicht für den, dem ein Gott in seinem Innern heimlich anvertraut, was *recht* ist. Sie sind nur Zeichen der Sittlichkeit, die oft nicht vorhanden ist, und mancher hüllt sein Herz nur darum in diesen klösterlichen Schleier, die Blößen zu verstecken, die es sonst verraten würden. Ihr Herz aber, liebe Freundin, hat keine – warum wollten Sie es nicht zeigen? Ach, es ist so menschlich zu fühlen und zu lieben – O folgen Sie immer diesem schönsten der Triebe; aber lieben Sie dann auch mit edlerer Liebe, *alles* was edel und gut ist und schön.

Ob Sie dabei glücklich sein werden – Ach, liebe Freundin, wer ist glücklich? –? Der kalte Mensch, dem nie ein Gefühl die Brust erwärmte, der nie empfand, wie süß eine Träne, wie süß ein Händedruck ist, der stumpf bei dem Schmerze, stumpf bei der Freude ist, er ist nicht glücklich; aber das warme, weiche Herz, das unaufhörlich sich sehnt, immer wünscht und hofft, und niemals genießen kann, das etwas ahndet, was es nirgends findet, das von jedem Eindrucke bewegt wird, jedem Gefühle sich hingibt, mit seiner Liebe alle Wesen umfaßt, an alles sich knüpft, wo es mit Wohlwollen empfangen wird, sei es die Brust eines Freundes, die ihm Trost, oder der Schatten eines Baumes, der ihm Kühlung gab – – ist es glücklich –?

Ich habe auf meiner Reise so viele guten lieben Menschen gefunden, in Leipzig einen Mann (Hindenburg), der mir wie ein Vater so ehrwürdig war, in Halberstadt Gleim, der ein Freund von allen ist, die Kleist heißen, in Wernigerode eine treffliche Familie (die Stolbergsche), in Rödelheim bei Frankfurt am Main einen Menschen, den ich fast den *besten* nennen möchte, in Straßburg eine Frau, die ein fast so weiches fühlbares Herz hat, wie Henriette, – – Aber zu schnell wechseln die Erscheinungen im Leben und zu eng ist das Herz, sie alle zu umfassen, und immer die vergangnen schwinden, Platz zu machen den neuen – Zuletzt ekelt dem Herzen vor den neuen, und matt gibt es sich Eindrücken hin, deren Vergänglichkeit es vorempfindet – Ach, es muß öde und leer und traurig sein, später zu sterben, als das Herz –

Aber noch lebt es – Zwar hier in Paris ist es so gut, als tot. Wenn ich das Fenster öffne, so sehe ich nichts, als die blasse, matte, fade Stadt, mit ihren hohen, grauen Schieferdächern und ihren ungestalteten Schornsteinen, ein wenig von den Spitzen der Tuilerien, und lauter Menschen, die man vergißt, wenn sie um die Ecke sind. Noch kenne ich wenige von ihnen, ich liebe noch keinen, und weiß nicht, ob ich einen lieben werde. Denn in den Hauptstädten sind die Menschen zu gewitzigt, um offen, zu zierlich, um wahr zu sein. Schauspieler sind sie, die einander wechselseitig betrügen, und dabei tun, als ob sie es nicht merkten. Man geht kalt an einander vorüber; man windet sich in den Straßen durch einen Haufen von Menschen, denen nichts gleichgültiger ist, als ihresgleichen; ehe man eine Erscheinung gefaßt hat, ist sie von zehn andern verdrängt; dabei knüpft man sich an keinen, keiner knüpft sich an uns; man grüßt einander höflich, aber das Herz ist hier so unbrauchbar, wie eine Lunge unter der luftleeren Campane, und wenn ihm einmal ein Gefühl entschlüpft, so verhallt es, wie ein Flötenton im Orkan. Darum schließe ich zuweilen die Augen und denke an Dresden – Ach, ich zähle diesen Aufenthalt zu den frohsten Stunden meines Lebens. Die schöne, große, edle erhabene Natur, die Schätze von Kunstwerken, die Frühlingssonne, und so viel Wohlwollen – Was macht Ihre würdige Frau Mutter? Und ihre Tante? Und Einsiedels? Und Ihre liebe Schwester? Wenn ein fremder Maler eine Deutsche malen wollte, und fragte mich nach der Gestalt, nach den Zügen, nach der Farbe der Augen, der Wangen, der Haare, so würde ich ihn zu Ihrer Schwester führen und sagen, das ist ein *echtes* deutsches Mädchen. Was macht auch mein liebes Dresden? Ich sehe es noch vor mir liegen in der Tiefe der Berge, wie der Schauplatz in der Mitte eines Amphitheaters – ich sehe die Elbhöhen, die in einiger Entfernung, als ob sie aus Ehrfurcht nicht näher zu rücken wagten, gelagert sind, und gleichsam von Bewunderung angewurzelt scheinen – und die Felsen im Hintergrunde von Königstein, die wie ein bewegtes Meer von Erde aussehen, und in den schönsten Linien geformt sind, als hätten da die Engel im Sande gespielt – und die Elbe, die schnell ihr rechtes Ufer verläßt, ihren Liebling Dresden zu küssen, die bald zu dem einen, bald zu dem andern Ufer flieht, als würde ihr die Wahl schwer, und in tausend Umwegen, wie *vor Entzücken*, durch die freundlichen Fluren wankt, als wollte sie nicht ins Meer – und Lokowitz, das versteckt hinter den Bergen liegt, als ob es sich schämte – und die Weißritz, die sich aus den Tiefen des Plauenschen Grundes losringt, wie ein verstohlnes

Gefühl aus der Tiefe der Brust, die, immer an Felsen wie an Vorurteilen sich stoßend, nicht zornig, aber doch ein wenig unwillig
murmelt, sich unermüdet durch alle Hindernisse windet, bis sie
an die Freiheit des Tages tritt und sich ausbreitet in dem offnen
Felde und frei und ruhig ihrer Bestimmung gemäß ins Meer
fließt –

Einige große Naturszenen, die freilich wohl mit der dresdenschen wetteifern dürfen, habe ich doch auch auf meiner Reise
kennen gelernt. Ich habe den Harz bereiset und den Brocken bestiegen. Zwar war an diesem Tage die Sonne in Regenwolken
gehüllt, und wenn die Könige trauren, so trauert das Land. Über
das ganze Gebirge war ein Nebelflor geschlagen und wir standen
vor der Natur, wie vor einem Meisterstücke, das der Künstler
aus Bescheidenheit mit einem Schleier verhüllt hat. Aber zuweilen ließ er uns durch die zerrißnen Wolken einen Blick des
Entzückens tun, denn er fiel auf ein Paradies –

Doch der schönste Landstrich von Deutschland, an welchem
unser großer Gärtner sichtbar con amore gearbeitet hat, sind die
Ufer des Rheins von Mainz bis Koblenz, die wir auf dem Strome
selbst bereiset haben. Das ist eine Gegend wie ein Dichtertraum,
und die üppigste Phantasie kann nichts Schöneres erdenken, als
dieses Tal, das sich bald öffnet, bald schließt, bald blüht, bald öde
ist, bald lacht, bald schreckt. Pfeilschnell strömt der Rhein heran
von Mainz und gradaus, als hätte er sein Ziel schon im Auge, als
sollte ihn nichts abhalten, es zu erreichen, als wollte er es ungeduldig auf dem kürzesten Wege ereilen. Aber ein Rebenhügel
(der Rheingau) tritt ihm in den Weg und beugt seinen stürmischen Lauf, sanft aber mit festem Sinn, wie eine Gattin den stürmischen Willen ihres Mannes, und zeigt ihm mit stiller Standhaftigkeit den Weg, der ihn ins Meer führen wird – – und er ehrt
die edle Warnung und gibt, der freundlichen Weisung folgend,
sein voreiliges Ziel auf, und durchbricht den Rebenhügel nicht,
sondern umgeht ihn, mit beruhigtem Laufe dankbar seine blumigen Füße ihm küssend –

Aber still und breit und majestätisch strömt er bei Bingen heran, und sicher, wie ein Held zum Siege, und langsam, als ob er
seine Bahn wohl vollenden würde – und ein Gebirge (der
Hundsrück) wirft sich ihm in den Weg, wie die Verleumdung

der unbescholtenen Tugend. Er aber durchbricht es, und wankt nicht, und die Felsen weichen ihm aus, und blicken mit Bewunderung und Erstaunen auf ihn hinab – doch *er* eilt verächtlich bei ihnen vorüber, aber ohne zu frohlocken, und die einzige Rache, die er sich erlaubt, ist diese, ihnen in seinem klaren Spiegel ihr schwarzes Bild zu zeigen –

Ich wäre auf dieser einsamen Reise, die ich mit meiner Schwester machte, sehr glücklich gewesen, wenn, – wenn – – Ach, liebe Freundin, Ulrike ist ein edles, weises, vortreffliches, großmütiges Mädchen, und ich müßte von allem diesen nichts sein, wenn ich das nicht fühlen wollte. Aber – so viel sie auch besitzen, so viel sie auch geben kann, an ihrem Busen läßt sich doch nicht ruhen – Sie ist eine weibliche Heldenseele, die von ihrem Geschlechte nichts hat, als die Hüften, ein Mädchen, das orthographisch schreibt und handelt, nach dem Takte spielt und denkt – – Doch still davon. Auch der leiseste Tadel ist zu bitter für ein Wesen, das keinen Fehler hat, als diesen, zu groß zu sein für ihr Geschlecht.

Seit 8 Tagen sind wir nun hier in Paris, und wenn ich Ihnen alles schreiben wollte, was ich in diesen Tagen sah und hörte und dachte und empfand, so würde das Papier nicht hinreichen, das auf meinem Tische liegt. Ich habe dem 14. Juli, dem Jahrestage der Zerstörung der Bastille beigewohnt, an welchem zugleich das Fest der wiedererrungenen Freiheit und das Friedensfest gefeiert ward. Wie solche Tage würdig begangen werden könnten, weiß ich nicht bestimmt; doch dies weiß ich, daß sie fast nicht unwürdiger begangen werden können, als dieser. Nicht als ob es an Obelisken und Triumphbogen und Dekorationen, und Illuminationen, und Feuerwerken und Luftbällen und Kanonaden gefehlt hätte, o behüte. Aber keine von allen Anstalten erinnerte an die Hauptgedanken, die Absicht, den Geist des Volks durch eine bis zum Ekel gehäufte Menge von Vergnügen zu *zerstreuen*, war überall herrschend, und wenn die Regierung einem Manne von Ehre hätte zumuten wollen, durch die mâts de cocagne, und die jeux de carousels, und die theatres forains und die escamoteurs, und die danseurs de corde mit Heiligkeit an die Göttergaben Freiheit und Frieden erinnert zu werden, so wäre dies beleidigender, als ein Faustschlag in sein Antlitz. – Rousseau ist immer das 4. Wort der Franzosen; und wie würde er sich schämen, wenn man ihm sagte, daß dies *sein* Werk sei? –

Doch ich muß schließen – Diesen Brief nimmt Alexander von Humboldt, der morgen früh mit seiner Familie von Paris abreiset, mit sich bis Weimar; und jetzt ist es 9 Uhr abends. – Von mir kann ich Ihnen nur so viel sagen, daß ich wenigstens ein Jahr hier bleiben werde, das Studium der Naturwissenschaft auf dieser Schule der Welt fortzusetzen. Wohin ich dann mich wenden werde, und ob der Wind des Schicksals noch einmal mein Lebensschiff nach Dresden treiben wird? – Ach, ich zweifle daran. Es ist *wahrscheinlich*, daß ich *nie* in mein Vaterland zurückkehre. In welchem Weltteile ich einst das Pflänzchen des Glückes pflükken werde, und ob es überhaupt irgendwo für mich blüht –? Ach, dunkel, dunkel ist das alles. – Ich hoffe auf etwas Gutes, doch bin ich auf das Schlimmste gefaßt. Freude gibt es ja doch auf jedem Lebenswege, selbst das Bitterste ist doch auf kurze Augenblicke süß. Wenn nur der Grund recht dunkel ist, so sind auch matte Farben hell. Der helle Sonnenschein des Glücks, der uns verblendet, ist auch nicht einmal für unser schwaches Auge gemacht. Am Tage sehn wir wohl die schöne Erde, doch wenn es Nacht ist, sehn wir in die Sterne – –

Und soll ich diesen Brief schließen, ohne Sie mit meiner ganzen Seele zu begrüßen? O möchte Ihnen der Himmel nur ein wenig von dem Glücke schenken, von dem Sie so viel, so viel verdienen. Auf die Erfüllung Ihrer *liebsten* Wünsche zu hoffen, zu *hoffen* –? Ja, immerhin. Aber sie zu *erwarten* –? Ach, liebe Freundin, wenn Sie sich Tränen ersparen wollen, so erwarten Sie wenig von dieser Erde. Sie kann *nichts* geben, was ein reines Herz *wahrhaft* glücklich machen könnte. Blicken Sie zuweilen, wenn es Nacht ist, in den Himmel. Wenn Sie auf diesem Sterne keinen Platz finden können, der Ihrer würdig ist, so finden Sie vielleicht auf einem andern einen um so bessern.

Und nun leben Sie wohl – der Himmel schenke Ihnen einen heitern, frischen Morgen, – einen Regenschauer in der Mittagshitze, – und einen stillen, kühlen sternenklaren Abend, an welchem sich leicht und sanft einschlafen läßt.   Heinrich Kleist.

N. S. Ich habe vergessen, Sie um eine Antwort zu bitten; war diese Bitte nötig, oder würden Sie von selbst meinem Wunsche zuvorgekommen sein? – Noch eines. Ich wollte auch Einsiedeln mit dieser Gelegenheit schreiben, aber ich weiß seinen Wohnort nicht, auch ist es jetzt wegen Mangel an Zeit nicht mehr möglich. Er hat mir so viele Gefälligkeiten erzeigt, und ich fühle, daß ich ihm Dank schuldig bin. Wollen Sie es wohl übernehmen, ihm dies einmal gelegentlich mitzuteilen? Es wird ihn sehr interessieren, zu wissen, wie wir mit unsern Pferden, die er uns gekauft hat, zufrieden gewesen sind. Schreiben Sie ihm, daß es keine gesündern, dienstfertigern und fleißigern Tiere gab, als diese zwei Pferde. Wir haben sie unaufhörlich gebraucht, sie haben uns nie im Stiche gelassen, und wenn wir 14 Stunden an einem Tage gemacht hatten, so brauchten wir sie nur vollauf mit Haber zu füttern und ein wenig schmeichelnd hinter den Ohren zu kitzeln, so zogen sie uns am folgenden Tage noch 2 Stunden weiter. In 8 Tagen haben wir ohne auszuruhn von Straßburg bis Paris 120 Poststunden gemacht – Hier nun haben wir sie verkauft, und nie ist mir das Geld so verächtlich gewesen, als der Preis für diese Tiere, die wir gleichgültig der Peitsche des Philisters übergeben mußten, nachdem sie uns mit allen ihren Kräften gedient hatten. Übrigens war dieser Preis 13 französische Louisdor, circa 87 Rth., also nur 2 Taler Verlust. – Ein einziges Mal waren wir ein wenig böse auf sie, und das mit Recht, denke ich. Wir hatten ihnen nämlich in Butzbach, bei Frankfurt am Main, die Zügel abnehmen lassen vor einem Wirtshause, sie zu tränken und mit Heu zu futtern. Dabei war Ulrike so wie ich in dem Wagen sitzen geblieben, als mit einemmal ein Esel hinter uns ein so abscheuliches Geschrei erhob, daß wir wirklich grade so vernünftig sein mußten, wie wir sind, um dabei nicht scheu zu werden. Die armen Pferde aber, die das Unglück haben keine Vernunft zu besitzen, hoben sich hoch in die Höhe und gingen spornstreichs mit uns in vollem Karriere über das Steinpflaster der Stadt durch. Ich griff nach dem Zügel, aber die hingen ihnen, aufgelöset, über der Brust, und ehe ich Zeit hatte, an die Größe der Gefahr zu denken, schlug schon der Wagen mit uns um, und wir stürzten – Und an einem Eselsgeschrei hing ein Menschenleben? Und wenn es nun in dieser Minute geschlossen gewesen wäre, *darum* also hätte ich gelebt? Darum? *Das* hätte der Himmel mit diesem dunkeln, rätselhaften, irdischen Leben gewollt, und weiter nichts –? Doch für diesmal war es noch nicht geschlossen, – *wofür* er uns das Leben gefristet hat, wer kann es wissen? Kurz, wir standen beide ganz frisch und gesund von dem Steinpflaster auf und umarmten uns. Der Wagen lag ganz umgestürzt, daß die Räder zu oberst standen, ein Rad war ganz zerschmettert, die Deichsel zerbrochen, die Geschirre zerrissen, das alles kostete uns 3 Louisdor und 24 Stunden, am andern Morgen ging es weiter – Wann wird der letzte sein?

––––––––––

Grüßen Sie alles, was mich ein wenig liebt, auch Ihren Bruder.

49. An Wilhelmine von Zenge

Paris, den 21. Juli 1801

Mein liebes Minchen, recht mit herzlicher Liebe erinnere ich mich in diesem Augenblicke Deiner – O sage, bist Du mir wohl noch mit so vieler Innigkeit, mit so vielem Vertrauen ergeben, als sonst? Meine schnelle Abreise von Berlin, ohne Abschied von Dir zu nehmen, der seltsame Dir halbunverständliche Grund, meine kurzen, trüben, verwirrten und dabei sparsamen Briefe – o sage, hat Dir nicht zuweilen eine Ahndung von Mißtrauen ein wenig das Herz berührt? Ach, ich verzeihe es Dir, und bin in meiner innersten Seele froh durch das Bewußtsein, besser zu sein, als ich scheine. Ja, meine liebe Freundin, wenn mein Betragen Dich ein wenig beängstigt hat, so war doch nicht mein Herz, sondern bloß meine Lage schuld daran. Verwirrt durch die Sätze einer traurigen Philosophie, unfähig mich zu beschäftigen, unfähig, irgend etwas zu unternehmen, unfähig, mich um ein Amt zu bewerben, hatte ich Berlin verlassen, bloß weil ich mich vor der Ruhe fürchtete, in welcher ich Ruhe grade am wenigsten fand; und nun sehe ich mich auf einer Reise ins Ausland begriffen, ohne Ziel und Zweck, ohne begreifen zu können, wohin das mich führen würde – Mir war es zuweilen auf dieser Reise, als ob ich meinem Abgrunde entgegen ginge – Und nur das Gefühl, auch Dich mit mir hinabzuziehen, Dich, mein gutes, treues, unschuldiges Mädchen, Dich, die sich mir ganz hingegeben hat, weil sie ihr Glück von mir erwartet – Ach, Wilhelmine, ich habe oft mit mir gekämpft, – und warum soll ich nicht das Herz haben, Dir zu sagen, was ich mich nicht schäme, mir selbst zu gestehen? Ich habe oft mit mir gekämpft, ob es nicht meine *Pflicht* sei, Dich zu verlassen? Ob es nicht meine *Pflicht* sei, Dich von dem zu trennen, der sichtbar seinem Abgrunde entgegen eilt? – Doch höre, was ich mir antwortete. Wenn Du sie verlässest, sagte ich mir, wird sie dann wohl glücklicher sein? Ist sie nicht doch auch dann um die Bestimmung ihres Lebens betrogen? Wird sich ein andrer Mann um ein Mädchen bewerben, dessen Verbindung weltbekannt ist? Und wird sie einen andern Mann lieben können, wie mich –? Doch nicht Dein Glück allein, auch das meinige trat mir vor die Seele – ach, liebe Freundin, wer kann sich erwehren, ein wenig eigennützig zu sein? Soll ich mir denn, so fragte ich mich, die einzige Aussicht in der Zukunft zerstören, die mich noch ein wenig mit Lebenskraft erwärmt? Soll ich auch den einzigen Wunsch meiner Seele fahren lassen, den Wunsch, Dich mein Weib zu nennen? Soll ich denn ohne Ziel, ohne Wunsch, ohne Kraft, ohne Lebensreiz umherwandeln auf diesem Sterne, mit dem Bewußtsein, niemals ein Örtchen zu finden, wo das Glück für mich blüht – Ach, Wilhelmine, es war mir nicht möglich, allen Ansprüchen auf Freude zu entsagen, und wenn ich sie auch nur in der entferntesten Zukunft fände. Und dann – ist es denn auch so *gewiß*, daß ich meinem Abgrund entgegen eile? Wer kann die Wendungen des Schicksals erraten? Gibt es eine Nacht, die ewig dauert? So wie eine unbegreifliche Fügung mich schnell unglücklich machte, kann nicht eine ebenso unbegreifliche Fügung mich ebenso schnell glücklich machen? Und wenn auch das nicht wäre, wenn auch der Himmel kein Wunder täte, worauf man in unsern Tagen nicht eben sehr hoffen darf, habe ich denn nicht auch Hülfsmittel in mir selbst? Habe ich nicht Talent, und Herz und Geist, und ist meine gesunkene Kraft denn für immer gesunken? Ist diese Schwäche mehr als eine vorübergehende Krankheit, auf welcher Gesundheit und Stärke folgen? Kann ich denn nicht arbeiten? Schäme ich mich der Arbeit? Bin ich stolz, eitel, voll Vorurteile? Ist mir nicht jede *ehrliche* Arbeit willkommen, und will ich einen größern Preis, als Freiheit, ein eignes Haus und Dich?

Küsse mein Bild, Wilhelmine, so wie ich soeben das Deinige geküßt habe – Doch höre. Eines muß ich Dir noch sagen, ich bin es Dir schuldig. Es ist gewiß, daß früh oder spät, aber doch gewiß einmal ein heitrer Morgen für mich anbricht. Ich verdiene nicht unglücklich zu sein, und werde es nicht immer bleiben. Aber – es kann ein Weilchen dauern, und dazu gehört Treue. Auch werde ich die Blüte des Glückes pflücken müssen, wo ich sie finde, überall, gleichviel in welchem Lande, und dazu gehört Liebe – Was sagst Du dazu? Frage Dein Herz. Täusche mich nicht, so wie ich fest beschlossen habe, Dich niemals zu täuschen.

Jetzt muß ich Dir doch auch etwas von meiner Reise schreiben. – Weißt Du wohl, daß Dein Freund einmal dem Tode recht nahe war? Erschrick nicht, bloß nahe, und noch steht er mit allen seinen Füßen im Leben. Am folgenden Tage, nachdem ich meinen Brief an Dich in Göttingen auf die Post gegeben hatte, reiseten wir von dieser Stadt ab nach Frankfurt am Main. Fünf Meilen vor diesem Orte, in Butzbach, einem kleinen Städtchen, hielten wir an einem Morgen vor einem Wirtshause an, den Pferden Heu vorzulegen, wobei Johann ihnen die Zügel abnahm und wir beide sorglos sitzen blieben. Während Johann in dem Hause war, kommt ein Zug von Steineseln hinter uns her, und einer von ihnen erhebt ein so gräßliches Geschrei, daß wir selbst, wenn wir nicht so vernünftig wären, scheu geworden wären. Unsere Pferde aber, die das Unglück haben, keine Vernunft zu besitzen, hoben sich kerzengrade in die Höhe, und gingen dann spornstreichs mit uns über dem Steinpflaster durch. Ich griff nach der Leine – aber die Zügel lagen den Pferden, aufgelöset, über der Brust, und ehe wir Zeit hatten, an die Größe der Gefahr zu denken, schlug unser leichter Wagen schon um, und wir stürzten – Also an ein Eselsgeschrei hing ein Menschenleben? Und wenn es geschlossen gewesen wäre, *darum* hätte ich gelebt? *Das* wäre die Absicht des Schöpfers gewesen bei diesem dunkeln, rätselhaften irdischen Leben? *Das* hätte ich darin lernen und tun sollen, und weiter nichts –? Doch, noch war es nicht geschlossen. Wozu der Himmel es mir gefristet hat, wer kann es wissen? – Kurz, wir standen beide, frisch und gesund von dem Steinpflaster auf, und umarmten uns. Der Wagen lag ganz umgestürzt, die Räder zu oberst, ein Rad war ganz zertrümmert, die Deichsel zerbrochen, die Geschirre zerrissen. Das kostete uns 3 Louisdor und 24 Stunden; dann ging es weiter – wohin? Gott weiß es.

Von Mainz aus machten wir eine Rheinreise nach Bonn. – Ach, Wilhelmine, das ist eine Gegend, wie ein Dichtertraum, und die üppigste Phantasie kann nichts Schöneres erdenken, als dieses Tal, das sich bald öffnet, bald schließt, bald blüht, bald öde ist, bald lacht, bald schreckt. Am ersten Tag, bis Koblenz, hatten wir gutes Wetter. Am zweiten, wo wir bis Köln fahren wollten, erhob sich schon bei der Abfahrt ein so starker Sturm, in widriger Richtung, daß die Schiffer mit dem großen Postschiff, das ganz bedeckt ist, nicht weiter fahren wollten, und in einem trierischen Dorfe am Ufer landeten. Da blieben wir von 10 Uhr morgens den ganzen übrigen Tag, immer hoffend, daß sich der Sturm legen würde. Endlich um 11 Uhr in der Nacht schien es ein wenig ruhiger zu werden, und wir schifften uns mit der ganzen Gesellschaft wieder ein.

Aber kaum waren wir auf der Mitte des Rheins, als wieder ein so unerhörter Sturm losbrach, daß die Schiffer das Fahrzeug gar nicht mehr regieren konnten. Die Wellen, die auf diesem breiten, mächtigen Strome, nicht so unbedeutend sind, als die Wellen der Oder, ergriffen das Schiff an seiner Fläche, und schleuderten es so gewaltig, daß es durch sein höchst gefährliches Schwanken, die ganze Gesellschaft in Schrecken setzte. Ein jeder klammerte sich alle andern vergessend an einen Balken an, ich selbst, *mich* zu halten – Ach, es ist nichts ekelhafter, als diese Furcht vor dem Tode. Das Leben ist das einzige Eigentum, das nur dann etwas wert ist, wenn wir es nicht achten. Verächtlich ist es, wenn wir es nicht leicht fallen lassen können, und nur der kann es zu großen Zwecken nutzen, der es leicht und freudig wegwerfen könnte. Wer es mit Sorgfalt liebt, moralisch tot ist er schon, denn seine höchste Lebenskraft, nämlich es opfern zu können, modert, indessen er es pflegt. Und doch – o wie unbegreiflich ist der Wille, der über uns waltet! – Dieses rätselhafte Ding, das wir besitzen, wir wissen nicht von wem, das uns fortführt, wir wissen nicht wohin, das unser Eigentum ist, wir wissen nicht, ob wir darüber schalten dürfen, eine Habe, die nichts wert ist, wenn sie uns etwas wert ist, ein Ding, wie ein Widerspruch, flach und tief, öde und reich, würdig und verächtlich, vieldeutig und unergründlich, ein Ding, das jeder wegwerfen möchte, wie ein unverständliches Buch, sind wir nicht durch ein Naturgesetz gezwungen es zu lieben? Wir müssen vor der Vernichtung beben, die doch nicht so qualvoll sein kann, als oft das Dasein, und indessen mancher das traurige Geschenk des Lebens beweint, muß er es durch Essen und Trinken ernähren und die Flamme vor dem Erlöschen hüten, die ihn weder erleuchtet, noch erwärmt.

Das klang ja wohl recht finster? Geduld – Es wird nicht immer so sein, und ich sehne mich nach einem Tage, wie der Hirsch in der Mittagshitze nach dem Strome, sich hineinzustürzen – Aber Geduld! – Geduld –? Kann der Himmel die von seinen Menschen verlangen, da er ihnen selbst ein Herz voll Sehnsucht gab? Zerstreuung! Zerstreuung! – O wenn mir die Wahrheit des Forschens noch so würdig schiene, wie sonst, da wäre Beschäftigung hier in diesem Orte vollauf – Gott gebe mir nur Kraft! Ich will es versuchen. Ich habe hier schon durch Humboldt und Lucchesini einige Bekanntschaften französischer Gelehrter gemacht, auch schon einige Vorlesungen besucht – Ach, Wilhelmine, die Menschen sprechen mir von Alkalien und Säuren, indessen mir ein allgewaltiges Bedürfnis die Lippe trocknet – Lebe wohl, wohl, schreibe mir bald, zum Troste. Dein H. K.

(künftig etwas von Paris)

50. An Adolfine von Werdeck

Paris, den 28. (und 29.) Juli 1801

Gnädigste Frau,

Erkennen Sie an diesen Zügen wohl noch die Schrift eines Jünglings, die seit sechs Jahren nicht mehr vor Ihren Augen erschien? Können Sie aus ihrer Form wohl noch, wie sonst, den Namen des Schriftstellers erraten, und regt sich dabei in Ihrer Seele wohl noch ein wenig von dem Wohlwollen, von dem sie ihm einst so viel schenkten? Oder ist diese Hand Ihnen unbekannt geworden? Hat sie sich mit dem Herzen verändert? Ist sie alt geworden mit ihm, und muß sie sein Schicksal teilen, weniger Teilnahme zu finden, als in der Blütenzeit der Jugend? – Ach, was ist das Leben eines Menschen für ein farbenwechselndes Ding! Sechs Jahre! Wie viele Gedanken, wie viele Gefühle, wie viele Wünsche, wie viele Hoffnungen, wie viele Täuschungen, wie viele Freuden, wie viele Leiden schließen sechs Jünglingsjahre ein! Wie der Felsen, dessen drohender Gipfel, wenn wir unter seinen Füßen stehen, Erstaunen und Verwunderung in unsrer Seele erregt, nach und nach, wenn wir uns von ihm entfernen, immer kleiner und kleiner wird, und endlich zu einem dämmernden Pünktchen schwindet, das wir mühsam suchen müssen, um es zu finden, so werden auch die großen Momente der Vergangenheit immer kleiner und kleiner – Selbst Gefühle an deren Ewigkeit wir nicht zweifelten, schwinden ganz aus dem Gedächtnis. Es war eine Zeit, wo ich nicht glaubte, daß diese Seele jemals einen andern Gedanken bearbeiten würde, als einen einzigen, jemals ein anderes Gefühl lieb gewinnen könnte, als ein einziges; und jetzt muß eine Zeitung mir in die Hände fallen, oder ein Komet über die Erde ziehen, um mich seiner zu erinnern –? Ach, die Liebe entwöhnt uns von ihren Freuden, wie die Mutter das Kind von der Milch, indem sie sich Wermut auf die Brust legt – Und doch ist die Erinnerung selbst an das Bitterste noch süß. Ja, es ist kein Unglück, das Glück verloren zu haben, das erst ist ein Unglück, sich seiner nicht mehr zu erinnern. So lange wir noch die Trümmern der Vergangenheit besuchen können, so lange hat das Leben auch immer noch eine Farbe. Aber wenn ein unruhiges Schicksal uns zerstreut, wenn die rohen Bedürfnisse des Daseins die leiseren übertäuben, wenn die Notwendigkeit uns zu denken, zu streben, zu handeln zwingt, wenn neue Gedanken sich zeigen und wieder verschwinden, neue Wünsche sich regen und wieder sinken, neue Bande sich knüpfen, und wieder zerreißen, wenn wir dann zuweilen, flüchtig, mit ermatteter Seele, die geliebten Ruinen besteigen, das Blümchen der Erinnerung zu pflücken, und dann auch hier alles leer und öde finden, die schönsten Blöcke in Staub und Asche gesunken, die letzten Säulen dem Sturze nah, bis zuletzt das ganze Monument matt und flach ist, wie die Ebene, die es trägt, dann erst verwelkt das Leben, dann bleicht es aus, dann verliert es alle seine bunten Farben – Wie viele Freuden habe ich auf dieser Reise genossen, wie viel Schönes gesehen, wie viele Freunde gefunden, wie viele großen Augenblicke durchlebt – Aber zu schnell wechseln die Erscheinungen im Leben, zu eng ist das Herz sie alle zu umfassen, und immer die vergangnen schwinden, Platz zu machen den neuen – Zuletzt ekelt dem Herzen vor den neuen, und matt gibt es sich Eindrücken hin, deren Vergänglichkeit es vorempfindet – Ach, es muß leer und öde und traurig sein, später zu sterben, als das Herz –

Mit welchen Empfindungen ich *Mainz* wiedererblickte, das

ich schon als Knabe einmal sah – wie ließe sich das beschreiben? Das war damals die üppigste Sekunde in der Minute meines Lebens! Sechzehn Jahre, der Frühling, die Rheinhöhen, der *erste* Freund, den ich soeben gefunden hatte, und ein Lehrer wie Wieland, dessen »Sympathien« ich damals las – War die Anlage nicht günstig, einen großen Eindruck tief zu begründen?

Warum ist die Jugend die üppigste Zeit des Lebens? Weil kein Ziel so hoch und so fern ist, das sie sich nicht einst zu erreichen getraute. Vor ihr liegt eine Unendlichkeit – Noch ist nichts bestimmt, und alles möglich – Noch spielt die Hand, mutwillig zögernd, mit den Losen in der Urne des Schicksals, welche auch das *große* enthält – warum sollte sie es nicht fassen *können?* Sie säumt und säumt, indem schon die bloße Möglichkeit fast ebenso wollüstig ist, wie die Wirklichkeit – Indessen spielt ihr das Schicksal einen Zettel unter die Finger – es ist nicht das große Los, es ist keine Niete, es ist ein Los, wie es Tausende schon getroffen hat, und Millionen noch treffen wird.

Damals entwickelten sich meine ersten Gedanken und Gefühle. In meinem Innern sah es so poetisch aus, wie in der Natur, die mich umgab. Mein Herz schmolz unter so vielen begeisternden Eindrücken, mein Geist flatterte wollüstig, wie ein Schmetterling über honigduftende Blumen, mein ganzes Wesen ward fortgeführt von einer unsichtbaren Gewalt, wie eine Fürsichblüte von der Morgenluft – Mir wars, als ob ich vorher ein totes Instrument gewesen wäre, und nun, plötzlich mit dem Sinn des Gehörs beschenkt, entzückt würde über die eignen Harmonieen. –

Wir standen damals in *Bieberich* in Kantonierungsquartieren. Vor mir blühte der Lustgarten der Natur – eine konkave Wölbung, wie von der Hand der Gottheit eingedrückt. Durch ihre Mitte fließt der Rhein, zwei Paradiese aus einem zu machen. In der Tiefe liegt *Mainz*, wie der Schauplatz in der Mitte eines Amphitheaters. Der Krieg war aus dieser Gegend geflohen, der Friede spielte sein allegorisches Stück. Die Terrassen der umschließenden Berge dienten statt der Logen, Wesen aller Art blickten als Zuschauer voll Freude herab, und sangen und sprachen Beifall – Oben in der Himmelsloge stand Gott. Hoch an dem Gewölbe des großen Schauspielhauses strahlte die Girandole der Frühlingssonne, die entzückende Vorstellung zu beleuchten.

Holde Düfte stiegen, wie Dämpfe aus Opferschalen, aus den Kelchen der Blumen und Kräuter empor. Ein blauer Schleier, wie in Italien gewebt, umhüllte die Gegend, und es war, als ob der Himmel selbst hernieder gesunken wäre auf die Erde –

Ach, ich entsinne mich, daß ich in meiner Entzückung zuweilen, wenn ich die Augen schloß, besonders einmal, als ich an dem Rhein spazieren ging, und so zugleich die Wellen der Luft und des Stromes mich umtönten, eine ganze vollständige Sinfonie gehört habe, die Melodie und alle begleitenden Akkorde, von der zärtlichen Flöte bis zu dem rauschenden Kontra-Violon. Das klang mir wie eine Kirchenmusik, und ich glaube, daß alles, was uns die Dichter von der Sphärenmusik erzählen, nichts Reizenderes gewesen ist, als diese seltsame Träumerei.

Zuweilen stieg ich allein in einen Nachen und stieß mich bis auf die Mitte des Rheins. Dann legte ich mich nieder auf den Boden des Fahrzeugs, und vergaß, sanft von dem Strome hinabgeführt, die ganze Erde, und sah nichts, als den Himmel –

Wie diese Fahrt, so war mein ganzes damaliges Leben – Und jetzt! – Ach, das Leben des Menschen ist, wie jeder Strom, bei seinem Ursprunge am höchsten. Es fließt nur fort, indem es fällt – In das Meer müssen wir alle – Wir sinken und sinken, bis wir so niedrig stehen, wie die andern, und das Schicksal *zwingt* uns, so zu sein, wie die, die wir verachten –

Ich habe in der Gegend von Mainz jeden Ort besucht, der mir durch irgend eine Erinnerung heilig war, die Insel bei Bieberich, die ich mit *Müllern*, oft im größten Sturm, umschiffte – das Ufer zwischen Bieberich und Schierstein, an welchem *Gleißenberg* mich einmal mitten in der Nacht, als der Schiffer schelmisch aus unserm Kahn gesprungen war, hinanstieß – das Lager bei Marienborn, wo ich noch Spuren einer Höhle fand, die ich einmal mit *Barßen*, uns vor der Sonne zu schützen, in die Erde gegraben hatte –

Von Mainz aus fuhr ich mit Ulriken auf dem Rheine nach Koblenz – Ach, das ist eine Gegend, wie ein Dichtertraum, und die üppigste Phantasie kann nichts Schöneres erdenken, als dieses Tal, das sich bald öffnet, bald schließt, bald blüht, bald öde ist, bald lacht, bald schreckt. Pfeilschnell strömt der Rhein heran von Mainz, als hätte er sein Ziel schon im Auge, als sollte ihn nichts abhalten, es zu erreichen, als wollte er es, ungeduldig, auf dem kürzesten Wege ereilen. Aber ein Rebenhügel (der Rheingau) beugt seinen stürmischen Lauf, sanft aber mit festem Sinn, wie eine Gattin den stürmischen Willen ihres Mannes, und zeigt ihm mit stiller Standhaftigkeit den Weg, der ihn ins Meer führen wird – Und er ehrt die edle Warnung und gibt sein voreiliges Ziel auf, und durchbricht, der freundlichen Weisung folgend, den Rebenhügel nicht, sondern umgeht ihn, mit beruhigtem Laufe seine blumigen Füße ihm küssend –

Aber still und breit und majestätisch strömt er bei *Bingen* heran, und sicher, wie ein Held zum Siege, und langsam, als ob er seine Bahn doch wohl vollenden würde – Und ein Gebirge (der Hundsrück) wirft sich ihm in den Weg, wie die Verleumdung der unbescholtenen Tugend. Er aber durchbricht es, und wankt nicht, und die Felsen weichen ihm aus, und blicken mit Bewunderung und Erstaunen auf ihn hinab – doch *er* eilt verächtlich bei ihnen vorüber, aber ohne zu frohlocken, und die einzige Rache, die er sich erlaubt, ist diese, ihnen in seinem klaren Spiegel ihr schwarzes Bild zu zeigen –

Und hier in diesem Tale, wo der Geist des Friedens und der Liebe zu dem Menschen spricht, wo alles, was Schönes und Gutes in unsrer Seele schlummert, lebendig wird, und alles, was niedrig ist, schweigt, wo jeder Luftzug und jede Welle, freundlichgeschwätzig, unsere Leidenschaften beruhigt, und die ganze Natur gleichsam den Menschen einladet, vortrefflich zu sein – o war es möglich, daß dieses Tal ein Schauplatz werden konnte für den Krieg? Zerstörte Felder, zertretene Weinberge, ganze Dörfer in Asche, Festen, die unüberwindlich schienen, in den Rhein gestürzt – Ach, wenn ein *einziger* Mensch so viele Frevel auf seinem Gewissen tragen sollte, er müßte niedersinken, erdrückt von der Last – Aber eine ganze Nation errötet niemals. Sie dividiert die Schuld mit 30000000, da kömmt ein kleiner Teil auf jeden, den ein Franzose ohne Mühe trägt. – *Gleim* in Halberstadt nahm mir das Versprechen ab, als *ein Deutscher* zurückzukehren in mein Vaterland. Es wird mir nicht schwer werden, dieses Versprechen zu halten.

Ich wäre auf dieser Rheinreise sehr glücklich gewesen, wenn – wenn – – Ach, gnädigste Frau, es gibt nichts Großes in der Welt, wozu Ulrike nicht fähig wäre, ein edles, weises, großmütiges

Mädchen, eine Heldenseele in einem Weiberkörper, und ich
müßte von allem diesen nichts sein, wenn ich das nicht innig
fühlen wollte. Aber – ein Mensch kann viel besitzen, vieles geben,
es läßt sich doch nicht immer, wie Goethe sagt, an seinem Busen
ruhen – Sie ist ein Mädchen, das orthographisch schreibt und handelt, nach dem Takte spielt und denkt, ein Wesen, das von dem
Weibe nichts hat, als die Hüften, und nie hat sie gefühlt, wie süß
ein Händedruck ist – Aber sie mißverstehen mich doch nicht –?
O es gibt kein Wesen in der Welt, das ich so ehre, wie meine
Schwester. Aber welchen Mißgriff hat die Natur begangen, als sie
ein Wesen bildete, das weder Mann noch Weib ist, und gleichsam wie eine Amphibie zwischen zwei Gattungen schwankt?
Auffallend ist in diesem Geschöpf der Widerstreit zwischen
Wille und Kraft. Auf einer Fußreise in dem schlesischen Gebirge
aß und trank sie nicht vor Ermüdung, ward bei dem Sonnenaufgang auf der Riesenkoppe ohnmächtig, und antwortete doch
immer, so oft man sie fragte, sie befinde sich wohl. Vor *Töplitz*
fuhren wir mit einem andern beladenen Wagen so zusammen,
daß wir weder vor- noch rückwärts konnten, weil auf der andern
Seite ein Zaun war. Der Zaun, rief sie, muß abgetragen werden –
Es gab wirklich kein anderes Mittel, und der Vorschlag war eines
Mannes würdig. Sie aber ging weiter, und legte, ihr Geschlecht
vergessend, die schwache Hand an den Balken, der sich nicht
rührte – Mitten in einer großen Gefahr auf einem See bei *Fürstenwalde*, wo die ganze Familie im Nachen dem Sturme ausgesetzt
war, und alles weinte und schrie, und selbst die Männer die Besinnung verloren, sagte sie: kommen wir doch in die Zeitungen –
Mit Kälte und Besonnenheit geht sie jeder Gefahr entgegen, erscheint aber unvermutet ein Hund oder ein Stier, so zittert sie an
allen Gliedern – Wo ein anderer überlegt, da entschließt sie sich,
und wo er spricht, da handelt sie. Als wir auf der Ostsee zwischen
Rügen und dem festen Lande im Sturme auf einem Boote mit
Pferden und Wagen dem Untergange nahe waren, und der Schiffer schnell das Steuer verließ, die Segel zu fällen, sprang sie an
seinen Platz und hielt das Ruder – Unerschütterte Ruhe scheint
ihr das glücklichste Los auf Erden. Von *Bahrdten* hörte sie einst, er
habe den Tod seiner geliebten Tochter am Spieltische erfahren,
ohne aufzustehen. Der Mann schien ihr beneidens- und nach-

ahmungswürdig. – Wo ein andrer fühlt, da denkt sie, und wo er
genießt, da will sie sich unterrichten. In Kassel spielte ein steiner-
ner Satyr durch die Bewegung des Wassers die Flöte. Es war ein
angenehmes Lied, ich schwieg und horchte. Sie fragte: wie geht
das zu? – Einst sagte sie, sie könne nicht begreifen, wie üppige
Gedichte, oder Malereien reizen könnten –? Doch still davon.
Das klingt ja fast wie ein Tadel – und selbst der leiseste ist zu bitter
für ein Wesen, das keinen andern Fehler hat, als diesen, zu groß
zu sein für ihr Geschlecht.

den 29. Juli

   Seit dem 3. bin ich nun (über Straßburg) in Paris. – Werde
ich Ihnen nicht auch etwas von dieser Stadt schreiben müssen?
Herzlich gern, wenn ich nur mehr zum Beobachten gemacht
wäre. Aber – kehren uns nicht alle irdischen Gegenstände ihre
Schattenseite zu, wenn wir in die Sonne sehen –? Wer die Welt
in seinem Innern kennen lernen will, der darf nur flüchtig die
Dinge außer ihm mustern. Ach, es ist meine angeborne Unart,
nie den Augenblick ergreifen zu können, und immer an einem
Orte zu leben, an welchem ich nicht bin, und in einer Zeit, die
vorbei, oder noch nicht da ist. – Als ich in mein Vaterland war,
war ich oft in Paris, und nun ich in Paris bin, bin ich fast immer in
mein Vaterland. Zuweilen gehe ich, mit offnen Augen durch die
Stadt, und sehe – viel Lächerliches, noch mehr Abscheuliches, und
hin und wieder etwas Schönes. Ich gehe durch die langen, krummen, engen, mit Kot oder Staub überdeckten, von tausend wider-
lichen Gerüchen duftenden Straßen, an den schmalen, aber hohen
Häusern entlang, die sechsfache Stockwerke tragen, gleichsam
den Ort zu vervielfachen, ich winde mich durch einen Haufen
von Menschen, welche schreien , laufen, keuchen, einander schieben, stoßen und umdrehen, ohne es übelzunehmen, ich sehe jemanden an, er sieht mich wieder an, ich frage ihn ein paar Worte,
er antwortet mir höflich, ich werde warm, er ennuyiert sich, wir
sind einander herzlich satt, er empfiehlt sich, ich verbeuge mich,
und wir haben uns beide vergessen, sobald wir um die Ecke sind –
Geschwind gehe ich nach dem Louvre und erwärme mich an
dem Marmor, an dem Apoll vom Belvedere, an der mediceischen
Venus, oder trete vor das herrliche niederländische Tableau, wo
der Sauhirt den Ulysses ausschimpft – Auf dem Rückwege gehe

ich durch das Palais royal, wo man ganz Paris kennen lernen kann, mit allen seinen Greueln und sogenannten Freuden – Es ist kein sinnliches Bedürfnis, das hier nicht bis zum Ekel befriedigt, keine Tugend, die hier nicht mit Frechheit verspottet, keine Infamie, die hier nicht nach Prinzipien begangen würde – Noch schrecklicher ist der Anblick des Platzes an der Halle au bléd, wo auch der letzte Zügel gesunken ist – Dann ist es Abend, dann habe ich ein brennendes Bedürfnis, das alles aus den Augen zu verlieren, alle diese Dächer und Schornsteine und alle diese Abscheulichkeiten, und nichts zu sehen, als rundum den Himmel – aber gibt es einen Ort in dieser Stadt, wo man ihrer nicht gewahr würde?

Lucchesini und Humboldt haben mich vorläufig bei einigen französischen Gelehrten eingeführt. Ich soll nämlich hier studieren, ich *soll* es, so will es ein jahrelang entworfener Plan, dem ich folgen muß, wie ein Jüngling einem Hofmeister, von dem er sich noch nicht los machen kann. Ich habe auch schon einigen Vorlesungen beigewohnt – Ach, diese Menschen sprechen von Säuren und Alkalien, indessen mir ein allgewaltiges Bedürfnis die Lippe trocknet – Liebe Freundin, sagen Sie mir, sind wir da, die Höhe der Sonne zu ermessen, oder uns an ihren Strahlen zu wärmen? Genießen! Genießen! *Wo* genießen wir? Mit dem Verstande oder mit dem Herzen? Ich *will* es nicht mehr binden und rädern, frei soll es die Flügel bewegen, ungezügelt um seine Sonne soll es fliegen, flöge es auch gefährlich, wie die Mücke um das Licht – Ach, daß wir ein Leben bedürfen, zu lernen, wie wir leben müßten, daß wir im Tode erst ahnden, was der Himmel mit uns will! – Wohin wird dieser schwankende Geist mich führen, der nach allem strebt, und berührt er es, gleichgültig es fahren läßt – Und doch, wenn die Jugend von jedem Eindrucke bewegt wird, und ein heftiger sie stürzt, so ist das nicht, weil sie keinen, sondern weil sie *starken* Widerstand leistet. Die abgestorbene Eiche, sie steht unerschüttert im Sturm, aber die blühende stürzt er, *weil er in ihre Krone greifen kann* – Ich entsinne mich, daß mir ein *Buch* zuerst den Gedanken einflößte, ob es nicht möglich sei, ein hohes wissenschaftliches Ziel noch zu erreichen? Ich versuchte es, und auf der Mitte der Bahn hält mich jetzt ein *Gedanke* zurück – Ach, ich trage mein Herz mit mir herum, wie ein nördliches Land den Keim einer Südfrucht. Es treibt und treibt, und es kann nicht

reifen – Denn Menschen lassen sich, wie Metalle, zwar formen
so lange sie warm sind; aber jede Berührung wirkt wieder anders
auf sie ein, und nur wenn sie erkalten, wird ihre Gestalt bleibend.
Ich möchte so gern in einer *rein-menschlichen* Bildung fortschreiten, aber das Wissen macht uns weder besser, noch glücklicher.
Ja, wenn wir den ganzen Zusammenhang der Dinge einsehen
könnten! Aber ist nicht der Anfang und das Ende jeder Wissenschaft in Dunkel gehüllt? Oder soll ich alle diese Fähigkeiten, und
alle diese Kräfte und dieses ganze Leben nur dazu anwenden, eine
Insektengattung kennen zu lernen, oder einer Pflanze ihren Platz
in der Reihe der Dinge anzuweisen? Ach, mich ekelt vor dieser
Einseitigkeit! Ich glaube, daß *Newton* an dem Busen eines Mädchens nichts anderes sah, als seine krumme Linie, und daß ihm
an ihrem Herzen nichts merkwürdig war, als sein Kubikinhalt. Bei
den Küssen seines Weibes denkt ein echter Chemiker nichts, als
daß ihr Atem Stickgas und Kohlenstoffgas ist. Wenn die Sonne
glühend über den Horizont heraufsteigt, so fällt ihm weiter nichts
ein, als daß sie eigentlich noch nicht da ist – Er sieht bloß das In-
sekt, nicht die Erde, die es trägt, und wenn der bunte Holzspecht
an die Fichte klopft, oder im Wipfel der Eiche die wilde Taube
zärtlich girrt, so fällt ihm bloß ein, wie gut sie sich ausnehmen
würden, wenn sie ausgestopft wären. Die ganze Erde ist dem
Botaniker nur ein großes Herbarium, und an der wehmütigen
Trauerbirke, wie an dem Veilchen, das unter ihrem Schatten
blüht, ist ihm nichts merkwürdig, als ihr linnéischer Name. Dagegen ist die Gegend dem Mineralogen nur schön, wenn sie stei-
nig ist, und wenn der alpinische Granit von ihm bis in die Wolken
strebt, so tut es ihm nur leid, daß er ihn nicht in die Tasche stek-
ken kann, um ihn in den Glasschrank neben die andern Fossile zu
setzen – O wie traurig ist diese zyklopische Einseitigkeit! – Doch
genug. Ich habe Ihnen so viel aus meinem Innern mitgeteilt; werden Sie mir diese kindische Neigung zur Vertraulichkeit verzeihen? Ich hoffe es. Ihre Antwort wird mir eine frohe Stunde
schenken. Was macht Werdeck? O möchte der Würdigste unter
den Menschen doch nicht zugleich der Unglücklichste sein!
Grüßen Sie Fr. Schlegel, und wenn in der Tafel Ihres Gedächtnisses noch ein Plätzchen übrig ist, so heben Sie es auf für den Namen Ihres Freundes Heinrich Kleist.

51. An Wilhelmine von Zenge

A Mademoiselle Mademoiselle Wilhelmine de Zenge à Francfort sur l'Oder.

Paris, den 15. August 1801

Mein liebes Minchen, Dein Brief, und die paar Zeilen von Carln und Louisen haben mir außerordentlich viele Freude gemacht. Es waren seit 10 Wochen wieder die ersten Zeilen, die ich von Deiner Hand las; denn die Briefe, die Du mir, wie Du sagst, während dieser Zeit geschrieben hast, müssen verloren gegangen sein, weil ich sie nicht empfangen habe. Desto größer war meine Freude, als ich heute auf der Post meine Adresse und Deine Hand erkannte – Aber denke Dir meinen Schreck, als der Postmeister meinen Paß zu sehen verlangte, und ich gewahr ward, daß ich ihn unglücklicherweise vergessen hatte –? Was war zu tun? Die Post ist eine starke halbe Meile von meiner Wohnung entfernt – Sollte ich zurücklaufen, sollte ich noch zwei Stunden warten, einen Brief zu erbrechen, den ich schon in meiner Hand hielt? – Ich bat den Postmeister, er möchte einmal eine Ausnahme von der Regel machen, ich stellte ihm die Unbequemlichkeit des Zurücklaufens vor, ich vertraute ihm an, wie viele Freude es mir machen würde, wenn ich den Brief mit mir zurücknehmen könnte, ich schwor ihm zu, daß ich Kleist sei und ihn nicht bertüge – Umsonst! Der Mann war unerbittlich. Schwarz auf weiß wollte er sehen, Mienen konnte er nicht lesen – Tausendfältig betrogen, glaubte er nicht mehr, daß in Paris jemand ehrlich sein könnte. Ich verachtete, oder vielmehr ich bemitleidete ihn, holte meinen Paß, und vergab ihm, als er mir Deinen Brief überlieferte. Ganz ermüdet lief ich in ein Kaffeehaus und las ihn – und der Ernst, der in Deinem Briefe herrscht, Deine stille Bemühung, Dich immer mehr und mehr zu bilden, die Beschreibung Deines Zustandes, in welchem Du Dich, so sehr ich Dich auch betrübe, doch noch so ziemlich glücklich fühlst, das alles rührte mich so innig, daß ich es in dem Schauspielhause, in welches ich gegangen war, ein großes Stück zu sehen, gar nicht aushalten konnte, noch vor dem Anfang der Vorstellung wieder herauslief, und jetzt, noch mit aller Wärme der ersten Empfindung, mich niedersetze, Dir zu antworten.

Du willst, ich soll Dir etwas von meiner Seele mitteilen? Mein liebes Mädchen, wie gern tue ich das, wenn ich hoffen kann, daß es Dich erfreuen wird. Ja, seit einigen Wochen scheint es mir, als hätte sich der Sturm ein wenig gelegt – Kannst Du Dir wohl vorstellen, wie leicht, wie wehmütig froh dem Schiffer zumute sein mag, dessen Fahrzeug in einer langen finstern stürmenden Nacht, gefährlich-wankend, umhergetrieben ward, wenn er nun an der sanftern Bewegung fühlt, daß ein stiller, heitrer Tag anbrechen wird? Etwas Ähnliches empfinde ich in meiner Seele – O möchtest Du auch ein wenig von der Ruhe genießen, die mir seit einiger Zeit zuteil geworden ist, möchtest Du, wenn Du diesen Brief liesest, auch einmal ein wenig froh sein, so wie ich es jetzt bin, da ich ihn schreibe. Ja, vielleicht werde ich diese Reise nach Paris, von welcher ich keinem Menschen, ja sogar mir selbst nicht Rechenschaft geben kann, doch noch segnen. Nicht wegen der Freuden, die ich genoß, denn sparsam waren sie mir zugemessen; aber alle Sinne bestätigen mir hier, was längst mein Gefühl mir sagte, nämlich daß uns die Wissenschaften weder besser noch glücklicher machen, und ich hoffe daß mich das zu einer Entschließung führen wird. O ich kann Dir nicht beschreiben, welchen Eindruck der erste Anblick dieser höchsten Sittenlosigkeit bei der höchsten Wissenschaft auf mich machte. Wohin das Schicksal diese Nation führen wird –? Gott weiß es. Sie ist reifer zum Untergange als irgend eine andere europäische Nation. Zuweilen, wenn ich die Bibliotheken ansehe, wo in prächtigen Sälen und in prächtigen Bänden die Werke Rousseaus, Helvetius', Voltaires stehen, so denke ich, was haben sie genutzt? Hat ein einziges seinen Zweck erreicht? Haben sie das Rad aufhalten können, das unaufhaltsam stürzend seinem Abgrund entgegeneilt? O hätten alle, die gute Werke *geschrieben* haben, die Hälfte von diesem Guten *getan*, es stünde besser um die Welt. Ja selbst dieses Studium der Naturwissenschaft, auf welches der ganze Geist der französischen Nation mit fast vereinten Kräften gefallen ist, wohin wird es führen? Warum verschwendet der Staat Millionen an alle diese Anstalten zur Ausbreitung der Gelehrsamkeit? Ist es ihm um *Wahrheit* zu tun? Dem *Staate*? Ein Staat kennt keinen andern Vorteil, als den er nach Prozenten berechnen kann. Er will die Wahrheit *anwenden* – Und worauf? Auf Künste und Gewerbe. Er will das Bequeme noch bequemer machen, das Sinnliche noch versinnlichen, den raffiniertesten Luxus noch raffinieren. – Und wenn am Ende auch das üppigste und verwöhnteste Bedürfnis keinen Wunsch mehr ersinnen kann, was ist dann –? O wie unbegreiflich ist der Wille, der über die Menschengattung waltet! Ohne Wissenschaft zittern wir vor jeder Lufterscheinung, unser Leben ist jedem Raubtier ausgesetzt, eine Giftpflanze kann uns töten – und sobald wir in das Reich des Wissens treten, sobald wir unsre Kenntnisse anwenden, uns zu sichern und zu schützen, gleich ist der erste Schritt zu dem Luxus und mit ihm zu allen Lastern der Sinnlichkeit getan. Denn wenn wir zum Beispiel die Wissenschaften nutzen, uns vor dem Genuß giftiger Pflanzen zu hüten, warum sollen wir sie nicht auch nutzen, wohlschmeckende zu sammeln, und wo ist nun die Grenze hinter welcher die Poulets à la suprême und alle diese Raffinements der französischen Kochkunst liegen? Und doch – gesetzt, Rousseau hätte in der Beantwortung der Frage, ob die Wissenschaften den Menschen glücklicher gemacht haben, recht, wenn er sie mit *Nein* beantwortet, welche seltsamen Widersprüche würden aus dieser Wahrheit folgen! Denn es mußten viele Jahrtausende vergehen, ehe so viele Kenntnisse gesammelt werden konnten, wie nötig waren, einzusehen, daß man keine haben müßte. Nun also müßte man alle Kenntnisse vergessen, den Fehler wieder gut zu machen; und somit finge das Elend wieder von vorn an. Denn der Mensch hat ein unwidersprechliches Bedürfnis sich aufzuklären. Ohne Aufklärung ist er nicht viel mehr als ein Tier. Sein moralisches Bedürfnis treibt ihn zu den Wissenschaften an, wenn dies auch kein physisches täte. Er wäre also, wie Ixion, verdammt, ein Rad auf einen Berg zu wälzen, das halb erhoben, immer wieder in den Abgrund stürzt. Auch ist immer Licht, wo Schatten ist, und umgekehrt. Wenn die Unwissenheit unsre Einfalt, unsre Unschuld und alle Genüsse der friedlichen Natur sichert, so öffnet sie dagegen allen Greueln des Aberglaubens die Tore – Wenn dagegen die Wissenschaften uns in das Labyrinth des Luxus führen, so schützen sie uns vor allen Greueln des Aberglaubens. Jede reicht uns Tugenden und Laster, und wir mögen am Ende aufgeklärt oder unwissend sein, so haben wir dabei so viel verloren, als gewonnen. – Und so mögen wir denn vielleicht am Ende tun, was wir wollen, wir tun recht – Ja, wahrlich, wenn man überlegt, daß wir ein

Leben bedürfen, um zu lernen, wie wir leben müßten, daß wir
selbst im Tode noch nicht ahnden, was der Himmel mit uns will,
wenn niemand den Zweck seines Daseins und seine Bestimmung
kennt, wenn die menschliche Vernunft nicht hinreicht, sich und
die Seele und das Leben und die Dinge um sich zu begreifen, wenn
man seit Jahrtausenden noch zweifelt, ob es ein *Recht* gibt – –
kann Gott von solchen Wesen *Verantwortlichkeit* fordern? Man
sage nicht, daß eine Stimme im Innern uns heimlich und deutlich
anvertraue, was recht sei. Dieselbe Stimme, die dem Christen
zuruft, seinem Feinde zu vergeben, ruft dem Seeländer zu, ihn
zu braten, und mit Andacht ißt er ihn auf – Wenn die Überzeugung solche Taten rechtfertigen kann, darf man ihr trauen? –
Was heißt das auch, etwas Böses tun, der Wirkung nach? Was
ist *böse*? *Absolut böse*? Tausendfältig verknüpft und verschlungen sind die Dinge der Welt, jede Handlung ist die Mutter von
Millionen andern, und oft die schlechteste erzeugt die besten –
Sage mir, wer auf dieser Erde hat schon etwas *Böses* getan? Etwas,
das böse wäre *in alle Ewigkeit fort* –? Und was uns auch die Geschichte von Nero, und Attila, und Cartouche, von den Hunnen,
und den Kreuzzügen, und der spanischen Inquisition erzählt, so
rollt doch dieser Planet immer noch freundlich durch den Him-
melsraum, und die Frühlinge wiederholen sich, und die Menschen
leben, genießen, und sterben nach wie vor. – Ja, tun, was der
Himmel sichtbar, unzweifelhaft von uns fordert, das ist genug –
Leben, so lange die Brust sich hebt, genießen, was rundum blüht,
hin und wieder etwas Gutes tun, weil das auch ein Genuß ist,
arbeiten, damit man genießen und wirken könne, andern das
Leben geben, damit sie es wieder so machen und die Gattung erhalten werde – und dann sterben – Dem hat der Himmel ein
Geheimnis eröffnet, der das tut und weiter nichts. Freiheit, ein
eignes Haus, und ein Weib, meine drei Wünsche, die ich mir
beim Auf- und Untergange der Sonne wiederhole, wie ein
Mönch seine drei Gelübde! O um diesen Preis will ich allen Ehrgeiz fahren lassen und alle Pracht der Reichen und allen Ruhm
der Gelehrten – Nachruhm! Was ist das für ein seltsames Ding,
das man erst genießen kann, wenn man nicht mehr ist? O über
den Irrtum, der die Menschen um zwei Leben betrügt, der sie
selbst nach dem Tode noch äfft! Denn wer kennt die Namen der

Magier und ihre Weisheit? Wer wird nach Jahrtausenden von uns und unserm Ruhme reden? Was wissen Asien, und Afrika und Amerika von unsern Genien? Und nun die Planeten –? Und die Sonne –? Und die Milchstraße –? Und die Nebelflecke –? Ja, unsinnig ist es, wenn wir nicht grade für die Quadratrute leben, auf welcher, und für den Augenblick, in welchem wir uns befinden. Genießen! Das ist der Preis des Lebens! Ja, wahrlich, wenn wir seiner niemals froh werden, können wir nicht mit Recht den Schöpfer fragen, warum gabst Du es mir? Lebensgenuß seinen Geschöpfen zu geben, das ist die Verpflichtung des Himmels; die Verpflichtung des Menschen ist es, ihn zu verdienen. Ja, es liegt eine Schuld auf den Menschen, etwas Gutes zu tun, verstehe mich recht, ohne figürlich zu reden, schlechthin zu *tun* – Ich werde das immer deutlicher und deutlicher einsehen, immer lebhafter und lebhafter fühlen lernen, bis Vernunft und Herz mit aller Gewalt meiner Seele einen Entschluß bewirken – Sei ruhig, bis dahin. Ich bedarf Zeit, denn ich bedarf Gewißheit und Sicherheit in der Seele, zu dem Schritte, der die ganze Bahn der Zukunft bestimmen soll. Ich will mich nicht mehr übereilen – tue ich es noch einmal, so ist es das letztemal – denn ich verachte entweder alsdann meine Seele oder die Erde, und trenne sie. Aber sei ruhig, ich werde mich nicht übereilen. Dürfte ich auf meine eigne Bildung keine Kräfte verschwenden, so würde ich vielleicht jetzt schon wählen. Aber noch fühle ich meine eigne Blößen. Ich habe den Lauf meiner Studien plötzlich unterbrochen, und werde das Versäumte hier nachholen, aber nicht mehr bloß um der Wahrheit willen, sondern für meinen menschenfreundlicheren Zweck – Erlaß es mir, mich deutlicher zu erklären. Ich bin noch nicht bestimmt und ein geschriebenes Wort ist ewig. Aber hoffe das Beste – Ich werde Dich endlich einmal erfreuen können, Wilhelmine, und Deine Sorge sei es, mir die *Innigkeit* Deiner Liebe aufzubewahren, ohne welche ich in Deinen Armen niemals glücklich sein würde. Kein Tag möge vergehen, ohne mich zu *sehen* – Du kannst mich leicht finden, wenn Du in die Gartenlaube, oder in Carls Zimmer, oder an den Bach gehst, der aus den Linden in die Oder fließt – So möge die Vergangenheit und die Zukunft Dir die Gegenwart versüßen, so mögest Du *träumend* glücklich sein, bis – bis – – – Ja, wer könnte das aussprechen –?

Lebe wohl. Ich drücke Dir einen *langen* Kuß auf die Lippen – –
Adieu adieu –

N. S. Gib das folgende Blatt Louisen, das Billett schicke Carln.
Grüße Deine Eltern – sage mir, warum bin ich unruhig so oft
ich an sie denke, und doch nicht, wenn ich an Dich denke? –
Das macht, weil *wir uns verstehen* – O möchte doch die ganze Welt
in mein Herz sehen! Ja, grüße sie, und sage ihnen daß ich sie ehre,
sie mögen auch von mir denken, was sie wollen. – Schreibe bald
(ich habe Dir schon von Paris aus einmal geschrieben) – aber nicht
mehr poste restante, sondern dans la rue Noyer, No 21.

52. *An Luise von Zenge*

Paris, den 16. August 1801

Empfangen Sie, *goldnes* Louischen, zum Lohne für Ihre lieben,
in Carls Schreiben eingeschlossnen, Worte diesen Brief aus Paris.
Sie beneiden mich, wie es scheint, um meinen Aufenthalt und
wünschen an meiner Stelle zu sein. Wenn Sie mir folgen wollen,
so will ich Ihren Geist in die Nähe der Kulissen führen, die aus
der Ferne betrachtet, so reizend scheinen. Aber erschrecken müssen Sie nicht, wenn Sie die Gestalten ein wenig mit Farben über-
laden und ein wenig grob gezeichnet finden.

Denken Sie sich in der Mitte zwischen drei Hügeln, auf einem
Flächenraum von ohngefähr einer Quadratmeile, einen Haufen
von übereinandergeschobenen Häusern, welche schmal in die
Höhe wachsen, gleichsam den Boden zu vervielfachen, denken
Sie sich alle diese Häuser durchgängig von jener blassen, matten
Modefarbe, welche man weder gelb noch grau nennen kann,
und unter ihnen einige schöne, edle, aber einzeln in der Stadt zerstreut, denken Sie sich enge, krumme, stinkende Straßen, in welchen oft an einem Tage Kot mit Staub und Staub mit Kot abwechseln, denken Sie sich endlich einen Strom, der, wie mancher fremde Jüngling, rein und klar in diese Stadt tritt, aber
schmutzig und mit tausend Unrat geschwängert, sie verläßt, und
der in fast grader Linie sie durchschneidet, als wollte er den ekel-
haften Ort, in welchen er sich verirrte, schnell auf dem kürzesten
Wege durcheilen – denken Sie sich alle diese Züge in *einem* Bilde,
und Sie haben ohngefähr das Bild von einer Stadt, deren Aufenthalt Ihnen so reizend scheint.

Verrat, Mord und Diebstahl sind hier ganz unbedeutende Dinge, deren Nachricht niemanden affiziert. Ein Ehebruch des Vaters mit der Tochter, des Sohnes mit der Mutter, ein Totschlag unter Freunden und Anverwandten sind Dinge, dont on a eu d'exemple, und die der Nachbar kaum des Anhörens würdigt. Kürzlich wurden einer Frau 50000 Rth. gestohlen, fast täglich fallen Mordtaten vor, ja vor einigen Tagen starb eine ganze Familie an der Vergiftung; aber das alles ist das langweiligste Ding von der Welt, bei deren Erzählung sich jedermann ennuyiert. Auch ist es etwas ganz Gewöhnliches, einen toten Körper in der Seine oder auf der Straße zu finden. Ein solcher wird dann in einem an dem Pont St. Michel dazu bestimmten Gewölbe geworfen, wo immer ein ganzer Haufe übereinander liegt, damit die Anverwandten, wenn ein Mitglied aus ihrer Mitte fehlt, hinkommen und es finden mögen. Jedes Nationalfest kostet im Durchschnitt zehn Menschen das Leben. Das sieht man oft mit Gewißheit vorher, ohne darum dem Unglück vorzubeugen. Bei dem Friedensfest am 14. Juli stieg in der Nacht ein Ballon mit einem eisernen Reifen in die Höhe, an welchem ein Feuerwerk befestigt war, das in der Luft abbrennen, und dann den Ballon entzünden sollte. Das Schauspiel war schön, aber es war voraus zu sehen, daß wenn der Ballon in Feuer aufgegangen war, der Reifen auf ein Feld fallen würde, das vollgepfropft von Menschen war. Aber ein Menschenleben ist hier ein Ding, von welchem man 800000 Exemplare hat – der Ballon stieg, der Reifen fiel, ein paar schlug er tot, weiter war es nichts.

Zwei Antipoden können einander nicht fremder und unbekannter sein, als zwei Nachbarn von Paris, und ein armer Fremdling kann sich gar an niemanden knüpfen, niemand knüpft sich an ihn – zuweilen gehe ich durch die langen, krummen, engen, schmutzigen, stinkenden Straßen, ich winde mich durch einen Haufen von Menschen, welche schreien, laufen, keuchen, einander schieben, stoßen, umdrehen, ohne es übel zu nehmen, ich sehe einen fragend an, er sieht mich wieder an, ich frage ihn ein paar Worte, er antwortet mir höflich, ich werde warm, er ennuyiert sich, wir sind einander herzlich satt, er empfiehlt sich, ich verbeuge mich, und wir haben einander vergessen, sobald wir um die Ecke sind – Geschwind laufe ich nach dem Louvre, und erwärme mich an dem Marmor, an dem Apoll von Belvedere, an der mediceischen Venus, oder trete unter die italienischen Tableaus, wo Menschen auf Leinwand gemalt sind –

Übrigens muß man gestehen, daß es vielleicht nirgends Unterhaltung gibt, als unter den Franzosen. Man nenne einem Deutschen ein Wort, oder zeige ihm ein Ding, darauf wird er kleben bleiben, er wird es tausendmal mit seinem Geiste anfassen, drehen und wenden, bis er es von allen Seiten kennt, und alles, was sich davon sagen läßt, erschöpft hat. Dagegen ist der zweite Gedanke über ein und dasselbe Ding dem Franzosen langweilig. Er springt von dem Wetter auf die Mode, von der Mode auf das Herz, von dem Herzen auf die Kunst, gewinnt jedem Dinge die interessante Seite ab, spricht mit Ernst von dem Lächerlichen, lachend von dem Ernsthaften, und wenn man dem eine Viertelstunde zugehört hat, so ist es, als ob man in einen Kuckkasten gesehen hätte. Man versucht es, seinen Geist zwei Minuten lang an einem heiligen Gegenstand zu fesseln: er wird das Gespräch kurzweg mit einem ah ba! abbrechen. Der Deutsche spricht mit Verstand, der Franzose mit Witz. Das Gespräch des erstern ist wie eine Reise zum Nutzen, das Gespräch des andern wie ein Spaziergang zum Vergnügen. Der Deutsche geht um das Ding herum, der Franzose fängt den Lichtstrahl auf, den es ihm zuwirft, und geht vorüber.

Zwei Reisende, die zu zwei verschiednen Zeiten nach Paris kommen, sehen zwei ganz verschiedene Menschenarten. Ein Aprilmonat kann kaum so schnell mit der Witterung wechseln, als die Franzosen mit der Kleidung. Bald ist ein Rock zu eng für einen, bald ist er groß genug für zwei, und ein Kleid, das sie heute einen Schlafrock nennen, tragen sie morgen zum Tanze, und umgekehrt. Dabei sitzt ihnen der Hintere bald unter dem Kopfe, bald über den Hacken, bald haben sie kurze Ärme, bald keine Hände, die Füße scheinen bald einem Hottentotten, bald einem Sineser anzugehören, und die Philosophen mögen uns von der Menschengattung erzählen, was sie wollen, in Frankreich gleicht jede Generation weder der, von welcher sie abstammt, noch der, welche ihr folgt.

Seltsam ist die Verachtung, in welcher der französische Soldat bei dem französischen Bürger steht. Wenn man die Sieger von

Marengo mit den Siegern von Marathon, und selbst mit den Überwundenen von Cannä vergleicht, so muß man gestehen, daß ihnen ein trauriges Schicksal geworden ist. Von allen Gesellschaften, die man hier du ton nennt, sind die französischen Helden ausgeschlossen – warum? Weil sie nicht *artig* genug sind. Denn dem Franzosen ist es nicht genug, daß ein Mensch eine große, starke, erhabene Seele zeige, er will auch, daß er sich zierlich betrage, und ein Offizier möge eine Tat begangen haben, die Bayards oder Turennes würdig wäre, so ist das hinreichend, von ihm zu sprechen, ihn zu loben und zu rühmen, nicht aber mit ihm in Gesellschaften zu sein. Tanzen soll er, er soll wenigstens die 4 französischen Positionen und die 15 Formeln kennen, die man hier Höflichkeiten nennt, und selbst Achilles und Hektor würden hier kalt empfangen werden, weil sie keine éducation hatten, und nicht amusant genug waren.

Eine ganz rasende Sehnsucht nach Vergnügungen verfolgt die Franzosen und treibt sie von einem Orte zum andern. Sie ziehen den ganzen Tag mit allen ihren Sinnen auf die Jagd, den Genuß zu fangen, und kehren nicht eher heim, als bis die Jagdtasche bis zum Ekel angefüllt ist. Ganze Haufen von Affichen laden überall den Einwohner und den Fremdling zu Festen ein. An allen Ecken der Straßen und auf allen öffentlichen Plätzen schreit irgend ein Possenreißer seine Künste aus, und lockt die Vorübergehenden vor seinen Kuckkasten oder fesselt sie, wenigstens auf ein paar Minuten, durch seine Sprünge und Faxen. Selbst mit dem Schauspiele oder mit der Oper, die um 11 Uhr schließt, ist die Jagd noch nicht beendigt. Alles strömt nun nach öffentlichen Orten, der gemeinere Teil in das Palais royal, und in die Kaffeehäuser, wo entweder ein Konzert von Blinden, oder ein Bauchredner oder irgend ein andrer Harlekin die Gesellschaft auf Kosten des Wirtes vergnügt, der vornehmere Teil nach Frascati oder dem Pavillon d'Hannovre, zwei fürstlichen Hotels, welche seit der Emigration ihrer Besitzer das Eigentum ihrer Köche geworden sind. Da wird dann der letzte Tropfen aus dem Becher der Freude wollüstig eingeschlürft: eine prächtige Gruppe von Gemächern, die luxuriösesten Getränke, ein schöner Garten, eine Illumination und ein Feuerwerk – Denn nichts hat der Franzose lieber, als wenn man ihm die Augen verblendet.

Das, *goldnes* Louischen, sind die Vergnügen dieser Stadt. Ist es nicht entzückend, ist es nicht beneidenswürdig, so viel zu genießen? –? Ach, zuweilen wenn ich dem Fluge einer Rakete nachsehe, oder in den Schein einer Lampe blicke oder ein künstliches Eis auf meiner Zunge zergehen lasse, wenn ich mich dann frage: genießest du –? O dann fühle ich mich so leer, so arm, dann bewegen sich die Wünsche so unruhig, dann treibt es mich fort aus dem Getümmel unter den Himmel der Nacht, wo die Milchstraße und die Nebelflecke dämmern –

Ja, zuweilen, wenn ich einmal einen Tag widmete mit dem Haufen auf diese Jagd zu ziehen, die man doch auch kennen lernen muß, wenn ich dann, ohne Beute, ermüdet zurückkehre, und still stehe auf dem Pont-neuf, über dem Seine-Strom, diesem einzigen schmalen Streifen Natur, der sich in diese unnatürliche Stadt verirrte, o dann habe ich eine unaussprechliche Sehnsucht, hinzufliegen nach jener Höhe, welche bläulich in der Ferne dämmert, und alle diese Dächer und Schornsteine aus dem Auge zu verlieren, und nichts zu sehen, als rundum den Himmel – Aber gibt es einen Ort in der Gegend dieser Stadt, wo man ihrer *nicht* gewahr würde?

Überdrüssig aller dieser Feuerwerke und Illuminationen und Schauspiele und Possenreißereien hat ein Franzose den Einfall gehabt, den Einwohnern von Paris ein Vergnügen von einer ganzen neuen Art zu bereiten, nämlich das Vergnügen an der Natur. Der Landgraf von Hessen-Kassel hat sich auf der Wilhelmshöhe eine gotische Ritterburg, und der Kurfürst von der Pfalz in Schwetzingen eine türkische Moschee erbaut. Sie besuchen zuweilen diese Orte, beobachten die fremden Gebräuche und versetzen sich so in Verhältnisse, von welchen sie durch Zeit und Raum getrennt sind. Auf eine ähnliche Art hat man hier in Paris die Natur nachgeahmt, von welcher die Franzosen weiter, als der Landgraf von der Ritterzeit und der Kurfürst von der Türkei, entfernt sind. Von Zeit zu Zeit verläßt man die matte, fade, stinkende Stadt, und geht in die – Vorstadt, die große, einfältige, rührende Natur zu genießen. Man bezahlt (im Hameau de Chantilly) am Eingange 20 sols für die Erlaubnis, einen Tag in patriarchalischer Simplizität zu durchleben. Arm in Arm wandert man, so natürlich wie möglich, über Wiesen, an dem Ufer der

Seen, unter dem Schatten der Erlen, hundert Schritte lang, bis an die Mauer, wo die Unnatur anfängt – dann kehrt man wieder um. Gegen die Mittagszeit (das heißt um 5 Uhr) sucht jeder sich eine Hütte, der eine die Hütte eines Fischers, der andere die eines Jägers, Schiffers, Schäfers etc. etc., jede mit den Insignien der Arbeit und einem Namen bezeichnet, welchen der Bewohner führt, so lange er sich darin aufhält. Funfzig Lakaien, aber ganz natürlich gekleidet, springen umher, die Schäfer- oder die Fischerfamilie zu bedienen. Die raffiniertesten Speisen und die feinsten Weine werden aufgetragen, aber in hölzernen Näpfen und in irdenen Gefäßen; und damit nichts der Täuschung fehle, so ißt man mit Löffeln von Zinn. Gegen Abend schifft man sich zu zwei und zwei ein, und fährt, unter ländlicher Musik, eine Stunde lang spazieren auf einem See, welcher 20 Schritte im Durchmesser hat. Dann ist es Nacht, ein Ball unter freiem Himmel beschließt das romantische Fest, und jeder eilt nun aus der Natur wieder in die Unnatur hinein –

Große, stille, feierliche Natur, du, die Kathedrale der Gottheit, deren Gewölbe der Himmel, deren Säulen die Alpen, deren Kronleuchter die Sterne, deren Chorknaben die Jahreszeiten sind, welche Düfte schwingen in den Rauchfässern der Blumen, gegen die Altäre der Felder, an welchen Gott Messe lieset und Freuden austeilt zum Abendmahl unter der Kirchenmusik, welche die Ströme und die Gewitter rauschen, indessen die Seelen entzückt ihre Genüsse an dem Rosenkranze der Erinnerung zählen – so spielt man mit dir –?

Zwei waren doch an diesem Abend in dem Hameau de Chantilly, welche genossen; nämlich ein Jüngling und ein Mädchen, welche, ohne zu tanzen, dem Spiele in einiger Entfernung zusahen. Sie saßen unter dem Dunkel der Bäume, nur matt von den Lampen des Tanzplatzes erleuchtet – nebeneinander, versteht sich; und ob sie gleich niemals lachten, so schienen sie doch so vergnügt, daß ich mich selbst an ihrer Freude erfreute, und mich hinter sie setzte in der Ferne, wo sie mich nicht sahen. Sie hatten beide die nachbarlichen Ärme auf ein Geländer gelehnt, das ihren Rücken halb deckte. Das geschah aber bloß, um sich zu stützen. Die Kante war schmal, und die warmen Hände mußten zuweilen einander berühren. Das geschah aber so unmerklich, daß es nicmand sah. Sie sahen sich meistens an, und sprachen wenig, oder viel, wie man will. Wenn sie mit eigentlichen Worten sprachen, so war es ein Laut, wie wenn eine Silberpappel im Winde zittert. Dabei neigten sie einander mehr die Wangen, als das Ohr zu, und es schien, als ob es ihnen mehr um den Atem, als um den Laut zu tun wäre. Ihr Antlitz glühte wie ein Wunsch – – Zuweilen sahen sie, mit feuchten Blicken, träumend in den Schein der Lampen – Es schien, als folgten sie der Musik in ein unbekanntes Land – Dann, schüchtern, mit einemmale zählten sie die Menschen und wogen ihre Mienen – Als sie mich erblickten, warfen sie ihre Augen auf den Boden, als ob sie ihn suchten – Da stand ich auf, und ging weg –

Wohin? Fragen *Sie* das –? Nach Frankfurt ging ich –

Ich wüßte nichts mehr hinzuzusetzen. Leben Sie wohl und behalten Sie lieb Ihren Freund H. K.

N. S. Weil doch kein Blatt unbeschrieben die Reise von Paris nach Frankfurt machen soll, so schreibe ich Ihnen noch ein paar Moden. Das ist Ihnen doch lieb? Binden Sie die Bänder Ihrer Haube so, von dem Ohre an die Kante der Wangen entlang, daß die Schleife grade die Mitte des Kinns schmückt – oder werfen Sie, wenn Sie ausgehen, den Schleier, der an Ihrem Haupte befestigt ist, so um das Haupt Ihrer Schwester, daß er, à l'inséparable, beide bedeckt – und Sie sehen aus wie eine Pariser Dame au dernier goût.

53. An Wilhelmine von Zenge

> [An das Stiftsfräulein Wilhelmine v. Zenge Hochwohlgeboren zu Frankfurt a. Oder.]

Paris, den 10. Oktober 1801

Liebe Wilhelmine. Also mein letzter Brief hat Dir so viele Freude gemacht? O möchte Dir auch dieser, unter so vielen trüben Tagen, ein paar froher Stunden schenken! Andere beglücken, es ist das reinste Glück auf dieser Erde. – Nur schwer ist es, wenn wir selbst nicht glücklich sind, und andere doch grade in unserm Glücke das ihrige setzen. – Indessen fühle ich mich doch wirklich von Tage zu Tage immer heiterer und heiterer, und hoffe, daß endlich die Natur auch mir einmal das Maß von Glück zumessen wird, das sie allen ihren Wesen schuldig ist. Auf welchem Wege ich es suchen soll, darüber bin ich freilich noch nicht recht einig, obgleich sich mein Herz fast überwiegend immer zu *einem* neigt – Aber ob auch Dein Herz sich dazu neigen wird? –? Ach, Wilhelmine, da bin ich fast schüchtern in der Mitteilung. Aber wenn ich denke, daß Du meine *Freundin* bist, so schwindet alle Zurückhaltung, und darum will ich Dir mancherlei Gedanken, die meine Seele jetzt für die Zukunft bearbeitet, mitteilen.

Ein großes Bedürfnis ist in mir rege geworden, ohne dessen Befriedigung ich niemals glücklich sein werde; es ist dieses, *etwas Gutes zu tun.* Ja, ich glaube fast, daß dieses Bedürfnis bis jetzt immer meiner Trauer dunkel zum Grunde lag, und daß ich mich jetzt seiner bloß deutlich bewußt geworden bin. Es liegt eine Schuld auf dem Menschen, die, wie eine Ehrenschuld, jeden, der Ehrgefühl hat, unaufhörlich mahnt. Vielleicht kannst Du Dir, wie dringend dieses Bedürfnis ist, nicht lebhaft vorstellen. Aber das kommt, weil Dein Geschlecht ein leidendes ist – Besonders seitdem mich die Wissenschaften gar nicht mehr befriedigen, ist dieses Bedürfnis in mir rege geworden. Kurz, es steht fest beschlossen in meiner Seele: ich will diese Schuld abtragen.

Wenn ich mich nun aber umsehe in der Welt, und frage: *wo* gibt es denn wohl etwas Gutes zu tun? – ach, Wilhelmine, darauf weiß ich nur eine einzige Antwort. Es scheint allerdings für ein tatenlechzendes Herz zunächst ratsam, sich einen großen Wirkungskreis zu suchen; aber – liebes Mädchen, Du mußt, was ich Dir auch sagen werde, mich nicht mehr nach dem Maßstabe der Welt beurteilen. Eine Reihe von Jahren, in welchen ich über die Welt im großen frei denken konnte, hat mich dem, was die Menschen Welt nennen, sehr unähnlich gemacht. Manches, was die Menschen ehrwürdig nennen, ist es mir nicht, vieles, was ihnen verächtlich scheint, ist es mir nicht. Ich trage eine innere Vorschrift in meiner Brust, gegen welche alle äußern, und wenn sie ein König unterschrieben hätte, nichtswürdig sind. Daher fühle ich mich ganz unfähig, mich in irgend ein konventionelles Verhältnis der Welt zu passen. Ich finde viele ihrer Einrichtungen so wenig meinem Sinn gemäß, daß es mir unmöglich wäre, zu ihrer Erhaltung oder Ausbildung mitzuwirken. Dabei wüßte ich doch oft nichts Besseres an ihre Stelle zu setzen – Ach, es ist so schwer, zu bestimmen, was gut ist, der Wirkung nach. Selbst manche von

jenen Taten, welche die Geschichte bewundert, waren sie wohl
gut in diesem reinen Sinne? Ist nicht oft ein Mann, der *einem*
Volke nützlich ist, verderblich für zehn andere? – Ach, ich kann
Dir das alles gar nicht aufschreiben, denn das ist ein endloses
Thema. – Ich wäre auch in einer solchen Lage nicht glücklich, o
gar nicht glücklich. Doch das sollte mich noch nicht abhalten,
hineinzutreten, wüßte ich nur etwas wahrhaft Gutes, etwas, das
mit meinen innern Forderungen übereinstimmt, zu leisten. –
Dazu kommt, daß mir auch, vielleicht durch meine eigne Schuld,
die Möglichkeit, eine neue Laufbahn in meinem Vaterlande zu
betreten, benommen. Wenigstens würde ich ohne Erniedrigung
kaum, nachdem ich zweimal Ehrenstellen ausgeschlagen habe,
wieder selbst darum anhalten können. Und doch würde ich auch
dieses saure Mittel nicht scheuen, wenn es mich nur auch, zum
Lohne, an meinen Zweck führte. – Die Wissenschaften habe ich
ganz aufgegeben. Ich kann Dir nicht beschreiben, wie ekelhaft
mir ein wissender Mensch ist, wenn ich ihn mit einem handelnden vergleiche. Kenntnisse, wenn sie noch einen Wert haben, so
ist es nur, insofern sie vorbereiten zum Handeln. Aber unsere
Gelehrten, kommen sie wohl, vor allem Vorbereiten, jemals zum
Zweck? Sie schleifen unaufhörlich die Klinge, ohne sie jemals zu
brauchen, sie lernen und lernen, und haben niemals Zeit, die
Hauptsache zu tun. – Unter diesen Umständen in mein Vaterland zurück zu kehren, kann unmöglich ratsam sein. Ja, wenn ich
mich über alle Urteile hinweg setzen könnte, wenn mir ein *grünes
Häuschen* beschert wäre, das mich und Dich empfinge – Du wirst
mich, wegen dieser Abhängigkeit von dem Urteile anderer,
schwach nennen, und ich muß Dir darin recht geben, so unerträglich mir das Gefühl auch ist. Ich selbst habe freilich durch
einige seltsamen Schritte die Erwartung der Menschen gereizt;
und was soll ich nun antworten, wenn sie die Erfüllung von mir
fordern? Und warum *soll* ich denn grade *ihre* Erwartung erfüllen?
O es ist mir zur Last – Es mag wahr sein, daß ich so eine Art von
verunglücktem Genie bin, wenn auch nicht in ihrem Sinne verunglückt, doch in dem meinen. Kenntnisse, was sind sie? Und
wenn Tausende mich darin überträfen, übertreffen sie mein Herz?
Aber davon halten sie nicht viel – Ohne ein Amt in meinem Vaterlande zu leben, könnte ich jetzt auch wegen meiner Vermö-

gensumstände fast nicht mehr. Ach, Wilhelmine, wie viele traurige Vorstellungen ängstigen mich unaufhörlich, und Du willst,
ich soll Dir vergnügt schreiben? Und doch – habe noch ein wenig
Geduld. Vielleicht, wenn der Anfang dieses Briefes nicht erfreulich ist, so ist es sein Ende. – Nahrungssorgen, für mich allein,
sind es doch nicht eigentlich, die mich sehr ängstigen, denn wenn
ich mich an das Bücherschreiben machen wollte, so könnte ich
mehr, als ich bedarf, verdienen. Aber *Bücherschreiben* für Geld –
o nichts davon. Ich habe mir, da ich unter den Menschen in dieser
Stadt so wenig für mein Bedürfnis finde, in einsamer Stunde
(denn ich gehe wenig aus) ein Ideal ausgearbeitet; aber ich begreife
nicht, wie ein Dichter das Kind seiner Liebe einem so rohen Haufen, wie die Menschen sind, übergeben kann. Bastarde nennen sie
es. Dich wollte ich wohl in das Gewölbe führen, wo ich mein
Kind, wie eine vestalische Priesterin das ihrige, heimlich aufbewahre bei dem Schein der Lampe. – Also aus diesem Erwerbszweige wird nichts. Ich verachte ihn aus vielen Gründen, das ist
genug. Denn nie in meinem Leben, und wenn das Schicksal noch
so sehr drängte, werde ich etwas tun, das meinen innern Forderungen, sei es auch noch so leise, widerspräche. – Nun, liebe
Wilhelmine, komme ich auf das Erfreuliche. Fasse Mut, sieh mein
Bild an, und küsse es. – Da schwebt mir unaufhörlich ein Gedanke vor die Seele – aber wie werde ich ihn aussprechen, damit
er Dir heiliger Ernst, und nicht kindisch-träumerisch erscheine?
Ein Ausweg bleibt mir übrig, zu dem mich zugleich Neigung
und Notwendigkeit führen. – Weißt Du, was die alten Männer
tun, wenn sie 50 Jahre lang um Reichtümer und Ehrenstellen gebuhlt haben? Sie lassen sich auf einen Herd nieder, und bebauen
ein Feld. Dann, und dann erst, nennen sie sich weise. – Sage mir,
könnte man nicht klüger sein, als sie, und früher dahin gehen,
wohin man am Ende doch soll? – Unter den persischen Magiern
gab es ein religiöses Gesetz: ein Mensch könne nichts der Gottheit Wohlgefälligeres tun, als dieses, ein Feld zu bebauen, einen
Baum zu pflanzen, und ein Kind zu zeugen. – Das nenne ich
Weisheit, und keine Wahrheit hat noch so tief in meine Seele gegriffen, als diese. Das *soll* ich tun, das weiß ich *bestimmt* – Ach,
Wilhelmine, welch ein unsägliches Glück mag in dem Bewußtsein liegen, seine Bestimmung *ganz* nach dem Willen der Natur

zu erfüllen! Ruhe vor den Leidenschaften!! Ach, der unselige Ehrgeiz, er ist ein Gift für alle Freuden. – Darum will ich mich losreißen, von allen Verhältnissen, die mich unaufhörlich zwingen zu streben, zu beneiden, zu wetteifern. Denn nur *in* der Welt ist es schmerzhaft, wenig zu sein, außer ihr nicht. – Was meinst Du, Wilhelmine, ich habe noch etwas von meinem Vermögen, wenig zwar, doch wird es hinreichen mir etwa in der Schweiz einen Bauerhof zu kaufen, der mich ernähren kann, wenn ich selbst arbeite. Ich habe Dir das so trocken hingeschrieben, weil ich Dich durch Deine Phantasie nicht bestechen wollte. Denn sonst gibt es wohl keine Lage, die für ein reines Herz so unüberschwenglich reich an Genüssen wäre, als diese. – Die Romane haben unsern Sinn verdorben. Denn durch sie hat das Heilige aufgehört, heilig zu sein, und das reinste, menschlichste, einfältigste Glück ist zu einer bloßen Träumerei herabgewürdigt worden. – Doch wie gesagt, ich will Deine Phantasie nicht bestechen. Ich will die schöne Seite dieses Standes gar nicht berühren, und dies einem künftigen Briefe aufbewahren, wenn Du Geschmack an diesem Gedanken finden kannst. Für jetzt prüfe bloß mit Deiner Vernunft. Ich will im eigentlichsten Verstande *ein Bauer* werden, mit einem etwas wohlklingenderen Worte, ein Landmann. – Was meine Familie und die Welt dagegen einwenden möchte, wird mich nicht irre führen. Ein jeder hat seine eigne Art, glücklich zu sein, und niemand darf verlangen, daß man es in der seinigen sein soll. Was ich tue, ist nichts Böses, und die Menschen mögen über mich spötteln so viel sie wollen, heimlich in ihrem Herzen werden sie mich ehren müssen. – Doch wenn auch das nicht wäre, ich selbst ehre mich. Meine Vernunft will es so, und das ist genug.

Aber nun, Wilhelmine, wenn ich diese Forderung meiner Vernunft erfülle, wenn ich mir ein Landgut kaufe, bleibt mir dann kein Wunsch übrig? Fehlt mir dann nichts mehr? Fehlt mir nicht noch ein Weib? Und gibt es ein anderes für mich, als Du? Ach, Wilhelmine, wenn es möglich wäre, wenn Deine Begriffe von Glück hier mit den meinigen zusammenfielen! Denke an die heiligen Augenblicke, die wir durchleben könnten! Doch nichts davon, für jetzt – Denke jetzt vielmehr nur an das, was Dir in dieser Lage vielleicht weniger reizend scheinen möchte. Denke an das Geschäft, das Dir anheimfiele – aber dann denke auch an die Liebe, die es belohnen wird. – Wilhelmine! – Ach, viele Hindernisse schrecken mich fast zurück. Aber wenn es möglich wäre, sie zu übersteigen! – Wilhelmine! Ich fühle, daß es unbescheiden ist, ein *solches* Opfer von Dir zu verlangen. Aber wenn Du es mir bringen könntest! Deine Erziehung, Deine Seele, Dein ganzes bisheriges Leben ist von der Art, daß es einen solchen Schritt nicht *unmöglich* macht. – Indessen, vielleicht ist es doch anders. Ängstige Dich darum nicht. Ich habe kein Recht auf *solche* Aufopferungen, und wenn Du *dies* mir verweigerst, so werde ich *darum* an Deiner Liebe nicht zweifeln. – Indessen, liebes Mädchen, weiß ich nur fast keinen andern Ausweg. Ich habe mit Ulriken häufig meine Lage und die Zukunft überlegt, und das Mädchen tut alles Mögliche, mich, wie sie meint, auf den rechten Weg zurückzuführen. Aber das ist eben das Übel, daß jeder seinen Weg für den rechten hält. – Wenn Du einstimmen könntest in meinen innigsten Wunsch, dann, Wilhelmine, dann will ich Dir zeigen, welch ein Glück uns bevorsteht, an das kein anderes reicht. Dann erwarte einen froheren Brief von mir – Wenn ein solcher Schritt *wirklich* Dein Glück begründen könnte, so wird auch Dein Vater nichts dagegen einwenden. – Antworte mir bald. Mein Plan ist, den Winter noch in dieser traurigen Stadt zuzubringen, dann auf das Frühjahr nach der Schweiz zu reisen, und mir ein Örtchen auszusuchen, wo es Dir und mir und unsern Kindern einst wohlgefallen könnte. – Ich muß diesen Brief auf die Post tragen, denn mit Sehnsucht sehe ich Deiner Antwort entgegen.   H. K.

54. An Wilhelmine von Zenge

A Mademoiselle Mademoiselle de Zenge l'aínée à Francfort sur l'Oder en Allemagne.

Paris, den 27. Oktober 1801

Liebe Wilhelmine, Du wirst ohne Zweifel schon meinen letzten Brief, in welchem ich Dir meinen Plan für die Zukunft mitteilte, nämlich mich in der Schweiz anzukaufen, empfangen haben. Was sagst Du dazu? Freiheit, die edelste Art der Arbeit, ein Eigentum, ein Weib – ach, liebes Mädchen, für mich ist kein Los wünschenswerter, als dieses. Aber auch für Dich? Stelle Dir Deine Lage nicht so reizlos vor. Sie ist es freilich für jeden dem

der *rechte* Sinn fehlt. Aber darf ich das von Dir fürchten? Bist Du
an Pracht und Verschwendung gewöhnt? Sind die Vergnügun-
gen des Stadtlebens nicht auch flache Freuden für Dich? Kann
Deine Seele sie genießen? Und bleibt nicht immer noch *ein*
Wunsch unerfüllt, den nur allein eine solche Zukunft, wie ich sie
Dir bereite, erfüllen kann? – Liebe Wilhelmine, ich habe, Deine
Einbildungskraft nicht zu bestechen, in meinem letzten Briefe
Dich gebeten, für die erste Zeit meinen Plan nur an seiner weni-
ger reizenden Seite zu prüfen. Aber nun stelle Dir auch einmal
seine reizende vor, und wenn Du mit dem *rechten* Sinn Vorteile
und Nachteile abwägst, o tief, tief sinkt die Schale des Glückes.
Höre mich einmal an, oder vielmehr beantworte mir diese eine
Frage: Welches ist das *höchste* Bedürfnis des Weibes? Ich müßte
mich sehr irren, wenn Du anders antworten könntest, als: die
Liebe ihres Mannes. Und nun sage mir, ob irgend eine Lage alle
Genüsse der Liebe so erhöhen, ob irgend ein Verhältnis zwei Herzen so fähig machen kann, Liebe zu geben und Liebe zu empfangen, als ein stilles Landleben? – Glaubst Du daß sich die Leute in
der Stadt *lieben?* Ja, ich glaube es, aber nur in der Zeit, wo sie
nichts Besseres zu tun wissen. Der Mann hat ein Amt, er strebt
nach Reichtum und Ehre, das kostet ihm Zeit. Indessen würde
ihm doch noch einige für die Liebe übrig bleiben. Aber er hat
Freunde, er liebt Vergnügungen, das kostet ihm Zeit. Indessen
würde ihm doch noch einige für die Liebe übrig bleiben. Aber
wenn er in seinem Hause ist, so ist sein zerstreuter Geist außer
demselben, und so bleiben nur ein paar Stunden übrig, in welchem er seinem Weibe ein paar karge Opfer bringt – Etwas
Ähnliches gilt von dem Weibe, und das ist ein Grund, warum
ich das Stadtleben fürchte. Aber nun das Landleben! Der Mann
arbeitet; für wen? Für sein Weib. Er ruht aus; wo? bei seinem
Weibe. Er geht in die Einsamkeit; wohin? zu seinem Weibe.
Er geht in Gesellschaften; wohin? zu seinem Weibe. Er trauert;
wo? bei seinem Weibe. Er vergnügt sich; wo? bei seinem
Weibe. Das Weib ist ihm *alles* – und wenn ein Mädchen ein
solches Los ziehen kann, wird sie säumen? – Ich sehe mit Sehnsucht einem Briefe von Dir entgegen. Deine Antwort auf meinen letzten Brief wird mich schwerlich noch in Paris treffen.
Ich habe überlegt, daß es sowohl meines Vermögens, als der

Zeit wegen notwendig sei, mit der Ausführung meines Planes zu eilen. Überdies fesselt mich Paris durch gar nichts, und ich werde daher noch vor dem Winter nach der Schweiz reisen, um den Winter selbst für Erkundigungen und Anstalten zu nutzen. – Sei nicht unruhig. Deine Einstimmung ist ein Haupterfordernis. Ich werde nichts Entscheidendes unternehmen, bis ich Nachricht von Dir erhalten habe. Auch wenn aus der Ausführung dieses Planes nichts werden sollte, ist es mir doch lieb aus dieser Stadt zu kommen, von der ich fast sagen möchte, daß sie mir ekelhaft ist. – Schreibe mir also sogleich nach *Bern*, und solltest Du mir auch schon nach Paris geschrieben haben. Ich werde mir diesen Brief nachschicken lassen. – Mit Ulriken hat es mir große Kämpfe gekostet. Sie hält die Ausführung meines Planes nicht für möglich, und glaubt auch nicht einmal, daß er mich glücklich machen wird. Aber ich hoffe sie von beiden durch die Erfahrung zu überzeugen. – So gern sie auch die Schweiz sehen möchte, so ist es doch im Winter nicht ratsam. Sie geht also nach Frankfurt zurück, ich begleite sie bis Frankfurt am Main. – Aber dies alles, liebe Wilhelmine, mußt Du aufs sorgfältigste verschweigen; sage auch noch Deinem Vater nichts von meinem Plane, er soll ihn erst erfahren, wenn er ausgeführt ist. Auch bei uns sage nichts, von dem ganzen Inhalt dieses Briefes. Sie möchten sich seltsame Dinge vorstellen, und es ist genug, daß Du im voraus von allem unterrichtet bist. Ulrike wird sie überraschen, und es ihnen beibringen. – Lebe wohl, und wünsche mir Glück. Ich kann nicht länger schreiben, denn der Brief muß auf die Post. – Schreibe Carln, daß er sich gefaßt machen möchte, seinen Johann wieder aufzunehmen. Ende Novembers ist er in Frankfurt a. Oder. H. K.

55. An Ludwig von Brockes [?]

[Paris, November 1801?]

Kam die Aufforderung zur Erfüllung eines Versprechens, das ich seit 10 Monaten unerfüllt lassen konnte, wirklich von Ihnen selbst, auf Ihre eigene Veranlassung; so beweist sie mehr für Sie, als Ihr gutes immer zärtliches, anspruchsloses Herz vielleicht ahndet. Tausend andere würden im Gefühl des beleidigten Stolzes über ein so langes Stillschweigen es für Erniedrigung gehalten haben, den Vergessenen an sein Versprechen zu erinnern, da er von selbst dessen sich nicht zu erinnern schien, oder wenigstens ihr Andenken für erloschen halten; und so vielleicht, ohne große Bemühung, den Überrest ihrer eigenen Empfindungen für den Strafbaren noch zu bewahren, allmählich eine Vereinigung gänzlich zugrunde gehen lassen, die schon Jahre zählte und auf unserer beider Laufbahn doch manche Blume entstehen ließ. Allein Sie, der Sie selbst so wahr und innig fühlen, was ungeheuchelte und ungekünstelte Freundschaft ist, wußten auch mich richtig zu beurteilen, und dafür sage ich Ihnen den wärmsten Dank. Sie wußten es wohl, daß ich nicht imstande sein könnte, weder Sie, noch die mannigfaltigen Beweise Ihrer Anhänglichkeit für mich, noch die Tage und Stunden zu vergessen, die wir zusammen verlebt haben, und daß also andere Ursachen, als eine solche, die Sie beleidigen und mich beschimpfen würde, mein Schweigen veranlaßt haben mußten. Keine Vorwürfe, keine Klagen, nur eine zärtliche Bitte setzen Sie ihm entgegen, und verraten auch nicht durch den leisesten Wink, daß Sie alle die Ansprüche fühlten, die Sie zu einem ganz andern Betragen von meiner Seite berechtigen. Wirklich ich glaube noch nie so wahr geliebt worden zu sein, aber gewiß ist auch meine Dankbarkeit ebenso wahr, und oft werfe ich mir vor, daß ich sie damals, als wir noch beisammen waren, wohl noch deutlicher manchmal hätte zu erkennen geben können. Und doch waren Sie immer mit mir zufrieden, immer gleich sanft, immer gleich gefällig und nachgebend gegen meine Eigenheiten, meine Launen, obgleich Sie nicht einmal die Ursache davon einsehen konnten. Ich wußte und sehe es täglich, daß ich den ersten Platz in Ihrem Herzen hatte, aber weit entfernt ein Gleiches von mir zu verlangen, erfüllte Sie jeder, auch der kleinste Beweis meiner Zufriedenheit mit der lebhaftesten Freude, und Sie verlangten für die liebevollen Bemühungen zu meinem Vergnügen keinen Dank, als den, daß *ich* nur froh war. Unverdorbene Seele, Zögling der liebenden Natur, wie wenige sind, die Dir gleichen!

Nicht wahr, Sie gedenken meiner jetzt oft, wenn Sie alle die bekannten Gegenden wieder betreten, wo wir mit einander die blühende Natur in ihren tausendfachen Szenen der sanften Freude genossen. Der grünende Wald, die flötende Nachtigall, der aufgehende Mond, die schweigende Nacht, der Abend, wenn er sich im stillen Flusse spiegelt, oder der strahlende Mittag, alles wird Sie an ihren abwesenden Freund und an die Vorzeit erinnern. Möchte Ihnen doch mein Verlust ganz ersetzt sein, ich wüßte Sie so gern recht glücklich, und ich weiß, daß Sie das ohne Freundschaft, wie Sie sie für mich empfanden, nicht sein können; das sagte mir so oft Ihr heitrer Blick, wenn wir uns trafen, das sagten mir Ihre Tränen, als wir schieden.

56. An Adolfine von Werdeck

[Paris und Frankfurt am Main, November 1801]

[Der Anfang fehlt] . . . Sie es nicht auch –? Doch nichts davon. Es gibt unschuldige Gestalten, welche erröten, wenn *zwei* Menschen sie ansehen. *Einem* zeigen sie sich gern. –

– Also an dem Arminiusberge standen Sie, an jener Wiege der deutschen Freiheit, die nun ihr Grab gefunden hat? Ach, wie ungleich sind zwei Augenblicke, die ein Jahrtausend trennt! *Ordentlich* ist heute die Welt; sagen Sie mir, ist sie noch schön? Die armen lechzenden Herzen! Schönes und Großes möchten sie tun, aber niemand bedarf ihrer, alles geschieht jetzt ohne ihr Zutun. Denn seitdem man die Ordnung erfunden hat, sind alle großen Tugenden unnötig geworden. Wenn uns ein Armer um eine Gabe anspricht, so befiehlt uns ein Polizeiedikt, daß wir ihn in ein Arbeitshaus abliefern sollen. Wenn ein Ungeduldiger den Greis, der an dem Fenster eines brennenden Hauses um Hilfe schreit, retten will, so weiset ihn die Wache, die am Eingange steht, zurück, und bedeutet ihn, daß die gehörigen Verfügungen bereits getroffen sind. Wenn ein Jüngling gegen den Feind, der sein Vaterland bedroht, mutig zu den Waffen greifen will, so belehrt man ihn, daß der König ein Heer besolde, welches für Geld den Staat beschützt. – Wohl dem Arminius, daß er einen großen Augenblick fand. Denn was bliebe ihm heutzutage übrig, als etwa Lieutenant zu werden in einem preußischen Regiment?

– Sie scheinen mit Goethens Person nicht so zufrieden zu sein, wie mit seinen Schriften. – Aber ums Himmels willen, gnädigste Frau, wenn wir von den Dichtern verlangen wollen, daß sie so idealisch sein sollen, wie ihre Helden, wird es noch Dichter geben? Und wenn die Menschen alles tun sollen, was sie in ihren Büchern lehren, wird uns jemand wohl noch Bücher schreiben?

– Ich soll Ihnen etwas von den hiesigen Kunstwerken mitteilen? Herzlich gern, so gut das nämlich durch die Sprache angeht. – Es ist seltsam, daß ich unter den hiesigen Bildern nicht das Vergnügen empfinde, das ich in der dresdenschen Galerie genoß. Es sind hier in drei großen Sälen eine ganz erstaunliche Menge von Gemälden, aus allen Schulen Europas und zwar fast bloß Meisterstücke vorhanden; aber ein Stück kann sehr gelehrt sein, ohne daß es darum gefällt. [Etwa 8 Zeilen fehlen] . . . und die, die ihn von unten empfangen, berühren ihn so wehmütig sanft, als wollten sie ihm noch im Tode Schmerzen ersparen. Dann zähle ich noch zu meinen Lieblingsstücken einen Guido [Reni], die Vereinigung der Zeichnung mit dem Kolorit, höchst sinnreich und gedankenvoll, ein Stück, das keinen andern Fehler hat, als diesen, daß es eine Allegorie ist. Zuletzt ist noch unter den wenigen aufgestellten Raphaelen ein Erzengel, von dem man recht sagen kann, daß er *heranwettert*, einen Teufel niederzuschmettern. Aber – Ach, in Dresden war eine Gestalt, die mich wie ein geliebtes, angebetetes Wesen in der Galerie fesselte – und ich kann mir jetzt die Schwärmerei der alten Chevalerie, Traumgestalten wie Lebende anzubeten, sehr wohl erklären. – Ich sprach von Raphaels Mutter Gottes. Mußte ich das noch hinzusetzen –? Sie sind ja, wie ich aus Ihrem Briefe sehe, in Kassel gewesen. Da werden Sie nicht versäumt haben, in dem Zimmer des Direktors Tischbein zwei seinem hannövrischen Bruder gehörige Stücke zu sehen, die alle landgräflichen Tableaus aufwiegen: nämlich der heilge Johannes von Raphael und ein Engel des Friedens von Guido [Reni]. Das sind ein paar Bilder, die man stundenlang mit immer beschäftigter Seele betrachten kann. Man steht vor einer solchen Gestalt, wie vor einem Schatze von Gedanken, die in üppiger Mannigfaltigkeit auf den Ruf einer Seele heraufsteigen. Wie schlecht verstehn sich die Künstler auf die Kunst, wenn sie, wie Lebrun ganze Wände mit einer zehnfach komplizierten Handlung bemalen. *Eine* Empfindung, aber mit ihrer ganzen Kraft darzustellen, das ist die höchste Aufgabe für die Kunst, und darum ist Raphael auch mir ein Liebling. In dem Antlitz eines einzigen Raphaels liegen mehr Gedanken, als in allen Tableaus der französischen Schule zusammengenommen, und während man kalt vor den Schlachtstücken, deren Anordnung das Auge kaum fassen kann, vorübergeht, steht man still vor einem Antlitz und denkt. – Viele der schönsten Tableaus aus der italienischen Schule sind hier noch nicht aufgestellt, und es ist verboten, Fremde in den Saal zu führen, wo sie auf dem Boden übereinander liegen. Ein freundliches Wort aber und ein kleiner Taler vermögen alles bei dem Franzosen, und der Aufseher ließ mich heimlich in den Saal schlüpfen, wo *Raphaels Verklärung* zu sehen war. – Unwürdig ist es, wie man hier mit den eroberten Kunstwerken umgeht. Nicht genug, daß einige Tableaus ganz verschwunden sind, niemand weiß, wohin? und daß eine Menge von Gemmen, statt in dem Antikenkabinett aufbewahrt zu werden, die Hälse der Weiber französischer Generale schmücken; auch die vorhandnen Kunstwerke werden nicht sorgsam genug aufbewahrt, und besonders in dem noch nicht vollendeten Saale liegen die Blätter, die das Entzücken der Seele sind, wild und bestaubt und mit Kreide beschrieben übereinander. Ja selbst die vollendeten Säle sind bei weitem nicht prächtig genug, um würdig solche Werke aufzubewahren. Der große, wenigstens 200 Schritt lange, aber sehr schmale Saal im Louvre, in welchem mit schlechten hölzernen Rahmen die Tableaus in ungleicher, übergehender Richtung aufgehängt sind, sieht aus wie eine Polterkammer. Der Saal, in welchem die Götter und Heroen der Griechen versammelt sind, ist, statt mit Marmor, mit Holz gefüttert, das den Zuschauer mit der Farbe des ewigen Steines betrügen soll. Recht traurig ist der Anblick dieser Gestalten, die an diesem Orte wie Emigrierte aussehen – Der Himmel von Frankreich scheint schwer auf ihnen zu liegen, sie scheinen sich nach ihrem Vaterlande, nach dem klassischen Boden zu sehnen, der sie erzeugte, oder doch wenigstens als Waisen hoher Abkunft würdig ihrer pflegte. – Ja, wahrlich, kann man weniger tun, als den Diamanten in Gold fassen? Und wenn man für diese ganze Sammlung von Kunstwerken, die kein König bezahlen kann, ein Gebäude aufführte nach allen Forderungen der Pracht und des Geschmacks, hieße das mehr tun, als wenn man ein einziges Tableau in einen vergoldeten Rahm hängt? – Sie können leicht denken, daß die Säle immer dichtgedrängt voll Menschen sind. Selbst der Wasserträger setzt an dem Eingange seine Eimer nieder, um ein Weilchen den Apoll vom Belvedere zu betrachten. Ein solcher Mensch denkt, er vertriebe sich die Zeit, indessen ihn der Gott große Dinge lehrt. – Viel freilich muß der Franzose noch lernen. Kürzlich stand einer neben mir und fragte: tout cela, est il fait à Paris? – In der Bildergalerie zu Versailles kann ein Künstler die französische Schule ganz vollständig studieren. Da ist doch ein Genie, vor dem sich eine Frau, wie Sie, beugen muß. Le Sueur ist sein unbekannter Name. Nahe dem Raphael ist er getreten, und wer weiß wohin er gestiegen wäre, wenn nicht der Neid seines Nebenbuhlers Lebrun ihn aus dem Wege geräumt hätte. Man sagt, daß er, noch ein Jüngling, an der Vergiftung starb. – Noch ein Museum ist hier vorhanden, das ich auch selbst in Hinsicht der äußern Einrichtung vortrefflich nennen möchte. Es ist einzig in seiner Art. Man hat nämlich alle französischen, in den Zeiten des Vandalismus ihrem Untergange nahe, Kunstwerke des Altertums aus Kirchen und Kirchhöfen nach Paris gebracht, und hier in einem Kloster, in seinem Kreuzgange, und in seinem Garten, aufgestellt; und so ist eine Sammlung entstanden, welche den Kunstgeschichtsforscher über den ganzen Gang der Kunst in Frankreich, aufklären kann. Immer den Produkten eines jeden Jahrhunderts ist ein eigner, seinem Geiste entsprechender Saal gewidmet – In dem Garten stehen hier und dort Urnen voll heiliger Asche. Sie würde ich zuerst in einen Winkel des Gartens führen. Da steht unter einer dunkeln Plantane ein altes, gotisches Gefäß. Das Gefäß enthält die Asche Abälards und Heloïsens. – Es wird Ihnen wohl auch interessant sein, etwas von den neuern Kunstwerken zu hören, die während der 5 Ergänzungstage, welche das französische Jahr beschließen, in dem Louvre aufgestellt waren. Erwarten Sie aber nicht viel davon – Erwarten Sie überhaupt nicht viel von der neuern Kunst. Kunstwerke sind Produkte der Phantasie, und der ganze Gang unsrer heutigen Kultur geht dahin, das Gebiet des Verstandes immer mehr und mehr zu erweitern, das heißt, das Gebiet der Einbildungskraft immer mehr und mehr zu verengen.

Frankfurt am Main, den 29. November 1801

Liebe Freundin, wie soll ich Ihnen so vieles, das Ihnen bei dieser Überschrift auffallen wird, erklären? Ach, das Leben wird immer verwickelter und das Vertrauen immer schwerer. – Ich habe mit

Ulriken Paris verlassen und sie bis Frft. am Main begleitet. Von
hier aus geht sie allein in ihr Vaterland zurück. Ich gehe nach der
Schweiz. – Beim Einpacken fand ich diesen unvollendeten Brief.
Halten Sie, wenn es möglich ist, bei dieser Verzögerung meiner
seltsamen Stimmung, die Sie nicht kennen, etwas zugute. Ich
weiß es, daß Sie auch den Wert, den das Unvollkommene hat,
empfinden. – Wenn Sie mir ein paar freundliche Worte nach
Bern schreiben wollten, so wird es mir herzlich lieb sein. Könnten
Sie nicht auch Leopold dazu aufmuntern, von dem ich seit unsrer
Trennung nicht eine Zeile gesehen habe? – Wenn es noch Zeit
ist, das Kapital von 500 Rth. an Werdeck für Weihnachten aus-
zuzahlen, so ersuche ich ihn, ein paar Worte darüber an Wilhelm
Pannwitz zu schreiben, der alle meine Geldgeschäfte besorgt.
Wie geht es ihm? Ist er gesund? Und heiter? – Grüßen Sie Fr.
Schlegel und Braut, und schenken Sie immer Ihr Wohlwollen
Ihrem Freunde Heinrich Kleist.

57. An Wilhelmine von Zenge

An Fräulein Wilhelmine v. Zenge zu Frankfurt a. Oder.

Frankfurt am Main, den 2. Dezember 1801
　　Liebe Wilhelmine, ich fürchte nicht, daß Dich Ulrikens Ankunft ohne mich schmerzhaft überraschen wird, da ich Dich
bereits von Paris aus darauf vorbereitet, und Dir meinen Plan,
noch in diesem Winter nach der Schweiz zu reisen, darin mitgeteilt habe.

Deinen Brief habe ich noch in Paris, noch an dem Morgen
meiner Abreise, fast kaum eine Stunde ehe ich mich in den
Wagen setzte, erhalten – Ob er mir Freude gemacht hat –?

Liebe Freundin, ich möchte nicht gern an Deiner Liebe zweifeln müssen, und noch wankt mein Glaube nicht – Wenn es auch
keine hohe Neigung ist, innig ist sie doch immer, und noch immer, trotz Deines Briefes, kann sie mich glücklich machen.

Ich wüßte kein besseres, herzlicheres Mittel, uns beide wieder
auf die alte Bahn zu führen, als dieses: laß uns beide Deinen letzten Brief vergessen.

Herzlich lieb ist es mir, daß ich ihn nicht gleich in der ersten
Stimmung beantwortete, und daß ich auf einer Reise von 15
Tagen Zeit genug gehabt habe, Dich zu entschuldigen. Ich fühle

nun, daß ich doch immer noch auf Deine Liebe rechnen kann, und daß Deine Weigerung, mir nach der Schweiz zu folgen, auf vielen Gründen beruhen kann, die unsrer Vereinigung gar keinen Abbruch tun.

Deine Anhänglichkeit an Dein väterliches Haus ist mir so ehrwürdig, und wird mir doch, wenn Du mich nur wahrhaft liebst, so wenig schaden, daß es gar nicht nötig ist, das mindeste dagegen einzuwenden. Sind nicht fast alle Töchter in demselben Falle, und folgen sie nicht doch, so schwer es ihnen auch scheint, dem weisen Spruche aus der Bibel: Du sollst Vater und Mutter verlassen und Deinem Manne anhangen?

Wenn Du mich nur wahrhaft liebst, wenn Du nur wahrhaft bei mir glücklich zu werden hoffst – Und da mochte freilich in meiner ersten Einladung, aus Furcht Dich bloß zu überreden, zu wenig Überzeugendes, zu wenig Einladendes liegen.

Deine ganze Weigerung scheint daher mehr ein Mißverständnis, als die Frucht einer ruhigen Prüfung zu sein. Du schreibst Dein Körper sei zu schwach für die Pflichten einer *Bauersfrau* – und dabei hast Du Dir wahrscheinlich die niedrigsten ekelhaftesten gedacht. Aber denke Dir die besseren, angenehmeren, denke daß Dir in einer solchen Wirtschaft, wie ich sie unternehmen werde, wenigstens 2 oder 3 Mägde zur Seite gehen – wirst Du auch jetzt noch zu schwach sein?

Liebe Wilhelmine, wenn Du Dich jetzt nicht recht gesund fühlst, so denke, daß vielleicht Dein städtisches Leben an manchem schuld sei, und daß gewiß *die* Art der Arbeit, die ich Dir vorschlage, statt Deine Kräfte zu übersteigen, sie vielmehr stärken wird. Aufblühn wirst Du vielleicht – Doch ich verschweige alles, was nur irgend einer Überredung ähnlich sehen könnte. Freiwillig und gern mußt Du mir folgen können, wenn nicht jeder trübe Blick mir ein Vorwurf sein soll. – Dennoch würde ich mehr hinzusetzen, wenn ich nur mit voller Überzeugung wüßte, daß Du mich nicht weniger innig liebst, als ich es doch notwendig bedarf. Manche Deiner Gründe der Weigerung sind so seltsam – Du schreibst, Kopfschmerzen bekämst Du im Sonnenschein – Doch nichts davon. Alles ist vergessen, wenn Du Dich noch mit *Fröhlichkeit* und *Heiterkeit* entschließen kannst. Ich habe Dir kurz vor meiner Abreise von Paris alles gezeigt, was auf dem Wege, den ich Dich führen will, Herrliches und Vortreffliches für Dich liegt. Die Antwort auf diesen Brief soll entscheidend sein. Du wirst ihn wahrscheinlich schon nach Bern geschickt haben, und ich ihn dort bei meiner Durchreise empfangen. Es wird der Augenblick sein, der über das Glück der Zukunft entscheidet.   Heinrich Kleist.

N. S. Louisens Vorschlag ist mir um des Wohlwollens willen, das ihn gebildet hat, innig rührend. Aber wenn ich auch, als ich Deinen Brief erhielt, meinen Koffer noch nicht durch die Post nach Bern geschickt gehabt hätte, so würde ich doch nicht haben nach Frkft. zurückkehren können, wenigstens jetzt noch nicht. Denn ob ich gleich alle die falschen Urteile, die von Gelehrten und Ungelehrten über mich ergehen werden, in der Ferne ertragen kann, so wäre es mir doch unerträglich gewesen, sie anzuhören, oder aus Mienen zu lesen. Ich kann nicht ohne Kränkung an alle die Hoffnungen denken, die ich erst geweckt, dann getäuscht habe – und ich sollte nach Frft. zurückkehren? Ja, wenn Frft. nicht größer wäre, als der Nonnenwinkel – Küsse Louisen, und bitte sie ein gutes Wort für mich bei Dir einzulegen. Sage ihr, daß wenn mir keine *Jugendfreundin* zur Gattin würde, ich nie eine besitzen würde. Das wird sie bewegen –

Carln hätte ich eigentlich notwendig schreiben müssen wegen Johann. Es ist mir aber unmöglich und ich bitte Dich, ihn zu benachrichtigen, daß dieser Mensch mich auf eine unwürdige Art, 2 Tage vor der Abreise, da schon die Pferde gekauft waren, in Paris verlassen hat. Wäre er mir nur halb so gut gewesen, als ich ihm, er wäre bei mir geblieben – Gibt es denn nirgends Treue? – – Ach, Wilhelmine –!

58. An Ulrike von Kleist

Basel, den 16. Dezember 1801

Mein liebes, teures Ulrikchen, möchtest Du doch das Ziel Deiner Reise so glücklich erreicht haben, wie ich das Ziel der meinigen! Ich kann nicht ohne Besorgnis an Deine einsame Fahrt denken. Niemals habe ich meine Trennung von Dir gebilligt, aber niemals weniger als jetzt. Aber Gott weiß, daß oft dem Menschen nichts anders übrig bleibt als unrecht zu tun. –

Vielleicht bist Du in diesem Augenblick damit beschäftigt, mir aus Frankfurt zu schreiben, daß Du mir *alles* verzeihst. Denn Deine unbezwungene Tugend ist es, ich weiß es – Ach, Ulrike, alles, was ich *nach* dem Trennungstage von Dir denken würde, habe ich monatelang vorhergesehen. Doch ich weiß, daß Du es nicht gerne hörst.

Ich habe auf meiner Reise oft Gelegenheit gefunden, mich Deiner zu erinnern, und wehmütiger, als Du glaubst. Denn immer sah ich Dich, so wie Du Dich in den letzten Tagen, ja auf der ganzen Fahrt von Paris nach Frankfurt mir zeigtest. Da warst Du so sanft – Deine erste Tagereise ging wahrscheinlich bis Hanau, die meinige bis Darmstadt. Das war ein recht trauriger Tag, der gar kein Ende nehmen wollte. Am andern Morgen, als wir über die schöne Bergstraße nach Heidelberg gingen, ward unsre Wanderung heiterer. Denn da war alles so weit, so groß, so weit, und die Lüfte wehten da so warm, wie damals auf dem Kienast in Schlesien. – Vergiß nicht Leopold zu sagen, daß er Gleißenberg von mir grüßen soll. – In Heidelberg bestieg ich wieder die schöne Ruine, die Du kennst. Daran haben wir damals nicht gedacht, daß Clairant und Clara wirklich einander bei dem tiefen Brunnen, der hier in den Felsen gehauen ist, zuerst wiedersahen, und daß doch etwas Wahres an dieser Geschichte ist. – Bei Durlach saßen wir einmal beide auf dem Turnberg, und sahen die Sonne jenseits des Rheins über den Vogesen untergehen. Entsinnst Du Dich wohl noch unsers Gesprächs? Mir war das alles wieder lebendig, als ich diesmal dicht an dem Fuße dieses Berges vorbeiging. – Ich bin diesmal auch in Karlsruhe gewesen, und es ist schade, daß Du diese Stadt, die wie ein Stern gebaut ist, nicht gesehen hast. Sie ist klar und lichtvoll wie eine Regel, und wenn man hineintritt, so ist es, als ob ein geordneter Verstand uns anspräche. – Bei Straßburg ging ich mit meinem Reisegefährten über den Rhein. Das ist wohl ein guter Mensch, den man recht lieb haben kann. Seine Rede ist etwas rauh, doch seine Tat ist sanft. – Wir rechneten ohngefähr, daß Du an diesem Tage in Leipzig sein könntest. Hast Du Hindenburg wieder gesprochen? Auch die jüngste Schlieben? Ich habe in Straßburg niemanden besucht, vorzüglich darum, weil die Zeit zu kurz war. Denn der schlechte Weg und die kurzen Wintertage hatten uns außerordentlich verspätet. Das Wetter für diese Reise war aber so ziemlich erträglich, fast ebenso erträglich wie auf der Lebensreise, ein Wechsel von trüben Tagen und heitern Stunden. Manche Augenblicke waren herrlich und hätten im Frühlinge nicht schöner sein können. – Von hier aus gingen wir durch das französische Elsaß nach Basel. Es war eine finstre Nacht als ich in das neue Vaterland trat. Ein stiller Landregen fiel überall nieder. Ich suchte Sterne in den Wolken und dachte mancherlei. Denn Nahes und Fernes, alles war so dunkel. Mir wars, wie ein Eintritt in ein anderes Leben. – Ich bin schon seit einigen Tagen hier, und hätte Dir freilich ein wenig früher schreiben können. Aber als ich mich am Morgen nach meiner Ankunft niedersetzte, war es mir ganz unmöglich. – Diese Stadt ist sehr still, man könnte fast sagen öde. Der Schnee liegt überall auf den Bergen, und die Natur sieht hier aus wie eine 80jährige Frau. Doch sieht man ihr an, daß sie in ihrer Jugend wohl schön gewesen sein mag. – Zuweilen stehe ich auf der Rheinbrücke, und es ist erfreulich zu sehen, wie dieser Strom schon an seinem Beginnen so mächtig anfängt. Aber man sagt, er verliert sich im Sande. – Heinrich Zschokke ist nicht mehr hier. Er hat seinen Abschied genommen und ist jetzt in Bern. Er hat einen guten Ruf und viele Liebe zurückgelassen. Man sagt, er sei mit der jetzigen Regierung nicht recht zufrieden. Ach, Ulrike, ein unglückseliger Geist geht durch die Schweiz. Es feinden sich die Bürger untereinander an. O Gott, wenn ich doch nicht fände, auch hier nicht fände, was ich suche, und doch notwendiger bedarf, als das Leben! – Ich wollte, Du wärest bei mir geblieben. – Sind wir nicht wie Körper und Seele, die auch oft im Widerspruche stehen und doch ungern scheiden? – Lebe wohl, schreibe mir nach Bern. Wenn mein liebes, bestes Tantchen *ein* freundliches Wort in Deinem Brief schreiben wollte, wenn auch Minette, Gustel, Leopold, Julchen das tun wollten, so würde mich das unbeschreiblich freun.   Heinrich Kleist.

59. An Heinrich Lohse

An HErrn Lohse

Liestal, den 23. (–29.) Dezember 1801

Mein lieber Lohse, Du empfängst durch einen Boten diesen eingeschlossnen Schlüssel, den ich nicht, wie ich gestern versprach, selbst nach Basel bringen kann, weil ich mich krankhaft ermattet fühle am Leibe und an der Seele. Sondre Dein Eigentum von dem meinigen ab, schicke den Schlüssel mir zurück, und bedeute unsre lieben Wirtsleute, daß sie meine *beiden* Koffer zurückbehalten sollen bis auf weitere Nachricht.

Und weiter hätte ich Dir nichts zu sagen? O doch, noch etwas. Aber sei unbesorgt. Du sollst keine Vorwürfe von mir hören. Ich will Abschied von Dir nehmen auf ewig, und dabei fühle ich mich so friedliebend, so liebreich, wie in der Nähe einer Todesstunde.

Ich bitte um Deine Verzeihung! Ich weiß, daß eine Schuld auch auf meiner Seele haftet, keine häßliche zwar, aber doch eine, diese, daß ich Dein Gutes nicht nach seiner Würde ehrte, weil es nicht das Beste war. O verzeihe mir! Es ist mein töricht überspanntes Gemüt, das sich nie an dem, was ist, sondern nur an dem, was nicht ist, erfreuen kann. Sage nicht, daß Gott mir verzeihen solle. Tue Du es, es wird *Dir* göttlich stehen.

Ich verzeihe Dir alles, o *alles*. Ich weiß jetzt nicht einmal, ja kaum weiß ich noch, was mich gestern so heftig gegen Dich erzürnt hat, und wenn ich mich in diesem öden Zimmer so traurig einsam sehe, so kann ich mir gar nicht Rechenschaft geben, gar nicht deutlich, warum Du nicht bei mir bist?

Und ich sollte Dich nicht lieben? Ach, wie wirst Du jemals einen Menschen überzeugen können, daß ich Dich nicht liebte! – Du hast wohl selten daran gedacht, was ich schon für Dich getan habe? Und es war doch so viel, so viel, ich hätte für meinen Bruder nicht mehr tun können. Denke nun zuweilen daran zurück, auch an Metz, ich muß Dich nur daran erinnern. Ach es ist nicht möglich, nicht möglich, es muß Dich doch immer rühren, so oft Du daran denkst.

Und doch konntest Du von mir scheiden? So schnell? So leicht –? Ach, Lohse, wenn Caroline Dich einst fragen wird, wie konntest Du so schnell, so leicht von einem Menschen scheiden, der Dir doch so viel Liebes, so viel Gutes tat, wie wirst Du Dich getrauen können zu antworten, es sei geschehen, weil er immer recht haben wollte –?

O weg von dem verhaßten Gegenstande. Du fühlst gewiß nicht einmal, *was* mich daran schmerzt. Ich habe mich in den

vergangnen Tagen vergebens bemüht, auch mir diese Empfindlichkeit zu stumpfen. Aber noch die bloße Erinnerung erregt
mir die Leidenschaft. – Was suchten wir wohl auf unserm schönen Wege? War es nicht Ruhe vor der Leidenschaft? Warum
grade, grade *Du* –? Es war mir doch alles in der Welt so gleichgültig, selbst das Höchste so gleichgültig; wie ging es zu, daß ich
mich oft an das Nichtswürdige setzen konnte, als gälte es Tod und
Leben? Ach, es ist abscheulich, abscheulich, ich fühle mich jetzt
wieder so bitter, so feindselig, so häßlich – Und doch hättest Du
alle holden Töne aus dem Instrumente locken können, das Du
nun bloß zerrissen hast –

Doch das ist geschehen. Ich will kurz sein. Unsere Lebenswege scheiden sich, lebe wohl – Und wir sollten uns nicht wiedersehen –? O wenn Gott diesmal mein krankhaftes Gefühl
nicht betrügen wollte, wenn er mich sterben ließe! Denn niemals,
niemals hier werde ich glücklich sein, auch nicht wenn Du wie-
derkehrst – Und Du glaubst, ich würde eine Geliebte finden?
Und kann mir nicht einmal einen Freund erwerben? O geht,
geht, ihr habt alle keine Herzen – – Wenn mir geholfen ist, wie
ich es wünsche, so ist es auch Dir. Ich weiß wohl noch etwas,
worüber Du Tränen des Entzückens weinen sollst. Dann wird
auch Caroline Dir etwas von mir erzählen – O Gott, Caroline! –
Wirst Du sie denn auch glücklich machen? – O verschmähe nicht
eine Warnung. Es ist die letzte, die pflegt aus reiner Quelle zu
kommen. Traue nicht dem Gefühl, das Dir sagt, an Dir sei nichts
mehr zu ändern. Vieles *solltest* Du ändern, manches auch *könntest*
Du. Lerne auch mit dem Zarten umzugehen. – Wenn aber die
Lebensreise noch nicht am Ende wäre, dann weiß ich noch nichts
Bestimmtes. Bei Heinrich Zschokke wirst Du aber immer erfah-
ren können, wo ich bin. Schreibe mir, in ein paar Monaten, wo
Du bist, dann will ich mein Versprechen halten, und Dir die
Hälfte von allem überschicken, was mein ist.

Und nun, was ich noch sagen wollte – es wird mir so schwer
das letzte Wort zu schreiben – wir waren uns doch in Paris so
gut, o so gut – Bist Du nicht auch unsäglich traurig? Ach, höre,
willst Du mich nicht noch einmal umarmen? Nichts, nichts
gedacht, frage Dein *erstes* Gefühl, dem folge – – Und wenn
es *doch* das letzte Wort wäre – O Gott, so sage ich Dir

und allen Freuden das Lebewohl Lebewohl Lebewohl. Heinrich Kleist.

Bern, den 27. Dezember

Also Du bist nicht nach Basel gegangen? Ei der Tausend! Wie man doch die dummen Leute anführen kann! Denn ich habe Dich wirklich überall voll Betrübnis gesucht, und die ganze Szene von Metz wiederholt – Also Du bist frisch und gesund in Bern? Nun, das freut mich, freut mich doch – Aber Gott weiß, ich habe jetzt einen innerlichen Widerwillen vor Dir und könnte Dich niemals wieder herzlich umarmen. Ich nehme also das Obengesagte zurück. – Empfange Dein Eigentum in der Krone, schicke mir die Karte, Pantoffeln etc. etc. und lebe recht wohl.

den 29., mittags

Mein lieber Lohse, ich muß Dir jetzt doch mein unverständliches Betragen erklären! – Ich schrieb diesen Brief in Liechstal und empfing ihn in Basel zurück. – Als ich in Bern erfuhr, daß Du hier hier seist, schrieb ich die Nachschrift. Denn damals schien es mir noch süß, Dir wehe zu tun. – Am andern Tage dachte ich wieder, es [sei] so besser Dir das zu ersparen. Darum schickte ich Dir bloß die Sachen ohne den Brief – Heute morgen als ich Dich unter den Arkaden begegnete, Gott weiß, ich hatte das alles vergessen und mir war es wie vor 6 oder 8 Wochen. Aber das war doch wohl nur bloß ein vorübergehendes Gefühl – Prüfe selbst ruhig, ob wir wohl für einander passen – Du wirst wie ich, die *Unmöglichkeit* einsehen – Aber komm noch einmal zu mir, wir wollen ohne Groll scheiden.

60. An Ulrike von Kleist

Bern, den 12. Januar 1802

(Adressiere die Briefe nach Bern)

Mein liebes Ulrikchen, der Tag, an welchem ich Deinen Brief empfing, wird einer der traurigsten meines Lebens bleiben. Die vergangne Nacht ist die dritte, die ich schlaflos zugebracht habe, weil mir immer das entsetzliche Bild vorschwebt – So unglücklich mußte diese Reise enden, die Dir niemals viele Freude gemacht hat? – Ich war in der ersten Überraschung ganz außer mir. Mir wars, als geschähe das Unglück indem ich es las, und es dauerte lange, ehe mir zum Troste einfiel, daß es ja schon seit drei Wochen vorbei war. – Wie werden mich die Verwandten von allen Seiten mit Vorwürfen überschüttet haben! Werden sie es mir verzeihen können, daß ich Dich so einsam reisen ließ? Und doch, hätte meine Gegenwart Dir zu etwas anderm dienen können, als bloß den Unfall mit Dir zu teilen?

Die andere Hälfte Deines Briefes, welche mich betrifft, ist auch nicht sehr erfreulich – Mein liebes Ulrikchen, zurückkehren zu Euch ist, so unaussprechlich ich Euch auch liebe, doch unmöglich, unmöglich. Ich will lieber das Äußerste ertragen – Laß mich. Erinnre mich nicht mehr daran. Wenn ich auch zurückkehrte, so würde ich doch gewiß, gewiß ein Amt nicht nehmen. Das ist nun einmal abgetan. Dir selbst wird es einleuchten, daß ich für die üblichen Verhältnisse gar nicht mehr passe. Sie beschränken mich nicht mehr, so wenig wie das Ufer einen anschwellenden Strom. Laß das also für immer gut sein. – Und dann, ich will ja, wohlverstanden, Deinen Willen tun, will ja hineintreten in das bürgerliche Leben, will ein Amt nehmen, eines, das für bescheidne Bedürfnisse gewiß hinreicht, und das noch dazu vor allen andern den Vorzug hat, daß es *mir* gefällt – Ja, wenn auch wirklich mein Vermögen so tief herabgeschmolzen ist, wie Du schreibst, so kann ich doch immer noch meinen stillen, anspruchlosen Wunsch, ein Feld mit eignen Händen zu bebauen, ausführen. Ja zuletzt bleibt mir, bei meinem äußern und innern Zustand, kaum etwas anderes übrig, und es ist mir lieb, daß Notwendigkeit und Neigung hier einmal so freundlich zusammenfallen. Denn immer von meiner Kindheit an, ist mein Geist auf diesem Lebenswege vorangegangen. Ich bin so sichtbar dazu geboren, ein stilles, dunkles, unscheinbares Leben zu führen, daß mich schon die zehn oder zwölf Augen, die auf mich sehen, ängstigen. Darum eben sträube ich mich so gegen die Rückkehr, denn unmöglich wäre es mir, hinzutreten vor jene Menschen, die mit Hoffnungen auf mich sahen, unmöglich ihnen zu antworten, wenn sie mich fragen: wie hast du sie erfüllt? Ich bin nicht, was die Menschen von mir halten, mich drücken ihre Erwartungen – Ach, es ist unverantwortlich, den Ehrgeiz in uns zu erwecken, einer Furie zum Raube sind wir hingegeben – Aber nur *in* der Welt wenig zu sein, ist schmerzhaft, *außer* ihr nicht. Ach, das ist ein häßlicher

Gegenstand. Von etwas anderm. – Ja, was ich sagen wollte, ich bin nun einmal so verliebt in den Gedanken, ein Feld zu bauen, daß es wohl wird geschehen müssen: Betrachte mein Herz wie einen Kranken, diesen Wunsch wie eine kleine Lüsternheit, die man, wenn sie unschädlich ist, immerhin gewähren kann. – Und im Ernste, wenn ich mein letztes Jahr überdenke, wenn ich erwäge, wie ich so seltsam erbittert gewesen bin gegen mich und alles, was mich umgab, so glaube ich fast, daß ich wirklich krank bin. Dich, zum Beispiel, mein liebes, bestes Ulrikchen, wie konnte ich Dich, oft in demselben Augenblicke, so innig lieben und doch so empfindlich beleidigen? O verzeih mir! Ich habe es mit mir selbst nicht besser gemacht. – Du rietest mir einmal in Paris, ich möchte, um heitrer zu werden, doch kein Bier mehr trinken, und sehr empfindlich war mir diese materialistische Erklärung meiner Trauer – jetzt kann ich darüber lachen, und ich glaube, daß ich auf dem Wege zur Genesung bin. Ach, Ulrike, es muß irgendwo einen Balsam für mich geben, denn der bloße Glaube an sein Dasein stärkt mich schon. – Ich will Dir wohl sagen, wie ich mir das letzte Jahr erkläre. Ich glaube, daß ich mich in Frankfurt zu übermäßig angestrengt habe, denn wirklich ist auch seit dieser Zeit mein Geist seltsam abgespannt. Darum soll er für jetzt ruhen, wie ein erschöpftes Feld, desto mehr will ich arbeiten mit Händen und Füßen, und eine Lust soll mir die Mühe sein. Ich glaube nun einmal mit Sicherheit, daß mich diese körperliche Beschäftigung wieder ganz herstellen wird. Denn zuletzt möchte alles Empfinden nur von dem Körper herrühren, und selbst die Tugend durch nichts anderes froh machen, als bloß durch eine, noch unerklärte, Beförderung der Gesundheit – Wie, was war das? So hätte ich ja wohl nicht krank sein müssen, oder –? Wie Du willst, nur keine Untersuchung! In der Bibel steht, arbeite so wird es Dir wohl gehen – ich bilde mir ein, es sei wahr, und will es auf die Gefahr hin wagen.

Und nun einen Schritt näher zum Ziele. Ich will, daß von dem Wackerbarthschen Kapitale Du, die Tante, Stojentin und Werdeck sogleich bezahlt werden. Jeder andere, der irgend mit einer Forderung an mich auftreten könnte, wird vorderhand abgewiesen, weil ich hier nicht genau die Größe der Schuld weiß, und mir zu diesem Behufe erst Papiere aus Berlin schicken lassen muß.* Auch bin ich von ihnen mehr oder weniger betrogen worden, und will nicht allein leiden, was ich nicht allein verbrach. Ich ersuche also Pannwitz mir zu schreiben, wie viel sie von mir fordern, worauf ich selbst bestimmen werde, wie viel ihnen zu bezahlen ist. Die Schuld soll sodann mit diesem Teile von Seiten der Interessenten als gelöscht angesehen werden. Von mir selbst aber soll sie das nicht, und ich lege mir die Pflicht auf, auch den noch übrigen Teil einst zu bezahlen. Das soll Pannwitz ihnen sagen zu ihrer Ruhe, wenn etwas anderes sie beruhigen kann, als schwarz auf weiß. Das nun, was von meinem gesamten Kapital übrig bleibt, wenn meine Schulden bezahlt sind, darüber will ich nun so bald als möglich frei disponieren können, und ich will Dir jetzt sagen, was ich damit anzufangen denke.

Mir ist es allerdings Ernst gewesen, mein liebes Ulrikchen, mich in der Schweiz anzukaufen, und ich habe mich bereits häufig nach Gütern umgesehen, oft mehr in der Absicht, um dabei vorläufig mancherlei zu lernen, als bestimmt zu handeln. Auf meiner Reise durch dieses Land habe ich fleißig die Landleute durch Fragen gelockt, mir Nützliches und Gescheutes zu antworten. Auch habe ich einige landwirtschaftliche Lehrbücher gelesen und lese noch dergleichen, kurz, ich weiß soviel von der Sache, als nur immer in so kurzer Zeit in einen offnen Kopf hineingehen mag. Dazu kommt, daß ich durch Heinrich Zschokke einige lehrreiche Bekanntschaften gemacht habe, und nun mehrere mit Landmännern machen werde. Überall vertraue ich mich mit ziemlicher Offenheit an, und finde Wohlwollen und Unterstützung durch Rat und Tat. Zschokke selbst will sich ankaufen, sogar in meiner Nähe, auch spricht er zuweilen von dem Schweizer Bürgerrecht, das er mir verschaffen könne, und sieht dabei sehr herzlich aus; aber ich weiß noch nicht, ob ich recht lese. – Kurz, Du siehst, daß ich, ob ich gleich verliebt bin, mich doch

---

* Du kannst Leopold sagen oder schreiben, er möchte einmal in Berlin bei Zengen in meinem Büro, oder in der Kiste ein blau geheftetes Rechenbuch in Oktav aufsuchen. Da werden auf der vorletzten Seite sämtliche Posten stehen, die ich schuldig bin. – Das Buch kann er nur Pannwitzen schicken.

nicht planlos, in blinder Begierde, über den geliebten Gegenstand hinstürze. Vielmehr gehe ich so vorsichtig zu Werke, wie es der Vernunft bei der Liebe nur immer möglich ist. – Ich habe also unter sehr vielen beurteilten Landgütern endlich am Thuner See eines gefunden, das mir selbst wohl gefällt, und, was Dir mehr gelten wird, auch von meinen hiesigen Freunden für das schicklichste gehalten wird. – Die Güter sind jetzt im Durchschnitt alle im Preise ein wenig gesunken, weil mancher, seiner politischen Meinungen wegen, entweder verdrängt wird, oder freiwillig weicht. Ich selbst aber, der ich gar keine politische Meinung habe, brauche nichts zu fürchten und zu fliehen. – Das Gut also von dem die Rede war, hat ein kleines Haus, ziemlich viel Land, ist während der Unruhen ein wenig verfallen und kostet circa 3500 Rth. Das ist in Vergleichung der Güte mit dem Preise das beste das ich fand. Dazu kommt ein Vorteil, der mir besonders wichtig ist, nämlich daß der jetzige Besitzer das erste Jahr lang in dem Hause wohnen bleiben, und das Gut gegen Pacht übernehmen will, wodurch ich mit dem Praktischen der Landwirtschaft hinlänglich bekannt zu werden hoffe, um mich sodann allein weiter forthelfen zu können. – Auch wird Lohse, den seine Kunst ernährt, bei mir wohnen, und mir mit Hülfe an die Hand gehen. – Wenn ich also, wie Du schreibst, auf Deine Unterstützung rechnen kann, wenn Du mir eine – wie nenne ich es? *Wohltat* erzeigen willst, die mir *mehr* als das Leben retten kann, so lege mir zu meinem übriggebliebenen Kapital so viel hinzu, daß ich das Gut bezahlen kann. Das schicke mir dann *so bald als möglich*, und wenn Du mir auch nur einen Teil gleich, das übrige etwa in einigen Monaten schicken könntest, so würde ich gleich aus dieser Stadt gehen, wo meine Verhältnisse mir immer noch den Aufenthalt sehr teuer machen. Alles, was Du mir zulegst, lasse ich sogleich auf die erste Hypothek eintragen, und verlieren kannst Du in keinem Falle, auch in dem schlimmsten nicht.

Ob Du aber nicht etwas *gewinnen* wirst, ich meine, außer den Prozenten –? Mein liebes Ulrikchen, bei Dir muß ich von gewissen Dingen immer schweigen, denn ich schäme mich zu reden, gegen einen, der handelt. – Aber Du sollst doch noch einmal Deine Freude an mir haben, wenn ich Dich auch jetzt ein wenig betrübe. – Auch Tante und die Geschwister sollen mir wieder gut

werden, o gewiß! Denn erzürnt sind sie auf mich, ich fühle es
wohl, nicht einmal einen Gruß schenken sie dem Entfernten. Ich
aber drücke mich an ihre Brust und weine, daß das Schicksal, oder
mein Gemüt – und ist das nicht mein Schicksal? eine Kluft wirft
zwischen mich und sie. H. K.

61. *An Heinrich Zschokke*

An den Bürger Regierungs-Statthalter Zschokke zu Bern, in der Ge-
rechtigkeitsgasse neben dem Café Italien.

Thun, den 1. Februar 1802

Mein lieber Zschokke, suchen Sie nur gleich das Ende des
Briefes, wenn Sie nicht Zeit haben, mehr als das Wesentliche desselben zu lesen. Da will ich alles, was ich für Sie (oder eigentlich
für mich) auf dem Herzen trage, registerartig unter Nummern
bringen. Vorher aber noch ein paar Worte Geschwätz, wie unter
Liebenden.

Ich kann erst in etwa zwei Wochen aufs Land ziehen, wegen
eines Mißverständnisses, das zu weitläufig und zu nichtbedeu-
tend wäre, um Sie damit zu unterhalten. Ich wohne also in Thun,
nahe am Tore – übrigens kann man hier nicht wohl anders wohnen. Ich gehe häufig aufs Land, besehe noch mehrere Güter,
mache es aber, nach Ihrem Rate, in allen Stücken wie der berühmte Cunctator. Indessen gestehe ich, daß mich mancherlei an
dem Ihnen schon beschriebenen Gute zu Gwat reizt, besonders
der Umstand, daß es kein Haus hat, welches mir die Freiheit gibt,
mir eines a priori zu bauen. Auch ist es so gut wie gewiß daß der
Besitzer mit 24000 Pfund zufrieden sein wird. Leute, unparteiische, meinen, unter diesen Umständen sei das Gut weder zu
teuer, noch besonders wohlfeil, und grade das könnte den Kauf
beschleunigen, denn es flößt mir Vertrauen ein. Überdies hat der
Mann eines von den Gesichtern, denen ich zu trauen pflege, man
mag die Physiognomik schelten, so viel man will. Damit will ich
sagen, daß ich so ziemlich gesinnt sei, fortan dem eignen Lichte
zu folgen. Denn zuletzt muß man doch in der Welt an Rechtschaffenheit glauben, und alles Fragen um Meinung und Rat
kann uns davon nicht erlösen, weil wir doch wenigstens an die
Rechtschaffenheit dessen glauben müssen, den wir um Rat fragen. – Wie stehts mit Ihrer Lust zum Landleben? Wie stehts mit

der Schweizer Regierung? Denn das hängt zusammen, und inniger als Sie mir gesagt haben. Immer hoffe ich noch, Sie einmal irgendwo im Staate wieder an der Spitze zu sehen, und nirgends, dünkt mich, wären Sie mehr an Ihrer Stelle, als da. – Was mich betrifft, wie die Bauern schreiben, so bin ich, ernsthaft gesprochen, recht vergnügt, denn ich habe die alte Lust zur Arbeit wiederbekommen. Wenn Sie mir einmal mit Geßnern die Freude Ihres Besuchs schenken werden, so geben Sie wohl acht auf ein Haus an der Straße, an dem folgender Vers steht: »Ich komme, ich weiß nicht, von wo? Ich bin, ich weiß nicht, was? Ich fahre, ich weiß nicht, wohin? Mich wundert, daß ich so fröhlich bin.« – Der Vers gefällt mir ungemein, und ich kann ihn nicht ohne Freude denken, wenn ich spazieren gehe. Und das tue ich oft und weit, denn die Natur ist hier, wie Sie wissen, mit Geist gearbeitet, und das ist ein erfreuliches Schauspiel für einen armen Kauz aus Brandenburg, wo, wie Sie auch wissen, der Künstler bei der Arbeit eingeschlummert zu sein scheint. Jetzt zwar sieht auch hier unter den Schneeflocken die Natur wie eine 80jährige Frau aus, aber man sieht es ihr doch an, daß sie in ihrer Jugend schön gewesen sein mag. – Ihre Gesellschaft vermisse ich hier sehr, denn außer den Güterverkäufern kenne ich nur wenige, etwa den Hauptm. Muelinen und seinen Hofmeister, angenehme Männer. Die Leute glauben hier durchgängig, daß ich verliebt sei. Bis jetzt aber bin ich es noch in keiner Jungfrau, als etwa höchstens in die, deren Stirne mir den Abendstrahl der Sonne zurückwirft, wenn ich am Ufer des Thuner Sees stehe. – Nun genug des Geschwätzes. Hier folgen die Bitten.

I. Ich bitte dem Überbringer dieses, Fuhrmann Becher, den Koffer aus Basel, wenn er im Kaufhause angelangt sein sollte, zu übergeben.

II. Ihn in meine ehemalige Wohnung zu schicken, wo er noch einen Koffer, einen Rock, und einige Wäsche in Empfang nehmen soll.

III. Ihn zu Geßnern zu schicken, wo er die bestellten Bücher übernehmen soll.

IV. Dem Knaben, der mir aufwartete, zu sagen, daß er sich bei dem Hutmacher, der Geßnern gegenüber wohnt, meinen alten von mir dort abgelegten Hut holen soll.

V. Mich unaufhörlich herzlich zu lieben, wie in der ersten Stunde unsres Wiedersehens. Heinrich Kleist.

62. An Ulrike von Kleist

Thun, den 19. Februar 1802

Meine liebe Freundin meine einzige – Ich bin fast gewiß, daß Du mir meine Bitte um den Vorschuß zum Ankauf nicht abgeschlagen hast, so groß das Opfer bei Deiner Kenntnis meines Charakters auch war. – Wenn Du es noch nicht abgeschickt hast, so schicke es *nicht* ab. Wundere Dich nicht, diesmal ist das Schicksal wankelmütig, nicht ich. Es hatte allen Anschein, daß die Schweiz sowie Zisalpinien, französisch werden wird, und mich ekelt vor dem bloßen Gedanken. – So leicht indessen wird es dem Allerwelts-Konsul mit der Schweiz nicht gelingen. Zwar tut er sein Mögliches, dieses arme Land durch innere Unruhen immer schwach zu erhalten, und jetzt in diesem Augenblicke noch ist Zürich im Aufstande; indessen gewiß, wenn er sich deutlich erklärt, vereinigt sich alles gegen den allgemeinen Wolf. – Jetzt also, wie Du siehst, und wie alle Männer meiner Bekanntschaft mir raten, ist es höchst gewagt, sich in der Schweiz anzukaufen, obschon die Güter sehr wohlfeil sind. Besonders möchte ich Dein Eigentum nicht so aufs Spiel setzen – kurz, vorderhand tu ich es nicht. – Ich weiß, in welche unangenehme Lage Dich diese neue Zumutung setzen kann, doch trage ich jeden Schaden, der Dir dadurch zufließen könnte. – Sollte uns der Himmel einmal wieder zusammen führen, auf Händen will ich Dich Mädchen, tragen, im physischen und moralischen Sinne – Ich bin jetzt bei weitem heitrer, und kann zuweilen wie ein Dritter über mich urteilen. Hab ich jemals Gewissensbisse gefühlt, so ist es bei der Erinnerung an mein Betragen gegen Dich auf unsrer Reise. Ich werde nicht aufhören Dich um Verzeihung zu bitten, und wenn Du in der Sterbestunde bei mir bist, so will ich es *noch* tun. – Ich gebe indessen den Plan nicht auf, und werde das nächste Jahr in der Schweiz bleiben. Ich wohne in diesem Örtchen, so wohlfeil, als Du es nur erdenken könntest. – Wenn ich Dir nur Deine Sorge für mich nehmen könnte, so hätte ich manchen frohen Augenblick mehr. In Hinsicht des Geldes, kann ich Dir versichern, ist in der Zukunft für mich, zur Notdurft gesorgt. Du kannst es erraten, ich mag darüber nichts sagen. – Nur vorderhand brauche ich noch von meinem eigenen Gelde. Darum will ich doch, daß Du mir nun, oder vielmehr Pannwitz, *alles* schickest, was an *barem* Gelde noch mein ist. Mit dem Hause mag es vorderhand dahin gestellt bleiben. Das mußt Du mir aber *gleich* schicken, und wäre nichts da, so bitte ich Dich um 50 Louisdor, wofür Du meinen Anteil an Interessen des Hauses nehmen könntest, nach Maßgabe.

Lebe wohl, und grüße die Unsrigen von Herzen. Schreib mir doch recht viel von neuen Verhältnissen im Hause durch Gustels Heirat.

– Den Brief adressiere künftig immer nach *Thun.*

Heinrich Kleist.

63. *An Heinrich Zschokke*

An den Bürger Statthalter Zschokke zu Bern.

Thun, den 2. März 1802

Mein lieber Zschokke, ich habe Ihren Brief aus Aarau erhalten, und mit Freude zugleich, und mit Erstaunen, vernommen, daß Sie wirklich mit sichrer Hand das Schiff Ihres Lebens fort von den Küsten der politischen Welt in den Hafen der philosophischen Ruhe führen. Denn niemals (ich darf es *Ihnen selbst* frei gestehn) habe ich an den Ernst Ihres Wunsches geglaubt, und erst jetzt fühle ich in Ihrer Seele, wie gegründet er sein mag, da eine Nacht der Verwirrung über Ihr unglückliches Vaterland hereinzubrechen droht. Es bedarf wohl nicht der Erklärung, daß ich hierbei an den Allerwelts-Konsul, an den Cousin de la Suisse (weil er sich so hoch mit der Verwandtschaft rühmt) denke. Mich erschreckt die bloße Möglichkeit, statt eines Schweizer Bürgers durch einen Taschenspielerskunstgriff ein Franzose zu werden. Sie werden von den Unruhen im Simmetal gehört haben, es sind bereits Franzosen hier eingerückt, und nicht ohne Bitterkeit habe ich ihrem Einzuge beigewohnt. Ist es denn wahr, daß sie auch das pays de Vaud in Besitz genommen? – Unter diesen Umständen denke ich nicht einmal daran, mich in der Schweiz anzukaufen. Ich habe mir eine Insel in der Aare gemietet, mit einem wohleingerichtet Häuschen, das ich in diesem Jahre bewohnen werde, um abzuwarten, wie sich die Dissonanz der Dinge auflösen wird. Ich werde in einigen Wochen einziehen, vorher aber noch, Geschäfte halber, auf ein paar Tage nach Bern kommen. Schreiben Sie mir doch ja, ich bitte Sie, wie weit Sie mit Ihrem Kaufe in Richtigkeit sind. Jetzt denke ich mehr als jemals an eine Zukunft in Ihrer Nachbarschaft, wenn überhaupt das Schicksal mir eine Freistätte in der Schweiz bereitet. Nächstens mündlich mehr davon. Leben Sie recht wohl, und grüßen Sie das Geßnersche Haus, das ich sehr ehre und liebe.   Heinrich Kleist.

N.S. Hierbei erfolgen 7 schuldige Batzen. – Wenn Sie doch gelegentlich einmal im Hôtel de Musique das letzte Mittagsessen bezahlen wollten, nur eines, das ich dort schuldig geblieben bin.

64. An Ulrike von Kleist

Thun, den 18. März 1802

Mein bestes Ulrickchen, ich habe das Geld empfangen und bin untröstlich, daß mein Brief zu spät angelangt ist. Ich dachte immer, daß Du doch auf jeden Fall aus den Zeitungen die Lage der Schweiz kennen und daraus ersehen würdest, daß es jetzt gar nicht einmal möglich sei, sich mit Sicherheit anzukaufen. Denn kaum hatte ich meinen letzten Brief, in welchem ich Dir von den Züricher Unruhen schrieb, abgeschickt, so entstand sogar $1\frac{1}{2}$ Stunde von hier, im Simmetal, ein Aufruhr unter den Bauern, worauf sogleich ein französischer General mit Truppen in Thun selbst einrückte. Es ist fast so gut wie ausgemacht, daß dies unglückliche Land auf irgend eine Art ein Opfer der französischen Brutalität wird, und ich weiß aus sichern Händen, daß die Schweizer Regierung, die bisher immer noch laviert hat, auf dem Punkte ist, sich ganz unzweideutig gegen die Franzosen zu erklären. Die Erbitterung der Schweizer gegen diese Affen der Vernunft ist so groß, daß jede andere Leidenschaft weicht, und daß die heftigsten Köpfe der Parteien durch den Würfel entscheiden lassen, wer sich in die Meinung des andern fügen soll, bloß um, wie schmollende Eheleute, sich gegen den Dieb zu wehren, der einbricht. Ein Krieg also steht wahrscheinlicher Weise diesem Lande schon in diesem Sommer bevor – doch ich habe Dir meine Gründe schon weitläufiger in meinem letzten Briefe entwickelt. Jetzt nur davon, was soll ich mit dem Gelde anfangen? Ich bin so beschämt durch meine Übereilung und Deine unendliche Güte, daß ich gar nicht weiß, was ich Dir sagen soll. In Deinem Briefe ist so unendlich viel und mancherlei zu lesen, ob es gleich darin nicht geschrieben steht, daß ich immer wechselnd bald mit Entzücken* an Dich, bald mit Widerwillen an mich denke. Nun, von der einen Seite, mein bestes Mädchen, kann ich jetzt Dich beruhigen, denn wenn mein kleines Vermögen gleich verschwunden ist, so weiß ich jetzt doch wie ich mich ernähren kann. Erlaß mir das Vertrauen über diesen Gegenstand, Du weißt, warum? – Kurz, ich brauche nichts mehr, als Gesundheit, die mir eben auf ein paar Tage gefehlt hat. – Schreibe mir nur, wie ich es mit dem Gelde halten soll, und ob Du Dich auf irgend eine Art an dem Hause schadlos halten kannst. Noch habe ich den Wechsel nicht eingelöset, werde heute nach Bern, und läßt es sich machen, so bleibt das Geld fern von meinen unsichern Händen, bis Du bestimmst, was damit geschehen soll. – Kannst Du Dich an dem Hause schadlos halten, so ist mirs auf jeden Fall lieb das Geld zu besitzen, das ich auf diese Art zu jeder Zeit und Gelegenheit brauchen kann. Schreibe mir bald, grüße die lieben Verwandten, und bald erhältst Du einen recht frohen Brief von Deinem Dir herzlich guten Bruder Heinrich.

* Entzücken? – Fällt Dir nichts ein? – – – Mir ist das ganze vergangne Jahr wie ein Sommernachtstraum. – Schreibe mir doch, ob sich Johann eingefunden? Hat auch die Lalande geschrieben?

Wilhelmine v. Zenge an Kleist

A Monsieur de Kleist, ci-devant lieutenant dans les gardes prussiennes à Thun en Suisse, poste restante.

Frankfurt [a. d. O.] am 10. April 1802
Mein lieber Heinrich. Wo Dein jetziger Aufenthalt ist, weiß ich zwar nicht bestimmt, auch ist es sehr ungewiß ob das was ich jetzt schreibe Dich dort noch treffen wird wo ich hörte daß Du Dich aufhältst; doch ich kann unmöglich länger schweigen. Mag ich auch einmal vergebens schreiben, so ist es doch nicht meine Schuld wenn Du von mir keine Nachricht erhältst. Über zwei Monate war Deine Familie in Gulben, und ich konnte auch nicht einmal durch sie erfahren ob Du noch unter den Sterblichen wandelst oder vielleicht auch schon die engen Kleider dieser Welt mit bessern vertauscht habest. –
Endlich sind sie wieder hier, und, da ich schmerzlich erfahren habe

wie wehe es tut, gar nichts zu wissen von dem was uns über alles am Herzen liegt – so will ich auch nicht länger säumen Dir zu sagen wie mir es geht. Viel Gutes wirst Du nicht erfahren.

Ulricke wird Dir geschrieben haben daß ich das Unglück hatte, ganz plötzlich meinen liebsten Bruder zu verlieren – wie schmerzlich das für mich war, brauche ich Dir wohl nicht zu sagen. Du weißt daß wir von der frühesten Jugend an, immer recht gute Freunde waren und uns recht herzlich liebten. Vor kurzen waren wir auf der silbernen Hochzeit unserer Eltern so froh zusammen, er hatte uns ganz gesund verlassen, und auf einmal erhalten wir die Nachricht von seinem Tode – Die erste Zeit war ich ganz wie erstarrt, ich sprach, und weinte nicht. Ahlemann, der während dieser traurigen Zeit oft bei uns war, versichert, er habe sich für mein starres Lächeln sehr erschreckt. Die Natur erlag diesem schrecklichen Zustande, und ich wurde sehr krank. Eine Nacht, da Louise nach dem Arzt schickte weil ich einen sehr starken Krampf in der Brust hatte, und jeden Augenblick glaubte zu ersticken, war der Gedanke an den Tod mir gar nicht schrecklich. Doch der Zuruf aus meinem Herzen »es werden geliebte Menschen um dich trauern, einen kannst du noch glücklich machen!« der belebte mich aufs neue, und ich freute mich daß die Medizin mich wieder herstellte. Damals! lieber Heinrich, hätte ein Brief von Dir, meinen Zustand sehr erleichtern können, doch Dein Schweigen vermehrte meinen Schmerz. Meine Eltern, die ich gewohnt war immer froh zu sehn, nun mit einemmal so ganz niedergeschlagen, und besonders meine Mutter immer in Tränen zu sehn – das war zu viel für mich. Dabei hatte ich noch einen großen Kampf zu überstehn. In Lindow war die Domina gestorben. Und da man auf die älteste aus dem Kloster viel zu sagen hatte, und ich die zweite war konnte ich erwarten daß ich Domina werden würde. Ich wurde auch wirklich angefragt, ob ich es sein wollte, Mutter redete mich sehr zu, da dieser Posten für mich sehr vorteilhaft sein würde, und ich doch meine Zukunft nicht bestimmen könnte. Doch der Gedanke in Lindow leben zu müssen (was dann notwendig war) und die Erinnrung an das Versprechen was ich Dir gab, nicht da zu wohnen, bestimmten mich, das Fräulein von Randow, zur Domina zu wählen, welche nun bald ihren Posten antreten wird. Bedauerst Du mich nicht? Ich habe viel ertragen müssen. Tröste mich bald durch eine erfreuliche Nachricht von Dir, schenke mir einmal ein paar Stunden und schreibe mir recht viel.

Von Deinen Schwestern höre ich nur daß Du recht oft an sie schreibst, höchstens noch den Namen Deines Aufenthalts, Du kannst Dir also leicht vorstellen wie sehr mir verlangt etwas mehr von D i r zu hören. Pannwitzens sind sehr glücklich. Ich habe mich aber sehr gewundert daß Auguste als Braut so zärtlich war, da sie sonst immer so sehr dagegen sprach, doch es läßt sich nicht gut, über einen Zustand urteilen den man noch nicht erfahren hat.

Freuden gibt es jetzt für mich sehr wenig — unsere kleine Emilie macht mir zuweilen frohe Stunden. Sie fängt schon an zu sprechen, wenn ich frage »was macht dein Herz?« so sagt sie ganz deutlich »mon cœur palpite«, und dabei hält sie die rechte Hand aufs Herz. Frage ich »wo ist Kleist?« so macht sie das Tuch voneinander und küßt Dein Bild. Mache Du mich bald froher durch einen Brief von Dir, ich bedarf es s e h r von D i r getröstet zu werden.

Der Frühling ist wiedergekehrt, aber nicht mit ihm die frohen Stunden die er mir raubte! Doch ich will h o f f e n!! Der S t r o m der nie wiederkehrt führt durch Klippen und Wüsten endlich zu fruchtbaren schönen Gegenden, warum soll ich nicht auch vom Strome der Zeit erwarten, daß er auch mich endlich schönern Gefilden zuführe? Ich wünsche Dir recht viel frohe Tage auf Deiner Reise, und dann bald einen glücklichen Ruhepunkt.

Ich habe die b e i d e n G e m ä l d e von L. und ein Buch worin Gedichte stehn in meiner Verwahrung. Das übrige von Deinen Sachen hat Dein Bruder. Man glaubte dies gehörte C a r l n und schickte mir es heimlich zu.

Schreibe r e c h t b a l d an D e i n e W i l h e l m i n e.

[Dieser Brief ging ungeöffnet von Thun an Wilhelmine zurück.]

65. An Ulrike von Kleist

Auf der Aarinsel bei Thun, den 1. Mai 1802

Mein liebes Ulrikchen, ich muß meiner Arbeit einmal einen halben Tag stehlen, um Dir Rechenschaft zu geben von meinem Leben; denn ich habe immer eine undeutliche Vorstellung, als ob ich Dir das schuldig wäre, gleichsam als ob ich von Deinem Eigentume zehrte.

Deinen letzten Brief mit Inschriften und Einlagen von den Geliebten, habe ich zu großer Freude in *Bern* empfangen, wo ich

eben ein Geschäft hatte bei dem Buchhändler Geßner, Sohn des
berühmten, der eine Wieland, Tochter des berühmten, zur Frau,
und Kinder, wie die lebendigen Idyllen hat: ein Haus, in welchem
sich gern verweilen läßt. Drauf machte ich mit Zschokke und
Wieland, Schwager des Geßner, eine kleine Streiferei durch den
Aargau – Doch das wäre zu weitläufig, ich muß Dich überhaupt
doch von manchen andern Wunderdingen unterhalten, wenn wir
einmal wieder beisammen sein werden. – Jetzt leb ich auf einer
Insel in der Aare, am Ausfluß des Thunersees, recht eingeschlossen von Alpen, ¼ Meile von der Stadt. Ein kleines Häuschen an
der Spitze, das wegen seiner Entlegenheit sehr wohlfeil war, habe
ich für sechs Monate gemietet und bewohne es ganz allein. Auf
der Insel wohnt auch weiter niemand, als nur an der andern
Spitze eine kleine Fischerfamilie, mit der ich schon einmal um
Mitternacht auf den See gefahren bin, wenn sie Netze einzieht
und auswirft. Der Vater hat mir von zwei Töchtern eine in mein
Haus gegeben, die mir die Wirtschaft führt: ein freundlich-lieb-
liches Mädchen, das sich ausnimmt, wie ihr Taufname: Mädeli.
Mit der Sonne stehn wir auf, sie pflanzt mir Blumen in den Garten, bereitet mir die Küche, während ich arbeite für die Rückkehr
zu Euch; dann essen wir zusammen; sonntags zieht sie ihre schöne
Schwyzertracht an, ein Geschenk von mir, wir schiffen uns über,
sie geht in die Kirche nach Thun, ich besteige das Schreckhorn,
und nach der Andacht kehren wir beide zurück. Weiter weiß ich
von der ganzen Welt nichts mehr. Ich würde ganz ohne alle wi-
drigen Gefühle sein, wenn ich nicht, durch mein ganzes Leben
daran gewöhnt, sie mir selbst erschaffen müßte. So habe ich zum
Beispiel jetzt eine seltsame Furcht, ich möchte sterben, ehe ich
meine Arbeit vollendet habe. Von allen Sorgen vor dem Hun-
gertod bin ich aber, Gott sei Dank, befreit, obschon alles, was ich
erwerbe, so grade wieder drauf geht. Denn, Du weißt, daß mir
das Sparen auf keine Art gelingt. Kürzlich fiel es mir einmal ein,
und ich sagte dem Mädeli: sie sollte sparen. Das Mädchen verstand aber das Wort nicht, ich war nicht imstande ihr das Ding
begreiflich zu machen, wir lachten beide, und es muß nun beim
alten bleiben. – Übrigens muß ich hier wohlfeil leben, ich komme
selten von der Insel, sehe niemand, lese keine Bücher, Zeitungen,
kurz, brauche nichts, als mich selbst. Zuweilen doch kommen

Geßner, oder Zschokke oder Wieland aus Bern, hören etwas
von meiner Arbeit, und schmeicheln mir – kurz, ich habe keinen
andern Wunsch, als zu sterben, wenn mir drei Dinge gelungen
sind: ein Kind, ein schön Gedicht, und eine große Tat. Denn das
Leben hat doch immer nichts Erhabneres, als nur dieses, daß man
es erhaben wegwerfen kann. – Mit einem Worte, diese außerordentlichen Verhältnisse tun mir erstaunlich wohl, und ich bin
von allem Gemeinen so entwöhnt, daß ich gar nicht mehr hinüber möchte an die andern Ufer, wenn Ihr nicht da wohntet.
Aber ich arbeite unaufhörlich um Befreiung von der Verban-
nung – Du verstehst mich. Vielleicht bin ich in einem Jahre wieder bei Euch. – Gelingt es mir nicht, so bleibe ich in der Schweiz,
und dann kommst Du zu mir. Denn wenn sich mein Leben würdig beschließen soll, so muß es doch in Deinen Armen sein. –
Adieu. Grüße, küsse, danke alle. Heinrich Kleist.

N. S. Ich war vor etwa 4 Wochen, ehe ich hier einzog, im
Begriff nach Wien zu gehen, weil es mir hier an Büchern fehlt;
doch es geht so auch und vielleicht noch besser. Auf den Winter
aber werde ich dorthin – oder vielleicht gar schon nach Berlin. –
Bitte doch nur Leopold, daß er nicht böse wird, weil ich nicht
schreibe, denn es ist mir wirklich immer eine erstaunliche Zerstreuung, die ich vermeiden muß. In etwa 6 Wochen werde ich
wenigstens ein Dutzend Briefe schreiben. –

66. *An Wilhelmine von Zenge*
An Fräulein Wilhelmine von Zenge, Hochwohlgeboren zu Frankfurt
an der Oder.

Auf der Aarinsel bei Thun, den 20. Mai 1802
Liebe Wilhelmine, um die Zeit des Jahreswechsels erhielt ich
den letzten Brief von Dir, in welchem Du noch einmal mit vieler Herzlichkeit auf mich einstürmst, zurückzukehren ins Vaterland, mich dann mit vieler Zartheit an Dein Vaterhaus und die
Schwächlichkeit Deines Körpers erinnerst, als Gründe, die es Dir
unmöglich machen, mir in die Schweiz zu folgen, dann mit diesen Worten schließest: wenn Du dies alles gelesen hast, so tue
was Du willst. Nun hatte ich es wirklich in der Absicht mich in
diesem Lande anzukaufen, in einer Menge von vorhergehenden

Briefen an Bitten und Erklärungen von meiner Seite nicht fehlen lassen, so daß von einem neuen Briefe kein bessrer Erfolg zu erwarten war; und da mir eben aus jenen Worten einzuleuchten schien, Du selbst erwartetest keine weiteren Bestürmungen, so ersparte ich mir und Dir das Widrige einer schriftlichen Erklärung, die mir nun aber Dein jüngst empfangner Brief doch notwendig macht.

Ich werde wahrscheinlicher Weise niemals in mein Vaterland zurückkehren. Ihr Weiber versteht in der Regel ein Wort in der deutschen Sprache nicht, es heißt Ehrgeiz. Es ist nur ein einziger Fall in welchem ich zurückkehre, wenn ich der Erwartung der Menschen, die ich törichter Weise durch eine Menge von prahlerischen Schritten gereizt habe, entsprechen kann. Der Fall ist möglich, aber nicht wahrscheinlich. Kurz, kann ich nicht mit Ruhm im Vaterlande erscheinen, geschieht es nie. Das ist entschieden, wie die Natur meiner Seele.

Ich war im Begriff mir ein kleines Gut in der Schweiz zu kaufen, und Pannwitz hatte mir schon den Rest meines ganzen Vermögens dazu überschickt, als ein abscheulicher Volksaufstand mich plötzlich, acht Tage ehe ich das Geld empfing davon abschreckte. Ich fing es nun an für ein Glück anzusehn, daß Du mir nicht hattest in die Schweiz folgen wollen, zog in ein ganz einsames Häuschen auf einer Insel in der Aare, wo ich mich nun mit Lust oder Unlust, gleichviel, an die Schriftstellerei machen muß.

Indessen geht, bis mir dieses glückt, *wenn* es mir überhaupt glückt, mein kleines Vermögen gänzlich drauf, und ich bin wahrscheinlicher Weise in einem Jahre ganz arm. – Und in dieser Lage, da ich noch außer dem Kummer, den ich mit Dir teile, ganz andre Sorgen habe, die Du gar nicht kennst, kommt Dein Brief, und weckt wieder die Erinnerung an Dich, die glücklicher, glücklicher Weise ein wenig ins Dunkel getreten war –

– Liebes Mädchen, schreibe mir nicht mehr. Ich habe keinen andern Wunsch als bald zu sterben. H. K.

67. An Wilhelm von Pannwitz

Bern, im August 1802

Mein lieber Pannwitz, ich liege seit zwei Monaten krank in Bern, und bin um 70 französische Louisdors gekommen, wor-

unter 30, die ich mir durch eigne Arbeit verdient hatte. Ich bitte
Gott um den Tod und Dich um Geld, das Du auf mein Haus-
anteil erheben mußt. Ich kann und mag nichts weiter schreiben,
als dies Allernotwendigste. Schicke zur Sicherheit das Geld an
den Doktor und Apotheker Wyttenbach, meinem Arzt, einem
ehrlichen Mann, der es Euch zurückschicken wird, wenn ich es
nicht brauche. Lebet wohl, lebet wohl, lebt wohl.

Heinrich Kleist.

68. An Ulrike von Kleist

Weimar, im November 1802

Mein liebes Ulrickchen, ich bin sehr beunruhigt, über das Ausbleiben aller Nachrichten von Dir. Wenn ich nicht irre, so solltest *Du* nach unsrer Verabredung zuerst schreiben –? Sollte *ich* es,
so verzeih mir; und dem Himmel sei Dank, daß er mir in diesem
Augenblick zufällig die Lust zum Schreiben gab. Denn Du weißt,
was ein Brief von mir bedeutet. Es könnte eine Zeit kommen,
wo Du ein *leeres* Blatt von mir mit Freudentränen benetztest –
Ich wohne hier zur Miete, und hätte allerdings die Geschirre usw.
brauchen können; bin aber oft ganze Tage in Oßmannstedt, wo
mir ein Zimmer eingeräumt worden ist; denn Wieland hat sich
nicht entschließen können, das Haus, in dem es spukt, zu beziehen. Wirklich, im Ernste, wegen seiner Bedienung, die er sonst
hätte abschaffen müssen. – Möchte Dich der Himmel doch nur
glücklich in die Arme der Deinigen geführt haben! Warum sage
ich nicht, der Unsrigen? Und wenn es die Meinigen nicht sind,
wessen ist die Schuld, als meine? Ach, ich habe die Augen zu-
sammengekniffen, indem ich dies schrieb – – Wenn Du nur glücklich von Werben nach Guhrow gekommen bist, für das andre
bin ich nicht besorgt. – Jetzt eben fällt mir etwas ein, was wohl
der Grund Deines langen Stillschweigens sein könnte; nämlich die
Arbeit an meinen Hemden. Ich möchte auf jede Hand weinen,
die einen Stich daran tut – Lebe wohl. Schreibe doch recht bald,
poste restante. Und die Hemden werden mir allerdings wohltun.

Heinrich.

Auch brauche ich immer noch Chemisetts.

69. An Ulrike von Kleist

Weimar, den 9. Dezember 1802

Mein liebes Ulrikchen, der Anfang meines Gedichtes, das der Welt Deine Liebe zu mir erklären soll, erregt die Bewunderung aller Menschen, denen ich es mitteile. O Jesus! Wenn ich es doch vollenden könnte! Diesen einzgen Wunsch soll mir der Himmel erfüllen; und dann, mag er tun, was er will. Zur Hauptsache! Ich brauche schon wieder Geld; und kann Dir weiter nichts sagen. Ich habe andern geborgt. Es ist verrückt, ich weiß es. Heinrich Kleist. Schicke mir doch, wenn es sein kann, den *ganzen* Rest.

Dein Geschenk habe ich empfangen, und würde es mit noch größerer Freude tragen, wenn ich wüßte, ob Du es mit eignen lieben Händen verfertigt hast? – Das Weihnachtsfest bringe ich in Oßmannstedt zu. Wieland, der alte, auch der junge, grüßen Dich; und ich alle Unsrigen.

70. An Ulrike von Kleist

An Ulrikchen.   [Weimar, Anfang Januar 1803]

Mein liebes Ulrikchen,

Da ich heute ungewöhnlich hoffnungsreich bin, so habe ich mich entschließen können, das böse Geschäft an Tantchen zu vollbringen. Ich habe die Feiertage in Oßmannstedt zugebracht, und mich nun (trotz einer sehr hübschen Tochter Wielands) entschlossen, ganz hinauszuziehen. Ich warte nur auf das Geld, um welches ich Dich gebeten habe, um nun zuletzt auf den Platz hinzugehen, an welchem sich mein Schicksal endlich, unausbleiblich, und wahrscheinlich glücklich entscheiden wird; denn ich setze meinen Fuß nicht aus diesem Orte, wenn es nicht auf den Weg nach Frankfurt sein kann. – Die Geßnern ist allerdings endlich niedergekommen; und gesund. Er aber (denke Dir!) hat Deine Koffer Louis, bei welchem Deine Mäntel in Bern zurückblieben, *noch nicht* geschickt! – Schreibe mir doch auch einige Neuigkeiten; denn ich fange wieder an, Anteil an die Welt zu nehmen. H. K.

71. An Ulrike von Kleist

Meine vortreffliche Schwester,

Ich hatte gleich nach Empfang Deines Schreibens einige sehr leidenschaftliche Zeilen für Dich aufgesetzt; hielt sie aber aus leicht begreiflichen Gründen lieber zurück. Ich melde Dir daher jetzt bloß, daß ich das Geld empfangen habe. In kurzem werde ich Dir viel Frohes zu schreiben haben; denn ich nähere mich allem Erdenglück.

Oßmannstedt, d. [?] Januar 1803   Heinrich Kleist.

N. S. Ich wohne schon geraume Zeit hier, und es freut mich, daß Du das gern siehst. Ich habe aber mehr Liebe gefunden, als recht ist, und muß über kurz oder lang wieder fort; mein seltsames Schicksal! – Wenigstens bis zum Frühjahr möchte ich hier bleiben. Wieland erzählt mir seine Lebensgeschichte; und ich schreibe sie auf. Er läßt Dich grüßen. Er hat nicht gewußt, daß *Du* es bist, der ihn besucht hat. Jetzt weiß er es. – Herr Gott! Was macht denn Gustchen? Schreibe mir bald, viel und *ruhig*. *Verhehle* mir Deine Besorgnisse nicht. – Grüße alles.

72. *An Ulrike von Kleist*

Leipzig, den 13. (und 14.) März 1803

Ich habe Deinen Brief vom 18. Febr. empfangen, und eile ihn zu beantworten. – Vielen Dank für alle Deine guten Nachrichten. Wie mag doch das kleine Ding aussehen, das Gustel geboren hat? Ich denke, wie die Mäuse, die man aus Apfelkernen schneidet. –

Merkels unbekannter Korrespondent bin ich nicht. –

Du bist doch immer noch die alte reiselustige Ulrike! Die Mara hat anderthalb Meilen von mir gesungen (in Weimar) und wahrhaftig, sie hätte in dem Kruge zu Oßmannstedt singen können; es ist noch die Frage, ob ich mich gerührt hätte. Aber der Himmel behüte mich, Dir diese Reiselustigkeit zu bespötteln. Denn das wäre, als ob einer, der mit sinkenden Kräften gegen einen Fluß kämpfte, die Leute, die auf sein Schreien ans Ufer stürzten, der Neugierde zeihen wollte. –

Das Verzeichnis der Sachen, die ich bei Carl Zenge zurückließ, kann ich nicht geben. –

Und Dich begleitet auf allen Schritten Freude auf meinen nächsten Brief? O du Vortreffliche! Und o du Unglückliche! Wann werde ich den Brief schreiben, der Dir so viele Freude macht, als ich Dir schuldig bin? –

Ich weiß nicht, was ich Dir über mich *unaussprechlichen* Men-

schen sagen soll. – Ich wollte ich könnte mir das Herz aus dem
Leibe reißen, in diesen Brief packen, und Dir zuschicken. –
Dummer Gedanke!

Kurz, ich habe Oßmannstedt wieder verlassen. Zürne nicht!
Ich mußte fort, und kann Dir nicht sagen, warum? Ich habe das
Haus mit Tränen verlassen, wo ich mehr Liebe gefunden habe,
als die ganze Welt zusammen aufbringen kann; außer Du! –!
Aber ich *mußte* fort! O Himmel, was ist das für eine Welt!

Ich brachte die ersten folgenden Tage in einem Wirtshause
zu Weimar zu, und wußte gar nicht, wohin ich mich wenden
sollte. Es waren recht traurige Tage! Und ich hatte eine recht
große Sehnsucht nach Dir, o Du meine Freundin!

Endlich entschloß ich mich nach Leipzig zu gehen. Ich weiß
wahrhaftig kaum anzugeben, warum? – Kurz, ich bin hier.

Ich nehme hier Unterricht in der Deklamation bei einem gewissen *Kerndörffer*. Ich lerne meine eigne Tragödie bei ihm deklamieren. Sie müßte, gut deklamiert, eine bessere Wirkung tun,
als schlecht vorgestellt. Sie würde mit vollkommner Deklamation vorgetragen, eine ganz ungewöhnliche Wirkung tun. Als
ich sie dem alten Wieland mit großem Feuer vorlas, war es mir
gelungen, ihn so zu entflammen, daß mir, über seine innerlichen
Bewegungen, vor Freude die Sprache verging, und ich zu seinen
Füßen niederstürzte, seine Hände mit heißen Küssen überströmend.

Vorgestern faßte ich ein Herz, und ging zu *Hindenburg*. Da
war große Freude. »Nun, wie stehts in Paris um die Mathematik?« – Eine alberne Antwort von meiner Seite, und ein trauriger Blick zur Erde von der seinigen. – »So sind Sie bloß *so herum gereiset?*« – Ja, herum gereiset. – Er schüttelte wehmütig den
Kopf. Endlich erhorchte er von mir, daß ich doch *an etwas* arbeite. »*Woran* arbeiten Sie denn? Nun! Kann ich es denn nicht
wissen? Sie brachten diesen Winter bei *Wieland* zu; gewiß! gewiß!« – Und nun fiel ich ihm um den Hals, und herzte und küßte
ihn so lange, bis er lachend mit mir überein kam: der Mensch
müsse *das* Talent anbauen, das er in sich *vorherrschend* fühle.

Ob ich nicht auch mit *Wünschen* so fertig werden könnte?
Und Huth? Und Hüllmann? etc. etc. etc. etc. etc.

Hindenburg erzählte mir, Du habest von der Gräfin Genlis einen Ruf als Erzieherin in ihr Institut zu Paris erhalten. Was verstehst Du davon? Ich, nichts.

Wieland hat Oßmannstedt verkauft, und zieht auf 1. Mai nach Weimar. Der 3. Mai wird zu seiner Ehre mit einem großen Feste gefeiert werden. Ich bin eingeladen; und alles, was süß ist, lockt mich. Was soll ich tun?

Wenn Ihr mich in Ruhe ein paar Monate bei Euch arbeiten lassen wolltet, ohne mich mit Angst, was aus mir werden werde, rasend zu machen, so würde ich – ja, ich *würde!*

Leset doch einmal im 34. oder 36. Blatt des »Freimüthigen« den Aufsatz: *Erscheinung eines neuen Dichters.* Und ich schwöre Euch, daß ich noch viel mehr von mir weiß, als der alberne Kauz, der Kotzebue. Aber ich muß Zeit haben, *Zeit* muß ich haben – O Ihr Erinnyen mit Eurer Liebe!

Frage aber mit Behutsamkeit nach diesem Blatte, damit der literarische Spürhund, der *Merkel,* nicht rieche, wer der neue Dichter sei? Es darf es überhaupt niemand als etwa meine allernächsten Verwandten erfahren; und auch unter diesen nur die verschwiegenen. – Auch tut mir den Gefallen und *leset das Buch nicht.* Ich bitte Euch darum. [gestrichen: Es ist eine elende Scharteke.] Kurz, tut es nicht. Hört Ihr?

Und nun küsse in meinem Namen jeden Finger meiner ewig verehrungswürdigen Tante! Und, wie sie, den Orgelpfeifen gleich, stehen, küsse sie alle von der obersten bis zur letzten, der kleinen Maus aus dem Apfelkern geschnitzt! Ein einziges Wort von Euch, und ehe Ihrs Euch verseht, *wälze* ich mich vor Freude in der Mittelstube. Adieu! Adieu! Adieu! O Du meine Allerteuerste!

Leipzig, den 14. März 1803   Heinrich.

73. An Heinrich Lohse

[Dresden, April 1803]

Mein lieber Lohse, ich bin seit einigen Tagen in Dresden, und habe das ganze Schl[iebensche] Haus voller Besorgnisse um Dein Schicksal gefunden, weil Du seit so vielen Monaten nicht geschrieben hast. Es ist kein Übel der Erde, unter welchem Dich C[aroline] im Geiste nicht seufzen und erliegen sieht. Bald ist es ihr am wahrscheinlichsten, daß Du krank, bald, daß Du ihr untreu seist etc. Möglich ist, daß die Wahrheit auf eine gewisse Art zwischen inne liegt. Es kann sein, daß Du in einem Augenblick der Hoffnungslosigkeit Dich entschlossen hast, Dein Schicksal von dem Schicksal dieses armen Mädchens zu trennen. Sollte dies der Fall sein, und sollte Trennung von ihr ein Mittel sein, um mit freierer Bewegung Deiner Kräfte wenigstens Dir allein ein erträgliches Los zu erringen (Du verstehst mich), so setze, wie Du es angefangen hast, Dein Stillschweigen fort, und ich will, während meines Hierseins, alles Mögliche tun, um den großen Schmerz, der dieses arme Mädchen dann allerdings träfe, zu mildern. Wenn Du aber zu Deinen Kräften noch ein klein wenig Mut spürst, o mein lieber Lohse, so laß Dir sagen, daß keine Arbeit Dich schrecken muß, die dies vortrefflichste der Mädchen Dir gewinnen kann. Nach meiner (allerdings unvollständigen) Ansicht der Dinge scheint mir die Schweiz immer noch der Ort zu sein, an welchem Du Dein Talent am frühesten und sichersten gelten machen kannst. C[aroline] ist überdies auf dem Wege eine echte Künstlerin zu werden, und wird einst mehr als Dich unterstützen können. Solltest Du aber nicht Dir zutrauen, die Schweizer Maler zu verdrängen (welches Du allerdings darfst und kannst), so kannst Du wahrhaftig nichts Beßres tun, als in Dein Vaterland zurückzukehren, unter Menschen, die Dich lieben, mit Dir verwandt sind, oder wenigstens Deine Sprache verstehn. Deine Pläne mögen aber sein, welche sie wollen, so teile sie Deinem Freunde mit, und scheue Dich nicht, jede Hülfe von ihm zu fordern, die er Dir leisten kann. Ich werde noch einige Zeit, vielleicht einen Teil des Sommers, in Dresden bleiben, und hier wird mich auf jeden Fall Dein Brief finden. Mein Schicksal nähert sich einer Krise, ist sie glücklich, so werden mir Mittel genug zu Gebote stehen, um Dir zu helfen. H. K.

74. *An Ulrike von Kleist*

Meine teuerste Freundin,

Der Rest meines Vermögens ist aufgezehrt, und ich soll das Anerbieten eines Freundes annehmen, von seinem Gelde so lange zu leben, bis ich eine gewisse Entdeckung im Gebiete der Kunst, die ihn sehr interessiert, völlig ins Licht gestellt habe. Ich soll in spätestens zwölf Tagen mit ihm nach der Schweiz gehen, wo ich diese meine literarische Arbeit, die sich allerdings über meine Erwartung hinaus verzögert, unter seinen Augen vollenden soll. Nicht gern aber möchte ich Dich, meine Verehrungswürdige, vorübergehen, wenn ich eine Unterstützung anzunehmen habe; möchte Dir nicht gern einen Freund vorziehen, dessen Börse, in Verhältnis mit seinem guten Willen, noch weniger weit reicht, als die Deinige. Ich erbitte mir also von Dir, meine Teure, so viele Fristung meines Lebens, als nötig ist, seiner großen Bestimmung völlig genug zu tun. Du wirst mir gern zu dem einzigen Vergnügen helfen, das, sei es noch so spät, gewiß in der Zukunft meiner wartet, ich meine, mir den Kranz der Unsterblichkeit zusammen zu pflücken. Dein Freund wird es, die Kunst und die Welt wird es Dir einst danken.

Das liebste wäre mir, wenn Du statt aller Antwort selber kämest. Ich würde Dir mündlich manchen Aufschluß geben, den aufzuschreiben völlig außer meinem Vermögen liegt. In eilf Tagen würdest Du mich noch hier, die nächstfolgenden in Leipzig finden. Da würdest Du auch meinen Freund kennen lernen, diesen vortrefflichen Jungen. Es ist Pfuel, von Königs Regiment. – Doch auch Dein Brief wird mir genug sein. Adieu.

Dresden, den 3. Juli 1803   Heinrich v. Kleist.

N. S. Grüße alles, und gib mir Nachrichten.

Wieland an Kleist

[Weimar, Juli 1803]

Sie schreiben mir, lieber Kleist, der Druck mannigfaltiger Familienverhältnisse habe die Vollendung Ihres Werkes unmöglich gemacht. Schwerlich hätten Sie mir einen Unfall ankündigen können, der mich schmerzlicher betrübt hätte. Zum Glück läßt mich die positive Versicherung des Herrn von W[erdeck], daß Sie zeither mit Eifer daran gearbeitet, hoffen und glauben, daß nur ein mißmutiger Augenblick Sie in die Verstimmung habe setzen können, für möglich zu halten, daß irgend ein Hindernis von außen Ihnen die Vollendung eines Meisterwerks, wozu Sie einen so allmächtigen innerlichen Beruf fühlen,

unmöglich machen könne. Nichts ist dem Genius der heiligen Muse,
die Sie begeistert, unmöglich. Sie müssen Ihren Guiscard vollenden,
und wenn der ganze Kaukasus und Atlas auf Sie drückte.

75. *An Ulrike von Kleist*

Meine teuerste Ulrike,

Pfuels eigner Vorteil bei meiner Begleitung in die Schweiz
ist zu groß, als daß ich jetzt zurücknehmen sollte, was ich unter
andern Umständen versprach. Er würde immer noch die Reisekosten für mich bezahlen, um mich nur bei sich zu sehen; und
da ich doch einmal in meinem Vaterlande nicht, nicht an Deiner
Seite leben kann, so gestehe ich, daß mir selber für jetzt kein
Platz auf der Erde lieber, und auch nützlicher ist, als der an der
seinigen. Laß mich also nur mit ihm gehen.

Ich bin wirklich immer, Eurer Rückreise wegen, in Sorgen
gewesen, und werde es auch bleiben, bis ich Nachrichten von
Dir empfange. Das kann aber doch nicht eher sein, als in *Bern*,
und dahin adressiere Deinen Brief. Ich selber werde jetzt oft,
und mit Vergnügen an Euch schreiben. Seit ich Euch in Dresden
sah, scheint mir das leicht, da es mir doch, ich schwöre es Dir,
vorher unmöglich war. Ich weiß nicht, welche seltsame Vorstellung von einer unvernünftigen Angst meiner Verwandten über
mich, in meinem Hirn Wurzel gefaßt hatte. Zum Teil war ich
überdrüssig Euch mit Hoffnungen hinzuhalten, zum Teil schien
es mir auch unmöglich, bei Euch noch welche zu erregen. Es ist
also einerlei, dachte ich, ob du schreibst oder nicht.

Lies doch inliegenden Brief von Wieland, dem Alten, den ich,
auf ein kurzes Empfehlungsschreiben das ich Werdecks mitgab,
am Abend Eurer Abreise empfing. Ich sehe sein Antlitz vor Eifer
glühen, indem ich ihn lese. – Die beiden letzten Zeilen sind mir
die rührendsten. Du kannst sie, wenn Du willst, verstehen.

Schliebens lassen Euch noch tausendmal grüßen. Die jüngste
hat mir zum Andenken ein Halbhemdchen gestickt, das ausnehmend schön ist. Ich habe die beiden Mädchen immer die
niedlichsten Sachen verfertigen sehen, Kleider, Tücher, Schleier
usw., und bemerkte doch niemals, daß sie sie selber trugen. Am
Tage vor meiner Abreise erfuhr ich, daß die armen Kinder diese
Arbeit ihrer Hände verkaufen. Eine Freundin bezahlt sie ihnen,

und sucht sie selber dann wieder bei Kaufleuten abzusetzen. Das
ist aber doch immer nur ein sehr ungewisser Absatz, und die armen Mädchen müssen, weil sie so heimlich zu Werke gehen, ihre
Ware oft um ein Spottgeld hingeben. Könnte man ihnen nicht
helfen? Ließen sich ihre Sachen nicht etwa bei einem der Kaufleute absetzen, die in Gulben auf den Markt kommen? Wenn Du
irgend ein Mittel weißt, wie sich dies mit Anstand und Verschwei-
gung des Namens tun läßt, so nimm Dich doch der Sache an.
Du kannst in diesem Falle nur gradezu mit ihnen darüber in
Korrespondenz treten. (Sie wissen aber davon nichts, daß ich Dir
diesen Vorschlag mache.)

Die inliegenden Noten sind für mein neues Kusinchen, Emilie
Schätzel. Die Arie ist hier fürs Klavier gesetzt, kann aber von
ihrem Lehrer leicht für die Zither angeordnet werden.

Gleißenberg, wie Du wissen wirst, ist Gouverneur bei der
Ecole militaire geworden, als Kapitän. Rühle löst ihn in Schlesien ab. – Ich gratuliere von Herzen Carolinen; denn, so wahr ich
lebe, sie wird einen Mann heiraten.

Und nun lebe wohl, ich gehe heut mittag von hier ab. Ich
küsse Tantchens Hand, und alle meine Geschwister, auch Ottilien.

Leipzig, den 20. Juli 1803   Heinrich.

76. An Ulrike von Kleist

Der Himmel weiß, meine teuerste Ulrike, (und ich will umkommen, wenn es nicht wörtlich wahr ist) wie gern ich einen
Blutstropfen aus meinem Herzen für jeden Buchstaben eines Briefes gäbe, der so anfangen könnte: »mein Gedicht ist fertig.« Aber,
Du weißt, wer, nach dem Sprüchwort, mehr tut, als er kann.
Ich habe nun ein Halbtausend hinter einander folgender Tage, die
Nächte der meisten mit eingerechnet, an den Versuch gesetzt, zu
so vielen Kränzen noch einen auf unsere Familie herabzuringen:
jetzt ruft mir unsere heilige Schutzgöttin zu, daß es genug sei. Sie
küßt mir gerührt den Schweiß von der Stirne, und tröstet mich,
»wenn jeder ihrer lieben Söhne nur ebenso viel täte, so würde unserm Namen ein Platz in den Sternen nicht fehlen«. Und so sei es
denn genug. Das Schicksal, das den Völkern jeden Zuschuß zu
ihrer Bildung zumißt, will, denke ich, die Kunst in diesem nördlichen Himmelsstrich noch nicht reifen lassen. Töricht wäre es

wenigstens, wenn *ich* meine Kräfte länger an ein Werk setzen wollte, das, wie ich mich endlich überzeugen muß, für mich zu schwer ist. Ich trete vor einem zurück, der noch nicht da ist, und beuge mich, ein Jahrtausend im voraus, vor seinem Geiste. Denn in der Reihe der menschlichen Erfindungen ist diejenige, die ich gedacht habe, unfehlbar ein Glied, und es wächst irgendwo ein Stein schon für den, der sie einst ausspricht.

Und so soll ich denn niemals zu Euch, meine teuersten Menschen, zurückkehren? O niemals! Rede mir nicht zu. Wenn Du es tust, so kennst Du das gefährliche Ding nicht, das man Ehrgeiz nennt. Ich kann jetzt darüber lachen, wenn ich mir einen Prätendenten mit Ansprüchen unter einem Haufen von Menschen denke, die sein Geburtsrecht zur Krone nicht anerkennen; aber die Folgen für ein empfindliches Gemüt, sie sind, ich schwöre es Dir, nicht zu berechnen. Mich entsetzt die Vorstellung.

Ist es aber nicht unwürdig, wenn sich das Schicksal herabläßt, ein so hülfloses Ding, wie der Mensch ist, bei der Nase herum zu führen? Und sollte man es nicht fast so nennen, wenn es uns gleichsam Kuxe auf Goldminen gibt, die, wenn wir nachgraben, überall kein echtes Metall enthalten? Die Hölle gab mir meine halben Talente, der Himmel schenkt dem Menschen ein ganzes, oder gar keins.

Ich kann Dir nicht sagen, wie groß mein Schmerz ist. Ich würde vom Herzen gern hingehen, wo ewig kein Mensch hinkommt. Es hat sich eine gewisse ungerechte Erbitterung meiner gegen sie bemeistert, ich komme mir fast vor wie Minette, wenn sie in einem Streite recht hat, und sich nicht aussprechen kann.

Ich bin jetzt auf dem Wege nach Paris sehr entschlossen, ohne große Wahl zuzugreifen, wo sich etwas finden wird. Geßner hat mich nicht bezahlt, meine unselige Stimmung hat mir viel Geld gekostet, und wenn Du mich noch einmal unterstützen willst, so kann es mir nur helfen, wenn es bald geschieht. Kann sein, auch, wenn es gar nicht geschieht.

Lebe wohl, grüße alles – ich kann nicht mehr.

Genf, den 5. Oktober 1803　　　　　　　　　　　Heinrich.

N. S. Schicke mir doch Wielands Brief. Du mußt poste restante nach Paris schreiben.

77. An Ulrike von Kleist

Meine teure Ulrike! [gestrichen: Sei mein starkes Mädchen.] Was ich Dir schreiben werde, kann Dir vielleicht das Leben kosten; aber ich muß, ich muß, ich *muß* es vollbringen. Ich habe in Paris mein Werk, so weit es fertig war, durchlesen, verworfen, und verbrannt: und nun ist es aus. Der Himmel versagt mir den Ruhm, das größte der Güter der Erde; ich werfe ihm, wie ein eigensinniges Kind, alle übrigen hin. Ich *kann* mich Deiner Freundschaft nicht würdig zeigen, ich kann ohne diese Freundschaft doch nicht *leben:* ich stürze mich in den Tod. Sei ruhig, Du Erhabene, ich werde den schönen Tod der Schlachten sterben. Ich habe die Hauptstadt dieses Landes verlassen, ich bin an seine Nordküste gewandert, ich werde französische Kriegsdienste nehmen, das Heer wird bald nach England hinüber rudern, unser aller Verderben lauert über den Meeren, ich frohlocke bei der Aussicht auf das unendlich-prächtige Grab. O Du Geliebte, Du wirst mein letzter Gedanke sein!

St. Omer, den 26. Oktober 1803   Heinrich von Kleist.

78. An Ulrike von Kleist

Mein liebstes Rickchen,

laß Dir einige Nachrichten über den Erfolg meiner Reise mitteilen, ein Hundsfott gibt sie besser, als er kann.

Ich kam Dienstags morgens mit Ernst und Gleißenberg hier an, mußte, weil der König abwesend war, den Mittwoch und Donnerstag versäumen, fuhr dann am Freitag nach Charlottenburg, wo ich Kökritzen endlich im Schlosse fand. Er empfing mich mit einem finstern Gesichte, und antwortete auf meine Frage, ob ich die Ehre hätte von ihm gekannt zu sein, mit einem kurzen: ja. Ich käme, fuhr ich fort, ihn in meiner wunderlichen Angelegenheit um Rat zu fragen. Der Marquis von Lucchesini hätte einen sonderbaren Brief, den ich ihm aus St. Omer zugeschickt, dem Könige vorgelegt. Dieser Brief müsse unverkennbare Zeichen einer Gemütskrankheit enthalten, und ich unterstünde mich, von Sr. Majestät Gerechtigkeit zu hoffen, daß er vor keinen politischen Richterstuhl gezogen werden würde. Ob diese Hoffnung gegründet wäre? Und ob ich, wiederhergestellt, wie ich mich fühlte, auf die Erfüllung einer Bitte um Anstellung rechnen dürfte, wenn ich wagte, sie Sr. Majestät vorzutragen? Darauf versetzte er nach einer Weile: »sind Sie wirklich jetzt hergestellt? Ganz, verstehn Sie mich, hergestellt? – Ich meine«, fuhr er, da ich ihn befremdet ansah, mit Heftigkeit fort, »ob Sie von allen Ideen und Schwindeln, die vor kurzem im Schwange waren, (er gebrauchte diese Wörter) völlig hergestellt sind?« – Ich verstünde ihn nicht, antwortete ich mit so vieler Ruhe als ich zusammenfassen konnte; ich wäre körperlich krank gewesen, und fühlte mich, bis auf eine gewisse Schwäche, die das Bad vielleicht heben würde, so ziemlich wieder hergestellt. – Er nahm das Schnupftuch aus der Tasche und schnaubte sich. »Wenn er mir die Wahrheit gestehen solle«, fing er an, und zeigte mir jetzt ein weit besseres Gesicht, als vorher, »so könne er mir nicht verhehlen, daß er sehr ungünstig von mir denke. Ich hätte das Militär verlassen, dem Zivil den Rücken gekehrt, das Ausland durchstreift, mich in der Schweiz ankaufen wollen, *Versche* gemacht (o meine teure Ulrike!) die Landung mitmachen wollen, usw. usw. usw. Überdies sei des Königs Grundsatz, Männer, die aus dem Militär ins Zivil übergingen, nicht besonders zu protegieren. Er könne nichts für mich tun.« – Mir traten wirklich die Tränen in die Augen. Ich sagte, ich wäre imstande, ihm eine ganz andere Erklärung aller dieser Schritte zu geben, eine ganz andere gewiß, als er vermutete. Jene Einschiffungsgeschichte z. B. hätte gar keine politischen Motive gehabt, sie gehöre vor das Forum eines Arztes weit eher, als des Kabinetts. Ich hätte bei einer fixen Idee einen gewissen Schmerz im Kopfe empfunden, der unerträglich heftig steigernd, mir das Bedürfnis nach Zerstreuung so dringend gemacht hätte, daß ich zuletzt in die Verwechslung der Erdachse gewilligt haben würde, ihn los zu werden. Es wäre doch grausam, wenn man einen Kranken verantwortlich machen wolle für Handlungen, die er im Anfalle der Schmerzen beging. – Er schien mich nicht ganz ohne Teilnahme anzuhören. – Was jenen Grundsatz des Königs beträfe, fuhr ich fort, so könne er des Königs Grundsatz nicht *immer* gewesen sein. Denn Sr. Majestät hätten die Gnade gehabt, mich mit dem Versprechen einer Wiederanstellung zu entlassen; ein Versprechen, an dessen Nichterfüllung ich nicht glauben könne, so lange ich mich seiner noch nicht völlig unwürdig gemacht hätte [zuerst: ein Versprechen, das ich

Sorge getragen hätte, bis auf den heutigen Tag unter meinen Papieren aufzubewahren]. – Er schien wirklich auf einen Augenblick unschlüssig. Doch die zwangvolle Wendung die er jetzt plötzlich nahm, zeigte nur zu gut, was man bereits am Hofe über mich beschlossen hatte. Denn er holte mit einemmale das alte Gesicht wieder hervor, und sagte: »Es wird Ihnen zu nichts helfen. Der König hat eine vorgefaßte Meinung gegen Sie; ich zweifle daß Sie sie ihm benehmen werden. Versuchen Sie es, und schreiben Sie an ihn; doch vergessen Sie nicht die Bitte um Erlaubnis gleich hinzuzufügen, im Fall einer abschlägigen Antwort Ihr Glück im Auslande suchen zu dürfen.« – Was sagst Du dazu, mein liebes Ulrickchen? – Ich antwortete, daß ich mir die Erlaubnis ausbäte, in meinem Vaterlande bleiben zu dürfen. Ich hätte Lust *meinem Könige* zu dienen, keinem andern; wenn er mich nicht gebrauchen könne, so wäre mein Wunsch im Stillen mir und den Meinigen leben zu dürfen. – »Richten Sie Ihren Brief«, fiel er ein wenig betroffen ein, »wie Sie wollen. Es ist möglich, daß der König seine Meinung von Ihnen ändert; und wenn Sie ihn zu einer Anstellung geneigt machen können, so verspreche ich, Ihnen nicht entgegen zu wirken.« – Ich ersuchte ihn jetzt förmlich um diese Gnade, und wir brachen das Gespräch ab. Er bat mich noch, auf eine recht herzliche Art, um Verzeihung, wenn er mich beleidigt haben sollte, verwünschte seinen Posten, der ihm den Unwillen aller Menschen zuzöge, denen er es nicht recht machte: ich versicherte ihn, daß ich ihn mit Verehrung verließe, und fuhr nach Berlin zurück. – Ich las auf dem Wege Wielands Brief, den Du mir geschickt hast, und erhob mich, mit einem tiefen Seufzer, ein wenig wieder aus der Demütigung, die ich soeben erfahren hatte [zuerst: und erhob, in einem tiefen Seufzer, meine Brust über alle diese Menschen, die mich verachten]. – Jetzt habe ich dem Könige nun wirklich geschrieben; doch weil das Anerbieten meiner Dienste wahrscheinlich fruchtlos bleiben wird, so habe ich es wenigstens in einer Sprache getan, welche geführt zu haben, mich nicht gereuen wird. Du selbst hast es mir zur Pflicht gemacht, mich nicht zu erniedrigen; und lieber die Gunst der ganzen Welt verscherzt, als die Deinige. – Ich habe jetzt die Wahl unter einer Menge von sauren Schritten, zu deren einem ich zuletzt fähig sein werde, weil ich es muß. Zu

Deinen Füßen werfe ich mich aber, mein großes Mädchen;
möchte der Wunsch doch Dein Herz rühren, den ich nicht aussprechen kann.

    Berlin, den 24. Juni 1804   Dein Heinrich.

    N. S. Antworte mir doch bald. Ich will Deinen Brief hier er-
warten. Grüße alles.

79. An Ulrike von Kleist

                                          [Berlin, 27. Juni 1804]
Meine teure Ulrike,

    ob ich Dir gleich vor einigen Tagen einen ziemlich hoffnungs-
losen Brief überschickt habe, so kann ich Dir doch jetzt etwas
über eine Art von Aussicht mitteilen, die sich, wunderlich genug
für die Zukunft, mir auf einer ganz unerwarteten Seite eröffnet. –
Du wirst Dich noch eines Majors Gualtieri erinnern, welchen ich
Dir, wenn ich nicht irre, bei Deiner Anwesenheit in Berlin vor
drei Jahren im Schauspielhause vorstellte. Dieser, noch ziemlich
junge, Mann, ein Bruder der Kleisten von Königs Regiment,
geht jetzt in wenig Monden als Gesandter nach Spanien, und
will, es ist ganz sein eigner Einfall, mich als seinen Legationsrat,
oder vorderhand, als einen vom König angestellten Attaché bei
seiner Gesandtschaft mitnehmen. Ihm sei, sagte er, ein Legationsrat aufgedrungen worden, von welchem er sich, wenn es möglich sei, noch hier, auf jeden Fall aber in Madrid losmachen werde.
In diesem letztern Falle müßte ich etwa ein Jahr noch aus eignen
Kosten bestreiten, ich hätte jedoch Station auf der Reise, Wohnung und Tisch bei ihm in Madrid frei. Er wisse kein besseres
Mittel, mich im Dienste des Königs wieder festen Fuß fassen zu
machen, und er wolle, wenn ich auch gleich auf meine erste Bitte
um Anstellung eine abschlägige Antwort erhielte (welches sich
morgen oder übermorgen entscheiden wird), die Ausführung
dieses ganzen Projekts bei Hofe übernehmen. Ich erwarte jetzt
von Dir, meine teure Schwester, die Bestimmung, ob ich mich
in diesen Vorschlag einlassen soll, oder nicht. Zu einem Amte
wird er mir verhelfen, zum Glücke aber nicht. Doch davon soll
ich Dir nicht sprechen. Adieu. Adieu.

                              Dein treuer Bruder Heinrich.

    N. S. Im Fall Du mich nach Spanien – verbannen willst (wer

weiß ob ich Dich jemals wiedersehe!), so muß ich wohl noch
einige Zeit hier verweilen, die Sache einzuleiten, und mir zu
diesem Aufenthalte, wenn Du es auftreiben kannst, einiges Geld
ausbitten.

– Hast Du die Wiese* noch nicht wieder besucht?

Gleißenberg läßt sich empfehlen. – Verzeih diesen liederlichen
Brief, er ist in Eile geschrieben, um mit Fritzen zu reden. Ich
muß soeben wieder zu Gualtieri kommen, der mich in große
Affektion genommen hat. Er hält die ganze Sache schon für ausgemacht, und ich esse schon alle Tage bei ihm in der Stadt Paris.

* die Wiese an der Oder bei Greisers.

80. An Ulrike von Kleist

Mein liebes Ulrickchen,

der Major Gualtieri, welcher in einiger Zeit als Gesandter nach
Spanien gehen wird, ein Freund meiner Jugend, welcher mir
schon in Potsdam, als er noch Flügeladjutant des Königs war, viel
Wohlwollen bezeugte, nimmt sich meiner jetzt mit großer Leb-
haftigkeit an, und verspricht mir, wenn ich seinem Rate folgen
will, mich mit der Zeit zu einem einträglichen und ehrenvollen
Posten zu verhelfen. Er will, daß ich mit ihm nach Spanien gehen
soll, wohin ich die Reise, dort auch Tisch, vielleicht, nach den
Umständen, auch Wohnung frei haben werde, und gibt mir die
Versicherung, mir für diesen Fall die Anstellung als Attaché bei
seiner Gesandtschaft, in *einem* Jahr dort (vielleicht) eine kleine
Zulage vom König, und in (höchstens) 3 Jahren den Legations-
ratsposten selber auszuwirken. Ich habe Dir dies alles schon vor
mehr als 14 Tagen geschrieben, auch um Deinen Rat gebeten,
aber keine Antwort erhalten, und daher (weil Deine Antwort auf
meinen ersten Brief mir doch keinen andern Ausweg hoffen ließ)
mich bereits darauf eingelassen, so daß diese Sache durch den
Kabinettsrat Lombard schon völlig im Gange ist. – Was diese
Deine Antwort betrifft, so weiß ich nicht, welcher Ausdruck in
meinem Schreiben Dich wegen meines Briefes an den König so
beunruhigt haben kann. Denn wenn ich *fühle*, was ich mir selbst,
so *weiß* ich, was ich dem Könige schuldig bin; welches keiner
Rede mehr bedürfen sollte. Auch weiß ich bereits durch Lom-

bard daß der König zwar eine abschlägige Resolution gegeben
hat, aber bloß, weil man für mich keinen bezahlten Posten weiß,
und mir den Dienst von unten auf nicht anbieten will. Diese
königliche Antwort selber habe ich aber bis auf den heutigen
Tag (es sind nun 3 Wochen) noch nicht erhalten, bin daher
schon einigemal (vergebens) bei Haugwitz und Hardenberg,
heute endlich wieder in Charlottenburg bei Kökritz gewesen, der
sich darüber sehr wunderte, in meiner Gegenwart zu Kleisten
schickte, und da heraus kam, daß eine Unordnung bei Hardenberg oder Haugwitz vorgefallen war, mir riet, die Sache fallen
zu lassen, und einen neuen Brief an den König zu schreiben. Dadurch habe ich diesen Mann einigermaßen in mein Interesse gezogen, und bin fast willens, ihm meinen neuen Brief an den König zur Einhändigung zu überreichen. – Übrigens fürchte ich
dennoch, daß mir mein *erstes* Gesuch immer abgeschlagen werden wird; mein *zweites* aber gewiß nicht, man sieht gar nicht ein,
warum? Gualtieri will mich in diesem Fall mitnehmen nach Land-
eck in Schlesien, wohin Lombard auch gegangen ist, um mir
dort die nähere Bekanntschaft dieses Mannes zu verschaffen, der
sein spezieller Freund ist. Ich bin dazu sehr geneigt, besonders da
ich *irgend eines Bades* schlechterdings bedarf; wenn Du nur mich
von der Geldseite darin unterstützen willst. – Schicke, wenn Du
etwas für mich erübrigen kannst, dies doch sobald als möglich
nach Berlin *an Gleißenberg;* sobald ich drei oder vier Tage von
hier abwesend sein kann, so nutze ich sie, um nach Frankfurt zu
reisen, und Dir nähere Auskunft zu geben über die Reise nach
Spanien, die ihre gewissen Vorteile zwar hat, aber *ungeheure* Folgen haben kann. Adieu, grüße alles.

　　Berlin, den 11. Juli 1804　　　　　　　　Dein Heinrich.
　　N. S. Du bist doch nicht krank, daß Du mir nicht geantwortet
hast?

81. An Ulrike von Kleist

Mein liebes Ulrikchen,

　　die Antwort des Königs auf meine Zuschrift, bleibt auf eine
mir ganz unverständliche Weise, zum zweitenmale aus. Ich habe
nicht wagen dürfen, mich bei Kökritzen nach der Ursach dieses
sonderbaren Aufschubs zu erkundigen, da jeder nächste Tag mir

immer die Resolution noch bringen konnte. Übermorgen aber
geht meine Hoffnung zu Ende, und ich will zum viertenmale
nach Charlottenburg hinaus. Denn dieser ungewisse Zustand
wird mir nachgerade völlig zum Ekel. – Jene bewußten 20 Rth.
sind, weil die Adresse nicht bestimmt genug war, an den Obristen Kleist, Directeur der Militärakademie abgegeben worden.
Ich habe Geld und Brief, leider nicht mehr uneröffnet, empfangen, und mich nur betrübt, daß ich diesem Manne nicht jetzt
auch Deine früheren Briefe mitteilen konnte. – Ach, Ulrikchen,
wie unglücklich wäre ich, wenn ich nicht mehr stolz sein könnte!
– Werde nicht irre an mir, mein bestes Mädchen! Laß mir den
Trost, daß einer in der Welt sei, der fest auf mir vertraut! Wenn
ich in Deinen Augen nichts mehr wert bin, so bin ich wirklich
nichts mehr wert! – Sei standhaft! Sei standhaft! Gualtieri reiset
in einigen Tagen nach Schlesien, um einen Handel in Gang zu
bringen, der nach Spanien unternommen werden soll. Er wartet
wirklich bloß auf die Entscheidung meines Schicksals, um sich
mich sogleich vom Könige auszubitten. Er will mich unentgeltlich mitnehmen, und ich brauche nichts, als jene 25 Rth., die Ihr
mir monatlich ausgesetzt habt, um eine kleine Börse bei mir zu
führen. Besorge mir also doch dies Geld, wenn es sein kann, unverzüglich hierher. Wir reisen wahrscheinlich über Frankfurt,
und es sollte mir lieb sein, wenn sich Gelegenheit fände, Euch diesen Menschen vorzustellen, an welchem mir selber alles, bis auf
seine Liebe zu mir, so unbegreiflich ist. – Adieu. Viele Grüße an
Tanten und die Geschwister.
  Berlin, d. Freitag, [27.] Juli 1804   Heinrich Kleist.
N. S. Ich wohne in der Spandauer Straße, Nr. 53.

82. An Henriette von Schlieben

An Fräulein Henriette von Schlieben Hochwohlgeboren, zu Dresden,
wohnhaft beim Japanischen Palais.

Meine teure Freundin Henriette,
  ich will diese Reise des Hauptmanns von Gleißenberg, meines
Jugendfreundes, nicht unbenutzt lassen, Ihnen ein paar flüchtige
Zeilen von Ihrem immer treuen Heinrich Kleist in die Hände
zu schanzen. Verzeihen Sie, wenn ich alle Versprechungen, mit
welchen ich in Dresden von Ihnen schied, so gänzlich unerfüllt

gelassen habe. Wenn uns das Schicksal so unerbittlich grimmig auf der Ferse folgt, so haben wir alle Besinnung nötig, um uns nur vor seinen Schlägen einigermaßen zu retten. Doch es bedarf nur einer kurzen Ruhe, um uns alle frohen Augenblicke der Vergangenheit, und mit ihnen alle gute Menschen ins Gedächtnis zu rufen, denen wir sie schuldig sind.

Wie ist es Ihnen denn dieses ganze lange Jahr über, das wir uns nicht gesehen haben, gegangen? Wie befindet sich Ihre würdige Frau Mutter? Und Ihre Tante? Was macht unsre liebenswürdige Freundin Caroline? Ist Wilhelm in Dresden gewesen? Und ist ihm sein Wunsch erfüllt, und ihm eine Laufbahn im Zivil eröffnet worden? Schreibt Lohse öfter als sonst? Und geht es ihm gut? Wo ist er denn jetzt? Dürfen wir hoffen, unsre liebe Caroline durch ihn bald glücklich zu sehen? – Auf alle diese Fragen, mein teuerstes Kusinchen, wird Ihnen Ihr Herz sagen, daß Sie mir die Antwort schuldig sind.

Ich habe Lohsen auf einige Zeit in Varese gesehen, wo ich einen der frohsten Tage meines Lebens verlebt habe. Wir fuhren, Werdecks, Pfuel, er, und ich, zusammen nach Madonna del Monte, einem ehemaligen Kloster an dem südlichen Fuße der Alpen; und war es *diese* Gesellschaft, und *dieser* Ort, dieser *wunderschöne* Ort, vielleicht auch der Genuß der gewürzreichen Weine, und der noch gewürzreicheren Lüfte dieses Landes: ich weiß es nicht; aber *Freude* habe ich an diesem Tage so lebhaft empfunden, daß mir diese Erscheinung noch jetzt, bei dem Kummer, der mir zugleich damals fressend ans Herz nagte, ganz verwundrungswürdig ist. – Übrigens hatte ich, bei der Gesellschaft, die uns immer umgab, nur selten Gelegenheit, mich ihm vertraulich zu nähern. Seine Verhältnisse schienen in dieser Stadt sehr mannigfaltig, selbst ein wenig verwickelt, er selber gegen mich etwas geheimnisvoll, so daß ich Ihnen keine ganz sichere Nachricht über ihn zu geben imstande war; sonst hätte ich wirklich gleich von dort aus an Sie geschrieben. – Auch hatte er eben einen Brief an Caroline angefangen, so daß ich einen Aufschub wagen zu dürfen glaubte, und späterhin durch eine zunehmende Gemütskrankheit immer unfähiger ward, die Feder zu einem Briefe an Sie anzusetzen.

Von dort aus bin ich, wie von der Furie getrieben, Frankreich von neuem mit blinder Unruhe in zwei Richtungen durchreiset, über Genf, Lyon, Paris nach Boulogne sur Mer gegangen, wo ich, wenn Bonaparte sich damals wirklich nach England mit dem Heere eingeschifft hätte, aus Lebensüberdruß einen rasenden Streich begangen haben würde; sodann von da wieder zurück über Paris nach Mainz, wo ich endlich krank niedersank, und nahe an fünf Monaten abwechselnd das Bett oder das Zimmer gehütet habe. Ich bin nicht imstande vernünftigen Menschen einigen Aufschluß über diese seltsame Reise zu geben. Ich selber habe seit meiner Krankheit die Einsicht in ihre Motiven verloren, und begreife nicht mehr, wie gewisse Dinge auf andere erfolgen konnten. – Jetzt werde ich in meinem Vaterlande bei dem Departement der auswärtigen Angelegenheiten angestellt werden, und mich vielleicht in kurzem wieder zu einer neuen Reise rüsten müssen. Denn ich soll mit einer Gesandtschaft nach Spanien gehen, und werde auf diese Art wohl Verzicht leisten müssen, jemals auf diesem Sterne zur Ruhe zu kommen. – Wie lieb sollte es mir aber sein, wenn mich diese Reise über Dresden führte, und ich an Ihrer Seite, meine liebenswürdigen Freundinnen, einige der schönen Tage der Vergangenheit wiederholen könnte! Bis dahin erfreuen Sie mich gütigst mit einem paar Zeilen von Ihrer Hand, und vergessen Sie meine Bitte nicht um Nachricht über alles, Frohes und Trauriges, was Ihr Haus betroffen haben könnte; denn alles, was *Sie*, geht auch *mich* an.

Berlin, den 29. Juli 1804   Heinrich Kleist.

N. S. Diesen Brief gebe ich dem Hauptmann v. Gleißenberg mit, der nach Gulben bei Cottbus zu seiner Braut, meiner Kusine, dem Fräulein v. Pannwitz, und vielleicht von dort, in Geschäften seines künftigen Schwiegervaters, nach Dresden geht. In diesem Falle, denk ich, werden Sie ihm wohl, als meinem Freunde, vorläufig ein freundliches Gesicht schenken, bis er Zeit gewonnen hat, es sich bei Ihnen zu verdienen. Er wird sich auch meinen Koffer ausbitten, für dessen gütige Aufbewahrung ich Ihnen allerseits ergebenst danke. – Sollten Hindernisse ihn abhalten, nach Dresden zu gehen, so wird er Ihnen diesen Brief mit der Post schicken; und in diesem Falle möchte ich wohl wissen, ob sich Gelegenheit fände, diesen Koffer mit einem Frachtwagen

nach Gulben bei Cottbus an den Herrn Hauptmann v. Pannwitz
zu schicken? Wenn dies nicht möglich ist, so bitte ich ihn gradezu
dorthin auf die Post zu geben.

83. An Ulrike von Kleist

Meine beste Ulrike,

ich kann Dir jetzt die sichere Nachricht geben, daß der König
mein Gesuch günstig aufgenommen hat, obschon ich noch keine
offizielle Resolution darüber erhalten habe. Mir hat es Kökritz
vorgestern mit einer großen Ermahnung, die Gnade des Königs
nicht zum drittenmal aufs Spiel zu setzen, auf eine sehr gütige
Art angekündigt, und mir geraten zu Beym zu gehen, und die
Beschleunigung der Resolution bei diesem zu betreiben. Der
ganze Aufschub derselben scheint bloß daran zu liegen, daß man
den Fond zu einer kleinen Besoldung für mich erst eröffnen muß.
Beym war gestern nicht zu Hause, und ich habe jetzt einen Brief
an ihn entworfen, der vielleicht geschickt ist, ihn ein wenig für
meine Sache zu interessieren. – Nach Spanien werde ich nun
wohl nicht gehen, so wenig wie nach Schlesien. Gualtieri zwar
glaubt es immer noch vorteilhaft für mich, allein er glaubt nicht,
daß es der König jetzt bewilligen werde, indem er, wenn er mich
bezahlt, auch wohl wird haben wollen, daß ich unmittelbar für
ihn arbeite, nicht, daß ich Gualtierin einen Teil seiner Geschäfte
in Spanien abnehme. – In diesem Falle wirst Du gewiß Dein
Wort halten, und zu mir nach Berlin kommen, das einzige, um
dessentwillen mich der glückliche Erfolg meines Gesuches wahrhaft freut. Auch wird Deine Sorge für mich nötig sein, wenn ich
mit einer kleinen Besoldung, die doch gewiß 300 Rth. nicht
übersteigen wird, meine Bedürfnisse bestreiten soll. Es kann
möglich sein, mit dieser Summe auszukommen, aber es ist eine
Kunst, und man kann ihre Ausübung von einem Menschen, der
dazu einmal nicht taugt, kaum verlangen, so wenig als das Seil-
tanzen, oder irgend eine andere Kunst. Für jetzt wenigstens, da
meine ganze Lebensweise noch so wenig geordnet sein kann,
geht es mit 25 Rth. monatlich nicht, und Ihr müßt ein Einsehen
haben. Schickt mir nur vorderhand meine Betten, wenn es sein
kann; und wenn ich meine paar Möbeln wieder zusammenfinden
könnte, so würde ich auch 3 oder 4 Rth. monatlich wohlfeiler

wohnen. Adieu. Adieu. Bald ein Mehreres und, ich hoffe, ganz Bestimmtes.

Berlin, den 2. August 1804   Dein Heinrich.

Antworte bald. *Spandauer Straße Nr. 53.*

84. *An Ulrike von Kleist*

Mein vortreffliches Mädchen,

wie überraschest Du mich mit Deinem Antrage, mit diesem neuen Beweis Deiner Sorgfalt für mich, die immer noch im Stillen Dein Herz beschäftigt! Komm, meine Freundin, komm doch gleich zu mir! Gualtieri reiset wirklich in der Mitte künftigen Monats ab, er will immer noch, daß ich ihn nach Spanien begleite, lerne doch diesen Menschen selbst kennen, und die Verhältnisse, und *sage* mir, was ich tun soll. In dem Hause, in welchem ich wohne, ist ein Zimmer noch, neben dem meinigen, zu vermieten, sehr angenehm, ein wenig teuer; opfre dies für einen Monat! Wenn ich nach Spanien gehe, so gehst Du zu Deiner Tante zurück, oder zu Leopolden; und wenn wir zusammen in Berlin uns etablieren können, so kann ich unter Deinen Augen die Anstalten treffen, die Du für zweckmäßig hältst. Wie glücklich könnten wir leben! Es würde nicht wie in Paris sein –! Adieu, adieu! Antworte mir sogleich. Ich küsse Tanten, Minetten, und allen die Hände, die Deiner Liebe zu mir wieder einmal ihre freie Bewegung gelassen haben. Adieu. – Auf baldiges Wiedersehn!

Berlin, den 24. August 1804   Dein treuer Bruder Heinrich.

N. S. Ich habe gestern einen Brief an Euch abgeschickt, doch die Quittung vergessen. Hier erfolgt sie für meine liebe Minette. – Pannwitzens Koffer ist mit Gleißenberg nach Gulben gegangen, um ihn dort abzugeben. Ich glaubte Wilhelm würde hingehen. – Gleißenberg bringt mir den meinigen von Dresden mit. – – Schreibe mir genau *wann* Du eintriffst, ich komme Dir entgegen.

85. *An Ulrike von Kleist*

Meine liebste Ulrike,

ich warte von Tage zu Tage auf eine Entscheidung vom Minister, ob ich vorläufig noch in Berlin bleiben, oder sogleich nach Franken gehen soll. Dieser Umstand ist schuld, daß ich noch immer angestanden habe, mich einzuquartieren, und während dieser Zeit in einem teuren Gasthofe gewohnt habe, wo ich nun Mühe haben werde, heraus zu kommen. Du mußt es schon bei Minetten ausmachen, daß sie für diese außerordentliche Ausgabe etwas auftreibt, ich arbeite ja aus allen Kräften darauf los, es wieder zu bezahlen. Wenn Du Dich mit solchen Dingen nicht befassen willst, so ersuche ich Leopold ihr eine vernünftige Vorstellung zu machen. Ich werde ja überdies dieser Vorschüsse nicht drei Jahre lang bedürftig sein, und so wird es im ganzen nicht mehr ausmachen, wenn man es auf die letzten Monate abrechnet. – Wie wäre es auch, wenn Du zu mir herüber kämest? Ich bin sehr traurig. Du hast zwar nicht mehr viel Mitleiden mit mir, ich leide aber doch wirklich erstaunlich. Komm also nur herüber, und tröste mich ein wenig. Ich weiß doch, daß Du mir gut bist, und daß Du mein Glück willst, Du *weißt* nur nicht, was mein Glück wäre. Nach Potsdam kehr ich auch nicht zurück, wie ich zu Anfange glaubte; wozu also noch länger getrennt sein? Ich sehe hier keinen Menschen, und bedarf Deiner lieben Gesellschaft. Es wird uns selbst eine förmliche Einrichtung nicht viel mehr kosten, als der Aufenthalt in diesem heillosen Gasthofe. Ich hoffe also auf die Erfüllung meiner Bitte. Ich werde noch heute zur Kamken gehen, und sie auffordern, uns eine Wohnung auszumitteln. Chambre garnie, und Du läßt das Mädchen aus Frankfurt kommen. Wie gern würde ich Dich abholen! Doch ich muß schlechterdings in Berlin bleiben. Richte Dich also nur selbst ein. Vielleicht kömmst Du mit der Kleisten, die ja auch nach Berlin wollte. – Das würde mich sehr freuen! Adieu.

Dein Heinrich.

Berlin, den [?] Dezember 1804 (Im goldnen Stern)

86. An Ernst von Pfuel

An Herrn Ernst von Pfuel, ehemals Lieutenant im Regiment Sr. Majestät des Königs, Hochwohlgeb. zu Potsdam.

Du übst, du guter, lieber Junge, mit Deiner Beredsamkeit eine wunderliche Gewalt über mein Herz aus, und ob ich Dir gleich die ganze Einsicht in meinen Zustand selber gegeben habe, so rückst Du mir doch zuweilen mein Bild so nahe vor die Seele, daß ich darüber, wie vor der neuesten Erscheinung von der Welt, zusammenfahre. Ich werde jener feierlichen Nacht niemals vergessen, da Du mich in dem schlechtesten Loche von Frankreich auf eine wahrhaft erhabene Art, beinahe wie der Erzengel seinen gefallnen Bruder in der Messiade, ausgescholten hast. Warum kann ich Dich nicht mehr *als meinen Meister* verehren, o Du, den ich immer noch über alles liebe? – Wie flogen wir vor einem Jahre einander, in Dresden, in die Arme! Wie öffnete sich die Welt unermeßlich, gleich einer Rennbahn, vor unsern in der Begierde des Wettkampfs erzitternden Gemütern! Und nun liegen wir, übereinander gestürzt, mit unsern Blicken den Lauf zum Ziele vollendend, das uns nie so glänzend erschien, als jetzt, im Staube unsres Sturzes eingehüllt! *Mein, mein* ist die Schuld, *ich* habe Dich verwickelt, ach, ich kann Dir dies nicht so sagen, wie ich es empfinde. – Was soll ich, liebster Pfuël, mit allen diesen Tränen anfangen? Ich möchte mir, zum Zeitvertreib, wie jener nackte König Richard, mit ihrem minutenweisen Falle eine Gruft aushöhlen, mich und Dich und unsern unendlichen Schmerz darin zu versenken. *So* umarmen wir uns nicht wieder! So nicht, wenn wir einst, von unserm Sturze erholt, denn wovon heilte der Mensch nicht! einander, auf Krücken, wieder begegnen. Damals liebten wir ineinander das Höchste in der Menschheit; denn wir liebten die ganze Ausbildung unsrer Naturen, ach! in ein paar glücklichen Anlagen, die sich eben entwickelten. Wir empfanden, ich wenigstens, den lieblichen Enthusiasmus der Freundschaft! Du stelltest das Zeitalter der Griechen in meinem Herzen wieder her, ich hätte bei Dir schlafen können, Du lieber Junge; so umarmte Dich meine ganze Seele! Ich habe Deinen schönen Leib oft, wenn Du in Thun vor meinen Augen in den See stiegest, mit wahrhaft *mädchenhaften* Gefühlen betrachtet. Er könnte wirklich einem Künstler zur Studie dienen. Ich hätte, wenn ich einer gewesen wäre, vielleicht die Idee eines Gottes durch ihn empfangen. Dein kleiner, krauser Kopf, einem feisten Halse aufgesetzt, zwei breite Schultern, ein nerviger Leib, das Ganze ein musterhaftes Bild der Stärke, als ob Du dem schönsten jungen Stier, der jemals dem Zeus geblutet, nachgebildet wärest. Mir ist die ganze Gesetzgebung des Lykurgus, und sein Begriff von der Liebe der Jünglinge, durch die Empfindung, die Du mir geweckt hast, klar geworden. Komm zu mir! Höre, ich will Dir was sagen. Ich habe mir diesen Altenstein lieb gewonnen, mir sind die Abfassung einiger Reskripte übertragen worden, ich zweifle nicht mehr, daß ich die ganze Probe, nach jeder vernünftigen Erwartung bestehen werde. Ich kann ein Differentiale finden, und einen Vers machen; sind das nicht die beiden Enden der menschlichen Fähigkeit? Man wird mich gewiß, und bald, und mit Gehalt anstellen, geh mit mir nach Anspach, und laß uns der süßen Freundschaft genießen. Laß mich mit allen diesen Kämpfen etwas erworben haben, das mir das Leben wenigstens erträglich macht. Du hast in Leipzig mit mir geteilt, oder hast es doch gewollt, welches gleichviel ist; nimm von mir ein Gleiches an! Ich heirate niemals, sei Du die Frau mir, die Kinder, und die Enkel! Geh nicht weiter auf dem Wege, den du betreten hast. Wirf Dich dem Schicksal nicht unter die Füße, es ist ungroßmütig, und zertritt Dich. Laß es an *einem* Opfer genug sein. Erhalte Dir die Ruinen Deiner Seele, sie sollen uns ewig mit Lust an die romantische Zeit unsres Lebens erinnern. Und wenn Dich einst ein *guter* Krieg ins Schlachtfeld ruft, Deiner Heimat, so geh, man wird Deinen Wert empfinden, wenn die Not drängt. – Nimm meinen Vorschlag an. Wenn Du dies nicht tust, so fühl ich, daß mich niemand auf der Welt liebt. Ich möchte Dir noch mehr sagen, aber es taugt nicht für das Briefformat. Adieu. Mündlich ein mehreres.

Berlin, den 7. Januar 1805   Heinrich v. Kleist.

87. An Christian von Massenbach

Verehrungswürdigster Herr Obrist,

Sie tun meinem guten, redlichen, vortrefflichen Freunde Altenstein recht Unrecht, und ich würde recht böse auf Sie sein, wenn der Verdacht, den Sie auf ihn geworfen haben, nicht von der Innigkeit Ihrer Güte für mich, und Ihrer immer regen Besorgnis für mein Wohl herrührte. Es ist so wenig die Rede davon, mich durch einen Kunstgriff von dem Hardenbergschen Departement zu entfernen, daß vielmehr dieser Altenstein, der mit großen Plänen für sein Vaterland (Franken) umgeht, das lebhafteste Interesse zeigt, mich für seine Zwecke zu gewinnen. Die Absicht, die man bei dieser meiner Sendung nach Königsberg hat, ist wirklich keine andere, als mich zu einem tüchtigen Geschäftsmann auszubilden, und die musterhafte Einrichtung der preußischen Kammern, durch meine Beihülfe einst, wenn ich angestellt sein werde, auf die fränkischen überzutragen. Ich werde vielleicht Gelegenheit haben, Ihnen dies alles durch die Mitteilung einer schriftlichen Instruktion, die ich von dem Minister über meine Geschäfte in Königsberg zu erhalten habe, ganz deutlich und augenscheinlich darzutun, und dadurch unzweifelhaft die Unruhe Ihres so väterlich für mich gesinnten Herzens zerstreuen. Nehmen Sie inzwischen die Versicherung meiner innigsten Dankbarkeit, Verehrungswürdigster! für Ihre gütige Empfehlung an Hardenberg an, der dadurch, daß er mich an Altenstein verwies, mir zwar die *einzige*, aber auch die *ganze* Wohltat erzeigte, deren ich bedurfte. Wenn Tätigkeit im Felde der Staatswirtschaft wirklich mein Beruf ist, so habe ich an Altenstein denjenigen gefunden, der mich auf den Gipfel derselben führen wird; *ob* sie aber mein Beruf ist, ist eine andere Frage, über die jedoch mein Herz jetzt keine Stimme mehr hat. – Ich hoffe noch, Ihnen in Potsdam meine Aufwartung zu machen, und mir die Empfehlung nach Königsberg auszubitten, die Sie mir so gütig gewesen sind, anzubieten. Schließlich erfolgt der Krug.

Berlin, den 23. April 1805 H. v. Kleist.

88. An Karl Freiherrn von Stein zum Altenstein

Hochwohlgeborner Freiherr,
Hochzuverehrender Herr Geheimer Finanzrat,

Ew. Hochwohlgeboren verfehle ich nicht, von meiner, am 6. dieses erfolgten, glücklichen Ankunft in Königsberg gehorsamst zu benachrichtigen. Ich würde schon den 4. dieses hier eingetroffen sein, wenn mein, in Frankfurt aufgefundner, Wagen nicht einer gänzlichen Herstellung bedurft hätte, und ich sonach zu einem Aufenthalte daselbst von zwei Tagen genötigt worden wäre. Von hier aus ging es inzwischen in ununterbrochener Reise, Tag und Nacht, weiter, und ich glaube mich um so mehr wegen jener kleinen Versäumnis für entschuldigt halten zu dürfen, da ich den Kriegsrat Müller, mit welchem ich von Berlin abzugehen bestimmt war, schon in Marienwerder wieder einholte. Bei dieser großen Schnelligkeit meiner Reise, und dem an Erscheinungen eben nicht reichen Lande, durch welches sie mich führte, blieb meinem Wunsche, mich überall zu unterrichten, kaum mehr, als eine oder die andere flüchtige Wahrnehmung übrig. Wie viel würden nichts desto weniger Sie, oder irgend ein geübterer Statistiker, wer es auch sei, an meiner Stelle gesehen haben. Denn es kommt überall nicht auf den Gegenstand, sondern auf das Auge an, das ihn betrachtet, und unter den Sinnen eines Denkers wird alles zum Stoff. – Ich ging, Ihrem Befehl gemäß, gleich am folgenden Tage zu dem Herrn Kammerpräs. v. Auerswald, um mich bei ihm zu melden. Er empfing mich mit vieler Güte, und sagte mir, daß er bereits offiziell sowohl, als auch durch den Hr. v. Schöne, seinen Schwiegersohn, von dem Zweck meiner Ankunft in Königsberg unterrichtet wäre. Er erteilte mir die Versicherung, daß er mir zu allen Geschäften, die zu meiner Instruktion dienen könnten, Gelegenheit machen würde, und befahl mir zuvörderst, Freitag, morgens, auf der Kammer zu erscheinen. Mein zweiter Gang war zu dem Hr. Kammerdir. v. Salis. Dieser gewiß, wenn mir ein Urteil über ihn erlaubt ist, *vortreffliche* Mann, hat mich auf das Empfehlungsschreiben, womit mich der Hr. Geh. Fin. Rat Nagler zu Berlin beehrte, auf das freundschaftlichste aufgenommen. Er kam mir nicht nur sogleich mit den gefälligsten Anerbietungen entgegen, sondern flößte mir auch, was noch mehr wert war, das Vertrauen ein, davon Gebrauch zu machen. Ihm verdanke ich zum Teil die Anordnung meiner kleinen Ökonomie, er hat mir die Bekanntschaft mehrerer der hiesigen Professoren verschafft, mich bei der Kammer, und in alle Büros derselben, eingeführt, und eben jetzt komme ich von einer Unterredung mit ihm, in welcher er mir einen sehr zweckmäßigen Plan über die Folgereihe meiner Studien und Geschäfte, zur Erfüllung der ganzen Absicht meiner Reise nach Königsberg, mitgeteilt hat. Ich unterstehe mich, Ew. Hochwohlgeb. ergebenst zu bitten, den Hr. Geh. Fin. Rat Nagler für jene gütige Empfehlung, der ich ohne Zweifel alle diese Gefälligkeiten verdanke, meinen gehorsamsten und herzlichsten Dank abzustatten. – Am Freitag habe ich nun wirklich der ersten Session des Kollegiums beigewohnt. Ich habe das Gelübde der Verschwiegenheit mit einem Handschlag bekräftigen, und sodann an einem abgesonderten Tische, unter mehreren Offizieren der hiesigen Garnison, Platz nehmen müssen. Mein ganzes Geschäft bestand, nach meinem eignen Wunsche, an diesem Tage im Hören und Sehen, doch glaube ich, in einiger Zeit zur Übernahme der Akten, und zu den Vorträgen selbst, schreiten zu dürfen. Ich werde, nach dem Vorschlage des Hr. v. Salis, den Anfang mit den Steuersachen machen, und zwar mit den ländlichen, und dann zu den städtischen übergehen. Zuletzt dürfte ein Jahr eine zu kurze Zeit sein, um mich in allen Fächern dieser weitläufigen Kameral-Verwaltung, besonders wenn ich, wie es Ihr Befehl war, [mich] mit so vielem Ernste in das Domänenfach werfen sollte, umzusehen; doch werde ich gewiß nichts unterlassen, um die Strafe einer inkonsequent verlebten Jugend, so sehr sie durch Ihre Güte auch gemildert wird, nicht mehr, als ich es verdiene, zu verlängern. – Vorgestern habe ich nun auch einer finanzwissenschaftlichen Vorlesung des Professors Krause beigewohnt: ein kleiner, unansehnlich gebildeter Mann, der mit fest geschlossenen Augen, unter Gebärden, als ob er im Kreisen begriffen wäre, auf dem Katheder sitzt; aber wirklich Ideen, mit Hand und Fuß, wie man sagt, zur Welt bringt. Er streut Gedanken, wie ein Reicher Geld aus, mit vollen Händen, und führt keine Bücher bei sich, die sonst gewöhnlich, ein Notpfennig, den öffentlichen Lehrern zur Seite liegen. In seiner dieshalbjährigen Vorlesung ist er schon ziemlich weit vorgerückt, doch wird mir Gelegenheit werden, das Vorgetragene noch nachzuholen. Gewerbkunde und Staatswirtschaft, seine Hauptkollegia, liest er inzwischen erst im Winter, und ich werde den Sommer benutzen können, Institutionen oder Pandekten, vielleicht auch die Chemie bei Hagen zu hören, um mich auch in dieser Wissenschaft ein wenig herzustellen. – Doch ich werde zu weitläufig. Meine Voraussetzung, daß Sie an manchen dieser kleinen, nicht sowohl mein Geschäft, als *mich*, betreffenden Umständen, einigen Anteil nehmen, ist vielleicht noch zu voreilig; doch werde ich das Geschäft meines Lebens daraus machen, mich darum zu bewerben.

Noch muß ich inzwischen Ew. Hochwohlgeb. melden, daß ich das Dekret vom 28. April erhalten – auch, daß ich mich, nach Ew. Hochwohlgeb. Rate, bei des Hr. Staatsministers v. Schrötters Exzll. schriftlich bedankt habe. – Werd ich meine Diäten von Berlin aus, oder vielleicht eine Anweisung zur Erhebung derselben in Königsberg erhalten?

Ich beharre mit der innigsten und ehrfurchtsvollesten Hochachtung

Ew. Hochwohlgebor. ergebenster

Königsberg, den 13. Mai 1805   H. v. Kleist.

89. An Ernst von Pfuel

Mein liebster Pfuel,

inliegende 20 Fr.dor sind ein Geschenk von der K[önigin],
die die Kleisten schon lange Zeit für Dich in ihrem Büro aufbewahrt hat, und nun bei ihrer Abreise von Potsdam nach
Dobran, da sie gar keine Nachricht von Dir bekömmt, mir zuschickt, um sie Dir zu übermachen. Du bist, mein armer Junge,
wahrscheinlich krank (wie ich), daß Du die Kleisten noch bis
auf diese Stunde nicht mit einem paar Zeilen erfreut hast. Du
warst schon als Du hier auf die Post stiegest, unpäßlich, benachrichtige mich doch mit einem paar Worte (aus dem Bette, wie ich)
ob meine Besorgnis gegründet ist. Laß dieses angenehme kleine
Geschenk (angenehm wirklich durch die Geberin) etwas zu Deiner Herstellung beitragen. Du wirst jährlich 12 Fr.dor auf diesem
Wege erhalten. Du möchtest, schreibt die Kleisten, Dich in
[einem] kleinen niedlichen Briefe (franz.) bedanken, sie würde
die Bestellung dieses Briefes übernehmen. Übrigens versteht sich
von selbst, daß das größte Stillschweigen über die ganze Sache
beobachtet werden muß. Adieu, ich bin auch bettlägrig, und
leide schon seit 14 Tagen an rheumatischen Zufällen, und einem
Wechselfieber, das mich, um mit Dir zu reden, ganz auf den
Hund bringt. – Was macht denn der Hydrostat.

Königsberg, den 2. Juli 1805   H. v. Kleist.

(An den 20 Fr.dor fehlt das Postgeld, das sie mir von Potsd.
bis Königsbg. gekostet haben!)

N. S. Diesen Brief schickte ich vorgestern auf die Post, und
bekam ihn zurück mit der Weisung, daß er erst morgen (als am
Posttage nach Johannisburg) angenommen werden könne. Soeben erhalte ich nun Deinen Brief; und erbreche den meinigen
noch einmal, um Dir zu antworten. Zuvörderst sehe ich zwar
daraus, daß Du nicht krank bist, begreife aber jetzt um so weniger, wie es zugeht, daß Du der Kleisten noch nicht geschrieben
hast. Es sei nun wirklich Nachlässigkeit, oder Rache, so ist es das

Unwürdigste von der Welt, und nicht wert, daß ich ein Wort
darüber verliere. – Was Deine hydrostatische Weisheit betrifft,
so muß ich Dich zweierlei bitten, 1) nichts zu schreiben, was Du
nicht gut überlegt hast, 2) Dich so bestimmt auszudrücken, als es
die Sprache überhaupt zuläßt; weil sonst des Schreibens und
Wiederschreibens kein Ende wird. Auf 120' Tiefe (siehe A Deines
Briefes) ist die Luft nicht 6.8 (soll doch heißen 6 bis 8 mal) zusammengedrückt, auf 128' Tiefe ist sie genau 8mal zusammengedrückt; d. h. wenn ihre Zusammendrückung über dem
Meere = 1, so ist sie 128' unter demselben = 8. Daß sich zweitens
(B Deines Briefes) die Luft 24mal verdichten lasse, ist eine sonderbare Annahme, da sie sich bekanntermaßen in der Kolbe der
schlechtesten Windbüchse 300mal zusammenpressen läßt. Daß
übrigens beim Sinken des Hydrostaten das Luftpumpengeschäft
immer sukzessiv schwerer vor sich geht, *indem zusammenge-
drückte Luft zusammengedrückt werden* muß, ist ein Umstand, den
wir schon hier in Königsberg erwogen haben. Wenn sich die Luft,
über dem Meere, 400mal zusammenpressen läßt*, so läßt sie sich

    32' unter dem Meere   200mal
     64' »   »   » nur 100mal
    128' »   »   » nur 50mal
    256' »   »   » nur 25mal
    512' »   »   » nur 12½mal usf.

zusammenpressen. In dieser Tiefe also allerdings ist (oder *wird*
doch wenigstens in einer noch größern Tiefe) das Luftpumpengeschäft von ungeheurer Schwierigkeit. Es muß vielleicht hier
ganz und gar wegfallen. Doch überall kann man es entbehren,
da man an den Gewichten ein Surrogat hat, das, was die vertikale
Bewegung betrifft, ganz und gar statt der Luftpumpe dienen
kann. – Nach dieser Berechnung fällt der Kubikinhalt für die
Magazine auch weit geringer aus. Ein ganz mit Wasser gefülltes
Gefäß von 31250 K. F. braucht

    32' unter Wasser   2.31250 K.F. Luft, um das Wasser daraus
                                       zu vertreiben
  64' »   »   4.31250 K.F. Luft   »
 128' »   »   8.31250 K.F. Luft   »
 256' »   »   16.31250 K.F. Luft   »

* welches gar keine übertriebene Annahme ist.

Also, um Deinen Fall zu nehmen, braucht Dein Gefäß von 31250 Kubikfuß Inhalt, 128' unter dem Wasser, gesetzt es wäre alsdann ganz voll Wasser, und man wollte es statt dessen mit Luft füllen, nur $8.31250 = 250000$ Kubikfuß Luft, welche, um mitgenommen zu werden, nur eines Raumes von $\frac{250000}{400} = 625$ Kubikfuß bedürfen. – Endlich verstehe ich gar nicht, was du bei den Schaufeln des Rades für ein Bedenken hast. Wenn das Wasser bis aa steht, so werden die Schaufeln von selbst bis b, b, b im Wasser stehn, ohne im mindesten über die Basis unten hervorragen zu müssen. Übrigens find ich selbst die Erfindung des Rades noch sehr roh, aber bloß wegen der Mittei-

lung der Bewegung, indem mir ein Ziehen sowohl, als ein Stoßen (der oberen Glocke an die untere) ungeschickt scheint. – Zum Schlusse noch eine Nachricht, die Dir sehr interessant sein müßte, wenn Du wirklich mit Eifer an die Ausbildung der Erfindung arbeitetest: nämlich, Rigolet in Lyon, Vorsteher der dortigen Landstraßen und Brücken, hat ein Fernrohr erfunden, durch welches er den Grund der Flüsse und Seen sehen, und die Grundlage der Wasserbauten untersuchen kann. – Schreibe mir bald ob Du richtig das Geld empfangen hast. Adieu. H. K.

90. An Ernst von Pfuel

[Königsberg, Juli 1805]

Hier bekömmst Du den Pope, und einen alten verrosteten Schlüssel von Lexikon zu ihm; zusammen 1 Rth. 8 gr. Ich hatte außerdem noch die Wahl zwischen Thomson und Young; ich denke aber, ich werde es mit der Iliade am besten getroffen haben, ungerechnet, daß sie am wohlfeilsten war.

Was Du mir von der Verschiedenheit von dem Räderwerk in einer Uhr, und von dem Räderwerk in dem Hydrostaten sagst, ist ganz richtig, war mir auch schon selbst eingefallen. Inzwischen brauchen wir das Schaufelrad noch gar nicht aufzugeben. Allerdings ist die Geschwindigkeit, die sich aus meiner Rechnung ergeben hat, sehr gering; allein wir haben aus der Acht gelassen, daß das Resultat auch nur die *Geschwindigkeit des ersten Moments* angab. Dieselbe Kraft, die nötig war, diese ungeheure Masse zu bewegen, würde auch hinwiederum, wenn sie einmal bewegt ist, nötig sein, sie aufzuhalten. Das heißt, sie hat ein *Beharrungsvermögen*, sowohl in der Bewegung, als in der Ruhe zu verbleiben. Mithin kommt mit jedem folgenden Momente, da die Kraft immer die Geschwindigkeit C hat, wenn die Geschwindigkeit der ganzen Masse in dem vorhergehenden Momente c heißt, eine neue Geschwindigkeit C–c hinzu. Setze, ein Kauffahrteischiff wiege eine Million Pfund: so wird es gleichwohl doch häufig bei windstillen Tagen von einem Ruderboote gezogen. Das Ruderboot kann aber unmöglich von der Effikazität sein, als ein gut erfundenes Räderwerk. Es muß also schlechthin möglich sein, den Hydrostaten durch wenigstens 6- 8 Seemeilen täglich zu führen.

Mit Gualtieri muß es irgend einen Haken haben. Es hat in einem öffentlichen Blatt gestanden, ein Gesandter einer großen nordischen Macht habe sich Schulden halber von Madrid eklipsiert. Dazu nun dieser sonderbare Todesfall, fast um die nämliche Zeit! Überdies übergeht die Kleist alles mit Stillschweigen, und noch weiß ich so oft ich sie auch darum gefragt habe, weder *wie*, noch *wann*, nicht einmal *wo* er gestorben ist.

Rühle ist in der Tat ein trefflicher Junge! Er hat mir einen Aufsatz geschickt, in welchem sich eine ganz *schöne* Natur ausgesprochen hat. Mit Verstand gearbeitet, aber so viel Empfindung darin, als Verstand. Und aus einem Stück einer Übersetzung des Racine sehe ich, daß er die Sprache (sie ist in Jamben geschrieben) völlig in seiner Gewalt hat. Er kann, wie ein echter Redekünstler, sagen, was er will, ja er hat die ganze Finesse, die den Dichter ausmacht, und kann auch das sagen, was er *nicht* sagt. Es ist besonders welche Kräfte sich zuweilen im Menschen entwickeln, während er seine Bemühung auf ganz andere gerichtet hat. Was hat der Junge nicht über die Elemente der Mathematik gebrütet, wie hat er sich nicht den Kopf zerbrochen, uns in einem unsterblichen Werk begreiflich zu machen, daß zwei mal zwei vier ist; und siehe da, während dessen hat er gelernt, ein Trauerspiel zu schreiben, und wird in der Tat eins schreiben, das uns gefällt.

Das Ende Deines Briefes, und Deine Wehmut daß aus unserm Plane nach Neuholland zu gehen nichts geworden ist, würde mir rührend sein, wenn ich mir einbilden könnte, daß Du wirklich etwas dabei empfunden hättest. Aber unter uns allen ist keiner, der in der Tat resigniert, als ich allein. Warum sollten wir drei, te duce, nicht ein Schiff auf der Ostsee nehmen können? Doch es wird uns kein großer Gedanke mehr ergreifen, so lange wir nicht beisammen sind. *Dahin* also vor allen Dingen sollten wir streben, und brauchten auch, um es zu erreichen, allerdings nichts, wie Du sehr richtig bemerkst, als es zu *wollen;* aber da eben liegt der Hund begraben. – Doch ich muß schließen, weil die Post abgeht. Adieu, den Smith brauche ich selbst. H. v. Kl.

91. *An Karl Freiherrn von Stein zum Altenstein*
Hochwohlgeborner Freiherr,
Hochzuverehrender Herr Geheimer Finanzrat,

Verzeihen Sie mir, wenn ich es wage, mich Ihnen auf eine kurze Stunde wieder in ehrerbietiger Herzlichkeit zu nahn. Vielleicht wäre es meine Pflicht, vor dem zudringlichen Augenblick, in welchem wir leben, zurückzutreten, und von meinem eignen Schicksal zu schweigen, während das Schicksal Ihres ganzen Vaterlandes Sie in Anspruch nimmt. Doch die Zeit ist, bis zu meiner Abreise, ein wenig dringend, und ich möchte so gern noch, was meine künftige Bestimmung betrifft, einige Anweisungen von Ihnen erhalten.

Ich habe diesen ganzen Herbst wieder gekränkelt: ewige Beschwerden im Unterleibe, die mein Brownischer Arzt wohl dämpfen, aber nicht überwinden kann. Diese wunderbare Verknüpfung eines Geistes mit einem Konvolut von Gedärmen und Eingeweiden. Es ist, als ob ich von der Uhr abhängig wäre, die ich in meiner Tasche trage. Nun, die Welt ist groß, man kann sich darin wohl vergessen. Es gibt eine gute Arznei, sie heißt Versenkung, grundlose, in Beschäftigung und Wissenschaft. Wer nur erst die ganze Schule, aber nicht ohne etwas *getan* zu haben, durchgangen wäre. Denn es ist doch nicht, um etwas zu *erwerben,* daß wir hier leben: Ruhm und alle Güter der Welt, sie bleiben ja bei unserem Staube.

Doch ich komme zu meinem Gegenstand. Ich habe mich nun im Domänenfach ein wenig umgesehen, auch im Fache der Gewerkssachen, und würde es auch in Militärsachen getan haben, wenn nicht diese Geschäfte jetzt einer eignen Kommission übergeben wären, zu der mir der Zutritt versagt war. Nun werde ich dies zwar nicht versäumen, sobald mit dem Austritt der Truppen aus der Provinz diese Kommission wieder zu dem Kollegium zurückkehren wird. Allein ich wünschte, mein verehrungswürdigster Freund, zu wissen, für welche spezielle Branche der Geschäfte ich vorzugsweise in Franken bestimmt sein dürfte. Denn da es in einer so kurzen Zeit wohl kaum möglich war, mich in der ganzen Mannigfaltigkeit kameralistischer Arbeiten gehörig zu versuchen, so ist der Wunsch wohl verzeihlich, mich für die letzten Monate meines Hierseins ausschließlich auf eine Geschäftsart legen zu dürfen, um bei einer künftigen Anstellung wenigstens nicht ohne Beifall debütieren zu können. Wenn mir die Wahl gelassen würde, so würde ich mir zwar das Gewerksfach wählen; aber auch jede andere Bestimmung ist mir willkommen, und ich erwarte bloß Ihre Befehle.

Dies, und daß ich Ihren schätzbaren Auftrag an den Doktor Kelch richtig vollzogen habe, war es, was ich Ihnen gehorsamst zu melden hatte. Er hat Ihren schriftlichen Dank für den Elendskopf empfangen, und ist noch, wie er sagte, im Besitz mehrerer Fossile, mit welchen er Ihr Kabinett bereichern würde, wenn er Gelegenheit hätte, sie Ihnen zuzufertigen.

Erfreuen Sie mich bald mit Ihren gütigen Befehlen, und überzeugen Sie sich von der innigsten Verehrung, mit welcher ich beharre,

Ew. Hochwohlgeboren ergebenster

Königsberg, den 13. November 1805   H. v. Kleist.

92. An Otto August Rühle von Lilienstern

[Königsberg, Ende November 1805]

Mein lieber, trefflicher Rühle. Ich drücke Dich von ganzem Herzen an meine Brust. Du hast mir mit Deinem letzten Briefe, den Du mir unverdient (weil ich dir auf den vorletzten nicht geantwortet) geschrieben, eine recht innige Freude gemacht. Warum können wir nicht immer bei einander sein? Was ist das für ein seltsamer Zustand, sich immer an eine Brust hinsehnen, und doch keinen Fuß rühren, um daran niederzusinken. Ich wollte, ich wäre eine Säure oder ein Alkali, so hätt es doch ein Ende, wenn man aus dem Salze geschieden wäre. Du bist mir noch immer so wert, als nur irgend etwas in der Welt, und solche Zuschriften,

wie die Deinige, sie wecken dies Gefühl so lebhaft, als ob es neu-
geboren würde; aber eine immer wiederkehrende Empfindung
sagt mir, daß diese *Brieffreundschaft* für uns nicht ist, und nur insofern, als Du auch etwas von der Sehnsucht fühlst, die ich nach Dir,
d. h. nach der *innigen Ergreifung* Deiner mit allen Sinnen, inneren
und äußeren, spüre, kann ich mich von Deinen Schriftzügen,
schwarz auf weiß, in leiser Umschlingung ein wenig berührt
fühlen. Wie sehr hat mich die Nachricht erfreut, die Du mir von
unserm Freunde Pfuël gibst, die Nachricht, daß das Korps, bei
welchem er steht, vor die Stadt rückt, in welcher zugleich der
Feind und sein Mädchen wohnt! Er ist nicht das erste, ruhmlech-
zende Herz, das in ein stummes Grab gesunken ist; aber wenn der
Zufall die ersten Kugeln gut lenkt, so sieht er mir wohl so aus
(und seine Lage fordert ihn ziemlich dringend dazu auf), als ob er
die ertränkte Ehre, wie Shakespeare sagt, bei den Locken herauf-
ziehen würde. Dir, mein trefflicher Rühle, hängt sie noch an den
Sternen; und Du wirst den Moment nicht versäumen, sie mit
einem dreisten Griff herunter zu reißen, schlüge Dich ihr prächtig-
schmetternder Fall auch zu Boden. Denn so wie die Dinge stehn,
kann man kaum auf viel mehr rechnen, als auf einen schönen
Untergang. Was ist das für eine Maßregel, den Krieg mit einem
Winterquartier und der langmütigen Einschließung einer Festung anzufangen! Bist Du nicht mit mir überzeugt, daß die
Franzosen *uns* angreifen werden, in *diesem* Winter noch angreifen
werden, wenn wir noch vier Wochen fortfahren, mit den Waffen
in der Hand drohend an der Pforte ihres Rückzuges aus Östreich
zu stehen? Wie kann man außerordentlichen Kräften mit einer so
gemeinen und alltäglichen Reaktion begegnen? Warum hat der
König nicht gleich, bei Gelegenheit des Durchbruchs der Franzosen durch das Fränkische, seine Stände zusammenberufen,
warum ihnen nicht, in einer rührenden Rede (der bloße Schmerz
hätte ihn rührend gemacht) seine Lage eröffnet? Wenn er es bloß
ihrem eignen Ehrgefühl anheim gestellt hätte, ob sie von einem
gemißhandelten Könige regiert sein wollen, oder nicht, würde
sich nicht etwas von Nationalgeist bei ihnen geregt haben? Und
wenn sich diese Regung gezeigt hätte, wäre dies nicht die Gelegenheit gewesen, ihnen zu erklären, daß es hier gar nicht auf
einen gemeinen Krieg ankomme? Es gelte Sein, oder Nichtsein;

und wenn er seine Armee nicht um 300000 Mann vermehren
könne, so bliebe ihm nichts übrig, als bloß ehrenvoll zu sterben.
Meinst Du nicht, daß eine solche Erschaffung hätte zustande kommen können? Wenn er alle seine goldnen und silbernen Geschirre
hätte prägen lassen, seine Kammerherrn und seine Pferde abgeschafft hätte, seine ganze Familie ihm darin gefolgt wäre, und er,
nach diesem Beispiel, gefragt hätte, was die Nation zu tun willens
sei? Ich weiß nicht, wie gut oder schlecht es ihm jetzt von seinen
silbernen Tellern schmecken mag; aber dem Kaiser in Olmütz,
bin ich gewiß, schmeckt es schlecht. – Ja, mein guter Rühle, was
ist dabei zu tun. Die Zeit scheint eine neue Ordnung der Dinge
herbeiführen zu wollen, und wir werden davon nichts, als bloß
den Umsturz der alten erleben. Es wird sich aus dem ganzen kultivierten Teil von Europa ein einziges, großes System von Reichen
bilden, und die Throne mit neuen, von Frankreich abhängigen,
Fürstendynastien besetzt werden. Aus dem Östreichschen, bin ich
gewiß, geht dieser glückgekrönte Abenteurer, falls ihm nur das
Glück treu bleibt, nicht wieder heraus, in kurzer Zeit werden wir
in Zeitungen lesen: »man spricht von großen Veränderungen in
der deutschen Reichsverfassung«; und späterhin: »es heißt, daß
ein großer, deutscher (südlicher) Fürst an die Spitze der Geschäfte
treten werde.« Kurz, in Zeit von einem Jahre, ist der Kurfürst von
Bayern, König von Deutschland. – Warum sich nur nicht einer
findet, der diesem bösen Geiste der Welt die Kugel durch den
Kopf jagt. Ich möchte wissen, was so ein Emigrant zu tun hat. –
Für die Kunst, siehst Du wohl ein, war vielleicht der Zeitpunkt
noch niemals günstig; man hat immer gesagt, daß sie betteln
geht; aber jetzt läßt sie die Zeit verhungern. Wo soll die Unbe-
fangenheit des Gemüts herkommen, die schlechthin zu ihrem
Genuß nötig ist, in Augenblicken, wo das Elend jeden, wie Pfuël
sagen würde, in den Nacken schlägt. Übrigens versichre ich Dich,
bei meiner *Wahrheit*, daß ich auf Dich für die Kunst rechne, wenn
die Welt einmal wieder, früh oder spät, frei atmet. Schreibe bald
wieder, und *viel*. H. K.

93. *An Karl Freiherrn von Stein zum Altenstein*

Hochwohlgeborner Freiherr,
Hochzuverehrender Herr Geheimer Oberfinanzrat,

Ew. Hochwohlgeboren unterstehe ich mich, mit diesem wiederholentlichen Schreiben zu behelligen, so vielfach auch, und schmerzhaft vielleicht die Geschäfte sein mögen, die Ihnen in diesen unseligen Augenblicken obliegen.

Ich hoffe immer noch, daß das seit jenem letzten Friedensschluß ausgesprengte Gerücht, wegen Abtretung unsrer fränkischen Provinzen, zu den ungegründeten gehört. Wenigstens wird man, so lange es sich tun läßt, zweifeln müssen, daß unser vortrefflicher König auf einen Vertauschungsplan eingehen werde, der offenbar darauf abzweckt, das geheiligte Band zwischen Fürst und Volk aufzulösen. Jene schönen, herrlichen Länder, sie sind nicht *mein* Vaterland; aber manche Rücksicht, und der Gedanke, einst wohltätig zu ihrer Entwickelung mitwirken zu sollen, hat sie mir wert gemacht: kurz, schmerzen, innig fast, wie Ihnen, würd es mich, wenn sie um einen Kaufwert geschätzt, und einer fremden Regierung dafür preisgegeben werden sollten.

Was in diesem Falle Ihre Bestimmung sein würde, ist mir unbekannt. Das aber weiß ich, daß ich Ihnen folgen möchte, wohin Sie sich auch wenden, und ich bitte Sie, Verehrungswürdigster: veranlassen Sie, daß ich in der Provinz angestellt werde, die unter Ihre Verwaltung gestellt werden wird.

Die Zeit, welche ich in Königsberg zubringen sollte, um mir die nötige kameralistische Ausbildung zu verschaffen, geht nun zu Ende. Eine fortwährende Unpäßlichkeit aber in den ersten Monaten, und späterhin eine Störung des natürlichen Geschäftsganges, durch die Truppenmärsche, haben meine Entwickelung zurückgehalten, und ich nähre den Wunsch, noch das nächste Sommerhalbejahr hier verweilen zu dürfen, um das Versäumte völlig nachzuholen. Dazu kömmt die jetzige Verwirrung der Dinge, die überdies meine Anstellung schwierig machen dürfte.

Ich ersuche daher Ew. Hochwohlgeb., mich zu belehren, ob ich deshalb meinen besonderen Antrag an das Departement zu richten habe, oder ob sich diese Sache vielleicht durch Ihre gütige Verwendung, ohne weitere Einreichung von meiner Seite abmachen läßt. Meine Schwester würde in diesem Falle zu meinem

Schwager, dem Hr. v. Stojentin bei Danzig reisen, von wo ich ihr das Versprechen zu geben wünschte, sie auf den Herbst abholen zu können. Inzwischen bitte ich um eine möglichst baldige Entscheidung hierüber, teils weil diese Reise manche Veranstaltungen notwendig macht, teils weil ich, wegen nur auf ein Jahr gemieteter Wohnung, mir eine neue werde besorgen müssen.

Wenn es mir vergönnt wird, noch diese Zeit über bei der hiesigen Kammer zu arbeiten, so werde ich das Befreiungsgeschäft der Zünfte (mein Lieblingsgegenstand) völlig auslernen. Bisher ist man nur mit Hinwegschaffung der Mißbräuche, und Befreiung der Gewerbe innerhalb der Zunftschranken, beschäftigt gewesen; vor wenig Tagen ist aber ein Reskript eingegangen, das die völlige Auskaufung der Zunftgerechtsame, und gänzliche Wiederherstellung der natürlichen Gewerbsfreiheit eingeleitet hat.

Ich verharre mit der innigsten Hochachtung und Verehrung,

Ew. Hochwohlgeboren, gehorsamster

Königsberg, den 10. Feb. 1806   H. v. Kleist.

94. An Karl Freiherrn von Stein zum Altenstein

Hochwohlgeborner Freiherr,
Hochzuverehrender Herr Geheimer Oberfinanzrat!

Es ist mit der innigsten Betrübnis, und nach einem Kampf voll unsäglicher Schmerzen, daß ich die Feder ergreife, um Sie zu bitten, Verehrungswürdigster! mich von der Verpflichtung, die mir obliegt, alle Ihre gütigen Schritte für mich durch Weihung meiner Kräfte für den Dienst des Staates zu rechtfertigen – eine Verpflichtung, die nicht heiliger, als in meiner Brust empfunden werden kann –, wieder loszusprechen.

Ein Gram, über den ich nicht Meister zu werden vermag, zerrüttet meine Gesundheit. Ich sitze, wie an einem Abgrund, mein edelmütiger Freund, das Gemüt immer starr über die Tiefe geneigt, in welcher die Hoffnung meines Lebens untergegangen ist: jetzt wie beflügelt von der Begierde, sie bei den Locken noch heraufzuziehen, jetzt niedergeschlagen von dem Gefühl unüberwindlichen Unvermögens. – Erlassen Sie mir, mich deutlicher darüber zu erklären. Stünd ich vor Ihren Augen, so würd ich Sprache finden, Ihnen deutlicher zu sein, Ihnen! Obschon ich es niemandem in der Welt bin –

Vergebens habe ich mich bemüht, mich aus diesem unglücklichen Zustand, der die ganze Wiederholung eines früheren ist, den ich schon einmal in Frankreich erlebte, emporzuarbeiten. Es ist, als ob das, was auf mich einwirkt, in eben dem Maße wächst, als mein Widerstand; wie die Gewalt des Windes in dem Maße, als die Pflanzen, die sich ihm entgegensetzen. Ich bin seit mehreren Monden schon mit den hartnäckigsten Verstopfungen geplagt. Nicht genug, daß ich bei der Unruhe, in welche sie mich versetzen, unfähig zu jedem Geschäft bin, das Anstrengung erfordert: kaum, daß ich dazu tauge, die Seite eines Buches zu überlesen. Ich bin schüchtern gewesen, schon durch den ganzen Winter, wenn die Reihe des Vortrags mich traf: der Gegenstand, über den ich berichten soll, verschwindet aus meiner Vorstellung; es ist, als ob ich ein leeres Blatt vor Augen hätte. Doch jetzt würde ich zittern, wenn ich vor dem Kollegio auftreten sollte. Es ist eine große Unordnung der Natur, ich weiß es; aber es ist so.

Die wenigen Arbeiten, die ich bei diesem Zustande zu Hause zu übernehmen imstande bin, reichen nicht hin, mir die Masse von Unterricht über die Verhältnisse des bürgerlichen Lebens zu geben, deren ich nach meinem Gefühl noch bedürftig bin. Meine außerordentliche Unbekanntschaft damit verführt mich zu Mißgriffen, die nur die Güte eines so vortrefflichen Chefs, als der Herr Geh. Ob. Fin. Rat v. Auerswald ist, ungetadelt lassen kann. Und eine Bitte um noch längeren Aufenthalt in Königsberg, da Sie die Güte gehabt haben, mir eine solche Bitte schon einmal zu erfüllen, wäre, bei so wenig Hoffnung, mich ihrer würdig zu bezeigen, zu unbescheiden, als daß ich sie wagen sollte.

Überzeugen Sie sich, Verehrungswürdigster, daß es nur das Gefühl der Unmöglichkeit ist, Ihren Erwartungen ganz zu entsprechen, und ein unüberwindlicher Widerwille, es halb und unvollständig zu tun, was mich zu einem Schritte bewegen kann, der mich in eine ganz zweideutige Zukunft führt.

Erlauben Sie mir, daß ich zu meinem Schwager Stojentin in der Gegend von Danzig aufs Land gehen darf, wohin meine Schwester schon zu Anfange dieses Frühjahrs vorangegangen ist, und wo sie sich auch vielleicht ankaufen wird. Ich halte diese Versetzung meiner aus meinem hiesigen isolierten Zustande unter meine Verwandte für notwendig zu meiner Wiederherstellung.

Ich nehme Ihre Güte auf gar keine andre Art in Anspruch: fern sei auch nur der Gedanke von mir! Würdigen Sie mich, Verehrungswürdigster, bald, und einer unstrafenden, Antwort. – Ich neige mich auf Ihre Hand, und küsse sie, und weine! – Und so lang ich lebe bin ich mit der innigsten Ehrfurcht und Liebe,

Verehrungswürdiger Herr Geheimer Ob. Fin. Rat,

Ihr ergebenster

Königsberg, den 30. Juni 1806   H. v. Kleist.

95. An Hans von Auerswald

Hochwohlgeborner Herr,

Hochzuverehrender Herr Geheimer Oberfinanzrat,

Ein fortdauernd kränklicher Zustand meines Unterleibes, der mein Gemüt angreift, und mich bei allen Geschäften, zu denen ich gezogen zu werden, das Glück habe, auf die sonderbarste Art ängstlich macht, macht mich, zu meiner innigsten Betrübnis, unfähig, mich denselben fernerhin zu unterziehen. Ich bitte Ew. Hochwohlgeboren untertänigst, mich fortdauernd gütigst von den Arbeiten zu dispensieren, bis ich von dem Hr. Geh. Ob. Fin. Rat v. Altenstein, dem ich meine Lage, und den Wunsch, gänzlich davon befreit zu werden, eröffnet habe, näher beschieden sein werde. Niemand kann den Schmerz, mich der Gewogenheit, mit welcher ich von Ew. Hochwohlgeboren sowohl, als von einem verehrungswürdigen Kollegio aufgenommen zu werden, das Glück hatte, so wenig würdig gezeigt zu haben, lebhafter empfinden, als ich. Nur die Unmöglichkeit, ihr so, wie ich es wünschte, zu entsprechen, und der Widerwille, es halb und unvollständig zu tun, können diesen Umstand entschuldigen. Ich statte Ew. Hochwohlgeboren meinen innigsten und untertänigsten Dank ab für jede Gnade, deren ich hier teilhaftig geworden bin, und werde die erste Gelegenheit, da es mir mein Zustand erlaubt, benutzen, Ew. Hochwohlgeboren von meiner unauslöschlichen Dankbarkeit, und der Ehrfurcht zu überzeugen, mit welcher ich die Ehre habe, zu sein

Ew. Hochwohlgeboren, gehorsamster

Königsberg, den 10. Juli 1806   Heinrich v. Kleist.

Auerswald an Kleist

An d. H. v. Kleist Hochwohlgeb.

Es tut mir gewiß sehr leid, daß Ew. Hochwohlgeb. Ihre Ansichten Ihre künftige Laufbahn betreffend geändert haben, und ich werde also auch, wenn Ihre Kränklichkeit gehoben, und dadurch ein anderweiter Entschluß bei Ihnen bewirkt werden sollte, gewiß mit Vergnügen dazu die Hand bieten.

Königsberg, den 12. Juli 1806   *Auerswald.*

96. An Karl Freiherrn von Stein zum Altenstein

Ich küsse Ihnen voll der innigsten Rührung und Liebe die Hände, mein verehrungswürdigster Herr Geheimer Oberfinanzrat! Wie empfindlich für fremde Leiden macht das eigene! Wie sehr haben Sie dies in Ihrem mir ewig teuren Briefe gezeigt, wie sehr ich es, als ich ihn las, gefühlt! Ach, was ist dies für eine Welt! Wie kann ein edles Wesen, ein denkendes und empfindendes, wie der Mensch, hier glücklich sein! Wie kann er es nur *wollen*, hier, wo alles mit dem Tode endigt! Wir begegnen uns, drei Frühlinge lieben wir uns, und eine Ewigkeit fliehen wir wieder auseinander! Und was ist des Strebens wert, wenn es die Liebe nicht ist! O es muß noch etwas anderes geben, als Liebe, Ruhm, Glück usw., x, y, z, wovon unsre Seelen nichts träumen. Nur darum ist dieses Gewimmel von Erscheinungen angeordnet, damit der Mensch an *keiner* hafte. Es kann kein böser Geist sein, der an der Spitze der Welt steht: es ist ein bloß unbegriffener! Lächeln wir nicht auch, wenn die Kinder weinen? Denken Sie nur, diese unendliche Fortdauer! Millionen von Zeiträumen, jedweder ein Leben, und für jedweden eine Erscheinung, wie diese Welt! Wie doch der kleine Stern heißen mag, den man auf dem Sirius, wenn der Himmel klar ist, sieht? Und dieses ganze ungeheure Firmament, das die Phantasie nicht ermessen kann, nur ein Stäubchen gegen den unendlichen Raum! O mein edler Freund, ist dies ein Traum? Zwischen je zwei Lindenblättern, abends, wenn wir auf dem Rücken liegen, eine Aussicht, an Ahndungen reicher, als Gedanken fassen, und Worte sagen können! – Wenn ich doch nur *einen* Nachmittag an Ihrer Seite sein könnte! Denn – wo soll ich anfangen? Wie soll ich es möglich machen, in einem Briefe etwas so Zartes, als ein Gedanke ist, auszuprägen? Ja, wenn man

Tränen schreiben könnte – doch so – – Ich ging mit dem Entschluß – Wunsch wenigstens (denn so etwas läßt sich nicht beschließen) zum Hr. Gh. Ob. Fin. Rat v. Schön: ich wollte mich ihm anvertrauen. Denn wer hätte ein größeres Recht darauf, als derjenige, auf den Sie mich als *Ihren Freund* zu verweisen, würdigen? Doch – es teilten sich so viele andere, die ihm aufwarten wollten, in seine Aufmerksamkeit; und mein unbescheidnes Herz wäre mit seiner doppelten kaum zufrieden gewesen – Wären Sie doch selbst gekommen! Ich höre, daß Sie nahe dabei gewesen sind, diesen Entschluß zu fassen! – Mein verehrungswürdigster Herr Geheimer Ob. Fin. Rat! Ich mache von Ihrem gütigen Anerbieten, mir Urlaub zu bewilligen, Gebrauch! Ich sende heute einen Brief an den Hr. Staatsminister v. Hardenberg ab, in welchem ich mir einen sechsmonatlichen Urlaub erbitte. Ist diese Bitte zu unbescheiden, so bin ich mit einem fünf- auch viermonatlichen zufrieden. Ich wünsche im Innersten meiner Seele, mich Ihrer Güte einst noch würdig zeigen zu können. Nur jetzt bin ich dazu unfähig. Daß ich auf Diäten, während dieser Zeit, keine Ansprüche mache, glaube ich, mein verehrungswürdigster Freund! gar nicht erklären zu müssen. Auch selbst, ob ich die rückständigen noch empfangen soll, wird ganz von Ihrer Güte abhängen. – Übrigens befinde ich mich jetzt allerdings weit besser, und genieße sehr oft, und mit Heiterkeit, des Vergnügens, im Hause des Hr. Präsidenten eingeladen zu werden. Die Frau Präsidentin, diese vortreffliche Dame, zeigt eine Güte für mich, die mir auf eine unbeschreibliche Art wohl tut. Wie viel bin ich Ihnen schuldig! – Ihre Verfügungen über alle diese Bitten werde ich noch hier erwarten, und verharre inzwischen mit der innigsten Ehrfurcht und Liebe, Ew. Hochwohlgeb. ergebenster

Königsberg, den 4. August [1806]   H. v. Kleist.

97. An Otto August Rühle von Lilienstern

Mein liebster Rühle,

Wenn ich bisher mit meinen Antworten über die Maßen zögerte, so tatest Du wohl ein übriges, und ergriffst von selbst die Feder, um den auseinander gehenden Kranz unsrer Freundschaft zu umwickeln, auch wohl ein neues Blümchen noch obenein hinzuzutun; doch diesmal läßt Du gewähren, und Deinethalben, scheint es, könnt er auf immer auseinander schlottern. Nun, mein guter Junge, es hat nichts zu sagen, und ich küsse Dich. Dieser Kranz, er ward beim Anfang der Dinge gut gewunden, und das Band wird schon, auch ohne weiteres Zutun, so lange aushalten, als die Blumen. Wenn Du Dich im Innern so wenig veränderst, als ich, so können wir einmal, wenn wir uns früh oder spät wiedersehen, zu einander: guten Tag! sagen, und: wie hast du geschlafen? und unsere Gespräche von vor einem Jahre, als wären sie von gestern, fortsetzen. Ich habe durch die Kleisten den letzten Teil Deiner Liebens- und Lebensgeschichte erhalten. Liebe, mein Herzensjunge, so lange Du lebest; doch liebe nicht, wie der Mohr die Sonne, daß Du schwarz wirst! Wirf, wenn sie auf oder untergeht, einen freudigen Blick zu ihr hinauf, und laß Dich in der übrigen Zeit von ihr in Deinen guten Taten bescheinen, und stärken zu ihnen, und vergiß sie. Der Gedanke will mir noch nicht aus dem Kopf, daß wir noch einmal zusammen etwas *tun* müssen. Wer wollte auf dieser Welt glücklich sein. Pfui, schäme Dich, möcht ich fast sagen, wenn Du es willst! Welch eine Kurzsichtigkeit, o Du edler Mensch, gehört dazu, hier, wo alles mit dem Tode endigt, nach etwas zu streben. Wir begegnen uns, drei Frühlinge lieben wir uns: und eine Ewigkeit fliehen wir wieder auseinander. Und was ist des Strebens würdig, wenn es die Liebe nicht ist! Ach, es muß noch etwas anderes geben, als Liebe, Glück, Ruhm usw., x, y, z, wovon unsre Seelen nichts träumen.

Es kann kein böser Geist sein, der an der Spitze der Welt steht; es ist ein bloß unbegriffener! Lächeln wir nicht auch, wenn die Kinder weinen? Denke nur, diese unendliche Fortdauer! Myriaden von Zeiträumen, jedweder ein Leben, und für jedweden eine Erscheinung, wie diese Welt! Wie doch das kleine Sternchen heißen mag, das man auf dem Sirius, wenn der Himmel klar ist, sieht? Und dieses ganze ungeheure Firmament nur ein Stäubchen gegen die Unendlichkeit! O Rühle, sage mir, ist dies ein Traum? Zwischen je zwei Lindenblättern, wenn wir abends auf dem Rücken liegen, eine Aussicht, an Ahndungen reicher, als Gedanken fassen, und Worte sagen können. Komm, laß uns etwas Gutes tun, und dabei sterben! Einen der Millionen Tode, die wir schon gestorben sind, und noch sterben werden. Es ist, als ob wir aus einem Zimmer in das andere gehen. Sieh, die Welt kommt

mir vor, wie eingeschachtelt; das kleine ist dem großen ähnlich.
So wie der Schlaf, in dem wir uns erholen, etwa ein Viertel oder
Drittel der Zeit dauert, da wir uns, im Wachen, ermüden, so
wird, denke ich, der Tod, und aus einem ähnlichen Grunde, ein
Viertel oder Drittel des Lebens dauern. Und grade so lange
braucht ein menschlicher Körper, zu verwesen. Und vielleicht
gibt es für eine ganze Gruppe von Leben noch einen eignen Tod,
wie hier für eine Gruppe von Durchwachungen (Tagen) einen. –
Nun wieder zurück zum Leben! So lange das dauert, werd ich
jetzt Trauerspiele und Lustspiele machen. Ich habe der Kleisten
eben wieder gestern eins geschickt, wovon Du die erste Szene
schon in Dresden gesehen hast. Es ist der zerbrochene Krug.
Sage mir dreist, als ein Freund, Deine Meinung, und fürchte
nichts von meiner Eitelkeit. Meine Vorstellung von meiner Fähigkeit ist nur noch der Schatten von jener ehemaligen in Dresden. Die Wahrheit ist, daß ich das, was ich mir vorstelle, schön
finde, nicht das, was ich leiste. Wär ich zu etwas anderem brauchbar, so würde ich es von Herzen gern ergreifen: ich dichte bloß,
weil ich es nicht lassen kann. Du weißt, daß ich meine Karriere
wieder verlassen habe. Altenstein, der nicht weiß, wie das zusam-
menhängt, hat mir zwar Urlaub angeboten, und ich habe ihn
angenommen; doch bloß um mich sanfter aus der Affäre zu
ziehen. Ich will mich jetzt durch meine dramatische Arbeiten
ernähren; und nur, wenn Du meinst, daß sie auch dazu nicht
taugen, würde mich Dein Urteil schmerzen, und auch das nur
bloß weil ich verhungern müßte. Sonst magst Du aber über
ihren Wert urteilen, wie Du willst. In drei bis vier Monaten
kann ich immer ein solches Stück schreiben; und bringe ich es
nur à 40 Fried.dor, so kann ich davon leben. Auch muß ich mich
im Mechanischen verbessern, an Übung zunehmen, und in kürzern Zeiten, Besseres liefern lernen. Jetzt habe ich ein Trauerspiel
unter der Feder. – Ich höre, Du, mein lieber Junge, beschäftigst
Dich auch mit der Kunst? Es gibt nichts Göttlicheres, als sie! Und
nichts Leichteres zugleich; und doch, warum ist es so schwer?
Jede erste Bewegung, alles Unwillkürliche, ist schön; und schief
und verschroben alles, sobald es sich selbst begreift. O der Verstand! Der unglückselige Verstand! Studiere nicht zu viel, mein
lieber Junge. Deine Übersetzung des Racine hatte treffliche Stel-

len. Folge Deinem Gefühl. Was Dir schön dünkt, das gib uns, auf gut Glück. Es ist ein Wurf, wie mit dem Würfel; aber es gibt nichts anderes. – Und nun noch eine Kommission. Ich verliere jetzt meine Diäten. Die rückständigen sollen mir aber noch ausgezahlt werden. Sei doch so gut, und gehe auf die fränkische Salarienkasse, bei Hardenberg, und erinnere, daß man sie schickt. Aber tu es gleich. Adieu. Grüße Schlotheim. Was macht der Pfuel? H. K.

[Königsberg,] den 31. [August 1806]

98. An Ulrike von Kleist

Meine teuerste Ulrike,

Wie schrecklich sind diese Zeiten! Wie gern möcht ich, daß Du an meinem Bette säßest, und daß ich Deine Hand hielte; ich fühle mich schon gestärkt, wenn ich an Dich denke! Werdet Ihr flüchten? Es heißt ja, daß der Kaiser den Franzosen alle Hauptstädte zur Plünderung versprochen habe. Man kann kaum an eine solche Raserei der Bosheit glauben. Wie sehr hat sich alles bestätigt, was wir vor einem Jahre schon voraussahen. Man hätte das ganze Zeitungsblatt von heute damals schon schreiben können. Habt Ihr Nachrichten von Leopold und Pannwitz? Vom Regiment Möllendorff sollen ja nur drei Offiziere übrig geblieben sein. Vierzig tausend Mann auf dem Schlachtfelde, und doch kein Sieg! Es ist entsetzlich. Pfuel war, kurze Zeit vor dem Ausbruch des Krieges, Adjutant bei dem General Schmettau geworden, der bei Saalfeld geblieben ist. Was aus ihm geworden ist, weiß ich nicht. Auch von Rühlen habe ich seit drei Wochen keine Nachrichten erhalten. Sie standen beide bei dem Korps des Prinzen Hohenlohe, das, wie es heißt, eingeschlossen und von der Elbe abgeschnitten ist. Man kann nicht ohne Tränen daran denken. Denn wenn sie alle denken, wie Rühle und Pfuel, so ergibt sich keiner. Ich war vor einiger Zeit willens, nach Berlin zu gehen. Doch mein immer krankhafter Zustand macht es mir ganz unmöglich. Ich leide an Verstopfungen, Beängstigungen, schwitze und phantasiere, und muß unter drei Tagen immer zwei das Bette hüten. Mein Nervensystem ist zerstört. Ich war zu Ende des Sommers fünf Wochen in Pillau, um dort das Seebad zu gebrauchen; doch auch dort war ich bettlägrig, und bin kaum fünf oder sechsmal ins Wasser gestiegen. Die Präsidentin hat mir noch ganz kürzlich etwas für Dich aufgetragen, mein Kopf ist aber so schwer, daß ich Dir nicht sagen kann, was? Es wird wohl nicht mehr, als ein Gruß gewesen sein. Sie hat durch den Kriegsrat Schäffner etwas von Dir erfahren, von dem Du, glaub ich, eine Anverwandte gesehen und gesprochen hast. Übrigens geht es mir gut. Wenn ich nur an Dir nicht Unrecht getan hätte, mein teuerstes Mädchen! Ich bin so gerührt, wenn ich das denke, daß ich es nicht beschreiben kann. Schreibe mir doch, wenn Ihr, wie ich fast glaube, nach Schorin gehen solltet. Denn Minette wird doch schwerlich die Franzosen in Frankfurt abwarten. Vielleicht käme ich alsdann auch dahin. Kein besserer Augenblick für mich, Euch wiederzusehen, als dieser. Wir sänken uns, im Gefühl des allgemeinen Elends, an die Brust, vergäßen, und verziehen einander, und liebten uns, der letzte Trost, in der Tat, der dem Menschen in so fürchterlichen Augenblicken übrig bleibt. Es wäre schrecklich, wenn dieser Wüterich sein Reich gründete. Nur ein sehr kleiner Teil der Menschen begreift, was für ein Verderben es ist, unter seine Herrschaft zu kommen. Wir sind die unterjochten Völker der Römer. Es ist auf eine Ausplünderung von Europa abgesehen, um Frankreich reich zu machen. Doch, wer weiß, wie es die Vorsicht lenkt. Adieu, meine teuerste Ulrike, ich küsse Dir die Hand. Zweifle niemals an meiner Liebe und Verehrung. Empfiehl mich allen meinen teuren Anverwandten, und antworte mir bald auf diesen Brief. H. v. Kleist.

[Königsberg,] den 24. [Oktober 1806]

99. An Marie von Kleist

Möchte doch der Genius der Freundschaft diese wenigen Zeilen glücklich durch das Getümmel begleiten, das der Krieg so fürchterlich plötzlich zwischen uns eingewälzt hat! O meine teuerste Freundin! Leben Sie noch? Haben Sie so viele Schrecknisse, gleichzeitig auf Sie einstürzend, ertragen können? Ich schrieb Ihnen zweimal, um die Zeit des Ausbruchs des Krieges etwa, doch ohne von Ihnen Antwort zu erhalten. Darunter ist mir besonders der erste Brief wichtig, in welchem eine Einlage an Fr. v. N. war. Ihr letzter Brief war noch nach Pillau adressiert, traf mich aber schon in Königsberg. Gleich darauf war ich willens,

nach Berlin abzureisen, traf auch schon alle Anstalten dazu; doch
als ich auf die Post kam, war der Kurs schon unterbrochen. Wie
glücklich wären wir schon gewesen, wenn wir so viel Unglück
nur hätten miteinander empfinden, und uns wechselseitig trösten
können. Was haben Sie denn für Nachrichten von unsern unglücklichen Freunden? Von Kleist? Rühle? Pfuel? Und meinem
Bruder? Und den übrigen? Pfuel ist von Brause, der sich hier befindet, in Küstrin noch gesehen worden, von wo er sich zum
Hohenlohischen Korps begeben, und bei Prenzlow wahrscheinlich das Schicksal des Ganzen gehabt hat. Von Rühle, Kleist, und
den andern, weiß er nichts. Schlotheim, der mit dem Münzka-
binett nach Stettin gegangen war, schrieb mir von dort, daß er
nicht müßig sein könne, und bei den Fußjägern des Hohenlohischen Korps Dienste suchen wolle, das gleich darauf gefangen
ward. Ob er das Unglück gehabt hat, anzukommen, weiß ich
nicht. Ach, meine teuerste Freundin! Was ist dies für eine Welt?
Jammer und Elend so darin verwebt, daß der menschliche Geist
sie nicht einmal in Gedanken davon befreien kann. Ich bin diese
Zeit über noch immer krank gewesen, litt am Fieber, Verstopfungen usw. und empfand die Wahrheit des D'Alembertschen
Grundsatzes, daß zwei Übel, zusammengenommen, zu einer
Tröstung werden können; denn eines zerstreute mich vom andern. Eine Zeitlang gab ich der Hoffnung Raum, daß ich das unsägliche Glück haben würde, Sie hier zu sehen; ich glaubte, weil
alles flüchtet, Sie würden vielleicht der K[önigin] folgen; doch
ein Tag verging nach dem andern, ohne Erfüllung. Morgen ist
nun der allerletzte Termin; denn morgen kommen er und sie
hier an. Versuchen Sie doch auch einen Brief, meine liebe Freundin, es läßt sich nicht denken, wer dabei ein Interesse haben
sollte, das bürgerliche Leben, und die stillen, unfeindseligen Verbindungen desselben zu stören. Ich möchte so gern einige Nachrichten von meinen Freunden haben, in einer solchen Ungewißheit gelten sie mir für halbtot, und ich leide soviel, als wären sie
es ganz.

　　Auch wenn Sie es möglich machen können, mir das Geld,
das Sie noch für mich im Vorrat haben, zuzuschicken, soll es
mir lieb sein, denn der meinige geht nachgerade aus. Doch
empfehle ich Vorsicht deshalb, und schlage einen Wechsel, oder

eine Anweisung vor. Adieu, adieu tausendmal, bis auf bessere
Zeiten, lassen Sie bald etwas Erfreuliches von sich hören. H. v. Kl.
[Königsberg,] den 24. Nov. [1806]

100. An Ulrike von Kleist

Königsberg, den 6. Dezb. 1806

Meine liebe, vortreffliche, Ulrike,

Dein Brief vom 9. Novbr., den ich erst, Gott weiß, wie es
zugeht, heute erhalten habe*, hat mir, so isoliert wie ich von
allen meinen Freunden lebe, gleich, als ob sie alle untergegangen
wären, ganz unendliche Freude gemacht. Liebe, Verehrung, und
Treue, wallten wieder so lebhaft in mir auf, wie in den gefühlte-
sten Augenblicken meines Lebens. Es liegt eine unsägliche Lust
für mich darin, mir Unrecht von Dir vergeben zu lassen; der
Schmerz über mich wird ganz überwältigt von der Freude über
Dich. Mit meinem körperlichen Zustand weiß ich nicht, ob es
besser wird, oder ob das Gefühl desselben bloß vor der ungeheuren Erscheinung des Augenblicks zurücktritt. Ich fühle mich
leichter und angenehmer, als sonst. Es scheint mir, als ob das allgemeine Unglück die Menschen erzöge, ich finde sie weiser und
wärmer, und ihre Ansicht von der Welt großherziger. Ich machte
noch heute diese Bemerkung an Altenstein, diesem vortrefflichen
Mann, vor dem sich meine Seele erst jetzt, mit völliger Freiheit,
entwickeln kann. Ich habe ihn schon, da ich mich unpäßlich
fühlte, bei mir gesehen; wir können wie zwei Freunde mit einander reden. An unsere Königin kann ich gar nicht ohne Rührung
denken. In diesem Kriege, den sie einen unglücklichen nennt,
macht sie einen größeren Gewinn, als sie in einem ganzen Leben
voll Frieden und Freuden gemacht haben würde. Man sieht sie
einen wahrhaft königlichen Charakter entwickeln. Sie hat den
ganzen großen Gegenstand, auf den es jetzt ankommt, umfaßt;
sie, deren Seele noch vor kurzem mit nichts beschäftigt schien,
als wie sie beim Tanzen, oder beim Reiten, gefalle. Sie versammelt alle unsere großen Männer, die der K[önig] vernachlässigt,
und von denen uns doch nur allein Rettung kommen kann, um

---

* Es stand darauf: ist gefangen genommen; zurückgeschickt. –
Du mußt das Quartier bezeichnen Löb[enichtsche] Langg. 81.

sich; ja sie ist es, die das, was noch nicht zusammengestürzt ist, hält. Von dem, was man sonst hier hoffen mag, oder nicht; und was man für Anstalten trifft; kann ich Dir, weil es verboten sein mag, nichts schreiben. Der Gen. Kalkreuth nimmt den Abschied. Der Gen. Rüchel, der dem Könige, daß er hergestellt sei, angekündigt, und seine Dienste angeboten hat, hat seit acht Tagen noch keine Antwort erhalten. Auch Hardenberg, hör ich, will dimittieren. Altenstein weiß noch nicht, ob er wieder in fremde Dienste gehen, oder sich, mit einem kleinen Vermögen, in den Privatstand zurückziehen soll. Brause habe ich zu meiner größten Freude hier gesprochen. Pfuel hat er in Küstrin noch gesprochen, von Rühle weiß er nichts, Leopold war nicht unter den Toten und Blessierten, die er mir nannte. Deine Nachrichten wären mir noch weit interessanter gewesen, wenn ich sie nicht so spät erhalten hätte. Versäume nicht, mir, sobald Du etwas von den Unsrigen erfährst, es mitzuteilen. Besonders lieb wäre es mir, wenn Du mir etwas von der Kleisten sagen könntest, die ich für tot halten muß, weil sie mir nicht schreibt. Nach Schorin komme ich, sobald es mir möglich sein wird. Vielleicht habe ich doch den besten Weg eingeschlagen, und es gelingt mir, Dir noch Freude zu machen. Das ist einer meiner größten Wünsche! Lebe wohl und grüße alles. H. v. Kleist.

101. An Ulrike von Kleist

Ich muß dich bitten, meine teuerste Ulrike, sogleich an die Kleisten zu schreiben. Ich schicke Briefe ohne Ende an sie ab, und weiß nicht mehr, ob sie lebt, oder tot ist. Die Kleisten besitzt 30 Louisdor von mir, Pension von der K[önigin], für die verflossenen Monate April bis Septbr. Hiervon hat sie zwar 10 Louisdor, wie sie mir kurz vor dem Kriege schrieb, an Rühlen geliehen; doch diese 10 Louisdor sind einkassiert, oder es sind doch wenigstens 20 Louisdor bei ihr in Kassa. Ich brauchte dies Geld bisher nicht, teils, weil ich im Frühjahr von ihr 20, vom Dezember vorigen Jahres bis März gesammelte, Louisdor erhielt, teils auch, weil ich noch einige Monate lang Diäten vom fr[änkischen] Departement zog. Nun aber setzt mich dieser Krieg, der uns auf eine so unglaubliche Art unglücklich überrascht, in große Verlegenheit. Nicht sowohl dadurch, daß nun vom Oktober aus wahrscheinlich diese Pension ganz aufhören wird: denn ich hatte nicht so darauf gerechnet, daß sie zu meinem Fortkommen ganz unerläßlich gewesen wäre. Da sie mich ein Jahr lang durchgeholfen hat, so hat sie gewissermaßen ihre Wirkung getan. Aber dadurch, daß der Postenkurs gestört ist, und ich weder dies Geld, noch auch Manuskripte, die ich nach Berlin geschickt hatte, oder ihren Wert, erhalten kann. Ich bitte Dich also, der Kleisten zu sagen (wenn sie noch lebt! ich weiß nicht, was ich für eine unglückliche Ahndung habe) – daß sie mir dies Geld, durch Anweisung oder durch einen Wechsel, in die Hände schaffe. Wie wäre es, wenn sie es nach Schorin schickte? Oder nach Frankfurt? Sollte Stojentin nicht dort eine Zahlung haben? Könnte er nicht das Geld in Stolpe, oder in Danzig, zahlen? Oder in Falkenburg, da Borks aus Falkenburg hier sind, und sie vielleicht eine Anweisung von ihm, aus Gefälligkeit, respektieren würden? Oder gibt es irgend eine andere Art, mir dazu zu verhelfen, da die direkte Überschickung auf der Post unmöglich ist? Interessiere Dich ein wenig für diese Sache mein liebstes Ulrikchen. Ich habe auf das äußerste angestanden, Dich damit zu beunruhigen, indem ich von Tage zu Tage auf Nachrichten von der Kleisten wartete; doch die Not ist jetzt dringend, und dieser Schritt nicht mehr auszuweichen. Wenn ich inzwischen das Geld nicht in vier bis sechs Wochen spätstens erhalten kann, so ist es mir lieber, wenn es bleibt, wo es ist, indem ich mich alsdann schon hier durch den Buchhandel werde geholfen haben: obschon dies auch, bei seinem jetzigen Zustande, nicht anders, als mit Aufopferungen geschehen kann. Mache Dir nur keine Sorgen, es wäre zu weitläufig, Dir auseinander zu setzen, warum Du ruhig sein darfst, ich versichre Dich, daß ohne diese zufälligen Umstände, meine Lage gut wäre, und daß ich Dir, wenn der Krieg nicht gekommen wäre, in kurzem Freude gemacht haben würde. Ich gebe es auch jetzt noch nicht auf, und bin Dein treuer Bruder Heinrich.

[Königsberg,] den 31. Dezb. [1806]

Schicke diesen ganzen Brief der Kleisten, damit sie doch endlich einmal wieder etwas von meiner Hand sieht.

102. An Ulrike von Kleist

Meine teuerste Ulrike,

Du wirst zwar schon durch Gleißenberg, oder auf welchem Wege es sei, mein Schicksal erfahren haben, ich muß es Dir aber doch selbst schreiben, damit Du mit Genauigkeit und Bestimmtheit davon unterrichtet wirst. Ich werde mit Gauvain und Ehrenberg, auf Befehl des Generals Clarke, nach Joux in Frankreich (über Mainz, Straßburg, und Besançon) transportiert, um daselbst bis zum Frieden aufbewahrt zu werden. Dir den Grund dieser gewaltsamen Maßregel anzugeben, bin ich nicht imstande, auch scheint es, als ob uns nichts zur Last gelegt würde, als bloß der Umstand, daß wir von Königsberg kamen. Ich hatte, mit einem Paß, den ich mir in Cöslin verschafft, und in Damm und Stettin, wo ich zuerst französische Truppen fand, hatte visieren lassen, glücklich Berlin erreicht. Gauvain und ich waren vorangereist, Ehrenberg kam den andern Tag nach, unsre übrige Reisegesellschaft hatte sich von uns getrennt. Wir wollten auch hier unsre Pässe beim Gouvernement unterzeichnen lassen, hier aber machte man uns die sonderbarsten Schwierigkeiten, verhörte uns, verwarf unsre Dimissionen als falsch, und erklärte uns endlich am dritten Tage, daß wir als Kriegsgefangne nach Frankreich transportiert werden würden. Vergebens beriefen wir uns auf unsre Unschuld, und daß eine ganze Menge der angesehensten Männer unsre Aussage bekräftigen könnten; ohne uns anzuhören, wurden wir arretiert, und am andern Morgen schon, durch die Gensdarmerie, nach Wustermark abgeführt. Du kannst Dir unsern Schreck und unsre bösen Aussichten für die Zukunft denken, als wir hier, den gemeinsten Verbrechern gleich, in ein unterirdisches Gefängnis eingesperrt wurden, das wirklich nicht abscheulicher gefunden werden kann. Es gelang uns glücklich, am folgenden Tage, einen der Gensdarmen, die uns begleiteten, von der Ungerechtigkeit, die uns betroffen, zu überzeugen; er mußte seiner Order gehorchen, versicherte aber, daß er uns von Station zu Station empfehlen würde, und wirklich werden wir auch jetzt an den meisten Orten, unter einer Bewachung vor den Zimmern, einquartiert. Kann man sich aber etwas Übereilteres, als diese Maßregel denken? Man vermißt ganz das gute Urteil der Franzosen darin. Vielleicht gibt es nicht drei Menschen in der

Welt, die ihnen gleichgültiger sein konnten, als wir, in jenem Augenblick. Die Reise geht, wie ich Dir schon gesagt habe, nach Joux, einem Schloß bei Pontarlier, auf der Straße von Neufchâtel nach Paris. Was uns dort bevorsteht, ist wahrscheinlich in einem verschlossnen Briefe enthalten, der uns begleitet, und schwerlich etwas Besseres, als Staatsgefangenschaft. Ich hoffe immer noch von Tage zu Tage, daß die Versuche, die wir schriftlich beim Gen. Clarke gemacht haben, diesen überall als vortrefflich bekannten Mann von unsrer Unschuld überzeugen werden. Wäre dies nicht, so würde ich mir ewig Vorwürfe machen, die Gelegenheiten, die sich mir täglich und stündlich zur Wiedererlangung meiner Freiheit anbieten, nicht benutzt zu haben. Ob mich gleich jetzt die Zukunft unruhig macht, so bin ich doch derjenige von meinen beiden Reisegefährten, der diese Gewalttat am leichtesten verschmerzen kann; denn wenn nur dort meine Lage einigermaßen erträglich ist, so kann ich daselbst meine literarischen Projekte ebenso gut ausführen, als anderswo. Bekümmre Dich also meinetwegen nicht übermäßig, ich bin gesunder als jemals, und das Leben ist noch reich genug, um zwei oder drei unbequeme Monate aufzuwiegen. Lebe wohl, grüße alles, ich werde Dir bald wieder schreiben, und Briefe von Dir in Joux erwarten.

Marburg, den 17. Feb. 1807   H. v. Kleist.

103. An den Festungskommandanten de Bureau

A Monsieur Monsieur de Bureau, Commandant du fort de Joux à Pontarlier.

Mon camerade, Msr. d'Ehrenberg, me chargé, de Vous rendre grace, de ce que Vous avès eu la bonté, de lui envoyer le voyage en Italie, d'Archenholz. C'est un compatriote, qu'il retrouve à l'étranger. Je Vous remercie de même, Monsieur, moi et Msr. de Gauvain, du Dictionaire et de la Grammaire française, que Vous avès bien voulu nous prêter; nous en ferons le meilleur usage que possible. J'ai l'honneur de Vous saluer.

Au fort de Joux, 31 Mars, 1807   Kleist.

Chalons sur Marne, den 23. April 1807

Meine teuerste Ulrike,

Wenn Du meinen Brief von ohngefähr dem 8. oder 10. Febr. erhalten hast, so wirst Du wissen, was für eine sonderbare Veranlassung mich, als einen Staatsgefangnen, nach Frankreich gesprengt hat. Ich setze voraus, daß Dir dieser Brief richtig durch Schlotheim zugekommen ist, und so fahre ich fort, Dir von dem Verlauf meiner Schicksale Nachricht zu geben. Nachdem wir noch mehrere Male in die Gefängnisse geworfen worden waren, und an Orten, wo dies nicht geschah, Schritte tun mußten, die fast ebenso peinlich waren als das Gefängnis, kamen wir endlich den 5. März im Fort de Joux an. Nichts kann öder sein, als der Anblick dieses, auf einem nackten Felsen liegenden, Schlosses, das zu keinem andern Zweck, als zur Aufbewahrung der Gefangenen, noch unterhalten wird. Wir mußten aussteigen, und zu Fuße hinauf gehn; das Wetter war entsetzlich, und der Sturm drohte uns, auf diesem schmalen, eisbedeckten Wege, in den Abgrund hinunter zu wehen. Im Elsaß, und auf der Straße weiterhin, ging der Frühling schon auf, wir hatten in Besançon schon Rosen gesehen; doch hier, auf diesem Schlosse an dem nördlichen Abhang des Jura, lag noch drei Fuß hoher Schnee. Man fing damit an, meinen beiden Reisegefährten alles Geld abzunehmen, wobei man mich als Dolmetscher gebrauchte; mir konnte man keins abnehmen, denn ich hatte nichts. Hierauf versicherte man uns, daß wir es recht gut haben würden, und fing damit an, uns, jeden abgesondert, in ein Gewölbe zu führen, das zum Teil in den Felsen gehauen, zum Teil von großen Quadersteinen aufgeführt, ohne Licht und ohne Luft war. Nichts geht über die Beredsamkeit der Franzosen. Gauvain kam in das Gefängnis zu sitzen, in welchem Toussaint l'Ouverture gestorben war; unsre Fenster waren mit dreifachen Gittern versehen, und wie viele Türen hinter uns verschlossen wurden, das weiß ich gar nicht; und doch hießen diese Behältnisse anständige und erträgliche Wohnungen. Wenn man uns Essen brachte, war ein Offizier dabei gegenwärtig, kaum daß man uns, aus Furcht vor staatsgefährlichen Anschlägen, Messer und Gabeln zugestand. Das Sonderbarste war, daß man uns in dieser hülflosen Lage nichts aussetzte; aber da man nicht wußte, ob wir Staatsgefangne oder Kriegsgefangne waren (ein Umstand, den unsre Order zweifelhaft gelassen hatte): auf welchem Fuß sollte man uns bezahlen? Der Franzose stirbt eher, und läßt die ganze Welt umkommen, ehe er gegen seine Gesetze verfährt. Diese Lage war inzwischen zu qualvoll, als daß sie meine beiden Gefährten, die von Natur krankhaft sind, lange hätten aushalten können. Sie verlangten Ärzte, ich schrieb an den Kommandanten, und dieser, der ein edelmütiger Mann schien, und das Mißverständnis, das bei dieser Sache obwalten mußte, schon voraussah, verwandte sich bei dem Gouverneur in Besançon, worauf man uns andere Behältnisse anwies, die wenigstens den Namen der Wohnungen verdienen konnten. Jetzt konnten wir, auf unser Ehrenwort, auf den Wällen spazieren gehen, das Wetter war schön, die Gegend umher romantisch, und da meine Freunde mir, für den Augenblick, aus der Not halfen, und mein Zimmer mir Bequemlichkeiten genug zum Arbeiten anbot, so war ich auch schon wieder vergnügt, und über meiner Lage ziemlich getröstet. Inzwischen hatten wir, gleich bei unsrer Ankunft, unsre Memoriale an den Kriegsminister eingereicht, und die Abschriften davon an den Prinzen August geschickt. Da unsre Arretierung in Berlin in der Tat ein bloßes Mißverständnis war, und uns, wegen unseres Betragens, gar kein bestimmter Vorwurf gemacht werden konnte, so befahl der Kriegsminister, daß wir aus dem Fort entlassen, und, den andern Kriegsgefangnen gleich, nach Chalons sur Marne geschickt werden sollten. Hier sitzen wir nun, mit völliger Freiheit zwar, auf unser Ehrenwort, doch Du kannst denken, in welcher Lage, bei so ungeheuren Kosten, die uns alle diese Reisen verursacht haben, und bei der hartnäckigen Verweigerung des Soldes, den die andern Kriegsgefangnen ziehn. Ich habe von neuem an den Kriegsminister und an den Prinzen August geschrieben, und da es ganz unerhört ist, einen Bürger, der die Waffen im Felde nicht getragen hat, zum Kriegsgefangnen zu machen, so hoffe ich auf meine Befreiung, oder wenigstens auf gänzliche Gleichschätzung mit den übrigen Offizieren. Daß übrigens alle diese Übel mich wenig angreifen, kannst Du von einem Herzen hoffen, das mit größeren und mit den größesten auf das Innigste vertraut ist. Schreibe mir nur, wie es Dir und den Schorinschen geht, denn dies ist der eigentliche Zweck dieses Briefes, da die Kriegsunruhen, die sich bald nach meiner Entfernung aus Pommern dahin zogen, mich mit der lebhaftesten Sorge für Euch erfüllt haben. Lebe wohl und grüße alles, sobald sich mein Schicksal ändert schreib ich Dir wieder, wenn ich nur Deine Adresse weiß.

Dein Heinrich v. Kleist.

105. An Ulrike von Kleist

Wie frohlocke ich, meine teuerste Ulrike, wenn ich alles denke, was Du mir bist, und welch eine Freundin mir der Himmel an Dir geschenkt hat! Ich höre, daß Du Dich in Berlin aufhältst, um bei dem Gen. Clarke meine Befreiung zu betreiben. Von Tage zu Tage habe ich auf die Erfüllung des Versprechens gewartet, das er Dir und der Kl[eisten] darüber gegeben haben soll, und angestanden, Dir zu schreiben, um Dich nicht zu neuen, allzufrühzeitigen Vorstellungen zu verleiten. Man hätte Dir die Antwort geben können, daß der Befehl darüber noch nicht an den hiesigen Kommandanten angekommen wäre. Doch jetzt, nach einer fast vierwöchentlichen vergeblichen Erwartung, scheint es mir wahrscheinlich, daß gar keiner ausgefertigt worden ist, und daß man Dich, mein vortreffliches Mädchen, bloß mit Vorgespiegelungen abgefertigt hat. Ich weiß sogar aus einer sicheren Quelle, daß der hiesige Kommandant wegen meiner Instruktionen hat, die mit dem guten Willen, mich loszulassen, nicht in der besten Verbindung stehn. Inzwischen ist meine Lage hier, unter Menschen, die von Schmach und Elend niedergedrückt sind, wie Du Dir leicht denken kannst, die widerwärtigste; ob ein Frieden überhaupt sein wird, wissen die Götter; und ich sehne mich in mein Vaterland zurück. Es wäre vielleicht noch ein neuer Versuch bei dem Gen. Clarke zu wagen. Vielleicht, daß er immer noch geglaubt hat, etwas herauszubringen, wo nichts herauszubringen ist, daß er mit diesem Verfahren hat Zeit gewinnen wollen und sich jetzt endlich von der Nutzlosigkeit meiner Gefangenschaft überzeugt hat. Wie gern möchte ich Dir, zu so vielem andern, auch noch diese Befreiung daraus verdanken! Wie willkommen ist mir der Wechsel gewesen, den Du mir durch Schlotheim überschickt hast. Es wird Dir unerhört scheinen, wenn ich Dir versichere, daß ich während der ganzen zwei er-

sten Monate meiner Gefangenschaft keinen Sol erhalten habe;
daß ich von einem Ort zum andern verwiesen worden bin; daß
mir auch noch jetzt alle Reklamationen nichts helfen, und kurz,
daß ich darum förmlich betrogen worden bin. Der allgemeine
Grund war immer der, daß man nicht wüßte, ob man mich als
Staatsgefangnen oder Kriegsgefangnen behandeln sollte; und ob
ich während dieses Streits verhungerte, oder nicht, war einerlei.
Jetzt endlich hat es der hiesige Kommandant durchgesetzt, daß
ich das gewöhnliche Traktament der kriegsgefangenen Offiziere
von 37 Franken monatlich erhalte. Dies und dein Wechsel schützt
mich nun vorderhand vor Not; und wenn jetzt nur bald ein Befehl zu meiner Befreiung ankäme, so würde ich, mit den Indem-
nitäten, die die reisenden Offiziere erhalten, meine Rückreise noch
bestreiten können. Zwar, wenn der Friede nicht bald eintritt, so
weiß ich kaum, was ich dort soll. Glück kann, unter diesen Umständen, niemandem blühen; doch mir am wenigsten. Rühle hat
ein Manuskript, das mir unter andern Verhältnissen das Dreifache wert gewesen wäre, für 24 Louisdor verkaufen müssen.
Ich habe deren noch in diesem Augenblick zwei fertig; doch sie
sind die Arbeit eines Jahres, von deren Einkommen ich zwei
hätte leben sollen, und nun kaum ein halbes bestreiten kann. Inzwischen bleibt es immer das Vorteilhafteste für mich zurückzukehren, und mich irgendwo in der Nähe des Buchhandels aufzuhalten, wo er am wenigsten daniederliegt. – Doch genug jetzt
von mir. Es ist widerwärtig, unter Verhältnissen, wie die bestehenden sind, von seiner eignen Not zu reden. Menschen, von
unsrer Art, sollten immer nur die Welt denken. Was sind dies
für Zeiten! Und das Hülfloseste daran ist, daß man nicht einmal
davon reden darf. – Schreibe mir bald, daß ich nach Berlin zurückkehren kann. Angern und die Kleisten sind jetzt nicht mehr
da; meine ganze Hoffnung beruht auf Dich. Adieu.

Chalons sur Marne, d. 8. Juni 1807   Heinrich von Kleist.

106. An Marie von Kleist

[Chalons sur Marne, Juni 1807]

Was soll jetzt aus meiner Sache werden, da, wie ich höre, auch
U[lrike] Berlin verlassen wird, nachdem A[ngern] es längst verlassen hat? Sie sehen, daß alle Ihre Bemühungen für mich gänz-

lich überflüssig gewesen sind. Von Tage zu Tage habe ich immer noch, dem Versprechen gemäß, das Ihnen der General Clarke gegeben hat, auf eine Order zu meiner Befreiung gewartet. Doch statt dessen sind ganz andre Verfügungen wegen unsrer angekommen, die mir vielmehr alle Hoffnung dazu benehmen. Welch ein unbegreifliches Mißverständnis muß in dieser Sache obwalten. Wenn sich niemand für mich interessierte, weder Sie, noch U[lrike], noch A[ngern], so bliebe mir noch ein Ausweg übrig. Doch so werde ich mich wohl mit dem Gedanken bekannt machen müssen, bis ans Ende des Kriegs in dieser Gefangenschaft aushalten zu müssen. Und wie lange kann dieser Krieg noch dauern, dieser unglückliche Krieg, den vielleicht gar nicht mal ein Friede beendigen wird! Was sind dies für Zeiten. Sie haben mich immer in der Zurückgezogenheit meiner Lebensart für isoliert von der Welt gehalten, und doch ist vielleicht niemand inniger damit verbunden als ich. Wie trostlos ist die Aussicht, die sich uns eröffnet. Zerstreuung, und nicht mehr Bewußtsein, ist der Zustand, der mir wohl tut. Wo ist der Platz, den man jetzt in der Welt einzunehmen sich bestreben könnte, im Augenblicke, wo alles seinen Platz in verwirrter Bewegung verwechselt? Kann man auch nur den Gedanken wagen, glücklich zu sein, wenn alles in Elend darnieder liegt? Ich arbeite, wie Sie wohl denken können, doch ohne Lust und Liebe zur Sache. Wenn ich die Zeitungen gelesen habe, und jetzt mit meinem Herzen voll Kummer die Feder wieder ergreife, so frage ich mich, wie Hamlet den Schauspieler, was mir Hekuba sei? Ernst [v. Pfuel], schreiben Sie mir, ist nach K[önigsberg] zurückgegangen. Es freut mich, weil es das einzige war, was ihm in dieser Lage übrig blieb, doch unersetzlich ist es, daß wir uns nicht, er und R[ühle], in Dresden haben sprechen können. Der Augenblick war so gemacht, uns in der schönsten Begeisterung zu umarmen: wenn wir noch zwei Menschenalter lebten, kömmt es nicht so wieder. Hier in Chalons lebe ich wieder so einsam wie in K[önigsberg]. Kaum merke ich, daß ich in einem fremden Lande bin, und oft ist es mir ein Traum, 100 Meilen gereiset zu sein, ohne meine Lage verändert zu haben. Es ist hier niemand, dem ich mich anschließen möchte: unter den Franzosen nicht, weil mich ein natürlicher Widerwille schon von ihnen entfernt, der noch durch die Behandlung, die wir jetzt erfahren, vermehrt wird, und unter den Deutschen auch nicht. Und doch sehnt sich mein Herz so nach Mitteilung. Letzthin saß ich auf einer Bank im Jard, einer öffentlichen, aber wenig besuchten Promenade, und es fing schon an finster zu werden, als mich jemand, den ich nicht kannte, mit einer Stimme anredete, als ob sie P[ierre] aus der Brust genommen gewesen wäre. Ich kann Ihnen die Wehmut nicht beschreiben, die mich in diesem Augenblick ergriff. Und sein Gespräch war auch ganz so tief und innig, wie ich es nur, einzig auf der Welt, kennen gelernt habe. Es war mir, als ob er bei mir säße, wie in jenem Sommer vor 3 Jahren, wo wir in jeder Unterredung immer wieder auf den Tod, als das ewige Refrain des Lebens zurück kamen. Ach, es ist ein ermüdender Zustand dieses Leben, recht, wie Sie sagten, eine Fatigue. Erscheinungen rings, daß man eine Ewigkeit brauchte, um sie zu würdigen, und, kaum wahrgenommen, schon wieder von andern verdrängt, die ebenso unbegriffen verschwinden. In einer der hiesigen Kirchen ist ein Gemälde, schlecht gezeichnet zwar, doch von der schönsten Erfindung, die man sich denken kann, und Erfindung ist es überall, was ein Werk der Kunst ausmacht. Denn nicht das, was dem Sinn dargestellt ist, sondern das, was das Gemüt, durch diese Wahrnehmung erregt, sich denkt, ist das Kunstwerk. Es sind ein paar geflügelte Engel, die aus den Wohnungen himmlischer Freude niederschweben, um eine Seele zu empfangen. Sie liegt, mit Blässe des Todes übergossen, auf den Knien, der Leib sterbend in die Arme der Engel zurückgesunken. Wie zart sie das zarte berühren; mit den äußersten Spitzen ihrer rosenroten Finger nur das liebliche Wesen, das der Hand des Schicksals jetzt entflohen ist. Und einen Blick aus sterbenden Augen wirft sie auf sie, als ob sie in Gefilde unendlicher Seligkeit hinaussähe: Ich habe nie etwas Rührenderes und Erhebenderes gesehen.

107. An Otto August Rühle von Lilienstern

Mein liebster Rühle,

ich schreibe Dir nur ganz kurz, um Dir folgende Notizen zu geben. Soeben ist, von dem Gen. Clarke, der Befehl zu meiner Loslassung angekommen. Ich bin aber ganz ohne Geld, und nicht imstande, zu reisen, wenn Du mir nicht unverzüglich das Geld von Arnold schickst. Ich zweifle auch gar nicht daran, daß Du diese Sache schon, auf meinen Brief, vom Ende vorigen Monats (glaub ich), abgemacht hast, und daß das Geld schon unterweges ist. Sollte es aber doch, unvorhergesehener Hindernisse wegen, unmöglich gewesen sein: so mußt Du es entweder noch möglich machen, und zwar ohne allen Verzug (müßtest Du auch einen Teil der Summe dafür aufopfern), oder aber wenigstens meiner Schwester Ulrike davon Nachricht geben, so höchst unangenehm mir auch dieser Schritt wäre. Ich muß Dir sagen, daß es mir äußerst niederschlagend sein würde, wenn ich mir mit allen meinen Bemühungen nicht so viel erstrebt hätte, als nötig ist, mich aus einer Not, wie die jetzige ist, heraus zu reißen. Arnold hat das Buch, wie Du mir geschrieben hast, schon vor 10 Wochen gedruckt; es läßt sich also gar kein billiger Grund denken, warum er so lange mit der Bezahlung zögert. Ich glaube auch nicht, daß er es getan hat; ich glaube auch nicht, daß *Deinem* Eifer irgend etwas vorzuwerfen sei; die Möglichkeit nur, daß das Geld doch, trotz dem allen ausbleiben könnte, macht mich unruhig. Auf jeden Fall erwarte ich *Deine Antwort* hier, auf meinen vorigen Brief, die spätestens in 14 Tagen, wenn Du geschrieben hast, hier eintreffen muß. Ich muß auf Befehl des Gen. Clarke, nach Berlin gehen, und mich dort bei ihm melden. Es ist ungeheuer, jemanden so durch die Welt zu jagen, ohne zu fragen, wo er das Geld dazu hernehme? Bis diese Stunde verweigert man mir noch die Reiseentschädigungen, die sonst einem gefangenen Offizier zukommen; und ob ich mich gleich an das Kriegsgouvernement in Paris wenden werde, so ist doch sehr zweifelhaft, ob ich etwas damit ausrichte. Doch die Post drängt, ich muß schließen. Sobald ich in Berlin bin schreibe ich Dir; und eile in Deine Arme, sobald ich dort meinen Paß habe. Denn ein Verhör werde ich doch wohl noch dort auszustehen haben. Lebe wohl, und bleibe treu   Deinem H. Kleist.

Chalons sur Marne, den 13. Juli 1807

N. S. Antworte mir unverzüglich auf diesen Brief. Solltest Du den Wechsel schon abgeschickt haben, so kannst Du genau berechnen, wann ich in Berlin bin. Laß mich auch dort einen Brief vorfinden, der mich genau von Deinen Entschlüssen für die Zukunft unterrichtet. Adieu.

108. An Ulrike von Kleist

Endlich, meine vortreffliche Ulrike, ist, wahrscheinlich auf Deine wiederholte Verwendung, der Befehl vom Gen. Clarke zu meiner Loslassung angekommen. Ich küsse Dir die Stirn und die Hand. Der Befehl lautet, daß ich, auf Ehrenwort, eine vorgeschriebene Straße befolgen, und mich in Berlin beim Gen. Clarke melden soll, der mich sprechen will. So mancherlei Gedanken mir dies auch erregt, so würde ich doch sogleich meine Reise antreten, wenn ich nicht unpäßlich wäre; wenn man nicht die Unedelmütigkeit hätte, mir die Diäten zu verweigern, die ich mir jedoch noch auszuwirken hoffe; und wenn ich nicht einen Wechsel vom Buchhändler Arnold aus Dresden erwarten müßte, für ein Manuskript, das Rühle daselbst verkauft hat, und von dem er mir geschrieben hat, daß er um diese Zeit abgehen würde. Alle diese Gründe sind schuld daran, daß sich meine Abreise vielleicht noch 14 Tage oder 3 Wochen verspäten wird; doch da sich der Frieden jetzt abschließt, und nach dem Abschluß auch die Auswechselung der Gefangenen sogleich vor sich gehen muß, so ergibt sich vielleicht alsdann eine so viel wohlfeilere Gelegenheit, abzureisen, wenn gleich der Aufenthalt bis dahin hier so viel kostspieliger wird, da ich keinen Sold mehr beziehe.

Die Absicht dieses Briefes ist, Dir, nach der Mitteilung dieser Nachricht einen Vorschlag zu machen. Die Kl[eisten] hat mich versichert, daß die Pension von der K[önigin] nach dem Abschluß des Friedens wieder ihren Fortgang nehmen würde. Da jedoch hierin wenig Sicherheit liegt: denn wer steht uns für einen neuen Krieg? so ist der Plan, diese Pension, bei der nächsten Gelegenheit, in eine Präbende zu verwandeln; und hierin läge dann schon mehr Sicherheit. Wir wollen einmal annehmen, daß uns das Glück auf diese Art günstig wäre; daß ich vorderhand die Pension, und in einiger Zeit, statt ihrer, die Präbende erhielte: was ließe sich wohl damit anfangen?

Ich versichre Dich, meine teuerste Ulrike, daß mir Deine Lage, und das Schmerzhafte, das darin liegen mag, so gegenwärtig ist, als Dir selbst. Ich weiß zwar, daß Du Dich in jedem Verhältnis, auch in dem abhängigsten, würdig betragen würdest; doch die Forderungen, die Dein innerstes Gefühl an Dich macht, kannst Du nicht erfüllen, so lange Du nicht frei bist. Ich selbst kann in keiner Lage glücklich sein, so lange ich es Dich nicht, in der Deinigen, weiß. Ohne mich würdest Du unabhängig sein; und so mußt Du (ich fühle die Verpflichtung auf mich, was Du auch dagegen einwenden mögest), Du mußt es auch wieder *durch mich* werden. Wenn ich mit Äußerungen dieser Art immer sparsam gewesen bin, so hatte das einen doppelten Grund: einmal, weil es mir zukam, zu glauben, daß Du solche Gefühle bei mir voraussetzest, und dann, weil ich dem Übel nicht abhelfen konnte.

Doch jetzt, dünkt mich, zeigt sich, ein Mittel ihm abzuhelfen; und wenn Du nicht willst, daß ich mich schämen soll, unaufhörlich von Dir angenommen zu haben, so mußt Du auch jetzt etwas von mir annehmen. Ich will Dir die Pension, und das, was in der Folge an ihre Stelle treten könnte, es sei nun eine Präbende, oder etwas anderes, abtreten. Es muß, mit dem Rest Deines Vermögens, für ein Mädchen, wie Du bist, hinreichen, einen kleinen Haushalt zu bestreiten. Laß Dich damit, unabhängig von mir, nieder; wo, gleichviel; ich weiß doch, daß wir uns über den Ort vereinigen werden. Ich will mich mit dem, was ich mir durch meine Kunst erwerbe, bei Dir in die Kost geben. Ich kann Dir darüber keine Berechnung anstellen; ich versichre Dich aber, und Du wirst die Erfahrung machen, daß es mich, wenn nur erst der Frieden hergestellt ist, völlig ernährt. Willst Du auf diese Versicherung hin nichts tun, so lebe die erste Zeit noch bei Schönfeld, oder in Frankfurt, oder wo Du willst; doch wenn Du siehst, daß es damit seine Richtigkeit hat, alsdann, mein liebstes Mädchen, versuche es noch einmal mit mir. Du liesest den Rousseau noch einmal durch, und den Helvetius, oder suchst Flecken und Städte auf Landkarten auf; und ich schreibe. Vielleicht erfährst Du noch einmal, in einer schönen Stunde, was Du eigentlich auf der Welt sollst. Wir werden glücklich sein! Das Gefühl, mit einander zu leben, muß Dir ein Bedürfnis sein, wie mir. Denn ich fühle, daß Du mir die Freundin bist, Du Einzige auf der Welt! Vergleiche mich nicht mit dem, was ich Dir in Königsberg war. Das Unglück macht mich heftig, wild, und ungerecht; doch nichts Sanfteres, und Liebenswürdigeres, als Dein Bruder, wenn er vergnügt ist. Und vergnügt werde ich sein, und bin es schon, da ich den ersten Forderungen, die meine Vernunft an mich macht, nachkommen kann. Denke über alles dies nach, meine teuerste

Ulrike; in Berlin, wo ich Dich noch zu finden hoffe, wollen wir
weitläufiger mit einander darüber reden. In drei Wochen spätstens muß ich hier abgehen können; und in der fünften bin ich
dann in Deinen Armen. Adieu, grüße Gleißenberg. Dein Heinrich, Chalons, den 14. Juli [1807].

N.S. Ich muß Dir sagen, meine teuerste Ulrike, daß ich mich anders entschlossen habe. Man hat mir die Reiseentschädigung bewilligt; und da ich mir den Wechsel von Rühlen, gesetzt er wäre schon
von Dresden abgegangen, nach Berlin nachschicken lassen, und
dort immer Handlungshäuser sein müssen, die hier Forderungen
haben, und bei denen er folglich geltend gemacht werden kann:
so will ich mich, auf jene Ungewißheit hin, nicht länger aufhalten, sondern sogleich abgehen. Ich habe Rühlen geschrieben,
daß wenn der Wechsel noch nicht abgegangen ist, er jetzt zu
Dir nach Berlin geschickt werden soll. Tue mir doch den Gefallen, und wiederhole schriftlich diese Bestimmung an ihn, wenn
Du irgend seine Wohnung in Dresden genau erfahren kannst;
denn da ich zwischen zwei unglücklichen Hausnummern immer
geschwankt habe, so fürchte ich noch obenein, daß ihn mein
Brief verfehlt. Auch inliegenden Brief an die Kleisten bitte ich
mit der Adresse zu versehen, weil ich lange nichts von ihr gesehen habe, und nicht weiß, ob sie noch in Leuthen ist. In drei,
spätstens vier Tagen gehe ich hier, und wenn ich es irgend möglich machen kann, mit dem Kurier, ab, reise Tag und Nacht,
und bin in 14 höchstens 16 Tage, bei Dir. Adieu. Ich drücke Dich
im voraus schon an meine Brust. Grüße Gl[eißenbergs] und alles,
was mir ein wenig gut ist.   H. K.

109. An Otto August Rühle von Lilienstern

A Monsieur Monsieur de Rühle, Lieutenant de l'Etatmajor de Pruße,
actuellement Prisonnier sur parole, à Dresden en Saxe, Pirnsche Vorstadt, Rammsche Gasse N. 134 (oder 143).

Mein liebster Rühle,

Du mußt mir verzeihen, daß ich Dir, in meiner Sache, mit
Briefen so oft beschwerlich falle. Doch meine Lage hat so viele
Seiten, daß ein Ratschluß immer den anderen verdrängt; und
Du weißt, daß es überhaupt nicht meine Kunst ist, zu handeln.
Ich habe mich jetzt wieder anders entschlossen. Man hat mir die

Reisediäten bewilligt, und da ich auf die Ungewißheit hin, ob Dein Wechsel schon unterweges ist, mich hier nicht länger aufhalten mag, so raffe ich mein Geld zusammen, und gehe, ohne weiteren Verzug, mit dem Kurier von hier ab. Die Hauptrücksicht, die mich dazu bewogen hat, ist diese, daß Dein Wechsel mir ja, wenn er schon abgeschickt sein sollte, nach Berlin nachgeschickt, und dort ebensogut geltend gemacht werden kann, als hier. Denn es müssen dort immer Handlungshäuser sein, welche Forderungen in der Stadt Frankreichs haben, in welcher der Wechsel zahlbar ausgestellt ist; und wäre dies nicht, so stellen sie es à conto, auf eine zukünftige Forderung. Solltest Du aber den Wechsel noch nicht abgeschickt haben, so wäre es mir allerdings jetzt um so viel lieber. In diesem Falle müßtest Du ihn aber doch unverzüglich nach Berlin an meine Schwester Ulrike, bei Gleißenbergs, schicken, indem ich ganz ohne Geld ankomme, und davon sowohl dort leben, als auch meine Reise zu Dir nach Dresden bestreiten muß. Tue Dein Möglichstes, daß es sich einigermaßen in der Ordnung fügt, damit ich meiner Schwester Ulrike nicht zur Last zu fallen brauche, und ihr einige Hoffnungen für die Zukunft geben kann. In vier höchstens sechs Tagen, denk ich mit dem Kurier hier abzugehen, Tag und Nacht, wenn ich es irgend aushalten kann, zu reisen, und in vierzehn Tagen von hier spätestens in Berlin zu sein. Nur wenige Tage halte ich mich dort auf, und fliege dann zu Dir, wo Du mir auch vorläufig ein wohlfeiles Quartier ausmachen mußt. Adieu. Dieser Brief ist von dreien, die ich Dir seit kurzem geschrieben habe, der letzte. Solltest Du, durch einen Zufall, jene später erhalten, oder von Schlotheim und der Kleisten Aufträge erhalten, die diesem jetzigen Briefe widersprechen, so denke, daß die Willensmeinung in *diesem* meine eigentliche und kategorische ist.

Chalons sur Marne, den 15. Juli 1807   H. v. Kleist.

110. An Otto August Rühle von Lilienstern

Mein liebster, bester Rühle,

Ich habe Dir nur drei Dinge zu sagen, und setze mich bei Massenbachs geschwind hin, um sie Dir aufzusetzen, weil die Post eilt, und ich den Brief auf dem [Lücke im Text] Wechsel erhalten habe, und [Lücke] herzlich danke.

Alsdann, daß ich über Cottbus, wo ich meine Verwandte sehen will, zu Dir nach Dresden kommen werde. Ein Bette mußt Du mir vorderhand mieten. Siehe zu, daß Pfuel auch hinkömmt.

Drittens endlich beschwöre ich Dich (*wenn* Du dieses Entschlusses sein solltest) allem, was in den Zeitungen über und gegen Dich gesagt werden mag, öffentlich auch nicht einer Silbe zur Antwort zu würdigen. Tue grade, als ob es gar nicht gedruckt worden wäre, und stellt man Dich persönlich zur Rede, so sage, Du wüßtest davon nichts usw., Du läsest nicht, Du schriebst bloß etc. etc. Über die Gründe wollen wir weitläufiger sprechen.

Adieu. In 14 Tagen spätstens, von heut an gerechnet, bin ich bei Dir. Möchte in den ersten 14 Jahren von keiner Trennung die Rede sein! Am 14. August 1821 wollen wir weiter davon sprechen.

Berlin, den 14. August 1807   H. v. Kleist.

111. An Ulrike von Kleist

Ich habe versucht, meine teuerste Ulrike, Dir zu schreiben; doch meine Lage ist so reich, und mein Herz so voll des Wunsches, sich Dir *ganz* mitzuteilen, daß ich nicht weiß, wo ich anfangen und enden soll. Schreibe mir doch, ob ich nach Wormlage kommen darf, um Dich zu sprechen? Oder ob wir uns nicht, auf halbem Wege, irgendwo ein Rendezvous geben können? Ich sollte denken, dies letztere müßte möglich sein. Ich will Dich zu bewegen suchen, zu einer Buch-, Karten- und Kunsthandlung, wozu das Privilegium erkauft werden muß, 500 Rth. zu 5 p. C. auf 1 Jahr herzugeben. Adam Müller (ein junger Gelehrter, der hier im Winter, mit ausgezeichnetem Beifall, öffentliche Vorlesungen hält), Rühle und Pfuel (dem sein Bruder das Geld dazu hergibt) sind die Interessenten. Dir alle Gründe darzutun, aus welchen die Zweckmäßigkeit und Nützlichkeit dieser Unternehmung hervorgeht, ist *schriftlich* unmöglich. Rühle, der mit dem Prinzen jetzt hier ist, und der Pfueln, durch den Unterricht, den dieser dem Prinzen gibt, eine Pension von 600 Rth. verschafft hat, ist von einer praktischen Geschicklichkeit, alles um sich herum geltend zu machen, die bewundrungswürdig und selten ist. Der Herzog würde ihm sehr gern, nach Verlauf der Erziehungsperiode, einen Posten in seinem Lande geben; doch da sein unerlaßliches Bedürfnis ist, frei zu sein, so will er alles an dieses Jahr setzen, um es für die übrige Lebenszeit zu werden. Er ist es daher auch eigentlich, der an die Spitze des ganzen Geschäfts treten wird; ein Umstand, der, dünkt mich, nicht wenig für die Sicherheit seines Erfolgs spricht. Er sowohl, als ich, haben jeder ein Werk drucken lassen, das unsern Buchhändlern 6 mal so viel eingebracht hat, als uns. Vier neue Werke liegen fast zum Druck bereit; sollen wir auch hiervon den Gewinn andern überlassen, wenn es nichts als die Hand danach auszustrecken kostet, um ihn zu ergreifen? Die 1200 Rth., die das Privilegium kostet, können nie verloren gehen; denn mißglückt die Unternehmung, so wird es wieder verkauft; und die Zeiten müßten völlig eisern sein, wenn es nicht, auch im schlimmsten Fall, einen größeren Wert haben sollte, als jetzt. Die ganze Idee ist, klein, und nach liberalen Grundsätzen, anzufangen, und das Glück zu prüfen; aber, nach dem Vorbild der Fugger und Medicis, alles hineinzuwerfen, was man auftreiben kann, wenn sich das Glück deutlich erklärt. Erwäge also die Sache, mein teuerstes Mädchen, und wenn Du Dich einigermaßen in diesen Plan, der noch eine weit höhere Tendenz hat, als die merkantilische, hineindenken kannst, so sei mir zu seiner Ausführung behülflich. Ich kann Dir, wie schon erwähnt, nicht alles sagen, was ich auf dem Herzen habe, Du müßtest selbst hier sein, und die Stellung, die wir hier einnehmen, kennen, um beurteilen zu können, wie günstig sie einer solchen Unternehmung ist. Fast möchte ich Dich dazu einladen! Ich würde Dich in die vortrefflichsten Häuser führen können, bei Hazas, beim Baron Buol (Kaisl. Östr. Gesandten) beim App. Rat Körner usw., Häuser, in deren jedem ich fast, wie bei der Kl[eisten] in Potsdam, bin. Zwei meiner Lustspiele (das eine gedruckt, das andere im Manuskript) sind schon mehrere Male in öffentlichen Gesellschaften, und immer mit wiederholtem Beifall, vorgelesen worden. Jetzt wird der Gesandte sogar, auf einem hiesigen Liebhabertheater, eine Aufführung veranstalten, und Fitt (den Du kennst) die Hauptrolle übernehmen. Auch in Weimar läßt Goethe das eine aufführen. Kurz, es geht alles gut*,

---

* Kürzlich war ich mit dem östr. Gesandten in Töplitz: bei Gentz, wo ich eine Menge großer Bekanntschaften machte. – Was würdest Du wohl sagen, wenn ich eine Direktionsstelle beim Wiener Theater bekäme? – Grüße alles in Wormlage.

meine liebste Ulrike, ich wünsche bloß, daß Du hier wärest, und es mit eignen Augen sehen könntest. Schreibe mir auf welche Art wir es machen, daß wir uns auf einen Tag sprechen, und sei versichert, daß ich ewig Dein *treuer* Bruder bin, H. v. Kl.

Dresden, den 17. September 1807

112. An Johann Friedrich Cotta

Ew. Wohlgeboren

haben durch den Hr. v. Rühle, während meiner Abwesenheit aus Deutschland, eine Erzählung erhalten, unter dem Titel Jeronimo und Josephe, und diese Erzählung für das Morgenblatt bestimmt. So lieb und angenehm mir dies auch, wenn ich einen längeren Aufenthalt in Frankreich gemacht hätte, gewesen sein würde, so muß ich doch jetzt, da ich zurückgekehrt bin, wünschen, darüber auf eine andre Art verfügen zu können. Wenn daher mit dem Abdruck noch nicht vorgegangen ist, so bitte ich Ew. Wohlgeboren ergebenst, mir das Manuskript, unter nachstehender Adresse, gefälligst wieder zurückzusenden. Ich setze voraus, daß dieser Wunsch Ew. Wohlgeboren in keine Art der Verlegenheit setzt, und bin mit der vorzüglichsten Hochachtung

Ew. Wohlgeboren ergebenster

Dresden, den 17. September 1807   Heinrich von Kleist.

Pirnsche Vorstadt, Rammsche Gasse Nr. 123

113. An Ulrike von Kleist

Ich setze mich nur auf ein paar Augenblicke hin, meine teuerste Ulrike, um Dich zu fragen, ob Du nicht einen Brief erhalten hast, den ich schon vor drei Wochen von hier abgesendet habe? In diesem Briefe ließ ich mich weitläufig über meine Lage, über meine Zukunft, und über ein Projekt aus; Dinge, deren keines ich berühren kann, ohne mich auf bogenlanges Schreiben gefaßt zu machen. Ich weiß zwar, daß Briefe von hier in die Lausitz sehr langsam gehen, Lamprecht, den ich hier gesprochen habe, ist einer 19 Tage unterweges gewesen; doch sollte überhaupt vielleicht die Adresse *bei Alt-Döbern* falsch sein? Und doch weiß ich keine andere zu setzen. – Antworte mir sobald wie möglich hierauf. Denn, wie gesagt, wenn Du diesen Brief nicht erhalten hast, so muß ich ihn noch einmal schreiben; und Du weißt, wie ungern ich an solche weitläufigen Erörterungen gehe. – Ich wollte, Du wärest hier, um Dich mit mir zu freuen, und alles mit eignen Augen selbst zu sehen. *Schriftlich,* kann ich Dir kaum etwas anderes sagen, als nur im allgemeinen, daß es mir gut geht. Es erfüllt sich mir *alles,* ohne Ausnahme, worauf ich gehofft habe – gib mir nur erst, wie gesagt, Nachricht von Dir, so sollst Du mehr hören. Es wäre sonderbar, wenn grade der erste Brief, der Dir Freude zu machen bestimmt war, hätte verloren gehen müssen. Grüße alles, lebe wohl und schreibe bald Deinem   treuen Bruder

Dresden, den 3. Oktober 1807   H. v. Kleist.

Pirnsche Vorstadt, Rammsche Gasse Nr. 123

114. An Ulrike von Kleist

Deine Unlust am Schreiben, meine teuerste Ulrike, teile ich nicht mehr mit Dir, seitdem es mir vergönnt ist, Dich von frohen Dingen unterhalten zu können. Es geht mir in jedem Sinne so, wie ich es wünsche, und in dem Maße, als der Erfolg jetzt meine Schritte rechtfertigt, geht mir ein ganzer Stoff zu einer, die Vergangenheit erklärenden, Korrespondenz auf, mit der ich Dir noch verschuldet bin. Ich wußte wohl, daß Du mir in einem Falle, wo es in der Tat darauf ankommt, mir ein Vermögen zu verschaffen, nach so vielen Aufopferungen die letzte nicht verweigern würdest, die ihre ganze schöne Reihe schließt. Wenn es möglich gewesen wäre, rascher zu sein, so hätten wir schon, bei der gegenwärtigen Leipziger Messe, in den Buchhandel eintreten können; doch so hat diese Verzögerung andere nach sich gezogen, so, daß wir uns jetzt nicht eher, als bei der nächstfolgenden, werden darin zeigen können. Inzwischen hat dieser Aufschub, doch auch sein Gutes gehabt. Denn statt des Privilegii, das nun verkauft ist, hat uns der Hr. v. Carlowitz, einer der reichsten Partikuliers des Landes, ein unentgeltliches Privilegium in seiner Immediatstadt *Liebstadt* angeboten; ein ganz vortrefflicher Umstand, da wir dadurch das Recht bekommen, hier in Dresden ein Warenlager zu halten, und somit aller Vorteile eines städtischen Privilegii teilhaftig werden. Ferner ist während dessen, durch den hiesigen französischen Gesandten, der sich schon während meiner Gefangenschaft für mich interessiert hatte, und dessen nähere Bekanntschaft mir nun geworden ist, an Clarke in Paris geschrieben

worden. Es ist nicht unmöglich, daß wir den Kodex Napoleon
zum Verlag bekommen, und daß unsere Buchhandlung überhaupt von der französischen Regierung erwählt wird, ihre Pu-
blikationen in Deutschland zu verbreiten; wodurch, wie Du
leicht denken kannst, die Assiette des ganzen Instituts mit einem
Male gegründet wäre. Du wirst nicht voreilig sein, politische Folgerungen aus diesem Schritte zu ziehn, über dessen eigentliche
Bedeutung ich mich hier nicht weitläufiger auslassen kann. –
Was nun, zur Antwort auf Deinen Brief, den *Termin* anbetrifft,
an welchem ich das Geld erhalten müßte, so kann ich Dir diesen
jetzt genau nicht sagen, indem sich, wie gesagt, das Geschäft ein
wenig in die Länge gezogen hat; inzwischen würdest Du es doch
zu Neujahr in Bereitschaft halten müssen, da von diesem Zeitpunkt an für die kommende Messe vorgearbeitet werden muß.
Übrigens muß es *Konventionsgeld* sein, d. h. der *Wert* davon,
gleichviel in welcher Münzart, wenn nur *nicht preußisch*. Wenn
es uns mit dem Kodex Napoleon glücken sollte (ich bitte Dich,
nichts von dieser Sache zu sagen), so würde es vielleicht nötig sein,
so schnell und so viel Geld herbei zu schaffen, daß ich noch nicht
recht weiß, wie wir uns aus dieser Verlegenheit ziehen werden.
2000 Rth. haben wir in allem zusammen; doch Du kannst leicht
denken, daß eine solche Unternehmung mehr erfordert, als dies.
Ich nehme hier Gelegenheit zu einem andern Gegenstand über-
zugehen. Mein Auskommen wird mir in der Folge, wenn alles
gut geht, aus einer doppelten Quelle zufließen; einmal aus der
Schriftstellerei: und dann aus der Buchhandlung. Da ich die Manuskripte, die ich jetzt fertig habe, zum eignen Verlag aufbewahre, so ernähre ich mich jetzt bloß, durch fragmentarisches Einrücken derselben in Zeitschriften, und Verkauf zum Aufführen
an ausländische Bühnen; und doch hat mir dies schon nahe an
300 Rth. eingebracht (der östr. Gesandte hat mir 30 Louisdor von
der Wiener Bühne verschafft), woraus Du leicht schließen kannst,
daß die Schriftstellerei allein schon hinreicht, mich zu erhalten.
Wie wärs also, mein teuerstes Mädchen, wenn *Du*, statt meiner,
als Aktionär in den Buchhandel trätest, der von jener Schriftstellerei ganz abgesondert ist? Du hast immer gewünscht, Dein
Vermögen in einer Unternehmung geltend zu machen; und eine
günstigere Gelegenheit ist kaum möglich, da der Vorteil, nach

einem mäßigen mittleren Durchschnitt 22 p. C. ist. Ich verlange
gar nicht, daß Du Dich hierüber kategorisch erklärst, Du mußt
notwendig selbst hier sein, um Dich von dem innern Zusammenhang der Sache, und der Solidität derselben, zu überzeugen.
Es kömmt gar nicht darauf an, Dich gleich mit Deinem ganzen
Vermögen hineinzuwerfen, sondern nur mit einer etwas größeren Summe, als jene 500 Rth., und den Augenblick, wo das
übrige zu wagen wäre, von der Zeit zu erwarten. Allerdings
müßtest Du, in diesem Falle, jene Erklärung, die Du mir auf
unsrer Reise von Gulben nach Wormlage gemacht hast, zurücknehmen und Dich entschließen können, mit mir zusammen zu
leben. Und dies würde doch nicht schlechterdings unmöglich
sein? Wenn Du vorderhand auf dies alles noch nicht eingehen
willst, so bleibt es beim alten, d. h. bei der Verzinsung und Zu-
rückzahlung des Kapitals. Ich sagte es nur, weil ich wünsche, Dir
einen Vorteil verschaffen zu können, und weil eine Art von Ungerechtigkeit darin liegt, Dir das Geld zu 5 p. C. zu verinteressie-
ren, während es mir 4 mal so viel abwirft. Nichts ist mir unangenehmer, als daß Du ganz abgesondert bist von der literarischen
Welt, in dem Augenblick, da Dein Bruder zum zweitenmale
darin auftritt. Ich wüßte nicht, was ich darum gäbe, wenn Du
hier wärst. Eben jetzt wird in der Behausung des östr. Gesandten,
der selbst mitspielt, ein Stück von mir, das noch im Manuskript
ist, gegeben, und Du kannst wohl denken, daß es in den Gesellschaften, die der Proben wegen, zusammenkommen, Momente
gibt, die ich *Dir*, meine teuerste Ulrike, gönne; warum? läßt sich
besser fühlen, als angeben. Auch bist Du schon völlig in diesen
Gesellschaften eingeführt, und es braucht nichts, als Deine Erscheinung, um wie unter Bekannten darin zu leben. Leopold
und Gustel stehen in Deinem Briefe auf eine sonderbare Art
neben einander. Man könnte sie beide gratulieren – auch beide
bedauern; doch dies ist zu *hamletisch* für diesen Augenblick: ich
küsse sie, und schweige. Adieu, lebe wohl, meine liebste Ulrike,
grüße alles, und antworte mir bald. Wer hat denn die Hemden
gemacht?

Dresden, den 25. Okt. 1807   H. v. Kleist.

N. S. Den *10. Okt.* bin ich bei dem östr. Gesandten an der Tafel mit einem Lorbeer gekrönt worden; und das von zwei nied-

lichsten kleinen Händen, die in Dresden sind. Den Kranz habe
ich noch bei mir. In solchen Augenblicken denke ich immer an
Dich. Adieu, adieu, adieu – Du wirst mich wieder lieb bekommen.

N. S. Die Quittungen erfolgen hierbei. Aber mit denen vom
Jan. und Febr. 1806 hat es nicht seine Richtigkeit. Wann hörten
denn die Vorschüsse auf? –

115. An Adolfine von Werdeck

Sein Sie nicht böse, meine gnädigste Frau, daß ich so viele
Jahre habe vorübergehen lassen, ohne Ihnen ein Wort von mir
zu sagen. Ich bin, was das Gedächtnis meiner Freunde anbetrifft,
mit einer ewigen Jugend begabt, und dies seltsame Bewußtsein
ist allein schuld an der Unart, nicht zu schreiben. Eben weil alles,
über alle Zweideutigkeit hinaus, so *ist*, wie es sein *soll*, glaube ich
mich der Verpflichtung überhoben, es zu sagen. Die verschiednen
Momente in der Zeit, da mir ein Freund erscheint, kann ich so
zusammenknüpfen, daß sie wie *ein Leben* aussehen, und die fremden Zeiträume, die zwischen ihnen sind, ganz verschwinden. So
ist mir der Abend, da ich von Boulogne zurückkehrte, und Sie,
mir zu Liebe, die Oper aufopferten, gegenwärtig, als wär er von
gestern; und wenn ich Sie wiedersehe, wird mir grade sein, als
ob Sie mit Bertuch, von wo? weiß ich nicht, wieder kämen; denn
Sie stiegen grade ein, als ich Paris verließ. Nach Dittersbach
konnte ich nicht kommen, weil ich in der Tat krank war; und
noch jetzt ist mein mittlerer Zustand (der Durchschnitt derselben)
krankhaft: meine Nerven sind zerrüttet, und ich bin nur perioden-
weise gesund. Für Leopolds, mir mitgeteilten, Brief danke ich.
Sein Entschluß, wieder in Dienste zu gehen, hat eine doppelte
Seite. Wenn er es um des Königs willen tut, so muß man ihn
loben; doch tut er es um seinetwillen, bedauern. Was sagen Sie
zur Welt, d. h. zur Physiognomie des Augenblicks? Ich finde,
daß mitten in seiner Verzerrung etwas Komisches liegt. Es ist,
als ob sie im Walzen, gleich einer alten Frau, plötzlich nachgäbe
(sie wäre zu Tode getanzt worden wenn sie fest gehalten hätte);
und Sie wissen, was dies auf den Walzer für einen Effekt macht.
Ich lache darüber, wenn ich es denke. Wissen Sie denn, daß ich
auch einen Schleifer mitgemacht habe, nach dem Fort de Joux

über Chalons und wieder zurück? Es scheint fast, nein: doch dies ist Stoff für die Winterabende, wenn Sie nach Dresden kommen. Wie lange bleiben Sie denn noch aus? Wollen Sie in Dittersbach einschneen? Denn hier hat es schon gestöbert. Grüßen Sie Werdeck, Pfuel empfiehlt sich ihm und Ihnen, auch dem Kleinen, so wie ich, auf den ich mich unmäßig freue.

Dresden, den 30. Okt. 1807   H. v. Kleist.

116. An Marie von Kleist

[Dresden, Spätherbst 1807]

Ich habe die Penthesilea geendigt, von der ich Ihnen damals, als ich den Gedanken zuerst faßte, wenn Sie sich dessen noch erinnern, einen so begeisterten Brief schrieb. Sie hat ihn wirklich aufgegessen, den Achill, vor Liebe. Erschrecken Sie nicht, es läßt sich lesen. [Lücke im Text] Es ist hier schon zweimal in Gesellschaft vorgelesen worden, und es sind Tränen geflossen, soviel als das Entsetzen, das unvermeidlich dabei war, zuließ. Ich werde einige Blätter aus der Handschrift vom Schluß zusammenraffen, und diesem Brief einlegen. Für Frauen scheint es im Durchschnitt weniger gemacht als für Männer, und auch unter den Männern kann es nur einer Auswahl gefallen. Pfuels kriegerisches Gemüt ist es eigentlich, auf das es durch und durch berechnet ist. Als ich aus meiner Stube mit der Pfeife in der Hand in seine trat, und ihm sagte: jetzt ist sie tot, traten ihm zwei große Tränen in die Augen. Sie kennen seine antike Miene: wenn er die letzten Szenen liest, so sieht man den Tod auf seinem Antlitz. Er ist mir so lieb dadurch geworden, und so Mensch. Ob es, bei den Forderungen, die das Publikum an die Bühne macht, gegeben werden wird, ist eine Frage, die die Zeit entscheiden muß. Ich glaube es nicht, und wünsche es auch nicht, so lange die Kräfte unsrer Schauspieler auf nichts geübt, als Naturen, wie die Kotzebueschen und Ifflandschen sind, nachzuahmen. Wenn man es recht untersucht, so sind zuletzt die Frauen an dem ganzen Verfall unsrer Bühne schuld, und sie sollten entweder gar nicht ins Schauspiel gehen, oder es müßten eigne Bühnen für sie, abgesondert von den Männern, errichtet werden. Ihre Anforderungen an Sittlichkeit und Moral vernichten das ganze Wesen des Drama, und niemals hätte sich das Wesen des griechischen Theaters entwickelt, wenn sie nicht ganz davon ausgeschlossen gewesen wären.

117. An Marie von Kleist

[Dresden, Spätherbst 1807]

Daß Ihnen, wie Sie in R[ühle]s Brief sagen, das letzte, in seiner abgerißnen Form höchst barbarische Fragment der Penthesilea, worin sie den Achill tot schlägt, gleichwohl Tränen entlockt hat, ist mir, weil es beweiset, daß Sie die Möglichkeit einer dramatischen Motivierung denken können, selbst etwas so Rührendes, daß ich Ihnen gleich das Fragment schicken muß, worin sie ihn küßt, und wodurch jenes allererst rührend wird. Diese Ihre Neigung, sich auf die Partei des Dichters zu werfen, und durch Ihre eigne Einbildung geltend zu machen, was nur halb gesagt ist, bestimmt mich, mir öfter das Vergnügen zu machen, Ihnen im Laufe meiner Arbeiten abgerissne Stücke derselben zuzusenden. Um alles in der Welt möcht ich kein so von kassierten Varianten strotzendes Manuskript einem andern mitteilen, der nicht von dem Grundsatz ausginge, daß alles seinen guten Grund hat. Doch Sie, die sich den Text mitten aus allen Korrekturen, in voller Autorität, als wäre er groß Fraktur gedruckt, herausklauben, macht es mir Vergnügen zu zeigen, wo mein Gefühl geschwankt hat.

118. An Marie von Kleist

[Dresden, Spätherbst 1807]

Unbeschreiblich rührend ist mir alles, was Sie mir über die Penthesilea schreiben. Es ist wahr, mein innerstes Wesen liegt darin, und Sie haben es wie eine Seherin aufgefaßt: der ganze Schmutz zugleich und Glanz meiner Seele. Jetzt bin ich nur neugierig, was Sie zu dem Käthchen von Heilbronn sagen werden, denn das ist die Kehrseite der Penthesilea, ihr andrer Pol, ein Wesen, das ebenso mächtig ist durch gänzliche Hingebung, als jene durch Handeln.

119. An Ulrike von Kleist

Ich habe gewagt, meine teuerste Ulrike, auf die 500 Rth., die Du mir versprachst, zu rechnen, und in der Hoffnung, daß sie mit Weihnachten eingehen werden, den Verlag eines Kunstjournals, *Phöbus*, mit Adam Müller, anzufangen. Die Verlagskosten, für den ganzen Jahrgang, betragen 2500 Rth., wozu

Rühle 700 und Pfuel 900 Rth. hergeben, macht mit meinen 500 Rth. in allem 2100 Rth., der Rest kann von dem, was monatlich eingeht, schon bestritten werden. Es ist noch nie eine Buchhandlung unter so günstigen Aussichten eröffnet worden; eben weil wir die Manuskripte selbst verfertigen, die wir drucken und verlegen. Rühles Buch über den Feldzug hat die zweite Auflage erlebt; er bekömmt zum zweitenmal von Cotta 300 Rth. Und hätte er es selbst verlegt, so wären 2000 Rth. das mindeste, was es ihm eingebracht hätte. Das erste Heft des Phöbus wird Ende Januars erscheinen; Wieland auch (der alte) und Johannes Müller, vielleicht auch Goethe, werden Beiträge liefern. Sobald die Anzeigen gedruckt sind, werde ich Dir eine schicken. Ich wünsche nichts, als daß Du hier wärst, um Dich von dem innersten Wesen der Sache besser überzeugen zu können. Ich bin im Besitz dreier völlig fertigen Manuskripte, deren jedes mir denselben Gewinn verschaffen würde, den wir von dem Journal erwarten, und das ich nur bloß nicht drucken lassen kann, weil mir das Geld dazu fehlt. Inzwischen denken wir doch, daß wir zu Ostern schon so viel zusammengebracht haben, um eines davon: Penthesilea, ein Trauerspiel, zu verlegen. Wenn Du Dich entschließen könntest, hierher zu ziehen, so wären folgende Sachen gewiß, 1) ich würde Dir im ersten Jahre nichts kosten, 2) im zweiten würd ich Dich unterstützen können, 3) Du würdest mit eignen Augen sehen können, ob die Sache glückt oder nicht, 4) Du würdest Dich, wenn sie glückt, mit Deinem ganzen Vermögen hinein werfen können, 5) dadurch würde die Sache, die sich vielleicht sonst nur langsam entwickelt, ganz schnell reifen, und 6) und letztens, wir würden uns einander lieben können. Was willst Du gegen so viel Gründe einwenden? – Überlege Dir die Sache und schreibe mir. Ich muß schließen, ich bin wieder ein Geschäftsmann geworden, doch in einer angenehmeren Sphäre, als in Königsberg. – Was wäre doch wohl in Königsberg aus mir geworden? – Adieu, grüß alles, was mir gut ist, vielleicht komme ich im Frühjahr auf ein paar Tage, und sehe, was Ihr macht. Dein Heinrich.

Dresden, den 17. Dez. 1807

120. An Christoph Martin Wieland

Dresden, den 17. Dez. 1807
Pirnsche Vorstadt, Rammsche Gasse Nr. 123.

Mein verehrungswürdigster Freund,

Mein Herz ist, wie ich eben jetzt, da ich die Feder ergreife, empfinde, bei dem Gedanken an Sie noch ebenso gerührt, als ob ich, von Beweisen Ihrer Güte überschüttet, Oßmanstedt gestern oder vorgestern verlassen hätte. Sie können mich, und die Empfindung meiner innigsten Verehrung Ihrer, noch viel weniger aus dem Gedächtnis verloren haben, da Ihnen die göttliche Eigenschaft, nicht älter zu werden, mehr als irgend einem andern Menschen zuteil geworden ist. Im März dieses Jahres schrieb ich Ihnen zweimal vom Fort de Joux, einem festen Schloß bei Neufchâtel, wohin ich durch ein unglückliches, aber bald wieder aufgeklärtes, Mißverständnis, als ein Staatsgefangener abgeführt worden war. Der Gegenstand meines Briefes war, wenn ich nicht irre, der Amphitryon, eine Umarbeitung des Molierischen, die Ihnen vielleicht jetzt durch den Druck bekannt sein wird, und von der Ihnen damals das Manuskript, zur gütigen Empfehlung an einen Buchhändler, zugeschickt werden sollte. Doch alle Schreiben, die ich von jenem unglücklichen Fort erließ, scheinen von dem Kommandanten unterdrückt worden zu sein; und so ging die Sache einen ganz anderen Gang. Jetzt bin ich willens, mit *Adam Müller*, dem Lehrer des Gegensatzes, der hier, während mehrerer Winter schon, ästhetische, von dem Publiko sehr gut aufgenommene, Vorlesungen gehalten hat, ein Kunstjournal herauszugeben, monatsweise, unter dem Titel, weil doch einer gewählt werden muß: *Phöbus.* Ich bin im Besitz dreier Manuskripte, mit denen ich, für das kommende Jahr, fragmentarisch darin aufzutreten hoffe; einem Trauerspiel, *Penthesilea;* einem Lustspiel, *der zerbrochne Krug* (wovon der Gh. Rt. v. Goethe eine Abschrift besitzt, die Sie leicht, wenn die Erscheinung Sie interessiert, von ihm erhalten könnten); und einer Erzählung, *die Marquise von O..* Adam Müller wird seine ästh. und phil. Vorlesungen geben; und durch günstige Verhältnisse sind wir in den Besitz einiger noch ungedruckter Schriften des Novalis gekommen, die gleichfalls in den ersten Heften erscheinen sollen. Ich bitte Sie, mein verehrungswürdigster Freund, um die Erlaubnis, *Sie* in der An-

zeige als einen der Beitragliefernden nennen zu dürfen; *einmal,*
in der Reihe der Jahre, da Sie der Erde noch, und nicht den
Sternen angehören, werden Sie schon einen Aufsatz für meinen
Phöbus erübrigen können; wenn Sie gleich Ihrem eigenen Merkur damit karg sind. Ferner wünsche ich, daß Sie den Hr. Hofrat
Böttiger für das Institut interessieren möchten; es sei nun, daß
Sie ihn bewegten, uns unmittelbar mit Beiträgen zu beschenken
(wir zahlen 30 Rth. p[ro] B[ogen])*, oder auch nur, diese junge
literarische Erscheinung im allgemeinen unter seinen kritischen
Schutz zu nehmen. Ich werde zwar selbst deshalb meinen An-
trag bei ihm machen; doch ein Wort von Ihnen dürfte mich
leicht besser empfehlen, als alle meine Dramen und Erzählungen.
Ich wollte, ich könnte Ihnen die Penthesilea so, bei dem Kamin,
aus dem Stegreif vortragen, wie damals den Robert Guiskard.
Entsinnen Sie sich dessen wohl noch? Das war der stolzeste
Augenblick meines Lebens. Soviel ist gewiß: ich habe eine Tragödie (Sie wissen, wie ich mich damit gequält habe) von der
Brust heruntergehustet; und fühle mich wieder ganz frei! In
kurzem soll auch der Robert Guiskard folgen; und ich überlasse
es Ihnen, mir alsdann zu sagen, welches von beiden besser sei;
denn ich weiß es nicht. – Wo ist denn Louis? Was macht Ihre vortreffliche Tochter Louise? und die übrigen Ihrigen? – Vielleicht,
daß ich in kurzem mit Rühle, dem Gouverneur des Prinzen
Bernhard, zu Ihnen komme, und mich völlig wieder in Ihrem
Gedächtnis auffrische, wenn die Zeit doch mein Bild bei Ihnen
ein wenig verlöscht haben sollte. Erfreuen und beehren Sie bald
mit einer Antwort Ihren treuen und gehorsamen

Heinrich von Kleist.

*wir verlegen *selbst.*

121. An Johann Friedrich Cotta

Ew. Wohlgeboren
   habe ich das Vergnügen zu melden, daß Hr. Adam Müller
und ich, durch den Kapitalvorschuß eines Kunstfreundes, in den
Stand gesetzt worden sind, ein Kunstjournal, unter dem Titel:
Phöbus, monatsweise, nach dem erweiterten Plane der Horen,
zu redigieren und zu verlegen. Die Herren p. Wieland, Böttiger, Joh. Müller, wie wir hoffen, auch Hr. v. Goethe, ohne andere

würdige Namen zu nennen, werden die Güte haben, uns mit
Beiträgen zu unterstützen, und Hr. Maler Hartmann, da es mit
Zeichnungen erscheinen soll, die Redaktion der Kupferstiche
übernehmen. Da der Fortgang dieses, einzig zur Festhaltung deutscher Kunst und Wissenschaft, gegründeten Instituts schlechthin
nicht anders, als unter Ew. Wohlgeb. Schutz möglich ist, so haben wir, im ganz unumstößlichen Vertrauen auf Ihre Beförderung, gewagt, Sie in der Anzeige, als Kommissionär für Tübingen, zu nennen. Wir empfehlen Ew. Wohlgeb. den Phöbus, sowohl was die Einsammlung der Bestellungen, als den Vertrieb
selbst betrifft, auf das Angelegentlichste und Dringendste, damit
er, trotz seiner Verspätung, seines Namens noch würdig, in unserm Vaterlande erscheine. Aus inliegender Anzeige, der eine
größere noch folgen wird, werden Sie den Plan dieser, in diesem
Augenblick mit keiner andern ihrer Art wetteifernden Zeitschrift übersehen. Ew. Wohlgeb. übersende ich zugleich einen
Aufsatz für das Morgenblatt, in welchem ich nicht, wenn es mir
vergönnt ist, unterlassen werde, von Zeit zu Zeit aufzutreten.
Ich ersuche Sie, den Abdruck der überschickten Anzeigen gefälligst dafür in *das Morgenblatt* und *die allgemeine Zeitung* einrücken zu lassen *(möglichst bald beides)* und mir die Differenz der
Werte, falls *ich* der Schuldner bliebe, gütigst zur Erstattung anzuzeigen. In sichrer Hoffnung, in allen diesen Stücken keine Fehlbitte zu tun, habe ich die Ehre, mit der vorzüglichsten Hochachtung zu sein

Ew. Wohlgeboren ergebenster

Dresden, den 21. Dez. 1807   Heinrich v. Kleist.
Pirnsche Vorstadt, Rammsche Gasse Nr. 123

122. An Hans von Auerswald

Hochwohlgeborner Herr,
Hochzuverehrender Herr Geheimer Oberfinanzrat,

    Ew. Hochwohlgeboren nehme ich mir die Freiheit, in der An-
lage die Anzeige eines Kunstjournals zu überschicken, das ich,
unterstützt von den Hr. p. Wieland, Goethe, für das Jahr 1808
herauszugeben denke. Mir werden die vielfältigen Beweise von
Gewogenheit, die ich, während meiner Anstellung bei der Kammer, in Ew. Hochwohlgeboren Hause empfing, ewig unvergeß-

lich sein. Durch den Hr. Grafen von Dohna, den ich die Ehre hatte, in Töplitz zu sprechen, werden Ew. Hochwohlgeboren vielleicht schon wissen, daß ich das Unglück hatte, auf meiner Rückreise von Königsberg in Berlin arretiert, und als ein Staatsgefangener nach dem Fort de Joux (bei Neufchâtel) abgeführt zu werden. Über diesen großen Umweg erst ist es mir geglückt, nach Dresden zu kommen, um einen, der Politik in jeder Hinsicht gleichgültigen, literarischen Plan auszuführen, an dem ich arbeitete. Ich empfehle den Phöbus Ew. Hochwohlgeboren Schutz und Beförderung, erneuere mich damit in dem Angedenken Ihrer sowohl, als Ihrer verehrungswürdigen Frau Gemahlin, Fr. und Frl. Tochter, und habe die Ehre, mit der innigsten Hochachtung und Ehrfurcht zu sein,

Ew. Hochwohlgeboren, untertänigster

Dresden, den 22. Dez. 1807   Heinrich von Kleist.
Pirnsche Vorstadt, Rammsche Gasse Nr. 123

N. S. Soeben lese ich, in den öffentlichen Blättern, daß S. M. der König nach Elbing gegangen sind. Da Hr. v. Altenstein ihm wahrscheinlich, wohin er auch gegangen ist, gefolgt sein wird, dies aber Ew. Hochwohlgeb. bekannt sein muß, so bitte ich untertänigst, inliegenden Brief gnädigst für ihn auf die Post geben zu lassen.   H. v. K.

123. An Karl Freiherrn von Stein zum Altenstein

Verehrungswürdigster Herr Geheimer Oberfinanzrat,

Indem ich Ihnen, in der Anlage, die Anzeige eines Kunstjournals überschicke, das ich, unterstützt von Goethe und Wieland, für das Jahr 1808 herauszugeben denke, mache ich den Anfang damit, einer sehr heiligen Forderung meiner Seele ein Genüge zu tun. Denn niemals wird das Bestreben in mir erlöschen, der Welt zu zeigen, daß ich der Güte und Gewogenheit, deren Sie mich, bei meiner Anstellung in Berlin, würdigten, wenn auch nicht in dem Sinn, in dem ich es damals versprach, doch in einem anderen, würdig war. Sie wissen wohl nicht, mein verehrungswürdigster Freund, welch ein sonderbares Schicksal mich, auf meiner Reise von Königsberg nach Dresden getroffen hat? Ich ward, gleich nach meiner Ankunft in Berlin, durch den Gen. Clarke, kein Mensch weiß, warum? arretiert, und als ein Staats-

gefangener, durch die Gensdarmerie, nach dem Fort de Joux
(bei Neufchâtel) abgeführt. Hier saß ich, in einem abscheulichen
Gefängnis, fünf Wochen lang, hinter Gitter und Riegel, bis ich
späterhin nach Châlons zu den übrigen Kriegsgefangenen gebracht, und endlich, auf die dringende Fürsprache meiner Verwandten, wieder in Freiheit gesetzt ward. Doch es ist dahin gekommen, daß man, wie Rosse im Macbeth sagt, beim Klang der
Sterbeglocke nicht mehr fragt, wen es gilt? Das Unglück der vergangenen Stunde ist was altes. – Jetzt lebe ich in Dresden, als
dem günstigsten Ort in dieser, für die Kunst, höchst ungünstigen
Zeit, um einige Pläne, die ich gefaßt habe, auszuführen. Möchten
wir uns recht bald in Berlin wiedersehen! Denn niemals, wohin
ich mich auch, durch die Umstände gedrängt, wenden muß,
wird mein Herz ein anderes Vaterland wählen, als das, worin
ich geboren bin. Erhalten Sie mir in Ihrer Brust die Gefühle, auf
die ich stolz bin, niemals wird die innigste Verehrung und Dankbarkeit in mir erlöschen, und wenn Sie jemals eines Freundes und
einer Tat, bedürfen, so finden Sie keinen, der sich mit treuerem
und heißerem Bestreben für Sie hingeben wird, als mich. Ich
sterbe mit der Liebe, mit welcher ich mich nenne,

Verehrungswürdigster Herr Geheimer Oberfinanzrat,

Ihr ergebenster

Dresden, den 22. Dez. 1807   Heinrich von Kleist.

Auerswald an Kleist

An Herrn v. Kleist Hochwohlgeboren zu Dresden.

Königsberg, den 5. Jan. 1808

*Ew. p. gefäll. Zuschrift vom 22. v. Mts. habe ich zu erhalten das
Vergnügen gehabt. Ich danke Ihnen für die mir darin gemachte Mitteilung der Anzeige des für das Jahr 1808 herauskommenden Kunstjournals verbindlichst, und benachrichtige Sie, daß ich es mir angele-
gen sein lassen werde, solche nach Möglichkeit zu verbreiten. Ich hoffe,
daß der Erfolg dieses Unternehmens Ew. p. Wünschen entsprechen
wird, da Sie dieses Institut gewiß mit dem regsten Eifer für die Kunst
leiten werden und auf Beiträge von den ersten Schriftstellern Deutschlands rechnen dürfen.*

Ich habe die Ehre p.

Auerswald.

124. An Ulrike von Kleist

Dresden, den 5. Jan. 1808

Es sind nun schon wieder nahe an drei Monaten, meine teuerste Ulrike, daß ich keine Zeile von Deiner Hand gesehen habe. Dieses Wormlage liegt in einem solchen Winkel der Erde, daß die Post es gar nicht kennt, und der eine sagt, die Briefe gingen über Berlin, der andere, über Cottbus. Ich schicke Dir also diesen Boten, als eine Art von Exekution, die nicht eher von Dir gehe, als bis Du Dich zu einer Antwort entschlossen hast. Setze Dich sogleich hin, mein liebstes Mädchen, und schreibe mir, warum das Geld, das Du mir zu Weihnachten versprochen hast, ausgeblieben ist? Jeder Grund ist zu verschmerzen, nur nicht der, daß Du mir böse bist. Wenn Du es nicht auftreiben kannst, was sehr wohl möglich ist, so muß ich dies wenigstens *wissen*, damit irgend ein andrer Rat geschafft werden kann. Denn unsere literarische Unternehmung, die den besten Fortgang verspricht, ist in vollem Laufe, Dresden allein bringt 50 Subskribenten auf, woraus Du das Resultat des Ganzen berechnen magst, wenn Du auch nur annimmst, daß von den übrigen Städten in Deutschland, jede 1 nimmt. Die Horen setzten 3000 Exemplare ab; und schwerlich konnte man sich, bei ihrer Erscheinung, lebhafter dafür interessieren, als für den Phöbus. Durch alle drei Hauptgesandten dieser Residenz (den franz., östr. und russischen, welcher letztere sogar (Graf Kanikow) Aufsätze hergibt) zirkulieren Subskriptionslisten, und wir werden das erste Heft auf Velin durch sie an alle Fürsten Deutschlands senden. Es kömmt alles darauf an, daß wir die Unternehmung, in den drei ersten Monaten, aus eigner Kasse bestreiten können, um nachher in jeder Rücksicht völlig gedeckt zu sein. Schreibe mir also unverzüglich, ob Du mir mit einem Vorschuß zu Hülfe kommen kannst, oder nicht; und wenn es bloß daran liegt, daß Du das Ganze, das Du versprachst, nicht auftreiben kannst, so schicke den Teil, den Du vorrätig hattest, und zwar gleich, durch meinen Boten, welches ein, zum Postamt gehöriger, Portechaisenträger, und völlig sicher. Ich schicke Dir eine Handvoll Anzeigen, damit Du auch, oder wer es sei, eine Subskription, wo sich die Gelegenheit findet, veranlassen kannst. Julchen kann eine oder zwei an Martini nach Frankfurt schicken, wo ja auch Lesegesellschaften sein müssen. Adieu, grüße alles,

und schreibe mir, was Du willst, nur nicht, daß Du mir nicht
mehr so gut bist, als sonst –

Dein Heinrich.

(Pirnsche Vorstadt, Rammsche Gasse Nr. 123)

N. S. Der Bote ist bezahlt.

Jean Paul an die Redaktion des Phöbus

5. Jan. 1808

*Auch ohne die originelle Mittlerin [Frl. v. Hake] würd ich mich
zwei solchen kritischen Vermittlern, deren drei Kunstwerke der Prose
und Poesie ich schon so lange geschätzt, zu ihrem höheren überrhein-
schen Bunde angeschlossen haben, sobald sie es begehrt hätten. Ihre An-
kündigungs-Worte haben mein Inneres erquickt. Auch ich bin für die
vermittelnde Kritik – ist ja alles und das ganze Leben nur Vermittlung
und nur die Ewigkeit nicht – und alle jetzigen kritischen Vermittlungen
finden in späteren Zeiten und Genien wieder die höhere Vermittlung.
Ich werde Ihrem Phöbus zum Gespann vorlegen, was ich Bestes habe –
kein Stecken-, Schaukel-, Nürnbergspferd –, und kann ich ihm und mir
nicht helfen, so mag meines so nebenher laufen, wie man sonst in
Neapel ledige Pferde zur Lust neben dem Gespann mittraben ließ.*

125. An Johann Wolfgang von Goethe

Hochwohlgeborner Herr,

Hochzuverehrender Herr Geheimerat,

Ew. Exzellenz habe ich die Ehre, in der Anlage gehorsamst
das 1. Heft des Phöbus zu überschicken. Es ist auf den »Knieen
meines Herzens« daß ich damit vor Ihnen erscheine; möchte das
Gefühl, das meine Hände ungewiß macht, den Wert dessen ersetzen, was sie darbringen.

Ich war zu furchtsam, das Trauerspiel, von welchem Ew.
Exzellenz hier ein Fragment finden werden, dem Publikum im
Ganzen vorzulegen. So, wie es hier steht, wird man vielleicht die
Prämissen, als möglich, zugeben müssen, und nachher nicht er-
schrecken, wenn die Folgerung gezogen wird.

Es ist übrigens ebenso wenig für die Bühne geschrieben, als
jenes frühere Drama: der Zerbrochne Krug, und ich kann es nur
Ew. Exzellenz gutem Willen zuschreiben, mich aufzumuntern,
wenn dies letztere gleichwohl in Weimar gegeben wird. Unsre

übrigen Bühnen sind weder vor noch hinter dem Vorhang so beschaffen, daß ich auf diese Auszeichnung rechnen dürfte, und so
sehr ich auch sonst in jedem Sinne gern dem Augenblick ange-
hörte, so muß ich doch in diesem Fall auf die Zukunft hinaus-
sehen, weil die Rücksichten gar zu niederschlagend wären.

Herr Adam Müller und ich, wir wiederholen unsre inständ-
digste Bitte, unser Journal gütigst mit einem Beitrag zu beschenken, damit es ihm nicht ganz an dem Glanze fehle, den sein, ein
wenig dreist gewählter, Titel verspricht. Wir glauben nicht erst
erwähnen zu dürfen, daß die, bei diesem Werke zum Grunde gelegten Abschätzungsregeln der Aufsätze, in einem Falle keine
Anwendung leiden können, der schlechthin für uns unschätzbar
sein würde. Gestützt auf Ew. Exzellenz gütige Äußerungen hierüber, wagen wir, auf eine Mitteilung zu hoffen, mit der wir
schon das 2. Heft dieses Journals ausschmücken könnten. Sollten
Umstände, die wir nicht übersehen können, dies unmöglich machen, so werden wir auch eine verzuglose, wenn es sein kann, mit
umgehender Post gegebene, Erklärung hierüber als eine Gunst-
bezeugung aufnehmen, indem diese uns in den Stand setzen
würde, wenigstens mit dem Druck der ersten, bis dahin für Sie
offenen, Bogen vorzugehn.

Der ich mich mit der innigsten Verehrung und Liebe nenne

Ew. Exzellenz

gehorsamster

Dresden, den 24. Jan. 1808   Heinrich von Kleist.
Pirnsche Vorstadt, Rammsche Gasse Nr. 123

Goethe an Kleist

*Ew. Hochwohlgebornen bin ich sehr dankbar für das übersendete
Stück des Phöbus. Die prosaischen Aufsätze, wovon mir einige bekannt waren, haben mir viel Vergnügen gemacht. Mit der Penthesilea
kann ich mich noch nicht befreunden. Sie ist aus einem so wunderbaren
Geschlecht und bewegt sich in einer so fremden Region daß ich mir
Zeit nehmen muß mich in beide zu finden. Auch erlauben Sie mir
zu sagen (denn wenn man nicht aufrichtig sein sollte, so wäre es besser,
man schwiege gar), daß es mich immer betrübt und bekümmert, wenn
ich junge Männer von Geist und Talent sehe, die auf ein Theater warten, welches da kommen soll. Ein Jude der auf den Messias, ein*

*Christ der aufs neue Jerusalem, und ein Portugiese der auf den Don
Sebastian wartet, machen mir kein größeres Mißbehagen. Vor jedem
Brettergerüste möchte ich dem wahrhaft theatralischen Genie sagen:
hic Rhodus, hic salta! Auf jedem Jahrmarkt getraue ich mir, auf
Bohlen über Fässer geschichtet, mit Calderons Stücken, mutatis mutandis, der gebildeten und ungebildeten Masse das höchste Vergnügen zu
machen. Verzeihen Sie mir mein Geradezu: es zeugt von meinem aufrichtigen Wohlwollen. Dergleichen Dinge lassen sich freilich mit
freundlichern Tournüren und gefälliger sagen. Ich bin jetzt schon zufrieden, wenn ich nur etwas vom Herzen habe. Nächstens mehr.*

Weimar, den 1. Februar 1808   *Goethe.*

126. An Heinrich Dieterich

Herrn Herrn Buchhändler Dietrich Wohlgeboren zu Göttingen. Hierbei ein wachsleinenes Paket Sign. H. B. D. worin Bücher.

Ew. Wohlgeboren

haben wir die Ehre anbeigehend 20 Exemplare unsers Journals
Phöbus zum Debit zu übersenden. Wir bitten uns den dafür eingehenden Betrag nach Abzug von $33^1/_3$ pCt Rabatt auf nächster
Ostermesse zu berechnen. Die Herren Perthes, Cotta, Bertuch,
Nicolovius, das Industriecomptoir in Wien, in Leipzig Breitkopf,
die Realschulbuchh. in Berlin und Ew. Wohlgeboren haben den
Debit ganz ausschließend und niemandem weiter wird unmittelbar zugesendet. Wir bitten Ew. Wohlgeboren um geneigte Beförderung des beikommenden Sr. Majestät von Westfalen adres-
sierten Pakets und wünschen daß Sie sich so viel als möglich für
unsere Unternehmung interessieren mögen.

Dresden, 29. Januar 1808   H. v. Kleist   Adam Müller

127. An Ulrike von Kleist

Meine teuerste Ulrike,

ich schicke Dir das 1. Heft des Phöbus, es wird Dir doch Vergnügen machen, es zu lesen. Grüße alles, ich habe heute keine
Zeit, zu schreiben, und bin

Dein treuer Bruder

Dresden, den 1. Feb. 1808   Heinrich.

128. An Joseph Thaddäus Freiherrn von Sumeraw

Hoch- und Wohlgeborner Freiherr!
Höchst zu verehrender Herr Staatsminister!
Wir verdanken Ew. Exzellenz gnädiger Verwendung die Gewährung unsres alleruntertänigsten Gesuchs, Seiner Majestät dem Kaiser unser Kunstjournal Phöbus überreichen zu dürfen, und so wagen wir es Hochdenenselben unser Dankgefühl auszudrücken. Die mannigfachen Schwierigkeiten womit ein wohlgemeintes Unternehmen, wie das unserige, in der gegenwärtigen Zeit zu kämpfen hat, sind nichts gegen die Genugtuung, welche wir empfinden, indem uns die Gunst eines erleuchteten Staatsmannes und die Aussicht auf das Wohlwollen des erhabensten Souveräns gewährt wird.

Ew. Exzellenz gnädiger Empfehlung unsre Arbeiten würdig zu machen und in einem Geiste zu schreiben, der Hochdenenselben gefallen könne, wird unter allen Rücksichten, welche sowohl unser Stoff als die Zeit und das deutsche Vaterland uns auflegen, allezeit die erste und teuerste sein.

Unter Gefühlen der tiefsten Verehrung und Dankbarkeit haben wir die Ehre zu sein

Ew. Exzellenz untertänigst

Dresden, den 4. Februar 1808   H. v. Kleist   Adam Müller

---

129. An Ulrike von Kleist

Mein liebes Herzens-Rickchen, ich danke Dir. Du hast mich gerührt dadurch, daß Du mich um Verzeihung bittest, daß es nicht mehr sei. Es ist kein Zweifel, daß wir, was den Verlag des Phöbus betrifft, damit auskommen werden. Auf den 1. Jan. 1809, wenn irgend die Sache gut geht, kriegst Du Dein Geld wieder. Hier in Dresden interessiert sich alles, was uns kennt, für unsre Unternehmung. Stelle Dir vor, daß wir von der Regierung, als eine Gesellschaft von Gelehrten, höchstwahrscheinlich (die Sache ist schon so gut, als gewiß) eine kostenfreie Konzession zum Buchhandel erhalten werden; die vier Buchhändler, die hier sind, treten allzusamt dagegen auf, doch man ist festentschlossen, die Konkurrenz zu vergrößern. Es kann uns, bei unsern literarischen und politischen Konnexionen gar nicht fehlen, daß wir den gan-

zen Handel an uns reißen. Dazu gibt noch obenein keiner von
uns den Namen her, sondern die Handlung wird heißen: Phönix-
Buchhandlung. Ferner: die Familie Hardenberg hat uns beauftragt, die gesamten Schriften des Novalis (Hardenberg-Novalis,
von dem Du mir nicht sagen wirst, daß Du ihn nicht kennst) zu
verlegen, und verlangt nichts, als die Veranstaltung einer Pracht-
ausgabe. Wenn die Sache klug, auf dem Wege der Subskription,
angefangen wird, so kann dieser einzige Artikel (da so viel seiner
Schriften noch ungedruckt waren) unsern Buchhandel herauf-
bringen; und wir wagen, im schlimmsten Fall, nicht das aller-
mindeste dabei. Auch Goethe und Wieland haben geschrieben,
und werden an unserm Journal Anteil nehmen. Der zerbrochene
Krug (ein Lustspiel von mir) wird im Februar zu Weimar aufgeführt, wozu ich wahrscheinlich mit Rühle (der Major und Kam-
merherr geworden ist), wenn der Prinz dahingeht, mitreisen
werde. Kurz, alles geht gut, und es fehlt nichts, als daß ich noch
ein Jahr älter bin, um Dich von einer Menge von Dingen zu
überzeugen, an die Du noch zweifeln magst. Aber sei nur nicht
so karg mit Briefen! Was mir verzeihlich war, zu seiner Zeit,
ist es darum noch Dir nicht; und wenn Du nicht antwortest, so
denk ich, Du machst Dir nichts daraus, wenn ich Dir was Gutes
melde. Adieu, grüße alles, aufs Frühjahr bin ich gewiß bei Euch –
was ist denn das für ein Komet, den mir Caroline Schönfeld
zeigen will? Bald ein mehreres.

[Dresden,] d. 8. [Februar 1808]   H. v. Kleist.

130. An Heinrich Joseph von Collin

Ew. Wohlgeboren

uns, mit so vieler Herzlichkeit gegebene, Versicherung, unser
Kunstjournal, einer eignen Unternehmung gleich, zu unterstützen, hat mir sowohl, als H. Adam Müller, die größte Freude
gemacht. Es geschieht, Ihnen einen Beweis zu geben, wie sehr
wir jetzt auf Sie rechnen, daß wir unser Gesuch, uns mit einem
Beitrag zu beschenken, gleich nach Empfang Ihres Schreibens
noch einmal wiederholen. Es könnte uns, bei dem Ziel, das wir
uns gesteckt haben, keine Verbindung lieber sein, als mit Ihnen,
und so wenig es uns an Manuskripten fehlt: es liegt uns daran, daß

Ihr Name bald im Phöbus erscheine. Da das Institut vorzüglich
auch dazu bestimmt ist, von großen dramatischen Arbeiten, die
unter der Feder sind, Proben zu geben, so würden uns Szenen aus
Werken, die unter der Ihrigen sind, ganz vorzüglich willkommen
sein. Doch auch für alles andere, was Sie uns geben wollen, werden wir dankbar sein; schicken Sie es nur gradezu an die hiesige
Kaisl. Königl. Gesandtschaft, welche alle unsere wechselseitige
Mitteilungen zu besorgen die Güte haben wird. Ich bin, außer der
Penthesilea, von welcher ein Fragment im ersten Hefte steht, im
Besitz noch zweier Tragödien, von deren einen Sie eine Probe
im dritten oder vierten Heft sehen werden. Diese Bestrebungen,
ernsthaft gemeint, *müssen* dem Phöbus seinen Charakter geben,
und auf der Welt ist niemand, der in diese Idee eingreifen kann,
als Sie. Das erste Werk, womit ich wieder auftreten werde, ist
Robert Guiskard, Herzog der Normänner. Der Stoff ist, mit den
Leuten zu reden, noch ungeheurer; doch in der Kunst kommt es
überall auf die Form an, und alles, was eine Gestalt hat, ist meine
Sache. Außerdem habe ich noch ein Lustspiel liegen, wovon ich
Ihnen eine, zum Behuf einer hiesigen Privatvorstellung (aus der
nichts ward) genommene Abschrift schicke. H. v. Goethe läßt es
in Weimar einstudieren. Ob es für das Wiener Publikum sein
wird? weiß ich nicht; wenn der Erfolg nicht *gewiß* ist (wahrscheinlich, wir verstehen uns) so erbitte ich es mir lieber wieder
zurück. Es ist durch den Baron v. Buol (K. K. Chargé d'Affaires)
der es sehr in Affektion genommen hatte, mehreremal dem H.
Grafen v. Palfy empfohlen worden (nicht zugeschickt), – aber
niemals darauf eine entscheidende Antwort erfolgt. – Von der
Penthesilea, die im Druck ist, sollen Sie ein Exemplar haben, sobald sie fertig sein wird. – Sagen Sie mir, ums Himmelswillen, ist
denn das 1. Phöbusheft bei Ihnen noch nicht erschienen? Und
wenn nicht, warum nicht? Wir sind sehr betreten darüber, von
dem Industriecomptoir in Wien, dem wir es in Kommission gegeben haben, gar nichts, diesen Gegenstand betreffend, erfahren
zu haben. Würden Sie wohl einmal gelegentlich die Gefälligkeit
haben, sich danach zu erkundigen? Das zweite Heft ist fertig; und
noch nicht einmal die Ankündigung ist in Wien erschienen! –
Ich hätte noch dies und das andere, das ich Ihnen schreiben, und
worum ich Sie bitten möchte, doch man muß seine Freunde nicht

zu sehr quälen, leben Sie also wohl, und überzeugen Sie sich von
der Liebe und Verehrung dessen, der sich nennt

Dresden, den 14. Feb. 1808   Ihr H. v. Kleist.
Pirnsche Vorstadt, Nr. 123

131. *An Otto August Rühle von Lilienstern*

An den Maj. v. Rühle.

Mein liebster Rühle,

Du mußt mir gleich etwas Geld schicken, um einige notwendige Ausgaben zu bestreiten. Laß es, wenn es sein kann, 30 Rth.
sein; Du kannst es Dir ja, nach der Verabredung von gestern,
ersetzen.

Sonnabend, d. – April 1808   H. v. K.

132. *An Otto August Rühle von Lilienstern*

An den Maj. und Gouverneur Sr. des Pr. Bernhard v. Weimar, H.
v. Rühle Hochw. zu Weimar. cito.

Mein liebster Rühle,

ich muß Dich nur noch über einen Punkt instruieren, in Betreff des Ph[öbus], der bei unsrer letzten Zusammenkunft nicht
hinlänglich ausgemacht worden ist. Der Ph. muß *schlechterdings*
verkauft werden, es ist an gar keine Kommission zu denken, weil
wir die Verlagskosten nicht aufbringen können. Wir müssen uns
daher zu *jedwedem* Opfer verstehen. Weil das Kapital, das wir
hineingesteckt, doch verloren sein würde, wenn er aufhört, so
muß es lieber in die Schanze geschlagen [werden] zu einer Zeit,
da dies noch ein Mittel werden kann, ihn (für künftige Jahre) aufrecht zu erhalten. Ja, um dem Skandal zu entgehen, müssen wir
uns noch obenein, wenn man uns nur Kredit geben will, für das
Risiko *verschreiben* – ich weiß, daß Du mit dieser Maßregel nicht
voreilig sein wirst. – Adieu.

Dresden, den 4. Mai 1808   H. v. Kl.

133. *An Georg Joachim Göschen*

Ew. Wohlgeboren

nehme ich mir die Freiheit, gestützt auf eine eben erhaltene
Zuschrift des Hr. v. Rühle, und auf die eigene Bekanntschaft,
die ich mit Denselben vor einigen Jahren zu machen das Glück

hatte, in Betreff *des Phöbus* folgenden Vorschlag zu machen. – Es war die gutgemeinte, aber etwas voreilige Hoffnung, die uns der Hr. App. Rat Körner zur Erlangung einer Buchhandlung machte, die uns verführte, den Verlag dieses Kunstjournals auf eigne Kosten zu übernehmen. Die Verweigerung derselben setzt uns außerstand, den Vertrieb desselben gehörig zu besorgen, und hat zugleich unser Verhältnis mit den hiesigen Buchhändlern so gestellt, daß an eine Näherung nicht wohl zu denken ist. Da wir auf jeden andern Vorteil, als diesen, das Werk aufrecht zu erhalten und ihm die Allgemeinheit zu geben, deren es würdig ist, Verzicht leisten: so bieten wir Ew. Wohlgeboren denselben gegen Übernahme der Totalkosten (wovon die Berechnung hier einliegt) von Ihrer Seite – und von unsrer, gänzlich unentgeltliche Lieferung der Manuskripte, und Kredit, was die schon vorhandenen Kosten betrifft, bis zur Ostermesse 1809 an. Für den künftigen Jahrgang müßte ein neuer Kontrakt geschlossen werden. Ich sende Ew. Wohlgeboren das Verzeichnis des 4. und 5. Heftes, und einige, bereits fertige, Sachen davon, woraus sich das Ansehn dieser, zur Messe noch erscheinenden, Lieferung einigermaßen wird beurteilen lassen. – Indem ich nur noch hinzusetze, daß der Druck notwendig nach wie vor hier würde vor sich gehen müssen, versichre ich, daß wir gefällig sein werden, in jedem andern noch nicht berührten Punkt, und habe die Ehre, mit der vorzüglichsten Hochachtung zu sein,

Ew. Wohlgeboren ergebenster

Dresden, den 7. Mai 1808   Heinrich v. Kleist.

134. An Johann Friedrich Cotta

Ew. Wohlgeboren

nehme ich mir die Freiheit, in Betreff einiger Manuskripte, die ich vorrätig liegen habe, folgende Vorschläge zu machen.

1) Ob Dieselben das Trauerspiel: *Penthesilea*, in Verlag nehmen wollen, wovon, um Ursachen, die hier zu weitläufig auseinander zu setzen sind, bereits 7 Bogen gedruckt sind. Dieser Druck der ersten Bogen schreckt die Hr. Buchhändler ab, das Werk anders, als in Kommission, zu übernehmen, und gleichwohl setzen mich die großen Kosten, die mir der Phöbus verursacht, außerstand, im Druck dieses Werks fortzufahren. Da die verspätete Erschei-

nung der Dramen, wovon der Phöbus Fragmente liefert, diesem
Journal in letzter Instanz tötlich sein würde (indem es nur darauf
berechnet ist), so muß ich mich, in dieser Lage, an jemand wenden, dem das Interesse der Kunst selbst am Herzen liegt. Ich bin
erbötig, Ew. Wohlgeb. die Bestimmung des Honorars gänzlich
zu überlassen und Kredit darauf zu geben, bis Ostern 1809, wenn
Dieselben nur die Druckkosten, nach dem inliegenden Anschlag,
übernehmen, und mir, zur Fortsetzung des Werkes, übersenden
wollen. Wenn es nicht anders, als in Kommission genommen
werden kann, so bin ich bereit, auf die Berechnung bis Ostern
1810 Kredit zu geben, falls Dieselben mich, durch einen Vorschuß von 150 Rth., in den Stand setzen wollen, Ihnen das Werk
unverzüglich zu liefern. – Ich erbitte mir auf einen dieser Punkte
eine gefällige Antwort.

2) Ob Ew. Wohlgeb. den Verlag eines *Taschenbuchs* übernehmen wollen, wozu ich Denselben jährlich ein Drama im
Manuskript, und Zeichnungen von Hr. Hartmann, der Szenen
daraus darstellen will, überliefern würde. Ich würde, in diesem
Jahre, das *Käthchen von Heilbronn* dazu bestimmen, ein Stück, das
mehr in die romantische Gattung schlägt, als die übrigen. – Doch
auch eines der andern Stücke, wovon im Phöbus Fragmente erschienen, stehen Ew. Wohlgeboren zu Diensten. – Es wird nächstens noch eins erscheinen, vielleicht, daß dies Denenselben zusagt. Ich erbitte mir über diesen Punkt, wenn er angenommen
wird, gefällige Vorschläge.

3) Erbitten wir uns, Hr. Ad. Müller und ich, da Sie außerstand sind, den Phöbus in diesem Jahr zu übernehmen, wenigstens
alle Gefälligkeiten, die nötig sind, ihn zu halten. Wir werden
Denenselben eine Kritik (wir hoffen, von Hr. Fr. Schlegel, oder
wenn dies nicht sein kann, von Hr. Dokt. Wetzel) der fünf erschienenen Hefte, und eine Inhaltsanzeige des sechsten (in welchem Beiträge von Fr. v. Staël und Fr. Schlegel erscheinen werden) zuschicken und bitten, dieselben gefälligst im Morgenblatt
zu verbreiten.

Ich habe die Ehre, mit der vorzüglichsten Hochachtung zu sein,
Ew. Wohlgeboren ergebenster

Dresden, den 7. Juni 1808   Heinrich v. Kleist.
Pirnsche Vorstadt, 123

135. An Johann Friedrich Cotta

Ew. Wohlgeboren

haben sich wirklich, durch die Übernahme der Penthesilea, einen Anspruch auf meine herzliche und unauslöschliche Ergebenheit erworben. Ich fühle, mit völlig lebhafter Überzeugung, daß diesem Ankauf, unter den jetzigen Umständen, kein anderes Motiv zum Grunde liegen kann, als der gute Wille, einen Schriftsteller nicht untergehen zu lassen, den die Zeit nicht tragen kann; und wenn es mir nun gelingt, mich, ihr zum Trotz, aufrecht zu erhalten, so werd ich in der Tat sagen müssen, daß ich es Ihnen zu verdanken habe. Ew. Wohlgeboren erhalten hierbei ein Exempl. dieses Werks. 300 andere sind bereits an Hr. Böhme in Leipzig abgegangen; 50 hat Arnold erhalten. Ich bitte nur,

1) den 13. Druckbogen (da das Werk nur c. 12 enthält) gelegentlich, von den mir überschickten 353 Rth., in Abrechnung zu stellen;

2) mir schleunigst den Ladenpreis zu bestimmen, damit Hr. Arnold hier mit dem Verkauf vorgehen kann; und

3) zu disponieren, wohin die übrigen Exemplare versandt werden sollen?

Was das *Taschenbuch* betrifft, so übergebe ich mich damit nunmehr, so wie mit allem, was ich schreibe, ganz und gar in Ew. Wohlgeboren Hände. Wenn ich *dichten* kann, d. h. wenn ich mich mit jedem Werke, das ich schreibe, so viel erwerben kann, als ich notdürftig brauche, um ein zweites zu schreiben; so sind alle meine Ansprüche an dieses Leben erfüllt. Das Schauspiel, das für das Taschenbuch bestimmt ist, wird, hoff ich, in Wien aufgeführt werden. Da bisher noch von keinem Honorar die Rede war, so hindert dies die Erscheinung des Werkes nicht; inzwischen wünschte ich doch, daß es so spät erschiene, als es Ihr Interesse zuläßt. Ich bitte also, mir gefälligst

1) den äußersten Zeitpunkt vor Michaeli zu bestimmen, da Sie das Manuskript zum Druck in Händen haben müssen.

Ich habe die Ehre mit der herzlichsten und innigsten Verehrung zu sein, Ew. Wohlgeboren ergebenster

Dresden, den 24. Juli 1808 H. v. Kleist.

Pirnsche Vorstadt, Rammsche Gasse Nr. 123

136. An Ulrike von Kleist

Meine teuerste Ulrike,

Ich hätte Dich so gern diesen Sommer einmal gesehen, um Dir über so manche Dinge Auskunft zu geben und abzufordern, die sich in Briefen nicht anders, als auf eine unvollkommene Art, abtun lassen. Doch mancherlei Ursachen, die gleichfalls zu weitläufig sind, um auseinander gesetzt zu werden, verhindern mich, bis noch auf diese Stunde, Dresden zu verlassen. Der Phöbus hat sich, trotz des gänzlich danieder liegenden Buchhandels, noch bis jetzt erhalten; doch was jetzt, wenn der Krieg ausbricht, daraus werden soll, weiß ich nicht. Es würde mir leicht sein, Dich zu überzeugen, wie gut meine Lage wäre, und wie hoffnungsreich die Aussichten, die sich mir in die Zukunft eröffnen: wenn diese verderbliche Zeit nicht den Erfolg aller ruhigen Bemühungen zerstörte. Gleichwohl ist die Bedingung, unter der ich hier lebe, noch erträglich, und ich fürchte sehr, daß es Euch allen nicht besser geht. Ich habe jetzt wieder ein Stück, durch den hiesigen Maître de plaisir, Grf. Vizthum, an die Sächsische Hauptbühne verkauft, und denke dies, wenn mich der Krieg nicht stört, auch nach Wien zu tun; doch nach Berlin geht es nicht, weil dort nur Übersetzungen kleiner französischer Stücke gegeben werden; und in Kassel ist gar das deutsche Theater ganz abgeschafft und ein französisches an die Stelle gesetzt worden. So wird es wohl, wenn Gott nicht hilft, überall werden. Wer weiß, ob jemand noch, nach hundert Jahren, in dieser Gegend deutsch spricht. Ich bitte Dich, nicht böse zu werden, wenn ich Dir vorderhand die Interessen der 500 Rth. nicht auszahlen kann, ich versichre Dich, daß es ganz unmöglich ist, indem die meisten Buchhändler bis auf Ostern 1809 unsre Schuldner sind. Die eigentliche Absicht dieses Briefes ist, bestimmt zu erfahren, wo Du bist, und Dich zu fragen, ob Du wohl einen reitenden Boten, den ich von hier aus nach Wormlage abfertigen würde, von dort aus weiter nach Fürstenwalde besorgen kannst? Man wünscht jemanden, der in der Mark wohnt (es ist der G. P.), schnell von der Entbindung einer Dame, die in Töplitz ist, zu benachrichtigen. Schreibe mir nur bestimmt: *ja*, weiter brauch ich nichts; ich überlasse es Dir, ob Du den Boten, den Du in Wormlage aufbringst, wegen etwa allzu großer Weite, erst nach Gulben schicken, und dort einen

neuen beitreiben lassen – oder jenen gleich nach Fürstenwalde abgehen lassen willst. Schnelligkeit wird sehr gewünscht. Auch mir
antworte *sogleich* auf diesen Punkt. Vielleicht komme ich in etwa
drei Wochen selbst zu Euch, sehe, was Ihr macht, und berichtige
meine, oder vielmehr die Schuld eines Freundes. Lebe inzwischen
wohl, schreibe mir, was unsre teuerste Tante macht, und die
übrigen, und zweifle nie an der unauslöschlichen Liebe Deines
    Dresden, den [?] Aug. 1808   H. v. K.

137. *An Ulrike von Kleist*

Meine teuerste Ulrike,

    Ich hatte mir, in der Tat, schon einen Paß besorgt, um nach
Wormlage zu kommen, weil ich Dich in einer wichtigen Sache
zu sprechen wünschte. Doch ein heftiges Zahngeschwür hält
mich davon ab. Da die Sache keinen Aufschub leidet, so bitte ich
Dich, Dich auf einen Wagen zu setzen und zu mir her zu kommen.
Ich weiß wohl, daß man keiner andern Schwester so etwas zumuten könnte; doch grade weil Du es bist, so tue ich es. Der
Überbringer ist mein Bedienter, in dessen Begleitung Du so
sicher, wie in Abrahams Schoß, reisen kannst. Auch kannst Du,
wenn Du vorlieb nehmen willst, bei mir wohnen. Es soll mir lieb
sein, wenn Du länger bleiben willst, doch ich brauche Dich nur
auf einen Tag, und Du kannst, wenn Du willst, mit demselben
Wagen wieder zurückreisen. Ich gebe Dir alsdann meinen Bedienten wieder mit. Entschließe Dich, meine liebste Ulrike,
schürz und schwinge Dich, das Wetter ist gut, und in drei Tagen
ist alles, als wär es nicht geschehen.

    Dresden, den 30. Sept. 1808   H. v. Kleist.

138. *An Heinrich Joseph von Collin*

Ew. Hochwohlgeboren

    habe ich die Ehre, hiermit die Penthesilea, als ein Zeichen mei-
ner innigsten und herzlichsten Verehrung, zu überschicken, und
damit ein Versprechen zu lösen, das ich Denenselben zu Anfange
des laufenden Jahres gegeben habe.

    Herr Hofrat Müller sowohl, als ich, wiederholen die Bitte
uns, wenn die öffentlichen Verhältnisse ruhig bleiben sollten,
gefälligst mit einem Beitrag für den Phöbus zu versehen.

Das Käthchen von Heilbronn, das ich für die Bühne bearbeitet habe, lege ich Ew. Hochwohlgeb. hiermit ergebenst, zur Durchsicht und Prüfung, ob es zu diesem Zweck tauglich sei, bei.

Indem ich noch bitte, mir, wenn es Ihren Beifall haben, und die Bühne es an sich zu bringen wünschen sollte, diesen Umstand gefälligst bald anzuzeigen, damit mit dem Druck, in Tübingen bei Cotta, der das Werk in Verlag nimmt, nicht vorgegangen werde, habe ich die Ehre mit der vorzüglichsten Hochachtung zu sein,

Ew. Hochwohlgeboren ergebenster

Dresden, den 2. Okt. 1808   Heinrich v. Kleist.
Pirnsche Vorstadt, Rammsche Gasse Nr. 123

139. An Karl August Varnhagen von Ense

[Dresden, 6. Oktober 1808]

Lieber Varnhagen,

Ich bin zweimal im goldnen Engel gewesen, ohne Sie zu treffen. Heute bin ich krank. Wollen Sie nachmittag eine Tasse Kaffee bei mir trinken? Sie werden damit sehr erfreuen,

Ihren ergebensten

Donnerstag   H. v. Kleist.

140. An Ulrike von Kleist

Meine liebste, teuerste Ulrike,

Ich reise, in diesem Augenblick, in der Sache der Fr. v. Haza, von welcher ich Dich, bei Deinem Hiersein in Dresden, einigermaßen unterrichtet habe, nach Lewitz, in der Gegend von Posen ab. Da ich wieder durch die Lausitz gehe, so glaubte ich, bei dieser Gelegenheit, meine Schuld an Pannwitz, abtragen zu können; doch die Ausgaben wachsen mir so über den Kopf, daß ich es nicht bestreiten kann. Tue mir den Gefallen, und decke die 20 Rth., die ich ihm schuldig; *ihm* schuldig zu sein, quält mich nicht, doch unsrer Minette, die sie ihm vorgeschossen hat. Ich lege Dir den Brief bei, den Du, in diesem Fall, zuzusiegeln, und an ihn abzuschicken hast. Fr. v. Haza ist eine liebenswürdige und vortreffliche Dame, und die ersten Schritte, die ich für sie getan habe, machen es ganz notwendig, daß ich die letzten auch tue. Das allererstemal, daß ich Geld kriege, will ich, so wahr ich bin,

gleich an Dich denken. Adieu, vor 14 Tagen bin ich nicht hier
zurück.

Dresden, den 2. Nov. 1808   Dein Heinrich.

N. S. Der Buchhändler Walter hat den Phöbus übernommen,
und alle Ausgaben sind gedeckt.

141. An Heinrich Joseph von Collin

An Herrn Heinrich von Collin Hochwohlgeboren zu Wien.

Teuerster Herr von Collin,

Das Käthchen von Heilbronn, das, wie ich selbst einsehe, notwendig verkürzt werden muß, konnte unter keine Hände fallen,
denen ich dies Geschäft lieber anvertraute, als den Ihrigen. Verfahren Sie ganz damit, wie es der Zweck Ihrer Bühne erheischt.
Auch die Berliner Bühne, die es aufführt, verkürzt es; und ich
selbst werde vielleicht noch, für andere Bühnen, ein Gleiches
damit vornehmen. – Wie gern hätte ich das Wort von Ihnen gehört, das Ihnen, die Penthesilea betreffend, auf der Zunge zu
schweben schien! Wäre es auch gleich ein wenig streng gewesen!
Denn wer das Käthchen liebt, dem kann die Penthesilea nicht ganz
unbegreiflich sein, sie gehören ja wie das + und — der Algebra
zusammen, und sind ein und dasselbe Wesen, nur unter entgegengesetzten Beziehungen gedacht. – Sagen Sie mir dreist, wenn Sie
Zeit und Lust haben, was Sie darüber denken; *gewiß!* es kann mir
nicht anders, als lehrreich und angenehm sein. – Hier erfolgt zugleich die Quittung an die K. K. Theaterkasse. Ich schicke sie
Ihnen, teuerster Herr von Collin, weil es mir an Bekanntschaften
in Wien fehlt, und die Güte, die Sie für mich zeigen, mich zu dieser Freiheit aufmuntert. Besorgen Sie gefälligst die Einziehung
des Honorars, und senden Sie es mir, da es Papiere sind, nur mit
der Post zu, wenn sich keine andre sichre und prompte Gelegenheit findet. – Schlagen Sie es doch in ein Kuvert ein, an den
Baron v. Buol, hiesigen K. K. Chargé d'affaire, so ersparen wir das
Postgeld. – Ich verharre mit der innigsten Hochachtung,

Herr von Collin,

Ihr ergebenster

Dresden, den 8. Dezmbr. 1808   Heinrich von Kleist.
Pirnsche Vorstadt, Rammsche Gasse Nr. 123

142. An Otto August Rühle von Lilienstern

An den H. Maj. v. Rühle Hochw. zu Dresden.   [Dresden, 1808]

Mein liebster Rühle, schenke mir oder leihe mir, auf mein ehrliches Gesicht, zehn Taler, zum Lohn für das, was ich Dir gestern getan habe. Wenn ich auf Dich böse bin, so überlebt diese Regung nie eine Nacht, und schon als Du mir die Hand reichtest, beim Weggehen, kam die ganze Empfindung meiner Mutter über mich, und machte mich wieder gut.   H. v. K.

143. An Heinrich Joseph von Collin

An den H. von Collin Hochwohlgeb. zu Wien.

Verehrungswürdigster Herr von Collin,

Sie erhalten, in der Anlage, ein neues Drama, betitelt: *die Hermannsschlacht*, von dem ich wünsche, daß es Ihnen gleichfalls, wie das Käthchen von Heilbronn, ein wenig gefallen möge. Schlagen Sie es gefälligst der K. K. Theaterdirektion zur Aufführung vor. Wenn dieselbe es annehmen sollte, so wünsche ich fast (falls dies noch möglich wäre) daß es früher auf die Bühne käme, als das Käthchen; es ist um nichts besser, und doch scheint es mir seines Erfolges sicherer zu sein.

Ich hoffe, daß Sie den, das Käthchen betreffenden, Brief, in welchem auch die Quittung enthalten war, durch Hr. v. Gentz, der ihn, von Prag aus, dem Hr. Pr[inzen] von Rohan nach Wien mitgegeben hat, empfangen haben werden.

In Erwartung einer gütigen Antwort verharre ich mit der innigsten und lebhaftesten Hochachtung,

Herr von Collin Ihr ergebenster

Dresden, den 1. Januar 1809   Heinrich v. Kleist.

Pirnsche Vorstadt, Rammsche Gasse Nr. 123

144. An Karl Freiherrn von Stein zum Altenstein

Hochwohlgeborner Freiherr,

Hochzuverehrender Herr Finanzminister,

Ich möchte Ihre Hand ergreifen, mein großer und erhabener Freund, und einen langen und heißen Kuß darauf drücken! Denn was soll ich Ihnen, so wie die Verhältnisse stehn, sagen, in dem Tumult freudiger Empfindungen, durch den Inhalt der letzten Berliner Zeitungsblätter erregt? Möchte jedes Herz nur, wie das meinige, Ihnen zufliegen, das Vaterland müßte, wie jener Sohn der Erde, von seinem Fall erstehn: mächtiger, blühender, glücklicher und herrlicher, als jemals!

Ew. Exzellenz Ankunft in Berlin erwarte ich bloß (denn darauf dürfen wir doch hoffen?), um Denenselben die Abschrift einer *Hermannsschlacht* zuzustellen, die ich eben jetzt nach Wien geschickt habe. Schon aus dem Titel sehen Sie, daß dies Drama auf keinem so entfernten Standpunkt gedichtet ist, als ein früheres, das jetzt daselbst auf die Bühne kommt. Und wenn der Tag uns nur völlig erscheint, von welchem Sie uns die Morgenröte heraufführen, so will ich lauter Werke schreiben, die in die Mitte der Zeit hineinfallen.

Ich kann diesen Augenblick, in welchem Ew. Exzellenz gewiß, mehr als jemals, bemüht sind, alle Kräfte um sich zu versammeln, nicht vorübergehen lassen, ohne Sie auf einen Freund, den Herzogl. Weimarisch. Hofr. Adam Müller (einen Preußen von Geburt) aufmerksam zu machen. Ew. Exzellenz wird vielleicht schon, aus öffentlichen Blättern, bekannt sein, daß dieser außerordentliche Geist, im Laufe dieses Winters, vor einer geschlossenen Gesellschaft, einen Kursus politisch-ökonomischer Vorlesungen angefangen hat; es ist fast das ganze diplomatische Korps (mit Ausnahme des Hr. v. Bourgoing), das sich, zweimal in der Woche, in der Wohnung des Pr[inzen] Bernh. v. Weimar, mit einem in der Tat seltenen Beifall, um ihn versammelt. Ich nehme mir die Freiheit, Ew. Exzellenz die zehnte Vorlesung, die ich ihm halb im Scherz, halb im Ernst, entrissen habe, als eine Probe, auf eine wie weltumfassende Art er seinen Gegenstand behandelt, mitzuteilen. Da ihn das Leben eigentlich mehr, als das Studium, innerhalb der Grenzen der Bücher, erzogen hat, und sein Gemüt, wie gewiß jeder anerkennen wird, von einer großen praktischen Fähigkeit ist, so wüßte ich nicht, wie ich das unauslöschliche Bestreben, dem Vaterlande, auch außer dem Dichterkreise, der mir verzeichnet ist, noch nützlich zu sein, besser betätigen könnte, als dadurch, daß ich Ew. Exzellenz diesen Mann zu empfehlen wage. Seine Lage ist zwar hier, als öffentlicher sowohl, als auch als Lehrer des Pr. Bernhard von Weimar, so, daß ich nicht weiß, wie die Bedingungen beschaffen sein müßten, die ihn reizten: der Herzog v. Weimar will ihn, nach vollendeter Erziehung seines

Sohnes, in seine Dienste nehmen; doch der große, innige und begeisterte Anteil, den er an die Wiedergeburt des Vaterlandes nimmt, und die gänzliche Versenkung seines Geistes in die Zeitungsblätter, die davon handeln, verstatten keinen Zweifel, daß er nicht, selbst auch mit Hintansetzung pekuniärer Vorteile, einem Rufe folgen sollte, wenn nur sonst der Wirkungskreis, in welchen er dadurch versetzt würde, seinen Kräften angemessen wäre. Er weiß von diesem Schreiben nichts, obschon er im allgemeinen wohl ahndet, zu welchem Zweck ich jene Vorlesung an mich genommen habe. Wie glücklich wäre ich, wenn in Ew. Exzellenz gütigem Antwortschreiben, auf das ich zu hoffen wage, eine Äußerung enthalten wäre, auf die gestützt ich ihn aufmuntern könnte, sich selbst bei Höchstdenselben um einen Platz in dem Geschäftskreise zu bewerben, in dessen Mitte Sie stehn! – Gänzliche Vergessenheit, mein erhabner Freund, über diese Zeilen, wenn sie etwas Unbescheidnes enthalten!

Ich verharre in der innigsten und tiefsten Verehrung,

Ew. Exzellenz gehorsamster

Dresden, den 1. Januar 1809   H. v. Kleist.
Pirnsche Vorstadt, Rammsche Gasse Nr. 123

145. An Heinrich Joseph von Collin

An Herrn Heinrich von Collin, Hochwohlgeboren zu Wien, fr.

Ew. Hochwohlgeboren

habe ich, zu Anfang Dezmbrs. v. Jahres, durch eine Gelegenheit, die Quittung über die bewußten 300 Guld. Banknoten, für das Manuskript: *das Käthchen von Heilbronn*, und bald darauf die Abschrift eines zweiten Dramas: *die Hermannsschlacht*, durch eine andere Gelegenheit, ergebenst zugesandt. Da ich nicht das Glück gehabt habe, seitdem mit einer Zuschrift Ew. Hochwohlgeb. beehrt zu werden, so bitte ich Dieselben inständigst, mir, wenn es sein kann, mit nächster Post, gefälligst anzuzeigen, ob diese beiden Adressen richtig in Ihre Hände gekommen sind? Es würde mir, besonders um dieser letzten willen, leid tun, wenn die Überlieferung derselben, durch irgend ein Versehn, vernachlässigt worden wäre, indem dies Stück mehr, als irgend ein anderes, für den Augenblick berechnet war, und ich fast wünschen muß, es ganz und gar wieder zurückzunehmen, wenn die Verhältnisse, wie leicht möglich ist, nicht gestatten sollten, es im Laufe dieser Zeit aufzuführen.

Ich habe die Ehre, mit der vorzüglichsten Hochachtung zu sein,

Ew. Hochwohlgeb. ergebenster

Dresden, den 22. Feb. 1809   Heinrich v. Kleist.

Rammsche Gasse, Pirnsche Vorst. Nr. 123

146. An Georg Moritz Walther

An den H. Buchhändler Walther Wohlgeb. zu Dresden.

Ew. Wohlgeboren

sehe ich mich genötigt, zu melden, daß der Kontrakt, in welchem der Hofr. Müller die Forderung der Phöbus-Redaktion, in Pausch und Bogen, für 130 Rth. an Sie abgetreten hat, gänzlich ohne mein Vorwissen abgeschlossen worden ist.

Ich zweifle nicht, daß Ew. Wohlgeb. dieser Umstand unbekannt war, und daß der Hofr. Müller Ihnen die Versicherung gegeben hat: ich wäre von diesem Schritte unterrichtet.

Inzwischen ist, durch ein so wenig freundschaftliches Verfahren, wozu noch andere Schritte kommen, die nicht hierher gehören, das gute Vernehmen gestört worden, das bisher unter uns obwaltete.

Wenn also Dieselben, wie mir der Hofrat versichert, den Phöbus, für das nächste Jahr, in Verlag nehmen wollen: so trete ich entweder von der Redaktion zurück, oder suche mir einen andern Korredakteur, als den Hofr. Müller.

Indem ich Ew. Wohlgeboren gefällige Erklärung über diese Punkte erwarte, habe ich die Ehre, zu sein,

Ew. Wohlgeboren ergebenster

Dresden, den 5. April 1809   Heinrich v. Kleist.

Willsche Gasse, Löwenapotheke, 4 Treppen hoch

147. An Ulrike von Kleist

Meine teuerste Ulrike,

Ich werde mit der Kaiserl. Gesandtschaft, wenn sie von hier abgeht, nach Wien reisen. Nur wünsche ich lebhaft, Dich vorher noch einmal zu sprechen; und doch ist es mir unmöglich, Dresden auf mehrere Tage zu verlassen, eben weil die Gesandtschaft jede Stunde den Befehl zum Aufbruch erhalten kann. Könntest

Du mir nicht auf den halben Weg bis – – wie heißt der Ort 4 Meilen von Wormlage und 3 Meilen von Dresden? – entgegenkommen? Wenn Du es möglich machen kannst: so schreibe mir den Tag und den *Namen* dieses Orts; und verlaß Dich darauf daß ich alsdann mit Dir zugleich dort eintreffe. Auch wünsche ich, zum Behuf dieser Reise, einiges Geld von der kleinen Erbschaft, die ich gemacht habe, voraus zu empfangen. Könntest Du mir nicht, auf irgend eine Art, dazu verhelfen und es mir mitbringen? Wenn es auch nur 50 oder 30 Rth. wären. Schreibe mir ein paar bestimmte Worte, *wann* und *wohin* Du kommen willst; und noch einmal verlaß Dich darauf, daß ich alsdann dort bin.

Dein

Dresden, den 8. April 1809   Heinrich v. Kleist.
Willsche Gasse, Löwenapotheke

N. S. Sieh doch zu, daß wir spätestens *Mittwoch* oder *Donnerstag* (allerspätestens) zusammentreffen können. Wir müssen zu Mittag ankommen, den Nachmittag und Abend zusammen bleiben, und die Nacht dort zubringen.

148. An das Stadtgericht zu Frankfurt a. d. Oder

Daß ich das Testament vom 20. Januar 1790, Testament vom 5. April 1803, Kodizill vom 28. Januar und 7. März 1808 und Publikations-Protokoll vom 18. Januar 1809 gelesen, und gegen die Verfügungen meiner geliebten und verewigten Tante, Fr. Maj. v. Massow, nichts einzuwenden habe, erkläre und bescheinige ich hiermit, mit meiner Namensunterschrift und Petschaft.

Dresden, den 14. April 1809   Heinrich v. Kleist.

149. An Heinrich Joseph von Collin

Teuerster Herr von Collin,

Die 300 fl. Banknoten sind in Berlin angekommen. Ich habe sie zwar noch nicht erhalten; doch kann ich Ihnen die Quittung darüber, nebst meinem ergebensten Dank, zustellen.

Ihre mutigen Lieder östr. Wehrmänner haben wir auch hier gelesen. Meine Freude darüber, Ihren Namen auf dem Titel zu sehen (der Verleger hat es nicht gewagt, sich zu nennen), war unbeschreiblich. Ich auch finde, man muß sich mit seinem ganzen

Gewicht, so schwer oder leicht es sein mag, in die Waage der Zeit werfen; Sie werden inliegend mein Scherflein dazu finden. Geben Sie die Gedichte, wenn sie Ihnen gefallen, *Degen* oder wem Sie wollen, in öffentliche Blätter zu rücken, oder auch einzeln (nur nicht zusammenhängend, weil ich eine größere Sammlung herausgeben will) zu drucken; ich wollte, ich hätte eine Stimme von Erz, und könnte sie, vom Harz herab, den Deutschen absingen.

Vorderhand sind wir der Franzosen hier los. Auf die erste Nachricht der Siege, die die Österreicher erfochten, hat Bernadotte sogleich, mit der sächsischen Armee, Dresden verlassen, mit einer Eilfertigkeit, als ob der Feind auf seiner Ferse wäre. Man hat Kanonen und Munitionswagen zertrümmert, die man nicht fortschaffen konnte. Der Marsch, den das Korps genommen hat, geht auf Altenburg, um sich mit Davoust zu verbinden; doch wenn die Österreicher einige Fortschritte machen, so ist es abgeschnitten. Der König und die Königin haben laut geweint, da sie in den Wagen stiegen. Überhaupt spricht man sehr zweideutig von dieser Abreise. Es sollen die heftigsten Auftritte zwischen dem König und Bernadotte vorgefallen sein, und der König nur, auf die ungeheuersten Drohungen, Dresden verlassen haben. Jetzt ist alles darauf gespannt, was geschehen wird, wenn die Armee über die Grenze rücken soll. Der König soll entschlossen sein, dies nicht zu tun; und der Geist der Truppen ist in der Tat so, daß es kaum möglich ist. Ob er alsdann, den Franzosen so nahe, noch frei sein wird? – ist eine andere Frage. – Vielleicht erhalten wir einen Pendant zur Geschichte von Spanien. – Wenn nur die Österreicher erst hier wären!

Doch, wie stehts, mein teuerster Freund, mit der Hermannsschlacht? Sie können leicht denken, wie sehr mir die Aufführung dieses Stücks, das einzig und allein auf diesen Augenblick berechnet war, am Herzen liegt. Schreiben Sie mir bald: es wird gegeben; jede Bedingung ist mir gleichgültig, ich *schenke* es den Deutschen; machen Sie nur, daß es gegeben wird.

Mit herzlicher Liebe und Hochachtung,

Ihr
Heinrich v. Kleist.

Dresden, den 20. April 1809
Willsche Gasse, Löwenapotheke

N. S. Das sächsische Korps ist auf Wägen plötzlich nach
Plauen und von da, wie es heißt, nach *Zwickau* aufgebrochen.
Was dies bedeuten soll, begreift niemand. – Im Preußischen ist,
mit der größten Schnelligkeit, alles auf den Kriegsfuß gesetzt
worden. den 23. [April 1809]

150. An Ulrike von Kleist

Meine teuerste Ulrike,

Ich schreibe Dir nur ganz kurz, um Dir einige flüchtige Nachrichten und Aufträge zu geben. Den 29. April habe ich Dresden
verlassen. B[uol], mit dem ich, wie ich Dir sagte, reisen wollte,
war schon fort; und auch hier in Töplitz, habe ich ihn nicht mehr
angetroffen. Alles stand damals so gut, daß ich in Dresden bleiben
zu können glaubte; doch die letzten Begebenheiten haben mich
gezwungen, von dort hinwegzugehen. Was ich nun eigentlich in
diesem Lande tun werde, das weiß ich noch nicht; die Zeit wird
es mir an die Hand geben, und Du es alsdann, hoffe ich, auch erfahren. Für jetzt gehe ich über Prag nach Wien.

Inzwischen habe ich von Dresden nicht weggehen können,
ohne einige Schulden daselbst zurückzulassen, die zu Johanni
zahlbar sind. Nur die Gewißheit, daß mir die Erbschaft alsdann
ausgezahlt werden wird, hat diesen Schritt überhaupt möglich
gemacht. Ich beschwöre Dich also, meine teuerste Ulrike, für diesmal noch mit Deiner Forderung zurückzustehen, und mir das
Geld, zu Bezahlung jener Schuld zukommen zu lassen. Noch
weiß ich nicht, ob ich nicht vielleicht in kurzem wieder nach
Dresden zurückkehre. Sollte dies nicht geschehen, so bitte ich
Gusten, *Dir* die Zahlung zu machen; und Dich bitte ich, das Geld
dem Kaufmann Salomon Ascher, Dresden Große Büttelgasse
Nr. 472, gegen Rückgabe der Schuldverschreibungen, zuzustellen. Um den Kaufmann, wegen dieses Umstands, sicher zu stellen, hast Du wohl die Gefälligkeit, ihm, mit wenig Worten, kurz,
unter der besagten Adresse, zu melden, *daß* dies zu Johanni geschehen werde. Versäume dies ja nicht, meine teuerste Ulrike,
damit keine, mir auf das äußerste empfindliche, Irrungen daraus
entstehen. Lebe inzwischen wohl, wir mögen uns wiedersehn
oder nicht, Dein Name wird das letzte Wort sein, das über meine

Lippen geht, und mein erster Gedanke (wenn es erlaubt ist) von
jenseits wieder zu Dir zurückkehren! Adieu, adieu! Grüße alles.

Dein

Töplitz, den 3. Mai 1809   H. v. Kleist.

151. An Joseph Baron von Buol-Mühlingen

[von Buols Hand: Reçu le 1 Juin 1809. Le lendemain du retour de
Kleist.]

Hier, mein teuerster Freund, schicke ich Ihnen, was ich soeben, feucht aus der Presse kommend, aus den Händen des
Gen. Grf. Radetzky, erhalten habe. Fast hätte ich es Ihnen durch
eine Estafette zugeschickt, um es desto früher an Knesebeck zu
spedieren. Nun zweifle ich keinen Augenblick mehr daß der
König v. Preußen und mit ihm das ganze Norddeutschland los-
bricht, und so ein Krieg entsteht, wie er der großen Sache, die es
gilt, würdig ist.

Der Gen. Caulaincourt und zwei andre fr. Brigade-Generale
sind gefangen.

Leider werden Sie meinen zweiten Brief von vorgestern nicht
empfangen haben, weil mir jemand, der aus Znaim kam, sagte,
Sie wären von dort abgereist. Der Brief, mit der ganzen Beschreibung dessen, was ich am 22. in Enzersdorf selbst sah, ist nach
Prag gegangen, an den Grf. Kollowrat. Schreiben Sie doch Knesebeck, daß er ihn abholen lasse, und erbreche. Manches darin wird
ihm interessant sein.

Wir gehen heute, Dahlmann und ich, auf das Schlachtfeld,
nach Kakeran und Aspern, um alles zu betrachten, und uns von
dem Gang der Begebenheiten zu unterrichten. – Es heißt der
Erzh. Carl sei die Nacht vom 23. zum 24. über die Donau gegangen.

Schreiben Sie mir doch einmal nach Langen-Enzersdorf poste
restante, wo ich von heut an wahrscheinlich mein Quartier aufschlagen werde. Wie steht es denn mit Ihren Plänen auf Sachsen?
Adieu,

Ihr

Stockerau, den 25. Mai 1809   Heinrich v. Kleist.

N. S. In dem Briefe, der für Sie nach Prag gegangen ist, liegt
ein Brief an *Hartmann*. Wenn Knesebeck den Brief erbrechen soll,

so müssen Sie ihn erinnern, daß er den Brief an *Hartmann* nicht etwa auf die Post gebe. Der Brief muß durch Eichler gehn. – Die Einlage an *Hartmann*, die in *diesem* Briefe liegt, besorgen Sie doch *möglichst* schnell.

152. An Friedrich von Schlegel
Teuerster Herr v. Schlegel,
        Durch den Obristburggrafen, H. Grf. v. Wallis, ist ein Gesuch, das H. v. Dahlmann und ich, um die Erlaubnis, ein Journal, oder eigentlich ein Wochenblatt, unter dem Titel: Germania, herausgeben zu dürfen, bei der Regierung eingereicht hatten, Sr. Exz. dem H. Grf. v. Stadion vorgelegt worden. Was dieses Blatt enthalten soll, können Sie leicht denken; es ist nur ein Gegenstand, über den der Deutsche jetzt zu reden hat. Wir vereinigen uns beide, H. v. Dahlmann und ich, Sie zu bitten, bei dem H. Grafen, durch Ihre gütige Verwendung, das, was etwa nötig sein möchte, zu tun, um die in Rede stehende Erlaubnis, und zwar so geschwind, als es die Umstände verstatten, zu erhalten. Diesem Gesuch fügen wir noch ein anderes bei, das uns fast ebenso wichtig ist: nämlich uns gefälligst mit Beiträgen, oder wenigstens mit *einem* vorläufig zu beschenken, indem wir durch die Anerbietungen des Buchhändlers ziemlich imstand sein werden, sie so gut, wie ein anderer, zu honorieren. Es versteht sich von selbst, daß wir (falls die Einsendung nicht zu stark wäre) sogleich eines der ersten Blätter damit ausschmücken würden; weniger um Sie zu ehren, was Sie nicht bedürfen, als uns und unser Institut. Überhaupt will ich mit der Eröffnung desselben weiter nichts – (denn ihm persönlich vorzustehen, fühle ich mich nur, in Ermangelung eines Besseren, gewachsen) als unsern Schriftstellern, und besonders den norddeutschen, eine Gelegenheit zu verschaffen, das, was sie dem Volke zu sagen haben, gefahrlos in meine Blätter rücken zu lassen. Wir selber nennen uns nicht; und mithin auch keinen anderen, wenn es nicht ausdrücklich verlangt wird. Indem wir bald einer gütigen Antwort entgegensehen, schließe ich mit der Versicherung meiner innigen Verehrung und Liebe, und bin,
        Herr von Schlegel,

Prag, den 13. Juni 1809   Ihr gehorsamster
Kleine Seite, Brückengasse Nr. 39   Heinrich v. Kleist.

Nachschrift. Das Hauptquartier des östr. Korps, das in Sachsen eingerückt ist, ist am 10. d. in *Dippoldiswalde* gewesen. *Thielmann,* der in Dresden kommandiert, hat eine fulminante Prokl. an die Sachsen erlassen. Auch das braunschweigsche Korps ist in Sachsen, und Nostitz, mit seinem Haufen, in Bayreuth eingefallen. Diese Bewegungen können Schill vielleicht retten. Schill hat sich vor dem fr. Gen. Gratien nach *Stralsund* zurückgezogen, und Schiffe genommen, um nach Rügen zu gehen. 900 Dänen (was sagen Sie dazu?) haben sich mit dem Gen. Gratien vereinigt.

153. An Ulrike von Kleist

Noch niemals, meine teuerste Ulrike, bin ich so erschüttert gewesen, wie jetzt. Nicht sowohl über die Zeit – denn das, was eingetreten ist, ließ sich, auf gewisse Weise, vorhersehen; als darüber, daß ich bestimmt war, es zu überleben. Ich ging aus D[resden] weg, wie Du weißt, in der Absicht, mich mittelbar oder unmittelbar, in den Strom der Begebenheiten hinein zu werfen; doch in allen Schritten, die ich dazu tat, auf die seltsamste Weise, konterkariert, war ich genötigt, hier in Prag, wohin meine Wünsche gar nicht gingen, meinen Aufenthalt zu nehmen. Gleichwohl schien sich hier, durch B[uol], und durch die Bekanntschaften, die er mir verschaffte, ein Wirkungskreis für mich eröffnen zu wollen. Es war die schöne Zeit nach dem 21. und 22. Mai, und ich fand Gelegenheit, einige Aufsätze, die ich für ein patriotisches Wochenblatt bestimmt hatte, im Hause des Grf. v. Kollowrat, vorzulesen. Man faßte die Idee, dieses Wochenblatt zustande zu bringen, lebhaft auf, andere übernahmen es, statt meiner, den Verleger herbeizuschaffen, und nichts fehlte, als eine höhere Bewilligung, wegen welcher man geglaubt hatte, einkommen zu müssen. So lange ich lebe, vereinigte sich noch nicht soviel, um mir eine frohe Zukunft hoffen zu lassen; und nun vernichten die letzten Vorfälle nicht nur diese Unternehmung – sie vernichten meine ganze Tätigkeit überhaupt.

Ich bin gänzlich außerstand zu sagen, wie ich mich jetzt fassen werde. Ich habe Gleißenberg geschrieben, ein paar ältere Manuskripte zu verkaufen; doch das eine wird, wegen seiner Beziehung auf die Zeit, schwerlich einen Verleger, und das andere, weil es keine solche Beziehung hat, wenig Interesse finden. Kurz, meine teuerste Ulrike, das ganze Geschäft des Dichtens ist mir gelegt; denn ich bin, wie ich mich auch stelle, in der Alternative, die ich Dir soeben angegeben habe.

Die große Not, in der ich mich nun befinde, zwingt mich, so ungern ich es tue, den Kaufmann Ascher in Dresden, dem ich zu Johanni mit einer Schuld verfallen bin, um Prolongation des Termins zu bitten. Es bleibt mir nichts anderes übrig, wenn ich mir auch nur, bis ich wieder etwas ergriffen habe, meine Existenz fristen will. In Verfolg dieser Maßregel bitte ich Dich, mir die 272 Rth., oder was aus den Pfandbriefen der Tante Massow herauskommen mag, in Konv. Münze, nach Prag zu schicken. Ich bitte Dich, es sobald als möglich ist, zu tun, um mich aus Prag, wo ich sonst gar nicht fort könnte, frei zu machen. Was ich ergreifen werde, wie gesagt, weiß ich nicht; denn wenn es auch ein Handwerk wäre, so würde, bei dem, was nun die Welt erfahren wird, nichts herauskommen. Aber Hoffnung muß bei den Lebenden sein. – Vielleicht, daß die Bekanntschaften, die ich hier habe, mir zu irgend etwas behülflich sein können. – Adieu, lebe wohl, und erfreue bald mit einer Antwort

Deinen Bruder
Prag, den 17. Juli 1809   Heinrich v. Kl.
Kleine Seite, Brückengasse Nr. 39

154. An Ulrike von Kleist

An Fräulein Ulrike v. Kleist, Hochwohl., zu Schorin bei Stolpe in Hinterpommern.

Meine teuerste Ulrike,

Aus inliegender Abschrift meines Schreibens an den Syndikus Dames, wirst Du ersehen, was ich, meinen Anteil an das hiesige Haus betreffend, für Verfügungen getroffen habe.

Die Veranlassung dazu ist nicht gemacht, Dir in einem Briefe mitgeteilt zu werden.

Ich glaubte Dich in dieser Gegend zu finden, und mein Wille war, mich unmittelbar, wegen Aufnahme des Geldes, an Dich zu wenden; doch diese Hoffnung ward, durch Deine Abreise nach Pommern, vereitelt.

Adieu, mein teuerstes Mädchen; ich gehe nach dem Österreichischen zurück, und hoffe, daß Du bald etwas Frohes von mir erfahren wirst.

Frankfurt a. Oder, den 23. Nov. 1809   Heinrich v. Kleist.

155. An George Friedrich Dames
Abschrift.

Verehrungswürdigster Herr Syndikus,

Bei meiner Abreise von hier will ich noch folgende Verfügungen hiermit schriftlich bei Ihnen niederlegen.

Zuerst bitte ich, dem Hr. Kaufm. Wöllmitz, für das mir geliehene Kapital von 500 Rth., à 6 p.C., messentlich 10 Rth. zu entrichten.

2) Den Rest der auf mich fallenden Zinsen bitte ich, nach wie vor, meiner Schwester Ulrike von Kleist, einzuhändigen.

3) Sollte das Haus verkauft werden, so bitte ich gleichfalls, den auf mich fallenden Teil des Kaufpreises, er sei so groß er wolle, meiner Schwester Ulrike zu übermachen, die ihn, auf Abschlag dessen, was ich ihr schuldig bin, als ihr Eigentum zu betrachten hat.

Frankfurt a. Oder, den 23. Nov. 1809   Heinrich v. Kleist.

156. An Johann Friedrich Cotta
Ew. Wohlgeboren

habe ich die Ehre, Ihrem Brief vom 1. Juli 8 gemäß, das Käthchen von Heilbronn zu überschicken. Mehrere Reisen, die ich gemacht, sind schuld, daß ich das Versprechen, es zum Druck zu liefern, erst in diesem Jahre nachkomme. Ich erhielt einen Brief von Hr. v. Collin, kurz vor dem Ausbruch des Kriegs, worin er mir schreibt: die Rollen wären ausgeteilt, und es sollte unmittelbar, auf dem Theater zu Wien, gegeben werden. Weiter weiß ich von seinem Schicksal nichts. Es steht nun in Ew. Wohlg. Willen, ob es in Taschenformat, oder auf andere Weise, erscheinen soll: obschon mir ersteres, wie die Verabredung war, lieber wäre. Ich würde, wenn es Glück macht, jährlich eins, von der romantischen Gattung, liefern können. Ew. Wohlgeb. Brief, den ich bei der Hand habe, enthält, daß Dieselben sich erst, nach Verlauf eines Jahrs, über das Honorar zu entscheiden wünschen. Die Reise, die ich gemacht habe, setzt mich gleichwohl in einige Verlegenheit, und ich stelle es Ihrer Güte anheim, ob Sie der Bitte, mir irgend was es auch sei, *gleich* zu überschicken, gefälligst willfahren wollen. Es wäre nicht das erstemal, daß Sie sich meine Dankbarkeit lebhaft verpflichtet hätten. In diesem Falle bitte ich, es nach *Berlin*, poste restante, zu senden, wohin ich in einigen Tagen abgehen werde. Ich habe die Ehre, mit der vorzüglichsten Hochachtung zu sein,

Ew. Wohlgeb. ergebenster

Frankfurt a. Main, den 12. Januar 1810   Heinrich v. Kleist.

157. An Heinrich Joseph von Collin

Teuerster Herr von Collin,

Kurz vor dem Ausbruch des Krieges erhielt ich ein Schreiben von Ihnen, worin Sie mir sagten, daß Sie das Drama: die Hermannsschlacht, das ich Ihnen zugeschickt hatte, der K. K. Theaterdirektion, zur Prüfung und höheren Entscheidung, vorgelegt hätten. Natürlich machten die Vorfälle, die bald darauf eintraten, unmöglich, daß es aufgeführt werden konnte. Jetzt aber, da sich die Verhältnisse wieder glücklich geändert haben, interessiert es mich, zu wissen: ob sich das Manuskript noch vorfindet? ob daran zu denken ist, es auf die Bühne zu bringen? und wenn nicht, ob ich es nicht nach Berlin zurück erhalten kann? – Ebenso lebhaft interessiert mich das Käthchen von Heilbronn, das Sie die Güte hatten, für die Bühne zu bearbeiten. In demselben, schon erwähnten Briefe schrieben Sie: die Rollen seien ausgeteilt, und alles zur Aufführung bereit. Ist es aufgeführt? Oder nicht? Und wird es noch werden? – Alle diese Fragen, die mir, wie Sie begreifen, nahe gehen, bitte ich, in einem freien Augenblick, wenn Sie ihn Ihren Geschäften abmüßigen können, freundschaftlich zu beantworten. – Wie herzlich haben uns Ihre schönen Kriegslieder erfreut; und wie herzlich erfreut uns der Dank, den der Kaiser, Ihr Herr, Ihnen kürzlich öffentlich dafür ausgedrückt hat! Nehmen Sie die Versicherung meiner innigsten Liebe und Hochachtung an, und erhalten Sie ferner Ihr Wohlwollen demjenigen, der sich nennt   Ihr ergebenster

Gotha, den 28. Jan. 1810   Heinrich v. Kleist.

N. S. Ich war nur auf kurze Zeit hier, und gehe morgen nach *Berlin* zurück, wohin ich poste restante zu antworten bitte.

158. An Johann Friedrich Cotta

Ew. Wohlgeboren

bitte ich ganz ergebenst, mir zu melden, ob Sie aus *Frankfurt am Main*, durch die Buchhandlung, in der Mainzer Gasse daselbst, die Ihre Kommissionen besorgt (ich habe den Namen vergessen), das Schauspiel: *das Käthchen von Heilbronn* erhalten haben, das ich Ihnen, einer früheren Verabredung gemäß, von dort zuschickte. Da bereits nah an sieben Wochen, seit meiner Durchreise daselbst, verflossen sind, so befremdet mich der Umstand, deshalb von Ew. Wohlgeb. keine Nachricht erhalten zu haben, und ich fürchte fast, daß durch irgend ein Mißverständnis, die Ablieferung in Frankfurt versäumt worden ist. Indem ich Ew. Wohlgeb. ganz ergebenst bitte, mir über das Schicksal dieses Manuskripts, das mir sehr am Herzen liegt, einige Zeilen zu schreiben, habe ich die Ehre, mit der vorzüglichsten Hochachtung zu sein,

Ew. Wohlgeboren ergebenster

Berlin, den 4. März 1810   Heinrich v. Kleist.
Mauerstraße Nr. 53

159. An Ulrike von Kleist

Frl. Ulrike von Kleist zu Schorin.

Berlin, 19. März 1810
Mauerstraße Nr. 53

Meine teuerste Ulrike,

Denkst Du nicht daran, in einiger Zeit wieder, in diese Gegend zurückzukehren? Und wenn Du es tust: könntest Du Dich nicht entschließen, auf ein oder ein paar Monate, nach Berlin zu kommen, und mir, als ein reines Geschenk, Deine Gegenwart zu gönnen? Du müßtest es nicht begreifen, als *ein Zusammenziehen mit mir*, sondern als einen freien, unabhängigen Aufenthalt, zu Deinem Vergnügen; Gleißenberg, der, zu Anfang Aprils, auf drei Monate nach Gulben geht, bietet Dir dazu seine Wohnung an. Du würdest täglich in Altensteins Hause sein können, dem die Schwester die Wirtschaft führt, und der seine Mutter bei sich hat; würdige und angenehme Damen, in deren Gesellschaft Du Dich sehr wohl befinden würdest. Sie sehen mich nicht, ohne mich zu fragen: was macht Ihre Schwester? Und warum kömmt sie nicht her? Meine Antwort an den Minister ist: es ist mir nicht so gut gegangen, als Ihnen; und ich kann sie nicht, wie Sie, in meinem Hause bei mir sehn. Auch in andre Häuser, als z. B. beim Geh. Staatsrat Staegemann, würde ich Dich einführen können, dessen Du Dich vielleicht, von Königsberg her, erinnerst. Ich habe der Königin, an ihrem Geburtstag, ein Gedicht überreicht, das sie, vor den Augen des ganzen Hofes, zu Tränen gerührt hat; ich kann ihrer Gnade, und ihres guten Willens, etwas für mich zu tun, gewiß sein. Jetzt wird ein Stück von mir, das aus der Brandenburgischen Geschichte genommen ist, auf dem Privattheater des Prinzen Radziwil gegeben, und soll nachher auf die National-bühne kommen, und, wenn es gedruckt ist, der Königin überge-ben werden. Was sich aus allem diesen machen läßt, weiß ich noch nicht; ich glaube es ist eine Hofcharge; das aber weiß ich, daß Du mir von großem Nutzen sein könntest. Denn wie man-ches könntest Du, bei den Altensteinschen Damen, zur Sprache bringen, was mir, dem Minister zu sagen, schwer, ja unmöglich fällt. Doch ich verlange gar nicht, daß Du auf diese Hoffnungen etwas gibst; Du müßtest auf nichts, als das Vergnügen rechnen, einmal wieder mit mir, auf einige Monate, zusammen zu sein. Aber freilich müßte die Frage, ob Du überhaupt Pommern ver-lassen willst, erst abgemacht sein, ehe davon, ob Du nach Berlin kommen willst, die Rede sein kann. Wie glücklich wäre ich, wenn Du einen solchen Entschluß fassen könntest! Wie glücklich, wenn ich Deine Hand küssen, und Dir über tausend Dinge Rechenschaft geben könnte, über die ich jetzt Dich bitten muß, zu schweigen. Adieu, grüße Fritzen und Stojentin, und antworte bald Deinem

H. v. Kl.

160. An Johann Friedrich Cotta

H. Buchhändler Cotta Wohlgeb. zu Tübingen.

Aus Ew. Wohlgeboren Schreiben vom 22. Feb. d. ersehe ich, daß Dieselben das Käthchen von Heilbronn, im Laufe dieses Jahres, nicht drucken können. Da mir eine so lange Verspätung nicht zweckmäßig scheint, so muß ich mich um einen anderen Verleger bemühen, und ich bitte Ew. Wohlgeb. ergebenst, mir das Manuskript mit der Post zuzuschicken.

Berlin, den 1. April 1810   Heinrich v. Kleist.
Mauerstraße Nr. 53

161. An Wilhelm Reuter

An H. Reuter Wohlgeb. zu Berlin im Anspachschen Palais.

Ew. Wohlgeboren

muß ich bemerken, daß Herr von Schlotheim nunmehr unfehlbar geschrieben haben würde, wenn er es für nötig gehalten hätte. Ich bitte also ganz ergebenst, wegen Auszahlung der 22 Pränumerationsscheine, in deren Besitz ich bin, keine Schwierigkeiten zu machen. Ew. Wohlgeboren bitte ich zu erwägen, daß, da die Pränumerationsscheine auf den Vorzeiger lauten, der Umstand, von wem ich sie habe, eigentlich ganz gleichgültig ist, und daß es mithin gar keiner Anweisung, von Seiten des Herrn von Schlotheim, bedarf.

Ew. Wohlgeboren ergebenster

Berlin, den 8. April 1810   H. v. Kleist.

Mauerstraße Nr. 53

162. An Wilhelm Reuter

Ew. Wohlgeboren

muß ich ergebenst bitten, den Brief an H. von Schlotheim selbst zu bestellen, indem ich in diesem Augenblick keine Gelegenheit weiß, die ihn nach Gotha mitnehmen könnte. Überdies ist es nicht wahrscheinlich, daß derselbe, auf irgend eine Weise, in Ihrer Schuld stehen wird, zu einer Zeit, da er mir zu wiederholten Malen, eine Forderung an Sie überläßt. Ist er es gleichwohl, so wird es bei der anerkannten Rechtschaffenheit desselben, nichts bedürfen, als einer Darlegung Ihrer Ansprüche, um sie erfüllt zu sehen, ohne daß es nötig wäre, diese Sache mit den Pränumerationsscheinen, in deren Besitz ich stehe, zu vermischen.

Ew. Wohlgeboren bitte ich daher ganz ergebenst um eine bestimmte und unumwundene Erklärung, ob Dieselben die Pränumerationsscheine honorieren wollen oder nicht?

Mit der vorzüglichsten Hochachtung

Ew. Wohlgeboren ergebenster

Berlin, den 16. April 1810   H. v. Kleist.

Mauerstraße Nr. 53

163. An Georg Andreas Reimer

30 Thl. habe ich auf Abschlag eines Honorars von 50 Thl. für einen Band von Erzählungen, der in drei Monaten à dato abzuliefern ist, von H. Buchhändler Reimer, empfangen. Welches ich hiermit bescheinige.

Berlin, den 30. April 1810   Heinrich v. Kleist.

164. An Wilhelm Reuter

H. Reuter, Wohlgeb. allhier.

Ew. Wohlgeboren

überschicke ich einen Brief des H. v. Schlotheim, und bitte Dieselben, mich gefälligst von dem, was Sie darauf beschließen, zu benachrichtigen.

Berlin, den 8. Mai 1810   Dero ergebenster
Mauerstraße Nr. 53   H. v. Kleist.

165. An Georg Andreas Reimer

[Berlin, Mai 1810]

Lieber Herr Reimer,

Ich schicke Ihnen das Fragment vom Kohlhaas, und denke, wenn der Druck nicht zu rasch vor sich geht, den Rest, zu rechter Zeit, nachliefern zu können.

Es würde mir lieb sein, wenn der Druck so wohl ins Auge fiele, als es sich, ohne weiteren Kostenaufwand, tun läßt, und schlage etwa den »Persiles« vor.

Der Titel ist: Moralische Erzählungen von Heinrich von Kleist.

Ihr treuer und ergebener

H. v. Kl.

166. An Georg Andreas Reimer

Lieber Herr Reimer,

Wollen Sie mein Drama, das Käthchen von Heilbronn, zum Druck übernehmen? Es ist den 17. 18. und 19. März, auf dem Theater an der Wien, während der Vermählungsfeierlichkeiten, zum erstenmal gegeben, und auch seitdem häufig, wie mir Freunde sagen, wiederholt worden. Ich lege Ihnen ein Stück, das, glaube ich, aus der Nürnberger Zeitung ist, vor, worin dessen Erwähnung geschieht. Auch der Moniteur und mehrere andere

Blätter, haben darüber Bericht erstattet. Die hiesige Zeitungs-
redaktion hat den inliegenden Artikel abgedruckt, und von ihr
ist es, daß ich ihn erhalten habe.

Ihr gehorsamster

Berlin, den 10. August 1810   H. v. Kleist.

167. An August Wilhelm Iffland

Wohlgeborner Herr,
Hochzuverehrender Herr Direktor,

Ew. Wohlgeboren ersuche ich ganz ergebenst, mir das Stück
das Käthchen von Heilbronn, das ich Denenselben, durch Hr.
Hofrat Römer, zur Beurteilung habe vorlegen lassen, gefälligst,
auf ein paar Tage, zurückzuschicken, indem ich es, in einem
Kreis von Freunden, der es kennen zu lernen wünscht, vorzulesen
versprochen habe. Und indem ich mir ein Vergnügen daraus
machen werde, es Ihnen wieder zurückzusenden, wenn Dieselben
noch nicht sollten Zeit gehabt haben, es Ihrer Prüfung, behufs
einer Darstellung auf der Bühne, zu unterwerfen, habe ich die
Ehre, mit der vorzüglichsten Hochachtung zu sein,

Ew. Wohlgeboren, ergebenster

Berlin, den 10. August 1810   Heinrich v. Kleist.
Mauerstraße Nr. 53

168. An August Wilhelm Iffland

Wohlgeborner Herr,
Hochzuverehrender Herr Direktor!

Ew. Wohlgeboren haben mir, durch Hr. Hofrat Römer, das,
auf dem Wiener Theater, bei Gelegenheit der Vermählungsfeier-
lichkeiten, zur Aufführung gebrachte Stück, das Käthchen von
Heilbronn, mit der Äußerung zurückgeben lassen: es gefiele
Ihnen nicht. Es tut mir leid, die Wahrheit zu sagen, daß es ein
Mädchen ist; wenn es ein Junge gewesen wäre, so würde es Ew.
Wohlgeboren wahrscheinlich besser gefallen haben. Ich bin mit
der vorzüglichsten Hochachtung,

Ew. Wohlgeboren, ergebenster

Berlin, den 12. August 1810   Heinrich von Kleist.
Mauerstraße Nr. 53

169. An Georg Andreas Reimer

p. p.　　　　　　　　　　　　　　[Berlin, 12. August 1810]

Hier erfolgt das Käthchen von Heilbronn. Ich wünsche,

1) zu Montag früh Bescheid,
2) hübschen Druck und daß es auf die Messe kömmt;
3) Honorar überlasse ich Ihnen, wenn es nur *gleich* gezahlt wird.

H. v. Kl.

Iffland an Kleist

Hochwohlgeborner Herr!

Als Herr Major von Schack mir Ihr Trauerspiel Käthchen von Heil-bronn übergab, habe ich nach meiner Überzeugung und den Pflichten meiner Stelle erwidert: daß ich die bedeutenden dramatischen Anlagen ehre, welche diese Arbeit dartut, daß aber das Stück in der Weise und Zusammenfügung, wie es ist, auf der Bühne sich nicht halten könne. Nach denen aus Wien erhaltnen Nachrichten von den wenigen Vor-stellungen des Stückes daselbst hat sich dieses auch also bestätigt.

Neulich hat Frau von Berg über Ewer Hochwohlgeboren ausführ-lich zu mir gesprochen und ich bin in das Interesse, wie sie es dabei ge-nommen, bereitwillig eingegangen. Herr Hofrat Römer hat das Trauer-spiel Käthchen von Heilbronn bis jetzt mir noch nicht zustellen können, da [ich] ihm versichert habe daß ich es in dieser Zeit nicht gleich wieder würde lesen können. Als Sie es zurückbegehren ließen und er mich eben besuchte, meldete ich es ihm und ersuchte denselben: »Herrn von Kleist mündlich zu sagen, daß das Stück, dessen poetisches Verdienst ich er-kenne, ohne gänzliche Umarbeitung, auf der Bühne sich unmöglich halten könne.«

Ich habe keinesweges, wie Sie mir schreiben, dem Herrn Hofrat Römer gesagt: »es Ihnen mit der Äußerung zurückzugeben, es gefiele mir nicht.«

Damit würde ich eine Gemeinheit begangen haben, die ich nicht er-widre, auch wenn solche gegen mich gebraucht werden sollte.

Ich bin verpflichtet Ihnen meine Herrn Hofrat Römer bei diesem Anlaß gegebne Antwort bekannt zu machen, als Direktionsführer.

Ihr Schreiben an mich werde ich der Frau von Berg selbst vorlegen, um damit die Aufträge zu erledigen, welche sie mir, in Beziehung auf Sie, erteilen zu wollen, die Ehre erwiesen.

Mit gebührender Achtung

Ewer Hochwohlgeboren ergebenster

Berlin, den 13. August 1810　　　　　　　　　*Iffland.*

170. An Georg Andreas Reimer
   H. Buchh. Reimer.

Mein lieber Freund,
   Die Zeiten sind schlecht, ich weiß, daß Sie nicht viel geben
können, geben Sie, was Sie wollen, ich bin mit allem zufrieden,
nur geben Sie es gleich. – Ihre Erinnerungen sollen mir von Herzen willkommen sein.
   [Berlin,] den 13. August 1810   H. v. Kleist.

171. An Johann Daniel Sander
   Herrn Buchhändler Sander Wohlgeb.

   Können Sie mir, lieber Freund, sagen, wann ich das Honorar
empfangen kann? Und ob ich es gleich empfangen kann, welches
mir allerdings das liebste wäre? Schicken Sie mir so viel, oder so
wenig, als Sie wollen; es soll mir alles recht sein.
                                          Ihr gehorsamster
   Berlin, den 15. August 1810   H. v. Kleist.

172. An Georg Andreas Reimer
   H. Buchh. Reimer Wohlgb. allhier.

Mein lieber Freund Reimer,
   Ich bitte um Geld, wenn Sie es entbehren können; denn meine
Kasse ist leer. – Die Nummern vom Morgenblatt sind 217 bis
221, Septb. 1807.
   [Berlin,] den 4. Sept. 1810   H. v. Kleist.

173. An Georg Andreas Reimer
                              [Berlin, 5. September 1810]
   In den Heften, liebster Reimer, die Sie mir geschickt haben,
finde ich die Erzählung [Erdbeben in Chili] nicht. Es ist mir höchst
unangenehm, daß Ihnen diese Sache so viel Mühe macht. Hierbei erfolgt inzwischen die Marquise von O . . . – Was das Käthchen betrifft, so habe ich, meines Wissens, gar keine Forderung
getan; und wenn ich wiederhole, daß ich es ganz und gar Ihrem
Gutbefinden überlasse: so ist das keine bloße Redensart, durch
welche, auf verdeckte Weise, etwas Unbescheidenes gefordert
wird; sondern, da ich gar wohl weiß, wie es mit dem Buchhandel
steht, so bin ich mit 80, ich bin mit 60 Talern völlig zufrieden.
Wenn es nur für *diese* Messe gedruckt wird.   Ihr H. v. Kleist.

174. An Georg Andreas Reimer

Mein lieber Reimer,

Wenn Sie, bei der Revision des Käthchens, Anstoß nehmen bei ganzen Worten und Wendungen, so bitte ich mir den Revisionsbogen gefälligst noch einmal zurück. – Hier ist das Morgenblatt; schicken Sie es ja dem Seydel bald wieder, denn es liegt ihm am Herzen wie ein Werk in usum Delphini.

[Berlin,] den 8. Sept. [1810]   H. v. Kleist.

175. An Julius Eduard Hitzig

Ich habe schon längst gebeten, dem Kriegsrat Pequillhen ein Exemplar des Abendblatts zu besorgen; sein Sie doch so gefällig, und richten diese Sache ein.

[Berlin,] den 2. Okt. 1810   H. v. Kleist.

176. An Achim von Arnim

H. A. v. Arnim Hochb.

Machen Sie doch den Brentano wieder gut, liebster Arnim, und bedeuten Sie ihm, wie unpassend und unfreundlich es ist, zu so vielen Widerwärtigkeiten, mit welchen die Herausgabe eines solchen Blattes verknüpft ist, noch eine zu häufen. Ich erinnere mich genau, daß ich Sie, während meiner Unpäßlichkeit, um einer undeutlichen Stelle willen, die einer Ihrer Aufsätze enthielt, zu mir rufen ließ, und daß Sie, in seiner Gegenwart, gesagt haben: Freund, mit dem, was wir Euch schicken, macht, was Ihr wollt; dergestalt, daß ich noch einen rechten Respekt vor Euch bekam, wegen des tüchtigen Vertrauens, daß das, was Ihr schreibt, nicht zu verderben, oder Euer Ruhm mindestens, falls es doch geschähe, dadurch nicht zu verletzen sei. Wie ich mit dem verfahre, worunter Ihr Euren Namen setzt, das wißt Ihr; was soll ich aber mit Euren anderen Aufsätzen machen, die es Euch leicht wird, lustig und angenehm hinzuwerfen, ohne daß Ihr immer die notwendige Bedingung, daß es kurz sei, in Erwägung zieht? Hab ich denn einen bösen Willen dabei gehabt? Und wenn ich aus Irrtum gefehlt habe, ist es, bei einem solchen Gegenstande, wert, daß Freunde Worte deshalb wechseln? – Und nun zum Schluß: werd ich die Komposition von Fräul.

Bettine [Brentano] erhalten? Weder daran, noch sonst an irgend
etwas, was mir jemals wieder ein Mensch zuschickt, werde ich
eine Silbe ändern. Guten Morgen!

[Berlin,] den 14. Okt. [1810]   H. v. Kleist.

177. An Eduard Prinz von Lichnowsky

An des Prinzen von Lichnowsky Durchlaucht, Berlin.

Mein gnädigster Herr,

Durch die Teilnahme, die Sie dem Abendblatt schenken, fühle
ich mich zu gleicher Zeit aufs lebhafteste geschmeichelt und gerührt.

Was aber die beiden Artikel betrifft, wegen welcher Sie mir
freundschaftliche Vorstellungen machen, so führe ich zu meiner
Entschuldigung an,

1) daß das Blatt, in welchem sie stehen, ein *Volksblatt* d. h. (weil
es kein Zentrum der Nation gibt) ein Blatt für *alle* Stände des
Volks sein soll.

2) daß Aufsätze, wie der vom Tambour (der Beobachter an der
Spree hat ihn schon abgedruckt) das Volk vergnügen und dasselbe reizen, auch wohl die anderen Aufsätze, die nicht unmittelbar für dasselbe geschrieben sind, zu überlesen.

3) daß der Kerl, nach meinem innersten Gefühl, verglichen mit
dem, was bei Jena vorgefallen, eine so herrliche und göttliche Erscheinung ist, daß mich dünkt, das Unschickliche, was in seiner
Tat liegt, verschwinde ganz und gar, und die Geschichte könnte,
so wie ich sie aufgeschrieben, in Erz gegraben werden.

Gleichwohl, mein teuerster, gnädigster Herr, kann man auch
des Guten zu viel tun; und auf Ihre freundliche Warnung aufmerksam (denn mit der *guten* Gesellschaft möcht ich es keineswegs gern verderben) soll wenigstens vorderhand nichts dem
Ähnliches erfolgen.

Ihr gehorsamster

[Berlin,] den 23. Okt. 1810   H. v. Kleist.

Achim von Arnim an Kleist

Schreiben an den Herausgeber dieser Blätter   [November 1810]

*Sie versichern mir, daß Sie sich aus einer späteren zum Abdruck ein-
gesandten Erklärung vom Verfasser des zweiten Aufsatzes über Kraus*

völlig überzeugt haben, daß der Ungenannte dem Verfasser des ersten,
durch die Zusammenstellung mit dem Verfasser der »Feuerbrände« nicht
habe schaden wollen, daß Sie aber ohne Störung Ihrer Leser diese
weiteren Verhandlungen, die ohne Beziehung auf den eigentlichen
Gegenstand der Untersuchung, nicht mitteilen können und doch allen
Teilen gerecht sein möchten. Da die beiderseitigen Aufsätze gedruckt
vor jedermanns Augen liegen, so kann jeder entscheiden, auf wessen
Seite die Ursache des Mißverständnisses gelegen; der Wunsch sich zu
rechtfertigen beweist in jedem Falle, daß die Absicht des Ungenannten
dem Mißverständnis seiner Worte nicht unterworfen gewesen. Ich
glaube durch diese Erklärung jene öffentliche Verhandlung, an welcher
nur wenige Teil nehmen können, billig und gerecht zu schließen, indem
ich dem Ungenannten durch rücksichtslose Nennung meines Namens,
Gelegenheit gebe, alle etwaigen Gegenerinnerungen unmittelbar an
mich zu senden. *Ludwig Achim von Arnim.*

178. An Christian Freiherrn von Ompteda

Ew. Hochwohlgeboren Aufsatz: *Über die neueste Lage von Groß-*
britannien, sende ich Denenselben gedruckt und von der Zensur
durchstrichen zurück. Diese zwei Striche kommen mir vor, wie
zwei Schwerter, kreuzweis durch unsre teuersten und heiligsten
Interessen gelegt. Es würde vergeblich sein, Ihnen den Zustand
von triumphierender Freude und Rührung zu schildern, in welchen die Lesung dieses ganz meisterhaften Aufsatzes, und besonders sein erhabener Schluß, mich und all die Meinigen (denn es
kursieren schon mehrere Abschriften davon) versetzt hat. Und
indem ich Ew. Hochwohlgeboren ganz gehorsamst bitte, mir
eine Gelegenheit zu verschaffen, Denenselben die Gefühle von
Hochachtung und Freundschaft, die ich für Sie empfinde, mündlich äußern zu können, unterschreibe ich mich,

Ew. Hochwohlgeboren ergebenster

H. v. Kleist.

Berlin, den 24. Nov. 1810
Mauerstraße Nr. 53

N. S. Die Druckbögen gehen zur Zensur, bevor sie in die
Korrektur kommen. – Im Namen des Druckers, der diese Zensur-
bögen braucht, erbitte ich mir denselben gehorsamst zurück.

Frh. v. Ompteda an Kleist

Berlin, 28. Nov. 1810

Euer Hochwohlgeboren haben durch Ihre Zuschrift meinem Stolze eine unverdiente Nahrung dargeboten. Der Wert meines Aufsatzes lag allein in den Gegenständen. Bei einer anschaulichen Kenntnis derselben – insofern jedes unbefangene Auge sie in dem nämlichen Lichte erblicken kann und muß –, bei mehrjähriger und vielfältiger Gelegenheit, welche ich gehabt habe mit ihnen vertrauter zu werden, bei einer auf tausendfache Weise begründeten dankbaren Anhänglichkeit, die sich nur mit meinem Leben endigen wird, wäre es schwer gewesen weniger zu sagen. Aber wohl hätte die Größe und das Verdienst der Gegenstände eine vollkommenere Darstellung und ein würdigeres Lob erfordert.

Könnte ich einen Anspruch auf Ihr freundliches Vorurteil machen, so würde ich es lieber auf eine gegenseitige Gesinnung begründen, welche ich gefaßt hatte, ehe ich Ihren Namen, noch überhaupt irgend etwas näheres von den Abendblättern wußte, wie dasjenige, was aus ihnen selbst hervorzugehen schien. Ich kannte, überhaupt hier mehrstens unbekannt geworden, und jetzt gänzlich isoliert, weder den Herausgeber noch irgend einen der tätigen Teilnehmer. Nur in dem früheren Aufsatze unterzeichnet P. S., und einigen andern unter verschiedener Signatur glaubte ich, wiewohl auch persönlich unbekannt, in Geist, Grundsätzen und Stil, einen schätzbaren Gelehrten zu erraten, der mir durch einige nähere, bereits früher von einem mir sehr teuren Bruder [Ludwig] erteilte Aufschlüsse, und als mit diesem in freundschaftlichen Verhältnissen stehend, interessant war. Unter diesen Umständen schrieb ich Ihnen bei Gelegenheit einiger dargebotenen Mitteilungen, und erst nachher ersah ich aus Nr. 19 Ihren Namen, ein Namen, der mir bereits in früher Jugend achtungswert geworden war, als blühend in dem Garten von Deutschlands schöner Literatur –

»Wenn nach der Flucht der Nacht, die Sonn' im Orient
Nach Äthiopien ihr goldnes Antlitz wendet« usw.

(Möchte doch in nicht ferner Zukunft eine goldne Sonne sich unserm Äthiopien wieder zuwenden.)

– zu früh, wiewohl schon und fruchtreich gereift auf den Feldern der Ehre der Vorzeit, und unvergeßlich aufbewahrt in der Galerie deutscher Edlen.

Der Geist der, lebendig und kraftvoll ergreifend, sich in der Ode an den König in Nr. 5 ausspricht, beurkundete die Abstammung.

Dennoch hätte ich beinahe mit Ihnen in eine anscheinende Feindseligkeit geraten können, so entfernt ich auch war, gegen die Abendblätter oder ihren Herausgeber irgend etwas Feindseliges zu beabsichtigen. Gern hätte ich bei dem scheinbaren Angriffe das gradezu erklärt, wenn ich es mit Schicklichkeit anzufangen gewußt hätte. Die ungezwungene Erklärung der Achtung für alle meine deutschen Landsleute, deren achtungswerte Wahrheitsliebe die ursprüngliche geblieben ist, glaubte ich hinlänglich für denjenigen, der selbst eine ausgezeichnete Stelle unter ihnen behauptet.

Auch sehe ich, daß ich mich nicht geirrt habe, welches mich um so mehr freuet, da seitdem mein Bruder, der vormalige Hannoversche Gesandte am hiesigen und am Dresdener Hofe, mir gesagt hat, daß er des Vergnügens Ihrer persönlichen Bekanntschaft teilhaftig sei.

Nach allem diesem muß nichts befremdender für Sie sein, als wenn ich, durch Umstände gezwungen, deren Erörterung ich mir zu ersparen Sie ersuchen muß, den Schritt vernachlässige, den ich zu andern Zeiten an die Stelle dieser Antwort gesetzt haben würde, nämlich Sie persönlich aufzusuchen und Ihnen auf jede mögliche Weise alles Wohlwollende was Sie mir ausgedrückt haben, zu erwidern. Aber diese Genugtuung muß ich mir, gleich manchen andern, versagen. Verzeihen Sie – ich könnte hinzusetzen, bedauern Sie mich, wünschte ich nicht eher jeden andern Eindruck bei Ihnen zu erregen – wenn ich mich unumgänglich gezwungen halte, für jetzt einer mir sonst unendlich schätzbaren Zusammenkunft mich zu entziehen. Ob ich je die Möglichkeit treffen werde eine andre wie diese notwendig nachteilig auffallende, aber nicht von mir abhängende Handelsweise zu beobachten, ist zweifelhaft. In einem Falle ist sie denkbar. Tritt der ein, dann lassen Sie mich darauf rechnen, daß Sie die Hand fassen werden, welche ich Ihnen in mehr wie einem Vertrauen, schon jetzt so gern darreichte, und lassen Sie mich hoffen, daß wir dann in mehr wie einer Laufbahn uns finden, und uns, wie auch der Anschein jetzt gegen mich sein mag, gegenseitig die Achtung ferner begründen werden, von der ich Ihrerseits Sie hier ersuche, die aufrichtige Versicherung anzunehmen.

N. S. Ich ersuche Sie, meiner namentlich nicht zu erwähnen. Gegen die Zirkulation meines Aufsatzes, da wo Sie solche für angemessen halten, habe ich nichts, und wiewohl ich ohne Not nicht als der Verfasser bekannt zu sein wünsche, so bin ich bereit, erforderlichen Falls, mich zu den Wahrheiten, die er enthält zu bekennen.

179. An Christian Freiherrn von Ompteda

H. C. v. Ompteda, Hochwohlgeb.

Ew. Hochwohlgeboren

habe ich, in Erwiderung auf Ihr gefälliges Schreiben vom 1. d., die Ehre anzuzeigen, daß Hr. A. Müller *nicht* der Verfasser der »Bemerkungen etc.« ist. Dieser Aufsatz ist mir, gleich nach Erscheinung Ihrer Fragmente, zugestellt worden, und nur der außerordentliche Andrang von Manuskripten verhinderte, ihn aufzunehmen. Der Verfasser ist mir, und allen meinen Freunden, gänzlich unbekannt; er unterschreibt sich mit einem W. – Demnach, Ihrem bestimmt ausgesprochenen Wunsche gemäß, sende ich Ihnen den Aufsatz »Einige Worte etc.« zurück; zu jeder Erklärung, die Sie für gut finden werden, stehen Ihnen die Abendblätter offen – auch haben sich schon Freunde von meiner Bekanntschaft daran gemacht, für Sie in die Schranken zu treten. – Was den Aufsatz »Fragment eines Schreibens« betrifft, so hat derselbe meinen vollkommenen Beifall, wird auch, sobald es sich irgend tun läßt, nach einigen Erläuterungen, die ich mir von Ihnen selbst persönlich auszubitten, die Freiheit nehmen werde, eingerückt werden.

Mit der innigsten und vollkommensten Hochachtung,

Ew. Hochwohlgeb. ergebenster

Berlin, den 2. Dez. 1810　　　　　　　　　　H. v. Kleist.

180. An Karl August Freiherrn von Hardenberg

Hoch- und Wohlgeborner Freiherr,

Höchstgebietender Herr Staatskanzler,

Ew. Exzellenz haben, nach den Eröffnungen, die mir der Präsident der Polizei, Hr. Gruner, gemacht hat, die Gnade gehabt, in Bezug auf die von mir redigierten Berliner Abendblätter, zu äußern, daß Höchstdieselben nicht abgeneigt wären, diesem Institut, dessen Zweck Beförderung der, durch Ew. Exzellenz, in diesem Augenblick, in einer so glücklichen Wendung begriffenen, vaterländischen Angelegenheiten ist, irgend eine zweckmäßige höhere Unterstützung angedeihen zu lassen. Die deshalb von mir bei dem Pol. Präsidenten, Hr. Gruner, gehorsamst eingereichten Vorschläge, werden ohne Zweifel Rücksprachen mannigfacher Art, mit den Chefs der dabei interessierten höheren Behörden, veranlassen. Da gleichwohl der Zeitpunkt heranrückt, in welchem, für den Lauf des nächsten Quartals, eine erneuerte Ankündigung dieses Journals erscheinen muß, und, falls Ew. Exzellenz meinem Unternehmen günstig gestimmt sind, eben dies der Augenblick ist, in welchem Höchstdieselben dies vorzugsweise huldreich betätigen können: so unterstehe ich mich Ew. Exzellenz untertänigst um die Erlaubnis zu bitten, beifolgende kurze Anzeige, in welcher ich mich auf Ew. Exzellenz ehrfurchtsvoll zu beziehen wage, in die öffentlichen Blätter einrücken zu lassen. Diese Gnade wird meinen sowohl, als den Eifer mehrerer der vorzüglichsten Köpfe dieser Stadt, mit welchen ich, zu dem besagten Zweck, verbunden zu sein die Ehre habe, auf das lebhafteste befeuern; und mit der Versicherung, daß wir nur auf den Augenblick warten, da wir, durch Ew. Exzellenz nähere Andeutungen oder Befehle, in den Stand gesetzt sein werden, die Weisheit der von Ew. Exzellenz ergriffenen Maßregeln gründlich und vollständig dem Publiko auseinander zu legen, habe ich, in der unbegrenztesten Hochachtung, die Ehre zu sein,

Ew. Exzellenz, untertänigster

Berlin, den 3. Dez. 1810   Heinrich v. Kleist.
Mauerstraße Nr. 53

[Beilage]

Ankündigung

Durch die Gnade Sr. Exzellenz des Hr. Staatskanzlers Freiherrn von Hardenberg, werden die zur Erhebung und Belebung des Anteils an den vaterländischen Angelegenheiten unternommenen, und mit dem Beifall des Publikums auf unerwartete Weise beehrten

Berliner Abendblätter

von nun an offizielle Mitteilungen, über alle bedeutenden, das Gemeinwohl und die öffentliche Sicherheit betreffenden Ereignisse in dem ganzen Umfange der Monarchie enthalten. Pränumerationen für das nächstfolgende Quartal müssen vor dem 1. Jan. 1811 in der Expedition der Abendblätter eingehen, indem nur diejenige Zahl von Exemplaren, auf welche sich die Bestellung beläuft, gedruckt werden wird.

[Vermerk Hardenbergs: Zu den Akten, da H. v. Kleist anderweite Anträge machen wird. Berlin, 7. Dez. 10. Hbg.]

181. An Georg Andreas Reimer

Mein liebster Reimer,

Können Sie nicht die Gefälligkeit für mich haben, mir, für den Z[erbrochnen] K[rug] das Honorar, das Sie mir zugedacht haben, zu überschicken? Ich bin, wegen der Lage meines Abendblatts, in mancherlei Bedrängnis; die indirekte Zerstörung desselben ist völlig organisiert, man hat mir sogar angekündigt, daß man mir ein für allemal das Zeitungsbülletin, das ich darin aufnahm, streichen würde. Ich bin im Begriff, mich unmittelbar an den König zu wenden – doch davon denke ich Sie mündlich weitläufiger zu unterhalten. – Der Brief ist doch besorgt?

[Berlin,] den 12. D[ez.] 1810   Ihr H. v. Kleist

Friedrich von Raumer an Kleist

Berlin, den 12. Dez. 1810

Da dem Herrn Kanzler [Hardenberg] der Grund durchaus unbekannt ist, warum Herr Präsident Gruner Ihnen die letzte so unangenehme Eröffnung gemacht hat, so hat er mir erlaubt, darüber bei diesem anzufragen; und ich kann nicht anders, als überzeugt sein, daß jenes Bedenken sich dann leicht wird heben lassen. Sie sehen hieraus, daß Sie ohne hinreichende Veranlassung und auf eine unbillige Weise voraussetzen, daß ich der Urheber von Maßregeln sei, die Ihnen nachteilig werden könnten, da ich doch in der ganzen Angelegenheit nur der Dolmetscher eines ganz allgemeinen Befehls des Herrn Kanzlers war; nämlich keinem Berliner Blatt irgendeiner Art den offiziellen Charakter beizulegen. Wenn Sie sich also beim Herrn Kanzler über mich beschweren wollen, so bitte ich, ihm meine Briefe zu zeigen, wenn Sie dieselben noch besitzen; er wird dann, sofern ich ihn mißverstanden, oder mich undeutlich ausgedrückt hatte, die Sache leicht aufklären, zu unserer beiderseitigen Beruhigung.

Noch einen Irrtum berühre ich: nicht ich habe Ihnen eine Pension anbieten können, noch weniger zu dem speziellen Zweck einer Verteidigung Sr. Exzellenz; sondern ich äußerte, daß Se. Exzellenz, sobald der Charakter der Abendblätter sich als tüchtig bewähre, er für dasselbe, wie für alles Nützliche im Staate wohl gern etwas tun würde. Dies stimmt mit den Äußerungen Sr. Exzellenz, und darauf erwähnten Sie selbst eines ähnlichen Anerbietens. Sie wissen am besten, welch unglücklicher Zufall dem Abendblatt Verdruß bereitet hat, und worauf sich die Forderung, sich zu bewähren, beziehen mußte. Das ist vorbei und niemand hat jetzt die entfernteste Veranlassung, demselben auch nur im mindesten übel zu wollen. Am allerwenigsten ich selbst, der ich aufrichtig wünsche, daß Ihre Wünsche und die Befehle des Herrn Kanzlers in Übereinstimmung gebracht werden. Jenes aus Hochachtung und Freundschaft, dies als Dolmetscher des Willens eines höchst verehrungswürdigen Mannes.

182. An Friedrich von Raumer

H. Regierungsrat von Raumer, Hochwohl., Berlin.

Ew. Hochwohlgeboren habe ich die Ehre ganz gehorsamst anzuzeigen, daß Sr. Exzellenz im Verlauf der heutigen Audienz die Gnade [zunächst, sorgfältig gestrichen: die, in diesem Augenblick, in der Tat unerwartete Gnade] gehabt haben, mir huldreich eine schriftliche Privatempfehlung, wegen zweckmäßiger Unterstützung der Abendblätter durch offizielle Beiträge, sowohl bei Ihren Exzellenzen, den Hr. Graf v. Golz und Hr. v. Kircheisen, als auch bei dem Hr. Geh. Staatsrat Sack, anzugeloben. Die Verabredung ist getroffen, daß ich mich, in Verfolg dieser gnädigsten Verwendung, selbst zu den resp. Hr. Ministern und Geh. Staatsräten begeben, und das Wohlwollen und die Gefälligkeit derselben, in Betreff der Abendblätter, (grade so, wie, zu Anfang des Instituts, die Unterstützung des Pol. Präsidenten, Hr. Gruner) in Anspruch nehmen soll. Durch diese, die Interessen Sr. Exzellenz sowohl, als die meinigen, aufs glücklichste verbindende Maßregel, sind vorläufig alle meine Wünsche für die Abendblätter erfüllt; ich begehre nichts, als eine unabhängige Stellung zu behaupten, deren ich, zu meiner innerlichen Freude an dem Geschäft, dem ich mich unterzogen habe, bedarf. Ew. Hochwohlgeb. ersuche ich nur ganz ergebenst, zur möglichst raschen Betreibung der Sache, mir irgend eine kurze, gütige Anzeige davon, sobald jene Empfehlungen an ihre Adresse erlassen sind, zukommen zu lassen. Und indem ich Sr. Exzellenz das Versprechen anzunehmen bitte, daß ich nunmehr mit meiner Ehre für den Geist der Abendblätter, und für den Umstand, daß kein andrer Aufsatz, als der in Sr. Exzellenz Interessen geschrieben ist, darin aufgenommen werden soll, hafte, behalte ich mir bevor, Ew. Hochwohlgeboren münd-

lich wegen der, zwischen uns im Drang mancher widerwärtigen
Umstände, stattgehabten Mißverständnisse innigst und herzlichst
um Verzeihung zu bitten, und habe die Ehre zu sein,

Ew. Hochwohlgeboren ergebenster

Berlin, den 13. Dez. 1810   H. v. Kleist.

183. An Friedrich von Raumer

Ew. Hochwohlgeboren sage ich – unter gehorsamster Zurück-
schickung des Schreibens vom Präs. Gruner – für alle mir in
Ihrem letzten Schreiben erteilten gütigen Nachrichten meinen
verbindlichsten Dank. Ich wußte wohl, daß die Strenge, die ich
bei der Polizei erfuhr, von einem Mißverständnis, herrührte, indem ich dieselbe, bei meinem guten und völlig reinen Willen,
auf keine Weise verschuldet hatte.

Ew. Hochwohlgeboren lege ich folgenden für die Abendblätter bestimmten Aufsatz gehorsamst vor. Ich bitte mir überhaupt die Erlaubnis aus, alle, die Maßregeln Sr. Exzellenz betreffenden Aufsätze, Ew. Hochwohlgeboren zur vorläufigen
Durchsicht mitteilen zu dürfen.

Auch bringe ich hier noch einmal eine Bitte gehorsamst zur
Sprache, deren Gewährung mir alle andern Wünsche, die, unter
dem Drang der Verhältnisse, haben unerfüllt bleiben müssen,
vergütigen und ersetzen kann: nämlich Ew. Hochwohlgeboren
persönliche Teilnahme an dem Journal, und Beschenkung der
Abendblätter mit Dero vortrefflichen Aufsätzen, welche Dieselben bisher in die Zeitungen haben einrücken lassen.

Ew. Hochwohlgeboren denke ich, zur Erörterung sowohl dieses als mancher andern Punkte, heute zwischen 2 und 4 Uhr aufzuwarten.

[Berlin,] den 15. D[ez.] 1810   H. v. Kleist.

N. S. Soeben erhalte ich folgendes Schreiben von Hr. A. Müller.
Er will, daß der Aufsatz, der darin enthalten ist, noch heute gedruckt werde; aber zum Teil ist dies unmöglich, zum Teil auch
habe ich mir vorgenommen, alle dergleichen Aufsätze Ew. Hochwohlgeb. vorzulegen. Demnach tue ich etwas, was ich vielleicht
bei meinem Freunde nicht verantworten kann: ich schicke Ew.
Hochwohlgeboren das Schreiben originaliter zu, obschon es sein
bestimmt ausgesprochner Wille ist, daß sein Name verschwiegen

bleibe. Meine Absicht ist, Ew. Hochwohlgeb. mit der innerlichen Stellung seines Gemüts, gegen die Maßregeln sowohl als die Person Sr. Exz. bekannt zu machen; das Ganze ist, wie Sie sehen, eine bloß freundschaftliche Ergießung, die keineswegs bestimmt war, zu offizieller Wissenschaft zu gelangen. – Ew. Hochwohlgeb. brauche ich nicht um *immerwährendes* Stillschweigen über diesen Punkt zu bitten. H. v. Kl.

184. An August Friedrich Ferdinand Graf von der Goltz

Hochgeborner Graf,
Hochgebietender Herr Staatsminister,

Ew. Exzellenz haben dem Präsidenten der Polizei, Hr. Gruner, aufgegeben, die Aufnahme politischer Artikel in den Abendblättern nicht zuzulassen. Da Hr. v. Raumer willens ist, in diesem Journal mehrere Fragen, die Maßregeln Sr. Exzellenz des Hr. Staatskanzlers anbetreffend, zu beantworten und zu erörtern, und demselben daher ein möglichst großer Wirkungskreis, wozu obiger Artikel nicht wenig beiträgt, zu wünschen ist: so unterstehe ich mich, Ew. Exzellenz untertänigst um die Aufhebung besagter obigen höchsten Anordnung zu ersuchen. Ew. Exzellenz bitte ich gehorsamst das Versprechen anzunehmen, daß ich selbst, mit der größten Gewissenhaftigkeit, über die politische Unschädlichkeit dieses Artikels wachen werde. Und indem ich mir vorbehalte, Ew. Exzellenz Gnade, die Abendblätter anbetreffend, noch in mehreren anderen Punkten, in einer persönlichen untertänigen Aufwartung in Anspruch zu nehmen, habe ich, in unbegrenzter Hochachtung, die Ehre zu sein,

Ew. Exzellenz untertänigster

Berlin, den 15. Dez. 1810   H. v. Kleist.
Mauerstraße Nr. 53

185. An Wilhelm Römer

H. Hofr. Römer, Leipz. St. 75.

Lieber Hofrat,

Von dem Absatz, den das Blatt im Publiko finden wird, überzeugt, bin ich mit Ihren Bedingungen zufrieden. Ich bitte mir nur noch, außer dem Stipulierten, 50 Rth. sogleich als Vorschuß aus, wofür ich Ihnen, unabhängig von dem ganzen Kontrakt, verpflichtet bleiben will. Was aber die Hauptsache ist, ist, daß *Sie* von Hitzig die Auflage übernehmen, *mir* fehlt es an aller Kenntnis, und Sie würden mir ja doch denselben Preis zurückzahlen müssen. Sehen Sie hier ein 20 oder 30 Rth. nicht an, die Unternehmung ist gut, und verspricht einen weiten Wirkungskreis. Ich gehe zu Kuhn, der mir auch Vorschläge hat machen lassen, und komme alsdann zu Ihnen heran. Ihr

[Berlin,] den 17. D[ez. 1810]   H. v. Kleist.

186. An Friedrich Schulz

A. Just Fr. Schulz, Dr., Berlin.

Liebster Schulz,

Wenn Sie morgen zu Kuhn gehen, um die Richtigkeit der Unterschriften zu bescheinigen, so wünsche ich zwar, daß Sie die Unschicklichkeit seiner Einmischung in die Redaktion zur Sprache brächten; von einer Abtretung der ganzen Redaktion aber an ihn, bitte ich noch nichts zu erwähnen, weil sich die Schwierigkeiten bei der Zensur hoffentlich legen werden. – Hauptsächlich aber fordre ich Sie auf, Ihr Versprechen wegen förmlicher Übernahme des Theaterartikels in Erfüllung zu bringen. Ich wünsche, daß Sie die Sache als einen zwischen uns bestehenden Vertrag betrachten möchten; und indem ich Sie nun bitte, mir das Honorar, mit welchem ich Ihnen verhaftet sein soll, anzugeben, unterschreibe ich mich   Ihren

[Berlin,] den 1. Jan. 1811   H. v. Kleist.

187. An Georg Andreas Reimer

Ich bitte, lieber Reimer, mir 2 Ex. meiner *Erzählungen* zu überschicken und auf Rechnung zu setzen.

[Berlin,] den 12. Jan. 1811   H. v. Kleist.

188. An Georg Andreas Reimer

Mein lieber Freund,

Darf ich Sie wohl um den Rest des Honorars bitten, mit dem ich Sie gern, bis zur Messe, verschont haben würde, das ich aber in einer *dringenden* Verlegenheit bedarf? Sie würden mir einen großen Dienst erweisen, wenn Sie es mir *gleich* zufertigten.

[Berlin,] den 30. Jan. 1811   H. v. Kleist.

Theodor Anton Heinrich Schmalz an Kleist

An Herrn H. v. Kleist, abzugeben in dem Kunst- und Industrie-
comptoir des Herrn A. Kuhn.

Berlin, 1. Februar 1811

*Der löblichen Redaktion der Berliner Abendblätter teilt der unter-
zeichnete Rektor der Universität in Verfolg einer ihr von dem Polizeipräsidenten Gruner deshalb wahrscheinlich schon zugegangenen Anweisung, anliegend eine Erklärung zur Berichtigung einer in Nr. 41
des Abendblattes enthaltenen Anzeige, von einer angeblich zwischen
Studenten und Handwerksburschen auf einem hiesigen Tanzboden vorgefallenen Schlägerei, mit dem Ersuchen mit, dieselbe den Abendblättern
einzuverleiben, und ein Exemplar, worin der Abdruck geschehen,
nachrichtlich dem Unterzeichneten zuzusenden.*

Rektor der Universität
Schmalz.

189. An Georg Andreas Reimer

[Berlin, den 10. Febr. 1811]

Ich bitte um einige Expl. *zerbroch. Krug.*   H. v. Kleist.

190. An Karl August Freiherrn von Hardenberg

Hoch- und Wohlgeborner Freiherr,
Hochgebietender Herr Geheimer Staatskanzler,

Ew. Exzellenz habe ich die Ehre ganz untertänigst anzuzeigen,
daß sich ein solches halbministerielles Blatt, als ich, in diesem
Augenblick, in Zwecken der Staatskanzlei, redigiere, sich, auf
keine Weise, ohne bestimmte Unterstützung mit offiziellen Beiträgen, halten kann. Der Absatz ist unter dem Mittelmäßigen;
und ich erlebe die verdrießliche Sache, daß mein Buchhändler,
wegen Ausbleibens dieser Beiträge, in meine Befugnis, sie ihm zu
versprechen, Mißtrauen setzt: er tritt von dem zwischen uns abgeschlossenen Kontrakt, der ihm eine Verbindlichkeit von 800
Rth. jährliches Honorar gegen mich auferlegt, zurück, und fordert noch obenein, wegen nicht gedeckter Verlagskosten, ein
Entschädigungsquantum von mir von 300 Rth. So bestimmt ich
nun auch, zu Anfang dieser Unternehmung, auf die mir gnädigst
angebotene Geldvergütigung Verzicht leistete, so bin ich doch, da
die Sache gescheitert ist, gänzlich außerstand, diesen doppelten
beträchtlichen Ausfall zu tragen. Ew. Exzellenz stelle ich anheim

ob Höchstdieselben mich der Notwendigkeit, mit meinem Buchhändler, wegen des besagten Kontrakts, einen Prozeß führen zu müssen, gnädigst überheben wollen; und indem ich, zu diesem Zweck, gehorsamst vorschlage, entweder das Abendblatt, für das laufende Jahr, durch ein Kapital so zu fundieren, daß meinem Buchhändler die Kosten gedeckt werden, oder aber, falls dies nicht Ihren Absichten gemäß sein sollte, die Deckung der obigen in Streit begriffenen 1100 Rth. zu übernehmen, habe ich, in der tiefsten Hochachtung, die Ehre zu sein

Ew. Exzellenz untertänigster

Berlin, den 13. Febr. 1811   H. v. Kleist.

Hardenberg an Kleist

Ich kann Ew. Hochw. meine Verwunderung nicht bergen, daß Sie in Ihrem Schreiben vom 13. Februar die Abendblätter ein halboffizielles Blatt nennen, und aus dieser Benennung grundlose Ansprüche auf Entschädigungen wegen des schlechten Absatzes dieses Blattes herleiten wollen. Ich habe Ihnen ausdrücklich erklärt, daß ich dem Abendblatt durchaus keinen offiziellen Charakter beigelegt wissen wollte, wie denn auch der Augenschein lehrt, daß es keinen solchen Charakter hat, und die Zwecke des Staates davon ganz unabhängig sind und daselbst nicht mehr oder besser, als aller Orten erläutert werden. Ich habe Sie ferner nicht im mindesten beschränkt, in der Art vor dem Publikum aufzutreten, noch in den Mitteln, Ihr Blatt interessant zu machen. Sie sind keiner anderen, als den durchaus allgemeinen Vorschriften unterworfen, und diese sind nicht von der Art, daß sie nicht verstatteten, Interesse zu wecken, sobald hinreichende Mittel dazu angewandt werden. Wenn ich Ihren Wunsch, von den Behörden Notizen für das Publikum zu erhalten, unterstützte, so war dies eine Gefälligkeit, die ich Ihnen so wenig wie jedem anderen abzuschlagen veranlaßt war; allein es erscheint unüberlegt, eine Entschädigungsforderung darauf zu gründen, daß jenen Behörden keine passende Gelegenheit vorkam, durch Mitteilungen Gefälligkeiten zu erweisen.

Ein zweiter Irrtum Ihres Schreibens besteht darin, daß Sie eine dargebotene Geldunterstützung zur Führung jenes Blattes ausgeschlagen hätten, denn diese ist Ihnen nie in dieser Beziehung angeboten, sondern von mir nur auf Ihre Veranlassung geäußert worden, daß der Staat verdienstvolle Schriftsteller, wenn es seine Kräfte erlauben, gern

unterstützen würde. Ich bin aber überzeugt, daß Ew. Hochw. alsdann
Ihre Verdienste nicht von dem Inhalt und dem Schicksal der Abend-
blätter abhängig erklären, sondern auf andere Weise begründen werden.
Berlin, den 18. Februar 1811   *Hardenberg.*

191. An Friedrich von Raumer

Ew. Hochwohlgeboren habe ich die Ehre anzuzeigen, daß ich
die Zugrundrichtung des Abendblatts ganz allein Ihrem Einfluß, und der Empfindlichkeit über die Verachtung zuschreibe,
mit welcher ich, bei unsrer ersten Zusammenkunft, Ihr Anerbieten, Geld für die Verteidigung der Maßregeln Sr. Exzellenz
anzunehmen, ausgeschlagen habe. Es ist kein Grund mehr für
mich vorhanden, meinen Unwillen über die unglaubliche und
unverantwortliche Behandlung, die mir widerfahren ist, zurückzuhalten; und indem ich Ew. Hochwohlgeboren anzeige, daß
wenn Dieselben nicht Gelegenheit nehmen, Sr. Exzellenz, noch
vor Aufhören des Blattes, welches in diesen Tagen erfolgen soll,
von der Gerechtigkeit meiner Entschädigungsforderung zu überzeugen, ich die ganze Geschichte des Abendblatts im Ausland
drucken lassen werde, habe ich die Ehre zu sein,

Ew. Hochwohlgeb. ergebenster

Berlin, den 21. Febr. 1811   H. v. Kleist.

192. An Karl August Freiherrn von Hardenberg

Hoch- und Wohlgeborner Freiherr,
Hochgebietender Herr Geheimer Staatskanzler,

Ew. Exzellenz nehme ich mir die Freiheit, inliegende Abschrift eines Schreibens an den Hr. v. Raumer zu überschicken,
mit der gehorsamsten und untertänigsten Bitte, die Meinung desselben, in der Sache des Abendblatts, nicht mehr zu Rate zu
ziehn. Ich unterstehe mich, gegen die mir von Ew. Exzellenz,
in Ihrem gnädigsten Schreiben vom 18. d. gemachten Äußerungen einige ehrfurchtsvolle Vorstellungen zu machen. Ein Blatt
ist allerdings ein halbministerielles zu nennen, das, nach bestimmten Verabredungen mit dem Ministerio, geschrieben wird, und
in allem, was Gesetzgebung und Finanzverwaltung betrifft, unter
seiner speziellen Aufsicht steht. Nur ein Ununterrichteter kann
sagen, daß ich in der Herausgabe dieses Blattes nicht beschränkt

worden sei, da die außerordentlichen Maßregeln, die mich genötigt haben, den ganzen Geist der Abendblätter umzuändern, nur zu wohl bekannt sind. Was endlich die mir angebotene Pension betrifft, so lasse ich Ew. Exzellenz Meinung, wie es sich von selbst versteht, ehrfurchtsvoll dahingestellt sein; Hr. v. Raumers Meinung aber, in unsrer ersten, auf Befehl Ew. Exzellenz abgehaltenen Konferenz, war, daß ich diese Pension für das Geschäft der Führung dieses Blattes beziehen sollte: wie ich mir auch die Freiheit genommen habe, ihm dies in dem beifolgenden Billett, worauf ich seine Antwort erwarte, zu äußern. Ew. Exzellenz werden das Versehen, womit in dem Abendblatte einmal bewußtlos gegen die Interessen der Staatskanzlei angestoßen worden ist, bei so vielem guten Willen von meiner Seite, es wieder gut zu machen, nicht so streng ahnden; und indem ich nochmals auf mein untertänigstes Entschädigungsgesuch zurückkomme, und inständigst bitte, mich durch einen Bescheid, gnädiger als den erhaltenen, vor der Prostitution zu sichern, welche sonst unfehlbar eintreten würde, das Blatt unmittelbar, noch vor Ablauf des Vierteljahrgangs, aufhören lassen zu müssen, habe ich die Ehre zu sein,

Ew. Exzellenz untertänigster

Berlin, den 22. Feb. 1811   H. v. Kleist.

Raumer an Kleist

Berlin, den 21. Februar 1811

1) Warum die Abendblätter zugrunde gehen, zeigt ihr Inhalt.

2) Meine geringe Empfindlichkeit beweise ich Ihnen dadurch, daß ich die Wiederholung Ihres großen Irrtums über das Geldanerbieten ruhig ertrage, nachdem Sie selbst jenen Irrtum erkannt und mit der Höflichkeit zurückgenommen haben, welche Ihre jetzige Stimmung Ihnen leider nicht zu erlauben scheint.

3) Für oder wider das Abendblatt habe ich keine Veranlassung mit Sr. Exzellenz zu sprechen, da die Sache hinlänglich besprochen ist; ich werde Ihnen auch Ihr Unrecht nicht nochmals schriftlich auseinandersetzen, weil ich meine Zeit besser benutzen kann.

4) Drucken mögen Sie lassen, was Sie verantworten können.

193. An Friedrich von Raumer

Ew. Hochwohlgeboren zeige ich ergebenst an, daß ich dem
Hr. Staatskanzler, am heutigen Morgen, eine Abschrift meines
gestern an Sie erlassenen Schreibens zugeschickt, und Demselben, mit der Bitte, Sie ferner nicht, in der Sache des Abendblatts,
zu Rate zu ziehen, nochmals die Gerechtigkeit meines Entschä-
digungsgesuchs auseinander gelegt habe. Da ich Sr. Exzellenz nun,
zur Begründung meines Anspruchs, versichert habe, daß Ew.
Hochwohlgeboren mir, bei unsrer ersten Zusammenkunft, die
in Rede stehende Geldvergütigung zu einer, den Zwecken der
Regierung, gemäßen, Führung des Blattes, und als eine Entschädigung für das dabei gebrachte Opfer der Popularität, angeboten
haben: so bitte ich mir, wegen der Stelle, in Ihrem soeben empfangenen Billett, welche diesem Umstand zu widersprechen
scheint, eine Erklärung aus. Ew. Hochwohlgeboren fühlen von
selbst, daß ich, zu so vielen Verletzungen meiner Ehre, die ich erdulden muß, vor Sr. Exzellenz nicht noch als ein Lügner erscheinen kann; und indem ich Denenselben anzeige, daß ich im Fall
einer zweideutigen oder unbefriedigenden Antwort, Dieselben
um diejenige Satisfaktion bitten werde, die ein Mann von Ehre
in solchen Fällen fordern kann, habe ich die Ehre zu sein,

Ew. Hochwohlgeboren gehorsamster

Berlin, den 22. Feb. 1811   H. v. Kleist.

Raumer an Kleist

Berlin, den 22. Febr. 1811

*Als ich aus einem Ihrer Billette, welches ich nicht aufbewahrt, und
aus mündlichen Äußerungen schließen mußte, daß Ew. Hochwohlgeboren den Sinn meiner im Auftrage des Herrn Kanzlers Ihnen gemachten Bemerkungen usw. mißverstanden hatten, gab ich Ihnen eine
schriftliche authentische Erklärung. Darauf schrieben Sie mir unterm
13. Dezember v. J., Ihre Wünsche für die Abendblätter wären durch
die Empfehlung an die Behörden erfüllt, Sie begehrten nichts, als eine
unabhängige Stellung zu behaupten. Sie schrieben ferner in Hinsicht
auf die hieher gehörige falsche frühere Auslegung meiner Worte: »Ich
behalte mir vor, Ew. mündlich wegen der zwischen uns im Drange
mancher widerwärtigen Umstände stattgehabten Mißverständnisse,
innigst und herzlichst um Verzeihung zu bitten.« Ich habe dem Herrn*

*Kanzler Ihre Briefe vorgelegt und muß Sie jetzt als Offiziant bitten,
das Gleiche mit den meinigen und insbesondere mit demjenigen zu tun,
welcher Ihr Schreiben vom 13. Dezember und die Lösung der jetzt unerwartet erneuerten Mißverständnisse nach sich zog. Alsdann wird der
Herr Kanzler entscheiden, ob ich seinen Sinn getroffen oder mißverstanden, also als Offiziant gefehlt oder Sie induziert habe.*

*Wenn Sie, nachdem dies geschehen ist, glauben, daß ich auch auf an-
dere Weise gegen Sie gefehlt, bin ich zu jeder Genugtuung bereit,
welche Sie irgend zu fordern sich für berechtigt halten.*

194. An Friedrich von Raumer

Ew. Hochwohlgeboren nehme ich mir die Freiheit, die, in
Ihrem heutigen Billett, unerledigt gebliebene Frage:

»ob Dieselben mir, behufs einer den Zwecken der Staatskanzlei gemäßen Führung des Blattes, ein Geldanerbieten gemacht haben?«

noch einmal vorzulegen. Und mit der Bitte, mir dieselbe, binnen
2 mal 24 Stunden, mit: Ja, oder: Nein, zu beantworten, habe ich
die Ehre zu sein,

Ew. Hochwohlgeboren gehorsamster

Berlin, den 26. Febr. 1811   H. v. Kleist.

Raumer an Kleist

Berlin, den 26. Febr. 1811

*Ew. Hochwohlgeboren erwidere ich auf das heutige Billett, daß die
Antwort auf Ihre heut wiederholte Frage vollständig in demjenigen
meiner Briefe enthalten ist, auf welchen der Ihrige vom 13. Dezember
erfolgt ist. Ich will dieser Antwort weder etwas abnehmen noch zusetzen, sondern ganz dafür offiziell und außeroffiziell verantwortlich
sein und bleiben.*

Hardenberg an Kleist

*Es ist unbegreiflich, wie Ew. Hochwohlgeboren sich haben beigehen
lassen können, mir das Schreiben mitzuteilen, welches Sie an den Regierungsrat v. Raumer abgelassen haben, da Sie wissen mußten, daß
es Behauptungen enthielt, deren Ungrund mir ganz genau bekannt war.*

*Das Abendblatt hat nicht bloß m e i n e Aufmerksamkeit auf sich ge-
zogen, sondern die Sr. Majestät des Königs Höchstselbst, weil Sie in*

*eben dem Augenblicke, wo die neuen Finanzgesetze erschienen, Artikel
darin aufnahmen, die geradezu dahin abzielten, jene Gesetze anzugreifen. Es wäre genug gewesen, die Zensur zu schärfen oder Ihr
Blatt ganz zu verbieten, da es bei aller Freiheit, die man unparteiischen Diskussionen über Gegenstände der Staatsverwaltung bewilligt,
doch durchaus nicht gestattet werden kann, daß in Tageblättern Unzufriedenheit mit den Maßregeln der Regierung aufgeregt werde. Aus
wahrer Wohlmeinung gegen Sie sprach ich aber mit Ihnen, und versprach Ihnen Unterstützung, wenn Sie ein zweckmäßiges Blatt schrieben. Die Auslegung, welche Sie diesem Anerbieten gaben, als ob man
Sie hätte erkaufen wollen, ist ebenso unrichtig, als die Behauptung,
daß Sie die angebotene Unterstützung abgelehnt hätten. Sie haben
aber keinen Anspruch darauf, weil die Abendblätter auf keine Weise
den Zweck erfüllen und durch ihren Unwert von selbst fallen müssen,
denn Auszüge aus längst gelesenen politischen Zeitungen und ein paar
Anekdoten können, wie Sie selbst einsehen werden, nicht das mindeste
Recht auf Unterstützung reklamieren oder die Benennung eines halb-
offiziellen Blattes verdienen. Ew. Hochwohlgeboren haben es sich
demnach allein selbst zuzuschreiben, wenn die gute Absicht, die ich für
Sie hegte, nicht erfüllt wird, und ich kann nicht umhin, Ihnen zu
sagen, daß Ihre Korrespondenz mit dem Herrn v. Raumer, in der Sie
sich im Widerspruch mit sich selbst befinden, mir äußerst mißfallen hat.*
    Berlin, den 26. Febr. 1811   *Hardenberg.*

195. An Karl August Freiherrn von Hardenberg

Hoch- und Wohlgeborner Freiherr,
Hochgebietender Herr Geheimer Staatskanzler,
    Ew. Exzellenz unterstehe ich mich, nicht ohne einige Schüch-
ternheit, noch einmal, in der Entschädigungssache des Abendblatts, in welcher ich unglücklich genug gewesen bin, mir höchst
Ihre Ungnade zuzuziehen, mit einer Vorstellung zu nahn. Hr.
v. Raumer ist von mir, diese Sache betreffend, mit solchen Erläuterungen versehen worden, die, wie ich nicht zweifle, alle
Mißverständnisse, welche darüber, durch mancherlei Umstände
veranlaßt, obgewaltet haben mögen, zerstreuen werden. Ew.
Exzellenz ersuche ich demnach, in der tiefsten Ehrfurcht, ihn,
auf eine kurze Viertelstunde, darüber anzuhören; und indem ich
ie Versicherung anzunehmen bitte, daß diesem Wunsch keine

andere Absicht zum Grunde liegt, als Rechtfertigung meiner Schritte vor den Augen Ew. Exzellenz und Rückkehr in Ew. Exzellenz mir über alles teure und unschätzbare Huld und Gnade, ersterbe ich,

Ew. Exzellenz, untertänigster

Berlin, den 10. März 1811 H. v. Kleist.

Hardenberg an Kleist

An den Herrn v. Kleist, Hochwohlgeboren.

Es ist mir angenehm gewesen, aus Ew. Hochwohlgeboren Schreiben vom 10. März und den mir vom Herrn Reg. Rat v. Raumer gegebenen Erläuterungen zu ersehen, daß die früheren Mißverständnisse weder durch Schuld eines Dritten, noch durch vorsätzlichen Irrtum entstanden und herbeigeführt worden sind. Nach dieser genügenden Aufklärung der Sache kann ich Ihnen also gern versichern, daß mir von keiner Seite eine weitere Entschuldigung oder Rechtfertigung nötig erscheint.

Berlin, den 11. März 1811 *Hardenberg.*

196. An Friedrich von Raumer

Ew. Hochwohlgeboren

nehme ich mir, unter Abstattung meines gehorsamsten und innigsten Danks, für die, durch Ihre gütige Vermittelung erfolgte, Beseitigung der stattgefundenen Mißverständnisse, die Freiheit, inliegendes Schreiben an Sr. Exzellenz, den Hr. Staatskanzler, zu überschicken. Ich unterstehe mich, Sr. Exzellenz darin, mit Übergehung der ganzen bewußten Entschädigungssache, als einen bloßen Beweis ihrer Gnade, um Übertragung der Redaktion des kurmärkischen Amtsblatts zu bitten. Ew. Hochwohlgeboren ersuche ich ganz ergebenst, im Vertrauen auf Ihre edelmütige Vergebung alles Vorgefallenen, diese Sache, zur Befriedigung aller Interessen, in Schutz zu nehmen; und in der Überzeugung, daß, in Rücksicht des großen Verlustes, den ich erlitten, meine Bitte, falls ihr nicht unüberwindliche Schwierigkeiten im Wege stehen, erfüllt werden wird, habe ich die Ehre, mit der vollkommensten und herzlichsten Hochachtung zu sein,

Ew. Hochwohlgeboren, gehorsamster

Berlin, den 4. April 1811 H. v. Kleist.

197. An Karl August Freiherrn von Hardenberg

Hoch- und Wohlgeborner Freiherr,

Hochgebietender Herr Staatskanzler,

Ew. Exzellenz unterstehe ich mich, gestützt auf die Huld und Gnade, womit Hochdieselben sich, in Ihrem Schreiben vom 11. v. M., über die, in Bezug auf die Abendblätter statt gefundenen, Mißverständnisse zu erklären geruhen, ein untertänigstes Gesuch vorzutragen. Es betrifft eine, meinen Kräften und Verhältnissen angemessene Anstellung bei der Redaktion des soeben durch die Gesetzsammlung angekündigten, offiziellen, kurmärkischen Amtsblatts. Ich führe, Ew. Exzellenz gnädigste Entscheidung zu bestimmen, ehrfurchtsvoll für mich an, daß ich nicht nur ein Kabinettsschreiben Sr. Maj. des Königs vom 13. April 1799 besitze, worin Höchstdieselben mir, bei meinem Austritt aus dem Militär, als ich die Universitäten besuchte und auf Reisen ging, eine Anstellung im Zivil allergnädigst zu versprechen geruhten; sondern auch, daß ich bereits, Ew. Exzellenz höchsteigenem Befehl zufolge, im Jahr 1805 und 1806, wirklich bei der Königsbergischen Kammer gearbeitet habe, und eine, mir bestimmte, Anstellung, bei einer der fränkischen Kammern, nur späterhin durch den Ausbruch des Krieges, wieder rückgängig ward. Ew. Exzellenz in Ihrem huldreichen Schreiben vom 11. enthaltenen Äußerungen voll Gewogenheit flößen mir das Vertrauen ein, daß Hochdieselben auf dies mein untertänigstes Gesuch einige Rücksicht nehmen werden; und unter der gehorsamsten Versicherung, daß es mir, in diesem Fall, weder an Eifer noch an Kräften fehlen wird, mich derselben würdig zu machen, ersterbe ich in der tiefsten Ehrfurcht,

Ew. Exzellenz untertänigster

Berlin, den 4. April 1811   H. v. Kleist.

Hardenberg an Kleist

An den Herrn H. v. Kleist Hochw.

Ehe ich die Kurmärkische Regierung befrage ob Ew. die Redaktion des kurmärkischen Amtsblatts übertragen werden könnte, muß ich Sie auf einige Punkte aufmerksam machen die schon an und für sich die Zurücknahme Ihres Gesuchs begründen möchten. Zuvörderst würden Sie Ihren Aufenthalt in Potsdam nehmen müssen; dann kann die

Redaktion weil alle Inserate von dem Kollegium selbst entworfen und
vollzogen werden, bloß in dem ganz äußerlichen Geschäft des Korri-
gierens des Drucks und in einigen andern gleich unerheblichen Be-
mühungen bestehn. Ich glaube nicht daß diese an sich zwar nötige aber
uninteressante Beschäftigung Ihren Wünschen angemessen sein kann,
und gebe Ihnen zu bedenken daß die Vergütung für diese Geschäfte
immer nicht füglich höher bestimmt werden kann, als sie von dem zahl-
reichen Nebenpersonal der Regierung verlangt werden wird.

Sollten Sie aber überhaupt wünschen wieder in den Königl. Dienst
einzutreten, so wird dies keine Schwierigkeiten haben, sobald Sie sich
den allgemeinen gesetzlichen Bedingungen unterwerfen.

Berlin, den 18. April 1811   *Hardenberg.*

198. An Henriette Hendel-Schütz

Frau Prof. Schütz, Wohlgeb., Blaufabrik Kronenstraße.

[Berlin, 22. oder 23. April 1811]

Wenn es Sie und Schütz nicht stört, liebste Frau: so mache ich
von Ihrer Erlaubnis, mich um 11 Uhr im Saal, wenn Sie Ihre
Vorbereitungen halten, einzufinden, Gebrauch. Aber, wie ge-
sagt, es muß Sie nicht stören. Für mein Herz, das sich auf die
Kunst versteht, zu ergänzen, fürchten Sie nichts; ich meine Ihre
Spur im Sande mit Vergnügen betrachten zu können.

H. v. Kleist.

N. S. Ich bitte um 2 Billetts.

199. An Friedrich de la Motte Fouqué

Mein liebster Fouqué,

Ihre liebe, freundliche Einladung, nach Nennhausen hinaus
zu kommen und daselbst den Lenz aufblühen zu sehen, reizt mich
mehr, als ich es sagen kann. Fast habe ich ganz und gar vergessen,
wie die Natur aussieht. Noch heute ließ ich mich, in Geschäften,
die ich abzumachen hatte, zwischen dem Ober- und Unterbaum,
über die Spree setzen; und die Stille, die mich plötzlich in der
Mitte der Stadt umgab, das Geräusch der Wellen, die Winde, die
mich anwehten, es ging mir eine ganze Welt erloschener Empfindungen wieder auf. Inzwischen macht mir eine Entschädigungsforderung, die ich, wegen Unterdrückung des Abendblatts,
an den Staatskanzler gerichtet habe, und die ich gern durchsetzen

möchte, unmöglich, Berlin in diesem Augenblick zu verlassen. Der Staatskanzler hat mich, durch eine unerhörte und ganz willkürliche Strenge der Zensur, in die Notwendigkeit gesetzt, den ganzen Geist der Abendblätter, in bezug auf die öffentl. Angelegenheiten, umzuändern; und jetzt, da ich, wegen Nichterfüllung aller mir deshalb persönlich und durch die dritte Hand gegebenen Versprechungen, auf eine angemessene Entschädigung dringe: jetzt leugnet man mir, mit erbärmlicher diplomatischer List, alle Verhandlungen, weil sie nicht schriftlich gemacht worden sind, ab. Was sagen Sie zu solchem Verfahren, liebster Fouqué? Als ob ein Mann von Ehre, der ein Wort, ja, ja, nein, nein, empfängt, seinen Mann dafür nicht ebenso ansähe, als ob es, vor einem ganzen Tisch von Räten und Schreibern, mit Wachs und Petschaft, abgefaßt worden wäre? Auch bin ich, mit meiner dummen deutschen Art, bereits ebenso weit gekommen, als nur ein Punier hätte kommen können; denn ich besitze eine Erklärung, ganz wie ich sie wünsche, über die Wahrhaftigkeit meiner Behauptung, von den Händen des Staatskanzlers selbst. – Doch davon ein mehreres, wenn ich bei Ihnen bin, welches geschehen soll, sobald diese Sache ein wenig ins reine ist. – Müllers Buch, das ich damals, als Sie hier waren, besaß, mußte mir unseliger Weise bald darauf Marwitz aus Friedersdorf abborgen. Er nahm es, um es zu studieren, nach seinem Gute mit, und hat es noch bis diese Stunde nicht zurückgeschickt. Inzwischen habe ich schon Anstalten gemacht, es wieder zu erhalten; und ich hoffe es Ihnen, behufs Ihrer freundschaftlichen Absicht, durch Frh. v. Luck zuschicken zu können. Erinnern Sie das Volk daran, daß es da ist; das Buch ist eins von denen, welche die Störrigkeit der Zeit die sie einengt nur langsam wie eine Wurzel den Felsen, sprengen können; nicht par explosion. – Was schenken Sie uns denn für diese Messe? Wie gern empfinge ich es von *Ihnen selbst*, liebster Fouqué; ich meine, von Ihren Lippen, an Ihrem Schreibtisch, in der Umringung Ihrer teuren Familie! Denn die Erscheinung, die am meisten, bei der Betrachtung eines Kunstwerks, rührt, ist, dünkt mich, nicht das Werk selbst, sondern die Eigentümlichkeit des Geistes, der es hervorbrachte, und der sich, in unbewußter Freiheit und Lieblichkeit, darin entfaltet. – Nehmen Sie gleichwohl das Inliegende, wenn Sie es in diesem Sinne lesen

wollen, mit Schonung und Nachsicht auf. Es kann auch, aber nur
für einen sehr kritischen Freund, für eine Tinte meines Wesens
gelten; es ist nach dem Tenier gearbeitet, und würde nichts wert
sein, käme es nicht von einem, der in der Regel lieber dem göttlichen Raphael nachstrebt. Adieu! Es bleibt grade noch ein Platz
zu einem Gruß an Fr. v. Briest, den ich hiermit gehorsamst bestelle. H. v. Kleist.

[Berlin,] den 25. April 1811

200. An Friedrich Karl Julius Schütz

H. Prof. Schütz, Wohlgeb.

Mein lieber Schütz,

Ich bin genötigt gewesen, eine Einladung zu einem Verwandten aufs Land anzunehmen, und die Schnelligkeit, womit wir
unsre Reise antreten, hindert mich daran, Ihnen noch einmal in
Ihrem Hause aufzuwarten, und Ihrer lieben Frau, für die vortreffliche Darstellung der Penthesilea, meinen Dank abzustatten.
Inzwischen bin ich in drei oder vier Tagen, also noch vor Ihrer
Abreise, zurück, um noch das Nötige, wegen unserer Theaterkritik, mit einander abzusprechen. Geben Sie mittlerweile doch
Ihre Rezension des Ifflandschen Almanachs, die ich gern lesen
möchte, in meiner Wohnung ab, von wo sie mir morgen nachgeschickt werden kann. Meinen herzlichsten Gruß an Ihre teure
Frau.

[Berlin,] den 26. April 1811   H. v. Kleist.

N. S. Händigen Sie doch dem Überbringer die Iliade wieder
ein.

201. An Wilhelm Prinz von Preußen

Durchlauchtigster Fürst,
Gnädigster Prinz und Herr!

Ew. Königlichen Hoheit nehme ich mir, im herzlichen und
ehrfurchtsvollen Vertrauen auf die mir, seit früher Jugend, bei
manchen Gelegenheiten erwiesene, höchste Huld und Gnade, die
Freiheit, folgenden sonderbaren und für mich bedenklichen Vorfall, der kürzlich zwischen Sr. Exzellenz, dem Hr. Staatskanzler,
Frh. v. Hardenberg und mir statt gefunden hat, vorzutragen. Der
Wunsch, gnädigster Fürst und Herr, den ich willens bin, dem

Schluß meines gehorsamsten Berichts anzuhängen, wird nichts Unedelmütiges und Unbescheidenes enthalten; meine Sache ist ganz in der Ordnung, und vielleicht bedarf es nichts, als einer Wahrnehmung des Staatskanzlers, daß Ew. Königliche Hoheit von dem ganzen Zusammenhang der Sache unterrichtet sind, um mir eine, meiner gerechten Forderung völlig angemessene, Entscheidung bei ihm auszuwirken. Der Fall, in welchem ich Ew. Königliche Hoheit um Ihre gnädigste Protektion bitte, ist dieser.

In dem von mir, von Oktober vorigen Jahres bis April des jetzigen, herausgegebenen *Berliner Abendblatt,* hat ein, ganz im allgemeinen die Grundsätze der Staatswirtschaft untersuchender Aufsatz gestanden, der das Unglück gehabt hat, Sr. Exzellenz, dem Hr. Staatskanzler, zu mißfallen. Sr. Exzellenz veranlaßten, von der einen Seite, ein Zensurgesetz, welches die Fortdauer des Blattes, in dem Geiste, der ihm eigen war, äußerst erschwerte, ja fast unmöglich machte; und von der anderen Seite ließen Dieselben mir mündlich, durch den damaligen Präsidenten der Polizei, Hr. Gruner, die Eröffnung machen, daß man das Blatt mit Geld unterstützen wolle, wenn ich mich entschließen könne, dasselbe so, wie es den Interessen der Staatskanzlei gemäß wäre, zu redigieren. Ich, dessen Absicht keineswegs war, den Maßregeln Sr. Exzellenz, deren Zweckmäßigkeit sich noch gar nicht beurteilen ließ, mit bestimmten Bestrebungen in den Weg zu treten, ging nun zwar in den mir gemachten Vorschlag ein; leistete aber, aus Gründen, die ich Ew. Königl. Hoheit nicht auseinander zu setzen brauche, ehrfurchtsvoll auf die Geldvergütigung Verzicht, und bat mir bloß, zu einiger Entschädigung, wegen dargebrachten Opfers der Popularität, und dadurch vorauszusehenden höchst verminderten Absatz des Blattes, die Lieferung offizieller Beiträge, von den Chefs der obersten Landesbehörden, aus. Denn diese, wenn sie mit Einsicht und so, daß sie das Publikum interessierten, gewählt wurden, konnten, auf gewisse Weise, einen jenen Verlust wieder aufhebenden und kompensierenden Geldwert für mich haben. Auf diese Begünstigung wollte sich jedoch Hr. Regierungsrat v. Raumer, mit dem ich jetzt auf Befehl Sr. Exzellenz unterhandelte, nicht einlassen; er zeigte mir, in sehr verlegenen Wendungen, wie die dadurch an den Tag kommende Abhängigkeit von der Staatskanzlei, dem Blatt alles Vertrauen des

Publikums rauben würde, und gab mir zu verstehen, daß auch die Pension, von welcher mir Sr. Exzellenz bereits selbst mündlich gesprochen hatten, mir nur unter der Bedingung, daß davon nichts zur Kenntnis des Publikums käme, gezahlt werden könne. Bald darauf, da ich mit gänzlichem Stillschweigen über diesen Punkt, der mir, so vorgetragen, gänzlich verwerflich schien, auf die mir von Sr. Exzellenz gleichfalls versprochenen offiziellen Beiträge, als welche allein in dem Kreis meiner Wünsche lagen, bestand: hielt Hr. v. Raumer es für das beste, alle Verhandlungen mit mir, in einem höflichen Schreiben, gänzlich abzubrechen. Nun wäre mir zwar dieser Umstand völlig gleichgültig gewesen, wenn man mir erlaubt hätte, das Blatt, mit gänzlicher Freiheit der Meinungen, so, wie Ehrfurcht vor das bestehende Gesetz sie, bei einer liberalen Ordnung der Dinge, zu äußern gestatten, fortzuführen. Da aber die Zensurbehörde, durch die willkürlichsten und unerhörtesten Maßregeln (wofür ich mir den Beweis zu führen getraue), das Blatt, dessen tägliche Erscheinung nur mit der größten Anstrengung erzwungen werden konnte, ganz zu vernichten drohte: so erklärte ich, daß wenn ich nicht derjenigen Freiheit, die alle übrigen Herausgeber öffentlicher Blätter genössen, teilhaftig würde, ich mich genötigt sehen würde, mir im Ausland einen Verleger für dieses Wochenblatt aufzusuchen. Auf diese Erklärung willigten, in einer ganz unerwarteten Wendung, Sr. Exzellenz, der Hr. Staatskanzler, plötzlich in meinen vorigen, schon ganz aufgegebenen Wunsch; Dieselben ließen mir durch Hr. v. Raumer melden, daß sie, wegen Lieferung der offiziellen Beiträge, das Nötige an die Chefs der resp. Departementer, erlassen hätten; und ich, der in eine solche Zusage kein Mißtrauen setzen konnte, schloß mit meinem Buchhändler einen Kontrakt für das laufende Jahr auf 800 Thl. Pr. Kur. Honorars ab. Dem gemäß veränderte nun, in der Tat wenig zu meiner Freude, das Blatt seinen ganzen Geist; alle, die Staatswirtschaft betreffenden, Aufsätze gingen unmittelbar zur Zensur der Staatskanzlei, Hr. v. Raumer deutete mir, in mündlichen und schriftlichen Eröffnungen, mehrere Gedanken an, deren Entwickelung der Staatskanzlei angenehm sein würde, und der Präsident der Polizei, Hr. Gruner, schickte selbst einen Aufsatz, unabhängig von meiner Meinung darüber, zur Insertion in das Blatt ein. Inzwischen machte ich, zu meiner großen Bestürzung, gar bald die Erfahrung, daß man in meinen Vorschlag bloß gewilligt hatte, um des Augenblicks mächtig zu werden, und um der Herausgabe des Blattes im Auslande, von welcher ich gesprochen hatte, zuvorzukommen. Denn die offiziellen Beiträge blieben von den resp. Staatsbehörden gänzlich aus, und auf mehrere Beschwerden, die ich deshalb bei Hr. v. Raumer führte, antwortete derselbe weiter nichts, als daß es den Chefs der Departements wahrscheinlich an schicklichen und passenden Materialien fehle, um mich damit zu versorgen. Da nun das Blatt durch diesen Umstand, der das Publikum gänzlich in seiner Erwartung täuschte, allen Absatz verlor und schon, beim Ablauf des ersten Vierteljahrs, sowohl aus diesem Grunde, als wegen des dem Publiko wenig analogen Geistes, den ihm die Staatskanzlei einprägte, gänzlich zugrunde ging: so zeigte ich Sr. Exzellenz, dadurch in die größte Verlegenheit gestürzt, an, daß ich zwar zu Anfange auf jede Geldvergütigung Verzicht geleistet, daß ich aber nicht umhin könnte, ihn wegen jenes, ganz allein durch die Staatskanzlei veranlaßten, Verlustes meines jährlichen Einkommens, worauf meine Existenz gegründet gewesen wäre, um eine Entschädigung zu bitten. Aber wie groß war mein Befremden, als ich von der Staatskanzlei ein äußerst strenges Schreiben empfing, worin man mir, gleich einem unbescheidnen Menschen, unter der Andeutung, daß mein Vorgeben, ein Geldanerbieten von ihr, behufs einer den Interessen derselben gemäßen Führung des Blattes, empfangen zu haben, äußerst beleidigend sei, mein Entschädigungsgesuch rund abschlug! Bei dieser Sache war ich von mancher Seite zu sehr interessiert, als daß ich mich mit diesem Bescheid hätte beruhigen sollen. Sr. Exzellenz, der Hr. Staatskanzler, der den Brief unterschrieben hatte, konnten zwar, wie ich begriff, bei der Menge der ihnen obliegenden Geschäfte, die Äußerungen, die sie mir selbst mündlich gemacht hatten, vergessen haben; da ich aber keinen Grund hatte, so etwas bei demjenigen, der diesen Brief entworfen hatte, welches Hr. v. Raumer war, vorauszusetzen: so bat ich mir von demselben, wie Männer von Ehre in solchen Fällen zu tun pflegen, eine gefällige Erklärung über die Eröffnungen aus, die er mir im Namen Sr. Exzellenz, des Hr. Staatskanzlers, gemacht hatte. Ja, auf das Antwortschreiben Hr. v. Raumers, wel-

ches unbestimmt und unbedeutend war und nichts, als einige
diplomatische Wendungen enthielt: wiederholte ich noch einmal mein Gesuch, und bat mir, binnen zweimal vier und zwanzig
Stunden, mit Ja oder Nein, eine Antwort aus. Auf diesen Schritt
schickte Hr. v. Raumer mir den Geh. Ob. Postrat Pistor ins
Haus, um sich näher nach den Gründen, worauf ich meine Forderung stütze, zu erkundigen; und da derselbe aus meinen Papieren fand, daß auch schon der Staatsrat Gruner mir im Namen Sr.
Exzellenz ein Geldanerbieten gemacht hatte: so erschien bald
darauf, zur Beilegung dieser Sache, ein Schreiben von Sr. Exzellenz, dem Hr. Staatskanzler, worin dieselben, nach besserer Erwägung der Sache, wie es hieß, mein Recht, eine Entschädigung
zu fordern, eingestanden. Inzwischen wollte man sich, aus welchen Gründen weiß ich nicht, auf keine unmittelbare Vergütigung einlassen; man ließ mir durch den Geh. Rat Pistor zu erkennen geben, daß man die Absicht habe, mir, zur Entschädigung
wegen des gehabten Verlustes, die Redaktion des kurmärkischen
Departementsblatts zu übertragen. Gleichwohl, mein gnädigster
Fürst und Herr, als ich den Staatskanzler, bei der bald darauf erfolgten Einrichtung dieses Blattes, um die Redaktion desselben
bat: schlug er mir dieselbe nicht nur, unter dem allgemeinen,
und völlig grundlosen Vorgeben, daß sie für mich nicht passend
sei, ab, sondern ging auch überhaupt auf mein Begehren, im
Königl. Zivildienst angestellt zu werden, nur insofern ein, als ich
mich dabei den gewöhnlichen, gesetzlichen Vorschriften, wie es
hieß, unterwerfen würde. Da nun weder das Alter, das ich erreicht, noch auch der Platz, den ich in der Welt einnehme, zulassen, mich bei der Bank der Referendarien anstellen zu lassen: so
flehe ich Ew. Königliche Hoheit inständigst an, mich gegen so
viel Unedelmütigkeiten und Unbilligkeiten, die meine Heiterkeit untergraben, in Ihren gnädigsten Schutz zu nehmen. Ich
bitte Ew. Königliche Hoheit, den Staatskanzler zu bewegen, mir,
seiner Verpflichtung gemäß, eine, meinen Verhältnissen angemessene, und auch mit meinen anderweitigen literarischen
Zwecken vereinbare, Anstellung im Königl. Zivildienst anzuweisen, oder aber, falls sich ein solcher Posten nicht sobald ausmitteln lassen sollte, mir wenigstens unmittelbar ein *Wartegeld*
auszusetzen, das für jenen empfindlichen Verlust, den ich erlitten,

und den ich zu tragen ganz unfähig bin, einigermaßen als Entschädigung gelten kann. Die Zugrundrichtung jenes Blattes war um so grausamer für mich, da ich kurz zuvor durch den Tod der verewigten Königin Majestät, meiner erhabenen Wohltäterin, eine Pension verloren hatte, die Höchstdieselbe mir, zur Begründung einer unabhängigen Existenz, und zur Aufmunterung in meinen dichterischen Arbeiten, aus ihrer Privatschatulle, durch meine Kusine, Frau von Kleist, auszahlen ließ: es war eben um jenen Ausfall zu decken, daß ich dieses Blatt unternahm. Auch in diesem Umstand, durchlauchtiger, königlicher Prinz, liegt, unabhängig von meinem persönlichen Vertrauen zu Ihnen, noch ein Grund, der mich mit meiner gehorsamsten Bitte um Verwendung, vor Ihr Antlitz führt, indem ich niemand auf Erden wüßte, durch dessen Vermittelung ich das, was ich durch den Tod jener angebeteten Herrscherin verlor, lieber ersetzt zu sehen wünschte, als durch die Ihrige; und indem ich nur noch die Versicherung anzunehmen bitte, daß es die Aufgabe meines Lebens sein wird, mich dieser höchsten Gnade würdig zu machen, welches vielleicht gar bald, nach Wiederherstellung meiner äußeren Lage, durch Lieferung eines tüchtigen Werks, geschehen kann, unterschreibe ich mich, in der allertiefsten Unterwerfung, Ehrfurcht und Liebe,

Ew. Königlichen Hoheit, untertänigster

Berlin, den 20. Mai 1811   Heinrich von Kleist.
Mauerstraße Nr. 53

202. An Georg Andreas Reimer

[Berlin, 31. Mai 1811]

Ich bitte um die Gefälligkeit, mein teurer Freund, mir ein Exemplar *des zerbrochnen Kruges* auf Velin zu überschicken, oder aber, falls Sie heut nicht zu Hause sein sollten, es so zurecht zu legen, daß es morgen abgeholt werden kann.   H. v. Kleist.

203. An Karl August Freiherrn von Hardenberg

Hoch- und Wohlgeborner Freiherr,
Hochgebietender Herr Geheimer Staatskanzler,

Ew. Exzellenz habe ich die Ehre, als ein Zeichen meiner innigsten Verehrung beifolgendes, soeben auf der Messe von mir

erschienenes Werk, ehrfurchtsvoll zu überreichen. Ich würde mein
schönstes Ziel erreicht haben, wenn ich imstande wäre, dadurch
eine Stunde der kostbaren Muße Ew. Exzellenz zu erheitern,
und wenn mir der Beifall eines Mannes zuteil würde, der, neben
der Kunst zu regieren, sich zugleich als einen der einsichtsvollsten
Kenner der Kunst, welche Melpomene lehrt, bewährt hat.

Bei dieser Gelegenheit kann ich nicht umhin, Ew. Exzellenz
den empfindlichen Verlust, den ich durch das Aufhören der
Abendblätter erlitten habe, und mein gehorsamstes Gesuch um
Entschädigung wieder in untertänigste Erinnerung zu bringen.
Ich fühle, wie verletzend von mancher Seite die erneuerte Berührung dieser Sache sein mag; aber die gänzliche Unfähigkeit,
jenen Ausfall, auf dem meine Existenz basiert war, zu ertragen,
zwingt mich, Ew. Exzellenz Gnade und Gerechtigkeit von neuem
wieder in Anspruch zu nehmen. Es ist nicht nur Hr. Regierungsrat v. Raumer, sondern auch früherhin schon, und in weit bestimmteren und weitläufigeren Eröffnungen, der Staatsrat, Hr.
Gruner, der mir, im Namen Ew. Exzellenz, behufs einer in ihrem
Geiste gänzlich veränderten Führung des Blattes, ein Geldanerbieten gemacht haben. Die offiziellen Beiträge sollten bloß statt
dieser Geldunterstützung, die ich ehrfurchtsvoll ablehnte, gelten,
um den verminderten Absatz, der wegen geringerer Popularität
zu fürchten war, zu decken, und der, durch das Ausbleiben dieser
Beiträge späterhin erfolgte Untergang des Blattes, ist demnach ein
ganz allein durch das Verschulden der Staatskanzlei über mich ge-
brachter Verlust. Ew. Exzellenz selbst, indem Sie den mir in
Ihrem gnädigsten Schreiben vom 26. Februar d. J., über meine
Entschädigungsforderung geäußerten Unwillen, durch Ihr huld-
reiches Schreiben vom 11. März, zurücknehmen und für ein
Mißverständnis erklären, scheinen dies zu empfinden; und
Höchstdieselben sind zu gerecht, als daß Sie meine Befugnis, eine
Entschädigung zu fordern, anerkennen sollten, ohne über diese
Entschädigung selbst irgend etwas gnädigst zu verfügen. Ew.
Exzellenz ersuche ich ganz untertänigst um die Gewogenheit, mich
mich auf eine, meinen Verhältnissen angemessene Weise, im
Königl. Zivildienst anzustellen, oder aber, falls sich eine solche
Anstellung nicht unmittelbar, wie sie mit meinen übrigen literari-
schen Zwecken paßt, ausmitteln lassen sollte, mir wenigstens un-

mittelbar ein Wartegeld auszusetzen, das, statt jenes beträchtlichen
Verlusts, als Entschädigung gelten kann. Ich glaube zu Ew. Exzellenz das Vertrauen haben zu dürfen, mit diesem gehorsamsten
Gesuch, dessen Verweigerung mich aller Mittel, ferner im Vaterlande zu bestehen, berauben würde, keine Fehlbitte zu tun, und
ersterbe, in Erwartung einer baldigst huldreichen Antwort, in der
tiefsten und vollkommensten Ehrfurcht,

Ew. Exzellenz untertänigster

Berlin, den 6. Juni 1811   H. v. Kleist.
Mauerstraße Nr. 53

204. An Friedrich Wilhelm III.

Großmächtigster,
Allergnädigster König und Herr,

Ew. Königlichen Majestät erhabenem Thron unterstehe ich
mich, in einem Fall, der für mein ferneres Fortkommen im Vaterlande von der höchsten Wichtigkeit ist, mit folgender untertänigsten Bitte um allerhöchste Gerechtigkeit, zu nahen. Sr. Exzellenz, der Hr. Staatskanzler, Freiherr v. Hardenberg, ließen mir,
im November vorigen Jahres, bei Gelegenheit eines in dem
Journal: das Abendblatt, enthaltenen Aufsatzes, der das Unglück
hatte, denenselben zu mißfallen, durch den damaligen Präsidenten
der Polizei, Hr. Gruner, und späterhin noch einmal wiederholent-
lich durch den Hr. Regierungsrat von Raumer, die Eröffnung
machen, daß man dies Institut mit Geld unterstützen wolle, wenn
ich mich entschließen könne, dasselbe so, wie es den Interessen
der Staatskanzlei gemäß wäre, zu redigieren. Ich, der keine anderen Interessen, als die Ew. Königlichen Majestät, welche, wie
immer, so auch diesmal, mit denen der Nation völlig zusammenfielen, berücksichtigte, weigerte mich anfangs, auf dieses Anerbieten einzugehen; da mir jedoch, in Folge dieser Verweigerung,
von Seiten der Zensurbehörde solche Schwierigkeiten in den
Weg gelegt wurden, die es mir ganz unmöglich machten, das
Blatt in seinem früheren Geiste fortzuführen, so bequemte ich
mich endlich notgedrungen in diesen Vorschlag: leistete aber in
einem ausdrücklichen Schreiben an den Präsidenten, Hr. Gruner,
vom 8. Dez. v. J. auf die mir angebotene Geldunterstützung ehrfurchtsvoll Verzicht, und bat mir bloß, zu einiger Entschädigung,

wegen beträchtlich dadurch verminderten Absatzes, der zu erwarten war, die Lieferung offizieller das Publikum interessierender Beiträge von den Landesbehörden aus. Von dem Augenblick an, da Sr. Exzellenz mir dies versprachen, gab das Blatt den ihm eignen Charakter von Popularität gänzlich auf; dasselbe trat unter unmittelbare Aufsicht der Staatskanzlei, und alle Aufsätze, welche die Staatsverwaltung und Gesetzgebung betrafen, gingen zur Prüfung des Hr. Regierungsrats von Raumer. Gleichwohl blieben jene offiziellen Beiträge, ohne welche, bei so verändertem Geiste, das Blatt auf keine Weise bestehen konnte, gänzlich aus; und obschon ich weit entfernt bin, zu behaupten, daß Sr. Exzellenz Absicht war, dies Blatt zugrunde zu richten, so ist doch gewiß, daß die gänzliche Zugrundrichtung desselben, in Folge jener ausbleibenden offiziellen Beiträge, erfolgte, und daß mir daraus ein Schaden von nicht weniger als 800 Thl. jährlich erwuchs, worauf das Honorar mit meinem Verleger festgesetzt war. Wenn ich nun gleich, wie schon erwähnt, anfangs jede Geldunterstützung gehorsamst von mir ablehnte, so war doch nichts natürlicher, als daß ich jetzt, wegen des Verlusts meines ganzen Einkommens, wovon ich lebte, bei Sr. Exzellenz um eine Entschädigung einkam. Aber wie groß war mein Befremden, zu sehen, daß man jene Verhandlungen mit der Staatskanzlei, auf welche ich mich berief, als eine lügenhafte Erfindung von mir behandelte und mir, als einem Zudringlichen, Unbescheidenen und Überlästigen, mein Gesuch um Entschädigung gänzlich abschlug! Sr. Exzellenz haben nun zwar, auf diejenigen Schritte, die ich deshalb getan, in ihrem späterhin erfolgten Schreiben vom 18. April d. J., im allgemeinen mein Recht, eine Entschädigung zu fordern, gnädigst anerkannt; über die Entschädigung selbst aber, die man mir durch eine Anstellung zu bewirken einige Hoffnung machte, ist, so dringend meine Lage auch solches erfordert, bis diesen Augenblick noch nichts verfügt worden, und ich dadurch schon mehr als einmal dem traurigen Gedanken nahe gebracht worden, mir im Ausland mein Fortkommen suchen zu müssen. Zu Ew. Königlichen Majestät Gerechtigkeit und Gnade flüchte ich mich nun mit der alleruntertänigsten Bitte, Sr. Exzellenz, dem Hr. Staatskanzler aufzugeben, mir eine Anstellung im Zivildienst anweisen zu lassen, oder aber, falls eine solche Stelle nicht

unmittelbar, wie sie für meine Verhältnisse paßt, auszumitteln
sein sollte, mir wenigstens unmittelbar ein Wartegeld auszusetzen, das, statt jenes besagten Verlusts, als eine Entschädigung gelten kann. Auf diese allerhöchste Gnade glaube ich um so mehr
einigen Anspruch machen zu dürfen, da ich durch den Tod der
verewigten Königin Majestät, welche meine unvergeßliche
Wohltäterin war, eine Pension verloren habe, welche Höchstdieselbe mir, zu Begründung einer unabhängigen Existenz und zur
Aufmunterung in meinen literarischen Arbeiten, aus ihrer Privatschatulle auszahlen ließ.

Der ich in der allertiefsten Unterwerfung und Ehrfurcht ersterbe,   Ew. Königlichen Majestät,

Berlin, den 17. Juni 1811   alleruntertänigster

Mauerstraße Nr. 53   Heinrich von Kleist.

205. An Georg Andreas Reimer

Wollen Sie ein Drama von mir drucken, ein *vaterländisches*
(mit mancherlei Beziehungen) namens *der Prinz von Homburg*,
das ich jetzt eben anfange, abzuschreiben?

– Lassen Sie ein paar Worte hierüber wissen

Ihrem Freund

[Berlin,] den 21. Juni 1811   H. v. Kleist.

206. An Georg Andreas Reimer

[Berlin, 26. Juli 1811]

Ich bitte um die Gefälligkeit, mir

1 Ex. Käthchen von Heilbronn

und 1 Ex. Erzählungen

zu überschicken und auf Rechnung zu stellen.

Zugleich bitte ich um eine Nachricht über den Prinzen Homburg.   Ihr

H. v. Kleist.

207. An Georg Andreas Reimer

[Berlin, Ende Juli 1811]

Mein liebster Reimer,

Ich bitte um die Gefälligkeit, mir Ihre Entschließung wegen
des Pr. v. Homburg zukommen zu lassen, welchen ich bald gedruckt zu sehen wünsche, indem es meine Absicht ist, ihn der

Prinzess. Wilhelm zu dedizieren. – Dabei zeige ich zugleich an, daß ich mit einem *Roman* ziemlich weit vorgerückt bin, der wohl 2 Bände betragen dürfte, und wünsche zu wissen, ob Sie imstande sind*, mir bessere Bedingungen zu machen, als bei den Erzählungen. Es ist fast nicht möglich, für diesen Preis etwas zu liefern, und so ungern ich außerhalb der Stadt drucken lasse, so würde ich doch mit Cotta wieder in Verbindung treten müssen, der, wie ich glaube, nicht abgeneigt ist, meine Sachen zu verlegen.

Ihr

H. v. Kleist.

* falls er Ihnen gefiele.

208. An Marie von Kleist

[Berlin, Juli 1811]

[Adam] Müllers Abreise hat mich in große Einsamkeit versenkt. Er war es eigentlich, um dessentwillen 'ich mich vor nun ohngefähr einem Jahr wieder in Berlin niederließ, und ich bin gewiß, so wenig dies auch mancher begreifen wird, daß er mich in Wien, wohin ich ihm nicht habe folgen können, vermissen werde. Nicht als ob ich ihm zu seinem Zwecke daselbst hätte behülflich sein können, sondern weil er mich braucht, um sich dessen, was er sich erringt und erstrebt, am Ziel zu erfreuen. Ich kann Ihnen nicht sagen, wie rührend mir die Freundschaft dieses Menschen ist, fast so rührend, wie seine Liebe zu seiner Frau. Denn sein Treiben in der Welt, abgerissen und unvollendet, wie es noch da liegt, ist mancherlei Mißdeutungen unterworfen: es gehört ein Wohlgefallen, so gänzlich rücksichtslos, und uneigennützig, in Persönlichkeiten, die ihm ganz fremd und ungleichartig sind, dazu, um die innerliche Unschuld und Güte seines Wesens zu erkennen. Derjenige, mit dem ich jetzt am liebsten, wenn ich die Wahl hätte, in ein näheres Verhältnis treten möchte, ist der gute, sonst nur zu sehr von mir vernachlässigte Achim Arnim. Aber dieser läßt sich, seitdem er verheiratet ist, weder bei mir noch einem andern sehen. Er hat sich mit seiner Frau ganz wie lebendig in einen Pavillon des Vossischen Gartens begraben, und es ist nichts Lächerlicheres zu sehen, als das Acharnement der Menschen über diese Einsamkeit. Sie würden ihm eher alles andre vergeben, als daß er sich bei seiner Frau besser gefällt als in ihrer

nichtigen und erbärmlichen Gesellschaft. Auch Beckendorf, den
ich sonst zuweilen sah, ist fort von hier, und ich kann wohl sagen,
daß ich, von so mancher Seite verlassen, ihn mehr als sonst vermisse.

209. An Achim von Arnim

[Berlin, Sommer 1811]
Adam Müller wohnt Wien N. 871 beim Freih. du Beine.

H. v. Kleist.

210. An Marie von Kleist

[Berlin, Sommer 1811]
Das Leben, das ich führe, ist seit Ihrer und A. Müllers Abreise
gar zu öde und traurig. Auch bin ich mit den zwei oder drei
Häusern, die ich hier besuchte, seit der letzten Zeit ein wenig
außer Verbindung gekommen, und fast täglich zu Hause, von
Morgen bis auf den Abend, ohne auch nur einen Menschen zu
sehen, der mir sagte, wie es in der Welt steht. Sie helfen sich mit
Ihrer Einbildung und rufen sich aus allen vier Weltgegenden,
was Ihnen lieb und wert ist, in Ihr Zimmer herbei. Aber diesen
Trost, wissen Sie, muß ich unbegreiflich unseliger Mensch entbehren. Wirklich, in einem so besondern Fall ist noch vielleicht
kein Dichter gewesen. So geschäftig dem weißen Papier gegenüber meine Einbildung ist, und so bestimmt in Umriß und Farbe
die Gestalten sind, die sie alsdann hervorbringt, so schwer, ja
ordentlich schmerzhaft ist es mir, mir das, was wirklich ist, vorzustellen. Es ist, als ob diese in allen Bedingungen angeordnete
Bestimmtheit meiner Phantasie, im Augenblick der Tätigkeit
selbst, Fesseln anlegte. Ich kann, von zu viel Formen verwirrt, zu
keiner Klarheit der innerlichen Anschauung kommen; der Gegenstand, fühle ich unaufhörlich, ist kein Gegenstand der Einbildung: mit meinen Sinnen in der wahrhaftigen lebendigen Gegenwart möchte ich ihn durchdringen und begreifen. Jemand,
der anders hierüber denkt, kömmt mir ganz unverständlich vor;
er muß Erfahrungen angestellt haben, ganz abweichend von
denen, die ich darüber gemacht habe. Das Leben, mit seinen zudringlichen, immer wiederkehrenden Ansprüchen, reißt zwei
Gemüter schon in dem Augenblick der Berührung so vielfach
aus einander, um wie viel mehr, wenn sie getrennt sind. An ein

Näherrücken ist gar nicht zu denken; und alles, was man gewinnen kann, ist, daß man auf dem Punkt bleibt, wo man ist. Und dann der Trost in verstimmten und trübseligen Augenblicken, deren es heutzutage so viel gibt, fällt ganz und gar weg. Kurz, Müller, seitdem er weg ist, kömmt mir wie tot vor, und ich empfinde auch ganz denselben Gram um ihn, und wenn ich nicht wüßte, daß Sie wieder kommen, würde mir es mit Ihnen ebenso gehn.

211. An Marie von Kleist

[Berlin, Sommer 1811]

Sobald ich mit dieser Angelegenheit fertig bin, will ich einmal wieder etwas recht Phantastisches vornehmen. Es weht mich zuweilen, bei einer Lektüre oder im Theater, wie ein Luftzug aus meiner allerfrühesten Jugend an. Das Leben, das vor mir ganz öde liegt, gewinnt mit einemmal eine wunderbar herrliche Aussicht, und es regen sich Kräfte in mir, die ich ganz erstorben glaubte. Alsdann will ich meinem Herzen ganz und gar, wo es mich hinführt, folgen und schlechterdings auf nichts Rücksicht nehmen, als auf meine eigne innerliche Befriedigung. Das Urteil der Menschen hat mich bisher viel zu sehr beherrscht; besonders das Käthchen von Heilbronn ist voll Spuren davon. Es war von Anfang herein eine ganz treffliche Erfindung, und nur die Absicht, es für die Bühne passend zu machen, hat mich zu Mißgriffen verführt, die ich jetzt beweinen möchte. Kurz, ich will mich von dem Gedanken ganz durchdringen, daß, wenn ein Werk nur recht frei aus dem Schoß eines menschlichen Gemüts hervorgeht, dasselbe auch notwendig darum der ganzen Menschheit angehören müsse.

212. An Marie von Kleist

[Berlin, Sommer 1811]

Ich fühle, daß mancherlei Verstimmungen in meinem Gemüt sein mögen, die sich in dem Drang der widerwärtigen Verhältnisse, in denen ich lebe, immer noch mehr verstimmen, und die ein recht heitrer Genuß des Lebens, wenn er mir einmal zuteil würde, vielleicht ganz leicht harmonisch auflösen würde. In diesem Fall würde ich die Kunst vielleicht auf ein Jahr oder länger ganz ruhen lassen, und mich, außer einigen Wissenschaften, in denen ich noch etwas nachzuholen habe, mit nichts als der Musik beschäftigen. Denn ich betrachte diese Kunst als die Wurzel, oder vielmehr, um mich schulgerecht auszudrücken, als die algebraische Formel aller übrigen, und so wie wir schon einen Dichter haben – mit dem ich mich übrigens auf keine Weise zu vergleichen wage – der alle seine Gedanken über die Kunst, die er übt, auf Farben bezogen hat, so habe ich, von meiner frühesten Jugend an, alles Allgemeine, was ich über die Dichtkunst gedacht habe, auf Töne bezogen. Ich glaube, daß im Generalbaß die wichtigsten Aufschlüsse über die Dichtkunst enthalten sind.

213. *An Ulrike von Kleist*

Meine teuerste Ulrike,

In dem Louisenstift, dessen erste Abteilung erst organisiert ist, wird nun für die zweite Abteilung, welche gleichfalls organisiert werden soll, eine Oberaufseherin gesucht; eine Dame, deren Bestimmung nicht eigentlich unmittelbar die Erziehung der Kinder, sondern die Aufsicht über das ganze weibliche Personale ist, dem jenes Geschäft anvertraut ist. Eine solche Stelle, an und für sich demnach ehrenvoll genug, ist mit völlig freier Station und einem Gehalt von 400 Rth. verknüpft. Da Du nun, wie ich höre, damit umgehst, eine Pension in Frankfurt anzulegen, und sogar dazu schon einige Schritte getan hast: so ist mir eingefallen, ob es Dir vielleicht, die wohl vorzugsweise dazu geeignet ist, konvenieren würde, eine solche Stelle anzunehmen? Du würdest Dich in diesem Fall, wie es sich von selbst versteht, auf keine Weise darum zu bewerben brauchen; sondern Dein Ruf würde hoffentlich die Schritte, die ich deshalb bei den Vorstehern dieses Instituts, deren mehrere mir bekannt sind, tun könnte, dergestalt unterstützen, daß man eine Aufforderung an Dich dazu ergehen ließe. Dieser Plan schmeichelt meinem Wunsch, Dich auf dauerhafte Weise in meiner Nähe zu wissen; und obschon mancherlei Verhältnisse, zum Teil auch die Einrichtung dieses Instituts selbst, unmöglich machen, mich mit Dir zusammen zu etablieren, so würde mir doch Dein Aufenthalt in Berlin, von wo ich mich wohl sobald nicht zu entfernen denke, zur größten Freude und Befriedigung gereichen. Demnach bitte ich Dich um die Freundschaft, mir

hierüber einige Worte zu schreiben; und mit der Versicherung,
daß mich, falls es nur in Deine Zwecke paßt, nichts glücklicher
machen würde, als alles, was in meinen Kräften steht, an die Ausführung dieser Sache zu setzen, unterschreibe ich mich

Dein treuer Bruder

Berlin, den 11. Aug. 1811   H. v. Kleist.
Mauerstraße Nr. 53

214. *An Friedrich de la Motte Fouqué*

Mein liebster Fouqué,

Zum Dank für das liebe, freundliche Geschenk das Sie mir
mit Ihren Schauspielen und Ihre Frau Gemahlin mit ihren kleinen
Romanen gemacht haben, übersende ich Ihnen diesen soeben
fertig gewordenen zweiten Band meiner Erzählungen. Möge er
Ihnen nur halb so viel Vergnügen machen, als mir die vortrefflichen Erzählungen Ihrer Frau Gemahlin, in welchen die Welt der
Weiber und Männer wunderbar gepaart ist, gemacht haben.
Auch Ihren vaterländischen Schauspielen bin ich einen Tag der
herzlichsten Freude schuldig; besonders ist eine Vergiftungsszene
im Waldemar mit wahrhaft großem und freien dramatischen
Geiste gedichtet und gehört zu dem Musterhaftesten in unserer
deutschen Literatur. Wenn es Ihnen recht ist, so machen wir einen
Vertrag, uns alles, was wir in den Druck geben, freundschaftlich
mitzuteilen; es soll an gutem Willen nicht fehlen, mein Geschenk
dem Ihrigen, so viel es in meinen Kräften steht, gleich zu machen.
Vielleicht kann ich Ihnen in kurzem gleichfalls ein vaterländisches Schauspiel, betitelt: der Prinz von Homburg, vorlegen,
worin ich auf diesem, ein wenig dürren, aber eben deshalb fast,
möcht ich sagen, reizenden Felde, mit Ihnen in die Schranken
trete. Geschäfte, der unangenehmsten und verwickeltsten Art,
haben mich für diesen Sommer abgehalten, Ihnen in Nennhausen
meine Aufwartung zu machen; inzwischen kommt es mir vor,
als ob eine Verwandtschaft zwischen uns prästabilitiert wäre, die
sich in kurzer Zeit gar wunderbar entwickeln müßte, und es gehört zu meinen liebsten Wünschen, dies noch im Lauf dieses
Herbstes zu versuchen. Vielleicht, mein liebster Fouqué, wenn Sie
zu Hause bleiben, erscheine ich noch ganz unvermutet bei Ihnen,
und erinnere Sie an die freundschaftliche Einladung, die Sie mir

zu wiederholtem Male gemacht und nun vielleicht schon wieder vergessen haben. Meine gehorsamste Empfehlung an Ihre Fr. Gemahlin, so wie an Frl. v. Luck und alle übrigen, in deren Andenken ich stehe; wenn Sie, wie man hier sagt, nach Berlin kommen sollten, so werden Sie nicht vergessen, Ihre Gegenwart auf einen Augenblick zu schenken

Ihrem treusten und ergebensten

Berlin, den 15. August 1811   H. v. Kleist.

215. An Marie von Kleist

[Berlin, 17. Sept. 1811]

Wenn ich doch zu Ihren Füßen sinken könnte, meine teuerste Freundin, wenn ich doch Ihre Hände ergreifen und mit tausend Küssen bedecken könnte, um Ihnen den Dank für Ihren lieben, teuren Brief auszudrücken. Das lange Ausbleiben desselben hatte mir die Besorgnis erweckt, daß es Ihre Absicht sein könnte, mir gar nicht mehr zu schreiben; in der Tat hatte ich es verdient, und ich war darauf gefaßt, wie man auf das Trostloseste, das über ein Menschenleben kommen kann, gefaßt sein kann. Mehreremal, wenn ich auf den Gedanken geriet, daß Sie vielleicht einen Brief von mir erwarteten, hatte ich die Feder ergriffen, um Ihnen zu schreiben; aber die gänzliche Unfähigkeit, mich anders, als durch die Zukunft auszusprechen, machte sie mir immer wieder aus den Händen fallen. Denn die Entwickelung der Zeit und der Anteil, den ich daran nehmen werde, ist das einzige, was mich wegen des Vergangenen mit Ihnen versöhnen kann; erst wenn ich tot sein werde, kann ich mir denken, daß Sie mit dem vollen Gefühl der Freundschaft zu mir zurückkehren werden. Endlich gestern komme ich zu Hause und finde einen Brief so voll von Vergebung – ach, was sage ich, Vergebung? so voll von Güte und Milde, als ob ich gar keine Schuld gegen Sie hätte, als ob in Ihrer Brust auch nicht der mindeste Grund zum Unwillen gegen mich vorhanden wäre. Sagen Sie mir, wodurch habe ich so viele Liebe verdient? Oder habe ich sie nicht verdient, und schenken Sie sie mir bloß, weil Sie überhaupt nicht hassen können, weil Sie alles, was sich Ihrem Kreise nähert, mit Liebe umfassen müssen? Nun, der Himmel lohne Ihnen diesen Brief, der mir, seit Ihrer Abreise, wieder den ersten frohen Lebensaugenblick geschenkt hat. Ich würde

Ihnen den Tod wünschen, wenn Sie zu sterben brauchten, um glücklich zu werden; es scheint mir, als ob Sie, bei solchen Empfindungen, das Paradies in Ihrer Brust mit sich herum tragen müßten.

Unsre Verhältnisse sind hier, wie Sie vielleicht schon wissen werden, friedlicher als jemals; man erwartet den Kaiser Napoleon zum Besuch, und wenn dies geschehen sollte, so werden vielleicht ein paar Worte ganz leicht und geschickt alles lösen, worüber sich hier unsere Politiker die Köpfe zerbrechen. Wie diese Aussicht auf mich wirkt, können Sie leicht denken; es ist mir ganz stumpf und dumpf vor der Seele, und es ist auch nicht ein einziger Lichtpunkt in der Zukunft, auf den ich mit einiger Freudigkeit und Hoffnung hinaussähe. Vor einigen Tagen war ich noch bei G[neisenau] und überreichte ihm, nach Ihrem Rat, ein paar Aufsätze, die ich ausgearbeitet hatte; aber das alles scheint nur, wie der Franzose sagt, moutarde après diner. Wirklich, es ist sonderbar, wie mir in dieser Zeit alles, was ich unternehme, zugrunde geht; wie sich mir immer, wenn ich mich einmal entschließen kann, einen festen Schritt zu tun, der Boden unter meinen Füßen entzieht. G[neisenau] ist ein herrlicher Mann; ich fand ihn abends, da er sich eben zu einer Abreise anschickte, und war, in einer ganz freien Entfaltung des Gesprächs nach allen Richtungen hin, wohl bis um 10 Uhr bei ihm. Ich bin gewiß, daß wenn er den Platz fände, für den er sich geschaffen und bestimmt fühlt, ich, irgendwo in seiner Umringung, den meinigen gefunden haben würde. Wie glücklich würde mich dies, in der Stimmung, in der ich jetzt bin, gemacht haben! Denn es ist eine Lust, bei einem tüchtigen Manne zu sein; Kräfte, die in der Welt nirgends mehr an ihrem Orte sind, wachen, in solcher Nähe und unter solchem Schutze, wieder zu einem neuen freudigen Leben auf. Doch daran ist nach allem, was man hier hört, kaum mehr zu denken. Wozu raten Sie mir denn, meine teuerste Freundin, falls auch diese Aussicht, die sich mir eröffnete, wieder vom Winde verweht würde? Soll ich, wenn ich das Geld von Ulriken erhalte, nach Wien gehen? Und werde ich es erhalten? – Ich gestehe, daß ich mit ebenso viel Lust, bei Regen und Schneegestöber, in eine ganz finstere Nacht hinaus gehen würde, als nach dieser Stadt. Nicht, als ob sie mir an und für sich, widerwärtig wäre; aber es scheint mir trostlos, daß ich es nicht beschreiben kann, immer an einem anderen Orte zu suchen, was ich noch an keinem, meiner eigentümlichen Beschaffenheit wegen, gefunden habe. Gleichwohl sind die Verhältnisse, in die ich dort eintreten könnte, von mancher Seite vorteilhaft: es läßt sich denken, daß meine Liebe zur Kunst dort von neuem wieder aufwachte – und auf jeden Fall ist gewiß, daß ich hier nicht länger bestehen kann. Sprechen Sie ein Wort, meine teuerste Freundin, sprechen Sie ein bestimmtes Wort, das mich entscheide; ich bin schon so gewohnt, alles auf Ihre Veranlassung und Ihren Anstoß zu tun, daß ich die Kraft, mich selbst zu entscheiden, fast ganz entbehre. – Der Brief an R[ex] ist besorgt und zwar, wie Sie mir befohlen haben, eigenhändig. Ich habe dabei in einer sehr langen Unterredung auch ihn Gelegenheit gehabt, näher kennen zu lernen, und kann [unlesbar gemachter Name] Meinung über ihn nicht ganz teilen; mich dünkt er hat Herz und Verstand, mehr als Sie alle beide ihm zutrauen. – Und nun leben Sie wohl, meine teuerste Freundin; ich sinke noch einmal zu Ihren Füßen nieder und küsse Ihre Hand für Ihren Brief; beschenken Sie mich bald wieder mit einem! H. v. Kl.

Königl. Kabinettsorder an Kleist

An den Heinrich v. Kleist zu Berlin, Mauerstraße Nr. 53.

Berlin, den 11. September 1811
Ich erkenne mit Wohlgefallen den guten Willen, der Ihrem Dienstanerbieten zum Grunde liegt; noch ist zwar nicht abzusehen, ob der Fall, für den Sie dies Anerbieten machen, wirklich eintreten wird; sollte solches aber geschehen, dann werde Ich auch gern Ihrer in der gewünschten Art eingedenk sein, und gebe Ich Ihnen dies auf Ihr Schreiben vom 7. d. M. hiermit in Antwort zu erkennen. Friedrich Wilhelm.

[Aktenvermerk: Wird zur Anstellung notiert]

216. An Ulrike von Kleist

Fräulein Ulrike von Kleist hier.   [Frankfurt a. O., 18. September 1811]

Meine liebste Ulrike,
Der König hat mich durch ein Schreiben im Militär angestellt, und ich werde entweder unmittelbar bei ihm Adjutant werden, oder eine Kompanie erhalten. Die Absicht, in der ich hierher kam, war, mir zu einer kleinen Einrichtung, welche dies nötig macht, Geld zu verschaffen, entweder unmittelbar von Dir, oder

durch Dich, auf die Hypothek meines Hauses. Da Du Dich aber, mein liebes, wunderliches Mädchen, bei meinem Anblick so ungeheuer erschrocken hast, ein Umstand, der mich, so wahr ich lebe, auf das allertiefste erschütterte: so gebe ich, wie es sich von selbst versteht, diesen Gedanken völlig auf, ich bitte Dich von ganzem Herzen um Verzeihung, und beschränke mich, entschlossen, noch heut nachmittag nach Berlin zurückzureisen, bloß auf den anderen Wunsch, der mir am Herzen lag, Dich noch einmal auf ein paar Stunden zu sehn. Kann ich bei Dir zu Mittag essen? – Sage nicht erst, ja, es versteht sich ja von selbst, und ich werde in einer halben Stunde bei Dir sein. Dein Heinrich.

217. Aufzeichnung auf Gut Friedersdorf

[Kleist]

1) Der Krieg zwischen Napoleon und Fr. Wilhelm bricht binnen hier und vier Wochen aus:

2) Die Franzosen fangen den Krieg nicht an; sie setzen den König so, daß er den Frieden brechen muß; und dann erdrücken sie ihn.

3) Das Korps des Königs wird versuchen bei Frankfurt über die Oder zu gehen, es aber nicht bewerkstelligen und sich nach Spandow werfen.

4) Der König, für seine Person, geht nach Kolberg.

5) Für den (nicht erwarteten) Fall, daß der König mit dem Korps über die Oder käme, ist am 14. Okt. eine Schlacht, in welcher er erdrückt wird.

Friedersdorf, den 18. Sept. 1811 H. v. Kl.

[Ludwig von der Marwitz]

ad 1) Zwischen Napoleon und Fr. W. kommt kein Krieg zum Ausbruch.

2) Die Franzosen erdrücken (irgend einmal) den König so, daß er einen Krieg anzufangen nicht Zeit hat.

3) Ein Korps des Königs kömmt gar nicht zusammen.

4) Kann sein.

5) Zwischen hier und dem 14. Oktober ist der preußische Staat oder dessen Armee noch nicht vernichtet.

Friedersdorf, den 18. Sept. 1811

[Charlotte von der Marwitz]

Mir ahndet, daß die letzte Stunde des Königs geschlagen. Er wird seine Natur nie verändern; ewig unentschlossen, wird er alle wohlberechnete Plane vereiteln und die Kräfte derer die sich für ihn aufopfern wollen lähmen. Es werden auf Gneisenaus Vorschlag alle Waffenfähige zusammen gerufen werden, der König wird sie nicht zu gebrauchen verstehn, alles wird auseinander getrieben, ehe es Konsistenz gewonnen; die es redlich und kräftig meinen, werden allein stehn, und so wird alles seiner Bestimmung dem Untergang entgegen gehen. Eine große entscheidende Schlacht wird nicht vorfallen, sondern einzeln die Korps, durch Übermacht, Uneinigkeit, schlechte Anstalt aufgerieben werden.

den 18. Sept. 1811   C. M.

218. An Karl August Freiherrn von Hardenberg

Hochgeborner Freiherr,
Hochgebietender Herr Geheimer Staatskanzler,

Wenn gleich die Entfernung Hr. v. Raumers, der gewiß allein schuld an der Ungnade war, die Ew. Exzellenz unlängst auf mich geworfen haben, mich von der einen Seite aufmuntert, meine Entschädigungssache wegen des Abendblatts wieder aufzunehmen, so ist doch der Augenblick, da das Vaterland eine Gefahr bedroht, zu wenig geeignet und geschickt dazu, als daß ich eine solche Streitsache wieder in Erinnerung bringen sollte. Ich lasse, in Erwartung einer besseren Zeit, in welcher es mir ohne Zweifel glücken wird, Ew. Exzellenz zu überzeugen, wie wenig unbillig meine Forderung war, diesen Gegenstand gänzlich fallen. Da jedoch Sr. Majestät der König geruht haben, mich, durch ein soeben empfangenes allerhöchstes Schreiben, im Militär anzustellen, und mir, bei der beträchtlichen Unordnung, in welche, durch eben jenen Verlust des Abendblatts, meine Kasse geraten ist, die Anschaffung einer Equipage höchst schwierig wird: so wage ich, im Vertrauen auf Ew. Exzellenz vielfach erprobten Patriotismus, Höchstdieselben um einen Vorschuß von 20 Louisdor, für welche ich Denenselben persönlich verantwortlich bleibe, anzugehn. Die Gewährung dieser Bitte wird mir die meinem Herzen äußerst wohltuende Beruhigung geben, daß Ew. Exzellenz Brust weiter von keinem Groll gegen mich erfüllt ist; und indem ich Ew.

Exzellenz die Versicherung anzunehmen bitte, daß ich unmittelbar nach Beendigung des Krieges, Anstalten treffen werde,
Höchstdenenselben diese Ehrenschuld, unter dem Vorbehalt meiner ewigen und unauslöschlichen Dankbarkeit, wieder zuzustellen, ersterbe ich,

Ew. Exzellenz untertänigster

Berlin, den 19. Sept. 1811   H. v. Kleist.
Mauerstraße Nr. 53

[Vermerk Hardenbergs: H. v. Kleist bittet um ein Privatdarlehen von
20 St. Fr.dor. Zu den Akten, da der p. v. Kleist 21. 11. 11 nicht mehr lebt.
Berlin, den 22. Nov. 11. Hardenberg.]

219. An Sophie Sander

Pour Mad. Sander. Hierbei ein G e s a n g b u c h.   [Berlin, Okt. 1811]

Meine liebste Freundin,

Nun werde ich einmal Ihre Freundschaft auf die Probe stellen
und sehen, ob Sie mir böse werden, wenn ich heute abend nicht
komme. Ich werde morgen herankommen, und Ihnen sagen,
welch ein ganz *unvermeidliches* Geschäft, dem Sie selbst dies Beiwort zugestehen werden, mich davon abgehalten hat; und wenn
Sie mir, liebste, beste Freundin, ein krauses Gesicht ziehn und
mir böse sind, so erinnere ich Sie an den Vertrag, den wir beide
miteinander abgeschlossen haben.   H. v. Kleist.

220. An Rahel Levin

Pour Mademoiselle Robert.

Liebe, warum sind Sie so repandiert? Eine Frau, die sich auf
ihren Vorteil versteht, geht nicht aus dem Hause; da erst gilt sie
alles, was sie kann und soll. Doch, machen Sie das mit Ihrem Gewissen aus. Ein Freund vom Hause läßt sich nicht abschrecken,
und ich bin Sonnabend, noch vor Sonnabend, vielleicht noch
heute, bei Ihnen.   H. v. Kleist.

[Berlin,] den 16. [Oktober 1811]

221. An Rahel Levin

Obschon ich das Fieber nicht hatte, so befand ich mich doch,
infolge desselben, unwohl, sehr unwohl; ich hätte einen schlechten Tröster abgegeben! Aber wie traurig sind Sie, in Ihrem Brief.

– Sie haben in Ihren Worten so viel Ausdruck, als in Ihren Augen.
Erheitern Sie sich; das Beste ist nicht wert, daß man es bedauere!
Sobald ich den Steffen ausgelesen bringe ich ihn zu Ihnen.
　[Berlin,] den 24. [Oktober 1811]　　　　　H. v. Kleist.

222. An Marie von Kleist

[Berlin,] den 10. Nov. 1811

　Deine Briefe haben mir das Herz zerspalten, meine teuerste
Marie, und wenn es in meiner Macht gewesen wäre, so versichre
ich Dich, ich würde den Entschluß zu sterben, den ich gefaßt
habe, wieder aufgegeben haben. Aber ich schwöre Dir, es ist mir
ganz unmöglich länger zu leben; meine Seele ist so wund, daß
mir, ich möchte fast sagen, wenn ich die Nase aus dem Fenster
stecke, das Tageslicht wehe tut, das mir darauf schimmert. Das
wird mancher für Krankheit und überspannt halten; nicht aber
Du, die fähig ist, die Welt auch aus andern Standpunkten zu betrachten als aus dem Deinigen. Dadurch daß ich mit Schönheit
und Sitte, seit meiner frühsten Jugend an, in meinen Gedanken
und Schreibereien, unaufhörlichen Umgang gepflogen, bin ich
so empfindlich geworden, daß mich die kleinsten Angriffe, denen
das Gefühl jedes Menschen nach dem Lauf der Dinge hienieden
ausgesetzt ist, doppelt und dreifach schmerzen. So versichre ich
Dich, wollte ich doch lieber zehnmal den Tod erleiden, als noch
einmal wieder erleben, was ich das letztemal in Frankfurt an der
Mittagstafel zwischen meinen beiden Schwestern, besonders als
die alte Wackern dazukam, empfunden habe; laß es Dir nur einmal gelegentlich von Ulriken erzählen. Ich habe meine Geschwister immer, zum Teil wegen ihrer gutgearteten Persönlichkeiten, zum Teil wegen der Freundschaft, die sie für mich hatten,
von Herzen lieb gehabt; so wenig ich davon gesprochen habe, so
gewiß ist es, daß es einer meiner herzlichsten und innigsten
Wünsche war, ihnen einmal, durch meine Arbeiten und Werke,
recht viel Freude und Ehre zu machen. Nun ist es zwar wahr,
es war in den letzten Zeiten, von mancher Seite her, gefährlich,
sich mit mir einzulassen, und ich klage sie desto weniger an, sich
von mir zurückgezogen zu haben, je mehr ich die Not des Ganzen bedenke, die zum Teil auch auf ihren Schultern ruhte; aber
der Gedanke, das Verdienst, das ich doch zuletzt, es sei nun groß

oder klein, habe, gar nicht anerkannt zu sehn, und mich von ihnen als ein ganz nichtsnutziges Glied der menschlichen Gesellschaft, das keiner Teilnahme mehr wert sei, betrachtet zu sehn, ist mir überaus schmerzhaft, wahrhaftig, es raubt mir nicht nur die Freuden, die ich von der Zukunft hoffte, sondern es vergiftet mir auch die Vergangenheit. – Die Allianz, die der König jetzt mit den Franzosen schließt, ist auch nicht eben gemacht mich im Leben festzuhalten. Mir waren die Gesichter der Menschen schon jetzt, wenn ich ihnen begegnete, zuwider, nun würde mich gar, wenn sie mir auf der Straße begegneten, eine körperliche Empfindung anwandeln, die ich hier nicht nennen mag. Es ist zwar wahr, es fehlte mir sowohl als ihnen an Kraft, die Zeit wieder einzurücken; ich fühle aber zu wohl, daß der Wille, der in meiner Brust lebt, etwas anderes ist, als der Wille derer, die diese witzige Bemerkung machen: dergestalt, daß ich mit ihnen nichts mehr zu schaffen haben mag. Was soll man doch, wenn der König diese Allianz abschließt, länger bei ihm machen? Die Zeit ist ja vor der Tür, wo man wegen der Treue gegen ihn, der Aufopferung und Standhaftigkeit und aller andern bürgerlichen Tugenden, von ihm selbst gerichtet, an den Galgen kommen kann.

223. An Marie von Kleist

[Berlin, den 19. Nov. 1811]

Meine liebste Marie, mitten in dem Triumphgesang, den meine Seele in diesem Augenblick des Todes anstimmt, muß ich noch einmal Deiner gedenken und mich Dir, so gut wie ich kann, offenbaren: Dir, der einzigen, an deren Gefühl und Meinung mir etwas gelegen ist; alles andere auf Erden, das Ganze und Einzelne, habe ich völlig in meinem Herzen überwunden. Ja, es ist wahr, ich habe Dich hintergangen, oder vielmehr ich habe mich selbst hintergangen; wie ich Dir aber tausendmal gesagt habe, daß ich dies nicht überleben würde, so gebe ich Dir jetzt, indem ich von Dir Abschied nehme, davon den Beweis. Ich habe Dich während Deiner Anwesenheit in Berlin gegen eine andere Freundin vertauscht; aber wenn Dich das trösten kann, nicht gegen eine, die mit mir leben, sondern, die im Gefühl, daß ich ihr ebenso wenig treu sein würde, wie Dir, mit mir sterben will. Mehr Dir zu sagen, läßt mein Verhältnis zu dieser Frau nicht zu. Nur so viel wisse,

daß meine Seele, durch die Berührung mit der ihrigen, zum Tode
ganz reif geworden ist; daß ich die ganze Herrlichkeit des menschlichen Gemüts an dem ihrigen ermessen habe, und daß ich sterbe,
weil mir auf Erden nichts mehr zu lernen und zu erwerben übrig
bleibt. Lebe wohl! Du bist die allereinzige auf Erden, die ich
jenseits wieder zu sehen wünsche. Etwa Ulriken? – ja, nein, nein,
ja: es soll von ihrem eignen Gefühl abhangen. Sie hat, dünkt
mich, die Kunst nicht verstanden sich aufzuopfern, ganz für das,
was man liebt, in Grund und Boden zu gehn: das Seligste, was
sich auf Erden erdenken läßt, ja worin der Himmel bestehen muß,
wenn es wahr ist, daß man darin vergnügt und glücklich ist.
Adieu! – Rechne hinzu, daß ich eine Freundin gefunden habe,
deren Seele wie ein junger Adler fliegt, wie ich noch in meinem
Leben nichts Ähnliches gefunden habe; die meine Traurigkeit als
eine höhere, festgewurzelte und unheilbare begreift, und deshalb,
obschon sie Mittel genug in Händen hätte mich hier zu beglücken, mit mir sterben will; die mir die unerhörte Lust gewährt, sich, um dieses Zweckes willen, so leicht aus einer ganz
wunschlosen Lage, wie ein Veilchen aus einer Wiese, heraus
heben zu lassen; die einen Vater, der sie anbetet, einen Mann, der
großmütig genug war sie mir abtreten zu wollen, ein Kind, so
schön und schöner als die Morgensonne, um meinetwillen verläßt: und Du wirst begreifen, daß meine ganze jauchzende Sorge
nur sein kann, einen Abgrund tief genug zu finden, um mit ihr
hinab zu stürzen. – Adieu noch einmal! –

224. An Sophie Müller

   Der Himmel weiß, meine liebe, treffliche Freundin, was für
sonderbare Gefühle, halb wehmütig, halb ausgelassen, uns bewegen, in dieser Stunde, da unsere Seelen sich, wie zwei fröhliche Luftschiffer, über die Welt erheben, noch einmal an Sie zu
schreiben. Wir waren doch sonst, müssen Sie wissen, wohl entschlossen, bei unseren Bekannten und Freunden keine Karten
p. p. c. abzugeben. Der Grund ist wohl, weil wir in tausend
glücklichen Augenblicken an Sie gedacht, weil wir uns tausendmal vorgestellt haben, wie Sie in Ihrer Gutmütigkeit aufgelacht
(aufgejauchzt) haben würden, wenn Sie uns in der grünen oder
roten Stube beisammen gesehen hätten. Ja, die Welt ist eine

wunderliche Einrichtung! – Es hat seine Richtigkeit, daß wir uns, Jettchen und ich, wir zwei trübsinnige, trübselige Menschen, die sich immer ihrer Kälte wegen angeklagt haben, von ganzem Herzen lieb gewonnen haben, und der beste Beweis davon ist wohl, daß wir jetzt mit einander sterben.

Leben Sie wohl, unsre liebe, liebe Freundin, und seien Sie auf Erden, wie es gar wohl möglich ist, recht glücklich! Wir, unsererseits, wollen nichts von den Freuden dieser Welt wissen und träumen lauter himmlische Fluren und Sonnen, in deren Schimmer wir, mit langen Flügeln an den Schultern, umherwandeln werden. Adieu! Einen Kuß von mir, dem Schreiber, an Müller; er soll zuweilen meiner gedenken, und ein rüstiger Streiter Gottes gegen den Teufel Aberwitz bleiben, der die Welt in Banden hält. –

[Nachschrift von Henriette Vogel]

Doch wie dies alles zugegangen,
Erzähl ich euch zur andren Zeit,
Dazu bin ich zu eilig heut. –

Lebt wohl denn! Ihr, meine lieben Freunde, und erinnert Euch in Freud und Leid der zwei wunderlichen Menschen, die bald ihre große Entdeckungsreise antreten werden. *Henriette.*

[Wieder von Kleists Hand]

Gegeben in der grünen Stube
[Berlin,] den 20. November 1811 H. v. Kleist.

225. An Frau Manitius
[Stimmings »Krug« bei Potsdam, den 21. Nov. 1811]
[Henriette Vogel:]

Meine überaus geliebte Manitius! Hier mit diesen paar Zeilen übergebe ich Dir mein schönstes Kleinod, was ich nächst Vogel auf Erden zurücklasse. Erschrick nicht, teure Frau, wenn ich Dir sage, daß ich sterben werde, ja daß ich heut sterben werde. – Die Zeit ist kurz, die mir noch übrig ist, deshalb beschwöre ich Dich nun bei unserer Liebe, mein Kind, mein Einziges, zu Dir zu nehmen, Du wirst ihm ganz Mutter sein und mich so unaussprechlich beruhigen. Über meinen Tod werde ich Dir jenseit mehr Auskunft geben können. – Lebe denn wohl, meine liebe liebe Manitius, Vogel wird Dir wahrscheinlich Paulinchen selbst bringen und erzählen, was er davon begreifen kann. Herr von Kleist, der mit mir stirbt, küßt Dir zärtlichst die Hände und empfiehlt sich mit mir aufs angelegentlichste Deinem teuren Mann. Adieu, adieu Deine Deine bis in alle Ewigkeit.

[Kleist]

Adieu, adieu! v. Kleist.

226. An Ulrike von Kleist

An Fräulein Ulrike von Kleist Hochwohlgeb. zu Frankfurt a. Oder.

Ich kann nicht sterben, ohne mich, zufrieden und heiter, wie ich bin, mit der ganzen Welt, und somit auch, vor allen anderen, meine teuerste Ulrike, mit Dir versöhnt zu haben. Laß sie mich, die strenge Äußerung, die in dem Briefe an die Kleisten enthalten ist, laß sie mich zurücknehmen; wirklich, Du hast an mir getan, ich sage nicht, was in Kräften einer Schwester, sondern in Kräften eines Menschen stand, um mich zu retten: die Wahrheit ist, daß mir auf Erden nicht zu helfen war. Und nun lebe wohl; möge Dir der Himmel einen Tod schenken, nur halb an Freude und unaussprechlicher Heiterkeit, dem meinigen gleich: das ist der herzlichste und innigste Wunsch, den ich für Dich aufzubringen weiß.

Stimmings bei Potsdam　　　　　　　　　　Dein
d. – am Morgen meines Todes.　　　　　　　Heinrich.

227. An Marie von Kleist

[Stimmings »Krug« bei Potsdam, den 21. Nov. 1811]

Meine liebste Marie, wenn Du wüßtest, wie der Tod und die Liebe sich abwechseln, um diese letzten Augenblicke meines Lebens mit Blumen, himmlischen und irdischen, zu bekränzen, gewiß Du würdest mich gern sterben lassen. Ach, ich versichre Dich, ich bin ganz selig. Morgens und abends knie ich nieder, was ich nie gekonnt habe, und bete zu Gott; ich kann ihm mein Leben, das allerqualvollste, das je ein Mensch geführt hat, jetzo danken, weil er es mir durch den herrlichsten und wollüstigsten aller Tode vergütigt. Ach, könnt ich nur etwas für Dich tun, das den herben Schmerz, den ich Dir verursachen werde, mildern könnte! Auf einen Augenblick war es mein Wille mich malen

zu lassen; aber alsdann glaubte ich wieder zuviel Unrecht gegen
Dich zu haben, als daß mir erlaubt sein könnte vorauszusetzen,
mein Bild würde Dir viel Freude machen. Kann es Dich trösten,
wenn ich Dir sage, daß ich diese Freundin niemals gegen Dich
vertauscht haben würde, wenn sie weiter nichts gewollt hätte, als
mit mir leben? Gewiß, meine liebste Marie, so ist es; es hat Augenblicke gegeben, wo ich meiner lieben Freundin, offenherzig,
diese Worte gesagt habe. Ach, ich versichre Dich, ich habe Dich
so lieb, Du bist mir so überaus teuer und wert, daß ich kaum
sagen kann, ich liebe diese liebe vergötterte Freundin mehr als
Dich. Der Entschluß, der in ihrer Seele aufging, mit mir zu sterben, zog mich, ich kann Dir nicht sagen, mit welcher unaussprechlichen und unwiderstehlichen Gewalt, an ihre Brust; erinnerst Du Dich wohl, daß ich Dich mehrmals gefragt habe, ob
Du mit mir sterben willst? – Aber Du sagtest immer nein – Ein
Strudel von nie empfundner Seligkeit hat mich ergriffen, und ich
kann Dir nicht leugnen, daß mir ihr Grab lieber ist als die Betten
aller Kaiserinnen der Welt. – Ach, meine teure Freundin, möchte
Dich Gott bald abrufen in jene bessere Welt, wo wir uns alle, mit
der Liebe der Engel, einander werden ans Herz drücken können.
– Adieu.

228. An Ernst Friedrich Peguilhen

[Stimmings »Krug« bei Potsdam, den 21. Nov. 1811]

H. Kriegsrat Peguillhin, Wohlgeb., Berlin, Markgrafenstraße, im
Falkschen Hause, das zweite Haus von der Behrenstraße. Der Bote
bekommt noch 12 Gr. Kurant.

[Henriette Vogel]

*Mein sehr werter Freund! Ihrer Freundschaft die Sie für mich, bis
dahin immer so treu bewiesen, ist es vorbehalten, eine wunderbare
Probe zu bestehen, denn wir beide, nämlich der bekannte Kleist und
ich befinden uns hier bei Stimmings, auf dem Wege nach Potsdam,
in einem sehr unbeholfenen Zustande, indem wir erschossen da liegen,
und nun der Güte eines wohlwollenden Freundes entgegen sehn, um
unsre gebrechliche Hülle, der sicheren Burg der Erde zu übergeben.
Suchen Sie liebster Peguilhen diesen Abend hier einzutreffen und
alles so zu veranstalten, daß mein guter Vogel möglichst wenig dadurch
erschreckt wird, diesen Abend oder Nacht wollte Louis seinen Wagen*

*nach Potsdam [schicken], um mich von dort, wo ich vorgab hinzureisen,
abholen zu lassen, dies möchte ich Ihnen zur Nachricht sagen, damit
Sie die besten Maßregeln darnach treffen können. Grüßen Sie Ihre
von mir herzlich geliebte Frau und Tochter viel tausendmal, und sein
Sie teurer Freund überzeugt daß Ihre und Ihrer Angehörigen Liebe
und Freundschaft mich noch im letzten Augenblick meines Lebens die
größte Freude macht.*   *Ihre A. Vogel*

*Ein kleines versiegeltes schwarzes ledernes Felleisen, und einen
versiegelten Kasten worin noch Nachrichten für Vogel, Briefe, Geld
und Kleidungsstücke auch Bücher vorhanden, werden Sie bei Stimmings finden. Für die darin befindlichen 10 Rth. Kurant wünschte
ich eine recht schöne blaßgraue Tasse, inwendig vergoldet, mit einer
goldnen Arabeske auf weißem Grunde zum Rand, und am Oberkopf
im weißen Felde mein Vornamen, die Fasson wie sie jetzt am modernsten ist. Wenn Sie sich dieser Kommission halber an Buchhalter Meves
auf der Porzellanfabrik wendeten, mit dem Bedeuten diese Tasse am
Weihnachts-Heiligabend Louis eingepackt zuzuschicken, doch
würden Sie mein lieber Freund mit der Bestellung eilen müssen, weil sie
sonst nicht fertig werden möchte. Leben Sie wohl und glücklich. –*

*Einen kleinen Schlüssel werden Sie noch eingesiegelt im Kasten
finden, er gehört zum Vorhängeschloß des einen Koffer zu Hause bei
Vogel, worin noch mehrere Briefe und andre Sachen zum Besorgen
liegen.*

[Kleist]

Ich kann wohl Ihre Freundschaft auch mein liebster Peguillhin
für einige kleine Gefälligkeiten in Anspruch nehmen. Ich habe
nämlich vergessen, meinen Barbier für den laufenden Monat zu
bezahlen, und bitte, ihm 1 Rth. à ¹/₃ C zu geben, die Sie eingewickelt in dem Kasten der Mad. Vogel finden werden. Die Vogeln sagt mir eben, daß Sie den Kasten aufbrechen und alle Kom-
issionen die sich darin finden besorgen möchten: damit Vogel
cht gleich damit behelligt würde – Endlich bitte ich noch, das
nze, kleine, schwarzlederne Felleisen, das mir gehört, mit Aus-
ahme der Sachen die etwa zu meiner Bestattung gebraucht werden möchten, meinem Wirt, dem Quartiermeister Müller,
Mauerstraße Nr. 53, als einen kleinen Dank für seine gute Aufnahme und Bewirtung, zu schenken. – Leben Sie recht wohl,

mein liebster Peguillhin; meinen Abschiedsgruß und Empfehlung an Ihre vortreffliche Frau und Tochter.   H. v. Kleist.

Man sagt hier d. 21. Nov.; wir wissen aber nicht ob es wahr
ist.

N. S. In dem Koffer der Mad. Vogel, der in Berlin in ihrem
Hause in der Gesindestube mit messingnem Vorlegeschloß steht,
und wozu der kleine versiegelte Schlüssel, der hier im Kasten
liegt, paßt – in diesem Koffer befinden sich drei Briefe von mir,
die ich Sie noch herzlichst zu besorgen bitte. Nämlich:

1) einen Brief an die Hofrätin Müller, nach Wien;

2) einen Brief an meinen Bruder Leopold nach Stolpe, welche
beide mit der Post zu besorgen sind (der erstere kann vielleicht
durch den guten Brillen-Voß spediert werden); und

3) einen Brief, an Fr. v. Kleist, geb. v. Gualtieri, welchen ich
an den Major v. Below, Gouverneur des Prinzen Friedrich von
Hessen, auf dem Schlosse, abzugeben bitte.

Endlich liegt

4) noch ein Brief an Fr. v. Kleist, in den hiesigen Kasten der
Mad. Vogel, welchen ich gleichfalls und *zu gleicher Zeit* an den
Major v. Below, abzugeben bitte. – Adieu!

[Auf einem nachträglich eingeschobenen Zettel]

N. S. Kommen Sie recht bald zu Stimmings hinaus, mein
liebster Peguillhin, damit Sie uns bestatten können. Die Kosten,
was mich betrifft, werden Ihnen von Frankfurt aus, von meiner
Schwester Ulrike wieder erstattet werden. – Die Vogeln bemerkt noch, daß zu dem Koffer mit dem messingnen Vorhängeschloß, der in Berlin, in ihrer Gesindestube steht, und worin viele
Kommissionen sind, der Schlüssel hier versiegelt in dem hölzernen Kasten liegt. – Ich glaube, ich habe dies schon einmal geschrieben, aber die Vogel besteht darauf, daß ich es noch einmal
schreibe.   H. v. Kl.

(Die acht als Nachträge S. 1047–1054 aufgenommenen Briefe sind in die bestehende Numerierung mit einer a-Nummer eingefügt.)

ANHANG

ANMERKUNGEN
ZU DEN ERZÄHLUNGEN UND ANEKDOTEN

Textüberlieferung:
»Erzählungen. Von Heinrich von Kleist. Berlin, in der Realschulbuchhandlung, [September] 1810.« enthält: Michael Kohlhaas, Die Marquise
von O . . ., Das Erdbeben in Chili. »Erzählungen. Von Heinrich von Kleist. Zweiter Teil. Berlin, in der Realschulbuchhandlung, [August] 1811.« enthält: Die Verlobung in St. Do-
mingo, Das Bettelweib von Locarno, Der Findling, Die heilige Cäcilie,
Der Zweikampf.
Mit Ausnahme von »Der Findling« und »Der Zweikampf« waren alle
Erzählungen ganz oder teilweise vorher schon in Zeitschriften veröffentlicht worden.

Zeugnisse zur Entstehung:
Kleist an Reimer, 30.4.1810: »30 Thl. habe ich auf Abschlag eines Honorars von 50 Thl. für einen Band von Erzählungen, der in drei Monaten à
dato abzuliefern ist, von H. Buchhändler Reimer, empfangen.« – Mai
1810: »Es würde mir lieb sein, wenn der Druck so wohl ins Auge fiele, als
es sich, ohne weiteren Kostenaufwand, tun läßt, und schlage etwa den
Persiles [von Cervantes, deutsch von Franz Theremin, Berlin, Realschulbuchh. 1808] vor. Der Titel ist: Moralische Erzählungen von Heinrich
von Kleist.« – 17. 2. 1811: »Sie haben mir gesagt, daß, wenn ich Ihnen, für
die nächste Messe, einen zweiten Band Erzählungen schreiben wollte, Sie
mir 100 Rth. Honorar dafür zahlen wollten . . .; der Druck, da schon
einige Erzählungen fertig sind, kann binnen 5 Monaten von hier beginnen.«

Michael Kohlhaas (S. 9–103)

Entstehung: Begonnen 1805 in Königsberg, angeblich auf Hinweis Ernst
von Pfuels für einen Dramenstoff. Veröffentlichung des ersten Viertels im
November 1808 im Phöbus; Fertigstellung erst für die Buchausgabe im
Sommer 1810.

Textüberlieferung:
a) Fragment (erstes Viertel) im »Phöbus«, 6. Heft, Juni (ausgegeben: November) 1808. Sophie v. Haza besaß noch nach Kleists Tod ein Manuskript davon (Johanna v. Haza an Tieck, 26.11.1816). Siehe Varianten
S. 292f.
b) »Erzählungen«, Bd. 1, 1810, S. 1–215; unter Benutzung des recht sorgfältig redigierten und erweiterten Fragments a. Danach unser Text.

Quellen: Christian Schöttgen und George Christoph Kreysig: »Diplomatische und curieuse Nachlese der Historie von Ober-Sachsen und angrent-
zenden Ländern«, 3. Teil, Dresden u. Leipzig 1731 (darin: »Nachricht
von Hans Kohlhasen, einem Befehder derer Chur-Sächsischen Lande.

Aus Petri Haftitii geschriebener Märckischer Chronic«). Kleists Quelle enthält bereits die Zurückhaltung der Pferde, die Verschleppung des Prozesses durch die sächsischen Gerichte, die Niederbrennung der Wittenberger
Vorstadt, das Gespräch mit Luther, das Scheitern der Verhandlungen, den
verhängnisvollen Rat Georg Nagelschmidts, das gespannte Verhältnis
zwischen Sachsen und Brandenburg, Prozeß und Hinrichtung Montag
nach Palmarum. Außerdem benutzte Kleist möglicherweise die bei
Schöttgen erwähnten »Commentarii de Marchia et rebus Brandenbur-
gicis« von Nicolas Leutinger.

Zeugnisse zur Entstehung:

W. v. Schütz, Biographische Notizen (1817): »Pfuel erzählt ihm [in Berlin 1804] die Geschichte von Kohlhaas, so entsteht dieser.«

Kleists Freund Dahlmann an Julian Schmidt (1859): »Kohlhaas, in dem
sich des Dichters Charakter treu abbildet . . . Hartnäckig und starr, wie
Kleist von Grund aus war . . .«

Kleist an Reimer, Mai 1810: »Ich schicke Ihnen das Fragment vom Kohlhaas, und denke, wenn der Druck nicht zu rasch vor sich geht, den
Rest, zu rechter Zeit, nachliefern zu können.«

Zum Text:

9:     *(Aus einer alten Chronik)* – Dieser Zusatz findet sich nur im Inhaltsverzeichnis auf dem Titelblatt von b.

9,3 f: *einer der rechtschaffensten und zugleich entsetzlichsten* – a: *einer der
außerordentlichsten und fürchterlichsten*

9,4 f: *Dieser außerordentliche Mann* – a: *Dieser merkwürdige Mann.* Das
syntaktisch störende Komma hinter *würde* sowohl in a wie in b.

9,6:   *Dorf, das noch von ihm den Namen führt* – Der Name von *Kohlhaasenbrück* (15,28) zwischen Berlin und Potsdam geht nicht auf
Kohlhaas zurück.

9,19:   *Elbe* – a: *Grenzfluß.* In dem (in Dresden erscheinenden!) Phöbus
fehlen alle auf Sachsen bezüglichen Ortsbestimmungen; *Residenz*
statt *Dresden*, aber auch *Hauptstadt* statt *Berlin*, *M* . . . statt
Schwerin.

10,4:   *Steindamm* – a: *Knüppeldamm*

11,6:   *um eines Schwanks willen* – fehlt in a.

11,27 f: *Tafelrunde* – Anspielung auf die Artussage.

14,31: *die Schimpfreden niederschluckend* – a: *auf eine träumerische Art*

22,12 ff: Die folgende Episode bis 24,20 fehlt in a (siehe Varianten, S.
292 f).

22,37: *klopfte ihm* – Das im Druck versehentlich fehlende *ihm* sollte
wohl ursprünglich nachfolgen und wurde dann von Kleist vergessen.

24,29 f: *in welchem . . . gefaßt war* – Statt des einen Kommas hinter *Seele*
setzt E. Schmidt vier Kommas hinter *seine, wohlerzogene, nichts,
entsprach!*

26,3–8: *Der Amtmann . . . gekostet hatte.* – Der Satz fehlt in a.

26,10: *sonderbare Art* – Kleist verwendet die Begriffe *sonderbar* und *besonders* (44,35: *besonderer Mann*) umgekehrt wie wir.

31,34: *beritt sie* – für: »machte sie beritten«. Mit diesem Absatz schließt das Phöbus-Fragment.

32,26: *was nicht niet- und nagelfest war* – *nicht* fehlt versehentlich im Druck.

33,16: *wenige Momente nachdem* – gemeint ist natürlich: *bevor*

33,27: *Als der Morgen anbrach ∴. .* – Dieser auf einer neuen Seite von b beginnende Satz ist dort versehentlich nicht eingezogen; zweifellos sollte hier ein neuer Absatz anfangen.

35,37: *furchtbarer Regenguß* – im Druck fehlerhaft: *fruchtbarer*

39,10: *lasse* – fehlerhaft für: *lassen?*

39,13: *Gemächer der Ritterhaft* – Tieck verbessert: *Richterhaft;* Minde-Pouet gar *Ritterschaft.* Die klare Bezeichnung *Ritterhaft* auch im »Zweikampf« 233,27.

40,24: *Jassen* – schwerlich Druckfehler für *Jessen;* wenn nach einer feinen Beobachtung Friedrich Kochs (H. v. Kleist, Stuttgart 1958, S. 310 ff.) die Anhäufung von betonten A-Lauten für Kleists späte Prosa bezeichnend ist, so gibt dieser Satz ein treffliches Beispiel dafür: *Jassen, Waffen, Schar, hatte* usw.

42,19 ff: Hafftitz bei Schöttgen/Kreysig: »D. Luther seeliger hat, in Erwegung und Behertzigung aller Umstände, und zu Verhütung weiter Ungelegenheit, so zu beyden Theilen daraus erwachsen könte, an Kohlhasen geschrieben, und verwarnt von seinem Fürnemen abzustehen, und hat ihm allerley zu Gemüthe geführet, was ihm darauff stünde, und wie Gott seine Verletzung, wo er ihm die Ehre und Rache nicht würde geben, wohl würde an Tag bringen und rächen.« Luthers historischer Brief datiert vom 8. 12. 1534.

44,30 ff: Hafftitz bei Schöttgen/Kreysig: »Darauff ist Kohlhase ganz unvermerckt gen Wittenberg selb andere reutende kommen, und im Gasthofe eingekehrt, seinen Diener in der Herberge gelassen, und auff den Abend für D. Luthers Thür gegangen, angeklopffet, und begehret den D. zur Sprache zu haben. Als aber der D. sein Gesind sich nahmkündig zu machen, und was sein Begehr wäre zu entdecken, ihm etliche mahle sagen lassen, welches er nicht hat thun wollen, und doch starck drauff gedrungen, er müste den D. in eigener Person zu Sprache haben, ists dem D. eingefallen, daß es vielleicht Kohlhase seyn möchte, ist deßwegen selbst an die Thür gegangen, und zu ihm gesaget: Numquid tu es Hans Kohlhase? hat er geantwortet: Sum Domine Doctor. Da hat er ihn eingelassen, heimlich in sein Gemach geführet, den Herrn Philippum, Crucigerum Majorem, und andere Theologen zu sich beruffen lassen, da hat ihnen Kohlhase den gantzen Handel berichtet, und sind späte bey ihm in die Nacht geblieben. Des Morgens frühe hat er dem D. gebeichtet, das hochwürdige Sacrament empfangen, und ihnen zugesagt, daß er von seinen Fürnemen wolte abstehen, und dem Lande Sachsen keinen Schaden hinfort zufügen, welches er auch gehalten. Ist also unerkennt und unvermerckt aus der Herberge geschieden, weil sie ihm getröstet, seine Sache befodern zu helffen, daß sie eine gute Endschaft solle gewinnen.«

45,22: *Gemeinheit* – »Gemeinschaft«.

47,16-22: Auffällige Abhängigkeit von »Wallensteins Tod«, 5,5: »Hätt ich vorher gewußt, was nun geschehn, / Daß es den liebsten Freund mir würde kosten, / Und hätte mir das Herz, wie jetzt, gesprochen – / Kann sein, ich hätte mich bedacht – kann sein / Auch nicht – Doch was nun schonen noch? Zu ernsthaft / Hats angefangen, um in nichts zu enden. / Hab es denn seinen Lauf! (Indem er ans Fenster tritt)« Sogar das »Leuchte, Kämmerling« fehlt nicht (48,28). (nach Fries)

49,30: *Prinz Christiern* – die dänische Form von »Christian« findet sich bei Leutinger, wo von dem Dänenkönig Christiernus die Rede ist.

59,14: *müßten . . . sein* – im Druck fehlerhaft: *seyen*

61,20: *den Hut gerückt* – im Druck fehlerhaft: *gezückt;* siehe 61,30.

64,15: *bei dem Gewicht, den sie* – fehlerhaft für *das sie;* vielleicht dachte Kleist an »Rang«, »Einfluß« oder ähnliches.

67,27: das von E. Schmidt eingeführte Komma hinter *befriedigend* ist natürlich völlig verfehlt.

68,5: *seinen Haufen* – wohl fehlerhaft für *seinem;* kaum als Mehrzahl gemeint.

70,13: *auf dessen höchster Bewilligung* – fehlerhaft für *höchste*

70,16 u.ö.: *Gubernium, Gubernial-Resolution, Gubernial-Offiziant* usw.: Regierung, Regierungsentscheid, Regierungsbeamter usw.

71,10: *auf ein Bund Stroh* – wohl grammatikalische Unsicherheit Kleists. Weitere, in unserem Text verbesserte Kasus-Fehler können auch auf Unsicherheit des märkischen Setzers gegenüber dem unleserlichen Manuskript beruhen: 78,38: *aus diesen Handel;* 83,18: *was ihn fehle;* 91,33: *in dem Schoß regnete;* 93,32: *mit diesen Menschen.*

75,10f: *ohne daß . . . vorangegangen* – im Druck fehlerhaft: *vorangegangene;* vielleicht zunächst ohne *daß* konstruiert.

76,26: *daß er ihm . . . zuschicke* – im Druck fehlerhaft: *zuschicken;* der Infinitiv kann kaum zu dem späteren *wolle* gehören.

78,12 u.ö.: *Anwalt* – im Druck hier wie auch sonst nach damaligem Schreibgebrauch: *Anwald*

80,13: *mit einem herzlichen Blick* – *herrlichen* zweifellos Druckfehler; ein umgekehrter Buchstabentausch 61,20: *gerückt* statt *gezückt.*

88,15: *überall* – hier wie auch sonst für »überhaupt«.

88,26: *durchgesetzt* – davor im Druck versehentlich ein von Kleist nicht getilgtes nochmaliges *auch.*

91,2ff: Eine ähnliche Begebenheit hatte Kleist 1801 in dem Roman

»Der Kettenträger« (siehe unter 635,4) gelesen. Dort sagt ein Jude zum Beweis seiner Wahrsagekunst voraus, daß von zwei Spanferkeln das schwarze gegessen, das weiße aber dem Kettenhund zuteil würde: »Der Baron gab dem Koche heimlich Befehl, das weiße Ferkel zum Abendessen zuzubereiten, das schwarze hingegen aufzubewahren lassen.« Das weiße wird geschlachtet, in der Küche kommt der Hund darüber, und der Koch bereitet das schwarze; so erfüllt sich auch hier die Prophezeiung gerade wegen der Versuche, sie unmöglich zu machen. (nach H. Hellmann)

94,36 : *seiner Milde ungeachtet* – Enthauptung statt des ihm zustehenden Rads und Galgens!

96,38 : *seiner Frauen Hals* – ältere Form für »der Hals seiner Frau«. In der folgenden Zeile steht im Druck hinter *ihrigen* versehentlich ein Punkt, und es beginnt mit *Der Roßhändler* ein neuer Satz.

97,24 : *Junker vom Stein* – im Druck fehlerhaft : *von*

98,17 f: *»daß er ihn . . . Neugierde wäre«* – E. Schmidt tilgte wie auch sonst bei indirekter Rede Kleists Anführungszeichen, wodurch der Satzzusammenhang unklar wird.

99,20 ; 100, 21 : *Montag nach Palmarum* – der Montag vor Ostern (1540); das historische Datum entnahm Kleist seiner Quelle.

Die Marquise von O . . . *(S. 104–143)*

Entstehung: Kleist brachte vermutlich die fertige Novelle 1807 aus der französischen Gefangenschaft mit, wollte sie zunächst in Buchform veröffentlichen, gab sie aber dann auf Adam Müllers Bitte im Februar 1808 in den »Phöbus«.

Textüberlieferung:
a) Vollständiger Abdruck im Phöbus, 2. Heft, Februar 1808 ; mit geringen Varianten gegenüber b.
b) »Erzählungen«, Bd. 1, 1810, S. 216–306 ; nach der Druckvorlage a. Danach unser Text.

Quellen: In der Weltliteratur verbreitet ist das Motiv, daß eine Frau im Schlaf oder in der Ohnmacht unwissend empfängt. Kleists Erzählung liegt als stoffliche Anregung wahrscheinlich folgende derbe Anekdote aus Montaignes »Essai über die Trunksucht« (1588) zugrunde :
»In der Gegend von Bordeaux bei Castres, wo sie ihr Haus hat, sagte eine Bauersfrau, eine Witwe von züchtigem Rufe, als sie die ersten Anzeichen von Schwangerschaft fühlte, zu ihren Nachbarn, daß sie sich guter Hoffnung glauben würde, wenn sie einen Mann hätte ; aber als sie von Tag zu Tag in ihrem Argwohn bestärkt wurde und es endlich völlig offensichtlich war, entschloß sie sich, von der Kanzel verkündigen zu lassen, daß sie demjenigen, der sich zu dieser Tat bekenne, verzeihen und

ihn, wenn er es gut finde, heiraten wolle. Ein junger Knecht ihres Hofes,
ermutigt durch diese Bekanntmachung, erklärte, er habe sie an einem Fest
nach reichlichem Weingenuß bei ihrem Herd so fest eingeschlafen gefunden und in so unschicklicher Weise, daß er die Gelegenheit nutzen
konnte, ohne sie aufzuwecken: sie leben noch heute als Ehepaar zusammen.«

Nach Alfred Klaar, der eine Anzahl motivverwandter Erzählungen zusammenstellte (Berlin 1922), bildete eine Hauptquelle für Kleist vermutlich auch die Erzählung »Die gerettete Unschuld« in dem »Berlinischen
Archiv der Zeit und ihres Geschmacks«, 1798. Einzelne Züge in August
Lafontaines zu O** bei Marburg spielenden Novelle »Verbrechen und
Strafe«, 1799 (nach H. Davidts, Euphorion 1912). Bei der Schilderung der
Zitadelle und ihrer Verteidigung durch einen starrsinnigen Kommandanten mögen Kleists Erinnerungen an die Zitadelle von Würzburg mitgespielt haben (Brief vom 12. 9. 1800, S. 557f.).

Zum Text:

104:    *Marquise von O . . .* – Varnhagen beanstandete Kleists Andeu-
        tungen der Personen- und Ortsnamen durch Punkte: »O über
        den ekelhaften Kerl, der als Dichter ordentlich an sich halten
        will und beileibe nicht die ganze Welt enthüllen mag, in der
        seine Gestalten leben!« Im übrigen nennt er die damals vielfach
        als anstößig empfundene Erzählung »geschickt und gebildet,
        aber – das ist wichtig – gebildet wie die Erzählung eines Welt-
        manns, nicht gebildet wie die eines Dichters« (an Fouqué,
        4. 4. 1808). Der einfache Laut O soll ein alter französischer
        Adelsname sein, was Kleist kaum gewußt haben wird.

104:    *(Nach einer wahren Begebenheit . . .)* – Der Zusatz findet sich
        nur in der Inhaltsangabe des Phöbus-Heftes.

104,10: *Kommandant* – hier und auch sonst meist bei Kleist: *Commendant*

107,12: *mehrer Offiziere* – a: *mehrerer*

107,32: *Reverberen* – franz. Wort für Straßenlaternen.

108,29: *»Julietta! Diese Kugel rächt dich!«* – Dieser als bedeutsam zitierte
        Ausruf wird von Kleist in Anführungszeichen gesetzt; im übri-
        gen verwendet er diese nur bei dem in indirekter Form zitier-
        ten Brief des Kommandanten (S. 124f.) sowie bei dem Text
        der Zeitungsanzeige (S. 131). Die zahlreichen Dialoge im Text
        sind gänzlich frei davon, was der Erzählung ihren besonderen
        stilistischen Reiz gibt; doch glaubten E. Schmidt und die spä-
        teren Herausgeber, auf die Anführungszeichen nicht verzich-
        ten zu können. Neuere Autoren (schon Gerhart Hauptmann
        in »Mignon« u. a.) enthalten sich heute wieder gern des Ge-
        brauchs dieser lästigen und den epischen Fluß störenden Satz-
        zeichen.

109,27: *Phantasus, Morpheus* – bei Ovid Söhne des Schlafgottes Somnus.

110,31ff: *Er sagte, daß er* – Eine anonyme Kritik von K. A. Böttiger im

»Freimüthigen«, 4. 3. 1808, bemängelt die Häufigkeit der daß-Konstruktionen, die auf einer Phöbusseite allein dreißigmal vorkämen.

116,12: *den er gewagt hatte* – E. Schmidt nach a: *hätte*

117,24: *wenn er . . . zurückkehrt* – E. Schmidt nach a: *zurückkehrte*

120,26: *Der Arzt antwortete, daß er seine Aussage vor Gericht beschwören könne* – a: *Der Arzt antwortete, er würde eher Berge, als seine feste Meinung von ihr, versetzen können*

122,8: *was ist* – *ist* nur in a gesperrt.

124,24: *daß dies, außer der heiligen Jungfrau, noch keinem Weibe auf Erden zugestoßen wäre* – a: *daß dies, soviel ihr bekannt sei, noch keinem Weibe auf Erden zugestoßen wäre*

126,16: *daß sie sich darüber trösten müsse* – *müsse* in a gesperrt.

126,33 u. ö.: *Türsteher* – a: *Portier*

126,36 ff: *und dessen Ursprung, eben weil er geheimnisvoller war, auch göttlicher zu sein schien, als der anderer Menschen* – fehlt in a.

127,17: *Intelligenzblätter* – damalige Bezeichnung für Anzeigenblätter.

129,12: *wobei er einen glühenden Kuß auf ihre Brust drückte* – a: *wobei er auf ihre Brust glühend niedersah*

129,22: *geflüstertes* – zu ergänzen »Wort«; bei Kleist versehentlich mit großem Anfangsbuchstaben.

130,7: *mit einer bitteren Wendung* – E. Schmidt übernimmt die fehlerhafte Lesart von a: *bitterern*

130,17: *Ein Wechsel von Gefühlen durchkreuzte ihn.* – a: *Eine Verwirrung von Gefühlen ergriff ihn.*

130,22: *gierig verschlang* – a: *verschlang und wiederkäute;* die von Böttiger im »Freimüthigen« monierte Wendung *wiederkäute* wird von Kleist in der Buchausgabe getilgt.

132,15: *am Dritten* – bei Kleist gewöhnlich: *am 3ten;* außer 140,6: *des gefürchteten Dritten.*

133,14: *Stücke* – E. Schmidt übernimmt die Phöbuslesart: *Stücken*

134,9 f: *Doch diese, indem sie den Handkuß vermied, fuhr fort: denn nicht nur* – a: *Doch diese: denn nicht nur, fuhr sie fort, indem sie den Handkuß vermied* 27 ff: *Darauf spricht er: sein Gewissen lasse* – a: *drauf er: sein Gewissen, spricht er, lasse* Beide Phöbusstellen werden in der anonymen Kritik von K. A. Böttiger als Beispiele für Kleists »undeutschen, steifen, verschrobenen Stil« angeführt, was Kleist offenbar zu seiner Verbesserung veranlaßte.

136,30: *schlüpfte ab* – von Böttiger gleichfalls beanstandete Wendung, die aber in diesem Falle von Kleist beibehalten wurde.

136,33 f: *Seigerstunde* – »eine geschlagene Stunde« (Seiger = Uhr). Hinter *überzeugen* setzt E. Schmidt Ausrufezeichen statt Punkt.

137,7: *Warum griff er nach der Pistole.* – E. Schmidt setzt Ausrufezeichen statt Punkt.

138,11: *ob ihm die heftige Erschütterung, in welche sie ihn versetzt hatte,*

nicht doch – a: *ob ihm die heftige Erschütterung nicht doch, in welche*
Die von Böttiger gerügte ungewöhnliche Satzstellung des Phöbus wird von Kleist verbessert.

138,26 ff: Beeinflußt durch die Liebesszene zwischen Vater und Tochter
in Rousseaus »Neuer Héloise«, 63. Brief. Böttiger zitiert diese
Phöbus-Stelle mit der Bemerkung: »Darf so etwas in einer
Zeitschrift vorkommen, die sich Goethes besondern Schutzes,
ankündigungsgemäß, zu erfreuen hat, so muß entweder der
Herausgeber mit uns scherzen wollen, oder dieser – oder
Goethe –«.

Das Erdbeben in Chili (S. 144–159)

Entstehung: Während Kleists Gefangenschaft schickte sein Freund Rühle
von Lilienstern das Manuskript an Cotta, der es für das »Morgenblatt«
bestimmte. Als Kleist es von Dresden aus am 17. 9. 1807 zurückfor-
derte, da er darüber »auf eine andre Art« verfügen wollte (gemeint war
eine Veröffentlichung in Buchform mit Umrißzeichnungen von Ferdinand Hartmann), war die Erzählung bereits erschienen. Im September
1810 läßt sich Kleist vom Verleger Reimer das »Morgenblatt« als Druckvorlage besorgen und redigiert sie innerhalb von drei Tagen für den ersten Band der »Erzählungen«. (Siehe Kleists Briefe S. 791, 838 f.)

Textüberlieferung:

a) Erstdruck unter dem Titel »Jeronimo und Josephe. Eine Szene aus dem
Erdbeben zu Chili, vom Jahr 1647« in Cottas »Morgenblatt für gebildete Stände«, Nr. 217–221, 10.–15. September 1807. Sophie von Haza
besaß noch nach Kleists Tode ein Manuskript davon.

b) »Erzählungen«, Bd. 1, 1810, S. 307–342; nach der Druckvorlage a. Danach unser Text, unter Wiederherstellung der ursprünglichen Glie-
derung in Absätzen.

In der Buchausgabe sind von den 29 Absätzen im Text des »Morgen-
blatts« nur 2 Absätze beibehalten worden, was lediglich äußere buchtech-
nische Gründe hatte. Der erste Band der »Erzählungen« umfaßte $21\frac{1}{2}$ Bogen = 344 Seiten, wobei das »Erdbeben« auf der letzten Seite unten endigte.
Bei Beibehaltung der ursprünglichen Absätze hätte der Raum nicht aus-
gereicht, so daß mit der nächsten Seite ein neuer Halbbogen anzubrechen
gewesen wäre. Die rigorose Beseitigung der Absätze wurde also lediglich
aus Ersparnisgründen vom Verleger Reimer veranlaßt, und es besteht
kein Grund, dieses Verfahren beizubehalten.

Quellen: Aus welcher Quelle Kleist seine ins einzelne gehende Kenntnis
von dem Erdbeben in Chile bezog, das am 13. Mai 1647 die Hauptstadt
Santiago zerstörte, ist nicht bekannt. Eine Anregung bildete vermutlich
Kants ein Jahr nach dem Erdbeben von Lissabon (1755) erschienene
»Geschichte und Naturbeschreibung der merkwürdigsten Vorfälle des
Erdbebens«, wenn es dort heißt:

»Alles was die Einbildungskraft sich Schreckliches vorstellen kann, muß man zusammen nehmen, um das Entsetzen einigermaßen vorzubilden, darin sich die Menschen befinden müssen, wenn die Erde unter ihren Füßen bewegt wird, wenn alles um sie her einstürzt, wenn ein in seinem Grunde bewegtes Wasser das Unglück durch Überströmungen vollkommen macht, wenn die Furcht des Todes, die Verzweifelung wegen des völligen Verlustes aller Güter, endlich der Anblick anderer Elenden den standhaftesten Mut niederschlagen. Eine solche Erzählung würde rührend sein, sie würde, weil sie eine Wirkung auf das Herz hat, vielleicht auch eine auf die Besserung desselben haben können. Allein ich überlasse diese Geschichte geschickteren Händen.«

Die Namen der auftretenden Personen sind z. T. die gleichen wie in der »Familie Ghonorez (Thierrez)«: *Jeronimo (Jeronimus), Fernando, Elvire (Elmire), Pedro, Philipp, Juan, Alonzo.* (nach H. Davidts)

Zum Text:

144,12: *hämische* – a: *eigennützige*

146,6: E. Schmidts Komma hinter *Jeronimo* ist ebenso unberechtigt wie 188,2 hinter *langsam.*

146,19: *Mapocho* – eigentlich *Mapocha,* Nebenfluß des Maypo; stammt in Kleists Schreibung aus Gasparis »Erdbeschreibung« (s. 630,11).

148,8: *in seinen Fluten* – zu dem falschen (auf *Quelle* bezüglichen) Pronomen *seinen* wurde Kleist wahrscheinlich aus dem Bedürfnis nach ei-Lauten an dieser Stelle verführt: *Weib, seinen, reinigen.* Man sollte es nicht durch das korrekte, lautlich aber störende *ihren* ersetzen; ähnlich »Amphitryon« 1518: *auf seinen Flaumen*

148,24: *unerschrocken durch den Dampf* – a (besser): *durch den Dampf unerschrocken*

149,11 ff: – a: *doch der Sturz in demselben Augenblick, eines Gebäudes hinter ihr, das die Erschütterungen schon ganz aufgelöst hatten, jagte sie, durch das Entsetzen gestärkt, wieder auf;*

150,23: *Als sie erwachten* – in b erst hier ein Absatz.

153,25: *Inzwischen war der Nachmittag herangekommen* – in b hier der zweite (letzte) Absatz.

154,15: *welch eine … Ahndung in ihr sei?* – E. Schmidt setzte gemäß a ein Ausrufezeichen, was Kleists Gebrauch nicht entspricht; *foderte* – E. Schmidt verbesserte die angeblich Kleist fremde Form in *forderte* (siehe aber I, 29: *den der Deutsche fodert;* Hermannsschlacht 889: *erfodert*).

155,10 f: *an den Wänden hoch … hingen Knaben, und hielten … ihre Mützen in der Hand* – ähnlich in Kleists Gedicht »Der Welt Lauf«, Bd. 1, 41: *Hoch an den Säulen hingen Knaben, und hielten ihre Mützen in der Hand.* Die Schilderung geht offenbar auf Erlebnisse der Würzburger Zeit zurück; siehe Briefe S. 555.

156,10 ff, 21 ff; 157,14 ff: Kleist setzt jeweils nur die Worte seines Helden Fernando in Anführungsstriche.

156,12: *sinnreiche* – E. Schmidt nach a: *sinnreich*
157,25: *bringt sie zu Tode* – E. Schmidt übernimmt aus a die fehlerhafte Lesart *zum Tode.*
158,19: *Darauf* – a: *Drauf,* mit Komma.

Die Verlobung in St. Domingo *(S. 160–195)*

Entstehung: Anfang 1811 für Kuhns Zeitschrift »Der Freimüthige« geschrieben; Kuhn war in dieser Zeit der Verleger von Kleists »Berliner Abendblättern«, die im März 1811 eingingen.

Textüberlieferung:
a) Unter dem Titel »Die Verlobung« in »Der Freimüthige oder Berlinisches Unterhaltungsblatt für gebildete, unbefangene Leser«, Nr. 60–68, 25. März – 5. April 1811. Nachdruck in der Wiener Zeitschrift »Der Sammler«, Juli 1811 (danach Theodor Körners leichtfertige Dramatisierung »Toni«, 1812).
b) »Erzählungen«, Bd. 2, 1811, S. 1–85; nach der Druckvorlage a. Danach unser Text.

Quellen: Einzelnes Material wohl aus Rainsfords »Geschichte der Insel Hayti«, Hamburg 1806, und Dubrocas »Geschichte der Empörung auf St. Domingo« (in der »Minerva«, 1805). Die von O. Hahne (Euphorion 1921) behauptete Abhängigkeit von J. F. E. Albrechts »Szenen der Liebe aus Amerikas heißen Zonen«, Hamburg 1810, sehe ich nicht. – Kleist war 1807 auf dem gleichen Fort Joux gefangen, in dem der Negergeneral Toussaint l'Ouverture, Dessalines' Vorgänger, 1803 gestorben war (778,30).

Zum Text:
160: *St.* [Santo] *Domingo* – spanischer Name für die Insel Haiti.
160,7: *auf einer Überfahrt nach Cuba* – E. Schmidt behält die von Kleist in b getilgten Kommas bei.
160,15: *Babekan* – So heißt in Wielands »Oberon« ein orientalischer Prinz. Über die Rolle der farbigen Weiber berichtet Dubroca: »Überhaupt nahmen die Negerinnen und Mulattinnen einen sehr tätigen und unmittelbaren Anteil an den Verbrechen und Gräueln aller Art« (nach Davidts)
160,23: *die unbesonnenen Schritte des National-Konvents* – 1794 war in Paris den im französischen Teil der Insel lebenden Negern Freiheit und Gleichberechtigung zugesprochen worden; daraufhin beschlossen die weißen Kolonisten, lieber zu sterben, als ihre politischen Rechte mit einer »entarteten Menschenrasse« zu teilen.
161,9: *Mestize* – hier Mischling zwischen Weißen und Mulatten.
161,28: *General Dessalines* – ehemaliger Negersklave, Adjutant von Toussaint l'Ouverture, als dessen Nachfolger er 1803 Ober-

befehlshaber wurde; zwang die Franzosen zur Räumung der Insel. *Port au Prince* – Hauptstadt des französischen Gebietes, von wo eine Heerstraße zum *Fort Dauphin* führte.

162,16 ff: Kleist setzt jeweils nur die Worte des einen Gesprächspartners in Anführungszeichen, die er auch bei indirekter Rede verwendet: hier die Worte Babekans, auf der nächsten Seite die Rede Tonis usw. Gewöhnlich sind es die Reden, die etwa ein Vorleser durch Modifizierung der Stimme hervorheben würde.

163,7: Minde-Pouet, der im allgemeinen in der von ihm herausgegebenen 2. Auflage den Text E. Schmidts übernahm, stellt das von Schmidt getilgte Komma hinter *Besitzung* wieder her und ergänzt es durch ein weiteres hinter *Villeneuves*.

166,33: *könnt Ihr* – E. Schmidt nach a: *könntet Ihr*

170,37: *auf dem Tische* – E. Schmidt korrigiert entgegen a und b: *auf den Tisch*

172,7: *Augenwimpern* – a und b: *Augenwimper* (wohl Setzerversehen)

172,24: *ein Mädchen von vierzehn Jahren und sieben Wochen* – In einer Fabel Gellerts empört sich ein Mädchen, das noch nicht freien sollte, weil es erst vierzehn Jahre sei: »Ich sollt erst vierzehn Jahre sein? Nein, vierzehn Jahr und sieben Wochen.«

175,21: *an den Ufern der Aar* – b: *Ufer*. Dort hatte Kleist 1802 gelebt.

184,15: *sorgsam vermeidend, hinter die Vorhänge des Fensters* – a: *hinter den Vorhängen vermeidend, an das Fenster*

186,2: *und, beim Himmel, es ist nicht die schlechteste Tat, die ich in meinem Leben getan!* – Schillers »Räuber« IV,5: »und es ist beim Teufel nicht das Schlechteste, was ich in meinem Leben getan habe.«

188,34: Im folgenden schreibt Kleist viermal irrtümlich *August*, ein Namenversehen, das er auch bei der Redaktion der Buchausgabe nicht bemerkt; erst von 193,2 an wieder der richtige Name *Gustav*. Auf weitere Unstimmigkeiten (Toni ist bereits in der Einleitung 15 Jahre alt, die zu Anfang zerstörten Gebäude stehen danach wieder da, usw.) machte H. Günther aufmerksam (Euphorion 1910, S. 74 ff.).

191,4: *für seiner Kinder Leben* – Dubroca berichtet, daß die Franzosen die beiden Knaben l'Ouvertures als Geiseln benutzten.

192,12 ff: *um ihm . . . herbeizuholen* – E. Schmidt nach a: *und ihm . . . herbeiholen.* Kleist läßt bei der Verbesserung von a die Form *herbeiholen* versehentlich stehen.

193,3: *ob er nichts höre* – E. Schmidt nach a: *nicht*

194,13: *da er sich das Pistol in den Mund gesetzt hatte* – Auf gleiche Weise nahm sich Kleist wenige Monate nach der Niederschrift das Leben. Arnim an die Brüder Grimm, 6. 12. 1811: »Im letzten Bande seiner Erzählungen soll eine ähnliche Geschichte stehen wie sein Tod.«

195,1: *die Wohnungen des ewigen Friedens* – der gleiche, hier für die Gräber gebrauchte Ausdruck im Findling 214,32 für den Himmel.

Das Bettelweib von Locarno (S. 196–198)

Entstehung: Im Oktober 1810 für die »Berliner Abendblätter« niedergeschrieben, angeblich nach einer Erzählung Friedrich von Pfuels, der damals in Berlin war.

Textüberlieferung:
a) Erstdruck in »Berliner Abendblätter«, 11. Oktober 1810; unterzeichnet »mz.«.
b) »Erzählungen«, Bd. 2, 1811, S. 86–92; nach Druckvorlage a. Danach
   unser Text. Nachdruck ohne Verfasserangabe in L. Pustkuchens
   »Novellenschatz des deutschen Volkes«, Bd. 2, 1822.

Quellen: Nach einer Notiz im Pfuel-Archiv verdankt die Erzählung ihren
Ursprung einem Abenteuer, einer Art Spukgeschichte, die Ernst von Pfuels
Bruder Friedrich in Gielsdorf bei seinem alten Onkel zugestoßen war
(S. Rahmer, Kleist, Berlin 1909, S. 253). R. Steig (Kattowitzer Zeitung,
22. 11. 1911) wies auf eine von Ferd. Grimm (unter Berufung auf Pfuel)
aufgezeichnete böhmische Spukgeschichte sowie auf eine seichte Erzählung
im »Freimüthigen« von 1810.

Zum Text:

196,7:   *aus Mitleiden* – E. Schmidt behält die von Kleist in b getilgten
           Kommas bei.

196,15:   *wie es vorgeschrieben* – a: *wie es ihr vorgeschrieben*

196,20:   *ein florentinischer Ritter* – a: *ein Genuesischer Ritter;* von Kleist
           wohl geändert, weil auch im »Findling« 202,32 ein *Genueser*
           auftaucht.

196,24:   *schön und prächtig* – a: *schön und bequem*

197,13:   *mit einem entscheidenden Verfahren* – a: *mit einem kurzen Verfahren*

198,2ff: – a: *dergestalt, daß die Marquise, in der unwillkürlichen Absicht,
           außer ihrem Mann noch etwas Drittes, Lebendiges, bei sich zu haben*
           Wegen des nicht ganz logischen *etwas Drittes* wird der ganze
           Satz von Kleist umgeschrieben.

198,8:   *so gut sie vermögen* – a: *so gut es sein kann*

198,20:   *der Marquis* – E. Schmidt nach a: *der Marchese*

198,23:   *entschlossen, augenblicklich, nach der Stadt abzufahren* – a: *in der
           Absicht, um nach der Stadt zu fahren* Die Fassung von b ist be-
           deutend prägnanter.

198,24f: a: *Aber ehe sie noch aus dem Tor gerasselt* – b: *Aber ehe sie noch
           einige Sachen zusammengepackt und nach Zusammenraffung einiger
           Sachen aus dem Tore herausgerasselt* – Kleist vergaß offenbar, von
           zwei Fassungen eine zu streichen. E. Schmidt wählte die zweite
           Version: *nach Zusammenraffung einiger Sachen,* von Minde-
           Pouet in Kommas gesetzt.

198,27:   *überall mit Holz getäfelt wie es war* – fehlt in a.

198,32:   *von welchem er* – dahinter in a der Zusatz *als er von der Jagd kam,*
           womit das Anfangsmotiv wieder aufgenommen wurde.

Der Findling (S. 199–215)

Entstehung: Sommer 1811 zur Füllung des zweiten Bandes der Erzählungen.

Textüberlieferung: »Erzählungen«, Bd. 2, 1811, S. 93–132.

Quellen: Einzelne von Kleist sehr frei verwandte Motive bei Molière, Lessing und dem alten römischen Schriftsteller Hyginus, dessen Kenntnis bei Kleist auch sonst nachweisbar ist (s. Anmerkung zu Penthesilea 2421). Molières »Tartuffe«, das Urbild des bigotten und lüsternen Erbschleichers, wird von Kleist selbst erwähnt (213,20). Die Rettung Elvires durch den jungen Genueser aus Feuersnot und ihre Schwärmerei für ihn erinnert an das Verhältnis Rechas zu dem jungen Tempelherrn in Lessings »Nathan der Weise«. Ähnlich wie Elvire wird Laodamia in der 104. Fabel des Hyginus durch einen Türspalt beobachtet, wie sie ein Bild ihres verstorbenen Gatten verehrt, und gerät dadurch in falschen Verdacht:

»Daher machte sie ein dem Gatten Protesilaus ähnliches Wachsbild, stellte es wie ein Heiligtum im Schlafgemach auf und begann ihn anzubeten. Als dies frühmorgens ein Diener, der Opferfrüchte gebracht hatte, durch einen Ritz erspähte und sie des Protesilaus Bild umarmen und küssen sah, meldete er es im Wahn, sie habe einen Buhlen, dem Vater Acastus.« (nach E. Schmidt)

Zum Text:

199,1 ff: Der Anfang ähnelt in der Diktion auffallend dem Beginn einer Erzählung von C. Baechler in den »Gemeinnützigen Unterhaltungsblättern«, 24. 4. 1810, die bislang als eine Quelle für Kleists »Zweikampf« galt: »Der Ritter Johann . . . war genötigt, in seinen eigenen Angelegenheiten eine bedeutende Seereise zu unternehmen . . . Die junge, schöne Frau lebte indessen eingezogen auf ihrer Burg und sah nur die Bekannten ihres Mannes«. Der Hinweis schien mir für die Datierung der Novelle von Bedeutung, deren Abfassung gewöhnlich in die Frühzeit verlegt wird; siehe aber jetzt Anm. zu S. 288 (S. 919).

199,5: *führte ihn* – Erstdruck: *ihm.* Weitere Fehler, die auf grammatikalischer Unsicherheit Kleists oder des märkischen Setzers beruhen können: 201,8: *dem Nicolo;* 201,23: *an ihn auszusetzen;* 211,20: *die geheimen Geschichte.*

204,9: *Caravinen* – Glasflaschen mit eingeschliffenem Stöpsel; italien. *Caraffina* = Krüglein.

210,15: *Colino* – italien. Verkleinerungsform von *Nicolo;* also eigentlich der gleiche Name, was Kleist entgangen war. Ein ähnlich bedeutsames Buchstabenspiel in der Anekdote »Der Griffel Gottes«; auch seinen eigenen Namen behandelte Kleist 1801 *»logographisch«* (S. 537 unten). Im »Guiskard« 131 wird der Name *Armin* zu *Marin* umgebildet.

212,7: *Zucken seiner Oberlippe* – s. Anmerkung zu 321,24.

213,22: *an ihm sei es, das Haus zu räumen* – Molières »Tartuffe« IV,7: »C'est à vous de sortir . . . La maison m'appartient«

Die heilige Cäcilie (S. 216–228)

Entstehung: Gedichtet als Patengeschenk für Cäcilie Müller, einer am
27. 10. 1810 geborenen Tochter Adam Müllers, die am 16. 11. 1810 in
der französischen reformierten Gemeinde in Berlin getauft wurde. Tauf-
paten waren neben Kleist selbst auch Achim von Arnim, Ludolph
Beckedorff, Fürst von Lobkowitz, Baron von Buol-Mühlingen, Elisabeth
v. Stägemann, Kunigunde v. Savigny, geb. Brentano, Frau Peguilhen,
Henriette Vogel u. a. (nach Jakob Baxa, Euphorion 1959, S. 92–102). Adam
Müller selbst war 1805 zur katholischen Kirche übergetreten.

Textüberlieferung:
a) »Berliner Abendblätter« Nr. 40–42, 15.–17. Nov. 1810. Varianten
   S. 293–98.
b) Erweiterte Fassung in »Erzählungen«, Bd. 2, 1811, S. 133–162. Danach
   unser Text.

Quellen: Nach K. Gassen (Weimar 1920) könnte die Legende auf histor.
Tatsachen zurückgehen, auch wenn es in Aachen kein Cäcilienkloster
gegeben hat. R. Puschmann (Bielefeld 1988) verweist auf die Vehältnisse der
Dresdner Hofkirche, E. Siebert (Jahrb. Preuß. Kulturbes. 1989) auf die
Klosterkirche zu Ebrach. Von vier wahnsinnigen Brüdern in einem Ham-
burger Spital berichtete Matth. Claudius (»Besuch im St. Hiob zu★★«,
Werke, Bd. 4, 1784):

»Die merkwürdigsten von allen aber waren vier Brüder, die in einem
Zimmer beisammen saßen gegen einander über wie sie auf dem Kupfer
[von Chodowiecki] sitzen . . . Herr Bernard sagte, sie säßen die meiste
Zeit so und ließen den ganzen Tag wenig oder gar nichts von sich hören;
nur so oft ein Kranker im Stift gestorben sei, werde mit drei Schlägen
vom Turm signiert, und so oft die Glocke gerührt werde, sängen sie einen
Vers aus einem Totenliede. Man nenne sie auch deswegen im Stift die *Toten-
Hähne.*« (nach A. Fresenius, 1915)

Vgl. J. Kerners Nachdichtung »Die vier wahnsinnigen Brüder« (1824).

Zum Text:

217,27: *das Kloster auch, wegen* – typische, von E. Schmidt geänderte
         Zeichensetzung Kleists.
218,29: Kleist setzt die indirekten Fragen, nicht die direkte Antwort, in
         Anführungszeichen.
219,10: Im Westfälischen Frieden 1648 wurde katholischer Kirchen-
         besitz in weltlichen Besitz verwandelt (säkularisiert).
219,11: Ab hier die Erweiterung gegenüber der Fassung a (S. 296).
219,16ff: *Die letzten Nachrichten . . . waren* – im Erstdruck: *war,* so daß
         vielleicht das Subjekt im Singular stehen sollte.
222,1:   *Altan* – b: *Altar* (Druckfehler)
222,18: *forderte* – E. Schmidt verbessert: *fordert*
223,33: *aus dem Schlaf geschreckter Menschen,* – E. Schmidt setzt das
         Komma vor *Menschen,* was den Satzrhythmus zerstört.

224,32: Die abschließenden Anführungszeichen der langen Rede des Tuchhändlers erscheinen im Erstdruck erst am Schluß des Absatzes.

227,34–36: Das Wort des Erzbischofs ist nur zu Beginn in Anführungszeichen gesetzt; am Schluß hinter *habe* fehlen sie.

Der Zweikampf (S.229–261)

Entstehung: Sommer 1811 zur Füllung des zweiten Bandes der Erzählungen.

Textüberlieferung: »Erzählungen«, Bd. 2, 1811, S. 163–240.

Quellen: Anregungen aus Froissarts »Chroniques de France«, in der vom Zweikampf des Jacquet le Gris mit Jehan de Carouge (1387) berichtet wird. Die unter dem Namen »C. Baechler« in den Hamburger »Unterhaltungsblättern« erschienene freie Wiedergabe nach Froissart, die bislang (auch in untenstehenden Anmerkungen) als Kleists Quelle angesehen wurde, stammt, wie ich jetzt nachweisen konnte, von Kleist selbst (s. Jahrbuch d. Dt. Schillerges. 1981, S. 47–59, und Anmerkung zu S. 288). Einzelne Motive (trügerischer Ausgang eines Gottesgerichts, »Teilen der Sonne«) aus den »Drangsalen des Persiles« von Cervantes.

Zum Text:

229,4: *Jakob der Rotbart* – bei Froissart und Baechler: Jakob der Graue.

229,6: *Nacht des heiligen Remigius* – Remigiustag: 1. Oktober.

230,4: *obwaltenden* – im Erstdruck vor *kluger Erwägung;* anscheinend eine von Kleist nicht deutlich gekennzeichnete Einfügung im Manuskript, die vom Setzer an falscher Stelle gebracht wurde.

234,20: *Montag nach Trinitatis* – der Montag nach der Pfingstwoche; ähnlich im Kohlhaas 99,20 das historische Datum: *Montag nach Palmarum.*

235,12 ff: *Littegarde* – der bei Froissart fehlende Name lautet bei Baechler: Hildegard.

235,17 ff: *Sie lebte . . . still und eingezogen auf der Burg ihres Vaters* usw. – deutlicher Anklang an die sich bei Baechler findende Stelle: »Die junge, schöne Frau lebte indessen eingezogen auf ihrer Burg und sah nur . . . die benachbarten Ritter und deren Familien.« Ähnlich suchen die Marquise von O. (126,33), Franzeska N. (272,15) und Elvire (199,5) »in klösterlicher Eingezogenheit« und »unter dem Schutz ihrer Verwandten« zu leben.

240,4: *hatten* – E. Schmidt verbessert: *hätten*

242,32: *auf Tod und Leben, vor aller Welt, im Gottesurteil* – Baechler: *auf ein Gottesgericht, das heißt, auf einen Kampf auf Leben und Tod.* Die Kennzeichnung als Gottesgericht fehlt bei Froissart.

243,17: *Margarethentag* – 13. Juli. Die folgende Schilderung des Gottesgerichts weist, wie schon H. Davidts (Die novellistische Kunst H. v. Kleists, Berlin 1913) bemerkte, eine überraschende Ähn-

lichkeit mit der Zweikampfszene im »Käthchen« V, 1 auf; auch
das in beiden Dichtungen vorkommende Personal ist weitgehend das gleiche: *Friedrich, seine Mutter Helena, Kunigunde,
Kammerzofe Rosalie mit ihrer Mutter, der Kaiser, der Erzbischof,
der Prior des Augustinerklosters.*

243,22: *von Kopf zu Fuß in schimmerndes Erz gerüstet* – fehlt bei Froissart;
Baechler: *schwarz geharnischt vom Kopf bis auf die Ferse;* »Käthchen«, vor 2284: *von Kopf zu Fuß in voller Rüstung.*

243,30: *während die Richter Licht und Schatten zwischen den Kämpfern
teilten* – fehlt bei Froissart; Baechler: *die Kampfrichter teilten Feld
und Sonne;* Kleist in den »Abendblättern«: *Als das Feld und die
Sonne gehörig zwischen beiden Kämpfern verteilt war;* ähnlich in
Franz Theremins Übersetzung der »Drangsale des Persiles« von
Cervantes (1808): *Die Sekundanten und Kampfrichter beobachteten
die bei solchen Gelegenheiten üblichen Gebräuche, teilten uns die
Sonne, und der Kampf begann.* Schon in Wielands »Oberon«
1,66: *Die Sonne wird geteilt.*

245,26: *Hierauf blies der Herold ... zum Kampf* – fehlt bei Froissart;
Baechler: *der Trompetenstoß schmetterte;* »Käthchen« nach 2374:
Trompetenstöße.

246,1: *wie zwei Gewitterwolken* – ähnlich in den Varianten der »Penthesilea« S. 864,24: *die beiden feindlichen Gewölke*

Zu den Anekdoten

Literaturangaben siehe S. 921

262: *Tagesbegebenheit* – in den »Berliner Abendblättern« (weiterhin BA
zitiert), 2. Okt. 1810, als erste von drei »Tagesbegebenheiten«. Über
den Tod des am 29. Sept. 1810 vom Blitz erschlagenen neunund-
vierzigjährigen Arbeitsmanns *Pritz* (bei Kleist: *Brietz*) hatten die
Spenersche und die Vossische Zeitung vom 2. Oktober ausführlich
berichtet, ohne den Vorfall mit dem *Kapitän v. Bürger* (Stabs-
kapitän Christoph Friedrich v. Bürger, 1765–1813) zu erwähnen.
Kleist meldet die ihm wohl von Bürger selbst erzählte Begebenheit
ohne Rücksicht auf die Witwe und die drei Kinder des Verstorbenen, weil ihn das anekdotisch Bedeutsame daran reizte. Kleists Bericht wurde mehrfach von anderen Zeitungen übernommen.

262: *Franzosen-Billigkeit* – BA 3. Okt. 1810. Zuerst von Zolling in Kleists
Werke aufgenommen, dann von Steig, der die Quellen-Zusammen-
hänge nicht überschaute, als angeblicher Nachdruck entfernt, zuletzt von mir (Euphorion 1950, S. 478–84) als unzweifelhaftes Eigentum Kleists sichergestellt. Die Quelle bildet der Nürnberger »Korrespondent von und für Deutschland«, 20. 1. 1808:

»Vor geraumer Zeit kam Jemand unaufgefordert zu einem französischen Kommandanten in den preußischen Staaten, und wollte

ihm verraten, wo man eine Quantität Bauholz verborgen habe. Der brave Kommandant wies ihn ab, und sagte: ›Lassen Sie Ihrem guten Könige dieses Holz, damit er einst Galgen bauen könne, um solche niederträchtige Verräter, wie Sie sind, daran aufzuhängen.‹«

Die Anekdote war zunächst in der »Sammlung von Anekdoten und Charakterzügen aus den beiden merkwürdigen Kriegen«, Heft 3, 1807, berichtet worden und von dort in den »Korrespondenten« von 1808 gewandert, der nicht nur für Kleist, sondern auch für Johann Peter Hebel (»Schlechter Lohn«) als Vorlage einer eigenen literarischen Gestaltung diente. In der Form, wie sie dann ein zweites Mal in der genannten »Sammlung von Anekdoten«, Heft 28, auftritt, wo sie von Steig entdeckt wurde, ist sie ein Nachdruck aus Kleists »Abendblättern«, wie aus dem Erscheinungstermin dieses Heftes, Februar 1811, eindeutig hervorgeht.

Wert in Erz gegraben zu werden – Diese Forderung Kleists an eine gute Anekdote auch im Brief vom 23. Okt. 1810 (S. 840). *Pontonhof* – Berliner Artilleriedepot Unter den Linden.

262: *Der verlegene Magistrat* – BA 4. Okt. 1810. Nachdrucke: »Bresl. Erzähler«, 15. 12. 1810, »Museum des Witzes«, Bd. 3, 1810, »Zeitung f. d. eleg. Welt«, 9. 6. 1812.

Hamburger Lokalanekdote; in der handschriftlichen Sammlung von Peter Friedr. Röding (1767–1846) auf den Hamburger Seidenhändler Sylingk bezogen, der zu Ende des 18. Jahrhunderts lebte (E. Garvens: »Arkebuseert«, in K. Lerbs »Die deutsche Anekdote«). Eine ähnliche Anekdote von einem Pantoffelmacher erzählt Achim v. Arnim im »Preuß. Correspondent«, 31. 1. 1814. Von den *Streifereien des Adels* und dem *Magistrat* ist nur bei Kleist die Rede; *arkebusiert* – erschossen.

263: *Der Griffel Gottes* – BA 5. Okt. 1810. Nachdrucke: »Bresl. Erzähler«, 15. 12. 1810, Hamburger »Gemeinnütz. Unterhaltungsblätter«, 10. 4. 1811, »Zeitung f. d. eleg. Welt«, 8. 6. 1812.

Die Anekdote war Kleist offenbar durch Fürst Anton Radziwill zugekommen, der sie noch 1828 bei Rahel erzählte und die entsprechenden Buchstaben POTEMPIONA aufzeichnete (Faksimile bei Sembdner, Die Berliner Abendblätter, Berlin 1939). Varnhagen vermerkt auf dem gleichen Zettel:

»Vom Fürsten Anton Radziwill aufgeschrieben, 1828 bei Rahel. Eine polnische Dame hatte sich ein prächtiges Grabmal errichten lassen, mit einer stolzen Inschrift, die ihr, ungeachtet ihres sehr weltlichen Wandels die Seligkeit zusprach. Bald nach ihrem Tode schlug der Blitz in das Denkmal, und ließ von der Inschrift nur die nebenstehenden Buchstaben in der angegebenen Ordnung stehen. Das Wort, welches sie bilden, heißt so viel als verdunkelt, verdammt.«

August Apel notierte sich Juni 1816 auf Carl von Miltitz' Schloß Scharfenberg als zu bearbeitenden Stoff: »die vom Blitz geänderte

Grabesschrift der Gräfin Zamoiska: Damnata est« (O. E. Schmidt, »Fouqué, Apel, Miltitz«, Leipzig 1908). Das Bild vom *Griffel Gottes* schon in Kleists Schiller-Umdichtung »Hymne an die Sonne« (Bd. 1, S. 44). Der »Bresl. Erzähler«, 15. 12. 1810, verteidigt den »aus Erz gegossenen Stein« gegenüber einem Kritiker im »Archiv für Literatur, Kunst und Politik«, 28. 10. 1810, der diesen Ausdruck als eine Kleistsche Nachlässigkeit beanstandet hatte.

264: *Anekdote aus dem letzten preußischen Kriege* – BA 6. Okt. 1810. Ähnliche Berichte in der »Sammlung von Anekdoten und Charakterzügen«; doch geht Kleists Anekdote vermutlich auf eine ihm mündlich zugekommene Überlieferung zurück (P. Hoffmann, Sonntagsbeil. z. Voss. Zeitung, 17. 1. 1915). – *Bassa Manelka, Bassa Teremtetem* – ungarische Flüche aus der Husarentradition.

265: *Mutwille des Himmels* – BA 10. Okt. 1810. Offenbar aus Kleistscher Familientradition stammend; kann sich aber kaum auf den genannten General beziehen (P. Hoffmann, Euphorion 1907, S. 565–77). Generalmajor Bernhard Alexander von Diringshofen, Chef des 24. Infanterieregiments zu Frankfurt, war am 9. 1. 1776 gestorben. *P . . .* = Carl Samuel Protzen, 1770–82 Feldprediger des gleichen Regiments, hatte Kleist 1777 getauft.

Die Anekdote wird von Cl. Brentano im Gedicht »Vom großen Kurfürsten«, 14. 10. 1810, parodiert: »Halb eingeseift, der ganzen Stadt/Stellt ich Sie vor im Abendblatt.«

266: *Charité-Vorfall* – BA 13. Okt. 1810. In den Abendblättern hatte folgender Polizeirapport vom 7. 10. 1810 gestanden:

»Ein Arbeitsmann, dessen Name noch nicht angezeigt ist, wurde gestern in der Königsstraße vom Kutscher des Professor Grapengießer übergefahren. Jedoch soll die Verwundung nicht lebensgefährlich sein.«

K. = Kohlrausch; *Der Berichterstatter* – schwerlich Kleist selbst.

267: *Der Branntweinsäufer* – BA 19. Okt. 1810. Angeregt durch eine platte Anekdote in Kleists Konkurrenzblatt, dem »Beobachter an der Spree« vom 8. 10. 1810 (Sembdner 1939, S. 91 ff): Der Sohn eines Juden, »der sich dem Trunke leidenschaftlich ergeben hatte«, dem Vater aber Enthaltsamkeit versprach, »ging in Geschäften aus«; auf dem Hinweg wird er durch ein buntgemaltes Firmenschild in Versuchung geführt, bleibt aber »eingedenk seines Gelübdes«, um sich dann auf dem Rückweg zur Belohnung seiner Standhaftigkeit einen doppelten Schnaps geben zu lassen. Kleist verwandelt die optisch wirkende Versuchung in eine akustische, wobei der verschieden gefärbte Klang der Berliner Glocken reizvoll nachgeahmt wird. *Pommeranzen, Kümmel, Anisette* = drei Schnapssorten. Prinz Lichnowsky, dessen Regiment der Säufer angehört haben sollte, nahm anscheinend an der Anekdote Anstoß (Kleists Brief vom 23. 10. 1810, S. 840).

268: *Anekdote aus dem letzten Kriege* – BA 20. Okt. 1810. Wiederum bildet eine Anekdote im »Beobachter an der Spree« die Quelle (die Nummer trägt das Datum 22. 10. 1810, doch wurde das Wochenblatt in Berlin schon vor dem Sonntag ausgeliefert):

»Wahre Anekdote aus dem letzten Feldzuge.

Ein Tambour des preußischen Infanterie-Regiments von Puttkammer zu Brandenburg geriet nach der Schlacht von Jena in französische Gefangenschaft. Er fand aber doch Gelegenheit, wieder zu entwischen und sich in den Besitz eines Gewehrs und scharfer Patronen zu setzen. So bewaffnet, suchte er sich nun, mitten in dem Getümmel des Krieges, nach seiner Heimat durchzuschleichen und, wo er Widerstand fand, sich den Weg mit Gewalt zu bahnen. Dies glückte ihm auch einige Tage über und er streckte manchen Feind zu Boden. Endlich wurde er aber doch von einem Kommando baierscher Soldaten zum Gefangnen gemacht und da es ausgemittelt wurde, daß er aus der ersten Gefangenschaft entwischt sei und nachher manchen getötet, so wurde er durch ein Kriegsgericht verurteilt, füsiliert zu werden.

Nachdem man ihm diese Sentenz publiziert hatte, wurde er zum Richtplatz geführt. Unerschrocken schritt er einher, und als er zu dem, das Exekutionskommando anführenden baierschen Offizier kam, stand er still und bat: ihm noch vor seinem Tode eine Gnade zu gewähren. Der Offizier bewilligte ihm seine Bitte. ›Nun so bitt ich,‹ versetzte der zum Tode Verurteilte: ›mich im Hintern schießen zu lassen, damit der Balg ganz bleibe.‹«

Bezeichnenderweise macht Kleist aus dem »Kommando baierscher Soldaten« einen *Haufen französischer Gensdarmen;* der kommentierende Anfang und Schluß der Anekdote gehören ganz Kleist zu. Trotzdem bittet der »Beobachter an der Spree«, 19. 11. 1810, in einer höhnischen Parodie auf die Abendblätter, »den Schein zu vermeiden, daß sich leichter etwas abschreibt, als entwirft, oder mit Kosten anschafft«. Wörtlicher Abdruck der Anekdote aus dem »Beobachter« in der »Sammlung von Anekdoten und Charakterzügen«, Heft 27, November 1810.

Kleist verteidigt seinen Tambour gegen die Angriffe des Prinz Lichnowsky als »eine so herrliche und göttliche Erscheinung«, »daß mich dünkt, das Unschickliche, was in seiner Tat liegt, verschwinde ganz und gar, und die Geschichte könnte, so wie ich sie aufgeschrieben, in Erz gegraben werden« (S. 840). Wilhelm Grimm an Brentano, 6. 11. 1810: »Die Anekdoten von Kleist sind sehr gut erzählt und sehr angenehm, der Tambour, der sein Herz nicht zum Ziel will geben, hat aber ins Schwarze getroffen.«

268: *Anekdote* (Bach) – BA 24. Okt. 1810. Nachdruck: »Zeitung f. d. eleg. Welt«, 8. 6. 1812. Kleists Quelle bilden die »Beispiele von Zerstreuung« in dem »Museum des Wundervollen oder Magazin des Außerordentlichen«, Bd. 6, 1807:

»Ein bekannter Tonkünstler verlor seine Frau. Da sie in den Sarg gelegt werden sollte, kam seine Tochter zu ihm und forderte einige Groschen zu Band, womit an dem Leichengewande etwas gebunden werden sollte. ›Ach! liebes Kind, antwortete er, du weißt, daß ich mich um Wirtschaftssachen nicht bekümmern kann, sag es der Mama.‹«

Sehr hübsch ist der von Kleist hinzugefügte Zug, daß Bach die Antwort *unter stillen Tränen* gibt, wodurch der Anschein der Gleichgültigkeit vermieden wird (ähnlich in der Kapuziner-Anekdote, S. 270). Die Anekdote bezieht sich nicht auf Bach, wie Kleist willkürlich behauptet, sondern auf den Komponisten Georg Benda (1722–95).

269: *Französisches Exerzitium* – BA 25. Okt. 1810.

269: *Rätsel* – BA 1. Nov. 1810. Die versprochene »Auflösung« erfolgte natürlich nicht!

270: *Korrespondenz-Nachricht* – BA 8. Nov. 1810. Nachdrucke: »Bresl. Erzähler«, 6. 1. 1811, »Museum des Witzes«, Bd. 4, 1811, von dort im Nürnberger »Korrespondenten«, 23. 5. 1811, und in C. F. Müllers »Theater-Anekdoten«, Wien 1834. Der Berliner Schauspieler Karl Wilhelm Ferdinand Unzelmann (1753–1832) war wegen seiner Neigung zum Improvisieren bekannt. Den Vorfall entnahm Kleist entweder einer Königsberger Privatmitteilung oder den heute nicht mehr zugänglichen Theaterkritiken im »Königsberger Correspondenten«.

270: *Anekdote* (Kapuziner) – BA 30. Nov. 1810. Nachdrucke: »Bresl. Erzähler«, 6. 1. 1811, »Zeitung f. d. eleg. Welt«, 8. 6. 1812. Die anonyme Vorform dieser Anekdote ist uns vermutlich in einem Volkskalender von 1822 erhalten geblieben (W. Jerven, Alte Kalendergeschichten. Konstanz 1916):

»Zu einem Delinquenten, der sich über das abscheuliche Wetter beschwerte, als er zum Galgen geführt wurde, sagte der Mönch, der ihn begleitete: Laß mich erst klagen, du Lump, du brauchst doch den Weg nicht zweimal zu machen, aber ich muß wieder heim gehen.«

270: *Anekdote* (Baxer) – BA 22. Nov. 1810. Eine Beschreibung der englischen Faustkämpfe mit ihren bisweilen unglücklichen Folgen und Todesfällen hatte Kleist in Archenholz' »England und Italien« (Bd. 1, 1785) gefunden: »Die Kämpfer entkleiden sich gewöhnlich den Oberteil des Leibes, und so schlagen sie mit geballten Fäusten nakkend auf einander los, während ein Kreis von Menschen um sie geschlossen wird … Der Sieger, der oft mehr entkräftet als der Besiegte ist, wird nachher von den Zuschauern triumphierend wegbegleitet«. Während in der Auflage von 1785 noch von »Baxkunst« und »Baxen« (gemäß der englischen Aussprache) die Rede ist, weist die Auflage von 1787 bereits die Schreibung »Boxkunst« auf.

271: *Anekdote* (Jonas) – BA 11. Dez. 1810. Erstmalig in einer Ausgabe; Zuweisung: Sembdner, Euphorion 1959. Nachdrucke: »Museum des Witzes«, Bd. 4, 1811, »Zeitung f. d. eleg. Welt«, 6. 6. 1812.

Schwächere Variation der Baxer-Anekdote, mit der sie den Aufbau und einige Einzelheiten gemeinsam hat; vermutlich als Lückenbüßer für einen von der Zensur gestrichenen Artikel niedergeschrieben, wofür auch die zur Streckung dienenden zahlreichen Absätze und die Wahl einer großen Schrifttype sprechen.

271: *Sonderbare Geschichte . . . in Italien* – BA 3. Jan. 1811. Humoristisches Gegenstück zur »Marquise von O«. 274,21: *Ecke einer Bank, unter welcher ein Kind lag* – zur Kennzeichnung des »Bankerts« wiederholt von Kleist gebrauchtes Bild (Homburg 1566 f.).

274: *Neujahrswunsch eines Feuerwerkers* – BA 4. Jan. 1811. Der Scherz könnte auch von Cl. Brentano herrühren, worauf das verspätete Erscheinen und gewisse Anklänge an Brentanos Philister-Abhandlung deuten würden:

»Die Philister als Volk habe ich nun . . . bis in die Festung Asbod auf einer musterhaften Retirade geführt, sie dort eine neun und zwanzigjährige Belagerung aushalten lassen, und dann das persönliche Gewehr strecken, die Fahnen der Namhaftigkeit ablegen und sie endlich auf dem Glacis, welches die Außenwerke der befestigten Innerlichkeit von dem Ozean der weiten Welt trennt, auseinander laufen lassen.« (nach Steig)

Bei Kleist sind ähnliche barocke Spielereien nicht nachweisbar; andererseits erinnert der Anfang an Kleists Germania-Aufsätze »Über die Rettung von Österreich« (S. 380) und »Die Bedingung des Gärtners« (S. 379).

275,13 ff: *es müsse Ihnen gelingen, die Trancheen ihrer Kränkungen vor der Redoute Ihrer Lustempfindungen zu öffnen* – BA: *ihnen* (kleingeschrieben); offenbar Druckversehen. Alle Pronomina groß zu schreiben, wie Steig tut, gibt keinen Sinn.

Feuerwerker – Artillerist; *Karkassen* – Brandkugeln; *Panduren* – verwegene ungarische Reitertruppen; *Trancheen* – Laufgräben; *Redoute* – Schanze; *Glacis* – Brustwehr; *Palisade* – Pfahlwerk; *Ravelin* – halbkreisförmige Schanze; *Defiléen* – Engpässe; *Pelotons* – Rotten; *chargieren* – laden; *Quarré* – Gefechtsaufstellung im Viereck; *maintenieren* – behaupten; *Kasematte* – bombensicherer Festungsraum.

276: *Der neuere . . . Werther* – BA 7. Jan. 1811. Quelle unbekannt.

277: *Mutterliebe* – BA 9. Jan. 1811. Kleist hielt sich im Oktober 1803 in St. Omer auf, wo er von dem Vorfall gehört haben mag. Stilistische Anklänge an den Bericht eines Kampfes mit einem tollgewordenen Wolfe im »Museum des Wundervollen«, Bd. 7, 1808 (Sembdner 1939, S. 72 ff.). Eine ähnliche Erzählung in Hebels »Rheinländischem Hausfreund« von 1809 (»Fürchterlicher Kampf eines Menschen mit einem Wolf«).

277: *Unwahrscheinliche Wahrhaftigkeiten* – BA 10. Jan. 1811. Von einer
Kugel, die bei dem Lübecker Straßenkampf von 1806 einem Ober-
jäger »vorn in die Brust hinein- und hinten herausgegangen« war,
wobei sie ihren Weg »um eine Rippe genommen« hatte, erzählte
nach Ludwig v. Reiches Memoiren, 1857, auch Graf Yorck von
Wartenburg. Die zweite Begebenheit mag sich während Kleists
und Pfuels Dresdner Aufenthalt 1803 zugetragen haben; bei seiner
Schilderung der Sandsteingewinnung verwechselt Kleist die in die
Felsspalten gelegten Tonpfeifen, deren Zerbrechen das Loslösen
der Blöcke anzeigt, mit den zur Sprengung eingetriebenen Keilen
(nach P. Hoffmann, Zeitschrift f. Bücherfreunde 1908, S. 498–504).
Als Quelle der dritten Begebenheit meint Kleist nicht Schillers
eigene Darstellung, sondern die als Anhang von Schillers »Geschichte
vom Abfall der Niederlande« erschienene Fortsetzung von Carl
Curths, Teil 3, Leipzig 1809, S. 290:
> »Einen jungen Menschen von des Herzogs Leibwache ergriff auf
> der Brücke, nahe an der Flandrischen Küste, ein Wirbel, und schleu-
> derte ihn über den ganzen Strom auf das Brabantische Ufer, ohne
> daß er eine andere Beschädigung als eine kleine Verletzung an der
> Schulter beim Herabfallen erhielt.«

In einem anderen Zusammenhang hieß es bei Curths S. 292:
> »So fabelhaft und unglaublich das scheint, gibt uns doch die Ge-
> schichte hinreichende Aufschlüsse über den Zusammenhang dieses
> rätselhaften Ereignisses.«

Kleist stellt hier also dem *Dichter* Schiller den *Geschichtsschreiber*
Curths gegenüber.

278,2: *und doch ist die Wahrscheinlichkeit . . . nicht immer auf Seiten der*
Wahrheit – ähnlich »Kohlhaas« 96,15ff., »Amphitryon« 694ff. Die
Antithese »Wahrheit« und »Wahrscheinlichkeit« findet sich auch bei
Cervantes und Wieland.

281: *Sonderbarer Rechtsfall in England* – BA 9. Febr. 1811. Als Quelle entdeckte ich eine längere Erzählung »Der Schein trügt« im »Museum
des Wundervollen«, Bd. 4, 1805. Die, nach der Tendenz des Museums zu urteilen, historische Begebenheit spielt zur Zeit der Königin
Elisabeth. Ein durch merkwürdiges Zusammentreffen von Indizien
des Mordes an seinem Nachbarn beschuldigter Bauer soll zum Tode
verurteilt werden. Einer der zwölf Geschworenen weigert sich, dem
Urteil zuzustimmen, so daß der Angeklagte freigesprochen werden
muß, und entdeckt später dem Richter, daß er selbst der unschuldige,
in Notwehr handelnde Mörder gewesen war. Kleist vereinfacht den
verwickelten Bericht. Aus den sich streitenden Bauern werden
Edelleute; der Mord geschieht nicht mehr durch eine Mistgabel,
sondern ähnlich wie in Kleists »Zweikampf« durch einen Schuß im
Dunkel aus dem *Busch;* die verschiedenen Verdachtsgründe werden
auf einen einzigen reduziert (Museum: Der Gefangene habe einige
Tage vorher »verschiedene Drohungen ausgestoßen«), zu dem sich

dann *noch mehrere Beweise* finden. Kleist läßt ferner die Figur des Lord Präsidenten fort, statt dessen kommt der Fall vor den König; auch fehlt jedes historische Detail. (Sembdner 1939, S. 78–82)

Anekdoten-Bearbeitungen

283: *Anekdote* (Napoleon) – BA 14. Nov. 1810. Quelle: Zschokkes »Miszellen für die Neueste Weltkunde«, 31. 10. 1810. In einem Bericht »Aus Deutschland« werden dort einige Anekdoten, die Rühle von Lilienstern von einem Franzosen erfahren hatte, aus Rühles anonymer »Reise mit der Armee im Jahre 1809«, Bd. 2, 1810, abgedruckt. Sowohl Zschokke selbst wie Kleists Freund Rühle waren Napoleon-Verehrer, was Kleist nicht hinderte, die Anekdote für die Abendblätter zu bearbeiten. Sie lautete in den »Miszellen«:

»Auch habe man Beispiele, daß der Kaiser von heftiger Rührung übermeistert werde. So habe er bei der Schlacht von Aspern den verwundeten Marschall Lannes mit großer Bewegung lange in seinen Armen gehalten; und aus eben jener Schlacht erzähle man, der Kaiser habe im Kartätschenfeuer auf dem Schlachtfelde den Angriff seiner Kavallerie auf die österreichischen Linien beobachtet; ringsum hätten eine Menge Blessierter schweigend im Staube gelegen, um dem Kaiser nicht mit ihrem Wehklagen zur Last zu fallen. Als aber bald darauf ein Kürassierregiment, feindlicher Übermacht ausweichend, über die Schweigenden wegsprengte, hätte sich ein lautes Geschrei erhoben, mit dem untermischten Ausruf: Vive l'Empereur! Vive Napoléon! Darauf habe der Kaiser die Hand vors Gesicht gehalten und die Tränen seien ihm über die Wangen herab gestürzt.«

283: *Uralte Reichstagsfeierlichkeit* – BA 17. Nov. 1810. Nachdruck: »Breslauischer Beobachter«, 22. 12. 1810. Der »altdeutsche Schwank« geht auf den ungenannten Hans Sachs (»Der blinden kampf mit der Säw«) zurück. Der Abendblatt-Beitrag steht dem Sachsschen Schwank näher als die von Kleist als angebliche Quelle genannte Bearbeitung in den »Gemeinnützigen Unterhaltungsblättern«, Hamburg, 27. 10. 1810. Nach neuesten Erkenntnissen stammt sowohl die Hamburger wie die Abendblatt-Fassung von Kleist selbst, der auch andere Beiträge für das Hamburger Journal lieferte (Sembdner 1939, S. 228–237; sowie Jahrbuch d. Dt. Schillergesellschaft 1981).

284: *Anekdote* (Diogenes) – BA 6. Dez. 1810. Schon bei Steig erwähnt, aber bisher in keiner Ausgabe. Quelle: »Gemeinnütz. Unterhaltungsblätter«, 22. 9. 1810:

»Das Grab des Diogenes.

Man fragte den Diogenes, wo er nach seinem Tode begraben sein wollte. ›Mitten auf dem Felde,‹ antwortete er. ›Wie?‹ versetzte jemand: ›fürchtest du nicht, den Vögeln und wilden Tieren zur Speise zu dienen?‹ ›So lege man meinen Stab neben mich,‹ antwortete er: ›damit ich sie wegjagen könne, wenn sie herbei kommen sollten.‹ ›Aber,‹ sagte man hierauf: ›da wirst du ja keine Empfindung mehr haben.‹ ›Was liegt also mir daran,‹ erwiderte er: ›ob sie mich fressen oder nicht, weil ich doch nichts davon empfinden werde.‹«

285: *Helgoländisches Gottesgericht* – BA 6. Dez. 1810. Quelle: »Gemeinnütz. Unterhaltungsblätter«, 6. 11. 1810 (»Einige Nachrichten von der Insel Helgoland und ihren Bewohnern«; diesen Fortsetzungsbericht verwendet Kleist auch für die »Geographische Nachricht« S. 396 ff.):

»Ein vortreffliches Mittel zur Vermeidung oder Beendigung ihrer Zänkereien ist das unter ihnen gewöhnliche Loosen, wozu sie in zweifelhaften Fällen sogleich ihre Zuflucht nehmen. Die Mannspersonen nehmen ihre Lootsenzeichen (Medaillons von Messing mit ihrer Nummer, die sie als Lootsen haben und beständig bei sich tragen), werfen diese in einen Hut und greifen eins davon heraus. Der Eigentümer desselben bekommt dann Recht.«

Kleist faßt diesen Vorgang, der nach den weiteren Ausführungen in seiner Vorlage eher ein Fetischismus ist, als »Gottesgericht« auf und läßt dementsprechend einen »Schiedsrichter« entscheiden. (Sembdner 1939, S. 243 f.)

285: *Beispiel einer unerhörten Mordbrennerei* – BA 8. Jan. 1811. Quelle: »Korrespondent von und für Deutschland«, 10.4.1808 (Sembdner, Euphorion 1950, S. 471–73). Von Kleist sind die ersten Sätze mit ihren Anspielungen auf die Berliner Mordbrennerbande, von denen die Abendblätter häufig berichtet hatten (s. Tagesbegebenheiten, S. 424 ff.); ab Zeile 11 fast wörtlich der Vorlage entnommen.

286: *Merkwürdige Prophezeiung* – BA 8. Jan. 1811. Quelle: »Museum des Wundervollen«, Bd. 8, 1809, nach dem angegebenen anonymen französischen Werk von J. L. Dugas de Bois-Saint-Just (Sembdner 1939, S. 149–52). Von Kleist stammt vor allem die Einleitung; er erzählt den Erfolg der Prophezeiung erst am Schluß, wobei er die Zeitangabe *Zehn Jahre darauf* nach eigenem Ermessen dazusetzt.

286: *Beitrag zur Naturgeschichte des Menschen* – BA 9. Jan. 1811. Von Kleist aus zwei verschiedenen Berichten des »Museum des Wundervollen«, Bd. 8, 1809, zusammengestellt: »Die unverbrennliche Kopini« und »Eine große Wassertrinkerin« (nach »Journal de Paris«, 1.3.1809). Der Name *Chartret* ist von Kleist frei erfunden; aus seiner Vorlage übernimmt er den Druckfehler *Courton* statt *Courlon*. (Sembdner 1939, S. 244–48)

287: *Wassermänner und Sirenen* – BA 5. und 6. Febr. 1811. Die ersten drei Absätze stammen fast wörtlich aus dem »Museum des Wundervollen«, Bd. 1, 1803; der letzte Absatz, ebenfalls nur leicht verändert, aus dem Nürnberger »Korrespondenten«, 6.7.1808. Den Hinweis auf den *neapolitanischen Fischnickel* (gemeint ist Nicola Pesce, das Vorbild von Schillers »Taucher«) fügt Kleist aus eigenem Wissen hinzu. (Sembdner 1939, S. 248–55; Euphorion 1950, S. 473 f.) Vgl. auch Anmerkung zu 412.

288: *Geschichte eines merkwürdigen Zweikampfs* – BA 20. und 21. Febr. 1811. Nachdruck: Hormayrs »Archiv für Geographie, Historie, Staats- und Kriegskunst«, 25.–27. 3. 1811.

Die Quellenverhältnisse sind verwickelt. Der Abendblatt-Beitrag berührt sich eng mit C. Baechlers Erzählung »Hildegard von Carouge und Jacob der Graue« in den Hamburger »Gemeinnützigen Unterhaltungsblättern«, 21.4.1810; andererseits gehen beide Fassungen unabhängig voneinander, wie sich an manchen Einzelheiten zeigen läßt, auf Froissarts »Chroniques de France« zurück, die zwar Kleist, nicht aber der dubiose Baechler als Quelle zitiert (Sembdner 1939, S. 199–217). – Ähnlich wie bei der »Uralten Reichstagsfeierlichkeit« (S. 283) ergab die neueste Untersuchung, daß sowohl der Beitrag im Hamburger Journal wie in den Abendblättern von Kleist selbst verfaßt wurde und die Unterzeichnung »C. Baechler« eine Irreführung bedeutet (Sembdner, Jahrbuch d. Dt. Schillerges. 1981). – Der Beitrag bildet eine Vorstufe zu Kleists Novelle »Der Zweikampf«, die deutliche Anklänge an die Hamburger Bearbeitung zeigt und in der Datierung (»gegen das Ende des vierzehnten Jahrhunderts«) ebenfalls auf Froissarts Chronik verweist.

289,2 ff: *Die Zeugen sagten vor Gericht aus* – Diese eingeschobene, bei Froissart und Baechler fehlende Zeugenaussage läßt die Entscheidung des Grafen unverständlich erscheinen, *daß der Dame die ganze Geschichte geträumt haben müsse;* vielleicht sollte aber die Erzählung, ähnlich wie Kleists Zweikampf-Novelle, ursprünglich einen anderen Ausgang als bei Froissart haben.

290,2: *Alenson* – hier der auf Unleserlichkeit des Manuskriptes beruhende Druckfehler: *Menso;* im übrigen: *Alenson* statt wie bei Froissart und Baechler: *Alençon.*

Varianten zu den Erzählungen

292: *Michael Kohlhaas* – Das Fragment im »Phöbus«, 6. Heft, Juni (ausgegeben: November) 1808, reicht nur bis zum Aufbruch zur Tronkenburg (S. 31, Zeile 35); die angekündigte Fortsetzung erschien nicht mehr.

293,11: K. A. Böttiger im »Freimüthigen«, 5.12.1808: »Was wir aus den Gedankenstrichen, als Kohlhaasens Weib gestorben war: ›Kohlhaas dachte – – – küßte sie, u.s.w.‹ machen sollen, können wir auch nicht einsehn.« Die beanstandeten Striche wurden in der Buchausgabe durch Worte ersetzt.

293: *Die heilige Cäcilie* – BA 15., 16., 17. Nov. 1810. Der Zusatz *Zum Taufangebinde für Cäcilie M.* fehlt in der Buchausgabe. Von S. 296, 21 bis zum Schluß weichen die beiden Fassungen völlig voneinander ab.

Die Kleinen Schriften einschließlich der Anekdoten konnten in der von mir besorgten Edition von 1938 (Bd. 7 der E. Schmidt/Minde-Pouetschen Ausgabe) bereits um eine Anzahl neuentdeckter Texte vermehrt und die Lesarten in vielen Fällen gegenüber der alten E. Schmidt/Steigschen Ausgabe von 1905 berichtigt werden und sind in dieser Form inzwischen in andere Kleistausgaben übergegangen. Von den damals zugrundeliegenden und den inzwischen erweiterten Forschungen seien genannt:

R. Steig: H. v. Kleists Berliner Kämpfe. Berlin und Stuttgart 1901 (zit.: Steig).

H. Sembdner: Die Berliner Abendblätter H. v. Kleists, ihre Quellen und ihre Redaktion. Berlin 1939, Reprint 1970 (zit.: Sembdner 1939).

H. Sembdner: In Sachen Kleist. Beiträge zur Forschung. 2., verm. Aufl. München 1984 (enthält die früher einzeln veröffentlichten Untersuchungen zu den Berliner Abendblättern u. a.).

H. v. Kleists Lebensspuren. Dokumente und Berichte der Zeitgenossen. Hrsg. von H. Sembdner. Bremen 1957, Neuausgabe Frankfurt a. M. 1992.

Hermann F. Weiss: Heinrich von Kleists politisches Wirken in den Jahren 1808 und 1809. In: Jahrbuch d. Dt. Schillergesellschaft 1981, S. 9 bis 40.

Hermann F. Weiss: Funde und Studien zu Heinrich von Kleist. Tübingen 1984.

Berliner Abendblätter. Nachwort und Quellenregister von H. Sembdner. Darmstadt und Stuttgart 1959. Darmstadt 1982.

Phöbus. Nachwort und Kommentar von H. Sembdner. Darmstadt und Stuttgart 1961. Hildesheim 1987.

Die *Zeilenzählung* in den Anmerkungen bezieht sich nur auf den Text des betreffenden Stückes; Überschriften usw. werden nicht mitgezählt. Für die biographischen und sachlichen Angaben zu den im Text genannten Personen wird grundsätzlich auf das *Personenregister* verwiesen.

KUNST- UND WELTBETRACHTUNG

Aufsatz, den sichern Weg des Glücks zu finden (S. 301–315)

Entstehung: Der Aufsatz hat längere Stücke mit Kleists Brief an Martini vom 18. 3. 1799 gemeinsam (vgl. meine Briefausgabe, »Geschichte meiner Seele«, Bremen 1959). Er muß entgegen B. Luthers wenig beweiskräftiger Hypothese (Jahrb. d. Kleist-Ges. 1938) noch vor Abfassung des Briefes entstanden sein (vgl. Anmerkungen zu 301,1; 301,15; 303,2). Vielleicht gehen beide Schriftstücke auf ein verschollenes Urmanuskript zurück. Siehe auch Kanzog in Jahrb. d. Dt. Schillerges. 1971.

Textüberlieferung:
Verblichene und fehlerhafte Kopie eines unbekannten Schreibers, zuerst
von Zolling 1885 und dann von Reinhold Steig in E. Schmidts Ausgabe,
1905, benutzt; seitdem verschollen (vgl. P. Hoffmann, Dt. Tagesztg.
20. 10. 1931). Als wichtiges Mittel der Textkritik dient ferner der Brief
an Martini, der ebenfalls nicht im Original, sondern in zwei voneinander
abweichenden Drucken überliefert ist (s. Anmerkungen zu S. 472). Im
ganzen ist Zollings Wiedergabe, die auch die fehlerhafte Rechtschreibung
und die Interpunktion der Kopie wahrt, treuer als die von Steig.

Quellen: Der Aufsatz enthält u. a. Nachklänge und Entlehnungen aus
Werken Homers, Lukrez', Ramlers, Franz v. Kleists, Wielands, Goethes,
Schillers (vgl. besonders P. Hoffmann in: Festgabe d. Ges. f. Dt. Literatur
für Max Herrmann. Berlin 1935, S. 19–25).

Zum Text:
301,1 f: *Wir sehen die Großen dieser Erde im Besitze der Güter dieser Welt.*
          Sie leben in Herrlichkeit und Überfluß – Goethe, Meisters Lehr-
          jahre I, 10 (1795): »Es haben die Großen dieser Welt sich der
          Erde bemächtigt, sie leben in Herrlichkeit und Überfluß.« (nach
          P. Hoffmann) Im Brief an Martini ist das Zitat an dieser Stelle
          ungenauer: *Gemächlichkeit und Überfluß* (478,11)
301,15 ff: *in den Augen des erstern* – Der gleiche Absatz steht im Brief ohne
          Zusammenhang; die Bezugsstelle von *des Ersten* und *des andern*
          fehlt (477,29 ff), was für die Priorität des Aufsatzes spricht.
302,4:   *endlich* – so im Brief an Martini; der Aufsatz hat an dieser
          Stelle: *deutlich* (offenbar Lesefehler des Kopisten)
303,2:   *die Tugend allein um der Tugend selbst willen zu lieben* – Meisters
          Lehrjahre IV,2: »es ist mit den Talenten wie mit der Tugend,
          man muß sie um ihrer selbst willen lieben«. Im Brief fehlt an
          dieser Stelle (475,3): *selbst*
303,29:   *bewegten Brust* – statt: *benagten Brust* (Lesefehler des Kopisten);
          schon von K. Federn (Kleist-Ausgabe 1924) verbessert.
304,8:   *dunkler* – nach der Lesart beider Briefdrucke; statt: *dunklerer*
          (Zolling) oder *dunkeler* (Steig).
304,11:   *Gestalt und Bildung* – so auch im Brief; P. Hoffmanns Konjek-
          tur *Bedeutung* erübrigt sich dadurch.
304,21 f: *Menschenliebe, Standhaftigkeit, Bescheidenheit* – nach der von
          Ramler verfaßten Inschrift auf dem Denkmal Herzog Leo-
          polds in Frankfurt a. d. O.: »Menschenliebe, / Standhaftigkeit, /
          Bescheidenheit, / drey himmlische Geschwister, / tragen
          Deinen Aschenkrug, / verewigter Leopold.« (P. Hoffmann)
304,35:   *verflochten* – statt: *verpflogen* (wahrscheinlich Kopistenfehler
          für *verpflogten*); von Steig unnötigerweise in *verpflanzen*
          geändert.
305,1 f: *in dem erfreulichen Anschaun der moralischen Schönheit* – ver-
          mutlich beeinflußt durch J. J. Spaldings »Die Bestimmung des

Menschen« (1794, S. 61): »Wenn ich mich ... der Grundregeln moralischer Güte bewußt bin, so schafft mir diese Selbstbeschauung ein Wohlbehagen und eine Zufriedenheit, die jede Freude von anderer Art überwiegt und erhöht« (nach B. Luther).

305,30: *ein vergeblicher mißverstandner Streit* – Meisters Lehrjahre V,7: »Serlo versicherte, es sei ein vergeblicher, mißverstandner Streit«

306,3–5: Die Kennzeichnung der Tugend fast wörtlich nach Franz v. Kleists Drama »Sappho« (1793): »In ihren Tränen reift die höh're Freude, / In ihrem Kummer liegt ein neues Glück, / Der Sonne gleich, die nie so göttlich schön / Den Horizont mit Flammenröte malt, / Als wenn des Donners Nächte sie umlagern.« (nach P. Hoffmann)

306,21: Schillers »Don Carlos« V. 2434: »Denn Unrecht leiden schmeichelt großen Seelen.«

306,34: *Nüancen* – Die fehlerhafte Schreibung *Nämenn*, die P. Hoffmann für einen mundartlichen Plural von *Namen* hält, ist leicht als Lesefehler des Kopisten zu erklären und wird durch die Lesart des Briefes einwandfrei berichtigt.

307,25: *wie Medea alle Wohlgerüche Arabiens* – Schiller, »Die Schaubühne als moralische Anstalt betrachtet« (in »Rheinische Thalia«, 1785, sowie in »Kleinere prosaische Schriften«, Bd. 4, 1802): »wenn Lady Macbeth ... ihre Hände wäscht und alle Wohlgerüche Arabiens herbeiruft, den häßlichen Mordgeruch zu vertilgen«; einen Satz vorher spricht Schiller von Medea, wodurch Kleists Irrtum veranlaßt wurde. Kleists Kenntnis der »Thalia« ist auch sonst nachweisbar (607,2; 675,10).

308,3: *nur auf der Mittelstraße zu wandern;* 309,2: *die beglückende Mittelstraße* – In seinem Brief (477,19) gründet Kleist auf eben diese Begriffe von Glück und Unglück seinen Entschluß, *»den Mittelpfad zu verlieren«*!

308,8: *die besten seien;* 314,24: *die Menschen seien* – in beiden Fällen die fehlerhafte Schreibung: *sein*

308,14f: *es waltet ein gleiches Gesetz über die moralische wie über die physische Welt* – wichtiges Kleistsches Axiom; in der »Allmählichen Verfertigung der Gedanken« spricht er von *einer merkwürdigen Übereinstimmung zwischen den Erscheinungen der physischen und moralischen Welt* (321,33); ähnlich im »Allerneuesten Erziehungsplan« (330,8f.).

308,23: *Regenstein* – Reinstein, Ruine bei Blankenburg im Harz; von der Harzreise mit Rühle (1798) ist auch 315,14 die Rede.

308,31–36 nach Vossens Übersetzung der »Ilias«, 24. Gesang: »Denn es stehn zwei Fässer gestellt an der Schwelle Kronions: / Voll das eine von Gaben des Wehs, das andre des Heiles. / Wem nun vermischt austeilet der donnerfrohe Kronion, / Solcher trifft

abwechselnd ein böses Los, und ein gutes. / Wem er allein des
Wehs austeilt, den verstößt er in Schande...« Die Auffassung,
daß auch derjenige unglücklich oder gar am unglücklichsten ist,
dem ungleich oder aus einem Fasse allein zugeteilt wird, stammt
von Kleist.

309,28 ff: *Polykrates* – Tyrann von Samos, nicht von *Syrakus;* wohl Verwechslung mit dem Tyrann Dionys in Schillers »Bürgschaft«.
Nach Herodot starb er nicht am Galgen, sondern am Kreuz;
in Schillers »Ring des Polykrates« wird sein Ende nicht erwähnt. *Bei allen seinen Bewegungen* – Kopie: *bei alle seine Bewegung;* von Steig unnötig in *Unternehmungen* geändert.

310,28 f: *was wir bei dem Scharfblick unseres Geistes von der Natur erwarten,
das leistet sie gewiß* – Ich weise auf Schillers Gedicht »Kolumbus«
(Musenalmanach 1796): »Was der eine [Genius] verspricht,
leistet die andre [Natur] gewiß.«

310,33:   *kann der Weise, wie jener Dichter sagt, Honig aus jeder Blume
saugen* – Der *Weise* ist Epikur, von dem der *Dichter* Lukrez
sagt: »Aus deinen ruhmvollen Schriften / Saugen wir, gleich
den Bienen aus honigduftenden Blüten«; Kleist fand die
Lukrezschen Verse in Knebels Übertragung im »Neuen Teutschen Merkur«, Dezember 1794. (nach P. Hoffmann)

310,34 f: *Er kennt den großen Kreislauf der Dinge, und freut sich daher der
Vernichtung wie dem Segen* – In Franz v. Kleists »Sappho«: »ruhig
sieht / Er die Natur den großen Kreislauf wandeln, / Und lächelt der Vernichtung wie dem Sein«. (nach P. Hoffmann)

312,34 ff: In Wielands »Sympathien«, die auf Kleist von starkem Einfluß
waren, wird der Menschenfeind Alcest fast gleichlautend er-
mahnt: »Gibt es keine tugendhaften Menschen auf der Welt?
... Ein einziger Tugendhafter kommt gegen eine ganze Hölle
von Bösewichtern in Betrachtung.« (nach B. Luther)

314,7 ff: *dessen Stolz sie waren ... zu der sie gehören ... durch ihre Erscheinung* – selbstverständlich auf die genannten Vorbilder
und nicht auf Rühle bezüglich; Steig übernahm die fehlerhafte Großschreibung der Pronomen *sie* und *ihre* aus der
Kopie.

315,9:   *zeigen* – Steig übernahm die fehlerhafte Lesart: *zeugen*

315,22:   *und mit Händedrücken* – Bei Steig fehlt versehentlich: *und*

Über die Aufklärung des Weibes (S. 315–18)

Beilage zu Kleists Brief vom 13.–18. Sept. 1800, bisher unter die Briefe
eingereiht. Als Kleist sah, daß der Gegenstand zu reichhaltig für einen Brief
wurde, entschloß er sich, *einen eignen Aufsatz darüber zu liefern,* und versprach, *künftig in diesem Aufsatze fortzufahren* (S. 565 f.), doch blieb die
Abhandlung ähnlich wie die beiden Aufsätze an Rühle unvollendet.
Die ersten vier Absätze und der 14. Absatz (S. 317 unten) entsprechen

fast wörtlich S. 565,15–34. Den Satz: *Also wage Dich mit Deinem Verstande nie über die Grenzen Deines Lebens hinaus* (565,25) läßt Kleist im Aufsatze fort. Deutlicher Einfluß der Kant-Lektüre. (nach L. Muth)

Über die allmähliche Verfertigung der Gedanken beim Reden
(S. 319–324)

Entstehung: Nach den im Aufsatz erwähnten biographischen Einzelheiten (Arbeit am »Geschäftstisch« über Akten mit Streitsachen, Anwesenheit der Schwester) wahrscheinlich 1805/06 in Königsberg entstanden.

Textüberlieferung:
Von Kleist durchkorrigierte Abschrift eines Kopisten, von dem auch das Manuskript der »Penthesilea« stammt, also erst 1807/08 in Dresden angefertigt. Für eine vielleicht beabsichtigte Aufnahme in den »Phöbus« sprechen die nachträglich von fremder Hand (Adam Müller?) mit Blei vorgenommene Einteilung in Absätze sowie die zweimalige Hinzufügung der Parenthese: *(Die Fortsetzung folgt).* Der Text folgt meiner Edition von 1938; das Manuskript wurde im letzten Krieg verlagert.

Zum Text:

319,14f: *l'appétit vient en mangeant* – »Der Appetit kommt beim Essen« (nach Rabelais »Gargantua«); *l'idée vient en parlant* – Kleists Umbildung: »Der Gedanke kommt beim Sprechen«

320,16: *seine Magd* – Schiller in den »Horen« (12, 1795): »Molière als naiver Dichter durfte es allenfalls auf den Ausspruch seiner Magd ankommen lassen«

320,30: *Donnerkeil des Mirabeau* – Nach dem wahrscheinlich von Kleist benutzten Bericht in »Collection complette des travaux de M. Mirabeau« (Paris 1791) lautete Mirabeaus Rede in der Sitzung vom 23. Juni 1789: »Les communes de France ont résolus de délibérer: Nous avons entendu les intentions qu'on a suggérées au roi, et vous qui ne sauriez être son organe auprès de l'assemblée nationale, vous qui n'avez ici, ni place, ni voix, ni droit de parler, vous n'êtes pas fait pour nous rappeler son discours: allez dire à votre maître que nous sommes ici par la puissance du peuple, et qu'on ne nous en arrachera que par la puissance des bayonettes.« Danach schlug Mirabeau das Gesetz vor: »L'assemblée nationale déclare, que la personne de chaquun des députés est inviolable« (nach Steigs Anmerkungen zu den Kleinen Schriften)

321,13: *selbstzufrieden* – Steig liest: *selbst zufrieden*

321,24: *Zucken einer Oberlippe* – Findling 212,7: *unter einem häßlichen Zucken seiner Oberlippe;* Penthesilea 2497: *Halt deine Oberlippe fest, Ulyß!* Offenbar auf persönlichen Erlebnissen beruhende Abneigung.

321,30: *Kleistische Flasche* – Kondensator, 1745 von Ewald Georg v. Kleist erfunden; heute gewöhnlich »Leidener Flasche« genannt.

321,32: *Chatelet* – früher Sitz des Pariser Gerichtshofes.

321,37: *Auch Lafontaine* – davor von fremder Hand mit Blei: *(Die Fortsetzung folgt.)* Lafontaines Fabel »Die pestkranken Tiere« ist von Kleist frei ausgestaltet.

322,18 ff: auf deutsch: »Was den Schäfer betrifft – kann man sagen – daß er alles Schlechte verdiente – da er zu jenem Volk gehört – das sich eine eingebildete Herrschaft über die Tiere anmaßt«; *qu'il méritoit tout mal* – bei Lafontaine: »qu'il étoit digne de tous maux«.

324,7: *stetig* – hier: »widerspenstig«.

324,13: *Hebeammenkunst der Gedanken* – in Kants »Metaphysik der Sitten«, 2. Teil, Königsberg 1797: »Der Lehrer leitet durch Fragen den Gedankengang seines Lehrjüngers ... er ist die Hebamme seiner Gedanken.« (nach H. Zartmann, Euphorion 1907)

Fabeln. 1. Die Hunde und der Vogel. 2. Die Fabel ohne Moral (S. 324–25)

Phöbus, 3. Stück, März 1808. Der anonyme Kritikus K. A. Böttiger im »Freimüthigen«, 28. 5. 1808, der Kleists Werke nach Kräften herunterzuziehen suchte, bezog die erste Fabel nicht zu Unrecht auf sich selbst: »Doch vielleicht rechnet uns Hr. v. Kleist zu den Hühnerhunden ...«, und er fährt fort: »Die zweite Fabel führt die Aufschrift: die Fabel ohne Moral, und man könnte ebensogut auch hinzusetzen: ohne wahren Sinn.«

Gebet des Zoroaster (S. 325–326)

»Berliner Abendblätter« (weiterhin BA zitiert), 1. Okt. 1810; mit *Einleitung* überschriebene programmatische Erklärung Kleists als Redakteur, wobei der mystifizierende Untertitel schwerlich der Irreführung der Zensur dienen konnte. Die »Zeitung f. d. eleg. Welt«, 15. 10. 1810, und danach die Königsberger Zeitung, 8. 11. 1810, drucken Kleists Gebet, in dem »der Zweck der Abendblätter im allgemeinen angedeutet« sei, mit Ausnahme des letzten Satzes wörtlich ab. Kleist scheint sich wirklich mit Zarathustras Lehre beschäftigt zu haben; in dem von ihm benutzten Werckmeisterschen Leseinstitut gab es ein Werk von J. Fr. Kleuker, »Zend-Avesta. Zorasters lebendiges Wort«, in dem er etwa folgende an das Gebet anklingende Worte finden konnte: »Wie kann ich ihn überwinden, den Grundverderbten? wie schmettern ihn durch deines Wortes Kraft?« (Kleist: *Stähle mich mit Kraft ... auf daß ich ... den Verderblichen ... niederwerfe)*

Betrachtungen über den Weltlauf (S. 326–327)

BA 9. Okt. 1810.

326,1: *in welchen* – BA: *in welcher* (Druckfehler?)

326,3: *in tierischer Roheit und Wildheit* – Die Frage, »ob der Mensch bei seinem Eintritt in diese Natur von dem Zustande der Wildheit und Roheit, oder von dem Genusse jetzt verloren gegangener Kräfte und Erkenntnisse ausgegangen« sei, wurde von G. H. Schubert in den »Nachtseiten der Naturwissenschaft« (2. Vorlesung, Dresden 1808) behandelt, wobei er wie Kleist die Auffassung ablehnte, daß »der Mangel und ein tägliches Bedürfnis« zuletzt »Gewerbe, Religion, Kultus, Sitten und andere höchste Vorrechte unserer Natur« erzeugt habe. Den Vorrang der Tat vor dem Gedanken behandelt auch »Von der Überlegung«.

Empfindungen vor Friedrichs Seelandschaft (S. 327–328)

BA 13. Okt. 1810. Unterz.: *cb.* = Clemens Brentano; vgl. Kleists Brief an Arnim, 14. Okt. 1810, und die *Erklärung* vom 22. Okt. 1810 (S. 454). Gegenüberstellung von Kleists Bearbeitung mit Brentanos langem, in den »Gesammelten Schriften« (1852) enthaltenen Aufsatz »Verschiedene Empfindungen vor einer Seelandschaft von Friedrich, worauf ein Kapuziner« bei Sembdner 1939, S. 180–84.

Zum Text:

327,1–16: Die ersten vier Sätze entsprechen fast wörtlich der Einleitung Brentanos, der dann fortfährt: »Dieser wunderbaren Empfindung nun zu begegnen, lauschte ich auf die Äußerungen der Verschiedenheit der Beschauer um mich her« (von Kleist für den Schluß des Aufsatzes verwandt).

327,16 ff: Aus den bei Brentano sich anschließenden dialogisierten Bemerkungen des Publikums greift Kleist willkürlich einige wenige Motive heraus (»Der Kapuziner . . . ist die Einheit in der Allheit, der einsame Mittelpunkt in dem einsamen Kreis«, »Das Meer . . . das wie die Apokalypse vor ihm liegt«, »als wenn das Meer Youngs Nachtgedanken hätte«, »Ossian schlägt vor diedem Bilde in die Harfe«, »wo Kosegarten wohnt«) und bringt sie in einen gänzlich anderen Zusammenhang, so daß der Beitrag vom 5. Satz an völlig Kleists Eigentum wird.

328,1: Wilhelm Grimm an Brentano, 6. 11. 1810: »Daß in der Beurteilung der Seelandschaft etwas von Ihnen sei, hat ich schon früher gedacht, als ich zu der sich plusternden Krähe im Sand kam, welches Bild schwerlich ein anderer in der Welt gedacht hätte. Wie erklär ich mir Kleists seltsame Erklärung darnach über den Aufsatz?« Der angezogene Satz stammt von Kleist.

Fragment eines Haushofmeisters-Examens (S. 328)

BA 16. Okt. 1810. Nach Schlegels Übersetzung von »Was ihr wollt« IV, 2. Die Antworten des Haushofmeisters Malvolio auf das spaßhafte Verhör des als Ehrn Matthias verkleideten Narren lauten: »Daß die Seele unsrer Großmutter vielleicht in einem Vogel leben kann« und »Ich denke würdig

von der Seele und billige seine Lehre keineswegs«, worauf der Narr erwidert: »Ehe ich dir deinen gesunden Verstand zugestehe, sollst du die
Lehre des Pythagoras bekennen und dich fürchten, eine Schnepfe umzu-
bringen, auf daß du nicht etwa die Seele deiner Großmutter verjagen
mögest.« Umkehr dieser Seelenwanderungslehre in Kleists einen Tag
später erscheinendem Epigramm »An die Nachtigall« (Bd. 1, S. 36). Eine
»Pythagoräer-Regel« auch im Zerbr. Krug 1530ff.

Brief eines Malers an seinen Sohn (S. 328–329)

BA 22. Okt. 1810. In dem von Kleist benutzten »Archiv für Literatur,
Kunst und Politik«, 27. 6. 1810, stand folgende Anekdote:

»Ein junger Maler kam einst zum Raphael und fragte ihn ganz demütig:
Lieber Raphael, du malst so schöne Madonnen, sage, wie fängst du es an?
ich plage mich und bringe doch nichts hervor. Raphael antwortete: Das
weiß ich selbst nicht recht. Will ich die Mutter Gottes malen, so bete ich
immer, daß sie mir erscheinen möge, und so erscheint sie mir. –«

Auch von C. D. Friedrich erzählte man sich, daß er sich zum Malen wie
zum Gebete sammele. Kleist schreibt seinen Beitrag in offenbarem Widerspruch zu diesen romantischen Anschauungen, wird aber darin von Achim
v. Arnim gründlich mißverstanden, der den Aufsatz als einen »ironischen
Brief« bezeichnet, in dem die Leichtigkeit getadelt werden sollte, mit der
sich gute Künstler an die Aufgabe eines Madonnenbildes machten (BA
12. Nov. 1810).

Allerneuester Erziehungsplan (S. 329–335)

BA 29. – 31. Okt.; 9. – 10. Nov. 1810.

Zum Text:

329,4:   *Insinuationen* – hier: Zuschriften.

329,8ff: *Die Experimentalphysik lehrt* . . . – ähnlich S. 321,16ff.

330,30:   *Tricktrack* – Brettspiel, eine Art Puff. *Tabagie* – Kneipe.

331,18:   *Equipage* – Schiffsbesatzung.

332,3:   Bis hierher erschien der Beitrag in Nr. 25–27, dann blieb die
            Fortsetzung aus, angeblich weil ein Bote eine Manuskriptseite
            verloren hatte (s. redaktion. Erklärung S. 455); der zweite Teil
            erschien erst in Nr. 35 und 36.

332,11–14: In Montesquieus wiederholt von Kleist benutzten »Lettres
            persanes« heißt es im 110. Brief: »Es scheint, als ob die Köpfe der
            größten Männer zusammenschrumpfen, wenn sie untereinan-
            der versammelt sind; je größer die Zahl der Weisen, desto ge-
            ringer die Weisheit.«

332,24:   *das Vermögen, die Sitte zu entwickeln* – J. P. Hebel gibt in den
            »Denkwürdigkeiten aus dem Morgenlande« (1803) gleichfalls
            ein Beispiel gegensätzischer Erziehung: »Einer, namens Lock-
            mann, wurde gefragt, wo er seine feinen und wohlgefälligen

Sitten gelernt habe? Er antwortete: ›Bei lauter unhöflichen und
groben Menschen. Ich habe immer das Gegenteil von demjenigen getan, was mir an ihnen nicht gefallen hat.‹«

333,15: *Botany-Bai* – seit 1787 brit. Verbrecherkolonie in Australien.

334,37: *Risum teneatis, amici!* – »Verhaltet das Lachen, Freunde!« (nach
Horaz)

335,3: *die platten Ermahnungen* – siehe Epigramm »Die unverhoffte
Wirkung« (I, 24).

335,7f: *unabhängiges und eigentümliches Vermögen der Entwickelung* –
grundlegender pädagogischer Gedanke, schon in Kleists Brief
vom 15. 9. 1800: *Hineinlegen kann ich nichts in Deine Seele, nur
entwickeln, was die Natur hineinlegte* (S. 565).

335,29: *Pestalozzi* – gegen ihn und Fellenberg richtet sich Kleists Epigramm »P . . . und F . . .« (I, 24).

335,34: *Levanus* – Anspielung auf Jean Pauls Erziehungslehre »Levana«,
1807.

Brief eines jungen Dichters (S. 336–337)

BA 6. Nov. 1810.

337,8: *in diametral entgegengesetzter Richtung* – ähnlich im »Marionettentheater«, 342,14: *wir müssen die Reise um die Welt machen.*

Von der Überlegung (S. 337–338)

BA 7. Dez. 1810.

Fragmente (S. 338)

BA 10. Dez. 1810. Erstmals in einer Kleist-Ausgabe; Zuweisung: Sembdner, Euphorion 1959, S. 176–79.

1. In Wünschs »Kosmologischen Unterhaltungen« (I, 461) hieß es über
Tycho Brahes System: »Dieses Weltsystem ist zwar ungemein gelehrt
und künstlich ausgedacht . . .: allein eben weil es gar zu gekünstelt ist . . .,
eben deswegen kann es nicht wahr sein.« – Goethe im Kepler-Kapitel
seiner »Geschichte der Farbenlehre« (1810): »Indes war Tycho bei allen
seinen Verdiensten doch einer von den beschränkten Köpfen, die . . . sich
am Irrtum freuen, weil er ihnen Gelegenheit gibt, ihren Scharfsinn zu
zeigen.«
Es gibt gewisse Irrtümer – »Familie Ghonorez«, S. 766: *Du magst das Irren
schelten, wie du willst, / So ists doch oft der einzge Weg zur Wahrheit.*
daß sich der Mond nicht um seine Achse drehe – Bei Wünsch hatte Kleist
gelesen, »daß sich der Mond zwar um die Achse der Erdkugel schwingt,
sich aber eigentlich nicht selbst umdrehet, sondern stets in einer unver-
rückten Lage bleibt . . . Wer aber die Sache recht genau überlegt: der
findet doch, daß man dem Monde auch eine Bewegung um seine Achse
zueignen kann . . . Doch dieses ist eine astronomische Subtilität.« Nach

Brahes System dagegen war es nicht der Mond, sondern die Erde, die sich nicht selber drehte.

2. *Metapher, Formel* – zwei Möglichkeiten der Wirklichkeitsbewältigung, repräsentiert in der Gestalt des Künstlers und des Wissenschaftlers. Kleist an Pfuel, 7. 1. 1805: *Ich kann ein Differentiale finden, und einen Vers machen; sind das nicht die beiden Enden der menschlichen Fähigkeit?* vgl. auch S. 757, 27–34. Die Kunst der Musik betrachtet Kleist *als die algebraische Formel aller übrigen* (S. 875).

Über das Marionettentheater *(S. 338–345)*

BA 12.–15. Dez. 1810. Der erste, der den überragenden Wert dieses Aufsatzes erkannte, war anscheinend E. T. A. Hoffmann (an Hitzig, 1. 7. 1812, über Kleists »Abendblätter«: »Sehr sticht hervor der Aufsatz über Marionetten-Theater«).

Zum Text:

338,1:   M... = Mainz? Kleist war im Winter 1803 (nicht 1801) dort gewesen.

340,26 f: Nicht ganz treffende Beispiele für komplizierte mathematische Beziehungen: Zahlen können zu ihrem Logarithmus auch in einfachsten Verhältnissen stehen. Eine Hyperbel (Kegelschnitt) nähert sich ihren beiden Asymptoten (Begrenzungsgeraden), ohne sie je im Endlichen zu erreichen.

341,34:   *vis motrix* – die bewegende Kraft.

342,7:   *Najade aus der Schule Berninis* – manierierte Darstellung von Brunnennymphen; Bernini, italienischer Barock-Bildhauer.

342,16f: Kleists Abendblatt-Epigramm »Glückwunsch«, S. 37: *Wer keinen Geist besitzt, hat keinen aufzugeben.*

342,20:   *antigrav* – der Schwerkraft entgegenwirkend.

342,25:   *Entrechats, Pirouetten* – Luftsprünge, Wirbeldrehungen.

343,6:   *drittes Kapitel vom ersten Buch Moses* – Sündenfall: »Da wurden ihrer beiden Augen aufgetan, und sie wurden gewahr, daß sie nackt waren«.

343,23:   *Jüngling* – die bekannte antike Statue »Der Dornauszieher«.

Miszellen *(S. 346)*

[1] – BA 31. Dez. 1810. Zuweisung: Sembdner 1939, S. 108–110.
   Ähnlich wie das »Haushofmeisters-Examen« S. 328 eine redaktionelle Auswertung seiner Shakespeare-Lektüre. In »Heinrich der Vierte«, 2. Teil, I, 2, beschwert sich Falstaff, daß die Menschen nicht imstande seien, »mehr zu erfinden, das zum Lachen dient, als was ich erfinde, oder was über mich erfunden wird! Ich bin nicht bloß selbst witzig, sondern auch Ursache, daß andre Witz haben!« In der Schenke von Eastcheap dagegen (1. Teil, III, 3) verhöhnt er lediglich seinen Saufkumpan: »Beßre du dein Gesicht, so will ich mein Leben bessern.« E. T. A. Hoffmann, der 1812

Kleists Abendblätter studiert hatte, in den »Elixieren des Teufels«, 1814, I, 4: »Ich selbst bin in dem einzigen Stück dem Falstaff ähnlich, daß ich oft nicht allein selbst witzig bin, sondern auch den Witz anderer erwecke.«

[2] – BA 2. Jan. 1811. Zuerst von P. Hoffmann (Berl. Tageblatt, 24. 2. 1926) für Kleist in Anspruch genommen. In Montesquieus »Lettres persanes«, 99. Brief, heißt es: »Quelquefois les coiffures montent insensiblement, et une révolution les faits descendre tout-à-coup. Il a été un temps que leur hauteur immense mettoit le visage d'une femme au milieu d'elle-même; dans un autre, c'étoient les pieds qui occupoient cette place, les talons faisoient un piédestal qui les tenoit en l'air.« Die gleiche Stelle klingt bereits in Kleists Brief vom 16. 8. 1801 an (687, 27–31).

Ein Satz aus der höheren Kritik (S. 346–347)

BA 2. Jan. 1811. Ausführlich von P. Hoffmann (Monatsschr. f. höh. Schulen, Mai 1937) behandelt. Vgl. Kleists Phöbus-Epigramme »Die Schwierigkeit« und »Der Bewunderer des Shakespeare« (I, 23, 25). *Minutiös* – minuziös, kleinlich; *Imagination* – Vorstellungskraft; *Sensorium* – Empfindung. Mit Gellert und Cronegk hatte sich Lessing in der »Hamburgischen Dramaturgie« beschäftigt.

Brief eines Dichters an einen anderen (S. 347–349)

BA 5. Jan. 1811.

Zum Text:

347,3:   *über die Form* – fehlt im Erstdruck; drei Nummern später als »sinnentstellender Druckfehler« berichtigt.

348,3:   *Rhythmus, Wohlklang* – im Erstdruck: *des Rhythmus, Wohlklangs,* was Kleist drei Nummern später berichtigt, ohne allerdings die Verwandlung des ursprünglichen Kommas hinter *Rede* in einen Punkt mit anzugeben. Das von Steig getilgte *und* hinter *usw.* wird von Kleists Berichtigung nicht berührt.

348,20:   *prosodisch* – den Vers behandelnd.

348,29:   *Schule* – gemeint ist offenbar die romantische Schule, von der sich Kleist distanziert.

349,3:   *Schlachtfelder von Agincourt* – Shakespeares »Heinrich der Fünfte« III, 7 ff.

349,5 f: »Hamlet« III, 1: »O welch ein edler Geist ist hier zerstört!«; »Macbeth« IV, 3: »Er hat keine Kinder!« (*hat* fehlt in BA)

POLITISCHE SCHRIFTEN DES JAHRES 1809

Textüberlieferung:

Von den 11 Prosaschriften dieses Zeitraums sind uns 6 Stücke nur in unvollständigen und fehlerhaften Kopien (K) eines unbekannten Schreibers überliefert, die später in einen festen Einband zusammengefaßt wurden

(Sammelhandschrift des Tieck/Köpkeschen Nachlasses, Staatsbibliothek Preußischer Kulturbesitz, Berlin); erstmals 1862 von Rudolf Köpke veröffentlicht.

L. Tieck in der Vorrede zu Kleists »Nachgelassenen Schriften«, 1821: »Auch finden sich in seinem Nachlasse Fragmente aus jener Zeit, die alle das Bestreben aussprachen, die Deutschen zu begeistern und zu vereinigen, sowie die Machinationen und Lügenkünste des Feindes in ihrer Blöße hinzustellen, Versuche in vielerlei Formen, die aber damals, vom raschen Drang der Begebenheiten überlaufen, nicht im Druck erscheinen konnten, und auch jetzt, nach so manchem Jahre und nach der Veränderung aller Verhältnisse, sich nicht dazu eignen.«

Katechismus der Deutschen (S. 350–360)

Entstehung: Frühestens Mitte Mai 1809, aber vermutlich noch vor dem österr. Sieg bei Aspern (22. Mai 1809).

Textüberlieferung:
Kleists Originalhandschrift aus dem Besitz des Geheimrats August v. Simson, die Zolling und Steig vorgelegen hatte, ist seit dem ersten Weltkrieg verschollen. Nur die Reproduktion mehrerer Seiten ist uns in E. Engels »Dt. Stilkunst« und »Dt. Meisterprosa« (Leipzig 1912 ff.) erhalten und erlaubte mir, einen Lesefehler der früheren Herausgeber richtigzustellen (s. unter 354,14). Die Handschrift, die zweifellos auch die Vorlage für die Kopie (K) gebildet hatte, reichte bis zum Anfang des zehnten Kapitels; den fehlenden letzten Teil bietet K, wenn auch nicht ganz vollständig; der Textverlust (das ganze elfte Kapitel, sowie Teile des zehnten und zwölften) beträgt nur etwa eine knappe Druckseite.

Quellen: In seiner verdienstvollen Dissertation »H. v. Kleist und Österreich« (Wien 1932; nur in maschinenschriftl. Exemplar auf der Univ.-Bibliothek Wien vorhanden) konnte Johannes Bethke nachweisen, daß der Katechismus im wörtlichen Sinne »nach dem Spanischen« abgefaßt ist. Kleists Vorlage bildete der äußeren Form nach der »Bürger-Katechismus und kurzer Inbegriff der Pflichten eines Spaniers, nebst praktischer Kenntnis seiner Freiheit und Beschreibung seines Feindes. Von großem Nutzen bei den gegenwärtigen Angelegenheiten. Gedruckt zu Sevillia und für die Schulen der Provinzen verteilt«; abgedruckt in der »Sammlung der Aktenstücke über die spanische Thronveränderung, Bd. 4, Germanien [Wien] 1809«. Das Heft wurde Mai 1809 in Österreich verbreitet.

Zum Text:
350,1:   *Sprich, Kind, wer bist du?* – Der spanische Bürger-Katechismus beginnt: »*Frage:* Sprich, Kind, wer bist du? / *Antwort:* Ein Spanier. / Was heißt das: ein Spanier? / Ein rechtschaffener Mann. / Wieviele Pflichten hat ein solcher und wie heißen sie? / Drei, er muß ein katholischer Christ sein, er muß seine Religion, sein Vaterland und seine Gesetze verteidigen, und eher sterben,

als sich unterdrücken lassen. / Wer ist unser König? / Ferdinand VII. / Mit welcher Liebe müssen wir ihm anhangen? / Mit der Liebe, die seine Jugend und sein Unglück verdienen.«

350,11: *dies Deutschland . . ., wo liegt es?* – vgl. »Hermannsschlacht« 2613, 2621: *Was gilts, er weiß jetzt, wo Germanien liegt?* Deutliche Anspielung auf Schillers kosmopolitisches Xenion: »Deutschland? aber wo liegt es? Ich weiß das Land nicht zu finden . . .«

351,1: *der tapfre Feldherr* – Erzherzog Karl erließ im April 1809 einen Aufruf an das deutsche Volk zur Massenerhebung.

352,25: *Wer sind deine Feinde* – Bürger-Katechismus: »Wer ist der Feind unserer Glückseligkeit? / Der Kaiser der Franzosen.«

354,6: *da sie bei Regensburg standen* – am 18. und 19. April 1809 unter Davoust.

354,14: *dem berühmten Kaiser der Franzosen* – Zolling: *berühmtesten;* Steig: *berühmsten* (als »mögliche, auf märkischer Aussprache beruhende Schreibung«). Die Prüfung anhand der Reproduktion (s. Texüberlieferung) ergab, daß der obere Teil eines Fragezeichens aus der folgenden Zeile in das Wort hineinragt und für ein *s* angesehen wurde. Zweifellos entspricht die richtiggestellte Lesart am besten dem höhnischen Unterton. – Die Reproduktion reicht von Zeile 12: *Wer also hat den Krieg angefangen?* bis 26: *Wie sollst du ihn dir vorstellen?* und bietet einen guten Einblick in Kleists Umformarbeit.

354,20: *Anfang alles Bösen und das Ende alles Guten* – Bürger-Katechismus: »*Frage:* Wer ist denn der? / *Antwort:* Ein neuer, unendlich blutgieriger und habsüchtiger Herrscher, der Anfang alles Übels, und das Ende alles Guten; der Inbegriff aller Laster und Bosheiten.«

354,27: *ein, der Hölle entstiegener, Vatermördergeist* – zunächst: *Brudermördergeist;* Käthchen 2355 ff: *Ein glanzumflossner Vatermördergeist, / An jeder der granitnen Säulen rüttelnd, / In dem urewgen Tempel der Natur; / Ein Sohn der Hölle*

355,4 ff: Bürger-Katechismus, 6. Kapitel: »Durch welche Mittel haben die Tyrannen unsere Städte eingenommen? / Durch Betrug, Verrat, Niederträchtigkeit und Treulosigkeit.«

356,22: *in der Welt* – darüber geschrieben und wieder gestrichen: *so wie sie nun einmal beschaffen sei*

356,29 ff: *Und welches sind die höchsten Güter der Menschen?* – Bürger-Katechismus, 6. Kapitel: »Welche Glückseligkeit sollen wir suchen? / Die, welche sie uns keineswegs geben können. / Welche ist das? / Die Sicherheit unserer Rechte und unserer Personen, die freie Ausübung unserer geheiligten Religion, und die Errichtung einer Regierung, welche auf die gegenwärtigen Sitten in Spanien berechnet ist, und auf dem Verhältnis mit dem übrigen Europa beruht.«

358,12-20: *was ist die Pflicht jedes einzelnen?* – Bürger-Katechismus, 5. Kapitel: »Welche sind verpflichtet die Waffen zu ergreifen? / Alle, welche die Regierung als geschickt und brauchbar auswählt, und die zur Bevölkerung am wenigsten notwendig sind. / Und welche Pflichten haben die übrigen? / Daß sie die Liebe zum Vaterland kundgeben, indem sie mit Freigebigkeit alle Güter, die sie von ihm erhielten, wieder zu seinem Nutzen verwenden.«

358,14: *die hochherzigen Tiroler* – Die Erhebung der Tiroler begann am 9. April 1809.

359,31: *was hat er verdient?* – Bürger-Katechismus, 2. Kapitel: »Welche Strafen verdient der Spanier, der diesen gerechten Pflichten entgegenhandelt? / Die Schande, den Tod des Hochverräters, und den bürgerlichen Tod des Ungehorsams gegen die Gesetze.«

360,27: *Wenn Sklaven leben.* – Der Bürger-Katechismus schließt stattdessen (6. Kapitel): »Und wer würde diesen Plan autorisiert haben? / Ferdinand VII., welchem Gott unsere Liebe auf ewige Zeiten wiedergeben wolle. – Amen.«

Lehrbuch der französischen Journalistik (S. 361–367)

Kopie in der Sammelhandschrift; der Schluß fehlt, scheint aber L. Tieck noch vorgelegen zu haben, der in seiner Vorrede 1821 sagt: »Unter den Papieren findet sich ferner ein Lehrbuch der französischen Journalistik, in 27 [heute 25] Paragraphen, in welchem mit Geist das Lügensystem der damaligen französischen Zeitungsblätter erklärt wird.«

Zum Text:

362,17: *qu. e. d.* – quod erat demonstrandum (»Was zu beweisen war«), lat. Fassung der Formel, mit der Euklid jede seiner Beweisführungen schloß.

363,1: Das *Journal de l'Empire* hatte 1810 mit 24000 Abonnenten die höchste Auflage, während das offizielle Regierungsblatt *Le Moniteur universel* nur 4000, das *Journal de Paris* 1600 Abonnenten besaß (Allgemeine Zeitung, 9. 4. 1810).

363,10: *die Madonna des Raphael* – Sixtina in Dresden; auch dieses Werk *lobt* wie die Sonne, die Pyramiden, die Peterskirche *seinen Meister.*

363,13: *nicht findet* – nicht fehlt in K.

365,4: *auf die Kunst, dem Volk eine Nachricht zu verbergen* – K (verderbt): *auch die Kunst dem Volk Nachricht zu verbergen;* Steig verbessert: *auch auf die Kunst, dem Volke schlechte Nachrichten zu verbergen*

365 ff: *Korollarium* – lat. »Kränzchen«, Zugabe.

366,5: *verworren* – K: *vernommen;* schon von Köpke verbessert.

366: *§ 23. Auflösung* – Von dem Kopisten, aber auch von den früheren Herausgebern wurde übersehen, daß sich bei der zweiten und vierten in Klammern stehenden Verweisung ein Fehler

eingeschlichen hatte. Es steht dort irrtümlich § 15 (statt 16) und
§ 20 (statt 21). Die Unstimmigkeiten lassen sich dadurch erklären, daß Kleist die Anmerkung § 15 erst nachträglich einfüg-
te, ohne die dadurch eingetretene Verschiebung in den Ver-
weisungen zu verbessern.

366,14: *Marengo* – Sieg Napoleons über die Österreicher am 14. Juni
1800.

Persenschach – Fethali-Schach, mit dessen Gesandten Napoleon
am 7. Mai 1807 ein Bündnis geschlossen hatte.

Satirische Briefe (S. 367–375)

1. *Brief eines rheinbündischen Offiziers* – Kopie in der Sammelhandschrift.
Entstanden nach der Schlacht bei Landshut (21. April 1809), in der Davoust die in Bayern eingedrungenen Österreicher entscheidend geschlagen
hatte.

Zum Text:

367,5f: *Konvivium* – Gelage. *Sala* – Weinstube in Berlin, Unter den
Linden, in der Kleist verkehrt haben soll.

367,10f: *König* – gemeint ist der König von Sachsen. – Nach dem *Frieden
bei Tilsit* (9. Juli 1807), bei dem Preußen die Hälfte seines Gebietes verlor, wurde Davoust *(Herzog von Auerstädt)* Generalgouverneur des neuen Großherzogtums Warschau.

367,14: *mit welcher* – K: *mit welchem,* auf *Kreuz der Ehrenlegion* bezüglich;
der Zusatz *eine Auszeichnung* wohl von Kleist nachträglich eingeschoben, ohne daß das Pronomen entsprechend berichtigt
wurde.

einsehen – K: *einsahen*

368,9: *in diesem Augenblick* – K: *diesem Augenblick*

368,14: *wie manches Elend der Einquartierung mildern* – noch abhängig
von *Wie mancher kann* . . . Steigs Konjektur *die Einquartierung*
gibt keinen Sinn.

368,19: *das erste Bülletin* – vom 21. April 1809; Kleist benutzt den französischen Wortlaut: »L'armée autrichienne a été frappée par le
feu du ciel, qui punit l'ingrat, l'injuste et le perfide. Elle est
pulvérisée; tous ses corps d'armée ont été écrasés. Plus de vingt
généraux ont été tués ou blessés; un archiduc a été tué, deux
blessés. . .« Jakob Grimm an Arnim: »Ich wüßte keine neuere so
gut geschriebene Proklamation: ›Das Feuer Gottes ist vom
Himmel gefallen auf die östreichische Macht, das ganze Heer
ist zu Staub gemacht etc.‹« (nach R. Steig)

368,22: *Ich wollte schon zur Armee abgehn.* – Hinter *schon* hat K ein sinn-
loses *vor,* wahrscheinlich Überbleibsel der ursprünglichen
Schreibung: *Ich hatte schon vor;* Steig setzte Punkte hinter *vor,*
um eine angeblich ausgefallene Zeitbestimmung anzudeuten.

2. *Brief eines jungen märkischen Landfräuleins* – Kopie in der Sammelhandschrift.

Zum Text:

368,5: *Lefat* – le fat, franz. »Geck«, »Laffe«.

368,6: *P . . .* – Potsdam; das 9. franz. Dragonerregiment kam auf dem Rückmarsch von Königsberg im Herbst 1807 durch Berlin und lag wirklich einige Zeit zu Potsdam in Quartier. (nach Steig)

369,5: in K verderbt: *das, allgemeine betrachtet, das, darin liegen mag*

369,33: *eben* – K: *aber* (halbstufige Buchstaben in Kleists Handschrift sind leicht zu verwechseln); Steig: *abermals*

370,21f: *B . . .* – Berlin.

370,27: *Unruhe* – K: *Unruhen*

370,36: *wären sie es weniger gewesen* – nämlich die *Beweise* weniger *eindringlich!*

3. *Schreiben eines Burgemeisters* – Kopie in der Sammelhandschrift. Bezieht sich nach Köpke vermutlich auf Vorgänge in Stettin oder Küstrin im Oktober 1806. *Detachement* – abkommandierte Abteilung; *das Glacis embarassieren* – das Befestigungsvorfeld versperren; *renitierend* – Widerstand leistend; *in pleno* – in der Vollversammlung; *supplierten* – vertraten; *Kombustibeln* – Brennstoffe; *in Relation* – in Verbindung; *fl.* – Florin (Gulden); *Ingredienzen* – Ingredienzien, Bestandteile; *Recherchen* – Ermittlungen.

4. *Brief eines politischen Pescherä* – einzelne, unnumerierte Kopie in der Sammelhandschrift; gehört nicht zu den drei fortlaufend numerierten »Satirischen Briefen«. Entstanden Ende April 1809.

Zum Text:

373: *Pescherä* – K: *Pescherü* (Fehllesung des Kopisten), südamerikanischer Eingeborener: »Bougainville [Paris 1772] nannte sie Pescheräs, weil sie ihm dieses Wort, welches wahrscheinlich so viel als Friede oder Freund bedeutet, so oft zuriefen, als er zu ihnen kam.« (C. E. Wünsch, »Unterhaltungen über den Menschen«, Bd. 1, 1796, S. 141f.)

373,8–15: Der wirkungsvoll von Kleist verkürzte Artikel des Nürnberger »Korrespondenten von und für Deutschland« vom 25. 4. 1809 lautete: »Aus Baiern, 23. April. Nach den soeben eingegangenen Nachrichten haben die königl. bair. Truppen, vereinigt mit den kais. Französischen und königl. Würtembergischen, am 19. und 20. auf der ganzen Linie von Freising bis Regensburg . . . die Österreicher angegriffen und total geschlagen . . . Das Zentrum wurde unter Anführung Sr. königl. Hoh. des Kronprinzen von Baiern von den königl. baierischen Truppen gesprengt, 12000 Östreicher gefangen genommen, 13 Fahnen erobert, und die Zahl der Toten und Verwundeten wird auf 13000 angegeben. Se. Majestät der Kaiser Napoleon drückte nach diesem Sieg Se. königliche Hoheit den Kronprinzen von Baiern, diesen jungen Helden, an der Spitze seiner braven Baiern an seine Brust, und erteilte ihm feierlich das größte Lob eines verdienten und tapfren Soldaten, an die übrigen Baiern hielt er eine feierliche Anrede.« (nach Steig)

373,30: *nach der Regel des Cäsar* – »divide et impera« (entzweie und herrsche), bei Caesar nicht belegbar.

373,33: *Handlungskommis* – Jerôme Bonaparte heiratete neunzehnjährig die Tochter eines amerikanischen Kaufmanns. Anfang 1808 hatte Kleist ebendiesem König von Westfalen ein Widmungsexemplar des »Phöbus« zustellen lassen (s. S. 807).

374,1: *den ersten Gründer seines Ruhms* – Der König von Preußen hatte als erster Napoleon als Kaiser anerkannt und ihm den Schwarzen Adlerorden verliehen.

374,17: *Antäus, der Sohn der Erde* – ebenso in Kleists Gedicht »An Franz den Ersten«: *Sohn der duftgen Erde*

374,36: *Vetter* – K: *Vatter* (Lesefehler des Kopisten).

Einleitung der Zeitschrift Germania *(S. 375–376)*

Unvollständige Kopie in der Sammelhandschrift (es fehlen die anschließenden Seiten). Entstanden nach der Schlacht bei Aspern (21./22. Mai 1809). Am 12. Juni wurde Kleists Gesuch zur Gründung der »Germania« nach Wien geleitet, aber noch Mitte September lag keine Entscheidung darüber vor. Vgl. auch Kleists Brief vom 17. 7. 1809 (S. 828).

Zum Text:

375,20: *Der kaiserliche Bruder* – Erzherzog Karl, war zunächst bei Regensburg geschlagen worden.

375,25: *Bezwinger des Unbezwungenen* – ähnlich in dem gleichzeitig entstandenen Gedicht »An den Erzherzog Karl« (Bd. 1, S. 31): *Überwinder des Unüberwindlichen*

376,8: *auf dem Gipfel* – bei Kleist mögliche Schreibung.

376,12: *braust* – K: *bewußt* (Lesefehler des Kopisten).

376,17: *das Blut aus der Wunde saugen* – von Klopstock übernommene Vorstellung; Hermannsschlacht 2531: *soll ich das Blut dir saugen?*

Zu E. M. Arndts »Geist der Zeit« *(376–377)*

Durch die 1925 aufgetauchte Originalhandschrift (als Faksimile hrsg. v. G. Minde-Pouet. Schriften d. Kleist-Ges. 1926) konnte der frühere, auf der fehlerhaften Kopie beruhende Text wesentlich berichtigt werden. Minde-Pouets sorgfältige Lesung wurde von mir übernommen und an einer Stelle ergänzt. Kleist verteidigt in dem unvollendet gebliebenen Beitrag eine Prophezeiung Ernst Moritz Arndts, die er aus dem 1806 er-

schienenen ersten Teil von Arndts großem Werk »Geist der Zeit« wörtlich ausgezogen hatte. Im Winter 1809/10 lernten sich Kleist und Arndt
in Berlin persönlich kennen.

Zum Text:

376,9:   *atridische Tische* – Nach der griechischen Sage bewirtete Atreus
seinen Bruder Thyest mit dem Fleisch der eigenen Söhne.

376,10:   *Bluthochzeiten* – Arndt: *Hochzeiten.* In der Pariser Bartholo-
mäusnacht 1572 wurden die Hugenotten ermordet; in Nantes
wurden 1793 zahllose Männer und Frauen zusammengebunden
in der Loire ertränkt (Carriers »republikanische Hochzeiten«).

376,14–17: *Mehr als einmal...* – Zunächst: *Diese Prophezeiung, an welcher,
in der Tat, nichts auszusetzen ist, als daß sie den Umfang der Wahrhaftigkeit nicht erreicht, indem die Sprache dazu überhaupt kein Mittel ist, halten einige gleichwohl für übertrieben. Sie meinen, daß sie
ein gewisses falsches Entsetzen einflöße, das die Gemüter, statt sie
aufmerksam zu machen, vielmehr abspanne und erschlaffe.*

377,7:   *Titus* – zerstörte 70 n. Chr. im Jüdischen Krieg Jerusalem. Kleist
plante im Winter 1808/9 ein Drama über die Zerstörung
Jerusalems, wofür er sich Josephus Flavius' »Geschichte des jüdischen Krieges« und ein Werk über mosaisches Recht aus der
Dresdner Bibliothek entlieh. (Lebensspuren Nr. 307, 503)

377,16:   *auf ewig* – Dieser Einschub Kleists hatte Minde-Pouets Ent-
zifferungsversuchen widerstanden.

377,17:   *Ananias* – Hoherpriester, wurde bei Ausbruch des Jüdischen
Krieges von der römischen Partei ermordet.

Was gilt es in diesem Kriege? (*S. 377–379*)

Originalhandschrift Kleists (neuentdeckt von H. F. Weiss, Jahrb. d. Dt.
Schillerges. 1981, m. Faks.); auch als Kopie in der Sammelhandschrift.

377,5:   *Empfindlichkeit einer Favorite* – Zuerst: *einer Marquise.* Friedrich
der Große soll durch spöttische Äußerungen über die Marquise
von Pompadour Frankreichs Teilnahme am Siebenjährigen
Krieg verursacht haben.

378,17:   *unerschütterlich* – Zuerst: *offenherzig*

378,19:   *jenes echten Ringes* – Anspielung auf die Ring-Erzählung in
Lessings »Nathan der Weise« III, 7.

378,22:   *erweckt* – Zuerst: *zu erwecken weiß*

378,23 f.: *daß derjenige... braucht* – Zuerst: *daß es genug ist, den Namen derselben zu nennen*

379,1:   *tätig* – Zuerst: *wirksam*

379,7:   *aufzuweisen hat* – Zuerst: *erzeugte*

379,8:   *Joseph* II. von Österreich und *Friedrich* II. von Preußen, als
hervorragende Vertreter des aufgeklärten Absolutismus.

379,10:   *Triumph des Erlösers* – Klopstocks »Messias«.

379,15: *vor dem die Sonne erdunkelt* – Zuerst: *verdunkelt.* Der Nebensatz ist bei Steig durch irgendein Versehen gesperrt gedruckt, was von den späteren Herausgebern übernommen wurde.

379,16: *soll* – Zuerst: *kann*

Die Bedingung des Gärtners (S. 379–380)

Originalhandschrift Kleists (reproduziert in E. Schmidts Kleist-Ausgabe, 2. Aufl., Bd. 7 [1938]); auch als Kopie in der Sammelhandschrift.

379,6: *noch einbricht* – dazwischen von Kleist gestrichen: *wirklich* (nicht: *vielleicht,* wie Steig las).

379,9: *drei Frühlinge kamen* – seit 1806; die österreichische Landwehr wurde aber erst im Juni 1808 gegründet; sie blieb auch weiterhin nur für den Schutz des Landes bestimmt.

379,11: *Gerinsel* – Zolling las: *Gewiesel,* Steig: *Geriesel*

Über die Rettung von Österreich (S. 380–382)

Vielfach durchkorrigiertes und kaum zu entzifferndes Originalmanuskript; nicht in der Sammelhandschrift. Entstanden nach der Niederlage von Wagram (5./6. Juli 1809), vermutlich Anfang Sept. 1809 als ein Arbeitspapier zur politischen Diskussion (vgl. R. Samuels Beitrag in Festschrift für Christian Wegner, Hamburg 1963, und H. F. Weiss in Jahrbuch d. Dt. Schillerges. 1981). Bei der Herausgabe der Kleinen Schriften in der E. Schmidt/Minde-Pouetschen Ausgabe konnte ich 1938 anhand eingehender Untersuchung der inzwischen verschollenen Handschrift die Lesarten verschiedentlich verbessern.

Zum Text:

380: Die Überschrift lautete ursprünglich: *Aphoristische Gedanken über die Rettung der österreichischen Staaten.*

380,15ff: *aber darunter versteht man das mindeste, in der Tat, was unter solchen Umständen geschehen kann.* – Zuerst: *aber darunter versteht der Staat* – *eine Landwehr von 80 oder 100 000 Mann, einen patriotischen Aufruf an das Volk, und ein beifälliges Verzeichnis der freiwilligen Beiträge, die, als ein Almosen, von demselben einkommen.*

381,1: *durch ihre Kriegsforderungen* – Zolling las: *durch ihre Erpressungen;* Steig: *durch die französischen Kontributionen*

381,5-12: Durch diesen vierten, ursprünglich als *3.* bezeichneten Absatz zieht sich in Kleists Manuskript ein schräger Strich; am Rand daneben skizzierte Kleist den jetzigen 3. Absatz, der bisher als Ersatz des gestrichenen aufgefaßt wurde. Tatsächlich aber hatte Kleist das scheinbar getilgte Stück nun als *4.* und den folgenden Absatz entsprechend als *5.* umnumeriert und die ursprüngliche Streichung durch eine daneben gesetzte Punktierung wieder aufgehoben. Das Stück gehört also in den Zusammenhang des Textes.

381,9: *Komorn oder Pest* – Ausweichorte des österr. Hauptquartiers.

381,21: *verteidigt werden müssen* – Dahinter getilgt: *und deren Vertei-*
          digung einen heiligen Krieg, oder einen Krieg für die Menschheit,
          konstituiert.

381,22–30: Der jetzige 6. Abschnitt steht anstelle folgenden von Kleist ge-
          strichenen Stückes:

> *Sie muß diese Güter für ihren und ihrer Völker alleinigen Schatz*
> *anerkennen, der, um jeden Preis, gleichviel welchen, gegen den Feind*
> *verteidigt werden muß, und begreifen, daß der Sieg, wenn ihn der*
> *höchste Gott uns schenkt, um keine Träne zu teuer erkauft sei, wenn*
> *auch der Wert des ganzen Nationalreichtums im Kampf vernichtet*
> *würde, und das Volk so nackt daraus hervorginge, wie vor 2000*
> *Jahren aus seinen Wäldern.*

381,24: *mit der gleichen Selbstlosigkeit* – damit ist die bei Steig noch durch
          Punkte angedeutete Bezugsstelle für *in der Voraussetzung der-*
          selben vermutlich richtig entziffert: *mit* sowie *Selbst* ist deutlich
          erkennbar, *der gleichen* mit *dgl* abgekürzt.

381,27ff: *auf jede denkbare Weise – von ihm – dem Geist derselben den* – Diese
          bei Steig fehlenden Einschübe sind im Manuskript fast nur zu
          erraten, vermögen aber doch gewisse Anhaltspunkte zu geben.
          Steig bemerkt an dieser Stelle: »Auch für den Rest des Ab-
          satzes kann ich keine absolute Gewähr bieten; Kleist würde
          selbst sich nicht herausgefunden und einfach die Sätze neu ge-
          schrieben haben; vielleicht aber sehen einmal, auf Grund mei-
          ner Lesungen, neue Augen doch noch mehr, als den meinigen,
          trotz aller Rücksichtslosigkeit gegen sie, möglich war.«

382,5:   *Landstriche, die sich erhoben haben* – Kleist denkt vor allem an
          Tirol.

382,13: *kraft Unseres Willens* – Steig: *unseres*

382,17: *das deutsche Reich* – Steig: *das Deutsche Reich*

382,21ff: *Wer, mit den Waffen in der Hand . . . ergriffen wird* – ebenso im
          »Katechismus«, S. 359: *Wenn er . . . mit den Waffen in der Hand*
          ergriffen wird

382,24: *Stände* – Steig: *Reichsstände* (von Kleist getilgte Schreibung).

382,24–27: zuerst in der politisch bedenklichen Fassung: *Nach Beendigung*
          des Kriegs soll ein Reichstag gehalten, und von den Fürsten des Reichs,
          nach der Mehrzahl der Stimmen, eine Staatsverfassung festgesetzt
          werden.

BERICHTERSTATTUNG UND TAGESKRITIK 1810/1811

383:     *Fragment eines Schreibens aus Paris* – BA 1. und 2. Okt. 1810.
          Zuweisung: Sembdner 1939, S. 196–98. Für die aktuellen An-
          gaben benutzte Kleist vermutlich Korrespondenznachrichten
          oder private Mitteilungen, vielleicht von Varnhagen, der sich
          1810 in Paris aufhielt (s. unter 26ff).

         2ff: *Als des Kaiser Maj. den 4. d. 7 Uhr morgens nach Paris kam, um das Monument auf dem Platz Vendôme zu besehen* – »Miszellen f. d. Neueste Weltkunde«, 12. 9. 1810: »Am 4. Sept. frühe zwischen 5 und 6 Uhr, kam der Kaiser zu Pferde und ohne Gefolge nach Paris, um die Säule auf dem Platze Vendome zu sehen. Se. Majestät besah auch die Arbeiten, welche man auf dem Magdalenen-Platze anfängt.«

26 ff: *Aushängeschilde, die von beiden Seiten in die Straße hineinragen* – Varnhagen berichtet in seinen «Denkwürdigkeiten« aus Paris: »Lächerlich sind in diesem Betreff besonders die Aushängeschilder, die Anschlagzettel, die Inschriften, welche in den belebteren Straßen überall wuchern. Ungeheure Tafeln, riesige Buchstaben, von allen Gestalten und Richtungen, gedrückte, gedehnte, vorwärtsliegende, rückwärtsliegende, Bilder mit Anspruch auf schöne Malerei, andre fratzenhaft verzerrt, oftmals die Zeichen der Ware zahlreicher als die Ware selbst, alles um nur eben über Wasser zu bleiben ... ehe die ganze Masse der Neugierigen die Sache durchprobiert, die Täuschung eingesehen hat, ist das Glück schon ergiebig genug gewesen, und die üble Nachrede kann nicht mehr schaden.« Kleist am 16. 8. 1801 (688,20): »Ganze Haufen von Affichen laden überall den Einwohner und den Fremdling zu Festen ein.« –

384,3: *von höherer Hand gedichtet* – ähnlich 390,13: *von höherer Hand befragt*

384,12 ff: *Enumeration* – Aufzählung; *du plus exquis* – vom Auserlesensten; *de la meilleure qualité* – von bester Qualität; *le tout au plus modique prix* – alles zum niedrigsten Preis; *Café des Connoisseurs* (BA: *Caffé, Caffetier* usw.) – Café der Kenner; *des Turcs* – der Türken; *au non plus ultra* – zum Unübertrefflichen (lat.); *Entrez et puis jugez* (BA: *Entres . . . juges*) – Treten Sie ein und dann urteilen Sie.

384,28: *Ureinfalt der ersten Patriarchen* – Schon am 16. 8. 1801 spricht Kleist bei Erwähnung des *Hameau de Chantilly* von *patriarchalischer Simplizität* (689,36); ähnlich 335,21 f: *die uralte Erziehung, die uns die Väter, in ihrer Einfalt, überliefert haben*

384,31: *bei Gelegenheit der Vermählungsfeierlichkeiten* – Napoleons Vermählung mit Maria Luise wurde nicht am 15. 4., sondern am 2. 4. 1810 in Paris und Wien mit großem Aufwand gefeiert. Die folgende Anzeige auf deutsch: »Wenn die Vergnügungen (des 15. April) eine Erholung nötig machen, empfiehlt sich der Wirt des Hameau de Chantilly . . .«

385,4 f: – auf deutsch: »Folglich ist das Quadrat von fünf gleich der Summe der Quadrate von vier und drei.«

385,11: *Syntax und Prosodie* – Satzlehre und Verslehre.

385,6: *François Renard* – »Franz Fuchs«, vermutlich von Kleist erfundener Name.

385:    *Nützliche Erfindungen: [1] Entwurf einer Bombenpost* – BA 12.
        Okt. 1810. Die Möglichkeit, Nachrichten mittels Kugeln oder
        Raketen zu befördern, wurde später ernsthaft erwogen und
        erprobt. Im übrigen benutzte Kleist die fingierte Einsendung
        und Entgegnung zu Anspielungen auf die politische Lage. –
        Arnim an die Brüder Grimm, 3. 9. 1810: »[Kleists Abendblatt]
        soll sich vorläufig gar nicht auf Belehrung oder Dichtungen
        einlassen, sondern mit allerlei Amüsanten die Leser ins Garn
        locken; lächerliche Briefe u. dgl. sind ein besondrer Fund.«
        3 ff: *der mit der Schnelligkeit des Gedankens . . . Nachrichten mit-
        teilt* – nach einem Bericht im Nürnberger Korrespondenten,
        16. 8. 1810, über Sömmerings Erfindung des elektrischen Tele-
        graphen: »Sehr überraschend und ergötzlich bleibt immer die
        Möglichkeit, seine Gedanken, mit Überspringung von Zeit
        und Raum, einem Entfernten durch viele Meilen hin in dem-
        selben Augenblicke mitzuteilen, wo sie in uns aufsteigen, eben-
        so, als wenn er gegenwärtig wäre.«
        386,10: *kein Morastgrund* – BA: *ein Morastgrund;* Druckfehler,
        der in den Ausgaben übernommen wurde.

386:    *[2] Schreiben eines Berliner Einwohners. Antwort an den Einsender* –
        BA 16. Okt. 1810.

388:    *Über die Luftschiffahrt: [1] Schreiben aus Berlin* – BA 15. Okt.
        1810. Eine der frühesten Reportagen des Zeitungswesens.
        Kleist beendete seinen Bericht um 2 Uhr nachmittags; um 5
        Uhr wurden die Abendblätter ausgegeben. Ein Bild von Clau-
        dius und seinem Ballon in E. Schmidt/Minde-Pouets Ausgabe
        Bd. 7 (1938).

389:    *[2] Über die gestrige Luftschiffahrt* – BA 16. Okt. 1810. Das ganze
        Extrablatt wird vom »Freimüthigen«, 22. 10. 1810, nachge-
        druckt.
        390,25: *Versuch Herrn Garnerins* – bereits 389,13 erwähnt; nach
        meinen Ermittlungen meint Kleist die Luftfahrt vom Juni
        (nicht August) 1810, die von Paris über Reims nach Simmern
        (Kreis Koblenz) führte und ursprünglich nach Österreich
        weitergehen sollte, also keineswegs so vorbedacht und er-
        folgreich war, wie Kleist darstellt. In einem »Schreiben des
        Herrn Garnerin aus Simmern vom 15. Juni«, das Kleist in den
        wiederholt von ihm benutzten »Miszellen f. d. Neueste Welt-
        kunde«, 30. 6. 1810, finden konnte, heißt es: »Ohne mich in
        irgend eine umständliche Beschreibung über mein nächtliches
        Aufsteigen einzulassen, welches den 12. um 11 Uhr 35 Min.
        abends von Tivoli [in Paris] aus anfing, bitte ich Sie . . .
        bekannt zu machen, daß ich mich den 13. um 4 Uhr frühe an
        den Toren von Rheims . . . niedergelassen habe; daß ich am
        14. um 1 Uhr frühe aus seinem Lustgehölze wieder abgereiset
        bin; daß ich geglaubt hatte, um 6 Uhr über den Rhein gegan-

gen zu sein, daß ich aber, da ich mich senkrecht über dem alten Fort Royal befand, die ausgetretene Mosel für den Rhein angesehen hatte . . . Ich überlasse es nun dem Urteil der Leser, ob ich mit einem Westwinde nicht hätte in Österreich ankommen können, bei einer Überfahrt, während welcher ich mich 21 Stunden aufhielt, um günstigen Wind abzuwarten, und nachdem ich mehr als die Hälfte der Reise in einem Zeitraum von 10 Stunden 25 Min. zurückgelegt hatte.«

391 :   *[3] Neueste Nachricht* – BA 18. Okt. 1810. Erstmals in einer Ausgabe. Näheres über den Ballonniedergang enthielt ein »Schreiben aus Neuhof bei Düben« vom 16. 10. 1810 (BA 1. Nov. 1810), das nach Steigs Ermittlungen an den Berliner Apotheker Dr. Christian Gottfried Flitner gerichtet war, von dem Kleist es erhalten haben muß.

391 :   *[4] Aëronautik* – BA 29. u. 30. Okt. 1810. Bereits am 18. 10. waren Kleists Behauptungen, ohne daß sein Name genannt wurde, von Professor Jungius in der Spenerschen Zeitung angegriffen worden. In dem anonymen zweiten Artikel vom 25. 10. 1810 »Über die angeblich bereits erfundene Direktion der Luftbälle« folgte nach einer sachlichen Argumentation der heftige Ausfall: »Der ursprüngliche, arglose, achtungswerte Wahrheitssinn der Deutschen glaubt und folgt in den mehrsten Fällen dem imposanten Schalle hochklingender, aber trügerischer Terminologien neuer und unverschämter Lehren, oder stützt sich auf erdichtete oder scheinbar herausgeputzte Fakta. Werden beide in einfache, klare Sprache übersetzt, oder nach bestimmten und zuverlässigen Angaben von Zeit, Maß und Zahl analysiert, so geben sie zur letzten Ausbeute – Wind.« – Die von Kleist geschilderten Luftströmungen werden beim Segelfliegen benutzt.

394 :   *Zuschrift eines Predigers. Nachricht an den Einsender* – BA 23. Okt. 1810. Vgl. »Allgemeine Zeitung«, 3. 9. 1810: »Die Berliner Zeitung enthält ein königliches Patent, wodurch die Zahlenlotterie, als den Aberglauben und die Traumdeuterei begünstigend, und der Moralität des Volks nachteilig, aufgehoben wird. An die Stelle derselben tritt eine Quinenlotterie, welche ebenso rasch spielt, als die Zahlenlotterie, aber dem nachteiligen Reiz derselben vorbeugt, indem sie bei höherem Einsatz die ärmere Klasse ausschließt.«
  Ein ähnlich harmloser Scherz schon in Kleists Phöbus-Epigramm »Der Bauer, als er aus der Kirche kam« (I, 24).
  395,8: *Devisen* – BA: *Divisen* (wohl Druckfehler).

395 :   *Zur Eröffnung des Universitätsklinikums* – BA 1. Nov. 1810, unter *Miszellen.* Zuweisung: Sembdner 1939, S. 126f.; dort auch die von Kleist erwähnte Bekanntmachung über die Eröffnung

des »medizinisch-chirurgischen ambulatorischen Klinikums und Spitals der Universität (Friedrichsstraße Nr. 101)« im Berliner Intelligenzblatt, 1. 11. 1810.

395:    *Politische Neuigkeit* – BA 19. Nov. 1810. Erstmals in einer Ausgabe; Zuweisung: Sembdner 1939, S. 129–35. Als Quelle benutzte Kleist wie gewöhnlich die »Liste der Börsenhalle«, 16. 11. 1810, in der die Nachrichten aus dem »Moniteur« (8. 11. 1810) abgedruckt waren. Die Hamburger Blätter waren vormittags in Berlin eingetroffen; weder sie noch die französischen Zeitungen enthielten eine Stellungnahme, während Kleist noch am gleichen Tage seinen Kommentar niederschrieb. Der in ähnlichem Sinne verfaßte Leitartikel *»Über die gegenwärtige Lage von Großbritannien«* am nächsten Tage weist ebenfalls Spuren von Kleists Hand auf, ohne daß ich ihn gänzlich Kleist zuzuschreiben vermag; keinesfalls aber können diese Beiträge, wie Steig vermutet, von der Staatskanzlei aufgenötigt worden sein.

Der englandfreundliche Frh. v. Ompteda verfaßte eine Entgegnung »Über die neueste Lage von Großbritannien«, die Kleist in einen »Zustand von triumphierender Freude und Rührung« versetzte, wenn auch die Zensur den Abdruck verbot (s. S. 456 und 841 ff.).

Prorogatur – Amtsverlängerung; *Konstitution* – Verfassung; *influieren* – einwirken; *Negoziationen* – Verhandlungen.

396:    *Geographische Nachricht von der Insel Helgoland* – BA 4. Dez. 1810. Quelle: »Einige Nachrichten von der Insel Helgoland und ihren Bewohnern« in den Hamburger »Gemeinnützigen Unterhaltungs-Blättern« Nr. 38/46 vom 22. 9. bis 17. 11. 1810 (Zusammenstellung bei Sembdner 1939, S. 237–44). Das sehr frei benutzte Material stammt vorwiegend aus Nr. 38 (nicht, wie Kleist angibt, Nr. 43); siehe auch »Helgoländisches Gottesgericht« (S. 285).

397,1: *dem zufolge . . .* $^1/_4$ *Quadratmeile* – mathematisch falsche Folgerung; bei dem angegebenen Umfang von $^1/_2$ Meile könnte die Fläche höchstens $^1/_{50}$ Quadratmeile betragen (sie beträgt rund 0,5 km^2 = $^1/_{100}$ Quadratmeile). Die irreführenden Zahlen entnahm Kleist verschiedenen Teilen der Vorlage.

397,5: *1700 Seelen* – Die Angabe stammt im Gegensatz zu den folgenden Zahlen nicht aus Büschings »Neuer Erdbeschreibung«, sondern aus den »Unterhaltungs-Blättern«.

397,36 ff: *Vor- oder Unterland* – irrtümliche Gleichsetzung des Unterlandes, von dem *191 Stufen* zum Oberland führen, mit der in der Vorlage später genannten Düne, auf der sich *der einzige süße trinkbare Quell* befindet.

398:    *Weihnachtsausstellung* – BA 18. Dez. 1810.

400: *Über die Luxussteuern* – BA 20. Dez. 1810; ohne Überschrift. Vermutlich wurde dieser Aufsatz am 15. 12. 1810 Raumer vorgelegt (s. Briefe S. 848). Bei dem angeführten Schreiben handelt es sich natürlich um eine Fiktion ähnlich den »Satirischen Briefen« von 1809.

402: *Schreiben aus Berlin* – BA 24. Dez. 1810; Zuweisung: Sembdner 1939, S. 141–46. Am nächsten Tage berichteten auch die Spenersche und die Vossische Zeitung sowie der Freimüthige mit teilweiser Anlehnung an Kleists Darstellung über die Überführung der Königin Luise.

403: *Anfrage* – BA 24. Dez. 1810. Erstmals in einer Ausgabe; Zuweisung: Sembdner, Euphorion 1959, S. 188–90. Kleists Absicht war wohl, auf Ancillons Nachfolger, den befreundeten, aber ungenannt bleibenden Franz Theremin hinzuweisen, der am 16. 11. 1810 Adam Müllers Tochter getauft hatte (s. Anmerkung zur »Heiligen Cäcilie« S. 908). Das französische Konsistorium antwortete in den Abendblättern, 4. 1. 1811:

»Welche auch die Absichten sein mögen, wodurch die Einsendung der in dem Abendblatt vom 24sten dieses enthaltenen *Anfrage,* und der sie begleitenden Bemerkungen, veranlaßt worden ist, so glaubt das französische Konsistorium dem Publikum die Anzeige schuldig zu sein: Daß das Verzeichnis der in den französischen Kirchen zu haltenden Vorträge *niemals,* weder in das Intelligenz-, noch in sonst ein anderes öffentliches Blatt eingerückt worden ist, und zwar aus dem ganz einfachen Grunde, weil dadurch der zur Armenkasse fließende Ertrag der hiezu besonders gedruckten Listen vermindert werden würde... Da überdies, wer diese kleine Ausgabe scheuen sollte, bei jedem Küster, ein gleiches unentgeltlich vernehmen kann, so läßt sich nicht wohl einsehen, wie es hat schwierig sein können, in Erfahrung zu bringen, wer am Weihnachtstage, oder an einem andern Sonn- oder Festtag, in dieser oder jener Kirche hat predigen sollen.« (vgl. dazu R. Steig, Neue Kunde, 1902, S. 7–13)

404,5: *dieses vortrefflichen Kanzelredners* – Im Sommer 1810 hatten Kleist, Pfuel, Adam Müller und dessen Frau die Leichenpredigten auf die Königin Luise von Schleiermacher, Ribbeck, Ancillon und Ehrenberg in den verschiedenen Kirchen gehört; aber »wir waren insgesamt nicht sehr erbaut worden« (Pfuel an Caroline v. Fouqué; Lebensspuren Nr. 363).

404: *Über die Aufhebung des laßbäuerlichen Verhältnisses* – BA 29. Dez. 1810. Erstmals in einer Ausgabe; Zuweisung: Sembdner, Euphorion 1959, S. 191–94. Gehört in die Reihe der regierungsfreundlichen Leitartikel *(Über die Luxussteuern, Über die Finanzmaßregeln der Regierung)*. Auf Kleists Bitte hatte ihm Raumer im Dezember mehrere Gedanken angedeutet, »deren Entwicke-

lung der Staatskanzlei angenehm sein würde« (vgl. Briefe
S. 845 und 864 unten).

405,3: *so wie ein Blindgeborner* – physiologisches Gleichnis wie die
Boerhaave-Anekdote S. 407, aber mit umgekehrter Ten-
denz. Vielleicht angeregt durch die Heilung des Blindgebore-
nen in den »Nachtwachen von Bonaventura«, dessen 11. Kapitel
am 16. 1. 1808 in den »Gemeinnützigen Unterhaltungs-Blättern«
erschienen war.

405: *Über die Finanzmaßregeln der Regierung* – BA 18. Jan. 1811; ohne
Überschrift. Der Artikel muß schon Ende Dezember 1810 verfaßt sein, blieb aber zunächst liegen, da zum Quartalswechsel
alle politischen Artikel in den Abendblättern untersagt wurden.

407,4 ff: Die Anekdote geht nicht auf Boerhaave zurück, sondern auf einen Aufsatz »Der Schrecken als Heilmittel« im »Museum des Wundervollen«, Bd. 6; Boerhaave war an anderer
Stelle im »Museum« erwähnt worden. (Sembdner 1939, S. 129)

407: *Kalenderbetrachtung* – BA 5. Jan. 1811; dort der Druckfehler:
10 ten März 1810 (statt 1811). Am 19. Juli 1810 war die Königin
Luise gestorben. Ähnlich ein Distichon von D. Christ. Kühnau
im »Preußischen Vaterlandsfreund« vom 9. 3. 1811:

»Die Mondfinsternis.

Sagt, was trauert der Mond, der erdunkelnde, dort am Himmel?
Ach, des *Zehnten* Sonn' untergegangen ihm ist!« (nach Steig)

408: *Theater: [1] Ton des Tages* – BA 4. Okt. 1810, unter *Theater.*
Julius v. Voß' »Ton des Tages« (1806) war eine Übersetzung
des französ. Lustspiels »Mœurs du temps« von Saurin (1760).
Kant sagt irgendwo – nicht in der »Kritik der Urteilskraft«, sondern in seiner »Anthropologie«:

»Die Charakterisierung des Menschen als eines vernünftigen
Tieres liegt schon in der Gestalt und Organisation seiner Hand,
seiner Finger und Fingerspitzen, deren teils Bau, teils zartem
Gefühl, dadurch die Natur ihn nicht für *eine* Art der Hand-
habung der Sachen, sondern unbestimmt für alle, mithin für
den Gebrauch der Vernunft geschickt gemacht.« (nach E. Cas-
sirer, 1921)

Das »Archiv für Literatur, Kunst und Politik«, 28. 10. 1810,
nennt unter den »Sarkasmen gegen das hiesige Nationaltheater und dessen Direktor« neben Kleists Begrüßungsgedicht
(I, 36) auch diesen Beitrag, der zu folgendem Epigramm Veranlassung gegeben habe:

»An den Theaterkritiker Xy.

Du rühmst die Kraft von Ifflands Künstlerhänden,
Wir haben nichts dawider einzuwenden,
Verschaffst Du nur ihm bald Gelegenheit,

Sie, im Gefühl pflichtschuldger Dankbarkeit,
Im vollen Maß zum Lohne Dir zu spenden.«

408 : *[2] Der Sohn durchs Ungefähr* – BA 5. Okt. 1810, unter *Theater*.
Erstmals in einer Ausgabe; Zuweisung: Sembdner, Euphorion
1959, S. 181–83. Der Titel der anonymen Posse war Kotzebues
Einakter »Der Vater von ungefähr« nachgebildet, daher Kleists
Sperrung des Wortes *durchs* (409,8). Ähnlich wie im »Rochus
Pumpernickel« oder in Kotzebues »Pachter Feldkümmel« wird
ein einfältiger Liebhaber durch einen klügeren verdrängt, der
sich beim Schwiegervater, bei der Braut und beim Vater für
den rechten Sohn ausgibt (Steig S. 190ff.). Kleists Kritik erschien bereits am Tag nach der Aufführung.

409 : *[3]* – BA 13. Okt. 1810, unter *Miszellen*. Betrifft Auguste
Schmalz, die Rivalin von Dem. Herbst; s. Anm. zu I,36.

409 : *[4] Unmaßgebliche Bemerkung* – BA 17. Okt. 1810, unter *Theater*.
Dem »offiziellen« Theater-Artikel ließ Kleist am 7. 11. 1810
einen als Leserzuschrift aus Dresden getarnten, gegen Iffland
gerichteten Beitrag folgen (s. Nachträge S. 1037).

411 : *[5] Stadtneuigkeiten* – BA 18. Okt. 1810. Nachdruck in den
»Nordischen Miszellen«, 25. 10. 1810, und in der »Zeitung f. d.
eleg. Welt«, 9. 11. 1810.

411 : *[6] Schreiben aus Berlin* – BA 30. Okt. 1810. Die Feen-Oper
»Röschen, genannt Äscherling«, aus dem Französischen übersetzt durch C. Herklots, Musik von Nicolo Isouard, kam erst
am 14. 6. 1811 in Berlin zur Aufführung, wobei die Titelrolle
von Henriette Fleck, die Rollen der Schwestern von Mad.
Müller und Auguste Schmalz gesungen wurden.
brode im Französischen – richtiger: brodo im Italienischen.

412 : *[7]* – BA 7. Nov. 1810, unter *Miszellen*. Zu Johann Friedrich
Reichardt vgl. Anmerkung zu *[9]*. Er verkehrte bei Stäge-
manns, wo ihn Kleist kennenlernte.
der bekannte, alte, sizilianische Stoff – Auch in »Wassermänner
und Sirenen« weist Kleist auf Nicola Pesce, den *neapolitanischen
Fischnickel* hin (288,31), den er aus Gehlers Lexikon und vor
allem aus Wünschs »Kosmolog. Unterhaltungen« kannte; der
Stoff war nicht nur von Schiller, sondern auch von Franz v.
Kleist (in »Deutsche Monatsschrift«, 1792) bearbeitet worden.

413 : *[8] Von einem Kinde . . .* – BA 13. Nov. 1810. Nachdrucke:
»Bresl. Erzähler«, 22. 12. 1810, und (mit Hinweis auf die »Abendblätter«) in Grimms Märchen, 1812. Zuweisung: Sembdner,
Dt. Vierteljahrsschrift 1953, S. 602–7. Schon von R. Köpke
1862 in Kleists Werke aufgenommen, was Steig als »argen Mißgriff« erklärte. Die Erzählung aus Jörg Wickrams »Rollwagen-
büchlin« (Ausgabe von 1557) übernahm Kleist fast wörtlich mit
geringfügiger Modernisierung; er setzt *verabredetermaßen* und
aller Strafe zur Verdeutlichung ein und verwandelt ein zweites

»von stundan« in *sogleich*. Arnim verwendet die Erzählung in den »Kronenwächtern« (1817).

Zacharias Werners Schicksalsdrama war am 24. 2. 1810 in Weimar uraufgeführt worden, wurde aber erst 1815 in der »Urania« gedruckt. Durch Hitzig wußte Kleist von Werners Brief an Iffland, in dem jener die gleichen Argumente wie Kleist anbringt: die drei Personen, die geringen Kosten, die Besetzung durch Iffland und die Bethmann, während er für den Sohn Beschort, Mattausch oder Bethmann vorschlägt (Steig, S. 202); siehe Z. Werner an Iffland, 4. 5. 1809 (Briefe 1914). Kleist selbst hatte das Stück vermutlich nicht gelesen, da er von zwei Knaben statt von Bruder und Schwester spricht; doch deutet der Scherz mit dem *Schnee, den der Winter gewiß bald bringen wird* auf eine Regieanweisung Werners.

Dolch des Schicksals – in Shakespeares »Macbeth« II, 1.

414:    *[9] Theaterneuigkeit* – BA 13. Nov. 1810. Zuweisung: Sembdner 1939, S. 115 ff. Auf Kleists Herausforderung antwortete eine Notiz in der Spenerschen Zeitung, 17. 11. 1810:

»Dem unbekannten in dem Abendblatt Nr. 38 aufgetretenen Freund des Singspiels: die Schweizerfamilie von dem Herrn Kapellmeister Weigl, geben wir hiemit zur Nachricht, daß die Rolle der Emmeline weder der Mslle. Schmalz, noch der Mad. Müller, noch der Mad. Eunicke, für welche sie allerdings ganz vorzüglich geeignet schien, zugeteilt ist; dieselbe ist der Mslle. Herbst – übertragen worden.«

Die Nachricht von der Wiener Aufführung der »Schweizerfamilie« am 15. 3. 1809 hatte Kleist offenbar von Johann Friedrich Reichardt, der sich damals in Berlin aufhielt (vgl. dessen »Vertraute Briefe auf einer Reise nach Wien«, Bd. 2, S. 35f., 1810).

im Fach des Gefälligen und Anmutigen – Reichardt a.a.O.: »Die Musik der Schweizerfamilie ist von Anfang bis zu Ende überaus angenehm und gefällig.«

von Seiten der musikalischen sowohl als mimischen Kunst trefflichsten Schauspielerinnen – Reichardt a.a.O.: »Demoiselle *Milder* übertraf sich in der Hauptrolle ... als Schauspielerin selbst, und sang mit ihrer gewohnten Vortrefflichkeit.«

414:    *[10] Aufforderung* – BA 15. Nov. 1810. Zuweisung: Sembdner 1939, S. 119. In auswärtigen Blättern war Iffland wiederholt angegriffen worden. Die Augsburger »Allgemeine Zeitung«, 8. 10. 1810, meldete aus »Berlin, 22. Sept.«: »Die Stimme gegen unser Theater, welche seit einiger Zeit sich in öffentlichen Blättern erhob, wird auch hier immer lauter und allgemeiner ... Man beschuldigt die Direktion, sie achte auswärtige Bemerkungen nicht, und die hiesigen Kritiker würden von ihr durch Freibillets und Geldsummen gewonnen.« Ähnlich im »Journal

de l'Empire«, 14. 10. 1810: »La voix du public n'est pas consul-
tée par le directeur, qui a pour lui tous les journalistes à force
de billets gratis et de sommes d'argent qu'il leur distribue.«
Am 21. Nov. 1810 brachte Kleist folgendes Dementi:
>>Die *Redaktion dieser Blätter* macht sich ein Vergnügen daraus
folgende zwei Erklärungen, die an sie eingegangen sind, zur
Wissenschaft des Publikums zu bringen.

    Antwort auf die Aufforderung im 40. Stück der Abendblätter.

    1. Der bekannte Rezensent der Opern in der Vossischen Zei-
tung erklärt in Bezug auf die in diesen Blättern an ihn ergangene Aufforderung, daß er von der Vossischen Zeitungsexpe-
dition für die Rezensionen nach Kontrakt honoriert wird, und
er die Eingangsgelder bei *Opern* der Expedition berechnet, und
weder von der General-Direktion des Theaters, Geldsummen
noch Freibillets zu diesem Behuf erhalten hat, noch erhält.

                                      J. C. F. R[ellstab].

    2. Ich erkläre hiermit, daß ich für meine Theateranzeigen
von der Vossisch. Zeitungsexped. Honorar und die nötigen
Einlaßzettel erhalte; keinesweges aber, als Rezensent, mit der
Theaterdirektion in Verbindung stehe, vielweniger von derselben durch Geldsummen und Freibillets bestochen werde.

            Der Redakteur des Theaterartikels
              in der Voß. Zeitung [d.i. Catel]«
süddeutschen – Das in den Abendblättern versehentlich ausgefallene Wort ist von mir sinngemäß ergänzt worden.

415:   *[11] Schreiben eines redlichen Berliners* – BA 23. Nov. 1810. Gehört in die Reihe der »Satirischen Briefe«; ebenso wie der Brief
über die Luxussteuern (S. 400) angeblich *von unbekannter Hand*
zugesandt. Die Ironie wird erst durch die Nachschrift offenbar.
Steig druckt fehlerhaft: 416,33: *und das Rezensieren* statt *und
Rezensieren;* 416,37: *zu zerstören* statt *zu stören;* 417,13: *unseres
kleinen Tempels* statt *unseres kleinen freundlichen Tempels.*

415,5: *Persönlichkeiten* – d.h. persönliche Angriffe.

416,11: *für sie tat* – BA: *für sie hat* (von den Herausgebern über-
nommener Druckfehler).

416,22: *dasjenige Organ* – die Vossische Zeitung.

416,25f: *untergeordnete und obskure Blätter* – die »Abendblätter«
und der »Freimüthige«.

416,28: *auf mancherlei Weise* – Anfang Dezember wurden
wirklich alle Theateranzeigen in den »Abendblättern« und im
»Freimüthigen« verboten.

417,26f: »Pachter Feldkümmel von Tippelskirchen«, Posse von
Kotzebue, »Vetter Kuckuck«, Lustspiel von Th. H. Friedrich,
»Herr Rochus Pumpernickel«, musikal. Quodlibet von Steg-
meier; besonders erbärmliche Stücke des Berliner Theater-
spielplans.

417: *[12] Theater* – BA 27. Nov. 1810. Zuweisung: Sembdner 1939,
S. 115 ff. Vgl. *[3]* und *[9]*. Um die von Iffland begünstigte
Sängerin Herbst war es zu einer Theaterkabale gekommen, über
die das »Journal des Luxus und der Moden« folgendes aus
»Berlin, 1. Dez. 1810« berichtete:
»Hier ist leider eine starke Theater-Koalition, die gegen den
würdigen Iffland gerichtet ist. Eine Anzahl Schriftsteller, deren
Produkte von der Direktion wohl zurückgewiesen werden
mußten, weil sie teils unsinnig, teils zu seicht waren, hat sich
vereinigt, um ihn in allen seinen tätigen und redlichen Schritten
für das ersprießliche Wohl unserer Bühne zu necken, zu stören
und zu beunruhigen ... Im Abendblatte, einer Tagesschrift,
wurde die vorgreifende Frage aufgeworfen: ›Ob die Direktion
Mad. Müller oder Eunicke oder Dem. Schmalz diese Rolle zu-
teilen würde.‹ Darauf wurde, wie natürlich, von der Direktion
nicht geantwortet. Nach einiger Zeit wurde von anderer Seite
bekannt gemacht, keine von den drei vorgeschlagenen Sängerinnen, sondern Dem. Herbst würde die Rolle spielen. Die
Oper wurde gegeben, und Dem. Herbst tat sowohl im Gesang
als Spiel über alle Erwartung.« [Über diese erste Aufführung
hatte Friedrich Schulz in den Abendblättern, 26. 11. 1810, berichtet: »Mslle. Herbst leistete sehr viel, wenn auch nicht alles.«]
»Da nach einem Polizeigesetz das Pochen im Schauspielhause
eigentlich verboten ist, so nahm ein Polizei-Offiziant einen
Pocher fest; das hätte er gekonnt, aber er tat einen üblen Mißgriff, indem er den jungen Mann aufs Theater brachte, um der
Schauspielerin Herbst Abbitte zu tun ... daher bildete sich
eine gewaltige Partie gegen Dem. Herbst, da die Schweizerfamilie für den 26. November wieder angekündigt worden war ...
Leider ist es *sehr wahrscheinlich*, daß wir über diesen Lärm unsern
Iffland verlieren. Sein erstes Wort auf dem Theater ist gewesen:
Die Pocher werden sie behalten, aber mich nicht, und in allem Ernst
hat er seine Entlassung den folgenden Tag begehrt.«
    Kleist distanziert sich in seinem Bericht offensichtlich von den
Vorgängen; sein Name taucht bei dem späteren Verhör der
angeschuldigten Besucher nicht auf.

418: *Literatur: [1]* – BA 17. Okt. 1810, unter *Miszellen.* Erstmals in
einer Ausgabe. In Menzels »Topographischer Chronik von
Breslau« (1808) war dem preußischen Könige, unter dem Kleists
Vater gedient hatte, die Schlaffheit, Vergnügungssucht und
Unfähigkeit eines Ludwig XV. zugesprochen worden, wor-
über sich ein »-h-« gezeichneter Artikel in Zschokkes »Miszellen
f. d. Neueste Weltkunde«, 3. 10. 1810, empörte: »Ich bin übri-
gens weit entfernt zu behaupten, König Friedrich Wilhelm der
Zweite habe keine Schwächen gehabt. Wer hat sie nicht? –
Allein wo von so vielen *Tugenden* die Rede sein kann, da muß

billig der harte Tadel über *Menschlichkeiten* verstummen . . .
Möge das preußische Volk nie sich seiner edeln Regenten unwürdig machen.«

418 : *[2] Das Gesicht Karls XI. Königs von Schweden* – BA 25. Okt.
1810. Der »H. von Pl.« unterzeichnete »Brief über Gripsholm«
im Oktoberheft des »Vaterländischen Museum« stammte von
E. M. Arndt (wiederabgedruckt in den »Schriften an seine lieben
Deutschen« Bd. 1, 1845). Das »Gesicht Karls XI« wurde nach
Kleists Vorgang sofort von vielen Zeitschriften nachgedruckt;
später spielte es in der okkultistischen Literatur eine Rolle und
wurde u. a. von Prosper Mérimée und Theodor Fontane literarisch verwertet. (Sembdner 1939, S. 298–303; G. v. Wilpert,
Arcadia 27/1992, S. 182–189.)

419 : *[3]* – BA 26. Okt. 1810, unter *Miszellen.* Zuweisung: Sembdner 1939, S. 325.

[4] – BA 29. Okt. 1810, unter *Miszellen.* Nach einer privaten
Mitteilung Chamissos aus Chaumont, 10. 10. 1810, an Hitzig,
der das Staëlsche Werk verlegen wollte: »Das Buch der Stael
ist nach empfangenem Imprimatur höheren Orts verboten und
konfisziert, sie selbst binnen zweimal vierundzwanzig Stunden
des Landes verwiesen . . . Schreib an Wilhelm Schlegel oder
an sie nach der Schweiz.« Aufgrund einer Zeitungsmeldung
hatte Kleist bereits eine Nummer vorher von der Beschlag-
nahme der »Lettres sur l'Allemagne« berichtet. (Steig S. 498)

419 : *[5] Herausforderung Karls IX* – BA 1. Nov. 1810. Zuweisung:
Sembdner 1939, S. 264–71. Der Herausgeber der mehrfach von
Kleist benutzten »Allgemeinen Moden-Zeitung, eine Zeit-
schrift für die gebildete Welt« in Leipzig war der mutige, als
Napoleongegner bekannte politische Schriftsteller Dr. Johann
Adam Bergk. Der von Kleist übernommene Beitrag stand in
der gleichen Nummer vom 23. 10. 1810, in welcher eine Korrespondenznachricht aus »Berlin, den 13. Okt.« von Kleists neu
herausgekommenem Abendblatt meldete, »es soll für alle
Stände sein, aber es steht zu besorgen, daß es bald für keinen
sein wird«. Bergk leitete die Dokumente, deren ungenannte
Quelle Ludwig v. Holbergs »Dänische Reichshistorie« (Flens-
burg 1757/59) bildete, folgendermaßen ein :

»Als vor einigen Jahren Paul I., Kaiser von Rußland, eine
Herausforderung an die europäischen Regenten erließ, um dem
Kriege durch einen Zweikampf ein Ende zu machen, glaubten
viele, dies Beispiel sei ganz einzig in der Geschichte. Allein wir
wollen hier unsern Lesern den Beweis vorlegen, daß ein solches
Beispiel schon da gewesen ist.«

Kleist interessierte an dem Beitrag offenbar das auch hier als
Gottesgericht aufgefaßte Zweikampf-Motiv, mit dem er sich
in dieser Zeit besonders beschäftigte.

419:     [6] – BA 9. Nov. 1810, als *Miszelle*. Erstmals in einer Ausgabe.
419:     [7] *Korrespondenz und Notizen* – BA 12. Nov. 1810. Zuwei-
         sung: Sembdner 1939, S. 122–26. Wieweit Kleist die »Lettres
         sur l'Allemagne«, die erst 1814 erscheinen durften und kein
         Wort über Kleist enthielten, selbst einsehen konnte, ist zweifel-
         haft. Wie ich bereits früher vermutete, beruht Kleists Artikel
         auf einem Brouillon A. W. Schlegels (abgedruckt bei J. Körner,
         Krisenjahre der Romantik, Bd. 3, 1958, S. 467 f.), das dieser ver-
         mutlich für Hitzig verfaßt hatte, der das Werk in Deutschland
         verlegen sollte. Kleist benutzt daraus folgende Sätze:
             »Man schmeichelte sich anfangs noch mit der Hoffnung, ... die
         Schrift werde mit einigen unwesentlichen Abänderungen und
         Auslassungen noch erscheinen dürfen... Alle die, welchen die
         Verfasserin es mitgeteilt oder die sonst Gelegenheit gehabt hat-
         ten es zu lesen, kommen dahin überein, daß noch nie ein so tief
         eindringender und zugleich so beredter Versuch gemacht wor-
         den sei, das Streben des deutschen Geistes dem Auslande bekannt
         zu machen. Die Vfn. hatte alles aus dem europäischen Gesichts-
         punkt gefaßt, war aber doch, soweit es der große Umfang des
         Gegenstandes erlaubte, ins einzelne gegangen. Der erste Teil
         handelte von den Sitten, dem Charakter und dem geselligen
         Leben der Deutschen, der 2te von der Literatur und dem Thea-
         ter, der 3te von der Philosophie, Naturwissenschaft, Moral und
         Religion... Kein Talent vom ersten Range war mit Stillschwei-
         gen übergangen, keine versprechende Richtung übersehen, das
         Gute und Vortreffliche war mit einsichtsvollem Wohlwollen
         hervorgehoben. An vergleichenden Blicken auf andere Natio-
         nen konnte es nicht fehlen, aber man wird leicht glauben, daß
         die Vfn., welche selbst die eigentümlichen Vorzüge des franzö-
         sischen Geistes, schnelle Gegenwart, Klarheit und Gewandtheit,
         in so hohem Grade besitzt, nicht ungerecht dagegen wird ge-
         wesen sein. Meisterhaft war der Gang der englischen und fran-
         zösischen Philosophie von Bacon an bis auf die Encyklopädisten
         dargestellt, um die deutschen Schulen, Leibniz, Kant und unsre
         neuesten Denker in den gehörigen Gegensatz damit zu stellen,
         und die ganze Wichtigkeit des dadurch bewirkten Umschwunges
         in den menschlichen Gedanken anschaulich zu machen...«
             Kleists Bericht wirkte weiter. Der »Österr. Beobachter«, 7. 12.
         1810, brachte einen Auszug daraus (abgedruckt Sembdner 1939,
         S. 125), der bald darauf von der »Leipz. Zeitung«, der »Allg. Mo-
         denzeitung« und den Berner »Schweiz. Nachrichten«, 22. 12.
         1810, übernommen wurde. Schlegel an Fr. v. Staël, 27. 12.
         1810: »Der Artikel der Berner Zeitung über Ihr Werk ist ein
         Auszug aus meinem. Das ist mir ganz sicher, weil meine eigenen
         Ausdrücke sich in ihm wiederfinden. Er beweist mir, daß er in
         mehreren deutschen Blättern abgedruckt worden ist.«

420:   *[8]* – BA 23. Nov. 1810, unter *Bülletin der öffentlichen Blätter.*
Zuweisung: Sembdner 1939, S. 326. Lablées Übersetzung von
»Der Tod Abels« erschien im »Moniteur« vom 11. 11. 1810
(Fortsetzung am 21. 11. 1810). Salomon Geßners Epos war be-
reits ein Jahr nach der Züricher Ausgabe (1758) von Huber ins
Französische übersetzt worden. Kleist fühlte sich dem 1788 ver-
storbenen Dichter durch dessen Sohn Heinrich verbunden, den
er in der Schweiz kennengelernt hatte.

420:   *[9] Literarische Notiz* – BA 27. Nov. 1810. Erneute Zuweisung,
nachdem A. Dombrowsky (Diss. Göttingen 1911) den Beitrag
Adam Müller zugesprochen hatte: Sembdner 1939, S. 121 f.
Die Abendblätter machten wiederholt auf Perthes' »Vaterländisches Museum« aufmerksam.

421:   *[10]* – BA 5. Dez. 1810, unter *Bülletin der öffentlichen Blätter.*
Erstmals in einer Ausgabe. In den von Dr. Albrecht Höpfner
hrsg. »Gemeinnützigen Schweizerischen Nachrichten« hatte am
21. 11. 1810 folgende »offizielle« Mitteilung gestanden:

»Da der Verfasser dieses Blatts, bestimmt erhaltener Weisung
zuwider, einen Artikel von Bellenz, den Kanton Tessin betreffend, in das gestrige Blatt eingerückt hat, so ist er auf hohen
Befehl mit Gefangenschaft bestraft worden.«

Der verbotene Artikel vom 20. 11. 1810 stammte aus dem
»Moniteur« und berichtete über die Verschiebung von beschlag-
nahmepflichtigen Kolonialwaren von Deutschland nach Italien.
Bereits am 3. 11. 1810 hatte Kleist eine Nachricht über französische Verluste in Portugal aus dem gleichen Berner Blatt
abgedruckt, was zu einer Beschwerde des französ. Gesandten
und Verschärfung der Zensur für die Abendblätter geführt
hatte.

421:   *[11] Über eine wesentliche Verbesserung der Klaviatur* – BA 6. Dez.
1810. Zuweisung: Sembdner 1939, S. 303–6. Kleist kannte den
Verfasser, den Philosophen und Mathematiker Karl Christian
Friedrich Krause, von Dresden her; im Aprilheft des »Phöbus«
sollten damals, wie Krause seinem Vater berichtete, Aufsätze
über »musikalische Gegenstände meiner Erfindung« erscheinen.
Das von Kleist zitierte »Journal für Kunst und Kunstsachen,
Künstleien und Mode«, Januar 1811, hatte Krauses Aufsatz ohne
Quellenangabe der »Allgemeinen musikalischen Zeitung« vom
11. 7. 1810 nachgedruckt, in der noch ein weiterer Beitrag
Krauses erschien.

422:   *[12] Warnung* – BA 28. Dez. 1810. Erstmals in einer Ausgabe;
Zuweisung: Sembdner, Euphorion 1959, S. 190 f. Die beanstandete Anzeige stand in der Spenerschen Zeitung Nr. 153 (nicht
155, wie Kleist angibt), 22. 12. 1810. Kleist hatte ein Adreßbuch
gekauft, wohl um die Wohnungen der Königl. Offizianten (Be-
diensteten) zu erfahren, an die er sich wohl in Sachen seines

Streites mit der Staatskanzlei wenden wollte. Die Anzeige des »neuen allgemeinen Adreßbuchs« wurde übrigens in der Spenerschen Zeitung am 5. und 10. 1. 1811 wiederholt, ohne daß Kleists Einwand Beachtung fand.

422:      *[13] Literatur* – BA 29. Dez. 1810. Erstmals in einer Ausgabe; Zuweisung: Sembdner, Euphorion 1959, S. 179–81. Wilhelm Grimm hielt (in einem Brief an Brentano) Adam Müller für den Verfasser des Beitrags, ein Irrtum, der von Steig übernommen wurde.

423:      *[14]* – BA 26. Jan. 1811, unter *Miszellen.* Zuweisung: Sembdner 1939, S. 326. Auf privater Information beruhend. Amalie v. Helvig, geb. v. Imhoff (Kleist schreibt: *Helwig, Imhof*), hatte Kleist, Adam Müller, Arnim und Brentano, wie Rahel später erzählt, im Haus des Buchhändlers Sander kennengelernt, und zwar muß das im Sommer 1810 auf der Durchreise von Stockholm nach Heidelberg gewesen sein. Ihrem Versepos »Die Schwestern von Lesbos« (1800), an dem Goethe mitgeholfen hatte, folgte 1812 die dramatische Idylle »Die Schwestern auf Corcyra« (nicht *von Chios,* wie in den Abendblättern angegeben); auch gab sie mit dem befreundeten Fouqué zusammen 1812 und 1817 ein »Taschenbuch der Sagen und Legenden« heraus.

423:      *[15] Einleitung* – BA 13. Febr. 1811. Der von Kleist für die Abendblätter bearbeitete Brief der Henriette Hendel aus »Salzburg, den 12. April 1809«, war vermutlich an ihren späteren Gatten, den Professor Schütz, gerichtet. Kleist wird beide auf ihrer Durchreise im September 1810 kennengelernt haben.

423:      *Tagesbegebenheiten: [1] Extrablatt* – BA 1. Okt. 1810. Die damals völlig neuartige Einrichtung, Polizeirapporte zu publizieren, wurde wenig später vom »Neuen Breslauischen Erzähler« nachgeahmt; die Ankündigung vom 6. 1. 1811 geschieht dort mit fast den gleichen Worten: »Durch die Güte des Königl. Polizeipräsidenten, Herrn Streit, sind wir nämlich in den Stand gesetzt, über alles, was innerhalb der Stadt und deren Gebiet in polizeilicher Hinsicht Merkwürdiges vorfällt, einen zuverlässigen wöchentlichen Bericht mitzuteilen, und dergestalt eine fortlaufende Chronik von Breslau zu liefern« (Sembdner 1939, S. 318 f.)

424:      *[2] Rapport vom 28. September bis 1. Oktober* – BA 1. Okt. 1810. Erstmals in einer Ausgabe. Die Polizeirapporte wurden von Kleist redaktionell überarbeitet und kommentiert, ohne daß sich Kleists Anteil im einzelnen ausmachen läßt. Eine besondere Rolle spielten die Nachrichten über die Mordbrennerbande, deren Brandlegungen damals die Berliner beunruhigten. Das »Morgenblatt« meldete aus »Berlin, 9. Okt.«: »In literarischer Hinsicht machen jetzt die Abendblätter einiges Aufsehen, wegen der darin enthaltenen Polizei-Berichte.« Ähnlich Stägemann an Scheffner, 9. 10. 1810: »Heinrich v. Kleist redigiert jetzt ein Abendblättchen, welches so gelesen wird, daß vor einigen Tagen Wache nötig war, um das andringende Publikum vom Stürmen des Hauses des Verlegers abzuhalten. Diesen Reiz gibt ihm die Aufnahme der Polizeinachrichten, die der Polizeipräsident aus Freundschaft suppeditiert [ihm zuschiebt].«

424: *Rapport 30. September* – vgl. Gruners Rapport an den König vom gleichen Tage (Sembdner 1939, S. 321 f.).

425,7 ff: In Gruners Rapport vom 30. Sept.: »Daher ist . . . sogleich eine strenge Untersuchung eingeleitet worden, welche um so mehr Erfolg hoffen läßt, da man heute früh einen gefährlichen Vagabunden mit gestohlenen Sachen arretiert hat, welche teils dem Schulzen Willmann in Schöneberg, teils dem abgebrannten Krüger in Stegelitz zugehören.« (Sembdner 1939, S 322)

425: *[3] Polizeirapport vom 2. Oktober* – BA 2. Okt. 1810. Erstmals in einer Ausgabe. Nachdrucke im »Freimüthigen«, 8. 10. 1810, »Zeitung f. d. eleg. Welt«, 15. 10. 1810. Brentanos Parodie im »Gesicht eines alten Soldaten am 14. Oktober«: »Ich glaubt, wer ging' am Haus vorbei, / Daß er auch ein Mordbrenner sei; / Mein eigne Handschuh leert ich aus, / Als falle Werg und Schwefel 'raus« (Steig, S. 433 ff.)

426: *[4] Polizeirapport vom 3. Oktober* – BA 3. Okt. 1810. Erstmals in einer Ausgabe.

426: *[5]* – BA 4. Okt. 1810, unter *Tagesbegebenheiten;* kein Polizeirapport.

426: *[6]* – BA 4. Okt. 1810.

427: *[7] Gerüchte* – BA 6. Okt. 1810; kein Polizeirapport.

427: *[8] Etwas über den Delinquenten Schwarz* – BA 8. Okt. 1810 (Extrablatt zum 7. Berliner Abendblatt). Nachdrucke in den »Nordischen Miszellen«, 21. 10. 1810, und »Schweizerischen Nachrichten«, 7. 11. 1810. Schwarz, der eigentlich Joh. Christoph Peter Horst hieß, wurde 1813 mit seiner Komplizin Louise öffentlich verbrannt (s. H. Brücker, Die Brandstiftungen der Horstschen Bande. Berlin 1926).

429: *[9] Stadtgerücht* – BA 9. Okt. 1810; kein Polizeirapport.

429: *[10]* – BA 9. Okt. 1810; unter *Polizeiliche Tages-Mitteilung*, was in der nächsten Nummer berichtigt werden mußte, da Kleist in der humorvollen Redigierung offenbar zu weit gegangen war. Gruners Rapport an den König hatte gelautet:

»Es ist . . . am 3. d. M. ein fremder Hund mit einem Stricke um den Hals in Charlottenburg in den Hof des Geheime Rat Pauli gekommen und hat sich mit dessen Hunden gebissen. In der Meinung, daß er toll sei, hat man ihn nebst allen von ihm gebissenen Hunden des Pauli teils sogleich erschossen, teils erschlagen, und die Leichname eingegraben. Mit Sicherheit ist nicht mehr auszumitteln, ob dieser Hund wirklich toll gewesen. Der Anschein ist dagegen, da er vorher in mehreren Häusern sich gezeigt hat und hinausgejagt ist, ohne sich böse zu zeigen... Ein Mensch ist übrigens von ihm nicht gebissen; die noch lebenden gebissenen Hunde sind ausgemittelt und in Sicherheit gebracht.« (nach Steig)

429:    *[11] Druckfehler* – BA 10. Okt. 1810.

429:    *[12]* – BA 27. Okt. 1810, unter *Miszellen*. Erstmals in einer Ausgabe.

430:    *[13]* – BA 5. Nov. 1810, unter *Miszellen*. Erstmals in einer Ausgabe. Der *französische Kurier* war der Kabinettskurier Garlett, der in eiliger Mission von Paris gekommen war; *vergangenen Donnerstag*, d.i. der 1. 11. 1810. Kleist brachte die ihm wohl von Gruner zugesteckte Meldung als Dementi einer Nachricht vom 3. 11., die von ansehnlichen französischen Verlusten in Portugal berichtet und zu einer sofortigen Beschwerde des französischen Gesandten geführt hatte. (nach Steig, S. 70ff)

430:    *[14] Tagesereignis* – BA 7. Nov. 1810. Nachdruck im »Freimüthigen«, 12. 11. 1810. Die Abendblätter vom 16. 10. 1810 hatten zunächst nur folgenden Auszug aus dem Polizeirapport vom 15. 10. 1810 gebracht: »Ein Ulan hat seinen Vize-Wachtmeister, der ihn arretieren wollen, vorgestern nachmittag um 3 Uhr in seiner Wohnung durch zwei Pistolenschüsse getötet.« Den gleichen Polizeirapport benutzte Kleist nun an dem Tage, an dem der Ulan Hahn »mit dem Rade von oben herab bestraft wurde«, zu seiner anekdotisch geprägten Darstellung. Gruner hatte am 15. 10. gemeldet:

»Pape hatte Ordre den Hahn zu arretieren und da er auf sein Rufen nicht herunterkam, ging er zu ihm hinauf; als Pape dem Hahn seinen Auftrag bekannt gemacht hat, erwidert dieser ganz kurz, von so einem Laffen ließe er sich nicht arretieren, und schießt ihn mit seinem Pistol durch den Kopf, daß er gleich zu Boden stürzt. Seine beiden Kameraden, die zugegen waren, wollten sich seiner bemächtigen, allein er hält sie durch ein zweites Pistol in Respekt, setzt dieses dem schon in seinem Blute liegenden Pape an die Stirn und zerschmettert ihm durch einen zweiten Schuß den ganzen Kopf, daß das Gehirn an die Decke spritzte. Auch der Wirt und die Nachbarn eilten nun herzu. Indes ein drittes Pistol in einer, den Säbel in der andern Hand, hält er alles von sich ab bis zur Ankunft der Jäger-Wache, von der er sich willig arretieren ließ.« (nach Steig)

430:    *Miszellen: [1]* – BA 1. Nov. 1810. Erstmals in einer Ausgabe. Beispiel für eine tendenziöse Nachrichtenformulierung Kleists. Der Hamburgische Correspondent, 27. 10. 1810, hatte aus dem »Moniteur« einen englischen Bericht aus »London, vom 9. Oktober« abgedruckt, in dem es u.a. hieß: »Welchen Vorteil würde Lord Wellington erhalten, der in Vergleich mit der Gefahr zu stellen wäre, wenn er auch einen Sieg erföchte?« (Sembdner 1939, S. 372ff).

431 :   *[2]* – BA 1. Nov. 1810. Erstmals in einer Ausgabe. Zuweisung: Sembdner 1939, S. 366 f. Freie Zusammenfassung eines Berichtes in der »Zeitung f. d. eleg. Welt«, 23. 10. 1810; der letzte Satz ist von Kleist zugesetzt. Der Leinwandfabrikant hieß *Bamas*, nicht *Damas*, wie Kleist aus seiner Vorlage übernimmt. *Mokkakaffee* – BA: *Makokaffe* (wohl Druckfehler).

431 :   *[3] Korrespondenz und Notizen aus Paris* – BA 10. Nov. 1810. Erstmals in einer Ausgabe; Zuweisung: Sembdner 1939, S. 257 f. Aus einem längeren Pariser Modenbericht in der »Zeitung f. d. eleg. Welt«, 2. 11. 1810. Die beiden ersten Sätze entnahm Kleist wörtlich der Vorlage; der Schluß lautete lediglich: »Zu dem Ende arrangiert sie sich mit ihrer Nätherin, welche das Kleid von Gestern wieder zurück nimmt, und es zu einen andern Kunde [!] trägt, wo sie es für ein ganz Neues, eben aus der Arbeit gekommenes ausgibt.«

Kleist hat sich wiederholt mit Modefragen beschäftigt; siehe Kunigundes geistreiche Modephilosophie (Varianten I, 901), die brieflichen Notizen S. 577,36ff; 687,24–36; 691,16–24; die Montesquieu-Miszelle S. 346; Auszüge aus Modeberichten der »Allgemeinen Modenzeitung« brachten die Abendblätter vom 15. 11. 1810 und 3. 1. 1811.

431 :   *[4]* – BA 14. Nov. 1810. Erstmals in einer Ausgabe; Zuweisung: Sembdner 1939, S. 175 f. Aufgrund deutscher Zeitungsmeldungen hatte Kleist bereits am 5. 11. 1810 berichtet: »Zu Dijon haben sich ein junger Mann und ein junges Mädchen, aus unglücklicher Liebe (indem die Eltern nicht in die Heirat willigen wollten) erschossen.« Die *Details* entnahm Kleist einem französischen Bericht in dem »Journal des Dames et des Modes«, Frankfurt a. M., vom 4. 11. 1810, wo es u. a. hieß:

»Tout deux, dans le désespoir de ne pouvoir être l'un à l'autre, se sont brûlé la cervelle, dimanche dernier (7 octobre). Les lettres, qu'ils ont laissées à leurs parens, prouvent un dérangement d'idées qui provient de la défense faite par le père à la jeune fille de recevoir un amant qui ne seroit jamais son époux. Dès ce moment, comme le dit cette jeune personne, elle forma la résolution de mourir avec son amant: on voit que celui-ci a longtemps combattu son projet . . . Lors de la levée des deux cadavres aus bois [de Gilly] . . . on a prétendu reconnoître que c'étoit la jeune personne qui s'étoit tuée la première.«

Kleist greift diesen Vorfall, der schon im Oktober in ausführlicher Darstellung durch die deutschen Zeitungen gegangen war, bezeichnenderweise noch einmal auf. Auch ein weiterer Beitrag »Mord aus Liebe«, den er dem Nürnberger Korrespon-

denten entnimmt, weist am 7. 1. 1811 wiederum auf die Dijo-
ner Begebenheit zurück: »Man hat vor einiger Zeit in den
öffentlichen Blättern gelesen, daß ein Paar Liebende sich gegenseitig aus Verzweiflung in einem Augenblicke getötet hatten.
Ein ganz gleicher Vorfall ereignete sich im Jahre 1770 zu
Lyon . . .«

Wenige Monate später lief die Nachricht von Kleists eigenem
Ende als ähnliche Sensation durch die Zeitungen.

432:    [5] – BA 26. Nov. 1810, unter *Bülletin der öffentlichen Blätter*.
Erstmals in einer Ausgabe; Zuweisung: Sembdner 1939, S.
367f. Freie Zusammenfassung eines Moniteur-Berichts in der
Hamburger »Liste der Börsenhalle«, 23. 11. 1810. Bei dem
handschriftlichen Ausziehen der Meldung kam es zu mehreren
vom Drucker übernommenen Schreibfehlern: *van Van Diemens
Land; an französischen Herren*. Der französische Seefahrer Lapé-
rouse war seit 1788 verschollen.

432:    [6] – BA 28. Nov. 1810, unter *Miszellen*. Erstmals in einer
Ausgabe. Zusammenfassender Bericht nach Zschokkes »Miszellen für die Neueste Weltkunde«, 14. 11. 1810, unter enger Anlehnung an die Vorlage (Steig, S. 412f.). *Simone di Memmo* –
wohl Lesefehler des Schweizer Setzers für *Simone di Martino*
(Freund Petrarcas, der ein Bild der Laura del Sade gemalt haben
soll).

432:    [7] – BA 29. Nov. 1810, unter *Miszellen*. Erstmals in einer
Ausgabe. Nach »Journal des Luxus und der Moden«, November
1810, aus »Kassel, im Oktober 1810«:

»Die Aufführung der Oper Cendrillon lockte viel Neugierige
herbei. Das Aufsehen, das sie in Paris gemacht, und die öftern
Wiederholungen ließen vermuten, daß Musik und Dekorationen das bekannte Süjet . . . doch so ausschmücken würden, um
es begreiflich zu machen, wie die lebhaften Pariser ein und dasselbe Stück 42 Mal nach einander aufführen sehen können.
Aber mit jeder Szene fühlten wir phlegmatischen Teutschen
uns dieser Beständigkeit unfähiger, denn weder war die Musik
von ausgezeichnetem Gehalt, noch auch wurde das Auge bestochen . . . Die Oper . . . dankt den großen Beifall, den sie in
Paris erhielt, lediglich der reizenden Dll. Alexandrine St. Aubin,
welche als Cendrillon alle Stimmen für sich gewann und damit
der mittelmäßigen Oper einen rauschenden Beifall erwarb.«
(nach Steig, S. 210)

Vgl. Kleists »Schreiben aus Berlin«, S. 411f.

433:    [8] – BA 6. Dez. 1810, unter *Miszellen*. Erstmals in einer Ausgabe; Zuweisung: Sembdner 1939, S. 370. Freie Zusammenfassung eines Berichtes im »Österreichischen Beobachter«,
5. 11. 1810. Der Belgier Robertson war ein bekannter Luftschiffahrer.

433:   *[9] Das Waschen durch Dämpfe* – BA 17. Jan. 1811. Erstmals in
       einer Ausgabe; Zuweisung: Sembdner 1939, S. 177f. Der Apo-
       theker Curaudau (1765–1813) hatte schon früher über »Le blan-
       chissage à la vapeur« gearbeitet. Über Kleists mögliches Interesse
       daran s. Eberhard Siebert, Kleist als Industriespion (Jahrb.
       Preuß. Kulturbesitz 1985, S. 185–206). Der Artikel wurde nicht
       von Kleist übersetzt, sondern vermutlich aus dem »Dresdner
       Anzeiger«, 3. 1. 1810, leicht redigiert übernommen. (H. F.
       Weiss, Funde, 1984, S. 155f.)

ÜBERSETZUNGEN AUS DEM FRANZÖSISCHEN

434:   *Brief der Gräfin Piper* – BA 19. Nov. 1810. Freie Übersetzung
       aus dem Leipziger Journal »Die Zeiten oder Archiv für die
       neueste Staatengeschichte und Politik«, Oktober 1810. Gegen-
       überstellung mit dem französischen Text: Steig, S. 404–9. Von
       E. Schmidt (Dt. Literaturzeitung 1901) wurde Kleists Autor-
       schaft bezweifelt, und die Aufnahme in Kleists Werk unterblieb.
       Zuweisung: Sembdner 1939, S. 153–159.

       Als der schwedische Kronprinz Karl August von Schleswig-
       Holstein plötzlich starb, an dessen Stelle dann Bernadotte ge-
       wählt wurde, hielt man den Grafen Fersen für den heimlichen
       Mörder; beim Leichenbegängnis am 20. 7. 1810 wurde er vom
       Pöbel im Stockholmer Rathaus ermordet, nach seinem Tode
       aber rehabilitiert. Am 17. 12. 1810 konnte Kleist berichten:
       »Das Begräbnis des Reichsmarschall Fersen ist in Stockholm
       am 4. Dez. mit größtem Gepränge unter dem Donner von 80
       Kanonenschüssen vollzogen worden.«
       436,12 ff: »Vous saurez mieux que moi des details à cet egard,
       je n'eu jamais la force de les entendre – – – A deux heures l'on
       vint me dire que ce frère cheri, étoit mort, victime de la popu-
       lace – – – Mon état a cette nouvelle m'empecha d'en entendre
       d'avantage« Die seelische Zerrissenheit, die sich im Original nur
       durch die zahlreichen Gedankenstriche äußert, wird von Kleist
       durch abgerissene, unvollständige Sätze wiedergegeben: *die
       diesen Vorfall –; erlaubte mir nie, das Ausführliche darüber –*

437:   *Verhör der Gräfin Piper* – BA 20. Nov. 1810. Gegenüberstellung
       mit dem französ. Text: Sembdner 1939, S. 154–58.

440:   *Über den Zustand der Schwarzen in Amerika* – BA 12./15. Jan.
       1810. Wie Frederick H. Wilkens nachwies (Modern Language
       Notes, Febr. 1931, S. 111–18), ist dieser Beitrag die getreue
       Übersetzung einer französ. Abhandlung von Louis de Sevelin-
       ges im »Mercure de France«, Dezember · 1810.
       441,31: *Auf den Mord eines Sklaven steht unerbittlich der Tod. –
       eines Sklaven* fehlt bei Kleist, ist aber nach der Vorlage zweifels-

frei zu ergänzen; auch sind die in den Abendblättern fehlenden
Anführungszeichen erst hier zu setzen und nicht nach 441,23.

443:    *Haydns Tod* – BA 26./29. Jan. 1810. Zuweisung: Sembdner
1939, S. 159–71; dort auch die Gegenüberstellung mit dem
französ. Text. Aus Joachim le Bretons »Notice historique sur la
vie et les ouvrages de Joseph Haydn« im »Moniteur universel«,
14. 12. 1810 und 3. 1. 1811. Le Bretons Abhandlung, die gleichzeitig als Luxusdruck, Paris 1810, herauskam und 1822 in die
»Biographie musicale« aufgenommen wurde, benutzt neben
Griesingers biographischen Notizen auch Mitteilungen von
Haydns Schülern Pleyel und Neukomm.

1–8: Die ersten drei Sätze lauteten in der Vorlage: »Depuis
1806, Haydn ne sortait plus de sa retraite. Sa faiblesse était telle,
qu'il avait fallu lui faire un piano dont les touches fussent
extrêment faciles.«

13f: *Meine Kraft ist erloschen . . .* – »Mes forces sont évanouies,
l'âge et la faiblesse m'accablent.« Der durch die Rücküberset-
zung veränderte Text des Haydnschen Liedes »Der Greis« lautet
bekanntlich: »Hin ist alle meine Kraft, alt und schwach bin ich.«

18: *Einer der geschmackvollsten und prächtigsten Säle der Stadt* –
»Une des plus vastes salles de la ville«; der große Wiener Uni-
versitätssaal.

28ff: *alles, was Gefühl für Musik und Ehrfurcht für Verdienst und
Alter hatte, beeiferte sich dem gemäß, an diesem Tage gegenwärtig
zu sein* – »tout ce qui, dans Vienne, a le sentiment de la musique,
désira l'y voir.«

444,12f: *von der ersten Geburt oder seltnem, vorzüglichem Talent* –
»d'une grande naissance ou d'une haute réputation«

444,18: *der Autor der Danaiden* – der italienische Komponist und
Wiener Hofkapellmeister Salieri.

444,28: *Niemals – niemals empfand ich –!* – »Jamais je n'ai rien
éprouvé de pareil!« Wie im Brief der Gräfin Piper (436,12ff.)
drückt Kleist hier die seelische Ergriffenheit durch stammelnde
Sätze aus.

444,33: *Clementi* – Entgegen seiner Vorlage verwechselt Kleist
den Wiener Geiger Franz Joseph Clement mit dem berühmten
italienischen Musiker Muzio Clementi.

445,5: *das Gefühl, das dieses Fest anordnete* – »Le sentiment exquis
qui avait dirigé cette fête«. Man würde in der Übersetzung hier
»Zartgefühl« erwarten.

445,22: *hatte das Bewußtsein verloren* – fehlerhafte Übersetzung
von »n'existait plus pour le monde« (war nicht mehr für die
Welt vorhanden).

445,23: *zwei und einen halben Monat darauf* – Irrtum Le Bretons;
Haydn starb am 31. Mai 1809, die Aufführung der »Schöpfung«
hatte am 27. 3. 1808 stattgefunden.

REDAKTIONELLE ANZEIGEN UND ERKLÄRUNGEN

446: *Für den Phöbus [1]* – vierseitiger Einzeldruck im vornehmen
Quartformat des Phöbus, an Freunde und Interessenten ver-
sandt; Abdruck in den Beilagen folgender Journale: »Allgem.
Literaturzeitung«, Jena, 25. 12. 1807, »Allgemeine Zeitung«,
damals noch Ulm, 10. 1. 1808; »Morgenblatt«, 11. 1. 1808;
»Sonntagsblatt«, Wien, 17. Januar 1808; »Miszellen f. d. Neueste
Weltkunde«, Aarau, 3. 2. 1808, u. a. Eine Kurzfassung erschien
im »Morgenblatt«, 4. 1. 1808 (s. Anm. zu 801,13).

   Die Formulierung des von Kleist mitunterzeichneten Pro-
spekts stammt in der Hauptsache von Adam Müller (siehe A.
Dombrowsky, Diss. Göttingen 1911).

   5: *nach dem etwas modifizierten . . . Plane der Horen* – Schillers
Horen-Ankündigung datiert vom 13. 6. 1794. Adam Müller
an Gentz, 6. 2. 1808: »Den Vergleich mit den Horen können
wir uns aus vielen Gründen nicht gefallen lassen . . . Daß ich in
eine ähnliche schlaffe Ansicht des Lebens, eine ähnliche Trennung der sogenannten heitern Kunst von dem ernsten Leben nie
habe eingehen wollen, dies . . . müssen Sie mir bezeugen.«

   447,7: *wie das Eisen den Mann an sich zieht* – nach Homers
»Odyssee« 19,13: »denn selbst das Eisen ziehet den Mann an.«
Die Jenaer »Literaturzeitung« und Zschokkes »Miszellen f. d.
Neueste Weltkunde« drucken statt *Mann: Magnet.*

448: *[2] Anzeige* – zweiseitiger Einzeldruck in Oktav; vor allem für
die Mitarbeiter bestimmt. Noch vor Erscheinen des 1. Heftes
Ende Januar versandt. In der Hauptsache von Adam Müller
(nach A. Dombrowsky).

   449,10ff: Das Wiener »Sonntagsblatt«, 31. 1. 1808, druckt diese
»merkwürdige Stelle aus der neuesten Ankündigung« mit höhnischen Bemerkungen ab. Varnhagen an Fouqué, 9. 2. 1808:
»Das Pochen auf Goethe und dann auch aufs Honorar ist doch
schändlich!«

449: *[3] Der Engel am Grabe des Herrn* – Phöbus, Januar 1808. Anmerkung zu Kleists Gedicht (I, 10). Im Gegensatz zu A. Dombrowsky
(Diss. Göttingen 1911), der die Fußnote Adam Müller zusprach,
halte ich Kleist für den Verfasser. Die angekündigte Erörterung
über die Grenzen von Malerei und Poesie fand nicht statt.

450: *[4]* – Phöbus, Februar 1808. Erstmals in einer Ausgabe. Offenbar nicht von Müller, sondern von Kleist; vgl. *wird . . . zugleich
mit . . . einer näheren Betrachtung unterzogen werden* – 421,14:
einer ernsten Betrachtung unterziehn; 422,21: *wird . . . zugleich
mit . . . einer näheren Betrachtung unterzogen werden;* 458,14:
werden . . . einer kurzen und gründlichen Kritik unterzogen werden.
Die »nähere Betrachtung« erfolgte nicht.

450: *[5]* – Phöbus, April/Mai 1808. Erstmals in einer Ausgabe.

450: [6] *Zur Weinlese* – Phöbus, Sept./Okt. 1808. Erstmals in einer Ausgabe. Das Novalis-Gedicht stammte aus dem Besitz der Familie Hardenberg und war Kleist vermutlich durch Vermittlung von Ernst Ludwig v. Bose zugekommen (vgl. auch Kleists Brief vom 17. 12. 1807, S. 799 unten).

450: [7] *An die Interessenten* – Anzeige in der »Zeitung f. d. eleg. Welt«, 22. 11. 1808, im »Morgenblatt«, 22. 12. 1808, weiter im »Freimüthigen«, in der Jenaischen »Allg. Literaturzeitung«, im Wiener »Sonntagsblatt« u. a. Am Schluß der Anzeige folgte:
»Inhalt des 6. Heftes vom Phöbus.

1) Le retour des Grecs, par Madame de Stael-Holstein. 2) Das Märchen von der langen Nase. 3) Legende vom großen Christoph, von Dr. Wetzel. 4) Michael Kohlhaas, von Heinrich von Kleist. 5) Verteidigung der franz. Literatur, von Adam Müller. 6) Kunstkritik. An die Leser des Phöbus, von A. Müller. 7) Epigramme von H. v. Kleist.«

Vom 6. Heft an wurde das Umschlagbild des Phöbus fortgelassen; ab Heft 7 der Titelvermerk: »Dresden, im Verlage der Waltherschen Hofbuchhandlung.« Schlegel und Tieck lieferten keine Beiträge.

451: *Für die Berliner Abendblätter:* [1] – Anzeige in der Vossischen Zeitung, 25. 9. 1810.
[2] *1. Fassung* – Anzeige in der Vossischen Zeitung, 29. 9. 1810.
2. Fassung – BA 1. Okt. 1810.

452: [3] *An das Publikum* – BA 5. Okt. 1810; Vossische Zeitung, 8. 10. 1810; Spenersche Zeitung, 9. 10. 1810.

453: [4] *Kunstausstellung* – BA 10. Okt. 1810. Fußnote Kleists zu einem längeren Artikel Ludolf Beckedorffs über die Berliner Kunstausstellung. Die Abendblätter kamen auf Gerhard v. Kügelgen, den Kleist von Dresden her kannte, nicht mehr zurück.
[5] *Anzeige* – BA 10. Okt. 1810.

454: [6] *Anzeige* – BA 18. Okt. 1810. Die beiden anonymen Aufsätze über Kraus erschienen in den Abendblättern vom 22./24. 10. 1810 und vom 27. 10. 1810; die von Frh. v. Ompteda verfaßten »Fragmente aus den Papieren eines Zuschauers am Tage« am 24. 10. 1810.
[7] *Erklärung* – BA 22. Okt. 1810. In einer uns unbekannten früheren Anzeige (vielleicht in den S. 459 unten genannten »Affichen«) muß bereits als Zweck der Abendblätter *Unterhaltung aller Stände des Volks* genannt worden sein, denn schon am 13. Okt. meldete eine Berliner Korrespondenznachricht in der »Moden-Zeitung« vom 23. 10. 1810, daß die Abendblätter »für alle Stände« sein sollten.
[8] *Erklärung* – BA 22. Okt. 1810; betr. den Beitrag »Empfindungen vor Friedrichs Seelandschaft« (S. 327); vgl. Kleists Brief an Arnim vom 14. 10. 1810 (S. 839).

455:     *[9] Allerneuester Erziehungsplan* – BA 9. Nov. 1810. Fußnote zu Kleists Aufsatz, dessen Fortsetzung sieben Nummern lang unterbrochen war.

    [10] – Anzeige in der Spenerschen und in der Vossischen Zeitung, 15. 11. 1810.

    [11] Erklärung – BA 22. Nov. 1810. Der Aufsatz über Kraus stammte vom Kriegsrat Johann George Scheffner, den Kleist von Königsberg her kannte. Kleist selbst hatte Vorlesungen von Kraus gehört (s. sein Urteil S. 753); auch zitiert er Adam Smith in seinem Theateraufsatz vom 17. 10. 1810 (S. 410).

456:     *[12] Anzeige* – BA 24. Nov. 1810. Der von der Zensur gestrichene Aufsatz war von Frh. v. Ompteda; vgl. Kleists Brief vom gleichen Tage und Omptedas Antwort (S. 841 ff).

    [13] Anzeige – BA 28. Nov. 1810.

    [14] Berichtigung – BA 29. Nov. 1810. Nach Steigs Annahme stammt die abgedruckte Erklärung von Staatsrat Johann Gottfried Hoffmann. Vgl. Arnims Brief, S. 840.

457:     *[15] Ankündigung: Entwurf* – handschriftliche Beilage zum Brief an Hardenberg vom 3. 12. 1810 (S. 844); wurde in der vorliegenden Form nicht genehmigt.

    2. Fassung – Ankündigung im »Freimüthigen«, 20. 12. 1810, sowie BA 22. Dez. 1810; mit den Verlagsbemerkungen S. 459.

458:     *3. Fassung* – Vossische Zeitung, 1. 1. 1811, und Spenersche Zeitung, 3. 1. 1811. Das verspätete Erscheinen der *Ankündigung* und die Abschwächung von Punkt 2 gehen auf das Betreiben der beiden Berliner Zeitungen zurück, die sich sogleich am 22. 12. 1810 mit einer Eingabe an Staatskanzler Hardenberg gewandt hatten, in der es hieß: »Da wir aber jetzt durch eine von Hrn. v. Kleist selbst an uns gerichtete schriftliche Eröffnung positiv benachrichtigt sind, daß das Abendblatt nicht bloß fortdauern, sondern daß es, was den politischen Teil betrifft, vom 1. Januar des bevorstehenden Jahres an sogar noch mehr Ausdehnung als bisher erhalten und von Ew. Hochgräflichen Exzellenz selbst mit diplomatischen und politischen Beiträgen bereichert werden soll, so gebieten uns das positive Recht und die Pflicht der Selbsterhaltung, gegen die unbefugten Eingriffe des Herrn v. Kleist in die uns verliehenen Gerechtsame . . . Schutz zu suchen« (Lebensspuren 448)

459:     *[16] Berichtigung* – BA 24. Dez. 1810. In einer Beilage »An das Publikum« zu den Abendblättern, 22. 12. 1810, hatte Hitzig erklärt: »Ich habe gar keinen Anteil mehr an der *Expedition* des Blattes, so wie ich ihn an dessen *Redaktion* nie gehabt, was ich hiedurch ausdrücklich bemerke.« Auf Kleists Berichtigung antwortete Hitzig mit einer »Öffentlichen Danksagung an Herrn Heinrich von Kleist« in der »Zeitung f. d. eleg. Welt«, 3. 1. 1811: man habe sich öfter bei ihm über den langweiligen, boshaften oder unverständlichen Inhalt der Abendblätter beschwert, und er sei Kleist sehr verbunden, daß er unaufgefordert vor dem Publikum bezeugt habe, nur die buchhändlerischen Anzeigen würden Hitzigs Anteil daran ausmachen.

460: *[17] Duplik* – BA 31. Dez. 1810. Trotz der Unterzeichnung *Kunst- und Industrie-Comptoir* offenbar nicht von dem Verleger Kuhn, sondern von Kleist verfaßt.

Bei der Übernahme des Verlags der Abendblätter hatte Kuhn am 24. 12. 1810 angezeigt: »Da der vorige Herr Verleger der Berliner Abendblätter nicht die Schicklichkeit gegen das Publikum beobachtet hat, die Blätter bis zum Schlusse des Jahres zu liefern: so haben wir uns für verpflichtet gehalten, diese Schuld abzutragen . . .« Daraufhin ließ Hitzig eine Erklärung in die beiden Berliner Zeitungen vom 29. 12. 1810 einrücken, in der es hieß: »Da nun kein rechtlicher Mann sich gefallen lassen kann, wenn ein anderer sich rühmt, seine Schulden zu bezahlen, so bemerke ich: daß vom Anfange der Abendblätter an nur die Rede war, den Bogen davon für den möglichst wohlfeilen Preis von 1 Gr. zu geben, daß ich diese Bedingung erfüllt, indem ich für 18 Gr. 72 Viertelbogen, oder 18 Bogen, und dazu noch mehrere Extrablätter unentgeltlich geliefert, und daß ich endlich bei dem Interesse, welches das Publikum in den letzten Monaten an den Abendblättern bezeugte, voraussetzen mußte, daß es einige Blätter mehr, als ich ihm zugesagt, eben für kein sehr dankenswürdiges Geschenk erkennen würde!« Eine ähnliche Erklärung erließ Hitzig in der »Zeitung f. d. eleg. Welt«, 3. 1. 1811, in der es weiterhin hieß: »Der jetzige Verleger will sich, um der Schicklichkeit (?) willen, nach seinem eigenen Ausdrucke, dies Verdienst erwerben, und ich wünsche ihm von Herzen, daß man seine Großmut erkennen, und daß es ihm gelingen möge, durch seine Liebe zum Schicklichen so zu glänzen, als durch seine Freimütigkeit.« Nachdem damit »alles Faktische berichtiget worden«, würde er »fernere Invektiven« von Kleist oder dessen Freunde Kuhn keiner Antwort mehr würdigen.

460: *[18] Anzeige* – BA 30. März 1811. Ähnlich die Drohung im Brief an Raumer, 21. 2. 1811, er werde »die ganze Geschichte des Abendblatts im Ausland drucken lassen«, was allerdings nicht geschah.

ANMERKUNGEN ZU DEN BRIEFEN

Durch den Umstand, daß ein großer Teil der Originalbriefe heute verschollen ist oder ihr Verbleib nur sehr schwer ermittelt werden kann, war ich für diesen Teil der Ausgabe weitgehend auf die vorhandenen Abdrucke, insbesondere auf Minde-Pouets Ausgaben von 1905 und 1936, angewiesen. In einzelnen angegebenen Fällen lagen Faksimiles oder Fotokopien vor, die ich benutzen konnte. Alle nach dem Krieg edierten Briefe sowie 20 Schreiben an Kleist wurden eingefügt; auch konnte eine Anzahl Briefe aufgrund eigener und fremder Forschung neu datiert und textlich berichtigt werden. Zugesetzt wurden jeweils die zu den Briefen gehörigen Anschriften (in eckigen Klammern, soweit nicht von Kleists Hand). Für die Briefe, die seit Minde-Pouets erster, noch kommentierter Ausgabe aufgetaucht sind, findet man in den Anmerkungen den Ort ihrer Erstveröffentlichung genannt. Für die biographischen Angaben über die Briefempfänger und die in den Briefen erwähnten Personen wird grundsätzlich auf das *Personenregister* verwiesen.

Literaturangaben:

H. v. Kleists Werke. Im Verein mit G. Minde-Pouet und R. Steig hrsg. von Erich Schmidt. Bd. 5: Briefe, bearbeitet von G. Minde-Pouet, Leipzig und Wien (1905).

Dasselbe. 2. Auflage. Bd. 1 und 2: Briefe. Leipzig (1936).

H. v. Kleists Werke. Hrsg. v. Karl Federn. Bd. 1 u. 2 (Briefe), Berlin 1924.

H. v. Kleists Lebensspuren. Dokumente und Berichte der Zeitgenossen. Hrsg. v. H. Sembdner. Neuausgabe Frankfurt a. M. 1992.

H. v. Kleist: Geschichte meiner Seele. Das Lebenszeugnis der Briefe. Hrsg. v. H. Sembdner. 3. Auflage Frankfurt a. M. 1983.

H. v. Kleists Nachruhm. Eine Wirkungsgeschichte in Dokumenten. Hrsg. von H. Sembdner. Bremen 1967. Frankfurt 1984.

H. Sembdner. In Sachen Kleist. Beiträge zur Forschung. München ²1984.

E. Rothe / Sembdner: Die Kleisthandschriften und ihr Verbleib. In: Jahrb. d. Dt. Schillerges. 1964.

Zum Text:

463:    *Nr. 1. An Frau von Massow* – Der Brief trägt oben und 466,20 das falsche Datum *1792*; auch sonst irrt sich Kleist gelegentlich in der Jahreszahl (Briefe Nr. 61, 64, 136, 170).

464,38: *doppelt* – zunächst *10 mal* (beliebte Hyperbel Kleists).

465,32: *ich dachte an meine Mutter* – Kleists Mutter war kurz zuvor, am 3. 2. 1793, gestorben.

466,3 ff: Die Schreibung der Ortsnamen ist hier, wie auch später, oft fehlerhaft: *Vach* = Vacha, *Schüchtern* = Schlüchtern, *Westminster* = Salmünster?, *Kellnhausen* = Gelnhausen usw.

472:    *Nr. 3. An Martini* – Der Text, der in der 1. Auflage von Minde-Pouets Briefausgabe noch dem unzuverlässigen Abdruck bei Bülow folgte, wurde später auf Grund der Erstveröffentlichung im »Janus«, 1846, berichtigt. Wesentliche Partien stimmen mit dem Aufsatz für Rühle überein (s. Anmerkungen zu S. 301 ff. Vgl. dazu jetzt auch Kanzog, Jahrb. d. Dt. Schillerges. 1971).

473,27; 484,21: *mein Vormund* – George Friedrich Dames.

475,34: *Gestalt und Bildung* – Die von Minde-Pouet übernommene Konjektur P. Hoffmanns (Dt. Tagesztg. 20. 10. 1931) *Bedeutung* ist unberechtigt, da beide Briefdrucke und auch Kleists Aufsatz (304,11) an dieser Stelle *Bildung* aufweisen.

480,34: *Freund vom Regiment* – Rühle v. Lilienstern.

483,16: *höhere Theologie* – So bezeichnet Kleist summarisch *Mathematik, Philosophie und Physik;* man hat also hinter *Physik* ein Komma zu denken.

486: *Königl. Kabinettsorder* – Erstdruck: Steig, Neue Kunde, 1902, S. 2 f.

486: *Nr. 4. Revers* – Erst danach, am 26. 4. 1799, erhielt Kleist folgende schon am 4. 4. 1799 ausgestellte Kabinettsorder zugesandt: »S. Lieutenant v. Kleist erhält den erbetenen Abschied.«

486: *Nr. 5. An Ulrike* – ohne Datum und Unterschrift; eine Art Abhandlung, mit der ein mündlich begonnenes Gespräch fortgesetzt wurde. Die Datierung ist unsicher.

488,34 ff: »Ein Mann, wie du, bleibt da / Nicht stehen, wo der Zufall der Geburt / Ihn hingeworfen: oder wenn er bleibt, / Bleibt er aus Einsicht, Gründen, Wahl des Bessern.« (Lessing, »Nathan« III 5)

490,17: *Birnkuchen* – nach P. Hoffmann statt *Bierkuchen* oder gar *Baumkuchen,* wie früher gelesen wurde.

494,30 ff: *(Nr. 6) man müßte wenigstens täglich ein gutes Gedicht lesen . . .* – »Man sollte alle Tage wenigstens ein kleines Lied hören, ein gutes Gedicht lesen, ein treffliches Gemälde sehen und, wenn es möglich zu machen wäre, einige vernünftige Worte sprechen.« (Goethe, »Wilhelm Meisters Lehrjahre« V, 1)

498,28: *Rousseau* – in seinen »Confessions«, 8. Kap.

498,31: *Ein französischer Offizier* – nach Voltaires »Siècle de Louis XIV«, 25. Kap.

500,11: *Experimentalphysik bei Wünsch* – Wünschs Eintragung in die Vorlesungtabelle: »Experimentalphysik nach Erxleben für eine geschlossene Gesellschaft von 12 illiteratis. Den 18. November begonnen, 9. April geschlossen.« Wilhelmine von Zenge (1803): »Wir waren sehr aufmerksame Zuhörerinnen, repetierten mit unserem Unterlehrer, dem Herrn von Kleist, und machten auch Aufsätze über das, was wir hörten.«

506,8 ff: *(Nr. 9) Zuerst fragt mein Verstand: was willst Du?* – »Was will ich?« (fragt der Verstand) »Worauf kommts an?« (fragt die Urteilskraft) »Was kommt heraus?« (fragt die Vernunft). Nach Kants »Anthropologie« (1798), § 59.

508: *Nr. 10. Verschiedene Denkübungen* – Die auf einzelnen Zetteln stehenden Fragen verteilen sich auf einen längeren Zeitraum. Wilhelmine von Zenge (1803): »Er gab mir interessante Fragen auf, welche ich schriftlich beantworten mußte, und er korrigierte sie... Auch schärfte er meinen Witz und Scharfsinn durch Vergleiche, welche ich ihm schriftlich bringen mußte.«

514,33 : *(Nr. 11) Kulturgeschichte* – vermutlich ein Kolleg von Professor Hüllmann; siehe auch 608,35.

516,11 : *(Nr. 12) Chaussee* – Sie war am 1. 7. 1800 eingeweiht worden.

517,23 f: *Carln* – Wilhelmine v. Zenges Bruder; *Kleisten* – der Vetter Friedrich v. K. (1814: Grf. v. Nollendorf); ebenso 522,31 u. 742,8.

518,30 : Der *Plan* fehlt. Das Rom-Panorama des Rheinländers Adam Breysig auf dem Gendarmenmarkt in Berlin war das erste dieser Art in Deutschland.

523,22 : *(Nr. 13) Knedelbaum* – nach P. Hoffmann, Monatsschr. f. höh. Schulen, Januar 1938 (Minde-Pouet las: *Kandelbaum*).

525 : *Nr. 14. An Ulrike* – Faksimile in W. Herzogs Ausgabe, Bd. 5, 1910.

528,33 ff: *(Nr. 15) Nicht aus des Herzens bloßem Wunsche* – »Nicht aus des Herzens bloßem Wunsche keimt / Des Glückes schöne Götterpflanze auf. / Der Mensch soll mit der Mühe Pflugschar sich / Des Schicksals harten Boden öffnen, soll / Des Glückes Erntetag sich selbst bereiten, / Und Taten in die offnen Furchen streun«: Anfang eines längeren, sentenzenreichen Gedichtes, das sich Kleist und Wilhelmine zum Abschied gegenseitig abgeschrieben hatten; noch von Minde-Pouet in Kleists Werke aufgenommen, aber sehr wahrscheinlich nicht von Kleist (vgl. Karl S. Guthke, Zeitschr. f. dt. Philologie, 1957, S. 420–24). – Vgl. auch Anmerkung zu 544,11.

536,13 : *(Nr. 17) die Matrikeln* – Die Leipziger Immatrikulationsliste weist erst am Montag, 1. 9. 1800, die Eintragung von »Bernhoff« und »Klingstedt« auf.

536,18 : *Aballino* – Schauspiel von Heinrich Zschokke (1793).

542,32 : *(Nr. 18) wo wir Dinge gehört haben* – Schon 1796, während des ersten Koalitionskriegs, wurden keine Fremden nach Wien hereingelassen; seit 1799 befand sich Österreich abermals im Kriegszustand mit Frankreich (frdl. Hinweis von Prof. J. Baxa).

35 f: *besieh Deine neue Tasse von oben und unten* – Zolling (1885): »Er schenkte ihr in dieser Zeit eine Tasse, die noch heute in der Familie aufbewahrt wird; auf dem Boden der Schale steht ›Vertrauen‹, auf dem Untertasse ›uns‹ und auf der Rückseite des Bodens derselben ›Einigkeit‹, so daß das Ganze – eine Art Rebus – bedeutet: Vertrauen auf uns und Einigkeit unter uns.« Vgl. 564,23; 644,2.

544,11 : *wärs auch mit einem Tropfen Schweißes nur* – von Minde-Pouet in der 2. Auflage in Anführungszeichen gesetzt; abgewandeltes Zitat aus dem unter 528,33 erwähnten Gedicht: »Er soll mit *Etwas* den Genuß erkaufen, / Wärs auch mit des Genusses Sehnsucht nur.«

545,11: *Haus, eng und einfältig gebaut* – wohl die »Villa Grassi«.

546: Nr. 19. *An Wilhelmine* – Das bei den Anschriften in eckigen Klammern Stehende stammt nicht von Kleists Hand; im vorliegenden Fall wurde *Frankfurt a. d. Oder, frei bis Berlin* nachträglich, wohl von Brockes, gestrichen und durch den neuen Bestimmungsort ersetzt.

552,14: *ein Stück von Lucas Cranach* – gemeint ist wohl das Altarwerk von Michel Wohlgemut (1479).

552,22: *nach dem modernsten Geschmack* – Die spätgotische Nikolaikirche war 1797 im klassizistischen Stil ausgebaut worden.

552,25: *Schade daß ein – – –* zu ergänzen: *Pfaffe*; ebenso 571,29.

553,19: *Waffenstillstand* – 15. 7. 1800, im zweiten Koalitionskrieg.

553: Nr. 20. *An Wilhelmine* – Das Fragment ist uns nur durch den Abdruck bei E. v. Bülow (Janus 1846; abweichend auch in der Biographie 1848) überliefert. Dort steht es am Ende des Briefes Nr. 24 vom 11. 10. 1800, der aber im Original einen anderen Schluß aufweist. Zweifellos gehört es zu einem verlorengegangenen Schreiben (von Kleist S. 567 als 9. bezeichnet), in welchem er die letzten Stationen der Reise und die Ankunft in Würzburg schilderte (nach K. Federn, Kleistausgabe 1924).

558,5: *(Nr. 21) bis ihm das Schnupftuch in der Tasche brennt* – Der gleiche Ausspruch wird 1806 von dem Magdeburger Kommandanten Franz Kasimir v. Kleist berichtet (Immermann, Memorabilien, Bd. 1, 1840)! Auch in Brentanos »Märchen vom Rhein« (1846).

558: Nr. 22. *An Wilhelmine* – Hier und am Ende des Briefes gebrauchte Kleist die ältere Schreibung: *Wirzburg.*

560,24ff: *ein Mönch* – Schon 1785 berichtete Sophie Becker, die Begleiterin Elise v. d. Reckes, aus dem Würzburger Hospital: »Unter den Narren war einer ein fanatischer Mönch, dessen Seele voll von dem Begriff einer ganz reinen Liebe zu Gott war« (nach B. Schulze, Stud. z. vgl. Lit. Gesch. 1907, S 358).

566,2: *einen eignen Aufsatz* – siehe Kleine Schriften, S. 315–18.

566,29ff: Erstdruck dieses später aufgefundenen Schlußteils vom 18. 9. 1800: H. Krug, Frankf. Zeitung, 22. 6. 1934 (Faksimile in Frankf. Oder-Zeitung, 20./21. 11. 1934).

567: Nr. 23 *An Wilhelmine* – scherzhafte Adresse auf dem Umschlag.

569,9: *Vaux-hall* – Vergnügungsort nach Londoner Vorbild, den es seit 1781 auch in Berlin gab. (nach P. Hoffmann)

569,11: *Harmonie der Sphären* – nach Pythagoras das Tönen der sieben Planetensphären.

569,15: *disparois!* – franz. »verschwindet!«

570,29: *in dem Gasthofe* – Nach dem Würzburger Intelligenzblatt, 12. 9. 1800, waren »Hr. Bernhoff, Hr. Klingstedt, Studenten von Leipzig« im »Fränkischen Hof« abgestiegen.

571,29: Zur Ergänzung der von Kleist gelassenen Lücke siehe unter 552,25.

571,37: *der in Wänden von Glas wohnte* – Nach Rousseaus »Nouvelle Héloise«, IV,6: »j'ai toujours regardé comme le plus estimable des hommes ce Romain qui voulait que sa maison fût construit de manière qu'on vît tout ce qui s'y faisait.« Der auch von Rousseau nicht namentlich angeführte Römer war der Volkstribun Livius Drusus (ermordet 91 v. Chr.), der nach Plutarch einen Baumeister aufgefordert haben soll, sein Haus so durchsichtig zu bauen, daß alle Bürger sehen könnten, wie er lebe. (nach P. Hoffmann, in German.-Romanische Monatsschrift, 1936, S. 304–6)

572,31: *Unser Wirt heißt übrigens Wirth* – Im Würzburger Stadtarchiv fand P. Hoffmann (Würzb. Generalanzeiger, 16. 9. 1925) folgendes, für Kleists und Brockes Aufenthalt recht aufschlußreiches Protokoll vom 18. 9. 1800: »Dem Stadt-Chirurgus Wirth wurde das Aufnehmen zweer jungen fremden Leuten ohne Quartierzettel für das Erstemal verhoben [vorgehalten], worauf derselbe sich damit entschuldiget, es seien zwei Akademiker und kämen von Leipzig, hätten auch ihre Matrikel-Scheine bei sich, deswegen habe er nicht geglaubt, Quartierzettel haben zu müssen, der eine seie wirklich krank, und könnten nicht fortreisen in ihr Land nach Pommern«. Der Stadtchirurg Joseph Wirth wohnte in einem »Eckhaus am Neuen Markt gegen der Einhornapotheke über«, später als Schmalzmarkt 3 registriert.

574,11: *(Nr. 24) mein Geburtstag ist heute* – Nach dem Kirchenbuch ist Kleist am 18., nicht 10. Oktober geboren; auch Wilhelmines Geburtstag ist danach nicht, wie Kleist meint, der 18., sondern der 20. August.

574,28: Kleists *Hauptbrief* von Anfang Oktober ist verloren.

577,9 ff: *wie Du den Eigensinn des einen zu Standhaftigkeit . . . und die Neugierde aller zu Wißbegierde umzubilden weißt* – In Goethes »Werther« (29. Junius): »Wenn ich ihnen zusehe und in dem kleinen Dinge die Keime aller Tugenden, aller Kräfte sehe, die sie einmal so nötig brauchen werden; wenn ich in dem Eigensinne künftige Standhaftigkeit . . . erblicke«; auch Wielands »Sympathien« (Werke, Suppl. 3, 1798) haben auf den Brief abgefärbt: »wie sie seine Zärtlichkeit zu Menschenliebe, seinen Stolz zu Großmut, seine Neugier zu Wahrheitsliebe erhöhen wollen«; ebenso 577,14 u. 17 bei Wieland: »was Tugend ist, und wie liebenswürdig sie ist«; »Mach dich stark, und lege um diese allzu zarte Brust, wie einen diamantenen Schild, den großen Gedanken: Ich bin für die Ewigkeit geschaffen.«

581,11 ff: Eine ähnliche Gewitterschilderung in der »Heiligen Cäcilie« (S. 225).

583:    *Nr. 26. An Struensee* – Erstdruck nach einer Aktenabschrift: P.
Hoffmann, Velhagen & Klasings Monatshefte, April 1932. Vgl.
Kunths und Struensees Stellungnahme vom 4. und 6. 11. 1800
(Lebensspuren Nr. 46, 47). Struensee riet Kleist, »sich nebenbei
als Auskultator oder Referendarius bei der p. Kammer zu einer
künftigen Versorgung im Zivil geschickt zu machen, weil bei
der p. Deputation wenig oder gar keine Hoffnung für ihn sei,
je zu einiger Besoldung zu gelangen«.

587,35:   *(Nr. 27) die neueste Philosophie* – d. h. Kant; ebenso 590,8.

589,21: *Shakespeare war ein Pferdejunge* – nach J. J. Eschenburgs
Schrift über Shakespeare (1787).

590,8: *wo man von ihr noch gar nichts weiß* – Der erste gründliche
französische Kommentar zur Kantischen Philosophie von Charles de Villers erschien erst 1801 (nach L. Muth).

592,4 ff: *(Nr. 28) ein Gefangener* – der franz. Naturforscher Quatremère-
Disjonval, von dem Kleist in französischen Journalen gelesen
hatte. (P. Hoffmann, Stud. z. vgl. Lit. Gesch. 1903, S. 348ff.)

592,18: *und Holland ward erobert* – nach »Journal de Paris«, 27.
12. 1794: »La prédiction fût vraie, et la Hollande fût à nous.«

592,25: *Wissenschaften* – In der 2. Auflage der Briefe liest Minde-
Pouet: *Wissenschaft*

593,8: *Es steht, weil alle Steine auf einmal einstürzen wollen* –
Penthesilea 1349f: *Stehe fest, wie das Gewölbe steht, / Weil seiner Blöcke jeder stürzen will!* Die Zeichnung dazu (S. 598)
fertigte Kleist nachträglich in Frankfurt.

596,7: Aus Wünschs »*Kosmologischen Unterhaltungen* für junge
Freunde der Naturerkenntnis« (2. Aufl., Leipzig 1791/94)
stammen die meisten der angeführten Beispiele; Kleists Übersetzung *weltbürgerlich* ist falsch; Kosmologie = Lehre vom
Weltall.

596,21 ff: Das Gleichnis von den Marmorplatten findet sich
nicht bei Wünsch, sondern in David Humes »Untersuchungen
über den menschlichen Verstand«, 4. Abschnitt (deutsche Ausgabe 1790). (nach L. Muth)

597,5 f: Wünsch über die Sonnenflecken: »Man muß sich wundern, wie sie der Aufmerksamkeit der alten Astronomen, welche
vor der Erfindung der Sehröhre lebten, haben entwischen
können«

597,30: *Ideenmagazin* – In meiner Briefausgabe, Bremen 1959,
habe ich den Versuch unternommen, durch typographische
Hervorhebungen der zahlreichen sich wörtlich wiederholen-
den Passagen in Kleists Briefen den Inhalt des Ideenmagazins
zu rekonstruieren.

599,6:   *(Nr. 29) ich wohne den Sitzungen der technischen Deputation bei* –
Kleist war zu der ersten Sitzung vom 12. 11. 1800 nicht erschienen, da er »das Datum verwechselt« hatte, und nahm da-

nach erst am 3. 12. 1800 teil (Lebensspuren Nr. 48, 49). Der *Minister* ist Struensee.

601,8: *(Nr. 30) die Prinzen* – Prinz Heinrich (geb. 1781) und Wilhelm (geb. 1783), Brüder Friedrich Wilhelms III.

604,2: *Minettens Sache* – die Scheidung seiner Schwester.

607,2: *(Nr. 31) Männerstolz vor Königsthronen* – aus Schillers »Lied an die Freude« (1786 in der »Thalia«, dann erst 1803 in den »Gedichten«).

608: *Nr. 32. An Ulrike* – Der undatierte Brief gehört nach J. Bumkes richtiger Beobachtung (Euphorion 1958) nicht in den März 1801, sondern in die Weihnachtszeit 1800.

610,38: *(Nr. 33) beispiellose Tat und beispiellose Verzeihung* – bezieht sich offenbar auf Wilhelmines Verhalten gegenüber der Würzburger Reise.

615,1: *(Nr. 34) Kolonieball* – Ball der französischen Kolonie.

615,3 ff: »Entzückung des Las Casas, oder Quellen der Seelenruhe« und »Der Ätna, oder über die menschliche Glückseligkeit«, zwei moralische Betrachtungen aus Johann Jakob Engels »Philosophen für die Welt«, Bd. 3 (1800). Die Titel stehen bei Kleist nicht in Anführungszeichen.

615,10: *Der Zweifel, der Dir bei der Lesung des Ätna einfiel* – Aus folgenden Reflexionen mag Wilhelmine mit psychologischem Verständnis geschlossen haben, daß Kleist gegen sie gleichgültig werden könnte: »Denn eben das ists, wovon der erstiegene Ätna mir eine so tiefe, lebendige Überzeugung gab: daß nicht Haben und nicht Besitzen des Menschen Seligkeit macht, sondern Streben, Erreichen. – Aber, läßt sich hier fragen, warum wähnt denn gleichwohl der Mensch, wenn er irgend einem höhern ersehntern Ziele zustrebt, daß er, dort angelangt, ruhen, daß keine Leidenschaft weiter ihn dem Schoße der Zufriedenheit entlocken werde . . .? Weil die Begierde, so lange sie währt, ihm für keinen andern Gegenstand Sinn läßt, als für den ihres Strebens; weil die Phantasie diesem Gegenstande eine Schönheit, Fülle, Liebenswürdigkeit leiht, wie er sie in der Wirklichkeit niemals hat . . .«

618,10 ff: *(Nr. 35)* Varnhagen an E. v. Bülow (1847): »Dieser Herr von Brockes – zuweilen schrieb er sich auch der Aussprache gemäß Brokes – war nicht nur ein inniger Freund Kleists, sondern in vielen deutschen Lebenskreisen eine bedeutende und vertraute Erscheinung, ein edler gebildeter Mann voll hohen Ernstes der Seele und von großer Zartheit des Gemütes, in seiner Anspruchslosigkeit und Stille wirkte er stark auf seine Freunde, und Männer wie Frauen hingen mit Leidenschaft an ihm. Sein Namen ist nirgends in die Literatur oder sonst in die Öffentlichkeit durchgebrochen, aber er verdient um so mehr festgehalten zu werden, da vielleicht noch künftig Denkmale seiner vielfach eingreifenden Persönlichkeit an das Licht treten.«

626,34 : *(Nr. 36)* Nicht *Porsenna*, sondern der syrische König Antiochus IV. wurde auf diese Weise von dem römischen Gesandten Lucius Popilius Laenas zur Räumung Ägyptens gezwungen.

629,24: *Aber ein Talent bildet sich im Stillen* . . . – »Es bildet ein Talent sich in der Stille, / Sich ein Charakter in dem Strom der Welt« (Goethe, »Tasso« I,2)

630,5 ff: *Goethe sagt* – vielmehr Schiller: »Wo eine / Entscheidung soll geschehen, da muß vieles / Sich glücklich treffen und zusammenfinden –« (Piccolomini II,6); vielleicht dachte Kleist auch an Goethes »Märchen« (1795): »Ein einzelner hilft nicht, sondern wer sich mit vielen zur rechten Stunde vereinigt.«

631,34 : *(Nr. 37) die Nadeln* – ein Erinnerungsstück, das er schon am 5. 9. 1800 erwähnte und auf das er ein Gedicht machen wollte (S. 553).

633,20: *durch eine Schrift von Wieland* – Wielands »Sympathien« (erstmals 1756 erschienen, 1798 in die Werke aufgenommen); vgl. 673,5.

634,1: *Kantische Philosophie* – Nach L. Muths Hypothese war es die »Kritik der Urteilskraft« (1790), die Kleists teleologisches Weltbild zerstörte; andere Schriften Kants kannte Kleist schon früher. Man beachte aber, wie sich Kleist erst im Laufe des ganz heiter beginnenden Briefes in seine Verzweiflung hineinsteigert, in einer Art von »allmählicher Verfertigung der Gedanken beim Schreiben«. Wilhelmine v. Zenge über diesen Brief (1803): »Er reisete wieder nach Berlin, doch nicht lange nachher erhielt ich einen Brief, dessen Inhalt weit schrecklicher war als die erste Nachricht [daß er kein Amt nehmen wolle].«

634,7: *Wenn alle Menschen statt der Augen grüne Gläser hätten* – Ähnlich wird in dem 635,4 erwähnten Roman »Der Kettenträger« die Unmöglichkeit dargetan, die eine Wahrheit zu erkennen, die wie das Licht in viele Farben auseinanderbricht: »sein Glas, wodurch er, zum Beispiel, alle Gegenstände grün sieht . . . und diejenigen, denen durch ihr Glas alles rot oder blau vorkäme« (nach H. Hellmann)

635,4: »*Der Kettenträger*«, Amsterdam 1796; der Verfasser des anonymen, heute fast völlig verschollenen Romans ist Friedrich Maximilian Klinger (über seinen Einfluß auf Kleist vgl. H. Hellmann, in German. Roman. Monatsschrift 1925, S. 350–63).

644,3 : *(Nr. 41) Beifolgendes Bild* – die bekannte Miniatur, die allerdings meist nach einer unglücklichen Kopie reproduziert wird; sie diente auch als Vorlage für die sehr lebendige Kreidezeichnung eines unbekannten, geschulten zeitgenössischen Malers. Nach einer handschriftlichen Notiz E. v. Bülows war nicht der »alte Krüger«, sondern »Friebel« der Maler der Miniatur; gemeint ist offenbar der Porträtmaler Peter Friedel aus Wetzlar, der, seit 1800 in Berlin ansässig, wiederholt in den

Berliner Ausstellungskatalogen erwähnt wird und 1801 auch
eine Miniatur von Rahel anfertigte (vgl. E. Rothe, Die Bildnisse H. v. Kleists, Jahrb. d. Dt. Schillerges. 1961). E. v. Bülow
sandte die Miniatur, die ihm Wilhelmine v. Zenge zur Verfügung gestellt hatte, 1845 an Reimer mit dem Bemerken: »Kleist
ist auf dem Bilde etwa 23 Jahre. Die Ähnlichkeit ist vollkommen; nur daß er im allgemeinen etwas zu jugendlich erscheint.«
Als Reimer das Bild auf Betreiben Tiecks ablehnt, schreibt er:
»Seine ehemalige Braut und Frl. v. Zenge, sowie General
Rühle, seine nächsten Freunde, finden es doch *sehr* ähnlich.
Tieck hat ihn nicht lange gesehen . . .« Die Miniatur ist das
einzige gesicherte Bildnis (vgl. Lebensspuren Nr. 549–58); sonst
aufgetauchte Bilder sind fragwürdiger Herkunft.

644:     *Nr. 42. An Kunth* – Kopie. Erstdruck: P. Hoffmann, wie Nr. 26.

650,13: *(Nr. 45) Tankred* – in Tassos »Befreitem Jerusalem«, 13. Gesang; Kleists Kenntnis beruht offenbar auf der Erwähnung in
Goethes »Wilhelm Meisters Lehrjahre« I,7 (1795): »Aber wie
ging mir das Herz über, wenn in dem bezauberten Walde
Tankredens Schwert den Baum trifft, Blut nach dem Hiebe
fließt und eine Stimme ihm in die Ohren tönt, daß er auch hier
Chlorinden verwunde, daß er vom Schicksal bestimmt sei, das,
was er liebt, überall unwissend zu verletzen!« (nach Hoffmann)

650,33 ff: *ganz neue Welt voll Schönheit* – Ulrike über ihren Bruder (1828): »Er sah die Gemälde, die Kunstwerke, und lebte
nur für die Kunst. Er machte Bekanntschaft mit einem jungen
Maler [Lohse], der ihn rumführte, und statt, wie er glaubte,
Heinrich belehren zu können, verwundert dastand, und ihm
zuhörte, was er über die Kunstwerke sagte.«

651,10: *Wouwerman* – Kleist schreibt: *Wouvermann;* gemeint
ist aber wohl Francesco Francia, von dem Wackenroders
»Herzensergießungen« (1797) berichten: »Schon vierzig Jahre
alt, trat er in die Schranken einer neuen Kunst; er übte sich mit
unbezwinglicher Geduld im Pinsel«.

652,27: *bei unserm Abschied* – am 17. 5. 1801; vgl. Kleists
Stammbuch-Eintragung für Henriette (I,45).

655,16f: *(Nr. 46) wie Goethe sagt* – in »Torquato Tasso« II,1: »Die Grazien sind leider ausgeblieben; / Und wem die Gaben dieser
Holden fehlen, / Der kann zwar viel besitzen, vieles geben, /
Doch läßt sich nie an seinem Busen ruhn«; ebenso 664,11 f.,
676,3 ff.

656,2: *die große Schrift* – vermutlich die später verlorengegangene »Geschichte meiner Seele«; vgl. meine Briefausgabe, Bremen 1959.

657,10 ff: Gleims Ode lautet: »Tod, kannst du dich auch verlieben, / Warum holst du denn mein Mädchen? . . . / Tod, was
willst du mit dem Mädchen? / Mit den Zähnen ohne Lippen /

Kannst du es ja doch nicht küssen.« Das *Beißen* hat erst Kleist zugefügt. – Die Anekdote auch in E. v. Kleists Werken, Bd. 1,
1803, S. 9.

658,30: *(Nr. 47) Friedensfeste* – Mit dem Jahrestag der Bastille-Erstür-
mung (14. 7. 1789) wurden 1801 zugleich die Friedensabschlüsse
von Lunéville (9. 2.) und Florenz (28. 3.) gefeiert; vgl. 664,22 ff.

659: *Nr. 48. An Karoline v. Schlieben* – Faksimile des sechsseitigen
Briefes bei P. Hoffmann, »Kleist in Paris«, Berlin 1924.
659,35: *Glückskranz* – Er ist mit Karolines Notiz überliefert:
»Diesen Kranz habe ich noch mit dem guten Kleist gebunden
am 16. Mai 1801.«
660,2: *Stammbuch* – Nur Henriettes Stammbuch mit Kleists
Eintragung vom 17. 5. 1801 ist erhalten (I,45).
661,23 f: *Hindenburg* – Ulrike v. Kleist (1828): »Überall machte
Heinrich schnell Bekanntschaft. So stand er hier eines Tages vor
dem schwarzen Brette, die Anzeigen zu lesen. Ein junger Mann
steht neben ihm, sie kommen ins Gespräch. Es ist der Famulus
des Prof. Hindenburg. Wünschen Sie den Professor Hindenburg kennen zu lernen? frägt er ihn. – Ja gern. So führt er ihn
hin, Hindenburg empfängt ihn sehr freundlich, überhäuft ihn
mit Gefälligkeiten, sie gewinnen einander lieb, und Hindenburg macht sich große Erwartungen von seiner Reise nach
Paris, und seinen künftigen Leistungen.« vgl. 730,24 ff.
662,12: *Campane* – Glasglocke einer Vakuumpumpe, in deren
luftleerem Raum ein Ton nicht weiterklingen kann.
663,18: *con amore* – lat.-ital. »mit Liebe«.
664,34 ff: *mâts de cogagne* – Klettermasten; *jeux de caroussels* –
Karussels; *theatres forains* – Jahrmarktsbühnen; *escamoteurs* –
Taschenspieler; *danseurs de corde* – Seiltänzer.
665,3: *Alexander von Humboldt* – Nicht er, sondern Wilhelm
von Humboldt war damals in Paris.

671: *Nr. 50. An Frau von Werdeck* – Erstdruck m. 2 Faks., hrsg. von H.
Wünsch, Leipzig 1934. Die lange verschollenen Briefe Nr. 50 u.
56 wurden am 11. 3. 1993 von Stargardt in Berlin versteigert.
Katalog 653, Nr. 229 u. 230 (m. Faks.). Nr. 50 erwarb die Kleist-
Forschungsstätte Frankfurt (Oder).
673,1: *das ich schon als Knabe einmal sah* – Kleist hatte 1793 an der
Belagerung von Mainz teilgenommen.
675,10: *wie ein Held zum Siege* – Anklänge an Schillers Ode »An
die Freude« (in der »Thalia« 1786); ebenso 663,36.
676,12: *Amphibie* – s. Neujahrswunsch 1800 für Ulrike (I,44).
677,24 ff: In der Schilderung der Pariser Straßen deutlicher Einfluß von Montesquieus »Lettres persanes«; 24. Brief: »eine Stadt,
die hoch in die Luft hinaufgebaut ist, und wo immer sechs bis
sieben Häuser übereinander stehen . . . Es mag noch hingehen,
daß man mich von Kopf bis auf die Füße mit Kot bespritzt;
aber die Rippenstöße, die man mir in regelmäßigem Takte

versetzt, sind unverzeihlich. Jemand, der hinter mir geht und
an mir vorüber will, zwingt mich, eine halbe Wendung zu
machen; und ein zweiter, der mir von der andren Seite entgegen kommt, schiebt mich plötzlich dahin zurück, wo der
erste mich fortgedrängt hatte«

677, 32: *ennuyiert sich* – franz. »langweilt sich«.

678,1: *Palais royal* – Jardin du Palais Royal, großer Vergnü-
gungspark hinter dem Palais.

678,6: *Halle au bléd* – wohl Kornmarkthalle *(blé)*.

678,31 ff: Das Bild von der abgestorbenen Eiche ging später in
die »Familie Schroffenstein« 961–63 und »Penthesilea« 3041–43
über.

679,30: Von einer »Gelehrsamkeit, die doch oft cyklopisch ist,
der nämlich ein Auge fehlt: nämlich das der wahren Philosophie«, spricht Kants »Anthropologie« 1798 (nach L. Muth).

682,13: (Nr. 51) Poulets à la suprême – feines Gericht aus Hühnerfleisch.

682,15: *Rousseau* hatte in seinem preisgekrönten »Discours sur
les sciences et les arts« 1750 die Preisfrage der Akademie von
Dijon beantwortet: »Le progrès des sciences et des arts a-t-il
contribué à corrompre ou à épurer les mœurs?«

682,27: *Ixion* war nach der griech. Sage auf ein ewig rollendes
Rad geschmiedet; Verwechslung mit Sisyphos, der einen immer wieder stürzenden Felsblock auf einen Berg wälzen mußte.

683,11–16: *Wenn die Überzeugung solche Taten rechtfertigen
kann* – »Der Kettenträger«, S. 394: »Welches Gewebe von Umständen . . . auch da handelt der Mensch nach augenblicklicher
Überzeugung; wenns nun vollends gut ausschlägt, und die
guten Gefühle böse; was ist denn da gut und was lasterhaft?«
(nach H. Hellmann; vgl. Anm. zu 634,7; 635,4).

685,10: Die *rue des Noyers* war eine kleine, heute verschwundene
Straße im Quartier latin.

686,12: (Nr. 52) dazu bestimmtes Gewölbe – die Morgue, das Pariser
Leichenschauhaus, in dem 1803 Kleist selbst gesucht wurde.

687, 1: *Apoll vom Belvedere* – Die aus dem Vatikan geraubte
Statue war damals eine Attraktion des Louvre; dagegen kam
die *mediceische Venus* erst 1803 im Original nach Paris; Kleist
sah einen Bronzeabguß von Johann Balthasar Keller (1687).
(Vgl. Sembdner, In Sachen Kleist, S. 18–22.)

687,24 ff: Deutlicher Einfluß des 99. Briefes von Montesquieus
»Lettres persanes«, den Kleist später wörtlich auch für eine
Abendblatt-Miszelle (S. 346) benutzt: »Je trouve les caprices de
la mode, chez les François, étonnants. Ils ont oublié comment ils
étoient habillés cet été; ils ignorent encore plus comment ils le
seront cet hiver . . . Dans cette changeante nation, quoi qu'en
disent les mauvais plaisants, les filles se trouvent autrement
faites que leurs mères.« (nach P. Hoffmann)

688,31: Die Besitzer des *Frascati* und des *Pavillon d'Hannovre*
waren die Italiener Carchi und Tortoni. (nach B. Schulze)

689,25 f: Landgraf Wilhelm IX. von Hessen-Kassel, der spätere
Kurfürst Wilhelm I.; Kurfürst Karl Ludwig von der Pfalz.

689,35 f: *Hameau de Chantilly* – wird auch 1810 in Kleists
»Schreiben aus Paris« erwähnt (384,34). Kleist verwechselt
möglicherweise diesen Vergnügungsplatz, der nach einem damaligen Bericht »kein großes Aufsehen« machte, mit dem Pavillon d'Hannovre, von dem es heißt: »Die Kunst hat alles getan,
um den beschränkten Raum durch Abwechslung und Mannigfaltigkeit zu vergrößern. In den Tiefen und auf den kleinen
Höhen sind im Gebüsch versteckte Hütten und Grotten, offene
türkische Zelte, Tempel, Kabinette und natürliche Lauben.«
(F. J. L. Meyer, Briefe aus der Hauptstadt und dem Innern
Frankreichs, Tübingen 1802; nach B. Schulze)
sols – alte Form für Sous.

691,17: *von Paris nach Frankfurt* – In der Handschrift steht versehentlich *Frankreich*.

691,22: *à l'inséparable* – unzertrennlich; *au dernier goût* – nach
letztem Geschmack.

694,12 ff: *(Nr. 53) wie ein Dichter das Kind seiner Liebe einem so rohen Haufen übergeben kann . . . Bastarde nennen sie es* – Minde-Pouet erinnert an das Xenion in Goethes und Schillers »Musenalmanach«
(1797): »Hast du an liebender Brust das Kind der Empfindung
gepfleget, / Einen Wechselbalg nur gibt dir der Leser zurück.«
Daß Kleist hier bereits von dem Szenar zur »Familie Thierrez«
spricht, ist zu bezweifeln.

694,31 ff: *Unter den persischen Magiern gab es ein religiöses Gesetz*
– fast wörtlich nach Montesquieus »Lettres persanes«, 119. Brief:
»Les anciens rois de Perse n'avoient tant de milliers de sujet
qu'à cause de ce dogme de la religion des mages, que les actes
les plus agréables à Dieu que les hommes puissent faire c'étoit
de faire un enfant, labourer un champ, et planter un arbre.«
(nach P. Hoffmann)

698: *Nr. 55. An Ludwig von Brockes* – Zuweisung: J. Bumke,
Euphorion 1958, S. 183–89. Das Brieffragment, das sich in einer
tagebuchartigen Exzerpten-Sammlung von Brockes fand,
wurde zuerst von S. Rahmer (1905 und 1909) als ein angeblich
von Brockes an Kleist gerichtetes Schreiben veröffentlicht. Die
von Bumke beigebrachten Fakten und Parallelen aus Kleists
Briefen erscheinen durchaus beweiskräftig, wenn es auch ver-
wunderlich bleibt, daß Brockes ein an ihn gerichtetes Schreiben, in dessen Besitz er war, noch einmal exzerpierte.

698,31: *seit 10 Monaten* – Brockes hatte Ende Januar 1801 Berlin verlassen (618,11); demnach müßte der Brief in den November fallen.

699,25: *immer gleich gefällig gegen meine Eigenheiten, meine Launen*
– Die ganze Schilderung entspricht dem Bilde, das Kleist am
31. 1. 1801 von Brockes zeichnete (S. 618ff.).

699,35: *wenn Sie alle die bekannten Gegenden wieder betreten* –
Brockes, der sich damals in Mecklenburg aufhielt, beabsichtigte vermutlich einen Besuch seiner Braut Cäcilie von Werthern, die ihre Besitzungen in der Nähe von Weimar hatte.

700: *Nr. 56. An Frau v. Werdeck* – Erstdruck: H. Wünsch, wie Nr.
50. Der Textverlust ist durch Wegschneiden entstanden.

701,3: *hiesige Kunstwerke* – siehe W. Barthel, Zu Briefen Kleists.
Beiträge zur Kleistforschung, Frankfurt/Oder, 1978, S. 21–36.

703,5: *tout cela, est il fait à Paris?* – »Ist das alles in Paris gemacht?«

703,8ff: *Nahe dem Raphael ist er getreten* – Schon 1777 hatte
Wieland in seinen Auszügen nach Nougarets »Anecdotes des
Beaux-Arts« im »Merkur« berichtet: »Dieser Le Sueur, der jetzt
der französische Raphael heißt, wurde zur Zeit, da Le Brun der
große Mann war, wenig geachtet . . .« Von einer Vergiftung
ist nichts bekannt.

704,14f: *Friedrich Schlegel*, damals in Berlin, heiratete erst 1804
seine *Braut* Dorothea Veit, geb. Mendelssohn.

706,19: *(Nr. 57) Nonnenwinkel* – früherer Stadtteil Frankfurts, in dem
die Häuser der Familien Kleist und Zenge lagen.

706,24: *Johann* – Durch die eigenmächtige Abreise des Dieners
kam Kleist nach Bülows Schilderung in eine peinliche Lage:
»Er hatte nämlich zu der Reise ein paar neue Pferde gekauft,
die er, da er ohne Diener war, selbst aus dem Stalle ziehen und
anschirren mußte. Er wußte nur um solche Geschäfte nicht im
mindesten Bescheid und quälte sich damit so lange in vergeblichen Anstrengungen ab, bis sich ein großer Haufen Volks
lachend und spottend um ihn versammelte, und sich zuletzt
ein Schneider seiner Verlegenheit erbarmte, der seinen Wagen
anspannte und ihn eine Strecke weit begleitete.«

707,16: *(Nr. 58) Kienast* – Burgruine Kynast im Riesengebirge, die
Kleist Juli 1799 mit den Geschwistern besucht hatte.

707,20: *Clairant und Clara* – nach August Lafontaines »Klara du
Plessis und Klairant, Geschichte zweier Liebender«, zuerst 1794
anonym erschienen.

708,33: (Nr. 59) *Liestal* – Kleist schreibt, wohl auf Grund der schweizerischen Aussprache: *Liechsthal;* Hauptstadt des Kantons Baselland.

709,32: *Caroline* – von Schlieben, Lohses Verlobte in Dresden.

710,10: *alle holden Töne aus dem Instrumente* – »Hamlet« III, 2:
»in dem kleinen Instrumente hier ist viel Musik . . . Ihr könnt
mich zwar verstimmen, aber nicht auf mir spielen«; vgl. 324,10.

711,33: (Nr. 60) *das entsetzliche Bild* – Koberstein nach Ulrikes Mitteilung (1860): »Der Wagen der Schwester war kurz vor dem

Ziel ihrer Rückreise von Paris im Wasser umgeworfen; es ging aber ohne weiteres Unglück ab, als daß sie und ihre Sachen, darunter viele Bücher und Landkarten, völlig durchnäßt wurden.«
711,36: *als geschähe das Unglück indem ich es las* – Das Komma hinter *Unglück* wurde von Kleist nachträglich getilgt.
713,30: *In der Bibel steht* – Psalm 128,2.
716,3: *Schicksal, oder Gemüt* – nach Novalis »Ofterdingen« II (1802) »Namen eines Begriffs«; s. auch Penthesilea V. 1281.

716:   *Nr. 61. An Zschokke* – Kleist schreibt im Datum versehentlich *1801*.
716,19: *der berühmte Cunctator* – Quintus Fabius Maximus, der »Zauderer«.
717,9 ff: *Ich komme, ich weiß nicht, von wo* – Zschokke an E. v. Bülow (1846): »Ich nahm den leisen Zug von Schwermut für ein Nachweh in der Erinnerung an trübe Vergangenheiten, welches junge Männer von Bildung in solchem Lebensalter oft zu ergreifen pflegt, woran ich selber gelitten hatte: – Zweifeln und Verzweifeln an den höchsten Geistesgütern. Die Stelle in einem seiner Briefe, welche ich in meiner ›Selbstschau‹ mitgeteilt habe, besonders der Vers und Kleists Wohlgefallen daran, schien meinen stillen Argwohn zu bestätigen.«

719:   *Nr. 63. An Zschokke* – Ich habe den nicht von Minde-Pouet kollationierten Brief aus dem Besitz des Britischen Museums anhand einer Fotokopie, die mir Prof. R. Samuel freundlichst zur Verfügung stellte, verglichen und einige Lesungen verbessern können.
719,17: *in den Hafen der philosophischen Ruhe* – Zschokke hatte Ende 1801 sein Regierungsamt niedergelegt.
719,23: *Cousin de la Suisse* – »Cousin« war die damals übliche Anrede der Staatsoberhäupter untereinander; Kleists Anspielung ist nicht recht verständlich.
719,30: *pays de Vaud* – Waadtland.
719,33: *Häuschen* – 1940 abgerissen (s. Sembdner: Kleist und das Delosea-Inseli. In Sachen Kleist, S. 9–17).

720:   *Nr. 64: An Ulrike* – Auch hier das falsche Jahresdatum 1801.
720,26: *diese Affen der Vernunft* – vgl. Varianten zum Käthchen (I, 889): *Wenn du der Affe der Vernunft bist.* Entgegen H. Behmes Angabe (Heidelberg 1914, S. 42) findet sich diese Bezeichnung für die Franzosen nicht bei Wieland, der 1752 nur von ihrem »affenmäßigen Nationalcharakter« spricht; doch nennt Wieland in den »Platonischen Betrachtungen« 1755 den Witz einen »gefährlichen Affen der Vernunft«.

721:   *Wilhelmine v. Zenge an Kleist* – Text nach Minde-Pouet in den Anmerkungen zu seiner Briefausgabe (1905). Der postlagernde Brief wurde von Kleist nicht abgeholt und ging an Wilhelmine zurück; nur dadurch ist er auf uns gekommen.

722,5: *meinen liebsten Bruder* – Karl v. Zenge, mit dem Kleist in Berlin 1800/01 zusammen gewohnt hatte, starb Anfang 1802.

723,8: *unsere kleine Emilie* – Wilhelmines jüngste Schwester, geb. 27. 4. 1800.

723,11: *mon cœur palpite* – franz. »mein Herz klopft«.

723,22: *Gemälde von L.* – Heinrich Lohse?

724,18: (*Nr. 65*) *Mädeli* – vermutlich eine Tochter Magdalena der Fischerfamilie Furer, die die Insel gepachtet hatten.

724,23: *ich besteige das Schreckhorn* – scherzhafte Phantasie; weder das 4000 m hohe Schreckhorn noch das Stockhorn auf der Südseite des Thuner Sees kamen für eine Bergbesteigung infrage; auch fuhr Kleist wohl nicht zur Stadtkirche nach Thun, sondern zum nahegelegenen Scherzlig-Kirchlein hinüber.

725: *Nr. 66. An Wilhelmine* – Faksimile in »Vom Fels zum Meer«, August 1895. Als einziger der 34 Briefe an Wilhelmine noch im Besitz des Freien Dt. Hochstifts, Frankfurt a. M.; die übrigen wurden in der Inflationszeit verkauft.

725,26: *den letzten Brief von Dir* – Wilhelmine v. Zenge (1803): »Ich bat ihn mit den rührendsten Ausdrücken, in sein Vaterland zurückzukehren, und gestand, daß ich ihm zwar folgen wolle, wohin er ginge, doch würde es mir sehr schwer werden, meine Eltern zu verlassen, und besonders, mich so weit von ihnen zu entfernen. Ehe dieser Brief beantwortet wurde, mußte ich 5 Monat alle Posttage vergebens auf Antwort warten!«

726,6: *Dein jüngst empfangner Brief* – Damit ist keineswegs, wie gewöhnlich angenommen wird, der Brief vom 10. 4. 1802 (S. 721) gemeint, sondern ein späterer, der wie alle übrigen von Kleist vernichtet wurde. Wilhelmine v. Zenge (1803): »Nach fünf Monaten erfuhr ich endlich durch seine Schwester, wo er sich aufhielt, ich schrieb an ihn und bekam zur Antwort – er habe nicht erwartet, von mir noch einen Brief zu empfangen, sondern habe mein letztes Schreiben als eine Weigerung angesehen, ihm nach der Schweiz zu folgen . . . Ich hatte die Kraft, mich von seinem Gemälde zu trennen, welches ihm sehr ähnlich war, schrieb noch einmal an ihn, tröstete ihn als Freundin und sagte, er möchte wenigstens seine Freundin nicht vergessen, sondern mir zuweilen schreiben, wie es ihm ginge, denn gewiß würde ich immer den lebhaftesten Anteil an seinem Schicksal nehmen. Hierauf hat er nicht geantwortet.« (Lebensspuren Nr. 62)

726: *Nr. 67. An Wilhelm v. Pannwitz* – Ulrike (1828): »Sowie ich den Brief gelesen, ist auch mein Entschluß gefaßt, selbst wieder hinzureisen, und ungesäumt nehme ich Geld auf, bestelle Postpferde und setzte mich in Begleitung eines Bedienten auf, und fahre Tag und Nacht . . . Ich fahre nach einem Gasthofe, frage nach dem Doktor [Wyttenbach] – gehe zu ihm, frage nach Heinrich. Ja, sagt der Doktor, ich weiß nicht, ob er jetzt hier

ist. – So ist er also wieder gesund? – O ja, gesund ist er.« (Ulrikes Schilderung der Abreise nach Weimar siehe Lebensspuren
Nr. 81a–c)

   Dr. Wyttenbach wird als Kleists Arzt bereits in einem Brief
Julie Westfelds an Brockes aus Göttingen, 24. 2. 1802, erwähnt:
»Haben Sie keine Nachricht von Wyttenbach und Kleist? . . .
Von Ihnen möchte ich noch wissen, was Kleist so ungefähr er-
fahren hat. Ich glaube gewiß, ich sehe ihn wieder, vielleicht bald,
und möchte nicht unvorbereitet sein.« (Lebensspuren Nr. 65)

727,18: (Nr. 68) *Oßmannstedt* – Kleist schreibt: *Osmannstädt;* Wielands
Landsitz bei Weimar.

   727,20: *das Haus, in dem es spukt* – In der Umgebung des Wit-
tumspalais in Weimar, wo Wieland ein Haus gekauft hatte,
ging nach der Sage der Geist Johann Friedrichs IV. um.

728,19: *(Nr. 70) trotz einer sehr hübschen Tochter Wielands* – die knapp
vierzehnjährige Luise; sie spricht später wiederholt von ihrer
Begegnung mit Kleist, »dem als Dichter das zur Jungfrau
heranblühende Mädchen interessant wurde und der durch dieses Interesse das kindlich unerfahrene Wesen gewann, die es für
Liebe hielt« (vgl. Lebensspuren Nr. 88, 92a–94b).

729,19: *(Nr. 72) wie die Mäuse, die man aus Apfelkernen schneidet* – Seine
Schwester Auguste v. Pannwitz hatte am 18. 12. 1802 eine
Tochter Ottilie geboren; ähnlich 731,26: *der kleinen Maus aus
dem Apfelkern geschnitzt* – Wieland im »Gandalin« (1776): »Ein
vierter schnitzelt' eine Maus / Aus einem Apfelkern ihr aus«
(nach H. Behme, 1914)

   730,4: *ich habe Oßmannstedt wieder verlassen* – am 24. 2. 1803;
von diesem Tage jedenfalls datiert Wielands Empfehlungsschreiben an Göschen (Lebensspuren Nr. 95).

   730,18: *mit vollkommner Deklamation vorgetragen* – Später suchte
Kleist den Vortrag seiner Dichtungen durch bestimmte Zeichen
anzudeuten, die das Heben, Tragen, Sinkenlassen der Stimme
usw. kenntlich machen sollten (Lebensspuren Nr. 145).

   730,20: *Als ich sie dem alten Wieland mit großem Feuer vorlas* –
Nach Wielands Darstellung (Lebensspuren Nr. 89) hatte Kleist
die wesentlichsten Szenen des Guiskard sowie mehrere Stücke
aus anderen Dramen nicht vorgelesen, sondern »aus dem Gedächtnis vordeklamiert«; vgl. auch 800,13 ff.

   731,5: Der *3. Mai* war Luises Geburtstag.

   731,12: *Erscheinung eines neuen Dichters* – Die begeisterte Bespre-
chung von Kleists anonym erschienener »Familie Schroffenstein« im »Freimüthigen« Nr. 36 vom 4. 3. 1803 (Lebensspuren
Nr. 98a) stammte nicht von Kotzebue, sondern von L. F. Huber.

731: *Nr. 73. An Lohse* – auf der letzten Seite eines undatierten Briefes
Karolines an Lohse (Lebensspuren Nr. 109b). Die von fremder
Hand zugesetzte Datierung »den 15. August 1803« ist, wie

schon Minde-Pouet feststellte, zweifellos falsch, der Brief kann nur in die Zeit von Ende März bis Mai 1803 fallen; im August war Kleist bereits in der Schweiz.

732,38: *(Nr. 74) das Anerbieten eines Freundes* – Ulrike (1828): »Unterdessen kömmt aber Pfuel nach Leipzig und beredet ihn, mit ihm wieder nach der Schweiz zu gehen. Er willigt schnell ein, und schreibt mir, er wünschte mich vor seiner Abreise noch zu sehen . . . Was war zu tun, ich setze mich auf und reise nach Dresden. Finde ihn ganz vergnügt über die Aussicht, mit seinem lieben Pfuel so lange zusammen sein zu können . . .«

735,1: *gewisse Entdeckung* – das Ideal einer Tragödie; vgl. 736,5 sowie die Zeugnisse zum »Guiskard« (Bd. 1, S. 922 unten).

733: *Wieland an Kleist* – Erstdruck: »Orpheus« 1824, Heft 3. Wieland bemerkte dazu: »Da mir soeben zufälligerweise das Konzept meines dem Herrn von Kleist nach Dresden (oder Leipzig) in Antwort auf sein besagtes Briefchen [Empfehlungsschreiben für Herrn v. Werdeck] geschriebenen Briefes unter meinen Papieren in die Hände fällt, so sei mir erlaubt, die sein Drama betreffende Stelle abzuschreiben.« Kleist erwähnt wiederholt Wielands Brief (734,25; 736,36; 739,27); er muß ihn auch Fouqué gezeigt haben, da dieser 1821 berichtet, Wieland habe vom Guiskard geschrieben, »*das* müsse er vollenden, und ob Berge auf ihm lägen!« (Lebensspuren Nr. 104b)

734,3: *der ganze Kaukasus und Atlas* – Der Druck hat: *und Alles;* zweifellos Lesefehler (Verbesserung nach W. Silz, »Modern Language Notes« 1925). In den Varianten zur »Penthesilea« (I, 868): »Und Kaukasus auf dem Altai türmen«

735,17: *(Nr. 75) Ich gratuliere von Herzen Carolinen* – Kleists Kusine Karoline von Pannwitz war mit Gleißenberg verlobt, der am 14. 7. 1803 Gouverneur bei der Kriegsschule in Berlin geworden war.

735,26: *(Nr. 76) nach dem Sprüchwort* – vgl. 737,20: *ein Hundsfott gibt sie besser, als er kann.*

736,6: *es wächst irgendwo ein Stein* – ähnlich »An Franz den Ersten« (I, 29): *in Klüften irgend, / Wächst dir ein Marmelstein*

736,19: *Kuxe* – Wertpapiere über einen Bergwerksanteil.

737: *Nr. 77. An Ulrike* – Faksimile im Jahrb. d. Kleist-Ges. 1931/32, sowie in den Briefausgaben Koberstein 1860, S. Rahmer 1905, Siegen 1914. *Sei mein starkes Mädchen* – Die gleichen Worte (Schiller, »Wallensteins Tod« V. 2927) auch am Schluß des Briefes an Wilhelmine vom 14. 4. 1801.

737,7: *wie ein eigensinniges Kind* – ähnlich Penthesilea 670.

737: *Nr. 78. An Ulrike* – Zwischen diesem und dem vorigen Brief liegt eine Zeit von acht Monaten, über die wir nur durch Kleists spätere Darstellungen S. 738 und 745 (sowie Lebensspuren Nr. 115-22) unterrichtet sind.

737,21: *Ernst* – v. Pfuel.

737,24: *Kökritzen* – Frh. v. Stein nennt den Generaladjutanten des Königs einen »ehrlichen, wohlmeinenden Mann«, aber »beschränkt, ungebildet, geschwätzig, nur der flachsten Ansichten fähig«.

737,28: *Lucchesini* – Am 31. 10. 1803 hatte der preuß. Gesandte dem König gemeldet, soeben erfahren zu haben, daß Kleist »ohne sich mit meinen Pässen zu versehen und ohne jede Erlaubnis von seiten der Pariser Polizei, nach St. Omer gegangen ist, wo er verdienterweise, besonders in Kriegszeiten, Gefahr laufen konnte, als verdächtig festgenommen zu werden«. (Lebensspuren Nr. 119c)

738,38: *ein Versprechen* – Kabinettsorder vom 13. 4. 1799 (S. 486).

739,27: *Wielands Brief* – S. 733.

740:   Nr. 79. *An Ulrike* – Datierung nach P. Hoffmann (Stud. z. vgl. Literaturgesch. 1903).

741,5: *die Wiese* – eine Gastwirtschaft.

741,32:   (Nr. 80) *Brief an den König* – vgl. S. 739,31 f.

742,8: *zu Kleisten* – Kleists Vetter Friedrich v. K. (wie 517,24).

743:   Nr. 82. *An Henriette v. Schlieben* – Faksimile der 2. Seite im Auktionskatalog von J. A. Stargardt, Marburg, Mai 1961; der Brief wurde für DM 12500,— an einen Schweizer Sammler verkauft; heute im Dt. Literaturarchiv Marbach.

744,19: *Madonna del Monte* – berühmter Wallfahrtsort, 10 km von Varese; nach einem Tagebuch der Frau v. Werdeck hatten sie sich am 11. 8. 1803 in Meiringen, dann am 21. 8. 1803 in Bellinzona getroffen und am 29. 8. in Crevola wieder getrennt. (Lebensspuren Nr. 114)

744,26: *verwundrungswürdig* – zunächst: *erstaunungswürdig*

745,9: *seltsame Reise* – zunächst: *seltsamen Begebenheiten*

747,34:   (Nr. 85) *nach Franken* – Altenstein, an den Kleist von Hardenberg empfohlen war, hatte ihm eine Anstellung in dem damals noch preußischen Ansbach in Aussicht gestellt; vgl. Brief Nr. 87.

748,29: *Goldner Stern* – Gasthof ersten Ranges am Spittelmarkt.

749,3:   (Nr. 86) *wie der Erzengel* – Gabriel zu Satan im 13. Gesang von Klopstocks Messiade:»Wenn du lernen könntest, so würdest du einmal lernen, / Daß der Kampf des Endlichen mit dem Unendlichen Qual ist / Für den immer Besiegten und immer wieder Empörten! / Aber du lernest es nie.«

749,16: Shakespeares *Richard II.* (III, 3): »Wie, oder sollen wir mit unserm Leid / Mutwillen treiben, eine artge Wette / Anstellen mit Vergießung unsrer Tränen? / Zum Beispiel so: auf einen Platz sie träufeln, / Bis sie ein Paar von Gräbern ausgehöhlt?«

750,1: *Ich habe mir diesen Altenstein lieb gewonnen* – Ulrike (1828): »Einst sagte er zu Altenstein: Schicken Sie mir nur recht viel. Darauf erwiderte Altenstein: Ich will Ihnen so viel schikken, daß Sie nicht sollen fertig werden. – Das wollen wir sehen. – Und so arbeitet er acht Tage und Nächte ununterbrochen, so daß Altenstein nicht imstande ist, so viel durchzusehen.«

750,5: *die beiden Enden der menschlichen Fähigkeit* – vgl. das 2. Fragment S. 338.

750: *Nr. 87. An Massenbach* – Erstdruck: Minde-Pouet, Deutsche Rundschau, Okt. 1914. Ulrike (1828): »Da nun Heinrich aber doch noch zu dieser Art Arbeiten die Kenntnisse fehlten, so schlug ihm der Minister Hardenberg vor, erst noch ein Jahr nach Königsberg zu gehen . . . Wollen Sie aber gleich eine Anstellung, wo Sie sich an 1200 Rth. stehen, so sollen Sie die haben, wünschen Sie aber eine größere Karriere zu machen, so müssen Sie diese Studien erst machen, und dann sollen Sie Diäten bekommen. So bekam er beinah 600 Rth. Wartegeld«.

751,20: *der Krug* – vielleicht nicht Kleists Lustspiel, sondern Leopold Krugs »Betrachtungen über den Nationalreichthum des preuß. Staates«, Berlin 1805 (nach H. F. Weiß 1978)?

751: *Nr. 88. An Altenstein* – Erstdruck: F. v. Zobeltitz, Tägl. Rundschau, 14. 8. 1920. Am 2. Mai meldete das Berliner Intelligenzblatt Kleist als nach Königsberg auspassiert; in Königsberg stieg er laut Fremdenliste im »Hotel de Russie bei Gregoire in der Kehrwiederstraße« (spätere Theaterstr. 1) ab.

753,14: *Krause* – Christian Jakob Kraus; vgl. die »Erklärung« S. 455.

754: *Nr. 89. An Pfuel* – Briefe Nr. 86, 89, 90 jetzt als 3. Faksimiledruck der Heinrich-von-Kleist-Ges., Berlin 1978.

754,6: Kleist schreibt *K . . . .*; das *Geschenk* für Pfuel stammte wahrscheinlich ebenso wie die Pension für Kleist nicht von der Königin, sondern von Marie v. Kleist.

754,9: *Dobran* – Doberan in Mecklenburg, wohin Marie vom 23. 6. bis 30. 9. 1805 zur Erholung gereist war.

754,31: *Johannisburg* – Pfuels Garnison in Ostpreußen.

755,14: *Hydrostat* – Die Zeichnung S. 756 wurde nach einer Fotografie des heute verschollenen Briefs reproduziert. Zu der für jene Zeit überraschend weit durchdachten Konzeption eines Unterwasserfahrzeugs siehe jetzt H. Vogt, H. v. Kleists Hydrostat, Tagesspiegel, Berlin, 18. 4. 1976.

756,26: *(Nr. 90) Iliade* – Homers »Ilias« in der englischen Übersetzung von Pope.

757,15: *habe sich eklipsiert* – »aus dem Staube gemacht«; Gualtieri war am 27. 5. in Aranjuez plötzlich gestorben. Die Todesanzeige in der Vossischen Zeitung, 18. 7. 1805, nennt ein Katarrhalfieber als Ursache. Vgl. Nachträge Nr. 89a.

757,36: *Neuholland* – alter Name für Australien.

758,2: *te duce* – lat. »unter deiner Führung«.

758: *Nr. 91. An Altenstein* – Erstdruck: wie Nr. 87.

759,17f: *Elendskopf* – Schädel eines Elens; *Fossile* – Versteinerungen.

759: *Nr. 92. An Rühle* – Datierung nach P. Hoffmann (Nachwort zum Faksimiledruck des Zerbr. Krug, Weimar 1941, S. 33): Die Schlacht von Austerlitz (2. 12. 1805) ist noch nicht geschlagen; der österr. Kaiser hält sich mit Alexander von Rußland in Olmütz auf (18.–27. 11. 1805). – Rühle vermerkt: »empfangen zu Ende Dez. 1805.«

760,3: *daß diese Brieffreundschaft für uns nicht ist* – Ähnlich äußerte sich später Ludwig Wieland über sein Verhältnis zu Kleist, »daß für solch lebhafte Menschen wie sie ein Briefwechsel nicht hinreichend genug sei, da sie gewohnt seien, sich durch Gebärden und Blicke zu verstehen.« (Lebensspuren Nr. 512)

760,10: *in welcher zugleich der Feind und sein Mädchen wohnt* – In dem von den Franzosen besetzten Dresden wohnte die von Pfuel verehrte Emma Körner.

760,15ff: *wie Shakespeare sagt* – Heinrich IV., 1. Teil, I, 3: »Bei Gott! mich dünkt, es wär ein leichter Sprung, / Vom blassen Mond die lichte Ehre reißen / Oder sich tauchen in der Tiefe Grund ... / Und die ertränkte Ehre bei den Locken / Heraufziehn«

760,22: *Einschließung einer Festung* – das von den Franzosen besetzte Hameln.

760,29: *Durchbruch der Franzosen durch das Fränkische* – Im September 1805 war Bernadotte durch das neutrale preußische Gebiet gezogen.

761,9: *Kaiser in Olmütz* – Franz I. war kurz vor der Besetzung Wiens nach Olmütz geflohen.

761,22: *Kurfürst von Bayern* – Maximilian Joseph war Napoleons Verbündeter.

762: *Nr. 93. An Altenstein* – Erstdruck: wie Nr. 87.

762,7: *seit jenem letzten Friedensschluß* – Im Verfolg des Preßburger Friedens (6. 11. 1805) wurden die preußischen Provinzen Ansbach, Bayreuth, Cleve und Neufchâtel gegen Hannover ausgetauscht, was zum Bruch mit England führte.

763: *Nr. 94. An Altenstein* – Erstdruck: wie Nr. 87.

766: *Auerswald an Kleist* – Erstdruck: P. Czygan, Nationalzeitung, Berlin, 4. 9. 1904.

766: *Nr. 96. An Altenstein* – Erstdruck: wie Nr. 87.

767,13: Auf Kleists nicht überlieferten Brief an Hardenberg gewährte ihm dieser, wie er am 18. 8. 1806 an Auerswald schrieb, »in der Voraussetzung der Richtigkeit seiner Angabe« einen sechsmonatigen Urlaub; er habe Kleist aber bedeutet,

daß er »nicht ohne die dringendste Not von jener Urlaubsbewil-
ligung Gebrauch mache, sondern diesen Urlaub . . . abkürze,
um sich sodann binnen wenigen Monaten noch die zu seiner
Prüfung erforderliche Qualifikation zu verschaffen.« (Lebensspuren Nr. 151).

768,36 ff: *(Nr. 97) Einen der Millionen Tode, die wir schon gestorben sind* –
Kleists Vorstellungen von der Seelenwanderung mögen durch
die Lektüre des »Kettenträgers« (s. Anm. zu 635,4) beeinflußt
sein:»Gelingt es nicht in diesem Weltkörper, so gerät es vielleicht
in einem andern . . . Wer weiß in welche Formen wir schon gegossen wurden, ehe wir in diese gerieten, und welche Umbil-
dungen uns noch bevorstehen, ehe das grobe völlig verdampft
und das geistige allein bleibt. Wie dachten wir in der Jugend
und wie denken wir im Alter! Seht und wie werden wir in
einer andern Hülle denken, wenn wir in dieser ausgedacht
haben. Das sind Aussichten für die Zukunft . . .« (nach H. Hellmann)

769,31: *ein Trauerspiel unter der Feder* – offenbar »Penthesilea«.

770,19: *(Nr. 98) Leopold und Pannwitz* – Kleists Bruder und Schwager
hatten bei Jena und Auerstedt (14. 10. 1806) mitgekämpft.

771: *Nr. 99. An Marie v. Kleist* – Erstdruck: wie Nr. 87.

771,35: *Fr. v. N.* –?

773,20: *(Nr. 100) Altenstein* – Er war im Oktober 1806 mit dem Königspaar nach Königsberg gekommen.

774,26: *(Nr. 101) Pension von der K . . .* – Die ausgesetzten 60 Louisdor
jährlich waren eine persönliche Zuwendung Marie v. Kleists
(vgl. Anmerkung zu 867,5).

776,3: *Nr. 102) mein Schicksal* – Zu Kleists Gefangenschaft vgl. Lebensspuren 1992, Nr. 153–168, *155a–*166a.

776,14: *Berlin erreicht* – Das Berliner Intelligenzblatt meldete
am 28. 1. 1807 die Ankunft der »Partikuliers« Kleist und Gauvain, die im »Adler, Poststraße« logierten, am 31. 1. den »Rittmeister a. D.« Ehrenberg, der »Alte Friedrichstr. 124« abstieg.

776,25: *Wustermark* – Dorf bei Potsdam; von dort richtete
Gauvain am 31. 1. 1807 ein Gesuch an den preuß. Kriegsminister v. Angern, in dem es heißt: »Jetzt eben erst sah ich das Gefängnis, welches uns für die Nacht unter der Erde, dunstig, mit
ungesunder Luft, ohne Luftlöcher, und zwar alles dies durch
eine Order angewiesen wird, die uns begleitet und eine schreckliche Zeit mir mit schwachem Körper den Tod drohet.«

777: *Nr. 103. An de Bureau* – auf deutsch: »Mein Kamerad, Herr v.
Ehrenberg, hat mich beauftragt, Ihnen zu danken, daß Sie die
Güte hatten, ihm die ›Reise nach Italien‹ von Archenholz zu
schicken. Es ist ein Landsmann, den er in der Fremde findet. Ich
und Herr v. Gauvain danken Ihnen zugleich für das Wörterbuch
und die französische Grammatik, die Sie so freundlich waren

uns zu leihen; wir machen den bestmöglichen Gebrauch davon.« Archenholz war ein ehem. preuß. Hauptmann.

Der Brief ist kurz vor der Abreise von Fort Joux geschrieben; Anfang April wurden die drei Gefangenen nach Chalons transportiert. Die angeblichen Dokumente aus dieser Zeit, die K. G. Herwig in der Schweiz gefunden haben will und die er bruchstückweise 1921 an verschiedenen Stellen veröffentlichte (s. Kleistbibliographie im Jahrb. d. Kleist-Ges. 1921, S. 90 u. 105 f.), sind unecht; an den fraglichen Fundorten Orbe und Grandson ist nichts davon bekannt; vgl. D. Wentscher in: Die Hilfe, 15. 4. 1922; H. Jacobi: Amphitryon, Zürich 1952.

778,3: *(Nr. 104) Brief vom 8. oder 10. Febr.* – offenbar Nr. 102 vom 17. 2. 1807.

778,19: *Besançon* – Hier waren sie am 3. 3. 1807 eingetroffen und passierten es dann nochmals am 11. 4. auf dem Transport nach Chalons, der aufgrund einer ministeriellen Verfügung vom 26. 3. 1807 geschah.

779,15: *da meine Freunde mir aus der Not halfen* – Ehrenberg machte nach Kleists Tod eine Forderung von 3 Friedrichsdor und 2 Taler 12 Groschen geltend.

779,19 f.: *Kriegsminister* – gemeint ist vermutlich der preuß. Kriegsminister v. Angern. *Prinz August* von Preußen war infolge der Prenzlauer Kapitulation gleichfalls Kriegsgefangener geworden, was Kleist wohl nicht wußte.

780,10: *(Nr. 105) Gen. Clarke* – An den französ. Generalgouverneur von Berlin hatte Ulrike am 3. 4. 1807 auf französisch geschrieben: »Ich wiederhole es, ich fordere Gerechtigkeit . . . Wenn Eure Exzellenz die öffentliche Meinung befragt, wird Sie leicht erfahren können, daß mein Bruder in der literarischen Welt Deutschlands nicht ohne Namen und Ansehen ist und daß er einiger Anteilnahme wert ist; aber Eure Exzellenz würde auch dem unbedeutendsten und unbekanntesten Menschen Gerechtigkeit widerfahren lassen . . .« Clarke antwortete am 8. 4.: »Ihr Herr Bruder hat sich der Gefahr ausgesetzt, als Spion betrachtet zu werden, als er sich aus dem feindlichen Hauptquartier hinter die französische Armee begab, und ich habe ihn sogar mit Nachsicht behandelt, indem ich ihn nach Frankreich bringen ließ. Auf den Wunsch des Herrn Staatsministers v. Angern hatte ich Ordern gegeben, um die Strenge dieses Transportes zu mildern, aber sie sind zu spät gekommen.«

781,1: *Sol* – ältere Form für Sou.

781,17: *ein Manuskript* – Amphitryon; die anderen Arbeiten sind der Zerbr. Krug und Penthesilea.

781: *Nr. 106. An Marie v. Kleist* – Die Brieffragmente Nr. 106, 116, 117, 118, 208, 210, 211, 212 waren zunächst nur in Tiecks Abdruck (1821) und in Notizen von E. v. Bülow überliefert.

Durch das Auftauchen der von Tieck und Bülow benutzten
Vorlage, nämlich der handschriftlichen Auszüge, die W. v.
Schütz 1817 angefertigt hatte (faksimiliert hrsg. von Minde-
Pouet, Berlin 1936), konnte sowohl die Empfängerin eindeutig
festgestellt, als auch der frühere Abdruck vervollständigt und
berichtigt werden. Allerdings sind die Schützschen Kopien
schwer lesbar und chronologisch ungeordnet.

782,26: *was mir Hekuba sei* – Hamlet-Monolog II, 2: »Was
ist ihm Hekuba, was ist er ihr, / Daß er um sie soll weinen?«
783,6: *P.* – Peter (Pierre) v. Gualtieri (Th. Wichmann 1988).

783,10: *in jenem Sommer vor 3 Jahren* – in Berlin 1804; bei Gelegenheit eines Selbstmordversuchs seines Freundes Schlotheim
hatte Kleist »mit einem anderen Freunde ein sehr merkwürdiges Gespräch« (Bülow; vgl. Lebensspuren Nr. 137–138).

783,14: *Fatigue* – franz. »Ermüdung, Anstrengung«.

783,17: *ein Gemälde* – Sterbende heilige Magdalena von Simon
Vouet in der Kirche St. Loup (abgebildet bei F. Servaes, H. v.
Kleist, Leipzig 1902).

783,26: *Wie zart sie das zarte berühren;* – dahinter in der Kopie ein
Punkt und neuer Satzanfang; vermutlich Kopistenfehler.

784,1: *(Nr. 107) das Geld von Arnold* – die 24 Louisdor für den »Amphitryon«, der Anfang Mai 1807 bei Arnold in Dresden erschienen war.

785,16: *(Nr. 108) da sich der Frieden jetzt abschließt* – Frieden von Tilsit,
9. 7. 1807.

785,27: *Präbende* – hier: Leibrente.

788,22: *(Nr. 109) in vierzehn Tagen* – Kleist traf am 14. 8. 1807 in Berlin ein; Ulrike (1828): »Die Reise hat ihm viel gekostet, er
kömmt, stellt sich vor der Behörde, man frägt ihn: haben Sie
Forderungen zu machen? – Keine, als die frühern, als ich arretiert wurde, meinen Paß zu unterschreiben.«

788: *Nr. 110. An Rühle* – Unterschrift mit Textverlust auf der Vorder-
seite weggeschnitten. Faksimile bei H. M. Brown, »Kleist and
the tragic ideal«, Bern 1977.

789,4ff: Rühle, der wegen seines bei Cotta erschienenen »Berichts eines Augenzeugen von dem Feldzuge 1806« vielfach angegriffen wurde, beherzigte Kleists Rat; an Bertuch am 17. 9.
1807: »Übrigens lasse ich mich durchaus auf keinen Federkrieg
ein.« In dem gleichen Briefe erwähnt er »die Sorge, ein neues
Quartier zu finden, da wir den Militärgesetzen zufolge und
auch meinen Wünschen gemäß in der Altstadt wohnen sollen,
die neue Einrichtung überhaupt, die Ankunft meiner beiden
Freunde Kleist und Pfuel«. (Lebensspuren Nr. 192a)

789,30: *(Nr. 111) mit dem Prinzen* – Bernhard von Sachsen-Weimar,
zweiter Sohn des Herzogs Karl August; seine Dresdner Erzie-

her waren neben Rühle und Pfuel auch Adam Müller und der »dicke« Ernst Ludwig v. Bose.

790,4: *jeder ein Werk* – Kleists »Amphitryon« bei Arnold; Rühles »Bericht eines Augenzeugen« bei Cotta.

790,33: *in Weimar läßt Goethe das eine aufführen* – Goethe hatte am 28. 8. 1807 an Adam Müller geschrieben, er wolle sehen, »ob etwa ein Versuch der Vorstellung zu machen sei«; die Aufführung fand am 2. 3. 1808 statt.

791:    Nr. *112. An Cotta* – Faksimile in Marbacher Magazin 7/1977.

791,8: *Jeronimo und Josephe* – Unter diesem Titel war Kleists »Erdbeben in Chili« bereits kurz zuvor im »Morgenblatt«, 10. bis 15. 9. 1807, erschienen. Cotta erhielt den Brief am 27. 9. und antwortete am 2. 10. 1807.

791,21: *Rammsche Gasse 123* – die spätere Pillnitzerstraße 29; auch Rühle wohnte in der Rampischen Gasse.

793,1–4: (Nr. 114) Der Satz über den *Kodex Napoleon* (ebenso Zeile 17) ist von späterer Hand (Ulrike von Kleist?) dick durchstrichen; Faksimile dieses Briefteils (792,33–793,7) in der Briefausgabe von S. Rahmer, 1905.

793,5: *Assiette* – franz. »Lage«.

794,32: *zu hamletisch* – vielleicht Anspielung auf »Hamlet« III, 1: »wer schon verheiratet ist, soll das Leben behalten; die übrigen sollen bleiben, wie sie sind.«

795:    Nr. *115. An Frau v. Werdeck* – Als Empfänger hatte früher Sophie v. Haza gegolten, was nach dem Auftauchen der Briefe Nr. 50 und 56 berichtigt werden konnte.

795,18: *da ich von Boulogne zurückkehrte* – November 1803 (vgl. Lebensspuren Nr. 120).

796,3: *Dittersbach* – in Sachsen.

796,5: *auch dem Kleinen* – Heinrich Adolf von Werdeck, geboren am 2. 1. 1805 (nach R. Samuel).

796:    Nr. *116. An Marie v. Kleist* – nach der Kopie wie Nr. 106.

796,11: *Erschrecken Sie nicht, es läßt sich lesen.* – Der von mir eingefügte Satz ist in der Kopie gestrichen, aber noch deutlich lesbar; die folgenden, gleichfalls gestrichenen zwei Zeilen waren nicht zu entziffern. – Siehe aber jetzt Nachträge S. 1050.

796,21: *jetzt ist sie tot* – Pfuels in verschiedenen Versionen verbreitete Darstellung vertauscht die Rollen: »General v. Pfuel erzählte mir, Heinrich v. Kleist sei in Dresden einmal ganz verstört zu ihm ins Zimmer getreten, leichenblaß und schmerzlich aussehend, und auf die erschreckte Anfrage, was ihm sei, habe er mit tiefem Seufzer erwidert: Jetzt ist sie tot! wobei ihm die Tränen über die Wangen flossen.« (Varnhagen 1852)

796,36: *wenn sie nicht ganz davon ausgeschlossen gewesen wären* – Es ist bisher unbeachtet geblieben, daß Kleist hier eine Lieblingsthese Karl August Böttigers übernimmt, der sie eifrig verfocht und sicher auch mit Kleist darüber gesprochen hatte. Böttiger im »Morgenblatt«, 26. 12. 1808: »Ich habe es gewagt, bei verschiedenen Veranlassungen geradezu zu behaupten, daß wenigstens die Frauen in Athen, solange dieser Staat noch Selbständigkeit hatte, der Aufführung der Trauer- und Lustspiele auf den dortigen Theatern während der Bacchusfeste *nicht* beiwohnten. Mehrere vertraute Kenner des Altertums haben seitdem meiner Behauptung beigepflichtet. Allein die meisten sind ungläubig geblieben.«

797: *Nr. 117. An Marie v. Kleist* – nach der Kopie wie Nr. 106. Noch in Minde-Pouets zweiter Briefausgabe zusammen mit dem vorangestellten Fragment Nr. 118 als *ein* Brief abgedruckt; doch ergibt der Befund der Kopie, daß es sich um zwei getrennte Stücke handelt, wobei Nr. 117 inhaltlich vor Nr. 118 gehört: Kleist hatte zunächst den 22./23. Auftritt der »Penthesilea« geschickt, nun sendet er den Schluß.
797,17: *wo mein Gefühl geschwankt hat.* – Danach folgen in der Kopie sechs unlesbar gemachte Zeilen. – Siehe Nachträge S. 1050.

797: *Nr. 118. An Marie v. Kleist* – nach der Kopie wie Nr. 106.
797,21 f: *der ganze Schmutz zugleich und Glanz meiner Seele* – Das einwandfrei lesbare Wort *Schmutz* war im Erstdruck (1821) in *Schmerz* abgeändert worden, eine typische Tiecksche Retusche, die gleichwohl bis heute, entgegen dem Befund der Tieckschen Vorlage, ihre Verteidiger findet.
Das gleiche antithetische Bild tritt bei Kleist häufig auf: »Ganz rein... kanns fast nicht abgehn, / Denn wer das Schmutzge anfaßt, den besudelts.« (Familie Schroffenstein 926 f); von der Reue: »dies menschlich schöne Gefühl... löscht jeden Fleck, / An ihrem Glanze weiden will ich mich« (ebenda 1906 ff); in den Briefen, anläßlich des Beispiels vom »schmutzigen Schnupftuch«: »Bedürfen wir mehr, als *bloß rein* zu sein, um... zu *glänzen?*«(596,2ff); Spiegel: »glatt und klar... schief und schmutzig« (605,15 ff); Fluß: »rein und klar... schmutzig und geschwängert« (685,30); Schwan: »mit Kot beworfen... rein emporgekommen« (Marquise 116,27); »reines Kleid... schmutzge Schürze« (Amph. 557). – Siehe die Diskussion in Euphorion, 1966, S. 388–401, sowie Sembdner, »In Sachen Kleist«, 1974, S. 76–87.
797,24: *ihr andrer Pol* – ähnlich an Collin (818,17): *sie gehören ja wie das + und — der Algebra zusammen.*

798,10f: (Nr. 119) *Wieland* und *Goethe* wurden erst an diesem Tage von Kleist und Müller um Mitarbeit gebeten; weder sie noch *Johannes Müller* haben Beiträge geschickt.

799: *Nr. 120. An Wieland* – Faksimile in J. Nadlers Literaturgeschichte, 4. Aufl., Bd. 2 (1938).
799,12: *schrieb ich Ihnen zweimal* – Luise Wieland (1811): »Nach diesem kurzen Besuch [Juni 1804] schrieb Kleist zwei

Briefe an Vater, die aber unbeantwortet blieben, und so haben
wir von ihm selbst nichts wieder gehört.«

799,23 : *Lehrer des Gegensatzes* – Adam Müller, »Die Lehre vom
Gegensatze«, Berlin 1804.

799,35 : *noch ungedruckter Schriften des Novalis* – E. v. Bülow erfuhr 1845 durch Friedericke v. Kühn-Mandelsloh-Bose (der
Schwester von Novalis' Braut Sophie), daß sie 1808 »wichtige
Papiere, Briefe und Gedichte« aus dem Novalis-Nachlaß durch
Vermittlung ihres Vetters (Ernst Ludw.) v. Bose an Ernst v. Pfuel
oder Rühle übermittelt habe (Lebensspuren Nr. 232). Im Phöbus erschienen drei Gelegenheitsgedichte von ihm.

800,9 : *unter seinen kritischen Schutz* – Über Böttigers heim-
tückische Haltung gegenüber dem Phöbus vgl. meinen
Kommentar zum Phöbus-Neudruck, Darmstadt 1961.

800 :   *Nr. 121. An Cotta* – 1. Faksimiledruck der H.-v.-Kleist-Ges.,
Berlin 1972.

800,31 : *Kapitalvorschuß eines Kunstfreundes* – General v. Carlowitz, »mit dessen Geld der Phöbus gestiftet wurde« (Notiz E. v.
Bülows).

800,33 : *nach dem erweiterten Plane der Horen* – ähnlich in der 1.
Anzeige (446,5); Schillers »Horen« waren 1795–98 bei Cotta
erschienen.

801,13 : *aus inliegender Anzeige* – noch nicht der gedruckte Prospekt, sondern ein handschriftlicher Auszug, der im »Morgenblatt« vom 4. 1. 1808 unter »Notizen« erschien:

»Hr. Heinrich v. *Kleist* und Hr. Adam G. [!] *Müller* werden
in Dresden ein neues Journal für die Kunst unter dem Titel:
Phöbus, nach dem etwas modifizierten und erweiterten Plane
der Horen in diesem Jahre beginnen. Kunstwerke von den
entgegengesetztesten Formen, welchen nichts gemeinschaftlich
zu sein braucht, als Kraft, Klarheit und Tiefe, die alten anerkannten Vorzüge der Deutschen, und Kunstansichten, wie verschiedenartig sie sein mögen, wenn sie nur eigentümlich sind,
und sich zu verteidigen wissen, sollen in dieser Zeitschrift wohltätig wirkend [!] aufgeführt werden.«

Die auf falscher Lesung beruhenden Fehler deuten auf eine
Handschrift als Druckvorlage. Cotta hatte Kleists Brief erst am
31. 12. 1807 erhalten und am gleichen Tage beantwortet;
Kleists vorläufige Anzeige nahm er unverzüglich in den redaktionellen Teil auf. Die vollständige Anzeige nach dem gedruckten Prospekt erschien in Cottas »Allgemeiner Zeitung«
am 10. 1., im »Morgenblatt« am 11. 1. 1808 (Intelligenzblatt
Nr. 1).

801,17 : *Aufsatz für das Morgenblatt* – Die uns unbekannte Kleistsche Arbeit fand keine Aufnahme.

801,32 :   *(Nr. 122) Anzeige* – Dem Brief lag das schöne Einzelblatt in
Quart (S. 446) bei.

802,12: *Frau Tochter* – Lydia v. Auerswald, seit 1802 mit Theodor v. Schön verheiratet, war am 16. 8. 1807 gestorben, was
Kleist nicht wußte und was ihm auch Auerswald in seiner Antwort (S. 803) vorenthielt.

803,7 ff: *(Nr. 123) wie Rosse im Macbeth* – Shakespeares »Macbeth« IV, 3:
»Ach! armes Land,/Das fast vor sich erschrickt! . . . keiner
fragt:/*Um wen?* beim Grabgeläut; der Wackern Leben/Welkt
schneller als der Strauß auf ihrem Hut,/Sie sterben, eh sie krank
sind . . . die neueste Kränkung?/Wer die erzählt, die eine
Stunde alt,/Wird ausgezischt; jedweder Augenblick/Zeugt
eine neue.« Ein Zitat aus dem gleichen Auftritt auch im »Brief
eines Dichters« (S. 349).

803: *Auerswald an Kleist* – Erstdruck: Steig, Neue Kunde, Berlin
1902.

804,19: *(Nr. 124) Die Horen setzten 3000 Exemplare ab* – Die Auflage
von Schillers Zeitschrift betrug im ersten Jahrgang (1795) 2000,
im zweiten 1500, im dritten 1000. Die Anfangsauflage des Phöbus ist nicht bekannt; vom 7. Stück an wurden nach Böttigers
Angabe nur noch 150 Exemplare gedruckt.

804,23: *Graf Kanikow* – er schrieb sich *Chanikoff;* von ihm sind
keine Beiträge erschienen.

804,24: *Velin* – glattes, gutes Papier; *an alle Fürsten Deutschlands*
– Wir wissen von der Überreichung des ersten Phöbus-Heftes
an Kaiser Franz von Österreich (vgl. Nr. 128) und an König
Jérome von Westfalen (vgl. Nr. 126).

804,33: *Portechaisenträger* – Sänftenträger.

805: *Jean Paul an die Redaktion* – Erstdruck: E. Berend, in Jahrb. d.
Kleist-Ges. 1922. In einem Brief an die Berliner Freundin
Ernestine v. Hake vom gleichen Tage schreibt Jean Paul, er
habe vier Ursachen, ihren Wunsch zu erfüllen: die Kunst,
Kleist, Müller und sie. Als Thema für die nicht zustande ge-
kommene Mitarbeit notiert er sich: »Briefe über die Vorschule
[der Ästhetik]«. Woher Kleist oder Müller Frl. v. Hake kannten,
ist nicht überliefert.

805,8: *drei Kunstwerke der Prose und Poesie* – Müllers »Lehre vom
Gegensatze«, 1804, seine »Vorlesungen über deutsche Wissenschaft und Literatur«, 1806, und Kleists »Amphitryon«, 1807.
Die »Familie Schroffenstein«, die Jean Paul in seiner »Vorschule
der Ästhetik« (1804) gleichfalls wohlwollend erwähnt, war
anonym erschienen.

805: *Nr. 125. An Goethe* – Faksimile in Minde-Pouets Briefband,
1905; danach lese ich *Herr Geheimerat* (nicht *Geheimrat*).

805,22: *auf den ›Knieen meines Herzens‹* – ähnlich Penthesilea
2800: *Vor der mein Herz auf Knieen niederfällt;* nach dem biblischen Gebet Manasse: »Darum beuge ich nun die Kniee meines
Herzens«; vgl. Käthchen 2574: *In meines Herzens Händen.*

805,26: *das Trauerspiel* – Organisches Fragment der Penthesilea (s. Bd. I, S. 856–59).

806,11: *Abschätzungsregeln der Aufsätze* – in der 2. Phöbus-Anzeige (S. 448).

806,13: *Ew. Exzellenz gütige Äußerungen* – Rühle an Bertuch, 11. 1. 1808: »Goethe hat Müller geantwortet und versprochen, sobald es Zeit und Gesundheit erlauben, Beiträge zum Phöbus zu geben.« Goethes Brief vom 1. 1. 1808 ist nicht erhalten.

806: *Goethe an Kleist* – von Riemers Hand; neben Wilhelmines Brief (S. 721) das einzige Schreiben an Kleist, das im Original auf uns gekommen ist; vermutlich hatte Kleist es zu Lebzeiten verschenkt. Erstdruck: Grenzboten 1859; Faksimile: Propyläen-Weltgeschichte, Bd. 7 (1929). Danach ist der Abdruck in der Sophienausgabe, dem unser Text folgt, nicht korrekt; es stehen Kommas hinter *Region, muß*, keine Kommas hinter *besser, wartet*; ferner: *Chalderon; Tournuren* statt *Tournüren*; die Anschrift lautet: *Des. Herren von Kleist, Hochwohlgeb., Dresden. fr.*

806,28: *wovon mir einige bekannt waren* – Gemeint ist wohl der Beitrag »Über die Bedeutung des Tanzes«, der nach meinen Ermittlungen von Christian Gottfried Körner verfaßt war und sich mit dessen Aufsatz »Über Charakterdarstellung in der Musik« (Horen 1795) in vielem berührt. Die anderen Prosa-Aufsätze des Heftes stammten sämtlich von Adam Müller und waren noch ungedruckt.

806,29: Goethe an Frau v. Stein, 7. 8. 1808: »Die prosaischen Aufsätze des mitkommenden Heftes werden Sie mit Vergnügen lesen. Die poetischen empfehlen sich vielleicht nicht so sehr.«

807,4: *hic Rhodus, hic salta!* – lat. »Hier ist Rhodus, hier springe!« (d. h. hier zeige, was du kannst; nach einer Äsopischen Fabel)

807,5: *mutatis mutandis* – lat. »mit den erforderlichen Änderungen«.

807,9: *Tournüren* – frz. »Wendungen«.

807,10: *Nächstens mehr.* – Anscheinend nachträglich hinzugesetzt, so daß die Schrift in Goethes Unterschrift hineinreicht.

807: *Nr. 126. An Buchhändler Dieterich* – Erstdruck: in Karl Federns Kleist-Ausgabe, Berlin 1924, Bd. 2. Der Brief ist von Adam Müller geschrieben und von Kleist mit unterzeichnet.

807: *Nr. 127. An Ulrike* – Erstdruck (ungenau) wie Nr. 126.

808: *Nr. 128. An Frh. v. Sumeraw* – Erstdruck: H. Eichler, in Dichtung und Volkstum, Bd. 35, 1934. Der Brief ist wie Nr. 126 von Adam Müller geschrieben. Kaiser Franz I. zu Sumeraws Präsidialvortrag am 20. 1. 1808: »Die zwei Exemplare des angekündigten Journals werde Ich, wenn sie Mir eingesendet werden sollten, wohlgefällig aufnehmen.« Daraufhin gingen am 4. 2. die beiden Hefte mit einem eigens gedruckten Widmungs-

blatt nach Wien ab. Franz I. an seinen Adjutanten, 10. 2. 1808:
»Die zwei Exemplare des Journals Phöbus habe Ich zurückbehalten, und werde Ihnen hierwegen meine Entschließungen
im besonderen erteilen.« (Lebensspuren Nr. 219a–220g)

808:    *Nr. 129. An Ulrike* – Der von Kleist nur flüchtig mit *d. 8.* da-
tierte Brief wurde bisher in den Januar gesetzt. Zu meiner Datierung: In dem Brief ist von der Buchhandels-Konzession die
Rede: *die vier Buchhändler, die hier sind, treten allzusamt dagegen
auf* – Erst am 8. 1. 1808 schickte der sächsische König Müllers
Gesuch an den Dresdner Stadtrat, der es am 20. 1. den Buchhändlern Walter, Hilscher, Gerlach und Arnold zur Stellungnahme binnen 8 Tagen vorlegte. Aufgrund ihres ausführlichen
Gutachtens wurde Müllers Gesuch am 22. 2. 1808 abgelehnt
(vgl. J. Baxa, in Zeitschr. f. dt. Philologie 1956; Lebensspuren Nr. 202–204). Kleists Schreiben muß demnach in den
Anfang Februar fallen. Einen weiteren Anhaltspunkt bietet
Kleists Frage: *was ist denn das für ein Komet, den mir Caroline
Schönfeld zeigen will?* Die bisher ungeklärte Stelle bezieht sich
vermutlich auf eine hämische Glosse in der Berliner Spenerschen Zeitung vom 16. 1. 1808, in der ein »Cain Müller« (d.i.
Böttiger) aus »Dresden, den 3. Januar« vor der großen Gefahr
eines neuen Kometen warnt, nämlich des »Phöbus«, der die
Zügel seines Wagens irdischen Kunstreitern überlassen habe.
Diesen Zeitungsartikel wird Karoline v. Schönfeldt von einem
Berliner Besuch nach Dresden, wo sie lebte, mitgebracht haben, um ihn Kleist zu zeigen. Auch das führt uns auf den Februar.

809,3: *die Familie Hardenberg hat uns beauftragt* – sehr seltsam, da
zu dieser Zeit Friedrich Schlegel bereits eifrig an einer Erweiterung der 1805 bei Reimer erschienenen Novalis-Ausgabe arbeitete (R. Samuel, Zur Geschichte des Nachlasses Hardenbergs, Jahrb. d. Dt. Schillerges. 1958); vgl. auch unter 799,35.

809,11: *Wieland* – sein Brief ist nicht bekannt; er scheint aber
gar nicht geantwortet zu haben (vgl. unter 799,12).

809,15: *wenn der Prinz dahingeht* – Prinz Bernhard von Sachsen-
Weimar; ob Kleist bei der Aufführung am 2. 3. 1808 in Weimar anwesend war, ist nicht bekannt, aber auch nicht ausgeschlossen.

809:    *Nr. 130. An Collin* – im Besitz des Freien Dt. Hochstifts Frankfurt a. M.; Faksimile: E. Beutler, Der Glaube H. v. Kleists,
Frankf. Bibliophilen-Ges. (1937).

809,31: *unser Gesuch* – Adam Müller hatte am 5. 1. 1808 an
Collin geschrieben (Lebensspuren Nr. 208). Collin steuerte
nichts bei.

810,10: *außer der Penthesilea im Besitz noch zweier Tragödien* –
Guiskard und das (Schauspiel!) Käthchen.

810,19: *Privatvorstellung, aus der nichts ward* – vgl. 790,31.

810,36: *noch nicht einmal die Ankündigung ist in Wien erschienen* –
Sie war im Januar im Wiener »Sonntagsblatt« veröffentlicht
worden; das gleiche Blatt meldete im Juli, daß »in ganz Wien
bisher ein einziges Exemplar dieses Journals, aus den Magazinen
der Buchhändler, in das Publikum gekommen« sei.

811:   *Nr. 131. An Rühle* – »Der in seiner äußeren Lage damals am
meisten vom Glück begünstigte Rühle hatte übrigens die Befriedigung, für den Lebensunterhalt des Freundes vorzugsweise
sorgen zu können.« (Rühles Biographie 1847, Lebensspuren
Nr. 193)

811:   *Nr. 132. An Rühle* – Bereits am 29. 3. 1808 hatte Müller an
Frh. v. Müffling geschrieben: »In der Redaktion des Phöbus,
bei der ich überhaupt nur untergeordnet und abhängig wirke,
muß eine große Veränderung vorgenommen werden, wenn
derselbige, trotz der guten Absicht, ohne bedeutenden Verlust
getragen werden soll, und deshalb hoffe ich, Kleist zu alleiniger
Übernahme der Redaktion zu überreden.« (Lebensspuren
Nr. 258)

811,21: *müssen wir uns . . . verschreiben* – zunächst: *muß ich mich*
811,28: *(Nr. 133) auf die eigene Bekanntschaft* – Kleist hatte den Leipziger
Verleger Göschen im Februar 1803 durch Wielands Empfeh-
lung kennengelernt (Lebensspuren Nr. 95).

812,12: *die Berechnung* – Diese Beilage fehlt.

812:   *Nr. 134. An Cotta* – Cotta erhielt den Brief in Tübingen erst
am 26. 6. und antwortete am 9. 7. 1808. Wie aus Kleists um-
gehendem Dankesbrief vom 24. 7. (Nr. 135) hervorgeht, hatte
ihm Cotta sofort, ohne noch die »Penthesilea« gesehen zu haben, außer den Druckkosten auch den erbetenen *Vorschuß von
150 Rth.* überwiesen. Ebenso muß er sich hinsichtlich des
»Käthchen« positiv geäußert haben, da Kleist noch am 12. 1.
1810 auf Cottas Schreiben zurückkommt.

813,7: *Druckkosten* – »Dieselben belaufen sich nach dem Anschlag
bei einer Auflage von 750 Expl. insgesamt auf 203 Thlr. 14 gr.«
(Fußnote in Munckers Ausgabe, 1883; siehe jetzt den Wortlaut
des Kostenanschlags in Nachträge, S. 1051, Nr. 134).

813,17: *Zeichnungen von Hr. Hartmann* – Schon im Herbst 1807
wollte Ferdinand Hartmann die Dichtungen seiner Freunde mit
»Umrissen von den Werken hiesiger Maler« herausgeben (Lebensspuren Nr. 195); aus diesem Plan war der »Phöbus« entstanden.

813,21: *Stücke, wovon im Phöbus Fragmente erschienen* – d.i.
Penthesilea, Zerbr. Krug, Guiskard, Käthchen; das angekündigte weitere Stück muß die Hermannsschlacht sein, die aber
nicht mehr veröffentlicht wurde.

813,29: *eine Kritik* – erschien weder von Friedrich Schlegel, der auch sonst nichts beitrug, noch von Wetzel; die in Aussicht gestellte Inhaltsanzeige des 6. Heftes brachte das »Morgenblatt« erst am 22. 12. 1808. Frau v. Staël steuerte eine franz. Übersetzung von Schillers »Siegesfest« bei.

814:     *Nr. 135. An Cotta* – Faksimile bei L. Lohrer, Cotta – Geschichte eines Verlags, Stuttgart 1959. Cotta erhielt den Brief am 9. 8. und antwortete am 31. 8. 1808.

814,2: *durch die Übernahme der Penthesilea* – Noch bevor Cottas Zusage vorlag, mit der man offenbar nicht mehr gerechnet hatte, war das Buch, wie aus dem folgenden hervorgeht, bereits ausgedruckt und fast die halbe Auflage ausgeliefert worden (diese Exemplare tragen nicht die Cottasche Verlagsangabe, sondern nur den Druckvermerk von Carl Gottlob Gärtner); Cotta selbst hatte das Werk vorher nicht zu sehen bekommen. Böttiger an Cotta, 21. 10. 1808: »Ich habe mich schon gewundert, nun Sie Kleists Penthesilea in Verlag nehmen. Aber es ging mich nichts an und ich schwieg.« Cotta war nach Varnhagens Zeugnis »unzufrieden mit dem Erzeugnis, und wollte das Buch gar nicht anzeigen, damit es nicht gefordert würde«; in Cottas Anzeige der zu Michaelis 1808 erschienenen Bücher heißt es: »Die Genialität des Verfassers bewährt sich auch in dieser Arbeit, und es ist nur zu wünschen, daß sie sich weniger exzentrisch zeigen möchte.« (s. auch Lebensspuren Nr. 277a)

814,13: *da das Werk nur c. 12 enthält* – Tatsächlich hatte die »Penthesilea« nur 11 Druckbogen (176 Seiten, dazu 1 Titelblatt und 1 Seite »Verbesserungen«).

814,14: *von den mir überschickten 353 Rth.* – 203 Rth. Druckkosten und 150 Rth. Honorarvorschuß.

814,16: Der *Ladenpreis* betrug broschiert 1 Rthlr. 8 gr.

814,27: *da bisher noch von keinem Honorar die Rede war* – Durch den Druck wurden damals die Stücke tantiemenfrei.

815,17:   *(Nr. 136) an die Sächsische Hauptbühne verkauft* – Das »Käthchen« wurde erst am 17. 3. 1810, und zwar in Wien, uraufgeführt.

815,33: *G. P.* – zunächst: *Graf P.* (von Kleist sorgfältig gestrichen!); wahrscheinlich im Zusammenhang mit Kleists geheimer politischer Tätigkeit, von welcher der damalige Leutnant v. Hüser später berichtet: »So bin ich zum Beispiel mehrere Male bis Baruth geritten, um dort an den als Dichter bekannten H. v. Kleist, der unser Gesinnungsgenosse war und in Dresden lebte, Briefe auf die Post zu bringen.« (Lebensspuren Nr. 313)

Aufgrund eines Schreibens der Generalpostdirektion in Düsseldorf vom 4. 8. 1808 an einen ehem. preuß. Premierleutnant Kleist in Hamm folgerte W. Beck (Archiv f. dt. Postgeschichte 1958,1), daß Kleist sich in dieser Zeit um Anstellung im franz. Postdienst beworben habe; eine völlig absurde Konstruktion, selbst wenn man davon absieht, daß es 1806 nicht weniger als 54 Träger des Namens im preuß. Offizierskorps gegeben hatte (Zedlitz, Pantheon d. Preuß. Heeres, 1835).

816,8: *Aug. 1808* – Kleist schreibt versehentlich: *1809.*

816: *Nr. 137. An Ulrike* – Faksimile in Waetzolds Ausgabe (1908), Bd. 2.

816,24: *schürz und schwinge Dich* – ebenso im »Käthchen« 1969. Minde-Pouet weist auf Bürgers »Lenore«: »Komm, schürze, spring und schwinge dich.«

816: *Nr. 138. An Collin* – Erstdruck: Minde-Pouet, Jahrb. d. Kleist-Ges. 1937; Faksimile: Dt. Kulturwart, Cottbus, Nov./Dez. 1935.

817: *Nr. 139. An Varnhagen* – Varnhagen, der lt. Fremdenliste am 25. 9. in Dresden eingetroffen war, schrieb am 13. 10. 1808 an Fouqué: »Heinrich Kleist habe ich noch nicht gesehen, er ist verreist, hat mir ein freundliches Billet geschickt vorher, da ich aber schon nach Leipzig hinüber war.«

817,20: *(Nr. 140) in der Sache der Fr. v. Haza* – Sie betrieb damals die Scheidung von ihrem Mann, dessen Familienbesitz in *Lewitz*, Krs. Meseritz, lag. Adam Müller, bei dem sie in Dresden lebte, heiratete sie nach ihrer Scheidung 1809. Ulrike (1828): »Auch tat er alles mögliche, das Hasansche Ehepaar wieder zu vereinigen, und es soll deshalb zwischen ihnen zu sehr ernsthaften Auftritten gekommen sein.«

818,4: *Buchhändler Walter hat den Phöbus übernommen* – vom 7. Heft an; vgl. die Anzeige (S. 450), die Ende November 1808 erschien.

818,11: *(Nr. 141) die Berliner Bühne, die es aufführt* – Die Vermittlung geschah, wie bisher nicht bemerkt wurde, durch Major v. Schack, der vier Monate später auch Kleists Ode »An den König von Preußen« in Berlin zum Druck zu bringen suchte (Lebensspuren Nr. 315b). Als Kleists Drama im Sommer 1810 Iffland aufs neue vorgelegt wurde, bezieht sich dieser auf die seinerzeitige Überreichung durch Schack, dem er damals erwidert habe, »daß ich die bedeutenden dramatischen Anlagen ehre, welche diese Arbeit dartut, daß aber das Stück in der Weise und Zusammenfügung, wie es ist, auf der Bühne sich nicht halten könne« (837,10).

818,22: *Quittung* – über 300 Gulden; vgl. Nr. 145.

819: *Nr. 142. An Rühle* – Faks.: Aukt. Katalog Henrici 108, Mai 1926.

819: *Nr. 144. An Altenstein* – Erstdruck: Minde-Pouet, wie Nr. 87.

819,30: *durch den Inhalt der letzten Berliner Zeitungsblätter* – In Berlin waren im Dezember die letzten französischen Truppen abgezogen; man hatte den Einzug des preußischen Militärs, vor allem Schills, mit patriotischer Begeisterung gefeiert und bereitete sich auf den Empfang des Königspaars vor. Altenstein selbst war am 24. 11. 1808 nach Steins Abdankung an die Spitze der Verwaltung berufen worden.

820,1: *jener Sohn der Erde* – Antäus; wie 374,17 und Bd. 1, S. 28 (An Franz den Ersten).

820,20: *politisch-ökonomische Vorlesungen* – Müllers Vorlesungen über »Das Ganze der Staatswissenschaft« vom 19. 11. 1808 bis 30. 3. 1809; sie erschienen 1809 unter dem Titel »Die Elemente der Staatskunst« bei Sander in Berlin und wurden von Kleist auch Fouqué gegenüber gerühmt (861,20 ff).

821,8: *Er weiß von diesem Schreiben nichts* – Müller strebte bereits seit März 1808 von Dresden fort; in Berlin, wohin er im Juli 1809 floh, schreibt er am 29. 8. 1809 an Stägemann von seinem Wunsch, den er »bereits vor mehreren Monaten« Altenstein vorgetragen habe: »Ich erwarte vom preußischen Dienst, den ich hinlänglich kenne, vorläufig nichts als Arbeit und Leiden, die mich aber hinlänglich reizen, weil sie dem Vaterlande geweiht werden, welches gerettet werden kann«. Ein Vierteljahr nach diesem zweifellos von Müller veranlaßten Freundschaftsdienst kommt es zum völligen Bruch mit ihm (vgl. Nr. 146).

822: *Nr. 146. An Buchhändler Walther* – Faksimile in E. Wolbes »Handbuch für Autographensammler«, Berlin 1923.

822,8: *der Kontrakt* – Ende Oktober 1808 war es Müller gelungen, Walther als Verleger des zweiten Phöbus-Halbjahrgangs zu gewinnen, allerdings unter schweren finanziellen Zugeständnissen; nicht nur, daß Walther (nach Böttigers Mitteilung) keinerlei Honorar zahlte, Müller überschrieb ihm auch alle Außenstände an Abonnementsgeldern für die geringe Summe von 130 Talern (so muß es auch in Kleists Brief heißen; der zu groß geratene linke Bogen der Null ließ die Zahl als *136* erscheinen). Von diesem Umstand erfuhr Kleist erst jetzt, als es zur Schlußabrechnung kommen sollte. Am gleichen Tage schrieb Müller zu seiner Rechtfertigung an Rühle und Pfuel: »Der Phöbus hätte mit Ende Mai aufgehört, der Verlust wäre noch größer gewesen und Schande obenein erfolgt – niemand hat mir beigestanden, ich habe in der ungünstigsten Lage der Dinge einen Verleger geschafft, wodurch wenigstens 130 Taler und die *Ehre* der Entreprise gerettet worden ist.« Die heftige Auseinandersetzung, bei der ihm Kleist Dinge ins Gesicht gesagt habe, »die ich mit nichts anders als den Waffen beantworten kann«, führte zu einer Duellforderung, die von den Freunden offenbar beigelegt werden konnte (nach R. Mühlher; vgl. Lebensspuren Nr. 311).

822,20: *für das nächste Jahr* – Das letzte Heft war Ende Februar 1809 ausgegeben worden; ein zweiter Jahrgang kam nicht zustande.

822,27: *Willsche Gasse* – eigentlich Wilsdruffer Gasse; die Löwenapotheke hatte die Nr. 194, später Nr. 1.

822,29: (Nr. 147) *mit der Kaiserl. Gesandtschaft* – Kleist verließ Dresden erst am 29. 4. 1809 mit Dahlmann (vgl. Nr. 150). Gubernialrat Breinl an Kolowrat, 5. 5. 1809: »Er erhielt von der österr. Gesandtschaft zu Dresden einen Paß zur Reise nach Wien, um, da sein Geist und Patriotismus mehr Nahrung und Wirkung daselbst erhalten wird, mit Nutzen arbeiten zu können.« Dahlmann (1849): »Mit Hülfe eines österr. Gesandtschaftspasses, der freilich zugleich die Reisenden unauflöslich aneinanderschmiedete, fanden wir, als die Grenze schon abgesperrt war, glücklich Unterkunft in Prag«. (Lebensspuren Nr. 326, 316)

823,6: *von der kleinen Erbschaft* – vgl. Nr. 148; Frau v. Massow war am 11. 1. 1809 gestorben; in ihrem Testament hatte sie ihre vielen Nichten und Neffen, darunter auch »Heinrich v. Kleist, jetzt auf Reisen« mit je 400 Talern Kurant bedacht, welche Summe 6 Monate nach dem Tode ohne Zinsen auszuzahlen war. (Lebensspuren Nr. 314)

823,15: *Mittwoch oder Donnerstag* – 12. oder 13. 4. 1809; Kleist traf mit Ulrike, wie aus der Unterschrift des Reverses (Nr. 148) hervorgeht, am 14. 4. 1809 zusammen.

823,28: (Nr. 149) *300 fl.* – 300 Florins = Gulden; warum das Geld, das er schon einmal quittiert hatte (s. Nr. 145), nach Berlin ging, wissen wir nicht.

823,33: *der Verleger hat es nicht gewagt, sich zu nennen* – Es muß sich um einen unbekannten Dresdner Nachdruck handeln, da in der Originalausgabe (Wien 1809) Anton Strauß als Verleger genannt ist.

824,4: *nur nicht zusammenhängend* – vgl. Kleists Fußnote Bd. 1, S. 29; offenbar handelt es sich um die gleiche Sendung.

824,26: *einen Pendant zur Geschichte von Spanien* – Karl IV. von Spanien war vom Volk zur Abdankung gezwungen worden und mit seiner Gemahlin nach Frankreich geflohen, wo ihn Napoleon zum endgültigen Thronverzicht veranlaßte; das sächsische Königspaar mußte auf Napoleons Wunsch Dresden verlassen (s. Kleists Aufsatz »Über die Abreise des Königs von Sachsen aus Dresden«. Nachträge S. 1031/37).

825,29: (Nr. 150) *den Kaufmann* – zunächst: *diesen Juden;* in einer Aktenbemerkung des Dresdner Stadtrats heißt es 1814 über Salomon Jakob Ascher: »34 Jahre alt, ohne Frau und Kinder, treibt Handel, ist ohne Vermögen«; seine Ausweisung wurde damit begründet, daß »dieses Juden Aufführung wenigstens der Obrigkeit nicht ohne Grund als ziemlich zweideutig vorgekommen« (frdl. Mitteilung von Prof. R. Samuel aufgrund einer Auskunft des Sächs. Hauptstaatsarchivs 1938).

826: *Nr. 151. An Baron v. Buol* – Aus einer Fotokopie des Briefes, die mir Prof. R. Samuel zur Verfügung stellte, ergab sich, daß der Brief bereits am 24. Mai niedergeschrieben und dann umdatiert wurde (826,25: *die Nacht vom 23. zum 24.* – zunächst: *heute Nacht;* 826,32: *den 25. Mai* – zunächst: *den 24. Mai*). Während K. Federn (Kleist-Ausgabe 1924, Kleist-Biographie 1929) vermutete, daß der Brief an Friedrich v. Pfuel gerichtet ist, der damals mit Knesebeck den Kriegsschauplatz in preußischem Auftrag bereiste, konnte H. F. Weiss den Baron Buol als Empfänger nachweisen, der als österr. Geschäftsträger eine wichtige Rolle für Kleists publizistische Absichten spielte (Jahrb. d. Dt. Schillerges. 1981).

826,6: *feucht aus der Presse kommend* – vermutlich ein österr. Heeresbericht von dem Sieg bei Aspern (Armeebefehl des Erzherzogs Karl vom 24. 5. 1809 oder Radetzkys eigener Aufruf), den Kleist von Radetzky empfangen hatte, der dem Stab des am äußersten rechten Flügel stehenden 5. Armeekorps zugeteilt war. *Reçu le 1 Juin...* – »Empfangen den 1. Juni 1809, am Tage nach Kleists Rückkehr«. Auf der Hinreise nach Wien waren Kleist und Dahlmann mit Knesebeck und Buol in Znaim zusammengetroffen; Kleist war mit Dahlmann nach Stockerau weitergefahren, während Knesebeck und Buol nach Prag zurückkehrten, wohin Kleist und Dahlmann am 31. Mai, nach ihrem mißglückten Abstecher auf das Schlachtfeld von Aspern, folgten.

826,18: *was ich am 22. in Enzersdorf selbst sah* – Groß-Enzersdorf bei Aspern (nicht zu verwechseln mit dem 20 km entfernten Dorf *Langen-Enzersdorf,* 826,27) war am 21. Mai von den Franzosen besetzt, aber am nächsten Tag wieder frei und außerhalb des eigentlichen Kampfgeschehens.

826,22 ff: *Wir gehen heute . . . nach Kakeran und Aspern* – Dahlmann gab später (1849 und 1859) einen anschaulichen, bezüglich der Daten allerdings unzuverlässigen Bericht ihrer Erlebnisse: »Den Tag [muß heißen: drei Tage] nach der Schlacht besuchten wir das Schlachtfeld; der Wirt gab Pferde und Wagen her und fuhr uns selbst. Wie leichten Herzens fühlten wir uns inmitten dieses Anblicks der grauenvollen Zerstörung . . . Niemand störte uns in unsrer Wanderung über das Schlachtfeld«; auf eine unvorsichtige Frage an einen Bauern werden sie als angebliche Spione verhaftet und in das österr. Hauptquartier Markgraf-Neusiedl zum Marschall Hiller gebracht, der »unsre Wanderung auf ein frisches Schlachtfeld hin etwas verwegen fand«. Da der Wirt inzwischen davongefahren war, mußten sie todmüde, wie sie waren, ein nächtliches Unterkommen in dem eine gute Strecke entfernten Dorf Kagran suchen. (Lebensspuren Nr. 316,317)

826,25: *Erzh. Carl sei . . . über die Donau gegangen* – Das hätte zwar zur Ausnutzung des Sieges geschehen müssen, war aber unterblieben.

827,2 ff: *Die Einlage an Hartmann* ... – Der letzte Satz ist, wie die o. a. Datumskorrekturen, mit anderer Tinte nachträglich dazugesetzt. Friedrich Laun berichtet in seinen Memoiren (1837), daß Hartmann bald nach Kleists Abreise zwei Briefe mit dem angeblichen Ersuchen erhalten habe, ihm eine Quantität Arsenik zu besorgen (Lebensspuren Nr. 321).

827:    *Nr. 152. An Friedrich von Schlegel* – Besitzer: Historical Society, Philadelphia. Datum aus *12. Juni* verbessert, Nachschrift vom 13. Juni. Schlegel war damals Sekretär der Hof- und Staatskanzlei; Kleist kannte ihn persönlich von früher (vgl. 704,14).

827,6: *ein Gesuch* – Graf Wallis hatte Kleists Gesuch am 12. 6. 1809 nach Wien an den Grafen Stadion mit dem Bemerken weitergeleitet, »daß ein sicherer von Kleist, als Schriftsteller nicht unbekannt und von dem ehemaligen Sekretär bei der k.k. Gesandtschaft in Dresden, von Buol, besonders empfohlen, eine Zeitschrift unter dem Titel Germania in Prag herauszugeben willens ist, deren Tendenz auf Norddeutschland gerichtet sein soll.« Vgl. Kleists »Einleitung« S. 375.

827,36: *Brückengasse Nr. 39* – Dahlmann (1859): »In Prag nahmen wir zwei Zimmer nebeneinander in einem Privathause, wenig Häuser von der Moldaubrücke an der kleinen Seite einem Kaffeehause gegenüber.«

828,6: *können Schill vielleicht noch retten* – Er war bereits am 31. 5. 1809 in Stralsund gefallen.

828,28:   *(Nr. 153) höhere Bewilligung* – Am 17. 6. 1809 war Kleists Gesuch dem Kaiser vorgelegt worden; noch am 13. 9. war keine Entschließung erfolgt, wie aus einer Anfrage aus Prag hervorgeht (Lebensspuren Nr. 328c, 331).

828,31: *die letzten Vorfälle* – Niederlage bei Wagram und Waffenstillstand bei Znaim vom 12. 7. 1809.

828,34: *ein paar ältere Manuskripte* – »Hermannsschlacht« und »Käthchen«; Gleißenberg wohnte in Berlin.

829,34:   *(Nr. 154) ich gehe nach dem Österreichischen zurück* – geschah offenbar nicht, vielmehr scheint er bis auf eine Reise nach Frankfurt a. M. und Gotha (Brief Nr. 156, 157) in Berlin geblieben zu sein (vgl. Lebensspuren Nr. 336, 337, 340).

830:    *Nr. 155. An Dames* – vgl. die Eintragung von Kleists Schuld im Frankfurter Hypothekenbuch, 23. 11. 1809 (Lebensspuren Nr. 335); Kleist gehörte das elterliche Haus zusammen mit seinen vier Geschwistern. *messentlich* – dreimal im Jahr zur Margareten-, Johanni- und Martini-Messe.

830:    *Nr. 156. An Cotta* – Faksimile der ersten Seite im Katalog der Cotta-Ausstellung, Stuttgart 1959. Cotta erhielt den Brief erst am 5. 2. 1810; seine Antwort vom 22. 2. muß Kleist kurz nach Absendung des Briefes Nr. 158 erhalten haben.

830,18: *Ihrem Brief vom 1. Juli 8 gemäß* – Cottas Antwort auf

Kleists Schreiben vom 7. 6. 1808 war nach Cottas Vermerk am 9. 7. 1808 abgegangen; vielleicht hatte sich Kleist im Datum verlesen.

831,29: *(Nr. 157) der Dank* – Collin war am 21. 12. 1809 Hofrat und Ritter des Leopoldordens geworden.

831,34: *Gotha* – Hier hatte Kleist seinen alten Freund Schlotheim aufgesucht, der ihm eine Schuldforderung an den Berliner Lithographen Reuter vermachte (vgl. Brief Nr. 161, 162, 164).

832: *Nr. 158. An Cotta* – Faksimile in Marbacher Schriften 2, 1969, S. 21. Cotta erhielt den Brief am 15. 3. 1810.

833,6: *(Nr. 159) an ihrem Geburtstag* – 10. 3. 1810; wahrscheinlich wurde die dritte Fassung, das Sonett, überreicht (Bd. I, S. 35).

833,10f: *auf dem Privattheater* – Die Aufführung fand nicht statt; auch wurde der »Prinz von Homburg« erst im Sommer 1811 vollendet.

833: *Nr. 160. An Cotta* – Cotta erhielt den Brief am 9. 4. und antwortete am 11. 4. 1810; Kleist muß demnach Ende April wieder im Besitz des Käthchen-Manuskriptes gewesen sein.

834,4: *(Nr. 161) Auszahlung der 22 Pränumerationsscheine* – Schlotheim an W. Reuter, 18. 2. 1810: »Für die von mir an Sie den 28. Juli 1806 ausgezahlten 30 Rth. Pränumeration auf eine Karte von Schwedisch-Pommern werde ich aber einem meiner dasigen Bekannten, dem Herrn Heinrich v. Kleist, ... eine Anweisung ausfertigen, welche Sie die Güte haben werden anzuerkennen und nach der gebräuchlichen Sicht zu berichtigen. Es fehlen mir 8 Stück der Pränumerationsscheine«; *Pränumeration* = »Vorauszahlung«. Die Landkarte war nicht erschienen.

834,19: *(Nr. 162) in Ihrer Schuld stehen* – Nach Reuters Behauptung waren ihm zwei Steinplatten nicht bezahlt worden; Schlotheim schrieb daraufhin an Reuter, 25. 4. 1810: »Diesen Wert [1 Rth.] von meiner zurückgeforderten Pränumeration abzuziehen, stelle ich Ihnen frei, ob ich gleich nicht leugnen kann, daß eine Gegenrechnung unbedeutender Kleinigkeiten nicht berechtigen kann, die Rückzahlung einer mit schriftlichen Bescheinigungen belegten rechtlichen Forderung aufzuschieben.« (nach P. Hoffmann; Lebensspuren Nr. 349a, b)

835: *Nr. 163. An Reimer* – Erstdruck: Minde-Pouet, Jahrb. d. Kleist-Ges. 1925/26.

835: *Nr. 165. An Reimer* – Zu meiner Datierung der Briefe Nr. 165, 169, 173 an Reimer vgl. Dt. Vierteljahrsschr. f. Literaturwiss. u. Geistesgesch. 1953, S. 608–10.

835,18: *Persiles* – bei Kleist nicht in Anführungszeichen; Cervantes' »Drangsale des Persiles« in der Übersetzung von Franz Theremin waren 1808 bei Reimer erschienen; ein Motiv des Romans ist im »Zweikampf« benutzt.

835,19: *Moralische Erzählungen* – Den gleichen Titel trugen seit

1782 Sophie von La Roches Erzählungen, seit 1794 August Lafontaines Erzählungen.

835,25: *(Nr. 166) Vermählungsfeierlichkeiten* – Napoleons Vermählung mit Maria Luise von Österreich am 2. 4. 1810; die Aufführung am 17. 3. fand nicht zu dieser Gelegenheit statt. Im »Schreiben aus Paris« (384,33) setzt Kleist dagegen die Feiern irrtümlich auf den 15. 4. 1810 an.

836,2: *inliegenden Artikel* – Vossische Zeitung, 12. 4. 1810: »Den 17. März wurde im Theater an der Wien das Käthchen von Heilbronn mit sehr geteiltem Beifall gegeben, doch aber mit solchem Zulaufe, daß das Stück drei Tage hintereinander gespielt wurde.« Der von Kleist erwähnte »Moniteur«, 2. 5. 1810, hatte aus Wien berichtet, daß die neuen Stücke, wie »Käthchen«, »Rochus Pumpernickel« usw. »au-dessous de toute critique« seien, obschon sie eine ungeheure Zahl von Zuschauern anlockten. (Lebensspuren Nr. 354a, 356)

836: *Nr. 167. An Iffland* – Erstdruck mit Faksimile: Minde-Pouet, Berl. Tageblatt, 1. 1. 1924.

836: *Nr. 168. An Iffland* – Fouqué an Varnhagen. 11. 10. 1810: »Weißt Du denn schon die herrliche Geschichte mit Iffland und Kleist? – Dieser schickt jenem sein Käthchen von Heilbronn zur Aufführung ein. Iffland antwortet lange gar nicht. Endlich schreibt ihm Kleist: er möge ihm das Manuskript zum Behuf einer freundschaftlichen Mitteilung zurücksenden, nachher stehe es ihm wieder zu Diensten. Dadurch denkt er ihn zu einer Erklärung zu kriegen. Der grobe Edelmütige aber wickelt das Manuskript in Löschpapier, und so findet es Kleist des Abends ohne Billet auf seinem Tische. Tages darauf erfährt Kleist, daß Iffland einem dritten gesagt hat: Das Käthchen gefalle ihm nicht, und was ihm nicht gefalle, führe er nicht auf. Nun wird Kleist grimmig und schickt ihm folgenden Zettel . . .« Auch die Hamburger »Nordischen Miszellen«, 21. 10. 1810, berichten von Kleists Billet an Iffland, »welches nachher im Publikum zirkulierte, und worin er sich eben nicht auf die delikateste Weise zu rächen gesucht hat« (Lebensspuren Nr. 365a, 415). Kleists bissiger Brief, in dem er auf Ifflands gleichgeschlechtliche Neigungen anspielte, war also zum Stadtgespräch geworden.

837: *Nr. 169. An Reimer* – Der jetzige Besitzer des Schreibens, das Minde-Pouet nur in Abschrift vorgelegen hatte, Herr Dr. med. Ernst Meyer-Camberg/Taunus, teilte mir freundlicherweise die Abweichungen zum bisherigen Druck mit (*p. p.* am Anfang, *gleich* unterstrichen); es handelt sich um den unteren Teil eines Folioblattes, vielleicht des Titelblattes vom Käthchen-Manuskript, von dem die Zeilen später abgeschnitten wurden; daher auch, nach Annahme des Besitzers, die ungewöhnliche

Anrede. – Faksimile der ersten Zeile im Auktionskatalog 529
von J. A. Stargardt, Marburg 1956; der Brief wurde für DM
1750,– verkauft.

837,3: *zu Montag* – 13. 8. 1810. Kleist mag den Brief auch schon
am Sonnabend, 11. 8., gleich nach Empfang des Manuskriptes
geschrieben haben; erst am Sonntag hörte er durch Römer von
Ifflands mündlicher Ablehnung, worauf er Brief Nr. 168 verfaßte.

837: *Iffland an Kleist* – eigenhändiges Konzept Ifflands mit zahlreichen Korrekturen; erster korrekter Abdruck: Minde-Pouet,
wie Nr. 163. Der Brief war ursprünglich schon am 12. August
verfaßt (nachträglich in *13.* verbessert).

837,8: *Als Herr Major v. Schack mir Ihr Trauerspiel übergab* – Das
war Ende 1808 geschehen (vgl. Anmerkung zu 818,11); von
Hofrat Römer hatte es Iffland gar nicht erst bekommen. Iffland
spricht von einem »Trauerspiel«; aber auch Kleist bezeichnet 1808
das Käthchen nach damaligem Gebrauch als *Tragödie* (810,10).

837,32: *welche sie mir, in Beziehung auf Sie* – Auch das erste *Sie*
ist von Iffland groß geschrieben, obwohl auf *Frau von Berg* bezüglich.

837,34: *Mit gebührender Achtung* – zunächst im Konzept: *Ich
bin mit der vorzüglichsten Hochachtung*

838: *Nr. 170. An Reimer* – Zu diesem Brief bemerkt Minde-Pouet
(1905): »Die auf zahlreichen an Reimer gerichteten Briefen zu
findenden Rasuren haben eine recht bedenkliche Veranlassung:
als vor mehreren Jahrzehnten der Autographenhandel in Auf-
schwung kam, entwendete ein Angestellter der Firma eine
große Zahl von Geschäftsbriefen, darunter sämtliche Briefe
Kleists, und radierte, um die Spur der Herkunft zu verwischen,
die Adressen oder den Namen in der Anrede aus.«
Erinnerungen – Bemängelungen am Käthchen-Manuskript.
den 13. August 1810 – Kleist schreibt irrtümlich *1801.*

838: *Nr. 171. An Sander* – Erstdruck: Minde-Pouet, Jahrb. d. Kleist-
Ges. 1937. Kleist verkehrte in dieser Zeit zwar bei dem »dicken,
guten, alle Jahr einmal verrückten« Buchhändler Sander (vgl.
Lebensspuren Nr. 346, 359, 364), auch ein Billet an Sophie
Sander ist erhalten (Nr. 219), doch wissen wir nichts von ge-
schäftlichen Beziehungen zu ihm. Ich nehme an, daß das Billet
eigentlich für Reimer bestimmt war und Kleist es beim Adressieren mit einem gleichzeitig geschriebenen Billet an Sander
verwechselte, was nach dem Öffnen dann richtiggestellt wurde.
Tatsächlich zahlte Reimer am nächsten Tage, 16. 8. 1810, wie
aus seinem Kontobuch hervorgeht, den ersten Vorschuß für
das Käthchen! Im übrigen wäre dieses belanglose Billet das einzige, was Sander von seiner ganzen Korrespondenz mit Kleist
des Aufbewahrens für wert gehalten hätte.

838 :   *Nr. 172. An Reimer* – Erstdruck: Minde-Pouet, Euphorion 1906. Schon am 3. 9. 1810, also einen Tag vorher, findet sich in Reimers Kontobuch der zweite Vorschuß eingetragen; vermutlich hatte sich Kleist im Datum versehen.
Die Nummern vom Morgenblatt – enthaltend Kleists»Erdbeben in Chili«; das Auftauchen dieses Briefes erlaubte mir die richtige Einordnung des folgenden (Nr. 173), bei dem nicht, wie Minde-Pouet annahm, vom Phöbus, sondern vom Morgenblatt die Rede ist.

838 :   *Nr. 173. An Reimer* – Von Minde-Pouet irrtümlich auf 12. 8. 1810 datiert; vgl. Anmerkung zu Nr. 165.
so bin ich mit 80, ich bin mit 60 Talern völlig zufrieden – Reimer zahlte mit dem Saldo vom 6. 10. 1810 insgesamt 75 Taler. Sowohl die Erzählungen wie das Käthchen kamen Ende September zur Messe heraus (vgl. Lebensspuren Nr. 367).

839 :   *Nr. 174. An Reimer* – Erstdruck: K. Federns Ausgabe 1924; Faksimile im Auktionskatalog Henrici 43, 1918.
839,5 f: *Seydel* – der in Gubitz' »Erlebnissen« wiederholt erwähnte Musikdirektor Seidel?; *in usum Delphini* – lat. »zum Gebrauch für den Dauphin«; Aufdruck auf den lateinischen Klassikerausgaben, die Ludwig XIV. für den Thronfolger unter Tilgung anstößiger Stellen anfertigen ließ; hier nicht ganz passend.

839 :   *Nr. 175. An Hitzig* – erstmals in einer Ausgabe; Faksimile im Auktionskatalog 59 von Karl & Faber, München 1957. Der Brief wurde für DM 720,– verkauft. Er trägt eine (nicht veröffentlichte) Briefaufschrift sowie den Vermerk: *zu verabfolgen. Hitzig.* Kleist hatte Peguilhen »ungefähr 2 Jahre« vor seinem Tode im Hause Vogel kennengelernt (Lebensspuren Nr. 522).

839 :   *Nr. 176. An Arnim* – vgl. Kleists »Erklärung« vom 22. 10. 1810 (S. 327 und Anmerkung dazu).
839,31: *Komposition* – Bettina Brentano sollte schwerlich, wie Steig annahm, Kleists schon vorher veröffentlichte Ode an den König, sondern wohl ein unbekanntes späteres Gedicht in Musik setzen.

840 :   *Nr. 177. An Prinz Lichnowsky* – Erstdruck (aus dem Besitz des Fürsten Karl Max Lichnowsky): Die Fackel, 24. Jahrg., Wien, Dez. 1922.
840,9: *die beiden Artikel* – »Der Branntweinsäufer und die Berliner Glocken« (betraf einen Soldaten »vom ehem. Regiment Lichnowsky«!) und »Anekdote aus dem letzten Kriege« in den Abendblättern vom 19. und 20. 10. 1810 (S. 267, 268).
840,13: *für alle Stände des Volks* – ebenso in Kleists »Erklärung« vom 22. 10. 1810 (S. 454): *Unterhaltung aller Stände des Volks.*
840,15: *der Beobachter an der Spree hat ihn schon abgedruckt* – Tatsächlich bildete dieses Wochenblatt die von Kleist frei benutzte Quelle (s. S. 913).

840,23: *könnte in Erz gegraben werden* – ähnlich der Untertitel der »Franzosen-Billigkeit« (S. 262): *wert in Erz gegraben zu werden.*

840: *Arnim an Kleist* – Erstdruck: Steig, Kämpfe (1901), S. 64. In den Abendblättern hatte sich eine hitzige Kontroverse um den verstorbenen Staatswissenschaftler Christian Jakob Kraus entwickelt, dessen Verdienste von Adam Müller und Arnim angezweifelt, von Anhängern der preußischen Verwaltung aber verteidigt wurden. Bei dieser Gelegenheit nannte ein Einsender (vermutlich der Staatsrat Johann Gottfried Hoffmann) Adam Müllers Schriften »nicht einen Feuerbrand, wie wir sie gehabt haben, bei denen der Umschlag das feurigste war; sondern einen echten Feuerbrand, wie es je einen gab, deren Verfasser … sein Vaterland in helle Flammen setzen könnte, wenn die politischen Verhältnisse seinen Bewohnern nicht täglich zuriefen: Ruhe ist die erste Bürgerpflicht!« Arnim empörte sich am 10. 11. 1810 über diesen Vergleich eines »geachteten, kenntnisreichen Freundes, dem die Verleumdung unberufener Leute schon vielfach geschadet hat« (d. i. Adam Müller), mit dem »Verfasser der Feuerbrände, welcher bekanntlich wegen dieser Feuerbrände zur Festungsstrafe verdammt worden« (d. i. Friedrich v. Cölln). Kleist suchte den Streit abzubrechen, aber weder der Ungenannte noch Arnim wollten sich zufrieden geben (vgl. Kleists »Berichtigung« vom 29. 11. 1810, S. 456); doch blieb Arnims Zuschrift ungedruckt.

Ein weiteres Schreiben Arnims an Kleist, das Steig mitteilt (Neue Kunde, 1902, S. 38 f.) enthält außer der Anschrift »An H. v. Kleist Hochwohlgeb.« ohne weitere Anrede drei Beiträge: Aeronautische Aufforderung, Neue Religion, Sonderbares Versehen, von denen der dritte in den Abendblättern vom 3. 11. 1810 abgedruckt wurde. Arnim wird das Schreiben, das noch die redaktionellen Zusätze Kleists aufweist, Anfang November verfaßt haben.

841: *Nr. 178. An Ompteda* – Der Originalbrief tauchte 1954 auf und wurde von J. A. Stargardt, Marburg, in die Schweiz verkauft und nochmals 1962 versteigert (Katalog 559 m. Teilfaks.); heute im Besitz des Dt. Literaturarchivs Marbach. Kleists Nachschrift war bisher unbekannt.

841,16: *Über die neueste Lage von Großbritannien* – anonym von Ompteda eingesandter Gegenartikel zu einem Aufsatz in den Abendblättern vom 20. 11. 1810 über die »gegenwärtig verzweiflungsvolle Lage Englands« (vgl. Anzeige, S. 456).

841,23: *sein erhabener Schluß* – Er ist uns durch Ludwig v. Ompteda überliefert und lautete: »Zudem scheint der gegenwärtige Augenblick zunächst, selbst für den Neutralen, selbst für den edeln Feind, für den tiefen Eindruck geeignet, den der Anblick eines ehrwürdigen Monarchen … hervorzubringen

vermag. Wenigstens auf uns, die wir hohen Gefühls voll genug
sind, um vor der bretternen Bühne Tränen für den König Lear
zu haben, der die tote Cordelia in seinen Armen hält.«

842: *Ompteda an Kleist* – Erstdruck: Ludwig v. Omptedas Politischer Nachlaß, Bd. 2, 1869. Der Herausgeber F. v. Ompteda bemerkt dazu: »Als der Einsender gegen Ende Oktobers erfuhr,
daß Kleist der Herausgeber sei, entwickelte sich mit diesem,
in Bezug auf Artikel der verschiedensten Art, eine lebhaftere
Korrespondenz. Dann trat auch mündlicher Verkehr hinzu,
als der jüngere Bruder einige Tage in Berlin verweilte, und
nun, da er den älteren wesentlich [in seinem seelischen Befin-
den] fortgeschritten fand, es schon wagen konnte, Kleist, den
er persönlich kannte, ihm zuzuführen.«

842,19: *unterzeichnet P. S.* – Adam Müllers Chiffer in den
Abendblättern.

842,26: *ersah ich aus Nr. 19* – Dort war Kleists Erklärung als
Herausgeber (S. 454) erschienen.

842,29f: Die Verse, deren Herkunft ich nicht ermittelte, sind
vermutlich von Franz (nicht Ewald) v. Kleist.

842,37: *Ode an den König* – siehe Bd. 1, S. 32.

844: *Nr. 179. An Ompteda* – In den Abendblättern vom 30. 11. und
1. 12. 1810 waren kritische »Bemerkungen« eines unbekannten
Verfassers zu einem Artikel Omptedas erschienen. Trotz der
Empfindsamkeit und des Mißtrauens Omptedas zog sich das
Verhältnis noch bis Januar 1811 hin; dann schieden sie »ganz
piano« auseinander.

845,22: *(Nr. 180) Ankündigung* – vgl. die auf höheren Befehl und auf
Einspruch der Berliner Zeitungen abgewandelten Fassungen im
Freimüthigen vom 20. 12. 1810 und in den Berliner Zeitungen
vom 1. 1. und 3. 1. 1811 (S. 457f.).

846,3: *(Nr. 181) das Honorar* – Reimer zahlte am 16. 12. 1810 einen
zweiten Abschlag von 11 Tlr. 12 gr. auf ein Gesamthonorar
von 56 Tlr. 12 gr.

846: *Raumer an Kleist* – Erstdruck: F. v. Raumer, Lebenserinnerungen, Bd. 1, 1861. Kleists vorangehender Brief an Raumer
fehlt; er hatte sich darin über das vom Zensor Himly verfügte
Verbot der Aufnahme politischer Nachrichten beschwert und
an mündliche Verhandlungen mit Raumer erinnert. Vgl. zum
Folgenden auch Kleists Darstellung in Brief Nr. 201 und 204.

847,1: *unglücklicher Zufall* – Adam Müllers Artikel »Vom Nationalkredit« in den Abendblättern vom 16. 11. 1810 hatte bei
der Regierung und dem König Anstoß erregt (Lebensspuren
Nr. 426).

847,14: *(Nr. 182) offizielle Beiträge* – Am nächsten Tage empfahl Hardenberg den von Kleist genannten drei Ministern und Staatsräten, Gegenstände, »welche einer allgemeinen Bekannt-

machung würdig erschienen«, Kleist mitzuteilen, sofern kein erhebliches Bedenken entgegenstehe (Lebensspuren Nr. 445).

848,9: *(Nr. 183) die Strenge, die ich bei der Polizei erfuhr* – Raumer notiert dazu: »Die Strenge rührte von der Königl. Kabinettsorder [vom 18. 11. 1810] her.«

Nr. 187. An Reimer – Faksimile in Marbacher Magazin 7/1977.

848,13: *für die Abendblätter bestimmter Aufsatz* – wohl »Über die Luxussteuern« (S. 400), der am 20. 12. 1810 erschien.

848,30: *der Aufsatz* – vermutlich das im Auftrag eines Adligen von Adam Müller verfaßte »Schreiben aus Berlin«, das am 17. 12. 1810 erschien. Raumer notiert dazu: »Dieser Aufsatz von Müller enthielt itzt so große Schmeicheleien und Lobpreisungen des Kanzlers, als ein andrer wenige Tage zuvor Angriffe und Schmähungen enthielt.«

849: *Nr. 185. An Römer* – Römer war Teilhaber der Buchhandlung von C. Salfeld in Berlin; er bemerkt zu Kleists Schreiben: »Es ist hier von dem Abendblatte die Rede, welches bei Kuhn noch fast drei Monat erschien, dann aber gute Nacht sagte.« – Faksimile: Sammlung histor.-berühmter Autographen. Stuttgart 1846.

850: *Nr. 186. An Friedrich Schulz* – Faksimile: Dorow, Handschriften berühmter Männer und Frauen, Bd. 1 (1836).

850,17: *Übernahme des Theaterartikels* – kam durch das Verbot aller Theaterkritik nicht zustande.

850: *Nr. 188. An Reimer* – erstmals in einer Ausgabe; Faksimile im Auktionskatalog 549 von J. A. Stargardt, Marburg 1960. Der Brief wurde von der Amerika-Gedenkbibl. Berlin gekauft.

Rest des Honorars – Noch am gleichen Tage zahlte Reimer 20 Taler als Rest eines Gesamthonorars von 56 Tlr. 12 gr. für den Zerbr. Krug.

851: *Rektor Schmalz an Kleist* – Erstdruck: Steig, Kämpfe (1901), S. 322; dort auch ausführliche Darstellung der Angelegenheit. Am 18. 5. 1811 wurden die Universitätsakten mit dem Vermerk geschlossen, daß die Erklärung am 4. 2. 1811 in den Abendblättern erschienen sei, »obgleich der Senat keine Nachricht durch die Redaktion davon erhalten habe«.

851: *Nr. 189. An Reimer* – erstmals in einer Ausgabe; Faksimile im Auktionskatalog 541 von J. A. Stargardt, Marburg 1959. Nach Reimers Kontobuch erhielt Kleist am 11. 2. 1811 vier Freiexemplare von gerade fertiggestellten »Zerbr. Krug«; danach meine Datierung des Billets.

852: *Hardenberg an Kleist* – Erstdruck: O. Wenzel, Sonntagsbeil. z. Voss. Zeitung, 19. 9. 1880. Der scharfe Ton dieses Briefes mag auch durch die für Kleist sehr ungünstige Auskunft bedingt sein, die Hardenberg inzwischen in Kleists Pensionsangelegenheit bekommen hatte (vgl. Anmerkung zu 867,5).

853: *Nr. 191. An Raumer* – Der Brief ist sowohl im Original wie in

Kleists Abschrift (vgl. 853,23) überliefert; in der Kopie fehlt
853,15: *welches in diesen Tagen erfolgen soll*

854: *Raumer an Kleist* – Erstdruck: wie S. 846. Kleist empfing diese
Antwort auf seinen Brief vom 21. 2. 1811 erst am nächsten
Tage, nachdem er den Brief Nr. 192 an Hardenberg bereits abgeschickt hatte. Ursprünglich lautete Raumers Billet noch
schärfer: *2) Daß ich Ihnen nie Geld anbieten konnte und angeboten
habe bewies ich Ihnen schon früher, und nachdem Sie mir diesen (wie
es itzt scheint vorsätzlichen) Irrtum abgebeten haben, zeigt es meine
geringe Empfindlichkeit, daß ich die Wiederholung jener Unwahr-
heit gelassen rüge.* (nach Minde-Pouet)

855: *Raumer an Kleist* – Erstdruck: wie S. 846.

856: *Raumer an Kleist* – Erstdruck: wie S. 846. Raumer bemerkt dazu
in seinen Lebenserinnerungen: »Nachdem ich mein Billet vom
26. Februar an Kleist abgesandt hatte, schickte ich ihm einen
Freund, Herrn Geheimrat Pistor, auf die Stube. Wäre er hier
fest bei seiner Behauptung geblieben, hätte sich das amtliche
Geschäft allerdings in eine Ehrensache über wahr und unwahr
verwandelt. Er ließ sich indes gefallen, daß Pistor eine Abschrift
meines Briefes vom 12. Dezember [S. 846] nahm, fing an zu
weinen, klagte er sei *zu allem induziert worden* und schrieb mir
folgendes Billet [vom 4. 4. 1811]« Vgl. Kleists eigene Darstellung S. 866.

856 u. 858: *Hardenberg an Kleist* – Erstdruck: Wenzel, wie S. 852.

859: *Nr. 197. An Hardenberg* – Erstdruck mit Faksimile: P. Hoffmann, Velhagen & Klasings Monatshefte, 42. Jahrg., 1927.
859,9: *soeben angekündigten Amtsblatts* – In der »Gesetz-Samm-
lung für die Königl. Preuß. Staaten« Nr. 13 war eine »Verordnung über die Einrichtung der Amts-Blätter in den Regie-
rungs-Departements« vom 28. 3. 1811 erschienen. Die erste
Nummer des Kurmärkischen Amtsblatts erschien bereits am
19. 4. 1811.
859,12: *Kabinettsschreiben Sr. Maj.* – s. S. 486.

859: *Hardenberg an Kleist* – Erstdruck: P. Hoffmann, wie Nr. 197.

860: *Nr. 198. An Henriette Hendel-Schütz* – Erstdruck: Minde-Pouet,
Bühne und Welt, Jg. 14, 1911/12 mit Faksimile; ebenso in
Minde-Pouets Ausgabe, Bd. 2 (1936). Vgl. Nr. 200.

860: *Nr. 199. An Fouqué* – Der durch Schenkung 1910 ins Stolper
Heimatmuseum gelangte Brief ist faksimiliert in »Stolp (Pommern) und seine Umgebung«, hrsg. von O. Eulitz, 1926.
860,26: *zwischen dem Ober- und Unterbaum* – Wassersperren am
Eingang und Ausgang der Spree; vermutlich meinte Kleist die
in der Mitte liegende Fähre an der Waisenbrücke.
861,16: *als nur ein Punier* – ähnlich »Hermannsschlacht« 2098
als Beispiel für Verschlagenheit; *ich besitze eine Erklärung* – vom
26. 2. 1811 (857,9).

861,26: *Frh. v. Luck* – Minde-Pouets spätere Lesung *Frl. v. Luck* (in Analogie zu 877,3) ist zweifellos falsch. Gemeint ist der Major a. D. Friedrich v. Luck, der Schwager vom alten Briest, auf dessen Gut Nennhausen er verkehrte. Er spielte als Dichter und Sonderling am preuß. Hofe eine Rolle, hatte in Kleists Abendblätter ein Gedicht »Zum Geburtstag des Kronprinzen« hineingegeben und äußerte sich im Sommer 1811 begeistert über Kleists »Homburg« (vgl. Sembdner, Jahrb. d. Dt. Schillerges. 1957, S. 173 f.).

861,27: *Erinnern Sie das Volk daran* – Fouqué wollte Müllers »Elemente der Staatskunst« rezensieren, so wie er 1816 in Cottas »Morgenblatt« auch Kleists Werke wohlwollend bespricht (vgl. Sembdner, Fouqués unbekanntes Wirken für H. v. Kleist. In Sachen Kleist, 1974, S. 206–226).

861,38: *das Inliegende* – eins seiner vier Freiexemplare des »Zerbr. Krug«. Fouqué am 2. 5. 1811 an Varnhagen: »Heinrich Kleist erwarte ich in diesen Tagen hier zu sehen. Er hat mir sein neu erschienenes Lustspiel geschenkt: ein tolles, etwas derbes und vielleicht zu langes Stück, aber trefflich, voll kerndeutscher Laune, treuherzig, lieb und herzlichen Lachens Erzeuger.« Fouqué besprach Kleists Lustspiel 1816 ausführlich in Cottas »Morgenblatt« (Nachruhm Nr. 261 a).

862:   *Nr. 200. An Schütz* – Erstdruck: wie Nr. 198. Am 23. 4. 1811 hatte seine Frau im Konzertsaal des Berliner Nationaltheaters die letzte ihrer drei pantomimischen Vorstellungen gegeben; die Vossische Zeitung berichtete darüber am 25. 4. 1811: »Die neue Darstellung, Penthesilea, wurde vom Herrn Prof. Schütz vorläufig erklärt, und durch Vorlesung aus einem neuen Trauerspiel dieses Namens erläutert ... Daß die Amazonenkönigin einen Mord begangen, erst von den Priesterinnen mit Fluch belegt, dann entsündigt wird; daß sie den Leichnam des Ermordeten vor sich sieht und neben ihm seelenlos ... hinsinkt, *sah* man hernach besser, als man es vorher *gehört* hatte.«

862:   *Nr. 201. An Wilhelm Prinz von Preußen* – Erstdruck: H. Ulmann, Historische Zeitschrift Bd. 132 (1925); danach korrekter: Minde-Pouet, Jahrb. d. Kleist-Ges. 1925/26.

863,12: *Aufsatz, der das Unglück gehabt hat, zu mißfallen* – vgl. Anmerkung zu *unglücklicher Zufall* (847,1).

864,10: *in einem höflichen Schreiben* – vom 12. 12. 1810 (S. 846).

864,23: *in einer ganz unerwarteten Wendung* – Audienz vom 13. 12. 1810, vgl. Nr. 182 (auch dort spricht Kleist in einer getilgten Lesart von der *in diesem Augenblick in der Tat unerwarteten Gnade*).

864,34: *in mündlichen und schriftlichen Eröffnungen* – Sie lagen vermutlich Kleists Beiträgen über die Luxussteuern, über das laßbäuerliche Verhältnis und über die Finanzmaßregeln (S. 400, 404, 405) zugrunde.

864,38: *zur Insertion* – »zum Einrücken«; betr. die Tanzboden-schlägerei (vgl. S. 851).

865,5: *die offiziellen Beiträge blieben* . . . *aus* – Raumer in seinen Lebenserinnerungen (1861): »Diese Herren hatten aber dergleichen nicht gefunden, oder nicht daran gedacht, die Wünsche des Herrn von Kleist zu erfüllen, daran sollte ich wieder schuld sein.«

865,22: *äußerst strenges Schreiben* – vom 18. 2. 1811 (S. 852).

865,38: *Antwortschreiben Hr. v. Raumers* – vom 22. 2. 1811 (S. 855).

866,5: *schickte Hr. v. Raumer mir den Geh.Ob.Postrat Pistor ins Haus* – vgl. Raumers Darstellung (Anmerkung zu S. 856).

866,10: *Schreiben von Sr. Exzellenz* – Es kann nur Hardenbergs Brief vom 11. 3. 1811 (S. 858) gemeint sein.

866,23: *ging auf mein Begehren nur insofern ein* – Hardenbergs Schreiben vom 18. 4. 1811 (S. 859).

867,5: *eine Pension verloren* – Hardenberg, den Kleist um seine Verwendung gebeten hatte, daß die bisher von Marie v. Kleist ausgezahlte Pension der Königin »fortgesetzt und verstärkt« werden möchte, ersuchte am 6. 2. 1811 den Kabinettssekretär Niethe um nähere Auskunft darüber, da die Pension nicht auf der Pensionsliste stand. Niethe bezweifelte in seiner Antwort nachdrücklich die Existenz der Pension: »Warum hätten Ihre Majestät gerade von dieser einzigen Pension ein Geheimnis machen sollen . . .?« (Lebensspuren Nr. 474a, b) Tatsächlich stammte die Unterstützung von Marie v. Kleist. Sie schreibt zwar am 3. 9. 1811 an Prinz Wilhelm, daß Kleist nicht den Mut gehabt habe, die Pension zu fordern, »da er nicht auf der Liste der Pensionsempfänger gewesen« wäre, erwähnt aber in ihrem Brief an den König vom 9. 9. 1811 kein Wort davon, obwohl sie die einzige war, die Kleists Anspruch hätte bestätigen können (Lebensspuren Nr. 506, 507a).

867,20: *durch Lieferung eines tüchtigen Werks* – Der »Prinz von Homburg« wurde wirklich am 3. 9. 1811 durch Marie v. Kleist dem Prinzen Wilhelm, mit einer Widmung an seine Gattin, zugestellt (Lebensspuren Nr. 506). Übrigens hat sich unbekannterweise das fürstliche Paar, sowenig ihm auch Kleists Werk gefiel, nach Kleists Tod noch erkenntlich erwiesen. Ob die »Aussicht auf Unterstützung von Seiten des Staats«, die sich nach E. v. Bülow gerade bei Kleists Ende verwirklicht haben soll, auf den Prinzen zurückzuführen ist, bleibt ungewiß; doch geht aus dem von mir (Nachruhm Nr. 92) veröffentlichten Brief Maries an die Prinzessin vom 14. 5. 1812 hervor, daß der Prinz Kleists Schwester Ulrike unterstützt hatte, wofür sich Marie überschwenglich bedankt: »Ich danke Ew. Hoheit, warm und innig, für die Wohltat, welche Allerhöchstdieselben diesem

unglücklichen Verwandten noch nach seinem Tode erzeigen,«
und sie bittet, ihren Dank dem Prinzen »mit den gerührtesten
Ausdrücken« vorzutragen.

867:    *Nr. 202. An Reimer* – Das Exemplar des »Zerbr. Krug« für
Hardenberg, auf dem feineren Velinpapier, wurde nach Reimers Kontobuch am 1. 6. 1811 ausgehändigt.

868,1:   *(Nr. 203) soeben erschienenes Werk* – vgl. Nr. 202; die ersten
Exemplare des »Zerbr. Krug« hatte Kleist schon am 11. 2. 1811
erhalten.

868,6: *Melpomene* – eigentlich die Muse der Tragödie; die
Muse der Komödie ist Thalia.

869:    *Nr. 204. An Friedrich Wilhelm III.* – vgl. Nr. 201 und Anmerkungen dazu. Mit Randbemerkungen, offenbar von Raumers
Hand.

869,22: *durch den Hr. Regierungsrat von Raumer* – Raumers
Glosse: »ist nicht wahr«.

869,33: *notgedrungen* – von Raumer rot unterstrichen.

869,34: Das Schreiben an Gruner vom 8. 12. 1810 ist nicht
erhalten.

870,8: *zur Prüfung des Hr. Regierungsrats von Raumer* – daneben:
»? falsch«

871:    *Nr. 206. An Reimer* – Kleist erhielt die angeforderten Exemplare (auf Velinpapier) lt. Kontobuch am 27. 7. 1811; danach
meine Datierung.

872,1:   *(Nr. 207) Prinzess. Wilhelm* – vgl. Anmerkung zu 867,20.

872,2: *Roman* – Noch 1816 erwähnte der bei Reimer arbeitende
Ferdinand Grimm den verschollenen Roman »in zwei Bänden
vollendet . . . von dem ich zwar bis heute noch nichts erblickt
habe, der aber auch sehr gut sein soll«.

872:    *Nr. 208. An Marie v. Kleist* – nach der Schützschen Kopie, wie
Nr. 106.

872,12: *Müllers Abreise* – Ende Mai nach Österreich.

872,30: *seitdem er verheiratet ist* – Arnim hatte am 11. 3. 1811
Bettina Brentano geheiratet und wohnte im Garten des Vossischen Palais, Wilhelmstr. 78.

872,33: *Acharnement* – franz. »Erbitterung, Wut«.

873,1: *Auch Beckendorf ist fort von hier* – Ludolph Beckedorff
hatte Ende Mai 1811 Berlin verlassen.

873:    *Nr. 209. An Arnim* – von Arnim in sein Stammbuch eingeklebt.
Freih. du Beine-Maschamps wohnte in der Riemerstr. 871;
Arnim und Bettina reisten am 18. 8. 1811 nach Weimar und
wollten von dort ursprünglich nach Wien weiterfahren, weshalb sie sich Müllers Adresse ausbaten.

873:    *Nr. 210. An Marie v. Kleist* – nach der Kopie, wie Nr. 106.
Marie an den König, 26. 12. 1811: Kleist habe ihr »Anfangs
Augusts« nach Gievitz geschrieben, »er wäre so allein, so ver-

lassen in Berlin, er hätte dort keine einzige Verbindung, die einiges Interesse für ihn hätte« (Nachruhm Nr. 91).

874,7: *wenn ich nicht wüßte, daß Sie wieder kommen* – Marie war von November 1810 bis April 1811 in Berlin gewesen und kam Ende August für wenige Tage von dem Voßschen Gut Groß-Gievitz in Mecklenburg nach Berlin zurück.

874: *Nr. 211, 212. An Marie v. Kleist* – nach der Kopie, wie Nr. 106.

875,5: *einen Dichter* – Goethe, dessen »Farbenlehre« 1810 erschienen war.

875, 10: *Generalbaß* – abgekürzte Aufzeichnung eines vollstimmigen Tonsatzes; hier gleichbedeutend mit Harmonielehre. Jean Paul sagt in der Vorrede zu seiner »Vorschule der Ästhetik« (1804), die Ästhetik sei nach Aristoteles »eine Harmonistik (Generalbaß), welche wenigstens negativ tonsetzen lehrt«.

875,13: *(Nr. 213) Louisenstift* – am 19. 7. 1811 eröffnete Anstalt zur Erziehung junger Mädchen gebildeter Stände. Ulrike richtete später selbst eine Pension für höhere Töchter in Frankfurt a. O. ein.

876,9: *(Nr. 214) das liebe, freundliche Geschenk* – Fouqués »Vaterländische Schauspiele« (Berlin 1811) und seiner Frau Caroline »Kleine Erzählungen« (Berlin 1811). Fouqué an Hitzig, 20. 5. 1811: »Deiner Erlaubnis zufolge lege ich meinen Brief an Heinrich Kleist ein. Mit dem Exemplar der Vaterl. Schauspiele wünscht Serena, daß er auch eines ihrer Erzählungen erhalte« (Lebensspuren Nr. 493 b).

876,12: *soeben fertig gewordenen zweiten Band meiner Erzählungen* – Kleist hatte am 3. 8. 1811 sechs Freiexemplare davon bekommen. Wilh. Grimm besprach den Band anonym in der »Zeit. f. d. eleg. Welt« vom 10. 10. 1811, nachdem er, wahrscheinlich ohne Kleists Wissen, den ersten Band ebenda am 24. 11. 1810 besprochen hatte (vgl. Sembdner, H. v. Kleist im Urteil der Brüder Grimm, Jahrb. d. Dt. Schillerges. 1965).

876,31: *als ob eine Verwandtschaft zwischen uns prästabilitiert wäre* – Kleists Brief wurde Fouqué »bei einer Zusammenkunft mit Berliner literarischen Freunden zwischen Berlin und Potsdam« durch Ludwig Robert überbracht: »Mit hoher Freude ging Fouqué darauf ein, noch eigentümlich ergriffen durch die Andeutung, es werde sich bei einem verheißenen Besuche Kleists in Nennhausen eine ganz wunderbare, *bis jetzt noch völlig verschwiegne* ›*prästabilierte Harmonie*‹ zwischen beiden offenbaren ... Mochte ihm nun eine Ahnung aufgestiegen sein von den Schwindelgängen, welche Fouqué, wie schon angedeutet, früherhin an solchen Abstürzen bestanden hatte?« (Fouqué in seiner Selbstbiographie, 1840; Lebensspuren Nr. 515.) – *prästabiliert* (Kleist schreibt das Wort falsch): lat. »vorausbestimmt«; Leibniz spricht von »prästabilierter Harmonie«.

877: *Nr. 215. An Marie v. Kleist* – Erstdruck nach der Handschrift:

Minde-Pouet, Dt. Rundschau, Okt. 1914; vorher nur im aus-
zugsweisen Abdruck bei Tieck (nach der Schützschen Kopie)
bekannt. Zur Datierung vgl. Sembdner, Jahrb. d. Dt. Schillerges. 1957, aber auch R. Samuel, ebd. 1963, der den Brief auf
Anfang Okt. 1811 datiert. Marie hatte sich im September in
Berlin sehr für Kleist eingesetzt; doch war es durch Kleists Beziehungen zu Henriette Vogel zu einer Verstimmung gekommen. Kleist wagt in diesem Brief noch nicht, das Du, das ihm
Marie damals angeboten haben muß, anzuwenden.

877,34: *seit Ihrer Abreise* – etwa 9. oder 10. 9. 1811 nach Gievitz.
878,4: *Unsre Verhältnisse sind hier . . . friedlicher als jemals* – Der
gut unterrichtete, mit Kleist befreundete Stägemann hatte am
15. 9. 1811 nach Königsberg von der »Unwahrscheinlichkeit
eines in diesem Jahr zu befürchtenden Krieges« berichtet (Rühl,
Franzosenzeit, 1904).
878,13: *war ich bei G . . .* – Marie an den König, 26. 12. 1811:
»Auch war er noch kurz vor seinem schrecklichen Ende bei
Gneisenau, um ihm militärische Aufsätze einzuhändigen, worunter einige sehr gute sein sollen, hat Gneisenau der Bergen
gesagt.« In einem Brief an seine Frau vom 2. 12. 1811 nannte ihn
Gneisenau dagegen »exaltiert« und fügte hinzu: »er hat mich
einigemal besucht« (Lebensspuren Nr. 509a, b).
878,15: *moutarde après diner* – franz. Redensart: »Senf nach dem
Mittagessen«.
878,33: *Soll ich, wenn ich das Geld von Ulriken erhalte, nach Wien
gehen?* – Marie an ihren Sohn, 24. 10.1811: »meine Absicht war,
das Geld, das seine Schwester mir für ihn geschickt hat, bis zu
der Gelegenheit aufzuheben, für die es bestimmt ist, aber wenn
er zu unglücklich ist, werde ich ihm einen Teil davon sogleich
geben . . . Nun da ich gar keine Nachricht erhalte, fange ich
zu fürchten an, daß er in seiner Verzweiflung . . . zu Fuß und
ohne Geld nach Wien gegangen ist« (Lebensspuren Nr. 513)
879,3: *die Verhältnisse, in die ich dort eintreten könnte* – In Wien
lebte jetzt Adam Müller; auch hatte Kleist dort durch Collin
Beziehungen zum Theater.
879,11: *Der Brief an R.* – Nach meinen Vermutungen handelt
es sich um das Empfehlungsschreiben an den König (»Rex«),
das Marie am 9. 9. 1811 bei ihrer Abreise verfaßt hatte (Lebensspuren Nr. 507a); dort hieß es u. a. »Mein König lasse ihn an
seiner Seite fechten, er beschirme meines Monarchen Leben.«
Kleist legte dieses Schreiben zusammen mit »zwei Kriegslie-
dern von H. Kl., die hier erfolgen,« und seinem eigenen Anstel-
lungsgesuch am 11. 9. 1811 vor, wobei es, wie Kleist schreibt,
zu einer längeren Unterredung kam. Die Kabinettsorder (S.
879) wurde noch am gleichen Tage verfaßt, aber erst später
zugestellt.

879,15: *mehr als Sie alle beide ihm zutrauen* – von fremder Hand, die auch den Namen davor unleserlich machte, später geändert: *mehr als wir alle beide ihm zutrauten.* Der Unbekannte, der mit seinem Urteil über den König nicht kompromittiert werden sollte, mag Frau von Berg, die ehemalige Hofdame der Königin, gewesen sein, bei der Marie Anfang September gewohnt hatte. Vgl. auch das Urteil von Maries Freundin Charlotte v. d. Marwitz (S. 881).

879: *Königl. Kabinettsorder* – Erstdruck: Steig, Kämpfe (1901), S. 655. Die Order wurde erst am 18. 9. 1811 Kleist zugestellt; am gleichen Tage schrieb der König an Marie v. Kleist: »Dem H. v. Kleist, der sich als Schriftsteller bekannt gemacht, und jetzt wieder bei etwa (was Gott verhüten wolle) eintretendem Kriege den vaterländischen Kampf zu wagen entschlossen ist, habe ich auf diesen Fall Hoffnung dazu gemacht.«

879: *Nr. 216. An Ulrike* – Da sich Kleist in großer Not befand, reiste er unmittelbar nach Empfang der Kabinettsorder nach Frankfurt, um sich von Ulrike Geld zu verschaffen. Noch am Nachmittag des gleichen Tages fuhr er zurück, wobei er in dem zwei Stunden von Frankfurt entfernten Friedersdorf Station machte (s. Nr. 217). Minde-Pouet setzt den Brief in den Oktober. 879,29: *ich werde bei ihm Adjutant werden* – Davon stand zwar nichts in der Kabinettsorder, doch war in der Audienz vom 11. 9. zweifellos die Rede davon gewesen (vgl. Anmerkung zu 879,11). 880,9: *Kann ich bei Dir zu Mittag essen?* – Vgl. Kleists Schilderung 883,19 ff.

880: *Nr. 217. Aufzeichnung auf Gut Friedersdorf* – Erstdruck: Meusel, Tägl. Rundschau, 18. 10. 1912; später (mit Faksimile): W. Kayser, Dichtung und Volkstum, Bd. 35, 1934. Zweifellos war Kleists Besuch auf Friedersdorf auf Marie v. Kleists Empfehlung erfolgt, die mit der ehemaligen Hofdame Charlotte geb. v. Moltke eng befreundet war; Marwitz selbst, ein trotziger Gegner Hardenbergs, war zuvor aus Spandauer Festungshaft zurückgekehrt. In der Aufzeichnung über die Zukunft Preußens versteigt sich Kleist zu einer verzweifelten Prophetie. 880,20 f.: *Spandau, Kolberg,* stark verschanzte Festungen. 880,22: *14. Okt.* – Jahrestag der Schlacht bei Jena (1806). 880,24: *Friedersdorf* – bei Seelow, etwa 60 km östlich von Berlin; Kleist schreibt: *Fredersdorf*

881,14: *(Nr. 218) die Entfernung Hr. v. Raumers* – Er war Anfang September an die Breslauer Universität berufen worden. 881,18: *da das Vaterland eine Gefahr bedroht* – Kleist war durch die Tatsache der unerwarteten Zustellung der Kabinettsorder vom nahen Ausbruch des Krieges völlig überzeugt. 881,28: *Equipage* – Offiziersausrüstung.

882:     *Nr. 219. An Sophie Sander* – Faksimile: Vogt/Kochs Geschichte der Dt. Literatur, 5. Aufl., Bd. 2, 1934; danach kein Komma hinter *sehen.* Das Billet wurde bisher in das Frühjahr 1810 gesetzt, doch gehört es nach Form und Stil zeitlich eng zu Nr. 220 und 221, wofür auch die bei Kleist sonst nicht übliche französische Anschrift spricht.

882:     *Nr. 220. An Rahel* – Faksimile: K. E. Franzos, in Deutsche Dichtung, Bd. 9, 1891. Das Billet trägt den Bleistiftsvermerk: »Von Heinrich von Kleist an Rahel« sowie »1810?«, gehört aber zeitlich eng zu Nr. 221 (vgl. zur Datierung: Sembdner, Dt. Vierteljahrsschr. f. Literaturwiss. 1953, sowie Anm. zu Brief Nr. 221).

    882,21: *warum sind Sie so repandiert?* – hier etwa: »so wenig häuslich«. Rahel hatte am 15. 10. 1811 die Oper besucht.

    882,25: *vielleicht noch heute* – Der 16. 10. 1811 war ein Mittwoch, was zum Text passen würde.

882:     *Nr. 221. An Rahel* – Monat und Jahr (*Oktober 1811*) wurden von Varnhagen ergänzt. Es ist nicht unmöglich, daß Varnhagen in dem Bestreben, einen freundschaftlichen Verkehr Kleists mit Rahel kurz vor dessen Tode zu dokumentieren, das Billet zu Unrecht in diese späte Zeit setzte. Dann würde allerdings manches dafür sprechen, daß die zusammengehörenden Billets Nr. 219, 220, 221 in den Mai 1810 gehören.

    883,3: *den Steffen* – Rahel an Varnhagen, 30. 4. 1810: »Ich bin sehr eingenommen von Steffens. Wundere dich nicht; ich habe seinen Aufsatz über Universitäten gelesen, lese jetzt ... seine geognostisch-geologischen Aufsätze als Vorbereitung zu einer inneren Naturgeschichte der Erde.« Das zweite Buch (Hamburg 1810) wird sie Kleist geborgt haben.

883:     *Nr. 222. An Marie v. Kleist* – Die Briefe Nr. 222, 223, 227 sind uns in fehlerhaft datierten und falsch zusammengefügten Abschriften von Maries Hand erhalten. Sie stammen aus dem Nachlaß Peguilhens, für dessen geplante Gedächtnisschrift sie wohl in hastiger Niederschrift angefertigt wurden (vgl. Nachruhm Nr. 89); von Minde-Pouet Kleists Schreibung angepaßt. Zur Datierung: Sembdner, Jahrb. d. Dt. Schillerges. 1957.

    884,6: *Die Allianz* – Vorverhandlungen für den Bündnisvertrag vom 24. 2. 1812.

    884,12: *die Zeit wieder einzurücken* – Hamlet I,5: »Die Zeit ist aus den Fugen; Schmach und Gram, / Daß ich zur Welt, sie einzurichten, kam!«

    884,20: *an den Galgen kommen kann.* – In Maries Kopie folgt hier der Schlußabsatz 885,12–25: *Rechne hinzu ... Adieu noch einmal!* (so auch in den bisherigen Ausgaben). Marie muß aber beim Abschreiben versehentlich ein Blatt ergriffen haben, das zu dem späteren Brief Nr. 223 gehörte. Wie ein Vergleich mit Originalbriefen Kleists lehrt, hatte der Brief Nr. 222 einen Umfang von 4 Seiten, der Brief Nr. 223 (ohne den Schlußabsatz) genau die Hälfte davon; der Schluß muß demnach auf einem neuen Blatt begonnen haben, was die Verwechslung verständlich werden läßt. Daß dergleichen Versehen nicht selten sind, zeigt der Brief Nr. 24, bei dem der erste Herausgeber ebenfalls das Schlußstück eines anderen Briefes angefügt hatte, was in diesem Fall anhand des Originals richtiggestellt werden konnte (vgl. Anmerkung zu Brief Nr. 20).

884:      *Nr. 223. An Marie v. Kleist* – Von Marie irrtümlich datiert: *d. 9. Nov. 1811* (Kopierfehler statt *19. Nov.*). Nr. 223 und 227 können nur in Kleists allerletzte Lebenstage fallen und sind die bisher verloren geglaubten Briefe, von denen Marie 1830 sagt: »Das Lesen und Wiederlesen der letzten Briefe, geschrieben in den letzten Augenblicken seines Daseins, war eine Art Trost durch den heftigen Schmerz, den sie mir verursachten . . . Solch ein Feuer konnte nur in seiner Seele, in seinem Herzen, in seinem Busen lodern. Aber eben daher mußte ich sie verbrennen.« (Nachruhm Nr. 95 a) Marie hatte allerdings vergessen, daß sie im Dezember 1811 Abschriften davon für Peguilhen angefertigt hatte.

884,26 ff: *Ja, es ist wahr, ich habe Dich hintergangen . . . während Deiner Anwesenheit in Berlin* – Anfang September 1811. In seinem Brief vom 17. 9. 1811 dankt er Marie für ihre Vergebung, *als ob ich gar keine Schuld gegen Sie hätte* (S. 877; vgl. die Anmerkungen dazu).

885,1: *zum Tode ganz reif geworden* – Penthesilea 2865: *Ganz reif zum Tod o Diana, fühl ich mich!*

885,5: *Du bist die allereinzige auf Erden, die ich jenseits wieder zu sehen wünsche* – Marie 1830: »Daß seine letzten Worte, seine letzten Gedanken nur mir waren, mit der selbigen Glut, wie in der ersten Zeit seiner Liebe, das geht über allen menschlichen Begriff«

885,12–25: *Adieu! – Rechne hinzu . . .* – Diesen Absatz hatte Marie beim Abschreiben versehentlich an Brief Nr. 222 angeschlossen (vgl. Anmerkung zu 884,20). Das *Adieu noch einmal!* am Schluß des Briefes wird erst jetzt verständlich; in Nr. 222 war von keinem *Adieu* vorher die Rede.

885:      *Nr. 224. An Sophie Müller* – Adam Müller über diesen Brief an Friedrich Schulz, 10. 12. 1811: »Aus Judenhänden unter vielen andern berlinischen Klatschereien haben wir diese Nachricht empfangen, die uns in unzähligen Rücksichten so nahe anging; und zuletzt auch die schriftlichen Beweise erhalten, daß beide Verstorbene das Andenken an uns in das frevelhafte Spiel ihrer letzten Gedanken verwickelt haben.« (Nachruhm Nr. 50)

885,32: *p. p. c.* – *pour prendre congé* (franz. »um Abschied zu nehmen«).

886,2: *wir zwei* – Erstdruck (Bülow): *wie zwei*. Emendiert nach A. Fresenius, Sitzungsberichte der Preuß. Akademie 1915, S. 433 ff.

886,10: *mit langen Flügeln an den Schultern* – vgl. Homburg 1833.

886,15 ff: *Doch wie dies alles zugegangen* – Zitat aus Goethes Gedicht »Lillis Park«.

886,21: *Gegeben in der grünen Stube* – Der Brief wurde in Henriettes Wohnung geschrieben und in einem Koffer in der Gesindestube deponiert; das Original ist nicht erhalten.

886,22: *20. November* – Erstdruck (Bülow): *21. November;* Kleist war oft im Datum unsicher, besonders aber an seinen letzten Lebenstagen (vgl. 887,19; 890,3).

886:    *Nr. 225. An Frau Manitius* – erstmals in einer Ausgabe; Erstdruck: Minde-Pouet, Kleists letzte Stunden, Berlin 1925. Durch den Nachsatz von Kleists Hand gehört das Schreiben in Kleists Briefe.

887:    *Nr. 226. An Ulrike* – Faksimiles: Minde-Pouet, Zeitschr. f. Bücherfreunde, Jg. 12, 1908/9; J. Nadler, in: Die großen Deutschen, Bd. 2, Berlin 1935. Der Brief wurde von Minde-Pouet an den Schluß gestellt, ist aber zweifellos vor Nr. 228 abgefaßt. Er lag gleichfalls in dem *versiegelten Kasten worin noch . . . Briefe* (889,9), auch wenn Kleist von den bei Stimmings geschriebenen nur den Brief an Marie anführt, da dieser besonders bestellt werden mußte (890,18).

887,9: *die strenge Äußerung, die in dem Brief an die Kleisten enthalten* – Die Erwähnung zeigt, daß der Brief Nr. 223 noch stark im Bewußtsein Kleists lebte, also kurz vorher geschrieben sein muß.

887:    *Nr. 227. An Marie* – Auch dieser Brief ist in Maries Kopie fehlerhaft datiert: *d. 12.* [statt *21.*] *Novemb. 1811;* Verschreibungen durch Ziffernvertauschung sind häufig zu beobachten; Kleist selbst schreibt in Brief Nr. 170 statt *1810* z.B. *1801.* Die von Peguilhen beförderten Briefe Nr. 223 und 227 wurden Marie v. Kleist erst am 11. 12. 1811 von ihren Freunden ausgehändigt (vgl. Nachruhm Nr. 102b, 89).

887,21: *diese letzten Augenblicke meines Lebens* – Marie spricht 1830 von den »letzten Briefen, geschrieben in den letzten Augenblicken seines Daseins«: »So spricht er sich nicht zweimal im Leben aus, und so kann sich auch keiner wieder aussprechen, weil keiner so empfinden, so fühlen kann, wie dieser unbegreifliche Sterbliche!! Eine Poesie wie die in seinem Brief hat noch nie existiert, so wie nie eine solche Art Liebe, geschöpft aus allen Dichtern und Dichtungen der Vorwelt.«

888:    *Nr. 228: An Peguilhen* – Vollständiges Faksimile in W. Herzogs Kleist-Ausgabe, Bd. 6, 1911. Die auf den gefalteten und gesiegelten Brief gesetzte Adresse dürften die letzten von Kleist geschriebenen Worte sein. Der Bote ging um 12 Uhr mittags von Stimmings ab und traf gegen 4 Uhr in Berlin ein.

Caroline Fouqué am 12. 12. 1811 über die ihr von Hitzig vermittelten Schreiben: »Ich habe die fürchterlichen Briefe gelesen! Fürchterlich durch die Eiseskälte, die daraus dem zitternden betränten Blick des Lesers schneidend entgegenfährt! Wie zwei Bekannte, die eine Mietkutsche zufällig eine gemeinschaftliche, schnell beschlossene Reise tun läßt, räumen beide die zu verlassenden Stuben der Ordnung wegen ein wenig auf, der Staub umdämmert ihr Auge, sie sehen nicht die Tränen der Zurückbleibenden, deshalb achten sie nicht darauf! Keine Spur von Liebe, von Teilnahme, nicht gegen andere, nicht gegen einander!« (Nachruhm Nr. 59b)

888,31: *Louis* – Louis Vogel war kein unbedeutender Subalternbeamter, wie meist angenommen wird; zur Zeit Kleists »Landeinnehmer im neuen Biergeld«, wurde er 1816 als Landrentmeister der höchste Beamte der »Kurmärkischen Landschaft« (nach F. Meusel, Euphorion 1912; H. Fricke, Jahrb. f. brandenburg. Landesgesch. 1952). Wilhelm v. Gerlach nennt ihn einen »sehr lustigen jovialen Menschen, einen Bonvivant« (Nachruhm Nr. 17b).

889,36: *Aufnahme und* – nachträglich von Kleist zugesetzt.

890,10: *Brief an die Hofrätin Müller* – Brief Nr. 224.

890,11: *Brief an meinen Bruder Leopold* – nicht überliefert; Leopold an Peguilhen aus Stolp i. Pommern, 5. 12. 1811: »Mit unendlichem Schmerz habe ich den unerwarteten Tod meines geliebten Bruders erfahren; einige Tage später las ich in den Zeitungen die von Ew. Wohlgeboren gemachte Anzeige ... So weit entfernt von dem Orte der schrecklichen Katastrophe, habe ich hier so viel Unsinniges und Widersprechendes über diesen Unglücksfall gehört, daß ich den Wunsch nicht unterdrücken kann, einmal die nackte ungeschminkte Wahrheit zu vernehmen, die in der Tat nicht so niederdrückend sein kann, als die täglich erneuerten Gerüchte.« (Nachruhm Nr. 99)

890,14: *einen Brief an Fr. v. Kleist* – Brief Nr. 223.

890,18: *noch ein Brief an Fr. v. Kleist* – Brief Nr. 227. Der genannte Major v. Below wird von Marie später mit der Regelung der Bestattungskosten betraut.

890,24: *von meiner Schwester Ulrike* – Marie v. Kleist schreibt dagegen an Peguilhen am 12. 12. 1811, Kleist habe i h r »den Auftrag gegeben, der mir sehr heilig ist, die Kosten seiner Beerdigung dem Herrn Kassenrendant Vogel zu erstatten« (Nachruhm Nr. 89); Kleist hatte aber weder Ulrike noch Marie damit beauftragt.

890,28: *Ich glaube, ich habe dies schon einmal geschrieben* – Der Brief war schon versiegelt, als der Zettel nachträglich eingeschoben wurde.

1777 18. Oktober (nach Kleists Angabe: 10. Oktober), nachts um 1 Uhr: Bernd Heinrich Wilhelm v. Kleist geboren in FRANKFURT a. d. O. als der älteste Sohn des Kompaniechefs (Kapitäns) Joachim Friedrich v. Kleist und seiner zweiten Frau Juliane Ulrike geb. v. Pannwitz. Aus erster Ehe des Vaters mit Karoline Luise geb. v. Wulffen stammen Kleists Stiefschwestern Wilhelmine und Ulrike, aus zweiter Ehe die Geschwister Friederike, Auguste, Leopold und Juliane.

27. Oktober: getauft durch Feldprediger Karl Samuel Protzen. Erster Unterricht mit Karl v. Pannwitz bei dem Hauslehrer Christian Ernst Martini.

1788 18. Juni. Tod des Vaters. Verwandtenbesuch mit Leopold auf Gut Tschernowitz bei Guben (Gedicht auf den Kuhstall).

BERLIN: Erziehung mit den Vettern Wilhelm v. Pannwitz und Ernst v. Schönfeldt in der Pension des Predigers Samuel Heinrich Catel. *Eintragung* im Stammbuch der Schwester Wilhelmine.

1792 20. Juni: Konfirmation durch Feldprediger Christian Gotthelf Krüger in Frankfurt a. d. O.

Danach (unter dem Datum: 1. Juni): Eintritt in das Garderegiment zu POTSDAM als Gefreiterkorporal.

Dezember: auf Heimaturlaub in FRANKFURT a. d. O. (bis Anfang März 1793); das Regiment rückt inzwischen (28. 12.) zum Rheinfeldzug aus.

1793 3. Februar: Tod der Mutter.

3. März: in acht Tagen über Leipzig, Lützen, Rippach, Weißenfels, Naumburg, Erfurt, Gotha, Eisenach (Wartburg), Berka, Vacha, Fulda, Schlüchtern, Salmünster, Gelnhausen, Hanau nach FRANKFURT a. M. (11. 3.). Erster erhaltener *Brief*.

22. März: Abmarsch nach MAINZ (4. 4./22. 7.: Belagerung unter Kalckreuth); in BIEBRICH b. Mainz in Quartier. Lektüre von Wielands »Sympathien«. Gedicht: *Der höhere Frieden*.

1794 Gefechte in der PFALZ bei Pirmasens, Kaiserslautern und Trippstadt.

1795 Anfang: zu ESCHBORN bei Frankfurt a. M. in Quartier. Westfalen. 14. Mai: Beförderung zum Portepeefähnrich. 11. Juli: Rückkehr nach POTSDAM.

1796 General v. Rüchel. Sommerreise mit den Geschwistern nach Sagard auf RÜGEN; dort Bekanntschaft mit Gräfin Eickstedt und Ludwig v. Brockes.

1797 Februar: Ernst v. Pfuel nach Potsdam versetzt.

7. März: Beförderung zum Sekondeleutnant.

1798 14. Febr.: Rühle v. Lilienstern in Potsdam; gemeinsame mathemat. Studien bei Konrektor Bauer an der Großen Stadtschule. Klarinettenspiel im Offiziersquartett mit Rühle, Schlotheim und Gleißenberg; gemeinsamer Ausflug in den HARZ. Marie v. Kleist; Luise v.

Linckersdorf. Differenzen mit General Rüchel. *Aufsatz, den sichern Weg des Glücks zu finden.*

1799 4. April: Kleist erhält den erbetenen Abschied. 13. April: der König stellt ihm spätere Anstellung im Zivildienst in Aussicht.

10. April: nach bestandener Reifeprüfung Immatrikulation an der Universität FRANKFURT a. d. O. (3 Semester Physik, Mathematik, Kulturgeschichte, Naturrecht, Latein).

Geselligkeiten im Kleistschen und Zengeschen Hause. »Wunderliches Hauswesen« unter Frau v. Massow.

Juli: RIESENGEBIRGSREISE mit Martini, Ulrike und Leopold über Crossen, Sagan, Bunzlau, Flinsberg (dort Gleißenberg getroffen), Hirschberg, Warmbrunn zum Kynast, zur Schlesischen Baude und Schneekoppe (12. u. 13. 7.).

Anstrengendes Wintersemester. Privatvorlesung bei Prof. Wünsch (November/April 1800).

1800 Anfang: Verlobung mit Wilhelmine v. Zenge. Das Kleistsche Gut Guhrow bei Cottbus wird verkauft.

14. August: Abreise nach BERLIN. Lektüre: Wallenstein. Führung eines *Tagebuchs.*

17. August: über Oranienburg, Templin, Prenzlau nach Koblentz bei PASEWALK, um Brockes abzuholen; Rückreise am 22. 8. nach BERLIN. Gespräch mit Struensee.

28. August: mit Brockes über Potsdam, Treuenbrietzen, Wittenberg, Düben nach LEIPZIG (30. 8./1. 9.; Immatrikulation unter falschem Namen); weiter über Grimma, Waldheim, Nossen, Wilsdruf nach DRESDEN (2./4. 9.; Tharandt). Von dort über Freiberg, Oederan (4. 9.), Chemnitz, Lungwitz, Lichtenstein, Zwickau, Reichenbach (5. 9.), Bayreuth nach WÜRZBURG (9. 9.).

»Wichtigster Tag meines Lebens.«

Rückreise in fünf Tagen über Meiningen, Schmalkalden, Gotha, Erfurt, Naumburg, Merseburg, Halle, Dessau, Potsdam nach BERLIN (27. 10.).

Bildung für das »schriftstellerische Fach«; *Ideenmagazin.* Widerwillige Vorbereitung auf den Staatsdienst (Fabrikwesen).

Besuch bei der königlichen Familie in Potsdam.

Ende November: Brockes in Berlin (bis Januar 1801) als »einziger Mensch in dieser volkreichen Königsstadt«.

3. Dezember: Erste Teilnahme an einer Sitzung der technischen Deputation.

17. Dezember: Prof. Huth in Berlin.

Ende Dezember: Besuch in FRANKFURT a. d. O.

1801 Verkehr in den Häusern der Kaufleute Clausius und Cohen sowie bei Gelehrten. Zweifel an seiner Bestimmung.

März: Kant-Krise; Fußreise nach Potsdam (Rühle, Gleißenberg, Leopold). Lektüre: Klingers »Kettenträger«. *Geschichte meiner Seele.*

Anfang April: Peter Friedel malt das Miniaturbild von Kleist.

15. April: Abreise mit Ulrike nach DRESDEN (Schliebens, Lohse, Einsiedels; Gemäldegalerie. Wagenfahrt nach Teplitz, Lobositz, Aussig, von dort zu Schiff zurück).

18. Mai: Weiterfahrt mit eigenen Pferden über Leipzig (Hindenburg, Platner), Halle (Klügel), Halberstadt (Gleim), Wernigerode (Stolbergs), Ilsenburg (Brockenbesteigung), Goslar (Rammelsberggrube), Göttingen (3. 6.; Blumenbach, Wrisberg), Kassel (Tischbein), Butzbach (Wagenunfall), Rödelheim, Frankfurt a. M., Mainz (Bootsfahrt nach Bonn), Mannheim, Heidelberg, Durlach, Straßburg (28. 6.), Chalons s. M. nach PARIS (6. 7.).

14. Juli: Friedensfeste. W. v. Humboldt, Lalande, Lucchesini, Lohse; Griechisch-Unterricht. Lektüre: Rousseau, Montesquieus »Lettres persanes«.

Ende November: über Metz (Streit mit Lohse), nach FRANKFURT a. M. (29. 11./2. 12.; Trennung von Ulrike).

Anfang Dezember: mit Lohse über Darmstadt, Bergstraße, Heidelberg, Karlsruhe, Straßburg, Elsaß nach BASEL (13./22. 12); von Liestal b. Basel nach BERN (27. 12.): Lohse, Zschokke, Geßner, L. Wieland, Pestalozzi.

1802 Februar: THUN. Hauptmann Mülinen; Hausinschrift. Fußwanderung mit Zschokke und L. Wieland nach AARAU.

1. April: DELOSEA-INSEL bei Thun. Mädeli. *Familie Ghonorez,* Anfänge von *Guiskard* und *Zerbr. Krug.*

Mai: endgültiger Bruch mit Wilhelmine, die ihm sein Bild zurückschickt.

Juli/August: krank in BERN; Dr. med. Wyttenbach. Ulrike fährt zu ihm.

Mitte Oktober: statt nach Wien, mit Ulrike und L. Wieland über Basel, Erfurt nach JENA und WEIMAR (November/Dezember).

November: Buchausgabe der *Familie Schroffenstein* (anonym bei Geßner in Bern).

Weihnachten beim alten Wieland in OSSMANNSTEDT.

1803 Anfang Januar – 24. Februar: OSSMANNSTEDT. Luise Wieland. Arbeit am *Guiskard;* Wielands Biographie. Lektüre: Richardsons »Clarissa«.

März–April: LEIPZIG. Verleger Göschen; Prof. Hindenburg. Deklamationsunterricht bei Kerndörffer.

April – Mitte Juli: DRESDEN. Ernst v. Pfuel, Fouqué, J. D. Falk, Karoline und Henriette v. Schlieben (»Kleists Braut«). Lektüre: Aristophanes, Sophokles. Arbeit am *Guiskard, Krug, Amphitryon.* Wielands Trostbrief.

Mitte Juli: Ulrike zu Besuch.

20. Juli: mit Pfuel von LEIPZIG nach BERN und THUN. Auf einer Wanderung vom Grindel Zusammentreffen mit Werdecks in Meiringen (11. 8.); gemeinsamer Ausflug ins Reichenbachtal. Von Thun nach BELLINZONA (21. 8.), von dort mit Werdecks nach

Mailand; zurück über Varese (Madonna del Monte), Crevola, Thun, Bern, Waadtland, GENF (5. 10.), Lyon, nach Paris (10. 10.).

PARIS. Werdecks. Bruch mit Pfuel; Verbrennung des *Guiskard*. Vergeblich zur Nordküste, um französ. Kriegsdienste zu nehmen. ST. OMER (26. 10.). Paris (Werdecks, Bertuch, Unterstützung seiner Pläne durch den preuß. Gesandten Lucchesini).

Ende November: Zweiter gefährlicher Versuch, als Gemeiner in die Armee einzutreten; vor BOULOGNE (Dez.) aufgegriffen, von Lucchesini nach Deutschland zurückgeschickt.

Winter: Erkrankung in MAINZ (Dr. med. Wedekind. Bekanntschaft mit Wiesbadener Pfarrerstochter und Karoline v. Günderrode?). Absicht Tischler zu werden.

1804 9. Januar: Aufführung der *Familie Schroffenstein* in Graz.

Anfang Juni: von Mainz über Weimar (Besuch Wielands), Frankfurt a. d. O., Potsdam (Pfuel) nach BERLIN.

22. Juni: Audienz bei Köckeritz. Bewerbung um Anstellung im Zivildienst.

Ende Juni: Gualtieri will ihn als Attaché nach Madrid mitnehmen. Marie v. Kleist, Massenbach, Pfuel, Rühle, Gleißenberg.

1805 Anfang: Auf Massenbachs und Hardenbergs Empfehlung Arbeit im Finanzdepartement unter Altenstein. Aussicht auf Anstellung in Ansbach.

8. April: Selbstmordversuch Schlotheims; Maries Befremden über Kleists Anteilnahme.

23. April: Manuskript des *Zerbr. Krug* (?) an Massenbach geschickt.

1. Mai: von Berlin über Frankfurt a. d. O. nach KÖNIGSBERG (6. 5.). Als Diätar an der Domänenkammer unter Präsident v. Auerswald. Finanz- und staatswissenschaftl. Vorlesungen bei Prof. Kraus. Kriegsrat Scheffner, Stägemann, Kammerdirektor v. Salis.

Ulrike zieht zu ihm. Wiedersehen mit Wilhelmine (Frau Prof. Krug) und Luise v. Zenge. *Über die allmähliche Verfertigung der Gedanken beim Reden.*

Herbst: Fortdauernde Unpäßlichkeit.

1806 Frühjahr: Ulrike zieht nach Stolp i. Pom.

Mitte August: Sechsmonatiger Urlaub aus Gesundheitsgründen; fünfwöchiger Badeaufenthalt in PILLAU. *Zerbr. Krug* an Marie v. Kleist geschickt. Intensive Arbeit an seinen Dramen.

14. Oktober: Napoleons Sieg bei Jena; Preußens Zusammenbruch. Der Hof flüchtet nach Königsberg; Altenstein und Anfang Dezember auch Pfuel treffen ein.

1807 Anfang Januar: mit Pfuel, Gauvain, Ehrenberg über Stolp, Köslin, Stettin nach BERLIN (26./27. 1.). Pfuel zweigt vorher nach Nennhausen ab; Kleist will nach Dresden.

30. Januar: Verhaftung als angebliche Spione; über Wustermark (31. 1.), Marburg (17. 2.), Mainz, Besançon (3. 3.) nach FORT DE JOUX bei Pontarlier (5. 3.).

3. April: Ulrikes Schreiben an General Clarke in Berlin.

Anfang April (aufgrund einer Verfügung vom 26. 3.): Transport über Besançon (11. 4.) in das Kriegsgefangenenlager C H A L O N S s. Marne.

Anfang Mai: in Dresden erscheint der *Amphitryon* mit Vorwort von Adam Müller.

9. Juli: Friede von Tilsit zwischen Frankreich und Preußen.

12. Juli: Clarkes Entlassungsbefehl trifft ein.

Ende Juli: Rückreise nach Berlin (14. 8); von dort über Cottbus nach D R E S D E N (Ende August).

Rühle, Pfuel, Adam Müller, Chr. G. Körner (Dora Stock, Juliane Kunze, Emma Körner), K. A. Böttiger, G. H. Schubert, Wetzel, Dippold, K. Chr. F. Krause, F. Hartmann, G. v. Kügelgen, C. D. Friedrich, Ehepaar v. Haza, K. A. v. Carlowitz, Ernst Ludw. v Bose, Baron Buol-Mühlingen, Graf Chanikoff, Graf Bourgoing.

Anfang September: Besuch in Teplitz bei Gentz. *Jeronimo und Josephe* (Erdbeben in Chili) im »Morgenblatt«.

Pläne zur Gründung einer »Buch-, Karten- und Kunsthandlung« (Verlag eigener Werke; Code Napoléon). Arbeit an *Penthesilea*.

Anfang Oktober: Reise zu Ulrike über Gulben bei Cottbus nach Wormlage.

10. Oktober: an seinem 30. Geburtstag im Hause Buol mit dem Lorbeer gekrönt; geplante Privataufführung des *Zerbr. Krug*.

Winter: Vorlesungen von A. Müller über das Schöne, von G. H. Schubert über die Nachtseiten der Naturwissenschaft (im Hause Carlowitz).

Anfang Dezember: *Penthesilea* vollendet; Vorlesung durch A. Müller im Hause Körner.

17. Dezember: Gründung des »Phöbus«; Aufforderung zur Mitarbeit an Goethe, Wieland, J. v. Müller, Jean Paul u. a.

21. Dezember: A. Müllers Konzessionsgesuch für eine Buchhandlung (wird am 22. 2. 1808 auf Einspruch der Dresdner Buchhändler abgelehnt).

1808 23. Januar: erstes Phöbusheft (»Organisches Fragment« der *Penthesilea*). Widmungsexemplare gehen an Franz I. von Österreich und Jérôme von Westfalen.

Angeblicher Auftrag der Familie Hardenberg, den Novalis-Nachlaß zu verlegen.

Ende Februar: zweites Phöbusheft (*Marquise von O.*)

2. März: Mißlungene Aufführung des *Zerbr. Krug* in Weimar. Zerwürfnis mit Goethe.

Ende März: finanzielle Schwierigkeiten; A. Müller will Phöbus-Redaktion an Kleist abtreten.

Mitte April: drittes Phöbusheft (Fragmente aus *Zerbr. Krug*).

Anfang Mai: der »Phöbus« soll verkauft werden.

Juli: Ludwig Tieck auf der Durchreise in Dresden; Kleist zeigt ihm die Urfassung des *Käthchen*.

Anfang Juni: viertes/fünftes Phöbusheft *(Guiskard-*Fragment; erstes *Käthchen-*Fragment, *Epigramme)*. Frau v. Staël und Gebrüder Schlegel zu Besuch in Dresden.

Juli: Buchausgabe der *Penthesilea;* die schon gedruckte Auflage wird von Cotta übernommen. Versuch, von der Familie 200 Taler zur Fortsetzung des »Phöbus« zu leihen.

August: Einreichung des *Käthchen-*Manuskripts an die Dresdner Bühne (Graf Vitzthum), Oktober: an die Wiener Bühne (durch Collin), Dezember: an die Berliner Bühne unter Iffland (durch Major v. Schack).

Anfang Oktober: kurzer Besuch Ulrikes in Dresden.

Mitte Oktober: Varnhagen in Dresden; Kleist ist vorübergehend verreist. Buchhändler Walther übernimmt den Verlag des »Phöbus«.

Erste Novemberhälfte: Reise im Auftrag Frau v. Hazas nach Lewitz bei Meseritz über Wormlage.

Mitte November: sechstes Phöbusheft *(Kohlhaas-*Fragment, *Epigramme);* die weiteren Hefte in kurzem Abstand (zweites *Käthchen-*Fragment, *Gelegenheitsgedichte).*

Dezember: Fertigstellung der *Hermannsschlacht* (1. 1. 1809 nach Wien geschickt). Entleihung von Quellenliteratur für *Zerstörung Jerusalems* und *Prinz von Homburg.*

Geheime politische Tätigkeit im Bunde mit Gneisenau, Arndt, Reimer u. a.

Winter: A. Müllers staatswissenschaftliche Vorlesungen beim Prinzen von Weimar. Empfehlung durch Kleist an Altenstein in Berlin.

1809 11. Januar: Tod der Tante v. Massow; Erbschaft von 400 Taler, auszahlbar nach sechs Monaten.

Ende Februar: letztes (12.) Phöbusheft *(Der Schrecken im Bade).*

März: *Politische Schriften, Kriegslyrik.*

5. April: Kleist erfährt erst jetzt, daß Adam Müller alle Phöbus-Außenstände an Buchhändler Walther abgetreten hat; heftige Auseinandersetzung, Duellforderung Müllers, die von Rühle und Pfuel beigelegt wird.

9. April: die österr. Armee marschiert in Bayern ein; die Franzosen räumen Dresden, die österr. Gesandtschaft reist ab. Preußen mobilisiert.

14. April: Kleist trifft sich vor seiner Abreise mit Ulrike.

18. April: Pfuel verläßt Dresden, kämpft in der Fränkischen Legion; Rühle macht auf französischer Seite den Feldzug in Österreich mit.

23. April: *Kriegslieder* nach Wien geschickt. In Berlin verweigert Gruner das Imprimatur für die *Ode an den König.*

29. April: mit Dahlmann von Dresden über Teplitz (3. 5.), PRAG (5. 5.), nach ZNAIM (Zusammensein mit Knesebeck, Buol, Friedrich v. Pfuel; auch Friedrich Schlegel war vom 14. 5. bis 30. 5. dort).

13. Mai: Wien von den Franzosen besetzt.

21./22. Mai: Schlacht von Aspern. Kleist und Dahlmann in GROSS-ENZERSDORF (22. 5.) und STOCKERAU (24./25. 5.). Von dort mit Wagen auf das Schlachtfeld von ASPERN (25. 5.); nach Übernachtung in Kagran zurück nach PRAG (31. 5.).

Buol, Stadthauptmann Graf Kolowrat, Oberstburggraf Graf Wallis.

12. Juni: Gesuch zur Herausgabe der »Germania« wird von Prag nach Wien geleitet und am 17. 7. dem Kaiser vorgelegt (am 13. 9. noch nicht entschieden).

6. Juli: Niederlage von Wagram; 12. Juli: Waffenstillstand.

Anfang September: in Berlin verbreitet sich durch Adam Müller das Gerücht von Kleists Tod im Prager Spital.

14. Oktober: Friedensschluß zu Schönbrunn.

31. Oktober: Ausstellung von Pässen für Kleist und Dahlmann nach DRESDEN.

23. November: in FRANKFURT a. d. O., Aufnahme eines Darlehens von 500 Talern; Wiedersehen mit Luise v. Zenge. Kleist will wieder nach Österreich, bleibt aber in BERLIN.

15. Dezember: Einladung bei Adam und Sophie Müller, die seit dem Sommer in Berlin sind, mit Frau v. Werdeck, Gebrüder Eichendorff, Graf Loeben.

Winter: Zusammentreffen mit E. M. Arndt bei Reimer.

23. Dezember: Rückkehr des Königs nach Berlin.

1810 Anfang Januar: über LEIPZIG (Besuch bei Ehepaar Krug) nach FRANKFURT a. M. (12. 1.); nach vergeblichen Versuchen, das *Käthchen* bei einer Bühne anzubringen, wird das Manuskript von hier an Cotta geschickt. Rückreise über GOTHA (28./29. 1.; Besuch von Schlotheim), Potsdam nach BERLIN (4. 2.).

23. Februar: Souper bei Wolfart; A. Müller, Arnim, Brentano, Loeben, Eichendorff, Theremin, Kohlrausch, Römer.

10. März: *Sonett* zum Geburtstag der Königin überreicht. Ein »Stück aus der Brandenburgischen Geschichte« soll auf dem Privattheater des Prinzen Radziwill aufgeführt werden.

17.–19. März: Aufführung des *Käthchen* im Theater an der Wien.

April: Zwistigkeiten mit W. Reuter wegen 22 Taler Pränumeration.

Mai: Freundschaft mit Rahel. Mitte Juni: Bei Sophie Sander Zusammentreffen mit Amalie v. Helvig. Arbeit am ersten Band der *Erzählungen* (Fertigstellung des *Kohlhaas*).

19. Juli: Tod der Königin Luise. 5. Aug.: Kleist, Adam und Sophie Müller sowie Ernst v. Pfuel hören die Leichenpredigten.

12. August: schroffer Bruch mit Iffland wegen Ablehnung des *Käthchen.*

Ende September: Buchausgabe von *Käthchen,* und *Erzählungen* Bd. 1 bei Reimer.

1. Oktober: erste Nummer der »Berliner Abendblätter« unter dem Protektorat von Polizeipräsident Gruner; Mitarbeiter: Arnim,

Beckedorff, Brentano, Fouqué, Loeben, Friedrich v. Luck, Möllendorff, A. Müller, Ompteda, Friedr. Schulz, Wetzel in Bamberg, Wilhelm Grimm in Kassel.

Mitte Oktober: Redaktionsärger mit Arnim, Brentano, Fürst Lichnowsky.

3. November: Meldung über französ. Verluste in Portugal führt zu einer Beschwerde des französ. Gesandten und zur Verschärfung der Zensur.

Mitte November: Marie v. Kleist in Berlin und Potsdam (bis Mai 1811).

16. November: Taufe der Cäcilie Müller durch Franz Theremin. Paten: Kleist, Arnim, Beckedorff, Elisabeth v. Stägemann, Henriette Vogel, Frau Peguilhen u. a.

16. November: Müllers Aufsatz »Vom Nationalkredit« erregt Anstoß beim König und der Regierung; Zensurverschärfung.

26. November: Theaterskandal um Dem. Schmalz in der »Schweizerfamilie«.

12. Dezember: mit Arnim, Brentano u. F. A. Wolf auf der Zelterschen Liedertafel.

seit Anfang Dezember: Verhandlungen mit Raumer und Hardenberg wegen zweckdienlicher Unterstützung der »Abendblätter«.

24. Dezember: Übernahme des 2. Quartals der »Abendblätter« durch den Verleger Kuhn; Zeitungsfehde mit dem ersten Verleger Hitzig.

1811   18. Januar: Gründung der Deutschen Tischgesellschaft (»Freßgesellschaft«) durch Arnim; Mitglieder: Beckedorff, Brentano, Fichte, Kleist, A. Müller, Möllendorff, Pistor, Friedrich v. Pfuel, Radziwill, Joh. Friedr. Reichardt, Reimer, Savigny, Friedrich Schulz, Stägemann, Lichnowsky, Louis Vogel, Zelter u. a.

Anfang Februar: Buchausgabe des *Zerbr. Krug* bei Reimer.

10. Februar: Hardenberg erhält Nachricht von der Fragwürdigkeit der angeblich durch die Königin ausgesetzten Kleistschen Pension.

Zweite Februarhälfte: Scharfe, bis zur Duellforderung führende Kontroverse mit Raumer und Hardenberg wegen der angeblich versprochenen finanziellen Unterstützung; Geheimrat Pistor wird in Kleists Wohnung geschickt (26. 2.); vorläufige Beilegung (10. 3.).

11. März: Arnims Hochzeit mit Bettina Brentano.

25. März – 5. April: *Verlobung in St. Domingo* in Kuhns »Freimüthigem«.

30. März: Letzte Nummer der »Abendblätter«.

4. April: Bewerbung (auf Pistors Veranlassung) um den Redaktionsposten des Kurmärkischen Amtsblatts oder andere Anstellung; hinhaltende Antwort Hardenbergs (18. 4.).

23. April: Pantomimische Darstellung von *Penthesilea*-Szenen durch Henriette Hendel-Schütz im Konzertsaal des Nationaltheaters, mit Rezitation durch Prof. Schütz.

26. April: kurze Reise »zu einem Verwandten aufs Land« (Marie v. Kleist in Sakrow?).

20. Mai: Bittgesuch an Prinz Wilhelm mit Schilderung der Abendblatt-Affaire.

Ende Mai: Adam Müller geht nach Wien, Marie v. Kleist nach Mecklenburg; auch Beckedorff verläßt Berlin.

6. Juni: Nochmaliges Gesuch an Hardenberg um Anstellung im Zivildienst oder Aussetzung eines Wartegelds.

17. Juni: Gesuch an den König in gleicher Sache.

Ende Juni: Anfertigung der Reinschrift des *Prinz von Homburg*. Arbeit an einem *Roman* in zwei Bänden. Marie v. Kleist, die Anfang Juni zwei Briefe Kleists erhalten hatte, bittet um Mitteilung seiner Arbeiten.

Anfang August: *Erzählungen Bd. 2* bei Reimer (Erstdruck von *Findling* und *Zweikampf*).

Ende August–Anfang September: Marie v. Kleist in Berlin; vielfältige Bemühungen für Kleist. Kriegserwartung.

3. September: Überreichung des Widmungsexemplars von *Prinz von Homburg* an Prinzessin Marianne durch Marie v. Kleist, mit einem Bittgesuch an Prinz Wilhelm um eine Pension von 100 Talern für Kleist.

Nach Maries Abreise (9. oder 10. 9.):

11. September: Audienz beim König mit Maries Empfehlungsschreiben vom 9. 9. (soll Adjutant des Königs werden).

Besuche bei Gneisenau, dem »einige sehr gute« politische Aufsätze vorgelegt werden.

18. September: Nach Empfang der Kabinettsorder mit Aussicht auf Anstellung im Militär zu Ulrike nach FRANKFURT a. O.; Demütigung an der Mittagstafel. Von dort nachmittags nach FRIEDERSDORF, Gespräch mit Ludwig und Charlotte v. d. Marwitz.

19. September: Bitte an Hardenberg um Darlehen für Offiziersausrüstung.

24. Oktober: Marie v. Kleist sorgt sich um Kleist, der in vier Wochen nur einmal geschrieben habe; falls er noch in Berlin sei, will sie ihm Geld schicken, das Ulrike ihr anvertraut habe.

10. November: verzweifelter Brief an Marie (die in Groß-Gievitz erkrankt ist): »es ist mir ganz unmöglich länger zu leben«. Dahlmanns Einladung nach Kiel zu einem gemeinsamen Leben gelangt nicht in Kleists Hände. Eine angebliche Unterstützung »von seiten des Staates« soll sich durch Hardenbergs Einspruch verzögert haben.

Enge Freundschaft mit Henriette Vogel. *Todeslitanei.*

19. November: »Triumphgesang im Augenblick des Todes« (an Marie). Abschiedsbesuch bei Elisabeth v. Stägemann, die sich nicht sprechen läßt.

20. November vormittags: Abschiedsbriefe in Henriettes grüner

Stube; nachmittags: Eintreffen im Neuen Krug bei POTSDAM. In der Nacht dort weitere Abschiedsbriefe.

21. November: Mittags 12 Uhr Abgang des Boten mit Brief an Peguilhen.

Gegen 4 Uhr nachmittags die beiden Pistolenschüsse am Wannsee. Gegen 6 Uhr Eintreffen von Peguilhen und Vogel.

22. November nachmittags: gerichtliche Untersuchung und Sektion; abends Beisetzung in zwei Särgen.

26. November: Zeitungsanzeigen von Louis Vogel und Peguilhen (als »Vollstrecker des letzten Willens der beiden Verewigten«).

2. Dezember: nachträgliche kirchliche Beerdigung am Wannsee.

1812   14. Mai: Marie bedankt sich bei Prinzessin Marianne für die Unterstützung Ulrikes: eine nachträglich Kleist erwiesene Wohltat.

Juni: Marie bietet das *Homburg*-Manuskript Hitzig an, der mit Fouqué zusammen Kleists Nachlaß herausgeben will; Einspruch der Prinzessin Marianne.

1813   März: Ernst v. Pfuel gibt *Germania-Ode* heraus.

1814/1815 Tieck verschafft sich das Widmungsexemplar des *Prinz von Homburg* von der Prinzessin Marianne, »welches da, wo es sich befand, gering geschätzt wurde«.

1818   Pfeilschifter veröffentlicht unabhängig von Tieck einige Szenen der *Hermannsschlacht* in den »Zeitschwingen«.

1821   Tiecks Ausgabe der »Hinterlassenen Schriften« *(Prinz von Homburg, Hermannsschlacht).* Erste Aufführungen des *Prinz von Homburg* in Wien (Oktober) und Dresden (Dezember).

NACHTRÄGE
(Kleine Schriften)

ÜBER DIE ABREISE DES KÖNIGS VON SACHSEN
AUS DRESDEN

Einer der verhängnisvollsten Tage, die für das Land der Sachsen aufgegangen sind, war der Tag der Abreise Sr. Maj. des Königs aus Dresden; ein Tag, der, in jeder Bedeutung, düster und traurig war, und, an dem physikalischen sowohl als politischen Himmel, voller Wolken hing.

Sachsen war zwar, durch den Separatfrieden von Posen, an den Rheinbund geknüpft, und insofern schien kein Zweifel obzuwalten, welche Partei es, wenn der Krieg zwischen Österreich und Frankreich ausbrechen sollte, ergreifen würde. Dagegen drückte die Verwandtschaft, die den Landesherrn an das österreichische Kaiserhaus knüpft, eine laute Stimme im Volk, und die Edelmütigkeit, die seiner königlichen Brust innewohnt, die Waagschale wieder mächtig auf die andere Seite nieder: dergestalt, daß die Zunge unverrückt in der Scheide spielte, und allererst ein Drittes nötig war, um ihr den Ausschlag zu geben.

H. v. Bourgoing unterließ, wie sich begreifen läßt nichts, um dies, so rasch als möglich, zu Gunsten des Kaisers, seines Herrn, zu bewerkstelligen. Die Bewegungen, die, zu Ende März, in Böhmen stattfanden, wurden so dargestellt, als ob nichts Geringeres, als eine Okkupation von Sachsen im Werk sei. Dem König, der sich damals in Warschau befand, wurde die Rückreise als gefahrvoll vorgespiegelt; man sprach von fliegenden Detaschements, die an der Grenze, umherschweiften: gleichsam, als ob die Absicht wäre, sich seiner erhabenen Person zu versichern, und ihn, durch einen Gewaltstreich, zum Abfall von dem Rheinbund zu nötigen.

Hätte der Edelmut Franzens, Kaisers von Österreich, eine solche Tat zugelassen: so steht dahin, wie der König, bedrängt wie seine Lage war, sich gefaßt hätte. Die Vorfälle in Bayonne hatten endlich den Verbündeten Napoleons die Augen geöffnet: nur die Furcht vor dem nächstfolgenden Tage, lehrte sie die Schmach des heutigen erdulden. Einer Gelegenheit bedurfte es nur, um sich aus dem Labyrinth, in welches der Gefährlichste aller Geister sie geführt hatte, wieder herauszuwickeln; und die Zerstreuung der Armee in ihren Garnisonen gab ein hinreichendes Mittel an die Hand, den Schein zu retten, und sich selbst, für einen unglücklichen Fall, eine Art von Schicksal, bei dem Sieger, aufzubewahren.

Inzwischen erschien kein österreichischer Mann auf sächsischem Boden; und dem König blieb nichts übrig, als den Besorgnissen, die H. v. Bourgoing hatte, Glauben zu schenken, und seine Armee, auf den dringenden Rat desselben, zusammenzuziehen. Ja, Dresden selbst mußte, gleich als ob der Feind vor den Toren wäre, in Verteidigungsstand gesetzt werden; man zog die Zugbrücken auf, und führte die Kanonen auf die Wälle.

Bald darauf veränderte die Ankunft des Marschalls Bernadotte die Szene.

Zwar schien es, in der Tat, zu Anfang herein, als ob sich auch die Klügsten geirrt hätten; als ob wirklich Sachsen der Schauplatz des Krieges werden sollte, indem entweder (so unglaublich dies war) ein Einfall von österreichischer Seite zu fürchten, oder wenigstens ein Einfall der französisch verbündeten Heere, von hier aus in Böhmen, im Werk sei. Die Verteidigungsanstalten wurden jetzt allererst mit Eifer betrieben; der Marschall beritt die Festungswerke, große Plätze wurden gekauft, um neue anzulegen, die Alleen niedergehauen, und Schanzkörbe auf die alten geführt.

Inzwischen zeigte es sich bald, daß die ganze Aufgabe des H. v. Bernadotte war, das Land von den Truppen zu evakuieren, und die Armee ins Reich zu führen, wo Napoleon sie besser gebrauchen konnte, als hier.

Man muß gestehn, daß die Mittel, die hiezu ins Spiel gesetzt wurden, der französischen Politik würdig waren. Dem König den Vorschlag zu machen, mit dem Heer, das er zum Schutz des Landes hielt, das Land zu räumen, um, in entfernten Gegenden, für fremde Zwecke, einen Offensivkrieg zu führen, wäre, so wie sein Herz damals gestimmt war, zu voreilig gewesen; man mußte ihn sanfter und bequemer anfassen, man mußte ihn zu verwickeln, man mußte ihn, durch den Drang der Begebenheiten, fortzureißen suchen. Die *Gefahr von Dresden* hatte bereits den Vorwand gegeben, das Heer *zusammenzuziehen;* jetzt war noch eine *Gefahr der Armee* nötig, um sie *hinwegzubringen.*

Dem zufolge erschien plötzlich, um die Zeit des Ausbruchs der Feindseligkeiten, ein Kurier; das Volk versammelte sich vor dem Hôtel des Marschalls, und es verbreitete sich das Gerücht: die Franzosen hätten bei Nürnberg einen beträchtlichen Echec gelitten und wären gezwungen gewesen, sich auf Würzburg zurückzuziehn. Ein Offizier, von der Suite des Marschalls, flog, mit dieser Depesche, aufs Schloß. Der Marschall verweigerte einem Reisenden, der über Hof nach Nürnberg gehen wollte, den Paß; er sagte, mit einem niedergeschlagenen Gesicht, daß er die Leipziger Straße einschlagen müsse, indem die Gegend von Hof nicht mehr okkupiert sei. Bürger und Soldaten jauchzten dem Unfall, so gut, als sich dies, umlauert von französischen Spionen, tun ließ; es hieß, alle Geschwindigkeit helfe zu nichts, die Armee sei schon abgeschnitten, und der König gezwungen zu tun, was seine Pflicht sei.

Hätte der König gewußt (was sich bald darauf ergab) daß der Echec bei Nürnberg ein bloßes Gaukelspiel sei: so ist kaum ein Zweifel, er würde dem Entschluß, die Truppen nicht außer Landes abführen zu lassen, treu geblieben sein. Aber die Insinuation des Marschalls, augenblicklich mit der Armee aufzubrechen, um sie zu retten, und die unabwendliche Rache Napoleons, die im Hintergrunde lag, wenn man säumte, entschied: der König fertigte, so manche Stimme sich auch warnend erhob, den Befehl zum Aufbruch der Truppen aus.

In weniger als zweimal vierundzwanzig Stunden war nun ganz Dresden davon befreit. Die Geschwindigkeit war so groß, daß man einen Teil des Zeughauses seinem Schicksal überließ: mehrere Kanonen und Mortiere wurden erst, nach dem Abmarsch der Armee, eingeschifft, und eine Menge von Kriegsbedürfnissen aller Art gänzlich zurückgelassen.

Mitten unter allen diesen Unruhen erfuhr man, daß Sr. Maj. der König selbst, mit ihrer gesamten Familie, abzureisen, beschlossen hätten.

Nichts, in der Tat, war geschickter, Bestürzung zu verbreiten, als dieser außerordentlichte Entschluß. Die Kriegserklärung Franzens, Kaisers von Österreich, die mittlerweile erschienen war, hatte bestimmt erklärt, daß Österreich keinen anderen Feind habe, als Napoleon. Die österreichische Macht war, wie jedermann wußte, in Bayern versammelt, um daselbst diesen Erzfeind der Welt zu treffen, und, nach den bestimmtesten Nachrichten, kein Mann an der böhmischen Grenze vorhanden, der der Anwesenheit des Königs in Dresden hätte gefährlich werden können.

Zudem erfuhr man so manches andere, das, auf die beunruhigendste Weise, an die neueste Geschichte von Spanien, und an das Schicksal seiner unglücklichen Regenten, erinnerte. Man wußte, daß das Einverständnis Sr. Maj. des Königs mit dem Marschall Bernadotte, keineswegs das beste gewesen war. Gleich bei seiner Ankunft in Dresden hatte der letztere, abwesend wie der König selbst war, allen Regeln der Schicklichkeit zuwider, den königlichen Brüdern seine Aufwartung zu machen unterlassen; erst am dritten Tage ließ er sich deshalb, durch einen Laufer, entschuldigen, und sich für einen der nächstfolgenden Tage, da seine Geschäfte ihm dazu die Zeit lassen würden, ansagen.

Noch mehr Bedenken flößte ein anderer Vorfall ein. H. v. Bernadotte hatte, bei der Rückkehr des Königs aus Warschau, auf eine Vermehrung der Armee gedrungen. Sr. Majestät äußerten, daß an dem Kontingent, zu welchem sie, als rheinbündisches Mitglied, verpflichtet wären, kein Mann fehlen sollte: mehr aber zu tun, ließe der erschöpfte Zustand des Landes nicht zu, indem kein Geld in den Kassen wäre. Der Marschall hatte die Dreistigkeit gehabt, Sr. Majestät darauf zu antworten: il s'en trouvera; je ferai la revision des caisses. – Die Empfindlichkeit des Königs, so setzte man hinzu, sei, durch diese unschickliche Wendung, schwer gereizt worden; er habe dem Marschall den Rücken zugekehrt und ihn, mit den glühenden Worten: daß er Herr im Lande sei, und kein anderer, und daß er den Kaiser, seinen Alliierten, von diesem Auftritt unterrichten würde! – entlassen.

Aber die lebhaftesten Diskussionen hatte die Abreise des Königs selbst, und die Frage, wohin sie sich begeben sollten, veranlaßt. Sr. Majestät waren, wie natürlich ist, des Willens, in Dresden, als einem nunmehr ganz außer der Sphäre der Unruhen liegenden Platz, zurückzubleiben. Der Marschall hatte die lebhafteste Besorgnis geäußert, und erklärt, daß der Kaiser, sein Herr, ihm (dem Redner) nie vergeben würde, wenn er Dresden verließe, ohne die geheiligte Person Sr. Maj. des Königs vorher in Sicherheit gebracht zu haben. Er schlug vor: der König möchte sich nach Erfurt begeben. – Der König erklärte mit Empfindlichkeit und Hartnäckigkeit (vielleicht dachte er, in diesem sonderbaren Augenblick, an den Gen. Savary) daß er das Gebiet seines Landes niemals verlassen würde – entschloß sich jedoch, um Anstoß zu vermeiden, seine Residenz, wenn man ihn hier nicht für sicher halte, nach Wittenberg zu verlegen. Der Marschall beteuerte ihm, daß er sich, bei den ungewissen Verhältnissen, in welchen man sich mit dem Norden Deutschlands befinde, hier nur einer neuen Gefahr aussetzen würde. Er beschwor ihn, wenigstens auf der Straße nach Erfurt, bis an die Grenze seines Landes, nach Weißenfels vorzugehen. – Allein es scheint, der König fürchtete die Nähe seines Alliierten mehr, als die Nähe der Österreicher, der Truppen seines sogenannten Feindes. Er verweigerte auch dies standhaft – beschloß jedoch, um der Verhandlung ein Ende zu machen, seinen Aufenthalt einstweilen in Leipzig zu nehmen.

Alle diese Vorfälle, die nicht unterließen, mit mancherlei Entstellung und Vergrößerung noch, von Mund zu Mund zu gehen, hatten dem Volk eine Art von Erbitterung gegen den Marschall eingeflößt; eine Erbitterung, die noch durch das persönliche Betragen desselben, auf mancherlei Weise, erhöht wurde. Das Gepränge, mit welchem H. v. Bernadotte, als kaiserlich französischer Prinz, in dem Brühlschen Palais, auf Rechnung der Stadt, zu leben für schicklich hielt, überstieg den Etat des königlichen (er brauchte z. B. 80 Klaftern Holz *täglich*) um ein beträchtliches. Der katholischen Geistlichkeit, die, seit vielen Jahren schon, in dem oberen Stockwerk dieses weitläufigen Gebäudes wohnte, und die den Morgenschlaf desselben, durch einen frühen Unterricht, den sie der Jugend gab, zu stören so unglücklich war, hatte er, ungeachtet aller ersinnlichen Vorkehrungen, ihn zu beruhigen, durch Ermahnungen sowohl, als auch durch Ausstreuen von Sand und Klee, gedroht: daß er sie woanders unterbringen werde, falls sie den Unterricht nicht einstelle. Bei dem städtischen Magistrat hatte H. v. Bernadotte, noch kurz vor seiner Abreise, unter dem Titel eines Kriegsbedürfnisses, eine sehr zweideutige Forderung von Geld gemacht; eine Forderung, welche ihm zwar standhaft verweigert wurde, in Folge welcher Verweigerung er sich aber, mit dem Deputierten, der sie ihm überbrachte, lebhaft überwarf, und, – so unglaublich, und, einem nichtswürdigen Gerücht gleich, dies scheinen mag, nach bestimmten Untersuchungen, die darüber angestellt worden sind, einige Möbeln und kostbaren Gefäße im Zorn zerschlagen. Das Volk sah ihn nicht mehr anders, als mit Widerwillen; und einst, als er, an der Spitze seiner Suite, auf dem Elbberg erschien, um die Einschiffung der Artilleriestücke zu inspizieren, führte der Schmerz dasselbe so weit, daß Verwünschungen und Schimpfwörter plötzlich, rings um ihn, laut wurden: der Marschall hatte das Glück oder die Geschicklichkeit, sie nicht zu verstehen, wandte sein Pferd, gab ihm die Sporen, und galoppierte zurück.

Mittlerweile erschien der Morgen der Abreise des Königs; ein trüber Tag, mit Regen und Wind, ein trauriges Licht über den traurigen Auftritt werfend! Das Volk hatte sich in ungeheuren Massen vor dem Schloß versammelt. Die königliche Landesmutter erschien zuerst, und stieg, laut schluchzend, in den Wagen; ihr folgte, mit dem Tuch in der Hand, die Prinzessin; der König selbst, als er das Volk schweigend begrüßte, weinte. Alle Hüte flogen, wie in schweigender Übereinkunft, von den Köpfen. Man hatte ein Kavalleriedetaschement aufgestellt, um das Volk, dessen Gesinnungen man über den Punkt dieser Abreise kannte, in Zaum zu halten; aber der Schmerz übernahm das Amt der Beschwichtigung, und hielt alle Gemüter in dumpfem Jammer danieder. Als der Wagen über die Brücke kam, traf es sich, daß grade ein Leichenzug, mit seinem langsamen und lügübern Fortschritt, den Wagen des Königs hemmte und die zahlreiche Begleitung desselben ihn hinderte, vorzufahren. Die Sensation, die dieser sonderbare Zufall machte, ist nicht zu beschreiben; es war, als ob der Tod selbst käme, um sich dieser unglücklichen Familie warnend in den Weg zu werfen. Hätte das Volk, in diesem entscheidenden Augenblick, wie der Entschluß in einigen Gemütern sich regte, gewagt, den Wagen anzutreten, und den Wunsch, der in allen lebendig war, auszusprechen −: denn es scheint, als ob, in so bedauernswürdigen Verhältnissen, die Rettung eines Fürsten nur von seinen Untertanen kommen kann: so steht dahin, wie Sr. Majestät, zerrissen von den grausamsten Ahndungen, wie ihre Brust ohne Zweifel war, sich entschieden haben würde. − Aber das Volk schwieg; und der König reiste ab.

Wohin dieser Weg ihn führen wird: ob nach Leipzig, oder nach Weißenfels, oder nach Erfurt, oder noch weiter: das liegt in der Brust der Götter verschlossen! – Wohl ihm, wenn Franz, den er seinen Feind nennt, siegt! Wenn Napoleon: so dürfte er leicht vergebens einen Rückweg nach Dresden suchen: Leipzig, oder Weißenfels oder Erfurt, oder wo er sich immer, wenn das okzidentalische Reich fertig sein wird, aufhalten wird – es könnte leicht (und, doppelt wahrscheinlich, wenn es ein französischer Platz ist) sein *Bayonne* werden!

THEATER

Aus einem Schreiben von Dresden den 25. Oktob. 1810

– –

Der Aufsatz in Ihrem 15. Blatt, worin gezeigt wird, wie gefährlich der Grundsatz sei, allein für die Füllung der Theaterkasse zu sorgen, und wie leicht eben dadurch das Schauspiel selbst abhanden kommen und verloren gehen könnte; dieser Aufsatz, mein Herr, hat mir, aus mancherlei Gründen, sehr gefallen. Derselbe hat eine Ansicht bei mir aufs Neue erregt, die ich niederzuschreiben versuchen will; und da ich der Hoffnung bin, daß Sie einem alten Manne seine schlichte Gedanken nicht mißdeuten werden, so spare ich den Eingang. – – – – – – – – – – – – – – Ob mehrere Theater in einer großen Stadt; ob die Mühe, welche sich jeder der verschiedenen Direktoren geben müßte, um das Publikum von Whist- und l'Hombre, von Tee- Wein- und Biertischen in ihr Schauspielhaus zu locken, der Kunst und den Einwohnern ersprießlich sein möchten; ob die Pachtgelder, welche diese Bühnen geben würden, dem Staate Nutzen verschaffen könnten, will ich hier ununtersucht lassen. Leute, die von Paris und London, von Wien etc. kommen, rühmen dergleichen gar sehr. – Es mag sein! Ich aber bin, wie gesagt, ein alter Mann und lobe mir alten Brauch und Weise. Mit *einem* Worte: mir ist ein Hoftheater die liebste Bühne, gerade wie eine monarchische Regierung mir der liebste Staat ist; und ist ein Hoftheater nur ein echtes Hoftheater, so wird es schon ganz von selbst auch ein Nationaltheater sein. Was aber National-Regierungen, -Versammlungen u. dgl. betrifft, so haben wir in unsrer Zeit unter diesem lockenden Titel große Tyranneien ausüben sehen. – Das Wort Hoftheater bezeichnet die Verbindung des Hofs mit dem Theater, also nichts Geringeres, als den segenbringenden Einfluß der besten vornehmsten Gesellschaft auf Vervollkommnung der Bühne und des ihr gegenübersitzenden Volks. Der Anteil des Hofes an dem Theater adelt die Sitte des Schauspielers; mildert die Zügellosigkeit des Dichters; verbreitet Würde, Anstand, Feinheit, Anmut über das Ganze, und erhebt so eine leicht ausartende Spielerei zu einer Kunstanstalt, die das Volk erfreuet und bildet. – Daher entstand auch in alter, edler Zeit das schöne ehrenwerte, hohe Hofamt eines Maitre de spectacle, welcher der Repräsentant ist und das Organ jenes Anteils, den der Fürst und seine Großen, den zartsinnige und vornehme Frauen nehmen an den lebendig gewordnen Werken dramatischer Kunst. Seine Aufgabe ist nicht allein die äußere Würde der Anstalt durch den Glanz seines hohen Standes zu erhalten, dem Fürsten voran in die Loge zu treten und den Wink zum Beginnen des Schauspiels zu geben, nein, auch das Innere dieser Anstalt muß sein vornehmes Wesen sowohl, als sein geprüfter Geschmack, sein Kunstsinn, seine Parteilosigkeit bedingen und beseelen. *Er* muß die Wahl der aufzuführenden Stücke leiten, *Er* die schicklichen Subjekte für die Bühne suchen; *Er* bestimmen wo auf äußre Pracht der Darstellung etwas verwendet werden soll, oder wo sie überflüssig, wo sie ausschweifend, wo sie verführerisch und schädlich wird. Denn nur *Er* der Sinnige, der Vornehm-Parteilose, der nicht *in,* der *über* dem Ganzen stehet, nur *Er* kann es unbefangen übersehn und regieren. Dieser Dichter an seiner Stelle würde nur mistisch-phantastische Tragödien und Burlesken; jener nur heidnische Stücke; ein andrer uns nur häusliche Familienszenen auftischen, während ein Musiker nur einzig und allein und auch wiederum nur *seinem* Geschmacke nach, einseitig für die Oper sorgen würde. Ein Schauspieler aber dürfte, entweder jedes Machwerk aufführen, sobald er nur eine Rolle darin fände, in der er sich schon zum voraus beklatscht sähe, oder doch wenigstens so ausschließend für den hergebrachten Theatereffekt sorgen, daß darüber manch wahrhaftiges Meisterwerk zugrunde ginge; – abgerechnet die Vorliebe und den Haß zu einzelnen Subjekten der Bühne; abgerechnet, daß, wenn der Schauspieler seine Rollen fleißig und redlich lernen und studieren will, ihm durchaus keine Zeit übrig bleibt, die anderweitigen Theatergeschäfte *treu* und *prompt* zu besorgen; abgerechnet, daß er mitten innen in dem Werk stehet und daher durchaus keine Übersicht des Ganzen haben kann. Welche Fühlhörner – wenn ich mich so ausdrücken darf – stehen ihm zu Gebote, sich diese Übersicht zu verschaffen? Wieder ein Schauspieler, den er zu Rate ziehet? oder wieder ein einseitiger Dichter; oder, wenn es aufs Höchste kommt, ein technisch-gebildeter Theatermeister oder Souffleur, u. dgl.? Welche Gesellschaften sieht er und hat er die Zeit zu sehen; und in welcher Gesellschaft wird er *die Wahrheit* hören? – – – – – – – –

Diese notwendige Umsicht aber, diese Übersicht des Ganzen hat der vornehme Maitre de spectacle, der über all den kleinen Verhältnissen schwebt, der kaum ein Individuum zu nennen ist, der, indem er die beste Gesellschaft sieht, ihr Urteil hört und sich danach richtet und modelt, sozusagen eine Gesamtperson wird, würdig einer Anstalt vorzustehn, die in alter und neuer Zeit, alle gesitteten Völker, als die Blüte ihrer Bildung ansahen und verehrten. –

Ihr ergebenster
Gr. v. S.

[Für die »Gemeinnützigen Unterhaltungs-Blätter«]

AN DEN EINSENDER DES AUFSATZES:
»NACHGEDANKEN ÜBER DEN TOTSCHLAG EINES FLOH«

(Im 9. Stück des 5. Jahrgangs der Unterhaltungs-Blätter)

Mein werter Herr!
Es kann Ihnen unmöglich gleichgültig sein, wenn ich die Ehre habe, Sie zu versichern, daß Ihr eben genannter Aufsatz bei allen gefühlvollen Seelen die größte Sensation erregt hat. Was mich betrifft, so habe ich – Gott sei Dank! – gewiß keinen Mord der Art auf meinem Gewissen, und doch hat mich Ihre bloße Darstellung des Unrechts und der Abscheulichkeit desselben dergestalt gerührt, daß ich mich der Tränen nicht enthalten konnte. Um desto größer aber mußte meine Freude sein, als ich vor wenigen Tagen – das muß aber ja ganz unter uns bleiben, ich müßte sonst schamrot werden – Gelegenheit hatte, zu bemerken, daß – wenn dies großmütige Beispiel – woran ich leider zweifeln muß – Nachahmer finden sollte – Sie bald die Freude haben würden, zu sehen, wie die üble Gewohnheit, diese niedlich kleinen Tierchen so sans façon aus der Welt zu expedieren, gänzlich abgeschafft werden würde: und welch ein großes Verdienst hätten Sie sich dann um das ganze Flohgeschlecht erworben! – Lassen Sie sich erzählen:
»Lisette!« – rief eine Dame vom Stande, von der ich weiß, daß sie vor der Erscheinung Ihres Aufsatzes die eifrigste Verfolgerin der Flöhe war – »Lisette!«
Lisette. Was beliebt Madame?
Mad. N. »Hier, Lisette, setze sie diesen Floh doch einmal aus dem Fenster.«
Lisette (nimmt den Floh sehr behutsam und öffnet das Fenster). Ach, du lieber Gott, Madame, es regnet.
Mad. N. (hastig). »Regnet es? – o so gebe sie ihn mir lieber wieder her.«
Sie großmütige Seele! möchte es mir doch vergönnt sein, Sie *namhaft* als ein Muster weiblicher Herzensgüte darstellen zu dürfen! –
Um aber, mein werter Herr, Ihr warmes Interesse für das Flohgeschlecht noch mehr, als es durch Ihren Aufsatz bereits

geschehen ist, an den Tag zu legen, und um allen Mordtaten
jedes einzelnen Individuums dieses Geschlechts auf das gewis-
seste vorzubeugen – wodurch Sie sich in der Geschichte einen
unsterblichen Namen erwerben würden – möchte ich Ihnen
den Vorschlag tun, *den Damen* (vorzugsweise) zu erlauben, daß
sie alle diese ihre liebenswürdigen Tierchen, statt sie zu töten,
lieber Ihnen zuschicken dürften, wobei Sie zugleich das beseli-
gende Vergnügen genießen könnten, den lebhaften Dank dieser Geschöpfe für Ihre gütige Verwendung für dieselben, in
vollem Maße zu empfangen.

X.Y.Z.

SCHREIBEN EINER JUNGFER AN DEN HERAUSGEBER

(M.s. Vorschriften für das schöne Geschlecht. Nr. 34, S. 271)

Lieber Herr!
Nun sage mir einer, daß Ihre Blätter nicht, wie die Absicht ist,
zum Nutzen und Vergnügen gereichen! Ein lebhafteres Vergnügen empfand ich nie, als ich im 34. Stücke Ihrer Blätter las,
daß die Kunst, ein Herz zu rühren, von der Kunst, einen
Pudding zu rühren, wohl abhängen möge. Das alles ist gedruckt, und muß also doch wohl Ernst sein. Mir hats, dem
Himmel seis geklagt! bisher nicht ganz glücken wollen, einen
von den flüchtigen Herren der Erde festzuhalten. Nun rühre ich
mir seit jener Nachricht die Arme müde, und kann, ohne Ruhm
zu melden, schon einen tüchtigen Pudding jeder Art zur Welt
bringen. Jungen- und Mädchen-Mützen, auch Hemder nähe
ich, wie die Beste. Dreitausend Taler sollen alle diese Künste
wert sein? Ei! wenn man sie auch nur zu zweitausend Rtlr.
anschlüge, so wäre das immer ein Kapitälchen, das seine Liebhaber zu finden pflegt; und habe ich mich daher hierdurch an
den Herrn Herausgeber wenden wollen, damit Sie diese Nachricht unter die Männer bringen mögen. Denn sein Licht unter
den Scheffel setzen, taugt doch nimmer.

Ich verbleibe Ihre dienstwillige Dienerin
★★★

HILDEGARD VON CAROUGE UND JACOB DER GRAUE

Der Ritter Johann von Carouge, Vasall des Grafen von Alençon, war genötigt, in seinen eigenen Angelegenheiten eine bedeutende Seereise zu unternehmen. Mit bangem Gefühl entriß er sich den Armen seiner trauernden Gattin Hildegard und begab sich auf den Weg. Die junge, schöne Frau lebte indessen eingezogen auf ihrer Burg Argenteuil und sah nur die Bekannten ihres Mannes, die benachbarten Ritter und deren Familien. Unter ihnen war Ritter Jacob, der Graue genannt, Mitvasall und Freund des Carouge, der sich gewöhnlich am Hoflager des Grafen, jetzt aber einige Tage auf seiner Burg aufhielt. Er sah Carouges Gemahlin mehrmals bei einer Freundin, entbrannte in die reizende Frau und beschloß, seine Begierden zu stillen, doch so, daß man ihm des Verbrechens nicht überführen könne. Er ritt zu dem Ende eines Morgens um vier Uhr von Alençon, dem Hoflager des Grafen weg und begab sich nach Argenteuil. Die Dame nahm ihn als den Freund und Waffengefährten ihres Mannes auf, zeigte ihm, da sie nichts Arges dachte, auf sein Bitten, ohne weitere Begleitung das ganze Schloß und auch die Warte. Kaum war Jacob mit ihr im Wartturm, so warf er die Tür von innen zu und überließ sich gegen die Bestürzte und Furchtsame ganz seiner zügellosen Leidenschaft. Zerstört und mit bittern Tränen rief Hildegard: »Jacob! Jacob! Ihr habt mich entehrt, Ihr habt mich mit Schmach bedeckt, aber wißt, die Schmach wird zurückfallen auf Euer Haupt, sobald mein Gemahl heimkehrt!«

Lachend und der Drohung nicht achtend eilte Jacob davon und um neun Uhr desselben Morgens erschien er (nach Aussagen seiner Zeugen) beim Lever des Grafen, seines Lehnsherrn. Nach einem Jahre kehrte Carouge zurück, und seine Gemahlin empfing ihn mit der innigsten Zärtlichkeit; als er sich aber am Abend in das Schlafgemach und zu Bett begeben hatte, ging sie lange im Zimmer auf und ab, machte von Zeit zu Zeit vor sich das Zeichen des Kreuzes, fiel endlich vor seinem Bette nieder und erzählte ihm unter tausend Tränen, was ihr begegnet sei. Carouge konnte sich lange nicht von der Wahrheit der Erzählung überzeugen, endlich aber mußte er den wiederholten Beteurungen und eidlichen Versicherungen seiner Gattin glauben, und nun beschäftigte der Gedanke an Rache seine ganze Seele.

Am andern Tage versammlete er seine und seiner Gemahlin Verwandte und frug sie um Rat, alle waren der Meinung, die Sache müsse dem Grafen von Alençon vorgetragen und seiner Entscheidung unterworfen werden. Dies geschah; der Graf foderte Jacob den Grauen zur Verantwortung vor sich; er erschien, leugnete frech die Tat, und seine Zeugen beschworen, daß er an dem Tage, an welchem die Untat vorfiel, morgens um vier Uhr in der gräflichen Burg und ebenso um neun Uhr desselben Morgens beim Lever des Grafen anwesend gewesen sei. Nach heftigen Debatten entschied der Graf: ›die Begebenheit müsse der Dame geträumt haben, weil es unmöglich sei, daß ein Mensch in fünf Stunden, als der einzigen Zeit, in welcher Jacob angeblich im gräflichen Schloß nicht gesehen war, dreiundzwanzig (französische) Meilen (die Entfernung von Alençon bis Argenteuil hin und her) zurücklegen und die Tat mit allen Nebenumständen begehen könne, und verbot es, von der Sache weiter zu sprechen.

Aber Carouge beruhigte sich bei diesem Ausspruche nicht, sondern brachte die Sache vor das Parlement zu Paris; diesem schien die Aussage der Zeugen des Jacob verdächtig, es erkannte daher, nach damaligem Brauch der Zeiten, auf ein Gottesgericht, das heißt, auf einen Kampf auf Leben und Tod. – Der König, der sich eben zu Sluis in Flandern befand, befahl, als ihm die Sache berichtet wurde, der Kampf solle bis zu seiner Rückkehr nach Paris verschoben werden, weil er dabei zugegen sein wolle. Es geschah, und mit dem Könige trafen die Herzöge von Berry, von Burgund und von Bourbon ein, um der Entscheidung einer so seltsamen Begebenheit beizuwohnen. – Man wählte den St. Catharinen-Platz zum Kampfort, den man mit einem Gerüste für die Kampfrichter, den Hof und die Zuschauer umgab. Der vom König zum Kampf bestimmte Tag brach an, das Volk strömte hinzu, jeder nahm den ihm angewiesenen Platz ein, der König kam mit seinen Begleitern, und jetzt erschienen beide Kämpfer, schwarz geharnischt vom Kopf bis auf die Ferse; Hildegard aber nahte im schwarzen Gewande, mit dem Kruzifix in der Rechten, auf einem offenen, schwarz behangenen Wagen, der an der Seite eines Scheiterhaufens neben den Schranken still hielt. Fürchterlich war ihre Lage: unterlag ihr Gemahl, so wurde er gehängt und sie ohne Gnade verbrannt. – Feierlich näherte sich ihr Gatte

und sprach: »Hildegard! In Eurer Fehde und auf Eure Versicherung wage ich jetzt mein Leben und meine Ehre und kämpfe mit
Jacob den Grauen; niemand weiß besser als Ihr, ob meine Sache
gut und gerecht ist, darum bekennt hier öffentlich die lautere
Wahrheit!« –

Gelassen antwortete Hildegard: »Mein Ritter und Gemahl, verlaßt Euch auf die Gerechtigkeit Eurer Sache und geht mit Zuversicht in den Kampf für Ehre und Recht!« – Bei diesen Worten
kniete sie auf dem Wagen nieder und drückte das Kruzifix an ihre
Lippen. Carouge ergriff ihre Hand, küßte sie, machte das Zeichen
des Kreuzes und trat in die Schranken. Dreist trat ihm Jacob
entgegen, beide bestiegen die Streitrosse, die Kampfrichter teilten
Feld und Sonne, der Trompetenstoß schmetterte und wütend
rannten die Kämpfer mit sausendem Speer auf einander ein. Vergebens! die Rosse stürzten in die Knie, die Lanzen zersplitterten an
den Harnischen, keiner fiel, keiner war verwundet. Jetzt springen
sie ab und greifen zum Schwert. Mit Macht dringen sie auf
einander ein, und Carouge wird im linken Schenkel verwundet.
Seine Freunde erblassen und laut betend und wimmernd hebt
Hildegard das Kruzifix mit beiden Händen gen Himmel!

Da ermannt sich Carouge; mit unaufhaltsamer Gewalt dringt er
auf den Gegner ein, gibt absichtlich eine Blöße, um ihn desto
gewisser zu treffen; weicht Jacobs Hieben geschickt aus; rennt ihm
mit dem Hefte des Schwertes mit solcher Gewalt gegen das Visier,
daß Jacob, aus dem Gleichgewicht gebracht, rücklings nieder-
stürzt, und stößt ihm in diesem Augenblick das Schwert unter den
Halsschienen in die Brust. Röchelnd und Blut speiend starb der
Verbrecher. – Ernst wandte sich jetzt Carouge zu den Kampfrich-
tern und fragte: »Hab ich getan, was mir oblag?« Die Richter und
alle Anwesende riefen einstimmig: »Ja!« –

Alsbald nahte der Scharfrichter, bemächtigte sich des Leichnams
und hing ihn in den für den Überwundenen bestimmten Galgen. –
Carouge näherte sich dem Könige und warf sich ihm zu Füßen; laut
lobte dieser seine Tapferkeit, schenkte ihm eine Summe Geldes und
ernannte seinen Sohn zum Kammerherrn.

Dankend erhob sich Carouge und eilte zu Hildegard, die, von
ihren Gefühlen überwältigt, auf das Antlitz niedergesunken war,
umarmte sie öffentlich und begab sich mit ihr, unter frohlockender

Begleitung eines zahllosen Volkes in die Kirche, wo beide dem Rächer im Himmel für die Rettung ihres Lebens und ihrer Ehre mit Lobgesängen und Tränen am Hochaltare dankten.

C. Baechler.

DER KAMPF DER BLINDEN MIT DEM SCHWEINE

(Ein alt-deutscher Schwank)

Der Kaiser *Maximilian der Erste* hielt einmal zu Augsburg einen Reichstag, um die Stände zu einem Türkenzuge zu bewegen. Fürsten und Adel ergötzten sich mit mancherlei ritterlichen Spielen. Aber eine eigene Belustigung für den Kaiser hatte sich *Kunz von der Rosen,* Maximilians Hofnarr sowohl als Obrist, ausgedacht. Einen Schwank, in welchem die damalige Zeit wohl nur das Lächerliche allein auffand, unsere Leser aber auch wohl manches finden werden, was keinesweges lächerlich ist.

Auf dem Weinmarkt wurden starke Schranken geschlagen und in der Mitte des dadurch eingeschlossenen Platzes ein Pfahl befestigt, an welchem an einem langen Strick ein fettes Schwein gebunden war. Es traten aber auch zwölf Blinde in die Schranken, aus den niedrigsten Ständen, jeder mit einem Prügel bewaffnet und angetan mit einem alten rostigen Harnisch, um gegen das Schwein zu kämpfen. Kunz von der Rosen hatte verheißen, daß demjenigen Blinden das Schwein gehören würde, der so glücklich wäre, es mit seinem Prügel zu erlegen.

Die Blinden hatten sich in einen Kreis stellen müssen, und da nun, wie bei einem Ritterspiel, trompetet wurde, ging der Angriff an. Die Blinden tappten auf den Punkt zu, wo die Sau auf etwas Stroh lag und grunzte. Jetzt empfing diese einen Streich und fing an, zu schreien und fuhr dabei einem oder zwei Blinden zwischen die Füße und warf die Blinden um. Diese trafen im Fallen auf einige andere und warfen diese mit um. Die übrigen Stehenden, welche die Sau grunzen und schreien hörten, eilten auch hinzu, schlugen tapfer darauf los und trafen weit eher einen Mitkämpfer, als die Sau. Der Mitkämpfer schlug auf den Angreifer ärgerlich zurück und ein dritter, der von ihrem Hader nichts wußte, meinte freilich, die beiden schlügen auf das Schwein, und half denn auch nach

Herzenslust, mit zuschlagen. Zuweilen waren die Blinden alle mit ihren Prügeln aneinander und arbeiteten so grimmig auf die Pickelhauben der Mitkämpfer, daß es klang, als wären Kesselschmiede und Pfannenflicker in ihren Werkstätten geschäftig. Die Sau, welche den Vorteil hatte, gut sehen, und den Streichen ausweichen zu können, fing indessen an zu gröllen. Das brachte die Blinden schnell voneinander. Sie gingen auf das Schwein zu, welches sich unterdessen schon wieder eine andre Stelle suchte, gegen die Prügel sicher zu sein. Bei dem Hineilen zu dem Schweine stießen die Blinden aneinander; einige fielen über den Strick, an welchen die Sau gelegt war. Mancher lief zu weit, kam an die Schranken und führte auf diese einen gewaltigen Streich. Ein andrer glaubte, die Sau gewiß zu haben, hob mit beiden Armen den Prügel und traf das Pflaster so heftig, daß die Waffe ihm aus den Händen fiel, die er mit großer Mühe und vielfältig vergeblichem Tappen dann wieder suchte, indessen ein anderer dachte, das Schwein kraspele hier, und ihm einen derben Hieb versetzte. Man sieht wohl, wie not es tat, daß die Blinden so gut geharnischt waren.

An zwei Stunden hatte das Spiel gedauert und alle waren völlig von Kräften. Da gelang es denn doch einem Blinden, das Schwein mit mehrern gut angebrachten Prügelstreichen zu erlegen, und ihm wurde dasselbe denn auch zuteil. Nichts von dem Jubel der Zuschauer, die aus allen Ständen in unglaublicher Anzahl vorhanden waren. Aber es darf nicht unerwähnt bleiben, daß man den blinden Kämpfern des Abends ein herrliches Gastmahl gab. Freilich hatte der eine einen mit Blut unterlaufenen Kopf; der andere da und dort und ein dritter hinkte. Die meisten mochten beschädigt sein. Indessen beim Mahle dachte keiner an seinen Schmerz, sondern alle waren wohlgemutet und lustig.

NACHTRÄGE
(Briefe)

89a. An Marie von Kleist.

Ich hoffe, meine gnädigste Frau, daß *dieser* Brief endlich, den ich mir die Freiheit nehme, an die Fr. Gräfin von Voß zu adressieren, in Ihre Hände kommen wird. Es ist der dritte zu zweien, die, so völlig unbegreiflich dies auch ist, durch die Post verloren gegangen sind. Den einen schickte ich vor etwa 4 Wochen nach Perleberg, den andern vor etwa 14 Tagen nach Dobberan; und wenn ich gleich hoffen darf, daß vielleicht der letzte Ihnen noch zukommt, so habe ich doch, was den ersten betrifft, nunmehr alle Hoffnung dazu aufgegeben – Was sind dies für Anstalten, meine Freundin, für Handel und Wandel, und für die Freundschaft! Zuletzt sind die Posten an allem Unheil schuld, schuld, wenn es wahr ist, was die Leute sagen, daß Treu und Glauben von der Welt verschwinden.

Also Pierre ist, der gute Pierre ist tot? Nun, Friede mit seiner Asche! Nichts Heilsameres für ihn als das Grab, alle Höfe der Welt nicht ausgenommen. – Sie aber hätten mir wohl etwas mehr von ihm sagen können. Ich erfahre nichts über die Art seines Todes, nicht *wann,* nicht einmal *wo* er sein Grab gefunden hat. Und doch wissen Sie, daß ich mich mehr vielleicht als irgend einer, seine Verwandten selbst nicht ausgenommen, für ihn interessierte. Der gute Pierre! Der liebe, gute, wunderliche Pierre! – Ich liebte ihn wirklich, obschon er mich, wie alle übrigen, verachtete. Denn ich wußte, er verachtete in mir nichts, als die Menschheit, nichts, was er nicht in sich auch verachtet hätte. Ich weiß, Sie lächeln; ich aber lächle auch. Ich habe diese Erfahrung unter denjenigen Bedingungen gemacht, unter denen sie sich wirklich machen *ließ,* in der vertrauten Einsamkeit eines täglichen und tagelangen Umgangs vieler Monden. Ein Teil seiner war verliebt in den andern, und der verachtete jenen tiefer, als er den Schlechtesten unter uns. Mir war er eine rührende Erscheinung, dieser Mensch. Eine von den vielen Anlagen, die die Natur zertritt, weil sie deren zu viel hat. So viel Stoff zum Glücke, und so wenig *Fähigkeit* des Genusses! Ich hätte oft weinen mögen auf unsern Spaziergängen. Unser ewiges, und immer wieder durchblättertes Gespräch war, wie in den Young-schen Nachtgedanken, wo er auch auf jeder Seite steht, der Tod. Nun, er ruhe sanft. Er wäre auf jedem Wege in sein Verderben geeilt. Sein Verstand war aller Grundsätze mächtig geworden, er ging, *und wußte es,* ohne Stab, an dem er sich halten könnte, auf dem schmalen Rücken eines schroffen Felsens, durchs Leben hin. Jedweder Windstoß hätte ihn gestürzt.

– Ich bin auch in diesen Tagen krank gewesen, wiewohl nicht zum Sterben, obschon es mich gezwungen hat, mehrere Wochen das Zimmer zu hüten. Ein häßliches kaltes Fieber, das mich wie der Winter zusammenschüttelte. Fürchten Sie inzwischen nichts, und besonders sein Sie ruhig wegen der Schillerschen Todesart. Es hat damit seine guten Wege. Ich habe nichts mehr von einem so grausamen Anfall der Begeisterung zu besorgen. Wenn er inzwischen käme, so sollte es mir ziemlich gleichgültig sein, ob er mir während der Umarmung, die Eingeweide ein wenig zusammen-knäuelte, oder nicht. Jede Arbeit nutzt ihr Werkzeug ab, das Glasschleifen die Augen, die Kohlengräberei die Lungen, usf. Und bei dem Dichten schrumpft das Herz ein. Eins ist des andern wert. Sollen wir unsre Kräfte einbalsamieren, und lebendig mit uns begraben? Keinesweges. Wir sollen sie brauchen. Wenn sie tot sind, so haben sie ihre Schuldigkeit getan.

»Das Leben ist nichts wert, wenn man es achtet.«

Es ist schon tot, wenn wir, es aufzuopfern, nicht stets bereit sind. – Nun, der Himmel gebe, daß dieser Brief endlich in Ihre Hände komme! Und der Himmel senke seine besten Heilkräfte in das Seebad bei Dobberan!

K[önigsberg] d. 20. Juli 1805.   Ihr treuer Vetter HvK.

———

(Inliegenden Brief an den bewußten Adressat bitte ich mit einer Adresse von Ihrer Hand zu versehen: [. . .]; und ihn auf die bewußte Art zu besorgen. Sie sind doch nicht böse über die Wiederholung dieses wunderlichen Auftrags?)

(Das Geld habe ich richtig empfangen, welches auch schon abgeschickt ist, wie ich überhaupt alle Ihre Briefe richtig empfangen habe.)

102a. An Christoph Martin Wieland

Mein verehrungswürdigster Freund,

Ich küsse Ihnen voll Rührung und Ehrfurcht die Hände. Verzeihen Sie, daß ich, seit nun fast zwei Jahren, nichts von mir hören ließ. Ich war im Begriff, in Weimar so, wie es meine Seele wünscht, wieder vor Ihnen zu erscheinen; doch der sonderbarste Zufall hat mich daran verhindert.

Ich bin auf meiner Durchreise durch Berlin mit noch zwei jungen Landsleuten, auf Befehl des General-Gouverneurs Clark, arretiert und, als ein Staatsgefangener, nach diesem festen Schlosse abgeführt worden. Erschrecken Sie nicht, es muß ein Mißverständnis dieser Sache zugrunde liegen, denn auch nicht in Gedanken, wie Sie sich leicht überzeugen werden, mische ich mich in den Streit der Welt. Unsre Order lautet auch auf weiter nichts, als Gefangenschaft bis zum Frieden, und wenn wir unsre Gefängnisse nur mit Zimmern verwechseln dürfen, wie wir auszuwirken hoffen, so sind wir völlig zufrieden. Die ganze Veränderung mindestens, die *ich* dadurch erleide, besteht darin, daß ich nunmehr in Joux, statt in Dresden oder Weimar dichte; und wenn es nur *gute Verse* sind, was gilt das Übrige?

Die Absicht dieses Schreibens ist, Ihnen, mein würdigster Freund, zu melden, daß Sie von einer Freundin, der Frau von Kleist, zu Potsdam, ein paar Manuskripte erhalten werden, die ich im vergangenen Sommer zu Königsberg dichtete. Würdigen Sie sie gefälligst Ihrer Durchsicht. Ich würde seelig gewesen sein, wenn ich, wie in jenem mir ewig unvergeßlichen Winter vor 5 Jahren, einen Augenblick hätte finden können, Sie Ihnen vorzutragen. Wenn Sie sie für die öffentliche Erscheinung geeignet finden und der Zeitpunkt nicht ganz ungünstig ist, so führen Sie mich gütigst bei einem Buchhändler ein; ich habe mich schon mit Gessner deshalb in Correspondenz gesetzt, und wenn er mit Cotta verbunden ist, so würd' ich mit niemandem lieber, für die ganze Zukunft, Geschäfte dieser Art betreiben, als mit ihm.

Erfreuen Sie mich, in meiner einsamen Wohnung, mit einem paar Zeilen von Ihrer Hand. Ich bin ein Kaiser, wenn Sie mir sagen, daß ich Ihnen etwas wert bin. Ihr Brief geht am sichersten, adressiert an Commandant du Château de Joux (Doubs) Ms. v. Bureau. Grüßen Sie alle die Ihrigen, Madame Schorch, Louise –

auch Louis – er soll mir schreiben, wie es ihm geht, und was er für die Zukunft für Pläne hat.

Möge Frieden und Heiterkeit den Rest Ihrer Tage krönen, wie der Ruhm ihn krönt!

Ihr ergebenster

Heinrich von Kleist ehemals pr. Offizier.

Im Château de Joux (Doubs), den 10. März 1807

115a. An Johann Friedrich Cotta

Des. H. Buchhändler Cotta Wohlgeb. zu Tübingen.

Auf Ew. Wohlgeboren gefällige Zuschrift vom 2. v.M. nehme ich mir die Ehre zu erwidern, daß ich in diesem Augenblick nichts, das einen fragmentarischen Abdruck verstattete, für das Morgenblatt vorrätig habe; es müßten denn 1 oder 2 Akte eines Lustspiels sein, das, weil es der Wiener Bühne zum Aufführen überlassen worden ist, noch nicht füglich im Ganzen erscheinen kann. In diesem Falle würden Ew. Wohlgeb. mich jedoch besonders beauftragen müssen. – Das Honorar bitte ergebenst, wenn es sein kann, hier zu assignieren. – Der ich mit der vorzüglichsten Hochachtung mich nenne

Ew. Wohlgeb. ergebenster

Dresden, den 8. Nov. 1807   H. v. Kleist,

Pirnsche Vorstadt, Rammsche Gasse N. 123

116. An Marie von Kleist   [Dresden, Spätherbst 1807]

[Ergänzung Zeile 5:] sich lesen; wie leicht hätten Sie es unter ähnlichen Umständen vielleicht ebenso gemacht.

117. An Marie von Kleist   [Dresden, Spätherbst 1807]

[Ergänzung letzte Zeile:] hat. Und auch wozu vor Ihnen Geheimnisse haben, Sie, die mir gut sind, ich mag sein wie ich will. Dies Gefühl ist ein Unendliches und ein ganzes Zeitalter, vor mir auf Knien, würde mir nicht halb das sein, was eine einzige Regung von Ihnen.

130. An Heinrich Joseph von Collin Dresden, 14. Febr. 1808

[Einlage]

N.S. Der zerbrochne Krug (mein Lustspiel) kann diesmal, wegen des Formats der Abschrift, nicht mit der Depesche abgehen. Sie sollen ihn jedoch in diesen Tagen erhalten.

H.v.K.

134. An Johann Friedrich Cotta [7. Juni 1808]

[Druckkostenanschlag, von Adam Müllers Hand:]

Die gesamten Kosten des Drucks der Penthesilea betragen:

1. Holl. Schreibepapier 12 Bogen in einer Auflage von 750 Exemplaren circa 19 Ries à Ries 6 Rth. 5 gr.	*118 Rth. 23 gr.*
2. Druck à 5 Rth. 16 gr. der Bogen	*68 Rth.*
3. Censurgebühren	*1 Rth.*
4. Buchbinder fürs Heften à 6 Pf das Stück	*15 Rth. 15 gr.*
Summa	*203 Rth. 14 gr.*

135a. An Karl August Böttiger

Ew. Wohlgeboren

habe ich die Ehre, als ein Zeichen meiner vorzüglichen Hochachtung die *Penthesilea* zu überschicken. HE Cotta hat dies Werk in Verlag genommen. Da es mir Vergnügen macht, zu glauben, Ew. Wohlgeboren mittelbarer oder unmittelbarer Empfehlung diesen Umstand schuldig zu sein, so statte ich Ihnen hiermit meinen wärmsten Dank dafür ab. Ich habe die Ehre, mit der innigsten Hochachtung zu sein,

Ew. Wohlgeboren ergebenster

Dresden, den 27. Juli 1808 H. v. Kleist.

171a. An Friedrich de la Motte Fouqué [Berlin, 2. Sept. 1810]

M. Bar. de la Motte Fouqué Hochwohlgeb. zu Nennhausen

Mein liebster Fouqué,

Ihr Erntelied und Ihr Gespräch im Hausfreund, das mir, in eben diesem Augenblick, Hitzig gegeben hat, ist das Liebste und Zärtlichste, mit einem Wort Hübscheste, was ich über den Tod der Königin gelesen. Es ist, um alles zu sagen, trefflicher, als das, was Müller geschrieben hat; rührender und die Tränen lockender (die *guten* Tränen) ohne allen Zweifel, wenngleich jenes vielleicht, nach seiner Absicht, größer und erhabener. – Mit dem 1. Okt. kommen nun meine Abendblätter heraus oder was sag ich, meine? Unsere, mein lieber Freund; Ihre auch. Denn gewiß unterstützen Sie den patriotischen Zweck (lassen Sie ihn sich nur von Robert auseinanderlegen) den wir uns dabei gesetzt haben. Wie glücklich wäre ich, wenn Sie es nicht bei *einem* oder ein *paar* Aufsätzen bewenden ließen, sondern Ihre *ganze eigentümliche poetische Natur* (nach den Bedingungen dieses Blattes, das, wie Sie leicht begreifen, populär sein muß, und den Augenblick zu ergreifen bestimmt ist, modifiziert) als ein Element darin verweben wollten! Rufen Sie mich in das Andenken Ihrer teuren Frau zurück, leben Sie wohl [und er]freuen Sie bald, mit einer gütigen Äußerung hierüber,

Berlin, den 2. Sept. 1810   Ihren
Mauerstr. 53   H. v. Kleist.

184a. An Georg Andreas Reimer
    H. Buchh. Reimer Wohlgeb.

Mein liebster Reimer,
    Ich bitte noch um 1 Käthchen auf Velinpap. das ich mir in Rechnung zu stellen bitte.
    [Berlin,] den 16. Dez. 1810   H. v. Kleist

190a. An Georg Andreas Reimer
    H. Buchhändler Reimer, Wohlgeb.

Mein lieber Freund Reimer,
    Sie haben mir gesagt, daß, wenn ich Ihnen, für die nächste Messe, einen zweiten Band Erzählungen schreiben wollte, Sie mir 100 Rth. Honorar dafür zahlen wollten. Nun frage ich bei Ihnen an, ob Sie sich, in einer Verlegenheit, in der ich mich befinde, entschließen können, mir dies Honorar sogleich praenumerando zu bezahlen? In diesem Fall, gehe ich den Kontrakt ein; und der Druck, da schon einige Erzählungen fertig sind, kann binnen 5 Monaten von hier beginnen. Geben Sie mir, wenn es möglich ist, durch Überbringer Ihre Antwort.
    [Berlin,] den 17. Febr. 1811   H. v. Kleist.

206a. An Georg Andreas Reimer   [Berlin, 27. Juli 1811]

Mein liebster Reimer,

kann ich wohl ein Ex. von *Riepenh. Gesch. d. Malerei* zur Durchsicht erhalten? Es wird entweder käuflich an sich gebracht, oder Ihnen in einigen Tagen unversehrt wieder zugestellt.

Ihr

H. v. Kleist

N.S. Ich wiederhole hierbei auch meine Bitte von gestern.

Über die Abreise des Königs von Sachsen aus Dresden (S. 1031–1037)

Erstdruck mit Faksimile (aus Státné Oblastné Archiv, Brno): Hermann F. Weiss in »Funde und Studien zu Heinrich von Kleist«, Tübingen 1984, S. 244–296.

Der nach dem 16. April 1809 (dem Abreisetag des Königs) in Dresden verfaßte Aufsatz blieb nach Kleists Aufbruch am 29. April in den Händen des österr. Legationsrats Baron Buol, der 1812 nach Kopenhagen versetzt wurde, wo er im gleichen Jahr unerwartet starb. Sein Nachlaß wurde 1813 von dem Nachfolger Rudolf v. Lützow aufgelöst; das darin befindliche Manuskript des Aufsatzes nebst Abschrift von drei Kriegsgedichten Kleists gelangte später auf Umwegen mit R. v. Lützow Naehlaß in das Archiv in Brno/Brünn ČSSR, wo es von H. F. Weiss aufgefunden wurde.

1031,6:   *Separatfrieden von Posen* – 11. Dez. 1806: Der sächs. Kurfürst Friedrich August III. trat dem Rheinbund bei und wurde am 20. Dez. von Napoleon zum König von Sachsen ernannt.

1031,10:   *die Verwandtschaft* – Ein Bruder des Königs, Prinz Anton Clemens von Sachsen, war mit Maria Theresia von Toskana, einer Schwester des österr. Kaisers, verheiratet.

1031,16:   *H. v. Bourgoing* – Der französische Gesandte in Dresden. Er hatte sich 1808 wiederholt für Kleist eingesetzt.

1031,20:   *Dem König, der sich damals in Warschau befand* – Das 1807 gebildete Großherzogtum Warschau war unter die Regentschaft des sächs. Königs gestellt worden.

1031,22:   *fliegende Detaschements* – bewegliche Truppeneinheiten für operative Aufgaben.

1031,28:   *Die Vorfälle in Bayonne* – In dem südfranzösischen Bayonne zwang Napoleon im Mai 1808 den dort hingelockten Karl IV. von Spanien und seinen Sohn Ferdinand zum Verzicht auf die spanische Krone.

1032,2:   *der Gefährlichste aller Geister* – zunächst: *aller Dämonen, jeden ariadnischen Faden zerschneidend*, (Anspielung auf die Sage von *Theseus und Ariadne*). Gemeint ist Napoleon.

1032,14:   *Ankunft des Marschalls Bernadotte* – Am 22. März 1809 übernahm Bernadotte das Oberkommando über das sächs. Armeekorps.

1032,24:   *Schanzkörbe* – mit Erde gefüllte zylinderförmige Körbe zu Befestigungszwecken.

1033,3:   *um die Zeit des Ausbruchs der Feindseligkeiten* – nach Österreichs Kriegserklärung an Frankreich am 9. April 1809.

1033,6:   *Echec* – Schlappe, vgl. franz. »Schach«.

1033,12:   *nicht mehr okkupiert* – von französischen Truppen unbesetzt.

1033,18: *kaum ein Zweifel* – zunächst: *kein Zweifel*; dann: *sehr wahrscheinlich.*

1033,29: *Mortiere* – Mörser (Geschütze mit kurzem Rohr).

1034,12: *den königlichen Brüdern* – den Prinzen Anton Clemens Theodor
und Maximilian.

1034,18: *bei der Rückkehr des Königs aus Warschau* – am 31. März 1809.

1034,24: *il s'en trouvera . . .* – »das wird sich finden; ich werde die Kassen
revidieren.«

1035,1: *nach Erfurt* – Die Festung Erfurt unterstand nach dem Tilsiter
Frieden Napoleon.

1035,4: *Gen. Savary* – Dieser General hatte Karl IV. und Ferdinand zur
Reise nach Bayonne veranlaßt.

1035,22: *als kaiserlich französischer Prinz* – Der bürgerliche Bernadotte war
1806 zum Fürsten (Prince) von Pontecorvo ernannt worden.

1035,32: *Klee* – Kleie (zur Geräuschdämpfung).

1036,12: *der Morgen der Abreise des Königs* – 16. April 1809; am gleichen Tag
verließ Bernadotte mit der sächsischen Armee Dresden.

1036,15: *Die königliche Landesmutter* – Marie Amalie (1751–1828), seit 1769
mit Friedr. August verheiratet; *Prinzessin* – Marie Auguste
(1782–1863), ihr einziges Kind.

1036,17: *der König selbst . . . weinte* – »Der König und die Königin haben
laut geweint, als sie in den Wagen stiegen« (Kleist an M. v.
Collin, 20. 4. 1809). »Le Roi de Saxe est parti d'ici en pleurant
amèrement à la vue de son peuple qui fondoit en larmes« (Leg.
Sekretär Lautier an die preuß. Regierung, 17. 4. 1809).

1036,21: *über den Punkt* – zunächst: *über die Gefahr.*

1036,23: *in dumpfem Jammer* – zunächst: *in dumpfem Erstarren.*

1036,24: *Als der Wagen über die Brücke kam* – »Durch einen seltsamen Zufall
hatte sich zwischen ein Infanterie-Bataillon, das eben über die
Brücke defilierte, und die Königliche Karosse, die aus dem
Schloßtore daherrollte, ein Leichenwagen eingeklemmt. Auszuweichen oder die Brücke schnell frei zu machen, war unmöglich,
und so zog bedeutungsvoll der ganze lange Zug in feierlicher
Stille, Schritt vor Schritt, durch die verstummte Menge.« (Rühle
von Lilienstern, Reise eines Malers mit der Armee im Jahre 1809,
Bd. 1, 1811).

1036,25: *lügüber* – franz. »lugubre«, unheimlich.

1036,26: *die zahlreiche Begleitung* – zunächst: *die florbehangene Begleitung.*

1037,1: *nach Leipzig, oder nach Weißenfels . . .* – Der König begab sich über
Leipzig nach Frankfurt am Main.

1037,6: *das okzidentalische Reich* – das von Napoleon geplante Europa!
Nach der mir von Hermann F. Weiß freundlich zur Verfügung
gestellten Handschrift-Kopie lese ich *dies* statt *das.*

Theater
Aus einem Schreiben aus Dresden (S. 1037–1039)

Berliner Abendblätter, 7. Nov. 1810. – Erstmals in einer Ausgabe. Zuweisung: Sembdner, In Sachen Kleist, ²1984, S. 358–365.

Der Beitrag gehört zu den fingierten Leserbriefen, bei denen Kleist in die Rolle eines unverfänglichen Zeitgenossen, eines Anonymus, Predigers, Korrektors schlüpft, um so verschlüsselt seine eigene Meinung kundzutun. Hier nun äußert ein alter Mann seine »schlichten Gedanken« zu Kleists zuvor erschienenem Beitrag »Unmaßgebliche Bemerkung« (S. 409ff.). Er verbreitet sich über die Vorzüge eines Hoftheaters unter der Leitung eines parteilosen, über dem Ganzen stehenden »Maître de spectacle«, wogegen etwa ein *Dichter* als Theaterdirektor (Iffland im Berliner »Nationaltheater«!) nur häusliche Familienszenen auftischen, ein *Schauspieler* (wie Iffland!) jedes Machwerk aufführen würde, wenn sich eine effektvolle Rolle für ihn darin fände; er ließe sich von Vorliebe oder Haß gegenüber Kollegen leiten (wie Iffland!), und neben dem Rollenstudium bliebe ihm keine Zeit, die andern Theatergeschäfte *treu* und *prompt* zu besorgen, Vorwürfe, die Ifflands Verhalten Kleist gegenüber treffen. – Man hat den Beitrag zunächst als reale Auslassungen eines monarchisch gesinnten sächsischen Grafen ansehen wollen, den man hinter der Unterzeichnung »Gr. v. S.« ausfindig zu machen suchte; aber auch bei der späteren Annahme, es wohl mit einem fingierten Leserbrief zu tun zu haben, blieben Tendenz und Verfasser umstritten. Dirk Grathoff hielt den Beitrag möglicherweise für eine Satire »mit äußerst scharfer Polemik gegen das Konkubinat von monarchischer Regierung und Nationaltheater« (in: Klaus Peter, Idiologiekrit. Studien, Frankfurt/M. 1972, S. 110f.). Wolfgang Wittkowski glaubte darin mit der Anspielung auf Adam Smith »ein politisches Signal in einer Reihe ähnlicher Signale« zu erkennen, die sich alle auf den gefährlichen Hardenberg bezögen (Kleist-Jb. 1981/82, S. 117–129). Er schrieb den Artikel Kleist zu, auch wenn auf ihn nur wenige äußere Stilmerkmale deuteten. Allerdings ergibt eine nähere Untersuchung eine Anzahl überraschender verbaler und stilistischer Übereinstimmungen mit Kleists sonstigen Abendblatt-Beiträgen. Zur Tendenz des Artikels ist zu bemerken, daß der Lobpreis des als Ideal hingestellten Hoftheaters dazu dient, die Erbärmlichkeit eines »Nationaltheaters«, wie es von Iffland repräsentiert wurde, deutlich werden zu lassen. Das hat mit Ironisierung wenig zu tun. Mit ähnlicher Tendenz hat später Ludwig Robert, Kleists damaliger Mitstreiter gegen Iffland, im »Morgenblatt« von 1827 eine längere Artikelreihe veröffentlicht: »Über den Einfluß des Hoftheaters« auf Kunst und Künstler«, wobei er nur bedauert, daß es ein eigentliches Hoftheater nicht mehr gebe.

An den Einsender des Aufsatzes:
»Nachgedanken über den Totschlag eines Floh«
(S. 1040–1041)

Gemeinnützige Unterhaltungs-Blätter, Nr. 11, Hamburg, 17. März 1810. – Erstmals in einer Ausgabe. Zuweisung: Reinhold Steig, Neue Kunde zu Heinrich von Kleist, Berlin 1902, S. 111–120; Sembdner, Jahrbuch d. Dt. Schillerges. 1981, S. 74–76 (In Sachen Kleist, ²1984, S. 324–337).

Der anonyme Beitrag, eingekleidet als Leserzuschrift auf einen zwei Wochen vorher erschienenen scherzhaften Artikel über das bittere Los der Flöhe, stammt mit großer Wahrscheinlichkeit von Kleist und ist das früheste Beispiel für dessen Mitwirkung an dem Hamburger Journal. R. Steig hatte diesen und einen zweiten fingierten Leserbrief aus inhaltlichen Gründen Kleist zugeschrieben; doch konnte er deren Aufnahme in die »Kleinen Schriften«, die er in Erich Schmidts Kleist-Ausgabe von 1905 edierte, nicht durchsetzen und suchte wenigstens im Anmerkungsteil durch Abdruck auf sie aufmerksam zu machen, da er, wie er schreibt, für seine Person mehr denn je von ihrer Kleistschen Herkunft überzeugt sei. – Da sich inzwischen bei zwei anderen Beiträgen des Hamburger Journals eindeutige Beweise für Kleists Autorschaft ergeben haben, ist die Aufnahme auch dieser beiden Stücke in Kleists Werk voll berechtigt.

Beide Artikel ähneln jenen »lächerlichen Briefen«, wie Kleist sie als angebliche Leserzuschriften mit Geschick und Witz für die »Berliner Abendblätter« anfertigte. Die kurze Dialog-Situation im Floh-Aufsatz erinnert an das Toiletten-Zwiegespräch zwischen Kunigunde und der Kammerzofe im »Käthchen von Heilbronn« (II/10; *allen gefühlvollen Seelen* gilt auch Kleists ironische »Penthesilea«-Dedikation (I,20): »Zärtlichen Herzen gefühlvoll geweiht!«; *Madame N.* wird *als ein Muster weiblicher Herzensgüte* bezeichnet, wie Xaviera im »Findling« »als ein Muster der Tugend«; von *Mord* und *Mordtaten* ist bezeichnenderweise bei Kleist die Rede, während das Hamburger Journal nur von »Totschlag« und »Totschlagen« spricht; wie hier benutzt Kleist später die Buchstaben x, y, z (einzeln oder geschlossen) zur Unterzeichnung seiner anonymen Artikel in den »Berliner Abendblättern«.

Schreiben einer Jungfer an den Herausgeber (S. 1041)

Gemeinnützige Unterhaltungs-Blätter, Nr. 43, 27. Okt. 1810. Erstmals in einer Ausgabe. Zuweisung: R. Steig, 1902, und Sembdner, 1981 (wie beim vorigen Artikel).

Der als weiblicher Leserbrief eingekleidete Beitrag stellt die scherzhafte Reaktion auf eine Miszelle dar, die neun Wochen vorher, am 25. 8. 1810, in dem Hamburger Journal gestanden hatte. In einer amerikanischen Zeitschrift habe ein Schriftsteller für eine künftige Gesetzgebung vorgeschlagen, daß ein Mädchen von ihrem neunten bis zwanzigsten Jahre nur selbstangefertigte Hemden und Hauben tragen dürfe, daß sie weder Pudding noch Pastete essen solle, bevor sie solche nicht selbst gut machen könne, und daß sie vor dem zwanzigsten Lebensjahr nie Karten spielen dürfe. Eine solche Erziehung und die erwähnten Geschicklichkeiten seien einem Vermögen von 3000 Talern gleichzuachten.

Steig fand in dem Beitrag den »etwas ungenierten Ton« wieder, wie er etwa im »Brief eines Malers an seinen Sohn« herrsche. Auch dort gebe es die auffällige Wendung, daß der Liebhaber einer Sommernacht »zweifelsohne einen [tüchtigen] Jungen zur Welt bringt«, wobei das, was man im »Schreiben einer Jungfrau« unter dem »Pudding« auch verstehen könne, durch die Erwähnung der Jungen- und Mädchen-Mützen, die sie nähen könne, angedeutet sei. Übrigens meint Kleist im Brief vom 13. 5. 1805 auch von dem Professor Kraus, daß er »unter Gebärden, als ob er im Kreisen begriffen wäre, . . . wirklich Ideen, mit Hand und Fuß, wie man sagt, zur Welt bringt«, und die Marquise von O . . . stellt ihre Überlegungen an, »während sie kleine Mützen, und Strümpfe für kleine Beine strickte« (S. 126).

Reinhold Steig hatte so Unrecht nicht, für diese kleinen Prosastücke Kleists Autorschaft in Anspruch zu nehmen.

Hildegard von Carouge und Jacob der Graue
(S. 1042–1045)

Gemeinnützige Unterhaltungs-Blätter, Nr. 16, Hamburg, 21. Apr. 1810. – Erstmals in einer Ausgabe. Zuweisung: Sembdner, Jahrb. d. Dt. Schillerges. 1981, S. 47–76 (In Sachen Kleist, ²1984, S. 324–357).

Der anonym in dem Hamburger Journal erschienene Text berührt sich eng mit der »Geschichte eines merkwürdigen Zweikampfs«, die zehn Monate danach in Kleists »Berliner Abendblättern« erschien (s. S. 288 u. Anm.). Dort hatte Kleist die im Hamburger Beitrag verschwiegene Quelle verraten, nämlich Froissart, der die Geschichte erzählt habe, und sie sei Tatsache. Die Folioausgabe von Jean Froissarts »Chroniques de France, d'Angleterre, d'Ecosse, de Bretaigne, d'Espaigne, d'Ytalie, de Flandres et d'Allemagne« von 1518 befand sich in der Kgl. Bibliothek zu Berlin und war ein Geschenk des alten, mit Achim von Arnim befreundeten Pastors Schmid. Es war ein seltenes Buch, neuere Ausgaben oder Übersetzungen gab es nicht; den Hinweis auf die Chronik verdankte Kleist vermutlich Arnim, der ein Verehrer des altfranzösischen Chronisten war und sein Werk bereits für eigene literarische Arbeiten benutzt hatte.

Als Kleist im Winter 1810 völlig unbemittelt in Berlin eintraf, muß er versucht haben, sich durch journalistische Arbeiten über Wasser zu halten. Im Werckmeisterschen Leseinstitut fand er das Hamburger Journal vor, das zu Beginn des Jahrgangs 1810 einen längeren Artikel über die »Feuerprobe der alten Deutschen« brachte, mit Erwähnung weiterer Gottesurteile oder Ordalien wie Zweikampf, glühendes Eisen, Wasserprobe usw., ein Thema, das Kleist sehr beschäftigte. In der ihm von Arnim vermittelten Froissart-

Chronik stieß er auf die Zweikampf-Geschichte, die er aus dem Französischen übersetzte, erzählerisch ausschmückte und an die angegebene Anschrift der Hamburger Redaktion schickte. Zu dem Journal und seinem Herausgeber, dem Publizisten und Theaterkritiker Carl Wilhelm Reinhold, müssen sich engere Beziehungen entwickelt haben. In den »Berliner Abendblättern« lobt Kleist das Blatt als ein Journal, »das den Titel eines Volksblatts (ein beneidenswürdiger Titel!) mehr als irgend ein andres Journal, das sich darum bewirbt, verdient«, und übernimmt einiges daraus für sein eigenes Blatt, wie sich später auch das Hamburger Journal seinerseits der »Abendblätter« bediente. Reinhold scheint in einer Beschwerdesache mit Kleist korrespondiert zu haben, auch gibt er Anfang 1811 eine genaue Nachahmung der »Berliner Abendblätter« heraus, nämlich das nur kurz bestehende »Hamburgische Abendblatt«. Nach Kleists Tod äußerte er sich wiederholt positiv über Kleists Werk, das er in einem Essay von 1841 als »die überragende Leistung der nachgoethischen Generation« würdigte.

Kleists für Hamburg verfertigte Ausarbeitung ist eine freie Wiedergabe mit mancherlei Zufügungen, die nicht bei Froissart stehen, aber ihre Entsprechungen in Kleists eigenen Dichtungen finden. Dafür einige Beispiele:

Carouge *war genötigt, in seinen eigenen Angelegenheiten eine bedeutende Seereise zu unternehmen* – Piachi (im »Findling«) *war genötigt, in seinen Handelsgeschäften zuweilen große Reisen zu machen.*

Carouges Frau, bei Froissart nur »la dame« genannt, heißt bei Kleist *Hildegard* und lebt *eingezogen* auf ihrer Burg – entsprechend *Littegarde* in Kleists Zweikampf-Novelle.

Das Parlament zu Paris erkennt *auf ein Gottesgericht, das heißt, auf einen Kampf auf Leben und Tod* – Graf Jakob (in der Novelle) will mit Herrn Friedrich *auf Tod und Leben, vor aller Welt, im Gottesurteil* kämpfen. Froissart nur: »la bataille jusques à outrance«.

Die Kämpfer erscheinen *schwarz geharnischt, vom Kopf bis auf die Ferse* – Theobald (»Käthchen« 15) spricht von einer Ausrüstung des Grafen *von Kopf zu Fuß ... in schwarzen Stahl.* Froissart nur: »armés de toutes pièces«.

Hildegard naht *mit dem Kruzifix in der Rechten,* das sie an die Lippen drückt und während des Kampfes gen Himmel hebt. Auch sonst erscheinen in Kleists Erzählungen Menschen *mit dem Kruzifix in der Hand* (151,33; 259,4). Froissart weiß davon nichts.

die Kampfrichter teilten Feld und Sonne – *während die Richter Licht und Schatten zwischen den Kämpfern teilten* (Zweikampf-Novelle). Die Angabe stammt aus Cervantes' »Drangsale des Persiles«, ein Buch, das Kleist im Mai 1810 in der Hand hatte. Nicht bei Froissart.

Der Trompetenstoß schmetterte – *Trompetenstöße* (»Käthchen« 2374); *auf einen Trompetenstoß* (284,3). Nicht bei Froissart.

Kleist läßt Carouge *im linken Schenkel* verwundet sein; Froissart nur »en la cuisse«. Auffällig ist die Betonung der linken Körperseite in Kleists Texten: Adams Klumpfuß ist links, Ruperts Söhnlein (»Familie Schroffenstein«) fehlt der linke kleine Finger, dem verschiedentlich überfahrenen Berliner im »Charité-Vorfall« ist einmal das linke Auge geplatzt, dann die linke Rippenhälfte auf den Rücken gedreht, weiter der linke Ohrknorpel ins Gehörorgan gefahren. Der Kleistsche Achill schwingt gar mit der Linken die Geißel über die Rosse (Penth. 377/79), was auf eine linksseitige Veranlagung Kleists deutet.

Kleists Beitrag im Hamburger Journal ist mit einem fremden Namen unterzeichnet. Ob »C. Baechler« sein Pseudonym oder der Name eines Strohmannes war, der Kleists Mitarbeit verbergen sollte, wissen wir nicht. Daß er bei dem für ein fremdes Blatt in Brotarbeit angefertigten Prosastück nicht seinen Namen hergeben wollte, ist verständlich.

Als die »Abendblätter« mit dem 2. Quartal ihrem Ende entgegen gingen und es Kleist an Erzählstoff mangelte, druckte er am 20./21. Febr. 1810 die Kurzfassung der Zweikampf-Geschichte (S. 288) ab, bei der er sich in knappen Sätzen eng an Froissart hielt und sich nur einmal einen etwas zusammenhanglosen Einschub gestattete. Vermutlich haben wir hier die Vorstufe der Hamburger Ausarbeitung vor uns, mit der Kleist sein Blatt nachträglich zu füllen suchte.

Der Kampf der Blinden mit dem Schweine (S. 1045–1046)

Gemeinnützige Unterhaltungs-Blätter, Nr. 43, 27. Okt. 1810. – Erstmals in einer Ausgabe. Zuweisung: Sembdner 1981 (wie beim vorigen Stück).

Der Beitrag ist eine Prosabearbeitung von Hans Sachsens Schwank »Der blinde kampf mit der Saw«. Die Quellenverhältnisse liegen ähnlich wie bei dem Beitrag nach Froissart. Den Hinweis auf Hans Sachs scheint Kleist auch hier von Achim von Arnim erhalten zu haben, der die fünfbändige Folio-Ausgabe von 1558 besaß und in seiner »Gräfin Dolores« (Ostern 1810) »aus unserm braven alten Hans Sachs« das »Gesprech St. Peter mit dem faulen pawrenknecht« in Prosa nacherzählt. Das gleiche »Gesprech«, in freie Verse umgesetzt, brachte Kleist in den »Berliner Abendblättern« am 3. Nov. 1810, wobei ihm Arnim in der sprachlichen Umsetzung vermutlich behilflich gewesen war.

Bei der Suche nach einem geeigneten historischen Stoff für die »Gemeinnützigen Unterhaltungs-Blätter« muß Kleist im vierten Band der Folio-Ausgabe auf den ziemlich rohen Schwank gestoßen sein, den er ähnlich wie zuvor die Froissart-Geschichte, ohne Angabe seiner Quelle, für die Leser des Hamburger Journals nacherzählt. Wiederum gibt es einige für Kleist typische Ausschmückungen, drastische Zusätze oder Hinweise, die nicht bei Hans Sachs stehen. Hier eine Zusammenstellung.

1045,5: *Maximilian der Erste* – Die Ordnungszahl wurde erst von Kleist zugesetzt.

1045,9: *Hofnarr sowohl als Obrist* – Hans Sachs: *ein höflich kürtzweyliger Mann*; der von Kleist benutzte Titel *Obrist* bezeichnet keinen bestimmten militärischen Rang, sondern, wie auch in Kleists Erzählungen, nur eine übergeordnete Stellung.

1045,10:   *in welchem . . . unsere Leser aber auch wohl manches finden werden . . .*
           – von Kleist zugefügt.
1045,17:   *aus den niedrigsten Ständen* – von Kleist zugefügt.
1045,24:   *tappten auf den Punkt zu* – Hans Sachs: *eylten jr zu.*
1045,29:   *schlugen tapfer darauf los . . . half denn auch nach Herzenslust, mit*
           zuschlagen – Kleists Schilderung.
1046,2:   *Pickelhauben* – beckenförmige Blechhauben; Hans Sachs: *Sturm-*
           hauben.
1046,4:   *in ihren Werkstätten* – von Kleist zugefügt.
1046,5:   *welche den Vorteil hatte, gut sehen . . . zu können* – von Kleist
           zugefügt.
1046,17:   *Man sieht wohl, wie not es tat* – von Kleist zugefügt.
1046,21:   *mit mehrern gut angebrachten Prügelstreichen* – von Kleist zugefügt.
1046,22:   *Nichts von dem Jubel der Zuschauer, die aus allen Ständen in unglaubli-*
           cher Anzahl – von Kleist zugefügt.
1046,24:   *Aber es darf nicht unerwähnt bleiben* – von Kleist zugefügt.
1046,27:   *beschädigt* – von Kleist gern für »verletzt«, »verwundet« ge-
           braucht (150,30; 196,13; 267,3; 277,18).

Drei Wochen später, am 17. Nov. 1810, brachte Kleist unter dem ironisch
schillernden Titel »Uralte Reichstagsfeierlichkeit, oder Kampf der Blinden
mit dem Schweine« die Kurzfassung, die sich eng an Hans Sachs anlehnte
(S. 283). Als Herkunft des Beitrags gab er die »Gemeinnützigen Unterhaltungs-Blätter« an, eine eindeutige Irreführung, denn der Beitrag, wie er hier
verfaßt ist, hatte seine Entstehung allein dem ungenannt bleibenden Hans
Sachs zu verdanken. Vermutlich sollte damit seine Mitarbeit an dem
Hamburger Journal verschleiert werden, auch durfte bei dem Hamburger
Redakteur nicht der Eindruck entstehen, daß ein von ihm honorierter
Artikel anschließend als Originalbeitrag Eingang in Kleists eigenes Blatt
findet.

ANMERKUNGEN ZU DEN NACHTRÄGEN
(Briefe)

1047:   *Nr. 89a. An Marie v. Kleist* – Erstdruck mit Faksimile: Herm. F.
Weiss in Jahrb. d. Dt. Schillerges. 1978, S. 79–109; aus der
Sammlung Brinckmann in der Univ. Bibl. Uppsala. Frühester
uns überlieferter Brief Kleists an die Freundin. Auf dem meck-
lenburgischen Gut *Gievitz* der *Gräfin Luise v. Voß,* Tochter der
Frau v. Berg, wohin Marie nach einer Badekur bei *Doberan*
gereist war, hielt sich im Sommer 1805 auch der schwedische
Gesandte Gustav v. Brinckmann (1764–1847) auf, der bei dieser
Gelegenheit in den Besitz des Briefes gekommen sein muß. Die
beiden Nachschriften wurden von Marie mit Tinte zum Teil
unleserlich gemacht (s. auch Sembdner, In Sachen Kleist, ²1984,
S. 296–299).
     1047,11: *die Posten* – Poststationen.
     1047,13: *der gute Pierre ist tot* – Maries Bruder, der preuß. Gesandte
Peter v. Gualtieri, geb. 1765, war am 27. 5. 1805 überraschend in
Aranjuez, möglicherweise durch Suizid, gestorben. Über Kleists
Verbindung zu ihm 1804 in Berlin s. Briefe Nr. 79–82.
     1048,1: *wie in den Youngschen Nachtgedanken* – Edward Youngs
»Night Thoughts« (1744/46, deutsch 1760/69), von Kleist wie-
derholt zitiert.
     1048,12: *wegen der Schillerschen Todesart* – Schiller war am 9. 5.
1805 an hochgradiger Schwindsucht gestorben.
     1048,23: *Das Leben ist nichts wert, wenn man es achtet* – vgl.
»Familie Schroffenstein«, V. 2368f.

1049:   *Nr. 102a. An Wieland* – Erstdruck (nach Typoskript): Christoph
Perels in Jahrb. d. Fr. Dt. Hochstifts. 1986, S. 179–186. Der Brief
aus der Autographensammlung Rückert war 1933 dem Hoch-
stift/Goethemuseum, Frankfurt a. M. vorgelegt worden. Ein
Typoskript blieb im Hochstift erhalten; der Originalbrief muß
als verloren gelten.
     1049,22: *ein paar Manuskripte* – wohl »Amphitryon« und »Zerbr.
Krug«. Das unbestimmte Zahlwort *paar* wird, wie auch sonst,
von Kleist groß geschrieben.
     1049,25: *unvergeßlichen Winter vor 5 Jahren* – Der Winter bei
Wieland lag erst vier Jahre zurück.
     1049,33: *Erfreuen Sie mich* – Wieland antwortete nicht mehr.
     1049,37: *Madame Schorch* – Wielands Tochter Karoline (verw.
Schorcht), die ihm den Haushalt führte.

1050:   *Nr. 115a. An Cotta* – Erstdruck: H. F. Weiss im Jahrb. d. Dt.
Schillerges. 1986, S. 22–33 (dort weitere Mitteilungen über
Kleists Beziehungen zu Cotta). Aus dem Nachlaß Felix Mendels-
sohn-Bartholdy in der Bodleian Library (Oxford). Der Komponist war Autographen-Sammler. Der Kleist-Brief befand sich

neben Briefen von Kerner, Lavater, Müllner, Ramler, A. W. und Fr. Schlegel u. a. in einem Album, das er 1844 seiner Frau Cécile geschenkt hatte.

1050,13: *der Wiener Bühne zum Aufführen* – Im Brief an Graf Pálffy vom 21. 10. 1807 hatte sich Baron Buol für eine Aufführung des »Zerbr. Krug« in Wien eingesetzt (s. Lebensspuren 1992, Nr. *239a). Von der in Weimar geplanten Aufführung schreibt Kleist nichts.

1050:   *Nr. 116 und 117. An Marie v. Kleist* – Die von Marie oder auf ihre Veranlassung mit Tinte unleserlich gemachten Zeilen wurden von Klaus und Eva Kanzog mittelst Infrarot-Aufnahmen entziffert (Jahrb. d. Dt. Schillerges. 1969, S. 33–46).

    1050,22: *wie leicht* – unsichere Lesung; Kanzog lesen: *vielleicht*.

1051:   *Nr. 130. An Collin (Einlage)* – Erstdruck: H. F. Weiss in Euphorion 1988, S. 60–63: Eine neuentdeckte Nachschrift zu einem unbekannten Brief Heinrich von Kleists. Der von Weiss in der sog. Autografoteca Campori in der Biblioteca Estense zu Modena entdeckte Zettel (16,5: 8 cm) wurde m. E. nicht von einem Brief abgeschnitten, sondern gehört nach Format, Schrift und Inhalt zu Kleists Brief an Collin vom 14. 2. 1808, in den er eingelegt wurde. Die im Brief erwähnte *Abschrift eines Lustspiels,* die Kleist mitschicken wollte, paßte nicht in die röhrenförmige Ledertasche des Depeschen-Boten; daher die Ankündigung einer späteren (wohl nie erfolgten) Zusendung. – Der Historiker Giuseppe Campori (1821–1887) hatte 1842 in Wien gedient, wobei er in den Besitz des Autographen gekommen sein könnte.

1051:   *Nr. 134. An Cotta* – Erstdruck: Eva Rothe in Jahrb. d. Dt. Schillerges. 1962, S. 4–8, Schiller-Nationalmuseum, Marbach. Faksimile im »Marbacher Magazin« 7/1977 (nicht von Kleists Hand). Diese Anlage zum Brief vom 7. 6. 1808 fehlte in Minde-Pouets Briefedition.

1051:   *Nr. 135a. An Böttiger* – Erstdruck: Eva Rothe wie oben; aus der Sammlung Böttiger im Germanischen Nationalmuseum Nürnberg. Böttiger hatte mit der Übernahme der Penthesilea-Auflage durch Cotta nichts zu tun. Wieweit Kleist im übrigen von Böttigers Mißgunst wußte und sein Dank somit ironisch gemeint war, wie Rothe annimmt, wissen wir nicht.

1051:   *Nr. 171a. An Fouqué* – Teildruck: 5 Zeilen im Antiquariatskatalog von O. A. Schulz, Leipzig 1887 (Sembdner, Ein Billett an Fouqué. Frankf. Allg. Ztg., 6. 2. 1968).

    Erstdruck (fast vollständig) m. Faks.: Auktionskatalog 626 von Stargardt, Marburg 1982, Nr. 149. Erworben von der Staatsbibl. Preuß. Kulturbes. Berlin (Sembdner, Gut Freund mit Juden. Stuttg. Ztg., 26. 7. 1982). Faks.-Privatdruck, hrsg. von H. J. Kreutzer, Berlin 1984.

    Den fehlenden Schluß mit Datum und Unterschrift, seinerzeit

von Fouqué als Autograph für einen Freund herausgeschnitten, fand Christoph Perels in einer Autographensammlung des Niedersächs. Staatsarchivs Wolfenbüttel (Kleist-Jahrb. 1988/89, S. 440–444, m. Faksimile).

Fouqué erwähnt das »höchst innige und liebevolle Brieflein« am 11. 10. 1810 gegenüber Varnhagen (Lebensspuren Nr. 410); es dokumentiert Kleists enge Verbindung zu Rahels Bruder Ludwig *Robert*. Fouqués »Brandenburgisches *Erntelied*« erschien in der Vossischen Zeitung, 18. 8. 1810, sein »*Gespräch* über den 19. Julius des Jahres 1810« im »Preuß. Hausfreund« Ende August. In Adam *Müllers* Schrift zum Gedächtnis der Königin Luise hieß es: »Sie hat uns die Anbetung zu leicht gemacht, und den Königinnen der Nachwelt ihr Amt zu schwer.«

1052: *Nr. 184. An Reimer* – Erstdruck mit Faksimile: Auktionskatalog 617 von Stargardt, Marburg 1979. Reimer verabfolgte das »Käthchen« am 18. 12. 1810.

1052: *Nr. 190 a. An Reimer* – Erstdruck mit Faksimile: Christoph E. Schweitzer in The American-German Review, Vol. 28, 1961/ 62, S. 11 f.; aus der Autographensammlung der Historical Society of Pennsylvania.

1052,25: *praenumerando* – im voraus; Reimer zahlte am 12. 3. 1811 einen Vorschuß von 11 ½ Talern; erst am 6. 6. 1811 kam es zu dem gewünschten Vertrag über 100 Taler (Lebensspuren Nr. 501).

1052,27: *einige Erzählungen fertig* – wohl Verlobung, Bettelweib, Hl. Cäcilie.

1053: *Nr. 206a. An Reimer* – Auktionskatalog Sotheby's London, Mai 1988 m. Teilfaks. Erstdruck: H. J. Kreutzer, Kleist in der Nähe der Romantik, in: Kleist-Jb. 1990, S. 153–157 (zuvor in einem Privatdruck, München 1988, S. 11–15).

Bei dem von Kleist zur Durchsicht erbetenen Werk handelt es sich um die »Geschichte der Malerei in Italien nach ihrer Entwickelung, Ausbildung und Vollendung« von Franz und Johannes Riepenhausen, eine aufwendig geplante Edition, deren erste zwei Hefte (mehr nicht erschienen) mit Umrißstichen nach Cimabue, Giotto u. a. von Cotta 1810 in Verlag genommen worden waren. Allerdings ist nicht anzunehmen, daß Kleist das umfangreiche und teure Werk (Mappe mit 24 Stichen im Format 45 zu 60 cm, dazu ein Beiheft in Quart) für sich selbst erwerben wollte; dagegen spricht schon die gewundene unpersönliche Formulierung: *Es wird entweder käuflich an sich gebracht . . .*, zudem ist zu bezweifeln, daß Kleist an diesem Werk interessiert sein konnte. Vermutlich geschah die Bestellung im Auftrag von Marie v. Kleist, die kunsthistorisches Interesse besaß (s. Sembdner, In Sachen Kleist, S. 83 f.). Zur Zeit von Kleists Tod las sie »den Fernow«, also wohl Johanna Schopenhauers Lebensbeschrei-

bung des 1808 verstorbenen Kunstschriftstellers, die 1810 gleichfalls bei Cotta erschienen war, oder aber dessen »Römische
Studien«, Zürich 1806/08. Marie kam Ende August für einige
Tage nach Berlin zurück, wo sie vermutlich das bestellte Werk
vorzufinden hoffte. Daß sich allerdings Reimer zur Besorgung
der teuren Edition auf Verdacht bereit gefunden haben sollte, ist
zu bezweifeln.

Kleists Billett dürfte am 27. Juli 1811 verfaßt worden sein,
einen Tag nach dem ähnlichen Billett Nr. 206 (vom 26. Juli), mit
dem es das gleiche schmale Papierformat (ca. 18 zu 12 cm) und
den Duktus von jeweils 10 Textzeilen bis zur Unterschrift gemeinsam hat. Die *Bitte von gestern* bezieht sich auf die erbetene
Auskunft über den *Prinzen Homburg*.

NACHWORT

Heute und je gibt es Menschen, die von Kleists Dasein und seinem Werk auf eine seltsam starke und unmittelbare Weise ergriffen werden. Sie fühlen, daß hier ein Mensch mit aller Unbedingtheit in die Welt tritt, der das Menschsein von Ursprung herein neu erlebt und unter Verzicht auf Konventionen und Gepflogenheiten mit rücksichtsloser Ehrlichkeit und erstaunlich konkreter Wirklichkeitserfahrung die Forderungen seines Herzens besteht, ohne sich in klassische oder romantische Ideologien zu flüchten.

Zunächst noch von dem Geiste der Aufklärung bestimmt, die den Menschen aus der Abhängigkeit von Tradition und Autorität herauszulösen und ihn einzig seiner eigenen Vernunft vertrauen zu lehren suchte, hatte er sich gegen die soldatische Tradition seiner Familie aufgelehnt; einem selbstgeschaffenen Lebensplan gemäß sollte ein naturwissenschaftliches und philosophisches Studium die Kräfte seines vollen Menschentums entwickeln helfen. Seine mangelnde Vorbildung machte ihn zum Autodidakten, der sich mit Leidenschaft auf jede neue Erkenntnis stürzte, von der er sich Erfüllung seines Wahrheitsstrebens versprach. Als er freilich aus der Beschäftigung mit der Kantischen Philosophie glaubte folgern zu müssen, daß der Mensch niemals zu einer wirklichen Erkenntnis der Welt durch seine Sinne und die Vernunft gelangen könne, gab es kein Äußeres mehr, das ihn leiten konnte. Er mußte in sich einen unmittelbaren Zugang zur Welt finden, zum Ich des anderen, zu Gott, einen Zugang, der unabhängig von allen trügerischen Sinneserkenntnissen und der Ohnmacht des Leibes war. Kleist nennt ihn das »Gefühl«. Und fast alle seine Dichtungen kreisen um die Unverwirrbarkeit dieses »Gefühls«, das nichts mit romantischer Empfindung zu tun hat, sondern ein die Sinne überspringendes Erkenntnisorgan des Ich darstellt. Zugleich wird die Frage nach der zerstörenden und rettenden Kraft des Bewußtseins bedeutsam.

Es gibt eine Szene in der »Familie Schroffenstein«, in der Sylvester durch einen seelischen Schock in Ohnmacht fällt. Der Geist, dieses »elend Ding«, zeigt seine Abhängigkeit vom Leib.

Und doch, der Mensch vermag »durch nichts als das Bewußtsein«
sich auch wieder herzustellen:

> Was mich freut,
> Ist, daß der Geist doch mehr ist, als ich glaubte,
> Denn flieht er gleich auf einen Augenblick,
> An seinen Urquell geht er nur, zu Gott,
> Und mit Heroenkraft kehrt er zurück.

In »Robert Guiskard« wird der Kampf des Geistes mit dem
pestkranken Leib zum wesentlichen Motiv; die Marquise von
O fällt durch eine Ohnmacht in Verstrickungen, aus denen sie
sich nur durch das Bewußtsein ihrer Unschuld erheben kann. Der
Leib liefert den Menschen durch seine Schwäche und seine zu
täuschenden Sinne mannigfachen Irrtümern und Gefahren aus.
In der »Familie Schroffenstein« bleibt der Blinde zum Schluß der
einzig Sehende; Agnes und Ottokar aber bewahrten trotz aller
sie verblendenden Indizien das unbedingte, nicht zu zerstörende
Vertrauen zueinander.

So werden schon in Kleists genialem Erstlingswerk die Ak-
korde angeschlagen, die in den späteren Werken weiterklingen.
Nichts kann in Wahrheit der Alkmene, dem Käthchen, dem
Herrn Friedrich (in der Zweikampf-Novelle) die »Goldwaage der
Empfindung« betrügen. Alkmene sagt:

> Nimm Aug und Ohr, Gefühl mir und Geruch,
> Mir alle Sinn und gönne mir das Herz:
> So läßt du mir die Glocke, die ich brauche ...

Dem »Glockenspiel der Brust« gibt sich das Göttliche im
Schicksal und im andern Menschen kund, und naht gar Gott
selbst in der Gestalt des Amphitryon, so übertönt die Glocke
alles Irdische. Das Herz wird Schicksal.

Zugleich ist es dieses in sich selbst gegründete Gefühl, das seine
Helden trägt, so wie das Gewölbe steht, »weil seiner Blöcke jeder
stürzen will«. Aufs stärkste erlebt Kleist die Unzerstörbarkeit der
menschlichen Entelechie. Von dem »jungen, die Erde begrüßen-
den Kinde« sagt er im »Allerneuesten Erziehungsplan«: »es ist
kein Wachs, das sich, in eines Menschen Händen, zu einer beliebigen Gestalt kneten läßt: es lebt, es ist frei; es trägt ein unabhängiges und eigentümliches Vermögen der Entwicklung, und das
Muster aller innerlichen Gestaltung, in sich.« Im »Gebet des
Zoroaster« weiß Kleist um das »freie, herrliche und üppige Leben«,

das dem Menschen bestimmt ist, und ahnt, »von welchen Gipfeln der Mensch um sich schauen kann: Kräfte unendlicher Art, göttliche und tierische, spielen in seiner Brust zusammen, um ihn zum König der Erde zu machen«. Aus dem Erlebnis der unermeßlichen Möglichkeiten des Menschen war ihm das Bewußtsein seiner Aufgabe als Dichter erwachsen.

Aber vermag dieser »einzige Lebensfunke im weiten Reiche des Todes«, von dem Kleist einmal spricht und den er als sein Ich erlebte, wirklich den Stürmen zu widerstehen, denen nicht nur seine Helden, denen er selbst vom Schicksal aufs stärkste ausgesetzt wurde? Ist es vielleicht nichts weiter als ein »Sturm-und-Drang«-Erlebnis, das, wie sein eigenes Leben zu erweisen scheint, stärkeren Belastungen nicht standzuhalten vermag? Kleist kennt sehr wohl die Gefahren, die der Gefühlssicherheit von seiten des reflektierenden Bewußtseins drohen. Er spricht davon, daß die Menschheit in ihrer Entwicklung mehr und mehr die ursprüngliche Grazie, die angeborene Heldenkraft verloren hat. Kleist aber weiß auch im Gegensatz zu den Romantikern, daß es kein Zurück mehr gibt: »Das Paradies ist verriegelt und der Cherub hinter uns; wir müssen die Reise um die Welt machen, und sehen, ob es vielleicht von hinten irgendwo offen ist.« Auch im äußeren Leben war er von einer Leidenschaft zu reisen ergriffen, doch enden fast alle Fahrten, auf denen er das »Paradies« zu suchen unternahm, mit dem Fall in eine jener Krankheiten, von deren Ursache auch die moderne Medizin wenig zu sagen weiß.

Erst gegen Ende seines Lebens wurden ihm seltsam erhellende Erkenntnisse zuteil, Antworten auf die Frage, wie die Harmonie des Menschen, unter deren Zerstörung er sein Leben lang litt, wiederherzustellen sei. Sie werden in dem höchst bedeutsamen Aufsatz »Über das Marionettentheater« und in der Wandlung des Prinzen von Homburg, der durch das Todeserlebnis hindurch sein naives Heldentum auf höherer, nun bewußt gewordener Stufe wiedergewinnt, angedeutet. Für Kleist aber bedeutete jede Erkenntnis zugleich Lebensrealität. Nach der Zerstörung allen äußeren Haltes ahnt er, daß es ein geistiges Todeserlebnis zu bestehen gilt, um zu einem Unzerstörbaren zu kommen. Das Bewußtsein muß »gleichsam durch ein Unendliches« gehen. In der furchtbaren Einsamkeit, die ihn am Ende seines Lebens umgibt, als er sich in dem alles auflösenden Brennpunkte befindet, von dem er im »Marionettentheater« spricht, wird aus der geistigen Erfahrung physische Realität. Uns aber will scheinen, als habe er wie aus Versehen die falsche Tür ergriffen, um in den Bezirk des Unzerstörbaren einzudringen, an dessen Schwelle er stand.

Von seinem äußeren Leben wissen wir in großen Zügen folgendes: Nach dem frühen Verlust des Vaters tritt er mit vierzehn Jahren, selbstverständlicher Familientradition folgend, als Fahnenjunker in das Potsdamer Garderegiment ein, macht die Belagerung von Mainz mit und wird mit 19 Jahren Leutnant. Sein Hauslehrer Martini, der ihn als Knaben unterrichtet hatte, schildert ihn als »nicht zu dämpfenden Feuergeist«. In der Garnison spielt er Klarinette und studiert Philosophie und Mathematik. Nach dem »Verlust von sieben kostbaren Jahren« entsagt er mit 21 Jahren endgültig dem Soldatenstand, studiert in Frankfurt a. d. Oder, verlobt sich mit der still-ergebenen Wilhelmine von Zenge und unternimmt mit dem Freund Ludwig von Brockes eine bedeutsame, von ihm selbst in Dunkel gehüllte Reise nach Würzburg. Vermutlich suchte und fand er dort Heilung von einem für die Ehe untauglich machenden Leiden – eine recht nüchterne Erklärung für Kleists eigene enthusiastische Äußerungen. In Berlin versucht er sich auf den Staatsdienst vorzubereiten und unternimmt, um sich von unerträglichen Zweifeln zu befreien, mit seiner treuen Stiefschwester Ulrike eine längere Reise nach Paris. Dort klärt sich sein Entschluß, Dichter zu werden und unter Verzicht auf äußeren Ehrgeiz – er will sich in der Schweiz als Bauer ansiedeln – nur seinem Werke zu leben. Das Verlöbnis mit Wilhelmine löst sich.

In der Schweiz, in Gesellschaft literarischer Genossen und einsam auf lieblicher Insel des Thuner Sees, arbeitet er zäh an mehreren dramatischen Versuchen, bis er krank zusammenbricht. Kleist fährt nach Weimar, findet beim alten Wieland, dessen vierzehnjährige Tochter Luise sich in ihn verliebt, freundliche Aufnahme und neuen Ansporn zu seinem gewaltigen Guiskard-Versuch. Aber wie damals sein Bildungsideal an der vermeintlichen Unzulänglichkeit der Erkenntniskraft scheiterte, so flucht er jetzt seinen »halben« künstlerischen Talenten. Auf einer zweiten Pariser Reise mit seinem Freunde Ernst von Pfuel, die ihn noch einmal in die Schweiz und nach Oberitalien führt, verbrennt er sein Werk und will in napoleonische Dienste treten, um den Tod zu suchen. Wieder fällt er in schwere Krankheit, wird in Mainz gesund gepflegt, bewirbt sich in Berlin um Staatsdienste und kommt als wissenschaftlicher Hilfsarbeiter an die Domänenkammer in Königsberg. Der Achtundzwanzigjährige trifft dort seine Braut als Frau des Philosophie-Professors Krug, Kants Nachfolger in Königsberg, wieder. Still und zielbewußt arbeitet er neben dem Amt an seinen Dichtungen, bis neue körperliche Beschwerden und die nach der preußischen Niederlage bei Jena immer bedrohlicher werdende politische Entwicklung seine dortige Tätigkeit beenden. Auf dem Wege nach Dresden wird Kleist vor den Toren Berlins als angeblicher Spion ergriffen und nach Frankreich in Kerkerhaft gebracht.

Nach seiner Befreiung, die er vor allem der stets aufopferungsbereiten Ulrike verdankt, versucht Kleist seine schriftstellerischen Pläne in dem aufblühenden Dresden zu verwirklichen und gibt mit dem Staatswissenschaftler Adam Müller, einem einflußreichen, aber Kleist nicht immer förderlichen Manne, eine Kunstzeitschrift, den »Phöbus«, heraus. Man wird auf Kleist aufmerksam, bis ein Zerwürfnis mit Goethe, der den »Zerbrochnen Krug« in Weimar höchst unzulänglich aufführen ließ, Kleist unmöglich macht.

Neue, bedeutende Aufgaben scheinen heranzuwachsen. Kleist traut nicht mehr den zerbrechlichen Idealen von Wahrheit und Schönheit, er sucht die Tat, die politische Wirksamkeit; als sich Österreich gegen Napoleon erhebt, scheint es ihm ein Signal, sich mit dem ganzen Gewicht in die Waage der Zeit zu werfen. Er unterhält Beziehungen zu bedeutenden österreichischen und preußischen Politikern und weiß sich im Bunde mit allen hochgesinnten Deutschen. Das Bewußtsein, in einer Gemeinschaft zu stehen, vervielfacht seine Schwungkraft. Seine Kriegslieder und die »Hermannsschlacht« sind das Ungeheuerlichste, was in dieser Art in Deutschland geschrieben wurde. Kleist scheint wirklich Medium des Zeitgeistes zu werden, fast möchte man meinen, eines Geistes, dessen volle Wirksamkeit erst im nächsten Jahrhundert furchtbare Realität wurde. Kleist hält sich in unmittelbarer Nähe der Ereignisse in Österreich auf und versucht von

Prag aus, ein politisches Wochenblatt, die »Germania«, zustande zu bringen, bis die Niederlage bei Wagram alle politischen Hoffnungen begräbt. Wieder kommt es zum Zusammenbruch aus dem grandiosen Gefühlsüberschwang, der seine letzte Zuflucht in dieser gebrechlichen Welt geworden war. In Deutschland glauben ihn seine Bekannten tot.

Zum Ende seines Lebens ist er wieder in Berlin. Ähnlich wie in Dresden trifft er auch hier einen Kreis von Literaten, Gelehrten und Politikern meist konservativer Richtung. In den volkstümlichen »Berliner Abendblättern«, die er mit großem Geschick herausgibt und mit seinen herrlichen Anekdoten und tiefsinnigen Betrachtungen füllt, will er alle dem Gemeinwohl dienenden Stimmen zu Worte kommen lassen. Im Kampfe mit der Zensur und politischen Ränken, denen Kleists aufrechte und vertrauensvolle Haltung nicht gewachsen ist, scheitert auch dieses Unternehmen, mit dem Kleists letzte Existenz verknüpft war. Einsam kämpft er gegen menschliche Intrige und Unzulänglichkeit. Um sein Leben zu fristen, bietet er den Verlegern seine vorhandenen oder rasch ausgearbeiteten Manuskripte zum Druck an und arbeitet vermutlich an anderen Zeitschriften mit. Manche der wertvollen letzten Arbeiten ist verschollen, vor allem ein Roman in zwei Bänden, der noch nach seinem Tode vorhanden gewesen sein soll. Zu Marie von Kleist, der sechzehn Jahre älteren, damals in Scheidung liegenden Freundin, einer enthusiastischen Frau, die sich wiederholt nachdrücklich für Kleist einsetzte, findet er am Ende seines Lebens eine tiefe Beziehung. Dagegen konnte er mit Henriette Vogel, der schöngeistig überspannten und anschmiegsamen Frau eines höheren Beamten, die er durch Adam Müller kennengelernt hatte, nur wenig gemein haben. Ihre Aufforderung, sie, die an einem Krebsleiden unheilbar krankte, zu erschießen, empfindet er als den höchsten Vertrauensbeweis, den ihm ein Mensch darbringen konnte, und jauchzend ergreift er die dargebotene Hand, um in Gemeinschaft dieser Frau sein Leben, »das allerqualvollste, das je ein Mensch geführt hat«, zu enden. Varnhagen, sein Zeitgenosse, urteilt so unrecht nicht, wenn er schreibt: »Welch ein ungeheurer Schmerz muß in ihm gewütet haben, eh er sein Talent aufgab, das er in seinem verwüsteten Leben wie den unzerstörbaren Talisman eines verheißenen Glücks betrachtete.«

Während wir bei Goethe über fast jeden Umstand seines Lebens unterrichtet sind, liegt über so vieles, was Kleist betrifft, ein seltsames Dunkel. Über seine äußere Erscheinung sind wir recht ungenügend informiert. Als wirklich authentisches Bild darf nur die bekannte Miniatur aus dem Jahre 1801 gelten, die einen nicht allzu bedeutenden runden Kinderkopf mit Ponyhaaren zeigt. Dagegen gehört die viel reproduzierte angebliche Kleist-Maske zweifellos nicht ihm, sondern Achim von Arnim zu. Tieck urteilt über sein Äußeres: »Heinrich Kleist war von mittlerer Größe und ziemlich starken Gliedern, er schien ernst und schweigsam, keine Spur von vordringender Eitelkeit, aber viele Merkmale eines würdigen Stolzes in seinem Betragen. Er schien mir mit den Bildern des Torquato Tasso Ähnlichkeit zu haben, auch hatte er mit diesem die etwas schwere Zunge gemein.« Fouqué spricht von dem »kräftigen, aber nur im treuherzigen Lächeln seiner Augen anmutigen Heinrich«. Brentano schildert ihn als einen »sanften, ernsten Mann von 32 Jahren, mit einem erlebten runden stumpfen Kopf, gemischt launigt, kindergut, arm und fest«. Gleichfalls aus der letzten Lebenszeit stammt Achim von Arnims Urteil: »Er ist der unbefangenste, fast zynische Mensch, der mir lange begegnet, hat eine gewisse Unbestimmtheit in der Rede, die sich dem Stammern nähert und in seinen Arbeiten durch stetes Ausstreichen und Abändern sich äußert. Er lebt sehr wunderlich, oft ganze Tage im Bette, um da ungestörter bei der Tabakspfeife zu arbeiten.«

Kleist ist ebensowenig einer künstlerischen Schule wie einer politischen Partei zuzurechnen. Aus einer starken sozialen Gesinnung heraus hatte er in seinen Schriften die überhebliche Anmaßung seiner junkerlichen Standesgenossen aufs schärfste gegeißelt, so im »Kohlhaas«, im satirischen Brief »Über die Luxussteuern«, in manchen Anekdoten – was nicht hinderte, daß die absurde Behauptung von Kleists Zugehörigkeit zur reaktionären Adelspartei noch heute durch die Literaturgeschichten geistert. Kleist war kein Romantiker. Seine ästhetischen Bemerkungen, sein einzigartiger, aus dem Musikalisch-Deklamatorischen geborener Stil, den man mit dem der altnordischen Sagas verglichen hat, sein Ringen um die Form eines neuen Dramas, in dem die antiken und die Shakespeareschen Elemente vereinigt werden, sind völlig antiromantisch. Aufschlußreich ist Achim von Arnims Urteil: »Wenige Dichter mögen sich eines gleichen Ernstes, einer ähnlichen Strenge in ihren Arbeiten rühmen dürfen, wie der Verstorbene; statt ihm vorzuwerfen, daß er der neueren [romantischen] Schule angehangen, wozu wohl kein Mensch so wenig Veranlassung gegeben wie Kleist, hätte man eher bedauern müssen, daß er keine Schule anerkannt, das heißt, nur in seltnen Fällen dem Hergebrachten und dem Urteile seiner Kunstfreunde nachgab.« Kleist selbst aber weiß von sich: »In der Reihe der menschlichen Erfindungen ist diejenige, die ich gedacht habe, unfehlbar ein Glied, und es wächst irgendwo ein Stein schon für den, der sie einst ausspricht.«

Kleist, Deutschlands eigentlicher und größter Dramatiker, hat selbst kein einziges Stück von sich auf der Bühne gesehen. 1804 war es zu einer einmaligen Aufführung der »Familie Schroffenstein« in Graz gekommen, 1808 zu Goethes mißglückter Inszenierung des »Zerbrochnen Krug« in Weimar, 1810 und 1811 wurde das »Käthchen« in Wien, Graz und Bamberg aufgeführt. Stets war der Widerhall schwach, und selten wird er zu Kleist gedrungen sein. Der alte Wieland und Jean Paul etwa erkannten sein Genie, während Goethe, auf den Kleist all seine Hoffnungen gesetzt hatte, ihn ablehnen mußte. Erst langsam, vor allem durch das Bemühen Ludwig Tiecks, der 1821 die nachgelassenen und 1826 die gesammelten Schriften Kleists herausgab, wuchs das Verständnis seiner überragenden dichterischen und menschlichen Bedeutung.

ZUR VORLIEGENDEN AUSGABE

Ein Resümee

Die im Jahr 1952 erschienene erste Auflage der vorliegenden Edition sollte die Lücke schließen, die nach dem 2. Weltkrieg durch die Buchverluste und das Fehlen einer die neueren Funde berücksichtigenden Kleist-Ausgabe entstanden war. Davor war es die von Erich Schmidt zusammen mit Reinhold Steig und Georg Minde-Pouet 1904/06 herausgegebene fünfbändige Ausgabe gewesen, die drei Jahrzehnte die Forschung als die maßgebende kritische Edition bestimmt hatte, nach der zitiert wurde, die den Textkanon bestimmte und aus der andere Ausgaben ihre Texte abdruckten. Eine erweiterte Neuausgabe erschien 1936/38 in sieben Bänden, doch kam der durchaus erforderliche Kommentarband, Band 8, nicht mehr zustande. Immerhin konnte der Herausgeber Georg Minde-Pouet 24 Briefe neu präsentieren, während der Bestand der Kleinen Prosaschriften, deren Herausgabe mir aufgrund einer Untersuchung der »Berliner Abendblätter« übertragen worden war, um zahlreiche Beiträge und eine Anzahl redaktioneller Anzeigen und Erklärungen aus den »Abendblättern« erweitert wurde.

Auf diesen Ausgaben baute die Hanser-Ausgabe auf. Die erste Auflage hatte noch nicht den Ehrgeiz einer kritischen Edition; sie verzichtete auf einen Kommentar und mußte hinsichtlich der Textgestaltung mancherlei Kompromisse eingehen. Das damals verfaßte Nachwort blieb indes bis heute der Kontinuität zuliebe erhalten.

Seit 1961 bot die Edition einen anhand der Erstdrucke und Handschriften völlig revidierten Text von zuvor nicht erreichter Vollständigkeit und verfügte über einen reichhaltigen Anmerkungsteil. Die Textrevision hatte sich um so notwendiger erwiesen, als sich zeigte, daß Erich Schmidt mit Kleists Interpunktion sehr eigenmächtig umgegangen war. So veränderte er, trotz seiner Versicherung, Kleists Zeichensetzung treu zu wahren, willkürlich Ausrufezeichen in Fragezeichen und umgekehrt, Punkte in Ausrufezeichen, gab gegen Kleists subtilen Gebrauch jede direkte Rede in Anführungszeichen, während er sie bei indirekter Rede beseitigte, und setzte endlich ein Komma jeweils dort ein, wo, wie er glaubte, dies erforderlich sei. Durch solches auch von Minde-Pouet übernommene Verfahren wurde der Kleistsche Sprachfluß empfindlich gestört und verletzt. Wenn man weiß, welche Sorgfalt Kleist auf die Interpunktion verwandte, die für ihn das gesuchte Mittel zur Andeutung von Zäsuren, Betonungen, Heben und Senken der Stimme usw. bedeutete, muß man in dem überkommenen Verfahren eine Verfälschung des Kleistschen Textes sehen. Dagegen erscheint es vom Lautlichen her, das für die Beurteilung von Kleists Sprache das Entscheidende ist, keineswegs erforderlich, die im Satzbild so störenden Apostrophe beizubehalten. Kleist selbst suchte sie, wenn auch nicht konsequent, zu vermeiden. So schrieb er vielfach: *ich befehls, bist dus, gibts, ists, ehr (= eh'r)* usw. Im Vorliegenden wurden Apostrophe nur dort belassen, wo sie zur Tempusbezeichnung oder zur Vermeidung unschöner oder mißverständlicher Wortbildungen notwendig erscheinen.

Die Rechtschreibung, die sowohl bei Kleist wie bei den Setzern seiner Schriften allzu zufällig und dem landläufigen Gebrauch entsprechend ausfiel, wurde, soweit tunlich, modernisiert. Das kam auch den Wort-Indices zugute, die Helmut Schanze auf der Grundlage der vorliegenden Edition seit 1969 herausgab: ein der Forschung unentbehrlich gewordenes Standardwerk zur Erfassung von Kleists Wortschatz.

Auf die vollständige Wiedergabe von Varianten wurde verzichtet. Abweichende Fassungen ganzer Werke oder größere Partien einer Dichtung, die sich in Gestaltung und Aussage wesentlich von dem geläufigen Text unterscheiden, wurden unter Angabe der Vers- oder Zeilenzahlen des Textes, für den sie stehen, im Varianten-Anhang abgedruckt. Den Versen und der Prosa der »Familie Ghonorez« wurde keine eigene Zählung, sondern die entsprechende Verszählung der »Familie Schroffenstein« zugewiesen, um den Vergleich zu erleichtern. Einzelne Varianten sind in den Anmerkungen verzeichnet, wo auch die wichtigsten Sachangaben zu finden sind. Von Interpretationen wurde bewußt abgesehen.

In den zurückliegenden Jahren bildete die Hanser-Ausgabe die Grundlage einer stetig wachsenden, ertragreichen Forschung. Ihr Textkanon sowie der Verzicht auf Eingriffe in die Kleistsche Interpunktion wurde von den inzwischen erschienenen Ausgaben übernommen. Im Vorwort seiner Aufsatzsammlung »Kleists Aktualität« (Darmstadt 1981) stellte Walter Müller-Seidel fest, daß derzeit kein deutscher Dichter so einheitlich zitiert werde wie Kleist. Das sei das Verdienst dieser Ausgabe, die nicht nur Forschung für Forscher geboten habe, sondern einen größeren Leserkreis anzusprechen vermochte. Hans Magnus Enzensberger bezeichnete die Edition als das seltene Beispiel einer Klassiker-Ausgabe, deren Apparat nicht einschüchtere, sondern nur helfe, wenn er gefragt werde: eine kritische Gesamtausgabe, die schön und brauchbar sei, kein Mausoleum. Das »Handbuch der Editionen« (Berlin 1979) nannte sie eine umfassende Studienausgabe, die in Teilbereichen die Funktion einer kritischen Ausgabe besitze und in Vollständigkeit der Texte und der Erläuterungen weit über die bisherigen Ausgaben hinausführe.

Die in Abständen erscheinenden vermehrten und revidierten Auflagen begleiten die Kleistforschung und dokumentieren ihre Funde. Hierfür zwei Beispiele. Vor 25 Jahren stieß ich in einem alten Antiquariatskatalog auf ein paar Zeilen aus einem unbekannten Brief Kleists an Fouqué. Ich druckte den kurzen Text in der 5. Auflage von 1970 ab. 15 Jahre später tauchte das Original des Briefes auf einer Auktion auf, nur fehlte der abgeschnittene Schluß. In dieser verstümmelten Form wurde der Brief in der 7. Auflage von 1984 wiedergegeben. Wiederum ein paar Jahre später fand Christoph Perels im Wolfenbüttler Staatsarchiv den Rest des Schreibens mit Kleists abschließenden Worten, seiner Unterschrift und der Angabe von Wohnung und Datum, und nun ergänzt der fast völlig wiederhergestellte Brief aufs schönste Kleists Brief-Corpus in der vorliegenden Ausgabe (Nr. 171a).

Für die Beiträge »Uralte Reichstagsfeierlichkeit« und »Geschichte eines merkwürdigen Zweikampfs« glaubte man Kleists Quelle in einem Hamburger Journal, den »Gemeinnützigen Unterhaltungs-Blättern«, gefunden zu haben. Dementsprechend wurden beide Artikel in der 1. Auflage der Hanser-Ausgabe unter die »Bearbeitungen fremder Vorlagen« eingereiht. Aber schon die Anmerkungen der nächsten Auflagen hoben hervor, daß Kleist seltsamerweise die im Hamburger Journal nicht genannten Quellen gekannt haben muß. In der 7. Auflage konnte ich auf meine inzwischen im Jahrbuch d. Dt. Schillerges. 1981 erschienene eingehende Untersuchung verweisen, in der ich Kleists Autorschaft für die Prosabeiträge im Hamburger Journal als gesichert in Anspruch nahm, ohne die Texte bereits in der Ausgabe unterbringen zu können. Die Herausgeber zweier inzwischen erschienenen Editionen, Peter Goldammer (Lizenzausgabe, Frankfurt a. M. 1986) und Klaus Müller-Salget (Frankfurt a. M. 1990), glaubten auf die Aufnahme dieser wichtigen Beiträge verzichten zu müssen, da die Authentizität nicht gesichert erscheine und die Argumente zwar bedenkenswert, aber nicht überzeugend genug seien. In der vorliegenden 9. Auflage wurden nun die zwei Aufsätze zusammen mit zwei weiteren Artikeln aus den »Unterhaltungs-Blättern« in die für die »Kleinen Schriften« vorgesehenen Nachträge untergebracht und mit ausführlichen Anmerkungen versehen. Gleichfalls in die Nachträge aufgenommen wurde der Abendblatt-Beitrag »Schreiben aus Dresden«, dessen Kleistsche Urheberschaft ich, wie ich meine, eindeutig nachgewiesen habe.

In den letzten zehn Jahren kamen der Edition die reichen Forschungsergebnisse zugute, die Hermann F. Weiß (Ann Arbor) verschiedentlich publiziert hat. Durch sie konnten Angaben in den Anmerkungen ergänzt oder berichtigt werden; auch waren die von Weiß zutage geförderten Kleistschen Texte bedeutsam, insbesondere das 16seitige Manuskript »Über die Abreise des Königs von Sachsen aus Dresden«, 1809 verfaßt, mit dem zum erstenmal wieder eine bislang unbekannte Originalschrift Kleists entdeckt worden war. An Kleist-Briefen, die von Weiß veröffentlicht wurden, enthält der Anhang das bedeutsame Schreiben an Marie (Nr. 89a), das Billett an Cotta (Nr. 113a), sowie den einzelnen Zettel mit einer Nachschrift, den ich dem Schreiben an Collin (Nr. 130) zuordne. Für die Abdruckerlaubnis habe ich Hermann F. Weiß zu danken, ebenso Christoph Perels und dem Freien Deutschen Hochstift für die Abdruckerlaubnis des gehaltvollen Briefes an Wieland (Nr. 102a).

Vor dem 2. Weltkrieg war der Briefbestand gegenüber Minde-Pouets grundlegender Edition von 1905 um 24 Briefe auf 220 Briefe angewachsen; nach dem Kriege bis heute tauchten 16 weitere bis dahin unbekannte Briefe auf, ein Zuwachs, mit dem kaum mehr zu rechnen war. Die kleinen Prosaschriften konnten seither um 30 Beiträge vermehrt werden (davon sechs im vorliegenden Nachtrag). Um ein von der Auflage unabhängiges Zitieren zu ermöglichen, wurde die Seitenzählung des Text- und Anmerkungsteils sowie die Numerierung der Briefe unverändert beibehalten.

Stuttgart, 1. Juli 1993   Helmut Sembdner

(Die Seitenangaben beziehen sich, soweit nicht anders vermerkt, auf Band II. Briefnummern mit zugefügtem a weisen auf die Nachträge S. 1047–1053.)

Abaelard, Peter (1079–1142), Scholastiker, berühmt durch seine Liebe zu Héloïse. 703.

Ahlemann, Ernst Heinrich (1763 bis 1803), Diakon in Frankfurt an der Oder, Lehrer Wilhelmine v. Zenges. 643, 722.

Alembert, Jean Lerond d' (1715 bis 1783), französischer Enzyklopädist. 772.

Alexander der Große (356–323 v. Chr.), mazedonischer König. I 181 f.

Alexios Komnenos (1081–1118), byzantinischer Kaiser, Gegner Guiskards. I 167.

Altenstein, Karl Frhr. von Stein zum (1770–1840), von November 1808 bis Juni 1810 preußischer Finanzminister. 750 f., 765, 769, 773 f., 802, 832 f. – Brief Nr. 88, 91, 93, 94, 96, 123, 144.

Alvensleben, Philipp Karl Graf von (1745–1802), preußischer Minister des Auswärtigen. 641 f.

Amalie, Prinzessin von England (gest. 1810). 395.

Anakreon (6. Jh. v. Chr.), griechischer Dichter, Trink- und Liebeslieder. 657.

Ananias, jüdischer Hoherpriester um 50 n. Chr., wurde von der römischen Partei ermordet. 377.

Ancillon, Friedrich (1767–1837), Staatsrat, Prediger an der französischen Kirche in Berlin; sein Nachfolger wurde 1810 Franz Theremin. 404.

Angern, Ferdinand Ludwig Friedrich von (1757–1828), preußischer Kriegsminister. 781 f.

Apchon, Claude Marc Antoine d' (1723–1783), französischer Prälat. 286.

Archenholz, Johann Wilhelm von (1741–1812), Historiker: »England und Italien« (1785). 777.

Arminius (Hermann), Cheruskerfürst (18 v. Chr. – 19 n. Chr.). 700, I 30, 533 ff.

Arndt, Ernst Moritz (1769–1860), Dichter und Patriot. »Geist der Zeit« (1806). Siehe auch Karl XI. 376, 418.

Arnim, Achim von (1781–1831), 1810 Mitarbeiter der »Berliner Abendblätter«. 422, 454 f., 456, 872. – Brief Nr. 176, 209. – An Kleist 840.

Arnold, Christoph (1763–1857), Besitzer der Arnoldischen Buchhandlung in Dresden, verlegte 1807 Kleists »Amphitryon«. 784 f., 790, 814.

Ascher, Salomon Jakob (1780–1834), Dresdner Kaufmann. 825, 829.

Attila, Hunnenkönig (5. Jh.). 683.

Auerswald, Hans Jakob von (1757 bis 1833), verheiratet mit Gräfin Sophia zu Dohna-Lauck. Oberpräsident von Ostpreußen, Kleists Vorgesetzter; gab 1808 Chr. J. Kraus' »Staatswissenschaft« heraus. Seine Tochter Lydia (gest. 16. 8. 1807) war mit Theodor von Schön verheiratet. 752, 764, 767, 771. – Brief Nr. 95, 122. – An Kleist 766, 806.

August, Prinz von Preußen (1779 bis 1843), war 1807 selbst in französische Gefangenschaft geraten. 779.

Bach, Johann Sebastian (1685–1750). Die Anekdote bezieht sich nicht auf Bach, sondern auf Georg Benda (1722–1795). 268.

Bacon, Francis (1561–1626), englischer Philosoph, Begründer des Empirismus. 420.

Baer, Musikus in Potsdam. 549.

Bahrdt, Karl Friedrich (1741–1792), protestantischer Theologe und Freigeist. 676.

Barsse, Georg von, Kleists Regimentskamerad. 674.

Basedow, Johannes Bernhard (1723 bis 1790), Pädagoge der Aufklärung. 332.

Bauer, Dr. Johann Heinrich Ludwig (1773–1846), seit 1795 Konrektor an der Potsdamer »Großen Stadtschule«; Kleists Privatlehrer. 480 ff.

Bayard, Pierre du Terrail Chevalier de (1475–1524), französischer Feldherr, bekannt als »Ritter ohne Furcht und Tadel«. 688.

Becher, Fuhrmann. 717.

Beckedorff, Ludolph (1778–1858), Dr. med., Schriftsteller, Mitarbeiter der »Berliner Abendblätter«. 453, 873.

Begerow, Frau von. 534.

Beine-Maschamps siehe du Beine-Maschamps.

Bellanti, Antonio Piccolomini. 432.

Below, Ludwig von, Gouverneur des Prinzen Friedrich von Hessen, mit Marie von Kleist befreundet. 890.

Benda, Georg siehe Bach.

Benecke, Johann Christian Friedrich, Justizkommissar am Berliner Kammergericht, bearbeitete Wilhelmine von Kleists Scheidungsangelegenheit. 517, 520.

Berg, Caroline Friedrike von, geb. von Haeseler (1759–1826), Freun-

din der Königin Luise und Marie von Kleists. 837.

Berger, Berliner Schauspieler. 409, 417.

Bernadotte, Jean Baptiste (1763 bis 1844), napoleonischer Marschall. 824, 1032.

Bernhard, Prinz von Sachsen-Weimar (1792–1862), zweiter Sohn Herzogs Karl August. 789, 800, 809, 811, 820 f.

Bernini, Giovanni Lorenzo (1598 bis 1680), italienischer Barockbildhauer. 342.

Bertuch, Friedrich Justin (1747 bis 1822), Inhaber des Industriekontors in Weimar. 447, 807. Seinen Sohn Karl (1778–1815) hatte Kleist 1803 in Paris getroffen. 795.

Bethmann, Friederike (1760–1815), geb. Flittner, gesch. Unzelmann. Bekannte Schauspielerin. 411 f., 414.

Beyer. 266.

Beyme, Karl Friedrich (1765–1838), preußischer Kabinettsrat, später Justizminister. 746.

Blank, Joseph Bonavita (1740–1827), Würzburger Universitätsprofessor und Vorsteher des Minoritenklosters. Berühmte Naturaliensammlung. 556 f.

Blumenbach, Johann Friedrich (1752 bis 1840), Mediziner und Naturwissenschaftler in Göttingen. 656.

Böhme, Adam Friedrich, Leipziger Buchhändler. 814.

Boerhaave, Hermann (1668–1738), berühmter holländischer Arzt. »Physiologie«. 407.

Böttiger, Karl August (1760–1835), Hofrat, Studiendirektor der Pagerie in Dresden, gab Wielands »Neuen deutschen Merkur« her-

schall; wegen königstreuer Haltung beim Sturz Gustavs IV. im Jahre 1809 im Volk unbeliebt, wurde er nebst seiner Schwester, der Gräfin Piper, zu Unrecht beschuldigt, den plötzlich verstorbenen schwedischen Kronprinzen Karl August von Schleswig-Holstein vergiftet zu haben, und vom Pöbel am 20. 7. 1810 im Stockholmer Rathaus ermordet. 434 ff.

Fethali, Schach von Persien, schloß 1807 mit Napoleon ein Bündnis. 366.

Fischer, Josepha (1782–1854), Wiener Sängerin. 411.

Fitt siehe Vieth.

Fleck, Madame, Berliner Schauspielerin. 409.

Fouqué, Friedrich Baron de la Motte (1777–1843), märkischer Romantiker, Mitarbeiter der »Berliner Abendblätter«. »Vaterländische Schauspiele« (1811). Lebte mit seiner zweiten Frau Caroline von Rochow, geb. von Briest (1774–1831), die gleichfalls dichtete (»Kleine Erzählungen«, 1811), auf deren Gut Nennhausen bei Rathenow. Fouqué wollte nach Kleists Tod dessen Nachlaß (»Prinz von Homburg«) herausgeben, was aber auf Einspruch der Prinzessin Wilhelm von Preußen unterblieb. Brief Nr. 171 a, 199, 214.

Franckenberg, Ferdinand von, Kapitän im Garderegiment zu Fuß, Kleists Kompaniechef. 466 ff., 471.

Franz I. (1768–1835), deutscher Kaiser, seit 1804 als Franz II. Kaiser von Österreich, legte am 6. 8. 1806 die deutsche Kaiserkrone nieder, gab 1810 Napoleon seine

Tochter Maria Luise zur Frau. 350 ff., 373, 375, 382, 761, 808, 831, 1031, 1033, 1037. I 26, 28, 714.

Friedel, Peter, Porträtmaler aus Wetzlar; seit 1800 in Berlin ansässig, wahrscheinlich der Maler von Kleists Miniaturbild. 638, 644.

Friedrich I. (1657–1713), seit 1701 König von Preußen. 405.

Friedrich II. (1712–1786), der Große, König von Preußen. 379, 463, 531.

Friedrich, Landgraf von Thüringen (1257–1323), »mit der gebißnen Wange«. 465.

Friedrich, Prinz von Hessen. 890.

Friedrich August I. (1750–1827), König von Sachsen, Bundesgenosse Napoleons, flüchtete am 16. 4. 1809 mit seiner Gattin Marie Amalie und seiner Tochter aus Dresden. 357, 367, 824, 1031–1037.

Friedrich Wilhelm II. (1744–1797), König von Preußen. 418.

Friedrich Wilhelm III. (1770–1840), König von Preußen, regierte seit 1797. Kleist gegenüber meist ungnädig; stellte ihm am 11. 9. 1811 durch Marie von Kleists Vermittlung die Wiedereinstellung ins Heer in Aussicht, äußerte sich sehr ungehalten über den Selbstmord und verbot Peguilhens glorifizierende Schrift. 374, 395, 405, 430, 458 f., 478, 486, 585 f., 601, 737–743, 746, 748, 750 f., 762, 772 ff., 795, 802, 826, 842, 846, 856, 859, 879 ff., 884. I 32. – Brief Nr. 4, 204. – An Kleist 486, 879.

Friedrich Wilhelm (1795–1861), Kronprinz von Preußen, nachmals Friedrich Wilhelm IV. 388, 403.

rich Kurt Graf von (1752–1831), preußischer Minister des Auswärtigen. 742.

Haydn, Joseph (1732–1809). Aus der biographischen Abhandlung von Joachim le Breton im »Moniteur« 1810/11 übersetzt Kleist den letzten Abschnitt. Haydn starb am 31. 5. 1809 (nicht 1808). 443 ff.

Haza, Sophie von, geb. von Taylor (1775–1849), heiratete Adam Müller (s. d.) nach der 1809 vollzogenen Scheidung von Boguslaus Peter von Haza. 790, 817, 872, 890. – Albumblatt I 46. – Brief Nr. 224.
Eleonore, Tochter aus erster Ehe (geb. 1800). Albumblatt I 46.

Heinrich, Prinz von Preußen (1781–1846), Bruder Wilhelms III. 601.

Helvétius, Claude Adrien (1715 bis 1771), französischer materialistischer Philosoph der Aufklärung. 681, 786.

Helvig, Amalie von, geb. Freiin von Imhoff (1776–1831); »Die Schwestern von Lesbos« (1800) »Die Schwestern auf Corcyra« (1812). 423.

Hendel-Schütz, Henriette, geb. Schüler (1772–1849), in vierter Ehe mit Professor Friedrich Karl Julius Schütz verheiratet; gefeierte Bühnendarstellerin, bekannt durch ihre mimisch-plastischen Darstellungen, für die sie am 23. 4. 1811 Kleists »Penthesilea« gewählt hatte. Das von Schütz veröffentlichte Kleistsche Albumblatt ist eine Fälschung. 423, 862. – Brief Nr. 198.

Hephästion; gemeint ist Ptolemäos Chennos Hephästionis (»Neue Geschichte«, 1. Jh. n. Chr.). I 21.

Herbst, Berliner Sängerin. 417 f. I 36.

Herklots, Karl Alexander (1759 bis 1830), Berliner Theaterdichter, bearbeitete Niccolò Isouards Oper »Cendrillon«. 411.

Herodes, jüd. König (72–4 v. Chr.). 314. I 194.

Hindenburg, Karl Friedrich (1741 bis 1808), Mathematikprofessor in Leipzig. 656, 661, 707, 730 f.

Hitzig, Julius Eduard (1780–1849), Verleger des ersten Quartals der »Berliner Abendblätter«, Freund Fouqués, Chamissos, Zacharias Werners, E. T. A. Hoffmanns. 452, 459 f., 850, 893. – Brief Nr. 175.

Hölty, Ludwig (1748–1776), Lyriker: »Üb immer Treu und Redlichkeit«. 611.

Höpfner, Albrecht (1759–1813), Redakteur der »Schweizerischen Nachrichten«. 421.

Hohenlohe-Ingelfingen, Friedrich Ludwig Fürst von (1746–1818), Kommandeur der 1806 bei Jena geschlagenen Armee. 263, 469, 770, 772.

Homer (9. Jh. v. Chr.), »Ilias«. 308, 756, 862. I 538.

Horst siehe Schwarz.

Hudson, Henry (gest. 1611), berühmter Seefahrer. 288.

Hüllmann, Karl Dietrich (1765 bis 1846), Professor der Geschichte in Frankfurt an der Oder. Kolleg über Kulturgeschichte. 494, 533, 730.

Hulin, Pierre Augustin Graf von (1758–1841), französischer General, 1806 Kommandant während der Besetzung Berlins. 262.

Humboldt, Wilhelm von (1767 bis 1835), preußischer Staatsmann und Gelehrter. Kleist traf ihn (nicht seinen Bruder Alexander) 1801 in Paris. 665, 671, 678.

Hummel, Johann Nepomuk (1778 bis 1837), Konzertmeister in Wien. 444.

Huth, Johann Sigismund Gottfried (1763–1818), Professor der Physik und Mathematik in Frankfurt an der Oder. 533, 617, 628, 730.

Hutten, Ulrich von (1488–1523), Humanist. 379.

Iffland, August Wilhelm (1759 bis 1814), Schauspieler, Bühnenautor, seit 1796 Direktor des Nationaltheaters in Berlin. 408, 414 ff., 796, 862. I 36. – Brief Nr. 167, 168. – An Kleist 837.

Jean Paul (J. P. Friedrich Richter) (1763–1825), erwähnt in seiner »Vorschule der Ästhetik« (1804) Kleists »Familie Schroffenstein«, will 1808 am »Phöbus« mitarbeiten. »Levana, oder Erziehungslehre« (1807). 335 (»Levanus«). – An Kleist 805.

Jérôme (1784–1860), jüngster Bruder Napoleons, seit 1807 König von Westfalen; Kleist übersandte ihm 1808 das erste Heft des »Phöbus«. 373, 807.

Johann, Karl von Zenges Diener, begleitete 1801 Kleist und Ulrike. 637, 655, 669, 698, 706, 721.

Joseph II. von Habsburg-Lothringen (1741–1790), Kaiser von Österreich, Hauptvertreter des aufgeklärten Absolutismus. 379.

Julius Echter von Mespelbrunn (1545 bis 1617), Fürstbischof, gründete 1576 das Würzburger Julius-Hospital. 559.

Jungius, Professor am Friedrich-Wilhelm-Gymnasium in Berlin. 388 f.

Kaestner, Abraham Gotthelf (1719 bis 1800), Mathematiker; Kleist benutzte »Der mathematischen Anfängsgründe 1. Teil« (1786). 319, 481.

Kalau, Georg Christian Immanuel (1773–1843), klassischer Philologe, Privatlehrer Kleists. 533.

Kalckreuth, Friedrich Adolf Graf von (1737–1818), preußischer General, 1809 Gouverneur in Berlin. 403, 774.

Kamcke, Fräulein von, Oberhofmeisterin der Prinzeß Heinrich, Freundin Ulrike von Kleists. 748.

Kanikoff siehe Chanikoff.

Kant, Immanuel (1724–1804), als Begründer des Kritizismus von starker Wirkung auf Kleist; »Kritik der Urteilskraft« (1790), »Anthropologie« (1798). 315, 324, 408, 420, 514, 565, 587, 590, 634, 636, 638, 667.

Karl V. von Habsburg (1500–1558), übergab 1555 die Niederländischen Provinzen seinem Sohn Philipp. I 188, 200.

Karl IX., König von Schweden (1550–1611). 419.

Karl XI., König von Schweden (1660–1697). Das »Gesicht Karls XI.«, von E. M. Arndt anonym im »Vaterländischen Museum« veröffentlicht, wurde u. a. von Prosper Mérimée und Th. Fontane literarisch verwertet und spielte trotz seiner historischen Unechtheit in der okkultischen Literatur eine Rolle. 418.

Karl XII., König von Schweden (1682–1718), belagerte 1715 im Nordischen Krieg Stralsund. 522.

Karl August, Herzog von Sachsen-Weimar (1757–1828). 789, 820.

Karl August, Prinz von Schleswig-Holstein, Kronprinz von Schwe-

bis 7. 11. 1811), seit 1794 mit ihrem Vetter Philipp von Stojentin auf Schorin bei Stolp in Pommern verheiratet. 655, 741, 833.

Auguste (Gustel) (1776–1818), heiratete 1802 ihren Vetter Wilhelm von Pannwitz. 463, 469 ff., 514, 630, 708, 719, 723, 729, 794 f., 825. Ihre Tochter Ottilie (»Maus, aus dem Apfelkern geschnitzt«, geb. 18. 12. 1802). 729, 731, 735.

Heinrich (1777–1811), siehe Lebenstafel Seite 1021–1030.

Leopold (1780–1837), als Leutnant 1799 zum Potsdamer Garderegiment versetzt; nahm März 1811 als Major den Abschied, zuletzt Postmeister in Stolp. Seine Nachkommen leben noch heute. 471, 535, 583, 617, 635, 638, 649, 704, 707 f., 714, 723, 725, 747 f., 770, 772, 774, 794, 890.

Juliane (Julchen) (1781–1856), heiratete später Gustav von Weiher auf Felstow bei Lauenburg / Hinterpommern. 708, 804.

Kleist, Marie Margarete Philippine, geb. v. Gualtieri (1761–1831), seit 1792 mit Major Friedrich Wilhelm Christian v. K. verheiratet, von dem sie 1812 schuldlos geschieden wurde; »die Kleisten«, setzte sich als enge Vertraute der Königin Luise wiederholt am Hofe für Kleist ein und half ihm durch eine als Pension der Königin bezeichnete monatliche Unterstützung. Nach seinem Tode: »An Heinrich Kleist habe ich den Teilnehmer an allen meinen Freuden, an allen meinen Leiden verloren.« Erst in den letzten Lebensmonaten gebrauchte Kleist das vertrauliche Du. 740, 748, 754, 757, 768 f., 774 f., 780 f., 785,

787 f., 790, 867, 887, 890. – Brief Nr. 89 a, 99, 106, 116, 117 (+ Nachträge, S. 1050), 118, 208, 210, 211, 212, 215, 222, 223, 227.

Klinger, Friedrich Maximilian (1752 bis 1831). Mutmaßlicher Verfasser des »Kettenträger« (1796). 635.

Klopstock, Friedrich Gottlieb (1724 bis 1803). Epos »Der Messias«. 379, 749.

Klügel, Georg Simon (1739–1812), Professor der Mathematik und Physik in Halle. 656.

Knesebeck, Karl Friedrich von dem (1768–1848), 1809 als Oberstleutnant geheimer preußischer Unterhändler in Österreich, später Generalfeldmarschall; heiratete 1815 Adolfine von Werdeck (s. d.). 826.

Knobelsdorf, Frau von. 657.

Köckeritz, Karl Leopold von (1762 bis 1821), der beschränkte, aber gutmütige Generaladjutant Friedrich Wilhelms III. 737 ff., 742, 746.

Körner, Christian Gottfried (1756 bis 1831), Appellationsgerichtsrat in Dresden, Freund Schillers; Mitarbeiter des »Phöbus«. 790, 812.

Theodor (1791–1813), sein Sohn, dramatisierte 1812 Kleists »Verlobung in St. Domingo« und urteilte über Kleists Tod: »In der ganzen Geschichte erkenne ich das überspannte, flache Wesen der Preußen deutlich ausgedrückt.« Albumblatt I 45.

Kohlrausch, Professor, 1810 Leiter der Berliner Charité. 266 f.

Kolowrat-Liebsteinsky, Franz Anton Graf von (1778–1861), Stadthauptmann in Prag, später Statthalter und österreichischer Staatsminister. 826, 828.

Thermopylen gegen die Perser. 313 f. I 30.

Lessing, Gotthold Ephraim (1729–1781), Ringerzählung (»Nathan«). 378.

Le Sueur, Eustache (1617–1655), französischer Maler. 703.

Lettow, von, Freundin Wilhelmine von Zenges. 610.

Levin, Rahel (1771–1833), Schwester des Dichters Ludwig Robert, heiratete 1814 Varnhagen von Ense, schrieb nach Kleists Tod an Marwitz: »Es ging streng mit ihm her, er war wahrhaft und litt viel.« Brief Nr. 220, 221.

Lichnowsky, Eduard Prinz von (1789 bis 1845), als Schriftsteller tätig. 267. – Brief Nr. 177.

Linckersdorf, Luise von (1774–1843), älteste Tochter des Generalmajors Jakob v. L., Potsdamer Jugendfreundin Kleists. 535. – Albumblatt I 43.

Linné, Karl von (1707–1778), schwedischer Naturforscher; Pflanzensystem. 679.

Lobkowitz, Anton Isidor Fürst von (1773–1819), Kunstmäzen in Wien. 444.

Löffler, Josias Friedrich Christian (1752–1816), Theologieprofessor in Frankfurt an der Oder, Kleists Hausnachbar; seit 1788 Superintendent in Gotha. 464.

Löffler, Regimentschirurg. 425.

Loeschbrand, Rittmeister Ernst von, 1791–1800 mit Kleists Schwester Wilhelmine von Kleist (s. d.) verheiratet. 520. 603.

Lohse, Heinrich, Maler, mit Kleist befreundet, begleitete ihn 1801 in die Schweiz; heiratete Karoline von Schlieben, starb 1833 in der Mailänder Irrenanstalt. 707, 715, 723, 744. – Brief Nr. 59, 73.

Lombard, Johann Wilhelm (1767 bis 1812), seit 1800 preußischer Geheimer Kabinettsrat in Berlin. 741 f.

Lorrain siehe Claude Lorrain.

L'Ouverture, Toussaint (1743–1803), 1797 General der aufständischen Neger auf Haïti, starb im Gefängnis Fort de Joux. 778.

Lucchesini, Girolamo Marquis (1751–1825), preußischer Gesandter in Paris. 671, 678, 737.

Luck, Friedrich von (1769–1844), Major a. d., Bruder von Fouqués Schwiegermutter Friedrike von Briest; Dichter und Sonderling am preuß. Hofe, überbrachte 1810 die Trauerbotschaft vom Tode der Königin nach Wien; Goethe schätzte seine »ganz eigene Originalität« (s. auch Anmerkungen S. 1009 oben). 861.

Luck, Karoline Leopoldine Ulrike von (1778–1822), die jüngste Schwester Lucks, lebte bei Frau von Briest auf Nennhausen. 877.

Ludwig XIV. (1638–1715), König von Frankreich. 498.

Ludwig, Kronprinz, regierte als Ludwig I. von Bayern 1825–1848. 373, 375.

Ludwig Franz Frhr. von Erthal, Fürstbischof, baute 1791 das Würzburger Julius-Hospital aus. 559.

Luise, Königin von Preußen (1776 bis 1810), Gattin Friedrich Wilhelms III. Kleist überreichte an ihrem letzten Geburtstag ein Sonett, das sie zu Tränen rührte, und schrieb zu ihrem Gedenken in den »Abendblättern«. Die ihm angeblich ausgesetzte Pension stammte von Marie von Kleist. 402 f., 407, 754, 772 ff., 785, 833, 867, 871, 1051. I 33 ff.

Luther, Martin (1483–1546). 42 ff., 50, 52 f., 87, 100, 317, 379, 457, 536.

Lykurgos (9. Jh. v. Chr.), sagenhafter Gesetzgeber Spartas, pries die mentorhafte Liebe der Männer zu Jünglingen. 749.

Maas, Wilhelmine, Sängerin, seit 1806 am Berliner Theater. 412.

Mahdin, Ludwig Gottfried (1748 bis 1834), Professor der Rechte in Frankfurt an der Oder, gab gedruckte Kompendien seiner Vorlesungen heraus; »Grundsätze des Naturrechts«. 533.

Mahomed (Mohammed) (520–632), Stifter des Islam. 307.

Manitius, Frau, Freundin Henriette Vogels. Brief Nr. 225.

Mara, Gertrud Elisabeth, geb. Schmehling (1749–1833), gefeierte Sängerin. 729.

Maria Luise, Erzherzogin von Österreich (1791–1847), wurde am 2. 4. 1810 in Paris mit Napoleon vermählt. 384, 835 f.

Marianne, Prinzessin von Preußen, s. Wilhelm Prinz von Preußen.

Marius, Gajus (156–86 v. Chr.), röm. Feldherr. I 546.

Martini, Christian Ernst (1762 bis 1833), Theologe, später Rektor der Frankfurter Bürgerschule, Kleists Hauslehrer, mit der Familie bis zu seinem Tode befreundet. 471, 804. – Brief Nr. 3.

Marwitz, Friedrich August Ludwig von der (1777–1837), konservativer Politiker, Gegner der Hardenbergschen Reformen; lebte auf Gut Friedersdorf in der Mark, wo ihn Kleist 1811 besuchte. Seine Frau, Charlotte Gräfin von Moltke, ehemalige Hofdame der Königin Luise, war mit Marie von Kleist befreundet. 861. – Aufzeichnung Nr. 217.

Massenbach, Christian von (1758 bis 1827), 1805 Generalquartiermeister beim Fürsten Hohenlohe, verheiratet mit Amalie Henriette von Gualtieri, Marie von Kleists jüngerer Schwester; wurde 1817 wegen seiner politischen Enthüllungen (»Denkwürdigkeiten«) zu Festung verurteilt. 788. – Brief Nr. 87.

Massow, Auguste Helene von, geb. von Pannwitz (1736–1809), Schwester von Kleists Mutter, kinderlose Witwe, stand nach dem Tode von Kleists Eltern dem Hause vor. 470 f., 473, 534, 538, 583, 599, 617, 637, 708, 713, 715, 728, 731, 735, 743, 747, 816, 823, 829. – Brief Nr. 1.

Massow, Valentin von, Oberhofmarschall, Besitzer des Gutes Steinhöfel im Kreise Lebus. 516.

Mauconduit, Johann, Brandstifter; den Namen (»Schlecht aufgeführt«) entnahm Kleist der Vorlage. 285.

Maximilian I. (1459–1519), römisch-deutscher Kaiser, »der letzte Ritter«. 283, 1045.

Maximilian, nachmals II. (1527 bis 1576), Karls V. Neffe. I 200.

Maximilian Josef (1756–1825), Kurfürst, seit 1806 bayerischer König. 761.

Medici, Florentinergeschlecht, im 14. Jh. durch Handelsunternehmungen zu Macht gelangt. 790.

Meier, 1793 Kleists Reisebegleiter. 464.

Melanchthon, Philipp (1497–1560), Humanist, Freund Luthers. 379, 536.

Meletos, Ankläger des Sokrates. 314.

Mendelssohn, Moses (1729–1786),

Kleist in Frankfurt an der Oder. 470 f.

Nostitz, Karl Graf von (1781–1838), Major; Führer der Fränkischen Legion, in der auch Ernst von Pfuel diente. 828.

Novalis (Friedrich von Hardenberg) (1772–1801). Das von Kleists Freunden geplante Verlagsunternehmen, das seine Werke herausgeben sollte, kam nicht zustande, doch erschienen drei Gedichte aus dem Nachlaß im »Phöbus«. 450, 799, 809.

Ompteda, Christian Frhr. von (1765 bis 1815), Bruder des Politikers Ludwig v. O., Oberstleutnant a. D., konservativer, englandfreundlicher Mitarbeiter der »Abendblätter«. 456. – Brief Nr. 178, 179. – An Kleist 842.

Ompteda, Ludwig Frh. von (1767–1854), 1806 preußischer Gesandter in Dresden, mit Gentz und A. Müller befreundet. 842 f.

Ossian (3. Jh. n. Chr.), gälischer Barde, unter dessen Namen James Macpherson (1736–1796) seine melancholische Naturlyrik veröffentlichte. 328.

Otto, der alte. 657.

P., Frau von. I 23.

P., G. von. 815.

Palafox, José de (1780–1847), spanischer General, hielt 1808 und 1809 Saragossa gegen die Franzosen. I 30.

Pálffy von Erdöd, Ferdinand Graf (1774–1840), in der Direktion des Burgtheaters in Wien. 810.

Palm, Johann Philipp (1768–1806), Nürnberger Buchhändler, wegen Verbreitung der Flugschrift »Deutschland in seiner tiefen Er-

niedrigung« auf Napoleons Befehl erschossen. 373.

Pannwitz, Karl Wilhelm von (1743 bis 1807), Herr auf Babow und Gulben, Bruder von Kleists Mutter; mit Sophie Luise von Schönfeldt (1740–1828) verheiratet. 499, 608, 745.

Seine Kinder (Kleists Vettern und Kusine):

Ernst (1770–1843). 469.

Wilhelm (1772–1849), 1789 mit Kleist im Catelschen Hause erzogen, Offizier im Regiment von Zenge, heiratete 1802 Kleists Schwester Auguste (s. d.); verwaltete Kleists Finanzen. 469, 490, 704, 714, 719, 723, 726, 746 f., 770, 817. – Brief Nr. 67.

Karoline (1774–1842), heiratete 1804 Karl von Gleißenberg (s. d.). 499, 735, 745, 788.

Karl (1776–1795), erschoß sich auf dem Rückmarsch vom Polen-Feldzug am 17./18. Oktober. 469.

Pape, Wachtmeister. 430.

Pauli, Komerzienrat. 429.

Peguilhen, Ernst Friedrich (geb. 1770), Kriegsrat, Freund der Familie Vogel, beabsichtigte eine Glorifizierung von Kleists und Henriettes Tod, die von Friedrich Wilhelm III. verboten wurde. 839. – Brief Nr. 228.

Perthes, Friedrich Christoph (1772 bis 1843), Hamburger Verleger und Patriot; sein »Vaterländisches Museum« wurde 1811 von Napoleon verboten. 418, 420, 447.

Perthes, Justus (1749–1816), Verleger in Gotha. 807.

Pestalozzi, Johann Heinrich (1746 bis 1827), bedeutender Schweizer Pädagoge. 335. I 24.

von Homburg« gegeben werden. 833.

Raffael (1483–1520). Sixtinische Madonna (Dresden): 337, 363, 650, 659, 701 f., 862. I 45.

Rahel siehe Levin, Rahel.

Randow, Charlotte von. Freundin Wilhelmine von Zenges, starb 1815 als Vorsteherin des weltlichen Damenstifts zu Lindow. 608, 644, 722.

Raphael siehe Raffael.

Raumer, Friedrich von (1781–1873), Historiker. 1810–1811 Regierungsrat bei Hardenberg; suchte sich in seinen »Lebenserinnerungen« (1861) hinsichtlich der schlimmen Behandlung Kleists und seiner »Abendblätter« zu rechtfertigen. 849, 853 f., 856 f., 863 ff., 868 ff., 880. – Brief Nr. 182, 183, 191, 193, 194, 196. – An Kleist 846, 854, 855, 856.

Regulus, Marcus Atilius (3. Jh. v. Chr.), römischer Feldherr; sollte als karthagischer Gefangener die Römer zum Frieden bewegen, forderte sie stattdessen zum Weiterkämpfen auf, wofür er von den Karthagern zu Tode gefoltert wurde. 313 f.

Reichard, Johann Karl Gottlieb (1786–1844), Berliner Luftschifffahrer. 390.

Reichardt, Johann Friedrich (1752 bis 1814), Komponist und Musikschriftsteller, hielt sich 1810 in Berlin auf, wo ihn Kleist kennenlernte. 412.

Reil, Johann Christian (1759 bis 1813), Professor der Medizin an der Berliner Universität. 395.

Reimer, Georg Andreas (1776 bis 1842), Inhaber der 1750 gegründeten Realschulbuchhandlung in Berlin; verlegte von Kleist:

»Käthchen« (1810), »Erzählungen« (1810/11), »Zerbr. Krug« (1811), Hinterlassene und Gesammelte Schriften (1821 und 1826). 447, 807. – Brief Nr. 163, 165, 166, 169, 170, 172, 173, 174, 181, 184a, 187, 188, 189, 190a, 202, 205, 206, 206a, 207.

Renard, François (vermutlich von Kleist erfundener Name). 385.

Reni, Guido (1575–1642), italienischer Barockmaler. 700.

Reuter, Wilhelm (1768–1834), Berliner Lithograph. Als Kleists und Reuters gemeinsamer Bekannter Hartmann von Schlotheim (s. d.) 1810 seine Forderung auf Rückzahlung von 22 Taler Pränumeration für eine nicht erschienene Karte von Vorpommern an Kleist abtrat, verweigerte R. die Auszahlung, da er angeblich an Schl. Gegenforderungen hatte. Brief Nr. 161, 162, 164.

Ribbeck, Ernst Friedrich Gabriel, Propst in Berlin. 403.

Riepenhausen, Franz und Johannes (1786–1831, 1789–1860), Maler und Kupferstecher. 1053.

Righini, Vincenz (1756–1812), Operndirigent in Berlin. 411.

Rigolet, französischer Erfinder. 756.

Robert, Ludwig (1778–1832), Rahels Bruder. Schriftsteller. 1052.

Robertson, Etienne Gaspard (1763 bis 1837), belgischer Luftschiffahrer. 433.

Römer, Wilhelm, Hofrat, Teilhaber der C. Salfeldschen Buchhandlung in Berlin, sollte »Käthchen« und »Abendblätter« verlegen. 836 f. – Brief Nr. 185.

Rohan, Prinz von. 819.

Romerio, Kaufmann, 1793 Kleists Reisebegleiter. 463 f., 466.

Rousseau, Jean Jacques (1712–1778),

französischer Philosoph und Gesellschaftskritiker, von großem Einfluß auf Herder, Goethe, die Romantik, auch auf Kleist. Erziehungsroman »Emile« (1762). 498, 632, 647, 654, 664f., 681f., 786.

Rüchel, Ernst von (1754–1823), Generalleutnant, Kleists Regimentschef in Potsdam. 774.

Rühle von Lilienstern, Otto August (1780–1847), Freund und Regimentskamerad Kleists, Militärschriftsteller, später Generalinspekteur des gesamten Militärbildungswesens. Kleist schrieb mehrere Aufsätze für ihn, so auch die verlorengegangene »Geschichte meiner Seele«. 283, 301, 319, 480ff., 535, 635, 640, 649, 656, 735, 757, 770, 772, 774, 781f., 785, 787, 789ff., 797f., 800, 809, 811. – Brief Nr. 92, 97, 107, 109, 110, 131, 132, 142.

S., Gr. v. Vermutlich fiktive Unterzeichnung. 1039.

Sachs, Hans (1494–1576). Von ihm bearbeitete Kleist zwei Legenden und »Kampf der Blinden mit dem Schwein«. 283. I 37.

Sack, Johann August (1764–1831), Geheimer Staatsrat im preußischen Innenministerium. 847.

Sala Taroni, Inhaber einer Berliner Weinstube Unter den Linden, in der Kleist verkehrt haben soll. 367.

Salieri, Antonio (1750–1825), Wiener Hofkapellmeister; Oper »Les Danaïdes« (1784). 444.

Salis, Rudolf von (gest. 1807), Kammerdirektor in Königsberg. 752f.

Sander, Johann Daniel (1759–1825), Berliner Buchhändler, in dessen

Hause Kleist verkehrte. Brief Nr. 171.

Sophie (1787–1830?), seine gesellschaftlich umschwärmte Ehefrau, frühere Freundin A. Müllers und Theremins. Brief Nr. 219.

Sandow, Kaufmann. 425.

Savary, René (1774–1803), französischer General, kommandierte 1808 in Spanien. 1035.

Schack, Otto Friedrich Ludwig von (1763–1815), Major; Vorbild für Fontanes »Schach von Wuthenow« (1882); versuchte im Winter 1808, Kleists »Käthchen« auf die Berliner Bühne zu bringen und die Ode »An den König von Preußen« drucken zu lassen. 837.

Schätzel, Fabian Wilhelm von, Oberst und Bataillons-Kommandeur in Frankfurt an der Oder. 499f.

Emilie (Tochter). 630, 735.

Scheffner, Johann George (1736 bis 1820), Kriegsrat in Königsberg, Freund von Christian Jakob Kraus, den er in den »Abendblättern« verteidigte. 456, 771.

Schill, Ferdinand von (1776–1809), fiel am 31. Mai 1809 in Stralsund. 828.

Schiller, Friedrich von (1759–1805). 280 (Abfall der Niederlande), 347, 412 (Der Taucher), 446 (Die Horen), 517f. (Wallenstein), 522, 525f. (Don Carlos), 562, 607 (An die Freude), 612 (Carlos, Wallenstein), 800, 804 (Die Horen), 1041. I 44 (Hymne an den Unendlichen).

Schlegel, August Wilhelm von (1767 bis 1845), Schriftsteller der Romantik, Freund der Frau von Staël. 419.

Schlegel, Friedrich von (1772 bis 1829), Bruder von August Wil-

helm, sollte am »Phöbus« mitarbeiten, verfaßte 1809 im Hauptquartier Erzherzogs Karl patrioti-
sche Manifeste, gab die »Armee-
Zeitung« und den »Österreichischen Beobachter« heraus. 421,
450, 679, 704, 813. – Brief Nr.
152.

Schlichting, Frau. 630.

Schlieben, Elisabeth Henriette Karoline von (1748–1815), Witwe des
Gerichtsrats Seyfried Ernst von
Schlieben in Dresden. 662, 731,
734, 744.
Ihre Kinder:
Karoline (geb. 1784), heiratete
Heinrich Lohse, zog mit ihm
nach Mailand und starb nach
1835. 652, 709f., 731f., 734,
744f. – Brief Nr. 48.
Henriette (1777–nach 1850). 652,
662, 707, 734. – Brief Nr. 82. Albumblatt I 45.
Wilhelm Ernst August (1781 bis
1839), Offizier, zuletzt Königl.
Kammerrat. 667, 744.

Schlotheim, Hartmann von (1772 bis
1812). Potsdamer Freund Kleists,
ließ sich 1805 mit Rühle zusammen pensionieren und beschäftigte sich u. a. mit dem Steindruck;
trat 1810 Kleist bei seinem Besuch
in Gotha eine Forderung an W.
Reuter (s. d.) ab. 770, 772, 778,
780, 788, 834f.

Schmalz, Auguste (1771–1848), Sängerin in Berlin, erfolgreiche Kon-
kurrentin der Sängerin Herbst (s.
d.). 409, 411, 414. I 36.

Schmalz, Theodor Anton Heinrich,
1810 Rektor der Berliner Universität. An Kleist 851.

Schmettau, Friedrich Wilhelm Karl
Graf von, Generalmajor, fiel am
14. Oktober 1806. 770.

Schmid, Peter (1769–1853). »Anlei-

tung zur Zeichenkunst« (1809).
419.

Schön, Theodor von (1773–1856),
ostpreußischer Staatsmann, Mitarbeiter am Hardenbergschen Re-
formwerk, heiratete 1802 Lydia
von Auerswald. 752, 767.

Schönfeld, Berliner Schauspielerin.
418.

Schönfeldt, Johann Heinrich Ernst
von (1773–1812), Kleists Vetter
in Werben, seit 1797 verheiratet
mit Johanna Ulrike Charlotte von
Loeben. 469, 499, 608, 625f.,
786.

Schönfeldt, Karoline von, verwitwete von Salza und Lichtenau, in
Dresden. 809.

Scholtz, Christian Friedrich Heinrich, Frankfurter Kaufmann. Seine Frau Karoline hatte 1799 versucht, ihn zu vergiften. 499.

Schorcht, Karoline, verwitwete
Tochter Wielands. 1049.

Schrötter, Friedrich Leopold Reichs-
frhr. von (1743–1815), preußischer Staatsminister in Königsberg, Anhänger von Kraus. 753.

Schütz, Friedrich Karl Julius (1779
bis 1844), Sohn des Begründers
der »Allgemeinen Literaturzeitung«; bis 1806 Philosophiepro-
fessor, heiratete 1810 Henriette
Hendel-Schütz (s. d.), von der er
1824 geschieden wurde. 860. –
Brief Nr. 200.

Schulz, Friedrich (1769–1845),
»Theater-Schulz«, Schriftsteller,
Mitarbeiter der »Abendblätter«;
später Regierungsrat. Brief Nr.
186.

Schulz, Freundin Wilhelmine von
Zenges. 615.

Schwarz (auch Dölling oder Hart genannt), d. i. Johann Christoph
Peter Horst, Anführer einer

Mordbrennerbande, über die Kleist wiederholt berichtete, wurde 1813 mit seiner Komplizin Luise Delitz in Berlin öffentlich verbrannt. 425 ff.

Sebastian, König von Portugal (1554 bis 1578). Nach seinem nicht erwiesenen Tode traten mehrere Pseudo-Sebastians auf. 807.

Seidler, Schreiber. 426.

Seybold siehe Siebold.

Seydel (Musikdirektor F. L. Seidel?), Kleists und Reimers Bekannter. 839.

Shakespeare, William (1564–1616). 268, 328 (Was ihr wollt), 346 (Heinrich IV.), 347, 349 (Heinrich V., Hamlet, Macbeth), 413 (Macbeth), 589, 749 (Richard II.), 760 (Heinrich IV.), 782 u. 794 (Hamlet), 803 (Macbeth). I 25.

Sickingen, Franz von (1481–1523), Anhänger der Reformation, Freund Huttens. 379.

Siebold (Kleist schreibt »Seybold«), Karl Kaspar von (1736–1807), bedeutender Chirurg in Würzburg. 561.

Simone di Martino (Memmo?) aus Siena (1285–1344), Freund Petrarcas, der ihn als Schöpfer eines Bildnisses der Laura del Sade rühmte. 432.

Smith, Adam (1723–1790), englischer Volkswirtschaftler, forderte Freihandel und freien Wettbewerb. 410, 455, 758.

Sokrates (5. Jh. v. Chr.), griechischer Philosoph, wurde zum Tode verurteilt. 313 f., 495.

Soltikow (Saltykow), Peter Semenowitsch Graf von (1700–1772), russischer General, besiegte 1759 Friedrich II. bei Kunersdorf. I 30.

Sophokles (496–406 v. Chr.), »König Ödipus«. I 22, 176.

St. Aubin, Alexandrine, französische Sängerin. 432.

Stadion, Philipp Graf von (1763 bis 1824), österreichischer Minister des Auswärtigen, erinnerte am 13. 9. 1809 noch einmal an das Gesuch Kleists, »der hier die besten Zeugnisse für sich hat«. 827.

Staegemann, Friedrich August von (1763–1840), Politiker und Patriot in Königsberg, seit Nov. 1809 Geheimer Staatsrat in Berlin; Kleist war mit ihm und seiner schönen, bedeutenden Frau Elisabeth (1761–1835) befreundet. 833.

Staël-Holstein, Anne Louise Germaine de (1766–1817), französische Schriftstellerin; besuchte Anfang Juni 1808 Dresden, lieferte einen Beitrag für den »Phöbus«; schrieb 1812 abfällig über Kleists Selbstmord und ließ seine Werke in ihrem 1810 in Paris erschienenen berühmten Buch »De l'Allemagne« unerwähnt. 419 f., 450, 813.

Steffens, Henrik (1773–1845), romantischer Philosoph und Naturforscher. Rahel lobte 1810 seine »Geognostisch-geologischen Aufsätze als Vorbereitung zu einer inneren Naturgeschichte der Erde« (Hamburg 1810), ein Werk, das sich Kleist wohl geborgt hatte. 883.

Stegmeyer, Matthäus, Verfasser von »Rochus Pumpernickel«. 409, 417.

Stich, Wilhelm (1794–1824), Bonvivant am Berliner Nationaltheater. 409.

Stimming, Johann Friedrich, Gastwirt bei Potsdam, sagte vor der Polizei über Kleists Tod aus. 886 ff.

Stojentin, Philipp von, bis 1794 Sekondeleutnant in Frankfurt an der

Oder, mit Kleists Schwester Friederike verheiratet, die 1811 starb; heiratete 1814 Charlotte von Zenge, eine jüngere Schwester Wilhelmines; lebte auf seinem Gut Schorin in Pommern. 713, 763 f., 775, 779, 833.

Stolberg-Wernigerode, gräfliche Familie in Wernigerode. 652, 657, 661.

Struensee, Karl August (recte Gutav) von (1735–1804), preußischer Minister, seit 1791 Chef des Kommerzial- und Fabrikwesens. 514, 517, 521, 525, 529, 534, 599, 602. – Brief Nr. 26.

Sulla Cornelius (137–78 v. Chr.), römischer Konsul, unterwarf die abgefallenen Griechen und eroberte Athen. 377. I 546.

Sumeraw, Joseph Thaddäus Frhr. von, Präsident der österreichischen Polizeihofstelle in Wien. Brief Nr. 128.

Suwarow, Alexander Wassiljewitsch Graf (1730–1800), hervorragender russischer Feldherr. I 30.

Talleyrand, Charles Herzog von (1754–1838), Napoleons Außenminister. 362.

Tasso, Torquato (1544–1595), italienischer Dichter; in seinem Epos »Das befreite Jerusalem« gibt es den Helden Tankred. 650.

Tauentzien, Friedrich Graf von Wittenberg (1760–1824), Kommandeur der Vortruppen des Hohenloheschen Korps. 262.

Tell, Wilhelm, Schweizer Sagenheld (14. Jh.). I 30.

Teniers, David (1610–1690), flämischer Genremaler. 339, 862.

Theremin, Franz (1780–1846), Kanzelredner; 1810 Nachfolger Ancillons an der französischen Kirche, übersetzte Cervantes'

»Drangsale des Persiles« (1808); mit Kleist und Adam Müller befreundet; taufte 1810 Cäcilie Müller. 404, 835.

Thielmann, Johann Adolf von (1765–1824), sächsischer Oberst, Kleist von Dresden her bekannt; suchte die Stadt gegen die Österreicher zu verteidigen. 828.

Thomson, James (1700–1748), englischer Dichter, Wegbereiter der Romantik. 756.

Tieck, Ludwig (1773–1853), lernte im Sommer 1808 Kleist auf der Durchreise durch Dresden kennen, sollte am »Phöbus« mitarbeiten, gab später Kleist Werke heraus. 450.

Tischbein, Johann Heinrich (1742 bis 1808), Kasseler Galerie-Direktor. 701.

Tischbein, Wilhelm (1752–1829), dessen Bruder. 701.

Titus Flavius Vespasianus, römischer Kaiser, zerstörte 70 n. Chr. Jerusalem. 377.

Trauttmannsdorff, Ferdinand Fürst von (1749–1827), österreichischer Obersthofmeister. 444.

Troschke, von. 594.

Tschirnhaus, Ehrenfried Walter Graf von (1651–1708), Philosoph der Aufklärung, Physiker und Mathematiker, machte Versuche mit großen Brennspiegeln, erfand die Porzellanherstellung. 379.

Turenne, Henri de la Tour d'Auvergne Vicomte de (1611–1675), französischer Marschall unter Ludwig XIV., Verwüster der Pfalz. 688. I 30.

Tycho siehe Brahe.

Unzelmann, Karl Wilhelm Ferdinand (1753–1832), bekannter Berliner Schauspieler. 270.

Vanini, Madame, Berliner Schauspielerin. 409.

Varnhagen von Ense, Karl August (1785–1858), Schriftsteller und Diplomat, heiratete 1814 Rahel Levin. Brief Nr. 139. Albumblatt I 45.

Veit, Dorothea, geb. Mendelssohn (1763–1839), Freundin Friedrich Schlegels, der sie 1804 heiratete. 704.

Vestris, Gaetano, aus Florenz († 1808), berühmtester Tänzer des Pariser Balletts. 341.

Vieth (Kleist schreibt »Fitt«), Johann Justus von, Major; Freund des Körnerschen Hauses in Dresden; nach Minna Körners Urteil ein »ganz ausgezeichneter Schauspieler«. 790.

Vitzthum, Karl Graf von, 1815 bis 1819 Direktor des Dresdener Königlichen Theaters. 815.

Vogel, Adolfine Henriette, geb. Keber (1780–1811), Kleists Todesgefährtin. 884 ff., 888. – Brief Nr. 224, 225, 228. I 46.

Vogel, Louis (1777–1842), Rendant, 1816 Landrentmeister, seit 1799 mit Adolfine Henriette V. verheiratet (wohnte Berlin, Markgrafenstr. 60). 885 ff.

Vogel, Pauline, deren Tochter (1802–1892), heiratete später Prof. G. W. Eck. 885 f.

Voltaire, François Marie Arouet de (1694–1778), französischer Philosoph und Dichter. 457, 681. I 21.

Voß, Christian Daniel (1761–1821), Herausgeber des Journals »Die Zeiten oder Archiv für die neueste Staatengeschichte und Politik«. 434.

Voß, Johann Heinrich (1751–1826), Homer-Übersetzer; Idyllendichter: »Luise« (1795). 630.

Voß, Julius von (1768–1832), übersetzte 1806 Saurins »Mœurs du temps« (1760) als »Ton des Tages« ins Deutsche. 408.

Voß, Luise Gräfin von (1780–1865), Tochter der Frau von Berg. 1047.

Voß, Brillen-, Kleists Bekannter. 890.

Vouet, Simon (1590–1649), Maler der »Sterbenden heiligen Magdalena« in der Kirche zu St. Loup. 783.

Wackerbarth, Ludwig von, Gutsherr auf Briesen bei Cottbus, hatte 1800 das Kleists Vater gehörige Gut Guhrow gekauft. 625, 713.

Wackern, die alte; Verwandte des Kriegsrats Gottfried Heinrich W. (1740–1813)? 883.

Wächter, Eberhard (1762–1852), Maler. 450.

Wallis, Joseph Graf von (1767 bis 1818), Oberstburggraf von Böhmen. 827.

Walther, Georg Moritz, übernahm im Mai 1808 die Walthersche Hofbuchhandlung in Dresden von seinem Vater Georg Friedrich W., verlegte ab November 1808 den »Phöbus«. 450 f., 818. – Brief Nr. 146.

Weigl, Joseph (1766–1846), Komponist des Singspiels »Die Schweizerfamilie«. 414, 417.

Weinmüller, Karl Friedrich Clemens (1764–1828), Wiener Bassist. 444.

Wenck, Friedrich August Wilhelm (1741–1810), Historiker, Rektor der Leipziger Universität. 538.

Werckmeister, Henriette, Inhaberin einer Kunsthandlung in Berlin, Frau von Rudolph W., dem Besitzer eines von Kleist benutzten Leseinstituts. 398.

Werdeck, Adolfine von, geb. von

Klitzing (1772–1844), ließ sich 1813 von Werdeck scheiden, um 1815 den späteren Generalfeldmarschall Karl Friedrich von dem Knesebeck zu heiraten. Vertraute der Königin Luise, am Hofe ihres Witzes wegen gefürchtet. Kleist von Potsdam her bekannt; 1803 Begegnungen in der Schweiz und in Paris. 744. – Brief Nr. 50, 56, 115. Widmung I 45.

Werdeck, Christoph Wilhelm von (1759–1817), ihr Gatte, Regierungsbeamter in Potsdam. 679, 704, 713, 733 f., 744, 796.

Werner, Zacharias (1768–1823), wurde von Goethe zur Schicksalstragödie angeregt: »Der 24. Februar« (Erstaufführung 24. 2. 1810 in Weimar, Druck 1815). Kleist kannte von ihm »Die Söhne des Thals« (1803) und »Martin Luther oder die Weihe der Kraft« (1807). 413.

Wetzel, Friedrich Gottlob (1772 bis 1819), Arzt und Schriftsteller, Mitarbeiter am »Phöbus« und an den »Abendblättern«. 813.

Wickram, Jörg (um 1520–1560), Verfasser des »Rollwagenbüchleins« (1557). 413.

Wieland, Christoph Martin (1733 bis 1813), phantasievoller und geistreicher Dichter der Aufklärung; von bedeutendem Einfluß auf den jungen Kleist, für den er sich schon früh einsetzte; »Sympathien« (1756). 542, 562, 633, 673, 724, 727–731, 734, 736, 739, 798, 800 ff., 809. I 43. – Brief Nr. 102 a, 120. – An Kleist 733.

Ludwig (Louis) (1777–1819), Sohn; lebte im Hause seines Schwagers Geßner in Bern, schriftstellerte. 724 f., 728, 800, 1050.

Luise (1789–1815), Tochter; verliebte sich in Kleist, heiratete 1814 Dr. Gustav Emminghaus. 728 ff., 800, 1049.

Wilhelm Prinz von Preußen (1783 bis 1851), Bruder Friedrich Wilhelms III., vertrat 1808 Preußen auf dem Erfurter Kongreß. Unterstützte nach Kleists Tod die Schwester Ulrike. 601. – Brief Nr. 201.

– Amalie Maria Anna (1785–1846), geb. Prinzessin von Homburg, seine Gattin, Tochter des Landgrafen Friedrich Ludwig von Hessen-Homburg; ihr widmete Kleist den »Prinz von Homburg«, doch suchte sie den Druck und die Aufführung des Werks zu verhindern. 872. – Widmung I 42, 629.

Wilhelm I., Kurfürst von Hessen-Kassel (1743–1821), vormals Landgraf Wilhelm IX. 373 f., 689.

Wilhelm der Eroberer, Herzog der Normandie (1027–1087). I 164.

Wilhelm von Oranien (1533–1584), Führer der Niederländer gegen Philipp. I 201.

Willmann, Johann Daniel, Schulze in Schöneberg. 424 ff.

Wirth, Joseph, Chirurg in Würzburg; Kleists Quartiergeber. 572.

Wittich, Karl August von (geb. 1772), Freund Wilhelmine von Zenges. 523.

Wöllmitz, Johann Samuel, Kaufmann in Frankfurt an der Oder. 830.

Wouwerman, Philips (1619–1668), holländischer Maler; Kleists Bemerkung trifft auf ihn nicht zu. 651.

Wrisberg, Heinrich August (1739 bis 1808), Anatom in Göttingen. 656.

INHALT

Anekdoten-Bearbeitungen

Varianten zu den Erzählungen

KLEINE SCHRIFTEN

Kunst- und Weltbetrachtung

BRIEFE VON UND AN KLEIST

ANHANG

Anmerkungen